中华经典名著

全本全注全译丛书

韩希明◎译注

阅微草堂笔记 上

中華書局

图书在版编目(CIP)数据

阅微草堂笔记/韩希明译注. —北京:中华书局,2014.2
(2024.6 重印)
(中华经典名著全本全注全译丛书)
ISBN 978-7-101-09805-1

Ⅰ.阅…　Ⅱ.韩…　Ⅲ.①笔记小说-作品集-中国-清代
②《阅微草堂笔记》-译文③《阅微草堂笔记》-注释　Ⅳ.I242.1

中国版本图书馆 CIP 数据核字(2013)第 257680 号

书　　名	阅微草堂笔记(全三册)
译 注 者	韩希明
丛 书 名	中华经典名著全本全注全译丛书
责任编辑	刘胜利　张彩梅
责任印制	陈丽娜
出版发行	中华书局 (北京市丰台区太平桥西里 38 号　100073) http://www.zhbc.com.cn E-mail:zhbc@zhbc.com.cn
印　　刷	北京中科印刷有限公司
版　　次	2014 年 2 月第 1 版 2024 年 6 月第 13 次印刷
规　　格	开本/880×1230 毫米　1/32 印张 55⅜　字数 1150 千字
印　　数	94001-100000 册
国际书号	ISBN 978-7-101-09805-1
定　　价	142.00 元

目　录

上　册

中　册

下　册

前言

《阅微草堂笔记》是清代鸿儒纪昀晚年所作的文言笔记志怪小说，也是他唯一面向大众的一部通俗作品。

纪昀(1724—1805)，字晓岚，又字春帆，晚号石云，道号观弈道人，直隶河间府(今河北献县)人。纪昀历雍正、乾隆、嘉庆三朝，乾隆十九年(1754)中甲戌科进士，授翰林院庶吉士、编修，历任詹事府左春坊左庶子、福建学政、翰林院侍读、贵州都匀知府、《四库全书》总纂官、翰林院侍读学士、詹事府詹事、兵部侍郎、内阁学士、都察院左都御史、礼部尚书、兵部尚书、协办大学士、太子少保。嘉庆帝御赐碑文“敏而好学可为文，授之以政无不达”，谥号文达。

《阅微草堂笔记》记录了自己和亲友的家庭轶事，和自己经历过的、道听途说的各种新奇故事，包括官场见闻，炎凉世态，风土人情，京师风尚，边地民俗，奇闻轶事……从作者号称的“原生态”故事里，我们可以了解人们对神仙的信仰，对鬼神的态度，对婆媳关系、主仆矛盾的看法，窥见“人情练达即文章”的为官之道、做人技巧、处世哲学……作品充分反映了纪昀的博学。作为生活在封建社会式微时期的儒者，纪昀对当时社会的道德伦理状况怀着深深的焦虑。以一个高官的身份，絮谈民间的家长里短，似乎显得好事而且小家子气十足，但他再三强调，自己是为了对民众进行伦理教化，才顺应当时民众的阅读需求，写了这样一本书。作品完成后，曾有一段时间“洛阳纸贵”，受到热烈追捧。由于历史的原因，《阅微草堂笔记》在建国后一度未能进入大众的视野。近年来，越来越多的出版机构推出《阅微草堂笔记》，甚至小学课本、各类职业准入考试也开始将其相关内容纳入选题范围，彰显了作品的现代价值。

《阅微草堂笔记》约1200则故事，浸染了浓烈的伦理色彩，试图以此唤醒人们在生活中遵循既定的伦理规则；其中不含伦理褒贬意味的仅有303篇，作者正面肯定的266则，直截了当提出批评、否定的356则，伦理判断占了主导地位。

中国传统文化的实质是一种伦理型的文化。伦理道德是传统文化的核心内涵，表现儒家道德理想主义的“三纲八目”、体现儒家伦理中心主义的“三纲五常”，曾经在整合人心秩序、社会秩序方面发挥过重要的作用。但事实上，纪昀所处的时代，延续两千年之久的封建专制和传统的伦理纲常已经无法得心应手而且行之有效地威慑和控制社会各阶层、群体和个人，种种伦常隳落的现象层出不穷；而另一方面，随着明中叶以来资本主义生产关系的萌芽，传统的封建伦理道德规范受到了冲击和挑战。作为一种道德期待，《阅微草堂笔记》希望读者通过道德自律回归上古那样的理想世界。儒学既有上层的官方匡世之学，又有下层的为民请命之学，儒学伦理以其贴近世俗的特点融进了当时人们的生活。从这个意义上说，《阅微草堂笔记》堪称是儒学伦理的普及教本。

纪昀一生，尽管仕途走得战战兢兢，总体还算顺利，又深得乾隆帝赏识，因此他不可能像明清时代其他小说家那样，以低层平民的眼光来看世界，怀着孤愤去揭露种种时弊，或带着仇恨去抨击封建统治；纪昀创作目的首先在于劝世。正如盛时彦在序文中说：“大旨要归于醇正，欲使人知所劝惩。”纪昀自己说：“小说稗官，知无关于著述；街谈巷议，或有益于劝惩。”（《滦阳消夏录·序》）“如王仲任、应仲远，引经据古，博辨宏通；陶渊明、刘敬叔、刘义庆，简澹数言，自然妙远。诚不敢妄拟前修，然大旨期不乖于风教。”（《姑妄听之·序》）纪昀把小说用以劝诫、风化的社会功用看得很重。他居高临下,站在当政者的立场上,从“上以风化下”的角度感化下民,并警诫“下愚”,“驯天下之强梗”(《姑妄听之》),还试图使含冤受屈者“无复怨尤”(《如是我闻》)。

《阅微草堂笔记》是志怪小说,大量篇幅描述鬼狐精怪。《聊斋志异》写鬼狐精怪,蒲松龄在怪异虚幻的想象中寄托自己的审美理想,这一点遭到纪昀旗帜鲜明的反对。纪昀用“神道设教”作为小说创作所追求的宗旨,显然是为服务于统治阶级巩固社会制度、整饬社会秩序的需要。为了表现劝善惩恶的思想,为了使道德训诫更为直观,为了突出自己的观点,他宁愿使故事情节粗略简朴。虽然纪昀一直在究竟有鬼无鬼这个问题上痛苦纠结,左右摇摆,但为了迎合时尚,吸引读者,《阅微草堂笔记》也以鬼狐精怪为主角,不过纪昀写鬼写狐原因更复杂一些:有时是作者觉得表达自己的愿望和理想更为便利,有时是为了避嫌,有时是出于无奈。

《阅微草堂笔记》中描述狐作祟害人,主要是蛊惑。与人交往的目的:一是为了保护自己,或是躲雷殛,或是逃避灾祸。二是为了采补精气。《如是我闻一》中一个狐女自陈:“凡我辈女求男者,是为采补,杀人过多,天律不容也。”《如是我闻三》中说:“狐之媚人,为采补计耳,非渔色也。”狐要得道成仙的“终南捷径”便是采吸人的精气,所以狐与人的关系往往是以“性”的交合为前提的。三是为修行以成正果。有的是有意为之;也有的狐会因为受感动做好事,无意修行亦成正果。如《滦阳消夏录三》中的狐姊妹。而对于执迷不悟病瘵而死或者被狐抛弃的人,纪昀决不同情,认为这是咎由自取。

《阅微草堂笔记》描述的狐社会,与人类社会一样,有善有恶,男女老少、高矮胖瘦、媸妍俊丑不等,就连人类社会中的相互倾轧、勾心斗角也一样。不过,为了达到教化的目的,《阅微草堂笔记》中的狐有很多是正面形象。它们经常和人共居,或是上下之分,或是前后院之分,或是住在“承尘”之上。有时不露真相,仅仅发出声音让人知道它的存在,有时出现在人们的梦中,更多的时候则幻化成人的模样混迹于人群。它们的言行举止一如人类,又不时表现出狐的灵异,比如能预知未来,能通过幻化的手段去训诫世人。《如是我闻三》中的狐教育劝告与之相安已久的主人,讽刺主人"厚结盟之兄弟,而疾其亲兄弟者","厚其妻前夫之子,而疾其前妻之子者",主人"大惭,无以应","俄闻屋上朗诵《论语》",狐说理精辟、直率,不是一般的人类朋友所能做到的。而对偶有小错的人们,狐劝告时所持的诚恳、宽容态度,人间亦少见。有的狐为受害者抱不平,大有侠士之风。如《槐西杂志三》中朱某狎妓,床头金尽后被斥出,结果朱某狐友替他报了仇。同卷中有的狐不惜坏了自己的名声为弱者洗冤。有的狐,理性,睿智,比一般的官员还清醒,如《滦阳消夏录一》中载县令明晟"尝欲申雪一冤狱,而虑上官不允,疑惑未决","狐正色曰:明公为民父母,但当论其冤不冤,不当问其允不允"。有的狐挺身而出主持公道,如《姑妄听之四》中一太学家政大乱,狐友出手相帮,"微狐力,则太学父子饿殍矣"。即便有一些狐采补甚至报复,纪昀总是为它们曲意开脱,《阅微草堂笔记》的逻辑是:如果不是人本身萌发邪念有过错,或是因为以前存在着某种孽缘因果关系,狐狸是不会作恶的。

《阅微草堂笔记》中写鬼写得更多。《阅微草堂笔记》的鬼世界也一如人类社会,鬼延续着生前的爱好,如生前是书生的,做了鬼也乐于评诗论文,有的甚至因为意见不合打鬼架;鬼也延续着生前的亲情,关注并尽可能积极参与家庭事务,极力维护家庭的和谐;有的注重族系的传承与延续,体现了传统的伦理精神。

《阅微草堂笔记》以朴素的唯物论视角客观反映了社会现实,大量的鬼故事有时显得自相矛盾,有时明显地表露出作者的困惑。纪昀曾经多次认真讨论到底有没有鬼,对于鬼的名称、数量、职责以及平常的存在状态、有无轮回反复诘问;有时认为"犹似幻妄",但又总是自己打破这种怀疑,最后归结到对于某个种类鬼的有无表示存疑。

尽管如此，在纪昀看来，借神鬼之说来维护礼教和“圣威”，这才是问题的关键。纪昀希望小说能够“诛心”，对“劝顽”、“惩愚”起到作用。在他的笔下，鬼的形状与生前所作所为密切相关，如《姑妄听之》中描述，生前“巧于应对，谀词颂语，媚世悦人”，做鬼便“鼻下无口”，“使不能语，或遇焰口浆水，则以鼻饮”；生前妄自尊大，做鬼就“尻耸向上，首折向下，面着于腹，以两手支拄而行”；生前“城府深隐，人不能测”，做鬼就“自胸至腹，裂罅数寸，五脏六腑，虚无一物”；生前“高材捷足，事事务居人先”，变成鬼后“足长二尺，指巨如椎，踵巨如斗，重如千斛之舟，努力半刻，始移一寸”；纪昀借助民间关于鬼形象的想象把人间种种卑劣的品格习性加以怪异化，这样的故事除了警戒世人之外，也让人们在现实生活中积累的激愤不平得到慰藉。《阅微草堂笔记》中的鬼其实是在为纪昀代言，大量的鬼故事，是作者用来说理宣教的，因而作品中不少鬼能客观审视俗世生活，见识超越了一己私情。

《阅微草堂笔记》中的冥界，是一个严密的运行系统，每个人的生前死后被全程监控，细微到每个人的一言一行，冥法对于所有的活人死鬼都有效，阳世所有的难题在冥司都有相应的解决办法。在阳间，官府惩治的是明显的恶行，奖励的是大善，而对那些“隐恶”、“小恶”却无能为力：比如狂傲的书生或老儒，品行恶劣、惯于“使酒骂座”但并未触犯刑律，也未对社会构成恶劣影响，官府对此类人亦无可奈何，冥司就可以惩治责罚；又如身为父母官，作恶多端又无迹可寻，冥法可以惩治他并且让他不打自招；对那些有心为善的，亦笔笔在录。这种处理办法于法、于理、于情都符合善良人们的愿望，纪昀也找到了解决“于情可恕，于法难容”矛盾的途径。纪昀希望人们的意识深层牢固树立起并普遍存在着这样的观念：人死后要受到冥府审判，其中罪过深重的人就去受苦，只有正直的人才能有理想的结局。比如生前贪占别人财物的，遭到受害者讨债索命；德行有亏、品性恶劣的，魂灵在阴司受刑，肉体在阳间挨打、溃烂。作者以有悖于他身份的琐屑和俚俗，书写那些闾里市井间的家常事故，显示了他的救世之婆心。

毫无疑问，《阅微草堂笔记》中鬼狐形象出自作者对人的神化，它们作为一种精神幻体活跃着，由《阅微草堂笔记》中鬼狐所表现出来的雅俗文化的对立和渗透，源于作者训诫、劝告读者恪守封建道德规范的目的，不管是对士大夫文人，还是对社会中下层的人们，都有着很强的针对性。

《阅微草堂笔记》的创作有着明显的理性和功利目的，因而鬼狐往往不是从感性情感、从自己活泼的生命冲动出发，而是按照某种观念行动，显得类型化、概念化，道德标准是这些形象的经络，而形象本身则是我国民族文化的结晶。文学家的无奈和道学家的凯旋，是作品中鬼狐形象给予我们的总体感受。

纪昀奉旨编纂《四库全书》历时十三年。他长期从事典校秘籍的工作，对体例杂糅的著作颇有微词，因此他结合《四库全书》的编纂经验，对整部小说的撰写体例进行了整顿，从小说体例及叙述方法，都提出了他自己的观点。纪昀故意忽略了文艺的本身特征，他尊崇汉儒而诘难宋儒的苛察，在文学观上却接受了道学家的观念，故而“琐记搜罗鬼一车”，“神道设教”，成为《阅微草堂笔记》写作的根本出发点。依据他自己的观念创作、与《聊斋志异》分庭抗礼的《阅微草堂笔记》，体例固然合理，但缺乏生趣。

就内容而言，在当今社会生活中研读《阅微草堂笔记》有着一定的现实意义。随着社会经济形态的发展和转换，传统文化的命运日益成为我们面对的思想文化难题。现代中国社会的人心秩序与社会秩序，已经无法在既定的传统文化范式内加以整合了。近代挟其经济实力与政治强权硬性楔入中国社会生活各个领域和现代大量涌入、受到国人欢迎的西方文化，自有源头、并且自有传承，其价值理念与制度安排、生活方式，与传统文化的“冲突”就此形成一种僵化的文化格局。这种社会文化格局，造就了相应的思想文化格局。人们不无困惑，左冲右突寻找出口。正确的并且可行的思路是：要实现传统文化的创造性转化，不仅需要精密而深刻地理解传统文化，也需要精密而深刻地理解其文化精神。实现传统文化的创造性转化的逻辑起点是对这一文化中的某一价值充分而深刻理解之后的批判，重读《阅微草堂笔记》，或许能够得到一点启发。

本书以北平盛氏刻嘉庆五年(1800)庚申本为底本，道光十五年(1835)乙未郑开禧序本为参校本，并参考了其他点校本。除了个别如果改成简体就影响原意的文字，全书一律采用简体、新式标点；书中因纪昀记忆错误写错的字，均在注释中说明。注释和译文在严谨的学术精准前提下，注意适应现代读者的需求，使读者享受阅读的愉快。囿于本人的水平，译注难免有疏漏或谬误，希望得到读者和方家的教正。

韩希明

癸巳初夏于金陵秦淮河边

《阅微草堂笔记》原序

【题解】

这是纪昀的门生盛时彦将纪昀所著的《阅微草堂笔记》五本合为一本刻印出版时写的序言。《阅微草堂笔记》共五本，分别是“滦阳消夏录”、“如是我闻”、“槐西杂志”、“姑妄听之”、“滦阳续录”，是纪昀在闲暇时断断续续写成的。写完一本即付刻印，从第一本“滦阳消夏录”，到最后一本“滦阳续录”，纪昀的写作花了近十年时间；而在这将近十年的时间里，纪昀著作的出版发行呈现乱象，于是，盛时彦征得同意之后，将纪昀的五本书合为一部。盛时彦所做的工作包括两个方面：一是按照纪昀写作的顺序，将五本合为一本；二是仔细校对，将错讹的文字一一订正。可以说，盛时彦是得到纪昀首肯的《阅微草堂笔记》首次合刻的责任编辑，而且此次编辑校订在刻板之前，还经过了纪昀本人的审读。如此看来，盛时彦的编校工作是严谨细致的。仔细校读之后，又经纪昀本人检查核对才付诸出版发行，因而这一版成为最具权威的正宗版本。盛序简要概括了《阅微草堂笔记》的创作主旨和主体风格，阐述了纪昀此类著述的良苦用心。盛序文字简练精到，对纪昀及其著述的评价恰如其分，经常被后代的学者引用。

文以载道，儒者无不能言之。夫道岂深隐莫测，秘密不传，如佛家之心印[①]，道家之口诀哉[②]？万事当然之理，是即道矣。故道在天地，如汞泻地，颗颗皆圆；如月映水，处处皆见。大至于治国平天下，小至于一事一物、一动一言，无乎不在焉。文，其道之一端也。文之大者为六经[③]，固道所寄矣；降而为列朝之史，降而为诸子之书，降而为百氏之集，是又文中之一端，其言皆足以明道；再降而稗官小说[④]，似无与于道矣，然《汉书·艺文志》列为一家，历代书目亦皆著录，岂非以荒诞悖妄者虽不足数，其近于正者，于人心世道亦未尝无所裨欤！

河间先生以学问文章负天下重望[⑤]，而天性孤直，不喜以心性空谈标榜门户[⑥]；亦不喜才人放诞诗社酒社，夸名士风流。是以退食之馀，惟耽怀典籍，老而懒于考索，乃采掇异闻，时作笔记，以寄所欲言。《滦阳消夏录》等五书，俶诡奇谲[⑦]，无所不载，洸洋恣肆[⑧]，无所不言，而大旨要归于醇正，欲使人知所劝惩。故诲淫导欲之书，以佳人才子相矜者，虽纸贵一时，终渐归湮没；而先生之书，则梨枣屡镌[⑨]，久而不厌，是则华实不同之明验矣。顾翻刻者众，讹误实繁，且有妄为标目，如明人之刻《冷斋夜话》者[⑩]，读者病焉。

时彦夙从先生游，尝刻先生《姑妄听之》，附跋书尾，先生颇以为知言。迩来诸板益漫漶[⑪]，乃请于先生，合五书为一编，而仍各存其原第；篝灯手校[⑫]，不敢惮劳。又请先生检视一过，然后摹印。虽先生之著作不必借此刻以传，然鱼、鲁之舛差稀[⑬]，于先生教世之本志，或亦不无小补云尔。嘉庆庚申八月[14]，门人北平盛时彦谨序。

【注释】

①心印：又名“佛心印”，被认为是禅的本意，即不立文字，不发表言论，而注重精神上的领悟。

②口诀：道家传授道术时的秘语，根据内容要点编成的语句，便于记诵。

③六经：指六部经过孔子整理并传授的儒家经典，分别是《诗经》、《书经》、《礼经》、《乐经》、《易经》、《春秋》，其中《乐经》已散失，所以通常称“五经”。

④稗官：小官。《汉书·艺文志》：“小说家者流，盖出于稗官。街谈巷语，道听途说者之所造也。”颜师古注：“稗官，小官。”如淳曰：“细米为稗，街谈巷说，其细碎之言也。王者欲知闾巷风俗，故立稗官使称说之。”稗，比喻微小、琐碎。

⑤河间先生：指纪昀。河间，汉高祖六年（前201）设河间郡，自汉文帝二年（前178）起，河间或为国、为郡，长达2700年的时间，治所一直在献县。纪昀为河北献县人，故称。

⑥心性：中国古代哲学范畴。此处指宋明理学。

⑦俶（chù）诡奇谲（jué）：奇特、诙谐有趣。俶诡，奇异。谲，离奇古怪。

⑧洸（huàng）洋恣肆：文势浩大，文笔放任、无拘束。洸洋，形容文章气势磅礴。

⑨梨枣屡镌：数次雕刻印刷。梨枣，旧时刻版印书多用梨木或枣木，故以“梨枣”为书版的代称。屡，数次，多次。镌，雕刻，即古时印书的雕版。

⑩《冷斋夜话》：北宋惠洪（1071—1128）著。体例介于笔记与诗话之间，以论诗为主。论诗多称引元祐诸人，以苏轼、黄庭坚为最。

⑪漫漶(huàn):模糊不可辨别。漶,模糊不清,难以辨识。

⑫篝(gōu)灯:置灯于笼中。篝,竹笼。

⑬鱼、鲁之舛(chuǎn):谓将"鱼"误写成"鲁",泛指文字错讹。舛,错误,错乱。

⑭嘉庆庚申:嘉庆五年(1800)。

【译文】

文章是用来阐释道理的,读书人都可以通过文章做到这一点。那么所谓的大道难道真的是高深莫测、秘不外传,就像佛家的心印,道家的口诀一样么?万事万物本质的道理,就是所谓的道了。所以道在天地之间,好像水银泻地,颗颗圆润;好像月亮映照在水上,处处皆见。大到治国平天下,小到一事一物、一言一行,都有着道的踪迹。文章,只是其中的一个方面。文章中的最高层次是《诗经》、《书经》、《礼经》、《乐经》、《易经》、《春秋》,这是道的寄托所在;再下面就是历朝各代的史书,再下面就是各位贤人的著述,再下面就是所谓百家的文集,这又是文章里的一个方面,它们的言论足以阐明道理;再下面就是稗官野史、演义小说,看起来似乎与道毫无关联,可是《汉书·艺文志》将其列为一家,历代书目也都收录,难道不是因为内容荒诞悖妄不值一提吗?它们的言论也足以阐明道理,虽然不能归入层次较高之列,其宗旨也是近于正道,对于世道人心也未尝没有助益呀!

河间先生纪昀凭借学识渊博享有天下厚望,而天性孤傲耿直,不喜欢空谈宋明理学借以标榜门户;也不喜欢才人放肆荒诞、结诗社酒社,夸耀名士风流。所以在茶馀饭后,只是专心考证典籍,老来懒于考经索典,就开始收集异闻,不时写写笔记,用来寄托心里想说的话。《滦阳消夏录》等五卷书,奇幻诡谲无所不载,博大放旷无所不言,而宏观大旨则归结于醇厚方正,想要使人知道什么才是劝善惩恶。以前那些引诱别人产生淫秽欲望的书,以才子佳人的故事吸引世人,虽然在当时流行传诵,最终还是被人渐渐遗忘湮没;可是纪先生的《阅微草堂笔记》,则再刻发行数版，流传时间很长却没有令人生厌，这就是华而不实与敦实笃厚两相比较的最好见证。但是翻印盗版的太多，其中舛误错漏不胜枚举，而且还有妄自标出回目，弄得像明朝人翻刻的《冷斋夜话》似的，受到读者的批评。

时彦以前一直跟随先生学习，曾经刊刻过先生的《姑妄听之》，并且还在他的书后作跋，先生很是赞同，认为是知己之言。近来这部书的各种版本愈加模糊难辨，于是我得到先生的允许，将《滦阳消夏录》、《如是我闻》、《槐西杂志》、《姑妄听之》、《滦阳续录》五卷合为一本，但还各自保存原来的次序，长夜里在灯下亲自校正不避辛劳，不敢怠慢。又请先生检视一遍，然后摹版刻印。虽然先生的著作不一定仅仅借助此次的刻本用来流传，但是诸如“鱼鲁”二字之舛谬一定会少于先生存世的其他刻本，或许也是一种小小的帮助。嘉庆庚申八月纪先生门人北京盛时彦恭谨作序。

《阅微草堂笔记》郑序

【题解】

纪昀生前身后，《阅微草堂笔记》全本以及各种选本的出版发行，一时甚为热闹。纪昀去世30年后，道光十五年(1835)，《阅微草堂笔记》又一次重新出版发行。这个版本发行人郑开禧在序言里再次高度赞扬纪昀的为人、文风，也交代了重印《阅微草堂笔记》的由来；似乎是顺带一笔，赞扬了主持重印的纪树蕤。据考，纪昀去世后，他的诸多手稿由孙纪树馨保存，《阅微草堂笔记》道光十五年本的刊刻者纪树蕤，是纪树馨五弟。嘉庆七年(1802)纪昀亲自编校的《景城纪氏家谱》中，尚无“纪树蕤”之名，可见纪树蕤出生当在嘉庆七年之后。纪树馨在道光九年(1829)左右去世，至道光十六年(1836)，纪昀稿本已流落琉璃厂。道光十五年到岭南为官的纪树蕤主持刊刻，再一次使得《阅微草堂笔记》出版发行的混乱状况有所改观，郑序则是为这样一次整顿和肃清张本。

河间纪文达公，久在馆阁[①]，鸿文巨制，称一代手笔。或言公喜诙谐，嬉笑怒骂，皆成文章。今观公所著笔记，词意忠厚，体例谨严，而大旨悉归劝惩，殆所谓是非不谬于圣人者与！虽小说，犹正史也。公自云：“不颠倒是非如《碧云騢》[②]，不怀挟恩怨如《周秦行纪》[③]，不描摹才子佳人如《会真记》④,不绘画横陈如《秘辛》⑤,冀不见摈于君子。”盖犹公之谦词耳。公之孙树馥,来宦岭南。从索是书者众,因重锓板⑥。树馥醇谨有学识,能其官,不堕其家风云。道光十五年乙未春日,龙溪郑开禧识。

【注释】

①馆阁:北宋以后掌管图书、编修国史的官署。宋沿唐制,置“昭文馆”、“史馆”、“集贤院”三馆和“秘阁”、“龙图阁”等,分掌图书经籍和编修国史等事务,通称“馆阁”。明代将其职掌移归翰林院,故亦称翰林院为馆阁,清代沿袭明制。

②颠倒是非如《碧云騢(xiá)》:《碧云騢》,宋代杂记。揭露官场隐私,专记宋初朝绅攀附中官、贿赂中行等暗昧之事,污蔑诽谤文彦博、范仲淹等人,因而纪昀称“颠倒是非”。普遍认为是宋代魏泰托名梅尧臣作。騢,赤白色相间的杂毛马。

③怀挟恩怨如《周秦行纪》:《周秦行纪》,唐代传奇,旧题牛僧孺撰,今人考证为韦氏京兆府后裔韦瓘所作。韦瓘自幼与李德裕亲善,在牛李党争中属李党骨干。本书以牛僧孺的口吻写冥间艳遇,是对牛党党魁牛僧孺的构陷之作,是配合李党对牛党发动攻击、发泄怨愤、折射出激烈对抗的政治之作,因而纪昀称之为“怀挟恩怨”。

④《会真记》:唐代传奇。又名《莺莺传》,元稹著。叙述了张生与崔莺莺的爱情悲剧,文笔优美,刻画细致,为唐人传奇中的名篇。后世文人改编为杂剧者甚多,以金人董解元的《西厢记诸宫调》和元代王实甫的《西厢记》最为著名。

⑤《秘辛》:《汉杂事秘辛》,汉代无名氏作。记载汉桓帝懿献梁皇后被选及六礼册立等宫廷杂事,有不少秽亵的描写。

⑥锓(qǐn)板:刻书。

【译文】

河间的文达公纪昀，长时间置身馆阁，所做的文章气势宏大，堪称一代手笔。有人说文达公喜欢幽默诙谐，嬉笑怒骂，都是信手拈来而成为锦绣文章。今天我看到先生所著的《阅微草堂笔记》，内容质朴厚实，体例规范严谨，而且主要的中心思想都归结于劝善惩恶，这不就是人们通常所说的“圣人善于分辨是非”么！虽然体裁是小说，简直像是正史。文达公自己说：“不像《碧云騢》那样颠倒是非；不像《周秦行纪》那样私挟恩怨；不像《会真记》那样描摹才子佳人；不像《汉杂事秘辛》那样描摹刻画淫秽，希望正人君子不要嫌弃。”这不过是文达公的谦词吧。文达公的孙子纪树馥，到岭南来做官。向他要这本书的人很多，于是决定重刻再版。树馥为人醇厚严谨富有学识，勤政爱民，是一个好官，没有堕落先生的家风。道光十五年乙未春日，龙溪郑开禧鉴此。

诗二首

平生心力坐销磨，纸上烟云过眼多。
拟筑书仓今老矣，只应说鬼似东坡。

前因后果验无差，琐记搜罗鬼一车。
传语洛闽门弟子，稗官原不入儒家。

观弈道人自题

卷一

滦阳消夏录一

【题解】

乾隆三十八年(1773),纪昀时年50岁,乾隆皇帝正式下诏组建专门机构,开始对全国的图书典籍进行一次全方位大规模的整理辑录;随即,有关大臣奉旨办理,并确定将来图书典籍辑录成编时,定名为《四库全书》。次年,纪昀担任《四库全书》总纂官,统领编书之事。乾隆五十四年(1789),纪昀66岁,《四库全书》这项浩大的国家工程接近尾声,纪昀道德教化的个人十年工程——《阅微草堂笔记》的撰写却悄然开始。关于写作的缘由和目的,纪昀说得轻描淡写,其实,这些琐记杂忆,饱含着一个儒者认真的思考和沉重的责任感。"滦阳",河北承德的别称,因承德在滦河之北,故名。"消夏",避暑的意思。纪昀曾先后多次到承德避暑山庄校对、修改《四库全书》,撰写《阅微草堂笔记》时值夏天,故而因此题名。

乾隆己酉夏[①],以编排秘籍,于役滦阳[②]。时校理久竟,特督视官吏题签庋架而已[③]。昼长无事,追录见闻,忆及即书,都无体例。小说稗官,知无关于著述;街谈巷议,或有益于劝惩。聊付抄胥存之[④],命曰《滦阳消夏录》云尔。

【注释】

①乾隆己酉:乾隆五十四年(1789)。

②于役:语出《诗经·王风·君子于役》。行役,谓因公务奔走在外。滦阳:河北承德的别称,因在滦河之北,故名。1789年夏,纪昀以校刊《四库全书》至承德避暑山庄。

③庋(guǐ)架:置放在架子上。

④胥:古代的小官。

【译文】

乾隆己酉年夏天,由于编排皇家藏书,我在滦阳从事公务。当时早已校理完毕,只是督察相关官吏题写书签、上架而已。白天时间很长无所事事,便追述以往见闻,想到了就写下来,没有一定的体例。都是细小琐屑的故事,明知与著述无关;但是这些街谈巷议的内容,也许有益于劝诫。因此叫办事员抄写了存放起来,题名为《滦阳消夏录》。

胡御史牧亭言[①]:其里有人畜一猪,见邻叟辄瞋目狂吼,奔突欲噬[②],见他人则否。邻叟初甚怒之,欲买而啖其肉[③]。既而憬然省曰[④]:"此殆佛经所谓夙冤耶!世无不可解之冤。"乃以善价赎得,送佛寺为长生猪[⑤]。后再见之,弭耳昵就,非复曩态矣[⑥]。尝见孙重画伏虎应真[⑦],有巴西李衍题曰[⑧]:"至人骑猛虎,驭之犹骐骥[⑨]。岂伊本驯良[⑩],道力消其鸷[⑪]。乃知天地间,有情皆可契。共保金石心,无为多畏忌。"可为此事作解也。

【注释】

①御史:专职监察官。

②噬(shì):咬。

③啖(dàn):吃。

④憬(jǐng)然:醒悟的样子。

⑤长生猪:佛教把“杀生”列为第一重戒,主张以慈悲的精神保护、拯救一切生物的生命,谓之“护生”。“护生”被认为是功德无量的。有些寺院中豢养“长生猪”、“长生牛”,以示佛门慈悲之意,好生之德。

⑥曩(nǎng):以往,从前,过去的。

⑦伏虎应真:即伏虎罗汉。如来佛祖座下有十八罗汉,而伏虎罗汉是十八罗汉中的第十八位,即“弥勒尊者”,由清朝乾隆皇帝钦定。据说弥勒尊者所住的寺庙外,经常有饿虎长啸,弥勒尊者常把自己的饭食分给这只老虎,时间长了,猛虎就被他降服,和他一起玩耍,故又称他为“伏虎罗汉”。

⑧巴:地名。今川东、鄂西一带。

⑨骐骥(qí jì):好马,千里马。

⑩伊:彼,它。

⑪鸷(zhì):凶猛。

【译文】

御史胡牧亭说:他家村子里有人养了一头猪,见了邻居老人便瞪着眼睛狂吼,奔来跑去地想要咬他,而它见到别人就不是这样。邻居老人开始时非常恼怒,想把猪买下杀掉吃肉。过后忽然醒悟道:“莫非这就是佛经中所说的宿冤么!人世间没有解不开的怨仇。”老人出了高价把猪买下来,送到佛寺中作为长生猪养起来。从此,猪见到老翁,就耷拉着耳朵亲热地靠近他,不像往日那种凶恶的样子了。我曾见过孙重画的伏虎罗汉图,巴西人李衍题诗说:“至人骑猛虎,驭之犹骐骥。岂伊本驯良,道力消其鸷。乃知天地间,有情皆可契。共保金石心,无为多畏忌。”这首诗可以用来解释这个故事。

沧州刘士玉孝廉[①]，有书室为狐所据。白昼与人对语，掷瓦石击人，但不睹其形耳。知州平原董思任[②]，良吏也，闻其事，自往驱之。方盛陈人妖异路之理，忽檐际朗言曰："公为官颇爱民，亦不取钱，故我不敢击公。然公爱民乃好名，不取钱乃畏后患耳，故我亦不避公。公休矣，毋多言取困。"董狼狈而归，咄咄不怡者数日。刘一仆妇甚粗蠢，独不畏狐，狐亦不击之。或于对语时，举以问狐。狐曰："彼虽下役，乃真孝妇也。鬼神见之犹敛避，况我曹乎[③]！"刘乃令仆妇居此室，狐是日即去。

【注释】

①孝廉：汉武帝时设立察举考试任用官员的一种科目，明清时用来称呼举人。

②知州：一州的行政长官。

③曹：辈。

【译文】

沧州举人刘士玉家，有间书房被狐精占了。这个狐精大白天同人对话，扔瓦片石块打人，只是看不到它的形状。担任知州的平原人董思任，是个好官，听说这件事后，就亲自来驱逐狐精。正当他在大谈人与妖路数不同的道理时，忽然房檐那里传来响亮的声音说："您做官很爱护百姓，也不捞钱，所以我不敢打您。但您爱护百姓是图好名声，不捞钱是怕有后患，所以我也不躲避您。先生还是算了吧，不要说多了自找麻烦。"董思任狼狈地回去了，唉声叹气好几天都闷闷不乐。刘士玉有一个女佣人长得粗粗笨笨的，只有她不怕狐精，狐精也不打她。有人在与狐精对话时问起这件事。狐精说："她虽然是个卑贱的佣人，却是一个真正孝顺的女人呵。鬼神见到她尚且要敛迹退避，何况是我们这样的呢!”刘士玉就叫女佣人住在这间房里,狐精当天就离开了。

爱堂先生言:闻有老学究夜行,忽遇其亡友。学究素刚直,亦不怖畏,问:“君何往?”曰:“吾为冥吏,至南村有所勾摄,适同路耳。”因并行。至一破屋,鬼曰:“此文士庐也。”问何以知之。曰:“凡人白昼营营,性灵汩没①。惟睡时一念不生,元神朗彻②,胸中所读之书,字字皆吐光芒,自百窍而出,其状缥缈缤纷,烂如锦绣。学如郑、孔③,文如屈、宋、班、马者④,上烛霄汉,与星月争辉;次者数丈,次者数尺,以渐而差;极下者亦荧荧如一灯,照映户牖⑤。人不能见,惟鬼神见之耳。此室上光芒高七八尺,以是而知。”学究问:“我读书一生,睡中光芒当几许?”鬼嗫嚅良久曰:“昨过君塾,君方昼寝。见君胸中高头讲章一部⑥,墨卷五六百篇⑦,经文七八十篇,策略三四十篇⑧,字字化为黑烟,笼罩屋上。诸生诵读之声,如在浓云密雾中。实未见光芒,不敢妄语。”学究怒叱之,鬼大笑而去。

【注释】

①汩(gǔ)没:这里是沉没的意思。

②元神:道家称人的灵魂为“元神”。

③郑:郑玄,东汉末年的经学大师。他遍注儒家经典,以毕生精力整理古代文化遗产,著有《天文七政论》、《中侯》等书,共百万馀言,世称“郑学”,为汉代经学的集大成者。后代建有郑公祠。孔:孔安国,生卒年月不详,孔子十一代孙,西汉经学家。

④屈、宋、班、马:屈,屈原;宋,宋玉;两位是战国时期的文学大家。

班，班固；马，司马迁；两位是汉代史学家。

⑤户牖（yǒu）：门窗。户为门，牖为窗。

⑥高头讲章：经书正文上端留有较宽空白，刊印讲解文字，这些文字称为“高头讲章”。后来泛指这类格式的经书。

⑦墨卷：宋以来，称取中士人的文章为程文，即以为范例的文章。清代刻录程文，试官往往按题自作一篇，也称“程文”，于是把刻录的取中试卷改称“墨卷”。

⑧策略：古代科举考试的一种文体。

【译文】

爱堂先生说：听说有一位老学究在夜里赶路，忽然遇到了他死去的朋友。老学究一向性情刚直，也不害怕，问亡友：“你上哪儿去？”亡友答：“我在阴间当差，到南村去勾人，恰好与你同路。”于是一起走。到了一间破房子前，鬼说：“这是文人的家。”老学究问鬼是怎么知道的。鬼说：“一般人在白天都忙忙碌碌，以致掩没了本来性灵。只有到了睡着时，什么也不想，灵魂清朗明彻，读过的书，字字都射出光芒，透过人全身的窍孔照射出来，那样子缥缥缈缈，色彩缤纷，灿烂如锦绣。学问像郑玄、孔安国，文章像屈原、宋玉、班固、司马迁的人，发出的光芒直冲云霄，与星星、月亮争辉；不如他们的，光芒有几丈高，或者几尺高，依次递减；最次的人也有一点儿微弱的光，像一盏微光闪烁的小油灯，能照见门窗。这种光芒人看不到，只有鬼神能看见。这间破屋上，光芒高达七八尺，因此知道是文人的家。”老学究问：“我读了一辈子书，睡着时光芒有多高？”鬼欲言又止，沉吟了好久才说：“昨天到你的私塾去，你正在午睡。我看见你胸中有解释经义的文章一部，选刻取中的试卷五六百篇，经文七八十篇，应试的策文三四十篇，字字都化成黑烟笼罩在屋顶上。那些学生的朗读声，好似在浓云迷雾之中传出。实在没看到一丝光芒，我不敢乱说。”老学究听了怒斥，鬼大笑着走了。

东光李又聃先生，尝至宛平相国废园中，见廊下有诗二首。其一曰："飒飒西风吹破棂[①]，萧萧秋草满空庭。月光穿漏飞檐角，照见莓苔半壁青。"其一曰："耿耿疏星几点明，银河时有片云行。凭阑坐听谯楼鼓[②]，数到连敲第五声。"墨痕惨淡，殆不类人书。

【注释】

①棂：旧式房屋的窗格。

②谯(qiáo)楼：古代城门上建造的用以瞭望的楼。

【译文】

东光人李又聃先生曾在宛平县相国的废园里，看到走廊墙上有两首题诗。第一首写道："飒飒西风吹破棂，萧萧秋草满空庭。月光穿漏飞檐角，照见莓苔半壁青。"第二首道："耿耿疏星几点明，银河时有片云行。凭阑坐听谯楼鼓，数到连敲第五声。"字迹暗淡几乎看不出，好像不是人写的。

董曲江先生，名元度，平原人。乾隆壬申进士[①]，入翰林。散馆[②]，改知县，又改教授[③]，移疾归[④]。少年梦人赠一扇，上有三绝句曰："曹公饮马天池日，文采西园感故知[⑤]。至竟心情终不改，月明花影上旌旗。""尺五城南并马来，垂杨一例赤鳞开。黄金屈戍雕胡锦[⑥]，不信陈王八斗才[⑦]。""箫鼓冬冬画烛楼，是谁亲按小凉州[⑧]？春风豆蔻知多少，并作秋江一段愁。"语多难解，后亦卒无征验，莫明其故。

【注释】

①乾隆壬申：乾隆十七年(1752)。

②散馆：清制，翰林院庶吉士经一定年限举行甄别考试，学习期满称“散馆”。

③教授：学官名。宋代在武学、宗学等置教授传授学业。元代诸路散府及中州学校，明清的府学，都设教授。府学教授掌教导诸生，为一府学官之首，而品秩很低，明代为从九品，清代为正七品。

④移疾：旧时官员上书称病，多为居官者求退的婉辞。

⑤“曹公”二句：意为曹公天池饮马之时，还念念不忘在西园以文会故交。曹公，曹操或曹丕。文采西园，指曹植。西园，传为曹操所建，曹氏兄弟曾经游玩的地方。

⑥屈戌：门窗、屏风、橱柜等的环纽。

⑦陈王八斗才：曹植，字子建。三国曹魏著名文学家，建安文学代表人物。爵封陈王，故以“陈王”称曹植。《说郛》卷十二：“谢灵运尝曰：‘天下才有一石，曹子建独占八斗，我得一斗，天下共分一斗。’”

⑧小凉州：乐曲名。

【译文】

董曲江先生名叫元度，平原人。乾隆壬申年进士，进入翰林院。经甄别考试后，改授知县，又改任府学教授，后来上书称病辞职回家。他年轻时梦见有人送给他一把扇子，上面有三首绝句说：“曹公饮马天池日，文采西园感故知。至竟心情终不改，月明花影上旌旗。”“尺五城南并马来，垂杨一例赤鳞开。黄金屈戌雕胡锦，不信陈王八斗才。”“箫鼓冬冬画烛楼，是谁亲按小凉州？春风豆蔻知多少，并作秋江一段愁。”诗中的语句很难懂，后来也没有什么应验，弄不清是什么缘故。

平定王孝廉执信，尝随父宦榆林。夜宿野寺经阁下，闻阁上有人絮语，似是论诗。窃讶此间少文士，那得有此。因谛听之[①],终不甚了了。后语声渐出阁廊下,乃稍分明。其一曰:“唐彦谦诗格不高[②],然‘禾麻地废生边气,草木春寒起战声’,故是佳句。”其一曰:“仆尝有句云:‘阴碛日光连雪白[③],风天沙气入云黄。’非亲至关外,不睹此景。”其一又曰:“仆亦有一联云:‘山沉边气无情碧,河带寒声亘古秋。’自谓颇肖边城日暮之状。”相与吟赏者久之,寺钟忽动,乃寂无声。天晓起视,则扃钥尘封[④]。“山沉边气”一联,后于任总镇遗稿见之。总镇名举[⑤],出师金川时[⑥],百战阵殁者也。“阴碛”一联,终不知为谁语。即其精灵长在,得与任公同游,亦决非常鬼矣。

【注释】

①谛听:注意地听,仔细听。

②唐彦谦(? —893?):字茂业,号鹿门先生,并州晋阳(今山西太原)人。官至兴元(今陕西汉中)节度副使、阆州(今四川阆中)、壁州(今四川通江)刺史。晚年隐居鹿门山,专事著述。

③阴碛(qì):塞外的沙漠。

④扃(jiōng)钥:关闭,锁闭。

⑤“总镇”句:任举(1703—1748),字汉冲,清代将领。17岁应募为兵,雍正二年(1724)选为武进士,授陕西榆林守备。因从征巴里坤有功,升任宁夏都司、固原游击。乾隆十一年(1746)固原提督克扣军饷,操演过严,激发兵变。兵士打开城门,入城抢掠当铺,击碎提督衙门栅栏。任举单人匹马收集未变士兵,与起事士兵对峙,追捉抢劫市商之乱兵,砍杀攀垣登城之叛卒,兵变得平。乾隆赞叹他胆略过人。乾隆十二年(1747),清廷第一次金川战役中,四川土司作乱,任举率军从征,巧设埋伏将敌击败。乾隆

帝破格提拔任举为重庆总镇。"攻打昔岭,连克城卡、碉楼二百馀座。攻石城,令士兵伐木以挡枪石。攻木城,城上枪炮射伤其右足、左手,犹越战越勇。不幸被鸟枪穿胸,扑地喷血,大呼报国而绝。"任举战死后,乾隆帝"阅疏为泣下",命视提督例赐恤,加都督同知,谥勇烈,祀昭忠祠,以示厚爱之心。事见《清史稿·任举传》。

⑥出师金川:指1766至1776年清政府对大、小金川土司的大小金川战役,是乾隆十大武功之一。

【译文】

平定的举人王执信,曾经跟随父亲到榆林赴任。夜里住在一座野庙的藏经阁下面,听见经阁上面有人嘀嘀咕咕说话,好像在讨论诗。王执信感到很奇怪,这里没几个文人,怎么会有人在这儿讨论诗。于是侧耳谛听,但是听不清楚。后来说话声音渐渐传到走廊里,才稍稍听得清楚了。一个人说:"唐彦谦的诗格调不高,不过'禾麻地废生边气,草木春寒起战声'倒是佳句。"另一个说:"我曾写过这样的句子:'阴碛日光连雪白,风天沙气入云黄。'不亲身到过关外,是看不到这种景象的。"前一个又说:"我也写过一联:'山沉边气无情碧,河带寒声亘古秋。'自己认为这两句诗描绘边城日暮的景象极为贴切。"两个声音吟诵、欣赏、讨论了好久,寺里的钟忽然响了,讨论的声音就消失了。天亮之后,王执信到经阁上面去看,只见门紧紧关闭着,锁上落满了灰尘。"山沉边气"这一联诗,后来见之于任总镇的遗稿中。任总镇名字叫举,出师金川时,身经百战而阵亡。"阴碛"这一联诗,最终还是不知道是谁写的。但诗作者的精灵长在,并能与任公相处,一定也不是普通的鬼。

沧州城南上河涯,有无赖吕四,凶横无所不为,人畏如狼虎。一日薄暮,与诸恶少村外纳凉,忽隐隐闻雷声,风雨且至。遥见似一少妇,避入河干古庙中①。吕语诸恶少曰:

"彼可淫也。"时已入夜,阴云黯黑。吕突入,掩其口,众共褫衣沓嬲[2]。俄电光穿牖[3],见状貌似是其妻,急释手问之,果不谬。吕大恚[4],欲提妻掷河中。妻大号曰:"汝欲淫人,致人淫我,天理昭然,汝尚欲杀我耶?"吕语塞,急觅衣裤,已随风吹入河流矣。旁皇无计[5],乃自负裸妇归。云散月明,满村哗笑,争前问状。吕无可置对,竟自投于河。盖其妻归宁,约一月方归。不虞母家遘回禄[6],无屋可栖,乃先期返。吕不知,而构此难[7]。后妻梦吕来曰:"我业重[8],当永堕泥犁[9]。缘生前事母尚尽孝,冥官检籍,得受蛇身,今往生矣。汝后夫不久至,善事新姑嫜[10];阴律不孝罪至重,毋自蹈冥司汤镬也[11]。"至妻再醮日[12],屋角有赤练蛇垂首下视,意似眷眷。妻忆前梦,方举首问之,俄闻门外鼓乐声,蛇于屋上跳掷数四,奋然去。

【注释】

①河干:河边,河岸。

②褫(chǐ)衣:脱去衣服。褫,夺去,革除。沓嬲(niǎo):此处指轮奸。嬲,纠缠,搅扰,戏弄。

③俄:一会儿,不久。

④恚(huì):愤怒,生气。

⑤旁皇:内心不安而徘徊不定的样子。

⑥遘(gòu):遭遇。回禄:相传为火神之名,引申指火灾。

⑦构:造成。

⑧业:佛教名词。如"业报",佛教指善行、恶行的报应。

⑨泥犁:梵语。地狱。

⑩姑嫜(zhāng):古代妻子对丈夫的母亲和父亲的称呼。丈夫的母

亲称“姑”，丈夫的父亲称为“嫜”。

⑪汤镬(huò)：煮着滚水的大锅。古代常作刑具，用来烹煮罪人。

⑫再醮(jiào)：旧时指妇女在丈夫死后再结婚。醮，古代婚娶时用酒祭神的礼仪。

【译文】

沧州城南的上河涯，有个无赖名叫吕四，吕四横行霸道，什么坏事都做，人们就像害怕虎狼一样怕他。一天傍晚，吕四和一群恶少在村外乘凉，忽然隐隐约约听到雷声，风雨马上就要来临。远远望见好像是一个少妇急急忙忙躲进河岸的古庙里。吕四对恶少们说：“我们去玩玩那个女人。”当时已经入夜，阴云密布，一片漆黑。吕四突然冲进庙内，捂住了女人的嘴，众恶少扒光了女人的衣服，一拥而上猥亵她。突然一道闪电穿过窗棂射进庙内，吕四发现这个女人好像自己的妻子，急忙松手问她，果然不错。吕四大为恼恨，拽起妻子要扔到河里淹死她。妻子大哭道：“你想玩弄别人，反而弄得别人玩弄我，天理昭昭，你还想杀我吗？”吕四无话可说，急忙寻找衣裤，可衣裤早已被风刮到河里漂走了。吕四无计可施，只好自己背着一丝不挂的妻子回家。雨过天晴，月色明亮，满村人哗然大笑，争相上前问他们这是怎么一回事。吕四无言以答，竟羞愧得自己投河自尽了。原来是吕四的妻子回娘家，说定住满一月才回来。不料娘家遭受火灾，没地方住，所以提前回来了。吕四不知道这个情况，结果弄出了这桩祸事。后来吕四的妻子梦见吕四来说：“我罪孽深重，应该堕入无间地狱。因为生前侍奉母亲还算尽了孝道，冥府官员核查档案，我得受一个蛇身，现在就要去投生了。你的后夫不久就要来了，要好好侍奉新公婆。阴间法律不孝罪最重，千万别弄到自己今后到阴曹地府要下汤锅。”到吕四妻改嫁那天，屋角上有条赤练蛇垂头向下看，好像恋恋不舍的样子。吕妻想起梦中的事，正想抬头问蛇，不一会儿门外传来迎亲的鼓乐声，赤练蛇在屋上窜起摔下好几次，鼓起劲儿来离开了。

献县周氏仆周虎，为狐所媚，二十馀年如伉俪。尝语仆曰："吾炼形已四百馀年①，过去生中，于汝有业缘当补，一日不满，即一日不得生天②。缘尽，吾当去耳。"一日，輾然自喜③，又泫然自悲，语虎曰："月之十九日，吾缘尽当别。已为君相一妇，可聘定之。"因出白金付虎，俾备礼④。自是狎昵燕婉⑤，逾于平日，恒形影不离。至十五日，忽晨起告别。虎怪其先期，狐泣曰："业缘一日不可减，亦一日不可增，惟迟早则随所遇耳。吾留此三日缘，为再一相会地也。"越数年，果再至，欢洽三日而后去。临行呜咽曰："从此终天诀矣！"陈德音先生曰："此狐善留其有馀，惜福者当如是。"刘季箴则曰："三日后终须一别，何必暂留？此狐炼形四百年，尚未到悬崖撒手地位，临事者不当如是。"余谓二公之言，各明一义，各有当也。

【注释】

①炼形：气功术语。指通过气功功法炼养形体。

②生天：佛教谓行十善者死后转生天道。

③輾(chǎn)然：笑貌。

④俾(bǐ)：使。

⑤狎昵(xiá nì)：指过于亲近而态度不庄重。燕婉：指夫妇和爱。

【译文】

河北献县周家的仆人周虎，被狐狸精迷住了，二十多年像恩爱夫妻一样。狐狸精曾对周虎说："我修炼成人形，已有四百多年了，过去一生中，我跟你还有一段业缘应当补上，一天不满，就一天不能升天。缘分尽了，我就该走了。"一天，她先是很高兴的样子，忽然又黯然神伤流下泪来，对周虎说："这个月的十九日，我们的缘分就尽了应该离开你。我已经为你相中了一个女人，你可以送彩礼把这门婚事定下来。”于是拿出银子交给周虎，让他准备聘礼。从此与周虎缠绵亲热，更加超过平时，常常形影不离。到十五日，她忽然早晨就与周虎告别。周虎奇怪她为什么提前离开，狐女哭着说：“注定的缘分一天不能减，也一天不能增加，只是早晚可以自己安排。我留下三天的缘分，作为以后相见的馀地。”过了几年，狐女果然又来了，欢聚三天后就离去了。临走时她呜咽着说：“从此我们就永别了！”陈德音先生说：“这只狐狸善于留有馀地，珍惜幸福的人也应该如此。”刘季箴则说：“三天后终究还是要分别，何必再留下三天呢？此狐炼形已经四百年了，还没有到悬崖撒手的地步，处理事情不应该这样。”我认为二公所言，各自说明一个道理，各自恰当的地方。

献县令明晟，应山人。尝欲申雪一冤狱，而虑上官不允，疑惑未决。儒学门斗有王半仙者[①]，与一狐友，言小休咎多有验[②]，遣往问之。狐正色曰：“明公为民父母，但当论其冤不冤，不当问其允不允。独不记制府李公之言乎[③]？”门斗返报，明为愯然[④]。因言制府李公卫未达时，尝同一道士渡江。适有与舟子争诟者，道士太息曰：“命在须臾，尚较计数文钱耶！”俄其人为帆脚所扫，堕江死。李公心异之。中流风作，舟欲覆。道士禹步诵咒[⑤]，风止得济。李公再拜谢更生。道士曰：“适堕江者，命也，吾不能救。公贵人也，遇厄得济，亦命也，吾不能不救。何谢焉？”李公又拜曰：“领师此训，吾终身安命矣。”道士曰：“是不尽然。一身之穷达，当安命，不安命则奔竞排轧，无所不至。不知李林甫、秦桧，即不倾陷善类，亦作宰相，徒自增罪案耳。至国计民生之利害，则不可言命。天地之生才，朝廷之设官，所以补救气数也。身握事权，束手而委命，天地何必生此才，朝廷何必设此官乎？晨门曰[6]：'是知其不可而为之。'诸葛武侯曰：'鞠躬尽瘁，死而后已。成败利钝，非所逆睹。'此圣贤立命之学，公其识之。"李公谨受教，拜问姓名。道士曰："言之恐公骇。"下舟行数十步，翳然灭迹[7]。昔在会城，李公曾话是事，不识此狐何以得知也。

【注释】

①门斗：这里指官学中的仆役。

②休咎：善恶、吉凶的情况。

③制府：清代总督的尊称。

④愯(sǒng)然：惊悚貌。

⑤禹步：道士在祷神仪礼中常用的一种步法动作。

⑥晨门：看守城门的人。《论语·宪问》："子路宿于石门，晨门曰：'奚自？'"

⑦翳(yì)然：隐没，藏匿。

【译文】

献县县令叫明晟，是应山人。他曾经想要申雪一桩冤狱，却担心上司不答应，因而犹豫不定。县学有个公差叫王半仙的，交了一个狐友，这个狐友谈论过一些小的吉凶大多应验了，明晟派他前去询问。狐精正色说："明公是百姓的父母官，只应当论案件冤不冤，不应当问上司答应不答应。难道偏偏不记得总督李公的话吗？"公差回了这些话，明晟大吃一惊。于是说起总督李卫公没有显达时，曾经和一个道士一同渡江。恰巧有人跟船夫争吵，道士叹息说："性命就在顷刻之间了，还在计较那几文钱呐！"不一会儿，那人被船帆尾部扫了一下，掉到江里淹死了。李公心里觉得挺奇怪的。船行到江中间，起了风，眼看船要就翻了。道士踩着禹步念诵咒语，风停了，终于平安过了江。李公再三拜谢道士的救命之恩。道士说："刚才那人掉到江里这是命，我救不了。您是贵人，遇到困厄还能平安渡江，也是命，我不能不救。何必要道谢。"李公又拜谢说："领受大师的训诫，我将终身听命。"道士说："也不全然如此。一生的困穷显达，应当安于命运，不安于命运就会奔走争斗、排挤倾轧，用上各种手段。人们不知道，李林甫、秦桧就是不倾轧不陷害好人，也能当上宰相，他们作恶，只是枉然给自己增加罪状罢了。至于国计民生的利和害，就不可以听从命运。天地降生的人才，朝廷设置的官员，是用来补救气数和运会的。如果手里掌握着权力，却无所事事听凭命运的安排，那么天地何必降生这个人才，朝廷何必设置这个官职呢？《论语》里记载看守城门的人说：'知道不行却勉强去做。'诸葛亮说：'鞠躬尽瘁，死而后已。至于是否成功是否顺利，这不是能够预料得到的。'这是圣贤安身立命的学问，您要记住。"李公恭敬地接受教训，拜问他的姓名。道士说："说了担心您惊怕。"下船走了几十步，一下子隐灭不见了。过去在省城，李公曾经讲起过这件事，不知这个狐精是怎么知道的。

北村郑苏仙，一日梦至冥府，见阎罗王方录囚。有邻村一媪至殿前[1]，王改容拱手，赐以杯茗，命冥吏速送生善处。郑私叩冥吏曰："此农家老妇，有何功德？"冥吏曰："是媪一生无利己损人心。夫利己之心，虽贤士大夫或不免。然利己者必损人，种种机械，因是而生，种种冤愆[2]，因是而造；甚至贻臭万年，流毒四海，皆此一念为害也。此一村妇而能自制其私心，读书讲学之儒，对之多愧色矣。何怪王之加礼乎！"郑素有心计，闻之惕然而寤。郑又言，此媪未至以前，有一官公服昂然入，自称所至但饮一杯水，今无愧鬼神。王哂曰[③]："设官以治民，下至驿丞闸官，皆有利弊之当理。但不要钱即为好官，植木偶于堂，并水不饮，不更胜公乎？"官又辩曰："某虽无功，亦无罪。"王曰："公一生处处求自全，某狱某狱，避嫌疑而不言，非负民乎？某事某事，畏烦重而不举，非负国乎？三载考绩之谓何？无功即有罪矣。"官大踧踖[④]，锋棱顿减。王徐顾笑曰："怪公盛气耳。平心而论，要是三四等好官，来生尚不失冠带。"促命即送转轮王。观此二事，知人心微暧，鬼神皆得而窥，虽贤者一念之私，亦不免于责备。"相在尔室"[⑤]，其信然乎！

【注释】

①媪（ǎo）：年老的妇女。

②冤愆（qiān）：冤仇罪过。愆，罪过，过失。

③哂（shěn）：冷笑，讥笑。

④踧踖（cù jí）：恭敬而不安的样子。

⑤相在尔室：出自《诗经·大雅·抑》："相在尔室，尚不愧于屋漏。无曰不显，莫予云觏；神之格思，不可度思，矧（shěn）可射思？"意思是看看你的室内，在暗处也要光明磊落。什么都是显而易见的，不要以为别人看不见；神明的来临是不可猜度的，难道能任意猜透他吗？

【译文】

北村的郑苏仙，一天在梦中到了冥府，看见阎罗王正在审查登录被囚的鬼魂以防冤案。有一位邻村的老太太来到殿前，阎罗王换了温和的脸色拱手相迎，赐给香茶，随后命令下属官吏赶快送她到一个好地方去投生。郑苏仙偷偷问身旁的冥吏："这是个农家老婆子，有什么功德？"冥吏说："这个老太太一生从来没有损人利己的心思。利己之心，即使是贤士大夫也难以避免。想要利己的人必定会损害别人，种种诡诈奸巧就因此发生，种种诬陷冤屈事件也因此制造出来；甚至遗臭万年，流毒四海，都是由于这种利己私心造成的。这样一个农村妇女能够自己控制私心，读书讲学的儒生们站在她的面前，很多人会面有愧色的。冥王格外尊敬她，又有什么好奇怪的呢！”郑苏仙一向是个很有心计的人，听了这番话心中一惊，立即醒了。郑苏仙又说，在农妇到阎罗殿以前，有一位官员身穿官服，昂昂然走进殿来，声称自己生前无论到哪里，都只喝一杯水，因此在鬼神面前心中无愧。阎罗王讥讽地微微一笑说：“设置官职是为了治理民众的事情，就是管理驿站、河闸的下级官吏，都有该做不该做的事。仅仅认为不要钱就是好官，那么把木偶放在大堂上，它连一杯水也不用喝，不是更胜过你么？”这位官员又辩解说：“我虽然没有功劳，但也没有罪过。”阎罗王说：“你这个人不论干什么都只顾保全自己，某案某案，你为了避免嫌疑而不表态，这不是有负于百姓么？某事某事，你掂轻怕重而不去做，这不是有负于国家么？《舜典》中‘三载考绩’是怎么说的？没有功劳就是罪过。”这位官员立即局促不安，不再像先前那样锋芒毕露了。阎罗王慢慢地转头看着他笑道：“只怪你有点儿盛气凌人。平心而论，你也能算个三四等的好官，转生还能做一个士大夫。”随即命令把这位官员送到转轮王那里。看这两件事，可知人的内心深处有一点儿杂念，也都能被鬼神看穿，好人的一念之私，也免不了受到责备。“相在尔室”，这话真不假啊！

雍正壬子[①]，有宦家子妇，素无勃豀状[②]。突狂电穿牖，如火光激射，雷楔贯心而入[③]，洞左胁而出。其夫亦为雷焰燔烧[④]，背至尻皆焦黑[⑤]，气息仅属。久之乃苏，顾妇尸泣曰：“我性刚劲，与母争论或有之，尔不过私诉抑郁，背灯掩泪而已，何雷之误中尔耶？”是未知律重主谋，幽明一也。

【注释】

①雍正壬子：雍正十年(1732)。

②勃谿(xī)：吵架，争斗。这里指婆媳争吵。

③楔(xiē)：楔入，把楔子捶到物体里去。

④燔(fán)烧：焚烧。燔，烧，烤。

⑤尻(kāo)：屁股，脊骨的末端。

【译文】

雍正壬子年，有位官宦人家的媳妇，从来没有和婆婆争吵过。一天突然一道闪电穿过窗户，好像火光激射，贯通进这个媳妇的胸脯，洞穿左肋而出。她的丈夫也被闪电烧伤，从后背到臀部焦黑一片，只剩了一口气。过了好久，她的丈夫才苏醒过来，望着她的尸体哭道："我的性格不好，有时和母亲争吵几句，你不过私下里和我说说心中的不快，背着灯抹抹眼泪而已，怎么闪电就误中了你呢？"他不知道主谋判刑重，这在阴间阳间都是一样的。

无云和尚，不知何许人。康熙中，挂单河间资胜寺①，终日默坐，与语亦不答。一日，忽登禅床，以界尺拍案一声，泊然化去。视案上有偈曰②："削发辞家净六尘，自家且了自家身。仁民爱物无穷事，原有周公、孔圣人③。"佛法近墨④，此僧乃近于杨⑤。

【注释】

①挂单：佛教名词。指行脚僧到寺院投宿。单，指僧堂里的名单。行脚僧把自己的衣服挂在名单之下，故称"挂单"。

②偈(jì)：佛经中的唱词。

③周公、孔圣人：周公，周公姬旦，周文王姬昌第四子，因封地在周

（今陕西宝鸡岐山北），故称周公或周公旦。西周初期杰出的政治家、军事家和思想家，辅佐成王执政，平定三监叛乱，制定礼乐制度，在巩固和发展周王朝的统治上起了关键性的作用，对中国历史的发展产生了深远影响。被尊为儒学奠基人，孔子一生最崇敬的古代圣人之一。孔圣人，指孔子。儒家创始人，其主张与言论主要见之于《论语》。

④墨：墨家，战国时期中国古代主要哲学派别之一，墨翟为其主要代表人物。主张“兼爱”、“非功”，重视艰苦实践。

⑤杨：杨朱，先秦哲学家。主张“贵生”、“重己”，重视个人生命的保存，不侵夺他人，更反对他人对自己的侵夺。号召大家都不要损害别人，也不要舍己为人。

【译文】

有个叫无云的和尚，不知他的来历。康熙年间，他在河间资胜寺暂住，整天默默地坐着，也不与别人答话。一天，忽然登上禅床，用界尺拍打了一下几案，静静地坐化了。几案上留下他一首偈语：“削发辞家净六尘，自家且了自家身。仁民爱物无穷事，原有周公、孔圣人。”佛家的主张近于墨家，而这位无云和尚却接近杨朱。

宁波吴生，好作北里游[①]。后昵一狐女，时相幽会，然仍出入青楼间。一日，狐女请曰：“吾能幻化，凡君所眷，吾一见即可肖其貌。君一存想，应念而至，不逾于黄金买笑乎？”试之，果顷刻换形，与真无二。遂不复外出。尝语狐女曰：“眠花藉柳，实惬人心。惜是幻化，意中终隔一膜耳。”狐女曰：“不然。声色之娱，本电光石火，岂特吾肖某某为幻化，即彼某某亦幻化也。岂特某某为幻化，即妾亦幻化也。即千百年来，名姬艳女，皆幻化也。白杨绿草，黄土青山，何一非古来歌舞之场。握雨携云②,与埋香葬玉、别鹤离鸾③,一曲伸臂顷耳。中间两美相合,或以时刻计,或以日计,或以月计,或以年计,终有诀别之期。及其诀别,则数十年而散,与片刻暂遇而散者,同一悬崖撒手,转瞬成空。倚翠偎红,不皆恍如春梦乎?即夙契原深,终身聚首,而朱颜不驻,白发已侵,一人之身,非复旧态。则当时黛眉粉颊④,亦谓之幻化可矣,何独以妾肖某某为幻化也。”吴洒然有悟。后数岁,狐女辞去,吴竟绝迹于狎游。

【注释】

①北里游:寻花问柳,与妓女厮混。据说在唐朝盛年,京城长安附近有平康、北里两处烟花之地颇负盛名,于是有“北里游”的说法。

②握雨携云:语出战国楚宋玉《高唐赋》:“昔者先王尝游高唐,怠而昼寝,梦见一妇人,曰:‘妾巫山之女也,为高唐之客。闻君游高唐,愿荐枕席。’王因幸之。去而辞曰:‘妾在巫山之阳,高丘之阻,旦为朝云,暮为行雨,朝朝暮暮,阳台之下。’”指男女欢合。

③埋香葬玉:语出《法书苑》:“《玉溪编事》,王蜀时秦州节度使王承俭筑城,获瓦棺,中有石刻曰:‘隋开皇二年渭州刺史张崇妻王氏。’铭有云‘深深葬玉,郁郁埋香’之语。”埋葬女子的委婉说法。别鹤离鸾:离别的鹤,孤单的鸾,比喻离散的夫妻。

④黛眉粉颊:黛眉,指女子之眉;粉颊,粉红色的面颊。均用来指代女子的容貌。

【译文】

宁波一个姓吴的书生,喜欢与妓女厮混。后来和一个狐女好上了,时常幽会,但吴生仍旧经常出入青楼妓院。有一天,狐女请求他说:“我能幻化，凡是你喜欢的女人，我看一眼就能立刻变成她的模样。你一想她，我就能幻化成她的样子出现在你面前，岂不是胜过用千金买笑吗?”吴生一试，狐女果然在顷刻之间就换形，与真人一模一样。于是就不再外出了。吴生曾经对狐女说道：“现在我眠花宿柳，真是开心极了。可惜还是幻化，想起来心里总觉得隔了一层。”狐女说：“你说得不对。声色的快乐，本来就像电光石火一般短暂，哪里只是我变幻的那些女子才是幻化的，其实就是你心仪的那个某某本来也是幻化的啊。不仅这些女子都是幻化的，就像是我本来也是幻化的。就是那些千百年来名姬艳女也都是幻化的啊。白杨绿草，黄土青山，哪一处不是古时候歌舞的地方。活着时握雨携云一般的欢爱，和生离死别时埋香葬玉、别鹤离鸾一样的哀痛，不过是伸伸胳膊那么短暂的时间。其中两个人在一起，或者几刻钟，或者几天，或者几个月，或者几年，终究有永别的那一天。到了诀别的时候，不管是相聚了几十年，还是片刻的萍水相逢，都是一样的悬崖撒手，转瞬成空。倚翠偎红，不都恍如春梦吗？即使是夙缘深厚，终身相守，可是时光荏苒，朱颜不再，渐渐生出白发，同一个人也不再是先前的模样。那么她当时的美貌，也可以说是幻化的啊，哪里只是我变成某某是幻化的啊。”吴生一下子好像是大彻大悟。几年之后，狐女离他而去，吴生竟然从此不再到风流场上去了。

交河及孺爱、青县张文甫，皆老儒也，并授徒于献。尝同步月南村北村之间，去馆稍远，荒原阒寂①，榛莽翳然。张心怖欲返，曰：“墟墓间多鬼，曷可久留②！”俄一老人扶杖至，揖二人坐曰：“世间安得有鬼，不闻阮瞻之论乎③？二君儒者，奈何信释氏之妖妄④。”因阐发程朱二气屈伸之理⑤，疏通证明，词条流畅。二人听之，皆首肯，共叹宋儒见理之真。递相酬对，竟忘问姓名。适大车数辆远远至，牛铎铮然。老人振衣急起曰:“泉下之人,岑寂久矣。不持无鬼之论,不能留二君作竟夕谈。今将别,谨以实告,毋讶相戏侮也。”俯仰之顷,欻然已灭[6]。是间绝少文士,惟董空如先生墓相近,或即其魂欤。

【注释】

①阒(qù)寂:寂静。

②曷(hé):怎么,为什么。

③阮瞻:魏晋时期“竹林七贤”阮咸之子,坚执无鬼论。

④释氏:释迦牟尼,即指佛教。

⑤程朱:宋代理学家程颢、程颐兄弟和朱熹的合称。因他们三人提倡性理之学,成一学派,故后人以“程朱”代指这一学派。嘉庆五年本“朱”为“子”,误。

⑥欻(xū)然:忽然、迅速的样子。

【译文】

交河的及孺爱、青县的张文甫,都是老儒生,一同在献县教学生。二人曾经月夜在南村和北村之间散步,走得离学馆远了,荒野上寂静萧索,草木丛生。张文甫心里害怕想回去,说:“坟墓之中有鬼,怎么可以久留!”不一会儿有个老翁拄着拐杖来到面前,向二人施礼后坐下说:“世上哪有鬼,难道没听过阮瞻的论述么?二位是读书人,怎么听信佛家的胡说八道?”接着老翁阐发宋代程朱学派关于阴阳二气消长的理论,讲解通达,论证明确,条理清楚,文辞流畅。两个老先生听了连连点头称赞,慨叹对宋儒理解的真切。彼此互相应答与老翁谈论理学,竟忘记了问他的姓名。这时远处有几辆大车过来,牛铃声哗哗响。老翁抖抖衣服急忙站起身来,说:“我这个黄泉之下的人,寂寞得太久了。如果不说无鬼论,就不能挽留两位长谈一个晚上。现在马上要分手,实话相告,望两位切勿惊讶,不要认为我是有意捉弄你们的。”就在作揖行礼一弯腰一抬头的眨眼之间，老翁就悄然不见了。这一带很少有文士，只有董空如先生的坟墓离得近些，大概就是董先生的魂灵吧。

河间唐生，好戏侮。土人至今能道之，所谓唐啸子者是也。有塾师好讲无鬼，尝曰："阮瞻遇鬼，安有是事，僧徒妄造蜚语耳。"唐夜洒土其窗，而呜呜击其户。塾师骇问为谁，则曰："我二气之良能也。"塾师大怖，蒙首股栗，使二弟子守达旦。次日委顿不起①。朋友来问，但呻吟曰："有鬼。"既而知唐所为，莫不拊掌。然自是魅大作，抛掷瓦石，摇撼户牖，无虚夕。初尚以为唐再来，细察之，乃真魅。不胜其嬲，竟弃馆而去。盖震惧之后，益以惭恧②，其气已馁③，狐乘其馁而中之也。妖由人兴，此之谓乎？

【注释】

①委顿：困乏，没有精神。

②惭恧(nǜ)：羞惭。

③馁(něi)：空虚，贫乏，饥饿。此处指没有勇气。

【译文】

河间的唐生，喜欢闹着玩。当地人至今还能说起这个人，所谓的唐啸子就是他。有一位私塾先生喜欢鼓吹没有鬼，说："阮瞻遇见鬼，哪有这种事，不过是和尚们造谣罢了。"夜里，唐生往私塾先生的窗户上撒土，然后又"呜呜"叫着打门。私塾先生惊问是谁，回答说："我是二气相聚结的鬼。"私塾先生吓坏了，蒙着头躲在被窝里发抖，叫两个弟子守他到天亮。第二天他瘫在床上起不来了。朋友来问，他只是呻吟着说"有鬼"。后来大家知道是唐生干的，没有不拍手大笑的。然而从此以后真大闹起鬼来，抛瓦扔石，摇晃门窗，没有一个晚上能安静。开始还以为是唐生又来了，后来仔细观察，才知道是真鬼。私塾先生实在受不了纠缠骚扰，竟丢下学馆离去了。这是因为他受过惊吓之后，加上惭愧，勇气已经消减，狐鬼就趁机而入。妖由人兴，说的就是这个道理吧？

天津某孝廉，与数友郊外踏青，皆少年轻薄。见柳阴中少妇骑驴过，欺其无伴，邀众逐其后，嫚语调谑[①]。少妇殊不答，鞭驴疾行。有两三人先追及，少妇忽下驴软语，意似相悦。俄某与三四人追及，审视，正其妻也。但妻不解骑，是日亦无由至郊外。且疑且怒，近前诃之[②]，妻嬉笑如故。某愤气潮涌，奋掌欲掴其面。妻忽飞跨驴背，别换一形，以鞭指某数曰："见他人之妇，则狎亵百端；见是己妇，则恚恨如是。尔读圣贤书，一恕字尚不能解，何以挂名桂籍耶[③]？"数讫径行。某色如死灰，殆僵立道左，不能去。竟不知是何魅也。

【注释】

①嫚(màn)语：轻侮的言辞。嫚，轻视，侮辱。

②诃(hē)：斥责，大声怒骂。

③桂籍：科举登第人员的名籍。挂名桂籍，即中举了。

【译文】

天津某举人，与几个朋友到郊外踏青，都年轻而且放荡。见柳荫中有位少妇骑驴路过，一帮年轻人欺负她独身无伴，就相约着在后面追逐，用轻薄的语言调笑。少妇并不答理，打着驴子急步跑去。有两三个人先追了上来，少妇忽然下驴温和地与他们搭话，看意思好像很喜欢他们。不一会儿，某举人和另外三四人也赶了上来，举人仔细一看，正是自己的妻子。但是他的妻子不会骑驴，也没有理由到郊外来。他又疑惑又愤怒，上前责骂，可是妻子嬉笑如故。某举人怒火中烧，张开手掌想要打妻子的耳光。妻子忽然飞身跨上驴背，换成了另一副相貌，用鞭子指着某举人斥责道："见了别人的妻子，就百般调戏，见是自己的妻子，就这样的愤恨。你读圣贤之书，一个恕字还没有弄明白，你凭什么考中了举人？"数落完后，就打着驴子径直去了。某举人面如死灰，僵立在道旁，几乎不能挪步。最终也不知这个少妇是什么鬼魅。

德州田白岩曰：有额都统者①，在滇黔间山行，见道士按一丽女于石，欲剖其心。女哀呼乞救。额急挥骑驰及，遽格道士手②，女噭然一声③，化火光飞去。道士顿足曰："公败吾事！此魅已媚杀百馀人，故捕诛之以除害。但取精已多，岁久通灵，斩其首则神遁去，故必剖其心乃死。公今纵之，又贻患无穷矣。惜一猛虎之命，放置深山，不知泽麋林鹿，劘其牙者几许命也④！"匣其匕首，恨恨渡溪去。此殆白岩之寓言，即所谓一家哭，何如一路哭也⑤。姑容墨吏，自以为阴功，人亦多称为忠厚；而穷民之卖儿贴妇，皆未一思，亦安用此长者乎？

【注释】

①都统：清代八旗驻防军长官称"将军"或"都统"。

②遽(jù)：急，仓猝。

③噭(jiào)然：形容声音响亮、激越。

④劘(mó)：切，削。

⑤一家哭，何如一路哭：北宋著名政治家、文学家范仲淹的名言。范仲淹为相，锐意改革吏治，取诸路监司名册，将不称职者姓名一笔勾去。富弼在其侧云："十二丈则是一笔，焉知一家哭矣！"范仲淹回答说："一家哭，何如一路哭耶！"事见朱熹《五朝名臣言

行录》卷七。

【译文】

德州田白岩说：有一个额都统，在云贵边界山间行走，看见有个道士把一个美艳的女子按倒在石头上，要想剖她的心。美女哀叫求救。额都统急忙打马奔过去，格开道士的手，美女子“嗷”地一声，化成一道火光飞去。道士顿着脚说：“您坏了我的大事！这个精魅已经迷杀一百多人，所以想抓住杀了它消除祸害。但是它吸了很多人的精气，修炼的年岁已经达到通灵，砍它的头则元神逃脱，所以必须剖出心才能置它于死地。您现在放走了它，留下无穷的后患。怜惜一只猛虎的性命，放在深山里，不知道沼泽山林中又有多少麋鹿要命丧在它的利牙之下啊！”说着把匕首插进鞘里，遗憾不迭地渡过溪水走了。这大概是田白岩说的寓言故事，也就是所谓一家哭泣，哪能比得上一方人哭泣。姑息宽容那些贪官污吏，自以为积了阴德，人们也称道他忠厚；却从不去想想穷苦百姓卖儿女卖妻子，这样的长者又有什么用呢？

献县吏王某，工刀笔，善巧取人财。然每有所积，必有一意外事耗去。有城隍庙道童①，夜行廊庑间，闻二吏持簿对算。其一曰：“渠今岁所蓄较多②，当何法以销之？”方沉思间，其一曰：“一翠云足矣，无烦迂折也。”是庙往往遇鬼，道童习见，亦不怖，但不知翠云为谁，亦不知为谁销算。俄有小妓翠云至，王某大嬖之③，耗所蓄八九；又染恶疮，医药备至，比愈④，则已荡然矣。人计其平生所取，可屈指数者，约三四万金。后发狂疾暴卒，竟无棺以殓。

【注释】

①城隍：守护城池的神。

②渠：方言。他。

③嬖（bì）：宠幸。

④比：等到。

【译文】

献县县衙有个小吏王某，精通刑律诉讼，善于巧取当事人的钱财。可是每当他有点儿积蓄时，必定发生一件意外事情将这些不该得的钱财耗去。城隍庙有个道童，一天夜里在走廊里，听见两个鬼吏拿着账簿核算账目。其中一个说："他今年积蓄比较多，该用什么办法给他消耗掉？"说完正低头沉思，另一个说："一个翠云就够了，用不着费多少周折。"这个庙里常常遇见鬼，道童也司空见惯，因此见二鬼核账也不害怕，只是不知翠云是谁，也不知道替谁计算消耗。不久，有一位名叫翠云的小妓女来到县城，县吏王某特别宠爱她，在她身上耗费了自己的八九成积蓄；又染上了恶疮，看病吃药破费许多，等到病疮痊愈，所有积蓄荡然无存。有人对王某平生巧取的钱财作过估计，能算得上来的，就大约有三四万两银子。可是，后来王某发疯病突然死去，竟然连装殓的棺材也没有。

陈云亭舍人言①：有台湾驿使宿馆舍②，见艳女登墙下窥，叱索无所睹。夜半琅然有声，乃片瓦掷枕畔。叱问是何妖魅，敢侮天使。窗外朗应曰："公禄命重，我避公不及，致公叱索，惧干神谴，惴惴至今。今公睡中萌邪念，误作驿卒之女，谋他日纳为妾。人心一动，鬼神知之。以邪召邪，神不得而咎我，故投瓦相报。公何怒焉？"驿使大愧沮，未及天曙，促装去。

【注释】

①舍人：官名。天子近旁轮番带刀侍卫之官，均由显官、功臣弟子

担任。因而王公贵官的侍从宾客、亲近左右,通称“舍人”。对显贵子弟,也俗称“舍人”。

②驿使:本义为古代驿站传送朝廷文书者,但自唐代起,驿使的职责范围扩大,级别也各有高低。此处指朝廷派往台湾的特使。

【译文】

陈云亭公子说:有位台湾驿使住在驿站的房舍里,看见一位美女爬上墙头往下偷看,驿使呵斥她,走过去找,又不见了。驿使睡到半夜,听到“哐啷”一声响,却是一块瓦片扔到枕头边。他喝问是什么妖怪,敢来欺负皇上的使者。窗外朗声回答:“你富贵显赫,我没来得及躲避你,以致遭到你的叱责查问,我怕被神灵训斥,心中惴惴不安直到现在。刚才你在梦中萌发邪念,误认为我是驿卒的女儿,打算日后娶来做妾。人心中一生出念头,鬼神就知道了。你的邪念招来了我这个邪鬼,神不能因此而归咎于我,所以我扔瓦片作为报复。你恼火什么呢?”驿使极为惭愧,没到天亮就催促着整装离去了。

叶旅亭御史宅,忽有狐怪,白昼对语,迫叶让所居。扰攘戏侮,至杯盘自舞,几榻自行。叶告张真人,真人以委法官①。先书一符,甫张而裂。次牒都城隍,亦无验。法官曰:“是必天狐,非拜章不可。”乃建道场七日。至三日,狐犹诟詈②,至四日,乃婉词请和。叶不欲与为难,亦祈不竟其事。真人曰:“章已拜,不可追矣。”至七日,忽闻格斗砰訇③,门窗破堕,薄暮尚未已。法官又檄他神相助④,乃就擒,以罂贮之⑤,埋广渠门外。余尝问真人驱役鬼神之故,曰:“我亦不知所以然,但依法施行耳。大抵鬼神皆受役于印,而符箓则掌于法官。真人如官长,法官如吏胥。真人非法官不能为符箓,法官非真人之印,其符箓亦不灵。中间有验有不验,则如各官司文移章奏，或准或驳，不能一一必行耳。”此言颇近理。又问设空宅深山，猝遇精魅，君尚能制伏否？曰：“譬大吏经行，劫盗自然避匿。傥或无知猖獗，突犯双旌，虽手握兵符，征调不及，一时亦无如之何。”此言亦颇笃实。然则一切神奇之说，皆附会也。

【注释】

①法官：古代对道士的尊称。

②诟詈(lì)：骂，责骂。

③砰訇(hōng)：格斗声。

④檄(xí)：古代官府用以征召或声讨的文书。

⑤罂(yīng)：大腹小口的瓶子。

【译文】

叶旅亭御史的住宅里，忽然有狐魅作怪，大白天跟人对话，逼迫叶旅亭让出住宅。吵扰胡闹，以至于闹到杯盘自己在空中飞旋，桌子和床自动行走。叶旅亭告诉了道士张真人，张真人委托法官办理。法官先画一道符，刚贴出去就被撕裂了。又行文告到城隍，也没有效验。法官说：“这肯定是天狐，非拜奏章上天不可。”于是设了七天道场。到第三天时，狐怪还是谩骂不休，第四天才说好话请求和解。叶旅亭不想与狐怪结仇，也请张真人到此为止。张真人说：“奏章已经拜送上界，追不回来了。”到了第七天，忽然听到砰砰訇訇的格斗声，门窗都被打破掉落下来，一直到黄昏，格斗的声音还没平息。法官又行文请其他神灵助战，才擒住了狐怪，装在一个大肚子小口的瓶子里，埋在广渠门外。我曾问张真人驱鬼役神的缘故，他说：“我也不知道其中的所以然，不过是依法施行而已。一般说来，鬼神都听命于印的支配，而符箓则掌握在法官手中。真人像是长官，法官像是小吏。真人离开了法官就不能使用符箓，法官没有真人的印，符箓就不灵验。符箓有的灵验，有的不灵验，就如官府中的行文奏章，有的批准，有的被驳回，不可能每一道符箓都那么有效验。”这话很有些道理。我又问张真人，如果在空房子里或深山之中，突然遇到狐精鬼怪，你能制伏它们吗？他说：“譬如大官从这里经过，强盗当然躲避藏匿。假若有些无知的猖狂者，突然冒犯了大官，大官虽说掌有兵权，但来不及征调大兵，一时对强盗也无可奈何。”这话也很实在。然而世间所有的神奇传说，大多是牵强附会的。

朱子颖运使言[①]：守泰安日，闻有士人至岱岳深处，忽人语出石壁中，曰：“何处经香，岂有转世人来耶？”剨然震响[②]，石壁中开，贝阙琼楼，涌现峰顶，有耆儒冠带下迎[③]。

士人骇愕，问此何地。曰：“此经香阁也。”士人叩经香之义。曰：“其说长矣，请坐讲之。昔尼山删定[④]，垂教万年，大义微言，递相授受。汉代诸儒，去古未远，训诂笺注，类能窥先圣之心；又淳朴未漓，无植党争名之习，惟各传师说，笃溯渊源。沿及有唐，斯文未改。迨乎北宋，勒为注疏十三部，先圣嘉焉。诸大儒虑新说日兴，渐成绝学，建是阁以贮之。中为初本，以五色玉为函，尊圣教也。配以历代官刊之本，以白玉为函，昭帝王表章之功也。皆南面。左右则各家私刊之本，每一部成，必取初印精好者，按次时代，庋置斯阁[⑤]，以苍玉为函，奖汲古之勤也。皆东西面。并以珊瑚为签，黄金作锁钥。东西两庑以沉檀为几，锦绣为茵。诸大儒之神，岁一来视，相与列坐于斯阁。后三楹则唐以前诸儒经义，帙以纂组[⑥]，收为一库。自是以外，虽著述等身，声华盖代，总听其自贮名山，不得入此门一步焉，先圣之志也。诸书至子刻午刻，一字一句，皆发浓香，故题曰经香。盖一元斡运[7]，二气细缊[8]，阴起午中，阳生子半，圣人之心，与天地通。诸大儒阐发圣人之理，其精奥亦与天地通，故相感也。然必传是学者始闻之，他人则否。世儒于此十三部，或焚膏继晷[9]，钻仰终身；或锻炼苛求，百端掊击[10]，亦各因其性识之所根耳。君四世前为刻工，曾手刊《周礼》半部[11]，故馀香尚在，吾得以知君之来。”

因引使周览阁庑，款以茗果。送别曰：“君善自爱，此地不易至也。”士人回顾，惟万峰插天，杳无人迹。

案，此事荒诞，殆尊汉学者之寓言。夫汉儒以训诂专门，宋儒以义理相尚。似汉学粗而宋学精，然不明训诂，义理何自而知？概用诋排，视犹土苴[12]，未免既成大辂[13]，追斥椎轮[14]，得济迷川，遽焚宝筏。于是攻宋儒者又纷纷而起。故余撰《四库全书·诗部总叙》有曰[15]：宋儒之攻汉儒，非为说经起见也，特求胜于汉儒而已；后人之攻宋儒，亦非为说经起见也，特不平宋儒之诋汉儒而已。韦苏州诗曰[16]：“水性自云静，石中亦无声；如何两相激，雷转空山惊。”此之谓矣。平心而论，《易》自王弼始变旧说，为宋学之萌芽。宋儒不攻《孝经》，词义明显。宋儒所争，只今文古文字句，亦无关宏旨，均姑置弗议。至《尚书》、《三礼》、《三传》、《毛诗》、《尔雅》诸注疏[17]，皆根据古义，断非宋儒所能。《论语》、《孟子》宋儒积一生精力[18]，字斟句酌，亦断非汉儒所及。盖汉儒重师传，渊源有自；宋儒尚心悟，研索易深。汉儒或执旧文，过于信传；宋儒或凭臆断，勇于改经。计其得失，亦复相当。

惟汉儒之学，非读书稽古，不能下一语；宋儒之学，则人人皆可以空谈。其间兰艾同生，诚有不尽餍人心者[19]，是嗤点之所自来[20]。此种虚搆之词[21]，亦非无因而作也。

【注释】

①运使：古代官名。转运使、漕运使、盐运使的简称。

②砉(huò)然：破裂的声音。

③耆(qí)：长者。

④尼山：此处指孔子。尼山位于曲阜东南30公里处，原名尼丘山。孔子父母“祷于尼丘得孔子”，所以孔子名丘字仲尼，后人避讳称孔子为尼山。

⑤庋(guǐ)：藏。

⑥帙(zhì)：书、画的封套，用布帛制成。这里是指整理书籍。纂组：赤色绶带。

⑦斡(wò)运：旋转运行。

⑧细缊(yīn yūn)：古代指天地阴阳二气交互作用的状态。

⑨晷(guǐ)：日影。比喻时光。

⑩掊(pǒu)击：击，抨击。

⑪《周礼》：相传西周时期周公所作。是中国古代关于政治经济制度的一部著作，儒家重要经典之一。涉及的内容大至天下九州、天文历象；小至沟渠道路、草木虫鱼；包含了邦国建制、政法文教、礼乐兵刑、赋税度支、膳食衣饰、寝庙车马、农商医卜、工艺制作，以及各种名物、典章、制度等。

⑫土苴(zhǎ)：腐土，糟粕。比喻微贱的东西。

⑬大辂(lù)：亦作“大路”，玉辂，古时天子所乘之车。辂，古代车辕上用来挽车的横木。

⑭椎轮：原始的无辐车轮。

⑮《四库全书》：乾隆皇帝亲自组织编纂的一部中国历史上规模最大的丛书。自1772年开始，经十年编成。丛书分经、史、子、集四部，据文津阁藏本，该书共收录古籍3503种、79337卷、装订成三万六千馀册，保存了丰富的文献资料。“四库”之名，缘于初唐官方藏书分为经、史、子、集四个书库，号称“四部库书”，或“四库之书”。经、史、子、集四分法是古代图书分类的主要方法，它基本上囊括了古代所有图书，故称“全书”。

⑯韦苏州：韦应物(737—792)，唐代诗人。因出任过苏州刺史，世称“韦苏州”。

⑰《尚书》：一部多体裁文献汇编，分为《虞书》、《夏书》、《商书》、《周书》。战国时期总称《书》，汉代改称《尚书》，即“上古之书”。因为是儒家“五经”之一，又称《书经》。长期被认为是中国现存最早的史书，但是清华大学于2008年7月收藏的一批战国竹简证明传世的《尚书》为伪书。《三礼》：即《周礼》、《仪礼》、《礼记》。古人认为《周礼》、《仪礼》均系周公所作，《礼记》则系汉代戴德(人称“大戴”)、戴圣(人称小戴)叔侄所删记。《三传》：指《左传》、《公羊传》、《穀梁传》。《左传》，亦称《春秋左氏传》或《左氏春秋》。《汉书·艺文志》认为是春秋时期左丘明撰，当代学者多认为是战国初年人所作。《公羊传》，亦称《春秋公羊传》或《公羊春秋》。旧题战国时公羊高撰，相传为子夏传授公羊高，公羊一氏口耳相传，至汉景帝时由公羊寿与胡毋生写定。《穀梁传》，亦称《春秋穀梁传》或《穀梁春秋》。旧题战国时穀梁赤(“赤”或作“喜”、“嘉”、“俶”)撰，相传为子夏所传授。据后人考证，《穀梁传》亦经过口授，在西汉时始写定，成书当晚于《公羊传》。《毛诗》：西汉时鲁国毛亨和赵国毛苌所辑和注的古文《诗》，也就是现在流行于世的《诗经》。《尔雅》：我国最早的一部解释词义的专著，也是第一部按照词义系统和事物分类来编纂的词典。尔，

近的意思(后来写作“迩”);雅,正的意思。书名表示是以雅正之言解释古语词、方言词,使之近于规范。

⑱《论语》:由孔子弟子及其再传弟子编撰而成,被后代儒家奉为经典著作之一。《孟子》:记载孟子及其弟子言行的一部书。

⑲餍(yàn):吃饱,满足。

⑳嗤点:讥笑指摘,嘲笑挑剔。

㉑虚搆:虚构。

【译文】

朱子颖运使说:他任泰安知府时,听说有个读书人来到泰山的深处,忽然听到从石壁中传出说话声:“是什么地方的经书香味,难道有转世的人来了?”随着剨的一声震响,石壁从中间裂开,现出了紫贝美玉装饰的宫阙楼阁,耸立山顶,有位年老的儒者顶冠束带下来迎接。

读书人大吃一惊,问这里是什么地方。老者回答说:“这是经香阁。”读书人询问经香的意思。老者答道:“这说来话长了,请坐下听我慢慢讲来。过去孔子删定经书,传教万年,诸经的要义、精微的言辞,一代一代传授下来。汉代的各位大儒,距离上古不远,因此阐释注解,大概还能够理解先圣的本意;而且当时风俗淳朴,尚未流于凉薄,没有培植党羽争名夺利的习气,只是各自传承老师的学说,实实在在地追溯学问渊源。流传到唐代,斯文的风气也没有改变。到了北宋,刻为注疏十三部,得到先圣的嘉许。大儒们担心新说日日兴盛,儒家经典学说将渐渐失传,所以建造这座阁楼来贮藏它们。中间陈列的是初刻本,装在五色玉做成的盒子里,是表示尊崇先圣的遗教。再附上历代官刻的本子,装在白玉做成的盒子里,是显示帝王倡导的功德。这些都放在南面。左右则是各家私刻的本子,每一部书印出来,必定选出印刷精美的,以年代为序收藏在这个阁楼里,这些版本都装在青玉做成的盒子里,奖励钻研古籍辛勤的人。这些都放在东西两面。所有的经书用珊瑚做标签,用黄金做锁钥。东西两边廊屋里,用沉香、檀木做小桌子,用锦绣做垫子。各位大儒的神灵每年来视察一次，一起依次坐在这个阁楼里。后面三排房子里，则是唐以前诸位大儒解释经书义理之类的书，逐套编列，收入一个库房。除此以外，即使是著作与身高齐平，声誉荣耀超出当代之上，也只是听任他自己贮藏于深山之中，不得进入这座阁楼一步，这是先圣的意旨。每到子刻、午刻，这些经书一字一句都发出浓浓的香味，所以题名叫‘经香阁’。因为万物运行，二气交融，阴气起于正午时，阳气生于夜半的子时，圣人的心与天地相通。各位大儒阐发圣人的义理，精微深奥也与天地相通，所以能与天地互相感应。但这种香气必须是能传承这门学问的人才能闻到，其他人则不能。世上的儒者对这十三部经书，有的夜以继日钻研仰望一辈子；有的深推曲解，吹毛求疵，百般抨击，也是各自因为他的性情学识的根柢不同。您四世以前做刻字工，曾经手刻过半部《周礼》，馀香还在，所以我知道您来了。”

老者引导读书人遍看楼阁廊屋，用茶点果品招待他。送别时，老者对读书人说：“您要自爱，这个地方是不容易来的。”读书人出来后回头一看，只有群峰直插天空，幽深不见人迹。

按，这件事荒唐怪诞，大概是推崇汉代经学的人编造的寓言。汉代儒者以解释古书字句为专门的学问，宋代儒者重在阐发经书的义理。似乎汉学粗疏而宋学精要，可是如果不明白古书的字句，又怎么能了解义理？一概诋毁排斥汉学，视之如粪土，这就未免像已经造成了华美的大车，却回头去斥责最早时没有辐条的车轮，就像渡过了迷津，立即焚弃宝贵的筏子。于是攻击宋儒的，又纷纷而起。所以我在编撰的《四库全书·诗部总叙》中说：宋儒攻击汉儒，不是为了讨论讲解儒家的经书，不过刻意想要胜过汉儒罢了；后人攻击宋儒，也不是因为讨论讲解儒家的经书，不过是对宋儒诋毁汉儒感到不平罢了。韦应物的诗说：“水性自云静，石中亦无声；如何两相激，雷转空山惊。”就是这个意思了。平心而论，《周易》从王弼开始改变旧的说法，是宋学的萌芽。宋儒不攻击《孝经》旧疏，是因为词义很明显。宋儒所争的，只是今文、古文的字句，也无关于大旨，都可以暂且搁置不予议论。至于《尚书》、《三礼》、《三传》、《毛诗》、《尔雅》各种注疏，都是根据古义，断然不是宋儒所能做到的。对于《论语》、《孟子》，宋儒投入一生的精力，字斟句酌，所取得的成就也断然不是汉儒所能赶得上的。一般说来，汉儒看重老师的传授，学问都有来源；宋儒崇尚心悟，认为研求容易深入。汉儒有时过于执着于旧文，过于相信老师的传授；宋儒有时单凭主观臆断，往往敢于改造经文的本义。双方的优劣得失，差不多半斤八两。只是汉儒的学问，如果不读书不查考古义，就一句话也说不到点子上；宋儒的学问，则人人都可以高谈阔论。这中间好比兰草与艾蒿同生，确实有不能让人满足的地方，这就是宋学遭受讥笑指摘的由来。由此看来，前面这种虚构的故事，也不是无缘无故而起的。

曹司农竹虚言[①]：其族兄自歙往扬州[②]，途经友人家。时盛夏，延坐书屋，甚轩爽。暮欲下榻其中，友人曰："是有魅，夜不可居。"曹强居之。夜半，有物自门隙蠕蠕入，薄如夹纸。入室后，渐开展作人形，乃女子也。曹殊不畏。忽披发吐舌，作缢鬼状。曹笑曰："犹是发，但稍乱；犹是舌，但稍长。亦何足畏！"忽自摘其首置案上。曹又笑曰："有首尚不足畏，况无首耶！"鬼技穷，倏然灭[③]。及归途再宿，夜半门隙又蠕动。甫露其首，辄唾曰："又此败兴物耶！"竟不入。此与嵇中散事相类[④]。夫虎不食醉人，不知畏也。大抵畏则心乱，心乱则神涣，神涣则鬼得乘之。不畏则心定，心定则神全，神全则沴戾之气不能干[⑤]。故记中散是事者，称"神志湛然，鬼惭而去"。

【注释】

①司农：清代以户部司漕粮田赋，故别称"户部尚书"为"大司农"。

②歙(shè):地名。歙县,在今安徽省东南部。

③倏(shū)然:速度极快的样子。

④嵇中散:嵇康,三国时期魏国人,曹魏中散大夫,世称“嵇中散”。后因得罪钟会,为其构陷,被司马昭处死。

⑤沴(lì)戾:因气不和而生之灾害。引申为妖邪或瘟疫。

【译文】

户部尚书曹竹虚说:他的一位族兄从歙县到扬州去,途经朋友家。当时正值盛夏,气候炎热,曹兄的朋友请他到书房坐坐,书房宽敞凉爽。晚上,曹兄想要住在书房里,朋友说:“这间书房有鬼魅,夜间不能住。”可是这位曹兄坚持要睡书房。到了半夜,有个东西从门缝中蠕动着进来了,薄得像一张厚纸片儿。进来后,这个怪物渐渐展开变成人的形状,原来是一个女子。曹兄一点儿也不害怕。女子忽然披头散发吐出很长的舌头,作出一副吊死鬼的样子。曹兄笑着说:“头发还是头发,只是稍微乱了点儿;舌头还是舌头,只是稍微长了点儿。这有什么值得害怕!”女子忽然把自己的头颅摘下来放到了书案上。曹兄又笑着说:“有脑袋尚且不足以惧怕,何况是无头呢!”鬼魅技穷,突然不见了。曹兄由扬州返回时又住进了这间书房,半夜时,门缝里又有东西蠕动着进来。怪物才一露头,居然唾了一口道:“又是这个让人扫兴的东西!”怪物竟然没有再进来。这与嵇中散的故事相类似。虎不吃醉汉,因为醉汉不知道害怕。大体上是因为害怕就会心乱,心乱就会神散,神一散鬼魅就可能趁机而入。不害怕就会心定,心定就神志集中,神志集中邪恶就侵犯不了。所以记载嵇康故事的人,说嵇康“神志清朗,鬼惭愧地离去了”。

董曲江言:默庵先生为总漕时[①],署有土神马神二祠,惟土神有配。其少子恃才兀傲,谓土神于思老翁[②],不应拥艳妇;马神年少,正为嘉耦。径移女像于马神祠。俄眩仆不知人[③]。默庵先生闻其事,亲祷,移还乃苏。又闻河间学署有土神，亦配以女像，有训导谓黉宫不可塑妇人④，乃别建一小祠迁焉。土神凭其幼孙语曰："汝理虽正，而心则私，正欲广汝宅耳，吾不服也。"训导方侃侃谈古礼，猝中其隐，大骇，乃终任不敢居是室。二事相近。或曰："训导迁庙犹以礼，董渎神甚矣，谴当重。"余谓董少年放诞耳，训导内挟私心，使己有利；外假公义，使人无词。微神发其阴谋，人尚以为能正祀典也。《春秋》诛心，训导谴当重于董。

【注释】

①总漕：又称"漕运总督"，是明清两代主管漕运的最高官员。

②于思（sāi）：胡子极多。思，多须貌。

③眩（xuàn）：眼睛昏花。

④黉（hóng）官：学官。黉，古时候的学校。

【译文】

董曲江说：默庵先生任漕运总督时，官署里有土神、马神两座祠堂，而只是土神有配偶。他的小儿子倚仗自己有才能而气盛骄傲，说土神是满脸胡子的老头，不该有漂亮的妻子；马神年轻，做他的配偶倒正合适。于是就把土神妻子的偶像移到了马神祠里。不一会儿他的小儿子昏倒不省人事。默庵先生知道了这件事，亲自祷告，把土神妻子的偶像又搬了回来，他的小儿子这才苏醒过来。又听说河间学署中的土神也配有女子偶像，有位训导官说学署是学习的地方，不可塑有女人像，于是另建了一座小祠堂，把女子偶像迁了过去。土神依附在他年幼的孙子身上说："你的理由虽然正当，实际上怀着私心，你只是打算扩充你的住宅罢了，我不服你。"训导正侃侃大谈古礼，突然被土神说中了心思，非常害怕，一直到任期结束，也没敢住在学署。这两件事差不多。有人说："训导迁女像还按着一定的礼节，而董家少年亵渎神灵太过分了，受罚应当更重一些。"我认为董家少年只不过是年轻狂妄，训导却是骨子里藏着私心，要为自己谋利；表面上却讲出一套公理，叫人说不出什么来。如果土神不揭露出他的真正用意，人们还会以为他能够整肃祀典呢。《春秋》的大旨着重揭露人的用心，凡事苛求动机，由此看，训导受罚应当重于董少爷。

戏术皆手法捷耳，然亦实有般运术。宋人书"搬运"皆作"般"。忆小时在外祖雪峰先生家，一术士置杯酒于案，举掌拍之，杯陷入案中，口与案平。然扪案下，不见杯底。少选取出，案如故。此或障目法也。又举鱼脍一巨碗[①]，抛掷空中不见。令其取回，则曰："不能矣，在书室画厨夹屉中，公等自取耳。"时以宾从杂遝[②]，书室多古器，已严扃，且夹屉高仅二寸，碗高三四寸许，断不可入，疑其妄。姑呼钥启视，则碗置案上，换贮佛手五；原贮佛手之盘，乃换贮鱼脍，藏夹屉中。是非般运术乎？理所必无，事所或有，类如此，然实亦理之所有。狐怪山魈[③]，盗取人物不为异，能劾禁狐怪山魈者亦不为异。既能劾禁，即可以役使；既能盗取人物，即可以代人盗取物。夫又何异焉？

【注释】

①脍(kuài)：切得很细的肉。

②杂遝(tà)：拥挤杂乱。

③山魈(xiāo)：传说中山里的鬼怪。

【译文】

魔术戏法之类，大都是以手法快捷取胜，然而也真的有搬运术。宋代的人书“搬运”都写成“般”。我小时候在外祖父雪峰先生家，见一个玩魔术的人将一杯酒放在桌上，举手将酒杯一拍，酒杯就深陷在桌子里，杯口与桌面平齐。然而用手摸摸桌子面下，并没有杯底。稍过一会儿，将杯子拿出来，桌面还是原样。这可能用的是一种障眼法。玩魔术的又举起一大碗切细的鱼肉，向空中一抛就不见了。叫他将鱼肉取回来，他说：“取不回来了，鱼肉在书房画橱的抽屉里，你们自己去取吧。”当时因为宾客仆从人多杂乱，书房中有许多古玩，所以书房门已经锁得严严实实；而且画橱的抽屉不过二寸高，而大碗却三四寸高，肯定是放不进去的，因此怀疑玩魔术的人胡说。姑且喊人取钥匙开锁查看，发现那个大碗放在桌子上，碗里装了五个佛手；原先装佛手的盘子，换装了鱼肉，放在抽屉里。这不是搬运术吗？从理论上讲不存在什么搬运术，但事实上却是存在的，如上面所讲的这个故事，不过按理推之也讲得通。狐怪山怪盗取人的东西，人们不以为怪，术士能劾治狐怪山怪，人们也不觉得奇怪。既然能劾治狐怪山怪，当然也能役使狐怪山怪；狐怪山怪既然能偷盗人们的东西，那么也能被人役使去偷东西，术士能这么做又有什么可奇怪的呢？

旧仆庄寿言：昔事某官，见一官侵晨至，又一官续至，皆契交也，其状若密递消息者。俄皆去，主人亦命驾遽出。至黄昏乃归，车殆马烦，不胜困惫。俄前二官又至，灯下或附耳，或点首，或摇手，或蹙眉，或拊掌，不知所议何事。漏下二鼓，我遥闻北窗外吃吃有笑声，室中弗闻也。方疑惑间，忽又闻长叹一声曰：“何必如此！”始宾主皆惊，开窗急视，新雨后泥平如掌，绝无人踪。共疑为我呓语。我时因戒勿窃听，避立南荣外花架下，实未尝睡，亦未尝言，究不知其何故也。

【译文】

我过去的老仆人庄寿说：以前服侍某位官员，有一天天快亮时看见一个官员来了，紧接着又一个官员也到了，都是至交，看样子好像在秘密传递消息。不一会儿都走了，主人也立即叫人驾车马出门。到傍晚才回来，人困马乏，疲惫不堪。不一会儿，那两个官员又来了，三个人在灯下或咬耳朵，或点头，或摇手，或皱眉，或鼓掌，不知道所商议的是什么事情。天交二更，我远远地听到北窗外面有“吃吃”的笑声，房间里却没有听到。正在疑惑之间，忽然又听得长叹一声，说：“何必如此！”客人和主人这才惊起，急急开窗察看，外面刚刚下过一场雨，泥地平整如手掌，绝对没有人的脚印。大家都怀疑是我在说梦话。我当时因为主人吩咐不要偷听，所以避在南房屋檐外的花架下，根本没有睡，也不曾说什么，最终也不知道是什么缘故。

永春邱孝廉二田，偶憩息九鲤湖道中。有童子骑牛来，行甚驶，至邱前小立，朗吟曰：“来冲风雨来，去踏烟霞去。斜照万峰青，是我还山路。”怪村竖那得作此语①，凝思欲问，则笠影出没杉桧间，已距半里许矣。不知神仙游戏，抑乡塾小儿闻人诵而偶记也。

【注释】

①村竖：粗俗的年轻人。

【译文】

永春有个叫邱二田的举人，一次偶然在九鲤湖的路旁歇息。只见有个孩子骑牛过来，急匆匆走得很快，到邱二田面前站立了一会儿，朗声吟诵道：“来冲风雨来，去踏烟霞去。斜照万峰青，是我还山路。”邱二田感到奇怪，一个乡村孩童怎么能说出这样的话来，凝神思索了一会儿，正要询问，只见戴着斗笠的孩童身影已经隐隐映现在半里以外的树林中。不知这是神仙在玩弄游戏，还是乡间学塾的小孩子听人朗诵，偶尔记住了。

莆田林教谕霈[1]，以台湾俸满北上[2]。至涿州南，下车便旋，见破屋墙匡外[3]，有磁锋划一诗曰："骡纲队队响铜铃，清晓冲寒过驿亭。我自垂鞭玩残雪，驴蹄缓踏乱山青。"款曰"罗洋山人"。读讫，自语曰："诗小有致。罗洋是何地耶？"屋内应曰："其语似是湖广人。"入视之，惟凝尘败叶而已。自知遇鬼，惕然登车。恒郁郁不适，不久竟卒。

【注释】

①教谕：元、明、清时期县学的教官，主管文庙祭祀，教诲生员。

②俸满：旧时官吏任职满一定年限后，得依例升调，称为"俸满"。

③墙匡：围墙，墙垣。

【译文】

莆田有个叫林霈的教谕，因为在台湾任职期满北上。到了涿州南边，下车小便，看见破屋围墙外用碎磁刻了一首诗："骡纲队队响铜铃，清晓冲寒过驿亭。我自垂鞭玩残雪，驴蹄缓踏乱山青。"落款是"罗洋山人"。林霈念完了诗自语道："诗还有点儿意思。罗洋是什么地方呢？"破屋里传出声音回答说："看诗句，好像是湖广一带人。"林霈进屋察看，只见满屋是堆积的尘土和干枯的落叶。他知道遇到了鬼，慌慌张张登车离去。从此以后老是觉得心情郁郁不舒服，不久他竟然去世了。

景州李露园基塙，康熙甲午孝廉[1]，余婿僚也。博雅工诗。需次日[2]，梦中作一联曰："鸾翮嵇中散，蛾眉屈左徒[3]。"醒而自不能解。后得湖南一令，卒于官，正屈原行吟地也。

【注释】

①康熙甲午：康熙五十三年(1714)。

②需次：旧时指举人获得任职资格后，按照资历依次补缺。

③屈左徒：屈原，因其曾任左徒、三闾大夫，故称。

【译文】

景州的李基塙，字露园，康熙甲午年举人，是我女婿的同事。他博学端方擅长作诗。在等候补缺的日子里，有一天他在梦中作诗一联："鸾翮嵇中散，蛾眉屈左徒。"醒来后，自己也不知道这两句诗是什么意思。后来到湖南当县令，死在任所，正是屈原一路吟咏的地方。

先祖母张太夫人，畜一小花犬。群婢患其盗肉，阴搤杀之①。中一婢曰柳意，梦中恒见此犬来啮②，睡辄呓语。太夫人知之，曰："群婢共杀犬，何独衔冤于柳意？此必柳意亦盗肉，不足服其心也。"考问果然。

【注释】

①搤(è)：同"扼"。

②啮(niè)：咬。

【译文】

先祖母张太夫人，家里养了一只小花狗。丫鬟们因为讨厌它偷肉，就暗地里把它掐死了。其中有一个丫鬟叫柳意，常梦到这只狗来咬她，睡觉时常说梦话。太夫人知道后，说："这只狗是丫鬟们一起杀的，为什么独独恨柳意呢？一定是柳意也偷肉，所以小花狗不服气。"经过查问，果然如此。

福建汀州试院，堂前二古柏，唐物也，云有神。余按临日，吏白当诣树拜。余谓木魅不为害，听之可也，非祀典所有，使者不当拜。树柯叶森耸[①]，隔屋数重可见。是夕月明，余步阶上，仰见树杪两红衣人[②]，向余磬折拱揖[③]，冉冉渐没。呼幕友出视，尚见之。余次日诣树，各答以揖。为镌一联于祠门曰："参天黛色常如此，点首朱衣或是君。"此事亦颇异。袁子才尝载此事于《新齐谐》[④]，所记稍异，盖传闻之误也。

【注释】

①柯：树枝。

②杪(miǎo)：树枝的细梢。

③磬(qìng)折：弯腰如磬之形，形容十分恭敬。磬，古代打击乐器，形状像曲尺，用玉、石制成，可悬挂。

④袁子才：袁枚，字子才，号简斋，晚年自号仓山居士、随园老人、随园主人等。清代诗人、散文家，乾隆时期代表诗人之一，与赵翼、蒋士铨合称"乾隆三大家"。曾历任溧水、江宁知县，有政绩，四十岁即告归，在江宁小仓山筑随园吟咏其中。《新齐谐》：袁枚所著的志怪小说，又名《子不语》。

【译文】

福建汀州的试院里，堂前有两棵古老的柏树，是唐代种植的，传说有神灵存在。我巡视试院的当天，试院官吏禀告我应该到古柏前拜谒。我说树木精灵不害人，承认其存在就可以了，祀典中没有拜树的礼仪，朝廷使者不应当去拜古柏。古柏树干高耸，枝叶茂盛，隔着几重房屋就能看见。当天晚上，月色明亮，我正散步走在台阶上，仰头看见古柏树梢上有两个红衣人，正在向我躬身施礼，然后就渐渐隐去了。当时我急呼师爷出来观看，他们也看到了。第二天，我来到树前，对两棵古柏各作一揖行礼，表示答谢。并在祠门镌刻一副对联："参天黛色常如此，点首朱衣或是君。"这件事情很有点儿怪异。袁枚曾把这事写进《新齐谐》这本书里,他的记载与事实稍有差异,大概是传闻中的误差。

德州宋清远先生言:吕道士,不知何许人,善幻术,尝客田山亹司农家。值朱藤盛开,宾客会赏。一俗士言词猥鄙,喋喋不休,殊败人意。一少年性轻脱,厌薄尤甚,斥勿多言。二人几攘臂。一老儒和解之,俱不听,亦愠形于色。满坐为之不乐。道士耳语小童,取纸笔,画三符焚之,三人忽皆起,在院中旋折数四。俗客趋东南隅坐,喃喃自语。听之,乃与妻妾谈家事。俄左右回顾若和解,俄怡色自辩,俄作引罪状,俄屈一膝,俄两膝并屈,俄叩首不已。视少年,则坐西南隅花栏上,流目送盼,妮妮软语。俄嬉笑,俄谦谢,俄低唱《浣纱记》[①],呦呦不已。手自按拍,备诸冶荡之态。老儒则端坐石磴上,讲《孟子》"齐桓、晋文之事"一章。字剖句析,指挥顾盼,如与四五人对语。忽摇首曰"不是",忽瞋目曰"尚不解耶",咯咯痨嗽仍不止。众骇笑,道士摇手止之。比酒阑,道士又焚三符。三人乃惘惘痴坐,少选始醒,自称不觉醉眠,谢无礼。众匿笑散。道士曰:"此小术,不足道。叶法善引唐明皇入月宫[②],即用此符。当时误以为真仙,迂儒又以为妄语,皆井底蛙耳。"后在旅馆,符摄一过往贵人妾魂。妾苏后,登车识其路径门户,语贵人急捕之,已遁去。此《周礼》所以禁怪民欤!

【注释】

①《浣纱记》:明代梁辰鱼所作。全剧四十五出,演吴越攻伐之事。

自范蠡与西施溪边互订婚约开始，以范蠡偕西施遨游五湖为终结。

②“叶法善”句：传说术士叶法善带领唐明皇李隆基进入月宫，听到《霓裳羽衣曲》，唐明皇回宫后记谱传世。

【译文】

德州的宋清远先生说：有位吕道士，不知什么来历，擅长幻术，他曾经借住在户部尚书田山薑的家里。那时正值紫藤花盛开，田山薑邀请朋友宾客会聚赏玩。有个鄙俗的士人言谈猥琐浅陋，喋喋不休，很扫大家的兴。还有个年轻人举止轻薄，更令人厌恶，斥责他不要多嘴多舌，这两人捋袖伸胳膊几乎要动手。一个老儒生劝解他们，他们也不听，老儒生也怒形于色。于是弄得满座客人都不愉快。道士和小童耳语了几句，拿来纸笔，画了三道符焚烧，这三个人忽然都站了起来，在院子里转了好几圈。之后，俗士奔向东南角坐下，喃喃自语起来。仔细一听，是在与妻妾谈论家事。一会儿左顾右盼地似在劝解，一会儿和颜悦色地为自己辩解，一会儿做出承认过错的样子，一会儿跪下一条腿，一会儿两条腿都跪了下去，一会儿叩头不已。看那个年轻人，却坐在西南角的花栏上，飞着眼波调情，卿卿我我地细声软语。一会儿嬉笑，一会儿谦逊地推辞，一会儿低声唱《浣纱记》，咿呀不已。他的手打着拍子，极尽放荡的丑态。那个老儒生则端坐在石凳上，在讲解《孟子》中“齐桓、晋文之事”那一章。分析字句，指东点西左顾右盼，好像在和四五个人对话。忽而摇头说“不是”，忽而瞪大了眼睛说“还不明白么”，同时还“咯咯”地咳喘不已还不停嘴。大家又惊又笑，道士摇手制止大家笑。等到酒会快结束时，道士又烧了三道符。于是那三个人怅惘地呆坐着，过了一会儿才醒过来，他们自称酒醉不觉睡着了，向大家道歉说失礼了。众人憋着笑散了。道士说：“这不过是雕虫小技，没什么可称道的。叶法善引导唐玄宗进入月宫，就用这种符。当时误认为是真的仙人，而迂腐的儒生们又认为是胡说八道，都是些井底之蛙罢了。”后来道士在旅馆用符摄取一个过往贵人之妾的魂魄。这个妾苏醒后上车，还记得魂魄所经的路径门户，告诉贵人迅速去搜捕，但道士已逃走了。这就是《周礼》禁止旁门左道的人的原因吧！

交河老儒及润础，雍正乙卯乡试①。晚至石门桥，客舍皆满，惟一小屋，窗临马枥②，无肯居者，姑解装焉③。群马跳踉，夜不得寐。人静后，忽闻马语。及爱观杂书，先记宋人说部中有堰下牛语事，知非鬼魅，屏息听之。一马曰："今日方知忍饥之苦。生前所欺隐草豆钱，竟在何处？"一马曰："我辈多由圉人转生④，死者方知，生者不悟，可为太息！"众马皆呜咽。一马曰："冥判亦不甚公，王五何以得为犬？"一马曰："冥卒曾言之，渠一妻二女并淫滥，尽盗其钱与所欢，当罪之半矣。"一马曰："信然，罪有轻重，姜七堕豕身，受屠割，更我辈不若也。"及忽轻嗽，语遂寂。及恒举以戒圉人。

【注释】

①雍正乙卯：雍正十三年(1735)。

②枥(lì)：马槽。

③解装：卸下行装。

④圉(yǔ)人：养马的人。

【译文】

交河老儒及润础，雍正乙卯年参加乡试。一天晚上他走到石门桥投宿，客馆客房都住满了，只有一间小屋，因为窗户临着马槽，没人愿住，他只好将就着住了进去。夜间，群马互相踢跳，搅得人难以入睡。人声静下来以后，忽然听到马说话的声音。及润础平常爱看杂书，记得宋人笔记小说一类书中有堰下牛语的事，知道不是鬼魅，就屏住呼吸听下去。一匹马说:“现在才知道忍饥挨饿的苦楚,生前欺骗主人隐匿克扣下来的草豆钱,如今在哪里呢?”另一匹马说:“我们这一类多半是由养马的人转生的,死了的才明白,活着的丝毫不知,实在令人叹息!”众马都伤心地呜咽起来。有一匹马说:“冥间的判决也不很公平,为什么王五就能转生为狗呢?”一匹马回答说:“冥间鬼卒曾经说过,他的妻子和两个女儿都很淫乱放荡,把他的钱全部偷去给了相好的,这倒抵了他一半的罪孽。”又一匹马说:“确是这样,罪有轻重,姜七转生了个猪身,要受宰割,比起我们马来更加不如。”及润础忽然轻声咳嗽了一下,马语立即停止,寂静无声了。之后,及润础经常用这件事告诫养马的人。

余一侍姬,平生未尝出詈语。自云亲见其祖母善詈,后了无疾病,忽舌烂至喉,饮食言语皆不能,宛转数日而死。

【译文】

我的一个侍妾,从来也没有骂过人。她说亲眼见到她的祖母喜欢骂人,后来什么病也没有,舌头忽然烂到喉咙部位,不能吃喝,也不能说话,这么挨了几天之后死了。

有某生在家,偶晏起[1],呼妻妾不至。问小婢,云并随一少年南去矣。露刃追及,将骈斩之,少年忽不见。有老僧衣红袈裟,一手托钵,一手振锡杖[2],格其刀曰:“汝尚不悟耶?汝利心太重,忮忌心太重[3],机巧心太重,而能使人终不觉。鬼神忌隐恶,故判是二妇,使作此以报汝。彼何罪焉?”言讫亦隐。生默然引归。二妇云:“少年初不相识,亦未相悦,忽惘然如梦,随之去。”邻里亦曰:“二妇非淫奔者,又素不相得,岂肯随一人?且淫奔必避人,岂有白昼公行,缓步待追者耶？其为神谴信矣。”然终不能名其恶，真隐恶哉！

【注释】

①晏：迟，晚。

②锡杖：佛家语。僧人所持的手杖，杖头饰环，拄杖行走则振动有声。

③忮（zhì）忌：嫉妒。

【译文】

某生在家，一天早晨偶尔起晚了，呼唤妻妾都不来。问小丫鬟，回答说都跟着一个年轻人往南去了。某生拎了一把刀就追上去，要杀了她们，年轻人却忽然不见了。有个身着红袈裟的老和尚，一只手托钵，一只手握着锡杖格开了他的刀，说：“你还不醒悟么？你这个人求利心太重，嫉妒心太重，奸诈心太重，却能掩饰得别人看不出来。鬼神最忌恨这种伎俩的人，所以判定你家的两个妇人做出这种事来惩罚你。她们有什么罪呢？”说完也不见了。某生一言不发把自己的妻妾领了回去。两个妇人说：“这个年轻人我们从不相识，也并不是喜欢他，忽然就懵懵懂懂做梦一样跟着他走了。”邻居们也说：“这两个女人不是那种淫荡私奔的人，彼此又向来不大和睦，怎么肯一道跟一个人走？况且私奔一定要回避旁人，哪有大白天公然私奔，还慢慢走着等人来追的？肯定是神灵的惩罚了。”然而始终没人能说出他的罪恶，这才真是隐恶啊！

事皆前定，岂不信然？戊子春[①]，余为人题《蕃骑射猎图》曰[②]：“白草粘天野兽肥，弯弧爱尔马如飞。何当快饮黄羊血，一上天山雪打围。”是年八月，竟从军于西域。又，董文恪公尝为余作《秋林觅句图》。余至乌鲁木齐，城西有深林，老木参云，弥亘数十里。前将军伍公弥泰建一亭于中，题曰“秀野”。散步其间，宛然前画之景。辛卯还京[3]，因自题一绝句曰：“霜叶微黄石骨青，孤吟自怪太零丁[4]。谁知早作西行谶[5]，老木寒云秀野亭。”

【注释】

①戊子：乾隆三十三年(1768)。

②蕃(bō)：吐蕃，我国古代民族。在今青藏高原，唐代曾建立政权。

③辛卯：乾隆三十六年(1771)。

④零丁：伶仃，孤独，没有依靠。

⑤谶(chèn)：将来能应验的预言、预兆。

【译文】

凡事往往都是命里注定的，难道不是这样吗？乾隆戊子年春天，我替人题《蕃骑射猎图》说：“白草粘天野兽肥，弯弧爱尔马如飞。何当快饮黄羊血，一上天山雪打围。”这年八月，竟然从军到了西域。又，董文恪公曾给我画了一幅《秋林觅句图》。我到乌鲁木齐，城西有茂密的森林，古老的树木高耸入云，绵延几十里。以前的将军伍弥泰公在里面造了一座亭子，题名“秀野”。散步在其间，很像是《秋林觅句图》画中的景色。辛卯年我回到京城，就自己题写了一首绝句说：“霜叶微黄石骨青，孤吟自怪太零丁。谁知早作西行谶，老木寒云秀野亭。”

南皮疡医某[1]，艺颇精，然好阴用毒药，勒索重赀[2]。不餍所欲，则必死。盖其术诡秘，他医不能解也。一日，其子雷震死。今其人尚在，亦无敢延之者矣。或谓某杀人至多，天何不殛其身而殛其子[3]？有佚罚焉。夫罪不至极，刑不及孥；恶不至极，殃不及世。殛其子，所以明祸延后嗣也。

【注释】

①南皮：地名。在今河北东南部，沧州以南。

②赀：同“资”。

③殛(jí)：诛杀，致死。

【译文】

南皮有个专治疮痈的某医生，医术很高，不过，这个医生总是喜欢暗中下毒药，向患者勒索很多钱财。如果不满足他的要求，必死无疑。因为他下毒药的手法很诡秘，别的医生谁也不能解救。有一天，他的儿子被雷电击死了。现在某医生还活着，但已经没人敢请他看病。有人说他杀了许多人，老天为什么不诛杀他本人却击死了他儿子？看来上天的刑罚也有失当。犯罪没达到极限，刑罚就牵连不到妻子儿女；作恶达不到极端，祸殃就连累不到后世子孙。老天诛杀他的儿子，正说明他罪大恶极，受到了祸延后嗣的最重惩罚。

安中宽言：昔吴三桂之叛①，有术士精六壬②，将往投之。遇一人，言亦欲投三桂，因共宿。其人眠西墙下，术士曰：“君勿眠此，此墙亥刻当圮③。”其人曰：“君术未深，墙向外圮，非向内圮也。”至夜果然。余谓此附会之谈也，是人能知墙之内外圮，不知三桂之必败乎？

【注释】

①吴三桂(1612—1678)：字长伯，一字月所，明崇祯时为辽东总兵，封平西伯，镇守山海关，后封汉中王、济王。1644 年降清，引清军入关，被封为平西王，1661 年杀南明永历帝，1673 年叛清，发动三藩之乱，于 1678 年农历八月十七夜病死。

②六壬：又称“六壬神课”，是一种古老的占卜吉凶的方法。

③圮（pǐ）：坍塌，倒塌。

【译文】

安中宽说：过去吴三桂叛变时，有个精通六壬的术士，要去投奔他。路上遇到一个人，说也要去投奔吴三桂，于是两人一同住下。术士遇见的那人睡在西墙下，术士说："你不要睡在这儿，这座墙将在今晚九点到十一点之间倒塌。"对方说："你的艺业还不精深，墙向外倒，而不会向里倒。"到了夜里，墙果然向外倒塌了。我认为这是牵强附会之谈，这个人能知道墙朝里还是朝外倒，怎么就不知道吴三桂一定要失败呢？

有僧游交河苏吏部次公家，善幻术，出奇不穷，云与吕道士同师。尝抟泥为豕[①]，咒之，渐蠕动；再咒之，忽作声；再咒之，跃而起矣。因付庖屠以供客，味不甚美。食讫，客皆作呕逆，所吐皆泥也。有一士因雨留同宿，密叩僧曰："《太平广记》载术士咒片瓦授人[②]，划壁立开，可潜至人闺阁中。师术能及此否？"曰："此不难。"拾片瓦咒良久，曰："持此可往。但勿语，语则术败矣。"士试之，壁果开。至一处，见所慕，方卸妆就寝。守僧戒，不敢语，径掩扉，登榻狎昵。妇亦欢洽，倦而酣睡。忽开目，则眠妻榻上也。方互相疑诘，僧登门数之曰："吕道士一念之差，已受雷诛。君更累我耶！小术戏君，幸不伤盛德，后更无萌此念。"既而太息曰："此一念，司命已录之。虽无大谴，恐于禄籍有妨耳。"士果蹭蹬[③]，晚得一训导，竟终于寒毡[④]。

【注释】

①抟（tuán）：把东西捏成团。

②《太平广记》:宋代李昉、扈蒙、李穆、徐铉、赵邻几、王克贞、宋白、吕文仲等十二人奉宋太宗之命编纂。开始于太平兴国二年(977),次年完成。全书五百卷,目录十卷,取材于汉代至宋初的野史小说及释藏、道经等杂著,属于类书。

③蹭蹬:困顿,失意。

④寒毡(zhān):形容寒士清苦的生活。

【译文】

有一个和尚云游到交河,住在吏部苏次公家里,他擅长方术,变化无穷,自称与吕道士为同门弟子。他和泥捏成猪的形状,念了咒语,猪就渐渐蠕动;又念咒语,猪忽然发出叫声;再念咒,猪就跳了起来。他把这头猪交给厨师宰杀了做给客人吃,肉的味道不太好。吃完,宾客都呕吐不止,吐出来的全是泥。有个读书人因为途中遇雨同和尚住在一起,他偷偷向和尚询问:"《太平广记》记载术士向瓦片念咒交给别人,用这片瓦划墙,墙马上就开了,可以偷偷地进入人家的闺房,大师的法术能达到这种程度吗?"和尚说:"这不难。"和尚于是拾起一片瓦,念了好一会儿的咒语,说:"你拿这片瓦就可以去了。但不要说话,一说话就不灵了。"读书人用瓦片一试,墙壁果然开了。读书人来到一个地方,见到了他日夜思慕的女人,正在卸妆准备睡觉。他牢记和尚的告诫,不敢出声,径直关好门上床,与她亲热起来。女人也开开心心地应和,玩累了就酣睡过去。读书人忽然醒来睁眼一看,发现自己躺在妻子的床上。两人正在相互质问,和尚上门数落读书人说:"吕道士因为一念之差,已经受到天雷诛杀。你更是要连累我吗!我施小术跟你开个玩笑,幸好没损你的大德,以后不要再存这种邪念。"之后和尚叹息说:"你这次生出的邪念,阴间司命官已经记录下来。虽然不受大的惩罚,担心对你将来的仕途还是会有影响。"后来,这位读书人果然一生坎坷,晚年才得了个训导职务,到死都穷困潦倒。

康熙中，献县胡维华以烧香聚众谋不轨。所居由大城、文安一路行，去京师三百馀里；由青县、静海一路行，去天津二百馀里。维华谋分兵为二，其一出不意，并程抵京师；其一据天津，掠海舟。利则天津之兵亦北趋，不利则遁往天津，登舟泛海去。方部署伪官，事已泄。官军擒捕，围而火攻之，龆龀不遗①。

初，维华之父雄于赀，喜周穷乏，亦未为大恶。邻村老儒张月坪，有女艳丽，殆称国色。见而心醉。然月坪端方迂执，无与人为妾理。乃延之教读。月坪父母柩在辽东，不得返，恒戚戚。偶言及，即捐金使扶归，且赠以葬地。月坪田内有横尸，其仇也。官以谋杀勘，又为百计申辩得释。一日，月坪妻携女归宁，三子并幼，月坪归家守门户，约数日返。乃阴使其党，夜键户而焚其庐②，父子四人并烬。阳为惊悼，代营丧葬，且时周其妻女，竟依以为命。或有欲聘女者，妻必与谋，辄阴沮③，使不就。久之，渐露求女为妾意。妻感其惠，欲许之。女初不愿，夜梦其父曰："汝不往，吾终不畅吾志也。"女乃受命。岁馀，生维华，女旋病卒。维华竟覆其宗。

【注释】

①龆龀(tiáo chèn)：垂髫换齿之时。借指孩童。龆，通"髫"。

②键户：闩门。

③沮(jū)：阻止，阻挠。

【译文】

康熙年间，献县胡维华以烧香为名，聚众谋逆叛乱。他居住的地方，沿大城、文安走，离京城三百多里；沿青县、静海走，离天津二百多里。胡维华计划兵分两路，一路出其不意，兼程到达京城；一路占据天津，掠夺海船。如果顺利，天津的兵马也往北赶，不顺利，则逃往天津，登船入海而去。但当他正要给下属部署任命官职时，阴谋败露。官军前往擒拿，包围起来用火攻，连幼小的孩童也一个没留下。

当初，胡维华的父亲富有资财，喜欢周济穷人，也没干过太坏的事。邻村老儒张月坪，有个女儿长得很漂亮，简直可以称得上国色。胡维华的父亲看到后为之心醉。但是张月坪品行端正，又迂腐固执，绝无可能把女儿给人做妾。胡父就聘请他来家教读。张月坪父母的灵柩在辽东，因为运不回来，所以经常悲哀叹息。有一次偶然与胡父谈及此事，胡父就捐助钱财让他扶灵柩而归，并且送了一块坟地。张月坪田里有具尸体，死于非命，死者生前是他的仇家。官府要以谋杀罪审理这桩案子，胡父又千方百计替他申辩，张月坪终于被释放。有一天，张月坪的妻子带着女儿回娘家，因为三个儿子都很小，张月坪回自家看守门户，约好几天后返回胡家。胡父就暗中指使家丁夜里从外面把张家的门户锁上，放火烧了房子，父子四人都被烧成灰烬。胡父却假装吃惊表示哀悼，代为料理丧葬，并常常周济张月坪的妻女，孤女寡母竟把他当成了依靠。有人要想娶张家的女儿，张月坪妻子必定来同他商量，胡父则在暗中阻挠，婚事总是成不了。时间久了，胡父渐渐露出求张家女儿做妾的意思。张月坪妻子感激他的恩惠，打算答应下来。女儿开始不情愿，夜里梦见她的父亲说："你不去，终究不能满足我的心愿。"女儿于是遵命嫁了过去。过了一年多，生下胡维华，张家的女儿很快病死了。胡维华竟使胡家断了子绝了孙。

又，去余家三四十里，有凌虐其仆夫妇死而纳其女者。女故慧黠[①]，经营其饮食服用，事事当意。又凡可博其欢者，冶荡狎媟[②]，无所不至。皆窃议其忘仇。蛊惑既深，惟其言是听。女始则导之奢华，破其产十之七八。又谗间其骨肉，使门以内如寇仇。继乃时说《水浒传》宋江、柴进等事，称为英雄，怂恿之交通盗贼[3]。卒以杀人抵法。抵法之日，女不哭其夫，而阴携卮酒[4]，酹其父母墓曰[5]："父母恒梦中魇我[6]，意悢悢似欲击我。今知之否耶？"人始知其蓄志报复，曰："此女所为，非惟人不测，鬼亦不测也，机深哉！"然而不以阴险论，《春秋》原心，本不共戴天者也。

【注释】

①慧黠（xiá）：聪明而狡猾。

②狎媟（xiè）：亲昵而放荡。

③交通：勾结。

④卮（zhī）：古代盛酒的器皿。

⑤酹（lèi）：拿酒祭奠。

⑥魇（yǎn）：使人迷乱。

【译文】

又，离我家三四十里的地方，有个人残暴虐待弄死了仆人夫妇两个之后霸占了他们的女儿。这个女子一向聪明黠慧，侍奉主人的饮食服用，样样都很称心。凡能博得他欢心的事情，淫荡狎昵、打情骂俏等等无所不做。人们都背后议论说她忘记了父母之仇。主人被她迷惑得不可自拔，对她言听计从。女子开始时引导主人追求奢侈豪华，把家产耗去了十分之七八。随后又离间主人家亲人的骨肉关系，使一家人之间互相怨恨像仇人一样。接着经常向他讲述《水浒传》宋江、柴进等人的故事，称赞他们是英雄好汉，怂恿他与强盗往来。主人最后竟然因为杀了人要偿命。行刑这天，这个女子没有去哭遭受极刑的男人，而是悄悄带着酒，到父母墓前祭祀，说："父母双亲经常在梦中惊吓我，恨恨地想要打我。今天明白了吗?"人们这才知道她原来是蓄意报仇,说:"这个女人的行为,非但人预料不到,就是连鬼也未能料到,真是机谋深远啊!"然而,人们并不认为她阴险,《春秋》主张原心定罪,重视推究动机,何况这本来就是不共戴天的家仇。

余在乌鲁木齐,军吏具文牒数十纸,捧墨笔请判,曰:"凡客死于此者,其棺归籍,例给牒,否则魂不得入关。"以行于冥司,故不用朱判,其印亦以墨。视其文,鄙诞殊甚。曰:"为给照事:照得某处某人,年若干岁,以某年某月某日在本处病故。今亲属搬柩归籍,合行给照。为此俾仰沿路把守关隘鬼卒,即将该魂验实放行,毋得勒索留滞,致干未便。"余曰:"此胥役托词取钱耳。"启将军除其例。旬日后,或告城西墟墓中鬼哭,无牒不能归故也。余斥其妄。又旬日,或告鬼哭已近城。斥之如故。越旬日,余所居墙外䰥䰥有声。《说文》曰:"䰥,鬼声。"余尚以为胥役所伪。越数日,声至窗外。时月明如昼,自起寻视,实无一人①。同事观御史成曰:"公所持理正,虽将军不能夺也。然鬼哭实共闻,不得照者,实亦怨公。盍试一给之,姑间执谗慝之口②。倘鬼哭如故,则公益有词矣。"勉从其议,是夜寂然。又,军吏宋吉禄在印房,忽眩仆。久而苏,云见其母至。俄台军以官牒呈,启视,则哈密报吉禄之母来视子,卒于途也。天下事何所不有,儒生论其常耳。余尝作乌鲁木齐杂诗一百六十首,中一首云:"白草飕飕接冷云,关山疆界是谁分?幽魂来往随官牒,原鬼昌黎竟未闻③。"即记此二事也。

【注释】

①实:实在。嘉庆五年本均作“寔”。

②诡慝(tè):奸邪,邪恶。

③原鬼昌黎:昌黎,指唐代政治家、文学家韩愈,写过散文《原鬼》。

【译文】

我在乌鲁木齐时,军吏拿来几十张文书,捧着墨笔请我签批,说:“凡是客死在此地的人,其灵柩回家乡,照例要给文书,不然死者灵魂就不能进关。”因这个文书通行于阴曹地府,所以不用朱笔签发,上面的印也是黑色的。文书上的行文和字迹都极其低俗荒诞。是这样说的:“这是用来作为凭证和执照的:证明某处的某人,年纪若干岁,于某年某月某日在本处病故。现在亲属搬运灵柩回故乡去,理所应当发给此证明。因此希望沿路把守关隘的小鬼,都要在验证魂灵后放行,不能找借口要钱或者滞留,使得他们不方便。”我说:“这不过是里中小吏们变着法子捞钱罢了。”于是请求将军去掉这个规矩。过了十天,有人报告我说,城西的墓地里有鬼哭,因为没有文书回不了家乡。我斥责他胡说八道。又过了十天,有人报告鬼哭声离城近了。我还像上次那样斥责了他。之后又过了十天,我住处的墙外索索有声。《说文》说:“䰡,鬼声。”我以为是小吏在捣鬼。过了几天,声音到了窗外。当时月光明亮一如白昼,我亲自出去寻视,什么人也没有看到。同事观成御史说:“你坚持的是正确的,即便是将军也不能责怪你。不过鬼哭是大家都真切地听到了的,得不到文书的鬼,必定要怨恨你。何不试试给它们文书,姑且堵堵那些说三道四的人的嘴巴。倘若鬼还哭,那么你也有可说的了。”我勉强听从了他的建议,这天夜里就安安静静的了。还有,军中佐吏宋吉禄在掌印的房里,忽然昏倒在地。好久之后他醒过来说,看到他母亲来了。不一会儿,台军呈上来一封公文,打开一看,是哈密县报告宋吉禄的母亲来探视儿子,在路上去世了。天下什么事都有,儒生们谈论的是常理罢了。我曾经写了乌鲁木齐杂诗一百六十首,其中有一首说:“白草飕飕接冷云，关山疆界是谁分？幽魂来往随官牒，原鬼昌黎竟不闻。”写的就是这两件事。

范蘅洲言：昔渡钱塘江，有一僧附舟，径置坐具，倚檣竿，不相问讯。与之语，口漫应，目视他处，神意殊不属。蘅洲怪其傲，亦不再言。时西风过急，蘅洲偶得二句，曰：“白浪簸舡头[1]，行人怯石尤[2]。”下联未属，吟哦数四。僧忽闭目微吟曰：“如何红袖女，尚倚最高楼？”蘅洲不省所云，再与语，仍不答。比系缆，恰一少女立楼上，正着红袖。乃大惊，再三致诘。曰：“偶望见耳。”然烟水淼茫，庐舍遮映，实无望见理。疑其前知，欲作礼，则已振锡去。蘅洲惘然莫测，曰：“此又一骆宾王矣[3]！”

【注释】

①舡(chuán)：船。

②石尤：石尤风，指逆风，又称“打头风”。

③骆宾王(？—684)：字观光，唐代诗人。与王勃、杨炯、卢照邻合称“初唐四杰”。嗣圣元年(684)，武则天废中宗自立，9月，徐敬业在扬州起兵反对。骆宾王起草著名的《讨武氏檄》，慷慨激昂，气吞山河。11月徐敬业兵败被杀，骆宾王下落不明，有人说被杀，有人说逃亡，有人说出家为僧。相传唐代考工员外郎宋之问流放途中来到灵隐寺游览，夜晚漫步吟诗：“鹫岭郁岧峣，龙宫锁寂寥。”苦于没有满意的下联，有个老僧说：“为何不用‘楼观沧海日，门对浙江潮’？”宋之问接着把这首诗吟到终篇：“桂子月中落，天香云外飘。扪萝登塔远，刳木取泉遥。云薄霜初下，冰轻叶未凋。待入天台路，看余度石桥。”老僧的诗句遒劲壮丽，最为精辟。知道底

细的人说，这位老僧就是骆宾王。事可参见《唐才子传》卷一。

【译文】

范蘅洲说：从前渡钱塘江，有个和尚搭船，径直把坐具放在船上，倚着桅杆，也不与其他人打招呼。别人与他说话，只是口中随便应答而已，眼睛却望着别的地方，一副心不在焉的样子。范蘅洲觉得和尚太傲慢，也不与他搭话。当时西风很大，范蘅洲偶成两句诗：“白浪簸舡头，行人怯石尤。”下联的两句还没想好，只是三番五次吟咏上联两句。和尚忽然闭上眼睛，轻声地吟道：“如何红袖女，尚倚最高楼？”范蘅洲不懂和尚说的是什么意思，跟和尚说话，对方仍然不回答。等船到岸边系缆绳的时候，见一个少女站在岸边的楼上，正是穿的红衣服。范蘅洲大惊，再三向和尚请教。和尚说：“我偶然望见罢了。”然而当时船在江中，烟波浩渺，房屋遮挡，根本不可能望见这番景象。范蘅洲怀疑和尚先知先觉，要向他致意敬礼，但和尚却已拄着锡杖走了。范蘅洲茫然不知和尚是什么人，怅然地说：“这又是一个骆宾王了！”

清苑张公钺，官河南郑州时，署有老桑树，合抱不交，云栖神物。恶而伐之。是夕，其女灯下睹一人，面目手足及衣冠色皆浓绿，厉声曰：“尔父太横，姑示警于尔！”惊呼媪婢至，神已痴矣。后归戈太仆仙舟，不久下世。驱厉鬼，毁淫祠，正狄梁公、范文正公辈事①。德苟不足以胜之，鲜不取败。

【注释】

①狄梁公：唐代名臣狄仁杰（630—700），字怀英，武则天当政时期宰相，死后追封梁国公，故称。范文正公：范仲淹（989—1052年），字希文，北宋著名的政治家、思想家、军事家和文学家，去世后谥“文正”，故称。

【译文】

清苑张铁公在河南郑州做官时，官署里有棵老桑树，两手合抱都搂不过来，人们说是树上住着神灵一类怪异的东西。张公觉得厌恶就把树砍掉了。这天夜里，他的女儿灯下看到一个人，面目手脚和衣帽都是深绿的颜色，厉声说："你的父亲太霸道，且拿你来警告他！"张女惊叫呼喊，保姆丫鬟赶来，张家女儿已经吓傻了。后来嫁给了太仆戈仙舟，不久就去世了。驱除恶鬼、毁坏淫邪的祠庙，正是狄仁杰、范仲淹那样的人才能做的事。如果德行不足胜过鬼神，很少有不失败的。

钱文敏公曰："天之祸福，不犹君之赏罚乎？鬼神之鉴察，不犹官吏之详议乎？今使有一弹章曰：'某立身无玷，居官有绩，然门径向凶方，营建犯凶日，罪当谪罚。'所司允乎？驳乎？又使有一荐牍曰：'某立身多瑕，居官无状，然门径得吉方，营建值吉日，功当迁擢[①]。'所司又允乎？驳乎？官吏所必驳，而谓鬼神允之乎？故阳宅之说，余终不谓然。"此譬至明，以诘形家[②]，亦无可置辩。然所见实有凶宅：京师斜对给孤寺道南一宅，余行吊者五；粉坊琉璃街极北道西一宅，余行吊者七。给孤寺宅，曹宗丞学闵尝居之，甫移入[③]，二仆一夕并暴亡，惧而迁去。粉坊琉璃街宅，邵教授大生尝居之，白昼往往见变异，毅然不畏，竟没其中。此又何理欤？刘文正公曰[④]："卜地见《书》[⑤]，卜日见《礼》[⑥]。苟无吉凶，圣人何卜？但恐非今术士所知耳。"斯持平之论矣。

【注释】

①迁擢(zhuó)：提升官职。

②形家：旧时以相地形卜吉凶，为人选择宅基、墓地为业的人。也称“堪舆家”。

③甫：刚刚，才。

④刘文正公：名统勋，字延清，号尔钝。曾任清内阁学士、刑部尚书，为官清廉，颇能进谏，参与《四库全书》编辑，并担任《四库全书》总裁。乾隆三十八年(1773)卒，谥文正。

⑤《书》：即《尚书》。见前注。

⑥《礼》：即《礼记》。见前注。

【译文】

钱文敏公说：“上天降祸福，不是类似于君王的赏罚么？鬼神的鉴察，不是类似于官吏的审议么？假如有一份弹劾某人的奏章说：‘某人一生没有污点，做官也有政绩，但他家的门户向着不吉利的方向，建造住宅时冒犯凶日，这种罪名应当贬官。’主管官员是批准还是驳回呢？假如又有一份荐书说：‘某人一生污点很多，做官也很糟糕，但他家的门户向着吉方，建房时正值吉日，这种功德应当升官。’主管官员又是批准呢？还是驳回呢？人世上官员必定驳回的，就说鬼神会批准吗？因此，所谓阳宅之说，我始终是不相信的。”这个比喻非常明白，就是拿去问风水先生，也没有可以置辩的馀地。然而，就我所见，确实有凶宅：京师斜对给孤寺道南有一处宅院，我已经吊丧五次；粉坊琉璃街极北道西还有一处宅院，我已经吊丧七次。给孤寺宅院，宗丞曹学闵曾住过，刚搬进去，两个仆人就在同一天晚上一同暴亡，曹家害怕，当即迁走。粉坊琉璃街宅院，教授邵大生曾经住过，白天就常常见到怪异，邵教授刚毅不怕邪魅，终于死在这处住宅里。这又是什么道理呢？刘文正公说：“《书经》记载周公曾卜地建城，《礼记》记载出行占卜吉祥的日子。如果没有吉凶，圣人为什么还要卜问呢？不过，圣人的占卜，恐怕已经不是当今术士们所能懂得了。”这才是公平合理的议论。

沧州潘班，善书画，自称黄叶道人。尝夜宿友人斋中，闻壁间小语曰："君今夕毋留人共寝，当出就君。"班大骇，移出。友人曰："室旧有此怪，一婉娈女子，不为害也。"后友人私语所亲曰："潘君其终困青衿乎[①]？此怪非鬼非狐，不审何物。遇粗俗之人不出，遇富贵之人亦不出，惟遇才士之沦落者，始一出荐枕耳。"后潘果坎壈以终[②]。越十馀年，忽夜闻斋中啜泣声。次日，大风折一老杏树，其怪乃绝。外祖张雪峰先生尝戏曰："此怪大佳，其意识在绮罗人上[③]。"

【注释】

①青衿(jīn)：青色交领的长衫，周代学子的服装。古时用来指读书人。

②坎壈(lǎn)：困顿，不顺利。

③绮罗人：指富贵人。

【译文】

沧州人潘班，擅长书画，自称黄叶道人。一次夜里在朋友的书斋里住宿，听见墙壁里有人小声说："你今夜不要留别人在这儿住，我出去陪你。"潘班非常害怕，吓得赶紧搬了出去。朋友说："书斋里过去就有这个怪物，是一个文雅温婉的女子，不害人的。"后来这位朋友私下里对亲近的人说："潘君这一辈子就只能是个秀才了么？书斋中的这个怪物不是鬼也不是狐狸精，不知道是什么怪物。它遇见粗俗的人不出来，遇见富贵的人也不出来，唯有遇见了有才而落魄的人，它才出来侍寝。"后来潘班果然一生困顿不得志。十多年之后的一天夜里，忽然听到书斋里有哭泣声。第二天，大风刮断一棵老杏树，这个怪物也绝迹了。外祖父张雪峰先生曾经开玩笑说："这个怪物真不错，她的见识可比富贵人家的女子高多了。"

陈枫崖光禄言：康熙中，枫泾一太学生，尝读书别业。见草间有片石，已断裂剥蚀，仅存数十字，偶有一二成句，似是夭逝女子之碣也[①]。生故好事，意其墓必在左右，每陈茗果于石上，而祝以狎词。越一载馀，见丽女独步菜畦间[②]。手执野花，顾生一笑。生趋近其侧，目挑眉语，方相引入篱后灌莽间，女凝立直视，若有所思，忽自批其颊曰："一百馀年，心如古井，一旦乃为荡子所动乎？"顿足数四，奄然而灭。方知即墓中鬼也。蔡修撰季实曰[③]："古称盖棺论定，观于此事，知盖棺犹难论定矣。是本贞魂，乃以一念之差，几失故步。"晦庵先生诗曰[④]："世上无如人欲险，几人到此误平生。"谅哉！

【注释】

①碣：圆顶的墓碑。

②畦（qí）：田园中分成的小区。

③修撰：官名。科举一甲第一名进士即授翰林院修撰。

④晦庵先生：朱熹（1130—1200），字元晦，一字仲晦，号晦庵，别称紫阳，徽州婺源（今江西婺源）人。南宋理学家、教育家。

【译文】

光禄大夫陈枫崖说：康熙年间，浙江枫泾有个太学生在别墅读书，见草丛中有一块石片，已经断裂剥蚀，上面只有几十个字，偶然有一两句完整的句子，看来好似夭折女子的石碑。这个太学生向来好事，估计坟墓就在附近，于是就常常在残碑上陈设茶点果品，祈祝一些猥亵的话。大约过了一年多，见到一个漂亮的女子独自在菜畦间走。她手里拿着一枝野花，对着太学生嫣然一笑。太学生走到她的身旁，眉来眼去的，女子正引着太学生来到篱笆后的灌木丛中，就站住了，两眼直愣愣地看着太学生，若有所思，忽然她抽了自己一个耳光说：“一百多年来，心像古井一样，难道一下子却被这放荡小子勾引动了心么？”她不停地顿脚，一下子就隐灭不见了。这才知道她就是坟墓里的鬼。修撰蔡季实说：“古语说盖棺定论，从这件事可知，盖棺也难定论呵。这本来是贞节的鬼魂，还因为一念之差，几乎失去她原来的操守。”朱熹有诗说：“世上无如人欲险，几人到此误平生。”确实如此啊！

王孝廉金英言：江宁一书生，宿故家废园中。月夜有艳女窥窗。心知非鬼即狐，爱其姣丽，亦不畏怖。招使入室，即宛转相就。然始终无一语，问亦不答，惟含笑流盼而已。如是月馀，莫喻其故。一日，执而固问之。乃取笔作字曰：“妾前明某翰林侍姬，不幸夭逝。因平生巧于谗搆①，使一门骨肉如水火。冥司见谴，罚为喑鬼，已沉沦二百馀年。君能为书《金刚经》十部，得仗佛力，超拔苦海，则世世衔感矣。”书生如其所乞。写竣之日，诣书生再拜，仍取笔作字曰：“借金经忏悔，已脱离鬼趣。然前生罪重，仅能带业往生，尚须三世作哑妇，方能语也。”

【注释】

①谗搆：谗构，谗言陷害。

【译文】

举人王金英说：江宁有个书生，住宿在官宦人家的废园子里。一个明亮的月夜，有个漂亮女子从窗户往里偷看。书生知道这女子不是鬼就是狐，但喜欢她的姣好美丽，也不害怕。书生招呼让她进入室内，这女子就温柔多情地主动亲近。但是从来不说话，问她也不回答，只是笑着流转目光看着他。这么过了一个多月，不知道是什么缘故。一天，书生拉着她一定要问出个所以然来。女子这才拿笔写字说:“我是前明某翰林的侍妾,不幸短命而死。因为平生巧于进谗言陷害,使得一家的亲人之间,如同水火一样不相容。阴司惩罚我,罚做哑鬼,已经埋没沦落二百多年了。您如果能够替我写十部《金刚经》,让我仰仗佛力,脱离苦海,我世世代代感激你。”书生照她的请求去做。写完的这一天,女子到书生这里两次拜谢,仍旧拿笔写字说:“依凭《金刚经》忏悔,我已经脱离了鬼界。但是前生的罪孽深重,只能带着罪孽转生,还得要做三辈子哑妇,才能够说话。”

卷二

滦阳消夏录二

【题解】

写作《阅微草堂笔记》，纪昀一开始就设定了自己创作的出发点是“劝惩”与“风教”；对于预期的阅读效果，纪昀这样说：“小说稗官，知无关于著述；街谈巷议，或有益于劝惩”，表明“大旨期不乖于风教”。为什么创作小说来体现“劝惩”与“风教”的宗旨？纪昀曾经这样说过，那些严肃认真的言论，听起来常常使人厌倦，而那些涉及神鬼的稀奇古怪故事，喜欢的人一定会传来传去，他注重于读者不同的阅读态度。“滦阳消夏录”曾有过一个三卷抄本，这个三卷本相当于现在的卷一、卷二的内容。卷末有纪昀自己写的两首诗：

检点燕公记事珠，拈毫一字几踌躇。
平生曾是轻干宝，浪被人称鬼董狐。

前因后果验无差，琐记搜罗鬼一车。
传语洛闽门弟子，稗官原不入儒家。

卷末还有刘墉写的跋：

正容庄语，听者恐卧，导以隽永，使人意消。不以文为制，而以文为戏，晋公亦何规乎？环玮连犿，吾爱其笔。石菴居士题

刘墉对于此卷，大为赞赏，并且写了跋语。其实，刘墉还曾写诗与

纪昀的自题诗相唱和，最早表现了对纪昀创作的概括与肯定。这也是纪昀作品水平高下的一个佐证。

董文恪公为少司空时[①]，云昔在富阳村居，有村叟坐邻家，闻读书声，曰："贵人也。"请相见。谛观再四，又问八字干支，沉思良久，曰："君命相皆一品。当某年得知县，某年署大县[②]，某年实授[③]，某年迁通判[④]，某年迁知府，某年由知府迁布政，某年迁巡抚，某年迁总督。善自爱，他日知吾言不谬也。"后不再见此叟，其言亦不验。然细较生平，则所谓知县，乃由拔贡得户部七品官也；所谓调署大县，乃庶吉士也[⑤]；所谓实授，乃编修也[⑥]；所谓通判，乃中允也；所谓知府，乃侍读学士也；所谓布政使，乃内阁学士也；所谓巡抚，乃工部侍郎也。品秩皆符，其年亦皆符，特内外异途耳。是其言验而不验，不验而验，惟未知总督如何。后公以其年拜礼部尚书，品秩仍符。

按推算干支，或奇验，或全不验，或半验半不验。余尝以闻见最确者，反复深思，八字贵贱贫富，特大概如是。其间乘除盈缩，略有异同。无锡邹小山先生夫人，与安州陈密山先生夫人，八字干支并同。小山先生官礼部侍郎，密山先生官贵州布政使，均二品也。论爵，布政不及侍郎之尊；论禄，则侍郎不及布政之厚，互相补矣。二夫人并寿考。陈夫人早寡，然晚岁康强安乐；邹夫人白首齐眉，然晚岁丧明[⑦]，家计亦薄，又相补矣。此或疑地有南北，时有初正也。余第六侄与奴子刘云鹏，生时只隔一墙，两窗相对，两儿并落蓐啼[⑧]。非惟时同刻同，乃至分秒亦同。侄至十六岁而夭，奴子今尚在。岂非此命所赋之禄，只有此数。侄生长富贵，消耗先尽；奴子生长贫贱，消耗无多，禄尚未尽耶？盈虚消息，理似如斯，俟知命者更详之⑨。

【注释】

①少司空：司空的辅助。司空为工部尚书，少司空即工部侍郎。

②署：代理。

③实授：正式任命。

④迁：古代称升职为“迁”。通判：清朝的通判也称为“分府”，辅助知府政务，分掌粮、盐、都捕等，品等为正六品，实际上往往是闲职。通判多设立在边陲，以弥补知府管辖的不足。

⑤庶吉士：亦称“庶常”，是明清两朝时翰林院内的短期职位，从通过科举考试的人当中选择优秀者入翰林院“庶常馆”学习三年，成绩优良者授以翰林院“编修”、“检讨”等官职，其馀的分发任“主事”等职，或者优先委任为知县。

⑥编修：官名。宋代设编修修国史实录、会要等。明清属翰林院，与修撰、检讨同为史官。

⑦丧明：眼睛失明。引申为丧子。语出《礼记·檀弓上》：“子夏丧其子而丧其明。曾子吊之，曰：‘吾闻之也，朋友丧明则哭之。’”

⑧落蓐（rù）：指婴儿出生。

⑨俟（sì）：等到。

【译文】

董文恪公任工部侍郎时，说以前住在富阳县乡下，有个乡村老翁在邻居家坐着，听见他的读书声，说：“这是个贵人。”要求见见面。乡村老翁再三仔细地端详他，又问了生辰八字，沉思了好半天，说：“看你的命和相，都是一品。应当在某某年可以任知县，某某年代理大县县令，某某年正式任命，某某年升通判，某某年升知府，某某年由知府升任布政使，某某年升巡抚，某某年升总督。你要好自为之，到时候你会知道我的话没错。”后来再没看见过这个老人，他的话也没应验。但是仔细考较生平所任官职，那么所谓知县，就是由拔贡生得任户部的七品官；所谓升调代理大县，就是被任为庶吉士；所谓正式任命，就是指任编修；所谓通判，就是指任中允；所谓知府，就是指任侍读学士；所谓布政使，是指任内阁学士；所谓巡抚，是指任工部侍郎。这些官职品级俸禄都相符合，任职时间也相符，不同的是老翁说的是地方官，而董公所任的是朝廷官职。说起来老翁的话应验又不应验，不应验又应验，只是不知他说的总督，相应将任什么。后来董公在这一年里升任礼部尚书，和总督的品级也相符了。

按干支推算，有的出奇的灵验，有的全然不应验，有的一半应验，一半不应验。我曾经根据听见的最确切的事例，反复研究所谓的八字贵贱贫富，大概情况也是这样。这其中的人事消长盛衰，也略有异同。无锡邹小山先生的夫人和安州陈密山先生的夫人，时辰八字干支都一样。邹小山任官礼部侍郎，陈密山任官贵州布政使，两人都是二品官。论起爵位，布政使不如侍郎尊贵；论起俸禄，则侍郎不如布政使丰厚，两者互有所补。两位夫人都高寿。陈夫人早年守寡，但晚年健康安乐；邹夫人与丈夫白头偕老夫妻恩爱，但晚年丧子，家庭经济状况也不大好，两者又互有所补。这可能是因为两人地处南北、生辰时间不同的缘故。我第六个侄儿和奴仆的儿子刘云鹏，出生时只隔着一道墙，两扇窗户相对着，两人同时降生啼哭。不仅同一时刻，而且是同一分秒。我的侄儿长到十六岁时夭折，奴仆的儿子如今还在。莫非赋予这种命相的福禄，是有规定数量的。我侄子生长在富贵之中，先把福禄消耗尽了；奴仆生长在贫贱之中，消耗不多，福禄还没有用尽？盈亏的情况，从道理上讲当然是这样，还是等着遇见懂得命运的人来详细解释吧。

曾伯祖光吉公，康熙初官镇番守备[①]。云有李太学妻，恒虐其妾，怒辄褫下衣鞭之，殆无虚日。里有老媪，能入冥，所谓走无常者是也[2]。规其妻曰："娘子与是妾有夙冤，然应偿二百鞭耳。今妒心炽盛，鞭之殆过十馀倍，又负彼债矣。且良妇受刑，虽官法不褫衣。娘子必使裸露以示辱，事太快意，则干鬼神之忌。娘子与我厚，窃见冥籍，不敢不相闻。"妻哂曰："死媪谩语[3]，欲我禳解取钱耶[4]！"会经略莫洛遘王辅臣之变[5]，乱党蜂起，李没于兵，妾为副将韩公所得。喜其明慧，宠专房。韩公无正室，家政遂操于妾。妻为贼所掠。贼破被俘，分赏将士，恰归韩公。妾蓄以为婢，使跪于堂而语之曰："尔能受我指挥，每日晨起，先跪妆台前，自褫下衣，伏地受五鞭，然后供役，则贷尔命。否则尔为贼党妻，杀之无禁，当寸寸脔尔，饲犬豕。"妻惮死失志，叩首愿遵教。然妾不欲其遽死，鞭不甚毒，俾知痛楚而已。年馀，乃以他疾死。计其鞭数，适相当。此妇真顽钝无耻哉！亦鬼神所忌，阴夺其魄也。此事韩公不自讳，且举以明果报，故人知其详。

韩公又言：此犹显易其位也。明季尝游襄、邓间[6]，与术士张鸳湖同舍。鸳湖稔知居停主人妻虐妾太甚[7]，积不平，私语曰："道家有借形法。凡修炼未成，气血已衰，不能还丹者，则借一壮盛之躯，乘其睡，与之互易。吾尝受此法，姑试之。"次日，其家忽闻妻在妾房语，妾在妻房语。比出户，则作妻语者妾，作妾语者妻也。妾得妻身，但默坐，妻得妾身，殊不甘，纷纭争执，亲族不能判。鸣之官。官怒为妖妄，笞其夫[8]，逐出。皆无可如何。然据形而论，妻实是妾，不在其位，威不能行，竟分宅各居而终。此事尤奇也。

【注释】

①镇番守备：守卫在边境或边界的军事官员。古代称外国或者外域为“番”，镇番，守边的意思。守备，明清时武官名。清代绿营统兵官，称“营守备”；漕运总督下辖各卫和守御所也分设守备，统率运军领运漕粮，称“卫守备”。

②走无常：旧时传说的一种超自然现象，即冥间利用活人的生魂来为冥间做事。

③谩(màn)语：说谎话。

④禳(ráng)解：向神祈求解除灾祸。

⑤经略：明清两代有重要军事任务时特设经略，掌管一路或数路军、政事务，职位高于总督。王辅臣之变：康熙十二年(1673)，吴三桂叛变，提督王辅臣响应。

⑥季：这里指末年。

⑦稔(rěn)知：熟知。居停：居住的地方。

⑧笞(chī)：鞭打，杖打。

【译文】

我的曾伯祖光吉公，康熙初年做镇番守备。据他说，有位李太学，他妻子经常虐待妾，一发怒就扒光妾下身的衣服用皮鞭抽打，几乎没有一天不打的。当地有位老妇人，据说能在阴阳两界来来往往，就是所谓的走无常的那种人。老妇人规劝李太学妻子说：“娘子与这个妾有前世的冤仇，不过是她应该偿还你二百鞭罢了。你现在妒心太盛，打她的鞭数几乎超过了十几倍，反而又欠了她的债。况且，良家妇女受刑，就是官府律法也规定不许扒衣服。可娘子却一定要让她裸露作为羞辱，事情做得太过分，就冒犯了鬼神的禁忌。娘子与我交情厚，我看见过阴间的册子，不敢不让你知道这些事。”李太学妻子冷笑说：“死老婆子胡说，想要让我祈祷消灾你好捞钱吧!"不久,经略使莫洛遭遇了王辅臣叛乱,乱党蜂起,李太学在兵乱中丧生,他的妾归了副将韩公。韩公喜欢她聪明智慧,极为宠爱。韩公又没有正妻,家政大权就由这个妾掌握。而李太学妻子在兵荒中被贼党掠走。贼党被攻破后,李太学妻子被俘,俘虏分赏将士时,恰好分给韩公。妾收了李太学妻子做奴婢,妾让她跪在堂前,对她说:"你如果能接受我的指挥,每天早晨起床后,先跪在梳妆台前,自己脱掉下身衣服,趴在地上让我打五鞭,然后供我使唤,就饶你不死。否则的话,你是贼党的妻室,杀了你你都不会有人管,应当一寸一寸地割下你的肉,喂猪喂狗。"李太学妻子怕死,什么气节脸面都顾不得了,叩头表示遵命。但是妾不想让李太学妻子马上死,鞭打的时候用力不狠,只是让她知道疼而已。一年多以后,李太学妻子得别的病死了。计算她所受的鞭数,正好与她所欠妾的鞭数相等。这个太学的妻子真是顽钝无耻啊!她受到鬼神忌恨,所以阴司勾取了她的魂魄。这件事情韩公自己不隐讳,并且常拿来举例说明因果报应的道理,因此人们能知道详情。

韩公又说:这就像完全对换所处地位一样。明朝末年,他曾经游历襄阳、邓州一带,与术士张鸳湖同舍居住。张鸳湖知道旅舍主人的妻子虐待妾很过分,愤愤不平,私底下对韩公说:"道家有一种借人躯体的法术,名叫借形法。凡是修炼没有成功,气血已经衰退,还不能够合成仙丹得到正果,就借用一个年轻力壮的身体,乘他睡着的时候,同他互相调换。我曾经学过这种法术,姑且试试。"第二天,这家人忽然听妻在妾的房里说话,妾在妻的房里说话。等到她们走出门来,大家发现妻子发出来的声音是妾的,妾一开口就是妻子的声音。妾得到妻子的身体,只是默坐无语,妻子换成妾身,却很不甘心,纷纷扰扰争执不休,亲族谁也判断不了。事情闹到官府。官府认为此事怪异荒诞而发怒,将做丈夫的鞭打一顿,轰出门来。众人全都无可奈何。根据形体相貌,妻子实际上是妾,就没有正妻的地位,所以威风也就不能施展,最后只好妻妾分宅各居。这事情就更加奇特了。

相传有塾师，夏夜月明，率门人纳凉河间献王祠外田塍上[①]。因共讲《三百篇》拟题[②]，音琅琅如钟鼓。又令小儿诵《孝经》[③]，诵已复讲。忽举首见祠门双古柏下，隐隐有人。试近之，形状颇异，知为神鬼。然私念此献王祠前，决无妖魅，前问姓名，曰毛苌、贯长卿、颜芝[④]，因谒王至此。塾师大喜，再拜，请授经义，毛、贯并曰："君所讲，适已闻，都非我辈所解，无从奉答。"塾师又拜曰："《诗》义深微，难授下愚。请颜先生一讲《孝经》可乎？"颜回面向内曰："君小儿所诵，漏落颠倒，全非我所传本。我亦无可着语处。"俄闻传王教曰："门外似有人醉语，聒耳已久[⑤]，可驱之去。"余谓此与爱堂先生所言学究遇冥吏事，皆博雅之士造戏语以诟俗儒也。然亦空穴来风，桐乳来巢乎[⑥]？

【注释】

①献王祠：西汉景帝刘启之子，武帝刘彻之异母兄刘德，公元前155年被封为河间王，因其"聪明睿智"，谥号曰"献"，故称之为"河间献王"。明嘉靖十三年(1534)，曾在墓上建有河间献王祠，后经隆庆、乾隆、道光等多次重修，历经风雨，至1946年献王祠被毁。田塍(chéng)：田间的土埂子，小堤。

②《三百篇》：指《诗经》。《诗经》诗歌总数约三百，故称。

③《孝经》：古代儒家的伦理学著作。传说是孔子自作，但南宋时已有人怀疑是出于后人附会。纪昀在《四库全书总目》中指出，该书是孔子"七十子之徒之遗言"，成书于秦汉之际。自西汉至魏晋南北朝，注解者及百家。

④毛苌(cháng):西汉赵(今河北邯郸)人,相传是古文诗学"毛诗学"的传授者。由于承继传播《诗经》的伟大贡献,受到历代官方及民众的尊敬。贯长卿:西汉赵人,与毛苌一同受诗于毛亨。颜芝:西汉河间人,据说秦始皇焚书的时候,他把《孝经》藏起来,到他的儿子颜贞才把《孝经》拿出来,叫做《今文孝经》。

⑤聒(guō):声音吵闹,使人厌烦。

⑥桐乳来巢:桐子附着在叶上,形状如箕,鸟儿喜欢当作鸟窝。桐乳,桐子,状如乳形,故名。

【译文】

相传曾经有个学塾的老师,趁着夏夜月光明亮,带着他的学生在河间献王祠堂外的田埂上乘凉。他一面讲《诗经》押题,声音响得像敲钟打鼓。又叫小孩子诵读《孝经》,朗读完再讲。塾师忽然抬头看见祠堂门前的两棵古柏树下,隐隐约约好像有人。走近一看,只见形状颇为奇怪,知道是神鬼。然而心中思量,在这样的献王祠前面不会有妖怪鬼魅,于是上前请问那些人的姓名,对方回答说是毛苌、贯长卿、颜芝,因为拜见献王到了这里。塾师大喜,两次叩拜请求传授经文义理,毛苌、贯长卿齐声回答:"你所讲的我们刚才已经听到,都不是我等所能理解的,无从奉答。"塾师又下拜说:"《诗经》义理深奥精微,难以传授像我这样极愚蠢的人。请颜先生给我讲一讲《孝经》可以吗?"颜芝转过脸去朝着祠堂门里说:"刚才小孩子朗诵的《孝经》,句子漏落、次序颠倒,全然不是我所传的版本。我也不知从何讲起。"忽而听到献王传出话说:"门外好像有人喝醉了酒说话,吵闹很久了,可以赶走。"我认为这个故事和爱堂先生说的老儒生碰到阴间小吏的事一样,都是高雅有识之士编的笑话,嘲笑那些志趣不高、目光短浅的读书人。但是就像门户有缝就有风,桐叶引来鸟雀筑巢,流言蜚语也不是凭空而来的吧?

先姚安公性严峻①,门无杂宾。一日,与一褴褛人对语,呼余兄弟与为礼，曰："此宋曼珠曾孙，不相闻久矣，今乃见之。明季兵乱，汝曾祖年十一，流离戈马间，赖宋曼珠得存也。"乃为委曲谋生计。因戒余兄弟曰："义所当报，不必谈因果。然因果实亦不爽。昔某公受人再生恩，富贵后，视其子孙零替，漠如陌路。后病困，方服药，恍惚见其人手授二札，皆未封。视之，则当年乞救书也。覆杯于地曰：'吾死晚矣！'是夕卒。"

【注释】

①姚安公：纪容舒，字迟叟。清康熙五十二年(1713)恩科举人，曾供职刑部和户部，做过云南姚安知府，故称"姚安公"。

【译文】

先父姚安公生性严厉，门前没有杂七杂八的宾客。一天，姚安公同一个衣衫破烂的人说话，叫我们兄弟向他行礼，说："这是宋曼珠的曾孙，好久没有消息了，今天才见面。明末时兵荒马乱，你们的曾祖父年十一岁，在战乱中流浪，幸亏宋曼珠才活了下来。"于是想方设法替他谋求生计。并告诫我们兄弟说："从道义上讲应当报答的，就不必谈论因果报应。但是因果实际上也不会有差错。过去某公受别人的救命大恩，富贵以后，看到恩人的子孙零落，他竟冷漠得像个陌路之人。后来某公病得很厉害，正在吃药，恍恍惚惚看到恩人亲手交给他两封信，都没有封口。一看，却是当年他写的求救信。他把杯子扣在地上说：'我死得晚了！'这天夜里就死了。"

宋按察蒙泉言①：某公在明为谏官，尝扶乩问寿数②，仙判某年某月某日当死。计期不远，恒悒悒③。届期乃无恙。后入本朝，至九列。适同僚家扶乩，前仙又降。某公叩以所判无验。又判曰："君不死，我奈何？"某公俯仰沉思，忽命驾去。盖所判正甲申三月十九日也[④]。

【注释】

①按察：负责巡察、考核吏治，隶属各省总督、巡抚，为正三品官。

②扶乩(jī)：一种迷信活动。扶，指扶架子。乩，谓卜以问疑。术士制丁字形木架，其直端顶部悬锥下垂。架放在沙盘上，由两人各以食指分扶横木两端，依法请神。木架的下垂部分即在沙上画成文字，作为神的启示，或与人唱和，或示人吉凶，或与人处方。

③悒悒(yì)：忧愁，不安。

④甲申三月十九日：这天是明朝覆亡的日子，崇祯皇帝自缢煤山，明朝百官从主赴难。甲申，明朝崇祯十七年(1644)。

【译文】

按察宋蒙泉说：某公在明朝时做谏官，曾扶乩向神仙求问自己的寿命，神仙判断他当死于某年某月某日。某公计算日期已经不远了，因此郁郁不乐。可是，到了那天却安然无恙。后来他归顺清朝，官至九卿。一次同僚家扶乩，当年那个神仙又降临了。他就问当年判断没有应验的原因。神仙给他的判语说："你不死，我有什么办法？"某公仰首沉思，恍然大悟，急命备车告退。原来，神仙所判的某公死期是甲申年三月十九日。

沈椒园先生为鳌峰书院山长时[①]，见示高邑赵忠毅公旧砚，额有"东方未明之砚"六字。背有铭曰："残月荧荧，太白睒睒，鸡三号，更五点，此时拜疏击大奄[②]。事成，策汝功，不成，同汝贬。"盖劾魏忠贤时，用此砚草疏也。末有小字一行，题"门人王铎书"。此行遗未镌，而黑痕深入石骨，干则不见，取水濯之，则五字炳然。相传初令铎书此铭，未及镌而难作。后在戍所，乃镌之，语工勿镌此一行。然阅一百馀年，涤之不去，其事颇奇。或曰，忠毅嫉恶严，渔洋山人笔记称[3]，铎人品日下，书品亦日下，然则忠毅先有所见矣。削其名，摈之也；涤之不去，欲著其尝为忠毅所摈也。天地鬼神，恒于一事偶露其巧，使人知警。是或然欤！

【注释】

①山长：唐、五代时对山居讲学者的敬称。宋元时为官立书院置山长，讲学兼领院务；明清时改由地方聘请。

②“残月荧荧”九句：大意是，残月淡淡，太白星闪闪。鸡叫三遍，更敲五声，这时写奏疏弹劾大宦官。事情成功就记你一功，不成功则和你一起遭贬。睒睒（shǎn），闪烁的样子。奄，同“阉”，指宦官。

③渔洋山人：王士祯（1634—1711），原名士禛，字子真、贻上，号阮亭，又号渔洋山人，谥文简。清初杰出诗人、学者、文学家。

【译文】

沈椒园先生任鳌峰书院山长时，拿出高邑人赵忠毅公的一方旧砚给我看，砚额上有“东方未明之砚”六个字。砚背有铭文：“残月荧荧，太白睒睒，鸡三号，更五点，此时拜疏击大奄。事成，策汝功，不成，同汝贬。”大概在弹劾魏忠贤时，是用这块砚研磨书写奏疏。末尾有一行小字，题道“门人王铎书”。这一行字漏刻了，但黑色痕迹深入砚石，砚台干时看不见，用水一浸，这五个字就清清楚楚显出来。相传开始让王铎写这段铭文，还没来得及刻，赵忠毅便被贬了。后来赵忠毅在贬所刻了这段铭文，告诉刻工最后一行不要刻。然而过了一百多年，这一行字还没有被洗掉，这事也很奇怪。有人说赵忠毅嫉恶如仇十分严格。渔洋山人笔记中说，王铎人品日下，书品也日下，而赵忠毅已先自察觉了。不刻他的名字，就是摈弃他的意思；但他的名字仍洗不掉，是为了显示他曾为赵忠毅所摈弃。天地鬼神，常在一件事中偶然显露出机巧来，让人有所警醒。这件事也许就是这样的吧！

乾隆庚午[1]，官库失玉器，勘诸苑户[2]。苑户常明对簿时，忽作童子声曰："玉器非所窃，人则真所杀。我即所杀之魂也。"问官大骇，移送刑部。姚安公时为江苏司郎中，与余公文仪等同鞫之[3]。魂曰："我名二格，年十四，家在海淀，父曰李星望。前岁上元[4]，常明引我观灯归。夜深人寂，常明戏调我，我力拒，且言归当诉诸父。常明遂以衣带勒我死，埋河岸下。父疑常明匿我，控诸巡城。送刑部，以事无左证，议别缉真凶。我魂恒随常明行，但相去四五尺，即觉炽如烈焰，不得近。后热稍减，渐近至二三尺，又渐近至尺许，昨乃都不觉热，始得附之。"又言初讯时，魂亦随至刑部，指其门乃广西司。按所言月日，果检得旧案。问其尸，云在河岸第几柳树旁。掘之亦得，尚未坏。呼其父使辨识，长恸曰："吾儿也！"以事虽幻杳，而证验皆真。且讯问时，呼常明名，则忽似梦醒，作常明语；呼二格名，则忽似昏醉，作二格语。互辩数四，始款伏。又父子絮语家事，一一分明。狱无可疑，乃以实状上闻，论如律。命下之日，魂喜甚。本卖糕为活，忽高唱"卖糕"一声，父泣曰："久不闻此，宛然生时声也。"问："儿当何往？"曰："吾亦不知，且去耳。"自是再问常明，不复作二格语矣。

【注释】

①乾隆庚午：乾隆十五年(1750)。

②苑户：为官廷养禽兽、植花木的人家。

③鞫(jū)：穷究。这里指审问犯人。

④上元：新年第一次月圆之夜的意思。据《岁时杂记》记载，上元节的由来，是因循道教的陈规。道教把一年中的正月十五称为上元节，七月十五为中元节，十月十五为下元节，合称“三元”。

【译文】

乾隆庚午年，官库玉器被盗，官吏逐个审查各个苑户。苑户常明受审时，忽然发出孩子的声音说：“玉器没有偷，人倒是真杀了。我就是被杀那个人的魂。”审问官大惊，把常明移送到刑部。姚安公这时做江苏司郎中，和余文仪公等一齐审理这个案子。鬼魂说：“我叫二格，十四岁，家住海淀，父亲名叫李星望。去年正月十五，常明带我看花灯。回来时，夜深人静，常明调戏我，我全力挣扎抗拒，并说要告诉我父亲。常明就解下衣带把我勒死，埋在河岸下边。父亲怀疑常明把我藏起来了，控告到巡城御史那里。案件移送到刑部，因为找不到证据，决定另外缉拿真凶。我的灵魂常跟着常明，不过不能靠近他的身体，只要相距四五尺，就觉得他热得像火焰一般不能靠近。后来，他的热力稍微减弱了些，渐渐靠近到二三尺，又渐渐靠近到一尺左右，昨天，竟然一点儿也觉不到热，于是才能附在他身上。”鬼魂又说初次审讯时，魂也随着到了刑部，并指着广西司说就是那个门。按照鬼魂所说的日期，果然查到了原来的案卷。问鬼魂尸体在哪里，说在河岸边第几棵柳树旁边。挖开一看，果然见到了尸体，还未曾腐烂。叫他的父亲来辨认，痛哭着说：“是我的儿子！”事情虽然虚幻，案子查证却都属实。讯问时，叫常明的名字，常明就好像忽然梦醒一样，说话也是常明的声调；叫二格的名字，常明又好像昏醉过去，又变成了二格的声音。就这样，两种声调互相辩论了几遍，常明一点儿一点儿服罪。另外，父子俩琐琐碎碎说家事，都条理分明。至此，本案已无可疑之处，于是向上呈报实情，依法判决。判决令下达之日，鬼魂异常高兴。二格生前以卖糕为生，这时，忽然高声吆喝一声“卖糕”，他父亲哭着说：“好久没听到这样的叫卖声了，和活着时一样。”问儿子：“要上哪儿去？”鬼魂回答：“我也不知道，我走了。”此后再问常明，就不能发出二格的声音了。

南皮张副使受长官河南开归道时，夜阅一谳牍①，沉吟自语曰：“自刭死者②，刀痕当入重而出轻。今入轻出重，何也？”忽闻背后太息曰：“公尚解事。”回顾无一人。喟然曰③：“甚哉，治狱之可畏也！此幸不误，安保他日之不误耶？”遂移疾而归。

【注释】

①谳(yàn)牍：据以审判定罪的案卷。

②刭(jǐng)：用刀割颈。

③喟(kuì)然：叹气的样子。

【译文】

南皮人张受长副使做河南开归道道员时，有一天夜里看一份断案的卷宗，他沉吟着自言自语地说：“用刀割颈自杀死的，刀痕应当进去时重而拔出来时轻。这个案子却是进去时轻而拔出来时重，为什么呢？”忽然听到背后叹息一声说：“您还算明白事理。”他回头看，却并没人。他长叹了口气说：“真是不得了，审理案件真可怕啊！这次幸运不出错，怎么能够保证以后的日子不出错呢？”于是托病辞了官。

先叔母高宜人之父①，讳荣祉，官山西陵川令。有一旧玉马，质理不甚白洁，而血浸斑斑。斫紫檀为座承之②，恒置几上。其前足本为双跪欲起之形，一日，左足忽伸出于座外。高公大骇，阖署传视③，曰："此物程朱不能格也。"一馆宾曰："凡物岁久则为妖。得人精气多，亦能为妖。此理易明，无足怪也。"众议碎之，犹豫未决。次日，仍屈还故形。高公曰："是真有知矣。"投炽炉中，似微有呦呦声。后无他异。然高氏自此渐式微。高宜人云，此马煅三日，裂为二段，尚及见其半身。又武清王庆垞曹氏厅柱④，忽生牡丹二朵，一紫一碧，瓣中脉络如金丝，花叶葳蕤⑤，越七八日乃萎落。其根从柱而出，纹理相连。近柱二寸许，尚是枯木，以上乃渐青。先太夫人，曹氏甥也，小时亲见之，咸曰瑞也。外祖雪峰先生曰："物之反常者为妖，何瑞之有！"后曹氏亦式微。

【注释】

①宜人：旧时妇女因丈夫或子孙而得的一种封号。明清时，五品官妻、母封宜人。

②斫（zhuó）：用刀、斧砍。

③阖（hé）：全，总共。

④垞：音 chá。

⑤葳蕤（wēi ruí）：草木茂盛、枝叶下垂的样子。

【译文】

先叔母高宜人的父亲名叫高荣祉，在山西陵川做过县令。他有一尊古旧玉马，玉马的质理不很洁白，斑斑点点像血迹渗透进去。他用紫檀木为玉马做了个底座，常放在书案上。玉马的前腿本来是双跪欲起的状态，有一天忽然左腿伸出了座外。高公大惊，在整个衙署传看，说："这种怪事恐怕连程颐、朱熹都解释不清。"一个师爷说："大凡物件，年代久了就会兴妖作怪。得到人的精气多了也能兴妖作怪。这个道理很明白，不足为奇。”众人议论将玉马砸碎，高公一时犹豫不定。第二天，玉马左腿又屈入座内恢复了原形。高公说：“还真有知觉了。”将玉马投入火炉里，似乎隐约听到玉马“呦呦”的叫声。从此以后，没有发生任何其他怪异。但是高氏从此渐渐衰落。高宜人说，玉马在火里烧了三天，裂成两截，她还见到过烧毁的半个身子。还有，武清王庆坨曹家大厅的柱子，忽然长出两朵牡丹花，一朵紫色，一朵碧绿色，花瓣中的脉络好像金丝，花叶繁茂下垂，过了七八天才枯萎谢落。花的根从柱子里穿出来，与木柱的纹理相连。靠近柱子两寸左右的部分还是枯木，往上才渐渐泛青色。先母太夫人是曹氏的外甥女，小时亲眼见过厅柱的牡丹，当时都说是吉兆。我的外祖父雪峰先生说：“反常的东西就是妖，有什么吉祥！”后来曹氏也渐渐衰落了。

先外祖母言：曹化淳死①，其家以前明玉带殉。越数年，墓前恒见一白蛇。后墓为水啮，棺坏朽。改葬之日，他珍物具在，视玉带则亡矣。蛇身节节有纹，尚似带形。岂其悍鸷之魄②，托玉而化欤？

【注释】

①曹化淳：字如，号止虚子，武清王庆坨（今属天津）人。生于万历十七年（1587），卒于康熙元年（1662）。家境寒微，十二三岁左右入宫，诗文书画，无一不精，深受司礼太监王安赏识。后入信王府陪侍五皇孙朱由检，极受宠信。1628年，朱由检继帝位，是为崇祯帝，曹化淳负责处理魏忠贤时的冤案，平反昭雪两千馀件。

②悍鸷（zhì）：凶猛暴戾。

【译文】

我已经去世的外祖母说：曹化淳死后，他的家人用明代的一条玉带殉葬。过了几年,他的墓前常见有一条白蛇。后来坟墓被水浸蚀,棺材朽损。改葬那天发现,其他珍贵的东西都在,而玉带却不见了。蛇的身上有一节节的花纹,像玉带的形状。难道是他凶猛暴戾的魂魄借着玉带而变化了吗?

外祖张雪峰先生,性高洁,书室中几砚精严,图史整肃。恒镢其户[①],必亲至乃开。院中花木翳如,莓苔绿缛[②]。僮婢非奉使令,亦不敢轻蹈一步。舅氏健亭公,年十一二时,乘外祖他出,私往院中树下纳凉。闻室内似有人行,疑外祖已先归,屏息从窗隙窥之。见竹椅上坐一女子,靓妆如画。椅对面一大方镜,高可五尺,镜中之影,乃是一狐。惧弗敢动,窃窥所为。女子忽自见其影,急起,绕镜四周呵之,镜昏如雾。良久归坐,镜上呵迹亦渐消,再视其影,则亦一好女子矣。恐为所见,蹑足而归。后私语先姚安公。姚安公尝为诸孙讲《大学》"修身"章[③],举是事曰:"明镜空空,故物无遁影。然一为妖气所翳,尚失真形。况私情偏倚,先有所障者乎?"又曰:"非惟私情为障,即公心亦为障。正人君子,为小人乘其机而反激之,其固执决裂,有转致颠倒是非者。昔包孝肃之吏[④],阳为弄权之状,而应杖之囚,反不予杖。是亦妖气之翳镜也。故正心诚意,必先格物致知[⑤]。"

【注释】

①镢(jué):箱子上安锁的环形钮,借指锁。这里指锁闭。

②莓苔:青苔。缛(rù):繁密。

③《大学》:原是《礼记》第四十二篇,内文的撰成约在战国末期至西

汉之间，南宋前从未单独刊印过，北宋时司马光编撰《大学广义》，是为《大学》独立成书之始。程颢、程颐又编撰《大学》原文章节成《大学定本》。南宋时朱熹编撰《大学章句》，并与《论语》、《孟子》、《中庸》合编为“四书”。

④包孝肃：包拯。“孝肃”是宋仁宗在包拯死后赐给他的谥号，以此肯定包公的忠孝一生。

⑤格物致知：推究事物的原理法则而总结为理性知识。

【译文】

外祖父张雪峰先生，品性高洁，书房里文房四宝齐全精巧，书本字画整齐有序。他出去时常锁着门，没有他来，谁也不准开。书房前的院子里花木茂盛，地上青苔争绿。仆人丫环们没有他的命令，谁也不敢随便踏进一步。舅舅健亭公十二三岁时，趁外祖父外出，偷偷溜到院里树下乘凉。听见书房里好像有人走动，他怀疑是外祖父回来了，于是屏息从窗缝往里看。看见竹椅上坐着一个女子，浓妆艳抹，漂亮得像画中美人一样。椅子对面有一块大镜子，大约高五尺，镜子里照出来的却是一只狐狸。健亭公害怕得不敢动，偷偷看狐狸要干什么。这女子忽然看见镜中的影像，急忙绕着镜子四周呵气，顿时，镜面上朦朦胧胧好像起了雾。好一会儿，狐狸才又坐回椅子上，镜子上的雾气也慢慢消去，再看镜子里，照出的就是一个漂亮女子了。健亭公担心被发现，轻手轻脚缩了回来。后来，他暗地里告诉了姚安公。姚安公曾给几个孙子讲《大学》“修身”一章，举这件事为例说：“明镜上空空无物，所以影像无处躲藏。但是一旦被妖气所遮蔽，就失去真实的形状。何况因私心偏向，事先有所遮蔽的呢？”又说：“不但因为私心可以遮蔽，出于公心也能被蒙住眼睛。正人君子，被小人钻了空子而被激怒，如果固执专断，有可能导致是非颠倒。过去包孝肃的属吏假装弄权的样子，使本应挨打的囚犯免于挨打。这也就像妖气掩盖了镜子呵。所以要诚意诚心，正直无邪，必须先推究事物的原理而获取真知。”

有卖花老妇言：京师一宅近空圃，圃故多狐。有丽妇夜逾短垣，与邻家少年狎。惧事泄，初诡托姓名。欢昵渐洽，度不相弃，乃自冒为圃中狐女。少年悦其色，亦不疑拒。久之，忽妇家屋上掷瓦骂曰："我居圃中久，小儿女戏抛砖石，惊动邻里，或有之，实无冶荡蛊惑事。汝奈何污我？"事乃泄。异哉，狐媚恒托于人，此妇乃托于狐。人善媚者比之狐，此狐乃贞于人。

【译文】

有一个卖花的老妇人说：京城有一所住宅离空园子很近，园中一向有不少狐狸。有一个漂亮的女子夜里越过矮墙，同邻家小伙子偷情。怕事情败露，开始时假托姓名。后来处得越来越融洽，估计不至于被抛弃了，就自己冒称是园子里的狐女。小伙子喜欢她的美色，也不疑心拒绝。过了好久，忽然有瓦片从这个女子家的屋上掷过来，还骂着说："我在园子里住得长久了，小儿女们戏耍抛掷砖头石块，惊动邻里，这种事情是有的，但实在是没有淫荡媚惑人的事。你为什么玷污我的名声？"事情就这样败露了。真是奇怪，狐狸精常常假冒为人，这个女子却假冒狐狸精。人们把善于诱惑人的比作狐狸精，而这个狐狸精竟然比人还要贞洁。

有游士以书画自给。在京师纳一妾，甚爱之。或遇谯会，必袖果饵以贻。妾亦甚相得。无何病革[①]，语妾曰："吾无家，汝无归；吾无亲属，汝无依。吾以笔墨为活，吾死[②]，汝琵琶别抱，势也，亦理也。吾无遗债累汝，汝亦无父母兄弟掣肘。得行己志，可勿受锱铢聘金[③]，但与纯岁时许汝祭我墓,则吾无恨矣。”妾泣受教。纳之者亦如约,又甚爱之。然妾恒郁郁忆旧恩,夜必梦故夫同枕席,睡中或妮妮呓语。夫觉之,密延术士镇以符箓。梦语止,而病渐作,驯至绵惙④。临殁,以额叩枕曰:“故人情重,实不能忘,君所深知,妾亦不讳。昨夜又见梦曰:‘久被驱遣,今得再来。汝病如是,何不同归?’已诺之矣。能邀格外之惠,还妾尸于彼墓,当生生世世,结草衔环⑤。不情之请,惟君图之。”语讫奄然。夫亦豪士,慨然曰:“魂已往矣,留此遗蜕何为?杨越公能合乐昌之镜⑥,吾不能合之泉下乎?”竟如所请。

此雍正甲寅、乙卯间事⑦。余是年十一二,闻人述之,而忘其姓名。余谓再嫁,负故夫也;嫁而有贰心,负后夫也。此妇进退无据焉。何子山先生亦曰:“忆而死,何如殉而死乎?”何励庵先生则曰:“《春秋》责备贤者,未可以士大夫之义律儿女子。哀其遇可也,悯其志可也。”

【注释】

①病革(jí):病势危急。革,通“亟”,危急。

②吾死:嘉庆五年本作“汝无食”。

③锱(zī)铢(zhū):旧制锱为一两的四分之一,铢为一两的二十四分之一。比喻极其微小的数量。

④绵惙(chuò):病情沉重,气息仅存。

⑤结草衔环:旧时比喻感恩报德,至死不忘。结草,把草结成绳子,绊倒敌人,搭救恩人。衔环,嘴里衔着玉环送给恩人。

⑥“杨越公”句:南朝陈将要灭亡时,驸马徐德言与妻子乐昌公主离别之际,将铜镜一分为二,双方各执一半,相约于正月十五日当

街卖镜来取得联系。陈朝灭亡，隋文帝将乐昌公主赐予杨素。到期，徐德言辗转依约至京，找到卖破镜的妻子，杨素让他们夫妻团聚。事见唐孟棨《本事诗》。杨越公，隋朝越国公杨素。

⑦雍正甲寅、乙卯：雍正十二年(1734)、雍正十三年(1735)。

【译文】

有一个远游在外的读书人，靠卖书画谋生。在京城娶了个妾，非常爱她。有时外出赴宴会，他一定带点果品什么的送给爱妾。爱妾也与他情投意合。可是没有多久，这个读书人病危，临终时对爱妾说："我没有家，你无处可去；我又没有亲属，你也没有依靠。我以笔墨为生，我死以后，你没法过活，你再嫁，这是情势所迫，也在情理之中。我没有留下债务拖累你，你也没有父母兄弟牵连阻挠。按自己的想法去做的时候，可以不接受他哪怕一点点儿的成婚聘金，只是与他约定每年到时要允许你给我上坟祭祀，这样我就没有遗憾了。"爱妾哭着答应了。后来娶这个妾的人也答应了，而且也很爱她。但是这位爱妾却常郁郁寡欢不忘旧恩，夜里总是梦见与前夫同席共枕，睡梦中有时喃喃说着梦话。后夫察觉后，暗暗请术士用符箓镇鬼。此后，爱妾不说梦话了，却又生起病来，病情越来越沉重，渐渐危及生命了。临终时，她前额叩枕说："前夫情意重，实在不能忘怀，你是知道的，为妾我从来也没有隐瞒过。昨夜又梦见他来对我说：'我被赶走很久了，今天才能再来。你病成这样，为何不跟我一道走？'我已经答应了他。如果能得到你的格外恩惠，把我的尸体葬在他墓里，我会生生世世结草衔环来报答您的大恩。这个不合情理的请求，恳望你能考虑。"说完已是气息奄奄。后夫本来就是豪爽的人，感慨地说："魂魄都已经走了，留着这个空壳又有什么用呢？杨越公能让乐昌公主夫妇团圆，我就不能使泉下有情人重结眷属吗？"最后按妾的请求料理了后事。

这是雍正甲寅、乙卯年间发生的事情。我当时十一二岁，听人讲了这件事，但忘了他们的姓名。在我看来，这个女人再嫁，是背弃了原来的丈夫；嫁了以后又有二心，是背弃了后来的丈夫。应该说她是进退无据，都不符合礼教。何子山先生也说："与其怀念故夫而死，不如当时殉节而死。"何励庵先生却说："《春秋》之义责备贤人，不能用士大夫的观念标准来要求普通女子。对于这个妾，哀伤她的遭遇是可以的，同情她的心志也是可以的。"

屠者许方，尝担酒二罂夜行①，倦息大树下。月明如昼，远闻呜呜声，一鬼自丛薄中出②，形状可怖。乃避入树后，持担以自卫。鬼至罂前，跃舞大喜，遽开饮。尽一罂，尚欲开其第二罂，缄甫半启③，已颓然倒矣。许恨甚，目视之似无他技，突举担击之，如中虚空。因连与痛击，渐纵弛委地，化浓烟一聚。恐其变幻，更箠百馀。其烟平铺地面，渐散渐开，痕如淡墨，如轻縠④，渐愈散愈薄，以至于无。盖已澌灭矣⑤。

余谓鬼，人之馀气也。气以渐而消，故《左传》称新鬼大，故鬼小。世有见鬼者，而不闻见羲、轩以上鬼⑥，消已尽也。酒，散气者也，故医家行血发汗、开郁驱寒之药，皆治以酒。此鬼以仅存之气，而散以满罂之酒，盛阳鼓荡，蒸烁微阴，其消尽也固宜。是澌灭于醉，非澌灭于箠也。闻是事时，有戒酒者曰："鬼善幻，以酒之故，至卧而受箠。鬼本人所畏，以酒之故，反为人所困。沉湎者念哉！"有耽酒者曰："鬼虽无形而有知，犹未免乎喜怒哀乐之心。今冥然醉卧，消归乌有，反其真矣。酒中之趣，莫深于是。佛氏以涅槃为极乐⑦，营营者恶乎知之！"庄子所谓此亦一是非，彼亦一是非欤⑧？

【注释】

①罂(yīng):大腹小口的瓦器。这里指酒坛子。

②丛薄:茂密的草丛或丛生的草木。

③缄(jiān):封口。

④轻縠(hú):轻细的绸。

⑤澌(sī)灭:消失,尽。

⑥羲、轩:伏羲氏和轩辕氏(黄帝)的并称。羲,伏羲,中国神话中人类的始祖。轩辕,即黄帝,姓姬,居于轩辕之丘,故名。

⑦涅槃(pán):佛教用语。旧译"泥洹",意译"灭"、"灭度"、"寂灭"、"圆寂"等,是佛教全部修习所要达到的熄灭生死轮回后的境界。

⑧庄子(前369—前286):姓庄,名周,宋国蒙(今安徽蒙城,一说河南商丘东北)人。先秦时期伟大的思想家、哲学家和文学家。道家学说的主要创始人之一。

【译文】

屠夫许方有一次挑着两坛子酒夜间赶路,走累了就在大树底下休息。这时月光亮得像白天一样,远处有"呜呜"的声音,有个鬼从草丛中出来,相貌极其可怕。许方躲在树后,手持扁担自卫。鬼来到酒坛子前,高兴得手舞足蹈,打开盖子就喝起酒来。喝完了一坛子,还要开另一个坛子,刚开到一半,鬼便颓然倒在地上。许方恨极了,看了看鬼,好像没有别的什么能耐,就突然用扁担猛打,感觉好像打在虚空一样。他连连痛打,鬼渐渐懈怠委顿在地上,化作一团浓烟。许方怕鬼变幻,又打了一百多下。浓烟平铺在地面上,渐渐散开,如淡淡的墨迹,又像轻纱,越散越薄,终于不见了。大概是散尽了。

我认为鬼是人剩馀的气。气会一点点儿地消失,所以《左传》中说新鬼大,旧鬼小。世上有看得见的鬼,但没有听说谁见过远古伏羲、黄帝以前的鬼,那就是因为已经消失了。酒是散气的,所以医家活血、发汗、散郁结、驱寒气的药,都用酒来配。这个鬼仅存那么点儿气,却喝了满坛子的酒发散，炽盛的阳气振动鼓荡，蒸发熔化了微弱的阴气，那么他消散也是势所必然。他是被酒消灭的，而不是被扁担打得消失的。听到这件事，有个戒了酒的人说："鬼善于变幻，因为喝酒醉倒了挨打。本来是人害怕鬼，鬼喝了酒，反而被人治住了。沉湎于酒而不醒悟的人应该记住这事。"有个沉迷于喝酒的人说："鬼虽然没有形体，但也有感知，还是未免有喜怒哀乐的情绪。如今他昏昏然地醉卧，消失不见了，这才是返回到了它的本真了。酒的意趣，没有比这更深远的了。佛家以涅槃为极乐境界，那些为生计而忙忙碌碌的人怎么能体会到呢！"这就是《庄子》中所说的各有各的是非标准吧？

献县田家牛产麟，骇而击杀。知县刘征廉收葬之，刊碑曰"见麟郊"。刘固良吏，此举何陋也！麟本仁兽，实非牛种。犊之麟而角，雷雨时蛟龙所感耳。

【译文】

献县有一户农家，养的牛生了一只麒麟，农夫害怕，把它打死了。知县刘征廉听说后把它埋了，竖了块碑，碑上写了"见麟郊"三字。刘征廉本来是人们公认的清官，但这个举动何等浅陋！麒麟本是吉祥之兽，跟牛确实不是一个品种。牛生下麒麟而且头上有角，应当是雷雨时与蛟龙感应而生下的。

董文恪公未第时，馆于空宅，云常见怪异。公不信，夜篝灯以待。三更后，阴风飒然，庭户自启，有似人非人数辈，杂遝拥入[①]。见公大骇曰："此屋有鬼！"皆狼狈奔出。公持梃逐之[②]，又相呼曰："鬼追至，可急走！"争逾墙去。公恒言及，自笑曰："不识何以呼我为鬼？"故城贾汉恒，时从公受经，因举《太平广记》载："野叉欲啖哥舒翰妾尸[3]，翰方眠侧，野叉相语曰：'贵人在此，奈何？'翰自念呼我为贵人，击之当无害，遂起击之。野叉逃散。鬼、贵音近，或鬼呼先生为贵人，先生听未审也。"公笑曰："其然。"

【注释】

①杂遝（tà）：人很多，拥挤杂乱。

②梃（tǐng）：棍棒。

③哥舒翰（？—757）：唐朝名将，突骑施（西突厥别部）首领哥舒部落人。安史之乱时被安禄山俘虏，后安庆绪杀安禄山，登基为帝，不久，败于唐军而逃，将哥舒翰杀害。唐代宗赠太尉，谥曰武愍。

【译文】

董文恪公未及第时，在一所空的住宅里设学馆教书，有人说这里常会见到怪异。董公不信，夜里点着灯等待。三更以后。阴风飒飒，庭院的门户自动打开，有几个像人又不像人的怪物杂乱地拥进来。看见董公，大惊道："这个屋子里有鬼！"都狼狈地奔逃出去。董公拿着棍棒追逐，他们又互相呼叫着说："鬼追来了，赶快跑！"争先恐后翻过墙头逃去。董公常常说起这事，笑着说："不知道为什么叫我是鬼？"故城人贾汉恒，当时跟随董公学习经书，于是举《太平广记》记载的例子，说："夜叉要想吃哥舒翰妾的尸体，哥舒翰正睡在尸体旁边，夜叉相互商量说：'贵人在这里，怎么办？'哥舒翰心想，既然称我为贵人，打它应当没有什么害处，于是起身就打。夜叉奔逃散去。鬼和贵的发音相近，也许鬼是叫先生为贵人，先生没听清楚。"董公笑笑说："也许是这样吧。"

庚午秋[1]，买得《埤雅》一部[2]，中折叠绿笺一片，上有诗曰："愁烟低幂朱扉双[3]，酸风微戛玉女窗[4]。青磷隐隐出古壁，土花蚀断黄金釭[5]。""草根露下阴虫急，夜深悄映芙蓉立。湿萤一点过空塘，幽光照见残红泣。"末题"靓云仙子降坛诗，张凝敬录"。盖扶乩者所书。余谓此鬼诗，非仙诗也。

【注释】

①庚午：乾隆十五年（1750）。

②《埤雅》：训诂书，宋代陆佃作。陆佃（1042—1102），字农师，越州山阴（今浙江绍兴）人。北宋神宗时为尚书左丞，著有《尔雅新义》二十卷、《埤雅》二十卷。《埤雅》，专门解释名物，书中始于释鱼，继之以释兽、释鸟、释虫、释马、释木、释草，最后是释天。为《尔雅》的补充，所以称《埤雅》。

③幂（mì）：覆盖，遮盖。

④戛（jiá）：敲，敲打。

⑤釭（gāng）：古代宫室壁带上的环状金属装饰物。

【译文】

乾隆庚午年秋天，我买了一部《埤雅》，书中折叠一片绿笺，上面写着两首诗："愁烟低幂朱扉双，酸风微戛玉女窗。青磷隐隐出古壁，土花蚀断黄金釭。""草根露下阴虫急，夜深悄映芙蓉立。湿萤一点过空塘，幽光照见残红泣。"末尾题文"靓云仙子降坛诗，张凝敬录"。大约是扶乩降神的人书写的。我认为这是鬼诗，而不是神仙诗。

沧州张铉耳先生，梦中作一绝句曰："江上秋潮拍岸生，孤舟夜泊近三更。朱楼十二垂杨遍，何处吹箫伴月明？"自跋云："梦如非想，如何成诗？梦如是想，平生未到江南，何以落想至此？莫明其故，姑录存之。桐城姚别峰，初不相识。新自江南来,晤于李锐巅家。所刻近作,乃有此诗。问其年月,则在余梦后岁馀。开箧出旧稿示之,共相骇异。世间真有不可解事,宋儒事事言理,此理从何处推求耶?"

又,海阳李漱六,名承芳,余丁卯同年也①。余厅事挂《渊明采菊图》②,是蓝田叔画。董曲江曰:"一何神似李漱六!"余审视信然。后漱六公车入都,乞此画去,云平生所作小照,都不及此。此事亦不可解。

【注释】

①丁卯:乾隆十二年(1747)。

②厅事:私人住宅的堂屋。

【译文】

沧州人张铉耳先生,说他在梦中作了一首绝句说:"江上秋潮拍岸生,孤舟夜泊近三更。朱楼十二垂杨遍,何处吹箫伴月明?"他自己写跋语说:"梦到的假如不是曾经想过的,怎么能成诗?梦到的如果是曾经想过的,那么从未到过江南,怎么会有这样的印象?不知这是什么原因,暂且记录下来存着。桐城人姚别峰,我以前并不认识。他刚从江南来,在李锐巅家跟我碰面。他说新刻印的近作,其中就有这首诗。问他写作的年月,则在我做梦之后的一年多。我打开箱子拿出旧诗稿给他看,大家都感到又可怕又好奇。世上真有没法解释的事情,宋代儒生事事都讲究理,不知这个理又从哪里推求?"

又有一件事,海阳人李漱六,名叫承芳,是我在乾隆丁卯年乡试的同年。我的厅堂上挂着一幅《渊明采菊图》,是蓝田叔画的。董曲江说:"画中人怎么这么像李漱六!"我仔细看,确实如此。后来李漱六进京参加会试,把这幅画要了去。说平生所作的小照,都不如这一张画。这件事也无法解释。

景城西偏，有数荒冢，将平矣。小时过之，老仆施祥指曰："是即周某子孙，以一善延三世者也。"盖前明崇祯末，河南、山东大旱蝗，草根木皮皆尽，乃以人为粮，官吏弗能禁。妇女幼孩，反接鬻于市①，谓之菜人。屠者买去，如刲羊豕②。周氏之祖，自东昌商贩归，至肆午餐③。屠者曰："肉尽，请少待。"俄见曳二女子入厨下，呼曰："客待久，可先取一蹄来。"急出止之，闻长号一声，则一女已生断右臂，宛转地上。一女战栗无人色。见周，并哀呼，一求速死，一求救。周恻然心动，并出赀赎之。一无生理，急刺其心死；一携归，因无子，纳为妾。竟生一男，右臂有红丝，自腋下绕肩胛，宛然断臂女也。后传三世乃绝。皆言周本无子，此三世乃一善所延云。

【注释】

①反接：反绑两手。鬻（yù）：卖。

②刲（kuī）：刺杀，割取。

③肆：这里指店铺。

【译文】

景城西郊，有几座荒坟，几乎与地面一样平了。小时候路过这儿，老仆人施祥指着荒坟对我说："这儿埋的是周某的子孙，因为他做了一件善事，延嗣了三代。"那是在明代崇祯末年，河南、山东遭大旱灾，蝗虫肆虐，连草根树皮也吃光了，于是发生了人吃人的事，官吏也禁止不了。妇女儿童被反绑着到市场去卖，叫做"菜人"。屠户买去，像宰杀猪羊一样宰杀他们。周某的祖上，去东昌做生意回来，在酒店吃午饭。屠夫说："肉没有了，请稍等。"不一会儿，只见他拖着两个女子进了厨房，喊着说："客人等得久了，可以先砍个蹄膀来。"周某的祖上急忙出去制止，只听一声长嚎，一个女子的右臂已被活活砍下来，疼得在地上打滚。另一个吓得浑身颤抖，面无人色。她们看到周某的祖上，两人一起哀叫，一个求赶紧杀死自己，一个求救命。周某动了恻隐之心，就出钱把她们赎了下来。一个已经没有生存的希望了，只好急忙把她刺死；另一个带回去，因为自己没有儿子，于是收她为妾。这个妾为他生了个儿子，右臂有一条红丝，从胳肢窝绕过肩胛，活脱脱是那个断臂女。从此周氏传了三代香火。人们都说，周某的祖上命中注定本来不会有儿子，这三代人是因为做了一件大善事而延续的。

青县农家少妇，性轻佻，随其夫操作，形影不离。恒相对嬉笑，不避忌人，或夏夜并宿瓜圃中。皆薄其冶荡。然对他人，则面如寒铁。或私挑之，必峻拒。后遇劫盗，身受七刀，犹诟詈，卒不污而死。又皆惊其贞烈。老儒刘君琢曰："此所谓质美而未学也。惟笃于夫妇，故矢死不二。惟不知礼法，故情欲之感，介于仪容；燕昵之私，形于动静。"辛彤甫先生曰："程子有言①，凡避嫌者，皆中不足。此妇中无他肠，故坦然径行不自疑。此其所以能守死也。彼好立崖岸者②，吾见之矣。"先姚安公曰："刘君正论，辛君有激之言也。"

后其夫夜守豆田，独宿团焦中③。忽见妇来，燕婉如平日。曰："冥官以我贞烈，判来生中乙榜④，官县令。我念君，不欲往，乞辞官禄为游魂，长得随君。冥官哀我，许之矣。"夫为感泣，誓不他偶。自是昼隐夜来，几二十载。儿童或亦窥见之。此康熙末年事。姚安公能举其姓名居址，今忘矣。

【注释】

①程子：宋代"二程"中的程颐。程颐（1033—1107），字正叔，人称

伊川先生，北宋洛阳（今河南洛阳）人。与其胞兄程颢共创“洛学”，为理学奠定了基础。

②崖岸：本义为山崖、堤岸，这里指人严峻，自信甚至自负，或者喜欢直言不讳，不易亲近。

③团焦：圆形的草屋。

④乙榜：乡试也叫“乙榜”，一般都在各省省城举行，三年考一次。地方的乡试由进士出身的京官主持，京城的乡试是由翰林主持。乡试录取名额各省不一，一般是北直隶较多，大约有一百馀名，其他边远省二十几名。乡试通过就是举人，具备做官的资格了，但一般出任低级的职务，要求得仕途远大，还必须通过会试和殿试。

【译文】

青县有个农家少妇，性情轻佻，跟随丈夫劳作，形影不离。夫妻常常相对嬉笑，打情骂俏，也不避人，有时夏天夜里还一起睡在瓜园里。村上的人都很看不起她，认为她淫荡不轨。但少妇对别的男人，却面色冰冷如铁。如果有人私下挑逗她，必定遭到严厉拒绝。后来，少妇遭遇强盗抢劫，身上挨了七刀，仍然破口大骂，终于免于强盗玷污，刚烈就死。于是村民们又都对她的忠贞刚烈感到十分惊讶。老儒刘君琢说：“这就是所谓本质美好而没有接受教育。因为忠于夫妻情分，所以宁死不背弃丈夫。由于不懂礼教，所以情感欲望都流露在脸上，夫妻间的亲昵表现在言语动作上。”辛彤甫先生说：“程子有句话，凡是躲避嫌疑的，都是内心有所欠缺。这个女人心里没有其他杂念，所以坦坦荡荡正大光明按自己的心愿去行动。这是她能以死守节的原因。那些道貌岸然、自高自傲的人，我见得多了。”先父姚安公说：“刘先生是正统的评论，辛先生的评论稍有偏激。”

后来，少妇的丈夫在夜间看守豆田，独自睡在田间临时搭成的圆形草屋里。忽然见妻子来了，像平常一样与他亲热。妻子告诉他说：“冥司因为我是贞节烈妇，判我来生中举人，做官当县令。我思念郎君，不想去，乞求辞去官禄做游魂，能长久跟随郎君。冥司官员同情我，答应了。”丈夫感动得哭了，发誓不再另娶。从此，少妇白天隐形夜晚来往，就这样过了大约有二十年。有的孩子曾经偷偷看见过这个少妇的鬼魂。这是康熙末年发生的事情，当初姚安公还能说出他们的姓名住址，可我现在却已经忘了。

献县老儒韩生，性刚正，动必遵礼，一乡推祭酒[①]。一日，得寒疾。恍惚间，一鬼立前曰：“城隍神唤。”韩念数尽当死，拒亦无益，乃随去。至一官署，神检籍曰：“以姓同误矣。”杖其鬼二十，使送还。韩意不平，上请曰：“人命至重，神奈何遣愦愦之鬼[②]，致有误拘？倘不检出，不竟枉死耶？聪明正直之谓何！”神笑曰：“谓汝倔强，今果然。夫天，行不能无岁差，况鬼神乎？误而即觉，是谓聪明；觉而不回护，是谓正直。汝何足以知之？念汝言行无玷，姑贷汝[③]，后勿如是躁妄也。”霍然而苏。韩章美云。

【注释】

①祭酒：祭祀时酹酒祭神的长者。

②愦愦(kuì)：昏乱、糊涂貌。

③贷：宽恕，饶恕。

【译文】

献县的老儒生韩某，性情刚正，做什么事都遵守礼法，所以全乡人都推尊他主持祭祀活动。有一天，他感受风寒生了病。恍惚之间，看见一个鬼站在面前说：“城隍神召唤你。”韩某想，气运尽了就应当死，抗拒也无益，就跟着去了。到了一处官署，城隍神查验了名册，说：“因为姓一样，弄错了。”把鬼打了二十棍，叫鬼把韩某送回去。韩某心中不平，上前问道：“人命关天，神为什么派这么个糊涂鬼，以致抓错了人？倘若没查验出来，我不就冤死了么？还说什么聪明正直！”神笑道：“听说你倔强，今天一看果然不错。要知道天时的运行，各年间尚且不能没有差异，何况是鬼神呢？有错马上就能察觉，这就叫聪明；察觉了而不袒护，这就叫正直。你怎么能知道这些道理？念你言行没有过失，姑且饶恕你，以后不要再这样急躁乱来了。”韩某一下子苏醒了过来。这是韩章美说的。

先祖有小奴，名大月，年十三四。尝随村人罩鱼河中，得一大鱼，长几二尺。方手举以示众，鱼忽拨剌掉尾，击中左颊，仆水中。众怪其不起，试扶之，则血缕浮出。有破碗在泥中，锋铦如刃[①]，刺其太阳穴死矣。先是其母梦是奴为人执缚俎上[②]，屠割如羊豕，似尚有馀恨。醒而恶之，恒戒以毋与人斗。不虞乃为鱼所击。佛氏所谓夙生中负彼命耶！

【注释】

①锋铦（xiān）：锋利。

②俎（zǔ）：切肉或切菜时垫在下面的砧板。

【译文】

先祖有个小奴仆，叫大月，年纪十三四岁。他曾经跟随村里人到河里罩鱼，捉到一条大鱼，大约二尺长。大月刚用手举起给大家看，鱼忽然“拨剌”一声调转尾巴，打中他的左面脸颊，他扑倒在水里。大家见他躺在水里不起来，很奇怪，去扶他，却见缕缕鲜血浮出水面。原来有一块锋利的碗片嵌在泥里，刺中了他的太阳穴，死了。在这以前，他母亲梦见他被人绑在砧板上，像猪羊一样被屠宰，大月好像恨恨不已的样子。醒来后忧心忡忡，常常提醒儿子不要惹是非和别人打架。想不到还是被鱼击倒而死。这难道是佛家所说的他前辈子欠了鱼一条命吗？

刘少宗伯青垣言[1]：有中表涉元稹《会真》之嫌者[2]，女有孕，为母所觉。饰言夜恒有巨人来，压体甚重，面色黝黑。母曰："是必土偶为妖也。"授以彩丝，于来时阴系其足。女窃付所欢，系关帝祠周将军足上[3]。母物色得之，挞其足几断。后复密会，忽见周将军击其腰，男女并僵卧不能起。皆曰污蔑神明之报也。夫专其利而移祸于人，其术巧矣。巧者，造物之所忌。机械万端，反而自及，天道也。神恶其崄巇[4]，非恶其污蔑也。

【注释】

①少宗伯：也称"小宗伯"。明清时期称礼部尚书为"大宗伯"，少宗伯为礼部侍郎的别称。

②元稹《会真》之嫌：指男女有情者私自结合。

③关帝祠：关帝庙，祭祀三国时期名将关羽。关帝之称来自明朝皇帝所封"关圣帝君"。明清时期，供奉关羽的庙宇遍布全国各地。周将军：指周仓，《三国演义》中虚构的人物，正史并无此人。关羽的副将，关羽被孙权杀害之后，周仓自刎身亡。

④崄巇(xiǎn yǎn)：此处指人心险恶。

【译文】

礼部侍郎刘青垣说：有一对表兄妹偷情，女方有了身孕，让母亲发现了。女子谎称夜里经常有一个巨人来，压在身上很重，面色黑黑的。母亲说："这肯定是泥塑的神像兴妖作怪。"就把彩色的丝线交给女儿，叫她等那个巨人来的时候，悄悄系在他的脚上。女儿偷偷地把彩色丝线给了她的情人，系到了关帝祠里周将军的脚上。母亲后来找到了，几乎把周将军的脚都打断了。后来这对表兄妹再度幽会，忽然见到周将军来狠狠击打他们的腰，男女一起直僵僵地躺着起不来。人们都说这是污蔑神灵的报应。自己得到了好处却嫁祸于人，手段够巧妙的了。但这种巧妙是造物主所忌恨的。机关算尽，反而算到了自己身上，这就是天道。神灵憎恨他们用心险恶，而不是厌恶他们的污蔑。

扬州罗两峰，目能视鬼。曰："凡有人处皆有鬼。其横亡厉鬼，多年沉滞者，率在幽房空宅中，是不可近，近则为害。其憧憧往来之鬼①，午前阳盛，多在墙阴；午后阴盛，则四散游行。可以穿壁而过，不由门户，遇人则避路，畏阳气也。是随处有之，不为害。"又曰："鬼所聚集，恒在人烟密簇处，僻地旷野，所见殊稀。喜围绕厨灶，似欲近食气。又喜入溷厕②，则莫明其故，或取人迹罕到耶。"所画有《鬼趣图》，颇疑其以意造作。中有一鬼，首大于身几十倍，尤似幻妄。然闻先姚安公言：瑶泾陈公，尝夏夜挂窗卧，窗广一丈。忽一巨面窥窗，阔与窗等，不知其身在何处。急掣剑刺其左目，应手而没。对屋一老仆亦见之，云从窗下地中涌出。掘地丈馀，无所睹而止。是果有此种鬼矣。茫茫昧昧，吾乌乎质之！

【注释】

①憧憧：摇曳不定貌。

②溷(hùn)厕：厕所。

【译文】

扬州人罗两峰，能看见各种鬼。他说："凡是有人的地方都有鬼。横死的厉鬼，多年逗留不去，一般大多在闲宅空屋里，人不能靠近这种鬼,靠近就要受害。那些往来游荡的鬼,因中午之前阳气旺盛,大多在墙的阴面;中午以后阴气旺盛,大多四处游荡。这些鬼可以穿墙而过,不走门户,遇见人则避开让路,因为害怕阳气。这种游荡的鬼随处都有,不害人。”他又说:“鬼的聚集场所,常在人烟稠密的地方,僻地旷野,看到的鬼特别稀少。鬼喜欢围绕在厨灶旁,似乎想接近食物的气味。又喜欢进入厕所,就不明白其中的原因了,也许是因为人不大到那里去吧。”罗两峰还画有《鬼趣图》,很怀疑他是随意胡编的。图中有一个鬼,头比身体大几十倍,尤其荒唐虚幻。不过,我曾经听先父姚安公说:瑶泾人陈公,夏天夜晚挂起窗板来睡觉,窗户有一丈宽。忽然有一张大脸从窗外往里面偷看,脸和窗子一样宽大,不知身子在哪里。陈公急忙拔剑刺巨面怪物的左眼,大脸应手消失。对面窗子有一个老仆人也看见了这个巨面怪,老仆人说,巨面怪是从窗下的地里涌出来的。人们挖地掘到一丈多深,什么也没发现才罢手。由此看来,就真有这种大头鬼了。这类渺茫暗昧的事情,我怎样才能证实呢!

奴子刘四,壬辰夏乞假归省[1]。自御牛车载其妇。距家三四十里,夜将半,牛忽不行。妇车中惊呼曰:“有一鬼,首大如瓮,在牛前。”刘四谛视,则一短黑妇人,首戴一破鸡笼,舞且呼曰“来!来!”惧而回车,则又跃在牛前呼“来!来!”如是四面旋绕,遂至鸡鸣。忽立而笑曰:“夜凉无事,借汝夫妇消闲耳,偶相戏。我去后,慎勿詈我,詈则我复来。鸡笼是前村某家物,附汝还之。”语讫,以鸡笼掷车上去。天曙抵家,夫妇并昏昏如醉。妇不久病死,刘四亦流落无人状。鬼盖乘其衰气也。

【注释】

①壬辰：乾隆三十七年(1772)。归省：回家探亲。

【译文】

奴仆刘四，在乾隆壬辰年夏天请假回去探望父母。他自己赶着牛车载着妻子走。走到离父母家三四十里的时候，已经快半夜了，牛忽然不走了。妻子在车里惊叫说："有一个鬼，头大得像坛子，在牛的前面。"刘四仔细一看，是一个矮黑女人，头上戴着一个破鸡笼，边舞边叫着说"来！来！"刘四惊恐地调转车头，鬼又跳到牛车前面，叫"来！来！"就这么转来转去地一直折腾到鸡叫。鬼忽然站住笑道："夜里凉快无事可做，借你们夫妇消遣消遣，偶尔开开玩笑。我走后千万不要骂我，要是骂我的话，我还来。鸡笼是前村某某家的，请你捎带着还给他。"说完，把鸡笼扔在车上走了。天亮时到了家，夫妇两人都昏昏沉沉好像喝醉了似的。妻子不久就病死了，刘四也四处飘零没个人样。大概鬼就是趁着他们的气数将尽才作弄他们的。

景城有刘武周墓[①]，《献县志》亦载。按，武周山后马邑人，墓不应在是，疑为隋刘炫墓[②]。炫，景城人。《一统志》载其墓在献县东八十里。景城距城八十七里，约略当是也。旧有狐居之，时或戏嬲醉人。里有陈双，酒徒也。闻之愤曰："妖兽敢尔！"诣墓所，且数且詈。时耘者满野，皆见其父怒坐墓侧，双跳踉叫号。竞前呵曰："尔何醉至此，乃詈尔父！"双凝视，果父也，大怖叩首。父径趋归。双随而哀乞，追及于村外。方伏地陈说，忽妇媪环绕，哗笑曰："陈双何故跪拜其妻？"双仰视，又果妻也，愕而痴立。妻亦径趋归。双惘惘至家[③]，则父与妻实未尝出。方知皆狐幻化戏之也，惭不出户者数日。闻者无不绝倒。余谓双不詈狐，何至遭狐之戏，双有自取之道焉。狐不嬲人，何至遭双之詈？狐亦有自取之道焉。颠倒纠缠，皆缘一念之妄起。故佛言一切众生，慎勿造因。

【注释】

①刘武周：在隋末群雄竞起的纷乱形势中，刘武周率先起兵，依附突厥，图谋帝业。进而“率军南向以争天下”，占据了有充足食粮和库绢的晋阳，攻陷河东大部地区，威逼关中。终被李世民所灭。

②刘炫：字光伯，河间景城（今河北献县东北）人，隋经学家。刘献之的三传弟子。开皇（581—600）中，奉敕修史。后与诸儒修定五礼，所提出的《春秋》规过之论，对后世影响大。

③惘惘：迷迷糊糊貌。

【译文】

刘武周的墓在景城，《献县志》也有记载。按，刘武周是太行山北马邑人，墓不应该在这里，所以景城的墓可能是隋代刘炫的。刘炫是景城人。《一统志》记载，刘武周的墓在献县东八十里处。景城离县城八十七里，估计这种说法差不多。过去墓里住着狐狸，经常戏弄醉鬼。有个乡民陈双，是个酒徒。听说后气愤道：“妖兽胆敢这样！”他到了墓地，一边数落一边骂。当时地里都是干活的人，都看见陈双的父亲怒气冲冲地坐在墓边，陈双跺脚大骂。大伙儿争相走过来呵斥他：“你怎么醉成这样，还骂你父亲！”陈双仔细一看，真的是父亲，吓得赶紧叩头。父亲没理他，往回走了。陈双跟随着哀求父亲不要走，到了村外才追上。他趴在地上说明原委，忽听一群妇女围着笑道：“陈双，为什么拜你的妻子？”陈双抬头一看，果然是妻子，他惊讶地呆呆站着。妻子也径直回去了。陈双恍恍惚惚地回了家，得知父亲和妻子二人根本没有出去过。这才知道是狐精变化了戏弄他，羞惭得好几天不出门。听到这事的人无不笑得前仰后合。我认为，陈双不骂狐狸，何至于被狐狸戏弄，陈双是自作自受。狐狸如果不戏耍人，何至于遭陈双谩骂？狐狸也是自作自受。恩怨纠纷，颠倒错乱，皆因一念之差。所以佛说，一切生灵，千万不要惹是生非、制造结怨的因由。

方桂，乌鲁木齐流人子也①。言尝牧马山中，一马忽逸去。蹑踪往觅，隔岭闻嘶声甚厉。寻声至一幽谷，见数物，似人似兽，周身鳞皴②，斑驳如古松，发蓬蓬如羽葆③，目睛突出，色纯白，如嵌二鸡卵。共按马生啮其肉。牧人多携铳自防，桂故顽劣，因升树放铳。物悉入深林去，马已半躯被啖矣。后不再见，迄不知为何物也。

【注释】

①流人：被流放的人，犯人的一种。流放是古代刑罚的一种类型。

②皴(cūn)：皮肤上积存的泥垢和脱落的表皮。

③羽葆：古代仪仗的一种，以鸟羽聚于柄头如盖。

【译文】

方桂，是流放到乌鲁木齐的一个囚犯的儿子。他说，曾经在山里牧马，一匹马忽然逃走了。他跟踪寻找，隔着山岭听到很凄厉的马嘶声。循着声音的方向，找到一个幽深的山谷，看见几个怪物，像人又像野兽，全身像长了鳞片那样毛糙，斑斑驳驳像是古松，头发蓬乱，像是插满了鸟的羽毛，眼珠突出，颜色纯白，就像镶嵌着两个鸡蛋。这几个怪物一起摁住马，生吞活剥地啃马肉。放牧的人多半携带火铳防身，方桂本来就顽皮暴烈，于是爬上树放铳。那几个怪物全部逃进了茂密的森林，马的半个身体已经被吃掉了。后来没有再见到过这种怪物，所以至今不知道是什么东西。

芮庶子铁崖宅中一楼[1]，有狐居其上，恒鐍之。狐或夜于厨下治馔[2]，斋中宴客，家人习见亦不讶。凡盗贼火烛，皆能代主人呵护，相安已久。后鬻宅于李学士廉衣，廉衣素不信妖妄，自往启视，则楼上三楹[3]，洁无纤尘，中央一片如席大，藉以木板，整齐如几榻，馀无所睹。时方修筑，因并毁其楼，使无可据。亦无他异。迨甫落成[4]，突烈焰四起，顷刻无寸椽。而邻屋枯草无一茎被爇[5]。皆曰狐所为也。刘少宗伯青垣曰："此宅自当是日焚耳，如数不当焚，狐安敢纵火？"余谓妖魅能一一守科律，则天无雷霆之诛矣。王法禁杀人，不敢杀者多，杀人抵罪者亦时有。是固未可知也。

【注释】

①庶子：古代官名。明清时位正五品，一般为侍讲学士。

②馔(zhuàn)：饮食，吃喝。

③楹(yíng)：古代计算房屋的计量单位。一说为一列，一说为一间。

④迨(dài)：等到。

⑤爇(ruò)：烧。

【译文】

侍讲学士芮铁崖的宅院里有一座楼房，楼上住着狐狸精，平常总是上着锁。狐精有时夜里在厨房置办菜肴，在书房里宴请宾客，家人经常见到，也不惊怪。凡是盗贼、火烛一类事，狐精都能够替主人呵禁护卫，人狐相安无事很长时间。后来芮家将宅院转卖给学士李廉衣。李学士一向不信妖邪，亲自上楼开门审看，见楼上三间屋子，都干干净净一尘不染，中央有一片席子大的地方铺着木板，整整齐齐的像是床，其他也没发现什么异常。李学士当时要修建新居，就把这座楼也拆了，使狐狸精没有落脚的地方。拆毁楼房时也没发生异常情况。到新居竣工这天，突然烈火四起，顷刻之间新居化为灰烬，连半寸椽木也没留下。而邻居屋上却连一根枯草都没被烧。人们都说这是狐精放的火。礼部侍郎刘青垣说："这座房子的命数就是该当这天被烧，如果命数不该焚烧，狐精哪敢放火呢？"我认为，如果狐精鬼魅都能够遵守戒律，那么老天就不会有用雷霆诛杀的事情了。人间王法禁止杀人，结果不敢杀人的占多数，杀人抵罪的事情也时常有。这种事情本来就说不清是什么原因。

王少司寇兰泉言①：梦午塘提学江南时，署后有高阜，恒夜见光怪。云有一雉一蛇居其上，皆岁久，能为魅。午塘少年盛气，集锸畚平之②。众犹豫不举手，午塘方怒督，忽风飘片席蒙其首，急撤去，又一片蒙之，皆署中凉篷上物也。午塘觉其异，乃辍役。今尚岿然存。

【注释】

①少司寇：亦称"小司寇"，司寇的辅佐。司寇为刑部尚书，少司寇为刑部侍郎。

②锸（chā）：铁锹。畚（běn）：土筐，簸箕。

【译文】

刑部侍郎王兰泉说：梦午塘任江南提学时，衙署后面有一座高高的土丘，夜里经常见到发光的怪物。人们说土丘上住着一只野鸡和一条蛇，年岁长久，就成妖作怪了。梦午塘年轻气盛，召集众人拿了铁锹土筐，要铲平这座土丘。大伙儿犹豫着不肯动手，梦午塘正在发火督促，忽然，大风刮来一片席子蒙住他的头，他急忙拉掉席子，又飞来一片蒙在头上，这些席子都是衙署里凉篷上的东西。梦午塘觉得很反常，就停了工。如今这座土丘还巍然屹立在那里。

老仆魏哲闻其父言：顺治初，有某生者，距余家八九十里，忘其姓名，与妻先后卒。越三四年，其妾亦卒。适其家佣工人，夜行避雨，宿东岳祠廊下。若梦非梦，见某生荷校立庭前[①]，妻妾随焉。有神衣冠类城隍，磬折对岳神语曰[②]："某生污二人，有罪；活二命，亦有功，合相抵。"岳神咈然曰[③]："二人畏死忍耻，尚可贷。某生活二人，正为欲污二人，但宜科罪，何云功罪相抵也？"挥之出。某生及妻妾亦随出。悸不敢语。

天曙归告家人，皆莫能解。有旧仆泣曰："异哉，竟以此事被录乎！此事惟吾父子知之，缘受恩深重，誓不敢言。今已隔两朝，始敢追述。两主母皆实非妇人也。前明天启中，魏忠贤杀裕妃[④]，其位下宫女内监，皆密捕送东厂[⑤]，死甚惨。有二内监，一曰福来，一曰双桂，亡命逃匿。缘与主人曾相识，主人方商于京师，夜投焉。主人引入密室，吾穴隙私窥。主人语二人曰：'君等声音状貌在男女之间，与常人稍异，一出必见获。若改女装，则物色不及。然两无夫之妇，寄宿人家，形迹可疑，亦必败。二君身已净，本无异妇人；肯屈意为我妻妾，则万无一失矣。'二人进退无计，沉思良久，并曲从。遂为办女饰，钳其耳，渐可受珥。并市软骨药，阴为缠足。越数月，居然两好妇矣。乃车载还家，诡言在京所娶。二人久在宫禁，并白皙温雅，无一毫男子状。又其事迥出意想外[⑥]，竟无觉者。但讶其不事女红，为恃宠骄惰耳。二人感主人再生恩，故事定后亦甘心偕老。然实巧言诱胁，非哀其穷，宜司命之见谴也。"信乎，人可欺，鬼神不可欺哉！

【注释】

①校(jiào):这里指枷锁。

②磬(qìng)折:弯腰如磬状,表示恭敬。

③咈(fú)然:不高兴的样子。咈,通"怫"。

④魏忠贤杀裕妃:魏忠贤与熹宗朱由校的乳母客氏狼狈为奸,结党乱政。裕妃张氏身怀有孕,魏忠贤、客氏屡进谗言,张氏被断绝饮食,活活饿死。

⑤东厂:全称"东缉事厂",明代的特权监察机构、特务机关。东厂只对皇帝负责,不经司法机关批准,可随意监督缉拿臣民,是明朝宦官干政的开端。

⑥迥:远。

【译文】

老仆人魏哲听他父亲说:顺治朝初年,某生距离我家八九十里,忘了姓名,和妻子先后去世。过了三四年,他的妾也死了。当时他家的雇工夜里赶路避雨,借宿在东岳祠的廊庑下。在似梦非梦时,看见某生戴着枷锁站在庭前,妻妾随在身后。有个神灵,看衣冠像是城隍,恭敬地弓着腰对岳神说:"某生污辱了这两个人,有罪;救了二人的性命,也有功,应该相抵。"岳神不高兴地说:"这二人怕死而忍垢含耻,还可以原谅。某生救这两个人,正是为了奸污这二人,只能定罪,怎么能说功罪相抵呢?"挥手把城隍神打发了出去。某生和妻妾也随后出去了。雇工害怕,不敢吱声。

雇工天亮之后回去告诉了家人,大家都不明白是怎么回事。某生过去的仆人哭道:"真是怪事,他竟然因为这件事被记录了罪孽么!这事只有我们父子知道,因为受恩深重,发誓不说。如今已经隔了两朝,才敢说说以前的事。两位主母实际上都不是女人。在明代天启年间,魏忠贤杀死裕妃,裕妃的宫女太监,都被秘密逮捕送到东厂,都死得很惨。有两个太监,一个叫福来,一个叫双桂,改名换姓逃亡躲藏。因为他们与我主人是旧相识，而主人正在京城经商，就夜里投奔来了。主人把两人带进密室，我从门缝往里偷看。听见主人对他们说：‘你们的声音相貌，不男不女，和别人不大一样，一出去肯定会被抓住。如果改换女装，就认不出来了。但是两个没有丈夫的女人寄住在别人家里，形迹可疑，也一定会败露。两位已经净了身，和女人也没什么两样了；如果肯委屈当我的妻妾，就万无一失了。’二人进退不得，沉思了好久，都只好曲从。主人于是为他们采买女人饰物，扎了耳朵眼，渐渐可以挂耳环了。还买来软骨药，悄悄为他们缠脚。过了几个月，居然变成两个漂亮的妇人。于是主人用车载二人回家，撒谎说在京城娶的。这二人久在宫禁之中，都皮肤白皙、举止温雅，没有一点儿男子的样子。这件事又远出乎人们的意料，竟然没有人察觉。只是奇怪两个人都不做女红，以为是仗着宠娇懒惰罢了。二人感怀主人的活命之恩，所以在魏忠贤死后，仍然甘心与主人在一起过到老。主人实际上是花言巧语引诱胁迫他们就范的，并不是同情他们无处投奔，所以岳神惩罚他也是应该的。”可见，人可以欺骗，鬼神不可欺骗啊！

乾隆己卯[①]，余典山西乡试，有二卷皆中式矣。一定四十八名，填草榜时，同考官万泉吕令澌[②]，误收其卷于衣箱，竟觅不可得。一定五十三名，填草榜时，阴风灭烛者三四，易他卷乃已。揭榜后，拆视弥封[③]，失卷者范学敷，灭烛者李腾蛟也。颇疑二生有阴谴。然庚辰乡试[④]，二生皆中式。范仍四十八名，李于辛丑成进士[⑤]。乃知科名有命，先一年亦不可得，彼营营者何为耶？即求而得之，亦必其命所应有，虽不求亦得也。

【注释】

①乾隆己卯：乾隆二十四年(1759)。

②澔(lín)：此处为人名。

③弥封：把试卷上填写姓名的地方折角或盖纸糊住，以防止舞弊。

④庚辰：乾隆二十五年(1760)。

⑤辛丑：乾隆四十六年(1781)。

【译文】

乾隆己卯年，我主持山西的乡试，有两份卷子都考试合格了。一个定在第四十八名，填写草榜时，分房阅卷的考官万泉县令吕澔，把他的卷子错收在衣箱里，怎么也找不到。一个定在第五十三名，填写草榜时，不知哪来的冷风吹灭蜡烛三四次，换了别的卷子才罢。榜揭晓以后，拆封查看，卷子找不到的叫范学敷，填草榜时风吹灭蜡烛的那张卷子的考生叫李腾蛟。于是疑心这两个考生有缺德之事，所以冥冥之中受到了惩罚。但是乾隆庚辰年乡试，这两个考生都取中了。范学敷仍旧是第四十八名；李腾蛟在乾隆辛丑年成为进士。这才知道科举功名是有命数的，早一年也不可得，那些忙忙碌碌钻营追逐的人为了什么呢？就是追求而得到了，其实也必然是命里所应该有的，即便不去追求也会得到的。

先姚安公言：雍正庚戌会试[①]，与雄县汤孝廉同号舍。汤夜半忽见披发女鬼，搴帘手裂其卷[②]，如蛱蝶乱飞[③]。汤素刚正，亦不恐怖，坐而问之曰：“前生吾不知，今生则实无害人事。汝胡为来者[④]？”鬼愕眙却立曰[⑤]：“君非四十七号耶？”曰：“吾四十九号。”盖前有二空舍，鬼除之未数也。谛视良久，作礼谢罪而去。斯须间，四十七号喧呼某甲中恶矣。此鬼殊愦愦，此君可谓无妄之灾[⑥]。幸其心无愧怍，故仓卒间敢与诘辩[⑦]，仅裂一卷耳，否亦殆哉。

【注释】

①雍正庚戌:雍正八年(1730)。

②搴(qiān):通“褰”,撩起,掀开。

③蛱(jiá)蝶:蝴蝶的一种。

④胡:什么。

⑤愕眙(yí):吃惊地看着。

⑥无妄之灾:指平白无故受到不能预测的、意外的灾祸。无妄,意想不到的。

⑦仓卒:同“仓猝”。

【译文】

先父姚安公说:雍正庚戌年会试,他与雄县人汤孝廉同在一个号舍。汤孝廉半夜忽见一个披发女鬼,掀开帘子用手撕碎他的试卷,试卷碎片像蝴蝶一样乱飞。汤孝廉一向刚正,也不害怕,坐起来问她说:“前生我不知道,今生我确实没做害人的事。你为什么来的?”女鬼惊愕地望着汤孝廉,后退两步问:“你不是四十七号吗?”汤孝廉回答:“我这是四十九号。”原来前面有两间空的号舍,女鬼除去没有数。她仔细地看了好久,才施礼向汤孝廉谢罪后退走。不一会儿,四十七号舍那边吵吵嚷嚷,说某甲中了邪。这个女鬼也太糊涂了,汤孝廉可谓是无妄之灾。幸好他心中无愧,也不害怕,慌乱的时候敢于和鬼争辩,只撕碎了一张卷子罢了,否则也就危险了。

顾员外德懋,自言为东岳冥官,余弗深信也。然其言则有理。曩在裘文达公家[1],尝谓余曰:“冥司重贞妇,而亦有差等:或以儿女之爱,或以田宅之丰,有所系恋而弗去者,下也;不免情欲之萌,而能以礼义自克者,次也;心如枯井,波澜不生,富贵亦不睹,饥寒亦不知,利害亦不计者,斯为上矣。如是者千百不得一，得一则鬼神为起敬。一日，喧传节妇至，冥王改容，冥官皆振衣伫迓[2]。见一老妇儽然来[3]，其行步步渐高，如蹑阶级。比到，则竟从殿脊上过，莫知所适。冥王怃然曰：'此已升天，不在吾鬼箓中矣。'"又曰："贤臣亦三等：畏法度者为下；爱名节者为次；乃心王室，但知国计民生，不知祸福毁誉者为上。"又曰："冥司恶躁竞，谓种种恶业，从此而生，故多困踬之[4]，使得不偿失。人心愈巧，则鬼神之机亦愈巧。然不甚重隐逸，谓天地生才，原期于世事有补。人人为巢、许[5]，则至今洪水横流，并挂瓢饮犊之地，亦不可得矣。"又曰："阴律如《春秋》责备贤者，而与人为善。君子偏执害事，亦录以为过；小人有一事利人，亦必予以小善报。世人未明此义，故多疑因果或爽耳。"

【注释】

①曩(nǎng)：以往，从前。

②迓(yà)：迎接。

③儽(léi)然：疲惫或颓丧的样子。

④困踬(zhì)：谓事情不顺利，处于困境。

⑤巢、许：巢父、许由，历史上两位隐士。传说尧禅让帝位，这两位隐士不接受。许由觉得尧的劝说弄脏了耳朵，便跑到水边去洗耳。巢父比许由更决绝，觉得许由洗耳污染了牛犊的饮水，牵着牛犊往上游走去。事见晋代皇甫谧的《高士传》。

【译文】

员外顾德懋自己说他是东岳的冥官，我不怎么相信。但他说的话却有些道理。以前在裘文达公家，他对我说："地府里很看重贞妇烈女，但也分等级：或因儿女之情，或因公婆家田产丰厚，有所留恋而不改嫁的，为下等；情欲免不了有所萌动而能以礼义克制自己的，是中等；心如枯井，感情不生波澜，不向往富贵，饥饿寒冷也无所谓，也不计较利害的，这是上等。这样的在千百个人中也找不到一个，如果是这样的人，鬼神也起敬。有一天，闹嚷嚷传说节妇到了，阎王脸色严肃，阴官们都抖抖衣服站起来迎接。只见一位老妇人很疲惫地走来，她好像脚下踩着台阶，步步登高。等到了阎王殿，竟从殿顶上走过去，不知要去哪儿。阎王惊愕地说：'这个人已经升天，不在我们鬼界的名录中了。'"顾德懋又说："贤臣也分三等：害怕法度的是下等；爱惜名声气节的是中等；忠心于朝廷，只知国计民生大事、不计较祸福毁誉的为上等。"他还说："地府厌恶为追求名利而竞争，认为种种罪孽都是因此而产生的，所以往往让这种人不顺利，叫他得不偿失。人心越是奸诈，鬼神的安排也就越是巧妙。但是地府不怎么看重隐士，认为天地造才，本来是希望这种人对世事有所补益。如果人人都去当巢父、许由，那么至今这世界仍然是洪水泛滥，连挂瓢的树、让牛犊饮水的地方也不会有了。"又说："阴间的法度像《春秋》求全责备贤者一样，但是强调善意帮助别人。君子由于片面固执妨害了什么事情，会作为过失被记录下来；小人做一件有利于别人的事，也一定会用小的好处来报答他的善行。世上的人不明白这个道理，所以往往怀疑因果报应也许有误。"

内阁学士永公，讳宁，婴疾①，颇委顿。延医诊视，未遽愈。改延一医，索前医所用药帖，弗得。公以为小婢误置他处，责使搜索，云不得，且笞汝。方倚枕憩息，恍惚有人跪灯下曰："公勿笞婢，此药帖小人所藏。小人即公为臬司时平反得生之囚也。"问："藏药帖何意？"曰："医家同类皆相忌，务改前医之方，以见所长。公所服药不误，特初试一剂，力尚未至耳。使后医见方，必相反以立异，则公殆矣②。所以小人阴窃之。"公方昏闷，亦未思及其为鬼。稍顷始悟，悚然汗下。乃称前方已失，不复记忆，请后医别疏方。视所用药，则仍前医方也。因连进数剂，病霍然如失。公镇乌鲁木齐日，亲为余言之，曰："此鬼可谓谙悉世情矣[③]。"

【注释】

①婴：触，缠绕。

②殆(dǎi)：危险。

③谙(ān)：熟悉。

【译文】

内阁学士永宁公被病困扰，很是憔悴萎靡。请医生诊治，状况也没有立即改善。又请了一个医生，这个医生要看前面那位医生开的药方，没有找到。永公以为小丫鬟放错了地方，叫她仔细找找，还威胁她说如果找不到，就要鞭打。永公靠着枕头休息，恍恍惚惚看到有个人跪在灯下，说："您不要打她，药方是小人藏起来的。小人就是您任按察使时平反救过命的囚犯。"永公问："你藏药方为了什么？"回答说："医家都是同行相妒，他一定要改前一个医生的药方，显示自己高明。您服的药没错，只是刚服一剂，药力还没发挥出来。若是让后面请的这个医生见了药方，他一定会用相反的药，以标新立异，那您就危险了。所以，小人暗暗偷了药方。"永公昏昏沉沉也没想到对方是鬼。过了一会儿才猛然醒悟过来，惊出一身冷汗。于是他说前一个医生的药方已经丢失，记不起了，请后一个医生另开药方。看这个医生所用的药，与前面的一样。于是连服了几剂，病很快好了。永公在镇守乌鲁木齐时，亲自给我讲了这事，说："这个鬼真可以说熟悉人情世故啊。"

族叔楘庵言[①]：肃宁有塾师，讲程朱之学。一日，有游僧乞食于塾外，木鱼琅琅，自辰逮午不肯息。塾师厌之，自出叱使去，且曰："尔本异端，愚民或受尔惑耳。此地皆圣贤之徒，尔何必作妄想？"僧作礼曰："佛之流而募衣食，犹儒之流而求富贵也，同一失其本来，先生何必定相苦？"塾师怒，自击以夏楚[2]。僧振衣起曰："太恶作剧。"遗布囊于地而去。意必复来，暮竟不至。扪之，所贮皆散钱。诸弟子欲探取。塾师曰："俟其久而不来，再为计。然须数明，庶不争。"甫启囊，则群蜂坌涌[3]，螫师弟面目尽肿。号呼扑救，邻里咸惊问。僧忽排闼入曰[4]："圣贤乃谋匿人财耶？"提囊径行。临出，合掌向塾师曰："异端偶触忤圣贤，幸见恕。"观者粲然[5]。或曰："幻术也。"或曰："塾师好辟佛，见僧辄诋，僧故置蜂于囊以戏之。"楘庵曰："此事余目击，如先置多蜂于囊，必有蠕动之状见于囊外，尔时殊未睹也。云幻术者为差近。"

【注释】

①楘(mù)：此处用于人名。

②夏楚：古代学校两种体罚越礼犯规者的用具。后代泛指用棍棒等进行体罚。

③坌(bèn)涌：涌出。

④排闼(tà)：推开门，撞开门。闼，门。

⑤粲(càn)然：露出牙齿笑。粲，笑貌。

【译文】

堂叔楘庵说：肃宁有一个学塾的老师，讲程朱理学。一天，有个游方和尚在学塾外面要饭，木鱼声琅琅，从早晨敲到中午不肯停息。塾师讨厌他这样，亲自出去呵叱，让他走，并且说："你本来就是异端，愚民有人受你的迷惑也就罢了。这里都是圣贤的信徒，你何必起非分的念头呢?”和尚行礼说:“佛家募化衣食,就像儒家追求富贵,同样都是失去它的本来性质,先生何必一定要跟我过不去呢?”塾师发怒,拿着责罚学童的戒尺来打和尚。和尚抖抖衣服说:“真是太不像样了。”把布袋遗落在地上走了。塾师料想他必定再来,但等到晚上竟然还不到。隔着摸了一摸,布袋里装的都是零散的钱。几个弟子要想伸进手去取,塾师说:“等他真的不来再说。但要数数清楚,免得争闹。”刚打开袋子,群蜂喷涌而出,老师和弟子都被螫得面目全肿。号叫扑救,邻居都吃惊地前来问怎么了。和尚忽然推门进来说:“圣贤也谋划着藏匿别人的钱财吗?”提起布袋子径自走了。临出门,合掌对塾师说:“异端偶尔触犯了圣贤,请原谅。”围观的人都笑了。有人说:“这是幻术。”也有人说:“塾师喜欢辟佛,看见和尚就辱骂,所以和尚把蜂虫放在袋子里来戏弄他。”堂叔粲庵说:“这件事是我亲眼所见,如果先放许多蜂虫在袋里,必然有蠕动的样子,在布袋的外面可以看到,当时确是不曾看见。说它是幻术比较接近。”

朱青雷言:有避仇窜匿深山者,时月白风清,见一鬼徙倚白杨下,伏不敢起。鬼忽见之,曰:“君何不出?”栗而答曰:“吾畏君。”鬼曰:“至可畏者莫若人,鬼何畏焉?使君颠沛至此者,人耶鬼耶?”一笑而隐。余谓此青雷有激之寓言也。

【译文】

朱青雷说:有个人,为了躲避仇家,逃到了深山里,当时,月明风清,他看见一个鬼白杨树下来来回回走,吓得伏在地上不敢起来。鬼忽然发现了他,问道:“你怎么不出来?”他颤抖着回答:“我害怕你。”鬼说:“最可怕的就是人了,鬼有什么可怕的呢?让你颠沛流离逃窜到此地的，是人还是鬼呢？”说完一笑就不见了。我认为这是朱青雷有感而发编造的寓言。

都察院库中有巨蟒，时或夜出。余官总宪时①，凡两见。其蟠迹着尘处，约广二寸馀，计其身当横径五寸。壁无罅②，门亦无罅，窗棂阔不及二寸，不识何以出入。大抵物久则能化形，狐魅能由窗隙往来，其本形亦非窗隙所容也。堂吏云：其出应休咎，殊无验，神其说耳。

【注释】

①总宪：明清时期对都察院左都御史称之为“总宪”。

②罅（xià）：缝隙，裂缝。

【译文】

都察院的库房里有一条巨大的蟒蛇，有时在夜里出来。我任都察院左都御史时，见过两次。蟒蛇盘绕在地面尘土上留下的印记，大约宽二寸多，估计蟒身直径有五寸。墙没有缝隙，门也没有缝隙，窗棂之间也不过二寸宽，不知蟒是怎么出入的。大概动物活得时间长了就能变化形迹，狐狸精魅能从窗缝之中往来，它本来的形体也不是窗缝所能容下的。都察院办事的官员说：它的出没与吉凶相应，但从来没有应验，这不过是故弄玄虚的说法而已。

幽明异路，人所能治者，鬼神不必更治之，示不渎也。幽明一理，人所不及治者，鬼神或亦代治之，示不测也。戈太仆仙舟言：“有奴子尝醉寝城隍神案上，神拘去笞二十。”两股青痕斑斑，太仆目见之。

【译文】

阴间阳间是不同的路数，人能够处置的，鬼神不必要去管，以表示敬重人。阴间阳间同一准则，人处置不到的，鬼神有可能代为处置，以显示不测的天机。太仆寺卿戈仙舟说："有个奴仆醉卧在城隍庙的神案上，被神捉去打了二十大板。"这个人两条大腿伤痕累累，戈仙舟曾亲眼看到过。

杜生村，距余家十八里。有贪富室之贿，鬻其养媳为妾者。其媳虽未成婚，然与夫聚已数年，义不再适①。度事不可止，乃密约同逃。翁姑觉而追之。二人夜抵余村土神祠，无可栖止，相抱泣。忽祠内语曰："追者且至，可匿神案下。"俄庙祝踉跄醉归②，横卧门外。翁姑追至，问踪迹。庙祝呓语应曰："是小男女二人耶？年约若干，衣履若何，向某路去矣。"翁姑急循所指路往。二人因得免，乞食至媳之父母家。父母欲讼官，乃得不鬻。尔时祠中无一人。庙祝曰："吾初不知是事，亦不记作是语。"盖皆土神之灵也。

【注释】

①适：嫁。

②庙祝：庙宇中管香火的人。

【译文】

杜生村，距离我家十八里。村子里有贪图富家钱财的人，打算把他家的童养媳卖给富人做妾。那个童养媳虽然没有成婚，但是同未婚夫已经一起生活了几年，决不想再嫁别人。她估计事情不可能挽回，于是暗暗约定未婚夫一起逃走。公婆发觉，随后追赶。二人夜里跑到我这个村上的土神祠，无处安身，相抱着哭泣。忽然祠内有说话的声音道：

“追的人快到了，你们可以躲在神桌下面。”不一会儿管香火的庙祝喝酒喝得醉醺醺踉踉跄跄回来，横躺在门外。公婆追到，向庙祝打听两个人的踪迹，庙祝含含糊糊像说梦话一样答道：“是两个小男女吗？年纪大约多少，衣服鞋子又是什么什么样，向某条路上去了。”公婆急忙沿着他指的路追去。二人因此没有被发现，一路要饭到了童养媳的父母家。父母要告官，童养媳才不至于被卖掉。当时土神祠里没有一个人，庙祝说：“我起初不知道这件事，也不记得说过什么话。”大概都是土地神显灵了。

乾隆庚子[①]，京师杨梅竹斜街火，所毁殆百楹。有破屋岿然独存，四面颓垣，齐如界画，乃寡媳守病姑不去也。此所谓“孝悌之至，通于神明”。

【注释】

①乾隆庚子：乾隆四十五年(1780)。

【译文】

乾隆庚子年，京城杨梅竹斜街发生火灾，烧毁了将近一百间房屋。有间破屋却岿然独存，破屋周围都是被烧过的断墙残壁，四边齐整好像有谁给画了一道界线隔开了大火，是因为这间破屋里有个寡媳，守护着生病的婆母不肯离去。这就是人们传说的“极为孝悌的人，能够感动神灵”。

于氏，肃宁旧族也。魏忠贤窃柄时，视王侯将相如土苴。顾以生长肃宁，耳濡目染，望于氏如王谢，为侄求婚，非得于氏女不可。适于氏少子赴乡试，乃置酒强邀至家面与议。于生念许之则祸在后日，不许则祸在目前，猝不能决。

托言父在难自专。忠贤曰:“此易耳。君速作札,我能即致太翁也[①]。”

是夕,于翁梦其亡父,督课如平日,命以二题:一为“孔子曰诺”,一为“归洁其身而已矣”。方搆思,忽叩门惊醒。得子书,恍然顿悟。因复书许姻,而附言病颇棘,促子速归。肃宁去京四百馀里,比信返,天甫微明,演剧犹未散。于生匆匆束装,途中官吏迎候者已供帐相属[②]。抵家后,父子俱称疾不出。是岁为天启甲子[③]。越三载而忠贤败,竟免于难。事定后,于翁坐小车,遍游郊外,曰:“吾三载杜门,仅博得此日看花饮酒,岌乎危哉!”

于生濒行时,忠贤授以小像曰:“先使新妇识我面。”于氏与余家为表戚,余儿时尚见此轴。貌修伟而秀削,面白色隐赤,两颧微露,颊微狭,目光如醉,卧蚕以上[④],赭石薄晕如微肿。衣绯红。座旁几上,露列金印九。

【注释】

①太翁:清代时也用来尊称对方的父亲。

②供帐:陈设供宴饮用的帷帐、用具、饮食等物,亦作“供张”。

③天启甲子:明朝天启四年(1624)。

④卧蚕:笑的时候下眼睫毛下方凸的部分,眼眶下的皱纹。

【译文】

于氏是肃宁的旧家大族。魏忠贤窃弄权柄时,把王侯将相们都看成是粪土。但他生长在肃宁,耳闻目染,把于氏看得像晋代的王谢大族一样,为侄子求婚,非娶于氏的女儿不可。恰好于家的小儿子参加乡试,他置办了酒席,强把于生请到家里面议。于生心里盘算,如果答应了，大祸就在以后，如果不答应，大祸就在眼前，仓促间决定不下来。就找借口说父亲在，不敢擅自做主。魏忠贤说："这容易。你赶快写封信，我能马上送到你父亲那里。"

这天晚上，于翁梦见死去的父亲，还像以前那样给他上课，出了两个题：一是"孔子说可行"，一是"回家独善其身就行了"。他正在构思，忽然被叩门声惊醒。得到儿子的信，他恍然大悟。于是复信许婚，而附言说自己病得很重，叫儿子赶快回来。肃宁离京城四百多里地，等回信送到，天色刚亮，演的戏还没有散场。于生匆匆地准备行装出发，一路上，都有官吏中途迎候，已经为他准备了赶路所需的一应物品。到家之后，于氏父子都宣称有病，不露面了。这一年是天启甲子年。过了三年，魏忠贤垮台败亡，于氏竟免于受牵连。时局稳定下来后，于翁坐着小车，在郊外到处游玩，说："我三年闭门不出，只换来今天这样看花喝酒，真是危险呵！"

于生临离开京城时，魏忠贤交给他一幅小像，说："先叫新娘认认我。"于氏和我家是表亲，我在小时候曾经见过这幅小像。魏忠贤身材高大而瘦削，脸色白里透红，两边颧骨微微凸起，脸颊稍窄，眼光好像喝醉了酒，眼轮以上的部分，有赭石般淡淡的晕，好像微微肿着。衣服是绯红色的。座旁的几案上，摆列着九颗金印。

杜林镇土神祠道士，梦土神语曰："此地繁剧，吾失于呵护，致疫鬼误入孝子节妇家，损伤童稚。今镌秩去矣[①]。新神性严重，汝善事之，恐不似我姑容也。"谓春梦无凭，殊不介意。越数日，醉卧神座旁，得寒疾几殆。

【注释】

①镌秩：降级或降职。

【译文】

杜林镇土地庙一个道士，梦见土地神告诉他说："此地事务繁重之极，我呵禁护卫不周，让传播瘟疫的恶鬼误入孝子节妇家，伤害了孩子。现在我被削职要调走了。新上任的土地神性格严肃，你要好好侍奉，恐怕他不像我这么姑息宽容了。"道士只当作是一场春梦没什么根据，没放在心上。几天后，他醉卧在神座旁，就得了寒热病，差点儿死掉。

景州戈太守桐园①，官朔平时，有幕客夜中睡醒，明月满窗，见一女子在几侧坐。大怖，呼家奴。女子摇手曰："吾居此久矣，君不见耳。今偶避不及，何惊骇乃尔？"幕客呼益急。女子哂曰："果欲祸君，奴岂能救？"拂衣遽起，如微风之振窗纸，穿棂而逝。

【注释】

①太守：官名。春秋时初设此官职，为武官，防守边郡，后渐转为地方长官。明清时专用来尊称"知府"。

【译文】

景州戈桐园太守在朔平做官时，有个师爷夜里醒来，这时明月满窗，看见一个女子坐在小桌旁。吓坏了，呼唤家奴。女子摇手说："我住在这里很久了，你没有见到罢了。今天偶然来不及回避，何必吓成这样？"师爷喊得更急了。女子嘲笑道："果真要想害你，奴仆救得了么？"说完一抖衣服站了起来，就像微风吹动窗纸，穿过窗棂不见了。

颍州吴明经跃鸣言①：其乡老儒林生，端人也。尝读书神庙中，庙故宏阔，僦居者多②。林生性孤峭，率不相闻问。

一日，夜半不寐，散步月下，忽一客来叙寒温。林生方寂寞，因邀入室共谈，甚有理致。

偶及因果之事。林生曰："圣贤之为善，皆无所为而为者也。有所为而为，其事虽合天理，其心已纯乎人欲矣。故佛氏福田之说[3]，君子弗道也。"

客曰："先生之言，粹然儒者之言也。然用以律己则可，用以律人则不可；用以律君子犹可，用以律天下之人则断不可。圣人之立教，欲人为善而已。其不能为者，则诱掖以成之；不肯为者，则驱策以迫之。于是乎刑赏生焉。能因慕赏而为善，圣人但与其善，必不责其为求赏而然也；能因畏刑而为善，圣人亦与其善，必不责其为避刑而然也。苟以刑赏使之循天理，而又责慕赏畏刑之为人欲，是不激劝于刑赏，谓之不善；激劝于刑赏，又谓之不善，人且无所措手足矣。况慕赏避刑，既谓之人欲，而又激劝以刑赏，人且谓圣人实以人欲导民矣，有是理欤？盖天下上智少而凡民多，故圣人之刑赏，为中人以下设教。佛氏之因果，亦为中人以下说法。儒释之宗旨虽殊，至其教人为善，则意归一辙。先生执董子谋利计功之说[4]，以驳佛氏之因果，将并圣人之刑赏而驳之乎？先生徒见缁流诱人布施[5]，谓之行善，谓可得福；见愚民持斋烧香，谓之行善，谓可得福；不如是者，谓之不行善，谓必获罪。遂谓佛氏因果，适以惑众。而不知佛氏所谓善恶，与儒无异；所谓善恶之报，亦与儒无异也。"

林生意不谓然，尚欲更申己意。俯仰之顷，天已将曙。客起欲去，固挽留之。忽挺然不动，乃庙中一泥塑判官。

【注释】

①明经：汉朝时出现的选举官员科目，到唐代时科举以诗赋取士谓之进士，以经义取士谓之明经。明清时代，明经成为贡生的别称。

②僦(jiù)：租赁。

③福田：佛教以为供养布施、行善修德，能受福报，犹如播种田亩，有秋收之利，故称。

④董子：董仲舒(前179—前104)，西汉思想家、今文经学大师。其“大一统”、“天人感应”等理论，为后世封建统治者提供了统治的理论基础。著有《春秋繁露》等。

⑤缁(zī)流：佛教术语。僧人着缁衣，故谓之“缁流”或“缁徒”。缁，黑色。流，流类。

【译文】

颍州人明经吴跃鸣说：他的同乡老儒林生，是品行端正的人。林生曾借住在神庙里读书，庙宇很宽阔，租住的人也很多。林生性情孤僻，与庙里其他人一概不来往。

一天半夜，林生睡不着，在月下散步，忽然有一位客人来跟他寒暄。林生正感到寂寞，就邀请客人进屋闲谈，客人讲话很有义理情致。

偶然谈到因果报应的事情。林生说：“圣贤做善事，都是无所求而做成的。如果为了功利目的去做，即使所做的事情合乎天理，他的用心也就纯粹是为了人欲了。所以佛家的所谓福田之说，君子是不赞成的。”

客人说：“先生的这种说法，纯粹是读书人的看法。用来要求自己是可以的，用来要求别人就不行；用来要求君子可以，用来要求普天下的人则断然行不通。圣人设置教化措施，无非是要人做善事而已。不能做善事的人，就诱导扶持他去做；不肯做善事的人，就用驱赶鞭策迫使他去做。于是也就产生了刑罚和赏赐。对于为了赏赐而做善事的人，圣人只肯定他是善人，必定不会责怪他为了求赏才做善事；对于能因为害怕刑罚而做善事的人，圣人也承认他是善人，必定不会追究他因为害怕刑罚才做善事。如果用刑赏手段驱使人们遵循天理，却又指责人们喜赏畏刑是出于某种欲望，那么人们遵从刑赏会被说成是不善，不遵从刑赏也会被说成是不善，人们也就手足无措，不知怎么做了。况且，既然把喜赏畏刑称为人欲，而又使用刑赏手段，人们将会说圣人实际上是以人欲来诱导百姓，有这个道理吗？因为普天之下大智大慧的少，凡人多，所以圣人的刑赏，其实是在为中等以下的人设置的。佛家的因果论，也是在为中等以下的人说法。佛家儒家的宗旨虽然不同，但在教人为善这一点上，意思完全一致。先生用董仲舒的谋利计功观点来批驳佛家的因果理论，是要连圣人的刑赏主张一同批驳吗？先生只见僧人诱人布施钱财，说这就是行善，可以得福；不布施，就是不行善，看到愚民持斋烧香，说这是行善，可以得福；不这样做就是不行善，必定有罪。由此就误以为佛家的因果理论，完全是欺惑民众的。你并没有了解到佛家所说的善恶与儒家没有区别；佛家所说的善恶报应也与儒家没有差异。”

林生对客人的这套论述不以为然，还想进一步申述自己的见解。正相互探讨，不知不觉天快亮了。客人起身想走，林生执意挽留。客人忽然挺直不动了，林生仔细一看，这个客人原来是庙里的一尊泥塑判官。

族祖雷阳公言：昔有遇冥吏者，问：“命皆前定，然乎？”曰：“然。然特穷通寿夭之数，若唐小说所称预知食料，乃术士射覆法耳①。如人人琐记此等事，虽大地为架，不能庋此簿籍矣。”问：“定数可移乎？”曰：“可。大善则移，大恶则移。”问：“孰定之？孰移之？”曰：“其人自定自移，鬼神无权也。”问：“果报何有验有不验？”曰：“人世善恶论一生，祸福亦论一生。冥司则善恶兼前生，祸福兼后生，故若或爽也[②]。”问：“果报何以不同？”曰：“此皆各因其本命。以人事譬之，同一迁官，尚书迁一级则宰相，典史迁一级，不过主簿耳。同一镌秩，有加级者抵，无加级，则竟镌矣。故事同而报或异也。”问：“何不使人先知？”曰：“势不可也。先知之，则人事息，诸葛武侯为多事，唐六臣为知命矣。”问：“何以又使人偶知？”曰：“不偶示之，则恃无鬼神而人心肆，暧昧难知之处，将无不为矣。”先姚安公尝述之曰：“此或雷阳所论，托诸冥吏也。然揆之以理[③]，谅亦不过如斯。”

【注释】

①射覆：古时候学习《易经》占卜的人为了提高自己的占筮技能而玩的一种游戏。“射”是猜度之意，“覆”是覆盖之意。覆者用瓯盂、盒子等器覆盖某一物件，射者通过占筮等途径，猜测里面是什么东西。

②爽：这里指差失、违背。

③揆(kuí)：揣测。

【译文】

族祖雷阳公说：过去有一个人遇见了鬼吏，问：“命运都是前生注定的，是么？”鬼吏说：“是。不过前生注定的仅仅是困顿发达、寿命长短这些大事，至于像唐代小说中所说的预知人吃什么，那是术士猜谜的玩艺儿。如果把每个人的这种琐事也都记录下来，那么即使以大地为书架，也放不下那么多籍册。”这个人问：“定数能变么？”鬼吏说：“能变。大善能变，大恶能变。”这人问：“谁来定？谁来变？”鬼吏说：“是本人自己定、自己变，鬼神没有这个权力。”这人问：“报应怎么有的灵验有的不灵验?”鬼吏说:“人间以一生论善或恶,祸福也以一生来论定。在地府论善或恶,则兼顾前生,论祸或福,则兼顾后生,所以有时就像是报应有差误。”这个人问:“报应为什么不一样?”鬼吏说:“这是因为每人的本命不同而不同。比如说人事,同样是升官,尚书升一级就当了宰相,典史升一级,不过是个主簿。同样是降级,如果和加级的相比,那么不加级,就等于降级了。所以事情相同而报应有时不同。”这人问:“定数为什么不叫人先知道?”鬼吏说:“情况不允许这样。如果让人都事先知道自己的命运,人间就没有什么事了,那么诸葛亮就成了多事的人,唐末的六个佞臣就成了知天命的人了。”这人问:“为什么又叫人偶尔知道一些?”鬼吏说:“不偶尔予以指示,那么有人就会觉得没有鬼神而肆无忌惮,背着人就无所不为了。”先父姚安公曾评述说:“这可能是雷阳公的看法,而假托鬼吏说出来。然而以理来衡量,想必也是这么回事。”

先姚安公有仆,貌谨厚而最有心计。一日,乘主人急需,饰词邀勒,得赢数十金。其妇亦悻悻自好,若不可犯,而阴有外遇。久欲与所欢逃,苦无资斧[①]。既得此金,即盗之同遁。越十馀日捕获,夫妇之奸乃并败。余兄弟甚快之。姚安公曰:“此事何巧相牵引,一至于斯!殆有鬼神颠倒其间也。夫鬼神之颠倒,岂徒博人一快哉!凡以示戒云尔。故遇此种事,当生警惕心,不可生欢喜心。甲与乙为友,甲居下口,乙居泊镇,相距三十里。乙妻以事过甲家,甲醉以酒而留之宿。乙心知之,不能言也,反致谢焉。甲妻渡河覆舟,随急流至乙门前,为人所拯。乙识而扶归,亦醉以酒而留之宿。甲心知之,不能言也,亦反致谢焉。其邻媪阴知之,合掌诵佛曰:‘有是哉,吾知惧矣。’其子方佐人诬讼,急自往呼之归。汝曹如此媪可也。”

【注释】

①资斧：旅费，盘缠。

【译文】

先父姚安公有个仆人，外表厚道老实，实际最有心计。一天，他趁主人急着要办成事，夸大其辞巧言勒索了几十两银子。他的妻子也整天洋洋得意自视甚高，一副凛然不可侵犯的样子，暗地里却有外遇。早有跟相好私奔的想法，苦于没有路费。家里有了这笔钱，两人偷了银子逃走了。十多天后，两人被抓获，夫妇二人的坏事败露。我们兄弟觉得很痛快。姚安公说："两事互相牵连，怎么这么巧！可能有鬼神在里面起作用。鬼神让事情转换，难道就是为了让人开开心么！这都是向人示警。所以遇到这种事应当生警惕心，不应该只生欢喜心。甲和乙是朋友，甲住下口，乙住泊镇，相距三十里。乙的妻子有事到甲家，甲把她灌醉了留她住了一夜。乙知道了却说不出口，反而向甲表示谢意。甲的妻子渡河翻了船，被急流冲到乙的门前，被人救上岸后。乙认出是甲妻，扶回家，也用酒灌醉她留下住了一夜。甲心里知道也说不出口，也反而表示谢意。邻居老太太暗中知道了这件事，合掌念经道：'有这种事啊，太可怕了。'她的儿子正帮人作伪证打官司，她急忙亲自赶过去把儿子叫了回来。你们能做到老太太这一步，就可以了。"

四川毛公振翧①，任河间同知时，言其乡人有薄暮山行者，避雨入一废祠，已先有一人坐檐下。谛视，乃其亡叔也，惊骇欲避。其叔急止之曰："因有事告汝，故此相待。不祸汝，汝勿怖也。我殁之后，汝叔母失汝祖母欢，恒非理见箠挞。汝叔母虽顺受不辞，然心怀怨毒，于无人处窃诅詈。吾在阴曹为伍伯②，见土神牒报者数矣。凭汝寄语，戒其悛改③。如不知悔，恐不免魂堕泥犁也。"语讫而灭。乡人归，告其叔母，虽坚讳无有，然悚然变色，如不自容。知鬼语非诬矣。

【注释】

①翾：音 xuān。

②伍伯：伍长。古代五人曰伍，伍长为伯，故称“伍伯”。

③悛（quān）改：悔改。

【译文】

四川毛振翾公担任河间府同知时，说他的家乡有个人傍晚在山间赶路，到一座废弃的祠庙避雨，发现已经先有一个人坐在屋檐下面。仔细一看，竟然是他已经去世的叔父，吓得想要躲避。他的叔父急忙止住他说：“因为有事情告诉你，所以在这里等你。不会害你，你不要怕。我死了之后，你的叔母不讨你祖母的欢心，经常无缘无故地挨打。你的叔母虽然顺从忍受不说什么，但是心里怀着怨恨，在没有人的地方偷偷地咒骂。我在阴曹地府做差役，看到土地神行文通报多次了。要请你传话，劝她悔改。如果不知道悔悟，恐怕死后不免要堕入地狱。”说完就消失了。乡人回来告诉他的叔母，她虽然一口咬定说没有，但是惊慌得变了脸色，好像无地自容。可知鬼的话不是乱说的。

毛公又言：有人夜行，遇一人，状似里胥[①]，锁絷一囚[②]，坐树下。因并坐暂息。囚啜泣不止，里胥鞭之。此人意不忍，从旁劝止。里胥曰：“此桀黠之魁[③]，生平所播弄倾轧者，不啻数百[④]。冥司判七世受豕身，吾押之往生也。君何悯焉！”此人栗然而起，二鬼亦一时灭迹。

【注释】

①里胥：管理乡村事务的公差。

②絷(zhí):捆,绑。

③桀黠(jié xiá):凶悍狡黠。桀,凶暴。

④不啻(chì):不止,不只,不仅仅。

【译文】

毛公又说:有人夜间赶路,遇到一个里长模样的人,押着一个身戴锁链的囚徒,坐在树下休息。这个人累了,也就坐在他们旁边休息一会儿。囚徒悲泣不止,里长还用鞭子抽他。这人心中不忍,便从旁劝说里长。里长说:“这人最是凶狠狡猾,一生中被他耍弄倾轧的人,不下几百。冥司判他七世做猪,我这是押着他去转生。你何必怜悯他!”这个人吓得战栗着急忙起身,两个鬼也一下子消失不见了。

卷三

滦阳消夏录三

【题解】

本卷写了不少新疆见闻。乾隆三十三年(1768),扬州两淮盐运使司亏空一千万两盐税案发,纪昀通风报信,结果以漏泄通信获罪。7月24日,乾隆帝发旨:“纪昀瞻顾亲情,擅行通信,情罪亦重,着发往乌鲁木齐效力赎罪。”纪昀在戍两年多,颇多见闻及感慨,《阅微草堂笔记》用不少篇幅记录了新疆风情和奇闻轶事。纪昀为人们展示了独特的景观:他描绘了新疆地区别样的风景、不同的风俗;描述了新疆奇异的物事,动物有巨蝎、巴蜡虫、长角的蟒蛇、彪悍的野牛野猪;被蒙上神秘色彩的类人生物,甚至还有形状类似传说中刑天的生物;植物有雪莲、茜草、万年松、葡萄、哈密瓜;手工艺品有自然天成的玉佩,巧夺天工的玉梅等等。纪昀还作了实地考证,纠正了以往传说的附会之词。另外,还记载了当时新疆居民的组成以及大致的生存状态、经济恢复和发展情况,还有平定西域几次大的征战。但纪昀显然忽略了新疆民族对汉文化的吸收及与内陆的交流等因素,同时由于匮乏自然科学知识,因而有时神秘化,如对雪莲的描写;有时则妖魔化,如说到辟展其地沙碛中独行之人,往往闻呼姓名 ,一应则随去不复返;在说到意外发现小脚绣花鞋、解释新疆的大风等等情况时,表现出理论阐释上的窘迫,令读者视新疆为怪异之地。

俞提督金鳌言①：尝夜行辟展戈壁中②，戈壁者，碎沙乱石不生水草之地，即瀚海也。遥见一物，似人非人，其高几一丈，追之甚急。弯弧中其胸，踣而复起③。再射之始仆。就视，乃一大蝎虎。竟能人立而行，异哉。

【注释】

①提督：官名。"提督军务总兵官"的简称，为地方的高级军事长官，受"总督"或"巡抚"指挥，从一品。

②辟展：今新疆鄯善。

③踣(bó)：跌倒。

【译文】

提督俞金鳌说：他曾经在辟展的戈壁中夜间赶路，戈壁，是碎沙乱石不生水草的地方，就是瀚海。远远地望见一物，像人却不是人，身高将近一丈，追赶他追得很急。俞提督弯弓射中它的胸部，它倒下去后又爬了起来。射中第二箭它才趴下不动了。靠近一看，是一只大蝎虎。它竟然能像人一样直立行走，真是怪事。

昌吉叛乱之时①，捕获逆党，皆戮于迪化城西树林中，迪化即乌鲁木齐，今建为州。树林绵亘数十里，俗称之树窝。时戊子八月也②。后林中有黑气数团，往来倏忽，夜行者遇之辄迷。余谓此凶悖之魄，聚为妖厉，犹蛇虺虽死③，馀毒尚染于草木，不足怪也。凡阴邪之气，遇阳刚之气则消。遣数军士于月夜伏铳击之，应手散灭。

【注释】

①昌吉叛乱：1768年八月，昌吉屯官置酒山坡犒劳劳作的屯民(流

人遣犯），期间屯官强迫屯民妻子唱歌，激发屯民事变，杀死屯官，抢劫了军装库，然后占领了宁边城。

②戊子：乾隆三十三年（1768）。

③虺（huǐ）：古书上说的一种毒蛇。

【译文】

昌吉叛乱的时候，被抓住的那些叛乱兵士，都杀死在迪化城西面的树林子里，迪化，就是乌鲁木齐，现今建为州。树林连绵不绝，俗称为“树窝”。那是乾隆戊子年八月的事。后来林中有几团黑气，速度很快地来来回回移动，夜间赶路的碰上就迷路。我认为这是凶恶悖逆的魂魄聚集而成为凶险怪异之气，就像是毒蛇虽然死了，馀毒还沾染在草木上一样，没有什么好奇怪的。凡是阴邪之气，遇到阳刚之气就消散了。我派遣了几个军士在有月亮的夜里埋伏，用火枪射击黑气，黑气应声而散了。

乌鲁木齐关帝祠有马，市贾所施以供神者也。尝自啮草山林中，不归皂枥[①]。每至朔望祭神[②]，必昧爽先立祠门外[③]，屹如泥塑。所立之地，不失尺寸。遇月小建[④]，其来亦不失期。祭毕，仍莫知所往。余谓道士先引至祠外，神其说耳。庚寅二月朔[⑤]，余到祠稍早，实见其由雪碛缓步而来[⑥]，弭耳竟立祠门外[⑦]。雪中绝无人迹，是亦奇矣。

【注释】

①皂枥：马厩，养马的地方。

②朔望：朔日与望日，即农历每月初一和十五。

③昧爽：拂晓，黎明。昧，暗，不明。

④小建：农历的小月，一月29天。大建一月30天。

⑤庚寅：乾隆三十五年（1770）。

⑥碛(qì):砂,沙石。

⑦弭(mǐ)耳:犹帖耳,指安顺貌。

【译文】

乌鲁木齐关帝祠有一匹马,是市场上的商人布施给祠里供神的。这匹马自己到山林里吃草,而不回马厩。每当初一、十五祭神,黎明前马必定先回到祠门前,屹立着像泥塑一样。每次都站在一个地方,尺寸都不差。遇到小的月份,它也没有错过初一、十五这两个日子。祭神完毕,又不知到哪儿去了。我认为是道士在祭神前把马牵到了祠门外,故意神化那种说法而已。乾隆庚寅年二月初一,我到关帝祠稍微早了些,真的看见那匹马踏着残雪缓步而来,垂下耳朵站在祠门外。雪上绝对没有人的脚印,这也够奇怪的了。

淮镇在献县东五十五里处,即《金史》所谓槐家镇也。有马氏者,家忽见变异,夜中或抛掷瓦石,或鬼声呜呜,或无人处突火出。嬲岁馀不止,祷禳亦无验[①]。乃买宅迁居,有赁居者嬲如故,不久亦他徙。是以无人敢再问。有老儒不信其事,以贱价得之。卜日迁居,竟寂然无他。颇谓其德能胜妖。既而有猾盗登门与诟争,始知宅之变异,皆老儒贿盗夜为之,非真魅也。先姚安公曰:"魅亦不过变幻耳。老儒之变幻如是,即谓之真魅可矣。"

【注释】

①禳(ráng):除去邪恶或灾异。

【译文】

淮镇在献县城东五十五里处,也就是《金史》所说的槐家镇。镇上有户姓马的人家,家中忽然出现怪事,夜里有时抛砖掷瓦,有时鬼叫呜鸣,有时在没有人的地方突然冒出火来。这样闹了一年多还没停息,请术士祈祷消灾也不见应验。于是马家在别处买了房子搬走了,有人租住马家这所宅院,仍然照样不得安宁,不久也搬走了。从此,没人再敢来住。有位老儒说不信会有这等怪事,用很便宜的价钱买下了马家宅院。他选了个好日子搬进去,竟然安安静静,没有发生任何异常。很多人都说老儒德高望重,能够镇住妖魅。不久,有个狡猾的盗贼登门与老儒争吵,人们才知道马家宅的各种怪事,都是老儒买通盗贼在夜里干的,并不是真的有什么妖魅。先父姚安公说:“鬼魅也不过是善于变幻罢了。老儒能使出这种变幻莫测的手段,说他是真正的妖魅也没有什么不可以。”

己卯七月[①],姚安公在苑家口,遇一僧,合掌作礼曰:“相别七十三年矣,相见不一斋乎?”适旅舍所卖皆素食,因与共饭。问其年,解囊出一度牒[②],乃前明成化二年所给[③]。问:“师传此几代矣?”遽收之囊中,曰:“公疑我,我不必再言。”食未毕而去,竟莫测其真伪。尝举以戒昀曰:“士大夫好奇,往往为此辈所累。即真仙真佛,吾宁交臂失之。”

【注释】

①己卯:乾隆二十四年(1759)。

②度牒:僧道出家,由官府发给凭证,证明其合法身份。

③成化二年:1466年。成化,明宪宗朱见深的年号。

【译文】

乾隆己卯年七月,姚安公在苑家口,遇到一个和尚,和尚合掌行礼说:“相别已有七十三年了,相见不请我吃一顿斋饭么?”恰好旅舍卖的都是素食,于是便和他一起吃饭。姚安公问和尚多大年纪了,和尚解开行囊拿出一份度牒，这份度牒是明代成化二年签发的。姚安公问："传到这儿一共有多少代呢？"和尚马上把度牒收进行囊中，说："你怀疑我，我不必再说了。"饭没有吃完就走了，到底不知这个和尚的真假。姚安公曾经用这件事来告诫我说："士大夫们好奇，往往被这一类人牵连。即便是真仙、真佛，我宁可当面错过。"

余家假山上有小楼，狐居之五十馀年矣。人不上，狐亦不下，但时见窗扉无风自启闭耳。楼之北曰绿意轩，老树阴森，是夏日纳凉处。戊辰七月①，忽夜中闻琴声棋声。奴子奔告姚安公。公知狐所为，了不介意，但顾奴子曰："固胜于汝辈饮博。"次日，告昀曰："海客无心，则白鸥可狎②。相安已久，惟宜以不闻不见处之。"至今亦绝无他异。

【注释】

①戊辰：乾隆十三年（1748）。

②海客无心，则白鸥可狎：从前有个喜欢鸥鸟的人，每天到海边，鸥鸟都会跟着他一起嬉戏玩耍。有一次他父亲让他把鸥鸟抓来玩，当他再到海边的时候，鸥鸟就只在空中盘旋飞舞却不再停在他的身边了。参见《列子·黄帝篇》。

【译文】

我家假山上有一座小楼，狐精居住在里面五十多年了。人不上去，狐精也不下来，只是没有风的日子里时常见到窗户能自己打开关上。楼的北面叫绿意轩，老树绿荫森森，是夏天乘凉的好地方。乾隆戊辰年七月，一天夜里忽然听到琴声棋声。僮仆跑来告诉姚安公。姚安公知道是狐精干的，毫不介意，只是对僮仆说："本来就胜过你们饮酒赌博。"第二天，姚安公告诉我说："海上客如果无意捉海鸥，就可以和它们一起玩了。我们和狐精平安相处已经很久了,对它还是视而不见、听而不闻比较合适。”到现在也一点儿没有别的变异。

丁亥春[①],余携家至京师。因虎坊桥旧宅未赎,权住钱香树先生空宅中。云楼上亦有狐居,但扃锁杂物,人不轻上。余戏粘一诗于壁曰:“草草移家偶遇君,一楼上下且平分。耽诗自是书生癖,彻夜吟哦莫厌闻。”一日,姬人启锁取物,急呼怪事。余走视之,则地板尘上,满画荷花,茎叶苕亭,具有笔致。因以纸笔置几上,又粘一诗于壁曰:“仙人果是好楼居,文采风流我不如。新得吴笺三十幅[②],可能一一画芙蕖[③]?”越数日启视,竟不举笔。以告裘文达公,公笑曰:“钱香树家狐,固应稍雅。”

【注释】

①丁亥:乾隆三十二年(1767)。

②吴笺:吴地所产小幅华贵的纸张,古时用以题咏或写书信。

③芙蕖:莲花。

【译文】

乾隆丁亥年春天,我带着家眷来到京城。因为虎坊桥的旧宅没有赎回,暂且住在钱香树先生的一座空房子里。听说这座楼上也有狐狸,只是里面锁着杂物,一般人轻易不上去。我开玩笑在墙上贴了一首诗:“草草移家偶遇君,一楼上下且平分。耽诗自是书生癖,彻夜吟哦厌莫闻。”一天,侍妾上楼开锁拿东西,大喊出了怪事。我跑去看,只见地上尽是尘土,画满了荷花,枝叶茎干亭亭玉立,很有功底。于是,我把纸笔放在几案上,又在墙上贴了一首诗:“仙人果是好楼居,文采风流我不如。新得吴笺三十幅,可能一一画芙蕖?”几天后开门查看,纸笔竟然原封不动。我把这事告诉了裘文达公，裘公笑着说："钱香树家的狐狸，本来就稍稍文雅些。"

河间冯树楠，粗通笔札，落拓京师十馀年。每遇机缘，辄无成就；干祈于人，率口惠而实不至。穷愁抑郁，因祈梦于吕仙祠。夜梦一人语之曰："尔无恨人情薄，此因缘尔所自造也。尔过去生中，喜以虚词博长者名。遇有善事，心知必不能举也，必再三怂恿，使人感尔之赞成；遇有恶人，心知必不可贷也，必再三申雪，使人感尔之拯救。虽于人无所损益，然恩皆归尔，怨必归人，机巧已为太甚。且尔所赞成拯救，皆尔身在局外，他人任其利害者也。其事稍稍涉于尔，则退避惟恐不速，坐视其人之焚溺，虽一举手之力，亦惮烦不为。此心尚可问乎？由是思维，人于尔貌合而情疏，外关切而心漠视，宜乎不宜？鬼神之责人，一二行事之失，犹可以善抵；至罪在心术，则为阴律所不容。今生已矣，勉修未来可也。"后果寒饿以终。

【译文】

河间人冯树楠，粗通文墨，在京都穷困潦倒十几年。每当遇到机会来的时候，总是不能成功；向人请求帮助，那些人也都是满口答应却没有真心帮忙的。他生活穷困，精神抑郁，就到吕洞宾祠去祈求神仙梦中指点。夜里梦见一个人对他说："你不要怨恨世上人情薄，这其中的因缘是你自己造成的。你的前生，喜欢用虚词空话来博取忠厚长者的名声。遇到好事，心里明明知道肯定不能办成，也一定再三怂恿，让人感激你的赞成倡导；遇到坏人，心里明明知道肯定不可能被宽恕，却再三帮他申辩表白,让人感激你的拯救。这样做虽然对别人没有什么好处或坏处,但是人情恩惠都归你,怨恨必定归于别人,投机取巧已经做得太过分。况且你的赞成或拯救,你都是局外人,任凭别人承担事情的利害。事情稍稍涉及你,你就唯恐来不及退避,你眼看着别人处在水深火热之中,哪怕是举手之劳,你也怕麻烦而不做。你这种心机还好意思来问吗?由此看来,别人对你表面上亲热而实际上疏远,表面上关心而心里漠然视之,你说应该不应该?鬼神对人的要求是,如果是一两件事的过失,还可以用善行相抵;但如果心术不正,则为阴间法令所不容。你今生已经无望,勉力修行未来就可以了。”后来冯树楠果然冻饿而死。

史松涛先生,讳茂,华州人。官至太常寺卿,与先姚安公为契友[①]。余十四五时,忆其与先姚安公谈一事曰:某公尝箠杀一干仆,后附一痴婢,与某公辩曰:“奴舞弊当死,然主人杀奴,奴实不甘。主人高爵厚禄,不过于奴之受恩乎?卖官鬻爵,积金至巨万,不过于奴之受赂乎?某事某事,颠倒是非,出入生死,不过于奴之窃弄权柄乎?主人可负国,奈何责奴负主人?主人杀奴,奴实不甘。”某公怒而击之仆,犹呜呜不已。后某公亦不令终。因叹曰:“吾曹断断不至是。然旅进旅退[②],坐食俸钱,而每责僮婢不事事,毋乃亦腹诽矣乎!”

【注释】

①契友:情投意合的朋友。

②旅进旅退:与众人一起进退。形容跟着大家走,自己没有什么主张。旅,共,同。

【译文】

史松涛先生名字叫茂,是华州人。官做到太常寺卿,和我的先父姚安公是好朋友。记得我在十四五岁时,他与先父姚安公谈到一件事:某公曾打死了一个很能干的仆人,后来这个仆人附魂在一个傻傻的婢女身上,和某公辩论道:“我营私舞弊该当死罪,但是你杀我,我心中实在很不平。主人得到高官厚禄,所受恩惠不是超过了我么?主人卖官卖爵,积聚了上万的钱财,所得赃款不也超过了我么?主人在某件事某件事上,颠倒是非,草菅人命,玩弄权术不是更甚于我么?主人可以负国,为什么责备奴仆我辜负主人?主人杀我,我心中实在不平。”某公发怒,把婢女打倒了,她嘴里仍然嘟囔不停。后来某公也不得善终。于是史松涛先生叹道:“我们断断不至于这样。但是同进同退随大流,坐享俸禄,却常常责备僮仆婢女不好好干活,他们岂不是口中不言,心里也要不满吗?”

束城李某,以贩枣往来于邻县,私诱居停主人少妇归。比至家,其妻先已偕人逃。自诧曰:“幸携此妇来,不然,鳏矣[①]。”人计其妻迁贿之期,正当此妇乘垣后日[②]。适相报,尚不悟耶!既而此妇不乐居农家,复随一少年遁,始茫然自失。后其夫踪迹至束城,欲讼李。李以妇已他去,无佐证,坚不承。纠纷间,闻里有扶乩者,众曰:“盍质于仙?”仙判一诗曰:“鸳鸯梦好两欢娱,记否罗敷自有夫[③]。今日相逢须一笑,分明依样画壶卢。”其夫默然径返。两邑接壤,有知其事者曰:“此妇初亦其夫诱来者也。”

【注释】

①鳏(guān):失去了妻子的男人。

②乘垣:此处指移情别恋。典出《诗经·卫风·氓》:“乘彼垝垣,以望复关。”

③罗敷：汉末至三国时期，对漂亮女子的称呼。出自《陌上桑》："使君自有妇，罗敷自有夫。"

【译文】

束城的李某因为贩枣经常在邻县往来，偷偷把房东家的年轻媳妇拐了回来。等他到家，他妻子已经先一步跟人跑了。李某自惊自吓地说："幸亏带了这个女人回来，不然就是光棍了。"人们算了一下，他妻子私奔的时候，正是这个女人跟李某走的第二天。这恰恰是对李某的报应，他却还不醒悟啊！后来这个女人不愿住在农家，又跟一个年轻人跑了，李某这才茫茫然感觉吃了亏。后来，这个女人原先的丈夫跟踪到束城，要告李某。李某坚决不承认，因为女人跑了，没留下证据。正吵闹着，听说村里有个术士能请乩仙，大家说："何不问问乩仙？"乩仙写了首判诗："鸳鸯梦好两欢娱，记否罗敷自有夫。今日相逢须一笑，分明依样画葫芦。"那个女人的丈夫一声不吭走了。因为是两县交界，有知道内情的人说："这个女人起初也是她丈夫引诱来的。"

满媪，余弟乳母也。有女曰荔姐，嫁为近村民家妻。一日，闻母病，不及待婿同行，遽狼狈而来。时已入夜，缺月微明，顾见一人追之急。度是强暴，而旷野无可呼救。乃隐身古冢白杨下，纳簪珥怀中，解绦系颈[1]，披发吐舌，瞪目直视以待。其人将近，反招之坐。及逼视，知为缢鬼，惊仆不起。荔姐竟狂奔得免。比入门，举家大骇，徐问得实，且怒且笑，方议向邻里追问。次日，喧传某家少年遇鬼中恶，其鬼今尚随之，已发狂谵语[2]。后医药符箓皆无验，竟颠痫终身。此或由恐怖之馀，邪魅乘机而中之，未可知也。或一切幻象，由心而造，未可知也。或明神殛恶，阴夺其魄，亦未可知也。然均可为狂且戒[3]。

【注释】

①绦(tāo)：用丝线编织成的花边或扁平的带子，可以装饰衣物。

②谵(zhān)语：病中说胡话。

③狂且(jū)：狂人。这里指轻薄少年。

【译文】

满媪，是我弟弟的奶妈。她有一个女儿，名叫荔姐，嫁到附近村民家。一天，荔姐听说母亲有病，来不及等丈夫一道走，就匆匆赶来探望。当时已经入夜，借着残月微明，只见一个人在后面急急追来。荔姐猜到是强横的暴徒，但在空旷的野地里，喊不到人可以相救。于是就闪身躲到古墓旁的白杨树下，把发簪和耳饰藏进怀里，解下丝带系在颈上，披散了头发，吐出舌头，直愣愣地瞪着眼睛等着。那人追得近了，荔姐反倒招呼他来坐。那人走到荔姐身旁一看，发现是个吊死鬼，吓得倒地不起。荔姐就趁机狂奔逃脱。一进门，全家大惊，慢慢地询问，得知实情，又怒又笑，正在商议要向邻里打听追查。第二天，人们纷纷传说某家少年遇鬼中了邪，那个鬼现在还跟着他，已经发狂胡言乱语。后来求医问药、画符驱鬼，都没有效验，竟终身得了癫痫病。这也许是受了惊吓之后，妖邪鬼魅趁机制住了他，就不得而知了。也许他所见到的一切幻象，都是他臆想出来的，也不得而知了。可能是明察的神想要诛杀恶人，暗中夺去了他的魂魄，这也不得而知了。但这些都可以作为那些浮浪子弟的鉴戒。

制府唐公执玉[①]，尝勘一杀人案，狱具矣。一夜秉烛独坐，忽微闻泣声，似渐近窗户。命小婢出视，噭然而仆。公自启帘，则一鬼浴血跪阶下。厉声叱之，稽颡曰[②]：“杀我者某，县官乃误坐某。仇不雪，目不瞑也。”公曰：“知之矣。”鬼乃去。翌日[③]，自提讯。众供死者衣履，与所见合。信益坚，竟如鬼言改坐某。问官申辩百端,终以为南山可移,此案不动。其幕友疑有他故,微叩公。始具言始末,亦无如之何。

一夕,幕友请见,曰:"鬼从何来?"曰:"自至阶下。""鬼从何去?"曰:"欻然越墙去④。"幕友曰:"凡鬼有形而无质,去当奄然而隐,不当越墙。"因即越墙处寻视,虽甃瓦不裂⑤,而新雨之后,数重屋上皆隐隐有泥迹,直至外垣而下。指以示公曰:"此必囚贿捷盗所为也。"公沉思恍然,仍从原谳。讳其事,亦不复深求。

【注释】

①制府:明清两代尊称总督为"制府"。

②稽颡(sǎng):古代一种跪拜礼。屈膝下拜,以额触地,表示极度的虔诚。

③翌(yì)日:指第二天,明天。

④欻(xū)然:忽然。

⑤甃(zhòu):砌垒。

【译文】

制府唐执玉公审查一件杀人案,已经定案。这天夜里他独自点灯坐在屋里,忽然隐隐约约听到哭泣声,好像渐渐临近窗户。他叫小婢女出去看看,小婢女出去,惊叫了一声倒在地上。唐公掀开帘子,看见一个浑身是血的鬼跪在台阶下。唐公厉声呵斥它,鬼叩头道:"杀我的人是某甲,县官却误判是某乙。这个仇报不了,死也不能瞑目。"唐公说:"知道了。"鬼离去了。第二天,唐公亲自提审。证人们提供死者的衣服鞋子等物,与昨夜所见的相符。唐公更加相信了,竟然按鬼所说的改判某甲为凶手。原审案官百般申辩,唐公坚持认为南山可以移动,但这个案子不能改。师爷怀疑有别的原因,婉转地向唐公探询。他才说了见鬼之事，师爷也拿不出什么主意来。

一天晚上，师爷来见唐公，问："鬼从哪儿来的？"唐公说："他自己来到台阶下面。"师爷问："鬼往哪儿去了？"唐公说："他倏然越墙而去。"师爷说："凡是鬼，都只有形影而没有肉体，离去时应该是突然消失，而不应该越墙。"随即到鬼越墙的地方查看，虽然屋瓦没有碎裂的，但因为刚下过雨，几处屋顶上都隐隐约约有泥脚印，泥脚印一直顺着外墙而去。师爷指着泥脚印说："这一定是囚犯买通了有功夫的盗贼干的。"唐公沉思了一会儿恍然大悟，仍改回原判。他不愿意再提这件事，也没有再追究。

景城南有破寺，四无居人，惟一僧携二弟子司香火，皆蠢蠢如村佣，见人不能为礼。然谲诈殊甚，阴市松脂炼为末，夜以纸卷燃火撒空中，焰光四射。望见趋问，则师弟键户酣寝，皆曰不知。又阴市戏场佛衣，作菩萨罗汉形，月夜或立屋脊，或隐映寺门树下。望见趋问，亦云无睹。或举所见语之，则合掌曰："佛在西天，到此破落寺院何为？官司方禁白莲教①，与公无仇，何必造此语祸我？"人益信为佛示现，檀施日多②。然寺日颓敝，不肯葺一瓦一椽③。曰："此方人喜作蜚语，每言此寺多怪异。再一庄严，惑众者益借口矣。"积十馀年，渐致富。忽盗瞰其室④，师弟并拷死，罄其赀去⑤。官检所遗囊箧，得松脂戏衣之类，始悟其奸。此前明崇祯末事。先高祖厚斋公曰："此僧以不蛊惑为蛊惑，亦至巧矣。然蛊惑所得，适以自戕。虽谓之至拙可也。"

【注释】

①白莲教：传说中佛教分支白莲宗，因教徒禁葱蒜等，不杀生不饮

酒，故又名“白莲菜”。后逐渐演化为民间社群组织白莲教，成员和教义神秘而复杂。

②檀施：布施。

③葺(qì)：原指用茅草覆盖房子，后泛指修理房屋。

④瞰(kàn)：偷看。

⑤罄(qìng)：本义为容器中空，引申为尽、用尽。

【译文】

景城南边有座破寺庙，周围无人居住，只有一个和尚带着两个弟子管香火，都蠢笨得像是乡下的佣工，见人行个礼都不会。但他们却十分狡诈，暗暗买来松脂，碾成粉末，夜里用纸卷起来点燃，撒向空中，于是火花光亮四射。见到火焰的人都来询问，而师徒三人却插着门睡得正酣，都说不知道。他们又暗地里买来唱戏用的佛徒服装，扮作菩萨、罗汉，在月夜或是站在屋脊上，或是在寺庙门前的树下若隐若现。看见过的人来问他们见过没有，也说没看见。有人告诉他们，师徒三人便合掌说：“佛在西天，来这个破庙做什么？官府正在查禁白莲教，我们与你无怨无仇，何必造谣害我们？”人们从此更加认为是真佛现身，所以施舍的人越来越多。但是寺庙一天比一天破败，和尚们却不肯整修。他们说：“这儿的人爱捕风捉影，常说这庙里多怪异。若再整修得庄重严正，这些人更有借口了。”十多年的时间，师徒三人靠施舍渐渐发了财。忽然被强盗发现了他们的私藏，打死了师徒三人，抢走了所有的钱财。官府检视剩馀下来的箱子，发现了松脂、戏装等物，人们这才想明白和尚们的阴谋。这是明代崇祯末年的事。我的高祖厚斋公说：“这几个和尚表面老实，骗人的手法也够巧妙的了。骗来的钱财正好用来残害自己。若说他们蠢到了极点，也未尝不可。”

有书生嬖一娈童，相爱如夫妇。童病将殁，凄恋万状，气已绝，犹手把书生腕，擘之乃开[①]。后梦寐见之，灯月下见之，渐至白昼亦见之。相去恒七八尺，问之不语，呼之不前，即之则却退。缘是惘惘成心疾，符箓劾治无验。其父姑令借榻丛林[②]，冀鬼不敢入佛地。至则见如故。

一老僧曰："种种魔障，皆起于心。果此童耶？是心所招；非此童耶？是心所幻。但空尔心，一切俱灭矣。"又一老僧曰："师对下等人说上等法，渠无定力，心安得空？正如但说病证，不疏药物耳。"

因语生曰："邪念纠结，如草生根；当如物在孔中，出之以楔，楔满孔则物自出。尔当思维，此童殁后，其身渐至僵冷，渐至洪胀，渐至臭秽，渐至腐溃，渐至尸虫蠕动，渐至脏腑碎裂，血肉狼藉，作种种色。其面目渐至变貌，渐至变色，渐至变相如罗刹，则恐怖之念生矣。再思维此童如在，日长一日，渐至壮伟，无复媚态，渐至鬑鬑有须，渐至修髯如戟，渐至面苍黧[③]，渐至发斑白，渐至两鬓如雪，渐至头童齿豁，渐至伛偻劳嗽，涕泪涎沫，秽不可近，则厌弃之念生矣。再思维此童先死，故我念彼；倘我先死，彼貌姣好，定有人诱，利饵势胁，彼未必守贞如寡女。一旦引去，荐彼枕席，我在生时对我种种淫语，种种淫态，俱回向是人，恣其娱乐；从前种种昵爱，如浮云散灭，都无馀滓，则愤恚之念生矣。再思维此童如在，或恃宠跋扈，使我不堪，偶相触忤，反面诟谇；或我财不赡，不餍所求，顿生异心，形色索漠；或彼见富贵，弃我他往，与我相遇如陌路人，则怨恨之念生矣。以是诸念起伏生灭于心中，则心无馀间。心无馀间，则一切爱根欲根无处容着，一切魔障不祛自退矣。"

生如所教，数日或见或不见，又数日竟灭迹。病起往访，则寺中无是二僧。或曰古佛现化，或曰十方常住④，来往如云，萍水偶逢，已飞锡他往云⑤。

【注释】

①擘(bò)：掰开。

②丛林：这里指寺院。僧人聚居之处亦曰“丛林”。

③苍黧(lí)：灰白黄黑的脸孔。苍，灰色，灰白色。黧，黄中带黑的肤色。

④十方常住：佛教语。四种常住之一。这里指接待往来僧人的寺院。

⑤飞锡：佛教语。指僧人云游四方。

【译文】

有书生宠爱一个娈童，相爱如同夫妇一般。娈童得病将死，临终前对书生万般留恋哀婉，已经气绝了，还紧紧握着书生手腕不肯放，使了很大的劲儿才掰开。后来书生夜里梦到他，灯前月下也能见到他，渐渐连白天也能见到。和他相距七八尺远，问他不说话，叫他也不向前，走过去就向后退。书生因此恍恍惚惚成了心病，请人作法画符也无效应。他的父亲只好叫他在寺庙里暂住，以为鬼魂不敢进入佛地。可是到了那里病情还是老样子。

有个老僧说道：“种种魔障，皆起于自心。果然有这个男童吗？那是你心招来的；其实你见到的不是这个孩子吧？那不过是心想的幻影。只要排除一切杂念，你就不会看到他了。”另一个老僧说道：“法师对下等人说上等法，他没有定力，心里怎么空得下来？您好比只说病症，可是没有开出对症的药物啊。”

这个僧人接着对书生说道：“邪念纠缠盘结在一起，像草生了根一样；好比有东西在孔洞里，要取这东西一定要用楔子顶，楔子顶满了孔洞，东西自然就出来了。你现在想啊，这个男童死后，他的身体渐渐僵硬冰冷，渐渐膨胀肿大，渐渐腐臭污秽，渐渐腐败溃烂，渐渐尸虫蠕动，渐渐脏腑迸裂，血肉杂乱不堪，什么颜色都有。他的相貌渐渐变成另一种样子，渐渐变色，渐渐变得相貌如同恶鬼罗刹，你就会觉得恐怖。再想啊，这个娈童如果活着，一天天长大，渐渐魁梧，不再有娇媚的姿态，渐渐长出胡须了，渐渐胡须像剑戟一样刺人，渐渐面色灰黑苍老，渐渐白发斑斑，渐渐两鬓如雪，渐渐头秃齿落，渐渐腰背佝偻了，吭吭咳嗽，鼻涕眼泪，流涎吐沫，肮脏得不可接近，这时候你就会有厌弃的念头。再进一步想想，这个孩子先死，所以我想他；倘若我先死，他面貌姣好，一定有人勾引他，以至于威逼利诱，他未必能像寡妇贞女那样为我守节。被人勾引上床，在我活着时对我说过的种种淫亵话语，对我做过的种种淫荡姿态，全部照样说给别人听、做给别人看，纵情放恣娱乐；从前我与他的种种恩爱，都像浮云散去，了无踪迹，这样想你就会开始心生愤恨。再进一步想，这个孩子如果活着不死，也许倚仗宠爱，骄横任性，让我不能忍受，偶尔不合他的心意，立刻翻脸争执诟骂；也许我的财物不能满足他的要求，顿生离异之心，对我脸色冷漠；也许他见别人富贵，就抛弃我走掉了，再和我相遇，形同陌路，这样想你就会心生怨恨。这样的种种念头在心中起起伏伏生生灭灭，那么心里就没有空闲的地方了。心里没有多余的空闲，那么一切爱欲就无处容纳，一切邪念不去驱除就自行退却了。"

书生接受了老僧的教诲，在此后的几天里，有时见到那个娈童，有时见不到，又过了几天，就再也见不到娈童的踪迹了。书生病愈后到寺里想去拜访那两位僧人，寺里却并没有这两个人。有人说这是古佛显胜，有人说是外地来的游方和尚，来往如云，偶尔萍水相逢，又云游到别处去了。

先太夫人乳媪廖氏言：沧州马落坡，有妇以卖面为业，得馀面以养姑。贫不能畜驴，恒自转磨，夜夜彻四鼓。姑殁后，上墓归，遇二少女于路，迎而笑曰："同住二十馀年，颇相识否？"妇错愕不知所对。二女曰："嫂勿讶，我姊妹皆狐也。感嫂孝心，每夜助嫂转磨。不意为上帝所嘉，缘是功行，得证正果。今嫂养姑事毕，我姊妹亦登仙去矣。敬来道别，并谢提携也。"言讫，其去如风，转瞬已不见。妇归，再转其磨，则力几不胜，非宿昔之旋运自如矣。

【译文】

先太夫人的奶妈廖氏说：沧州的马落坡有个妇人以卖面粉为生，用赚来的面粉奉养婆婆。因家贫养不起驴，总是自己推磨磨面，每天夜里都要磨到四更天。婆母死后，妇人去上坟，回来的路上，遇到两位少女，少女迎着她笑说："我们和你一起住了二十多年，我们很熟悉了吧？"妇人十分惊讶，不知怎样回答。二女说："请嫂子不要惊讶，我们姊妹俩都是狐女。被嫂子的孝心感动，每天夜里帮嫂子推磨。没想到受到了上帝称赞，因为这个功德，成了正果。如今嫂子已对婆母尽完孝道，我姊妹俩也要登入仙界了。我们恭敬地前来道别，并且感谢你的提携之恩。"说完，像一阵风，转眼间就不见了。妇人回家后再去推磨，觉得重了许多，几乎推不动，再也不像以前那样运转自如了。

乌鲁木齐，译言好围场也。余在是地时，有笔帖式名乌鲁木齐①。计其命名之日，在平定西域前二十馀年。自言初生时，父梦其祖语曰："尔所生子，当名乌鲁木齐。"并指画其字以示。觉而不省为何语；然梦甚了了，姑以名之。不意今果至此，意将终此乎？后迁印房主事，果卒于官。计其自从征至卒，始终未尝离是地。事皆前定，岂不信夫！

【注释】

①笔帖式：翻译满汉文书的官员。

【译文】

乌鲁木齐，翻译成汉语就是好围场的意思。我在这个地方时，有个笔帖式，名叫乌鲁木齐。算起来起这个名字时，是在平定西域前二十多年。他说他刚出生时，父亲梦见祖父对他说："你的儿子，应该叫乌鲁木齐。"并用指头画出这几个字给他父亲看。他父亲醒来后不明白这几个字的意思；但是梦境却记得清清楚楚，就姑且给儿子起了这个名。不料他今天果然到了乌鲁木齐，我想难道他要终老在此地吗？乌鲁木齐后来升任印房主事，果然死在官职上。自从他从军来这儿一直到死去，始终也没离开过这儿。事情都是前定的，难道不是真的么！

乌鲁木齐又言：有厮养曰巴拉[①]，从征时，遇贼每力战。后流矢贯左颊，镞出于右耳之后[②]，犹奋力斫一贼[③]，与之俱仆。后因事至孤穆第，在乌鲁木齐、特纳格尔之间。梦巴拉拜谒。衣冠修整，颇不类贱役。梦中忘其已死，问："向在何处，今将何往？"对曰："因差遣过此，偶遇主人，一展积恋耳。"问："何以得官？"曰："忠孝节义，上帝所重。凡为国捐生者，虽下至仆隶，生前苟无过恶，幽冥必与一职事；原有过恶者，亦消除前罪，向人道转生。奴今为博克达山神部将[④]，秩如骁骑校也。"问："何往？"曰："昌吉。"问："何事？"曰："赍有文牒[⑤]，不能知也。"霍然而醒，语音似犹在耳。时戊子六月[⑥]。至八月十六日而有昌吉变乱之事，鬼盖不敢预泄云。

【注释】

①厮养：负责砍柴做饭、做粗杂活的男性杂役。

②镞(zú)：箭头。

③斫(zhuó)：砍。

④博克达山：又称“雪山”、“雪海”等。“博格达”蒙古语意为神灵，故称。清代乾隆帝赐名“福寿山”，清政府每年春秋由迪化最高长官率领文武官员遥祭。

⑤赍(jī)：带着。

⑥戊子：乾隆三十三年(1768)。

【译文】

乌鲁木齐又说：有个杂役叫巴拉，从军出征时，每次遇到敌人都奋力作战。后来一次战斗中，流矢穿过他的左颊，箭头从右耳后透出来，他还奋力砍中一个敌人，两人一起倒下了。后来乌鲁木齐到孤穆第办事，在乌鲁木齐、特纳格尔之间。梦见巴拉来拜见。他衣冠齐整，一点儿不像地位低下的杂役。乌鲁木齐在梦里忘了他已经死了，问：“一向在什么地方，如今要上哪儿去？”巴拉说：“奉命出去办事路过这儿，偶然遇到了主人，来叙叙长久怀念的情意。”问：“怎么当了官？”他说：“上帝很看重忠孝节义。凡是为国捐躯的人，即便是仆从奴隶，假如生前没有做过坏事，阴间里必给他一份差事；生前做过坏事的，也可以抵偿所犯的罪过，到人间去转世。我现在任博克达山神的部将，官衔相当于骁骑校。”问：“到哪儿去？”回答说：“昌吉。”问：“去办什么事？”回答说：“带有文书，我不能知道里面写着什么。”乌鲁木齐猛然醒过来，话音似乎还在耳旁。这时是乾隆戊子年六月。到了八月十六日就发生了昌吉变乱，大概是鬼不敢事先泄露这个消息。

昌吉筑城时，掘土至五尺馀，得红纻丝绣花女鞋一，制作精致，尚未全朽。余乌鲁木齐杂诗曰：“筑城掘土土深深，邪许相呼万杵音[①]。怪事一声齐注目，半钩新月藓花侵。”咏此事也。入土至五尺馀，至近亦须数十年，何以不坏？额鲁特女子不缠足[②]，何以得作弓弯样，仅三寸许？此必有其故，今不得知矣。

【注释】

①邪许（yé hǔ）：拟声词。众多人齐用力时的呼喊声。

②额鲁特：清时西部蒙古各部的总称。明代称瓦剌，17世纪后期称“卫拉特”，又称“厄拉特”、“厄鲁特”。

【译文】

昌吉修筑城墙时，挖土挖到五尺多深，挖出一只红纻丝的绣花女鞋，做得很精致，还没有完全朽烂。我在乌鲁木齐所作的杂诗中写道：“筑城掘土土深深，邪许相呼万杵音。怪事一声齐注目，半钩新月藓花侵。”就是吟咏这件事情的。入土到了五尺多，时间离现在最近也要几十年，为什么没有烂坏？额鲁特女子不缠脚，这只鞋怎么做成弯弓的样子，还只有三寸光景？这里面必定有缘故，如今不得而知了。

郭六，淮镇农家妇，不知其夫氏郭父氏郭也，相传呼为郭六云尔。雍正甲辰、乙巳间[①]，岁大饥。其夫度不得活，出而乞食于四方。濒行，对之稽颡曰：“父母皆老病，吾以累汝矣。”妇故有姿，里少年瞰其乏食，以金钱挑之，皆不应，惟以女工养翁姑。既而必不能赡，则集邻里叩首曰：“我夫以父母托我，今力竭矣。不别作计，当俱死。邻里能助我，则乞助我；不能助我，则我且卖花[②]，毋笑我。”里语以妇女倚门为“卖花”。邻里趑趄嗫嚅[③]，徐散去。乃恸哭白翁姑，公然与诸荡子游。阴蓄夜合之资，又置一女子，然防闲甚严，不使外人觌其面[④]。或曰，是将邀重价，亦不辩也。

越三载馀，其夫归。寒温甫毕，即与见翁姑，曰："父母并在，今还汝。"又引所置女见其夫曰："我身已污，不能忍耻再对汝。已为汝别娶一妇，今亦付汝。"夫骇愕未答，则曰："且为汝办餐。"已往厨下自刭矣。县令来验，目炯炯不瞑。县令判葬于祖茔，而不祔夫墓[⑤]，曰："不祔墓，宜绝于夫也；葬于祖茔，明其未绝于翁姑也。"目仍不瞑。其翁姑哀号曰："是本贞妇，以我二人故至此也。子不能养父母，反绝代养父母者耶？况身为男子不能养，避而委一少妇，途人知其心矣，是谁之过而绝之耶？此我家事，官不必与闻也。"语讫而目瞑。

时邑人议论颇不一。先祖宠予公曰："节孝并重也，节孝又不能两全也。此一事非圣贤不能断，吾不敢置一词也。"

【注释】

①雍正甲辰、乙巳：雍正二年(1724)、雍正三年(1725)。

②卖花：卖笑。

③赵趄(zī jū)：想进又不敢进，形容犹豫不决。

④觌(dí)：相见。

⑤祔(fù)：合葬。

【译文】

郭六，是淮镇的农家妇女，不知是她丈夫姓郭，还是她父亲姓郭，反正大家都叫她郭六。雍正甲辰、乙巳年间，闹大饥荒。她丈夫估计活不下去了，离家到外地去谋生。临走的时候，给妻子跪下叩头说：“父母年老又有病，我就拖累你了。”郭六相貌漂亮，同乡的年轻人看她挨饿，就用金钱引诱她，她都不理睬，只是做针线活儿来养活公婆。不久，靠做针线也不足以维持生计了，她请乡亲们聚到一起，磕头说：“我丈夫把父母托付给我，我如今无能为力了。如果不作别的打算，都得饿死。邻居们如果能帮我，那么请帮助我；如果不能帮我，我只好卖花，请不要讥笑我。”乡下人把妇女倚门卖笑称为“卖花”。乡亲们都支支吾吾欲言又止，慢慢散去了。郭六痛哭着告诉了公婆，然后公然与那些浪荡子在一起鬼混。她暗地里积攒卖身钱，又悄悄买了一个女子，但是防范得很严，不让外人见到她的面。有人说郭六想用这个女子来挣大钱，她也不解释。

过了三年多，她的丈夫回来了。刚刚寒暄完，郭六就拉着丈夫去见公婆，说：“父母都在，今天就交还给你了。”又拉着她买下来养着的那个女子见丈夫，说：“我的身子已经被玷污，不能再忍着羞耻面对你。我已经为你另娶了一个女子，今天也交给你。”丈夫惊得还没来得及说什么，郭六说：“我先到厨房去给你做饭。”在厨房里自杀了。县令来验尸，郭六的眼睛圆睁着不闭。县令宣判把郭六葬在祖坟里，说以后不能与她丈夫合葬，说：“不合葬，以表示和她丈夫断了关系；葬在祖坟，表明她没有同公婆断绝关系。”郭六的眼睛仍然不闭。公公婆婆哀号道：“她本来是个贞节的女人，因为我们二人的缘故，走到了这种地步。儿子不能奉养父母，反而绝了代养父母的人性命？况且身为男子，不能奉养，自己逃避而托付给一个年轻妇人，路人也知道他心里想的是什么了，是谁的过错而绝了她的性命呢？这是我们家里的事，官府不必过问。”这番话说完，郭六的眼睛闭上了。

当时邻里议论纷纷，看法很不一致。我的先祖宠予公说：“节和孝一样重要，但节和孝又不能两全。这件事的是是非非，只有圣贤才能判断，我不敢说一句话。”

御史某之伏法也，有问官白昼假寐，恍惚见之，惊问曰："君有冤耶？"曰："言官受赂鬻章奏，于法当诛，吾何冤？"曰："不冤，何为来见我？"曰："有憾于君。"曰："问官七八人，旧交如我者亦两三人，何独憾我？"曰："我与君有宿隙，不过进取相轧耳，非不共戴天者也。我对簿时，君虽引嫌不问，而阳阳有德色；我狱成时，君虽虚词慰藉，而隐隐含轻薄。是他人据法置我死，而君以修怨快我死也。患难之际，此最伤人心，吾安得不憾！"问官惶恐愧谢曰："然则君将报我乎？"曰："我死于法，安得报君？君居心如是，自非载福之道，亦无庸我报。特意有不平，使君知之耳。"语讫，若睡若醒，开目已失所在，案上残茗尚微温。后所亲见其惘惘如失，阴叩之，乃具道始末，喟然曰："幸哉我未下石也，其饮恨犹如是。曾子曰：'哀矜勿喜①。'不其然乎！"所亲为人述之，亦喟然曰："一有私心，虽当其罪，犹不服，况不当其罪乎！"

【注释】

①哀矜勿喜：指对遭受灾祸的人要怜悯，不要幸灾乐祸。出自《论语·子张》："上失其道，民散久矣。如得其情，则哀矜而勿喜。"哀矜，怜悯。

【译文】

某御史被依法处死后，有个负责审理案件的官员白天闭目养神，恍惚之中，他看见了刚刚死去的御史，吃惊地问："先生觉得冤枉吗？"御史说："我身为监察官，收受贿赂，出卖奏章，依法当死，有什么冤屈呢？"这个人问："既然不冤屈，为何前来见我？"御史回答："想起你觉得很遗憾。"这人说："负责审理此案的官员有七八个人，你的旧交像我这样的也有两三个人，为什么单单对我觉得遗憾呢？”御史说：“我和你一直有隔阂，不过是仕途上的互相排挤，并非不共戴天的深仇大恨。我受审时，你虽然因为避嫌没有发问，却有洋洋得意的神色；我定案时，你虽然表面同情，说些空话宽慰我，却隐隐流露出幸灾乐祸的心思。这就是说，别人依法处死我，你是因为旧怨很高兴看到我死。患难之际，这是最令人伤心的，我怎么不遗憾！”这个人惶恐不安地对御史谢罪，问：“那么你要报复我吗？”御史回答：“我死于法律制裁，怎么能报复你？你有这样的居心，自然不是得福之道，也用不着我来报复。我只是心中不平，让你知道罢了。”御史说完，这个人若睡若醒，睁开眼睛御史已经不见了，书桌上的剩茶还是温热的。后来，身边亲近的人见他精神恍惚若有所失，私下里问他，他才把梦里的事情详详细细说出来，长叹一声说：“幸好我还没有落井下石，他都这样恨我。曾子说过：‘哀矜勿喜。’这话说的不正是这样么！”他身边亲近的人给别人讲述这件事，也长叹着说：“负责审案的官员一旦有了私心，即使判决正确罪犯还不服气，更何况判决不当呢！”

程编修鱼门曰：“怨毒之于人甚矣哉！宋小岩将殁，以片札寄其友曰：‘白骨可成尘，游魂终不散；黄泉业镜台，待汝来相见。’余亲见之。其友将殁，以手拊床曰：‘宋公且坐。’余亦亲见之。”

【译文】

编修程鱼门说：“人的怨毒之心真不得了啊！宋小岩临死前，寄了一封信给朋友，说：‘白骨可成尘，游魂终不散；黄泉业镜台，待汝来相见。’我亲眼见过这件事。他的朋友将死时，用手摸着床说：‘宋公请坐。’我也亲眼见过这件事。”

相传某公奉使归，驻节馆舍[①]。时庭菊盛开，徘徊花下。见小童隐映疏竹间，年可十四五，端丽温雅如靓妆女子。问知为居停主人子。呼与语，甚慧黠。取一扇赠之，流目送盼，意似相就。某公亦爱其秀颖，与流连软语。适左右皆不在，童即跪引其裾曰："公如不弃，即不敢欺公，父陷冤狱，得公一语可活。公肯援手，当不惜此身。"方探袖出讼牒，忽暴风冲击，窗扉六扇皆洞开，几为驺从所窥[②]。心知有异，急挥之去，曰："俟夕徐议。"即草草命驾行[③]。后廉知为土豪杀人[④]，狱急不得解，赂胥吏引某公馆其家，阴市娈童，伪为其子，又赂左右，得至前为秦弱兰之计[⑤]。不虞冤魄之示变也。裘文达公尝曰："此公偶尔多事，几为所中。士大夫一言一动，不可不慎。使尔时面如包孝肃，亦何隙可乘。"

【注释】

①驻节：指身居要职的官员于外执行使命，在当地住下。节，符节。

②驺(zōu)从：古代贵族、官员出行时的骑马侍从。

③草草：匆忙仓促的样子。

④廉知：察考，访查。

⑤秦弱兰：北宋初年，宋主准备进攻南唐，先派遣翰林学士陶谷前去劝降，同时探听虚实。陶谷到了南唐，气焰逼人，倨傲万状。南唐丞相宋齐丘看出陶谷虽然外状骄矜，却品德俱亏，是个好色之徒。于是宋齐丘和金陵名妓秦弱兰设一计，陶谷果然坠入计中，只得听凭人家摆布。事见北宋惠洪《冷斋夜话》。

【译文】

相传某公奉命出使归来，驻留在接待宾客的房舍里。当时庭院里菊花盛开，某公在花下散步。他看见有小童隐约映现在稀疏的竹枝间，年纪大约十四五岁，端庄漂亮温文尔雅，像个靓妆的女子。一问才知道是房舍主人的儿子。某公把他叫来说话，发觉他很是聪慧灵巧。某公送了一把扇子给他，他目光流转送情，意思像是要主动亲近。某公也喜欢他秀美聪颖，就同他温声软语，流连不舍。恰巧左右的人都不在，童子当即跪下，拉着某公的衣襟，说："您如果不厌弃，我也不敢瞒您。我的父亲蒙冤下狱，有您的一句话，他就可以活命。您肯救助，我一定不惜这个身子。"童子刚从袖子里摸出状纸，忽然一股暴风冲击，把六扇窗门全部刮得大开，他们谈话的情景，几乎被侍从们偷看到。某公知道有异样的情况，就连忙挥手让他走，说："到晚上再慢慢商量。"马上急急忙忙叫人驾车离开了这里。后经访察，知道是因为土豪杀了人，急切之间翻不了案，就买通了官府里的小吏，引导某公在他家留宿，又暗地里买了娈童，假装是他的儿子，又买通左右，让这个娈童出现在某公面前，用的是秦弱兰引诱陶谷的计策。没有料到冤魂显示变异。裘文达公曾经说："此公偶尔多事，差一点儿中了计。士大夫一言一行，不可不谨慎，如果某公当时面孔像包公，别人又哪里有机可乘。"

明崇祯末，孟村有巨盗肆掠，见一女有色，并其父母絷之[①]。女不受污，则缚其父母加炮烙。父母并呼号惨切，命女从贼。女请纵父母去，乃肯从。贼知其绐己[②]，必先使受污而后释。女遂奋掷批贼颊，与父母俱死，弃尸于野。后贼与官兵格斗，马至尸侧，辟易不肯前[③]，遂陷淖就擒。女亦有灵矣，惜其名氏不可考。论是事者，或谓女子在室，从父母之命者也。父母命之从贼矣，成一己之名，坐视父母之惨酷，女似过忍。或谓命有治乱，从贼不可与许嫁比。父母命为娼，亦为娼乎？女似无罪。先姚安公曰："此事与郭六正相反，均有理可执，而于心终不敢确信。不食马肝，未为不知味也[④]。"

【注释】

①絷(zhí):拴,捆。

②绐(dài):欺骗,欺诈。

③辟易:退避,避开。

④不食马肝,未为不知味也:相传马肝有毒,食之能置人于死。比喻不应研讨的事不去推究。出自《汉书·辕固传》:"上曰:'食肉毋食马肝,未为不知味也;言学者毋言汤武受命,不为愚。'"

【译文】

明朝崇祯末年,孟村有大盗疯狂抢掠,盗贼见一个女子长得漂亮,就连同她的父母一起抓起来。女子誓死不肯从贼受辱,盗贼就捆绑她的父母,用烧红的烙铁烫。父母痛得惨叫,让女儿依从大盗。女子说释放了父母,才肯依从。大盗知道女子是在欺骗自己,一定要她先依从才肯释放她的父母。女子奋然冲过去猛抽大盗的耳光,结果和父母一起被大盗杀死,尸体扔在了荒野。后来,大盗与官兵格斗,马跑到女子尸体旁的时候,后退着不肯前进,终于陷进泥潭里被活捉了。是这位女子的魂魄显了灵,可惜已经无从考知她的姓名。说起这件事,有人认为,女子未曾婚嫁,应该听从父母之命。父母让她依从大盗,她却为了成全自己的名节,坐视父母遭受酷刑,似乎是太狠心了。有人认为,父母之命有理智的,也有糊涂的,从贼不能与出嫁相提并论。如果父母叫女儿去做娼妓,难道也要听命去卖淫吗?这个女子似乎没有任何罪过。先父姚安公说:"这件事情与郭六的事情正相反。各有各的道理,但平心而论,实在不敢确定谁是谁非。不吃有毒的马肝,算不上不知道滋味。"

刘羽冲,佚其名,沧州人。先高祖厚斋公多与唱和。性孤僻,好讲古制,实迂阔不可行。尝倩董天士作画①,倩厚斋公题。内《秋林读书》一幅云:"兀坐秋树根②,块然无与伍③。不知读何书,但见须眉古。只愁手所持,或是《井田谱》④。"

盖规之也。偶得古兵书，伏读经年，自谓可将十万。会有土寇，自练乡兵与之角，全队溃覆，几为所擒。又得古水利书，伏读经年，自谓可使千里成沃壤，绘图列说干州官。州官亦好事，使试于一村。沟洫甫成[⑤]，水大至，顺渠灌入，人几为鱼。由是抑郁不自得，恒独步庭阶，摇首自语曰："古人岂欺我哉！"如是日千百遍，惟此六字。不久，发病死。后风清月白之夕，每见其魂在墓前松柏下，摇首独步。侧耳听之，所诵仍此六字也。或笑之，则欻隐。次日伺之，复然。

泥古者愚，何愚乃至是欤！阿文勤公尝教昀曰："满腹皆书能害事，腹中竟无一卷书，亦能害事。国弈不废旧谱，而不执旧谱；国医不泥古方，而不离古方。故曰：'神而明之，存乎其人[⑥]。'又曰：'能与人规矩，不能使人巧[⑦]。'"

【注释】

①倩(qìng)：请，央求请人做事。

②兀坐：端坐。

③块然：孤独、独处貌。

④《井田谱》：《周礼井田谱》(永乐大典本)，二十卷，宋夏休撰。

⑤沟洫(xù)：水道，沟渠。

⑥神而明之，存乎其人：要真正明白某一事物的奥妙，在于各人的领会。出自《周易·系辞上》："化而裁之，存乎变；推而行之，存乎通；神而明之，存乎其人。"

⑦能与人规矩，不能使人巧：只能教会人规矩法则，不能教会人如何有智慧。出自《孟子·尽心下》。

【译文】

刘羽冲，不知名是什么，沧州人。我的高祖厚斋公常和他用诗歌唱和。他性情孤僻，喜欢讲过去的章法规制，理解迂腐，实际上都不能施行。他曾请董天士作画，请厚斋公题诗。其中《秋林读书》画题道："兀坐秋树根，块然无与伍。不知读何书，但见须眉古。只愁手所持，或是《井田谱》。"大概是规劝他。他偶然弄到一本古代兵书，伏案攻读了差不多一年时间，自称能带兵十万打仗。恰好当时有土匪，他自己训练乡里的兵士跟土匪较量，结果乡兵大败，他几乎被活捉。他又弄到一本古代讲水利的书，钻研了有一年时间，自吹可以使千里之地成为沃土，画了图游说州官。州官也好事，就叫他在一个村子里试验。刚挖好沟渠，洪水就来了，顺着沟渠灌进来，百姓差点儿成了鱼。从此他闷闷不乐想不开，常常在庭院里独自踱步，摇头自语道："古人难道骗我！"每天念叨千百遍，只有这六个字。不久，他发病死去。后来，在风清月白的夜晚，常常能见到他的魂在墓前的松柏下，摇着头独自踱步。仔细听去，嘴里念叨的还是这六个字。有人笑出了声，他的魂突然消失了。第二天再守着看，他的魂还和前一天晚上一样在摇头踱步。

沉溺于古代的人很愚蠢，怎么能愚蠢到这个地步呢！阿文勤公曾教导我说："满肚子都是书本知识能坏事，肚里一点儿知识也没有同样能坏事。下棋高手不忽视旧棋谱，但不照搬旧棋谱；名医不迷信古方，但不离古方。所以说：'对待古书，将它研究透了，而保存自己的见解。'又说：'它能给人定规矩，但不能让人生计谋。'"

明魏忠贤之恶，史册所未睹也。或言其事知必败，阴蓄一骡，日行七百里，以备逋逃[①]；阴蓄一貌类己者，以备代死。后在阜城尤家店，竟用是私遁去。

余谓此无稽之谈也。以天道论之，苟神理不诬，忠贤断无幸免理；以人事论之，忠贤擅政七年，何人不识？使窜伏旧党之家，小人之交，势败则离，有缚献而已矣。使潜匿荒僻之地，则耕牧之中，突来阉宦，异言异貌，骇视惊听，不三日必败。使远遁于封域之外，则严世蕃尝通日本②，仇鸾尚交谙达③，忠贤无是也。山海阻深，关津隔绝，去又将何往？昔建文行遁④，后世方且传疑。然建文失德无闻，人心未去，旧臣遗老，犹有故主之思。燕王称戈篡位⑤，屠戮忠良，又天下之所不与。递相容隐，理或有之。忠贤虐焰熏天，毒流四海，人人欲得而甘心。是时距明亡尚十五年，此十五年中，安得深藏不露乎？故私遁之说，余断不谓然。

文安王岳芳曰："乾隆初，县学中忽雷霆击格，旋绕文庙，电光激射，如掣赤练，入殿门复返者十馀度。训导王著起曰：'是必有异。'冒雨入视，见大蜈蚣伏先师神位上。钳出掷阶前。霹雳一声，蜈蚣死而天霁。验其背上，有朱书'魏忠贤'字。"是说也，余则信之。

【注释】

①逋(bū)逃：逃亡。

②严世蕃(1513—1565)：号东楼。明朝嘉靖皇帝的首辅严嵩之子。为人奸猾机灵，通晓时务，熟悉国典，权倾一时。嘉靖四十四年(1565)因罪被斩。

③仇鸾(？—1552)：字伯翔。任甘肃总兵，以阻挠军务为总督曾铣所劾，革职逮问。后又诬陷曾铣，厚贿严世蕃，乃投靠严嵩，约为父子，得重用为太子太保，充总兵官镇守大同。谙达：即俺答。明时鞑靼部首领，为元室之后。嘉靖二十九年(1550)，俺答调集十馀万众挥兵南下，仇鸾用重金贿赂使其东向蓟镇。

④建文：明惠帝朱允炆(1375—?)。明朝第二位皇帝，年号"建文"，在靖难之变后下落不明。

⑤燕王称戈篡位：燕王，明太祖的第四个儿子燕王朱棣(dì)。建文元年(1399)，燕王举兵叛变，号称靖难，之后登上帝位，即为明成祖。

【译文】

明代宦官魏忠贤的罪行，史书上以前没有类似的记载。有人说，他知道自己必将垮台，因此暗暗养了一头骡子，这头骡子一天能跑七百里，以备逃跑时用；他还暗中驯养了一个相貌和自己极其相似的人，用来准备代替自己去死。后来在阜城尤家店，他果然因此逃掉了。

我认为这纯属捏造。从天道来说，如果天神显灵，圣明清晰，魏忠贤绝对逃脱不了；从人事来说，魏忠贤擅政七年，天下何人不认识他？假使他藏在旧党家，以小人的交往方式，势力倾败就离心离德，也会捉了他献出来。又假如他藏在荒僻的地方，在农夫牧民的眼里，突然来了一个宦官，口音腔调相貌全都与众不同，看着害怕听着心惊，要不了几天，必定走漏风声。假如他远逃到国界之外，就像严世蕃曾私通日本，仇鸾尚私通俺答，而魏忠贤没有这种迹象。有高山深海的阻隔，又有关塞的防守，他就是逃出了关口又能到哪里去？过去传说建文帝逃了，后世尚且流传着疑问。但是建文帝虽并没听说有什么失德，人心仍向着他，那些旧臣遗老，还怀有对故主的思念。燕王依仗武力篡位，屠杀忠良，这是天下人所不能接受的。因此帮助建文帝逃命，这个道理说得通。魏忠贤罪恶滔天，流毒四海，人人都想捉到他痛打一番才甘心。当时离明代灭亡还有十五年，他在这十五年中，怎么可能藏得住呢？所以他私自逃走的说法，我决不相信。

文安人王岳芳说："乾隆初年，县学里忽然雷声轰轰，围绕文庙，闪电喷光，像一条条赤练绕在天空，十多次进了殿门又出来了。训导王著起说：'这里必有反常之事。'他冒雨进文庙一看，发现一只大蜈蚣趴在先师孔子的神位上。把大蜈蚣夹出来扔在台阶前，霹雳一声，蜈蚣被劈死了，天也转晴了。查验蜈蚣的背上，有'魏忠贤'三个红字。"这个说法，我倒是相信的。

乌鲁木齐深山中，牧马者恒见小人高尺许，男女老幼，一一皆备。遇红柳吐花时，辄折柳盘为小圈，着顶上，作队跃舞，音呦呦如度曲。或至行帐窃食，为人所掩，则跪而泣。絷之，则不食而死。纵之，初不敢遽行，行数尺辄回顾。或追叱之，仍跪泣。去人稍远，度不能追，始蓦涧越山去。然其巢穴栖止处，终不可得。此物非木魅，亦非山兽，盖僬侥之属①。不知其名，以形似小儿，而喜戴红柳，因呼曰红柳娃。邱县丞天锦，因巡视牧厂，曾得其一，腊以归②。细视其须眉毛发，与人无二。知《山海经》所谓竫人③，凿然有之。有极小必有极大，《列子》所谓龙伯之国④，亦必凿然有之。

【注释】

①僬侥(jiāo yáo)：古代传说中的矮人。

②腊：冬天(多在腊月)腌制后风干或熏干的肉。

③《山海经》：先秦神话传说的重要古籍。包括《山经》、《海经》两部分，共十八卷。内容包罗万象，主要记述古代神话、地理、动物、植物、矿产、巫术、宗教、古史、医药、民俗、民族等。具有较高的文献价值。竫(jìng)人：古代传说中的一种矮人。

④《列子》：又名《冲虚经》(于前450至前375年所撰)，是道家重要典籍。《汉书·艺文志》著录《列子》八卷，早佚。今本《列子》八卷，从思想内容和语言使用上看，可能是后人根据古代资料编著的。龙伯之国：古代传说中的大人国。

【译文】

乌鲁木齐的深山里，牧马人经常见到一种小矮人，高一尺左右，男女老幼全都有。遇到红柳开花时，就折下柳枝盘成小圈，戴在头上，列队跳跃舞蹈，发出"呦呦"的声音，就像按着曲谱歌唱。有时小矮人到行军的帐篷里偷食物,被人逮住,就跪下哭泣。捆住它,就绝食而死。放了它,起初不敢立刻就走,走了几尺,就回头看,要是追上去呵叱它,仍旧跪下哭泣。离开人稍远些,估计追不上了,才跳过山涧越过山峰逃走。但是它们的巢穴住处,始终找不到。这东西不是树木成精,也不是山中怪兽,大概是传说中矮人国的僬侥之类。不知道它们的名称到底是什么,因为形状像小孩儿而喜欢戴红柳,因此叫作"红柳娃"。县丞邱天锦因为巡视牧场,曾经捉到一个,做成标本带了回来。细看他的须眉毛发,同人没有两样。知道《山海经》里所说的竫人,确凿无疑是有的。有极小的必然有极大的,《列子》里所说的龙伯之国,也必然确凿无疑是有的了。

塞外有雪莲,生崇山积雪中,状如今之洋菊,名以莲耳。其生必双,雄者差大,雌者小。然不并生,亦不同根,相去必一两丈。见其一,再觅其一,无不得者。盖如兔丝、茯苓,一气所化,气相属也。凡望见此花,默往探之则获。如指以相告,则缩入雪中,杳无痕迹,即劚雪求之[①],亦不获。草木有知,理不可解。土人曰:"山神惜之。"其或然欤?此花生极寒之地,而性极热。盖二气有偏胜,无偏绝,积阴外凝,则纯阳内结。坎卦以一阳陷二阴之中,剥、复二卦,以一阳居五阴之上下,是其象也。然浸酒为补剂,多血热妄行。或用合媚药,其祸尤烈。盖天地之阴阳均调,万物乃生。人身之阴阳均调,百脉乃合。故《素问》曰[②]:"亢则害,承乃制。"自丹溪立"阳常有馀,阴常不足"之说[③],医家失其本旨,往往以苦寒伐生气。张介宾辈矫枉过直[④],遂偏于补阳,而参蓍桂附,流弊亦至于杀人。是未知《易》道扶阳,而乾之上九,亦戒以

"亢龙有悔"也。嗜欲日盛,羸弱者多,温补之剂易见小效,坚信者遂众。故余谓偏伐阳者,韩非刑名之学⑤;偏补阳者,商鞅富强之术⑥。初用皆有功,积重不返,其损伤根本,则一也。雪莲之功不补患,亦此理矣。

【注释】

①斸(zhú):古同"斲",挖。

②《素问》:《黄帝内经素问》,简称《素问》,是现存最早的中医理论著作。相传为黄帝所作,大约成书于春秋战国时期。原来九卷,后经唐王冰订补,改编为二十四卷,计八十一篇,定名为《黄帝内经素问》。所论内容十分丰富,以人与自然统一观、阴阳学说、五行说、脏腑经络学为主线,论述摄生、脏腑、经络、病因、病机、治则、药物以及养生防病等各方面的关系,集医理、医论、医方于一体,保存了《五色》、《脉变》、《上经》、《下经》、《太始天元册》等二十多种古代医籍,阐发了古代的哲学思想,强调了人体内外统一的整体观念,从而成为中医基本理论的渊源。

③丹溪:朱丹溪(1281—1358),字彦修,名震亨,元代著名医学家,人们尊称他为"丹溪翁"。朱丹溪倡导滋阴学说,创立丹溪学派,对祖国医学贡献卓著。

④张介宾(1563—1640):字会卿,号景岳,别号通一子,明代医学家。著有《类经》三十二卷,将《内经》分门别类,详细阐释,多有发微。

⑤韩非(约前281—前233):战国末期韩国人。师从荀子,是古代著名的哲学家、思想家、政论家和散文家,法家思想的集大成者,后世称"韩子"或"韩非子"。刑名之学:战国时以申不害为代表人物的学派,主张循名责实,慎赏明罚。韩非亦尚此学说。

⑥商鞅(?—前338年):战国时期政治家、改革家、思想家,法家代

表人物，卫国（今河南安阳黄梁庄镇一带）人，卫国国君的后裔，又称“卫鞅”、“公孙鞅”。后因在河西之战中立功获封于商十五邑，号为商君，故称之为“商鞅”。商鞅通过变法改革将秦国改造成富裕强大之国，史称“商鞅变法”。

【译文】

塞外有雪莲，生长在高山的积雪里，形状与现在的洋菊相似，以莲为名而已。必定成双成对生长，雄的稍微大些，雌的小些。但是雌雄二莲不是并在一起生长，也不是生长在同一根上，两者的距离总是要有一二丈远。见到其中一株，再寻找另一株，没有找不到的。大概就像兔丝、茯苓一样，都是同一种气化育出来的，所以二者气息相同。发现雪莲花，悄然不作声，前往采摘，必定能得。如果大呼小叫，用手指点告诉同伴，它就会缩进雪里，一点儿痕迹也不留下，就是挖开雪也找不到。草木有灵，这从情理上无法解释。当地人说：“这是由于山神爱惜雪莲。”也许是这样吧？这种花生在极寒的地方，性却极热。阴阳二气有一方偏胜的情况，却没有偏到绝灭了一方的情况，阴气在外面凝聚，阳气就在内部集结。坎卦是一个阳爻夹在两个阴爻中间，剥和复二卦是一个阳爻居于五个阴爻的上方或下方，这就是雪莲的卦象。用雪莲泡酒作补药，服用后往往血热，生理机能紊乱。有人用雪莲做春药，害处尤为严重。天地间阴阳二气协调，万物才能正常生长。人身内部阴阳二气协调，各个系统才能正常运行。所以《素问》说：“过分了就有害，持续发展就能控制。”自从朱震亨提出“阳常有馀，阴常不足”的说法，医生没有理解这句话的本来意思，往往用苦寒药杀伐生气。张介宾等人矫枉过正，于是又偏重于补阳驱阴，大量使用人参、蓍草、肉桂、附子等补药，这种做法的弊端简直等于杀人。这是不懂得《易经》学说，虽然主张扶阳，但也并非毫无限制，对乾卦中的上九一爻，就已作出“亢龙有悔”的告诫。世人的奢望和嗜欲日益强烈，体弱的居多，不少人被嗜欲拖垮身体，补药容易见到效果，所以坚信的人越来越多。因此，我认为偏重杀伐阳气，好似推行韩非的刑名之学；而偏重补益阳气，如同实行商鞅的富国之术。开始用的时候都可见到功效，但积重不返，必定会损伤根本，弊病是相同的。雪莲不能用来补亏损，也是这个道理。

唐太宗《三藏圣教序》[①]，称风灾鬼难之域，似即今辟展土鲁番地。其地沙碛中，独行之人，往往闻呼姓名，一应则随去不复返。又有风穴在南山，其大如井，风不时从中出。每出，则数十里外先闻波涛声，迟一二刻风乃至。所横径之路，阔不过三四里，可急行而避。避不及，则众车以巨绳连缀为一。尚鼓动颠簸，如大江浪涌之舟。或一车独遇，则人马辎重皆轻若片叶，飘然莫知所往矣。风皆自南而北，越数日自北而南，如呼吸之往返也。

余在乌鲁木齐，接辟展移文，云军校雷庭，于某日人马皆风吹过岭北，无有踪迹。又昌吉通判报，某日午刻，有一人自天而下，乃特纳格尔遣犯徐吉，为风吹至。俄特纳格尔县丞报，徐吉是日逃。计其时刻，自巳正至午，已飞腾二百馀里。此在彼不为怪，在他处则异闻矣。徐吉云，被吹时如醉如梦，身旋转如车轮，目不能开，耳如万鼓乱鸣，口鼻如有物拥蔽，气不得出，努力良久，始能一呼吸耳。

按，《庄子》称"大块噫气[②]，其名为风"。气无所不之，不应有穴。盖气所偶聚，因成斯异。犹火气偶聚于巴蜀，遂为火井，水脉偶聚于于阗，遂为河源云。

【注释】

①唐太宗《三藏圣教序》：唐太宗为表彰玄奘法师赴西域各国求取

佛经、回国后翻译三藏要籍而写的序言。

②噫气：气壅塞而得通，吐气。

【译文】

唐太宗在《三藏圣教序》中说的风灾鬼难地区，好像就是如今辟展的吐鲁番。在吐鲁番沙漠中独自行走的人，往往听见叫自己的名字，一回答就随着叫声而去，不再回来了。又有风穴在天山，像井那么大，风不时从里面刮出来。每次风刮出来，在数十里之外的地方，先听到波涛声，过了一两刻钟风才来到。风所经过的地域直径不过三四里宽，人可以赶紧跑着躲避。躲避不及，就把许多车用粗绳连结在一起。即使这样也被风刮得上下颠簸，好像在大江浪涛上的船。如果只有一辆车遇到了风，那么连车马带人和货物，都会被风卷起来，轻得像树叶一样，飘飘然不知给刮到哪儿去了。这种风都是从南往北刮，过了几天又从北往南刮，好像呼吸的吐气吸气。

我在乌鲁木齐时，接到辟展转来的公文，说军校雷庭在某日，连人带马都被风刮过岭北，没有踪迹。又，昌吉的通判报告，某天午时，有一个人从天上掉下来，是特纳格尔遣送的犯人徐吉，被风刮来了。不久，特纳格尔的县丞报告，徐吉于当天逃走。一算时间，则从九点到十二点，他已经飞了二百多里地。这事在这个地方不奇怪，如果在别的地方可就成了异闻了。徐吉说，被风刮着时如醉如梦，身子像车轮子一样旋转不停，眼睛睁不开，耳边好像有万鼓乱鸣，嘴和鼻子好像被什么堵住了，喘不过气来，使了好半天的劲儿，才能喘过一口气来。

按，《庄子》中说“天地呼气，它的名字叫风”。气无所不到，不应该有孔穴。大概是气偶然聚在一起，因此产生了这种反常现象。就像火气偶然聚在巴蜀，就生成火井，水脉偶然聚在于阗，就成为黄河的源头一样。

何励庵先生言：相传明季有书生，独行丛莽间，闻书声琅琅，怪旷野那得有是。寻之，则一老翁坐墟墓间，旁有狐十馀，各捧书蹲坐。老翁见而起迎，诸狐皆捧书人立。书生念既解读书，必不为祸，因与揖让席地坐。问："读书何为？"老翁曰："吾辈皆修仙者也。凡狐之求仙有二途：其一采精气，拜星斗，渐至通灵变化，然后积修正果，是为由妖而求仙。然或入邪僻，则干天律。其途捷而危。其一先炼形为人，既得为人，然后讲习内丹，是为由人而求仙。虽吐纳导引，非旦夕之功，而久久坚持，自然圆满。其途纡而安。顾形不自变，随心而变，故先读圣贤之书，明三纲五常之理，心化则形亦化矣。"

书生借视其书，皆《五经》、《论语》、《孝经》、《孟子》之类，但有经文而无注。问："经不解释，何由讲贯？"老翁曰："吾辈读书，但求明理。圣贤言语，本不艰深，口相授受，疏通训诂，即可知其义旨，何以注为？"书生怪其持论乖僻，惘惘莫对。姑问其寿，曰："我都不记。但记我受经之日，世尚未有印板书。"又问："阅历数朝，世事有无同异？"曰："大都不甚相远。惟唐以前，但有儒者。北宋后，每闻某甲是圣贤，为小异耳。"书生莫测，一揖而别。后于途间遇此翁，欲与语，掉头径去。

案，此殆先生之寓言。先生尝曰："以讲经求科第，支离敷衍，其词愈美而经愈荒。以讲经立门户，纷纭辩驳，其说愈详而经亦愈荒。"语意若合符节。又尝曰："凡巧妙之术，中间必有不稳处。如步步踏实，即小有蹉失，终不至折肱伤足。"与所云修仙二途，亦同一意也。

【译文】

何励庵先生说：相传明代末年有个书生，独自在丛生的草木间赶路，听到琅琅的读书声，很奇怪在空旷的野地里怎么能有这种声音。循声寻找，只见一个老翁坐在坟墓中间，旁边有十多只狐狸，各自捧书蹲坐着。老翁看见他，起身迎接，那些狐狸都捧着书像人一样站了起来。书生想既然懂得读书，必定不会害人，于是相互施礼，席地而坐。书生问："读书为了什么？"老翁说："我们都是修仙的。凡狐狸的求仙途径有两条：一条是采精气，拜星斗，渐渐达到通灵变化的地步，然后再修炼成正果，这是由妖而求仙。但是假如入了邪僻一路，就触犯了天条。这条路快速但是有危险。还有一条途径是先炼形成为人，既然修炼成人了，然后再讲习内丹，这是由人而求仙。即使采用吞吐导引的方法修炼，不是一朝一夕的功夫，而要长久地坚持，自然能够圆满。这条路曲折而安全。但是形体不能自然而变，是随心而变，所以先读圣贤的书，明白三纲五常的道理，心思变化了，形体也就变化了。"

书生借过他的书来看，都是《五经》、《论语》、《孝经》、《孟子》之类，但只有经文而没有注解。问："经文不解释，怎么讲解贯通？"老翁说："我们读书，只求明理。圣贤的言语，本来不艰深，口头讲授，疏通解释词义，就可以知道它的义理要旨，要注解做什么？"书生觉得他的议论怪僻，惘惘然不知所对。姑且问他的年寿，老翁回答说："我都记不得了。只记得我学习经书时，世上还没有刻版印刷的书。"书生又问："您经历了几个朝代，世事有没有同异？"答："大都相差不太远。只是在唐朝以前，只有儒者。北宋以后，常听说某甲是圣贤，这点小有差别罢了。"书生不懂他的意思，作揖告辞。后来在路上遇见这个老翁，要想同他说话，老翁却掉转头径自走了。

按，这大概是何励庵先生编的寓言。先生曾经说："用讲经文求取科第出身，把经书理解得支离破碎，凭着自己一知半解去解释，言词愈是华美，实际上对经文愈是荒疏。用讲经文树立门户，众说纷纭，辩论驳难，说法愈详细而对经文也愈是荒疏。”何励庵先生的意思和故事里老翁的看法完全一致。何励庵先生又曾经说：“凡是巧妙的手段方法，中间必然有不稳当的地方。如果步步踏实，即使有小的坎坷，也不至于跌得断腿伤脚。”这与老翁所说的修仙有两条途径，也是同一个意思。

有扶乩者，自江南来。其仙自称卧虎山人，不言休咎，惟与人唱和诗词，亦能作画。画不过兰竹数笔，具体而已。其诗清浅而不俗。尝面见下坛一绝云：“爱杀嫣红映水开，小停白鹤一徘徊。花神怪我衣襟绿，才藉莓苔稳睡来。”又咏舟，限车字；咏车，限舟字。曰：“浅水潺潺二尺馀，轻舟来往兴何如？回头岸上春泥滑，愁杀疲牛薄笨车。”“小车𫐐辘驾乌牛[①]，载酒聊为陌上游。莫羡王孙金勒马，双轮徐转稳如舟。”其馀大都类此。问其姓字，则曰：“世外之人，何必留名。必欲相迫，有杜撰应名而已。”

甲与乙共学其符，召之亦至，然字多不可辨，扶乩者手不习也。一日，乙焚符，仙竟不降。越数日再召，仍不降。后乃降于甲家，甲叩乙召不降之故。仙判曰：“人生以孝弟为本[②]，二者有惭，则不可以为人。此君近与兄析产[③]，隐匿千金；又诡言其父有宿逋，当兄弟共偿，实掩兄所偿为己有。吾虽方外闲身，不预人事，然义不与此等人作缘。烦转道意，后毋相渎。”又判示甲曰：“君近得新果，遍食儿女，而独忘孤侄，使啜泣竟夕。虽是无心，要由于意有歧视。后若再尔，吾亦不来矣。”先姚安公曰：“吾见其诗词，谓是灵鬼；观此议论，似竟是仙。”

【注释】

①轹辘(lì lù):形容车轮的转动声。

②孝弟:亦作"孝悌"。孝,指尊敬、赡养父母。悌,指尊敬兄长。

③析产:分割财产,即分家。析,分开。

【译文】

有个扶乩降仙的人,从江南来。他请来的神仙自称卧虎山人,不预测吉凶,只与人唱诗和词,也能作画。画也不过几笔兰竹,大体写意形似而已。他的诗却清浅不俗。我曾亲眼见这位乩仙下坛时所作的一首绝句:"爱杀嫣红映水开,小停白鹤一徘徊。花神怪我衣襟绿,才藉莓苔稳睡来。"又作咏舟诗,限车字;作咏车诗,限舟字。二诗写道:"浅水潺潺二尺馀,轻舟来往兴何如?回头岸上春泥滑,愁杀疲牛薄笨车。""小车轹辘驾乌牛,载酒聊为陌上游。莫羡王孙金勒马,双轮徐转稳如舟。"其他诗大都类此。问他的姓名,则回答说:"世外之人,何必要留下姓名。如果一定要追问,那就只有胡编一个来应付了。"

有甲乙二人向这位江南扶乩降仙者学得降仙之符,也能请来这个乩仙,但写出来的字大多无法辨认,这是由于扶乩人的手还不熟练造成的。一天,乙焚烧了降仙符,但乩仙却没有降临。过了几天再焚符招请,仍然没来。后来,乩仙降临到甲家,甲问乙招不降的缘故。乩仙的判文说:"人生在世,孝悌二字是做人的根本,孝顺长辈、兄弟亲爱这两方面有所不足,就不能做人了。乙这个人近来与自己的兄长分家产,隐匿了千金;又谎称父亲身后留了一笔债,应当由兄弟共同偿还,实际上是想把兄长偿还的那部分据为己有。我虽然在世外闲游,不干预人事,但从道义上讲是不能与这种人有任何缘分的。请转告我的意思,以后不要再亵渎我。"又给甲出示判文说:"你最近得了新鲜果品,平分给每个孩子让他们吃,唯独忘了没有给孤侄,致使他啜泣了一夜。虽说不是故意不给,但大概也是心里歧视才忘了。如果以后再有这样的事情,我也不到你这里来了。"先父姚安公说:"我见到他的诗词,认为他是一个灵鬼;但看他这番议论，似乎就是神仙。”

广西提督田公耕野，初娶孟夫人，早卒。公官凉州镇时，月夜独坐衙斋，恍惚梦夫人自树杪翩然下，相劳苦如平生，曰：“吾本天女，宿命当为君妇，缘满仍归。今过此相遇，亦馀缘之未尽者也。”公问：“我当终何官？”曰：“官不止此，行去矣。”问：“我寿几何？”曰：“此难言。公卒时不在乡里，不在官署，不在道途馆驿，亦不殁于战阵，时至自知耳。”问：“殁后尚相见乎？”曰：“此在君矣。君努力升天，即可见，否即不能也。”公后征叛苗，师还，卒于戎幕之下。

【译文】

广西提督田耕野公，年轻时娶的孟夫人，很早就去世了。他镇守凉州时，月夜在衙斋里独坐，恍恍惚惚梦见夫人从树梢上翩翩下来。二人像以前那样彼此说了几句道辛苦的话，孟夫人说：“我本来是天女，命里该当你的妻子，缘分满了就回去了。今天路过这儿相遇，也是缘分未尽之故。”田公问：“我能当多大官？”夫人说：“你的官职不会到此为止，不久就会升迁。”又问：“我能活多大岁数？”夫人说：“这很难说。你死的时候，不在乡里，不在官署里，不在路上馆舍里，也不会死在战场上，到时候自己就知道了。”问：“死后还能相见么？”夫人说：“这就在你了。你好自为之，死后升天，就可以相见，不然就见不着了。”田公后来征伐叛乱的苗民，回师之时，在军营里去世了。

奴子魏藻，性佻荡，好窥伺妇女。一日，村外遇少女，似相识而不知其姓名居址。挑与语，女不答而目成①，径西去。藻方注视，女回顾若招。即随以往。渐逼近，女面赪②，小语曰:“来往人众,恐见疑。君可相隔小半里,俟到家,吾待君墙外车屋中。枣树下系一牛,旁有碌碡者是也[③]。”既而渐行渐远,薄暮,将抵李家洼,去家三十里矣。宿雨初晴,泥将没胫,足趾亦肿痛。遥见女已入车屋,方窃喜,趋而赴。女方背立,忽转面,乃作罗刹形[④],锯牙钩爪,面如靛[⑤],目睒睒如灯[⑥]。骇而返走,罗刹急追之。狂奔二十馀里,至相国庄,已届亥初。识其妇翁门,急叩不已。门甫启,突然冲入,触一少妇仆地,亦随之仆。诸妇怒噪,各持捣衣杵乱捶其股。气结不能言,惟呼“我我”。俄一媪持灯出,方知是婿,共相惊笑。次日,以牛车载归,卧床几两月。当藻来去时,人但见其自往自还,未见有罗刹,亦未见有少女。岂非以邪召邪,狐鬼乘而侮之哉?先兄晴湖曰:“藻自是不敢复冶游,路遇妇女,必俯首。是虽谓之神明示惩,可也。”

【注释】

①目成:眉来眼去,以目传情。

②面赪(chēng):脸红。赪,同“赬”,红色。

③碌碡(liù zhou):碾压用的农具。大多是石头的,总体类似圆柱体,中间略大,两端略小,宜于绕着一个中心旋转。

④罗刹(chà):佛教中指吃人的恶鬼。

⑤靛(diàn):蓝色和紫色混合成的颜色。

⑥睒睒(shǎn):光亮闪烁的样子。

【译文】

年轻的奴仆魏藻,性格放荡轻佻,喜欢偷看妇女。有一天,他在村外碰到一个少女,似曾相识但不知道她的姓名地址。言语挑逗她,少女不说话,但眼波脉脉含情,径直朝西走了。魏藻正注视着她,少女又回过头来像是招呼他。魏藻便跟着她走。渐渐靠近了，少女红着脸，低声说："来往的人多，叫人看见会猜疑。你离开我半里地跟着我走，等到了家，我在墙外的车棚里等你。记住，枣树下拴着一头牛，旁边有个碌碡的那家就是了。"之后，魏藻越走越远，傍晚时快到李家洼了，距离自己家已有三十里路。下了一夜的雨，天气刚晴，泥浆没过小腿，脚趾也又肿又痛。魏藻远远地望见少女进了车棚，正暗自高兴，急奔过去。少女背着他站着，忽然转过头来，一副罗刹鬼模样，牙如锯齿手像铁钩，脸色青紫，眼睛闪闪发亮像是灯一样。魏藻吓得回身便逃，罗刹鬼在后面紧追。狂奔了二十多里，到了相国庄，已将近晚上九点了。魏藻还认得岳父家门，急急敲个不停。门刚闪开一条缝，他突然冲进去，撞倒了一个少妇，他也跟着扑倒了。几个妇人怒气冲冲乱骂着，各人拿着一根捣衣棒乱捶他的大腿。魏藻喘不上气说不出话，只是喊"我我"。不一会儿，一个老太太拿灯出来，才知道是女婿，大家又惊又笑。第二天，用牛车送魏藻回家，魏藻卧床养伤将近两个多月。而魏藻来来去去见罗刹鬼那天，其他人只看见他自己来来去去，并没有看到罗刹，也没有看到少女。难道是他以邪招邪，狐鬼趁机耍弄他么？先兄晴湖说："魏藻从此再不敢寻花问柳，路上遇到妇女也必定低着头走过去。把上面这件事看作是神灵的惩罚，也可以。"

去余家十馀里，有瞽者姓卫[①]。戊午除夕[②]，遍诣常呼弹唱家辞岁，各与以食物，自负以归。半途，失足堕枯井中。既在旷野僻径，又家家守岁，路无行人，呼号嗌干[③]，无应者。幸井底气温，又有饼饵可食，渴甚，则咀水果，竟数日不死。会屠者王以胜驱豕归，距井犹半里许，忽绳断豕逸，狂奔野田中，亦失足堕井。持钩出豕，乃见瞽者，已气息仅属矣。井不当屠者所行路，殆若或使之也。先兄晴湖问以井中情状，瞽者曰："是时万念皆空，心已如死，惟念老母卧病，待瞽子以养。今并瞽子亦不得，计此时恐已饿莩[④]，觉酸彻肝脾，不可忍耳。"先兄曰："非此一念，王以胜所驱豕必不断绳。"

【注释】

①瞽(gǔ)：瞎。

②戊午：乾隆三年(1738)。

③嗌(yì)：咽喉。

④饿莩(piǎo)：亦作"饿殍"，饿死的人。

【译文】

离我家十多里地，有个瞎子姓卫。乾隆戊午年除夕，他走遍经常叫他弹唱的人家辞岁，各家都给了他食物，他自己背着回来。走到半路，他失足掉到了一口枯井里。因为是在空旷的野地里，路径偏僻，又家家都在守岁，路上没有行人，他大声呼叫喊干了嗓子，也没有人应。幸好井底温暖，又有糕饼可以吃，渴极了，就吃水果，竟然过了好几天也没有死。碰巧屠夫王以胜赶猪回来，离枯井还有半里路的样子，忽然猪挣断绳子逃跑，在野田里狂奔，也失足掉到井里。王以胜拿钩弄出了猪，才发现瞎子，已经奄奄一息了。这口枯井不是屠夫应当经过的地方，似乎有谁故意让猪跑到那里去的。我的哥哥晴湖问到在井里的情况，瞎子说："当时万念俱灰，心已经如同死了，只是想到老母还生着病躺在床上，等待瞎眼的儿子来奉养。现在连瞎眼的儿子也不在了，估计这时候老母亲已经饿死了，心酸极了，无法忍受。"我哥哥说："如果没有这个念头，王以胜赶的那头猪必定不会挣断了绳子。"

齐大，献县剧盗也。尝与众行劫，一盗见其妇美，逼污之。刃胁不从，反接其手，缚于凳，已褫下衣[①]，呼两盗左右挟其足矣。齐大方看庄，盗语谓屋上了望以防救者为看庄。闻妇呼号，自屋脊跃下，挺刃突入曰："谁敢如是，吾不与俱生！"汹汹欲斗，目光如饿虎。间不容发之顷，竟赖以免。后群盗并就捕骈诛，惟齐大终不能弋获[2]。群盗云，官来捕时，齐大实伏马槽下，兵役皆云："往来搜数过，惟见槽下朽竹一束，约十馀竿，积尘污秽，似弃置多年者。"

【注释】

①褫（chǐ）：脱下。

②弋（yì）获：泛指擒获。弋，用带绳子的箭射鸟。

【译文】

齐大，是献县的一个非常厉害的强盗。有一次与一伙强盗一道出去抢劫，一个强盗见那家的女人漂亮，就想奸污她。这个强盗拿着刀子威胁，女人誓死不从，强盗就反绑了女人双手，把她捆在长凳上，已经扒掉了裤子，叫另外两盗一左一右拉住妇人的两只脚。齐大这时正在房顶上放哨瞭望，强盗的行话，把在屋上瞭望以防有人来，叫做"看庄"。听到屋内女人呼喊，立即从屋脊上飞身跳下，挺着匕首闯进屋里说："谁敢这么干，有他就没有我！"气势汹汹一副想要拼命的样子，眼神像饿极了的老虎。在千钧一发之际，女人因为他的阻止免除了灾难。后来这伙强盗都被抓了，一同被官府处死，只有齐大漏网，始终没有抓到。强盗们说，官兵搜捕的时候，齐大实际上就趴在马槽底下，可是搜捕的兵卒说："在马槽附近往来搜查了好几遍，只看见槽下有一捆腐朽的竹竿，大约有十几根，积满了尘土污秽，好像是放了多年，从来没人动过。"

张明经晴岚言：一寺藏经阁上有狐居，诸僧多栖止阁下。一日，天酷暑，有打包僧厌其嚣杂[1]，径移坐具住阁上。

诸僧忽闻梁上狐语曰:“大众且各归房,我眷属不少,将移住阁下。”僧问:“久居阁上,何忽又欲据此?”曰:“和尚在彼[2]。”问:“汝避和尚耶?”曰:“和尚佛子,安敢不避?”又问:“我辈非和尚耶?”狐不答。固问之,曰:“汝辈自以为和尚,我复何言!”从兄懋园闻之曰:“此狐黑白太明,然亦可使三教中人[3],各发深省。”

【注释】

①打包僧:行脚云游的僧人。所带行李不多,仅打成一包而已,故称。

②和尚:和尚本是梵文“师”的意思,对堪为人师的僧人的尊称;后被用为对一般出家人的称呼,而且一般当作是男僧专用的名词。

③三教:指儒、佛、道三家。

【译文】

贡生张晴岚说:有一座寺庙的藏经阁里住着狐狸精,和尚们大多住在阁下。有一天,热得难受,有个云游和尚嫌下面嘈杂,就把坐具搬到上面。和尚们忽然听到梁上的狐精说:“各位暂时各回自己的住处,我的亲属不少,要移居阁下。”和尚们问:“长期住上面,为何忽然要下来住?”狐精说:“和尚住在那里。”和尚们问:“你是躲避和尚么?”狐精说:“和尚是佛门弟子,怎么敢不回避?”和尚们又问:“我们不是和尚么?”狐精不回答了。和尚们坚持刨根问底,狐精才说:“你们自以为是和尚,我还能说什么!”我的堂兄懋园听了这事说:“这狐精黑白太分明,但也能让儒、道、佛三教之人各自深深自省。”

甲见乙妇而艳之,语于丙。丙曰:“其夫粗悍,可图也。如不吝挥金,吾能为君了此事。”乃择邑子冶荡者,饵以金而属之曰："尔白昼潜匿乙家，而故使乙闻。待就执，则自承欲盗。白昼非盗时，尔容貌衣服无盗状，必疑奸，勿承也。官再鞫而后承，罪不过枷杖。当设策使不竟其狱，无所苦也。"邑子如所教，狱果不竟。然乙竟出其妇。丙虑其悔，教妇家讼乙，又阴赂证佐，使不胜。乃恚而别嫁其女。乙亦决绝，听其嫁。甲重价买为妾。丙又教邑子反噬甲，发其阴谋，而教甲赂息。计前后干没千金矣。

适闻家庙社会，力修供具赛神，将以祈福。先一夕，庙祝梦神曰："某金自何来？乃盛仪以飨我①。明日来，慎勿令入庙。非礼之祀，鬼神且不受，况非义之祀乎！"丙至，庙祝以神语拒之。怒弗信，甫至阶，舁者颠蹶②，供具悉毁，乃悚然返。

后岁馀，甲死。邑子以同谋之故，时往来丙家，因诱其女逃去。丙亦气结死，妇携赀改适。女至德州，人诘得奸状，牒送回籍，杖而官卖。时丙奸已露，乙憾甚，乃鬻产赎得女，使荐枕三夕，而转售于人。或曰，丙死时，乙尚未娶，丙妇因嫁焉。此故为快心之谈，无是事也。邑子后为丐，女流落为娼，则实有之。

【注释】

①飨（xiǎng）：祭祀。

②舁（yú）：抬。颠蹶（jué）：跌倒。

【译文】

甲见乙的妻子长得漂亮，非常羡慕，告诉了丙。丙说："她丈夫粗鲁凶悍，能想法子把她弄到手。你如果不怕花钱，我能帮你办成这件事。"

接着丙找了同乡一个浪荡子，用金钱买通了他，嘱咐他："你在白天偷偷地藏到乙家里，故意让乙发现。被捉住后，你就承认是想偷东西。大白天不是偷盗的时候，而且你的神情你的穿着也不像是做贼的，那么乙必定怀疑有奸情，但你不要承认。等官府再次审问后你再承认，通奸罪名不过是戴枷杖责。我会想办法让这个案子不了了之，你不会吃苦的。"这个浪荡子按丙吩咐的去做，最后果然不了了之。然而乙竟然因此休了妻子。丙怕乙后悔，教乙妻的娘家人到官府状告乙，而丙又偷偷地贿赂证人，使得乙妻的娘家败诉。乙妻的父母又恨又恼，把女儿又嫁了出去。乙也是又恼又恨，听任前妻嫁给了甲。甲花了大价钱把乙的前妻买来做妾。丙又教浪荡子对甲反咬一口，揭发他的阴谋，丙却教甲如何花钱免灾。算起来，丙前前后后捞了上千两银子。

正好听说家庙要祭祀，丙就认真准备祭祀要用的所有东西，打算去祈祷福寿。之前的晚上，庙祝梦见神灵说："丙备了丰盛的仪礼想要祭祀我，钱从哪儿来的？明天他来，叫他不要进庙。不合礼仪的祭祀，鬼神尚且不接受，何况是不合道义的祭祀！"第二天丙来到庙前，庙祝转达了神灵的话，不让他进庙。丙发怒不信，刚上台阶，抬东西的人都摔倒了，准备的器具也摔坏了，丙这才惊慌地回去了。

过了一年多，甲死了。那个浪荡子因为是同谋，所以经常来往丙家，趁机诱拐丙的女儿逃了。丙恼恨之极气死了，丙妻带着家产改嫁。他女儿到了德州被审出奸情，由官府遣送回原籍，打了一顿棍子后，由官府发落。当时丙的阴谋已败露，乙恨极了，变卖了家产把丙女买了来，让她陪睡三夜，又转卖给了别人。有人说，丙死时，乙还没有娶妻，丙妻就嫁了他。这不过是叫人开心的说法，其实没有这事。那个浪荡子后来当了乞丐，丙女沦落为娼妓，这倒确实有这样的事。

益都李词畹言：秋谷先生南游日，借寓一家园亭中。一夕就枕后，欲制一诗。方沉思间，闻窗外人语曰："公尚未睡耶？清词丽句，已心醉十馀年。今幸下榻此室，窃听绪论，虽已经月，终以不得质疑问难为恨。虑或仓卒别往，不罄所怀，便为平生之歉。故不辞唐突，愿隔窗听挥麈之谈[1]。先生能不拒绝乎？”秋谷问：“君为谁？”曰：“别馆幽深，重门夜闭，自断非人迹所到。先生神思夷旷，谅不恐怖，亦不必深求。”问：“何不入室相晤？”曰：“先生襟怀萧散，仆亦倦于仪文，但得神交，何必定在形骸之内耶？”秋谷因日与酬对，于六义颇深[2]。如是数夕，偶乘醉戏问曰：“听君议论，非神非仙，亦非鬼非狐，毋乃‘山中木客解吟诗’乎[3]？”语讫寂然。穴隙窥之，缺月微明，有影蓬蓬然，掠水亭檐角而去。园中老树参云，疑其木魅矣。

词畹又云：秋谷与魅语时，有客窃听。魅谓渔洋山人诗如名山胜水，奇树幽花，而无寸土艺五谷；如雕栏曲榭，池馆宜人，而无寝室庇风雨；如彝鼎罍洗[4]，斑斓满几，而无釜甑供炊爨[5]；如纂组锦绣，巧出仙机，而无裘葛御寒暑；如舞衣歌扇，十二金钗，而无主妇司中馈[6]；如梁园金谷[7]，雅客满堂，而无良友进规谏。秋谷极为击节。又谓明季诗庸音杂奏，故渔洋救之以清新；近人诗浮响日增，故先生救之以刻露。势本相因，理无偏胜。窃意二家宗派，当调停相济，合则双美，离则两伤。秋谷颇不平之云。

【注释】

①挥麈(zhǔ)之谈：晋人清谈时，常挥动麈尾以为谈助，后因此称谈论为“挥麈”。

②六义：诗经学名词。一般认为风、雅、颂是诗的分类；赋、比、兴是

诗的表现手法。

③山中木客解吟诗：苏轼的诗句，出自宋代李昉的《太平御览》引《舆地志》。相传秦时造阿房宫，到山里伐木的工匠，为了避战乱征役，躲进深山不再出来，过着与世隔绝的生活，担心被抓回去，不与山外之人交往，只是和山下的村民交换东西，这些人被称为“木客”。他们时常一边伐木，一边相互吟歌唱和。

④彝：盛酒器。鼎：古代烹煮用的器物，一般三足两耳。罍(léi)：古代一种盛酒的容器。小口，广肩，深腹，圈足，有盖，多用青铜或陶制成。也指盥洗用的器具。洗：古代盥洗时接水用的金属器皿，形似浅盆。

⑤甑(zèng)：古代蒸饭的一种瓦器。底部有许多透蒸气的孔格，置于鬲上蒸煮，如同现代的蒸锅。炊爨(cuàn)：烧火做饭。爨，灶。

⑥中馈：酒食。

⑦梁园：西汉梁孝王刘武营造的规模宏大的皇家园林。集离宫、亭台、山水、奇花异草、珍禽异兽、陵园为一体，是供帝王游猎、娱乐等的多功能苑囿。金谷：晋石崇所筑的金谷园。后泛指富贵人家盛极一时但好景不长的豪华园林，多含讽喻义。

【译文】

益都人李词畹说：秋谷先生游历南方时，借住在一户人家的园亭里。一天夜里，上床躺下以后，想着作一首诗。正在沉思，听到窗外有人说道：“先生还没有睡吗？您的清词丽句，我已经醉心十多年。如今您下榻在这个房间，我荣幸偷听您的高论，虽然已经有一个月，始终没有机会跟您当面探讨，太遗憾了。又担心您可能会突然到别处去，不能向您尽情倾吐我心里所想的，那就将遗憾终生了。所以不顾唐突，想隔着窗听听您风雅的谈论，先生能不拒绝吗？”秋谷问：“您是谁？”答：“别墅幽深，重重的门户夜间都关闭，自然不是人迹所能到。先生的神思平和旷达，大概不会害怕，就不必深究了。”问：“为什么不进到房间见见面?”答:“先生的胸怀洒脱闲散,我也对礼仪形式感到厌倦。只要精神上交往,何必一定要形体接触呢?”秋谷于是每天同他应酬答对,发现对方对《诗经》六义造诣极深。就这样过了几个晚上,一天晚上,秋谷偶尔乘着醉意开玩笑问道:“听您的议论,不是神不是仙,不是鬼也不是狐,莫非是苏轼所说‘山中木客解吟诗’吗?”说完,对方寂然无声。秋谷从窗缝往外偷看,残月的微光中,有个蓬蓬的影子掠过水亭的檐角而去。园子里老树高耸入云,怀疑是树木的精怪。

李词畹又说:秋谷和精怪谈论时,有人偷听。精怪说,渔洋山人的诗就像名山胜水,奇树幽花,而没有一寸泥土来种植五谷;如同雕刻的栏杆,曲折的台榭,池苑馆舍,景色宜人,却没有遮蔽风雨的寝室;如同彝鼎罍洗这类古玩器皿,色彩错杂灿烂,堆满桌子,却没有釜甑这样用来烧火煮饭的炊具;如同编织锦绣,精巧得就像是仙女织的,却没有可以抵御寒暑的裘皮袍葛布衣;如同舞衣歌扇,美女众多,而没有主持家政料理饮食的主妇;如同梁孝王的兔园、石崇的金谷园,有满堂风雅的客人,而没有劝诫谏诤的良友。秋谷极为赞赏。又说明末的诗如平庸的音乐,杂乱鸣奏,所以渔洋山人以清新的诗风来挽救;近代人的诗,浮华的声响日日增加,所以先生用深刻显豁的诗风来挽救。从发展趋势来看,双方本来就相互借鉴,没有谁胜谁负的道理。精怪认为,两家宗派,应当调和互补,联合则双方都好,分离则双方都有损失。据说秋谷听了这段议论心中还很觉不平。

乌鲁木齐有道士卖药于市。或曰,是有妖术,人见其夜宿旅舍中,临睡必探佩囊,出一小壶卢[①],倾出黑物二丸,即有二少女与同寝,晓乃不见。问之,则云无有。余忆《辍耕录》周月惜事[②],曰:“此乃所采生魂也,是法食马肉则破。”适中营有马死,遣吏密嘱旅舍主人,问适有马肉可食否。道士掉头曰:“马肉岂可食?”余益疑,拟料理之。同事陈君题桥曰:“道士携少女,公未亲见;不食马肉,公亦未亲见。周月惜事,出陶九成小说,未知真否;所云马肉破法,亦未知验否。公信传闻之词,据无稽之说,遽兴大狱,似非所宜。塞外不当留杂色人,饬所司驱之出境③,足矣。”余乃止。

后将军温公闻之曰:“欲穷治者大过。倘畏刑妄供别情,事关重大,又无确据,作何行止?驱出境者太不及。倘转徙别地,或酿事端,云曾在乌鲁木齐久住,谁职其咎?形迹可疑人,关隘例当盘诘搜检,验有实证,则当付所司;验无实证,则具牒递回原籍,使勿惑民,不亦善乎?”余二人皆服公之论。

【注释】

①壶卢:即葫芦。

②周月惜事:元末明初陶宗仪的《辍耕录》上说有一个道士,专门收集穷苦人家死者的鬼魂,如周月惜等。派遣这些鬼魂到人家去作祟,然后前去禳解,借此发财。《辍耕录》上还提到,持这种法术的,不能吃牛肉或狗肉。有一家熟食店伙计错将牛肉当马肉卖,结果道士买来吃了,劣迹顿时败露。纪昀误为马肉能破妖术。

③饬(chì):命令。

【译文】

乌鲁木齐有个道士,在街市上卖药。有人说,这个道士有妖术,人们见到他夜宿旅舍时,临睡前总是从随身的包里掏出一个小葫芦,倒出两丸黑色的东西,随后就有两个少女陪他睡觉,天亮时就看不见了。问他少女在哪里,他则说没有。我想起《辍耕录》上记载的周月惜的故事,说："这就是道士采取了别人的生魂，这种妖术一吃马肉就破解了。"正好军营里死了马，就派小吏暗中嘱咐旅舍主人，叫他问问道士，说旅舍赶巧有马肉，吃不吃。道士扭头说："马肉怎么能吃呢？"我越发怀疑道士有鬼，打算审讯处理道士。同事陈题桥君对我说："道士暗中携带少女，不是你亲眼所见；他说不吃马肉，也不是你亲眼所见。周月惜的事情出自陶九成的小说，不知是真是假；所谓马肉破法术的说法，也不知是否灵验。你相信传闻之词，根据无凭无证的道听途说，就仓促立案，似乎不应该。塞外不该容留闲杂人等，命令有关部门把他驱逐出境，也就足够了。"于是我打消了处置道士的念头。

后来，将军温公听到这件事情，道："对于这个道士，如果审讯穷究，那就大错了。倘若他畏惧刑罚，胡供别人，事关重大，又无确证，将如何收场？如果驱逐出境，那就太保守了。倘若他到了别的地方，也许酿成事端，招供说曾在乌鲁木齐久住，谁来承担责任？按照关塞惯例，对于形迹可疑的人，应当盘问搜查，查有实证，交给主管部门处理；查无实证，就发公文遣返原籍，让他不能蛊惑民众，这样不是很好吗？"我们二人都很佩服温公的意见。

庄学士本淳，少随父书石先生泊舟江岸，夜失足落江中，舟人弗知也。漂荡间，闻人语曰："可救起福建学院。此有关系，勿草草。"不觉已还挂本舟舵尾上，呼救得免。后果督福建学政。赴任时，举是事语余曰："吾其不返乎？"余以立命之说勉之。竟卒于官。

又，其兄方耕少宗伯，雍正庚戌在京邸[1]，遇地震，压于小衖中[2]。适两墙对圮，相拄如人字帐形。坐其中一昼夜，乃得掘出。岂非死生有命乎？

【注释】

①雍正庚戌:雍正八年(1730)。

②衖(xiàng):巷,胡同。

【译文】

学士庄本淳,小时候随着父亲书石先生泊船在长江边,夜里失足落进水里,船上的人却不知道。他在水里沉浮间,听见有人说:"把福建学政救起来。这里有可以凭据和抓牢的东西,不要慌乱。"不知不觉,他又被挂在原船的舵尾上,呼救有人听见才被拉了上来。后来他果然被任为福建学政。赴任时,他说了这件事,对我说:"我恐怕回不来了吧?"我用修身养性以待天命的说法勉励他。后来他竟死在任上。

又,庄本淳的哥哥礼部侍郎庄方耕,雍正庚戌年在京城时赶上地震,被压在小巷里。恰好两堵墙相对倒塌,相互支撑像人字帐篷形。庄方耕在里面坐了一昼夜,才被挖出来。这难道不是死生有命吗?

何励庵先生言:十三四时,随父罢官还京师。人多舟狭,遂布席于巨箱上寝。夜分,觉有一掌扪之,其冷如冰,魇良久乃醒。后夜夜皆然,谓是神虚,服药亦无效。至登陆乃已。后知箱乃其仆物。仆母卒于官署,厝郊外[①]。临行阴焚其柩,而以衣包骨匿箱中。当由人眠其上,魂不得安,故作是变怪也。然则旅魂随骨返,信有之矣。

【注释】

①厝(cuò):停柩,把棺材停放待葬,或浅埋以待改葬。

【译文】

何励庵先生说:十三四岁时,随着父亲罢官回京城。由于人多船小,他就把席子铺在大箱子上睡觉。夜里觉得有一只手压住他,手掌凉得像冰，梦魇了好久才醒来。以后夜夜如此，说是气虚，但吃药也不管用。一直到上了岸才好。后来知道这个大箱子是仆人的。仆人的母亲死在衙门里，没有入土安葬，棺材停放在郊外。临走时，仆人悄悄地把母亲的棺材连同尸体烧了，用衣服包了遗骨，藏在箱子里。应该是因为人睡在大箱子上，鬼魂不得安宁，所以出现怪异之事。照这样说，外乡的游魂能随遗骨回家的说法，的确是真的。

励庵先生又云：有友聂姓，往西山深处上墓返。天寒日短，翳然已暮。畏有虎患，竭蹶力行，望见破庙在山腹，急奔入。

时已曛黑[①]，闻墙隅人语曰：“此非人境，檀越可速去[②]。”心知是僧，问：“师何在此暗坐？”曰：“佛家无诳语，身实缢鬼，在此待替。”聂毛骨悚栗，既而曰：“与死于虎，无宁死于鬼，吾与师共宿矣。”鬼曰：“不去亦可。但幽明异路，君不胜阴气之侵，我不胜阳气之烁，均刺促不安耳[③]。各占一隅，毋相近可也。”聂遥问待替之故，鬼曰：“上帝好生，不欲人自戕其命。如忠臣尽节，烈女完贞，是虽横夭，与正命无异，不必待替。其情迫势穷，更无求生之路者，闵其事非得已，亦付轮转，仍核计生平，依善恶受报，亦不必待替。倘有一线可生，或小忿不忍，或借以累人，逞其戾气，率尔投缳，则大拂天地生物之心，故必使待替以示罚。所以幽囚沉滞，动至百年也。”问：“不有诱人相替者乎？”鬼曰：“吾不忍也。凡人就缢，为节义死者，魂自顶上升，其死速。为忿嫉死者，魂自心下降，其死迟。未绝之顷，百脉倒涌，肌肤皆寸寸欲裂，痛如脔割，胸膈肠胃中如烈焰燔烧，不可忍受。如是十许刻，形神乃离。思是楚毒，见缢者方阻之速返，肯相诱乎？”聂曰：“师存是念，自必生天。”鬼曰：“是不敢望，惟一意念佛，冀忏悔耳。”俄天欲曙，问之不言，谛视亦无所见。

后聂每上墓，必携饮食纸钱祭之，辄有旋风绕左右。一岁，旋风不至，意其一念之善，已解脱鬼趣矣。

【注释】

①曛（xūn）黑：日暮，天黑。

②檀越：梵语音译。施主。

③刺促：惶恐不安。

【译文】

何励庵先生又说：有个姓聂的朋友，前往西山深处上坟回来。天冷日短，暮色临近。因为害怕有老虎出没，跌跌撞撞尽力赶路。远远看见山腰里有座破庙，急忙奔了进去。

这时天色昏暗，听到墙角有人说话道：“这里不是人呆的地方，施主赶紧离开。”聂某以为是和尚，就问：“师父为什么在这暗地里坐着？”答：“佛家不说谎话，我其实是吊死鬼，在这里等替身的。”聂某吓得毛骨悚然浑身发抖，过了一会儿说：“与其死于虎口，不如死在鬼手里，我今天就和师父一起住宿了。”鬼说：“不走也可以。但是阴间和阳世路数不同，您受不了阴气的侵袭，我受不了阳气的烘烤，靠近了你我都不得安宁。我们各自占据一个角落，不要互相靠近好了。”聂某远远问他吊死鬼为什么要找替身，鬼说：“上帝爱好生命，不愿看到人自己伤害自己的性命。像忠臣尽节，烈妇保全贞操，这虽然也是意外的横死，但和寿终而死没有什么区别，不必等替代者。那些因为情势紧迫困窘，没有求生之路的，冥官则同情他是出于不得已，这样死后也交付转生轮回，仍然核查他的生平，让他依照善恶接受报应，也不必等替代者。倘若有一线的希望可以活命，只是因为小小的愤恨就不能忍受，或者用自己的死连累别人，逞一时的暴戾之气，轻率地上吊自杀的，那么就大大地违背天地降生万物的本意，所以一定要让他等待替身，以示惩罚。因此有的鬼魂滞留在阴间，动不动就是百年之久。”聂某问：“不是有引诱人相替代的吗？”鬼说：“我不忍心这么做。凡是人上吊，为节义而死的，魂从头顶上升，死得很快。为愤恨嫉妒而死的，魂从心脏往下降，死得缓慢。没有断气的时刻，遍身血脉倒涌上来，肌肤好像一寸寸都要裂开，痛得好比一刀一刀在零碎割，胸腹肠胃里如同烈火焚烧，无法忍受。像这样要过十来刻，形与神才分离。想想这样的痛苦，所以看见上吊的人就要阻止，让他赶快回头，还肯去引诱他吗？”聂某说：“师父有这样的念头，自然一定要升天。”鬼说：“这个不敢妄想。只是一心一意地念佛，希望忏悔罢了。”不久，天要亮了，聂某再问，对方不说话了，仔细看，什么也没有了。

后来聂某每次上坟，必定携带饮食纸钱祭奠这个鬼，每次也总有旋风围绕左右。有一年，旋风不来，料想这个鬼因为一念之善，已经脱离鬼的生活了。

王半仙尝访其狐友，狐迎笑曰：“君昨夜梦至范住家，欢娱乃尔。”范住者，邑之名妓也。王回忆实有是梦，问何以知。曰：“人秉阳气以生，阳亲上，气恒发越于顶。睡则神聚于心，灵光与阳气相映，如镜取影。梦生于心，其影皆现于阳气中，往来生灭，倏忽变形一二寸小人，如画图，如戏剧，如虫之蠕动。即不可告人之事，亦百态毕露，鬼神皆得而见之，狐之通灵者亦得见之，但不闻其语耳。昨偶过君家，是以见君之梦。”又曰：“心之善恶，亦现于阳气中。生一善念，则气中一线如烈焰；生一恶心，则气中一线如浓烟。浓烟幂首，尚有一线之光，是畜生道中人；并一线之光而无之，是泥犁狱中人矣。”王问：“恶人浓烟幂首，其梦影何由复见？”曰：“人心本善，恶念蔽之。睡时一念不生，则此心还其本体，阳气仍自光明。即其初醒时，念尚未起，光明亦尚在。念渐起，则渐昏；念全起，则全昏矣。君不读书，试向秀才问之，孟子所谓夜气，即此是也。”王悚然曰：“鬼神鉴察，乃及于梦寐之中。”

【译文】

王半仙曾经拜访他的狐精朋友，狐友迎着他笑道：“你昨夜做梦到了范住家，快活成那样。”范住，是镇上的名妓。王半仙想了想确实做过这样的梦，问狐友怎么会知道。狐友说：“人秉承阳气而生，阳气惯于往上升，阳气升腾就常冒出头顶。睡着的时候精神凝聚，灵光与阳气互相映照，像照镜子一样。梦因心意而生，影相就在阳气中显示出来了，来来往往生生灭灭，都能倏忽变成一二寸高的缩微形象，像图画，像演戏，像虫在蠕动一样。即使是不可告人的心底秘事，也会百态毕露，鬼神都能看得清清楚楚，狐精中通灵性的也能看得见，只是听不到缩微的人物说话声音而已。昨晚偶然路过君家，恰好观赏了君的美梦。”狐友又说：“心中的善恶，也反映在阳气里。产生一个善念，阳气中就像射出一线烈焰；产生一个恶念，阳气中就像喷出一缕浓烟。浓烟罩头，顶端如果还有一丝光亮，表明此人是畜生道中的人；若连一丝光亮也没有，表明此人是地狱里的人。”王半仙问：“恶人浓烟罩头，梦影还怎么能够出现呢？”狐友说：“人心本来是善良的，被恶念所遮蔽。熟睡时一念不生，良心还其本来面貌，阳气仍然是光明的。就是恶人刚睡醒时，恶念还没兴起来，光亮也还存在。恶念越多就越昏暗，恶念全部活跃起来就全部昏暗了。君不读书不知这个道理，可以去问问秀才，孟子所说的夜气指的就是阳气。”王半仙惊恐地说：“鬼神的鉴察，竟然能管到人的梦。”

雷出于地，向于福建白鹤岭上见之。岭高五十里，阴雨时俯视，浓云仅及山半，有气一缕，自云中涌出，直激而上。气之纤末，忽火光迸散，即砰然有声，与火炮全相似。至于击物之雷，则自天而下。戊午夏[1]，余与从兄懋园、坦居读书崔庄三层楼上。开窗四望，数里可睹。时方雷雨，遥见一人自南来，去庄约半里许，忽跪于地。倏云气下垂，幂之不见。俄雷震一声，火光照眼如咫尺，云已敛而上矣。少顷，喧言高川李善人为雷所殛。随众往视，遍身焦黑，仍拱手端跪，仰面望天。背有朱书，非篆非籀[2]，非草非隶，点画缴绕，不能辨几字。其人持斋礼佛，无善迹，亦无恶迹，不知为夙业为隐慝也[3]。其侄李士钦曰：“是日晨起，必欲赴崔庄，实无一事。竟冒雨而来，及于此难。”或曰：“是日崔庄大集，崔庄市人交易，以一、六日大集，三、八日小集。殆鬼神驱以来，与众见之。”

【注释】

①戊午：乾隆三年(1738)。

②籀(zhòu)：古代的一种字体。春秋战国时流行于秦国，即今存石鼓文，亦称“大篆”。

③隐慝(tè)：别人不知道的罪恶，不可告人的罪恶。

【译文】

雷电出自于地上，以前我在福建白鹤岭上见过。白鹤岭高五十里，阴雨天在岭上俯视，见浓云仅到山半腰，有一缕气从浓云中涌出来，直冲而上。这缕气的尖细处忽然有火光迸散,随即"砰然"一声巨响,和火炮完全相似。至于雷电有目标的打击,则是从天上下来的。乾隆戊午年夏天,我和堂兄懋园、坦居在崔庄三层楼上读书。开窗向四边望去,能看到几里地以内的景物。当时正下着雷雨,远远地望见一个人从南边来,离崔庄约有半里地左右时,忽然跪在地上。随即云雾下垂罩住他,什么也看不见了。接着听见一声霹雳,火光闪亮,好像近在眼前,这时云雾已收敛上去。过了一会儿,人们纷纷传说高川的李善人遭雷劈死了。我跟随人们去看,只见李善人遍身焦黑,拱手端正地跪着,仰脸望着天空。他的背上有红字,不是小篆,不是大篆,也不是草书、隶书,字的点划缠绕在一起,认不出几个字来。李善人吃斋敬佛,没干什么善事,也没干什么坏事,不知他遭雷击是因为前生的报应呢,还是因为隐藏得很深的坏事。他侄子李士钦说:"这天早上起来,他一定要去崔庄,其实也没什么事要办。他竟冒雨而来,遭了这样的灾难。"有人说这一天崔庄有大集,崔庄人做买卖,每逢一逢六的日子是大集,逢三逢八的日子是小集。可能是鬼神促使他来,让人们看到他的遭遇。"

余官兵部时,有一吏尝为狐所媚,尫瘦骨立①。乞张真人符治之,忽闻檐际人语曰:"君为吏非理取财,当婴刑戮。我夙生曾受君再生恩,故以艳色蛊惑,摄君精气,欲君以瘵疾善终②。今被驱遣,是君业重不可救也。宜努力积善,尚冀万一挽回耳。"自是病愈。然竟不悛改。后果以盗用印信、私收马税伏诛。堂吏有知其事者,后为余述之云。

【注释】

①尫(wāng)瘦:瘦弱憔悴。

②瘵(zhài):慢性病,痨病。

【译文】

我在兵部任职时，有一个小吏被狐狸精媚惑，瘦得皮包骨头。他请求张真人用符镇治，忽然听到屋檐边有声音说："你身为小吏，违背天理榨取钱财，应当遭到杀头的刑罚。我在前一辈子受到你的救命大恩，所以用美色勾引你，摄取你的精气，叫你生痨病落个好死。如今我被赶走，说明你罪孽深重不可救药了。你应该努力行善，也许还有挽回的可能。"这个小吏的病从此好了，但他仍然不知悔改。后来果因为盗用印信、私收马税被处死。堂吏有知道这事的，后来告诉了我。

前母张太夫人，有婢曰绣鸾。尝月夜坐堂阶，呼之，则东西廊皆有一绣鸾趋出，形状衣服无少异，乃至右襟反折其角，左袖半卷亦相同。大骇，几仆。再视之，惟存其一。问之，乃从西廊来。又问见东廊人否，云："未见也。"此七月间事，至十一月即谢世。殆禄已将近，故魅敢现形欤！

【译文】

我的前母张太夫人，有个婢女叫绣鸾。张太夫人曾经月夜坐在堂前的台阶上，呼叫绣鸾，却从东西走廊都走出一个绣鸾，形状衣服没有一点儿区别，以至于右襟反折一只角，左袖一半卷起也相同。张太夫人吓得差点儿跌倒。再仔细看，只有一个绣鸾。问她从哪里出来，答是从西廊来。又问看见东廊的人吗，说："没有看见。"这是七月间的事，到十一月，张太夫人就去世了。大概福运已将尽，所以妖魅敢于现形吧！

沧州插花庙尼，姓董氏。遇大士诞辰①，治供具将毕，忽觉微倦，倚几暂憩。恍惚梦大士语之曰："尔不献供，我亦不忍饥；尔即献供，我亦不加饱。寺门外有流民四五辈，乞食不得，困饿将殆。尔辍供具以饭之，功德胜供我十倍也。”霍然惊醒，启门出视，果不谬。自是每年供具献毕，皆以施丐者，曰此菩萨意也。

【注释】

①大士：菩萨的通称。

【译文】

沧州插花庙的尼姑，姓董。观音菩萨生日那天，董尼姑准备好供具，忽然觉得有点儿疲倦，就倚靠几案休息片刻。恍惚中，她梦见观音菩萨对她说：“你不献供，我也不挨饿；你就是献供，我也不会更饱。寺门外有四五个逃难的流民，讨不到饭吃，就要饿死了。你停办供品，给他们施舍饭食，功德胜于供我十倍。”董尼姑猛然惊醒，开门一看，果然寺外有几个饥饿的流民。从此，她每年供神以后，都把供品施舍给乞丐，说这是菩萨的旨意。

先太夫人言：沧州有轿夫田某，母患臌将殆[①]。闻景和镇一医有奇药，相距百馀里。昧爽狂奔去，薄暮已狂奔归，气息仅属。然是夕卫河暴涨，舟不敢渡。乃仰天大号，泪随声下。众虽哀之，而无如何。忽一舟子解缆呼曰：“苟有神理，此人不溺。来来，吾渡尔。”奋然鼓楫，横冲白浪而行。一弹指顷，已抵东岸。观者皆合掌诵佛号。先姚安公曰：“此舟子信道之笃，过于儒者。”

【注释】

①臌（gǔ）：中医指肚子膨胀的病，有“水臌”、“气臌”两种，通称“臌胀”。

【译文】

先母太夫人说：沧州有个轿夫田某，母亲得了臌胀病快不行了。他听说景和镇一个医生有奇药，但距离那儿有一百多里。天刚亮他就狂奔而去，天傍晚了才狂奔回来，累得上气不接下气。但是这天晚上卫河水猛涨，船不敢渡。田某仰天大哭，声泪俱下。大家虽然都可怜他，但也没有办法。忽然一个船夫解开缆绳招呼道："如果还有天道，这人就不会淹死。来来，我渡你过去。"他奋然摇橹，逆着滔天的波浪前进，弹指间船已到达东岸。观看的人都合掌念诵佛号。先父姚安公说："这个船夫相信天道的虔诚，超过了那些读书人。"

卷四

滦阳消夏录四

【题解】

纪昀将家庭伦理道德作为评判是非曲直至关重要的标准。正因为如此，本卷中，一个堂堂朝廷大员，却着眼于家长里短，写了一堆鸡毛蒜皮、婆婆妈妈的故事，涉及了夫妻、父(母)子、婆媳、兄弟长幼等等。纪昀热烈称赞那些忠于丈夫的贞妇烈女，在推崇贞烈守节的同时，更多赞颂婚姻关系中的责任感。纪昀注重家庭伦理秩序，更多强调孝道的自然亲情，体现的是"孝"的原始朴素的人伦关系含义，即善事父母，宣扬在身处危难之时，哪怕只是动了尽孝之念也得以绝处逢生。作品极力赞扬对婆婆无条件服从的媳妇，婆婆的尊严甚至超过了天地鬼神。作品更多地赞扬了长辈的责任心，赞扬长辈亡灵对家庭的牵挂、对后代的关怀爱护。伦理评判毕竟是抽象的、观念的，个人的判断与抉择则是具体的、实际的，涉及个人内在修养与自我实现时，涉及人格尊严时，涉及社会利益家国利益时，固然首先应当考虑"该不该"；当涉及个人欲望、个人生存危机、生存需求时，就应当正视"能不能"的问题了。纪昀从人性的角度出发，研究家庭关系协调的各个方面，为全社会最基本的人际关系，为社会生活的温情化，为社会秩序的和谐化提供了最为合理的策划，作品的伦理评判显得更加符合世俗社会生活。

卧虎山人降乩于田白岩家，众焚香拜祷。一狂生独倚几斜坐，曰："江湖游士，练熟手法为戏耳。岂有真仙日日听人呼唤？"乩即书下坛诗曰："鶗鴂惊秋不住啼①，章台回首柳萋萋②。花开有约肠空断，云散无踪梦亦迷。小立偷弹金屈戌③，半酣笑劝玉东西④。琵琶还似当年否？为问浔阳估客妻⑤。"狂生大骇，不觉屈膝。盖其数日前密寄旧妓之作，未经存稿者也。仙又判曰："此笺幸未达，达则又作步非烟矣⑥。此妇既已从良，即是窥人闺阁。香山居士偶作寓言⑦，君乃见诸实事耶？大凡风流佳话，多是地狱根苗。昨见冥官录籍，故吾得记之。业海洪波，回头是岸。山人饶舌，实具苦心，先生勿讶多言也。"狂生鹄立案旁⑧，殆无人色。后岁馀，即下世。余所见扶乩者，惟此仙不谈休咎，而好规人过，殆灵鬼之耿介者耶！先姚安公素恶淫祀，惟遇此仙必长揖曰："如此方严，即鬼亦当敬。"

【注释】

①鶗鴂(tí jué)：即杜鹃鸟。

②章台：汉时长安城有章台街，是当时长安妓院集中之处，后人以章台代指妓院赌场等场所。

③屈戌：门窗、屏风、橱柜等的环纽、搭扣。一般由铜制成。

④玉东西：酒杯名。

⑤浔阳估客妻：典出唐代白居易《琵琶行序》："元和十年，予左迁九江郡司马。明年秋，送客湓浦口，闻舟中夜弹琵琶者。听其音，铮铮然有京都声。问其人，本长安倡女，尝学琵琶于穆、曹二善才。年长色衰，委身为贾人妇。"白居易感慨，为之作长诗《琵琶

行》，首句有“浔阳江头夜送客，枫叶荻花秋瑟瑟。”

⑥步非烟：唐代皇甫枚所著传奇《非烟传》中的主人公，因与林家少年幽会，被丈夫发现后打死。

⑦香山居士：唐代诗人白居易（772—846），字乐天，晚年又号香山居士。

⑧鹄立：伸长脖子站着。

【译文】

卧虎山人在田白岩家扶乩时降临，大家都焚香拜谒祈祷。唯独一个狂傲的书生斜靠几案坐着，说：“走江湖的练熟了手法，不过戏弄大家而已。哪有真仙天天听人使唤的？”卧虎山人随即写了一首乩诗在坛上：“鶗鴂惊秋不住啼，章台回首柳萋萋。花开有约肠空断，云散无踪梦亦迷。小立偷弹金屈戌，半酣笑劝玉东西。琵琶还似当年否？为问浔阳估客妻。”狂生大惊，不觉屈膝下拜。原来这首诗是他几天前偷偷地寄给过去交往的妓女，并没有留存底稿。卧虎山人又下判词道：“这首诗幸亏没有寄到，寄到的话又将出一个步非烟了。这个女子既然已经从良，你这样做就是勾引良家妇女。白居易只是偶然写一首情诗以寄托情怀，你难道见到实事了？风流佳话，大多是进地狱的根源。昨天偶然看见阴官记录在籍册，所以我抄了下来。孽海无边，回头是岸。山野之人多嘴多舌，实在是出于一番苦心，先生不要怪我多嘴。”狂生呆呆地立在几案旁，几乎面无人色。后来这个书生过了一年多就死了。我见过的扶乩者，只有这位不谈吉凶祸福，而喜欢劝人改错，差不多算是灵鬼中耿直的正人君子吧！先父姚安公一直讨厌乱祭祀，唯有遇到这种神仙，则必定恭敬深深作揖，说：“这样方正严直，就是鬼也应当敬重。”

姚安公未第时，遇扶乩者，问有无功名，判曰：“前程万里。”又问登第当在何年，判曰：“登第却须候一万年。”意谓或当由别途进身。及癸巳万寿恩科登第①，方悟万年之说。

后官云南姚安府知府，乞养归，遂未再出。并前程万里之说亦验。大抵幻术多手法捷巧，惟扶乩一事，则确有所凭附，然皆灵鬼之能文者耳。所称某神某仙，固属假托；即自称某代某人者，叩以本集中诗文，亦多云年远忘记，不能答也。其扶乩之人，遇能书者则书工，遇能诗者即诗工，遇全不能诗能书者，则虽成篇而迟钝。余稍能诗而不能书，从兄坦居能书而不能诗。余扶乩，则诗敏捷，而书潦草；坦居扶乩，则书清整而诗浅率。余与坦居实皆未容心，盖亦借人之精神始能运动，所谓鬼不自灵，待人而灵也。蓍龟本枯草朽甲，而能知吉凶，亦待人而灵耳。

【注释】

①癸巳：康熙五十二年(1713)。万寿恩科：恩科是古代封建统治者为了笼络士子在国家庆典时于正科以外的加科，也就是额外增加一次科举考试；万寿一般指为皇帝、太上皇或皇太后庆祝寿辰。这里的万寿恩科是因庆祝康熙帝六十大寿而设。

【译文】

姚安公没有登第的时候，遇到扶乩的人，问有无功名，判道："前程万里。"又问能在哪一年登第，判道："登第却须要等候万年。"姚安公以为自己也许会从别的途径进身。等到康熙癸巳年万寿恩科登第，才领悟"万年"的说法。后来官居云南姚安府知府，请求回家奉养父母而归，就没有再出仕。连前程万里的说法也应验了。一般说来，幻术大多是手法快速灵巧，只有扶乩一件事，倒是的确有所凭借依附，但都是灵鬼当中擅长诗文的。自称某神某仙，自然属于假托；就是自称某代某人的，真的问到本人集子中的诗文，也往往说年代久远忘记了，回答不上来。那扶乩的人，碰到字好的就书写工整，碰到能诗的就作诗工巧，碰到完全不善于作诗、书写的，则虽能成篇却很缓慢。我稍稍能写诗而字写得不好，堂兄坦居字写得好而诗却不怎么好。我扶乩时，就作诗敏捷而书写潦草；坦居扶乩时，就书写清整而诗意浅近粗率。我和坦居其实都没有留心，大概也是借人的精神活动，才能够动起来，就是通常所说的，鬼不能自己聪明灵巧，依仗人才能聪明灵巧。用来占卜的蓍龟本来是枯草和腐朽的甲壳，却能够让人知道吉凶，也是靠人的操作才能灵验的。

先外祖居卫河东岸，有楼临水傍，曰度帆。其楼向西，而楼之下层门乃向东，别为院落，与楼不相通。先有仆人史锦捷之妇缢于是院，故久无人居，亦无扃钥。有僮婢不知是事，夜半幽会于斯。闻门外窸窣似人行①，惧为所见，伏不敢动。窃于门隙窥之，乃一缢鬼步阶上，对月微叹。二人股栗，皆僵于门内，不敢出。门为二人所据，鬼亦不敢入，相持良久。有犬见鬼而吠，群犬闻声亦聚吠。以为有盗，竞明烛持械以往。鬼隐，而僮仆之奸败。婢愧不自容，迨夕②，亦往是院缢。觉而救苏，又潜往者再。还其父母乃已。因悟鬼非不敢入室也，将以败二人之奸，使愧缢以求代也。先外祖母曰："此妇生而阴狡，死尚尔哉，其沉沦也固宜。"先太夫人曰："此婢不作此事，鬼亦何自而乘？其罪未可委之鬼。"

【注释】

①窸窣(xī sū)：形容轻微细碎之声。

②迨(dài)：等到，趁着。

【译文】

先外祖家住在卫河东岸，家中有座楼临水建在河旁，名叫"度帆"。度帆楼面水向西，楼的下层门朝东，是另外一个院子，与楼上不通。原先有个叫史锦捷的仆人,他妻子缢死在院子里,因此这里一直没人住,平时也不上锁。有一个僮仆和一个婢女不知道院子里曾经有人缢死的事情,半夜里在这个院子里幽会。他们听到门外有窸窸窣窣的声响,似乎有人走动,怕被发现,伏着身子不敢移动。偷偷从门缝向外看,只见一个缢鬼正在台阶上走动,对着月亮轻轻叹息。两个人吓得双腿颤抖,都瘫在门里不敢出来。门被这两个人堵着,鬼也不敢进去,相持了好长时间。忽然有只狗看见了鬼,狂叫起来,群犬闻声也狂吠起来。人们以为有贼,争相打着灯笼举着棍棒拥进院子。鬼立即隐形而去,僮仆婢女的奸情彻底败露。婢女羞愧得难以自容,等到夜晚也到院子里去上吊。人们发现后,将她救活,可她又偷偷到院子里上吊,这样折腾了两次。后来把婢女交送给她的父母才算了结。因此人们醒悟,并非鬼不敢进屋,而是故意要暴露僮婢二人的奸情,迫使婢女羞愧自缢,这样来给自己找替身。先外祖母说:"这个女人活着时就阴险狡诈,死后还是这样,她沉沦在鬼界是活该。"先太夫人说:"这个婢女如果不做这种事,鬼又怎么能趁机而入呢?所以这事的罪过不能推在鬼的身上。"

辛彤甫先生官宜阳知县时,有老叟投牒曰:"昨宿东城门外,见缢鬼五六,自门隙而入,恐是求代。乞示谕百姓,仆妾勿凌虐,债负勿逼索,诸事互让勿争斗,庶鬼无所施其技。"先生震怒,笞而逐之。老叟亦不怨悔,至阶下拊膝曰:"惜哉,此五六命不可救矣!"越数日,城内报缢死者四。先生大骇,急呼老叟问之,老叟曰:"连日昏昏,都不记忆,今乃知曾投此牒。岂得罪鬼神,使我受笞耶?"是时此事喧传,家家为备,缢而获解者果二:一妇为姑所虐,姑痛自悔艾;一迫于逋欠,债主立为焚券,皆得不死。乃知数虽前定,苟能尽人力,亦必有一二之挽回。又知人命至重,鬼神虽前知其当死，苟一线可救，亦必转借人力以救之。盖气运所至，如严冬风雪，天地亦不得不然。至披裘御雪，墐户避风[①]，则听诸人事，不禁其自为。

【注释】

①墐(jìn)户：涂塞门缝。墐，用泥土涂塞。

【译文】

辛彤甫先生任宜阳知县时，有个老人递了一份状子说："昨天宿在东城门外，看见五六个吊死鬼从门缝进来，恐怕是找替身。请求告示百姓，不要虐待仆妾，不要追逼债务，诸事都互相让着，不要争斗，那么鬼就没办法了。"先生大怒，把老人打了一顿赶走了。老人不怨也不悔，走到阶下，抚着膝盖说："可惜呵，这五六条命不能救了！"过了几天，报告城里有四个人上吊。先生大惊，急忙找来老人问话，老人说："连着几天迷迷糊糊的，什么都记不起来了，今天我才知道曾经递过这个状子。莫非是得罪了鬼神，叫我挨打么？"当时这事便传扬开来，于是家家防备，果然有两人上吊而得救：一个妇人被婆婆虐待而上吊，婆婆深为后悔；一个是欠债被迫上吊，债主当即烧了债券，于是两人都没有死。可知命运虽然在事前都已注定了，但如果能尽人力争取，也必然能挽回十分之一二。又可知人命关天，鬼神虽然事前就知道某某该死，但只要有一线希望，也必会转借人力救助。气数到了，就像严冬刮风下雪一样，大地也不得不是一派酷寒景象。至于穿着皮袄，或者堵了门缝避风雪，就由人想办法，老天并不禁止。

献县史某，佚其名，为人不拘小节，而落落有直气，视龌龊者蔑如也[①]。偶从博场归，见村民夫妇子母相抱泣。其邻人曰："为欠豪家债，鬻妇以偿。夫妇故相得，子又未离乳，当弃之去，故悲耳。"史问："所欠几何？"曰："三十金。""所鬻几何？"曰："五十金，与人为妾。"问："可赎乎？"曰："券甫成，金尚未付，何不可赎！"即出博场所得七十金授之，曰："三十金偿债，四十金持以谋生，勿再鬻也。"夫妇德史甚，烹鸡留饮。酒酣，夫抱儿出，以目示妇，意令荐枕以报。妇颔之，语稍狎。史正色曰："史某半世为盗，半世为捕役，杀人曾不眨眼。若危急中污人妇女，则实不能为。"饮啖讫，掉臂径去，不更一言。

半月后，所居村夜火。时秋获方毕，家家屋上屋下，柴草皆满，茅檐秫篱②，斯须四面皆烈焰。度不能出，与妻子瞑坐待死。恍惚闻屋上遥呼曰："东岳有急牒，史某一家并除名。"剨然有声③，后壁半圮。乃左挈妻，右抱子，一跃而出，若有翼之者。火熄后，计一村之中，爇死者九④。邻里皆合掌曰："昨尚窃笑汝痴，不意七十金乃赎三命。"余谓此事见佑于司命，捐金之功十之四，拒色之功十之六。

【注释】

①蔑如：微细，没有什么了不起。

②秫（shú）：高粱。

③剨（huò）然：哗啦的声音。剨，破裂的声音。

④爇（ruò）：烧。

【译文】

献县的史某，不知叫什么名字，他为人不拘小节，而且豁达正直，对卑鄙肮脏的事情不屑一顾。有一次他从赌场回来，看见一家村民夫妻孩子相抱着哭泣。村民的邻居说："因为他欠了富人的债，卖了妻子偿还。他们夫妻平时相处恩爱,孩子又没有断奶,就这么扔下走了,所以很伤心。”史某问:“欠了多少债?”邻居说:“三十两银子。”史某又问:“卖了多少钱?”邻居说:“五十两银子,卖给人做妾。”史某问:“可以赎回么?”邻居说:“卖身契刚写好,钱还未付,怎么不能赎?”史某当即拿出刚从赌场赢的七十两银子交给村民,说:“三十两还债,四十两用来过日子,不要再卖老婆了。”村民夫妇感激不尽,杀鸡留他喝酒。酒至三巡,村民抱了孩子出去,并向妻子使眼色,意思是让她陪史某睡觉作为报答。妻子点头,之后说的话就有点儿挑逗的味道了。史某严肃地说:“史某当了半辈子强盗,半辈子捕吏,也曾经杀人不眨眼。要说趁人之危,奸污人家妇女,我史某实在不会这么做。”吃喝完毕,甩开胳膊掉头走了,没有再说一句话。

半月之后,史某的村子夜里失火。当时刚刚秋收完,家家屋前屋后都堆满了柴草,茅草的屋檐,高粱秆的篱笆,转眼间四面都是烈火。史某估摸出不了屋了,只有与妻子儿子闭上眼睛坐着等死。恍惚间听见屋上远远地呼喊:“东岳神有火急文书到,史某一家除名免死。”接着一声轰响,后墙倒塌了一半。史某左手拉着妻子,右手抱着儿子,一跃而出,好像有人在身后推了他一把。火灭后统计,全村共烧死九人。邻里都合掌祝福他说:“昨天还笑你傻,不想七十两银子买了三条人命。”我认为史某得到司命神的保佑,其中赠金之功占十分之四,拒绝女色之功占了十分之六。

姚安公官刑部日,德胜门外有七人同行劫,就捕者五矣,惟王五、金大牙二人未获。王五逃至漷县①,路阻深沟,惟小桥可通一人。有健牛怒目当道卧,近辄奋触,退觅别途,乃猝与逻者遇。金大牙逃至清河桥北,有牧童驱二牛挤仆泥中,怒而角斗。清河去京近,有识之者,告里胥,缚送官。二人皆回民，皆业屠牛，而皆以牛败。岂非宰割惨酷，虽畜兽亦含怨毒，厉气所凭，借其同类以报哉？不然，遇牛触仆，犹事理之常；无故而当桥，谁使之也？

【注释】

①漷(huǒ)县：在今北京通州。

【译文】

姚安公在刑部做官时，德胜门外有七个人合伙抢劫，捉到了五个，只有王五、金大牙两人跑了。王五逃到漷县，面前一条深沟阻挡，沟上有座小桥，只能走一个人。有一头健壮的牛怒瞪着眼当道而卧，靠近它就奋力顶撞，只好退回寻找别的道路，却突然撞上了巡逻的人。金大牙逃到清河桥北，有牧童赶着两头牛过来，把他挤倒在泥里，金大牙发火和牧童打了起来。清河离京城近，被人认出，告诉了里长，里长把他捆绑起来送官。王五、金大牙二人都是回民，都以宰牛为业，都因为牛而败露。莫非牛遭到残酷屠宰，即使是兽类也怀着怨恨，凭着恶毒之气，借助同类来报复么？要不然，碰到牛顶撞扑倒，这是常事；而牛无缘无故挡在桥上，是谁指使它这样的呢？

宋蒙泉言：孙峨山先生，尝卧病高邮舟中。忽似散步到岸上，意殊爽适。俄有人导之行，恍惚忘所以，亦不问。随去至一家，门径甚华洁。渐入内室，见少妇方坐蓐[①]。欲退避，其人背后拊一掌，已昏然无知。久而渐醒，则形已缩小，绷置锦褓中。知为转生，已无可奈何。欲有言，则觉寒气自颇门入[②]，辄噤不能出。环视室中，几榻器玩及对联书画，皆了了。至三日，婢抱之浴，失手坠地，复昏然无知，醒则仍卧舟中。家人云，气绝已三日，以四肢柔软，心膈尚温[③]，不敢殓耳。先生急取片纸,疏所见闻,遣使由某路送至某门中,告以勿过挞婢。乃徐为家人备言。是日疾即愈,径往是家,见婢媪皆如旧识。主人老无子,相对惋叹,称异而已。

近梦通政鉴溪亦有是事④,亦记其道路门户。访之,果是日生儿即死。顷在直庐⑤,图阁学时泉言其状甚悉⑥,大抵与峨山先生所言相类。惟峨山先生记往不记返;鉴溪则往返俱分明,且途中遇其先亡夫人,到家入室时见夫人与女共坐,为小异耳。

案,轮回之说,儒者所辟。而实则往往有之,前因后果,理自不诬。惟二公暂入轮回,旋归本体,无故现此泡影,则不可以理推。"六合之外,圣人存而不论"⑦,阙所疑可矣。

【注释】

①坐蓐:即临产。因古代产妇临产有坐在草蓐上分娩的,故名"坐蓐"。

②顖(xìn)门:又叫"顶门",婴儿头顶骨未合缝的地方。顖,同"囟"。

③膈(gé):体腔中分隔胸腹两腔的膜状肌肉,亦称"膈膜"、"横膈膜"。

④通政:明代时设通政使司官署,简称"通政司",长官为通政使,辅佐官分别为左、右通政,是朝廷的喉舌,主要职能是预防恶弊、下情上达。清代沿袭这种设置,主要负责收发内外章奏和臣民密封申诉的文件。

⑤直庐:旧时侍臣值班时住宿的地方。

⑥阁学:"内阁学士"的别称。在朝廷直接为皇帝服务,负责传达敕命,呈送奏章。从二品,通常兼任礼部侍郎或其他部的副长官。

⑦"六合之外"二句:出自《庄子·齐物论》。大意是天地之外的事

物，圣人知道其存在但不讨论。六合，指上下和四方，泛指天地或宇宙。

【译文】

宋蒙泉说：孙峨山先生，有一次旅行到高邮时，在船上卧病不起。忽然觉得就像散步上了岸一样，觉得轻松爽适。不一会儿有人领他向前走，他恍恍惚惚忘记了为什么要向前走，也没有问。接着来到一户人家，门庭豪华，院落清洁。渐渐走进内室，见一个少妇正在分娩。他想退避，被领他来的人从背后拍了一掌，就昏迷不省人事了。等过了好久他慢慢醒过来的时候，发现自己身形已经缩小，被裹在锦绣的襁褓里。心里明白这是已经转生，也无可奈何。他想说话，觉得一股寒气从囟门灌进，就说不出来了。环视室中，室中的几案床榻器物摆设和对联书画，都看得十分清楚。到了第三天，婢女抱着他洗澡，失手掉在地上，他就又失去了知觉，醒来的时候，发现仍旧在船上。家人说，他已经气绝三天，只是因为四肢柔软，心窝还温热，才没敢入殓。孙峨山先生急忙要了一张纸，写出自己的见闻，派人沿他所走的路线去找那户他曾经转生的人家，告诉主人不要过分责打婢女。然后，才慢慢把事情的经过详细告诉家人。当天他的病就彻底好了，于是亲自前往他曾经转生的人家，见到婢女老妇等人，仿佛都相识。这家主人年老无子，与孙峨山先生相对惋惜叹息，都说太奇怪了，也就算了。

近些年，通政梦鉴溪也遇到类似的事情，也记得走过的路和转生那家的门户。事后前去访问，果然这一家生的儿子当天就死了。不久前在值班的地方，内阁学士图时泉讲得很详细，大抵与峨山先生经历的相类似。唯一不同的一点是峨山先生记得前往转生的情景，不记得返回时的情况；梦鉴溪则来去都记得很清楚，而且途中还遇见了他先前已经去世的夫人，到家进房间时见到夫人与女儿一起坐着。

按，我认为，佛家关于轮回转生的学说，是儒家一直排斥批判的。但实际上往往有转生的事，前因后果，按道理说没有错。只是峨山、鉴溪两位先生，短时间进入轮回，随即又返归本体，无缘无故地现出了这么个轮回转生的泡影，按佛家通常的轮回之说就解释不通了。“对于天地上下四方之外的疑问，圣人存而不论”，那么，这个问题就存疑吧。

再从伯灿臣公言[①]：曩有县令，遇杀人狱不能决，蔓延日众。乃祈梦城隍祠。梦神引一鬼，首戴磁盎[②]，盎中种竹十馀竿，青翠可爱。觉而检案中有姓祝者，祝、竹音同，意必是也。穷治无迹。又检案中有名节者，私念曰：“竹有节，必是也。”穷治亦无迹。然二人者九死一生矣。计无复之，乃以疑狱上，请别缉杀人者，卒亦不得。夫疑狱，虚心研鞫[③]，或可得真情。祷神祈梦之说，不过慑伏愚民，绐之吐实耳。若以梦寐之恍惚，加以射覆之揣测，据为信谳，鲜不谬矣。古来祈梦断狱之事，余谓皆事后之附会也。

【注释】

①再从伯：与父同祖而长于父者。次于至亲而同祖的亲属关系叫“从”；又次一层，同曾祖的亲属关系叫“再从”。

②盎(àng)：古代的一种盆，腹大口小。

③鞫(jū)：审问犯人。

【译文】

远房伯父灿臣公说：从前有个县令，遇到一个杀人案件不能判决，拖延下来，牵连的人越来越多。于是他到城隍庙向神求祷梦示。他梦见神带来一个鬼，鬼头上顶着个小口大肚的磁盎，盎里种着十几根竹子，青翠可爱。醒后他查到案子里有姓祝的人，心想，祝、竹同音，凶手必定是他。但用尽酷刑审讯，也没审出证据来。又查到案子里有个人名“节”，他暗想：“竹有节，凶手必定是他。”于是又用尽酷刑，也没有找到线索。而这两个人都被审得九死一生了。实在没有办法再按这种线索查下去,还是作为疑案上报,请求另外追捕杀人凶手,最终也没有捉到。疑难案子,如果虚心研究审讯,也许能得到真情。请神梦示的说法,不过是吓唬愚民,哄骗他们吐露实情而已。若将梦中恍惚的情景,加以射覆式的猜测,作为定案的依据,就没有不错的。自古以来求梦断案的事,我认为都是事后的牵强附会。

雍正壬子六月[①],夜大雷雨,献县城西有村民为雷击。县令明公晟往验,饬棺殓矣。越半月馀,忽拘一人讯之曰:"尔买火药何为?"曰:"以取鸟。"诘曰:"以铳击雀,少不过数钱,多至两许,足一日用矣。尔买二三十斤何也?"曰:"备多日之用。"又诘曰:"尔买药未满一月,计所用不过一二斤,其馀今贮何处?"其人词穷。刑鞫之,果得因奸谋杀状,与妇并伏法。或问:"何以知为此人?"曰:"火药非数十斤不能伪为雷。合药必以硫黄。今方盛夏,非年节放爆竹时,买硫黄者可数。吾阴使人至市,察买硫黄者谁多。皆曰某匠。又阴察某匠卖药于何人。皆曰某人。是以知之。"又问:"何以知雷为伪作?"曰:"雷击人,自上而下,不裂地。其或毁屋,亦自上而下。今苫草屋梁皆飞起[②],土炕之面亦揭去,知火从下起矣。又此地去城五六里,雷电相同,是夜雷电虽迅烈,然皆盘绕云中,无下击之状。是以知之。尔时其妇先归宁[③],难以研问,故必先得是人,而后妇可鞫。"此令可谓明察矣。

【注释】

①雍正壬子：雍正十年(1732)。

②苫(shàn)：用席、布、草等遮盖。

③归宁：回家省亲，多指已嫁女子回娘家看望父母。

【译文】

雍正壬子年六月，一天夜里下大雷雨，献县城西有个村民被雷击死。县令明晟公去查看了现场，命令把尸体装进棺材埋葬。半个多月后，县令忽然抓了一个人，问："你买火药是想干什么？"这人说："打鸟。"县令反驳道："用枪打鸟，火药少不过用几钱，至多也不过一两多就足够用一天，你买二三十斤干什么？"这人说："准备用许多天。"县令说："你买药不到一月，算算用过的不过一二斤，其馀的都放在哪里？"这人答不上来了。拷打审问，果然审出了因奸谋杀的情状，于是和姘妇一起伏法。有人问："怎么知道凶手是他？"县令说："不用几十斤火药伪装不成雷击现场。配药必用硫黄。如今正是盛夏，不是年节放爆竹之时，没几个人买硫黄。我暗中派人到市场，查问谁买得最多。回答说是某匠人。又暗查某匠人把药卖给了什么人，都说是某人，所以知道凶手就是他。"又问："怎么知道雷击是假装出来的？"县令说："雷击人，从上而下，不会炸裂地面。也许有毁坏房屋的，也从上而下。现在茅草顶屋梁都飞了起来，土炕的炕面也揭了去，知道火是从下面起来的。另外，这儿离城五六里，雷电应该一样，那天夜里雷电虽然又快又厉害，但都在云层中盘绕，没有下击的样子。因此知道是伪造了现场。那时，死者的妻子已先回娘家，难以审问，所以一定要先捉到这个人，然后才能审讯那个女人。"这个县令可谓明察秋毫。

戈太仆仙舟言：乾隆戊辰[1]，河间西门外桥上，雷震一人死，端跪不仆；手擎一纸裹，雷火弗爇。验之皆砒霜，莫明其故。俄其妻闻信至，见之不哭，曰："早知有此，恨其晚矣！

是尝诟谇老母[2]，昨忽萌恶念，欲市砒霜毒母死。吾泣谏一夜，不从也。”

【注释】

①乾隆戊辰：乾隆十三年(1748)。

②诟谇(suì)：辱骂。诟，辱骂。谇，斥责。

【译文】

太仆寺卿戈仙舟说：乾隆戊辰年，河间西门外桥上，雷电击死了一个人，这人死后还端端正正跪着不倒；手里还举着个纸包，没有被雷火烧着。查看纸包，包的是砒霜，没人知道是什么缘故。不一会儿他的妻子听到消息来了，见了死者并不哭，说：“早知道有今天，只恨他死得晚了！他曾经辱骂老母，昨天忽然萌生恶念，要想买砒霜毒死母亲。我哭着劝谏了一夜，他也不肯听从。”

再从兄旭升言：村南旧有狐女，多媚少年，所谓二姑娘者是也。族人某，意拟生致之，未言也。一日，于废圃见美女，疑其即是。戏歌艳曲，欣然流盼。折草花掷其前，方欲俯拾，忽却立数步外，曰：“君有恶念。”逾破垣竟去。

后有二生读书东岳庙僧房，一居南室，与之昵；一居北室，无睹也。南室生尝怪其晏至，戏之曰：“左挹浮邱袖，右拍洪崖肩耶[1]？”狐女曰：“君不以异类见薄，故为悦己者容。北室生心如木石，吾安敢近？”南室生曰：“何不登墙一窥？未必即三年不许。如使改节，亦免作程伊川面向人[2]。”狐女曰：“磁石惟可引针，如气类不同，即引之不动。无多事，徒取辱也。”

时同侍姚安公侧，姚安公曰："向亦闻此③，其事在顺治末年。居北室者，似是族祖雷阳公。雷阳一老副榜④，八比以外无寸长，只心地朴诚，即狐不敢近。知为妖魅所惑者，皆邪念先萌耳。"

【注释】

①左挹浮邱袖，右拍洪崖肩：东晋文学家郭璞与许逊同游西山时，在他游仙诗中有"左把浮邱袖，右拍洪崖肩……"的连句，是想象中神仙的生活和意态。其中"浮邱"指的是福建紫清山上的仰面释迦牟尼睡佛。"洪崖"，传说中仙人的名号。

②程伊川：程颐（1033—1107年），字正叔，北宋洛阳伊川（今属河南）人，人称"伊川先生"。北宋理学家和教育家。

③向：以前。

④副榜：科举考试中的一种附加榜示，亦名"备榜"，即于录取正卷外，另取若干名。

【译文】

远房堂兄旭升说：村南过去有个狐女，媚惑了不少年轻人，人们所说的"二姑娘"，就是这个狐女。族里有个年轻人，立意要活捉狐女，但对谁都没有说。有一天，他在一个废弃的菜园子里见到一个美女，怀疑就是狐女二姑娘。就嘻皮笑脸对她唱起调情的歌曲，她高高兴兴地用眼神来回应。他采了野花扔到她的面前，美女正要俯身去捡花草，忽然退后几步，说："你有恶念。"随即就越过破墙走了。

后来，有两个书生在东岳庙僧房里读书，一个住在南屋，跟狐女亲亲热热；另一个住在北屋，就像没看见狐女。南屋的书生曾经责怪狐女来晚了，怀疑她是从北屋来，开玩笑地说："你这是左手拉住仙人浮邱的袖子，右手又拍着仙人洪崖的肩膀，同时还和另一个人相好吗？"狐女说："你不因为我是异类而轻视我，所以我要为悦己者容。至于北屋的书生，心如木石，我哪敢靠近呢？”南屋书生说：“你何不勾引勾引他？他未必就能做到三年不动心。若能让他动了心，也就免得他在人前摆出程伊川一样的道学家面孔了。”狐女说：“磁石只能吸引铁针，如果气质品类不同，就吸引不动。别多事了，免得自讨羞辱。”

当时我和堂兄旭升一起在先父姚安公身旁，姚安公说：“以前我也听人讲过这件事，事情发生在顺治末年。居住北屋的书生，好像就是族祖雷阳公。雷阳公一个老贡生，除了八股文以外没有任何别的本事，只是他心地朴实诚挚，就是狐妖也不敢靠近。由此可知，凡是被妖魅蛊惑的人，都是因为自己先萌生了邪念。”

先太夫人外家曹氏，有媪能视鬼。外祖母归宁时，与论冥事。媪曰：“昨于某家见一鬼，可谓痴绝。然情状可怜，亦使人心脾凄动。鬼名某，住某村，家亦小康，死时年二十七八。初死百日后，妇邀我相伴。见其恒坐院中丁香树下，或闻妇哭声，或闻儿啼声，或闻兄嫂与妇诟谇声，虽阳气逼烁，不能近，然必侧耳窗外窃听，凄惨之色可掬。后见媒妁至妇房，愕然惊起，张手左右顾。后闻议不成，稍有喜色。既而媒妁再至，来往兄嫂与妇处，则奔走随之，皇皇如有失。送聘之日，坐树下，目直视妇房，泪涔涔如雨[①]。自是妇每出入，辄随其后，眷恋之意更笃。嫁前一夕，妇整束奁具[②]，复徘徊檐外，或倚柱泣，或俯首如有思；稍闻房内嗽声，辄从隙私窥，营营者彻夜。吾太息曰：‘痴鬼何必如是！’若弗闻也。娶者入，秉火前行。避立墙隅，仍翘首望妇。吾偕妇出，回顾，见其远远随至娶者家，为门尉所阻。稽颡哀乞，乃得入。入则匿墙隅，望妇行礼，凝立如醉状。妇入房，稍稍近窗，其状一如整束奁具时。至灭烛就寝，尚不去，为中霤神所驱[3]，乃狼狈出。时吾以妇嘱归视儿，亦随之返。见其直入妇室，凡妇所坐处眠处，一一视到。俄闻儿索母啼，趋出，环绕儿四周，以两手相搓，作无可奈何状。俄嫂出，挞儿一掌。便顿足拊心，遥作切齿状。吾视之不忍，乃径归，不知其后何如也。后吾私为妇述，妇啮齿自悔。里有少寡议嫁者，闻是事，以死自誓曰：'吾不忍使亡者作是状。'"

嗟乎！君子义不负人，不以生死有异也；小人无往不负人，亦不以生死有异也。常人之情，则人在而情在，人亡而情亡耳。苟一念死者之情状，未尝不戚然感也。儒者见谄渎之求福，妖妄之滋惑，遂断断持无鬼之论[4]，失先王神道设教之深心，徒使愚夫愚妇，悍然一无所顾忌。尚不如此里妪之言，为动人生死之感也。

【注释】

①涔涔(cén)：形容泪不断流下的样子。

②奁(lián)：女子梳妆用的镜匣。

③中霤(liù)神：古时传说中主管人们生活的五神之一，有的地方称之为"地基主"、"地灵公"。

④断断(yín)：争辩貌。

【译文】

先太夫人的外祖父家姓曹，曹家有个老妈子说她能看见鬼。外祖母回娘家时，和她说起阴府的事。老妈子说："前些天在某某家见到一个鬼，可真是痴到极点。但是那情状可怜，也叫人内心凄然神伤。鬼名叫某某，住在某村，家道也算小康，死的时候有二十七八岁。刚死百天后，他妻子请我去做伴。我看见他常坐在院里丁香树下，有时听见妻子的哭声，有时听见儿子的哭声，有时听见兄嫂和妻子的吵骂声，虽然他因为阳气烘逼而不能靠近，但一定守在窗外侧耳细听，满脸露出凄楚的表情。后来看见媒人进了妻子的房间，他愕然惊起，张着两手东张西望。后来听说没有谈成，脸上稍稍有高兴的样子。过后媒人又来了，来往于兄嫂和妻子之间，他则奔走着跟随在后面，惶惶然若有所失。送聘礼那天，他坐在树下，眼睛直盯着妻子的房门，泪落如雨。此后每当妻子进进出出，他就跟随在后面，眷恋的情意更加浓烈。婚礼前一晚，妻子在收拾嫁妆，他又在院子里徘徊，有时倚着柱子哭泣，有时低着头若有所思；听到屋里有一点儿咳嗽声，他就从窗缝往里看，就这么折腾了一夜。我长叹道：'痴鬼何必这样！'他好像没有听见。第二天，男方进来迎娶，拿着烛火往前走。他躲在墙角站着，仍然翘首望着妻子。我陪同他妻子出来，回过头去，看见他远远地随着来到男方家，被门神挡住了。他叩头哀求，才能跟着进来。进了屋就躲在墙角，看着妻子举行婚礼，呆呆站着像是喝醉了酒。妻子进了洞房，他稍稍靠近窗户，那情状和头天晚上妻子在屋里收拾妆具时一样。一直到洞房里吹灯就寝，他还不离开，结果被宅神驱赶，才狼狈地出来了。当时他妻子嘱托我回去看看孩子，他也随着我回来了。只见他直接进到妻子的屋里，凡是妻子坐过、睡过的地方，他都一一看过。随即听到孩子哭着找妈妈，他跑出去，在孩子的周围打转，两只手搓来搓去，一副无可奈何的样子。不一会儿，他嫂子出来，打了孩子一巴掌。他在远处跺着脚捂着胸，做出咬牙切齿的样子来。我看不下去，便回去了，不知后来怎样了。后来我偷偷地告诉他的妻子，她痛苦地咬着牙，后悔了。村里年轻的寡妇原本有商量着再嫁人的，听了这件事，赌咒发誓道：'我不忍心让死去的人做出这种样子。'"

呜呼！君子仗义不背负人，不会因为生死有什么区别；小人没有不辜负于人的，也不因为活着或死去而有所不同。一般人的情分，是人在情分也在，人死情分也就不存在了。但是一想起那个死者的情状，未尝不感到心酸。有些人轻慢圣贤的教诲却谄媚烦扰神灵求福，还制造了怪异荒诞的说法，儒者见到这种现象就振振有词地坚持无鬼论，忽视了上古贤明君王以神道设置道德教化的深切用心，这样做只会使愚夫愚妇们无所顾忌地我行我素。还不如这位老妈子说的事，能够触动人们对于活着和死去之后情景的感念。

王兰泉少司寇言：胡中丞文伯之弟妇①，死一日复苏，与家人皆不相识，亦不容其夫近前。细询其故，则陈氏女之魂，借尸回生。问所居，相去仅数十里。呼其亲属至，皆历历相认。女不肯留胡氏。胡氏持镜使自照，见形容皆非，乃无奈而与胡为夫妇。此与《明史·五行志》司牡丹事相同②。当时官为断案，从形不从魂。盖形为有据，魂则无凭。使从魂之所归，必有诡托售奸者，故防其渐焉。

【注释】

①中丞：巡抚的兼衔。

②《明史·五行志》：《明史》是一部纪传体明代史，记载了自朱元璋洪武元年(1368)至朱由检崇祯十七年(1644)二百多年的历史，共三百三十二卷，包括本纪二十四卷、志七十五卷、列传二百二十卷、表十三卷。《明史·五行志》，专记各种妖孽、怪异、灾祸。司牡丹：《明史·五行志》记："洪武二十四年八月，河南龙门妇司牡丹死三年，借袁马头之尸复生。"

【译文】

刑部侍郎王兰泉说：巡抚胡文伯的弟媳，死了一天又苏醒过来，但家里人她都不认识了，也不让丈夫亲近。细问才知是陈家的女儿借尸还魂。问她的住处，离这儿仅十几里地。找来她的亲戚，她都能一一相认。她不肯留在胡家。胡家的人拿镜子给她照，她见相貌完全变了，只好无可奈何做了胡家的老婆。这事和《明史·五行志》中记载的司牡丹一事相同。当时官府宣判，依从相貌而不依从所凭借的灵魂。因为相貌是实在的，灵魂却是虚无的。假如依照灵魂来断定归属，必然有假托的人借机实施奸计，所以要防范后来有人使坏。

有山西商，居京师信成客寓，衣服仆马皆华丽，云且援例报捐。一日，有贫叟来访，仆辈不为通。自候于门，乃得见。神意索漠，一茶后，别无寒温。叟徐露求助意，咈然曰[1]："此时捐项且不足，岂复有馀力及君！"叟不平，因对众具道西商昔穷困，待叟举火者十馀年[2]；复助百金使商贩，渐为富人。今罢官流落，闻其来，喜若更生。亦无奢望，或得曩所助之数，稍偿负累，归骨乡井足矣。语讫絮泣，西商亦似不闻。

忽同舍一江西人，自称姓杨，揖西商而问曰："此叟所言信否？"西商面赪曰："是固有之，但力不能报为恨耳。"杨曰："君且为官，不忧无借处。倘有人肯借君百金，一年内乃偿，不取分毫利，君肯举以报彼否？"西商强应曰："甚愿。"杨曰："君但书券，百金在我。"西商迫于公论，不得已书券。杨收券，开敝箧，出百金付西商。西商怏怏持付叟。杨更治具，留叟及西商饮。叟欢甚，西商草草终觞而已。叟谢去，杨数日亦移寓去，从此遂不相闻。

后西商检箧中少百金，鐍锁封识皆如故，无可致诘。又失一狐皮半臂，而箧中得质票一纸，题钱二千，约符杨置酒所用之数。乃知杨本术士，姑以戏之。同舍皆窃称快。西商惭沮，亦移去，莫知所往。

【注释】

①咈(fú)然:不高兴的样子。咈,同“怫”。

②举火:生火做饭。

【译文】

有个山西商人,居住在京城的信成客店里,衣服仆从和车马都很华贵,说是准备按惯例申报买个官位。有一天,有个贫穷的老人来寻访,仆人们不替他通报。老人自己在门口等着,才见到山西商人。山西商人表情冷漠,送上一杯茶之后,连一句寒暄的话都没有。老人渐渐表露了请求帮助的意思,山西商人就不高兴地说:“我这时捐官的钱还不够,哪里再有馀力顾及到你呢!”老人意下不平,就对着众人一一讲述山西商人过去穷困时,十多年一直依赖老人才活下来;老人又曾资助百两银子,让他经商贩卖,他渐渐成为富人。现今自己罢了官,漂泊不定,听说他到来,心里很高兴,以为有了救星了。也没有什么奢望,只是想得到过去帮助他的那些钱,稍稍还掉一点儿债务,这把老骨头能返回家乡就足够了。说完抽抽搭搭哭了起来,但山西商人好像不曾听见。

同屋有一个江西人,自称姓杨,忽然向山西商人作揖问道:“这个老人所说的是真的吗?”山西商人红着脸说:“这事是有的,但遗憾实在不能报答。”杨某说:“您马上要做官了,不愁借不到钱。倘若有人肯借给您百两银子,一年内偿还,不取一分一毫的利息,您肯拿来报答老人吗?”山西商人勉强答应说:“愿意。”杨某说:“您只要写个借据,一百两银子我借给您。”山西商人受到公众议论的压力,不得已写了借据。杨某收了借据,打开一个破旧的箱子,从中拿出一百两银子付给山西商人。山西商人不情不愿地接过银子,交给老人。杨某又置办了酒席,留老人和山西商人喝酒。老人很高兴,山西商人敷衍着陪到散席。老人谢过就走了,杨某几天后也搬往别处,从此就不通音信了。

后来山西商人检点箱子,发现少了一百两银子,但箱子上的扣锁封皮标识都像原样,无处可以查问。又少了一件狐皮背心,而在箱子里找到一张当票，写着钱二千，大约与杨某办备酒席的钱相当。山西商人这才知道杨某本来是一个术士，这是跟他开了个玩笑。同住的人都暗暗称快。山西商人又惭愧又沮丧，也搬走了，不知道去了哪里。

蒋编修菱溪，赤崖先生子也。喜吟咏，尝作七夕诗曰："一霎人间箫鼓收，羊灯无焰三更碧①。"又作中元诗曰："两岸红沙多旋舞，惊风不定到三更。"赤崖先生见之，愀然曰②："何忽作鬼语？"果不久下世。故刘文定公作其遗稿序曰："就河鼓以陈词③，三更焰碧；会盂兰而说法④，两岸沙红。诗谶先成⑤，以君才过终军之岁⑥；诔词安属⑦，顾我适当骑省之年⑧。"

【注释】

①羊灯：是指做成羊形状的灯具，民间常在七夕张挂。

②愀（qiǎo）然：因为悲伤等原因变严肃，忧愁貌。

③河鼓：指牵牛星。

④盂兰：农历七月十五日为盂兰节，主要是祭祀祖先及阴曹无祀孤鬼。

⑤谶（chèn）：指将要应验的预言、预兆。

⑥终军（约前133—前112）：字子云，西汉少年外交家，以博闻强记、能言善辩、文笔优美闻名于郡中，殉国时才二十多岁。

⑦诔（lěi）：古代叙述死者生平，表示哀悼的文章。

⑧骑省：指潘岳。出自晋代潘岳《秋兴赋序》："寓直于散骑之省。"当时潘岳三十二岁。

【译文】

编修蒋菱溪，是赤崖先生的儿子。喜欢吟诗，曾经作过一首七夕诗:“一霎人间箫鼓收,羊灯无焰三更碧。”又作中元节诗:“两岸红沙多旋舞,惊风不定到三更。”赤崖先生见了,脸色一下子变了,说:“怎么忽然说起鬼话来?”果然不久蒋菱溪就去世了。所以刘文定公在他的遗稿序中说:“借着牵牛星来陈述辞赋,三更天发出青绿颜色的火焰;遇到盂兰盆节而演说佛法,两岸边有着凶星当值的沙红舞。诗中已出现征兆,而您才超过终军的年岁;悼念的文字嘱托谁来写?看来就是相当于潘岳寓直散骑之省时年龄的三十多岁的我了。”

农夫陈四,夏夜在团焦守瓜田。遥见老柳树下,隐隐有数人影,疑盗瓜者,假寐听之。中一人曰:“不知陈四已睡未?”又一人曰:“陈四不过数日,即来从我辈游,何畏之有?昨上直土神祠,见城隍牒矣。”又一人曰:“君不知耶?陈四延寿矣。”众问:“何故?”曰:“某家失钱二千文,其婢鞭箠数百未承。婢之父亦愤曰:‘生女如是,不如无。倘果盗,吾必缢杀之。’婢曰:“是不承死,承亦死也。’呼天泣。陈四之母怜之,阴典衣得钱二千,捧还主人曰:‘老妇昏愦,一时见利取此钱,意谓主人积钱多,未必遽算出。不料累此婢,心实惶愧。钱尚未用,谨冒死自首,免结来世冤。老妇亦无颜居此,请从此辞。’婢因得免。土神嘉其不辞自污以救人,达城隍,城隍达东岳。东岳检籍,此妇当老而丧子,冻饿死。以是功德,判陈四借来生之寿于今生,俾养其母。尔昨下直①,未知也。”陈四方窃愤母以盗钱见逐,至是乃释然。后九年母死,葬事毕,无疾而逝。

【注释】

①下直：在宫中当值结束，下班。

【译文】

农夫陈四，夏夜在草棚里守瓜田。远远望见柳树下，隐隐约约有几个人影，他疑心是偷瓜的，就假装睡觉听着。其中一个人说："不知陈四睡了没有？"另一个人说："用不了几天，陈四就和我们在一起了，怕他什么？昨天我去土神祠值班，看见城隍的公文了。"又一个人说："你不知道么？陈四延寿了。"大家问："怎么回事？"这人说："有人家丢了二千文钱，他家的婢女挨了几百鞭子也不承认是她偷的。婢女的父亲很生气，说：'生了这样的女儿，不如没有。如果是她偷的，非勒死她不可。'婢女说：'我承认也是死，不承认也是死。'呼天抢地大哭。陈四的母亲同情她，悄悄地把衣服当了两千文钱，捧着还给主人说：'我这个老婆子糊涂，一时见利偷了这些钱，以为主人钱多，未必能马上发觉。不料牵连了这个婢女，心中实在惶恐。钱还没有花，我冒死自首，以免结下来生的冤恨。我也没脸住在这儿了，从此请求离开。'婢女因此得救。土神称赞她不惜坏了自己的名声而救人，将此事报告给城隍，城隍报告了东岳神。东岳神查阅名册，发现这个老妇本该晚年丧子，冻饿而死。因为有这个功德，判决借陈四来生的寿命，让他在今生赡养母亲。你昨天值完班走了，不知道这个变化。"陈四本来心里正因为母亲偷钱被赶走愤恨不已，听到这番议论才明白是怎么回事。后来过了九年，母亲去世，料理完母亲的丧事结束后，陈四没得什么病，也去世了。

外舅马公周箓言[①]：东光南乡有廖氏募建义冢[②]，村民相助成其事，越三十馀年矣。雍正初，东光大疫。廖氏梦百馀人立门外，一人前致词曰："疫鬼且至，从君乞焚纸旗十馀，银箔糊木刀百馀。我等将与疫鬼战，以报一村之惠。"廖故好事，姑制而焚之。数日后，夜闻四野喧呼格斗声，达旦乃止。阖村果无一人染疫者。

【注释】

①外舅：岳父。《尔雅·释亲》载，妻之父为外舅，妻之母为外姑。

②义冢：旧时收葬无主尸骨的公共坟地。

【译文】

岳父马周箓公说：东光县南乡有个姓廖的，募捐建造埋葬无主尸骨的义冢，村民一起帮忙完成这件事，已经过去三十多年了。雍正初年，东光瘟疫流行。廖某梦见有一百多个人站立在门外，其中一个上前说："疫鬼将要来了，恳求您焚烧十多面纸旗、一百多把用银箔纸糊的木刀，我们将同疫鬼战斗，以报答全村人的恩惠。"廖某本来是一个好事的人，就按照嘱托制作了纸旗木刀焚烧。几天之后，夜里听到四周旷野里嘈杂的呼叫和格斗的声音，直到清晨才停止。全村果然没有一个人染上瘟疫的。

沙河桥张某商贩京师，娶一妇归，举止有大家风。张故有千金产，经理亦甚有次第。一日，有尊官骑从甚盛，张杏黄盖，坐八人肩舆[1]，至其门前问曰："此是张某家否？"邻里应曰："是。"尊官指挥左右曰："张某无罪，可缚其妇来。"应声反接是妇出。张某见势焰赫奕[2]，亦莫敢支吾。尊官命褫妇衣，决臀三十，昂然竟行。村人随观之，至林木荫映处，转瞬不见，惟旋风滚滚，向西南去。方妇受杖时，惟叩首称死罪。后人问其故，妇泣曰："吾本侍郎某公妾，公在日，意图固宠，曾誓以不再嫁。今精魂昼见，无可复言也。"

【注释】

①肩舆：轿子。

②赫奕：显赫的样子。

【译文】

沙河桥张某在京城里经商，娶了一个妇人回来，这个女子一举一动都有名门大族人家的风度。张某本来有千两银子的产业，经营得也很有章法。一天，有一个尊贵的官员带着众多随从，张着杏黄色的伞盖，坐着八抬大轿，到了张某的门前，问道："这是张家吗？"邻里回答说："是。"大官指挥左右的人说："张某没有罪，把他的妻子绑来。"随从应声进门把张某妻子反绑出来。张某见到那么显赫的声势，也不敢随便多说话。大官命令扒了女人的衣服，打了三十下屁股，昂昂然径自走了。村里的人跟随在后面观看，到了有林木遮蔽的地方，一转眼间，这群人就不见了，只有旋风滚滚向西南方向刮去。女人受责打时，只是叩头口称死罪。后来人们问其中的缘故，女人哭着说："我本来是某侍郎的妾，他在世的时候，为了一直让他宠着，我曾经发誓不改嫁。现在他的魂魄在白天显现，我也没有什么可以再说的了。"

王秃子幼失父母，迷其本姓。育于姑家，冒姓王。凶狡无赖，所至童稚皆走匿，鸡犬亦为不宁。一日，与其徒自高川醉归，夜经南横子丛冢间，为群鬼所遮。其徒股栗伏地，秃子独奋力与斗，一鬼叱曰："秃子不孝，吾尔父也，敢肆殴！"秃子固未识父，方疑惑间，又一鬼叱曰："吾亦尔父也，敢不拜！"群鬼又齐呼曰："王秃子不祭尔母，致饥饿流落于此，为吾众人妻。吾等皆尔父也。"秃子愤怒，挥拳旋舞，所击如中空囊。跳踉至鸡鸣，无气以动，乃自仆丛莽间。群鬼皆嬉笑曰："王秃子英雄尽矣，今日乃为乡党吐气。如不知悔,他日仍于此待尔。”秃子力已竭,竟不敢再语。天晓鬼散,其徒乃掖以归。自是豪气消沮,一夜携妻子遁去,莫知所终。此事琐屑不足道,然足见悍戾者必遇其敌,人所不能制者,鬼亦忌而共制之。

【译文】

王秃子的父母早早去世,他已经不知道自己姓什么。他从小被养在姑家,就跟着姑家姓王。他凶狡无赖,走到哪里,哪里的孩子们就都跑着躲了起来,连鸡犬也不得安宁。一天,他和一帮人从高川喝醉了酒回来,夜里经过南横子坟地,被一群鬼拦住了。同伙们都吓得腿软趴在地上,王秃子一人奋力与鬼撕打,一个鬼叱道:“秃子不孝,我是你父亲,你敢乱打!”王秃子当然不认识父亲,正在疑惑间,又一个鬼叱道:“我也是你父亲,敢不下拜!”群鬼又一齐呼道:“王秃子不祭祀你的母亲,以致她饥饿流落到这儿,成了我们大伙儿的妻子。我们都是你父亲。”王秃子恼怒极了,挥拳转着圈儿打了起来,明明打中了鬼却像打在空布袋子上。他跳来跳去地打到鸡叫,使尽了力气,瘫倒在乱草丛里。群鬼都嬉笑道:“王秃子这回英雄到头了,今天才为乡亲们出了口气。如果不知悔改,以后还在这儿等你。”王秃子的力气已经用完了,不敢再说什么。天亮后鬼散去,同伙把他架了回来。从此他豪气全消,一天夜里竟带着妻儿悄悄地走了,不知到了什么地方。这事琐碎得不值一提,但足以说明,那些凶悍的人,肯定会碰到对头,人不能治他,鬼神也会忌恨他而一起制服他。

戊子夏①,京师传言,有飞虫夜伤人。然实无受虫伤者,亦未见虫,徒以图相示而已。其状似蚕蛾而大,有钳距,好事者或指为射工②。按,短蜮含沙射影③,不云飞而螫人,其说尤谬。余至西域，乃知所画，即辟展之巴蜡虫。此虫秉炎炽之气而生，见人飞逐。以水噀之[4]，则软而伏。或噀不及，为所中，急嚼茜草根敷疮则瘥[5]，否则毒气贯心死。乌鲁木齐多茜草，山南辟展诸屯，每以官牒取移，为刈获者备此虫云[6]。

【注释】

①戊子：乾隆三十三年(1768)。

②射工：传说的毒虫。晋代张华《博物志》卷三："江南山溪中有射工虫，甲虫之类也。长一二寸，口中有弩形，以气射人影，随所着处发疮，不治则杀人。"

③短蜮(yù)：即前文所述"射工"。晋代葛洪《抱朴子内篇·登涉》："又有短狐，一名蜮，一名射工，能伺影射，其实水虫也。"

④噀(xùn)：含在口中喷出。

⑤瘥(chài)：病愈。

⑥刈(yì)：割。

【译文】

乾隆戊子年夏天，京城里传说，有一种飞虫夜间伤人。然而实际上并没有受到虫伤的人，也没有人见到过伤人的虫，人们只是相互传看画出的虫的图样而已。虫的形状与蚕蛾相似，比蚕蛾大，有带倒刺的钩钳，好事者有人指称为射工。按，常说的射工即短狐，传说能含沙射人影，但是并没说它能飞能刺人，说是射工大错特错。我到西域后，才知道京城所画的飞虫，就是辟展一带的巴蜡虫。巴蜡虫秉受炎热之气生长出来，见人就会飞着追逐。用水去喷巴蜡虫，巴蜡虫就软软地趴下了。如果来不及喷水，被巴蜡虫所伤，可立即嚼一口茜草根，敷在疮口上就能治好，否则会毒气贯心，导致死亡。乌鲁木齐有很多茜草，南山辟展一带的屯垦区，每年都发官文来要这种草，为从事耕作的人防备虫伤。

乌鲁木齐虎峰书院，旧有遣犯妇缢窗棂上。山长前巴县令陈执礼[1]，一夜，明烛观书，闻窗内承尘上窸窣有声[2]。仰视，见女子两纤足，自纸罅徐徐垂下，渐露膝，渐露股。陈先知是事，厉声曰："尔自以奸败，愤恚死，将祸我耶？我非尔仇，将魅我耶？我一生不入花柳丛，尔亦不能惑。尔敢下，我且以夏楚扑尔[3]。"乃徐徐敛足上，微闻叹息声。俄从纸罅露面下窥，甚姣好。陈仰面唾曰："死尚无耻耶？"遂退入。陈灭烛就寝，袖刃以待其来，竟不下。次日，仙游陈题桥访之，话及是事，承尘上有声如裂帛，后不再见。然其仆寝于外室，夜恒呓语，久而渐病瘵[4]。垂死时，陈以其相从两万里外，哭甚悲。仆挥手曰："有好妇，尝私就我。今招我为婿，此去殊乐，勿悲也。"陈顿足曰："吾自恃胆力，不移居，祸及汝矣。甚哉，客气之害事也[5]！"后同年六安杨君逢源，代掌书院，避居他室，曰："孟子有言：'不立乎岩墙之下[6]。'"

【注释】

①山长：历代对书院讲学者的称谓。五代蒋维东隐居衡山讲学时，受业者称之为山长；宋元书院皆设山长。明清沿袭前制，乾隆时曾一度改称院长，清末仍叫山长。废除科举之后，书院改称学堂，山长的称呼废止。

②承尘：天花板。唐代以前没有天花板，房梁横木之上用遮布挡灰，名曰"承尘"。

③夏楚：古代学校两种体罚越礼犯规者的用具，后亦泛指体罚学童的工具。夏，木棍，板子。楚，荆条，鞭子。

④瘵(zhài)：慢性病，多指痨病。

⑤客气：这里指一时的意气，偏激的情绪。

⑥不立乎岩墙之下：出自《孟子·尽心上》："莫非命也，顺受其正；是故知命者不立乎岩墙之下。"意为君子要远离危险的地方。

【译文】

乌鲁木齐虎峰书院，曾有个流放犯人的妻子吊死在窗棂上。山长、前巴县令陈执礼一天夜里点灯看书，听见窗里天棚上窸窣有声。抬头一看，发现有女子的两只小脚，从纸缝里慢慢垂下来，渐渐露出膝盖，渐渐露出大腿。陈执礼知道内情，厉声道："你因奸情败露，含羞而死，你想害我么？我又不是你仇人，你要诱惑我么？可我一生不干风流事，你也不能迷诱我。你敢下来，我就用戒尺打你。"于是，棚上的女人慢慢地把腿收了上去，之后听见轻轻的叹息声。不一会儿，她又从纸缝中露出脸来往下看，长相很漂亮。陈执礼仰脸唾骂："你死了还无羞耻么？"于是女鬼退回去了。陈执礼吹灭灯火就寝，手握利刃等女鬼来，却没有下来。第二天，仙游的陈题桥来访，说及这件事时，听见棚上有声音像是撕布一样，此后女鬼再没出现。但陈执礼的仆人住在外屋，夜里常说梦话，时间一长得了痨病。临死时，陈执礼因为他相随自己到了两万里之外的情义，哭得很悲伤。仆从挥手说："有个漂亮女人，曾经偷偷地来跟我在一起。现在招我做丈夫，我去了很快活，不要悲伤。"陈执礼顿足说："我自信有胆量，没有迁居别处，却给你带来祸害。厉害啊，一时的愤激之气真能坏事！"后来，同年六安的杨逢源君代任院长，避开这间屋子住到了别的居室，他说："孟子说过：'不站在危墙之下。'"

德郎中亨，夏日散步乌鲁木齐城外，因至秀野亭纳凉。坐稍久，忽闻大声语曰："君可归，吾将宴客。"狼狈奔回，告余曰："吾其将死乎？乃白昼见鬼。"余曰："无故见鬼，自非佳事。若到鬼窟见鬼，犹到人家见人尔，何足怪焉？"盖亭在城西深林，万木参天，仰不见日。旅榇之浮厝者[1]，罪人之伏法者，皆在是地，往往能为变怪云。

【注释】

①榇（chèn）：棺材。

【译文】

郎中德亨，夏天在乌鲁木齐城外散步，到秀野亭乘凉。坐的时间稍微长了点儿，忽然听到大声说话道："您回去吧，我要宴请客人。"德亨狼狈地奔了回来，告诉我说："我将要死了吗？怎么大白天见鬼。"我说："无缘无故见到鬼，自然不是好事。如果到了鬼聚集的地方见到鬼，就像到了人家见到人罢了，有什么好奇怪的呢？"因为秀野亭在城西幽深的树林里，万木高耸于天空，抬头看不见太阳。客居他乡人的棺木暂时停放等待归葬的，罪人被依法处死的，都在这块地方，所以往往出现怪异之象。

武邑某公，与戚友赏花佛寺经阁前。地最豁厂，而阁上时有变怪。入夜，即不敢坐阁下。某公以道学自任，夷然弗信也[1]。酒酣耳热，盛谈《西铭》万物一体之理[2]，满座拱听，不觉入夜。忽阁上厉声叱曰："时方饥疫，百姓颇有死亡。汝为乡宦，既不思早倡义举，施粥舍药；即应趁此良夜，闭户安眠，尚不失为自了汉[3]。乃虚谈高论，在此讲民胞物与[4]。不知讲至天明，还可作饭餐，可作药服否？且击汝一砖，听汝再讲邪不胜正。"忽一城砖飞下，声若霹雳，杯盘几案俱碎。某公仓皇走出，曰："不信程朱之学，此妖之所以为妖欤！"徐步太息而去。

【注释】

①夷然：态度镇定，像平常一样。

②《西铭》：原名《订顽》，为《正蒙·乾称篇》中的一部分，作者张载。张载，宋六儒之一。张载曾将《正蒙·乾称篇》录于学堂双牖的右侧，题为《订顽》，将篇中的另一部分录于左侧，题为《砭愚》。后程颐将《订顽》改称为《西铭》，《砭愚》改称为《东铭》。至朱熹又将《西铭》从《正蒙·乾称篇》中分出，加以注解，成为独立的篇章，向来被视为张载的代表著作。

③自了汉：《晋书·山涛传》："帝谓涛曰：'西偏吾自了之，后事深以委卿。'"后来把只顾自己、不顾大局的人称为"自了汉"。

④民胞物与：民为同胞，物为同类，一切为上天所赐。泛指爱人和一切物类。

【译文】

武邑县某公，与亲友在一所寺院的藏经阁前赏花。阁前场地非常豁亮宽敞，可是阁上时常发生怪异事情。一到夜晚，人们就不敢坐在阁下。某公自命信奉道学，神情坦然，不信有什么鬼怪。他趁着酒酣耳热，大谈《西铭》所说万物一体的道理，满座亲友拱手恭听，不知不觉天色已晚。忽然藏经阁上厉声呵斥："眼下正闹饥荒，瘟疫流行，百姓死了很多。你是个乡官，既然不想早点儿倡导义行，施粥舍药，就应该趁此美好夜晚，关起门来去睡觉，还不失为一个自己管好自身的人。可是你却在这里空谈高论，讲什么世人都是我的同胞，万物都是我的同辈，不知讲到天明，是可以拿来做饭吃呢，还是可以当药服？暂且击你一砖，听你再讲什么邪不胜正。"忽然飞来一块城砖，声响好似霹雳，杯盘几案全被打得粉碎。某公仓皇跑出寺院，说："不信奉程朱道学，这就是妖物成为妖物的原因啊!”他放慢步子,叹息着走开。

沧州画工伯魁,字起瞻,其姓是此“伯”字,自称伯州犁之裔[①]。友人或戏之曰:“君乃不称二世祖太宰公?”近其子孙不识字,竟自称白氏矣。尝画一仕女图,方钩出轮郭[②],以他事未竟,锁置书室中。越二日,欲补成之,则几上设色小碟,纵横狼藉,画笔亦濡染几遍,图已成矣。神采生动,有殊常格。魁大骇,以示先母舅张公梦征,魁所从学画者也。公曰:“此非尔所及,亦非吾所及,殆偶遇神仙游戏耶?”时城守尉永公宁,颇好画,以善价取之。永公后迁四川副都统,携以往。将罢官前数日,画上仕女忽不见,惟隐隐留人影,纸色如新,馀树石则仍黯旧。盖败征之先见也,然所以能化去之故,则终不可知。

【注释】

①伯州犁:春秋时期楚国政治人物,姬姓。原为晋国贵族,因父亲伯宗遭迫害被杀,亡命楚国,历仕楚共王、楚康王、楚郏敖、楚灵王。

②轮郭:即轮廓。

【译文】

沧州画工伯魁,字起瞻,他的姓就是这个“伯”字,自称是伯州犁的后代。朋友中有人同他开玩笑说:“你怎么不称说第二代祖先太宰公?”近年来他的子孙不识字,竟然自称姓白了。曾画一幅仕女图,刚勾出轮廓,因为有别的事,就搁下锁在书房里。两天之后要补画,却见几案上调色的小碟里,一片狼藉,画笔也几乎濡染了个遍,图已经画成了。图上的仕女神采生动,非同一般。伯魁大惊,拿给我的先母舅张梦征公看,他是伯魁学画的老师。张公说："这不是你能画出来的，也不是我能画出来，莫不是神仙偶然来玩了几笔吗？"当时城守尉永宁公很爱画，出高价买走了。永公后来升任四川副都统，带着画上任去了。他要被罢官的前几天，画上的仕女忽然不见了，只隐隐留下原来的身影，纸色像新的一样，其馀树木石头则像原先一样，颜色暗旧。这可能是永公衰败的兆头，但它究竟怎么化去的，最终仍是个谜。

佃户张天锡，尝于野田见髑髅，戏溺其口中。髑髅忽跃起作声曰："人鬼异路，奈何欺我？且我一妇人，汝男子，乃无礼辱我，是尤不可。"渐跃渐高，直触其面。天锡惶骇奔归，鬼乃随至其家。夜辄在墙头檐际，责詈不已。天锡遂大发寒热，昏瞀不知人①。阖家拜祷，怒似少解。或叩其生前姓氏里居，鬼具自道。众叩首曰："然则当是高祖母，何为祸于子孙？"鬼似凄咽，曰："此故我家耶？几时迁此？汝辈皆我何人？"众陈始末。鬼不胜太息曰："我本无意来此，众鬼欲借此求食，怂恿我来耳。渠有数辈在病者房，数辈在门外。可具浆水一瓢，待我善遣之。大凡鬼恒苦饥，若无故作灾，又恐神责。故遇事辄生衅，求祭赛。尔等后见此等，宜谨避，勿中其机械。"众如所教。鬼曰："已散去矣。我口中秽气不可忍，可至原处寻吾骨，洗而埋之。"遂呜咽数声而寂。

【注释】

①昏瞀(mào)：目眩，眼花。

【译文】

佃户张天锡，曾经在田野里看见一个骷髅头，就开玩笑往骷髅嘴里撒尿。骷髅头忽然跳起来发出声音说："人和鬼各走各的路，为什么欺侮我？况且我一个女人，你一个男人，这么无礼污辱我，这就更加不可以。"骷髅越跳越高，一直碰到张天锡的脸面。张天锡惊惶地奔逃回来，鬼竟也跟随着到了他家。夜里就在墙头屋檐间责骂不已。张天锡于是大发寒热，神志昏乱，连人也认不出来。全家跪拜祷告，女鬼的怒气好像稍稍缓解一些。有人询问她生前的姓名、乡里、居处，鬼一一自己道来。众人叩头说："这样说起来，应当是高祖母了，为什么要祸害子孙呢？"鬼像是悲凉地呜咽着说："这里原是我的家吗？几时搬迁到这里？你们都是我的什么人？"众人讲了事情的始末。鬼忍不住叹息说："我本来无意来到这里，众鬼要想借这件事求食，怂恿我来的。他们有几个在病人的房里，有几个在门外。可以准备一瓢羹汤，等我好好地打发他们。大凡是鬼，经常苦于饥饿，如果是无缘无故地兴祸作灾，又恐怕神责备。所以遇到事情，就生出事端，要求祭祀酬谢。你们以后见到这种情况，要谨慎回避，不要中他们的圈套。"众人照她说的办了。鬼说："他们已经散去了。我嘴里的污秽之气实在难以忍耐，可以到原处寻找我的骨头，洗净之后埋掉。"说完呜咽了几声，就沉寂了。

又，佃户何大金，夜守麦田，有一老翁来共坐。大金念村中无是人，意是行路者偶憩。老翁求饮，以罐中水与之。因问大金姓氏，并问其祖父。恻然曰："汝勿怖，我即汝曾祖，不祸汝也。"细询家事，忽喜忽悲。临行，嘱大金曰："鬼自伺放焰口求食外，别无他事，惟子孙念念不能忘，愈久愈切。但苦幽明阻隔，不得音问。或偶闻子孙炽盛，辄跃然以喜者数日，群鬼皆来贺。偶闻子孙零替，亦悄然以悲者数日，群鬼皆来唁。较生人之望子孙，殆切十倍。今闻汝等尚温饱，吾又歌舞数日矣。”回顾再四，丁宁勉励而去。先姚安公曰：“何大金蠢然一物，必不能伪造斯言。闻之，使之追远之心，油然而生。”

【译文】

又，佃户何大金，夜间看守麦田，有个老翁来和他坐在一起。何大金想村里没有这么个人，可能是过路的偶然来歇歇脚。老翁向他讨水喝，他就把水罐递给了老翁。老翁问何大金的姓氏，并且问到他的祖父。有些伤感地说：“你不要害怕，我就是你的曾祖父，不会害你的。”他向何大金仔细询问了许多家事，忽而高兴，忽而悲伤。临别时，老翁嘱咐何大金说：“鬼除了在祭祀时节等待供品求口饭吃外，没有别的事情，唯有对子孙念念不忘，年代越久思念越切。只是苦于幽明阻隔，不通音讯。有时偶尔听说自己的子孙兴旺发达，就会手舞足蹈，高兴好几天，群鬼都来祝贺。如果偶尔听闻到自己的子孙零替衰败，也会闷闷不乐，伤心好几天，群鬼都来安慰。比起活着的人对子孙的期望，大概还要殷切十倍。今天我得知你们生活温饱，就又可以歌舞高兴几天了。”老翁一边走着，还几次回过头来再三叮咛勉励，这才离去。先父姚安公说：“何大金这么一个粗笨东西，肯定不能编出这么一番话来。听到这番话，使人敬祖追远的孝心油然而生。”

乾隆丙子①，有闽士赴公车②。岁暮抵京，仓卒不得栖止，乃于先农坛北破寺中僦一老屋。越十馀日，夜半，窗外有人语曰：“某先生且醒，吾有一言。吾居此室久，初以公读书人，数千里辛苦求名，是以奉让。后见先生日外出，以新到京师，当寻亲访友，亦不相怪。近见先生多醉归，稍稍疑之。顷闻与僧言,乃日在酒楼观剧,是一浪子耳。吾避居佛座后,起居出入,皆不相适,实不能隐忍让浪子。先生明日不迁,吾瓦石已备矣。"僧在对屋,亦闻此语,乃劝士他徙。自是不敢租是室。有来问者,辄举此事以告云。

【注释】

①乾隆丙子:乾隆二十一年(1756)。

②公车:汉代官署名。后代指举人进京应试。

【译文】

乾隆丙子年,福建一个举人赴京城参加会试。年末到了京城,仓猝间找不到住处,就在先农坛北的破庙里租了一间老屋。过了十几天,半夜里,有人在窗外说道:"某先生且醒醒,我有一句话要说。我住在这儿很久了,当初因为你是读书人,从几千里外辛苦奔来求功名,因此让给你住。后来发现你天天外出,以为你刚到京城,应该去寻亲访友,也没有怪你。近来发现你常常喝醉了回来,便有些怀疑。刚才听你跟和尚说话,才知道你天天在酒楼看戏,原来是一个浪子。我避居在佛座后面,起居出入,都很不方便,实在不能暗自忍着自己的不舒服把房子让给浪子住。先生明天不迁走的话,我已经准备好了瓦片石头。"和尚在对面屋,也听到了这些话,就劝这个人搬到别处。从此和尚不再敢把这间屋子租给别人,有人来问,就举出这件事来告诉对方。

申苍岭先生,名丹,谦居先生弟也。谦居先生性和易,先生性豪爽,而立身端介则如一。里有妇为姑虐而缢者,先生以两家皆士族,劝妇父兄勿涉讼。是夜,闻有哭声远远至,渐入门,渐至窗外,且哭且诉,词甚凄楚,深怨先生之息讼。先生叱之曰:"姑虐妇死,律无抵法,即讼亦不能快汝意。且讼必检验,检验必裸露,不更辱两家门户乎?”鬼仍絮泣不已。先生曰:“君臣无狱,父子无狱。人怜汝枉死,责汝姑之暴戾则可。汝以妇而欲讼姑,此一念已干名犯义矣。任汝诉诸明神,亦决不直汝也。”鬼竟寂然去。谦居先生曰:“苍岭斯言,告天下之为妇者可,告天下之为姑者不可。”先姚安公曰:“苍岭之言,子与子言孝;谦居之言,父与父言慈。”

【译文】

申苍岭先生,名丹,是谦居先生的弟弟。谦居先生性情温和,苍岭先生个性豪爽,然而为人处事表里如一,两人都是一样。乡里有个媳妇受婆婆虐待上吊了,苍岭认为两家都是官宦人家,就劝媳妇的父兄不要告官。这天夜里,他听见有哭声,哭声自远而近,渐渐进了门,到了窗外,并且边哭边说,语词极为凄楚,很是埋怨苍岭先生劝说媳妇的父兄不告官一事。先生怒斥说:“婆婆虐待媳妇致死,法律中没有规定抵命的条文,即使诉讼也不能叫你满意。况且,诉讼必定要检验,检验必定使你身体裸露,这不是更辱没了两家门户的名声么?”鬼仍然啼哭诉说不已。先生说:“君臣之间没有讼案,父子之间没有讼案。人们同情你死得冤枉,责备你婆婆凶残,这就可以了。你作为媳妇却要告婆婆,这就大逆不道了。不论你告到哪个神那里,也都不会告赢的。”鬼竟然无声地离去了。谦居先生说:“苍岭这些话,说给天下当媳妇的听未尝不可,说给天下的婆婆听则不可以。”先父姚安公说:“苍岭的话,是教儿子们尽孝;谦居的话,是教父辈慈爱。”

董曲江游京师时,与一友同寓,非其侣也,姑省宿食之赀云尔。友征逐富贵,多外宿。曲江独睡斋中。夜或闻翻动书册，摩弄器玩声，知京师多狐，弗怪也。一夜，以未成诗稿置几上，乃似闻吟哦声，问之弗答。比晓视之，稿上已圈点数句矣。然屡呼之[①]，终不应。至友归寓，则竟夕寂然。友颇自诧有禄相，故邪不敢干。偶日照李庆子借宿，酒阑之后，曲江与友皆就寝。李乘月散步空圃，见一翁携童子立树下。心知是狐，翳身窃睨其所为[②]。童子曰："寒甚，且归房。"翁摇首曰："董公同室固不碍，此君俗气逼人，那可共处？宁且坐凄风冷月间耳。"李后泄其语于他友，遂渐为其人所闻，衔李次骨。竟为所排挤，狼狈负笈返[③]。

【注释】

①屡：接连，不止一次。

②睨（nì）：斜着眼睛看。

③负笈（jí）：背着书箱。

【译文】

董曲江游历京城时，和一个友人同住一个寓所，并不是志同道合的伙伴，而是为了节省一点儿住宿饮食的费用。友人追逐富贵，多半在外面住宿。董曲江独自睡在房舍里。夜里有时听到翻动书册、摩弄器玩的声音，知道京城里狐精多，也不奇怪。有一夜，他把未完成的诗稿放在小桌上，又好像听到吟诵的声音，董曲江问是何人，却听不到回答。等到天亮一看，稿子上已经被圈点过几句了。但是多次呼喊发问，始终不应声。到了友人回到寓所，就一夜寂静无声。友人颇感惊奇，以为自己有福禄的命相，所以妖邪不敢来侵犯。一次，日照的李庆子偶然来借宿，饮酒尽兴以后，董曲江同友人都已经睡觉。李庆子趁月色在空园子里散步，看见一个老翁带着一个童子站立在树下。李庆子心里知道是狐，于是躲藏起来，偷看他们做些什么。童子说："冷得厉害，还是回房去。”老翁摇头说：“与董公同一个房间固然没有妨碍，但是这个先生俗气逼人，怎么可以共同相处？宁可坐在凄风冷月之中。”李庆子后来把这话泄露给别的朋友，结果渐渐被这个人听说了，这个人因此对李庆子恨之入骨。李庆子最终被这个人排挤，狼狈地背着书箱回去了。

余长女适德州卢氏①，所居曰纪家庄，尝见一人卧溪畔，衣败絮呻吟。视之，则一毛孔中有一虱，喙皆向内②，后足皆钩于败絮，不可解，解之则痛彻心髓。无可如何，竟坐视其死。此殆夙孽所报欤！

【注释】

①适：嫁。

②喙(huì)：嘴。

【译文】

我的大女儿嫁给德州卢氏，居住的村庄叫纪家庄，曾经看见一个人躺在小溪旁，身穿败絮痛苦呻吟。仔细一看，全身皮肤的每一个毛孔中都有一个虱子，虱子的嘴伸进毛孔，后足钩在败絮上，不能解开衣服，解开就会痛彻心髓。人们束手无策，只有眼睁睁地看着他痛苦地死去了。这大概是夙孽的报应吧！

汪阁学晓园，僦居阎王庙街一宅。庭有枣树，百年以外物也。每月明之夕，辄见斜柯上一红衣女子垂足坐，翘首向月，殊不顾人。迫之则不见，退而望之，则仍在故处。尝使二人一立树下，一在室中，室中人见树下人手及其足，树下人固无所睹也。当望月时，俯视地上树有影，而女子无影。投以瓦石，虚空无碍。击以铳，应声散灭；烟焰一过，旋复本形[1]。主人云，自买是宅，即有是怪。然不为人害，故人亦相安。夫木魅花妖，事所恒有，大抵变幻者居多。兹独不动不言，枯坐一枝之上，殊莫明其故。晓园虑其为患，移居避之。后主人伐树，其怪乃绝。

【注释】

①旋：不久，很短的时间。

【译文】

内阁学士汪晓园，租住阎王庙街一处房子。庭中有棵枣树，是一百多年以前的东西了。每到月光明亮的晚上，就能看见斜枝上面，有一个红衣女子垂着腿坐着，翘首望月，从来也不看人。可是靠近去看就不见了，退后望去，又仍在原处。曾经叫两个人一个站在树下，一个呆在屋里。屋里的人看见树下人手能够到红衣女的脚，树下人却还是什么也看不见。当红衣女坐在树上望月时，地上有树的影子，红衣女却没有影子。用瓦块石头投去，就好像打在虚空一样。用鸟枪打，她随声而灭；硝烟一过，又恢复了原形。主人说，自从买了这座房子，就有这个怪物，但她不害人，所以人和她相安无事。木魅花妖，是常见的，大多数都会变幻。而这位红衣女却不动也不说话，呆坐在树枝上，实在不知什么原因。汪晓园担心她为害，搬到别处避开了，后来主人伐了树，这个怪物才绝迹了。

廖媪，青县人，母家姓朱，为先太夫人乳母。年未三十而寡，誓不再适，依先太夫人终其身。殁时年九十有六。性严正，遇所当言，必侃侃与先太夫人争。先姚安公亦不以常媪遇之。余及弟妹皆随之眠食，饥饱寒暑，无一不体察周至。然稍不循礼，即遭呵禁。约束仆婢，尤不少假借，故仆婢莫不阴憾之。顾司管钥，理庖厨，不能得其毫发私，亦竟无如何也。尝携一童子，自亲串家通问归[①]，已薄暮矣。风雨骤至，趋避于废圃破屋中。雨入夜未止，遥闻墙外人语曰："我方投汝屋避雨，汝何以冒雨坐树下？"又闻树下人应曰："汝毋多言，廖家节妇在屋内。"遂寂然。后童子偶述其事，诸仆婢皆曰："人不近情，鬼亦恶而避之也。"嗟乎，鬼果恶而避之哉？

【注释】

①亲串：有血统或夫妻关系的亲属。

【译文】

青县人廖姥姥，娘家姓朱，是先太夫人的奶妈。没到三十岁就守了寡，发誓不再嫁人，跟了先太夫人一辈子。去世时享年九十六岁。她性情严正，遇到该说的话一定理直气壮地和太夫人争辩。先父姚安公也不把她看作普通的老妈子。她照顾我和弟弟妹妹睡觉吃饭，饥寒饱暖，都无微不至。但如果看到我们稍微有一点儿不守规矩，她就要责骂。她管教奴婢尤其严格，所以奴婢们心里都恨她。这样一来掌管库房钥匙的，管理庖厨的，都得不到一点儿私利，但是也对她没办法。一次，她带着一个小孩走亲戚串门回来，已是傍晚时分。骤然遭遇风雨，她赶紧躲到废园子的破屋里。雨下到夜里也没有停，隐约听到墙外有人说："我正要到你的屋子避雨，你怎么冒雨坐在树下？"又听到树下有人说："你不要多说，廖家的节妇在屋里。"于是再没有声音了。后来小孩偶然说起这事，奴婢们都说："人不近情理，鬼也厌恶而躲避她。"呜呼，鬼真的是因为厌恶而躲避她么？

安氏表兄，忘其名字。与一狐为友，恒于场圃间对谈。

安见之，他人弗见也。

狐自称生于北宋初。安叩以宋代史事，曰："皆不知也。凡学仙者，必游方之外，使万缘断绝，一意精修。如于世有所闻见，于心必有所是非。有所是非，必有所爱憎。有所爱憎，则喜怒哀乐之情，必迭起循生，以消烁其精气，神耗而形亦敝矣。乌能至今犹在乎？迨道成以后，来往人间，视一切机械变诈，皆如戏剧；视一切得失胜败，以至于治乱兴亡，皆如泡影。当时既不留意，又焉能一一而记之？即与君相遇，是亦前缘。然数百年来，相遇如君者，不知凡几，大都萍水偶逢，烟云倏散，夙昔笑言，亦多不记忆。则身所未接者，从可知矣。"

时八里庄三官庙，有雷击蝎虎一事。安问以物久通灵，多婴雷斧①，岂长生亦造物所忌乎？曰："是有二端：夫内丹导引，外丹服饵，皆艰难辛苦以证道，犹力田以致富，理所宜然。若媚惑梦魇，盗采精气，损人之寿，延己之年，事与劫盗无异，天律不容也。又或恣为妖幻，贻祸生灵，天律亦不容也。若其葆养元神，自全生命，与人无患，于世无争，则老寿之物，正如老寿之人耳，何至犯造物之忌乎？"

舅氏实斋先生闻之，曰："此狐所言，皆老氏之粗浅者也。然用以自养，亦足矣。"

【注释】

①婴：遭受，触犯。

【译文】

安姓表兄，忘记了他叫什么名字。他曾经有一个狐精朋友，经常在场院和菜园子里相遇交谈。安表兄能看见狐精，别人就看不见。

狐精自称生于北宋初年。安表兄问到宋代的历史事件，它回答说："都不知道。凡是学仙的，必定游历于世外，隔断一切因缘，专心专意精心修炼。如果对世事有所见闻，心里就必定会有孰是孰非的分析。有了是非判断，必定就有爱有憎。有了爱憎，那么喜怒哀乐之情必然接连交替而生，这样就消减精气，精气神被耗费，身体也就凋敝了，哪能活到现在呢？等到大道既成，来往于人世间，看一切阴谋机诈都像是戏剧，看一切得失胜败乃至治乱兴亡，都像虚幻的泡影。当时既然没有留意，又怎么能一一记得呢？就是同您相遇，这也是有前缘。但是几百年来遇到像您这样的，不知道有多少，大都是像浮萍随水漂泊偶尔相逢，像烟云那样忽而散去，过去的言谈笑语也大多记不得。要说那些我未曾接触的，由此也可以想见了。"

当时八里庄三官庙，发生了一件雷击蝎虎的事。安表兄问起物久通灵，多半遭到雷劈，难道长生也是造物主所禁忌的吗？狐精回答说："这有两个方面：如果炼成内丹导气引体，或者服食金石烧炼的外丹，都是经历艰难辛苦得以悟道，就像努力耕种田地得以致富，是理所当然的。若是诱惑梦魇，盗采精气，损别人的寿数，延自己的年龄，这同抢劫偷盗没有什么区别，天上的律令也是不容的。又有或者任意兴妖作幻，给百姓造成祸害，天上的律令也是不容的。如果他保养精神，完善自己的生命，不给人带来祸患，于世无所争竞，那么长久存在的事物，正如同年老有寿的人那样罢了，何至于触犯造物主的禁忌呢？"

舅父实斋先生听到这话后说："这个狐精所说的，都属于老子学说中粗浅的一类。但是用来自身修炼，也足够了。"

浙江有士人，夜梦至一官府，云都城隍庙也。有冥吏语之曰："今某公控其友负心，牵君为证。君试思尝有是事不？"士人追忆之，良是。俄闻都城隍升座，冥吏白某控某负心事，证人已至，请勘断。都城隍举案示士人，士人以实对。都城隍曰：“此辈结党营私，朋求进取。以同异为爱恶，以爱恶为是非。势孤则攀附以求援，力敌则排挤以互噬。翻云覆雨，倏忽万端。本为小人之交，岂能责以君子之道？操戈入室，理所必然。根勘已明，可驱之去。”顾士人曰：“得无谓负心者有佚罚耶？夫种瓜得瓜，种豆得豆，因果之相偿也；花既结子，子又开花，因果之相生也。彼负心者，又有负心人蹑其后，不待鬼神之料理矣。”士人霍然而醒。后阅数载，竟如神之所言。

【译文】

浙江有个读书人，夜里梦到了一处官府，说是都城隍庙。有个鬼吏对他说：“现在某公控告他的朋友对他负了心，说要请你来作证。你想一想，是否曾经有这样的事呢？”读书人回忆，的确有这样的事。不一会儿听到都城隍升堂，鬼吏上前禀报某公控告某友负心的事，证人已经带到，请都城隍审讯判断。都城隍向读书人询问案情，书生如实作了回答。都城隍说：“这些人结党营私，互相拉拢合伙钻营。他们以是否站在自己一边衡量爱或憎，以自己的爱憎态度作为判断是非的标准。势力孤单时就攀附求援，势均力敌就互相排挤并吞。翻云覆雨，变化无常。本来就是小人之交，怎么能用君子之道的标准来要求对方呢？操戈入室，窝内自反，这是合乎道理的必然结局。原由已勘察清楚，把他们都赶走吧。”都城隍又看着书生说：“你是不是认为对于负心人处罚不当呢？种瓜得瓜，种豆得豆，这就是因果相偿；花结了籽儿，籽儿又开花，这就是因果相生。那个负心人身后，又会有另一个人对他负心，不需要鬼神去料理了。”书生猛然醒来。过了几年以后看发生过的事情，竟然像神说的一样。

闽中某夫人喜食猫。得猫则先贮石灰于罂，投猫于内，而灌以沸汤。猫为灰气所蚀，毛尽脱落，不烦挦治[1]；血尽归于脏腑，肉白莹如玉。云味胜鸡雏十倍也。日日张网设机，所捕杀无算。后夫人病危，呦呦作猫声，越十馀日乃死。卢观察㧑吉尝与邻居[2]，㧑吉子荫文，余婿也，尝为余言之。因言景州一宦家子，好取猫犬之类，拗折其足，捩之向后，观其孑孓跳号以为戏[3]，所杀亦多。后生子女，皆足踵反向前。又余家奴子王发，善鸟铳，所击无不中，日恒杀鸟数十。惟一子，名济宁州，其往济宁州时所生也。年已十一二，忽遍体生疮如火烙痕，每一疮内有一铁子，竟不知何由而入。百药不痊，竟以绝嗣。杀业至重，信夫！

余尝怪修善果者，皆按日持斋，如奉律令，而居恒则不能戒杀。夫佛氏之持斋，岂以茹蔬啖果即为功德乎？正以茹蔬啖果即不杀生耳。今徒曰某日某日观音斋期，某日某日准提斋期，是日持斋，佛大欢喜；非是日也，烹宰溢乎庖，肥甘罗乎俎，屠割惨酷，佛不问也。天下有是事理乎？且天子无故不杀牛，大夫无故不杀羊，士无故不杀犬豕，礼也。儒者遵圣贤之教，固万万无断肉理。然自宾祭以外，特杀亦万万不宜。以一脔之故，遽戕一命；以一羹之故，遽戕数十命或数百命。以众生无限怖苦无限惨毒，供我一瞬之适口，与按日持斋之心，无乃稍左乎？东坡先生向持此论[4]，窃以为酌中之道。愿与修善果者一质之。

【注释】

①挦(xián)治：谓拔毛整治。挦，扯拔毛发。

②观察：清代对道员的尊称。道员，省以下、府州以上的行政长官，有时也尊称“道台”。扮：音 huī。

③孑孓(jié jué)：这里形容肢体屈伸颠蹶的样子。

④东坡先生：苏轼(1037—1101)，字子瞻，号东坡居士。北宋文学家、书画家。

【译文】

福建某位夫人喜欢吃猫。捉了猫就先在小口坛子里装进生石灰，把猫扔进去，然后灌进开水。猫的毛被石灰气蒸腾得全都掉光了，就用不着一点儿一点儿麻烦地拔毛；猫血都涌进脏脏之中，猫肉洁白似玉。她说，这样猫肉的美味胜过鸡雏十倍。她天天张网设置机关，捕杀的猫不知有多少。后来这位夫人病危，“嗷嗷”发出猫叫的声音，过了十几天才死了。道员卢扮吉曾经是这位夫人的邻居。卢扮吉的儿子叫荫文，是我的女婿，对我讲了这件事。接着又说起景州一个官宦子弟，喜欢把猫狗之类小动物的腿弄断，扭向后面，然后看它们扭来扭去地爬行蹦跳、哀嚎，以此取乐，这样弄死不少。后来他的子女生下来后，脚后跟都反着往前长。还有我家奴仆王发，擅长打鸟枪，弹无虚发，每天都能打死几十只鸟。他只有一个儿子，叫济宁州，是在济宁州出生的。已经十一二岁了，忽然全身长疮，好像是烙痕，每一个疮口里都有一个铁弹，不知是怎么进去的。用了各种药都不见效，最后王发竟然绝了后。杀孽的报应最重，确实如此呵！

我不明白的是，那些修善果的人都在特定的日子里吃斋，好像遵奉着律令，但平时并不能戒杀生。佛家吃斋，难道吃蔬菜水果就算是功德么？正是以吃蔬菜水果来避免杀生。如今的佛教徒说：某天某天，是观音斋期；某天某天，是准提斋期，在这一天吃斋，佛非常高兴；如果不是这一天，在厨房里大宰大烹，案板上堆满了肥美的肉，残酷地屠宰，佛也不管。天下有这个道理么？况且天子不无故杀牛，大夫不无故杀羊，士不无故杀狗、杀猪，这是礼法规定的。儒者遵奉圣贤的教义，当然万万没有不吃肉的道理。但是除了宴客和祭祀以外，如果时时杀生，也万万不妥。为了一块肉，骤然间杀害一条命；为了一顿羹汤，骤然间杀害几十条命或者几百条命。以许多生灵无限的恐惧痛苦，无限的悲惨怨愤，供我享受瞬间的口福，这与在特定的日子吃斋，不是有点儿自相矛盾么？苏东坡先生一向坚持这种看法，我认为这是比较中肯的观点。我愿意和那些所谓修善果的人辩一辩这件事。

“六合之外，圣人存而不论。”然六合之中，实亦有不能论者。人之死也，如儒者之论，则魂升魄降已耳；即如佛氏之论，鬼亦收录于冥司，不能再至人世也；而世有回煞之说[①]，庸俗术士，又有一书，能先知其日辰时刻与所去之方向，此亦诞妄之至矣。然余尝于隔院楼窗中，遥见其去，如白烟一道，出于灶突之中，冉冉向西南而没。与所推时刻方向无一差也。又尝两次手自启钥，谛视布灰之处，手迹足迹，宛然与生时无二，所亲皆能辨识之。是何说欤？

祸福有命，死生有数，虽圣贤不能与造物争。而世有蛊毒魇魅之术，明载于刑律。蛊毒余未见，魇魅则数见之。为是术者，不过瞽者巫者，与土木之工。然实能祸福死生人，历历有验。是天地鬼神之权，任其播弄无忌也。又何说欤？

其中必有理焉，但人不能知耳。宋儒于理不可解者，皆臆断以为无是事，毋乃胶柱鼓瑟乎[②]？李又聃先生曰：“宋儒据理谈天，自谓穷造化阴阳之本；于日月五星，言之凿凿，如指诸掌。然宋历十变而愈差。自郭守敬以后[③]，验以实测，证以交食，始知濂、洛、关、闽[4]，于此事全然未解。即康节最通数学[5]，亦仅以奇偶方圆，揣摩影响，实非从推步而知。故持论弥高，弥不免郢书燕说[6]。夫七政运行[7]，有形可据，尚不能臆断以理，况乎太极先天、求诸无形之中者哉？先圣有言：'君子于不知，盖阙如也。'"

【注释】

①回煞：也叫"归煞"。古代一种迷信的说法，阴阳家按人死时年月干支推算魂灵返舍的时间，并说返回之日有凶煞出现，故称。

②胶柱鼓瑟：比喻拘泥成规，不知灵活变通。柱，瑟上调节声音的短木。瑟，一种古乐器。用胶把柱粘住以后奏瑟，柱不能移动，就无法调弦。

③郭守敬(1231—1316)：字若思，元代天文学家、数学家、水利专家和仪器制造专家。1276年，郭守敬修订新历法，经4年时间制订出《授时历》，是当时世界上最先进的一种历法。通行三百六十多年。

④濂、洛、关、闽：指宋朝理学的四个重要学派。濂指周敦颐。因其原居道州营道濂溪，世称"濂溪先生"，为宋代理学之祖，程颐、程颢的老师。洛指程颐、程颢兄弟。因其家居洛阳，世称其学为"洛学"。关指张载。因其家居关中，世称"横渠先生"，故称其学为"关学"。闽指朱熹。朱熹曾讲学于福建考亭，故称"闽学"，又称"考亭派"。

⑤康节：邵康节(1011—1077)，名雍，字尧夫，康节为谥号。宋朝时的著名卜士。《梅花易数》是他发明的占卜方法。

⑥郢书燕说：比喻牵强附会，曲解原意。郢，春秋战国时楚国的都城。书，信。燕，古诸侯国名。说，解释。

⑦七政：有两种含义。其一，古天文术语。一说指日、月和金、木、水、火、土五星，亦称“七曜”、“七纬”；一说指北斗七星。其二，指春、秋、冬、夏、天文、地理、人道。

【译文】

“天地上下四方之外的事，圣人搁置一边不去讨论。”然而，天地四方之内的事也确实有无法解释的。比如人死后，按儒家的说法就是魂升天、魄降地；即便是按照佛家的说法，也是说人死后，鬼魂被收录在地府，不能再到人间了；但是民间却有回煞的说法，庸俗的术士，还有一本书，说能事先知道鬼魂回来的时辰和离去的方向，这真是荒诞之极。不过，我曾经在隔院的楼窗里，远远望见鬼魂离去，像一道白烟，从烟囱里出去，冉冉地向西南方飘散不见了。这和术士所推算的时间、方向丝毫不差。又曾经两次亲自开锁，仔细查看落满灰尘的地方，上面留下的死者手迹脚印，和活着时的一模一样，亲人们都能辨认出来。这又如何解释呢？

祸福命中注定，生死自有天数，圣贤也抵抗不了命运的安排。但世上有用药物迷人和用梦魇控制人的法术，对于用这种法术害人的行为，刑律明明白白记载着惩戒条例。用药物迷人我没见过，用魇术控制人，我多次见过。施用这种法术的，不外乎瞎子、巫师以及土木工匠。这种法术真的能控制人的生死祸福，一件事一件事都有灵验。这是天地鬼神的权力，却任由这些人胡乱操纵，这又如何解释呢？

这其中必有道理，不过是至今人们还不知道罢了。宋儒对于在道理上说不通的，就一概断定为没有这种事，是否有点儿像胶柱鼓瑟、一味拘泥而不知变通呢？李又聃先生说：“宋儒依理学来谈论天文，自以为弄明白了阴阳造化的实质；对于日月及五大行星说起来有根有据，似乎了如指掌。但是宋代的历法经过十次变化，越来越不准确。自从郭守敬以后，通过实际测算，利用日食加以验证，才知道周敦颐、程颢程颐兄弟、张载、朱熹四个流派对天文一无所知。即使是邵雍这样有名的数学家，也只是根据奇、偶数和方圆的运算来揣摩大概的轮廓，而不是根据天体运行规律来推算历法。所以，他们立论越高，就越免不了牵强附会。日月及五大行星的运行，有实在的形体作依据，尚且不能推理臆断，何况是从没有形体的时空之中推求太极宇宙呢？先圣说：‘君子对于不明白的事情，还是不说话为好。’”

女巫郝媪，村妇之狡黠者也。余幼时，于沧州吕氏姑母家见之。自言狐神附其体，言人休咎。凡人家细务，一一周知。故信之者甚众。实则布散徒党，结交婢媪，代为刺探隐事，以售其欺。尝有孕妇，问所生男女。郝许以男，后乃生女。妇诘以神语无验，郝瞋目曰：“汝本应生男，某月某日，汝母家馈饼二十，汝以其六供翁姑，匿其十四自食。冥司责汝不孝，转男为女。汝尚不悟耶？”妇不知此事先为所侦，遂惶骇伏罪。其巧于缘饰皆类此。一日，方焚香召神，忽端坐朗言曰：“吾乃真狐神也。吾辈虽与人杂处，实各自服气炼形，岂肯与乡里老妪为缘，预人家琐事？此妪阴谋百出，以妖妄敛财，乃托其名于吾辈。故今日真附其体，使共知其奸。”因缕数其隐恶，且并举其徒党姓名。语讫，郝霍然如梦醒，狼狈遁去。后莫知所终。

【译文】

女巫郝老婆子，是村妇当中那种狡猾诡诈的人。我小的时候，在沧州吕氏姑母家里见到过她。她自己说狐神附在她的身上，能断定别人的吉凶祸福。凡是人家琐碎的家务事，她也都一一知道得很详细。所以相信她的人很多。实际上是她分派同伙到各处，结交婢女老妈子这样一类人，刺探别人家隐秘的事情，以便达到她欺诈行骗的目的。曾经有一个孕妇，问郝氏自己怀的是男是女。郝氏应许是个男孩，后来女人却生了个女孩。女人责问郝氏，为什么神的话不灵验，郝氏瞪着眼睛说："你本来应该生男孩，某月某日你娘家送来二十个饼，你拿出六个供奉公婆，藏起十四个自己吃。阴司责怪你不孝，所以转男成女。你还不醒悟吗?"这女人不知道这是事先已经被郝氏打探到了，惊恐万分服服帖帖认罪。郝氏巧于牵扯的掩饰就类似这样。有一天，正在烧香招神，郝氏忽然端坐朗声说道："我是真狐神。我们虽然和人混杂住在一起，其实各自吐纳修炼形体，怎么愿意与乡间老妇结缘，干预人家的琐事?这个老妇诡计多端，用妖术骗钱，却冒用我们的名义。所以今天我真的附在她身上，让大家都知道她的奸恶。"接着，狐精一一数落郝氏暗地里的丑恶的行为，还一一列举她的同伙姓名。说完，郝氏像是忽然从梦中醒来，狼狈逃走了。后来就不知道她的下落了。

侍姬之母沈媪言：高川有丐者，与母妻居一破庙中。丐夏月拾麦斗馀，嘱妻磨面以供母。妻匿其好面，以粗面溲秽水，作饼与母食。是夕大雷雨，黑暗中妻忽嗷然一声。丐起视之，则有巨蛇自口入，啮其心死矣。丐曳而埋之。沈媪亲见蛇尾垂其胸臆间，长二尺馀云。

【译文】

我侍妾的母亲沈老太太说：高川县有个乞丐，和母亲、妻子住在一座破庙里。夏天乞丐拾了一斗多一点儿的麦子，叫妻子磨面给母亲吃。妻子藏起了好面，把粗面用馊了的脏水和了，做饼给母亲吃。这天晚上下大雷雨，黑暗中，妻子忽然"嗷"地叫了一声。乞丐起来一看，是一条大蛇从妻子的嘴进去，吃她的心，把她咬死了。乞丐把妻子拉出去掩埋了。沈老太太亲眼看见蛇的尾巴垂在乞丐妻子的胸部,有两尺多长。

有两塾师邻村居,皆以道学自任。一日,相邀会讲,生徒侍坐者十馀人。方辩论性天,剖析理欲,严词正色,如对圣贤。忽微风飒然,吹片纸落阶下,旋舞不止。生徒拾视之,则二人谋夺一寡妇田,往来密商之札也。此或神恶其伪,故巧发其奸欤。然操此术者众矣,固未尝一一败也。闻此札既露,其计不行,寡妇之田竟得保。当由茕嫠苦节[1],感动幽冥,故示是灵异,以阴为呵护云尔。

【注释】

①茕嫠(lí):寡妇。

【译文】

有两个私塾先生邻村住着,都宣称把继承和宣扬道学作为自己的责任。有一天,两人约定集合一处讲学,十几个学生门徒陪坐一旁。两个人辩论人性和天命,剖析天理人欲,都神态严肃,一本正经,如同面对圣贤讲话一般。忽然一阵微风突然吹来,将纸片刮起,在讲坛的台阶下不停地旋转飞舞。生徒们捡起一看,原来是两位老师的往来密信,内容都是策划夺取一个寡妇的田产。这也许是神灵厌恶他们的虚伪,才用巧妙手段揭露他们的奸诈阴谋。然而,这样干的人多了,并没有一一败露。听说两位塾师的私信暴露后,诡计无法实施,寡妇的田产得以保存下来。这应当是那位孤独的寡妇苦苦守节,感动了鬼神,所以才显现灵异暗中保护。

李孝廉存其言[1]:蠡县有凶宅,一耆儒与数客宿其中[2]。夜闻窗外拨刺声,耆儒叱曰:“邪不干正,妖不胜德。余讲道学三十年，何畏于汝！”窗外似有女子语曰：“君讲道学，闻之久矣。余虽异类，亦颇涉儒书。《大学》扼要在诚意，诚意扼要在慎独。君一言一动，必循古礼，果为修己计乎？抑犹有几微近名者在乎？君作语录，龂龂与诸儒辩，果为明道计乎？抑犹有几微好胜者在乎？夫修己明道，天理也；近名好胜，则人欲之私也。私欲之不能克，所讲何学乎？此事不以口舌争，君扪心清夜，先自问其何如，则邪之敢干与否，妖之能胜与否？已了然自知矣，何必以声色相加乎？”耆儒汗下如雨，瑟缩不能对。徐闻窗外微哂曰：“君不敢答，犹能不欺其本心。姑让君寝。”又拨剌一声，掠屋檐而去。

【注释】

①孝廉：汉武帝时设立的察举考试，以任用官员的一种科目，孝廉是“孝顺亲长、廉能正直”的意思。明时用作对举人的雅称。

②耆(qí)儒：年老博学的读书人。

【译文】

举人李存其说：蠡县有一处凶宅，一位老儒生和几个客人住在里面。夜里窗外“扑棱”响了一声，老儒叱骂道：“邪不能侵正，妖不能胜德。我讲道学三十年了，还怕你么！”窗外好像是一位女子的声音说：“你讲道学，我早就听说了。我虽然是个异类，但也读过不少儒家的书。《大学》的要义在于诚意，诚意的要领在慎独。你的一言一行，必定要遵循古礼，果真是为了自己修身么？也许是有点儿为了名声好听吧？您著书立说，振振有词地同诸位儒者争辩，果然是为阐明道理打算吗？也许是还有一点儿好胜的心思吧？修炼自身、宣扬道学，是天理；为了名声而争强好胜，则是人欲的自私。你连自己的私欲也抑制不了，还讲什么学？这事儿我不跟你争论，你在寂静的夜里扪心自问，你自己怎么样,那么邪敢不敢侵犯你,妖能不能胜过德?你应该完全明白,何必对我这样声嘶力竭呢?”老儒汗流如雨,哆嗦着说不出话来。过了一会儿,听见窗外嘲笑道:“你不敢回答,说明你还能不欺骗你的本心。我暂且让你睡吧。”又是“扑棱”一声,怪物掠过屋檐离开了。

某公之卒也,所积古器,寡妇孤儿不知其值,乞其友估之。友故高其价,使久不售。俟其窘极,乃以贱价取之。越二载,此友亦卒,所积古器,寡妇孤儿亦不知其值,复有所契之友效其故智,取之去。或曰:“天道好还,无往不复。效其智者罪宜减。”余谓此快心之谈,不可以立训也。盗有罪矣,从而盗之,可曰罪减于盗乎?

【译文】

某先生死后,生前收集的古董,寡妇孤儿不知道价值,就请他的朋友估价。这个朋友故意把价格估得高高的,古董好久也卖不出去。等孤儿寡母穷得过不下去时,这个朋友趁机以低价买下了古玩。两年后,这个朋友也死了,收集的这些古董,孤儿寡妇也不识货,于是又有生前好友照搬亡友的计谋,把古董都弄到自己手里。有人说:“天道循环,报应不爽,没有往而不返的。所以仿效亡友计谋的,罪责应当减轻。”我认为这话不过是说说痛快而已,却不可以定为公理。小偷有罪,如果有人再偷小偷的,能说这人的罪过就比小偷轻么?

屠者许方,即前所记夜逢醉鬼者也。其屠驴先凿地为堑[①],置板其上,穴板四角为四孔,陷驴足其中。有买肉者,随所买多少,以壶注沸汤沃驴身,使毛脱肉熟,乃刳而取之[②]。云必如是始脆美。越一两日,肉尽乃死。当未死时,拑其口不能作声[3]，目光怒突，炯炯如两炬，惨不可视，而许恬然不介意。后患病，遍身溃烂无完肤，形状一如所屠之驴。宛转茵褥，求死不得，哀号四五十日，乃绝。病中痛自悔责，嘱其子志学急改业。方死之后，志学乃改而屠豖。余幼时尚见之，今不闻其有子孙，意已殄绝久矣[4]。

【注释】

①堑(qiàn)：陷坑。

②刳(kū)：从中间破开再挖空。

③拑(qián)：夹住，限制。

④殄(tiǎn)绝：灭绝的意思。殄，尽，绝。

【译文】

屠夫许方，就是前面记载的夜里碰到醉鬼的那个人。他杀驴，先在地上挖个坑，在坑上放一块板，板的四角穿四个孔，把驴的脚插进去。有来买肉的，按照要买多少，用壶往驴身上浇滚开的水，这样毛褪肉熟，然后把肉割下来，说是必定要这样驴肉才爽脆鲜美。要过一两天，肉被割尽，驴才死去。驴还没有死时，嘴被夹住出不了声，眼珠愤怒地向外凸起，目光炯炯地像两盏灯，惨状没法看，而许方满不在乎不当回事。后来许方患病，遍身溃烂没有一块完好的皮肤，形状就像他屠宰的驴一样。他在病床辗转反侧，求死不得，哀号了四五十天才死去。他在病中发自内心悔恨自责，嘱咐他的儿子志学赶紧改行。许方死后，志学改行杀猪。我小时候还见过他，如今没听说他有子孙，想来已经绝嗣很久了。

边随园征君言：有入冥者，见一老儒立庑下，意甚惶遽。一冥吏似是其故人，揖与寒温毕，拱手对之笑曰："先生平日持无鬼论,不知先生今日果是何物?”诸鬼皆粲然。老儒蝟缩而已。

【译文】

边随园征君说:有个走无常的到了阴间,看见一位老儒生立在廊庑下,神情非常惶恐。一个冥间小吏好像是他的老相识,向他作揖寒暄,拱手对他笑着说:“先生平日坚持无鬼论,不知先生今天该算是什么?”群鬼听了都笑。老儒生蜷缩在一边,什么都说不出来。

东光马大还,尝夏夜裸卧资胜寺藏经阁。觉有人曳其臂曰:“起起,勿亵佛经。”醒见一老人在旁,问:“汝为谁?”曰:“我守藏神也。”大还天性疏旷,亦不恐怖。时月明如昼,因呼坐对谈。曰:“君何故守此藏?”曰:“天所命也。”问:“儒书汗牛充栋,不闻有神为之守,天其偏重佛经耶?”曰:“佛以神道设教,众生或信或不信,故守之以神;儒以人道设教,凡人皆当敬守之,亦凡人皆知敬守之,故不烦神力。非偏重佛经也。”

问:“然则天视三教如一乎?”曰:“儒以修己为体,以治人为用。道以静为体,以柔为用。佛以定为体,以慈为用。其宗旨各别,不能一也。至教人为善,则无异;于物有济,亦无异。其归宿则略同,天固不能不并存也。然儒为生民立命,而操其本于身;释道皆自为之学,而以馀力及于物。故以明人道者为主,明神道者则辅之,亦不能专以释道治天下。此其不一而一,一而不一者也。盖儒如五谷,一日不食则饥,数日则必死;释道如药饵,死生得失之关,喜怒哀乐之感，用以解释冤愆、消除怫郁[1]，较儒家为最捷；其祸福因果之说，用以悚动下愚，亦较儒家为易入。特中病则止，不可专服常服，致偏胜为患耳。儒者或空谈心性，与瞿昙、老聃混而为一[2]；或排击二氏，如御寇仇，皆一隅之见也。”问：“黄冠缁徒[3]，恣为妖妄，不力攻之，不贻患于世道乎？”曰：“此论其本原耳。若其末流，岂特释道贻患，儒之贻患岂少哉？即公醉而裸眠，恐亦未必周公、孔子之礼法也。”大还愧谢。

因纵谈至晓，乃别去。竟不知为何神。或曰狐也。

【注释】

①怫（fú）郁：忿怒的样子。

②瞿昙：释迦牟尼的姓。一译“乔达摩”。亦作佛的代称。老聃：即老子（约前571—前471），字伯阳，谥号聃，又称李耳。哲学家和思想家之一，道家的创始人，被道教尊为教祖。

③黄冠缁（zī）徒：僧侣道士。黄冠，道士所戴束发之冠，用金属或木类制成，其色尚黄，故曰黄冠，因此也作为道士的别称。缁，黑色，这里指黑衣。僧侣穿黑色衣服，故称“缁徒”。

【译文】

东光的马大还，夏天一个夜里在资胜寺藏经阁光着身子睡觉。忽然觉得有人拉他的胳膊说：“起来起来，不要亵渎了佛经。”马大还睁开眼，看到一个老人在身旁，问：“你是谁？”老人答道：“我是守护藏经阁的神。”马大还天性豁达，也不觉得害怕。当时月明如昼，请老人坐下对谈。问老人：“您为什么来守护藏经阁？”老人说道：“这是上天的指令。”马大还问：“儒家经典汗牛充栋，没听说有神守护，上天为何单单偏重佛经呢？”老人说道：“佛家以神道来实施教化，百姓有的信有的不信，所以安排神灵来守护；儒家以人道来实施教化，一般人都应当恭敬守护它，一般人也都知道恭敬守护，所以不用烦劳神灵之力。并非偏重佛经啊。”

马大还问道：“那么上天看待三教都一样吗？”老人说道：“儒家以修养自身为本位，以治人治国为功用。道家以清静为本位，以柔和为功用。佛家以安于现状为本位，以慈悲为功用。三教的宗旨各不相同，不能一概而论。至于三教的最高目标都是教人为善，这没什么不同；对于万物都有所助益，也没什么不同。因为目标归宿大致相同，上天自然不能不让三教并存。可是儒家为百姓立命，而强调修炼自身道德；佛家道家都讲究修炼自身，而以馀力惠及万物。所以上天以彰显人道的儒教为主，以彰显神道的道教佛教作为辅助；也不能专以佛家道家来治理天下。这就是三教的不一致而一致，一致而又不一致的原因。大致说来，儒家好比五谷杂粮，一天不吃饭就会觉得饥饿，几天不吃饭一定就饿死了；佛家道家像是药物，用于生死得失的关头、喜怒哀乐的情感，用来宽解冤仇罪过，消除愤恨，比儒教来得快；佛教道教祸福因果的说法，用来打动无知的人，也比儒教更容易接受。只是要适可而止，不能把药当饭来吃，否则就会导致偏于一方，留下祸患。儒者有时空谈心性，把自己的主张与释迦牟尼和老聃混为一谈；有时排斥打击佛道二家，如同对付仇家敌寇，这都是小家子气的片面见解。”马大还问：“佛道之流，往往有道士僧徒恣意兴妖作怪，如果不下大力攻击它，不是在人间留下了祸患吗？”老人说道：“我刚才谈论的是三教的根本。若是从细枝末节来说，岂止佛家道家会遗留祸患，儒家遗留的祸患难道还少吗？就是你喝醉了酒裸身而睡，恐怕也未必是周公、孔子的礼法吧。”马大还惭愧谢罪。

两人又畅谈到天亮，老人才辞别而去。究竟也不知是何方神圣。有人说，是狐精啊。

百工技艺，各祠一神为祖。倡族祀管仲[①]，以女闾三百也[②]；伶人祀唐玄宗，以梨园子弟也[③]。此皆最典。胥吏祀萧何、曹参④，木工祀鲁班，此犹有义。至靴工祀孙膑⑤，铁工祀老君之类⑥，则荒诞不可诘矣。长随所祀曰钟三郎，闭门夜奠，讳之甚深，竟不知为何神。曲阜颜介子曰："必中山狼之转音也。"先姚安公曰："是不必然，亦不必不然。郢书燕说，固未为无益。"

【注释】

①管仲（约前723或前716—前645）：名夷吾，谥曰敬仲，春秋战国期间齐国的政治家、军事家。

②女闾三百：《战国策·东周策》云："齐桓公宫中女市，女闾七百，国人非之。"由于管仲在历史上最早公开大规模设娼，所以被后世妓女奉为祖师与神明。

③梨园子弟：原指唐玄宗时梨园宫廷歌舞艺人，后泛指戏曲演员。

④胥吏：胥和吏都是指代官府的各类办事人员和差役，后世遂有人将胥、吏并称。萧何（前257年—前193年）：西汉初期的政治家。曹参（？—前190年）：字敬伯，泗水沛（今江苏沛县）人，西汉开国功臣、名将，是继萧何后的汉代第二位相国。

⑤孙膑：生卒年不详，战国时期军事家，兵家代表人物。

⑥老君：中国道教对老子的神化称呼，又称"太上老君"。

【译文】

各行各业的艺人，都各自供奉一位神灵作为祖师。妓女祭祀管仲，是因为他建议齐桓公设三百处女闾作为淫乐场所；伶人祭祀唐玄宗，是因为他首设梨园教习歌舞子弟。上述祭祀历史都比较长。官府小吏祭祀萧何、曹参，木工祭祀鲁班，这都有些根据。至于靴匠祭祀军事家孙膑，铁匠祭祀道学家老子之类，就荒唐得无法追究根据了。长班这一类人祭祀的叫钟三郎，祭祀时在夜里关着门，神秘莫测不愿意说，竟不知祭祀的是什么神。曲阜的颜介子说:“钟三郎一定是中山狼的同音。”先父姚安公说:“这个看法不一定对,也不一定不对。牵强附会,曲解原意,也不是完全没有好处。”

先叔仪庵公,有质库在西城中①。一小楼为狐所据,夜恒闻其语声,然不为人害,久亦相安。一夜,楼上诟谇鞭笞声甚厉,群往听之。忽闻负痛疾呼曰:“楼下诸公,皆当明理,世有妇挞夫者耶?”适中一人,方为妇挞,面上爪痕犹未愈。众哄然一笑曰:“是固有之,不足为怪。”楼上群狐亦哄然一笑,其斗遂解。闻者无不绝倒。仪庵公曰:“此狐以一笑霁威,犹可与为善。”

【注释】

①质库:亦称“质舍”、“解库”、“解典铺”、“解典库”等,中国古代押物放款收息的商铺,即后来典当的前身。

【译文】

先叔父仪庵公,有个当铺在西城。他有一座小楼被狐精占据,夜里经常听到它们说话的声音,但是不害人,时间久了也彼此相安。一天夜里,楼上传出很响的责骂声、鞭打声,大家都到楼下去听。忽然听到楼上忍痛高呼:“楼下诸公都应当是明白事理的,世上有妻子打丈夫的么?”恰巧楼下人群中有一人刚刚被妻子打了,脸上的抓痕还没有好。众人哄然一笑说:“当然有这种事了,不值得大惊小怪。”楼上的群狐也哄然一笑,争斗因此消解了。听到这件事的人都笑得前仰后合。仪庵公说:“这个狐精用一笑冲淡怒气,还是可以好好相处的。”

田村徐四,农夫也。父殁,继母生一弟,极凶悖。家有田百馀亩，析产时，弟以赡母为词，取其十之八，曲从之。弟又择其膏腴者，亦曲从之。后弟所分荡尽，复从兄需索。乃举所分全付之，而自佃田以耕，意恬如也①。一夜自邻村醉归，道经枣林，遇群鬼抛掷泥土，栗不敢行。群鬼啾啾，渐逼近，比及觌面②，皆悚然辟易，曰："乃是让产徐四兄。"倏化黑烟四散。

【注释】

①恬如：安然，泰然。

②觌（dí）面：见面，当面。觌，面对面。

【译文】

田村的徐四，是个农夫。父亲死后，继母生的弟弟，极为凶横不讲道理。家里共有一百多亩田地，分家时，弟弟以供养母亲为由，分去了十分之八，徐四委曲求全，没有争执。弟弟又挑选肥沃的田地，徐四也依了他。后来，弟弟把分得的田产荡卖干净，又向徐四要田。徐四就把自己分得的田地全部给了弟弟，自己租田耕种，看上去泰然平静。一天夜里，他从邻村喝醉了酒回家，途中经过一片枣树林时，遇到一群鬼朝他抛掷泥土，吓得发抖不敢走了。群鬼"啾啾"地叫着，渐渐逼近了徐四，等看清徐四的面孔，都惊得倒退，说："原来是谦让田产的徐四兄。"群鬼忽然化作黑烟四下散开。

白衣庵僧明玉言：昔五台一僧，夜恒梦至地狱，见种种变相。有老宿教以精意诵经，其梦弥甚，遂渐至委顿。又一老宿曰："是必汝未出家前，曾造恶业。出家后，渐明因果，自知必堕地狱，生恐怖心。以恐怖心，造成诸相。故诵经弥笃，幻象弥增。夫佛法广大，容人忏悔，一切恶业，应念皆消。放下屠刀,立地成佛。汝不闻之乎?”是僧闻言,即对佛发愿,勇猛精进,自是宴然无梦矣。

【译文】

白衣庵和尚明玉说:从前五台山有一个和尚,夜里常梦见自己到了地狱,看见种种可怕的景象。有位老先生教他一心一意诵经,结果做梦更加厉害,以至于身体渐渐衰弱下来。又有一位老先生说:“这肯定是你在没出家时,曾经造下了罪孽。出家后,渐渐懂得了因果报应,自知死后必会堕入地狱,生出了恐怖心,由恐怖心而产生了梦里的种种可怕相状。所以越是一心诵经,心中的幻象也越多。佛法宽宏广大,容许人忏悔,一切罪孽,只要诚心悔过便全都消除。放下屠刀,立地成佛。你没有听过这句话么?”这个和尚听了,马上对佛发下誓愿,幡然忏悔改过,坚决锐意求进,从此就夜间安然不再做梦了。

沈观察夫妇并故,幼子寄食亲戚家,贫窭无人状[①]。其妾嫁于史太常家,闻而心恻,时阴使婢媪,与以衣物。后太常知之,曰:“此尚在人情天理中。”亦勿禁也。钱塘季沧洲因言:有嫠妇病卧,不能自炊,哀呼邻媪代炊,亦不能时至。忽一少女排闼入,曰:“吾新来邻家女也。闻姊困苦乏食,意恒不忍。今告于父母,愿为姊具食,且侍疾。”自是日来其家,凡三四月,嫠妇病愈,将诣门谢其父母。女泫然曰[②]:“不敢欺,我实狐也,与郎君在日最相昵。今感念旧情,又悯姊之苦节,是以托名而来耳。”置白金数铤于床,呜咽而去。二事颇相类。然则琵琶别抱[③],掉首无情,非惟不及此妾,乃并不及此狐。

【注释】

①贫窭(jù):贫穷,贫寒。

②泫然:流泪的样子。

③琵琶别抱:引白居易《琵琶行》诗意,指改嫁。

【译文】

沈观察夫妇一同去世后,幼子寄养在亲戚家,吃不饱穿不暖没个人样。沈观察的妾嫁到史太常家,听说了这事后,生出恻隐之心,常悄悄叫婢女、老妈子送些衣物去。后来太常知道了,说:"这还在人情天理当中。"也不禁止她做这些。钱塘人季沧洲说:有个寡妇卧病不起,不能做饭,哀求邻居老太太给做点儿饭,但老太太也不能按时来。忽然有个少女推门进来,说:"我是新搬来的邻居家女儿。听说姐姐困苦吃不上饭,心里常常不忍。今天我禀告过父母,愿意为姐姐做饭,并且侍奉你养病。"从此少女天天来,过了三四个月,寡妇的病渐渐好转,打算登门感谢少女的父母。少女流着泪说:"我不敢骗你,其实我是狐狸精,你丈夫在的时候,我和他很相爱。如今我感念旧情,又同情姐姐辛苦守节,因此冒名而来。"然后在床上放了几块银子,呜咽着走了。这两件事很相似。改嫁之后便转脸无情的女人,不但不如这个妾,甚至连这个狐狸精也不如。

吴侍读颉云言:癸丑①,一前辈偶忘其姓,似是王言敷先生,忆不甚真也。尝僦居海丰寺街,宅后破屋三楹,云有鬼,不可居。然不出为祟,但偶闻音响而已。

一夕,屋中有诟谇声。伏墙隅听之,乃两妻争坐位,一称先来,一称年长,哓哓然不止②。前辈不觉太息曰:"死尚不休耶?"再听之,遂寂。夫妻妾同居,隐忍相安者,十或一焉;欢然相得者,千百或一焉。以尚有名分相摄也。至于两妻并立，则从来无一相得者，亦从来无一相安者。无名分以摄之，则两不相下，固其所矣。又何怪于嚣争哉！

【注释】

①癸丑：雍正十一年(1733)。

②哓哓(xiāo)然：激烈争辩的样子。

【译文】

侍读吴颉云说：癸丑年，有一个前辈，偶尔忘了他的姓，好像是王言敷先生，记不大清楚了。前辈曾经在海丰寺街租房子住，住宅后面有三间破屋，说是有鬼，不能住人。但是鬼不出来作怪，只是偶尔听到声响而已。

一天晚上，屋里有责骂声。前辈伏在墙角倾听，却是两妻争坐牌位，一个说我先来，一个说我年长，争辩个不停。前辈不觉叹息说："死了还争个不停吗？"再听，就没有声音了。妻妾住在一起，能够克制忍耐相安无事的，十对当中也许有一对；关系融洽互相投合的，千百对当中或许有一对，因为还有名分约束着。至于两个妻并立，却从来没有一对融洽的，也从来没有一对相安无事的。没有名分约束，那么双方不肯互相谦让，就在情理之中了。因此两个鬼妻争位又有什么好奇怪的呢！

卷五

滦阳消夏录五

【题解】

《阅微草堂笔记》在表达劝善惩恶这样的主题时，纪昀常常派定鬼神直接执行奖惩。本卷五分之四以上的篇目讲鬼神，特别是写了由鬼神对涉事人物施行褒奖或者惩治，从这个比例似乎可以判定，纪昀笃信鬼神。但是，不可小觑那两篇有关鬼神的讨论。一篇是专门讨论鬼与轮回的。纪昀写道，如果说鬼没有轮回，那么，自古及今，每天都有新鬼增加，鬼就多得大地上无法容纳；如果说有轮回，那么这个死了那个转生，世界上应当一个鬼都没有。思考到这里似乎进了一个盲端，纪昀只得拿出因果报应的法宝，圆了有鬼之说。另一篇是借人们对致妇人难产的语忘、敬遗两鬼的敬畏展开推理：天下到底有几个难产鬼？是一个地方有两个鬼还是一家各有两个鬼？天下的难产鬼都叫这两个名字？如果天下只有这两个鬼，他们怎么忙得过来？如果家家都有两个鬼候着，这两个鬼岂不是太清闲呢？还有，用符箓指挥、辖制这两个鬼的，是一将还是众将？不也同样存在忙和闲的问题么？纪昀的连续诘问很是严密，描述的文字也极其生动传神，遗憾的是，无鬼的结论呼之欲出，眼看就能立住脚了，纪昀却宕开去，说确实有很灵验的符箓。《阅微草堂笔记》全书，纪昀一直在有鬼和无鬼两种论点之间摇摆和纠结，这是他的思想局限，其实也是时代和社会的局限。

郑五，不知何许人也，携母妻流寓河间，以木工自给。病将死，嘱其妻曰："我本无立锥地，汝又拙于女红，度老母必以冻馁死。今与汝约，有能为我养母者，汝即嫁之，我死不恨也。"妻如所约，母借以存活。或奉事稍怠，则室中有声，如碎磁折竹。一岁，棉衣未成，母泣号寒。忽大声如钟鼓，殷动墙壁①。如是者七八年，母死后，乃寂。

【注释】

①殷动：震动。

【译文】

郑五，人们不知道他是哪里的人，带着母亲和妻子流落到河间住下来，靠做木工活度日。他得病临死前叮嘱妻子说："我穷得什么都没有，你又不大会做女工，老母说不定只能冻饿而死了。现在和你约定，哪个能为我赡养老母，你就嫁他，我死也没有遗憾了。"郑五死后，妻子照着约定嫁了人，老母得以活下来。有时候奉事老母稍微怠慢了一些，屋子里就会出现响动，就像是摔磁器、折竹竿的声音。有一年，棉衣还没有做好，老母哭着喊冷。忽然屋里响起了鸣钟击鼓那么大的声音，墙壁都震动了。就这样过了七八年，郑五的老母死后，才安静下来。

佃户曹自立，粗识字，不能多也。偶患寒疾，昏愦中为一役引去。途遇一役，审为误拘，互诟良久，俾送还。经过一处，以石为垣，周里许，其内浓烟坌涌①，紫焰赫然；门额六字，巨如斗，不能尽识，但记其点画而归。据所记偏旁推之，似是"负心背德之狱"也。

【注释】

①坌(bèn)涌:涌出,涌现。

【译文】

佃户曹自立,稍微认识几个字,多了就不行了。他偶然得了寒热病,昏昏沉沉中被一个衙役带走了。途中遇见另一个衙役,查验过后说是带错了人,两个衙役相互吵骂了好久,还是把他送了回来。经过一个地方,石头砌的墙,周长差不多有一里地,墙内浓烟翻涌,紫色的火焰熊熊燃烧着;门上刻着六个字,像斗那么大,他不能全部认下来,只是记住字的笔划回来了。根据他记住的偏旁猜测,似乎是"负心背德之狱"。

世称殇子为债鬼[①],是固有之。卢南石言:朱元亭一子病瘵,绵惙时,呻吟自语曰:"是尚欠我十九金。"俄医者投以人参,煎成未饮而逝,其价恰得十九金。此近日事也。或曰:"四海之中,一日之内,殇子不知其凡几,前生逋负者[②],安得如许之众?"夫死生转毂[③],因果循环,如恒河之沙[④],积数不可以测算;如太空之云,变态不可以思议。是诚难拘以一格。然计其大势,则冤愆纠结,生于财货者居多。老子曰:"天下攘攘,皆为利往;天下熙熙,皆为利来。"人之一生,盖无不役志于是者。顾天地生财,只有此数,此得则彼失,此盈则彼亏。机械于是而生,恩仇于是而起。业缘报复,延及三生。观谋利者之多,可以知索偿者之不少矣。史迁有言[⑤]:"怨毒之于人甚矣哉!"君子宁信其有,或可发人深省也。

【注释】

①殇(shāng):未成年而死。

②逋(bū)负:拖欠税务或债务。

③转毂(gǔ):飞转的车轮。比喻行进迅速。

④恒河之沙:佛教语。像恒河里的沙粒一样,无法计算。形容数量很多而无法计算。恒河,南亚大河,流经印度和孟加拉国。

⑤史迁:即司马迁。司马迁去世后,人们尊称为"史迁"。

【译文】

一般人把早夭的孩子叫做讨债鬼,这种事情本来就有。卢南石说:朱元亭的一个儿子病重,临死前,呻吟着自言自语道:"这下还欠我十九两银子。"不一会儿医生开了人参,煎好还没有来得及喝,这个孩子就死了,所用的人参正好值十九两银子。这是不久前的事情。有人说:"四海之内,一天当中,夭折的孩子不知道有多少,前世欠债的怎么会有如此之多?"要知道生生死死如同转轮,因果报应循环不已,就像恒河里的沙粒,数量无法测算;就像天空里的云彩,并不按照人们的设想变幻形态。这一切确实很难一概而论。但是概括起来,冤孽纠结,大多由于财物引起。老子说:"天下攘攘,皆为利往;天下熙熙,皆为利来。"人的一生,大概没有不是被这些牵制着的。不过天地所生的财物,只有这么些数目,这边得到了,那边就失去,这边盈馀了,那边就亏损。狡诈因此而产生,恩仇因此而萌发。善恶业缘的报应,可以延续到三世。看看谋利的人这么多,就可以知道讨债的人不会少了。司马迁说过:"怨毒的心对于人来说,真是太可怕了!"因此君子宁可相信有讨债这样的事,也许可以启发人认真思考。

里妇新寡,狂且赂邻媪挑之。夜入其闼①,阖扉将寝,忽灯光绿黯,缩小如豆,俄爆然一声,红焰四射,圆如二尺许,大如镜,中现人面,乃其故夫也。男女并噭然仆榻下。家人惊视，其事遂败。或疑嫠妇堕节者众[②]，何以此鬼独有灵？余谓鬼有强弱，人有盛衰。此本强鬼，又值二人之衰，故能为厉耳。其他茹恨黄泉，冤缠数世者，不知凡几，非竟神随形灭也。或又疑妖物所凭，作此变怪，是或有之。然妖不自兴，因人而兴。亦幽魂怨毒之气，阴相感召，邪魅乃乘而假借之。不然，陶婴之室[③]，何未闻黎邱之鬼哉[④]？

【注释】

①闼（tà）：小门。这里指内室的门。

②嫠（lí）妇：独居的寡妇。

③陶婴：春秋时期鲁国陶门的女儿。汉代刘向《列女传·鲁寡陶婴》记载：陶婴年轻守寡作歌明志表示自己不愿再嫁，后代以陶婴为妇女贞节的典型。

④黎邱之鬼：《吕氏春秋·疑似》记载，魏国有个叫黎邱的村子，有个奇怪的鬼，喜欢装扮成别人儿子、侄子、兄弟的样子。

【译文】

村里一个女人刚死了丈夫，一个轻佻的家伙贿赂邻居老太太牵线挑逗。夜里进了寡妇的卧房，关上门要睡觉时，忽然灯光变得暗绿，灯焰缩小得像豆子，不一会儿一声爆响，红光四射，有方圆二尺左右的镜子那么大，里面映出一张人脸，竟然是寡妇的亡夫。这两个男女一声嚎叫，昏倒在床下。家人闻声吃惊地察看，结果奸情败露。有人说，寡妇失节的不少，为什么只是这个鬼有灵？我认为鬼有强弱，人有盛衰。寡妇的亡夫本来就是刚强的鬼，又赶上这两个人神气不足，所以鬼就能作怪。其他的鬼饮恨于地下，几世也翻不了身的，不知有多少，不能认为他们的灵魂就随着形体一起消失了。又有人怀疑是妖物假托亡夫作怪，这种事倒也不是没有。不过妖物不会自己无端作怪，它是因人而作怪。也许是在幽魂怨毒之气的阴阳感召之下，妖物乘机假托作怪。不然的话，在贞节的鲁国陶婴房里，怎么没听说有黎邱的鬼呢？

罗仰山通政在礼曹时，为同官所轧，动辄掣肘[1]，步步如行荆棘中。性素迂滞，渐恚愤成疾。

一日，郁郁枯坐，忽梦至一山，花放水流，风日清旷。觉神思开朗，垒块顿消[2]。沿溪散步，得一茅舍。有老翁延入小坐，言论颇洽。老翁问何以有病容，罗具陈所苦。老翁太息曰："此有夙因，君所未解。君七百年前为宋黄筌[3]，某即南唐徐熙也[4]。徐之画品，本居黄上。黄恐夺供奉之宠，巧词排抑，使沉沦困顿，衔恨以终。其后辗转轮回，未能相遇。今世业缘凑合，乃得一快其宿仇。彼之加于君者，即君之曾加于彼者也，君又何憾焉？大抵无往不复者，天之道；有施必报者，人之情。既已种因，终当结果。其气机之感，如磁之引针，不近则已，近则吸而不解。其怨毒之结，如石之含火，不触则已，触则激而立生。其终不消释，如疾病之隐伏，必有骤发之日。其终相遇合，如日月之旋转，必有交会之躔[5]。然则种种害人之术，适以自害而已矣。吾过去生中，与君有旧，因君未悟，故为述忧患之由。君与彼已结果矣，自今以往，慎勿造因可也。"

罗洒然有省[6]，胜负之心顿尽。数日之内，宿疾全除。此余十许岁时，闻霍易书先生言。或曰："是卫公廷璞事，先生偶误记也。"未知其审，并附识之。

【注释】

①掣肘：原意指拉着胳膊，比喻有人从旁牵制，工作受干扰。

②垒块：积砌成堆的土块，比喻心中郁积的不平之气。

③黄筌（约903—965）：五代时西蜀画院的宫廷画家，字要叔。历仕前蜀、后蜀，官至检校户部尚书兼御史大夫；入宋，任太子左赞善大夫。早以工画得名，擅花鸟，兼工人物、山水、墨竹。所画禽鸟形象丰满，赋色秾丽，勾勒精细，几乎不见笔迹，似轻色染成，谓之“写生”。

④徐熙：五代南唐杰出画家。一生未官，性情豪爽旷达，志节高迈，善画花竹林木，蝉蝶草虫，其妙与自然无异。与黄筌并称“黄徐”，形成五代、宋初花鸟画两大主要流派。

⑤躔（chán）：足迹，行迹。

⑥洒然：潇洒，洒脱。

【译文】

通政罗仰山在礼部做官时，受到同僚的排挤倾轧，事事受到牵制，好比每走一步都走在荆棘丛中。他的性格一向迂阔不善变通，渐渐积愤成了病。

一天，罗仰山闷闷不乐地坐着，忽然梦见来到一座山里，山间水流花开，风清日丽，风光宜人。罗仰山觉得心旷神怡，心中的郁闷顿时消失了。他沿着溪水散步，见到一所茅舍。有位老翁请他进屋去坐，两人谈得很投机。老翁问他怎么像生病的样子，罗仰山向老翁详细陈述了自己的苦闷。老翁长叹着说：“这里前世的恩怨，你自己不知道罢了。你七百年前是宋朝的黄筌，排挤你的同僚就是南唐的徐熙。徐熙的画品，本来高出黄筌。但黄筌恐怕被夺走恩宠，就在皇帝面前花言巧语排斥压制徐熙，使得徐熙贫困落魄，含恨而死。以后两人各自辗转轮回，几辈子都没有相遇。今生业缘凑合，徐熙才得以报宿仇。他加在你身上的不幸，正是你曾经加在他身上的不幸，你又有什么可以遗憾的呢？

世上事情，大体上没有往而不复的。一般说来，往而必复，这是天道；有恩必报，这是人情。既然已经种上因，终究是要结出果。因果气机的感应，如同磁石吸针，没有靠近也就罢了，一旦靠近就会牢牢吸住。怨恨的纠结，如同火石含着火，不触则已，一触就火星迸发。冤结一直不消释，就像潜伏的疾病一样，必然会有骤然发作的那一天。冤家终究要相逢，就像旋转的日月一样，必然会有互相交会的印记。可见，种种害人之术，恰好是用来害自己的。我在前生跟你有一段交情，因为你没有醒悟，所以给你讲讲前因后果。你与他的冤仇已经了结，从今以后，小心不要再造因就可以了。"

罗仰山豁然开朗，争强斗胜之心顿消。几天过去，病就全好了。这是我大约十岁时，听霍易书先生讲的。有人说："这是雍正年间卫廷璞公的事，霍易书先生偶尔记错了。"不知究竟是谁的事，一并附记下来。

田白岩言：康熙中，江南有征漕之案，官吏伏法者数人。数年后，有一人降乩于其友人家，自言方在冥司讼某公。友人骇曰："某公循吏，且其总督两江，在此案前十馀年，何以无故讼之？"乩又书曰："此案非一日之故矣。方其初萌，褫一官，窜流一二吏，即可消患于未萌。某公博忠厚之名，养痈不治，久而溃裂，吾辈遂遘其难①。吾辈病民蛊国，不能仇现在之执法者也。追原祸本，不某公之讼而谁讼欤？"书讫，乩遂不动。迄不知九幽之下②，定谳如何③。《金人铭》曰④："涓涓不壅⑤，将为江河；毫末不札⑥，将寻斧柯⑦。"古圣人所见远矣。此鬼所言，要不为无理也。

【注释】

①遘（gòu）：遇。

②九幽：极深暗的地方，地下。这里指阴间。

③谳（yàn）：审判定罪。

④《金人铭》：见《孔子家语·观周》："孔子观周，遂入太祖后稷之庙，庙堂右阶之前，有金人焉，三缄其口而铭其背。"

⑤壅（yōng）：堵塞。

⑥札：拔出，拔除。

⑦斧柯：斧子柄。这里指斧子。

【译文】

田白岩说：康熙年间，江南发生了征漕案，官吏有好几个人伏法被诛。几年之后其中一人的鬼魂降乩到他的朋友家，自己说正在地府里告某公。朋友惊道："某公是好官，况且他总督两江漕运时，是在这个案子发生前的十多年，为什么无缘无故告他？"鬼魂又在坛上写道："这个案子是冰冻三尺，非一日之寒。在刚刚有苗头时，如果革除一个官员，流放一两个小吏，就可以消除隐患。某公为了博取忠厚的名声，眼看着脓肿而不治，时间长了终于溃烂，我们都因触犯律法被杀。我们害了百姓害了国家，没有理由恨现在的执法者。追根溯源到灾祸的起由，不告他还能去告谁？"写到这里，乩也不动了。如今不知道在阴间是怎么结的案。《金人铭》说："涓涓之流不及时堵塞，终于成为江河；细小的树苗不拔去，将来就得找斧子来砍。"古时候圣人真是看得远呵。这个鬼魂说的，不能说没有道理。

里有姜某者，将死，嘱其妇勿嫁。妇泣诺。后有艳妇之色者，以重价购为妾。方靓妆登车，所蓄犬忽人立怒号，两爪抱持啮妇面，裂其鼻准，并盲其一目。妇容既毁，买者委之去。后亦更无觊觎者①。此康熙甲午、乙未间事②，故老尚有目睹者。皆曰："义哉此犬，爱主人以德；智哉此犬，能攻病之本。"余谓犬断不能见及此，此其亡夫厉鬼所凭也。

【注释】

①觊觎(jì yú):非分的希望或企图。

②康熙甲午、乙未:康熙五十三年(1714)、康熙五十四年(1715)。

【译文】

村子里有个姜某,临死时嘱咐他的妻子不要再嫁给别人。妻子哭着答应了。后来有一个喜欢她美貌的人,出了大价钱买她做妾。那天她打扮得漂漂亮亮正要上车时,她家里养的狗忽然像人那样立起来怒声嚎叫,两只前爪抱着她的脸猛咬,鼻子被咬裂了,并且弄瞎了她一只眼睛。妇人的容貌既然被毁,买她的人就不再要了。后来更是没有人打她的主意。这是康熙甲午、乙未年间的事情,老人中还有亲眼看见过这件事的。人们都夸赞说:"这只狗真的是讲义气,时刻不忘记主人的恩德;这条狗真的是够聪明,能够进攻要害处。"我认为狗是绝对不可能想到这样一招的,这是姜某的厉鬼附在它的身上才会这样的。

爱堂先生尝饮酒夜归,马忽惊逸。草树翳荟①,沟塍凹凸,几蹶者三四。俄有人自道左出,一手挽辔②,一手掖之下,曰:"老母昔蒙拯济,今救君断骨之厄也。"问其姓名,转瞬已失所在矣。先生自忆生平未有是事,不知鬼何以云然。佛经所谓无心布施,功德最大者欤?

【注释】

①翳(yì)荟:草木茂盛,形成障蔽。

②辔(pèi):驾驭牲口的嚼子和缰绳。

【译文】

爱堂先生有一次喝了酒夜里回来,马忽然受惊狂奔起来。草木繁盛,沟坎高高低低的,几次差点儿摔下马去。忽然从路旁闪出个人来,一手拉住缰绳，一手将爱堂先生搀扶下马，说："我的老母当初多蒙先生救济，现在我来救先生免受断骨之难。"爱堂先生问他的姓名，可是转眼之间这人已经不见踪影了。先生回忆，一生中没有做过救济老妇人的事情，不知鬼为什么要这样讲。难道这就是佛经上所说的无心布施，是功德中最大的？

张福，杜林镇人也，以负贩为业。一日，与里豪争路，豪挥仆推堕石桥下。时河冰方结，觚棱如锋刃[①]，颀骨破裂，仅奄奄存一息。里胥故嗛豪[②]，遽闻于官。官利其财，狱颇急。福阴遣母谓豪曰："君偿我命，与我何益？能为我养老母幼子，则乘我未绝，我到官言失足堕桥下。"豪诺之。福粗知字义，尚能忍痛自书状。生供凿凿，官吏无如何也。福死之后，豪竟负约。其母屡控于官，终以生供有据，不能直。豪后乘醉夜行，亦马蹶堕桥死。皆曰是负福之报矣。先姚安公曰："甚哉，治狱之难也！而命案尤难。有顶凶者，甘为人代死；有贿和者，甘鬻其所亲，斯已猝不易诘矣。至于被杀之人，手书供状，云非是人之所杀，此虽皋陶听之[③]，不能入其罪也。倘非负约不偿，致遭鬼殛，则竟以财免矣。讼情万变，何所不有，司刑者可据理率断哉！"

【注释】

①觚(gū)棱：棱角。

②嗛(xián)：怀恨。

③皋陶(gāo yáo)：亦作"皋繇"。传说他是虞舜时的司法官，后常为狱官或狱神的代称。

【译文】

张福，是杜林镇人，以贩运为生。有一天，他和乡里的富豪争路，富豪指挥仆人把他推到了石桥下面。当时河面结了冰，冰棱就像锋利的刀，他摔下去，头颅骨破裂，只剩一丝气息。里长原本怀恨富豪，立刻报告了官府。官府垂涎富豪的钱财，催办追得很急。张福暗中让他母亲对富豪说："你给我偿命，对我有什么好处？如果能替我供养老母幼子，那么趁我没有断气，我跟官府说是自己失足掉到桥下的。"富豪答应了。张福略微认识几个字，这时候还能够忍痛自己书写状纸。张福写的供词言之凿凿，官吏也无可奈何。张福死后，富豪竟背弃约定。张福的母亲多次到官府控告，终于因为张福生前写过供词作为证据，始终不能申冤昭雪。富豪后来喝醉了夜间赶路，马失足扑倒，富豪也掉到桥下摔死了。人们都说这是背弃张福的报应。先父姚安公说："审案真难啊！审人命案尤其难。有顶替凶犯，甘心替人去死的；有行贿讲和，甘心出卖亲友的，这已经是仓促间不容易问到真相了。至于被杀的人亲手写的供状，说不是这个人所杀，这即使是虞舜时司法官皋陶来办案，也不能定罪。这个富豪倘若不是背弃约言不兑现，以致遭到鬼的诛杀，那么就会因为有钱而免罪了。案情千变万化，什么怪事都会发生，掌管刑法的人哪里能仅仅依据常理就轻率判决呢！"

姚安公言：有孙天球者，以财为命。徒手积累至千金，虽妻子冻饿，视如陌路。亦自忍冻饿，不轻用一钱。病革时，陈所积于枕前，一一手自抚摩，曰："尔竟非我有乎？"呜咽而殁。孙未殁以前，为狐所嬲，每摄其财货去，使窘急欲死，乃于他所复得之。如是者不一。又有刘某者，亦以财为命，亦为狐所嬲。一岁除夕，凡刘亲友之贫者，悉馈数金。讶不类其平日所为。旋闻刘床前私箧，为狐盗去二百馀金，而得谢柬数十纸。盖孙财乃辛苦所得，狐怪其悭啬，特戏之而已。刘财多由机巧剥削而来，故狐竟散之。其处置亦颇得宜也。

【译文】

姚安公说：有个叫孙天球的人，把钱财看成是他的命。他白手起家积累了千金家产，即便妻子儿女挨冻受饿，他也看成陌生人一样，不管不顾。他自己也同样忍冻挨饿，轻易不用一文钱。病重时，他把积攒的钱都摆在枕头前，一一用手抚摸着说："你最终还是不归我了么？"他呜咽着死去。孙天球没有死时，狐狸精戏弄他，常常把他的钱偷了去，让他急得要死，然后再让他在别处找到。这种事有过好几次。又有一位刘某，也把钱财当作命，也被狐狸精戏弄过。某年除夕，凡是刘某亲友中贫困的都得到了刘某馈赠的礼金。大家奇怪这不像他平时的作为。不久听说刘某床前的箱子里，被狐狸精偷去二百多两银子，却出现了几十张表示感谢的字条。这是因为孙天球的钱财都是辛苦得来的，狐狸嫌他吝啬，只是耍耍他而已。刘某的钱财都是靠玩弄手法剥削而来，所以狐狸把这不义之财分给了别人。这种处置也是极为妥当的。

余督学闽中时，幕友钟忻湖言：其友昔在某公幕，因会勘宿古寺中。月色朦胧，见某公窗下有人影，徘徊良久，冉冉上钟楼去。心知为鬼魅，然素有胆，竟蹑往寻之。至则楼门锁闭，楼上似有二人语。其一曰："君何以空返？"其一曰："此地罕有官吏至，今幸两官共宿，将俟人静讼吾冤。顷窃听所言，非揣摩迎合之方，即消弭弥缝之术，是不足以办吾事，故废然返。"语毕，似有太息声。再听之，竟寂然矣。次日，阴告主人。果变色摇手，戒勿多事。迄不知其何冤也。

余谓此君友有嗛于主人，故造斯言，形容其巧于趋避，为鬼揶揄耳。若就此一事而论，鬼非目睹，语未耳闻，恍惚杳冥[①]，茫无实据，虽阎罗包老[②]，亦无可措手，顾乃责之于某公乎？

【注释】

①杳冥：极高或极远以至于看不清楚。

②包老：指宋朝清官包拯。后用以泛指耿直刚正无私的人。

【译文】

我提督福建学政时，师爷钟忻湖说：他的朋友过去在某公的幕府里，因为会同查勘住在古庙里。月色朦胧中，看见某公的窗下有个人影徘徊了很久，然后慢慢飘上了钟楼。他知道是鬼怪，但是一向胆大，还是暗暗跟踪而去。到了钟楼前，看到楼门已关闭上锁，听见楼上好像有两人在说话。其中一个说："你怎么白跑了一趟？"另一个说："这里很少有官吏来，今天幸而有两个官员一起住在这儿，本打算夜深人静以后申诉我的冤情。刚才偷听他们说话，不是揣摩迎合上司的方法，就是商量如何消除填补设法遮掩，这样的官儿办不了我的事，所以没去找他们。"说完，好像有叹息的声音。再听，竟没有声音了。第二天，这位朋友暗中告诉某公。某公果然变了脸色直摇手，告诫他不要多事。至今不知道到底是什么冤情。

我认为，这位朋友可能怀恨于他的主人，所以编造出这番话，形容某公巧于趋吉避祸，被鬼嘲弄。如果就这件事情而论，鬼不是亲眼目睹，话也没有亲耳听到，朦胧恍惚，茫茫然没有确实的证据，即使是阎罗王、包龙图，也没有办法着手处理，怎么能责备某公呢？

平原董秋原言：海丰有僧寺，素多狐，时时掷瓦石嬲人。

一学究借东厢三楹授徒，闻有是事，自诣佛殿诃责之。数夕寂然，学究有德色。一日，东翁过谈，拱揖之顷，忽袖中一卷堕地。取视，乃秘戏图也。东翁默然去。次日，生徒不至矣。狐未犯人，人乃犯狐，竟反为狐所中。君子之于小人，谨备之而已；无故而触其锋，鲜不败也。

【译文】

平原人董秋原说：海丰有座和尚庙，一向有很多狐狸，常常扔瓦片石头耍弄人。一个学究租借东厢的三间房屋教学生，听见有这种事情，就走到佛殿上去大声呵斥责骂狐狸。从此以后有几个夜晚非常安静。学究洋洋得意像是立了大功。一天，房东老先生过来聊天，两个人拱手作揖的时候，学究的袖子里面忽然有一卷东西掉在地上。捡起来一看，竟然是一张春宫图。房东老人一言不发走了。第二天，学生们都不来了。狐狸没有来侵犯人，人却去冒犯狐狸，以至于反被狐狸算计了。君子对小人，应当谨慎防备；无缘无故去招惹，没有不自寻倒霉的。

关帝祠中，皆塑周将军，其名则不见于史传。考元鲁贞《汉寿亭侯庙碑》①，已有"乘赤兔兮从周仓"语②，则其来已久，其灵亦最著。里媪有刘破车者，言其夫尝醉眠关帝香案前，梦周将军蹴之起③，左股青痕，越半月乃消。

【注释】

①汉寿亭侯：即关羽。字云长，关羽杀了袁绍的大将颜良，解了白马之围，曹操便奏请献帝，封关羽为"汉寿亭侯"。

②赤兔：本名"赤菟"，即红色的、像老虎一样的烈马，据说为汗血宝马。赤兔马一直是好马的标志。

③蹴(cù):踢。

【译文】

关帝庙里都有周将军的塑像,史书传记却没有周将军的名字。据考证,元代鲁贞的《汉寿亭侯庙碑》碑文里,已经有"乘赤兔兮从周仓"一语,可见周仓的传说由来已久,周仓将军也最灵验。村里有个叫刘破车的老妇人,说她丈夫曾喝醉了酒睡在关帝的香案前,梦见周将军把他踢了起来,左大腿有青痕,过了半月才消。

谓鬼无轮回,则自古至今,鬼日日增,将大地不能容。谓鬼有轮回,则此死彼生,旋即易形而去,又当世间无一鬼。贩夫田妇,往往转生,似无不轮回者;荒阡废冢,往往见鬼,又似有不轮回者。

表兄安天石,尝卧疾,魂至冥府,以此问司籍之吏。吏曰:"有轮回,有不轮回。轮回者三途:有福受报,有罪受报,有恩有怨者受报。不轮回者亦三途:圣贤仙佛不入轮回,无间地狱不得轮回,无罪无福之人,听其游行于墟墓,馀气未尽则存,馀气渐消则灭。如露珠水泡,倏有倏无;如闲花野草,自荣自落。如是者无可轮回。或有无依魂魄,附人感孕,谓之偷生。高行缁黄①,转世借形,谓之夺舍。是皆偶然变现,不在轮回常理之中。至于神灵下降,辅佐明时;魔怪群生,纵横杀劫。是又气数所成,不以轮回论矣。"

天石固不信轮回者,病痊以后,尝举以告人曰:"据其所言,乃凿然成理。"

【注释】

①缁黄：指僧道。僧人缁服，道士黄冠，故称。

【译文】

要是说鬼不能轮回转生，那么从古到今，鬼天天增加，大地就容纳不下了。要是说鬼能轮回转生，那么这个死了就是那个生了，转眼之间变换形貌而去，又应该是世上没有一个鬼了。买卖的、种地的，不管男女，往往转生，好像没有不进入轮回的；而在荒野老坟里，时常见到鬼，又好像有不轮回转生的。

表兄安天石曾卧病在床，灵魂到了地府，向管籍册的小吏打听这种事。小吏说："有轮回的，有不轮回的。轮回的有三类：有福的要受报应，有罪的要受报应，有恩有怨的也要各自受报应。不轮回的也有三类：圣贤和仙佛，不在轮回之数；堕入无间地狱中的，不能轮回；无罪无福的人，阴间任这一类人灵魂在坟墓间闲逛，馀气未尽就存在着，馀气渐渐消了就灭掉。好像露珠水泡，很快就形成了又很快就消散掉，好像闲花野草，自生自灭。这样的鬼没有什么轮回的。也有无所凭依的鬼魂，附在人身上孕育，称为偷生。德行高尚的和尚、道士，借别人的形体转世，称为夺舍。这些都是偶然的变移，不在正常的轮回范围。至于神灵下凡，辅佐圣明朝代的世事；妖魔鬼怪转世，纵横杀掠。这都是由气数决定的，不能以轮回来看待。"

安天石本来不信轮回，病好以后，时常举这件事为例对别人说："根据这个鬼官说的，确实有道理。"

星士虞春潭[①]，为人推算，多奇中。偶薄游襄、汉[②]，与一士人同舟，论颇款洽。久而怪其不眠不食，疑为仙鬼。夜中密诘之。士人曰："我非仙非鬼，文昌司禄之神也[③]，有事诣南岳。与君有缘，故得数日周旋耳。"虞因问之曰："吾于命理，自谓颇深，尝推某当大贵，而竟无验。君司禄籍，当知其由。”士人曰：“是命本贵，以热中，削减十之七矣。”虞曰：“仕宦热中，是亦常情，何冥谪若是之重？”士人曰：“仕宦热中，其强悍者必怙权[4]，怙权者必狠而愎；其孱弱者必固位[5]，固位者必险而深。且怙权固位，是必躁竞，躁竞相轧，是必排挤。至于排挤，则不问人之贤否，而问党之异同；不计事之可否，而计己之胜负。流弊不可胜言矣。是其恶在贪酷上，寿且削减，何止于禄乎！”虞阴记其语。越两岁馀，某果卒。

【注释】

①星士：以星命术为人推算命运的术士。

②薄游：为了微薄的收入而游历。

③文昌司禄：传说中的文昌宫第六星，掌管人间的禄籍。

④怙（hù）：倚仗，凭借。

⑤孱（chàn）弱：瘦小虚弱，懦弱。

【译文】

算命先生虞春潭，给人家算命，大部分都很灵验。有一次他去襄阳、汉阳一带游历谋生，与一位读书人在一条船上，两人谈得很投机。时间一长，发现这个读书人不睡觉不吃饭，就怀疑他是仙鬼之类。虞春潭夜里悄悄问他。读书人回答道：“我不是神仙也不是鬼，是天上的文曲星，有事要到南岳去。因为和你有一段缘分，所以能够在一起盘桓几天。”虞春潭于是问他：“我自认为自己算命的造诣很深，但是推算某某应当大贵却不灵验。你主宰功名、禄位，应该知道原因。”文曲星说：“这个人的命本来应当大贵，只因为他太热衷于做官，结果被减了十分之七。”虞春潭说：“热衷于做官，也是人之常情，为什么地府要罚得这么重呢？”文曲星说：“热衷于做官，那些强悍的人肯定会借助权力作威作福，一心护住权力的人肯定狠毒而且刚愎自用；软弱的人必然要保护自己的官位，这样的人必然阴险狡诈而且深藏不露。况且，凭借权势作恶，拼命地保住官位，一定会争宠斗胜，进而相互之间倾轧、排挤。到了这个地步，就不论人贤良或者不贤良，只论与自己是不是一伙的；不管事情该不该办，只论对自己有没有好处。这样的弊端一时讲也讲不完。这种罪恶比贪婪残酷更加严重，因此那人还必须减寿，又何止于减少福禄呢！”虞春潭暗暗地牢记住了文曲星的话。过了两年多，某某果然死了。

张铉耳先生之族，有以狐女为妾者，别营静室居之。床帷器具，与人无异，但自有婢媪，不用张之奴隶耳。室无纤尘，惟坐久觉阴气森然；亦时闻笑语，而不睹其形。

张故巨族，每姻戚宴集，多请一见，皆不许。一日，张固强之。则曰：“某家某娘子犹可，他人断不可也。”入室相晤，举止娴雅，貌似三十许人。诘以室中寒凛之故，曰：“娘子自心悸耳，室故无他也。”后张诘以独见是人之故。曰：“人阳类，鬼阴类，狐介于人鬼之间，然亦阴类也。故出恒以夜，白昼盛阳之时，不敢轻与人接也。某娘子阳气已衰，故吾得见。”张惕然曰：“汝日与吾寝处，吾其衰乎？”曰：“此别有故。凡狐之媚人有两途：一曰蛊惑，一曰夙因。蛊惑者阳为阴蚀，则病，蚀尽则死；夙因则人本有缘，气自相感，阴阳翕合，故可久而相安。然蛊惑者十之九，夙因者十之一。其蛊惑者亦必自称夙因，但以伤人不伤人知其真伪耳。”后所见之人果不久下世。

【译文】

张铉耳先生的同族人中，有人娶狐女做妾，另外营建僻静的居室给她住。狐女的床榻帷帐日用器具跟人的没有什么两样，只是她自己有婢女仆妇，不用张家的奴仆罢了。狐女的居室一尘不染，只是坐久了会感觉阴森森的；也时常听到室内说笑的声音，而看不见狐女的身影。

张家本来是个大族，每当亲戚聚会，就会有来宾请求见狐女一面，都没有得到狐女允许。有一天，张某坚持要她见见人。她就说："某家的某娘子还可以，别的人断断不可以。"某娘子进到狐女的屋里，见她举止娴静优雅，相貌好像三十来岁的人。某娘子问她屋里为什么阴冷，狐女说："娘子自己心里害怕罢了，这屋子原本没有什么特殊的。"后来张某问起她为什么只见这个人。狐女说："人是阳类，鬼是阴类，狐狸介于人鬼之间，但也属于阴类。所以经常是在夜间出来，白天阳气盛的时候，不敢轻易跟人接触。某娘子阳气已经衰微，所以我能够见她。"张某惊慌地说："我每天和你朝夕相处，我的阳气难道也衰弱了吗？"狐女说："这个别有缘故。凡是狐精媚惑人，有两种途径：一叫蛊惑，一叫夙因。受蛊惑的，阳气被阴气侵蚀，侵蚀完了就死；夙因是与人本来有缘分，气自然相感应，阴阳调和，所以能长久相安。但是蛊惑的占十分之九，夙因的只占十分之一。那些蛊惑的也必然自称是夙因，主要看伤害人不伤害人可以知道真假了。"后来狐女见的那个娘子，果然不久就去世了。

罗与贾比屋而居，罗富贾贫。罗欲并贾宅，而勒其值；以售他人，罗又阴挠之。久而益窘，不得已减值售罗。罗经营改造，土木一新。落成之日，盛筵祭神。纸钱甫燃，忽狂风卷起，着梁上，烈焰骤发，烟煤迸散如雨落。弹指间，寸椽不遗，并其旧庐爇焉。方火起时，众手交救，罗拊膺止之，曰："顷火光中，吾恍惚见贾之亡父。是其怨毒之所为，救无益也。吾悔无及矣。”急呼贾子至，以腴田二十亩书券赠之。自是改行从善，竟以寿考终。

【译文】

罗某和贾某紧邻居住，罗某富而贾某贫。罗某要吞并贾某的房子，把价钱压得很低；贾某想卖给别人，罗某又暗中阻挠。时间长了，贾某更加贫穷，不得已减价卖给了罗某。罗某经营改造，整个房子焕然一新。完工那天，罗某摆下丰盛的筵席，祭祀鬼神。他刚点燃的纸钱，忽然被狂风卷到房梁上，结果烈焰骤起，烧得火星灰尘迸散像下雨一样。弹指之间，烧得一片灰烬，连他原来的旧房子也烧了。火刚起来时，大家一起扑火，罗某却捶着胸脯制止，说：“刚才在火光中，我恍惚看见了贾某的亡父。这是他因为怨恨我才报复的，救也没有用。我后悔也来不及了。”罗某急忙找来贾某的儿子，说送给他二十亩良田，还写了契约送给他。从此罗某一心向善，最后得以长寿善终。

沧州樊氏扶乩，河工某官在焉。降乩者关帝也，忽大书曰：“某来前！汝具文忏悔，语多回护。对神尚尔，对人可知。夫误伤人者，过也，回护则恶矣。天道宥过而殛恶[①]，其听汝巧辩乎？”其人伏地惕息[②]，挥汗如雨。自是怏怏如有失，数月病卒。竟不知所忏悔者何事也。

【注释】

①宥（yòu）：宽容，饶恕，原谅。殛（jí）：惩罚。

②惕息：心跳气喘，形容极其恐惧。

【译文】

沧州樊某家扶乩请神时，主管河工的某位官员也在场。降临的神是关帝，忽然乩仙写出大字说："某官到前面来！你写文章忏悔，很多话都是为自己遮掩。对神尚且这样，对人如何也就可想而知了。误伤人是过错，可你为自己遮掩就是罪恶了。天道原谅过错而惩处罪恶，难道会听你的巧辩吗？"这位官员伏在地上直喘粗气，冷汗出得像下雨。从此以后，神情恍惚闷闷不乐，像是丢了魂，几个月以后就病死了。人们自始至终也不知道他忏悔的是什么事情。

褚寺农家有妇姑同寝者，夜雨墙圮，泥土簌簌下。妇闻声急起，以背负墙，而疾呼姑醒。姑匍匐堕炕下，妇竟压焉，其尸正当姑卧处。是真孝妇，以微贱无人闻于官，久而并佚其姓氏矣。相传妇死之后，姑哭之恸。一日，邻人告其姑曰："夜梦汝妇冠帔来曰[①]：'传语我姑，无哭我。我以代死之故，今已为神矣。'"乡之父老皆曰："吾夜所梦亦如是。"

或曰："妇果为神，何不示梦于其姑？此乡邻欲缓其恸，造是言也。"余谓忠孝节义，殁必为神。天道昭昭，历有证验。此事可以信其有。即曰一人造言，众人附和，"天视自我民视，天听自我民听"。人心以为神，天亦必以为神矣，何必又疑其妄焉。

【注释】

①冠帔（pèi）：古代有身份的妇女之服饰。冠，帽子。帔，披肩。

【译文】

褚寺的农家，有一个媳妇和她的婆婆在一条炕上睡觉，夜里下雨，墙壁倒塌，泥土簌落簌落往下掉。媳妇听见声音急忙起来，用背顶着墙壁拼命叫醒婆婆。她婆婆爬着掉到了炕下，媳妇却被墙压死，尸体正巧在婆婆躺卧的地方。这是个真正的孝妇，可是因为她的身份低贱而没有人报告给官府，时间一长，就连她的姓名也忘记了。相传在她死了之后，她的婆婆哭得很伤心。有一天，邻居告诉她婆婆说："夜里做梦见到你的儿媳妇戴冠披帔而来，说：'请转告我的婆婆，不要哭我。我因为替我婆婆死，如今已经被封为神灵了。'"乡里的父老们也都说："我夜里也做了这样的梦。"

有人说："这个媳妇如果真的成了神，她为什么不托梦给她的婆婆呢？这是乡亲们为了安慰老人家，就编造出这么一段话来。"我认为，忠孝节义的人，死后必定成神灵。天道光明公正，有很多事情都可以证实这一点。因此，可以相信真有这种事情。即使是由一个人编造出来的，大家都众声附和，也没有什么不可以，《书尚·泰誓》中说"天所见就是民所见，天所听就是民所听"。人们都认为这个媳妇是神灵，那么上天也必定认为她是神灵，又有什么必要去怀疑这个传言是不是真实的呢？

长山聂松岩，以篆刻游京师。尝馆余家，言其乡有与狐友者，每宾朋宴集，招之同坐。饮食笑语，无异于人，惟闻声而不睹其形耳。或强使相见，曰："对面不睹，何以为相交？"狐曰："相交者交以心，非交以貌也。夫人心叵测，险于山川；机阱万端，由斯隐伏。诸君不见其心，以貌相交，反以为密；于不见貌者，反以为疏。不亦悖乎？"田白岩曰："此狐之阅世深矣。"

【译文】

长山人聂松岩，因为善于雕刻印章游历京城。曾经在我家坐馆，说他的家乡有人跟狐精交友，每当宾客朋友聚会宴饮，就招呼它来同坐。它吃喝说笑，跟人没有什么两样，但是只能听到它的声音而看不见身形。有人坚持要和它相见，说："面对面看不到，怎么算是相交呢？"狐说:“相交是以心相交,不是以貌相交。要知道人心难以测度,深险胜过山川;设置种种机关陷阱坑害人,这些都隐藏在心里。诸位看不见对方的心,只是以貌相交,反以为亲密;对于不见相貌的,反以为疏远。这不是大错特错了吗?”田白岩说:“这个狐精认识世情真是很深刻。”

肃宁老儒王德安,康熙丙戌进士也[①],先姚安公从受业焉。尝夏日过友人家,爱其园亭轩爽,欲下榻于是。友人以夜有鬼物辞。王因举所见一事曰:“江南岑生,尝借宿沧州张蝶庄家。壁张钟馗像,其高如人,前复陈一自鸣钟。岑沉醉就寝,皆未及见。夜半酒醒,月明如昼。闻机轮格格,已诧甚,忽见画像,以为奇鬼,取案上端砚仰击之。大声砰然,震动户牖。僮仆排闼入视,则墨沈淋漓[②],头面俱黑;画前钟及玉瓶磁鼎,已碎裂矣。闻者无不绝倒。然则动云见鬼,皆人自胆怯耳,鬼究在何处耶?”语甫脱口,墙隅忽应声曰:“鬼即在此,夜当拜谒,幸勿以砚见击。”王默然竟出。后尝举以告门人曰:“鬼无白昼对语理,此必狐也。吾德恐不足胜妖,是以避之。”盖终持无鬼之论也。

【注释】

①康熙丙戌:康熙四十五年(1706)。

②沈:汁。

【译文】

肃宁的老儒王德安,是康熙丙戌年的进士,先父姚安公曾经拜他为师。一年夏天,他到朋友家,喜欢园中宽敞凉爽的亭子,想住在这儿。朋友说这儿闹鬼,不让他住在亭子里。于是王德安说了亲眼见到的一件事:“江南的岑生,曾经在沧州的张蝶庄家借宿。屋里墙上挂着钟馗像，有人那么高，像前摆着一架自鸣钟。岑生进去睡觉时醉醺醺的，没有看见这些。半夜酒醒后，外面月光明亮得像白天。他听见自鸣钟的齿轮声'格格'响，已经感到惊异，忽然又看见画像，以为是奇鬼，就拿起桌上的端砚，朝上面打去。砰然一声巨响，震动了门窗。僮仆们闯进门来察看，只见岑生身上墨汁淋漓，头脸都是黑的；画像前面的自鸣钟和玉瓶磁鼎，都已碎裂了。听到这事的人都笑得前仰后合。人们动不动就说有鬼，都是自己吓唬自己，鬼究竟在哪儿呢？"他刚说完，墙角忽然有声音搭腔说："鬼就在这儿，夜里就来拜访你，可别用砚台砸我。"王德安一言不发地走了。后来他把这件事告诉门生，说："没有鬼在大白天和人对话的道理，这肯定是狐狸。我的德行恐怕制不住妖狐，所以避开它。"也就是说，他还是坚持无鬼论。

明器①，古之葬礼也，后世复造纸车纸马。孟云卿《古挽歌》曰："冥冥何所须？尽我生人意②。"盖姑以缓恸云耳。然长儿汝佶病革时，其女为焚一纸马，汝佶绝而复苏，曰："吾魂出门，茫茫然不知所向。遇老仆王连升牵一马来，送我归。恨其足跛，颇颠簸不适。"焚马之奴泫然曰："是奴罪也。举火时实误折其足。"又，六从舅母常氏弥留时，喃喃自语曰："适往看新宅颇佳，但东壁损坏，可奈何？"侍疾者往视其棺，果左侧朽穿一小孔，匠与督工者尚均未觉也。

【注释】

①明器：古代人们下葬时带入地下的随葬器物，即冥器。

②生人：活着的人。

【译文】

明器，是古代丧葬用的礼器，后代又造了纸车纸马。唐代孟云卿写的《古挽歌》中说:“冥冥何所须？尽我生人意。”大概是说,这些做法不过是姑且用来安慰生者的悲伤罢了。然而,我的长子汝佶病危时,他的女儿给他烧了一匹纸马,汝佶咽气了却又苏醒过来说:“我的魂魄出了门口,茫茫然不知往哪儿去。遇见老仆人王连升牵着一匹马过来,送我走。遗憾的是马跛足,颠簸得很不舒服。”烧纸马的仆人哭着说:“这是我的过错,点火的时候一不小心真的折了一条马腿。”还有,我的六堂舅母常氏在弥留之际,喃喃自语道:“刚才去看了新房真不错,只是东边的墙壁损坏了,可怎么办呢?”守在一旁的人去查视她的棺材,果然左侧朽坏了,有一个小洞,木匠和监工的都未曾发现这个洞。

李又聃先生言:昔有寒士下第者,焚其遗卷,牒诉于文昌祠。夜梦神语曰:“尔读书半生,尚不知穷达有命耶?”尝侍先姚安公,偶述是事。先姚安公咈然曰:“又聃应举之士,传此语则可。汝辈手掌文衡者,传此语则不可。聚奎堂柱有熊孝感相国题联曰[1]:‘赫赫科条,袖里常存惟白简[2];明明案牍,帘前何处有朱衣[3]?’汝未之见乎?”

【注释】

①熊孝感:即熊赐履(1635—1709),字敬修,一字青岳,谥文端,孝感(今属湖北)人。清代康熙年间大臣、学者。

②白简:古时弹劾官员的奏章。

③朱衣:大红色的公服,指入仕、升官。“朱衣点头”的传说出自明代陈耀文《天中记》卷三十八引《侯鲭录》。据说欧阳修科考判卷时,觉得有一个朱衣人在座后点头,所阅文卷定被取中。开初欧阳修以为是属吏,回头看时,却一无所见。这件事传开,都以朱衣人为神灵。熊赐履是康熙朝武英殿大学士,他用对联警示僚

属，明言没有神灵，主考官不能用宿命之说来搪塞考生。

【译文】

李又聃先生说：过去有个清寒的书生，考试落榜后，烧了试卷的底稿，告状告到文昌祠。夜里梦见神对他说："你读书半辈子了，还不知道穷困通达都是命中注定吗？"我曾经随侍先父姚安公，偶尔说起这件事。姚安公不高兴地说："李又聃是参加科举考试的士子，传传这样的话没有什么不可以。你们这样的人是亲手掌握判定文章高下选取人才权力的，传这样的话就不行。聚奎堂柱子上有相国熊孝感题写的联语说：'赫赫科条，袖里常存惟白简；明明案牍，帘前何处有朱衣？'你没有见到吗？"

海阳李玉典前辈言：有两生读书佛寺，夜方媟狎，忽壁上现大圆镜，径丈馀，光明如昼，毫发毕睹。闻檐际语曰："佛法广大，固不汝嗔。但汝自视镜中，是何形状？"余谓幽期密约，必无人在旁，是谁见之？两生断无自言理，又何以闻之？然其事为理所宜有，固不必以子虚乌有视之。

玉典又言：有老儒设帐废圃中。一夜闻垣外吟哦声，俄又闻辩论声，又闻嚣争声，又闻诟詈声，久之遂闻殴击声。圃后旷无居人，心知为鬼。方战栗间，已斗至窗外。其一盛气大呼曰："渠评驳吾文，实为冤愤！今同就正于先生。"因朗吟数百言，句句手自击节。其一且呻吟呼痛，且微哂之。老儒惕息不敢言。其一厉声曰："先生究以为如何？"老儒嗫嚅久之，以额叩枕曰："鸡肋不足以当尊拳。"其一大笑去，其一往来窗外，气咻咻然，至鸡鸣乃寂。云闻之胶州法黄裳。余谓此亦黄裳寓言也。

【译文】

海阳的李玉典前辈说：有两个书生在佛寺读书，夜间两人正在亲热调戏，忽然墙壁上现出一面大圆镜，直径一丈多长，亮得就像白天一样，连一根根头发都清清楚楚看得见。听到屋檐边有声音说："佛法仁慈广大，自然不会责罚你们。但你们自己朝镜子里看看，是什么样子？"我认为这种幽期密约式的勾当，必定没有其他人在场，是谁看见的呢？两个书生绝对没有主动向人宣扬的道理，李玉典前辈又是从哪里听到这件事情的呢？然而，这件事是情理中应该有的事，不能当成子虚乌有。

李玉典前辈又说：有位老儒在一个荒废的园子里设馆教书。一天夜间，听到墙外有吟诵诗文的声音，不一会儿又听到了辩论的声音，接着又听到激烈的争吵声，随后是谩骂声，时间一长又传来了打斗的声音。园子后面是空无人居的旷野，老儒心里明白这是鬼。他害怕得发抖，打斗声已经来到窗外。其中一个气呼呼高声叫道："这家伙评驳贬斥我的诗文，实在叫人气愤！现在来请先生评一评。"随后朗诵了几百个字，一边朗诵，还一边用手打着拍子。另一个鬼一边呻吟喊疼，一边嘲笑。老儒吓得不敢作声。窗外诵诗文的鬼厉声问道："先生究竟以为怎么样？"老儒嘴唇哆嗦了半天，在枕上叩头说："我这把瘦骨头可经受不住老兄一拳头。"呻吟的鬼放声大笑着走了，朗诵的鬼气哼哼地在窗前走来走去，直到鸡叫才安静下来。李玉典前辈说，他是从胶州法黄裳那里听来的。我认为这也是法黄裳编造的寓言。

天津孟生文熺，有隽才①，张石粼先生最爱之。一日，扫墓归，遇孟于路旁酒肆。见其壁上新写一诗，曰："东风翦翦漾春衣，信步寻芳信步归。红映桃花人一笑，绿遮杨柳燕双飞。徘徊曲径怜香草，惆怅乔林挂落晖。记取今朝延伫处，酒楼西畔是柴扉。"诘其所以，讳不言。固诘之，始云适于道侧见丽女，其容绝代，故坐此冀其再出。张问其处，孟手指之。张大骇曰："是某家坟院，荒废久矣，安得有是？"同往寻之，果马鬣蓬科②，杳无人迹。

【注释】

①隽才：出众的才智。

②马鬣(liè)：马颈上的长毛。此指坟墓封土的形状。蓬科：草丛。

【译文】

天津人孟文熺，有出众的才华，张石粼先生最喜欢他。有一天，张石粼先生扫墓回来，在路旁的酒店里遇见了孟文熺。看见他在墙上新题了一首诗："东风翦翦漾春衣，信步寻芳信步归。红映桃花人一笑，绿遮杨柳燕双飞。徘徊曲径怜香草，惆怅乔林挂落晖。记取今朝延伫处，酒楼西畔是柴扉。"张石粼先生问他写这首诗的原因，他不说。经再三追问，他才说刚才在道旁见了一个美女，漂亮得世上少有，所以坐在这儿等她再出来。张石粼先生问在哪儿遇见了美女，孟文熺指给他看。张石粼先生大惊道："那里是某某家的坟地，荒废已久了，哪有什么美女？"两人一起去看，果然只有坟丘荒草，连个人影也没有。

余在乌鲁木齐时，一日，报军校王某差运伊犁军械，其妻独处。今日过午，门不启，呼之不应，当有他故。因檄迪化同知木金泰往勘。破扉而入，则男女二人共枕卧，裸体相抱，皆剖裂其腹死。男子不知何自来，亦无识者。研问邻里，茫无端绪，拟以疑狱结矣。是夕女尸忽呻吟，守者惊视，已复生。越日能言，自供与是人幼相爱，既嫁犹私会。后随夫驻防西域，是人念之不释，复寻访而来；甫至门，即引入室。故邻里皆未觉。虑暂会终离，遂相约同死。受刃时痛极昏迷，倏如梦觉，则魂已离体。急觅是人，不知何往，惟独立沙碛中，白草黄云，四无边际。正彷徨间，为一鬼缚去，至一官府，甚见诘辱。云是虽无耻，命尚未终，叱杖一百，驱之返。杖乃铁铸，不胜楚毒，复晕绝。及渐苏，则回生矣。视其股，果杖痕重叠。驻防大臣巴公曰："是已受冥罚，奸罪可勿重科矣。"余乌鲁木齐杂诗有曰："鸳鸯毕竟不双飞，天上人间旧愿违。白草萧萧埋旅榇，一生肠断《华山畿》[1]。"即咏此事也。

【注释】

①《华山畿(jī)》：南朝时流行在长江下游的民歌，描述华山附近一对青年男女殉情的悲剧。华山，在今江苏句容北。畿，边，边缘。

【译文】

我在乌鲁木齐时，有一天，下属报告，军校王某已奉命出差伊犁押运武器，他妻子一人在家。今天已过中午，门还不开，叫了几次，无人应答，恐怕出了事。于是，我命令迪化同知木金泰去看看。破门进去，发现两个男女同床赤身裸体相抱，都已剖腹而死。这个男人不知道是从何地来，也没有一个人认识他。向邻居打听，也没有头绪。于是打算当作一桩疑案了结。当天晚上，女尸忽然呻吟起来，看守吃惊地一看，原来女人已经活了过来。第二天，她能说话了，自己供认道，从小与他相爱，结婚后两人还私下里幽会。后来，跟随丈夫驻防西域，这个人不能忘怀，一路跟踪找过来；他刚到，就把他藏在屋里，所以邻居们都没有发现。想到暂时相聚终究还是要分别，于是相约一起死。自杀时，刀子进去痛得昏迷过去，忽然好像是在做梦，灵魂脱离躯体而去。急忙找他，却不知他到哪里去了，只好独自站在沙漠里，只见白草黄云，四周渺无边际。正在彷徨之间，被一个鬼绑走，来到一个官府，好一顿严刑拷打，又受到百般盘问和羞辱。最后，说我虽然无耻，命却不该终结，喝令打我一百大棒，把我赶了回来。那棒子是铁铸的，打在身上，真是受不了，我又昏死过去。等慢慢苏醒过来，我才发现自己又活回来了。查验了她的腿，果然是伤痕累累。驻防大臣巴公说："她已经受到了地府的惩罚，通奸罪就不必追究了。"我的乌鲁木齐杂诗中写道："鸳鸯毕竟不双飞，天上人间旧愿违。白草萧萧埋旅榇，一生肠断《华山畿》。"说的正是这件事。

朱青雷言：尝与高西园散步水次①，时春冰初泮②，净绿瀛溶③。高曰："忆晚唐有'鱼鳞可怜紫，鸭毛自然碧'句，无一字言春水，而晴波滑笏之状④，如在目前。惜不记其姓名矣。"朱沉思未对间，老柳后有人语曰："此初唐刘希夷诗，非晚唐也。"趋视无一人。朱悚然曰："白日见鬼矣。"高微笑曰："如此鬼，见亦大佳，但恐不肯相见耳。"对树三揖而行。归检刘诗，果有此二语。余偶以告戴东原，东原因言：有两生烛下对谈，争《春秋》周正夏正，往复甚苦。窗外忽太息言曰："左氏周人，不容不知周正朔，二先生何必词费也。"出视窗外，惟一小童方酣睡。观此二事，儒者日谈考证，讲"曰若稽古"，动至十四万言，安知冥冥之中，无在旁揶揄者乎？

【注释】

①水次：水边。

②泮(pàn)：散，解。

③瀛溶：水波浮动的样子。

④滑笏：水波动荡不定的样子。

⑤戴东原：戴震(1724—1777)，字东原，乾嘉考据学派代表人物。他视个体为真实，批判程朱理学，对晚清以来的学术思潮产生了

深远影响。

【译文】

朱青雷说：曾经与高西园一同在水边散步，时值早春，河冰刚刚融解，明净的绿水波纹流动。高西园说："想起晚唐有'鱼鳞可怜紫，鸭毛自然碧'的句子，没有一个字说到春水，而晴天的水波动荡不定的样子，好像就在眼前。可惜不记得他的姓名了。"朱青雷正在沉思没来得及回答，老柳树后面有人说话道："这是初唐刘希夷的诗，并不是晚唐人所作。"走过去看，并无一人。朱青雷惶恐不安地说："白日见鬼了。"高西园微笑着说："像这样的鬼见一见，倒也很好，只是恐怕他不肯出来相见罢了。"说完，对着树作了三个揖才离开。回来翻检刘希夷的诗，果然有这两句。我偶然把这事告诉了戴东原，戴东原接着这个话头说：有两个书生在灯下交谈，争论《春秋》的历法是周代的还是夏代的，言来语去，僵持不下。窗外忽然有声音叹息说："左氏是周时人，不会不知道周代的历法，两位先生何必费那么多话。"到窗外察看，只有一个小僮，正在熟睡。从这两件事来看，儒家学者天天谈考证，讲《尚书·尧典》的"话说查到上古"，动不动至于十四万字，怎么知道渺渺茫茫之中，没有人在旁边嘲笑呢？

聂松岩言：即墨于生，骑一驴赴京师。中路憩息高岗上，系驴于树，而倚石假寐。忽见驴昂首四顾，浩然叹曰："不至此地数十年，青山如故，村落已非旧径矣。"于故好奇，闻之跃然起曰："此宋处宗长鸣鸡也①！日日乘之共谈，不患长途寂寞矣。"揖而与言，驴啮草不应。反复开导，约与为忘形交②，驴亦若勿闻。怒而痛鞭之，驴跳掷狂吼，终不能言。竟箠折一足，鬻于屠肆，徒步以归。此事绝可笑，殆睡梦中误听耶？抑此驴夙生冤谴，有物凭之，以激于之怒杀耶？

【注释】

①宋处宗长鸣鸡：古代志怪故事。兖州刺史宋处宗得一长鸣鸡，喜爱备至，每日将鸡笼放在书房窗前。此鸡常听主人吟诗读书，时间长了，竟能谙习人语，时与宋处宗对话，谈论问题颇有见解。事见南朝宋刘义庆《幽明录》。后世遂以“鸡窗”代指书窗、书斋。

②忘形交：不拘身份、形迹的知心朋友。出自《新唐书》卷一百七十六：“孟郊者，字东野，湖州武康人。少隐嵩山，性介，少谐合。愈一见，为忘形交。”愈，韩愈。

【译文】

聂松岩说：即墨书生于某，骑着一头驴子前往京城。中途在一个高岗上休息，把驴子拴在树上，自己靠着石头闭目养神。忽然看到驴子昂头向四处张望，长长地叹口气说：“几十年没到这儿了，青山依旧，村落已经不是当年的模样了。”于生一向好奇，听到驴子说话，一跃而起，自言自语地说：“原来此驴就像是宋处宗的长鸣鸡呀！天天骑着一起闲谈，就不怕长途的寂寞了。”于是拱手作揖，对驴说话，驴却只顾吃草，没有应声。于生反复开导恳求，表示愿与驴子结成忘形之交，驴子仍然好像没听见。于生大怒，用鞭狠抽驴子，驴子蹦跳狂吼，可就是不能说话。于生最后打断了驴子一条腿，卖到屠夫店里，自己徒步返回家来。这件事情十分可笑，是于生睡梦中听错了呢？还是跟这头驴有前生的冤债，有怪物依附在驴身上说话，激怒于生，让驴子挨打并且被杀呢？

三叔父仪南公，有健仆毕四。善弋猎，能挽十石弓①。恒捕鹑于野。凡捕鹑者必以夜，先以藁秸插地②，如禾陇之状，而布网于上；以牛角作曲管，肖鹑声吹之。鹑既集，先微惊之，使渐次避入藁秸中；然后大声惊之，使群飞突起，则悉触网矣。吹管时，其声凄咽，往往误引鬼物至，故必筑团焦自卫,而携兵仗以备之。

一夜,月明之下,见老叟来作礼曰:“我狐也,儿孙与北村狐搆衅,举族械战。彼阵擒我一女,每战必反接驱出以辱我。我亦阵擒彼一妾,如所施报焉。由此仇益结,约今夜决战于此。闻君义侠,乞助一臂力,则没齿感恩。持铁尺者彼,持刀者我也。”毕故好事,忻然随之往[③],翳丛薄间。两阵既交,两狐血战不解,至相抱手搏。毕审视既的,控弦一发,射北村狐踣。不虞弓劲矢铦[④],贯腹而过,并老叟洞腋殪焉[⑤]。两阵各惶遽,夺尸弃俘囚而遁。毕解二狐之缚,且告之曰:“传语尔族,两家胜败相当,可以解冤矣。”先是北村每夜闻战声,自此遂寂。

此与李冰事相类[⑥],然冰战江神为捍灾御患;此狐逞其私愤,两斗不已,卒至两伤,是亦不可以已乎?

【注释】

①石(dàn):古代市制容量单位,十斗为一石。

②藁(gǎo):同“稾”,稻、麦等的秆。

③忻(xīn)然:喜悦貌,愉快貌。忻,心喜。

④劲(qíng):强,有力。铦(xiān):锋利。

⑤殪(yì):死。

⑥李冰:战国时水利专家。他本人不迷信,他死后却流传着种种跟鬼神相斗的传说。据传他化身为一头巨牛与兴风作浪的江神搏斗,与下属约定暗号,杀死了同样化形为牛的江神。

【译文】

三叔仪南公有个很能干的仆人,叫毕四。他善于打猎,能拉动十石拉力的弓。常常在野地里捕鹌鹑。捕鹌鹑必须在夜里,先把秸秆插在地上，布置成像是禾垄的样子，上面张开网；用牛角作成曲管，模仿鹌鹑的叫声轻轻地吹。鹌鹑飞来之后，先稍微地吓吓它们，让它们陆续躲进秸秆丛里；然后再大声惊吓，让它们惊飞，就都触到网上了。吹牛角时，声音凄咽，往往误把妖鬼引来，因此必须建一座茅棚自卫，并带着武器防身。

一天夜里，月光明亮，一个老人来行礼说："我是狐狸，儿孙们和北村的狐狸结下了冤仇，全族都参加械斗。混战中，对方捉了我的一个女儿，每次械斗时就把她反绑了拉出来羞辱我。我方也捉了他们的一个妾，也照他们的样子报复。因此双方的仇越结越深，约定今晚在这儿决战。听说你义气豪侠，请求你助我一臂之力，我这一辈子也不会忘了你的大恩。用铁尺当武器的是对方，用刀的是我这一方。"毕四本来就好事，欣然跟着老人前去，躲在矮树丛中。两方交兵之后，有两只狐狸打得浑身是血难解难分，以至于相互紧抱着徒手搏斗起来。毕四瞄准了目标，一箭射去，把北村的狐狸射倒了。不料弓力太强，箭头太锋利，竟穿透北村狐狸的腹部，洞穿老人的腋下，两只狐狸都死了。双方各自惊慌失措地抢了尸体，扔下俘虏逃走了。毕四给狐妾和狐女松了绑，告诉她们："传话给你们的家族，两家胜败差不多，从此可以解除冤仇了。"在这以前，北村的人每到夜里就听见杀声连天，从这夜以后就安静下来了。

这件事和李冰的故事有点儿像，不过李冰斗江神，是为了防御灾祸为民除害；这些狐狸却只为了泄私愤而斗个不停，终于两败俱伤，这样还不能罢手么？

姚安公在滇时，幕友言署中香橼树下①，月夜有红裳女子靓妆立，见人则冉冉没土中。众议发视之。姚安公携卮酒浇树下，自祝之曰："汝见人则隐，是无意于为祟也。又何必屡现汝形，自取暴骨之祸？"自是不复出。又有书斋甚轩敞，久无人居。舅氏安公五章，时相从在滇，偶夏日裸寝其内，梦一人揖而言曰："与君虽幽明异路，然眷属居此，亦有男女之别。君奈何不以礼自处？"矍然醒[2]，遂不敢再往。姚安公尝曰："树下之鬼可谕之以理，书斋之魅能以理谕人。此郡僻处万山中，风俗质朴，浑沌未凿[3]，故异类亦淳良如是也。"

【注释】

①香橼(yuán)：又名"枸橼"，为芸香科柑橘属植物。

②矍(jué)然：惊慌的样子。

③浑沌未凿：世界尚处于蒙昧状态之中，天地尚未形成。比喻人的本性纯真朴实。混沌，古人想象中的天地形成以前的状态。

【译文】

姚安公在云南时，师爷说衙署院里的香橼树下，月夜里常见有一个红衣女子，浓妆艳抹地站在那儿，见了人就缓缓地没进土里。大家提议挖开看看。姚安公拿来一壶酒浇到树下，祝祷说："你见了人就藏起来，说明没打算做妖害人。那又何必屡屡现形，自找暴露尸体之祸呢？"此后，红衣女子便不再出来了。还有一间书房，极为宽敞，好久空在那儿没有人住。舅舅安五章公跟着姚安公在云南，夏天偶尔光着身子睡在书房里，梦见一个人向他作了个揖，说道："我和你虽然是两个世界的人，但我的眷属在这儿，也有男女之别。你为什么自己独处时，不守礼节呢？"安五章公猛然醒来，再也不敢到书房去了。姚安公曾说："树下的鬼，可以通过讲道理使它明白事理；书房的鬼，能通过讲道理让人明白事理。这个郡地处偏僻的万山丛中，风俗朴实而不开化，所以鬼怪什么的也都这么淳厚善良。"

余两三岁时，尝见四五小儿，彩衣金钏，随余嬉戏，皆呼余为弟，意似甚相爱。稍长时，乃皆不见。后以告先姚安公，公沉思久之，爽然曰："汝前母恨无子，每令尼媪以彩丝系神庙泥孩归，置于卧内，各命以乳名，日饲果饵，与哺子无异。殁后，吾命人瘗楼后空院中①，必是物也。恐后来为妖，拟掘出之，然岁久已迷其处矣。"前母即张太夫人姊。一岁忌辰，家祭后，张太夫人昼寝，梦前母以手推之曰："三妹太不经事②，利刃岂可付儿戏？"愕然惊醒，则余方坐身旁，掣姚安公革带佩刀出鞘矣。始知魂归受祭，确有其事。古人所以事死如生也。

【注释】

①瘗（yì）：埋葬，掩埋。

②太不经事：实在没有经历过什么事情。指太缺乏经验。

【译文】

在我两三岁时，曾见到有四五个小孩子，穿着花衣裳、戴着金项圈，和我一起玩，他们都称我为弟弟，好像很喜欢我。我稍大时就不见了。后来我把这事告诉了先父姚安公，他沉思了好久，恍然道："你的前母遗憾没生儿子，曾经叫尼姑用彩丝线拴了神庙里的泥孩儿来，放在卧室里，她给每个泥孩儿都起了小名，每天都给他们供果品什么的，和养育孩子一样。她去世后，我叫人把这些泥孩儿都埋在楼后的空院里，肯定是这些泥孩儿作怪。担心今后闹妖，打算把泥孩儿挖出来，却因为年头长了，已经记不起埋在什么地方了。"前母就是张太夫人的姐姐。有一年的忌日，家祭之后，张太夫人正在睡午觉，梦见前母用手推她，说："三妹太没有经验了，怎么能让小孩子玩刀？"张太夫人惊醒过来，发现我正坐在她身旁，玩着姚安公的皮带，挂在上面的佩刀已经拉出刀鞘了。由此才知道灵魂回来接受祭祀，确有其事。古人因此侍奉死人就像侍奉活人一样。

表叔王碧伯妻丧，术者言某日子刻回煞，全家皆避出。有盗伪为煞神，逾垣入，方开箧攫簪珥，适一盗又伪为煞神来，鬼声呜呜渐近。前盗惶遽避出，相遇于庭，彼此以为真煞神，皆悸而失魂，对仆于地。黎明，家人哭入，突见之，大骇，谛视乃知为盗。以姜汤灌苏，即以鬼装缚送官。沿路聚观，莫不绝倒。据此一事，回煞之说当妄矣。然回煞形迹，余实屡目睹之。鬼神茫昧，究不知其如何也。

【译文】

表叔王碧伯的妻子去世了，术士说某一天的子刻死者的灵魂要回来，到了那天，全家都躲了出去。有一个小偷伪装成煞神，翻墙进了家，正打开箱子偷簪环首饰，恰巧另一个小偷又伪装成煞神而来，鬼声呜呜，渐渐逼近。先来的小偷慌慌张张地想要躲出去，在庭院里相遇，彼此都以为对方是真煞神，都吓掉了魂，面对面地倒在地上。黎明时，家里人哭着回来，突然看见地上躺着两个人，吓了一大跳；仔细一看，才知道是小偷。用姜汤把他们灌醒，就让他们穿着煞神的装束把他们捆绑送官。一路上百姓围观，都笑弯了腰。根据这一件事情，回煞的说法应当是虚妄的了。但是回煞的形迹，我确实是多次亲眼看到过。鬼神之事渺渺茫茫，实在不知道到底怎么样。

益都朱天门言：甲子夏[①]，与数友夜集明湖侧，召妓侑觞[②]。饮方酣，妓素不识字，忽援笔书一绝句曰："一夜潇潇雨，高楼怯晓寒。桃花零落否？呼婢卷帘看。"掷于一友之前。是人观讫，遽变色仆地。妓亦仆地。顷之妓苏，而是人不苏矣。后遍问所亲，迄不知其故。

【注释】

①甲子：乾隆九年(1744)。

②侑(yòu)：在筵席旁助兴，劝人吃喝。

【译文】

益都人朱天门说：乾隆甲子年夏天，他和几位朋友夜里在大明湖边聚会，招来妓女陪酒。正喝得高兴，向来不识字的妓女忽然拿起笔来写了一首绝句："一夜潇潇雨，高楼怯晓寒。桃花零落否？呼婢卷帘看。"写完扔到一位朋友面前。这个人看完，顿时面无人色，扑倒在地。妓女也扑倒地上。过了片刻，妓女苏醒过来，这个朋友却一直没有苏醒。后来问遍了他的亲朋好友，始终没人知道其中的缘故。

癸巳、甲午间①，有扶乩者自正定来。不谈休咎，惟作书画。颇疑其伪托，然见其为曹慕堂作着色山水长卷及醉钟馗像，笔墨皆不俗。又见赠董曲江一联曰："黄金结客心犹热，白首还乡梦更游。"亦酷肖曲江之为人。

【注释】

①癸巳、甲午：乾隆三十八年(1773)、乾隆三十九年(1774)。

【译文】

乾隆癸巳、甲午年间，有个扶乩的从正定县来。他请的乩仙不谈吉凶，只是写字作画。我很怀疑这个扶乩人是假借书画另有所图，但是看他为曹慕堂画的一轴着色山水画和醉钟馗的像，笔法高洁脱俗。又见到他赠给董曲江一副对联："黄金结客心犹热，白首还乡梦更游。"把董曲江的为人写得也很传神。

佃户曹二妇悍甚，动辄诃詈风雨，诟谇鬼神。乡邻里间，一语不合，即揎袖露臂[1]，携二捣衣杵，奋呼跳掷如虓虎[2]。一日，乘阴雨出窃麦，忽风雷大作，巨雹如鹅卵，已中伤仆地。忽风卷一五斗栲栳堕其前[3]，顶之得不死。岂天亦畏其横欤？或曰："是虽暴戾，而善事其姑。每与人斗，姑叱之，辄弭伏；姑批其颊，亦跪而受。然则遇难不死，有由矣。"孔子曰："夫孝，天之经也，地之义也。"岂不然乎！

【注释】

①揎(xuān)：捋起袖子露出胳膊。

②虓(xiāo)虎：怒吼的虎。虓，虎吼。

③栲栳(kǎo lǎo)：也叫"笆斗"，用柳条编成，形状像斗的容器。

【译文】

佃户曹二的妻子非常凶蛮泼辣，动不动就厉声指天画地，责骂鬼神。邻里乡亲之间，一句话说不来，就卷起袖子露出手臂，拿着两根捣衣棒，呼叫跳跃，像咆哮的老虎。有一天，她乘着阴雨天出去偷麦子，忽然风雷大作，冰雹大得像鹅蛋，她已经被砸伤扑倒在地上。忽然间大风卷起一个可以盛五斗粮的笆斗掉落在她的面前，她就顶着笆斗才没有被冰雹砸死。难道老天也怕她的蛮横吗？有人说："她虽然凶暴不讲理，但对她婆婆很好。每次和别人争斗时，婆婆呵叱她，她马上就老实了；婆婆打她耳光，她也跪下挨着。这么说来，她遇难不死，是有原因的。"孔子说："孝道，是天经地义的事。"难道不是这样吗！

癸亥夏[1]，高川之北堕一龙，里人多目睹之。姚安公命驾往视，则已乘风雨去。其蜿蜒攫拿之迹，蹂躏禾稼二亩许，尚分明可见。龙，神物也，何以致堕？或曰："是行雨有误，天所谪也。”

按，世称龙能致雨，而宋儒谓雨为天地之气，不由于龙。余谓《礼》称“天降时雨，山川出云”，故《公羊传》谓“触石而出，肤寸而合[②]，不崇朝而雨天下者[③]，惟泰山之云”。是宋儒之说所本也。《易·文言·传》称“云从龙”[④]，故董仲舒祈雨法召以土龙，此世俗之说所本也。大抵有天雨，有龙雨：油油而云，潇潇而雨者，天雨也；疾风震雷，不久而过者，龙雨也。观触犯龙潭者，立致风雨，天地之气能如是之速合乎？洗鲊答诵梵咒者[⑤]，亦立致风雨，天地之气能如是之刻期乎？故必两义兼陈，其理始备。必规规然胶执一说，毋乃不通其变欤！

【注释】

①癸亥：乾隆八年(1743)。

②肤寸而合：形容云气密集。肤寸，古代长度单位。一指的宽度为寸，伸直四指的宽度为肤(一肤为四寸)；也用以比喻极小。

③崇朝：亦作“终朝”，从天亮到早饭时，一个早晨。崇，通“终”。

④《易·文言·传》：《易经》分为经部和传部。经部是对450卦易卦典型象义的揭示和相应吉凶的判断；传部含《文言》、《彖传》上下、《象传》上下、《系辞传》上下、《说卦传》、《杂卦传》共七种十篇，称之为“十翼”，是孔门弟子对《易经》经文的注解和对筮占原理、功用等方面的论述。

⑤鲊(zhǎ)：一种用盐和红曲腌制的鱼。

【译文】

乾隆癸亥年夏天，高川的北面掉下来一条龙，当地有很多人都看到了。先父姚安公叫人驾车去看，龙已经乘着风雨飞走了。但龙掉下来以后曲折爬行、张爪抓挠的痕迹，糟蹋了差不多两亩的稻谷的痕迹，还分明可见。龙，本来是神物，怎么会掉下来呢？有人说："这是行雨时出了差错，被上天处罚的。"

按，世人的说法，龙能行雨，但宋儒认为雨是天地之气，不是由龙掌管的。我认为《礼经》上说"天能按时下雨，雨云是由山川而生"，所以《公羊传》认为"云触到了山石而生，云气密集，不到一个早晨就能把雨洒向天下的，只有泰山之云"。这是宋儒之说的根据。《周易·文言·传》中说"云从龙"，所以董仲舒的祈雨法就需要召请土龙行雨，这是世俗之说的来源。一般说来，有天雨，有龙雨：云彩油然而生，雨滴潇潇而下的，是天雨；狂风震雷，来去匆匆的，是龙雨。根据触犯龙潭就立即风雨骤至的情形，可见龙雨是有的；不然的话，天地之气能交合得如此迅速吗？根据准备祭礼谢神、答诵梵咒也能使风雨骤至的情形，又可见龙雨是有的；否则，天地之气能交合得这样准时吗？因此，必须将天雨和龙雨这两种说法结合起来解释才说得清楚。假如必定要拘泥于一种说法，岂不是太不懂得变化的道理了吗！

里人王驴耕于野，倦而枕块以卧。忽见肩舆从西来，仆马甚众，舆中坐者先叔父仪南公也。怪公方卧疾，何以出行。急近前起居。公与语良久，乃向东北去。归而闻公已逝矣。计所见仆马，正符所焚纸器之数。仆人沈崇贵之妻，亲闻驴言之。后月馀，驴亦病卒。知白昼遇鬼，终为衰气矣。

【译文】

村里的王驴在田里耕作，累了便枕着土块躺下来。忽然，他看见一顶轿子从西面来，后面随着的仆从车马很多，轿子里面坐着的是我的先叔父仪南公。他奇怪仪南公正卧病在床，怎么出来了。急忙到跟前去问安。仪南公和他说了好一会儿话，才往东北方向去了。王驴回来，听说仪南公已经去世了。他在地里见到仪南公的仆从车马，与烧化的纸人纸马数目正好相符。仆人沈崇贵的妻子，亲耳听到王驴讲了上面的事。一个多月后，王驴也病故了。可知大白天见鬼，是因为精气衰竭了。

余第三女，许婚戈仙舟太仆子。年十岁，以庚戌夏至卒[①]。先一日，病已革，时余以执事在方泽，女忽自语曰："今日初八，吾当明日辰刻去，犹及见吾父也。"问何以知之，瞑目不言。余初九日礼成归邸，果及见其卒，卒时壁挂洋钟恰琤然鸣八声。是亦异矣。

【注释】

①庚戌：乾隆五十五年(1790)。

【译文】

我的三女儿许婚给太仆戈仙舟的儿子。十岁那年，乾隆庚戌年夏至那天夭亡。临死前一天，她的病已经很重了，当时我因公事出差到方泽，女儿忽然自言自语说："今天初八，我应当明天辰刻走，还来得及见上父亲一面。"问她怎么知道，她闭着眼睛不说。我初九那天祭礼之后回家，果然赶上见了她一面，她死时，墙上挂的洋钟恰好"当当"地敲了八下。这也真是怪事了。

膳夫杨义，粗知文字。随姚安公在滇时，忽梦二鬼持朱票来拘，标名曰杨乂。义争曰："我名杨义，不名杨乂，尔定误拘。"二鬼皆曰："乂字上尚有一点，是省笔义字。"义又争曰：

"从未见义字如此写,当仍是乂字误滴一墨点。"二鬼不能强而去。同寝者闻其呓语,殊甚了了。俄姚安公终养归,义随至平彝,又梦二鬼持票来,乃明明楷书"杨义"字。义仍不服曰:"我已北归,当属直隶城隍。尔云南城隍,何得拘我?"喧诟良久。同寝者呼之乃醒,自云二鬼甚愤,似必不相舍。次日,行至滇南胜境坊下,果马蹶堕地卒。

【译文】

厨子杨乂多少识几个字。跟随姚安公在云南时,忽然梦见两个鬼拿了朱笔写的传票来拘捕,传票上写的名字是"杨义"。杨乂争辩说:"我名叫杨乂,不叫杨义,你们一定是错抓了。"二鬼都说:"乂字上还有一点,是省笔的义字。"杨乂又争辩说:"从来没有见到义字这样写法,应当还是乂字,错滴了一滴墨点。"二鬼不能强拉他去。同睡的人听到他说梦话说得很清楚。不久,姚安公辞官归家奉养父母,杨乂跟随到了平彝,又梦见两个鬼拿了传票来,上面竟明明白白用楷书写着"杨义"二字。杨乂仍旧不服,说:"我已经回到北方,应当属于直隶城隍管辖。你们是云南城隍的下属,怎么能拘捕我?"喧嚷吵骂了很久。同睡的人叫他,他才醒了,杨乂说两个鬼很生气,好像一定不会放弃的样子。第二天,走到滇南胜境牌坊下,杨乂果然因为马失前蹄而掉到地上摔死了。

余在乌鲁木齐,畜数犬。辛卯赐环东归[①],一黑犬曰四儿,恋恋随行,挥之不去,竟同至京师。途中守行箧甚严,非余至前,虽僮仆不能取一物。稍近,辄人立怒啮。一日,过辟展七达坂,达坂译言山岭,凡七重,曲折陡峻,称为天险。车四辆,半在岭北,半在岭南,日已曛黑,不能全度。犬乃独卧岭巅,左右望而护视之,见人影辄驰视。余为赋诗二首曰:

"归路无烦汝寄书，风餐露宿且随予。夜深奴子酣眠后，为守东行数辆车。""空山日日忍饥行，冰雪崎岖百廿程。我已无官何所恋，可怜汝亦太痴生。"纪其实也。

至京岁馀，一夕，中毒死。或曰："奴辈病其司夜严，故以计杀之，而托词于盗。"想当然矣。余收葬其骨，欲为起冢，题曰"义犬四儿墓"；而琢石象出塞四奴之形，跪其墓前，各镌姓名于胸臆，曰赵长明，曰于禄，曰刘成功，曰齐来旺。或曰："以此四奴置犬旁，恐犬不屑。"余乃止，仅题额诸奴所居室，曰"师犬堂"而已。

初，翟孝廉赠余此犬时，先一夕梦故仆宋遇叩首曰："念主人从军万里，今来服役。"次日得是犬，了然知为遇转生也。然遇在时阴险狡黠，为诸仆魁，何以作犬反忠荩[②]？岂自知以恶业堕落，悔而从善欤？亦可谓善补过矣。

【注释】

①辛卯：乾隆三十六年（1771）。赐环：旧时放逐之臣，遇赦召还谓"赐环"。

②忠荩（jìn）：忠诚。荩，通"进"，进用。后引申为忠诚。

【译文】

我在乌鲁木齐时，养了几只狗。乾隆辛卯年遇赦离开乌鲁木齐回归京城，一只名叫四儿的黑狗，恋恋不舍地跟随队伍前行，赶也赶不回去，最终一同到了京城。途中，四儿守护行装箱物看得很严，不是我亲自上前，就是僮仆也拿不出一样东西。稍稍走近一点儿，它就像人一样站立起来怒咬。有一天，经过辟展的七达坂，达坂，翻译成汉语就是山岭，七重曲折，非常陡峻，人们称之为天险。四辆车子，一半在岭北，一半在岭南，天色已经昏黑，来不及全部翻过山集中到一起。这只狗就卧在山岭顶峰上，左右张望看护着，一见人影就奔过去看。我曾为黑狗赋诗二首：“归路无烦汝寄书，风餐露宿且随予。夜深奴子酣眠后，为守东行数辆车。”“空山日日忍饥行，冰雪崎岖百廿程。我已无官何所恋，可怜汝亦太痴生。”记录了四儿的真实情况。

到达京城一年多后，一天晚上，四儿中毒死了。有人说：“家奴们嫌它守夜太严，因此想法弄死了它，推说是盗贼毒死的。”想来是这样。我收葬了四儿的尸骨，打算为它起个坟头，题字“义犬四儿墓”；然后再雕琢随我出塞的四个家奴的石像，跪在四儿墓前，在胸部各各刻上他们的姓名，分别是赵长明、于禄、刘成功、齐来旺。有人说：“将这四个家奴安置在四儿墓旁，恐怕四儿看不上。”我这才打消了这个念头，只在家奴们住室的门额上题写了“师犬堂”三个字。

当初翟孝廉把四儿送给我的前一天夜晚，我梦见已故的仆人宋遇向我叩头说：“我顾念主人从军万里之外，现在前来服役。”第二天，就得到这只狗，因此清楚地知道这是宋遇转生。但是宋遇活着时阴险狡黠，是仆人中最能作怪的，为何转生为狗以后反而忠心耿耿了？难道是他自知罪孽深重堕落为狗，从而悔恨从善了吗？若是这样，这也可以说是善于补过了。

狐能化形，故狐之通灵者，可往来于一隙之中，然特自化其形耳。

宋蒙泉言：其家一仆妇为狐所媚，夜辄褫衣无寸缕，自窗棂舁出，置于廊下，共相戏狎。其夫露刃追之，则门键不可启。或掩扉以待，亦自能坚闭，仅于窗内怒詈而已。一日，阴藏鸟铳，将隔窗击之。临期觅铳不可得。次日，乃见在钱柜中。铳长近五尺，而柜口仅尺馀，不知何以得入。是并能化他形矣。宋儒动言格物，如此之类，又岂可以理推乎？

姚安公尝言："狐居墟墓，而幻化室庐，人视之如真，不知狐自视如何。狐具毛革，而幻化粉黛，人视之如真，不知狐自视又如何。不知此狐所幻化，彼狐视更当如何。此真无从而推究也。"

【译文】

狐能变化形状，所以狐狸通灵的，就能通过一条小缝隙来来往往，但是它只能变化自己的形体。

宋蒙泉说：他家里有个女仆，被狐狸媚惑，一到夜里就被狐狸脱得一丝不挂，从窗棂间抬出去放在廊下，群狐一起来猥亵戏弄。女仆的丈夫持刀向外冲，但是门被反锁住打不开。有时他虚掩着门等着，门也会自动关得紧紧的，他只能在屋里怒骂而已。有一天，他偷偷地藏了一支火枪，打算隔着窗户射击。到时候火枪却找不到了。第二天，却发现火枪在钱柜里。火枪长近五尺，柜口只有一尺多，不知是怎么放进去的。这就是说，狐狸还能变化它自身以外的人或物体的形状。宋儒动不动就说应当穷究事物的原理，像这类事又怎能以理来推测呢？

姚安公曾说："狐狸住在坟墓里，却能幻化出屋宇的模样，人看着像真的一样，不知它自己看着是什么样子。狐狸长着皮毛，幻化为美女之后，人见了像真的一样，不知它自己看了又是什么样子。不知这个狐狸幻化之后，另外的狐狸看来又是个什么样子。这真是没法推究的事。"

乌鲁木齐把总蔡良栋言：此地初定时，尝巡瞭至南山深处。乌鲁木齐在天山北，故呼曰南山。日色薄暮，似见隔涧有人影，疑为玛哈沁，额鲁特语谓劫盗曰玛哈沁，营伍中袭其故名。伏丛莽中密侦之。见一人戎装坐磐石上，数卒侍立，貌皆狰狞。其语稍远不可辨，惟见指挥一卒，自石洞中呼六女子出，并姣丽白皙。所衣皆缯彩[1]，各反缚其手，觳觫俯首跪[2]。以次引至坐者前，褫下裳伏地，鞭之流血，号呼凄惨，声彻林谷。鞭讫，径去，六女战栗跪送，望不见影，乃呜咽归洞。其地一射可及，而涧深崖陡，无路可通。乃使弓力强者，攒射对崖一树。有两矢着树上，用以为识。明日，迂回数十里寻至其处，则洞口尘封。秉烛而入，曲折约深四丈许，绝无行迹。不知昨所遇者何神，其所鞭者又何物。生平所见奇事，此为第一。

考《太平广记》，载老僧见天人追捕飞天野叉事，野叉正是一好女。蔡所见似亦其类欤？

【注释】

①缯（zēng）彩：彩色缯帛。缯，古代对丝织品的总称。

②觳觫（hú sù）：恐惧战慄的样子。

【译文】

乌鲁木齐把总蔡良栋说：这个地区刚刚安定时，他曾经巡查到南山深处。乌鲁木齐在天山之北，所以叫它南山。当时夕阳西下，蔡良栋看见山涧对面好像有人走来走去，以为是玛哈沁，额鲁特语叫盗贼为“玛哈沁”，军队里袭用它原来的名称。就躲在灌木丛中仔细观察。只见有一个人身穿戎装坐在一块大石头上，几个士卒侍立一旁，面目都很狰狞可怕。因为隔得远听不清说话声，只见坐着的人指挥一个士卒从石洞里叫出六个女子，这些女子都皮肤白皙、容貌娇丽。都穿着漂亮的绸缎衣裳，每人被反绑着两手，浑身颤抖低头跪着。她们被一个个带到坐着的人面前，被剥下裤子按倒在地，一直鞭打到皮开肉绽，女子的凄惨呼叫，响彻山林。打完后，那群人扬长而去；这六个女子战战兢兢跪在原地不敢动，目送到望不见那群人的影子，才呜咽着回到洞里。涧对岸离蔡良栋这边只有一箭之遥，但涧深崖陡，无路可通。当时蔡把总命令几个弓力强的士兵集中目标射对岸的一棵树。有两支箭射中了，作为标记。第二天迂回盘旋了几十里找到那儿，洞口却是蛛网尘封。蔡把总一行点了火把进洞，发现曲曲折折大约有四丈多深，却丝毫没有发现人的踪迹。不知昨天遇见的是什么神，他们鞭打的又是什么东西。蔡把总说，我一生中见过的，在怪事中数得上第一。

考据《太平广记》，记载一个老僧看见天人追捕飞天夜叉，夜叉正是一个美女。蔡把总所见的莫非是夜叉一类的东西？

六畜充庖，常理也；然杀之过当，则为恶业。非所应杀之人而杀之，亦能报冤。乌鲁木齐把总茹大业言：吉木萨游击遣奴入山寻雪莲[①]，迷不得归。一夜，梦奴浴血来曰："在某山遇玛哈沁为脔食，残骸犹在桥南第几松树下，乞往迹之。"游击遣军校寻至树下，果血污狼藉，然视之皆羊骨。盖圉卒共盗一官羊[②]，杀于是也。犹疑奴或死他所。越两日，奴得遇猎者引归，始知羊假奴之魂，以发圉卒之罪耳。

【注释】

①游击：从三品武官，分领绿营兵。漕标副将以下也设此官，掌催护粮运。西南少数民族土官中，也有"土游击"一职。

②圉（yǔ）：养马。

【译文】

用六畜做菜来给人吃，这是常理；但是杀过了头，就成为罪恶冤孽。不是应该杀的人而去杀它，它也会报冤的。乌鲁木齐把总茹大业说：吉木萨游击派遣奴仆进山寻找雪莲，迷了路回不来。一天夜里，梦见奴仆满身是血而来说:“在某山碰到玛哈沁,被一块块零碎割着吃掉了,剩馀的骸骨还在桥南第几棵松树下面,请求去查找。”游击派遣下属军官找到树下,果然血污狼藉,但是看去都是羊骨。原来养马的士兵一道偷了官府饲养的一只羊,在这里杀掉了。人们还疑心奴仆也许死在别的地方。过了两天,奴仆遇到了打猎的被领了回来,人们才知道是羊借奴仆的魂来揭发士兵的罪过罢了。

李媪,青县人。乾隆丁巳、戊午间①,在余家司爨。言其乡有农家,居邻古墓。所畜二牛,时登墓蹂践。夜梦有人呵责之。乡愚粗戆,置弗省。俄而家中怪大作,夜见二物,其巨如牛,蹴踏跳掷,院中盎瓮皆破碎。如是数夕,至移碌碡于房上,砰然滚落,火焰飞腾,击捣衣砧为数段。农家恨甚,乃多借鸟铳,待其至,合手击之,两怪并应声踣。农家大喜,急秉火出视,乃所畜二牛也。自是怪不复作,家亦渐落。凭其牛以为妖,俾自杀之,可谓巧于播弄矣;要亦乘其犷悍之气,故得以假手也。

【注释】

①丁巳、戊午:乾隆二年(1737)、乾隆三年(1738)。

【译文】

李老妈子,青县人。乾隆丁巳、戊午年间,在我家做厨娘。她说她的家乡有户农民,住宅邻近古墓。家里养的两头牛,时常登上古墓踩踏。夜里农民梦见有人为这件事情斥责他。农民愚昧无知,又粗心又不动脑子,醒来就放在脑后没有醒悟。不久,家中接连出现怪事,每天夜晚,就会看见两个怪物,像牛那么大,在院子里跑跳践踏,院子里的坛坛罐罐,都被弄碎了。这样闹了几夜,闹腾到石滚子上了房,又“砰”的一声滚落下来，砸得火焰飞腾，把捣衣砧砸成几块。农民非常恼恨，借了好几支鸟枪，等怪物一出现，一起开火；两个怪物应声倒地。农民大喜，急忙打着火把查看，原来打死的是自家的两头牛。此后再没出现怪事，不过农民的家境也逐渐衰落下来。妖怪依凭着他家的牛闹腾，让他自己杀死了自己家的牛，这可真是安排得巧妙；大概也是借着牛的粗野强悍之气，才能实施报复。

献县城东双塔村，有两老僧共一庵。一夕，有两老道士叩门借宿。僧初不允。道士曰："释道虽两教，出家则一。师何所见之不广？"僧乃留之。次日至晚，门不启，呼亦不应。邻人越墙入视，则四人皆不见。而僧房一物不失，道士行囊中藏数十金，亦具在。皆大骇，以闻于官。邑令粟公千钟来验，一牧童言村南十馀里外枯井中似有死人。驰往视之，则四尸重叠在焉，然皆无伤。粟公曰："一物不失，则非盗；年皆衰老，则非奸；邂逅留宿，则非仇；身无寸伤，则非杀。四人何以同死？四尸何以并移？门扃不启，何以能出？距井窎远①，何以能至？事出情理之外，吾能鞫人，不能鞫鬼。人无可鞫，惟当以疑案结耳。"径申上官。上官亦无可驳诘，竟从所议。应山明公晟，健令也，尝曰："吾至献，即闻是案；思之数年，不能解。遇此等事，当以不解解之。一作聪明，则决裂百出矣。人言粟公愦愦，吾正服其愦愦也。"

【注释】

①窎（diào）远：遥远。窎，远。

【译文】

献县城东的双塔村，有两个老和尚共住在一个庙里。一天晚上，有两个老道敲门借宿。和尚起初不同意。道士说："释、道虽是两个教派，但同样都是出家人。师父的见解怎么这么狭隘呢？"和尚这才留他们住。第二天，一直到晚上庙门也没有开，叫也叫不应。邻居爬墙进去，四个人都不见了。和尚屋里的东西一样不缺，道士的行囊中藏着几十两银子，也都在。大家大惊，报了官。县令粟千钟公来查验，一个牧童说村南十多里外的枯井里好像有死人。粟公赶去一看，却是四具尸体重叠在井里，但尸体上都没有伤。粟公说："一件东西也没丢，不可能是盗杀；四人都已衰老，不可能是奸杀；碰巧相遇留宿，也不可能是仇杀；身上一点儿伤也没有，就不是杀死的。四个人为什么一块死呢？四具尸体怎么都在这儿？门插着没开，怎么能出来？离井这么远，怎么能到了这儿？这件事出乎情理之外，我能审理人，不能审理鬼。没有人可审，只有作为疑案结案了。"就这样报告了上司。上司也找不出什么来辩驳，最终批准了粟公的意见。应山人明晟公，是位很能干的县令，他曾经说："我到了献县，就听说了这个案子，思考了好几年还没有解开这个谜。遇到了这种事，只能不了了之。一旦自作聪明乱猜测，麻烦就大了。人们说粟公糊里糊涂，我还真佩服他的糊里糊涂。"

《左传》言："深山大泽，实生龙蛇。"小奴玉保，乌鲁木齐流人子也。初隶特纳格尔军屯[①]。尝入谷追亡羊，见大蛇巨如柱，盘于高岗之顶，向日晒鳞。周身五色烂然，如堆锦绣；顶一角，长尺许。有群雉飞过，张口吸之，相距四五丈，皆翩然而落，如矢投壶。心知羊为所吞矣，乘其未见，循涧逃归，恐怖几失魂魄。军吏邬图麟因言，此蛇至毒，而其角能解毒，即所谓吸毒石也。见此蛇者，携雄黄数斤，于上风烧之，即委顿不能动。取其角,锯为块,痈疽初起时,以一块着疮顶,即如磁吸铁,相粘不可脱。待毒气吸出,乃自落。置人乳中,浸出其毒,仍可再用。毒轻者乳变绿,稍重者变青黯,极重者变黑紫。乳变黑紫者,吸四五次乃可尽,馀一二次愈矣。余记从兄懋园家有吸毒石,治痈疽颇验。其质非木非石,至是乃知为蛇角矣。

【注释】

①特纳格尔:今新疆阜康。军屯:监守流放犯人的军队驻扎地。

【译文】

《左传》说:"深山老林,大片的湿地水域,应当是龙蛇生长之地。"小奴玉保是乌鲁木齐流放犯人的儿子。起初隶属于特纳格尔军屯。有一次追寻丢失的羊追到了山谷里,看见一条蛇,有房柱子那么粗,盘在高岗顶上,向着太阳晒身上的皮鳞。那蛇全身五颜六色,好像堆着的锦绣;蛇的头顶上长了一只角,有一尺左右长。有一群野鸡飞过,大蛇张嘴一吸,虽然相距四五丈远,野鸡却轻飘飘落了下来,像是往壶里投箭一样准确无误地进了蛇口。小奴心里明白羊是被蛇吞了,趁着蛇没看见自己,沿着山涧逃了回来,吓得差点儿丢了魂。军吏邬图麟说这种蛇最毒,但它头上的角能解毒,这叫吸毒石。见了这种蛇,可用几斤雄黄在蛇的上风头烧,蛇一闻到气味就浑身酥软不能动弹了。趁机取下它的角,锯成一块块的,在痈疮刚发的时候,贴一块在疮顶上,它就像磁铁吸铁一样粘住不掉。等把毒气吸出来时,它就自己掉下来了。把它放在人奶里,浸出里面的毒,还可以再用。毒轻一点儿的,奶变成绿色,重一点儿的变成青暗色,最重的就变成黑紫色。奶变成黑紫色的,要吸四五次才能把毒吸干净,其他的吸一两次就行。我记得堂兄懋园家里有吸毒石,治疗痈疽很有效。它的质地既非木头,也非石头。听邬图麟这么一说，我恍然大悟，原来吸毒石就是蛇角。

正乙真人，能作催生符，人家多有之。此非祷雨驱妖，何与真人事？殊不可解。或曰："道书载有二鬼：一曰语忘，一曰敬遗，能使人难产。知其名而书之纸，则去。符或制此二鬼欤？"夫四海内外，登产蓐者，殆恒河沙数，其天下只此语忘、敬遗二鬼耶？抑一处各有二鬼，一家各有二鬼，其名皆曰语忘、敬遗也？如天下止此二鬼，将周游奔走而为厉，鬼何其劳？如一处各有二鬼，一家各有二鬼，则生育之时少，不生育之时多，扰扰千百亿万，鬼无所事事，静待人生育而为厉，鬼又何其冗闲无用乎？或曰："难产之故多端，语忘、敬遗其一也。不能必其为语忘、敬遗，亦不能必其非语忘、敬遗，故召将试勘焉。"是亦一解矣。第以万一或然之事，而日日召将试勘，将至而有鬼，将驱之矣；将至而非鬼，将且空返，不渎神矣乎？即神不嫌渎，而一符一将，是炼无数之将，使待幽王之烽火①；上帝且以真人一符，增置一神。如诸符共一将，则此将虽千手千目，亦疲于奔命；上帝且以真人诸符，特设以无量化身之神，供捕风捉影之役矣。能乎不能？然赵鹿泉前辈有一符，传自明代，曰高行真人精炼刚气之所画也。试之，其验如响。鹿泉非妄语者，是则吾无以测之矣。

【注释】

①幽王之烽火：周幽王为了博得褒姒开心一笑，不惜想尽一切办法，可是褒姒依旧终日不笑。周幽王让手下大臣用烽火报警。

本来有敌入侵，才能举烽火报警，结果各路诸侯带着兵马全都到了，看到被戏弄的诸侯，褒姒大笑了起来。周幽王于是隔三差五数举烽火，各路诸侯不相信，再也不来了。事见《史记·周本纪》。

【译文】

正乙真人能制作催生符，许多人家里有这种符。这又不是求雨驱妖，不知道和道士有什么关系？这种事情实在不好解释。有人说："道书记载有两个鬼：一个叫语忘，一个叫敬遗，都能让人难产。知道了它们的名字而且写在纸上，它们就离开了。催生符也许就是制服这两个鬼的吧？"可是，要知道普天之下要生孩子的孕妇，几乎像恒河里的沙粒那么多，难以计算，天下却只有语忘、敬遗这两个鬼吗？也许是一处各有两个鬼，一家各有两个鬼，它们的名字都叫语忘、敬遗呢？如果天下只有这两个鬼，它们要到处游历奔走而兴灾作祸，那是何等的辛苦？如果一处各有两个鬼，一家各有两个鬼，那么生育的时候少，不生育的时候多，纷纷乱乱的千百亿万个鬼，无所事事，静静地等着人生育的时候兴灾作祸，鬼又是何等的闲散无用？有人说："难产的原因是多方面的，语忘、敬遗作祟是其中之一。难产了，不能肯定是因为语忘、敬遗，也不能肯定不是因为语忘、敬遗，所以要招来神将查证一下。"这也是一种解释。只是以万一有可能的事情，而天天召唤神将查证，神将来了查出来有鬼，神将驱赶它；神将来了查出来不是鬼作祟，神将就要徒劳往返，这不是亵渎神灵了吗？即使神不怪罪，而一道符招一员神将，这就要配备无数的神将，就像等待周幽王发出报警烽火似的等待召唤；上帝也要为真人的每一道符增设一员神将。如果所有的符，只有一员神将，那么这员神将即使有千手千眼，也要疲于奔命；上帝也要因为真人的这些符，特地设置无数化身的神，去应付捕风捉影的差事了。能不能这么做呢？但是赵鹿泉前辈有一道符，是从明代传下来的，他说是品行高洁的真人精炼刚气所画。试了一下，灵验得很。鹿泉不是随便乱说的人，这道符何以灵验，我就无从推测了。

俗传张真人厮役皆鬼神。尝与客对谈，司茶者雷神也。客不敬，归而震霆随之，几不免。此齐东语也[1]。忆一日与余同陪祀，将入而遗其朝珠，向余借。余戏曰："雷部鬼律令行最疾，何不遣取？"真人为冁然[2]。然余在福州使院时，老仆魏成夜夜为祟扰。一夜，乘醉怒叱曰："吾主素与天师善，明日，寄一札往，雷部立至矣。"应声而寂。然则狐鬼亦习闻是语也。

【注释】

①齐东语：齐东野语，比喻荒唐而没有根据的话。出自《孟子·万章》："此非君子之言，齐东野人之语也。"

②冁（chǎn）然：笑的样子。

【译文】

民间传说张真人的仆役都是鬼神。有一次他与客人谈话，上茶的是雷神。客人对张真人的态度不恭敬，客人回去的途中雷霆尾随身后，几乎丧命。这不过是道听途说的无稽之谈罢了。记得有一天，张真人和我一起参加朝廷祭礼，要进祭堂时，他说忘了带朝珠，向我借。我开玩笑说："雷部的鬼律令走得最快，何不派他们去取呢？"张真人朝我一笑。我在福建做提督学政的时候，老仆人魏成每夜总是受邪魅祟扰。一天夜晚，他乘着酒醉怒叱说："我的主人一向与张天师友善，明天寄一封书信去，雷部立刻就到。"话一说完，就寂静安宁了。这么看来，鬼狐也很熟悉民间对张真人的传闻了。

奴子王廷佐，夜自沧州乘马归。至常家砖河，马忽辟易。黑暗中，见大树阻去路，素所未有也。勒马旁过，此树四面旋转，当其前。盘绕数刻，马渐疲，人亦渐迷。俄所识木工国姓、韩姓从东来，见廷佐痴立，怪之。廷佐指以告。时二人已醉，齐呼曰："佛殿少一梁，正觅大树。今幸而得此，不可失也。"各持斧锯奔赴之，树倏化旋风去。《阴符经》曰[①]："禽之制在气[②]。"木妖畏匠人，正如狐怪畏猎户。积威所劫，其气焰足以慑伏之，不必其力之相胜也。

【注释】

①《阴符经》：即《黄帝阴符经》，相传为黄帝所作，多为后人假托。内容是道教修养之术，涉及养生要旨、气功、食疗、精神调养、房中等方面。

②禽之制在气：道家修炼的重要口诀。主张修习者用意念守住呼吸，把呼吸调顺了，心自然就不会再散乱。禽，同"擒"，制伏。

【译文】

奴仆王廷佐在夜里骑马从沧州回来。走到常家砖河，马忽然躲躲闪闪着往后倒退。黑暗中看见一棵大树挡在面前，这条路上以前并没有大树。王廷佐勒马从旁边过，这棵树却四面旋转着，在他面前绕来绕去。这么转了几刻钟，马渐渐疲惫了，人也渐渐迷了路。过了一会儿，他认识的姓国、姓韩的两个木工从东面走来，他们看见王廷佐呆立着，觉得很奇怪。王廷佐指点着大树说了原委。这二人已经喝醉了，齐声叫道："佛殿少一根大梁，正在找大树。今天幸亏找到这一棵，不能失去了。"二人手持斧锯奔过去，树突然化为一阵旋风跑了。《阴符经》说："制伏邪恶在于气势。"木妖怕木匠，正如狐怪怕猎户。在积威的压迫之下，气势足以慑伏对方，而不必以力量胜过对方。

宁津苏子庾言：丁卯夏[1]，张氏姑妇同刈麦[2]。甫收拾成聚，有大旋风从西来，吹之四散。妇怒，以镰掷之，洒血数滴渍地上。方共检寻所失，妇倚树忽似昏醉，魂为人缚至一神祠。神怒叱曰："悍妇乃敢伤我吏，速受杖！"妇性素刚，抗声曰："贫家种麦数亩，资以活命。烈日中妇姑辛苦，刈甫毕，乃为怪风吹散。谓是邪祟，故以镰掷之，不虞伤大王之使者。且使者来往，自有官路，何以横经民田，败人麦？以此受杖，实所不甘。"神俯首曰："其词直，可遣去。"妇苏而旋风复至，仍卷其麦为一处。

说是事时，吴桥王仁趾曰："此不知为何神，不曲庇其私昵，谓之正直可矣；先听肤受之诉[3]，使妇几受刑，谓之聪明则未也。"景州戈荔田曰："妇诉其冤，神即能鉴，是亦聪明矣。倘诉者哀哀，听者愦愦，君更谓之何？"子庾曰："仁趾之责人无已时。荔田言是。"

【注释】

①丁卯：乾隆十二年(1747)。

②刈(yì)：割。

③肤受之诉：有关切身利益的话。

【译文】

宁津的苏子庾说：乾隆丁卯年夏天，张氏婆媳一起割麦。刚把麦子收拾到一起，有一股大旋风从西方刮来，把麦子卷得四处飘散。媳妇大怒，把镰刀扔了过去，只见风过处洒了几滴血沾染在地上。婆媳二人正在一起往回捡被刮散的麦子，媳妇忽然昏昏沉沉靠在树上像酒醉一样，觉得自己的魂被人绑到了一个神祠里。神灵怒喝道："泼妇，竟敢伤害我的小吏，赶紧等着挨打！”媳妇向来性格刚强，大声抗议道：“穷人家种几亩麦，是用来活命的。烈日之下婆媳辛苦割麦，刚刚收拾好，就被怪风吹散。我以为是作祟害人的鬼怪，就用镰刀掷它，没有想到是伤了大王的使者。但是使者来往，自有官路可走，为什么横着经过民田，糟踏人家的麦子？如果我是为了这个挨打，实在心有不甘。”神灵低着头说：“她的言词正直，让她走吧。”媳妇苏醒了，旋风又刮过来，仍旧把麦子卷到了一起。

说这件事时，吴桥的王仁趾说：“这不知道是个什么神，不曲意庇护自己的人，可以说是正直的了；先听了手下受伤的人诉说，差一点儿让媳妇受刑，说他聪明就未必了。”景州的戈荔田说：“媳妇诉说了她的冤情，神灵就能够审察，这也算是聪明了。倘若诉说的人一味哀求，听的人昏聩糊涂，您还能说他什么呢？”苏子庚说：“仁趾责备别人没个完。荔田的话是对的。”

四川藩司张公宝南[①]，先祖母从弟也。其太夫人喜鳖臛[②]。一日，庖人得巨鳖，甫断其首，有小人长四五寸，自颈突出，绕鳖而走。庖人大骇仆地。众救之苏，小人已不知所往。及剖鳖，乃仍在鳖腹中，已死矣。先祖母曾取视之，先母时尚幼，亦在旁目睹。装饰如《职贡图》中回回状[③]，帽黄色，褶蓝色，带红色，靴黑色，皆纹理分明如绘；面目手足，亦皆如刻画。馆师岑生识之，曰：“此名鳖宝，生得之，剖臂纳肉中，则啖人血以生。人臂有此宝，则地中金银珠玉之类，隔土皆可见。血尽而死，子孙又剖臂纳之，可以世世富。”庖人闻之大懊悔，每一念及，辄自批其颊。外祖母曹太夫人曰：“据岑师所云，是以命博财也。人肯以命博财，其计多矣，何必剖臂养鳖？”庖人终不悟，竟自恨而卒。

【注释】

①藩司:明清时布政使的别称,即主管一省民政与财务的官员。

②臛(huò):肉羹。

③《职贡图》:古时候外国及中国境内的少数民族向中国皇帝进贡的纪实图画。

【译文】

四川布政使张宝南先生,是先祖母的堂弟。他的夫人爱吃鳖羹。有一天,厨子买了一只大鳖,刚砍掉鳖的头,就有一个长四五寸的小人从鳖的脖腔里蹦出来,绕着鳖跑来跑去。厨子吓得昏倒在地。大家把他救醒,小人也不知跑到哪儿去了。等剖开鳖腹,发现小人在里面,已经死了。先祖母曾拿过小人看过,先母当时还小,也在一旁看到了。小人的装饰像《职贡图》中回族人的样子,帽子是黄色的,夹袍是蓝色的,腰带是红色的,靴子是黑色的,衣着纹理分明,像画的一样;脸面手脚却像雕刻的一样。馆师岑生认识它,他说:"这种小人叫鳖宝,如果能活捉它,剖开人的胳膊放在肉里,它就能靠喝人血为生。人的胳膊里有这种宝物,那么地里的金银珠宝之类,隔着土便能看见了。人被它喝光了血就死了,子孙又可以割开胳膊把它放进去,这样,就可以世世代代富裕了。"厨子听了极为懊悔,每当想到这事,就打自己的嘴巴。外祖母曹太夫人说:"据岑馆师这么说,这是以命换财。人既然愿意用命去拼,那发财的办法就多了,何必割开胳膊来养鳖?"厨子始终懊恼不已,竟然恼恨得病而死。

孤树上人,不知何许人,亦不知其名。明崇祯末,居景城破寺中。先高祖厚斋公,尝赠以诗。一夜,灯下诵经,窗外窸窣有声,似人来往。呵问为谁,朗应曰:"身是野狐,为听经来此。"问:"某刹法筵最盛,何不往听?"曰:"渠是有人处诵经，师是无人处诵经也。”后为厚斋公述之，厚斋公曰：“师以此语告我，亦是有人处诵经矣。”孤树怃然者久之。

【译文】

孤树上人，不知道来历，也不知道姓名。明朝崇祯末年，住在景城的破庙里。先高祖厚斋公，曾经赠诗给他。一天夜里，孤树上人正在灯下诵经，听到窗外有窸窣声响，好像有人走动。他喝问是谁，窗外高声回答：“我是野狐，为了听经来到这里。”孤树上人问：“某寺讲经说法的集会最是热闹，为什么不到那里去听？”窗外说：“那里是在有人处诵经，大师是在无人处诵经。”后来孤树上人把这件事情讲给厚斋公听，厚斋公说：“大师把这件事讲给我听，也是在有人处诵经了。”孤树上人露出怅然的神情很久很久。

李太白梦笔生花，特睡乡幻景耳。福建陆路提督马公负书，性耽翰墨，稍暇即临池①。一日，所用巨笔悬架上，忽吐焰，光长数尺。自毫端倒注于地，复逆卷而上，蓬蓬然逾刻乃敛。署中弁卒皆见之②。马公画为小照，余尝为题诗。然马公竟卒于官，则亦妖而非瑞矣。

【注释】

①临池：相传汉朝有名的书法家张芝，在水池旁边练习写字，经常用池水洗砚台，使一池子的水都变黑了，后人因此称练习书法为“临池”。

②弁（biàn）：旧时称低级武官。

【译文】

李白梦见笔上开了花，不过是睡梦中的幻景。福建陆路提督马负书先生酷爱书法，有功夫就写字。有一天，他所用的大笔悬在笔架上，忽然吐出光焰来，有几尺长。光焰从笔毫倒垂向地上，又反卷而上，光芒蓬蓬的样子，亮了一刻多钟才消失了。衙门里的役卒们都看见了。马公将当时情景画了一幅小照，我还给他题了诗。马公后来竟死在任上，可见是妖异而不是祥瑞了。

史少司马抑堂，相国文靖公次子也。家居时，忽无故眩瞀，觉魂出门外，有人掖之登肩舆，行数里矣。复有肩舆自后追至，疾呼“且住”。视之，则文靖公也。抑堂下舆叩谒，文靖公语之曰：“尔尚有子孙未出世，此时讵可前往[①]？”挥舁者送归。霍然而醒，时年七十四。次年举一子，越两年又举一子，果如文靖公之言。此抑堂七十八岁时至京师，亲为余言。

【注释】

①讵(jù)：岂，怎么。

【译文】

兵部侍郎史抑堂，是相国文靖公的二儿子。有一次在家里忽然无缘无故头昏眼花，感觉魂灵出窍到了门外，有人扶着他登上轿子，走了几里路。又有轿子从后面追来，大叫“且住”。停下一看，却是文靖公。史抑堂下轿拜见，文靖公对他说道：“你还有子孙没有出世，这时候怎么可以前往？”挥手叫抬轿的送他回来。史抑堂猛然醒了过来，这一年他已经七十四岁。第二年，得了一个儿子，过了两年，又得了一个儿子，果然如文靖公所说的那样。这是史抑堂七十八岁时到京城，亲口对我说的。

卷六

滦阳消夏录六

【题解】

“因果报应”如同主旋律，一直回响在《阅微草堂笔记》全书，到了本卷，更是反复激越回旋。本卷51则笔记，20则直接沿用“因果报应”的框架讲故事说道理。“因果报应”的观念渗透于《阅微草堂笔记》的每个篇章，这并不是纪昀独有的思想特征，事实上自从这个观念形成之日起，就有道德导向作用，它决定了信仰者的人生价值取向。佛教宣扬善有善报、恶有恶报，从而唤醒人们对自身命运的终极关怀，使人乐于从善而畏惧从恶。“果报论”又强调自己作孽，自身受报，从而有助于信徒确立去恶从善的道德选择，并成为自觉实践道德规范的强大驱动力量、支配力量和约束力量。纪昀并不是佛教徒，在这些故事里，纪昀采用佛教的说法，不过是以生动形象的例证更加直观地贯彻他的道德观，使人更加关注生死的安顿，关切来世的命运，增强道德自律心理。

乌什回部将叛时[①]，城西有高阜，云其始祖墓也。每日将暮，辄见巨人立墓上。面阔逾一尺，翘首向东，若有所望。叛党殄灭后，乃不复见。或曰：“是知劫运将临，待收其子孙之魂也。”或曰：“东望者，示其子孙，有兵自东来，早为备也。”或曰：“回部为西域，向东者，面内也，示其子孙不可叛也。”是皆不可知。其为乌什将灭之妖孽,则无疑也。

【注释】

①乌什:在今新疆塔里木盆地西北边缘的天山南麓。

【译文】

乌什的回族部落在将要发生叛乱的时候,城西有一个高岗,据说是回族始祖的坟墓。每天傍晚时分,就能看见有个巨人站在坟墓上。他的脸有一尺多宽,头向东昂着,好像在遥望什么。叛乱被镇压之后,就再也没见到巨人了。有人说:“回人的始祖知道厄运将到,在等待接收他子孙的灵魂。”有人说:“向东边望,是告诉子孙,军队将从东边来,要早作准备。”有人说:“回部是在西域,面向东方,是面向内地,暗示他的子孙不可叛乱。”这些说法都无法知道对错。但这个巨人是妖孽预示乌什将要灭亡,这是无可置疑的。

宏恩寺僧明心言:上天竺有老僧[①],尝入冥。见狰狞鬼卒,驱数千人在一大公廨外[②],皆褫衣反缚。有官南面坐,吏执簿唱名,一一选择精粗,揣量肥瘠,若屠肆之鬻羊豕。

意大怪之。见一吏去官稍远,是旧檀越,因合掌问讯:“是悉何人?”吏曰:“诸天魔众[③],皆以人为粮。如来运大神力,摄伏魔王,皈依五戒。而部族繁夥,叛服不常,皆曰自无始以来,魔众食人,如人食谷;佛能断人食谷,我即不食人。如是哓哓,即彼魔王亦不能制。佛以孽海洪波,沉沦不返,无间地狱[④],已不能容。乃牒下阎罗,欲移此狱囚,充彼啖噬;彼腹得果,可免荼毒生灵。十王共议,以民命所关,无如守令,造福最易,造祸亦深。惟是种种冤愆,多非自作,冥司业镜，罪有攸归[5]。其最为民害者，一曰吏，一曰役，一曰官之亲属，一曰官之仆隶。是四种人，无官之责，有官之权。官或自顾考成，彼则惟知牟利，依草附木，怙势作威，足使人敲髓洒膏，吞声泣血。四大洲内[6]，惟此四种恶业至多，是以清我泥犁[7]，供其汤鼎。以白皙者、柔脆者、膏腴者充魔王食，以粗材充众魔食。故先为差别，然后发遣。其间业稍轻者，一经脔割烹炮，即化为乌有。业重者，抛馀残骨，吹以业风，还其本形，再供刀俎。自二三度至千百度不一。业最重者，乃至一日化形数度，刲剔燔炙[8]，无已时也。"僧额手曰："诚不如削发出尘，可无此虑。"吏曰："不然。其权可以害人，其力即可以济人。灵山会上[9]，原有宰官；即此四种人，亦未尝无逍遥莲界者也。"语讫忽寤。

僧有侄在一县令署，急驰书促归，劝使改业。此事即僧告其侄，而明心在寺得闻之。虽语颇荒诞，似出寓言；然神道设教，使人知畏，亦警世之苦心，未可绳以妄语戒也。

【注释】

①上天竺：在杭州灵隐寺南，有下天竺、中天竺、上天竺三座古寺，均供奉观音大士。上天竺寺创建于五代吴越王时（907—960年），原名天竺看经院。清代乾隆时改名为"法喜寺"。

②廨（xiè）：官署。旧时官吏办公处所的通称。

③诸天魔众：佛教用语。指各处的妖孽。佛经言欲界有六天，色界之四禅有十八天，无色界之四处有四天，其他尚有日天、月天、韦驮天等诸天神，总称之曰诸天。魔，梵语"魔罗"的略称，又作"恶魔"，意译为杀者、障碍。

④无间地狱：出自佛教《法华经》、《俱舍论》、《玄应音义》等经书，音译即“阿鼻地狱”，是八大地狱中最苦一个。后来泛指十八层地狱的最底层。

⑤攸（yōu）：所。

⑥四大洲：佛教认为在须弥山周围的四大洲，分别为东胜神洲、西牛贺洲、南赡部洲和北俱芦洲。

⑦泥犁：梵语。意译为地狱，其中一切皆无，没有喜乐。

⑧刲（kuī）剔：屠宰剖解。刲，刺杀，割取。

⑨灵山：印度佛教圣坛地灵鹫山的简称。

【译文】

宏恩寺的僧人明心说：上天竺有位老僧，曾经一度到了阴曹地府。他看见面目狰狞的鬼卒，驱赶数千鬼囚到了一所大官署外面，都被扒掉衣服反绑起来。有位官员面朝南坐着，官员的手下拿着名册点名，被点名的鬼囚，一一接受检查，主要是看皮肤是否细腻、身体是胖是瘦，就像屠宰场上买卖羊猪那样。

老僧感到很奇怪。见站在离主官稍远一点儿的一个小吏，是自己过去相识的施主，就向他施礼问讯说：“这都是些什么人？”这个小吏说：“诸重天界的魔鬼，都是用人做粮食。如来佛运用巨大的神力，摄伏了魔王，让他们皈依了五戒。可是魔王的部族繁多，经常叛乱不服，都说自开天辟地以来，魔鬼吃人，就像人吃五谷一样；如果如来佛能叫人不吃五谷，我们魔众就不再吃人。这样乱哄哄吵闹不休，魔王也管束不了。如来佛认为孽海洪波，沉沦在孽海中不能转生的鬼囚越来越多，无间地狱已经不能容纳。于是给阎罗殿下了一道文，打算将这里的鬼囚转移过去，供魔众吃；他们吃饱了肚子，就可以免于荼毒生灵了。十殿阎罗王一起讨论，认为与百姓生死关系最大，莫过于太守和县令，这些人造福于百姓最容易，祸害起百姓来也能既深又重。只是他们的种种罪孽大多数不是他们直接造成的，用冥司的业镜一照，谁的罪过就归谁领。对百姓危害最大的是四种人，一是胥吏，二是差役，三是官员的亲属，四是官员的仆从。这四种人不需要负官员该负的责任，却有官员一样的权力。官员有时为了考核成绩还有所顾忌，这四种人却只知道谋取私利，趋炎附势，依仗权位，作威作福，他们的行为，足以将老百姓敲骨出髓，流油滴血，哭出血泪来都不敢发出声音。四大洲内，只有这四种人恶业最多，所以现在清理地狱，可以趁机将他们清出来去供应汤锅。其中白嫩的、柔脆的、体肥的，供给魔王吃；粗糙体瘦的，供给魔众吃。因此，先要选择一番，作出区别，然后再发遣。这些鬼囚中罪业稍轻的，一次割碎了烹煮炙烤，就化为乌有消失了。业重的，吃过之后抛馀的残骨，被业风一吹，还会恢复本形，然后再次被屠宰烹煮。就这样根据罪业程度从二三次到千百次不等。业最重的，一天要无数次化形，反复被屠杀宰割、烧烤烹煮，永无休止。"老僧听罢，举手加额，庆幸地说："真不如削发出家，这就不用担心这些了。"小吏说："这话不对。他们既然有权可以害人，也就有力可以帮助人。在灵山大会上，就有生前做官做得很大的；即使这四种人，也未尝没有逍遥于佛法自在境界的。"说完，老僧忽然醒了过来。

老僧有一个侄儿当时正在县署做听差，老僧立即写了封信叫侄子回家，劝侄子改行。上面的事情就是老僧告诉他的侄子时，明心在寺庙里听到的。这一番话听起来虽然很荒诞，似乎是编出来的寓言；但神道设教，就是要使人知道害怕，这也是警告世人的一片苦心，因此，不能责备说这是妄语。

沧州瞽者刘君瑞，尝以弦索来往余家。言其偶有林姓者，一日薄暮，有人登门来唤曰："某官舟泊河干，闻汝善弹词，邀往一试，当有厚赉[①]。"即促抱琵琶，牵其竹杖导之往。约四五里，至舟畔，寒温毕，闻主人指挥曰："舟中炎热，坐岸上奏技，吾倚窗听之可也。"林利其赏，竭力弹唱。约略近三鼓，指痛喉干，求滴水不可得。侧耳听之，四围男女杂坐，笑语喧嚣，觉不似仕宦家，又觉不似在水次，辍弦欲起。众怒曰："何物盲贼，敢不听使令！"众手交捶，痛不可忍，乃哀乞再奏。久之，闻人声渐散，犹不敢息。忽闻耳畔呼曰："林先生何故日尚未出，坐乱冢间演技，取树下早凉耶？"矍然惊问，乃其邻人早起贩鬻过此也。知为鬼弄，狼狈而归。林姓素多心计，号曰林鬼。闻者咸笑曰："今日鬼遇鬼矣。"

【注释】

①赉（lài）：赐予，给予。

【译文】

沧州的盲人刘君瑞，曾经来往于我家吹拉弹唱。他说，有一位姓林的伙伴，一天傍晚时分，有人找上门来说："有位官员的船停泊在河岸边，听说你善于说唱弹词，邀请你去试试，应该会有重赏。"当即催促他拿着琵琶，拉着他的竹杖就领他走。大约走了四五里，到了船边，寒暄完毕，听见主人指示说："船里面很热，你坐到岸上弹唱，我靠着窗户听就行了。"林某想得厚赏，卖力地弹唱。大约快到三更的时候，手指疼痛，口干舌燥，求对方给点儿水喝也没有得到。林某侧耳细听，只听到四周男男女女混杂在一起，笑语喧哗，感觉到好像不是官宦人家，又觉得好像不是在河边，于是他停下演奏想要起来。那些人发怒道："瞎眼贼，你是什么东西，敢不听使唤！"接着众人对他拳打脚踢，林某疼痛难忍，于是哀求让他继续演奏。过了许久，听到人声渐渐离开，林某还不敢停止。忽然听见耳边有人叫："林先生，为什么太阳还没出来就坐在这乱坟堆中演唱，是因为早晨树下凉快么？"林某吃惊地问谁，原来是他的邻居清早出去贩卖路过此地。林某知道被鬼耍弄，狼狈地回去了。林某平时很有心计，外号叫林鬼。听说了这件事的人都取笑说："今天是鬼遇上鬼了。"

先姚安公曰：里有白以忠者，偶买得役鬼符咒一册，冀借此演搬运法，或可谋生。乃依书置诸法物，月明之夜，作道士装，至墟墓间试之。据案对书诵咒，果闻四面啾啾声。俄暴风突起，卷其书落草间，为一鬼跃出攫去。众鬼哗然并出，曰："尔恃符咒拘遣我，今符咒已失，不畏尔矣。"聚而攒击，以忠踉跄奔逃，背后瓦砾如骤雨，仅得至家。是夜疟疾大作，困卧月馀，疑亦鬼为祟也。一日诉于姚安公，且惭且愤。姚安公曰："幸哉！尔术不成，不过成一笑柄耳。倘不幸术成，安知不以术贾祸？此尔福也，尔又何尤焉！"

【译文】

先父姚安公说：乡里有个叫白以忠的，偶尔买到一册役鬼的符咒，希望靠这个演习搬运法，或许可以维持生计。于是按照书上所写的置办各种作法的器物，在月光明亮的夜晚，穿着道士的衣服，到墓地里去试。他坐在几案前照着书念诵咒语，果然听到四面有"啾啾"的声音。一会儿，突然刮起一阵暴风，把他的书刮落到草地里，一个鬼跳出来抢了书去。群鬼吵吵嚷嚷一起出来说："你仗着符咒拘禁差遣我们，现在符咒已经失去，我们不怕你了。"群鬼聚拢来殴打他，白以忠跌跌撞撞地奔逃，背后瓦片碎石就像急骤的雨点，好歹逃回了家。这天夜里，他大发寒热，在床上躺了一个多月，怀疑这也是鬼作祟的缘故。有一天，白以忠把自己的遭遇说给姚安公听，又气又羞又惭愧。姚安公说："幸运呵！你的法术不成功，不过落下个笑柄。倘若不幸你的法术成功了，怎么能知道不会因此招致祸患？这是你的福气，你又有什么好埋怨的呢！"

从侄虞惇所居宅，本村南旧圃也。未筑宅时，四面无居人。一夕,灌圃者田大卧井旁小室,闻墙外诟争声,疑为村人,隔墙问曰:“尔等为谁?夜深无故来扰我。”其一呼曰:“一事求大哥公论,不知何处客鬼,强入我家调我妇,天下有是理耶?”其一呼曰:“我自携钱赴闻家庙,此妇见我嬉笑,邀我入室。此人突入夺我钱,天下又有是理耶?”田知是鬼,噤不敢应。二鬼并曰:“此处不能了此事,当诉诸土地耳。”喧喧然向东北去。田次日至土地祠问庙祝,乃寂无所闻。皆疑田妄语。临清李名儒曰:“是不足怪,想此妇和解之矣。”众为粲然。

【译文】

堂侄虞惇所居住的房宅,地点原先是村南的旧园子。没有建住宅时,四周无人居住。一天夜里,浇园子的田大躺在井旁的小屋里,听到墙外有人争吵,以为是村里人,隔墙问道:“你们是谁?夜这么深了无缘无故来吵我。”其中一个喊叫着说:“有一件事请求大哥秉公论断,不知哪里来的野鬼,强行闯进我家调戏我的妻子,天下有这个道理吗?”另一个也喊叫着说:“我自己带着钱去闻家庙,这个女人见了我嬉笑,邀请我进了房间。这个男人突然闯进来抢我的钱,天下难道又有这个道理吗?”田大知他们是鬼,吓得没敢应声。两个鬼一齐说:“既然此处不能解决这事,我们应当告到土地神那里。”吵吵嚷嚷着向东北方去了。第二天,田大到土地庙问庙祝,庙祝说一夜寂静无声,什么声音也没听见。人们都怀疑田大胡说。临清人李名儒说:“这没什么好奇怪的,可能是那个女人已经让两个男人和解了。”众人都笑了起来。

乾隆已未[①],余与东光李云举、霍养仲同读书生云精舍。一夕偶论鬼神。云举以为有,养仲以为无,正辩诘间,云举之仆卒然曰："世间原有奇事，倘奴不身经，虽奴亦不信也。尝过城隍祠前丛冢间，失足踏破一棺。夜梦城隍拘去，云有人诉我毁其室。心知是破棺事，与之辩曰：'汝室自不合当路，非我侵汝。'鬼又辩曰：'路自上我屋，非我屋故当路也。'城隍微笑顾我曰：'人人行此路，不能责汝；人人踏之不破，何汝踏破？亦不能竟释汝。当偿之以冥镪[②]。'既而曰[③]：'鬼不能自葺棺。汝覆以片板，筑土其上可也。'次日如神教，仍焚冥镪，有旋风卷其灰去。一夜复过其地，闻有人呼我坐。心知为馕鬼，疾驰归。其鬼大笑，音磔磔如枭鸟[④]。迄今思之，尚毛发悚立也。"养仲谓云举曰："汝仆助汝，吾一口不胜两口矣。然吾终不能以人所见为我所见。"云举曰："使君鞫狱，将事事目睹而后信乎？抑以取证众口乎？事事目睹无此理，取证众口，不以人所见为我所见乎？君何以处焉？"相与一笑而罢。

【注释】

①乾隆己未：乾隆四年(1739)。

②镪(qiǎng)：钱串，引申为成串的钱。后多指银子或银锭。

③既而：不久，一会儿。

④磔磔(zhé)：鸟叫的声音。枭(xiāo)鸟：一种与猫头鹰相似的鸟。

【译文】

乾隆己未年，我和东光人李云举、霍养仲一起在生云精舍读书。一天晚上，三人偶然谈论起鬼神来。李云举认为有，霍养仲认为没有，正在辩论之时，李云举的仆人忽然说："世间有很多奇事，如果奴仆我没有亲身经历，我也不会相信。我曾经路过城隍庙前的乱坟间，不小心踩破了一具棺材。夜里做梦被城隍抓去，说是有人告我毁了他的屋子。我知道是踩破棺材的事，就辩解说：'你的屋子不该在路上，不是我侵犯了你。'鬼争辩说：'是路通到了我的屋子上，不是我故意把屋子建在路当中。'城隍微笑着对我说：'人人都走这条路，这不能责怪你；人人都踩不破，为什么你就踩破呢？不能就这么把你放回去。你应该用阴间的钱来赔偿。'之后又说：'鬼不能自己修理棺材。你在上面盖上木板，铺上土就行了。'第二天，我按城隍的指示办了，之后又焚烧纸钱，一阵旋风把纸钱灰卷走了。又有一天夜里，我又路过那儿，听见有人叫我坐一会儿。我知道又是原先那个鬼，就急急跑了回来。那个鬼大笑，笑声'磔磔'地像是猫头鹰。直到现在想起来，还毛发倒竖。"霍养仲对李云举说："你的仆人帮你，我一张嘴胜不过你们两张嘴。但是我还是不能把别人见到的当作是我见到的。"李云举说："如果叫你审案，你是事事亲眼见了之后才相信呢？还是从众人的证词中取证呢？事事都亲眼看见，这是不可能的；从众人证词中取证，不就是将别人见到的当成我亲眼见到的么？你还有什么可说的？"大家一笑结束了这个话题。

莆田林教授清标言：郑成功据台湾时[①]，有粤东异僧泛海至。技击绝伦，袒臂端坐，斫以刃，如中铁石；又兼通壬遁风角[②]。与论兵，亦娓娓有条理。成功方招延豪杰，甚敬礼之。稍久，渐骄蹇[③]。成功不能堪，且疑为间谍，欲杀之而惧不克。

其大将刘国轩曰[④]："必欲除之，事在我。"乃诣僧款洽，忽请曰："师是佛地位人，但不知遇摩登伽还受摄否[⑤]？"僧曰："参寥和尚久心似沾泥絮矣[⑥]。"刘因戏曰："欲以刘王大体双一验道力[⑦]，使众弥信心可乎？"乃选娈童倡女姣丽善淫者十许人，布茵施枕，恣为媟狎于其侧，柔情曼态，极天下之妖惑。僧谈笑自若，似无见闻；久忽闭目不视。国轩拔剑一挥，首已欻然落矣。国轩曰："此术非有鬼神，特炼气自固耳。心定则气聚，心一动则气散矣。此僧心初不动，故敢纵观；至闭目不窥，知其已动而强制，故刃一下而不能御也。"

所论颇入微，但不知椎埋恶少[8]，何以能见及此。其纵横鲸窟十馀年，盖亦非偶矣。

【注释】

①郑成功据台湾：明天启四年(1624)，荷兰殖民主义者侵占中国台湾。明末清初，郑成功下决心赶走侵略军。永历十五年(1661)三月，郑成功亲率两万五千名将士，分乘几百艘战船，浩浩荡荡从金门出发。永历十六年(1662)初，侵略军头目被迫到郑成功大营，在投降书上签了字。至此，郑成功从荷兰侵略者手里收复了沦陷38年的台湾。这场战争结束了荷兰东印度公司在福尔摩沙的经营，开启了明郑政权对台湾的统治。

②壬遁风角：六壬、奇门遁甲、风角，古代的术数。壬，六壬，以阴阳五行进行占卜吉凶的方法。遁，奇门遁甲。奇门遁甲是易学中衍生出来的一个影响较大的占测门类，"奇"就是乙、丙、丁三奇；"门"就是休、生、伤、杜、景、死、惊、开八门；"遁"是隐藏的意思；"甲"指六甲，即甲子、甲戌、甲申、甲午、甲辰、甲寅。根据具体时日，以六仪、三奇、八门、九星排局，以占测事物关系、性状、动向，选择吉时吉方，就构成了中国神秘文化中一个特有的门类。风角，以五音占四方之风而定吉凶。

③骄蹇(jiǎn)：傲慢，不顺从。

④刘国轩(1629—1693)：字观光。1683年8月，刘国轩在说服郑克爽和群僚后，即令修表归顺清朝。康熙帝褒奖他归顺有功，授他

为天津卫总兵，委以扼守京畿门户重任。

⑤摩登伽：指摩登伽女，曾诱惑阿难。事见《楞严经》。后泛指女人。

⑥参寥和尚：北宋僧人，俗姓何氏，法名道潜，自号参寥，人称"参寥子"，杭州于潜（今浙江临安）人。曾作诗云"禅心已似沾泥絮，不逐春风上下狂"。

⑦刘王大体双：刘王，指的是五代十国时期南汉最末的一个皇帝刘𬬮，曾选少年，与宫女集体淫乱。

⑧椎埋：劫杀人而埋之。亦泛指杀人。

【译文】

莆田的府学教授林清标说：郑成功占据台湾时，广东东部有个怪和尚渡海投奔过来。他的功夫相当好，没人能跟他比，他袒胸露臂端坐着，别人用刀口砍，就好像是砍在铁和石头上；他还精通六壬、奇门遁甲、风角这些占卜吉凶的方术。和他谈论兵法，也能有条有理娓娓道来。此时郑成功正在招揽豪杰之士，对他以礼相待很是敬重。时间一久，这个和尚渐渐骄横跋扈起来。郑成功受不了了，还开始怀疑他是间谍，想杀了他，又担心杀不了反而惹祸。

郑成功手下的大将刘国轩说："如果一定要杀了他，那么这件事就交给我吧。"于是刘国轩拜见和尚，谈得很融洽，刘国轩忽然问道："大师是到了佛这种等级的人，但是不知遇到摩登伽女时，会受到干扰吗？"和尚说："如同参寥子和尚，长久以来心就像沾了泥的柳絮，沉寂了就不再波动。"刘国轩接着开玩笑说："我想用南汉刘王集体宣淫的'大体双'试验一下大师的道力，让众人坚定对佛祖的信心，可以吗？"于是选了十来个漂亮淫荡的美少年和妓女，铺下褥垫枕头，在和尚身边肆无忌惮地嬉戏亲热，那种柔情昵态，极尽天下诱惑之能事。这个和尚一开始谈笑自如，好像什么都没有看见，什么都没有听见；过了一会儿，和尚忽然闭着眼睛不看了。刘国轩拔出利剑来一挥，和尚的首级一下子落下来了。

刘国轩说："这个和尚并不是有什么鬼神的本领，只是练气功能使自己心思稳定下来罢了。心一定，气就聚集起来，心一动摇气就散了。和尚在刚开始时心没有动，所以敢随便看；到了闭着眼睛不看时，我就知道他已经动心而极力抑制自己，所以一刀下去，他就不能抵御了。"

刘国轩的看法深入精微，但是不知这个杀人抢掠、品行恶劣的年轻人凭什么能有这样的见识。他能在大海深处的台湾岛纵横十几年，看来不是传说中的恶少那一类人。

牛公悔庵，尝与五公山人散步城南，因坐树下谈《易》[①]。忽闻背后语曰："二君所论，乃术家《易》，非儒家《易》也。"怪其适自何来，曰："已先坐此，二君未见耳。"问其姓名，曰："江南崔寅。今日宿城外旅舍，天尚未暮，偶散闷闲行。"山人爱其文雅，因与接膝，究术家儒家之说。

崔曰："圣人作《易》，言人事也，非言天道也；为众人言也，非为圣人言也。圣人从心不逾矩，本无疑惑，何待于占？惟众人昧于事几，每两岐罔决，故圣人以阴阳之消长，示人事之进退，俾知趋避而已。此儒家之本旨也。顾万事万物，不出阴阳。后人推而广之，各明一义。杨简、王宗传阐发心学[②]，此禅家之《易》，源出王弼者也[③]。陈抟、邵康节推论先天[④]，此道家之易，源出魏伯阳者也[⑤]。术家之《易》衍于管、郭[⑥]，源于焦、京[⑦]，即二君所言是矣。《易》道广大，无所不包，见智见仁，理原一贯。后人忘其本始，反以旁义为正宗。是圣人作《易》，但为一二上智设，非千万世垂教之书，千万人共喻之理矣。经者常也，言常道也；经者径也，言人所共由也。曾是六经之首，而诡秘其说，使人不可解乎？"二人喜其词致，谈至月上未已。

诘其行踪，多世外语。二人谢曰："先生其儒而隐者乎？"崔微哂曰："果为隐者，方韬光晦迹之不暇，安得知名？果为儒者，方反躬克己之不暇，安得讲学？世所称儒称隐，皆胶胶扰扰者也。吾方恶此而逃之。先生休矣，毋污吾耳。"剨然长啸，木叶乱飞，已失所在矣。方知所见非人也。

【注释】

①《易》：即《易经》，中国古代哲学经典著作之一。

②杨简、王宗传：心学创始人是陆象山，杨简为"象山弟子之冠"，在陆王心学的产生和传承中影响巨大，举足轻重。王宗传，以理学阐述《易经》，体现了当时儒者对《易经》的正统学术观念。

③王弼（226—249）：字辅嗣，经学家，魏晋玄学的主要代表人物之一。曾为《道德经》与《易经》撰写注解。

④陈抟、邵康节：陈抟（871—989），字图南，号扶摇子，赐号希夷先生，继承汉代以来的象数学传统，并把黄老清静无为思想、道教修炼方术和儒家修养、佛教禅观会归一流，对宋代理学有较大影响，后人称其为"陈抟老祖"、"睡仙"、"希夷祖师"等。隐于武当山九室岩，移华山云台观，多著述。邵康节：邵雍（1011—1077），字尧夫，谥号康节，自号安乐先生、伊川翁，后人称"百源先生"。北宋哲学家、易学家，有"内圣外王"之誉。

⑤魏伯阳：东汉炼丹理论家，事迹最早见于晋葛洪《神仙传》。

⑥管、郭：管，指管辂（209—256），字公明，三国时魏术士，被后世奉为卜卦观相的祖师。郭，指郭璞（pú，276—324），字景纯，东晋著名学者，既是文学家和训诂学家，又是道学术数大师和游仙诗的祖师，他还是中国风水学鼻祖。著有《葬经》。

⑦焦、京：焦，焦延寿，汉代的大学者，著《焦氏易林》。京，京房，焦延寿的学生，汉代著名易学大师。

【译文】

牛悔庵公曾经同五公山人在城南散步，走累了就坐在树下谈《易》。忽然听到背后有人说话道："二位所论，乃是方术家的《易》，不是儒家的《易》。"两人觉得奇怪他刚才是从哪里来的，回答说："我已经先坐在这里，二位没有看见罢了。"问他的姓名，答："江南崔寅。今天住宿在城外的旅店里，天还没黑，偶尔闲走解解闷。"五公山人欣赏他文雅的风度，就和他促膝而谈，推究方术家儒家的说法。

崔寅说："圣人作《易》，是说人事，不是说天道；是为大众而说，不是为圣人而说。圣人处事随心所欲但不会超越法度，本来没有疑惑，何必要用占卜来决定呢？只有一般的人不了解行事的时机，遇到矛盾分歧常常犹豫不决，所以圣人用阴阳的消长盛衰，来显示人事的进退得失，让人们知道趋吉避凶罢了。这是儒家的本义。反正万事万物，都超不出阴阳两端。后人推而广之，各自发展了自己的学说。杨简、王宗传阐发心学，这是佛家的《易》，起源于王弼。陈抟、邵康节推论先天，这是道家的《易》，起源于魏伯阳。方术家的《易》，推演于管辂、郭璞，起源于焦延寿、京房，就是刚才二位所说的了。《易》所涉及的道理范围广阔，无所不包，见智见仁，各有各的见解，道理原是一贯的。后人忘记了它的根本原理，反而以旁生的歧义作为正宗。这圣人作《易》，只是为一两个上等智慧的人而设，不是用来教育千代万世大众的书，并不是要千万人共同理解的道理。所谓'经'就是'常'的意思，说的是常理；'经'也就是'径'，说的是所有人都要沿着走的道路。《易》，曾经是六经之首，把它说得神秘莫测，难道就是让人理解不了吗？"牛悔庵公和五公山人欣赏他谈吐雅致，一直谈论到月亮升起来还没有尽兴。

牛悔庵公和五公山人询问崔寅的经历，回答多半是尘世之外的话。二人施礼道："先生是隐居的儒士吗？"崔寅微笑说："如果真的是隐士，隐姓埋名掩藏踪迹都来不及，怎么还能让你们知道我的名字？如果真的是儒者，修养自身都来不及，怎么能讲学？世上所谓的儒者隐士，都是些庸庸碌碌乱七八糟的角色。我正是厌恶这些人而躲避在此。先生别说了，不要脏了我的耳朵。”他忽然剨的一声长啸，树叶乱飞的时候，已经在眼前消失了。二人这才知道见到的这个崔寅不是人。

南皮许南金先生，最有胆。在僧寺读书，与一友共榻。夜半，见北壁燃双炬。谛视，乃一人面出壁中，大如箕，双炬其目光也。友股栗欲死。先生披衣徐起曰：“正欲读书，苦烛尽。君来甚善。”乃携一册背之坐，诵声琅琅。未数页，目光渐隐；拊壁呼之，不出矣。又一夕如厕，一小童持烛随。此面突自地涌出，对之而笑。童掷烛仆地。先生即拾置怪顶，曰：“烛正无台，君来又甚善。”怪仰视不动。先生曰：“君何处不可往，乃在此间？海上有逐臭之夫①，君其是乎？不可辜君来意。”即以秽纸拭其口。怪大呕吐，狂吼数声，灭烛而没。自是不复见。先生尝曰：“鬼魅皆真有之，亦时或见之。惟检点生平，无不可对鬼魅者，则此心自不动耳。”

【注释】

①逐臭之夫：有人身上奇臭，他的亲戚、兄弟、妻妾、相识的人，都不愿和他一起生活和交往。他苦恼至极，迁到海边居住。海边却有一个人非常喜欢他身上的臭味，昼夜跟随着他，一步也舍不得离开。事见《吕氏春秋·遇合》。比喻嗜好怪癖，与众不同的人。

【译文】

南皮的许南金先生，最有胆量。他在寺院读书，与一位友人同睡一张床上。半夜，见北墙壁上燃起了两支灯炬。仔细一看，原来是一张巨人面孔从墙壁里突出来，像簸箕那样大，两支灯炬就是双目发出的光亮。友人两腿发抖，几乎要被吓死。许先生披上衣服，慢吞吞地起来说："想读书，正发愁蜡烛已经点完了。你来得正好。"于是拿起一本书，背向墙壁坐着琅琅吟诵起来。没读几页，目光就渐渐消失了；他拍着墙壁呼唤，巨人脸再没有出来。还有一天夜里许先生上厕所，一个小童举着蜡烛随往。巨人脸又突然从地上冒出来，对着他们笑。小童吓得扔掉灯烛扑倒在地。许先生拾起蜡烛放在巨面怪的头顶，说："蜡烛正没有烛台，你来得又很及时。"巨面怪仰视着许先生没有动。许先生说："你哪里不能去，偏要在这里？海上有追逐臭味的人，你难道就是吗？那么，不能辜负你的来意。"说罢，就拿起一团厕所的秽纸朝巨面怪的嘴擦去。巨面怪呕吐起来，狂吼了几声，把蜡烛弄灭，巨面怪也消失了。从此，再也没出现。许先生曾说："鬼魅都是确实存在的，也时而亲眼见过。只是检点生平，没有做过不可面对鬼魅的恶事，所以我心中无愧，一点儿都不害怕。"

戴东原言：明季有宋某者，卜葬地，至歙县深山中。日薄暮，风雨欲来，见岩下有洞，投之暂避。闻洞内人语曰："此中有鬼，君勿入。"问："汝何以入？"曰："身即鬼也。"宋请一见。曰："与君相见，则阴阳气战，君必寒热小不安。不如君爇火自卫，遥作隔座谈也。"宋问："君必有墓，何以居此？"曰："吾神宗时为县令，恶仕宦者货利相攘，进取相轧，乃弃职归田。殁而祈于阎罗，勿轮回人世，遂以来生禄秩，改注阴官。不虞幽冥之中，相攘相轧，亦复如此，又弃职归墓。墓居群鬼之间，往来嚣杂，不胜其烦，不得已避居于此。虽凄风苦雨，萧索难堪，较诸宦海风波，世途机阱，则如生忉利天矣[1]。寂历空山，都忘甲子。与鬼相隔者，不知几年；与人相隔者，更不知几年。自喜解脱万缘，冥心造化。不意又通人迹，明朝当即移居。武陵渔人，勿再访桃花源也[②]。"语讫不复酬对，问其姓名，亦不答。宋携有笔砚，因濡墨大书"鬼隐"两字于洞口而归。

【注释】

①忉(dāo)利天：又称"三十三天"，是梵文Trayastrimśa的音译，佛教宇宙观用语。根据佛教理论，忉利天处在须弥山山顶。

②"武陵渔人"二句：东晋文人陶渊明所作《桃花源记》，以武陵渔人进出桃花源的行踪为线索，贯串了发现桃源、小住桃源、离开桃源、再寻桃源的离奇情节，描绘了一个自食其力、和平恬静、人人自得其乐的的理想社会。

【译文】

戴东原说：明代末年有位宋某，选择坟地，来到歙县深山里。天色将晚，风雨即将来到，宋某见崖下有个山洞，就投奔过去打算避一避。听见洞里有人说："这里面有鬼，你别进来。"宋某问："你怎么进去了？"里面说："我就是鬼。"宋某请求见见面。鬼说："我和你见面，阴气与阳气就会相撞，你必定忽冷忽热不大舒服。不如你点着火自卫，我们离开一段距离谈谈。"宋某问："你肯定有坟墓，为什么呆在这儿？"鬼说："我在明神宗时当县令，厌恶那些官场上的人，争抢好处，相互倾轧阻挡别人升迁，就辞了职回家乡种地。我死后请求阎王不要让我再转生到人世，于是就用我来生的禄位，改注我为阴间的官。不料在阴间，照样相互争抢倾轧，于是又辞了官回到坟墓里。坟墓四周有许多鬼，往来吵杂，不胜其烦，不得已躲到了这里。尽管这里清清冷冷，孤寂难挨，但是较之官场上的风波险恶、世路上的尔虞我诈，就好像是在忉利天上呵。我在这空山里，忘了时间的流逝。与鬼断绝来往，不知有多少年了；与人断绝来往，更不知有多少年。我为断绝了身外的一切而心里暗自高兴。不料这里又来了人。明天早上我就得搬走。你就像武陵的渔人，不要再寻访桃花源了。”说完，不再应对宋某了，问他的姓名，也不回答。宋某随身带着笔砚，就研墨濡笔，在洞口写下“鬼隐”两个大字后回去了。

阳曲王近光言：冀宁道赵公孙英有两幕友，一姓乔，一姓车，合雇一骡轿回籍。赵公戏以其姓作对曰：“乔、车二幕友，各乘半轿而行。”恰皆“轿”之半字也。时署中召仙，即举以请对。乩判曰：“此是实人实事，非可强凑而成。”越半载，又召仙，乩忽判曰：“前对吾已得之矣：卢、马两书生，共引一驴而走。”又判曰：“四日后，辰巳之间①，往南门外候之。”至期遣役侦视，果有卢、马两生，以一驴负新科墨卷，赴会城出售。赵公笑曰：“巧则诚巧，然两生之受侮深矣。”此所谓箭在弦上，不得不发，虽仙人亦忍俊不禁也。

【注释】

①辰巳：辰时相当于上午7点钟至9点钟，巳时相当于上午9点钟至11点钟。

【译文】

阳曲的王近光说：冀宁道的赵孙英公有两个朋友，一个姓乔，另一个姓车，两人合伙雇请了一辆骡轿回家乡。赵公开玩笑，用他们两个人的姓作了一副对联的上联说：“乔、车二幕友，各乘半轿而行。”两人的姓恰好是“轿”字的一半。当时官署里正在请乩仙，就列出这个对子，请求对出下联。乩仙批道：“这是真人真事，不是勉强凑合出来的。”又过半年，官署里又请乩仙，乩仙忽然批道：“上次的对子我已对出来了：卢、马两书生，共引一驴而走。”接着又批道：“四天之后，辰时、巳时之间，在南门外等着。”到时候人们派了个小杂役去察看，果然有卢、马两个书生，用一头驴子载着新科考卷到省城去卖。赵公笑道:"这个下联巧妙是巧妙了,但这两个书生受的侮辱就大了。"这正是所谓箭在弦上,不得不发,即使是神仙也忍不住开个玩笑。

先祖有庄,曰厂里,今分属从弟东白家。闻未析箸时[①],场中一柴垛,有年矣,云狐居其中,人不敢犯。偶佃户某醉卧其侧,同辈戒勿触仙家怒。某不听,反肆詈。忽闻人语曰:"汝醉,吾不较。且归家睡可也。"次日,诣园守瓜。其妇担饭来馌[②],遥望团焦中,一红衫女子与夫坐。见妇惊起,仓卒逾垣去。妇故妒悍,以为夫有外遇也,愤不可忍,遽以担痛击。某百口不能自明,大受箠楚。妇手倦稍息,犹喃喃毒詈。忽闻树杪大笑声,方知狐戏报之也。

【注释】

①析箸(zhù):分家。箸,筷子。

②馌(yè):给在田间耕作的人送饭。

【译文】

先祖父有个庄园叫"厂里",现今分给了堂弟东白家。听说没有分家时,场院里一个柴垛,有些年头了,说是狐精居住在里面,人不敢触犯。偶然有个佃户某人醉了,睡在柴垛旁边,其他佃户提醒他不要触怒仙家。某人不听,反而肆意大骂。忽然听到有人说话道:"你醉了,我不计较。回家去睡吧。"第二天,那个佃户到园地里看守瓜田,他的妻子挑着担子给他送饭来,远远地望见圆形瓜棚中一个红衣衫女子同丈夫坐在一起。见到来人吃惊地起身,慌忙跳过矮墙跑了。佃户的妻子本来就妒忌凶悍,以为丈夫有了外遇,气愤得无法忍耐,操起扁担痛打。那个佃户有一百张嘴也辩白不清,挨了好一顿打。妇人打累了歇下来,嘴里还喃喃地毒骂。忽然听到树梢头的大笑声，方才知道是狐精戏弄报复他。

吴惠叔言：其乡有巨室，惟一子，婴疾甚剧。叶天士诊之，曰："脉现鬼证，非药石所能疗也。"乃请上方山道士建醮。至半夜，阴风飒然，坛上烛火俱黯碧。道士横剑瞑目，若有所睹，既而拂衣竟出。曰："妖魅为厉，吾法能祛。至夙世冤愆，虽有解释之法，其肯否解释，仍在本人。若伦纪所关，事干天律，虽绿章拜奏①，亦不能上达神霄。此祟乃汝父遗一幼弟，汝兄遗二孤侄，汝蚕食鲸吞，几无馀沥。又茕茕孩稚，视若路人。至饥饱寒温，无可告语；疾痛疴痒，任其呼号。汝父茹痛九原，诉于地府。冥官给牒，俾取汝子以偿冤。吾虽有术，只能为人驱鬼，不能为子驱父也。"果其子不久即逝。后终无子，竟以侄为嗣。

【注释】

①绿章：又名"青词"，旧时道士祭天时所写的奏章表文，用朱笔写在青藤纸上，故名。

【译文】

吴惠叔说：他的乡里有个大户，只有一个儿子，病得很重。叶天士诊断之后说："从脉象看是鬼的症候，这不是吃药能治得了的。"于是就请上方山道士设坛祈祷。到了半夜，阴风飒飒，坛上的烛火都变成了暗绿色。道士横剑闭目，好像看见了什么，之后一摔衣服出来了。他说："妖魅作怪，我能祛除。至于几代的恩怨，虽然有解救的办法，但能否解救，还在于本人。如果关系到人伦纲纪，违犯了天条，即使是拜奏上绿章，也不能传达到天廷。这个鬼作祟的起因是，你的父亲撇下了你的一个幼弟，你的哥哥撇下了两个孤苦无依的侄子，你蚕食鲸吞他们的财产，几乎一点儿不剩。又把孤苦伶仃的孩子当成了路人。他们饥饱冷暖，都无处去说；疾病痛痒，你也任他们呼号不管。你的父亲在九泉之下非常心痛，告到阴曹地府。阴官下文，叫鬼吏捉你的儿子偿冤。我虽然有法力，但只能给人驱祛鬼神，而不能为儿子驱赶父亲。"不久，这个大户的儿子果然死了。他一辈子没有儿子，最终把侄子立为后嗣。

护持寺在河间东四十里。有农夫于某，家小康。一夕，于外出。劫盗数人从屋檐跃下，挥巨斧破扉，声丁丁然。家惟妇女弱小，伏枕战栗，听所为而已。忽所畜二牛，怒吼跃入，奋角与贼斗。梃刃交下，斗愈力。盗竟受伤，狼狈去。盖乾隆癸亥[①]，河间大饥，畜牛者不能刍秣[②]，多鬻于屠市。是二牛至屠者门，哀鸣伏地，不肯前。于见而心恻，解衣质钱赎之，忍冻而归。牛之效死固宜，惟盗在内室，牛在外厩，牛何以知有警？且牛非矫捷之物，外扉坚闭，何以能一跃逾墙？此必有使之者矣，非鬼神之为而谁为之？此乙丑冬在河间岁试[③]，刘东堂为余言。东堂即护持寺人，云亲见二牛，各身被数刃也。

【注释】

①乾隆癸亥：乾隆八年(1743)。

②刍秣(chú mò)：指用草料喂牲口。

③乙丑：乾隆十年(1745)。

【译文】

护持寺在河间城东四十里。附近有位姓于的农民，家境小康。一天晚上，于某出门未归。几个劫舍的强盗从屋檐上跳下来，挥动大斧砍门，砍得叮当乱响。家中只有妇女小孩，只能伏在枕上发抖，听任强盗砍门，没有办法。忽然，家里养的两头耕牛，怒吼着跳进院子里，奋然用双角与强盗搏斗起来。强盗用棍棒打、举着刀砍，牛斗得更勇猛。强盗最终受了伤，狼狈逃走。原来，乾隆癸亥年，河间发生大饥荒，人们养不起牛，大多把牛卖给了屠市。这两头牛当初也被人卖给屠户，两头牛被赶到屠户门前时，伏在地上哀叫，不肯再向前走。于某看到后，动了恻隐之心，当即脱下身上的衣服当了，把两头牛赎出，自己受着冻牵回家来。牛为于家效死是应该的，只是强盗在内院，牛在外厩，怎么就知道内院有了强盗？而且牛并不是灵巧敏捷的动物，外面的门关得紧紧的，怎么能一下子就跳过墙来？这必定有灵通驱使，不是鬼神又是谁呢？这件事情，是乾隆乙丑年冬天，我在河间主持岁考时，刘东堂对我讲的。刘东堂就是护持寺那个地方的人，他说亲眼看到了两头牛，身上都挨了好几刀。

芝称瑞草，然亦不必定为瑞。静海元中丞在甘肃时，署中生九芝，因以自号。然不久即罢官。舅氏安公五占公，停柩在室，忽柩上生一芝。自是子孙式微，今已无龆龀。盖祸福将萌，气机先动；非常之兆，理不虚来。第为休为咎，则不能预测耳。先兄晴湖则曰：“人知兆发于鬼神，而人事应之。不知实兆发于人事，而鬼神应之。亦未始不可预测也。”

【译文】

人们把灵芝叫做瑞草，但也不一定就是祥瑞。静海人元中丞在甘肃时，衙署中长出九个灵芝，因此自号九芝。然而不久即被罢官。我的舅舅安五占公，去世后停柩在屋里，忽然灵柩上长出一棵灵芝。从此子孙衰减，如今已没有后代了。一般来说，祸福将要发生之时，气机首先有所变化;反常的兆头,按道理讲不会凭空而生。只是这个兆头显示的福还是祸,不能预测而已。已故兄长晴湖就说过:“人知道兆头由鬼神发出,而人事加以应验。却不知这兆头实际上因为人事发出,而后鬼神才有所反应。这样看来,兆头也不是不可预测的。”

大学士伍公弥泰言:向在西藏,见悬崖无路处,石上有天生梵字大悲咒。字字分明,非人力所能,亦非人迹所到。当时曾举其山名,梵音难记,今忘之矣。公一生无妄语,知确非虚搆。天地之大,无所不有。宋儒每于理所无者,即断其必无,不知无所不有,即理也。

【译文】

大学士伍弥泰公说:过去在西藏,看见悬崖上没有路的地方,石头上有天生的梵文大悲咒。字字分明,那不是人能写上去的,那种地方也不是人能到达的。当时伍公曾经说出它的山名,梵文的发音难记,我现在已忘记山名了。伍公一生从不随便乱说,我知道确实不是虚构出来的。天地广大,无所不有。宋代儒者每当常理所没有的,就断定绝对没有,他们不知道,无所不有就是常理呵。

喇嘛有二种:一曰黄教,一曰红教,各以其衣别之也。黄教讲道德,明因果,与禅家派别而源同。红教则惟工幻术。理藩院尚书留公保住,言驻西藏时,曾忤一红教喇嘛。或言登山时必相报。公使肩舆鸣驺先行,而阴乘马随其后。至半山,果一马跃起压肩舆上,碎为齑粉[①]。此留公自言之。曩从军乌鲁木齐时,有失马者,一红教喇嘛取小木凳咒良久,凳忽反覆折转，如翻桔槔[2]。使失马者随行，至一山谷，其马在焉。此余亲睹之。考西域吞刀吞火之幻人，自前汉已有。此盖其相传遗术，非佛氏本法也。故黄教谓红教曰魔。或曰："是即波罗门[3]，佛经所谓邪师外道者也。"似为近之。

【注释】

①齑(jī)粉：齑、粉都是呈碎末状，用以比喻粉碎的东西。齑，细，碎。

②桔槔(jié gāo)：井上汲水的一种工具。

③波罗门：婆罗门，印度古代宗教之一，起源于公元前2000年的吠陀教。

【译文】

喇嘛教有两种：一种叫黄教，一种叫红教，各自以衣服相区别。黄教讲道德，阐明因果，与佛家流派不同而源头相同。红教却只擅长幻术。理藩院的尚书留保住公，说他在西藏时，曾经得罪了一个红教喇嘛。有人说登山时喇嘛肯定要报复。于是留公叫肩夫随轿子先走，而他却骑马悄悄跟在后面。到半山腰时，果然有一匹马跳跃起来，撞在轿子上，把轿子压得粉碎。这是留公自己说的。以前我从军乌鲁木齐时，有一个人丢了马，一个红教喇嘛，取出一只小木凳，念了好久的咒语，凳子忽然反复地转来转去，如同井上的桔槔一般。喇嘛让丢马的人跟随小凳走，来到一个山谷边，发现马就在那里。这是我亲眼看到的。经考查，在西域一带吞刀吞火的艺人，从西汉开始就有了。这大概是那时传下的魔术，而不是佛家自己的法术。所以黄教称红教为魔。有的说："这就是波罗门，佛教所谓邪师外道。"这个说法大概是接近事实的。

巴里坤、辟展、乌鲁木齐诸山，皆多狐，然未闻有祟人者。惟根克忒有小儿夜捕狐，为一黑影所扑，堕崖伤足，皆曰狐为妖。此或胆怯目眩，非狐为妖也。大抵自突厥、回鹘以来[1]，即以弋猎为事。今日则投荒者、屯戍者、开垦者、出塞觅食者搜岩剔穴，采捕尤多，狐恒见伤夷。不能老寿，故不能久而为魅欤？抑僻在荒徼，人已不知导引炼形术，故狐亦不知欤？此可见风俗必有所开，不开则不习；人情沿于所习，不习则不能。道家化性起伪之说，要不为无见。姚安公谓滇南僻郡，鬼亦淳良。即此理也。

【注释】

①突厥：公元6世纪初兴起于金山（今阿尔泰山）西南麓，为一游牧部落。回鹘：中国古代北方及西北的少数民族。原称回纥，唐德宗时改称“回鹘”。

【译文】

巴里坤、辟展、乌鲁木齐一带的群山中，都有很多狐狸，不过没有听说有害人的狐狸。只有根克忒有个孩子夜间捕捉狐狸时，被一个黑影扑了一下，掉下山崖摔伤了脚，人们都说黑影是狐妖作怪。这也许是胆怯眼花，并不是狐狸成妖。大概自从突厥、回鹘以来，这一带就以捕猎为业。到现在，逃荒的、屯兵驻防的、开垦的、出塞谋生的，都搜遍岩缝，踏尽山洞，其中捕猎的又很多，狐狸时常遭到捕杀伤害。这里的狐狸因为不能长寿，所以也就不能够长久修炼而成为精魅吧？或者是由于地处边疆偏僻所在，人都不知道导引炼形术，所以狐也不知道炼形吧？由此可见，风俗必须有所开化才能形成习惯，不开化就不能形成习惯；风土人情随习惯而来，没有形成习惯就没有风土人情。道家所谓教化人性而产生虚伪的说法，并非没有见地。姚安公说云南南部是偏僻地区，连鬼也淳厚善良。就是这个道理。

副都统刘公鉴言：曩在伊犁，有善扶乩者，其神自称唐燕国公张说。与人唱和诗文，录之成帙。性嗜饮，每降坛，必焚纸钱，而奠以大白。不知龙沙葱雪之间[1]，燕公何故而至是？刘公诵其数章，词皆浅陋，殆打油、钉铰之流[2]。客死冰天，游魂不返，托名以求食欤？

【注释】

①龙沙葱雪：龙堆、沙漠、葱岭、雪山，指塞外。

②钉铰(jiǎo)：指洗镜、补锅、锔碗等。

【译文】

副都统刘鉴公说：以前伊犁有一个善于扶乩的人，他请来的神自称是唐代的燕国公张说。这个张说和人一起唱词作诗文，已经集合成册。生性喜欢喝酒，每次降坛时，一定要先烧纸钱，用大杯盛了白酒奠祭。张说不知为什么会到了塞外龙沙葱岭雪山之间？刘公念了几章诗文，词义浅近鄙陋，差不多就是打油诗、小手艺人的吆喝之类。是外乡人死在这冰天雪地里，游魂不回去，假托张说的名义来混口饭吃吧？

里人张某，深险诡谲，虽至亲骨肉，不能得其一实语。而口舌巧捷，多为所欺。人号曰秃项马。马秃项为无鬃，鬃、踪同音，言其恍惚闪烁，无踪可觅也。一日，与其父夜行迷路，隔陇见数人团坐，呼问当何向。数人皆应曰“向北”，因陷深淖中。又遥呼问之。皆应曰“转东”，乃几至灭顶。蹩躠泥涂[1]，困不能出，闻数人拊掌笑曰：“秃项马，尔今知妄语之误人否？”近在耳畔，而不睹其形。方知为鬼所绐也。

【注释】

①蹩躠(bié xiè):跛行貌。

【译文】

我的家乡有个张某,阴险诡诈,即便是至亲骨肉,也得不到他的一句真话。他伶牙俐齿,许多人都被他骗过。人们给他起外号叫"秃项马"。马秃项就是没有鬃毛,"鬃"和"踪"同音,是说他恍恍惚惚闪闪烁烁,无踪迹可寻。有一天,他和父亲走夜路迷了路,隔着田垄望见几个人围坐着,就呼喊着问往哪儿走。那几个人都说"向北",结果张某陷在泥沼中。他又远远地呼问往哪儿走。那些人又都回答说"向东",张某往东去,结果差点儿淹死。他困在泥淖中,磕磕绊绊走不出来,听见那几个人拍着手笑道:"秃项马,你今天知道胡说八道害人了吧?"声音近在耳边,却不见人影。他这才知道是被鬼耍了。

妖由人兴,往往有焉。李云举言:一人胆至怯,一人欲戏之。其奴手黑如墨,使藏于室中,密约曰:"我与某坐月下,我惊呼有鬼,尔即从窗隙伸一手。"届期呼之,突一手探出,其大如箕,五指挺然如舂杵①。宾主俱惊,仆众哗曰:"奴其真鬼耶?"秉炬持仗入,则奴昏卧于壁角。救之苏,言:"暗中似有物以气嘘我,我即迷闷。"族叔楘庵言:"二人同读书佛寺。一人灯下作缢鬼状,立于前;见是人惊怖欲绝,急呼:'是我,尔勿畏。'是人曰:'固知是尔,尔背后何物也?'回顾乃一真缢鬼。"盖机械一萌,鬼遂以机械之心从而应之。斯亦可为螳螂黄雀之喻矣。

【注释】

①舂(chōng)杵:舂米的木棒。舂,把东西放在石臼或乳钵里捣掉

皮壳或捣碎。

【译文】

妖魅因为人引发而作怪，这种事情常有。李云举说：某甲胆子极小，某乙想要开他的玩笑。乙的奴仆手黑得像墨，乙让他藏在房间里，悄悄约定说："我同某甲坐在月下，我惊叫有鬼，你就从窗缝里伸出一只手。"到约定的时候，乙呼叫起来，突然一只手伸了出来，大小像畚箕，五个手指直挺着像舂米的棒槌。客人和主人都大吃一惊，仆人们都吵嚷起来说："他难道是真鬼吗？"拿着火把手持棍棒进去，只见乙的仆人昏睡在墙壁角落里。众人救他苏醒，他说："黑暗中好像有东西用气嘘我，我就昏睡了过去。"同族的叔叔槃庵说："有两个人一起在佛寺里读书。一个人在灯下装作吊死鬼样子，站在另一个人面前；看到这人吓得要昏过去，急忙喊：'是我，你不要怕。'另一人说：'我知道是你，你背后是什么东西？'装鬼的人回头一看，竟是一个真的吊死鬼。"大概机诈之心一旦萌生，鬼就用机诈之心跟着回应。这也可看成是螳螂捕蝉、黄雀在后这个比喻的形象再现了。

余八九岁时，在从舅实斋安公家，闻苏丈东皋言：交河某令，蚀官帑数千[①]，使其奴赍还。奴半途以黄河覆舟报，而阴遣其重台携归[②]。重台又窃以北上，行至兖州，为盗所劫杀。从舅咋舌曰："可畏哉！此非人之所为，而鬼神之所为也。夫鬼神岂必白昼现形，左悬业镜，右持冥籍，指挥众生，轮回六道[③]，而后见善恶之报哉？此足当森罗铁榜矣[④]。"苏丈曰："令不窃赀，何至为奴干没[⑤]？奴不干没，何至为重台效尤？重台不效尤，何至为盗屠掠？此仍人之所为，非鬼神之所为也。如公所言，是令当受报，故遣奴窃赀；奴当受报，故遣重台效尤；重台当受报，故遣盗屠掠。鬼神既遣之报，人又从而报之，不已颠乎？”从舅曰：“此公无碍之辩才[6]，非正理也。然存公之说，亦足于相随波靡之中，劝人以自立。”

【注释】

①官帑（tǎng）：古代指收藏钱财的府库，国库。

②重台：奴婢的奴婢。

③轮回六道：传说中，六道（又名“六趣”、“六凡”或“六道轮回”）是众生轮回之道途。六道可分为三善道和三恶道。三善道为天、人、阿修罗；三恶道为畜生、饿鬼、地狱。

④铁榜：铁制的榜牌。用于刻记姓名或文告。

⑤干没：侵吞别人财物。

⑥无碍之辨才：本是佛教用语，指菩萨为人说法，义理通达，言辞流利，后泛指口才好，言辞流畅，能言善辩。出自《华严经》：“若能知法永不灭，则得辩才无障碍；若能辩才无障碍，则能开演无边法。”

【译文】

我八九岁时，在堂舅安实斋公家，听苏东皋老丈说：交河某位县令，贪污了官库的几千钱，让自己的家奴送回家去。家奴走到半路，谎报说在黄河翻了船，钱沉落河中；暗地里却派自己的手下送回自己家中。家奴的手下又仿效家奴所为，带着钱偷偷北上，走到兖州时，被盗贼劫杀。堂舅听后，惊得伸出舌头说：“可怕呀！这些事不是人做的，是鬼神做的。鬼神做事，不一定就是白天现形，左面悬着地府的业镜，右面拿着阴间的档案，指挥着众生在六道轮回中，不仅仅是做这些才体现善恶报应吧？交河县令这一连串事情就等于是森罗殿上铁制的榜牌，足够警示人们了。”苏老丈说：“如果县令不贪污官库资金，何至于被家奴吞没？家奴不吞没，何至于被手下效仿窃取？家奴的手下不窃取，又何至于被盗贼劫杀？这些事终究还是人做出来的，并不是鬼神做的。如果照你说的，这是鬼神安排的报应，那么就是县令应该受报，所以鬼神安排了家奴吞没；家奴应该受报，所以鬼神安排了手下窃取；手下应该受报，所以鬼神安排了盗贼劫杀。鬼神既然安排人去实施报应，又要派人去报复实施的人，这岂不是疯了吗?”从舅说:“这位老先生辩才很高，但不是正理。不过，记住他讲的故事，也足以在随波起伏、顺风而倒的风气之中，用来劝人自立。”

刘乙斋廷尉为御史时[①]，尝租西河沿一宅。每夜有数人击柝[②]，声琅琅彻晓；其转更攒点，一一与谯鼓相应。视之则无形，聒耳至不得片刻睡。乙斋故强项[③]，乃自撰一文，指陈其罪，大书粘壁以驱之。是夕遂寂。乙斋自诧不减昌黎之驱鳄也[④]。余谓:“君文章道德似尚未敌昌黎，然性刚气盛，平生尚不作暧昧事，故敢悍然不畏鬼。又拮据迁此宅，力竭不能再徙，计无复之，惟有与鬼以死相持。此在君为困兽犹斗，在鬼为穷寇勿追耳。君不记《太平广记》载周书记与鬼争宅，鬼惮其木强而去乎[⑤]?”乙斋笑击余背曰:“魏收轻薄哉[⑥]! 然君知我者。”

【注释】

①廷尉:官名。秦置，为九卿之一。掌刑狱。汉代以后，或称“大理”或称“廷尉”;明代受元制恢复“大理寺卿”的称呼，仅负责复核地方上所呈报的重罪案件，也是先经刑部评议，再经大理寺卿最后复核。清制与明同。

②柝(tuò):古代打更用的梆子。

③强项:谓刚正不为威武所屈。典出东汉董宣。董宣，陈留(今属河南)人，曾任宣怀县令，后任洛阳令。因惩治光武帝的姐姐湖

阳公主的家奴被称为“强项令”。

④昌黎之驱鳄：唐代韩愈到潮州任职，了解到当地鳄鱼为患，作《祭鳄鱼文》，采取驱鳄行动。

⑤木强：质直刚强。《汉书·张周赵任等传赞》：“周昌，木强人也。”颜师古注：“言其强质如木石然。”

⑥魏收轻薄：魏收（506—572），字伯起，钜鹿下曲阳（今河北平乡）人，北朝史学家、文学家。《魏书》的撰写者。因为纪晓岚主编《四库全书》，常自比魏收，朋友们也都这么叫他。

【译文】

大理寺卿刘乙斋任御史时，曾经租住西河沿一座房子。每到夜里都听有几个人敲梆子，声音琅琅地一直响到早上；转更时的梆子点，都一一和鼓楼相呼应。到外面去看，却什么也没有，就这么着吵闹得夜里得不到片刻的安睡。刘乙斋一贯刚正倔强，于是写了一篇文章，指责对方的罪状，用大字抄写贴在墙上，想以此驱逐吵闹者。当天晚上便没有声音了。刘乙斋感到惊讶，自认为自己跟韩愈驱赶鳄鱼差不多。我说：“你的文章和德行，似乎还赶不上韩愈，但是你性气刚烈，这一辈子还没有做过什么见不得人的事，所以悍然不怕鬼。加上你经济拮据，迁到这座房子，已经无力再迁往别处了，没有办法，只好和鬼拼死斗下去。你是困兽犹斗，鬼对你是穷寇勿追。你不记得《太平广记》中载周书记和鬼争房子的故事，是鬼怕了周书记的憨直刚强而离开的么？”刘乙斋笑着拍我的背说：“你这个魏收真是轻薄呵！不过你还是了解我的。”

余督学福建时，署中有笔捧楼，以左右挟两浮图也[①]。使者居下层，其上层则复壁曲折，非正午不甚睹物。旧为山魈所据，虽不睹独足反踵之状，而夜每闻声。偶忆杜工部“山精白日藏”句[②]，悟鬼魅皆避明而就晦，当由曲房幽隐，故此辈潜踪。因尽撤墙垣，使四面明窗洞启，三山翠霭，宛在目前。题额曰“浮青阁”，题联曰：“地迥不遮双眼阔[3]，窗虚只许万峰窥。”自此山魈迁于署东南隅会经堂。堂故久废，既于人无害，亦听其匿迹，不为已甚矣。

【注释】

①浮图：佛教建筑概称为“浮图”，后渐转为专指高塔而言。

②杜工部“山精白日藏”句：杜工部，即杜甫(712—770)，字子美，自号少陵野老，曾任检校工部员外郎，世称“杜工部”。诗句见《陪郑广文游何将军山林十首》：“野鹤清晨出，山精白日藏。”

③迥(jiǒng)：远。

【译文】

我在福建任督学时，衙署里有一座笔捧楼，因为楼的左右各有一座佛塔而得名。我住在下层，上层因为墙壁重叠曲折，不到中午就不大看得清楚东西。过去这里被山魈占着，虽然没有看到一只脚和脚跟反着长的形状，但是夜里总能听到楼上的响动。我偶尔记起杜工部的“山精白日藏”的句子，才悟出鬼魅都是怕光而喜欢黑暗，因为房间曲折幽隐，鬼魅都躲藏起来了。于是让人把四面的围墙全都拆除，让四面阁楼的窗子都打开，三山的翠色和雾霭，好像就在眼前。我题了一块匾，名为“浮青阁”，并写了一副对联：“地迥不遮双眼阔，窗虚只许万峰窥。”从此以后山魈搬到了衙署东南角的会经堂。这座经堂因为荒废已久，山魈在那里既然对人无害，也就任凭它在那里藏身，不能逼得太过分了。

徐公景熹，官福建盐道时，署中箧笥每火自内发[1]，而扃钥如故。又一夕，窃剪其侍姬发，为祟殊甚。既而徐公罢归，未及行而卒。山鬼能知一岁事，故乘其将去肆侮也。徐公盛时，销声匿迹；衰气一至，无故侵陵。此邪魅所以为邪魅欤！

【注释】

①箧(qiè)笥(sì)：藏物的竹器(多指箱和笼)，用于收藏文书或衣物。

【译文】

徐景熹公任福建盐道时，衙署中的箱笼往往有火从里面烧起来，而关锁还是原样没动过。又一天夜里，他侍妾的头发被偷偷剪掉了，妖物暗地里作祟闹得很厉害。不久之后，徐公被罢了官，没有来得及动身回归故乡就去世了。山鬼能够知道一年中的事情，所以趁他将要离去的时候肆意地侮弄。徐公兴盛时，山鬼隐声藏迹；衰气一到，就无缘无故地侵害凌辱。这就是妖邪鬼魅之所以为妖邪鬼魅吧！

余乡青苗被野时，每夜田陇间有物，不辨头足，倒掷而行，筑地登登如杵声。农家习见不怪，谓之青苗神。云常为田家驱鬼，此神出，则诸鬼各归其所，不敢散游于野矣。此神不载于古书，然确非邪魅。从兄懋园尝于李家洼见之，月下谛视，形如一布囊，每一翻折，则一头着地，行颇迟重云。

【译文】

在我的家乡，春苗绿满田野的时候，每到夜里田垄间就有一样东西，看不出头和脚，只见它折着跟头走路，捣在地上“噔噔”像棒槌的声音。农家司空见惯，不以为怪，说是青苗神。据说青苗神常为种田人驱鬼，青苗神一出来，群鬼就各自回到自己的地方，不敢在田野继续闲逛了。古书上没有青苗神的记载，但它确实不是邪魅。堂兄懋园曾在李家洼亲眼见到过，在月下仔细观察，形状像一个布袋子，每一次翻跟头，总是一头着地，行动起来非常笨重迟缓。

先祖宠予公，原配陈太夫人，早卒。继配张太夫人，于归日[①]，独坐室中，见少妇揭帘入，径坐床畔。着玄帔黄衫，淡绿裙，举止有大家风。新妇不便通寒温，意谓是群从娣姒或姑姊妹耳[②]。其人絮絮言家务得失、婢媪善恶，皆委曲周至。久之，仆妇捧茶入，乃径出。后阅数日，怪家中无是人，细诘其衣饰，即陈太夫人敛时服也。死生相妒，见于载籍者多矣。陈太夫人已掩黄垆[③]，犹虑新人未谙料理，现身指示，无间幽明，此何等居心乎！今子孙登科第、历仕宦者，皆陈太夫人所出也。

【注释】

①于归：女子出嫁。语出《诗经·国风·桃夭》："之子于归，宜其室家。"

②娣（dì）姒（sì）：妯娌。兄妻为姒，弟妻为娣。

③黄垆（lú）：亦作"黄卢"、"黄庐"、"黄炉"，坟墓。

【译文】

先祖父宠予公，原配夫人是陈太夫人，很早就去世了。继室张太夫人，过门那天，独自坐在屋里，只见一位年轻妇人掀开帘子进来，径直坐在床边上。她身披深褐色披肩，穿着黄衫，淡绿色的裙子，言行举止很有大家闺秀风度。新娘不便于随便攀谈，以为她是叔伯妯娌，或是夫家的姐妹。来人不厌其烦地细谈家务的得失，婢女老妈子的好坏都讲得极为详细周到。谈了许久，仆妇捧着茶送来，年轻妇人才径直走出。后来过了几天，张太夫人奇怪家里没有这个人，细说她的衣着打扮，才知是陈太夫人入殓时的服装。活人和死人相互妒忌，这在书中有许多记载。陈太夫人已在黄泉之下，还担心新娘不懂料理家务，而现身出来指点，不顾阳间和阴间的阻隔，这是怎样的良苦用心！现在子孙中考取科第、历任官职的，都是陈太夫人所生的这一脉。

伯高祖爱堂公，明季有声黉序间[①]。刻意郑、孔之学[②]，无问冬夏，读书恒至夜半。一夕，梦到一公廨，榜额曰“文仪”，班内十许人治案牍，一一恍惚如旧识。见公皆讶曰：“君尚迟七年乃当归，今犹早也。”霍然惊寤，自知不永，乃日与方外游。偶遇道士，论颇洽，留与共饮。道士别后，途遇奴子胡门德。曰：“顷一书忘付汝主，汝可携归。”公视之，皆驱神役鬼符咒也。闭户肄习，尽通其术，时时用为戏剧，以消遣岁月。越七年，至崇祯丁丑[③]，果病卒。卒半日复苏，曰：“我以亵用五雷法[④]，获阴谴。冥司追还此书，可急焚之。”焚讫复卒。半日又苏曰：“冥司查检，缺三页，饬归取。”视灰中，果三页未烬；重焚之，乃卒。此事姚安公附载家谱中。公闻之先曾祖，曾祖闻之先高祖，高祖即手焚是书者也。孰谓竟无鬼神乎？

【注释】

①黉(hóng)序：古代的学校。

②郑、孔之学：郑，郑玄，东汉末年的经学大师。他遍注儒家经典，以毕生精力整理古代文化遗产，使经学进入了一个“小统一时代”。孔，孔颖达，孔子三十二代孙，唐朝经学家。奉旨编纂的《五经正义》被唐王朝颁为经学的标准解释，从而完成了中国经学史上从纷争到统一的演变过程。

③崇祯丁丑：崇祯十年(1637)。

④五雷法：道教方术。据说，依雷公墨篆行之，可致雷雨，祛疾苦，立功救人；因雷公有兄弟五人，故称“五雷法”。

【译文】

伯高祖爱堂公，在明朝末年的学界很有声望。他专攻郑、孔之学，不管隆冬盛夏，常常读书到半夜。有一天夜里，他做梦来到一个官署，匾额上写着“文仪”二字，里面有十来个人，正在办理公文，恍惚一个个都是旧相识。这些人见了爱堂公，都惊讶地说：“你应该再过七年才来，如今还早。”爱堂公猛然惊醒，自知活不长了，就天天游山观景。他偶然遇到了一个道士，两人谈论很投机，就留下道士一起喝酒。道士告别后，在路上碰见奴仆胡门德。道士说：“刚才有本书忘了给你的主人了，你带回去。”爱堂公看这本书，却都是驱神役鬼的符咒。于是闭门学习，精通了符咒术，时时用来游戏，以消磨时光。过了七年，到崇祯丁丑年，他果然病逝。死去半天后又醒过来，说：“我因为乱用五雷法，遭到阴间的责罚。阴间要追还这本书，要赶紧烧掉。”烧完书后又死去。过了半天他又苏醒过来，说：“阴间查验，还缺三页，叫我回来取。”查看灰烬中，果然还有三页没烧尽；重新烧了之后，才去世。姚安公把这件事附载在家谱里。他是听已故的曾祖父说的，曾祖父则是听高祖说的，高祖就是亲手烧书的人。谁说没有鬼神呢？

余族所居，曰景城，宋故县也。城址尚依稀可辨。或偶于昧爽时遥望烟雾中，现一城影，楼堞宛然[①]，类乎蜃气。此事他书多载之，然莫明其理。余谓凡有形者，必有精气。土之厚处，即地之精气所聚处，如人之有魂魄也。此城周回数里，其形巨矣。自汉至宋千馀年，为精气所聚已久，如人之取多用宏，其魂魄独强矣。故其形虽化，而精气之盘结者非一日之所蓄，即非一日所能散。偶然现像，仍作城形，正如人死鬼存，鬼仍作人形耳。然古城郭不尽现形，现形者又不常见，其故何欤？人之死也，或有鬼，或无鬼；鬼之存也，或见，或不见，亦如是而已矣。

【注释】

①堞(dié)：城上如齿状的矮墙。

【译文】

我这个家族住的地方叫景城，是宋朝的旧县城。城址还能依稀辨认出来。有时偶然在天刚亮时，远远望见烟雾当中，现出一座城池的影子，城楼和女墙看上去都很真切，类似于海市蜃楼。这种事情在别的书上多有记载，但是没人明白其中的道理。我认为，凡是有形体的东西，必然有精气。土地厚实之处，就是土地精气聚集的地方，就像人有魂魄一样。这座城四周有几里地，它的形体可算是巨大了。从汉代到宋代一千多年，它聚集精气的时间也已经很久了，就像人能获取的多、可用的广，他的魂魄就特别强大。所以它的形体虽然消失，但是精气盘踞凝结，不是一天两天的积蓄，也就不可能一天两天能散尽。因此偶然现出形相，还是城池的形状，正像人死了鬼还在，鬼仍旧是人的形状一样。但是古代的城郭不都现形，现形的又不常见，那是什么缘故呢？人死后，也许有鬼，也许没有鬼；鬼的存在，也许看得见，也许看不见；这也是同样的道理。

南宫鲍敬之先生言：其乡有陈生，读书神祠。夏夜袒裼睡庑下①，梦神召至座前，诃责甚厉。陈辩曰：“殿上先有贩夫数人睡，某避于庑下，何反获愆？”神曰：“贩夫则可，汝则不可。彼蠢蠢如鹿豕，何足与较？汝读书而不知礼乎？”盖

《春秋》责备贤者，理如是矣。故君子之于世也，可随俗者随，不必苟异；不可随俗者不随，亦不苟同。世于违礼之事，动曰某某曾为之。夫不论事之是非，但论事之有无，自古以来，何事不曾有人为之，可一一据以借口乎？

【注释】

①袒裼（tǎn xī）：脱去上衣，裸露肢体。庑（wǔ）：堂下周围的走廊、廊屋。

【译文】

南宫的鲍敬之先生说：他家乡有个姓陈的书生，在神祠庙读书。一个夏夜，陈生光着膀子睡在廊庑下，梦见神把他召到座前严厉斥责。陈生辩解说："殿上先有几个小贩睡了，我回避在廊庑下，为什么反而受到责备？"神说："小贩可以睡，你就不行。他们蠢笨得像鹿、像猪，你怎么能跟他们比呢？你是读书人，难道也不懂礼节吗？"《春秋》挑剔有贤能的人，就是这个道理。因此，君子处世，可以随俗就随俗，不必非得独树一帜；不可随俗就不随，也不必去苟且求同。世上的人对于违背礼数的事，动不动就说某某人曾经做过。不论这样做是否正确，只论事情是否已有先例，自古以来，什么事情不曾有人做过，难道可以一一拿来作为借口吗？

渔洋山人记张巡妾转世索命事①，余不谓然。其言曰："君为忠臣，我则何罪，而杀以飨士？"夫孤城将破，巡已决志捐生。巡当殉国，妾不当殉主乎！古来忠臣仗节，覆宗族糜妻子者，不知凡几。使人人索命，天地间无纲常矣。使容其索命，天地间亦无神理矣。王经之母含笑受刃②，彼何人乎！此或妖鬼为祟，托一古事求祭飨，未可知也。或明季诸臣，顾惜身家,偷生视息,造作是言以自解,亦未可知也。儒者著书,当存风化,虽齐谐志怪,亦不当收悖理之言。

【注释】

①张巡(708—757):唐代至德二年(757),安禄山叛军十三万精锐部队南下攻打江淮屏障睢阳,他和许远等数千人,在内无粮草、外无援兵的情况下死守睢阳,杀伤敌军十二万,有效阻遏了叛军南犯之势,但终究寡不敌众,最后英勇就义。在粮草断绝时,让将士杀了包括自己爱妾在内的老弱妇幼为食。事见《旧唐书·张巡传》。

②王经之母:《三国演义》中的人物,受到儒家人生价值观的影响,见识过人,不畏强暴。

【译文】

渔洋山人记载了张巡的妾转世后索命的事,我不以为然。张巡妾索命的理由是:"你是忠臣,我有什么罪,却把我杀了给将士吃?"孤城将被攻破,张巡已经决心殉国。张巡该殉国,他的妾不该殉主人么!自古以来忠臣为尽忠而被灭宗族、妻子儿女被杀的,不知有多少。假如人人都来索命,天地之间就没有纲常了。假如容忍这样的人来索命,天地间也就没有天理了。王经的母亲含笑受刑,这是怎样的人呵!这个所谓的张巡妾索命或许是妖鬼作祟,借一件过去的事来求祭祀,也未可知。或者是明末的臣子,顾惜身家性命而苟且偷生,却制造出这个故事来自我解脱,这也不是不可能。儒士著书,应当致力于风俗教化,即便是志怪的书,也不该收入违背道理的内容。

族叔楘庵言:景城之南,恒于日欲出时,见一物,御旋风东驰。不见其身,惟昂首高丈馀,长鬣鬖鬖[①],不知何怪。或曰："冯道墓前石马[②]，岁久为妖也。"考道所居，今曰相国庄。其妻家，今曰夫人庄。皆与景城相近。故先高祖诗曰："青史空留字数行，书生终是让侯王。刘光伯墓无寻处[③]，相国夫人各有庄。"其墓则县志已不能确指。北村之南，有地曰石人洼，残缺翁仲[④]，犹有存者。土人指为道墓，意或有所传欤。董空如尝乘醉夜行，便旋其侧。倏阴风横卷，沙砾乱飞，似隐隐有怒声。空如叱曰："长乐老顽钝无耻！七八百年后岂尚有神灵？此定邪鬼依托耳。敢再披猖[⑤]，且日日来溺汝。"语讫而风止。

【注释】

①鬣(liè)：马、狮子等动物颈上的长毛。鬖鬖(sān)：毛发长长垂落或散乱的样子。

②冯道(882—954)：字可道，自号长乐老。好学能文，主持校定了《九经》文字，雕版印书，世称"五代蓝本"，为我国官府正式刻印书籍之始。下文的"长乐老"即指冯道。

③刘光伯：刘炫，字光伯，河间景城(今河北献县东北)人，隋经学家。刘献之的三传弟子。开皇(581—600)中，奉敕修史。

④翁仲：最初指的是匈奴的祭天神像，大约在秦汉时代就被汉人引入关内，当作宫殿的装饰物。初为铜制，称为"金人"、"铜人"等，但后来却专指陵墓前面及神道两侧的文武官员石像，成为中国古代上层社会墓葬及祭祀活动重要的代表物件。除了人像外，还包括动物及瑞兽造型的石像。

⑤披猖：亦作"披昌"，猖獗，猖狂。

【译文】

族叔棨庵说：在景城的南边，太阳将要出来时，常能看见一样东西，风驰电掣一般往东奔驰。看不见它的身子,只见它昂着头,有一丈多高,长鬃飘飘,不知是什么怪物。有人说:"这是冯道墓前的石马,年岁久了成了妖怪。"查考冯道故居,如今叫"相国庄"。他妻子的家,如今叫"夫人庄",离景城都很近。所以先高祖在诗中写道:"青史空留字数行,书生终是让侯王。刘光伯墓无寻处,相国夫人各有庄。"冯道的墓到底在哪儿,县志上也已指不出准确的位置。北村的南边,有个地方叫"石人洼",那儿还剩有残缺的石像。当地人说这就是冯道的墓,这或许是传说吧。董空如曾经乘着酒劲儿夜里赶路,在墓旁小便。突然间阴风横扫,沙石乱飞,好像隐隐约约有发怒的声音。董空如怒斥道:"长乐老愚顽无耻!死了七八百年,哪里还能有神灵?这一定是邪鬼假冒他的名义闹妖。你敢再猖狂,我天天来用小便浇你。"说完风也停了。

南村董天士,不知其名,明末诸生,先高祖老友也。《花王阁剩稿》中,有哭天士诗四首,曰:"事事知心自古难,平生二老对相看。飞来遗札惊投箸,哭到荒村欲盖棺。残稿未收新画册,原注:天士以画自给。馀赀惟卖破儒冠。布衾两幅无妨敛,在日黔娄不畏寒[①]。""五岳填胸气不平,谈锋一触便纵横。不逢黄祖真天幸[②],曾怪嵇康太世情。开牖有时邀月入,杖藜到处避人行。料应尘海无堪语,且试骖鸾向紫清[③]。""百结悬鹑两鬓霜,自餐冰雪润空肠。一生惟得秋冬气,到死不知罗绮香。原注:天士不娶。寒贯村醪才破戒[④],老栖僧舍是还乡。只今一瞑无馀事,未要青蝇作吊忙[⑤]。""廿年相约谢风尘,天地无情殒此人。乱世逃禅聊解脱,衰年哭友倍酸辛。关河泱漭连兵气[⑥],齿发沧浪寄病身。泉下有灵应念我,白杨孤冢亦伤神。"天士之生平,可以想见。县志不为立传，盖未见先高祖诗也。相传天士殁后，有人见其骑驴上泰山，呼之不应。俄为老树所遮，遂不见。意或尸解登仙欤[7]？抑貌偶似欤？迹其孤僻之性，似于仙为近也。

【注释】

①黔娄：战国时齐国的贤士，齐、鲁国君都请他做官，他坚持不做。齐威王曾亲临请教，为了表示尊重，他远远就下马脱靴，徒步进洞。黔娄死后，因家贫，盖体的被子太短不能盖满全身，有人建议将被子斜盖以盖住全身。黔娄的妻子说："斜之有馀，不如正之不足，且先生以不斜故至于此。"

②"不逢"句：黄祖（？—208），东汉末年荆州牧刘表部下，在与长沙太守孙坚交战时其部下将孙坚射死，与孙家结下仇怨。之后，黄祖与孙权的交战中，败北被杀。

③骖鸾：谓仙人驾驭鸾鸟云游。

④贳（shì）：赊欠。醪（láo）：浊酒。

⑤青蝇作吊：化用成语"青蝇吊客"。死后只有青蝇来吊唁，比喻生前没有知己朋友的人。

⑥泱漭：广大，浩瀚。

⑦尸解：道教认为道士得道后可遗弃肉体而仙去，或不留遗体，只假托一物（如衣、杖、剑）遗世而升天。

【译文】

南村有个董天士，人们不知道他叫什么名字，是明朝末年的生员，我先高祖父的朋友。高祖的《花王阁剩稿》中有四首悼念董天士的诗，诗是这样写的："事事知心自古难，平生二老对相看。飞来遗札惊投箸，哭到荒村欲盖棺。残稿未收新画册，原注：董天士靠卖书画维持生计。馀资惟卖破儒冠。布衾两幅无妨敛，在日黔娄不畏寒。""五岳填胸气不平，谈锋一触便纵横。不逢黄祖真天幸，曾怪嵇康太世情。开牖有时邀月入，杖藜到处避人行。料应尘海无堪语，且试骖鸾向紫清。”“百结悬鹑两鬓霜，自餐冰雪润空肠。一生惟得秋冬气，到死不知罗绮香。原注：天士一生未曾娶妻。寒贯村醪才破戒，老栖僧舍是还乡。只今一瞑无馀事，未要青蝇作吊忙。”“廿年相约谢风尘，天地无情殒此人。乱世逃禅聊解脱，衰年哭友倍酸辛。关河泱漭连兵气，齿发沧浪寄病身。泉下有灵应念我，白杨孤冢亦伤神。”董天士的生平，由这几首诗可以想象出来。县志中没有为他立传，大概是因为没有看到先高祖父的诗。后来传说董天士去世之后，有人见到他骑着一头驴子上了泰山，在后面叫他也不答应。不一会儿就被老树遮挡住看不见了。是他死后成了仙呢？还是偶然有人相貌与他相像呢？按他那种孤僻的性格推断，说他成仙似乎合情理一些。

先高祖集有《快哉行》一篇，曰：“一笑天地惊，此乐古未有。平生不解饮，满引亦一斗。老革昔媚珰[①]，正士皆碎首[②]。宁知时势移，人事反覆手。当年金谷花[③]，今日章台柳。巧哉造物心，此罚胜枷杻。酒酣谈旧事，因果信非偶。淋漓挥醉墨，神鬼运吾肘。姓名讳不书，聊以存忠厚。时皇帝十载，太岁在丁丑。恢台仲夏月[④]，其日二十九。同观者六人，题者河间叟。”盖为许显纯诸姬流落青楼作也[⑤]。初，诸姬隶乐籍时，有以死自誓者。夜梦显纯浴血来曰：“我死不蔽辜[⑥]，故天以汝等示身后之罚。汝若不从，吾罪益重。”诸姬每举以告客，故有“因果信非偶”句云。

【注释】

①老革：老兵。

②正士：正直之士。

③金谷:金谷园,晋代石崇的花园。

④恢台:旺盛貌,广大貌。出自《楚辞·九辩》"收恢台之孟夏兮"。

⑤许显纯:明末人物,魏忠贤手下"五彪"之一。崇祯元年(1628)魏忠贤阉党覆灭,许显纯被斩。

⑥辜:罪。

【译文】

已故高祖父集子里有《快哉行》一篇,道:"一笑天地惊,此乐古未有。平生不解饮,满引亦一斗。老革昔媚珰,正士皆碎首。宁知时势移,人事反覆手。当年金谷花,今日章台柳。巧哉造物心,此罚胜枷杻。酒酣谈旧事,因果信非偶。淋漓挥醉墨,神鬼运吾肘。姓名讳不书,聊以存忠厚。时皇帝十载,太岁在丁丑。恢台仲夏月,其日二十九。同观者六人,题者河间叟。"大概是为许显纯的诸多姬妾流落妓院的故事而作的。起初,那些姬妾列入妓女的名册时,有的姬妾发誓宁死不从。夜里梦见许显纯满身是血来说:"我死了也不能抵消生前的罪恶,所以用你们来显示对我身后的惩罚。你们如果不依从,我的罪孽更加深重。"那些姬妾往往举出这事告诉客人,所以有"因果信非偶"的句子。

先四叔父栗甫公,一日往河城探友。见一骑飞驰向东北,突挂柳枝而堕。众趋视之,气绝矣。食顷,一妇号泣来,曰:"姑病无药饵,步行一昼夜,向母家借得衣饰数事,不料为骑马贼所夺。"众引视堕马者,时已复苏。妇呼曰:"正是人也。"其袱掷于道旁,问袱中衣饰之数,堕马者不能答;妇所言,启视一一合。堕马者乃伏罪。众以白昼劫夺,罪当缳首①,将执送官。堕马者叩首乞命,愿以怀中数十金,予妇自赎。妇以姑病危急,亦不愿涉讼庭,乃取其金而纵之去。叔父曰:"果报之速,无速于此事者矣。每一念及,觉在在处处有鬼神。"

【注释】

①缳(huán)首:绞杀,用绳勒死。

【译文】

过世的四叔栗甫公,有一天到河城去看朋友。途中见一人骑马向东北飞奔,突然被柳枝挂下马来。众人跑过去看,已经断气了。过了大约一顿饭时,一个女人号哭着过来,说:“婆婆生病,没钱买药,我走了一天一夜,向娘家借了一点儿衣服首饰,打算换钱为婆母买药。不想被骑马贼抢走了。”众人带她去看坠马的人,这个人已经醒过来了。女人喊道:“就是他。”包袱就扔在了路边,众人们问坠马的人包袱里衣物首饰的数目,坠马的人答不上来;女人说的,和打开包袱看到的完全一致。坠马的人不得不认罪。大家认为大白天抢劫,罪该绞死,要把他捆起来送往官府。坠马的人磕着头请求饶命,表示愿把身上带的几十两银子送给女人用来赎罪。妇人因婆婆病情危急,也不愿到公堂打官司,收了银子放他走了。叔父说:“因果报应的迅速,没有比这件事更快的了。每次一想到这件事,就觉得时时处处都有鬼神。”

齐舜庭,前所记剧盗齐大之族也。最剽悍,能以绳系刀柄,掷伤人于两三丈外。其党号之曰飞刀。其邻曰张七,舜庭故奴视之,强售其住屋广马厩,且使其党恐之曰:“不速迁,祸立至矣。”张不得已,携妻女仓皇出,莫知所适,乃诣神祠祷曰:“小人不幸为剧盗逼,穷迫无路。”敬植杖神前,视所向而往。杖仆向东北,乃迤逦行乞至天津①。以女嫁灶丁②,助之晒盐,粗能自给。三四载后,舜庭劫饷事发,官兵围捕,黑夜乘风雨脱免。念其党有在商舶者,将投之泛海去。昼伏夜行,窃瓜果为粮,幸无觉者。一夕,饥渴交迫,遥望一灯荧然。试叩门,一少妇凝视久之,忽呼曰:“齐舜庭在此。”盖追缉之牒，已急递至天津，立赏格募捕矣。众丁闻声毕集。舜庭手无寸刃，乃弭首就擒[3]。少妇即张七之女也。使不迫逐七至是，则舜庭已变服，人无识者；地距海口仅数里，竟扬帆去矣。

【注释】

①迤逦：缓行貌。

②灶丁：煮盐工。

③弭(mǐ)首：俯首，降服。

【译文】

齐舜庭是前面所讲过的大盗贼齐大的同族。他最剽悍，用绳子系住刀把，在两三丈远之外就能投刀伤人。他的同伙称他为“飞刀”。他的邻居叫张七，齐舜庭一向把他当奴仆看待，强迫张七把住房卖给他扩宽马厩，还指使同伙威吓张七：“不赶紧迁走，大祸马上临头。”张七迫不得已，带着妻子儿女仓皇地逃出家门，不知到哪里是好，来到神祠祷告：“小人不幸，被强盗逼迫，走投无路了。”然后恭恭敬敬把一根木棍立在神灵面前，看木棍倒向何方就往何方走。结果木棍倒向东北方，于是张七带着一家人坎坎坷坷、沿途乞讨到了天津。在天津把女儿嫁给了一个盐丁，帮着晒盐，勉强能维持生计。三四年之后，齐舜庭打劫饷粮的事情败露了，官兵围捕他，在一个漆黑的夜晚，刮着风，又下着雨，他于是乘着风雨逃脱了。想到他的同伙有在商船上的，他就去投奔他这个同伙，想渡海逃走。他白天躲藏起来晚上赶路，偷瓜果充饥，侥幸没被人发现。一天晚上，他又饥又渴，远远地看见有一盏昏昏的灯光。他走过去试着敲了敲门，一个少妇久久地盯着他看，忽然大声叫道：“齐舜庭在这里！”大概追捕他的公文，已经急速送到了天津，悬赏捉拿他。盐丁们听到叫喊声马上聚集来，齐舜庭手无寸铁，只好束手就擒。这个叫喊的少妇就是张七的女儿。假如不是把张七逼迫到这里来，那么齐舜庭已变换了装束，根本无人认识他；这里离海口又只有几里路，他就会扬帆出海逃脱了。

王兰洲尝于舟次买一童①，年十三四，甚秀雅，亦粗知字义。云父殁，家中落，与母兄投亲不遇，附舟南还。行李典卖尽，故鬻身为道路费。与之语，羞涩如新妇，固已怪之。比就寝，竟弛服横陈。王本买供使令，无他念；然宛转相就，亦意不自持。已而童伏枕暗泣。问："汝不愿乎？"曰："不愿。"问："不愿何以先就我？"曰："吾父在时，所畜小奴数人，无不荐枕席。有初来愧拒者，辄加鞭箠曰：'思买汝何为？愦愦乃尔！'知奴事主人，分当如是，不如是则当箠楚。故不敢不自献也。"王蹶起推枕曰："可畏哉！"急呼舟人鼓楫，一夜追及其母兄，以童还之，且赠以五十金。意不自安，复于悯忠寺礼佛忏悔，梦伽蓝语曰②："汝作过改过在顷刻间，冥司尚未注籍，可无庸渎世尊也。"

【注释】

①舟次：行船途中，船上。

②伽蓝："僧伽蓝摩"的简称，译为"众园"，即僧众所居住的园庭，亦即寺院的通称。这里指伽蓝神，即保护伽蓝（寺庙）的神。

【译文】

王兰洲曾经在乘船途中买了一个小僮，年纪十三四岁，很是俊秀文雅，也识几个字。小僮说，父亲去世了，家境败落，同母亲、兄长投奔亲戚不遇，想搭船回到南边去。因为行李当光卖完，所以卖了他换点儿路费。王兰洲跟他讲话，他羞涩得像新媳妇，王兰洲本来已经感到奇怪了。等到晚上睡觉的时候，小僮竟然脱光衣服躺着。王兰洲本意是买来供使唤，没有别的念头；但是如今他温顺地主动亲近，自己也就控制不住了。事后，小僮伏在枕头上暗暗哭泣。王兰洲就问："你不愿意吗？"答："不愿意。"问："不愿意为什么先来亲近我？"答："我的父亲在世时，他养的几个小奴仆，没有不在枕席上侍候的。有刚来羞愧拒绝的，就鞭打他，说：'想想买你做什么？糊涂到这样！'由此知道奴仆服侍主人，本分应当这样，不这样就要挨打。所以不敢不自己献身。"王兰洲急忙起身推开枕头说："可怕啊！"连忙叫船夫摇着橹，赶了一夜，追上他的母亲兄长，把小僮还给他们，并且赠送了五十两银子。王兰洲心里还不能安宁，又在悯忠寺礼拜忏悔，回来梦见伽蓝神对他说："你犯了过错在顷刻之间就改正了，阴司还没有登记上簿册，可以不必亵渎佛祖了。"

戈东长前辈官翰林时，其太翁傅斋先生市上买一惨绿袍。一日鐍户出，归失其钥。恐误遗于床上，隔窗视之，乃见此袍挺然如人立，闻惊呼声乃仆。众议焚之。刘啸谷前辈时同寓，曰："此必亡人衣，魂附之耳。鬼为阴气，见阳光则散。"置烈日中反覆曝数日，再置室中，密觇之①，不复为祟矣。又东长头早童②，恒以假发续辫。将罢官时，假发忽舒展蜿蜒，如蛇掉尾。不久即归田。是亦亡人之发，感衰气而变幻也。

【注释】

①觇(chān)：看，偷偷查看。

②童：秃头，没有头发。

【译文】

戈东长前辈在翰林院任职时，他的祖父傅斋先生从市上买回一件暗绿色的袍子。有一天傅斋先生锁了门出去，回来时发现丢了钥匙。

他以为钥匙忘在床上，就从窗户往里看，却看见那件绿袍直挺挺地像人似的站着，听到惊叫的声音才倒下了。大伙议论说烧掉它。刘啸谷前辈当时和傅斋先生住在一起，说："这一定是死人穿过的衣服，魂魄还附在上面。鬼是阴气，见了阳光就散了。"把绿袍放在太阳下反复晒了几天，再放进屋里，然后悄悄察看，袍子不再作怪了。还有，戈东长前辈的头发早就掉光了，他常用假发续辫子。他将被罢官时，假发忽然自己舒展蜿蜒而动，好像蛇掉转尾巴一样。不久，他就罢官回乡了。这也是死人的头发，感受到了人的衰气而作起怪来。

德清徐编修开厚，亦壬戌前辈①。初入馆时，每夜读书，则宅后空屋中有读书声，与琅琅相答。细听所诵，亦馆阁律赋也。启户则无睹。一夕，蹑足屏息窥之，见一少年，着青半臂，蓝绫衫，携一卷背月坐，摇首吟哦，若有馀味，殊不似为祟者。后亦无休咎。唐小说载天狐超异科，策二道②，皆四言韵语，文颇古奥。或此狐亦应举者欤！此戈东长前辈说。戈，徐同年进士也。

【注释】

①壬戌：乾隆七年(1742)。

②策：古代科举考试的一种文体。

【译文】

德清人徐开厚任翰林院编修，也是乾隆壬戌年登第的前辈。刚入翰林院时，每当夜里读书，就听到宅后的空屋中也有读书声，与他的读书声琅琅相应。细听诵读的内容，也是馆阁律赋。开门看，看不见有什么人。一天晚上，他蹑手蹑脚，屏住气息，走过去看，见一位年轻人，穿一件青色马甲，蓝绫衫，拿着一卷书，背着月亮坐着，正在津津有味地摇头吟诵，很不像是作祟的邪魅。后来，也没出现什么异常的事情。唐代小说中记载有天狐在超异科目中，策问二道，都是四言韵文，文义很古奥。或许这个年轻人也是应举的狐精！这件事是戈东长前辈叙述的。戈前辈与徐前辈是同年进士。

乌鲁木齐八蜡祠道士，年八十馀。一夕，以钱七千布荐下①，卧其上而死。众议以是钱营葬。夜见梦于工房吏邬玉麟曰："我守官庙，棺应官给。钱我辛苦所积，乞纳棺中，俟来生我自取。"玉麟悯而从之。葬讫，太息曰："以钱贮棺，埋于旷野，是以璠玙敛也②，必暴骨。"余曰："以钱买棺，尚能且梦；发棺攘夺，其为厉必矣。谁能为七千钱以性命与鬼争？必无恙。"众皆辴然。然玉麟正论也。

【注释】

①荐：草席，垫子。

②璠（fán）玙（yú）：两种美玉。

【译文】

乌鲁木齐八蜡祠的道士，八十多岁了。一天晚上，他把七千钱铺在席子下面，躺在上面死了。大家讨论说用这些钱来安葬他。夜里老道士托梦给州县工房官吏邬玉麟说："我为官家守庙，官家应当给我棺材。钱是我辛苦积攒的，请放在我的棺材里，等来生我自己来拿。"邬玉麟同情他，答应了。安葬完毕，邬玉麟叹息道："把钱放在棺材里，埋在旷野之中，等于用美玉随葬，必将被人盗墓。"我说："用他的钱买棺材，他尚且能托梦；如果开棺抢钱，他肯定变成厉鬼要报复。谁能为七千钱而和鬼拼命呢？肯定没事。"大家都笑了。然而邬玉麟说的是正理。

辛卯春①,余自乌鲁木齐归。至巴里坤,老仆咸宁据鞍睡,大雾中与众相失。误循野马蹄迹,入乱山中,迷不得出,自分必死。偶见崖下伏尸,盖流人逃窜冻死者。背束布橐,有糇粮②。宁借以疗饥,因拜祝曰:“我埋君骨,君有灵,其导我马行。”乃移尸岩窦中,运乱石坚窒。惘惘然信马行,越十馀日,忽得路。出山,则哈密境矣。哈密游击徐君,在乌鲁木齐旧相识,因投其署以待余。余迟两日始至,相见如隔世。此不知鬼果有灵,导之以出;或神以一念之善,佑之使出;抑偶然侥幸而得出。徐君曰:“吾宁归功于鬼神,为掩胔埋骼者劝也③。”

【注释】

①辛卯:乾隆三十六年(1771)。

②糇(hóu)粮:干粮。

③胔(zì):带有腐肉的尸骨。也指整个尸体。

【译文】

乾隆辛卯年的春天,我从乌鲁木齐回来。到达巴里坤时,老仆人咸宁在大雾中伏在马鞍上睡着了,离开了大队人马。沿着野马的足迹,误进了乱山丛中,迷了路不能出来,他想肯定是要死在山里了。他偶然在山崖下面看见一具伏在地上的尸体,大概是流放的犯人在逃亡途中被冻死的。尸体背上扎了个布袋,里面装有干粮。咸宁就用来充饥,并且拜跪着祷告说:“我埋了你的尸骨,你若在天有灵,就引导我的马往前走。”于是把尸体放到岩石洞里,用乱石紧紧封闭了洞口。随后糊里糊涂就信马由缰任凭马自己走,走了十多日,忽然发现了路。出了山,就是哈密的境地了。哈密有个游击官徐某,是我在乌鲁木齐的老相识,因此咸宁就投到他的府上等我。我迟了两天才到,相见时有一种隔世的感觉。这件事不知是鬼果真有灵，引导他出山；还是神灵因他的一念善心，保佑他出来；也许是偶然碰巧侥幸出来的。徐某说："我宁愿把这件事归功于鬼神，以鼓励那些掩埋暴尸的人。"

董曲江前辈言：顾侠君刻《元诗选》成[①]，家有五六岁童子，忽举手外指曰："有衣冠者数百人，望门跪拜。"嗟乎，鬼尚好名哉！余谓剔抉幽沉[②]，搜罗放佚，以表章之力，发冥漠之光，其衔感九泉，固理所宜有。至于交通声气，号召生徒，祸枣灾梨[③]，递相神圣，不但有明末造，标榜多诬，即月泉吟社诸人[④]，亦病未离乎客气矣。盖植党者多私，争名者相轧，即盖棺以后，论定犹难；况乎文酒流连，唱予和汝之日哉。《昭明文选》以何逊见存[⑤]，遂不登一字。古人之所见远矣。

【注释】

①《元诗选》：清代顾嗣立编选的元代诗歌总集。顾氏生前编好并刊刻一部分，另一部分未编完的残稿，由其再传弟子席世臣与顾氏曾孙顾果庭共同整理补订，历时十年成书，于嘉庆三年(1798)付刻。顾嗣立(1665—1722)，字侠君，号闾丘。清代学者。

②剔抉：剔除，挑选。

③祸枣灾梨：旧时印书，多用枣木梨木刻板。比喻滥刻无用的书。

④月泉吟社：元初宋遗民创立的人数最多、规模最大、影响最深的遗民诗社，其作品《月泉吟社诗》是中国现存最早的一部诗社总集。

⑤《昭明文选》：我国现存的最早的一部诗文总集，由南朝梁武帝的长子萧统组织文人共同编选而成。萧统死后谥"昭明"，所以他主编的这部文选称作"昭明文选"。何逊：字仲言，东海郯(今山

东苍山)人。南朝梁诗人。八岁能诗,弱冠州举秀才,官至尚书水部郎。诗与阴铿齐名,世号“阴何”。文与刘孝绰齐名,世称“何刘”。其诗善于写景,工于炼字,为杜甫所推许。有集八卷,今失传,明人辑有《何水部集》一卷。

【译文】

董曲江前辈说:顾侠君刻印《元诗选》刚刚完工,家里有个五六岁的儿童忽然指着外面说:“有几百个衣冠整齐的人对着门跪拜。”唉呀,鬼尚且好名呵!我认为精选被埋没的、搜集散失的,通过宣传或刻印发行,让死者的作品宣扬光大,他们在九泉之下感念不尽,这是顺理成章的事。至于互相联络,号召门徒,胡刻滥印,互相吹捧为神圣,不但是明代末期彼此标榜的多半名不符实,就是月泉吟社那些人,也摆脱不了客套虚夸的毛病。大概结党的人多有私心,争名的人互相倾轧,就是盖棺以后,论定也很难;何况是在一起喝酒论文、我唱你和的时候。《昭明文选》因何逊还世,他的文章一个字也没有收在里面。古人的见地可谓深远了。

余次女适长山袁氏,所居曰焦家桥。今岁归宁,言:距所居二三里许,有农家女归宁,其父送之还夫家。中途入墓林便旋,良久乃出。父怪其形神稍异,听其语音亦不同,心窃有疑,然无以发也。至家后,其夫私告父母曰:“新妇相安久矣,今见之心悸,何也?”父母斥其妄,强使归寝。所居与父母隔一墙。夜忽闻颠扑膈膈声,惊起窃听,乃闻子大号呼。家众破扉入,则一物如黑驴冲人出,火光爆射,一跃而逝。视其子,惟馀残血。天曙,往觅其妇,竟不可得。疑亦为所啖矣。此与《太平广记》所载罗刹鬼事全相似,殆亦是鬼欤!观此知佛典不全诬,小说稗官,亦不全出虚搆。

【译文】

我的二女儿嫁到长山的袁家，住的地方叫焦家桥。今年她回娘家探亲，讲了一件事：距焦家桥两三里路的地方，有个农家女回娘家，由父亲送她返回夫家。途中农家女到乱坟堆的树林里小便，很长时间才出来。出来后形貌和神色稍稍有了一点儿变化，说话的音调也不一样了。父亲感到奇怪，心里暗暗怀疑，可又说不出来到底是哪里不一样。农家女回到夫家后，丈夫私下里告诉自己的父母说："我与新娘相安好些时候了，今天见到她却心里慌慌的，这是什么原因呢？"父母训斥他胡说，逼他回到自己房间睡觉。小夫妻居住的房间，与父母只隔着一堵墙。夜里，父母忽然听到隔壁有翻跌仆倒和膈膈的声音，惊讶地起来偷听，结果听见儿子大声号呼。家人们破门而入，见有一个像黑驴的怪物对着人冲过来，火光爆射，一跃就不见了。再看他们的儿子，只剩下一滩血。天亮后，到处寻找新娘，始终没有找到。怀疑也是被怪物吃掉了。这与《太平广记》所记载的罗刹鬼事特别相似，大概也是鬼吧！可见佛经并不全都是胡言妄语，小说书里写的，也不都是虚构出来的。

河间一妇，性佚荡，然貌至陋。日靓妆倚门，人无顾者。后其夫随高叶飞官天长，甚见委任。豪夺巧取，岁以多金寄归。妇借其财，以招诱少年，门遂如市。迨叶飞获谴，其夫遁归，则囊箧全空，器物斥卖亦略尽，惟存一丑妇，淫疮遍体而已。人谓其不拥厚赀，此妇万无堕节理。岂非天道哉！

【译文】

河间有个女人，性情淫荡，但相貌丑极了。她天天化着浓妆倚门卖笑，但没人来找她。后来她的丈夫随着高叶飞在天长任官，很受重用。他巧取豪夺，每年都寄回来很多钱。这女人就用钱财来引诱少年，她家于是人来人往门庭若市。高叶飞被罢官之后,她丈夫逃了回来,家中却是钱财全空,连器具物品也几乎卖光了,只剩下了一个丑女人,身上生满了梅毒疮。人们说如果丈夫不弄来很多钱财,这个女人也万万不会去乱搞。这不是天意么!

伯祖湛元公、从伯君章公、从兄旭升,三世皆以心悸不寐卒。旭升子汝允,亦患是疾。一日治宅,匠睨楼角而笑曰:“此中有物。”破之,则甃砖如小龛[①],一故灯檠在焉[②]。云此物能使人不寐,当时圬者之魇术也[③]。汝允自是遂愈。丁未春[④],从侄汝伦为余言之。此何理哉?然观此一物藏壁中,即能操主人之生死,则宅有吉凶,其说当信矣。

【注释】

①甃(zhòu):砌。

②灯檠(qíng):灯台,烛台。

③圬(wū)者:抹墙工,泥瓦工。

⑤丁未:乾隆五十二年(1787)。

【译文】

我的伯祖父湛元公、堂伯父君章公、堂兄旭升,三代都因为心悸失眠而得病去世。旭升的儿子汝允,也得了这种病。有一天修整房屋的时候,一个工匠眯着眼睛看着楼角落笑着说:“这里面有东西。”拆开一看,发现里面有一个用砖砌成的小龛,有一个旧灯架在里面。有人说这个东西能叫人睡不着觉,是当时的泥瓦匠的一种魔术。汝允从此以后病就好了。乾隆丁未年的春天,我的堂侄汝伦对我说了这件事。这是什么道理呢?既然把这样一件物品放在墙壁里,就能操纵主人的生死命运,那么住宅地有吉凶的说法应当是可以相信的了。

戴户曹临，以工书供奉内廷。尝梦至冥司，遇一吏，故友也，留与谈。偶揭其簿，正见己名，名下朱笔草书，似一“犀”字。吏夺而掩之，意似薄怒，问之亦不答。忽惶遽而醒，莫测其故。偶告裘文达公，文达沉思曰：“此殆阴曹简便之籍，如部院之略节[①]。户、中二字，连写颇似‘犀’字。君其终于户部郎中乎？”后竟如文达之言。

【注释】

①略节：简要的书面报告。

【译文】

户部司员戴临，因为字写得工整侍奉于内廷。他曾经做梦到了阴司，遇到一个小吏，是以前的朋友，小吏留他闲谈。他偶尔翻了一下小吏的一本簿册，正好见到自己的名字，名字下面用朱笔草书，像一个“犀”字。小吏夺过簿册掩上，看上去好像有些恼怒，问他，也不回答。戴临慌张害怕，忽然醒了过来，也猜不出是什么缘故。戴临偶然把这事告诉了裘文达公，文达公沉思着说：“这恐怕是阴司简便的名册，如同六部和都察院的简报。‘户’、‘中’两个字，连写很像是‘犀’字，您难道将以户部郎中的官职结局？”后来竟然就像文达公说的那样。

东光霍易书先生，雍正甲辰举于乡[①]。留滞京师，未有所就，祈梦吕仙祠中。梦神示以诗曰：“六瓣梅花插满头，谁人肯向死前休？君看矫矫云中鹤，飞上三台阅九秋。”至雍正五年，初定帽顶之制，其铜盘六瓣如梅花，始悟首句之意。窃谓仙鹤为一品服，三台为宰相位，此句既验，末二句亦必验矣。后由中书舍人官至奉天府尹，坐谴谪军臺，其地曰葵苏图，实第三臺也。官牒省笔，皆书“臺”为“台”，适符诗语。果九载乃归。在塞外日，自署别号曰“云中鹤”，用诗中语也。后为姚安公述之，姚安公曰：“‘霍’字上为‘雲’字头，下为‘鹤’字之半，正隐君姓，亦非泛语。”先生喟然曰：“岂但是哉！早年气盛，锐于进取，自谓卿相可立致，卒致颠蹶。职是之由，第二句神戒我矣，惜是时未思也。”

【注释】

①雍正甲辰：雍正二年(1724)。

【译文】

东光人霍易书先生，雍正甲辰年考中举人。后来留滞京师，没有什么成就，于是到吕仙祠中求梦。他梦见神向他出示了一首诗：“六瓣梅花插满头，谁人肯向死前休？君看矫矫云中鹤，飞上三台阅九秋。”到雍正五年，开始规定帽顶的制度，他的帽子上铜盘六瓣恰如梅花，才醒悟了第一句诗的意思。以为仙鹤是一品服，三台是宰相位，第一句既然已经应验，末尾两句也必然会应验。后来他由中书舍人的官职升到奉天知府，因事又贬降军臺，所在地叫葵苏图，实际是第三军臺。官文减省笔画，凡“臺”都减写成“台”字，恰好符合诗中的“三台”。又果然是过了九年才归来。在塞外时，他自署别号叫“云中鹤”，用的就是诗中的词语。后来他对姚安公讲述此事，姚安公说：“‘霍’字上部是个‘雲’字头，下部是‘鹤’字的半边，正好隐含了君的姓，也不是无所指的。”霍易书先生感叹地说：“岂止是这样呢！早年气盛，锐意进取，自认为卿相之位可以立即到手，终于遭致颠仆挫折。由此看来，第二句诗是神对我的告诫，可惜当时没有仔细体会。”

古以龟卜。孔子系《易》，极言蓍德，而龟渐废。《火珠林》始以钱代蓍[①]，然犹烦六掷。《灵棋经》始一掷成卦[②]，然犹烦排列。至神祠之签，则一掣而得，更简易矣。神祠率有签，而莫灵于关帝；关帝之签，莫灵于正阳门侧之祠。盖一岁之中，自元旦至除夕，一日之中，自昧爽至黄昏，摇筒者恒琅琅然。一筒不给，置数筒焉。杂遝纷纭，倏忽万状，非惟无暇于检核，亦并不容于思议。虽千手千目，亦不能遍应也。然所得之签，皆验如面语，是何故欤？其最奇者，乾隆壬申乡试[③]。一南士于三月朔日斋沐以祷，乞示试题。得一签曰："阴里相看怪尔曹，舟中敌国笑中刀。藩篱剖破浑无事，一种天生惜羽毛。"是科《孟子》题为"曹交问曰'人皆可以为尧舜'"至"汤九尺"，应首句也。《论语》题为"夫子莞尔而笑曰'割鸡焉用牛刀'"，应第二句也。《中庸》题为"故天之生物，必因其材而笃焉"，应第四句也。是真不可测矣。

【注释】

①《火珠林》：火珠林卦法的代表作。相传是陈抟的老师麻衣道者所作。麻衣道者为唐末宋初人，善相术，为中国历史上术数名人。

②《灵棋经》：一部完整、系统地记述古代杂卜的著作，它为后代术数中影响最大的"签书"产生和发展开辟了路径。

③壬申：乾隆十七年(1752)。

【译文】

古代用龟甲来占卜。孔子在《易经》作系辞，大力提倡用蓍草占卜，于是龟卜渐渐没人用了。《火珠林》中首提用钱卜代替蓍卜，但是要掷六次，还嫌繁琐。《灵棋经》中的卜法是掷一次便能成卦，但是排列起来也很麻烦。至于神祠中的签，一抽便得卦辞，就更简便了。神祠都有签，但都不如关帝祠灵验；关帝祠的签，最灵验的莫过于正阳门边的关帝祠。一年之中，从元旦到除夕，一天之中，从凌晨到黄昏，摇筒者始终琅琅地不断。一个筒供不上，就预备几个筒。杂沓纷乱，转瞬之间便有各种情况，不但没工夫检核，也没工夫思考。即便是长了一千只手一千只眼，也应答不过来。但所得到签，都灵验得好像当面推算出来的，这是什么原因呢？其中最神奇的，是乾隆壬申年的乡试。有个南方人在三月初一日斋戒沐浴后祷告，请求兆示试题。得到一签，上写道："阴里相看怪尔曹，舟中敌国笑中刀。藩篱剖破浑无事，一种天生惜羽毛。"这一年的考题《孟子》题是"曹交问曰'人皆可以为尧舜'"到"汤九尺"，那一段应了第一句。《论语》题为"夫子莞尔而笑曰'割鸡焉用牛刀'"，应了第二句。《中庸》题为"故天之生物，必因其材而笃焉"，应了第四句。这事真是不可理解。

孙虚船先生言：其友尝患寒疾，昏愦中觉魂气飞越，随风飘荡。至一官署，谛视门内皆鬼神，知为冥府。见有人自侧门入，试随之行，无呵禁者。又随众坐庑下，亦无诘问者。窃睨堂上，讼者如织。冥王左检籍，右执笔，有一两言决者，有数十言数百言乃决者，与人世刑曹无少异。琅珰引下，皆帖伏无后言。忽见前辈某公盛服入，冥王延坐，问讼何事。则诉门生故吏之辜恩，所举凡数十人，意颇恨恨。冥王颜色似不谓然，俟其语竟，拱手曰："此辈奔竞排挤，机械万端，天道昭昭，终罹冥谪[1]。然神殛之则可，公责之则不可。种桃李者得其实，种蒺藜者得其刺，公不闻乎？公所赏鉴，大抵附势之流，势去之后，乃责之以道义，是凿冰而求火也。公则左矣，何暇尤人？"某公怃然久之，逡巡竟退[2]。友故与相识，欲近前问讯。忽闻背后叱叱声，一回顾间，悚然已醒。

【注释】

①罹(lí):遭受苦难或不幸。

②逡(qūn)巡:因为有所顾虑而徘徊不前。

【译文】

孙虚船先生说:他的朋友曾经得了寒病,昏迷中只觉得灵魂飞了出去,随着风到处飘荡。他来到了一个官府,仔细地观看,只发现门里面当差的都是鬼神,就知道这是地府。他看见有人从侧门进去,他也试着跟着走,没人阻止他。他又跟着众人坐在廊庑下,也没人查问他。他偷偷地看了一下公堂上,告状的人川流不息。阎王左手拿着案卷,右手拿着笔,有的案件一两句话就判决了,有的讲了十几句或几百句才判决,这与人世间审理案件没什么差别。判决后,罪犯们被戴上脚镣手铐给带下去,都服服帖帖不说二话。忽然他看见一位前辈某公穿戴整齐地进来了,阎王请他坐下,问他要告什么事。某公就说他的门生和旧时的小吏忘恩负义,列举了几十个人,看样子很气愤。然而阎王似乎不以为然,等他说完了之后,便拱拱手说:"这些人到处奔走,互相排挤,狡诈万端,天道昭昭,他们终究要受到阴间的惩罚。但是鬼神处罚他们可以,你责骂他们就不行。种桃种李的得到果实,种植蒺藜的得到它的刺,你难道没听说过吗?你所赏识的,大都是一些趋炎附势的人,你大势已去,就责怪他们,还用道义来要求他们,这就好像是凿冰求火。你自己错了,怎么能埋怨别人?"某公怅然若失了好久,迟疑不决地退了下去。孙虚船的朋友与某公是老相识,想上去问候一下。忽然听见背后有人在呵斥他,他回头去看,一下子惊醒了。

董文恪公老仆王某,性谦谨,善应门,数十年未忤一人,所谓"王和尚"者是也。言尝随文恪公宿博将军废园,月夜据石纳凉。遥见一人仓皇隐避,一人邀遮而止之,捉其臂共坐树下,曰:"以为汝生天久矣,乃在此相遇耶?"因先述相交之契厚，次责任事之负心，曰，某事乘我急需，故难其词以勒我，中饱几何。某事欺我不谙，虚张其数以绐我，干没又几何。如是数十事，每一事一批其颊，怒气坌涌，似欲相吞噬。俄一老叟自草间出，曰："渠今已堕饿鬼道，君何必相凌？且负债必还，又何必太遽？"其一人弥怒曰："既已饿鬼，何从还债？"老叟曰："业有满时，则债有还日。冥司定律，凡称贷子母之钱，来生有禄则偿，无禄则免，为其限于力也。若胁取诱取之财，虽历万劫①，亦须填补。其或无禄可抵，则为六畜以偿；或一世不足抵，则分数世以偿。今夕董公所食之豚，非其干仆某之十一世身耶？"其一人怒似略平，乃释手各散。老叟意其土神也。所言干仆，王某犹及见之，果最有心计云。

【注释】

①劫：佛教名词。梵文 kalpd 的音译，"劫波"的略称，意为极久远的时节。古印度传说，世界经历若干万年毁灭一次，重新再开始，这样一个周期叫"一劫"。

【译文】

董文恪公的老仆王某，性情谦逊谨厚，善于照看门户，几十年未曾得罪过一个人，人们都称他为"王和尚"。他说曾经随董公宿在博将军的破花园里，月夜在大石头上乘凉。远远地望见一个人仓皇躲避，另一个人截住他，抓住他的胳膊，一起坐到树下，说："我以为你早就升天了，不料在这儿相遇。"于是先叙说二人交往怎么密切，接着说对方做事怎么负心，说，某某事你乘我急需，故意说怎么怎么为难而勒索我，中饱私囊多少多少。某某事你欺我不懂，夸大数量骗我，又私吞了多少多少。这么数落了有几十件事，每说一件事打对方一记耳光，怒气冲冲地好像要把对方吞了似的。不一会儿,从草丛里出来一个老头,说:“这家伙如今已堕入饿鬼道,你何必再逼他?况且负债必定还,又何必那么着急?”催债的人更为愤怒,说:“他已经成了饿鬼,怎么还能还债?”老头说:“孽缘有满的时候,那么债也总有还的日子。地府制定律条,凡是借的高利贷,来生有禄就偿还,没有禄就免,因为他无力偿还。如果是威胁或诈骗来的钱财,即便是经历了万劫,也必须偿还。也可能他没有禄可以抵偿,那么就变成六畜来偿还;如果一生也还不完债,就分几代来还。今晚董公吃的猪,不就是他那个能干的仆人的第十一代身么?”催债人的怒火似略平息了些,松开手各自走了。估计这老头是土神。他所说的那个能干的仆人,王某还见过他,说是最有心计。

福建曹藩司绳柱言:一岁司道会议臬署,上食未毕,一仆携小儿过堂下,小儿惊怖不前,曰:“有无数奇鬼,皆身长丈馀,肩承梁柱。”众闻号叫,方出问,则承尘上落土簌簌,声如撒豆。急跃而出,已栋摧仆地矣。咸额手谓鬼神护持也。湖广定制府长,时为巡抚,闻话是事,喟然曰:“既在在处处有鬼神护持,自必在在处处有鬼神鉴察。”

【译文】

福建布政使曹绳柱说:有一年司道官员在按察使衙署里开会议事,食品还没有上完,一个仆人领着个小孩子经过堂下,小儿惊恐地不肯往前走,说:“有无数个奇鬼,都是身长一丈多,用肩膀顶扛着屋梁柱子。”众人听到惊叫的声音,刚出来问,天花板上掉落泥土“簌簌”的声音好像在抛撒豆子。众人急忙跳出来,转眼间已经栋梁折断倒地了。众人都庆幸说是鬼神的护佑。湖广总督定长,当时任巡抚,听说这件事,叹息道:“既然处处有鬼神护佑,自然处处有鬼神在监视。”

右《滦阳消夏录》三卷，前二卷成于热河，后一卷则在热河成其半，还京后乃足成之。故间有今岁事，乃并为一书，因其原名者，如陆放翁吟咏万篇①，非作于一时一地，统名曰《剑南诗集》云尔。庚戌六月廿九日缮净本竟因题②。

【注释】

①陆放翁：陆游(1125—1210)，字务观，号放翁，南宋诗人。创作诗歌今存九千多首，内容极为丰富。著有《剑南诗稿》、《渭南文集》、《南唐书》、《老学庵笔记》等。

②庚戌：乾隆五十五年(1790)。

【译文】

前面的《滦阳消夏录》第三卷到第六卷，第四、第五卷在热河完成，第六卷在热河写了一半，回到京城后才全部完成。所以里面还有今年的事情，依然将这三卷合并在《滦阳消夏录》这一本当中，还是用这个书名，就像陆游吟咏了将近万首诗歌，并不是在同一时间同一个地方写的，但统用了《剑南诗集》这个书名。庚戌六月廿九日完成誊写定稿后记下这些。

中华经典名著

全本全注全译丛书

韩希明◎译注

阅微草堂笔记 中

中華書局

卷七

如是我闻一

【题解】

“如是我闻”本为佛家语，是姚秦三藏法师鸠摩罗什所译“佛说父母恩重难报经”开头第一句，意思为“这是我亲眼所见，亲耳听闻”，表明佛说法的时间、地点及说法的因缘，以下的经文都是结集者的所见所闻。纪昀将《阅微草堂笔记》卷七至卷十结集命名为“如是我闻”，不经意间透露出对佛教的认同。更重要的是，这个题目反映了纪昀的小说观。他一向对体例杂糅的著作颇有微词，认为蒲松龄以“才子之笔”著书，“《聊斋志异》以传记体叙小说之事，仿《史》、《汉》遗法，一书兼二体，弊实有之，然非此精神不出”，作为反拨，纪昀强调实录，以“如是我闻”为题，强调了他所记载故事的真实性。本卷的笔记，纪昀一如既往每一则都标明出处，也一如既往拉杂写来，较为集中的一个主题是报恩与报仇，其实还是没有摆脱“因果报应”这一固定模式。这种故事结构框架里弥漫着痴迷的教化情绪、浓烈的复仇情绪，以公正言明甚至是严酷的气氛散布足以使民众恐惧的禁忌、戒律，以此引起民众对道德自律的关注。很显然，作者认为，比起道德说教的软弱和空洞，这种有恩报恩、有怨报怨的故事要来的实际和直观得多，效果也更好。

曩撰《滦阳消夏录》，属草未定，遽为书肆所窃刊，非所愿也。然博雅君子，或不以为纰谬[1]，且有以新事续告者，因补缀旧闻，又成四卷。欧阳公曰[2]："物尝聚于所好。"岂不信哉！缘是知一有偏嗜，必有浸淫而不自已者。天下事往往如斯，亦可以深长思也。辛亥七月二十一日题[3]。

【注释】

①纰(pī)谬：错误。

②欧阳公：欧阳修(1007—1072)，字永叔，号醉翁，晚号"六一居士"。

③辛亥：乾隆五十六年(1791)。

【译文】

以前我撰写过一本《滦阳消夏录》，还没定稿就被书坊偷印了，其实这不是我的初衷。但那些博学端雅之士，有的并不认为这部书稿有什么错漏，并且还有人告诉我新的故事，于是我将自己的旧闻也增加进去，又写了四卷。记得欧阳修说过："物尝聚于所好。"难道不是这样的么！由此可知一个人一旦有了偏爱，就会沉浸其中自己停不下来。天下的事往往是这样，也是应该常常深思的。乾隆辛亥年七月二十一日题。

太原折生遇兰言：其乡有扶乩者，降坛大书一诗曰："一代英雄付逝波，壮怀空握鲁阳戈[1]。庙堂有策军书急，天地无情战骨多。故垒春滋新草木，游魂夜览旧山河。陈涛十郡良家子，杜老酸吟意若何？"署名曰"柿园败将"[2]。皆悚然知为白谷孙公也[3]。柿园之役，败于中旨之促战，罪不在公。诗乃以房琯车战自比[4]，引为己过。正人君子之用心，视王化贞辈偾辕误国[5]，犹百计卸责于人者，真三光之于九泉矣。大同杜生宜滋，亦录有此诗，"空握"作"辜负"，"春滋"作"春添”,“意若何”作“竟若何”,凡四字不同。盖传写偶异,大旨则无殊也。

【注释】

①鲁阳戈:比喻力挽危局的手段或力量。

②柿园败将:明代崇祯十五年(1642),孙传庭在郏县大败于李自成,故称。

③白谷孙公:孙传庭(1593—1643),字伯雅,又字百谷,一字白谷。

④房琯车战:唐肃宗至德元年(756),房琯任招讨节度使,与叛将安守忠战于陈涛,大败。前文“陈涛十郡良家子”诗句即指此事。

⑤王化贞:明朝户部主事历右参议,背叛东林投奔阉党。史称“骀而愎,素不习兵,轻视大敌,好谩语”。偾(fèn)辕:翻车,比喻覆败。

【译文】

太原书生折遇兰说:他的家乡有人扶乩,降临乩坛的神仙用大字写诗道:“一代英雄付逝波,壮怀空握鲁阳戈。庙堂有策军书急,天地无情战骨多。故垒春滋新草木,游魂夜览旧山河。陈涛十郡良家子,杜老酸吟意若何?”署名叫“柿园败将”。乩坛旁的人都惊恐地知道是孙传庭显灵。柿园的这一次战役,失败原因是皇帝催促作战,罪责不在孙公。诗中以房琯的车战用来自比,引为自己的过错。看看正人君子的用心,再看王化贞之流战败误国,还千方百计把责任推卸给别人,差距真好比日月星之光和九泉的阴幽了。大同书生杜宜滋也抄录有这首诗,只是“空握”写作“辜负”,“春滋”写作“春添”,“意若何”作“竟若何”,共有四个字不同。大概传写中偶有差异,大意则没有差别。

许南金先生言:康熙乙未[①],过阜城之漫河。夏雨泥泞,马疲不进，息路旁树下。坐而假寐，恍惚见女子拜，言曰："妾黄保宁妻汤氏也，在此为强暴所逼，以死捍拒，卒被数刃以死。官虽捕贼骈诛，然以妾已被污，竟不旌表。冥官哀其贞烈，俾居此地，为横死诸魂长，今四十馀年矣。夫异乡丐妇，踽踽独行[②]，猝遇三健男子，执缚于树，肆行淫毒，除骂贼求死，别无他术。其啮齿受玷，由力不敌，非节之不固也。司谳者诃责无已，不亦冤乎？公状貌似儒者，当必明理，乞为白之。"梦中欲询其里居，霍然已醒。后问阜城士大夫，无知其事者；问诸老吏，亦不得其案牍。盖当时不以为烈妇，湮没久矣。

【注释】

①康熙乙未：康熙五十四年(1715)。

②踽踽(jǔ)：单身独行、孤独无依的样子。

【译文】

许南金先生说：康熙乙未年，他路经阜城县的漫河。当时夏雨连绵，道路泥泞，人马疲惫不堪，在路旁树下歇息。他坐着打了个盹儿，恍恍惚惚见一个女子来拜，说："我是黄保宁的妻子汤氏，在此地遭暴力逼迫，我以死抗拒，最后挨了几刀被杀死。官府虽然将强盗全都捕杀了，但因为我已经被玷污，所以不予表彰。阴曹官吏可怜我的贞烈，派我居住此地，作为死于非命冤魂的首领，至今已经四十馀年了。一个来自异乡的要饭女人，艰难地独自行走，突然遭遇三个强健男子，被捆绑在树上肆意奸淫，除了痛骂贼人以求速死之外，别无其他办法。我咬着牙遭受玷污，是由于不敌贼人暴力，而非节操不坚贞。掌管断案的官吏对我苛求不止，岂不是太冤枉我了吗？看您的相貌像是有学问的人，一定事理分明，请求您为我申冤。"梦里，许先生还想询问女子的乡里住处，却忽然醒来。后来询问阜城县士大夫们，都不知这件事；向老吏打听，也没有找到有关此事的案卷。大概是因为没有把她作为烈妇，而人和事早已经湮没了。

京师某观，故有狐。道士建醮，醵多金[①]。蒇事后[②]，与其徒在神座灯前，会计出入，尚阙数金。师谓徒干没，徒谓师误算，盘珠格格，至三鼓未休。忽梁上语曰："新秋凉爽，我倦欲眠，汝何必在此相聒？此数金，非汝欲买媚药，置怀中，过后巷刘二姐家，二姐索金指镮，汝乘醉探付彼耶？何竟忘也？"徒转面掩口。道士乃默然敛簿出。剃工魏福，时寓观内，亲闻之。言其声啁啁呦呦，如小儿女云。

【注释】

①醵（jù）：凑钱，集资。

②蒇（chǎn）：完成，结束。

【译文】

京城的某个道观里，一直住着狐精。有一次，有个道士设场做法事，募集了许多钱。法事完毕后，道士在神座灯前跟徒弟结算账目，发现缺了几两银子。师父说是徒弟私吞了，徒弟说是师父算错了，算盘珠子打得"格格"响，一直到三更天还没有算完。忽然听到梁上有声音说："初秋凉爽，我困倦了想要睡，你们何必这样吵吵闹闹？这几两银子，不是你想买春药，就把它藏在怀里，后来你到后巷的刘二姐家，她向你要金戒指，当时你醉了，信手从怀里掏出来塞给她了么？怎么忘记了？"徒弟听后转过脸掩口而笑。道士无话可说，收起账簿就走了。当时剃头师傅魏福也正住在这座道观里，亲耳听到了这番话。他说那个声音啁啁呦呦的，好像是小孩子说话一样。

旱魃为虐，见《云汉》之诗①，是事出经典矣。《山海经》实以女魃，似因诗语而附会。然据其所言，特一妖神耳。近世所云旱魃②，则皆僵尸。掘而焚之，亦往往致雨。夫雨为天地之䜣合③，一僵尸之气焰，竟能弥塞乾坤，使隔绝不通乎？雨亦有龙所作者，一僵尸之技俩，竟能驱逐神物，使畏避不前乎，是何说以解之？又狐避雷劫，自宋以来，见于杂说者不一。夫狐无罪欤，雷霆克期而击之，是淫刑也，天道不如是也。狐有罪欤，何时不可以诛，而必限以某日某刻，使先知早避？即一时暂免，又何时不可以诛，乃过此一时，竟不复追理？是佚罚也，天道亦不如是也。是又何说以解之？偶阅近人《夜谈丛录》，见所载焚旱魃一事、狐避劫二事，因记所疑，俟格物穷理者详之④。

【注释】

①《云汉》：《诗经·大雅》里的篇名。诗歌通过详尽叙写大旱之年周宣王祈神求雨，抒发了周宣王为旱灾而愁苦的心情。

②旱魃(bá)：传说中造成旱灾的鬼怪。

③䜣(xīn)合：联合作用。

④格物：穷究事物的道理或纠正人的行为。"格"在这里有"穷究"的意思。

【译文】

旱魃作祟造成旱灾，见于《诗经》中的《云汉》一诗，可以说是出自经典的了。《山海经》把旱魃看作女性，似乎是从《诗经》中的诗句附会出来的。然而，据上述经典所言，旱魃专指一个妖神罢了。近世所说的旱魃，却都是僵尸。把僵尸挖掘出来焚烧掉，就往往导致下雨。可是，雨是由天地二气的结合产生的，一具僵尸的气焰就能塞满乾坤，使天地二气隔绝不通吗？雨也有龙兴而成的，一具僵尸的伎俩就能驱逐神物，使龙畏惧回避不再前来，这又如何解释呢？还有，狐躲避雷击的事情，从宋代以来就经常见于各种杂说记载。如果狐没有罪过，雷霆按期出击，那就是滥用刑罚，天道不应该这样。如果狐有罪过，何时不可诛杀，为什么要必定限制在某日某刻，让其预先得知提前躲避呢？即使是一时侥幸躲过，又何时不可诛杀，为什么过了规定时刻竟不再追究？这显然是失于刑罚，天道不应该这样。又该怎样解释呢？偶尔翻阅近人所著的《夜谈丛录》，见到其中焚烧旱魃一事、狐狸避劫二事，于是记下我个人的疑问，等待穷究事物道理的先生们详细解释。

虎坊桥西一宅，南皮张公子畏故居也，今刘云房副宪居之。中有一井，子、午二时汲则甘，馀时则否，其理莫明。或曰："阴起午中，阳生子半，与地气应也。"然元气昆仑，充满大地，何他井不与地气应，此井独应乎？西土最讲格物学，《职方外纪》载其地有水①，一日十二潮，与晷漏不差秒忽②。有欲穷其理者，构庐水侧，昼夜测之，迄不能喻，至恚而自沉。此井抑亦是类耳！

【注释】

①《职方外纪》：意大利传教士艾儒略于明天启三年（1623）根据庞迪我和熊三拔所著的底本编译而成，是我国最早的中文版世界地理专著，加深了中国人对地球的认识。

②晷（guǐ）漏：晷与漏，古代测时的仪器。晷，按照日影测定时刻的仪器，亦称"日规"。漏，铜制有孔，可以滴水或漏沙，有刻度标志以计时间。

【译文】

北京虎坊桥西有一处住宅,是南皮张子畏先生的故居,现在由左副都御使刘云房住着。宅院里有一口井,在子时、午时两个时辰打出来的水是甜的,其他时间就不甜,不知是什么缘故。有人说:"这是由于阴气正午生起,阳气在夜里十二点时生起,阴阳二气与地气感应的缘故。"然而昆仑连接着天地,元气充满天地之间,为什么其他井并不与地气感应,唯独这口井与地气相感应呢?西洋人最讲究格物学,《职方外纪》记载,某地的水一天之内十二次涨潮,其时间与十二时辰分秒不差。有个人想要探究其中的道理,就在水边搭了棚子,日夜观测,始终未能弄明白,他怨愤至极投水而死。这口井或许也属于这一类吧!

张读《宣室志》曰[①]:俗传人死数日,当有禽自柩中出,曰煞。太和中,有郑生者,网得一巨鸟,色苍,高五尺馀,忽无所见。访里中民讯之,有对者曰:"里中有人死,且数日,卜者言,今日煞当去。其家伺而视之,有巨鸟色苍,自柩中出。君所获果是乎?"此即今所谓煞神也。徐铉《稽神录》曰[②]:彭虎子少壮,有膂力[③],尝谓无鬼神。母死,俗巫诫之曰:"某日殃煞当还,重有所杀,宜出避之。"合家细弱,悉出逃隐,虎子独留不去。夜中有人推门入,虎子惶遽无计,先有一瓮,便入其中,以板盖头。觉母在板上,有人问:"板下无人耶?"母曰:"无。"此即今所谓回煞也。俗云殇子未生齿者,死无煞;有齿者即有煞。巫觋能预克其期[④]。家奴孙文举、宋文皆通是术。余尝索视其书,特以年月日时干支推算,别无奇奥。其某日逢某凶煞,当用某符禳解,则诡词取财而已。或有室庐逼仄,无地避煞者,又有压制之法,使伏而不出,谓之斩殃，尤为荒诞。然家奴宋遇妇死，遇召巫斩殃，迄今所居室中，夜恒作响，小儿女亦多见其形。似又不尽诬矣。天地之大，何所不有；幽明之理，莫得而穷。不必曲为之词，亦不必力攻其说。

【注释】

①张读《宣室志》：张读（834或835—882后），字圣用，一作圣朋，深州陆泽（今河北深县西）人。唐代大中六年（852）登进士第，其高祖张鷟，祖父张荐，外祖牛僧孺皆为小说名家。《宣室志》，中唐志怪小说集。相传西汉文帝曾在宣室召见贾谊问鬼神之事，张读故将小说取名《宣室志》。小说集中纂录仙鬼灵异之事，多宣扬戒杀放生、因果报应等佛家思想。

②《稽神录》：宋代志怪小说集，宋初徐铉撰。此书大多写鬼神怪异和因果报应故事。

③膂（lǚ）力：力气。人体肾脏外面的那层发白、发青的薄膜叫“膂”。民间认为，那层膜越厚、越青，人的腰力也就越大。

④巫觋（xí）：古代称女巫为巫，男巫为觋，合称“巫觋”。后亦泛指以装神弄鬼替人祈祷为职业的巫师。

【译文】

张读著的《宣室志》中说：民间传说人死几天后，会有鸟从灵柩中出来，叫“煞”。太和年间，有个姓郑的人用网捕到一只大鸟，羽毛苍灰，高五尺馀，鸟忽然就不见了。他询问村里的人，有人告诉他：“村里有个人死了几天，巫师说今天煞要离去。这家人偷偷查看，看见有一只毛色苍灰的大鸟从灵柩中飞出来。你捕到的也许就是这只鸟？”这就是现在所说的煞神。徐铉的《稽神录》中记载：彭虎子年轻气盛力气大，曾经世上没有鬼神。他的母亲死了，巫师告诫他说：“某一天祸煞要回来，要有大的杀伤，应当离家躲避。”于是全家老幼都离开家躲藏起来，彭虎子独自留在家里没走。夜里真的有人推门进来，彭虎子惊慌失措，看见有个瓮便跳进去，用板盖住口子。他觉得母亲坐在板上，有声音问："板下有没有人？"母亲答："没有。"这就是现在所说的回煞。据民间传说，夭亡的孩子没长牙齿，死了不会有煞；长了牙死后便有煞。巫师能预先算出回煞的日期。我的奴仆孙文举、宋文都通晓这种巫术。我曾经将他们的书要来看，只不过是以年月日干支来推算，没有什么其他奥妙之处。书里的"某日逢某凶煞，当用某符禳解"，不过是编造谎言，骗取钱财罢了。也有的人家居室狭窄，没有躲避煞的地方，巫师便又有压制之法，制伏"煞"叫它出不来，叫做"斩殃"，这就更加荒诞了。然而，我的家奴宋遇妻子死后，请巫师斩殃，他住的地方，至今夜里经常发出响声，小孩儿也有不少见到过煞的形状的。这似乎又不完全是瞎说。天地之大，什么事没有；阴间和阳间的事理，无法穷尽。不必迎合这种说法，也不必下大力气批驳这种说法。

人死者，魂隶冥籍矣。然地球圆九万里，径三万里，国土不可以数计，其人当百倍中土[①]，鬼亦当百倍中土。何游冥司者，所见皆中土之鬼，无一徼外之鬼耶[②]？其在在各有阎罗王耶？顾郎中德懋，摄阴官者也。尝以问之，弗能答。人不死者，名列仙籍矣。然赤松、广成[③]，闻于上古，何后代所遇之仙，皆出近世？刘向以下之所记[④]，悉无闻耶？岂终归于尽，如朱子之论魏伯阳耶[⑤]？娄真人近垣，领道教者也。尝以问之，亦弗能答。

【注释】

①中土：中原。

②徼（jiào）：边界。

③赤松、广成：赤松，即赤松子，传说中的修道神仙。广成，即广成子，轩辕黄帝之师。

④刘向（约前77—前6）：原名更生，字子政，西汉经学家、目录学家、文学家。

⑤朱子之论魏伯阳：朱子，指朱熹。朱熹受道教的影响，推崇河图、洛书，重视所谓的太极图以及阴阳五行等；认为先天图以及象数之学具有学术价值。他校正和注释了魏伯阳所著的《周易参同契》，撰写成《周易参同契考异》、《阴符经考异》等书。

【译文】

死了的人，灵魂隶属阴间的名册。但是地球圆周九万里，直径三万里，各国的疆土不可以用数量来计算，那里的人口应当百倍于中土，鬼也应当百倍于中土。为什么游历过阴司的，所见到的都是中土的鬼，没有一个边界之外的鬼呢？其所在的地方各自有阎罗王吗？郎中顾德懋，兼任阴间的官职。我曾经问起过他，他也回答不了。不死的那些人，名字列入仙人的名册。但是赤松子、广成子，他们名传于上古时代，为什么后代所遇到的仙人，都出于近世？难道刘向以后所记载的，都无声无息了？难道是最终归于消失，就像朱子所说的魏伯阳那样的人一样？真人娄近垣，是管领道教的，我曾经问起过他，他也不能解答。

里人阎勋，疑其妻与表弟通，遂携铳击杀其表弟。复归而杀妻，剚刃于胸①，格格然如中铁石，迄不能伤。或曰："是鬼神愍其枉死②，阴相之也。"然枉死者多，鬼神何不尽阴相欤？当由别有善行，故默邀护佑耳。

【注释】

①剚（zì）：用刀刺。

②愍(mǐn):怜悯。

【译文】

乡间有个叫阎勋的,怀疑自己的妻子与表弟通奸,就用火枪杀死了表弟。又回家想杀死妻子,可是刀刃向妻子胸部刺去,就像刺在铁石上一样“格格”响,始终没有刺伤。有人说:“这是鬼神可怜她冤枉,暗中保护她。”可是,冤死的人多了,为什么鬼神不全都暗中保护呢?一定是她做了别的什么好事,才会有神灵暗中保护。

景州申君学坤,谦居先生子也。纯厚朴拙,不坠家风。信道学甚笃,尝谓从兄懋园曰:“曩在某寺,见僧以福田诱财物,供酒肉赀。因著一论,戒勿施舍。夜梦一神,似彼教所谓伽蓝者,与余侃侃争曰:‘君勿尔也。以佛法论,广大慈悲,万物平等。彼僧尼非万物之一耶?施食及于鸟鸢[1],爱惜及于虫鼠,欲其生也。此辈借施舍以生,君必使之饥而死,曾视之不若鸟鸢虫鼠耶?其间破坏戒律,自堕泥犁者,诚比比皆是。然因有枭鸟,而尽戕羽族;因有破獍[2],而尽戕兽类,有是理耶?以世法论,田不足授,不能不使百姓自谋食。彼僧尼亦百姓之一种,募化亦谋食之一道耳。必以其不耕不织为蠹国耗民[3],彼不耕不织而蠹国耗民者,独僧尼耶?君何不一一著论禁之也?且天下之大,此辈岂止数十万。一旦绝其衣食之源,羸弱者转乎沟壑,姑勿具论;桀黠者铤而走险,君何以善其后耶?昌黎辟佛[4],尚曰鳏寡孤独废疾者有养[5]。君无策以养,而徒朘其生[6],岂但非佛意,恐亦非孔孟意也。驷不及舌,君其图之。’余梦中欲与辩,倏然已觉,其语历历可忆。公以所论为何如?”

懋园沉思良久曰:“君所持者正,彼所见者大。然人情所向‘匪今斯今’⑦,岂君一论所能遏?此神剌剌不休,殊多此一争耳。”

【注释】

①鸢(yuān):鹰类的一种。

②破獍(jìng):古书上说的一种像虎豹的兽,生下来就吃掉生它的父兽。

③蠹(dù):蛀虫。

④昌黎辟佛:昌黎,即韩愈(768—825),字退之。主张复古崇儒,抵排异端,攘斥佛老。唐宪宗元和十四年(819),韩愈上《论佛骨表》,反对佞佛,被贬为潮州刺史。

⑤鳏(guān)寡孤独:泛指没有劳动力而又没有亲属供养、无依无靠的人。鳏,年老无妻或丧妻的男子。寡,无夫或丧夫的女子。孤,年幼丧父的孩子。独,年老无子女的老人。

⑥朘(juān):缩减,减少。

⑦匪今斯今:语出《诗经》:“匪今斯今,振古如兹。”不是今天才如此,自古以来就如此。

【译文】

景州人申学坤,是申谦居先生之子。为人纯良厚道,质朴率真,不失家传的风度。他笃信道学,曾经对堂兄懋园说:“从前在某寺庙,见一个和尚用劝人从善以得福田的办法诱骗财物,供自己吃喝挥霍。因而写了一篇文章,劝诫别人不要向僧人施舍。夜里梦见一位神,像是佛教所说的伽蓝,与我侃侃争辩说:‘您不要这样。以佛法而论,佛门广大慈悲,认为万物平等。那些僧尼不也是万物之一吗?施食物给那些鸟类,爱惜之心也给予虫蚁老鼠之类,是为了让它们生存下去。僧尼们凭借施舍而生存,您却一定要让他们饥饿而死,不是把他们看得连鸟兽虫鼠都不如了吗？僧尼之中，破坏戒律、自己弄得要下地狱的，当然随处都有。但是因为有枭鸟，就杀尽鸟类；因为有破獍，就灭绝所有兽类，哪有这种道理呢？以世法而论，田地不足以分给每个人，不能不叫百姓自谋生路。那些僧尼也是百姓之一，他们募捐化缘也是谋生的一种手段。如果非得认为僧尼不耕不织就是害国耗民的话，那么不耕不织而害国耗民的人何止僧尼呢？您为何不一一写文章禁止他们？况且天下之大，这类人何止数十万。一旦断了他们衣食的来源，体弱的将会填埋沟壑之中，这暂且不说；凶恶狡猾的人则铤而走险，您将怎样收拾局面？韩愈排斥佛教，但是还说鳏寡孤独废疾者可以养起来。您没有办法养民，却只是剥夺他们的生路，这不仅不符合佛义，恐怕也不符合孔孟之道。一言既出，驷马难追，请您认真去想想这个道理。'我在梦中想要和他争辩，忽然已经醒来，神的话历历在耳。您认为他这番议论如何？"

懋园沉思了好久说："您持理公正，他见解博大。然而人情世态正如《诗经》所说'不是今天才如此，自古以来就如此'，岂是您一番议论所能遏止的？这个神喋喋不休，更是多此一举。"

同年金门高，吴县人。尝夜泊淮扬之间，见岸上二叟相遇，就坐水次草亭上。一叟曰："君近何事？"一叟曰："主人避暑园林，吾日日入其水阁，观活秘戏图。百媚横生，亦殊可玩。其第五姬尤妖艳。见其与主人剪发为誓，约他年燕子楼中作关盼盼①；又约似玉箫再世，重侍韦皋②。主人为之感泣。然偶闻其与母窃议，则谓主人已老，宜早储金帛，为琵琶别抱计也。君谓此辈可信乎？"相与太息久之。一叟又曰："闻其嫡甚贤，信乎？"一叟掉头曰："天下之善妒人也，何贤之云！夫妒而嚣争，是为渊驱鱼者也。此妇于妾媵之来③，弱者抚之以恩，纵其出入冶游，不复防制，使流于淫佚。

其夫自愧而去之。强者待之以礼,阳尊之与己匹,而阴导之与夫抗,使养成骄悍,其夫不堪而去之。有二术所不能饵者,则密相煽搆,务使参商两败者④,又多有之。幸不即败,而一门之内,诟谇时闻,使其夫入妾之室则怨语愁颜,入妻之室乃柔声怡色。其去就不问而知矣。此天下之善妒人也,何贤之云!"

门高窃听所言,服其中理,而不解其日入水阁语。方凝思间,有官舫鸣钲来,收帆欲泊。二叟转瞬已不见,乃悟其非人也。

【注释】

①关盼盼:唐代徐州名妓,徐州守帅张建封妾。据说,她在张建封死后守节于燕子楼十馀年,白居易作诗批评她只能守节不能殉节,她于是绝食而死。

②"又约似"二句:韦皋(746—805),字城武,唐朝京兆万年(今陕西西安)人。治理蜀地有政声,辅佐太子登上皇位,最后得封南康郡王。传说韦皋与侍女玉箫互生爱慕,韦皋以指环为信物,约定婚娶。离别七年后,玉箫以为他再也不会回来,绝食而亡。后来韦皋封王后,川地献上一位歌妓,名为玉箫,一个手指上隐隐长成指环形状,原来就是玉箫转世。

③妾媵(yìng):古代诸侯贵族女子出嫁,以侄娣从嫁,称"媵"。后泛指侍妾。

④参商:指的是参星与商星。二者在星空中此出彼没,彼出此没,古人以此比喻彼此对立,不和睦,亲友隔绝,不能相见。

【译文】

吴县的金门高与我同年进士。他曾经泊船在淮扬之间,看到岸上有两个老人相遇，在岸边的草亭中坐了下来。一个说："近来你做些什么？"另一个说："我的主人在园林避暑，我每天进水阁去看活生生的秘戏图。那真是百媚横生，很值得赏玩。那位五姨太尤其妖艳。她与主人剪发为誓，相约来生在燕子楼当关盼盼；又约定要像玉箫那样转世后再侍奉韦皋。主人都被她感动得哭了。然而偶然间听到她与她母亲私下议论时说，主人已老，应当早些储备金银财物，作好改嫁的打算。您认为这类人可信吗？"说完后两个老人一起叹息了好久。后来一个又问道："听说您主人的妻子非常贤惠，是真的吗？"另一个扭过脸去说："那是天底下最善于妒忌人的妇人，有什么贤惠呢！因为妒忌而相互之间争吵不休，就像为渊驱鱼。这位嫡妻对新来的妾，弱者施以恩惠，放纵她们冶游放荡，不加限制，让她们淫乱荒糜。这样她丈夫就会感到羞愧把她们打发走。对于强者就以礼相待，表面上让她们和自己平起平坐，暗中引导她们与主人对抗，养成她们骄横的脾气，主人受不了就会赶她们走。如果这两种手段都不能得逞，就暗地里挑拨她们，让她们两败俱伤，这类事也经常发生。即使有幸没有两败俱伤的，但在同一个房子里也吵骂不断，使得主人进入妾的房间，只见怨语愁颜，而进入妻子的房间，感受到的是柔声细语和颜悦色。那么主人常去哪里就不言自明了。这样的妇人是天下最善于妒忌的，还有什么贤惠可言呢！"

金门高听到这里，佩服他们言之有理，但不明白那老人每日到水阁去是什么意思。正在思考时，有条官船鸣锣驶来，要收帆停泊。两位老人转眼不见了，这时他才知道他们不是人类。

先兄晴湖曰："饮卤汁者，血凝而死，无药可医。里有妇人饮此者，方张皇莫措，忽一媪排闼入，曰：'可急取隔壁卖腐家所磨豆浆灌之。卤得豆浆，则凝浆为腐而不凝血。我是前村老狐，曾闻仙人言此方也。'语讫不见。试之果得苏。

刘涓子有鬼遗方，此可称狐遗方矣。”

【译文】

先兄晴湖说：“饮卤汁的人，血凝固而死，没有药能救治。乡里有个女人喝了卤汁，家里人正慌慌张张不知如何是好，忽然一个老妇人推门进来说：‘赶快到隔壁卖豆腐的人家取来磨好的豆浆给她灌下去。卤水遇到豆浆，就将卤水凝成豆腐，血就不凝固了。我是前村的老狐狸，曾听仙人说过这个方子。’说完就不见了。用这个方子一试，女人果然被救活了。南朝刘涓子有一副药方叫鬼遗方，这个药方可称狐遗方了。”

客作秦尔严，尝御车自李家洼往淮镇，遇持铳击鹊者，马皆惊逸。尔严仓皇堕车下，横卧辙中，自分无生理，而马忽不行。抵暮归家，沽酒自庆，灯下与侪辈话其异①。闻窗外人语曰：“尔谓马自不行耶？是我二人掣其辔也。”开户出视，寂无人迹。明日，因赍酒脯，至堕处祭之。先姚安公闻之，曰：“鬼如此求食，亦何恶于鬼！”

【注释】

①侪（chái）：辈，同类的人们。

【译文】

雇工秦尔严，曾经驾车从李家洼前往淮镇，碰到有人拿火铳打乌鹊，把马惊得狂奔起来。秦尔严慌慌张张坠落车下，横躺在车辙中，自料活不成了，但是马突然停了下来不跑了。晚上回到家，买酒自己庆贺，灯下和同伴谈起这件怪事。听到窗外有人说话道：“你说马是自己不跑了吗？是我们两人扯住了辔绳呵。”开门出去观看，屋外寂然没有人迹。于是第二天带着酒肉，到坠车的地方祭奠。先父姚安公听到这件事，说：“鬼这样求食，鬼又有什么可恨的！”

里人王五贤，幼时闻呼其字是此二音，不知即此二字否也。老塾师也。尝夜过古墓，闻鞭扑声，并闻责数曰：“尔不读书识字，不能明理，将来何事不可为？至上干天律时，尔悔迟矣。”谓深更旷野，谁人在此教子弟。谛听，乃出狐窟中。五贤喟然曰：“不图此语闻之此间。”

【译文】

村里人王五贤，幼年时听到叫他的字是这两个音，不知道是否就是这两个字。是个教私塾的老先生。有一次，他夜间经过古墓，听到鞭子抽棍子打的声音，还听到斥责数落说：“你不读书识字，不能明白道理，将来什么事情干不出来呢？等到触犯天条的时候，你再后悔就晚了。”他想更深夜静的，又是在旷野之中，是谁在教育子弟。仔细一听，原来声音出于狐狸居住的洞穴之中。王五贤感叹地说：“没有料到，这样的话竟然在这里听到。”

先叔仪南公，有质库在西城。客作陈忠，主买菜蔬。侪辈皆谓其近多馀润，宜飨众，忠讳无有。次日，箧钥不启，而所蓄钱数千，惟存九百。楼上故有狐，恒隔窗与人语，疑所为。试往叩之，果朗然应曰：“九百钱是汝雇值，分所应得，吾不敢取，其馀皆日日所干没，原非汝物。今日端阳，已为汝买粽若干，买酒若干，买肉若干，买鸡鱼及瓜菜果实各若干，并泛酒雄黄，亦为买得，皆在楼下空屋中。汝宜早烹炮，迟则天暑，恐腐败。”启户视之，累累具在。无可消纳，竟与众共餐。此狐可谓恶作剧，然亦颇快人意也。

【译文】

过世的叔父仪南公，在西城开有一个当铺。雇了个短工陈忠负责买菜什么的。他的同伴们说他近来得了不少外快，应该请客，陈忠不承认。第二天，陈忠发现，自己的钱箱并没有打开过，积蓄的数千钱却只剩下了九百。听说有个狐精住在楼上，经常隔窗和人说话，陈忠怀疑是它干的。就试着恭恭敬敬问它，狐精果然高声回答说："箱子里的那九百钱是你应得的工钱，我不敢拿，其馀的钱都是你每天采购私吞的，原本不属于你。今天是端午节，我已经替你买了若干粽子，若干酒、肉、鸡、鱼及瓜果蔬菜，另外还买了雄黄酒，都放在楼下那间空房里。你还是早点儿做出来给大家吃吧，天热，迟了会腐坏变质的。"陈忠打开空房子门一看，果然食物全都堆放在屋里。他一个人吃不了，没办法，最后还是和大家一起吃了。这个狐精真会恶作剧，不过倒也大快人心。

"亥"有"二"首"六"身，是拆字之权舆矣。汉代图谶，多离合点画。至宋谢石辈①，始以是术专门，然亦往往有奇验。乾隆甲戌②，余殿试后，尚未传胪③，在董文恪公家，偶遇一浙士，能拆字。余书一"墨"字。浙士曰："龙头竟不属君矣。'里'字拆之为二甲，下作四点，其二甲第四乎？然必入翰林。四点'庶'字脚，'士''吉'字头，是庶吉士矣。"后果然。

又，戊子秋④，余以漏言获谴，狱颇急，日以一军官伴守。一董姓军官云能拆字。余书"董"字使拆。董曰："公远戍矣。是千里万里也。"余又书"名"字。董曰："下为'口'字，上为'外'字偏旁，是口外矣。日在西为'夕'，其西域乎？"问："将来得归否？"曰："字形类'君'，亦类'召'，必赐环也。"

问:“在何年?”曰:“‘口’为‘四’字之外围,而中缺两笔,其不足四年乎？今年戊子,至四年为辛卯[⑤],‘夕’字‘卯’之偏旁,亦相合也。”果从军乌鲁木齐,以辛卯六月还京。盖精神所动,鬼神通之;气机所萌,形象兆之。与揲蓍灼龟[⑥],事同一理,似神异而非神异也。

【注释】

①谢石:宋代谢石以善于测字而闻名于时。

②乾隆甲戌:乾隆十九年(1754)。

③传胪:科举制度中,殿试以后由皇帝宣布登第进士名次的典礼,叫做“传胪”。传胪即唱名之意。

④戊子:乾隆三十三年(1768)。

⑤辛卯:乾隆三十六年(1771)。

⑥揲蓍(dié shī):古代数蓍草以占卜吉凶。

【译文】

“亥”字以“二”为字首,以“六”为字身,这是拆字法的初始。汉代预言吉凶征兆的图谶,大多是分离或者合并文字的点点画画。到了宋代谢石等这一代,才专门用此卜筮之术,但往往有奇异的灵验。乾隆甲戌年,我参加殿试后,还未张榜,在董文恪先生家里,偶遇一个能测字的浙江人。我写了个“墨”字。那个人说:“状元不会属于您了。‘里’字拆开是二甲,下边是四点,您大概是二甲第四名吧？不过您一定会进入翰林院。四点是‘庶’字脚,‘士’字是‘吉’字头,您要做庶吉士了。”后来,果真是这样。

乾隆戊子年秋季,我因泄漏消息而获罪,案情很严重,每天都有个军官看守我。其中一个姓董的军官说能拆字算卦。我写一个“董”字让他拆。他说:“您将被发配远方了。这‘董’字是千里万里的意思呵。”我又写了一"名"字。他说:"下边是'口'字,上边是'外'字偏旁,这次发配是在口外。'夕'字又是太阳偏西的意思,莫非是西域?"我问:"将来能回来吗?"他说:"'名'字与'君'字相像,也像'召'字,一定会让您回来的。"我问:"在哪一年?"他说:"'口'字是'四'字的外围,而中间缺少两笔,大概不到四年就会回还吧?今年是乾隆戊子年,四年后为辛卯年,'夕'字是'卯'字的偏旁,也相合。"果然,我从军乌鲁木齐,在辛卯年六月还京。大概精神有所动,鬼神便相通;气机萌发,形象便有了预兆。这与分蓍草、烧龟甲以定凶吉的道理一样,看起来神秘而并不神秘。

医者胡宫山,不知何许人。或曰:"本姓金,实吴三桂之间谍。三桂败,乃变易姓名。"事无左证,莫之详也。余六七岁时及见之,年八十馀矣,轻捷如猿猱[①],技击绝伦。尝舟行,夜遇盗,手无寸刃,惟倒持一烟筒,挥霍如风,七八人并刺中鼻孔仆。然最畏鬼,一生不敢独睡。言少年尝遇一僵尸,挥拳击之,如中木石,几为所搏,幸跃上高树之顶。尸绕树踊距,至晓乃抱木不动。有铃驮群过,始敢下视。白毛遍体,目赤如丹砂,指如曲钩,齿露唇外如利刃。怖几失魂。又尝宿山店,夜觉被中蠕蠕动,疑为蛇鼠。俄枝梧撑拄,渐长渐巨,突出并枕,乃一裸妇人。双臂抱持,如巨絙束缚[②],接吻嘘气,血腥贯鼻,不觉晕绝。次日得灌救,乃苏。自是胆裂,黄昏以后,遇风声月影,即惴惴却步云。

【注释】

①猿猱(náo):泛指猿猴。猱,古书上说的一种猴。

②絙(gēng):大绳索。

【译文】

行医的胡宫山，不知道是个什么来历的人。有人说："他本来姓金，实际上是吴三桂的间谍。吴三桂失败，才改名换姓。"这种说法没有旁证，无法了解清楚。我六七岁时还见到过他，年纪八十多岁了，轻便敏捷像猿猴一样，搏斗的技巧无与伦比。他曾经有一次乘船途中，夜里遇到强盗，手无寸铁，只是倒提着一支烟筒，挥舞起来呼呼生风，七八个人都被他打中了鼻子扑倒在地上。但是他最怕鬼，一生不敢一个人睡觉。他说年轻时曾经遇到一个僵尸，挥拳打去，就像打在木头上石头上，几乎被它抓住，幸亏跳上高高的树顶。僵尸绕着树上蹿下跳，到天亮才抱住树木不动。直到有响着铃铛的马帮经过，他才敢向下察看。只见那个僵尸满身的白毛，眼睛红得像朱砂，手指像弯曲的钩子，牙齿露在嘴唇外面像快刀。他害怕得几乎掉了魂。他又曾经有一次住在山间的旅店里，夜里觉得被子里蠕蠕而动，疑心是蛇鼠之类。一会儿，这个东西像树枝一样撑起来，越长越大，从被窝里拱出来与他并枕而卧，原来是一个裸体妇人。她双臂抱住他，就像粗大的绳子捆绑着他，女人亲他的嘴，朝他嘘气，血腥味直灌鼻子，他不知不觉昏死过去。第二天被人灌救，才苏醒过来。从此，他吓破了胆，黄昏以后，有一点儿风声月影，就吓得往后退。

南皮令居公鋐[①]，在州县幕二十年，练习案牍，聘币无虚岁。拥赀既厚，乃援例得官，以为驾轻车就熟路也。比莅任，乃愦愦如木鸡；两造争辩，辄面赪语涩[②]，不能出一字；见上官，进退应对，无不颠倒，越岁馀，遂以才力不及劾。解组之日[③]，梦蓬首垢面人长揖曰："君已罢官，吾从此别矣。"霍然惊醒，觉心境顿开。贫无归计，复理旧业，则精明果决，又判断如流矣。所见者其夙冤耶？抑即昌黎所送之穷鬼耶？

【注释】

①铉：音 hóng。

②面赪（chēng）：脸红。

③解组：解下印绶，谓辞去官职。组，印绶。

【译文】

南皮县令居铉公，在州县做过二十年幕僚，对案牍公文和官场应酬十分熟悉，年年都能收到聘金从没有空过。拥有了雄厚的资金，他也就按惯例捐了官，自以为是驾轻车走熟路，做起官来必定得心应手。等到赴任以后，却头脑昏昏、呆若木鸡；诉讼双方争辩，他总是面红耳赤，言语羞涩，说不出一句完整话来；见到上级官员，进退应对，总是颠三倒四。过了一年多，就以才力不能胜任被弹劾免职了。罢官这天，他梦见一个蓬头垢面的人向他施礼长揖，说："您已经罢官，我从此就告别了。"猛然惊醒，顿时觉得心境开朗起来。因为穷得回不了家，又重操旧业，却又恢复到以前的精明果决，又能判断顺畅如流水。他所梦见的人，究竟是他前生的冤家？还是韩昌黎所送的穷鬼呢？

裘文达公言：官詹事时，遇值日，五鼓赴圆明园。中途见路旁高柳下，灯火围绕，似有他故。至则一护军缢于树，众解而救之。良久得苏，自言过此暂憩，见路旁小室中有灯光，一少妇坐圆窗中招我。逾窗入，甫一俯首，项已被挂矣。盖缢鬼变形求代也。此事所在多有，此鬼乃能幻屋宇，设绳索，为可异耳。又先农坛西北文昌阁之南，文昌阁俗曰高庙。汇有积水，亦往往有溺鬼诱人。余十三四时，见一人无故入水。已没半身，众噪而挽之，始强回。痴坐良久，渐有醒意。问："何所苦而自沉？"曰："实无所苦。但渴甚，见一茶肆，趋往求饮。犹记其门悬匾额，粉板青字，曰对瀛馆也①。"命名颇有文义，谁题之、谁书之乎？此鬼更奇矣。

【注释】

①瀛(yíng)：海。

【译文】

裘文达公说：他在詹事府任职时，一次他当班值日，五更时去圆明园。路上看到道边一棵大柳树下，灯火环绕，好像有什么事。到跟前一看，原来是一个护军在树上自缢，大伙儿把他解救下来。过了好久，他苏醒了，说路过此处歇息一会儿，看见路旁小屋中有灯火，一个少妇在圆窗内坐着，招呼我。我从窗子跳进去，刚低下头，脖子就被挂住了。这大概是吊死鬼变了形找替身吧。这类事有很多，而这个吊死鬼还能变幻房屋，设下绳索，确实与众不同。先农坛西北、文昌阁之南，文昌阁俗称高庙。有积水汇聚，也常常有溺死鬼引诱人。我十三四岁时，看见一个人无缘无故跳进水里。水已经淹没了半个身体，大家叫喊着拉他，才强迫他上了岸。他痴痴呆呆坐了很久，慢慢清醒了。有人问："你有什么苦处非要寻死？"他回答："没什么苦处。只是很渴，看见一个茶馆，想喝点儿茶就赶过去要喝的。还记得那门上悬挂一块匾，粉板青字，写着'对瀛馆'。"名字很雅致，是谁起的名、谁书写的呢？这个鬼更是奇异。

山东刘君善谟，余丁卯同年也[①]。以其黠巧，皆戏呼曰"刘鬼谷"。刘故诙谐，亦时以自称，于是鬼谷名大著，而其字若别号，人转不知。乾隆辛未[②]，僦校尉营一小宅。田白岩偶过闲话。四顾慨然曰："此凤眼张三旧居也，门庭如故，埋香黄土已二十馀年矣。"刘骇然曰："自卜此居，吾数梦艳妇来往堂庑间，其若人乎？"白岩问其状，良是。刘沉思久之，拊几曰："何物淫鬼，敢魅刘鬼谷！果现形，必痛抶之[③]。"

白岩曰："此妇在时，真鬼谷子，捭阖百变[4]，为所颠倒者多矣。假鬼谷子何足云！京师大矣，何必定与鬼同住？"力劝之别徙。余亦尝访刘于此，忆斜对戈芥舟宅约六七家，今不能指其处矣。

【注释】

①丁卯：乾隆十二年(1747)。

②乾隆辛未：乾隆十六年(1751)。

③抶(chì)：用鞭、杖或竹板之类的东西打。

④捭阖(bǎi hé)：利用手段分化、拉拢。

【译文】

山东有个叫刘善谟的先生，是乾隆丁卯年和我一起考中的。由于他聪慧灵巧，人们都戏称他为"刘鬼谷"。刘先生本来就诙谐，再加上自己也常以刘鬼谷自称，于是鬼谷的声名远扬，他的真名倒像是别号，不为人所知了。乾隆辛未年，他在珠市口南校尉营租了一座小宅院。田白岩偶尔也到那儿去闲聊。田白岩看了四周后，慨叹地说："这里原是凤眼张三的住宅，门庭虽如旧，那位美女却已经死了二十多年了。"刘善谟惊骇地说："自从我居住到这里，我多次梦见一个漂亮女子在屋檐下走廊上走动，难道就是她？"田白岩询问了那个妇人的外貌，果然是她。刘善谟沉思良久，拍着几案说："那个淫鬼是什么东西，竟敢冒犯我刘鬼谷！等她现了形，我一定要痛打她一顿。"田白岩告诉他说："这个美妇在世时，真可算得是个鬼谷子，手段高明，被她的妖冶弄得神魂颠倒的不知有多少。你这个假鬼谷子岂在她话下！京城这么大，你还是另找一处吧，何必一定要与鬼同住呢？"力劝他搬到别处去住。我曾经也到过刘善谟那里，记得斜对着戈芥舟的宅院有六七家，但现在不能指出确切的地点了。

史太常松涛言：初官户部主事时，居安南营，与一孀妇邻。一夕盗入孀妇家，穴壁已穿矣，忽大呼曰："有鬼！"狼狈越墙去。迄不知其何所见也。岂神或哀其茕独，阴相之欤？又戈东长前辈一日饭罢，坐阶下看菊，忽闻大呼曰："有贼！"其声喑呜，如牛鸣盎中，举家骇异。俄连呼不已，谛听乃在庑下炉坑内。急邀逻者来，启视，则儽然一饿夫①，昂首长跪。自言前两夕乘暗阑入，伏匿此坑，冀夜深出窃。不虞二更微雨，夫人命移腌虀两瓮置坑板上②，遂不能出。尚冀雨霁移下，乃两日不移。饥不可忍，自思出而被执，罪不过杖；不出则终为饿鬼，故反作声自呼耳。其事极奇，而实为情理所必至。录之亦足资一粲也。

【注释】

①儽然(léi)：疲惫、颓丧的样子。

②虀(jī)：同"齑"，细切后用盐酱等腌制的蔬果。

【译文】

太常寺卿史松涛说：刚担任户部主事时，住在安南营，与一个寡妇相邻。一天晚上，盗贼想进寡妇家，在墙壁上凿洞已经凿穿了，忽然大声呼叫道："有鬼！"狼狈地跳过墙头逃走了。至今不知道他见到了什么。难道神也哀怜寡妇孤独无依，暗中佑助她吗？还有，戈东长前辈有一天吃完饭，坐在台阶下赏看菊花，忽然听到有大声呼叫道："有贼！"声音沉闷，就像牛埋头在瓮中叫，全家惊异极了。不一会儿，连叫不停，仔细一听，是在廊屋下的炉坑里。赶紧叫巡逻的人来，打开一看，是一个半死不活的男人，抬着头跪着。自己说前两天乘天黑进来，伏在这个坑里，想等到夜深的时候出来偷东西。不料二更天下起小雨，夫人让人把两瓮腌菜搬在坑板上，这下出不来了。还希望雨止天晴会把腌菜搬下去，过了两天也没有搬。饿得受不了，想想出来被抓住，不过挨棒打；不出来，就要成饿鬼了，所以反而自己呼叫捉贼。这事情很离奇，但又在情理之中。记录下来，也足以供人一笑。

河间府吏刘启新，粗知文义。一日问人曰："枭鸟、破獍是何物？"或对曰："枭鸟食母，破獍食父，均不孝之物也。"刘拊掌曰："是矣。吾患寒疾，昏憒中魂至冥司，见二官连几坐。一吏持牍请曰：'某处狐为其孙啮杀，禽兽无知，难责以人理。今惟议抵，不科不孝之罪。'左一官曰：'狐与他兽有别。已炼形成人者，宜断以人律；未炼形成人者，自宜仍断以兽律。'右一官曰："不然。禽兽他事与人殊，至亲属天性，则与人一理。先王诛枭鸟、破獍，不以禽兽而贷也。宜仍科不孝，付地狱。'左一官首肯曰：'公言是。'俄吏抱牍下，以掌掴吾[①]，悸而苏。所言历历皆记，惟不解枭鸟、破獍语。窃疑为不孝之鸟兽，今果然也。"

案，此事新奇，故阴府亦烦商酌。知狱情万变，难执一端。据余所见，事出律例之外者。一人外出，讹传已死。其父母因鬻妇为人妾。夫归，迫于父母，弗能讼也。潜至娶者家，伺隙一见，竟携以逃。越岁缉获，以为非奸，则已别嫁；以为奸，则本其故夫。官无律可引也。

又，劫盗之中，别有一类，曰赶蛋。不为盗，而为盗之盗。每伺盗外出，或袭其巢，或要诸路，夺所劫之财。一日互相格斗，并执至官。以为非盗，则实强掠；以为盗，则所掠乃盗赃。官亦无律可引也。

又，有奸而怀孕者，决罚后，官依律判生子还奸夫。后生子，本夫恨而杀之。奸夫控故杀其子。虽有律可引，而终觉奸夫所诉，有理无情；本夫所为，有情无理。无以持其平也。不知彼地下冥官，遇此等事，又作何判断耳？

【注释】

①掴（guó）：打耳光。

【译文】

河间府小吏刘启新，能大略看懂文章。有一天，他问别人："枭鸟、破獍是什么东西？"有人回答说："枭鸟吃它母亲，破獍吃它父亲，都是不孝的动物。"刘启新拍手说："对了。我得了伤寒，在昏迷中，灵魂到了阴曹，看见两位冥官并排坐着办公。一个小吏手持案卷请示说：'某处的狐狸被它孙子咬死，禽兽无知，难以用人理来要求它。现在只能考虑抵命，而不能以不孝治罪了。'左边的官员说：'狐狸与其他兽类有区别。已经修炼成人形的，应当按人的法律判处；未修炼成人形的，就仍然按禽兽来断案。'右边的官员说：'不能这样。禽兽在其他方面与人不同，亲情爱心则是天性，与人同样。先王杀枭鸟、破獍，并不因为是禽兽就宽恕它们。因此应以不孝罪，把狐孙打进地狱。'左边的官员点头说：'你说得很对。'过了不久，小吏抱着案卷退下，用手打我耳光，我吓醒了。他们所讲的话历历在耳，只是不明白枭鸟、破獍是什么意思。我猜测它们是不孝的鸟兽，果然是这样。"

按，这种事很新奇，所以阴府也很费斟酌。可知案情千变万化，很难偏执一端。据我所见，还有超出律条规范之外的。有一个人离家外出，讹传已经死了。于是他的父母把儿媳卖给别人做妾。丈夫回家后，知道是父母卖了妻子，不能打官司。就偷偷地到娶自己妻子的人家里，等着机会见了一面，竟然带着妻子逃了。过了一年又被抓获，认为这事不是通奸吧，女方已经另嫁别人了；定为通奸吧，男方又是女方原来的丈夫，官府没有律条可以援引使用。

再有，劫盗之中，别有一种类型，叫“赶蛋”。这种人不抢劫别人而专抢劫盗贼抢来的东西。他们每每等到盗贼出外抢劫之机，要么袭击盗贼的巢穴，要么在路上抢夺盗贼劫得的财物。有一天彼此格斗起来，一同被执送到官府。认为他们不是强盗吧，他们确实强抢了他人；把他们定为强盗吧，可他们抢夺的又是盗贼的赃物。官府也没有律条可以援引定案。

还有，女人因通奸而有了孕，断案处罚之后，官府依法判孩子出生后归奸夫。后来孩子生出来了，丈夫愤恨杀了孩子。奸夫控告他故意杀害自己的孩子。虽然有法可依，但总觉得奸夫所控告的有理而无情，丈夫所做的有情而无理。这类案子没法公平判决。不知那些阴府官员遇到此类事情，又会做怎样的判断呢？

丰宜门外风氏园古松，前辈多有题咏。钱香树先生尚见之，今已薪矣。何华峰云：相传松未枯时，每风静月明，或闻丝竹。一巨公偶游其地，偕宾友夜往听之。二鼓后，有琵琶声，似出树腹，似在树杪。久之，小声缓唱曰：“人道冬夜寒，我道冬夜好。绣被暖如春，不愁天不晓。”巨公叱曰：“何物老魅，敢对我作此淫词！”戛然而止。俄登登复作，又唱曰：“郎似桃李花，妾似松柏树。桃李花易残，松柏常如故。”巨公点首曰：“此乃差近风雅。”徐音摇曳之际，微闻树外悄语曰：“此老殊易与，但作此等语言，便生欢喜。”拨刺一响，有如弦断。再听之，寂然矣。

【译文】

京城丰宜门外的风家园的古松很著名，前辈们多有题诗咏叹。钱香树先生还亲眼见过古松，现在已经砍掉当柴火烧了。何华峰说：相传古松没有枯死时，每当风清月明，就时常听到音乐。一次，有个王公大臣偶然来到风家园，夜间和宾客朋友到古松下听传说中的丝竹演奏。二更以后，开始传来琵琶声，像是出自古松的树干里，又好像是从树梢上飘来。弹奏了好久，细细的女声缓缓地随着琵琶曲唱道："人道冬夜寒，我道冬夜好。绣被暖如春，不愁天不晓。"王公大臣叱骂说："是什么老妖精，敢对我唱这种淫词！"乐声戛然而止。一会儿，琴弦又"登登"地弹了起来，唱道："郎似桃李花，妾似松柏树。桃李花易残，松柏常如故。"王公大臣点着头说："这还比较接近风雅。"馀音飘荡之际，隐隐约约听到树外有人悄悄说话："这位老人家容易对付，只是这样唱，他便欢喜了。"忽听"拨剌"一声响，就像断了琴弦。再听下去，就寂静无声了。

佃户卞晋宝，息耕陇畔，枕块暂眠。朦胧中闻人语曰："昨官中有何事？"一人答曰："昨勘某人继妻，予铁杖百。虽是病容，尚眉目如画，肌肉如凝脂。每受一杖，哀呼宛转，如风引洞箫，使人心碎。吾手颤不得下，几反受鞭。"问者太息曰："惟其如是之妖媚，故蛊惑其夫，荼毒前妻儿女，造种种恶业也。"晋宝私念，是何官府，乃用铁杖？欲起问之。欠伸拭目，乃荒烟蔓草，四顾阒然①。

【注释】

①阒(qù)然：寂静的样子。

【译文】

佃户卞晋宝，在田垄边休息，枕着土块小睡了一会儿。朦胧中听到有人问："昨天官府里发生了什么事？"另一个回答说："昨天审查某人的后妻，判罚她一百铁杖。虽然她满脸病态，但眉目依旧如画，肌肤如凝脂。每打她一铁杖，她发出婉转的哀叫声，好像轻风吹来洞箫声，让人听得心碎。我的手发软，下不了手，差点儿反而被鞭子抽。”问话人叹息说：“正因为她如此妖媚动人，才迷惑了她的丈夫，残害前妻的儿女，犯下了种种罪孽。”卞晋宝心想，这是什么官府，怎么用铁杖打人？正想起身去问。等他伸腰揉眼一看，只见荒烟野草，四周一片寂静。

故城贾汉恒言：张二酉、张三辰，兄弟也。二酉先卒，三辰抚侄如己出，理田产，谋婚娶，皆殚竭心力。侄病瘵，经营医药，殆废寝食。侄殁后，恒忽忽如有失。人皆称其友爱。越数岁，病革，昏瞀中自语曰：“咄咄怪事！顷到冥司，二兄诉我杀其子，斩其祀，岂不冤哉！”自是口中时喃喃，不甚可辨。一日稍苏，曰：“吾知过矣。兄对阎罗数我曰：‘此子非不可化诲者，汝为叔父，去父一间耳。乃知养而不知教，纵所欲为，恐拂其意。使恣情花柳，得恶疾以终。非汝杀之而谁乎？’吾茫然无以应也，吾悔晚矣。”反手自椎而殁①。三辰所为，亦末俗之所难，坐以杀侄，《春秋》责备贤者耳。然要不得谓二酉苛也。

平定王执信，余己卯所取士也②。乞余志其继母墓。称母生一弟，曰执蒲，庶出一弟，曰执璧。平时饮食衣服，三子无所异；遇有过，责詈箠楚，亦三子无所异也。贤哉！数语尽之矣。

【注释】

①自椎：自己敲打自己。

②己卯：乾隆二十四年(1759)。

【译文】

故城的贾汉恒说:张二酉、张三辰,是兄弟俩。张二酉先死,张三辰抚育侄儿如同自己亲生的一样,管理田产,谋划婚娶,都是尽心竭力。侄儿生了痨病,张三辰料理医药,几乎废寝忘食。侄儿死后,张三辰经常恍恍惚惚,若有所失。人们都称道他的友爱。过了几年,张三辰病情危重,昏迷中自言自语说:"咄咄怪事!刚才到阴司,二哥控告我杀了他的儿子,断了他的香火,岂不是冤枉啊!"从此口中经常喃喃地说着,听不太清楚说什么。一天,张三辰稍稍清醒,说:"我知道错了。兄长朝着阎罗王数落我说:'这孩子不是不可以感化教诲的,你做叔父,离父亲只差着一点儿罢了。却只知道养育而不知道教育,放纵他为所欲为,总怕违背他的意愿。使得他恣意任情寻花问柳,染上难以医治的恶病。不是你杀了他又是谁呢?'我茫茫然无以回答,我后悔也晚了。"张三辰反手捶打着自己去世了。张三辰所做的,在低下的习俗风气中已经是难能可贵,判以杀侄的罪,这是《春秋》责备贤者的意思。但是不能说张二酉苛刻。

平定的王执信,是我在乾隆己卯年取中的举人。他请我为他的继母写墓志。他说继母生了一个弟弟叫执蒲,庶出的一个弟弟叫执璧。平时饮食衣服,三个儿子没有什么差异;责骂鞭打,也是三个儿子没有什么差异。贤惠啊!这几句话已经说尽了。

钱遵王《读书敏求记》载[①]:赵清常殁,子孙鬻其遗书,武康山中,白昼鬼哭。聚必有散,何所见之不达耶?明寿宁侯故第在兴济,斥卖略尽,惟厅事仅存。后鬻其木于先祖。拆卸之日,匠者亦闻柱中有泣声。千古痴魂,殆同一辙。余尝与董曲江言:"大地山河,佛氏尚以为泡影,区区者复何足云。我百年后,倘图书器玩,散落人间,使赏鉴家指点摩挲曰:‘此纪晓岚故物。’是亦佳话,何所恨哉!”曲江曰:“君作是言,名心尚在。余则谓消闲遣日,不能不借此自娱。至我已弗存,其他何有?任其饱虫鼠,委泥沙耳。故我书无印记,砚无铭识,正如好花朗月,胜水名山,偶与我逢,便为我有,迨云烟过眼,不复问为谁家物矣。何能镌号题名,为后人作计哉!”所见尤脱洒也。

【注释】

①钱遵王《读书敏求记》:钱曾,字遵王,号也是翁,又号贯花道人、述古主人,清代诗人、藏书家、目录学家。明末清初著名诗人钱谦益的后人。《读书敏求记》是一部解题式的书目,继承了前人特别是宋人的书目传统,解题内容侧重于版本的鉴定。

【译文】

钱遵王《读书敏求记》记载:赵清常死后,他的藏书全都被子孙卖了,在武康山里,白天就能听见鬼的哭声。有聚必有散,怎么就这么不达观呢?明代寿宁侯的故宅在兴济,早已被拆卖得差不多了,只剩下了一个厅堂。后来又把厅堂的木料卖给我的先祖。拆卸的时候,工匠也听到厅柱里有哭泣声。千古痴魂的反应,大概如出一辙。我曾经对董曲江说:“大地山河,佛家也以为是泡影,区区一点点东西又何足道。百年以后,如果我的图书器物古玩,散落在人间,鉴赏家能指点抚摩着说:‘这是纪晓岚的故物。’也是一段佳话,还有什么遗憾的呢!”董曲江说:“您说这样的话,还有一种求名的心思。我却认为,活着时需要消闲打发日子,不能不借用各种器物供自己娱乐。至于死后,我本人都已经不存在了,其他还有什么意义呢?生前用过的东西,可以任其喂虫子喂老鼠,丢进泥沙里。因此,我的书没有印章记录,砚石也没有铭刻留文,恰似好花明月,山水名胜,偶然与我相逢,便属于我所有,等云烟过眼,就不再问属于谁家所有了。为什么一定要刻什么号、题什么名，为后来人作打算呢！”他的见识更为超脱潇洒。

职官奸仆妇，罪止夺俸，以家庭暱近[①]，幽暧难明。律意深微，防诬蔑反噬之渐也。然横干强迫，阴谴实严。

戴遂堂先生言：康熙末，有世家子挟污仆妇。仆气结成噎膈。时妇已孕，仆临殁，以手摩腹曰：“男耶？女耶？能为我复仇耶？”后生一女，稍长，极慧艳。世家子又纳为妾，生一子。文园消渴[②]，俄夭天年。女帷簿不修，竟公庭涉讼，大损家声。十许年中，妇缟袂扶棺[③]，女青衫对簿[④]，先生皆目见之，如相距数日耳。岂非怨毒所钟，生此尤物以报哉？

【注释】

①暱(nì)：亲近。

②文园：指汉司马相如，因司马相如曾任文园令，后人以“文园”代称。消渴，中医学病名。口渴，善饥，尿多，消瘦。包括糖尿病、尿崩症等。

③缟袂：白衣。这里指丧服。缟，未经染色的绢。袂，张开的袖子。

④青衫：借指微贱者的服色。

【译文】

在职官员奸污仆人的妻子，处罚不过取消俸禄而已，这是因为主仆经常生活在一起，难免亲昵，关系暧昧难以判明是非。律法从细微深远处着想，就是防止产生诬陷或反咬一口的风气滋生。但是如果强逼奸污，阴曹的处罚是很重的。

戴遂堂先生说：康熙末年，有个世家子要挟奸污了仆人的妻子。仆人怨气郁结，得了噎膈绝症。当时仆人的妻子已经怀孕，仆人临死前用手摸着妻子的腹部说："男孩？女孩？能为我复仇吗？"后来妻子生了个女儿，长大后又聪明又漂亮。世家子又把这个女儿纳为妾，生了个儿子。但世家子得了消渴病，不久就死了。这个妾却淫乱不已，终于闹到打官司的地步，大损世家名声。十几年中，世家子的夫人身着丧服，扶棺送葬，他的妾身着青衫，对簿公堂，戴先生都亲眼看到了，好像发生在几天之前的事。这岂不是那位被奸污的女子怨愤积聚，而生出这么一个女儿来报仇的吗？

遂堂先生又言：有调其仆妇者，妇不答。主人怒曰："敢再拒，箠汝死。"泣告其夫。方沉醉，又怒曰："敢失志，且剚刃汝胸。"妇愤曰："从不从皆死，无宁先死矣。"竟自缢。官来勘验，尸无伤，语无证，又死于夫侧，无所归咎，弗能究也。然自是所缢之室，虽天气晴明，亦阴阴如薄雾；夜辄有声如裂帛。灯前月下，每见黑气，摇漾似人影，即之则无。如是十馀年，主人殁，乃已。未殁以前，昼夜使人环病榻，疑其有所见矣。

【译文】

戴遂堂先生又说：有个主人调戏仆人的妻子，那个女人不答应。主人生气地说："你敢拒绝，我打死你。"女人哭着告诉了丈夫。当时丈夫正烂醉着，也生气地说："你敢失节，我用刀扎死你。"她悲愤地说："屈从不屈从都是一死，不如先死了吧。"竟然自缢身亡。官府前来验尸，尸体上没有伤痕，死者说的话没有旁证，又是死在丈夫身边，无法归罪于谁，追究不下去。然而，从此之后，女人自杀的那间屋子，即便天气晴朗，也是阴森森的像是有薄雾飘浮；到了夜里就发出声响，如同撕扯布帛。灯前月下，每每可以看到黑气摇荡，像人影一样，走近去看，却什么也没有。就这么过了十几年，主人死后才消停。主人临死之前，白天黑夜派人环绕床前守着，怀疑他看到了什么。

乌鲁木齐军吏邬图麟言：其表兄某，尝诣泾县访友。遇雨，夜投一废寺。颓垣荒草，四无居人，惟山门尚可栖止，姑留待霁。时云黑如墨，暗中闻女子声曰："怨鬼叩头，求赐纸衣一袭，白骨衔恩。"某怖不能动，然度无可避，强起问之。鬼泣曰："妾本村女，偶独经此寺，为僧所遮留。妾哭詈不从，怒而见杀。时衣已尽褫，遂被裸埋，今百馀年矣。虽在冥途，情有廉耻。身无寸缕，愧见神明。故宁抱沉冤，潜形不出。今幸逢君子，傥取数翻彩楮，剪作裙襦，焚之寺门，使幽魂蔽体，便可愬诸地府①，再入转轮。惟君哀而垂拯焉。"某战栗诺之，泣声遂寂。后不能再至其地，竟不果焚。尝自谓负此一诺，使此鬼茹恨黄泉，恒耿耿不自安也。

【注释】

①愬(sù)：诉说，告发。

【译文】

乌鲁木齐的军吏邬图麟说：他的表兄，有一次到泾县去访友。在途中遇上了一场雨，夜里只好投宿到一座废弃的寺庙。这座破庙围墙已经倒塌，庙里到处都是野草，四周也没有人居住，只有庙门前能坐下来歇会儿，他想姑且待在这儿，等雨停了再赶路。当时伸手不见五指，只听到黑暗中有一个女子的声音说："我这个怨鬼给您叩头，请您送给我一身纸衣，我会记住您的恩德。"表兄吓得一动也不敢动，但估计无可躲避，勉强起身来问她的身世。女鬼哭着说："我本来是个乡下姑娘，有一次偶然独自经过这里，被庙里的和尚拦截留下来。我哭着骂着不从，和尚发怒把我杀了。当时我的衣服被全部扒光，就全身赤裸着给埋了，到现在有一百多年了。虽然在地府，还是有廉耻之心的。现在我身上一丝不挂，愧见神明。所以我宁可心怀冤屈，潜藏着不出来。今天有幸能遇到君子，如果您能给我找几张彩纸剪成衣服，在庙门前焚烧，让我遮遮身子，我就可以到地府去诉说冤屈，转世投胎了。希望您哀怜我，救救我吧。”表兄战战兢兢答应了她的要求，她的哭声才停止。但是，表兄身上没有彩纸，后来也没有机会再到那里去，一直没有焚烧纸衣。他曾自己说有负于这个女鬼，让她带着遗憾含冤于黄泉之下，因此一直耿耿于怀，心里不得安宁。

于道光言：有士人夜过岳庙，朱扉严闭，而有人自庙中出。知是神灵，膜拜呼上圣。其人引手掖之曰：“我非贵神，右台司镜之吏，赍文簿到此也。”问：“司镜何义？其业镜也耶？”曰：“近之，而又一事也。业镜所照，行事之善恶耳。至方寸微暧，情伪万端，起灭无恒；包藏不测，幽深邃密，无迹可窥，往往外貌麟鸾，中韬鬼蜮，隐慝未形，业镜不能照也。南北宋后，此术滋工，涂饰弥缝，或终身不败。故诸天合议，移业镜于左台，照真小人；增心镜于右台，照伪君子。圆光对映，灵府洞然：有拗捩者[①]，有偏倚者，有黑如漆者，有曲如钩者，有拉杂如粪壤者，有溷浊如泥滓者，有城府险阻千重万掩者，有脉络屈盘左穿右贯者，有如荆棘者，有如刀剑者，有如蜂虿者[②]，有如狼虎者，有现冠盖影者，有现金银气者；甚有隐隐跃跃，现秘戏图者。而回顾其形，则皆岸然道貌也。其圆莹如明珠，清澈如水晶者，千百之一二耳。如是者，吾立镜侧，籍而记之，三月一达于岳帝，定罪福焉。大抵名愈高则责愈严，术愈巧则罚愈重。春秋二百四十年，瘅恶不一[3]，惟震夷伯之庙[4]，天特示谴于展氏，隐慝故也。子其识之[5]。”士人拜受教，归而乞道光书额，名其室曰“观心”。

【注释】

①拗捩(liè)：不顺。

②虿(chài)：古书上说的蝎子一类的毒虫。

③瘅(dàn)恶：憎恨坏人坏事。瘅，憎恨。

④震夷伯之庙：出自《汉书·五行志》：“九月己卯晦，震夷伯之庙。”似乎是上天发出警示，不要让大夫代代为官，独掌朝政而昏昧。

⑤识(zhì)：记。

【译文】

于道光说：有个读书人夜里经过岳庙，红色的大门紧紧地关闭着，却有人从庙里出来。他知道这是神灵，就合掌加额，长跪而拜，呼叫上圣。那人伸手扶住他说：“我不是高贵的神道，是右台司镜的小吏，到这里送文案册簿。”问：“司镜是什么意思？是业镜吗？”答：“差不多，但又是另一件事。业镜所照，是判断人们做过的事情性质是善是恶。至于人们内心细微的隐曲，真诚与虚伪，万种头绪，起灭无常；还有包藏着的难以测量的心思，幽深细密，找不到可以窥看的途径，往往外貌像麒麟鸾凤那般高贵，心里却掩藏着鬼蜮伎俩，这一类人的隐恶没有露出形迹，业镜就照不见。南北宋以后，人们伪装内心的技术更加工巧，掩饰弥补，有人竟然终身都不败露。所以众天神合议，把业镜移到左台，照真小人；增设心镜在右台，照伪君子。两个镜子圆光相对映照，人们的内心就清清楚楚照出来了：有固执的，有偏心的，有黑如漆的，有曲如钩的，有拉杂如粪土的，有混浊如泥污的，有心机深险千遮万挡的，有脉络盘曲左穿右贯的，有像荆棘的，有像刀剑的，有像蜂和蝎子的，有像狼虎的，有现出做官的冠服和车盖的，有现出金银珠宝形状的；甚至有隐隐约约现出男女秘戏图的。而回顾人们的外形，却都是神态庄严的道学家的面貌。内心圆润光亮像明珠，清澈像水晶的，千百个人中只有一两个罢了。这些情况，我站立在镜的旁边，都记录下来，三个月送给岳帝一次，由岳帝决定降罪或赐福。大约是名声愈高就责备愈严，心术愈巧就惩罚愈重。春秋二百四十年，其中值得憎恨的坏人坏事不止一处，上天却只用雷击夷伯的庙，特别表示对展氏的谴责，是因为他隐匿了罪恶。你要记住。”士人敬受教诲，回来后恳求于道光书写匾额，把自己的居室命名为“观心”。

有歌童扇上画鸡冠，于筵上求李露园题。露园戏书绝句曰：“紫紫红红胜晚霞，临风亦自弄夭斜[①]。枉教蝴蝶飞千遍，此种原来不是花。”皆叹其运意双关之巧。露园赴任湖南后，有扶乩者，或以鸡冠请题，即大书此诗。余骇曰：“此非李露园作耶？”乩忽不动，扶乩者狼狈去。颜介子叹曰：“仙亦盗句。”或曰：“是扶乩者本伪托，已屡以盗句败矣。”

【注释】

①夭斜：亦作“夭邪”，袅娜多姿的样子。

【译文】

有个歌童的扇面上画有鸡冠花，在筵席上他请李露园题字。李露园戏书绝句，诗写道：“紫紫红红胜晚霞，临风亦自弄夭斜。枉教蝴蝶飞千遍，此种原来不是花。”大家都赞叹这首绝句在运意上有一语双关之妙。李露园赴任湖南后，我遇到一个扶乩者，有人以“鸡冠”为题请求扶乩者写诗，扶乩者用大字书写了这首鸡冠诗。我惊异地说：“这不是李露园写的吗？”乩忽然不动，扶乩者狼狈逃走。颜介子感叹道：“乩仙也盗用他人诗句。”有人说：“这个扶乩者本来是假托的，经常因为剽窃句子而败露。”

从兄坦居言：昔闻刘馨亭谈二事。其一，有农家子为狐媚，延术士劾治。狐就擒，将烹诸油釜。农家子叩额乞免，乃纵去。后思之成疾，医不能疗。狐一日复来，相见悲喜。狐意殊落落，谓农家子曰："君苦相忆，止为悦我色耳，不知是我幻相也。见我本形，则骇避不遑矣①。"欻然扑地，苍毛修尾，鼻息咻咻，目睒睒如炬，跳掷上屋，长嗥数声而去。农家子自是病痊。此狐可谓能报德。其一亦农家子为狐媚，延术士劾治。法不验，符箓皆为狐所裂。将上坛殴击，一老媪似是狐母，止之曰："物惜其群，人庇其党。此术士道虽浅，创之过甚，恐他术士来报复。不如且就尔婿眠，听其逃避。"此狐可谓能虑远。

【注释】

①不遑(huáng)：没有时间，无暇。遑，空闲，闲暇。

【译文】

我的堂兄坦居说：曾经听过刘馨亭讲过两个故事。一个故事讲的是，有位农家子弟，因为被狐精媚惑，家人请来一个道士捉拿。狐精被捉住后，道士正要放到油锅里煎死。农家子弟叩头请求赦免，于是把狐精放了。后来，由于农家子想念狐精想得生了病，医治无效。一天，狐精又来了，农家子悲喜交集，但狐精的态度很冷漠，它对农家子说："你为我苦苦相思，只是喜欢我的容貌而已，不知道这容貌是我的幻相。你如果看见我的本来面貌，就会害怕得躲都来不及。"它突然扑倒在地，长尾巴、苍灰色毛，鼻孔气息咻咻，一双眼睛像火光跳动不定，跳到屋顶上，长号了几声跑了。从此农家子弟病就好了。这个狐精可算是能够以德报德的。还有一个故事，讲的也是一位农家子被狐精所媚惑，家人延请术士惩治。但法术不灵，连符都被狐精弄破了。狐精正要上法坛去殴打术士，一个像狐母的老妇人制止了，说："动物要保护自己的同伴，人也庇护他们的同类。这个术士法术虽浅，如果对他伤害过分，恐怕其他术士要来报复。你不如暂且陪着你丈夫睡一觉，让术士逃了吧。"这个狐精可以说是深谋远虑。

康熙癸巳[①]，先姚安公读书于厂里，前明土贡澄浆砖，此地砖厂故址也。偶折杏花插水中。后花落，结二杏如豆，渐长渐巨，至于红熟，与在树无异。是年逢万寿恩科，遂举于乡。王德安先生时同住，为题额曰"瑞杏轩"。此庄后分属从弟东白。乾隆甲申[②]，余自福建归，问此匾，已不存矣。拟倩刘石庵补书[③]，而代葺此屋，作记刻石甃于壁，以存先世之迹。因循未果，不识何日偿此愿也。

【注释】

①康熙癸巳：康熙五十二年(1713)。

②乾隆甲申：乾隆二十九年(1764)。

③刘石庵：刘墉(1719—1804)，字崇如，号石庵，另有青原、香岩、东武、穆庵、溟华、日观峰道人等字号，清代书画家、政治家。

【译文】

康熙癸巳年，先父姚安公读书于厂里，前明土贡澄浆砖，这里是砖厂的旧址。偶尔折了杏花插在水里。后来花落，结了两枚像豆那样大小的杏子，渐渐长大，以至长到红熟，跟在树上没有什么两样。这一年正逢祝贺万寿开设恩科，姚安公中了举人。王德安先生当时与先父同住，为先父的房间题写匾额叫"瑞杏轩"。这个庄园后来分给了堂弟东白。乾隆甲申年，我从福建回来，问起这个匾，已经不存在了。打算请刘石庵补写，还打算代为修葺这所房屋，写一篇记，刻在石头上嵌在墙壁里，用来保存先世的遗迹。后来拖延下来没有办成，不知道哪一天能够实现这个愿望。

先姚安公言：雍正初，李家洼佃户董某父死，遗一牛，老且跛，将鬻于屠肆。牛逸，至其父墓前，伏地僵卧，牵挽鞭箠皆不起，惟掉尾长鸣。村人闻是事，络绎来视。忽邻叟刘某愤然至，以杖击牛曰："渠父堕河，何预于汝？使随波漂没，充鱼鳖食，岂不大善？汝无故多事，引之使出，多活十馀年。致渠生奉养，病医药，死棺敛，且留此一坟，岁需祭扫，为董氏子孙无穷累。汝罪大矣，就死汝分，牟牟者何为？"盖其父尝堕深水中，牛随之跃入，牵其尾得出也。董初不知此事，闻之大惭，自批其颊曰："我乃非人！"急引归。数月后，病死，泣而埋之。此叟殊有滑稽风，与东方朔救汉武帝乳母事竟暗合也①。

【注释】

①东方朔救汉武帝乳母事：汉武帝的奶妈犯了罪，要按法令治罪，奶妈向东方朔求救。东方朔说，这不是靠唇舌能争得来的事，你临走时，只可连连回头望着皇帝，千万不要说话。这样也许能有万一的希望。奶妈进来辞行时，东方朔也陪侍在皇帝身边，奶妈照东方朔所说频频回顾武帝。东方朔就说，你是犯傻呀！皇上难道还会想起你喂奶时的恩情吗！汉武帝不免顿生依恋之情，立刻下令赦免了奶妈。事见南朝宋刘义庆《世说新语》。

【译文】

先父姚安公说：雍正初年，李家洼佃户董某的父亲死了，留下一头牛，老而且跛，董某打算卖给屠宰场。牛逃到董某父亲坟前，一动不动僵卧着，牵拉鞭打都不起来，只是摇着尾巴长叫。村里人听说此事，络绎不绝地前来观看。忽然邻居刘老头儿愤然走上前，用拐杖打着牛说：“他父亲掉到河里，与你有何关系？假如让他随波漂流，喂了虾蟹鱼鳖，岂不是大好事？你无故多事，拉着他上岸，让他多活十几年。让他儿子对父亲活着奉养，病了医治，死了买棺材入殓，还留下了这座坟，每年都要祭扫，成为董氏子孙无穷无尽的牵累。你的罪责大了，被杀是你的本分，哞哞乱叫什么？”原来当年董某的父亲掉进深水里，牛跟着跳进水，董父拉着牛尾才上了岸。董某开始时不知此事，听说了这事非常惭愧，自己打着嘴巴说：“我真不是人！”急忙拉着牛回家。几个月后牛病死，董某哭着把它埋了。这个刘老头儿很有些滑稽风格，与东方朔救汉武帝乳母的故事竟然暗暗相合。

姨丈王公紫府，文安旧族也。家未落时，屠肆架上一豕首，忽脱钩落地，跳掷而行。市人噪而逐之，直入其门而止。自是日见衰谢，至饘粥不供①。今子孙无孑遗矣。此王氏姨母自言之。又姚安公言：亲表某氏家，岁久忘其姓氏，惟记姚安公言此事时，称曰汝表伯。清晓启户，有一兔缓步而入，绝不畏人，直至内寝床上卧。因烹食之。数年中死亡略尽，宅亦拆为平地矣。是皆衰气所召也。

【注释】

①饘（zhān）粥：稀饭，粥。

【译文】

姨夫王紫府，他家原来是文安县的大族。家境没有衰落时，肉店架子上的一个猪头，忽然脱钩落地，跳着往前走。街上的人呼喊着追赶，猪头径直进到姨夫家才停下来。从此王家日渐衰落，以致连粥都吃不上。现在子孙后代也没有了。这是王氏姨母自己说的。先父姚安公也说：某表亲家，年代长了，忘了这一家的姓氏，只记得姚安公说这件事的时候，说是表伯父。一天清晨开门，有只兔子缓步而入，一点儿不怕人，径直走到卧室床上卧下。接着表亲家人把它杀了炖着吃了。几年当中他家人死得差不多了，屋宅也拆为平地。这些怪物都是衰败之气招来的。

王菊庄言：有书生夜泊鄱阳湖，步月纳凉，至一酒肆，遇数人，各道姓名，云皆乡里。因沽酒小饮，笑言既洽，相与说鬼。搜异抽新，多出意表。

一人曰："是固皆奇，然莫奇于吾所见矣。曩在京师，避嚣寓丰台花匠家，邂逅一士共谈。吾言此地花事殊胜，惟墟墓间多鬼可憎。士曰：'鬼亦有雅俗，未可概弃。吾曩游西山，遇一人论诗，殊多精诣，自诵所作，有曰"深山迟见日，古寺早生秋"，又曰"钟声散墟落，灯火见人家"，又曰"猿声临水断，人语入烟深"，又曰"林梢明远水，楼角挂斜阳"，又曰"苔痕侵病榻，雨气入昏灯"，又曰"鸺鹠岁久能人语[1]，魍魉山深每昼行"，又曰"空江照影芙蓉泪，废苑寻春蛱蝶魂"，皆楚楚有致。方拟问其居停，忽有铃驮琅琅，欻然灭迹。此鬼宁复可憎耶？'吾爱其脱洒，欲留共饮。其人振衣起曰：'得免君憎，已为大幸，宁敢再入郇厨[2]？'一笑而隐。方知说鬼者即鬼也。"

书生因戏曰："此诚奇绝，古所未闻。然阳羡鹅笼[3]，幻中出幻，乃辗转相生，安知说此鬼者，不又即鬼耶？"数人一时色变，微风飒起，灯光黯然，并化为薄雾轻烟，濛濛四散。

【注释】

①鸺鹠(xiū liú):亦作“鸺留”,鸱鸮的一种。捕食鼠、兔等,对农耕有益,但在古书中却常常被视为不祥之鸟。

②郇(xún)厨:唐代韦陟袭封郇国公。性侈纵,穷治馔馐,厨中多美味佳肴。后人因以“郇公厨”称膳食精美的人家。

③阳羡鹅笼:东晋时,阳羡(今江苏宜兴)的许彦遇见一个书生,说自己脚痛,并请求呆在许彦鹅笼里,书生进去后,笼子不变大,书生也没变小,与一对鹅并坐鹅也不惊。休息时,书生说设宴以示感谢。书生从嘴里吐出奁子,奁子中有山珍海味,又从嘴里吐出一个女子,一起饮酒。书生醉倒,女子从口中吐出一个少年,与许彦畅叙。那少年又从口中吐出一个女子,一同宴饮。之后,又依次序逐一收回。事见南朝梁吴均《续齐谐》。

【译文】

听王菊庄说:有个书生夜里在鄱阳湖边泊船,他在月下散步纳凉,不知不觉来到了一家酒店,碰到几个人,他们各自说了姓名,一番自我介绍后,才知道彼此都是同乡。于是他们一起买酒小酌,谈笑融洽,一起讲起鬼故事来。他们纷纷搜罗奇闻轶事,大多在意料之外。

一个人说:“这些怪异故事固然新奇,可没有比我所见到的更奇异。从前,我在京城丰台的一个花匠家住,邂逅一个读书人,攀谈起来。我说,这里的花养得很好,只是坟墓间有鬼,太可恨了。读书人说:‘鬼也有雅俗之分,不可一概否定。我从前游西山时,碰到一个人,谈论诗文,他有很多精辟见解。他吟诵自己的诗,如“深山迟见日,古寺早生秋”,“钟声散墟落,灯火见人家”,“猿声临水断,人语入烟深”,“林梢明远水,楼角挂斜阳”,“苔痕侵病榻,雨气入昏灯”,“鸺鹠岁久能人语,魍魉山深每昼行”,“空江照影芙蓉泪,废苑寻春蛱蝶魂”等诗句,都很有情致。我正想问他住在哪里,忽然听到驮铃琅琅作响,这人忽然就不见了。这鬼难道可恨吗?’我喜欢这位读书人的洒脱,就想留他共饮。读书人抖抖衣服站了起来说:'能不让您憎恶已经是大幸了,怎么敢麻烦您下厨呢?'说着一笑就不见了。我才知道那个说鬼的人原来也是鬼。"

书生听了,开玩笑说:"这些奇异的事前所未闻。然而,正如阳羡的鹅笼,幻中生幻,能辗转相生,怎么知道你这个说鬼的人,不就是鬼呢?"没想到这几个人一下子都变了脸色。忽然起了一阵风,灯光也变得昏暗,那些人化作薄雾轻烟,一下子就散去了。

庚午四月①,先太夫人病革时,语子孙曰:"旧闻地下眷属,临终时一一相见。今日果然。幸我平生尚无愧色。汝等在世,家庭骨肉,当处处留将来相见地也。"姚安公曰:"聪明绝特之士,事事皆能知,而独不知人有死;经纶开济之才,事事皆能计,而独不能为死时计。使知人有死,一切作为必有索然自返者;使能为死时计,一切作为必有悚然自止者。惜求诸六合之外,失诸眉睫之前也!"

【注释】

①庚午:乾隆十五年(1750)。

【译文】

庚午年四月,先母太夫人病情危重时,对子孙说:"旧时听说地下家眷,临终的时候能一一相见。今天果然如此。幸亏我平生处事严谨,面对他们还不至于羞愧。你们好好过着,家庭骨肉之间,应当处处为将来相见留些馀地。"姚安公说:"聪明卓绝的人士,事事都能知道,而独独不知道人有死的时候;经纶满腹、开创济世的人才,事事都能够筹划,而独独不能够为自己死的时候筹划。倘使知道人有死的时候,觉得必定有一切作为意兴索然自己回头的;倘使能够为死的时候筹划,觉得必定有一切作为所戒惧自己停止的。可惜人们往往求之于天地上下四方之外,而失之于眼前啊!"

一南士以文章游公卿间。偶得一汉玉璜①，质理莹白，而血斑彻骨，尝用以镇纸。一日，借寓某公家。方灯下搆一文，闻窗隙有声，忽一手探入。疑为盗，取铁如意欲击。见其纤削如春葱，瑟缩而止。穴纸窃窥，乃一青面罗刹鬼，怖而仆地。比苏，则此璜已失矣。疑为狐魅幻形，不复追诘。后于市上偶见，询所从来。辗转经数主，竟不能得其端绪。久乃知为某公家奴伪作鬼装所取。董曲江戏曰："渠知君是惜花御史，故敢露此柔荑②。使遇我辈粗材，断不敢自取断腕。"余谓此奴伪作鬼装，一以使不敢揽执，一以使不复追求。又灯下一掌破窗，恐遭捶击，故伪作女手，使知非盗；且引之窥见恶状，使知非人，其运意亦殊周密。盖此辈为主人执役，即其钝如椎；至作奸犯科，则奇计环生，如鬼如蜮。大抵皆然，不独此一人一事也。

【注释】

①玉璜(huáng)：半圆形的璧。

②柔荑(tí)：植物初生的叶芽。旧时多用来比喻女子柔嫩洁白的手。

【译文】

一位南方的读书人，因为文章写得好与公卿交往。他偶尔得到一个汉代的玉璜，质理莹白，血斑浸彻了玉骨，曾用来做镇纸。一天，他借住在某公家。夜晚，正在灯下构思文章，闻听窗缝间有声响，忽然一只手伸了进来。他怀疑是盗贼，拿起铁如意想打。可是见到这只手又白又嫩，手指就像春天的葱白，不忍下手，又缩回铁如意来。他把窗纸抠开一个小洞，向外偷看，只见窗外站着一个青面罗刹鬼，顿时吓昏倒地。等他苏醒以后，书案上的玉璜已经不翼而飞了。他怀疑是狐鬼幻形，也没有再追查。后来，他在街市上偶然又见到了那个血斑玉璜，问卖主是哪里得到的。问知的情况是已经转易数主，无从寻出头绪。又过了很长时间，他才知道当年玉璜丢失的真相，原来是那个某公的家奴伪装成鬼偷走的。董曲江开玩笑说："他知道你是一位惜花御史，舍不得打美女，所以敢伸出一只白嫩纤手。假设遇到我们这等粗人，他绝不敢去冒断腕的危险。"我认为这个家奴伪装成鬼，有两个明显的用意：一是使物主不敢当场捉贼，二是让物主不想事后追究。还有，如果灯下一掌破窗，去取玉璜，必定遭到捶击，所以要伪装成少女纤手，造成不是盗贼的假象；而且，用这种方式引诱他隔窗看见鬼的形状，造成不是人而是鬼的假象，其用心可说是太周密了。这种人为主人做事，迟钝得像捧槌；至于作奸犯科，就能一个坏主意连着一个坏主意，像暗中害人的鬼和怪物，机灵得很。家奴大体都是如此，不仅是这一个人一件事。

朱竹坪御史尝小集阎梨村尚书家。酒次，竹坪慨然曰："清介是君子分内事。若恃其清介以凌物，则殊嫌客气不除。昔某公为御史时，居此宅，坐间或言及狐魅，某公痛詈之。数日后，月下见一盗逾垣入。内外搜捕，皆无迹。扰攘彻夜，比晓，忽见厅事上卧一老人，欠伸而起曰：'长夏溽暑，"长夏"字出黄帝《素问》，谓六月也。王太仆注："读上声。"杜工部"长夏江村事事幽"句，皆读平声，盖注家偶未考也。偶投此纳凉，致主人竟夕不安，殊深惭愧。'一笑而逝。盖无故侵狐，狐以是戏之也。岂非自取侮哉！"

【译文】

御史朱竹坪曾到阎梨村尚书家小聚。饮酒间，朱竹坪感慨地说："清廉耿介本来是君子分内之事。但如果自以为清廉耿介就可以欺凌他人，就太虚妄偏激了。过去某公做御史时，就住在这所房子里，闲谈中偶有人说到狐狸精媚人的事，某公痛骂狐精。几天后，某公在月下见一个小偷跳墙进来。令人内外搜捕，却不见形迹。忙乱了一夜，到天亮，忽然看见厅上躺着个老人，欠身而起说：'长夏潮湿闷热，“长夏”一词出于黄帝《素问》，是说六月份。王太仆注：“读上声。”杜工部“长夏江村事事幽”句，都读平声，大概是注家偶然失考。偶然到这所宅院里纳凉，致使主人一夜不安，深感惭愧。'一笑就不见了。某公无缘无故侵犯狐精，因此狐精就戏弄他。这岂不是自找羞辱吗！”

朱天门家扶乩，好事者多往看。一狂士自负书画，意气傲睨，旁若无人，至对客脱袜搔足垢，向乩哂曰：“且请示下坛诗。”乩即题曰：“回头岁月去骎骎[①]，几度沧桑又到今。曾见会稽王内史[②]，亲携宾客到山阴。”众曰：“然则仙及见右军耶？”乩书曰：“岂但右军，并见虎头[③]。”狂生闻之，起立曰：“二老风流，既曾亲睹，此时群贤毕至，古今人相去几何？”又书曰：“二公虽绝艺入神，然意存冲挹[④]，雅人深致，使见者意消；与骂座灌夫[⑤]，自别是一流人物。离之双美，何必合之两伤？”众知有所指，相顾目笑。回视狂生，已着袜欲遁矣。此不识是何灵鬼，作此虐谑。惠安陈舍人云亭，尝题此生《寒山老木图》曰：“憔悴人间老画师，平生有恨似徐熙。无端自写荒寒景，皴出秋山鬓已丝。”“使酒淋漓礼数疏，谁知侠气属狂奴。他年倘续《宣和谱》[⑥]，画史如今有灌夫。”乩所云“骂座灌夫”，当即指此。又不识此鬼何以知此诗也。

【注释】

①骎骎(qīn):马跑得很快的样子。

②会稽王内史:指王羲之。会稽,上古名都,也是晋唐宋时期的大都会,今浙江绍兴。下文“右军”也是指王羲之。

③虎头:东晋画家顾恺之小字虎头,故称。

④冲挹(yì):谦抑,谦退。

⑤骂座灌夫:灌夫(?—前130),字仲孺,西汉颍阴(今河南许昌)人。初以勇武闻名,为人刚直不阿,任侠,好饮酒骂人。与丞相田蚡不和,后因在田蚡处使酒骂座,戏侮田蚡,为田蚡所劾,以不敬罪族诛。事见《史记·魏其武安侯列传》。

⑥《宣和谱》:即《宣和画谱》。宋代宣和年间(1119—1125)由官方主持编撰的宫廷所藏绘画作品的著作。

【译文】

有个叫朱天门的人,他家里扶乩求神,好事者纷纷前去观看。其中有个狂妄的读书人因为自己的书画超人而自以为了不起,态度非常狂傲,旁若无人,以至于当着众人面,脱袜抠脚上的积垢,嘲笑乩仙说:“请出示你的下坛诗。”乩坛上立即写道:“回头岁月去骎骎,几度沧桑又到今。曾见会稽王内史,亲携宾客到山阴。”大家议论说:“这样说来您看见过王右军啦?”乩坛上写道:“岂止见过王右军,还见过顾恺之呢。”狂妄的读书人听到这里,站起来说:“王右军、顾恺之两位先生都是风流盖世的,既然您说曾亲眼见到了,那么当着现在有许多的贤人在场,您就说说古今贤人相差多少吧?”乩神又写道:“两位先生虽然技艺绝顶,但却非常谦虚,大有雅人风度,见到他们的人都会收敛自己意气;同骂座的灌夫相比,当然是完全不同的人物了。把这两类人物分开来谈就很好,又何苦非要扯在一起,既坏了古代贤人的名声,又伤了你这样的现代贤人呢?”旁人听到这番话,知道他有所指,相互看着笑。回头再去看狂士,他已经穿好袜子要溜了。这不知是何方灵鬼,这么戏弄他。惠安舍人陈云亭曾经为这位狂士的《寒山老木图》题过诗，诗是这样写的："憔悴人间老画师，平生有恨似徐熙。无端自写荒寒景，皴出秋山鬓已丝。""使酒淋漓礼数疏，谁知侠气属狂奴。他年倘续《宣和谱》，画师如今有灌夫。"原来乩坛诗所说的"骂座灌夫"指的就是这首诗。还有，不知道这个灵鬼是怎么知道这首诗的。

舅氏张公梦征言：儿时闻沧州有太学生①，居河干。一夜，有吏持名刺叩门②，言新太守过此，闻为此地巨室，邀至舟相见。适主人以会葬宿姻家，相距十馀里。阍者持刺奔告③，亟命驾返④，则舟已行。乃饬车马，具贽币⑤，沿岸急追。昼夜驰二百馀里，已至山东德州界。逢人询问，非惟无此官，并无此舟，乃狼狈而归。惘惘如梦者数日。或疑其家多赀，劫盗欲诱而执之，以他出幸免。又疑其视贫亲友如仇，而不惜多金结权贵，近村故有狐魅，特恶而戏之。皆无左证。然乡党喧传，咸曰："某太学遇鬼。"先外祖雪峰公曰："是非狐非鬼亦非盗，即贫亲友所为也。"斯言近之矣。

【注释】

①太学生：明清时太学即国子监的俗称。国子监是古代最高学府与教育行政管理机构，太学生就是指在太学读书的生员，也是最高级的生员。

②名刺：又称"名帖"，拜访时通姓名用的名片，清代官员交际时使用。

③阍（hūn）者：守门人。阍，宫门，正门。后泛指门。

④亟（jí）：急切。

⑤贽（zhì）币：古代初次拜见尊长所送的礼物。

【译文】

舅舅张梦征公说：小时候听说沧州有个太学生，住在河边。一天晚上，有个小吏持名帖叩门，说新太守路过此地，听说这家是本地豪族，邀主人到舟中相见。恰逢太学生因参加葬礼住在姻亲家，离家有十馀里地。看门人拿着名帖奔去通报，太学生急忙命人驾车返回，船却已经开走了。于是太学生叫人收拾了车马准备了厚礼，沿着河岸急追。一昼夜奔跑了二百多里，已经到山东德州地界。逢人便问，结果不但没人知道这个什么新太守，而且连船也没看见，于是狼狈而归。他好几天迷迷惘惘觉得像是做了一场梦。有人怀疑，是因为太学生家有钱财，盗贼想诱他出来劫持他，因为他出门在外而幸免。又有人怀疑，是他视贫穷亲友如仇人，而不惜重金结交权贵，靠近村子原来就有狐精，因为厌恶这些而戏弄他。这些都没有证据。然而乡间都传言："太学生遇到鬼了。"我的外祖父张雪峰先生说："这不是狐不是鬼也不是强盗，而是穷亲友们干的。"这话比较符合实际。

俗传鹊蛇斗处为吉壤，就斗处点穴，当大富贵，谓之龙凤地。余十一二岁时，淮镇孔氏田中，尝有是事，舅氏安公实斋亲见之。孔用以为坟，亦无他验。余谓鹊以虫蚁为食，或见小蛇啄取；蛇蜿蜒拒争，有似乎斗，此亦物态之常。必当日曾有地师为人卜葬，指鹊蛇斗处是穴，如陶侃葬母，仙人指牛眠处是穴耳①。后人见其有验，遂传闻失实，谓鹊蛇斗处必吉。然则因陶侃事，谓凡牛眠处必吉乎？

【注释】

①"陶侃葬母"二句：清代同治《九江府志》、《德化县志》记载："陶侃母墓，在县西五十里白鹤乡太和垄。侃择地葬母遇异人云：'前

有牛眠地可葬。'言毕化鹤而去。侃行一里馀，果见牛眠于此，遂此葬之。"

【译文】

民间传说鹊蛇争斗的地方是吉祥之地，在争斗的地方安葬亡故的亲人，子孙就会大富大贵，这样的地方叫"龙凤地"。我十一二岁时，淮镇孔家田中曾经有过鹊蛇争斗这样的事，舅舅安实斋公亲眼见到过。孔家用这块地筑坟，也没有什么效验。我认为，鹊鸟以虫蚁为食，有时见到小蛇就去啄；蛇游动着挣扎，有点儿像争斗，这也是事物所常有的情态。所谓龙凤地的说法，必定是当时曾经有看风水的人替人家选择葬地，指着鹊蛇争斗的地方说就是这里；就像陶侃葬母，仙人指着牛躺卧的地方说就是那儿了。后人见到有应验，就传闻失实，说凡是鹊蛇争斗的地方必定吉祥。这样说起来，那么因为陶侃的事情，就可以说凡是牛躺卧的地方都必然吉祥了吗？

庆云、盐山间，有夜过墟墓者，为群狐所遮，裸体反接，倒悬树杪。天晓人始见之，掇梯解下。视背上大书三字，曰"绳还绳"，莫喻其意。久乃悟二十年前，曾捕一狐倒悬之，今修怨也。胡厚庵先生仿西涯新乐府，中有《绳还绳》一篇曰："斜柯三丈不可登，谁蹑其杪如猱升？谛而视之儿倒绷，背题字曰绳还绳。问何以故心懵腾，恍然忽省蹶然兴，束缚阿紫当年曾①。旧事过眼如风灯，谁期狭路遭其朋。吁嗟乎！人妖异路炭与冰，尔胡肆暴先侵陵？使衔怨毒伺隙乘。吁嗟乎！无为祸首兹可惩。"即此事也。

【注释】

①阿紫：狐狸的别称。

【译文】

庆云、盐山之间,有个人夜间经过坟地,被一群狐狸拦住去路,剥光衣服,反绑起来,倒悬在树梢上。天亮以后,人们才发现,于是搬来梯子,将他解救下来。人们发现他背上写着“绳还绳”三个大字,没人知道是什么意思。过了许久,这人才悟出自己二十年前曾捉过一只狐,当时也是倒悬起来,所以才有今日的报复。胡厚庵先生模仿李西涯新乐府的诗中有一篇名叫《绳还绳》的写道:“斜柯三丈不可登,谁蹑其杪如猱升?谛而视之儿倒绷,背题字曰绳还绳。问何以故心懵腾,恍然忽省蹶然兴,束缚阿紫当年曾。旧事过眼如风灯,谁期狭路遭其朋。吁嗟乎!人妖异路炭与冰,尔胡肆暴先侵陵?使衔怨毒伺隙乘。吁嗟乎!无为祸首兹可惩。”说的就是这件事。

刘香畹言:沧州近海处,有牧童年十四五,虽农家子,颇白皙。一日,陂畔午睡醒[1],觉背上似负一物,然视之无形,扪之无质,问之亦无声。怖而返,以告父母,无如之何。数日后,渐似拥抱,渐似抚摩,既而渐似梦魇,遂为所污。自是媟狎无时,而无形无质无声,则仍如故。时或得钱物果饵,亦不甚多。

邻塾师语其父曰:“此恐是狐,宜藏猎犬,俟闻媚声时排闼嗾攫之[2]。”父如所教。狐噭然破窗出,在屋上跳掷,骂童负心。塾师呼与语曰:“君幻化通灵,定知世事。夫男女相悦,感以情也。然朝盟同穴,夕过别船者,尚不知其几。至若娈童,本非女质,抱衾荐枕,不过以色为市耳。当其傅粉熏香,含娇流盼,缠头万锦,买笑千金,非不似碧玉多情[3],回身就抱。迨富者赀尽,贵者权移,或掉臂长辞,或倒戈反噬,翻云覆雨，自古皆然。萧韶之于庾信[4]，慕容冲之于苻坚[5]，载在史册，其尤著者也。其所施者如彼，其所报者尚如此。然则与此辈论交，如抟沙作饭矣。况君所赠，曾不及五陵豪贵之万一[6]，而欲此童心坚金石，不亦颠乎？”语讫寂然。

良久，忽闻顿足曰：“先生休矣，吾今乃始知吾痴。”浩叹数声而去。

【注释】

①陂（bēi）：池塘，湖边。

②嗾（sǒu）：狗叫。

③碧玉多情：晋代汝南王司马义有个妾名叫碧玉，出身卑贱而美貌。孙绰作有《碧玉歌》两首：“碧玉小家女，不敢攀贵德。感郎千金意，惭无倾城色。”“碧玉破瓜时，相为情颠倒。感郎不羞难，回身就郎抱。”

④“萧韶”句：据传著名文学家庾信与梁宗室萧韶有断袖之欢。

⑤“慕容冲”句：370年，前燕为前秦所灭后，慕容冲成为前秦王苻坚的娈童，与其姐清河公主皆受宠幸。

⑥五陵豪贵：汉高、惠、景、武、昭五帝陵在长安西，后迁豪贵居五陵地区，世人遂以“五陵”称富贵人家子弟。

【译文】

刘香畹说：沧州近海的地方有个牧童，十四五岁，虽然是农家孩子，却长得白白净净。一天，在河边斜坡上午睡醒来，感觉背上好像压着个东西，看去却什么也没有，摸也摸不到，问又不回答。他恐慌地回家，告诉了父母，父母也不知如何是好。几天之后，牧童渐渐感到怪物在拥抱他，抚摸他，渐渐地好像梦魇了一样，终于被怪物玷污了。从此后，怪物不时地淫戏狎昵牧童，但仍然无形无影无声。怪物有时给牧童一些钱物果饵，但不多。

邻居一位私塾先生告诉牧童的父亲说："这恐怕是狐精，你在家藏一只猎犬，听到淫声浪语时，放狗破门而入去咬。"牧童的父亲照办了。狐精狂叫着破窗而出，在屋上跳着脚骂牧童负心。私塾先生对狐精说："你能幻化通灵，一定懂得世事。男女间相互爱慕，是以情互相感动。然而早上发誓生同寝死同穴，晚上却到了别人船上说同样的话，这种人不知有多少。至于娈童，本来不是女子之身，与人同床共枕，不过是出卖色相。当他扑粉熏香含着娇羞眉目送情，得到万端锦绣作赏赐，玩弄者用千金来买笑，也像小家碧玉那样多情，投靠他人怀抱。当有钱人财尽，显贵者权力丧失，就会一甩胳膊永远离开，甚至调转枪头反咬一口，翻手为云，覆手为雨，自古以来都是这样。萧韶对待庾信，慕容冲对待苻坚的事已载入史册，这都是非常有名的。庾信、苻坚那样施恩，尚且得到如此回报。如果说到这些人的交情，就像是要把泥沙抟起来做饭那样荒唐。况且你送给人家的，还不及有钱人给的万分之一，却想让这孩子的心坚如金石，你不是太糊涂了么？"说完，屋上就寂静无声了。

好久，忽听狐精顿着脚说："先生别再讲了，我现在才知道我太痴心了。"狐精长叹几声就离开了。

姜白岩言：有士人行桐柏山中，遇卤簿前导[①]，衣冠形状，似是鬼神。暂避林内，舆中贵官已见之，呼出与语，意殊亲洽。因拜问封秩[②]。曰："吾即此山之神。"又拜问："神生何代？冀传诸人世，以广见闻。"曰："子所问者人鬼，吾则地祇也[③]。夫玄黄剖判，融结万形。形成聚气，气聚藏精，精凝孕质，质立含灵，故神祇与天地并生。惟圣人通造化之原，故燔柴、瘗玉[④]，载在六经[⑤]。自稗官琐记，创造鄙词，曰刘、曰张，谓天帝有废兴，曰吕、曰冯，谓河伯有夫妇，儒者病焉。

紫阳崛起[⑥]，乃以理诘天，并皇矣之下临[⑦]，亦斥为乌有，而鬼神之德，遂归诸二气之屈伸矣。夫木石之精，尚生夔罔[⑧]；雨土之精，尚生羵羊[⑨]。岂有乾坤斡运，元气鸿洞，反不能聚而上升，成至尊之主宰哉！观子衣冠，当为文士。试传吾语，使儒者知圣人飨报之由。"士人再拜而退。然每以告人，辄疑以为妄。余谓此言推鬼神之本始，植义甚精。然自白岩寓言，托诸神语耳。赫赫灵祇，岂屑与讲学家争是非哉？

【注释】

①卤簿：古代帝王出外时扈从的仪仗队。

②封秩：泛指官爵。

③地祇(qí)：地神。

④燔柴：古代祭天仪式。将玉帛、牺牲等置于积柴上而焚烧。瘗(yì)玉：古代祭山仪式结束后埋玉于坑，称为"瘗玉"。

⑤六经：指《诗》、《书》、《礼》、《易》、《乐》、《春秋》，是历代累积遗传下来的文教经典。

⑥紫阳：宋代理学家朱熹的别称。朱熹之父朱松曾在紫阳山(今安徽歙县)读书。朱熹后居福建崇安，题厅事曰"紫阳书室"，以示不忘。后人因以"紫阳"为朱熹的别称。

⑦皇矣之下临：出自《诗经·大雅·皇矣》。原文为："皇矣上帝，临下有赫。"大意是，伟大的上帝有圣灵，临视人间最分明。

⑧夔(kuí)罔：夔，传说中的一条腿的怪物。罔，同"魍"。

⑨羵(fén)羊：土怪。孔子辨"羵羊"，是中国历史上的一个大事件，很多古代典籍都有记载。古人对"羵羊"的认识，始终没有超出"精怪"、"神怪"、"妖怪"等迷信说法的范畴。

【译文】

姜白岩说：有个书生在桐柏山赶路，忽然遇到个车队，有仪仗队做前导，看他们的衣冠形状，像是鬼神。他马上拐进了树林里躲了起来，但是车里的贵官已经看到了他，叫他出来说话，态度很亲切。书生上前去拜问对方怎么称呼。贵官说："我就是这座山的山神。"书生又拜问他："是哪个朝代的神？想告诉世人，增长见识。"贵官说："你要打听的是人与鬼之间的事，但我是地神。自从开天辟地之后，混沌之气融结成万物的形体。有形体就能聚集元气，聚集元气就能潜藏精华，精华凝结孕育内质，内质坚实就蕴含灵通，所以神灵和天地是相生并存的。只有圣人才会通晓天地造化的原理，因此才将祭天时燔柴、祭山时瘗玉这些礼仪记载在六经里。自从小说杂记一类的野史出现后，就编造出了不少陈词滥调，说某神姓刘姓张啦，说天帝有兴废之变化啦，说河伯姓吕姓冯啦，竟然还说成有夫有妇的，儒士对此十分不满。宋代朱熹的学说崛起，用'理'来阐释天，把《诗经·皇矣》中'皇矣上帝，临下有赫'的说法都给否定了，而把鬼神的存在归之于阴阳二气的相互作用。那么木石的精气还能生出夔和魍魉这样山林中的精怪；雨土的精气都能生出羵羊这样土里的怪物；乾坤运转、元气弥漫无际，怎么反倒不能聚万物之精气而上升，成为至尊的主宰呢！我看你的衣着是个文人学士。请帮我传话，让儒家学者懂得圣人为报功德而祭飨、尊崇上天的缘由。"书生拜了又拜才退下。但是他每次将这个经历告诉给别人，别人都说他是痴人说梦话，没有人相信。我认为用这话去推论鬼神的始末，寓意深刻。但这不过是姜白岩的寓言，假托鬼神的话罢了。赫赫神灵，哪会愿意去跟讲学家争论这些是非呢？

裘编修超然言：丰宜门内玉皇庙街，有破屋数间，锁闭已久，云中有狐魅。适江西一孝廉与数友过夏，唐举子下第后，读书待再试，谓之过夏。取其地幽僻，僦舍于旁。一日，见幼妇立檐下，态殊妩媚，心知为狐。少年豪宕，意殊不惧。黄昏后，诣门作礼，祝以媟词。夜中闻床前窸窣有声，心知狐至，暗中举手引之。纵体入怀，遽相狎昵，冶荡万状，奔命殆疲。比月上窗明，谛视乃一白发媪，黑陋可憎，惊问："汝谁？"殊不愧赧，自云："本城楼上老狐，娘子怪我饕餮而慵作[1]，斥居此屋，寂寞已数载。感君垂爱，故冒耻自献耳。"孝廉怒，搏其颊，欲缚箠之。撑拄摆拨间，同舍闻声，皆来助捉。忽一脱手，已琤然破窗遁。次夕，自坐屋檐，作软语相唤。孝廉诟詈，忽为飞瓦所击。又一夕，揭帷欲寝，乃裸卧床上，笑而招手。抽刃向击，始泣骂去。惧其复至，移寓避之。登车顷，突见前幼妇自内走出。密遣小奴访问，始知居停主人之甥女，昨偶到街买花粉也。

【注释】

①饕餮(tāo tiè)：传说中龙的第五子，是一种想象中的神秘怪兽 。《山海经》中描述，羊身，眼睛在腋下，虎齿人爪，有一个大头和一张大嘴，极其贪吃，见到什么就吃什么，由于吃得太多，最后被撑死。后来形容贪吃的人。

【译文】

翰林院编修裘超然说：丰宜门内玉皇庙街有几间破屋，封锁关闭已经很久，说是里面有狐精。正巧江西一个举人同几个朋友过夏，唐代参加科举考试的士子下第以后，读书等待再次考试，叫做"过夏"。看中这个地方僻静，就在旁边租了房屋住下。一天，他看见一个小娘子立在屋檐下，神态很是妩媚，心里猜想是狐狸精。因为自己年轻豪气旺盛，心里一点儿都不惧怕。黄昏以后，他走到门前行礼，说了一些轻薄挑逗的话。当天夜里，他听到床前有窸窸窣窣的声音，知道狐狸精到了，暗中举起手拉她上来。她就纵身投入怀抱，亲昵狎戏，她万般淫荡，弄得举人筋疲力尽。等到月光照亮了窗户，举人仔细一看，床上竟是一个白发老妇人，又黑又丑，面目可憎，吃惊地问："你是谁？"老妇人一点儿也不羞愧，自己说："我本是城楼上的老狐，娘子怪我贪吃懒做，把我赶到这个破屋子里，寂寞了好几年了。感念您的垂爱，所以不顾羞耻自己献身。"举人恼怒地搧她的耳光，想捆起来鞭打。两个人正撕扯着，同屋的人听到声音，都来帮着捕捉。忽然一脱手，老狐"琤"的一声破窗逃走。第二天晚上，老狐还坐在屋檐头，捏着嗓子打情骂俏呼唤。举人怒骂，忽然被飞来的瓦片击中。又一天晚上，举人揭开帐子要想睡觉，竟然看到老狐赤身裸体躺在床上，笑着招手。举人抽刀要砍她，老狐才哭骂着走了。举人害怕她再来，只好换了住处。搬家时刚登上车，突然看见前些天见到的小娘子从屋里走出来。暗暗派遣小奴打听，才知道是房东的外甥女，前几天偶尔到街上买花粉的。

琴工钱生以鼓琴客裘文达公家，滑稽善谐戏。因面有瘢风，皆呼曰钱花脸。来往数年，竟不能举其里居名字也。言：一选人居会馆，于馆后墙缺见一妇，甚有姿首，衣裳故敝，而修饰甚整洁。意颇悦之。馆人有母年五十馀，故大家婢女，进退语言，均尚有矩度，每代其子应门。料其有干才，赂以金，祈谋一晤。对曰："向未见此，似是新来。姑试侦探，作万一想耳。"

越十许日，始报曰："已得之矣。渠本良家，以贫故，忍耻出此。然畏人知，俟夜深月黑，乃可来。乞勿秉烛，勿言勿笑，勿使僮仆及同馆闻声息，闻钟声即勿留。每夕赠以二金足矣。"选人如所约，已往来月馀。一夜，邻弗戒于火，选人惶遽起，僮仆皆入室救囊箧。一人急搴帐曳茵褥，訇然有声，一裸妇堕榻下，乃馆人母也。莫不绝倒。

盖京师媒妁最奸黠，遇选人纳媵，多以好女引视，而临期阴易以下材，觉而涉讼者有之。幕首入门，背灯障扇，俟定情后始觉，委曲迁就者亦有之。此媪狃于乡风[1]，竟以身代也。然事后访问四邻，墙缺外实无此妇。或曰魅也。裘文达公曰："是此媪引致一妓，炫诱选人耳。"

【注释】

①狃（niǔ）：习惯。

【译文】

琴师钱生因为擅长奏琴客居在裘文达公的家里，为人滑稽，善于诙谐戏谑。因为脸上有白癜风的斑点，都称他"钱花脸"。来往了几年，竟然未能知道他的乡里住处和名字。说：有位候补官员住在会馆，在会馆后墙缺口看见个少妇，很有些姿色，衣服破旧，但是收拾得很干净。心里很爱慕她。会馆房东的老母年纪五十多了，原来是大户人家的婢女，进退应答都还有些规矩，每每替儿子应酬。候补官猜想她能办事，用钱贿赂她，请她谋划与那个少妇约会。老妇人说："我从未见过这女子，好像是新来的。姑且试着问问，官人别抱太大希望。"

过了十几天，老妇人才来报告："已经说好了。少妇本是良家女子，因为家里穷，忍着羞耻干这事。她怕人知道，等夜深月黑才可来。切勿点灯，别说话别笑，别让仆人及同馆人听到声音，钟声响了就让她走。每夜给二两银子就够了。"候补官员按她说的办，这么往来了一个多月。有天夜里，邻居不小心失火，候补官员惊慌起床，仆人都跑进来抢救行囊书箧。一个仆人急忙拉开床帷，拽主人的被褥，"嘭"地一声响，一个赤身裸体的妇人掉落床下，原来是房东的老母。大家无不笑弯了腰。

原来京城里的媒婆最是奸诈狡黠，碰到有候补官人想要纳妾，引见的多半是美女，到时候就暗中调换丑女，常常有发觉以后去打官司的事情。有的女子蒙着头入门，有的背着灯光，有的用扇子挡着脸，等完事后才发现真相，受骗的只好委曲迁就，这样的事也常有。这个老妇人熟悉这种风俗，却是以自身替代。候补官员事后访问四邻，围墙缺口外并没有什么少妇住在那里。有人说这是狐精。裘文达先生说："这是老妇人招来的妓女，用来诱惑候补官员罢了。"

安氏从舅善鸟铳，郊原逐兔，信手而发，无得脱者。所杀殆以千百计。一日，遇一兔，人立而拱，目炯炯如怒。举铳欲发，忽炸而伤指，兔已无迹。心知为兔鬼报冤，遂辍其事。又尝从禽晚归①，渐已昏黑。见小旋风裹一物，火光荧荧，旋转如轮。举铳中之，乃秃笔一枝，管上微有血渍。明人小说载牛天锡供状事②，言凡物以庚申日得人血，皆能成魅。是或然欤！

【注释】

①从禽：追逐禽、兽，即田猎。

②牛天锡供状事：冯梦龙《情史》里讲，一块牛骨头、一只绣花鞋以及一块板砖在庚申日粘人血成精的故事。

【译文】

堂舅安某擅长用鸟枪，在荒野里追逐野兔，随手射击，没有一只兔子能够逃脱。他杀的野兔，恐怕要以千百来计算了。一天，他遇到一只野兔，像人一样立起来向他拱爪，目光炯炯像是发怒。安某举枪要打，忽然枪管炸裂，伤了手指，再看野兔，已经不见踪影。他心知这是兔鬼前来报仇，从此就不打野兔了。还有一次，他出外捕猎，回家时天色已经昏黑。看见刮来一股小旋风，小旋风中裹着一样东西，火光荧荧，像车轮一样旋转。他举鸟枪射中，原来是一支秃笔，笔管上微微带着点儿血渍。明人小说中记载了牛天锡供状的故事，说凡是物品，如果在庚申这天沾上人血，都能成精。也许是这样吧！

奴子王廷佑之母言：青县一民家，岁除日，有卖蓪草花①者，叩门呼曰："伫立久矣，何花钱尚不送出耶？"诘问家中，实无人买花。而卖者坚执一垂髫女子持入②。正纷扰间，闻一媪急呼曰："真大怪事，厕中敝帚柄上，竟插花数朵也。"取验，果适所持入。乃锉而焚之，呦呦有声，血出如缕。此魅既解化形，即应潜养灵气，何乃作此变异，使人知而歼除，岂非自取其败耶？天下未有所成，先自炫耀；甫有所得，不自韬晦者，类此帚也夫！

【注释】

①蓪草花：用蓪草（蓪脱木）制作的花。

②垂髫（tiáo）：古时儿童不束发，头发下垂，因而以"垂髫"指三四岁至八九岁的孩子。

【译文】

奴仆王廷佑的母亲说：青县有户农家，除夕那天，有一个卖蓪草花的人敲着门大喊："我站了很长时间，买花的钱怎么还不送出来啊？"主人听到后，查问家中人谁去买过花，都说没有。卖花人却坚持说有一个八九岁的女孩子拿了花走进去。正在纷纷扰扰间，只听到一个老妇人大喊："真是大怪事，厕所中的破扫帚把上插着几朵花。"拿来一看，果然是从卖花人那里拿来的花。于是主人命人把扫帚弄断烧掉，只听到这扫帚发出"呦呦"的声音，还渗出一丝丝血迹。既然鬼怪能变化形态，就应潜养灵气，为什么要做这种变怪的事，让人发觉而消灭它，这不是自取灭亡吗？天下那些未有所成，而先要自我炫耀；刚有所得就不能自己收敛隐藏的，大概就像这把破扫帚啊！

外祖雪峰张公家奴子王玉善射。尝自新河携盐租返，遇三盗，三矢仆之，各唾面纵去。一日，携弓矢夜行，见黑狐人立向月拜，引满一发，应弦饮羽。归而寒热大作。是夕，绕屋有哭声曰："我自拜月炼形，何害有汝？汝无故见杀，必相报恨。汝未衰，当诉诸司命耳。"数日后，窗棱上铿然有声，愕眙惊问[1]。闻窗外语曰："王玉我告汝：我昨诉汝于地府，冥官检籍，乃知汝过去生中，负冤讼辩，我为刑官，阴庇私党，使汝理直不得申，抑郁愤恚，自刺而死。我堕身为狐，此一矢所以报也。因果分明，我不怨汝。惟当时违心枉拷，尚负汝笞掠百馀。汝肯发愿免偿，则阴曹销籍，来生拜赐多矣。"语讫，似闻叩额声。王叱曰："今生债尚不了了，谁能索前生债耶？妖鬼速去，无扰我眠。"遂寂然。世见作恶无报，动疑神理之无据，乌知冥冥之中，有如是之委曲哉？

【注释】

①眙（chì）：直视。

【译文】

外祖父张雪峰公家的奴仆王玉擅长射箭。曾经从新河带着盐租返回，碰到三个强盗，他连发三箭射倒三个人，往三人脸上唾了唾沫放他们走了。有一天，他带着弓箭夜里赶路，看见一只黑狐像人一样站立向月而拜，就拉满弓箭射去，黑狐应声中箭。回来以后，他大发寒热。晚上，有绕着房屋的哭声，说："我自己拜月修炼形体，对你有什么妨害？

无缘无故被杀害，我一定要报复。可恨你还没有衰败，我应当向司命之神申诉了。”几天以后，窗棂上发出“铿铿”的声音，王玉惊骇地瞪着窗户问是谁。听到窗外说话道：“王玉，我告诉你：我昨天到阴间去告你，冥官检查簿册，才知道你过去的一生中含冤告状申辩，我当时是执掌刑法的官，暗中庇护私党，让你理由正当却得不到申冤昭雪，抑郁愤恨，自杀身亡。我被罚今生成为狐狸，你那一箭就是报仇的。因果分明，我不怨你。只是当日违心冤枉你拷打你，还欠着你一百多鞭。你肯发愿免于偿还，那么阴司就可以在簿册上注销，我来生多多拜谢你的恩赐。”说完，好像有叩头的声音。王玉呵叱说：“今生的债还未了结，谁还能够讨前生的债呢？妖鬼快走，不要打扰我睡觉。”窗外立即寂然无声了。世上的人看到作恶的没有受到报应，就怀疑神理没有根据，哪里知道在冥冥之中有像这样的曲折呢？

雍正甲寅[①]，余初随姚安公至京师。闻御史某公性多疑。初典永光寺一宅，其地空旷。虑有盗，夜遣家奴数人，更番司铃柝；犹防其懈，虽严寒溽暑，必秉烛自巡视，不胜其劳。别典西河沿一宅，其地市廛栉比[②]，又虑有火，每屋储水瓮，至夜铃柝巡视，如在永光寺时，不胜其劳。更典虎坊桥东一宅，与余邸隔数家。见屋宇幽邃，又疑有魅。先延僧诵经，放焰口，钹鼓琤琤者数日，云以度鬼。复延道士设坛召将，悬符持咒，钹鼓琤琤者又数日，云以驱狐。宅本无他，自是以后，魅乃大作，抛掷砖瓦，攘窃器物，夜夜无宁居。婢媪仆隶，因缘为奸，所损失无算，论者皆谓妖由人兴。居未一载又典绳匠胡同一宅。去后不通闻问，不知其作何设施矣。姚安公尝曰：“天下本无事，庸人自扰之。”其此公之谓乎。

【注释】

①雍正甲寅：雍正十二年(1734)。

②市廛(chán)：店铺集中的市区。廛，古代城市平民聚集地。

【译文】

雍正甲寅年，我第一次随先父姚安公到京城。听说御史某公性情多疑。他最初租住宣武门外永光寺一所住宅，这个地方空旷。他担心有盗贼，夜里派几个家奴，轮流打更敲梆子；他还怕打更人松懈，即使是严寒酷暑，也一定秉烛亲自巡视，不胜劳苦。又租住崇文门外西河沿一处住宅，这个地方店铺林立，他又怕有火灾，在每间房里备上水缸，还像以前那样夜里亲自巡视，就如同住在永光寺时那样不胜其劳。又租住虎坊桥东一宅，与我家只隔了几户人家。他见房屋幽静深邃，又疑心有鬼。先是请僧人诵经，放焰口超度亡灵，钹鼓声“琤琤哐哐”响了好几天，说是超度鬼魂。又请道士设法坛，招神将，念咒挂符，又是好几天钹鼓琤琤，说是驱赶狐魅。这座屋宅本来没什么，自此后却真的闹鬼了，扔砖瓦，偷器皿，夜夜不得安宁。婢媪仆人们借此机会偷拿东西，损失的钱财无法计算，人们议论说这鬼魅是人为的。住了不到一年，他又租住绳匠胡同中一宅。他离开后，没通信息，不知他又搞什么防范措施了。先父姚安公曾说：“天下本无事，庸人自扰之。”难道说的是某御史这种人吗？

钱塘陈乾纬言：昔与数友泛舟至西湖深处，秋雨初晴，登寺楼远眺。一友偶吟“举世尽从忙里老，谁人肯向死前休”句，相与慨叹。

寺僧微哂曰：“据所闻见，盖死尚不休也。数年前，秋月澄明，坐此楼上，闻桥畔有诟争声，良久愈厉。此地无人居，心知为鬼。谛听其语，急遽搀夺，不甚可辨，似是争墓田地界。俄闻一人呼曰：‘二君勿喧，听老僧一言可乎？夫人在世途，胶胶扰扰，缘不知此生如梦耳。今二君梦已醒矣，经营百计，以求富贵，富贵今安在乎？机械万端，以酬恩怨，恩怨今又安在乎？青山未改，白骨已枯，孑然惟剩一魂。彼幻化黄粱[①]，尚能省悟；何身亲阅历，反不知万事皆空？且真仙真佛以外，自古无不死之人；大圣大贤以外，自古亦无不消之鬼。并此孑然一魂，久亦不免于澌灭。顾乃于电光石火之内，更兴蛮触之兵戈[②]，不梦中梦乎？'语讫，闻呜呜饮泣声，又闻浩叹声曰：'哀乐未忘，宜乎其未齐得丧。如斯挂碍，老僧亦不能解脱矣。'遂不闻再语，疑其难未已也。"

乾纬曰："此自师粲花之舌耳[③]。然默验人情，实亦为理之所有。"

【注释】

①幻化黄粱：唐朝时期，道士吕翁巧遇一名姓卢的书生。卢生渴望得到荣华富贵，吕翁让卢生在他的枕头上睡觉。卢生在梦里历经大起大落，最后在荣华富贵中度过馀年。卢生做完梦后醒来，发现店主人蒸的黄米饭还没有熟。事见唐沈既济《枕中记》。比喻荣华富贵如梦一场，短促而虚幻。黄粱，小米。

②蛮触：《庄子·则阳》："有国于蜗之左角者，曰触氏；有国于蜗之右角者，曰蛮氏。时相与争地而战，伏尸数万，逐北，旬有五日而后反。"后以"蛮触"为典，常用来比喻指为小事而争斗的人。

③粲花之舌：形容人的言论精妙绝伦。

【译文】

钱塘人陈乾纬说：过去他与几位朋友到西湖深处泛舟，秋雨初晴，登上寺楼向远方眺望。一位朋友偶尔吟诵出诗句"举世尽从忙里老，谁人肯向死前休"，众人都慨叹起来。

寺里一位僧人微微冷笑说："据我的所闻所见，人死后还有仍然不肯罢休的。几年前，一个秋月明亮的夜晚，我坐在这楼上，听见桥旁有辱骂争吵声，吵了很长时间，越吵越厉害。此地没人居住，我心知是鬼在争吵。仔细听他们吵些什么，由于你争我抢吵得很激烈，分辨不太清楚，只是听出似乎是在争夺坟墓地界。不一会儿听到另有一人喊着说：'两位先生不要吵，能听老僧说一句话否？人在世间，忙忙乱乱，那是由于不知道人生如梦而已。可现在二位的梦应该醒了，苦心经营，千方百计，求取富贵，富贵如今在哪里呢？机巧之心万种，用来酬恩报怨，恩怨如今又在哪里呢？青山没有改变，白骨已经干枯，只剩了孤零零的魂魄。那个做了黄粱一梦的人，还能够醒悟；为什么两位已经亲身阅历的，反而不懂万事皆空这个道理呢？况且，真仙真佛以外，自古以来没有不死的人；大圣大贤以外，自古以来也没有不灭的鬼。连同这样孤零零的一个灵魂，长久以后也不免于消失。为什么还要在电光石火般的瞬间，像蜗牛角上的蛮氏、触氏两国之间兵戎相见地争斗，你们岂不是在做着梦中之梦吗？'说完，只听呜呜的哭泣声。接着，又听到那个自称老僧的人长叹一声说：'喜怒哀乐到现在还没忘记，难怪你们不能把得和失看成一回事。这样挂念尘世利害，老僧也不能帮二位解脱了。'以后再没听见说话声，可能他们的纠葛还没结束吧。"

陈乾纬说："这是大师巧妙的生花之舌编出来的。然而体察人情，确实也合乎情理。"

陈竹吟尝馆一富室。有小女奴，闻其母行乞于道，饿垂毙，阴盗钱三千与之。为侪辈所发，鞭箠甚苦。富室一楼，有狐借居，数十年未尝为祟。是日女奴受鞭时，忽楼上哭声鼎沸。怪而仰问，同声应曰："吾辈虽异类，亦具人心。悲此女年未十岁，而为母受箠，不觉失声。非敢相扰也。"主人投鞭于地，面无人色者数日。

【译文】

陈竹吟曾经在一个富人家教书。这家有一个小女奴听说她母亲沿街乞讨，快饿死了，就暗地里偷了三千钱给母亲。结果被同伴们告发，主人打她打得很厉害。富人家的一间楼房，有狐精在上面住了几十年，从来没有为祸作祟。这一天，小女奴挨鞭子抽打时，楼上忽然哭声嘈杂像是开了锅。主人感到奇怪，抬头问怎么了，只听上面齐声回答说："我辈虽然是异类，也有人心。这个女孩年纪还不到十岁，就为了母亲挨打，觉得伤心，不觉失声痛哭。不是故意打扰你。"主人把鞭子丢在地上，一连有好几天都面无人色。

竹吟与朱青雷游长椿寺，于鬻书画处，见一卷擘窠书曰[①]："梅子流酸溅齿牙，芭蕉分绿上窗纱。日长睡起无情思，闲看儿童捉柳花。"款题"山谷道人"[②]。方拟议真伪，一丐者在旁睨视，微笑曰："黄鲁直乃书杨诚斋诗[③]，大是异闻。"掉臂竟去。青雷讶曰："能作此语，安得乞食？"竹吟太息曰："能作此语，又安得不乞食！"余谓此竹吟愤激之谈，所谓名士习气也。聪明颖隽之士，或恃才兀傲，久而悖谬乖张，使人不敢向迩者[④]，其势可以乞食；或有文无行，久而秽迹恶声，使人不屑齿录者，其势亦可以乞食。是岂可赋《感士不遇》哉[⑤]！

【注释】

①擘窠书：也称"擘窠字"，大字的别称。

②山谷道人：黄庭坚（1045—1105），字鲁直，自号山谷道人，北宋

词人。

③杨诚斋：杨万里（1127—1206），字延秀，号诚斋，南宋词人。

④迩（ěr）：近。

⑤《感士不遇》：即《感士不遇赋》，《陶渊明集》卷之五有此文。

【译文】

陈竹吟和朱青雷同游长椿寺，在卖书画的地方看见一卷正楷大字写的条幅："梅子流酸溅齿牙，芭蕉分绿上窗纱。日长睡起无情思，闲看儿童捉柳花。"落款为"山谷道人"。两人正在议论其真伪，一个乞丐在旁斜眼一看微微笑着说："黄庭坚竟然书写杨诚斋的诗，真是大奇闻。"说完甩手走了。朱青雷惊讶地说："能说出这样的话，怎么会要饭呢？"陈竹吟叹息说："能说出这样的话，又怎么能不要饭呢？"我认为这是陈竹吟愤激之语，是所谓的名士习气罢了。聪明灵秀的士人，有的依仗才华，傲慢而不能随俗，这么下去就变得悖谬常理，乖僻得使别人不敢接近，这样长久下去就只能去乞讨；有的有文才而没有品德，时间长了形迹污秽，声名败坏，使人不屑挂齿，这种人长久下去也只能成为乞丐。此类人怎么配作《感士不遇赋》呢！

一宦家子，资巨万。诸无赖伪相亲昵，诱以冶游，饮博歌舞。不数载，炊烟竟绝，颇颔以终①。病革时，语其妻曰："吾为人蛊惑以至此，必讼诸地下。"越半载，见梦于妻曰："讼不胜也。冥官谓妖童倡女，本捐弃廉耻，借声色以养生；其媚人取财，如虎豹之食人，鲸鲵之吞舟也②。然人不入山，虎豹乌能食？舟不航海，鲸鲵乌能吞？汝自就彼，彼何尤焉？惟淫朋狎客，如设阱以待兽，不入不止；悬饵以钓鱼，不得不休。是宜阳有明刑，阴有业报耳。"

又闻有书生昵一狐女，病瘵死。家人清明上冢，见少妇奠酒焚楮钱，伏哭甚哀。其妻识是狐女，遥骂曰："死魅害人，雷行且诛汝，尚假慈悲耶？"狐女敛衽徐对曰："凡我辈女求男者，是为采补；杀人过多，天律不容也。男求女者，是为情感；耽玩过度，以致伤生。正如夫妇相悦，成疾夭折，事由自取。鬼神不追理其衽席也③，姊何责耶？"此二事足相发明也。

【注释】

①颇颔（kǎn hàn）：形容因为饥饿而面黄肌瘦的样子。

②鲸鲵：海里的巨鱼。形容凶恶的敌人。

③衽席：古代人起居跪坐的席子。这里借指男女色欲之事。

【译文】

从前有一个官宦子弟，家财万贯。一些无赖就假装与他亲近，引诱他到青楼妓院玩乐冶游，喝酒赌博，迷恋歌舞。没几年，竟然穷得揭不开锅，病饿而死了。病重时，他对妻子说："我被人迷惑到了这样的地步，到地府后，一定要去控告他们。"过了半年，他托梦给妻子，说："我败诉了。判官说，那些妖童娼女，本来就是不要廉耻的人，他们倚靠声色来求取生存，他们就像虎豹要吃人、鲸鱼要吞船那样，获取别人钱财。然而，人不到山里，虎豹怎么会吃你？船不到海里去航行，又怎么会被鲸鱼吞掉呢？是你自己到那种地方去的，他们有什么错？只是那些邪淫亲近的狐朋狗友，事先为你设下陷阱，直到你进入他们的圈套为止；这又像悬饵钓鱼，鱼不上钩是不罢休的。因此阳间有明确的刑律，阴间有报应，这些人是逃不过去的。"

又听说，有一个书生因为跟一个狐女过分亲昵，最后得了痨病去世。清明时，家人去给他上坟，看见一个少妇在坟上浇酒祭奠，焚烧纸钱，趴在坟上哭得很悲伤。他妻子认出就是那个狐女，站在远处骂道：

"死妖精害人,雷公早晚会劈死你的,你还假装慈悲吗?"狐女整整衣服,慢慢地说:"我们这些狐女去追求男子,都是为了采补阳气;如果杀人过多的话,天理就不容。而男子追求女子,为的是情感;因沉溺色欲过度就伤害了自己的生命。这就像夫妻之间相互喜欢,而过分沉迷做下了病而夭折,都是他们自己造成的。鬼神都不会来追究男女色欲的责任,你又何必责备我呢?"这两件事足以互相阐发。

干宝《搜神记》载马势妻蒋氏事[①],即今所谓走无常也。武清王庆垞曹氏,有佣媪充此役。先太夫人尝问以冥司追摄,岂乏鬼卒,何故须汝辈。曰:"病榻必有人环守,阳光炽盛,鬼卒难近也。又或有真贵人,其气旺;有真君子,其气刚,尤不敢近。又或兵刑之官,有肃杀之气;强悍之徒,有凶戾之气,亦不能近。惟生魂体阴而气阳,无虑此数事,故必携之以为备。"语颇近理,似非村媪所能臆撰也。

【注释】

①干宝《搜神记》:干宝(?—336),字令升,东晋史学家。《搜神记》是一部记录古代神奇怪异故事的小说集,搜集了古代神异故事共四百一十多篇,开创了我国古代神话小说的先河。

【译文】

干宝的《搜神记》记载马势的妻子蒋氏的事情,就是现今所谓的走无常。武清王庆垞曹家,有个老仆妇充任这个差使。先母太夫人曾经问起,阴司追捕,难道还缺乏鬼卒,为什么还需要你们这样的人。老仆妇回答说:"病人的床榻必定有人四面守护,阳气炽烈,鬼卒难以接近。有时是真正的贵人,他的气旺;是真正的君子,他的气刚,鬼卒尤其不敢接近。还有的是带兵主刑的官,有严峻酷烈之气;强横凶猛的人,有凶残暴戾之气，鬼卒也不能接近。只有活人的魂灵身体属阴性，而阳气却旺盛，不怕那几种情况，所以一定要带着我们以备不时之需。”话说得颇近情理，好像不是乡村老妇能够杜撰出来的。

河间一旧家，宅上忽有乌十馀，哀鸣旋绕，其音甚悲，若曰“可惜！可惜！”知非佳兆，而莫测兆何事。数日后，乃知其子鬻宅偿博负。乌啼之时，即书券之时也。岂其祖父之灵所凭欤？为人子孙者，闻此宜怆然思矣。

【译文】

河间县有一户世家，有一天屋上忽然有十几只乌鸦，哀鸣着盘旋，声音很悲凉，好像在叫“可惜！可惜！”家人知道不是好兆头，但又不知道预示什么祸事。几天后，才知儿子卖掉了房宅偿还赌债。乌鸦啼叫之时，正是写字据的时候。这莫不是他祖父的亡灵凭借乌鸦示警么？作为子孙，听了这个故事应该心酸应当深思。

有游士借居万柳堂①。夏日，湘帘棐几②，列古砚七八，古玉器、铜器、磁器十许，古书册画卷又十许，笔床、水注、酒盏、茶瓯、纸扇、棕拂之类，皆极精致。壁上所粘，亦皆名士笔迹。焚香宴坐③，琴声铿然，人望之若神仙。非高轩驷马，不能登其堂也。一日，有道士二人，相携游览，偶过所居。且行且言曰：“前辈有及见杜工部者，形状殆如村翁。吾曩在汴京，见山谷、东坡，亦都似措大风味④。不及近日名流，有许多家事。”朱导江时偶同行，闻之怪讶，窃随其后。至车马丛杂处，红尘涨合，倏已不见。竟不知是鬼是仙。

【注释】

①万柳堂：是屡见于记载的古代北京别墅名。最早是元代右丞相廉希宪在右安门外草桥建的一处别墅。后清初大学士冯溥慕其名，在广渠门内建别墅，也取名万柳堂。

②棐(fěi)几：用榧木做的几桌。泛指几桌。棐，通"榧"，木名。

③宴坐：佛经中指修行者静坐、闲坐。

④措大：旧指贫寒失意的读书人。

【译文】

有位云游四方的士人，借住在万柳堂。夏天，门上挂着湘妃竹帘，室内摆着香榧木几，案上陈列着七八方古砚，十多件古代玉器、铜器、瓷器，还有十多种古书册和古画卷，其他诸如笔床、水注、酒盏、茶瓯、纸扇、棕拂之类的器物，也都极其精致。室内墙壁上张贴的也都是名人字画。他每天焚香，安静地坐着弹琴，琴声响亮，看上去就和神仙一样。不是乘坐高车骏马的高贵人物，是不能登门拜访、跨进他家厅堂的。有一天，两个道士一同游览，偶然路过士人所住的地方。他们一边走一边谈论说："我们的前辈有曾经见过杜甫的，那形貌几乎就像一个乡下老头儿。我从前在宋代的京城汴梁，见到过黄庭坚、苏东坡，也都一副穷书生模样。他们都赶不上现在的名流，有这么多的家当。"当时朱导江偶尔和道士走在一起，听到他们的议论觉得很奇怪，就偷偷跟在他们身后。可是，走到车马混杂的闹市，熙熙攘攘之中，两个道士突然就不见了。到底还是没搞清他们是鬼还是仙。

乌鲁木齐遣犯刘刚，骁健绝伦。不耐耕作，伺隙潜逃。至根克忒，将出境矣。夜遇一叟，曰："汝逋亡者耶？前有卡伦，卡伦者，戍守瞭望之地也。恐不得过。不如暂匿我屋中，俟黎明耕者毕出，可杂其中以脱也。"刚从之。比稍辨色，觉恍如梦醒，身坐老树腹中。再视叟，亦非昨貌；谛审之，乃夙所手刃弃尸深涧者也。错愕欲起，逻骑已至，乃弭首就禽。军屯法，遣犯私逃，二十日内自归者，尚可贷死。刚就禽在二十日将曙，介在两岐，屯官欲迁就活之。刚自述所见，知必不免，愿早伏法。乃送辕行刑[①]。杀人于七八年前，久无觉者；而游魂为厉，终索命于二万里外。其可畏也哉！

【注释】

①辕(yuán)：辕门，古时军营的营门或官署的外门。

【译文】

被遣送流放到乌鲁木齐的犯人刘刚，骁健无比。他耐不得耕作的劳苦，伺机偷偷逃了出来。逃到根克忒，就要越过边界了。夜里遇到一个老汉说："你是刚逃出来的吗？前面有卡伦，卡伦，是戍守瞭望的地方。瞭望哨所，恐怕逃不过去。不如暂时藏在我屋里，等黎明时分耕种的人都出来，可以混杂在里面逃脱。"刘刚听从了他的建议。等到天蒙蒙亮稍稍能看见时，刘刚觉得恍恍惚惚像梦醒一样，自己坐在老树空心的树干里。再看老汉，也不是昨天的样子；他细看，却是从前被他杀死后抛尸深涧的那个人。刘刚惊愕地想要起身逃跑，巡逻的士兵已赶到，他只好俯首就擒。按军屯法规定，犯人私逃，二十天之内自首者还可免于一死。刘刚是在第二十天的拂晓就擒，正介于两者中间，屯田官想迁就一下让他活命。刘刚讲了他的所见所闻，自知难免一死，愿意早日伏法。于是被送到辕门行刑。他在七八年前杀了人，一直没人发觉，而死者游魂作怪，终于在两万里外索他的性命。真可怕啊！

日南坊守栅兵王十，姚安公旧仆夫也。言乾隆辛酉夏夜[①]，坐高庙纳凉，暗中见二人坐阁下，疑为盗，静伺所往。

时绍兴会馆西商放债者演剧赛神，金鼓声未息。一人曰："此辈殊快乐，但巧算剥削，恐造业亦深。"一人曰："其间亦有差等。昔闻判司论此事，凡选人或需次多年，旅食匮乏；或赴官远地，资斧艰难，此不得已而举债。其中苦况，不可殚陈。如或乘其急迫，抑勒多端，使进退触藩，茹酸书券。此其罪与劫盗等。阳律不过笞杖，阴律则当堕泥犁。至于冶荡性成，骄奢习惯，预期到官之日，可取诸百姓以偿补。遂指以称贷，肆意繁华。已经负债如山，尚复挥金似土。致渐形竭蹶，日见追呼。铨授有官，逋逃无路，不得不吞声饮恨，为几上之肉，任若辈之宰割。积数既多，取偿难必。故先求重息，以冀得失之相当。在彼为势所必然，在此为事由自取。阳官科断，虽有明条，鬼神固不甚责之也。"王闻是语，疑不类生人。

俄歌吹已停，二人并起，不待启钥，已过栅门。旋闻道路喧传，酒阑客散，有一人中暑暴卒。乃知二人为追摄之鬼也。

【注释】

①辛酉：乾隆六年(1741)。

【译文】

京城的日南坊的守栅兵王十，曾经是先父姚安公的仆人。他说，乾隆辛酉年夏天的一个夜里，他正在高庙前坐着乘凉，黑暗中看见两个人在佛阁下坐着，开始以为是盗贼，就悄悄地盯住他们，看他们到底到哪里去。

当时，由绍兴会馆的一个高利贷商人出资，正演赛神戏，鼓声"咚咚”响个不停。王十听到这两个人中的一个说:“你看这些人真会享乐,但巧算剥削,凭着做坏事剥削弄钱,恐怕造的孽也深了。”另一个却说:“这中间也有差别。过去听判案官也议论过此事,凡是候选官员也许等候补缺多年,客居生活困乏,等到最后吃住都缺钱;有的要到远方去赴任,连路费都短缺,这些人没有办法只得去借款。其中的苦衷,一言难尽。如果有人趁其危难,大肆勒索,使得他们进退艰难,只得忍痛写立借据。这种罪恶与劫盗是相同的。按阳间法律只不过鞭打杖责,按阴间法律却要判入地狱。至于那些冶荡成性,习惯于骄奢的候选官员,想着到任就可以从百姓那里巧取钱财来偿债。于是就大胆告贷,肆意挥霍。甚至负债如山了,还照样挥金如土。等到有一天,他们的资财渐渐快要散尽了,每天被人逼着还债。因为已经有了官职,逃也逃不了,不得不吞声饮恨,成为别人案板上的肉,任那帮债主肆意宰割。这样的人欠得太多,偿还起来必定就更难,所以只得先重重地搜刮百姓的钱财,来补充他失去的。这在高利贷者那里势所必然,在借贷者来说是咎由自取。阳间官员断案虽然有明确的法律条文,鬼神却不怎么责备他们。”王十听到这番话,觉得这两个人不像是活人。

不一会儿,歌舞停了,只见两人起身,不等开锁,他们已经越过栅栏离去了。不久后听到路上传来喧闹声,酒筵结束客人云散,说有个人中暑猝死了。这时候,王十才知道这两个是追摄魂灵的鬼。

莆田林生霈言:闽一县令,罢官居馆舍。夜有群盗破扉入。一媪惊呼,刃中脑仆地。僮仆莫敢出。巷有逻者,素弗善所为,亦坐视。盗遂肆意搜掠。其幼子年十四五,以锦衾蒙首卧。盗掣取衾,见姣丽如好女,嬉笑抚摩,似欲为无礼。中刃媪突然跃起,夺取盗刀,径负是子夺门出。追者皆被伤,乃仅捆载所劫去。县令怪媪已六旬,素不闻其能技击,何勇鸷乃尔。急往寻视，则媪挺立大言曰："我某都某甲也，曾蒙公再生恩。殁后执役土神祠，闻公被劫，特来视。宦赀是公刑求所得，冥判饱盗橐，我不敢救。至侵及公子，则盗罪当诛，故附此媪与之战。公努力为善。我去矣。"遂昏昏如醉卧。救苏问之，懵然不忆。盖此令遇贫人与贫人讼，剖断亦颇公明，故卒食其报云。

【译文】

莆田的书生林霈说：福建有个县令，罢官以后寓居在馆舍里。有天夜里一群强盗破门而入。一个老妇人吃惊呼叫，被刀砍中脑袋扑倒地上。僮仆没有敢出来的。巷子里有巡逻的人，一向不喜欢县令的为人，也袖手旁观坐视不管。于是强盗肆意地搜索劫掠。县令的幼子年纪十四五岁，用锦被蒙了头蜷在床上。强盗扯开被子，见他清秀得像个女孩子，就嬉笑抚摩，好像要想行非礼之事。中了刀的老妇人突然跳了起来，夺过强盗的刀，背着这个孩子径直夺门而出。追赶的人都被她砍伤了，只好捆上抢劫来的财物离开。县令觉得奇怪，老妇人已经六十多岁，向来没有听说她还能打斗，怎么会如此勇猛。急忙前去找寻查看，见老妇人挺身站立，大声说道："我是某城某甲，曾经蒙受您的再生之恩。死后在土神祠当差，听说您被抢劫，特地来看看。被抢走的钱财，是您做官时用刑罚逼索得来的，阴司判定让强盗抢去，我不敢相救。至于侵犯到了公子，强盗的罪就应当诛杀，所以附在这个老妇人身上跟他们搏斗。您努力行善吧。我去了。"说完，老妇人昏昏然就像酒醉一样倒下了。把她救醒过来问，她稀里糊涂什么都记不得。原来这个县令碰到穷人之间打官司，断案倒也公正明白，所以得到善报。

州县官长随①，姓名籍贯皆无一定，盖预防奸赃败露，使无可踪迹追捕也。姚安公尝见房师石窗陈公一长随，自称山东朱文；后再见于高淳令梁公润堂家，则自称河南李定。梁公颇倚任之。临启程时，此人忽得异疾，乃托姚安公暂留于家，约痊时续往。其疾自两足趾寸寸溃腐，以渐而上，至胸膈穿漏而死。死后检其橐箧，有小册作蝇头字，记所阅凡十七官。每官皆疏其阴事，详载某时某地，某人与闻，某人旁睹，以及往来书札、谳断案牍，无一不备录。其同类有知之者，曰："是尝挟制数官矣。其妻亦某官之侍婢，盗之窃逃。留一函于几上，官竟弗敢追也。今得是疾，岂非天道哉！"霍丈易书曰："此辈依人门户，本为舞弊而来。譬彼养鹰，断不能责以食谷，在主人善驾驭耳。如喜其便捷，委以耳目腹心，未有不倒持干戈，授人以柄者。此人不足责，吾责彼十七官也。"姚安公曰："此言犹未揣其本。使十七官者绝无阴事之可书，虽此人日日橐笔，亦何能为哉？"

【注释】

①长随：古代官员私人聘用的仆役，大多读过书，能为主官掌管来往信函、账簿等私密事务。

【译文】

州县官雇佣的长随仆役，都没有固定的姓名籍贯，大概是准备着弄奸贪赃败露后，让人找不到追捕的踪迹。姚安公曾见到房师陈石窗先生的一名长随，自称是山东人，名叫朱文；后来，又在高淳县令梁润堂公家见到他，可他却又自称是河南人，名叫李定，梁先生非常信任他。启程赴任时，这个长随忽然得了奇怪的病，于是他托姚安公说情，暂留家中，约定病好以后继续前往。这个长随的病，发自两脚脚趾，一寸一寸地沿着身体向上溃烂，直到胸膈间穿孔流脓而死。死后，翻检他的行李箱囊，发现一个小册子，上面写满蝇头小字，记录了他跟随过的十七位官员。每个官员的名下，都分条记录着各自隐秘的事，详细注明了时间和地点，哪些人参与，哪些人旁观，以及往来书信，审判文书，无不一一抄录。他的同行中有知底细的人说："这个人已经挟制过好几个官员了。他的妻子就是某位官员的侍女，他们私奔窃逃出来。临逃之前在书案上留下一封信，那位官员竟然没敢追。现在他死于这种怪病，难道不是上天的报应吗！"霍易书老丈说："这类人投奔官员门下，原本就是为了营私舞弊才来的。使用他们好比养鹰，绝不能要求他们不吃肉而去吃谷米，这只在主人善于驾驭罢了。如果喜欢他们机灵，当作耳目心腹使用，没有不如同倒拿干戈，将把柄授给别人的。这个长随不值得我们去责备，我所责备的是那十七位官员。"姚安公说："这话还没抓住根本。假设十七位官员全都大公无私，谁也没有见不得人的阴私事可以记录，即使这个长随口袋里天天都准备着纸笔，又能怎么样呢？"

理所必无者，事或竟有；然究亦理之所有也，执理者自太固耳。献县近岁有二事：一为韩守立妻俞氏，事祖姑至孝。乾隆庚辰[1]，祖姑失明，百计医祷，皆无验。有黠者绐以刲肉燃灯，祈神佑，则可速愈。妇不知其绐也，竟刲肉燃之。越十馀日，祖姑目竟复明。夫受绐亦愚矣，然惟愚故诚，惟诚故鬼神为之格。此无理而有至理也。一为丐者王希圣，足双挛，以股代足，以肘撑之行。一日，于路得遗金二百，移橐匿草间，坐守以待觅者。俄商家主人张际飞仓皇寻至，叩之。语相符，举以还之。际飞请分取，不受。延至家，议养赡终其身。希圣曰："吾形残废，天所罚也。违天坐食，将必有大咎。"毅然竟去。后困卧裴圣公祠下，裴圣公不知何时人，志乘亦不能详。士人云,祈雨时有验。忽有醉人曳其足,痛不可忍。醉人去后,足已伸矣,由是遂能行。至乾隆己卯乃卒[②]。际飞故先祖门客,余犹及见。自述此事甚详。盖希圣为善宜受报,而以命自安,不受人报,故神代报焉。非似无理而亦有至理乎!

戈芥舟前辈尝载此二事于县志,讲学家颇病其语怪。余谓芥舟此志,惟乩仙联句及王生殇子二条,偶不割爱耳。全书皆体例谨严,具有史法。其载此二事,正以见匹夫匹妇,足感神明,用以激发善心,砥砺薄俗,非以小说家言滥登舆记也。汉建安中,河间太守刘照妻葳蕤锁事,载《录异传》[③];晋武帝时,河间女子剖棺再活事,载《搜神记》。皆献邑故实,何尝不删薙其文哉[④]!

【注释】

①乾隆庚辰:乾隆二十五年(1760)。

②乾隆己卯:乾隆二十四年(1759)。

③《录异传》:南朝宋时的志怪传奇小说,作者佚名。

④删薙(tì):删除。薙,删削。

【译文】

按情理必定没有的,事情有时竟然就发生了;如果探究下去还是能找出情理来的,只是因为坚持情理的人过于泥古罢了。献县最近有两件事:一件是韩守立的妻子俞氏,侍奉祖婆婆尽孝。乾隆庚辰年,祖婆婆眼睛失明,俞氏千方百计为她医治、祈祷,都不见效果。有个奸黠的人哄她,说割下自己的肉点灯,祈神保佑,就可以速愈。俞氏不知道这是哄她,竟然真的割肉燃灯。过了十多天,祖婆婆的眼睛竟然复明。被哄骗是愚笨的,然而正由于愚笨所以才真诚,因为真诚鬼神才被感动而显灵。这是看上去没有道理的事,却又最有道理。另一件事是乞丐王希圣,他的双足蜷曲不能伸直,以大腿代替脚,用胳膊肘撑地行走。有一天,他在路上捡到二百两银子,就把钱袋藏在干草里,坐等丢钱的人。一会儿,商家主人张际飞急急忙忙地找来,叩问王希圣。王希圣听他说的钱数符合,就把钱还给了他。张际飞要把银子分给他一半,王希圣不收。张际飞请他到家中,要养他老。王希圣说:"我身体残废,是上天的惩罚。违背天意吃闲饭,将要有大祸。"说完毅然离去。后来他倒在斐圣公祠下走不了,裴圣公不知道是什么时候的人,当地的史料也没有记载。有身份的读书人也说,到这里祈雨有时灵验。忽然有个醉汉拽他的脚,痛得受不了。醉汉离开后,他的脚已能伸直,从此就能行走了。王希圣到乾隆己卯年死去。张际飞过去是我先祖的门客,我还见过他。他讲这件事讲得很详细。王希圣做善事应该受好报,却安身知命,不受人报,所以神灵代为报答他。这不是看似无理却又很有道理吗!

前辈戈芥舟曾在县志中记载了这两件事,讲学家们责备他记载怪事。我认为戈芥舟修前辈的县志,惟有乩仙联句及王生亡子二条记载,偶尔是他不肯割爱的。全书的体例是谨严的,具有史学家的笔法。书中记载这两件事,正可见出匹夫匹妇的行为足以感动神明,这可以用来激发善心,砥砺薄情的风俗,不是用小说家的胡编乱造记载在地方志上。汉代建安年间,河间太守刘照的妻子赠太守葳蕤锁的故事,记录在《录异传》;晋武帝时,河间女子开棺复活的事,记载于《搜神记》。都是献县的故事,不是也没删除这些文字么?

外叔祖张公紫衡,家有小圃,中筑假山,有洞曰泄云。洞前为艺菊地,山后养数鹤。有王昊庐先生集欧阳永叔、唐彦谦句,题联曰:"秋花不比春花落,尘梦那知鹤梦长。"颇为工切。一日,洞中笔砚移动,满壁皆摹仿此十四字,拗捩欹斜，不成点画；用笔或自下而上，自右而左，或应连者断，应断者连，似不识字人所书。疑为童稚游戏，重垩而锸其户[①]。越数日，启视复然，乃知为魅。一夕，闻格格磨墨声，持刃突入掩之。一老猴跃起冲人去。自是不复见矣。不知其学书何意也。

余尝谓小说载异物能文翰者，惟鬼与狐差可信，鬼本人，狐近于人也。其他草木鸟兽，何自知声病？至于浑家门客并苍蝇草帚亦俱能诗，即属寓言，亦不应荒诞至此。此猴岁久通灵，学人涂抹，正其顽劣之本色，固不必有所取义耳。

【注释】

①垩(è)：用白土涂饰墙壁。

【译文】

外叔祖张紫衡公，家里有一座小花园，里面筑了一座假山，其中有个洞叫“泄云”。他在洞前种了些菊花，在山后养了几只仙鹤。有位王昊庐先生，把欧阳修、唐彦谦的两句诗集成一联题写：“秋花不比春花落，尘梦那如鹤梦长。”看起来颇为工整贴切。有一天，我外叔祖发现，洞中的笔砚被移动了，满墙上都摹写着这十四个字，字写得扭曲歪斜，不成点划；笔划有的自下而上，自右而左，有的字应该连笔的中断了，应该断开的却又连笔，像是个不识字的人写的。于是他怀疑这是儿童涂画的，就重新刷了墙，并锁上了门。过了几天，当他打开门一看，满墙又是这样的字，他才明白这是鬼怪干的。又过了几天，我外叔祖听到“格格”的磨墨声，他持刀突然迅速冲了进去。只见一只老猴子跳起来，朝他冲来就逃走了。从此就没有再出现。不知它想学写字是什么想法。

我曾经认为小说家记载怪物能通晓笔墨，只有鬼和狐狸还可能，因为鬼本就是人，狐狸又与人相似。其他草木禽兽，怎么能自己知道诗文声律上的毛病？至于浑家、门客乃至苍蝇、扫帚也都能作诗，即使纯属寓言，也不应该如此荒诞。这只猴子日久通了灵性，学人涂抹，正是它顽劣的本色，本来就不应该认为一定有什么寓意。

卷八

如是我闻二

【题解】

本卷可以说是杂事一箩筐，忽而官场事，忽而家务事，阳界冥间不时转换，奇闻异事娓娓道来，忠孝节义侃侃而谈，体现了《阅微草堂笔记》的一贯风貌。从体裁而言，将《阅微草堂笔记》划为“小说”，的确有些勉强，因为纪昀刻意避免了《聊斋志异》这样的表现手法，他自以为得意之作，体例固然合理，但缺乏生趣，使得《阅微草堂笔记》少了文学作品的显著特征。纪昀忽略文艺的本身特征是故意的，在对民众宣教的内容和方法上，他尊崇汉儒而诘难宋儒之苛察，但是在文学观上却接受了道学家的观念，以“神道设教”作为写作的根本出发点。“神道设教”一语出于《周易》，“大传”、“易传”解释“观”卦时说“盥而不荐，有孚颙若，下观而化也，观天之神道，而四时不忒，圣人以神道设教，而天下服矣”，意思是说国君祭神时以酒灌地而没有献上牺牲，但虔诚忠信而又肃静，臣民观而化之，也会效仿，圣人以神道设教，天下就会臣服守礼，不敢作乱。纪昀用“神道设教”作为创作宗旨，显然是统治阶级巩固社会制度、整饬社会秩序的需要。为了表现劝善惩恶的思想，为了使道德训诫更为直观，他写市井生活的通俗故事；而为了突出自己的观点，他又宁愿使故事情节粗略简朴。

先叔仪南公言：有王某、曾某，素相善。王艳曾之妇，乘曾为盗所诬引，阴贿吏毙于狱。方营求媒约，意忽自悔，遂辍其谋。拟为作功德解冤，既而念佛法有无未可知，乃迎曾父母妻子于家，奉养备至。如是者数年，耗其家资之半。曾父母意不自安，欲以妇归王。王固辞，奉养益谨。又数年，曾母病。王侍汤药，衣不解带。曾母临殁，曰："久荷厚恩，来世何以为报乎?"王乃叩首流血，具陈其实，乞冥府见曾为解释。母慨诺。曾父亦手作一札，纳曾母袖中曰："死果见儿，以此付之。如再修怨，黄泉下无相见也。"后王为曾母营葬，督工劳倦，假寐圹侧①。忽闻耳畔大声曰："冤则解矣。尔有一女，忘之乎?"惕然而寤，遂以女许嫁其子。后竟得善终。

以必不可解之冤，而感以不能不解之情，真狡黠人哉！然如是之冤犹可解，知无不可解之冤矣。亦足为悔罪者劝也。

【注释】

①圹(kuàng)：墓穴，亦指坟墓。

【译文】

已故叔父仪南公说：王某、曾某，一向是好朋友。王某喜欢上了曾某的妻子，趁着曾某被强盗诬告，暗中贿赂狱吏把曾某弄死在监狱里。王某正打算请媒人说合娶曾某的妻子，忽然后悔起来，就放弃了原来的计划。打算作功德来解除冤仇，又一想佛法有无尚不可确知，于是他把曾某的父母妻子迎请到家里，奉养得十分周到。就这样过了好几年，耗费了他一半的家财。曾某的父母意下不能安心，想让寡媳嫁给王某。

王某竭力推辞，奉养更加殷勤。又过了几年，曾某的母亲病了。王某侍奉汤药，衣不解带。曾某母亲临死时，说："长久承受厚恩，来世用什么来报答呢？"王某把头磕出了血，详细陈述了实情，恳求她到阴间见到曾某的时候，代为解释。曾某的母亲慷慨地答应了。曾某的父亲也写了一封亲笔信，塞进曾母的袖子里说："死后如果真的见到了儿子，把这个交给他。如果再要结怨，黄泉之下就不要相见了。"后来王某替曾母料理丧葬，督工辛劳困倦，在墓穴的旁边打了个盹儿。忽然听到耳边大声说："冤仇就化解了吧。可你有一个女儿，忘记了吗？"王某顿时惊醒，过后就把女儿许嫁给了曾某的儿子。后来王某竟然得到善终。

本来是肯定解不开的冤仇，却用不能不解开的情意来感动对方，真是一个狡诈的人啊！但是，像这样的冤仇都可以解开，可见没有解不开的冤仇。这个故事也足以用来劝勉那些愿意悔过的人。

从兄旭升言：有丐妇甚孝其姑，尝饥踣于路，而手一盂饭不肯释，曰："姑未食也。"自云初仅随姑乞食，听指挥而已。一日，同栖古庙，夜闻殿上厉声曰："尔何不避孝妇，使受阴气发寒热？"一人称手捧急檄，仓卒未及睹。又闻叱责曰："忠臣孝子，顶上神光照数尺。尔岂盲耶？"俄闻鞭棰呼号声，久之乃寂。次日至村中，果闻一妇馌田[①]，为旋风所扑，患头痛。问其行事，果以孝称。自是感动，事姑恒恐不至云。

【注释】

①馌(yè)：给在田间耕作的人送饭。

【译文】

堂兄旭升说：有个要饭的女人，对婆婆很孝顺，曾饿倒在路旁，手里捧着的一碗饭不肯吃一口，说："婆婆还没有吃。"她说，当初跟随婆婆讨饭，只是听婆婆的吩咐行事。有一天，她们住在一座古庙里，半夜里，忽然听见殿堂上有人厉声说："你为什么不避开孝妇，让她受了阴气得了病？"另一人说手里拿着紧急檄文，急急忙忙的没有看见她。又听到斥责道："忠臣孝子，头顶上必定有几尺高的神光照耀。你难道是瞎子，没有看见吗？"不一会儿，传来棍棒打在人身上的声音和呼号喊痛的声音，好久才安静下来。第二天，她们进了村，果然听说有个女子到田里送饭时被旋风吹着了，患了头痛病。问起这个人的日常为人，果真是以孝著称。要饭的女人因此深深感动，侍奉婆婆常常唯恐照顾不周。

旭升又言：县吏李懋华，尝以事诣张家口。于居庸关外，夜失道，暂憩山畔神祠。俄灯火晃耀，遥见车骑杂遝，将至祠门。意是神灵，伏匿庑下。见数贵官并入祠坐，左侧似是城隍，中四五座则不识何神。数吏抱簿阵案上，一一检视。窃听其语，则勘验一郡善恶也。

一神曰："某妇事亲无失礼，然文至而情不至。某妇亦能得姑舅欢，然退与其夫有怨言。"一神曰："风俗日偷，神道亦与人为善。阴律孝妇延一纪，此二妇减半可也。"佥曰："善。"俄一神又曰："某妇至孝而至淫，何以处之？"一神曰："阳律犯淫罪止杖，而不孝则当诛。是不孝之罪，重于淫也。不孝之罪重，则能孝者福亦重。轻罪不可削重福，宜舍淫而论其孝。"一神曰："服劳奉养，孝之小者；亏行辱亲，不孝之大者。小孝难赎大孝，宜舍孝而科其淫。"一神曰："孝，大德也，非他恶所能掩；淫，大罚也，非他善所能赎。宜罪福各受其报。"侧坐者磬折请曰："罪福相抵可乎？"神掉首曰："以淫而削孝之福，是使人疑孝无福也；以孝而免淫之罪，是使人疑淫无罪也。相抵恐不可。”一神隔坐言曰：“以孝之故，虽至淫而不加罪，不使人愈知孝乎？以淫之故，虽至孝而不获福，不使人愈戒淫乎？相抵是。”一神沉思良久曰：“此事出入颇大，请命于天曹可矣。”语讫俱起，各命驾而散。

李故老吏，娴案牍，阴记其语，反复思之，不能决。不知天曹作何判断也。

【译文】

旭升又说：县吏李懋华，曾经有事到张家口去。在居庸关外，夜间迷了路，就近到山旁神庙里歇脚。不一会儿，门外灯火辉煌，远远的车马嘈杂，眼看就要到庙门。他猜想是神灵到了，就伏身藏在廊庑下面。只见几位贵官模样的人一道走进祠堂落座，左边的似乎是城隍，中间的四五位就不知道是什么神了。几个小吏抱着册簿摊在桌上，诸神一一查看。李懋华偷听他们说些什么，原来是勘验某郡百姓的善恶。

一位神灵说：“某个妇人事奉公婆从来不失礼节，不过只是礼节上做到了孝顺，却不是出自真心。某个妇人也能讨得公婆欢心，可是背地里就向丈夫发泄怨恨。”一位神灵说：“现在世风日下，人情日薄，神道也讲究与人为善。阴间律例规定孝妇延寿十二年，这两个妇人减去一半，延寿六年就可以了。”众神都说：“好。”不一会儿，一位神灵又说：“某个妇人奉事极孝，可是又极其淫荡，如何处置呢？”一位神灵说：“按阳世法律，犯淫罪只是打板子，而不孝则要杀头。可见不孝罪重于淫罪。因为不孝的罪名重，所以能行孝的人福分也就大。轻罪不能抵削大福，应该免去她的淫罪，只是按照她的孝行酌情加福。”一位神灵说：“侍奉赡养老人，这只是孝的小节；品行不端辱没公婆的名声，这却是不孝的大节。小孝的功绩不能抵消大不孝的罪过，应该不论她的孝顺，只是按照她淫行酌情论罪。”一位神灵说：“孝是一种大功德，不是其他罪恶所能掩盖的；淫是一种大罪恶，也不是其他善行所能抵消的。应该各有所报，因为淫罪受恶报，因为孝德受善报。”坐在边上的那位神灵恭敬地弓着腰请示说：“罪和福是否可以相抵呢？”刚刚说话的神灵扭头对他说：“因为淫行削夺孝顺的福分，那就会使人怀疑孝顺了却得不到福；用孝行来免除淫行的罪过，又会使人怀疑淫乱也是无罪的。罪福相抵恐怕不行。”一位神灵隔着座位说：“由于孝的原因，就是达到至淫的程度也不加罪，这不就使人更加懂得应该孝顺了吗？由于淫的原因，就是达到至孝的程度也不加福，这不就使人更加懂得应该戒淫了吗？罪福相抵比较妥当。”另一位神灵沉思了好久，说：“这件事的处理，关系重大，还是请示上天后再决定吧。”话音一落，众神全部站起身来，各自登车离开神庙。

李懋华是一位阅历很深的老吏，十分娴熟狱案文牍，他暗中记下了众神的发言，反复掂量，怎么也没能决断出应该如何处理这个众神没能处理的问题。不知上天将会对此作何判断。

董曲江言：陵县一嫠妇，夏夜为盗撬窗入，乘其睡污之。醒而惊呼，则逸矣。愤恚病卒，竟不得贼之主名。越四载馀，忽村民李十雷震死。一媪合掌诵佛曰：“某妇之冤雪矣。当其呼救之时，吾亲见李十逾墙出。畏其悍而不敢言也。”

【译文】

董曲江说：邻县有一个寡妇，夏天的一个晚上，有个贼撬开她家的窗户跳了进来，趁她熟睡的时候把她奸污了。她惊醒后呼救，贼人逃跑了。后来寡妇怨愤交加病死了，至死不知道到底是谁干的。四年多后，村子有个叫李十的人忽然被雷劈死。有个老妇人合掌念佛说：“寡妇的冤仇总算报了。当时她呼救的时候，我亲眼看见李十跳墙逃出来的。只是怕他强横行凶，没敢说出来。”

西城将军教场一宅，周兰坡学士尝居之。夜或闻楼上吟哦声，知为狐，弗讶也。及兰坡移家，狐亦他徙。后田白岩僦居，数月狐乃复归。白岩祭以酒脯，并陈祝词于几曰："闻此蜗庐，曾停鹤驭。复闻飘然远引，似桑下浮图[①]。鄙人匏系一官，萍飘十载，拮据称贷，卜此一廛。数夕来咳笑微闻，似仙舆复返。岂鄙人德薄，故尔见侵？抑夙有因缘，来兹聚处欤？既承惠顾，敢拒嘉宾！惟冀各守门庭，使幽明异路，庶均归宁谧，异苔不害于同岑[②]。敬布腹心，伏惟鉴烛。"

次日楼前飘堕一帖云："仆虽异类，颇悦诗书，雅不欲与俗客伍。此宅数十年皆词人栖息，惬所素好，故挈族安居。自兰坡先生恝然舍我[③]，后来居者，目不胜驵侩之容[④]，耳不胜歌吹之音，鼻不胜酒肉之气。迫于无奈，窜迹山林。今闻先生山䕨之季子[⑤]，文章必有渊源，故望影来归，非期相扰。自今以往，或检书獭祭，偶动芸签；借笔鸦涂，暂磨鸜眼[⑥]。此外如一毫陵犯，任先生诉诸明神。愿廓清襟，勿相疑贰。"末题"康默顿首顿首"。从此声息不闻矣。白岩尝以此帖示客，斜行淡墨，似匆匆所书。

或曰："白岩托迹微官，滑稽玩世，故作此以寄诙嘲。寓言十九，是或然欤？"然此与李庆子遇狐叟事大旨相类，不应俗人雅魅，叠见一时，又同出于山左。或李因田事而附会，或田因李事而推演？均未可知。传闻异词，姑存其砭世之意而已。

【注释】

①桑下浮图:原意说僧人不在同一棵桑树下连宿三个夜晚,不然则会因时日既久而心生留恋情意。这里指漂移不定。

②异苔不害于同岑(cén):不同的青苔长在同一座山上,比喻朋友志同道合。岑,小而高的山。

③恝(jiá)然:无动于衷的样子,淡然。

④驵(zǎng)侩:旧时马匹交易的经纪人,亦泛指市场经纪人。驵,马匹交易的经纪人,市侩。

⑤蘿:音 quǎn。季:兄弟姐妹中排行最小的。

⑥鸜(qú)眼:安徽的名砚。鸜,一种鸟。尾长,羽毛美丽,嘴短而尖。

【译文】

西城将军教场有一处住宅,周兰坡学士曾经居住过。夜里有时听到楼上吟诵的声音,他知道是狐精,并不惊讶。等到周兰坡搬家,狐精也搬往别处。后来田白岩租下这处住房,住了几个月,狐精也回来了。田白岩用酒和干肉祭祀,并把向狐精致意的文章放在桌上,文章说:“听说这简陋的住处,曾经停留过仙家的车驾。又听说飘然远去,如沙门佛子云游四方。鄙人如同系着的匏瓜,微末一官,就像浮萍的漂泊,到现在已经十年,手头拮据,向人借贷,才租了这一处住房。这几个晚上,隐隐约约听到咳嗽和笑声,似乎仙家的车驾回来了。难道是鄙人的德行浅薄,所以受到侵扰?抑或是过去有缘分,来这里相聚呢?既然承蒙惠顾,怎敢拒绝嘉宾!只是希望各守门庭,让阴阳两界能够相安无事,就像不同种类的苔藓长在一座山上互不妨碍。恭敬地陈述心腹之言,请予以明察。”

第二天,楼前飘下来一张帖子说:“在下虽然是异类,却很喜爱正统的诗书,不愿与俗客为伍。这所宅子几十年来都是文人雅士的寄居之所,恰巧与我素来爱好相投合,所以携带家族安然住下。自从兰坡先生舍我而去,后来居住的人,我实在是眼睛看不惯他们那种市侩的容貌,耳朵听不惯他们歌舞笙箫吵闹的声音，鼻子受不了他们酒肉污浊的气息。迫于无奈，逃到了山林里。如今得知您是山薩先生的小儿子，您的文章必有渊源，所以追随您的踪迹归来，不是有意相扰。从今以后，可能有时会翻翻您如同獭祭一般的书稿，偶尔动动书签；也许借您的笔墨纸砚写写画画。除此之外，如果有一丝一毫的侵犯，任凭先生诉之于神明。我的心愿已经表白清楚，请不要猜忌疑心。”末了题“康默顿首顿首”。从此不再听到声音了。田白岩曾经把这张帖子给客人看，上面字行倾斜，墨色浅淡，像是匆匆书写的。

有人说：“田白岩身为小官，滑稽玩世，故意编造此事，诙谐嘲弄。这十有八九是寓言，是这样吧？”然而这件事与李庆子遇狐叟的事情大意相类似，不愿与俗人为伍的文雅精怪，几乎同时出现，又同出于山东。是李因田的事情而穿凿附会，还是田因李的事情而敷衍演变？都不可知。传闻总会有不同的说法，姑且保存它针砭世事的意思，也就罢了。

一故家子，以奢纵撄法网[1]。殁后数年，亲串中有召仙者，忽附乩自道姓名，且陈愧悔。既而复书曰：“仆家法本严，仆之罹祸，以太夫人过于溺爱，养成骄恣之性，故蹈陷阱而不知耳。虽然，仆不怨太夫人。仆于过去生中，负太夫人命，故今以爱之者杀之，隐偿其冤。因果牵缠，非偶然也。”观者皆为太息。夫偿冤而为逆子，古有之矣。偿冤而为慈母，载籍之所未睹也。然据其所言，乃凿然中理。

【注释】

①撄(yīng)：接触，触犯。

【译文】

有个世家子弟，因为奢侈骄纵触犯了法网。死了几年之后，亲戚当中有人扶乩，他忽然附乩自己道出姓名，并且陈述惭愧和懊悔之情。过后又写道："我家的家法本来严格，在下之所以遭受杀身之祸，是因为太夫人过于溺爱，养成骄奢任性的习性，所以自投陷阱还不知道。即使如此，我也不怨恨太夫人。因为我在前世，欠了太夫人一条命，所以她用溺爱的方式害死我，暗中报冤。因果牵连缠绕，并不是偶然的。"观看的人都为此叹息。因为报冤而做逆子，这是从古以来就有的。因为报冤而做慈母，这是书上的记载所没有看到过的。但是据他所说的，还是确凿而合乎情理。

宛平何华峰，官宝庆同知时，山行疲困，望水际一草庵，投之暂憩。榜曰"孤松庵"，门联曰："百鸟多情留我住，青山无语看人忙。"有老僧应门，延入具茗，颇香洁，而落落无宾主意。室三楹，亦甚朴雅，中悬画佛一轴，有八分书题曰[①]："半夜钟磬寂，满庭风露清。琉璃青黯黯，静对古先生。"不署姓名，印章亦模糊不辨。旁一联曰："花幽防引蝶，云懒怯随风。"亦不题款。指问："此师自题耶？"漠然不应，以手指耳而已。归途再过其地，则波光岚影，四顾萧然，不见向庵所在。从人记遗烟筒一枝，寻之，尚在老柏下。竟不知是佛祖是鬼魅也。华峰画有《佛光示现卷》，并自记始末甚悉。华峰殁后，想已云烟过眼矣。

【注释】

①八分书：汉字书体名。字体似隶而体势多波磔。相传为秦时上谷人王次仲所造。关于八分的命名，历来说法不一，有人认为是二分似隶，八分似篆，故称"八分"；有人认为汉隶的波折，向左右分开，"渐若八字分散"，故名"八分"。后又演变成为今天的楷

书，也称为“真书”。

【译文】

宛平县人何华峰，官居宝庆同知时，一天在山道间行走，疲惫困乏，望见溪边有一间草庵，就到那里休息一下。只见门上匾额题为“孤松庵”，门联写道：“百鸟多情留我住，青山无语看人忙。”有位老僧迎出门来，请他入庵落座，并备了茶水，茶香清洌；主人却淡淡的，毫无热情待客的意思。何华峰见三间庭堂很是朴素典雅，墙中间上悬一轴佛像，用隶书题道：“半夜钟磬寂，满庭风露清。琉璃青黯黯，静对古先生。”未署姓名，印章也模糊不清。旁边一副对联，题道：“花幽防引蝶，云懒怯随风。”也未题款。何华峰指着画联问老僧：“这是师父自己题的吗？”老僧漠然不语，只用手指指耳朵。何华峰归途再经此地，却只见波光涟滟，雾气蒸腾，四处冷落荒凉，哪里有过去茅庵的影子。仆人忽然想起曾在此丢失一支烟管，找了找，发现仍在古柏下。最终不知这个老僧是佛祖，还是鬼魅。他画有《佛光示现卷》，并且详细记载事情的经过。他死后，想来那幅画和题记也如烟云般消散了吧。

族兄次辰言：其同年康熙甲午孝廉某[①]，尝游嵩山，见女子汲溪水。试求饮，欣然与一瓢；试问路，亦欣然指示。因共坐树下语，似颇涉翰墨，不类田家妇。疑为狐魅，爱其娟秀，且相款洽。女子忽振衣起曰：“危乎哉！吾几败。”怪而诘之。赧然曰：“吾从师学道百馀年，自谓此心如止水。师曰：‘汝能不起妄念耳，妄念故在也。不见可欲故不乱，见则乱矣。平沙万顷中，留一粒草子，见雨即芽。汝魔障将至，明日试之，当自知。’今果遇君，问答留连，已微动一念；再片刻则不自持矣。危乎哉！吾几败。”踊身一跃，直上木杪，瞥如飞鸟而去。

【注释】

①康熙甲午:康熙五十三年(1714)。

【译文】

族兄次辰说:有个人,跟他一同在康熙甲午年被举为孝廉,这人曾经游历嵩山,看见一个女子正在溪边打水。就试探着向她讨水喝,女子很痛快地给了他一瓢;又试着问路,她也爽快地予以指示。于是他和她坐在树下交谈,女子似乎读过一些书,不像是农家女子。他疑心是狐魅,却又爱恋她俏丽风雅,而且谈得融洽。忽然女子拂衣而起,说:"太危险了!我几乎前功尽弃!"他有些奇怪,问她怎么了。女子羞红了脸说:"我随师父学道已有一百多年了,自以为心如止水。师父说:'你不起邪念,可邪念仍在你心里。只是看不到你想要的,心才不乱,等你看到了,心也就乱了。就像万顷平沙之中留下一粒草籽,有雨水就会发芽。你的魔障将至,明天检验一下,你自己就会明白的。'今天果然遇见你,问答间已有所留恋,心神也微微动摇了;再过片刻,恐怕就不能自持了。真是太危险了,我差点儿坏了事!"说完耸身一跃,直上树梢,转眼间已如飞鸟一般远去了。

次辰又言:族祖征君公讳炅[①],康熙己未举博学鸿词[②],以天性疏放,恐妨游览,称疾不预试。尝至登州观海市,过一村塾小憩。见案上一旧端砚,背刻狂草十六字,曰:"万木萧森,路古山深;我坐其间,写《上堵吟》。"侧书"惜哉此叟"四字,盖其号也。问所自来,塾师云:"村南林中有厉鬼,夜行者遇之辄病。一日,众伺其出,持兵仗击之,追至一墓而灭。因共发掘,于墓中得此砚。吾以粟一斗易之也。"案,《上堵吟》乃孟达作[③]。是必胜国旧臣,降而复叛,败窜入山以死者。生既进退无据,殁又不自潜藏,取暴骨之祸。真顽梗不灵之鬼哉!

【注释】

①征君：不接受朝廷征聘的隐士。

②康熙己未：康熙十八年(1679)。

③孟达(？—228)：字子度，三国时期人物。本为刘璋属下，后降刘备。奇袭荆州之战时因不发兵救关羽而触怒刘备，于是投奔曹魏，在魏官至散骑常侍、建武将军，封平阳亭侯。此后又欲反曹魏而归蜀汉，事败而死。

【译文】

次辰又说：同族的祖父征君公名讳叫炅，康熙己未年进博学鸿词科，由于天性疏放，担心从政妨碍他游山玩水，他连科举考试都称病不去考。有一天，他想到登州看海市，途中在一所村塾歇脚。他看见桌案上有一方端砚，背后刻着十六个狂草字："万木萧森，路古山深；我坐其间，写《上堵吟》。"侧面书着"惜哉此叟"四个字，大概是名号吧。他向村塾先生问这方端砚的来历，先生说："从前，村子南面树林里面有一个恶鬼，夜里过往的行人只要碰到它，就会生病。有一天，众人候着，它一出来，就用手持武器棍棒追打，追到一座坟墓前，那个恶鬼就不见了。大家掘了那座坟，在墓中挖到了这方端砚。我用一斗粟米把它换了来。"据考证，《上堵吟》为孟达所作。这个亡国之臣，投降魏后又背叛魏，失败后逃进山林，直到死去。孟达活着时候，就进退无常，死后也不知道销声匿迹，才招致暴露骸骨的祸患。可见这真是一个又蠢又不顺服、顽固不化的鬼魂。

海之有夜叉，犹山之有山魈，非鬼非魈，乃自一种类，介乎人物之间者也。刘石庵参知言：诸城滨海处，有结寮捕鱼者[①]。一日，众皆棹舟出，有夜叉入其寮中，盗饮其酒，尽一罂，醉而卧。为众所执，束缚捶击，毫无灵异，竟困踣而死[②]。

【注释】

①寮(liáo):小屋。

②困踣(bó):困顿跌倒。

【译文】

海上有夜叉,犹如山里有山魈;不过夜叉既不是鬼也不是魅,而是另一个种类,介于人和动物之间。参知刘石庵说:诸城县靠近海边的地方,有搭个小棚子住在那里的捕鱼人。一天,众人驾船出海捕鱼,有个夜叉到棚子里,偷喝渔人的酒,喝完一坛,结果醉倒在地。众渔人回来,逮住夜叉,捆起来打,夜叉一点儿没有显出有什么灵异,竟然困顿倒地死掉了。

族侄贻孙言:昔在潼关,宿一驿。月色满窗,见两人影在窗上,疑为盗;谛视,则腰肢纤弱,鬟髻宛然,似一女子将一婢。穴纸潜觇,乃不睹其形。知为妖魅,以佩刀隔棂斫之。有黑烟两道,声如鸣镝,越屋脊而去。虑其次夜复来,戒仆借鸟铳以俟。夜半果复见影,乃二虎对蹲。与仆发铳并击,应声而灭。自是不复至。疑本游魂,故无形质;阳光震烁,消散不能聚矣。

【译文】

同族的侄子贻孙说:过去在潼关时,曾住在一个驿站里。月色满窗时分,见窗纸上有两个人影,先以为是贼盗;仔细看,却见腰肢纤弱,好像挽着发髻,似乎是一女子带着一个婢女。他捅破窗纸向外偷看,却什么也看不见。于是心知是鬼魅,抽出佩刀隔窗劈去。人影立时化为两道黑烟,声如响箭般越过屋脊而去。贻孙怕她们第二天夜里还会来,吩咐仆人借来火铳以防万一。第二天半夜,果然黑影出现了,原来是两只老虎，面对面蹲着。他们一起用火铳射击，两只老虎应声消失了。此后，就再也没有来过。估计那个影子原本是游魂，所以没有形状实体，碰到火铳闪光震动照耀，消散以后就不能再聚合了。

献县王生相御，生一子，有抱之者，辄空中掷与数十钱。知县杨某自往视，乃掷下白金五星。此子旋夭亡，亦无他异。或曰："王生倩作戏术者搬运之，将托以箕敛[1]。"或曰："狐所为也。"是皆不可知。然居官者遇此等事，即确有鬼凭，亦当禁治，使勿荧民听[2]，正不必论其真妄也。

【注释】

①箕敛：以箕收取。指苛敛民财。

②荧民：惑乱百姓。荧，眩惑。

【译文】

献县的书生王相御生了个儿子，每当有人去抱宝宝时，天空中就掉下几十文钱。知县杨某听到这件事后，也亲自去抱了一下，这一次，天空中掉下的是白银五钱。不久这个孩子夭折了，死的时候并没有什么奇异之处。有人说："那是王生请来耍魔术的在玩弄搬运术，只不过是想用这种方法收敛钱财。"有人却说："那是狐狸精作怪。"都说不上来是怎么回事。而当官的遇到这类事情，即使发现确有鬼怪在作祟，也应严令禁止，不要让它惑乱民众的视听，更不必去讨论它的真假是非。

李又聃先生言：雍正末年，东光城内忽一夜家家犬吠，声若潮涌。皆相惊出视，月下见一人披发至腰，衰衣麻带，手执巨袋，袋内有千百鹅鸭声，挺立人家屋脊上，良久又移过别家。次日，凡所立之处，均有鹅鸭二三只，自檐掷下。

或烹而食，与常畜者味无异，莫知何怪。后凡得鹅鸭之家，皆有死丧，乃知为凶煞偶现也。先外舅马公周箓家，是夜亦二鸭。是岁，其弟靖逆同知庚长公卒。信又聃先生语不谬。

顾自古至今，遭丧者恒河沙数，何以独示兆于是夜？是夜之中，何以独示兆于是地？是地之中，何以独示兆于数家？其示兆皆掷以鹅鸭，又义何所取？鬼神之故，有可知有不可知，存而不论可矣。

【译文】

李又聃先生说：雍正末年，东光城里，有一夜忽然家家狗叫，声音像潮水汹涌。人们都惊慌地出来观望，月光下看见一个人头发披到腰间，穿着丧服，系着麻带，手里拿着一只大袋子，袋子里有千百只鹅鸭的声音，挺身直立在一户人家的屋脊上，过了好久，又移到另一家。第二天，凡是昨夜他站立过的地方，都有两三只鹅或鸭，是从屋檐上掷下来的。有的人煮来吃了，味道同平常畜养的没有什么差别，不知道是什么怪事。后来凡是得到鹅鸭的人家，都有死丧的事，才知道是凶煞神偶尔出现。我岳父马周箓公家，这天夜里也得到两只鸭子。这一年，他的弟弟、任靖逆同知的庚长公亡故。可见李又聃先生的话确实说得不错。

不过，从古到今，遭遇丧事的像恒河里的沙一样数不清，为什么独独在这天夜里显示征兆？这一夜之中，为什么独独在这个地方显示征兆？这个地方为什么独独在几家显示征兆？显示征兆，都是把鹅鸭掷下来，这又是什么意思？鬼神行事的缘由，有的可知，有的不可知，姑且留存而不议论它好了。

道士王昆霞言：昔游嘉禾，新秋爽朗，散步湖滨。去人稍远，偶遇宦家废圃。丛篁老木，寂无人踪。徒倚其间，不觉昼寝。

梦古衣冠人长揖曰："岑寂荒林，罕逢嘉客；既见君子，实慰素心。幸勿以异物见摈。"心知是鬼，姑诘所从来。曰："仆耒阳张湜[①]，元季流寓此邦，殁而旅葬。爱其风土，无复归思。园林凡易十馀主，栖迟未能去也。"问："人皆畏死而乐生，何独耽鬼趣？"曰："死生虽殊，性灵不改，境界亦不改。山川风月，人见之，鬼亦见之；登临吟咏，人有之，鬼亦有之。鬼何不如人？且幽深险阻之胜，人所不至，鬼得以魂游；萧寥清绝之景，人所不睹，鬼得以夜赏。人且有时不如鬼。彼夫畏死而乐生者，由嗜欲撄心，妻孥结恋，一旦舍之入冥漠，如高官解组，息迹林泉，势不能不戚戚。不知本住林泉者，耕田凿井，恬熙相安，原无所戚戚于中也。"问："六道轮回，事有主者，何以竟得自由？"曰："求生者如求官，惟人所命。不求生者如逃名，惟己所为。苟不求生，神不强也。"又问："寄怀既远，吟咏必多。"曰："兴之所至，或得一联一句，率不成篇。境过即忘，亦不复追索。偶然记忆，可质高贤者，才三五章耳。"因朗吟曰："残照下空山，暝色苍然合。"昆霞击节。又吟曰："黄叶——"

甫得二字，忽闻噪叫声，霍然而寤，则渔艇打桨相呼也。再倚柱瞑坐，不复成梦矣。

【注释】

①耒(lěi)阳：位于今湖南衡阳东南部。湜：音 shí。

【译文】

道士王昆霞说：昔日游历嘉禾，正值初秋，天气爽朗，就在湖滨散步。走到稍稍偏远的地方,偶尔进到了一处官宦人家的废园。园中都是丛生的竹子和老树,荒寂无人。漫步其间,大白天的,竟不知不觉困倦了打起盹来。

王昆霞恍恍惚惚在梦中看见一个人,穿戴着古时衣帽,向自己作了一个长揖道:"静僻的荒林之中,难见您这样的嘉宾;见到君子,真是满足了我的心愿。请不要因为我是异类而拒绝我。"王昆霞知道是鬼,问他的来历。那人说:"我本是耒阳县的张湜,元末流落至此,死后就葬在这里。因为深深喜爱此地的风土,就不想再回去了。这个园林曾先后换过十几位主人,可我仍旧迟迟不肯离去。"王昆霞问:"人都是怕死而喜欢活着,你为什么独独酷爱鬼趣呢?"他答:"对于一个人来说,生死虽不同,但性情却不会改变,精神境界也不会改变。山川风月,人能见,鬼也能见;登高远望吟诵,人可以,鬼也可以。鬼又怎么不如人呢?况且幽深险阻的胜境,人到不了,鬼却可以去游历;寂寥清绝的佳景,人看不到,而鬼却可以深夜赏玩。有时,人还是不如鬼的。那些怕死乐生的人,因嗜好欲望而乱了心神,又眷恋妻儿,一旦抛舍这些,进入冥冥之中,就如同为官者被罢职,隐遁山林,势必心中凄然。他们不知道本来住在山林泉石之中的人,平素耕田凿井,恬淡安适,心里原本就没有什么忧伤。"王昆霞又问:"世间六道轮回,其中各有主事的神明,你又怎么竟得以如此逍遥自在呢?"他回答说:"求生就如同求官,只好听从各人的命运。不求生的就像逃避名声,可以听凭自己所为。假若真不想转生,神明也不会强求。"王昆霞又问:"既然足下的胸襟如此高远,那吟咏之作一定很多了。"他回答说:"兴之所至,也偶得一联半句,但大都不成篇幅。境过就忘,也不再追寻求索。偶然还记得,可以拿来向高明的贤士求教的,也只是三五章而已。"继而朗声吟道:"残照下空山,暝色苍然合。"王昆霞击节称赞,他又吟:"黄叶——"

刚吟了这两字,忽然听到吵闹呼叫声,王昆霞突然惊醒,原来是渔父划着小船互相呼唤的声音。他再靠着树闭眼打盹,却再不能入梦了。

昆霞又言：其师精晓六壬，而不为人占。昆霞为童子时，一日早起，以小札付之，曰："持此往某家借书。定以申刻至①，先期后期皆笞汝。"相去七八十里，竭蹶仅至。则某家兄弟方阋墙②。启视其札，惟小字一行曰："借《晋书·王祥传》一阅③。"兄弟相顾默然，斗遂解，盖其弟正继母所生云。

【注释】

①申刻：下午三点至五点。

②阋(xì)墙：形容兄弟之间相争。

③王祥：字休微，琅邪临沂(今属山东)人。小时候母亲早亡，失爱于继母、父亲，但王祥愈恭谨。有王祥卧冰求鲤的事迹。王祥同父异母的弟弟王览，时常劝母亲朱氏不要虐待哥哥。朱氏对王祥提不合理的要求，王览也自愿跟着王祥一起吃苦；朱氏要用毒酒毒死王祥，王览知道了，急着抢来喝。后来每次后母给王祥食物时，王览都要先尝试。事见《晋书·王祥传》。

【译文】

道士王昆霞又说：他的师傅精通六壬之术，可是从不给别人占卜。他还是个孩子时，一天师傅起得很早，把一个小纸条交给他，说："拿着这个纸条到某家去借书。一定要在申刻准时到达，提前错后，回来我要打你。"离借书的人家七八十里，他跑得跌跌撞撞才勉强按时到达。一进门，这家兄弟二人正在打架。他们打开纸条看，只有一行小字："借《晋书·王祥传》一阅。"兄弟互相看了看对方，都沉默了，于是争斗也就化解，原来他家的弟弟正是继母所生的。

嘉峪关外有戈壁，径一百二十里，皆积沙无寸土。惟居中一巨阜，名“天生墩”，戍卒守之。冬积冰，夏储水，以供驿使之往来。初，威信公岳公钟琪西征时，疑此墩本一土山，为飞沙所没，仅露其顶。既有山，必有水。发卒凿之，穿至数十丈，忽持锸者皆堕下①。在穴上者俯听之，闻风声如雷吼，乃辍役。穴今已圮，余出塞时，仿佛尚见其遗迹。

案，佛氏有地水风火之说②。余闻陕西有迁葬者，启穴时，棺已半焦。茹千总大业亲见之。盖地火所灼。又献县刘氏，母卒合葬，启穴不得其父棺。迹之，乃在七八步外，倒植土中。先姚安公亲见之。彭芸楣参知亦云，其乡有迁葬者，棺中之骨攒聚于一角，如积薪然。盖地风所吹也。是知大气斡运于地中，阴气化水，阳气则化风化火。水土同为阴类，一气相生，故无处不有。阳气则包于阴中，其微者，烁动之性为阴所解；其稍壮者，聚而成硫黄、丹砂、礜石之属③；其最盛者，郁而为风为火。故恒聚于一所，不处处皆见耳。

【注释】

①锸(chā)：铁锹，掘土的工具。

②地水风火：古印度认为世界由地、水、风、火四种元素构成，称为“四大”。各学派对“四大”的解释各不相同。

③礜(yù)石：一种性热含毒的矿石，即硫砒铁矿，也叫“毒砂”，是制砷及亚砷酸的原料。

【译文】

嘉峪关外有一块戈壁滩穿越过去，长达一百二十里，都是积沙，没有一点儿土。中央有座名叫“天生墩”的大土山，戍边的将士就驻守在这里。冬天堆积冰雪，夏天储存水，以供往来的驿使用。当初，威信公岳钟琪西征时，猜想这是座土山岗，只因为飞沙掩盖，如今才只露出顶部。既然有山，必定就有水。于是命令士卒开凿水井，打到几十丈深时，忽然拿铁铣挖土的士兵纷纷掉了下去。趴在洞口往下听，只听到里面雷鸣般的风声，于是他命令停止开凿。那个洞穴如今已毁，等我出关时，依稀还能看出它的遗迹。

根据考证，佛教有地水风火的说法。我也听说，陕西有人迁葬，打开墓穴，棺材已有一半被烤焦。千总茹大业就亲眼见过此事。大概是地火烧灼的。我还听说，献县有个刘氏，母亲死后儿子为父母合葬，挖开墓穴却找不到父亲的棺材。顺着痕迹找，却在七八步外，发现土里倒插着那副棺材。这件事先父姚安公亲眼看见了。官居参知的彭芸楣也讲过这样的一件事，在他家乡有个人迁葬，发现棺木中的骸骨都聚在一角，好像堆起的柴垛。那也是地风刮过的原故。因此可知，大气在地中运转时，阴气化成水，阳气化为风化为火。水土同为阴类，本是一气相生，因此无处不有。而阳气包含在阴气中，阳气较弱的，烁动之性被阴气化解；稍为强壮的，则聚合成硫黄、丹砂、礜石这样的东西；最强盛的阳气，则郁集化为风火。所以地水风火总是聚集在同一个地方，不是到处都能看见的。

伊犁城中无井，皆出汲于河。一佐领曰："戈壁皆积沙无水，故草木不生。今城中多老树，苟其下无水，树安得活？"乃拔木就根下凿井，果皆得泉，特汲须修绠耳[①]。知古称雍州土厚水深，灼然不谬[②]。徐舍人蒸远曾预斯役，尝为余言。此佐领可云格物。蒸远能举其名，惜忘之矣。后乌鲁木齐筑城时，鉴伊犁之无水，乃卜地通津以就流水。余作是地杂诗，有曰："半城高阜半城低，城内清泉尽向西。金井银床无用处[③]，随心引取到花畦。"记其实也。然或雪消水涨，则南门为之不开。

又北山支麓，逼近谯楼，登冈顶关帝祠戏楼，则城中纤微皆见。故余诗又曰："山围芳草翠烟平，迢递新城接旧城④。行到丛祠歌舞处，绿氍毹上看棋枰⑤。"巴公彦弼镇守时，参将海起云请于山麓坚筑小堡，为犄角之势。巴公曰："汝但能野战，殊不知兵。北山虽俯瞰城中，然敌或结栅，可筑炮台仰击。火性炎上，势便而利，地势逼近，取准亦不难。彼决不能屯聚也。如筑小堡于上，兵多则地狭不能容，兵少则力弱不能守。为敌所据，反资以保障矣。"诸将莫不叹服。因记伊犁凿井事，并附录之。

【注释】

①修绠（gěng）：汲水用的长绳。

②灼然：明显、显然的意思。

③金井银床：金井、银床都是指井栏。

④迢递：邈远的样子。

⑤氍毹（qú shū）：一种织有花纹图案的毛毯。棋枰（píng）：棋盘，棋局。

【译文】

伊犁城里没有水井，人们都出城到河里汲水。有个佐领说："戈壁都是堆积的沙子，没有水，所以草木不生。现今城里有许多老树，假如下面没有水，树怎么能活？"于是拔起老树，顺着树根往下凿井，果然挖到了泉水，只是汲水的绳索要用长一点儿的罢了。可见古代人说雍州土厚水深，显然是不错的。舍人徐蒸远曾经参与这件事，有一次对我说起过。这个佐领可以算得上懂得推究事物的原理。徐蒸远能说出他的姓名，可惜我已经忘记了。后来乌鲁木齐修筑城池时，借鉴伊犁以前没有水的情况，选择地形开通河道，靠近水源。我的乌鲁木齐杂诗中有诗道："半城高阜半城低，城内清泉尽向西。金井银床无用处，随心引取到花畦。"记载的就是当时的实情。但是如果雪消水涨，城的南门就不能开了。

又，北山旁支的山脚，逼近城门的瞭望楼，登上山冈顶上的关帝祠戏楼，城里的一切就都能看得清清楚楚。所以我的乌鲁木齐杂诗中又说："山围芳草翠烟平，迢递新城接旧城。行到丛祠歌舞处，绿氍毹上看棋枰。"巴彦弼公镇守这里时，参将海起云请求在山脚下修筑一个坚固的小堡垒，形成互相声援的掎角之势。巴公说："你只擅长在旷野里交战，并不知道兵法。这座山可以俯视城中，敌人如果在山上构结栅栏，就可以筑起炮台仰击。火性向上燃烧，地形对我方便利，地势逼近，瞄准也不难，他们决不能屯结聚集。如果修小碉堡，兵多了地方狭小不能容纳，兵少了力量薄弱不能守卫。如果被敌人所占据，反而为他们提供了据点。"众将领无不感叹佩服。因为记伊犁凿井的事情，一并把这件事附带记了下来。

乌鲁木齐，泉甘土沃，虽花草亦皆繁盛。江西蜡五色毕备，朵若巨杯，瓣葳蕤如洋菊[①]。虞美人花大如芍药。大学士温公以仓场侍郎出镇时，阶前虞美人一丛，忽变异色，瓣深红如丹砂，心则浓绿如鹦鹉，映日灼灼有光；似金星隐耀，虽画工设色不能及。公旋擢福建巡抚去。余以彩线系花梗，秋收其子，次岁种之，仍常花耳。乃知此花为瑞兆，如扬州芍药偶开金带围也[②]。

【注释】

①葳蕤(wēi ruí)：形容植物生长茂盛的样子。

②金带围：芍药红瓣黄腰，号“金带围”。

【译文】

乌鲁木齐，泉水甘甜土地肥沃，即便是花草，也都长得很繁茂。江西蜡的花色纷繁，花朵如同大酒杯，花瓣丰满得像洋菊。虞美人花大如芍药。大学士温福公以仓场侍郎的身份镇守这里时，台阶前有一丛虞美人花，颜色忽然改变，花瓣深红如朱砂，花心呈鹦鹉绿，在阳光照射下，熠熠生辉，似乎金星闪烁，忽隐忽现，画工也难绘出如此颜色。不久温公升任福建巡抚。我用彩色丝线系在花梗上，秋天收下种子，来年种下，花色却又和普通的一样了。这才明白，这花是作为吉兆出现的，就如同扬州的芍药，偶然开几朵金带围一样。

辛彤甫先生记异诗曰：“六道谁言事杳冥[①]，人羊转毂迅无停。三弦弹出边关调，亲见青骡侧耳听。”康熙辛丑[②]，馆余家日作也。初，里人某货郎，逋先祖多金不偿，且出负心语。先祖性豁达，一笑而已。一日午睡起，谓姚安公曰：“某货郎死已久，顷忽梦之，何也？”俄圉人报马生一青骡。咸曰：“某货郎偿夙逋也。”先祖曰：“负我偿者多矣，何独某货郎来偿？某货郎负人亦多矣，何独来偿我？事有偶合，勿神其说，使人子孙蒙耻也。”然圉人每戏呼某货郎，辄昂首作怒状；平生好弹三弦，唱边关调，或对之作此曲，辄耸耳以听云。

【注释】

①六道：佛学术语。指有情生活、轮回于其中的六个界别，即天道、阿修罗道、人道、畜生道、饿鬼道、地狱道。

②康熙辛丑：康熙六十年(1721)。

【译文】

辛彤甫先生写过一首记异诗："六道谁言事杳冥，人羊转毂迅无停。三弦弹出边关调，亲见青骡侧耳听。"这是康熙辛丑年时他在我家教书时写的。早先，乡里有个货郎，欠了先祖不少钱，不但没还钱，还说了许多负心话。我先祖性情豁达，一笑了之。有个中午，先祖午睡起来，对先父说："我刚才忽然梦到那个死了很久的货郎，这是为什么呢？"过了不久，马夫来报说马生了一头青骡。众人就说："这肯定是货郎转生的，他来偿还过去欠的帐。"先祖说："欠我帐的人很多，为什么只有他来偿还呢？那个货郎欠了许多人的债，又为何单单只来偿还给我呢？万事都有巧合，你们不要乱说，以免让他的子孙蒙受耻辱。"然而，每当马夫开玩笑用货郎的名字叫那头青骡的时候，它就会仰起头，露出一副生气的样子；那个货郎生前就好弹三弦，吟唱边关曲调，每当有人对青骡吟唱边关曲调时，它就耸起耳朵倾听。

古书字以竹简，误则以刀削改之，故曰刀笔。黄山谷名其尺牍曰刀笔，已非本义。今写讼牒者称刀笔，则谓笔如刀耳，又一义矣。余督学闽中时，一生以导人诬告戍边。闻其将败前，方为人构词，手中笔爆然一声，中裂如劈；恬不知警，卒及祸。又，文安王岳芳言：其乡有构陷善类者，方具草，讶字皆赤色。视之，乃血自毫端出。投笔而起，遂辍是业，竟得令终。余亦见一善讼者，为人画策，诬富人诱藏其妻。富民几破家，案尚未结；而善讼者之妻，真为人所诱逃，不得主名，竟无所用其讼。

【译文】

古时写字用竹简，有错就用刀削改，所以叫"刀笔"。黄庭坚把自己的书信集称为“刀笔”，已经不是本义了。如今写讼状的人叫“刀笔”，意思是指他们的笔如同刀子，这又是一个含义了。我在福建任督学时，有个人因为唆使别人诬告，被发配到边疆。听说在他败露之前，正在写讼词给别人罗织罪名，手中的笔砰然从中间爆裂开，像刀劈的一样；可他仍不以为警戒，终于招来祸殃。又有，文安人王岳芳说：他家乡有人设计陷害好人，正在起草诉状，不料字忽然成了红色。细看时，才见那血是从笔端流出来的。他吓得扔掉笔忽地站起身，之后不再以此为业了，最后得了善终。我也见到过一个善写诉状的人，诬陷一个富人引诱藏匿自己的妻子。那个富人几乎因此破产，案子也没能了结；而那个善写诉状的人，自己的老婆却真的被人拐走了，而且还无从得知拐主的姓名，他的诉状最终一无所用。

天道乘除，不能尽测。善恶之报，有时应，有时不应，有时即应，有时缓应，亦有时示以巧应。余在乌鲁木齐时，吉木萨报遣犯刘允成，为逋负过多，迫而自缢。余饬吏销除其名籍，见原案注语云：“为重利盘剥，逼死人命事。”

【译文】

天道乘除消长，人们不能完全推测。善恶的报应，有时应验，有时不应验，有时立即应验，有时长久之后应验，也有时用巧妙的方式应验。我在乌鲁木齐时，吉木萨报告，流放的遣犯人刘允成，因为欠债过多，被迫上吊自杀。我命令胥吏在名册中销除他的姓名，看见原来案卷有注语道：“为重利盘剥，逼死人命事。”

乌鲁木齐巡检所驻，曰呼图壁。呼图译言鬼，呼图壁译言有鬼也。尝有商人夜行，暗中见树下有人影，疑为鬼，呼问之。曰："吾日暮抵此，畏鬼不敢前，特结伴耳。"因相趁共行，渐相款洽。其人问："有何急事，冒冻夜行？"商人曰："吾夙负一友钱四千，闻其夫妇俱病，饮食药饵恐不给，故送往还。"是人却立树背，曰："本欲祟公，求小祭祀。今闻公言，乃真长者。吾不敢犯公，愿为公前导可乎？"不得已，姑随之。凡道路险阻，皆预告。俄缺月微升，稍能辨物。谛视，乃一无首人。栗然却立，鬼亦奄然而灭。

【译文】

乌鲁木齐巡检官的驻地，名叫"呼图壁"。"呼图"的汉语意思是鬼，"呼图壁"的汉语意思是有鬼。一次，有个商人夜间赶路，昏暗中见树下有人影，猜疑是鬼，就呼喝着问是什么人。树下人说："我傍晚到了这儿，害怕有鬼不敢往前走，正是要等有人来结伴同行的。"于是两个就互相壮胆往前走，一路说说话，渐渐谈得融洽起来。那个人问："你有什么急事，要冒着严寒夜间赶路？"商人说："我过去欠了一位朋友四千钱，听说他们夫妇全都病了，恐怕饮食医药都有困难，所以要前往送还。"那个人一听，退步站在树背后，说："我本想作怪害你，求得点儿小祭祀。现在听你这样说，你还是一位真正的仁义长者。我不敢侵犯你，愿意为你做向导引路，可以吗？"商人迫不得已，只好跟着他走。一路上，凡是遇到险阻，商人都能听到预告。不一会儿，残缺的月亮渐渐升起，随后也就稍能辨清景物了。商人仔细一看，给他带路的原来是个没有头的人。他毛骨悚然，后退几步站着，这时，带路鬼也忽然消失了。

冯巨源官赤城教谕时，言赤城山中一老翁，相传元代人也。巨源往见之，呼为仙人。曰："我非仙，但吐纳导引，得不死耳。"叩其术。曰："不离乎《丹经》[①]，而非《丹经》所能尽，其分刌节度[②]，妙极微芒。苟无口诀真传，但依法运用，如检谱对弈，弈必败；如拘方治病，病必殆。缓急先后，稍一失调，或结为痈疽[③]，或滞为拘挛；甚或精气瞀乱[④]，神不归舍，竟至于颠痫。是非徒无益已也。”问：“容成、彭祖之术[⑤]，可延年乎？”曰：“此邪道也，不得法者，祸不旋踵；真得法者，亦仅使人壮盛。壮盛之极，必有决裂横溃之患。譬如悖理聚财，非不骤富，而断无终享之理。公毋为所惑也。”又问：“服食延年，其法如何？”曰：“药所以攻伐疾病，调补气血，而非所以养生。方士所饵，不过草木金石。草木不能不朽腐，金石不能不消化。彼且不能自存，而谓借其馀气，反长存乎？”又问：“得仙者，果不死欤？”曰：“神仙可不死，而亦时时可死。夫生必有死，物理之常。炼气存神，皆逆而制之者也。逆制之力不懈，则气聚而神亦聚；逆制之力或疏，则气消而神亦消。消则死矣。如多财之家，勤俭则常富，不勤不俭则渐贫；再加以奢荡，则贫立至。彼神仙者，固亦兢兢然恐不自保，非内丹一成，即万劫不坏也。”巨源请执弟子礼。曰：“公于此道无缘，何必徒荒其本业？不知其已。”巨源怅然而返。

景州戈鲁斋为余述之，称其言皆笃实，不类方士之炫惑云。

【注释】

①《丹经》：唐初医药学家孙思邈作。

②刌（cǔn）：切割。

③痈疽（yōng jū）：毒疮，多而广的叫痈，深的叫疽。现代医学解释

为皮肤的毛囊和皮脂腺成群受细菌感染所致的化脓性炎症，病原菌为葡萄球菌。

④瞀(mào)乱：昏乱，精神错乱。

⑤容成、彭祖：古代传说中的仙人，擅长采阴补阳之术。

【译文】

冯巨源任赤城教谕时，说赤城山中有个老翁，相传是元代人。他去拜见，称他为仙人。老翁说：“我不是神仙，只是懂些吐纳导引之术，才得以不死。”冯巨源询问他的道术。老翁说：“按照《丹经》，但又不完全依靠《丹经》，根据自己所需分解内容把握节奏，极为微妙。假如没有口诀真传，只是按照说明运用，就像靠棋谱对弈，必败无疑；如同拘泥于药方治病，病人必定危险。其中的缓急先后，稍微一点儿失调，有的郁结了就成毒疮，有的凝滞了造成痉挛；甚至有的会精气紊乱，神不守舍，以至疯癫。这就不仅仅是无益的问题了。”冯巨源又问：“容成、彭祖的方术，可以延年益寿吗？”老翁道：“那是邪道，人的修炼不得其法，立即身受祸害；得其法的，也仅仅能使人强壮一些。强壮到极点，必定会有意想不到的大祸患。就如逆天悖理聚敛钱财，不是不能迅速致富，但最终绝不可能安享长久。您不要被这些迷惑了。”冯巨源又问：“服食丹药，这种方法怎么样呢？”老翁说：“丹药是用来攻下去火治疗疾病，调补气血的，并不是用来养生的。方士们服食的，不过是些草木金石。草木不能不腐朽，金石不能不销熔。它们尚且不能长存，又怎能借助它们的馀气而长存呢？”冯巨源又问：“成仙的人果真能不死吗？”老翁说：“神仙可以不死，但也时时会死。生必有死，这是万物的常理。修炼精气而得以保存住神，是逆向控制死亡的办法。控制的力量不松懈，那么精气就凝聚，神也就凝聚；控制的力量一旦松懈，那么精气就会消散，神也就消散了。神气消散，人也就死了。就像有钱人家，勤俭就能长久富裕，不勤俭就会逐渐贫困；如果再加上奢侈放荡，就会很快贫穷。那些神仙们也是战战兢兢的，唯恐不能自保，并不是内丹一经炼成，就一劳永逸万劫不坏了。”冯巨源请求做他的弟子。老翁说:"您于此道无缘,又何必因为涉足此间而荒废了本业呢?还是不学为好。"冯巨源怅然而返。

景州的戈鲁斋为我讲了这事,称那个老翁话都很实在,不像方士的迷惑之词。

先姚安公言:有扶乩治病者,仙自称芦中人。问:"岂伍相国耶[①]?"曰:"彼自隐语,吾真以此为号也。"其方时效时不效,曰:"吾能治病,不能治命。"

一日,降牛丈希英,姚安公称牛丈字作此二字音,未知是此二字否。牛丈讳瑍[②],娶前母安太夫人之从妹。家,有乞虚损方者。仙判曰:"君病非药所能治,但遏除嗜欲,远胜于草根树皮。"又有乞种子方者。仙判曰:"种子有方,并能神效。然有方与无方同,神效亦与不效同。夫精血化生,中含欲火,尚毒发为痘,十中必损其一二。况助以热药,抟结成胎,其蕴毒必加数倍。故每逢生痘,百不一全。人徒于夭折之时,惜其不寿;而不知未生之日,已先伏必死之机。生如不生,亦何贵乎种耶?此理甚明,而昔贤未悟。山人志存济物[③],不忍以此术欺人也。"其说中理,皆医家所不肯言,或真灵鬼凭之欤!

又闻刘季箴先生尝与论医。乩仙曰:"公补虚好用参。夫虚证种种不同,而参之性则专有所主,不通治各证。以藏府而论[④],参惟至上焦中焦,而下焦不至焉。以荣卫而论[⑤],参惟至气分,而血分不至焉。肾肝虚与阴虚,而补以参,庸有济乎?岂但无济,亢阳不更煎铄乎?且古方有生参熟参之分,今采参者得即蒸之,何处得有生参乎?古者参出于上党，秉中央土气，故其性温厚，先入中宫。今上党气竭，惟用辽参，秉东方春气，故其性发生，先升上部。即以药论，亦各有运用之权。愿公审之。”季箴极不以为然。

余不知医，并附录之，待精此事者论定焉。

【注释】

①伍相国：即伍子胥。相传伍子胥刚过了昭关，又被楚兵追逼至鄂渚边，有个渔翁，渡他至吴地。渔翁见他面有饥色，说要入村取食。伍子胥顾虑人心难测，就躲藏在芦花丛深处。渔翁取麦饭鱼羹回来不见他，高呼：“芦中人！芦中人！吾非求利者！”子胥才出来，饱食一顿后，解下腰间的祖传七星宝剑答谢渔翁。事可参见《史记·伍子胥列传》。

②瑍：音 huàn。

③山人：一般指隐士；又指山野之人；旧时以卜卦、算命为职业的人，有时也称“山人”。

④藏(zàng)府：同“脏腑”，五脏六腑。五藏，肝、心、脾、肺、肾。六府，胆、胃、小肠、大肠、三焦、膀胱。

⑤荣卫：中医学名词。荣指血的循环，卫指气的周流。荣气行于脉中，属阴，卫气行于脉外，属阳。荣卫二气散布全身，内外相贯，运行不已，对人体起着滋养和保卫作用。

【译文】

先父姚安公说：从前有个人用扶乩治病，乩仙自称“芦中人”。有人问：“难道您是伍子胥相国吗？”乩仙说：“那是他用过的暗语，我是真的以此为号。”乩仙的药方，有时见效，有时不见效。乩仙说：“我能治病，不能治命。”

有一天，这个乩仙降坛到牛希英老丈家，姚安公称牛老先生的字是这两个字的读音，不知道是不是这两个字。牛老先生名讳瑍，娶前母安太夫人的堂妹。

有人向他求治疗虚亏的药方。他说："你的病不是医药能够治好的，只要您戒除嗜好欲念，远比服用草根树皮什么的都好。"又有人乞求助孕的药方。乩仙说："助孕自然有药方，并能见神效。然而从根本来说，有药方和无药方一样，有神效与无神效也一样。胎儿本是精血化生，其中就包含有欲火，尚且假如积毒生成了痘，十个中有一两个会夭折。何况有人还要用热药相助，使之抟结成胎，其中所包含的毒就会增加几倍。所以这样的孩子凡是得了天花的，百人中无一人能幸存。人们只知道在孩子夭折时，痛惜他命不长；却不知道在他未生之时，就留下了必定夭亡的祸根。其实这种孩子生下来还不如不出生，你又何必对助孕如此重视呢？这个道理本来很明白，可惜过去的贤士们都不知道。我立志普救万物，不忍心用此术去蒙骗别人。"他的说法切中事理，是许多医学家不肯明说的，或许真有神灵，依附在乩坛上！

我又听说刘季箴先生曾经与他谈论过医道。乩仙说："您喜欢用人参去补虚亏。虚亏之症有许多种，而人参治疗虚症也是有针对性的，并不能包治百病。就脏腑而言，人参的力量只能到上焦、中焦，却不能到达下焦。从血液循环、元气周流来说，人参的药力只能到达气分，达不到血分。那些肾虚和阴亏的人，用人参滋补，怎么会有好处呢？非但没有帮助，阳气偏盛的症象会更加灼热炽盛了吧？况且，古时药方中有生参和熟参的区别，如今的人参，采到手就立刻被蒸熟了，哪里还有生参呢？古时候人参产在上党，秉有中央的土气，所以药性温厚，先入中焦。如今上党的土气已经衰弱，只好用辽参，而辽参兼有东方春气，因此药性发生时，先到上部。即使以药而论，也是各有所用的。但愿您能慎重使用。"刘季箴却很不以为然。

我不懂医道，就一同记下来，等待精通此道的人来论定。

歙人蒋紫垣，流寓献县程家庄，以医为业。有解砒毒方，用之十全。然必邀取重资，不满所欲，则坐视其死。一日暴卒，见梦于居停主人曰："吾以耽利之故，误人九命矣。死者诉于冥司，冥司判我九世服砒死。今将赴转轮，赂鬼卒得来见君，以此方奉授。君能持以活一人，则我少受一世业报也。"言讫，泣涕而去曰："吾悔晚矣！"其方以防风一两研为末，水调服之而已，无他秘药也。又闻诸沈丈丰功曰："冷水调石青，解砒毒如神。"沈丈平生不妄语，其方当亦验。

【译文】

安徽歙县人蒋紫垣，客居在献县程家庄，以行医为业。有解砒毒的方子，从没有失过手。但是蒋紫垣开价极高，不能满足他的要求，就眼看着人死去。一天蒋紫垣突然暴亡，之后托梦给他的房东说："我因为贪图重利，耽误了九条人命。死者告到阴曹，阴曹判我九辈子都服砒霜而死。现在我马上要转入轮回，我贿赂了鬼卒来见您，奉送这个方子。您能用来救活一个人，我就少受一世的报应。"说完，痛哭着边走边说："我后悔晚了！"那个方子是用防风一两，研为细末，用水调服而已，没有其他神秘的药物。又听沈丰功老丈说："用冷水调石青解砒毒简直神奇。"沈老丈平生从不乱说，他的方子应当也是灵验的。

老儒刘挺生言：东城有猎者，夜半睡醒，闻窗纸淅淅作响，俄又闻窗下窸窣声，披衣叱问。忽答曰："我鬼也。有事求君，君勿怖。"问其何事。曰："狐与鬼自古不并居，狐所窟穴之墓，皆无鬼之墓也。我墓在村北三甲许，狐乘我他往，聚族据之，反驱我不得入。欲与斗，则我本文士，必不胜。欲讼诸土神，即幸而得申，彼终亦报复，又必不胜。惟得君等行猎时，或绕道半里，数过其地，则彼必恐怖而他徒矣。

然倘有所遇，勿遽殪获，恐事机或泄，彼又修怨于我也。”猎者如是言。后梦其来谢。夫鹊巢鸠据，事理本直。然力不足以胜之，则避而不争；力足以胜之，又长虑深思而不尽其力。不求幸胜，不求过胜，此其所以终胜欤！孱弱者遇强暴，如此鬼可矣。

【译文】

老儒刘挺生说：东城有个猎户，半夜睡醒，忽然听见窗纸“淅淅”作响，不一会儿，又听到窗下有窸窸窣窣的声音，披衣起来喝问。外面答道：“我是鬼。有事向您求助，请千万不要害怕。”猎户问有什么事。鬼说：“狐与鬼自古不同居，狐狸住的墓穴都是没有鬼的。我的坟在村北三里多地外，狐狸趁我出门不在家，就聚族占据了我的住处，反而把我驱赶得进不了门。本来想争斗，可我是个儒生，一定打不赢的。又想告到土神那里，但即便侥幸能够申冤，它们终究还是要报复，最终还是等于没有打赢官司。只希望您在打猎时，或者能绕道半里，从那里经过几次，它们就必定惊恐，搬到别处去。但是，倘若您遇到它们，请不要立即捕杀，恐怕泄露了消息，它们又要怨恨我。”猎户按他的话办了。后来又梦见他来道谢。好比是喜鹊的巢穴被斑鸠所占据了，喜鹊讨回自己的巢，理由本来是正当的。然而，气力若不足以制胜，就退避，不争斗；气力若足以制胜，又深思熟虑而不竭尽全力。不求侥幸制胜，不求胜之过分，这就是那个鬼最终得胜的原因吧！弱者遇到强暴时，像这个鬼一样做就可以了。

舅氏张公健亭言：沧州牧王某，有爱女撄疾沉困。家人夜入书斋，忽见其对月独立花阴下，悚然而返。疑为狐魅托形，嗾犬扑之，倏然灭迹。俄室中病者语曰：“顷梦至书斋看月，意殊爽适。不虞有猛虎突至，几不得免。至今犹悸汗。”知所见乃其生魂也。医者闻之，曰：“是形神已离，虽卢扁莫措矣[1]。”不久果卒。

【注释】

①卢扁：即古代名医扁鹊。因家于卢国，故又称“卢扁”。

【译文】

舅父张健亭公说：沧州的长官王某，有个爱女重病缠身，卧床不起。家人夜里到书房去，忽然见她一个人站在花阴下对着月亮，顿时吓得毛骨悚然，连忙回到房间。家人怀疑是狐魅假冒小姐的形貌，就放出狗扑去，看花的人忽然就不见了。不一会儿屋里的病人说：“刚才梦见到书斋赏月，感觉特别舒畅。不料有只猛虎突然扑来，几乎没有逃脱。至今还吓得心跳出冷汗。”家人一听，才知道自己刚才看见的是小姐的魂。医生听说了此事，说：“这是形神已经分离，就是卢城的扁鹊也没有办法了。”这个女孩果然不久就去世了。

闽有方竹，燕山之柿形微方，此各一种也。山东益都有方柏，盖一株偶见，他柏树则皆不方。余八九岁时，见外祖家介祉堂中有菊四盎，开花皆正方，瓣瓣整齐如裁剪。云得之天津查氏，名黄金印。先姚安公乞其根归，次岁花渐圆，再一岁则全圆矣。或曰：“花原常菊，特种者别有法。如靛浸莲子，则花青；墨揉玉簪之根，则花黑也。”是或一说欤！

【译文】

福建有方形竹子，燕山的柿子形状稍微显得方正，这是所属大类中的另外一个种类。山东益都有方形柏树，只是偶然发现一棵，其他的都不是方形。我在八九岁时,看见外祖父家介祉堂中有四盆菊花,花都是正方形的,花瓣片片整齐得像裁剪过一样。外祖父说,这是他从天津的查某那里弄来的,名叫“黄金印”。先父姚安公要了根须回来种,第二年,花就稍稍变圆了,再一年,花就完全圆了。有人说:“这花本是通常的菊花,只是种的人另有办法。比如用靛青浸泡莲子,则花为靛青色;用墨揉玉簪的根,则花为黑色。”这也是一种说法吧!

家奴宋遇病革时,忽张目曰:“汝兄弟辈来耶?限在何日?”既而自语曰:“十八日亦可。”时一讲学者馆余家,闻之哂曰:“谵语也[①]。”届期果死。又哂曰:“偶然耳。”申铁蟾方与共食,投箸太息曰:“公可谓笃信程朱矣!”

【注释】

①谵(zhān)语:病中说胡话。

【译文】

我家有个奴仆叫宋遇,病危时,他忽然睁开眼说:“你们兄弟都来了吗?我的期限是哪一天啊?”随后他又自言自语地说:“十八号也可以。”当时,有一个道学先生在我家讲学,听了这件事,就讥笑地说:“这是生病说胡话。”但宋遇真的在十八号死了。道学先生又讥笑地说:“这还是偶然碰到的。”当时申铁蟾正和他一同进餐,丢下筷子叹气说:“您可真算得是笃信程朱理学了!”

奇节异烈,湮没无传者,可胜道哉。姚安公闻诸云台公曰:“明季避乱时,见夫妇同逃者,其夫似有腰缠[①]。一贼露刃追之急。妇急回身屹立,待贼至,突抱其腰。贼以刃击之,血流如注,坚不释手。比气绝而仆,则其夫脱去久矣。

惜不得其名姓。”又闻诸镇番公曰：“明季，河北五省皆大饥，至屠人鬻肉，官弗能禁。有客在德州、景州间，入逆旅午餐[2]，见少妇裸体伏俎上[3]，绷其手足，方汲水洗涤。恐怖战悚之状，不可忍视。客心悯恻，倍价赎之；释其缚，助之著衣，手触其乳。少妇艴然曰[4]：‘荷君再生[5]，终身贱役无所悔。然为婢媪则可，为妾媵则必不可。吾惟不肯事二夫，故鬻诸此也。君何遽相轻薄耶？’解衣掷地，仍裸体伏俎上，瞑目受屠。屠者恨之，生割其股肉一脔。哀号而已，终无悔意。惜亦不得其姓名。”

【注释】

①腰缠：指随身携带的钱财，亦泛指拥有的财富。出自南朝梁殷芸《小说》：“腰缠十万贯，骑鹤上扬州。”

②逆旅：旅店。逆，迎接。

③俎(zǔ)：切肉或切菜时垫在下面的砧板。

④艴(bó)然：生气的样子，恼怒貌。

⑤荷(hè)：这里指承受对方恩惠。

【译文】

异常节烈而湮没了姓名的人，简直不可胜数。姚安公听云台公讲：“明末躲避战乱时，见到一对夫妇一同逃难，丈夫像是带了些钱。一个盗贼拔出刀追得很急。妇人忽然回转挺身站立，等着盗贼追到，突然抱住他的腰。盗贼用刀砍她，妇人血流如注，就是坚决不撒手。等她气绝扑倒在地，她丈夫已经脱身逃去很久了。可惜不知道她的姓名。”又从镇番公那里听说：“明末，河北五省都闹大饥荒，以至于把人杀了卖肉，官府也不能禁止。有个客人在德州、景州接壤的地方，到馆子里吃午饭，看到一个年轻女人裸体趴在砧板上，手脚被捆住，有人正在打水洗刷。那个女人害怕得浑身颤抖的情状，让人不忍心看。客人可怜她，付了双倍的钱把她赎了下来；客人解开捆她的绳子，帮她穿衣服时，手碰到了她的乳房。女人气愤地说：'承蒙您让我再生，终身做低贱的差使也没有什么懊悔的。但是我能做婢女仆妇，必定不能做侍妾。我就是因为不肯再嫁，才被卖到这里。您为什么突然轻薄我呢？'说完就脱去衣服扔到地上，仍然裸体趴到了砧板上，闭上眼睛等着屠宰。屠夫恼恨她，活生生地割下她大腿上的一块肉。她只是哀号呼叫而已，始终没有后悔的意思。可惜也不知道她的姓名。"

肃宁王太夫人，姚安公姨母也。言其乡有嫠妇，与老姑抚孤子，七八岁矣。妇故有色，媒妁屡至，不肯嫁。会子患痘甚危，延某医诊视①。某医遣邻媪密语曰："是症吾能治。然非妇荐枕，决不往。"妇与姑皆怒谇。既而病将殆，妇姑皆牵于溺爱，私议者彻夜，竟饮泣曲从。不意施治已迟，迄不能救，妇悔恨投缳殒②。人但以为痛子之故，不疑有他。姑亦深讳其事，不敢显言。俄而某医死，俄而其子亦死，室弗戒于火，不遗于缕。其妇流落入青楼，乃偶以告所欢云。

【注释】

①延：请。

②投缳（huán）：自缢。

【译文】

肃宁的王太夫人，是先父姚安公的姨母。她说她家乡有个寡妇，与婆婆一起抚养孤儿，孩子有七八岁了。那个寡妇长得漂亮，媒人屡屡登门，但她不肯再嫁。不料她儿子出天花，病情危急，请某医生医治。某医生委托邻居老妇人悄悄对寡妇说："这病我能治，但除非她陪我睡觉，不然我决不肯去。"寡妇和婆婆都生气地痛骂某医生。不久,孩子的病情十分危险了,寡妇与婆婆因为溺爱孩子,悄悄商议了一个通宵,寡妇哭着曲从了医生。想不到医治已迟,最后孩子还是没有救过来,寡妇怨愤交加,自缢身亡。人们只以为她是痛失孩子而上吊,没怀疑还有其他原因。婆婆对此事也很忌讳,没有明说。不久,那个某医生死了,不久,他的儿子也死了,医生家的房子又失了火,烧得什么也没剩下。他的妻子流落到青楼当了妓女,偶尔把这事告诉了相好的。

余布衣萧客言:有士人宿会稽山中,夜闻隔涧有讲诵声。侧耳谛听,似皆谈古训诂。次日,越涧寻访,杳无踪迹。徘徊数日,冀有所逢。忽闻木杪人语曰:"君嗜古乃尔,请此相见。"回顾之顷,石室洞开,室中列坐数十人,皆掩卷振衣,出相揖让。士人视其案上,皆诸经注疏。居首坐者拱手曰:"昔尼山奥旨,传在经师;虽旧本犹存,斯文未丧;而新说叠出,嗜古者稀。先圣恐久而渐绝,乃搜罗鬼录,征召幽灵。凡历代通儒,精魂尚在者,集于此地,考证遗文;以次转轮,生于人世,冀递修古学,延杏坛一线之传①。子其记所见闻,告诸同志,知孔孟所式凭,在此不在彼也。"士人欲有所叩,倏似梦醒,乃倚坐老松之下。

萧客闻之,裹粮而往。攀萝扪葛,一月有馀,无所睹而返。此与朱子颖所述经香阁事,大旨相类。或曰:"萧客喜谈古义,尝撰《古经解钩沉》,故士人投其所好以戏之。"是未可知。或曰:"萧客造作此言,以自托降生之一。"亦未可知也。

【注释】

①杏坛：相传为孔子聚徒授业讲学之处。泛指教书授人之处。

【译文】

布衣朋友余萧客说：有个读书人住在会稽山中，夜里隔着山涧听见对面有讲诵的声音。他侧耳细听，似乎都是解释古书的字义。第二天，他到山涧对面寻访，杳无人迹。一连转悠了几天，希望能够找到讲诵训诂的人。忽然听到树梢有人说："先生这么爱好古学，那就请到此相见吧。"他回头一看，只见石室门大开，里面排坐着几十个人，都合上书本站起身来整整衣服，出来行礼，请他进去。读书人看到书案上都是儒家的经文注疏。坐在首座的人对他拱手说："当初孔圣人删定六经的奥妙大义，由历代经师向下传授；虽然故本依然存在，文章还没有遗失；可是新的解说层出不穷，爱好古学的人越来越少。先圣担心时代久远古学逐渐绝迹，于是搜罗鬼录，征召幽灵。凡是历代通晓古今、学识渊博的儒者，只要灵魂还存在，就都集中到这里，作考证遗文的研究活动；然后按次序转生于人世，希望古学有人传授，孔圣人的学问得以延续。请先生记住来这里的见闻，回去后告诉志同道合的人们，让他们知道孔孟之学的根据在这里，而不是在他们那里。"读书人还想请教一些问题，却忽然醒来，原来是坐在老松树下。

萧客听说了这件事，就带上干粮赶到那里寻找。他攀援藤萝，跋山涉水，找了一个多月，什么也没看到，只好返回。这与朱子颖讲的经香阁一事大体相同。有人说："萧客喜欢谈论经书的古义，曾撰写《古经解钩沉》一书，因此那个人投其所好，故意编出这件事捉弄他。"这也不是不可能。还有人说："是萧客本人编了这番话，用来伪托他自己就是历代大儒之一转生。"这种说法也无法证实。

姚安公官刑部日，同官王公守坤曰："吾夜梦人浴血立，而不识其人，胡为乎来耶？"陈公作梅曰："此君恒恐误杀人，惴惴然如有所歉，故缘心造象耳。本无是鬼，何由识其为谁？且七八人同定一谳牍，何独见梦于君？君勿自疑。”佛公伦曰：“不然。同事则一体，见梦于一人，即见梦于人人也。我辈治天下之狱，而不能虑天下之囚。据纸上之供词，以断生死，何自识其人哉？君宜自儆，我辈皆宜自儆。”姚安公曰：“吾以佛公之论为然。”

【译文】

姚安公在刑部任职时，有一天他的同僚王守坤公说：“昨天夜里我梦见一个人浑身都是血站在面前，但我又不认识他，他这是为什么来的呢？”陈作梅公说：“因为您常常担心误杀了人，心里总是忐忑不安存有歉意，所以心里才造成了这种幻象。本来就没有这样的鬼，您又怎么认得它呢？况且七八个人同时审断一桩案例，为什么只有您梦到呢？您不要多虑。”佛伦公却说：“不是你说的那样。大家同事就是同一个整体，一人梦见，就像人人梦见一样。我们在判定天下的刑案，却不能讯察记录天下囚犯的罪。只是根据纸上的供词，来判断一个人是生是死，又怎么能认识那个人呢？您应当自警，我们也都应该自警。”姚安公说：“我认为佛公言之有理。”

吕太常含辉言：京师有富室娶妇者，男女并韶秀，亲串皆望若神仙。窥其意态，夫妇亦甚相悦。次日天晓，门不启。呼之不应，穴窗窥之，则左右相对缢。视其衾，已合欢矣。婢媪皆曰：“是昨夕已卸妆，何又着盛服而死耶？”异哉，此狱虽皋陶不能听矣。

【译文】

太常寺卿吕含辉说：京城里有个富人家娶媳妇，新郎新娘相貌俊美，亲戚们看他们简直像神仙一样的人物。悄悄看他们的神态，夫妻彼此也都很喜欢对方。第二天天亮，房门不开。喊他们也不答应，众人在窗纸上抠一个洞向里面看，发现两人面对面上了吊。看看床上的被褥，已经同床合欢了。婢女仆妇都说："昨天晚上已经卸了妆的，为什么又穿戴整齐而死呢？"奇怪呵，这个案件即使虞舜时的司法官皋陶也是不能审察的了。

里胥宋某，所谓东乡太岁者也。爱邻童秀丽，百计诱与狎。为童父所觉，迫童自缢。其事隐密，竟无人知。一夕，梦被拘至冥府，云为童所诉。宋辩曰："本出相怜，无相害意。死由尔父，实出不虞。"童言："尔不相诱，我何缘受淫？我不受淫，何缘得死？推原祸本，非尔其谁？"宋又辩曰："诱虽由我，从则由尔。回眸一笑，纵体相就者谁乎？本未强干，理难归过。"冥官怒叱曰："稚子无知，陷尔机阱。饵鱼充馔[①]，乃反罪鱼耶？"拍案一呼，栗然惊寤。

后官以贿败，宋名丽案中，祸且不测。自知业报，因以梦备告所亲。逮及狱成，乃仅拟城旦[②]。窃谓梦境无凭也。比三载释归，则邻叟恨子之被污，乘其妇独居，饵以重币，已见金夫不有躬矣[③]。宋畏人多言，竟惭而自缢。然则前之幸免，岂非留以有待，示所作所受，如影随形哉！

【注释】

①馔（zhuàn）：饮食，吃喝。

②城旦：古代刑罚名。一种筑城四年的劳役。

③见金夫不有躬：指女子见到有钱的男子就失身。出自《易经·象辞》："六三，勿用取女，见金夫，不有躬，无攸利。"

【译文】

乡间有个小吏宋某，号称"东乡太岁"。他喜欢邻居家男孩长得清秀，千方百计引诱奸污了他。孩子的父亲察觉后，逼迫孩子上吊自尽了。这件事很隐秘，竟然无人知晓。一天晚上，宋某梦见自己被抓到冥府，说是因为那个孩子告了状。宋某分辩道："我本来就是喜欢你，并没有想害你的意思。你是你父亲逼死的，我实在是没有预料到。"孩子说："你不引诱我，我又怎么会被你淫污呢？我不被淫污，又怎么会死呢？推究这场祸事的由来，不是你又是谁？"宋某又辩解："就算是我引诱，可顺从不顺从在你。回眸一笑、纵身投到我怀里的是谁呢？我本来就没有强迫你，按道理不应该归咎于我。"冥官怒叱道："幼子无知，才陷入你的圈套。就像钓鱼设了诱饵，怎么反而怪罪鱼呢？"冥官拍着桌子大叫一声，宋某惊醒过来。

后来宋某的长官受贿事情败露，宋某也受到牵连，无法预料会有怎样的祸患。宋某自知报应到了，把那个梦遍告亲朋好友。等到结案，却只被判去筑城四年。他暗想，看来做梦也是不足为凭的。等他服了三年刑被释放回乡，却得知邻居老翁因为怨恨儿子被污辱，趁宋某妻子独自在家，重金引诱，宋某的妻子早就卖身相就了。宋某畏惧人们的闲言碎语，最终羞愧地上吊死了。看起来前一次似乎是免了灾祸，实际上是阴间特意留着后来报应，这样来显示一个人做什么就会有什么样的报应，如影随形一样啊！

旧仆邹明言：昔在丹阳县署，夜半如厕。过一空屋，闻中有男女媟狎声，以为内衙僮婢，幽会于斯。惧为累，潜踪而返。后月夜复闻之，从窗隙窃窥，则内衙无此人；又时方沍冻[1]，乃裸无寸缕。疑为妖魅，于窗外轻嗽。倏然灭迹。偶与同伴语及，一火夫曰："此前官幕友某所居。幕友有雕牙秘戏像一盒，腹有机轮，自能运动。恒置枕函中，时出以戏玩。一日失去，疑为同事者所藏。后终无迹。岂此物为祟耶？"遍索室中，迄不可得。以不为人害，亦不复追求。殆常在茵席之间，得人精气，久而幻化欤！

【注释】

①沍(hù)冻：天寒地冻。

【译文】

我以前的一个仆人邹明说：从前，他在丹阳县署，有次半夜到厕所去。经过一间空屋子时，听到屋内有男女寻欢做爱的声音，以为是内衙的家僮婢女在屋内幽会。他害怕受到连累，就悄悄地回了自己的房间。后来在一个有月亮的夜晚，他又听到了屋内的声音，就从窗缝向里面偷看，却发现并不是内衙的人；而且当时天寒地冻，他们却都一丝不挂。他怀疑是妖魅，就轻轻咳嗽一声。屋里的人应声消失了。他偶尔跟同伴说到这件事，一个伙夫说："这是前任长官某位幕友住过的房子。这个幕友有一盒牙雕的秘戏偶像，玩偶的肚子里有机关，能自己活动。他平日放在枕头里，时常拿出来玩弄。一天丢了，他怀疑是被同事藏了起来。后来再也没有找到。难道是这盒秘戏偶像成了精吗？"人们搜遍了整个房间，也没找到什么；认为这玩意儿不害人，就没有再找。大概是这盒秘戏偶像常在褥席之间，得了人的精气，时间久了就通灵幻化了吧！

外祖雪峰张公家，牡丹盛开。家奴李桂，夜见二女凭阑立。其一曰："月色殊佳。"其一曰："此间绝少此花，惟佟氏园与此数株耳。"桂知是狐，掷片瓦击之，忽不见。俄而砖石乱飞，窗棂皆损。雪峰公自往视之，拱手曰："赏花韵事，步月雅人，奈何与小人较量，致杀风景？"语讫寂然。公叹曰："此狐不俗。"

【译文】

外祖父张雪峰公家，牡丹盛开。家奴李桂夜里看见两个女子靠着栏杆站着。其中一个说："月色很美。"另一个说："这种花这里绝少，只有佟氏园和这里有几株罢了。"李桂知道是狐狸精，就掷了一片瓦打过去，女子忽然不见了。不一会儿，砖头石块乱飞，窗棂都被砸坏了。张雪峰公亲自前往察看，拱手施礼说："赏花是风雅的事情，在月下散步是高雅的人，为什么和小人较量，弄得大煞风景？"说完，四周就寂静无声了。张公叹息说："这个狐精不俗。"

佃户张九宝言：尝夏日锄禾毕，天已欲暝，与众同坐田塍上。见火光一道如赤练，自西南飞来，突堕于地，乃一狐，苍白色。被创流血，卧而喘息，急举锄击之，复努力跃起，化火光投东北去。后牵车贩鬻至枣强，闻人言某家妇为狐所媚，延道士劾治，已捕得封罂中[①]。儿童辈私揭其符，欲视狐何状。竟破罂飞去。问其月日，正见狐堕之时也。此道士咒术可云有验，然无奈騃稚之窃窥[②]。古来竭力垂成，而败于无知者之手，类如斯也夫。

【注释】

①罂(yīng)：古代口小腹大的瓶子。

②騃(ái):呆,无知。

【译文】

佃户张九宝说:夏天的一个下午,他给禾苗锄完草,天也快黑了,就和大家一同坐在田埂上。忽然看见一道火光像赤练一般从西南飞来,突然坠落到地上,却是一只灰白色的狐狸。见狐狸受了伤,鲜血直流,卧在地上喘息,他急忙举起锄头去打,只见那只狐狸又奋力跳跃起来,化作一团火光向东北方向去了。后来,张九宝拉车到枣强去卖货,听人说某家的女子被狐狸迷惑了,请道士来驱治,都已经把狐狸逮住了封在瓶子里。却不料孩子们偷偷地揭开符封,想看看狐狸到底是什么样子。那只狐狸竟然打破了瓶子,飞走了。他问起这件事的时间,正是那只狐狸堕落的时候。这个道士符咒的法术可以说有效验了,但是道士对幼稚无知的孩子偷看却无可奈何。自古以来,竭尽全力,眼看一件事就要成功,却败在无知者手里,往往就像这件事一样。

老仆刘琪言:其妇弟某,尝独卧一室,榻在北牖。夜半觉有手扪搎[①],疑为盗。惊起谛视,其臂乃从南牖探入,长殆丈许。某故有胆,遽捉执之。忽一臂又破棂而入,径批其颊,痛不可忍。方回手支拒,所捉臂已掣去矣。闻窗外大声曰:"尔今畏否?"方忆昨夕林下纳凉,与同辈自称不畏鬼也。

鬼何必欲人畏?能使人畏,鬼亦复何荣?以一语之故,寻衅求胜,此鬼可谓多事矣。裘文达公尝曰:"使人畏我,不如使人敬我。敬发乎人之本心,不可强求。"惜此鬼不闻此语也。

【注释】

①扪搎(sūn):抚摸,摩挲。

【译文】

老仆刘琪说：他的妻弟，曾经独自一人住一间屋子，床在北窗下。半夜时觉得有只手在他身上摸来摸去，怀疑是小偷。惊讶地起身细看，只见胳膊是从南窗探进来的，几乎有一丈多长。他素来有胆量，就立即抓住这只胳膊不放。忽然又有一只胳膊破窗而入，打他的耳光，痛得受不了。他回手抵挡时，被抓住的那只手已经抽了回去。他听到有声音在窗外大声道："如今你怕鬼了吧？"他这才记起昨晚在树下纳凉时，对同伙说过不怕鬼。

鬼何必要让人害怕它们呢？能叫人害怕，鬼又有什么荣耀呢？因为一句话的缘故，就寻衅求胜，这个鬼真是太多事了。裘文达公说："让人怕我不如让人敬我。尊敬应该是发自人的本心，不是可以强求的。"可惜那个鬼没听到过这些话。

宗室瑶华道人言：蒙古某额驸尝射得一狐①，其后两足着红鞋，弓弯与女子无异。又沈少宰云椒言：李太仆敬堂，少与一狐女往来。其太翁疑为邻女，布灰于所经之路。院中足印作兽迹，至书室门外，则足印作纤纤样矣。某额驸所射之狐，了无他异。敬堂所眷之狐，居数岁别去。敬堂问："何时当再晤？"曰："君官至三品，当来迎。"此语人多知之。后来果验。

【注释】

①额驸：清朝宗室、贵族女婿的封号。

【译文】

宗室皇族瑶华道人说：蒙古某个额驸曾经射到一只狐狸，两只后脚还穿着红鞋，鞋子弓形小巧，与缠足女子的小鞋完全一样。还有，少宰沈云椒说：太仆李敬堂，年轻时曾经与一个狐女暗中来往。他的祖父起初怀疑她是邻居的女儿，在她所经过的路上撒上了灰。结果，院子里的脚印是野兽的足迹，到书房门外时才变成纤纤女子的足迹。那个额驸猎获的狐狸，一点儿没有任何怪异。李敬堂眷恋的狐女，过了几年才辞别而去。李敬堂问："何时才能再相见？"狐女说："等您升官到了三品，我会来相迎。"这话许多人都知道，后来果然应验了。

外叔祖张公雪堂言：十七八岁时，与数友月夜小集。时霜蟹初肥，新笃亦熟①，酣洽之际，忽一人立席前。着草笠，衣石蓝衫，蹑镶云履，拱手曰："仆虽鄙陋，然颇爱把酒持螯。请附末坐可乎？"众错愕不测，姑揖之坐。问姓名，笑不答，但痛饮大嚼，都无一语。醉饱后，蹶然起曰②："今朝相遇，亦是前缘。后会茫茫，不知何日得酬高谊。"语讫，耸身一跃，屋瓦无声，已莫知所在。视椅上有物粲然，乃白金一饼，约略敌是日之所费。或曰仙也，或曰术士也，或曰剧盗也。余谓剧盗之说为近之。小时见李金梁辈，其技可以至此。又闻窦二东之党，二东，献县巨盗。其兄曰大东，皆逸其名，而以乳名传。他书记载，或作"窦尔敦"，音之转耳。每能夜入人家，伺妇女就寝，胁以刃，禁勿语，并衾褥卷之，挟以越屋数十重。晓钟将动，仍卷之送还。被盗者惘惘如梦。一夕失妇家伏人于室，俟其送还，突出搏击。乃一手挥刀格斗，一手掷妇于床上，如风旋电掣，倏已无踪。殆唐代剑客之支流乎？

【注释】

①笃（chōu）：指酒。

②蹶(jué)然:疾起的样子。

【译文】

外叔祖张雪堂公说:十七八岁时,与几个朋友月夜小聚。当时秋蟹刚刚长肥,新稻米酿的酒也可以喝了,众人正在酣饮,忽然有一个人站在席前。他头戴草笠,穿着石蓝色衣衫,脚登镶云靴,拱手施礼道:"我虽鄙陋,但颇爱饮酒吃蟹。请问坐在末座可以吗?"众人惊愕,不知是什么人,姑且还礼让他坐下。问及姓名,他微笑不答,只是痛饮大嚼而已,始终不说一句话。酒足饭饱,忽地站起,说:"今日相聚,也是前缘。后会之期茫茫,不知何日能报答这番高谊。"说完耸身一跃,大家都没有听到屋瓦的响声,就已经不知所往了。众人发现椅子上有个东西发亮,原来是一锭银子,大概与今夜这顿酒席的花费相当。有人说他是仙人,有人说他是术士,有人说他是大盗。我认为大盗的可能性大。小时候见到的李金梁等人,他们的武功能有这个程度。又听说窦二东的同伙,二东,是献县的大盗。他的哥哥叫大东,兄弟的名字都已佚失,而以乳名相传。别的书上记载,或者作"窦尔墩",一音之转罢了。往往能在夜里进到人家里,偷看到女人睡下后,威胁她们不让出声,连同被子卷起来,挟着越过数十重房屋而去。等到晨钟快敲响的时候,仍用被子卷着送回来。被盗者迷迷糊糊如在梦中。一天夜里,丢了妇女的人家埋伏在屋里,等盗贼送还妇女的时候,突然出来搏斗。强盗用一手挥刀格斗,一手把妇人扔到床上,如同风驰电掣般,一转眼就无影无踪了。他们大概是唐代剑客的支流吧?

奇门遁甲之书,所在多有,然皆非真传。真传不过口诀数语,不著诸纸墨也。德州宋清远先生言:曾访一友,清远曾举其姓名,岁久忘之。清远称雨后泥泞,借某人一驴骑往。则所居不远矣。友留之宿,曰:"良夜月明,观一戏剧可乎?"因取凳十馀,纵横布院中,与清远明烛饮堂上。二鼓后,见一人逾垣入，环转阶前，每遇一凳，辄蹒跚，努力良久乃跨过。始而顺行，曲踊一二百度；转而逆行，又曲踊一二百度。疲极踣卧，天已向曙矣。友引至堂上，诘问何来。叩首曰："吾实偷儿，入宅以后，惟见层层皆短垣，愈越愈不能尽，窘而退出，又愈越愈不能尽，故困顿见擒，死生惟命。"友笑遣之。谓清远曰："昨卜有此偷儿来，故戏以小术。"问："此何术？"曰："奇门法也。他人得之恐召祸，君真端谨，如愿学，当授君。"清远谢不愿。友太息曰："愿学者不可传，可传者不愿学，此术其终绝矣乎！"意若有失，怅怅送之返。

【译文】

奇门遁甲这一种术数的书，现在虽有很多，但都不是真传。真传不过是几句口诀，不需要写到纸上。德州的宋清远先生说：他曾经去拜访他的一位朋友，清远曾经说了姓名，年岁长久我忘了。清远说下雨后道路泥泞，是借了某人的一头驴子骑着去的。那么看起来这个朋友住得不远。朋友留他住一晚，说："今夜的月光真好，看一出戏怎么样？"接着朋友搬出十几条凳子，纵横排放在院子里，然后点着蜡烛在堂上与宋清远饮酒。二更后，他们看见一个人翻墙进来，在台阶前四面打转，每碰到一条凳子。就摇摇晃晃跌跌撞撞，费很大的劲儿才跨过去。开始他是顺行，向上跳一两百次才跨过一条凳子；后来又逆行，又是向上跳一两百次才跨过一条凳子。到后来，弄得疲惫不堪，倒在地上，这时天已快亮了。朋友把他带到堂上，审问他的来历。那个人磕着头说："我是小偷，进来后只看见层层矮墙，越跳越没有尽头；我应付不了想退出去，也是越跳越没有尽头，弄得精疲力尽，只好随您处置了。"朋友笑着打发他走了。朋友对宋清远说："昨天我就算到这个小偷要来，因此用小法术耍耍他。"宋清远又问："这是什么法术呢？"他回答说："是奇门术。别人去学恐怕招祸，你是个正直谨慎的人，如果愿意学的话，我一定传授给你。”宋清远谢绝了。朋友叹息说：“愿学的人不能传，能传的人不愿学，这门法术岂不是要灭绝了！”朋友十分失望，茫然若失地送宋清远回来了。

有故家子，日者推其命大贵，相者亦云大贵，然垂老官仅至六品。一日扶乩，问仕路崎岖之故。仙判曰：“日者不谬，相者亦不谬，以太夫人偏爱之故，削减官禄至此耳。”拜问：“偏爱诚不免，然何至削减官禄？”仙又判曰：“礼云继母如母，则视前妻之子当如子；庶子为嫡母服三年，则视庶子亦当如子。而人情险恶，自设町畦[①]，所生与非所生，厘然如水火不相入[②]。私心一起，机械万端。小而饮食起居，大而货财田宅，无一不所生居于厚，非所生者居于薄，斯已干造物之忌矣。甚或离间谗构，密运阴谋，诟谇嚣陵[③]，罔循礼法，使罹毒者吞声，旁观者切齿，犹哓哓称所生者之受抑[④]。鬼神怒视，祖考怨恫，不祸遣其子，何以见天道之公哉？且人之受享，只有此数，此赢彼缩，理之自然。既于家庭之内，强有所增；自于仕宦之途，阴有所减。子获利于兄弟多矣，物不两大，亦何憾于坎坷乎？”其人悚然而退。

后亲串中一妇闻之，曰：“悖哉此仙！前妻之子，恃其年长，无不吞噬其弟者；庶出之子，恃其母宠，无不凌轹其兄者[⑤]。非有母为之撑拄，不尽为鱼肉乎？”姚安公曰：“是虽妒口，然不可谓无此事也。世情万变，治家者平心处之可矣。”

【注释】

①町（tǐng）畦：田埂，比喻界限、界域。

②厘然：清楚、分明的样子。

③嚣陵：亦作“嚣凌”，嚣张凌辱，嚣张气盛。

④哓哓(xiāo)：争辩声。

⑤凌轹(lì)：欺压，排挤。轹，车轮碾过。

【译文】

有一个旧家子弟，阴阳先生推算他是大贵之命，相面的也说应当大贵，但是他到老，官也只做到了六品。有一天扶乩，他问仕途崎岖不平的缘故。乩仙下判语说：“占卜的没错，相面的也没错，只是因为太夫人偏爱的缘故，削减官职禄位到了这一步罢了。”他又拜问：“偏爱的确难免，但何至于削减官职禄位？”乩仙又判道：“礼书上说，继母就像母亲，那么看待前妻的儿子，应当像自己的儿子；妾生的儿子为嫡母穿丧服三年，那么看待妾生的儿子也应当像自己的儿子。而人情险恶，自己设立种种阻碍，把自己生的和别人生的看得像水火那样不相容。私心一起，奸诈欺骗种种花样就来了。小到饮食起居，大到资产田宅，没有一样不是自己生的孩子所得优厚，别人生的孩子所得菲薄，这已经触犯造物主的忌讳了。甚至还离间构谗陷害，暗地里搞阴谋，责骂吵闹气焰嚣张，不遵礼法，让遭受毒害的忍气吞声，让旁观者切齿痛恨，还喋喋不休说自己生的受了委屈。鬼神愤怒地看着，祖先怨恨悲痛，这样的情况，不降祸责罚她的儿子，怎么显示天道的公正呢？而且人能享受的，数量是固定的，这里富足了，那里就短缺，这个道理很自然。既然你在家庭里，依赖强势增加了福分；那么仕途就暗暗有削减。你从兄弟那里占的利益多了，万事不能两全，仕途上有些坎坷你还遗憾什么呢？”那个人惊讶惶恐退下。

后来亲戚当中一个女人听到了说：“这个乩仙真是大错！前妻的儿子，依仗他年长，没有不想一口吞掉他弟弟的；妾生的儿子，倚仗他母亲受宠爱，没有不想压倒兄长的。要不是有母亲替他支撑抵拒，不就成了人家砧板上的鱼肉了吗？”姚安公说：“这虽然是妒忌的话，但不能说没有这种事情。世情万般变化，治家的人公平对待就可以了。”

族祖黄图公言：顺治康熙间，天下初定，人心未一。某甲阴为吴三桂谋，以某乙骁健有心计，引与同谋。既而枭獍伏诛[①]，鲸鲵就筑[②]，亦既洗心悔祸，无复逆萌。而来往秘札，多在乙处。书中故无乙名，乙胁以讦发，罪且族灭。不得已以女归乙，赘于家。乙得志益骄，无复人理，迫淫其妇女殆遍，乃至女之母不免；女之幼弟才十三四，亦不免。皆饮泣受污，惴惴然恐失其意。甲抑郁不自聊，恒避于外。一日，散步田间，遇老父对语，怪附近村落无此人。老父曰：“不相欺，我天狐也。君固有罪，然乙逼君亦太甚，吾窃不平。今盗君秘札奉还。彼无所挟，不驱自去矣。”因出十馀纸付甲。甲验之良是，即毁裂吞之，归而以实告乙。乙防甲女窃取，密以铁瓶瘗他处。潜往检视，果已无存。乃踉跄引女去。女日与诟谇，旋亦仳离[③]。后其事渐露，两家皆不齿于乡党，各携家远遁。

夫明季之乱极矣，圣朝荡涤洪炉[④]，拯民水火。甲食毛践土已三十馀年[⑤]，当吴山桂拒命之时，彼已手戮桂王[⑥]，断不得称楚之三户[⑦]。则甲阴通三桂，亦不能称殷之顽民。即阖门骈戮，亦不为冤。乙从而污其闺帏，较诸荼毒善良，其罪似应末减，然乙初本同谋，罪原相埒[⑧]；又操戈挟制，肆厥凶淫，罪实当加甲一等。虽后来食报，无可证明，天道昭昭，谅必无幸免之理也。

【注释】

①枭獍:传说中吞吃亲鸟、亲兽的禽和兽。

②鲸鲵就筑:指敌人都被处死。鲸鲵,比喻凶恶的敌人。就,走进,靠近。筑,捣土的杵,棍棒。

③仳(pǐ)离:夫妻离散,特指妻子被遗弃而离去。

④洪炉:这里指天地。

⑤食毛践土:吃的食物和居住的土地都是国君所有。毛,指地面所生之谷物。践,踩。

⑥桂王:朱由榔(1623—1662),被清军逼到缅甸,被缅甸王收留。吴三桂攻入缅甸,朱由榔被俘,于清康熙元年(1662)在昆明被绞死。

⑦楚之三户:典出《史记·项羽本纪》:“楚虽三户,亡秦必楚。”后指决心复仇报国者。

⑧埒(liè):等同。

【译文】

族祖黄图公说:顺治、康熙年间,天下初定,民心还没安定下来。有个某甲暗中给吴三桂做间谍,因为某乙强健勇猛又很有谋略,就招某乙做了同谋。不久,吴三桂被诛杀,他手下的干将们也全部落网处死。某甲决定洗心革面,不再谋逆朝廷。可是,他与某乙的往来密信,很多都在某乙那里。密信中没有乙的姓名,乙就用这些密信威胁甲说是要告发,如果真要告发,甲的罪行是要灭族的。甲迫不得已,将自己的女儿许配给了乙,招乙做了上门女婿。乙得志更加骄横,根本不顾伦理人道,胁迫奸淫甲家的女性,所有妇女几乎被他淫遍,连岳母也没有幸免,甚至才十三四岁的妻弟也没有逃过乙的奸淫。全家老小都忍泪受辱,还每天惴惴不安,唯恐他不顺心。甲抑郁忧闷,实在过不下去,常常一个人躲避出去。有一天,他在田间散步,遇到一个老翁和他交谈。甲很奇怪,附近的村子并没有这么个老翁。老翁说:“实不相瞒,我是天狐。

先生固然有罪，然而乙也逼人太甚了，我私下里很是不平。现在把密信偷来，奉还给你。他再没有什么可以要挟你的了，您不赶，他自己也会走的。”说完，拿出十几张纸交给甲。甲一看，正是他写的密信，立即撕碎，吞下肚去，回家后，把实情直截了当地告诉了乙。原来，乙为了防止甲女偷密信，已经把密信藏在铁瓶中，埋在一个没人知道的隐蔽地方。听甲这样说，不大相信，自己偷偷前去检查，密信果然没有了。乙慌慌张张地带着甲的女儿离开了甲家。甲的女儿天天和乙争吵辱骂，很快就离开了乙。后来，甲乙的事情逐渐泄露出去，两家都被乡亲们看不起，各自携家远逃外地。

明朝末年乱到极点，清朝平定乱世，把百姓从水深火热中拯救出来。甲蒙受君恩已经三十多年，吴三桂抗拒朝命时反戈杀了桂王，绝对称不上是秦朝热爱故国的楚之三户。甲暗通吴三桂，也称不上周代留恋故国的殷之顽民。甲就是全家伏诛，也不算冤枉。乙乘机污辱甲家全家每一个人，罪恶似乎并不应该轻于祸害善良人家；可是，乙当初本来就是甲的同谋，罪恶与甲是相等的；乙又捏着把柄挟制甲，放肆奸淫，实际上应该罪加一等。虽然乙后来得到什么恶报还不清楚，但是天道昭昭，谅他必无幸免之理。

姚安公读书舅氏陈公德音家。一日早起，闻人语喧阗[①]。曰客作张珉，昨夜村外守瓜田，今早已失魂不语矣。灌救百端，至夕乃苏。曰：“二更以后，遥见林外有火光，渐移渐近。比至瓜田，乃一巨人，高十馀丈，手执烛笼，大如一间屋。立团焦前，俯视良久。吾骇极晕绝，不知其何时去也。”或曰罔两[②]，或曰当是主夜神。案，《博物志》载主夜神咒曰“婆珊婆演底”[③]，诵之可以辟恶梦，止恐怖。不应反现异状，使人恐怖。疑罔两为近之。

【注释】

①喧阗(tián):喧哗,热闹。

②罔两:古代传说中的一种精怪。

③《博物志》:志怪小说集,西晋张华(232—300)编撰。分类记载异境奇物、琐闻杂事及神仙方术等。

【译文】

姚安公曾在舅父陈德音公家读书。一天早起,听见人声喧哗。有人说,短工张珉,昨夜在村外看守瓜田,今早已经昏迷不醒。经过千方百计救治,晚上才苏醒。他说:“二更后,我远远看见树林外有火光,越移越近。等它到了瓜园,才发现是个巨人,有十多丈高,提的灯笼有一间屋那么大。它站在窝棚前,俯看了好久。我吓破胆昏了过去,也不知道它是什么时候离开的。”有人说是魍魉,有人说是主夜之神。据考证,《博物志》记载有主夜神的咒语是“婆珊婆演底”,吟诵它就可以避免恶梦,不再害怕。因此主夜之神不应当一反常态,让人害怕。我估计是魍魉。

姚安公又言:一夕,与亲友数人,同宿舅氏斋中。已灭烛就寝矣,忽大声如巨炮,发于床前,屋瓦皆震。满堂战栗,噤不能语,有耳聋数日者。时冬十月,不应有雷霆;又无焰光冲击,亦不似雷霆。公同年高丈尔玿曰:“此为鼓妖,非吉征也。主人宜修德以禳之。”德音公亦终日栗栗,无一事不谨慎。是岁家有缢死者,别无他故。殆戒惧之力欤!

【译文】

姚安公又说:一天晚上他和几个亲友住在舅父的房间里。已经灭烛就寝了,忽然一声巨响,如同大炮一般,是从床前发出的,屋瓦都震动了。满屋的人都吓得发抖,说不出话来,还有人耳聋了好几天。时值冬季十月,不应该有雷霆;又没有电光冲击,也不像是雷霆。姚安公同榜取中的高尔招老丈说:“这是鼓妖,不是吉兆。主人应勤修德行,以求禳除。”德音公也终日战战兢兢,没有一事不谨慎。这年除了家里有一个人上吊之外,并无其他变故。大概这是他小心戒备的缘故吧!

姚安公闻先曾祖润生公言:景城有姜三莽者,勇而戆。一日,闻人说宋定伯卖鬼得钱事,大喜曰:“吾今乃知鬼可缚。如每夜缚一鬼,唾使变羊,晓而牵卖于屠市,足供一日酒肉赀矣。”于是夜夜荷梃执绳,潜行墟墓间,如猎者之伺狐兔,竟不能遇。即素称有鬼之处,佯醉寝以诱致之,亦寂然无睹。一夕,隔林见数磷火,踊跃奔赴;未至间,已星散去。懊恨而返。如是月馀,无所得,乃止。盖鬼之侮人,恒乘人之畏。三莽确信鬼可缚,意中已视鬼蔑如矣,其气焰足以慑鬼,故鬼反避之也。

【译文】

姚安公听先曾祖父润生公说:景城有叫姜三莽的,勇猛而戆直。有一天听人说宋定伯卖鬼得钱的故事,非常高兴,说:“我现在才知道鬼是可以捆绑的。如果每天夜里捆一个鬼,吐口唾沫让它变成羊,清早牵着卖给屠宰场,足够一天酒肉的开销了。”于是夜夜背着木棒拿着绳子,悄悄行走在墓地间,就像打猎的等候狐狸、兔子那样,却始终碰不到鬼。就是向来说是有鬼的地方,他假装酒醉躺着引鬼前来,也一点儿声息也没有。一天夜里,他隔着树林看见几点磷火,就跳着跑着过去;还没有到那里,磷火已经四散而去。他只好懊恼愤恨地回来。这么一个多月,什么都没有捉到,才罢手。大概鬼欺侮人,经常是趁人害怕。姜三莽确信鬼能逮住,心里已经不把鬼当回事了,他的气焰足以慑服鬼怪,所以鬼反而躲避他了。

益都朱天门言:有书生僦住京师云居寺,见小童年十四五,时来往寺中。书生故荡子,诱与狎,因留共宿。天晓,有客排闼入。书生窘愧,而客者无睹。俄僧送茶入,亦若无睹。书生疑有异,客去,拥而固问之。童曰:"公勿怖,我实杏花之精也。"书生骇曰:"子其魅我乎?"童曰:"精与魅不同。山魈厉鬼,依草附木而为祟,是之谓魅。老树千年,英华内聚,积久而成形,如道家之结圣胎,是之谓精。魅为人害,精则不为人害也。"问:"花妖多女子,子何独男?"曰:"杏有雌雄,吾故雄杏也。"又问:"何为而雌伏?"曰:"前缘也。"又问:"人与草木安有缘?"惭沮良久,曰:"非借人精气,不能炼形故也。"书生曰:"然则子仍魅我耳。"推枕遽起。童亦赧然去。此书生悬崖勒马,可谓大智慧矣。其人盖天门弟子,天门不肯举其名云。

【译文】

益都的朱天门讲:有个书生借居在京城的云居寺里,见到一个十四五岁的男孩子时常往来。书生以前是个浪荡子,就引诱男孩跟他亲热,留他同宿。天亮时,有个客人推门进来。书生很尴尬,但客人似乎什么也没看到。不一会儿僧人送茶来,也像是没有看到男孩。书生因此疑心这个男孩的来历,等客人离开,就抱住男孩子追问。男孩说:"您不要害怕,我其实是杏花精。"书生惊恐地问:"你是鬼来害我吗?"童子说:"精和鬼不一样。山魈、厉鬼,依附草木作祟,那才叫鬼。千年的老树,英华内聚，时间长了化为人形，就像道家所说的凝聚了精、气、神而怀孕一样，这样的叫成了精。鬼害人，精是不害人的。”书生问：“花妖多半是女子，为什么唯独你是男子呢？”童子说：“杏有雌雄，我是雄杏。”书生又问：“你为什么像女人那样呢？”童子说：“那是前缘。”书生问：“人与草木之间会有前缘吗？”童子惭愧忸怩了好一会儿，说：“不借助人的精气，我是不能修炼成人形的。”书生说：“这么说来你还是在害我。”他立即推开枕头起来，那个童子也不高兴地离开了。这个书生能悬崖勒马，可以说很明智。他是朱天门的弟子，因此朱天门不肯说他的名字。

申铁蟾，名兆定，阳曲人。以庚辰举人官知县[①]，主余家最久。庚戌秋[②]，在陕西试用，忽寄一札与余诀。其词恍惚迷离，抑郁幽咽，都不省为何语。而铁蟾固非不得志者，疑不能明也。未几，讣音果至。既而见邵二云赞善[③]，始知铁蟾在西安，病数月。病愈后，入山射猎，归而目前见二圆物如球，旋转如风轮，虽瞑目亦见之。如是数日，忽爆然裂，二小婢从中出，称仙女奉邀。魂不觉随之往。至则琼楼贝阙，一女子色绝代，通词自媒。铁蟾固谢，托以不惯居此宅。女子薄怒，挥之出，霍然而醒。越月馀，目中见二圆物如前，爆出二小婢亦如前，仍邀之往。已别搆一宅，幽折窈窱颇可爱[④]。问：“此何地？”曰佛桑，请题堂额。因为八分书“佛桑香界”字。女子再申前请。意不自持，遂定情。自是恒梦游。久而女子亦昼至，禁铁蟾勿与所亲通。遂渐病。病剧时，方士李某以赤丸饵之，呕逆而卒。其事甚怪，始知前扎乃得心疾时作也。

铁蟾聪明绝特，善诗歌，又工八分，驰骋名场，翛然以风流自命⑤。与人交,意气如云,邮筒走天下。中年忽慕神仙,遂生是魔障,迷罔以终。妖以人兴,象由心造。才高意广,翻以好异陨生,其可惜也夫。

【注释】

①庚辰:乾隆二十五年(1760)。

②庚戌:乾隆五十五年(1790)。

③赞善:官名。“赞美大夫”的省称,始置于唐,从六品。

④窈窱(yǎo tiǎo):同“窈窕”。

⑤翛(xiāo)然:无拘无束、超脱的样子。

【译文】

申铁蟾,名兆定,阳曲人。乾隆庚辰年中举人,官任知县,在我家门下最久。乾隆庚戌年秋天,他在陕西试用,忽然写来一封信与我诀别。信中的言词恍惚迷离,抑郁幽咽,我都看不懂他说了些什么。申铁蟾并不是坎坷不得志,因此这封信让我非常疑惑,猜不透其中的缘故。不久,果然传来了他的死讯。过后见到太子赞善邵二云,这才知道申铁蟾在西安病了几个月。病愈后,进山射猎,回来后总能见到两个圆的东西,像球,像风轮一样旋转,就是闭上眼睛也能看到。这样过了几天,忽然圆物爆裂,从里面出来两个小婢女,声称奉仙女之命前来请他。他的魂魄不知不觉地就随两个小婢女去了。到了地方,只见琼楼贝阙,非常壮丽,宫中有位绝代佳人,寒暄问候之后亲口向他提亲。申铁蟾执意谢绝,托词是住不惯这种房屋。美女看上去微微发怒,挥手让他出来,他猛然醒了。过了一个多月,圆球又像以前一样出现了,又像前一次那样爆裂出两个小婢女,又来邀请他。这次来到一处新建的住宅,小小巧巧,曲折幽深,特别可爱。他问:“这是什么地方?”女子回答是佛桑,并请他题写堂额。他用八分体书写了“佛桑香界”四个字。女子再次提出议婚,他不能自持,与女子定了情。从此以后,经常梦游佛桑。时间一久，女子白天也来，还禁止他与亲友来往。就这样，申铁蟾的病渐渐加重。病危时，方士李某给他吃驱除邪鬼的药丸，结果呕吐而死。这件事情非常奇怪，我才知道申铁蟾的信，是在他得心病的时候写的。

申铁蟾聪明绝顶，多才多艺，既擅长写诗，又精通书法，因此驰名儒林官场，俊朗飘逸以风流自命。与人交往，潇洒如流云，书信遍天下。到了中年忽然羡慕神仙，才得了这样的怪病，恍恍惚惚丧生了。妖魅因人而发生，幻象由心而造就。才情高，追求广，反而因为好奇而送了命，实在可惜。

崔庄旧宅，厅事西有南北屋各三楹，花竹翳如，颇为幽僻。先祖在时，奴子张云会夜往取茶具，见垂鬟女子，潜匿树下，背立向墙隅。意为宅中小婢于此幽期，遽捉其臂，欲有所挟。女子突转其面，白如傅粉，而无耳目口鼻。绝叫仆地。众持烛至，则无睹矣。或曰旧有此怪，或曰张云会一时目眩，或曰实一黠婢，猝为人阻，弗能遁，以素巾幕面，伪为鬼状以自脱也。均未知审。然自此群疑不释，宿是院者恒凛凛，夜中亦往往有声。盖人避弗居，斯狐鬼入之耳。又宅东一楼，明隆庆初所建。右侧一小屋，亦云有魅。虽不为害，然婢媪或见之。姚安公一日检视废书，于簏下捉得二獾[①]。佥曰："是魅矣。"姚安公曰："獾弭首为童子缚，必不能为魅。然室无人迹，至使野兽为巢穴，则有魅也亦宜。斯皆空穴来风之义也[②]。"后西厅析属从兄坦居，今归从侄汝侗。楼析属先兄晴湖，今归侄汝份。子姓日繁，家无隙地，魅皆不驱自去矣。

【注释】

①簏(lù):竹篾编的盛物器,形状不一。

②空穴来风:消息和传说不是完全没有原因的。语出战国时宋玉《风赋》。

【译文】

崔庄的纪氏旧宅,厅堂以西有南屋北屋各三间,屋前花竹荫翳,十分幽静。先祖在时,奴仆张云会半夜去取茶,看见一个垂鬟女子,隐藏在树下,对墙站立着。他以为是婢女在这里幽会,就捉住她的胳膊,想要挟她。那个女子忽然回头,只见她的脸白得像涂了粉,却没有眼耳鼻口。张云会惨叫一声,顿时扑倒在地。众人拿着蜡烛赶来,却没有看见什么。有人说以前就有这种妖怪,有人说张云会一时眼花,有人说那是个狡猾的婢女,突然被人捉住,不能逃脱,就用白丝巾遮住脸,扮成鬼的样子以便逃脱。都不能确定实情。但是从此大家的疑心不能消除,住在这个院子里的人都战战兢兢的,夜里也时常听到声响。大概人们远远地避开了,狐鬼就乘虚而入。宅东又有一楼,是明隆庆初年所建。右侧一间小屋,也听说有鬼。虽然不害人,但仆婢们也偶然能碰见。姚安公有一天翻检旧书,在书箱下面捉住了两只獾。众人都说:"这一定是那个鬼魅了。"姚安公说:"獾老老实实地让孩子捆绑,绝不可能是它们作的怪。屋子里没有人迹,以至于野兽把它当作巢穴,那么有鬼魅也是自然的。这就是所谓空穴来风的意思了。"后来,西厅分给堂兄纪坦居住,如今归了堂侄纪汝侗。楼房分给了兄长纪晴湖,如今归了侄子纪汝份。子侄们日益增多,家中再无空闲之处,鬼魅也都不用驱赶就自己离开了。

甲与乙相善,甲延乙理家政。及官抚军,并使佐官政,惟其言是从。久而资财皆为所干没,始悟其奸,稍稍谯责之①。乙挟甲阴事,遽反噬。甲不胜愤,乃投牒诉城隍。夜梦城隍语之曰："乙险恶如是，公何以信任不疑？"甲曰："为其事事如我意也。"神喟然曰："人能事事如我意，可畏甚矣。公不畏之而反喜之，不公之绐而绐谁耶？渠恶贯将盈，终必食报。若公则自贻伊戚[2]，可无庸诉也。"此甲亲告姚安公者。事在雍正末年。甲滇人，乙越人也。

【注释】

①谯(qiáo)责：谴责，责问。

②自贻伊戚：比喻自寻烦恼，自招忧患。贻，遗留。伊，此。戚，忧愁，悲哀。

【译文】

甲同乙相处得很友善，甲就请乙主管家里各种大小事务。甲做到了巡抚，也让乙辅佐官府的政务，对乙，甲是言听计从。久而久之，甲发现自己的钱财都被乙吞没，才醒悟乙的奸诈刁钻，稍稍斥责了乙。乙利用甲的隐私要挟，马上反咬一口。甲实在气不过，就写了诉状投到城隍那里。夜里，甲梦见城隍对他说："乙险恶到这样，您为什么信任不疑？"甲说："因为他事事都称我的心意。"城隍叹息着说："别人能够事事如自己的心意，就是可怕得很了。你不怕他，反而喜爱他，他不骗你又去骗谁呢？他恶贯满盈，终究必然要受到报应。而你则是自招灾祸，可以不必投诉。"这是甲亲口告诉姚安公的，这事发生在雍正末年。甲是云南人，乙是浙东人。

《杜阳杂编》记李辅国香玉辟邪事[1]，殊怪异，多疑为小说荒唐。然世间实有香玉。先外祖母有一苍玉扇坠，云是曹化淳故物，自明内府窃出。制作朴略，随其形为双螭纠结状。有血斑数点，色如熔蜡。以手摩热，嗅之作沉香气；如不摩热,则不香。疑李辅国玉,亦不过如是,记事者点缀其词耳。先太夫人尝密乞之,外祖母曰:“我死则传汝。”后外祖母殁,舅氏疑在太夫人处,太夫人又疑在舅氏处。卫氏姨母曰:“母在时佩此不去身。殆携归黄壤矣。”侍疾诸婢皆言殓时未见。因此又疑在卫氏姨母处。今姨母久亡,卫氏式微已甚,家藏玩好,典卖略尽,终未见此物出鬻。竟不知其何往也。

【注释】

①《杜阳杂编》:唐代笔记小说集,苏鹗撰。由于作者当时居住在武功杜阳川,书名故题作《杜阳杂编》。李辅国(704—762):本名静忠,唐肃宗时当权宦官。香玉辟邪:据传,唐肃宗赐李辅国香玉辟邪二,各高一尺五寸,奇异工巧绝非人间所有。玉的香味几百步外都能闻到。即使是锁在金函石匮子里,香气还是能透出来。偶尔衣角扫到一下,香气也能保持一年。李辅国曾经放置在座位旁,有一天正在梳头,辟邪忽然一个大笑、一个悲号。李辅国惊愕万状,可是笑的那个笑得没完没了,哭的那个竟然涕泪横流。李辅国很不安,把两个辟邪弄得粉碎,他住的那个巷子,香味酷烈,过了一个多月还很浓郁。没到一年,李辅国就死了。

【译文】

《杜阳杂编》记载了李辅国香玉辟邪的事,特别怪异,人们大多猜疑这件事是小说荒唐的虚构。可是,世间确实有香玉。我外祖母有一个青玉扇坠,据说是曹化淳的旧物,从明朝内府里偷出来的。玉坠的做工朴素简略,随着玉的自然形状雕刻成两条螭龙互相缠结的样子。上面有几点血斑,颜色如同熔化的蜡油。用手摩热玉坠,拿到鼻前嗅,就能闻到沉香气味;如果不摩热,就没有香味。我怀疑李辅国的香玉,也不过如此,只是记事的人故弄玄虚夸张而已。一次，先太夫人悄悄向外祖母要这个玉坠，外祖母说："我死以后就传给你。"后来外祖母去世，舅父怀疑玉坠在太夫人手里，太夫人又怀疑在舅父手里。卫家姨母说："母亲生前佩戴这个玉坠，从来没有离过身。可能是带到土里了。"可是，侍奉疾病的婢女们都说入殓时没见玉坠。因此，又怀疑玉坠落在了卫家姨母手里。现在卫家姨母早已去世，卫氏家境败落得很惨，家藏的古物器玩，全部典卖一空，一直没见那个玉坠卖出去。最终也不知到了哪里。

有客携柴窑片磁[①]，索数百金，云嵌于胄，临阵可以辟火器。然无由知确否。余曰："何不绳悬此物，以铳发铅丸击之。如果辟火，必不碎，价数百金不为多；如碎，则辟火之说不确，理不能索价数百金也。"鬻者不肯，曰："公于赏鉴非当行，殊杀风景。"急怀之去。后闻鬻于贵家，竟得百金。夫君子可欺以其方，难罔以非其道。炮火横冲，如雷霆下击，岂区区片瓦所能御？且雨过天晴，不过泑色精妙耳[②]，究由人造，非出神功，何断裂之馀，尚有灵如是耶？余作《旧瓦砚歌》有云："铜雀台址颓无遗[③]，何乃剩瓦多如斯？文士例有好奇癖，心知其妄姑自欺。"柴片亦此类而已矣。

【注释】

①柴窑：中国古代瓷窑。据记载，创建于五代后周显德初年河南郑州（一说开封），为周世宗柴荣的御窑。柴窑至今未发现实物及窑址。周世宗曾御定御窑瓷，"雨过天青云破处，者般颜色作将来"，据此推断，柴窑瓷应为天青釉瓷。

②泑（yòu）：古同"釉"。

③铜雀台：三国时期，曹操击败袁绍后营建邺都，修建了铜雀、金

虎、冰井三台，铜雀台位于今河北临漳境内。

【译文】

有人拿着一片柴窑的磁片，要卖几百两银子，说嵌在盔甲里，打仗时可以避开火器。但无从得知是否确实。我说："为什么不用绳子把它悬挂起来，用火铳射击。如果能避火器，必定不碎，要价几百两银子也不为多；如果碎了，那避火的说法就是假的了，当然不能索价几百。"那个人不肯，说："你在赏鉴方面是个外行，这话真煞风景。"急急忙忙揣起磁片走了。后来听说卖给一个富贵人家，最终得了一百两银子。君子可能被冠冕堂皇的道理骗了，却不会被没有道理的事情欺骗。炮火横飞，就像雷霆下击，难道区区一个瓦片就能抵挡吗？柴窑著名的雨过天晴色彩，不过是着色精妙而已，但终究是人造的，并非出自神功，又为什么在断裂之后，尚且还有这般威力呢？我作了一首《旧瓦砚歌》说："铜雀台址颓无遗，何乃剩瓦多如斯？文士例有好奇癖，心知其妄姑自欺。"柴窑磁片也属于此类情况。

嘉峪关外有阔石图岭，为哈密、巴尔库尔界。阔石图，译言碑也。有唐太宗时侯君集平高昌碑①，在山脊。守将砌以砖石，不使人读，云读之则风雪立至，屡试皆不爽。盖山有神，木石有精，示怪异以要血食，理固有之。巴尔库尔又有汉顺帝时裴岑破呼衍王碑②，在城西十里海子上，则随人拓摹，了无他异。惟云海子为冷龙所居，城中不得鸣夜炮，鸣夜炮则冷龙震动，天必奇寒。是则不可以理推矣。

【注释】

①侯君集平高昌：侯君集（？—643），豳州三水（今陕西旬邑）人，唐朝名将，凌烟阁二十四功臣之一。贞观十三年（639）十二月，唐

太宗诏令侯君集为交河道行军大总管征讨高昌,第二年攻克。

②裴岑破呼衍王碑:全称《汉敦煌太守裴岑纪功碑》。汉顺帝永和二年(137),敦煌太守裴岑率本郡部队三千人出击匈奴于伊吾北,斩杀呼衍王,打败全部敌军,取得重大胜利。故碑曰:“除西域之灾,蠲四郡之害。”碑立于永和二年八月。事见《汉书》,裴岑无考。

【译文】

嘉峪关外有一座阔石图岭,是哈密和巴尔库尔的边界。阔石图的汉语意思是“碑”。山脊上有唐太宗时侯君集平定高昌后立的碑。守将用砖石把碑砌了起来,让人读不到碑文,说读了碑文会立刻风雪交加,每次试都很灵验。大概山神木石有精灵,显示怪异现象向人索要祭祀,这种道理原本是有的。巴尔库尔岭上还有汉顺帝时裴岑击破呼衍王后树的碑,碑在城西十里处的大湖边上,任人临摹,并没有任何异常。只是听说大湖是冷龙呆的地方,夜里城中不得鸣炮,鸣夜炮就会惊动冷龙,天气必定立刻奇冷。这就不知是怎么回事了。

李老人,不知何许人,自称年已数百岁,无可考也。其言支离荒杳,殆前明醒神之流。曩客先师钱文敏公家,余曾见之。符药治病,亦时有小验。文敏次子寓京师水月庵,夜饮醉归,见数十厉鬼遮路,因发狂自劙其腹①。余偕陈裕斋、倪馀疆往视,血肉淋漓,仅存一息,似万万无生理。李忽自来舁去,疗半月而创合。人颇以为异。然文敏公误信祝由②,割指上疣赘③,创发病卒,李疗之竟无验。盖符箓烧炼之术,有时而效,有时而不效也。先师刘文正公曰:“神仙必有,然必非今之卖药道士;佛菩萨必有,然必非今之说法禅僧。”斯真千古持平之论矣。

【注释】

①劙(lí):割,劈。

②祝由:相传古时治病十三科之一,又称“祝由科”,是古代医术的一种流派,即祝说病由,不需用针灸或药来治病,是巫术治疗法。祝说,就是装出一副能通鬼神之事的模样,祝祷鬼神消灾免难,解除病人的疾病痛苦。

③疣(yóu)赘:泛指痈疽疮毒。

【译文】

李老人,不知道他的来历,自称年纪已有几百岁,也没法考证。他的言谈零零碎碎玄妙虚妄不着边际,大概是明代所说的“醒神”一类人。以前他借住在钱文敏公家,我曾经见过他。他用符咒之术治病,有时也有些效果。钱文敏公的次子住在京师水月庵,夜里喝醉了回家,路上看见几十个厉鬼拦路,因而发狂割开了自己的肚子。我和陈裕斋、倪馀疆去看,只见他血肉淋漓,奄奄一息,看样子万万救不活了。李老人忽然自己来把他抬去,治疗半月,伤口竟然愈合了。人们十分惊异。钱文敏公误信了符咒治病,割手指上的痈疮,结果伤口感染发病最后去世了,李老人为他治疗竟然没有效果。大概符咒烧炼之类的方术有时见效,有时无效。先师刘文正公说:“神仙是一定有的,但绝对不是如今的卖药道士;佛和菩萨是一定有的,但绝对不是今天的说法禅僧。”这真是千古持平的评论了。

杨主事護[①],余甲辰典试所士也[②]。相法及推算八字五星,皆有验。官刑部时,与阮吾山共事。忽语人曰:“以我法论,吾山半月内当为刑部侍郎。然今刑部侍郎不缺员,是何故耶?”次日堂参后,私语同官曰:“杜公缺也。”既而杜凝台果有伊犁之役。一日,仓皇乞假归,来辞余。问:“何匆遽乃尔?”曰:“家惟一子侍老父,今推子某月当死,恐老父过哀,故急归耳。”是时尚未至死期。后询其乡人,果如所说,尤可异也。余尝问以子平家谓命有定[③],堪舆家谓命可移[④],究谁为是。对曰:“能得吉地即是命,误葬凶地亦是命,其理一也。”斯言可谓得其通矣。

【注释】

①頀:音 hù。

②甲辰:乾隆四十九年(1784)。

③子平:北宋人,全名徐子平,精于星命之学。

④堪舆:即风水。堪,地突之意,代表“地形”之词。舆,承舆,即为研究地形地物之意,着重在地貌的描述。

【译文】

主事杨頀,是我甲辰年主持考试时取中的士子。他的相法以及推算八字五星都很灵验。他在刑部做官时,同阮吾山共事。有一天忽然对人说:“依我的推算,吾山半个月内应当任刑部侍郎。但是现今刑部侍郎的名额不缺,这是什么缘故呢?”第二天刑部例会后,他私下对同僚说:“杜公的官位空出来了。”过后杜凝台果然有谴谪戍守伊犁的事。有一天,他仓促地请假,来向我告辞。问:“为什么如此匆忙?”答:“家里只有一个儿子侍奉老父,如今推算儿子某月去世,恐怕老父过于哀痛,所以赶紧回去。”这时候还没有到他儿子死的日期。后来询问他家乡的人,果然就像他说的那样,这特别令人惊奇。我曾经问他,徐子平说命有定数,看风水的说命可以改变,究竟是谁说得对。他回答说:“能得到吉祥的地方就是命,误葬在凶险的地方也是命,道理是一样的。”这话说明他已经融会贯通了。

昌吉遣犯彭杞，一女年十七，与其妻皆病瘵。妻先殁，女亦垂尽。彭有官田耕作，不能顾女，乃弃置林中，听其生死。呻吟凄楚，见者心恻。同遣者杨熺语彭曰[①]："君大残忍，世宁有是事！我愿舁归疗治，死则我葬，生则为我妻。"彭曰："大善。"即书券付之。越半载，竟不起。临殁，语杨曰："蒙君高义，感沁心脾。缘伉俪之盟，老亲慨诺，故饮食寝处，不畏嫌疑；搔仰抚摩，都无避忌。然病骸憔悴，迄今未能一荐枕衾，实多愧负。若殁而无鬼，夫复何言；若魂魄有知，当必有以奉报。"呜咽而终。杨涕泣葬之。葬后，夜夜梦女来，狎昵欢好，一若生人；醒则无所睹。夜中呼之，终不出；才一交睫，即驰服横陈矣。往来既久，梦中亦知是梦，诘以不肯现形之由。曰："吾闻诸鬼矣，人阳而鬼阴，以阴侵阳，必为人害。惟睡则敛阳而入阴，可以与鬼相见。神虽遇而形不接，乃无害也。"此丁亥春事[②]，至辛卯春四年矣[③]。余归之后，不知其究竟如何。

夫卢充金碗[④]，于古尝闻；宋玉瑶姬[⑤]，偶然一见。至于日日相觌，皆在梦中，则载籍之所希睹也。

【注释】

①熺：音 xī。

②丁亥：乾隆三十二年(1767)。

③辛卯：乾隆三十六年(1771)。

④卢充金碗：据晋代干宝《搜神记》卷十六记载，范阳卢充与崔少府的女儿人鬼幽婚。四年后的三月初三，崔氏女抱子交还给卢充，又赠与金碗并赠诗。后借指殉葬的器物。

⑤宋玉瑶姬：瑶姬，古代神话中的巫山女神，也称巫山之女，传说为天帝之女。一说为王母娘娘之女，本名瑶姬，在消灭十二恶龙后又助大禹治水，而又更怜惜百姓而化作神女峰守护大地。二说为炎帝（赤帝）之女，本名瑶姬（亦作“姚姬”），未嫁而死，葬于巫山之阳，因而为神。战国时楚怀王游高唐，梦与女神相遇，女神自荐枕席，后宋玉陪侍襄王游云梦时，作《高唐赋》与《神女赋》追述其事。

【译文】

昌吉的流放犯彭杞，有个十七岁的女儿，女儿与妻子都得了痨病。妻子去世了，女儿也病得不行了。彭杞自己耕种官田，照顾不了女儿，就把她扔在林子里，任凭她自生自灭。彭女痛苦呻吟，凄惨悲凉，见到的人心里都很难过。同时被流放的犯人杨熺对彭杞说：“你太残忍了，世间哪有这样的事！我愿意把她抬回去治病，如果死了就由我埋葬，如果治好了我就娶她为妻。”彭杞说：“那就太好了。”于是当场立了字据交付给杨熺。杨熺将彭女接回去半年，到底还是没能治好她的病。彭女临终前对杨熺说：“承蒙郎君的高义厚恩，感激之情沁透心脾。因为缔结了伉俪盟约，老父亲口答应我和你成为夫妻，所以半年来饮食起居没有避嫌，抚摩搔痒都没有躲开。可是，我病体憔悴，至今没有做一天真夫妻，辜负你太多，实在是惭愧。如果人死了没有鬼魂，也就罢了；如果灵魂有知，我必定报答你。”说完呜咽着去世了。杨熺也很伤心，流着泪埋葬了她。从此以后，他每夜都梦见彭女前来，与他亲密合欢，就像活人一样；醒来以后，却什么都看不见。他夜间呼唤彭女，彭女始终不出现；刚一闭眼入睡，她就宽衣解带躺在身边。时间一长，梦里的杨熺也知道自己是在做梦了，就问她不肯现形的原因。彭女说：“我听阴间的许多鬼说，人属阳，鬼属阴，阴气侵凌阳气，必定给人造成祸害。只有人在入睡的时候，才敛阳入阴，可以与鬼魂相见。这时活人的灵魂与鬼接触，但身体不接触，对人没有害处。”这是丁亥年春天的事，到辛卯年春已经四年。我返回京城后，就不知后来怎么样了。

卢充金碗的故事，在古代曾有传闻；宋玉瑶姬，也只是偶然一见。至于日日相逢，又都在梦中，这在文献记载中是很罕见的。

有孟氏媪清明上冢归，渴就人家求饮。见女子立树下，态殊婉娈，取水饮媪毕，仍邀共坐，意甚款洽。媪问其父母兄弟，对答具有条理。因戏问：“已许嫁未？我为汝媒。”女面赪避入，呼之不出。时已日暮，乃不别而行。越半载，有媪子议婚者，询知即前女，大喜过望，急促成之。于归后，媪抚其肩曰：“数月不见，汝更长成矣。”女错愕不知所对。细询始末，乃知女十岁失母，鞠于外氏五六年，纳币后始迎归。媪上冢时，原未尝至家也。女家故小姓，又颇窘乏，非媪亲见其明慧，姻未必成。不知是何鬼魅，托形以联其好；又不知鬼魅何所取义，必托形以联其好。事有不可理推者，此类是矣。

【译文】

有个姓孟的老太太清明上坟回来，路上口渴了，就到附近一户人家要水喝。她看见有个女子站在树下，性情温顺相貌漂亮，女子端水让老妇喝完，还请她一起坐下，看上去很热情。老太太问她父母兄弟的情况，女子对答有条有理。于是老太太开玩笑说：“有婆家了么？要不，我给你做媒吧。”女子红着脸躲进屋里，叫也不出来。这时天快黑了，老太太也来不及等女孩出来向她辞行就走了。半年后有人为老太太的儿子做媒，问过才知道正是老太太见到过的那个女子，老太太大喜过望，极力促成尽快办了婚事。女子嫁过来后，老太太抚摸着她的肩膀说：“几个月不见，你真的长成大姑娘了。”女子却一脸惊讶不知如何回答。老太太刨根问底，才得知这女子十岁丧母，寄养在外祖父家五六年，直到收了聘礼后才回家。老太太上坟时，她还没回家呢。这女子本来出身小户人家，家境十分贫寒，要不是老太太亲眼看到她聪明贤惠，这桩婚事未必能成。不知是什么鬼魅，变成人形，做好事联姻；也不知那个鬼是为了什么，幻化成女孩的形状来给两家联姻。世上总有些事说不出道理来，就像这件事一样。

交河苏斗南，雍正癸丑会试归[①]。至白沟河，与一友遇于酒肆中。友方罢官，饮酣后，牢骚抑郁，恨善恶之无报。适一人褶裤急装[②]，系马于树，亦就对坐。侧听良久，揖其友而言曰："君疑因果有爽耶？夫好色者必病，嗜博者必贫，势也；劫财者必诛，杀人者必抵，理也。同好色而禀有强弱，同嗜博而技有工拙，则势不能齐；同劫财而有首有从，同杀人而有误有故，则理宜别论。此中之消息微矣。其间功过互偿，或以无报为报；罪福未尽，或有报而不即报。毫厘比较，益微乎微矣。君执目前所见，而疑天道之难明，不亦颠乎？且君亦何可怨天道，君命本当以流外出身，官至七品。以君机械多端，伺察多术，工于趋避，而深于挤排，遂削减为八品。君迁八品之时，自谓以心计巧密，由九品而升，不知正以心计巧密，由七品而降也。"固附耳密语，语讫，大声曰："君忘之乎？"友骇汗浃背，问何以能知。微笑曰："岂独我知，三界孰不知[③]？"掉头上马，惟见黄尘滚滚然，斯须灭迹。

【注释】

①雍正癸丑：雍正十一年(1733)。

②褶(zhě)裤:骑马装。

③三界:宗教术语。道家所说的"三界"是指天、地、人三界,是整个世界或是整个宇宙;佛教中指众生所居之欲界、色界、无色界或指断界、离界、灭界等三种无为解脱之道。

【译文】

交河的苏斗南,雍正癸丑年会试回来。在白沟河与一个朋友在酒店里相遇。朋友刚刚罢官,酒酣耳热,大发牢骚诉说抑郁,抱怨为善为恶没有报应。刚巧一个身着骑马装的人,把马系在树上,也在对面坐着。听了很久,向那个朋友拱手行礼说道:"您怀疑因果报应不灵吗?好色的人必然生病,嗜赌的人必然贫穷,这就是大势所趋;抢劫钱财的人必然受惩罚,杀人者必然抵命,这是常理。同样好色但身体素质有强有弱,同样好赌但技术有优有劣,那么结果就不一样;同样抢劫财物,有为首的有胁从的,同样杀人,有误杀人的有故意杀人的,那么判断时理应分别对待。其中的差别极其细微。其中有的功和过相抵,或者以没有报应作为报应;罪没有受尽或者福没有享尽,也许有报应但不立即报应。几乎是一毫一厘加以比较,这就更加细致了。您只凭眼前所见到的,就怀疑天道的难明,不是很荒谬吗?而且您又怎么可以埋怨天道,您的命本来是九品以下出身,官做到七品。因为您诡计多端,见风使舵,趋炎附势,熟悉排挤之道,于是削减为八品。您升八品的时候,自以为心思细巧,由九品而升,却不知正是因为心思过于细密,由七品而降到八品的。"这人又附着朋友的耳边密语,说完了大声道:"您忘了吗?"朋友惊得汗流浃背,问怎么会知道。这人微笑地回答说:"哪里只是我知道,三界之中谁不知道?"说完掉转头上马,只见黄尘滚滚,转眼就不见了。

乾隆壬戌、癸亥间[①],村落男妇往往得奇疾。男子则尻骨生尾,如鹿角,如珊瑚枝。女子则患阴挺,如葡萄,如芝菌。有能医之者，一割立愈，不医则死。喧言有妖人投药于井，使人饮水成此病，因以取利。内阁学士永公，时为河间守，或请捕医者治之，公曰："是事诚可疑，然无实据。一村不过三两井，严守视之，自无所施其术。倘一逮问，则无人复敢医此证，恐死者多矣。凡事宜熟虑其后，勿过急也。"固不许。患亦寻息。郡人或以为镇定，或以为纵奸。

后余在乌鲁木齐，因牛少价昂，农颇病。遂严禁屠者，价果减。然贩牛者闻牛贱，皆不肯来。次岁牛价乃倍贵。驰其禁，始渐平。又深山中盗采金者，殆数百人。捕之恐激变，听之又恐养痈。因设策断其粮道，果饥而散出。然散出之后，皆穷为盗，巡防察缉，竟日纷纭。经理半载，始得靖。乃知天下事但知其一，不知其二，多有收目前之效而贻后日之忧者。始服永公"熟虑其后"一言，真"瞻言百里"也②。

【注释】

①壬戌、癸亥：乾隆七年(1742)、乾隆八年(1743)。

②瞻言百里：出自《诗经·大雅·桑柔》："维此圣人，瞻言百里。"郑玄笺注："圣人所视而言者百里，言见事远而王不用。"瞻言，指有远见的言论。

【译文】

乾隆壬戌、癸亥年间，某个村落往往有人得怪病。男子尾骨后长尾巴，像鹿角、珊瑚枝。女子是阴部长出东西，像葡萄、灵芝菌。有会治这种病的，只要割除长出来的东西，病就痊愈了，不治，人就会死。有传闻说，是妖人在井里投了药，让人饮用后生出这种病症，趁机谋取暴利。内阁学士永公当时任河间太守，有人请他下令逮捕医病之人审问，永公说："这种事实在令人怀疑，但并无实据。一村中不过两三口井，如果严加守护，自然就无法施展邪术。倘若逮捕查问，就再没有人敢治病了，恐怕死的人会更多。凡事应当认真考虑后果，千万不要操之过急。”他坚决不同意抓人。怪病不久也就平息了。郡中有人认为他处事稳健，有人认为他放纵奸人。

后来我在乌鲁木齐时，因为牛少价贵，农民非常忧虑。于是下令严禁杀牛，牛价果然下降了。但是牛贩听说牛贱，都不肯来了。第二年，牛价又涨了一倍。解除禁令后，价格才渐渐趋平。又有人在深山里盗采金矿，大概有几百人。逮捕他们吧，唯恐激起叛乱，放任吧，又怕养痈遗患。于是设计断了他们的粮道，果然盗金者因为饥饿而散去。但是他们不久又都因为走投无路做起了强盗，官府巡查缉拿，整天忙得不亦乐乎。整治了半年，才得以安定。由此可知，对天下事只知其一，不知其二，只顾眼前一时的效果，就会留下以后的忧患。我这才佩服永公“凡事应当认真考虑后果”这句话，真是高瞻远瞩。

卷九

如是我闻三

【题解】

本卷中，狐精的活动是纪昀写作的重心。古代的志怪小说，没有不写狐的，很多人把狐写得神通广大，无所不知，无所不能，而纪昀笔下的狐却更多地带着世俗生活的色彩；在其他人笔下，狐往往美貌而多情，常常在艳遇之外，还带来不明来源的巨额财富，而纪昀笔下的狐，除了善于变幻模样或者隐藏真身，其他地方与人更为接近。《阅微草堂笔记》的狐常和人共居一处，只有上下之分，或是前后院之分。它们一般与爱情无涉，而且基本上是以正面的形象出现。即便其中亦不免会有一些采补甚至报复的行为，作者总是为其曲意开脱。狐经常训诫与自己交往的人类，说理精辟、直率，不是一般的人类朋友所能做到的；而对于偶有小错的人，狐劝告时的诚恳、宽容，人间亦少见。纪昀的逻辑是：如果不是人本身萌发邪念有过错，或是因为以前存在着某种孽缘因果关系，狐狸就不会作恶。纪昀重视伦理宣教，注重对狐世界秩序、规范的建构，因而塑造了纪氏风格的狐形象，当在情理之中。

王征君载扬言[1]：尝宿友人蔬圃中，闻窗外人语。曰："风雪寒甚，可暂避入空屋。"又闻一人语曰："后垣半圮，偷儿阑入，将奈何？食人之食，不可不事人之事。"意谓僮仆之守夜者。天晓启户，地无人迹，惟二犬偃卧墙缺下，雪没腹矣。嘉祥曾映华曰："此载扬寓言，以愧僮仆之负心者也。"余谓犬之为物，不烦驱策而警夜不失职，宁忍寒饿而恋主不他往，天下为僮仆者，实万万不能及。其足使人愧，正不在能语不能语耳。

【注释】

①征君：古代被朝廷征聘的士人，称为"征士"，美称"征君"。征君的去留，朝廷虽可督促，但是如果坚决不应命，一般也不硬性强制。结果一度士人竟相以不应征召为荣，因此"征君"又成为隐士的别称。有些士人借此沽名钓誉，作为出仕资本。

【译文】

征君王载扬先生说：有一天晚上他借宿在朋友家的菜园子里，听见窗外有人说话。一个人说："风雪太大太冷了，到空屋里避一避吧。"另一个人说："后墙塌了一半，小偷半夜进来怎么办？吃了人家的饭，不能不尽心给人家做事。"他以为是守夜的僮仆。天亮后，他开门一看，雪地上没有人的足迹，只有两只狗卧在围墙的缺口下面，大雪已经没过了狗的肚子。嘉祥人曾映华说："这是王载扬的寓言，说来让负心的仆人羞愧。"我觉得狗这种动物，不用主人赶着打着，就能守夜，从不失职，宁可忍饥受冻也留恋主人不肯离开，天下做仆人的，实在万万比不上。这两只狗足以让人惭愧，并不在于能不能说话。

从孙翰清言：南皮赵氏子为狐所媚，附于其身，恒在襟袂间与人语。偶悬钟馗小像于壁①，夜闻室中跳掷声，谓驱之去矣。次日，语如故。诘以曾睹钟馗否。曰："钟馗甚可怖，幸其躯干仅尺馀，其剑仅数寸。彼上床则我下床，彼下床则我上床，终不能击及我耳。”然则画像果有灵欤？画像之灵，果躯干皆如所画欤？设画为径寸之象，亦执针锋之剑，蠕蠕然而斩邪欤？是真不可解矣。

【注释】

①钟馗(kuí)：民间传说中的赐福镇宅圣君。古书记载，钟馗是唐初长安终南山人，相貌奇丑却才华横溢。平素为人刚直，不惧邪祟。赴长安应试，钟馗被主考官誉称奇才，取为贡士之首。可是殿试时竟因相貌落选状元。钟馗一怒之下，撞殿柱而亡，震惊朝野，最终以状元官职殡葬。传说唐明皇卧病，睡梦中见大鬼捉住小鬼吃掉，这大鬼相貌奇丑无比，头戴破纱帽，身穿蓝袍、角带、足踏朝靴，自称“誓与陛下除尽天下之妖孽”。唐明皇惊醒后霍然病愈，下诏画师吴道子按照梦境绘成《钟馗捉鬼图》批告天下，以祛邪魅佑平安。

【译文】

侄孙翰清说：南皮赵氏的儿子被狐精迷住了，狐精附在他身上，常在衣襟上衣袖里跟人说话。有一次，赵氏偶然把钟馗的小画像挂在墙上，夜里听到屋里传来蹦跳的声音，以为狐精被赶走了。第二天却依然如故。斥问狐精可曾看到了钟馗。狐精说：“钟馗真是可怕，好在他躯干只有一尺来长，他的剑也只有几寸。他上床我就下床，他下床我就上床，他始终打不着我。”这么说来画像真的有灵验？画像中的神灵，个子高矮真的和画的一样长短吗？如果画只有几寸大小，那么画像里的人就拿着缝衣针大小的剑，像虫子那样蠕动着斩杀妖邪吗？这些事真是让人难以理解呀。

乾隆戊午夏[①]，献县修城。役夫数百，拆故堞破砖掷城下。城下役夫数百，运以荆筐。炊熟则鸣柝聚食，方聚食间，役夫辛五告人曰：“顷运砖时，忽闻耳畔大声曰：‘杀人偿命，欠债还钱。汝知之乎？’回顾无所睹，殊可怪也。”俄而众手合作，砖落如雹，一砖适中辛五，脑裂死。惊呼扰攘，竟不得击者主名。官司莫能诘，断令役夫之长出钱十千，棺敛而已。乃知辛五夙生负击者命，役夫长夙生负辛五钱，因果牵缠，终相填补。微鬼神先告，几何不以为偶然耶！

【注释】

①乾隆戊午：乾隆三年(1738)。

【译文】

乾隆戊午年的夏天，献县修筑城墙。几百名役夫拆下旧城墙垛口的砖，扔到城墙下面。城墙下面的几百名役夫再用荆条筐把破砖运走。饭做好了就敲木梆子，招呼大家聚拢来，一起吃饭。吃饭的时候，有个叫辛五的役夫说：“刚才运砖时，我忽然听到有人在耳旁大声说：‘杀人偿命，欠债还钱。你知道吗？’我回头想看看是谁说话，却什么也没有看见，这件事情真是很奇怪。”饭后大家又一起扔砖，砖头像冰雹般落下来，有一块砖正好打在辛五头上，辛五的脑袋被砸破，当场死了。大家惊慌失措地叫喊着，吵吵嚷嚷，最终还是查不出扔砖的人是谁。案子没法判断，县官只能判罚工头出十千钱，给辛五买了棺材。人们这才知道，辛五前生欠了打死他的那个人的命，而工头欠了辛五的钱，因果报应互相牵连，终于互相偿还了。如果没有鬼神事先通告一声，人们会以为这是个偶然的意外吧！

诸桐屿言：其乡旧家有书楼，恒鐍钥。每启视，必见凝尘之上有女子足迹，纤削仅二寸有奇，知为鬼魅。然数十年寂无形声，不知何怪也。里人刘生，性轻脱，妄冀有王轩之遇[①]。祈于主人，独宿楼上。具茗果酒肴，焚香切祝，明烛就寝。屏息以伺，亦无所见闻，惟渐觉阴森之气砭入肌骨，目能视，耳能听，而口不能言，四肢不能动。久而寒沁肺腑，如卧层冰积雪中，苦不可忍。至天晓，乃能出语，犹若冻僵。至是无敢复下榻者。此怪行踪可云隐秀，即其料理刘生，不动声色，亦有雅人深致也。

【注释】

①王轩：字公远。文宗大和时登进士第，曾为幕府从事。王轩颇有才思，少即能诗，尤善题咏。尝游苧萝山，题诗西施石，据传曾经与西施邂逅。

【译文】

诸桐屿说：他的家乡某个大户人家有一座书楼，经常锁着门。每次打开，都会看到积尘上有女子的足迹，纤细瘦削，才两寸多长，人们知道屋里有鬼怪。但几十年来从未现形出声，不清楚到底是什么鬼怪。村里有个刘生，为人轻佻放荡，妄想有王轩那样的艳遇。他请求主人让他独自住在书楼上。刘生备好茶果酒菜，焚上香认真祷告，然后不熄灯烛就躺下。屏着呼吸等鬼来，但他什么也没看到，什么也没听到，只是渐渐觉得阴森森的寒气直刺肌骨，眼睛能看，耳朵能听，但嘴不能说话，四肢不能动。时间长了，觉得寒气渗透肺腑，好像躺在层冰积雪当中，冷得受不了。直到天亮，刘生才能说话，但已经像是冻僵了一样。从此就再没有人敢住在书楼了。这个鬼的行踪称得上是幽雅含蓄，它不动声色地处置刘生，也还真有雅人的风致。

顾非熊再生事[①]，见段成式《酉阳杂俎》[②]，又见孙光宪

《北梦琐言》[3]；其父顾况集中，亦载是诗，当非诬造。近沈云椒少宰撰其母陆太夫人志，称太夫人于归[4]，甫匝岁，赠公即卒[5]，遗腹生子恒，周三岁亦殇。太夫人哭之恸，曰："吾之为未亡人也，以有汝在；今已矣，吾不忍吾家之宗祀，自此而绝也。"于其敛，以朱志其臂，祝曰："天下不绝吾家，若再生以此为验。"时雍正己酉十二月也[6]。是月族人有比邻而居者，生一子，臂朱灼然。太夫人遂抚之以为后，即少宰也。余官礼部尚书时，与少宰同事。少宰为余口述尤详。盖释氏书中，诞妄者原有；其徒张皇罪福，诱人施舍，诈伪者尤多。惟轮回之说，则凿然有证。司命者每因一人一事，偶示端倪，彰神道之教。少宰此事，即借转生之验，以昭苦节之感者也。儒者盛言无鬼，又乌乎知之。

【注释】

①顾非熊再生：据传，唐代顾况老来丧子，亡儿魂魄不离其家，顾况悲伤不已，作诗云："老人丧其子，日暮泣成血。老人年七十，不作多时别。"亡儿魂魄听后表示，如若下辈子还能投生做人，一定再做他的儿子。后来亡儿魂魄被判来生依旧托生在顾家。

②段成式《酉阳杂俎》：段成式（803—863），字柯古，唐代志怪小说家。所著志怪小说集《酉阳杂俎》，内容广博，所记古代中外传闻、神话、故事、传奇，有些篇章曲折地反映了社会现实，为研究唐代社会提供了极为可贵的资料。同时，书中还辑录了南北朝和唐代的若干史料，记述上层人们的秘闻轶事，南北朝交聘使者的应对和仪礼，以及民间婚丧嫁娶、风土习俗，旁及中外文化物产交流，此外，关于陨星、化石、矿藏的记载，动植物形态特性的说明，也极富史料价值。

③孙光宪《北梦琐言》：孙光宪（901—968），字孟文，自号葆光子，“性嗜经籍，聚书凡数千卷。或手自钞写，孜孜校雠，老而不废”。著有《北梦琐言》、《荆台集》、《橘斋集》等，仅《北梦琐言》传世。《北梦琐言》，唐五代笔记小说集。原帙三十卷，今本仅存二十卷。记载了唐武宗迄五代十国的史事，包括诸多政坛、文坛和民间的掌故，史料价值较高。

④于归：出自《诗经·周南·桃夭》：“之子于归，宜其室家。”指女子出嫁。

⑤赠公：古代敬称官员的父亲。

⑥雍正己酉：雍正七年（1729）。

【译文】

顾非熊再生的故事，见于段成式《酉阳杂俎》，又见于孙光宪《北梦琐言》；他父亲顾况的文集中，也载录了该诗，应该不是编造的。近来侍郎沈云椒为他母亲陆太夫人撰写墓志，说太夫人结婚才一年，父亲就去世了，遗腹子叫恒，刚满三岁就夭折了。太夫人哭得很悲痛，说：“我之所以不死，是因为有你在；现在你又死了，我不忍心让我家的香烟，从此断绝。”入殓时，她用红颜色在亡儿的手臂上作了记号，祷告说：“老天不绝我家香烟，你转生以后，就以此作为验证。”当时是雍正己酉年十二月。当月，紧邻居住着的同族人生了个孩子，手臂上清楚地带着陆太夫人作的记号。太夫人就收养了婴儿，嗣了沈家的后，这个当年的婴儿，就是侍郎沈云椒。我做礼部尚书时，与沈云椒同事。他亲口对我讲述了这件事情，讲得很详细。佛家的书籍中，怪诞虚妄的事本来就有；和尚们夸大祸福报应之说，诱人布施钱财，欺诈作假的就更多了。只有转世轮回的说法，有确凿的证据。命运之神常借一人一事，偶尔显示一点儿踪迹，来彰扬神道教化。沈侍郎这件事，就是借转生的验证，来显示苦守贞节的妇人对神灵的感化。儒生们极力主张无鬼论，又怎么能够懂得这其中的道理。

伶人方俊官[1]，幼以色艺擅场，为士大夫所赏。老而贩鬻古器，时来往京师。尝览镜自叹曰："方俊官乃作此状！谁信曾舞衫歌扇[2]，倾倒一时耶！"倪馀疆感旧诗曰："落拓江湖鬓欲丝，红牙按曲记当时[3]。庄生蝴蝶归何处[4]？惆怅残花剩一枝。"即为俊官作也。俊官自言本儒家子，年十三四时，在乡塾读书。忽梦为笙歌花烛拥入闺闼，自顾则绣裙锦帔，珠翠满头；俯视双足，亦纤纤作弓弯样，俨然一新妇矣。惊疑错愕，莫知所为。然为众手挟持，不能自主，竟被扶入帏中，与一男子并肩坐；且骇且愧，悸汗而寤。后为狂且所诱，竟失身歌舞之场，乃悟事皆前定也。馀疆曰："卫洗马问乐令梦[5]，乐云是想。汝殆积有是想，乃有是梦。既有是想是梦，乃有是堕落。果自因生，因由心造，安可委诸夙命耶？"

余谓此辈沉沦贱秽，当亦前身业报受在今生，未可谓全无冥数。馀疆所言，持正本清源之论耳。后苏杏村闻之，曰："晓岚以三生论因果，惕以未来。馀疆以一念论因果，戒以现在。虽各明一义，吾终以馀疆之论，可使人不放其心。"

【注释】

①伶人：古时候称演戏、唱歌、作乐的人为伶人，大多身份低微。

②舞衫歌扇：歌舞的装束、用具，指歌舞，也指能歌善舞的人。舞衫，跳舞的人所穿的衣服。歌扇，唱歌的人所拿的扇子。

③红牙：用红色檀木制成，唱歌时打拍子用的牙板。

④庄生蝴蝶：典出《庄子·齐物论》。庄子梦见自己变成一只蝴蝶，欣然自得、轻松舒畅地自由飞翔，完全忘记人世间的烦恼。梦醒

后迷惑，是庄周做梦变成蝴蝶呢，还是蝴蝶做梦变成了庄周。

⑤卫洗马问乐令梦：卫玠孩童时问乐令人为什么会做梦，乐令说："因为有所思。"卫玠说："灵魂离开了肉体而形成梦，难道是有所思的缘故吗？"乐令说："这是因为有所依据。没有人做这样的梦：乘车进了老鼠洞、捣腌菜时吃下了铁棒槌，这些都是无所依据因而无所思的缘故。"于是卫玠整日思考什么叫做"依据"，想不出结果，最后生了病。乐令听说后，特意让人备车亲自去为卫玠分析解说，卫玠的病才稍有好转。事见《世说新语》。卫玠，字叔宝，河东安邑（今山西夏县）人。他是乐广的女婿，翁婿都是美男子，时有"妇翁冰清，女婿玉润"之称。乐令，即乐广，字彦辅，官至尚书令。

【译文】

艺人方俊官，年轻时容貌出众，演艺高超，被士大夫们激赏。年老后，贩卖古玩器具，时常来往于京城。他曾照着镜子叹息道："方俊官竟然成了这种样子！谁能相信当年曾经能歌善舞倾倒一时呢！"倪馀疆作感旧诗云："落拓江湖鬓欲丝，红牙按曲记当时。庄生蝴蝶归何处，惆怅残花剩一枝。"就是为方俊官写的。方俊官说他本来是儒家子弟，十三四岁时，在乡塾读书。忽然梦见在笙歌花烛中被拥入闺房，一看自己穿着绣裙，披着锦帔，满头珠翠；低头一看两只脚，也是纤纤细细的弯弓样子，俨然是一个新婚少妇。惊疑不定，不知该怎么办好。但他被许多人挟持着，不能自主，竟然被扶进了帷帐里，和一个男子并肩坐在了一起；他又怕又愧，出了一身冷汗，醒了过来。后来他被轻狂之徒引诱，竟然失身于歌舞场中，这才悟出这是前世注定的。倪馀疆说："卫洗马问乐令梦是怎么回事，乐令说这是因心中所想而成的。你大概平时有这种想法，所以才有这个梦。既然有这种想法这种梦，才会有这种堕落。结果产生于原因，原因由心造出的，怎么可以推给命呢？"

我觉得这种人沉沦下贱，应该也是前生罪孽的报应，今生受罪，不能说是全然没有冥冥之中的定数。倪馀疆所说的，只不过是正本清源的观点而已。后来苏杏村听说这件事，说：“纪晓岚以前生、今生、来生这‘三生’论因果报应，以警戒未来。倪馀疆以‘一念’来论因果报应，以警戒现在。虽然各自表明了一个道理，我还是认为倪馀疆的论点，可以使人不敢随心所欲。”

族祖黄图公言：尝访友至北峰，夏夜散步村外，不觉稍远。闻秫田中有呻吟声，寻声往视，乃一童子裸体卧。询其所苦，言薄暮过此，遇垂髫艳女。招与语，悦其韶秀，就与调谑。女言父母皆外出，邀到家小坐。引至秫叶深处，有屋三楹，阒无一人。女阖其户，出瓜果共食。笑言既洽，驰衣登榻。比拥之就枕，则女忽形为男子，状貌狰狞，横施强暴。怖不敢拒，竟受其污。蹂躏楚毒，至于晕绝。久而渐苏，则身卧荒烟蔓草间，并室庐失所在矣。盖魅悦此童之色，幻女形以诱之也。见利而趋，反为利饵，其自及也宜矣。

【译文】

我的族祖黄图公说：曾到北峰看朋友，夏夜到村外散步，不知不觉走得远了些。他听到高粱地里有呻吟声，寻着声音找去，原来是一个少年裸体躺在那里。问他怎么如此狼狈，少年说他傍晚时路过这里，遇到一个漂亮姑娘。他就打招呼寒暄，因为喜欢她的美貌，言来语去调起情来。姑娘说她的父母都外出了，邀请少年到家里小坐一会儿。把他引到高粱地深处，那里有三间屋子，寂静无人。姑娘关上门，拿出瓜果和他一起吃。谈笑越发融洽，于是两人脱衣上床。等到相拥着躺下时，姑娘忽然变成了男人，相貌狰狞，对他横施强暴。少年吓坏了，不敢抗拒，竟然被奸污。粗野的强暴让少年痛苦不堪，以至于昏了过去。过了许久苏醒过来，才发觉自己躺在荒凉的轻雾和蔓草中，原先的房屋都已不见了。看来是鬼魅喜欢这个少年的美貌，变成女子来诱惑他。他觉得有好处就主动凑过去，反而中了圈套，这个少年自讨苦吃也是活该。

先师赵横山先生，少年读书于西湖，以寺楼幽静，设榻其上。夜闻室中窸窣声，似有人行，叱问："是鬼是狐？何故扰我？"徐闻嗫嚅而对曰："我亦鬼亦狐。"又问："鬼则鬼，狐则狐耳，何亦鬼亦狐也？"良久，复对曰："我本数百岁狐，内丹已成，不幸为同类所搤杀①，盗我丹去。幽魂沉滞，今为狐之鬼也。"问："何不诉诸地下？"曰："凡丹由吐纳导引而成者，如血气附形，融合为一，不自外来，人弗能盗也；其由采补而成者，如劫夺之财，本非己物，故人可杀而吸取之。吾媚人取精，所伤害多矣。杀人者死，死当其罪，虽诉神，神不理也。故宁郁郁居此耳。"问："汝据此楼，作何究竟？"曰："本匿影韬声，修太阴炼形之法。以公阳光熏烁，阴魂不宁，故出而乞哀，求幽明各适。"言讫，惟闻搏颡声②，问之不复再答。先生次日即移出。尝举以告门人曰："取非所有者，终不能有，且适以自戕也。可畏哉！"

【注释】

①搤(è)：同"扼"。

②搏颡(sǎng)：磕头。颡，脑门儿。

【译文】

先师赵横山先生，年轻时在西湖边读书，因为寺院楼上幽静，就在楼上安置了床铺。夜里听到室内有窸窣声，像是有人走动，就厉声喝问道："是鬼还是狐？为什么来骚扰我？"过了一会儿听到吞吞吐吐的轻声回答："我是鬼也是狐。"又问："鬼就是鬼，狐就是狐，怎么会又是鬼又是狐呢？"过了好久，对方才又回答说："我本来是几百年的老狐，内丹已经炼成，不幸被我的同类扼死，盗了我的丹。我的灵魂滞留在这里，就成狐狸界的鬼了。"又问："为何不到阴司告状呢？"答道："凡是通过吐纳导引而炼成的丹，就如血、气附着在人身上一样，融合为一体，不是外来之物，别人是盗不走的；而通过采补之术炼成的丹，就像抢劫来的财宝，本来就不是自己的东西，所以别人可以杀了而把丹吸走。我媚惑人取得精气，伤了很多人。杀人者该杀，我被杀死是罪有应得，即使向神明告状，神明也不会审理。因此宁可悲悲切切住在这里。"又问："你住在这座楼上，有什么打算？"答道："本打算销声匿迹，修炼太阴炼形之法。因为您阳气太盛，熏烤得我阴魂不宁，所以出来向您哀求，请让我们各自到适合自己的地方吧。"说完，只听到磕头的声音，再问就不回答了。先生第二天就搬了出来。他曾举这个例子告诫学生道："谋取不该属于你的东西，最终还是得不到的，而且刚巧是害了自己。真是可怕啊！"

从兄万周言：交河有农家妇，每归宁，辄骑一驴往。驴甚健而驯，不待人控引即知路。或其夫无暇，即自骑以行，未尝有失。一日，归稍晚，天阴月黑，不辨东西。驴忽横逸，载妇径入秫田中，密叶深处，迷不得返。半夜，乃抵一破寺，惟二丐者栖庑下。进退无计，不得已，留与共宿。次日，丐者送之还。其夫愧焉，将鬻驴于屠肆。夜梦人语曰："此驴前世盗汝钱，汝捕之急，逃而免。汝嘱捕役絷其妇，羁留一夜。今为驴者，盗钱报；载汝妇入破寺者，絷妇报也。汝何必又结来世冤耶？"惕然而寤，痛自忏悔，驴是夕忽自毙。

【译文】

堂兄万周说：交河有个农家妇，每次回娘家，都骑一头驴子前往。这头驴很健壮，也很温驯，不用人拉缰绳就认得路。有时丈夫很忙，她就自己骑驴回娘家，从来没出过差错。一天，她又自己骑驴回娘家，归来时稍微晚了一点儿，天色阴沉，没有月光，辨不清方向。平常很温驯的驴忽然偏离道路在田野里狂奔起来，驮着农家妇钻进了高粱地里，高粱地枝叶茂密，迷了路回不了家。半夜时，才到了一座破庙，破庙里只有两个乞丐睡在廊庑下。农家妇进退无计，迫不得已，只好留在庙里跟两个乞丐一道过了夜。第二天，乞丐送农家妇回家。她丈夫觉得很丢面子，要把驴卖到屠宰场。夜里，他梦见有人对他说："这头驴前生偷了你的钱，你急忙追讨，他逃脱了。你嘱咐捕役捆绑他的妻子，扣留了一夜。他今生为驴，就是向你偿还前生偷的钱；把你妻子驮到破庙，是报复你扣留他老婆。你何必又要结来世冤仇呢？"他一下惊醒了，自己痛加忏悔。当天夜里驴子忽然死了。

奴子任玉病革时，守视者夜闻窗外牛吼声，玉骇然而殁。次日，共话其异。其妇泣曰："是少年尝盗杀数牛，人不知也。"

【译文】

家奴任玉病危时，守护他的人夜里听到窗外传来牛吼叫的声音，任玉惊怕，死了。第二天，大家一起议论这件怪事。任玉的妻子抽泣着说："任玉年轻时曾经偷偷盗杀了几头牛，别人不知道。"

余某者，老于幕府，司刑名四十馀年，后卧病濒危，灯前月下，恍惚似有鬼为厉者。余某慨然曰："吾存心忠厚，誓不敢妄杀一人，此鬼胡为乎来耶？"夜梦数人浴血立，曰："君知刻酷之积怨，不知忠厚亦能积怨也。夫茕茕孱弱，惨被人戕，就死之时，楚毒万状；孤魂饮泣，衔恨九泉，惟望强暴就诛，一申积愤。而君但见生者之可悯，不见死者之可悲，刀笔舞文，曲相开脱。遂使凶残漏网，白骨沉冤。君试设身处地，如君无罪无辜，受人屠割，魂魄有知，旁观谳是狱者改重伤为轻，改多伤为少，改理曲为理直，改有心为无心，使君切齿之仇，从容脱械，仍纵横于人世，君感乎怨乎？不是之思，而诩诩以纵恶为阴功。彼枉死者，不仇君而仇谁乎？"余某惶怖而寤，以所梦备告其子，回手自挝曰[1]："吾所见左矣！吾所见左矣！"就枕未安而殁。

【注释】

①挝(zhuā)：打，敲打。

【译文】

余某在衙门做幕僚资历很老，主办刑事判牍四十多年。后来病危时，每到夜里，灯前月下，恍惚中好像有厉鬼作怪。余某感慨地说："我一生存心忠厚，发誓不敢胡乱杀一个人，这鬼又是为什么来的呢？"夜里他梦到好几个浑身是血的人哭道："你只知道刻毒严酷能积怨，却不知道忠厚也能积怨。那些孤单孱弱的人，凄惨地被人杀害，死的时候，痛苦不堪；孤魂偷偷哭泣，九泉之下怀怨抱恨，只希望凶手被处死，才能得以申雪郁积的愤恨。而你只见到活着的人可怜，没有看到死了的人可悲；舞文弄墨，想方设法开脱。结果让凶手漏网，死者永远沉埋在冤屈里。你设身处地想一下，如果你无缘无故被人屠杀，魂魄有知，看到判这个案子的人改重伤为轻伤，改多伤为少伤，改理曲为理直，改有心为无心，让你切齿痛恨的仇人轻易逃脱，仍然在人世间横行，你是感激呢还是怨恨？你不这么想，反而欣欣然以放纵恶人为阴间功德。那些冤死的人，不恨你又恨谁？”余某惊恐地猛然醒过来，把梦里的事都告诉了儿子，回手打着自己的耳光说：“我的想法错了！我的想法错了！”还没有躺稳就死了。

沧州刘太史果实，襟怀夷旷，有晋人风。与饴山老人、莲洋山人皆友善①，而意趣各殊。晚岁家居，以授徒自给。然必孤贫之士，乃容执贽。脩脯皆无几②，箪瓢屡空③，晏如也④。尝买米斗馀，贮罂中，食月馀不尽，意甚怪之。忽闻檐际语曰：“仆是天狐，慕公雅操，日日私益耳，勿讶也。”刘诘曰：“君意诚善。然君必不能耕，此粟何来？吾不能饮盗泉也⑤，后勿复尔。”狐叹息而去。

【注释】

①饴山老人：赵执信（1662—1744），字伸符，号秋谷，晚号饴山老人、知如老人，清代诗人、诗论家、书法家。莲洋山人：吴雯（1644—1704），字天章，号莲洋，清代诗人。其诗清新，自露天真，为王士祯、赵执信所欣赏，著有《莲洋集》。

②脩（xiū）脯：旧时称送给老师的礼物或酬金。脩，干肉。

③箪（dān）瓢：盛饭食的箪和盛饮料的瓢，亦借指饮食。后用为生活简朴、安贫乐道的典故。典出《论语·雍也》：“一箪食，一瓢饮，在陋巷，人不堪其忧，回也不改其乐。”

④晏如：安然自乐的样子。晏，平静，安逸。

⑤盗泉：古泉名。故址在今山东泗水东北。据说县内共有泉水87处，惟有盗泉不流，其馀都汇入泗河。古籍中记载：“（孔子）过于盗泉，渴矣而不饮，恶其名也。”《淮南子》：“曾子立廉，不饮盗

泉。"后遂称不义之财为"盗泉",以不饮盗泉表示清廉自守,不苟取也不苟得。

【译文】

沧州刘果实太史,胸怀旷达,有晋人风度。和饴山老人、莲洋山人都是好朋友,但性格兴趣却各不相同。晚年在家里,靠教授学生养活自己。但是一定要孤苦贫穷的,才肯收下为徒。学生送来的学费不多,家里经常断炊,他安然处之。曾经买了一斗多米,存放在坛子里,吃了一个多月也没有吃完,他觉得非常奇怪。忽然听到屋檐上有声音说道:"我是天狐,仰慕您的风雅情操,就每天偷偷给你加一点儿,您不必惊讶。"刘果实反问道:"你的心意是好的。但你肯定不会耕作,这米是从哪里来的呢?我不能饮盗泉之水,以后不要再这样了。"天狐叹息着离去。

亡侄汝备,字理含。尝梦人对之诵诗,醒而记其一联曰:"草草莺花春似梦,沉沉风雨夜如年。"以告余,余讶其非佳谶。果以戊辰闰七月夭逝[①]。后其妻武强张氏,抚弟之子为嗣,苦节终身,凡三十馀年,未尝一夕解衣睡。至今婢媪能言之。乃悟二语为孀闺独宿之兆也。

【注释】

①戊辰:乾隆十三年(1748)。

【译文】

亡侄汝备,字理含。曾梦见有人对他念了首诗,醒后记得其中一联是:"草草莺花春似梦,沉沉风雨夜如年。"他把诗告诉了我,我很吃惊这不是好兆头。果然他在乾隆戊辰年闰七月过早地去世了。后来他的妻子武强人张氏,抚养他弟弟的儿子为后嗣,守节终身,有三十多年,没有一夜是解开衣服睡觉的。至今婢女老妈子还说她的事迹。这才悟出那两句诗是她守寡独宿的征兆。

雍正丙午、丁未间[①]，有流民乞食过崔庄，夫妇并病疫。将死，持券哀呼于市，愿以幼女卖为婢，而以卖价买二棺。先祖母张太夫人为葬其夫妇，而收养其女，名之曰连贵。其券署父张立，母黄氏，而不著籍贯，问之已不能语矣。连贵自云，家在山东，门临驿路，时有大官车马往来，距此约行一月馀，而不能举其县名。又云，去年曾受对门胡家聘。胡家亦乞食外出，不知所往。越十馀年，杳无亲戚来寻访，乃以配圉人刘登。登自云山东新泰人，本姓胡，父母俱殁，有刘氏收养之，因从其姓。小时闻父母为聘一女，但不知姓氏。登既胡姓，新泰又驿路所经，流民乞食，计程亦可以月馀，与连贵言皆符。颇疑其乐昌之镜，离而复合，但无显证耳。

先叔栗甫公曰："此事稍为点缀，竟可以入传奇。惜此女蠢若鹿豕，惟知饱食酣眠，不称点缀，可恨也。"边随园征君曰："'秦人不死，信苻生之受诬；蜀老犹存，知诸葛之多枉。'四语乃刘知几《史通》之文[②]。苻生事见《洛阳伽蓝记》[③]，诸葛事见《魏书·毛修之传》[④]。浦二田注《史通》以为未详[⑤]，盖偶失考。史传不免于缘饰，况传奇乎？《西楼记》称穆素晖艳若神仙[⑥]，吴林塘言其祖幼时及见之，短小而丰肌，一寻常女子耳。然则传奇中所谓佳人，半出虚说。此婢虽粗，倘好事者按谱填词，登场度曲，他日红氍毹上[⑦]，何尝不莺娇花媚耶？先生之论，犹未免于尽信书也。"

【注释】

①雍正丙午、丁未:雍正四年(1726)、雍正五年(1727)。

②刘知几《史通》:刘知几(661—721),字子玄,彭城(今江苏徐州)人。生于唐代名门,家学渊源,自幼博览群书,攻读史学,后又致力文学。《史通》是首部系统性的史学理论专著,主要评论史书体例与编撰方法,以及论述史籍源流与前人修史之得失。

③苻生事见《洛阳伽蓝记》:《洛阳伽蓝记》集历史、地理、佛教、文学于一书,北魏人杨炫之所撰,成书于东魏孝静帝时。书中历数北魏洛阳城的佛寺,分城内、城东、城西、城南、城北五卷叙述,对寺院的缘起变迁、庙宇的建制规模及与之有关的名人轶事、奇谈异闻都记载详核。书中记载:"苻生虽好勇嗜酒,亦仁而不煞(杀),观其治典未为凶暴。及详其史,天下之恶皆归焉。"

④诸葛事见《魏书·毛修之传》:《魏书》,北齐魏收撰,纪传体史书,记载公元4世纪末至6世纪中叶北魏王朝的历史。毛修之(375—446),字敬之。本为东晋将领,但先后为夏国及北魏所俘,终成北魏将领。《二十四史》中,《晋书》、《宋书》、《魏书》、《南史》及《北史》,都曾为他立传。《魏书·毛修之传》载,毛修之与崔浩共论三国史事,修之云:"昔在蜀中,闻长老言,寿曾为诸葛亮门下书佐,被挞百下,故其论武侯云'应变将略,非其所长'。"浩不以为然,辩驳道:"承祚之评亮,乃有故义过美之誉,案其迹也,不为负之,非挟恨之矣。"

⑤浦二田:浦起龙(1679—1762),字二田,号孩禅,自署东山外史,晚号三山伧父,时称山伧先生,屡试不中,困顿场屋三十馀年,靠在乡坐馆为生。科场受挫,他对八股文渐感厌倦,转而欣赏杜甫诗作,撰成《读杜心解》。

⑥《西楼记》:又名《西楼梦》,明末清初传奇作品,作者袁于令。写书生于鹃与妓女穆素晖的爱情故事。此剧另有冯梦龙删改本,

定名为《楚江情》。

⑦氍毹(qú shū)：一种织有花纹图案的毛毯，古代产于西域。可用作地毯、壁毯、床毯、帘幕等。旧时演戏多用来铺在地上，故常借指演出的场所。

【译文】

雍正丙午、丁未年间，有外地流民讨饭路过崔庄，其中有一对夫妇双双染上了瘟疫。临终前，他们手持卖女契约在街上哀呼，愿把幼女卖身为婢，以卖女身价买两口木棺。先祖母张太夫人后来收葬了这对夫妇，收养了他们的幼女，给她起名叫连贵。契约上写着她父亲叫张立，母亲黄氏，没有注明籍贯住址，因为问的时候他们就已经不能说话了。据连贵自己说，她家在山东，家门对着官道，时常有大官的车马往来，离崔庄大约要走一个多月，不过她说不出县名。连贵还说，去年父母把她许配了对门胡家，已经受了聘礼。可是胡家也到外地讨饭，不知去了哪里。过了十多年，因为一直没有亲戚来找连贵，于是就把她许配了马倌刘登。刘登自称是山东新泰人，本来姓胡，因父母双亡，有个姓刘的人收养了他，因此从了刘姓。他小时候听说父母为他订了一门亲事，可是不知道女方的姓氏。既然刘登原来姓胡，新泰又是官道必经之地，到此地流民讨饭的路程也大约要走一个多月，这跟连贵说的完全吻合。因此，很让人怀疑他俩就像乐昌公主破镜重圆，只是没有明显的证据而已。

先叔栗甫公说："这事如果稍微点缀一下，竟可以成为传奇小说了。可惜这个女子蠢笨得像鹿像猪一样，只知道吃饱了闷头酣睡，不值得点缀，真可惜啊。"边随园征君说："'秦人不死，信苻生之受诬；蜀老犹存，知葛亮之多枉。'这四句话出于刘知几《史通》。苻生的事见《洛阳伽蓝记》，诸葛亮的事见《魏书·毛修之传》。浦起龙注《史通》而没有注出，只说未详，大概是偶然失考。连史书传记都不免做点儿虚构增饰，更何况是传奇小说呢？《西楼记》称穆素晖貌若天仙，吴林塘说他的祖父幼年时期曾经见过她，又矮又胖,只是一个寻常女子而已。由此可见,传奇小说中的所谓佳人,一半是虚构出来的。这个婢女虽然粗蠢,但是假若有好事之徒按谱填词,编成剧本,往后到了舞台上,何尝不是一个莺娇花媚、倾城倾国的绝代佳人呢? 先生所说,还是未免太相信书本了。"

聂松岩言:胶州一寺,经楼之后有蔬圃。僧一夕开牖纳凉,月明如昼。见一人徙倚老树下,疑窃蔬者,呼问为谁。磬折而对曰:"师勿讶,我鬼也。"问:"鬼何不归尔墓?"曰:"鬼有徒党,各从其类。我本书生,不幸葬丛冢间。不能与马医夏畦伍,此辈亦厌我非其族。落落难合,故宁避嚣于此耳。"言讫,冉冉没。后往往遥见之,然呼之不应矣。

【译文】

聂松岩说:胶州有一座寺院,经楼后面有一块菜园。有个僧人在一天夜里开窗乘凉,明月照得像白天一样。僧人看见有一个人在老树下走来走去,怀疑是偷菜的人,就呼问他是谁。那人鞠躬回答说:"师父不要惊讶,我是鬼。"僧人问:"鬼为什么不回到坟墓里去?"回答说:"鬼也是成群结党各有归属的,各自跟随同类。我本来是个书生,不幸被埋葬在这片坟地里。我不愿与兽医农夫在一起,他们也讨厌我不是一类的。既然难以和他们相处,所以我宁愿在这里避避喧嚣。"说完,渐渐消失了。后来僧人时常远远地看见他,但是再叫他也不回答了。

福州学使署,本前明税珰署也[①]。奄人暴横[②],多潜杀不辜,故至今犹往往见变怪。余督闽学时,奴辈每夜惊。甲申夏[③],先姚安公至署,闻某室有鬼,辄移榻其中,竟夕晏然。昀尝乘间微谏,请勿以千金之躯与鬼角。因诲昀曰:"儒者谓无鬼，迂论也，亦强词也。然鬼必畏人，阴不胜阳也；其或侵人，必阳不足以胜阴也。夫阳之盛也，岂恃血气之壮与性情之悍哉？人之一心，慈祥者为阳，惨毒者为阴；坦白者为阳，深险者为阴；公直者为阳，私曲者为阴。故易象以阳为君子，阴为小人。苟立心正大，则其气纯乎阳刚，虽有邪魅，如幽室之中鼓洪炉而炽烈焰，冱冻自消。汝读书亦颇多，曾见史传中有端人硕士为鬼所击者耶？”昀再拜受教。至今每忆庭训，辄悚然如侍左右也。

【注释】

①珰：汉代武职宦官帽子的装饰品。后借指宦官。

②奄人：古代称被阉割的男人。特指宦官。奄，同“阉”。

③甲申：乾隆二十九年(1764)。

【译文】

福州学使的官署，原是明朝掌管税收的太监的官署。太监残酷专横，暗中杀害了许多无辜的人，所以这个官署至今还常常发生鬼怪变异。我任福建学使时，仆人们每天夜里都受到惊吓。乾隆甲申年夏天，先父姚安公到官署来，听到某个房间有鬼，就把床搬进去睡，整夜安然无事。我曾经找机会劝他，请他不要拿宝贵的生命去跟鬼较量。先父趁机教诲我说：“儒家说无鬼，那是迂阔的论调，也是强辞夺理。但是鬼肯定怕人，是因为阴不能胜阳；有的鬼能害人，是因为那人的阳气不足以抵御阴气。阳气之盛，难道是靠身体的壮实和性格的强悍吗？人的心地，慈祥的为阳，惨毒的为阴；襟怀坦白的为阳，城府深又阴险的为阴；公正刚直的为阳，自私卑鄙的为阴。所以《易经》的卦象以阳为君子，阴为小人。只要为人心地光明正大，就有纯粹的阳刚之气，即使有鬼魅，也好像在暗冷的房子里生起大炉子，燃起熊熊烈火，阴冷之气自然消失。你读的书也很多了，可曾看到史传中有品行端庄的人被鬼侵害的吗？”我拜了两拜，领受教诲。时至今日，每当想起先父的教训，就心中一惊，像是依然站在他身旁一样。

束州邵氏子，性佻荡。闻淮镇古墓有狐女甚丽，时往伺之。一日，见其坐田塍上，方欲就通款曲[①]。狐女正色曰：“吾服气炼形，已二百馀岁，誓不媚一人。汝勿生妄念。且彼媚人之辈，岂果相悦哉？特摄其精耳，精竭则人亡，遇之未有能免者。汝何必自投陷阱也！”举袖一挥，凄风飒然，飞尘眯目，已失所在矣。先姚安公闻之，曰：“此狐乃能作此语，吾断其后必生天。”

【注释】

①款曲：殷勤。

【译文】

束州邵家的公子，行为放荡。他听说淮镇古墓中有很漂亮的狐女，就经常去悄悄等着。一天，他见一个狐女坐在田埂上，正想过去献殷勤。狐女严正地说：“我服气炼形，已经二百多年了，发誓不媚惑一个人。你不要心生妄想。何况那些媚惑人的狐精，果真是出于相爱吗？不过是摄取你的精气罢了，精气衰竭，人就得死，遇上它们没有能幸免的。你又何必自投陷阱呢！”说完一挥袖子，顿时冷风瑟瑟，尘土飞扬，迷住了他双眼，狐女已不知去向。先父姚安公听了这个故事，说：“这个狐女能说出这种话，我断定她日后一定能升天。”

献县李金梁、李金桂兄弟，皆剧盗也。一夕，金梁梦其父语曰：“夫盗有败有不败，汝知之耶？贪官墨吏，刑求威胁之财，神奸巨蠹，豪夺巧取之财，父子兄弟，隐匿偏得之财，朋友亲戚，强求诱诈之财，黠奴干役，侵渔干没之财，巨商富室，重息剥削之财，以及一切刻薄计较、损人利己之财，是取之无害。罪恶重者，虽至杀人亦无害。其人本天道之所恶也。若夫人本善良，财由义取，是天道之所福也；如干犯之，是为悖天。悖天者终必败。汝兄弟前劫一节妇，使母子冤号，鬼神怒视，如不悛改，祸不远矣。"后岁馀，果并伏法。

金梁就狱时，自知不免，为刑房吏史真儒述之。真儒余里人也，尝举以告姚安公，谓盗亦有道。又述巨盗李志鸿之言曰："吾鸣骹跃马三十年①，所劫夺多矣，见人劫夺亦多矣；盖败者十之二三，不败者十之七八。若一污人妇女，屈指计之，从无一人不败者。"故恒以是戒其徒。盖天道祸淫，理固不爽云。

【注释】

①骹（xiāo）：响箭。

【译文】

献县李金梁、李金桂两兄弟，都是江洋大盗。一天晚上，李金梁梦见他的父亲对他说："做强盗的人有的败露，有的没有败露，你知道这是为什么吗？凡是贪官污吏刑罚威逼得来的钱财，老奸巨猾的人巧取豪夺得来的钱财，父子兄弟隐瞒藏匿得来的钱财，朋友亲戚之间强求诈骗得来的钱财，狡猾的奴仆役官侵吞渔利得来的钱财，大商人和富足人家加重利息剥削得来的钱财，以及一切刻毒薄恩、斤斤计较、损人利己得来的钱财，你去偷去抢不必担心有什么祸害。那些罪恶深重的人，即使杀了他们也没事。因为他们本来就是上天所厌恶的人。如果一个人本来很善良，钱财也是通过正当的方法而得的，是上天所保佑的；如果你侵犯了他，就冒犯了上天。冒犯上天一定会败露。你们兄弟前不久抢劫了一个节妇，让她们母子含冤号哭，鬼神愤怒地看着，如果不思悔改，灾祸不久就降临。”过了一年多，他们兄弟二人果然被捕然后正法了。

李金梁入狱后，自知不能被赦免，就对刑房吏史真儒讲述了这些。史真儒是我的同乡，曾经把这告诉过姚安公，说强盗也有强盗必须遵循的规矩。又讲述了大盗李志鸿说过的话：“我放响箭打着马跑了三十年，抢劫的东西算是多的，见人就抢劫的事也很多；大概最终败露的有十分之二三，成功的有十分之七八。假若一旦污辱了妇女，仔细数来，没有一个不败露的。”所以他常用此来训诫他的手下。大概上天惩罚淫乱的人，是毫不含糊的。

辛卯夏，余自乌鲁木齐从军归，僦居珠巢街路东一宅，与龙臬司承祖邻。第二重室五楹，最南一室，帘恒飏起尺馀，若有风鼓之者；馀四室之帘则否。莫喻其故。小儿女入室，辄惊啼，云床上坐一肥僧，向之嬉笑。缁徒厉鬼，何以据人家宅舍？尤不可解也。又三鼓以后，往往闻龙氏宅中有女子哭声；龙氏宅中亦闻之，乃云声在此宅。疑不能明，然知其凿然非善地，遂迁居柘南先生双树斋。后居是二宅者，皆不吉。白环九司寇，无疾暴卒，即在龙氏宅也。凶宅之说，信非虚语矣。先师陈白崖先生曰：“居吉宅者未必吉，居凶宅者则无不凶。如和风温煦，未必能使人祛病；而严寒沴厉，一触之则疾生。良药滋补，未必能使人骤健；而峻剂攻伐，一饮之则洞泄。”此亦确有其理，未可执定命与之争。孟子有言：“是故知命者，不立乎岩墙之下。”

【译文】

乾隆辛卯年夏天，我从军乌鲁木齐回到京城，借住在珠巢街路东一所宅院，和按察使龙承祖是邻居。住宅的第二重有五间房，最南的一间，门帘常飘起一尺多高，像是有风吹似的；而其他四间房的帘子则没有飘起。不明白是什么缘故。小孩子们到了这间房里，马上惊哭，说是床上坐着个胖和尚，对着人嬉笑。和尚成了厉鬼，为什么要占据人家的房屋？更是难以理解。又在三更之后常常听到龙家宅院里有女子哭声；龙家也听到哭声，却说哭声是在我的宅院里。这些疑团难以解开，但知道这确实不是个好地方，就把家搬到了柘南先生的双树斋。后来住这两座房子的人，都很不吉利。刑部尚书白环九，平常从无疾病却突然死去，就是在龙家宅院里。所谓的“凶宅”，确实不是没有根据的说法。先师陈白崖先生说：“住吉宅的人未必就吉利，但住凶宅的人却肯定有祸。就好像和风温暖，未必能使人不生病；而严寒侵袭，人一碰上就会生病。滋补的好药，未必能使人立即健壮；而用大剂量的药急攻，一喝下去就元气大伤了。”这话也确实有道理，所以不能固执地用生死有命的说法与之抗衡。孟子说过：“因此那些知天命的人，不站在危墙的下面。”

洛阳郭石洲言：其邻县有翁姑受富室二百金，鬻寡媳为妾者。至期，强被以彩衣，掖之登车。妇不肯行，则以红巾反接其手，媒媪拥之坐车上。观者多太息不平。然妇母族无一人，不能先发也。仆夫振辔之顷，妇举声一号，旋风暴作，三马皆惊逸不可止。不趋其家而趋县城，飞渡泥淖，如履康庄①，虽仄径危桥②，亦不倾覆。至县衙，乃屹然立。其事遂败。用知庶女呼天，雷电下击，非典籍之虚词。

【注释】

①康庄：宽阔平坦、四通八达的大路。出自《尔雅·释宫》："四达谓之衢，五达谓之康，六达谓之庄。"

②仄径：狭窄的小路。

【译文】

洛阳郭石洲说：他家邻县有户人家，儿子死了，父母接受了富户的二百两银子，把守寡的儿媳卖给富户做妾。改嫁这天，她被强迫披上鲜艳的衣服，架上了车。寡妇不肯走，她的双手被用红巾反捆起来，由媒婆抱住拥着坐在了车上。围观的人大都为她叹息，还有的愤愤不平。可是，寡妇的娘家没有人，谁也不好首先出面阻拦。就在车夫扬鞭催马那一刻，寡妇高声呼号一声，刹那间旋风骤起，三匹马都被惊得狂奔起来，车夫控制不了。三匹马拉着车子，不向富户家中跑去，而是直接奔向县城，一路上，马车飞越沼泽如同走在康庄大道上，就是经过窄路、危险的小桥也没有翻车。到了县衙门口，这才停下屹然站住。于是这件事就没有办成。从这件事可以知道，受屈平民女子呼唤上天，雷电立刻下击，并不是文献所虚构的。

从舅安公介然曰："厉鬼还冤，见于典记者不一，得于传闻者亦不一。癸未五月[①]，自盐山耿家庵还崔庄，乃亲见之。其人年约五十馀，戴草笠，著苎衫，以一驴驮襆被[②]，系河干柳树下，倚树而坐。余亦系马小憩。忽其人蹶然而起，以手作撑拒状，曰：'害汝命，偿汝命耳，何必若是相殴也！'支拄良久，语渐模糊不可辨；忽踊身一跃，已汩没于波浪之中矣[③]。同见者十馀人，咸合掌诵佛。虽不知所报何冤，然害命偿命，则其人所自道也。"

【注释】

①癸未：乾隆二十八年（1763）。

②襆（fú）被：铺盖卷，行李。

③汩（gǔ）没：沉没，埋没。汩，水流的样子。

【译文】

堂舅安介然公说："厉鬼报冤索命的事，在典籍中有不同的记载，传闻的说法也不一样。乾隆癸未年五月，我从盐山耿家庵回崔庄，亲眼见到了。那个人五十来岁，戴草帽，穿麻衣，用一头驴驮着铺盖卷儿，把驴拴在河边柳树下，自己靠树坐着。我也拴上马休息。忽然间那个人跳了起来，双手做出支撑的样子，说：'害你的命，就还你一条命吧，何必这么打我呢！'支撑了半天，话语渐渐模糊不清了；他忽然纵身一跳，沉没消失在波浪中。当时有十来个人都看到了，都合掌念佛。虽然不清楚报的是什么冤仇，但是害命偿命却是那人亲口说的。"

戊子夏[①]，小婢玉儿病瘵死。俄复苏曰："冥役遣我归索钱。"市冥镪焚之，乃死。俄又复苏曰："银色不足，冥役弗受也。"更市金银箔折锭焚之，则死不复苏矣。因忆雍正壬子[②]，亡弟映谷濒危时，亦复类是。然则冥镪果有用耶？冥役需索如是，冥官又所司何事耶？

【注释】

①戊子：乾隆三十三年（1768）。

②雍正壬子：雍正十年（1732）。

【译文】

乾隆戊子年夏天，小丫环玉儿得痨病死了。不一会儿又苏醒过来，说："冥间鬼卒打发我回来要钱。"买来纸钱焚烧，玉儿才死。不一会儿，她又苏醒了，说：“银子的成色不足，鬼卒不要。”又买回金银箔折成元宝焚烧，她才又死去不再复苏。这让我想起雍正壬子年，亡弟映谷临死时，也有类似事情发生。这么看来，难道是纸钱果然有用？冥间鬼卒这样向鬼魂勒索，冥官又是管什么的呢？

胡牧亭侍御言：其乡有生为冥官者，述冥司事甚悉。不能尽忆，大略与传记所载同。惟言六道轮回，不烦遣送，皆各随平生之善恶，如水之流湿，火之就燥，气类相感，自得本途。语殊有理，从来论鬼神者未道也。

【译文】

胡牧亭侍御说：他家乡有个活人兼做阴官的，讲阴司的事情讲得很详细。虽无法全部回忆起来，但大致和传记所写的相同。只是讲到地狱道、饿鬼道、畜生道、修罗道、人道、天道六道轮回，他说并不需要遣送，都是根据各人平生的善恶，就像水先流向潮湿的地方，火先烧向干燥的地方一样，气息相感，以类而分，自然会到该去的地方。这话很有道理，是讲鬼神的人从来没有说到过的。

狐之媚人，为采补计耳，非渔色也；然渔色者亦偶有之。表兄安濬北言[1]：有人夜宿深林中，闻草间人语曰：“君爱某家小童，事已谐否？此事亢阳熏烁，消蚀真阴，极能败道。君何忽动此念耶？”又闻一人答曰：“劳君规戒。实缘爱其美秀，遂不能忘情。然此童貌虽艳冶，心无邪念，吾于梦中幻诸淫态诱之，漠然不动。竟无如之何，已绝是想矣。”其人觉有异，潜往窥视，有二狐跳踉去。

【注释】

①滹：音 hū。

【译文】

狐精媚人，是为了采阳补阴，并不是喜欢美貌；然而爱色的偶尔也有。表兄安滹北说：有个人夜里住在深林里，听到草丛中有人说："你爱某家的少年，事情妥了吗？这事要受亢阳之气侵伐，销蚀你的真阴，最能败坏你的道行。你怎么动了这个念头呢？"又听另一个人说："感谢你的规劝。我因为实在爱他的貌美秀丽，于是难以忘情。不过这个少年容貌虽艳丽，但心无邪念，我在他梦中变幻出各种妖冶淫荡的姿态诱惑他，他竟然丝毫不动心。我没有办法，已经断了这个念头。"那个人觉得奇怪，悄悄地过去看，有两只狐狸窜出来跳着跑了。

泰州任子田，名大椿，记诵博洽，尤长于《三礼》注疏，六书训诂[①]。乾隆己丑登二甲一名进士[②]，浮沉郎署。晚年始得授御史，未上而卒。自开国以来，二甲一名进士，不入词馆者仅三人，子田实居其一。自言十五六时，偶为从父侍姬以宫词书扇，从父疑之，致侍姬自经死。其魂讼于地下，子田奄奄卧疾。魂亦为追去考问，阅四五年，冥官庭鞫七八度，始辨明出于无心；然卒坐以过失杀人，削减官禄，故仕途偃蹇如斯。贾钝夫舍人曰："治是狱者即顾郎中德懋。二人先不相知，一日相见，彼此如旧识。时同在座亲见其追话冥司事，子田对之，犹慄慄然也。"

【注释】

①六书：汉字的造字方法，即象形、指事、会意、形声、转注、假借。

②乾隆己丑：乾隆三十四年(1769)。

【译文】

泰州人任子田，名大椿，他博闻强记，擅长于《三礼》的注疏和六书的训诂。乾隆己丑年考上二甲第一名进士，在宦海中上下沉浮。一直做小京官，直到晚年才被任命为御史，还没等到上任就死了。自从开国以来，二甲第一名进士，没有进入翰林院的仅有三人，而任子田就是其中之一。他自己说，在十五六岁的时候，偶然为叔父的侍姬在扇子上写了表现宫女抑郁愁怨的诗句，叔父从而怀疑侍姬，竟使侍姬上吊自尽了。侍姬的阴魂在阴间上告，任子田也病得气息奄奄。他的灵魂被拘捕到阴间拷问，一连拷问了四五天，阴间的判官审讯了七八回，终于辨明他确实是出于无心才那样做的；然而终究因为过失杀人，被削减了官禄，所以仕途才这样屡屡受挫。贾钝夫舍人说："当初审理这个案子的狱官，就是顾德懋郎中。两人原来并不认识，但有一天见面，彼此都觉得好像是老相识。我当时也在座，亲眼见到他们追忆阴间发生的那些事，任子田回答顾德懋时，还瑟瑟发抖呢。"

即墨杨槐亭前辈言：济宁一童子为狐所昵，夜必同衾枕。至年二十馀，犹无虚夕。或教之留须，须稍长，辄睡中为狐剃去，更为傅脂粉。屡以符箓驱遣，皆不能制。后正乙真人舟过济宁，投词乞劾治。真人牒于城隍，狐乃诣真人自诉。不睹其形，然旁人皆闻其语。自言："过去生中为女子，此童为僧。夜过寺门，被劫闭窟室中，隐忍受污者十七载，郁郁而终。诉于地下主者，判是僧地狱受罪毕，仍来生偿债。会我以他罪堕狐身，窜伏山林百馀年，未能相遇。今炼形成道，适逢僧后身为此童，因得相报。十七年满自当去，不烦驱遣也。"真人竟无如之何。后不知期满果去否。然据其所言，足知人有所负，虽隔数世犹偿也。

【译文】

即墨的杨槐亭前辈说：济宁有一个年轻人被狐精喜欢上了，每夜都一同睡觉。到这个年轻人二十多岁时，也一夜都不空着。有人让他留胡须，胡须稍微长一点儿，狐精就在他睡觉时剃掉，还给他涂脂抹粉。屡次用符咒驱狐，都没有作用。后来正乙真人乘船路过济宁，他写信乞求真人镇治。真人向城隍投了诉状，狐精便找真人诉说。看不到它的形状，但旁人都可以听到它的话。狐狸说："前生我是个女子，这个年轻人是个僧人。有天夜里我路过寺庙，被他劫持，关在地下室里，隐忍受污达十七年，郁郁而死。我告到阴曹，阴曹判那个和尚在地狱受罪完后，来生还要偿债。这时我因为犯了别的罪投生为狐狸，在山林里过了一百多年，未能和他相遇。现在我修炼成形，正好和尚今世转生为这个年轻人，所以我来报仇。十七年期满之后我自会离开，不必别人驱赶。"真人最终也无可奈何。后来不知道期满后狐精真的走了没有。不过根据狐狸的话，足以知道人负了债，即使隔了几世也是要偿还的。

同年项君廷模言：昔尝馆翰林某公家，相见辄讲学。一日，其同乡为外吏者，有所馈赠。某公自陈平生俭素，雅不需此。见其崖岸高峻，遂逡巡携归。某公送宾之后，徘徊厅事前，怅怅惘惘，若有所失，如是者数刻。家人请进内午餐，大遭诟怒。忽闻有数人吃吃窃笑，视之无迹，寻之声在承尘上。盖狐魅云。

【译文】

与我同科取中的项廷模说：从前曾经在某位翰林家教读，翰林和他一见面就大谈理学。一天，翰林有个在外地做官的同乡，送来一些礼物。翰林说自己平生节俭朴素，根本不需要这些东西。那人见翰林清高严峻态度坚决,很尴尬地把礼物拿回去了。翰林送走客人之后,在厅堂里走来走去,满脸失意的表情,好像丢了什么东西似的,就这样过了好一会儿。家里人请他到里面吃午饭,被他大骂了一顿。这时忽然听到几个人在“吃吃”地偷笑,环视无人,听那声音是在天花板上。大概是狐精吧。

陈少廷尉耕岩,官翰林时,为魅所扰。避而迁居,魅辄随往。多掷小帖道其阴事,皆外人不及知者。益悚惧,恒虔祀之。一日掷帖,责其待侄之薄,且曰“不厚资助,祸且至”。众缘是窃疑其侄,密约伺察。夜闻击损器物声,突出掩执,果其侄也。耕岩天性长厚,尤笃于骨肉,但曰:“尔需钱可告我,何必乃尔?”笑遣之归寝,由是遂安。

后吴编修朴园突遭回禄,莫知火之自来。凡再徙居而再焚,余意亦当如耕岩事。朴园曰:“固亦疑之。”然第三次迁泉州会馆时,适与客坐厅事中,忽烈焰赫然,自承尘下射。是非人所能上,亦非人所能入也,殆真魅所为矣。

【译文】

大理寺少卿陈耕岩,做翰林时,被鬼魅骚扰。他想躲避,搬了家,鬼魅也随着他一起过来了。鬼魅经常扔一些小帖子,揭露陈耕岩的隐私,都是些外人所不知道的事情。于是他更加害怕,经常虔诚地祭祀。一天,鬼魅又扔下一个小帖子,责备他对待侄儿太刻薄,并且说“如果不多出钱资助侄儿,灾祸就会降临”。大家因此怀疑这一切恐怕是他侄儿干的,于是暗地里商量一起盯着侄儿。夜里听到屋里打坏器物的声音,人们突然闯进去,抓住的果然是他侄儿。陈耕岩生性宽厚,尤其看重骨肉之情,便说:“你如果缺钱可以明白地告诉我,何必要这样做呢?”笑着打发侄儿回去睡觉。从此，他家便安宁了。

后来编修吴朴园家突然失火，没人知道火是从什么地方来的。于是搬家，但又失火，我认为这有可能跟陈耕岩家发生的事情相类似。吴朴园说："我也是这样怀疑的。"但是第三次搬到泉州会馆，正与客人坐在大厅里，忽然炽烈的火从顶棚上往下射，那是人上不去的地方，也是人进不去的地方，大概真的是鬼魅干的吧。

程也园舍人居曹竹虚旧宅中。一夕，弗戒于火，书画古器，多遭焚毁。中褚河南临《兰亭》一卷[①]，乃五百金所质，方虑来赎时轇轕[②]，忽于灰烬中拣得，匣及袱并爇，而书卷无一字之损。表弟张桂岩馆也园家，亲见之。白香山所谓"在在处处有神物护持"者耶？抑成毁各有定数，此卷不在此火劫中耶？然事则奇矣，亦将来赏鉴家一佳话也。

【注释】

①褚河南：褚遂良（596—658），字登善，唐朝政治家、书法家，因曾封爵河南郡公，世称"褚河南"。褚遂良工书法，初学虞世南，后取法王羲之，与欧阳询、虞世南、薛稷并称"初唐四大家"。传世墨迹有《孟法师碑》、《雁塔圣教序》等。《兰亭》：王羲之书写的《兰亭集序》。《兰亭集序》描写山阴兰亭修禊盛会，描述风物之美，人物之盛，并抒写了自己对人生的感慨。

②轇轕（jiāo gé）：纠葛，纠缠不清。

【译文】

中书舍人程也园住在曹竹虚的旧宅子里。一天夜晚，不慎失火，名贵书画和古器物大都焚毁。其中有褚遂良临摹的一卷《兰亭集序》，是人家为了借五百两银子用来做抵押的，他正担心物主来赎时不好交待，忽然在灰烬中拣到了，匣子和包皮都被烧毁了，可书卷却没损一字。当时表弟张桂岩在程也园家教书，亲眼看见了这件奇事。难道这就是白居易所说的"到处都有神明的保护"的话吗？或者还是因为成和毁各有定数，这个书卷就不该毁在这场火的浩劫之中？无论如何，这事确实很离奇，将来也可作为鉴赏家们的一段佳话吧。

同年柯禺峰，官御史时，尝借宿内城友人家。书室三楹，东一室隔以纱厨，扃不启。置榻外室南牖下，睡至半夜，闻东室有声如鸭鸣，怪而谛视。时明月满窗，见黑烟一道，从东室门隙出，着地而行，长可丈馀，蜿蜒如巨蟒。其首乃一女子，鬟髻俨然，昂而仰视，盘旋地上，作鸭鸣不止。禺峰素有胆，拊榻叱之。徐徐却行，仍从门隙敛而入。天晓，以告主人。主人曰："旧有此怪，或数年一出，不为害，亦无他休咎。"或曰："未买是宅前，旧主有侍姬幽死此室。"未知其审也。

【译文】

与我同科取中的柯禺峰，做御史时，曾经借住在内城朋友家。朋友家有三间书房，东面一间用纱橱隔开，锁着门。他就在外间的南窗下安了床，睡到半夜时，听到东房有鸭叫一样的声音，觉得奇怪，就定睛细看。当时明亮的月光照着窗户，只见有一道黑烟从东房门缝里钻出来，贴着地移动，大约有一丈多长，蜿蜒着像条巨蟒。黑烟的头部却是一个女子，梳着考究的发髻，抬头仰视，身子盘旋在地上，不停地发出鸭叫的声音。柯禺峰向来胆大，就拍着床大声呵斥。那股黑烟慢慢地退后，仍然从门缝里缩了进去。天亮后，柯禺峰将这件事告诉朋友。朋友说："以前是有这个妖怪，有时几年出现一次，不危害人，也没有其他吉凶之事。”有人说:“没买这座住宅之前,旧房主有个侍妾幽禁在这个房间里死了。”不知是不是真的。

胥魁有善博者[1],取人财犹探物于囊,犹不持兵而劫夺也。其徒党密相羽翼,意喻色授,机械百出,犹臂指之相使,犹呼吸之相通也。騃竖多财者[2],则犹鱼吞饵,犹雉遇媒耳。如是近十年,橐金巨万,俾其子贾于长芦,规什一之利。子亦狡黠,然冶荡好渔色。有堕其术而破家者,衔之次骨,乃乞与偕往,而阴导之为北里游。舞衫歌扇,耽玩忘归,耗其资十之九。胥魁微有所闻,自往检校,已不可收拾矣。论者谓是虽人谋,亦有天道:仇者之动此念,殆神启其心欤?不然,何前愚而后智也!

【注释】

①胥魁:差役的头目。

②騃(ái)竖:笨蛋,傻瓜。

【译文】

有个官府差役的头目擅长赌博,赢别人的钱就好像到自己口袋里拿东西,就像不持兵器的抢劫。他和下属同党私下里相互勾结,在赌场上暗示授意,狡诈万端,配合得就像指挥自己的手臂手指,就像呼吸相通。那些头脑蠢笨的有钱人,就像鱼儿吞食诱饵,像野鸡遇上猎人用来诱引的鸡,没有不上当失财的。这样干了近十年,他积累了上万资金,于是派儿子去长芦做买卖,想要钱生钱。他的儿子也很狡猾,不过淫荡贪色。有个人曾经堕入赌博圈套破了家,对他们有刻骨的仇恨,于是请求和他一同前去,而暗地里带他去妓院。那里满眼都是美人唱歌跳舞,令他沉溺其中不想回家,他的资财竟耗费了十分之九。做父亲的稍稍听到了一些传闻，亲自去查看，事情已经不可收拾了。人们评论说，这事虽然是人谋，但也有天意：报仇的人动这个念头，大概是神的启发吧？不然，为什么他以前那么傻而后来那么精呢！

故城刁飞万言：其乡有与狐女生子者，其父母怒谇之。狐女泣涕曰："舅姑见逐，义难抗拒。但子未离乳，当且携去耳。"越两岁馀，忽抱子诣其夫曰："儿已长，今还汝。"其夫遵父母戒，掉首不与语。狐女太息抱之去。此狐殊有人理，但抱去之儿，不知作何究竟。将人所生者仍为人，庐居火食，混迹闾阎欤[1]？抑妖所生者即为妖，幻化通灵，潜踪墟墓欤？或虽为妖而犹承父姓，长育子孙，在非妖非人之界欤？虽为人而犹依母党，往来窟穴，在亦人亦妖之间欤？惜见首不见尾，竟莫得而质之。

【注释】

①闾阎：民间。

【译文】

故城人刁飞万说：他家乡有个人，与狐女生了个孩子，他的父母因此而怒骂他。狐女哭着说："公公婆婆都要赶我走，按道理我实在不应该抗拒。但是孩子还小，还需要我喂奶，所以我把孩子也一起带走。"过了两年多，狐女忽然抱着孩子来了，她对丈夫说："儿子现在已经长大了，我把他还给你。"她的丈夫遵从父母的训诫，转过头不和她说话。狐女叹息着把孩子抱走了。这个狐女还很懂得人类的道理，但是把儿子抱走，不知道孩子将来会怎么样。是因为人所生的仍然是人，而让他居住在房屋里，吃煮熟的食物，生活在人群里呢？还是因为妖所生的仍然是妖，变幻通灵，隐迹在荒郊野外的废墟坟墓之中？或者虽然是妖，但继承了父亲的姓氏,长大后生儿育女,处在非人非妖的境界?还是虽然是人但却依恋母亲,和母亲的同类在一起,来往于洞穴,处在是人是妖之间?只可惜这种事情只知道开头,不知道结尾,竟然无从打听。

同年蒋心馀编修言:其乡有故家废宅,往往见艳女靓妆,登墙外视。武生王某,粗豪有胆,径携被独宿其中,冀有所遇。至夜半寂然,乃拊枕自语曰:"人言此宅有狐女,今何往耶?"窗外小声应曰:"六娘子知君今日来,避往溪头看月矣。"问:"汝为谁?"曰:"六娘子之婢。"又问:"何故独避我?"曰:"不知何故,但云畏见此腹负将军①。"亦不解为何语也。王后每举以问人,曰:"腹负将军是武职几品?"莫不粲然。问其乡人,曰:"实有其人,亦实有其事;然旁皇竟夜,一无所见耳。其语则心馀所点缀也。"心馀性好诙谐,理或然欤!

【注释】

①腹负将军:据传,宋朝有个将军,叫党大尉,性格鲁莽、直率,肚子里没什么学问,缺乏智谋,打起仗来,靠的是一股勇气。这位党将军特别能吃,每次进餐都吃得大饱,然后拍着肚子自言自语:"我可没亏待了你。"同僚便开玩笑送他两句话:"将军不负腹,此腹负将军。"意思是说,将军没有亏待肚子,而肚子亏待了将军。见清代易宗夔《新世说·排调篇》。

【译文】

与我同科取中的编修蒋心馀说:他家乡有座大户人家废弃的宅院,常常见到有美貌女子浓妆艳抹,在墙头向外张望。有个姓王的武夫,为人粗野豪放有胆量,竟带了被子独自一个人到宅院过夜,希望能有艳遇。他等到半夜,还不见动静,就拍着枕头自言自语道:"别人说这房子里有狐女，现在到哪儿去了呢?”只听窗外有人小声答道:“六娘子知道你今天来，避到溪头赏月去了。”王某问:“你是谁?”又听答道:“我是六娘子的丫环。”又问:“为什么偏偏要避我?”答道:“我也不知为什么，只听说是怕见这位腹负将军。”王某不懂这话是什么意思。后来经常拿这话问别人:“腹负将军是几品武官?”被问的人听后都哈哈大笑。我后来问他的同乡人，答说:“真的有这个人，也的确有这样的事。但王某只是心神不定徘徊了一夜，什么也没看到。那些话却是心馀虚构的。”蒋心馀生性诙谐，也许真是这样吧!

先母张太夫人，尝雇一张媪司炊，房山人也，居西山深处。言其乡有贫极弃家觅食者，素未外出，行半日即迷路。石径崎岖，云阴晦暗，莫知所适。姑枯坐树下，俟天晴辨南北。忽一人自林中出，三四人随之，并狰狞伟岸，有异常人。心知非山灵即妖魅，度不能隐避，乃投身叩拜，泣诉所苦。其人恻然曰:“尔勿怖，不害汝也。我是虎神，今为诸虎配食料。待虎食人，尔收其衣物，足自活矣。”因引至一处。嗷然长啸，众虎坌集。其人举手指挥，语啁哳不可辨①。俄俱散去，惟一虎留丛莽间。俄有荷担度岭者，虎跃起欲搏，忽辟易而退。少顷，一妇人至，乃搏食之。捡其衣带，得数金，取以付之，且告曰:“虎不食人，惟食禽兽。其食人者，人而禽兽者耳。大抵人天良未泯者，其顶上必有灵光，虎见之即避。其天良澌灭者，灵光全息，与禽兽无异，虎乃得而食之。顷前一男子，凶暴无人理，然攘夺所得，犹恤其寡嫂孤侄，使不饥寒。以是一念，灵光煜煜如弹丸，故虎不敢食。后一妇人，弃其夫而私嫁，又虐其前妻之子，身无完肤，更盗后夫之金，以贻前夫之女，即怀中所携是也。以是诸恶，灵光消尽，虎视之，非复人身，故为所啖。尔今得遇我，亦以善事继母，辍妻子之食以养，顶上灵光高尺许。故我得而佑之，非以尔叩拜求哀也。勉修善业，当尚有后福。"因指示归路，越一日夜得至家。

张媪之父与是人为亲串，故得其详。时家奴之归，有虐使其七岁孤侄者，闻张媪言，为之少戢②。圣人以神道设教，信有以夫。

【注释】

①啁哳(zhāo zhā)：形容声音繁杂而细碎。

②少：稍微。戢(jí)：收敛，收藏。

【译文】

先母张太夫人，曾经雇了一个姓张的老妇人做饭，她是房山人，住在西山深处。她说她乡里有个极穷的人离家外出去找活路，因为没出过门，走了半天就迷了路。石路曲折崎岖，云遮晦阴，不知往哪儿走。他就呆呆地坐在一棵树底下，等天亮了认清方向再说。忽然一个人从林子里出来，三四个人跟随着，这些人相貌狰狞、身材高大，和平常人不同。他知道这些人不是山神就是妖魅，估计已经来不及躲藏，就躬身下拜，哭着说了他的苦处。来人同情地说："你不要害怕，我不会伤害你。我是虎神，今天来给老虎们分配吃的。等虎吃了人，你把人的衣物收起来，就足够可以养活自己了。"于是把他引到一个地方。虎神高声长啸，众虎从各处汇集到了一起。虎神抬手指挥，声音叽叽喳喳的，听不懂。一会儿群虎散去，只有一只虎留下来伏在草丛里。不久有个挑担子的人走过树林，虎跳起来要吃他，可是忽然又避开退下。过一会儿又来了一个妇人，虎捉住她吃了。虎神捡起妇人的衣带，里面有几两银子，取了给他,告诉他说:“老虎不吃人,只吃禽兽。那些被吃的人,是人当中的禽兽。一般天良未泯的人,他的头上一定有灵光,老虎见了就避开了。那些丧尽天良的人,灵光全消失了,和禽兽没什么差别,老虎就抓来吃了。刚才那个男子,虽然凶暴没有人性,但是抢到东西,还用来抚恤他的寡嫂和孤侄,让他们不受冻挨饿。因为他的这一个念头,他的灵光莹莹像弹丸一样,老虎不敢吃。后来的那个妇人,背弃了丈夫私自再嫁,还虐待后夫前妻的孩子,打得他体无完肤,又偷后夫的钱给前夫的女儿,就是她怀中携带的那些银子。因为这些罪恶,她的灵光消尽,老虎见到的不再是人,所以就吃了她。你今天能遇到我,也是因为你能很好地侍奉继母,省下妻子的口粮来供养她,头顶上的灵光有一尺多高。所以我叫老虎来帮助你,并不是因为你叩拜我求我的缘故。好好做善事,还会有后福。”说完指示方向告诉他回去的路。他走了一天一夜才到了家。

张老妇人的父亲和这个人是亲戚,所以知道这事的详情。当时一个仆人的妻子虐待她七岁的孤侄,听了张老太太的话,行为稍稍有些收敛。圣人通过神道来教化世人,确实是有道理的。

磷为鬼火,《博物志》谓战血所成,非也,安得处处有战血哉!盖鬼者,人之馀气也,鬼属阴,而馀气则属阳。阳为阴郁,则聚而成光,如雨气至阴而萤火化,海气至阴而阴火然也。多见于秋冬,而隐于春夏;秋冬气凝,春夏气散故也。其或见于春夏者,非幽房废宅,必深岩幽谷,皆阴气常聚故也。多在平原旷野,薮泽沮洳[①],阳寄于阴,地阴类,水亦阴类,从其本类故也。先兄晴湖,尝同沈丰功年丈夜行,见磷火在高树巅,青荧如炬,为从来所未闻。李长吉诗曰:“多年老鸮成木魅[②],笑声碧火巢中起。”疑亦曾睹斯异,故有斯咏。

先兄所见，或木魅所为欤！

【注释】

①薮(sǒu)泽沮洳(jù rù)：指水草茂密的沼泽湖泊地带，低湿之地。

②鸮(xiāo)：鸟名。俗称猫头鹰。

【译文】

磷火就是鬼火，《博物志》中说是战场上的血化成的，不对，怎么可能处处都有战场上的血呢！鬼，是人的馀气，鬼属阴，而馀气则属阳。阳气被阴气压抑，就凝聚而发出光来，就像雨气极阴，会化生萤火，海气极阴会燃起阴火一样。鬼火多在秋冬出现，春夏两季不常见；这是因为秋冬时阴气凝结，春夏阴气涣散。有人春夏时也见到了鬼火，那不是在幽闭的房子、废弃的宅院，就一定是在深山幽谷，这都是阴气经常聚在一起的地方。鬼火还多见于平原旷野中的荒沼泽潭，这是因为阳气寄居于阴气中，地属阴类，水也属阴类，物聚于同类的缘故。先兄晴湖曾和沈丰功老伯夜里赶路，看到磷火高高的在树顶上，青莹莹的像火炬。这是以前从来没听说过的。李贺在诗里说："多年老鸮成木魅，笑声碧火巢中起。"我疑心可能他也见过这种怪异现象，所以才有这种诗句。先兄见到的，或许是木魅作怪吧！

贾人持巨砚求售，色正碧而红斑点点如血沁。试之，乃滑不受墨。背镌长歌一首，曰："祖龙奋怒鞭顽石，石上血痕胭脂赤。沧桑变幻几度经，水舂沙蚀存盈尺。飞花点点粘落红，芳草茸茸挼嫩碧[①]。海人漉得出银涛[②]，鲛客咨嗟龙女惜[③]。云何强遣充砚材，如以嫱施司洴澼[④]。凝脂原不任研磨，镇肉翻成遭弃掷[⑤]。原注：客问镇肉事，判曰："出《梦溪笔谈》[⑥]。"音难见赏古所悲，用弗量才谁之责。案头米老玉蟾蜍，为汝伤心应泪滴。”后题：“康熙己未重九[7]，餐花道人降乩，偶以顽砚请题，立挥长句。因镌诸砚背以记异。”款署“奕焘”二字，不著其姓，不知为谁，餐花道人亦无考。其词感慨抑郁，不类仙语，疑亦落拓之才鬼也。索价十金，酬以四金不肯售。后再问之，云四川一县令买去矣。

【注释】

①挼（ruó）：揉搓。

②海人：水神。海里的神灵。漉（lù）：液体慢慢地渗下，滤过。

③鲛（jiāo）客：神话传说中生活在海里的人，泪珠能变成珍珠。

④洴澼（píng pì）：漂洗。

⑤镇肉：宋代沈括《梦溪笔谈·艺文二》：“有饔人以一方石镇肉，视之，若有镌刻，试取石洗濯，乃宋海陵王墓铭，谢朓撰并书，其字如钟繇，极可爱。”后以“镇肉”借指未被人鉴识的珍宝奇物。

⑥《梦溪笔谈》：北宋沈括所著的笔记体著作，大约成书于1086—1093年，收录了沈括一生的见闻和见解。

⑦康熙己未：康熙十八年（1679）。

【译文】

有个商人拿着一方巨砚要卖，巨砚颜色为纯正的碧绿色，有点点红斑，就像是血渗进去的一样。试着沾水研磨，滑滑的不着墨汁。巨砚的背面刻着一首长诗：“祖龙奋怒鞭顽石，石上血痕胭脂赤。沧桑变幻几度经，水春沙蚀存盈尺。飞花点点粘落红，芳草茸茸挼嫩碧。海人漉得出银涛，鲛客咨嗟龙女惜。云何强遣充砚材，如以嫱施司洴澼。凝脂原不任研磨，镇肉翻成遭弃掷。原注：有人问镇肉事，沙盘上写道：“事出于《梦溪笔谈》。”音难见赏古所悲，用弗量才谁之责。案头米老玉蟾蜍，为汝伤心应泪滴。”后题：“康熙己未年重阳节，餐花道人降乩，偶尔拿石砚请他题写，马上就写下了这首长诗。因此将诗刻在砚背，作为这桩异事的纪念。”落款是“奕焘”二字，没有写姓，不知是什么人，餐花道人也无从考证。诗中的词语感慨忧郁，不像是仙人口气，怀疑是个落拓不得志的才鬼。商人索价十两，还价到四两，他不肯卖。后来再问，说巨砚已经被四川的一个县令买去了。

奴子纪昌，本姓魏，用黄犊子故事①，从主姓。少喜读书，颇娴文艺，作字亦工楷。最有心计，平生无一事失便宜。晚得奇疾，目不能视，耳不能听，口不能言，四肢不能动，周身并痿痹，不知痛痒；仰置榻上，块然如木石，惟鼻息不绝。知其未死，按时以饮食置口中，尚能咀咽而已。诊之乃六脉平和，毫无病状，名医亦无所措手。如是数年，乃死。老僧果成曰：“此病身死而心生，为自古医经所不载，其业报欤？”然此奴亦无大恶，不过务求自利，算无遗策耳。巧者造物之所忌，谅哉！

【注释】

①黄犊子故事：隋文帝开皇年间，京兆人韦衮有家奴桃符（无姓）。桃符出生入死护卫韦衮，在敌阵中横冲直闯，无人能敌，人称“飞虎将”。韦衮向隋文帝表奏其功，释去奴隶身份，桃符成家立业后，感恩韦衮，宰杀黄公牛奉献给韦衮，韦衮让桃符姓韦，桃符自己不敢直呼“韦桃符”，自称为“黄犊子韦”。见《太平广记》卷二百七十五“童仆”。

【译文】

家奴纪昌本来姓魏，学了黄犊子故事，随主人姓纪。纪昌从小喜欢读书，而且对文艺也很娴熟，写字也很工整。他最有心计，平生没有一件事情吃过亏。晚年，他得了一种奇怪的病，眼睛不能看，耳朵不能听，口不能说，手脚不能动，全身都萎缩麻痹，不知痛痒；把他仰放在床上，就像木头和石块一般，只是还有呼吸。知道他没死，每天按时把饭菜放在他嘴里，他还能咀嚼吞咽食物。给他诊断时，他的六脉平和，没有一点儿生病的症状，名医也对他束手无策。像这样一直过了好几年，他才死了。老僧果成说："这种病是身体死了，而心还活着，自古以来，医书上从没有记载过，是报应吗？"然而这个家奴平生并无大错，只不过事事只求对自己有好处，机关算尽罢了。看来狡诈是上天所忌的，确实不错啊！

奴子李福之妇，悍戾绝伦，日忤其姑舅，面詈背诅，无所不至。或微讽以不孝有冥谪，辄掉头哂曰："我持观音斋，诵观音咒，菩萨以甚深法力，消灭罪愆，阎罗王其奈我何？"后婴恶疾，楚毒万端，犹曰："此我诵咒未漱口，焚香用炊火，故得此报，非有他也。"愚哉！

【译文】

家奴李福的老婆，非常蛮横暴戾，每天顶撞公婆，不是当面吼骂，就是背后诅咒，什么事都做得出来。有人委婉地劝告她，不孝要受阴间惩罚，她却转过头去冷笑道："我按时吃观音斋，念观音经，菩萨法力无边，能消灾去祸，阎罗王能拿我怎样？"后来得了治不好的病，痛苦不堪，她还说："这是我念经时没漱口，烧香用灶火，所以得到这样的报应，不是因为其他的事。"真是愚昧啊！

蔡太守必昌，尝判冥事。朱石君中丞问以佛法忏悔，有无利益。蔡曰："寻常冤谴，佛能置讼者于善处。彼得所欲，其怨自解,如人世之有和息也。至重业深仇,非人世所可和息者,即非佛所能忏悔,释迦牟尼亦无如之何。”斯言平易而近理。儒者谓佛法为必无,佛者谓种种罪恶皆可消灭,盖两失之。

【译文】

蔡必昌太守,曾经判过阴间的案子。一次朱石君中丞问,以佛法看,忏悔有没有好处。蔡必昌说:“一般的冤仇,佛祖可以给原告一个好的处理结果。他得到了想要的,怨仇自然就化解了,就如同人世间的调解平息。至于重大的罪孽、深重的冤仇,不是人间可以调解平息的,也不是在佛祖面前忏悔就可以平息的,释迦牟尼也没有什么办法。”这些话平易而有道理。儒家认为佛法肯定没有,佛家说种种罪恶都能消除,两者都有不当之处。

余家距海仅百里,故河间古谓之瀛州。地势趋东,以渐而高,故海岸绝陡,潮不能出,水亦不能入。九河皆在河间,而大禹导河,不直使入海,引之北行数百里,自碣石乃入,职是故也。海中每数岁或数十岁,遥见水云澒洞中[①],红光烛天,谓之烧海。辄有断椽折栋,随潮而上,人取以为薪。越数日,必互言某匠某匠,为神召去营龙宫。然无亲睹其人,话鲛室贝阙之状者[②],第传闻而已。余谓是殆重洋巨舶,弗戒于火,火光映射,空无障翳,故千百里外皆可见;梁柱之类,舶上皆有,亦不必定属殿材也。

【注释】

①澒(hòng)洞:绵延,弥漫。

②鲛(jiāo)室贝阙:海里的宫室。鲛室,鲛人水中居室。鲛人是神话中生活在海里的人,传说其泪珠能变成珍珠。贝阙,用贝壳装饰的宫殿,本指河伯所居的龙宫水府,后用以形容壮丽的宫室。

【译文】

我家离海仅有百里,所以河间这个地方古代称为瀛州。这一带地势趋东渐高,因此海岸很陡,潮不能涌出来,河水也不能直接流进大海。九河都在河间,大禹治水导河,不是直接让河流入海,而是引河北行几百里,从碣石入海,就是地势的缘故。海上每隔几年或几十年,就会远远望见在弥漫无际的水云中,有红光照亮天空,人们称为"烧海"。烧海之后,就有折断的椽子和栋梁,随着潮水漂到海边,人们捡回去当柴烧。几天后,肯定会互相传言,某某工匠被神招去修建龙宫了。可是并没有谁亲眼目睹修建龙宫的工匠,听他讲述龙宫是什么样子,只是互相传闻罢了。我认为可能是远渡重洋的巨大船舶,不慎失火,大火经水光映射,水天空阔没有遮碍,因此千百里外都能看见;至于梁柱之类的东西,船舶上都有,也未必就是建筑宫殿的木材。

献县捕役某,尝奉差捕剧盗,就絷也。盗妇有色,盗乞以妇侍寝而纵之逃,某弗许。后以积蠹多赃坐斩。行刑前二日,狱舍墙圮,压而死。狱吏叶某,坐不早葺治,得重杖。先是叶某梦身立堂下,闻堂上官吏论捕役事。官指挥曰:"一善不能掩千恶,千恶亦不能掩一善。免则不可,减则可。"既而吏抱牍出,殊不相识,谛视其官,亦不识,方悟所到非县署。醒而阴贺捕役,谓且减死;不知神以得保首领为减也。人计捕役生平,只此一善,而竟得免刑。天道昭昭,何尝不许人晚盖哉[①]!

【注释】

①晚盖：以后善掩前恶。

【译文】

献县某个捕吏，曾经奉令捕捉大盗，把他擒获了。大盗的妻子很漂亮，大盗愿意把妻子献给捕吏，乞求捕吏放了他，捕吏没有答应。后来捕吏因为贪赃要受斩刑。行刑前两天，监狱的墙塌了，把他压死了。狱卒叶某，因为没有及早修理狱舍，被判重杖。在这以前，叶某梦见自己立在大堂下，听堂上的官吏议论捕吏的案子。一个官员说："一善不能掩千恶，千恶也不能掩一善。免罪是不能的，减刑就行了。"之后衙吏抱着文牍出来，叶某并不认识，仔细看那个官员，也不认识，这才明白不是县署。醒后偷偷地向捕吏道贺，认为他可以减刑不死了；不料神以保全他的首级为减刑。人们估算，捕吏一生只干了这一件善事，竟然得以免刑。天理昭昭，何曾不许人事后将功补过、行善赎罪啊！

吴江吴林塘言：其亲表有与狐女遇者，虽无疾病，而惘惘恒若神不足。父母忧之，闻有游僧能劾治，试往祈请。僧曰："此魅与郎君夙缘，无相害意。郎君自耽玩过度耳。然恐魅不害郎君，郎君不免自害。当善遣之。"乃夜诣其家，趺坐诵梵咒。家人遥见烛下似绣衫女子，冉冉再拜。僧举拂子曰："留未尽缘作来世欢，不亦可乎？"欻然而隐，自是遂绝。

林塘知其异人，因问以神仙感遇之事。僧曰："古来传记所载，有寓言者，有托名者，有借抒恩怨者，有喜谈诙诡，以诧异闻者，有点缀风流以为佳话，有本无所取而寄情绮语，如诗人之拟艳词者：大都伪者十八九，真者十一二。此一二真者，又大都皆才鬼灵狐，花妖木魅，而无一神仙。其称神仙必诡词。夫神正直而聪明，仙冲虚而清静，岂有名列丹台①，身依紫府，复有荡姬佚女，参杂其间，动入桑中之会哉②？”林塘叹其精识，为古所未闻。

说是事时，林塘未举其名字。后以问林塘子钟侨，钟侨曰：“见此僧时，才五六岁。当时未闻呼名字，今无可问矣。惟记其语音，似杭州人也。”

【注释】

①丹台：与下文的“紫府”均为道教称仙人的居所。

②桑中之会：男女幽会。

【译文】

吴江人吴林塘说：他的表亲中有个人与狐女相好，虽然没什么病，但总是怅惘茫然，好像精神不足。他父母为此而感到忧虑，听说有个云游僧人能镇治狐魅，就试着去祈请僧人。僧人说：“这个狐女与你家公子有一段姻缘，她没有害人的意思。是你家公子自己沉溺于此，玩乐过度罢了。然而我还是担心，即使狐女不伤害公子，公子也会自己害了自己。所以应当好好地把狐女送走。”于是夜里来到他们家，盘腿坐着念诵咒语。他们家的人远远地看见烛光下，似乎有一个身穿锦绣衣衫的女子，慢悠悠地拜了两拜。僧人举起拂尘说：“留下这一段未完的姻缘，来世再结欢情，不也可以吗？”狐女一下子消失了，以后再没来过。

吴林塘知道僧人是个奇异的人，就向他求教神仙感慨知遇一类的事情。僧人说：“自古以来，传记中记载有关神仙的事，有的是寓言，有的是假冒其名，有的是借此抒发恩怨，有的是喜欢谈论一些诙谐怪异的事情达到耸人听闻的目的，有的是点缀风流以传为佳话，有的没有别的意图，只不过将感情寄寓在绮丽的语词之中，就像诗人所作的一些艳丽词曲：一般假的占了十分之八九，真的只有十分之一二。而且这十分之一二的真事又大多数是关于才鬼灵狐，花妖木魅，没有一件是关于神仙的。那些说神仙的一定在撒谎。神正直而聪明，仙冲淡而清静，难道在天宫仙境里还会有放荡的女人混杂其间，动不动就和人幽会吗？”吴林塘感叹僧人的见识精辟，僧人说的是他从来没有听过的。

说起这件事的时候，吴林塘没有说出僧人的名字。后来问吴林塘的儿子钟侨，钟侨说：“我见到这位僧人时，才五六岁。当时没有听过谁叫他的名字，现在也没有办法问了。我只记得他的口音，听起来好像是杭州人。”

李芍亭家扶乩，其仙自称邱长春[1]。悬笔而书，疾于风雨，字如颠、素之狂草[2]。客或求丹方，乩判曰：“神仙有丹诀，无丹方，丹方是烧炼金石之术也。《参同契》炉鼎铅汞[3]，皆是寓名，非言烧炼。方士转相附会，遂贻害无穷。夫金石燥烈，益以火力，亢阳鼓荡，血脉偾张，故筋力似倍加强壮；而消铄真气，伏祸亦深。观艺花者，培以硫黄，则冒寒吐蕊；然盛开之后，其树必枯。盖郁热蒸之下，则精华涌于上，涌尽则立槁耳。何必纵数年之欲，掷千金之躯乎？”其人悚然而起。后芍亭以告田白岩，白岩曰：“乩仙大抵皆托名。此仙能作此语，或真是邱长春欤！”

【注释】

①邱长春：邱处机，道号长春，元世祖忽必烈曾召见过他，封他为国师，命其总领道教。

②颠、素：颠，指张旭（675—750?），字伯高，一字季明，唐朝吴（今江苏苏州）人。曾官常熟县尉、金吾长史，善草书，性好酒，世称“张颠”。素，怀素（725—785），字藏真，僧名怀素，是书法史上领一

代风骚的草书家。他的草书称为“狂草”,用笔圆劲有力,使转如环,奔放流畅,一气呵成,与张旭齐名,人称“张颠素狂”或“颠张醉素”。

③《参同契》:《周易参同契》的简称,东汉魏伯阳著,三卷。全书共约六千馀字,基本是用四字一句、五字一句的韵文及少数长短不齐的散文体和离骚体写成的,托易象而论炼丹,是道教早期经典。

【译文】

李芍亭家扶乩降仙,乩仙自称是邱长春。乩仙悬笔写字,比风雨还快,字体像张旭、怀素的狂草。有人拜求丹方,乩词称:“神仙有丹诀,没有丹方,丹方是烧炼金石的手段。《周易参同契》里提到炉鼎铅汞,都是托名,并非真讲烧炼。方士们相互附会歪曲,结果贻害无穷。因为金石本身燥烈,加上火力,阳气激荡,使血脉膨胀,所以筋骨气力好像倍加强壮;但这是消耗元气,留下的祸害也深。看那些养花的人,用硫黄培在树的根部,在严寒时能吐蕊开花;但盛开之后,那株树肯定枯死。因为热量在下蒸腾,其精华就从上面涌出,精华涌尽就马上枯槁了。你何必为放纵数年之欲,而抛弃千金之躯呢?”那人吓得赶紧起身。后来李芍亭将此事告诉田白岩,田白岩说:“乩仙大都是托名。这个乩仙能说出这样的话,也许真是邱长春吧!”

吴云岩家扶乩,其仙亦云邱长春。一客问曰:“《西游记》果仙师所作,以演金丹奥旨乎?”批曰:“然。”又问:“仙师书作于元初,其中祭赛国之锦衣卫,朱紫国之司礼监,灭法国之东城兵司马,唐太宗之大学士、翰林院中书科,皆同明制,何也?”乩忽不动,再问之,不复答。知己词穷而遁矣。然则《西游记》为明人依托无疑也。

【译文】

吴云岩家扶乩招仙，乩仙也自称邱长春。有个客人问："《西游记》果然是仙师所作，用来阐明道家炼金炼丹秘诀妙旨的吗？"乩仙批道："是的。"客人又问："仙师的《西游记》作于元初，而其中祭赛国的锦衣卫，朱紫国的司礼监，灭法国的东城兵司马，唐太宗的大学士以及翰林院中书科，都是明朝的官制，这又如何解释呢？"乩忽然停止不动，再怎么问也不回答了。人们知道乩仙已经理屈词穷逃走了。可见，《西游记》无疑是明人伪托元人邱长春所作。

文安王氏姨母，先太夫人第五妹也。言未嫁时，坐度帆楼中，遥见河畔一船，有宦家中年妇，伏窗而哭，观者如堵。乳媪启后户往视，言是某知府夫人，昼寝船中，梦其亡女为人执缚宰割，呼号惨切。悸而寤，声犹在耳，似出邻船。遣婢寻视，则方屠一豚子，泻血于盎，未竟也。梦中见女缚足以绳，缚手以红带。覆视其前足，信然，益悲怆欲绝，乃倍价赎而瘗之。其僮仆私言：此女十六而殁。存日极柔婉，惟嗜鸡，每饭必具；或不具，则不举箸。每岁恒割鸡七八百。盖杀业云。

【译文】

文安的王氏姨母，是先太夫人的第五个妹妹。她说没出嫁时，有一天坐在度帆楼上，远远地看到河畔停泊的一只船里，有位官宦人家的中年妇女，伏在窗上痛哭，看热闹的人围得像堵墙。乳母打开后门去看了看，回来说是某知府的夫人，白天在船里睡午觉，梦到她死去的女儿被人捆绑着宰割，凄惨地呼号。她吓醒了，声音却还在耳畔，好像就出自邻船。派丫环过去一看，原来是邻船正在杀一只小猪，往盆里放血，血还没放完。夫人梦中曾见女儿脚上绑着绳子，手上绑着红带子。再看小猪的前脚，果然不错，夫人越发悲痛欲绝，加倍出钱把小猪买来埋葬了。他们家的佣人私下里说：她的女儿十六岁就死了。活着的时候非常温柔恬静，唯独喜欢吃鸡，每顿饭必须有；要是没有鸡，就不吃饭。每年要杀七八百只鸡。大概是杀生太多造了孽得到报应了吧。

交河有书生，日暮独步田野间，遥见似有女子，避入秫田。疑荡妇之赴幽期者，逼往视之，寂无所睹，疑其窜伏深丛，不复追迹。归而大发寒热，且作谵语曰："我饿鬼也，以君有禄相，不敢触忤，故潜匿草间。不虞忽相顾盼，枉步相寻。既尔有情，便当从君索食，乞惠薄奠，即从此辞。"其家为具纸钱肴酒，霍然而愈。苏进士语年曰："此君本无邪心，以偶尔多事，遂为此鬼所乘。小人之于君子，恒伺隙而中之也。言动可不慎哉！"

【译文】

交河有个书生，一天傍晚独自在田野里散步，远远看到好像有个女子，躲进高粱地里。他怀疑是荡妇赴幽会，就跟过去靠近了看，却是静悄悄的什么也没有看到，他怀疑她可能躲到高粱地深处去了，就不再跟踪。书生回来后却大发起寒热病来，一边还说胡话："我是饿鬼，因为你有福禄相，不敢冲撞，所以躲到了草丛中。没想到你忽然过来查寻。既然你有情谊，我就向你索要吃食，求你祭奠一下，我就从此辞去。"家人准备了纸钱酒菜，书生的病一下子就好了。苏语年进士说："这个书生本来没有邪心，因为偶尔多事，于是被鬼缠住。小人对君子，常常是伺机伤害的。所以人们的言行怎么能不慎重呢！"

炎凉转瞬，即鬼魅亦然。程鱼门编修曰："王文庄公遇陪祀北郊，必借宿安定门外一坟园。园有故祟，文庄弗睹也。一岁，灯下有所睹，越半载而文庄卒矣。所谓山鬼能知一岁事耶[①]！"

【注释】

①山鬼能知一岁事：《史记·秦始皇本纪》记载，使者路过华阴平舒道时，有人拦住他，说："今年祖龙死。"秦始皇听使者禀报后沉默很久，说："山鬼固不过知一岁事也。"

【译文】

世态炎凉，转眼之间就变了，即使在鬼魅界也是如此。程鱼门编修说："王文庄公每次陪同皇上在北郊祭祀，必定借宿在安定门外一个坟园里。坟园本来一直闹鬼，王文庄一直未曾看见过。有一年，他灯下看到了鬼魅，过了半年，王文庄就死了。这就是人们所说的山鬼能预知一年的事情啊！"

太原申铁蟾言：昔自苏州北上，以舵牙触损，泊舟兴济之南。荒塍野岸，寂无一人，而夜闻草际有哦诗声。心知是鬼，与其友谛听之。所诵凡数十篇，幽咽断续，不甚可辨。铁蟾惟听得一句，曰"寒星炯炯生芒角"，其友听得二句，曰"夜深翁仲语，月黑鬼车来[①]"。

【注释】

①鬼车：传说中夜间发光的怪现象。

【译文】

太原人申铁蟾说：他过去从苏州北上，因为船舵碰坏，就停船在兴济的南边。荒郊野外,空无一人,夜晚却能听到草丛中有吟诗的声音。申铁蟾心知是鬼,就和朋友仔细地听。吟诵的诗有几十篇,声音轻幽呜咽、断断续续,不太听得清楚。申铁蟾只听出一句,是“寒星炯炯生芒角”,他的朋友听出两句,是“夜深翁仲语,月黑鬼车来”。

张完质舍人,僦居一宅,或言有狐。移入之次日,书室笔砚皆开动,又失红柬一方。纷纭询问间,忽一钱铮然落几上,若偿红柬之值也。俄喧言所失红柬,粘宅后空屋。完质往视,则楷书“内室止步”四字,亦颇端正。完质曰:“此狐狡狯。”恐其将来恶作剧,乃迁去。闻此宅在保安寺街,疑即翁覃溪宅也。

【译文】

中书舍人张完质,租了一处宅子居住,有人说宅子里有狐精。搬进去的第二天,书房的笔砚都打开动过了,还少了一方红柬。正在乱纷纷查问的时候,忽然有一文钱“当啷”一声落在书案上,似乎是抵还红柬的价钱。不一会儿人声喧嚷,说是丢失的红柬贴在了宅后的空屋。张完质亲自前往察看,见红柬上用楷书写着“内室止步”四字,写得十分端正。张完质说:“这个狐精真狡猾。”担心狐妖精日后恶作剧,就搬了出去。听说这处宅院在保安寺街,怀疑可能就是翁覃溪的住宅。

李又聃先生言:东光某氏宅有狐。一日,忽掷砖瓦,伤盆盎,某氏詈之。夜间人叩窗语曰:“君睡否?我有一言。邻里乡党,比户而居,小儿女或相触犯,事理之常,可恕则恕之,必不可恕,告其父兄,自当处置。遽加以恶声[①],于理毋乃不可。且我辈出入无形,往来不测,皆君闻见所不及,提防所不到。而君攘臂与为难，庸有幸乎？于势亦必不敌，幸熟计之。”某氏披衣起谢，自是遂相安。会亲串中有以僮仆微衅，酿为争斗，几成大狱者，又聃先生叹曰：“殊令人忆某氏狐。”

【注释】

①恶声：谩骂的话，坏话。

【译文】

李又聃先生说：东光县某家的宅子里有狐精。有一天，忽然扔砖瓦，砸坏了盆盆罐罐，这家主人便骂了起来。夜里听到有人敲打窗户说：“主人睡了吗？我有句话要说。邻里乡亲，门挨着门住在一起，我的小儿女有时冒犯，这是平常小事，可以宽恕的就宽恕；一定不能宽恕的，告诉父兄，自然也会处置。你突然张口就骂得那么难听，从道理上说不过去。况且我们出入无形无踪，往来无法预测，你听不到看不见，也无法提防。你却要伸腿伸胳膊跟我们为难，又有什么好处呢？看情形你肯定胜不过我们，请主人仔细考虑。”主人披衣起来道歉，从此彼此便相安无事了。正好亲戚中有户人家因为佣人的一点儿小事，与别人酿成争斗，几乎弄成大案，李又聃先生叹息说：“真令人怀念那家的狐精。”

北河总督署，有楼五楹，为蝙蝠所据多年矣。大小不知凡几万，一白者巨如车轮，乃其魁也，能为变怪。历任总督，皆扃钥弗居。福建李公清时，延正一真人劾治，果皆徙去。不久，李公卒，蝙蝠复归。于是无敢问之者。余谓汤文正公驱五通神[①]，除民害也。蝙蝠自处一楼，与人无患，李公此举，诚为可已而不已。至于猝捐馆舍[②]，则适值其时，不得谓蝙蝠为祟。修短有数，岂妖魅能操其权乎！

【注释】

①汤文正公:汤斌任江苏巡抚时,江苏上方山有一座五通神祠,人们信巫士所言到了痴迷的地步。汤斌上奏请求,亲自指挥拆掉了五通神祠,焚烧了神像。五通神:又称"五郎神",是横行乡野、淫人妻女的妖鬼,因为专做坏事,又称"五猖神"。

②捐馆舍:抛弃馆舍,死亡的委婉语。

【译文】

北河总督衙门有五间楼房,被蝙蝠占据多年。大大小小的蝙蝠不知道有几万只,其中有一只白色的蝙蝠,像车轮那么大,是它们的首领,会变幻成怪。历任总督都锁着楼房不去居住。福建李清公任总督时,请求正一真人设法镇治,果然蝙蝠都离开了。不久,李公去世,蝙蝠又回来了。从此没有人再去驱赶惊动它们。我认为汤文正驱逐五通神,是为民除害。蝙蝠独自居住在一幢楼房里,对人不构成危害,李公的这个举动,实在是没有必要。至于他猝然去世,只是碰巧罢了,不能认为这是蝙蝠作怪的缘故。人的生命本来就有长短,妖魅哪里能操纵得了这种权力呢!

余七八岁时,见奴子赵平自负其胆,老仆施祥摇手曰:"尔勿恃胆,吾已以恃胆败矣。吾少年气最盛,闻某家凶宅无人敢居,径携襆被卧其内。夜将半,剨然有声,承尘中裂,忽堕下一人臂,跳掷不已;俄又堕一臂,又堕两足,又堕其身,最后乃堕其首,并满屋迸跃如猿猱。吾错愕不知所为。俄已合为一人,刀痕杖迹,腥血淋漓,举手直来搦吾颈[1]。幸夏夜纳凉,挂窗未阖,急自窗跃出,狂奔而免。自是心胆并碎,至今犹不敢独宿也。汝恃胆不已,无乃不免如我乎!"平意不谓然,曰:"丈原大误,何不先捉一段,使不能凑合成形?”后夜饮醉归,果为群鬼所遮,掖入粪坑中,几于灭顶。

【注释】

①搦(nuò):握,捉拿,按。

【译文】

我七八岁时,看到家奴赵平自吹有胆量,老仆人施祥对他摇着手说:“你不要自恃有胆,我已经因为自恃有胆而遭过殃了。我年轻时气最盛,听说某家凶宅无人敢住,就径自抱了铺盖卷儿睡在里面。快到半夜时,‘哗’的一声,天花板裂了开来,忽然掉下来一条人的胳膊,在地上不停地跳来跳去;过了一会儿又掉下一条胳膊,又掉下两只脚,又掉下身体,最后掉下了头,满屋子的残肢都像猴子一样跳跃。我吓得不知该怎么办。不一会儿已经合成一个人,身上都是刀痕杖迹,腥血淋漓,伸手直冲我扑来,要掐我脖子。幸亏夏夜纳凉,挂窗没有关上,我急忙从窗口跳出,拼命奔逃,才得脱免。从此以后我的胆被吓破了,至今还不敢独宿。你还要自恃有胆,不是要难免和我一样么!”赵平很不以为然地说:“老伯本来就大错,为什么不先捉住一段,让它不能凑合成形呢?”后来赵平夜里喝醉酒回家,果然被群鬼拦住,被架到粪坑里,几乎淹死。

同年钟上庭言:官宁德日,有幕友病亟①。方服药,恍惚见二鬼曰:“冥司有某狱,待君往质。药可勿服也。”幕友言:“此狱已五十馀年,今何尚未了?”鬼曰:“冥司法至严,而用法至慎。但涉疑似,明知其事,证人不具,终不为狱成。故恒待至数十年。”问:“如是不稽延拖累乎?”曰:“此亦千万之一,不恒有也。”是夕果卒。然则果报有时不验,或缘此欤?又小说所载,多有生魂赴鞫者,或宜迟宜速,各因其轻重缓急欤?要之早晚虽殊,神理终不愦愦,则凿然可信也。

【注释】

①幕友：明清时地方军政官署中协助办理文案、刑名、钱谷等事务的人员，相当于古之幕僚、幕宾。因为无官职，而且是由长官私人延聘，视之如友，故称“幕友”，俗称“师爷”。

【译文】

和我同科取中的钟上庭说：他在宁德做官时，有个幕友病得很重。正在服药，恍惚中看见两个鬼对他说：“冥司中的某件案子，一直等你前往对质。药可以不用吃了。”幕友说：“这桩案件已经五十多年了，怎么现在还没结案？”鬼说：“冥司的法律最严厉，可是执行起来也最谨慎。一旦涉及疑点，虽然明知事实真相，如果证人不出庭作证，不能终审定案。因此往往一拖就是几十年。”幕友问：“这样的话，那不是拖延时间牵累当事人了吗？”鬼说：“这种情况只占千万分之一，不是常有的。”当天夜里，幕友果然死了。由此看来，因果报应有时不灵验，或许是由于这个缘故吧？还有，小说的记载中，有许多生魂前往冥司对质的，或许是定案的迟早，是要各自根据案情的轻重缓急吧？总之，定案虽然有早晚的差别，神灵终究不糊涂，这是确凿无疑的。

田氏媪诡言其家事狐神，妇女多焚香问休咎，颇获利。俄而群狐大集，需索酒食，罄所获不足供。乃被击破瓮盎，烧损衣物，哀乞不能遣，怖而他投。濒行时，闻屋上大笑曰：“尔还敢假名敛财否？”自是遂寂，亦遂不徙。然并其先有之赀，耗大半矣。此余幼时闻先太夫人说。

又有道士称奉王灵官[①]，掷钱卜事，时有验，祈祷亦盛。偶恶少数辈，挟妓入庙，为所阻。乃阴从伶人假灵官鬼卒衣冠，乘其夜醮，突自屋脊跃下，据坐诃责其惑众，命鬼卒缚之，持铁蒺藜拷问[②]。道士惶怖伏罪，具陈虚诳取钱状。乃哄堂一笑，脱衣冠高唱而出。次日，觅道士，则已窜矣。此雍正甲寅七月事③。余随姚安公宿沙河桥，闻逆旅主人说。

【注释】

①王灵官：道教的护法镇山神将，和佛教的韦驮相似。一说他是武当山中五百灵官的统帅，叫“华光元帅”，又叫“五显灵官”。

②铁蒺藜：古代一种军用的铁质尖刺的布撒障碍物。宋朝以后，为适应作战的需要，铁蒺藜的种类逐渐增多。此处指刑具。

③雍正甲寅：雍正十二年(1734)。

【译文】

有位姓田的老妇人骗人说她家供奉着狐精，许多妇女都去烧香问吉凶，老妇人得了不少钱。不久，来了一大群狐聚集，要吃要喝，老妇人花尽了赚来的钱也不够供应。结果被狐狸打破盆罐，烧坏衣物，田老太哀求，狐狸也不走，田老太害怕了，想要投奔他处，将要出门时，听到屋上大笑说：“你还敢借我们的名声收取钱财吗？”从此就安静了，田老太也就不搬了。但是连她原有的钱财，也损失了大半。这是我小时候听先母张太夫人讲的。

还有一个道士声称供奉王灵官，花钱占卜，常有灵验，去祈祷的人也就多起来。有一次，几个恶少带着妓女进庙，被他挡住了。于是恶少就暗中向伶人借来王灵官和鬼卒的戏装，趁道士夜间做道场时，突然从房顶上跳下来，坐在祭坛上责骂他迷惑百姓，命鬼卒绑起他，拿来铁蒺藜要拷问他。道士吓得连忙认罪，把他骗人赚钱的真相全都说了出来。大家轰然一笑，脱下衣帽高唱着走了出去。第二天去找道士，他已经逃走了。这是雍正甲寅年七月的事。我和先父姚安公在沙河桥过夜时，听旅店主人说起。

安邑宋半塘，尝官鄞县①。言鄞有一生，颇工文，而偃蹇不第[2]。病中梦至大官署,察其形状,知为冥司。遇一吏,乃其故人,因叩以此病得死否。曰:"君寿未尽而禄尽,恐不久来此。"生言:"平生以馆谷糊口,无过分之暴殄,禄何以先尽?"吏太息曰:"正为受人馆谷而疏于训课,冥司谓无功窃食,即属虚糜。销除其应得之禄,补所探支,故寿未尽而禄尽也。盖在三之义[3],名分本尊,利人脩脯,误人子弟,谴责亦最重。有官禄者减官禄,无官禄者则减食禄,一锱一铢,计较不爽。世徒见才士通儒,或贫或夭,动言天道之难明,乌知自误生平,罪多坐此哉!"生怅然而寤,病果不起。临殁,举以戒所亲,故人得知其事云。

【注释】

①鄞(yín)县:地名。在今浙江南部。

②偃蹇(jiǎn):困顿,窘迫。

③在三:《国语·晋语一》:"'民生于三,事之如一。'父生之,师教之,君食之。"后以"在三"为礼敬君、父、师的典故。

【译文】

安邑人宋半塘,曾经在鄞县做官。说鄞县有个书生,文章写得很好,却总是考不上功名。有一次他病了,梦里来到一座大官署,看官署的形状,知道自己是到了阴间。书生碰到一个小吏,原来是以前的老熟人,就问他得了这种病会不会死。小吏说:"你的寿命还没有到头,但你的禄运到头了,恐怕不久就要来阴间。"书生说:"生平只是用教书的酬金养家糊口,没有过分糟踏也没有损害别人,为什么禄运就先到头了呢?"小吏叹息着说:"正是因为你拿了人家的报酬,却不好好给人上课,阴间认为没有功劳而偷吃,就属于浪费。那就削减他本来应该得到的禄运,来弥补他浪费掉的,因此你的寿运还没有到头,禄运就已经到头了。老师本来是三恩之一，名分本来尊贵，只收人家的学费，耽误人家的子弟，因此受的惩罚也最重。有官禄的就削减他的官禄，没有官禄的就削减他的食禄，一锱一铢，都计算得毫不偏差。世间的人只看见有才能的士人儒生，有的贫穷有的早逝，动不动就说天道不明，却不知道他们是自己耽误了一生，大多是触犯了这一条啊！”书生怅然醒来，病情果然没有起色。临终的时候，他把这件事说出来以告诫身边的人，人们才知道了这件事。

道士庞斗枢，雄县人。尝客献县高鸿胪家。先姚安公幼时，见其手撮棋子布几上，中间横斜萦带，不甚可辨；外为八门，则井然可数。投一小鼠，从生门入，则曲折寻隙而出；从死门入，则盘旋终日不得出。以此信鱼腹阵图[①]，定非虚语。然斗枢谓此特戏剧耳。至国之兴亡，系乎天命；兵之胜败，在乎人谋。一切术数，皆无所用。从古及今，有以壬遁星禽成事者耶[②]？即如符咒厌劾，世多是术，亦颇有验时。然数千年来，战争割据之世，是时岂竟无传？亦未闻某帝某王某将某相死于敌国之魇魅也，其他可类推矣。姚安公曰：“此语非术士所能言，此理亦非术士所能知。”

【注释】

①鱼腹阵图：古代用兵的一种阵法。《三国志·蜀书·诸葛亮传》：“推演兵法，作八阵图。”

②壬遁星禽：壬遁，“六壬”与“遁甲”的并称。星禽，以五行二十八宿与各禽相配占吉凶祸福的方术。

【译文】

道士庞斗枢，雄县人。曾到献县高鸿胪家做门客。先父姚安公年幼时，看到他手撮棋子布在桌上，中间横斜连带，看不太清楚；外围有八个门，清清楚楚数得出来。抓一只小鼠，从生门放进去，能曲曲折折地找到缝隙钻出来；从死门放进去，在里面转一整天也出不来。由此相信鱼腹浦的八阵图，决不是虚构出来的。但庞斗枢说这只不过是游戏罢了。至于国家的兴亡，因天命而定；战斗的胜败，因人的谋略而定。一切方术，都起不了作用。从古到今，有靠星相之术而成就事业的吗？就是像符咒厌胜这些方术，世间很流行，也颇有些灵验的时候。但是几千年来，战争割据的时代，那时方术难道就失传了吗？也没听说过哪个皇帝、哪个大王、哪个将军、哪个丞相死于敌国的诅咒厌胜，其他就可以推想而知了。姚安公说："这番话不是一般的方士能说得出的，这个道理也不是一般的方士所能理解的。"

从舅安公介然言：佃户刘子明，家粗裕。有狐居其仓屋中，数十年一无所扰，惟岁时祭以酒五琖[①]，鸡子数枚而已。或遇火盗，辄叩门窗作声，使主人知之。相安已久。一日，忽闻吃吃笑不止，问之不答，笑弥甚。怒而诃之。忽应曰："吾自笑厚结盟之兄弟、而疾其亲兄弟者也。吾自笑厚其妻前夫之子、而疾其前妻之子者也。何预于君，而见怒如是？"刘大惭，无以应。俄闻屋上朗诵《论语》曰："法语之言[②]，能无从乎？改之为贵。巽语之言[③]，能无说乎？绎之为贵[④]。"太息数声而寂。刘自是稍改其所为。后余以告邵闇谷，闇谷曰："此至亲密友所难言，而狐能言之；此正言庄论所难入，而狐以诙谐悟之。东方曼倩何加焉[⑤]！予倘到刘氏仓屋，当向门三揖之。"

【注释】

①琖(zhǎn):小杯子。

②法语:合乎礼法的言语。

③巽(xùn)语:恭顺委婉的言辞。

④绎:梳理的意思。

⑤东方曼倩:东方朔(前154—前93),字曼倩,西汉辞赋家。武帝即位,征四方士人,东方朔上书自荐,召拜为郎,后任常侍郎、太中大夫等职。他性格诙谐,言辞敏捷,滑稽多智,常在武帝前谈笑取乐,"然时观察颜色,直言切谏"。参见《汉书·东方朔传》。

【译文】

堂舅安介然公说:佃户刘子明,家境还算富裕。有个狐精住在他家当仓库的房子里,几十年了,从来不打扰他们,只在过年祭祀时,给狐精供五小杯酒,几只鸡蛋而已。有时遇到火灾、偷盗等事,狐精就敲打门窗发出声响,让主人知道。大家平安相处了很久。有一天,刘子明忽然听到"吃吃"不断的笑声,问也不回答,笑声反而更大。刘子明生气地呵斥起来。忽然听见应声道:"我笑厚待结义的兄弟、却厌恶亲兄弟的人。我笑厚待妻子和前夫生的儿子、却痛恨自己和前妻生的孩子。这些事与你何干,又何必如此动怒?"刘子明大为惭愧,无话回答。不久又听到屋顶上朗诵《论语》中的话:"严肃而合乎原则的话语,能够不接受吗?改正错误才可贵。顺从自己心意的话,能不高兴吗?分析一下才可贵。"叹息了几声就安静了下来。刘子明从此稍稍改变了他过去的所为。我把这件事告诉了邵阊谷,邵阊谷说:"这是至亲密友也难说出口的话,狐精却说了出来;这些话认认真真地说让人难以接受,而狐精用诙谐的话使他觉悟。东方朔也未必能超过它!倘若我到刘氏的仓房,一定要向门作三个揖。"

玛纳斯有遣犯之妇,入山樵采,突为玛哈沁所执。玛哈沁者，额鲁特之流民，无君长，无部族，或数十人为队，或数人为队；出没深山中，遇禽食禽，遇兽食兽，遇人即食人。妇为所得，已褫衣缚树上，炽火于旁。甫割左股一脔，倏闻火器一震，人语喧阗，马蹄声殷动山谷。以为官军掩至，弃而遁。盖营卒牧马，偶以鸟枪击雉子，误中马尾。一马跳掷，群马皆惊，相随逸入万山中，共噪而追之也。使少迟须臾，则此妇血肉狼藉矣，岂非若或使之哉！妇自此遂持长斋，尝谓人曰："吾非佞佛求福也。天下之痛苦，无过于脔割者；天下之恐怖，亦无过于束缚以待脔割者。吾每见屠宰，辄忆自受楚毒时；思彼众生，其痛苦恐怖，亦必如我。故不能下咽耳。"此言亦可告世之饕餮者也。

【译文】

玛纳斯有个流放犯人的妻子，进山打柴，突然被玛哈沁抓住。玛哈沁是额鲁特的流民，没有首领，也没有部族，或许几十人一伙，或许几人一伙；他们出没深山丛林，遇到飞禽吃飞禽，遇到野兽吃野兽，遇到活人就吃人肉。妇人落到他们手里，已经被扒了衣服，捆在树上，玛哈沁在一旁燃起篝火。刚从妇人左大腿上割下一块肉，忽然听到一声火枪响，人语喧哗，众多的马蹄声震动了山谷。玛哈沁以为大队官兵围追过来，扔下妇人和火堆，慌忙逃跑了。原来，军营的士卒放马，偶尔用鸟枪射击野鸡，误中马尾。一匹马横着蹦跳起来，群马都惊了，纷纷往山里狂奔，士卒呐喊着追马，无意中吓跑玛哈沁，救了妇人一命。假设他们迟到片刻，这个妇人就血肉狼藉了，这岂不是好像有什么神灵暗中促使他们这样做的吗！从此以后，这个死里逃生的妇人持了长斋，一次她对人说："我并非是虚情假意敬佛求福。天下的痛苦，没有比得上割肉的；天下的恐怖，也没有比得上被捆起来等着被割肉的。我每次见到屠宰动物，就会想起自身曾经受过的痛苦和恐怖；想到那些被宰的众生，痛苦和恐怖也必然像我当初的情景一样。因此我就咽不下去了。”这番话也可以用来告诫世上那些贪吃的人。

奴子刘琪，畜一牛一犬。牛见犬辄触，犬见牛辄噬，每斗至血流不止。然牛惟触此犬，见他犬则否；犬亦惟噬此牛，见他牛则否。后系置两处，牛或闻犬声，犬或闻牛声，皆昂首瞑视。后先姚安公官户部，余随至京师，不知二物究竟如何也。或曰：“禽兽不能言者，皆能记前生。此牛此犬殆佛经所谓夙冤，今尚相识欤？”余谓夙冤之说，凿然无疑。谓能记前生，则似乎未必。亲串中有姑嫂相恶者，嫂与诸小姑皆睦，惟此小姑则如仇；小姑与诸嫂皆睦，惟此嫂则如仇。是岂能记前生乎？盖怨毒之念，根于性识，一朝相遇，如相反之药，虽枯根朽草，本自无知，其气味自能激斗耳。因果牵缠，无施不报。三生一瞬①，可快意于睚眦哉②？

【注释】

①三生：佛教的说法，指前生、今生、来生。

②睚眦（yá zì）：这里指极小的仇恨。

【译文】

家奴刘琪，养了一头牛、一只狗。牛看见狗就用角抵，狗看见牛就用牙咬，每次斗得流血还停不下来。然而这头牛只抵这只狗，而看见其他的狗不这样；狗也只是咬这头牛，看见其他的牛也不这样。后来把它们分开，拴在两个不同的地方，牛有时听到狗的声音，狗有时听到牛的声音，都抬起头瞪大眼。后来先父姚安公在户部做官，我跟随着他一起到了京城，不知道这两个东西究竟怎么样了。有人说：“禽兽不能说话，但都能记得前生。这头牛和这只狗，大概就是佛经里所说的前世冤家，今世相逢认出来了吧？”我认为夙冤的说法是确凿无疑的。但是所谓的能记起前生，则不一定。亲戚中有姑嫂二人互相厌恶。嫂子与其他小姑子都能和睦相处，唯独和这个小姑子像仇人一般；小姑子与其他嫂子都能和睦相处，唯独和这个嫂子像仇人一般。难道这也是能记得前生的冤仇吗？相互厌恶怨恨的念头，根源在于各自的性情喜好不同，一旦碰上，就像相反的药，即使是枯根朽草，本身没有知觉，彼此的气味就能激发相斗。因果互相牵连纠缠，没有什么作为不会受到报应的。即便是有“三生”，也不过眨眼就过去了，能为一些小事而图一时痛快吗？

从伯君章公言：前明青县张公，十世祖赞祁公之外舅也。尝与邑人约，连名讼县吏。乘马而往，经祖墓前，有旋风扑马首。惊而堕，从者舁以归。寒热陡作，忽迷忽醒，恍惚中似睹鬼物。将延巫禳解，忽起坐，作其亡父语曰：“尔勿祈祷，扑尔马者我也。凡讼无益：使理曲，何可讼？使理直，公论具在，人人为扼腕，是即胜矣，何必讼？且讼役讼吏，为患尤大：讼不胜，患在目前；幸而胜，官有来去，此辈长子孙必相报复，患在后日。吾是以阻尔行也。”言讫，仍就枕，汗出如雨。比睡醒，则霍然矣。既而连名者皆败，始信非谵语也。此公闻于伯祖湛元公者。湛元公一生未与人涉讼，盖守此戒云。

【译文】

堂伯君章公说：明朝青县的张公，是十世祖赞祁公的岳父。他曾经和乡里人相约，连名控告县衙里的小吏。张公骑马前往，经过祖坟前，一阵旋风直扑马头。马受惊跳起来,他被摔下了地,同去的人把他抬了回来。回到家里,他寒热病突然发作,一会儿昏迷,一会儿清醒,迷迷糊糊地好像见到了鬼。家人正要去请巫师来禳解,张公忽然坐了起来,发出他亡父的声音说:"你不要祈祷,扑你马的就是我。凡是打官司都没好处:假如理屈,有什么可诉讼的呢?假如理直,是非自有公论,人人替你鸣不平,这就是胜利,何必要打官司呢?况且告差役告小吏,祸患尤其厉害:官司打败了,祸在眼前;侥幸打胜了,做官的有来有去,而这种人土生土长,他们的子孙肯定要报复,祸在日后。因此我来拦住你。"说完,张公又倒在枕头上,汗流如雨。等到一觉醒来,病一下子就好了。后来连名上诉的人都遭了殃,才知道这不是说胡话。此事是堂伯从堂伯祖湛元公那里听来的。湛元公一生没和人打过官司,大概是严守这个训诫吧。

世有圆光术[①]:张素纸于壁,焚符召神,使五六岁童子视之。童子必见纸上突现大圆镜,镜中人物,历历示未来之事,犹卦影也。但卦影隐示其象,此则明著其形耳。庞斗枢能此术,某生素与斗枢狎,尝觊觎一妇,密祈斗枢圆光,观谐否。斗枢骇曰:"此事岂可渎鬼神。"固强之。不得已勉为焚符,童子注视良久曰:"见一亭子,中设一榻,三娘子与一少年坐其上。"三娘子者,某生之亡妾也。方诟责童子妄语,斗枢大笑曰:"吾亦见之。亭中尚有一匾,童子不识字耳。"怒问:"何字?"曰:"'己所不欲'四字也。"某生默然,拂衣去。或曰:"斗枢所焚实非符,先以饼饵诱童子,教作是语。"是殆近之。虽曰恶谑,要未失朋友规过之义也。

【注释】

①圆光术:民间流行的一种法术。将圆镜用布或纸蒙起来,然后施

法人沐浴更衣将麻油涂于纸面和手上，然后念咒语，同时请两个童子观看镜子，让他们叙述镜子里面出现的画面和情景。

【译文】

世上有一种圆光术：把白纸贴在墙上，焚烧符箓招来神仙，让五六岁的童子来看。童子一定会看到纸上突然出现一个大圆镜，镜中人物，一件件地显示未来的事，就像古时卜卦的图形。不过卦影隐晦地显示形象，这种法术却明确显示人物形状。庞斗枢会这种法术，某生和庞斗枢一直很要好，他曾经暗暗打一个女人的主意，悄悄请庞斗枢用圆光术，看看能否得到她。庞斗枢惊怕地说："这种事，怎么可以拿来亵渎鬼神。"某生坚持请求。庞斗枢不得已勉强烧化符箓，童子注视了好久说："见到一个亭子，中间有一张床，三娘子和一个年轻人坐在上面。"三娘子是某生的亡妾。某生骂童子胡说，庞斗枢大笑着说："我也见到了。亭中还有一个匾，童子不识字罢了。"某生生气地问："是什么字?"庞斗枢说："是'己所不欲'四个字。"某生默然不语，一甩袖子走了。有人说："庞斗枢焚化的不是符箓，他事先拿吃的哄童子，教他说这些话。"大概是这样吧。虽然玩笑过分，但主旨仍不失为规劝朋友改过。

先太夫人言：外祖家恒夜见一物，舞蹈于楼前，见人则窜避。月下循窗隙窥之，衣惨绿衫，形蠢蠢如巨鳖。见其手足而不见其首，不知何怪。外叔祖紫衡公遣健仆数人，持刀杖绳索伏门外，伺其出，突掩之。踉跄逃入楼梯下。秉火照视，则墙隅绿锦袱包一银船，左右有四轮，盖外祖家全盛时儿童戏剧之物。乃悟绿衫其袱，手足其四轮也。熔之得三十馀金。一老媪曰："吾为婢时，房中失此物，同辈皆大遭箠楚。不知何人窃置此间，成此魅也。"《搜神记》载孔子之言曰："夫六畜之物，龟蛇鱼鳖草木之属，神皆能为妖怪，故谓之五酉。五行之方，皆有其物。酉者老也，故物老则为怪矣。杀之则已，夫何患焉！”然则物久而幻形，固事理之常耳。

【译文】

先太夫人说：外祖家夜间总是看见一个怪物，在楼前跳舞，一见人就逃窜躲起来。家人借着月光从窗缝偷偷看，见怪物穿着暗绿色衣衫，形状粗粗笨笨的，就像一只巨鳖。只有手足却看不见头，不知是个什么怪物。外叔祖紫衡公安排了几个身强力壮的仆人，拿着刀杖绳索埋伏在门外，怪物一出现，突然围过去捕捉。怪物跌跌撞撞逃到了楼梯底下。人们用火把一照，发现墙角有个绿锦包袱，包袱里包着一只银船，左右共有四只轮子，是外祖家鼎盛时期的儿童玩具。人们这才明白原来是银船作怪，绿衫是包袱皮，手足是四轮。把银船熔化，得了三十多两银子。一位老妇说：“我做丫鬟时，房里丢了这个玩具，大家都挨了不少打。不知当初是什么人偷来放到这里，成了精怪。”《搜神记》记载孔子的话说：“家庭饲养的马、牛、羊、猪、狗、鸡六畜和龟蛇鱼鳖草木这些东西，通灵以后都能兴妖作怪，所以称为‘五酉’。五行所在的地方，到处都有这种成精的东西。‘酉’的意思是老，物件老了就能作怪。杀了也就罢了，有什么可怕的呢！”由此看来，物久幻形，本来就是常理。

两世夫妇，如韦皋、玉箫者，盖有之矣。景州李西崖言：乙丑会试[①]，见贵州一孝廉，述其乡民家生一子，甫能言，即云我前生某氏之女，某氏之妻，夫名某字某；吾卒时夫年若干，今年当若干；所居之地，距民家四五日程耳。此语渐闻。至十四五岁时，其故夫知有是说，径来寻问。相见涕泗，述前生事悉相符。是夕竟抱被同寝。其母不能禁，疑而窃听，灭烛以后,已妮妮儿女语矣。母怒,逐其故夫去。此子愤悒不食,其故夫亦栖迟旅舍不肯行。一日防范偶疏,竟相偕遁去,莫知所终。异哉此事!古所未闻也。此谓发乎情而不止乎礼矣。

【注释】

①乙丑:乾隆十年(1745)。

【译文】

两世都成为夫妻,像韦皋、玉箫那样隔世相逢,大概还是有的。景州人李西崖说:乾隆乙丑年参加会试,碰到贵州的一个孝廉,说他的家乡有个村民家生了个孩子,刚会说话,就说前生是某人的女儿,是某人的妻子,丈夫名叫某某;自己死时丈夫年龄多大,现在应当多大;以前住的地方,距离村民家大约有四五天的路程。这些话渐渐地传开了。到这个孩子十四五岁的时候,自称是上辈子丈夫的人就径自找来查问。他们二人一见面,就痛哭流涕,说前生的事情说得完全一致。这天晚上,竟然抱了被褥一同就寝。孩子的母亲制止不了,起了疑心偷听他们讲话。熄灭蜡烛以后,他们俩已经在喃喃地说着一些亲热的情话了。她的母亲勃然大怒,把所谓前世的丈夫赶了出去。这个孩子气愤愤的不吃饭,她前世的丈夫也住在旅馆迟迟不肯动身。有一天防范偶然疏忽,二人竟然一起逃走了,不知道去了哪里。这件事真是奇怪!自古以来就没听说过。这可以说是发于情而不能止于礼了。

东光霍从占言:一富室女,五六岁时,因夜出观剧,为人所掠卖。越五六年,掠卖者事败,供曾以药迷此女。移檄来问,始得归。归时视其肌肤,鞭痕、杖痕、剪痕、锥痕、烙痕、烫痕、爪痕、齿痕遍体如刻画。其母抱之泣数日,每言及,辄沾襟。先是女自言主母酷暴无人理，幼时不知所为，战栗待死而已；年渐长，不胜其楚，思自裁。夜梦老人曰："尔勿短见，各烙再次，鞭一百，业报满矣。"果一日缚树受鞭，甫及百而县吏持符到。盖其母御婢极残忍，凡觳觫而侍立者，鲜不带血痕；回眸一视，则左右无人色。故神示报于其女也。然竟不悛改，后疽发于项死。子孙今亦式微。从占又云：一宦家妇，遇婢女有过，不加鞭捶，但褫下衣，使露体伏地。自云如蒲鞭之示辱也[①]。后患颠痫，每防守稍疏，辄裸而舞蹈云。

【注释】

①蒲鞭之示辱：对有过错的人用蒲做的鞭子抽打，只是为了使他感到羞耻，并不使他皮肉受苦。用于宣扬所谓的宽仁。

【译文】

东光的霍从占说：有个有钱人家的女孩，五六岁时，晚上外出看戏，被人拐卖。过了五六年，拐卖她的人事情败露被抓住，招供曾经用迷药麻醉这个女孩。官府发公文追查，女孩才得以解救回家。归来时只见她遍体鳞伤，鞭痕、杖痕、剪痕、锥痕、烙痕、烫痕、爪痕、齿痕，全身布满就像刻上去、画上去的一样。她母亲抱着她哭了几天，一提起就泪流满襟。女孩说女主人残酷凶暴，毫无人性，自己年纪小，不知所措，只有胆战心惊地等死。年纪渐渐大了以后，实在受不了毒打，就想到自杀。一天夜里梦见一个老人对她说："你不要寻短见，再被烙两次，打一百鞭，业报就满了。"果然有一天，她被绑在树上挨鞭打，刚打到一百鞭，县吏就拿着文书到了。原来这个女孩的母亲对婢女极其残忍，那些战战兢兢侍立身边的丫头，很少有身上不带血痕的；只要她回眸一看，左右的人就吓得面无人色。所以神明就在她女儿身上显示报应。但她竟然不思悔改，后来脖子上生了毒疮而死。她的子孙现在也衰落了。霍从占又说：有一位官太太，遇到婢女有过失，并不鞭打，只是扒掉裤子，让她裸体趴在地上。自称这和蒲鞭示辱一样。后来官太太得了癫痫病，只要家人看管不严，她就要光着身子跳舞。

及孺爱先生言：其仆自邻村饮酒归，醉卧于路。醒则草露沾衣，月向午矣。欠伸之顷，见一人瑟缩立树后，呼问“为谁”。曰：“君勿怖，身乃鬼也。此间群鬼喜嬲醉人，来为君防守耳。”问：“素昧生平，何以见护？”曰：“君忘之耶？我殁之后，有人为我妇造蜚语，君不平而白其诬，故九泉衔感也。”言讫而灭，竟不及问其为谁，亦不自记有此事。盖无心一语，黄壤已闻。然则有意造言者，冥冥之中宁免握拳啮齿耶！

【译文】

及孺爱先生说：他的仆人从邻村饮酒归来，醉倒在半路上。醒来时草叶上露水已经沾湿衣服，月亮已经升上了半空。他伸了个懒腰想要起身时，看到一个人瑟缩着站在树后，呼问“是谁”。那人说：“请你别害怕，我是个鬼。这里的群鬼喜欢捉弄醉人，我是为你防守的。”仆人问：“我们素不相识，为何能蒙受老兄的保护呢？”鬼说：“难道你忘了吗？我死以后，有人造我老婆的谣，你打抱不平为她辩白，我在九泉之下都很感激。”说完就消失了，仆人没来得及问他的姓名，也不记得自己曾经有过这件事。大概无意中的一句话，九泉之下已听到了。可见，故意造谣的人，阴间难道会少得了握紧拳头切齿愤恨的鬼吗？

河间献王墓在献县城东八十里。墓前有祠，祠前二柏树，传为汉物，未知其审，疑后人所补种。左右陪葬二墓，县志称左毛苌，右贯长卿；然任邱又有毛苌墓，亦莫能详也。或曰："苌宋代追封乐寿伯，献县正古乐寿地。任邱毛公墓，乃毛亨也。"理或然欤！

从舅安公五占言：康熙中，有群盗觊觎玉鱼之藏，乃种瓜墓旁，阴于团焦中穿地道。将近墓，探以长锥，有白气随锥射出，声若雷霆，冲诸盗皆仆，乃不敢掘。论者谓王墓封闭二千载，地气久郁，故遇隙涌出，非有神灵。余谓王功在六经，自当有神呵护。穿古冢者多矣，何他处地气不久郁而涌乎？

【译文】

河间献王墓在献县城东八十里。墓的前面有座祠堂，祠堂前面有两棵柏树，传说是汉代时栽种的，不知真假，怀疑是后人补种的。左右是两座陪葬的墓，县志上说左边的是毛苌，右边的是贯长卿；可是任邱县也有毛苌墓，也没有人能说得清。有人说："毛苌在宋代被追封为乐寿伯，献县正好是古代乐寿的所在地。任邱的毛公墓是毛亨的墓。"按道理说或许是这样吧！

堂舅安五占公说：康熙年间有一伙盗墓的人，觊觎墓里的珠宝玉器，就在墓地前面种瓜，偷偷地在看瓜的小屋中挖地道盗墓。接近墓穴时，他们用长铁锥试探，突然一道白气随着铁锥喷射出来，声音像雷鸣一般，把盗贼全冲倒了，他们才不敢再挖下去了。有人议论说，献王墓封闭了两千年，地气长久郁积，所以遇到缝隙就喷涌而出，并非有什么神灵。我觉得献王的功绩在于六经，自然应该有神灵保护。盗古墓的事情多了，怎么别处的地气长久郁积却不喷涌而出呢？

鬼魅在人腹中语，余所闻见，凡三事：一为云南李编修衣山，因扶乩与狐女唱和。狐女姊妹数辈，并入居其腹中，时时与语。正一真人劾治弗能遣，竟颠痫终身。余在翰林目睹之。一为宛平张丈鹤友，官南汝光道时，与史姓幕友宿驿舍。有客投刺谒史，对语彻夜。比晓，客及其仆皆不见，忽闻语出史腹中。后拜斗祛之去，俄仍归腹中，至史死乃已。疑其夙冤也。闻金听涛少宰言之。一为平湖一尼，有鬼在腹中，谈休咎多验，檀施鳞集。鬼自云夙生负此尼钱，以此为偿。如《北梦琐言》所记田布事，人侧耳尼腋下，亦闻其语，疑为樟柳神也。闻沈云椒少宰言之。

【译文】

鬼怪在人的肚子里说话，我看见和听到的，有三件事：一件是云南的李衣山编修，扶乩时同狐女一起唱和诗歌。狐女姐妹几个，都住进他肚子里，时常在肚子里跟他讲话。正一真人作法镇治，也没能把她们赶走，后来他竟终生患癫痫。我在翰林院亲眼见过他。另一件是宛平张文鹤老丈的朋友，在南汝光道做官时，与一个姓史的幕僚同住在驿站。有个客人递上自己的名片，请求同史某见面，他们说了一夜的话。到天亮，客人和他的仆人都不见了。忽然从史某的肚子里传来了说话的声音。后来史某对着北斗跪拜，把他们从肚里赶了出去，但是不久他们又回到了史某的肚里，一直到他去世。怀疑是前世的冤孽。这是听吏部侍郎金听涛讲的。还有一件是说平湖有一个尼姑，有一个鬼在她的肚子里，谈吉凶祸福，大多很灵验，施主们也就越来越多。鬼自称前生欠了这个尼姑的钱，所以用这种方式偿还。就像《北梦琐言》记载的田布故事一样，人们在尼姑的腋下侧着耳朵倾听，可以听到鬼的说话声，怀疑是樟柳神。这是听吏部侍郎沈云椒说的。

晋杀秦谍，六日而苏。或由缢杀杖杀，故能复活。但不识未苏以前，作何情状。诂经有体，不能如小说琐记也。佃户张天锡，尝死七日，其母闻棺中击触声，开视，已复生。问其死后何所见，曰："无所见，亦不知经七日，但倏如睡去，倏如梦觉耳。"时有老儒馆余家，闻之，拊髀雀跃曰："程朱圣人哉！鬼神之事，孔孟犹未敢断其无，惟二先生敢断之。今死者复生，果如所论，非圣人能之哉！"余谓天锡自以气结尸厥，瞀不知人，其家误以为死耳，非真死也。虢太子事[1]，载于《史记》，此翁未见耶？

【注释】

①虢太子事：传说扁鹊路过虢国时听说虢太子暴死，诊断为尸厥症，经过医治，太子苏醒过来。见《史记·扁鹊仓公列传》。

【译文】

晋国杀了秦国的间谍，这个间谍六天后又活了过来。也许是缢杀或杖杀，所以能活过来。但是不知道没有复苏以前是什么情况。注解经书有体裁限制，不能像写小说那样琐琐碎碎什么都记。有个佃户叫张天锡，曾死了七天，他母亲听到棺材中有敲击声，打开一看，张天锡已经活过来了。问他死后都见到了什么，回答说："没见到什么，也不知道经过了七天。只是好像忽然间睡了过去，忽然间醒了过来。"当时有个老儒在我家教课，听了这事，拍着大腿高兴地说："程子、朱子真是圣人呀！关于鬼神的事，孔子、孟子尚且不敢断定有无，只有程、朱二位先生敢于断定。现在死人复活，果然如同他们说的那样，不是圣人能这么明断吗！"我觉得张天锡是气息郁结，昏迷过去不省人事，他的家人误以为他死了，并不是真的死了。虢国太子假死的事在《史记》中有记载，这位老先生难道没看过吗？

帝王以刑赏劝人善，圣人以褒贬劝人善；刑赏有所不及，褒贬有所弗恤者，则佛以因果劝人善。其事殊，其意同也。缁徒执罪福之说，诱胁愚民，不以人品邪正分善恶，而以布施有无分善恶。福田之说兴[①]，瞿昙氏之本旨晦矣[②]。

闻有走无常者，以《血盆经》忏有无利益问冥吏[③]。冥吏曰："无是事也。夫男女构精，万物生化，是天地自然之气，阴阳不息之机也。化生必产育，产育必秽污，虽淑媛贤母，亦不得不然，非自作之罪也。如以为罪，则饮食不能不便溺，口鼻不能不涕唾，是亦秽污，是亦当有罪乎？为是说者，盖以最易惑者惟妇女，而妇女所必不免者惟产育，以是为有罪，以是罪为非忏不可；而闺阁之财，无不充功德之费矣。尔出入冥司，宜有闻见，血池果在何处[④]？堕血池者果有何人？乃犹疑而问之欤！"走无常后以告人，人讫无信其言者。积重不返，此之谓矣。

【注释】

①福田：佛教以为供养布施，行善修德，能受福报，犹如播种田亩，有秋收之利，故称。

②瞿昙氏：即释迦牟尼。释迦牟尼，原名是乔达摩·悉达多。乔达摩，旧译瞿昙，后瞿昙亦作为佛的代称。

③《血盆经》：《目连正教血盆经》的简称，又名《女人血盆经》。在民间流传甚广，载于唐建阳书林范氏版本《大乘法宝诸品经经咒》和《诸经日诵》。相传谓妇女生育过多，会触污神佛，死后下地狱，将在血盆池中受苦。若生前延僧诵此经，则可消灾受福。据

明清以来诸多学者、佛学人士考证,《目连正教血盆经》并不是佛教的经典,而是古代有人为了骗取钱财而伪托佛祖所传的。

④血池:民间传说中十八层地狱的第十三层。凡不尊敬他人、不孝敬父母、不正直、歪门邪道之人,死后将打入血池地狱。

【译文】

帝王用赏罚来劝人为善,圣人用表扬和批评劝人为善;赏罚有所不及,褒贬有所不到的,佛教就用因果报应的说法劝人为善。方式不同,目的是相同的。和尚们用因果祸福的说法,诱骗胁迫那些愚蠢的人,不是以人品的正邪来区分善恶,而是以有没有布施来区分善恶。自从"福田"之说兴起,佛祖的本旨就不清楚了。

听说有个走无常的人,问冥吏诵《血盆经》有无好处。冥吏说:"没有这样的事。世间男女相交,万物滋生,都是天地间的自然现象,是阴阳相合生生不息。要繁衍就要有生育,要生育就必然有污秽,就是淑女贤母,也不得不如此,这并不是自己造的罪孽。如果把这些当作罪孽,那么要饮食就不能不大小便,口鼻难免要流口水淌鼻涕,这也是污秽之物,难道也应该认为是有罪的吗?编造这种说法的人,是因为只有妇女最容易被蛊惑,而妇女免不了都要生育,就认为有罪,还说这种罪孽非要拜佛忏悔不可;于是闺阁里的钱,都充当功德费了。你出入阴司,应该有所见闻,血池究竟在哪里?堕入血池的究竟有谁?你还有疑问、还来追问我吗!"走无常的人后来把这些告诉别人,但没有人相信他的话。这就是所谓的积重难返啊。

释明玉言:西山有僧,见游女踏青,偶动一念。方徙倚凝想间,有少妇忽与目成,渐相软语,云:"家去此不远,夫久外出。今夕当以一灯在林外相引。"丁宁而别。僧如期往,果荧荧一灯,相距不半里。穿林渡涧,随之以行,终不能追及。既而或隐或见[1]，倏左倏右，奔驰辗转，道路遂迷。困不能行，踣卧老树之下。天晓谛观，仍在故处。再视林中，则苍藓绿莎，履痕重叠。乃悟彻夜绕此树旁，如牛旋磨也。自知心动生魔，急投本师忏悔。后亦无他。

又言：山东一僧，恒见经阁上有艳女下窥，心知是魅；然私念魅亦良得，径往就之，则一无所睹，呼之亦不出。如是者凡百馀度，遂惘惘得心疾，以至于死。临死乃自言之。此或夙世冤愆，借以索命欤？然二僧究皆自败，非魔与魅败之也。

【注释】

①见：同“现”。

【译文】

释明玉说：西山有个僧人，见游女春游，偶然动了凡人春心。他正在徘徊凝想的时候，忽然有个少妇媚眼抛送情波，情意绵绵地和他说起话来，少妇说：“我家离这里不远，丈夫出门在外很久了。今夜我用一盏灯在林外相候，引你到我家来。”叮咛再三，告别而去。夜里，僧人如约前往，果然有一盏灯，荧荧发光，相距不过半里。他穿林渡涧，跟着灯走，始终追不上。后来，灯光时隐时现，忽左忽右，他辗转奔跑，迷了路。累得再也走不了，倒在一棵老树下。天亮后，他仔细看，发现自己仍然在原来的地方。再看树林里，苍绿的苔藓上，重重叠叠布满了自己的足迹。这才悟出原来自己像牛转磨一样，绕着老树走了一夜。他自知心生妄念，才导致魔瘴，急忙投拜到我这里忏悔。后来也没发生什么怪异的事。

释明玉又说：山东有个僧人，常常看见藏经阁上有个美艳女子往下偷看，心知她是鬼魅；可是，他暗想这样的鬼魅也不错，就径直上楼寻找，上阁以后，一无所见，呼唤她也不露面。这个僧人仍不甘心，上来下去找了一百多遍，恍恍惚惚成了心病，以至于病亡了。临死时他才说出了这件事。这也许是前世冤家，这样来索命吧？不过，两个僧人归根结底都是自己害自己，并不是妖魔鬼魅要害他们。

吴惠叔言：医者某生，素谨厚。一夜有老媪持金钏一双，就买堕胎药。医者大骇，峻拒之。次夕，又添持珠花两枝来。医者益骇，力挥去。越半载馀，忽梦为冥司所拘，言有诉其杀人者。至则一披发女子，项勒红巾，泣陈乞药不与状。医者曰："药以活人，岂敢杀人以渔利！汝自以奸败，与我何尤？"女子曰："我乞药时，孕未成形，倘得堕之，我可不死。是破一无知之血块，而全一待尽之命也。既不得药，不能不产，以致子遭扼杀，受诸痛苦，我亦见逼而就缢。是汝欲全一命，反戕两命矣。罪不归汝，反归谁乎？"冥官喟然曰："汝之所言，酌乎事势；彼所执者，则理也。宋以来，固执一理而不揆事势之利害者，独此人也哉？汝且休矣！"拊几有声，医者悚然而寤。

【译文】

吴惠叔说：有个医生，一向谨慎忠厚。一天夜里，有个老太太拿着一对金钏来买堕胎药。医生吓坏了，严辞拒绝。第二天夜里，老太太又添了两枝珠花还是要买药。医生更加害怕，硬是赶走了她。过了半年多，医生忽然梦见冥府把他捉去，说有人告他杀了人。到冥府后见一个披散着头发的女人，脖子上勒着红巾，边哭边陈述着当初买堕胎药医生不给的情形。医生说："药是用来医治救人的，怎么敢用来杀人赚钱呢！你自己的淫行败露了，跟我有什么关系？"女人说："我向你求药时，所孕胎儿尚未成形,如果能打掉,我可以不死。这等于破了一个无知觉的血块而保住一条等死的性命。结果我没能得到药,不得已生下孩子,以致孩子被扼死,受尽痛苦之后,我也被迫上了吊。这样,你本想保全一条性命,反倒害了两条性命。这不是你的罪过又是谁的呢?”冥府判官叹口气说:“你所说的,符合事情的实际情况;他所坚持的是理。自宋朝以来,固执于理,不去考虑事情发展的利害关系的,难道就医生一个人吗?你就别追究了!”判官“砰砰”拍着桌子,医生被吓醒了。

惠叔又言:有疫死还魂者,有冥司遇其故人,褴缕荷校。相见悲喜,不觉握手太息曰:“君一生富贵,竟不能带至此耶?”其人蹙然曰:“富贵皆可带至此,但人不肯带耳。生前有功德者,至此何尝不富贵耶?寄语世人,早做带来计可也。”李南涧曰:“善哉斯言,胜于谓富贵皆空也。”

【译文】

吴惠叔又说:有个人得传染病死了,后来又还魂,说在阴间遇到他以前的老朋友,这位老朋友衣衫褴褛,戴着枷锁。一见之下不觉悲喜交加,他握着老友的手叹息着说:“你一生富贵,财产最终不能带到这里来啊?”那个人皱着眉头说:“富贵完全可以带到这儿来,只是人不肯带。如果生前做了善事,积了功德,到这里来怎么会不富贵呢?所以我想奉劝世人一句,早点儿作好把富贵带到这里来的打算。”李南涧说:“这句话很对,比富贵一场空的说法强多了。”

卷十

如是我闻四

【题解】

说起《阅微草堂笔记》的气息，“浓郁的官邸气”已成定论。以纪昀的身份打打官腔难以避免，但他的说教对象是民众，很多时候纪昀其实是放下了身段的，比如本卷，就洋溢着浓浓的人情味儿。从大的方面来说，儒学文化的情理精神以情感为基础，以理性为指导，讲求通情达理、合情合理，主张尽力化解理性与感情的对立冲突，达到中庸的理想境界。纪昀不赞成宋明理学家的“灭理存欲”，也不赞成感情用事。作为儒学精神的传播者和代言人，纪昀重视人的情感，还有社会交往中的“人之常情”。儒学文化核心的“仁”，首先是感性的、具体的情感，以家庭亲情为出发点。子女对父母的孝顺，父母对子女的慈爱，这是“为仁”的根本；同时，“仁”又是理性的情感，调节、约束情感使之理性化的重要途径是“恕道”，即“己所不欲，勿施于人”。值得注意的是，“仁者爱人”并不是任意感情的流露、宣泄，“爱人”必须符合礼教秩序。儒家正统的德治理想被封建专制和宗法制的重压而扭曲，给实际操作带来极大的局限，但事实上至少在理论层面上形成了颇具人情味的人文关怀。纪昀强调了这种带有浓重世俗气息的道德治国方略，并对清醒明智的实践者予以充分肯定；他通过众多生动形象的故事明白表露：只有充分体现人性关怀、人情意味，才能获得普遍的认同、信仰和遵循，才能达到预期的效果。

长山聂松岩言:安邱张卯君先生家,有书楼为狐所据,每与人对语。媪婢童仆,凡有隐慝,必对众暴之①。一家畏若神明,惕惕然不敢作过。斯亦能语之绳规,无形之监史矣。然奸黠者或敬事之,则讳其所短,不肯质言。盖聪明有馀,正直则不足也。斯狐之所以为狐欤!

【注释】

①暴(pù):露在外头,无所隐蔽。这里指揭露。

【译文】

长山人聂松岩说:安邱的张卯君先生家,有座书楼被狐精占据了。这个狐精经常和人对话。一家的婆子丫头书童佣人,凡是有什么欺瞒别人的事情,一定会被狐精当众揭发。张家的人对它畏若神明,都小心翼翼不敢有什么过失。这也称得上是会说话的戒律、无形的监察官了。但有的人狡猾,有时奉承它,狐精就会为他隐瞒过失而不肯直说了。这个狐精是聪明有馀而正直不足,这大概也是狐之所以为狐的道理吧!

沧州插花庙老尼董氏言:尝夜半睡醒,闻佛殿磬声铿然,如有人礼拜者。次日,告其徒。曰:"师耳鸣也。"至夜复然,乃潜起蹑足窥之。佛火青荧,依稀辨物,见击磬者乃其亡师,一少妇对佛长跪,喁喁絮祝①。回面向内,不识为谁。细听所祝,则为夫病祈福也。恐怖失措,触朱槅有声②。阴气冥濛,灯火骤暗。再明,则已无睹矣。先外祖雪峰张公曰:"此少妇已入黄泉,犹忧夫病,闻之使人增伉俪之情。"

董尼又言:近一卖花媪,夜经某氏墓,突见某夫人魂立树下,以手招之。无路可避,因战栗拜谒。某夫人曰:"吾夜夜在此，待一相识人寄信，望眼几穿，今乃见尔。归告我女我婿，一切阴谋，鬼神皆已全知，无更枉抛心力。吾在冥府，大受鞭笞；地下先亡，更人人唾詈。无地自容，日惟避此树边，苦雨凄风，醉辛万状。尚不知沉沦几载，得付转轮。似闻须所夺小郎赀财耗散都尽③，始冀有生路也。又婿有密札数纸，病中置螺甸小箧中④。嘱其检出毁灭，免为他日口实。"丁宁再三，呜咽而灭。媪潜告其女，女怒曰："为小郎游说耶！"迨于箧中见前札，乃始悚然。后女家日渐消败。亲串中知其事者，皆合掌曰："某夫人生路近矣。"

【注释】

①喁喁(yú)：形容说话低声柔和细微。

②槅(gé)：门窗的格子。这里代指门。

③小郎：丈夫的弟弟。

④螺甸：也叫"螺钿"，一种手工艺品。用螺狮壳或贝壳镶嵌在漆器、硬木家具或雕镂器物的表面，做成各种有光泽的花纹和图形。

【译文】

沧州插花庙的老尼姑董氏说：她曾经在半夜醒来，听到佛殿里钟磬声声，就像有人在做礼拜一样。第二天，她把这事告诉了徒弟们。徒弟们说："师傅耳鸣了吧。"到了夜里，前夜的情形又出现了，董尼悄悄起来，蹑手蹑脚向佛殿里偷看。佛灯闪着荧荧青光，殿里景物依稀可见，敲磬的人正是董尼的亡师，一个少妇对佛长跪，悄声细语絮絮祷告着。因为她脸向里面，看不出是谁。细听她的祷告之词，是为她生病的丈夫求福。董尼一时惊恐失措，碰响了朱门。霎时阴气升腾起来，灯光一下子暗了。灯光恢复原先的明亮时，亡师和少妇都已经不见了。先外祖父张雪峰先生说:“这个少妇已经命归黄泉,仍然忧虑着丈夫的病。听后使人更加看重夫妻恩爱之情。”

董尼又说:附近一位卖花的老妇人夜里经过某家的墓地,突然看见这家已经去世的夫人站在树下,向她招手。卖花老妇没有地方可躲,只好颤抖着上前拜见。某夫人说:“我夜夜在这里等,等一个相识的人捎个口信,几乎望眼欲穿,今天才见到了你。你回去告诉我的女儿女婿,一切阴谋诡计,鬼神已经全都知道了,再不要枉费心机了。我为了他们在阴间大受鞭笞;地下的亲人们,更是人人唾骂我。我无地自容,只好天天躲在这棵树下,经受着苦雨凄风,无比辛酸。不知还要沉沦多久,才能得以轮回转生。我好像听说,要等到女婿侵夺小兄弟的财产消耗完了,我才有转生的希望。还有,我女婿有几封密信,我生病时帮他藏在镶着贝雕的小竹箱里。嘱咐他找出来毁掉,免得以后成为别人的把柄。”某夫人叮嘱再三,呜咽着消失了。卖花老妇悄悄将这些告诉了某夫人的女儿,她女儿发怒道:“这是帮小叔子游说吧!”等她打开小箱子真的看到了密信,才感到害怕。后来,这个女儿家境日渐败落。知道这事的亲戚都合掌祷告说:“夫人快要转生了。”

乌鲁木齐提督巴公彦弼言[①]:昔从征乌什时,梦至一处山麓,有六七行幄[②],而不见兵卫;有数十人出入往来,亦多似文吏。试往窥视,遇故护军统领某公,某名凡五字,公以滚舌音急呼之,今不能记。握手相劳苦,问:“公久逝,今何事到此?”曰:“吾以平生拙直,得授冥官。今随军籍记战殁者也。”见其几上诸册,有黄色、红色、紫色、黑色数种,问:“此以旗分耶?”微哂曰:“安有紫旗、黑旗,按,虽旧制本有黑旗,以黑色夜中难辨,乃改为蓝旗。此公盖偶未知也。此别甲乙之次第耳。”问:“次第安在?”曰:“赤心为国,奋不顾身者,登黄册；恪遵军令，宁死不挠者，登红册；随众驱驰，转战而殒者，登紫册；仓皇奔溃，无路求生，蹂践裂尸，追歼断脰者，登黑册。”问：“同时授命，血溅尸横，岂能一一区分，毫无舛误？”曰：“此惟冥官能辨矣。大抵人亡魂在，精气如生；应登黄册者，其精气如烈火炽腾，蓬蓬勃勃。应登红册者，其精气如烽烟直上，风不能摇；应登紫册者，其精气如云漏电光，往来闪烁。此三等中，最上者为明神，最下者亦归善道。至应登黑册者，其精气瑟缩摧颓，如死灰无焰。在朝廷褒崇忠义，自一例哀荣，阴曹则以常鬼视之，不复齿数矣。”巴公侧耳敬听，悚然心折。方欲自问将来，忽炮声惊觉。后常以告麾下曰：“吾临阵每忆斯语，便觉捐身锋镝[3]，轻若鸿毛。”

【注释】

①提督：官名。清代时“提督军务总兵官”的简称，地方高级军事长官，受总督或巡抚指挥，从一品。

②行幄：这里指军用帐篷。

③锋镝（dí）：泛指兵器。锋，刀口。镝，箭头。

【译文】

乌鲁木齐提督巴彦弼公说：以前从征乌什时，梦见来到一处山麓，有六七座帐篷，不见士兵守卫，几十人出入往来，也大多像是文吏。巴公走过去想悄悄看一下，遇到了已经亡故的护军统领某公，某公的名字有五个字，巴公说的时候用的是滚舌音，又说得很快，现在已经想不起来了。握手问候，问他：“您已经过世很久了，今天因为何事到这里来了呢？”护军统领说：“我因为生前正直，被封了个冥官。现在随军登记阵亡的官兵。”巴公见办公桌上放着许多登记册，有黄色、红色、紫色、黑色几种颜色，便问：“这是按旗划分的吧？”某公微微一笑说：“哪有紫旗、黑旗呢，按，旧制本来是有黑旗的，因为黑色在夜里看不清，于是改成蓝旗。此公大概碰巧不知道。这是用来区别甲乙等级次第的。”巴公问：“怎样划分次第呢？”某公回答说：“赤心为国，奋不顾身的，登记在黄册上；严守军令，宁死不屈的，登记在红册上；随众冲锋战死的，登记在紫册上；仓皇奔逃，无路求生，被践踏而死、追歼杀头的，登记在黑册上。”巴公问：“同时受命，同时参战，血溅横尸，战场混乱，哪里就能一一区分，毫无差错呢？”某公说：“这就只有冥官才能分辨了。大体上人死后灵魂存在，精气就如生前。应该登入黄册的，精气像烈火炽腾，蓬蓬勃勃；应该登入红册的，精气像烽烟直上，风吹不摇；应该登入紫册的，精气像云漏电光，往来闪烁。这三等阵亡官兵，最好的将成为明神，最下等的也能归到善道轮回。至于应该登入黑册的，精气瑟缩摧颓，像没有火焰的死灰一样。阳世朝廷褒扬忠义时，虽然连他们的丧事也很隆重，但是阴曹地府却按普通鬼魂对待，不再承认他们是为国事阵亡的魂魄。”巴公侧耳恭听，心里又害怕又佩服。他正想叩问一下自己的将来，忽然被炮声惊醒。后来，他常用这件事告诫部下说：“我临阵时每当想起这番话，就觉得捐躯战场，轻如鸿毛。”

《夜灯丛录》载谢梅庄戆子事[①]，而不知戆子姓卢名志仁，盖未见梅庄自作《戆子传》，仅据传闻也。霍京兆易书，戍葵苏图时，轿夫王二与戆子事相类。后殁于塞外，京兆哭之恸。一夕，忽闻帐外语曰：“羊被盗矣，可急向西北追。”出视果然。听其语音，灼然王二之魂也。京兆有一仆，方辞归，是日睹此异，遂解装不行，谓其曹曰：“恐冥冥中王二笑人。”

【注释】

①《夜灯丛录》：谢济世撰。已佚，无考。谢济世（1689—1755），即

谢梅庄,字石霖,号梅庄。康熙五十一年(1712)进士。雍正年间官御史,因上书弹劾河南巡抚田文镜而流放戍边。后来又因注释《大学》不遵循程朱理学,几乎处以死罪。清高宗乾隆登位后,谢济世曾做过地方官,不久遭谗言解任。一生仕途坎坷。另著有《梅庄杂著》、《大学注》、《经义评》、《西北域记》等。已轶,无考。曾作《戆子记》,褒扬正直憨厚不知通变的奴仆。戆(zhuàng),迂愚而刚直。

【译文】

《夜灯丛录》记载谢梅庄写戆子的故事,却不知道这个戆子姓卢名志仁,大概作者没见过谢梅庄的原作《戆子传》,仅仅根据传闻而已。京兆尹霍易书,戍守癸苏图时,他的轿夫王二与故事中的卢志仁相类似。后来王二死在塞外,霍易书哭得很悲伤。一天晚上,霍易书忽听见帐外有人说:“羊被偷了,赶快向西北面追。”出来一看,果然不错。他觉得刚才听到的声音,很像是王二的亡魂发出的。霍易书有个仆人,正准备辞别离去,那天目睹了这件怪事,就解开行李不走了。他对同伴说:“我怕冥冥之中的王二笑话我。”

沧州瞽者蔡某,每过南川楼下,即有一叟邀之弹唱,且对饮。渐相狎,亦时到蔡家共酌。自云姓蒲,江西人,因贩磁到此。久而觉其为狐,然契分甚深,狐不讳,蔡亦不畏也。

会有以闺阃蜚语涉讼者[①],众议不一。偶与狐言及,曰:“君既通灵,必知其审。”狐艴然曰:“我辈修道人,岂干预人家琐事?夫房帏秘地,男女幽期,暧昧难明,嫌疑易起。一犬吠影,每至于百犬吠声。即使果真,何关外人之事?乃快一时之口,为人子孙数世之羞,斯已伤天地之和,召鬼神之忌矣。况杯弓蛇影[②],恍惚无凭,而点缀铺张,宛如目睹。使人忍之不可，辩之不能，往往致抑郁难言，含冤毕命。其怨毒之气，尤历劫难消。苟有幽灵，岂无业报？恐刀山剑树之上[③]，不能不为是人设一坐也。汝素朴诚，闻此事自当掩耳，乃考求真伪，意欲何为？岂以失明不足，尚欲犁舌乎[④]？”投杯径去，从此遂绝。蔡愧悔，自批其颊，恒述以戒人，不自隐匿也。

【注释】

①闺阃（kǔn）：内室，指妇女居住的地方。

②杯弓蛇影：将映在酒杯里的弓影误认为蛇，比喻因疑神疑鬼而引起恐惧。

③刀山剑树：佛教所说的地狱之刑，也用来形容极残酷的刑罚。

④犁舌：割舌头。佛教语认为有“犁舌狱”，是犯恶口、大妄语等作口业者死后所入的地狱。

【译文】

沧州有个盲人蔡某，每次经过南川楼下，就有个老者请他弹唱，并且请他一起喝酒。两人渐渐熟识起来，那个老者也经常到蔡家对酌。老者自称姓蒲，江西人，因为贩卖磁器到了这里。时间长了，蔡某察觉他是个狐精，但交情已经很深，狐精不隐讳，蔡某也不惧怕。

当时有人为了男女情事流言蜚语打官司，人们议论纷纷。蔡某偶尔与狐精谈及此事，说：“你既然能通灵，肯定知道其实情。”狐精不高兴地说：“我们是修道的，怎么能干预别人的家庭琐事？闺房秘地，男女幽会，本来就是众人不可能明明白白知道的，容易产生嫌疑。一只狗看到影子吠叫，常常引得一百只狗听见了一起吠叫。即使真有其事，和外人又有什么相干？图一时之快意而说出来，让别人家子孙几代都蒙羞，这已经伤了天地之间的和气，招来鬼神的忌恨。何况杯弓蛇影，毫无凭据，却添油加醋，好像是亲眼目睹一样。让别人既不能忍受，又不能辩解，往往导致抑郁难言，含冤丧命。这种怨恨之气，更是过了几辈子也难消除。如果有幽灵，难道就没有业报？恐怕刀山剑树上，不能不为这种人安排一个位置啊。你向来质朴诚实，听到这种事本该掩耳，却还要查问真伪，你想要干什么？难道是因为失明还不够，还想被割舌头吗？”狐精说罢，扔下杯子就径直走开了，从此绝迹不来。蔡某又惭愧又悔恨，自己打自己的嘴巴，常讲这事以告诫别人，毫不隐晦。

舅氏张公梦征言：所居吴家庄西，一丐者死于路，所畜犬守之不去。夜有狼来啖其尸，犬奋啮不使前；俄诸狼大集，犬力尽踣，遂并为所啖。惟存其首，尚双目怒张，眦如欲裂[1]。有佃户守瓜田者亲见之。又程易门在乌鲁木齐，一夕，有盗入室。已逾垣将出，所畜犬追啮其足。盗抽刃斫之[2]，至死啮终不释，因就擒。时易门有仆，曰龚起龙，方负心反噬。皆曰程太守家有二异：一人面兽心，一兽面人心。

【注释】

①眦(zì)：眼角，上下眼睑的接合处。

②斫(zhuó)：用刀斧砍。

【译文】

舅舅张梦征先生讲：他住的吴家庄西，有个乞丐死在路上，乞丐养的狗守着他的尸体不离开。夜晚有狼来吃尸体，狗奋力拼咬逼得狼不能靠近；不一会儿，群狼聚集而至，狗筋疲力尽倒下，终于和主人一道也被狼吃掉了，只剩下一个头，仍然双眼怒睁欲裂。有个守瓜田的佃户亲眼看见了。又有，程易门在乌鲁木齐时，一天晚上，有个强盗进了他的住所。要跳墙逃出去时，被程家养的狗追上去咬住了脚。强盗抽刀猛砍，狗直到被砍死也没松口，强盗因此被捉住了。当时，程易门家有个叫龚起龙的仆人，忘恩负义诬害主人。人们都说，程太守家有两怪：一个人面兽心，一个兽面人心。

余在乌鲁木齐日，骁骑校萨音绰克图言：曩守红山口卡伦，一日将曙，有乌哑哑对户啼。恶其不吉，引骹矢射之①。嗷然有声，掠乳牛背上过，牛骇而奔，呼数卒急追。入一山坳，遇耕者二人，触一人仆。扶视无大伤，惟足跛难行。问其家不远，共舁送归。入室坐未定，闻小儿连呼"有贼"！同出助捕，则私逃遣犯韩云。方逾垣盗食其瓜，因共执焉。使乌不对户啼，则萨音绰克图不射；萨音绰克图不射，则牛不惊逸；牛不惊逸，则不触人仆；不触人仆，则数卒不至其家；徒一小儿见人盗瓜，其势必不能执缚。乃辗转相引，终使受絷伏诛。此乌之来，岂非有物凭之哉？盖云本剧寇，所劫杀者多矣。尔时虽无所睹，实与刘刚遇鬼因果相同也。

【注释】

①骹(xiāo)矢：响箭。

【译文】

我在乌鲁木齐时，听骁骑校萨音绰克图说：以前他驻守红山口哨卡，有一天天将亮时，有只乌鸦对着门哑哑啼叫。他讨厌乌鸦叫不吉利，就拉弓搭箭射它。乌鸦怪叫一声，从奶牛背上掠过飞去，牛受了惊吓狂奔，他急忙招呼几个士兵追赶。追进一个山坳，遇见两个耕地的农夫，牛把其中一人撞倒了。扶起来一看，没有大伤，只是崴脚了难以行走。询问到农夫家离这儿不远，就一起搀扶送他回家。进了农夫家门还没坐定，就听见一个小孩连呼"有贼"！士兵们出门追捕，竟是在逃犯韩云。韩云正好跳过墙来偷瓜吃，于是大家一拥而上捉住了他。假使乌鸦不对着门啼叫，萨音绰克图不会射它；萨音绰克图不射乌鸦，牛就不会狂奔；牛不奔逃，就不会撞倒农夫；不撞倒农夫，士兵也不会到农夫家；如果只是一个小孩看见有人偷瓜，也不可能把盗贼捉住。就这样转辗牵扯，终于使盗贼被捕受到制裁。这只乌鸦的到来，莫非是受了什么东西引导？韩云本来是个大盗，被他抢劫杀掉的人不少。他当时虽然没有看到什么，但实际上与刘刚遇鬼的因果报应是一样的。

又佐领额尔赫图言①：曩守吉木萨卡伦，夜闻团焦外呜呜有声。人出逐，则渐退；人止则止，人返则复来。如是数夕。一戍卒有胆，竟操刃随之，寻声迤逦入山中，至一僵尸前而寂。视之有野兽啮食痕，已久枯矣。卒还以告，心知其求瘗也，具棺葬之，遂不复至。夫神识已离，形骸何有？此鬼沾沾于遗蜕，殊未免作茧自缠。然蝼蚁鱼鳖之谈，自庄生之旷见，岂能使含生之属，均如太上忘情②。观于兹事，知棺衾必慎，孝子之心；胔骼必藏③，仁人之政。圣人通鬼神之情状，何尝谓魂升魄降，遂冥漠无知哉？

【注释】

①佐领：官名。满语称“牛录额真”，汉译名“佐领”，掌管所属地户口、田宅、兵籍、诉讼等事。

②太上忘情：圣人不为情感所动。太上，本意是修养最高的人，指圣人，这里指《道德经》的作者、道家学派的创始人老子。忘情，忘记喜怒哀乐之情。

③胔(zì)：腐肉。泛指尸体。

【译文】

又听佐领额尔赫图说：以前他驻守吉木萨哨卡时，有几天夜里听见窝棚外有“呜呜”的声音。人出来追，声音就渐渐退远；人停止追逐，声音就停下，人返回窝棚，声音又来了。这种情况持续了几个晚上。一个胆大的士兵，竟提着刀跟随着声音追寻下去，七拐八绕进入山坳，到了一具僵尸前，声音停止了。看那具僵尸上有野兽啃咬的痕迹，早已干枯了。士兵回来后报告所见，额尔赫图明白这是僵尸求葬，就置备棺材把僵尸埋葬了。此后那呜呜声就再没出现。人死后灵魂离开了，还要形骸干什么？这个鬼念念不忘自己的遗体，未免是作茧自缚。然而，在土就喂蝼蚁，在水就让鱼鳖吃，这些论调本来是庄子的旷达观念，怎么可能使芸芸众生都像老子那样忘情忘我呢？从这件事情可见，棺殓必须郑重，体现孝子的心；死人遗骨必须掩埋是仁人应有的德政。圣人通晓鬼神的情感和心境，何曾说过人死后魂升魄降，就冥冥无知觉了呢？

献县令某，临殁前，有门役夜闻书斋人语曰：“渠数年享用奢华，禄已耗尽。其父诉于冥司，探支来生禄一年，治未了事。未知许否也？”俄而令暴卒。董文恪公尝曰：“天道凡事忌太甚。故过奢过俭，皆足致不祥。然历历验之，过奢之罚，富者轻而贵者重；过俭之罚，贵者轻而富者重。盖富而过奢，耗己财而已；贵而过奢，其势必至于贪婪。权力重，则取求易也。贵而过俭，守己财而已；富而过俭，其势必至于刻薄，计较明则机械多也。士大夫时时深念，知益己者必损人。凡事留其有馀，则召福之道矣。”

【译文】

献县某县令，临死前，看门的人夜里听见书斋里有人说：“他这些年享用奢华，禄数已耗尽。他父亲在阴间请求预支下辈子的一年禄运，叫他了结没有办完的事。不知批准了没有？"不一会儿县令暴死。董文恪公曾说："凡事不可做得太过分，这是天理。因此过分奢华过分节俭，都足以招致不幸。然而据多次的验证，惩罚过分奢华的，对有钱人轻而对有权势的人重；惩罚过分节俭的，对有权势的人轻而对有钱的人重。因为有钱人过分奢华，耗费自己的钱财而已；有权势的人过分奢华，一定是贪婪之徒。权势大求取财物就容易。有权势的人过分节俭，守自己的财而已；有钱的人过分节俭，一定是刻薄之辈，斤斤计较必定狡猾奸诈。士大夫们要时时多思考，要牢记，知道过分利己必然损害他人。凡事要留有馀地，这是赢得幸福的途径。"

小奴玉保言：特纳格尔农家，忽一牛入其牧群，甚肥健。久而无追寻者，询访亦无失牛者，乃留畜之。其女年十三四，偶跨此牛往亲串家。牛至半途，不循蹊径，负女度岭蓦涧[1]，直入乱山。崖陡谷深，堕必糜碎，惟抱牛颈呼号。樵牧者闻声追视，已在万峰之顶，渐灭没于烟霭间。其或饲虎狼，或委溪壑，均不可知矣。皆咎其父贪攘此牛，致罹大害。余谓此牛与此女，合是夙冤，即驱逐不留，亦必别有以相报也。

【注释】

①蓦：跨越。

【译文】

小奴玉保说：特纳格尔有户农家，忽然有头陌生的牛混进他家的牧群，这头牛膘肥体壮。过了好久时间，没人前来寻问，访察附近居民也没有丢牛的，就收留饲养。这家有个十三四岁的女孩，偶然骑着这头牛到亲戚家去。走到半路，牛不沿道路走，却驮着女孩跨涧越岭，直入乱山深处。山里崖陡谷深，掉下牛背必定粉身碎骨，女孩只有抱紧牛颈高声呼号。砍柴放牧的山民们闻声追赶，驮着女孩的牛已经上了万峰之顶，很快就消失在云烟之中了。这个女孩也许喂了虎狼，也许被扔在了溪壑之中，都没法知道了。人们都埋怨女孩的父亲贪心收留这头来历不明的牛，以致女孩罹遭大害。我认为这头牛与女孩是前生仇家，就是驱逐不收留，它也会通过其他方式报复的。

故城刁飞万言：一村有二塾师，雨后同步至土神祠，踞砌对谈[①]，移时未去。祠前地净如掌，忽见坌起似字迹。共起视之，则泥上杖画十六字曰："不趁凉爽，自课生徒；溷人书馆[②]，不亦愧乎？"盖祠无居人，狐据其中，怪二人久聒也。时程试方增律诗[③]，飞万戏曰："随手成文，即四言叶韵[④]。我愧此狐。"

【注释】

①砌：台阶。

②溷（hùn）：浑浊，肮脏。

③程试：按规定的程式考试，多指科举考试。

④叶（xié）韵：押韵的意思。

【译文】

故城人刁飞万说：某村有两个塾师，一天雨后，两人一起散步到土地祠，蹲在台阶上谈天，聊了一个时辰还没离去。祠前的土地原来很平整，这时忽然看到有隆起的地方，像是字迹。两人一道细看，只见泥地上用棍子画出十六个字："不趁凉爽，自课生徒；溷人书馆，不亦愧乎？"意思是天气如此凉爽舒适，你们俩吃饱没事干，不去教徒授馆，荒废了人家的书馆学堂，你们就不觉得惭愧吗？大概是祠里没人居住，狐精住在里面，嫌弃两个人在这里聒噪得太久了。当时正巧科举考试增考格律诗，刁飞万开玩笑说：“随手一画，就是四言押韵，我愧对这个狐精。”

飞万又言：一书生最有胆，每求见鬼不可得。一夕，雨霁月明，命小奴携罂酒诣丛冢间，四顾呼曰：“良夜独游，殊为寂寞。泉下诸友，有肯来共酌者乎？”俄见磷火荧荧，出没草际。再呼之，呜呜环集，相距丈许，皆止不进。数其影约十馀，以巨杯挹酒洒之，皆俯嗅其气。有一鬼称酒绝佳，请再赐。因且洒且问曰：“公等何故不轮回？”曰：“善根在者转生矣，恶贯盈者堕狱矣。我辈十三人，罪限未满，待轮回者四；业报沉沦，不得轮回者九也。”问：“何不忏悔求解脱？”曰：“忏悔须及未死时，死后无着力处矣。”酒洒既尽，举罂示之，各踉跄去。中一鬼回首丁宁曰：“饿魂得沃壶觞[1]，无以报德。谨以一语奉赠，忏悔须及未死时也。”

【注释】

①沃：饮，喝。壶觞（shāng）：酒器。这里代指酒。

【译文】

刁飞万又说：有个书生最是大胆，常想见见鬼，可总没见到。一天夜里，雨过天晴，明月高挂，书生叫小奴带着一坛酒来到坟地，四面转着圈大声喊：“如此良宵我独自一个人游玩，实在太寂寞。九泉之下各位朋友，有愿意来与我共饮的吗？”不一会儿，只见鬼火闪闪，在草间出没。再喊，听到“呜呜”着围过来了，相距一丈来远，停在那里，不肯近前来。数一数大约有十几条黑影，书生用大杯盛满酒向他们洒过去，众鬼都俯身去闻酒香气。有个鬼称赞酒好，请求再赏。书生一边洒酒一边问：

"各位为什么不轮回转生呢?"回答说:"善心未泯的转生,恶贯满盈的下地狱。我们这十三个鬼,服罪期没满,等待轮回转生的有四个;被判决沉入地狱、不得轮回的有九个。"书生问:"为什么不忏悔求解脱呢?"回答说:"忏悔必须在没死的时候,死后便无从努力了。"酒已洒光了,书生举起空酒坛给鬼看,鬼踉踉跄跄离去了。其中一个鬼回头叮咛说:"我们这些饿鬼喝了您的酒,无以报答,谨以一句话奉赠您,忏悔一定要在没死的时候。"

翰林院笔帖式伊实从征伊犁时,血战突围,身中七矛死。越两昼夜,复苏;疾驰一昼夜,犹追及大兵。余与博晰斋同在翰林时,见有伤痕,细询颠末。自言被创时,绝无痛楚,但忽如沉睡。既而渐有知觉,则魂已离体,四顾皆风沙澒洞,不辨东西,了然自知为已死。倏念及子幼家贫,酸彻心骨,便觉身如一叶,随风漾漾欲飞。倏念及虚死不甘,誓为厉鬼杀贼,即觉身如铁柱,风不能摇。徘徊伫立间,方欲直上山巅,望敌兵所在,俄如梦醒,已僵卧战血中矣。晰斋太息曰:"闻斯情状,使人觉战死无可畏,然则忠臣烈士,正复易为,人何惮而不为也!"

【译文】

翰林院笔帖式伊实从征到伊犁时,一次血战中突围,身中七矛,死了。两天两夜后,又苏醒过来,骑马急奔一昼夜,终于追上了大部队。我与博晰斋同在翰林院任职时,见到伊实身上有伤痕,仔细询问事情的原委。伊实说受伤时一点儿不觉得疼痛,只是忽然间像沉睡过去似的。后来渐渐有了知觉,灵魂已离了身体,四面环顾,风沙茫茫,辨不清方向,心里明白自己已经死了。突然想到孩子尚小,家中贫寒,心酸彻骨,这时就觉得身躯像一片树叶一样随风飘荡似乎要飞起来。突然又想到就这样白白死去不甘心，立誓要变成厉鬼再去杀敌，顿时觉得身躯像一根铁柱，风怎么刮吹也不能动摇。徘徊伫立片刻，正想直上山顶观看敌兵在哪儿，顷刻间如梦初醒，发现自己正直挺挺躺在血泊之中。博晰斋听罢叹息说："听这么说，让人觉得战死并不可怕，这么看来做忠臣烈士也是容易的，人为什么害怕而不去做呢！"

里有古氏，业屠牛，所杀不可缕数。后古叟目双瞽，古妪临殁时，肌肤溃裂，痛苦万状，自言冥司仿屠牛之法宰割我。呼号月馀乃终。侍姬之母沈媪，亲睹其事。杀业至重，牛有功于稼穑，杀之业尤重。《冥祥记》载晋庾绍之事①，已有"宜勤精进，不可杀生；若不能都断，可勿宰牛"之语，此牛戒之最古者。《宣室志》载夜叉与人杂居则疫生，惟避不食牛人。《酉阳杂俎》亦载之。今不食牛人，遇疫实不传染，小说固非尽无据也。

【注释】

①《冥祥记》：东晋王琰撰。宣佛小说，原书十卷。在征实的原则下构撰，人物、背景、细节等均具有相当程度的真实性，可以作为正史的补充。书中记载庾绍之亡故后，鬼魂造访生前好友，告诫好友不可杀生。

【译文】

家乡有一户姓古的人家，以屠牛为业，杀的牛不计其数。后来，古家老汉双目失明，他老伴临终前，肌肉皮肤溃烂，痛苦万分。她自称冥司用屠牛的办法宰割我。惨叫了一个多月才死去。我的侍姬之母沈氏，亲眼目睹了她临终前的惨状。杀生的罪业是最重的，牛有功于耕作，杀牛罪业更重。《冥祥记》记载了晋朝庾绍的事迹，其中已经有"应该勤勉精诚，努力上进，不可杀生；如果不能都戒掉，那就不要杀牛"这样的话，是最早戒杀牛的记载。《宣室志》记载夜叉与人杂居会传染瘟疫，唯独不传染不吃牛肉的人。《酉阳杂俎》也记载了这番话。现在不吃牛肉的人，遇到瘟疫也确实不传染，可见小说本来就不是全无根据。

海宁陈文勤公言：昔在人家遇扶乩，降坛者安溪李文贞公也[①]。公拜问涉世之道，文贞判曰："得意时毋太快意，失意时毋太快口，则永保终吉。"公终身诵之。尝诲门人曰："得意时毋太快意，稍知利害者能之；失意时毋太快口，则贤者或未能。夫快口岂特怨尤哉！夷然不屑，故作旷达之语，其招祸甚于怨尤也。"余因忆先高祖《花王阁剩稿》中载宋盛阳先生讳大壮，河间诸生，先高祖之外舅也。赠诗曰："狂奴犹故态，旷达是牢骚。"与公所论，殆似重规叠矩矣[②]。

【注释】

①李文贞：李光地(1642—1718)，字晋卿，号厚庵，别号榕村，泉州安溪(今属福建)人。为官期间，政绩显著，贡献巨大，康熙帝曾三次授予御匾，表彰其功，谥号文贞。

②重规叠矩：规与规相重，矩与矩相迭，指前后相合、重复。规，圆规。矩，曲尺。

【译文】

海宁的陈文勤公说：他以前在别人家遇到扶乩，乩仙是安溪的李文贞公。陈公拜问处世之道，文贞公的判词说："得意的时候不要太高兴，失意的时候不要过分图嘴上痛快，就可永保吉祥。"陈公终身记住这几句话。他曾经教导门生说："得意时不要太高兴，这是稍微知道点儿利害关系的人就能做到的;失意时不要过分图嘴上痛快,就是贤能的人也不一定能做到。嘴上痛快哪里只是指口出怨言呢!假装坦然不介意,故意说些旷达的话,招来的祸害比口出怨言还厉害。”我由此想起高祖父《花王阁剩稿》中载有宋盛阳先生名大壮,河间的秀才,是高祖父的岳父。赠诗说:“狂奴犹故态,旷达是牢骚。”与陈公的言论,几乎如出一辙。

有额鲁特女,为乌鲁木齐民间妇,数年而寡。妇故有姿首,媒妁日叩其门。妇谢曰:“嫁则必嫁。然夫死无子,翁已老,我去将谁依?请待养翁事毕,然后议。”有欲入赘其家代养其翁者。妇又谢曰:“男子性情不可必,万一与翁不相安,悔且无及。亦不可。”乃苦身操作,翁温饱安乐,竟胜于有子时。越六七年,翁以寿终。营葬毕,始痛哭别墓,易彩服升车去。论者惜其不贞,而不能不谓之孝。内阁学士永公时镇其地,闻之叹曰:“此所谓质美而未学。”

【译文】

有个额鲁特族女子,是乌鲁木齐平民的妻子,婚后几年就守了寡。这个少妇颇有姿色,媒人天天来敲门。妇人辞谢说:“再嫁是肯定要嫁。然而丈夫死了,没有儿子,公公年老,我走了他依靠谁呢?等我把公公养老送终后,再说嫁人的事吧。”有人愿意到她家入赘,代她赡养公公。妇人又辞谢说:“男人的性情不可能没有变化,万一与公公合不来,后悔就来不及了。这也不行。”妇人辛苦操劳,公公生活得温饱安乐,竟然胜过了以前儿子在世时。过了六七年,公公寿终正寝。妇人操办完丧事,在墓前痛哭辞别,然后换上鲜艳的衣服登车改嫁了。议论者惋惜她不贞节,却不得不称赞她是个孝妇。内阁学士永公当时镇守乌鲁木齐,听说这事后叹惋道:“这就是所谓品质美好而没有受过教育。”

新城王符九言：其友人某，选贵州一令。贷于西商，抑勒剥削，机械百出。某迫于程限，委曲迁就，而西商枝节益多。争论至夜分，始茹痛书券。计券上百金，实得不及三十金耳。西商去后，持金贮箧，方独坐太息，忽闻檐上人语曰："世间无此不平事！公太柔懦，使人愤填胸臆。吾本意来盗公，今且一惩西商，为天下穷官吐气也。"某悸不敢答。俄屋角窸窣有声，已越垣径去。次日，闻西商被盗，并箧中新旧借券，皆席卷去矣。此盗殊多侠气，然亦西商所为太甚，干造物之忌，故鬼神巧使相值也。

【译文】

新城人王符九说：他的朋友某人，被任命为贵州的县令。向一个山西商人借钱，商人趁机盘剥勒索，使出各种各样克扣的诡计。朋友迫于启程期限已到，委曲迁就，而商人愈发节外生枝。争执到深夜，朋友只得忍痛写了借据。借据上写的是一百两银子，实际上拿到的不足三十两。商人离去后，朋友将银两收进箱子里，正独自一个坐着叹气，忽然听房檐上有人说："世上没有这么不公平的事！先生太软弱可欺了，让人义愤填膺。我本来打算来偷你，今天还是惩罚一下那个商人，为天下的穷官出口气。"朋友吓得没敢搭话。不一会儿听到屋角发出窸窸窣窣的声音，那个盗贼已越墙而去。第二天，听说那个山西商人被盗了，箱子里新旧借据都被席卷而去。这个盗贼真够侠义，然而也是因为那个商人做事也太过分了，他冒犯了造物主的忌讳，所以鬼神巧妙地让他付出了代价。

许文木言：其亲串有新得官者，盛具牲醴享祖考[①]。有巫能视鬼，窃语人曰："某家先灵受祭时，皆颜色惨沮，如欲下泪。而后巷某家之鬼，乃坐对门屋脊上，翘足而笑。是何故也？”后其人到官未久，即伏法。始悟其祖考悲泣之由。而某甲之喜，则终不解。久而有知其阴事者曰：“某甲女有色，是尝遣某媪诱以金珠，同宿数夕。人不知而鬼知也。谁谓冥冥中可堕行哉！”

【注释】

①牲醴(lǐ)：指祭祀用的牺牲和甜酒。

【译文】

许文木说：他的一个亲戚刚刚得了官职，准备了丰盛的祭品祭祀祖先。有个巫师能看到鬼，悄悄对人说：“某人家的先灵们受祭时，都神色沮丧，好像要掉泪的样子。而后巷某甲的鬼魂，却坐在他家对门的屋脊上，翘着脚笑，一副幸灾乐祸的样子。这是什么缘故呢？”后来，这个新官到任不久，就犯罪伏法。人们这才悟出他家祖先们悲哭的原由。可是，某甲为何高兴，却一直没法解释。过了很久，有知道新官隐私的人说：“某甲的女儿有姿色，他曾经让某个老妇用金钱珠宝买通，陪他睡了几个晚上。人不知道而鬼却知道。谁说暗地里就能做缺德的事啊！”

王梅序孝廉言：交河城西有古墓，林木丛杂，云藏妖魅，犯之者多患寒热，樵牧弗敢近。一老儒耿直负气，由所居至县城，其地适中，过必憩息，偃蹇傲睨①，竟无所见闻。如是数年。一日，又坐墓侧，袒裼纳凉②，归而发狂，谵语曰：“曩以汝为古君子，故任汝放诞，未敢侮汝。汝近乃作负心事，知从前规言矩步，皆貌是心非，今不复畏汝矣。”其家再三拜祷，昏愦数日始痊。自是索然气馁，每经其地，辄俯首疾趋。

观此知魅不足畏，心苟无邪，虽凌之而不敢校；亦观此而知魅大可畏，行苟有玷，虽秘之而皆能窥。

【注释】

①偃蹇（jiǎn）傲睨：偃蹇，骄横傲慢，盛气凌人。傲睨，傲慢斜视，骄傲。

②袒裼（xī）：脱去或敞开上衣，露出身体的一部分。

【译文】

王梅序举人说：交河县城西面有古墓，树木丛生，传说里面藏着妖怪，冒犯妖怪的人大都会得寒热病，樵夫牧童都不敢靠近。有个老儒耿直，脾气也大，从他家到县城，古墓刚好在半路上，他每次经过都要在这里休息，态度傲慢，根本不讲什么礼节，可是竟然什么也没看到没听到。就这样过了几年。一天，他又坐在墓旁，解开衣服乘凉，回到家就发了狂症，说着疯话："以前把你当作古君子，所以任凭你放诞，不敢冒犯你。你最近做了亏心事，才知道以前你堂堂正正的行为，都是装出来的，现在不再怕你了。"家里人再三地拜求祈祷，老儒还是昏昏沉沉好几天才痊愈。从此以后，他气馁胆虚，每次经过那个地方，就低着头急步走过。由此看来，妖怪并不可怕，只要心中无邪，就是冒犯它，也不敢和你计较；同时也可知妖怪很可怕，只要行为稍有污点，即使很隐秘，它也都能看到。

门人萧山汪生辉祖，字焕曾，乾隆乙未进士[①]，今为湖南宁远县知县。未第时，久于幕府，撰《佐治药言》二卷，中载近事数条，颇足以资法戒。

其一曰：孙景溪先生，讳尔周。令吴桥时，幕客叶某一夕方饮酒，偃仆于地，历二时而苏。次日闭户书黄纸疏，赴城隍庙拜毁，莫喻其故。越六日，又偃仆如前，良久复起，则请迁居于署外。自言八年前在山东馆陶幕，有士人告恶少调其妇。本拟请主人专惩恶少，不必妇对质。而问事谢某，欲窥妇姿色，怂恿传讯。致妇投缳，恶少亦抵法。今恶少控于冥府，谓妇不死，则渠无死法；而妇死由内幕之传讯。馆陶城隍神移牒来拘，昨具疏申辩，谓妇本应对质；且造意者为谢某。顷又移牒，谓："传讯之意，在窥其色，非理其冤；念虽起于谢，笔实操于叶。谢已摄至，叶不容宽。"余必不免矣。越夕而殒。

其一曰：浙江臬司同公言，乾隆乙亥秋审时[②]，偶一夜潜出，察诸吏治事状。皆已酣寝，惟一室灯烛明。穴窗窃窥，见一吏方理案牍，几前立一老翁、一少妇。心甚骇异，姑视之。见吏初草一签，旋毁稿更书，少妇敛衽退。又抽一卷，沉思良久，书一签，老翁亦揖而退。传诘此吏，则先理者为台州因奸致死一案。初拟缓决，旋以身列青衿，败检酿命，改情实。后抽之卷为宁波叠殴致死一案。初拟情实，旋以索逋理直，死由还殴，改缓决。知少妇为捐生之烈魄，老翁为累囚之先灵矣。

其一曰：秀水县署有爱日楼，板梯久毁，阴雨辄闻鬼泣声。一老吏言，康熙中，令之母喜诵佛号，因建此楼。雍正初，有令挈幕友胡姓来。盛夏不欲见人，独处楼中；案牍饮食，皆缒而上下[③]。一日，闻楼上惨号声。从者急梯而上，则胡裸体浴血，自刺其腹，并碎劙周身如刻画。自云曩在湖南某县幕，有奸夫杀本夫者，奸妇首于官。吾恐主人有失察咎，以访拿报，妇遂坐磔[4]。顷见一神引妇来，剚刃于吾腹[5]，他不知也。号呼越夕而死。

其一曰：吴兴某，以善治钱谷有声。偶为当事者所慢，因密讦其侵盗阴事于上官，竟成大狱。后自啮其舌而死。又无锡张某，在归安令裘鲁青幕，有奸夫杀本夫者，裘以妇不同谋，欲出之。张大言曰："赵盾不讨贼为弑君[6]，许止不尝药为弑父[7]。《春秋》有诛意之法，是不可纵也。"妇竟论死。后张梦一女子，被发持剑，搏膺而至曰："我无死法，汝何助之急也？"以刃刺之。觉而刺处痛甚。自是夜夜为厉，以至于死。

其一曰：萧山韩其相先生，少工刀笔，久困场屋，且无子，已绝意进取矣。雍正癸卯[8]，在公安县幕，梦神人语曰："汝因笔孽多，尽削禄嗣。今治狱仁恕，赏汝科名及子，其速归。"未以为信，次夕梦复然。时已七月初旬，答以试期不及。神曰："吾能送汝也。"寤而急理归装。江行风利，八月初二日竟抵杭州，以遗才入闱中式[9]。次年，果举一子。焕曾笃实有古风，其所言当不妄。

又所记《囚关绝祀》一条曰：平湖杨研耕在虞乡县幕时，主人兼署临晋，有疑狱，久未决。后鞫实为弟殴兄死，夜拟谳牍毕，未及灭烛而寝。忽闻床上钩鸣，帐微启，以为风也。少顷复鸣，则帐悬钩上，有白须老人跪床前叩头。叱之不见，而几上纸翻动有声。急起视，则所拟谳牍也。反复详审，罪实无枉。惟其家四世单传，至其父始生二子，一死非命，一又伏辜[10]，则五世之祀斩矣。因毁稿存疑如故，盖以存疑为是也。余谓以王法论，灭伦者必诛；以人情论，绝祀者亦可悯。生与杀皆碍，仁与义竟两妨矣。如必委曲以求通，则谓杀人者抵，以申死者之冤也。申己之冤以绝祖父之祀，其兄有知，必不愿；使其竟愿，是无人心矣。虽不抵不为枉，是一说也。或又谓情者一人之事，法者天下之事也。使凡仅兄弟二人者，弟杀其兄，哀其绝祀，皆不抵，则夺产杀兄者多矣，何法以正伦纪乎？是又未尝非一说也。不有皋陶，此狱实为难断，存以待明理者之论定可矣。

【注释】

①乾隆乙未：乾隆四十年(1775)。

②乾隆乙亥：乾隆二十年(1755)。

③缒(zhuì)：用绳索拴住人或物从上往下放。

④磔(zhé)：古代一种酷刑，分裂肢体。

⑤剚(zì)：用刀刺。

⑥"赵盾"句：赵盾(？—前601)，嬴姓，赵氏，名盾，谥号宣。春秋中前期晋国卿大夫，杰出的政治家、战略指挥家。赵穿弑君，赵盾执政时没有惩罚赵穿。见《左传·宣公二年》。

⑦"许止"句：许止的父亲许悼公生病，许止给父亲喂药，父亲吃了药却死了。许止并非想毒杀悼公，只是所进之药不相宜，没有被治罪；而孔子坚持认为许止的行为是"弑君"。事见《春秋公羊传》。

⑧雍正癸卯：雍正元年(1723)。

⑨遗才：秀才参加乡试，先要经过学道的科考录送；临时添补核准，称为"遗才"。

⑩辜：罪。

【译文】

我的门人汪辉祖,萧山人,字焕曾,是乾隆乙未年进士,现任湖南宁远县知县。没有及第时,他长期在州县做幕僚,曾撰《佐治药言》二卷,其中记载几条最近的案例,很值得供执法者参考。

其中一条说:孙景溪先生,名尔周。任吴桥县令时,有个幕僚叶某,一天晚上正在喝酒,忽然昏倒在地,过了两个时辰才醒过来。第二天,他关着门用黄纸写了一篇呈文,拿到城隍庙祭拜而后焚烧了,没人知道其中的缘故。过了六天,又像前次一样昏倒在地,很久才醒来,他请求搬到府外去住。他说,八年前,在山东馆陶县做幕僚,有个士子控告一个恶少调戏了他妻子。叶某本打算报请县令只惩治恶少,不必让这个女人出堂对质。但掌刑的衙役谢某却想看看女人的姿色,怂恿叶某传讯她。结果女人上吊死了,恶少因为犯了人命案论罪抵命。现在恶少在阴间控告,说那个女人如果不死,他就不需要抵命案;而女人死是因为衙门传讯。馆陶县城隍神发来文牒拘审叶某,昨天,叶某呈文申辩说,那个女人本应出庭对质;况且出此主意的是谢某。很快,城隍神又来文说:"传讯那个女人的本意,是想看姿色,不是为了帮她申冤;这个主意虽然是谢某出的,但刀笔却操在叶某手里。谢某已经拘拿到此,叶某也不能宽恕。"叶某说,我是逃不过去了。第二天晚上,叶某死了。

其中一条说:浙江按察使同公讲,乾隆乙亥年秋季复审各省死刑犯时,有一天夜晚,他悄悄出去暗察下属官员的办案情况。大部分官员都已经睡觉了,只有一个房间还灯烛明亮。他透过窗户向里窥视,见一个官员正在翻阅案卷,几案前站着一个老翁和一个少妇。同公又害怕又很惊奇,就多看了一会儿。只见官员先起草写了一张案卷,随即撕毁了又重写。那个少妇恭恭敬敬退下去了。官员又抽出一份案卷,沉思了许久,写了一张判决书,老翁也作了揖退去。后来,同公传问了这个官员,得知先审理的是台州的强奸致死案。开始时考虑判定缓期处决,但又考虑到奸污犯是读书人,却德行败坏致人寻死,改判为立斩。后审理的是宁波斗殴致死案。开始时考虑判为立斩，随后考虑到凶手本来是去讨债，为了自卫而还击欠债人的无理殴打而致伤人命，改判为缓期处决。同公才知那个少妇是宁死不愿失节的烈女的魂魄，那个老翁是在押死囚祖先的神灵。

其中一条说：秀水县县衙门里有座爱日楼，楼梯和楼板早已毁坏，每逢阴雨天就会听见鬼哭声。一个老吏讲，康熙年间一个县令的母亲喜好诵经念佛，于是修建了这座爱日楼。雍正初年，有位县令携同他的幕友胡某来上任。盛夏时节胡某不愿见人，独居楼上；他用的书籍、案卷和吃的喝的，都是用绳子吊上吊下。一天，人们听到楼上惨叫。手下人急忙搭梯子上去，见胡某赤身裸体浑身是血，拿刀刺自己的肚子，并且满身刀伤，像是被刻画了似的。胡某说，过去在湖南某县做幕僚，有一桩案子是奸夫杀了本夫，奸妇向官府自首了。我担心县令责怪我失察，就上报说访拿住了奸夫奸妇，奸妇于是被分尸而死。刚才，我看见一位神灵带领着那个奸妇来了，用刀刺进我的肚子，别的事情就不知道了。胡某呼号了一天一夜后死了。

其中一条说：吴兴县吏，以善于治理钱财粮税著名。同事偶然怠慢了他，他就向上司密告同事贪污盗窃，竟然引出一桩大案。后来这个县吏咬烂自己的舌头而死。又有，无锡的张某在归安县县令裘鲁青府上做幕僚，有个奸夫杀了本夫，裘县令认为奸妇并未参与谋杀，想释放她。张某大声争辩说："赵盾没有讨伐弑君者，就是弑君；许世子为父亲进药而没尝，就是弑父。《春秋》有追究动机之法，因此奸妇不能宽恕。"结果奸妇被处死。后来张某梦见一女子，披头散发，手持利剑，捶着胸脯到他面前说："我本无死罪，你为什么非急着要我死不可？"说着用刀刺他。张某惊醒，觉得被刺处剧痛。自此夜夜有这样的恶梦，因为这个原因死了。

其中一条说：萧山人韩其相先生，少年时擅长写讼状，屡屡应举落第，而且没有子嗣，他已经没有进取之心了。雍正癸卯年，韩先生在公安县做幕僚，梦见神灵对他说："你因为笔下的罪孽太多，被剥夺了官禄和子嗣。现在你治狱办案仁义宽恕，神灵将赏赐你科考功名和儿子，赶快启程回去赴试吧。"韩先生不相信，第二天晚上又做了这样的梦。当时已是七月上旬，他说赶考已来不及了。神灵说："我能送你。"醒来后，他急忙整理行装回去。船行江中一路顺风，八月初二竟然到达了杭州，补办了手续参加乡试，考中了举人。第二年，果然又得了个儿子。汪焕曾治学严谨笃实，有古学者之风，他讲的事情不会是妄言误说。

还有，汪焕曾又在《囚关绝祀》一条中说：平湖人杨研耕在虞乡县做幕僚时，县令兼理临晋县，有桩疑案，很久未能判决。后调查核实是弟弟将哥哥殴打致死，杨研耕夜里写完文案，没来得及熄烛就上床睡着了。忽然听见床上的帐钩发出响声，帐子微微打开，他以为是风刮的。不一会儿帐钩又响，帐子被帐钩挂了起来，有一个白胡须老人跪在床前磕头。杨研耕叱喝一声，那个老人不见了，但几案上有翻动纸的声音。他急忙起身去看，翻开的正是他刚才起草的案卷。他反复详细审阅，罪状并无冤情。只是这家人四代单传，到罪犯父亲辈才生了两个儿子，现在一个死于非命，一个又论罪处死，那么这家在传到第五代时就要绝后了。杨研耕于是将判决书撕掉，将此案依然存疑搁置起来，因为存疑是最好的办法。我认为按照律令，灭绝人伦的一定要杀；以人情论，断绝子孙的也值得怜悯。生与杀都有所违背，仁与义最终难以两全。如果一定要委曲人情而变通王法，杀人者抵命，死者才能申冤。死者申了冤而使祖上绝后，这个哥哥若有知，也会不情愿。假如死者竟然愿意父亲断子绝孙，那就是没有人性了。即使不抵命也不能说是枉法，这是一种说法。有人又说，人情只是一个人的事，律条是天下之事。假使凡是家中只有兄弟二人，弟弟杀了兄长，怜悯他们家会绝后就不让抵命，那么夺产杀兄的就多了，那么律条又怎么能起到正人伦纲纪的作用呢？这未尝不是一种值得考虑的说法。看来没有皋陶那样明断的官，此案确实难判决。还是存留着等待明理的人去论定吧。

姚安公言：昔在舅氏陈公德音家，遇骤雨，自巳至午乃息，所雨皆沤麻水也。时西席一老儒方讲学[①]，众因叩曰："此雨究竟是何理？"老儒掉头面壁曰："子不语怪。"

【注释】

①西席：旧时家塾教师或幕友的代称。

【译文】

姚安公说：从前他在舅父陈德音公家时，遇到一场大暴雨，从上午九点直下到下午一点多才停，下的都是浸麻的黄水。当时家塾里一个老儒正在讲学，大家就去问他："下这样的雨，究竟是什么道理？"老儒掉头面向墙壁回答说："孔子不谈论怪异的事。"

刘香畹言：曩客山西时，闻有老儒经古冢，同行者言中有狐。老儒詈之，亦无他异。老儒故善治生，冬不裘，夏不绤[①]，食不肴[②]，饮不茶[③]，妻子不宿饱。铢积锱累，得四十金，镕为四铤，秘缄之。而对人自诉无担石。自詈狐后，所储金或忽置屋颠树杪，使梯而取；或忽在淤泥浅水，使濡而求；甚或忽投圊溷[④]，使探而濯；或移易其地，大索乃得；或失去数日，从空自堕；或与客对坐，忽纳于帽檐；或对人拱揖，忽铿然脱袖。千变万化，不可思议。一日，忽四铤跃掷空中，如蛱蝶飞翔，弹丸击触，渐高渐远，势将飞去。不得已，焚香拜祝，始自投于怀。自是不复相嬲，而讲学之气焰已索然尽矣。说是事时，一友曰："吾闻以德胜妖，不闻以詈胜妖也。其及也固宜。"一友曰："使周、张、程、朱詈[⑤]，妖必不兴。惜其古貌不古心也。"一友曰："周、张、程、朱必不轻詈。惟其不足于中，故悻悻于外耳。”香畹首肯曰：“斯言洞见症结矣。”

【注释】

①絺(chī)：细葛布。

②肴：做熟的鱼肉等。

③荈(chuǎn)：茶的老叶，即粗茶。

④圊(qīng)溷：厕所。

⑤周、张、程、朱：指周敦颐、张载、程氏兄弟、朱熹。

【译文】

刘香畹说：他从前客居山西时，听说有个老儒赶路经过古墓，同行者说墓里住着狐精。老儒就大骂了一通，当时也没发生任何怪异。老儒平常很善于持家，冬天不穿皮衣，夏季不穿细布，吃饭时没有荤菜，平日也不饮茶，老婆孩子经常饿着肚子。他节衣缩食，一点点积累，存了四十两银子，铸成四个大元宝，悄悄藏起来。他却对人说自己家里没有一担粮。自从骂了狐精后，他密藏的元宝有时忽然被放在房顶树梢上，要搬梯子去取；有时忽然被撩在淤泥浅水里，要弄湿了衣服去捞；有时甚至被扔在厕所的屎坑里，要探着拿出来冲洗；有时被移动了匿藏地点，要费很大劲儿才能找到；有时丢了好几天，又会自己从空而落；有时老儒正在与客对坐说话，元宝忽然塞在了他的帽檐里；有时老儒正在对人拱手揖礼，元宝忽然咣啷一声从袖里掉出来。千变万化，不可思议。一天，四个元宝忽然跳起来飞上了天，像蝴蝶旋舞，又像弹弓打出的弹丸，越来越高，越来越远，眼看飞走不再回来了。老儒实在没办法，只好焚香对空拜祝，元宝这才又飞回来投进他的怀里。从此以后，狐精不再捉弄老儒，可是老儒讲学的气势一下子跌落了。刘香畹讲述这件事时，一位友人说：“我常听说以德胜妖，从没听说以骂胜妖。这个老儒受到狐精戏弄，那是活该。”另一位友人说：“假如周敦颐、张载、程氏兄弟、朱熹骂狐，狐妖必定不会兴妖作怪。可惜这位老儒貌似不俗，其实内心庸俗得很。”还有一位友人说：“周敦颐、张载、程氏兄弟、朱熹等人必定不会随便骂人。只有内心修养不够，才会整天一副气哼哼的样子。”刘香畹评点说：“这话说得一针见血。”

香畹又言：一孝廉颇善储蓄，而性啬。其妹家至贫，时逼除夕，炊烟不举。冒风雪徒步数十里，乞贷三五金，期明春以其夫馆谷偿。坚以窘辞。其母涕泣助请，辞如故。母脱簪珥付之去，孝廉如弗闻也。是夕，有盗穴壁入，罄所有去。迫于公论，弗敢告官捕。越半载，盗在他县败，供曾窃孝廉家，其物犹存十之七。移牒来问，又迫于公论，弗敢认。其妇吝财不能忍，阴遣子往认焉。孝廉内愧，避弗见客者半载。

夫母子天性，兄妹至情，以啬之故，漠如陌路。此真闻之扼腕矣。乃盗遽乘之，使人一快；失而弗敢言，得而弗敢取，又使人再快。至于椎心茹痛，自匿其瑕，复败于其妇，瑕终莫匿，更使人不胜其快。颠倒播弄，如是之巧，谓非若或使之哉！然能愧不见客，吾犹取其足为善。充此一愧，虽以孝友闻可也。

【译文】

刘香畹又说：有个举人很会聚财，但极其吝啬。他妹妹家很穷，当时将近年关，家里揭不开锅。妹妹冒着风雪走了几十里，求借三五两银子，说好到明年春天用她丈夫做塾师的收入来偿还。但举人一再说自己手头紧张，就是不肯借。他母亲哭着为妹妹求情，举人依然拒绝。母亲取下自己的发簪耳环交给女儿,举人好像没看到一样。这天夜里,有贼挖墙洞进了家,偷走了他所有的钱财。他害怕众人议论,不敢报官。过了半年,那个盗贼在别的县作案被捉,供出曾经偷过举人家,偷的钱财还剩十分之七。官府发公文来查询,他仍害怕别人议论,不敢认领。他妻子爱财,实在忍不住,就暗地里派儿子去认领了。举人内心羞愧,闭了门谢客半年。

母子之间的爱是天性,兄妹之间是骨肉亲情,因为吝啬,竟冷漠得像对陌生人。听到这样的事令人扼腕愤恨。那个盗贼一下子得手,使人感到痛快;失了钱不敢声张,钱追回来又不敢领取,更令人痛快。至于忍着椎心之痛,自己掩盖缺德事,又因为妻子而败露,缺德事最终还是隐瞒不住,更是令人痛快极了。颠倒捉弄,如此之巧,谁说不是好像有人在摆布安排呢!但是能够羞愧而不见客,我认为还可以救药。就从这一点羞愧之心扩展开去,也是可以做到孝友的。

卢霁渔编修患寒疾,误延读《景岳全书》者投人参[1],立卒。太夫人悔焉,哭极恸。然每一发声,辄闻板壁格格响;夜或绕床呼阿母,灼然辨为霁渔声。盖不欲高年之过哀也。悲哉!死而犹不忘亲乎。

【注释】

①《景岳全书》:是记录张景岳毕生治病经验和中医学术成果的综合性著作。共六十四卷,一百多万字。作者张介宾(1563—1640),字会卿,号景岳,别号通一子,明代杰出医学家。

【译文】

编修卢霁渔得了伤寒病,误请了一个读过《景岳全书》的医生来治,他在药里放了人参,卢霁渔服药后立即死了。太夫人悔恨痛心,哭得极其悲哀。但是她每哭一声，就听见板壁“格格”作响；夜间听见有人绕着床呼喊阿母，太夫人清楚地辨别出是卢霁渔的声音。这是卢霁渔不想让年迈的母亲过分哀伤悲痛。令人悲痛啊！死了还不忘老母亲。

海阳鞠前辈庭和言：一宦家妇临卒，左手挽幼儿，右手挽幼女，呜咽而终。力擘之乃释，目炯炯尚不瞑也。后灯前月下，往往遥见其形，然呼之不应，问之不言，招之不来，即之不见。或数夕不出，或一夕数出；或望之在某人前，而某人反无睹；或此处方睹，而彼处又睹。大抵如泡影空花，电光石火，一转瞬而即灭，一弹指而倏生。虽不为害，而人人意中有一先亡夫人在。故后妻视其子女，不敢生分别心；婢媪童仆视其子女，亦不敢生凌侮心。至男婚女嫁，乃渐不睹，然越数岁或一见，故一家恒惴惴栗栗，如时在其房。或疑为狐魅所托，是亦一说。惟是狐魅扰人，而此不近人。且狐魅又何所取义，而辛苦十馀年，为时时作此幻影耶？殆结恋之极，精灵不散耳。为人子女者，知父母之心，殁而弥切如是也。其亦可以怆然感乎？

【译文】

海阳县的鞠庭和前辈说：一位官宦人家的夫人临终前，左手挽着幼子，右手挽着幼女，呜咽而死。费了很大劲儿才把她的手掰开，她的眼睛却睁得很大，不肯瞑目。后来，灯前月下，往往远远看见她，但是叫她不答应，问她不说话，向她招手也不过来，走近去却不见了。有时几个晚上不出来，有时一夜出现好几回；有时望见她站在某人的面前，但某人却什么也没看见；有时在此处看见她，有时又在别处看到她。大概如同泡影空花，电光石火，一眨眼不见了，弹指之间又忽然出现了。虽然不害人，但人人心中都有个已故夫人的影子。因而，后妻对她的子女，不敢有歧视的心思；婢女僮仆对她的子女，也不敢有凌侮的心思。等到男婚女嫁后，才渐渐看不见她了，但过几年就间或出现一次，因此一家人总是战战兢兢，好像她就在身边。有人怀疑是狐魅冒形作祟，这也是一种说法。只是狐魅是搅扰人的，但是这个鬼却从不靠近人。况且狐魅又是为了什么要辛苦十多年，时时变幻这个形象出现呢？可能还是夫人过于眷恋，魂灵不散吧。为人子女的，得知父母的爱心，死后还更加关切子女，竟然到了这个地步。这也足以让人怆然感叹吧？

庭和又言：有兄死而吞噬其孤侄者，迫胁侵蚀，殆无以自存。一夕，夫妇方酣眠，忽梦兄仓皇呼曰："起起！火已至。"醒而烟焰迷漫，无路可脱，仅破窗得出。喘息未定，室已崩摧，缓须臾，则灰烬矣。次日，急召其侄，尽还所夺。人怪其数朝之内，忽跖忽夷[1]。其人流涕自责，始知其故。此鬼善全骨肉，胜于为厉多多矣。

【注释】

①忽跖(zhí)忽夷：忽好忽坏的意思。跖，原名展雄，又名柳下跖、柳展雄，相传为古时民众起义的领袖。"盗"是当时统治者对他的贬称，"盗跖"成为盗贼或盗魁的代称。夷，伯夷，古代贤人。殷商末年孤竹国君的儿子。周武王灭商后，他和弟弟叔齐不愿吃周朝食粟，一起饿死在首阳山。

【译文】

鞠庭和前辈又说：有一个弟弟，在哥哥死后侵吞侄儿的财产，逼迫、威胁、蚕食，侄儿几乎无法活下去了。一天夜里，这个弟弟夫妻俩正在酣睡，忽然梦见哥哥急急地呼喊："快起来！快起来！火烧来了！"他们从梦中惊醒，只见屋里烟火迷漫，已经无路可逃，只得破窗而出。喘息未定，房子已经崩塌，如果逃得稍慢一点儿，人就烧成灰烬了。第二天，他急忙叫来侄儿，全部退还侵吞的财产。人们对他几天之内忽坏忽好觉得很奇怪。那个人流泪自责，人们才知道其中的原因。这个哥哥的鬼魂善于保全骨肉，比变成厉鬼要好得多了。

高淳令梁公钦官户部额外主事时，与姚安公同在四川司。是时六部规制严，凡有故不能入署者，必遣人告掌印，掌印移牒司务，司务每日汇呈堂，谓之出付；不能无故不至也。一日，梁公不入署，而又不出付，众疑焉。姚安公与福建李公根侯，寓皆相近，放衙后同往视之。则梁公昨夕睡后，忽闻砰訇撞触声①，如怒马腾踏。呼问无应者，悸而起视，乃二仆一御者裸体相搏，捶击甚苦，然皆缄口无一言。时四邻已睡，寓中别无一人，无可如何，坐视其斗。至钟鸣乃并仆，迨晓而苏，伤痕鳞叠，面目皆败。问之都不自知，惟忆是晚同坐后门纳凉，遥见破屋址上有数犬跳踉，戏以砖掷之，嗥而跳。就寝后遂有是变。意犬本是狐，月下视之未审欤！梁公泰和人，与正一真人为乡里，将往陈诉。姚安公曰："狐自游戏，何预于人？无故击之，曲不在彼。袒曲而攻直，于理不顺。"李公亦曰："凡仆隶与人争，宜先克己；理直尚不可纵使有恃而妄行，况理曲乎？"梁公乃止。

【注释】

①砰訇（hōng）：碰撞的声音。訇，石头碰撞的声音。

【译文】

高淳县令梁钦先生担任户部额外主事时，与姚安公同在四川司。当时六部规章制度很严格，凡是因故不能入署上班的官员，必须派人报告掌印官，掌印官到司务官那里备案，司务官每天汇总呈报正堂，称为“出付”，谁也不能无故不到。一天，梁公没有到署，也未“出付”，众人都疑心他出了什么事。姚安公和福建李根侯先生的住所都靠近梁公家，下班后就一道去看望。原来梁公昨夜睡下后，忽然听到“砰砰”的撞击声，如同马发怒了跳跃踢蹄子。呼问没人应答，他吃惊地起来察看，原来是两个仆人和一个车夫裸体搏斗，打得难解难分，但是都闭着嘴巴不说一句话。当时四邻都已入睡，家里别无一人，他束手无策，只好坐观其斗。一直打到晨钟鸣响，三个人才一同扑倒在地上，到天亮才苏醒，三人遍体伤痕，鼻青脸肿。问他们为什么打架，他们却都说不知道斗殴的事，只是记得晚上一起坐在后门口乘凉，远远看见破屋的废址上有几只狗跳来跳去，他们开玩笑扔砖石砸狗，狗嚎叫着跳来跳去。睡下后，就发生了这件互相斗殴的怪事。现在想来那几只狗本来是狐，因为月下看不清楚，误认作狗了吧！梁公是泰和人，与正一真人同乡，想要找正一真人控诉狐精。姚安公说：“狐精自己游戏，碍着人的什么事呢？无缘无故砸它们，理亏的是人。你偏袒理亏的，攻击理直的，这在情理上说不过去。”李公也说：“凡是自己的仆人与人争斗，应该先管教自己的仆人；就是理直还不能放纵仆人仗势胡为，何况是理亏呢？”梁公这才打消了念头。

乾隆己未会试前[①]，一举人过永光寺西街，见好女立门外，意颇悦之，托媒关说，以三百金纳为妾。因就寓其家，亦甚相得。迨出闱返舍，则破窗尘壁，阒无一人，污秽堆积，似废坏多年者。访问邻家，曰：“是宅久空，是家来住仅月馀，一夕自去，莫知所往矣。”或曰：“狐也，小说中盖尝有是事。”或曰：“是以女为饵，窃赀远遁，伪为狐状也。”夫狐而伪人，斯亦黠矣；人而伪狐，不更黠乎哉！余居京师五六十年，见类此者不胜数，此其一耳。

【注释】

①乾隆己未：乾隆四年(1739)。

【译文】

乾隆己未年会试前夕，有个举人经过永光寺西街，看见一个漂亮女子站在门前，十分爱慕，就托媒人说合，用了三百两银子纳她为妾。接着举人就住在她家，两人也十分恩爱。等举人考完出了试院回去，只见破窗尘壁，静悄悄的没有一人，污秽堆积，好像废弃多年了。询问邻居，说：“这个宅子已经空了很久，这家人只来住了一个多月，一天晚上忽然离开，不知到哪里去了。”有人说：“这是狐精，传奇小说中就有这样的事情。”有人说：“这是用女子做诱饵，骗了钱财后远逃了，是伪装为狐精。”狐精假扮成人，这也够狡猾的了；但是人假扮成狐精，不是更狡猾吗！我住在京城五六十年，这类事情见得太多了，这只是其中之一。

汪御史香泉言：布商韩某，昵一狐女，日渐尫羸[1]。其侣求符箓劾禁，暂去仍来。一夕，与韩共寝，忽披衣起坐曰：“君有异念耶？何忽觉刚气砭人，刺促不宁也？”韩曰：“吾无他念。惟邻人吴某，迫于债负，鬻其子为歌童。吾不忍其衣冠之后沦下贱，措四十金欲赎之，故辗转未眠耳。”狐女蹶然推枕曰：“君作是念，即是善人。害善人者有大罚，吾自此逝矣。”以吻相接，嘘气良久，乃挥手而去。韩自是壮健如初。

【注释】

①尪羸(wāng léi):瘦弱。

【译文】

御史汪香泉说:布商韩某,跟一个狐女亲昵,一天比一天瘦弱。他的伙伴求得了符咒劾禁,那个狐女离开后没几天又回来了。一天夜里,她与韩某睡在一起,忽然披衣坐起,说:“你有别的想法了?为什么我觉得刚气逼人,心慌慌得睡不稳呢?”韩某说:“我并没有别的想法。只是邻居吴某欠债还不了,将儿子卖为歌童了。我不忍读书人的后代沦为下贱,就想筹措四十两银子把他赎回来,因此才翻来覆去睡不着。”狐女急忙推开枕头说:“你有这样的念头,就是善人。害善人会受到重罚,我从此就离开你。”于是,她与韩某嘴对嘴,嘘了好一会儿气,才挥手别去。韩某从此又像原先那样健壮了。

戴遂堂先生曰:尝见一巨公,四月八日在佛寺礼忏放生。偶散步花下,遇一游僧,合掌曰:“公至此何事?”曰:“作好事也。”又问:“何为今日作好事?”曰:“佛诞日也。”又问:“佛诞日乃作好事,馀三百五十九日皆不当作好事乎?公今日放生,是眼见功德,不知岁岁庖厨之所杀,足当此数否乎?”巨公猝不能对。知客僧代叱曰[①]:“贵人护法,三宝增光[②]。穷和尚何敢妄语!”游僧且行且笑曰:“紫衣和尚不语[③],故穷和尚不得不语也。”掉臂径出,不知所往。一老僧窃叹曰:“此阇黎大不晓事[④];然在我法中,自是突闻狮子吼矣。”

昔五台僧明玉尝曰:“心心念佛,则恶意不生,非日念数声,即为功德也。日日持斋,则杀业永除,非月持数日即为功德也。燔炙肥甘,晨昏餍饫[⑤],而月限某日某日不食肉,谓之善人。然则苞苴公行[⑥]，簠簋不饰[⑦]，而月限某日某日不受钱，谓之廉吏乎？”与此游僧之言，若相印合。李杏浦总宪则曰：“此为彼教言之耳。士大夫终身茹素，势必不行。得数日持月斋，则此数日可减杀；得数人持月斋，则此数人可减杀，不愈于全不持乎？”是亦见智见仁，各明一义。第不知明玉傥在，尚有所辨难否耳？

【注释】

①知客：寺院组织，除住持外，设有四大班首，八大执事。“知客”属“八大执事”之一，掌管全寺僧俗接待事宜。

②三宝：在佛教中，称“佛、法、僧”为三宝。佛宝指圆成佛道的本师释迦牟尼佛；法宝指佛的一切教法，包括三藏十二部经、八万四千法门；僧宝指依佛教法如实修行、弘扬佛法、度化众生的出家沙门。后用来指佛教。

③紫衣：紫色的袈裟是僧人“大衣”之上的特殊服饰，只能在大法会或者朝见帝王时才可穿着。

④阇(shé)黎：梵语“阿阇黎”之省，意为高僧。也泛指僧人、和尚。

⑤餍饫(yàn yù)：形容食品极丰盛。

⑥苞苴公行：公开用金钱、财物贿赂别人。

⑦簠(fǔ)簋(guǐ)不饰：指为官不清正廉洁。

【译文】

戴遂堂先生说：曾经见到一个高官，四月八日在佛寺拜祝、诵经、放生。这个高官在花丛散步时，偶遇一个行脚僧，合掌问道：“您到这里来干什么？”高官答道：“做好事。”又问：“为何今天做好事？”答道：“这是佛祖诞生的日子。”又问：“佛祖诞生的日子才做好事，其馀三百五十九天都不该做好事吗？您今天放生，是看得见的功德；不知你年年厨房里杀生,抵得上你今天放生的数目吗?”高官一下子回答不上来。接待宾客的和尚上前喝道:“贵人护法,三宝增光。你一个穷和尚,怎么敢胡说八道!”行脚僧边走边笑道:“紫衣和尚不说,所以穷和尚不得不说了。”甩着胳膊径自出门,不知去了哪里。一个老和尚偷偷地感叹道:“这个师父太不懂世事,不过对我们佛教中人来说,好像是突然听到狮子吼一样。”

从前五台山的高僧明玉曾说过:“心心念佛,则恶意不生,不是每天念几声就算是功德了。日日持斋吃素,就可永远消除杀生的罪孽,不是每月吃几天斋就算是功德了。平时大鱼大肉,整天吃喝,而每月规定哪天哪天不吃肉,就是说善人。如果这样的话,那么公开接受贿赂,贪婪成性,而每月规定哪天哪天不受钱礼,就能称之为廉洁的官吏吗?”这和那行脚僧说的,好像很相符合。都察院左都御史李杏浦则说:“这是为他们的教派说法的。士大夫终身吃素,势必做不到。能够几天持月斋,那么这几天可以减少杀生;能够有几人持月斋,那么这几人可以减少杀生,不是比完全不持斋要好吗?”这也是见仁见智,各自说明一个道理。只是不知道假如明玉在,还会有辩驳的话吗?

恒王府长史东鄂洛,据《八旗氏族谱》,当为“董鄂”,然自书为“东鄂”。案牍册籍亦书为“东鄂”。《公羊传》所谓“名从主人也”。谪居玛纳斯,乌鲁木齐之支属也。

一日,诣乌鲁木齐,因避暑夜行,息马树下。遇一人半跪问起居,云是戍卒刘青。与语良久,上马欲行。青曰:“有琐事,乞公寄一语:印房官奴喜儿,欠青钱三百。青今贫甚,宜见还也。”次日,见喜儿,告以青语。喜儿骇汗如雨,面色如死灰。怪诘其故,始知青久病死。初死时,陈竹山闵其勤慎,以三百钱付喜儿市酒脯楮钱奠之。喜儿以青无亲属,遂尽干没。事无知者，不虞鬼之见索也。竹山素不信因果，至是悚然曰："此事不诬，此语当非依托也。吾以为人生作恶，特畏人知；人不及知之处，即可为所欲为耳。今乃知无鬼之论，竟不足恃。然则负隐慝者，其可虑也夫！"

【译文】

恒王府的长史东鄂洛，据《八旗氏族谱》，应该是"董鄂"，但他自己写作"东鄂"，案牍册籍也写作"东鄂"。这是《公羊传》所说的"名从主人"。因故被贬谪到玛纳斯，这里归属于乌鲁木齐。

一天，他去乌鲁木齐，因为天气太热就赶夜路，在树下歇马。遇见一个人半跪着向他问好，自称是戍卒刘青。东鄂洛和他说了好一会儿话，上马要走。刘青说："有件小事，求您传一句话：印房官奴喜儿，欠我三百钱。我如今很穷，他应该还给我。"第二天见到喜儿，东鄂洛将刘青的话告诉了他。喜儿一听，顿时吓得汗流如雨，面色如死灰。东鄂洛觉得奇怪，就询问他，才知道刘青早已病死很久了。当初他死时，陈竹山念他勤谨，把三百钱交给喜儿，让他买些酒肉纸钱祭奠刘青。喜儿因为刘青没有亲属，就把钱私吞了。这事谁也不知道，没想到鬼会来索要。陈竹山素来不信因果，听到这些才惊惧地说："此事不假，这话并非是假冒的。我以为人活着时作恶，只怕别人知道；在人不知道的地方，就可以为所欲为。如今才知道无鬼之论不足为凭。这么说来暗地里干了亏心事的人，可要小心啊！"

昌吉平定后，以军俘逆党子女分赏诸将。乌鲁木齐参将某，实司其事。自取最丽者四人，教以歌舞，脂香粉泽，彩服明珰，仪态万方，宛然娇女，见者莫不倾倒。后迁金塔寺副将，戒期启行，诸童检点衣装，忽箧中绣履四双，翩然跃出，满堂翔舞，如蛱蝶群飞。以杖击之乃堕地，尚蠕蠕欲动，呦呦有声。识者讶其不祥。行至辟展，以鞭挞台员为镇守大臣所劾，论戍伊犁，竟卒于谪所。

【译文】

昌吉起事平定后，俘获的乱党子女都分赏给了各位将领。乌鲁木齐的某位参将掌管分配。他自己先挑了四个最漂亮的，教她们唱歌跳舞，涂脂抹粉，穿彩衣，戴珠饰，打扮得仪态万方，个个婀娜多姿，就像大户人家的娇美女子一般，见到的人无不倾倒。后来，这位参将迁任金塔寺副将，到了启程日期，童仆们检点衣装时，忽然箱子里的四双绣鞋跳了出来，满堂飞舞，就像蝴蝶群飞一样。仆人们用棍杖敲打，才落下地来，可是仍然蠕蠕欲动，还发出"呦呦"的叫声。懂得这种现象的人惊讶这是不祥之兆。果然，参将行至辟展时，因为鞭打地方官员，受到镇守大臣的弹劾，判定谪戍伊犁，最后死在戍所。

至危至急之地，或忽出奇焉；无理无情之事，或别有故焉。破格而为之，不能胶柱而断之也。吾乡一媪，无故率媪妪数十人，突至邻村一家，排闼强劫其女去。以为寻衅，则素不往来；以为夺婚，则媪又无子。乡党骇异，莫解其由。女家讼于官，官出牒拘摄，媪已携女先逃，不能踪迹；同行婢妪，亦四散逋亡。累绁多人[①]，辗转推鞫，始有一人吐实，曰："媪一子，病瘵垂殁，媪抚之恸曰：'汝死自命，惜哉不留一孙，使祖父竟为馁鬼也。'子呻吟曰：'孙不可必得，然有望焉。吾与某氏女私昵，孕八月矣，但恐产必见杀耶。'子殁后，媪咄咄独语十馀日，突有此举。殆劫女以全其胎耳。"官怃然曰:“然则是不必缉,过两三月自返耳。”届期果抱孙自首,官无如之何,仅断以不应重律,拟杖纳赎而已。此事如兔起鹘落[2],少纵即逝。此媪亦捷疾若神矣。

安静涵言:其携女宵遁时,以三车载婢妪,与己分四路行,故莫测所在。又不遵官路,横斜曲折,岐复有岐,故莫知所向。且晓行夜宿,不淹留一日,俟分娩乃税宅,故莫迹所居停。其心计尤周密也。女归,为父母所弃,遂偕媪抚孤,竟不再嫁。以其初涉溱洧[3],故旌典不及,今亦不著其氏族焉。

【注释】

①累绁(xiè):捆绑罪犯的绳索,引申为牢狱、囚禁。累,缠绕,系。

②兔起鹘(hú)落:兔子刚跳起来,鹘就飞扑下去。比喻动作敏捷。鹘,鹰一类的猛禽。

③溱(zhēn)洧(wěi):《诗经·郑风》篇名。溱和洧是两条河的名称,诗中写青年男女到河边春游,相互谈笑并赠送香草表达爱慕的情景。这里指私自定情。

【译文】

人在极危险极紧迫的时候,或许会忽然生出奇谋;看起来不合情理的事情,或许另有缘故。反常出格的事情,不能墨守成规地判断。我的家乡有个老妇,有一天夜里无缘无故率领几十个妇人,突然来到邻村一户人家,闯进门去强行劫走了这家的女儿。以为是寻衅闹事,但彼此又一向没有往来;以为是抢婚,而老妇又没有儿子。乡里人又惊又怕又觉得怪异,想不出是什么缘故。女家告官之后,官府就发出通牒追捕,而老妇早就携女逃走了,不知道往哪里追才能找到;同案的众妇人也已经四散逃走。此事牵连多人,辗转传讯,才有一个人吐出实情,说:“老妇有个儿子，病危将亡时，老妇抚着他痛哭道：'你死是你的命，只可惜没有留下一个孙子，你的先祖先父要成饿鬼了。'儿子呻吟着说：'孙子不能肯定有，可还是有希望的。我与某女私通，她已有了八个月的身孕，只是恐怕生下来孩子就会被杀死。'儿子死后，老妇自言自语了十来天，才突然有此举动。大概抢劫女子是为保全胎儿吧。"县官茫然若失，说："既然是这样，那就不必通缉了，过两三个月，她自己会回来的。"到了县官说的时间老妇果然抱着孙子来自首，县官无可奈何，判决不应定重罪，只处以杖责，交钱赎打就可以了。这件事的变化快得让人几乎反应不过来，追查起来线索稍纵即逝，这个老妇也真是迅捷如神。

安静涵说：老妇携女夜里逃走时，三辆车载着其他妇人，加上她自己，分成四路走，因而没有谁知道她到了哪里。她又不走官道，横斜曲折，岔路中又有岔路，因而也不知她往哪儿去了。况且晓行夜宿，一天也不停，等分娩时才租借住宅，所以也查不出她停留的地方。她的心计是很周密的。女儿回来后，父母不让进屋，她就与老妇一同抚养孤儿，最终也没有再嫁人。因为她当初是和人私通，因而不能以节妇的名义受表彰，现在我也不便写出她的家族。

李庆子言：尝宿友人斋中，天欲晓，忽二鼠腾掷相逐，满室如飚轮旋转，弹丸迸跃，瓶彝罍洗，击触皆翻，砰铿碎裂之声，使人心骇。久之，一鼠踊起数尺，复堕于地，再踊再仆，乃僵。视之七窍皆血流，莫测其故。急呼其家僮收检器物，见柈中所晾媚药数十丸[①]，啮残过半。乃悟鼠误吞此药，狂淫无度，牝不胜嬲而窜避，牡无所发泄，蕴热内燔以毙也。友人出视，且骇且笑，既而悚然曰："乃至是哉，吾知惧矣！"尽覆所蓄药于水。夫燥烈之药，加以锻炼，其力既猛，其毒亦深。吾见败事者多矣，盖退之硫黄[②]，贤者不免。庆子此友，殆数不应尽，故鉴于鼠而忽悟欤！

【注释】

①柈(pán)：盘子。

②退之硫黄：有人说韩愈服用硫黄壮阳。唐代白居易《思旧》诗中云："退之服硫黄，一病讫不全。"

【译文】

李庆子说：曾经有一夜住在朋友家里，天快亮时，忽然有两只老鼠奔跳追逐，满房间里像风轮一样旋转，弹丸一样跳跃，瓶罐炉盆，都被撞翻了，砰铿碎裂的声音，让人心慌慌的。过了很长时间，一只老鼠跳起几尺高，又落到地上，再跳起再倒下，才僵死。看它七窍流血，不知是怎么回事。他急忙叫朋友家的僮仆收拾器物，见盘中晾着的几十粒春药，大半被咬过了。这才明白老鼠误吞了春药，狂淫无度，雌鼠受不了骚扰拼命逃避，雄鼠无处发泄，热火内烧蹦撞死了。朋友出来一看，又惊又笑，随后惊恐地说："居然会这样啊！我知道厉害了。"他把藏着的药全都倒进了水里。燥烈的药物，加以提炼，药力很猛，毒性也很大。我见过因为服用这种药而坏了事的人太多了，大概像韩愈服用硫黄，贤者也免不了这种事儿。李庆子的这位朋友，也许是命不该尽，所以能从老鼠得到启示而忽然悔悟吧！

张鷟《朝野佥载》曰[①]："唐青州刺史刘仁轨知海运，失船过多，除名为民，遂辽东效力。遇病，卧平壤城下，褰幕看兵士攻城[②]。有一兵直来前头背坐，叱之不去。须臾城头放箭，正中心而死。微此兵，仁轨几为流矢所中。"大学士温公征乌什时，为领队大臣。方督兵攻城，渴甚，归帐饮。适一侍卫亦来求饮，因让茵与坐[③]。甫拈碗，贼突发巨炮，一铅丸洞其胸死。使此人缓来顷刻，则必不免矣。此公自为余言，与刘仁轨事绝相似。后公征大金川，卒战殁于木果木。知人之生死，各有其地，虽命当阵殒者，苟非其地，亦遇险而得全。然则畏缩求免者，不徒多一趋避乎哉！

【注释】

①张鷟(zhuó)《朝野佥载》：唐代笔记小说集，六卷。记载隋唐两代朝野遗闻，尤多武后朝事，对武则天时期的朝政颇多讥评。

②褰(qiān)：揭起。

③茵：垫子。

【译文】

唐朝的张鷟在《朝野佥载》中说："唐代青州刺史刘仁轨主管海运，因为船只失事过多，被革职为民，流放到辽东效力。后来他病了，躺在平壤城下，揭开帐幕看兵士攻城。有一个士兵径直来到他面前，背对着他坐下，呵斥他也不离开。不一会儿城上放箭，士兵正好被射中胸脯，死了。如果不是这个士兵，刘仁轨差点儿被流箭射中。"大学士温公出征乌什时是领队大臣。正督兵攻城，觉得非常口渴，就回帐中喝水。恰好一个侍卫也来喝水，温公就让出垫子给他坐。刚拿起碗，敌阵突然放炮，一枚铅弹击穿侍卫胸膛，侍卫当场死亡。假如这个人迟来片刻，温公就不免一死。这是温公亲口告诉我的，与刘仁轨之事极其相似。后来温公出征大金川，战死在木果木。可知人的生死，各有自己的地方，即使命当阵亡，如果不是命里注定的地方，也能遇险而安然。那些畏缩不前贪生怕死的人，不是白白多此一举吗！

人物异类，狐则在人物之间；幽明异路，狐则在幽明之间；仙妖异途，狐则在仙妖之间。故谓遇狐为怪可，谓遇狐为常亦可。三代以上无可考。《史记·陈涉世家》称篝火作狐鸣曰："大楚兴，陈胜王。"必当时已有是怪，是以托之。吴均《西京杂记》称广川王发栾书冢，击伤冢中狐，后梦见老翁报冤。是幻化人形，见于汉代。张鷟《朝野佥载》称唐初以来，百姓多事狐神，当时谚曰："无狐魅，不成村。"是至唐代乃最多。《太平广记》载狐事十二卷，唐代居十之九，是可以证矣。诸书记载不一，其源流始末，则刘师退先生所述为详。

盖旧沧州南一学究与狐友，师退因介学究与相见。躯干短小，貌如五六十人，衣冠不古不今，乃类道士；拜揖亦安详谦谨。寒温毕，问枉顾意。师退曰："世与贵族相接者，传闻异词，其间颇有所未明。闻君豁达不自讳，故请祛所惑。"狐笑曰："天生万品，各命以名。狐名狐，正如人名人耳；呼狐为狐，正如呼人为人耳，何讳之有？至我辈之中，好丑不一，亦如人类之内，良莠不齐。人不讳人之恶，狐何必讳狐之恶乎？第言无隐。"师退问："狐有别乎？"曰："凡狐皆可以修道，而最灵者曰狴狐[①]。此如农家读书者少，儒家读书者多也。"问："狴狐生而皆灵乎？"曰："此系乎其种类。未成道者所生，则为常狐；已成道者所生，则自能变化也。"问："既成道矣，自必驻颜。而小说载狐亦有翁媪，何也？"曰："所谓成道，成人道也。其饮食男女，生老病死，亦与人同。若夫飞升霞举，又自一事。此如千百人中，有一二人求仕宦。其炼形服气者，如积学以成名；其媚惑采补者，如捷径以求售。然游仙岛、登天曹者，必炼形服气乃能。其媚惑采补，伤害或多，往往干天律也[②]。"问："禁令赏罚，孰司之乎？"曰："小赏罚统于其长，大赏罚则地界鬼神鉴察之。苟无禁令，则来往无形，出入无迹，何事不可为乎！”问：“媚惑采补，既非正道，何不列诸禁令，必俟伤人乃治乎？”曰：“此譬诸巧诱人财，使人喜助，王法无禁也。至夺财杀人，斯论抵耳。《列仙传》载酒家妪[3]，何尝干冥诛乎！”问：“闻狐为人生子，不闻人为狐生子，何也？”微哂曰：“此不足论。盖有所取无所与耳。”问：“支机别赠，不惮牵牛妒乎[4]？”又哂曰：“公太放言，殊未知其审。凡女则如季姬鄫子之故事[5]，可自择配。妇则既有定偶，弗敢逾防。若夫赠芍采兰，偶然越礼，人情物理，大抵不殊，固可比例而知耳。”问：“或居人家，或居旷野，何也？”曰：“未成道者未离乎兽，利于远人，非山林弗便也；已成道者事事与人同，利于近人，非城市弗便也；其道行高者，则城市山林皆可居，如大富大贵家，其力百物皆可致，住荒村僻壤与通都大邑一也。”师退与纵谈，其大旨惟劝人学道，曰：“吾曹辛苦一二百年，始化人身。公等现是人身，功夫已抵大半，而悠悠忽忽，与草木同朽，殊可惜也。”师退腹笥三藏[6]，引与谈禅。则谢曰：“佛家地位绝高，然或修持未到，一入轮回，便迷却本来面目。不如且求不死，为有把握。吾亦屡逢善知识，不敢见异而迁也。”

师退临别曰：“今日相逢，亦是天幸，君有一言赠我乎？”踌躇良久，曰：“三代以下恐不好名，此为下等人言。自古圣贤，却是心平气和，无一毫做作。洛、闽诸儒，撑眉努目，便生出如许葛藤。先生其念之。”师退怃然自失。盖师退崖岸太峻，时或过当云。

【注释】

①狴(bì):传说中的兽名。古代牢狱门上绘其形状,故又用为牢狱的代称。

②干:触犯,冒犯。

③《列仙传》:我国最早且较有系统的叙述神仙事迹的著作。记载了从赤松子(神农时雨师)至玄俗(西汉成帝时仙人)七十一位仙家的姓名、身世和事迹,后来被收入《道藏》(138册),成为道书。

④支机别赠,不惮牵牛妒:支机是织女星的别称,牵牛就是牵牛星。意思是织女把东西送给别人,不怕牛郎妒忌么。

⑤季姬鄫子:公元前646年,鄫子的夫人季姬回鲁国看望父母,季姬的父亲鲁僖公因为女婿鄫子不来拜见他而大为生气,就不让季姬按时返回鄫国。这年夏天,季姬秘密通知鄫子在防地(今山东曲阜东南)见面,见面后季姬劝鄫子朝拜了鲁僖公,暂时缓和了两国关系。但是季姬直到次年九月才回到鄫国。事见《左传·僖公十四年》。

⑥腹笥(sì)三藏:腹笥,原指学识丰富。这里指肚子里的学问。三藏,又作"三法藏"。藏,梵语的意思是容器、谷仓、笼等。印度佛教圣典之三种分类为:经藏、律藏、论藏。

【译文】

人和动物不是同类,狐则处于二者之间;阳世和阴间不是同一个空间,狐则处于二者之间;仙和妖不是一条途径,狐则处于二者之间。因此说遇到狐是怪事也可以,说遇到狐是常事也可以。夏、商、周三代以上,有关狐的事迹无可考察。《史记·陈涉世家》记载陈胜等人点起篝火、假装狐狸鸣叫道:"大楚兴,陈胜王。"可知当时必定已经有狐妖作怪的传说,因而他们才这样伪托。吴均的《西京杂记》说广川王发掘栾书的墓葬,打伤了墓里的狐,后来梦见有个老翁前来报仇。可见狐妖幻化人形的事迹,已经见于汉代。张鷟《朝野佥载》称唐初以来,百姓有很多供奉狐神，当时流行谚语说："无狐魅，不成村。"看来唐代狐妖最盛。《太平广记》记载狐妖事迹十二卷，唐代的狐妖故事占了十分之九，可以作为明证。各种书上对狐妖记载不一，关于狐妖的源流始末，刘师退先生讲述得最详细。

原来旧沧州南有个学究与狐妖为友，刘师退请学究介绍，拜见了他的狐友。这个狐友身躯短小，看上去像是五六十岁的人，衣帽不今不古，类似道士；见面时揖礼态度安详谦谨。相互寒暄问候完毕，狐友问刘师退的来意。刘师退说："我们人类世世代代与你们这一族相处，但是对这一族的传闻却大不一样，这其中有许多我不明白的地方。听说你的性格豁达，并不忌讳谈论自己的身世，因此前来请教，解除疑惑。"狐友笑着说："天生万物，各自都有名称。狐名为狐，就如人名为人一样；称呼狐为狐，正如称呼人为人一样。有什么可忌讳的呢？至于我们狐类中善恶不一，也像人类中良莠不齐一样。人并不忌讳人类的丑恶，狐何必要忌讳狐的丑恶呢？你尽可放心说话，毋须隐讳。"刘师退问："狐类中是否有区别呢？"狐友说："凡是狐都可以修道，最灵通的狐族叫狴狐。这就好比人类中农民读书少，儒生读书多。"问："狴狐一出生就都通灵吗？"狐友说："这关系到种族。没成道的狐所生的狐就是常狐，已成道的狐所生的狐一出生就自能变化。"问："狐既成道，自然必定驻颜不老。而小说里记载的狐却有老翁老妇，这是什么道理？"狐友说："所谓成道，仅仅指狐修成了人道。修成人道后也要饮食起居，男女结合，生老病死，这些都跟人类相同。至于飞升天界，云来霞去，那是另外一回事。这好比人类，千百个人只有一两个人做得了官。狐采用炼形服气的方法修道，如同人积累学问成就名声；媚惑采补的，就如同人走捷径求得成功。但是，要达到游仙岛、登天界的地步，必须炼形服气才能成功。媚惑采补，伤害很多，往往会触犯天律。"问："由谁掌管对狐辈的禁令赏罚呢？"狐友说："小的赏罚由狐族自己的首领掌管，大的赏罚则由天地鬼神暗中鉴察。如果没有禁令，狐类来往无形，出入无迹，什么事情做不出来呢?”问:“媚惑采补既然不是正道,为什么不列入禁令,必定要等到伤人之后才惩罚呢?”狐友说:“这好比人群中有人以巧妙手段诱骗人的钱财,而受诱惑的人喜欢出钱资助,王法是不可能禁止的。至于因为夺财而杀害了人命,那就要依法抵罪了。《列仙传》记载的酒家婆,又何尝违犯律条受到冥司诛杀呢?”问:“常常听说狐为人生子,没听说人为狐生子,这是什么原因呢?”狐友微笑着说:“这个问题不足以讨论。因为狐要采补得道,对人只有所取,而无所予。”问:“狐妻与他人亲近,就不怕丈夫妒嫉吗?”狐友又笑着说:“先生太放肆了,一点儿也不知道其中的详情。狐类中凡是未婚的狐女,都像人类历史上季姬鄫子的故事一样,可以自己任意选择配偶。已婚狐妇既然已有配偶,是不敢逾越防线的。至于偷郎献花,偶然越了礼仪,既是人之常情,也是事物常理,大体上人和狐没有区别,从人情稍加推论也就明白了。”问:“有的狐住在人家,有的狐住在旷野,这是何故?”狐友说:“狐中未成道者还没脱离兽性,还是远离人类为好,不住山林不方便;已成道者事事和人相同,接近人类才比较便利,不住城市不方便;道行高的,城市山林都可居住,如同大富大贵的人家一样,财力够得上什么都可以买到,住荒村僻壤与通都大邑没有差别。”刘师退与狐友高谈阔论,狐友的主要意思只是劝人学道,说:“我们狐类辛苦一两百年,才修炼得化成了人身。你们现在就是人身,成仙功夫已抵大半,却忽忽悠悠浪费一生,与草木一样归于腐朽,太可惜了。”刘师退对佛教经典很有造诣,就换了话题与狐友谈禅。狐友谢绝说:“佛家地位绝高,可是假如修持不到,一入轮回就迷失了本来面目。不如先求得长生不死,这样还有点儿把握。我也曾经多次遇到过真佛真师,可从来不敢见异思迁。”

刘师退与狐友临别时说:“今日相逢,也是天大的幸运。你能否赠我一句话?”狐友踌躇很久,说:“夏、商、周三代以下恐怕没有不追求名声的,这些都是所谓的下等人。如果要说到古来的圣人贤者,却是心平气和,毫无做作的。宋代洛、闽的一些理学家,张眉怒目,就生出许多的枝节。先生请认真想想。"刘师退心有所感,若有所失。大概是他一向都很高傲严峻,时常有些过分的言行吧。

裘文达公言:尝闻诸石东村曰,有骁骑校,颇读书,喜谈文义。一夜寓直宣武门城上,乘凉散步。至丽谯之东[①],见二人倚堞相对语。心知为狐鬼,屏息伺之。其一举手北指曰:"此故明首善书院,今为西洋天主堂矣。其推步星象,制作器物,实巧不可阶。其教则变换佛经,而附会以儒理。吾曩往窃听。每谈至无归宿处,辄以天主解结,故迄不能行。然观其作事,心计亦殊黠。"其一曰:"君谓其黠,我则怪其太痴。彼奉其国王之命,航海而来,不过欲化中国为彼教。揆度事势[②],宁有是理!而自利玛窦以后[③],源源续至,不偿其所愿终不止,不亦颠欤?"其一又曰:"岂但此辈痴,即彼建首善书院者亦复大痴。奸珰柄国[④],方阴伺君子之隙,肆其诋排,而群聚清谈,反予以钩党之题目,一网打尽,亦复何尤!且三千弟子,惟孔子则可,孟子揣不及孔子,所与讲肄者公孙丑、万章等数人而已。洛闽诸儒[⑤],无孔子之道德,而亦招聚生徒,盈千累百,枭鸾并集[⑥],门户交争,遂酿为朋党,而国随以亡。东林诸儒[⑦],不鉴覆辙,又骛虚名而受实祸。今凭吊遗踪,能无责备于贤者哉!"方相对叹息,忽回顾见人,翳然而灭。东村曰:"天下趋之若骛,而世外之狐鬼,乃窃窃不满也。人误耶?狐鬼误耶?"

【注释】

①丽谯(qiáo):丽,附着。谯,古代城门上建的楼,可以瞭望。

②揆(kuí)度:揣度,估量。

③利玛窦(MatteoRicci,1552—1610):其原名中文直译为玛提欧·利奇,利玛窦是他的中文名字,号西泰,又号清泰、西江。意大利的耶稣会传教士,学者。明朝万历年间来到中国。

④奸珰(dāng)柄国:奸珰,旧指弄权作奸的宦官。珰,汉代武职宦官帽子的装饰品,后借指宦官。柄国,执掌国政。

⑤洛闽诸儒:即通常所说的“濂洛关闽”,宋朝理学的四个重要学派。见前注。

⑥枭鸾并集:比喻坏人和好人或小人与君子混杂在一起。枭,猫头鹰。鸾,古代传说中的一种像凤凰的神鸟。

⑦东林诸儒:万历三十二年(1604),顾宪成等人修复宋代杨时讲学的东林书院,与高攀龙等讲学其中,“讲习之馀,往往讽议朝政,裁量人物”,形成了广泛的社会影响。“三吴士绅”、在朝在野的各种政治代表人物、东南城市势力、某些地方实力派等,一时都聚集在以东林书院为中心的东林派周围,时人称之为“东林党”。

【译文】

裘文达公说:曾经听石东村讲,有个骁骑校,读过不少书,喜欢谈论文义。一天夜里在宣武门城上值班,乘凉散步。走到城楼东侧,看见有两个人倚靠着城堞说话。他知道非狐即鬼,就屏息观察。其中一个抬手指着北面说:“这里原先是明代的首善书院,如今成了西洋天主教堂。他们观察天体推算月历,制作器物,精巧得实在学不来。但他们的教义则是变换了佛经,再附会上儒家学说。我从前去偷听,每逢谈到不能解释的地方,就归结到天主,因此他们的教义至今推广不开。但是看他们行事,心计也十分狡猾。”另一个说:“你说他狡猾,我却认为太痴迷。他们奉自己国王之命,远涉重洋来到这里,不过是要用他们的宗教来同化中国。分析一下形势,哪里同化得了呢!但自从利玛窦之后,传教士们陆陆续续地来中国,不达目的决不罢休,这不是有点儿痴癫了吗?”先前说话的那个说："岂止这些人痴迷，即便是建首善书院的那班人也是太痴了。奸臣宦官掌权，本来就在暗中偷偷想要抓住君子的闪失大肆毁谤，那些书生却聚在一起清谈，反而让宦官抓住了他们拉帮结党的把柄，被一网打尽，这又去怨谁呢！况且收三千弟子，只有孔子还行，孟子自认为不及孔子，来听他讲课的不过公孙丑、万章等数人而已。周敦颐、二程、朱熹、张载这样一些儒生，没有孔子的德行，却也招收学生，达到成千上百，君子小人混在一起，以至于门户相争，结成朋党，而国家也随之灭亡了。东林党的诸儒，不重视前车之鉴，又一味追求虚名，以至于遭受灾祸。如今凭吊遗迹，对这种贤者能不责备吗？"两个正相对叹息，忽然回头发现有人，一下子突然消失了。石东村说："天下人趋之若鹜的事，世外的狐和鬼却窃窃私语表示不满。是人错了呢，还是狐和鬼错了呢？"

王西园先生守河间时，人言献县八里庄河夜行者多遇鬼，惟县役冯大邦过，则鬼不敢出。有遇鬼者，或诈称冯姓名，鬼亦却避。先生闻之曰："一县役能使鬼畏，此必有故矣。"密访将惩之，或为解曰："本无是事，百姓造言耳。"先生曰："县役非一，而独为冯大邦造言，此亦必有故矣。"仍檄拘之，大邦惧而亡去。此庚午、辛未间事①，先生去郡后数载，大邦尚未归。今不知如何也。

【注释】

①庚午、辛未：乾隆十五年(1750)、乾隆十六年(1751)。

【译文】

王西园先生任河间太守时，人们传说献县八里庄河走夜路的人大多会碰见鬼，只有县役冯大邦经过时鬼才不敢出来。有些碰到鬼的人谎称自己是冯大邦，鬼也退避。王先生听了之后说："一个县役能叫鬼害怕，其中必有缘由。"于是暗中察访，打算惩处冯大邦，有人为他辩解说："本来没有这回事，不过是老百姓造谣罢了。"王先生说："县役并非只他一人，而单单给冯大邦造谣，这也是有缘故的。"还是发文书拘捕，冯大邦畏惧而逃走了。这是乾隆庚午、辛未年间的事情，王先生离开河间几年后冯大邦仍没回来。现在不知怎样了。

里有崔某者，与豪强讼，理直而弗能伸也。不胜其愤，殆欲自戕。夜梦其父语曰："人可欺，神则难欺；人有党，神则无党。人间之屈弥甚，则地下之伸弥畅。今日之纵横如志者，皆十年外业镜台前觳觫对簿者也。吾为冥府司茶吏，见判司注籍矣，汝何恚焉！"崔自是怨尤都泯，更不复一言。

【译文】

我的家乡有个崔某，和豪强打官司，虽然有理却不能胜诉。不胜悲愤，几乎要自杀。夜里梦见他父亲说："人可欺，神就难欺了；人有朋党，神就没有朋党。人间受屈越深，那么今后到地下申冤就越酣畅。今天纵横称意的人，都是十年后业镜台前颤抖着受审的人。我在冥府做司茶吏，看到判官已经把你的事情登记在册了，你何必怨恨愤怒呢！"崔某从此怨恨全消，打官司的事他一句话也不说了。

有善讼者，一日为人书讼牒，将罗织多人。端绪缴绕①，猝不得分明，欲静坐搆思。乃戒毋通客，并妻亦避居别室。妻先与邻子目成，家无隙所，窥伺岁馀，无由一近也，至是乃得间焉。后每搆思，妻辄嘈杂以乱之，必叱使避出，袭为例。邻子乘间而来，亦袭为例，终其身不败。殁后岁馀，妻以私孕为怨家所讦。官鞫外遇之由，乃具吐实。官拊几喟然曰："此生刀笔巧矣，乌知造物更巧乎！"

【注释】

①缴绕：纠缠不清。

【译文】

有个人特别擅长打官司，有一天为人起草诉讼书，打算把很多人都罗织进去。由于头绪纷繁复杂，一时间理不清楚，想要静静坐着构思。于是告诫家人闭门谢客，让妻子也避到别的屋子里。妻子原先早已与邻家子眉目传情，只是因为家里没有隐蔽的地方，等了一年多，也没有机会接近，直到这一天才有了机会。以后他每次构思讼词，妻子就嘈杂干扰，丈夫必定叱骂让她避出去，久而久之，竟沿袭成了惯例。邻家子乘机而来，也沿袭成了惯例，这样一直到他去世，奸情都没有败露。他死后一年多，妻子怀了孕，被仇家揭露告发。官府审问她外遇的来由，她才吐出全部实情。审问官拍案感叹道："此人的诉讼状写得很是巧妙，哪里知道造物主比他更巧妙啊！"

必不能断之狱，不必在情理外也；愈在情理中，乃愈不能明。门人吴生冠贤，为安定令时，余自西域从军还，宿其署中。闻有幼女幼男皆十六七岁，并呼冤于舆前。幼男曰："此我童养之妇。父母亡，欲弃我别嫁。"幼女曰："我故其胞妹。父母亡，欲占我为妻。"问其姓，犹能记。问其乡里，则父母皆流丐，朝朝转徙，已不记为何处人矣。问同丐者，则曰："是到此甫数日，即父母并亡，未知其始末。但闻其以兄妹称。然小家童养媳，与夫亦例称兄妹，无以别也。"有老吏请曰："是事如捉影捕风，杳无实证，又不可以刑求，断合断离，皆难保不误。然断离而误，不过误破婚姻，其失小；断合而误，则误乱人伦，其失大矣。盍断离乎！”推研再四，无可处分，竟从老吏之言。

因忆姚安公官刑部时，织造海保方籍没[①]，官以三步军守其宅。宅凡数百间，夜深风雪，三人坚扃外户，同就暖于邃密寝室中，篝灯共饮。沉醉以后，偶剔灯灭，三人暗中相触击，因而互殴。殴至半夜，各困踣卧。至曙，则一人死焉。其二人一曰戴符，一曰七十五，伤亦深重，幸不死耳。鞫讯时，并云共殴致死，论抵无怨。至是夜昏黑之中，觉有扭者即相扭，觉有殴者即还殴，不知谁扭我谁殴我，亦不知我所扭为谁所殴为谁；其伤之重轻，与某伤为某殴，非惟二人不能知，即起死者问之，亦断不能知也。既一命不必二抵，任官随意指一人，无不可者。如必研讯为某人，即三木严求[②]，亦不过妄供耳。竟无如之何，相持月馀，会戴符病死，借以结案。姚安公尝曰：“此事坐罪起衅者，亦可以成狱。然核其情词，起衅者实不知谁。锻炼而求，更不如随意指也。迄今反复追思，究不得一推鞫法。刑官岂易为哉？”

【注释】

①织造：明清时期于江宁、苏州、杭州各地设专局，织造各项衣料及制帛诰敕彩缯之类，以供皇帝及宫廷祭祀、颁赏之用；明代于三处各置提督织造太监一人，清代改任内务府人员，称“织造”。籍没：登记并没收所有财产入官。

②三木：指加在颈、手、足三处的刑具，即枷和桎梏。这里的意思是严刑逼供，屈打成招。

【译文】

实在难以判决的案件，不一定在情理之外；然而越在情理之中，就越不能分明。门生吴冠贤任安定县令时，我从西域从军回来，住在他的衙署里。听说有少男少女两个人，都是十六七岁，一起在车前大喊冤枉。少男说："她是我的童养媳妇。父母死后，就想抛弃我另嫁。"少女说："我本来是他的亲妹妹。父母死后，他想霸占我为妻。"问他们的姓名，两人还能记起来。问他们的籍贯，则说他们的父母都是到处流浪的乞丐，每天都换地方，已经不记得是哪里的人了。问起与他们一起行乞的人，他们说："他们到这里才几天，父母就都亡故了，因而不知道他们的来历。只听到他们以兄妹相称。但是小家小户的童养媳，和丈夫按惯例也是互称兄妹，实在没法分别。"有个老吏请示说："这种事就像捕风捉影，没有证据，又不能用刑逼供，断合断离都难保不错。但如果是断离判错了，只不过破坏了一桩婚姻，算是小过失；如果是断合判错了，就会乱了人伦，那过失就大了。不如断离吧！"推敲再三，也没更好的办法，竟依从了老吏的建议。

由此回忆起姚安公在刑部任职时，织造官海保的家产被没收入官，官府派了三个军士严守他的房宅。房宅共有几百间，夜深时风雪大作，三人关紧大门，图暖和，就一同在一间幽深的寝室里点着灯喝酒。大醉之后，偶然把灯剔灭了，三人在黑暗中相互碰撞，因而斗殴起来。打到半夜，都被打翻在地。到了早晨天亮，才发现一人死了。另外两个人，一个叫戴符，一个叫七十五，受伤也很重，还好没有死。审讯时，两人都说是互相斗殴时打死的，被判抵命也无怨。至于那夜在黑暗之中，觉得有人扭我就扭对方，觉得有人打我就打对方。不知是谁扭了打了我，也不知我扭的是谁、打的是谁；至于受伤轻重以及谁的伤是谁打的，不但这两个人不能知道，就是使死者复生询问，也肯定不能知道。既然一条命不能用两条命来抵偿，那么任凭官员随意判定其中一人有罪，也没有什么不可以的。如果一定要审讯出是某人所为，那么就是颈项手足上都给带上刑具严刑拷打，得到的也不过是假供词。官府竟无可奈何，这么拖延了一个多月，恰巧戴符病死，就借此了结此案。姚安公说："把这件事归罪于最先挑衅的人，也可以结案。但考察当时的情况及其供词，实在不知道挑衅者是谁。如果用刑逼供，还不如随意判决。至今反复考虑，还是没有想出一个审理的方法。刑官难道是容易当的吗？"

文安王岳芳言：其乡有女巫，能视鬼。尝至一宦家，私语其仆妇曰："某娘子床前，一女鬼，着惨绿衫，血渍胸臆，颈垂断而不殊①，反折其首，倒悬于背后，状甚可怖。殆将病乎？"俄而寒热大作。仆妇以女巫言告，具楮钱酒食送之②，顷刻而痊。余尝谓风寒暑暍③，皆可作疾，何必定有鬼为祟。一女巫曰："风寒暑暍之疾，其起也以渐而觉，其愈也以渐而减。鬼病则陡然而剧，陡然而止。以此为别，历历不失也。"此言似亦近理。

【注释】

①殊：这里指断、绝。

②楮（chǔ）钱：旧俗祭祀时焚化的纸钱。

③暍（yē）：热。

【译文】

文安人王岳芳说：乡里有个女巫能看见鬼。她曾经到过一户官宦人家，悄悄对女仆说："你家娘子床前有一个女鬼，穿着暗绿色衣衫，胸前沾满了血，颈子折了但是没有断，脑袋倒挂在背后，样子非常可怕。大概你家娘子快要生病了吧？"不久，夫人寒热大作。女仆把女巫的话告诉了主人。主人准备了纸钱酒食送鬼，夫人的病就立刻好了。我觉得风寒暑热都可能引发疾病，何必非得说是鬼在作祟呢。一个女巫说：

"风寒暑热引起的疾病,发病时是渐渐有感觉,病好也是渐渐退去。鬼作祟的病症却是突然发作得很厉害,突然而止的。就用这样的说法去比照着看,一向都不会有错。"似乎也有些道理。

陈石间言:有旧家子偕数客观剧九如楼。饮方酣,忽一客中恶仆地。方扶掖灌救,突起坐张目直视。先拊膺痛哭,责其子之冶游;次啮齿握拳,数诸客之诱引。词色俱厉,势若欲相搏噬。其子识是父语声,蒲伏战栗,殆无人色。诸客皆瑟缩潜遁,有踉跄失足破额者。四坐莫不太息。此雍正甲寅事[1],石间曾目击之,但不肯道其姓名耳。先师阿文勤公曰:"人家不通宾客,则子弟不亲士大夫,所见惟妪婢僮奴,有何好样?人家宾客太广,必有淫朋匪友参杂其间,狎昵濡染,贻子弟无穷之害。"数十年来,历历验所见闻,知公言真药石也。

【注释】

①雍正甲寅:雍正十二年(1734)。

【译文】

陈石间说:有个大户人家的儿子陪着几个宾客在九如楼看戏。喝酒喝得正高兴,忽然有个客人发病倒在地上。大家忙着搀扶灌水抢救时,这个客人突然坐了起来,直愣愣地睁大眼睛。先是捶胸痛哭,责骂那个儿子放荡游乐;然后咬牙切齿,握紧拳头,责备宾客们引诱儿子。那副声色俱厉的样子,好像是要跟人打架、要咬人一口。儿子听出是父亲的声音,吓得趴在地上发抖,面无人色。客人们都颤抖着躲的躲逃的逃,有的还踉跄跌倒,摔破了额头。四座的人看了,无不叹息。这是雍正甲寅年的事,陈石间曾亲眼目睹,只是他不肯说出那个儿子的姓名罢了。先师阿文勤公说："如果一个人家不交接宾客，那么子弟就没有机会接近士大夫，见到的只有老妇婢女僮仆家奴，这些人有什么好榜样呢？但是一个人家宾客太多，也肯定会有好色之徒或恶人混杂其间，和他们亲近，受他们影响，会给子弟带来无穷的害处。"几十年来，用我所见所闻来一一验证，知道阿公的话真比得上治病的药。

五军塞王生言：有田父夜守枣林，见林外似有人影。疑为盗，密伺之。俄一人自东来，问："汝立此有何事？"其人曰："吾就木时，某在旁窃有幸词，衔之二十馀年矣。今渠亦被摄，吾在此待其缧绁过也。"怨毒之于人甚矣哉！

【译文】

五军塞王生说：有个农夫夜间看守枣树林，看见林外好像有人影。他疑心是偷枣的，就在暗中监视。不一会儿，从东面走过来一个人，向黑影问道："你站在这里有什么事？"人影说："当年我进棺材时，某人在一旁悄悄说些了幸灾乐祸的话，我已经怀恨二十多年了。今天他的魂也要被冥司拘摄，我在等着看他怎么被捆着绑着经过这里。"怨毒之情对人来说，真是太厉害了！

甲与乙有隙，甲妇弗知也。甲死，妇议嫁，乙厚币娶焉。三朝后，共往谒兄嫂，归而迂道至甲墓，对诸耕者馌者拍妇肩呼曰："某甲，识汝妇否耶？"妇恚，欲触树。众方牵挽，忽旋飚飒然[①]，尘沙眯目，则夫妇已并似失魂矣。扶回后，倏迷倏醒，竟终身不瘥。外祖家老仆张才，其至戚也，亲目睹之。夫以直报怨，圣人弗禁，然已甚则圣人所不为。《素问》曰："亢则害。"《家语》曰[②]："满则覆。"乙亢极满极矣，其及也固宜。

【注释】

①飚(biāo):同"飙",暴风。飒然:急骤的风雨声。

②《家语》:《孔子家语》的简称,又名《孔氏家语》。记录孔子及孔门弟子的思想言行。今传本共十卷四十四篇,魏王肃注。

【译文】

甲与乙有积怨,甲的妻子不知道。甲死后,甲妻要再嫁,乙用重金把她娶了过来。三天后,夫妻一起去见兄嫂,回来时绕道到甲墓前,乙对着耕地的、送饭的,拍着妻子的肩说:"某甲,你还认识你的妻子么?"妻子怨愤,想撞树而死。大家正在拉扯着,忽然旋风突起,尘沙迷眼,乙夫妇俩都像丢了魂一样。扶回来后,他们有时迷糊有时清醒,竟然终身不愈。外祖父家的老仆张才,是他的至亲,亲眼看到了这件事。有理而报冤,圣人不会禁止,但是过分了,圣人就不能容忍。《素问》中说:"过分就有害。"《家语》说:"太满就翻倒了。"乙过分到极点,怨恨讥讽满到极点,落到这个地步,本来就该这样。

僧所诵焰口经[①],词颇俚,然闻其召魂施食诸梵咒,则实佛所传。余在乌鲁木齐,偶与同人论是事,或然或否。印房官奴白六,故剧盗遣戍者也,卒然曰:"是不诬也。曩遇一大家放焰口[②],欲伺其匆扰取事,乃无隙可乘。伏卧高楼檐角上,俯见摇铃诵咒时,有黑影无数,高可二三尺,或逾垣入,或由窦入,往来摇漾[③],凡无人处皆满。迨撒米时,倏聚倏散,倏前倏后,如环绕攘夺,并仰接俯拾之态,亦仿佛依稀。其色如轻烟,其状略似人形,但不辨五官四体耳。"然则鬼犹求食,不信有之乎?

【注释】

①焰口经：佛教中泛指向饿鬼施食时所诵的经文。

②放焰口：佛教仪式。一种根据救拔焰口饿鬼陀罗尼经而举行的施食饿鬼的法事，以饿鬼道众生为主要施食对象；施放焰口，则饿鬼皆得超度。也是对死者追荐的佛事之一。

③摇漾：摇晃，摇荡。

【译文】

和尚念诵的焰口经，文辞很粗俗，但听说和尚招魂施食的梵咒，确实是佛祖传下来的。我在乌鲁木齐时，偶然和同去的说起此事，有人说是，有人说不是。印房的官奴白六，原先是个大盗，后来被遣送到这里戍边，突然说："这一点儿不假。以前遇见一个大户放焰口，我想趁他们混乱时偷盗，却无机可乘。我趴在高楼的檐角上，俯瞰和尚摇铃念咒的时候，发现有无数黑影，高约二三尺，有的翻墙进来，有的从洞穴钻进来，往来纷乱，凡是没人的地方都挤满了。等到撒米的时候，鬼影忽然聚集，忽然散开，忽然上前，忽然退后，好像围着争抢，甚至连仰头接米弯腰捡拾的神态，也模模糊糊能辨别出来。他们的颜色如同轻烟，形状略似人形，只是分不清五官和四肢罢了。"可见鬼还是要求食，这能叫人不相信吗？

后汉敦煌太守裴岑破呼衍王碑[①]，在巴里坤海子上关帝祠中，屯军耕垦，得之土中也。其事不见《后汉书》，然文句古奥，字划浑朴，断非后人所依托。以僻在西域，无人摹拓，石刻锋棱犹完整。乾隆庚寅[②]，游击刘存存此是其字，其名偶忘之。武进人也。摹刻一木本，洒火药于上，烧为斑驳，绝似古碑。二本并传于世，赏鉴家率以旧石本为新，新木本为旧。与之辩，傲然弗信也。以同时之物，有目睹之人，而真伪颠倒尚如此，况于千百年外哉！《易》之象数，《诗》之小序，《春秋》之三传，或亲见圣人，或去古未远，经师授受，端绪分明。宋儒曰："汉以前人皆不知，吾以理知之也。"其类此夫。

【注释】

①后汉：即东汉(25—220)，为区别西汉(前汉)，故称"后汉"。裴岑破呼衍王碑：见前注。

②庚寅：乾隆三十五年(1770)。

【译文】

东汉敦煌太守裴岑的《破呼衍王碑》，在巴里坤湖上游的关帝祠中，是屯军垦荒时，从土中挖到的。《后汉书》没有记载这块碑，但碑上的文辞古奥，书法浑朴，肯定不是后人假冒的。因为是在偏僻的西域，没有人摹拓，石刻的刀痕笔划还完好无损。乾隆庚寅年，游击官刘存存这是他的字，他的名偶尔忘记了。武进人。摹刻了一个木本，将火药洒在上面，烧成斑斑驳驳的痕迹，极像古碑。两个碑文拓本并传于世，鉴赏家大都认为旧石本是新的，认为新木本是旧的。与他们争辩，他们傲然不信。本来是同时代的东西，又有亲眼目睹的人，却还会如此的真伪颠倒，更何况千百年以外的事物呢？《周易》的象数，《诗经》的小序，《春秋》的三传，有的是和圣人同时，有的是离古代不远，师徒授受，头绪很清楚。宋代的理学家却说："汉代以前的人都不懂，我凭借推理弄懂了。"这跟此事也很相像吧。

康熙十四年①，西洋贡狮，馆阁前辈多有赋咏。相传不久即逸去，其行如风，巳刻绝锁，午刻即出嘉峪关。此齐东语也②。圣祖南巡，由卫河回銮，尚以船载此狮，先外祖母曹太夫人，曾于度帆楼窗罅窥之[3]，其身如黄犬，尾如虎而稍长，面圆如人，不似他兽之狭削。系船头将军柱上，缚一豕饲之。豕在岸犹号叫，近船即噤不出声，及置狮前，狮俯首一嗅，已怖而死。临解缆时，忽一震吼声，如无数铜钲陡然合击[4]。外祖家厩马十馀，隔垣闻之，皆战栗伏枥下；船去移时，尚不敢动。信其为百兽王矣。狮初至，时吏部侍郎阿公礼稗，画为当代顾、陆[5]，曾橐笔对写一图[6]，笔意精妙。旧藏博晰斋前辈家，阿公手赠其祖者也。后售于余，尝乞一赏鉴家题签。阿公原未署名，以元代曾有献狮事，遂题曰"元人狮子真形图"。晰斋曰："少宰丹青，原不在元人下。此赏鉴未为谬也。"

【注释】

①康熙十四年：即1675年。

②齐东语：即齐东野语，比喻荒唐而没有根据的话。

③罅(xià)：缝隙。

④铜钲(zhēng)：古代打击乐器。有柄，形状像钟，但比钟狭而长，用铜制成。

⑤顾、陆：顾，东晋顾恺之，有"画祖"之称。陆，南朝宋明帝时宫廷画家陆探微，被奉为中国最早的画圣。

⑥橐(tuó)笔：古代书史小吏，手持囊橐，簪笔于头，侍立于帝王大臣左右，以备随时记事，称作"持橐簪笔"，简称"橐笔"。后亦以指文士的笔墨耕耘。

【译文】

康熙十四年，西洋进贡了一头狮子，翰林院的前辈们大多写了词赋咏唱。相传这头狮子不久就逃走了，跑起来像风一样，上午十点多挣开锁链，中午就出了嘉峪关。这只是齐东野语而已。康熙皇帝南巡，由卫河回京，还用船运载过这头狮子，先外祖母曹太夫人当时还在度帆楼窗缝里偷偷看过，狮身像黄犬，狮尾像老虎但稍长，脸圆圆的像人，不像其他兽类那样尖尖长长的。狮子系在船头将军柱上，有人捆了一头猪来喂狮子。猪在河岸时还号叫，靠近船就吓得不出声了，等放到狮子面前，狮子低头一闻，猪已经吓死了。临开船时，狮子忽然一声震吼，犹如无数铜钲猛然合击。外祖家的十多匹厩马隔墙听见，都战栗着伏在槽下，船离开好久还不敢动。这让人相信狮子真的是百兽之王。狮子刚由西洋入京时，绘画技艺号称当代顾、陆的吏部侍郎阿礼稗先生，曾经对狮写生画成一图，笔意十分精妙。这幅图以前收藏于博晰斋前辈家，因为当初阿公亲手赠给了他的祖父。后来卖给了我，我曾经请一位鉴赏家题签。阿公原未署名，鉴赏家因为元代曾经有过献狮的事，于是题为“元人狮子真形图”。博晰斋说：“阿公的丹青技艺，原也不在元人之下。这种赏鉴也不能算错。”

乾隆庚辰[1]，戈芥舟前辈扶乩，其仙自称唐人张紫鸾[2]，将访刘长卿于瀛洲岛[3]，偕游天姥[4]。或叩以事，书一诗曰：“身从异域来，时见瀛洲岛。日落晚风凉，一雁入云杳。”隐示以鸿冥物外，不预人世之是非也。芥舟与论诗，即欣然酬答，以所游名胜《破石崖》、《天姥峰》、《庐山联句》三篇而去。芥舟时修《献县志》，因附录志末。其《破石崖》一篇，前为五言律诗八韵，对偶声韵俱谐；第九韵以下，忽作鲍参军《行路难》、李太白《蜀道难》体[5]。唐三百年诗人无此体裁，殊不入格。其以东、冬、庚、青四韵通押，仿昌黎“此日足可惜”诗，以穿鼻声七韵为一部例，又似稍读古书者。盖略涉文翰之鬼，伪托唐人也。

【注释】

①庚辰：乾隆二十五年(1760)。

②张紫鸾：唐代知名道士。

③刘长卿(约709？—786?)：字文房，唐代著名诗人。擅五律，工五言。官至监察御史，与李白交厚。有《刘随州诗集》传世。

④天姥：山脉名。在今浙江新昌境内，得名来自“王母”，因李白寻访和唱咏而闻名。

⑤鲍参军《行路难》：鲍照(约415—466)，字明远，南朝宋文学家，与颜延之、谢灵运合称“元嘉三大家”。临海王刘子顼镇荆州时，任前军参军。长于乐府诗，其七言诗对唐代诗歌的发展起了很重要的作用。有《鲍参军集》。《拟行路难》十八首，表达了为国建功立业的愿望、对门阀社会的不满、怀才不遇的痛苦、报国无门的愤懑和理想幻灭的悲哀。李太白《蜀道难》：李白(701—762)，字太白，号青莲居士，唐朝浪漫主义诗人，被后人誉为“诗仙”。《蜀道难》全诗二百九十四字，以山川之险言蜀道之难，给人以回肠荡气之感，充分显示了诗人的浪漫主义气质和热爱祖国河山的感情。

【译文】

乾隆庚辰年间，戈芥舟前辈扶乩，降坛的仙人自称是唐代的张紫鸾，正要去瀛洲岛找刘长卿，一同去游天姥山。有人卜问一些事，他写了一首诗道：“身从异域来，时见瀛洲岛。日落晚风凉，一雁入云杳。”暗示他是世外的神仙，不愿干预人世间的是非。戈芥舟前辈和他论诗，他随即欣然应答，以他游览过的名胜为题作《破石崖》、《天姥峰》、《庐山联句》三篇而去。戈芥舟前辈当时正在编写献县志，就将这件事附录在县志后面。其中《破石崖》一首，前边为八韵五言律诗，对偶声韵全都和谐；第九韵以下，忽然变成鲍照《行路难》、李白《蜀道难》的诗体。唐代三百年间的诗人都没有这种诗体，实在不入格调。诗里用东、冬、庚、青四韵通押，模仿韩愈的“此日足可惜”一诗，用穿鼻声七韵为一部的例，由此看来，又像是稍稍读过古书的人。大概这是个略微读点儿书写过诗文的鬼，而假冒唐代人。

河城在县东十五里，隋乐寿县故城也。西村民，掘地得一镜，广丈馀，已触碎其半。见者人持一片去，置室中，每夕吐光。凡数家皆然。是亦王度神镜[1]，应月盈亏之类。但残破之馀，尚能如是，更异耳。或疑镜何以如此之大，余谓此必河间王宫殿中物。陆机与弟云书曰[2]：“仁寿殿中有大方镜，广丈馀，过之辄写人影。”是晋代犹沿此制也。

【注释】

①王度神镜：王度，隋唐之际绛州龙门（今山西河津）人，曾任著作郎。王度的著作，以传奇小说《古镜记》最为著名。

②陆机（261—303）：字士衡，西晋文学家、书法家，与其弟陆云合称“二陆”。下文“云”即指陆云。

【译文】

河城在县城东面十五里，是隋朝乐寿县的旧城。西村的村民挖地时挖到一块镜子，有一丈多宽，已经碎了一半。见到的人都拿了一片回家，放在屋子里，每到夜里都放出光亮。好几家都是这样。这也许像王度写过的神镜，能够与月亮的盈亏相应。但是破损后的碎片还能放光，就更奇异了。有人不明白镜子怎么会这么大，我认为一定是河间王宫中的物品。陆机给他弟弟陆云的信中写道：“仁寿殿中有大方镜，有一丈多宽，经过它前面，能照出人影。”可见晋代还沿用这种规格。

乾隆己卯、庚辰间[1]，献县掘得唐张君平墓志[2]。大中七年明经刘伸撰[3]，字画尚可观，文殊鄙俚[4]。余拓示李廉衣前辈，曰："公谓古人事事胜今人，此非唐文耶？天下率以名相耀耳。如核其实，善笔札者必称晋，其时亦必有极拙之字；善吟咏者必称唐，其时亦必有极恶之诗。非晋之厮役皆羲、献[5]，唐之屠沽皆李、杜也[6]。西子、东家实为一姓[7]，盗跖、柳下乃是同胞[8]，岂能美则俱美，贤则俱贤耶？赏鉴家得一宋砚，虽滑不受墨，亦宝若球图[9]；得一汉印，虽缪不成文，亦珍逾珠璧。问何所取，曰取其古耳。东坡诗曰：'嗜好与俗殊酸咸[10]。'斯之谓欤！"

【注释】

①乾隆己卯、庚辰：乾隆二十四年(1759)、乾隆二十五年(1760)。

②张君平：字士衡，有吏材，尤明于水利。

③大中七年：公元853年，"大中"是唐宣宗李忱的年号。

④鄙俚：粗野，庸俗。

⑤羲、献：王羲之、王献之。王羲之，东晋书法家，其子王献之书法亦佳，世人合称为"二王"。

⑥李、杜：李白、杜甫，唐代诗人。

⑦西子、东家：西子，即西施，古代美女，后泛指美女。东家，古代丑女，也称"东施"。

⑧盗跖(zhí)、柳下：盗跖，即柳下跖，原名展雄，相传是当时贤臣柳下惠的弟弟，战国、春秋之际农民起义领袖。柳下，指柳下惠(前720—前621)，做过鲁国大夫，后来隐遁，成为"逸民"。柳下惠被认为是遵守中国传统道德的典范。

⑨球图：指天球与河图，皆古代天子之宝器。

⑩嗜好与俗殊酸咸：此句是唐代韩愈《酬司门卢四兄云夫院长望秋

作》一诗中的句子，作者误为苏轼作。

【译文】

乾隆己卯、庚辰年间，献县挖出了唐代张君平的墓志，是大中七年明经刘伸所撰，书法绘画还颇有品位，文词则很鄙俗。我拓了一本给李廉衣前辈看，说："先生说古人事事胜今人，这不是唐人的文章吗？天下人大都是以名气相互炫耀罢了。如果从实际看，善书法的人言必称晋，其实当时也肯定有极拙劣的字；善吟诗的人言必称唐，其实当时也肯定有极差的诗。并非晋代的差役走卒都是王羲之、王献之，也不是唐代的屠夫和酒贩都是李白、杜甫。西施、东施是同姓，柳下跖、柳下惠是同胞，哪里能够说美就所有女子都美，说贤就所有士人都贤呢？鉴赏家得到一方宋砚，虽然光滑不受墨，也看得像美玉一样宝贵；得到一枚汉印，虽然错得不成字形，也把它看得比珠璧还珍贵。问他看中了什么，说是看中它的古老。东坡诗说：'嗜好与俗殊酸咸。'说的就是这种现象吧！"

交河老儒刘君琢，名璞，素谨厚，以长者称。在余家设帐二十馀年，从兄懋园坦居，从弟东白羲轮，皆其弟子也。尝自河间岁试归，中途遇雨，借宿民家。主人曰："家惟有屋两楹，尚可栖止，然素有魅，不知狐与鬼也。君能不畏，则请解装。"不得已宿焉。灭烛以后，承尘上轰轰震响，如怒马奔腾。君琢起着衣冠，长揖仰祝曰："偃蹇寒儒，偶然宿此，欲祸我耶？我非君仇，欲戏我耶？与君素不狎昵，欲逐我耶？今夜必不能行，明朝亦必不能住，何必多此扰攘耶？"俄闻承尘上似老媪语曰："客言殊有理，尔辈勿太造次。"闻足音橐橐然，向西北隅去，顷刻寂然矣。君琢尝以告门人曰："遇意外之横逆，平心静气，或有解时。当时如怒詈之，未必不抛砖掷瓦。"

又刘景南尝僦一寓，迁入之夕，大为狐扰。景南诃之曰："我自出钱租宅，汝何得鸠占鹊巢[1]？"狐厉声答曰："使君先居此，我续来争，则曲在我。我居此宅五六十年，谁不知者。君何处不可租宅，而必来共住？是恃气相凌也，我安肯让君？"景南次日遂移去。何励庵先生曰："君琢所遇之狐，能为理屈；景南所遇之狐，能以理屈人。"先兄晴湖曰："屈狐易，能屈于狐难。"

【注释】

①鸠占鹊巢：斑鸠不会做巢，常强占喜鹊的巢，比喻强占别人的住屋或占据别人的位置。

【译文】

交河老儒刘君琢，名璞，一向淳谨宽厚，以忠厚长者著称。在我家教书二十多年，堂兄懋园坦居和堂弟东白羲轮，都是他的学生。一次，刘君琢从河间岁试归来，中途遇到大雨，借住在一户百姓家。主人说："家中只有两间空屋可以住宿，可是一向有妖魅，不知是狐是鬼。先生如果不害怕，就请打开行李住进去吧。"刘君琢不得已住了进去。熄灭灯烛以后，听到天花板上"轰轰"震响，如同怒马奔腾。刘君琢起身穿戴好衣帽，仰面对屋顶长揖施礼，祝告说："我是一个困顿的穷书生，偶然路过住在这里，要害我吗？我与君无仇，要戏弄我吗？我与君不熟识，要驱逐我吗？今晚我肯定不能走，明天也必定不会再住，何必多此一举来骚扰呢？"不一会儿，听到天花板上似乎是一个老太太说："客人说得很有道理，你们不要太莽撞。"随后听到一阵"笃笃"的脚步声往西北角过去，很快就寂静无声了。刘君琢曾经告诫学生说："遇到意外险境，平心静气，或许有化解的可能。当时如果破口大骂，未必不会抛砖掷瓦来打我。"

还有，刘景南曾经租借一处住宅，搬进去的当天夜晚，就受到了狐精的大肆骚扰。刘景南呵斥说："我自己出钱租宅，你怎么能占居我的住处呢？"狐精厉声回答说："假设是先生你先来住，我是后到的来争，可以说是我理曲。可是我住在这里已经五六十年，谁不知道。先生哪里不可以租房子住呢，却偏偏要与我一起住？况且，先生既然对我盛气相凌，我怎么可能让你？"第二天刘景南就搬走了。何励庵先生说："刘君琢所遇到的狐精，能被人的道理屈服；刘景南所遇到的狐精，能用道理使人屈服。"先兄晴湖说："能让狐精屈服容易，能被狐精屈服就难了。"

道家有太阴炼形法，葬数百年，期满则复生。此但有是说，未睹斯事。古以水银敛者，尸不朽，则凿然有之。董曲江曰："凡罪应戮尸者，虽葬多年，尸不朽。吕留良焚骨时[1]，开其棺，貌如生，刃之尚有微血。盖鬼神留使伏诛也。某人是曲江之亲族，当时举其字，今忘之矣。时官浙江，奉檄莅其事[2]，亲目击之。然此类皆不为祟。其为祟者曰僵尸。僵尸有二：其一新死未敛者，忽跃起搏人；其一久葬不腐者，变形如魑魅，夜或出游，逢人即攫。或曰：'旱魃即此。'莫能详也。夫人死则形神离矣，谓神不附形，安能有知觉运动？谓神仍附形，是复生矣，何又不为人而为妖？且新死尸厥者，并其父母子女或抱持不释，十指抉入肌骨。使无知，何以能踊跃？使有知，何以一息才绝，即不识其所亲？是殆别有邪物凭之，戾气感之，而非游魂之为变欤！袁子才前辈《新齐谐》载南昌士人行尸夜见其友事，始而祈请，继而感激，继而凄恋，继而忽变形搏噬。谓人之魂善而魄恶，人之魂灵而魄愚。其始来也，一灵不泯，魄附魂以行；其既去也，心事既毕，魂一散而魄滞。魂在则为人也，魂去则非其人也。世之移尸走影，皆魄为之。惟有道之人，为能制魄。”语亦凿凿有精理，然管窥之见，终疑其别有故也。

【注释】

①吕留良(1629—1683)：名耐可，字不昧，号何求老人。明末清初杰出的学者、思想家、诗人。顺治十年(1653)应试为诸生，后隐居不出。康熙间拒应鸿博之征，后削发为僧。死后，雍正十年(1732)被剖棺戮尸，子孙及门人等或戮尸，或斩首，或流徙为奴，罹难之酷烈，为清代文字狱之首。

②檄(xí)：文体名。古代官府用以征召、晓谕、声讨的文书。

【译文】

道家有太阴炼形法，埋葬几百年后，到了期限人就复活了。不过只有这种说法，没人见过这种事。古时候用水银收殓死者，尸体不腐烂，则是确有其事。董曲江说：“凡是罪大恶极应当戮尸的人，即使埋葬多年，尸体也不腐朽。吕留良的尸骨要被焚烧时，打开他的棺材，他的相貌还像活人一样，用刀砍下去，还微微有血迹。大概是鬼神想保留着他的尸体，让他受刑。某人是董曲江的亲戚，当时说了他的名字，现在忘记了。当时在浙江做官，奉命主办这件事，曾经亲眼见到过。不过这一类尸体都不会作怪。那些作怪的叫作僵尸。僵尸有两种：一种是刚死还没有装殓的，忽然跳起来伤人；一种是埋葬了很长时间还没腐烂的，变成鬼怪的样子，有时夜里出来，遇到人就打斗。有人说：‘这就是旱魃。’没人能说明白。一般人死后神与形就分离了，既然神不附在形上，尸体怎么还有知觉能运动？如果说神仍附在形上，这就是复活了，那怎么又不是人而变成妖呢？而且刚死去发生尸变的，不论父母子女都会抱住不放，十个指头都插进人的身体里去。如果说他没有知觉，又怎么能跳跃起来？如果说他有知觉，为什么呼吸刚停就不认亲人呢？这大概是另有邪物驱使、恶气感染，而不是游魂成精变怪吧！袁枚袁子才前辈的《新齐谐》中记载南昌的书生死后尸体行走、夜里见到他朋友的事，书生尸体对朋友起初请求，继而表示感激，继而恋恋不舍，后来忽然变形去扑打撕咬朋友。因此说人的魂善良而魄凶恶，人的魂灵巧而魄愚蠢。人在世上，魂没有泯灭，魄就附在魂上行动；人去世后，心事已了，魂散去而留下了魄。魂在时就是人，魂离去就不是人了。世上的行尸走影，其实都是魄驱使的。只有道德修养达到一定程度，才能制得住魄。这些话的道理确实精妙。不过是管窥之见，我始终认为其中另有原因。

任子田言：其乡有人夜行，月下见墓道松柏间，有两人并坐。一男子年约十六七，韶秀可爱；一妇人白发垂项，佝偻携杖①，似七八十以上人。倚肩笑语，意若甚相悦。窃讶何物淫妪，乃与少年儿狎昵。行稍近，冉冉而灭。次日，询是谁家冢，始知某早年夭折，其妇孀守五十馀年，殁而合窆于是也②。《诗》曰："穀则异室，死则同穴③。"情之至也。《礼》曰："殷人之祔也离之④，周人之祔也合之。善夫！"圣人通幽明之礼，故能以人情知鬼神之情也。不近人情，又乌知《礼》意哉！

【注释】

①佝偻（gōu lóu）：脊背向前弯曲。

②窆（biǎn）：墓穴，坟茔。

③"穀（gǔ）则异室"二句：出自《诗经·王风·大车》。活着不能生活在一起的意思。穀，活着。异室，两室分居。

④祔（fù）：即合葬之意。中国古代多用于夫妻之间的葬仪。通常是丈夫先逝，等妻子亡故之时，将先前丈夫的坟墓掘开，另置棺椁

葬妻。

【译文】

任子田说：他的乡里有一个人走夜路，月下看到墓道的松柏之间有两个人并肩坐着。男子年纪十六七岁，清秀可爱；妇人的白发垂到脖子，驼着背拿着拐杖，看上去在七八十岁以上。他们挨得紧紧的坐着说笑，看上去很亲热。那个人暗自惊讶，哪来的淫荡老太婆，和小伙子这么热乎。他稍稍走近，二人慢慢消失了。第二天，他打听是谁家的墓地，这才知道那个年轻人早年夭折，他的妻子守寡五十多年，死后合葬在这里。《诗经》中说："活着各住各的房，死后同埋一个圹。"这是感情深到极致的话。《礼记》中说："殷人夫妇合葬，两棺之间有东西隔开；周人夫妇合葬，两棺之间不隔开。这样好啊！"圣人通晓生死之礼，所以能通过人情知晓鬼神之情。不近人情，又怎么能理解《礼记》的意思呢！

族侄肇先言：有书生读书僧寺，遇放焰口。见其威仪整肃，指挥号令，若可驱役鬼神。喟然曰："冥司之敬彼教，乃过于儒。"灯影朦胧间，一叟在旁语曰："经纶宇宙，惟赖圣贤，彼仙佛特以神道补所不及耳。故冥司之重圣贤，在仙佛上，然所重者真圣贤。若伪圣伪贤，则阴干天怒，罪亦在伪仙伪佛上。古风淳朴，此类差稀。四五百年以来，累囚日众，已别增一狱矣，盖释道之徒，不过巧陈罪福，诱人施舍。自妖党聚徒谋为不轨外，其伪称我仙我佛者，千万中无一，儒则自命圣贤者，比比皆是。民听可惑，神理难诬。是以生拥皋比[①]，殁沉阿鼻[②]，以其贻害人心，为圣贤所恶故也。"书生骇愕，问："此地府事，公何由知？"一弹指间，已无所睹矣。

【注释】

①皋比：铺设有虎皮的座位。古代将帅军帐、儒师讲堂、文人书斋中常用之。后人因此称任教为“坐拥皋比”。

②阿鼻：阿鼻地狱，为佛教传说中八大地狱中最下层、最苦之处。阿鼻，梵语 Avīci 的译音，意为“无有间断”，即痛苦无有间断的意思。

【译文】

我的本家侄子肇先说：有个书生在寺院读书，遇到放焰口。看到仪式威严整肃，僧人指挥号令，好像真能驱使鬼神。书生感叹地说：“阴司敬重佛教，竟然胜过了儒教。”灯影朦胧中，有个老翁在旁边说道：“处理天下大事，只能靠圣贤，那些仙佛只是以神道来补圣贤顾及不到的地方罢了。所以阴司敬重圣贤，在仙佛之上，但所敬重的是真圣贤。如果是伪圣伪贤，就是暗暗触犯天怒，罪过也比伪仙伪佛要重。古代风俗淳朴，这类事很少。近四五百年以来，拘押的犯人一天比一天多，已经另外增加一所地狱了，因为和尚道士之流，不过是花言巧语说祸说福，引诱人施舍。除了妖党聚众、图谋不轨以外，假称我是仙我是佛的人，千万人中没有一个。儒生中自命为圣贤的人，却到处都是。老百姓可能被迷惑，神却难以被骗。因此活着时高坐讲学，死后却沉入阿鼻地狱，都是因为他贻害人心，被圣贤所嫌恶的缘故。”书生大惊，问：“这是地府里的事，你怎么会知道？”弹指之间，已经看不见老翁了。

甲乙有夙怨，乙日夜谋倾甲。甲知之，乃阴使其党某以他途入乙家，凡为乙谋，皆算无遗策；凡乙有所为，皆以甲财密助其费，费省而功倍。越一两岁，大见信，素所倚任者皆退听。乃乘间说乙曰：“甲昔阴调我妇，讳弗敢言，然衔之实次骨。以力弗敌，弗敢婴。闻君亦有仇于甲，故效犬马于门下。所以尽心于君者，固以报知遇，亦为是谋也。今有隙可抵，盍图之[①]。"乙大喜过望，出多金使谋甲。某乃以乙金为甲行赂，无所不曲到。阱既成，伪造甲恶迹及证佐姓名以报乙，使具牒。比庭鞫，则事皆子虚乌有，证佐亦莫不倒戈，遂一败涂地，坐诬论戍。愤恚甚，以昵某久，平生阴事皆在其手，不敢再举，竟气结死。死时誓诉于地下，然越数十年卒无报。论者谓难端发自乙，甲势不两立，乃铤而走险，不过自救之兵，其罪不在甲。某本为甲反间，各忠其所事，于乙不为负心，亦不能甚加以罪。故鬼神弗理也。此事在康熙末年。《越绝书》载子贡谓越王曰[②]："夫有谋人之心，而使人知之者，危也。"岂不信哉！

【注释】

①盍(hé)：何不，表示反问或疑问。

②《越绝书》：记载我国早期吴越历史的重要典籍。以春秋末年至战国初期吴、越争霸的历史事实为主干，上溯夏禹，下迄两汉，旁及诸侯列国，内容上对这一历史时期吴越地区的政治、经济、军事、天文、地理、历法、语言等多有所涉及。

【译文】

甲乙二人之间积怨很久了，乙日夜都想害甲。甲知道了，就暗中派他的亲信某人，从其他途径进到了乙家，凡是为乙谋划的事，某人都算计得没有疏漏；凡是乙要干什么，某人都用甲的钱暗中资助，这样，乙没费多少钱而功效倍增。过了一两年，某人得到乙的极端信任，乙平素所倚重的人都排到某人后边了。于是某人趁机对乙说："甲过去曾经暗中调戏我的妻子，我不敢说，但是恨他恨到刻骨。因为力量敌不过，所以不敢和他斗。听说你和甲也有仇，所以我到你门下效犬马之劳。我尽心尽力为你办事，一方面是报答你的知遇之恩，同时也是为了报复甲。现在有了机会，咱们何不一起对付他。”乙大喜过望，拿出很多钱来让某人谋划陷害甲。某人却用这些钱为甲疏通关系，能想到的各个关节都打通了。布置好了圈套，某人就把伪造的甲的恶劣行径和证人姓名告诉了乙，让乙写状子上告。结果在法庭上审问时，所有的罪名都是子虚乌有的事，证人也都不认账，乙一败涂地，因为犯了诬陷罪被判戍边发配。乙又气又恨，但因为和某人长期以来很亲密，平生的隐私都被他掌握着，因此不敢上告，竟然气闷郁结而死。死时发誓要告到地下，可是过了几十年，还是没有报应。人们议论起这事，认为是乙首先发难，甲才与乙势不两立，才铤而走险，这不过是相当于为了自救的兵法，罪过不在甲。某人本来就是为甲实施反间计，忠于职责，对乙也不算负心，也不能把罪名加给某人。所以鬼神也不管这事。这事发生在康熙末年。《越绝书》中记载子贡对越王说：“有谋害别人的心思，还让别人知道，这就危险了。”难道不正是如此吗！

里人范鸿禧，与一狐友昵。狐善饮，范亦善饮，约为兄弟，恒相对醉眠。忽久不至，一日遇于秫田中，问：“何忽见弃？”狐掉头曰：“亲兄弟尚相残，何有于义兄弟耶？”不顾而去。盖范方与弟讼也。杨铁崖《白头吟》曰：“买妾千黄金，许身不许心；使君自有妇，夜夜白头吟。”与此狐所见正同。

【译文】

家乡人范鸿禧，与一个狐精处得很好。狐友能喝酒，范鸿禧也很能喝，两人相约为兄弟，经常对饮喝醉了睡在一起。忽然狐友很久没来找范鸿禧，一天他们偶尔在高粱地相遇，范鸿禧问狐友：“为什么忽然不理我了？”狐友掉转头去说：“亲兄弟还手足相残，还有什么情意到我这结义兄弟?”头也不回就走了。原来当时范鸿禧正与弟弟打官司。杨铁崖《白头吟》说:“买妾千黄金,许身不许心;使君自有妇,夜夜白头吟。”与这个狐精的见解完全相同。

献县捕役樊长,与其侣捕一剧盗。盗跳免,絷其妇于官店,捕役拷盗之所,谓之官店,实其私居也。其侣拥之调谑,妇畏箠楚,噤不敢动,惟俯首饮泣。已缓结矣,长突见之,怒曰:“谁无妇女?谁能保妇女不遭患难落人手?汝敢如是,吾此刻即鸣官。”其侣慑而止。时雍正四年七月十七日戌刻也。长女嫁为农家妇,是夜为盗所劫,已褫衣反缚,垂欲受污,亦为一盗呵而止。实在子刻,中间仅仅隔一亥刻耳。次日,长闻报,仰面视天,舌挢不能下也[①]。

【注释】

①挢(jiǎo):举,翘。

【译文】

献县的捕快樊长带人去抓捕一个大盗。大盗逃脱了,于是把他的妻子抓到了官店,这是差人临时拘押盗贼的地方,说是官店,其实还是私人的住房。手下人抱着大盗的妻子想要调戏,她害怕挨打,颤抖着不敢挣扎,只是低头哭泣。她的衣带已被松开了,这时樊长突然看到,生气地训斥道:“谁家没有妻女?谁能保证妻女不会遭难落到别人手里?你敢这样,我现在就上告长官。”同伴害怕住了手。当时是雍正四年七月十七日戌刻。樊长的女儿嫁到农家,这天晚上被强盗劫走了,被反绑着剥去了衣服,眼看就要被污辱,也被一个强盗严厉制止了。那件事发生在子刻,中间仅仅隔了亥刻这一段时间。第二天,樊长听到了这个消息,仰面看天,惊讶得舌头翘起来收不回去。

裘文达公赐第，在宣武门内石虎衚衕[1]。文达之前，为右翼宗学。宗学之前，为吴额驸府。吴额驸之前，为前明大学士周延儒第。阅年既久，又窱窅闳深[2]，故不免时有变怪，然不为人害也。厅事西小屋两楹，曰好春轩，为文达燕见宾客地。北壁一门，又横通小屋两楹。僮仆夜宿其中，睡后多为魅昇出。不知是鬼是狐，故无敢下榻其中者。琴师钱生独不畏，亦竟无他异。钱面有癜风，状极老丑。蒋春农戏曰："是尊容更胜于鬼，鬼怖而逃耳。"一日，键户外出，归而几上得一雨缨帽，制作绝佳，新如未试。互相传视，莫不骇笑。由此知是狐非鬼，然无敢取者。钱生曰："老病龙钟，多逢厌贱。自司空以外，文达公时为工部尚书。怜念者曾不数人，我冠诚敝，此狐哀我贫也。"欣然取着，狐亦不复摄去。其果赠钱生耶？赠钱生者又何意耶？斯真不可解矣。

【注释】

①衚衕（hú tóng）：即胡同，北方对小街小巷的通称。

②窱（tiǎo）窅：同"窈窱"，深远貌，秘奥貌。

【译文】

皇上赐给裘文达公的宅第，在宣武门内的石虎胡同。文达公宅第的前身，是右翼宗学。宗学之前，是吴驸马的府第。吴驸马作府第之前，是明朝大学士周延儒的府第。因为年代久远，又宏丽幽深，所以难免常常有鬼怪，但是不害人。厅堂西侧有两间小屋，名为"好春轩"，是文达公会见宾客的地方。北墙开了一道门，又横着通往另两间小屋。僮仆夜里睡在这屋内，睡着后都被妖怪抬出来。但不知是鬼还是狐，因此没有人再敢到里面去睡觉。只有琴师钱生不怕，也从来没遇到什么怪异。

钱生脸上有白癜风，样子又老又丑。蒋春农向他开玩笑说：“这是因为尊容更胜于鬼，所以鬼被吓跑了。”一天，钱生锁了房门外出，回来时桌上多了一顶雨缨帽，制作精美，而且崭新的像是没戴过。大家互相传看，无不又惊又笑。因此知道这屋里住的是狐而不是鬼，但是没人敢拿这顶帽子。钱生说：“我老病龙钟，总是遭到嫌弃鄙视。除司空外，文达公当时为工部尚书。同情我的还没有几个人。我的帽子确实破旧，这个狐是同情我太穷了。”高高兴兴取来戴上，狐也不再拿回去。帽子真的是送给钱生的吗？又为什么要送给钱生呢？这真无法解释。

尝与杜少司寇凝台同宿南石槽①，闻两家轿夫相语曰：“昨日怪事：我表兄朱某在海淀为人守墓，因入城未返，其妻独宿。闻园中树下有斗声，破窗纸窃窥，见二人攘臂奋击，一老翁举杖隔之，不能止。俄相搏仆地，并现形为狐，跳踉摆拨，触老翁亦仆。老翁蹶起，一手按一狐呼曰：‘逆子不孝！朱五嫂可助我！’朱伏不敢出，老翁顿足曰：‘当诉诸土神。’恨恨而散。次夜，闻满园锒铛声，似有所搜捕。觉几上瓦瓶似微动，怪而视之，瓶中小语曰：‘乞勿言，当报恩。’朱怒曰：‘父母恩且不肯报，何有于我！’与瓶掷门外碑趺上，碻然而碎，即闻嗷嗷有声，意其就执矣。”一轿夫曰：“斗触父母倒是何大事，乃至为土神捕捉？殊可怖也。”凝台顾余笑曰：“非轿夫不能作此言。”

【注释】

①南石槽：在今北京顺义西北。村子因村里有大石槽而得名。清代康熙四十六年(1707)曾在该村西南建行宫。

【译文】

我曾经与刑部侍郎杜凝台一道住在南石槽,听两家轿夫闲谈说:“昨天出了件怪事:我的表兄朱某在海淀给人看守坟墓,因为进城没有来得及回去,表嫂独自宿在坟园。夜间,听到园里的树下有打斗的声音,她抠破窗纸悄悄往外看,见两人拳来脚去打得正来劲儿,一个老翁举着拐杖隔开两人,还是制止不了。不一会儿,两人扭打着倒在地上,一起现形为狐,跳跃相扑,把老翁也撞倒了。老翁挣扎着爬起来,一手按住一只狐叫道:‘逆子不孝!朱五嫂快出来帮我一把!’表嫂躲在屋里没敢出去,老翁跺着脚说:‘我要到土地神那里告你们。’都恨恨地散去了。第二天夜里,又听见满园子锒铛的响声,好像是在搜捕。朱五嫂忽然觉得几案上的瓦瓶好像微微一动,觉得奇怪,就去察看,听见瓶里低声细语地说:‘请别声张,日后我当报恩。’朱五嫂气愤地说:‘父母的恩都不肯报,报恩还能报到我!’连瓦瓶一起向门外的碑座上扔过去,瓦瓶‘嘭’地碎了,就听到了‘嗷嗷’的叫声,好像是瓶里的东西被捉住了。”另一个轿夫说:“打架撞倒父母算什么了不得的大事,竟至于被土地神捕捉?真是太可怕了。”杜凝台回过头来对我笑着说:“不是轿夫说不出这样的话。”

里有张媪,自云尝为走无常,今告免矣。昔到阴府,曾问冥吏:“事佛有益否?”吏曰:“佛只是劝人为善,为善自受福,非佛降福也。若供养求佛降福,则廉吏尚不受赂,曾佛受赂乎?”又问:“忏悔有益否?”吏曰:“忏悔须勇猛精进,力补前愆。今人忏悔,只是自首求免罪,又安有益耶?”此语非巫者所肯言。似有所受之。

【译文】

乡里有个张老妇人,说自己曾经是走无常,如今不干了。过去到阴府，曾经问冥吏："拜佛有没有好处？"冥吏说："佛只是劝人做善事，做善事自然有福，并不是佛降福。如果说供养求佛就能降福，那么清廉的官吏尚且不受贿赂，佛怎么会接受贿赂呢？"她又问："忏悔有没有益处？"冥吏说："忏悔必须勇于上进，努力补救以前犯下的罪过。现在人的忏悔，只是首先要求免罪，这又怎么能有益处呢？"这些话不是巫师肯说出来的。好像是受人教导这么说的。

卷十一

槐西杂志一

【题解】

“槐西”指写作之所，“杂志”表明写作的内容。作品的题材来源依旧众多，内容依然庞杂，主题依旧是通过故事进行道德说教。一个年近古稀的儒者，孜孜不倦笔耕不辍，是因为他念念不忘教化民众。纪昀在写作时看似心平气和、不愠不火，但是从每一则讲完小故事之后那些透彻，甚至不乏尖刻的批评，不难体会作者内心激荡着的对现实的痛心疾首，也能体会到时时流露出来的某种无奈感。纪昀并没有一味批判“刁民”，他还描写了一些身居高位的“巨公”，没有道德践履，不能以身作则，理政全凭官样文章、嘴上功夫，如此，又如何能够指望律令真的能惩治奸邪，又如何指望儒学发挥整肃人心、凝聚民意的功能？作品处处表现了纪昀的愤怒和焦灼；同时，纪昀为我们展示了这样一幅幅图景：世界很精彩，世情很复杂，想要成正果，面临的各种各样诱惑很多，锐意进取的路上麻烦很多，平凡百姓要活下去困难很多……凡此种种，关键在于当事人自己要有主心骨；有了一定之规，足以应对万千变化。

余再掌乌台[①]，每有法司会谳事，故寓直西苑之日多。借得袁氏婿数楹，榜曰“槐西老屋”。公馀退食，辄憩息其间。距城数十里，自僚属白事外，宾客殊稀。昼长多暇，晏坐而已。旧有《滦阳消夏录》、《如是我闻》二书，为书肆所刊刻。缘是友朋聚集，多以异闻相告。因置一册于是地，遇轮直则忆而杂书之，非轮直之日则已。其不能尽忆则亦已。岁月骎寻[2]，不觉又得四卷，孙树馨录为一帙，题曰《槐西杂志》，其体例则犹之前二书耳。自今以往，或竟懒而辍笔欤，则以为《挥麈》之三录可也[3]；或老不能闲，又有所缀欤，则以为《夷坚》之丙志亦可也[4]。壬子六月[5]，观弈道人识。

【注释】

①乌台：即御史台。汉代时御史台外柏树很多，上有很多乌鸦，所以人称御史台为“乌台”。御史台，古代的中央监察机构。

②骎(qīn)寻：渐进貌。骎，形容马跑得很快的样子。

③《挥麈》：《挥麈录》，宋代笔记。王明清作，二十卷。主要记述两宋典章制度、文人士大夫轶闻，兼及诗文碑铭，具有较高的史料价值。

④《夷坚》：《夷坚志》，南宋笔记小说集。全书原分初志、支志、三志、四志，每志按甲、乙、丙、丁顺序编次。著成甲至癸二百卷；支甲至支癸、三甲至三癸各一百卷；四甲、四乙各十卷。今仅存二百零六卷。

⑤壬子：乾隆五十七年(1792)。

【译文】

我再次担任了御史台这个官职，经常遇到一些案件要在官署研究审理，所以我住在西苑的时间多一些。后来，又借了袁家女婿家的几间屋子，匾额题为“槐西老屋”。工作结束后，我就到老屋里吃饭、休息。这里离京城有几十里地，除了所属官员到这里回禀公事以外，其他宾客就很少了。夏日，白天很长，有很多富裕时间，我经常静悄悄坐着消磨时光。我过去写的《滦阳消夏录》和《如是我闻》二书，已经被书店刊印成册。因此亲朋好友聚到一起时，常常将一些异闻轶事告诉我。所以，就在这里放了一个记事本，每当轮到值班住下的时候，就回忆大家谈论过的事情信笔记录下来，如果不值班，就暂时搁笔。有些事情回忆不起来，也就算了。岁月过得很快，不知不觉又写了四卷，孙子树馨抄录成一册，书名叫作《槐西杂志》，这册书的体例与前两册大体相同。从今以后，也许会因为懒惰而停笔，所写的内容，就像《挥麈录》之三记载的内容那样直录也行；有时候又觉得虽然年迈但不能闲散，于是又提笔写了一些，认为就像《夷坚志》的丙志那样也行。乾隆壬子年六月，观弈道人记。

《隋书》载兰陵公主死殉后夫[①]，登于《列女传》之首。颇乖史法，祖君彦《檄隋文》称兰陵公主逼幸告终。盖欲甚炀帝之恶，当以史文为正。沧州医者张作霖言，其乡有少妇，夫死未周岁辄嫁。越两岁，后夫又死，乃誓不再适，竟守志终身。尝问一邻妇病，邻妇忽瞋目作其前夫语曰："尔甘为某守，不为我守何也？"少妇毅然对曰："尔不以结发视我，三年曾无一肝鬲语，我安得为尔守！彼不以再醮轻我，两载之中，恩深义重，我安得不为彼守！尔不自反，乃敢咎人耶？"鬼竟语塞而退。

此与兰陵公主事相类。盖亦豫让"众人遇我，众人报之；国士遇我，国士报之"之意也[②]。然五伦之中，惟朋友以义合。不计较报施，厚道也；即计较报施，犹直道也。兄弟天属，已不可言报施；况君臣父子夫妇，义属三纲哉。渔洋山人作《豫让桥》诗曰："国士桥边水，千年恨不穷；如闻柱厉叔[③]，死报莒敖公[④]。"自谓可以敦薄，斯言允矣。然柱厉叔以不见知而放逐，乃挺身死难，以愧人君不知其臣者事见刘向《说苑》。是犹怨怼之意；特与君较是非，非为君捍社稷也。其事可风，其言则未协乎义。或记载者之失乎？

【注释】

①兰陵公主死殉后夫：兰陵公主是隋文帝杨坚的第五女，初嫁王奉孝，王奉孝死后改嫁柳述，柳述死后自殉。见《隋书》卷八十。

②豫让：春秋战国时晋国人，是晋卿智瑶的家臣。晋出公二十二年(前453)，赵、韩、魏共灭智氏。豫让用漆涂身，吞炭使哑，暗伏桥下，谋刺赵襄子未遂，后为赵襄子所捕。临死时，求得赵襄子衣服，拔剑击斩其衣，以示为主复仇，然后伏剑自杀。见《史记·刺客列传》。

③柱厉叔：柱厉叔在莒国做官，他认为莒敖公不了解自己的才能，于是辞官到海滨隐居。后来莒敖公被乱臣贼子害死，柱厉叔告别朋友，自杀在莒敖公的墓前。见汉代刘向《说苑》。

④莒敖公：又称“莒敖穆公”、“莒穆公”，春秋时期莒国国君。

【译文】

《隋书》记载兰陵公主自杀为后夫殉葬，所以《列女传》把她列在第一篇。这种把野史当成正史记载的做法与传统史学相违背，祖君彦《檄隋文》说兰陵公主逼淫地位比自己低的男人而告终。这种说法大概是想夸大隋炀帝的恶行，还是应当以正史记载为正。沧州有位名叫张作霖的医生说，乡里有个少妇，丈夫死了不到一年就嫁人了。过了两年，后夫又死了，她就赌咒发誓不再改嫁，竟然守了一辈子。有一天她去看望邻居生病的女人，那个女人忽然瞪起眼睛，用少妇前夫的声调呵叱道：“你怎么甘心为后夫守节，竟不为我守？”她语气坚定地回答：“你不把我当作结发妻子，在一起生活了三年，你却从来没有跟我说过一句贴心的话，我凭什么为你守节！后夫不嫌我是二婚，两年之中，夫妻恩爱，情深义重，我怎么能不为他守节呢？你不扪心自问，还敢来责怪我？”鬼魂被问得无话可说，退走了。

这个故事跟兰陵公主用死来殉后夫的故事差不多。这也是豫让所说的“你以普通人待我，我也像普通人一样地对待你；你把我当作一国之中最优秀的人，我就以优秀来回报你”意思。不过，在五常之中，只有朋友是以义相交的。朋友之间不讲报答，这就是厚道；就是讲求报答，也说得过去。兄弟之间的关系是天然的，不能谈报答；更何况君与臣、父与子、夫与妇在三纲之内。渔洋山人写了一首诗《豫让桥》说：“国士桥边水，千年恨不穷；如闻柱厉叔，死报莒敖公。”他认为豫让的事迹可以敦睦浇薄的世风，这种说法是对的。然而，柱厉叔因为不被国君了解而被放逐，依然挺身死难，足以使不了解臣子的君主惭愧，事见刘向《说苑》。他的这种行动仍然包含着不满和怨恨；只是为了与君王计较是非，而不是为了捍卫江山社稷。他的事迹可以传说，但他的话却不合乎教义。也许这是记叙者的过失吧？

江宁王金英，字菊庄，余壬午分校所取士也[①]。喜为诗，才力稍弱，然秀削不俗，颇近宋末四灵[②]。尝画艺菊小照，余戏仿其体格题之，有“以菊为名字，随花入画图”句，菊庄大喜。则所尚可知矣。撰有诗话数卷，尚未成书，霜凋夏绿，其稿不知流落何所。犹记其中一条云：江宁一废宅，壁上微有字迹。拂尘谛视，乃绝句五首。其一曰：“新绿渐长残红稀，美人清泪沾罗衣。蝴蝶不管春归否，只趁菜花黄处飞。”其二曰：“六朝燕子年年来[③]，朱雀桥圮花不开[④]。未须惆怅问王谢[⑤]，刘郎一去何曾回[⑥]？”其三曰：“荒池废馆芳草多，踏青年少时行歌。谯楼鼓动人去后，回风袅袅吹女萝[⑦]。”其四曰：“土花漠漠围颓垣[⑧]，中有桃叶桃根魂。夜深踏遍阶下月，可怜罗袜终无痕。”其五曰：“清明处处啼黄鹂，春风不上枯柳枝。惟应夹陀双石兽[9]，记汝曾挂黄金丝。”字极怪伟，不著姓名，不知为人语鬼语。余谓此福王破灭以后前明故老之词也[10]。

【注释】

①壬午：乾隆二十七年(1762)。

②宋末四灵：也称“永嘉四灵”，指南宋四位诗人徐照、徐玑、翁卷、赵师秀。

③六朝：吴、东晋、宋、齐、梁、陈，都建都于金陵，称为“六朝”。

④朱雀桥：即朱雀桁。为东晋时建在内秦淮河上的一座浮桥，时为交通要道，遗址在清代已难寻觅。

⑤王谢：魏晋南北朝望族王氏与谢氏的并称。东晋时，王导、谢安两大家族从北方南迁会稽大都市(今浙江绍兴)，人称“王谢”。

⑥刘郎：指南朝宋武帝刘裕。

⑦女萝：植物名。即松萝，多附生在松树上，成丝状下垂。

⑧土花：苔藓。

⑨陀(shì)：台阶两旁所砌的斜石，门槛。

⑩福王：朱常洵(1586—1641)，明神宗第三子，南明弘光帝朱由崧之父。崇祯十四年(1641)，李自成攻克洛阳，被执杀。

【译文】

江宁人王金英，字菊庄，是乾隆壬午年间我任同考官时录取的举人。他喜欢作诗，但才气稍弱，不过诗风清秀挺拔，不落俗套，与南宋的永嘉四灵很相近。他曾经画过一幅莳弄菊花的画像，我有意模仿他的诗风在画上题辞，其中有“以菊为名字，随花入画图”的句子，王金英很高兴。由此，他的爱好就可想而知了。他写过几卷诗话，还没有成书，不幸早早逝世，现在书稿不知流落到何方了。我还记得其中有一条说：

江宁有一间废弃的住宅，墙壁上隐约有字迹。扫去灰尘，仔细辨认，原来是五首绝句。第一首："新绿渐长残红稀，美人清泪沾罗衣。蝴蝶不管春归否，只趁菜花黄处飞。"第二首："六朝燕子年年来，朱雀桥圮花不开。未须惆怅问王谢，刘郎一去何曾回。"第三首："荒池废馆芳草多，踏青年少时行歌。谯楼鼓动人去后，回风袅袅吹女萝。"第四首："土花漠漠围颓垣，中有桃叶桃根魂。夜深踏遍阶下月，可怜罗袜终无痕。"第五首："清明处处啼黄鹂，春风不上枯柳枝。惟应夹戺双石兽，记汝曾挂黄金丝。"字迹雄健怪异，没有写上作者姓名，不知道是人的诗还是鬼的诗。我认为这是福王被歼灭之后，明朝遗老写的。

董秋原言：昔为钜野学官时，有门役典守节孝祠，即携家居祠侧。一日秋祀，门役夜起洒扫，其妻犹寝。梦中见妇女数十辈，联袂入祠。心知神降，亦不恐怖。忽见所识二贫媪亦在其中，再三审视，真不谬。怪问："其未邀旌表，何亦同来？"一媪答曰："人世旌表，岂能遍及穷乡蔀屋[1]？湮没不彰者，在在有之。鬼神悯其荼苦，虽祠不设位，亦招之来飨。或藏瑕匿垢，冒滥馨香，虽位设祠中，反不容入。故我二人得至此也。"此事颇创闻，然揆以神理，似当如是。

又，献县礼房吏魏某，临终喃喃自语曰："吾处闲曹，自谓未尝作恶业；不虞贫妇请旌，索其常例，冥谪如是其重也。"二事足相发明。信忠孝节义，感天地动鬼神矣！

【注释】

①蔀(bù)屋：草席盖顶之屋。泛指贫家幽暗简陋的房屋。蔀，搭棚子用的草席。

【译文】

董秋原说：以前他做钜野学官时，有个门役主管节孝祠，也就带着家眷住在节孝祠旁。时值秋祀的一天，门役深夜起身洒扫祠堂，门役妻子还在睡觉。她梦见有几十批妇女，拉着手进入了节孝祠。心里明白是神降临了，也没有害怕。忽然看见她所认识的两个家境贫穷的老妇也在其中，再三辨认，确实没错。她奇怪地问："你们生前没有受到表彰，怎么也一起来了？"一个贫家婆说："人世间的表彰，哪能遍及穷乡僻壤、顾及破草棚里的人呢？湮没不闻的，到处都有。神明同情她们含辛茹苦，虽然祠里没有设位，也招来享受祭祀。有的人隐瞒做过的丑事，冒充贞妇，虽然牌位在祠堂里有位置，反倒不允许进入。因此我们俩今天能够到这里来。"这件事真是闻所未闻，不过按神的道理推测，似乎应该如此。

又，献县礼房吏魏某，临终时喃喃自语说："我当个闲差，自认为没干什么坏事；贫家妇请求表彰时，我按照常规索要经手费用，想不到阴间的惩罚竟然会这样严重。"这两件事可以相互参照印证。相信忠孝节义，真的可以感天地动鬼神的啊！

族叔行止言：有农家妇，与小姑并端丽。月夜纳凉，共睡檐下。突见赤发青面鬼，自牛栏后出，旋舞跳掷，若将搏噬。时男子皆外出守场圃，姑嫂悸不敢语。鬼一一攫搦强污之[①]，方跃上短墙，忽噭然失声，倒投于地。见其久不动，乃敢呼人。邻里趋视，则墙内一鬼，乃里中恶少某，已昏仆不知人事；墙外一鬼屹然立，则社公祠中土偶也。父老谓社公有灵，议至晓报赛[②]。一少年哑然曰："某甲恒五鼓出担粪，吾戏抱神祠鬼卒置路侧，使骇走，以博一笑；不虞遇此伪鬼，误为真鬼惊踣也。社公何灵哉！"中一老叟曰："某甲日日担粪，尔何他日不戏之而此日戏之也？戏之术亦多矣，尔何忽抱此土偶也？土偶何地不可置，尔何独置此家墙外也？此其间神实凭之，尔自不知耳。”乃共醵金以祀③。其恶少为父母舁去，困卧数日，竟不复苏。

【注释】

①搦(nuò)：握，拿着。

②报赛：举行谢神的祭祀。

③醵(jù)金：泛指凑钱、集资。

【译文】

我的本家叔叔行止说：有一户农家，姑嫂两个都长得端庄秀丽。两人月夜乘凉，睡在屋檐下。突然看见一个红发青面鬼，从牛栏后窜出来，旋转蹦跳着，好像要吃人。当时，男人们都去看守谷场和瓜园果园了，姑嫂二人吓得什么都不敢说。红发青面鬼把两人摁着一一奸污了，之后鬼刚跳上短墙，却忽然“嗷”地一声怪叫，头朝下摔了下来。姑嫂俩见鬼倒在地上好久不动，才敢大声叫人。左邻右舍纷纷赶来察看，原来墙里躺着的鬼，是本村的恶少某某，已经昏迷不省人事；墙外有一个鬼巍然挺立，原来是土地庙里的泥像。父老乡亲议论说是土地爷显灵，商量着天亮了要去祭祀。一个年轻人哑然失笑说：“某甲每天都是五更天起身去挑粪，我把土地庙里的小鬼抱到这儿放在路边，想吓得他逃走，看他的笑话；不料让这个假鬼撞上，以为是真鬼给吓趴下了。土地爷显什么灵！”有位老者说：“某甲天天挑粪，你为什么别的时候不吓唬他，唯独今天才去吓唬他？开玩笑的方法多得很，为什么忽然抱来这尊泥像来？这尊泥像放在哪里不行，为什么偏偏放在这家人的墙外？这里边一定有鬼神支使啊，你自己不知道罢了。”于是大家凑了些钱，祭祀了一番。那个恶少被他的父母抬回家去，昏迷了几天，竟然再没醒过来。

山西太谷县西南十五里白城村，有糊涂神祠，土人奉事之甚严。云稍不敬，辄致风雹。然不知神何代人，亦不知何以得此号。后检《通志》[①]，乃知为狐突祠，元中统三年敕建[②]，本名利应狐突神庙。狐、糊同音，北人读入声皆似平，故"突"转为"涂"也。是又一杜十姨矣[③]。

【注释】

①《通志》：南宋郑樵撰。是自《史记》之后，现存的又一部以人物为中心的纪传体通史性著作，所记载的时间自三皇五帝到隋朝。因为在典章制度方面特点突出，与《通典》、《文献通考》并称"三通"。

②中统三年：即宋景定三年(1262)。

③杜十姨：唐代杜甫，曾任左拾遗，故世称"杜拾遗"。旧村学究戏作"杜十姨"，民间遂讹传。

【译文】

山西太谷县西南十五里的白城村，有一座糊涂神祠，当地人对这位糊涂神敬奉极为虔诚。传说稍有不敬，就会遭受大风冰雹的灾祸。然而不知这位糊涂神是哪一代人，也不知为什么得了这个名号。后来查阅《通志》，才知道是"狐突祠"，是元朝中统三年奉皇帝之旨建造的，本名"利应狐突神庙"。"狐"与"糊"同音，当地人读入声和平声相似，所以"突"也就成了"涂"。这也是另一个"杜十姨"式的笑话了。

石中物象，往往有之。姜绍书《韵石轩笔记》言见一石子[①]，作太极图。是犹纹理旋螺，偶分黑白也。颜介子尝见一英德砚山，上有白脉，作"山高月小"四字，炳然分明；其脉直透石背，尚依稀似字之反面，但模糊散漫，不具点画波磔耳。谛视，非嵌非雕，亦非渍染，真天成也。不更异哉！夫山与地俱有，石与山俱有，岂开辟以来，即预知有程邈隶书欤[②]？即预知有东坡《赤壁赋》欤？即曰山孕此石，在宋以后，又谁使仿此字？谁使题此语欤？然则天工之巧，无所不有，精华蟠结，自成文章，非常理所可测矣。

世传河图、洛书[③]，出于北宋，唐以前所未见也。河图作黑白圈五十五，洛书作黑白圈四十五。考孔安国《论语注》[④]，称河图即八卦。孔安国《论语注》今已不传，此条乃何晏《论语集解》所引[⑤]。是孔氏之门，本无此五十五点之图矣，陈抟何自而得之[⑥]？至洛书既谓之书，当有文字，乃亦四十五圈，与河图相同，是宜称洛图不得称书。《系辞》又何以别之曰书乎？刘向、刘歆、班固并称洛书有文[⑦]，孔颖达《尚书正义》并详载其字数。《洪范》"初一曰五行"一章疏曰[⑧]，《五行志》全载此一章，云此六十五皆洛书本文。计天言简要，必无次第之数。"初一曰"等二十七字，是禹加之也；"其敬用农用"等一十八字，大刘及顾氏以为龟背先有总三十八字[⑨]，小刘以为"敬用"等皆禹所第叙，其龟文惟有二十字云云。虽所说字数不同，而足见由汉至唐，洛书无黑白点伪图也。观此砚山，知石纹成字，凿然不诬，未可执卢辩晚出之说。明堂九室法龟文，始见北齐卢辩《大戴礼注》[⑩]。朱子以为郑康成说[⑪]，偶误记也，遂以太乙九宫真为神禹所受也。今术家所用洛书，乃太乙行九宫法，出于《易纬·乾凿度》[⑫]，即《汉书·艺文志》所谓太乙家[⑬]，当时原不称为洛书也。

【注释】

①姜绍书：字二酉，号晏如居士，明末清初藏书家、学者。工绘画，

善鉴别，尤喜考究画家原委，擅长画艺，精通史学。其所著《韵石斋笔谈》二卷，仿元代周密《云烟过眼录》而作，记所见所闻藏书、字画、古器、奇玩，并记叙诸家得失经过及古器形模色泽。其中多藏书故实。

②程邈隶书：相传程邈首行将篆书改革为隶书，为行书、楷书、草书等发展奠定了基础。

③河图、洛书：河图与洛书是古代流传下来的两幅神秘图案，被认为是阴阳五行术数之源。

④孔安国《论语注》：孔安国，字子国，孔子十一代孙，生卒年月不详，西汉经学家。所撰《论语训解》，是迄今尚存最古老的《论语》注本，也是儒家经典中“行于世”的最早注本。

⑤何晏《论语集解》：何晏（？—249），字平叔，三国时期魏国玄学家。少以才秀知名，好老、庄言。《论语集解》，由何晏等五人集体编撰而成，集汉魏诸多《论语》注解于一书的官方“论语学”作品。

⑥陈抟（871—989）：字图南，号扶摇子，赐号希夷先生，五代宋初著名道教学者、隐士。

⑦刘向、刘歆：刘向（约前77—前6），原名更生，字子政，西汉经学家、目录学家、文学家。刘向的散文主要是秦疏和校雠古书的“叙录”。刘歆（前50—23），字子骏，西汉末年人，刘向之子。

⑧《洪范》：《尚书》的篇名，旧传为箕子向周武王陈述的“天地之大法”，是中国历史上第一次系统阐述国家施政大法的文字材料。

⑨大刘及顾氏：大刘，刘焯（544—610），字士元，隋朝经学家、天文学家，与刘炫并称“二刘”。顾氏，顾彪，生平不详。

⑩北齐卢辩《大戴礼注》：《礼记》是中华文化的基本典籍，礼学名家戴德、戴圣的传本就是大、小戴《礼记》。《大戴礼记》只在戴德门下流传，郑玄以后，《大戴礼记》逐渐被人遗弃，到北周卢辩作注

的时候,只剩下三十三篇。卢辩,北周时人。据《周书·卢辩传》云:“卢辩字景宣,范阳涿人。累世儒学。”“辩少好学,博通经籍,举秀才,为太学博士。以大戴礼未有解诂,辩乃注之。”

⑪郑康成:郑玄(127—200),字康成,汉北海高密(今山东高密)人。自小勤奋好学,通音律,擅琴瑟,13岁能诵五经,有“神童”之称。郑玄是中国古代影响很大的经学大师,他的学术成就被后学叫做“郑学”。由郑玄注释的《诗经》、《周礼》、《仪礼》、《礼记》颇为后人重视。

⑫《易纬·乾凿度》:《易纬》一书编定于西汉末。包括《乾凿度》、《乾坤凿度》、《稽览图》、《辨终备》、《通卦验》、《乾元序制记》、《是类谋》、《坤灵图》等八种。相对来说,《乾凿度》是比较完备的谶纬文献之一,也是谶纬文献中颇为精致且极富生命力的部分。

⑬《汉书·艺文志》:东汉班固撰。属于史志书目,《汉书》十志之一。

【译文】

石头中有事物的图像,这种情况常常能够见到。姜绍书《韵石轩笔记》中说,见过一块石头,上面有太极图的纹样。这还是石头纹理呈螺旋形,偶然分为黑白两色而已。颜介子曾经见过一块英德产的石砚,上面有白色纹理,呈现为“山高月小”四个字,笔画分明;白色纹路一直透入石砚背后,隐隐约约还像字的反面,只是模糊不清,点折撇捺不很分明而已。仔细地察看,这几个字并非镶嵌也非雕刻,更不是染上去的,真是天然生成。这不是更奇异吗!山岭和大地是共存的,石头与山岭也是共存的,难道是开天辟地的时候,就预先知道有程邈的隶书吗?就预先知道有苏东坡的《赤壁赋》吗?即使是说山岭孕育这块石砚,时代是在宋以后,那么又是谁模仿了程邈的隶书?又是谁题了苏东坡《赤壁赋》中的字句?但是天然物象的巧妙,确实是无所不有,精华汇集,自成文章,不是常理所能解释的。

世间流传的河图洛书，出现在北宋，唐以前没有出现过。河图上有黑白圆圈五十五个，洛书上有黑白圆圈四十五个。据孔安国《论语注》说，河图就是八卦。孔安国《论语注》已经失传，这里引用的是何晏《论语集解》一书中曾引用过的条目。这么说，孔氏之门本来没有这种五十五点的河图，陈抟又从何处得到呢？至于洛书，既然叫做书，应当有文字，却也是四十五个圈，和河图相同，这应该称为洛图，不能称为洛书。《系辞》又怎能偏偏称为书呢？刘向、刘歆、班固等人都说洛书有文字，孔颖达《尚书正义》还详细地记载了洛书的字数。《洪范》"初一曰五行"一章的注疏说，《五行志》全文记载了这一章，说这六十五字都是洛书本来的文字。估计上天的言语简单扼要，一定没有次序的数目。"初一曰"等二十七字，是大禹加上去的；"其敬用农用"等十八字，大刘和顾氏认为龟背先有，共三十八字，小刘认为"敬用"等话都是大禹所解释的，龟文只有二十字。虽然说的字数不同，但完全可以看出，从汉代至唐代，洛书没有黑白点的伪图形。看到这个石砚，知道石头的纹理形成文字，是确凿可信的，不能偏信卢辩晚出的说法。明堂九室法龟文，首先出于北齐卢辨的《大戴礼注》。朱子以为是郑康成的说法，是偶然记错了。就以为太乙九宫真是大禹神所传授的。现在的术士所用的洛书，是太乙行九宫法，出于《易纬·乾凿度》，也就是《汉书·艺文志》所说的太乙家，当时本来就不叫洛书。

表兄刘香畹言：昔官闽中，闻有少妇素幽静，殁葬山麓。每月明之夕，辄遥见其魂，反接缚树上，渐近则无睹。莫喻其故也。余曰："此有所示也：人莫喻其受谴之故，而必使人见其受谴，示人所不知，鬼神知之也。"

【译文】

表兄刘香畹说：以前在福建做官时，听说有位少妇，一向幽雅安静，死后埋葬在山脚下。每到月亮好的夜晚，就会远远看见她的鬼魂被反绑在树上，走近了就什么也看不见了。没有人明白其中的缘故。我说：

“这就是有所显示：人不知道她受惩罚的缘故，却必定要让人看见她受惩罚，表明人不知道的隐迹，鬼神是知道的。”

陈太常枫崖言：一童子年十四五，每睡辄作呻吟声，疑其病也。问之，云无有。既而时作呓语，呼之不醒。其语颇了了[①]，谛听皆媟狎之词[②]，其呻吟亦受淫声也。然问之终不言。知为魅，牒于社公[③]。夜梦社公曰：“魅诚有之，非吾力所能制也。”乃牒于城隍。越一宿，城隍祠中泥塑控马卒无故首自陨，始悟社公所谓力不能制也。然一驺耳[④]，未必城隍之所爱；即城隍之所爱，神正直而聪明，亦必不以所爱之故，曲法庇一驺。牒一陈而伏冥诛，城隍之心事昭然矣。彼社公者乃揣摩顾畏，隐忍而不敢言，其视城隍何如也！城隍之视此社公，又何如也！

【注释】

①了了（liǎo）：了然，清晰。

②媟（xiè）狎：轻浮地亲昵，不庄重。

③社公：土地神。

④驺（zōu）：古代养马兼管驾车的人。

【译文】

太常寺卿陈枫崖说：有个男孩子，大约十四五岁，每当熟睡就发出呻吟的声音，家里人都疑心他病了。问他，他说没有。后来，男孩又在睡觉时说起了梦话，叫也叫不醒他。梦话说得很清楚，仔细一听，尽是些淫亵的话，他的呻吟声，也是受到奸亵的声音。然而问起来他始终不说。家里人断定是妖魅作怪，就到土地庙里告状。这天夜里土地爷托梦说：“鬼魅确实有，但不是我的能耐可以制服的。”于是男孩家长又告到城隍庙。过了一夜，城隍庙里泥塑的牵马卒的脑袋无缘无故地掉了下来。人们这才意识到土地爷说的“制服不了”的缘由。不过一个小小的牵马卒罢了，也不见得就是城隍钟爱的；即使是城隍喜欢的，以神灵的正直和聪明而言，也不会因为自己喜欢就枉法庇护一个牵马卒。状子一呈上去，牵马卒立刻被阴间处死，城隍怎么想的也就很明白了。那个土地爷却揣摩别人，畏畏缩缩，不敢说真话，他把城隍看成什么了呢！城隍又会怎样看这个土地神呢！

赵太守书三言：有夜遇狐女者，近前挑之，忽不见。俄飞瓦击落其帽。次日睡起，见窗纸细书一诗，曰：“深院满枝花，只应蝴蝶采。喓喓草下虫①，尔有蓬蒿在。”语殊轻薄，然风致楚楚，宜其不爱纨袴儿。

【注释】

①喓喓(yāo)：草间虫子的鸣叫声。

【译文】

太守赵书三说：有个人晚上遇见狐女，就上前去挑逗，狐女忽然不见了。不一会儿飞来了一片瓦，打落了那个人的帽子。第二天早上起床后，他发现窗户纸上小字写了一首诗：“深院满枝花，只应蝴蝶采。喓喓草下虫，尔有蓬蒿在。”语气非常蔑视鄙薄，不过风流别致楚楚动人，难怪她不爱那个纨绔子弟。

田白岩言：尝与诸友扶乩，其仙自称真山民，宋末隐君子也。按，山民有诗集，今著录《四库全书》中。倡和方洽，外报某客某客来，乩忽不动。他日复降，众叩昨遽去之故。乩判曰：“此二君者，其一世故太深，酬酢太熟①，相见必有谀词数百句。云水散人，拙于应对，不如避之为佳。其一心思太密，礼数太明，其与人语恒字字推敲，责备无已。闲云野鹤，岂能耐此苛求，故逋逃尤恐不速耳！”后先姚安公闻之，曰：“此仙究狷介之士，器量未宏。”

【注释】

①酬酢(zuò)：交际应酬。

【译文】

田白岩说：曾经和朋友们一起扶乩，请来的乩仙自称真山民，是宋代末年的隐士。按，山民有诗集，现今著录在《四库全书》中。大家互相唱和，谈兴正浓时，外面传报，说有某某、某某两位客人来了，乩马上就停下不动了。后来扶乩时，真山民又降临了，大家问他那天突然离开的原因，乩仙在沙盘上写乩语说：“那两个人，一个太世故，应酬太熟练，一见面必定有几百句阿谀奉承的话。我是个看山观水懒散的人，不善于应酬，不如躲开为好。另一个心思太细致，礼数太苛刻，他和别人说话，常常一字一句地推敲，没完没了责备。我一个闲云野鹤般的人，怎么受得了这种苛求，逃避还担心来不及呢！”后来，先父姚安公听说这件事，说：“这个乩仙毕竟是拘束谨慎洁身自好的读书人，气量太小。”

从兄懋园言：乾隆丙辰乡试①，坐秋字号中。续一人入号，号军问姓名籍贯，拱手致贺曰：“昨梦女子持杏花一枝插号舍上，告我曰：‘明日某县某人至，为言杏花在此也。’君名姓籍贯适符，岂非佳兆哉！”其人愕然失色，竟不解考具，称疾而出。乡人有知其事者曰：“此生有小婢名杏花，逼乱之而终弃之。竟流落不知所终，意其赍恨以殁矣。”

【注释】

①乾隆丙辰：乾隆元年(1736)。

【译文】

堂兄懋园说：乾隆丙辰年乡试，他坐在秋字号舍。接着有一人进号舍，守号舍的军士问了他的姓名籍贯，拱手祝贺说："昨天晚上我梦见一个女子，手拿一枝杏花，插在号舍上，并告诉我说：'明天某县某人来，请你转告他，就说杏花在这里了。'您的姓名籍贯恰巧与她说的相符，难道不是吉兆么！"这人一听，大惊失色，连随身带来的考试文具都没放下来，就推说有病出去了。有个了解这人的同乡说："这个书生有个小婢女名叫杏花，被他强行奸污之后，又遗弃了。后来杏花流落他乡，不知到哪里去了，这样看来是早已经抱恨身亡了。"

从孙树森言：晋人有以赀产托其弟而行商于外者。客中纳妇，生一子。越十馀年，妇病卒，乃携子归。弟恐其索还赀产也，诬其子抱养异姓，不得承父业。纠纷不决，竟鸣于官。官故愦愦，不牒其商所问真赝，而依古法滴血试。幸血相合，乃笞逐其弟。弟殊不信滴血事，自有一子，刺血验之，果不合。遂执以上诉，谓县令所断不足据。乡人恶其贪媢无人理[①]，佥曰[②]："其妇夙与某私昵，子非其子，血宜不合。"众口分明，具有征验，卒证实奸状。拘妇所欢鞫之，亦俯首引伏。弟愧不自容，竟出妇逐子，窜身逃去，赀产反尽归其兄。闻者快之。

按，陈业滴血[③]，见《汝南先贤传》[④]，则自汉已有此说。然余闻诸老吏曰："骨肉滴血必相合，论其常也。或冬月以器置冰雪上，冻使极冷；或夏月以盐醋拭器，使有酸咸之味，则所滴之血，入器即凝，虽至亲亦不合。故滴血不足成信谳。”然此令不刺血，则商之弟不上诉，商之弟不上诉，则其妇之野合生子亦无从而败。此殆若或使之，未可全咎此令之泥古矣。

【注释】

①贪媢（mào）：指贪利嫉妒。

②佥（qiān）：都，全。

③陈业滴血：陈业的兄长渡海殒命，同船死了五六十个人，因为尸身腐烂无法辨认，陈业想起了“吾闻亲者血气相通”的古话，将自己的血滴到他认为是兄长的尸骨上，血很快沁入骨内，据此兄尸遂得以辨认；其他遇难家属纷纷仿效。

④《汝南先贤传》：东汉人周斐撰。

【译文】

侄孙纪树森说：山西有个人把家产都托付给弟弟，自己出外经商去了。他旅居外乡时娶了妻子，生了个儿子。过了十多年，妻子病逝了，这个做生意的哥哥带着儿子回到老家。他弟弟担心他讨还资产，就造谣说哥哥带回来的孩子是抱养的，不能继承父亲的家产。兄弟俩为此闹得不可开交，后来告到了官府。县令一贯昏庸，他没有仔细审问哥哥外出经商一应事由的真假，而是按照古代的滴血法来验证。幸好父子的血相合，县令就把商人的弟弟打了一顿，赶走了。商人的弟弟不相信滴血的事，他也有一个儿子，就刺血相验，果然他与儿子的血不相合。于是，就以此作为证据，说县令的判断不足为凭。乡里人都厌恶他贪婪嫉妒没有人性，都向官府作证说：“他妻子以前跟别人相好，那个儿子根本不是他的，因此血应当不合。”众口一辞说得很明白，又有证据，奸情确凿。拘来他妻子的相好一审，对方也低头认罪。商人的弟弟羞愧无地自容，竟然休了妻子赶走了儿子，自己也弃家外逃，连他的那份家产也一同归了他的哥哥。听说此事的人无不称快。

据考，陈业滴血辨认兄长骸骨的故事，见于《汝南先贤传》，可见从汉朝以来就有用滴血辨认血缘关系的说法。然而我听一个老吏说："亲骨肉的血必能相互融合，这是说一般情况。如果在冬天把验血的容器放在冰雪上，把它冻得极冷；或者在夏天用盐醋擦拭容器，让容器有酸咸的味道，那么滴的血一接触容器，就会马上凝结，即使是骨肉至亲的血也不会相合。所以用滴血验亲法断案，并不能断得完全正确。"但是这位县官如果不使用滴血法，那么商人的弟弟就不会上诉，商人的弟弟不上诉，而他妻子跟别人私通并生了孩子的事就不会败露。也许有什么神秘的原因驱使，不能完全责备这个县令拘泥于古法。

都察院蟒，余载于《滦阳消夏录》中，尝两见其蟠迹，非乌有子虚也。吏役畏之，无敢至库深处者。壬子二月[①]，奉旨修院署。余启库检视，乃一无所睹。知帝命所临，百灵慑伏矣。院长舒穆噜公因言内阁学士札公祖墓亦有巨蟒，恒遥见其出入曝鳞，墓前两槐树，相距数丈，首尾各挂于一树，其身如彩虹横亘也。后葬母卜圹[②]，适当其地，祭而祝之，果率其族类千百蜿蜒去，葬毕，乃归。去时其行如风，然渐行渐缩，乃至长仅数尺。盖能大能小，已具神龙之技矣。乃悟都察院蟒，其围如柱，而能出入窗棂中，隙才寸许，亦犹是也。

是月，与汪蕉雪副宪同在山西马观察家，遇内务府一官。言西十库贮硫黄处亦有二蟒，皆首矗一角，鳞甲作金色。将启钥，必先鸣钲。其最异者，每一启钥，必见硫黄堆户内，磊磊如假山，足供取用，取尽复然。意其不欲人入库，人亦莫敢入也。或曰即守库之神，理或然欤！《山海经》载诸山之神，蛇身鸟首，种种异状，不必定作人形也。

【注释】

①壬子：乾隆五十七年(1792)。

②圹(kuàng)：墓穴。

【译文】

都察院蟒蛇的事，我在《滦阳消夏录》中记载过，我曾经两次见到它蟠踞的痕迹，并不是凭空虚构的。衙署的差役害怕蟒蛇，没有人敢走到库房深处去。壬子年二月，我奉旨维修都察院房屋。亲自打开仓库检查，却什么都没有看到。大概是皇帝命令所到的地方，各种生灵都摄于威严躲藏起来了。院长舒穆噜公说，内阁学士札公的祖坟墓地也有巨蟒，经常远远看到它出来晒太阳，墓前有两棵槐树，相距几丈远，大蟒蛇的头和尾各挂在一棵树上，蛇身像彩虹一般横挂空中。后来札公安葬母亲时，占卜选定的墓地刚好在那个地方，于是祭祀祈祷，大蟒蛇果然带着成千上百的蛇蜿蜒离去，等他母亲葬礼结束，蟒蛇才回来。大蟒蛇游动时，快得像风一样。不过一边游动，一边缩小，最后缩到只有几尺长。看起来蟒蛇能大能小，大概已经有神龙的技能了。于是醒悟到都察院的蟒蛇，粗得像柱子一样，却能在窗棂间出出进进，窗棂缝隙只有一寸来宽，这条蟒蛇大概也是有神龙的技能啊。

还是壬子年二月，我与副宪汪蕉雪在山西马观察家，遇到内务府的一位官员。据这位官员说，内务府西十库中藏硫黄的地方，也有两条蟒蛇，头上都竖着一只角，全身布满金色的鳞片。为了安全，开库取硫黄时，一定先敲打铜钲。最稀奇的是，每次开库，一定见到门内硫黄堆积得像假山，足够取用，用完了又堆得高高的。料想它是不要人进入库房，所以人也不敢随便进去。有人说这就是守库之神，从道理上说，也许是吧！《山海经》中记载的许多山神，或蛇身，或鸟首，形状怪异，不必一定像人的样子。

先兄晴湖言：有王震升者，暮年丧爱子，痛不欲生。一夜偶过其墓，徘徊凄恋，不能去。忽见其子独坐陇头，急趋就之。鬼亦不避。然欲握其手，辄引退。与之语，神意索漠，似不欲闻。怪问其故，鬼哂曰："父子宿缘也，缘尽，则尔为尔我为我矣，何必更相问讯哉！"掉头竟去。震升自此痛念顿消。客或曰："使西河能知此义[1]，当不丧明。"先兄曰："此孝子至情，作此变幻，以绝其父之悲思，如郗超密札之意耳[2]，非正理也。使人存此见，父子兄弟夫妇，均视如萍水之相逢，不日趋于薄哉！"

【注释】

①西河：孔子弟子子夏在西河因丧子而哭瞎眼睛。

②郗超密札：郗超（336—378），东晋大臣。郗超临终前，拿出一箱子书信交给门生，说："家父年事已高，我死之后，如果他过度悲伤，影响到饮食睡眠，可把这个箱子呈交给他，如果不是这样的话，就请把它烧掉。"郗超死后，郗愔因悲痛而患病，门生把箱子送给他，里面全是郗超与桓温密谋的往返书信。郗愔勃然大怒，说："这小子死得已经太晚了！"再也不为儿子悲痛流泪了。事见《晋书·郗超传》。

【译文】

先兄晴湖说：王震升晚年失去爱子，痛不欲生。一天夜里他偶尔路过儿子的坟墓，徘徊留恋不忍离去。忽然看见儿子独自坐在田陇尽头，急忙跑过去靠近儿子。鬼也不避他。他想握儿子的手，鬼却后退。他和儿子说话，儿子却非常冷漠，似乎不想听。他感到奇怪，问怎是么回事，鬼冷笑道："父子之情，不过是过去的缘分，如今缘分已尽，你是你，我是我，又何必寒暄问来问去呢！"说完掉头就走了。王震升思念儿子的悲痛心情从此一下子消散了。有个门客说:“如果西河的子夏能明白这个道理,也不会失明了。”晴湖说:“这是孝子的至情,以这样的变幻,断绝父亲对他的悲痛思念之情,这与郗超把密信交给父亲的用意一样,但这不是常理。如果每人心中都存有这个念头,那么父子、兄弟、夫妻之间的情谊都被看作萍水相逢,人情不是越来越淡薄了吗!”

某公纳一姬,姿采秀艳,言笑亦婉媚,善得人意。然独坐则凝然若有思。习见亦不讶也。一日,称有疾,键户昼卧①。某公穴窗纸窥之,则涂脂傅粉,钗钏衫裙,一一整饬,然后陈设酒果,若有所祀者。排闼入问②,姬蹙然敛衽跪曰③:“妾故某翰林之宠婢也。翰林将殁,度夫人必不相容,虑或鬻入青楼,乃先遣出。临别,切切私嘱曰:‘汝嫁我不恨,嫁而得所我更慰。惟逢我忌日,汝必于密室靓妆私祭我。我魂若来,以香烟绕汝为验也。’”某公曰:“徐铉不负李后主④,宋主弗罪也。吾何妨听汝。”姬再拜炷香,泪落入俎。烟果袅袅然三绕其颊,渐蜿蜒绕至足。温庭筠《达摩支曲》曰⑤:“捣麝成尘香不灭,拗莲作寸丝难绝。”此之谓欤!虽琵琶别抱,已负旧恩,然身去而心留,不犹愈于同床各梦哉。

【注释】

①键户:关闭门户。

②排闼(tà):撞开门,推开门。

③蹙(cù)然:局促不安、忧愁不悦的样子。蹙,皱,收缩。

④徐铉不负李后主:徐铉(916—991),五代宋初文学家、书法家。侍奉李煜忠心耿耿,南唐将亡,而入见辞归,礼遇都跟平常一样。后来随李煜觐见宋太祖,宋太祖厉声斥责。徐铉说:“臣为江南

大臣，国亡罪当死，不当问其他。”太祖叹道：“忠臣也！事我当如李氏。”事见《宋史·文苑传》。

⑤温庭筠《达摩支曲》：温庭筠（约812—866），唐代诗人、词人。本名岐，字飞卿，文思敏捷，每入试，押官韵，八叉手而成八韵，所以也有“温八叉”之称。精通音律，工诗。与李商隐齐名，时称“温李”。其诗辞藻华丽，秾艳精致，内容多写闺情。其词艺术成就在晚唐诸词人之上，为“花间派”首要词人，对词的发展影响较大。在词史上，与韦庄齐名，并称“温韦”。《达摩支曲》是唐诗中的名篇之一，从故国之思入题，主要揭示了北齐后主高纬好色亡国的历史教训。

【译文】

某公纳了个妾，不但姿貌秀丽，言谈举止也温婉妩媚，十分善解人意。可是，每当她独自静坐时，就会凝神发呆，若有所思。某公看惯了，也不惊讶。一天，她自称有病，大白天关起门来说是要睡觉。某公抠破窗纸悄悄往里面看，见她涂脂敷粉，戴好钗钏，穿上盛装，浑身上下一一精心打扮妥当，然后陈设酒果，似乎是要祭祀什么人。某公推门而入，盘问她要干什么，她神色悲哀整了整衣襟跪在地上说：“妾身原来是某位翰林最宠爱的丫鬟。翰林临终前，揣度自己死后夫人必定不容我，担心我会被卖入青楼，就提前安排我出了府门。临别时，他情意恳切悄悄嘱咐我说：‘你嫁人我不遗憾，嫁得其所我更欣慰。只是希望每逢我的忌日，你一定要在密室中靓妆悄悄祭祀我。我的灵魂如果前来，就以香烟缠绕在你的周围作为验证。’”某公说：“徐铉最后不背叛李后主，宋朝的君王都没有怪罪他。我何妨听任你。”妾拜了两拜又焚香拜祀，泪水纷纷落到了供桌上。果然，袅袅香烟围着她的面颊绕了三周，并逐渐蜿蜒向下，一直缠绕到双脚。温庭筠的《达摩支曲》说：“捣麝成尘香不灭，拗莲作寸丝难绝。”描写的就是这种情况啊！虽然这女子再嫁，已经辜负了亡夫的旧恩，但是，身体虽然离去，感情长久保留，这不比同床异梦的夫妻强得多嘛。

交河一节妇建坊，亲串毕集。有表姊妹自幼相谑者，戏问曰："汝今白首完贞矣，不知此四十馀年中，花朝月夕，曾一动心否乎？"节妇曰："人非草木，岂得无情？但觉礼不可逾，义不可负，能自制不行耳。"一日，清明祭扫毕，忽似昏眩，喃喃作呓语。扶掖归，至夜乃苏。顾其子曰："顷恍惚见汝父。言不久相迎，且劳慰甚至，言人世所为，鬼神无不知也。幸我平生无瑕玷，否则黄泉会晤，以何面目相对哉！"越半载，果卒。此王孝廉梅序所言。梅序论之曰："佛戒意恶，是划除根本工夫，非上流人不能也。常人胶胶扰扰，何念不生？但有所畏而不敢为，抑亦贤矣。此妇子孙，颇讳此语。余亦不敢举其氏族。然其言光明磊落，如白日青天，所谓皎然不自欺也，又何必讳之！"

【译文】

交河县一位守节的寡妇建了牌坊，亲戚们都来了。有个表姐妹从小就喜欢和她闹着玩，开玩笑地说："如今你是守节到白头，不知在这四十多年里，面对晨花夕月，曾经动过心吗？"节妇回答："人不是草木，哪能没有感情？但我觉得不能越礼，不能负义，因此能够克制自己、不干违背礼义的事罢了。"有一天，清明祭扫完坟墓，这位节妇忽然感到眩晕，喃喃地说起胡话来。人们将她搀扶回家，到了夜里才清醒过来。她对儿子说："刚才恍惚看见了你父亲。他说不久就要来接我，还道辛苦，说了很多安慰我的话，说人世间的所作所为，鬼神没有不知道的。幸好我这一生没干什么见不得人的事，不然，在九泉之下有何脸面与他相见！"过了半年，她果然去世了。这是举人王梅序对我说的。王梅序评论说："佛教要人戒除意念中的恶，这是铲除邪恶的根本功夫，不是品行高尚的人就做不到这一点。普通人各种各样的事情交叉缠绕，什么念头没有？只因有所畏惧就不敢乱来，也就是贤德之人了。这个节妇的子孙，很忌讳别人说节妇讲过的话，所以我也不敢说出他们的姓名和家族。但是她的话光明磊落，如同白日青天，正所谓纯洁高尚，毫不隐藏，又何必忌讳呢！”

姚安公监督南新仓时，一厫后壁[①]，无故圮。掘之，得死鼠近一石，其巨者形几如猫。盖鼠穴壁下，滋生日众，其穴亦日廓，廓至壁下全空，力不任而覆压也。公同事福公海曰：“方其坏人之屋，以广己之宅，殆忘其宅之托于屋也耶？”余谓李林甫、杨国忠辈尚不明此理[②]，于鼠乎何尤！

【注释】

①厫(áo)：围起的圆仓。

②李林甫、杨国忠：唐代奸相。

【译文】

我的父亲姚安公任南新仓监督时，一个仓库的后墙无故倒塌了。挖开来一看，发现的死鼠将近一担，大的几乎有猫那样大。这大概是因为老鼠长期在墙下打洞，繁殖得越来越多，洞也越打越大，以至于这堵墙下全被掏空了，粮仓承受不了，终于倒塌了。先父的同事福海公说：“老鼠破坏别人房屋，扩大自己的洞穴时，可能忘了自己的洞穴是依赖房屋而存在的吧？”我认为，李林甫、杨国忠之流尚且不明白这番道理，又怎么能苛求老鼠呢！

先曾祖润生公，尝于襄阳见一僧，本惠登相之幕客也[①]。述流寇事颇悉，相与叹劫数难移。僧曰：“以我言之，劫数人所为，非天所为也。明之末年，杀戮淫掠之惨，黄巢流血三千里[②],不足道矣。由其中叶以后,官吏率贪虐,绅士率暴横,民俗亦率奸盗诈伪,无所不至。是以下伏怨毒,上干神怒,积百年冤愤之气,而发之一朝。以我所见闻,其受祸最酷者,皆其稔恶最甚者也。是可曰天数耶?昔在贼中,见其缚一世家子,跪于帐前,而拥其妻妾饮酒,问:'敢怒乎?'曰:'不敢。'问:'愿受役乎?'曰:'愿。'则释缚使行酒于侧。观者或太息不忍。一老翁陷贼者曰:'吾今乃始知因果。是其祖尝调仆妇,仆有违言,箠而缚之槐,使旁观与妇卧也。即是一端,可类推矣。"座有豪者曰:"巨鱼吞细鱼,鸷鸟搏群鸟,神弗怒也,何独于人而怒之?"僧掉头曰:"彼鱼鸟耳,人鱼鸟也耶?"豪者拂衣起。明日,邀客游所寓寺,欲挫辱之。已打包去,壁上大书二十字曰:"尔亦不必言,我亦不必说,楼下寂无人,楼上有明月。"疑刺豪者之阴事也。后豪者卒覆其宗。

【注释】

①惠登相:号过天星,明末人。崇祯初起义,后为豫楚十三家之一,并属罗汝才九营,活跃于豫楚一带。崇祯十一年(1638),随罗汝才伪降,屯驻均州。再起后,又随罗汝才转战兴山、彝陵一带。十三年(1640),遭杨嗣昌联军围堵,降于左良玉,此后一直为左良玉副将,任总兵,左良玉死,引兵离去,不久病死。

②黄巢(820—884):唐末农民起义的领袖人物。

【译文】

我的曾祖父润生公,曾经在襄阳遇见一个僧人,本来是惠登相幕下的僚属。说到流寇的事,他讲述得相当详细,大家都一起感叹劫数难逃。僧人说:“按我的看法,劫数是人自己造成的,并非上天所为。明朝末年,杀人奸淫抢掠的残酷程度,连黄巢那时所谓的杀人流血三千里,都不能相比。原因是明朝中叶以后,官吏都贪污枉法,地主富豪都残暴横行,社会风气也是奸诈偷窃欺骗成风,无所不至。所以下面百姓蕴积着怨恨,上面引起天神的愤怒,百年来积下的冤枉怨愤的怒气,一下子爆发。以我的所见所闻,受到灾祸最残酷的人,都是作恶最多的人。这能说是天命吗?那时我在流寇的据点里,看到他们绑住一个贵族官僚的公子,要他跪在军营帐篷前面,他们抱着他的妻子姬妾饮酒,问这个公子:‘你敢生气吗?’公子说:‘不敢。’又问:‘你愿意做奴才吗?’答说:‘愿意。’于是给公子松绑,叫他在旁边斟酒侍候。看到这些的,有人感叹,觉得于心不忍。有个被困在流寇营里的老人说:‘我今天才明白因果报应了。’原来这个公子的祖父曾经调戏仆人的老婆,仆人发牢骚,被主人打了一顿,绑在槐树上,让他在旁边看着主人和仆人老婆睡觉。就从这一件事,可以类推其他的事情了。”在座的一个富豪说:“大鱼吃小鱼,老鹰抓群鸟,神灵都不发怒,你为什么只是谴责人呢?”僧人转过头去说:“那些是鱼类、鸟类,人难道是鱼是鸟吗?”富豪生气地站起来就走了。第二天,这个富豪找了人,冲到僧人借住的寺院,想羞辱僧人一番。谁知僧人已经带着行李离开了,只见墙上写了二十个大字:“尔亦不必言,我亦不必说。楼下寂无人,楼上有明月。”大家疑心这是讽刺富豪暗中干的坏事。后来,这个富豪终于被灭了族。

有郎官覆舟于卫河,一姬溺焉。求得其尸,两掌各握粟一匊[①],咸以为怪。河干一叟曰:“是不足怪也。凡沉于水者,上视暗而下视明,惊惶瞀乱,必反从明处求出,手皆掊土[②]。故检验溺人,以十指甲有泥无泥别生投死弃也。此先有运粟之舟沉于水底,粟尚未腐,故掊之盈手耳。”此论可谓入微，惟上暗下明之故，则不能言其所以然。按，张衡《灵宪》曰[③]："日譬犹火，月譬犹水。火则外光，水则含景。"又刘邵《人物志》曰[④]："火日外照，不能内见；金水内映，不能外光。"然则上暗下明，固水之本性矣。

【注释】

①匊(jū)：满握，满捧。

②掊(póu)：用手扒土，用手合拢持物。

③张衡《灵宪》：张衡(78—139)，字平子，东汉人。官至尚书。在天文学、机械技术、地震学的发展上贡献颇大。《灵宪》，张衡积多年的实践与理论研究写成的一部天文巨著，也是世界天文史上的不朽名作。该书全面阐述了天地的生成、宇宙的演化、天地的结构、日月星辰的本质及其运动等诸多重大课题。

④刘邵《人物志》：刘邵(？—242)，字孔才，三国时人。所著《人物志》是我国研究人事制度的早期著作，系统品鉴人物才性；也是一部研究魏晋学术思想的重要参考书。

【译文】

有一艘郎中的船在卫河上翻了，他的一个侍姬溺水而死。把她的尸体打捞上来，发现她的两只手都攥着一把谷子，人们都觉得很奇怪。河岸上的一个老人说："这一点儿也不奇怪。凡是沉到水里的人，往上看黑暗，往下看明亮，惊恐慌乱之中，只想往亮的地方逃生，所以淹死的人都攥着两把泥。所以，检验水里的尸体，就看十个指甲里有没有污泥来分别是自己投水还是死后弃尸水中。这儿原先沉了一艘运粮船，谷子还没有完全腐烂，所以死者就攥了满满两把。"这一番分析可以说细致入微。只是上暗下明这一说法，还不能说出个所以然来。据考证，张衡在《灵宪》篇中说："太阳好比是火，月亮好比是水。火向外发射光芒，水则往内收纳景物。"刘邵在《人物志》一文中说："火焰、太阳向外发光，不能见到内部;金属和水,向内反映事物,不能向外发光。”那么,上面黑暗,下面明亮,原是水的本性了。

程念伦,名思孝,乾隆癸酉、甲戌间[1],来游京师,弈称国手。如皋冒祥珠曰:“是与我皆第二手,时无第一手,遽自雄耳。”一日,门人吴惠叔等扶乩,问:“仙善弈否?”判曰:“能。”问:“肯与凡人对局否?”判曰:“可。”时念伦寓余家,因使共弈。凡弈谱,以子记数。象戏谱,以路记数。与乩仙弈,则以象戏法行之。如纵第九路横第三路下子,则判曰:“九三。”馀皆仿此。初下数子,念伦茫然不解,以为仙机莫测也,深恐败名,凝思冥索,至背汗手颤,始敢应一子,意犹惴惴。稍久,似觉无他异,乃放手攻击。乩仙竟全局覆没,满室哗然。乩忽大书曰:“吾本幽魂,暂来游戏,托名张三丰耳[2]。因粗解弈,故尔率答。不虞此君之见困,吾今逝矣。”惠叔慨然曰:“长安道上[3],鬼亦诳人。”余戏曰:“一败即吐实,犹是长安道上钝鬼也。”

【注释】

①癸酉、甲戌:乾隆十八年(1753)、乾隆十九年(1754)。

②张三丰:本名通,字君宝,元季儒者、道士。善书画,工诗词,自称张天师后裔,为武当派开山祖师。

③长安道上:长安,古都名,在今陕西西安西北。旧喻名利场所。

【译文】

程念伦,名思孝,乾隆癸酉、甲戌年间,来到京城游历,他的棋艺,堪称国手。如皋人冒祥珠说:“他和我都是二流棋手,因为当时没有一流高手，所以就称雄一时罢了。”一天，我的学生吴惠叔等人扶乩招仙，众人问：“仙人善于对弈吗？”乩仙说：“能。”又问：“肯与凡人对下一局吗？”乩仙说：“可以。”当时程念伦住在我家，就让他与乩仙下棋。凡是棋谱，都以子数来计算。模仿下棋的记谱，则以路计数。和乩仙下棋，就以路计数进行。例如在纵第九路横第三路下子，乩仙就说：“九三。”其馀都是这样下法。刚下几个子，程念伦茫然不解，以为仙机莫测，唯恐失败坏了自己的名声，凝思苦想，汗流浃背，手发着颤，好半天才敢应落一子，落子后还惴惴不安。时间稍微一长，似乎觉得乩仙并无高深技能，于是放手攻击。乩仙竟然全局覆灭，满室哗然。乩仙忽然大字写道：“我本来是个幽魂，偶尔来玩玩，假冒张三丰的名字而已。棋艺我只是懂点儿皮毛，随便答应和你下棋。想不到这位先生杀败了我，我现在告辞了！”吴惠叔感叹地说：“京城里面，连鬼也会骗人！”我开玩笑说：“棋输了马上讲老实话，还是京城里的钝鬼啊。”

景州申谦居先生，讳诩，姚安公癸巳同年也[①]。天性和易，平生未尝有忤色，而孤高特立，一介不取，有古狷者风。衣必缊袍[②]，食必粗粝[③]。偶门人馈祭肉，持至市中易豆腐，曰：“非好苟异，实食之不惯也。”尝从河间岁试归，使童子控一驴。童子行倦，则使骑而自控之。薄暮遇雨，投宿破神祠中。祠止一楹，中无一物，而地下芜秽不可坐。乃摘板扉一扇，横卧户前。夜半睡醒，闻祠中小声曰：“欲出避公，公当户不得出。”先生曰：“尔自在户内，我自在户外，两不相害，何必避？”久之，又小声曰：“男女有别，公宜放我出。”先生曰：“户内户外即是别，出反无别。”转身酣睡。至晓，有村民见之，骇曰：“此中有狐，尝出媚少年人，入祠辄被瓦砾击。公何晏然也？”后偶与姚安公语及，掀髯笑曰：“乃有狐欲媚申谦居,亦大异事。”姚安公戏曰:“狐虽媚尽天下人,亦断不到君。当是诡状奇形,狐所未睹,不知是何怪物,故惊怖欲逃耳。”可想见先生之为人矣。

【注释】

①癸巳:康熙五十二年(1713)。

②缊(yùn)袍:乱麻、旧絮做的袍子。

③粗粝(lì):粗糙的米。

【译文】

景州人申谦居先生,名诩,是与我父亲姚安公同在康熙癸巳年中的举人。申先生天性温和,平生没有发过脾气,但是他孤高自赏,一尘不染,大有独善其身的古君子之风。论穿,一定是粗麻袍子,论吃,一定是粗茶淡饭。偶尔他的学生把祭祀用过的肉送给他,他却把肉拿到市上去换豆腐,他说:“不是我喜欢与众不同,实在是吃不惯这些东西。”一次他从河间参加岁试归来,叫小童牵着驴。小童走累了,他就让小童骑驴,自己牵着走。天色将晚,又下起雨来,他们只好到一所破庙投宿。这座破庙只有一间房子,屋里什么也没有,地面上污秽不堪,连坐都没法坐。他摘下一扇门板,横躺在门前。半夜醒来,他听到庙里有人轻声说:“我想出去回避您,可您在门口挡着,出不去。”申先生说:“你在屋里,我在屋外,互不影响,何必回避呢。”待了一会儿,又听到屋里小声说:“男女有别,还请您放我出去。”申先生说:“一个在屋里,一个在屋外,已经是男女有别了,出来反而不方便。”翻个身又接着酣睡。天亮后,村民发现申先生睡在这儿,吃惊地说:“这儿有狐精,经常出来迷惑年轻人,进庙就会遭到砖头瓦片袭击。您怎么会平安无事呢?”后来他偶然和姚安公谈起这件事,笑得胡子都翘了起来,道:“狐仙要迷惑我申谦居,可是一件大奇闻。”姚安公开玩笑说:“狐精即便媚遍了天下人,也轮不到你申谦居。您这副怪异的行为、奇特的造形,狐仙恐怕没有见过，弄不清你到底是什么怪物，所以被吓得想要逃跑了。”由此可见申谦居先生的为人了。

董曲江前辈言：乾隆丁卯乡试[①]，寓济南一僧寺。梦至一处，见老树下破屋一间，欹斜欲圮[②]。一女子靓妆坐户内，红愁绿惨，摧抑可怜。疑误入人内室，止不敢进。女子忽向之遥拜，泪涔涔沾衣袂，然终无一言。心悸而悟。越数夕，梦复然，女子颜色益戚，叩额至百馀。欲逼问之，倏又醒。疑不能明，以告同寓，亦莫解。一日，散步寺园，见庑下有故柩，已将朽。忽仰视其树，则宛然梦中所见也。询之寺僧，云是某官爱妾，寄停于是，约来迎取。至今数十年，寂无音问。又不敢移瘗，旁皇无计者久矣。曲江豁然心悟。故与历城令相善，乃醵金市地半亩，告于官而迁葬焉。用知亡人以入土为安，停阁非幽灵所愿也。

【注释】

①丁卯：乾隆十二年(1747)。

②欹(qī)斜：歪斜不正。

【译文】

前辈董曲江说：乾隆丁卯年准备参加乡试，借住在济南一所寺院里。做梦到了一个地方，看到一棵大树下有间破屋子，歪歪斜斜，快要倒塌的样子。屋子里坐着一个打扮得漂漂亮亮的女子，愁眉苦脸，面色黯淡，悲伤困顿的样子十分可怜。他怀疑错进了别人家的内室，就站住不敢进去。那个女子忽然远远地向董曲江行礼，眼泪沾湿了衣襟，但始终不讲一句话。董曲江心里发慌，梦就醒了。过了几夜，又做同样的梦，那个女子的神色更加悲伤，磕头竟然磕到一百多次。想靠近去问她，突然梦又醒了。这个疑团一直解不开，告诉同住的人，也都解释不了。有一天，他在寺院的园林里散步，看见廊屋下面停放着一具旧棺材，快要朽烂掉了。忽然间，抬头看到那棵大树，就跟梦中见到的一模一样。向寺院僧人询问，说是这棺材里是某某官员的爱妾，停放在这里，约好以后来运走。从停放到现在，已经几十年了，一点儿音讯都没有。又不敢送去安葬，想来想去没有办法，已经很长久了。董曲江一下子明白过来。他本来和历城县令是朋友，于是就凑银子买了半亩坟地，禀告过县官，把棺材迁葬了。从这件事知道，死人以入土为安，棺材长期停放，并不是幽灵的愿望。

朱青雷言：高西园尝梦一客来谒，名刺为司马相如。惊怪而寤，莫悟何祥。越数日，无意得司马相如一玉印。古泽斑驳，篆法精妙，真昆吾刀刻也①。恒佩之不去身，非至亲昵者不能一见。官盐场时，德州卢丈雅雨为两淮运使，闻有是印，燕见时偶索观之。西园离席半跪，正色启曰："风翰一生结客，所有皆可与朋友共，其不可共者惟二物。此印及山妻也②。"卢丈笑遣之曰："谁夺尔物者，何痴乃尔耶！"西园画品绝高，晚得末疾③，右臂偏枯，乃以左臂挥毫。虽生硬倔强，乃弥有别趣。诗格亦脱洒，虽托迹微官，蹉跎以殁，在近时士大夫间，犹能追前辈风流也。

【注释】

①昆吾刀：古代名刀。据说是用昆吾石冶炼成铁制作的刀，古时候认为刻玉须用昆吾刀。

②山妻：隐士的妻子。后多用为自称其妻的谦词。

③末疾：四肢的疾患。

【译文】

朱青雷说：高西园曾梦见一位客人来拜访他，名片上写的是“司马相如”。他惊奇地醒来，不知道预示什么。几天以后，高西园无意之中得到一枚司马相如的玉印。玉印古色古香，包浆斑驳，篆刻极为精妙，真是昆吾刀刻的。高西园常佩带着不离身，除非是至亲好友，谁也不让看。他在盐场任职时，德州的卢雅雨老先生任两淮盐运使，听说他有这方玉印，宴席间偶然向他索要观看。高西园离席半跪着严肃地说：“凤翰我一生结交了很多朋友，我所有的东西都可以跟朋友共享，唯有两样东西不可共享。一是这枚玉印，再就是我的妻子。”卢老先生笑着赶他说：“谁想抢你的东西？怎么痴心到这个样子！”高西园的画艺极高，晚年得了偏瘫，右臂残废，就用左臂挥笔作画。画出的画看起来生硬不流畅，却别有一番风趣。他的诗风格也洒脱，虽然他官职低微，终因坎坷潦倒而亡，但是在现在的读书人当中，也称得上是具有前辈才气的人了。

杨铁崖词章奇丽，虽被文妖之目，不损其名。惟鞋杯一事[①]，猥亵淫秽，可谓不韵之极，而见诸赋咏，传为佳话。后来狂诞少年，竞相依仿，以为名士风流，殊不可解。闻一巨室，中元家祭，方举酒置案上，忽一杯声如爆竹，剨然中裂，莫解何故。久而知数日前其子邀妓，以此杯效铁崖故事也。

【注释】

①鞋杯一事：鞋杯，又名“双凫杯”、“金莲杯”，指置杯酒于缠足妇女之弓鞋内，载以行酒。元代陶宗仪《南村辍耕录》卷二十三：“杨铁崖耽好声色，每与筵间见歌舞女有缠足纤小者，则脱其鞵载盏以行酒，谓之金莲杯。”

【译文】

杨铁崖的诗词文章奇妙绚丽，虽然被人看作文妖，但并不损害名声。只有将酒杯放在妓女鞋子里行酒这件事，猥亵淫秽，可以说是不雅到了极点，却被人吟诗作赋赞叹，传为美谈。后来，那些放荡的年轻人竞相模仿，认为这是名士的风流逸事，真是太不可理解了。听说有家富豪，中元节祭祀祖先，刚把斟满酒的杯子放在供桌上，忽然有一只杯子声如爆竹，砉地从中间裂开，没有人能够解释其中的缘故。时间一久，才知道祭祀的前几天，这家富豪的公子招妓饮酒，曾经模仿杨铁崖的行为，用过这只酒杯。

太常寺仙蝶、国子监瑞柏，仰邀圣藻，人尽知之。翰林院金槐，数人合抱，瘿磊砢如假山[①]，人亦或知之。礼部寿草，则人不尽知也。此草春开红花，缀如火齐[②]，秋结实如珠。《群芳谱》、《野菜谱》皆未之载，不知其名。或曰："即田塍公道老。"此草种两家田塍上，用识界限。犁不及则一茎不旁生，犁稍侵之；即蔓延不止，反过所侵之数。故得此名。余谛审之，叶作锯齿，略相似，花则不似，其说非也。在穿堂之北，治事处阶前甬道之西。相传生自国初，岁久渐成藤本。今则分为二岐，枝格杈桠，挺然老木矣。曹地山先生名之曰"长春草"。余官礼部尚书时，作木栏护之。门人陈太守渼，时官员外，使为之图。盖酞化湛深，和气涵育，虽一草一虫，亦各遂其生若此也。礼部又有连理槐，在斋戒处南荣下。邹小山先生官侍郎，尝绘图题诗，今尚贮库中。然特大小二槐相并而生，枝干互相缠抱耳，非真连理也。

【注释】

①磊砢：众多堆积的样子。

②火齐：宝石名。

【译文】

太常寺的仙蝶、国子监的瑞柏，有幸得到皇上的题咏，无人不知。翰林院的金槐，好几个人才能抱过来，树身上木瘤累累像假山，也有人知道。但礼部衙门的寿草，却很少有人知道。寿草春天开红花，像聚集连结的红宝石一般；秋天结果，像珠子一样。《群芳谱》、《野菜谱》中都没有关于寿草的记载，不知道它的名称。有人说："这就是叫田塍公道老的那种草。"这种草种在两家的田界，用来识别界限。犁田时如果不碰到它，那就一点儿旁枝也不长；如果犁稍微碰到一点儿，旁枝就会蔓延生长，盖过多占的田界。所以得到"公道老"的名称。我仔细观察这种草，叶子呈锯齿形，和"田塍公道老"大体相像，它的花却不像，所以我认为上述说法不对。这种寿草生长在礼部衙门的穿堂以北、办事处台阶前甬道以西的地方。相传草生长于开国之初，天长日久，渐渐长成藤科植物。如今它分成两枝，枝杈繁茂，挺拔直立简直成了一棵老树。曹地山先生把它称为"长春草"。我担任礼部尚书的时候，曾经叫人做了木栏杆加以保护。我的学生陈渼太守，当时任礼部员外郎，我还请他画了一幅图画。这是因为教化深厚，天地祥和之气滋生孕育，即便是一草一虫，也都这么生机勃勃。礼部还有一棵连理槐，在斋戒处的南边屋檐下。邹小山先生任礼部侍郎的时候，曾经为这棵连理槐画了一幅图，并在图上题了诗。这幅画如今还保存在府库里。这不过是大小两棵槐树挨近了生长，枝干互相缠抱而已，并不是真正的枝杈相连的连理。

道家言祈禳，佛家言忏悔，儒家则言修德以胜妖。二氏治其末，儒者治其本也。族祖雷阳公畜数羊，一羊忽人立而舞。众以为不祥，将杀羊。雷阳公曰："羊何能舞，有凭之者也。石言于晋[1]，《左传》之义明矣。祸已成欤，杀羊何益？祸未成而鬼神以是警余也，修德而已。岂在杀羊？”自是一言一动，如对圣贤。后以顺治乙酉拔贡[2]，戊子中副榜[3]，终于通判，讫无纤芥之祸[4]。

【注释】

①石言于晋：此典出自《左传》：昭公八年春，石言于晋、魏榆（晋地）。晋侯问于师旷曰：“石何故言？”对曰：“石不能言，或凭焉。”

②顺治乙酉：顺治二年(1645)。

③戊子：顺治五年(1648)。

④纤芥：细微。

【译文】

道家主张以祈福消灾，佛家主张以忏悔赎过，儒家则主张以修养品德来战胜邪魔。道家、佛家是治标，只有儒家才是治本。本家祖父雷阳公养了几只羊，有一只羊忽然像人那样站立起来跳舞。人们都以为不吉利，主张把这只羊杀掉。雷阳公说：“羊怎么能跳舞呢，一定是有什么灵物依凭着它。晋地魏榆的石头自言自语，《左传》已经解释得很清楚了。如果灾祸已经形成，杀掉这只羊有什么好处？如果灾祸没有形成，那就是鬼神对我提出的警告，我只有加深道德修养，怎么能只是杀羊呢？”从此以后，雷阳公的一举一动都像是面对圣贤。后来，他在顺治乙酉年成为拔贡生，戊子年会试考中副榜，最终官至通判，一直太平无事。

三从兄晓东言：雍正丁未会试归[1]，见一丐妇，口生于项上，饮啜如常人。其人妖也耶？余曰：“此偶感异气耳，非妖也。骈拇枝指[2]，亦异于众，可曰妖乎哉？余所见有豕两身一首者，有牛背生一足者。又于闻家庙社会见一人，右手掌大如箕，指大如椎，而左手则如常。日以右手操笔鬻字画。使谈谶纬者见之[3]，必曰此豕祸，此牛祸，此人疴也，是将兆某患；或曰，是为某事之应。然余所见诸异，讫毫无征验也。故余于汉儒之学，最不信《春秋》阴阳、《洪范》五行传；于宋儒之学，最不信河图洛书、《皇极经世》[4]。"

【注释】

①雍正丁未：雍正五年(1727)。

②骈拇枝指：骈拇，脚上的拇指与第二趾合成一趾。枝指，手上大拇指多生一指。

③谶(chèn)纬：中国古代谶书和纬书的合称。谶，秦汉间巫师、方士编造的预示吉凶的隐语。纬，汉代附会儒家经义衍生出来的一类书，被汉光武帝刘秀之后的人称为"内学"，而原本的经典反被称为"外学"。谶纬之学即是对未来的一种政治预言。

④《皇极经世》：一部运用易理和易教推究宇宙起源、自然演化和社会历史变迁的著作，以河洛、象数之学显于世，共十二卷六十四篇。

【译文】

堂兄晓东三哥说：雍正丁未年会试回来，看见一个讨饭妇人，嘴巴生在脖子上，吃喝却和常人一样。这是个人妖吗？我说："这是偶然间感受到奇怪的精气而已，并非妖怪。有人两个脚趾头连生，手长出六个手指，也不同于正常人，难道可以叫他妖怪吗？我见过有两个身子一个头的猪，有背上长一只蹄的牛。在闻家庙的祭社赛会上，我见到一个人，右手的手掌大得像畚箕，手指粗得像小棍子，但左手却很正常。平日他用右手拿笔写字画画卖，假如谈论谶纬征兆的人见了，一定说那是猪的灾祸，那是牛的灾祸，那是人的怪病了，将会预兆什么什么；还有人会说，这是某件事的报应。但是，我见到的这些各种异常的事物，一直没有什么因果报应。所以，我对于汉代儒者的学说，最不相信的是《春秋》讲阴阳，以及《洪范》五行传；对于宋代儒者的学说，最不相信河图、洛书、《皇极经世》。”

房师孙端人先生，文章淹雅①，而性嗜酒。醉后所作，与醒时无异。馆阁诸公，以为斗酒百篇之亚也。督学云南时，月夜独饮竹丛下，恍惚见一人注视壶盏，状若朵颐②。心知鬼物，亦不恐怖，但以手按盏曰：“今日酒无多，不能相让。”其人瑟缩而隐。醒而悔之，曰：“能来猎酒，定非俗鬼。肯向我猎酒，视我亦不薄。奈何辜其相访意！”市佳酿三巨碗，夜以小几陈竹间。次日视之，酒如故。叹曰：“此公非但风雅，兼亦狷介。稍与相戏，便涓滴不尝。”幕客或曰：“鬼神但歆其气③，岂能真饮？”先生慨然曰：“然则饮酒宜及未为鬼时，勿将来徒歆其气。”先生侄渔珊，在福建学幕，为余述之。觉魏晋诸贤，去人不远也。

【注释】

①淹雅：宽宏儒雅。

②朵颐：鼓动腮颊，即大吃大嚼。

③歆（xīn）：飨，嗅闻，祭祀时神灵享受祭品的香气。

【译文】

我考科举时的房师孙端人先生，文章渊博高雅，天性喜欢饮酒。醉后写的作品，与清醒时所作的没有差别。翰林院诸公，都认为他是继李白之后第二个斗酒诗百篇的大家。孙先生督学云南时，一次在月夜的竹丛下独自饮酒，恍惚见一人注视酒壶酒杯，嘴巴一动一动的。他心里明白这是鬼，也不害怕，只是用手按住酒杯说："今天酒不多，不能请你喝了。"那人一听，就退缩着消失了。他酒醒后很后悔，说："能来讨酒喝的，肯定不是俗鬼。肯向我讨酒，是看得起我。怎么当时就辜负了他前来相访的好意呢！"于是买来三大碗好酒，夜晚用小桌陈放在竹丛下。第二天一看，酒丝毫也没动过。于是叹息说："这位先生非但风雅，也很耿直清正。稍微和他开了一下玩笑，他就一滴酒都不肯尝了。"有个幕客说："鬼神只会嗅吸酒食的气味，哪里能真的喝？"孙先生又感慨道："这么看来，应该在做鬼以前抓紧时间痛饮，不要等将来做了鬼空闻酒气。"孙先生的侄子渔珊在福建学幕对我讲了这件事。我认为魏晋年间贤人们的风度，与孙先生比较起来，相差不远。

钱塘俞君祺偶忘其字，似是佑申也。乾隆癸未[1]，在余学署。偶见其《野泊不寐》诗曰："芦荻荒寒野水平，四围唧唧夜虫声。长眠人亦眠难稳，独倚枯松看月明。"余曰："杜甫诗曰：'巴童浑不寝，夜半有行舟。'张继诗曰：'姑苏城外寒山寺，夜半钟声到客船。'均从对面落笔，以半夜得闻，写出未睡，非咏巴童舟、寒山寺钟也。君用此法，可谓善于夺胎[2]。然杜、张所言是眼前景物，君忽然说鬼，不太鹘兀乎[3]？"俞君曰："是夕实遥见月下一人倚树立，似是文士。拟就谈以破岑寂，相去十馀步，竟冉冉没，故有此语。"钟忻湖戏曰："'云中鸡犬刘安过[4]，月里笙歌炀帝归[5]。'唐人谓之见鬼诗，犹嫌假借。如公此作，乃真不愧此名。"

【注释】

①癸未：乾隆二十八年(1763)。

②夺胎：本为道家语，指夺人之胎以转生，易去凡骨为仙骨。后代

比喻学习前人不露痕迹，并能创新。

③鹘(gǔ)兀：糊涂。这里指突兀。

④“云中鸡犬”句：典出东汉王充《论衡·道虚》：“淮南王刘安坐反而死，天下并闻，当时并见，儒书尚有言其得道仙去，鸡犬升天者。”

⑤“月里笙歌”句：暗用典故。据传，隋炀帝曾在扬州特地建立萤苑，捕捉大量萤火虫作为光照，夜间享用酒色歌舞。

【译文】

钱塘人俞祺君一下子想不起他的名字，好像叫佑申。乾隆癸未年，在我的学署里任职。我偶然看到他一首名为《野泊不寐》的诗，写道：“芦荻荒寒夜水平，四围唧唧夜虫声。长眠人亦眠难稳，独倚枯松看月明。”我说：“杜甫的诗说：‘巴童浑不寝，夜半有行舟。’张继的诗说：‘姑苏城外寒山寺，夜半钟声到客船。’都是从对面落笔，以半夜听到声音，写出这个人没有睡着，并非吟咏巴童的舟、寒山寺的钟。您用了这种笔法，真称得上是善于创新。然而，杜甫、张继描写的都是眼前景物，您却忽然说起鬼来，不是太突然了吗？”俞祺君说：“这天晚上，我确实远远看见月下一个人倚树而立，看上去是个文士。我想过去跟他攀谈解闷，距离他十几步远，他竟然慢慢地消失了，所以有了这么几句诗。”钟忻湖开玩笑说：“‘云中鸡犬刘安过，月里笙歌炀帝归。’唐朝人说这是见鬼诗，还觉得是假借。像您这首诗，真不愧为名副其实的见鬼诗了。”

霍丈易书言：闻诸海大司农曰：“有世家子，读书坟园。园外居民数十家，皆巨室之守墓者也。一日，于墙缺见丽女露半面。方欲注视，已避去。越数日，见于墙外采野花，时时凝睇望墙内。或竟登墙缺，露其半身，以为东家之窥宋玉也[1]，颇萦梦想。而私念居此地者皆粗材，不应有此艳质；又所见皆荆布，不应此女独靓妆，心疑为狐鬼。故虽流目送盼，而未通一词。一夕，独立树下，闻墙外二女私语。一女曰：'汝意中人方步月，何不就之？'一女曰：'彼方疑我为狐鬼，何必徒使惊怖！'一女又曰：'青天白日，安有狐鬼？痴儿不解事至此。'世家子闻之窃喜，褰衣欲出，忽猛省曰：'自称非狐鬼，其为狐鬼也确矣。天下小人未有自称小人者，岂惟不自称，且无不痛诋小人以自明非小人者。此魅用此术也。'掉臂竟返。次日密访之，果无此二女。此二女亦不再来。"

【注释】

①东家之窥宋玉：东家之子是个美女，传说她登墙窥宋玉三年，但是宋玉毫不动心。

【译文】

霍易书老先生说：听户部尚书海先生说："有个显贵人家的子弟在坟园里读书。园外住着几十户人家，都是为有身份、有地位的人家看坟的。有一天，他在围墙缺口处看见一个美女，露出半张脸来。他刚要仔细看看，女子已经避开了。过了几天，看到这个女子在墙外采野花，时时往墙里看。有一回竟然爬上围墙缺口，露出上半身，他以为这是美女对自己有意，觉得倒也有点儿值得魂牵梦绕思念的意思。但他转念一想，这儿住的都是粗俗之人，不应该有这么漂亮的风姿；而且这里女人都是布衣荆钗，不应该只有这一个女子浓妆艳抹，疑心是狐鬼。所以女子虽然眉目传情，他始终没有搭一句话。一天晚上，他独自站在树下，听到墙外两个女子窃窃私语。一个女子说：'你的意中人正在月下散步，还不快点儿找他去。'一个女子说：'他正疑心我是狐仙鬼怪，何必让他白白担惊受怕！'一个又说：'青天白日的，哪来的狐仙鬼怪？这家伙怎么傻到这个份上。'他听了这话暗自高兴,提了提衣服就要出去,忽然又猛地醒悟:'她们自称不是狐精鬼怪,就的确是狐精鬼怪了。天下的小人没有自称是小人的,不但不自称是小人,还都痛骂小人,表明自己不是小人。这两个狐狸精玩的也是这套把戏。'他一甩胳膊最终回去了。第二天,他暗地里细细查访,果然没有这样两个女子,这两个女子再也没有出现过。"

吴林塘言:曩游秦陇,闻有猎者在少华山麓,见二人儽然卧树下[①]。呼之犹能强起,问:"何困踬于此?"其一曰:"吾等皆为狐魅者也。初,我夜行失道,投宿一山家。有少女绝妍丽,伺隙调我。我意不自持,即相媟狎。为其父母所窥,甚见詈辱。我拜跪,始免箠挞。既而闻其父母絮絮语,若有所议者。次日,竟纳我为婿,惟约山上有主人,女须更番执役,五日一上直,五日乃返。我亦安之。半载后,病瘵,夜嗽不能寝,散步林下。闻有笑语声,偶往寻视。见屋数楹,有人拥我妇坐石看月。不胜恚忿,力疾欲与角。其人亦怒曰:'鼠辈乃敢瞰我妇!'亦奋起相搏。幸其亦病惫,相牵并仆。妇安坐石上,嬉笑曰:'尔辈勿斗,吾明告尔,吾实往来于两家,皆托云上直,使尔辈休息五日,蓄精以供采补耳。今吾事已露,尔辈精亦竭,无所用尔辈。吾去矣。'奄忽不见[②]。两人迷不能出,故饿踣于此[③],幸遇君等得拯也。"其一人语亦同。

猎者食以干糒[④],稍能举步,使引视其处。二人共诧曰:"向者墙垣故土,梁柱故木,门故可开合,窗故可启闭,皆确有形质,非幻影也,今何皆土窟耶?院中地平如砥,净如拭,今何土窟以外，崎岖不容足耶？窟广不数尺，狐自容可矣，何以容我二人？岂我二人之形亦为所幻化耶？”一人见对面崖上有破磁，曰：“此我持以登楼失手所碎，今峭壁无路，当时何以上下耶？”四顾徘徊，皆惘惘如梦。二人恨狐女甚，请猎者入山捕之。猎者曰：“邂逅相遇，便成佳偶，世无此便宜事。事太便宜，必有不便宜者存。鱼吞钩，贪饵故也；猩猩刺血⑤，嗜酒故也。尔二人宜自恨，亦何恨于狐？”二人乃悯默而止。

【注释】

①儽(léi)然：疲惫、困顿的样子。

②奄忽：急速，倏忽。

③踣(bó)：倒毙，僵死。

④干糒(bèi)：干粮。

⑤猩猩刺血：见明代文学家刘元卿的寓言故事集《贤奕编》。说的是猎人知道猩猩嗜酒，设下陷阱，猩猩因为贪酒，结果都被捉了；以警示人们，贪则智昏，不计后果；贪则心狂，胆大妄为；贪则难分祸福。

【译文】

吴林塘说：以前游历秦陇一带，听说有一个猎人，在少华山的山脚下，看见两个人虚弱疲惫躺在树下。猎人叫他们，还能勉强坐起来。猎人问：“你们怎么会困在这里？”其中一个人说：“我们都是被狐狸精迷惑的。当初，我晚上赶路，走错了路口，到一户山民家借宿。这家有个姑娘很漂亮，找机会悄悄地和我调情。我把持不住，就和她厮混起来。被她父母偷偷看到，骂得很难听。我跪下求饶，才免了挨打。之后听到她父母絮絮叨叨说话，好像商量着什么。第二天，居然招我做女婿，只是约定山上还有主人，姑娘要轮番去做工，五天当班，五天在家里。我也安顿下来。过了半年，我得了痨病，晚上咳嗽得不能入睡，就到树林里去散步。我听到有谈笑说话的声音，走过去看看。只见有几间屋子，有个人抱着我妻子坐在石头上看月亮。我很愤怒，想要痛打那人一顿。那人也很生气，说：'胆大鼠辈，竟敢偷看我老婆！'也跳起来跟我对打。幸而那个人也是病得有气无力，我们拉拉扯扯，都倒在地上。那个女人却安安稳稳地坐在石头上，笑嘻嘻地说：'你们两个不要打了，我明白告诉你们吧，我实际上来往于你们两个人之间，都借口当班，让你们各自休息五天，养精蓄锐，供我采补罢了。今天我的事情已经败露了，你们的精气也已经枯竭，没什么用了。我走了。'一下子就不见了。我们两人找不到路，走不出山，饿倒在这里，幸好碰到你，我们有救了。"另外一个人讲的也一样。

猎人给他们吃了干粮，他们勉强能走了，叫他们带路到原来住的地方。两人都很诧异地说："以前这里是土墙，屋梁屋柱是木头的，大门和窗户都可以开可以关，都是实实在在的，并不是虚幻的影子，现在怎么都是土洞呢？原来院子地面平坦，干净得像擦过一样，现在怎么土洞以外，坑坑洼洼的，连站都没法站呢？土洞不过几尺大小，狐狸躲藏没问题，又怎么能容得下我们两个呢？难道我们两个的形体也被狐狸精变化了吗？"其中一个人看见对面山崖上有几片破磁片，说："这是我上楼时失手跌碎的碗，现在悬崖峭壁，路都没有，当时怎么能上上下下呢？"他们四处东张西望，转来转去，觉得迷迷糊糊的，像是做了一场梦。这两个人恨透那个狐狸精，请求猎人进山追捕。猎人说："意外相逢，就结成夫妻，世界上没有这样便宜的事。事情太便宜了，其中一定有不便宜的东西。鱼吞钓钩，是贪吃鱼饵的原故；猩猩被捉住了放血，是贪酒的原故。你们两个应该恨自己，又怎么能恨狐狸精呢！"两个人才可怜兮兮的不说什么了。

林塘又言：有少年为狐所媚，日渐羸困，狐犹时时来。后复共寝，已疲顿不能御女。狐乃披衣欲辞去，少年泣涕挽留，狐殊不顾。怒责其寡情，狐亦怒曰："与君本无夫妻义，特为采补来耳。君膏髓已竭，吾何所取而不去！此如以势交者，势败则离；以财交者，财尽则散。当其委曲相媚，本为势与财，非有情于其人也。君于某家某家，皆向日附门墙，今何久绝音问耶？乃独责我？"其音甚厉，侍疾者闻之皆太息。少年乃反面向内，寂无一言。

【译文】

吴林塘又说：有个年轻人受到狐女媚惑，身体越来越虚弱，狐女还是时常来。后来他们共寝时，年轻人已经委顿得不能与狐女做爱交合。狐女披衣起身要走，年轻人流着泪挽留，狐女却毫不顾念。年轻人气愤地指责狐女薄情，狐女也怒形于色地说："我跟你本来就没有夫妻情义，只是为采补才来的。既然你的精血已经干竭，我不走还能采补什么！这好比贪图权势而交往，权势败落就离开；又好比贪图钱财而交往，钱财用尽就散了。当初委曲攀附，本来就是为了权势和钱财，并不是对人有情义。君对待某家某家，以前一直都攀附门墙，为什么如今已经很长时间不通音信了呢？还单单指责我？"狐女声色俱厉，照料病人的听了无不叹息。年轻人转身朝向里面，一句话也说不出来。

汪旭初言：见扶乩者，其仙自称张紫阳[①]。叩以《悟真篇》，弗能答也，但判曰"金丹大道，不敢轻传"而已。会有仆妇窃赀逃，仆叩问："尚可追捕否？"仙判曰："尔过去生中，以财诱人，买其妻；又诱之饮博，仍取其财。此人今世相遇，诱汝妇逃者，买妻报；并窃赀者，取财报也。冥数先定，追捕亦不得，不如已也。”旭初曰：“真仙自不妄语。然此论一出，凡奸盗皆诿诸夙因，可勿追捕，不推波助澜乎？”乩不能答。有疑之者曰：“此扶乩人多从狡狯恶少游，安知不有人匿仆妻而教之作此语？”阴使人侦之。薄暮，果赴一曲巷。登屋脊密伺，则聚而呼卢[②]，仆妇方艳饰行酒矣。潜呼逻卒围所居，乃弭首就缚。

律禁师、巫，为奸民窜伏其中也。蓝道行尝假此术以败严嵩[③]，论者不甚以为非，恶嵩故也。然杨、沈诸公[④]，喋血碎首而不能争者，一方士从容谈笑，乃制其死命，则其力亦大矣。幸所排者为嵩，使因而排及清流，虽韩、范、富、欧阳[⑤]，能与枝梧乎[⑥]？故乩仙之术，士大夫偶然游戏，倡和诗词，等诸观剧则可；若借卜吉凶，君子当怖其卒也。

【注释】

①张紫阳(984—1082)：北宋道士、内丹学家，道教奉为南宗五祖之首，称“紫阳真人”。

②呼卢：古代一种赌博游戏。共有五子，五子全黑的叫“卢”，得头彩。掷子时，高声喊叫，希望得全黑，所以称之为“呼卢”。

③“蓝道行”句：蓝道行是明朝嘉靖年间人，当时有名的道士。嘉靖三十四年(1555)时到京城，后被当时的内阁大学士徐阶推荐给笃信道教的嘉靖皇帝，深得信任。因攻击当时的内阁首辅严嵩，遭到严嵩的报复，被拘禁，并迫害致死。见明末蒋棻的《明史记事》。

④杨、沈：杨，指杨继盛。沈，指沈炼(1507—1557)，字纯甫，号青霞，沈炼任官期间，屡次弹劾严嵩、严世蕃父子，被严氏父子

杀害。

⑤韩、范、富、欧阳:韩,韩琦(1008—1075),字稚圭,自号赣叟,北宋政治家、名将,谥忠献。范,范仲淹(989—1052),字希文,北宋著名的政治家、思想家、文学家和将领,世称“范文正公”。富,富弼(1004—1083),字彦国,封“郑国公”。欧阳,欧阳修(1007—1072),字永叔,号醉翁,晚号“六一居士”,北宋政治家、文学家、史学家,谥文忠。

⑥枝梧:斜而相抵的支柱,引申为对抗、抵挡。

【译文】

汪旭初说:见过一个扶乩的,乩仙自称张紫阳。问他《悟真篇》中的内容,乩仙竟不能回答,只是判道“炼金丹是大道行,不敢轻易传给别人”。恰巧有个仆人的妻子偷了钱逃跑了,仆人就问乩仙:“还能把她抓回来么?”乩仙下判语说:“你上辈子用钱财诱骗人,把他的妻子买到了手;又引诱他喝酒赌博,把他的钱再赚回来。这个人今世相遇,拐骗走你的妻子,是报复你买他的妻子;偷走了你的钱,是对你诈骗人家钱财的报应。气数事先定了,追捕也抓不到,不如算了吧。”汪旭初说:“真仙自然不讲假话。不过,这种议论一旦形成,那么凡是奸盗都把责任推到夙因上,无需追捕,这不就等于推波助澜吗?”乩仙回答不上来。有人怀疑说:“这个扶乩的人常常和一伙狡猾的恶少混在一起,怎么能知道不是他们把仆人的妻子藏了起来,而叫他说这种话?”于是暗地里派人去侦察。天刚黑,扶乩人果然往一个幽深的巷子里去了。跟踪的人上了屋顶悄悄蹲守,只见一帮人聚在一起赌博喝酒,仆人的妻子打扮得花枝招展,给大家斟酒。跟踪的人悄悄地叫来巡逻的士兵,把房子团团围住,屋里的人俯首就擒。

律条禁止巫师、巫婆活动,是因为往往有作奸犯科的人潜伏其中。蓝道行曾经用巫术让皇帝不再信任严嵩。议论的人们并不认为蓝道行不对,因为民众太恨严嵩了。然而像杨继盛、沈炼等忠臣,抛头颅、洒热血所办不到的事，一个方士在谈笑之间就置严嵩于死地，那么方士的能量也是很大的。幸亏他排斥的是严嵩，假使排挤的是那些清官名士，就是韩琦、范仲淹、富弼、欧阳修这样的名臣，能与他相抗衡么？所以说，乩仙术只能供士大夫们偶然玩玩，作诗唱和，把它当作看戏还行；如果用来卜问吉凶，君子就得小心，要好好考虑一下后果。

从叔梅庵公曰："淮镇人家有空屋五间，别为院落，用以贮杂物，儿童多往嬉游，跳掷践踏，颇为喧扰。键户禁之，则窃逾短墙入。乃大书一帖粘户上，曰：'此房狐仙所住，毋得秽污！'姑以怖儿童云尔。数日后，夜闻窗外语：'感君见招，今已移入，当为君坚守此院也。'自后人有入者，辄为砖瓦所击，并僮奴运杂物者亦不敢往。久而不治，竟全就圮颓，狐仙乃去。此之谓'妖由人兴'。"

【译文】

我的堂叔梅庵公说："淮镇一户人家有五间空房，自成院落，用来贮存杂物，儿童常常聚集到这里玩耍，蹦蹦跳跳、扔东西、踩踏，吵吵闹闹。主人把院门锁上，孩子们就跳矮墙进去。主人用很大的字写了一个告示贴在门上，说：'这是狐仙住的地方，不能弄脏了！'想暂且吓唬吓唬那些孩子。过了几天，夜里听到窗外有人说：'感谢主人召唤，我们已经搬过来住了，今后要为你看牢守住这个院子。'从此以后，只要有人进入这个院子，就会遭到砖瓦的袭击，就连僮仆搬运杂物，也不敢去了。由于长久不修整，房屋最终全部倒塌了，狐精这才离去。这就叫做'妖是由人作怪引起的'。"

余有庄在沧州南，曰上河涯，今鬻之矣。旧有水明楼五楹，下瞰卫河，帆樯来往栏楯下[①]。与外祖雪峰张公家度帆楼，皆游眺佳处。先祖母太夫人夏日每居是纳凉，诸孙更番随侍焉。

一日，余推窗南望，见男妇数十人，登一渡船，缆已解。一人忽奋拳击一叟落近岸浅水中，衣履皆濡。方坐起愤詈，船已鼓棹去。时卫河暴涨，洪波直泻，汹涌有声。一粮艘张双帆顺流来，急如激箭，触渡船，碎如柿[②]。数十人并没，惟此叟存，乃转怒为喜，合掌诵佛号。问其何适。曰："昨闻有族弟得二十金，鬻童养媳为人妾，以今日成券，急质田得金如其数，赍之往赎耳。"众同声曰："此一击神所使也。"促换渡船送之过。时余方十岁，但闻为赵家庄人，惜未问其名姓。此雍正癸丑事[③]。

又，先太夫人言：沧州人有逼嫁其弟妇而鬻两侄女于青楼者，里人皆不平。一日，腰金贩绿豆泛巨舟诣天津，晚泊河干，坐船舷濯足。忽西岸一盐舟纤索中断，横扫而过，两舷相切，自膝以下，筋骨糜碎如割截，号呼数日乃死。先外祖一仆闻之，急奔告曰："某甲得如是惨祸，真大怪事！"先外祖徐曰："此事不怪。若竟不如此，反是怪事。"此雍正甲辰、乙巳间事[④]。

【注释】

①栏楯(shǔn)：栏杆。纵为栏，横为楯。

②柿(fèi)：削下来的木片。

③雍正癸丑：雍正十二年(1733)。

④雍正甲辰、乙巳：雍正二年(1724)、雍正三年(1725)。

【译文】

我家有处庄园在沧州南,名叫上河涯,现在已经卖了。庄园里过去有五间水明楼,可以鸟瞰卫河,帆船就在栏杆下来往。与外祖张雪峰先生家的度帆楼一样,都是游览远眺的好地方。先祖母和太夫人夏季常住这座楼上乘凉,儿孙们轮流侍奉。

一天,我推窗向南望去,见男男女女几十个人,登上一艘渡船,船已经解开缆绳离岸。一个人忽然朝一个老翁奋击一拳,把老翁打落到岸边的浅水里,衣服鞋子全湿了。老翁刚起身怒骂,渡船已经离开岸边划走了。当时卫河暴涨,洪波直泻,汹涌湍急涛声阵阵。一艘满张双帆的粮船从上游顺流而下,急如快箭,将渡船撞得粉碎。船上的几十个人全部丧命,只有这个老翁幸存,老翁这才转怒为喜,合掌高诵佛号。人们问他要到哪里去。老翁说:"昨天听说有个堂弟以二十两银子的价格把童养媳卖给人做妾,约定今天写卖身契,我急忙典质田产,凑足了这笔钱,带着想去帮他赎人。"众人异口同声地说:"看来这一拳是神灵指使的。"都催促船家立即用另一只渡船快送老翁过河。当时我只有十岁,只是听说老翁是赵家庄的人,可惜没问他的姓名。这是雍正癸丑年的事。

还有,先太夫人说:有个沧州人,逼他的弟媳改嫁,把两个侄女卖到了青楼,邻里都愤愤不平。一天,他腰缠重金,乘坐大船到天津贩卖绿豆,晚上船停在河边,他坐在船舷上洗脚。忽然西岸的一艘盐船断了纤索,横扫而过,两艘船的船舷相擦,他从两膝以下,筋骨糜碎,如同割断了一般,一连嚎叫了几天才死。先外祖父的一个仆人听到这件事,忙来报告外祖说:"某甲遭到这等惨祸,真是一大怪事!"先外祖父慢吞吞地说:"这事并不奇怪。如果他不遭此祸,反而是怪事。"这是雍正甲辰、乙巳年间的事。

交河王洪绪言:高川刘某,住屋七楹,自居中三楹;东厢二楹，以妻殁无葬地，停柩其中；西厢二楹，幼子与其妹居之。一夕，闻儿啼甚急，而不闻妹语。疑其在灶室未归，从窗罅视已熄灯否。月明之下，见黑烟一道，蜿蜒从东厢户下出，萦绕西厢窗下，久之不去。迨妹醒拊儿，黑烟乃冉冉敛入东厢去。心知妻之魂也。自后每月夜闻儿啼，潜起窥视，所见皆然。以语其妹，妹为之感泣。悲哉，父母之心，死尚不忘其子乎！人子追念其父母，能如是否乎？

【译文】

交河的王洪绪说：高川的刘某，有七间住房，自己住中间三间；东厢房两间，因为妻子死后还没有坟地，停放着亡妻的棺木；西厢房两间，是妹妹带着刘某的小儿子住着。一天晚上，他听到小孩啼哭得很急，却听不到妹妹说话，他怀疑妹妹在厨房没有回来，就从窗缝中看看西厢房熄灯了没有。在月光下，他看见有一道黑烟，从东厢房门下面蜿蜒飘出，到西厢房的窗户下面，盘来盘去，很久都不离去。等到妹妹醒来，拍着抚慰小儿子，那道黑烟才慢慢地退回东厢房。刘某知道这是妻子的魂。从此以后，每次夜里听到孩子啼哭，刘某都悄悄起床去看，见到的情形都是这样。刘某告诉了妹妹，妹妹感动得哭起来。可怜啊，父母之心，死后还不忘记孩子啊！做子女的追念父母，能像这样吗？

先师桂林吕公闇斋言：其乡有官邑令者，莅任之日，梦其房师某公。容色憔悴，若重有忧者。邑令蹙然迎拜曰："旅榇未归[①]，是诸弟子之过也。然念之未敢忘。今幸托荫得一官，将拮据营窀穸矣[②]。"盖某公卒于戍所，尚浮厝僧院也。某公曰："甚善。然归我之骨，不如归我之魂。子知我骨在滇南,不知我魂羁于此也。我初为此邑令,有试垦汙莱者[3],吾误报升科。诉者纷纷,吾心知其词直,而恐干吏议,百计回护,使不得申,遂至今为民累。土神诉诸东岳,岳神谓事由疏舛[4],虽无自利之心,然恐以检举妨迁擢,则其罪与自利等。牒摄吾魂,羁留于此,待此浮粮减免,然后得归。困苦饥寒,所不忍道。回思一时爵禄,所得几何?而业海茫茫,竟杳无崖岸,诚不胜泣血椎心。今幸子来官此,倘念平生知遇,为吁请蠲除[5],则我得重入转轮,脱离鬼趣。虽生前遗蜕[6],委诸蝼蚁,亦非所憾矣。"邑令检视旧牍,果有此事。后为宛转请豁,又恍惚梦其来别云。

【注释】

①旅榇(chèn):客死他乡者的灵柩。

②窀穸(zhūn xī):墓穴,埋葬。

③汙莱:荒地。

④疏舛(chuǎn):指粗略紊乱、疏漏错乱。

⑤蠲(juān):除去,免除。

⑥遗蜕:指尸体。蜕,蝉或蛇等脱下来的皮(壳)。

【译文】

先师桂林人吕阇斋先生说:他的家乡有人当了县令,上任那天,夜里梦见自己科举考试的房师某先生。某先生面容憔悴,好像有很深的忧虑。县令悲切地迎上前去拜见说:"您的遗体寄居在外,是我们这些弟子们的过错。但是我心里总惦念着这件事,并没有忘记。如今托您的福得了一官半职,正想方设法在筹备安葬。"原来这位某先生死在戍所,灵柩还寄存在庙里。某先生说:"这很好。但是,与其归葬我的骸骨,不如让我的灵魂有所归属。你只知道我的遗体在滇南,却不知道我的灵魂还被拘留在这里。当年,我曾在这里当县令,有老百姓试着开垦洼地荒山,我错误当成熟地上报,照章收纳赋税。百姓纷纷写状子上告,我明知他们有理,却又怕官吏的议论对我不利,就千方百计阻挠,让他们申诉无效,直到现在,新开荒田地上的赋税,仍然是百姓沉重的负担。土地爷报告了东岳神,东岳神认为这是由于工作失误造成的,虽然并非出于自私,但因为担心被检举影响升迁,那么罪行和自私自利是一样的。因此把我的灵魂拘留在此,要等这一项租税免除了,才能回去。所受饥寒困苦,我也不忍心再说了。回想起来,生前一时的官位俸禄,究竟又得到了多少好处?可是造下的冤孽,竟像茫茫大海,见不到岸边,实在比哭出血泪、钻心刺骨还要痛苦万分。今天幸好你来这里任官,倘若你念着我的知遇之情,能呼吁免除不合理的租税,那么我就可以重新进入转轮,脱离鬼界。我的遗体就是去喂蚂蚁,我也毫无遗憾。”县令翻阅旧时卷宗,果然有这件事。他通过各种渠道请求废除之后,恍惚又梦见那位先生前来道别了。

交河及方言曰:“说鬼者多诞,然亦有理似可信者。雍正乙卯七月①,泊舟静海之南。微月朦胧,散步岸上,见二人坐柳下对谈。试往就之,亦欣然延坐。谛听所说,乃皆幽冥事。疑其为鬼,瑟缩欲遁。二人止之曰:‘君勿讶,我等非鬼,一走无常,一视鬼者也。’问:‘何以能视鬼?’曰:‘生而如是,莫知所以然。’又问:‘何以走无常?’曰:‘梦寝中忽被拘役,亦莫知所以然也。’共话至二鼓,大抵缕陈报应。因问:‘冥司以儒理断狱耶?以佛理断狱耶?’视鬼者曰:‘吾能见鬼,而不能与鬼语,不知此事。’走无常曰:‘君无须问此,只问己心。问心无愧,即阴律所谓善;问心有愧,即阴律所谓恶。公是公非,幽明一理,何分儒与佛乎?’其说平易,竟不类巫觋语也。”

【注释】

①雍正乙卯：雍正十三年(1735)。

【译文】

交河人及方言说："关于鬼的传说，大多荒诞不经，但是也有让人觉得可信的。雍正乙卯年七月，我的船靠边停泊在静海以南。月色朦胧，我上岸散步，看见有两人坐在柳树下聊天。我试探着走近他们，他们也热情地让我坐下。我仔细听了一会儿，他们讲的全是阴曹地府的事儿。我以为他们是鬼，吓得哆哆嗦嗦想转身逃走。那两个人拦住我说：'别害怕，我们俩不是鬼，一个是走无常，一个能看见鬼。'我问：'怎么能看见鬼呢？'对方回答：'生来就这样，我也说不上为什么。'我又问：'怎么当上走无常的？'回答说：'在梦里突然被捉去担当这个差事，我也说不出个所以然来。'一起聊到二更天，一件一件说的大都是因果报应的事。我又问：'阴曹断案是以儒理为根据，还是以佛理为根据？'能看见鬼的人说：'我能看见鬼，但是不能和鬼说话，所以不知道这事。'走无常说：'你不必问这个问题，只要问问自己就行了。能做到问心无愧，就是阴间法律认为的善；问心有愧，就是阴间法律认定的恶。大是大非，阳间阴间同一个道理，何必分儒和佛呢？'他们说的道理通俗易懂，居然不像巫师说的话。"

里有视鬼者曰："鬼亦恒憧憧扰扰，若有所营，但不知所营何事；亦有喜怒哀乐，但不知其何由。大抵鬼与鬼竞，亦如人与人竞耳。然微阴不足敌盛阳，故莫不畏人。其不畏人者，一由人据所居，鬼刺促不安，故现变相驱之去；一由祟人求祭享；一由桀骜强魂，戾气未消。如人世无赖，横行为暴，皆遇气旺者避，遇运蹇者乃敢侵。或有冤魂厉魄，得请于神，报复以申积恨者，不在此数。若夫欲心所感，淫鬼应之；杀心所感，厉鬼应之；愤心所感，怨鬼应之。则皆由其人之自召，更不在此数矣。我尝清明上冢，见游女踏青，其妖媚弄姿者，诸鬼随之嬉笑；其幽闲贞静者，左右无一鬼。又尝见学宫有数鬼，教谕鲍先生出，先生讳梓，南宫人，官献县教谕。载县志《循吏传》。则瑟缩伏草间；训导某先生出，则跳掷自如。然则鬼之敢侮与否，尤视乎其人哉！”

【译文】

我们家乡有个能看得见鬼的人说：“鬼也总是忙忙碌碌、心乱神疲，仿佛在忙着什么事，但是我不知道在忙些什么；也有喜怒哀乐，但是我也不知道为了什么。大概鬼与鬼竞争，也和人与人竞争一样。不过，微弱的阴气不能抵挡旺盛的阳气，所以没有不怕人的鬼。那些不怕人的鬼，一是人占领了鬼住的地方，刺激得鬼日夜不安，因而作出怪样子，把人赶出去；一是骚扰人们以求祭祀；一是强横刚烈的鬼魂，凶暴之气还没有消散。就像人世间的流氓无赖，横行霸道，他们的鬼魂碰上阳气旺盛的人就躲避，遇到时运困顿的人才敢欺侮。另外有些冤魂恶鬼，得到神的批准，向某人报复，发泄心中的愤怨，就不在这个范围内了。人们有淫邪的欲念，就有淫鬼去回应；有凶杀的念头，就有恶鬼去回应；有怨恨的心思，就有怨鬼去回应。鬼都是那些人自己找来的，更不在这个范围内了。我曾经在清明时上坟，看到出来踏青春游的女人，那些妖媚的搔首弄姿，鬼就跟着她们玩耍嬉笑；那些端庄稳重的，旁边一个鬼也没有。又曾经看到学宫里有几个鬼，教谕鲍先生出来的时候，先生名梓，南宫县人，担任献县的教谕。事迹记载在县志的《循吏传》中。鬼就躲在草丛中发抖；训导某先生出来的时候，鬼就自由自在地蹦蹦跳跳。所以，鬼敢不敢欺侮人，还是看这个人是什么样的了！”

侍姬之母沈媪言：盐山有刘某者，患癃闭[1]，百药不验。一夕，梦神语曰："铜头煅灰，酒服之，即通。"问："铜头何物？"曰："汝辈所谓蝼蛄也。"试之果愈。余谓此湿热蕴结，以湿热攻湿热，借其窜利下行之性耳。若州都之官[2]，气不能化，则求之于本原，非此物所能导也。

【注释】

①癃(lóng)闭：由于肾和膀胱气化失司导致的排尿困难、全日总尿量明显减少、小便点滴而出、甚至闭塞不通的一种病证。

②州都之官：这里指膀胱。

【译文】

我侍妾的母亲沈老太太说：盐山县有个刘某人，得了癃闭症，小便不通，吃了许多药都治不好。一天夜晚，他梦见神对他说："将铜头煅成灰，用酒服下去，小便就通了。"他问："铜头是什么？"神说："就是你们所说的蝼蛄啊。"刘某人照方试用，果然痊愈了。我认为刘某的病是湿热蕴结，以湿热攻湿热，借用了药性利于攻下罢了。如果这种毛病生在膀胱，郁结的湿气不能通畅，就要寻求最根本的原因，并不是这种东西能导引。

梁铁幢副宪言[1]：有夜行者，于竹林边见一物，似人非人，蠢蠢然摸索而行。叱之不应。知为精魅，拾瓦石击之。其物化为黑烟，缩入林内，啾啾作声曰："我缘宿业，堕饿鬼道中。既瞽且聋，艰苦万状。公何忍复相逼？"乃委之而去。余《滦阳消夏录》中，记王菊庄所言女鬼以巧于谗搆受哑报，此鬼受聋瞽报，其聪明过甚者乎？

【注释】

①副宪：清代用来尊称都察院左副都御使。左副都御使，都察院的副长官。

【译文】

都察院右都御史梁铁幢说：有个走夜路的人，在竹林边看见一个怪物，样子像人又不是人，笨头笨脑的样子，摸索着往前走。大声呵斥它，也没什么反应。他知道是个鬼怪，拾起砖头瓦片打过去。怪物化作一团黑烟，缩进竹林，发出"啾啾"的声音说："我因为造了孽，堕身饿鬼道中。现在又瞎又聋，受尽千般艰难万种辛苦。您怎么忍心再逼我呢？"这人丢下鬼走了。我在《滦阳消夏录》中，记叙王菊庄讲的女鬼因为喜欢编排别人的坏话，结果遭到报应成了哑鬼，这个鬼遭受报应又聋又瞎，大概是生前聪明过分了吧？

先师汪文端公言：有欲谋害异党者，苦无善计。有黠者密侦知之，阴裹药以献，曰："此药入腹即死，然死时情状，与病卒无异；虽蒸骨验之[①]，亦与病卒无异也。"其人大喜，留之饮。归则以是夕卒矣。盖先以其药饵之，为灭口计矣。公因太息曰："献药者杀人以媚人，而先自杀也；用其药者，先杀人以灭口，而口终不可灭也。纷纷机械何为乎？"张樊川前辈时在座，因言有好娈童者，悦一宦家子。度无可得理，阴属所爱姬托媒妪招之，约会于别墅，将执而胁污焉。届期，闻已至，疾往掩捕。突失足堕荷塘板桥下，几于灭顶。喧呼掖出，则宦家子已遁，姬已鬓乱钗横矣。盖是子美秀甚，姬亦悦之故也。后无故开阁放此姬，婢妪乃稍泄其事。阴谋者鬼神所忌，殆不虚矣。

【注释】

①蒸骨：旧时用酒醋蒸熏骨骼以定死因的验尸方法。

【译文】

先师汪文端先生说：有个人想要设计害死他的对头，苦于没有好办法。有个狡猾的人悄悄打听了解了他的想法，暗地里揣着毒药献给他，说："这种药一下肚就死，死的情状与病死的没什么两样；即使用蒸骨法检查，也与病死的一样。"那个人非常高兴，就留献药人喝酒。献药人回去，当天晚上就死了。原来那个人用毒药毒死了献药人，为的是杀人灭口。汪公叹息道："献药人想要帮着杀人拍马屁，结果先遭杀身之祸；预谋杀人的人先杀人灭口，但却做不到永远封住别人的口。他们纷纷扰扰挖空心思想害人，为的是什么呢？"前辈张樊川当时也在座，接着说，有个专门喜爱玩弄男童的人，看上了一个官家的子弟。又没有办法弄到手，就暗中吩咐自己最喜欢的姬妾，让她派媒婆去找官家子弟，说好在别墅幽会，打算到时用威胁手段奸污他。时间到了，这个人听到官家子弟已经去了别墅，就急忙赶去想堵门捉拿。路上突然跌了一跤，失足掉进了荷塘的板桥下，差点儿淹死。待众人闹闹嚷嚷把他救上来，那个少年已经跑了，别墅里那个爱姬却已经是披头散发的了。原来那个少年清秀俊美，姬妾也喜欢上了他。后来，这人无缘无故把那姬妾赶了出去，手下的丫头和老妈子才悄悄把这件事说了出来。善于耍弄诡计，玩弄阴谋的人，连鬼神也厌恶忌恨，实在是一点儿不假啊。

卖花者顾媪，持一旧磁器求售。似笔洗而略浅[①]，四周内外及底皆有泑色[②]，似哥窑而无冰纹[③]，中平如砚，独露磁骨，边线界画甚明，不出入毫发，殊非剥落。不知何器，以无用还之。后见《广异志》载嵇胡见石室道士案头朱笔及杯语[④]，《乾𦠆子》载何元让所见天狐有朱盏笔砚语[⑤]，又《逸史》

载叶法善有持朱钵画符语[⑥]，乃悟唐以前无朱砚，点勘文籍，则研朱于杯盏；大笔濡染，则贮朱于钵。杯盏略小而口哆[⑦]，以便掭笔[⑧]；钵稍大而口敛，以便多注浓沈也。顾媪所持，盖即朱盏，向来赏鉴家未及见耳。急呼之来，问："此盏何往？"曰："本以三十钱买得，云出自井中。因公斥为无用，以二十钱卖诸杂物摊上。今将及一年，不能复问所在矣。"深为惋惜。世多以高价市赝物，而真古器或往往见摈。余尚非规方竹漆断纹者[⑨]，而交臂失之尚如此，然则蓄宝不彰者，可胜数哉！余后又得一朱盏，制与此同，为陈望之抚军持去。乃知此物世尚多有，第人不识耳。

【注释】

①笔洗：墨、纸、砚之外的一种文房用具，是用来盛水洗笔的器皿。

②泑(yòu)：古同"釉"。

③哥窑：宋代五大名窑之一。

④《广异志》：志怪小说集，唐代载孚撰。

⑤《乾𦠆子》：温庭筠的传奇小说集，原本不传，《太平广记》引录甚多。

⑥《逸史》：唐代卢肇所编撰，共三卷。该书今已残缺，书中部分内容散见于《太平广记》等宋代笔记中，共有八十馀条。这部小说是作者写完《史录》后将写作这部史书过程中所收集的民间传说故事整理编撰而成的。内容虚实相间，比较庞杂。

⑦哆：噘起，翘起。

⑧掭(tiàn)笔：用毛笔蘸墨汁在砚台上弄均匀。

⑨规方竹漆断纹：唐代李德裕诗："削圆方竹杖，漆却断纹琴。"说是有人得到了方竹做的竹杖，认为这个竹子应该是圆的，就把方竹

削圆了;有人得到了有断纹的古琴,觉得不好看,就给古琴上了漆掩盖断纹。后用来比喻不通风雅,自作聪明,弄巧成拙。

【译文】

卖花的顾老太太拿着一个旧磁器出售。这个旧磁器好像笔洗,但是略微浅了一些,四周内外以及底部都有釉色;像是哥窑又没有冰裂纹,中间平平的像砚台,只露出边缘的内坯,界线很分明,没有参差不齐的地方,绝不是破裂剥落的。我不知这是什么器皿,觉得没有用处,就还给了她。后来,看到唐人载孚的《广异志》上记载嵇胡看见石室道士书桌上有朱笔和杯子的事,晚唐时温庭筠写的小说《乾䐣子》上记载何元让所见天狐有朱盏笔砚的事,还有唐代卢肇编撰的《逸史》记载叶法善拿着朱钵画符的事,才醒悟到唐代以前没有朱砚台,校勘典籍文书,就在杯盏中研磨朱汁;要用大笔沾点朱汁时,朱汁就贮放在钵子里。这种杯盏比较小,口是敞开的,便于掭笔;钵容量大,口是收敛的,便于贮存更多的朱汁。顾老太太要拿来卖的,原来就是朱盏,只是以前的鉴赏家还没有见过。我急忙把顾老太太叫来,问她:“那只杯盏卖到什么地方去了?”她说:“原是我用三十钱买来的,那个卖的人说是水井里挖出来的。因为您说这东西无用,我就以二十个小钱的价格卖给杂货摊。到现在已经将近一年,不知道已流落到什么地方去了。”我觉得十分可惜。世间常常用高价买假货,而真正的古董,却往往被抛弃。我还不算不懂事物、不通风雅的人,尚且像这样失之交臂,那么,藏有宝物而不识货的人,还数得过来吗!后来我又得到一只朱盏,杯子和这个一样,被陈望之巡抚拿去了。才知道这类物品在世间还有不少,只是人们不认识罢了。

先师介公野园言:亲串中有不畏鬼者,闻有凶宅,辄往宿。或言西山某寺后阁,多见变怪。是岁值乡试,因僦住其中。奇形诡状,每夜环绕几榻间,处之恬然,然亦弗能害也。一夕月明,推窗四望,见艳女立树下,咥然曰①:“怖我不动,来魅我耶？尔是何怪，可近前。”女亦咥然曰：“尔固不识我，我尔祖姑也，殁葬此山。闻尔日日与鬼角，尔读书十馀年，将徒博一不畏鬼之名耶？抑亦思奋身科目，为祖父光、为门户计耶？今夜而斗争，昼而倦卧，试期日近，举业全荒，岂尔父尔母遣尔裹粮入山之本志哉？我虽居泉壤，于母家不能无情，故正言告尔。尔试思之！”言讫而隐。私念所言颇有理，乃束装归。归而详问父母，乃无是祖姑。大悔，顿足曰：“吾乃为黠鬼所卖。”奋然欲再往。其友曰：“鬼不敢以力争，而幻其形以善言解，鬼畏尔矣，尔何必追穷寇？”乃止。此友可谓善解纷矣。然鬼所言者正理也，正理不能禁，而权词能禁之，可以悟消镕刚气之道也。

【注释】

①咥（xì）然：讥笑的样子。

【译文】

先师介野园先生说：他的亲戚中有个不怕鬼的人，听到哪里有凶宅，就去住。有人说西山某个寺院后面的阁楼，经常有作怪的。这一年他正好参加乡试，就租了这座阁楼住下来。每天夜里，他都看到有奇形怪状的东西围在几案和床边，他泰然处之，怪物也害不了他。一天夜里月色明亮，他推开窗子四面观望，看到有个美女站在树下，冷笑道：“吓不住我，就来迷惑我么？你是什么妖怪，到我面前来！”女鬼也冷笑着说：“你当然不认识我，我是你的祖姑奶奶，死后葬在这座山上。听说你天天与鬼争斗，你读了十几年书，只想奋斗到一个不怕鬼的名声吗？还是也想中举人进士，为祖宗争光、光耀门庭呢？现在，你每天夜里和鬼斗，累得白天睡大觉，考试日子临近了，学业全都荒废，难道这是你父母让你带着钱粮到山上读书的本意吗？我虽然在黄泉之下，对娘家却不能无情无义，所以对你正言相告。你再想想吧！”说罢，就不见了。他心想女鬼说得有道理，就收拾行李回家。回去后详细询问父母，才知道并没有这个祖姑奶奶。他很后悔，跺着脚说：“我竟然被狡猾的鬼暗算了。”于是鼓足了劲想再上山去。他的朋友劝他说：“鬼不敢和你斗力，就变了形好言相劝解决争斗，已经说明鬼怕你了，你何必穷追不舍呢？”他这才罢休。这位朋友可说是善于调解纠纷。不过，鬼讲的是正理，正理说服不了人，权变之词却能制止他，从这里可以领悟到消融刚气的办法了。

前记阁学札公祖墓巨蟒事，据总宪舒穆噜公之言也。壬子三月初十日[①]，蒋少司农戟门邀看桃花，适与札公联坐，因叩其详，知舒穆噜公之语不诬。札公又曰：“尚有一轶事，舒穆噜公未知也。守墓者之妻刘媪，恒与此蟒同寝处，蟠其榻上几满。来必饮以火酒[②]，注巨碗中，蟒举首一嗅，酒减分许，所馀已味淡如水矣。凭刘媪与人疗病，亦多有验。一旦，有欲买此蟒者，给刘媪钱八千，乘其醉而舁之去。去后，媪忽发狂曰：‘我待汝不薄，汝乃卖我。我必褫汝魄。’自挝不止[③]。媪之弟奔告札公。札公自往视，亦无如何。逾数刻竟死。夫妖物凭附女巫，事所恒有；忤妖物而致祸，亦事所恒有。惟得钱卖妖，其事颇奇；而有人出钱以买妖，尤奇之奇耳。此蟒今犹在，其地在西直门外，土人谓之红果园。”

【注释】

①壬子：乾隆五十七年（1792）。

②火酒：烈性酒，烧酒。

③挝（zhuā）：打，敲打。

【译文】

前面记载的内阁学士札公祖坟里出现巨蟒的事，是督察院左都御史舒穆噜先生讲的。乾隆壬子年三月初十，户部侍郎蒋戟门邀请我观赏桃花，恰好与札公坐在一起，于是我又详细地询问了这事，得知舒穆噜公说的是真的。札公又说："还有一件事，舒穆噜先生不知道。看坟人的老伴刘老婆子，常常与这条巨蟒同床睡觉，巨蟒盘曲着几乎占满了床。巨蟒一来，刘老婆子就给它烧酒喝，把酒倒进大碗里，巨蟒抬头一闻，杯中的酒减少了一分多，剩下的酒就味淡如水了。巨蟒凭附在刘老太身上给人看病，也多有灵验。一天早晨，有人要买这条巨蟒，给刘老婆子八千钱，趁着巨蟒酒醉把它抬走了。买蛇人走后，刘老婆子忽然发病说：'我待你不薄，你竟然卖我。我一定要夺了你的魂。'并不停地打自己的嘴巴。老婆子的弟弟跑去报告札公。札公亲自去看，也没有办法。过了几刻钟，刘老婆子真的死了。妖物凭附在巫婆身上这本是常有的事儿；触犯了妖物而遭祸，这种事情也不少见。为了得钱出卖妖物，这种事很离奇；有人花钱买妖物，更是奇上加奇了。这条巨蟒至今还在，所在的地方在西直门一带，当地人叫红果园。"

育婴堂、养济院，是处有之。惟沧州别有一院养瞽者，而不隶于官。瞽者刘君瑞曰："昔有选人陈某，过沧州，资斧匮竭[①]，无可告贷，进退无路，将自投于河。有瞽者悯之，倾囊以助其行。选人入京，竟得官，荐至州牧[②]。念念不能忘瞽者，自赍数百金，将申漂母之报[③]。而偏觅瞽者不可得，并其姓名无知者。乃捐金建是院，以收养瞽者。此瞽者与此选人，均可谓古之善人矣。"君瑞又言："众瞽者留室一楹，旦夕炷香拜陈公。"余谓陈公之侧，瞽者亦宜设一坐。君瑞嗫嚅曰："瞽者安可与官坐？"余曰："如以其官而祀之，则瞽者自不可坐。如以其义而祀之，则瞽者之义与官等，何不可坐耶？”此事在康熙中，君瑞告余在乾隆乙亥、丙子间[4]，尚能举居是院者为某某。今已三十馀年，不知其存与废矣。

【注释】

①资斧：旅费。

②州牧：官名。古代称九州（或十二州）的州长为“牧”，唐宋以后此官职废。这里指地方长官。

③漂母：在水边漂洗衣服的老妇，指馈食于人的恩惠。相传韩信落魄时，一位洗衣老妇把自己带的饭给他吃。事见《史记·淮阴侯列传》。

④乾隆乙亥、丙子：乾隆二十年（1755）、乾隆二十一年（1756）。

【译文】

育婴堂、养济院到处都有。只有沧州另有一院专门收养盲人，却不隶属于官府。有个叫刘君瑞的盲人说：“以前有个候补官员陈某，路过沧州，路费用完了，无处借贷，进退无路，想投河自尽。有个盲人同情他，倾囊相助。陈某赶赴京城，得到了官职，后来被举荐为州牧。陈某一直念念不忘那个盲人，亲自带了几百两银子，打算像韩信报答有恩的漂母那样去报答他。但他四处寻访，始终没有找到那位盲人，而且连盲人的姓名也没有人知道。于是就捐钱在沧州修建了这个养瞽院，收养盲人。这个盲人和这位陈某，都称得上是古道热肠的人。”刘君瑞又说：“盲人们在院里留出一间房子，早晚烧香膜拜陈公。”我认为在陈公的座位旁，也应为盲人设一个座位。刘君瑞不安地说：“盲人怎敢与州官平起平坐？”我说：“如果按官位来祭祀，盲人当然不能坐。如果因为义举来祭祀，那么盲人的义和官员相等，怎么不能坐呢？”这件事发生在康熙年间，而刘君瑞讲给我听时，是在乾隆乙亥、丙子年间，当时，刘君瑞还能说出住在这个院里盲人的名字。如今已经三十多年了，不知养瞽院还在不在。

明季兵乱，曾伯祖镇番公年甫十一，被掠至临清。遇旧客作李守敬，以独轮车送归。崎岖戈马之间，濒危者数，终不舍去也。时宋太夫人在，酬以金。先顿首谢，然后置金于案曰："故主流离，心所不忍，岂为求赏来耶？"泣拜而别，自后不复再至矣。守敬性戆直，侪辈有作奸者①，辄龂龂与争②，故为众口所排去。而患难之际，不负其心乃如此。

【注释】

①侪（chái）辈：同辈，朋辈。侪，同辈，同类的人。

②龂龂（yín）：争论的样子。

【译文】

明朝末年发生兵乱时，我的曾伯祖镇番公只有十一岁，被乱兵掠到临清。在临清遇到家里以前的佣工李守敬，李守敬用独轮车把他送回家来。一路上兵荒马乱，道路崎岖，多次面临危难，可是李守敬始终没有丢下曾伯祖自己逃命。当时宋太夫人在世，拿出银子来酬谢。李守敬先叩头表示感谢，然后将银子放在桌上说："旧主人流离失所，我于心不忍，难道我是为了求赏赐才来的吗？"他流着泪拜别而去，从此再也没来过。李守敬性格耿直，佣工中有人使奸耍滑，他就据理力争，因此受到众口攻击，被排挤走了。在患难之际，他竟能如此不负故主。

事有先兆，莫知其然。如日将出而霞明，雨将至而础润，动乎彼则应乎此也。余自四岁至今，无一日离笔砚。壬子三月初二日①，偶在直庐，戏语诸公曰："昔陶靖节自作挽歌②，余亦自题一联曰：'浮沉宦海如鸥鸟，生死书丛似蠹鱼③。'百年之后，诸公书以见挽足矣。"刘石庵参知曰："上句殊不类公，若以挽陆耳山，乃确当耳。"越三日而耳山讣音至，岂非机之先见欤！

【注释】

①壬子：乾隆五十七年(1792)。

②陶靖节：陶渊明(约365—427)，字元亮，又名潜，世称靖节先生，号五柳先生。东晋著名文学家、田园诗人、辞赋家。有《陶渊明集》传世。

③蠹(dù)鱼：书虫。蠹，蛀蚀器物的虫子。

【译文】

凡事都有先兆，不知是怎么道理。比如太阳将升，云霞放出光明；将要下雨，柱子基石就潮湿，那边一动，这边就响应。我从四岁开始到今天，没有一天离开过笔砚。乾隆壬子年三月初二，我在值班房偶然和同事们开玩笑说："过去陶渊明曾为自己写了一首挽歌，我也为自己题写了一副挽联：'浮沉宦海如鸥鸟，生死书丛似蠹鱼。'在我百年之后，诸位用这副挽联来悼念我，我就知足了。"参知政事刘石庵说："上半联很不像您，假若用来悼念陆耳山先生，更确切些。"过了三天，陆耳山先生去世的消息就到了，这不是气机的先兆吗！

申苍岭先生言：有士人读书别业，墙外有废冢，莫知为谁。园丁言夜中或有吟哦声，潜听数夕，无所闻。一夕，忽闻之，急持酒往浇冢上曰："泉下苦吟，定为词客。幽明虽隔，气类不殊。肯现身一共谈乎？"俄有人影冉冉出树阴中，忽掉头竟去。殷勤拜祷，至再至三，微闻树外人语曰："感君见赏，不敢以异物自疑。方拟一接清谈，破百年之岑寂。及遥观丰采，乃衣冠华美，翩翩有富贵之容，与我辈缊袍，殊非同调。士各有志，未敢相亲，惟君委曲谅之。"士人怅怅而返，自是并吟哦声亦不闻矣。余曰："此先生玩世之寓言耳。此语既未亲闻，又旁无闻者，岂此士人为鬼揶揄，尚肯自述耶？"先生掀髯曰："钼麑槐下之词[①]，浑良夫梦中之噪[②]，谁闻之欤？子乃独诘老夫也！"

【注释】

①钼麑（xú ní）：晋国著名的大力士。晋灵公派钼麑去刺杀赵盾。黎明前，钼麑潜入了赵盾家，发现赵盾已经盛服准备上朝。钼麑被赵盾的勤勉和正直感动，实在下不了手，为难地在门外叹曰："不忘恭敬，民之主也。贼民之主，不忠。弃君之命，不信。有一于此，不如死也。"一头碰死在门口的槐树下。事见《吕氏春秋》、《汉书·古今人表》等。

②浑良夫：《春秋左传》："卫侯梦于北宫，见人登昆吾之观，被发北面而噪曰：'登此昆吾之虚，绵绵生之瓜。余为浑良夫，叫天无辜。'"

【译文】

申苍岭先生说：有个士子在别墅读书，墙外有座荒坟，也不知埋的是什么人。园丁说，晚上有时能听到吟诗的声音，士子悄悄地听了几个晚上，什么也没听到。一天晚上，忽然听到吟诗的声音，急忙端酒浇在坟上，说："在黄泉之下苦读，一定是诗人。阴阳虽然间隔，但读书人的气质一定是没有两样的。愿不愿意出来谈谈呢？"不一会儿，有个人影从树荫下慢慢出现，忽然掉转头就走。士子礼貌地再三邀请，远远地听到树荫下的人影说："感谢你的赏识，我也不能因为自己是鬼就多疑了。我正想和你谈谈，解除我一百年来的孤独寂寞。刚才远远看见你的风度神采，衣服华贵精美，潇洒之中有富贵人家的样子，和我这种布衣并非同类。每个人有自己的志趣，我不敢和你亲近，只有请你多多原谅了。"士子只好惆怅地回去了，从此就连吟诗的声音也听不到了。我说：

“这是先生玩世不恭的寓言故事罢了。鬼的话，先生既没有亲自听到，旁边又没有别人听到，难道这个士子被鬼嘲笑，还肯自己说出来吗？”申苍岭先生摸着胡子笑道：“春秋时钽麑撞槐树自杀时说的话，卫侯梦里浑良夫的喊叫，谁在旁边听到了呢？你只是追问我这个老头子！”

邱孝廉二田言：永春山中有废寺，皆焦土也。相传初有僧居之，僧善咒术。其徒夜或见山魈，请禁制之。僧曰：“人自人，妖自妖，两无涉也。人自行于昼，妖自行于夜，两无害也。万物并生，各适其适。妖不禁人昼出，而人禁妖夜出乎？”久而昼亦嬲人，僧寮无宁宇，始施咒术。而气候已成，党羽已众，竟不可禁制矣。愤而云游，求善劾治者偕之归。登坛檄将，雷火下击，妖歼而寺亦烬焉。僧拊膺曰：“吾之罪也！夫吾咒术始足以胜之，而弗肯胜也；吾道力不足以胜之，而妄欲胜也。博善化之虚名，溃败决裂乃至此。养痈贻患，我之谓也夫！”

【译文】

举人邱二田说：福建永春县深山里有一座破庙，现在全是一片焦土。相传当初这里有僧人居住，他善于念咒降妖。他的徒弟夜间偶然看见山魈，就请僧人制服。僧人说：“人是人，妖是妖，各不相犯。人在白天活动，妖在夜间活动，不会互相伤害的。世上万物并生，各自有安身的地方。妖不干预人白天活动，而人为何要禁止妖夜间活动？”时间长了，山魈在大白天也骚扰起人来，僧舍没有安宁的地方，和尚这才念咒施法术。但是，山魈已经成了气候，它们广结党羽，竟然禁制不住了。和尚发怒，云游各地，请来善于降妖的人一起回寺院。在寺院设神坛，烧纸钱，请神灵，雷电大火从天而降，山魈被歼灭，同时寺庙也烧成了灰烬。僧人捶着胸脯说:“这是我的罪过呀!当初,我的法术足以治服它们,可我却不愿取胜;等到我的道行制伏不了妖怪时,却妄想一战求胜。为博取长于教化的虚名,最后一败涂地到这种地步。养毒疮而留祸患,说的正是我啊!”

飞车刘八,从孙树珊之御者也。其御车极鞭策之威,尽驰驱之力,遇同行者,必蓦越其前而后已,故得此名。马之强弱所不问,马之饥饱所不问,马之生死亦所不问也。历数主,杀马颇多。一日,御树珊往群从家,以空车返。中路马轶,为轮所轧,仆辙中。其伤颇轻,竟昏瞀不知人,舁归则气已绝矣。好胜者必自及,不仁者亦必自及。东野稷以善御名一国,而极马之力,终以败驾[①]。况此役夫哉!自陨其生,非不幸也。

【注释】

①“东野稷”三句:东野稷因为善于驾车而得见鲁庄公,他驾车时进退能够在一条直线上,左右转弯形成规整的弧形。庄公要他转上一百圈后再回来。颜阖说:“东野稷一定会失败的。”不多久,东野稷果然失败而回。庄公问:“你为什么事先就知道定会失败呢?”颜阖回答说:“东野稷的马力气已经用尽,可是还要它转圈奔走,必定失败。”事见《庄子·外篇》。

【译文】

飞车刘八,是我堂孙纪树珊的车夫。他驾车把马鞭的威力发挥到极致,马匹奔跑的速度用到极致,遇到同路的马车,非要超越到前面才作罢,所以得到飞车的名声。他不管驾车的马是强壮是瘦弱,不管马是饱是饿,也不管马是死是活。他曾为几个主人家驾车,被他累死的马很多。有一天，他驾车载树珊去堂兄弟家，空车回来。半路上，马匹突然受惊狂奔，刘八被车轮碾过，倒在车辙当中。他伤得不重，却昏迷不省人事，被人抬回家，早就断气了。好胜的人一定自食其果，不仁义的人也一定殃及自己。东野稷以善于驾驭马名扬全国，可是用尽了马的力气，马也终于垮了。何况这个车夫呢！这是自己送命，并不是不幸的意外事件。

先祖光禄公，有庄在沧州卫河东。以地恒积潦[①]，其水左右斜袤如"人"字[②]，故名"人字汪"。后土语讹"人字"曰"银子"，又转"汪"为"洼"，以吹唇声轻呼之，音乃近"娃"，弥失其真矣。土瘠而民贫，凋敝日甚。庄南八里为狼儿口。土语以"狼儿"二字合声吹唇呼之，音近"辣"，平声。光禄公曰："人对狼口，宜其不蓄也。"乃改庄门北向。直北五里曰木沽口，"沽"字，土音在果、戈之间。自改门后，人字汪渐富腴，而木沽口渐凋敝矣。其地气转移欤？抑孤虚之说竟真有之[③]？

【注释】

①潦（lào）：雨水过多，水淹。

②袤（mào）：长度。特指南北距离的长度。

③孤虚：古代方术用语。即计日时，以十天干顺次与十二地支相配为一旬，所馀的两地支称之为"孤"，与孤相对者为"虚"。古时常用以推算吉凶祸福及事之成败。

【译文】

先祖父光禄公，有处庄园在沧州卫河东岸。因为地面常有积水，水分左右两边斜伸出去，像"人"字的样子，所以叫做"人字汪"。后来方言变音，把"人字"读为"银子"，又把"汪"字改为"洼"，用唇音轻读，发音近似“娃”字，就更失去了原来名称的本义。人字汪土质贫瘠，百姓穷苦，一天天荒凉破落。庄子南面八里是狼儿口。土语把“狼儿”两个字合起来用唇音读，音近“辣”，平声。光禄公说：“人对狼口，因此才不兴旺。”于是，把庄门改成朝北，正对着北面五里外的木沽口，“沽”字，方言语音在果、戈之间。自从改了大门以后，人字汪逐渐富裕肥沃起来，而木沽口却日益衰落，是地气转移了呢，还是占卜推算的说法当真呢？

人字汪场中有积柴，俗谓之垛。多年矣。土人谓中有灵怪，犯之多致灾祸；有疾病，祷之亦或验。莫敢撷一茎，拈一叶也。雍正乙巳[①]，岁大饥，光禄公捐粟六千石，煮粥以赈。一日，柴不给，欲用此柴，而莫敢举手。乃自往祝曰：“汝既有神，必能达理。今数千人枵腹待毙[②]，汝岂无恻隐心？我拟移汝守仓，而取此柴活饥者，谅汝不拒也。”祝讫，麾众搜取，毫无变异。柴尽，得一秃尾巨蛇，蟠伏不动；以巨畚舁入仓中，斯须不见。从此亦遂无灵。然迄今六七十年，无敢窃入盗粟者，以有守仓之约故也。物至毒而不能不为理所屈，妖不胜德，此之谓矣。

【注释】

①雍正乙巳：雍正三年(1725)。

②枵(xiāo)腹：空腹，谓饥饿。

【译文】

人字汪的场院上有堆积的柴草，老百姓叫垛。很多年了。当地人说柴堆里面有灵怪，冒犯了它会有灾祸；有人生病，到柴堆前祈祷，有时也灵验。没有人敢折柴堆上的一枝、拿一叶。雍正乙巳年大饥荒，光禄公捐助六千石粮食，煮粥赈济灾民。有一天，柴草不够用，想用这垛柴禾，却没有人敢动手。光禄公亲自前往祝告神灵说:“你既然有灵验,一定能通情达理。现在,几千人空着肚子等死,你难道没有恻隐之心吗?我准备把你移去看守粮仓,用这些柴堆来煮粥,救活那些饥饿的人,大概你不会拒绝吧?”祝告之后,指挥众人拉取柴草,一点儿奇异变化也没有。柴草搬完,现出一条秃尾巴的巨蛇,蟠着一动也不动。大家就用大畚箕把巨蛇抬到粮仓里,一下子就不见了。从此以后,也没有什么灵验。不过,至今六七十年,没有人敢进粮仓偷粮,因为有过叫巨蛇守粮仓的约定。再毒的东西,也不能不被道理所制服,妖怪不能战胜德行,指的就是这种事情了。

从孙树宝言:韩店史某,贫彻骨。父将殁,家惟存一青布袍,将以敛。其母曰:“家久不举火,持此易米,尚可多活月馀,何为委之土中乎?”史某不忍,卒以敛。此事人多知之。会有失银钏者,大索不得。史某忽得于粪壤中。皆曰:“此天偿汝衣,旌汝孝也。”失钏者以钱六千赎之,恰符衣价。此近日事。或曰:“偶然也。”余曰:“如以为偶,则王祥固不再得鱼①,孟宗固不再生笋也②。幽明之感应,恒以一事示其机耳。汝乌乎知之!”

【注释】

①“王祥”句:王祥冬天为继母捕鱼,严冬脱衣卧冰,冰被暖化了,双鲤跃出,被后世奉为奉行孝道的经典故事。故事最早出自干宝的《搜神记》,房玄龄等编撰《晋书》亦收录此事,元代郭居敬则将其列入《二十四孝》中。

②“孟宗”句:孟宗,三国时人。因病父冬天要吃竹笋而在竹林中向竹而泣,终于感动神仙,在岁暮隆冬长出竹笋。“孟宗哭竹”是

“二十四孝”故事之十六。

【译文】

堂孙纪树宝说：韩店镇有位史某，家里穷得简直一无所有。史某的父亲临终，家里仅有一件青布袍，史某要用这件衣服装殓。母亲说：“家里好几天揭不开锅，把它拿去换米，还能多活一个月，为什么把它埋进土里呢？”史某于心不忍，还是用布袍装殓了父亲。这件事有很多人知道。正逢有个人丢了一副银手镯，怎么找也没找到。史某忽然在粪堆里发现了这副银手镯。大家都说：“这是老天爷偿还给你布袍的钱，用来表彰你的孝心啊。”失主用六千钱赎回手镯，恰好是一件布袍的价。这是最近发生的事。有人说：“这是偶然的。”我说：“如果认为是偶然，那么，王祥再怎么卧冰，也不能得鱼，孟宗再流泪，冬天也不会生出竹笋来。阴阳之间的互相感应，常会通过一件事来显现它的玄机，你们哪里知道！”

景州李晴嶙言：有刘生训蒙于古寺，一夕，微月之下，闻窗外窸窣声，自隙窥之，墙缺似有二人影。急呼“有盗”，忽隔墙语曰：“我辈非盗，来有求于君者也。”骇问：“何求？”曰：“猥以夙业，堕饿鬼道中，已将百载。每闻僧厨炊煮，辄饥火如焚。窥君似有慈心，残羹冷粥，赐一浇奠可乎？”问：“佛家经忏，足济冥途，何不向寺僧求超拔？”曰：“鬼逢超拔，是亦前因。我辈过去生中，营营仕宦，势盛则趋附，势败则掉臂如路人。当其得志，本未扶穷救厄，造有善因；今日势败，又安能遇是善缘乎？所幸货赂丰盈，不甚爱惜，孤寒故旧，尚小有周旋。故或能时遇矜怜，得一沾馀沥。不然，则如目犍连母在大地狱中①，食至口边，皆化猛火，虽佛力亦无如何矣。”生恻然悯之，许如所请，鬼感激呜咽去。自是每以残羹剩酒浇墙外，亦似有肸蚃②，然不见形，亦不闻语。越岁馀，夜闻墙外呼曰："久叨嘉惠，今来别君。"生问："何往？"曰："我二人无计求脱，惟思作善以自拔。此林内野鸟至多，有弹射者，先惊之使高飞；有网罟者，先驱之使勿入。以是一念，感动神明，今已得付转轮也。"生尝举以告人曰："沉沦之鬼，其力犹可以济物，人奈何谢不能乎？"

【注释】

①目犍连母：目犍连，即目犍连尊者，释迦牟尼的十大弟子之一。目连看到已逝去的母亲在鬼道中受苦，很伤心，用自己的神力送饭给母亲吃，但是饭尚未入口即化为灰烬。佛陀说："你母亲罪孽深重，你一人救不了，要靠十方僧众的道力才行，你要在七月十五日众僧结夏安居修行圆满的日子里，敬设盛大的盂兰盆供，以百味饮食供养十方众僧，依靠僧众的力量，救出你的母亲。"目连依尊师的指点，母亲真的脱离了饿鬼道。出自《盂兰盆经》。

②肸蚃（xī xiǎng）：隐隐约约的声响、气息。

【译文】

景州人李晴嵝说：有个姓刘的书生在古庙里教儿童读书，一天晚上，月色微明，他听到窗外有窸窸窣窣的声音，从窗户缝隙往外一看，见墙缺口处有两个人影。刘生急忙喊"有贼！"忽然隔墙有声音说："我们不是贼，是有事情来求您啊。"刘生惊恐地问："求我什么？"墙外答道："我们因为前生罪孽，堕入饿鬼道中，已将近一百年了。每当闻到厨房烧火做饭，就饥火如焚。我们偷偷地看，觉得您有慈悲心，能否用残羹剩饭祭奠我们一下呢？"刘生说："佛教徒们整天诵经忏悔，足以周济阴间的鬼，你们为什么不向和尚求助超度？"饿鬼回答："鬼逢超度也是前因。我俩前生在官场钻营，谁有权势就巴结谁，一旦衰败了，就一甩胳膊离开如同陌路人。我们得意时，也没做过济贫救弱的好事，积下功德；如今势败，又怎能得到善报呢？幸运的是，当初对所得不义之财，还不那么吝惜，对亲朋好友、饥寒孤寡的人也小有周济。因此，有时也能得到些小小的怜悯，吃上一口残羹剩饭。不然，一定会像目犍连的母亲一样，在大地狱里，食物到了嘴边都化为猛火，就是神佛之功，也无能为力呵。”刘生可怜这两个饿鬼，就答应了他们的要求，鬼感激地呜咽着离去。从此以后，刘生经常把残羹剩酒洒向墙外，也能听到墙外隐隐约约似乎有声音回应，但见不到形状，也听不见说话。过了一年多，夜里听到墙外有人说：“感谢对我们的长久赐予，今天特地来向您告别。”刘生问：“到哪儿去？”鬼说：“我们俩没办法求得超脱，只想做点儿好事以求自拔。这片树林里野鸟很多，有来射杀的，我俩先惊吓鸟叫它们高飞；有用网捕捉的，我俩就事先驱赶它们，不让鸟儿入网。因为这一心念，感动了神明，已经允许我俩转轮托生了。”刘生曾经把这段故事讲给别人听，说：“沉沦的鬼尚且能用微薄之力救济生物，为什么人却说力不能及，推辞着不肯去做呢？”

族兄中涵知旌德县时，近城有虎暴，伤猎户数人，不能捕。邑人请曰：“非聘徽州唐打猎，不能除此患也。”休宁戴东原曰：“明代有唐某，甫新婚而戕于虎。其妇后生一子，祝之曰：‘尔不能杀虎，非我子也。后世子孙如不能杀虎，亦皆非我子孙也。’故唐氏世世能捕虎。”乃遣吏持币往。归报唐氏选艺至精者二人，行且至。至则一老翁，须发皓然[①]，时咯咯作嗽；一童子十六七耳。大失望，姑命具食。老翁察中涵意不满，半跪启曰：“闻此虎距城不五里，先往捕之，赐食未晚也。”遂命役导往。役至谷口，不敢行，老翁哂曰：“我在，尔尚畏耶？”入谷将半，老翁顾童子曰：“此畜似尚睡，汝呼之醒。”童子作虎啸声。果自林中出，径搏老翁。老翁手持一柄短斧，纵八九寸，横半之，奋臂屹立。虎扑至，侧首让之。虎自顶上跃过，已血流扑地。视之，自颔下至尾闾，皆触斧裂矣。乃厚赠遣之。

老翁自言炼臂十年，炼目十年。其目以毛帚扫之不瞬，其臂使壮夫攀之，悬身下缒不能动[2]。《庄子》曰："习伏众神，巧者不过习者之门。"信夫。尝见史舍人嗣彪，暗中捉笔书条幅，与秉烛无异。又闻静海励文恪公，剪方寸纸一百片，书一字其上，片片向日叠映，无一笔丝毫出入。均习而已矣，非别有谬巧也。

【注释】

①皓然：洁白的样子。

②缒(zhuì)：用绳索拴住人或物从上往下放。

【译文】

堂兄纪中涵任旌德知县时，靠近县城的地方有老虎肆虐，咬伤了几名猎手，无法捕捉。当地人请求说："除非聘请徽州唐打猎家，否则不能消除虎患。"休宁县戴东原说："明代有个姓唐的人，刚结婚就被老虎吃了。后来他的妻子生了个儿子，祈祷说：'你如果不能杀死老虎，就不是我的儿子。后代子孙如果不能杀死老虎，也都不是我的子孙。'所以唐家世世代代都会捕杀老虎。"于是纪中涵派下属带着银钱去聘请。下属回来报告，唐家选派两位武艺最高强的，马上就要来了。唐家两个人到了，原来一个是老爷子，胡子头发雪白，还时时"咯咯"地咳嗽；一个是十六七岁的少年。纪中涵很失望，命令手下姑且给这两个猎手准备酒饭。老爷子觉察纪中涵不满意，就行礼道："听说这只老虎在离城不到五里的地方，不如先去捕杀，回来再赏饭也不迟。"纪中涵就派差役带这两个人前去。差役走到山谷入口，不敢再走，老爷子冷笑着说："有我在这里，你还害怕吗？"进入山谷一半时，老爷子回头对少年说："这畜生好像还在睡觉，你来喊醒它。"少年就模仿老虎的啸声。老虎果然从树林里冲出，直扑老爷子。老爷子手里拿着一把短柄的斧头，长八九寸，阔只有四五寸，高举手臂，直挺挺地站着。老虎扑过来，老爷子把头一歪，让老虎越过。老虎从老爷子的头顶飞跃而过，就流血滚地死去了。仔细一看，老虎从下巴至尾骨，都擦着斧头而过，全身被剖开两半了。纪中涵就重赏两个猎人，送他们回去。

老爷子说，臂力练了十年，眼力练了十年。他的眼睛，练到用毛帚扫也不会眨眼；他的手臂，即使强壮汉子攀着，把身子吊在手臂上，也不会动一动。《庄子》说："技艺熟练能使技艺超群的人们佩服，能工巧匠不过是勤学苦练的结果。"这是可信的。我曾经见过史嗣彪舍人，他可以在黑暗中提笔写条幅，写出的条幅，和点着灯写的完全一样。又听说静海的励文恪公，剪一百张一寸正方的纸片，每片都写上一个相同的字，把这些纸片叠在一起，迎着太阳透视观察，每张纸片的字没有一笔一画有丝毫相差。这些都是练习勤奋而已，并不是另有什么巧妙的捷径可走。

李庆子言：山东民家，有狐居其屋数世矣。不见其形，亦不闻其语；或夜有火烛盗贼，则击扉撼窗，使主人知觉而已。屋或漏损，则有银钱铿然坠几上。即为修葺，计所给恒浮所费十之二，若相酬者。岁时必有小馈遗置窗外。或以食物答之，置其窗下，转瞬即不见矣。从不出嬲人，儿童或反嬲之，戏以瓦砾掷窗内，仍自窗还掷出。或欲观其掷出，投之不已，亦掷出不已，终不怒也。一日，忽檐际语曰："君虽农家，而子孝弟友，妇姑娣姒皆婉顺[①]，恒为善神所护，故久住君家避雷劫。今大劫已过，敬谢主人，吾去矣。"自此遂绝。从来狐居人家，无如是之谨饬者，其有得于老氏"和光"

之旨欤[②]！卒以谨饬自全，不遭劾治之祸，其所见加人一等矣。

【注释】

①娣（dì）姒（sì）：妯娌。

②老氏"和光"之旨：老子的"和光同尘"的要旨。这里指随俗而处，不露锋芒。老氏，老子。和光，混合各种光彩。和，混合。

【译文】

李庆子说：山东有一户百姓家，狐精居住在他家已经几代了。平常不见狐精身形，也听不见声音；有时夜间如果有火灾或者盗贼，狐精就敲门摇窗，让主人知道。屋子有了漏损，就有银钱"铛啷"一声落到几案上。用这些银钱修缮房屋，费用总是能富裕十分之二，好像是对主人的酬谢。到了过年时，狐精必定赠送些小礼品，放在窗外。主人有时用食物答谢，放在狐精住的屋子窗外，转眼就不见了。狐精从来不扰人，有时候小孩子反而去惹狐精，往里面扔砖头瓦片玩，狐精也只是再从窗户扔出来。有时小孩子要看里面怎么往外扔，就不停地往里投，狐精不过是不停地往外扔，始终不发怒。有一天，忽然听到房檐上有声音说："您虽说是农家，但是儿女孝敬，兄弟友爱，婆媳、妯娌和睦，常被神灵保护着，所以我长期居住在您家里，以避雷劫。如今大劫已过，敬谢主人，告辞了。"此后，再也没有狐精了。狐精居住在人家，从来也没有这么小心谨慎、自我约束的，大概他们是懂得了老子关于"和光同尘"的要旨了吧！他们终因小心谨慎、自我约束保全了自己，避免了被符咒法术制服的祸患，这种见识可以说高人一等了。

从侄虞惇，从兄懋园之子也。壬子三月[①]，随余勘文渊阁书，同住海淀槐西老屋。余婿袁煦之别业，余葺治之，为轮对上直憩息之地。言懋园有朱漆藤枕，崔庄社会之所买[2]，有年矣。一年夏日，每枕之，辄嗡嗡有声，以为作劳耳鸣也。旬馀后，其声渐厉，似飞虫之振羽。又月馀，声达于外，不待就枕始闻矣。疑而剖视，则一细腰蜂鼓翼出焉。枕四围无针芥隙，蜂何能遗种于内？如未漆时先遗种，何以越数岁乃生？或曰："化生也。"然蜂生以蛹，不以化。即果化生，何以他处不化而化于枕？他枕不化而化于此枕？枕中不饮不食，何以两月馀犹活？设不剖出，将不死乎？此理殊不可晓也。

【注释】

①壬子：乾隆五十七年(1792)。

②社会：古代民众的一种聚会，包括祭神、娱乐和购物等活动。

【译文】

我的堂侄虞惇，是堂兄懋园的儿子。乾隆壬子年三月，他随我在文渊阁校勘书籍，一起住在海淀的槐西老屋里。这是我女婿袁煦的别墅，我修缮之后，作为轮到值班时休息的地方。他说懋园有个朱漆藤枕，是从崔庄的集市上买的，已经有些年头了。有一年夏天，懋园每次枕上这个藤枕，就会听到"嗡嗡"声，起初以为是操劳过度，自己耳鸣。十几天后，声音越来越大，好似是飞虫在振动羽翼。又过一个多月，嗡嗡声传出枕外，不等枕到枕头上也能听见了。疑惑不解，就剖开藤枕察看，结果有一只细腰蜂扇动着翅膀飞了出来。藤枕周围密闭，连针尖大的孔隙都没有，蜂怎么能在枕内产卵呢？如果枕头在没有油漆时就被蜂产过卵，怎么会过了几年以后才生出蜂来？有人说："这是自然界化生的。"可是，蜂向来都是蛹生，从不化生。即使真的是化生，为何不在别处化生而单在枕头里化生？为何不在其他枕头里化生而偏偏在这只枕头里化生？蜂在枕头里不吃不喝，两个多月怎么还能活下来？假设不是剖开枕头让它飞出来，这蜂就会不死吗？这其中的缘故太不可理解了。

虞惇又言：掖县林知州禹门，其受业师也。自言其祖年八十馀，已昏耄不识人①，亦不能步履，然犹善饭。惟枯坐一室，苦郁郁不适。子孙恒以椅舁至门外延眺，以为消遣。一日，命侍者入取物，独坐以俟。侍者出，则并椅失之矣。阖家悲泣惶骇，莫知所为；裹粮四出求之，亦无踪迹。会有友人自劳山来，途遇禹门，遥呼曰："若非觅若祖乎？今在山中某寺，无恙也。"忽驰访之，果然。其地距掖数百里，僧不知其何以至。其祖但觉有二人舁之飞行，亦不知其为谁也。此事极怪而非怪，殆山魈狐魅播弄老人以为游戏耳。

【注释】

①昏耄（mào）：衰老，年迈，糊涂。耄，年老，八九十岁的年纪。

【译文】

虞惇又说：掖县知州林禹门是他的老师。林禹门自己说，他祖父八十多岁了，年老糊涂，已经不认识人了，也不能走路，但是饭量很大。只是一个人呆呆地坐在房间里，感到闷闷不乐，很不舒服。子孙们经常用椅子把他抬出去，看看远处的风景，作为消遣。有一天，老人让侍候他的人进去拿东西，他独自坐在门外等着。仆人拿东西出来，老人和椅子全不见了。全家人伤心惊慌，不知怎么办才好；带上干粮，四处寻找，依然没有踪迹。恰巧有个朋友从崂山来，在路上遇到了林禹门，远远呼叫着说："你是来找爷爷的吧？他在崂山的一座庙里，一切都很好。"林禹门急忙奔赴崂山，果然老人在那里。崂山与掖县相距几百里，庙里的和尚也不知老人是怎么来的。老人只觉得有两个人抬着他的椅子飞跑，但不知道是什么人。这件事非常怪异但又不怪，也许是山魈、狐仙、鬼魅之类捉弄老人，当成一种游戏而已。

戈孝廉廷模，字式之，芥舟前辈长子也。天姿朗彻，诗格书法，并有父风。于父执中独师事余。余期以远到，乃年四十馀，始选一学官。后得心疾，忽发忽止，竟夭天年。余深悲之，偶与从孙树珏谈及。树珏因言其未殁以前，读书至夜半，偶即景得句曰："秋入幽窗灯黯淡。"属对未就，忽其友某揭帘入，延与坐谈，因告以此句。其友曰："何不对以'魂归故里月凄清'。"式之愕然曰："君何作鬼语？"转瞬不见，乃悟其非人。盖衰气先见，鬼感衰气应之也。故式之不久亦下世。与《灵怪集》载曹唐《江陵佛寺》诗"水底有天春漠漠"一联事颇相类①。

【注释】

①《灵怪集》：唐代张荐作，已佚。有不少篇章收录在《太平广记》中，笔力纵恣，极富文采，是晚唐较好的传奇小说集。

【译文】

举人戈廷模，字式之，是前辈戈芥舟的长子。戈廷模形貌清俊，诗艺书法，都有他父亲的风格。在他父亲的同辈人中，他唯独把我当作他的老师。我对他也抱着很大的期望，但他直到四十岁，才被选任了个学官。后来得了心脏病，时发时好，竟然早逝了。我深感悲痛，偶然和堂孙纪树珏提起戈廷模。树珏说戈廷模去世之前，读书到深夜，偶然即景写了一句诗："秋入幽窗灯黯淡。"下联还没写出来，忽然见他的一位朋友掀帘进来，戈廷模让坐，告诉他这一句诗。那位朋友说："你何不以'魂归故里夜凄清'来对呢？"戈廷模吃惊地问："你怎么说起鬼话来了？"

朋友转眼就不见了，戈廷模这才醒悟对方不是人。因为他先已出现了衰气，鬼感受到了才来的。所以戈廷模不久也死了。这和《灵怪集》里记载的曹唐所作《江陵佛寺》诗中“水底有天春漠漠”一句的事特别相似。

曹慕堂宗丞言：有夜行遇鬼者，奋力与角。俄群鬼大集，或抛掷沙砾，或牵拽手足。左右支吾，大受箠击，颠踣者数矣。而愤恚弥甚，犹死斗不休。忽坡上有老僧持灯呼曰：“檀越且止！此地鬼之窟宅也，檀越虽猛士，已陷重围。客主异形，众寡异势，以一人气血之勇，敌此辈无穷之变幻，虽贲、育无幸胜也[1]，况不如贲、育者乎？知难而退，乃为豪杰。何不暂忍一时，随老僧权宿荒刹耶？”此人顿悟，奋身脱出，随其灯影而行。群鬼渐远，老僧亦不知所往。坐息至晓，始觅得路归。此僧不知是人是鬼，可谓善知识耳。

【注释】

①贲、育：战国时勇士孟贲和夏育。

【译文】

曹慕堂宗丞说：有一个人赶夜路，遇到了鬼，就尽力同鬼争斗。不一会儿，大群的鬼拥过来，有的抛掷沙石，有的拉手拖脚。这个人左挡右防，受尽捶打，跌倒爬起很多次。这人更加愤怒，拚死争斗不停。忽然山坡上有个老和尚举着灯笼喊道：“施主不要再打了。这里是鬼的老窝，施主虽然是猛士，已经陷入重围了。客人和主人形类不同，人数多寡又不对等，以你一个人的勇猛，去对付这些鬼无穷的变化，即使有古代勇士孟贲、夏育的力量，也不能侥幸取胜，何况你还不及孟贲、夏育呢！知难而退，才是豪杰。你为什么不暂时忍耐一下，暂且跟老和尚到荒凉的寺院住一个晚上呢?”这个人顿时醒悟,奋力脱身,跟着老和尚的灯光走。群鬼越来越远了,老和尚也不知去向。这人坐下休息,到早晨才找到路回家。这个老和尚不知是人是鬼,但可以说是通晓一切的了。

海淀人捕得一巨鸟,状类苍鹅,而长喙利吻,目睛突出,眈眈可畏。非鹫非鹳,非鸨非鸬鹚,莫能名之,无敢买者。金海住先生时寓直澄怀园,独买而烹之,味不甚佳。甫食一二脔,觉胸膈间冷如冰雪,坚如铁石;沃以烧春,亦无暖气。委顿数日,乃愈。或曰:“张读《宣室志》载,俗传人死数日后,当有禽自柩中出,曰‘杀’。有郑生者,尝在隰川[①],与郡官猎于野,网得巨鸟,色苍,高五尺馀;解而视之,忽然不见。里中人言有人死且数日,卜者言此日‘杀’当去。其家伺而视之,果有巨鸟苍色自柩中出。”又,《原化记》载[②],韦滂借宿人家[③],射落“杀”鬼,烹而食之,味极甘美。先生所食,或即“杀”鬼所化,故阴凝之气如是欤?倪馀疆时方同直,闻之笑曰:“是又一终南进士矣[④]。”

【注释】

①隰(xí)川:今山西隰县。

②《原化记》:唐代皇甫氏撰。约成书于唐武宗会昌年间(841—846),或谓成书于唐僖宗乾符年间(874—879)。《通志·艺文略》著录于“小说类”。原书早佚。

③韦滂:传说中为唐朝大历年间人,身强力壮胆量大。擅长骑马射猎,不仅猎取飞鸟走兽,就连蛇、蝎、蚯蚓、蜣螂、蝼蛄之类也煮烤而食。曾经在京城里强宿丧家,将传说中的“杀”射落,煮熟吃,还留了一半给主人。

④终南进士：指钟馗。

【译文】

海淀的人捉到一只很大的鸟，样子像只灰鹅，嘴巴又长又尖，两眼突出，眼神很凶恶可怕。这只大鸟不是野鸭，不是老鹳，不是鸨鸟，不是鸬鹚，没人能说出它的名字，也没人敢买它。当时金海住先生正在澄怀园值班，自己买来杀了煮熟，味道不怎么样。刚吃下去一两块，就觉得胸膈之间冷如冰雪，坚硬如铁石；喝了两杯烧酒，仍然没有暖和过来。不舒服了几天，才好了。有人说："张读的《宣室志》中记载，民间传说人死几天之后，就有鸟从棺材里飞出来，这鸟叫'杀'。有个姓郑的，在隰川郊外陪郡官打猎，网住了一只大鸟，灰色，有五尺多高；想把大鸟从网里取出来仔细看，忽然不见了。村子里有人说某人死了好几天，卜者说这一天'杀'要离去。家属等在旁边看，果然有一只灰色大鸟从棺材里飞出来。"还有，《原化记》记载，韦滂寄宿人家，用箭射落了"杀"鬼，煮熟之后吃了，味道极美。先生吃的那只大鸟，大概也是"杀"鬼所幻化的，所以阴冷的气凝结得这样利害吧？倪馀疆先生正与金海住先生一起值班，听了这种说法，笑着说："咱们这里又出现了一个终南进士钟馗！"

自黄村至丰宜门，俗谓之南西门。凡四十里。泉源水脉，络带钩连，积雨后污潦沮洳[①]，车马颇为阻滞。有李秀者，御空车自固安返。见少年约十五六，娟丽如好女，蹩躠泥涂[②]，状甚困惫。时日已将没，见秀行过，有欲附载之色，而愧沮不言。秀故轻薄，挑与语，邀之同车。忸怩而上。沿途市果饵食之，亦不甚辞。渐相软款，间以调谑。面赪微笑而已。行数里后，视其貌似稍苍，尚不以为意。又行十馀里，暮色昏黄，觉眉目亦似渐改。将近南苑之西门，则广颡高颧[③]，鬑鬑有须矣[④]。自讶目眩，不敢致诘。比至逆旅下车，乃须鬓皓白，成一老翁，与秀握手作别曰："蒙君见爱，怀感良深。惟暮齿衰颜，今夕不堪同榻，愧相负耳。"一笑而去，竟不知为何怪也。秀表弟为余厨役，尝闻秀自言之。且自悔少年无状，致招狐鬼之侮云。

【注释】

①沮洳(rù)：低湿。

②蹩躠(bié xiè)：跛行。

③顙(sǎng)：额，脑门儿。

④鬑鬑(lián)：有一些胡子，须发稀少的样子。

【译文】

从黄村到丰宜门，老百姓叫做南西门。共有四十里。此地是泉水河沟的源头，河汊水沟交错如网，积雨后道路泥泞，车马行走很不方便。有个叫李秀的人，驾着空车从固安回家。途中见到一个十五六岁的少年，清秀苗条，像个漂亮女子，正艰难地在泥路上走，看样子已经十分疲惫。当时天色已晚，少年见李秀顺路空车，流露出搭车的意思，但是害羞没有开口。李秀向来轻薄，主动说话挑逗少年，邀他上车。少年羞答答地上了车。沿途李秀买了一些果品给少年吃，少年也没怎么推辞。李秀渐渐地甜言蜜语与少年调情，少年也只是红着脸微笑而已。走了几里路后，少年的相貌似乎苍老了一些，一时还没有在意。又走了十几里路，暮色昏黄，李秀觉得少年的眉目似乎渐渐变了。将近南苑西门的时候，少年已经宽脑门、高颧骨，长出胡须来了。他惊讶自己可能是眼花，没敢多问。等到了旅店下车，少年已经须发全白，完全是个老翁了。老翁与李秀握手告别说："承蒙您喜欢，十分感动。只是垂暮之年，颜色衰败，今晚是不堪与君同床了。辜负了你的盛情，真是惭愧！"朝李秀一笑，转身离去，到底不知道是什么精灵鬼怪。李秀的表弟是我的厨师，曾经听李秀亲口讲述这件怪事。李秀自己讲述这件事时，表示很后悔年轻时荒唐，才招来了狐鬼的捉弄。

文安王岳芳言：有杨生者，貌姣丽，自虑或遇强暴，乃精习技击，十六七时，已可敌数十人。会诣通州应试，暂住京城。偶独游陶然亭，遇二回人强邀入酒肆。心知其意，姑与饮啖，且故索珍味食。二回人喜甚，因诱至空寺，左右挟坐，遽拥于怀。生一手按一人，并踣于地，以足踏背，各解带反接，抽刀拟颈曰："敢动者死！"褫其下衣，并淫之，且数之曰："尔辈年近三十，岂足供狎昵！然尔辈污人多矣，吾为孱弱童子复仇也。"徐释其缚，掉臂径出。后与岳芳同行，遇其一于途。顾之一笑，其人掩面鼠窜去。乃为岳芳具道之。岳芳曰："戕命者使还命，攘财者使还财，律也，此当相偿者也。惟淫人者有治罪之律，无还使受淫之律，此不当偿者也。子之所为，谓之快心则可，谓之合理则未也。"

【译文】

文安人王岳芳说：有个姓杨的书生，长得很漂亮，他担心可能遇到强暴，就精练武艺，十六七岁时，就已能抵挡几十个人了。他去通州应考，在京城暂住。偶然一个人到陶然亭游玩，遇到两个回民，强拉他到酒店喝酒。杨某知道他们不怀好意，姑且与他们吃喝，并且故意点很贵的菜。两个回民非常高兴，把他骗到一座空庙里，一左一右挟制他坐着，突然把他拥到怀里。杨生一手一个，把两人按在地上，用脚踏住他们的脊背，解下他们的裤带，反绑了两手，抽出刀架在他们的脖子上说："谁敢动就要他的命！"他扒下两人的裤子，侮辱了一番，教训他们说："你们近三十岁了，哪里值得玩弄！不过你们玷污的人太多了，我要为被你们污辱的孩子们报仇。"说完，从容地给他俩松了绑，一甩胳膊径直离去。

后来，杨生与王岳芳同行，在路上碰上了两个回民中的一个。杨生向他微微一笑，那人吓得抱头鼠窜。杨生就把来龙去脉告诉了王岳芳。王岳芳说："杀人偿命，欠债还钱，律令规定这是应该偿还的。只有奸淫别人，另外又有判罪的律条，没有让奸污人的反过来受奸淫的律条，这是不该偿还的。你这么做，痛快倒是痛快，说它合理就不见得了。"

从孙树庙言：南村戈孝廉仲坊，至遵祖庄土语呼榛子庄，遵、榛叠韵之讹，祖、子双声之转也。相近又有念祖桥，今亦讹为埝左。会曹氏之葬。闻其邻家鸡产一卵，入夜有光，仲坊偕数客往观。时已昏暮，灯下视之，无异常卵。撤去灯火，果吐光荧荧，周卵四围如盘盂。置诸室隅，立门外视之，则一室照耀如昼矣。客或曰："是鸡为蛟龙所感，故生卵有是变怪。恐久而破壳出，不利主人。"仲坊次日即归，不知其究竟如何也。

案，木华《海赋》曰[①]："阳冰不冶，阴火潜然。"盖阳气伏积阴之内，则郁极而外腾。《岭南异物志》称海中所生鱼蜃[②]，置阴处有光。《岭表录异》亦称黄蜡鱼头[③]，夜有光如笼烛，其肉亦片片有光。水之所生，与水同性故也。必海水始有火，必海错始有光者[④]，积水之所聚，即积阴之所凝，故百川不能郁阳气，惟海能郁也。至暑月腐草之为萤，以层阴积雨，阳气蒸而化为虫；塞北之夜亮木，以冰谷雪岩，阳气聚而附于木。萤不久即死，夜亮木移植盆盎，越一两岁亦不生明。出潜离隐，气得舒则渐散耳。惟鸡卵夜光则理不可晓，蛟龙所感之说，亦未必然。按，段成式《酉阳杂俎》称岭南毒菌夜有光，杀人至速。盖瘴疠所钟[⑤]，以温热发为阳焰。此卵或沴疠之气[6]，偶聚于鸡；或鸡多食毒虫，久而蕴结，如毒菌有光之类，亦未可知也。

【注释】

①木华《海赋》：木华，字玄虚，广川（今河北枣强）人，西晋辞赋家。木华擅长辞赋，今存《海赋》一篇，被梁代萧统《文选》选录。

②《岭南异物志》：唐孟琯撰，一卷。《新唐书·艺文志》、《宋史·艺文志》史部地理类著录，《崇文总目》入子部小说类。已佚。佚文所记，皆虾、蟹、梅等南方物产。多夸饰之词，类于小说。

③《岭表录异》：唐刘恂撰。地理杂记，全书共三卷。此书与《北户录》同系记述岭南异物异事，也是了解唐代岭南道物产、民情的有用文献。

④海错：指各种海味。海里出产的各种珍贵食品。

⑤瘴疠：感受瘴气而生的疾病。亦泛指恶性疟疾等病。

⑥沴（lì）疠：瘟疫。

【译文】

侄孙树森说：南村有个举人戈仲坊，到遵祖庄土语叫“榛子庄”，“遵”成“榛”是叠韵的变化，“祖”成“子”是双声的转换。相近地方又有“念祖桥”，现在也变音为“埝左”。参加曹家的葬礼。他听说曹家邻居的鸡生了一只蛋，到夜晚会发光，就和几位宾客一起去看。当时已是黄昏，在灯下看这只蛋，和一般鸡蛋没有不同。拿走灯火后，果然发出荧荧的光芒，在鸡蛋周围形成一个盘子大的光圈。把它放在房间的一角，站在门外看，就见光芒把整个房间都照得像白天一样明亮。有个客人说：“这只鸡可能是受了蛟龙的精气，所以生下这样奇怪的蛋。只怕以后小鸡破壳而出，对主人不吉利。”戈仲坊第二天就回家了，不知道最后有什么事情发生。

据考证，木华的《海赋》说：“阳冰不冶，阴火潜然。”原来阳气潜伏在积累阴气之中，到了饱和的程度，就要挥发出来。《岭南异物志》说海里产生的鱼蜃，放在暗处会发光。《岭表录异》也说有一种黄蜡鱼头，夜晚能发光，像一只灯笼，它的肉也是一片片会发光。水里的生物，和水的性质相同。一定要是海水才会有火，一定是海中各种海产品才会发光的情况，是因为水积聚的，也是阴气所凝聚的，所以河流不能够包容阳气，只有海才能包容。至于暑天野草腐烂产生了萤火虫，是因为阴云堆积就下雨，阳气蒸腾就化育昆虫；塞外的夜亮木，是因为有冰山雪峰的阳气聚集依附在树木上。萤火虫很快就死亡，夜亮木移栽到盆缸中，过一两年也不会发光了。离开潜伏隐蔽的地方，阳气得到伸展，也就渐渐消散了。只是鸡蛋夜里发光的道理，还是不清楚，蛟龙使鸡受精的说法，也不一定对。段成式的《酉阳杂俎》说到岭南有一种毒菌，晚上能发光，毒死人的速度最快。这是瘴疠之气所聚集，因为温热气候引发为明亮的火焰。这只鸡蛋或者是灾害不祥之气偶然聚集在鸡身上所致；或者是鸡吃的有毒昆虫太多，长期以来毒素郁结在蛋上，就像毒菌有光的一样，也不是不可能的。

从侄虞惇言：闻诸任邱刘宗万曰："有旗人赴任丘催租[①]，适村民夜演剧，观至二鼓乃散。归途酒渴，见树旁茶肆，因系马而入。主人出，言火已熄，但冷茶耳。入室良久，捧茶半杯出，色殷红而稠粘，气似微醒。饮尽，更求益。曰：'瓶已罄矣，当更觅残剩。须坐此稍待，勿相窥也。'既而久待不出，潜窥门隙，则见悬一裸女子，破其腹，以木撑之，而持杯刮取其血。惶骇退出，乘马急奔。闻后有追索茶钱声，沿途不绝。比至居停[②]，已昏瞀坠仆。居停闻马声出视，扶掖入。次日乃苏，述其颠末。共往迹之，至系马之处，惟平芜老树，荒冢累累，丛棘上悬一蛇，中裂其腹，横支以草茎而已。"此与裴硎《传奇》载卢涵遇盟器婢子杀蛇为酒事相类[③]。

然婢子留宾，意在求偶。此鬼鬻茶胡为耶？鬼所需者冥镪，又向人索钱何为耶？

【注释】

①旗人：旧称清代隶属八旗的人。明万历十九年(1591)努尔哈赤统一了建州诸部，建立八旗制度。

②居停：寄居的处所。寄居之处的主人原称居停主人，后来简省"居停"。

③裴硎(xíng)：唐末文学家。唐咸通九年(868)为静海军节度使高骈从事。乾符五年(878)以御史大夫为成都节度副使。一生以文学名世，为唐代小说的繁荣和发展作出过巨大贡献。

【译文】

堂侄虞惇说：听任邱人刘宗万讲："有个旗人到任邱县来收租，赶上村民夜里演戏，他看到二更天戏才散。返回旅馆途中，酒后口渴，见大树边有个茶馆，就拴马进了茶馆。茶馆主人出来，说炉火已经熄灭，只有凉茶了。店主人进去半天，才端出半杯茶，那茶殷红而黏稠，有点儿说不出的味儿。旗人一饮而尽，还要喝。主人说：'瓶已经控干了，我再去找找有没有剩的。您坐在这里稍等片刻，别往里边偷看。'等了好久，也不见主人出来，旗人偷偷从门缝往里看，只见悬挂着一个裸体女人，肚子已经开膛，用一根木棍撑着，主人正拿着杯子刮女人肚子里的血。旗人吓得急忙逃出店门，骑上马拼命奔跑。只听后面有人追赶索要茶钱声，一路不停。等他跑回住处，已经昏昏沉沉，从马上掉了下来。主人听到马蹄声出来，把他扶进屋里。第二天他才醒过来，讲述了始末。大家一起去找，只见昨天拴马的地方，只有荒草老树，荒坟累累，在一处荆刺丛中，悬挂着一条蛇，腹部被剖开，有一根草棍横向撑着。"这和唐朝裴硎所著《传奇》记载卢涵遇到盟器丫头杀蛇当酒的故事相似。不过，丫头挽留宾客，用意在于希望结成夫妇。这里的鬼卖茶，为了什么呢？鬼所需要的是纸钱，又向人讨银钱干什么用呢？

田香谷言：景河镇西南有小村，居民三四十家。有邹某者，夜半闻犬声，披衣出视。微月之下，见屋上有一巨人坐。骇极惊呼，邻里并出。稍稍审谛，乃所畜牛昂首而蹲，不知其何以上也。顷刻喧传，男妇皆来看异事。忽一家火发，焰猛风狂，阖村几尽为焦土。乃知此为牛祸，兆回禄也[①]。姚安公曰："时方纳稼，豆秸谷草，堆秫篱茅屋间，袤延相接[②]。农家作苦，家家夜半皆酣眠。突尔遭焚，则此村无噍类矣[③]。天心仁爱，以此牛惊使梦醒也，何反以为妖哉！"

【注释】

①回禄：传说中的火神，经常用来借指火灾。

②袤(mào)延：伸展延续。

③噍(jiào)类：指活着的或活下来的人，有时也指活着的或活下来的生物。

【译文】

田香谷说：景河镇西南有个小村庄，有三四十户居民。有个邹某，半夜听见狗叫，披着衣服出来察看。在微弱的月光下，看见屋顶上坐着的一个巨人。他害怕极了呼喊起来，邻里全都出来了。再稍微仔细地看坐着的那个，原来是自家养的牛昂首蹲在房上，谁也不知道是怎么上去的。顷刻吵吵嚷嚷传遍全村，男女老少都来看牛上房的怪事。这时，忽然有一家着了火，风狂火猛，全村几乎成了焦土。人们这才明白牛上房的怪事是牛祸，预兆火灾。姚安公说："当时正在秋收，豆秸谷草堆积在秫篱茅屋之间，连绵相接。农家白天劳累一天，半夜时分都在酣睡。这时如果突然遭到焚烧，全村男女老少就都烧死了。天心仁爱，用这头牛惊醒全村人避火，怎么反而说成是牛妖呢！”

同郡某孝廉未第时，落拓不羁，多来往青楼中。然倚门者视之，漠然也。惟一妓名椒树者此妓佚其姓名，此里巷中戏谐之称也。独赏之，曰：“此君岂长贫贱者哉！”时邀之狎饮，且以夜合资供其读书。比应试，又为捐金治装，且为其家谋薪米。孝廉感之，握臂与盟曰：“吾傥得志，必纳汝。”椒树谢曰：“所以重君者，怪姊妹惟识富家儿；欲人知脂粉绮罗中，尚有巨眼人耳。至白头之约，则非所敢闻。妾性冶荡，必不能作良家妇；如已执箕帚[①]，仍纵怀风月，君何以堪！如幽闭闺阁，如坐囹圄，妾又何以堪！与其始相欢合，终致仳离[②]，何如各留不尽之情，作长相思哉。”后孝廉为县令，屡招之不赴。中年以后，车马日稀，终未尝一至其署。亦可云奇女子矣。使韩淮阴能知此意，乌有“鸟尽弓藏”之憾哉[③]！

【注释】

①执箕帚：古时借指充当臣仆或妻子。

②仳(pǐ)离：夫妻离散，特指妻子被遗弃。

③“韩淮阴”二句：韩淮阴，指韩信。韩信(约前231—前196)，淮阴(今江苏淮安)人，与萧何、张良并列为汉初三杰。曾先后为齐王、楚王，后贬为淮阴侯。后吕后与萧何合谋，诬其谋反，骗入长乐宫，斩于钟室。参见《史记·淮阴侯列传》。鸟尽弓藏，鸟没有了，弓也就藏起来不用了，比喻事情成功之后，把曾经出过力的人一脚踢开。

【译文】

我同郡的一位举人考取功名前，穷困潦倒，放荡不羁，常来往于妓院。然而烟花女子都不怎么搭理他。只有一个叫椒树的妓女这个妓女已不知姓名，这个名字是妓院里的人给她起的绰号。赏识他，说："这位郎君怎么会长久地贫穷下去呢！"时常请他来宴饮亲热，并且拿出接客的钱资助他读书。等到应考时，椒树又出钱为他准备行装，还为他家准备了柴米油盐。举人感激她，拉着椒树的手发誓说："倘若我得到一官半职，一定娶你为妻。"椒树辞谢说："我所以器重您，只是怪姐妹们只认识富家儿；我想让人们明白，在敷脂粉、穿绸缎的女人里，也有慧眼识贤的人。至于白头偕老的约定，我是不敢想的。我性情放荡，必定当不成良家妇女；如果我成了您的妻子，依然纵情声色，您怎么受得了！如果把我幽禁在闺阁中，我就像进了监狱，我怎么受得了！与其开始欢合，最终离异，还不如互留相思之情，作为长久的思念。"后来，这个举人官居县令，他多次请椒树来，椒树都没有答应。后来，椒树年纪大了，门前车马渐渐稀少，她也没有到县衙去过一次。这也可称得上是一位奇女子了。假如当年淮阴侯韩信能够体会这层意思，哪里还会有"飞鸟尽，良弓藏"的遗憾呢！

胶州法南野，飘泊长安，穷愁颇甚。一日，于李符千御史座上，言曾于泺口旅舍见二诗[①]，其一曰："流落江湖十四春，徐娘半老尚风尘。西楼一枕鸳鸯梦，明月窥窗也笑人。"其二曰："含情不忍诉琵琶，几度低头掠鬓鸦。多谢西川贵公子，肯持红烛赏残花。"不署年月姓名，不知谁作也。余曰："此君自寓坎坷耳。然五十六字足抵一篇《琵琶行》矣[②]。"

【注释】

①泺(luò)口：在今山东济南以西。

②《琵琶行》：原作《琵琶引》，唐代诗人白居易所作。作品借叙述琵琶女的高超演技和她的凄凉身世，抒发了作者个人政治上受打击、遭贬斥的抑郁悲凄之情。行，又叫“歌行”，源于汉魏乐府，篇幅较长，句式灵活，平仄不拘，用韵富于变化，可多次换韵。

【译文】

胶州人法南野，在长安城流浪漂泊，十分穷困潦倒。一天，他在御史李符千家中做客时，说他曾在泺口旅馆见过两首诗，第一首说：“流落江湖十四春，徐娘半老尚风尘。西楼一枕鸳鸯梦，明月窥窗也笑人。”第二首说：“含情不忍诉琵琶，几度低头掠鬓鸦。多谢西川贵公子，肯持红烛赏残花。”诗后没有署年月、姓名，不知道是谁写的。我说：“这是您自己寄托坎坷的遭遇而已。不过这五十六个字，能够抵得上白居易的《琵琶行》了。”

益都李生文渊，南涧弟也。嗜古如南涧，而博辩则过之。不幸夭逝，南涧乞余志其墓。匆匆未果，并其事状失之，至今以为憾也。

一日，在余生云精舍讨论古礼，因举所闻一事曰：博山有书生，夜行林莽间，见贵官坐松下，呼与语。谛视，乃其已故表丈某公也，不得已近前拜谒。问家事甚悉。生因问：“古称体魄藏于野，而神依于庙主。丈人有家祠，何为在此？”某公曰：“此泥于古不墓祭之文也。夫庙祭地也，主祭位也，神之来格，以是地是位为依归焉耳。如神常居于庙，常附于主，是世世祖妣与子孙人鬼杂处也[①]。且有庙有主，为有爵禄者言之耳。今一邑一乡之中，能建庙者万家不一二，能立祠者千家不一二，能设主者百家不一二。如神依主而不依墓，是百千亿万贫贱之家，其祖妣皆无依之鬼也，有是理耶？知鬼神之情状者，莫若圣人。明器之礼，自夏后氏以来矣②。使神在主而不在墓，则明器当设于庙。乃皆瘗之于墓中，是以器供神而置于神所不至也，圣人顾若是颠耶？卫人之祔离之③，殷礼也；鲁人之祔合之，周礼也。孔子善周。使神不在墓，则墓之分合，了无所异，有何善不善耶？《礼》曰：'父没而不忍读父之书，手泽存焉尔。母亡而不忍用其杯棬④，口泽存焉尔。'一物之微，尚且如是，顾以先人体魄，视如无物；而别植数寸之木，曰此吾父吾母之神也，毋乃不知类耶？寺钟将动，且与子别。子今见吾，此后可毋为竖儒所惑矣。"生匆遽起立，东方已白。视之正其墓道前也。

【注释】

①祖妣(bǐ)：男女祖先。

②夏后氏：我国第一个世袭王朝夏朝的氏称。夏朝王族以国为氏，为夏后氏，简称"夏"。先秦时代姓、氏含义不同，夏后氏为姒(sì)姓。中华民族最早的称呼"华夏"，也是起源于夏后。

③祔(fù)：这里指合葬。

④杯棬(quān)：古代一种木质的饮器，尤指酒杯。

【译文】

益都的李文渊秀才，是南涧的弟弟。和南涧一样喜好古物，但见识广博，议论精到，超过南涧。不幸年纪轻轻就死了，南涧请我写一篇墓志。我在匆忙之间，没有写成，而且连文渊的事迹行状都丢失了，到现在还感到遗憾。

曾有一天，在我的生云精舍中讨论古代礼仪，李秀才谈到听来的一件事：博山有个书生，夜间赶路经过树林，看到松树下坐着一位大官，大官叫他过去说话。仔细一看，这位官员原来是去世的表丈某人。没有办法，书生只好上前行礼。官员详细地询问书生家里的情况。书生就问："自古以来，人家都说人死后遗骸埋在郊野，灵魂依附在家庙的神主牌位上。表丈本来有家祠，怎么会在这里呢？"官员说："这是人们拘泥于自古不去坟墓祭祀的说法而已。家庙家祠是祭祀的地方，主要祭祀神主牌位，灵魂的降临，是以祠庙神主作为依附的。如果灵魂经常留在家庙里，附在神主牌位上，那就是世世代代的祖先和活着的子孙人鬼杂处。而且，家庙里有神主牌位，有封号有官位的人才是这样。现在一个地区一个乡村，能建造家庙的，一万家里也不到一两家；能建立祠堂的，一千家里也不到一两家；能设立神主牌位的，一百家里也没有一两家。如果灵魂只是依附牌位而不依附坟墓，那么千千万万贫穷卑贱的人家，他们的祖先都成了无处依附的鬼魂了，有这种道理吗？了解鬼神情形的，再没有比得上圣人的了。墓中安放明器的礼制，从夏后氏以来就有了。假使灵魂在神主牌位，而不在坟墓里，那么明器应当放在家庙里。可是明器都埋在坟墓里，难道是用明器供奉灵魂，却偏偏放在灵魂不到的地方，圣人怎么会糊涂到这个地步呢？卫国人夫妻合葬，两棺之间有东西隔开，是殷代的礼制；鲁国人夫妻合葬，两棺之间不隔开，是周代的礼制。孔子推重周代的礼制。假使灵魂不在坟墓，那么合葬后隔不隔开，都没有什么不同，又有什么推重不推重呢？《礼记》上说：'父亲死后，不忍心阅读父亲的书籍，因为其中有父亲手翻过的痕迹。母亲死后，不忍心用她的杯碗，因为上面有母亲饮用过的痕迹。'那么小的物品，还这样重视，居然将先辈的遗体看得像没有一样，却另外竖起几寸长的木块，说这是父母的神魂所在，这不是太不会区别事情的性质了吗？寺院的钟声快要响了，我这就和你告别。你今天见到我，今后就不会被那些卑贱的儒生所迷惑了。"书生连忙站起来，天已经亮了。书生一看，原来自己正站在那位官员坟墓前面的墓道上。

陈裕斋言：有僦居道观者，与一狐女狎，靡夕不至。忽数日不见，莫测何故。一夜，搴帘含笑入。问其旷隔之由。曰：“观中新来一道士，众目曰仙。虑其或有神术，姑暂避之。今夜化形为小鼠，自壁隙潜窥，直大言欺世者耳。故复来也。”问：“何以知其无道力？”曰：“伪仙伪佛，技止二端：其一故为静默，使人不测；其一故为颠狂，使人疑其有所托。然真静默者，必淳穆安恬，凡矜持者伪也；真托于颠狂者，必游行自在，凡张皇者伪也。此如君辈文士，故为名高，或迂僻冷峭，使人疑为狷；或纵酒骂座，使人疑为狂，同一术耳。此道士张皇甚矣，足知其无能为也。”时共饮钱稼轩先生家。先生曰：“此狐眼光如镜，然词锋太利，未免不留馀地矣。”

【译文】

陈裕斋说：有个人借住在道观里，跟一个狐女相好，狐女没有一夜不来。忽然狐女好几天没来，猜不出是为什么。一天晚上，狐女掀开门帘笑嘻嘻进屋。问她几天没来的缘故，狐女说：“道观里新来了个道士，众人都把他看成是神仙。我担心他真有神术，所以暂避一时。今天晚上，我变幻成一只小老鼠，从墙洞偷偷地观察他，原来这道士不过吹牛骗人罢了。所以我又来了。”那人问：“你凭什么说他没有道力？”狐女说：“凡是伪仙伪佛，大抵只有两套伎俩：一种是假装沉默，让人揣摩不透；另一种是假装颠狂，让人疑心他真的有所倚仗。然而，真正静默的人，必然表现为淳朴、肃穆、闲适、恬静，凡是装腔作势的就是假的；真正依托颠狂状态的人，一定是言语行动真实自然，凡是东张西望、神情不安的就是假的。比如像您这样的文士，故作高傲，有的迂腐孤僻，使人觉得他耿直；或者借酒骂人，让人觉得他有些狂放，这是同一种把戏。这个道士东张西望，太明显了，我断定他没有什么本事。”当时，几个人一起在钱稼轩先生家喝酒。钱先生说：“这个狐女眼光明亮如镜，然而词锋过于尖刻，未免不给别人留有馀地呵。”

司爨者曹媪，其子僧也。言尝见粤东一宦家，到寺营斋，云其妻亡已十九年。一夕，灯下见形曰：“自到黄泉，无时不忆，尚冀君百年之后，得一相见。不意今配入转轮，从此茫茫万古，无复会期。故冒冥司之禁，赂监送者来一取别耳。”其夫骇痛，方欲致词，忽旋风入室卷之去，尚隐隐闻泣声。故为饭僧礼忏，资来世福也。此夫此妇，可谓两不相负矣。《长恨歌》曰①：“但令心如金钿坚，天上人间会相见。”安知不以此一念，又种来世因耶！

【注释】

①《长恨歌》：唐代诗人白居易的长篇叙事诗。作于元和元年（806），全诗形象地叙述了唐玄宗与杨贵妃的爱情悲剧，诗的主题是“长恨”。该诗对后世诸多文学作品产生了深远的影响。

【译文】

我的厨师曹老婆子，她的儿子是个和尚。他说曾经见到一位粤东籍的官员，到寺里办斋做佛事，说他的妻子已经死了十九年。一天夜晚，妻子在灯下现形，对他说：“自从到了黄泉，我无时不在思念郎君，还指望郎君百年之后，夫妻得以相见。不料今日被送入转轮投生，从此茫茫万古，再也没有相见之期。因此，我才冒着冥司的禁令，买通了监送我的鬼卒，来与郎君道别。”他又惊讶又悲伤，正要与妻子说话，忽然一阵旋风进屋将妻子卷走，还隐隐约约地传来了妻子的哭泣声。所以他才来寺庙施舍功德做法事忏悔,修来世之福。这对夫妇,可谓两不相负啊。白居易的《长恨歌》说:"但令心如金钿坚,天上人间会相见。"怎么能知道不是因为这一念,又种下来世的姻缘呢!

《桂苑丛谈》记李卫公以方竹杖赠甘露寺僧①,云此竹出大宛国②,坚实而正方,节眼须牙,四面对出云云。案,方竹今闽、粤多有,不为异物。大宛即今哈萨克,已隶职方,其地从不产竹,乌有所谓方者哉!又《古今注》载乌孙有青田核③,大如六升瓠。空之以盛水,俄而成酒。案,乌孙即今伊犁地。问之额鲁特,皆云无此。又《杜阳杂编》载元载造芸晖堂于私第。芸香,草名也,出于阗国,其香洁白如玉,入土不朽烂;舂之为屑,以涂其壁,故号曰芸晖。于阗即今和阗地,亦未闻此物。惟西域有草名玛努,根似苍术。番僧焚以供佛,颇为珍贵。然色不白,亦不可泥壁。均小说附会之词也。

【注释】

①《桂苑丛谈》:唐代冯翊子作。所记多琐屑怪异,但也不乏可资佐证史书之处。李卫公:李德裕(787—849),字文饶,唐代名相之一。公元844年,辅佐武宗讨伐擅袭泽潞节度使位的刘缜,平定泽、涟等五州,功成,加太尉赐封卫国公。

②大宛国:西域古国名。北通康居,南面与西南面与大月氏相接,产汗血宝马。大概在今费尔干纳盆地。见《史记·大宛列传》。

③《古今注》:晋崔豹撰。崔豹,字正熊,一作正能,惠帝时官至太傅。此书是一部对古代和当时各类事物进行解说诠释的著作。乌孙:西域古国名。西汉时由游牧民族乌孙在西域建立,位于巴

尔喀什湖东南、伊犁河流域。见《汉书·西域下·乌孙国》。

【译文】

《桂苑丛谈》记载李德裕把方竹杖赠给甘露寺的老和尚，说这种竹子出自大宛国，质地坚实，呈正方形，竹节枝叉四面都是对称的。据考证，这种方竹在福建、广东很多，不是什么稀罕之物。大宛就是今天的哈萨克一带，已经归入国家版图，那里从来不产竹子，哪来的什么方竹？晋人崔豹在《古今注》里记载，乌孙国出产一种青田核，有盛六升水的葫芦瓢那么大。把核挖空灌进水，不一会儿，水就会成变酒。据考，乌孙就是今天的伊犁地区。我曾经问过当地的额鲁特人，他们都说没有这样的东西。唐人苏鹗撰写的《杜阳杂编》里记载，唐大臣元载在他的私宅里建造了一座芸晖堂。芸香是一种草，产于于阗国，它洁白如玉，埋入土中都不会腐烂；舂成碎末，用来粉刷墙壁，所以把这房子叫做“芸晖堂”。于阗就是现在新疆和阗地区，也没有听说过出产芸香。西域只有一种名叫玛努的草，根很像中药的苍术。番地的僧人焚烧它来供奉神佛，非常珍贵。然而它的颜色并不洁白，也不能用来涂抹墙壁。这些都是小说的附会之词。

黎荇塘言：有少年，其父商于外，久不归。无所约束，因为囊家所诱，博负数百金。囊家议代出金偿众，而勒写鬻宅之券。不得已从之。虑无以对母妻，遂不返其家，夜入林自缢。甫结带，闻马蹄隆隆，回顾，乃其父归也。骇问：“何以作此计？”度不能隐，以实告。父殊不怒，曰：“此亦常事，何至于此！吾此次所得尚可抵。汝自归家，吾自往偿金索券可也。”时囊家博未散，其父突排闼入。本皆相识，一一指呼姓字，先斥其诱引之非，次责以逼迫之过。众错愕无可置词。既而曰：“既不肖子写宅券，吾亦难以博诉官。今偿汝金，汝明日分给众人，还我宅券可乎？”囊家知理屈，愿如命。其父乃解腰缠付囊家，一一验入。得券即就灯焚之，愤然而出。其子还家具食，待至晓不归。至囊家侦探，曰：“已焚券去。”方虑有他故。次日，囊家发箧，乃皆纸铤。金所亲收，众目共睹，无以自白，竟出己橐以偿，颇自疑遇鬼。后旬馀，讣音果至，殁已数月矣。

【译文】

黎荇塘说：有个年轻人，父亲出外经商，很久不回家了。他没有人管束，被赌头引诱，赌输了几百两银子。赌头和年轻人商量，由他代为出钱还大家的赌债，勒逼年轻人写了契约把住宅卖给他。年轻人没有办法，只好按赌头说的去做。他觉得无法跟母亲和妻子交代，没有回家，夜里到树林里去上吊。刚把带子结上，就听到马蹄声滚滚而来，回头一看，竟然是父亲回来了。父亲惊讶地问：“你为什么做这种打算？”年轻人心想无法隐瞒，就说了实情。父亲并不生气，说：“这也是常有的事，何必寻死呢！我这次回家，赚到的钱还可以抵赌债。你自己先回家，我自己去还赌债，并且讨还卖房契约就是了。”当时，赌头家的赌场还没散，父亲突然闯进门去。这些人父亲本来都是认识的，于是一一指名道姓，先是骂他们引诱儿子，接着又骂他们追逼赌债不对。在场的人惊讶万状，都说不出话来。后来，父亲说：“既然我那不争气的儿子写了卖房契约，我也知道不能以赌债告官。现在我还给你银子，你明天去分给其他人，先把卖房契约还给我，行吗？”赌头知道自己理亏，就答应了。父亲解下腰上缠袋里的银子交给赌头，赌头一一查验之后收好。父亲收回卖房契约，就在灯上烧了，愤愤地走了出去。年轻人回到家，为父亲准备了饭菜，可是等到天亮，父亲还没有回家。到赌头家去探看，赌头说：“你的父亲已经烧掉卖房契约，走了。”这才担心有别的原因。第二天，赌头打开银箱，发觉那些银子都是纸钱。但银子是自己亲自点收的，大家也都看到，现在没有办法说清楚，只好拿出自己的银子来还债。赌头心中疑惑大概是碰上鬼了。过了十几天，果然讣告到了，原来这个父亲已经去世几个月了。

李樵风言：杭州涌金门外，有渔舟泊神祠下，闻祠中人语嘈杂。既而神诃曰："汝曹野鬼，何辱文士？罪当笞。"又闻辩诉曰："人静月明，诸幽魂暂游水次，稍释羁愁。此二措大独讲学谈诗[①]，剌剌不止。众皆不解，实所厌闻。窃相耳语，微示不满，稍稍引去则有之，非敢有所触犯也。"神默然，少顷，曰："论文雅事，亦当择地择人。先生休矣。"俄而磷火如萤，自祠中出，遥闻吃吃笑不已，四散而去。

【注释】

①措大：旧指贫寒失意的读书人。

【译文】

李樵风说：杭州涌金门外，有艘渔船停在神祠岸边，听到祠中人声嘈杂。接着听到神祠里的神诃斥说："你们这些野鬼，怎么能羞辱读书人呢？论罪责应该挨鞭子。"又听见申辩说："月明人静，我们这些野鬼幽魂到水边暂时闲游，稍稍能解脱一点儿愁闷。这两个穷酸却专门讲学谈诗，喋喋不休地吵扰。众鬼都不懂他们说的什么，实在讨厌继续听他们讲话。我们私下商量，稍微向他们表示不满，让他们离开一点儿，这是有的，并非敢冒犯读书人。"神沉默了片刻，对两位文士说："谈论诗文本是雅事，不过也应该选择地点和对象。你们这两位先生就算了吧！"不一会儿，只见磷火像萤火虫般从神祠飘出，远远听到不停的嬉笑声，向四处散去。

刘熥[①]，沧州人。其母以康熙壬申生[②]，至乾隆壬子[③]，年一百一岁[④]，尚强健善饭。屡逢恩诏，里胥欲为报官支粟帛，辄固辞弗愿。去岁，欲为请旌建坊，亦固辞弗愿。或询其弗愿之故。慨然曰："贫家嫠妇，赋命蹇薄，正以颠连困苦，为神道所怜，得此寿耳。一邀过分之福，则死期至矣。"此媪所见殊高。计其生平，必无胶胶扰扰意外之营求，宜其恬然冲静，颐养天和，得以葆此长龄矣。

【注释】

①熥：音 tōng。

②康熙壬申：康熙三十一年(1692)。

③乾隆壬子：乾隆五十七年(1792)。

④一百一岁：很多地方的人计算年龄，小孩一出生，就是一岁，满一周岁(过第一个生日后)就是两岁了，此处即这种算法。

【译文】

刘熥是沧州人。他母亲生于康熙壬申年，到乾隆壬子年，已经是一百零一岁了，依然身板硬朗，胃口也很好。皇上屡次颁布施恩的诏书，当地的差吏也想代她向官府申报，领取尊老的粮食布匹，她都坚决辞谢了。去年又要为她请求表彰，建立碑坊，她也坚决不同意。有人问她拒绝的原因，老人感慨地说："我一个穷人家的寡妇，天生命薄；正因为我这辈子颠沛困苦才被神明怜悯，得到了这样的长寿。一求非分之福，那么死期就到啦。"这个老太太的见识非常高明。估计她这一生，一定没有忙忙碌碌意外的争求，正因为她恬淡静和，颐养天年，才得以能长寿啊。

卷十二

槐西杂志二

【题解】

好学能成才，博学则多智。一卷书近70则笔记，涉及天地鬼神古今中外，如此庞杂，纪昀则举重若轻，运笔有神，体现了他的博学。本卷有35则笔记讲鬼狐。其实，所谓的鬼神狐怪、魑魅魍魉，都不过是人或动物形象的奇特化、美化或丑化而已，然而古代的人们却渐渐认为它们也是一种客观存在而有所畏惧。人们对鬼神膜拜和恐惧，是对事物虚幻、歪曲、颠倒的反应，是荒唐的意识形式。纪昀则努力从人们创造的神奇、荒唐形象和秩序中找见原型，因此，他笔下的鬼狐更具有人的特点，并非法力无边。这些当然源于他对生活超越常人的认知。在接受这一类信息时，按照他所特有的感知定势、他特有的博学和睿智进行选择，得出与众不同的结论。尽管有时不免半信半疑，他还是努力客观地认识自然现象、社会现象，而不像当时的许多人一样，出于对科学的无知，混淆社会现象与自然现象，把自己弄得迷蒙混沌。他也不掩饰自己的无知，态度开明而严肃地进行考辨，反映了他思维上的科学性。纪昀避免跟前辈和同时代的许多文人那样，把客观世界的某一局部、事物的某一方面、进程的某一片断孤立起来，避免把重复的过程简单化然后夸大、神化地表现出来，努力试图深入到事物的本质，这是难能可贵的。

安中宽言:有人独行林莽间,遇二人,似是文士,吟哦而行。一人怀中落一书册,此人拾得。字甚拙涩,波磔皆不甚具,仅可辨识。其中或符箓、或药方、或人家春联,纷糅无绪,亦间有经书古文诗句。展阅未竟,二人遽追来夺去,倏忽不见。疑其狐魅也。一纸条飞落草间,俟其去远,觅得之。上有字曰:"《诗经》'於'字皆音"乌",《易经》'无'字左边无点。"

余谓此借言粗材之好讲文艺者也。然能刻意于是,不愈于饮博游冶乎?使读书人能奖励之,其中必有所成就。乃薄而挥之,斥而笑之,是未思圣人之待互乡、阙党二童子也[①]。讲学家崖岸过峻[②],使人甘于自暴弃,皆自沽己名,视世道人心如膜外耳。

【注释】

①互乡:古代传说中人们交相为恶的地方。阙党:指阙里,据说是孔子住的地方。

②讲学家:指那些专门向生徒传授儒学为生的人。在纪昀笔下是贬义,他们心胸狭隘,宗法宋儒,食古不化,外表端方,虚伪自私,又很自负。

【译文】

安中宽说:有个人独自在山林中赶路,碰上两个人,像是书生,一边走一边吟诵诗文。一个人怀里掉下一本书册,被赶路人拾起。本子上的文字十分拙笨,笔画都不很分明,勉强能辨认出来。有抄录道士的符箓、药方、有人家门户上的春联,纷乱混杂,毫无头绪,还夹杂着经书、古文、诗词的句子。没等赶路人翻完,那两个人急忙追上来把本子夺去,转眼就不见了。赶路人怀疑他们是狐精。有一张纸条飘落到草丛里,等那两个人走远后，他才拣起来。上面写着："《诗经》中的'於'字都读作'乌'，《易经》中的'无'字左边没有点。"

我认为这是借此讽刺那些才疏学浅而又喜欢谈论学问的人。然而能在这方面专心一意，不是胜过只知道饮酒赌博、拈花惹草的人吗？假如这些人都能受到称赞和勉励，那么其中有些人一定会学有所成。如果鄙视他们、斥责他们、嘲笑他们，这就忘记了圣人是怎样一视同仁对待互乡、阙党两个小孩的了。那些讲学家过于高傲，使得人们甘心自暴自弃，他们自己只是沽名钓誉，把社会风气和人们的愿望都看成是与己无关的事。

景州宁逊公，能以琉璃舂碎调漆，堆为擘窠书。凹凸皴皱，俨若石纹。恒挟技游富贵家，喜索人酒食。或闻燕集，必往搀末席。一日，值吴桥社会，以所作对联匾额往售。至晚，得数金。忽遇十数人邀之，曰："我辈欲君殚一月工①，堆字若干，分赠亲友，冀得小津润。今先屈先生一餐，明日奉迎至某所。"宁大喜，随入酒肆，共恣饮啖。至漏下初鼓，主人促闭户。十数人一时不见，座上惟宁一人。无可置辩，乃倾囊偿值，懊恼而归。不知为幻术为狐魅也。李露园曰："此君自宜食此报。"

【注释】

①殚：竭尽。

【译文】

景州的宁逊公，能把琉璃舂成碎末，用油漆调匀，堆砌成大字。这些字凹凸有致，脉络走势的皴褶，很像石头的纹理。宁逊公自恃有这种技能，常在富贵人家走动，喜欢要人家招待他喝酒吃饭。只要听到什么地方有宴会，一定去坐在末席混吃混喝。有一天，刚好是吴桥镇赛神集会，宁逊公就把自己做的对联匾额拿出去卖。到了傍晚，对联匾额卖出去了，得了几两银子。忽然，碰到十几个人来邀请他，说："我们想请您费一个月的工，堆出一些字，分送给亲友，也希望得点儿利润。今天晚上，我们先请您随便吃一顿，明天再接你到某某地方。"宁逊公很高兴，跟着他们进了酒店，一起大吃大喝。到头更天时，酒店主人催他们离开，说要关门了。那十几个人一下子不见了，酒席上只剩下宁逊公一个人。宁逊公无可申辩，只好把口袋里的银子都拿出来付了酒钱，又懊丧又气愤地回家。不知道这件事究竟是幻术还是狐狸精作怪。李露园说："这个人应该受到这种报应。"

某公眷一娈童，性柔婉，无市井态，亦无恃宠骄纵意。忽泣涕数日，目尽肿。怪诘其故。慨然曰："吾日日荐枕席，殊不自觉。昨寓中某与某童狎，吾穴隙窃窥，丑难言状，与横陈之女迥殊。因自思吾一男子而受污如是，悔不可追，故愧愤欲死耳。"某公譬解百方，终怏怏不释。后竟逃去，或曰："已改易姓名，读书游泮矣。"梅禹金有《青泥莲花记》[①]，若此童者，亦近于青泥莲花欤！

又，奴子张凯，初为沧州隶，后夜闻罪人暗泣声，心动辞去，鬻身于先姚安公。年四十馀，无子。一日，其妇临蓐，凯愀然曰："其女乎！"已而果然。问："何以知之？"曰："我为隶时，有某控其嫂与邻人张九私。众知其枉，而事涉暧昧，无以代白也。会官遣我拘张九。我禀曰：'张九初五日以逋赋拘，初八日笞十五去矣。今不知所往，乞宽其限。'官检征比册，良是，怒某曰：'初七日张九方押禁，何由至汝嫂室乎？'

杖而遣之。其实别一张九，吾借以支吾得免也。去岁，闻此妇死。昨夜梦其向我拜，知其转生为我女也。”后此女嫁为贾人妇，凯夫妇老且病，竟赖其孝养以终。杨椒山有《罗刹成佛记》[2]，若此奴者，亦近于罗刹成佛欤？

【注释】

①梅禹金：梅鼎祚（1549—1615），字禹金，号胜乐道人，明代戏曲、小说家。《青泥莲花记》是他的一部专为妓女立传的著作。

②杨椒山：杨继盛（1516—1555），字仲芳，号椒山，明代著名谏臣。嘉靖二十六年（1547）中进士，初任留都（南京）吏部主事，调升京师，任兵部车驾司员外郎。蒙古首领俺答汗数次带兵入侵明朝北部边境，奸臣严嵩死党大将军仇鸾请开马市以和之，杨继盛上书《请罢马市疏》，被严嵩贬狄道（今甘肃临洮）典史。明世宗再度起用杨继盛，调为山东诸城县令，改任南京户部主事、刑部员外郎、兵部武选司，半年左右连迁四职。嘉靖三十二年（1553），杨继盛以《请诛贼臣疏》弹劾严嵩，历数“五奸十大罪”，严嵩假传圣旨，将杨继盛投入死囚牢。杨继盛受尽折磨三年多，最终遇害。

【译文】

某先生眷恋着一个男童，这个男童性情温柔和婉，既没有市侩的习气举止，也没有因为受宠而骄纵的意思。忽然他连着哭了好几天，眼睛都哭肿了。某公奇怪地问他怎么了。他感慨地说：“我天天给您侍寝，根本不知道自己是什么样子。昨天，寓所里的某人和男童鬼混，我从墙壁缝隙偷看，那种丑态简直难以形容，这和女人躺着的玉体完全不一样。因此我想到，我堂堂一个男子却受到如此的污辱，真是后悔都来不及呀，所以我羞愧愤恨，想一死了之。”某公想方设法劝解他，但他始终郁郁不乐。后来还是逃走了。有人说：“那个男童已经改名换姓，用心读书,求取功名了。"梅禹金写有《青泥莲花记》,像这个男童,也和出污泥而不染的莲花差不多了。

又,有个家奴张凯,起初是沧州的差役,后来因为在半夜听到罪犯偷偷哭泣的声音,内心受到震动而辞去,卖身给先父姚安公做仆人。张凯四十多岁时,还没有儿子。一天,他的妻子临产了,张凯神情忧伤地说:"恐怕是个闺女吧!"妻子果然生了个女儿。妻子问:"你怎么知道的?"张凯说:"我当差役时,有个人指控他嫂子和邻居张九通奸。众人都知道张九冤枉,可事情牵扯到男女私情,没法替他辩白。恰好长官派我拘捕张九。我就禀告说:'张九在初五因为拖欠田税被拘捕,初八那天打了十五大板后放了。现在已经不知道他上哪儿去了,求您再宽限几天吧。"长官查看了证据,翻阅了簿册,确实如此,就怒斥告状的人说:"初七那天张九还被关押着,他怎么能到你嫂子的房间里去呢?"把他打了一顿棍子赶出了衙门。其实这是另一个张九,我不过是借他搪塞一番,让那个女人免受冤枉。去年,我听说那个女人死了。昨天夜里,梦见她向我下拜,知道她将转世托生,成为我的女儿了。"后来,这个女儿嫁给商人做妻子,张凯夫妇年老多病,全都依靠她孝敬奉养以终天年。杨椒山撰有《罗刹成佛记》一书,像这个奴仆的经历,也和恶鬼成佛差不多吧!

冯平宇言:有张四喜者,家贫佣作。流转至万全山中,遇翁妪留治圃。爱其勤苦,以女赘之。越数岁,翁妪言往塞外省长女,四喜亦挈妇他适。久而渐觉其为狐,耻与异类偶,伺其独立,潜弯弧射之,中左股。狐女以手拔矢,一跃直至四喜前,持矢数之曰:"君太负心,殊使人恨!虽然,他狐媚人,苟且野合耳。我则父母所命,以礼结婚,有夫妇之义焉。三纲所系,不敢仇君;君既见弃,亦不敢强住聒君。"握四喜之手痛哭,逾数刻,乃蹶然逝。四喜归,越数载,病死,无棺以敛。狐女忽自外哭入，拜谒姑舅，具述始末。且曰："儿未嫁，故敢来也。"其母感之，詈四喜无良。狐女俯不语。邻妇不平，亦助之詈。狐女瞋视曰："父母詈儿，无不可者。汝奈何对人之妇，詈人之夫！"振衣竟出，莫知所往。去后，于四喜尸旁得白金五两，因得成葬。后四喜父母贫困，往往于盎中箧内无意得钱米，盖亦狐女所致也。皆谓此狐非惟形化人，心亦化人矣。或又谓狐虽知礼，不至此，殆平宇故撰此事，以愧人之不如者。姚安公曰："平宇虽村叟，而立心笃实，平生无一字虚妄。与之谈，讷讷不出口，非能造作语言者也。"

【译文】

冯平宇说：有个叫张四喜的人，家境贫穷，靠给人打工为生。漂流到万全山中，被一对老夫妇收留，让他侍弄菜园子。老夫妇喜欢他勤劳刻苦，招他做了入赘女婿。过了几年，老夫妇说要去塞外看望长女，四喜也带着妻子另谋生路。时间久了，四喜渐渐发现他妻子原来是狐精，觉得与异类婚配很羞耻，趁她独自站在某处时，偷偷地弯弓搭箭，射中了她的左腿。狐女用手拔出箭，一下子跳到四喜面前，拿箭指着他责备说："你太无情，太让人痛恨！尽管这样，别的狐狸媚人，都是苟且野合的。我却是受父母之命，按照礼仪与你结婚，有夫妇之义。由于三纲的约束，我不敢仇恨你；你既然嫌弃我，我也不愿勉强住下去招你讨厌。"说完握着四喜的手痛哭，过了一会儿，忽然跳开消失了。四喜回到家里，过了几年病死，穷得连殓葬的棺材也没有。忽然，狐女从外面哭着进来，拜见公婆，详细诉说了经过。又说："我未再嫁，所以敢来探望。"四喜的母亲非常感动，痛骂四喜没有良心。狐女低着头不说话。邻居的一个女人打抱不平，也跟着骂。狐女瞪起眼睛说："父母骂儿子，没什么不可以的。你怎么能当着妻子的面,骂人家的丈夫!”怒冲冲地抖抖衣服走了,不知去了哪里。她离开后,家里人在四喜的尸身旁边发现五两银子,这才安葬了死者。后来四喜父母贫困,常常能在箱子或盆盆罐罐里意外地发现钱米,大概也是狐女给的。听到这个故事的人都说这个狐女不但身形化作人,心灵也已经化成人了。有人又说,狐精即使知礼,恐怕还到不了这种地步,很可能是冯平宇故意编造一个故事,用来羞辱那些连狐女都不如的人。姚安公说:“平宇虽然是个乡下老汉,但心性朴实、忠厚,平生没说过一句虚妄不实的话。跟他交谈,他结结巴巴说不出什么,不是能编故事的人。”

卢观察扐吉言:茌平有夫妇相继死,遗一子,甫周岁。兄嫂咸不顾恤,饿将死。忽一少妇排门入,抱儿于怀,詈其兄嫂曰:“尔弟夫妇尸骨未寒,汝等何忍心至此,不如以儿付我,犹可觅一生活处也。”挈儿竟出,莫知所终。邻里咸目睹之,有知其事者曰:“其弟在日,常昵一狐女。竟或不忘旧情,来视遗孤乎?”是亦张四喜妇之亚也。

【译文】

观察使卢扐吉说,茌平县有对夫妇相继身亡,留下一个孩子,刚满周岁。死者的哥哥嫂嫂都不怜悯,不照顾,快要饿死了。忽然一个少妇推门而入,把小孩抱在怀里,骂死者的兄嫂说:“你们的弟弟夫妇尸骨未寒,你们俩怎么能心狠到这种地步!不如把孩子交给我,还能找到个活命的地方。”她带着孩子离开,谁也不知她去了哪里。邻里们都亲眼看到这些,有个了解内情的人说:“那个弟弟在世的时候,时常和一个狐女亲近。估计那个狐女是不忘旧情,来探望他留下的孤儿吧?”这个狐女与张四喜的狐妻很相似。

乌鲁木齐多狭斜[1]，小楼深巷，方响时闻。自谯鼓初鸣，至寺钟欲动，灯火恒荧荧也。冶荡者惟所欲为，官弗禁，亦弗能禁。有宁夏布商何某，年少美风姿，赀累千金，亦不甚吝，而不喜为北里游。惟畜牝豕十馀，饲极肥，濯极洁，日闭门而沓淫之。豕亦相摩相倚，如昵其雄。仆隶恒窃窥之，何弗觉也。忽其友乘醉戏诘，乃愧而投井死。迪化厅同知木金泰曰："非我亲鞫是狱，虽司马温公以告我[2]，我弗信也。"余作是地杂诗，有曰："石破天惊事有无，后来好色胜登徒[3]。何郎甘为风情死，才信刘王爱媚猪[4]。"即咏是事。人之性癖，有至于如此者！乃知以理断天下事，不尽其变；即以情断天下事，亦不尽其变也。

【注释】

①狭斜：亦作"狭邪"，指小街曲巷娼妓居住的地方。

②司马温公：司马光，卒赠温国公，故称。

③好色胜登徒：登徒子，复姓登徒，见于战国时楚国宋玉所写的《登徒子好色赋》，或为文学上的虚构角色。由于这篇文章，人们把登徒子作为好色者的代表。

④刘王爱媚猪：清代吴任臣采集五代、两宋时的各种杂史、野史、地志、笔记等文献资料编撰纪传体史书《十国春秋》，写十国君主的事迹。书中记载南汉君主刘鋹性行昏懦，不理朝政，每日专事淫乐，他宠爱的波斯女丰肥艳丽，最擅长房中术，刘鋹赐号"媚猪"。

【译文】

乌鲁木齐有很多妓院，小楼深巷，经常听到鼓乐之声。从谯楼计时的鼓声响起，直到寺院晨钟敲响，那里总是灯火闪耀。风流放荡的人在那里为所欲为，官府不禁止，也禁止不了。宁夏的布商何某，年轻貌美，风度翩翩，积累了千金资财，他也不太吝啬，却不喜欢去逛青楼妓馆。只是养了十几头母猪，养得格外肥壮，洗得十分干净，他每天关起门来，轮流与母猪性交。母猪们也和他依偎在一起，就像和公猪相亲相爱一样。他的仆人常偷看，何某却没有察觉。一次他的朋友借着醉酒，开玩笑问起这事，何某羞惭难当，跳井死了。迪化厅同知木金泰说："如果不是我亲自审理这桩案子，即使是司马光亲自告诉我这件事，我也不会相信。"我写的乌鲁木齐杂诗中，有一首道："石破天惊事有无，后来好色胜登徒。何郎甘为风情死，才信刘王爱媚猪。"吟咏的就是这件事。人的性情怪癖，竟然有到这种地步的！由此可知，按道理去判断天下的事情，不能完全了解所有的变化；按人情去判断天下事情，也不能完全了解所有变化。

张一科，忘其何地人。携妻就食塞外，佣于西商[1]。西商昵其妻，挥金如土，不数载赀尽归一科，反寄食其家。妻厌薄之，诟谇使去。一科曰："微是人无此日，负之不祥。"坚不可。妻一日持梃逐西商，一科怒詈。妻亦反詈曰："彼非爱我，昵我色也。我亦非爱彼，利彼财也。以财博色，色已得矣，我原无所负于彼；以色博财，财不继矣，彼亦不能责于我。此而不遣，留之何为？"一科益愤，竟抽刃杀之。先以百金赠西商，而后自首就狱。又一人忘其姓名，亦携妻出塞。妻病卒，困不能归，且行乞。忽有西商招至肆，赠五十金。怪其太厚，固诘其由。西商密语曰："我与尔妇最相昵，尔不知也。尔妇垂殁，私以尔托我。我不忍负于死者，故资尔归里。"此人怒掷于地，竟格斗至讼庭。二事相去不一月。

相国温公，时镇乌鲁木齐。一日，宴僚佐于秀野亭，座间论及。前竹山令陈题桥曰:“一不以贫富易交,一不以死生负约,是虽小人,皆古道可风也。”公颦蹙曰[2]:“古道诚然。然张一科曷可风耶?”后杀妻者拟抵,而谳语甚轻;赠金者拟杖,而不云枷示。公沉思良久,慨然曰:“皆非法也。然人情之薄久矣,有司如是上,即如是可也。”

【注释】

①西商:中国古代商人集称之一,居于陕西和山西一带,故名。又称“西客”、“山陕商人”、“秦晋大贾”。明清时期,西商与徽商并雄,为当时两大主要商业资本集团之一。

②颦蹙(pín cù):皱眉。

【译文】

张一科,已经忘了他是哪里人了。他带着妻子到塞外谋生,在一个西商家里做雇工。商人喜爱他的妻子,为她挥金如土,没有几年,财产都归了张一科,反而在张一科家中寄食。妻子厌恶蔑视这个商人,谩骂着叫他走。张一科说:“没有这个人,我们也没有今天的日子,背弃他是不吉利的。”坚决不肯把商人赶出去。有一天,妻子拿着木棒赶商人,张一科怒骂妻子。妻子也回嘴骂道:“他并不是喜爱我,而是迷恋我的姿色。我也不是喜欢他,而是贪图他的财产。他用财产来交换女色,女色已经得到了,我本来就没有什么对不起他;我用女色来博取财产,他的财产已经光了,他也不能责备我。这时候不赶他走,留着干什么!”张一科更加愤怒,竟然拔刀把妻子杀死了。他先拿出一百两银子送给商人,然后自首进了监狱。还有一个人,忘了他的姓名了,他也带着妻子到塞外去。妻子病死后,他穷得回不了家乡,就要讨饭了。忽然,有个西商把他叫到店里,送他五十两银子。这个人觉得赠送的银子太丰厚,一定要商人讲出理由。商人悄悄地说:“我和你妻子最亲热,你并不知道。

你妻子临死前，悄悄把你托付给我。我不忍心辜负死者，所以资助你回家乡。”这个人愤怒地把银子扔在地上，和商人打架一直打到官府。这两件事相隔不到一个月。

相国温福公当时镇守乌鲁木齐。有一天，在秀野亭宴请下属，酒席之间谈论到这两件事。当过竹山县令的陈题桥说：“一个不因为贫富变化就改变交情，一个不因为生死变化就背叛诺言，他们虽然都是市井小民，但都有古时纯朴的道义，值得流传的。”温公皱着眉头说：“当然是古时纯朴的道义。不过，张一科的行为值得宣扬吗？”后来，杀妻的张一科被判抵罪，但判决很轻；赠送银子的商人被判杖刑，但不用带枷示众。温公想了很久，感慨地说：“都不符合律条。不过，人情淡薄已经很长久了，衙门这样报上来，就这样发落算了。”

嘉祥曾映华言：一夕秋月澄明，与数友散步场圃外，忽旋风滚滚，自东南来，中有十馀鬼，互相牵曳，且殴且詈。尚能辨其一二语，似争朱、陆异同也。门户之祸，乃下彻黄泉乎！

【译文】

嘉祥县人曾映华说：秋天一个月色澄明的晚上，他和几个朋友在场园外散步，忽然，从东南方旋风滚滚一路刮来，其中有十几个鬼，互相拉扯着，又打又骂。还能听清他们说的一两句话，好像是在争论宋代理学家朱熹、陆九渊的学术异同。各立门派的祸患，还一直延续到阴间呢！

“去去复去去，凄恻门前路。行行重行行，辗转犹含情。含情一回首，见我窗前柳。柳北是高楼，珠帘半上钩。昨为楼上女，帘下调鹦鹉。今为墙外人，红泪沾罗巾。墙外与楼上，相去无十丈。云何咫尺间，如隔千重山？悲哉两决绝，从此终天别。别鹤空徘徊，谁念鸣声哀！徘徊日欲晚，决意投身返。手裂湘裙裾，泣寄稿砧书[1]。可怜帛一尺，字字血痕赤。一字一酸吟，旧爱牵人心。君如收覆水，妾罪甘鞭箠。不然死君前，终胜生弃捐。死亦无别语，愿葬君家土。傥化断肠花，犹得生君家。”右见《永乐大典》，题曰《李芳树刺血诗》，不著朝代，亦不详芳树始末。不知为所自作，如窦玄妻诗[2]，为时人代作，如焦仲卿妻诗也[3]。世无传本，余校勘《四库》偶见之。爱其缠绵悱恻，无一毫怨怒之意，殆可泣鬼神。令馆吏录出一纸，久而失去。今于役滦阳，检点旧帙，忽于小箧内得之。沉湮数百年，终见于世，岂非贞魂怨魄，精贯三光，有不可磨灭者乎！陆耳山副宪曰：“此诗次韩蕲王孙女诗前[4]；彼在宋末，则芳树必宋人。”以例推之，想当然也。

【注释】

①稿砧：稿，是禾草，砧，是砧板。古人切草，把草放在砧板上，用铁来斩；铁是类似斧子的一种砍刀。“铁”和“夫”同音，所以用“稿砧”作隐语，来隐射铁，而暗指丈夫。

②窦玄妻：窦玄，字叔高，汉代人。为人状貌绝异，天子让他与原配妻子离异，再将公主嫁他。窦妻悲怨，寄书信与《古怨歌》一首给丈夫，当时人都很怜悯这位弃妇的遭遇。

③焦仲卿妻：指《孔雀东南飞》诗中的刘兰芝。汉末建安中，庐江府小吏焦仲卿妻刘氏，为仲卿母所遣，自誓不嫁。其家逼之，乃投

水而死。仲卿闻之,亦自缢于庭树。时人伤之,为诗云尔。

④韩蕲王:即韩世忠,南宋抗金名将。

【译文】

有一首诗云:"去去复去去,凄恻门前路。行行重行行,辗转犹含情。含情一回首,见我窗前柳。柳北是高楼,珠帘半上钩。昨为楼上女,帘下调鹦鹉。今为墙外人,红泪沾罗巾。墙外与楼上,相去无十丈。云何咫尺间,如隔千重山?悲哉两决绝,从此终天别。别鹤空徘徊,谁念鸣声哀!徘徊日欲晚,决意投身返。手裂湘裙裾,泣寄稿砧书。可怜帛一尺,字字血痕赤。一字一酸吟,旧爱牵人心。君如收覆水,妾罪甘鞭箠。不然死君前,终胜生弃捐。死亦无别语,愿葬君家土。傥化断肠花,犹得生君家。"这首诗见于《永乐大典》,题目叫做《李芳树刺血诗》,没有注明创作年代,也不清楚李芳树的生平。不知是自述,就像窦玄妻子写的诗一样呢,还是由同时代的人代写,就像焦仲卿妻诗一样。这首诗世上没有流传的本子,我在校勘《四库全书》时偶然发现的。我喜欢诗歌的缠绵悱恻中,却没有一丝怨恨恼怒的情绪,恐怕连鬼神听后都会为之落泪的。我让馆吏把这首诗抄录出一份,可是时间一长就找不到了。来到滦阳供职后,在清点旧书时,忽然在一个小箱子里见到了这首诗。它被埋没了几百年,终于又重见于世,这难道不是那个女子的贞节哀怨的灵魂,直贯日、月、星三光,才让诗歌具有了不可磨灭的价值吗?陆耳山副都御史说:"这首诗编排在南宋蕲王韩世忠孙女所作的诗之前;蕲王的孙女生活在宋代末年,那么芳树一定是宋朝人。"根据惯例推断,想来应当是这样。

舅氏安公实斋,一夕就寝,闻室外扣门声。问之不答,视之无所见。越数夕,复然。又数夕,他室亦复然。如是者十馀度,亦无他故。后村中获一盗,自云我曾入某家十馀次,皆以人不睡而返。问其日皆合,始知鬼报盗警也。故瑞不必为祥，妖不必为灾，各视乎其人。

【译文】

舅舅安实斋先生，一天晚上，已经睡了，忽听到屋外有敲门声。问是谁，没有回答，去看，也没看见人。过了几晚，又发生这事。再过几晚，别的房间也发生这事。就这样发生过十多次，除此之外没有别的变故。后来村里抓住一个盗贼，他供称曾进入某家十多次，都因为人没有睡，空手而归。问日期，正好与舅舅家听到敲门的时间完全符合，这才知道是鬼敲门示警。所以，好的兆头不见得就吉祥，妖异之事也未见得就一定带来灾祸，这是因人而异的。

明永乐二年[①]，迁江南大姓实畿辅[②]。始祖椒坡公，自上元徙献县之景城，后子孙繁衍，析居崔庄，在景城东三里。今土人以仕宦科第，多在崔庄，故皆称崔庄纪，举其盛也。而余族则自称景城纪，不忘本也。椒坡公故宅，在景城、崔庄间，兵燹久圮[③]，其址属族叔楘庵家。楘庵从余受经，以乾隆丙子举乡试[④]，拟筑室移居于是。先姚安公为预题一联曰："当年始祖初迁地，此日云孙再造家[⑤]。"后室不果筑，而姚安公以甲申八月弃诸孤[⑥]。卜地惟是处吉，因割他田易诸楘庵而葬焉。前联如公自谶也。事皆前定，岂不信哉？

【注释】

①永乐二年：1404 年。

②迁江南大姓实畿辅：明代永乐年间的移民政策，永乐七年(1409)前，以移民垦荒为主，充实北京城，并且惩罚异己招徕外族来朝；永乐七年以前及十五年(1417)以后，与永乐帝改北平为北京及

迁都有关，尤其十五年以后，营建北京城，为迁都作准备，乃有工匠的大规模迁移。畿辅，京都附近的地方。

③兵燹（xiǎn）：指战乱中纵火焚烧。燹，野火。

④乾隆丙子：乾隆二十一年（1756）。

⑤云孙：《尔雅·释亲》：父之子为子，子之子为孙，孙之子为曾孙，曾孙之子为玄孙，玄孙之子为来孙，来孙之子为晜孙，晜孙之子为仍孙，仍孙之子为云孙，云孙之子为耳孙。

⑥甲申：乾隆二十九年（1764）。

【译文】

明朝永乐二年，朝廷降旨把江南大族迁往京城附近。纪氏的始祖椒坡公，从金陵的上元县迁到献县的景城，后来子孙繁衍，一部分人就到崔庄居住，地址在景城东面三里外。现在，当地人中科举做官的，大多出在崔庄，所以都称为崔庄纪，称赞崔庄的纪氏兴旺。我家的一族自称为景城纪，表示不忘根本出处。椒坡公的旧居在景城、崔庄之间，经过战乱，早已经倒塌了，宅基属于堂叔燊庵家所有。燊庵曾经跟我读过经书，乾隆丙子年乡试中举，他打算在原来宅基上建房居住。姚安公预先为他题了一副对联："当年始祖初迁地，此日云孙再造家。"后来，房子没有建成，姚安公在甲申年八月去世了。风水先生占卜，只有这里是吉地，因此拿出其他田地与燊庵交换，把姚安公葬在这里。那副对联好像是姚安公自己的谶语一样，凡事都是早已预定的，难道不是吗？

侍姬沈氏，余字之曰明玕。其祖长洲人，流寓河间，其父因家焉。生二女，姬其次也。神思朗彻，殊不类小家女。常私语其姊曰："我不能为田家妇，高门华族，又必不以我为妇。庶几其贵家媵乎？"其母微闻之，竟如其志。性慧黠，平生未尝忤一人。初归余时，拜见马夫人。马夫人曰："闻汝自愿为人媵，媵亦殊不易为。”敛衽对曰：“惟不愿为媵，故媵难为耳。既愿为媵，则媵亦何难！”故马夫人始终爱之如娇女。尝语余曰：“女子当以四十以前死，人犹悼惜。青裙白发，作孤雏腐鼠，吾不愿也。”亦竟如其志，以辛亥四月二十五日卒[①]，年仅三十。初仅识字，随余检点图籍，久遂粗知文义，亦能以浅语成诗。临终，以小照付其女，口诵一诗，请余书之，曰：“三十年来梦一场，遗容手付女收藏。他时话我生平事，认取姑苏沈五娘。”泊然而逝[②]。方病剧时，余以侍值圆明园，宿海淀槐西老屋。一夕，恍惚两梦之，以为结念所致耳。既而知其是夕晕绝，移二时乃苏。语其母曰：“适梦至海淀寓所，有大声如雷霆，因而惊醒。”余忆是夕，果壁上挂瓶绳断堕地，始悟其生魂果至矣。故题其遗照有曰：“几分相似几分非，可是香魂月下归？春梦无痕时一瞥，最关情处在依稀。”又曰：“到死春蚕尚有丝，离魂倩女不须疑。一声惊破梨花梦，恰记铜瓶坠地时。”即记此事也。

【注释】

①辛亥：乾隆五十六年(1791)。

②泊然：安安静静的样子。

【译文】

我的侍妾沈氏，我为她取字为明玕。她的祖先是长洲人，后来流落到河间县，她的父亲就把家安置在那里了。她父母生了两个女儿，沈氏排行老二。她聪敏灵巧，一点儿也不像小家小户的女子。她曾经私下对姐姐说：“我不能做种田人家的女人，高门大户又肯定不会娶我做夫人。将来我也许是显贵人家的妾吧？”她母亲大概听说了她的想法，最终满足了她的愿望。她生性乖巧伶俐,一辈子不曾得罪过一个人。她刚嫁给我时,拜见马夫人。马夫人说:“听说你自愿做妾,妾也是很不容易做的呢。”沈氏整理了衣衽恭恭敬敬回答说:“只因为不愿意做妾,故而妾才难做。既然情愿做妾,妾又有什么难做的呢?”因此马夫人始终把她当娇宠的女儿一样喜爱。沈氏曾经对我说:“女子应该在四十岁以前死,这样人们还会追念她、怜惜她。假如活到身穿蓝裙、满头白发时,像孤独的小鸡和腐烂的老鼠那样被人嫌弃,我实在不愿意。”后来也终于遂了她的心愿,她在乾隆辛亥年四月二十五日去世,年仅三十岁。起初,她只认得几个字,以后跟随我核查校对图书,时间长了,能大概明白文章的意思,也能用浅显的语言写诗了。临死前,她把自己的一幅小像交给女儿,口诵一首诗,请我书写下来,诗云:“三十年来梦一场,遗容手付女收藏。他时话我生平事,认取姑苏沈五娘。”之后,平静地去世了。在她病重的时候,我在圆明园值班,住在海淀槐西老屋。一天夜里,我恍恍惚惚两次梦见她,以为是自己一心挂念才梦见她的。后来才知道她在这天夜里曾经昏厥过,过了两个时辰才苏醒过来。她对她母亲说:“刚才我梦见自己到了海淀的寓所,听见巨响像打雷一样,就被吓醒了。”我追忆那天晚上发生的事,确实墙上的挂瓶因为绳子断了摔在地上,我这才领悟到她的魂到过槐西老屋。因此我就在她的遗像上题诗:“几分相似几分非,可是香魂月下归?春梦无痕时一瞥,最关情处在依稀。”另一首写道:“到死春蚕尚有丝,离魂倩女不须疑。一声惊破梨花梦,恰记铜瓶坠地时。”诗中所记述的就是这件事。

相去数千里,以燕赵之人,谈滇黔之俗,而谓居是土者,不如吾所知之确,然耶否耶?晚出数十年,以髫龀之子[①],论耆旧之事[②],而曰见其人者,不如吾所知之确,然耶否耶?左丘明身为鲁史[③],亲见圣人;其于《春秋》,确有源委。至唐中叶，陆淳辈始持异论[4]。宋孙复以后[5]，哄然佐斗，诸说争鸣，皆曰左氏不可信，吾说可信。何以异于是耶！

盖汉儒之学务实，宋儒则近名，不出新义，则不能耸听；不排旧说，则不能出新义。诸经训诂，皆可以口辩相争，惟《春秋》事迹厘然，难于变乱。于是谓左氏为楚人、为七国初人、为秦人，而身为鲁史，亲见圣人之说摇。既非身为鲁史，亲见圣人，则传中事迹，皆不足据，而后可惟所欲言矣。沿及宋季，赵鹏飞作《春秋经筌》[6]，至不知成风为僖公生母[7]，尚可与论名分、定褒贬乎？元程端学推波助澜[8]，尤为悍戾。

偶在五云多处即原心亭。检校端学《春秋解》，周编修书昌因言：有士人得此书，珍为鸿宝。一日，与友人游泰山，偶谈经义，极称其论叔姬归酅一事[9]，推阐至精。夜梦一古妆女子，仪卫尊严，厉色诘之曰："武王元女，实主东岳。上帝以我艰难完节，接迹共姜[10]，俾隶太姬为贵神，今二千馀年矣。昨尔述竖儒之说，谓我归酅为淫于纪季，虚辞诬诋，实所痛心！我隐公七年归纪[11]，庄公二十年归酅[12]，相距三十四年，已在五旬以外矣。以斑白之嫠妇，何由知季必悦我？越国相从，《春秋》之法，非诸侯夫人不书，亦如非卿不书也。我待年之媵，例不登诸简策，徒以矢心不二，故仲尼有是特笔。程端学何所依凭而造此暧昧之谤耶？尔再妄传，当脔尔舌，命从神以骨朵击之[13]。"狂叫而醒，遂毁其书。余戏谓书昌曰："君耽宋学，乃作此言！"书昌曰："我取其所长，而不敢讳所短也。"是真持平之论矣。

【注释】

①髫(tiáo)龀(chèn):指幼童。

②耆(qí)旧:年高望重者。

③左丘明(前556—前451):相传春秋末期曾任鲁国史官,晚年双目失明。著有重要的史书巨著《左氏春秋》(又称《左传》)和《国语》,保存了具有很高价值的原始资料。

④陆淳:即陆质(?—806),字伯冲,后改名质(避宪宗讳),吴郡(郡治今江苏吴县)人。唐代经学家。

⑤孙复:北宋理学的先导人物。

⑥赵鹏飞:字企明,号木讷,宋代绵州(今四川绵阳)人。著有《春秋经筌》共十六卷。赵鹏飞有感于自古说解经义者多拘泥于《左传》、《公羊传》等,各护师说,多失圣人《春秋》本旨,故作此书,力主于据经解经。

⑦成风为僖公生母:《左传正义》曰:"伯姬未必是成风所生。"《春秋穀梁传·僖公八年》曰:"言夫人而不以氏姓,非夫人也,立妾之辞也,非正也。夫人之,我可以不夫人之乎?"钟文烝《春秋穀梁经传补注》云,僖公是闵公的庶兄,母为成风,闵公被弑后继位。

⑧程端学(1278—1334):字时叔,号积斋,元鄞县(今属浙江)人。有《春秋本义》、《春秋或问》、《春秋三传辨疑》、《积斋集》等。

⑨叔姬归酅(xī):伯姬为鲁国之女,嫁于纪国。叔姬为伯姬之妹,为"媵"而陪嫁。伯姬出嫁时,叔姬年纪尚小,六年之后,方才赴纪。鲁庄公三年(前691),纪国分裂,纪季(纪侯之弟)以酅地而附庸齐国,纪侯则居纪。次年(前690),齐国灭纪,伯姬亦于此年去世。鲁庄公十二年(前682),纪国灭亡,叔姬回到酅地,是为"叔姬归酅"。女子出嫁之后,即以夫家为其家。叔姬为纪国之媵,因此自鲁至酅称曰"归"。叔姬本为媵,其位卑贱,而春秋书之,《春秋公羊传注疏》云:"纪侯为齐所灭,纪季以酅入于齐,叔姬归

之，能处隐约，全竟妇道，故重录之”，故后人多以“叔姬归酅”为妇道典范。酅，春秋时纪地，在今山东青州西北。见《左传·庄公十二年》。

⑩共（gōng）姜：周时卫世子共伯之妻。共伯早死，她不再嫁。后常用来指代守节的女子。

⑪隐公七年：前716年。

⑫庄公二十年：前674年。

⑬骨（gū）朵：长棍一样的古代兵器，用铁或硬木制成，顶端瓜形。

【译文】

相距几千里的燕赵之人，谈论云南、贵州一带的风俗，却说住在滇黔当地的人，不及我了解得真切细致，这种说法对不对呢？比别人晚出生几十年，作为一个扎着发髻、缺牙露齿的小孩子，谈论老前辈的事情，却对见过老前辈的人说，你知道得不如我确切，对还是不对呢？左丘明身为鲁国史官，亲眼见过孔圣人；他对于《春秋》一书，的确了解它的源流始末。到了唐朝中叶，陆淳等人开始持有不同的见解。宋代人孙复以后，又有些人一哄而起帮助争斗，都认为左丘明的说法不可信，只有自己的说法才可信。凭什么会有如此不同的观点呢！

大概是因为汉代儒者治学致力于实际，宋代儒者看重名声，假如推演不出新义，就不能耸人听闻；假如不推翻旧说，也就推不出新义。对各种经典的注释引申，都能加以争辩讨论，只有《春秋》记事井然有序，很难改动。于是宋儒们就提出一系列说法，说左丘明是楚国人，是战国初年的人，是秦朝人等等，而左丘明是鲁国史官，亲眼见过孔圣人的说法就被动摇了。既然左丘明不是鲁国史官，又没有亲眼见过圣人，那么《左传》解释《春秋》史实的记事就都不足为凭了，宋儒们就可以想怎么说就怎么说了。这种风气沿袭到宋代末年，赵鹏飞写作《春秋经筌》时，竟然不知道成风就是鲁僖公的生母，这样怎么还能和他们一起讨论名分、确定人物的褒贬呢？元代人程端学更是推波助澜，尤其粗暴荒谬。

我偶然在五云多处即“原心亭”。校订程端学的《春秋解》，编修周书昌就说：有个读书人得到这部书，当稀世珍宝一样重视。一天，他和朋友到泰山游览，偶尔谈论经义，极力称赞程端学评论叔姬回归酅地一事，认为他推理阐述得极为精辟。夜里，他梦见一位身着古装的女子，仪仗及卫士都庄重而有威严，女子正颜厉色地质问他：“武王的长女太姬，是主宰东岳泰山的神。天帝认为我能经受艰难，保持贞节，事迹接近共姜，因此让我归属于太姬成为尊贵的神，至今已有两千多年了。昨天你称赞那个臭儒生的看法，说我回到酅地是和纪侯的弟弟纪季淫乱，真是胡说八道，你们用不实之辞来诬陷攻击我，实在让我痛心！我在鲁隐公七年嫁给纪侯，庄公二十年回到酅地，其间相距三十四年，我已经是五十多岁的人了。就凭我一个鬓发斑白的寡妇，你们怎么知道纪季会喜欢我呢？按照《春秋》的记事原则，一个女人远嫁他国，如果不是诸侯夫人就不记入史册，就像不是公卿不记入史册一样。当时我只是个待嫁的陪嫁女子，按照《春秋》体例，这件事本不该在史书记载，只是因为我忠贞不二，孔子才破例记了下来。程端学根据什么捏造出这种男女之间不清不白的诽谤呢？你要是再敢胡乱传播，就割你的舌头，命令随从的神用骨朵揍你。”这个读书人狂叫着吓醒过来，连忙毁掉了《春秋解》这本书。我开玩笑地对周书昌说：“你爱好并沉溺在宋学当中，才编造出这些话。”周书昌说：“我吸取宋学的长处，而不敢掩饰宋学的短处。”这才是公正之论。

杨令公祠在古北口内[1]，祀宋将杨业。顾亭林《昌平山水记》[2]，据《宋史》谓业战死长城北口，当在云中，非古北口也。考王曾《行程录》[3]，已云古北口内有业祠。盖辽人重业之忠勇，为之立庙。辽人亲与业战，曾奉使时，距业仅数十年，岂均不知业殁于何地？《宋史》则元季托克托所修，“托克托”旧作“脱脱”，盖译音未审。今从《三史国语解》。距业远矣，似未可据后驳前也。

【注释】

①令公：古代对中书令的尊称。唐末，武将多加中书令衔，故“令公”之称极滥。

②顾亭林：即顾炎武（1613—1682），原名绛，字忠清。明亡后改名炎武，字宁人，亦自署蒋山佣，尊称为“亭林先生”。明末清初著名的思想家、史学家、语言学家。曾参加抗清斗争，后致力于学术研究。

③王曾（978—1002）：字孝先，青州益都（今山东青州）人。宋代壬寅科状元。

【译文】

杨令公神祠在古北口内，是祭祀宋代将军杨业的。顾亭林的《昌平山水记》一文，根据《宋史》说杨业战死于长城北口，应当在云中郡，不是古北口。据宋人王曾的《行程录》考查，已经说古北口内有杨业祠堂。大约辽国人敬重杨业的忠心英勇，所以为他建造了这个祠堂。辽国人亲历与杨业的战斗，王曾奉命出使辽国时，距杨业战死仅几十年，他与辽国人怎么能都不知道杨业死于何地呢？《宋史》是元代末年的托克托编写的，“托克托”过去译作“脱脱”，这是译音不准确。这里根据《三史国语解》。距离杨业的年代已经更遥远了，似乎不能根据后人的记载来推翻前人的说法。

余校勘秘籍，凡四至避暑山庄：丁未以冬、戊申以秋、己酉以夏、壬子以春[①]，四时之胜胥览焉[②]。每泛舟至文津阁，山容水意，皆出天然，树色泉声，都非尘境；阴晴朝暮，千态万状,虽一鸟一花,亦皆入画。其尤异者,细草沿坡带谷,皆茸茸如绿罽[3],高不数寸,齐如裁剪,无一茎参差长短者。苑丁谓之规矩草。出宫墙才数步,即鬖髿滋蔓矣[4]。岂非天生嘉卉,以待宸游哉[5]!

【注释】

①丁未:乾隆五十二年(1787)。戊申:乾隆五十三年(1788)。己酉:乾隆五十四年(1789)。壬子:乾隆五十七年(1792)。

②胥:这里是"全"、"都"的意思。

③罽(jì):用毛做成的毡子一类的东西。

④鬖髿(sān suō):比喻草木枝叶散乱貌。

⑤宸(chén)游:帝王巡游。

【译文】

我因为校勘皇室的典籍,四次到避暑山庄:丁未年的冬天、戊申年的秋天、己酉年的夏天、壬子年的春天,四季的风景都游赏过了。每次泛舟到文津阁,只见山的容颜、水的意韵,都是天然模样;树木姿态、流泉声响,都不是尘世的境界;阴晴朝暮,千态万状,即使一只鸟一朵花,也可以写入画图之中。其中特别奇怪的是,沿坡连谷的细草,绿茸茸的像地毯一样,只有几寸高,整齐得像裁剪过的,没有一根长一点儿短一点儿的。园丁称这些细草为规矩草。出了山庄围墙才几步远,这种草就参差不齐随意滋长了。这难道不是天生美好的草木,等待皇上来游玩么!

李又聃先生言:有张子克者,授徒村落,岑寂寡俦[1]。偶散步场圃间,遇一士,甚温雅。各道姓名,颇相款洽。自云家住近村,里巷无可共语者,得君如空谷之足音也。因共至塾，见童子方读《孝经》。问张曰："此书有今文古文，以何为是？"张曰："司马贞言之详矣[2]。近读《吕氏春秋》，见《审微》篇中引'诸侯'一章，乃是今文。七国时人所见如是，何处更有古文乎？"其人喜曰："君真读书人也。"自是屡至塾。张欲报谒，辄谢以贫无栖止，夫妇赁住一破屋，无地延客，张亦遂止。

一夕，忽问："君畏鬼乎？"张曰："人未离形之鬼，鬼已离形之人耳，虽未见之，然觉无可畏。"其人恧然曰[3]："君既不畏，我不欺君，身即是鬼。以生为士族，不能逐焰口争钱米。叨为气类，求君一饭可乎？"张契分既深，亦无疑惧，即为具食，且邀使数来。考论图籍，殊有端委。偶论太极无极之旨，其人怫然曰："于传有之：'天道远，人事迩。'六经所论皆人事，即《易》阐阴阳，亦以天道明人事也。舍人事而言天道，已为虚杳；又推及先天之先，空言聚讼，安用此为？谓君留心古义，故就君求食。君所见乃如此乎？"拂衣竟起，倏已影灭。再于相遇处候之，不复睹矣。

【注释】

①俦（chóu）：同辈，同一类的人物。

②司马贞：字子正，河内（今河南沁阳）人，唐代著名的史学家。开元中官至朝散大夫，宏文馆学士，主管编纂、撰述和起草诏令等。

③恧（nǜ）然：自愧貌。

【译文】

李又聃先生说：有个叫张子克的人，在一个偏僻的村庄里教书，清冷寂寞，没有朋友。一天，他偶然在晒谷场散步，遇到一个读书人，外表很是温文尔雅。两人各自通报了姓名后，在一起谈得很融洽。读书人说自己住在邻近的村子里，小街小巷的竟没有一个能谈得来的人，如今碰到张子克，就好像在寂静的山谷里听到了人的脚步声一样，倍感亲切。接着，两人一起来到私塾学堂，看到孩子们正在读《孝经》。读书人就问张子克："这部书有今文的和古文的两种，您认为哪部书是真的呢？"张子克说："对此，司马贞论述得很详尽了。最近我读《吕氏春秋》时，看到《审微》篇中引用《孝经》'诸侯'一章中的词句，竟是今文。战国时的人所看到的《孝经》文字便是这个样子，哪里还有另外的古文呢？"那个读书人非常高兴地说："您是个真读书的人。"从此，他多次到私塾来，张子克打算到他家回访，读书人总是说家中贫困，没有栖身之地，夫妇俩租一间破房子，实在没有地方接待客人，张子克就不再提回访的事了。

一天夜里，那个读书人突然问张子克："您怕鬼吗？"张子克说："人不过是魂魄没有离开躯体的鬼，而鬼则是灵魂出窍的人而已，我虽然没见过鬼，但是觉得鬼并没什么可怕的。"读书人一脸羞惭的样子说道："您既然不怕鬼，那我就不再瞒您了，我就是个鬼。因为我生在世家大族，不愿追着放焰口时争饭抢钱。承蒙你接受我，与我气味相投，请我吃顿饭行么？"张子克与鬼的情分已经很深了，也就不怀疑、不害怕他，立即备下饭菜，而且邀请他常来。读书人考察议论古代经典图书，剖析恰当，讲来头头是道。偶尔谈论到"太极无极"的旨义时，读书人不高兴地说："《左传》早就说过：'自然界的道理很遥远，人世间的道理很切近。'六经所谈论的都是关于人的问题，即使《易经》在阐释阴阳变化时，也是用天道在证明人事。舍弃人事论说天道，已经是虚幻渺茫了；这里又推而谈及开天辟地以前的事，泛泛而谈，争论不休，这又有什么用处呢？我本以为您注重古代经籍的义理，因此才到您这里要口吃的，难道您的见识就是这样吗？"他一甩衣服站了起来，转眼工夫就无影无踪了。后来，张子克到相遇的地方去等候，却再也没有见到他。

余督学闽中时，院吏言：雍正中，学使有一姬堕楼死，不闻有他故，以为偶失足也；久而有泄其事者，曰姬本山东人，年十四五，嫁一窭人子[1]。数月矣，夫妇甚相得，形影不离。会岁饥，不能自活，其姑卖诸贩鬻妇女者。与其夫相抱，泣彻夜，啮臂为志而别。夫念之不置，沿途乞食，兼程追及贩鬻者，潜随至京师。时于车中一觌面，幼年怯懦，惧遭诃詈，不敢近，相视挥涕而已。既入官媒家，时时候于门侧，偶得一睹，彼此约勿死，冀天上人间，终一相见也。后闻为学使所纳，因投身为其幕友仆，共至闽中。然内外隔绝，无由通问，其妇不知也。一日病死，妇闻婢媪道其姓名、籍贯、形状、年齿，始知之。时方坐笔捧楼上，凝立良久，忽对众备言始末，长号数声，奋身投下死。学使讳言之，故其事不传。然实无可讳也。

大抵女子殉夫，其故有二：一则撑柱纲常[2]，宁死不辱。此本乎礼教者也，一则忍耻偷生，苟延一息，冀乐昌破镜，再得重圆；至望绝势穷，然后一死以明志。此生于情感者也。此女不死于贩鬻之手，不死于媒氏之家，至玉玷花残，得故夫凶问而后死，诚为太晚。然其死志则久定矣，特私爱缠绵，不能自割。彼其意中，固不以当死不死为负夫之恩，直以可待不待为辜夫之望。哀其遇，悲其志，惜其用情之误，则可矣；必执《春秋》大义，责不读书之儿女，岂与人为善之道哉！

【注释】

①窭(jù)人：穷苦人。

②搘(zhī)柱：支撑，支持。

【译文】

我担任福建督学时，听学院的官吏说：雍正年间，此地学使有一个姬妾从楼上坠落摔死，没有听说其他原因，都以为是偶然失足的缘故。过了一段时间，有人泄露了事情真相，说这个妾本来是山东人，十四五岁时嫁给一个贫家子。婚后几个月，夫妇感情很好，形影不离。恰值荒年，无法谋生，她的婆婆就把她卖给专门买卖妇女的人贩子。与丈夫两人相抱着，哭了一夜，在臂膀上咬出齿痕作记号而分别。丈夫放不下她，沿途讨饭，赶着追上了买走她的人贩子，偷偷跟随着到了京城。一路上常在她坐的车上互相匆匆看上一眼，但因为年幼胆小，怕受到呵斥责骂，不敢挨近，只是相互看着挥泪而已。后来，她被送到官媒家，丈夫还常常在门边等候，偶尔见到一面，彼此相约都不要寻死，盼望将来天上人间，总有见面的时候。后来丈夫听说她被学使纳为姬妾，就投身学使的幕僚手下做了仆人，一同到了福建。但他们两人内外隔绝，无法通音讯，妻子并不知道这些。有一天，丈夫因病去世，妻子听婢女们说起他的姓名、籍贯、形貌和年龄，这才知道。她当时正坐在笔捧楼上，听到丈夫的死讯，呆呆地站了很久，忽然对众人详细诉说了事情始末，长号几声，奋身跳下楼而死。学使忌讳人家讲这件事，所以一直没有传出来。但是这件事其实没有什么可忌讳的。

大抵女子殉夫而死，有两种情况：一是为了坚持纲常礼教，宁死不受污辱，这是恪守礼教；另一种是忍辱偷生，苟延生命，希望与爱人破镜重圆；到了完全绝望的时候，才一死以表明心志。这是发自情感。上面所说的这个女子，不死于人贩子之手，不死在官媒之家，就像一块美玉被玷污、一朵鲜花被摧残，得到前夫的凶讯而后自尽，确实死得太晚了。但是她以死相从的心愿早已确定，只不过由于缠绵的情爱，难以割舍而已。在她的意识里，本来就没有将应当死而不死看作是辜负了丈夫的恩爱，而是将能够等待而没有等待当成辜负了丈夫的期望。我们哀挽她的遭遇，悲悼她的志向，惋惜她专情的错误，是可以的；非要举出《春秋》里的大道理，以贞节等礼教来要求没有读过书的青年男女，这难道就是与人为善的态度么？

壬申七月[①]，小集宋蒙泉家，偶谈狐事。聂松岩曰：贵族有一事，君知之乎？曩以乡试在济南，闻有纪生者，忘其为寿光为胶州也。尝暮遇女子独行，泥泞颠踬[②]，倩之扶掖。念此必狐女，姑试与昵，亦足以知妖魅之情状。因语之曰："我识尔，尔勿诳我，然得妇如尔亦自佳。人静后可诣书斋，勿在此相调，徒多迂折。"女子笑而去。夜半果至，狎媟者数夕，觉渐为所惑，因拒使勿来。狐女怨詈不肯去。生正色曰："勿如是也。男女之事，权在于男。男求女，女不愿，尚可以强暴得；女求男，男不愿，则心如寒铁，虽强暴亦无所用之。况尔为盗我精气来，非以情合，我不为负尔情。尔阅人多矣，难以节言，我亦不为隳尔节。始乱终弃，君子所恶，为人言之，不为尔曹言之也。尔何必恋恋于此，徒为无益？"狐女竟词穷而去。乃知一受蛊惑，缠绵至死，符箓不能驱遣者，终由情欲牵连，不能自割耳。使泊然不动，彼何所取而不去哉？

【注释】

①壬申：乾隆十七年(1752)。

②颠踬(zhì)：跌倒。

【译文】

乾隆壬申年七月，几个朋友在宋蒙泉家聚会，偶然谈到狐精的故事。聂松岩说："你们纪氏族里有一件事，您知道吗？以前我在济南参加乡试时，听说有个姓纪的人，忘记他是寿光人还是胶州人了。一个傍晚碰到一个女子独自赶路，在泥泞的路上差点儿摔倒，请纪某搀扶她。纪某想她肯定是个狐女，姑且和她亲热，也可以了解妖魅的情形。就说："我认识你。你也别骗我，然而能得到像你这样的女子觉得也挺好。等到夜深人静时你可以到我的书房去，别在这里调情，平白生出枝节来。"那个女子笑着走了。半夜，女子果然来了。两人在一起亲热了好几个夜晚，纪某觉得自己渐渐被狐狸精迷住了，就拒绝她让她别再来了。狐女却怨气冲冲骂了起来，不肯离去。纪某认真地说："不要这样。男女之间的事，主动权在男子。男子追求女子，女子不答应，男人还能用强暴的手段得到她；而女人追求男人，假如男子不愿意，他的心就像铁一样又冷又硬，即使用强暴的手段，也毫无用处。更何况你是为盗取我的精气而来，并非跟我情意相投，我这样做算不上是辜负了你。你经历过的男人多了，很难讲什么贞节，因此我与你厮混，也算不上是败坏了你的节操。那种始乱终弃的行为，是君子所厌恶的，可那是针对人而说的，并不是对你们这些狐狸精说的。你又何必对此念念不忘，这对你有什么好处呢？"狐女无话可说，只好走了。由此可知，有些人一旦受到妖精的蛊惑，以致缠绵而死，用道佛的符箓也不能把妖怪赶走，根本原因是因为被情欲所控制，自己不能割舍罢了。假使对各种引诱毫不动心，淡然处之，妖怪得不到什么，又为何不走呢？

法南野又说一事曰：里有恶少数人，闻某氏荒冢有狐，能化形媚人。夜携罝罟布穴口①，果掩得二牝狐。防其变幻，急以锥刺其髀②，贯之以索，操刃胁之曰："尔果能化形为人，为我辈行酒，则贷尔命。否则立磔尔③！"二狐嗥叫跳掷，如不解者。恶少怒，刺杀其一，其一乃人语曰："我无衣履，即化形为人，成何状耶？"又以刃拟颈，乃宛转成一好女子，裸无寸缕。众大喜，迭肆无礼，复拥使侑觞[4]，而始终掣索不释手。狐妮妮软语，祈求解索。甫一脱手，已瞥然逝。归未到门，遥见火光，则数家皆焦土，杀狐者一女焚焉。知狐之相报也。狐不扰人，人乃扰狐，多行不义，其及也宜哉。

【注释】

①罝(jū)罟(gǔ)：网。罝，捕兽的网。

②髀(bì)：大腿。

③磔(zhé)：分割肢体。

④侑(yòu)：在筵席旁助兴，劝人吃喝。

【译文】

法南野又讲了一件事：乡下有几个品行恶劣的年轻人，听说某家荒坟中有狐精，会变化形状，迷惑人们。于是，乘夜色带着捕捉野兽的网，安放在狐狸的洞口，果然抓到两只雌狐。为了防止狐狸变形，连忙用锥子刺穿狐狸的大腿，用绳索穿过吊住，拿着刀威胁说："你们如果能变化成人形，侍候我们喝酒，就饶你们的性命。否则立即把你们杀了！"两只狐狸又叫又跳，就像听不懂似的。这帮恶少大怒，刺死了一只狐狸。另一只狐狸才口吐人言说："我没有衣服，马上变化成人形，成什么样子呢？"恶少又把刀架在狐狸的脖子上，这只狐狸才变成一个漂亮女人，一丝不挂。众人大喜，轮流非礼，又抱住狐女，让她侍候饮酒，却一直抓住那条绳索不肯松手。狐女温柔地讲好话，请求解开绳索。恶少刚一松手，狐女马上逃走不见踪影了。这帮恶少还没有回到家，就远远看见了火光，原来他们几家都被烧光了，杀死狐狸的人，有个女儿被烧死了。这才知道是狐精的报复。狐狸精没有骚扰人，人却骚扰狐精，做了太多的缺德事,这种结局是应该的。

田白岩说一事曰:某继室少艾,为狐所媚,劾治无验。后有高行道士,檄神将缚至坛,责令供状。佥闻狐语曰:“我豫产也,偶挞妇,妇潜窜至此,与某昵。我衔之次骨,是以报。”某忆幼时果有此,然十馀年矣。道士曰:“结恨既深,自宜即报,何迟迟至今?得无刺知此事,假借藉口耶?”曰:“彼前妇贞女也,惧干天罚,不敢近,此妇轻佻,乃得诱狎。因果相偿,鬼神弗罪,师又何责焉?”道士沉思良久,曰:“某昵尔妇几日?”曰:“一年馀。”“尔昵此妇几日?”曰:“三年馀。”道士怒曰:“报之过当,曲又在尔,不去,且檄尔付雷部!”狐乃服罪去。清远先生蒙泉之父曰:“此可见邪正之念,妖魅皆得知。报施之理,鬼神弗能夺也。”

【译文】

田白岩讲了一件事,他说:某人的续弦夫人年轻漂亮,但她被狐狸精迷惑住了,虽然多方求符咒法术制服,却没有效果。后来有一位操行高尚的道士,命令神将把妖狐捆到法坛前,责令他从实招供。在场的人听狐狸说:“我出生在河南,有一次偶尔把妻子打了一顿,她都偷偷逃到这里,与某人相好了。我恨之入骨,因此来报复。”某人想起来自己年轻时的确有这么一回事,但事情已经过去十多年了。道人说:“既然怨恨结得那么深,理应当时就报复,你为什么迟迟不报复?是不是你从哪儿打听到有这么一回事,以此为借口?”狐狸说:“某人的前妻有贞操,我害怕受到上天的惩罚,因此不敢接近她,而这个女人轻薄放荡,这才引诱她上了钩。因果报应,就连鬼神都不加惩罚,尊师何必指责我呢?”道士沉思了很长时间,问道:“某人和你的妻子相好了多长时间?”回答:“有一年多时间。""那么你和这个女人又相好了多长时间?"回答说:"有三年多时间。"道士大怒道:"你的报复过了头,理屈的又在你,你要是再不走的话,我将把你押送到雷神那里去!"狐狸认罪后离开了。清远先生蒙泉的父亲说:"由此可见,邪恶与正直的念头,妖精都知道。报施的道理,即便是鬼神也不能阻拦。"

清远先生亦说一事曰:朱某一婢,粗材也。稍长,渐慧黠,眉目亦渐秀媚,因纳为妾。颇有心计,摒挡井井[①],米盐琐屑,家人纤毫不敢欺,欺则必败。又善居积,凡所贩鬻,来岁价必贵。朱以渐裕,宠之专房。一日,忽谓朱曰:"君知我为谁?"朱笑曰:"尔颠耶?"因戏举其小名曰:"尔非某耶?"曰:"非也,某逃去久矣,今为某地某人妇,生子已七八岁。我本狐女,君九世前为巨商,我为司会计。君遇我厚,而我干没君三千馀金。冥谪堕狐身,炼形数百年,幸得成道。然坐此负累,终不得升仙。故因此婢之逃,幻其貌以事君。计十馀年来,所入足以敌所逋。今尸解去矣[②]。我去之后,必现狐形。君可付某仆埋之,彼必裂尸而取革,君勿罪彼。彼四世前为饿殍时,我未成道,曾啖其尸。听彼碎磔我,庶冤可散也。"俄化狐仆地,有好女长数寸,出顶上,冉冉去;其貌则别一人矣。朱不忍而自埋之,卒为此仆窃发,剥卖其皮。朱知为夙业,浩叹而已。

【注释】

①摒(bìng)挡:收拾,整理。

②尸解:传说中道士得道后遗弃肉体而仙去,或不留遗体,只假托

一物(如衣、杖、剑)遗世而升天。

【译文】

清远先生也讲了一件事说:朱某有个婢女,粗粗笨笨的。长大一点儿,渐渐变得聪明起来,眉目形貌也渐渐改变,变得秀美了,朱某因此纳她为妾。她颇有心计,料理家事井井有条,柴米油盐等日常费用,仆人丝毫不敢贪占欺骗,骗了她,也一定会查出来。她又善于做买卖,囤积收藏,凡是她收购的货物,第二年价格肯定会上涨。朱某因此渐渐富裕起来,对她十分宠爱,甚至不接近其他姬妾了。有一天,她忽然问朱某说:"你知道我是谁吗?"朱某笑着说:"你疯了吧?"开玩笑地说出她的小名道:"你不是某某吗?"她回答:"不是,某某早就逃走了,现在她在某地是某人的妻子,生的孩子也已经七八岁了。我是狐女,你九世前是个富商,我是会计替您掌管财物。那时你对我很宽厚,我却侵吞了你三千多两银子。冥间遭到谴谪,轮回堕落成为狐狸,我修道炼形几百年,幸而成道。但因为侵吞你银子这件事的负累,还是不能成仙。所以我借这个婢女逃走的机会,幻化为她的形貌来侍奉你。十多年来,总计我给你带来的收入,足以偿还当初侵吞的数目了。现在,我要尸解成仙了。我成仙去后,遗下的身体一定会现出狐形。你可以把我的尸首交付仆人某某埋葬,他必然将我扒皮,你不要处罚他。他在四世前饿死在路边,当时我还没有得道,吃了他的尸身。现在任他剖裂我的尸身,也许可以解除冤债啊。"说完化作狐狸倒地而死,同时有个仅仅几寸长的美貌女子,从狐狸的头顶上出来,冉冉飘去;这个女子的容貌,就不是原来的样子,而是另一个人了。朱某不忍心将她的尸身交出去,就自己掩埋了,但还是被狐女说的那个仆人将尸身又偷偷挖掘出来,扒了狐皮卖了换钱。朱某知道这是前世注定的冤孽,也只好长叹着感慨一番罢了。

从孙树森言[①]:高川贺某,家贫甚。逼除夕,无以卒岁。诣亲串借贷无所得,仅沽酒款之。贺抑郁无聊,姑浇块垒,遂大醉而归。时已昏夜，遇老翁负一囊，蹩躠不进，约贺为肩至高川，酬以雇值。贺诺之。其囊甚重。贺私念方无度岁资，若攘夺而逸，龙钟疲叟，必不能追及。遂尽力疾趋，翁自后追呼，不应。狂奔七八里，甫得至家，掩门急入。呼灯视之，乃新斫杨木一段，重三十馀斤，方知为鬼所弄。殆其贪狡之性，久为鬼恶，故乘其窘而侮之。不然，则来往者多，何独戏贺？是时未见可欲，尚未生盗心，何已中途相待欤？

【注释】

①畚：音 běn。

【译文】

堂孙树畚说：高川县的贺某，家里很穷。快到除夕了，家里还没有过年的东西。他去亲戚家借，什么都没有借到，亲戚只是备些酒食招待他。贺某闷闷不乐，倍感无聊，姑且用酒来消解心中的郁闷，结果喝得酩酊大醉回家。天已经全黑了，他碰到一个老翁，背一个口袋，走起路来歪歪斜斜，半天也没走几步。老翁请贺某替他把口袋背到高川，说给贺某报酬。贺某答应了。那个口袋特别沉重。贺某暗中盘算，自己正没有过年的钱呢，要是抢了这口袋东西逃走，那个老翁老态龙钟、疲惫不堪的必定追不上。于是他猛跑起来，老翁在身后连追带喊，他也不理睬。他狂奔了七八里路，一进家门便连忙关上大门，让人拿灯来一看，口袋里却是新砍下来的一段杨树，有三十多斤重，这才知道被鬼捉弄了。大概贺某贪心狡诈的本性早就被鬼厌恶了，因此才趁他穷困到极点时耍弄他。要不然来往的人那么多，为什么只戏弄贺某一个人呢？况且那时贺某还没看见想要的东西，也还没生出盗心，鬼为什么已经在半路等着他了呢？

树畬又言：垛庄张子仪，性嗜饮，年五十馀，以寒疾卒。将敛矣，忽苏曰：“我病愈矣。顷至冥司，见贮酒巨瓮三，皆题‘张子仪封’字；其一已启封，尚存半瓮，是必皆我之食料，须饮尽方死耳。”既而果愈，复纵饮二十馀年。一日，谓所亲曰：“我其将死乎！昨又梦至冥司，见三瓮酒俱尽矣。”越数日，果无疾而卒。然则《补录纪传》载李卫公食羊之说[①]，信有之乎！

【注释】

①李卫公食羊之说：有位僧人曾预测李德裕一生应当吃一万只羊。

【译文】

树畬又说：垛庄的张子仪，喜欢喝酒，五十多岁时，感受寒邪生病死了。家人为他装殓时，他忽然苏醒过来，说：“我病好了。刚刚到阴间，看见有三只大酒缸，都贴着‘张子仪封’的字条；其中一只缸已经打开，还有半缸酒。这些一定都是我喝的，喝光了才会死啊。”随后，他的病果然好了，又痛痛快快喝了二十多年酒。有一天，他对亲友说：“我大概快死了吧！昨天做梦又到阴间，看见那三缸酒都空了。”过了几天，果然没得什么病就去世了。那么，《补录纪传》记载的李卫公吃羊的故事，确实是有的吧！

宝坻王孝廉锦堂言：宝坻旧城圮坏，水啮雨穿，多成洞穴，妖物遂窟宅其中。后修城时，毁其旧垣，失所凭依，遂散处空宅古寺。四出祟人，男女多为所媚。忽来一道士，教人取黑豆四十九粒，持咒炼七日，以击妖物，应手死。锦堂家多空屋，遂为所据；一仆妇亦为所媚。以道人所炼豆击之，忽风声大作，似有多人喧呼曰："太夫人被创死矣！"趋视，见一巨蛇，豆所伤处，如铳炮铅丸所中。因问道士："凡媚女者必男妖，此蛇何呼太夫人？"道士曰："此雌蛇也。蛇之媚人，其首尾皆可以噏精气①，不必定相交接也。"旋有人但闻风声，即似梦魇，觉有吸其精者，精即涌溢。则道士之言信矣。又一人突见妖物，豆在纸裹中，猝不及解，并纸掷之，妖物亦负创遁。又一人为女妖所媚，或授以豆，耽其色美，不肯击，竟以陨身。夫妖物之为祟，事所恒有，至一时群聚而肆毒，则非常之恶，天道所不容矣。此道士不先不后，适以是时来，或亦神所假手欤！

【注释】

①噏（xī）：吸。

【译文】

宝坻县的举人王锦堂说：宝坻县的旧城坍塌毁坏后，经雨水冲刷剥蚀，形成了许多洞穴，妖物们就在里边藏身。后来修城时，拆毁了旧墙，妖物失去了安身之处，就分散到空屋子或古庙里。它们到处害人，不少男女都被它们迷惑住了。忽然，县里来了个道士，他让人们拿来四十九粒黑豆，口念咒语炼了七天。用黑豆打妖物，豆一出手妖物就立刻死去。王锦堂家里有不少空屋子，被许多妖物占据了；一个仆人的妻子也被妖物迷惑了。用道士炼过的黑豆打过去，忽然响起一阵巨大的风声，好像听见许多人在呼喊："太夫人被打受伤死了！"跑过去一看，是一条大蛇，被黑豆打中的地方，就像被铳炮的铅弹击中一样。人们问道士："凡是迷惑女人的必定是男妖，这条蛇为什么称作太夫人呢？"道士说："这是条雌蛇。当蛇诱惑人的时候，它的头和尾都可以吸取人的精液元气，不一定非要性交。"不久就有人一听见风声，就像梦魇一样，觉得有一股力量在吸自己的精液，精液立即涌流而出。看来道士的话是可信的。又有一个人突然发现妖物，黑豆包裹在纸里来不及打开，就连同纸一齐扔了出去，妖物也照样受了伤逃走了。还有一个人被女妖所迷惑，虽然把黑豆给了他，可他却沉湎女妖的美色不肯打她，最后因此而丧命。妖怪们祸害人的事，那是常常会发生的，到了一时汇聚成群，放肆害人的时候，就为天道所不容了。这个道士不早不晚恰巧在这时候来到宝坻，或许是神借他的手来消除祸害吧！

某侍郎夫人卒，盖棺以后，方陈祭祀，忽一白鸽飞入帏，寻视无睹。俶扰间[①]，烟焰自棺中涌出，连甍累栋[②]，顷刻并焚。闻其生时，御下严：凡买女奴，成券入门后，必引使长跪，先告戒数百语，谓之教导；教导后，即褫衣反接，挞百鞭，谓之试刑。或转侧，或呼号，挞弥甚。挞至不言不动，格格然如击木石，始谓之知畏，然后驱使。安州陈宗伯夫人，先太夫人姨也，曾至其家。常曰其僮仆婢媪，行列进退，虽大将练兵，无如是之整齐也。又余常至一亲串家，丈人行也，入其内室，见门左右悬二鞭，穗皆有血迹，柄皆光泽可鉴。闻其每将就寝，诸婢一一缚于凳，然后覆之以衾，防其私遁或自戕也。后死时，两股疽溃露骨，一若杖痕。

【注释】

①俶(chù)扰：纷扰，扰乱。

②甍(méng)：屋脊。

【译文】

有个侍郎的夫人去世，大殓盖棺以后，正在陈设祭品，忽然有一只白鸽飞进帐幔里，人们到处寻找，却找不到。正在纷扰忙乱的时候，浓烟从棺材里涌出来，顷刻间大火把棺木连同几间屋子都烧光了。听说这位夫人生前对奴仆十分严酷：只要是买进女奴，签了契约进家门后，一定要让女奴直挺挺地跪着，先说上几百句话警告一番，叫做教导；教导之后，把女奴衣服剥掉，反绑双手，打一百鞭子，叫做试刑。如果挣扎、叫喊，就打得更凶。一直打到不敢叫喊不敢挣扎，就像鞭子打在木头石块上那样“格格”作声，才叫做懂得了害怕，然后再供她驱使。安州陈宗伯的夫人，是我先母太夫人的姨辈，曾经到过侍郎夫人家里。经常说起她家的男女仆人进进出出像是列队行动，即使是大将军训练士兵，也没有那样整齐有序。还有一位老前辈，是我的亲戚。我常常到他家去，进他的内室，只见门的左右挂着两条鞭子，鞭穗上都有血迹，鞭柄都磨得很光滑，能照见人影。听说，他每天睡觉前，把婢女一个个绑在长凳子上，然后再盖上被子，防止婢女逃走或者自杀。后来他死的时候，两条大腿生疮腐烂，骨头都露出来，仿佛是板子打的痕迹。

刑曹案牍，多被殴后以伤风死者，在保辜限内[①]，于律不能不拟抵。吕太常含晖[②]，尝刊秘方：以荆芥、黄蜡、鱼鳔三味鱼鳔炒黄色各五钱，艾叶三片，入无灰酒一碗，重汤煮一炷香，热饮之，汗出立愈。惟百日以内，不得食鸡肉。后其子慕堂，登庚午贤书[③]，人以为刊方之报也。

【注释】

①保辜：古代刑法中一种保护受害人的制度。凡是斗殴伤人案件，被告要在一定期限内对受害人的伤情变化负责，如果受害人在限期内因伤情恶化死亡，被告应按杀人罪论处。这种制度称为“保辜”，所定期限称为“辜限”。

②太常：明清两代列为“小九卿”之一。“小九卿”为宗人府丞、詹

事、太常寺卿、太仆寺卿、光禄寺卿、鸿胪寺卿、国子监祭酒、顺天府尹、左右春坊庶子。

③庚午：乾隆十五年(1750)。贤书：本指举荐贤能的文书，后因称乡试考中为“登贤书”。

【译文】

刑事案件的案卷中，经常有被打伤后因感受风邪而死的，按刑律规定，凡打人致伤，由官府立出限期，责令被告为伤者治疗，如伤者在这个期限内因为受伤致死，伤人者就不得不以死罪抵命。太常吕含晖，曾经刊刻一个治伤的秘方：用荆芥、黄蜡、鱼鳔鱼鳔炒成黄色三味各五钱，艾叶三片，掺入一碗无灰酒，兑成浓汤，煮一炷香的时间，趁热饮服，出汗就立刻痊愈了。只是要求在百日以内，不得吃鸡肉。后来吕含晖的儿子吕慕堂，在庚午年考中举人，众人都认为是刊刻秘方的善报。

《酉阳杂俎》载骰子咒曰[①]：“伊帝弥帝，弥揭罗帝。”诵至十万遍，则六子皆随呼而转。试之，或验或不验。余谓此犹诵“驴”字治病耳。大抵精神所聚，气机应之，气机所感，鬼神通之。所谓“至诚则金石为开”也。笃信之则诚，诚则必动；姑试之则不诚，不诚则不动。凡持炼之术，莫不如是，非独此咒为然矣。

【注释】

①骰(tóu)子：亦作“色子”。

【译文】

《酉阳杂俎》中记载有骰子咒说：“伊帝弥帝，弥揭罗帝。”据说念到十万遍，六只骰子就可按照赌博者的呼叫指挥随意转动。试着做，有应验的也有不应验的。我认为这就好像念“驴”字治病一样。一般说来，精神凝聚，就有气机感应，气机所感，可交通鬼神。这就是人们常说的“达到了至诚的程度，连铜铁石头也会感动得裂开”。坚信就有诚心，有诚心就一定能感动鬼神；如果只是抱着试试看的态度，就说明没有诚心，没有诚心，就感动不了鬼神。凡是修炼的法术，都是这样，并非只是骰子咒如此。

旧仆兰桂言：初至京师，随人住福清会馆，门以外皆丛冢也。一夜月黑，闻汹汹喧呶声、哭泣声①，又有数人劝谕声。念此地无人，是必鬼斗。自门隙窃窥，无所睹。屏息谛听，移数刻，乃一人迁其妇柩，误取他家柩去。妇故有夫，葬亦相近。谓妇为此人所劫，当以此人妇相抵。妇不从而诟争也。会逻者鸣金过，乃寂无声。不知其作何究竟，又不知此误取之妇他年合窆又作何究竟也。然则谓鬼附主而不附墓，其不然乎！

【注释】

①喧呶（náo）：形容声音嘈杂。

【译文】

我原来的仆人兰桂说：他刚到京城的时候，跟别人住在福清会馆里，会馆门外是乱坟岗。一个夜晚，没有月光，他听到乱纷纷的喧闹声、哭泣声，还有几个人劝解的声音。他想这片荒地没有人家，一定是鬼在争斗。兰桂从门缝偷偷地向外张望，却什么也没看见。屏住呼吸仔细听，过了好一会儿才听明白，原来是一个男子为他的妻子迁葬，错把别人家妻子的棺材挖走了。被错挖走棺材的女人有丈夫，就埋在附近。这个死鬼说自己的妻子被人抢走了，就该用挖坟人的妻子来抵偿。可那个女死鬼不答应，于是吵起来。恰好巡夜的人敲锣经过，群鬼这才没了声响。不知这场争执后来到底怎样了，也不知那位错迁的女鬼，将来和那边男人合葬时又是怎样的情形。如此说来，说鬼魂依附神主牌而不依附坟墓，大概是错误的吧！

虞惇有佃户孙某，善鸟铳，所击无不中。尝见一黄鹂，命取之。孙启曰："取生者耶？死者耶？"问："铁丸冲击，安能预决其生死？"曰："取死者直中之耳，取生者则惊使飞而击其翼。"命取生者。举手铳发，黄鹂果堕。视之，一翼折矣。其精巧如此。适一人能诵放生咒，与约曰："我诵咒三遍，尔百击不中也。"试之果然。后屡试之，无不验。然其词鄙俚，殆可笑噱，不识何以能禁制。又凡所闻禁制诸咒，其鄙俚大抵皆似此，而实皆有验，均不测其所以然也。

【译文】

虞惇家有个雇工孙某，擅长打鸟枪，瞄准目标没有打不中的。虞惇曾经看见一只黄鹂，就让孙某打下来。孙某问道："你是要活的还是要死的？"虞惇奇怪地问："铁弹发射，怎么能预先决定黄鹂是生是死呢？"孙某说："假如要死的，我就直接打中它；假如要活的，我就先把它惊飞起来，再打它的翅膀。"虞惇就说要活的。孙某抬手射击，黄鹂果然掉落下来。拿来一看，折了一只翅膀。孙某的射术精湛到如此程度。碰巧，有个人能念诵放生的咒语，他与孙某相约说："我诵念三遍咒语，而你就是打上一百枪也不中。"试了一下果然这样。以后又多次试验，没有不灵验的。然而那咒语粗俗不堪，听起来实在可笑，不知它怎么能让神射手射不中的。而且，凡是听到过的起禁制作用的各种咒语，粗俗可笑的程度大致全都像放生咒一样，却都很灵验，都猜不出这到底是什么原因。

蔡葛山先生曰："吾校《四库》书，坐讹字夺俸者数矣，惟一事深得校书力。吾一幼孙，偶吞铁钉，医以朴硝等药攻之，不下，日渐尫弱。后校《苏沈良方》[①]，见有小儿吞铁物方，云剥新炭皮研为末，调粥三碗，与小儿食，其铁自下。依方试之，果炭屑裹铁钉而出。乃知杂书亦有用也。此书世无传本，惟《永乐大典》收其全部[②]。余领书局时，属王史亭排纂成帙。苏沈者，苏东坡、沈存中也，二公皆好讲医药。宋人集其所论，为此书云。"

【注释】

①《苏沈良方》：又名《苏沈内翰良方》，原书十五卷。是北宋末年（一说为南宋）佚名编者根据沈括的《良方》（又名《得效方》、《沈氏良方》、《沈存中良方》）十卷与苏轼的《苏学士方》（又名《医药杂说》）整理编撰而成的医学书籍。现流行本为十卷。本书近似医学随笔的体裁，广泛论述医学各方面问题。

②《永乐大典》：编撰于明代永乐年间，初名《文献大成》，是中国的百科全书式的文献集。全书目录六十卷，正文两万馀卷，装成一万馀册，约3.7亿字，这一古代文化宝库汇集了古今图书七八千种。《永乐大典》惨遭浩劫，大多亡于战火，今存不到八百卷。

【译文】

蔡葛山先生说："我校勘《四库全书》时，因为校错文字而几次被罚了俸禄，只有一件事，因为校勘图书而意外得到很大的收获。我有个小孙子，偶尔误吞了铁钉，医生用朴硝等药物催泻，铁钉没有泻下来，人却一天天虚弱了。后来，我校勘《苏沈良方》，见有小儿吞铁物方，说剥取新炭的皮，磨成粉末，用它调三碗粥，给小孩子吃了，铁钉自然会泻出来。我按照药方试了试，果然见炭末裹着铁钉泻了出来。这才知道杂书也有用处。这本书世间没有流传本子，只有在《永乐大典》中收录全文。我在主持书局工作时，让王史亭编定成册。苏沈就是苏东坡、沈存中，这两位先生都喜欢谈论医药。宋代的人收集他们的议论，编成这本书。”

叶守甫，德州老医也。往来余家，余幼时犹及见之。忆其与先姚安公言：常从平原诣海丰，夜行失道，仆从皆迷。风雨将至，四无村墟，望有废寺，往投暂避。寺门虚掩，而门扉隐隐有白粉大书字。敲火视之，则“此寺多鬼，行人勿住”二语也。进退无路，乃推门再拜曰：“过客遇雨，求神庇荫；雨止即行，不敢久稽。”闻承尘板上语曰：“感君有礼。但今日大醉，不能见客，奈何？君可就东壁坐，西壁蝎窟，恐遭其螫；渴勿饮檐溜，恐有蛇涎；殿后酸梨已熟，可摘食也。”毛发植立，噤不敢语。雨稍止，即惶遽拜谢出，如脱虎口焉。姚安公曰：“题门榜示，必伤人多矣。而君得无恙，且得其委曲告语。盖以礼自处，无不可以礼服者；以诚相感，无不可以诚动者。虽异类无间也。君非惟老于医，抑亦老于涉世矣。”

【译文】

叶守甫，是德州的老医生，常来往我家，我小时候还见过他。记得他曾与先父姚安公说过一件事：他经常从平原县到海丰县去，有一次，夜里迷了路，仆从也都分不清东西南北了。风雨将至，四周又没有村落，他远远看见远处有一荒废的古庙，就赶过去避雨。庙门虚掩着，门板上隐隐约约有白粉写成的大字。他点着火一看，上面写着“此寺多鬼，行人勿住”两句话。但他当时进退无路，于是推开门，拜了两拜祝告说：“过客途中遇雨，恳求神灵暂且容纳；雨一停就走，绝不敢久留。”忽然听到屋顶天花板上有声音说：“感谢您有礼貌。但今天我喝醉了，无法见客，怎么办呢？您可以靠着东墙坐，西墙有蝎子洞，怕它螫着您；渴了不要喝屋檐流下的水，怕里面有蛇的口涎；殿后的酸梨树果子已经熟了，你可以摘下来吃。”叶守甫吓得毛发直立，一声不敢出。雨稍稍小一点儿，就慌忙拜谢，急匆匆走了，像脱离虎口一样。姚安公说：“在门上题字告示，必定因为伤人很多了。而你能够平安无事，反而得到了忠告，这都是得益于您委婉、谦恭的话语。大约以礼节要求自己的人，就没有人不被你的礼节所折服；用诚意来感召，就没有人不被你的诚意所感动。即使是异类，这一点儿也没有区别。你不但医道老到，处世也是十分老到啊。”

朱导江言：新泰一书生，赴省乡试。去济南尚半日程，与数友乘凉早行。黑暗中有二驴追逐行，互相先后，不以为意也。稍辨色后，知为二妇人。既而审视，乃一妪，年约五六十，肥而黑；一少妇，年约二十，甚有姿色。书生频目之。少妇忽回顾失声曰：“是几兄耶？”生错愕不知所对。少妇曰：“我即某氏表妹也。我家法中表兄妹不相见，故兄不识妹。妹则尝于帘隙窥兄，故相识也。”书生忆原有表妹嫁济南，因相款语。问：“早行何适？”曰：“昨与妹婿往问舅母疾，本拟即日返。舅母有讼事，浼妹婿入京[①]，不能即归。妹早归为治装也。”流目送盼，情态嫣然，且微露十馀岁时一见相悦意。书生心微动。至路岐，邀至家具一饭。欣然从之，约同行者晚在某所候。至钟动不来。次日，亦无耗。往昨别处，循岐路寻之，得其驴于野田中，鞍尚未解。遍物色村落间，绝无知此二妇者。再询，访得其表妹家，则表妹殁已半年馀。其为鬼所惑、怪所啖，抑或为盗所诱，均不可知，而此人遂长已矣。此亦足为少年佻薄者戒也。

时方可村在座，言："游秦、陇时，闻一事与此相类。后有合窆于妻墓者[2]，启圹，则有男子尸在焉。不知地下双魂，作何相见。《焦氏易林》曰[3]：'两夫共妻，莫适为雌。'若为此占矣。"戴东原亦在座，曰："《后汉书》尚有三夫共妻事[4]，君何见之不广耶？"余戏曰："二君勿喧。山阴公主面首三十人[5]，独忘之欤？然彼皆不畏其夫者。此鬼私藏少年，不虑及后来之合窆，未免纵欲忘患耳！"东原喟然曰："纵欲忘患，独此鬼也哉？"

【注释】

①浼(měi)：恳求，相托。

②合窆(biǎn)：合葬。

③《焦氏易林》：焦延寿撰。焦延寿，汉代学者。汉昭帝时任官，政绩很好。后来又专心读书，尤其下功夫研究《易经》，作《焦氏易林》。

④《后汉书》：由南朝刘宋时期的历史学家范晔编撰，是一部记载东汉历史的纪传体史书，与《史记》、《汉书》、《三国志》合称"前四史"。书中分十纪、八十列传和八志(司马彪续作)。

⑤山阴公主：刘楚玉(446？—465)，南朝孝武帝刘骏与皇后王宪嫄的第一个孩子，后与何戢结婚。在刘宋王朝，有皇族第一美人之称。山阴公主以淫乱放荡闻名于世。事见《资治通鉴》卷一百三十。面首：指男妾、男宠。

【译文】

朱导江说：新泰县有个书生，到省城去参加乡试。在距离济南还有半天路程的时候，和几个朋友趁凉快在天没亮时就上路了。黑暗中有两头驴跟着，一会儿在前，一会儿在后，他们也没有在意。等到天濛濛亮时，这才看出骑驴的是两个女人。再仔细一看，一个是老太太，大约五六十岁的样子，长得又胖又黑；另一个是少妇，差不多二十岁左右，身材、相貌都很不错。那个书生不断地打量她。她忽然回头大声问道："是几哥吧？"书生惊愕地不知该怎样回答。少妇说："我就是某某家的表妹，我们的家法表兄表妹不能见面，所以你不认得我。我却曾经隔着门帘偷偷地见过哥哥，所以我能认得你。"书生想起来，确实是有个表妹嫁到了济南，于是两个人就慢悠悠地聊了起来。书生问："清早赶路去哪儿呢？"少妇回答说："昨天和你妹夫一起到舅母家去探问她的病情，本来打算当天就赶回来。可是舅母家碰上了件打官司的事，央求你妹夫到京城去周旋，就没有能在当天赶回来。我今早回来是为他收拾行装的。"少妇说话时眉目传情，神态妩媚动人，还流露出早在十几岁时就对书生一见钟情的意思。书生有点儿动心了。走到岔路口时，少妇邀请书生到家一起吃顿饭。书生高兴地答应了，就和一起赶路的人约定晚上在某个地方等着他。但他们一直等到报晓的钟声敲响也不见书生来。第二天，还是没有消息。后来他们又到那天分别的地方，沿着岔路寻找，发现他骑的那头驴还在田野里，驴鞍子都没卸下来。又找遍了村子的各个地方，竟没有一个人认得那两个女人。于是又打听到书生的表妹家，得知他表妹早就去世半年多了。那个书生到底是被鬼迷惑了，被妖怪吃掉了，还是让盗贼诱拐了，就都不得而知，而这个书生从此也就再没有消息了。这件事也足以让那些轻薄的青年男子引以为戒。

当时方可村也在座，他说："我曾经去过秦、陇一带，也听说过一件类似的事情。有个男子死后，家人打算给他和亡妻合葬，打开墓穴一看，发现里面还有个男人的尸首。真不知这对夫妻的鬼魂，在阴间该怎么相见。焦延寿《焦氏易林》中写道:'两个丈夫娶一个妻子,妻子死后不知该随哪一个。'这好像预先告诉有这种事似的。"戴东原也在座,他说:"《后汉书》中还记载了三个丈夫共娶一个妻子的事呢,您的见识也不算广博了。"我开玩笑地说:"你们两位不要争论了。山阴公主有三十个面首,难道你们都忘了吗?但是,那种女人都是不怕丈夫的。而这个女鬼却私下收留另一个年轻男子,不考虑以后与丈夫合葬的事,这未免太放纵情欲而不顾及后患了!"戴东原长叹一声说:"放纵情欲,忘记后患的,难道只有这个鬼吗?"

杂说称娈童始黄帝,钱詹事辛楣如此说,辛楣能举其书名,今忘之矣。殆出依托。比顽童始见《商书》[①],然出梅赜伪古文[②],亦不足据。《逸周书》称"美男破老"[③],殆指是乎?《周礼》有不男之讼,注谓天阉不能御女者。然自古及今,未有以不能御女成讼者;经文简质,疑其亦指此事也。

凡女子淫佚,发乎情欲之自然。娈童则本无是心,皆幼而受绐,或势劫利饵耳。相传某巨室喜狎狡童,而患其或愧拒,乃多买端丽小儿未过十岁者;与诸童媟戏时,使执烛侍侧。种种淫状,久而见惯,视若当然。过三数年,稍长可御,皆顺流之舟矣。有所供养僧规之曰:"此事世所恒有,不能禁檀越不为,然因其自愿。譬诸挟妓,其过尚轻;若处心积虑,凿赤子之天真,则恐干神怒。"某不能从,后卒罹祸。夫术取者造物所忌,况此事而以术取哉!

【注释】

①顽童:此处指娈童。《商书》:即《尚书·商书》。

②梅赜伪古文:《尚书》是儒学经典中最重要的经典,但是,西晋永嘉年间天下大乱之后,汉代及汉以前流传的今、古文《尚书》均告散失。到东晋之初,任豫章内史的梅赜从民间找到《尚书》的一个孤本,献给朝廷。自南宋起,朱熹等人怀疑梅氏献的《尚书》并不是古本。明代梅鷟推测梅传《尚书》是魏晋间人所作。清代阎若璩在梅鷟论证的基础上,撰写了《尚书古文疏证》,自此,梅赜的《孔传古文尚书》并非汉孔安国的原始传本这一结论,得到了定案。今人研究认为,梅氏本虽然不是真正的孔壁古文,但实际可看作古文《尚书》在西晋时代的一个汇纂辑佚本。

③《逸周书》:原名《周书》,在性质上与《尚书》类似,是我国古代历史文献汇编,今人多以为此书主要篇章是战国时期所作。美男破老:利用年轻的外宠之臣以谗毁老成人。

【译文】

杂书记载,传说玩弄男童最早始于黄帝时代,钱辛楣詹事就主张这种说法,还能举出名字,现在我已经忘记了。这大概是后人的附会寄托。玩弄男童的事最早见于《尚书·商书》,但出自晋人梅赜的伪古文《尚书》,也不足以作为根据。《逸周书》说:"美貌男子迷惑君主、离间老臣",大概指的就是这类人吧?《周礼》谈及生理有缺陷的男子打官司的事,注释认为这种人是先天生理缺陷,不能与女子交媾。然而从古到今,没有因为不能与女子交媾而打官司的事;典籍里文字简单质朴,我怀疑也是指这类事情。

大凡女子纵欲放荡,是出自她们性欲的本能。供玩弄的男孩,本来没有这样的欲望,都是年幼受到欺骗,要么被胁迫,要么被利诱。相传某个富豪喜欢淫乱漂亮伶俐的男孩,可是又担心他们害羞拒绝,就买回许多不足十岁的漂亮男孩;自己和男孩淫乱取乐时,就让他们举着蜡烛在一边侍奉。久而久之,种种淫秽的情状,小孩子看惯了,以为是理所当然的事。等过了三几年,孩子们长大些时,可以供他玩弄了,就像顺水行舟那样自然就范，听从他摆布了。有一个由富豪供养的和尚规劝他说："世上常有这种事，我也不能禁止施主不去做这等事。然而要出于他们的自愿。就如同玩弄妓女一样，罪过还算轻些；假如处心积虑，去摧残孩子天生的童真，恐怕天神也会发怒的。"富豪不听劝告，终于招致大祸。凭借权术谋取，是造物主忌恨的，更何况是这种下三滥的事，还处心积虑去做呢！

东光有王莽河，即胡苏河也。旱则涸，水则涨，每病涉焉。外舅马公周箓言：雍正末，有丐妇一手抱儿，一手扶病姑涉此水。至中流，姑蹶而仆。妇弃儿于水，努力负姑出。姑大诟曰："我七十老妪，死何害！张氏数世，待此儿延香火，尔胡弃儿以拯我？斩祖宗之祀者尔也！"妇泣不敢语，长跪而已。越两日，姑竟以哭孙不食死。妇呜咽不成声，痴坐数日，亦立槁。不知其何许人，但于其姑詈妇时，知为姓张耳。有著论者，谓儿与姑较，则姑重；姑与祖宗较，则祖宗重。使妇或有夫，或尚有兄弟，则弃儿是。既两世穷嫠，止一线之孤子，则姑所责者是。妇虽死有馀悔焉。

姚安公曰："讲学家责人无已时。夫急流汹涌，少纵即逝，此岂能深思长计时哉！势不两全，弃儿救姑，此天理之正，而人心之所安也。使姑死而儿存，终身宁不耿耿耶？不又有责以爱儿弃姑者耶？且儿方提抱，育不育未可知。使姑死而儿又不育，悔更何如耶？此妇所为，超出恒情已万万。不幸而其姑自殒，以死殉之，其亦可哀矣！犹沾沾焉而动其喙，以为精义之学，毋乃白骨衔冤，黄泉赍恨乎！孙复作《春秋尊王发微》[①]，二百四十年内，有贬无褒；胡致堂作

《读史管见》②，三代以下无完人。辨则辨矣，非吾之所欲闻也。”

【注释】

①《春秋尊王发微》：宋代孙复撰。十二卷。全书“尊王”意识强烈。孙复是宋代第一位以《春秋》名家的学者，《春秋尊王发微》也是今存宋人第一部篇幅完整的《春秋》学专著，可以看作是“新《春秋》学”成立发扬的重要标杆。

②胡致堂：胡寅（1098—1156），字明仲，建宁崇安（今属福建）人。学者称“致堂先生”。胡安国侄。徽宗宣和三年（1121）进士。钦宗靖康初召为校书郎，从祭酒杨时受学。高宗建炎中因张浚荐，擢起居郎。上书陈抗金大计，反对苟安议和，言词切直。绍兴中为中书舍人，力阻遣使入金。出知严州、永州。官至礼部侍郎兼直学士院。秦桧当国，深忌之，以讥讪朝政落职，安置新州。桧死复官。卒谥文忠。著有《论语详说》、《读史管见》和《斐然集》等。

【译文】

东光县有一条王莽河，即胡苏河。天旱时水干见底，发大水时河流涨满，人们常常害怕过河。岳父马周箓先生说：雍正末年，有个讨饭妇人，一手抱着儿子，一手扶着生病的婆婆，涉水过河。走到河中间，婆婆扑倒在水里。讨饭妇人扔掉儿子，用力背起婆婆出水。婆婆大骂道：“我是七十岁的老太婆，死了又有什么关系！张家几代人，就指望这个孩子承继香火，你为什么把儿子抛开来救我？断绝祖宗祭祀的人，就是你啊！”讨饭妇人只是哭，不敢回答，直挺挺地跪着。过了两天，婆婆痛哭孙子，绝食而死。讨饭妇人哭到发不出声音，痴痴呆呆地坐了几天，也成为一具枯尸。不知她是哪里人，只是听到婆婆骂她时，知道她姓张而已。有人写文章议论，说儿子与婆婆比较，婆婆重要；婆婆与祖宗比较，祖宗重要。假使讨饭妇人还有丈夫，或者丈夫有兄弟，那么抛开儿子是对的。既然两代穷寡妇，只有一线单传的独子，那么婆婆的责备是对的。这个讨饭妇人即使死后，还是应该后悔的。

姚安公说："讲理学的道学家责备人真是没个完。在汹涌湍急的河流中，机会一下子就过去了，哪有时间深思熟虑从长计议呢！在不能两全的情况下，抛开儿子去挽救婆婆，是天理的正道，也是可以让人心感到安帖的。假如婆婆淹死了，儿子活着，讨饭妇人一生就不会于心有愧吗？不是又有人会责备她因为爱护儿子而抛弃了婆婆吗？而且，儿子还只是抱在怀里的婴儿，能不能养活还不知道。假如婆婆淹死了儿子也养不活，讨饭妇人更不知道怎样后悔了。这个讨饭妇人的行为，超出世间常情很多了。她婆婆不幸自殒性命，她又跟着去死，这也真够悲哀的了！有人还唾沫横飞地信口乱讲，认为是精深的理学，这不是使死者受到冤屈，阴间的灵魂也要怨恨吗！孙复写《春秋尊王发微》，对二百四十年间的人物，只有批评没有表扬；胡致堂写《读史管见》时，写到夏、商、周三代以后，就没有一个品德完美的人了。这些议论倒是够雄辩的，却并不是我愿意听到的。"

郭石洲言：朱明经静园，与一狐友。一日，饮静园家，大醉，睡花下。醒而静园问之曰："吾闻贵族醉后多变形，故以衾覆君而自守之。君竟不变，何也？"曰："此视道力之浅深矣。道力浅者能化形幻形耳，故醉则变，睡则变，仓皇惊怖则变；道力深者能脱形，犹仙家之尸解，已归人道，人其本形矣，何变之有！"静园欲从之学道。曰："公不能也。凡修道人易而物难，人气纯，物气驳也；成道物易而人难，物心一，人心杂也。炼形者先炼气，炼气者先炼心，所谓志气之帅也。心定则气聚而形固，心摇则气涣而形萎。广成子之告黄帝[①],乃道家之秘要,非庄叟寓言也。深岩幽谷,不见不闻,惟凝神导引,与天地阴阳往来消息,阅百年如一日,人能之乎?"朱乃止。

因忆丁卯同年某御史[②],尝问所昵伶人曰:"尔辈多矣,尔独擅场,何也?"曰:"吾曹以其身为女,必并化其心为女,而后柔情媚态,见者意消。如男心一线犹存,则必有一线不似女,乌能争蛾眉曼睩之宠哉[③]?若夫登场演剧,为贞女则正其心,虽笑谑亦不失其贞;为淫女则荡其心,虽庄坐亦不掩其淫;为贵女则尊重其心,虽微服而贵气存;为贱女则敛抑其心,虽盛妆而贱态在;为贤女则柔婉其心,虽怒甚无遽色;为悍女则拗戾其心,虽理诎无巽词[④]。其他喜怒哀乐,恩怨爱憎,一一设身处地,不以为戏而以为真,人视之竟如真矣。他人行女事而不能存女心,作种种女状而不能有种种女心,此我所以独擅场也[⑤]。"李玉典曰:"此语猥亵不足道,而其理至精。此事虽小,而可以喻大。天下未有心不在是事而是事能诣极者,亦未有心心在是事而是事不诣极者。心心在一艺,其艺必工;心心在一职,其职必举。小而僚之丸、扁之轮[⑥],大而皋、夔、稷、契之营四海[⑦],其理一而已矣。此与炼气炼心之说,可互相发明也。"

【注释】

①广成子之告黄帝:轩辕黄帝向广成子拜师问道,广成子向他传授治国、养身之道。广成子,黄帝时期人,自言其时已一千二百岁。

②丁卯:乾隆十二年(1747)。

③蛾眉曼睩:形容女子容貌之美。蛾眉,比喻美女的眉毛像蚕蛾眉

那样又细又弯。曼睩,眼珠转动。

④巽(xùn)词:委婉的言词。巽,谦让恭顺。

⑤擅场:压倒全场。指技艺高超出众。

⑥僚之丸:即“宜僚弄丸”。宜僚,人名,春秋时期的勇士。弄丸,古代的一种技艺,两手上下抛接好多个弹丸,不使落地。扁之轮:出自《庄子·天道》中的“轮扁斫轮”。意思是某些技艺,无法用语言文字的方式传给别人,只能靠自己身体力行去体会。

⑦皋、夔(kuí)、稷、契之营四海:贤臣共同治理国家。出自《尧典》:“禹平水土,弃播五谷,契敷五教,皋陶作士,垂作共工,益作朕虞,伯夷作秩宗,夔典乐,龙作纳言。”皋、夔、稷、契,舜时贤臣皋陶、夔、后稷和契的并称。

【译文】

郭石洲说:贡生朱静园,与一个狐精交了朋友。有一天,狐精到朱静园家饮酒,喝得大醉,在花丛下睡着了。等他酒醒,朱静园问道:“我听说你们这一类醉后多半会变回原形,所以给你盖上被子,自己在旁边守着。你竟然没有变,为什么?”狐精答道:“这就要看道力的深浅了。道力浅的能够变成人形或幻化人形,但是醉酒则变,熟睡则变,仓皇惊恐的时候也会变回原形;道力深的能够脱掉形骸,就像神仙的尸解一样,已经归入人道了,人就是它的本形,还有什么可变的呢!”朱静园想跟他学道。他说:“你不能学。修道过程,人比较容易而动物比较难,这是因为人的气纯,动物的气杂;修成正果,却是动物比较容易达到,人很难达到,是因为动物的心思单纯,人心复杂。要修炼形体,必须先炼气,要炼气又必须先炼心,这就是所谓心志是气之主帅。内心安定才能使气凝聚,形体牢固;内心摇荡就会使气涣散,形体枯坏。广成子对黄帝说的话,确实是道家的核心要义,并不是庄子老爷子的寓言。在深山幽谷之中,不看不听,只是凝聚精神导引,精神与天地阴阳一起变化流转,经历百年如一日,这样修炼,人能够做到吗?”朱静园听从劝告,打消了修道的念头。

由此我想起丁卯年科举同年的一位某御史，曾经问他宠爱的一个戏子说："你们演戏的同行很多，只有你的演技特别高，为什么呢？"那个戏子说："我们男人扮演女人，必须要将心思也变成女人的心思，然后才会有温柔的感情、娇媚的姿态，让看戏的人见了销魂。假如演戏时还存有一丝男子的心思，就必然有一丝不像女子的地方，这样怎么能赢得观众对善貌多情女子的那种喜爱呢？说到登场演剧，演贞洁的女子就要端正心思，即使在嬉笑的时候也不能失去内在的贞洁；演淫荡女子的时候就要心思放荡，虽然端庄而坐的时候也不要掩盖那种淫荡的情态；演身份高贵的女子时也要使内心尊贵沉稳，虽然穿着普通的衣服也要流露出一种高贵的气质；演身份卑贱的女子就要收敛压抑内心，心思谨慎畏惧，即使穿着高贵华丽的服装也总显示出卑贱的神态；演贤惠的女子要使内心温柔婉顺，即使在发怒时也不会又窘又急变脸大骂；演性格蛮横凶暴的女子要使其内心乖戾凶恶，即使在理屈词穷的时候也专一无理取闹。其他喜怒哀乐、恩怨爱憎等各种感情，都要设身处地一一体会，在内心不以为是在演戏而是真实的生活，观众看起来也就当作真的一样了。别的演员在演女子的行为时不能保持女子心态，做女子的种种姿态时不能有女子的种种心思，这就是所以只有我能够胜过众人的原因。"李玉典说："这番话虽然粗俗不堪，不值得称道，但是包含的道理却很精辟。演戏是小事，却可以用来比喻重大事件。心思不在某件事情而能使某事达到登峰造极的境地，天下没有这样的道理；专心在某件事情却不能使某事登峰造极，天下也没有这样的道理。专心用在某种技艺上，这种技艺必然精巧；专心做某项工作，某项工作必定完成得很好。小到宜僚弄丸、轮扁斫木造车轮，大到皋陶、夔、后稷、契等人之治理国家，道理都是一样的罢了。这与狐精的炼气、炼心之说，可以相互印证。"

石洲又言：一书生家有园亭，夜雨独坐。忽一女子搴帘入,自云家在墙外,窥宋已久,今冒雨相就。书生曰:"雨猛如是,尔衣履不濡,何也?"女词穷,自承为狐。问:"此间少年多矣,何独就我?"曰:"前缘。"问:"此缘谁所记载?谁所管领?又谁以告尔?尔前生何人?我前生何人?其结缘以何事?在何代何年?请道其详。"狐仓卒不能对,嗫嚅久之,曰:"子千百日不坐此,今适坐此;我见千百人不相悦,独见君相悦。其为前缘审矣,请勿拒。"书生曰:"有前缘者必相悦。吾方坐此,尔适自来,而吾漠然心不动,则无缘审矣,请勿留!"女趑趄间,闻窗外呼曰:"婢子不解事,何必定觅此木强人!"女子举袖一挥,灭灯而去。或云是汤文正公少年事。余谓狐魅岂敢近汤公,当是曾有此事,附会于公耳。

【译文】

郭石洲又说:一个书生家中有座花园,园中有一座亭子。一个下雨的夜晚,他一个人独坐,忽然一个女子掀帘子进来,说自己就住在园墙外,就像登徒子偷看宋玉一样对书生爱慕已久,现在冒雨前来相会。书生说:"暴雨下得这么急,你的衣服鞋子都没有湿,这是为什么?"女子无话可说,只好承认自己是狐女。书生问:"这一带年轻人很多,你为什么偏偏来和我相会?"狐女回答:"因为我们俩前世有缘。"书生问:"这缘分是由谁记载下来的?由谁来掌管?又是谁把这缘分告诉了你?你前世是什么人?我前世又是什么人?我们又因为什么结下了缘分?这缘分又结在哪一朝代、哪个年份?请你详详细细地告诉我。"狐女仓促回答不上来,吭哧了半天才说:"你长年累月也不到这里来,恰巧今天来到这里坐着;我见过成百上千的男人,都不喜欢,唯独见到您才有了爱慕之心。这就是缘分所定,这不是很清楚了么,请您别再拒绝了。"书生说:"既然前世有缘,我就该喜欢你。可我刚才坐在这里,你从外面进来,可我的心漠然，一点儿不为你所动。可见我们俩没有缘分，这也是很清楚的，你不能留在这儿！”正当狐女进退两难的时候，只听窗外喊道：“你这个丫头怎么这样不懂事，何必非得找这种榆木疙瘩一样的男人！”狐女举起衣袖一挥，扇灭油灯离开了。有人说，这是汤文正公年轻时候的事。我认为，狐怪们怎么敢靠近汤公，可能是另外一个人的事，附会到汤公身上罢了。

乌鲁木齐多野牛，似常牛而高大，千百为群，角利如矛稍[①]。其行以强壮者居前，弱小者居后。自前击之，则驰突奋触，铳炮不能御，虽百练健卒，不能成列合围也；自后掠之，则绝不反顾。中推一最巨者，如蜂之有王，随之行止。尝有一为首者，失足落深涧，群牛俱随之投入，重叠殪焉。又有野骡野马，亦作队行，而不似野牛之悍暴，见人辄奔。其状真骡真马也，惟被以鞍勒，则伏不能起。然时有背带鞍花者，鞍所磨伤之处，创愈则毛作白色，谓之鞍花。又有蹄嵌踣铁者，或曰山神之所乘，莫测其故。久而知为家畜骡马逸入山中，久而化为野物，与之同群耳。骡肉肥脆可食，马则未见食之者。

又有野羊，《汉书·西域传》所谓羱羊也[②]，食之与常羊无异。又有野猪，猛鸷亚于野牛，毛革至坚，枪矢弗能入。其牙铦于利刃，马足触之皆中断。吉木萨山中有老猪，其巨如牛，人近之辄被伤。常率其族数百，夜出暴禾稼。参领额尔赫图牵七犬入山猎，猝与遇，七犬立为所啖，复厉齿向人。鞭马狂奔，乃免。余拟植木为栅，伏巨炮其中，伺其出击之。或曰：“傥击不中，则其牙拔栅如拉朽，栅中人危矣。”余乃止。又有野驼，止一峰，脔之极肥美。杜甫《丽人行》所谓“紫驼之峰出翠釜”[③]，当即指此。今人以双峰之驼为八珍之一，失其实矣。

【注释】

①矟(shuò)：长矛。

②羱(yuán)羊：古书上说的一种大角羊。又叫“北山羊”，典型的高山动物，登山技术非常高超，可攀上最险要的悬崖绝壁。

③紫驼之峰出翠釜：指用驼峰做成的珍贵菜肴。骆驼背上的肉峰，里面储藏大量脂肪，可供维持正常行动，因此骆驼可以较长时间不吃食料，古代把驼峰作为珍馐之一。紫驼，赤栗色的骆驼。翠釜，指精美的炊具。

【译文】

乌鲁木齐的野牛很多，像普通的牛，但身形高大，成百上千聚集成群，牛角锋利如同长矛。野牛群行动时，强壮的牛在前面领头，瘦弱年幼的跟在后边。假如在前边向牛群攻击，野牛们就会狂奔冲撞，就连枪炮也抵挡不住，即使身经百战的强健兵卒也不能包围它们；假如在牛群后面袭击，野牛群就狂奔而去绝不回头。野牛群中有一头个头最大的，就像蜜蜂有蜂王一样，牛群都跟随着它或行或止。曾有一头为首的野牛，失足跌进了深渊，群牛也都随着它一个个跳了下去，重重叠叠地摔死在一起。乌鲁木齐还有野骡子和野马，也是成群结队地行动，却不像野牛那样凶猛暴躁，见到人就逃跑。它们的样子和家养的骡马一样，只是给它们带上鞍子或拴上缰绳时，它们就趴在地下不起来了。然而，也时常能见到背上有鞍花的骡马，马鞍磨伤的地方，伤好之后皮毛变成白色，叫做鞍花。也有蹄子上镶有铁掌的骡马，有人说那是山神骑过的，但谁也不知道究竟是怎么回事。时间长了，人们才知道，那是家养的骡马逃进了深山，久而久之就变成野生畜类，和野骡子野马结成一群。骡肉又肥又脆，可以吃，但是没看到有人吃马肉的。

又有野羊，就是《汉书·西域传》里说的羱羊，吃起来和平常的羊没有什么不同。又有野猪，凶猛程度仅次于野牛，猪皮很坚韧，枪击箭射都打不穿。野猪的牙齿比快刀还要锋利，马脚被它咬住，也会折断。吉木萨山里有只老野猪，像牛那样大，人靠近就会被咬伤。老野猪常常夜间带着几百头野猪出来，疯狂践踏庄稼。参领额尔赫图带上七只猎犬进山打猎，突然碰上老野猪，七只猎犬马上就给它咬死了，又呲着獠牙冲过来咬人。参领快马加鞭逃走，才避免了伤亡。我想把大木头打进土里作栅栏，埋伏下大炮，等老野猪出来时，用炮轰它。有人说："假如炮击不中，老野猪用牙齿拔栅栏就像拔烂木头似的，栅栏里的人就危险了。"我才放弃了这种想法。又有野骆驼，只有单峰，切碎煮来吃，味道十分肥美。杜甫的《丽人行》里所说"紫驼之峰出翠釜"，应该是指这种食物。现在有人认为双峰驼的驼峰是八珍之一，就不符合实情了。

景城之北，有横冈坡陀，形家谓余家祖茔之来龙[①]。其地属姜氏。明末，姜氏妒余族之盛，建真武祠于上[②]，以厌胜之。崇祯壬午[③]，兵燹，余家不绝如线。后祠渐圮，余族乃渐振，祠圮尽而复盛焉。其地今鬻于从侄信夫。时乡中故老已稀，不知旧事，误建土神祠于上，又稍稍不靖。余知之，急属信夫迁去，始安。相地之说，或以为有，或以为无。余谓刘向校书，已列此术为一家，安得谓之全无；但地师所学必不精，又或缘以为奸利，所言尤不足据，不宜溺信之耳。若其凿然有验者，固未可诬也。

【注释】

①形家：又称"堪舆家"，以相度地形吉凶，为人选择宅基、墓地

为业。

②真武:又称“玄天上帝”、“玄武大帝”、“佑圣真君玄天上帝”,全称“真武荡魔大帝”,是道教神仙中赫赫有名的玉京尊神,简称“真武帝君”。

③崇祯壬午:崇祯十五年(1642)。

【译文】

景城北面,有一条隆起的山丘,风水先生说这是我家祖坟的龙脉。这块地是姜家的。明朝末年,姜家嫉妒我家族兴旺,就在山坡上建了一座真武大帝祠,用来诅咒制胜。明崇祯壬午年,经过战乱,我家族人丁单薄。后来真武大帝祠渐渐破落,我们这个家族也渐渐复兴,真武祠全部坍塌之后,我家族更加兴旺起来。现在,这处山丘已卖给堂侄信夫。这时,当地的老人已经很少了,不了解过去的情况,又错把土地庙建在山坡上,纪氏家族又有点儿不安了。我知道这件事之后,马上嘱咐叫信夫把土地祠迁走,家族才得以安宁。风水先生看地形的讲法,有人认为有道理,有人认为没有道理。我认为,刘向校勘古籍时,已经把风水术作为一家,怎么能说全无道理呢;不过,有些风水先生学问不一定精深,也有人以此谋财,所讲的没有根据,不应该迷信罢了。如果确实经得起检验,就不能认为是胡说了。

《象经》始见《庾开府集》[①],然所言与今法不相符。《太平广记》载棋子为怪事,所言略近今法,而亦不同。北人喜为此戏,或有耽之忘寝食者。景城真武祠未圮时,中一道士酷好此,因共以“棋道士”呼之,其本姓名乃转隐。一日,从兄方洲入所居,见几上置一局,止三十一子,疑其外出,坐以相待。忽闻窗外喘息声,视之,乃二人四手相持,共夺一子,力竭并踣也。癖嗜乃至于此!南人则多嗜弈,亦颇有废时失事者。从兄坦居言：丁卯乡试[2]，见场中有二士，画号板为局，拾碎炭为黑子，剔碎石灰块为白子，对着不止，竟俱曳白而出。夫消闲遣日，原不妨偶一为之；以此为得失喜怒，则可以不必。东坡诗曰："胜固欣然，败亦可喜。"荆公诗曰："战罢两奁收白黑，一枰何处有亏成？"二公皆有胜心者，迹其生平，未能自践此言，然其言则可深思矣。辛卯冬[3]，有以《八仙对弈图》求题者。画为韩湘、何仙姑对局，五仙旁观，而铁拐李枕一壶卢睡。余为题曰："十八年来阅宦途，此心久似水中凫。如何才踏春明路，又看《仙人对弈图》。""局中局外两沉吟，犹是人间胜负心。那似顽仙痴不省，春风蝴蝶睡乡深。"今老矣，自迹生平，亦未能践斯言，盖言则易耳。

【注释】

①《象经》：北周武帝宇文邕作，唐代以后失传。宇文邕把古代象棋称为"象戏"，并亲自给文武百官讲解。《庾开府集》：庾信撰。庾信(513—581)，字子山，小字兰成，北周时期南阳新野(今属河南)人。官至骠骑大将军开府仪同三司，故又称"庾开府"。庾信少负才名，博览群书。十五岁入宫为太子萧统伴读，十九岁任抄撰博士。

②丁卯：乾隆十二年(1747)。

③辛卯：乾隆三十六年(1771)。

【译文】

《象经》一书，最初见于《庾开府集》，只是所讲和现在下棋的方法不同。《太平广记》记载棋子作怪的事，所讲的比较接近现在的方法，但也有所不同。北方人喜欢这种游戏，有人甚至着迷到了废寝忘食的地步。景城真武祠倒塌前，祠里有个道士热衷下棋，大家叫他"棋道士"，他本来的姓名倒不为人所知了。有一天,堂兄方洲到道士住的地方,见桌子上放着棋局,只有三十一个棋子,方洲以为道士外出了,就坐下来等他。忽然听到窗外有喘息的声音,过去一看,原来是两个人四只手拉扯在一起,在争夺一枚棋子,争得精疲力尽,都倒在地下。癖好竟然到了这种地步!南方人则多半嗜好围棋,也常有浪费时间、耽误事情的。堂兄坦居说:他参加丁卯年乡试,看到考场里有两个秀才,在号板上画上棋盘,捡碎炭做黑子,碎石灰块做白子,不停地对局,最后居然都交了白卷出场。为了消闲,偶然下下棋原也无妨;但因下棋而得失喜怒,就大可不必了。苏东坡有诗说:“胜固欣然,败亦可喜。”王荆公有诗说:“战罢两奁收白黑,一枰何处有亏成?”这两位都有好胜之心,看看他们一生所为,并未能实践自己的诗意,但他们的话还是值得深思的。辛卯年冬天,有个人拿《八仙对弈图》来请我题辞。图中画着韩湘子、何仙姑对局下棋,其他五个仙人在旁边观看,只有铁拐李枕着一个葫芦睡大觉。我给这幅画题了两首诗:“十八年来阅宦途,此心久似水中凫。如何才踏春明路,又看仙人对弈图。”“局中局外两沉吟,犹是人间胜负心。那似顽仙痴不省,春风蝴蝶睡乡深。”我现在老了,回顾平生经历,也未能实践诗中的意思,真是讲比做容易呀。

明天启中,西洋人艾儒略作《西学凡》一卷[①]。言其国建学育才之法,凡分六科:勒铎理加者,文科也;斐录所费哑者,理科也;默弟济纳者,医科也;勒斯义者,法科也;加诺搦斯者,教科也;陡禄日亚者,道科也。其教授各有次第,大抵从文入理,而理为之纲。文科如中国之小学,理科如中国之大学,医科、法科、教科皆其事业,道科则彼法中所谓尽性至命之极也。其致力亦以格物穷理为要,以明体达用为功,与儒学次序略似;特所格之物,皆器数之末,所穷之理,又支离怪诞而不可诘，是所以为异学耳。

末附唐碑一篇，明其教之久入中国。碑称贞观十二年[2]，大秦国阿罗木远将经像来献[3]，即于义宁坊敕造大秦寺一所，度僧二十一人云云。考《西溪丛语》[4]，贞观五年，有传法穆护何禄，将祆教诣阙奏闻[5]。敕令长安崇化坊立祆寺，号大秦寺，又名波斯寺。至天宝四年七月[6]，敕波斯经教，出自大秦，传习而来，久行中国。爰初建寺，因以为名；将以示人，必循其本，其两京波斯寺，并宜改为大秦寺。天下诸州县有者准此。《册府元龟》载[7]，开元七年[8]，吐火罗鬼王上表献解天文人大慕阇[9]，智慧幽深，问无不知。伏乞天恩唤取问诸教法，知其人有如此之艺能；请置一法堂，依本教供养。段成式《酉阳杂俎》载，孝亿国界三千馀里[10]，举俗事祆，不识佛法。有祆祠三千馀所。又载德建国乌浒河中有火祆祠[11]，相传其神本自波斯国来。祠内无像，于大屋下作小庐舍向西，人向东礼神。有一铜马，国人言自天而下。据此数说，则西洋人即所谓波斯，天主即所谓祆神。中国具有纪载，不但此碑也。又杜预注《左传》"次睢之社"曰[12]："睢受汴，东经陈留，是谯彭城入泗。此水次有祆神，皆社祠之。"顾野王《玉篇》亦有"祆"字[13]，音阿怜切，注为祆神。徐铉据以增入《说文》。宋敏求《东京记》载宁远坊有祆神庙，注曰："《四夷朝贡图》云[14]：'康国有神名祆毕，国有火祆祠，或传石勒时立此。'"是祆教其来已久，亦不始于唐。岳珂《桯史》记番禺海獠[15]，其最豪者号白番人，本占城之贵人，留中国以通往来之货，屋室侈靡逾制。性尚鬼而好洁，平居终日，相与膜拜祈福。有堂焉以祀，如中国之佛，而实无像设，称为謦牙。亦莫能晓，竟不知为何神。有碑高袤数丈，上皆刻异书如篆籀，是为像主，拜者皆向之。是祆教至宋之末年，尚由贾舶达广州。而利玛窦之初来，乃诧为亘古未有。艾儒略既援唐碑以自证，其为祆教更无疑义。乃当时无一人援据古事，以抉源流。盖明自万历以后，儒者早年攻八比，晚年讲心学，即尽一生之能事，故征实之学全荒也。

【注释】

①艾儒略《西学凡》：明代天启癸亥(1623)季夏，意大利耶稣会士艾儒略著，是关于欧洲大学教育的概说。建国以来《阅微草堂笔记》历年版本断句为“《西学》，凡一卷”，误。

②贞观十二年：公元636年。贞观，唐太宗李世民的年号。

③大秦国：即古罗马帝国。

④《西溪丛语》：宋姚宽撰。姚宽字令威，浙江嵊县人。

⑤祆(xiān)教：亦称“拜火教”、“火祆教”。公元前539年至公元331年为波斯帝国的国教，系二神教。

⑥天宝四年：公元745年。天宝，唐玄宗李隆基的年号。

⑦《册府元龟》：北宋四大部书之一，史学类书。景德二年(1005)，宋真宗赵恒命王钦若、杨亿、孙奭等十八人一同编修历代君臣事迹。

⑧开元七年：公元719年。开元，是唐玄宗李隆基的第二个年号，从713到742年，即历史上所谓的“开元盛世”。

⑨吐火罗：原本是指古老的游牧民族，地处最东的原始印欧人的一支。最早定居天山南北，主要是阿尔泰山至巴里坤草原之间的月氏人、天山南麓的龟兹人和焉耆人、吐鲁番盆地的车师人以及

塔里木盆地东部的楼兰人。中世纪转为地名。“吐火罗国”位于今天的阿富汗，13世纪后，“吐火罗国”一名逐渐消失。阇(shé)：高僧。

⑩孝亿国：《酉阳杂俎》里所记载的一个古国。有人认为是欧洲的一个国家，也有人认为是埃及南部的古艾斯尤特(Siut)。

⑪德建国乌浒河：德建国，1747年，阿赫马德在阿富汗建立的部落联盟性的封建王国。乌浒河，即阿姆河，唐代音译为“乌浒河”。阿姆河是中亚流程最长、水量最大的内陆河，上游瓦赫基尔河位于阿富汗境内。

⑫杜预(222—285)：字元凯，西晋时期著名的政治家、军事家和学者。著有《春秋左氏经传集解》及《春秋释例》等。

⑬顾野王《玉篇》：顾野王(519—581)，字希冯，南朝梁陈间官员，文字训诂学家、史学家。博通经史，擅长丹青。《玉篇》是中国古代一部按汉字形体分部编排的字书。

⑭《四夷朝贡图》：唐代画家阎立本作。

⑮岳珂《桯史》：岳珂(1183—1243)，岳飞之孙。《桯史》是岳珂记载两宋时代朝野见闻的一部史料随笔。

【译文】

明代天启年间，西洋人艾儒略著《西学凡》一卷，谈到他们国家设立学科培育人才的方法，共分六科：勒铎理加是文科；斐录所费哑是理科；默弟济纳是医科；勒斯义是法科；加诺搦斯是教科；陡禄日亚是道科。学科教育有次序，一般先文科后理科，以理科为主。文科类似中国的小学，理科类似中国的大学，医科、法科、教科都是专业教育，道科就是他们认为探索实践基本规律的最重要的学问。他们的努力是把推求万物的原理作为根本，注重弄清原理、学以致用，这跟儒家学问的次序大致相同；只是他们所分析的事物都是具体的物体，所推究的道理却离奇怪诞不能深入追问，这就是西学为什么是异端学说的原因了。

书后附有唐代碑文一篇，强调他们的宗教传入中国很久了。碑文说，贞观十二年，大秦国阿罗木从远方带着书籍图像来献给皇上，唐太宗就下旨在义宁坊建造一座大秦寺，设僧人二十一人，等等，碑文就是这样一些文字。考证《西溪丛语》，也记载贞观五年，有个传法的传教士何禄向朝廷奏请祆教的事情。朝廷诏示在长安崇化坊建立祆教寺院，称为大秦寺，又叫波斯寺。到天宝四年七月，朝廷降旨，波斯经文宗教都来自大秦国，传播已经很长时间，在中国已有历史。最初建立寺院时，以国名来命名；今后宣告世人时，应该按照原来的含义，东西两京的波斯寺，都应改名为大秦寺。全国的州县有相同的寺院也以此为准。《册府元龟》记载，开元七年，吐火罗鬼王上表，向朝廷献上懂得天文的人大慕阇，智慧渊博深刻，有问必答。乞求皇上大恩，询问他各种教派的情况，了解到这个人有如此的学问技能；请求为他设立一所传法的地方，按照本宗教方式供奉。段成式的《酉阳杂俎》中记载，孝亿国面积三千馀里，百姓都信奉祆教，不懂佛法。有祆教祠三千多处。又载德建国乌浒河中有火祆祠，相传这个神灵来自波斯国。祠堂内没有神像，在大屋子下面建一间简陋的朝西小屋，人们朝东面敬神。有一匹铜马，该国的人说是从天上降下来的。根据以上几种说法，西洋人就是所谓的波斯，天主就是祆教的神。中国的书籍中都有所记载，不仅仅是这块碑文有这样的记载。还有，杜预注释《左传》"次睢之社"这句时说："睢水承受汴水，向东经过陈留、谯及彭城，流入泗水。这条水边有祆神，都当作土地神来祭祀皆社祠之。"顾野王的《玉篇》也有"祆"字，音阿怜切，注解为祆神。徐铉作为依据，增补进《说文》一书中。宋敏求《东京记》记载宁远坊有祆神庙，注释说："《四夷朝贡图》说，康国有个叫祆毕的神灵，国内有火祆祠，有人传说是石勒时建立的。"这说明祆教来源很久了，也不是从唐代开始的。岳珂《桯史》记载番禺的洋鬼子，其中最有势力的称为白番人，本来是南海占城的贵族，留在中国进行海内外交易，住宅豪华，超过官府规定的制度。他们喜好鬼神，又喜爱清洁，平常每天都时时礼拜祈祷，祈求幸福。有专门的殿堂祭祀，类似中国人拜佛，但没有具体的神像陈设，叫做“謦牙”。也不清楚究竟拜的是什么神。有个碑，长阔几丈，上面刻着奇怪的文字，像篆书、籀书的形状，当作天主象征，众人都向巨碑礼拜。袄教到了宋朝末年，还由海上商船传到广州。可是利玛窦刚来中国时，却惊讶地认为中国自古没有袄教。艾儒略用唐碑作为证据，那么一定是袄教了，这一点更不用疑惑。当年没有一个人根据古代事实来辨明源流衍变。原因是明代从万历以后，儒生们年轻时攻读八股文，年老时讲理学，就算是尽了一生的能耐了，因而考证事实的学问全都荒废了。

田氏姊言：赵庄一佃户，夫妇甚相得。一旦，妇微闻夫有外遇，未确也。妇故柔婉，亦不甚愠，但戏语其夫：“尔不爱我而爱彼，吾且缢矣。”次日，馌田间，遇一巫能视鬼，见之骇曰：“尔身后有一缢鬼，何也？”乃知一语之戏，鬼已闻之矣。夫横亡者必求代，不知阴律何所取。殆恶其轻生，使不得速入转轮，且使世人闻之，不敢轻生欤？然而又启鬼瞰之渐[①]，并闻有缢鬼诱人自裁者。故天下无无弊之法，虽神道无如何也。

【注释】

①鬼瞰（kàn）：唐代易学家崔憬：“朱门之家，鬼瞰其室，黍稷非馨，明德惟馨，鬼神之道也。”瞰，望。

【译文】

田家的姐姐说：赵庄有个佃户，夫妇感情很好。有一次，妻子听到丈夫有外遇的风声，又不能确定。妻子本来温柔和顺，也不很生气，只是和丈夫开玩笑说：“你不喜欢我却喜欢她，我要上吊了。”第二天，妻子送饭到田头，碰到一位看得见鬼的巫师，巫师吃惊地说："你身后有个吊死鬼，这是怎么回事呢？"这才知道一时的玩笑话，鬼已经听到了。非正常死亡的人一定要寻找替身，不知道阴间法律是怎么定的。大概是讨厌这个人轻生，让他不能够很快进入轮回，并且让世上的人知道，因此不敢轻生吧？不过，这又开创了鬼监看人的说法，还听到有吊死鬼引诱人自杀的事。所以，天下没有一点儿缺陷的法律是不存在的，即使是鬼神制定的，也难以避免啊。

戈荔田言：有妇为姑所虐，自缢死。其室因废不居，用以贮杂物。后其翁纳一妾，更悍于姑，翁又爱而阴助之；家人喜其遇敌也，又阴助之。姑窘迫无计，亦恚而自缢；家无隙所，乃潜诣是室。甫启钥，见妇披发吐舌当户立。姑故刚悍，了不畏，但语曰："尔勿为厉，吾今还尔命。"妇不答，径前扑之。阴风飒然，倏已昏仆。俄家人寻视，扶救得苏，自道所见。众相劝慰，得不死。夜梦其妇曰："姑死我当得代；然子妇无仇姑理，尤无以姑为代理，是以拒姑返。幽室沉沦，凄苦万状，姑慎勿蹈此辙也。"姑哭而醒，愧悔不自容。乃大集僧徒，为作道场七日。戈傅斋曰："此妇此念，自足生天，可无烦追荐也。"此言良允。然傅斋、荔田俱不肯道其姓氏，余有嗛焉。

【译文】

戈荔田说：有个儿媳妇被婆婆虐待，上吊死了。她上吊的那间屋子因此没人敢住，就用来贮存杂物。后来，老翁娶了个妾，比婆婆更加凶悍，老翁宠爱她，又暗地里帮助她；家里人暗暗高兴婆婆有了敌手，都暗地里帮着这个妾。婆婆走投无路，也愤然想要上吊自杀；可是家里没有僻静的地方，她就悄悄地跑到儿媳妇上吊的屋子里去。刚打开门，就看见儿媳妇披头散发，吐着舌头，当门站着。婆婆本来凶悍，一点儿也不害怕，只是说："你不要恶鬼作怪，我现在来偿还你的性命。"儿媳妇没有答话，径直向她扑来。一阵阴风扑面，婆婆马上昏倒在地。不一会儿，家里人寻找看见了，扶起来救醒，婆婆把见到儿媳妇鬼魂的事说出来。众人劝解安慰，打消了她寻死的念头。夜里，婆婆梦见儿媳妇说："如果婆婆吊死，我当然可以得到替代；不过，做儿媳妇的没有仇恨婆婆的道理，更没有把婆婆当做替代的道理，所以我拒绝你，让婆婆你生还。我死后留滞在阴暗的地方，凄楚悲凉，痛苦万状，婆婆千万不要再走这条路啦。"婆婆哭醒了，惭愧后悔，无地自容。她请来许多僧人，为儿媳妇做了七天的水陆道场。戈傅斋说："这个儿媳妇有这样的想法，完全可以依靠自己得到投生的机会，不必烦劳僧人超度啊。"这话很恰当。不过，戈傅斋、戈荔田都不肯讲出这家人的姓氏，我感到有点儿遗憾。

姚安公言：霸州有老儒，古君子也，一乡推祭酒①。家忽有狐祟，老儒在家则寂然，老儒出则撼窗扉、毁器物、掷污秽，无所不至。老儒缘是不敢出，闭户修省而已。时霸州诸生以河工事愬州牧②，期会于学宫，将以老儒列牒首。老儒以狐祟不至，乃别推一王生瑞。后王生坐聚众抗官伏法，老儒得免焉。此狱兴而狐去，乃知为尼其行也③。是故小人无瑞，小人而有瑞，天所以厚其毒；君子无妖，君子而有妖，天所以示之警。

【注释】

①祭酒：古代飨宴时酹酒祭神的长者。后用来以泛称年长有德或位尊者。

②愬(sù):诉说,告发。

③尼:阻止,阻拦。

【译文】

姚安公说:霸州有个老儒生,是位颇有古风的君子,一个乡里的人都推举他为祭酒。他家里忽然有狐狸作怪,老儒生在家时,十分安静,老儒生一出门,狐狸就摇动门窗、毁坏器具、抛掷污秽东西,什么坏事都做。因此,老儒生不敢出门,只是在家里读书修身养性。当时,霸州的秀才因为治河的事情想要弹劾霸州的长官,约定在学校集会,准备把老儒生列在状纸署名的第一位。老儒生因为狐狸作怪,没有到场,大家只好另外推举一位王秀才做带头人。后来,王秀才因此被判聚众抗官的罪名处死,而老儒生却免了灾祸。案发之后,狐狸就离开了老儒生的家,人们这才知道,是狐狸精在阻挠老儒生出门参与聚众告状。所以,小人不会有吉祥预兆;小人一旦有吉祥的预兆,那是上天用这个方法加重他的罪恶;君子不会遭遇妖怪作祟,如果君子碰上妖怪作祟,那是上天用这个方法向他们报警。

前母安太夫人家有小书室,寝是室者,中夜开目,见壁上恍惚有火光,如燃香状,谛视则无。久而光渐大,闻人声乃徐徐隐。后数岁,谛视之竟不隐,乃壁上悬一画猿,光自猿目中出也。佥曰:“此画宝矣。”外祖安公讳国维,佚其字号。今安氏零落殆尽,无可问矣。曰:“是妖也,何宝之有!为虺弗摧[1],为蛇奈何?不知后日作何变怪矣?”举火焚之,亦无他异。

【注释】

①虺(huǐ):古书上说的一种毒蛇。

【译文】

前母安太夫人娘家有间小书房，睡在这间书房里的人，半夜睁开眼，看到墙上仿佛有火光，像点着的香头，仔细再看，就什么也没有了。时间一久，亮光逐渐大起来，听到有人的声音，才慢慢隐灭。过了几年，人盯着仔细看，亮光也竟然不隐灭，原来，墙上挂着一幅画猿，亮光是从画里猿猴的眼睛里发出来的。大家都说："这幅画宝贵啊。"外祖安老先生名国维，不知道他的名号。现在安家人丁稀少，已经没有人可问了。说："这是妖怪，有什么可宝贵的呢！毒蛇在小的时候不杀掉，长成大蛇就不知怎么对付呢！不知今后会兴什么怪呢！"就点火把画烧了，也没有其他的怪异。

崔媪家在西山中，言其邻子在深谷樵采，忽见虎至，上高树避之。虎至，昂首作人语曰："尔在此耶，不识我矣！我今堕落作此形，亦不愿尔识也！"俯首呜咽良久。既而以爪掊地[①]，曰："悔不及矣。"长号数声，奋然掉首去。

【注释】

①掊(póu)：用手扒土。

【译文】

崔老太的家在西山里面，她说，有个邻居的儿子在深山砍柴，忽然看见老虎来了，就爬上大树躲避。老虎来到树下，抬起头，说起人话来："你在这里啊，不认识我了！我现在堕落变成这个模样，也不愿意让你认识我了！"说罢，低着头呜咽了很久，之后用爪子刨着地说："后悔也来不及了。"长长叫了几声，猛然扭头走了。

杨槐亭言：即墨有人往劳山，寄宿山家。所住屋有后门，门外缭以短墙为菜圃。时日已薄暮，开户纳凉，见墙头一靓妆女子，眉目姣好，仅露其面，向之若微笑。方凝视间，闻墙外众童子呼曰："一大蛇身蟠于树，而首阁于墙上。"乃知蛇妖幻形，将诱而吸其血也。仓皇闭户，亦不知其几时去。设近之，则危矣。

【译文】

杨槐亭说：即墨县有个人要到崂山去，晚上借住在山民家里。他住的那间屋子有个后门，门外围了一圈矮墙，墙里就是菜园。当时太阳快落山了，他打开后门纳凉，看见墙头上有一个打扮得很漂亮的女子，眉目姣好，只露出一张脸，像是冲着他微笑。那人正盯着女子看，就听见墙外一群孩子喊叫："一条大蛇把身子缠绕在树上，脑袋搁到了墙头上。"那人才知道是蛇精变成了人的样子，想引诱他，吸他的血。他慌忙关上后门，也不知道蛇精什么时候离开的。假如靠近蛇，就危险了。

琴工钱生钱生尝客裘文达公家，日相狎习，而忘问名字乡里。言：其乡有人，家酷贫，佣作所得，悉以与其寡嫂，嫂竟以节终。一日，在烛下拈纻线[1]，见窗隙一人面，其小如钱，目炯炯内视。急探手攫得之，乃一玉孩，长四寸许，制作工巧，土蚀斑然。乡僻无售者，仅于质库得钱四千。质库置椟中，越日失去，深惧其来赎。此人闻之，曰："此本怪物，吾偶攫得，岂可复胁取人财！"具述本末，还其质券。质库感之，常呼令佣作，倍酬其直，且岁时周恤之，竟以小康。裘文达公曰："此天以报其友爱也。不然，何在其家不化去，到质库始失哉？至慨还质券，尤人情所难，然此人之绪馀耳。世未有锲薄奸黠而友于兄弟者②，亦未有友于兄弟而锲薄奸黠者也。”

【注释】

①纻(zhù)：苎麻。

②锲薄：浇薄，刻薄。

【译文】

琴师钱生钱生曾在裘文达公家做清客，我和他经常开玩笑，却忘记问他的姓名籍贯。说：他家乡有个人，家庭十分贫苦，他做雇工所得的钱粮，都交给守寡的嫂嫂，嫂嫂竟得以守节到去世。有一天，他在灯下搓麻线，看见窗缝里有个人脸，像铜钱那么小，双眼炯炯有神地向屋里看着。他连忙伸手抓进来，原来是一个玉雕的小孩儿，长约四寸多，制作精巧，被泥土腐蚀得斑斑点点。乡下偏僻，没有地方可以卖，只在当铺当了四千铜钱。当铺把玉孩儿放在木箱子里，一天后就不见了，当铺害怕这个人来赎。这个人听说这件事，就说：“这玉孩儿本来是个奇怪的东西，我偶然抓到，怎么能再来威胁人家强取赔偿金呢！”他把事情经过讲了出来，还把当票还给当铺。当铺很感激他，经常请他来做工，加倍给他工钱，逢年过节还经常周济他，他竟然不愁温饱了。裘文达公说：“这是上天对他友爱的报答。不然的话，玉孩儿在他家时为什么不消失，要到当铺才消失呢？至于慷慨归还当票，更是常人难以做到的，也不过是他的品质所必然产生的行为罢了。世界上还没有刻薄奸诈却友爱兄弟的人，也没有友爱兄弟却又刻薄奸诈的人。”

王庆垞一媪①，恒为走无常。即《滦阳消夏录》所记见送妇再醮之鬼者。有贵家姬问之曰：“我辈为妾媵，是何因果？”曰：“冥律小善恶相抵，大善恶则不相掩。姨等皆积有小善业，故今生得入富贵家；又兼有恶业，故使有一线之不足也。今生如增修善业，则恶业已偿，善业相续，来生益全美矣。今生如增造恶业，则善业已销，恶业又续，来生恐不可问矣。然增修善业，非烧香拜佛之谓也。孝亲敬嫡，和睦家庭，乃真善业耳。”一姬又问：“有子无子，是必前定，祈一检问。如冥籍不注，吾不更作痴梦矣。”曰：“此不必检，但常作有子事，虽注无子，亦改注有子；若常作无子事，虽注有子，亦改注无子也。”先外祖雪峰张公，为王庆垞曹氏婿，平生严正，最恶六婆②，独时时引与语，曰：“此妪所言，虽未必皆实，然从不劝妇女布施佞佛，是可取也。”

【注释】

①垞：音 chá。

②六婆：指牙婆、媒婆、师婆、虔婆、药婆、稳婆。牙婆，人口贩子，专为人买卖奴婢、侍妾；媒婆，专为人介绍姻亲；师婆是专门画符施咒、请神问命的巫婆；虔婆是妓院内的鸨母；药婆是专门卖药的女人；稳婆专门接生，如果发现女尸，也由稳婆负责验查是否被人先奸后杀。常与“三姑”组成“三姑六婆”一词，指各式市井女性。

【译文】

王庆垞的一位老妇人，是常常走无常的巫婆。就是《滦阳消夏录》记载的那个能看见送妻再嫁之鬼的老妇。有富贵族人家的姬妾问她：“我们这些人都做人家的姬妾，是什么因果？”她说：“阴间的法律是小善小恶可以相互抵偿，大善大恶则不能相互抵偿。姨娘们都积下了小的善业，所以此生能进入富贵家庭；又都兼有恶业，所以你们还有美中不足。今生如果能增修善业，就能抵偿过去的恶业，善业相加，下辈子就能完美了。今生如果增修恶业，将善业抵消，恶业相加，下辈子就不可想象了。但是增修善业，并不是说烧香拜佛。孝顺长辈，尊敬正室夫人，使家庭和睦，才是真正的善业。”其中一人又问：“有子无子，这必然是命运前定的，请你查一查。如果阴间的簿籍上注定我无子，我也就不再痴心妄想了。”老妇人说：“这不必查，只要常做有子的善事，即使阴籍注明无子，也可改注有子；要是经常做无子的恶事，即使阴籍上注明有子，也可改注无子。”我的外公张雪峰先生，是王庆垞曹家的女婿，平生严肃正直，最恨媒婆、巫婆这一类人，但却常常叫这个老妇人来说话，他说：“这个老太太说的虽然不见得都是事实，但是她从来不劝妇女焚香布施讨好佛菩萨，这是可取的。”

翰林院供事茹某忘其名，似是茹铤。言[①]：曩访友至邯郸，值主人未归，暂寓城隍祠。适有卖瓜者，息担横卧神座前。一卖线叟寓祠内，语之曰：“尔勿若是，神有灵也。”卖瓜者曰：“神岂在此破屋内？”叟曰：“在也。吾常夜起纳凉，闻殿中有人声。蹑足潜听，则有狐陈诉于神前。大意谓邻冢狐媚一少年，将死未绝之顷，尚欲取其精。其家愤甚，伏猎者以铳矢攻之。狐骇，现形奔。众噪随其后。狐不投己穴，而投里许外一邻穴。众布网穴外，薰以火，阖穴皆殪，则此狐反乘隙遁。故讼其嫁祸。城隍曰：‘彼杀人而汝受祸，讼之宜也。然汝子孙亦有媚人者乎？’良久，应曰：‘亦有。’‘亦曾杀人乎？’又良久，应曰：‘或亦有。’‘杀几人乎？’狐不应。城隍怒，命批其颊。乃应曰：‘实数十人。’城隍曰：‘杀数十命，偿以数十命，适相当矣。此怨魄所凭，假手此狐也。尔何讼焉？’命检籍示之。狐乃泣去。尔安得谓神不在乎？”乃知祸不虚生，虽无妄之灾，亦必有所以致之；但就事论事者，不能一一知其故耳。

【注释】

①供事：吏名。清代时供职于中央及各衙门的书吏之一，任职到一定年限可以转为低级官员。铤：音chán。

【译文】

翰林院供事茹某忘了他的名字，好像叫茹铤。说：从前，我到邯郸去拜访朋友，碰上主人不在家，就暂时住在城隍庙里。刚好有个卖瓜的人，把担子一放，就横躺在神像前面。住在庙里的一个卖线老人对卖瓜人说："你可别躺在这里，神可是有灵的。"卖瓜人说："神怎么会在这样破旧的房子里呢？"卖线老人说："当然在这儿。我常常半夜起来乘凉，听见殿堂里有人声。有一次我蹑手蹑脚悄悄地听了一阵儿，原来是一只狐狸在神像前诉冤。大概意思是，相邻坟墓里的一只狐精把一个年轻人迷惑住了，年轻人快要死了，还剩下一口气，那个狐精还想吸他的精气。年轻人的家人气极了，就让猎人设了埋伏用枪、箭袭击。狐精吓得现了原形逃跑了。大伙吵吵嚷嚷地在后边追赶。那个狐精不钻自己的窝，却跑到离自己家一里多远的另一个狐狸窝里去了。大家把网安置在洞口外面，用火熏，一窝的狐狸都被熏死了，那只狐精反倒趁机逃走了。所以幸存的狐狸在神像前告状，说迷惑人致死的狐狸嫁祸于别的狐狸。城隍说：'它杀了人却是你家遭了难，你告状是应该的。可是，你的子孙中也有迷惑人的吗？'过了很久，狐狸才答道：'也有。'城隍问：'也杀死过人吗？'又过了很长时间，狐狸才回答：'或许也有。'城隍再问：'杀了几个人呢？'狐狸不吭气。城隍发怒，命手下扇狐狸的嘴巴。狐狸这才说：'实际上杀了几十个人。'城隍说：'你们害死了几十条人命，让你用几十条命抵偿，这样一来，也就相当了。这是冤魂依凭着那个狐精，借助它报仇。你还告什么状呢？'城隍说完，就让手下翻查生死簿让狐狸看。狐狸只好哭着走了。你怎么能说神灵不在呢?”由此可知,灾祸不会凭空出现,即使是突如其来的灾祸,也一定有导致灾祸的原因;只是那些就事论事的人,不能一一搞清其中的原因罢了。

汪主事康谷言[①]:有在西湖扶乩者,降坛诗曰:“我游天目还,跨鹤看龙井。夕阳没半轮,斜照孤飞影。飘然一片云,掠过千峰顶。”未及题名,一客窃议曰:“夕阳半没,乃是反照,司马相如所谓‘凌倒景’也,何得云‘斜照’?”乩忽震撼久之,若有怒者,大书曰:“小儿无礼!”遂不再动。余谓客论殊有理,此仙何太护前,独不闻古有一字师乎?

【注释】

①主事:清代六部各司郎中的属下均置此官,属编外人员。士人考中进士后必须先补为“主事”,然后递升“员外郎”。

【译文】

主事汪康谷说:有人在西湖扶乩,乩仙的降坛诗道:“我游天目还,跨鹤看龙井。夕阳没半轮,斜照孤飞影。飘然一片云,掠过千峰顶。”还没来得及写上姓名,有个客人私下议论说:“既然是夕阳一半已落山,就该是光线反射,正如司马相如所说的‘凌倒影’,怎么能说是‘斜照’呢?”吊笔的架子突然震动很久,像是在发怒,又写下四个大字:“小儿无礼!”之后就不再动了。我觉得那个客人说得很有道理,乩仙何必过于护短,难道就没听说过古代有一字师的故事吗?

俞君祺言:向在姚抚军署[①],居一小室。每灯前月下,睡欲醒时,恍惚见人影在几旁,开目则无睹。自疑目眩,然不应夜夜目眩也。后伪睡以伺之,乃一粗婢,冉冉出壁角;侧听良久，乃敢稍移步。人略转，则已缩入矣。乃悟幽魂滞此不能去，又畏人不敢近，意亦良苦。因私计彼非为祟，何必逼近使不安，不如移出。才一举念，已仿佛见其遥拜。可见人心一动，鬼神皆知。"十目十手"②，岂不然乎？次日，遂托故移出。后在余幕中，乃言其实，曰："不欲惊怖主人也。"余曰："君一生慎密，然殊未了此鬼事。后来必有居者，负其一拜矣。"

【注释】

①抚军：明清时期别称"巡抚"为"抚"或"抚军"。

②十目十手：出自《礼记·大学》："曾子曰：'十目所视，十手所指，其严乎。'"十个人看着你，十只手指着你。形容一个人的言行举止离不开众人的监督。

【译文】

俞祺君说：以前在姚抚军的衙门里时，住一个小房间。每当灯前月下，将醒未醒的时候，隐隐约约看到桌子边有个人影，睁开眼睛看时，又不见了。怀疑自己眼花，但是也不会夜夜都眼花的呀。后来，俞祺君装睡等着，原来人影是个粗使婢女，慢慢从墙角出来；仔细听了很久，才敢移动脚步。我略略翻身，她就缩进墙角去了。俞祺君这才醒悟，这个幽魂滞留此地不能离开，又怕人，不敢走近，可能感觉很痛苦的。因此心想，她也不是作怪，何必靠近她，让她不安宁，不如搬出去算了。刚刚冒出搬出去的想法，就仿佛看见婢女远远地向自己行礼。可见人的心思一动，鬼神都会知道。"十目十手"，人的一举一动，都逃不出人们的耳目，难道不是这样吗？第二天，俞祺君就找个借口搬了出去。后来，俞祺君做了我的幕僚，才把这件事说出来，还说："我不想让主人受到惊吓。"我说："先生一生谨慎，但是还没有明白鬼的事情。以后一定还会有人到那个小房间住，你辜负了那个女鬼对你一拜。"

族侄肇先言：曩中涵叔官旌德时，有掘地遇古墓者，棺骸俱为灰土，惟一心存，血色犹赤。惧而投诸水。有石方尺馀，尚辨字迹。中涵叔闻而取观。乡民惧为累，碎而沉之，讳言无是事，乃里巷讹传。中涵叔罢官后，始购得录本，其文曰："白璧有瑕，黄泉蒙耻。魂断水漘，骨埋山趾。我作誓词，祝霾圹底。千百年后，有人发此。尔不贞耶，消为泥滓。尔傥衔冤，心终不死。"① 末题"壬甲三月，耕石翁为第五女作"。盖其女冤死，以此代志。观心仍不朽，知受枉为真。然翁无姓名，女无夫族，岁月无年号，不知为谁。无从考其始末，遂令奇迹不彰，其可惜也夫！

【注释】

①"白璧有瑕"十二句：意思是，白玉有瑕疵，却在黄泉蒙耻。魂断水边，白骨埋葬在山脚。我写下誓词，把祝告埋在坟里。过千百年后，定会有人挖开此穴。你若是不贞节，就会化作泥土。倘若你含恨而死，心就永不会枯朽。漘(chún)，水边，临水的山崖。

【译文】

我的本族侄子肇先说：从前，中涵叔在旌德做官时，有个人挖地发现了一座古墓，棺材、骨头都化成了灰土，只有一颗心还在，血的颜色还是红的。这个人害怕，就把心扔进了水里。墓穴里还有一块一尺见方的石碑，还能辨认出上面的字迹。中涵叔听说后就让人取来看看。可是乡里的老百姓害怕因此而受连累，就砸碎了石碑，把碎块扔进河里，都说根本没有这么一回事，是乡里人在瞎传。中涵叔罢官后，才买到那块墓碑的抄本，碑文上写道："白璧有瑕，黄泉蒙耻。魂断水漘，骨埋山趾。我作誓词，祝霾圹底。千百年后，有人发此。尔不贞耶，消为泥滓。尔倘衔冤，心终不死。"文末题"壬申三月，耕石翁为第五女作"。大概这个耕石翁的女儿是含冤而死的，老人借碑文替女儿申冤明志。看那颗心依然不朽，就知道那女子确实是受了冤枉。可是，那位耕石翁没有留下姓名，也没有留下女子的夫族的情况，落款的时间没有年号，不知冤死的到底是谁。没办法考察事情的原委，这件奇特的事迹就无法显扬，实在太可惜了！

许文木言：康熙末年，鬻古器李鹭汀，其父执也。善六壬，惟晨起自占一课，而不肯为人卜。曰："多泄未来，神所恶也。"有以康节比之者[①]。曰："吾才得六七分耳。尝占得某日当有仙人扶竹杖来，饮酒题诗而去。焚香候之，乃有人携一雕竹纯阳像求售[②]，侧倚一贮酒壶卢，上刻'朝游北海'一诗也。康节安有此失乎？"年五十馀无子，惟蓄一妾。一日，许父造访，闻其妾泣，且絮语曰："此何事而以戏人，其试我乎？"又闻鹭汀力辩曰："此真实语，非戏也。"许父叩反目之故。鹭汀曰："事殊大奇！今日占课，有二客来市古器，一其前世夫，尚有一夕缘；一其后夫，结好当在半年内；并我为三，生在一堂矣。吾以语彼，彼遽恚怒。数定无可移，我不泣而彼泣，我不讳而彼讳之，岂非痴女子哉！"越半载，鹭汀果死。妾鬻于一翰林家，嫡不能容，过一夕即遣出。再鬻于一中书舍人家，乃相安云。

【注释】

①康节：邵康节（1011—1077），名雍，字尧夫。宋朝时代的著名卜士，康节为谥号。

②纯阳：即吕洞宾。吕洞宾原名吕喦，字洞宾，道号纯阳子，道教全

真派北五祖之一，全真道祖师，钟、吕内丹派、三教合流思想代表人物。

【译文】

许文木说：康熙末年，有一个卖古玩的李鹭汀，是他父亲的朋友。擅长阴阳五行的占卜之术，只是每天早晨起来，为自己占一卦，而不肯为别人算卦。他说："过多泄露未来的事，会遭到神灵的厌恶。"有人将他与邵康节相提并论。他说："我不过得到邵康节之术的六七分罢了。我曾经推算某日当有神仙拄着竹杖到来，饮酒并且题诗之后离开。当天立刻焚香等候，原来是有人来卖一个竹雕的吕纯阳像，雕着吕纯阳斜倚在一个装酒葫芦上，还刻着他的'朝游北海'一诗。邵康节哪里会有这种失误呢？"他五十多岁了，还没有儿子，家里只有一个妾。有一天，许文木的父亲去拜访他，听到他的妾在哭，并絮絮叨叨说："这是什么事能拿来开玩笑，不是在试探我么？"又听到李鹭汀一个劲儿辩解说："这是真话，不是开玩笑。"许父打听他们争吵的原因。李鹭汀说："此事真是特别奇怪！今天占卦，有两个客人来买古玩，一个是她的前世丈夫，还有一夜之缘；另一个是她的后夫，他们在半年内就要结为夫妻；加上我一共是三个丈夫，活着的时候都聚在一起了。我把这个卦象告诉她，她立刻发起怒来。命数已定，不可更改，我不哭她倒哭了，我不忌讳她倒忌讳，真是个痴女子啊！"过了半年，李鹭汀果然去世。他的妾被卖到一个翰林家里，因为嫡妻不能容纳，只过了一夜就被打发出来。又卖到一个中书舍人家，这才安顿下来。

庞雪崖初婚日，梦至一处，见一青衣高髻女子。旁一人指曰："此汝妇也。"醒而恶之。后再婚殷氏，宛然梦中之人。故《丛碧山房集》中有悼亡诗曰："漫说前因与后因，眼前业果定谁真？与君琴瑟初调日，怪煞箜篌入梦人[①]。"记此事也。按“箜篌入梦”凡二事：其一为《仙传拾遗》载薛肇摄陆长源女见崔孚[2]；其一为《逸史》载卢二舅摄柳氏女见李生[3]，皆以人未婚之妻作伎侑酒，殊大恶作剧。近时所闻吕道士等，亦有此术语详《滦阳消夏录》。

【注释】

①箜篌(kōng hóu)：古代的弹弦乐器，最初称“坎侯”或“空侯”，在古代除宫廷雅乐使用外，在民间也广泛流传，14 世纪后期不再流行。

②《仙传拾遗》：唐末五代初道士杜光庭所撰，充满离奇梦幻色彩。

③《逸史》：唐代卢肇所编撰，共三卷。该书今已残缺，书中部分内容散见于《太平广记》、《类说》、《绀珠集》、《诗话总龟》等。

【译文】

庞雪崖刚结婚时，梦中来到一个地方，看见一位穿着青衣、发髻高高的女子。旁边一个人指着她说：“这就是你的妻子。”他醒后很不高兴。后来他第二次结婚娶了殷家的女儿，她长得很像梦中见到的人。因此他在《丛碧山房集》中写了首悼亡诗：“漫说前因与后因，眼前业果定谁真？与君琴瑟初调日，怪煞箜篌入梦人。”诗中记载的就是这件事。关于“箜篌入梦”在古书中有两处记载：一是《仙传拾遗》记载薛肇勾来陆长源的女儿与崔孚见面；一是《逸史》记载卢二舅勾来柳家女儿的生魂与李生相见。这两件事都把当事人的未婚妻当作歌女来为他们劝酒，太恶作剧了。最近听说吕道士等人也有这种法术详见《滦阳消夏录》。

叶旅亭言：其祖犹及见刘石渠。一日，夜饮，有契友迫之召仙女。石渠命扫一室，户悬竹帘，燃双炬于几。众皆移席坐院中，而自禹步持咒，取界尺拍案一声，帘内果一女子亭亭立。友视之，乃其妾也，奋起欲殴。石渠急拍界尺一声，见火光蜿蜒如掣电，已穿帘去矣。笑语友曰："相交二十年，岂有真以君妾为戏者。适摄狐女，幻形激君一怒为笑耳。"友急归视，妾乃刺绣未辍也。如是为戏，庶乎在不即不离间矣。余因思李少君致李夫人[①]，但使远观而不使相近，恐亦是摄召精魅，作是幻形也。

【注释】

①李少君致李夫人：汉武帝非常宠爱李夫人。李夫人死后，汉武帝很想念她。齐国临淄的方士李少君说能招来她的灵魂。夜里设置了帷帐，点亮了灯烛，汉武帝在别的帷帐里，远远地望见了她。事见《汉书·外戚传》。

【译文】

叶旅亭说：他的祖父还见到过刘石渠。一天，他们在夜晚相聚喝酒，有个好友逼着他招仙女来。刘石渠就让人打扫出一间屋子，门上挂着一个竹帘子，在几案上点燃起两根蜡烛。喝酒的人都坐到院子里，刘石渠走着禹步念起咒语来，然后用界尺在几案上"啪"地一拍，竹帘内果然有一个女子风姿绰约地站立在那里。好友仔细一看，那个仙女竟然是自己的妾，他跳起来要打。刘石渠赶忙又拍了一下界尺，只见一道火光弯弯曲曲地像一道闪电，穿过竹帘消逝了。刘石渠笑着对好友说："咱们相交了二十年，怎么能真拿您的妾开玩笑。刚才，我只是招来一个狐女，幻形来激怒你，博大家一笑而已。"好友急忙跑回家去看，他的妾一直在刺绣，没有中断过。像这样的法术，差不多都是在不远不近的地方让人隐约去看的。由此我想起李少君为汉武帝招引来李夫人的灵魂，只允许他远看而不让他接近，恐怕也是招来了妖精鬼怪，变化成李夫人的形象之类吧。

费长房劾治百鬼[1]，乃后失其符，为鬼所杀。明崇俨卒[2]，剚刃陷胸，莫测所自。人亦谓役鬼太苦，鬼刺之也。恃术者终以术败，盖多有之。

刘香畹言：有僧善禁咒，为狐诱至旷野，千百为群，嗥叫搏噬。僧运金杵，击踣人形一老狐，乃溃围出。后遇于途，老狐投地膜拜，曰："曩蒙不杀，深自忏悔。今愿皈依受五戒。"僧欲摩其顶，忽掷一物幂僧面，遁形而去。其物非帛非革，色如琥珀，粘若漆，牢不可脱。瞀闷不可忍，使人奋力揭去，则面皮尽剥，痛晕殆绝。后痂落，无复人状矣。又一游僧，榜门曰"驱狐"。亦有狐来诱，僧识为魅，摇铃诵梵咒，狐骇而逃。旬月后，有媪叩门，言家近墟墓，日为狐扰，乞往禁治。僧出小镜照之，灼然人也，因随往。媪导至堤畔，忽攫其书囊掷河中，符箓法物，尽随水去。妪亦奔匿秫田中，不可踪迹。方懊恼间，瓦砾飞击，面目俱败；幸赖梵咒自卫，狐不能近，狼狈而归。次日，即愧遁。久乃知妪即土人，其女与狐昵；因其女，赂以金，使盗其符耳。此皆术足以胜狐，卒为狐算。狐有策而僧无备，狐有党而僧无助也。况术不足胜而轻与妖物角乎！

【注释】

①费长房：东汉时方士。据传学仙未成而辞归，能治病、差遣百鬼，有缩地术。因为丢失符箓被群鬼杀死。事见《后汉书·方术列传》。

②明崇俨(646？—679)：唐高宗时人。出身士族，却精通巫术、相术和医术，作为正谏大夫，论政事得失时喜欢假借鬼神之言，皇帝和皇后更是对其言听计从。《旧唐书》、《新唐书》均有记载。

【译文】

费长房能用符咒惩治各种鬼怪，结果后来符咒丢了，终于被鬼怪杀死。明崇俨死时，有刀插进胸膛，也不知凶器从何而来。有人说，他驱使鬼怪太刻薄，最后被鬼怪刺杀。依赖法术的人，最后败在法术上面，这样的情况很多。

刘香畹说：有个很擅长用符咒禁治鬼魅的僧人，被狐精骗到旷野的地方，成百上千的狐狸围着他又叫又咬。僧人挥舞金杵，打倒了一个化作人形的老狐狸，才突围逃出来。后来在路上遇到那只老狐狸，老狐狸跪在地上行礼，说："感谢您以前没有杀我，我也觉得十分后悔。现在，我愿意皈依佛法，接受五戒。"僧人正想摸摩老狐的头顶为它受戒，老狐忽然抛出一样东西蒙在僧人脸上，隐形逃走了。这块东西不是丝绸，也不是皮革，颜色像琥珀，粘呼呼的像油漆，贴在脸上剥不下来。僧人看不见又透不过气，无法忍受，就请人用力把这层膜揭掉，结果连脸上皮肤都剥了下来，僧人痛得几乎昏死过去。后来脸上结痂脱落之后，僧人已经不像人样了。还有一个云游僧人，在门上张贴告示，自称"能够驱赶狐精"。也有狐精来引诱，被僧人识破，手摇铃铛，念动咒语，狐精吓得逃走了。一个月后，有个老妇人上门，说家住坟场附近，天天被狐狸骚扰，请僧人前去禁制惩治狐精。僧人拿出小镜子照了照老妇人，确实是人类，就跟随她前往。老妇人带着僧人走到堤岸边，突然抢过僧人的书袋丢到河里去，里面的符箓、施法的器具，全都顺水飘走了。老妇人逃到高粱地里躲了起来，再也找不到她。僧人正在懊恼，忽然有碎砖烂瓦砸过来，打得他头破血流；好在僧人还会念咒自卫，狐精不能靠近，狼狈地逃回来。第二天，就惭愧地悄悄走了。过了很久才知道老妇人是当地人，她的女儿和狐精相好；狐精就通过女儿收买老妇人，让她抢走僧人的符。这些人都是有法术可以战胜狐精的，最终却被狐精用计打败。因为狐精有计谋，僧人没有准备；狐精有同党，僧人没有帮手。何况，法术并不十分高明，却轻易和狐精对抗呢！

舅氏五占安公言：留福庄木匠某，从卜者问婚姻。卜者戏之曰："去此西南百里，某地某甲今将死，其妻数合嫁汝。急往访求，可得也。"匠信之，至其地，宿村店中。遇一人，问："某甲居何处？"其人问："访之何为？"匠以实告。不虑此人即某甲也，闻之恚愤，掣佩刀欲刺之。匠逃入店后，逾垣遁。是人疑主人匿室内，欲入搜。主人不允，互相格斗，竟杀主人，论抵伏法。而匠之名姓里居，则均未及问也。后年馀，有妪同一男一妇过献县，云叔及寡嫂也。妪暴卒，无以敛，叔乃议嫁其嫂。嫂无计，亦曲从。匠尚未娶，众为媒合焉。后询其故夫，正某甲也。异哉！卜者不戏，匠不往；匠不往，无从与某甲斗；无从与某甲斗，则主人不死；主人不死，则某甲不论抵；某甲不论抵，此妇无由嫁此匠也。乃无故生波，卒辗转相牵，终成配偶，岂非数使然哉？又闻京师西四牌楼，有卜者日设肆于衢。雍正庚戌闰六月[①]，忽自卜十八日横死。相距一两日耳，自揣无死法，而爻象甚明[②]。乃于是日键户不出，观何由横死。不虞忽地震，屋圮压焉。使不自卜，是日必设肆通衢中，乌由覆压？是亦数不可逃，使转以先知误也。

【注释】

①雍正庚戌：雍正八年(1730)。

②爻(yáo)象：《周易》中六爻相交成卦所表示的事物形象。

【译文】

舅氏安五占公说：留福庄有个木匠，找算命先生占问自己的婚姻。算命先生开玩笑说："从这里向西南走一百里，某地的某甲今天要死了，他的妻子命里注定应该嫁给你。你赶快去找，就能成事。”木匠信以为真，到了那个地方，住在村里的客店。他遇见一个人，问道：“某甲在哪里住？”这个人问他：“找他干什么？”木匠就如实说了。没想到这个人就是某甲，听完后气得要命，从身上抽出佩刀就要杀木匠。木匠逃进客店，翻墙跑了。这人怀疑店主把木匠藏在屋里，要进去搜。店主不许，两个人就打了起来，格斗中某甲竟先手杀了店主，官府判某甲死刑。而木匠的姓名籍贯，却都没来得及问。过了一年多，有个老妇人带着一个年轻的男人和一个少妇路过献县，说是小叔子和守寡的嫂子。老妇人突然死亡，他们没有钱收殓埋葬，小叔子就提议嫂子再嫁。嫂子没办法，只好委屈地答应了。那个木匠这时还没有娶妻，众人就为他说媒撮合。后来木匠询问这个少妇的前夫，正是某甲。真是怪事啊！假如算命先生不开玩笑，木匠不会去那个地方；假如木匠不去那个地方，就不会与某甲打斗；假如没有与某甲打斗，店主就不会死；店主不死，某甲就不会判死刑；某甲不判死刑，那么这个少妇就不可能嫁给木匠了。真是无缘无故平地起风波，最后辗转牵连，终于凑成一对配偶，这难道不是命运使然吗？又听说京城西四牌楼，有个算命先生天天在大街上摆摊算卦。雍正庚戌年闰六月，这个人忽然自己算了一卦，算出他自己应当在本月十八日遭横祸死亡。只差一两天就到日子了，他想不出有什么死的道理，但是爻象显示得很明白。于是十八日这天他就关紧房门不出去，倒要看看会怎样遭横祸死。没想到那天忽然发生地震，房屋倒塌，他被压死了。假如他不为自己占卜，那天必然会在大街上摆卦摊，怎么会被压死？这也是定数不可逃，反而由于占卜预先知道而误了性命啊。

画士张无念，寓京师樱桃斜街。书斋以巨幅阔纸为窗幰，不着一棂，取其明也。每月明之夕，必有一女子全影在幰心。启户视之，无所睹，而影则如故。以不为祸祟，亦姑听之。一夕谛视，觉体态生动，宛然入画。戏以笔四围钩之，自是不复见，而墙头时有一女子露面下窥。忽悟此鬼欲写照，前使我见其形，今使我见其貌也。与语不应，注视之，亦不羞避，良久乃隐。因补写眉目衣纹，作一仕女图。夜闻窗外语曰："我名亭亭。"再问之，已寂。乃并题于幀上。后为一知府买去。或曰，是李中山。或曰狐也，非鬼也。于事理为近。或曰本无是事，无念神其说耳。是亦不可知。然香魂才鬼，恒欲留名于后世。由今溯古，结习相同，固亦理所宜有也。

【译文】

画师张无念，住在京城的樱桃斜街。他的书斋窗户上贴了一张巨大的画纸，窗户中间没有一根窗框，为的是便于采光。每到月色明朗的夜晚，一定有一个女子的全影映在画纸的中央。打开房门看，却什么也没看见，那个全影依然映在窗纸上。画师觉得那个身影既然不惹祸不作怪，也就随它的便了。一天夜里，画师仔细地端详窗上的全影，觉得女子体态生动，可以入画。他就玩笑似的用笔在那个全影四周勾画了下来，从那以后，那影子就再没有出现，而墙头上却不时有一位女子露出脸来向下看。画师突然明白，这个鬼想让我为她画张像，前些时候，让我看到她的身形，现在又想让我看看她的相貌。画师跟她说话，她却不回答；注视她时，她也不害羞躲避，过了很久她才隐去。画师于是补画了女鬼的眉毛、眼睛及衣服的褶皱，画成了一幅仕女图。夜里，画师听见窗外有人说："我的名字叫亭亭。"再问她，就悄无声响了。画师就把"亭亭"的名字也题写在画纸上。后来仕女图被一位知府买走了。有人说，知府就是李中山。有人说那个女子是狐女，而不是鬼。这种猜测更近于情理。有人说根本没有这回事，是张无念神化自己的画技而已。这也说不定。不过，美貌的女子和才子，常常想让自己名垂千古。从现在追溯到古代，人的习性都是相同的，按道理说，这也很自然。

姚安公官刑部江苏司郎中时,西城移送一案,乃少年强污幼女者。男年十六,女年十四。盖是少年游西顶归[①],见是女撷菜圃中,因相逼胁。逻卒闻女号呼声,就执之。讯未竟,两家父母俱投词,乃其未婚妻,不相知而误犯也。于律未婚妻和奸有条,强奸无条。方拟议间,女供亦复改移,称但调谑而已。乃薄责而遣之。或曰:"是女之父母受重赂,女亦爱此子丰姿,且家富,故造此虚词以解纷。"姚安公曰:"是未可知。然事止婚姻,与贿和人命、冤沉地下者不同。其奸未成无可验,其贿无据难以质。女子允矣,父母从矣,媒保有确证,邻里无异议矣,两造之词亦无一毫之牴牾矣[②],君子可欺以其方,不能横加锻炼,入一童子远戍也。"

【注释】

①西顶:也称"广仁宫"。位于北京海淀区四季青蓝靛厂,旧址为明正德朝创建的嘉祥观。

②牴牾(dǐ wǔ):抵触,矛盾。

【译文】

姚安公任刑部江苏司郎中时,西城移来一桩案子,是一个少年奸污一名幼女案。少年十六岁,女孩十四岁。原来是这个少年游玩西顶后回家,看到女孩在菜园里摘菜,就胁迫女孩。巡逻的兵卒听到女孩呼叫,就把少年抓起来。审讯还没结束,男女两家的父母都到衙门里说,女孩本来是男孩的未婚妻,因为不认识才冒犯了女孩。按照法律条文,未婚夫妻和奸是有条款可以处置;强奸未婚妻却没有条款。官员们正在商量如何处置,女孩的口供也改了,说男孩只是调戏了她。于是官员不疼不痒地训斥了少年一通就让他们走了。有人说:"这个女孩的父母接受了男方的一大笔贿赂,女孩也看上了少年的翩翩风度;男孩的家境宽裕，所以才编造了一套假话来解决这场纠纷。”姚安公说：“是不是这样，都说不定。不过这桩案子只事关婚姻，与那些贪赃枉法、使死者含冤九泉的案子不同。少年强奸未遂，就查不出什么，贿赂没有证据也无法对质。女孩已经认可了这桩婚事，父母也同意，媒人、保人加以证实，街坊邻居也都没有什么异议，男女双方的话也没有一丝矛盾的地方。在这种情况下，做君子的可以因为正直受到欺骗，却不能横生枝节罗织罪名，把一个少年流放到远方。”

某公夏日退朝，携婢于静室昼寝，会阍者启事，问：“主人安在？”一僮故与阍者戏，漫应曰：“主人方拥尔妇睡某所。”妇适至前，怒而诟詈。主人出问，笞逐此僮。越三四年，阍者妇死。会此婢以抵触失宠，主人忘前语，竟以配阍者。事后忆及，乃浩然叹曰：“岂偶然欤！”

【译文】

某公在一个夏日退朝之后，拉着婢女在幽静的房间里午睡，刚好守门人有事要报告，就问：“主人在哪里？”一个僮仆故意同守门人开玩笑，就随口说：“主人正抱着你老婆在某处睡觉。”守门人老婆恰好来这里，听了就愤怒地臭骂僮仆。主人出来问明原因，把僮仆打了一顿，赶了出去。过了三四年，守门人的老婆死了。正好碰上那个婢女顶撞主人失了宠，主人忘了以前的话，就把婢女配给了守门人。事后，主人想起以前的事，才长长地叹了口气说：“这哪里是偶然的事呢！”

文水李华廷言：去其家百里一废寺，云有魅，无敢居者。有贩羊者十馀人，避雨宿其中。夜闻呜呜声，暗中见一物，臃肿团圞[1]，不辨面目，蹒跚而来，行甚迟重。众皆无赖少年，殊不恐怖，共以破砖掷。击中声铮然，渐缩退欲却。觉其无能，噪而追之。至寺门坏墙侧，屹然不动。逼视，乃一破钟，内多碎骨，意其所食也。次日，告土人，冶以铸器。自此怪绝。此物之钝极矣，而亦出嬲人，卒自碎其质。殆见夫善幻之怪，有为祟者，从而效之也。余家一婢，沧州山果庄人也。言是庄故盗薮②，有人见盗之获利，亦从之行。捕者急，他盗格斗跳免，而此人就执伏法焉。其亦此钟之类也夫。

【注释】

①团圞(luán)：浑圆。

②盗薮(sǒu)：强盗聚集的地方。

【译文】

文水县的李华廷说：离他家百里远的地方有一座荒废的寺庙，据说里面有鬼怪，没人敢住。有十几个贩羊的人，因为躲雨住在那里。夜里听见“呜呜”的声音，然后看见一个东西，圆滚滚的，很臃肿，看不出面目来，它慢吞吞地走过来，行动非常迟缓笨重。那些人本来都年轻无赖，一点儿也不害怕，一同用碎砖头砸它。打中时发出“铮铮”的声音，它渐渐往后退。众人觉得它也没什么本事，就大喊着追上去。那个东西跑到庙门边倒塌的墙边，就立住不动了。走近一看，原来是一口破钟，里面还有许多碎骨头，想来是它吃掉了人剩下的骨头。第二天，他们告诉了当地人，将这钟重新冶炼铸成别的东西。从此庙里就不再闹妖了。这种东西愚钝极了，还要出来害人，终于坏了自身。可能是它见过一些善于变幻的怪物，有作怪害人的，它也就跟着仿效。我家有个婢女，是沧州山果庄人。她说那个庄就是个强盗窝，有个人看强盗获利很多，很是羡慕，就跟着他们。恰巧捕捉强盗的人急急追上来，别的强盗厮杀一番逃跑了，而那个人却被抓住杀了头。那人与那口作怪的钟也是一路货色吧。

舅氏安公介然言：有柳某者，与一狐友，甚昵。柳故贫，狐恒周其衣食。又负巨室钱，欲质其女。狐为盗其券，事乃已。时来其家，妻子皆与相问答，但惟柳见其形耳。狐媚一富室女，符箓不能遣，募能劾治者予百金。柳夫妇素知其事，妇利多金，怂恿柳伺隙杀狐。柳以负心为歉。妇谇曰："彼能媚某家女，不能媚汝女耶？昨以五金为汝女制冬衣，其意恐有在。此患不可不除也！"柳乃阴市砒霜，沽酒以待。狐已知之。会柳与乡邻数人坐，狐于檐际呼柳名，先叙相契之深，次陈相周之久，次乃一一发其阴谋。曰："吾非不能为尔祸，然周旋已久，宁忍便作寇仇！"又以布一匹、棉一束自檐掷下，曰："昨尔幼儿号寒苦，许为作被，不可失信于孺子矣。"众意不平，咸诮让柳。狐曰："交不择人，亦吾之过。世情如是，亦何足深尤？吾姑使知之耳。"太息而去。柳自是不齿于乡党，亦无肯资济升斗者。挈家夜遁，竟莫知所终。

【译文】

我舅舅安介然说：有个姓柳的人和一个狐精交朋友，关系非常亲密。柳某一向很穷，那个狐友就常常给吃的穿的救济他。柳某欠了一个大户的钱，大户想让柳某的女儿去抵债。狐友替他从大户家偷出了借钱的字据，了结了这件事。狐友时常到柳家来，妻子儿女都能和狐友对话，但是只有柳某能看到狐友的形状。后来这个狐友媚惑了一个富家女，用符也赶不走，富家就用一百两银子招募能制伏狐精的人。柳某夫妇一向了解狐友的情况，柳某的妻子贪图赏金，就怂恿柳某找机会杀死狐狸。柳某觉得那样做背弃友情，对不住狐友。妻子骂道："那个狐精能勾引某家的女儿，就不能勾引你的女儿吗？昨天他还用五两银子为女儿做了一身棉衣，恐怕他有这种心思吧。这个祸害非除掉不可！"柳某于是暗地里买了砒霜，打了酒等狐友来喝。狐友已经知道了柳家夫妇的歹心，趁柳某和几个乡邻在一起坐着的时候，它就在房檐上叫着柳某的名字，先叙往日交情的深厚，然后又述说周济柳某家已有很长的时间，之后一一揭发他们夫妇商定的阴谋。他说："我并不是不能给你家带来灾祸，只是我们交往时间长了，不能忍心与你们为敌！"说完，又把一匹布、一束棉花从房檐上扔下来，说："昨天你的小儿子哭着喊冷，我答应为他弄条被子，我不能对小孩子失信。"大伙听了狐精的话，都愤愤不平，一起谴责柳某。狐精说："我交友没选对人，这也是我的过失。世态人情就是这样，你们又何必过多地指责他呢？我姑且让他心里明白就是了。"狐精说完，叹着气离去了。从此以后，柳某就被乡人看不起，也没人肯资助他、救济他了。他只得携带一家老小连夜逃走，最终不知道上哪儿去了。

舅氏张公梦征言：沧州佟氏园未废时，三面环水，林木翳如，游赏者恒借以宴会。守园人每闻夜中鬼唱曰："树叶儿青青，花朵儿层层。看不分明，中间有个佳人影。只望见盘金衫子，裙是水红绫。"如是者数载。后一妓为座客殴辱，恚而自缢于树。其衣色一如所唱，莫喻其故。或曰："此缢鬼候代，先知其来代之人，故喜而歌也。"

【译文】

舅舅张梦征先生说：沧州佟家花园没有荒废时，三面环水，绿荫覆盖，游赏者常常借这个花园举办宴会。守园人在夜里常听到有鬼唱歌，歌辞是：“树叶儿青青，花朵儿层层。看不分明，中间有个佳人影。只望见盘金衫子，裙是水红绫。”这样唱了好几年。后来有个妓女，受到座席上的客人的殴打和羞辱，悲愤至极，在花园一棵树上自缢身亡。她穿的衣服颜色与那首歌唱的完全一样，谁也不知道这是怎么回事。有人说：“这是吊死鬼在等候替身，她已经预知替身是什么模样，所以高兴得唱歌。”

青县一农家，病不能力作，饿将殆，欲鬻妇以图两活。妇曰：“我去，君何以自存？且金尽仍饿死。不如留我侍君，庶饮食医药，得以检点，或可冀重生。我宁娼耳。”后十馀载，妇病垂死，绝而复苏曰：“顷恍惚至冥司，吏言娼女当堕为雀鸽，以我一念不忘夫，犹可生人道也。”

【译文】

青县有个农民，生了病不能干体力活，眼看就要饿死，想把老婆卖掉，指望两个人都能活下去。他老婆说：“我走了，你用什么养活自己呢？而且卖我的钱用完后，你仍然会饿死的。不如我留下来侍奉你，饮食医药，都有人照料收拾，也许还有望活下去。我宁可去做娼妓。”十几年后，这个农妇病危，昏迷过去又醒过来说：“刚才恍惚之间到了阴间，阴间的官员说当娼妓的转生时应当判降为麻雀鸽子什么的，因为我念念不忘丈夫，所以还可以再托生为人。”

侍姬郭氏，其父大同人，流寓天津。生时，其母梦鬻端午彩符者，买得一枝，因以为名。年十三，归余。生数子，皆不育，惟一女，适德州卢荫文，晖吉观察子也。晖吉善星命，尝推其命，寿不能四十。果三十七而卒。余在西域时，姬已病瘵，祈签关帝，问："尚能相见否？"得一签曰："喜鹊檐前报好音，知君千里有归心。绣帏重结鸳鸯带，叶落霜凋寒色侵。"谓余即当以秋冬归，意甚喜。时门人邱二田在寓，闻之，曰："见则必见，然末句非吉语也。"后余辛卯六月还，姬病良已。至九月，忽转剧，日渐沉绵，遂以不起。殁后，晒其遗箧，余感赋二诗，曰："风花还点旧罗衣，惆怅酴醾片片飞①。恰记香山居士语：'春随樊素一时归②。'"姬以三月三十日亡，恰送春之期也。"百折湘裙飐画栏③，临风还忆步珊珊。明知神谶曾先定，终惜'芙蓉不耐寒'。""未必长如此，芙蓉不耐寒"，寒山子诗也。即用签中意也。

【注释】

①酴醾（tú mí）：花名。长在路旁、荒地里、树林里，盛开白色小花。

②樊素：唐朝著名诗人白居易的家姬，与小蛮齐名。托白居易之诗闻名。有诗云："樱桃樊素口，杨柳小蛮腰。"

③飐（zhǎn）：风吹使之颤动。

【译文】

我的侍妾郭氏，父亲是大同人，流落到了天津。郭氏出生的时候，她的母亲梦见端午节有个卖彩符的人，当即买下一枝，后来就用"彩符"给她取了名字。她十三岁那年嫁给了我。生了几个儿子，都没有养活，只有一个女儿，长大以后嫁给了德州人卢荫文，他是观察使卢晖吉的儿子。卢晖吉喜欢占卜天象，替人算命。他曾推算郭氏的命运，说她活不到四十岁。果然，她在三十七岁时就死了。我在西域的时候，她已经病得很厉害了。她到关帝庙里求了一签，询问："我还能不能和老爷再见上一面？"她得到一签，上写："喜鹊檐前报好音，知君千里有归心。绣帏重结鸳鸯带，叶落霜凋寒色侵。”说我应该在秋冬之际回到京城，她看了心里非常高兴。当时，我的弟子邱二田正在我家住，听了说：“你们见面倒是一定能见面，可是诗的最后一句不是吉利话呀。”后来我在乾隆辛卯年六月回到家，她的病已经好得差不多了。到了九月，病情忽然恶化，而且一天比一天重，最后竟然去世。郭氏死后，翻晒她生前用过的衣箱物品，我写下两首感怀诗，一首道：“风花还点旧罗衣，惆怅酴醾片片飞。恰记香山居士语：‘春随樊素一时归。’”郭氏在三月三十日去世，刚好是送春的日子。另一首道：“百折湘裙飐画栏，临风还忆步珊珊。明知神谶曾先定，终惜‘芙蓉不耐寒’。”“未必长如此，芙蓉不耐寒”，是寒山子的诗句。这两首诗就化用了郭氏所求神签的意思。

世传推命始于李虚中[①]，其法用年月日而不用时，盖据昌黎所作虚中墓志也。其书《宋史·艺文志》著录，今已久佚，惟《永乐大典》载虚中《命书》三卷，尚为完帙。所说实兼论八字，非不用时。或疑为宋人所伪托，莫能明也。然考虚中墓志，称其最深于五行，书以人始生之年月日，所直日辰，支干相生，胜衰死生，互相斟酌，推人寿夭贵贱、利不利云云。按，天有十二辰，故一日分为十二时。日至某辰，即某时也，故时亦谓之日辰。《国语》“星与日辰之位，皆在北维”是也。《诗》：“跂彼织女，终日七襄[②]。”孔颖达疏[③]：“从旦暮七辰一移，因谓之七襄。”是日辰即时之明证。《楚辞》“吉日兮辰良”，王逸注：“日谓甲乙，辰谓寅卯。”以辰与日分言，尤为明白。据此以推，似乎“所直日辰”四字，当连上年月日为句。后人误属下文为句，故有不用时之说耳。余撰《四库全书总目》，亦谓虚中推命不用时，尚沿旧说。今附著于此，以志余过。

至五星之说，世传起自张果。其说不见于典籍。考《列子》称禀天命，属星辰，值吉则吉，值凶则凶，受命即定，即鬼神不能改易，而圣智不能回。王充《论衡》称天施气而众星布精④。天施气而众星之气在其中矣。含气而长，得贵则贵，得贱则贱。贵或秩有高下，富或赀有多少，皆星位大小尊卑之所授。是以星言命，古已有之，不必定始于张果。又韩昌黎《三星行》曰："我生之辰，月宿南斗，牛奋其角，箕张其口。"杜樊川自作墓志曰⑤："余生于角星昴毕，于角为第八宫，曰疾厄宫，亦曰八杀宫，土星在焉，火星继木。星工杨晞曰：'木在张于角为第十一福德宫。木为福德大君子，无虞也。'余曰，湖守不周岁迁舍人，木还福于角足矣。火土还死于角，宜哉。"是五星之说，原起于唐，其法亦与今不异。术者托名张果，亦不为无因。特其所托之书，词皆鄙俚，又在李虚中《命书》之下，决非唐代文字耳。

【注释】

①李虚中：字常容，唐魏郡（今河北大名）人。贞元十一年（795）进士及第，补秘书正字，后授监察御史，迁殿中侍御史。下文《命书》，即世传《李虚中命书》，署名"鬼谷子撰，虚中注"。

②"跂（qí）彼织女"二句：出自《诗经·小雅·大东》。跂，慢走。终日七襄，谓织女星白昼移位七次。

③孔颖达疏：应作"郑玄笺"。

④王充《论衡》：王充（27—97），东汉杰出思想家。拜班彪为师，博览群书。曾接受征召为官，与上司意见不合而辞职。《论衡》大

约作成于汉章帝元和三年(86),现存文章有八十五篇(其中的《招致》仅存篇目,实存八十四篇)。该书被称为“疾虚妄古之实论,讥世俗汉之异书”。

⑤杜樊川:即杜牧(803—约852),字牧之,号樊川居士,京兆万年(今陕西西安)人,唐代诗人。人称“小杜”,以别于杜甫。与李商隐并称“小李杜”。

【译文】

传说算命是从唐朝人李虚中开始的,他推算时只要了解人出生的年、月、日,而不问人出生的时辰,这种说法来自韩愈为他写的墓志铭。李虚中论述算命的书,在《宋史·艺文志》中有记载,现在已经失传很久了,只有《永乐大典》还保存了他的《命书》三卷,还算是个完好无缺的本子。书上说他算命实际上兼论到生辰八字,并不是不问出生的时辰。有人怀疑《命书》是宋朝人假冒的,没有谁能说得清。查考《殿中侍御李君墓志铭》,韩愈认为李虚中对阴阳五行学说最精通,他只要把人出生的年月日以及生辰记录下来,就可以利用干支相生、盛衰死生的规律推求,推算出人的寿命长短、地位高低以及顺利不顺利等等。按,一天有十二个辰,所以一天分为十二个时。太阳运行到某一辰,也就是到了某一时刻,因此“时”也叫作“日辰”。《国语》中说“星与日辰的位置,都在天空的北方”就是这个意思。《诗经》中说:“织女星缓缓移动,从早到晚历经七辰。”孔颖达的注释说:“织女星从清晨到天黑经历了七个时辰,因此人们把这称作‘七襄’。”这就是日辰即时辰的证明。《楚辞》中有“吉日啊良辰”的句子,王逸作注说:“日指的是甲乙,辰指的是寅卯。”把“辰”与“日”分开说,就显得格外明白了。根据上述推论,似乎“所直日辰”这四个字,应该与上文的“年月日”相连,变成一句话。后人却错误地把这四个字与下文拼接在一起了,因此才出现李虚中算命不考虑出生时辰的说法。我在编写《四库全书总目》时,也说过李虚中算命不考虑出生的时辰,仍然沿用了旧说。现在把这事写在这里,记录自己的过失。

至于用金、木、水、火、土来算命的学问，传说是从唐朝人张果开始的。可他的学说在典籍中没有记载。考查《列子》上说，人禀承天命，隶属于星辰，命中该吉则吉，该凶则凶，命数早已注定，即使鬼神也不能改变，即使有超凡才智的人也无力回天。王充在《论衡》中指出，自然界给人元气而众星散布光明。天施予元气而众星之气也就包含在其中了。人的命运取决于含气的多少，元气充足生命才能生长，该贵则贵，该贱则贱。尊贵的人有等级高低的差别，富裕的人钱则有多有少，这些差别都是人所归属的星位的大小尊卑决定的。因此利用五星算命，自古就有，不一定是从张果开始的。此外，韩昌黎的《三星行》中写道："我出生的时刻，正值月亮居于南斗之位，牛宿用力昂起犄角，箕宿张开了箕箕口。"杜牧给自己写的墓志铭说："我出生时正值角宿、星宿、昴宿、毕宿同时出现在中天，而角宿居于主疾患、厄运、生杀的第八宫，即'疾厄宫'，也叫做'八杀宫'，当时土星正守在这里，而木克土，火克木，火星不久将紧随木星运行到土星所守的位置。星工杨晞说：'木星守于张宿，刚好角宿处于第十一福德宫。木星是福分大的星，所以您不会有忧患。'我认为，我担任湖州刺史还不到一年就被提升为中书舍人，当然是木星把福分带给了角宿，对我来说也就足够了。而火星步木星后尘，运行到土星所守的位置，又把死亡带给了角宿，这对我来说也是应该的。"这种五星算命的说法，本来起源于唐代，占卜的方法也和今天没什么两样。术士们假冒张果的名字，也不是没有原因的。只不过他们伪托的书籍，语言都俗不可耐，水平远在李虚中的《命书》之下，决不是唐人的作品。

霍养仲言：一旧家壁悬挂《仙女骑鹿图》，款题"赵仲穆"①，不知确否也。仲穆名雍，松雪之子也。每室中无人，则画中人缘壁而行，如灯戏之状。一日，预系长绳于轴首，伏人伺之。俟其行稍远，急掣轴出，遂附形于壁上，彩色宛然。

俄而渐淡,俄而渐无,越半日而全隐。疑其消散矣。余尝谓画无形质,亦无精气,通灵幻化,似未必然;古书所谓画妖,疑皆有物凭之耳。后见林登《博物志》载北魏元兆,捕得云门黄花寺画妖,兆诘之曰:“尔本虚空,画之所作,奈何有此妖形?”画妖对曰“形本是画,画以象真;真之所示,即乃有神。况所画之上,精灵有凭可通。此臣之所以有感,感而幻化。臣实有罪”云云。其言似亦近理也。

【注释】

①赵仲穆:赵雍(约1290—1360),字仲穆,湖州(今属浙江)人。赵孟頫次子。元代书画家。

【译文】

霍养仲说:有个大户人家,在墙上悬挂了一幅《仙女骑鹿图》。落款是“赵仲穆”的名字,不知是不是他的真迹。仲穆名赵雍,是赵松雪的儿子。每当屋子里没人的时候,画中人就沿着墙壁走动起来,像是走马灯的样子。有一天,人们预先用长绳系在画轴上,埋伏下等候着。等到画中人走得远一点儿时,赶快把画轴拽出屋子,画中人只好将形象附在墙壁上,色彩还很鲜艳。过了一会儿,色彩渐渐变淡,渐渐消失,过了半天连轮廓也没有了。人们怀疑它消散了。我过去总认为画上的东西既没有质地,也没有精气,说它能通灵幻化,似乎不可能。古书记载的那些画妖,我怀疑都是有妖怪借图画形象来现形而已。后来看林登的《博物志》,记载北魏的元兆,抓住了云门黄花寺的画妖,元兆责问它说:“你本来是空虚的,是画出来的东西,怎么会有你这种妖怪的体形呢?”画妖回答说“形貌本来就是画,既然是画就应该形态逼真;逼真的形态显示出来的,就具有神灵。何况把人画到了图画上,精灵有了具体事物依靠凭借,就可以通灵。这就是我得到生活真实形象的感召,终于幻化成妖怪的原因。我确实有罪”等等。这种说法似乎有道理。

骁骑校萨音绰克图与一狐友[1]。一日，狐仓皇来曰：“家有妖祟，拟借君坟园栖眷属。”怪问：“闻狐祟人，不闻有物更祟狐，是何魅欤？”曰：“天狐也，变化通神，不可思议；鬼出电入，不可端倪。其祟人，人不及防；或祟狐，狐亦弗能睹也。”问：“同类何不相惜欤？”曰：“人与人同类，强凌弱，智绐愚，宁相惜乎？”魅复遇魅，此事殊奇。天下之势，辗转相胜；天下之巧，层出不穷。千变万化，岂一端所可尽乎！

【注释】

①骁骑校：将军的名号。清代，八旗兵中置“骁骑营”，该营的将校为“骁骑校”。

【译文】

骁骑校尉萨音绰克图与一只狐狸交了朋友。有一天，狐友慌慌张张地跑来说：“我家里有妖精作怪，想借您家的坟地安顿我的家眷。”萨音绰克图奇怪地问：“我只听说狐狸给人捣乱，却没听说过有别的妖精给狐狸捣乱的，这到底是什么妖怪？”狐友说：“那是天狐。它们的变化神奇莫测，无法猜测；进出如同鬼怪、闪电般地迅疾，谁也搞不清它们的行踪。如果天狐害人，人肯定来不及防备；要是和狐狸为难，狐狸也看不见它。”萨音绰克图说：“天狐与狐狸本是同类，为什么不彼此怜惜呢？”狐友说：“人与人也是同类，可是照样强大的欺负弱小的，聪明的哄骗愚笨的，难道人类彼此怜惜了吗？”狐怪又碰上了天狐怪，这事非常稀奇。从天下的大势看来，都是一物降一物。天下的奇能异技，层出不穷。世上万物千变万化，怎么能只持一端就能穷尽事理了呢？

卷十三

槐西杂志三

【题解】

本卷的体量是《阅微草堂笔记》各卷中最大的，讲的故事多，作者的思考也较为深入，总是试图推测事理、分析原因。纪氏推理的最大特点是看上去环环相扣，滴水不漏，似乎很能说服人。人们还来不及对这一点表示怀疑，就已经被引导到步步紧逼的论证中去，在不知不觉中被引入他规定的轨道。但是很遗憾，纪昀常用类比推理的方法，推理过程尽管很缜密，但用来作为类比的前提往往经不起推敲，结论自然也就不足为信，严密推理论证却导致自己陷入了误区。纪昀其实知道却似乎是有意忽略了，无论什么事，几乎都可以用事情发生前的一些现象来附会解释，之所以如此，原因就在于语言信号的多义性以及不确定性。纪昀始终没有摆脱唯心论的羁绊，在试图作出科学分析的同时，他其实还是自觉地投身于"宿命论"的庇荫之下。他不可能了解到，事实上，人的个性和自由发展虽然为一定的社会关系所决定，但人决不可能让那种由于生产力的发展已经和人的自由个性发展不能相容的社会关系长期存在下去，使自己永远成为它的奴隶。作为能动的人，他们将无情打破这种社会关系，建立与人的个性自由发展相适应的新的社会关系。关于这些，纪昀也东爪西鳞地写了一些，可惜的是，这种理性的光芒太微弱了。由于他的出身和经历，他不可能正确评价那种压制人的个性自由发展的社会关系以及反抗这种社会关系的新的社会力量，对于这种社会力量的成长带着一种漠然的平静。他更多的只是把人看成完全消极被动、听凭社会关系摆布的可怜卑微的角色，表现他们的消极和无奈。这种宿命论的观念在作品中几乎常常表现为下意识的流露。纪昀还总是习惯在“因果报应”这样一个宿命论的陈腐框架中写出鞭挞世情万相的故事，故事本身往往切中时弊，揭示颇为深刻独到，然而“框架”的限制毫无疑问又削弱了作品的思想意义。

丁卯同年郭彤纶[①]，戊辰上公车[②]，宿新中驿旅舍。灯下独坐吟哦，闻窗外语曰：“公是文士，西壁有一诗请教。”出视无所睹；至西壁拂尘寻视，有旅邸卧病诗八句，词甚凄苦，而鄙俚不甚成句。岂好疥壁人死尚结习未忘耶[③]？抑欲彤纶传其姓名，俾人知某甲旅卒于是，冀家人归其骨也？

【注释】

①丁卯：乾隆十二年(1747)。

②戊辰：乾隆十三年(1748)。

③疥壁：壁上所题书画如疥癞，令人厌恶。

【译文】

乾隆丁卯科跟我同科中举的郭彤纶，在参加戊辰科考试途中，住在新中驿站的旅舍里。晚上，他一个人在灯下吟诵诗文，听到窗外有人说：“先生是读书人，西墙上有一首诗，请您指教。”郭彤纶走出房看时，没看见什么人；走到西墙边，拭去墙上的灰尘，仔细寻找，果然有八句诗，是卧病旅店时所作，词语十分凄凉痛苦，但粗俗不堪，甚至语句不通。难道是喜欢乱题壁的人到死还忘不了老习惯呢？还是想请郭彤纶替他传扬姓名，让人们知道某某人死在某某旅舍，希望家属能来收拾他的骸骨，运回家乡呢？

奴子宋遇凡三娶：第一妻自合卺即不同榻[1]，后竟仳离[2]。第二妻子必孪生，恶其提携之烦，乳哺之不足，乃求药使断产；误信一王媪言，舂砺石为末服之[3]，石结聚肠胃死。后遇病革时，口喃喃如与人辩。稍苏，私语其第三妻曰："吾出初妻时，吾父母已受人聘，约日迎娶。妻尚未知，吾先一夕引与狎。妻以为意转，欣然相就。五更尚拥被共眠，鼓吹已至，妻恨恨去。然媒氏早以未尝同寝告后夫，吾母兄亦皆云尔。及至彼，非完璧，大遭疑诟，竟郁郁卒。继妻本不肯服石，吾痛捶使咽尽。殁后惧为厉，又贿巫斩殃。今并恍惚见之，吾必不起矣。"已而果然。

又奴子王成，性乖僻。方与妻嬉笑，忽叱使伏受鞭；鞭已，仍与嬉笑。或方鞭时，忽引起与嬉笑；既而曰："可补鞭矣。"仍叱使伏受鞭。大抵一日夜中，喜怒反覆者数次。妻畏之如虎，喜时不敢不强欢，怒时不敢不顺受也。一日，泣诉先太夫人。呼成问故。成跪启曰："奴不自知，亦不自由。但忽觉其可爱，忽觉其可憎耳。"先太夫人曰："此无人理，殆佛氏所谓夙冤耶！"虑其妻或轻生，并遣之去。后闻成病死，其妻竟着红衫。

夫夫为妻纲，天之经也。然尊究不及君，亲究不及父，故"妻"又训"齐"，有敌体之义焉[4]。则其相与，宜各得情理之平。宋遇第二妻，误杀也，罪止太悍。其第一妻，既已被出而受聘，则恩义已绝，不当更以夫妇论，直诱污他人未婚妻耳。因而致死，其取偿也宜矣。王成酷暴，然未致妇于死也，一日居其室，则一日为所天。殁不制服，反而从吉，是悖理乱常也。其受虐固无足悯焉。

【注释】

①合卺(jǐn)：旧时婚礼程序之一。指新婚夫妇在新房里共饮合欢酒。

②仳(pǐ)离：夫妻分离。特指妻子被遗弃。

③砺石：磨刀石，粗石。据说烧赤投酒中饮之，能破宿血，下石淋，除结瘕，伏鬼物恶气。

④敌体：彼此地位相等，无上下尊卑之分。

【译文】

奴仆宋遇，一共娶了三次妻：第一个妻子，自从结婚就没有同床，后来竟然离异了。第二个妻子，生孩子要生就是双胞胎，他嫌带孩子麻烦，奶水不足，就找药让妻子绝育；他误信一个王老婆子的话，把磨刀石捣成粉末，让她吃下去，结果石粉积结在肠胃里致死。后来宋遇得了重病，嘴里喃喃地像跟人争辩。稍微清醒一点儿，悄悄对第三个妻子说："我休弃第一个妻子时，我父母已经接受了别人的聘礼，约定好了迎娶的日子。妻子还不知道，我在头天晚引诱她，要和她同房。她以为我回心转意了，高高兴兴跟我亲热。到五更天时，我和她还抱在一起睡觉，鼓乐声就响起，迎亲队伍来了，第一个妻子恨恨不已被接走了。但是媒人已经告诉她的后夫，说她未曾与男人同房过，我母亲和哥哥也都这么说。到了人家，发现她不是处女，她遭到怀疑和谩骂，最终忧郁而死。第二个妻子本来不肯吃磨刀石粉，我痛打她强逼她咽下去。她死后我害怕她变成恶鬼报复，又花钱买通巫婆作法，想要断绝灾祸。现在我恍恍惚惚又见到她们，我肯定好不了了。"果然他不久就死了。

还有个奴仆叫王成，性情乖僻。正与妻子调情嬉笑着，忽然又责令她趴下受鞭打；抽完鞭子，仍然又与她嬉笑。有时正在鞭打时，忽然搂住她嬉笑；随后又说："要补几鞭了。"仍然喝令她趴下挨打。大概一天一夜里，他能反复喜怒无常几次。妻子像害怕老虎那样怕他，他高兴时不敢不强装欢笑，发怒时不敢不顺从忍受。有一天，她哭着告诉了先太夫人。先太夫人叫王成来问是怎么回事。王成跪下说："奴才自己不知道，也是自己做不了主。只是忽然觉得她可爱，忽然又觉得她可恨。"先太夫人说："这从人情上说毫无道理，大概就是佛门所说的上辈子结下的怨恨吧！"她担心他妻子轻生，就把他们打发走了。后来听说王成病死，他妻子竟然穿红衣裳。

夫为妻纲是天经地义的。然而，丈夫的尊贵到底不如皇帝，丈夫的亲近到底不如父亲，所以"妻"字又解释作"齐"，意思是与丈夫平等。因此，夫妻相处，应该在情理上都能说得过去。宋遇对第二个妻子，是误杀，罪过是太暴戾了。他的第一个妻子既然已经被休而且聘给别人，恩义已经不存在，更不应当看成是夫妻，那么他就等同于诱奸他人的未婚妻一样。因此使她郁郁而死，她来要求偿命，也是有道理的。王成残酷暴虐，然而并未致妻子于死地，两个人同住在一间屋子里一天，妻子就应当把他当作丈夫一天。丈夫死后她不穿孝服，反而穿上红衣裳，这是悖伦理而乱纲常。她受虐待，也就不值得怜悯了。

吴惠叔言：太湖有渔户嫁女者，舟至波心，风浪陡作，舵师失措，已攲仄欲沉[①]，众皆相抱哭。突新妇破帘出，一手把舵，一手牵篷索，折戗飞行[②]，直抵婿家，吉时犹未过也，洞庭人传以为奇。或有以越礼讥者，惠叔曰："此本渔户女，日日船头持篙橹，不能责以必为宋伯姬也[③]。"

又闻吾郡有焦氏女，不记何县人，已受聘矣。有谋为媵者，中以蜚语，婿家欲离婚。父讼于官，而谋者陷阱已深，非惟证佐凿凿，且有自承为所欢者。女见事急，竟倩邻媪导至婿家[4]，升堂拜姑曰："女非妇比，贞不贞有明证也。儿与其献丑于官媒，仍为所诬，不如献丑于母前。"遂阖户弛服，请姑验。讼立解。此较操舟之新妇更越礼矣，然危急存亡之时，有不得不如是者。讲学家动以一死责人，非通论也。

【注释】

①攲(qī)仄：同"攲侧"，倾斜，歪斜。

②折戗(qiāng)：船在逆风中扬帆行驶。折，翻转，倒腾，折腾。戗，逆，反方向。

③宋伯姬：鲁宣公之女，嫁给宋恭公。恭公死后，伯姬守寡十年。至景公时，住处夜间失火，左右劝她逃生，伯姬曰："妇人之义，傅母不在，宵不下堂。""妇人之义，保母不在，宵不下堂。"终于被火烧死。事见《春秋穀梁传》卷十六。

④倩：请。

【译文】

吴惠叔说：太湖有个渔民的女儿出嫁，迎亲船行到湖中间，忽然风浪大起，舵工惊慌失措，船也歪斜倾侧快要沉了，船上众人相互抱着痛哭。突然，新娘子扯破帘子冲出来，只见她一手把舵，一手牵住风帆的绳索，那艘船逆风破浪飞一般航行，直达新郎家，还没有耽误吉日良辰，洞庭一带把这事儿当作奇闻传说。也有人讥笑这位新娘子违背了礼仪，吴惠叔说："这个新娘子本来是个渔家女，天天在船头持篙掌舵，不能责备她不像宋伯姬那样，宁可让火烧死，还要温文尔雅保持妇人之道。"

又听说河间府有个姓焦的姑娘，忘了她是哪一县的人了，她的父母已经接受聘礼，将她许配了人家。可是，有人想娶这位姑娘作妾，就制造流言蜚语，说这个姑娘不贞洁，婆婆家信以为真，提出解除婚聘。姑娘的父亲告到官府，可是害人者设的陷阱很深，不仅证据确凿，而且还有人承认说自己就是姑娘的相好。姑娘见事态紧急，就拜托邻居一个大妈带自己到婆婆家里，她上堂拜见婆婆说："姑娘和媳妇大不一样，贞洁不贞洁自可明断。孩儿与其在官媒面前受验献丑，还是难免被他们诬陷，不如在婆婆面前献丑。"说罢关门脱下衣服，请婆婆检验。这场官司立刻了结。这个姑娘比那个驾渔船的新娘更越礼了，但是，到了危急存亡生死攸关的时刻，有时不得不这样做。那些道学家们动不动就用死来要求别人，不是通常可以说服人的道理。

杨雨亭言：劳山深处，有人兀坐木石间[1]，身已与木石同色矣，然呼吸不绝，目炯炯尚能视。此婴儿炼成，而闭不能出者也。不死不生，亦何贵于修道，反不如鬼之逍遥矣。大抵仙有仙骨，质本清虚；仙有仙缘，诀逢指授。不得真传而妄意冲举[2]，因而致害者不一，此人亦其明鉴也。或曰："以刃破其顶，当兵解去[3]。"此亦臆度之词，谈何容易乎！

【注释】

①兀坐：端坐，呆坐。

②冲举：旧时指飞升成仙。

③兵解：道教说法，即学道者在飞升之后，由于各种原因不满意目前的状态，而采取一种极端的、类似于自杀的方法，脱胎换骨，解脱得道。

【译文】

杨雨亭说：在劳山深处，有一个人直挺挺地坐在树木石头之间，身体已经和树木石头一样的颜色了，但是还有呼吸，两眼还目光炯炯能看来看去。这个人用水银修炼，似乎是炼成了，却幽闭其中不能出来了。这样不死不活，修道又有什么可贵呢，反而不如做鬼逍遥自在。大概仙人有仙骨，本质清净空虚；仙人有仙缘，口诀有人传授。得不到真传就随意炼仙，由此受害的人不止一两个，这个人就是个教训。有人说："用刀砍他的头，就可以解脱了。"这也是猜想的话，做起来哪里像讲得那样容易呢！

古者大夫祭五祀，今人家惟祭灶神。若门神、若井神、若厕神、若中霤神[①]，或祭或不祭矣。但不识天下一灶神欤？一城一乡一灶神欤？抑一家一灶神欤？如天下一灶神，如火神之类，必在祀典，今无此祀典也。如一城一乡一灶神，如城隍社公之类，必有专祠，今未见处处有专祠也。然则一家一灶神耳，又不识天下人家，如恒河沙数，天下灶神，亦当如恒河沙数？此恒河沙数之灶神，何人为之？何人命之？神不太多耶？人家迁徙不常，兴废亦不常，灶神之闲旷者何所归？灶神之新增者何自来？日日铨除移改[②]，神不又太烦耶？此诚不可以理解。然而遇灶神者，乃时有之。余小时，见外祖雪峰张公家一司爨妪[③]，好以秽物扫入灶。夜梦乌衣人呵之，且批其颊。觉而颊肿成痈，数日巨如杯，脓液内溃，从口吐出；稍一呼吸，辄入喉呕哕欲死[④]。立誓虔祷，乃愈。是又何说欤？或曰："人家立一祀，必有一鬼凭之。祀在则神在，祀废则神废，不必一一帝所命也。"是或然矣。

【注释】

①中霤(liù)神：古代传说中主管中堂起居的神，地位比灶神高。

②铨(quán)除:选授。

③爨(cuàn):烧火做饭。

④呕哕(yuě):呕吐。形容痛苦的样子。

【译文】

在古代,大夫要祭祀五种家神,现在人们只祭灶神。像门神、井神、厕神、中霤神等,有的祭,也有的就不祭了。只是不知天下只有一个灶神呢?还是每一城每一乡有一个灶神?或者是每一家就有一个灶神?如果天下只有一个灶神,像火神之类那样,必定有一定的礼仪和制度,但现在没有这种仪式和规定。如果每一城每一乡就有一个灶神,像城隍和土地神那样,必定有专门供奉城隍和土地的祠庙,但现在也不是处处有专门祭祀灶神的祠庙。假如说每一家就有一个灶神,那么天下人家,像恒河的沙那么多,不知天下灶神,是否也应该像恒河的沙那么多?如此众多的灶神,是什么人担任的?又是什么人任命的?神似乎太多了吧?人的家庭迁移无常,兴废无常,留下的那些无事可做的灶神去了哪里?新增加的灶神又从哪里来?灶神每天都要任免迁移,不是又太烦乱了吗?这些问题真难以理解。但是遇到灶神的事,又经常发生。我小时候,看到外公张雪峰先生家里有一个做饭的老婆子,喜欢把脏东西扫进灶膛。有天夜里,她梦见一个穿黑衣服的人呵骂她,而且打她的嘴巴。睡醒后,她的脸颊肿成一个大脓包,几天就长得像茶杯那样大,脓包在口腔里面溃烂,从嘴里吐出脓液;稍一呼吸脓液流到喉咙里,恶心呕吐,难受得要死。后来她对灶神立下誓言,虔诚地祈祷,才痊愈。这又怎么解释呢?有人说:"人在家里立一个神龛,必然就有一个鬼来依附。祭祀的地方存在,神也就存在;祭祀的地方废弃了,神也就消失了,不一定是上帝一一任命的。"也许是这样吧。

孙叶飞先生夜宿山家,闻了鸟了鸟,门上铁系也。李义山诗作此二字[①]。丁东声,问为谁?门外小语曰:"我非鬼非魅,邻女欲有所白也。”先生曰：“谁呼汝为鬼魅而先辩非鬼非魅也？非欲盖弥彰乎！”再听之，寂无声矣。

【注释】

①李义山：李商隐（约812—约858），字义山，号玉溪生，晚唐诗人。与杜牧合称“小李杜”，与温庭筠合称“温李”。其诗构思新奇，风格秾丽，作品收入《李义山诗集》。

【译文】

孙叶飞先生有一次夜宿山民家，听见了鸟了鸟，是门上的铁搭扣，李义山的诗里就用这两个字。“叮咚”作响。他问是谁，门外小声说：“我不是鬼，也不是妖，是邻居的女儿，有话想跟你说。”先生说：“谁说你是鬼是妖了？而你却先争辩不是鬼不是妖，这不是欲盖弥彰么？”再听，外边就寂静无声了。

崔崇屽[1]，汾阳人，以卖丝为业。往来于上谷、云中有年矣[2]。一岁，折阅十馀金，其曹偶有怨言[3]。崇屽恚愤，以刃自剖其腹，肠出数寸，气垂绝。主人及其未死，急呼里胥与其妻至，问：“有冤耶？”曰：“吾拙于贸易，致亏主人资。我实自愧，故不欲生，与人无预也。其速移我返，毋以命案为人累。”主人感之，赠数十金为棺敛费，奄奄待尽而已。有医缝其肠，纳之腹中，敷药结痂，竟以渐愈。惟遗矢从刃伤处出，谷道闭矣[4]。后贫甚，至鬻其妻。旧共卖丝者怜之，各赠以丝，俾捻线自给。渐以小康，复娶妻生子。至乾隆癸巳、甲午间[5]，年七十乃终。其乡人刘炳为作传。曹受之侍御录以示余，因撮记其大略。

夫贩鬻丧资，常事也。以十馀金而自戕，崇屽可谓轻生矣。然其本志，则以本无毫发私，而其迹有似于干没，心不能白，以死自明，其平生之自好可知矣。濒死之顷，对众明告里胥，使官府无可疑；切嘱其妻，使眷属无可讼，用心不尤忠厚欤！当死不死，有天道焉。事似异而非异也。

【注释】

①屽(hàn)：此处用于人名。

②上谷：地名。今河北张家口宣化，因在大山谷上而得名。云中：古郡名。原为赵地，秦时治郡，治所云中县(今内蒙古托克托东北)。

③曹：等，辈。

④谷道：后窍，即直肠到肛门的一部分。

⑤乾隆癸巳、甲午：乾隆三十八年(1773)、乾隆三十九年(1774)。

【译文】

崔崇屽，山西汾阳人，以卖丝为业。来往于上谷、云中已有几年了。有一年，他亏损了十几两银子，他的伙伴偶然有怨言。崔崇屽怨愤，用刀剖腹自杀，肠子流出几寸长，生命垂危。主人趁着他没死，急忙叫来当地官员和他的妻子，问："有什么冤情啊？"崔崇屽说："我做买卖不精通，以致亏了主人的本钱。实在是我自觉羞愧，所以不想活了，跟别人没有关系。请赶快把我送回去，不要因为命案连累别人。"主人很感动，送了几十两银子作为丧葬费，崔崇屽气息奄奄，只是等死罢了。有个医生将他的肠子收回腹中，缝合伤口，敷了药，后来结了痂，竟然慢慢好起来了。只是大便是从刀口出来，因为肛门已经封闭住了。以后，他更加贫困，以至于卖了妻子。一起卖丝的人可怜他，各自送丝给他，让他纺线自给自足。渐渐地生活好起来，他又娶妻生子，到乾隆癸巳、甲午年间，七十岁时才去世。他的同乡人刘炳为他作了传。侍御使曹受之抄了来给我看，我摘录大要，写了这段故事。

做买卖赔钱，是常事。因为十几两银子就自杀，崔崇屽可以说是太轻生了。从他本来的想法，他没有丝毫的私心，但他的形迹像是私吞，心里委曲，不能表白，所以只有用一死来证明自己，这个人平生对自己要求严格就可以想象了。他将死的时候，还当众明告官府，让官府没有什么可怀疑的；又切切嘱咐他的妻子，让家属没有什么官司可打，用心不是更加忠厚吗！他看上去死定了却没有死，是天理法则。事情好像奇怪，其实并不奇怪呀。

文安王丈紫府言：霸州一宦家娶妇[1]，甫却扇[2]，新婿失声狂奔出。众追问故，曰："新妇青面赤发，状如奇鬼，吾怖而走。"妇故中人姿，莫解其故，强使复入，所见如前。父母迫之归房，竟伺隙自缢。既未成礼，女势当归。时贺者尚满堂，其父引之遍拜诸客，曰："小女诚陋，然何至惊人致死哉！"《幽怪录》载卢生娶弘农令女事[3]，亦同于此，但婿未死耳。此殆夙冤，不可以常理论也。自讲学家言之，则必曰："是有心疾，神虚目眩耳。"

【注释】

①霸州：在今河北。

②却扇：古代行婚时新妇以扇遮脸，交拜完后撤去，后用以指完婚。

③《幽怪录》：唐代牛僧孺作。原为十卷，今存三十一篇。所作多怪异之事，是较早的传奇小说专集，对后世影响较大。

【译文】

文安人王紫府前辈说：霸州有个做官人家娶儿媳妇，新娘的盖头刚刚掀开,新郎就狂叫着从新房里飞奔出来。众人追问出了什么事,新郎说:“新娘子青面红发,像个奇形怪状的鬼,我害怕跑了出来。”大家知道新娘子相貌中等,不明白到底是什么原因,又强行把他推入新房,他又像刚才一样叫喊着跑出来。父母强迫他回房,他竟然寻找机会上吊自尽了。既然两人还未成礼,女方理应得回娘家。当时贺喜的满堂宾客尚未散去,新娘的父亲带领着女儿拜见了各位宾客,说:“小女虽说长得丑陋,不过何至于到了吓死人的地步!”《幽怪录》记载着卢生娶弘农令女儿的故事,事情差不多,只是新郎没有被吓死。这大概是前生的冤业,不能用常理来解释。如果让假道学家来评论这件事,他们必然会说:“可能是新郎精神不正常,当时是头晕目眩罢了。”

李主事再瀛,汉三制府之孙也,在礼部时为余属,气宇朗彻,余期以远到。乃新婚未几,遽夭天年。闻其亲迎时,新妇拜神,怀中镜忽堕地,裂为二,已讶不祥;既而鬼声啾啾,彻夜不息。盖衰气之所感,先兆之矣。

【译文】

李再瀛主事是总督李汉三的孙子,是我在礼部时的下属,他性情开朗,思路清晰,我对他期望很大。不料新婚不久,就突然去世了。听说他迎亲时,新娘拜神,怀里的镜子忽然掉在地上,摔成两半,人们已惊讶这是不祥之兆;随后就听见鬼声啾啾,彻夜不停。这是由于衰气有所感应,预示了他的死讯。

选人某,在虎坊桥租一宅。或曰:“中有狐,然不为患,入居者祭之则安。”某性啬不从,亦无他异。既而纳一妾,初至日,独坐房中,闻窗外帘隙有数十人悄语,品评其妍媸[①]。

忸怩不敢举首。既而灭烛就寝，满室吃吃作笑声，吃吃笑不止，出《飞燕外传》[②]。或作"嗤嗤"，非也。又有作"咥咥"者，盖据毛亨《诗传》。然《毛传》"咥咥"乃笑貌，非笑声也。凡一动作，辄高唱其所为。如是数夕不止，诉于正乙真人[③]。其法官汪某曰："凡魅害人，乃可劾治；若止嬉笑，于人无损。譬互相戏谑，未酿事端，即非王法之所禁。岂可以猥亵细事，渎及明神！"某不得已，设酒肴拜祝，是夕寂然。某喟然曰："今乃知应酬之礼不可废。"

【注释】

①妍媸（chī）：美和丑。

②《飞燕外传》：旧本题汉伶元撰。描写汉成帝时赵飞燕淫乱宫闱之事。

③正乙：即道教正乙派，起源于正一道支派，由清代龙虎山道士娄近垣开启，以江西龙虎山为中心。

【译文】

有个候选官员某人，在虎坊桥租了一套住宅。有人说："这所宅子里有妖狐，但是不害人，居住的人祭祀一下就安稳了。"这个候选官员生性吝啬，不愿意祭，也没有发生什么怪异的事情。不久，他娶了个妾，刚到的那一天，她独自坐在房间里，就听见窗外有许多声音悄悄议论，评头论足说她的美丑。她只是忸忸怩怩低着头，没敢抬头。灭烛之后，听见满屋"吃吃"的笑声。吃吃笑不止，这句出自《飞燕外传》。有的本子作"嗤嗤"，是不正确的。又有的本子作"咥咥"，大概是根据毛亨为《诗经》写的解释。不过，《诗经》里的"咥咥"是欢笑的模样，并不是笑声。他们一有什么动作，就有声音朗朗宣扬。连续几天都是这样，候选官员无奈，告到正乙真人面前。真人手下的法官汪某说："狐仙鬼怪出来害人，才能镇治；如果只是嬉笑戏谑,对人没有什么伤害。好比是相互之间开玩笑,没有造成什么纠纷,不过嬉笑戏谑,没有酿成事端,就是王法也无法禁止。怎么能用这些私密的男女之间琐事去亵渎神灵呢!"候选官员不得已,只好备了酒菜祭拜了一番,当夜就平静了。他喟然长叹说:"现在才知道,应酬的礼节必不可免啊。"

王符九言:凤皇店民家,有儿持其母履戏,遗后圃花架下,为其父所拾。妇大遭诟诘,无以自明,拟就缢。忽其家狐祟大作,妇女近身之物,多被盗掷于他处,半月馀乃止。遗履之疑,遂不辩而释,若阴为此妇解结者,莫喻其故。或曰:"其姑性严厉,有婢私孕,惧将投缳。妇窃后圃钥纵之逃。有是阴功,故神遣狐救之欤!"或又曰:"既为神佑,何不遣狐先收履,不更无迹乎?"符九曰:"神正以有迹明因果也。"余亦以符九之言为然。

【译文】

王符九说:凤皇店的一户人家,有个小孩子拿着母亲的鞋子玩耍,丢在房后菜园的花架下面,被他的父亲捡到了。这个妇人因此遭到盘问和辱骂,她无法证明自己的清白,打算上吊自杀。忽然他家大闹起狐怪来,凡是妇女贴身的衣物,不少被偷走扔到别处,闹了半个多月才停止。这样,丢鞋的嫌疑,就不用辩解也明白了,好像有意暗地里帮这个妇人忙,谁也不知道是什么原因。有人说:"妇人的婆婆很厉害,她家有个婢女与人私通怀孕了,十分害怕,想上吊自杀。妇人偷偷拿到菜园园门的钥匙,打开门放这个婢女跑了。由于积了这种阴德,所以神派遣狐精来救她的吧!"又有人说:"既然神灵保佑她,为什么不先派狐精把她的鞋收走,不是更不露痕迹了吗?"王符九说:"神正是要露出痕迹表示因果报应分明啊。”我也同意王符九的说法。

胡太虚抚军能视鬼，云尝以葺屋巡视诸仆家，诸室皆有鬼出入，惟一室阒然[①]。问之，曰：“某所居也。”然此仆蠢蠢无寸长，其妇亦常奴耳。后此仆死，其妇竟守节终身。盖烈妇或激于一时，节妇非素有定志必不能。饮冰茹蘖数十年[②]，其胸中正气，蓄积久矣，宜鬼之不敢近也。又闻一视鬼者曰：“人家恒有鬼往来，凡闺房媟狎，必诸鬼聚观，指点嬉笑，但人不见不闻耳。鬼或望而引避者，非他年烈妇、节妇，即孝妇、贤妇也。”与胡公所言，若重规叠矩矣。

【注释】

①阒(qù)然：寂静。

②饮冰茹蘖(niè)：指生活清苦，为人清白。蘖，草木萌生的新芽。

【译文】

胡太虚抚军能够看见鬼，他说，曾经因为修缮房屋，巡视过奴仆们的家，各个房子都有鬼出出进进，只有一间房子很安静。查问一下，回答说是：“某奴仆住的地方。”不过这个仆人粗笨得很，没有什么特别之处，他的老婆也是一般的女仆罢了。后来这个奴仆死后，他的老婆竟然终身守节不嫁。原来烈妇有的还是激于一时义愤，节妇如果不是平日有坚定的信念，一定不能做到的。含辛茹苦几十年，她心中的正气积蓄已经很久，鬼魂当然不敢靠近了。又听到一个能够看见鬼的人说：“某家人家里经常有鬼来往，凡是房间里男女调笑亲热，一定有各种鬼都聚来围观，还指点着嬉笑，只是人们听不见看不见而已。鬼一见就远远避开的人，不是将来的烈妇、节妇，就是孝妇、贤妇。”这和胡太虚先生所说的，如出一辙。

朱定远言:一士人夜坐纳凉,忽闻屋上有噪声。骇而起视,则两女自檐际格斗堕,厉声问曰:"先生是读书人,姊妹共一婿,有是礼耶?"士人噤不敢语。女又促问,战栗嗫嚅曰:"仆是人,仅知人礼。鬼有鬼礼,狐有狐礼,非仆之所知也。"二女唾曰:"此人模棱不了事,当别问能了事人耳。"仍纠结而去。苏味道模棱[①],诚自全之善计也。然以推诿偾事[②],获谴者亦在在有之。盖世故太深,自谋太巧,恒并其不必避者而亦避,遂于其必当为者而亦不为,往往坐失事机,留为祸本,决裂有不可收拾者。此士人见诮于狐[③],其小焉者耳。

【注释】

①苏味道(648—705):唐代政治家、文学家。由于武则天时期政治环境复杂,常常采取明哲保身的态度,处事模棱两可,世号"苏模棱"。《旧唐书》、《新唐书》均有传。

②偾(fèn)事:把事情搞坏。偾,败坏,破坏。

③诮(qiào):责备。

【译文】

朱定远说:有个读书人夜晚坐着乘凉,忽然听见房顶上有吵闹声。他惊骇地站起身来看,两个女子在屋檐上打架,掉了下来,这两个女子大声问道:"先生是读书人,请问姊妹共有一个丈夫,有这个礼法吗?"士人吓得不敢说话。女人又催问,士人战栗着小声说:"我是人,只知道人类的礼制。鬼有鬼的礼制,狐精有狐精的礼制,不是我能知道的。"两个女人唾了他一口,说:"这人模棱两可,应当问一个明白人。"于是相互拉扯着走了。苏味道办事模棱两可,这倒是一种自我保全的妙计。然而因为推诿责任坏了事而遭到惩罚的人,也到处都有。因为太老于世故,算计得太巧妙的人，不应回避的事也回避了，应当做的也不做，所以往往坐失机会，留下祸根，到了祸殃暴发，已经不可收拾了。这个读书人遭到狐精的责备，还是小事。

济南朱青雷言：其乡民家一少年与邻女相悦，时相窥也。久而微露盗香迹，女父疑焉，夜伏墙上，左右顾视两家，阴伺其往来。乃见女室中有一少年，少年室中有一女，衣饰形貌皆无异。始知男女皆为狐媚也。此真黎邱之技矣。青雷曰："以我所见，好事者当为媒合，亦一佳话。然闻两家父母皆恚甚，各延巫驱狐。时方束装北上，不知究竟如何也。"

【译文】

济南人朱青雷说：他的家乡有个年轻人与邻居的女儿相爱，时常互相偷看。时间长了，就露出了私通的蛛丝马迹，女孩的父亲猜疑，夜里趴在围墙上，左右察看两家，暗暗候着他们往来。他看见女儿房里有一个年轻人，年轻人的房里有一个女子，两男两女的衣服装饰、形体相貌都一模一样。这才知道年轻人和女儿都被狐精迷惑了。这真像黎邱的鬼变幻成人家子弟相貌的故事。朱青雷说："依我看，不如找个热心人做媒撮合，也是一段佳话。但听说两家的父母都很气愤，各自请了巫师驱逐狐精。当时我正收拾行装北上，不知后来究竟如何了。"

有视鬼者曰："人家继子，凡异姓者，虽女之子，妻之侄，祭时皆所生来享，所后者弗来也。凡同族者，虽五服以外，祭时皆所后来享，所生者虽亦来，而配食于侧，弗敢先也。惟于某抱养张某子，祭时乃所后来享。久而知其数世前本于氏妇怀孕嫁张生，是于之祖也。此何义欤？"余曰："此义易明。铜山西崩，洛钟东应[①]，不以远而阻也。琥珀拾芥不引针[②]，磁石引针不拾芥，不以近而合也。一木者气相属，二木者气不属耳。观此使人睦族之心，油然而生，追远之心，亦油然而生。一身岐为四肢，四肢各岐为五指，是别为二十岐矣；然二十岐之痛痒，吾皆能觉，一身故也。莫昵近于妻妾，妻妾之痛痒，苟不自言，吾终不觉，则两身而已矣。”

【注释】

①“铜山”二句：比喻重大事件彼此相互影响。

②琥珀拾芥：琥珀摩擦后生电，能吸引细小的东西，比喻互相感应。芥，小草，引申为轻微纤细的东西。

【译文】

有个能看见鬼的人说：“过继的儿子，凡是异姓的，即便是姐妹的儿子、妻子的侄子，祭祀亡灵时，来享用的鬼，都是亲生父母，继父母的鬼魂不来。凡是同族祭祀的，有的即使已出了五服，祭祀时，都是他们的继父母的鬼魂来享用，亲生父母的鬼魂虽然也来了，只能坐在一旁陪伴，不敢抢先。只有于某抱养张某的儿子，祭祀时，来享用的依然是于某。后来得知几代以前，于家的一名妇女怀孕后嫁给了张家，这个儿子就是现在于家的祖辈。这是怎么回事呢？”我说：“这很容易明白。铜山在西方崩塌，东方洛阳的铜钟就会有响应，不因为距离远而受阻。琥珀摩擦后能吸草，但不能吸铁针；磁石能吸铁针，但不吸草，它们不因为距离近而相合。属于一类的，能相互感应；分属于两类的，相互就没有感应。看到这些而使人油然产生了和睦家族之心，油然产生了追念远古祖先之心。人的一身有四肢，而每肢又有五指，然后就有了二十指了；二十指的痛痒，我们都能感觉到，这是因为全身浑然一体。亲近莫过于妻妾了，妻妾的痛痒，她们自己不说，我终究不可能知道，因为毕竟是两个身体啊。”

宋子刚言：一老儒训蒙乡塾，塾侧有积柴，狐所居也。乡人莫敢犯，而学徒顽劣，乃时秽污之。一日，老儒往会葬，约明日返。诸儿因累几为台，涂朱墨演剧。老儒突返，各挞之流血[1]，恨恨复去。众以为诸儿大者十一二，小者七八岁耳，皆怪师太严。次日，老儒返，云昨实未归。乃知狐报怨也。有欲讼诸土神者，有议除积柴者，有欲往诟詈者。中一人曰："诸儿实无礼，挞不为过，但太毒耳。吾闻胜妖当以德，以力相角，终无胜理。冤冤相报，吾虑祸不止此也。"众乃已。此人可谓平心，亦可谓远虑矣。

【注释】

①挞（tà）：用鞭子或棍子打人。

【译文】

宋子刚说：一个老儒生在村里的学塾教书，村塾旁有个柴垛，狐精住在里面。村子里的人都不敢碰那个柴垛，但学生们顽皮淘气，常常在上面大小便。有一天，老儒到某处参加葬礼，约定第二天回来。孩子趁机把桌子摞起来拼摆成戏台，脸上涂上红色和墨色演起戏来。老儒突然返回来，把孩子们都打了一顿，直打得出了血，之后恨恨连声地走了。这些孩子大的有十一二岁，小的才七八岁，众人都怪老师过分严厉了。第二天，老儒返回，说昨天并没有回来过。众人这才知道是狐精出怨气报复孩子们。有的人提议要向土地神控诉，有的提议把那个柴垛拆掉，有的要去那里痛骂。其中有一个人说："这些孩子确实无礼，打一顿也不为过，只是下手太狠毒了。我听说要想制服妖精必须用德行，以力相博，永远不可能制服。如果冤冤相报的话，我担心灾祸不止是这些。"众人听了，才没有行动。这人可以说是处事心平气和，也可说是有远虑啊。

雍正乙卯[①]，佃户张天锡家生一鹅，一身而两首。或以为妖。沈丈丰功曰：“非妖也。人有孪生，卵亦有双黄；双黄者，雏必枳首[②]。吾数见之矣。”与从侄虞惇偶话及此，虞惇曰：“凡鹅一雄一雌者，生十卵即得十雏。两雄一雌者，十卵必毈一二[③]，父气杂也。一雄两雌者，十卵亦必毈一二，父气弱也。鸡鹜则不妨，物各一性尔。”余因思鹅鸭皆不能自伏卵，人以鸡代伏之。天地生物之初，羽族皆先以气化，后以卵生，不待言矣。凡物皆先气化而后形交，前人先有鸡先有卵之争，未之思也。第不知最初卵生之时，上古之民淳淳闷闷，谁知以鸡代伏也；鸡不代伏，又何以传种至今也。此真百思不得其故矣。

【注释】

①雍正乙卯：雍正十三年(1735)。

②枳(zhī)首：歧首，两个头。枳，通“枝”，歧出。

③毈(duàn)：卵坏散，孵化不成。

【译文】

雍正乙卯年，佃户张天锡家里孵出了一只鹅，一个身体两个头。有人认为是妖怪。沈丰功老先生说：“不是妖怪。人有双胞胎，蛋也有双黄蛋；双黄蛋孵出的小鸡，一定两个头。我见过几次了。”我和堂侄虞惇谈到这件事时，虞惇说：“凡是一雄一雌配对的鹅，生下十只蛋会孵出十只小鹅。两只雄鹅一只雌鹅配对的，生下十只蛋一定会败坏一两只，是因为雄性精气混乱。一只雄鹅两只雌鹅配对的，生下十只蛋也一定会败坏一两只，因为雄性精气薄弱。鸡鸭就不要紧，各种动物的性质不一样罢了。”我由此想到，鹅鸭都不能自己孵卵，人们用鸡代替孵卵。天地产生万物的时候，羽毛类都先以气化，然后卵生，就不必再细说了。凡是物种都是先有精气变化然后有形体交配，过去的人关于先有鸡还是先有蛋的争论，是没有深入思考啊。只是，不知道最初卵生的时代，原始人类还浑浑沌沌，谁会知道用鸡来代替孵卵；鸡不去代替鹅孵卵，鹅又怎么能传种到现在。这些事真令人百思不得其解了。

刘友韩侍御言：向寓山东一友家，闻其邻女为狐媚。女父迹知其穴，百计捕得一小狐，与约曰："能舍我女，则舍尔子。"狐诺之。舍其子而狐仍至。詈其负约。则谢曰："人之相诳者多矣，而责我辈乎？"女父恨甚，使女阳劝之饮，而阴置砒焉。狐中毒，变形踉跄去。越一夕，家中瓦砾交飞，窗扉震撼，群狐合噪来索命。女父厉声道始末，闻似一老狐语曰："悲哉！彼徒见人皆相诳，从而效尤。不知天道好还，善诳者终遇诳也。主人词直，犯之不详。汝曹随我归矣。"语讫寂然。此狐所见，过其子远矣。

【译文】

侍御刘友韩说：他过去借住在山东一个朋友家，听说他邻居的女儿被狐精媚惑了。她父亲找到狐穴，千方百计逮住一只小狐崽，他对狐精说："你能放弃我女儿，我就放了你的小狐崽。"狐精答应了。邻父放了狐崽，狐精却仍不放过他女儿。邻父大骂狐精负约。狐精说："人互相诳骗的事多了，你还来责怪我？"邻父恨透了狐精，让女儿劝狐精喝酒，他暗暗在酒里放了砒霜。狐精中了毒，现出原形踉踉跄跄逃走了。第二天夜里，这个家里砖瓦纷飞，门窗砸得巨响，群狐聚集闹闹哄哄来向这家人索命。姑娘的父亲厉声说了事情的经过，就听见好像是一只老狐狸说："太可悲了！它只见到人互相诳骗，从而效仿。不知天道报应，骗人者自己也会受骗。主人有理，侵犯这样的人不吉利。你们都跟我回去吧。”说完四周就寂静无声了。这只老狐狸的见识，比它的子孙们要深远得多。

季廉夫言：泰兴旧宅后，有楼五楹，人迹罕至。廉夫取其僻静，恒独宿其中。

一夕，甫启户，见板阁上有黑物，似人非人，鬖髿长毳如蓑衣[1]，扑灭其灯，长吼冲人去。又在扬州宿舅氏家，朦胧中见红衣女子推门入。心知鬼物，强起叱之。女子跪地，若有所陈，俄仍冉冉出门去。次日，问主人，果有女缢此室，时为祟也。盖幽房曲室，多鬼魅所藏。黑物殆精怪之未成者，潜伏已久，是夕猝不及避耳。缢鬼长跪，或求解脱沉沦乎？廉夫壮年气盛，故均不能近而去也。俚巫言，凡缢死者着红衣，则其鬼出入房闼[2]，中霤神不禁。盖女子不以红衣敛，红为阳色，犹似生魂故也。此语不知何本。然妇女信之甚深，故衔愤死者多红衣就缢，以求为祟。此鬼红衣，当亦由此云。

【注释】

①鬖髿(sān suō)：毛发下垂的样子。毳(cuì)：鸟兽的细毛。

②房闼(tà)：寝室，闺房。

【译文】

季廉夫说：泰兴有一所旧宅子后院，有五间楼房，很少有人到那里去。季廉夫图清静，经常独自一人住在里面。

一天晚上，他刚推开房门，见板阁上有个黑乎乎的怪物，像人又不是人，浑身拖着长长的细毛，像穿了一件蓑衣，怪物扑灭了灯，大声吼叫着冲开人跑了。还有一次季廉夫在扬州住在舅舅家，朦胧中看见一个穿红衣的女子推门进来。季廉夫心知这是个鬼怪类的东西，就壮着胆子起来呵斥她。女子跪在地上，像是在说着什么，不一会儿就慢悠悠地出门离去了。第二天，他问主人，才知道果然有个女人吊死在这个房间里，时常出来作怪。凡是幽静的房子里，大多有鬼魅隐藏。那个黑物大概就是还没修炼好的怪类，在这儿潜藏已久，那天晚上仓促间来不及躲开。那个吊死的鬼长跪不起，或许是请求解脱沉沦吧？季廉夫正在壮年，气血旺盛，所以鬼怪不敢接近他而躲开了。乡间的巫婆说，凡是穿红衣服上吊死的，鬼魂出入人家时，宅神都不阻拦。所以女人死后不用红色的衣服装殓，因为红衣是阳色，穿上红衣就像活着一样。不知这些话的根据是什么。然而妇女们对这些非常相信，因此，那些委屈含冤的女人们大多穿上红衣服上吊，想要在死后兴妖作怪。季廉夫碰上的红衣女鬼，应当也是听信了这种话。

先兄晴湖言：沧州吕氏姑家，余两胞姑皆适吕氏，此不知为二姑家、五姑家也。门外有巨树，形家言其不利[①]。众议伐之，尚未决。夜梦老人语曰："邻居二三百年，忍相戕乎？"醒而悟为树之精，曰："不速伐，且为妖矣。"议乃定。此树如不自言，事尚未可知也。天下有先期防祸，弥缝周章，反以触发祸机者，盖往往如是矣。闻李太仆敬堂某科磨勘试卷，忽有举人来投刺[②]，敬堂拒未见。然私讶曰："卷其有疵乎？"次日检之，已勘过无签；覆加详核，竟得其谬，累停科。此举人如不干谒[③]，已漏网矣。

【注释】

①形家：也称"堪舆家"，旧时以相度地形吉凶，为人选择宅基、墓地

为业的人。

②投刺：投递名帖。刺，名帖，名片。

③干谒(yè)：为某种目的而求见比自己地位高的人。

【译文】

先兄晴湖说：我家嫁到沧州吕家的姑姑，我两个姑姑都嫁了姓吕的人家，这个不知是二姑家还是五姑家。她家院子门前有一棵大树，风水先生说，这棵树很不吉利。人们议论纷争，想把这棵大树砍倒，但还没有最后定下来。夜里，主人梦见一个老人对他说："咱们是二三百年的老街坊了，您就忍心害死我吗？"主人醒来，意识到这个老人是树精，说："不快点儿砍倒它，它就要兴妖作怪了。"马上就议定了。如果不是这个树精托梦说情，事情还不至于这样。天下有很多这样的事，人们为了防止灾祸发生，事先去周旋弥补，却反而触发了灾祸，很多事情往往如此。听说某次科举考试，李敬堂太仆正在研究试卷，忽然有个举人送来名片求见，李敬堂拒绝接见。但心里感到奇怪，说："大概他的试卷有问题吧？"第二天检查，发现已经看过一遍，没有用签条标出问题；就仔细地反复检查，竟然找出了错误，这个举人就落榜了。如果这个举人不去拜访李敬堂，这份有问题的试卷也就漏网了。

奴子王敬，王连升之子也。余旧有质库在崔庄①，从官久，折阅都尽，群从鸠赀复设之②，召敬司夜焉。一夕，自经于楼上，虽其母其弟莫测何故也。客作胡兴文，居于楼侧，其妻病剧，敬魂忽附之语，数其母弟之失，曰："我自以博负死，奈何多索主人棺敛费，使我负心！此来明非我志也。"或问："尔怨索负者乎？"曰："不怨也。使彼负我，我能无索乎？"又问："然则怨诱博者乎？"曰："亦不怨也。手本我手，我不博，彼能握我手博乎？我安意俟代而已。"初附语时，人以为病者瞀乱耳；既而序述生平、寒温故旧，语音宛然敬也。

皆叹曰："此鬼不昧本心，必不终沦于鬼趣。"

【注释】

①质库：古代押物放款收息的商铺，后代典当行的前身。

②从：堂兄弟。鸠资：聚集资财。鸠，聚集。

【译文】

奴仆王敬是王连升的儿子。过去我在崔庄有个当铺，外出做官的时间长了，这家当铺亏损得差不多了，我的堂弟们又集资把当铺办了起来，叫王敬夜里值更。一天夜里，王敬在楼上上吊死了，他的母亲和弟弟也不知死因。雇工胡兴文住在这间楼房隔壁，妻子病重时，王敬的灵魂忽然附在她身上，数落他母亲和弟弟的过失，说："我因为赌博输了钱而死，你们为何向主人索要那么多丧葬费，让我有愧于心！今天来声明这不是我的本意。"有人问："你不恨向你要债的人？"他说："不恨。如果你欠了我的钱，我能不要吗？"又问："你不恨引诱你赌博的人？"他说："也不恨。手是我的手，我不赌，别人能拉着我的手去赌吗？我现在只有安心等候替代就是了。"王敬刚开始附在胡妻身上说话时，人们还以为是病人说胡话；接着历述生平往事、与亲朋故旧寒暄，言语声调都是王敬的。人们说："这个鬼没有丧失良心，一定不会永远沉沦留在阴间。"

李玉典言：有旧家子，夜行深山中，迷不得路。望一岩洞，聊投憩息，则前辈某公在焉。惧不敢进，然某公招邀甚切。度无他害，姑前拜谒。寒温劳苦如平生，略问家事，共相悲慨。因问："公佳城在某所[①]，何独游至此？"某公喟然曰："我在世无过失，然读书第随人作计，为官第循分供职，亦无所树立。不意葬数年后，墓前忽见一巨碑，螭额篆文[②]，是我官阶姓字；碑文所述，则我皆不知，其中略有影响者，又都过实。我一生朴拙，意已不安；加以游人过读，时有讥评；鬼物聚观，更多姗笑。我不耐其聒③，因避居于此。惟岁时祭扫④，到彼一视子孙耳。”士人曲相宽慰曰：“仁人孝子，非此不足以荣亲。蔡中郎不免愧词⑤，韩吏部亦尝谀墓⑥。古多此例，公亦何必介怀？”某公正色曰：“是非之公，人心具在；人即可诳，自问已惭。况公论具存，诳亦何益？荣亲当在显扬，何必以虚词招谤乎？不谓后起胜流，所见皆如是也。”拂衣竟起。士人惘惘而归。余谓此玉典寓言也。其妇翁田白岩曰：“此事不必果有，此论则不可不存。”

【注释】

①佳城：墓地，古代称阴宅为“佳城”。

②螭（chī）额：雕有螭形的碑额。螭，古代传说中一种没有角的龙。

③聒（guō）：声音吵闹，使人厌烦。

④岁时：这里指逢年过节的时候。

⑤蔡中郎：蔡邕（133—192），字伯喈，陈留（今河南开封陈留镇）人，东汉文学家、书法家。汉献帝时曾拜左中郎将，故后人也称他“蔡中郎”。碑文至东汉而大盛，其中成就最高者当推蔡邕，蔡邕以自己的华美文辞为碑文创制了至高的典范，受到了时人及后世的极高评价，也因此受到“谀墓”的讥评。

⑥韩吏部：韩愈，字退之，唐朝文学家、思想家、政治家。晚年任吏部侍郎，故称“韩吏部”。

【译文】

李玉典说：有个世代做官人家的子弟，赶夜路在深山里迷了路。看见一个岩洞，暂且进去歇脚，却看到去世的长辈某先生在岩洞里。他心里害怕，不敢进岩洞，但是某先生很殷切地邀请他进去。他估计不会有什么灾祸，姑且上前拜见行礼。某先生就像生前一样问寒问暖道辛苦，略微问了问家里的事情，都很悲伤感慨。世家子弟问道："您的坟墓在另外地方，您怎么一个人到了这里呢？"某先生感叹着说："我在世时没有过失，但是，读书时只是顺着别人的意愿，做官也只是按本分供职，也没有什么建树。没想到埋葬了几年，突然看到坟墓前一块巨大的碑石，碑首刻着螭头和弯弯曲曲的篆字，是我的官职姓名；碑文中所讲的，许多都是我不知道的事迹；其中稍微有点儿根据的，又都言过其实。我一生朴实愚拙，看到这样的碑文心中已经不安；加上游人经过读碑文时讥笑评论；鬼怪聚集观看，取笑嘲讽就更多了。我忍受不了嘈杂，只好躲到这里居住。只在逢年过节晚辈祭祀时，到坟墓那里看望一下子孙罢了。"世家子弟委婉地劝慰他说："仁人孝子，不这样不足以荣耀祖先。蔡中郎写碑文还不免讲违心的话，韩愈也给人写过吹捧的墓志。古代这样的例子很多，您又何必放在心里呢？"某先生严肃地说："是非的公平判断，都在人的心里；即使可以欺骗别人，扪心自问也会惭愧的。何况公众的评论客观存在，欺骗别人又有什么好处？让祖先荣耀应当实事求是，何必讲假话引起别人的诽谤攻击呢？想不到你一个名门望族的后代，见识也不过这个样子。"某先生抖抖衣服，竟站起来径直走了。世家子弟惘惘然回了家。我认为，这个故事是李玉典讲的寓言。他的岳父田白岩说："这件事不一定真有，但是这个道理却不可不留存下来。"

交河老儒刘君琢[①]，居于闻家庙，而设帐于崔庄。一日，夜深饮醉，忽自归家。时积雨之后，道途间两河皆暴涨，亦竟忘之。行至河干，忽又欲浴，而稍惮波浪之深。忽旁有一人曰："此间原有可浴处，请导君往。"至则有盘石如渔矶[②]，因共洗濯[3]。君琢酒少解，忽叹曰："此去家不十馀里，水阻迂折，当多行四五里矣。"其人曰："此间亦有可涉处，再请导君。"复摄衣径渡。将至家，其人匆匆作别去。叩门入室，家人骇路阻何以归。君琢自忆，亦不知所以也。揣摩其人，似高川贺某，或留不住村名，其取义则未详。赵某。后遣子往谢，两家皆言无此事；寻河中盘石，亦无踪迹。始知遇鬼。鬼多嬲醉人[4]，此鬼独扶导醉人。或君琢一生循谨，有古君子风，醉涉层波，势必危，殆神阴相而遣之欤！

【注释】

①交河：地名。今河北泊头。

②渔矶：可供垂钓的水边岩石。

③洗濯(zhuó)：洗涤。

④嬲(niǎo)：纠缠，搅扰。

【译文】

交河县有个老儒生刘君琢，住在闻家庙，却在崔庄教书。一天夜里，他喝醉了，忽然自己回家。当时正值连绵大雨过后，回家路上要经过的两条河都暴涨，他也竟然忘了。走到河边，忽然又想洗澡，却有点儿害怕河水汹涌水又很深。忽然旁边有人说："这里原来有可以洗澡的地方，我带你去。"走到一个有一块大礁石的地方，类似渔人常用的码头，就和那人一起洗澡。刘君琢酒醒了一些，又叹息道："这里到家不过十馀里，被水阻隔，要多走四五里了。"那人说："这里也有可以蹚水过河的地方，我带你去。"于是两人提起衣服径直渡过河去。快要到家时，那人匆匆告别而去。他叩门进屋，家里人都惊骇道路阻隔，他是怎么回来的。刘君琢自己也想不起是怎么回事。猜想那个领路的人，像高川镇的贺某人，或是留不住村名，取名的含义不了解。村的赵某。后来他派儿子前往感谢，两家都说没有这事；寻找河中的礁石，也没有踪迹了。这才知道是碰上鬼了。鬼大多是戏弄喝醉的人，而这个鬼却扶助醉人。大概因为刘君琢一生因循守礼，做事谨慎有古君子之风，喝醉了独自渡过水深浪急的河，是很危险的，可能是神明在暗地里帮助让他平安回家吧！

奴子董柱言：景河镇某甲[①]，其兄殁，寡嫂在母家。以农忙，与妻共诣之，邀归助馌饷[②]。至中途，憩破寺中。某甲使妇守寺门，而入与嫂调谑。嫂怒叱，竟肆强暴。嫂扞拒呼救[③]，去人窎远[④]，无应者。妇自入沮解[⑤]，亦不听。会有馌妇踣于途，碎其瓶罍，客作五六人，皆归就食。适经过，闻声趋视。具陈状。众共愤怒，纵其嫂先行；以二人更番持某甲，裸其妇而迭淫焉。濒行，叱曰："尔淫嫂，有我辈证，尔当死。我辈淫尔妇，尔嫂决不为证也。任尔控官，我辈午餐去矣。"某甲反叩额于地，祈众秘其事。此所谓假公济私者也，与前所记杨生事，同一非理，而亦同一快人意。后乡人皆知，然无肯发其事者：一则客作皆流民，一日耘毕，得值即散，无从知为谁何；一则恶某甲故也。皆曰："馌妇之踣，不先不后，岂非若或使之哉！"

【注释】

①景河：地名。在今河北景县。

②馌（yè）饷：送食物到田头。

③扞（hàn）：抵御，抵抗。

④窎（diào）远：遥远。

⑤沮解：阻格消除。

【译文】

家奴董柱说：景河镇的某甲，兄长去世了，守寡的嫂子住在娘家。到了农忙时节，某甲就和他妻子一同去嫂子家，邀请她回来帮着给在田里耕作的人做饭送饭。三个人走到半路，在一座破庙里歇脚。某甲让妻子去守着庙门，他到里面调戏他的嫂子。嫂子愤怒叱骂，他竟动手强暴。他嫂子推拒着呼救，因为这里距离有人的地方很远，没有人听见。某甲的妻子自己进去劝解，他也不听。恰巧有个送饭的妇人因为在路上摔倒，打碎了盛着饭菜的瓶瓶罐罐，她家的五六个短工，都回家吃饭。正好经过这里，听到呼救声急忙跑去看。某甲的嫂子说了事情的前因后果。这些人很愤怒，就放他嫂子先走了；短工们轮流派两个人按住某甲，其他人扒光他妻子的衣服轮奸。临走时，呵叱他说："你奸淫嫂子，有我们作证，你罪该当死。我们奸淫你妻子，你的嫂子绝不会作证。任凭你告到官府去，我们吃午饭去了。"某甲反而在地上磕头，哀求众人不要张扬此事。这些短工实际就是所谓的假公济私，与前面所记杨生的故事，都属于无理，但也同样大快人心。后来村里人都知道了这件事，但是没有人肯去告发短工：一是因为短工都是流民，干完一天，拿到报酬就散了，无法查问是谁；二是因为他们厌恶某甲的行径。人们都说："送饭妇人摔的那一跤，不早不晚，这难道不是有人在指使吗！"

缢鬼溺鬼皆求代，见说部者不一。而自到自鸩以及焚死压死者，则古来不闻求代事，是何理欤？热河罗汉峰①，形酷似趺坐老僧②，人多登眺。近时有一人堕崖死，俄而市人时有无故发狂，奔上其顶，自倒掷而陨者。皆曰："鬼求代也。"延僧礼忏，无验。官守以逻卒，乃止。夫自戕之鬼候代，为其轻生也。失足而死，非其自轻生。为鬼所迷而自投，尤非其自轻生。必使辗转相代，是又何理欤？余谓是或冤谴，或山鬼为祟，求祭享耳，未可概目以求代也。

【注释】

①热河：地名。即今河北、辽宁和内蒙古的交界地带。

②趺(fū)坐：盘腿端坐，即互交二足，将右脚盘放于左腿上，左脚盘放于右腿上的坐姿。在诸坐法之中，以此坐法为最安稳而不易疲倦。

【译文】

据说吊死鬼和淹死鬼都要找替身，这种事常见于小说，说法不一。但是自刎、喝毒药以及烧死、被埋压而死的鬼，自古以来没听说寻找替身的事，这是什么道理呢？热河的罗汉峰，形状很像打坐的老和尚，许多人登上峰顶去看山景。最近有一个人从山崖上掉下来摔死了，不久，常有镇上的人无缘无故地发疯，跑上罗汉峰顶，头朝下跳下去摔死。人们都说："是鬼魂寻找替死鬼。"请和尚做法事超度祈祷，没有灵验。官府只好派兵巡逻，才不再有人去跳崖。自杀的鬼魂等候替代，是因为他自己不珍惜生命。失足堕崖而死的人，并非自己不珍惜生命。被鬼迷惑自杀的更不是他自己不想活。但一定要使他们循环往复地找替身，这又是什么道理呢？我认为，这件事或是冤冤相报，或是山鬼作怪害人，以求得到祭品享用，不能一概看成是鬼魂寻找替代。

余乡产枣，北以车运供京师，南随漕舶以贩鬻于诸省[①]，土人多以为恒业。枣未熟时，最畏雾。雾浥之则瘠而皱[②]，存皮与核矣。每雾初起，或于上风积柴草焚之，烟浓而雾散；或排鸟铳迎击，其散更速。盖阳气盛则阴霾消也。

凡妖物皆畏火器。史丈松涛言：山陕间每山中黄云暴起，则有风雹害稼。以巨炮迎击，有堕虾蟆如车轮大者。余督学福建时，山魈或夜行屋瓦上，格格有声。遇辕门鸣炮，则踉跄奔迸，顷刻寂然。鬼亦畏火器。余在乌鲁木齐，曾以铳击厉鬼，不能复聚成形。语详《滦阳消夏录》。盖妖鬼亦皆阴类也。

【注释】

①贩鬻(yù)：贩卖。

②浥(yì)：湿润。

【译文】

我的家乡出产枣，装车北运供应京城市场，向南顺着运河由漕船运往各省贩卖，当地人很多以种枣、贩枣为职业。枣子没有成熟时，最怕起雾。雾气润湿过的枣，瘪而皱，只剩下皮和核。每当大雾初起时，或者是在枣林的上风处堆积柴草燃烧，烟气浓厚驱散雾气；或者是排开众多的鸟枪，迎着雾气发射，大雾消散得更快。因为阳气盛，阴霾就会消散。

大凡妖物都惧怕火器。史松涛老先生说：山西、陕西一带，每当深山的上空突然出现黄色的云层，就会有风暴和冰雹毁害庄稼。用大炮轰击黄色云层，有时候会掉下车轮子那么大的蛤蟆来。我在福建任督学的时候，夜里，山魈有时在房上走来走去，踩得房瓦"格格"响。遇上官府在辕门前鸣放礼炮，把它吓得跌跌撞撞逃窜，顿时安静下来。鬼也怕火器。我在乌鲁木齐的时候，曾经用火枪射击厉鬼，不让它们聚集成形。详细的情况在《滦阳消夏录》。因为妖怪鬼魂都属于阴类。

董秋原言：东昌一书生，夜行郊外。忽见甲第甚宏壮，私念此某氏墓，安有是宅，殆狐魅所化欤？稔闻《聊斋志异》青凤、水仙诸事①，冀有所遇，踯躅不行②。俄有车马从西来，服饰甚华，一中年妇揭帏指生曰："此郎即大佳，可延入。"生视车后一幼女，妙丽如神仙，大喜过望。既入门，即有二婢出邀。生既审为狐，不问氏族，随之入。亦不见主人出，但供张甚盛，饮馔丰美而已。生候合卺，心摇摇如悬旌。至夕，箫鼓喧阗，一老翁搴帘揖曰："新婿入赘，已到门。先生文士，定习婚仪，敢屈为傧相，三党有光。"生大失望，然原未议婚，无可复语；又饫其酒食[3]，难以遽辞。草草为成礼，不别而归。家人以失生一昼夜，方四出觅访。生愤愤道所遇，闻者莫不拊掌曰："非狐戏君，乃君自戏也。"

余因言有李二混者，贫不自存，赴京师谋食。途遇一少妇骑驴，李趁与语，微相调谑。少妇不答亦不嗔。次日，又相遇，少妇掷一帕与之，鞭驴径去，回顾曰："吾今日宿固安也。"李启其帕，乃银簪珥数事。适资斧竭，持诣质库。正质库昨夜所失，大受拷掠，竟自诬为盗。是乃真为狐戏矣。秋原曰："不调少妇，何缘致此？仍谓之自戏可也。"

【注释】

①《聊斋志异》：简称《聊斋》，俗名《鬼狐传》。是清代蒲松龄的文言短篇小说集。

②踯躅（zhí zhú）：同"踟蹰"，形容慢慢地走，徘徊不前。

③饫（yù）：饱食。

【译文】

董秋原说：东昌有个书生，夜间在郊外赶路。忽然看见一所大宅子十分高大华丽，心想这是某某家的墓地，怎么会有这所大宅子？大概是狐精变化出来的吧？他听多了《聊斋志异》中青凤、水仙一类的故事，希望自己也有这种机遇，就故意磨磨蹭蹭不肯离开。不一会儿，有马匹车辆从西边过来，车马上的人衣服装饰都很华丽，其中一个中年妇女揭开车帘，指着书生说："这位郎君就很好，可以请他进去。"书生看到车子后面坐着个少女，漂亮得天仙似的，高兴极了。车子进了宅院大门，就有两个婢女走出来邀请书生。书生已经知道这些是狐精，也不再问她们姓名门第，就跟着进了门。也没看到主人出来见面，只是陈设豪华，酒菜十分丰盛而已。书生等着做新郎，心思像挂着的旗帜一样摇摇荡荡。到了晚上，音乐声响十分热闹，有个老翁掀开门帘行礼，说："新女婿入赘，现在已经到门口了。先生是读书人，一定熟悉结婚仪式，委屈你当一回傧相，我们整个家族都有光彩了。"书生大失所望，但是原本就未曾议过婚事，现在就没话好说了；又饱吃了人家的酒菜，不好马上推辞。于是只好马马虎虎做一回婚礼傧相，然后不辞而别，回到家里。家里人因为书生失踪了一天一夜，正出外四处寻找。书生愤愤不平地把自己的遭遇讲了出来，听到的人都拍手大笑，说："这不是狐精戏弄你，是你自己戏弄自己啊。"

我也接着说有个叫李二混的人，穷得过不下去了，就到京城谋生。路上碰到一个骑驴的少妇，李二混趁着同她说话时，悄悄地跟她调笑。少妇不回答，也不恼怒。第二天，两人又碰到了，少妇扔了个手帕包给李二混，打着驴子自己先走，还回头说道："我今天住在固安。"李二混打开手帕包，里面有几件银首饰。李二混正缺少盘缠，就拿着银首饰到当铺去当。这些银首饰恰好是当铺昨夜失窃的东西，李二混受尽拷打，只好胡乱招认是偷盗。这才真的是被狐精戏弄了。董秋原说："他不去调戏少妇，怎么会到这个地步？这仍然可以说是自己戏弄自己啊。"

莆田李生裕翀言[①]：有陈至刚者，其妇死，遗二子一女。岁馀，至刚又死。田数亩、屋数间，俱为兄嫂收去，声言以养其子女，而实虐遇之。俄而屋后夜夜闻鬼哭，邻人久不平，心知为至刚魂也，登屋呼曰："何不祟尔兄？哭何益！"魂却退数丈外，呜咽应曰："至亲者兄弟，情不忍祟；父之下，兄为尊矣，礼亦不敢祟。吾乞哀而已。"兄闻之感动，詈其嫂曰："尔使我不得为人也。"亦登屋呼曰："非我也，嫂也。"魂又呜咽曰："嫂者兄之妻，兄不可祟，嫂岂可祟耶！"嫂愧不敢出。自是善视其子女，鬼亦不复哭矣。使遭兄弟之变者，尽如此鬼，宁有阋墙之衅乎②？

【注释】

①翀(chōng)：向上直飞。这里用于人名。

②阋(xì)墙之衅：兄弟之间不和睦的感情裂痕。阋墙，指兄弟之间相争。阋，不和，争吵。衅，缝隙，感情上的裂痕，争端。

【译文】

蒲田书生李裕翀说：有个叫陈至刚的人妻子死了，留下两个儿子一个女儿。一年多后，陈至刚也死了。他的几亩田、几间房，都被兄嫂收去，声称抚养他的儿子和女儿，实际上却虐待他们。不久，屋子后面每天都听到鬼哭声，邻居早就愤愤不平，明白是陈至刚的魂在哭，就登上屋顶喊："你为什么不作祟害你的哥哥，哭有什么用！"鬼魂听后退到几丈远之外，呜咽说："最亲近的人就是兄弟，手足之情，我不忍心作祟；父亲以下，兄长为尊啊，按照礼法我也不敢作祟。我乞求哀怜而已。"他哥哥听后非常感动，责骂妻子说："你让我无法做人。"他也登上屋顶说："兄弟，不是我要干的，是你嫂子要这么干的。"鬼魂又呜咽说："嫂子是兄长的妻子，我对兄长不能作祟，对嫂子怎么可以伤害呢！"嫂子惭愧得不敢露面。从此以后兄嫂好好对待他的子女，鬼也不再哭泣了。假如世上那些兄弟不和的人，都像陈至刚那样，还会发生骨肉相残的事吗？

卫媪，从侄虞惇之乳母也。其夫嗜酒，恒在醉乡。一夕，键户自出，莫知所往。或言邻圃井畔有履，视之，果所着；窥之，尸亦在。众谓墙不甚短，醉人岂能逾？且投井何必脱履？咸大惑不解。询守圃者，则是日卖菜未归，惟妇携幼子宿。言夜闻墙外有二人邀客声，继又闻牵拽固留声，又訇然一声，如人自墙跃下者，则声在墙内矣；又闻延坐屋内声，则声在井畔矣；俄闻促客解屦上床声，又訇然一声，遂寂无音响。此地故多鬼，不以为意，不虞此人之入井也，其溺鬼求代者乎？遂堙是井，后亦无他。

【译文】

卫老婆子，是我堂侄纪虞惇的奶妈。她的丈夫嗜酒，常常醉醺醺的。一天夜里，丈夫锁上门出去，没人知道他到哪儿去了。有人说邻居菜园的水井旁有双鞋子，卫婆子赶去看，果然是丈夫穿的；探头看井里，尸体也在里面。大家认为院墙不算矮，醉酒的人怎么能跳得过去呢？而且投井为什么要脱掉鞋子？大家都非常疑惑，无法解释。去问看菜园的，他说这天他出去卖菜没有回来，只有他的妻子带着年幼的儿子睡觉。他妻子说，夜里听到墙外有两个人邀请客人的声音，随后又听到拉扯挽留的声音，接着“轰”的一声响，就像有人从墙头跳下来，声音就在院墙内；又听到邀请客人进屋里坐的声音，这时声音就在水井旁边了；不一会儿，听到催促客人脱鞋上床的声音，接着又是轰然一声响，然后就寂静无声了。这个地方本来就经常闹鬼，看菜园人的妻子没当回事儿，没料到是这个人掉进井里了，这大概是淹死鬼寻找替身的吧？于是填了这口井，后来也没有发生什么异常。

族叔榘庵言：尝见旋风中有一女子张袖而行，迅如飞鸟，转瞬已在数里外。又尝于大槐树下见一兽跳掷，非犬非羊，毛作褐色，即之已隐。均不知何物。余曰："叔平生专意研经，不甚留心于子、史[①]。此二物，古书皆载之。女子乃飞天夜叉，《博异传》载唐薛淙于卫州佛寺见老僧言居延海上见天神追捕者是也[②]。褐色兽乃树精，《史记·秦本纪》：'二十七年，伐南山大梓，丰大特[③]。'注曰：'今武都故道，有怒特祠，图大牛上生树本，有牛从木中出，复见于丰水之中。'《列异传》[④]：秦文公时[⑤]，梓树化为牛。以骑击之，骑不胜；或堕地，髻解被发，牛畏之入水。故秦因是置旄头骑[⑥]。庾信《枯树赋》曰[⑦]：'白鹿贞松，青牛文梓。'柳宗元《祭纛文》曰'丰有大特[⑧]，化为巨梓；秦人凭神，乃建旄头'，即用此事也。"

【注释】

①子、史："经史子集"是中国古籍按内容区分的四大部类，一般来说，"经"指儒家"十三经"及相关著作；"史"指史书、律令以及地理杂记类；"子"指诸子百家著作和类书；"集"指诗文词总集和专集等。

②《博异传》：原名《博异志》，中唐的一部传奇志怪小说集，作者谷神子。《太平广记》作《博异记》、《博异传》、《博异录》等。明刻《古今逸史》本、《顾氏文房小说》本一卷，盖从他书钞合而成，现仅存十条。

③丰大特：古代传说居于丰水中的大公牛神。

④《列异传》：志怪小说集。据唐代魏征等人撰写的《隋书·经籍志》记载，是魏文帝曹丕所作，但文中记载了正始、甘露年间事，时间均在文帝以后，因此，宋人的《旧唐书》、《新唐志》中，都改作晋代张华撰，但无佐证。

⑤秦文公：嬴姓，赵氏，春秋时秦国国君，公元前765—前716年在位。

⑥旄头骑：古代皇帝仪仗中一种担任先驱的骑兵。

⑦庾信(513—581)：字子山，小字兰成，北周时期人，是南北朝文学的集大成者。

⑧柳宗元(773—819)：字子厚，河东(今山西运城)人，唐代杰出诗人、哲学家、儒学家，唐宋八大家之一。

【译文】

族叔纪粲庵说：曾经看见有个女子在旋风中张开袖子飞行，像飞鸟一样迅速，转眼就飞出几里地了。又曾经在大槐树下看见一只野兽跳跃，那兽看上去不是狗也不是羊，毛是褐色的，近一点儿就消失不见了。都不知是什么东西。我说："叔叔平时一心一意地研读儒经，对于子书和史书都不怎么留意。这两种东西，古书上都有记载。女子是飞天夜叉，《博异传》记载唐代薛淙在卫州佛寺见过一个老和尚，说见到过在居延海上被天神追捕的，就是这种东西。褐色的兽是树精，《史记·秦本纪》记载：'二十七年砍伐南山的大梓树，树中走出一头巨大的公牛。'注释说：'现在武都的古道上，有怒特祠，里面画着大的神牛，牛身上长着大树，还有神牛从树里走出来，走进丰水里。'《列异传》记载：秦文公时，梓树变成神牛。派骑兵进攻，骑兵斗不过神牛；有人从马上摔下来，发髻解开，披头散发的，神牛看见了很害怕，躲进水里。所以秦国因为这件事，特地设置了叫'旄头'的骑兵。庾信的《枯树赋》说：'白鹿贞松，青牛文梓。'柳宗元《祭纛文》说'丰有大特，化为巨梓；秦人凭神，乃建旄头'，就是用的这个典故。"

王德圃言：有县吏夜息松林，闻有泣声。吏故有胆，寻往视之，则男女二人并坐石几上，喁喁絮语，似夫妇相别者。疑为淫奔，诘问其由。男子起应曰："尔勿近，我鬼也。此女吾爱婢，不幸早逝，虽葬他所，而魂常依此。今被配入转轮，从此一别，茫茫万古，故相悲耳。”问：“生为夫妇，各有配偶，岂死后又颠倒移换耶？”曰：“惟节妇守贞者，其夫在泉下暂留，待死后同生人世，再续前缘，以补其一生之茕苦①。馀则前因后果，各以罪福受生，或及待，或不及待，不能齐矣。尔宜自去，吾二人一刻千金，不能与尔谈冥事也。”张口嘘气，木叶乱飞，吏悚然反走。后再过其地，知为某氏墓也。德圃为凝斋先生侄。先生作《秋灯丛话》②，漏载此事。岂德圃偶未言及，抑先生偶失记耶？

【注释】

①茕(qióng)：孤独，忧愁。

②《秋灯丛话》：清代王椷撰写的笔记小说。王椷，史籍无传，据其《秋灯丛话》所题及书中所记，知为清乾隆时山东福山人。据《福山县志稿》记载，椷原名枰，字凝斋，以父荫监生，举乾隆雨辰恩科顺天乡试。历直隶临城、湖北当阳、天门知县，所至有廉能声，长于文笔。著有《秋灯丛话》十八卷，轶闻遗事多所摄录，论者方之唐宋名人说部高品，尚书纪昀、胡高望亟称之。

【译文】

王德圃说：有个县府的小吏，夜里在松林里休息，听到哭泣的声音。这个小吏本来有胆量，就循声寻找，发现有一男一女并肩坐在石凳上，轻声细语说话，好像是夫妻告别的样子。小吏怀疑他们是私奔外逃，就过去盘问。男子站起来回答道：“你不要靠近，我是鬼。这个女子是我喜爱的婢女，不幸过早去世，虽然葬在别的地方，但她的鬼魂常常依恋留在这里。现在她要轮回投生，从此分别之后，千年万年再也不能相逢，所以我们都很伤悲。”小吏问：“生前是夫妻，每人都有配偶了，难道死后又重新变换吗?”男子说:“只有坚守忠贞的节妇,她的丈夫能在阴间暂时停留,等节妇死后再一起投生人世,再继续前生的姻缘,用来弥补她一生孤独的痛苦。其他人按照生前的各种因缘,各人按自己的罪过和福分去投生,有些夫妻在阴间能等得到,有些夫妻就等不到,不能一起投生了。你应该走了,我们俩一刻千金,没工夫再跟你讲阴间的事情。”男子张口吐了一口气,只见树叶乱飞,吓得小吏赶快回身就跑。后来再经过那个地方,才知道是某人的墓地。王德圃是凝斋先生的侄子。凝斋先生写《秋灯丛话》时,漏记了这件事。难道是王德圃没有讲过,还是凝斋先生偶然失于记载呢?

先外祖母曹太恭人,尝告先太夫人曰:“沧州一宦家妇,不见容于夫,郁郁将成心疾,性情乖剌,琴瑟愈不调。会有高行尼至,诣问因果。尼曰:‘吾非冥吏,不能稽配偶之籍也;亦非佛菩萨,不能照见三生也。然因缘之理,则吾知之矣。夫因缘无无故而合者也,大抵以恩合者必相欢,以怨结者必相忤。又有非恩非怨,亦恩亦怨者,必负欠使相取相偿也。如是而已。尔之夫妇,其以怨结者乎?天所定也,非人也;虽然,天定胜人,人定亦胜天。故释迦立法,许人忏悔。但消尔胜心,戢尔傲气[①],逆来顺受,以情感而不以理争;修尔内职,事翁姑以孝,处娣姒以和,待妾媵以恩,尽其在我,而不问其在人,庶几可以挽回乎!徒问往因,无益也。’妇用其言,果相睦如初。”先太夫人尝以告诸妇曰:“此尼所说,真闺阁中解冤神咒也。信心行持,无不有验;如或不验,尚是行持未至耳。”

【注释】

①戢(jí)：收敛，收藏。

【译文】

我的外祖母曹太恭人，曾对先太夫人说："沧州有个官宦的妻子，丈夫容不下她，心里郁郁不欢，眼看要成心病，性格变得乖戾古怪，夫妇俩更加合不来。恰好一位修行高深的尼姑来了，这个妇人就询问婚姻不和的因果。尼姑说：'我不是阴间的官吏，不能查你们配偶的名册；我也不是菩萨，不能看到你的过去、现在和未来。但是因缘的道理我却知道。人没有无缘无故结合的，前世有恩情而结合的夫妻，必定相互欢爱，因为前世怨恨而结合的夫妻，必然相互抵触。也有非恩非怨、亦恩亦怨而结合的，必然是双方互有负欠而彼此相互取偿。如此而已。你们夫妻莫不是因为怨恨而结合的吧？这是上天决定的，不是人为的；即使是这样，天定胜人，人也能胜天。所以释迦牟尼创立佛法，准许人们忏悔。只要消除你的好胜心，收敛你的傲气，逆来顺受，用情感化而不因为所谓的讲道理争吵；尽你分内的责任，孝顺地侍奉公公婆婆，和睦地处理妯娌关系，宽容地对待姬妾婢女，做到这些全在自己，而不用管别人怎样，这样也许能挽回你们夫妻感情吧！一味询问以往的原因，没有任何好处。'这个妻子按照尼姑的话去做，夫妇间果然像刚结婚时那样和睦相爱。"先太夫人曾用这件事告诫几个儿媳妇说："这个尼姑所说的道理，真是闺阁之中解除怨恨的神咒。坚持经常这样去做，没有不灵验的；如果不灵验，那是没有坚持到底的原故。"

蔡太守必昌云判冥，论者疑之。然朱竹君之先德唐人称人故父曰先德，见《北梦琐言》。蔡君先告以亡期。蔡君之母，亦自预知其亡期，皆日辰不爽。是又何说欤？朱石君抚军，言其他事甚悉。石君非妄语人也。顾郎中德懋亦云判冥。

后自言以泄漏阴府事，谪为社公，无可验也。余尝闻其论冥律，已载《滦阳消夏录》中。其论鬼之存亡，亦颇有理。大意谓人之馀气为鬼，气久则渐消。其不消者有三：忠孝节义，正气不消；猛将劲卒，刚气不消；鸿材硕学，灵气不消。不遽消者亦三：冤魂恨魄，茹痛黄泉，其怨结则气亦聚也；大富大贵，取多用宏，其精壮则气亦盛也；儿女缠绵，埋忧赍恨，其情专则气亦凝也。至于凶残狠悍，戾气亦不遽消，然堕泥犁者十之九，又不在此数中矣。言之凿凿，或亦果有所征耶？

【译文】

太守蔡必昌说他能判断阴间的事，人们对此表示怀疑。但朱竹君的先德唐代人把别人去世的父亲叫做先德，见《北梦琐言》。蔡先生事先告诉了他的死期。蔡先生的母亲，也预先知道了自己的死期，说的日子时辰都不差。这又怎么解释呢？巡抚朱石君说起蔡必昌的其他事，都很详尽。朱石君不是随便乱说的那种人。郎中顾德懋，也说能判断阴间的事。后来他自称因为泄露了阴曹地府的事情，被贬作土地神，这是没法验证的。我曾经听他谈论阴间戒律，已经记载在《滦阳消夏录》中。他论述鬼的存在和消失，也很有道理。大概是说人的馀气成为鬼，时间长了馀气就逐渐消散。那些不消散的有三种：忠孝节义之人，他们的正义之气不消散；猛将勇卒，他们的刚强之气不消散；大材博学之人，他们的聪明之气不消散。不会立即消散的也有三种：冤魂恨魄，在地下含恨忍痛，他的怨恨凝结，气也就聚集在一起；大富大贵的，获取得多，用途也广，他的精魄强壮，气也就强盛；儿女之情缠绵，带着忧思和遗憾埋进黄土，感情专一，气也就凝结。至于那些凶狠残暴的，馀气也不立即消散，但这些人十分之八九堕入地狱，这又不在所讨论的范围之中。他说得实实在在，或许是有真凭实据吧？

雍正戊申夏[①]，崔庄有大旋风，自北而南，势如潮涌，余家楼堞半揭去。北方乡居者，率有明楼以防盗，上为城堞。从伯灿宸公家，有花二盎、水一瓮，并卷置屋上，位置如故，毫不欹侧；而阶前一风炉铜铫[②]，炭火方炽，乃安然不动，莫明其故。次日，询迤北诸村[③]，皆云未见。过村数里，即渐高入云。其风黄色，嗅之有腥气。或地近东瀛，不过百里，海神来往，水怪飞腾，偶然狡狯欤？

【注释】

①雍正戊申：雍正六年(1728)。

②铫(diào)：煎药或烧水用的器具，形状像比较高的壶，口大有盖，旁边有柄，用沙土或金属制成。

③迤(yǐ)：延伸。

【译文】

雍正戊申年夏天，崔庄刮起了大旋风，从北到南，风势像海潮汹涌，我家明楼上的矮墙都被揭去一半。北方农村，大都建有防盗的明楼，上面有矮墙。我的堂伯父纪灿宸先生家里，有两盆花，一缸水，都被风卷到屋顶上，相互间的距离却仍然如故，而且一点儿也不倾斜；而台阶前摆着的一个风炉和铜铫，炉中炭火烧得正旺，却在原地安然不动，谁也不明白是怎么回事。第二天，询问北面各个村庄，都说没见到这股风。这股风从崔庄刮过几里地，就逐渐升高入云。风色是黄黄的，闻起来有一股腥气。也许是由于此地接近东海，不过百里之遥，海神来往，或者是水怪经过，偶然起意开个玩笑吧？

从侄虞惇，甲辰闰三月官满城教谕时[①]，其同官戴君，邀游抱阳山。戴携彭、刘二生，从山前往。虞惇偕弟汝侨、子树璟及金、刘二生，由山后观牛角洞、仙人室诸胜。方升山麓，遥见一人岩上立，意戴君遣来迎也。相距尚里许，急往赴之。愈近，其人渐小，至则白石一片，倚岩植立，高尺五六寸，广四五寸耳。绝不类人形，而望之如人，奇矣。凡物远视必小，欧罗巴人所谓视差也。此石远视大而近视小，抑又奇矣。迨下山里许，再回视之，仍如初见状。众谓此石有灵，拟上山携取归。彭生及树璟先往觅，不得；汝侨又与二刘生同往，道路依然，物物如旧，石竟不可复睹矣。盖邃谷深崖，神灵所宅，偶然示现，往往有之。是山所谓仙人室者，在峭壁之上，人不能登。土人每遥见洞口人来往，其必炼精羽化之徒矣。

【注释】

①甲辰：乾隆四十九年（1784）。满城：地名。在今河北保定。教谕：官名。教授所属生员，兼掌文庙祭祀。

【译文】

堂侄纪虞惇，在乾隆甲辰年三月任满城教谕时，同事戴先生邀请他同游抱阳山。戴先生领着彭、刘两个学生从山前上山。虞惇带着弟弟纪汝侨、儿子纪树璟以及金姓、刘姓的两个学生，从山后去游览牛角洞、仙人室几处名胜。他们刚刚走到山脚，远远望见一个人站在岩石上，以为是戴先生派来迎接他们的。相距还有一里左右，急忙赶过去。越是靠近，那个人越小，到了跟前，却是一片白石，靠着山岩树立，高一尺五六寸，宽四五寸。它绝不像人的形状，而远远望去却和人一样，太奇怪了。凡是从远处看东西，必定觉得小，就是欧洲人所说的视差。这片石头从远处看着大而近处看着小，就更奇怪了。等下山走了一里左右，再回头看那片石头，仍然像开始看见那样。大家都说这石头有灵气，打算上山取来带回去。彭生和树璟两人先去找，没找到；汝侨又和两位刘生一起过去，走的还是原路，景物也都依旧，竟然没再见到那片石头。凡是幽谷深崖，都是神灵所居的地方，神灵偶然显形，也是常有的现象。这座山里的仙人室，在陡峭的石壁之上，人不能登上去。当地人总是远远看见洞口有人进进出出，那必定是修炼成精、羽化成仙的人。

申丈苍岭言：刘智庙有两生应科试，夜行失道。见破屋，权投栖止。院落半圮，亦无门窗，拟就其西厢坐。闻树后语曰："同是士类，不敢相拒。西厢是幼女居，乞勿入；东厢是老夫训徒地，可就坐也。"心知非鬼即狐，然疲极不能再进，姑向树拱揖，相对且坐。忽忆当向之问路，再起致词，则不应矣。暗中摸索，觉有物触手；扪之，乃身畔各有半瓜。谢之，亦不应。质明将行，又闻树后语曰："东去二里，即大路矣，一语奉赠：《周易》互体①，究不可废也。"不解所云，叩之又不应。比就试，策果问互体。场中皆用程朱说，惟二生依其语对，并列前茅焉。

【注释】

①互体：《易》卦上下两体相互交错取象而成之新卦，又叫"互卦"。

【译文】

申苍岭老先生说：刘智庙有两个书生应科举考试，晚上赶路迷失了方向。看到有间破房子，暂且进去休息。这所房子的院墙倒塌了一半，房子也没有门窗，书生就想到西厢房坐着。突然听到树后面有声音说："大家都是读书人，我不敢拒绝你们进来。西厢房是我小女儿住的，请不要进去；东厢房是老夫我教学生的地方，可以进去坐坐。"两个书生知道，这声音不是鬼魂就是狐精，但是已经疲倦极了，不能再赶路，只好对着树行个礼，两个人面对面坐了下来。忽然，书生想起应当问问路，就再站起来讲话，却听不见回答了。书生在黑暗中摸索，觉得碰到了东西；再摸，原来各人身边都有半只瓜。书生表示感谢，也没有声音答应。到天色微明，书生要起程时，又听到树后的声音说："向东走二里，就是大路了，有一句话送给你们：《周易》卦爻里互体的说法，到底不可以废除。"书生不明白这话的意思，再问又不回答。等到考试时，策论部分果然问到互体。考生们都用程朱的说法，只有这两个书生按树后声音所讲，用《周易》卦爻里互体的说法来回答，结果都名列前茅。

乾隆甲子[①]，余在河间应科试，有同学以帕幂首，云堕驴伤额也。既而有同行者知之，曰："是于中途遇少妇，靓妆独立官柳下，忽按辔问途。少妇曰：'南北驿路，车马往来，岂有迷途之患？尔直欺我孤立耳。'忽有飞瓦击之，流血被面。少妇径入秫田去，不知是人是狐是鬼也。但未见举手，而瓦忽横击，疑其非人；鬼又不应白日出，疑其狐矣。"高梅村曰："此不必深问。无论是人是鬼是狐，总之当击耳。"又丁卯秋[②]，闻有京官子，暮过横街东，为娼女诱入室。突其夫半夜归，胁使尽解衣履，裸无寸缕，负置门外丛冢间。京官子无计，乃号呼称遇鬼。有人告其家迎归。姚安公时官户部，闻之笑曰："今乃知鬼能作贼。"此均足为佻薄者戒也。

【注释】

①乾隆甲子：乾隆九年(1744)。

②丁卯：乾隆十二年(1747)。

【译文】

乾隆甲子年，我在河间府参加科举考试，有个同学用手帕包着头，说是从驴背上掉下来摔伤了额头。后来他一起来的人说出了真情，说："他在中途遇到一个少妇，浓妆艳抹，独自站在官道边的柳树下，他突然拉住缰绳向她问路。少妇说：'南北大道往来的车马很多，怎么可能迷路呢？你不过是欺我孤身一人站着罢了。'突然有块瓦片打中了他，当即血流满脸。少妇径直走进高粱地里，也不知道她是人是狐还是鬼。没见她抬手，瓦片却横打过来，怀疑她不是人；鬼又不应该白天出来，估计是狐。"高梅村说："这事不必深究。无论她是人是狐还是鬼，总之他应当挨打。"还有，乾隆丁卯年秋天，我听说有个京官的儿子，晚上路过横街东口，被妓女诱骗进屋。突然，她的丈夫半夜回家，胁迫他脱掉全部衣服鞋子，一丝不挂赤裸裸的，被扛到门外的坟地里。京官的儿子没有办法，就大声叫喊，声称遇到鬼了。有人告诉他家里人，才把他接了回去。姚安公当时在户部做官，听说后笑着说："现在才知道鬼也会做贼。"这些事都足以让轻薄之人引为借鉴。

乌鲁木齐千总柴有伦言：昔征霍集占时，率卒搜山。于珠尔土斯深谷中遇玛哈沁，射中其一，负矢奔去，馀七八人亦四窜。夺得其马及行帐。树上缚一回妇，左臂左股，已脔食见骨，噭噭作虫鸟鸣[1]。见有伦，屡引其颈，又作叩颡状。有伦知其求速死，剚刃贯其心[2]。瞠目长号而绝。后有伦复经其地，水暴涨，不敢涉，姑憩息以待减退。有旋风来往马前，倏行倏止，若相引者。有伦悟为回妇之鬼，乘骑从之，竟得浅处以渡。

【注释】

①噭噭(jiào)：哭声，悲叫声。

②剚(zì)：刺。

【译文】

乌鲁木齐的千总柴有伦说：从前征讨霍集占的时候，率领士兵搜山。在珠尔土斯山的深谷中，遇到强盗，张弓射中一人，伤者带着箭跑了，剩下的七八个人也四处逃窜了。士兵夺了强盗的马匹和行帐。看见树上绑着一个回族女人，左臂和左边大腿上的肉已经被割下来吃了，都能看见骨头了，她凄惨呻吟的声音像虫鸟鸣叫那么微弱。看见了柴有伦，她几次伸长脖子，又做出叩头的动作。柴有伦明白她请求快点儿死，就拔出刀扎进她的心脏。那个女人瞪着眼睛发出一声长叫死了。后来，柴有伦又经过这个地方，河水暴涨，不敢过河，就暂时休息等待河水减退。突然有股旋风在马前来回刮，一会儿走一会儿停，好像是引导他的样子。柴有伦明白是回族妇女的鬼魂，就骑上马跟着，终于从浅的地方渡过了河。

季廉夫言：泰兴有贾生者，食饩于庠[①]，而癖好符箓禁咒事，寻师访友，炼五雷法[②]，竟成。后病笃，恍惚见鬼来摄。举手作诀，鬼不能近。既而家人闻屋上金铁声，奇鬼狰狞，汹涌而入，咸悚惶避出。遥闻若相格斗者，彻夜乃止。比晓视之，已伏于床下死，手掊地成一深坎，莫知何故也。夫死生数也，数已尽矣，犹以小术与天争，何其不知命乎？

【注释】

①食饩（xì）：指明清时经考试取得廪生资格的生员享受廪膳补贴。庠（xiáng）：古代称学校。

②五雷法：道教方术。谓得雷公墨篆，依法行之，可致雷雨，祛疾苦，立功救人。因雷公有兄弟五人，故以五雷称之。

【译文】

季廉夫说：泰兴有个姓贾的书生，考上了生员，而他却嗜好符箓、咒语等道法，四出寻师访友，求炼五雷法，终于炼成功了。后来他病重的时候，恍恍惚惚看到鬼来捉拿自己。就举起手作咒语口诀，鬼无法靠近身边。之后家里人听到屋顶上“乒乒乓乓”响声，看到许多面目狰狞的恶鬼，气势汹汹地涌入屋中，都惶恐地躲开了。远远听见相互格斗的声音，经过一整夜才停止。到早晨进去看，贾生趴在床下死了，手把地刨成了一个深坑，不知是什么原因。按说生死都有定数，定数已尽了，还要以小的法术与天抗争，贾生怎么这样不知天命？

廉夫又言：钟太守光豫官江宁时，有幕友二人，表兄弟也。一司号籍，一司批发，恒在一室同榻寝。一夕，一人先睡，一人犹秉烛，忽见案旁一红衣女子坐，骇极，呼其一醒。拭目惊视，则非女子，乃奇形鬼也。直前相搏，二人并昏仆。次日，众怪门不启，破扉入视。其先见者已死，后见者气息仅属，灌治得活。乃具述夜来状。鬼无故扰人，事或有之；至现形索命，则未有无故而来者。幕府宾佐，非官而操官之权，笔墨之间，动关生死，为善易，为恶亦易。是必冤谴相寻，乃有斯变。第不知所缘何事耳。

【译文】

季廉夫又说：钟光豫太守在江宁做官时，有两个幕僚，是表兄弟。一个掌管编号登记，一个掌管公文收发，经常在一个房间里同床而睡。一天晚上，一个人已经睡下了，另一个还在灯下看书，突然发现书桌边坐着一个穿红衣的女人，他害怕极了，连忙把睡着的人喊醒。睡着的人惊醒后，揉着眼睛察看，发现并不是女人，而是一个奇形怪状的鬼。那个鬼冲上前来就打，两个人都昏倒在地。第二天，众人见他们不开房门，都感到奇怪，就打破门板进去查看。发现第一个看见鬼的人已经死了；后来看见的人只剩下一口气，灌下药后才救活。醒过来的人就把昨夜的情况讲了一番。鬼魂无缘无故去骚扰人，这是有可能的事；到现出原形来追讨性命这一步，就不会是无缘无故而来的。官府的幕僚宾客，虽然自身不是官，却掌握官的权力，行文之间，动不动就关系到人的生死，所以在这个位置上行善比较容易，作恶也比较容易。这件事一定是有冤魂前来报复，才有这样大的变故。只是不知道因为什么事罢了。

乌鲁木齐军吏茹大业言：古浪回民，有踞佛殿饮博者，寺僧孤弱，弗能拒也。一夜，饮方酣，一人舒拇指呼曰："一。"突有大拳如五斗栲栳[①]，自门探入，五指齐张，厉声呼曰："六。"举掌一拍，烛灭几碎，十馀人并惊仆。至晓，乃渐苏，自是不敢复至矣。佛于众生无计较心，其护法善神之示现乎？

【注释】

①栲栳(kǎo lǎo)：亦称"笆斗"。一种用竹子或柳条编的盛东西的器具，形状像斗。

【译文】

乌鲁木齐军吏茹大业说：古浪县的几个回民踞坐在佛殿喝酒赌博，庙里的和尚孤单懦弱，不敢惹他们。一天夜里，他们正喝得高兴，一个人竖起大拇指叫："一。"突然有一只可以装五斗的笆斗那么大的拳头从门口伸进来，五指一齐张开，大声喊："六。"举掌一拍，蜡烛灭了，桌子也碎了，十几个人全吓得昏倒在地。直到拂晓才各自渐渐苏醒，从此后再也不敢来了。佛对于芸芸众生没有计较心，这可能是护法善神现形示警吧？

苏州朱生焕，举壬午顺天乡试第二人[①]，余分校所取也。一日，集余阅微草堂，酒间各说异闻。生言：曩乘舟，见一舵工额上恒贴一膏药，纵约寸许，横倍之。云有疮，须避风。行数日，一篙工私语客曰："是大奇事，云有疮者伪也。彼尝为会首，赛水神例应捧香而前。一夕犯不洁，方跪致祝，有风飐炉灰扑其面；骨栗神悚，几不成礼。退而拂拭，则额上现一墨画秘戏图，神态生动，宛肖其夫妇。洗濯不去，转更分明，故以膏药掩之也。"众不深信，然既有此言，出入往来，不能不注视其额。舵工觉之，曰："小儿又饶舌耶！"长喟而已。然则其事殆不虚，惜未便揭视之耳。

又余乳母李媪言：曩登泰山，见娼女与所欢皆往进香，遇于逆旅，伺隙偶一接唇，竟胶粘不解，擘之则痛彻心髓。众为忏悔，乃开。或曰："庙祝赂娼女作此状，以耸人信心也。"是矣未可知矣。

【注释】

①壬午：乾隆二十七年(1762)。

【译文】

苏州书生朱焕，考中乾隆壬午年顺天乡试的第二名举人，是我分阅他的试卷后录取的。一天，我的几位朋友聚集在阅微草堂，喝着酒各自讲奇闻异事。朱生说：以前乘船，发现一个舵工脑门上总是贴着一块膏药，竖高约一寸左右，横长有两寸。他自称长了一个疮，必须遮起来避风邪。船行了几天，一个撑篙的船工悄悄告诉客人说："这是件特别奇怪的事，说有疮是假的。他曾经是船工行会的头儿，祭祀水神，按规矩他应该捧着香在前面祷祝。一天晚上，他和妻子同房，犯了不洁的忌讳，正跪着致祝词，一阵风吹起香炉里的灰扑在他脸上；他吓得毛骨悚然，几乎没能完成仪式。退下来擦灰，额头上却出现一幅用墨画的春宫图，画里人物神态逼真生动，像极了他们夫妇二人。洗也洗不掉，反而越洗越清晰，所以他用膏药遮着。”众人并不很相信，然而，既然有这种说法，出出进进，大家不能不盯着他的额头看。舵工觉察出来，骂道：“小孩子又在多嘴多舌了。”他也只是长叹罢了。可见这件事不是虚构，可惜不便揭开膏药察看。

还有，我的奶妈李老婆子说：从前攀登泰山的时候，一个妓女和她的相好都去进香祈祷，在旅店里遇上了，两人找了个机会，亲了一下嘴，两个人的嘴唇竟像被胶粘住一样分不开了，用力拉，就痛彻心髓。大家为他们忏悔，才分开了。有人说：“是庙祝贿赂妓女干的，用来加强人们对这座庙的笃信。”这也不知是真是假。

献县刑房吏王瑾，初作吏时，受贿欲出一杀人罪。方濡笔起草，纸忽飞着承尘上，旋舞不下。自是不敢枉法取钱，恒举以戒其曹偶，不自讳也。后一生温饱，以老寿终。又一吏恒得贿舞文，亦一生无祸，然殁后三女皆为娼。其次女事发当杖，伍伯夙戒其徒曰①：“此某师傅女，土俗呼吏曰师傅。宜从轻。”女受杖讫，语鸨母曰：“微我父曾为吏，我今日其殆矣。”嗟乎，乌知其父不为吏，今日原不受杖哉！

【注释】

①伍伯：伍长。晋代崔豹《古今注·舆服》：“伍伯，一伍之伯。五人曰伍，五长为伯，故称伍伯。”亦作“伍百”。

【译文】

献县的刑房官吏王瑾，最初任职时，接受了贿赂，要开脱一件杀人罪案。毛笔刚沾了墨汁要起草文书，桌上的纸忽然飞到屋顶天花板上，旋转飞舞，就是不飘落下来。从此他再也不敢贪赃枉法弄钱了，并且举这件事情警戒他的同行，并不隐讳。后来，他一生不愁温饱，高寿善终。还有一个小吏，总是接受贿赂，舞弄文笔，一生都没有遇到祸患，但是他死后，三个女儿都沦为娼妓。他的第二个女儿因为事发被判决挨刑杖，执行的伍长私下对手下人说："这是某师傅的女儿，当地风俗称县吏为师傅。下手要轻点儿。"此女挨完刑杖，对鸨母说："要不是我的父亲曾经做过县吏，我今天就差点给打死了。"可叹啊，要是她父亲没做过县吏，她今天本来还不会挨刑杖的啊！

交河有姊妹二妓，皆为狐所媚，羸病欲死。其家延道士劾治，狐不受捕。道士怒，趣设坛，牒雷部。狐化形为书生，见道士曰："炼师勿苦相仇也[①]。夫采补杀人，诚干天律，然亦思此二女者何人哉！饰其冶容，蛊惑年少，无论其破人之家，不知凡几；废人之业，不知凡几；间人之夫妇，不知凡几，罪皆当死。即彼摄人之精，吾摄其精；彼致人之疾，吾致其疾；彼戕人之命，吾戕其命。皆所谓请君入瓮，天道宜然。炼师何必曲庇之？且炼师之劾治，谓人命至重耳。夫人之为人，以有人心也。此辈机械万端，寒暖百变，所谓人面兽心者也。既已兽心，即以兽论。以兽杀兽，事理之常。深山旷野，相食者不啻恒河沙数，可一一上渎雷部耶？"道士乃舍去。论者谓道士不能制狐，造此言也。然其言则深切著明矣。

【注释】

①炼师：旧时以某些道士懂得“养生”、“炼丹”之法，尊称为“炼师”。起初多指修习上清法者，后泛称修炼丹法达到很高深境界的道士。

【译文】

交河县有姐妹两个妓女，都被狐精媚惑住了，病弱得几乎快死了。家里人请来道士惩治狐精，狐精反抗拒捕。道士非常愤怒，急急设起神坛，告到雷部。狐精变成书生模样，去见道士说：“法师不要苦苦与我作对。我采补人的精气杀人，的确干犯天庭律条，但也要想想，这两个女子是什么人呢！她们打扮得妖艳迷人，去蛊惑那些年少无知的人，且不论她们败坏了不知多少人的家业，荒废了不知多少人的事业，离间了不知多少家的夫妻关系，这些罪都该处以死刑。她们摄取别人的精气，我摄取她们的精气；她们让别人生病，我让她们生病；她们害别人的命，我害她们的命。这都是‘请君入瓮’的做法，顺应了天道。法师为什么要想方设法庇护她们？况且，法师要抓捕我来惩处，只是认为人命至关重要。人所以是人，是因为有人的心肠。这些妓女狡诈万端，忽冷忽热百般变化，就是人们所说的人面兽心啊。既然已是兽心，就以野兽来对待她们。野兽杀死野兽，是很平常的道理。在深山旷野之间，相互捕食的野兽，像恒河的沙子那么多，你能请雷部神一个一个都加以捕杀吗?”道士于是就不再管这事了。人们议论说，道士没有本领制服狐狸，就编造出这些话来。但是，狐精的这番话，却深刻明白。

程鱼门言：朱某昵淮上一妓，金尽，被斥出。一日，有西商过访妓，仆舆奢丽，挥金如土。妓兢兢恐其去，尽谢他客，曲意效媚。日赠金帛珠翠，不可缕数。居两月馀，云暂出赴扬州，遂不返。访问亦无知者。赀货既饶，拟去北里为良家。检点箧笥，所赠已一物不存，朱某所赠亦不存；惟留二百馀金，恰足两月馀酒食费。一家迷离惝恍，如梦乍回。或曰，闻朱某有狐友，殆代为报复云。

【译文】

程鱼门说：朱某迷恋淮河边上的一个妓女，钱花光了，就被妓女赶了出来。有一天，有个西商去拜访这个妓女，商人的仆从车马十分奢侈华丽，商人又挥金如土。妓女小心伺候，只怕商人离开，就谢绝了其他嫖客，殷勤地讨商人欢心。商人每天赠送她金银绸缎、珍珠翡翠，多得数也数不清。商人住了两个多月，说是暂时到扬州去一趟，却从此没有回来。妓女托人去访查，也没人知道商人的去向。妓女心想，自己积蓄的钱财很丰厚了，就想离开妓院从良。她检点自己的箱笼，商人送的财物却一件都没有了，连朱某送的东西也不见了；只剩下二百多两银子，刚好够两个多月的酒食费用。妓女全家人都觉得迷迷糊糊的，好像做梦刚醒过来似的。有人说，听说朱某有一位狐精朋友，大概是替朱某去报复妓女的。

鱼门又言：游士某，在广陵纳一妾，颇娴文墨。意甚相得，时于闺中倡和。一日，夜饮归，僮婢已睡，室内暗无灯火。入视阒然，惟案上一札曰："妾本狐女，僻处山林。以夙负应偿，从君半载。今业缘已尽，不敢淹留。本拟暂住待君，以展永别之意，恐两相凄恋，弥难为怀。是以茹痛竟行，不敢再面。临风回首，百结柔肠。或以此一念，三生石上，再种后缘，亦未可知耳！诸惟自爱，勿以一女子之故，至损清神。则妾虽去而心稍慰矣。"某得书悲感，以示朋旧，咸相慨叹。以典籍尝有此事，弗致疑也。后月馀，妾与所欢北上，舟行被盗，鸣官待捕；稽留淮上者数月，其事乃露。盖其母重鬻于人，伪以狐女自脱也。周书昌曰："是真狐女，何伪之云？吾恐志异诸书所载，始遇仙姬，久而舍去者，其中或不无此类也乎！"

【译文】

程鱼门又说：有一个游学的书生，在扬州纳了一个妾，还很懂点儿文墨。两人情投意合，经常在闺房中你唱我和。一天夜里书生回家晚了，仆人侍女已经熟睡，房间里没有灯光。进去发现静悄悄的，只见桌上有一封信，信中说："我原本是狐女，住在偏僻的山林。因为前生欠债应该偿还，所以跟随您半年。现在缘分已尽，不敢久留。本来准备等您回来，诉说永别情怀，又怕两人悲哀留恋，难以割舍。只好忍痛先走，不敢再见到您。迎着晚风，回头眺望，柔肠百转。或许因为有这一心念，三生石上再结来世良缘也是不知道的啊！种种情况自爱最要紧，不要为了一个女子以至于伤害了您的精气神。这样妾虽然离去，心里稍稍能得到安慰。"书生拿着信悲伤感叹，给朋友故旧们看，大家都相对叹息。因为书里曾记载过这种事情，也都没有怀疑。一个多月后，那个妾和她的相好北上，船在半路被盗，她报告官府后等着捕捉盗贼；因此滞留在淮上好几个月，事情就败露了。原来她母亲把她重金卖给别人，她就假冒狐女脱身。周书昌说："这是真正的狐女，怎么说是假的呢？那些志怪小说所记载的，开始遇到的仙女，不久就分手的，其中可能也不乏有这类女子吧！"

余在翰林日，侍读索公尔逊同斋戒于待诏厅[①]。厅旧有何义门书"衡山旧署"一匾，又联句一对。今联句尚存，匾则久亡矣。索公言：前征霍集占时，奉参赞大臣檄调。中途逢大雪，车仗不能至，仅一行帐随。姑支以憩，苦无枕，觅得二三死人首，主仆枕之。夜中并蠕蠕掀动，叱之乃止。余谓此非有鬼，亦非因叱而止也。当断首时，生气未尽，为严寒所束，郁伏于中；得人气温蒸，冻解而气得外发，故能自动。已动则气散，故不再动矣。凡物生性未尽者，以火炙之皆动，是其理也。索公曰："从古战场，不闻逢鬼；吾心恶之，谓吾命衰也，今日乃释此疑。"

【注释】

①侍读：官名。从四品，可充任南书房侍值、上书房教习及提督、总纂、纂修等官。斋戒：在祭祀或行大礼前，沐浴更衣，不喝酒，不吃荤（"斋"是取"齐"的意义），不与妻妾同房，减少娱乐活动（"戒"是戒除欲望），表示诚心致敬，称为"斋戒"。这里指值班。

【译文】

我在翰林院供职的时候，有一天和侍读索尔逊公一道在待诏厅值班。这所厅堂上原有何义门书写的"衡山旧署"匾额，左右有联句一对。现在联句尚存，而匾额久已不见了。索公说：他曾经参加征讨霍集占的战役，奉参赞大臣的命令随部调动。中途遇上大雪，道路艰难，车仗等物资不能及时供给，一行人只带着帐篷走，没有其他物资。到了晚上，姑且支起帐篷歇息，没有枕头，睡不下去，他们就找来两三个死人头，主仆几个当枕头枕着睡。半夜，死人头蠕动起来，他对着这些头大声呵斥，才止住不动。我告诉他说，这不是鬼，死人头也不是听到呵斥才停止不动。这些人被斩首时，生气还没有完全消尽，残馀的生气被严寒凝固，郁结在里面；用来做枕头，由于人的体温，消解了冰冻而生气外发，所以能自己动起来。而一动之后，生气消散，所以又不再动了。凡是生气未尽的动物躯体，用火烤它，都会颤动，就是这个道理。索公说："自古不曾听说战场上会遇到鬼;遇到此事,本来心里不舒服,以为自己的生命衰微了,今天才消释了疑虑。”

崔庄多枣,动辄成林,俗谓之枣行。户郎切。余小时,闻有妇女数人,出挑菜,过树下,有小儿坐树杪,摘红熟者掷地下。众竞拾取。小儿急呼曰:“吾自喜周二姐娇媚,摘此与食。尔辈黑鬼,何得夺也?”众怒詈,二姐恶其轻薄,亦怒詈,拾块击之。小儿跃过别枝,如飞鸟穿林去。忽悟村中无此儿,必妖魅也。姚安公曰:“赖周二姐一詈一击,否则必为所媚矣。凡妖魅媚人,皆自招致。苏东坡《范增论》曰:‘物必先腐也而后虫生之。’”

【译文】

崔庄枣树多,到处枣树成林,当地人习惯称它为“枣行”。音户郎切。我小的时候,听说有几个妇人,出去挖菜,路过枣树下,有一个小孩子坐在树梢上,摘了红熟的枣扔到地下。几个人争着拣拾。小孩子急忙叫喊道:“我喜欢周二姐娇艳妩媚,摘这些枣给她吃。你们这些黑鬼,为什么也来抢啊?”众人气愤地骂他,周二姐厌恶他轻薄,也气愤地怒骂,还拣起土块打他。小孩子跳到别的树枝上,就像飞鸟一样穿过树林跑了。她们这才想起村子里没有这个小孩子,肯定是妖魔。姚安公说:“亏得周二姐一骂一打,否则必定被妖魔媚惑了。凡是妖魅媚惑人,都是人自己招引的。苏东坡在《范增论》中说:‘东西一定首先自身腐烂,然后才会生出虫子来。’”

有选人在横街夜饮,步月而归。其寓在珠市口,因从香厂取捷径。一小奴持烛笼行,中路踣而灭。望一家灯未息,往乞火。有妇应门，邀入茗饮。心知为青楼，姑以遣兴。然妇羞涩低眉，意色惨沮。欲出，又牵袂固留。试调之，亦宛转相就。适携数金，即以赠之。妇谢不受，但祈曰："如念今宵爱，有长随某住某处，渠久闲居，妻亡子女幼，不免饥寒。君肯携之赴任，则九泉感德矣。"选人戏问："卿可相随否？"泫然曰："妾实非人，即某妻也。为某不能赡子女，故冒耻相求耳。"选人悚然而出，回视乃一新冢也。后感其意，竟携此人及子女去。求一长随，至鬼亦荐枕，长随之多财可知。财自何来？其蠹官而病民可知矣。

【译文】

有个候选官员夜里到横街饮酒，酒后趁着月色步行回去。他住在珠市口，就从香厂抄近路走。有个小僮仆拿着灯，走到半路，小僮仆跌了一跤，灯笼弄灭了。远远看到有一户人家还没有熄灯，就过去借火。有个妇人开门出来，还请官员进去喝茶。官员心里清楚，这是个妓女，就想消遣一下。但是妇人神情羞涩，低着头，神色像是沮丧无奈的样子。官员想离开时，妇人又拉着他的衣袖，一定要他留下。官员就和她调情，那个妇人也很温柔地顺从了。官员身边刚好带了几两银子，就拿出来给她。妇人推辞，不肯接受，只是请求说："如果您还念着今夜的恩爱，有个做过官员仆役的某人，住在某个地方，失业很久了，老婆死了，孩子年幼，难免吃不饱穿不暖。假如您能雇用这个人，带他去上任，那么他的亡妻也会感谢您的恩德。"候选官员开玩笑地说："你能不能跟我去呢？"妇人流下泪来，说："我不是别人，就是那个人的妻子。因为他不能养活子女，所以我不顾羞耻来求您。"候选官员吓了一跳，赶快离开这房子，回头看时，却是一座新坟。后来，候选官员被妇人的诚意所感动，就带着那个人和他的子女赴任去了。为了请求一个官员随从的职位，以至于鬼也献身，官员随从能发大财就可以想见了。财从哪里来？他贪污公家的和搜刮百姓的情况，也就可想而知了。

牛犊马驹，或生鳞角，蛟龙之所合，非真麟也。妇女露寝，为所合者亦有之。惟外舅马氏家，一佃户年近六旬，独行遇雨，雷电晦冥，有龙探爪按其笠。以为当受天诛，悸而踣。觉龙碎裂其裤，以为褫衣而后施刑也。不意龙捩转其背①，据地淫之。稍转侧缩避，辄怒吼，磨牙其顶。惧为吞噬，伏不敢动。移一二刻，始霹雳一声去。呻吟塍上，腥涎满身。幸其子持蓑来迎，乃负以返。初尚讳匿，既而创甚，求医药，始道其实。耘苗之候，馌妇众矣，乃狎一男子；牧竖亦众矣，乃狎一衰翁。此亦不可以理解者。

【注释】

①捩(liè)：扭转。

【译文】

牛犊和马驹，有的长出鳞角，是蛟龙和母畜结合的产物，并不是真的麒麟。妇女露天睡觉，也有被蛟龙交合的。只有舅父马先生家，有个佃户，快六十岁了，一次他独自走路遇到下雨，雷电交加，有只龙爪按住他的斗笠。他以为自己要受到上天的诛杀，吓得跌倒在地。龙撕扯开他的裤子，他以为是扒光衣服再施刑。没想到龙把他的身体反转过来，按在地上凌辱。稍稍转身闪避，龙就大声吼叫，在他的头上磨牙。他怕被龙吞吃掉，就趴着不敢动。过了一两刻，龙才发出炸雷一声飞走了。老佃农在田埂上痛苦地呻吟，腥臭的黏液沾满全身。幸好他儿子抱着蓑衣来迎接他，才把他背回家。一开始他还隐瞒，后来因为创伤严重，求医时才说出实情。当时正是锄草间苗的季节，送饭的妇女很多，龙却去奸淫一个男子；放牧的童子也很多，龙却去奸淫一个老头子。这也是不能用常理解释得了的。

王方湖言：蒙阴刘生，尝宿其中表家。偶言家有怪物，出没不恒，亦不知其潜何所。但暗中遇之，辄触人倒，觉其身坚如铁石。刘故喜猎，恒以鸟铳随，曰："若然，当携此自防也。"书斋凡三楹，就其东室寝。方对灯独坐，见西室一物向门立。五官四体，一一似人，而目去眉约两寸，口去鼻仅分许，部位乃无一似人。刘生举铳拟之，即却避。俄手掩一扉，出半面外窥，作欲出不出状。才一举铳，则又藏，似惧出而人袭其后者。刘生亦惧怪袭其后，不敢先出也。如是数回，忽露全面，向刘生摇首吐舌，急发铳一击，则铅丸中扉上，怪已冲烟去矣。盖诱人发铳，使一发不中，不及再发，即乘机遁也。两敌相持，先动者败，此之谓乎！使忍而不发，迟至天晓，此怪既不能透壁穿窗，势必由户出，则必中铳；不出，则必现形矣。然自此知其畏铳。后伏铳窗棂，伺出击之，琤然仆地，如檐瓦堕裂声。视之，乃破瓮一片，儿童就近沿无泑处戏画作人面，笔墨拙涩，随意涂抹，其状一如刘生所见云。

【译文】

王方湖说：蒙阴人刘生，曾经有一段时间住在一位表亲家。偶尔听他家人说，家里有怪物，出没无常，也不知躲藏在何处。人在黑暗中遇到这个怪物，常被撞倒，只觉得它的身体坚硬，像铁像石头。刘生本来喜欢打猎，总是随身携带着火枪，说："要是这样，就要带着火枪自卫了。”表亲家的书斋共有三间，刘生就住在东间。有一天夜晚，刘生正一个人对灯坐着，忽然看见西间有一个东西朝门站立。那个东西有五官四肢，一样一样都像人，只是眼睛离眉毛有二寸多远，嘴巴离鼻子却只有一分来长，几乎挨到一起，那种部位比例又绝不像人。刘生举起火枪向它瞄准，它就退避。过了一会儿，它用手掩着一扇门，露出半个脸向外看，看样子好像打算逃出屋但又不敢冲出去。只要刘生举起火枪，它就藏到门后，像是怕冲出时被人袭击后面的样子。刘生也怕怪物袭击自己的背后，也不敢冲出屋，两个就僵持着。怪物欲出不出地好几次，忽然把整个脸都露出来，向刘生摇头吐舌地做怪脸，刘生急忙开枪一击，铅弹打在门扇上，那个怪物却乘硝烟弥漫之际冲出去了。它是故意引刘生开枪的，如果一枪不中，来不及再开枪，它就乘机逃遁了。敌对双方相持，先动的一方必然失败，说的就是这种情况吧！如果当时刘生沉住气，不盲目开枪，相持到天亮，怪物既然没有透墙穿窗的本事，就只能从门往外跑，出来就必然中枪；不出来就不可能不现形了。但是经过这件事之后，刘生就知道它怕鸟枪了。后来他持枪埋伏在窗格后，等怪物出现，突然射击，那个怪物倒地时发出劈里啪啦的声音，像是房檐上的瓦掉到地上碎裂的声音。近前仔细一看，原来是一片破瓮片，小孩在瓮口没有釉的地方闹着玩儿画了人脸，笔法拙劣，随意涂抹，那副形象正如刘生所看到的那样。

有富室子病危，绝而复苏，谓家人曰：“吾魂至冥司矣。吾尝捐金活二命，又尝强夺某女也。今活命者在冥司具保状，而女之父亦诉牒喧辩。尚未决，吾且归也。”越二日，又绝而复苏曰：“吾不济矣。冥吏谓夺女大恶，活命大善，可相抵。冥王谓活人之命，而复夺其女，许抵可也。今所夺者此人之女，而所活者彼人之命；彼人活命之德，报此人夺女之仇，以何解之乎？既善业本重，未可全销，莫若冥司不刑赏，注来生恩自报恩，怨自报怨可也。”语讫而绝。

案，欧罗巴书不取释氏轮回之说，而取其天堂地狱，亦谓善恶不相抵。然谓善恶不抵，是绝恶人为善之路也。大抵善恶可抵，而恩怨不可抵，所谓冤家债主，须得本人是也。寻常善恶可抵，大善大恶不可抵。曹操赎蔡文姬，不得不谓之义举，岂足抵篡弑之罪乎？曹操虽未篡，然以周文王自比，其志则篡也，特畏公议耳。至未来生中，人未必相遇，事未必相值，故因缘凑合，或在数世以后耳。

【译文】

有位富家子病危，他死后又苏醒过来，告诉家里人说：“我的魂到了阴曹地府。我曾经捐钱救活两条命，又曾经强抢某个女子。现在，被救活性命的人在阴曹投递状书保我，而被抢女子的父亲也交了诉状吵闹着申辩。还没有结果，我就先回来了。”过了两天，他气绝后又苏醒过来说：“我不行了。阴官说，强夺女子罪大恶极，救人活命是大仁大义，可以相互抵销。阎王说救活人命，又抢他的女儿，抵销还可以。现在被强夺的是这个人的女儿，而被救活的是那个人的性命；救那个人命的恩德，报答这个人女儿被抢的仇怨，怎么了结呢？既然善行本来更重，不能全部勾销，不如地府不作赏罚，注明你们在来生有恩的报恩，有怨的报怨。”说完他就咽气了。

按，欧洲的书不讲佛家轮回的学说，而采纳天堂和地狱的说法，也讲到善行和恶举不能相互抵销。但是说善恶不能抵销，这是断绝了恶人向善的路。一般来说善与恶可以抵销，但恩和怨不能抵销，这就是人们平常说的，冤家债主，必须要本人来清算。一般的善恶可以抵销，大的善行和恶事不能抵销。曹操赎回蔡文姬，不能不说是义举，但怎么能抵销他篡夺王位、弑君的罪行呢？曹操虽然没有篡位，但他把自己比作周文王，他是有篡位的用心的，只是怕众人议论罢了。在来生，人们不一定再相遇，恩怨相报不一定相等，所以，因为有缘而聚合到一起，或许在几世之后。

宋村厂从弟东白庄名，土人省语呼厂里。仓中旧有狐。余家未析箸时，姚安公从王德庵先生读书是庄。仆隶夜入仓院，多被瓦击，而不见其形，惟先生得纳凉其中，不遭扰戏。然时见男女往来，且木榻藤枕，俱无纤尘，若时拂拭者。一日，暗中见一人循墙走，似是一翁，呼问之曰："吾闻狐不近正人，吾其不正乎？"翁拱手对曰："凡兴妖作祟之狐，则不敢近正人；若读书知礼之狐，则乐近正人。先生君子也，故虽少妇稚女，亦不相避，信先生无邪心也。先生何反自疑耶？"先生曰："虽然，幽明异路，终不宜相接，请勿见形可乎？"翁磬折曰："诺。"自是不复睹矣。

【译文】

宋村厂堂弟东白的庄子名称，当地人简称为"厂里"。仓库里原有狐精。我们家族还没有分家的时候，姚安公在这个庄子跟随王德庵先生读书。奴仆夜晚走进仓库院子，经常被瓦片打中，却看不见狐精的形状，只有王先生在院子里乘凉，没有被狐精骚扰戏弄。不过，经常看见有男男女女走来走去，而且所用的木床藤枕，没有一点儿灰尘，好像时常有人擦拭似的。有一天，王先生在昏暗中看见一个人沿着墙脚走过，好像是个老翁，就喊住问他："我听说狐精不敢靠近正人君子，我大概不是正人君子吧？"老翁拱手行礼，回答说："凡是兴妖作怪的狐精，就不敢靠近正人君子；如果是知书识礼的狐精，就喜欢靠近正人君子。先生您是正人君子，所以即使是狐精中的少妇少女，也不回避先生，是因为确信先生没有邪念啊。先生怎么反过来怀疑自己呢?”王先生说:“虽然这样说,但是阴间和人世到底不同,相互接近总是不合适的,请不要显形好吗?”老翁鞠躬说:“好吧。”从此再也看不见狐精了。

沈瑞彰寓高庙读书,夏夜就文昌阁廊下睡。人静后,闻阁上语曰:“吾曹亦无用钱处,尔积多金何也?”一人答曰:“欲以此金铸铜佛,送西山潭柘寺供养,冀仰托福佑,早得解形。”一人作啐声曰:“咄咄大错!布施须己财。佛岂不问汝来处,受汝盗来金耶?”再听之,寂矣。善哉野狐,檀越云集之时,倘闻此语,应如霹雳声也。

【译文】

沈瑞彰借住在高庙读书,夏天夜里,就在文昌阁的廊下睡觉。一天,夜深人静时,他听到阁楼上有人说:“我们也没有用钱的地方,你积攒这么多钱干什么?”另一个回答:“我想用这些钱去铸个铜佛,送到西山的潭柘寺供养起来,希望托福保佑,让我早点儿脱形为人。”前一个啐着说:“呸呸!你真是大错特错了!向佛布施,必须用自己的钱。难道佛不问你的钱财来路,就接受你偷来的钱吗?”再听,没有声音了。野狐说得好啊!当施主们云集的时候,听到这些话,应当如同霹雳一声。

瑞彰又言:尝偕数友游西山,至林峦深处,风日暄妍,泉石清旷,杂树新绿,野花半开。眺赏间,闻木杪诵书声。仰视无人,因揖而遥呼曰:“在此朗吟,定为仙侣。叨同儒业,可请下一谈乎?”诵声忽止,俄琅琅又在隔溪。有欲觅路追寻者,瑞彰曰:“世外之人,趁此良辰,尚耽研典籍。我辈身列黉宫[①]，乃在此携酒榼看游女[②]，其鄙而不顾宜矣，何必多此跋涉乎！”众乃止。

【注释】

①黉(hóng)宫：学宫。

②酒榼(kē)：古代盛酒的器具。

【译文】

沈瑞彰又说：曾经和几个朋友一起到西山游玩，走到山林幽深的地方，风和日丽，水清石白，树木泛出新绿，野花半开。众人正眺望欣赏间，忽然听到树顶上有朗朗的读书声。抬头看，并没有人，有个朋友向发出声音的地方作揖施礼，远远地呼喊说：“在这里朗朗读书，必是神仙中人。我们也算是读书人，能否请你下来聚谈聚谈呢？”读书的声音忽然停止，过了一会儿，读书声又响起，却在远处的小溪对岸了。有的朋友要寻声追寻，沈瑞彰劝阻他们说：“世外之人，值此良辰美景尚知珍惜时间，钻研典籍。我们虽然是太学生，却在此带着酒壶，看游玩的女人，他鄙视我们，不理我们，是对的，我们何必不知趣，跋山涉水去找人家呢？”众人这才罢休。

沧州有一游方尼，即前为某夫人解说因缘者也，不许妇女至其寺，而肯至人家。虽小家以粗粝为供[①]，亦欣然往。不劝妇女布施，惟劝之存善心，作善事。外祖雪峰张公家，一范姓仆妇，施布一匹。尼合掌谢讫，置几上片刻，仍举付此妇曰：“檀越功德，佛已鉴照矣。既蒙见施，布即我布。今已九月，顷见尊姑犹单衫。谨以奉赠，为尊姑制一絮衣可乎？”仆妇踧踖无一词[②]，惟面赪汗下。姚安公曰：“此尼乃深得佛心。”惜闺阁多传其轶事，竟无人能举其名。

【注释】

①粗粝(lì):粗粮,糙米。泛指粗劣的食物。

②踧踖(cù jí):不安的样子。

【译文】

沧州有一个云游四方的尼姑,就是前边说过给某位夫人解说因缘的那位,她不允许妇女们到她的寺里去,却肯到人家里。即便小家小户用粗茶淡饭招待,她也高高兴兴地去。她不劝说妇女们布施财物,只劝她们存善心,做善事。外祖父张雪峰先生家里有一个姓范的仆妇,捐献一匹布料。尼姑双掌合十表示感谢后,把布料放在桌上,过一会儿又拿起来交给这个仆妇,说:“施主的功德,佛已经知道了。既然承蒙你捐献,这布料就是我的了。现在已经到了九月,刚才看见你婆婆还穿着单薄的衣裳。我把这些布送给你,给你婆婆做一件棉衣,怎么样?”仆妇局促不安地说不出一句话,只是满脸通红汗往下流。先父姚安公说:“这个尼姑才是深刻领会了佛法的精髓。”可惜女人们中间关于她的轶事流传不少,竟然没有人能说出她的名字。

先太夫人乳母廖媪言:四月二十八日,沧州社会也,妇女进香者如云。有少年于日暮时,见城外一牛车向东去,载二女,皆妙丽,不类村妆。疑为大家内眷,又不应无一婢媪,且不应坐露车。正疑思间,一女遗红帕于地,其中似裹数百钱,女及御者皆不顾。少年素朴愿,恐或追觅为累,亦未敢拾。归以告母,诮诃其痴①。越半载,邻村少年为二狐所媚,病瘵死。有知其始末者,曰:“正以拾帕索帕,两相调谑媾合也。”母闻之,憬然悟曰:“吾乃知痴是不痴,不痴是痴。”

【注释】

①诮诃(qiào hē):呵斥责备。

【译文】

先太夫人的奶妈廖老婆子说:四月二十八日,是沧州的庙会,进香的妇女从四面八方云集而来。有个年轻人这一天傍晚时,在城外遇见一辆牛车向东驶去,上面载着两个女子,都很漂亮,不像是农家妇女的衣服装束。年轻人猜想她们也许是大户人家的眷属,却又不应该身边不带丫鬟或老妈子,而且大户人家的内眷不应该坐敞篷车。他正寻思着,车上一个女子掉下个红色手绢包,里面似乎包着几百文钱,那两个女子和车夫却都不回头。这个年轻人生性淳朴敦厚,担心追索起来麻烦,也就没有去拾。回到家,年轻人告诉母亲,母亲还埋怨他太痴。过了半年,邻村的一个年轻人被两个狐精媚惑,得了痨病死了。有知道前因后果的人说:"正是因为捡了手绢包,狐精来讨手绢包,相互调情才苟合的。"这个年轻人的母亲听了,恍然大悟说:"我这才知道,被说成痴呆的人并不真的痴呆,说成不痴呆的人才真是痴呆。"

有纳其奴女为媵者,奴弗愿,然无如何也。其人故隶旗籍,亦自有主。媵后生一女,年十四五。主闻其姝丽,亦纳为媵。心弗愿,亦无如何也。喟然曰:"不生此女,无此事。"其妻曰:"不纳某女,自不生此女矣。"乃爽然自失。

又亲串中有一女,日构其嫂,使受谯责不聊生。及出嫁,亦为小姑所构,日受谯责如其嫂。归而对嫂挥涕曰:"今乃知妇难为也。"天道好还,岂不信哉!

又一少年,喜窥妇女,窗罅帘隙①,百计潜伺。一日醉寝,或戏以膏药糊其目。醒觉肿痛不可忍,急揭去,眉及睫毛并拔尽;且所糊即所蓄媚药,性至酷烈,目受其薰灼,竟以渐盲。

又一友好倾轧，往来播弄，能使胶漆成冰炭。一夜酒渴，饮冷茶。中先堕一蝎，陡螫其舌，溃为疮。虽不致命，然舌短而拗戾；语言不复便捷矣。此亦若或使之，非偶然也。

【注释】

①罅(xià)：裂缝。

【译文】

有个人收奴仆的女儿为侍妾，奴仆不愿意，但也没有办法。这个人属旗籍，也有主人。侍妾后来生了个女儿，长到十四五岁。主人听说姑娘长得漂亮，就收为侍妾。这个人心里不愿意，也没有什么办法。只有长叹说："不生这个女儿，就没有这件事。"他妻子说："不收奴仆女儿做侍妾，自然不会生下这个女儿了。"这个人茫然若失。

又，有个亲戚的女儿，经常嘀嘀咕咕说她嫂子的坏话，让嫂子老是挨骂，过不上一天好日子。这个女儿出嫁后，也常常被小姑嘀咕，像嫂子一样经常挨骂。她回娘家时对着嫂子流泪说："今天才知道做媳妇的艰难呀！"按上天的道理，什么行为得什么报应，难道不是这样吗？

又，有个年轻人，喜欢偷看女人，从窗缝门缝帘子的缝隙，千方百计偷看。有一天他喝醉了睡觉，有人开玩笑地用膏药糊住他的眼睛。他醒来后眼睛又肿又痛，无法忍受，连忙把膏药揭掉，结果把眉毛和睫毛都拔光了；而且，糊在眼睛上的原来是年轻人收藏的春药，药性很厉害，眼睛受到药物的熏烘灼烧，竟然因此渐渐失明了。

又，有个人喜欢整人，来来回回搬弄是非，能使很亲密的朋友都变得冰炭不相容。有天夜里喝酒过后口渴，他就喝冷茶。茶杯里先前刚掉进一只蝎子，猛然间螫了他的舌头，后来溃烂成疮。虽然不至于伤害性命，但舌头从此粗短僵硬，说话不再像以前那样灵活敏捷了。这也好像是冥冥之中有什么指使，而不是偶然的。

先师陈文勤公言：有一同乡，不欲著其名，平生亦无大过恶，惟事事欲利归于己，害归于人，是其本志耳。一岁，北上公车，与数友投逆旅。雨暴作，屋尽漏。初觉漏时，惟北壁数尺无渍痕。此人忽称感寒，就是榻蒙被取汗。众知其诈病，而无词以移之也。雨弥甚，众坐屋内如露宿，而此人独酣卧。俄北壁颓圮，众未睡皆急奔出；此人正压其下，额破血流，一足一臂并折伤，竟舁而归①。此足为有机心者戒矣。因忆奴子于禄，性至狡。从余往乌鲁木齐，一日早发，阴云四合。度天欲雨，乃尽置其衣装于车箱，以余衣装覆其上。行十馀里，天竟放晴，而车陷于淖②，水从下入，反尽濡焉③。其事亦与此类，信巧者造物之所忌也。

【注释】

①舁(yú)：抬。

②淖(nào)：烂泥，泥沼。

③濡(rú)：沾湿。

【译文】

先师陈文勤先生说：他有个同乡，这里不便说出他的名字，一生没什么大过错，只是事事总要把好处归自己，害处归别人，这是他一贯的为人。有一年参加科举考试，他和几个朋友投宿旅店。突然下起大雨，屋子全都漏了。开始时，只有紧靠北墙的几尺地方没有水痕。这人忽然说着了凉，就躺在北墙根的床上蒙被发汗。大家知道他是装病，但没有什么理由让他移开。雨越下越大，大家就像坐在露天一样，而这个人却独自酣睡。不一会儿，北墙倒塌，众人没睡，都急忙跑了出去；这个人正好被压在墙下，砸得头破血流，一条腿一条胳膊都被压断了，被抬了回去。这件事足以让有机诈心的人引为借鉴。由此我想起家奴于禄，为人十分奸猾。他跟随我去乌鲁木齐，一天早晨出发，阴云四合。他估计天将要下雨，就把自己的衣服行李全都放在车箱里，把我的衣服行李盖在上面。走了十几里，天气忽然放晴，但是车轮陷在泥坑里，泥水从车下渗进来，反而把他的衣服全都浸湿了。这件事和上面那件事相似，可见机心巧诈是造物主所忌恨的。

沈淑孙，吴县人，御史芝光先生孙女也。父兄早卒，鞠于祖母。祖母，杨文叔先生妹也，讳芬，字瑶季，工诗文，画花卉尤工。故淑孙亦习词翰，善渲染。幼许余侄汝备，未嫁而卒。病革时，先太夫人往视之。沈夫人泣呼曰："招孙，其小字也。尔祖姑来矣，可一相认也。"时已沉迷，犹张目视，泪承睫，举手攀太夫人钏，解而与之，亲为贯于臂，微笑而瞑。始悟其意欲纪氏物敛也。初病时，自知不起，画一卷，缄封甚固，恒置枕函边，问之不答。至是亦悟其留与太夫人，发之，乃雨兰一幅，上题曰："独坐写幽兰，图成只自看。怜渠空谷里，风雨不胜寒。"盖其家庭之间，有难言者，阻滞嫁期，亦是故也。太夫人悲之，欲买地以葬。姚安公谓于礼不可，乃止。后其柩附漕舶归，太夫人尚恍惚梦其泣拜云。

【译文】

沈淑孙，吴县人，是御史沈芝光先生的孙女。她的父亲、兄长死得早，由祖母抚养。她的祖母是杨文叔先生的妹妹，名字叫芬，字叫瑶季，擅长诗文，画花卉尤其精美。所以，淑孙的诗词文章都不错，画花卉尤其画得好。她小的时候许配给我侄子纪汝备，没等出嫁就死了。病危的时候，我母亲去看望她。沈夫人哭着呼唤说："招孙，她的小名。你祖婆婆来了,你睁眼认认。”当时她已经昏迷,还强睁开眼睛,睫毛上挂着泪,抬起手抓着我母亲的手镯,母亲摘下手镯亲自为她套在手腕上,她微笑着闭上了眼睛。这才明白她是打算带着纪家的东西入土。她刚生病的时候,自知将一病不起,画了一幅卷轴,封得非常严实,总是放在枕头边,问她也不回答。到这时也就明白她是留给祖婆婆的,打开卷轴看,是一幅雨中兰花图,上面题写道:“独坐写幽兰,图成只自看。怜渠空谷里,风雨不胜寒。”大概说因为她的家庭之间有难言之隐,耽误了嫁期,也是这个原因。我母亲悲怜她,打算买块地葬她。我父亲姚安公说,按礼法不能这么做,我母亲也就作罢了。后来,她的灵柩搭运货船运送回去,母亲还恍恍惚惚梦见她哭着拜别。

王西侯言:曾与客作都四夜行淮镇西,倦而少憩。闻一鬼遥呼曰:“村中赛神,大有酒食,可共往饮啖。”众鬼曰:“神筵那可近?尔勿造次。”呼者曰:“是家兄弟相争,叔侄互轧,乖戾之气,充塞门庭,败征已具,神不享矣。尔辈速往,毋使他人先也。”西侯素有胆,且立观其所往。鬼渐近,树上系马皆惊嘶。惟见黑气濛濛,转绕从他道去,不知其诣谁氏也。夫福以德基,非可祈也;祸以恶积,非可禳也。苟能为善,虽不祭,神亦助之;败理乱常,而渎祀以冀神佑,神受赇乎[①]?

【注释】

①赇(qiú):贿赂。

【译文】

王西侯说:他曾与雇工都四夜里赶路走到淮镇西边的一处地方,累了坐下来休息一会儿。听到有个鬼在远处喊:“村里正在祭神祭祖,有的是酒食,大家快去吃喝。”众鬼七嘴八舌地说:“祭神的筵席哪里能接近？你别胡闹。”刚才那个呼喊的鬼说：“这一家兄弟争吵，叔侄互相倾轧，不祥的气数已经布满整个宅院了，破落的征候已经明显，神灵不再享用他们的祭品了。你们要快点儿去，别让别的鬼占了先。”王西侯一向有胆量，就站起身来，看他们到底去哪里。鬼群渐渐走近的时候，王西侯拴在树上的马都惊恐地嘶鸣。只见黑气蒙蒙，那团黑气转弯绕到另一条路上去了，不知道到底去了谁家。按说，福份以仁德为基础，不是靠祈求能够得到的；祸殃是积恶所致，也不是祈神可以避免。假如能一心向善，即使不祭神灵，神灵也会帮助；而败伦理、乱纲常，却妄图通过祭祀希望神灵的保佑，神灵能接受贿赂吗？

梁豁堂言：有廖太学，悼其宠姬，幽郁不适，姑消夏于别墅。窗俯清溪，时开对月。一夕，闻隔溪搒掠冤楚声，望似缚一女子，伏地受杖。正怀疑凝眺，女子呼曰：“君乃在此，忍不相救耶？”谛视，正其宠姬，骇痛欲绝。而崖陡水深，无路可过，问：“尔葬某山，何缘在此？”姬泣曰：“生前恃宠，造业颇深。殁被谪配于此，犹人世之军流也。社公酷毒，动辄鞭棰。非大放焰口，不能解脱也。”语讫，为众鬼牵曳去。廖爱恋既深，不违所请；乃延僧施食，冀拔沉沦。

月馀后，声又如前。趋视，则诸鬼益众，姬裸身反接，更摧辱可怜。见廖哀号曰：“前者法事未备，而牒神求释，被驳不行。社公以祈灵无验，毒虐更增，必七昼夜水陆道场，始能解此厄也。”廖猛省社公不在，谁此监刑？社公如在，鬼岂敢斥言其恶？且社公有庙，何为来此？毋乃黠鬼幻形，绐求经忏耶？姬见廖凝思，又呼曰：“我实是某，君毋过疑。”廖曰：“此灼然伪矣。”因诘曰：“汝身有红痣，能举其生于何处，则信汝矣。”鬼不能答，斯须间，稍稍散去。自是遂绝。

此可悟世情狡狯，虽鬼亦然；又可悟情有所牵，物必抵隙。廖自云有灶婢殁葬此山下，必其知我眷念，教众鬼为之，又可悟外患突来，必有内间矣。

【译文】

梁豁堂说：有个姓廖的太学生，哀悼他宠爱的姬妾，忧郁不已，身体不舒服，就暂且到别墅消夏。别墅有个窗口对着清清的溪水，廖生常常开窗望月。一天夜里，听到溪对岸有挨打叫冤的声音，他远远望去，仿佛绑着一个女子，伏在地下挨棒打。正在疑惑注视，女子高喊：“你原来在这里，忍心不来救我吗？”仔细看时，女子正是他宠爱的姬妾，廖生又惊慌又心痛，差点儿晕过去。可是溪岸陡峭，溪水很深，没有路可以过去，就问道：“你埋葬在某山上，怎么会到这里呢？”姬妾哭着说：“我生前仗着你的宠爱，犯了不少罪过。死后被贬谪，发配到这里，好比人间的充军流放。土地公十分狠毒，动不动就对我鞭打棒敲。如果不大放焰口，我就不能解脱了。”姬妾说完，就被鬼魂们拉着走了。廖生对姬妾爱恋怀念感情很深，不愿违背她的请求；于是请来僧人布施食物，希望把姬妾超度出痛苦的境地。

一个多月后，姬妾哭喊声又像以前一样响起。廖生赶到窗口细看，只见鬼影更多了，姬妾赤裸着身体，双手反绑着，被摧残侮辱得更加可怜。姬妾看到廖生，就哀哀哭叫着说：“上次的法事还不够完备，我去请求神灵释放，被神灵驳回了，不准放行。土地爷因为你的祈祷没有灵验，更加虐待我，一定要办一次七日七夜的水陆道场，才能解救我的危难呀。”廖生猛然省悟，土地爷不在场，由谁来监督行刑呢？土地爷如果在场，这个鬼魂怎么敢讲他的坏话？而且土地爷有自己的庙，为什么来这里？莫非是狡猾的鬼变幻形象，欺骗我请僧人念经超度吧？姬妾看见廖生认真考虑，又喊道：“我实在是某某，你不要过分疑心。”廖生心里说：“这就分明是假鬼了。”随即反问姬妾说：“你身上有颗红痣，你能说出长在什么地方，我就相信你了。”鬼回答不出，一会儿鬼群就慢慢散去。从此，鬼魂就不再来了。

从这件事可以体会到世间人情狡猾虚伪，连鬼也是如此；又可以醒悟到感情有所牵挂时，怪物一定乘虚而入。廖生自己说有个烧火丫头死后埋葬在这座山脚下，一定知道我牵挂什么人，于是让那些鬼这么做的。从这里又可以明白，外面的灾祸突然来临，一定是内部有人做了奸细。

豁堂又言：一粤东举子赴京，过白沟河，在逆旅午餐。见有骡车载妇女住对屋中，饭毕先行。偶步入，见壁上新题一词曰：“垂杨袅袅映回汀[①]，作态为谁青？可怜弱絮，随风来去，似我飘零。　　濛濛乱点罗衣袂，相送过长亭。叮咛嘱汝：沾泥也好，莫化浮萍。”按，此调名《秋波媚》，即《眼儿媚》也。举子曰：“此妓语也，有厌倦风尘之意矣。”日日逐之同行，至京，犹遣小奴记其下车处。后宛转物色，竟纳为小星[②]。两不相期，偶然凑合，以一小词为红叶[③]，此真所谓前缘矣。

【注释】

①回汀：曲折的洲渚。

②小星：在古代借指妾。

③红叶：红叶上题诗，比喻姻缘巧合或天赐良缘。唐僖宗时，有宫女韩氏题诗红叶被于祐拾得，于祐亦题诗于红叶，又被韩氏拾得。后来韩氏出宫被婚配于祐，成婚之夜各出红叶，认为好事天定。事见唐代孟棨所撰笔记小说集《本事诗》。

【译文】

梁豁堂又说：有个广东举人进京会试，路过白沟河，在旅馆里吃午饭。看见一辆骡车上载着一个女人来旅馆，住在他对面的客房里，这女人吃完饭先离开了旅馆。举人偶然散步，走进对面客房，看见墙上刚题写了一首词："垂杨袅袅映回汀，作态为谁青？可怜弱絮，随风来去，似我飘零。　　濛濛乱点罗衣袂，相送过长亭。叮咛嘱汝：沾泥也好，莫化浮萍。"按，这词调名《秋波媚》，即是《眼儿媚》。举人说："这是妓女写的词，有厌倦风尘的意思。"他天天追随着她同行，到了京城，又派小奴记住她下车的地方。后来辗转寻找，终于纳她为妾。两人没有约定，偶然相遇，用一首小令作为传情的红叶，这真是所谓的前世有缘啊。

舅祖陈公德音家，有婢恶猫窃食，见则挞之。猫闻其欬笑，即窜避。一日，舅祖母郭太安人使守屋。闭户聊寝，醒则盘中失数梨，旁无他人，猫犬又无食梨理，无以自明，竟大受箠楚。至晚，忽得于灶中，大以为怪。验之，一一有猫爪齿痕。乃悟猫故衔去，使亦以窃食受挞也。"蜂虿有毒"，信哉。婢愤恚，欲再挞猫。郭太安人曰："断无纵汝杀猫理。猫既被杀，恐冤冤相报，不知出何变怪矣。"此婢自此不挞猫，猫见此婢亦不复窜避。

【译文】

我的舅爷爷陈德音先生家，有个婢女讨厌猫偷东西吃，见了猫就打。猫听到她咳嗽、说笑的声音就逃。一天，舅奶奶郭太安人派她看守房屋。她关好门窗后小睡了一觉，醒来发现盘子里的几个梨不见了，旁边没有其他人，猫狗也不可能吃梨，婢女说不清，挨了好一顿打。到了晚上，忽然在灶里发现了梨，她非常奇怪。拿出来查看，每一个上面都有猫爪子、猫齿的痕迹。这才明白是猫故意把梨叼走，让婢女因为偷吃梨子挨打。“野蜂毒虫有毒害人”这句话，是可以相信的了。婢女非常气愤，要再打猫。郭太安人说：“绝对没有让你杀猫的道理。猫如果被打死，恐怕会冤冤相报，不知道会出现什么变故。”婢女从此不再打猫，猫见到婢女也不再逃窜躲避了。

桐城耿守愚言：一士子游嵩山，搜剔古碑，不觉日晚。时方盛夏，因藉草眠松下。半夜露零，寒侵衣袖，噤而醒，偃卧看月。遥见数人从小径来，敷席山冈，酌酒环坐。知其非人，惧不敢起，姑侧听所言。一人曰：“二公谪限将满，当入转轮，不久重睹白日矣。受生何所，已得消息否？”上坐二人曰：“尚不知也。”既而皆起，曰：“社公来矣。”俄一老人扶杖至，对二人拱手曰：“顷得冥牒，来告喜音：二公前世良朋，来生嘉耦[1]。”指右一人曰：“公官人。”指左一人曰：“公夫人也。”右者顾笑，左者默不语。社公曰：“公何悒悒？阎罗王宁误注哉！此公性刚直，刚则凌物，直则不委曲体人情。平生多所树立，亦多所损伤，故沉沦几二百年，乃得解脱。然究君子之过，故仍得为达官。公本长者，不肯与人为祸福。然事事养痈不治，亦贻患无穷。故堕鬼趣二百年，谪堕女身。以平生深而不险，柔而不佞，故不失富贵。又以此公多忤，而公始终与相得，故生是因缘。神理分明，公何悒悒哉？”众哗笑曰：“渠非悒悒，直初作新妇，未免娇羞耳。有酒有肴，请社公相礼，先为合卺可乎！”酬酢喧杂，不复可辨；晨鸡俄唱，各匆匆散去。不知为前代何许人也。

【注释】

①嘉耦:互敬互爱、和睦相处的夫妻。

【译文】

桐城耿守愚说:有个书生游览嵩山,寻访古代碑刻,不知不觉天已黑了。当时正是盛夏季节,就躺在松树下面草地上睡觉。半夜露水凝结,寒气直透衣衫,书生冻得打了个机灵醒过来,就躺在地上看月亮。远远地看见有几个人从小路上山,把席子铺在山头上,斟上酒团团围坐。书生知道这些不是人类,害怕得不敢站起来,姑且侧耳倾听,看看他们说些什么。其中有一个鬼说:"两位贬谪期限快要满了,应当进入轮回投生,不久就可以重见天日了。投生到哪里,有没有消息呢?"在上座的两个鬼说:"还不知道呢。"接着,众鬼都站起来,说:"土地公来了。"不一会儿,一个老翁拄着拐杖过来,对那两个鬼拱手行礼,说:"刚刚接到阴间的公文,特来向两位报喜:两位前生是好朋友,来生是恩爱夫妻。"土地公指着右边一个鬼说:"你是官人。"又指着左边一个鬼说:"你是夫人。"右边的鬼看着左边的笑起来,左边的鬼却不声不响。土地公说:"你又何必闷闷不乐呢?阎罗王难道会安排错吗?这一位性格刚直,刚毅就盛气凌人,直率就不能深切体会别人的心情。他平生建树很多,伤害的人也很多,所以死后在阴间沉沦将近二百年,才能解脱投生。不过,他犯的仍然是正人君子的过失,所以仍然可以做大官。你本是一位忠厚长者,不愿意伤害别人,也不为别人造福。但是你对每一桩失误都不去纠正,也留下无穷的祸患。所以你变成鬼魂有二百年,才惩罚你投生为女人。因为你前生深沉却不阴险,柔绵却不奸诈,所以仍然享受富贵。还有,因为这位先生很容易得罪人,而你和他始终交情很好,所以就结下这段姻缘了。神灵的道理十分清楚明白,你又何必闷闷不乐呢?"众鬼喧哗哄笑说:"他并非闷闷不乐,只是刚做新娘子,不免有些娇羞罢了。这里有酒有菜,请土地公主持仪式,先让他们喝交杯酒好吗?"于是敬酒劝菜,应酬道谢,声音喧闹杂乱,再听不清他们讲些什么了;不多会儿，清晨鸡啼，那些鬼匆匆忙忙地分开走了，也不知是前代的什么人。

李应弦言：甲与乙邻居世好，幼同嬉戏，长同砚席，相契如兄弟。两家男女时往来，虽隔墙，犹一宅也。

或为甲妇造谤，谓私其表弟。甲侦无迹，然疑不释，密以情告乙，祈代侦之。乙故谨密畏事，谢不能。甲私念未侦而谢不能，是知其事而不肯侦也，遂不再问，亦不明言，然由是不答其妇。妇无以自明，竟郁郁死。死而附魂于乙曰："莫亲于夫妇，夫妇之事，乃密祈汝侦，此其信汝何如也。使汝力白我冤，甲疑必释；或阳许侦而徐告以无据，甲疑亦必释。汝乃虑脱侦得实，不告则负甲，告则汝将任怨也。遂置身事外，恝然自全[1]，致我赍恨于泉壤，是杀人而不操兵也。今日诉汝于冥王，汝其往质。"竟颠痫数日死。甲亦曰："所以需朋友，为其缓急相资也。此事可欺我，岂能欺人？人疏者或可欺，岂能欺汝？我以心腹托汝，无则当言无，直词责我勿以浮言间夫妇；有则宜密告我，使善为计，勿以秽声累子孙。乃视若路人，以推诿启疑窦，何贵有此朋友哉！"遂亦与绝，死竟不吊焉。

乙岂真欲杀人哉，世故太深，则趋避太巧耳。然畏小怨，致大怨；畏一人之怨，致两人之怨。卒杀人而以身偿，其巧安在乎？故曰，非极聪明人，不能作极懵懂事。

【注释】

①恝（jiá）然：漠不关心，冷淡的样子。

【译文】

李应弦说:甲和乙是上辈人就友好的邻居,从小一起玩耍,长大一起上学,性情相投像兄弟。两家的男男女女时常来往,虽然隔着一道墙,却像是一家人。

有人给甲的妻子造谣,说她和表弟私通。甲调查没有证据,可是疑心没有消除,暗地里把这件事告诉乙,求他代为侦查。乙向来谨慎怕事,推辞说办不了。甲心想,没有侦查就推辞办不了,明明是知道这回事,所以不肯侦查,于是就不再追问,也不明说,但从此不再和妻子说话。他妻子没有办法表白自己,竟然忧郁而死。死后鬼魂附在乙的身上,说:"再没有比夫妻更亲密的,夫妻之间的事,却秘密地求你侦察,可见他信任你到了什么程度。假如你尽量洗刷我的冤枉,甲的疑心一定会消除;就是你表面上答应侦查,然后再慢慢告诉他没有证据,甲的疑心也一定会消除。你却顾虑如果侦查出实情,不说就辜负了甲,说了你就要受埋怨。于是置身事外,小心翼翼地保全自己,致使我怨恨死去,这是杀人不用刀子呀。今天在阎王那里控告了你,你去对质吧。"乙竟发了几天疯去世了。甲也说:"人之所以要朋友,是为了有急难的时候能互相帮助。这件事可以瞒得过我,怎么能瞒得过别人?关系疏远的人或者可以骗我,怎么能瞒得了你?我把心腹之事托付给你,没有就应该说没有,你可以直言责备我不能因为流言蜚语损害夫妻感情;如果有就应该暗中告诉我,好让我想办法,不因为臭名声连累子孙。你却把我看成过路的人,用推诿让我有了疑心,这样的朋友有什么可贵的?"于是也和乙绝交了,乙死了也不去吊唁。

乙难道是真想杀人吗?只是世故太深,趋利避害的心机过于巧妙罢了。可是害怕小的怨恨,却招致大的怨恨;担心一个人怨恨,却招致两个人都怨恨。结果害死了人,把自己的命也搭上了,他的巧妙又在哪里呢?所以说,不是极其聪明的人,不会做出极其糊涂的事。

窦东皋前辈言：前任浙江学政时[1]，署中一小儿，恒往来供给使。以为役夫之子弟，不为怪也。后遣移一物，对曰："不能。"异而询之，始自言为前学使之僮，殁而魂留于是也。盖有形无质，故能传语而不能举物，于事理为近。然则古书所载，鬼所能为，与生人无异者，又何说欤？

【注释】

①学政：官名。"提督学政"的简称，也称"督学使者"。清代中叶以后置派侍郎、京堂、翰林、科道及部属等官由进士出身的，任此官，前往各省按期至所属府、厅考试童生及生员，任期三年。任此官者，无论本人官阶大小，均与督府平行。

【译文】

窦东皋前辈说：从前他任浙江学政的时候，官衙里有个孩子，经常来来往往听他使唤。他以为是哪个役夫的子弟，也没有很在意。后来，让这个孩子搬一件东西，他回答说："搬不动。"窦东皋很奇怪，问是怎么回事？这个孩子才说，本来是前学使的书僮，死后魂留在这里。原来鬼魂有形象而无质地，所以能够跑腿传话，而不能搬东西，这种说法倒是合乎情理。但是古书上记载，鬼能做到的事情和活人没有差别，这又如何解释呢？

特纳格尔为唐金满县地，尚有残碑。吉木萨有唐北庭都护府故城[1]，则李卫公所筑也[2]。周四十里，皆以土墼垒成[3]；每墼厚一尺，阔一尺五六寸，长二尺七八寸。旧瓦亦广尺馀，长一尺五六寸。城中一寺已圮尽，石佛自腰以下陷入土，犹高七八尺。铁钟一，高出人头，四围皆有铭，锈涩模糊，一字不可辨识。惟刮视字棱，相其波磔，似是八分书耳。

城中皆黑煤，掘一二尺乃见土。额鲁特云："此城昔以火攻陷，四面炮台，即攻城时所筑。"其为何代何人，则不能言之。盖在准噶尔前矣。城东南山冈上一小城，与大城若相犄角。额鲁特云："以此一城阻碍，攻之不克，乃以炮攻也。"

庚寅冬④，乌鲁木齐提督标增设后营，余与永馀斋名庆，时为迪化城督粮道，后官至湖北布政使。奉檄筹画驻兵地。万山丛杂，议数日未定。余谓馀斋曰："李卫公相度地形，定胜我辈。其所建城必要隘，盍因之乎？"馀斋以为然，议乃定，即今古城营也。名破城，大学士温公为改此名。其城望之似孤悬，然山中千蹊万径，其出也必过此城，乃知古人真不可及矣。褚筠心学士修《西域图志》时⑤，就访古迹，偶忘语此。今附识之。

【注释】

①北庭都护府：武周长安二年(702)，武则天于庭州置北庭都护府（今新疆吉木萨尔北破城子），取代金山都护府，管理西突厥故地，仍隶属于安西都护府。景云二年(711)，北庭都护府升为大都护府，由大都护正二品（后升为从一品）管理。与安西都护府分治天山南北。

②李卫公：即李靖(571—649)，字药师，隋末唐初将领，是唐朝文武兼备的著名军事家。后封卫国公，世称"李卫公"。

③土墼(jī)：土坯。

④庚寅：乾隆三十五年(1770)。

⑤《西域图志》：清代官修地方志之一。全称《钦定皇舆西域图志》，五十二卷。由于收集了有关史籍、清代西域军营奏章和地方大吏的文告等资料，并且进行了实地测量和调查，故《西域图志》内

容周详，文章质实，是研究中国汉代至清代前期新疆地区的一部很重要的历史地理文献。

【译文】

特纳格尔在唐代时属金满县管辖，现在还有残存的唐碑。吉木萨有唐代北庭都护府的城址，是卫公李靖建筑的。城周长四十里，用土坯垒成；土坯厚一尺，宽一尺五六寸，长二尺七八寸。旧瓦也有一尺多宽，一尺五六寸长。城内有一座寺庙已经全部倒塌，石佛腰以下半截埋进土里，上半身还有七八尺高。一口铁钟有一人多高，四周都铸有铭文，锈蚀得模模糊糊，一个字也辨不清。只有刮去锈斑，根据字的笔画，看上去像是楷书。城里到处是黑乎乎的，挖地一二尺才能看见土。额鲁特人说："这座城过去是用火攻陷的，四面的炮台就是攻城时修筑的。"这事发生在哪一代、是什么人，就说不清了。大约是在准噶尔部占领之前。城东南的山岗上有一个小城，和大城形成犄角之势。额鲁特人说："因为有这个城的阻碍，城没能攻下来，于是就用炮攻。"

乾隆庚寅年冬天，乌鲁木齐提督指令在这一带增设后营，我和永馀斋名叫庆，当时迪化城的督粮道，后来官做到湖北布政使。奉命筹划驻兵扎营的地方。由于山重路杂，议论了几天也没定下来。我对永馀斋说："李卫公勘察地形，肯定比我们强。他筑城的地方必是要塞，不如就在他造的地方扎营。"永馀斋也认为有道理，于是定议，这就是现在的古城营。本来叫"破城"，大学士温公改成现在的名称。这个城看上去好像很孤单，但山中千万条大小路径，都要经过这座小城，由此才知古人的才能真使人望尘莫及。学士褚筠心编修《西域图志》时，到这一带寻访古迹，我忘了告诉他这座小城。现在附记在此。

喀什噶尔山洞中，石壁劖平处有人马像①。回人相传云，是汉时画也。颇知护惜，故岁久尚可辨。汉画如武梁祠堂之类②，仅见刻本，真迹则莫古于斯矣。后戍卒燃火御寒，为烟气所薰，遂模糊都尽。惜初出师时，无画手橐笔摹留一纸也。

【注释】

①劖(chán)：用锐利的器具凿或铲。

②武梁祠堂：位于山东嘉祥，其内部装饰了大量完整精美的古代画像石，是我国东汉晚期一座著名的家族祠堂，也是我国最具代表性的一处画像遗存。

【译文】

喀什噶尔的山洞里，在石壁铲平的地方，有人和马匹的画像。回族人相传说，这是汉代的画像。都很懂得爱护，虽然年月很久，还可以看出来。汉代画像如武梁祠堂画像之类，只看过刻本，那么，真迹再没有比这里更古老的了。后来，戍边的兵卒点柴火御寒，画像被烟气薰烤，就全都模糊不清了。可惜刚出师的时候，没有会画画的人能用笔临摹一幅留下来。

次子汝传妇赵氏，性至柔婉，事翁姑尤尽孝。马夫人称其工容言德皆全备，非偏爱之词也。不幸早卒，年仅三十有三。余至今悼之。后汝传官湖北时，买一妾，体态容貌，与妇竟无毫发差，一见骇绝。署中及见其妇者，亦莫不骇绝。计其生时，妇尚未殁，何其相肖至此欤？又同归一夫，尤可异也。然此妾入门数月，又复夭逝。造物又何必作此幻影，使一见再见乎？

【译文】

我的二儿子汝传的妻子赵氏，性格温柔和顺，侍奉公婆特别孝顺。

马夫人称赞她，说她女工、容貌、谈吐、品德样样具备，这并不是偏爱的话。赵氏不幸年纪轻轻就去世了，只有三十三岁。到现在我还悼念她。后来，汝传在湖北做官时，买了一个妾，体态容貌，和赵氏没有一丝一毫的差别，刚见面时吓一跳。官署里见过赵氏的人见了，也都没有不吃惊的。算一下这个妾出生时，赵氏还没有去世，怎么会这样相像呢？而且又嫁同一个丈夫，这就更加奇怪了。不过，这个姬妾进门几个月后，又病死了。上天又何必造出赵氏的幻影，让人一见再见呢？

桐城姚别峰，工吟咏，书仿赵吴兴[①]，神骨逼肖。尝摹吴兴体作伪迹，薰暗其纸，赏鉴家弗能辨也。与先外祖雪峰张公善，往来恒主其家，动淹旬月。后闻其观潮没于水，外祖甚悼惜之。余小时多见其笔迹，惜年幼不知留意，竟忘其名矣。舅祖紫衡张公先祖母与先母为姑侄，凡祖母兄弟，惟雪峰公称外祖，有服之亲从其近也；余则皆称舅祖，统于尊也。尝延之作书，居宅西小园中。一夕月明，见窗上有女子影，出视则无。四望园内，似有翠裙红袖，隐隐树石花竹间。东就之则在西，南就之则在北。环走半夜，迄不能一睹，倦而憩息。闻窗外语曰："君为书《金刚经》一部[②]，则妾当相见拜谢。不过七千馀字，君肯见许耶？"别峰故好事，急问："卿为谁？"寂不应矣。适有宣纸素册，次日，尽谢他笔墨，一意写经。写成，炷香供几上，觊其来取。夜中已失之。至夕，徘徊怅望，果见女子冉冉花外来，叩额至地。别峰方举手引之，挺然起立，双目上视，血淋漓胸臆间，乃自刭鬼也。嗷然惊仆。馆僮闻声持烛至，已无睹矣。顿足恨为鬼所卖。雪峰公曰："鬼云拜谢，已拜谢矣。鬼不卖君，君自生妄念，于鬼何尤？"

【注释】

①赵吴兴：赵孟頫(1254—1322)，字子昂，号松雪道人，又号水精宫道人、鸥波，吴兴(今浙江湖州)人士，故画史又称"赵吴兴"。元代著名书画家。

②《金刚经》：佛教重要经典。传入中国后，自东晋到唐朝有六个版本，以鸠摩罗什译本《金刚般若波罗密经》最为流行，唐玄奘译本《能断金刚般若波罗蜜经》为补充。本经既重般若的悟证，卷帙又不多，迎合中国人的心理，因而流传甚广。

【译文】

桐城姚别峰，擅长吟诗咏词，书法摹仿赵孟頫，神韵和间架结构都非常相似。他曾经摹写赵孟頫的字体，用烟火把纸熏黑，书画欣赏家们都辨不出真假。他和我外祖父张雪峰先生关系很好，来来往往经常住在外祖父家，一住就是十天半个月。后来听说他观潮时淹死了，外祖父极为怀念他。我小的时候多次看过他的笔迹，可惜当时年幼无知，没有在意，现在竟然把他的名字都忘记了。我的舅祖父张紫衡先生我祖母和我母亲是姑母侄女关系，凡是祖母的兄弟，只有雪峰老先生称为外公，是按照五服之内比较亲近的缘故；其他人称为舅公，出于尊重。曾经请他写字，安排他住在宅西小园子里。一天夜里月光明亮，他看见窗户上有个女子的身影，出屋去看却没有了。四处观望园子里，好像有绿裙红袖，隐隐闪动在树石花竹之中。往东边去找，却在西边；到南边去找，却在北边。来回跑了半夜，最终也没能见上一面，姚别峰累了，回屋休息。听到窗外说道："您为我书写《金刚经》一部，我就当面拜谢您。全文不过只有七千多字，先生肯答应吗？"姚别峰本来就好事，急忙问："你是谁？"窗外寂静没有回答。恰好他有一叠宣纸的空白画册，第二天，谢绝其他笔墨之托，一心一意地抄写《金刚经》。书写完成后，点起一炷香，把经文供在案几上，偷看着等她来拿。半夜时，《金刚经》不见了。第二天晚上，姚别峰正神思恍惚在园子里徘徊张望，果然见一个女子慢慢从花丛后边走出来，叩头至地。姚别峰刚要伸手扶她，那个女子忽然挺身站起来，两眼向上翻着，胸前洒满了淋漓的鲜血，原来是个自杀的女鬼。姚别峰“嗷”地大叫一声，吓倒在地。书房的僮仆听到叫声举着灯烛赶来，已经什么都看不到了。姚别峰跺脚恨自己被鬼哄骗了。雪峰先生说：“那个女鬼说来拜谢，已经拜谢过了。鬼没有欺骗您，您自己产生了妄想，怨得着鬼吗？”

于南溟明经曰：“人生苦乐，皆无尽境；人心忧喜，亦无定程。曾经极乐之境，稍不适则觉苦；曾经极苦之境，稍得宽则觉乐矣。”尝设帐康宁屯，馆室湫隘①，几不可举头。门无帘，床无帐，院落无树。久旱炎郁，如坐炊甑②；解衣午憩，蝇扰扰不得交睫。烦躁殆不可耐，自谓此猛火地狱也。久之，倦极睡去。梦乘舟大海中，飓风陡作，天日晦冥，樯断帆摧，心胆碎裂，顷刻覆没。忽似有人提出，掷于岸上，即有人持绳束缚，闭置地窖中。暗不睹物，呼吸亦咽塞不通。恐怖窘急，不可言状。俄闻耳畔唤声，霍然开目，则仍卧三脚木榻上。觉四体舒适，心神开朗，如居蓬莱方丈间也。是夕月明，与弟子散步河干，坐柳下，敷陈此义。微闻草际叹息曰：‘斯言中理。我辈沉沦水次，终胜于地狱中人。’”

【注释】

①湫(jiǎo)隘：低洼矮小。

②甑(zèng)：古代蒸饭的一种瓦器。底部有许多透蒸气的孔格，置于鬲上蒸煮，如同现代的蒸锅。

【译文】

贡生于南溟说：“人的一生，苦和乐都没有止境；人心的或忧或喜也没有一定的标准。若是经历过极端的快乐，稍有不适就会觉得痛苦；若是经历过极端的痛苦，稍微宽松一点儿就会觉得快乐。”他曾经在康宁屯教书，住的馆舍低矮狭窄，几乎抬不起头来。门上没有门帘，床上没有蚊帐，院子里没有树木。久旱少雨又热又闷的日子，住在里面如同在蒸锅上；中午解开衣服休息，又被苍蝇搅扰得无法合眼。心情烦躁，真难以忍受，感觉自己是在猛火地狱中受煎熬。过了很长时间，累极了睡过去。梦见自己坐船在大海上，猛然刮起飓风，天昏地暗，桅杆吹折，篷帆吹倒，吓得肝胆俱裂，小船很快翻沉。忽然像被人从水中提出，扔在岸上，马上有人过来用绳索捆绑，禁闭在地窖中。地窖里伸手不见五指，想要呼吸咽喉却像堵住了一样。那种恐怖慌乱，难以形容。忽然听见身边有人呼叫，睁眼一看，发现自己仍然睡在那张三脚木榻上。顿时觉得浑身舒适，心情开朗，好像置身蓬莱仙境之中。这天晚上月色明朗，和学生们在河边散步，坐在柳树下，谈起这番感受。忽然隐约听到水边草丛中有人叹息着说：‘这话在理。我们这些人，沉沦在水边，终归比地狱里的人强多了。’”

外舅周箓马公家，有老仆曰门世荣。自言尝渡吴桥钩盘河，日已暮矣，积雨暴涨，沮洳纵横①，不知何处可涉。见二人骑马先行，迂回取道，皆得浅处，似熟悉地形者。因逐之行。将至河干，一人忽勒马立，待世荣至，小语曰：“君欲渡河，当左绕半里许，对岸有枯树处可行。吾导此人来此，将有所为，君勿与俱败。”疑为劫盗，悚然返辔，从所指路别行，而时时回顾。见此人策马先行，后一人随至中流，突然灭顶，人马俱没；前一人亦化旋风去。乃知为报冤鬼也。

【注释】

①沮洳(jù rù)：低湿之地。

【译文】

我的岳父马周箓先生家，有个老仆人叫门世荣。他说一次渡吴桥县的钩盘河，太阳已经下山，河水因久雨而暴涨，水流纵横，不知什么地方可以过河。他看见两个人骑马走在前面，迂回着找路，走的都是浅处，好像是熟悉地形的人。门世荣也跟着他们走。快到河岸的时候，一个人忽然勒住马，等门世荣到了跟前，小声对他说："您要想渡河，应当向左绕半里路左右，看到对岸有一棵枯树的地方，就可以过河。我引这个人来这里，想要做点儿事，您千万别跟着他受连累。"门世荣猜疑他是盗贼，惊恐地勒转马头，从他指的另一条路走，却时时回头看。他看见这个人打马走在前边，后边一个人跟随他到了河中间，突然水淹过头顶，人和马都沉没了；前边那个人顿时化作一股旋风不见了。他这才知道是来报仇的鬼。

田丈耕野官凉州镇时，携回万年松一片，性温而活血，煎之，色如琥珀。妇女血枯血闭诸证，服之多验。亲串家递相乞取，久而遂尽。后余至西域，乃见其树，直古松之皮，非别一种也。土人煮以代茶，亦微有香气。其最大者，根在千仞深涧底。枝干亭苕，直出山脊，尚高二三十丈，皮厚者二尺有馀。奴子吴玉保，尝取其一片为床。余谓闽广芭蕉叶可容一二人卧，再得一片作席，亦一奇观。

又尝见一人家，即树孔施门窗，以梯上下；入之，俨然一屋。余与呼延化州名华国，长安人，己未进士[①]，前化州知州。同登视，化州曰："此家以巢居兼穴处矣。"盖天山以北，如乌孙、突厥，古多行国，不需梁柱之材，故斧斤不至。意其真盘古时物，万年之名，殆不虚矣。

【注释】

①已未：乾隆四年(1739)。

【译文】

田耕野老先生在凉州镇做官时，带回来一片万年松，药性温和，能活血，煎出汤水的颜色像琥珀一样。治疗妇女的经血稀少、闭经等病症，大多灵验。亲戚家都相互传递消息到家来讨取，时间一久，就分光了。后来，我到了西域，才见到这种树，就是古松树的树皮，并不是另外一种松树。当地人煮松树皮汤代替茶，也有淡淡的香气。最大的古松树，根在千丈深的山涧底下。枝干高高耸立，超出山脊还有二三十丈，树皮最厚的有二尺多。仆人吴玉保曾经剥了一片做床。我说，福建、广东的芭蕉叶大得可以躺一两个人，要拿到一片芭蕉叶来做席子配这张床，也算是一种奇观了。

我还见到一家人，在大树洞上装上门窗，用梯子上下；进到大树洞里，真像一间房子。我和呼延化州名华国，长安人，已未年进士，以前担任过化州的知州。一起爬上去参观，化州说："这户人家既是住在巢中，又是住在洞穴里了。"原来天山以北，如乌孙、突厥等地，古时大多是游牧国度，不需要用建房屋梁柱的材料，所以不来砍伐这些树木。想来这些都是盘古氏年代的植物，称以万年，真是名不虚传。

田白岩曰："名妓月宾，尝来往渔洋山人家，如东坡之于琴操也。"苏斗南因言少时见山东一妓，自云月宾之孙女，尚有渔洋所赠扇。索观之，上画一临水草亭，傍倚二柳，题"庚寅三月道冲写"①。不知为谁。左侧有行书一诗曰："烟缕濛濛蘸水青，纤腰相对斗娉婷②。樽前试问香山老，柳宿新添第几星③？"不署名字，一小印已模糊。斗南以为高年耆宿，偶赋闲情，故讳不自著也。余谓诗格风流，是新城宗派。然渔洋以辛卯夏卒④，庚寅是其前一岁，是时不当有老友，“香山老”定指何人？如云自指，又不当云“试问”；且词意轻巧，亦不类老笔。或是维摩丈室，偶留天女散花⑤，他少年代为题扇，以此调之。妓家借托盛名，而不解文义，遂误认颜标耳⑥。

【注释】

①庚寅：康熙四十九年(1710)。

②娉(pīng)婷：形容女子姿态美好的样子。亦借指美人。

③柳宿：星宿名。二十八宿之一，南方朱雀七宿的第三宿，有星八颗。后人常引以咏柳。

④辛卯：康熙五十年(1711)。

⑤“维摩文室”二句：见《维摩诘经》：“维摩诘室有一天女，见诸天人闻所说法，便现其身，即以天花散诸菩萨大弟子上。花至诸菩萨，即皆堕落，至大弟子便着不堕。……天女曰：‘结习未尽，故花着身。结习尽者，花不着身也。’”

⑥颜标：颜标科考时，主考官误认其为颜真卿后人，为了勉励忠烈，有意取颜标为状元，宣宗照准。至谢恩之日才知颜标出身贫寒，与鲁郡公颜真卿并无瓜葛。

【译文】

田白岩说：“有个名妓叫月宾，她经常来往于渔洋山人家，他们的关系就像苏东坡和琴操一样。”苏斗南于是说起小时候，见过山东一个妓女，自称是月宾的孙女，还存有渔洋山人赠送的扇子。他要过来观看，扇子上画着临水的一间草亭，旁边长着两棵柳树，题款是“庚寅三月，道冲写”。不知道这人是谁。左边用行书写有一首诗道：“烟缕濛濛蘸水青，纤腰相对斗娉婷。樽前试问香山老，柳宿新添第几星？”诗没有署名，只有一方小印，已经模糊。苏斗南认为是年高的老儒，偶尔抒发些闲情，所以不愿自己暴露姓名。我认为，从诗的风格看，这是新城派也就是渔洋山人流派的作品。但是，王渔洋在康熙辛卯年夏季去世，庚寅年是他死的前一年，那个时候，他不该称别人为“老”，那么“香山老”指的是什么人？如果说是指自己，又不应该说“试问”；况且词意轻巧，也不像出自老年人的笔。大概是像佛经里说的维摩诘老病时，在房间里还有接纳天女散花一样的行为，是别的年轻人代他在扇子上题诗，用来取笑他吧。妓女只借重渔洋山人的大名，却不了解诗义，于是就误以为是渔洋山人的真迹了。

王觐光言：壬午乡试[1]，与数友共租一小宅读书。觐光所居室中，半夜灯光忽黯碧，剪剔复明，见一人首出地中，对灯嘘气。拍案叱之，急缩入。停刻许复出，叱之又缩。如是七八度，几四鼓矣，不胜其扰；又素以胆自负，不欲呼同舍，静坐以观其变。乃惟张目怒视，竟不出地。觉其无能为，息灯竟睡，亦不知其何时去，然自此不复睹矣。吴惠叔曰：“殆冤鬼欲有所诉，惜未一问也。”

余谓果为冤鬼，当哀泣不当怒视。粉房琉璃街迤东，皆多年丛冢，民居渐拓，每夷而造屋。此必其骨在屋内，生人阳气薰烁，鬼不能安，故现变怪驱之去。初拍案叱，是不畏也，故不敢出。然见之即叱，是犹有鬼之见存，故亦不肯竟去。至息灯自睡，则全置此事于度外，鬼知其终不可动，遂亦不虚相恐怖矣。东坡书孟德事一篇，即是此义。小时闻巨盗李金梁曰：“凡夜至人家，闻声而嗽者，怯也，可攻也；闻声而启户以待者，怯而示勇也，亦可攻也；寂然无声，莫测动静，此必勍敌[2]，攻之十恒七八败，当量力进退矣。”亦此义也。

【注释】

①壬午：乾隆二十七年（1762）。

②勍（qíng）：强大，强有力。

【译文】

王觐光说：壬午年参加乡试时，与几位朋友一道租了一处小宅院读书。有天半夜，王觐光住的房间，灯光忽然昏暗发绿色，他挑剪了灯芯，灯光又明亮了，看见有个人头从地下冒出来，对着灯烛吹气。王觐光拍着几案大声叱骂，那个人头急忙缩回地里去。过了一会儿，又冒上来，一骂又缩回去。这样反复折腾了七八次，快到四更天了，实在受不了这样搅扰；王觐光一向认为自己有胆量，所以也不愿去叫同院的朋友，索性静坐着看它有什么变化。那个人头也只是瞪着眼睛对他怒视着，终究没有从地里钻出来。王觐光觉得这个鬼头也没多大本事，干脆吹灭灯上床睡觉了，那个鬼头也不知何时消失的，反正从此以后就再未出现。吴惠叔说：“这可能是个冤鬼，想要诉说什么，可惜王觐光没有问问他。”

我认为，假如真是冤鬼，应该哀哭而不应怒视。粉房琉璃街往东一带，是历代的乱坟岗，民房渐渐扩展到那里，老百姓常常是平了坟，就在上面盖屋。这必定是屋内地下有遗骨残留，受到活人阳气的熏灼，鬼魂感到不安，所以变现怪异，想把活人吓跑。王觐光第一次拍案叱骂，证明他不怕鬼，鬼也因此不敢从地下钻出。但一见就叱骂，说明虽然不怕，但心里还是给鬼留下了一席之地，所以鬼也不肯完全退去。到王觐光索性熄灯睡觉，已经把鬼置之度外，鬼知道他不为所动，也就不再虚张声势吓唬他了。苏轼在《东坡志林》中，记载了曹操征乌桓后的感概，他说胜利虽有时出于侥幸，但事前要有足够的勇气和胆识，说的就是同一个道理。我小时候听人说，大盗李金梁曾经说过这样的话："凡是夜里进到人家里，听到有声响就咳嗽的人，心里一定胆怯，就可以去攻击他；听到有声响就打开门等候的人，是胆怯却偏要表示勇敢，也可以去攻击他；一点儿也没有反应，没有任何动静，这一定是劲敌，你攻击他，十有七八是要失败的，对此要特别小心，量力而行，能进则进，不能进则退。"李金梁的话和前面所述的故事，是同样的道理。

《列子》谓蕉鹿之梦[①]，非黄帝孔子不能知。谅哉斯言！余在西域，从办事大臣巴公履视军台。巴公先归，余以未了事暂留，与前副将梁君同宿。二鼓有急递，台兵皆差出，余从睡中呼梁起，令其驰送，约至中途遇台兵则使接递。梁去十馀里，相遇即还，仍复酣寝。次日，告余曰："昨梦公遣我赍廷寄[②]，恐误时刻，鞭马狂奔。今日髀肉尚作楚。真大奇事！"以真为梦，仆隶皆粲然。余乌鲁木齐杂诗曰："一笑挥鞭马似飞，梦中驰去梦中归。人生事事无痕过，东坡诗："事如春梦了无痕。"蕉鹿何须问是非？"即纪此事也。又有以梦为真者，族兄次辰言：静海一人，就寝后，其妇在别屋夜绩。此人忽梦妇为数人劫去，噩而醒，不自知其梦也，遽携梃出门追之。奔十馀里，果见旷野数人携一妇，欲肆强暴。妇号呼震耳。怒焰炽腾，奋力死斗，数人皆被创逸去。近前慰问，乃近村别一人妇，为盗所劫者也。素亦相识，姑送还其家。惘惘自返，妇绩未竟，一灯尚荧然也。此则鬼神或使之，又不以梦论矣。

【注释】

①蕉鹿之梦：从前有个郑国人在野外砍柴，看到一只受伤的鹿跑过来，就把鹿打死，担心猎人追来，就把鹿藏在一条小沟里，顺便砍了一些柴草覆盖。天黑了，他想把鹿扛回家，可怎么也找不到。于是只好放弃，就当自己做了一场梦罢了。事见《列子·黄帝篇》。蕉，同“樵”，柴。

②廷寄：清时皇帝的谕旨，分明发和廷寄两种，明发交内阁发布，廷寄由军机大臣专寄给外省将军、都统、督、抚、钦差等大员。

【译文】

《列子》记载用蕉叶藏鹿当成梦幻的事，只有黄帝、孔子那样的圣贤才能解释。的确是这样！我在西域曾经跟随办事大臣巴公巡视军台。巴公先回去了，我因为公事没有处理完暂时留下，和前任副将梁君住在一起。二更时分，有一件紧急公文需要立即传送，当时军士全都派出去了，我把梁君从梦中叫起，让他骑马去送，跟他约定，半路上只要遇到军士就命他们转送。梁君跑了十几里路，遇上军士就回来了，又上床接着酣睡。第二天，他告诉我：“昨晚梦见派遣我递送公文，我怕耽误时间，打着马狂奔。现在我的大腿还酸疼。这真是大怪事！”他把真事当做了梦，仆从们都笑起来。我在乌鲁木齐杂诗中说：“一笑挥鞭马似飞，梦中驰去梦中归。人生事事无痕过，苏东坡的诗句：“事如春梦了无痕。”蕉鹿何须问是非？”记载的就是这件事。有的人又把梦当做实事，我的族兄次辰说。静海县有一个人，他上床睡觉后，他妻子在另一间屋子里织布。这个人忽然梦见妻子被几个人劫走，从恶楚中惊醒，不知道刚才是做梦，急忙抄起木棍，冲出门追去。跑了十几里路，果然看见旷野里有几个人抓着一名妇女要强暴。妇人呼救的喊声震耳。这个人怒火中烧，冲上去拼死格斗，那几个人都被打伤逃跑了。他上前去慰问，才认出是邻村某人的妻子，被强盗劫到这里。他平时认识这个妇女，就把她送回家。等他心神不宁地回到家里时，妻子还在织布，屋里还亮着一盏灯。这也许是鬼神指使他去的，如果是这样，那又不能算是梦了。

交河黄俊生言：折伤骨者，以开通元宝钱此钱唐初所铸，欧阳询所书[①]。其旁微有偃月形，乃进蜡样时，文德皇后误掐一痕[②]，因而未改也。其字当回环读之。俗读为开元通宝，以为玄宗之钱，误之甚矣。烧而醋淬，研为末，以酒服下，则铜末自结而为圈，周束折处。曾以一折足鸡试之，果接续如故。及烹此鸡，验其骨，铜束宛然。此理之不可解者。铜末不过入肠胃，何以能透膜自到筋骨间也？惟仓卒间此钱不易得。后见张鷟《朝野佥载》曰："定州人崔务，堕马折足。医令取铜末酒服之，遂痊平。及亡后十馀年，改葬，视其胫骨折处，铜末束之。"然则此本古方，但云铜末，非定用开通元宝钱也。

【注释】

①欧阳询（557—641）：字信本，楷书四大家（欧阳询、颜真卿、柳公权、赵孟頫）之一。

②文德皇后：即文德顺圣皇后长孙氏，隋朝骁卫将军长孙晟的女儿，长孙氏十三岁时便嫁给了当时太原留守李渊的次子、年方十七岁的李世民为妻。贞观十年（636）六月，长孙皇后去世，时年36岁。同年十一月，葬于昭陵。初谥曰文德，上元元年（674）八月，改上尊号曰文德顺圣皇后。

【译文】

交河县黄俊生说：骨折受伤，用开通元宝这种钱是唐代初年铸造，欧阳询写的字。钱的边缘淡淡的有一条弯月的痕迹，是把铜钱蜡样送上审查时，被文德皇后手指掐上的一条痕迹，就这样没有更改。铜钱上的字要回环地读。老百姓读为"开元通宝"，以为是玄宗时铸的钱，是弄错了。铜钱烧红后浸醋淬火，然后碾成粉末，用酒冲服下去，铜末会自己凝结为铜圈，环绕箍住骨折的地方。有人曾经用一只断腿的鸡作试验，果然接好了断骨。等到杀这只鸡吃的时候，看它的腿骨，铜圈依然裹在上面。这个道理不可解释。铜末不过进入肠胃，怎么能透过肠胃的膜到了筋骨之间呢？只是仓猝之间，这种铜钱不容易找到。后来看到张鷟在《朝野佥载》中说："定州人崔务从马上摔下来，折断了脚骨。医生让他拿铜末用酒冲服，于是痊愈了。到他死后十几年改葬的时候，人们看他的脚腕骨折的地方，有铜末箍着。"这么说这本来是古代医方，只说用铜末，不一定非要用开通元宝钱。

招聚博塞，古谓之囊家，见李肇《国史补》[①]，是自唐已然矣。至藏蓄粉黛，以分夜合之资，则明以前无是事。家有家妓，官有官妓故也。教坊既废，此风乃炽，遂为豪猾之利源，而骙痴之陷阱[②]。律虽明禁，终不能断其根株。然利旁倚刀，贪还自贼。余尝见操此业者，花娇柳亸[③]，近在家庭，遂不能使其子孙皆醉眠之阮籍。两儿皆染淫毒，延及一门，疠疾缠绵[④]，因绝嗣续。若敖氏之鬼[⑤]，竟至馁而[⑥]。

【注释】

①李肇《国史补》：李肇，字里居，生卒年均不详，约唐宪宗元和中前后在世。累官尚书左司郎中，迁左补阙，入翰林为学士。《国史补》，轶事小说，记载唐代开元至长庆之间一百年事，涉及当时的社会风气、朝野轶事及典章制度各个方面。

②骙(ái)痴：迟钝，愚笨。

③亸(duǒ)：下垂。

④疠(lì)：恶疮。

⑤敖氏之鬼：若敖氏的鬼将因灭宗而无人祭祀，比喻没有后代，无

人祭祀。

⑥馁(něi):饥饿。

【译文】

招众聚赌的头子,古时候叫做囊家,在李肇的《国史补》里有记载,可见唐代已经有这类人了。至于收养妓女,晚上供人取乐,分取她们的钱,在明代以前还没有这种事。因为那时家里有家妓、官府设官妓的原故。教坊废除之后,这种风气就开始盛行,成了恶霸流氓谋利的来源,却是笨汉痴人的陷阱。律条虽然明令禁止,但始终不能断绝这种事情的根子。不过,利字旁边挨着一把刀,贪财的人最后还是害了自己。我曾见到做这个行业的人,娇艳袅娜的烟花女子就近在自己家庭,于是他的子孙受到诱惑,不能像阮籍醉眠一样无所沾染。他的两个儿子都得了性病,传染全家,病势拖延久治不愈,终于断绝了子嗣。这家人死后就像古时楚国若敖氏的鬼一样,没有后代祭祀,只好挨饿了。

临清李名儒言:其乡屠者买一牛,牛知为屠也,缒不肯前,鞭之则横逸。气力殆竭,始强曳以行。牛过一钱肆,忽向门屈两膝跪,泪涔涔下。钱肆闵之,问知价八千,如数乞赎。屠者恨其狞,坚不肯卖,加以子钱亦不许,曰:“此牛可恶,必剚刃而甘心,虽万贯不易也。”牛闻是言,蹶然自起随之去。屠者煮其肉于釜,然后就寝。五更自起开釜,妻子怪不回,疑而趋视,则已自投釜中,腰以上与牛俱糜矣。

夫凡属含生,无不畏死,不以其畏而闵恻,反以其畏而恚愤,牛之怨毒,加寻常数等矣。厉气所凭,报不旋踵,宜哉。先叔仪南公,尝见屠者许学牵一牛。牛见先叔,跪不起。先叔赎之,以与佃户张存。存豢之数年,其驾耒服辕,力作较他牛为倍。然则恩怨之间,物犹如此矣,可不深长思哉!

【译文】

临清人李名儒说：他的家乡有个屠户买了一头牛，牛知道它要被屠宰，怎么拉缰绳也不肯往前走，鞭子抽它就往旁边跑。一直闹到精疲力竭，才勉强被拉着往前走。走到一家钱庄门前，那头牛突然两腿一屈，对着大门跪下了，眼泪长流。钱庄老板可怜它，问明牛价是八千钱，就跟屠户商议，愿意按原价买下这头牛。屠户恼恨这头犟牛，坚决不卖，八千之外再加零头，仍然不卖，并且说："这头牛太可恨，非要亲手宰了它不可，就是给一万也不卖。"那头牛听他这样说话，猛然自己站起来，跟着屠户走了。屠户把牛杀了，放进大锅里煮然后睡觉了。五更的时候，他起床去开锅捞肉，他的妻子惊讶他为什么好长时间不回来，也到煮牛肉的地方看，才发现屠户头下脚上地投进锅里，上半身已经跟牛肉一道被煮烂了。

凡是有生命的，没有不怕死的，不但不因为牛怕死产生怜悯之心，反而因为它怕死而产生愤恨，这就让牛的怨恨，远远超过常情多少倍了。凭着报复的厉气，让屠户转眼之间遭到报应，也是必然的。我的先叔父仪南公，曾遇见屠户许学牵着一头牛。那头牛看见仪南公，就跪地不起。仪南公就把这头牛买过来，交给佃户张存使用。张存饲养它的几年里，它驾耒服辕，干活比别的牛加倍卖力气。恩怨之间，畜类也如此分明，怎么能不令人深思呢！

甲与乙望衡而居，皆宦裔也。其妇皆以姣丽称，二人相契如弟兄，二妇亦相契如姊妹。乙俄卒，甲妇亦卒。乃百计图谋娶乙妇，士论讥焉。纳币之日[1]，厅事有声，登登然如挝叠鼓。却扇之夕，风扑花烛灭者再，人知为乙之灵也。一日，甲妇忌辰，悬画像以祀。像旁忽增一人影，立妇椅侧，左手自后凭其肩，右手戏摩其颊。画像亦侧眸流盼，红晕微生。谛视其形，宛然如乙。似淡墨所渲染，而绝无笔痕，似隐隐隔纸映出，而眉目衣纹，又纤微毕露。心知鬼祟，急裂而焚之。然已众目共睹，万口喧传矣。异哉！岂幽冥恶其薄行，判使取偿于地下，示此变幻，为负死友者戒乎！

【注释】

①纳币：亦称“纳成”、“纳征”，古代婚姻制度六礼中第四礼，就是男方向女方送聘礼。

【译文】

有甲乙两人对门而居，两人都是官宦后裔。妻子都很漂亮，两人相处得亲如兄弟，两人的妻子也亲如姐妹。不久乙去世，甲的妻子也死了。甲千方百计娶了乙的遗孀，遭到士人的非议。下聘礼那天，客厅里发出“登登”的响声，就像擂鼓一样。拜天地的那天晚上，洞房的花烛两次被风吹灭，人们明白是乙显灵。甲的前妻忌日那天，家里挂起她的画像祭奠。画像旁边忽然多出一个男人的影子，站在甲的前妻身边，左手从身后搭在她的肩上，右手抚摸她的脸颊。甲的前妻也斜转眼睛看他，脸上微微泛出红晕。仔细看去，那个男人影子就是乙的样子。好像是用浅淡的墨汁晕染上去的，丝毫没有笔画的痕迹，似乎是隐约隔着纸透出来的，眉毛眼睛、衣服纹路，连极细微的地方却都显得很清晰。甲明白是鬼在作怪，急忙把画像撕碎烧掉。但是已经被许多人看到，纷纷传扬开去。真奇怪！难道是阴间也厌恶甲的鄙劣行径，判乙在地下得以补偿，并且显示这种变幻，让那些对亡友负心的人引以为戒吗！

卷十四

槐西杂志四

【题解】

《阅微草堂笔记》的创作主导思想是劝惩风化，匡扶正道，这一点在纪昀刚开始写作时就声明过；在“槐西杂志一”中，纪昀说是因为“昼长多暇”，提供素材的同僚和作者有充分的时间，似乎践行了“闲暇出小说”的说法；在本卷末尾，纪昀又说明了自己写作的另一个用途：当某些人因为各种原因进不了史书、得不到旌表时，可以通过自己的小说，让他们发出微弱的光亮。小说历来被认为是以“消闲自娱”为目的，类似纪昀这样写作在当时居然也是一种时尚，同样类似的是这一类小说作家大多为仕途畅达的官宦文人，他们当然无须为生计奔忙，仕途虽亦有波折但并无偃蹇困顿之忧，比起在底层挣扎的一帮文人，他们自然来得从容恬淡，因此作品中绝无抑郁不平的愤世嫉俗气息。作为代表作家，纪昀同样不可能像蒲松龄那样以底层平民的眼光来看世界，怀着孤愤去揭露种种时弊，或带着仇恨去抨击封建统治。纪昀一向把小说用以劝诫、风化的社会功用看得很重。他居高临下，以“上以风化下”的角度站在当政者的立场上感化下民，希望感化“下愚”，并警诫“下愚”，还试图使含冤受屈者“怨尤都泯”，净化人们的心灵，去除作恶的念头。他的小说中，社会是复杂的，特定的社会环境能激活人本身在某一方面的恶习并使之膨胀，而有了鬼神的监督和惩戒，让人时时惧怕鬼的凶残和魔力，可以抑制恶习，避免犯罪。同时，鬼神观念牢固确立，特别是善恶报应观念通过鬼神的实施日益强化，为人们多做善事、乐于行善提供了精神动力。除此之外，在这位身居高位的“前清世故老人”的深层意识中还有着不同于一般官员的体恤下情、悲天悯人。

林教谕清标言：曩馆崇安，传有士人居武夷山麓，闻采茶者言，某岩月夜有歌吹声，遥望皆天女也。士人故佻达，乃借宿山家，月出辄往，数夕无所遇。山家亦言有是事，但恒在月望，岁或一两闻，不常出也。士人托言习静，留待旬馀。一夕，隐隐似有声，乃潜踪急往，伏匿丛薄间。果见数女皆殊绝，一女方拈笛欲吹，瞥见人影，以笛指之，遽僵如束缚，然耳目犹能视听。俄清响透云，曼声动魄，不觉自赞曰：“虽遭禁制，然妙音媚态，已具赏矣。”语未竟，突一帕飞蒙其首，遂如梦魇，无闻无见，似睡似醒。迷惘约数刻，渐似苏息。诸女叱群婢曳出，谯呵曰：“痴儿无状，乃窥伺天上花耶？”趣折修篁，欲行棰楚。士人苦自申理，言性耽音律，冀窃听幔亭法曲[①]，如李謩之傍宫墙[②]，实不敢别有他肠，希彩鸾甲帐[③]。一女微哂曰：“悯汝至诚，有小婢亦解横吹，姑以赐汝。”士人匍匐叩谢，举头已杳。回顾其婢，广颡巨目，短发鬇鬡[④]，腰腹彭亨，气咻咻如喘。惊骇懊恼，避欲却走。婢固引与狎，捉搦不释。愤击仆地，化一豕嗥叫去。岩下乐声，自此遂绝。观是婢，殆是妖，非仙矣。或曰：“仙借豕化婢戏之也。”倘或然欤？

【注释】

①幔亭：用帐幕围成的亭子。

②李謩(mó)：相传唐朝开元年间教坊里的首席吹笛手。

③甲帐：汉武帝造的帐幕。

④鬅鬙(péng sēng)：毛发散乱的样子。

【译文】

教谕林清标说：过去，他在福建崇安设馆教学生，传说有个住在武夷山麓的读书人听采茶人说，在一座山岩上，月明之夜常有歌唱和吹奏乐器的声音，远远望去，都是些天上的仙女。这个读书人本来就放荡轻薄，于是借宿在山里人家，每到月出就到山岩上去，一连几个夜晚，什么都没遇见。山里人也说有这回事，但是通常在每月十五时出现，一年也就能听到一两次，不是经常出现。读书人借故说自己喜欢清静，留下来又住了十几天。有个夜晚，他隐隐约约听到好像有乐声，于是急忙悄悄地前往，躲藏在密草丛中。果然看见几个女子，个个绝色艳丽，其中一个女子刚刚拈起笛子要吹，瞥见有人影，就用笛子一指，读书人顿时周身木僵，像是被绳索捆住了一样，但仍然耳朵能听眼睛能看。不一会儿，清越的笛声响彻云霄，悠长的乐曲动人心魄，读书人不觉脱口赞道："我虽然被禁锢，但是美妙的音乐、妩媚的舞姿已经全都欣赏了。"话没说完，突然一块手帕飞来蒙在他头上，于是他就像梦魇了似的，听不见也看不见，又像睡着又像醒着。迷迷糊糊了有几刻钟，才仿佛渐渐苏醒过来。众女子喝叫几个婢女将他拉出来，呵斥说："你这傻小子太不像话，竟敢偷窥仙家姐妹？"众女子让婢女赶紧折来长竹条，要抽打他。读书人苦苦申辩说自己生性喜好音乐，只是想暗中领教仙家法曲，就像唐代书生李謩在宫墙外偷听乐声一样，实在不敢有其他念头，不是企图有所艳遇。一个女子微微冷笑讥讽道："我理解你这么至诚，我有一个小婢女也很会吹奏乐曲，姑且把她赏给你吧。"读书人趴在地上磕头致谢，等他抬起头来，仙女们已经不知去向。回头看见个婢女，宽脑门大眼睛，短发蓬松杂乱，粗腰大肚，呼吸就像喘气一般。他惊骇懊恼，想转身躲避。婢女强拉硬拽，意欲求欢，追着死抓着不放。他愤怒地把她打倒在地，她变成了一头猪，嗥嗥叫着跑了。山岩下的乐曲声从此就再也听不到了。看这个婢女的变幻，大概那些女人都是妖魅而不是仙女。也有人说："是仙女把一头猪变成婢女来戏弄他。"也许真是这样的吧？

刘燮甫言：有一学子，年十六七，聪俊韶秀，似是近上一流，甚望成立。一日，忽发狂谵语，如见鬼神。俟醒时问之，自云："景城社会观剧，不觉夜深，归途过一家求饮。惟一少妇，取水饮我，留我小坐，言其夫应官外出，须明日方归。流目送盼，似欲相就。爱其婉媚，遂相燕好。临行泣涕，嘱勿再来，以二钏赠我。次日视之，铜青斑斑，微有银色，似多年土中者。心知是鬼，而忆念不忘。昨再至其地，徘徊寻视。突有黑面长髯人，手批我颊，踉跄奔归。彼亦随至。从此时时见之，向我诟厉。我即忽睡忽醒，不知其他也。"父母为诣墓设奠，并埋其钏。俄其子瞋目呼曰："我妇失钏，疑有别故；而未得主名，仅倒悬鞭五百，转鬻远处。今见汝窃来，乃知为汝所诱。此何等事，可以酒食金钱谢耶？"颠痫月馀，竟以不起。然则钻穴逾墙，即地下亦尚有祸患矣。

【译文】

刘燮甫说：有一个书生，十六七岁，长得清秀聪明，属于上进的一类，很有希望能成就大事。有一天，他突然发狂讲胡话，好像遇见鬼神一般。等他醒过来时问他，他说："我到景城的土地神赛会上看戏，不知不觉夜深了才回家，回来的路上经过一户人家，我进去讨水喝。这户人家只有一个少妇，拿水给我喝，还留我坐一会儿，说她丈夫因官差外出，要明天才回来。少妇眉目传情，似乎想和我亲热。我也喜欢她柔顺妩媚，就和她成了好事。分别的时候，她流着眼泪，吩咐我不要再去了，还送给我两只手镯。第二天，我看手镯上面有斑斑点点的铜绿，透出淡淡的银色，好像是埋在泥土里多年了。我心里明白少妇是鬼，但还是怀念不已。昨天，我再到那个地方，来来回回寻找。突然有一个黑面长髯的人出现，抽我耳光，我跌跌撞撞地跑回家，他也跟着来了。从此，我经常看到他对着我痛骂。我就忽睡忽醒，其他都不知道了。"书生的父母就到那座坟墓上祭奠，并且把手镯埋回坟墓里。不一会儿，他们的儿子瞪大眼睛大叫道："我老婆的手镯丢了，我就疑心另外有原故；只是没有查实偷情人的名字，只好把老婆倒吊起来鞭打五百下，卖到远处去了。现在看到你们悄悄把手镯送回来，才知道我老婆是被你儿子所引诱。这是什么样的事，是用酒食金钱致谢赔礼就可以解决的么？"书生发狂一个多月，竟然一病不起了。这么说偷鸡摸狗的行为，即使在阴间也是会带来灾祸的。

李云举言：东光有薰狐者，每载燧挟罟[①]，来往墟墓间。一夜，伏伺之际，见一方巾襕衫人自墓顶出[②]，魗魗苦侯反。《说文》曰："鬼声也。"长啸，群狐四集，围绕丛薄，狰狞嗥叫，齐呼捕此恶人，煮以作脯。薰狐者无路可逃，乃攀援上高树。方巾者指挥群狐，令锯树倒。即闻锯声訇訇然。薰狐者窘急，俯而号曰："如蒙见释，不敢再履此地。"群狐不应，锯声更厉。如是号再三，方巾者曰："果尔，可设誓。"誓讫，鬼狐俱不见。此鬼此狐，均可谓善了事矣。

盖侵扰无已，势不得不铤而走险，背城借一[③]。以群狐之力，原不难于杀一人；然杀一人易，杀一人而激众人之怒，不焚巢犁穴不止也。仅使知畏而纵之，姑取和焉，则后患息矣。有力者不尽其力，乃可以养威；屈人者使其易从，乃可以就服。召陵之役[4]，不责以僭王，而责以苞茅，使易从也；屈完来盟即旋师，不尽其力，以养威也。讲学家说《春秋》者，动议齐桓之小就。方城汉水之固，不识可一战胜乎？一战而不胜，天下事尚可为乎？淮西、符离之事[5]，吾征诸史册矣。

【注释】

①燧：火石。罟(gǔ)：鱼网。

②襕(lán)衫：古代士人之服，因其于衫下施横襕为裳，故称。明清时为秀才举人之公服。

③背城借一：在自己城下和敌人决一死战。多指决定存亡的最后一战。

④召陵之役：周时齐楚之间的一次战役。公元前656年，当时楚国国力日益强盛，楚王自立为王，与周天子平起平坐，楚国以郑国为跳板技击邻国，徐图北进称霸中原，不断挑战齐国的霸主地位。这年管仲建议齐桓公以周天子名义号召鲁、宋、陈、卫、郑、许、曹七国组成联军假借"伐蔡"为名，欲偷袭楚国，治楚僭称王号之罪，实则是借诸侯之力削弱楚国，维护齐国霸主地位。不料偷袭计划遭齐桓公亲信竖刁泄露，联军到达楚国边境即遭遇楚国使臣屈完，双方谈判。管仲建议齐桓公不责楚国僭称王号，只责其不贡苞茅。苞茅是南方的一种茅草，又叫菁茅，周时主要用于滤酒祭祀。屈完代楚成王承认苞茅之罪，回复后承诺向周贡奉，双方签订盟约、罢兵言和。此次战役齐国虽未重挫楚国，却也阻绕了楚国称霸中原的步伐。

⑤淮西、符离：淮西，史称“淮西兵变”。绍兴七年(1137)八月，南宋军队原隶属刘光世所部的统制官郦琼、王世忠、靳赛等发动叛乱，杀死监军官吕祉等人，裹胁全军四万馀人，并百姓十馀万投降金人傀儡伪齐刘豫。兵变不仅使南宋对金人和伪齐的军事前沿突然处于防卫空虚的状态，而且成为后来南宋对金人战略变化的一个转折点，致使南宋方面失去了一次收复故土的机会。符离，史称“符离之败”。南宋隆兴元年(金大定三年，1163)五月，宋军渡淮北伐，于符离(今安徽宿州北)被金军击溃的战事。

【译文】

李云举说：东光县有个烟熏捉狐的人，常年带着火石、猎网，来往于坟地墓穴之间。一天晚上，正当他躲藏着观察时，只见一个头戴方巾、身穿士子衣裳的人，从一座坟顶冒出来，发出䰯䰯苦侯反。《说文》说：“䰯：鬼叫的声音。”的长叫，大群狐狸从四面云集而来，围绕着这个人藏身的树丛，狰狞恐怖地号叫，一齐大呼抓住这个恶人，煮熟了做肉干吃。熏狐人无路可逃，只好爬上一棵很高的树。戴方巾的人指挥着群狐，让它们把树锯倒。随即听见锯树声訇訇地响起来。熏狐人又怕又急，俯身向下号叫道：“如果承蒙你们放了我，再也不敢到这里来了。”狐狸们根本不理睬他，锯树声更加急促。熏狐人再三哀求，那个戴方巾的才说：“果真如此，你必须先起誓。”熏狐人发完誓，鬼、狐狸们都不见踪影了。这个鬼和这些狐精都称得上是善于了事的了。

一般说来，如果没完没了地侵扰，就会逼得人不得不铤而走险，下定决心决一死战了。以这群狐精的力量，杀死一个人原本不是件难事；然而杀一个人容易，杀了一个人却激起更多人的愤怒，非闹到焚巢掘穴不可。所以，群狐仅仅让那个人知道害怕就放了他，姑且和解了事，就能防止后患了。有力量的人不用尽气力，就能蓄养自己的威力；要征服人先让人容易顺从，就能使之归顺。齐楚召陵之战时，齐国不追究楚国僭越天子，却只责怪楚国贡献苞茅太迟，这就让楚国容易接受；屈完签订盟约之后,齐军当即撤回,不用尽军力,为的是蓄养军威。道学家谈论起《春秋》来,动不动就说,齐桓公只满足于获得小利。难道楚国当时不知道依靠方城之固、汉水之利,拼死一战吗?这样拼死一战而不能胜,天下还有可为之事吗?南宋淮西军的叛乱,符离一战宋军的惨败,是我从史书中找到的明证。

族弟继先,尝宿广宁门内友人家。夜大风雨,有雷火自屋山近房脊之墙谓之屋山,以形似山也。范石湖诗屡用之[①]。穿过,如电光一掣然,墙栋皆摇。次日,视其处,东西壁各一小窦如钱大,盖雷神逐精魅,贯而透也。

凡击人之雷,从天而下;击怪之雷,则多横飞,以遁逃追捕故耳。若寻常之雷,则地气郁积,奋而上出。余在福宁度岭,曾于山巅见云中之雷;在淮镇遇雨,曾于旷野见出地之雷,皆如烟气上冲,直至天半,其端火光一爆,即訇然有声,与铳炮之发无异。然皆在无人之地,其有人之地,则从无此事。或曰:"天心仁爱,恐触之者死。"语殊未然。人为三才之中[②],人之聚处,则天地气通,通则弗郁,安得有雷乎?塞外苦寒之地,耕种牧养,渐成墟落,则地气渐温,亦此义耳。

【注释】

①范石湖:范成大(1126—1193),字致能,号石湖居士,平江吴郡(今江苏吴县)人。南宋诗人。

②三才:天、地、人。

【译文】

我的堂弟纪继先,曾经借住在广宁门内一位朋友家里。那天夜里,风雨大作，有雷火从屋山靠近屋脊的墙叫做屋山，因为形状像山。范成大的诗里就多次用这个词语。上穿过，就像被电光闪耀猛然拉了一把似的，屋子的墙壁和梁柱都摇晃。第二天，他查看昨夜雷电穿过的地方，东西墙壁上各有一个铜钱大的圆洞，大概是雷神追逐精怪时穿透的。

凡是击人之雷，都是从天而降；击怪之雷，大多是横着飞，这是因为精怪四处逃遁、雷电跟踪捕捉的缘故。如果平常的雷，则是由于地气郁积，奋而冲到空中形成的。我在福宁过白鹤岭时，曾经在山顶上见过云中之雷；在淮镇遇到大雨，曾经在旷野上见过出于地面之雷，这些雷都像是烟气上冲，直到空中，它的上端火光一爆，随即轰然出声，与铳炮发射火药没有什么两样。但这些雷都发生在无人居住的地方，有人的地方，就没有这样的事。有人说："这是因为上天存心仁爱，恐怕触雷者遭到不幸。"这话不一定对。天、地、人三才，人居中，人聚集之处，天地之气通畅，气通就不会郁结，怎么会生出雷呢？正如塞外贫瘠寒冷之地，由于人们耕种牧养，渐渐形成村落，地气也渐渐温和，正是这个道理。

王岳芳言：其家有一刀，廷尉公故物也。或夜有盗警，则"格格"作爆声，挺出鞘外一二寸。后雷逐妖魅穿屋过，刀堕于地，自此不复作声矣。世传刀剑曾渍人血者，有警皆能自响。是不尽然，惟曾杀多人者乃如是尔。每杀一人，刀上必有迹二条，磨之不去。幼年在河间扬威将军哈公元生家，曾以其佩刀求售，云夜亦有声。验之，信然也。或又谓作声之故，乃鬼所凭，是亦不然。战阵所用，往往曾杀千百人，岂有千百鬼长守一刀者欤？饮血既多，取精不少，厉气之所聚也。盗贼凶鸷，亦厉气之所聚也。厉气相感，跃而自鸣，是犹抚琴者鼓宫宫应，鼓商商应而已。蕤宾之铁[1]，跃乎池内；黄钟之铎[2]，动乎土中，是岂有物凭之哉？至雷火猛烈，一切厉气，遇之皆消，故一触焰光，仍为凡铁。亦非丰隆、列缺③，专为此物下击也。

【注释】

①蕤(ruí)宾：古乐十二律中之第七律。律分阴阳，奇数六为阳律名曰六律；偶数六为阴律名曰六吕。合称“律吕”。蕤宾属阳律。

②黄钟：我国古代音韵十二律中六种阳律的第一律。

③丰隆：原指古代神话中的雷神，后多用做雷或雷声的代称。列缺：闪电。列，通“裂”，分裂。缺，指云的缝隙。电光从云中决裂而出，故称“列缺”。

【译文】

王岳芳说：他家有一把刀，是当过廷尉的长辈的遗物。要是夜里有盗贼进入宅院，这把刀就格格地发出爆裂的响声，刀身也从刀鞘里跳出来一两寸。后来有雷霆追逐妖怪穿屋而过，刀掉到地上，从此不再发出声响了。人们传说凡是沾过人血的刀剑，只要有盗贼来都能自动发出声响。也不完全这样，只有杀过许多人的刀剑才会这样。每杀一个人，刀上必然留下两条痕迹，磨也磨不掉。我小时候在河间府扬威将军哈元生家里，哈家曾经要把将军的佩刀卖掉，说这把刀夜里发出声响。经过验证，果真是这样。有人又说发出声响的原因是鬼凭附在上面，也不是这样。战场上用过的刀，杀人成百上千，岂有千百个鬼长久守着一口刀的道理？沾的血既然很多，吸取的精气就不少，于是聚集了暴戾之气。盗贼凶猛残暴，也聚集着暴戾之气。两种暴戾之气相互感应，刀剑就会发出声响，这就好像弹琴的人弹宫调，宫声的弦就会共鸣；弹商调，商调的弦就会共鸣。能发出蕤宾之调的铁，当有人弹奏此调时，就在池子里跳跃；能发出黄钟调的大钟，有人敲出此音，就会在泥土中共鸣，这哪里是有什么东西凭附在上面呢？至于猛烈的雷火，一切暴戾之气触到它就全部消失了，所以一遇到强烈的电光，刀就变为凡铁一块。号称丰隆、列缺的劈雷闪电，也不是专为打击这些发出声响的器物才从天庭突降的。

余尝惜西域汉画，毁于烟煤，而稍疑一二千年笔迹，何以能在？从侄虞惇曰："朱墨着石，苟风雨所不及，苔藓所不生，则历久能存。易州、满城接壤处，有村曰神星。大河北来，复折而东南，有两峰对峙河南北，相传为落星所结，故以名村。其峰上哆下敛，如云朵之出地，险峻无路。好事者攀踏其孔穴，可至山腰。多有旧人题名，最古者有北魏人、五代人，皆手迹宛然可辨。然则洞中汉画之存于今，不为怪矣。"惜其姓名虞惇未暇一一记也。易州、满城皆近地，当访其土人问之。

【译文】

我曾经惋惜西域的汉代壁画，毁于兵火和煤灰，但是稍稍又感到奇怪，一两千年前的笔迹，怎么能保持到现在呢？堂侄纪虞惇告诉我："用朱砂和黑墨画在石壁上，如果风刮不到雨打不着，石上不生苔藓，就能够长期保留下来。在易州与满城县交界的地方，有个村子叫神星。黄河从北而来，到这里又折向东南，有两座山峰相对峙于河的南北，相传是陨落的流星生成的，所以就给村子起了这个名。这两座山峰都是上面张开下面收敛，恰似云朵拔地而出，山势险峻，无路可寻。那些好事的人踩着山崖上的孔穴攀缘而上，可以到达山腰。上面有不少前人的题词刻名，最早的有北魏人和五代人，字迹都仍然清晰可辨。这么说西域洞中的汉代壁画能保留到今天，也就不足为怪了。"可惜的是，山上题词人的姓名，虞惇没来得及记录下来。好在易州、满城都不算远，应该走访当地居民询问一下。

虞惇又言：落星石北有渔梁[①]，土人世擅其利，岁时以特牲祀梁神[②]。偶有人教以毒鱼法，用芫花于上流挼渍[③]，则下流鱼虾皆自死浮出，所得十倍于网罟。试之良验。因结团焦于上流，日施此术。一日，天方午，黑云自龙潭暴涌出，狂风骤雨，雷火赫然，燔其庐为烬。众惧，乃止。夫佃渔之法，肇自庖羲[④]；然数罟不入，仁政存焉。绝流而渔，圣人尚恶；况残忍暴殄，聚族而坑哉！干神怒也宜矣。

【注释】

①渔梁：筑堰拦水捕鱼的一种设施。

②特牲：祭礼或宾礼只用一种牲畜。

③挼（ruó）：揉搓。

④庖羲：即伏羲。中国神话中人类的始祖。

【译文】

虞惇又说：在落星石北面有一道渔梁，当地人世代独享捕鱼的好处，每年过节就用牲畜祭祀渔梁神。偶尔有人教当地人毒鱼的办法，在上游投放揉出来的芫花汁，下游的鱼虾就都被毒死浮出水面，收获要比用网捕多上十倍。经过试验，十分管用。于是就在上游搭起窝棚，天天用这种方法毒鱼。有一天，正当中午，有黑云从龙潭里突然汹涌而出，狂风骤雨大作，雷轰电闪，把窝棚烧成了灰烬。大家害怕，不再毒鱼了。打猎和捕鱼为生的方法，从伏羲时代就开始了；不过，细密的网不入鱼池，这种仁政一直存在。截断河流捕鱼，圣人都很反感；何况用残忍手段摧残生命，一下子消灭鱼类家族呢！惹得神仙生气，也是当然的事了。

周书昌曰："昔游鹊华，借宿民舍。窗外老树森翳，直接冈顶。主人言时闻鬼语，不辨所说何事也。是夜月黑，果隐隐闻之，不甚了了。恐惊之散去，乃启窗潜出，匍匐草际，渐近窃听。乃讲论韩、柳、欧、苏文，各标举其佳处，一人曰：'如此乃是中声，何前后七子[①]，必排斥不数，而务言秦汉，遂启门户之争？'一人曰：'质文递变，原不一途。宋末文格猥琐，元末文格纤秾[②]，故宋景濂诸公力追韩、欧[③]，救以春容大雅[④]。三杨以后[⑤]，流为台阁之体[⑥]，日就肤廓，故李崆峒诸公又力追秦汉[⑦]，救以奇伟博丽。隆、万以后，流为伪体，故长沙一派，又反唇焉。大抵能挺然自为宗派者，其初必各有根柢，是以能传；其后亦必各有流弊，是以互诋。然董江都、司马文园文格不同[⑧]，同时而不相攻也。李、杜、王、孟诗格不同，亦同时而不相攻也。彼所得者深焉耳。后之学者，论甘则忌辛，是丹则非素，所得者浅焉耳。'语未竟，我忽作嗽声，遂乃寂然。惜不尽闻其说也。"

余曰："此与李词畹记饴山事均以平心之论托诸鬼魅，语已尽，无庸歇后矣[⑨]。"书昌微愠曰："永年百无一长，然一生不能作妄语。先生不信，亦不敢固争。"

【注释】

①前后七子：明代以李梦阳、何景明、李攀龙、王世贞等为领袖的十四位，提出"文必秦汉、诗必盛唐"的口号，倡导文学复古运动，以抵制迂腐不通的八股文及雅正有馀、生气不足的台阁体。

②纤秾(nóng)：浮丽优美，浮华。

③宋景濂：宋濂(1310—1381)，字景濂，号潜溪，别号玄真子、玄真遁叟，元末明初文学家。与高启、刘基并称"明初诗文三大家"。

④春容大雅：指文章气度雍容，用辞典雅。

⑤三杨：指明代“台阁体”诗文的代表人物，即杨士奇、杨荣、杨溥。

⑥台阁之体：明朝永乐至成化年间的一种诗体。台阁主要指当时的内阁与翰林院，又称为“馆阁”。诗文追求所谓“雍容典雅”，多为粉饰太平、歌功颂德的应制和应酬之作，由于统治者的倡导，一时模仿成风，成为流弊。后来这种萎靡的文风在后起的茶陵派、前七子等流派的冲击下，渐渐退出文坛。

⑦李崆峒：即李梦阳，自号崆峒子，明代著名文学家、诗人，前七子之一。

⑧董江都：即董仲舒，汉武帝元光元年（前134）起任江都易王刘非国相十年。司马文园：即司马相如（前179—前118），字长卿，西汉政治家、文学家。文园，即孝文园，汉文帝的陵园。司马相如曾任文园令，故称。

⑨歇后：谓隐去句末之词，暗示其义。

【译文】

周书昌说：“当年游历鹊华山时，借住在老百姓家里。窗外老树枝叶茂盛，一直绵延到山岗顶上。主人说时常听到附近有鬼说话，不知是在说什么。当天夜里，没有月亮，四周一片黑暗，我果然隐隐听到有说话声音，只是听不太清楚。我恐怕惊散他们，就打开窗子悄悄出来，匐匍在草丛中，渐渐接近，偷听他们说些什么。原来，他们是在谈论韩愈、柳宗元、欧阳修、苏轼的文章，各自标举他们文章的妙处，其中一个说：‘如此评论，还是平和中肯的，为什么前后七子把这些名家的作品排斥在外，还一定要标榜秦汉，由此而挑起门户之争呢？’另一个说：‘文风的变更，原来就不是同一途径。宋代末年文风低下卑琐，元代末年文章格调纤巧秾丽，所以明初宋景濂等人主张学习韩、欧，用雍容高雅来挽救文风。到三杨之后，流行台阁体，文章内容日趋肤浅，所以，李梦阳等人又大力主张追寻秦汉文风，使文风恢复奇雄伟壮、丰富华丽。明代隆庆、万历之后，这种文风又流于摹仿，内容空洞，变成假古文体，所以长沙一派，又反唇相讥了。大抵能在文坛上自立宗派的人，当初必然各有自己的根柢，正因为如此，那种派别才能流传；其后又必然出现各种流弊，所以又互相诋毁。但是，董仲舒、司马相如的文章风格不同，他们处在同一个时代，却不互相攻击。李白、杜甫、王维、孟浩然，诗歌风格不同，也都是同时代，也不互相攻击。这是因为他们学识渊博、修养高深啊。后世的学者，谈论起甘甜就忌讳辛辣，肯定红色就非议白色，这是因为他们见识浅薄、修养太浅了。'话没说完，我忽然咳嗽了一声，于是再也没有声音了。可惜，没有能听全他们的议论。"

我说："这和李词畹记述饴山的事相同，都是将公正之论借鬼怪说出来，这些话已经讲透，不必再说后面的那些话了。"周书昌有些不高兴地说："我周永年平生一无所长，不过一生不会说谎。先生不相信，我也不敢再坚持和你争执了。"

董曲江言：一儒生颇讲学，平日亦循谨无过失，然崖岸太甚①，动以不情之论责人。友人于五月释服，七月欲纳妾。此生抵以书曰："终制未三月而纳妾，知其蓄志久矣。《春秋》诛心，鲁文公虽不丧娶，犹丧娶也。朋友规过之义，不敢不以告。其何以教我？"其持论大抵类此。一日，其妇归宁，约某日返，乃先期一日，怪而诘之。曰："吾误以为月小也。"亦不为讶。次日，又一妇至。大骇愕，觅昨妇，已失所在矣。然自是日渐尪瘠②，因以成痨。盖狐女假形摄其精，一夕所耗已多也。前纳妾者闻之，亦抵以书曰："夫妇居室，不能谓之不正也；狐魅假形，亦非意料之所及也。然一夕而大损真元，非恣情纵欲不至是。无乃燕昵之私，尚有不节以礼者乎？且妖不胜德，古之训也。周、张、程、朱，不闻曾有遇魅事。而此魅公然犯函丈③,无乃先生之德尚有所不足乎?先生贤者也,责备贤者,《春秋》法也。朋友规过之义,不敢不以告。先生其何以教我?"此生得书,但力辩实无此事,里人造言而已。宋清远先生闻之曰:"此所谓以子之矛陷子之盾。"

【注释】

①崖岸:为人矜持、孤高。

②尪(wāng)瘠:瘦弱。

③函丈:对老师的尊称。出自《礼记·曲礼上》:"席间函丈。"意思是老师讲席与学生坐席之间要留出一丈的空地。

【译文】

董曲江说:有个儒生很喜欢讲理学,平日行为也谨慎有礼、循规蹈矩,没有什么过失,但是他性情高傲,动不动就用不近人情的议论去责备别人。有个朋友在五月除了父母的孝,七月就想娶妾。这个儒生送去一封信,指责道:"结束守丧之礼不到三个月就想娶妾,这就可见你有这个打算已经很久了。《春秋》重视推究居心和动机,所以鲁文公虽然不是在丧礼期间娶妻,也像在丧礼期间娶妻一样要受到指责。朋友之间有规劝过失的义务,我不能不告诉你。你怎么回答教正我?"他的议论,大多数都是类似这样。有一天,他妻子回娘家,约定某一天回来,却提前一天回来了,他很奇怪问妻子。妻子回答说:"我记错了,还以为这个月是小月。"儒生也没在意。第二天,又一个妻子回到家里。他大为惊愕,再找昨天那个,已经不见了。然而,从这一天起,他日渐瘦弱,结果得了痨病。原来是狐女假冒他妻子摄取他的精气,一晚上就耗去了很多。娶妾的那个朋友听说了,也给他写了封信指责道:"夫妻同房,不能说不正当;狐魅假托人形,也是意料不到的。但是一夜就大伤元气,要不是任性纵欲，就不至于这样。难道夫妻私情，就不用按礼节加以节制了么？况且妖魅不能胜过有德之人，这是古人的训教。周敦颐、张载、程颢、程颐、朱熹，都没听说他们遇到妖魅。而这个狐女公然冒犯先生，莫不是先生的德行还有不完美的地方吧？先生是品德高尚的人，求全责备圣贤是《春秋》的大旨。朋友有规劝过错的义务，因此不敢不说出我的想法。你怎么回答我？”儒生收到信，只是极力辩解实在没有狐精这回事，说只是邻居造谣而已。宋清远先生听了这件事后说：“这就是所谓以子之矛，攻子之盾吧。”

袁愚谷制府，讳守侗，长山人，官至直隶总督，谥清悫[①]。少与余同砚席，又为姻家。自言三四岁时，尚了了记前生。五六岁时，即恍惚不甚记。今则但记是一岁贡生[②]，家去长山不远；姓名籍贯，家世事迹，全忘之矣。余四五岁时，夜中能见物，与昼无异。七八岁后，渐昏暗。十岁后，遂全无睹；或夜半睡醒，偶然能见，片刻则如故。十六七后以至今，则一两年或一见，如电光石火，弹指即过。盖嗜欲日增，则神明日减耳。

【注释】

①悫（què）：诚实，谨慎。

②岁贡生：明清时代，挑选府、州、县生员（秀才）中成绩或资格优异者，升入京师的国子监读书，入选者统称为“贡生”，意思是贡献给皇帝的人才。明清两代，贡生有不同的称呼，明代为岁贡、选贡、恩贡和纳贡；清代为恩贡、拔贡、副贡、岁贡、优贡和例贡。

【译文】

袁愚谷总督，名守侗，长山人，官做到直隶总督，死后赐号清悫。小时候和我同学，又是亲家。他自己说，三四岁时还清清楚楚记得前生的事。五六岁时，就恍恍惚惚记忆不清了。到现在只记得前生是个岁贡生，家乡离长山不远；至于姓名、籍贯、家世事迹等等，全都忘记了。我四五岁时，夜晚黑暗中能看见东西，和白天一样。七八岁以后，逐渐昏暗不清了。十岁以后，就全看不见了；有时半夜醒来，偶然还能看见黑暗中的东西，过一会儿就和平常一样。十六七岁以后直到现在，有时一两年见上一次，好像闪电光、打石火一般，一弹指间就过去了。大概是人的爱好欲望一天天增加，那么神智清明就一天天减少。

景州李西崖言：其家一佃户，最有胆，种瓜亩馀，地在丛冢侧。熟时恒自守护，独宿草屋中，或偶有形声，亦恬不为惧。一夕，闻鬼语嘈杂，似相喧诟。出视，则二鬼冢上格斗，一女鬼痴立于旁。呼问其故，一人曰："君来大佳，一事乞君断曲直：天下有对其本夫调其定婚之妻者耶？"其一人语亦同。佃户呼女鬼曰："究竟汝与谁定婚？"女鬼覥觍良久[①]，曰："我本妓女。妓家之例，凡多钱者皆密订相嫁娶。今在冥途，仍操旧术，实不能一一记姓名，不敢言谁有约，亦不敢言谁无约也。"佃户笑且唾曰："何处得此二痴物！"举首则三鬼皆逝矣。

又小时闻舅祖陈公讳颖孙，岁久失记其字号。德音公之弟，庚子进士[②]，仙居知县秋亭之祖也。说亲见一事曰："亲串中有殁后妾改适者，魂附病婢灵语曰：'我昔问尔，尔自言不嫁。今何负心？'妾殊不惧，从容对曰：'天下有夫尚未亡，自言必改适者乎？公此问先愦愦，何怪我如是答乎？'"二事可互相发明也。

【注释】

①靦覥(miǎn tiǎn)：羞愧的样子。

②庚子：康熙五十九年(1720)。

【译文】

景州李西崖说：他家的一个佃户，最有胆量，种了一亩多瓜田，瓜田在坟地旁边。瓜熟的时候总是他自己守护，独自睡在草屋里，有时偶然有影子、有声响，也安然处之一点儿不害怕。一天夜里，他听到鬼声嘈杂，好像相互吵骂。他出来看，发现两个鬼在坟上打架，一个女鬼呆呆地站在旁边。他呼喊着问为什么打架，一个说："您来得太好了，有件事请您判断是非：天下有当着未婚夫的面去调戏他未婚妻的人吗？"另一个说的也是这样。佃户问女鬼说："究竟你和谁定婚了？"女鬼忸怩了半天才说："我本来是个妓女。按妓院的规矩，凡是钱多的嫖客，都悄悄商定嫁娶。现在我在阴间，仍然用原来的老套路，实在不能一一记住每个嫖客的姓名，不敢说和谁有约定，也不敢说和谁没约定。"佃户笑着唾了一口说："哪儿找你们这两个傻东西！"一抬头，三个鬼都消失了。

又，我小时候听舅公陈老先生名颖孙，年月一长，忘记了他的字和别号。他是德音老先生的弟弟，康熙庚子年进士，仙居知县秋亭的祖父。说过他亲眼见到的一件事，说："亲戚中有个人死后，小妾改嫁，他的魂附在一个生病的奴婢显灵身上说：'我过去问你，你自己说我死后你不改嫁。现在为什么背信弃义？'小妾一点也不害怕，从容地回答说：'天下有丈夫还没死，就自称以后必定改嫁的女人吗？您本来就问得糊涂，那就别怪我这么回答了。'"这两件事可以互相对照着看。

有讲学者论无鬼，众难之曰："今方酷暑，能往墟墓中独宿纳凉一夜乎？"是翁毅然竟往，果无所见。归益自得，曰："朱文公岂欺我哉！"

余曰：重赍千里，路不逢盗，未可云路无盗也；纵猎终日，野不遇兽，未可云野无兽也。以一地无鬼，遂断天下皆无鬼；以一夜无鬼，遂断万古皆无鬼，举一废百矣。且无鬼之论，创自阮瞻[①]，非朱子也。朱子特谓魂升魄降为常理，而一切灵怪非常理耳，未言无也。故金去伪录曰："二程初不说无鬼神，但无如今世俗所谓鬼神耳。"杨道夫录曰："雨风露雷，日月昼夜，此鬼神之迹也，此是白日公平正直之鬼神。若所谓有啸于梁，触于胸，此则所谓不正邪暗、或有或无、或来或去、或聚或散者。又有所谓祷之而应，祈之而获，此亦所谓鬼神同一理也。"包扬录曰："鬼神死生之理，定不如释家所云，世俗所见；然又有其事昭昭，不可以理推者，且莫要理会。"又曰："南轩亦只是硬不信[②]。如禹鼎魑魅魍魉之属[③]，便是有此物，深山大泽，是彼所居。人往占之，岂不为祟。豫章刘道人，居一山顶结庵。一日，众蜥蜴入来，尽吃庵中水。少顷，庵外皆堆雹。明日，山下果雹。有一妻伯刘大，人甚朴实，不能妄语。言过一岭，闻溪边林中响，乃无数蜥蜴，各抱一物如水晶，未去数里下雹。此理又不知如何。旧有一邑，泥塑一大佛，一方尊信之。后被一无状宗子断其首，民聚哭之，佛颈泥木出舍利。泥木岂有此物，只是人心所致。"吴必大录曰："因论薛士龙家见鬼，曰：世之信鬼神者，皆谓实有在天地间；其不信者，断然以为无鬼。然却又有真个见者，郑景望遂以薛氏所见为实。不知此特虹霓之类耳。问：虹霓只是气，还有形质？曰：既能啜水，亦必有肠肚。只才散便无，如雷部神亦此类。"林赐录曰："世之见鬼神者甚多，不审有无如何？曰：世间人见者极多，如何谓无，但非正理耳。如伯有为厉，伊川谓别是一理。盖其人气未当尽而强死、魂魄无所归，自是如此。昔有人在淮上夜行，见无数形像，似人非人，出没于两水之间。此人明知其鬼，不得已冲之而过。询之，此地乃昔人战场也。彼皆死于非命，衔冤抱恨，固宜未散。坐间或云：乡间有李三者，死而为厉。乡曲凡有祭祀佛事，必设此人一分。后因为人放爆仗，焚其所依之树，自是遂绝。曰：是他枉死气未散，被爆仗惊散。”沈僩录曰[4]：“人有不伏其死者，所以既死而此气不散，为妖为怪。如人之凶死及僧道既死多不散。原注：僧道务养精神，所以凝聚不散。”万人杰录曰：“死而气散，泯然无迹者，是其常道理。恁地有托生者，是偶然聚得气不散，又恁生去凑着那生气便再生。’叶贺孙录曰：‘潭州一件公事：妇杀夫，密埋之。后为祟。事已发觉，当时便不为祟。以是知刑狱里面，这般事若不与决罪，则死者之冤必不解。”李壮祖录曰：“或问：世有庙食之神，绵历数百年，又何理也？曰：浸久亦散[5]。昔守南康，久旱，不免遍祷于神。忽到一庙，但有三间敝屋，狼藉之甚。彼人言三五十年前，其灵如响，有人来而帷中之神与之言者。昔之灵如彼，今之灵如此，亦自可见。”叶贺孙录曰：“论鬼神之事，谓蜀中灌口二郎庙是李冰，因开离堆立庙[6]。今来现许多灵怪，乃是他第二儿子出来，初间封为王；后来徽宗好道，遂改封为真君。张魏公用兵，祷于其庙，夜梦神语曰：我向来封为王，有血食之奉，故威福得行。今号为真君，虽尊，人以素食祭我，无血食之养，故无威福之灵，今须复封我为王，当有威灵。魏公遂乞复其封。

不知魏公是有此梦，是一时用兵，托为此说。又有梓潼神，极灵。此二神似乎割据两川。大抵鬼神用生物祭者，皆是假此生气为灵，古人衅钟衅龟皆此意。汉卿云，李通说有人射虎，见虎后数人随之，乃是为虎伤死之人，生气未散，故结成此形。"黄义刚录曰："论及请紫姑神吟诗之事，曰：亦有请得正身出现，其家小女子见，不知此是何物。且如衢州有一人事一神，只开所录事目于纸，而封之祠前。少间开封，而纸中自有答语。此不知是如何。"凡此诸说，黎靖德所编语类班班具载[7]，先生何竟诬朱子乎？

此翁索书观之，良久，怃然曰："朱子尚有此书耶！"惘默而散。

然余犹有所疑者：朱子大旨，谓人秉天地之气生，死则散还于天地。叶贺孙录所谓"如鱼在水，外面水便是肚里水，鳜鱼肚里水与鲤鱼肚里水只是一般"，其理精矣；而无如祭祀之理，制于圣人，载于经典，遂不得不云子孙一气相感，复聚而受祭；受祭既毕，仍散入虚无。不识此气散还以后，与元气浑合为一欤？抑参杂于元气之内欤？如混合为一，则如众水归海，共为一水，不能使江淮河汉，复各聚一处也。如五味和羹，共成一味，不能使姜盐醯酱[8]，复各聚一处也。又安能于中犁出某某之气，使各与子孙相通耶？如参杂于元气之内，则如飞尘四散，不知析为几万亿处，如游丝乱飞，不知相去几万亿里。遇子孙享荐，乃星星点点，条条缕缕，复合为一，于事理毋乃不近耶？即以能聚而论，此气如无知，又安能感格？安能歆享？此气如有知，知于何起？当必有心，心于何附？当必有身。既已有身，则仍一鬼矣。且未聚以前，此亿万微尘，亿万碎缕，尘尘缕缕，各有所知，则不止一鬼矣。不过释氏之鬼，地下潜藏；儒者之鬼，空中旋转。释氏之鬼，平日常存；儒家之鬼，临时凑合耳。又何以相胜耶？此诚非末学所知也。

【注释】

①阮瞻：魏晋之际“竹林七贤”之一阮咸之子。生年不详，一贯坚持无鬼论，没人能与他辩驳。传说忽有一客来拜访他，两人争辩许久，客人理屈词穷，变了脸色道：“鬼神，古今圣贤所共传，君何得独言无！即仆便是鬼。”立即幻化为厉鬼模样，眨眼之间消失了。阮瞻惊得说不出话来。一年后病逝，时年三十。

②南轩：张栻(1133—1180)，字敬夫，又名乐斋，号南轩，南宋著名理学家。后执掌长沙城南书院、岳麓书院多年，与朱熹、吕祖谦齐名，时称“东南三贤”。

③禹鼎：传说夏禹以九牧之金铸鼎，上铸万物，使民知何物为善，何物为恶。魑魅魍魉(chī mèi wǎng liǎng)：原为古代传说中的鬼怪，现代指各种各样的坏人。

④僩(xiàn)：壮勇、威武、胸襟开阔的样子。这里用作人名。

⑤浸(jìn)：渐。

⑥开离堆：战国时秦蜀守李冰凿离堆，辟沫水之害。

⑦黎靖德：宋代人，生卒年不详。编辑朱熹生前的语录，咸淳六年(1270)编成《朱子语类》一百四十卷。

⑧醯(xī)：醋。

【译文】

有个讲理学的人说世上无鬼，一些人朝他发难：“现在正值酷暑，你敢到墓地去独宿纳凉一夜吗?”这位老先生毫不犹豫地去了,果然一夜平安无事。回来后更加洋洋自得,说:“朱文公怎么会骗我呢!”

我说,携带万贯财物远行千里,路上没有遇上强盗,不能说路上就没有强盗;打了一天的猎,没有在旷野见到野兽,不能说旷野就没有野兽。因为一个地方没有鬼,就断言天下都没有鬼;因为一夜没有遇到鬼,就断言万古千年都没有鬼,这等于是举一个事例就否定全部了。况且,无鬼论的创始人,是晋朝人阮瞻,不是朱文公。朱文公只是说,人死后魂升天魄降地,这是常理,而一切灵怪的出现不是常理,他并未说天下无鬼。所以,金去伪记录道:“程颢、程颐最初没有说无鬼神,只是说没有现在世俗所说的那种鬼神。”杨道夫记录道:“雨风露雷,日月昼夜,这些都是鬼神留下的痕迹,这里所说的鬼神是光天化日之下公平正直的鬼神。至于所说的那种呼啸跳梁、令人担惊受怕的,就是所谓的不正直、邪恶黑暗、忽隐忽现、忽来忽去、忽聚忽散的鬼神。有人祷告,他们就应允,有人祈求,他们就赐与,这就是说鬼神是一样的。”包扬记录道:“鬼神掌管人生死的道理,绝不像佛家所说的、世俗的人主张的那样;但有些事又十分明白,这就不能用普通的道理推论,所以也就不必理会了。”包扬又记录道:“张南轩也只是坚决不信鬼神。可夏禹时期的鼎上铸有魑魅魍魉的图像,可见那时已经有鬼神;深山大泽,是他们居住的地方。人们占领了他们的住地,他们怎么会不出来作祟呢。豫章的刘道人,在山顶上盖了茅庵居住。一天,一群蜥蜴进庵,喝光了庵里的水。不一会儿,庵外堆满了冰雹。第二天,山下果然下了冰雹。有一个女子的丈夫叫刘大,刘大为人很朴实,不会说假话。刘大说,他曾经路过一座山岭,听到溪边林子里有响动,原来是无数只蜥蜴,各自抱着一个像水晶一样的东西,刘大没走出几里地,天上就下起了冰雹。这种道理又不知该如何解释。过去,有一座城镇,镇里有一尊泥塑的大佛,这一带人十分崇信它。后来同宗有个无赖砍掉了大佛的头,百姓们聚集在大佛面前哭泣,大佛颈子的泥土木头上出现了舍利。泥土木头上怎么能长出这种东西，大概是人心感召形成的。”吴必大记录道：“因为谈论到薛士龙家见到了鬼，有人就说：世上信鬼神的人，都说天地间确实有鬼；不信鬼神的人，则断定世上无鬼。可是，又有自称真见过鬼的人，郑景望就是以薛氏所见为根据，认为世上有鬼神。其实，他们不知道他们所见的不过是虹霓之类的东西罢了。有人问：虹霓只是一股气呢，还是有形有质？回答说：它既然能吸水，也自然就有肚肠。只是它一消散便形质全无，比如雷神也是同属一类。”林赐记录道：“世上见过鬼神的人很多，不知到底是有还是没有？朱子说：既然世上有很多人见过鬼神，怎么能说没有呢？不过这种说法不是正理。例如春秋时伯有被人杀了，死后变为厉鬼，程颐认为这是另一个道理。大概是一个人气数未尽却死于非命，他的魂魄无所归依，自然要变为厉鬼。过去有人乘船在淮河上夜行，见到无数影子，似人非人，出没于船两边的水面上。这人明知是鬼，不得已硬冲了过去。一打听，此地是古战场。那些人都死于非命，含冤抱屈，所以死后魂魄不散。在座有个人说：我的家乡有个叫李三的人，死后变为厉鬼。乡间只要有祭祀典礼，也一定给他设个牌位。后来因为有人放炮仗，烧掉了李三依附的一棵树，从此后这个鬼就不见了。朱子说：这是因为他受屈而死，精气未散，现在被炮仗惊散了。”沈僩记录道：“有人死得不服，所以死后精气不散，于是兴妖作怪。比如横死之人和僧道死后都是聚气不散。原注：僧人道士专门修养精神，所以气会凝聚不散。”万人杰记录道：“人死后气息就消散，不留一点儿痕迹，是正常的道理。那么，怎么又有托生的说法呢，这是因为死后气聚未散，又正好与某一股生气凑在一起，于是得以再生。”叶贺孙记录道：“潭州有一件公案：妻子杀了丈夫，偷偷埋掉了。后来冤魂作祟。案发之后，鬼魂马上就不作怪了。从这件事可知在判案当中，对这样的事情如果不判决，死者的冤气就不能化解。”李壮祖记录道：“有人问：世上有许多享受庙堂祭祀的神，绵延经历几百年，又是什么道理呢？朱子说：庙神年岁久了，也会逐渐消散。以前，我在南康做太守时，那里久旱，人们不免向神祷告求雨。他们偶然来到一座庙宇前，只有三间破旧的屋子，颓败不堪。那里的人说，三五十年前，这座庙非常灵验，求神者可以隔着帷帐与神交谈。当初是那样灵验，而今却如此颓败，可见神也会消散。”叶贺孙记录道：“谈论鬼神之事，有人就说蜀中灌口二郎庙是因为李冰开凿离堆治水有功而为他立的。现在庙里出现许多灵怪，这是他的二儿子闹的，而不是李冰，最初，封庙里的神为王；后来宋徽宗好道，改封真君。张魏公张浚用兵时，曾经到庙中祷告，夜里梦见庙神对他说：我一向被封为王，得到酒肉祭祀，所以威福得以施行。现在号为真君，虽然名分尊贵，但是人们用素食祭祀我，没有酒肉供养，威福无法施行，自然就不灵了。现在，必须仍封我为王，才能恢复我的威灵。于是张魏公向皇上求情，恢复庙神的原封号。不知道张魏公是真的做了这个梦，还是因为一时用兵，编造了这种说法鼓舞士气。此地还有一个梓潼神，也很灵。这两个神似乎分别占领东西两川，形成割据之势。一般来说，用活的动物祭祀鬼神，都是借着生气显灵，古人用牲畜血涂在钟上、龟身上来祭钟，都是这个意思。汉卿说，李通说有人射虎，见到虎身后跟着几个人，这些都是被虎伤害的人的鬼魂，生气未散，所以聚成人形。”黄义刚记录道：“谈到请紫姑神吟诗的事，有人说，有时，也能请出神的真身，有个人家一个女孩子就亲眼见过，但她不知这是什么神。比如衢州有个人事奉一位神，他只要把要问的事儿写在纸上，封起来放在祠堂前。过一会儿开封取纸，答案就已经写在纸上了。不知这是什么道理。”所有这种种说法，黎靖德所编的《朱子语类》里都有详细的记载，先生为什么竟胡乱评价朱子呢？

这位老先生赶忙要来《朱子语类》翻看，看了很长时间，才颓丧地说：“原来朱子还有这样一本书！”说完，垂头丧气地走了。

然而我对朱子的观点还有疑惑的地方：按朱子的主张，人是秉承天地之气而生，死后气散而还归于天地。叶贺孙记录中所说的“人的生死，如同鱼在水中，外面的水就是肚子里的水，鳜鱼肚子里的水与鲤鱼肚子里的水是一样的”，这个道理十分精辟；但是这不能像祭祀之礼那样由圣人制订，载于经典，所以不得不说先人与子孙一气相通，重新聚起来接受祭祀；受祭之后，又散入虚无之中。我不明白这种气散入虚空之后，是与天地间的元气混为一体呢，还是混杂于元气之中？如果混为一体，那就如同百川归海，众水合一，无法分清哪是长江水，哪是淮河水，哪是汉水之水了。又如同用五种调料做汤，合成一种味儿，然后也就无法分出这味儿中哪是姜味儿，哪是盐味儿，哪是醋味儿，哪是酱味儿。又怎么能从天地间分离出某某人的气，使之与各自子孙的气息相通呢？如果是掺杂在元气之中，那么它就会像灰尘一样四散飞扬，不知会分离到几万几亿个地方，像游丝乱飞，相互分开不知几万几亿里远。遇到子孙祭祀，他们只是星星点点，条条缕缕，分散在广阔的空间，如果说能聚合为一，不是太不近情理了吗？即便是能聚合，这种气如果没有知觉，又怎么能感觉到子孙的祭祀呢？又怎么享用祭品呢？这种气如果有知觉，知觉由何而起？有知觉必然有心，那么心附着在哪里呢？所以如果有心就一定有身。有了身，就是鬼了，于是又成为一个鬼。而且，这种气聚集起来之前，如果那亿万微尘、亿万缕缕，尘尘碎缕皆有知觉的话，就不止是一个鬼了。不过是佛家所说的鬼，潜藏于地下；儒家所说的鬼，旋转于空中。佛家的鬼，平时一直存在；儒家的鬼，是临时凑合起来的。他们又怎么能相互比较、取胜呢？这实在不是学问浅薄的人所能弄明白的。

乌鲁木齐千总某，患寒疾。有道士踵门求诊，云有夙缘，特相拯也。会一流人高某妇，颇能医，见其方，骇曰："桂枝下咽，阳盛乃亡。药病相反，乌可轻试？"力沮之。道士叹息曰："命也夫！"振衣竟去。然高妇用承气汤，竟愈。皆以道士为妄。余归以后，偶阅邸抄，忽见某以侵蚀屯粮伏法。乃悟道士非常人，欲以药毙之，全其首领也。此与旧所记兵部书吏事相类，岂非孽由自作，非智力所可挽回欤？

【译文】

乌鲁木齐的某千总，得了伤寒病。有一个道士主动上门为他诊治，说他们过去有缘，特地前来相救。恰好一个被流放的高某的妻子，很懂医术，看了药方，吃惊地说："桂枝吃下去，会使阳气过盛而死亡。药性和病情相反，怎么能轻易服用？"就极力阻止他。道士叹息一声说："真是命啊！"抖抖衣服走了。高某的妻子用承气药汤治愈了千总的病，于是就认为道士是骗人。我从西域回来后偶然阅读邸报，得知千总因为贪污贮存的军粮，被处斩了。这才醒悟那个道士不是平常人，他想药死千总，让他保全身首。这与过去我记述的兵部书吏的事情相类似，难道是说如果是自己作孽，不是智慧所能挽回的么？

姚安公云：人家有奇器妙迹，终非佳事。因言癸巳同年牟丈瀜家不知即牟丈，不知或牟丈之伯叔，幼年听之未审也。有一砚[①]，天然作鹅卵形，色正紫，一鸜鹆眼如豆大[②]，突出墨池中心，旋螺纹理分明，瞳子炯炯有神气。拊之，腻不留手。叩之，坚如金铁。呵之，水出如露珠。下墨无声，数磨即成浓沈。无款识铭语，似爱其浑成，不欲椎凿。匣亦紫檀根所雕，出入无滞，而包裹无纤隙，摇之无声。背有"紫桃轩"三字，小仅如豆，知为李太仆日华故物也[③]。太仆有说部名《紫桃轩杂缀》[④]。平生所见宋砚，此为第一。然后以珍吝此砚忤上官，几罹不测，竟恚而撞碎。祸将作时，夜闻砚若呻吟云。

【注释】

①癸巳：康熙五十二年(1713)。瀜(róng)：水又深又广。此处用作人名。

②鸜鹆(qú yù)：八哥儿。

③李太仆日华：李日华(1565—1635)，字君实，号九疑。万历二十年(1592)进士，官至太仆寺少卿，工书画，善鉴赏，有《书画想象录》、《六言斋笔记》、《味水轩日记》等著作。

④《紫桃轩杂缀》：李日华以闲逸笔调写艺文之事的笔记集。

【译文】

姚安公说：人家里有奇妙的器具用品，到底不是好事。他说起康熙癸巳年科举同榜的牟瀜老先生家里记不清是牟老先生，还是牟老先生的伯叔父了，幼年时听得不确切。有一方砚台，天然形成鹅卵形，十分纯正的紫色，有一个鸜鹆眼，像豆子大小，突出在墨池中心，上面螺旋形的纹理很分明，眼珠闪闪发光，很有神气的样子。抚摸的时候，滑腻得一点儿不粘手。用手敲一下，坚硬得像铜和铁。呵气时，砚台上形成露珠。研墨时一点儿声音也没有，只要磨几次墨汁就很浓很黑了。砚台没有刻款识铭语，仿佛是因为喜欢这方砚台保留天然模样，不想刻上文字。砚匣也是紫檀树的树根雕成，砚台放进去很方便，但是装进砚台后就把匣子填得满满的，没有一点儿空隙，摇动也没有声音。匣背有“紫桃轩”三个字，字小得像豆子那样，从这一点可知是太仆寺少卿李日华的遗物。李日华著有杂记《紫桃轩杂缀》。平生见过的宋砚之中，这方砚台当数第一。但是，后来因为珍惜这方砚台却得罪了上司，几乎遭到灭顶大祸，就愤怒地把这方砚台砸碎了。在灾祸将要发作时，夜里听到砚台好像在呻吟。

余在乌鲁木齐日，城守营都司朱君馈新菌，守备徐君与朱均偶忘其名。盖日相接见，惟以官称，转不问其名字耳。因言：昔未达时，偶见卖新菌者，欲买。一老翁在旁，诃卖者曰："渠尚有数政官，汝何敢为此！"卖者逡巡去[①]。此老翁不相识，旋亦不知其何往。次日，闻里有食菌死者。疑老翁是社公。卖者后亦不再见，疑为鬼求代也。《吕氏春秋》称和之美者骆越之菌[②]，本无毒，其毒皆蛇虺之故，中者使人笑不止。陈仁玉《菌谱》载水调苦茗白矾解毒法[③]，张华《博物志》、陶宏景《名医别录》并载地浆解毒法[④]，盖以此也。以黄泥调水，澄而饮之，曰地浆。

【注释】

①逡(qūn)巡：因为有所顾虑而徘徊不前。

②骆越：学术界公认，骆越古国的范围北起广西红水河流域，西起云贵高原东南部，东至广东西南部，南至海南岛和越南的红河流域。

③陈仁玉《菌谱》：陈仁玉(1212—?)，字德公，一字德翁、德韬、德翰，号碧栖，幼习春秋，攻经史，博览天文地理诸籍，每有心得，必记之。淳祐五年(1245)写成《菌谱》。此书为目前所知的世界最早的食用菌专著，被编入《四库全书》。

④陶弘景《名医别录》：陶弘景，南朝梁时丹阳秣陵(今江苏南京)人。著名的医药家、炼丹家、文学家，人称"山中宰相"。《名医别录》：药学著作，约成书于汉末。原书早佚，陶弘景撰注《本草经集注》时，在收载《神农本草经》365种药物的同时，又辑入本书的365种药物，使本书的基本内容保存下来。

【译文】

我在乌鲁木齐时，守城军营的都司朱君送了一些鲜蘑菇给我，守备徐先生他和姓朱的名字，都忘记了。原来当时相见，只是称呼官衔，反而没有问他们的名字。看到了说：当年他还没有做官时，偶尔见到有人卖鲜蘑菇，就想买。旁边有个老翁，大声斥责卖蘑菇的人说："他还要做几任官，你怎么敢把这种东西卖给他！"卖蘑菇的迟迟疑疑走了。徐君并不认识那个老翁，转眼之间老翁亦不知去向。第二天，听说有人吃了蘑菇后死了。徐君怀疑那个老翁是土地爷。那个卖蘑菇的人也再没遇见，怀疑是找替身的鬼。《吕氏春秋》称味道最美的蘑菇是越骆之地出产的蘑菇，这种蘑菇本来无毒，有毒的都是被毒蛇、毒虫爬上污染过的，吃了这种毒蘑菇，会使人狂笑不止。陈仁玉的《菌谱》中，载有用水调苦茶白矾可以解菌毒的方法；张华的《博物志》、陶宏景的《名医别录》都载有地浆解毒法大概也是根据《菌谱》。就是用黄泥调水，澄清以后饮用，叫地浆。

亲串家厅事之侧有别院，屋三楹。一门客每宿其中，则梦见男女裸逐，粉黛杂沓，四围环绕，备诸媟状。初甚乐观，久而夜夜如是，自疑心病也。然移住他室则不梦，又疑为妖。然未睡时寂无影响，秉烛至旦，亦无见闻。其人亦自相狎戏，如不睹旁尚有人，又似非魅，终莫能明。一日，忽悟书厨贮牙镌石琢横陈像凡十馀事，秘戏册卷大小亦十馀事，必此物为祟。乃密白主人尽焚之。有知其事者曰："是物何能为祟哉！此主人征歌选妓之所也，气机所感，而淫鬼应之。此君亦青楼之狎客也，精神所注，而妖梦通之。水腐而后蠛蠓生①，酒酸而后醯鸡集②，理之自然也。市肆鬻杂货者，是物不少，何不一一为祟？宿是室者非一人，何不一一入梦哉？此可思其本矣。徒焚此物，无益也。某氏其衰乎！"不十岁，而屋易主。

【注释】

①蠛蠓(miè měng):昆虫的一科,比蚊子小,褐色或黑色。

②醯(xī)鸡:酒瓮里生的一种小虫。

【译文】

我有个亲戚家大厅的旁边,另外有一座小院,院子里有三间屋子。有个门客每次在里面住宿,总是梦见男男女女赤身裸体相互追逐,女人们乱纷纷的,四面围绕着,做出种种不堪入目的淫态。他开始很喜欢看,时间长了,夜夜都做这种梦,就怀疑自己得了心病。但是换到别的屋子住,却不做梦,又怀疑是妖魅。但是没睡着的时候,丝毫没有动静;点着灯烛直到天亮,也没看见听见什么。梦中的那些人相互狎玩淫乐,旁若无人,又觉得不像是妖魅,一直也没弄明白。一天,门客忽然想起书橱里放着牙雕石刻的各种淫态的十几个裸女像,还有春宫图册大大小小十几卷,他想肯定是这些东西作怪。悄悄禀告主人,主人就全都烧了。有知道这事的人说:"这些东西怎么能作怪呢?这个地方是主人征选歌妓的地方,由于气机感应,淫鬼响应。这个门客也是出入妓院的嫖客,他精神贯注在这方面,妖魅就与他在梦中相通。水腐臭了才有小虫滋生;酒发酸才会引来小虫,这是当然的道理。街肆上卖杂货的地方,这种东西并不少,为什么不一个个作怪呢?住过这间屋子的也不只是他一人,妖魅为什么不一个个到别人的梦里呢?这就要从根本上找原因了。仅仅烧掉这些东西有什么用?某人这个家可能要衰败了吧!"不到十年,这幢房子果然换了主人。

明公恕斋,尝为献县令,良吏也。官太平府时①,有疑狱,易服自察访之。偶憩小庵,僧年八十馀矣,见公合掌肃立,呼其徒具茶。徒遥应曰:"太守且至,可引客权坐别室。"僧应曰:"太守已至,可速来献。"公大骇曰:"尔何以知我来?”曰:“公一郡之主也,一举一动,通国皆知之,宁独老僧!”又问:“尔何以识我?”曰:“太守不能识一郡之人,一郡之人则孰不识太守。”问:“尔知我何事出?”曰:“某案之事,两造皆遣其党[2],布散道路间久矣,彼皆阳不识公耳。”公怃然自失,因问:“尔何独不阳不识?”

僧投地膜拜曰:“死罪死罪! 欲得公此问也。公为郡不减龚黄[3],然微不慊于众心者[4],曰好访。此不特神奸巨蠹,能预为蛊惑计也;即乡里小民,孰无亲党,孰无恩怨乎哉? 访甲之党,则甲直而乙曲;访乙之党,则甲曲而乙直。访其有仇者,则有仇者必曲;访其有恩者,则有恩者必直。至于妇人孺子,闻见不真;病媪衰翁,语言昏愦,又可据为信谳乎? 公亲访犹如此,再寄耳目于他人,庸有幸乎? 且夫访之为害,非仅听讼为然也。闾阎利病[5],访亦为害,而河渠堤堰为尤甚。小民各私其身家,水有利则遏以自肥,水有患则邻国为壑,是其胜算矣。孰肯揆地形之大局[6],为永远安澜之计哉? 老僧方外人也,本不应预世间事,况官家事耶? 第佛法慈悲,舍身济众,苟利于物,固应冒死言之耳。惟公俯察焉。”公沉思其语,竟不访而归。次日,遣役送钱米。归报曰:“公返之后,僧谓其徒曰:‘吾心事已毕。’竟泊然逝矣。”

此事杨丈汶川尝言之,姚安公曰:“凡狱情虚心研察,情伪乃明,信人信己皆非也。信人之弊,僧言是也;信己之弊,亦有不可胜言者。安得再一老僧,亦为说法乎!”

【注释】

①太平府：清代属于安徽省。太平府下辖当涂（首县）、芜湖、繁昌三个县。

②两造：指涉及诉讼关系的原告和被告。

③龚黄：汉代循吏龚遂与黄霸的并称。亦泛指循吏。

④慊（qiè）：满足，满意。

⑤闾阎：泛指平民老百姓。闾，门户，人家。中国古代以二十五家为闾。阎，指里巷的门。

⑥揆（kuí）：揣测。

【译文】

明恕斋先生曾经担任献县令，是个好官。他任太平府知府时，因为一宗疑案，换上便装亲自查访。偶然在一座小庙里休息，庙里的和尚八十多岁了，见了他合掌肃立，呼唤他的徒弟备茶。徒弟在远处应声说："太守要来了，可以先请客人在别的屋子里休息。"和尚回答说："太守已经到了，赶快献茶来。"明公大吃一惊说："怎么知道我要来？"和尚回答说："大人是一郡之主，一举一动，全郡都知道，岂止我老和尚一人知道！"又问："你怎么认识我？"回答说："太守不能认识郡中所有的人，全郡的人谁不认识太守呢？"又问："你知道我为什么事出来？"和尚说："是为某件案子的事而来，双方早就派了他们的同伙，分散在您经过的路上了，不过都假装不认识大人。"明公听了，若有所失，又问："你怎么不佯装不认识我呢？"

老僧急忙跪下磕头，说："死罪死罪！就想等大人这么问呢。大人作为一郡之主，政绩不比汉代名臣龚遂、黄霸差，但是让百姓心中稍嫌不足的就是喜欢微服私访。这不仅容易让那些大奸大恶设计迷惑您，就是乡里小民，谁没有亲朋好友，谁没有恩怨呢？访查到甲的朋友，那么甲就有理而乙就没有理；访查到乙的同伙，甲就没理而乙就有理。询问到与当事人有仇的，那么当事人肯定没理；寻访到与当事人有恩的，那么当事人肯定有理。至于妇女小孩，所见所闻不真实；衰翁病婆，话语糊涂，这些能作为定案的根据吗？大人亲自访查还是这样，如果再依靠别人的所见所闻来定案，能有好效果吗？而且，私访的弊端，不仅仅体现在听到诉状这一点上。民情败坏，私访也有害，在修河渠、筑堤堰上尤为突出。小民只顾自身的利益，当水有利于自己时，就竭力拦截下来满足自己的需要；当水成为祸患时，就把邻里当做沟壑，这就是他们的神机妙算。谁肯出面根据地形的大局，制定长久的治水计划呢？老僧是世外之人，本来不应该干预人世间的事物，更何况官府的事务？但是佛法慈悲，舍身帮助众人，只要有利于事物，本来就应该冒死直言相告。望大人明察。"明公深思老僧的一番话，不再私访，径直回府了。第二天，明公派衙役给老和尚送钱粮。衙役回来向他报告说："大人回府后，老和尚对他的徒弟们说：'我的心事已经了结。'竟然安详地辞世了。"

杨汶川先生曾经讲过这件事，姚安公说："凡是审案断案，只要虚心研究观察，真伪就会明了，过分相信别人，过分相信自己，都是不对的。过分听信别人的弊端，正如老僧所讲的；盲目相信自己的害处，也有说不完的例子。哪里再有一个老和尚，也为我们说法啊！"

舅氏健亭张公言：读书野云亭时，诸同学修禊佟氏园[①]。偶扶乩召仙，共请姓名。乩题曰："偶携女伴偶闲行，词客何劳问姓名？记否瑶台明月夜，有人嗔唤许飞琼[②]。"再请下坛诗。乩又题曰："三面纱窗对水开，佟园还是旧楼台。东风吹绿池塘草，我到人间又一回。"众窃议诗情凄惋，恐是才女香魂。然近地无此闺秀，无乃炼形拜月之仙姬乎？众情颠倒，或凝思伫立，或微谑通词。乩忽奋迅大书曰："衰翁憔悴雪盈颠，傅粉薰香看少年。偶遣诸郎作痴梦，可怜真拜小婵娟。”复大书一“笑”字而去。此不知何代诗魂，作此狡狯；要亦轻薄之意，有以召之。

【注释】

①修禊(xì)：古人在水边举行的一种祭礼。于农历三月上旬的巳日(魏晋以后固定为三月初三)到水边嬉戏采兰，以驱除不祥。

②许飞琼：传说中西王母的侍女，美艳绝伦。传说许飞琼曾与女伴偷游人间，在汉皋台下遇到书生郑交甫，相见倾心，摘下了胸前佩戴的明珠相赠，以表爱意。

【译文】

舅舅张健亭先生说：在野云亭读书时，同学们到佟氏花园举行祭礼。有人扶乩请仙，大家请问仙人姓名。觇仙题词说：“偶携女伴偶闲行，词客何劳问姓名？记否瑶台明月夜，有人嗔唤许飞琼。”同学再请仙人题下坛诗。乩仙又写道：“三面纱窗对水开，佟园还是旧楼台。东风吹绿池塘草，我到人间又一回。”大家窃窃私语，认为诗歌的感情凄凉动人，恐怕是才女的幽魂来了。不过，附近没有这样一个大家闺秀，难道是在这里炼形拜月的仙女么？大家都动了情，有人站立沉思，有人与乩仙委婉调情答话。乩坛上忽然急急运笔写出大字道：“衰翁憔悴雪盈颠，傅粉薰香看少年。偶遣诸郎作痴梦，可怜真拜小婵娟。”后面又写了一个大大的“笑”字，乩仙就离去了。这不知是哪个朝代的诗人鬼魂，做出这种狡猾的行为；大概也是因为同学叫他来时，也有些轻薄的态度，所以会这样。

胡厚庵先生言：有书生昵一狐女，初遇时，以二寸许壶卢授生，使佩于衣带，而自入其中。欲与晤，则拔其楔，便出嬿婉[①]，去则仍入而楔之。一日，行市中，壶卢为偷儿剪去。

以此遂绝,意恒怅怅。偶散步郊外,以消郁结,闻丛翳中有相呼者,其声狐女也。就往与语,匿不肯出,曰:“妾已变形,不能复与君见矣。”怪诘其故。泣诉曰:“采补炼形,狐之常理。近不知何处一道士,又搜索我辈,供其采补。捕得禁以神咒,即僵如木偶,一听其所为。或有道力稍坚,吸之不吐者,则蒸以为脯。血肉既啖,精气亦为所收。妾入壶卢盖避此难,不意仍为所物色,攘之以归。妾畏罹汤镬,已献其丹,幸留残喘。然失丹以后,遂复兽形,从此炼精又须二三百年,始能变化。天荒地老,后会无期;感念旧恩,故呼君一诀。努力自爱,毋更相思也。”生愤恚曰:“何不诉于神?”曰:“诉者多矣。神以为悖入悖出,自作之愆;杀人人杀,相酬之道,置不为理也。乃知百计巧取,适以自戕。自今以往,当专心吐纳,不复更操此术矣。”

此事在乾隆丁巳、戊午间[2],厚庵先生曾亲见此生。后数年,闻山东雷击一道士,或即此道士淫杀过度,又伏天诛欤?螳螂捕蝉,黄雀在后,挟弹者又在其后,此之谓矣。

【注释】

①嬿(yàn)婉:美好的样子,也指美女。这里指亲昵。

②乾隆丁巳、戊午:乾隆二年(1737)、乾隆三年(1738)。

【译文】

胡厚庵先生说:有个书生与一个狐女亲昵相爱,最初相遇时,狐女就给了书生一个二寸长的葫芦,让他佩带在衣带上,自己钻了进去。书生想要见她,就拔开葫芦塞子,狐女就出来与他幽会,之后仍回到葫芦里,书生塞紧塞子。一天,书生在街上行走,葫芦被小偷剪去了。从此后，他与狐女就断绝了往来，心里总是闷闷不乐。一天，偶尔到效外散步，想要排解心中的郁结，忽然听到丛林中有人喊他，是那个狐女的声音。书生循声而往跟她说话，可是狐女躲着不肯露面，说："我的模样已经变了，不能与你再相见了。"书生奇怪地问她怎么了。狐女哭着说："采补炼形，是狐类修炼通常的方法。近来，不知从哪儿来了一个道士，又来搜捕我们狐辈，供他采补。只要被他抓住，他就念神咒控制，让被俘者僵滞得像木偶一样，任其所为。要是遇上道力较强的狐，吸不出精气的，道士就把他蒸成肉脯吃掉。肉体被道士吃掉，精气自然也被他吸收了。我钻进葫芦就是为了躲避这个劫难，想不到还是被他找到了，抓回了他的住处。我害怕受汤镬之苦，已经献出真丹，勉强留下性命。但是因为失去了真丹，所以又恢复了兽形，如果想再化做人形，又需修炼二三百年。地老天荒，你我再无相会之期了！奴家感念旧恩，所以在这里和你诀别。请千万保重，不要再思念我了。"书生听罢愤愤地说："为什么不到神那里去告他？"狐女说："告他的多了。但是神认为财产来路不正，又被人骗去，是自作自受；杀人者被人杀，是相互报应，所以神对此置之不理。由此可知，千方百计地巧取豪夺，实际上是自我戕害。从今以后，我将专心于吐纳之功，不再重操采补之术了。"

这件事发生在乾隆丁巳、戊午年间，胡厚庵先生曾经亲眼见过上面说的那位书生。几年之后，听说山东境内有一个道士被雷劈死了，有人说，这就是前面说过的那个道士，他因为淫杀过度，遭到天诛了吧。螳螂捕蝉，黄雀在后，拿弹弓的人又在黄雀后面，说的就是这个道理。

从弟东白宅，在村西井畔，从前未为宅时，缭以周垣，环筑土屋。其中有屋数间，夜中辄有叩门声。虽无他故，而居者恒病不安。一日，门旁墙圮，出一木人，作张手叩门状，上有符箓。乃知工匠有嗛于主人[①]，作是镇魇也。故小人不可与轻作缘，亦不可与轻作难。

【注释】

①嗛（xián）：怀恨。

【译文】

我的堂弟东白住宅，在村西的井旁，从前还没有建造这所住宅的时候，围了一圈土墙，沿着土墙，又建了一圈土屋。其中有几间屋子，夜里总有敲门声。虽然没出什么事，但住在里面的人总是不安宁。一天，门旁的一堵土墙倒塌了，墙里露出一个木头人来，做着抬手敲门的姿势，身上还画着符箓。人们这才知道是工匠对主人有不满，做了这个木人来诅咒厌伏主人。所以说，不能轻易与小人交往，也不能轻易得罪他们。

何子山先生言：雍正初，一道士善符箓。尝至西山极深处，爱其林泉，拟结庵习静。土人言是鬼魅之巢窟，伐木采薪，非结队不敢入，乃至狼虎不能居，先生宜审。弗听也。俄而鬼魅并作，或窃其屋材，或魇其工匠，或毁其器物，或污其饮食。如行荆棘中，步步挂碍；如野火四起，风叶乱飞，千手千目，应接不暇也。道士怒，结坛召雷将。神降则妖已先遁，大索空山无所得。神去，则数日复集。如是数回，神恶其渎，不复应。乃一手结印，一手持剑，独与战，竟为妖所踣，拔须败面，裸而倒悬。遇樵者得解，狼狈逃去。

道士盖恃其术耳。夫势之所在，虽圣人不能逆；党之已成，虽帝王不能破。久则难变，众则不胜诛也。故唐去牛、李之倾轧，难于河北之藩镇[①]。道士昧众寡之形，客主之局，不量力而婴其锋[②]，取败也宜矣。

【注释】

①“故唐”二句：牛、李之倾轧，指牛李党争。唐朝末年宦官专权，朝廷的官员中反对宦官的大都遭到排挤打击；依附宦官的又分为两派，即以牛僧孺为首领的牛党和以李德裕为首领的李党，这两派官员互相倾轧，争吵不休。从唐宪宗时期开始，到唐宣宗时期才结束，闹了将近40年，历史上把这次朋党之争称为“牛李党争”。河北之藩镇，“藩”是保卫之意，“镇”是指军镇。唐代设置军镇，本为保卫自身安全，唐玄宗为防止边陲各族的进犯，大量扩充防戍军镇，设立节度使，共设九个节度使和一个经略使（时称天宝十节度使）。安史之乱后，唐朝国势中衰，在今陕西、四川以及江淮以南的藩镇大多依旧服从中央政府，向中央缴纳赋税。而在河北、山东、河南、湖北、山西一带的藩镇，即时称“河朔三镇”的成德、魏博和卢龙三镇，则割据一方，表面上尊奉朝廷，但法令、官爵都自搞一套，亦不缴纳赋税，形同独立政权。

②婴：接触，触犯。

【译文】

何子山先生说：雍正初年，有个道士善用符箓。他来到西山最深处，喜爱这里的山林和泉水，打算建屋修身静养。当地人说，这里是鬼魅的巢穴，伐木打柴的人如果不是成群结队，都不敢上这里来，甚至豺狼虎豹也不能住在这里，先生应当慎重。道士不听。没过多久，鬼魅一同作怪，有的偷盗建屋用的材料，有的迷魇工匠，有的毁坏器具物品，有的则弄脏饮水和食物。让这个道士像是走在荆棘丛中，步步都有阻碍；又像四周烧起野火，草叶乱飞，即便有千手千眼，也应付不过来。道士大怒，设坛作法请雷部神将。神灵降下，妖鬼却已经先逃跑了。神将搜索空山，毫无所获。神离去后，过了几天鬼魅又集合而来。这样反复几次，神将怪罪道士轻慢，请也请不来了。道士就一手拿印，一手持宝剑，独自与鬼魅战斗，竟然被鬼魅打翻在地，拔去胡须，打得鼻青眼肿，扒光衣服倒挂在树上。幸亏遇到了砍柴人把他解救下来,他狼狈地逃走了。

道士是过高估计了自己的法术。在大势所趋之时,即使是圣人也难于扭转局势;党羽已经形成,纵然是帝王也不能攻破。积习过久就难改变,人数众多就难以杀尽。从前唐代消除牛、李的党争,比去除河北的藩镇更困难。道士不顾寡众的形势,不辨主客的局面,自不量力地往刀刃上撞,失败也是理所当然的。

小人之计万变,每乘机而肆其巧。小时,闻村民夜中闻履声,以为盗,秉炬搜捕,了无形迹。知为魅也,不复问。既而胠箧者知其事①,乘夜而往。家人仍以为魅,偃息弗省,遂饱所欲去。此犹因而用之也。邑有令,颇讲学,恶僧如仇。一日,僧以被盗告。庭斥之曰:"尔佛无灵,何以庙食?尔佛有灵,岂不能示报于盗,而转渎官长耶?"挥之使去,语人曰:"使天下守令用此法,僧不沙汰而自散也。"僧固黠甚,乃阳与其徒修忏祝佛,而阴赂丐者,使捧衣物跪门外,状若痴者。皆曰佛有灵,檀施转盛。此更反而用之,使厄我者助我也。人情如是,而区区执一理与之角,乌有幸哉!

【注释】

①胠箧(qū qiè):撬开箱箧,后用为盗窃的代称。胠,从旁边撬开。箧,箱子一类的东西。

【译文】

小人的计谋千变万化,一有可趁之机就会大施巧计。小时候,听说村里有户人家半夜听到脚步声,以为是盗贼,就举着火把到处搜捕,却不见踪迹。大家知道是妖怪,也就不再理会了。不久,小偷知道了这件事,夜里就到这户人家偷窃。家人还以为是妖怪,就不声不响不理睬,小偷遂心满意足放手偷了一番。这件事是顺着人们的心理趁机而做的。有个县令，相信理学，恨僧人像恨仇人一样。有一天，僧人报告官府说被盗了。县令当堂训斥道："你供奉的佛要是一点儿没有灵验，凭什么还要得到供养？你的佛要是有灵验的话，难道不让盗贼得到报应，还要反过来麻烦长官么？"说罢，挥挥手就让人赶僧人离开，还对人说："假如天下的太守县令都用我这办法，僧人不用淘汰，就会自动解散了！"僧人本来十分狡猾，表面上和徒弟们做佛事祈祷，暗地里收买了一个要饭的，让他捧着衣物跪在寺门外，看上去就像痴呆了一样。大家都说这寺里的佛有灵验，布施越来越盛。这件事是反用计谋，把断我生路的人变成帮助我的人。人情都是这样，固执一种道理和小人争斗，又有什么好处呢！

张某、瞿某，幼同学，长相善也。瞿与人讼，张受金，刺得其阴谋，泄于其敌。瞿大受窘辱，衔之次骨；然事密无左证，外则未相绝也。俄张死，瞿百计娶得其妇。虽事事成礼，而家庭共语，则仍呼曰张几嫂。妇故朴愿，以为相怜相戏，亦不较也。一日，与妇对食，忽跃起自呼其名曰："瞿某，尔何太甚耶？我诚负心，我妇归汝，足偿矣。尔必仍呼嫂何耶？妇再嫁常事，娶再嫁妇亦常事。我既死，不能禁妇嫁，即不能禁汝娶也。我已失朋友义，亦不能责汝娶朋友妇也。今尔不以为妇，仍系我姓呼为嫂，是尔非娶我妇，乃淫我妇也。淫我妇者，我得而诛之矣。"竟颠狂数日死。夫以直报怨，圣人不禁。张固小人之常态，非不共之仇也。计娶其妇，报之已甚矣；而又视若倚门妇，玷其家声，是已甚之中又已甚焉。何怪其愤激为厉哉！

【译文】

张某和瞿某，小时候是同学，长大了也相处得很好。后来，瞿某与人打官司，张某拿了人家的钱，刺探到瞿某的秘密，泄露给瞿某的仇家。瞿某因此吃了大亏，陷于窘境，瞿某对张某恨之入骨；但是因为张某事情办得机密，抓不到把柄，所以瞿某表面上没有跟他断绝关系。不久，张某突然死了，瞿某千方百计娶了张某的妻子。虽然事事依礼而行，可是平时交谈，瞿某仍称她张几嫂。张某的妻子纯朴老实，以为后夫是相爱戏谑，也不计较。一天，瞿某与她对坐吃饭，忽然跳起来喊着自己的名字说："瞿某，你太过分了吧！我固然是负心之人，但我的老婆已经归你了，足以偿还了。你为什么还一定要称她嫂子呢？女人死了丈夫再嫁他人是常事，男人娶再嫁之妇也是常事。我既然已经死了，就不能禁止我的老婆嫁人，当然也不能禁止你娶她。我已经失掉了朋友的情义，也不能责怪你娶朋友的老婆。现在，你不把她当成自己的老婆，仍挂着我的姓称她为张几嫂，这就等于说你不是娶了我的老婆，而是奸淫我的老婆。奸淫我老婆的人，我就能杀死他了。"瞿某癫狂了几天就死了。如果以公平对待仇怨，圣人也不禁止。张某见钱眼开本来是小人的常态，但还不能算是瞿某不共戴天的仇敌。瞿某用计谋娶了张某的妻子，报复就已经过分了；可是又把这个女人看成是倚门卖笑的妓女，玷污张家的名声，真是过分之中又过分了。怎么能责怪张某的魂灵如此愤激，变成厉鬼来报复呢！

一恶少感寒疾，昏愦中魂已出舍，伥伥无所适。见有人来往，随之同行。不觉至冥司，遇一吏，其故人也。为检籍良久，蹙额曰："君多忤父母，于法当付镬汤狱。今寿尚未终，可且反，寿终再来受报可也。"恶少惶怖，叩首求解脱。吏摇首曰："此罪至重，微我难解脱，即释迦牟尼亦无能为力也。”恶少泣涕求不已。吏沉思曰：“有一故事，君知乎？一禅师登座，问：‘虎颔下铃，何人能解？’众未及对，一沙弥曰：‘何不令系铃人解。’得罪父母，还向父母忏悔，或希冀可免乎！”少年虑罪业深重，非一时所可忏悔。吏笑曰：“又有一故事，君不闻杀猪王屠，放下屠刀，立地成佛乎？”遣一鬼送之归，霍然遂愈。自是洗心涤虑，转为父母所爱怜。后年七十馀乃终。虽不知其果免地狱否，然观其得寿如是，似已许忏悔矣。

【译文】

有个品行恶劣的年轻人得了伤寒病，昏迷中灵魂离开了肉体，迷茫困惑不知往哪里去。见有人来来往往，就跟着一起走。不知不觉到了阴曹地府，遇见一个小吏，正好是熟人。小吏替他翻生死簿查了很久，皱着眉头说：“你太不孝顺父母，按律条应当下油锅。现在你寿命还没完结，可以先回去，寿命完结了再来受报应吧。”这个年轻人吓坏了，磕头请求解救。小吏摇头说：“这种罪过很重，不但我解救不了，就是释迦牟尼也无能为力。”年轻人痛哭流涕哀求不止。小吏想了一会儿说：“有一个故事，你知道吗？一个禅师登上法座问：‘老虎脖子上的铃铛，谁能解下来？’大家还没来得及回答，一个小和尚说：‘为什么不叫系铃人去解。’得罪了父母，还是向父母悔罪，或许有希望免罪吧！”年轻人担心罪恶太重，不是一时忏悔就能有效的。小吏笑着说：“还有一个故事，你没听说杀猪的王屠户，放下屠刀，立刻成了佛吗？”地府派一名鬼卒送他回去，他的病一下子就好了。从此他洗心革面，反而得到了父母的怜爱，后来活到七十多岁才死。虽然不知道他是否免除了地狱的报应，可看他这么长寿，他似乎已获准悔过了。

许文木言：老僧澄止，有道行。临殁，谓其徒曰："我持律精进，自谓是四禅天人[①]。世尊嗔我平生议论，好尊佛而斥儒，我相未化，不免仍入轮回矣。"其徒曰："崇奉世尊，世尊反嗔乎？"曰："此世尊所以为世尊也。若党同而伐异，扬己而抑人，何以为世尊乎？我今乃悟，尔见犹左耳。"

因忆杨槐亭言：乙丑上公车时[②]，偕同年数人行。适一僧同宿逆旅，偶与闲谈。一同年目止之曰："君奈何与异端语？"僧不平曰："释家诚与儒家异，然彼此均各有品地。果为孔子，可以辟佛，颜、曾以下弗能也；果为颜、曾，可以辟菩萨，郑、贾以下弗能也；果为郑、贾，可以辟阿罗汉，程朱以下弗能也；果为程、朱，可以辟诸方祖师，其依草附木，自托讲学者弗能也。何也？其分量不相及也。先生而辟佛，毋乃高自位置乎？"同年怒且笑曰："惟各有品地，故我辈儒可辟汝辈僧也。"几于相哄而散。

余谓各以本教而论，譬如居家，三王以来，儒道之持世久矣，虽再有圣人弗能易，犹主人也。佛自西域而来，其空虚清净之义，可使驰骛者息营求，忧愁者得排遣；其因果报应之说，亦足警戒下愚，使回心向善，于世不为无补。故其说得行于中国，犹挟技之食客也。食客不修其本技，而欲变更主人之家政，使主人退而受教，此佛者之过也。各以末流而论，譬如种田，儒犹耕耘者也。佛家失其初旨，不以善恶为罪福，而以施舍不施舍为罪福。于是惑众蠹财，往往而有，犹侵越疆畔，攘窃禾稼者也。儒者舍其耒耜，荒其阡陌，而皇皇持梃荷戈，日寻侵越攘窃者与之格斗；即格斗全胜，不知己之稼穑如何也。是又非儒者之颠耶？夫佛自汉明帝后，蔓延已二千年，虽尧、舜、周、孔复生，亦不能驱之去。儒者父子、君臣、兵刑、礼乐，舍之则无以治天下，虽释迦出世，亦不能行彼法于中土。本可以无争，徒以缁徒不胜其利心，妄冀儒绌佛伸，归佛者檀施当益富。讲学者不胜其名心，著作中苟无辟佛数条，则不足见卫道之功。故两家语录，如水中泡影，旋生旋灭，旋灭旋生，互相诟厉而不止。然两家相争，千百年后，并存如故；两家不争，千百年后，亦并存如故也。各修其本业可矣。

【注释】

①四禅天人：佛教修行的高级境界，修第四禅定者，可得生无云天、福生天、广果天。

②乙丑：乾隆十年(1745)。

【译文】

许文木说：老和尚澄止很有道行。临死的时候，告诉他的徒弟们说："我坚持佛门戒律，精诚修进，自认为是第四禅天的人。世尊佛祖却怪我平生的议论，过分推崇佛理、排斥儒学，所有可以证实自身存在的意识在本质上没有变化，死后仍不免进入轮回转生之中。"他的徒弟说："您崇奉世尊佛祖，世尊反而嗔怪吗？"澄止说："这就是佛祖之所以成为佛祖的原因。如果佛祖也党同伐异，褒扬自己而排斥他人，怎么能成为佛祖呢？我现在已经醒悟，你们却还糊涂着呢。"

由此想起杨槐亭讲的一件事：乾隆乙丑年进京赴考时，他和几位举人同行。恰巧与一个和尚同住一个旅馆，偶然与这个和尚闲谈。一位同年使眼色制止说："你怎么和不是同道的异端之人闲聊？"和尚不平地说："佛家的确与儒家不同，但是彼此都各有品第。如果是孔子，可以批评佛，颜回、曾参以下的人就没有资格了；如果是颜回、曾参，可以批评菩萨，郑兴、贾逵以下的人就没有资格了；如果是郑兴、贾逵，也还可以批评阿罗汉，程颐、朱熹以下的人就没有资格了；如果是程颐、朱熹还可以批评各方祖师，那些攀龙附凤、自称是道学家的人，就更没有资格了。为什么呢？因为他们的分量不够。你来批评佛，不是抬高自己的地位了吗？”那位同年又气又笑，说：“正因为各有品第，所以我们几个儒生就可以批评你这个和尚了。”双方几乎争吵起来，不欢而散。

我认为，分别以本教而论，比如居家过日子，夏禹、商汤、周文武王以来，儒家思想处于统治地位很久了，即便再有圣人也不能改变这种状况，这就像是一家的主人一样。佛教从西域传来，它那种空虚清净的教义，可以让钻营奔走的人停止忙乱，可以让有忧愁的人得到排解；它因果报应的说法，也足以警告那些下等愚昧的众生，促使他们回心向善，这对于世道不是没有补益的。所以佛家学说得以在中国流传，就像掌握了某种技能的食客。食客不修炼自己的技能，却要变更主人的家政，让主人放弃主人的地位接受食客的调遣，这就是佛家的过错了。以两家的发展状况而论，比如种田，儒家就像种田的人。而佛家却失去了他的初衷，不以善恶判定有罪有福，却根据施舍还是不施舍来判定有罪有福。于是蛊惑群众，侵吞钱财的事经常发生，这就像越过田界，抢夺别人的庄稼一样。于是儒家也舍弃了耕具，听任田地荒芜，却匆匆忙忙地手持棍棒，天天寻找越界抢夺的人格斗；即使格斗全胜，却不知自己的庄稼怎样了。这不又是儒家的错了吗？佛教自东汉明帝传入后，已流传了两千年，纵然尧、舜、周公、孔子再生，也不能将他们驱逐出去。儒家倡导父子、君臣、兵刑、礼乐，舍弃了这些就无法治理天下，就是释迦牟尼出世，也不能在中国推行他的主张。两家本来可以不争，只是僧徒们求利心的驱使下，排斥儒家，光大佛教，妄想着皈依佛门的人多，布施也更多。道学家在求名心切，著作中如果没有几条批判佛家的内容，似乎就显不出卫道的功劳。所以两家的语录，好像水中泡影，忽生忽灭，忽灭忽生，互相辱骂不止。然而，两家相争，在千百年后，还像原先那样并存；两家不相争，千百年后，也还像原先那样并存。所以还是各自修行自己本来的教义好了。

陈瑞庵言：献县城外诸邱阜，相传皆汉冢也。有耕者误犁一冢，归而寒热谵语，责以触犯。时瑞庵偶至，问："汝何人？"曰："汉朝人。"又问："汉朝何处人？"曰："我即汉朝献县人，故冢在此，何必问也？"又问："此地汉即名献县耶？"曰："然。"问："此地汉为河间国，县曰乐成。金始改献州，明乃改献县，汉朝安得有此名？"鬼不语。再问之，则耕者苏矣。盖传为汉冢，鬼亦习闻，故依托以求食，而不虞适以是败也。

【译文】

陈瑞庵先生说：献县城外的一些土丘，相传都是汉代的坟墓。有个耕地的农夫，不小心犁了一座坟，回家后发冷发热说胡话，责难他触犯了古人。这时陈瑞庵先生偶然到了这里，问："你是什么人？"回答说："汉朝人。"又问："是汉朝什么地方的人？"回答说："我就是汉朝献县人，所以坟墓就在这儿，这又何必问？"又问："这地方汉朝时就叫献县吗？"鬼回答："是。"陈瑞庵问："这个地方汉朝时是河间国封地，这个县叫乐成。金朝时改为献州，明朝时才改为献县，汉朝时怎么会叫献县？"鬼不说话。再问时，那个农夫已经苏醒了。因为传说是汉代的坟墓，鬼也经常听到人这么说，所以假冒汉鬼来讹诈人们供奉酒食，不料恰恰因为这个露了馅。

毛其人言：有耿某者，勇而悍。山行遇虎，奋一梃与斗，虎竟避去，自以为中黄、佽飞之流也[①]。偶闻某寺后多鬼，时嬲醉人，愤往驱逐。有好事者数人随之往。至则日薄暮，乃纵饮至夜，坐后垣上待其来。二鼓后，隐隐闻啸声，乃大呼曰："耿某在此！"倏人影无数，涌而至，皆吃吃笑曰："是尔耶，易与耳。"耿怒跃下，则鸟兽散去，遥呼其名而詈之，东逐则在西，西逐则在东，此没彼出，倏忽千变。耿旋转如风轮，终不见一鬼，疲极欲返，则嘲笑以激之，渐引渐远。突一奇鬼当路立，锯牙电目，张爪欲搏。急奋拳一击，忽噭然自仆，指已折，掌已裂矣，乃误击墓碑上也。群鬼合声曰："勇哉！"瞥然俱杳。诸壁上观者闻耿呼痛，共持炬舁归。卧数日，乃能起，右手遂废。从此猛气都尽，竟唾面自干焉。夫能与虓虎敌，而不能不为鬼所困，虎斗力，鬼斗智也。以有限之力，欲胜无穷之变幻，非天下之痴人乎？然一惩即戒，毅然自返，虽谓之大智慧人，亦可也。

【注释】

①中黄：亦称"中黄伯"，古代勇士。佽（cì）飞：即佽非，春秋时期楚国勇士，力能斩蛟。

【译文】

毛其人说：有个耿某，勇猛凶狠。走山路时碰上老虎，抓起一根木棒就和老虎搏斗，老虎竟然躲开逃走了，他自以为属于中黄、佽飞一类勇士。有一次，偶尔听说某寺院后面有鬼，时常作弄喝醉的人，耿某很生气，愤愤地赶去驱逐那些鬼。有几个喜欢看热闹的人跟着耿某前去。到寺院时，天已黄昏，大家痛饮到夜晚，然后坐在后墙上等鬼群出现。二更后，隐隐约约听到呼啸声，耿某就大声喊道："耿某人在这里！"一下子无数人影，汹涌而至，都"吃吃"地笑着，说："是你呀，容易对付的。"耿某愤怒地跳下墙头，人影就作鸟兽散，还远远地喊耿某的名字，臭骂他，耿某追到东面;它们跑到西面;追到西面,又跑到东面;这里不见那里又出现了,转眼间千变万化。耿某像风车一样团团转,始终见不到一个鬼,累极了,就想回去,那些鬼又嘲笑着激怒他,把他越引越远。突然,耿某看见一个奇怪的鬼站在路中间,牙齿像锯子,眼光像闪电,张牙舞爪,想和耿某搏斗。耿某急忙用力一拳打过去,突然自己大叫一声倒在地上,手指骨头都断了,手掌也裂开了,原来是错打在墓碑上。群鬼一起喊道:"真勇敢啊!"一转眼都不见了。在墙头上观看的人听到耿某痛苦的叫喊,一起举着火把,把耿某抬回家去。躺了几天,他才能起床,右手因此就残废了。从此,耿某的刚猛之气消除,被人唾了一脸也不擦。能与咆哮的猛虎相搏,却不能不被鬼围困,虎是以力气相斗,鬼是以智谋相斗的呀。想用有限的力气,去战胜无穷的变幻,这不是天底下的痴人吗?不过,耿某受一次惩罚后就自戒,毅然回头了,说他是有大智慧的人,也是可以的。

张桂岩自扬州还,携一琴砚见赠①。斑驳剥落,古色黝然。右侧近下,镌"西涯"二篆字,盖怀麓堂故物也。中镌行书一诗曰:"如以文章论,公原胜谢刘。玉堂挥翰手,对此忆风流。"款曰"稚绳",高阳孙相国字也。左侧镌小楷一诗曰:"草绿湘江叫子规,茶陵青史有微词②。流传此砚人犹惜,应为高阳五字诗。"款曰"不凋",乃太仓崔华之字。华,渔洋山人之门人。渔洋论诗绝句曰:"溪水碧于前渡日,桃花红似去年时。江南肠断何人会?只有崔郎七字诗。"即其人也。二诗本集皆不载,岂以诋诃前辈,微涉讦直,编集时自删之欤?后以赠庆大司马丹年,刘石庵参知颇疑其伪。然古人多有集外诗,终弗能明也。又杨丈汶川讳可镜,杨忠烈公曾孙也。以拔贡官户部郎中③,与先姚安公同事。赠姚安公一小砚,背有铭曰："自渡辽，携汝伴。草军书，恒夜半。余之心，惟汝见。"款题"芝冈铭"。盖熊公廷弼军中砚，云得之于其亲串家。又家藏一小砚，左侧有"白谷手琢"四字，当是孙公传庭所亲制。二砚大小相近，姚安公以皆前代名臣，合为一匣。后在长儿汝佶处。汝佶夭逝，二砚为婢媪所窃卖。今不可物色矣。

【注释】

①琴砚：形状如古琴的砚台。

②茶陵：李东阳（1447—1516），字宾之，号西涯，祖籍湖广长沙府茶陵州（今湖南茶陵），寄籍京师（今北京）。

③拔贡：科举制度中由地方贡入国子监的生员之一种。清朝制度，初定六年一次，乾隆中改为逢酉一选，也就是十二年考一次，优选者任用为小京官，次选任用为教谕。每府学二名，州、县学各一名，由各省学政从生员中考选，保送入京，作为拔贡。经过朝考合格，可以充任京官、知县或教职。

【译文】

张桂岩从扬州回来时，带了一方琴形砚台赠送给我。这方砚的表面上斑驳剥落，古色黝然。在砚的右侧下方，刻有"西涯"两个篆字，看来这方砚是明代李东阳所居怀麓堂的旧物。其中以行书字体刻了一首诗，道："如以文章论，公原胜谢刘。玉堂挥翰手，对此忆风流。"落款是"稚绳"，这是明朝高阳孙相国的字。砚左侧用小楷字刻诗一首："草绿湘江叫子规，茶陵青史有微词。流传此砚人犹惜，应为高阳五字诗。"落款是"不凋"，"不凋"是太仓人崔华的字。崔华是渔洋山人的门人。王渔洋有一首论诗绝句："溪水碧于前渡日，桃花红似去年时。江南肠断何人会？只有崔郎七字诗。"诗中所说的崔郎，就是指崔华。上面所引两首诗，作者的诗集都未录入，难道是因为诗中有指责前辈李东阳的含义，且语言直率，所以编辑时自己有意删掉了么？后来，我将此砚转赠大司马庆丹年，参知刘石庵很是怀疑砚上之诗属于伪作。但是古人多有集外之诗，不过，这两首诗的真伪也确实无法辨明。再有，杨汶川先生名可镜，杨忠烈公的曾孙。以拔贡出身，任户部郎中，和姚安公同事。曾经赠给姚安公一方小砚，砚的背面刻有铭文道："自渡辽，携汝伴。草军书，恒夜半。余之心，惟汝见。"落款是"芝冈铭"。这是明代熊廷弼在军中用的砚，杨先生称，这方小砚是从一个亲戚那里得到的。还有，我家里也藏有一方小砚，左侧刻有"白谷手琢"四字，应该是明代孙传庭亲手制作的。两方砚大小相仿，姚安公认为它们都出自前朝名臣，所以合装在一个匣内。后来，这两方砚放在我的长子汝佶那里。汝佶不幸夭折，两方砚被丫环婆子偷去卖掉了。现今，再也找不到这样的珍贵物件了。

余十七岁时，自京师归应童子试，宿文安孙氏。土语呼若巡诗，音之转也。室庐皆新建，而土炕下钉一桃杙[①]。上下颇碍，呼主人去之。主人颇笃实，摇手曰："是不可去，去则怪作矣。"诘问其故，曰："吾买隙地构此店，宿者恒夜见炕前一女子立，不言不动，亦无他害。有胆者以手引之，乃虚无所触。道士咒桃杙钉之，乃不复见。"余曰："其下必古冢，人在上，鬼不安耳。何不掘出其骨，具棺迁葬？"主人曰："然。"然不知其果迁否也。又辛巳春[②]，余乞假养疴北仓，姻家赵氏请余题主，先姚安公命之往。归宿杨村，夜已深，余先就枕，仆隶秣马尚未睡。忽见彩衣女子揭帘入，甫露面，即退出。疑为趁座妓女，呼仆隶遣去，皆云外户已闭，无一人也。主人曰："四日前，有宦家子妇宿此卒，昨移柩去。岂其回煞耶？"归告姚安公。公曰："我童子时，读书陈氏舅家。值仆妇夜回煞，月明如昼，我独坐其室外，欲视回煞作何状，迄无见也。何尔乃有见耶？然则尔不如我多矣。”至今深愧此训也。

【注释】

①杙(yì)：小木桩。

②辛巳：乾隆二十六年(1761)。

【译文】

我十七岁时，从京城回来应试考秀才，住在文安孙氏家里。土语呼“若巡诗”，是语音的变化。孙家的房屋都是新建的，而土炕下却钉了个小桃木桩子。上下炕很碍事，我叫主人去掉木桩。主人非常淳朴，摇着手说：“这个去不得，去了木桩就会妖怪作祟。”盘问原因，他说：“我买了空地建了这所房子开店，住在这里的人夜里总看见一个女子站在炕前，不说不动，也没有别的妨害。有胆量的人用手拉她，却抓了个空似乎什么都没有碰到。道士念了咒在炕下钉了桃木桩子，那个女子才不再出现了。”我说：“这下边必定是古墓，人在上面，鬼不安宁。为什么不挖出骸骨，装进棺材迁葬？”主人说：“对。”但不知他真的迁葬没有。乾隆辛巳年春天，我请假在天津北仓养病，有个姓赵的亲戚请我题写灵牌，先父姚安公命我前往。我回来时宿在杨村，夜已深了，我先上了床，仆隶们喂马还没有睡。忽然看见个穿着花衣服的女子揭帘进来，刚一露面，又马上退出去了。我以为是串门走户的妓女，叫仆隶们打发她走，仆隶们说外面大门已经关了，院子里一个人也没有。房主说：“四天前，有个官宦人家的儿媳妇住在这里死了，昨天才把灵柩移走。难道是她回煞？”回来后禀告姚安公，姚安公说：“我小时候，住在舅舅陈氏家读书。赶上一个仆人的妻子回煞，晚上月色明亮如同白昼，我独坐在院子里，想看回煞是什么样子，但一直没看见。怎么你就看见回煞了？可见你的见识比我差多了。”想起父亲的教训，至今仍然有愧。

河豚惟天津至多，土人食之如园蔬；然亦恒有死者，不必家家皆善烹治也。姨丈惕园牛公言：有一人嗜河豚，卒中毒死。死后见梦于妻子曰："祀我何不以河豚耶？"此真死而无悔也。又姚安公言：里有人粗温饱，后以博破家。临殁，语其子曰："必以博具置棺中。如无鬼，与白骨同为土耳，于事何害？如有鬼，荒榛蔓草之间，非此何以消遣耶！"比大殓，佥曰："死葬之以礼，乱命不可从也。"其子曰："独不云事死如事生乎？生不能几谏，殁乃违之乎？我不讲学，诸公勿干预人家事。"卒从其命。姚安公曰："非礼也，然亦孝子无已之心也。吾恶夫事事遵古礼而思亲之心则漠然者也。"

【译文】

河豚只有天津产得最多，当地人就像吃园子里的蔬菜一样吃河豚；但也常有人中毒而死，因为不一定家家都擅长烹治。姨父牛惕园先生说：有个人爱吃河豚，后来中毒死了。死后妻子梦见他说："我的供品里为什么没有河豚？"这真是死而无悔。姚安公说：有个人过得勉强能维持温饱，后来因为赌博败了家。临死前对儿子说："一定要把赌具放进棺材里。如果没有鬼，与白骨一齐化为粪土，也没有什么坏处；如果有鬼，在荒草丛中，没有它用什么消遣呢！"装殓时，人们都说："要根据礼法下葬，胡言乱语的嘱咐是不可遵从的。"他儿子说："你们难道没有听说侍奉死者应该像伺候活人一样吗？他生前我不能劝阻，死了我还能违拗他吗？我不是道学家，诸位也别来干预人家的事。"最终还是遵从了死者的遗命。姚安公说："这种做法不合礼仪，但体现了不尽的孝心。我厌恶那些事事遵从古礼、亲情却很淡薄的人。"

一奴子业针工，其父母鬻身时未鬻此子，故独别居于外。其妇年二十馀，为狐所媚，岁馀病瘵死。初不肯自言，病甚，乃言狐初来时为女形，自言新来邻舍也。留与语，渐涉谑，既而渐相逼，遽前拥抱，遂昏昏如魇。自是每夜辄来，来必换一形，忽男忽女，忽老忽少，忽丑忽好，忽僧忽道，忽鬼忽神，忽今衣冠，忽古衣冠，岁馀无一重复者。至则四肢缓纵，口噤不能言，惟心目中了了而已。狐亦不交一言，不知为一狐所化，抑众狐更番而来也。其尤怪者，妇小姑偶入其室，突遇狐出，一跃即逝。小姑所见，是方巾道袍人，白须鬖鬖；妇所见则黯黑垢腻，一卖煤人耳。同时异状，更不可思议矣。

【译文】

有个奴仆以缝纫为业，他父母卖身为奴时，没有连他一起卖了，所以他独自居住在别处。他的妻子二十多岁，被狐狸媚惑了一年多，后得痨病死了。开始她还不肯说，病重时，才说狐精一开始来的时候是个女人形象，自称是新搬来的邻居。她留下它来聊天，渐渐地开起玩笑来，随即逐渐靠近，突然上前拥抱，这个奴仆的妻子昏昏沉沉地就像被魇住似的。从此以后，每到夜里狐精就来，而且一定要改变形象：忽然是男的，忽然是女的，忽然是老人，忽然是年轻人，忽然丑陋，忽然俊美，忽然是和尚，忽然是道士，忽然是神，忽然是鬼，忽然穿戴着当今衣物，忽然穿戴着古代衣帽，在一年多的时间里，没有一次是重复的。它一来，奴仆妻子就四肢无力，好像被禁住了说不出话，只是心中明白罢了。狐精也不和她说一句话，不知道是一个狐精变的，还是许多狐精轮流来的。这件事尤为奇怪的是，奴仆妻子的小姑子偶然进她屋里，突然遇上狐精出去，一跳就不见了。小姑子看见的是个头戴方巾、身穿道袍的人，满脸乱蓬蓬的白胡须；奴仆妻子看见的却是浑身脏黑油腻的一个卖煤人。

同一时间里不同的人还能看到不同的形象，就更不可思议了。

及孺爱先生先生于余为疏从表侄，然幼时为余开蒙，故始终待以师礼。言：交河有人田在丛冢旁，去家远，乃筑室就之。夜恒闻鬼语，习见不怪也。一夕，闻冢间呼曰："尔狼狈何至是？"一人应曰："适路遇一女，携一童子行。见其面有衰气，死期已近，未之避也。不虞女忽一嚏，其气中人，如巨杵舂撞平声，伤而仆地。苏息良久，乃得归。今胸鬲尚作楚也。"此人默记其语。次日，耘者聚集，具述其异，因问："昨日谁家女子傍晚行，致中途遇鬼？"中一宋姓者曰："我女昨晚同我子自外家归，无遇鬼事也。"众以为妄语。数日后，宋女为强暴所执，捍刃抗节死。乃知贞烈之气，虽届衰绝，尚刚劲如是也。鬼魅畏正人，殆以此夫。

【译文】

及孺爱先生先生是我的远房表侄，但我小时候是他为我启蒙教育，所以我对他一直以师礼相待。说：交河有人的田地靠近坟堆，离家比较远，就在田边筑了间屋子住着。晚上常听到鬼讲话，见惯了也不奇怪。一天晚上，听到坟墓间有喊声说："你怎么狼狈成这样呢？"另一个声音回答道："刚才在路上碰到一个女子，带着一个小男孩赶路。我见她面有衰气，死期快到了，就没有躲避。没想到那女子忽然打了个喷嚏，那股气打中了我，就像大棒槌舂米撞平声击一样，我受伤倒在地上。休息了很久，才能回来。现在胸膛还隐隐作痛。"这个种田人默默地记下这番话。第二天，耘田的人聚在一起，这个人就说了这件事情，还问："昨天傍晚，谁家的女子在路上碰到鬼了？"其中有个姓宋的说："昨晚我女儿和我儿子从外婆家回来，并没有碰到鬼的事。"大家都认为那个人乱讲。几天以后，宋家女儿被歹徒劫持，她顶着刀尖坚决反抗，被杀死了。人们才知道，女人贞烈的正气，虽然临近死亡，仍然刚强有力。鬼怪所以害怕正直的人，大概是因为这个原因吧。

张完质舍人言：有与狐为友者，将商于外，以家事托狐。凡火烛盗贼，皆为警卫；僮婢或作奸，皆摘发无遗。家政井井，逾于商未出时。惟其妇与邻人昵，狐若弗知。越两岁，商归，甚德狐。久而微闻邻人事，又甚咎狐。狐谢曰："此神所判，吾不敢违也。"商不服曰："鬼神祸淫，乃反导淫哉？"狐曰："是有故。邻人前世为巨室，君为司出纳，因其倚信，侵蚀其多金。冥判以妇偿负，一夕准宿妓之价销金五星，今所欠只七十馀金矣。销尽自绝，君何躁焉！君倘未信，试以所负偿之，观其如何耳。"商乃诣邻人家曰："闻君贫甚，仆此次幸多赢，谨以八十金奉助。"邻人感且愧，自是遂与妇绝。岁暮，馈肴品示谢，甚精腆，计其所值，正合七十馀金所赢数。乃知夙生债负，受者毫厘不能增，与者毫厘不能减也。是亦可畏也已。

【译文】

中书舍人张完质说：有个人与狐精交了朋友，要到外地去经商前，把家里的事情托付给狐精照管。之后，凡是防火防盗，狐精都负责警卫；若有僮仆婢女偷奸耍滑，狐精都毫无遗漏揭发批评。家事料理得井井有条，超过了商人没有离开家的时候。只是商人的妻子与邻家男人亲热，狐精就像不知道一样。两年后，商人回来，十分感激狐精。时间长了，商人渐渐听到了妻子和邻居的传闻，转而责怪狐精。狐精道歉说："这是神所判定的，我不敢违背神的意愿。"商人不服气，说："鬼神惩罚淫乱，怎么反而引诱放纵淫乱呢？"狐精说："这是有缘故的。你这个邻居前世是个豪富，你为他管理财物，凭借他的信任，侵吞了很多钱财。阴府判决，今生要你妻子来还债，同居一夜，相当于宿妓的价格五钱银子，阴府就在账上销去一笔，现在，你只欠他七十多两银子了。等还完了欠款，他们自然会断绝关系，你着什么急呀！如果不信，你可以试着把欠银还给邻居，看看会怎样。"商人于是拜访那个邻居家，说："听说您生活很困难，我这次外出经商，有幸赚了点儿钱，现在奉上纹银八十两相助。"那个邻居又是感激又是惭愧，从此与商人的妻子断绝了来往。年底，那个邻居回赠食品感谢商人，很精致，按价值计算，正好是七十多两银子多出来的数量。由此才知道，前生的债，今世必须偿还，但接受的一点儿不能多得，还债的分毫不能少给。这也是很可怕的啊。

族侄竹汀言：有农家妇少寡，矢志不嫁，养姑抚子数年矣。一日，见华服少年，从墙缺窥伺。以为过客误入，詈之去。次日复来。念近村无此少年，土人亦无此华服，心知是魅，持梃驱逐。乃复抛掷砖石，损坏器物。自是日日来，登墙自道相悦意。妇无计，哭诉于社公祠，亦无验。越七八日，白昼晦冥，雷击裂村南一古墓，魅乃绝。不知是狐是鬼也。以妖媚人，已干天律，况媚及柏舟之妇①，其受殛也固宜。顾必迟久而后应，岂天人一理，事关殊死，亦待奏请而后刑，由社公辗转上闻，稍稽时日乎？然匹妇一哭，遽达天听，亦足见孝弟之通神明矣。

【注释】

①柏舟之妇：《诗经·鄘风·柏舟序》："柏舟，共姜自誓也。卫世子

共伯蚤死，其妻守义，父母欲夺而嫁之，誓而弗许，故作是诗以绝之。”后以谓夫死矢志不嫁。柏舟之妇，即贞女烈妇。

【译文】

我的堂侄竹汀说：有个农家妇女年轻守寡，发誓不再嫁人，赡养婆母、抚育儿子过了几年。一天，有个衣裳华丽的年轻人，从院墙缺口窥探。寡妇以为是过路人走错了门，把他骂走了。第二天，年轻人又来了。她想附近村子里没有这个人，当地人也不穿这么华丽的衣服，心里明白这是鬼魅，就抄起木棍驱赶。年轻人就抛掷砖头石块，损坏器皿物品。从此这个年轻人天天来，登上墙头表达对寡妇的爱慕。寡妇没有办法，只好到土地庙哭诉，也没有灵验。过了七八天，大白天忽然天昏地暗，雷电劈开村边的一座古墓，怪物才绝了踪迹。也不知是狐妖还是鬼魅。妖鬼媚惑人，已经触犯了天律，何况媚惑的是贞节的寡妇，妖魅遭雷击，也是理所当然。上天迟迟执行惩处，因为天上和人间一样，关系到死刑，要由土地神辗转上报，就要耽误几天。但是一个民家妇一哭，马上就直达天廷，这也说明孝悌能通神灵。

沧州一带海滨煮盐之地，谓之灶泡。袤延数百里，并斥卤不可耕种，荒草粘天，略如塞外，故狼多窟穴于其中。捕之者掘地为阱，深数尺，广三四尺，以板覆其上，中凿圆孔如盂大，略如枷状。人蹲阱中，携犬子或豚子，击使嗥叫。狼闻声而至，必以足探孔中攫之。人即握其足立起，肩以归。狼隔一板，爪牙无所施其利也。然或遇其群行，则亦能搏噬。故见人则以喙据地嗥，众狼毕集，若号令然，亦颇为行客道途患。有富室偶得二小狼，与家犬杂畜，亦与犬相安。稍长，亦颇驯，竟忘其为狼。一日，主人昼寝厅事，闻群犬呜呜作怒声，惊起周视，无一人。再就枕将寐，犬又如前。乃伪睡以俟，则二狼伺其未觉，将啮其喉，犬阻之不使前也。乃杀而取其革。此事从侄虞惇言。狼子野心，信不诬哉！然野心不过遁逸耳；阳为亲昵，而阴怀不测，更不止于野心矣。兽不足道，此人何取而自贻患耶！

【译文】

沧州一带海边煮盐的地方，叫做“灶泡”。方圆几百里，都是盐碱地，不能耕种，荒草连天，有点儿像塞外，所以很多狼在那里挖洞筑巢。捕狼人挖开地面做成陷阱，深约几尺，阔三四尺，把木板盖在上面，木板中间凿一个圆孔，有盆子大小，有点儿像枷锁的样子。人蹲在陷阱里，带着小狗或小猪，打它们，让它们叫唤。狼听到喊声就跑过来，一定会用脚伸到木板洞里探查。人马上抓紧狼脚站起来，背在肩上跑回家去。狼隔着一层板，爪子牙齿都无法抓咬到人。但是遇到狼群，人也会被咬死的。所以，狼一见有人，就把嘴靠近地面嗥叫，狼群就集中过来，好像听到号令一样，这也成为赶路人在旅途上的祸患。有个富户意外得到两只小狼，就把它们放到家里的狗群里一起养，小狼和狗也能平安相处。小狼长大了，也很驯良，主人已经忘记它们是狼了。有一天，主人在客厅午睡，听到狗群发出愤怒的“呜呜”声，他吃了一惊，起来四处查看，没有看见什么人。当他靠着枕头又要睡觉时，狗群又像前面一样发出叫声。于是，他装假睡着，静静等待，原来那两只狼想趁主人没有发觉，要咬主人的喉咙，狗群在阻止，不让狼靠近主人。主人就把两只狼杀了，剥下狼皮。这件事是堂侄虞惇说的。狼子野心这句话，真是一点儿也不假啊！不过，说野心不过指想要逃跑而已；表面上亲热，暗地里心怀不轨，就不仅仅是野心了。野兽的本性不值得一说，这个人为什么为自己制造祸患呢！

田村一农妇，甚贞静。一日馌饷，有书生遇于野，从乞瓶中水，妇不应。出金一锭投其袖，妇掷且詈，书生皇恐遁。晚告其夫，物色之，无是人，疑其魅也。数日后，其夫外出，阻雨不得归。魅乃幻其夫形，作冒雨归者，入与寝处，草草息灯，遽相媟戏。忽电光射窗，照见乃向书生。妇恚甚，爪败其面。魅甫跃出窗，闻呦然一声，莫知所往。次早夫归，则门外一猴脑裂死，如刃所中也。盖妖之媚人，皆因其怀春而媾合。若本无是心，而乘其不意，变幻以败其节，则罪当与强污等。揆诸神理，自必不容，而较前记竹汀所说事，其报更速。或社公权微，不能即断；此遇大神立殛之？抑彼尚未成，此则已玷，可以不请而诛欤？

【译文】

田村有个农妇，为人贞洁淑静。一天，她往田里送饭，在野外遇到一个书生，书生向她要瓶里的水喝，农妇不答应。书生就拿出一锭银子扔到她衣袖里，农妇扔掉银锭痛骂，书生慌慌张张跑了。晚上，农妇告诉了丈夫，丈夫四处查问，并没有这么个人，怀疑这是个鬼魅。几天后，农妇的丈夫外出，被大雨阻挡不能回家。这个鬼魅变成丈夫的模样，假装冒雨回家，进门就上床，急急忙忙熄了灯，和农妇嬉闹。忽然，闪电照亮窗户，照见上床的就是先前的那个书生。农妇愤恨极了，抓破了他的脸。鬼魅刚跳出窗去，就听到“嗷”地一声叫，不知跑到哪儿去了。第二天早晨，丈夫回来，看见门外有一只猴子脑袋裂开死在地上，像被刀刃砍中的一样。凡是妖魅媚惑人，都是因为对方怀春才交欢做爱。如果本来没有这份心思，却趁对方不注意，变化形象去败坏她们的贞节，就和强奸罪相当了。根据神理，肯定不能容忍，与前一篇中纪竹汀说的事比较，这次报应更快。或许前一篇中的土地爷权力小，不能立即判定，这回是遇到了天神就立即诛杀了鬼魅？或许是前一篇中的鬼魅逼奸未遂，这次是已经玷污了农妇，可以不必请示就诛杀呢？

同年邹道峰言：有韩生者，丁卯夏读书山中[①]。窗外为悬崖，崖下为涧。涧绝陡，两岸虽近，然可望而不可至也。月明之夕，每见对岸有人影，虽知为鬼，度其不能越，亦不甚怖。久而见惯，试呼与语。亦响应，自言是坠涧鬼，在此待替。戏以馀酒凭窗洒涧内，鬼下就饮，亦极感谢。自此遂为谈友，诵肄之暇，颇消岑寂。

一日试问："人言鬼前知。吾今岁应举，汝知我得失否？"鬼曰："神不检籍，亦不能前知，何况于鬼。鬼但能以阳气之盛衰，知人年运；以神光之明晦，知人邪正耳。若夫禄命，则冥官执役之鬼，或旁窥窃听而知之；城市之鬼，或辗转相传而闻之；山野之鬼弗能也。城市之中，亦必捷巧之鬼乃闻之，钝鬼亦弗能也。譬君静坐此山，即官府之事不得知，况朝廷之机密乎！"一夕，闻隔涧呼曰："与君送喜，顷城隍巡山，与社公相语，似言今科解元是君也[②]。"生亦窃自贺。及榜发，解元乃韩作霖，鬼但闻其姓同耳。生太息曰："乡中人传官里事，果若斯乎！"

【注释】

①丁卯：乾隆十二年(1747)。

②解元：科举时乡试第一名称"解元"。唐制，举进士者均由地方解送入京，后世相沿，故称。

【译文】

与我同年考取科举的举人邹道峰说：有个姓韩的书生在乾隆丁卯年夏天住进山里，读书用功。他的窗外是悬崖，悬崖下面是山涧。山涧十分陡峭，与对面峭壁虽相距不远，却只能相望而不能靠近。月明之夜，韩生常常看见对面峭壁下方的岸边有影子晃动，虽然知道那一定是鬼，但估计他到不了这边，所以也不怎么害怕。时间一长，渐渐习惯了，就试着跟他对话。那边也有回应，自己说是坠入山涧摔死的鬼，在这里等着找替身。韩生开玩笑把喝剩下的酒从窗边洒到山涧里，鬼在下面接着喝了，也很感谢。从此后，一人一鬼成了聊天的朋友，在读书闲暇时，很能消愁解闷。

一天，韩生试探着问："人都说鬼有先知。我今年要去应举，你知道我能不能考中？"鬼说："神仙不查阅簿册，也不能提前知道，何况我们鬼类。鬼只能通过阳气的盛衰，推测人的寿数与命运；根据神光的明朗与晦暗，知道人是正直还是邪恶。至于官场前途之类的事，那些给冥官当差的鬼，也许在旁边偷听了才能得知；城市里的鬼，是从传闻中得到消息；而山野之鬼，连这些也达不到啊。在城市里面，也得是机灵乖巧的鬼能听到消息，至于愚钝笨拙的，照样是什么消息也得不到。就像您独自住在山里，官府的事尚不得而知，何况朝廷的机密呢？"一天夜里，鬼隔着山涧喊他，说："给您报喜，刚才，城隍到这里巡山，和土地爷聊了一会儿，好像是说，今科解元是您。"韩生暗自庆贺。等到发榜时，解元是韩作霖，原来，鬼只是听到同姓罢了。韩生叹息道："乡里的人传说官府里的事，果真就像这样吧！"

王史亭编修言：有崔生者，以罪戍广东。恐携孥有意外，乃留其妻妾，只身行。到戍后，穷愁抑郁，殊不自聊；且回思"少妇登楼"，弥增忉怛①。

偶遇一叟，自云姓董，字无念。言颇契，愍其流落，延为子师，亦甚相得。一夕，宾主夜酌，楼高月满，忽动离怀，把酒倚栏，都忘酬酢。叟笑曰："君其有'云鬟玉臂'之感乎[②]？托在契末[③]，已早为经纪，但至否未可知，故先不奉告；旬月后当有耗耳。"

又半载，叟忽戒僮婢扫治别室，意甚匆遽。顷之，则三小肩舆至，妻妾及一婢揭帘出矣。惊喜怪问。皆曰："得君信相迓[④]，嘱随某官眷属至。急不能久待，故草草来；家事托几房几兄代治，约岁得租米，岁岁鬻金寄至矣。"问："婢何来？"曰："即某官之媵，嫡不能容，以贱价就舟中鬻得也。"生感激拜叟，至于涕零。从此完聚成家，无复故园之梦。越数月，叟谓生曰："此婢中途邂逅，患难相从，当亦是有缘。似当共侍巾栉，无独使向隅也。"

又数载，遇赦得归。生喜跃不能寐，而妻妾及婢俱惨惨有离别之色。生慰之曰："尔辈恋主人恩耶？倘不死，会有日相报耳。"皆不答，惟趣为生治装。濒行，翁治酒作饯，并呼三女出曰："今日事须明言矣。"因拱手对生曰："老夫地仙也。过去生中，与君同官。殁后，君百计营求，归吾妻子，恒耿耿不忘。今君别鹤离鸾，自合为君料理；但山川绵邈，二孱弱女子，何以能来？因摄召花妖，俾先至君家中半年，窥尊室容貌语言，摹拟俱似；并刺知家中旧事，使君有证不疑。渠本三姊妹，故多增一婢耳。渠皆幻相，君勿复思，到家相对旧人，仍与此间无异矣。"生请与三女俱归。叟曰："鬼神各有地界，可暂出不可久越也。"三女握手作别，洒泪沾衣，俯仰间已俱不见。登舟时，遥见立岸上，招之不至矣。归后，妻子具言家日落，赖君岁岁寄金来，得活至今。盖亦此叟所为也。

使世间离别人皆逢此叟，则无复牛女银河之恨矣。史亭曰："信然。然粤东有地仙，他处亦必有地仙；董叟有此术，他仙亦必有此术。所以无人再逢者，当由过去生中原未受恩，故不肯竭尽心力缩地补天耳。"

【注释】

①忉怛（dāo dá）：忧伤，悲痛。

②云鬟玉臂：出自杜甫《月夜》怀念妻子的诗句："香雾云鬟湿，清辉玉臂寒。"

③契末：对友人谦称自己。

④迓（yà）：迎接。

【译文】

翰林院编修王史亭说：有个崔某，因有罪被发配广东。他担心携带家眷会发生意外，就把妻妾留在家里，只身一人前往。到了发配的地方后，他困顿愁闷忧郁，实在不能排解；而且，当他回忆过去那种"少妇登楼"的情景时，更增添了无限忧伤。

崔某偶然遇到一位老人，自称姓董，字无念。两人很谈得来，老人同情他流落异乡，就请他担任儿子的老师，师生之间也很融洽。一天晚上，宾主二人夜里对酌，面对高楼满月的景色，崔某心中忽然涌起离愁别绪，端着酒杯，靠着栏杆，竟然忘了应对敬酒了。老人笑着说："您是怀念妻子了吧？既然我是您的朋友，我早已操办了，但因为不知什么时候能到，所以没有告诉您；再过个把月，就会有消息了。"

又过半年，老人忽然让僮仆婢女打扫出一间房子，看样子非常匆忙。过了不多一会儿，就有三乘小轿来到，崔某的妻妾和一个婢女掀开帘子走了出来。崔某非常惊喜，奇怪地问怎么来的。她们说："收到郎君的书信要我们来，嘱咐我们随同某位官员的眷属来。因为那位官员急着赶路不能久等，所以我们草草收拾就来了；家里的事托给第几房的第几兄代为管理，约定每年收取租米，年年卖了钱给寄过来。"崔某问："这个婢女是哪里来的？"妻妾说："就是那位官员的小妾，正房夫人不能容她，就用便宜的价钱在船里买下来了。"崔生感激地拜谢老人，以至于泪流满面。从此以后，亲人团聚有家了，不再思念家乡。过了几个月，老人对崔某说："这个婢女是中途偶然遇到的，与你患难与共相随，也是有缘分。似乎应该和妻妾一样陪侍，不要让她独自一人不高兴。"

又过了几年，崔某遇到赦免，可以回去了。他高兴得晚上睡不着觉，但是妻妾和婢女却都凄惨悲伤，好像因为离别而忧愁。崔某安慰她们说："你们是感念主人对我们的恩情吧？只要不死，总会有报答他的那一天。"妻妾们都不答话，只是忙着给他整理行装。临出发时，老人治办了酒席给他饯行，并且把三个女子叫出来说："今天必须把事情讲明了。"于是拱手对崔某说："我是地仙。在前生中我和您一同做官，我死后，您千方百计把我妻子儿女送回家乡，我牢牢铭记在心，不能忘记。现在，您离别故乡亲人，我自然应该帮您跟亲人团聚；但是山高路远，两个弱女子，怎么能够到这里来？因此，我摄来花妖，先让她们到您家里去住半年，观察尊夫人的容貌和说话习惯，摹仿得都很像；并且探听了解家中的旧事，使您能得到证实不生疑心。她们原本是姊妹三个，所以多增加了一个婢女。她们的形象都是变幻的，您不要再思念了，回家见了妻妾，跟在这里见到的不会有区别。"崔某请求和三个女子一起回乡。老人说："鬼神各自都有他们的地界，能够暂时离开，不能长期不归。"三个女子与崔某握手话别，泪水沾湿了衣裳，正在他俯身作揖时，她们已经全都不见了。崔某登船时，远远望见她们站在河岸上，招呼她们也不过来。回到家里后，妻子说家境一天天衰落，依靠郎君年年寄些钱回来，才得以活到现在。原来这也全是那个老人安排的。

假如世间离别的人，都能遇到这个老人，就不再有牛郎、织女的离别之恨了。王史亭说："这话不错。然而广东有地仙，别的地方也必定有；董仙能有这种法术，别的地仙也必定有这种法术。之所以没有人再遇到这种事，可能是由于前生没有接受恩惠，所以地仙不愿意竭尽心力，施展缩地补天的法术相报。"

有客在泊镇宿妓，与以金。妓反复审谛，就灯铄之，微笑曰："莫纸铤否？"怪问其故。云数日前粮艘演剧赛神，往看至夜深归。遇少年与以金，就河干草屋野合。至家，探怀觉太轻，取出乃一纸铤。盖遇鬼也。因言相近一妓家，有客赠衣饰甚厚。去后，皆己箧中物，钥故未启，疑为狐所绐矣。客戏曰："天道好还。"

又瞽者刘君瑞言：青县有人与狐友，时共饮甚昵。忽久不见，偶过丛莽，闻有呻吟声，视之，此狐也。问："何狼狈乃尔？"狐愧沮良久，曰："顷见小妓颇壮盛，因化形往宿，冀采其精。不虞妓已有恶疮，采得之后，毒渗命门，与平生所采混合为一，如油入面，不可复分。遂溃裂蔓延，达于面部。耻见故人，故久疏来往耳。"此又狐之败于妓者。机械相乘，得失倚伏，胶胶扰扰，将伊于胡底乎①？

【注释】

①伊于胡底：到什么地步为止。对不好的现象表示感叹。出自《诗经·小雅·小旻》："我视谋犹，伊于胡底？"

【译文】

有一个客人在泊镇嫖妓，给了她银子。妓女反复审看银子，又放在灯上烧，微笑说："不是纸元宝吧？"客商奇怪地问妓女怎么回事。妓女说，几天前运粮船演戏祭神，我去看到夜深才回来，遇到一个年轻人给我银子，于是就在河边茅草屋里交欢。到家后感觉怀里的银子分量太轻了，取出来发现原来是个纸锭。大概遇到鬼了。她又说，附近一个娼妓，有个客人送了很多衣服首饰。客人走了以后才发现都是她自己箱子里的衣物，她箱子上的锁却一直没打开过，估计是被狐狸骗了。客人开玩笑地说："这就是一报还一报。"

又，盲人刘君瑞说：青县有个人和狐狸交了朋友，时常一起饮酒，非常亲密。忽然很长时间不见那个狐狸了，一天这人偶然经过旷野草丛，听见有呻吟声，一看，是那个狐狸。问："为什么这么狼狈？"狐狸惭愧沮丧，好一会儿才说："前不久，我见一个小妓女，身体强壮阳气旺盛，就变形去嫖宿，想采撷她的精气。不料妓女有性病，采到精气后，毒疮也跟着渗进我的命门，与一生所采的精气混合在一起，如同油掺到了面粉里，再也不能分开了。毒疮迅速蔓延开来，已经到脸上了。见到熟人太丢脸，所以和朋友好久不来往了。"这又是狐狸败在妓女手里的事。奸诈的事情因果连接，得到与失去紧紧相连，纷纷扰扰，什么时候是个完结呢？

李千之侍御言：某公子美丰姿，有卫玠璧人之目[①]。雍正末，值秋试，于丰宜门内租僧舍过夏。以一室设榻，一室读书。每晨兴，书室几榻笔墨之类，皆拂拭无纤尘。乃至瓶插花、砚池注水，亦皆整顿如法，非粗材所办。忽悟北地多狐女，或借通情愫，亦未可知，于意亦良得。既而盘中稍稍置果饵，皆精品。虽不敢食，然益以美人之贻，拭目以待佳遇。一夕月明，潜至北牖外穴纸窃窥，冀睹艳质。夜半，闻器具有声，果一人在室料理。谛视，则修髯伟丈夫也。怖而却走。次日，即移寓。移时，承尘上似有叹声[2]。

【注释】

①卫玠璧人：《世说新语》记载，卫玠自幼风神秀异，坐着羊车行在洛阳街上，远远望去，就恰似白玉雕的塑像，时人称之“璧人”。璧人，意思是像白璧一样漂亮的人。

②承尘：唐代以前没有天花板，房梁横木之上用遮布挡灰，名曰“承尘”。后指天花板。

【译文】

李千之侍御说：某公子英俊漂亮，被人称做美男子。雍正末年，正是乡试的年份，就在丰宜门内的寺院中租房避暑。一个房间放床，一个房间读书。每天早起，他发现书房的桌子、椅子、笔墨之类，都被擦拭得一尘不染。甚至瓶子里插花、砚池里注水，也都整理得很有章法，这绝不是粗手笨脚的人做得到的。公子忽然醒悟，北方狐女很多，借这种方式表达情意，也不是不可能的，这样一想，心里就很得意。后来，盘子里还会放一些水果点心，都很精美。公子虽然不敢吃，但更加认为是美人送的，就留心等待着相遇。一天晚上月色明朗，公子悄悄到北窗外，把窗纸弄破一个洞偷看，想看看美女是什么样。到了半夜，听见器具有响声，果然有一个人在房间里整理。仔细看时，原来是一个长长胡须的壮实汉子。公子吓得赶紧走开。第二天，他就搬到了别处。搬走时，天花板上好像有叹息的声音。

康师，杜林镇僧也。北俗呼僧多以姓，故名号不传焉。工疡医。余小时曾及见之。言其乡人家一婢，怀春死，魂不散，时出祟人。然不现形，不作声，亦不附人语，不使人病。惟时与少年梦中接，稍尪瘦，则别媚他少年，亦不至杀人。

故为祟而不以为祟。即尝为所祟者，亦梦境恍惚，莫能确执。如是数十年，不为人所畏，亦不为人所劾治。真黠鬼哉！可谓善藏其用，善遁于虚，善留其不尽，善得老氏之旨矣。然终有人知之，有人传之，则黠巧终无不败也。

【译文】

康师，是杜林镇的和尚。北方大多习惯用姓氏称呼僧人，所以他的名号没有传下来。他擅长治疗疮、痈、疽、疖等外科疾病。我小时候还见过他。他说他家乡有一个人家的婢女害单相思死了，阴魂不散，时常出来作怪害人。但她不现形，不发出声响，也不附在人身上说话，不让人生病。只是时常和年轻人在梦中交欢，这个年轻人稍微体弱消瘦，她就去媚惑另一个年轻人，也不至于杀人。所以她作怪人们却不认为是作怪。就是被她媚惑过的人，也因为是在梦里恍恍惚惚，不能确定。这么过了几十年，人们不怕她，也就不去镇治她。真是狡黠的鬼啊！可以说是善于储藏她想用的，善于在人们看不见摸不着的地方逃遁，善于留有馀地，真正领会了老子的旨义。但是，既然有人知道了她的用心，有人传说着她的事迹，那么她的狡猾机巧总有败露的那一天。

相传康熙中，瓜子店在正阳门之南而偏东。火，有少年病瘵不能出，并屋焚焉。火熄，掘之，尸已焦，而有一狐与俱死，知其病为狐媚也。然不知狐何以亦死。或曰："狐情重，救之不出，守之不去也。"或曰："狐媚人至死，神所殛也。"是皆不然。狐鬼皆能变幻，而鬼能穿屋透壁出。罗两峰云尔。鬼有形无质，纯乎气也，气无所不达，故莫能碍。狐能大能小与龙等，然有形有质，质能缩而小，不能化而无。故有隙即遁，而无隙则碍不能出。虽至灵之狐，往来亦必由户牖。

此少年未死间，狐尚来媚，猝遇火发，户牖俱焰，故并为烬焉耳。

【译文】

相传在康熙年间，瓜子店在正阳门南面偏东。失火，店里有一个生病的年轻人因为来不及逃出来被烧死在里面。火灭之后，众人扒出了他的尸体，尸体已经被烧焦，奇怪的是，旁边还有一只死狐狸。大家由此知道他的病是因为狐狸媚惑。但是不明白，这只狐狸为什么也死了。有人说："狐重感情，看到救不出年轻人时，就守在他身边不离开。"又有人说："狐精媚惑弄死了人，被天神处死了。"我认为，这些说法都不对。狐鬼都能变化，鬼能够穿墙壁而出。罗两峰说的。鬼仅有形状而无实体，纯粹是一团气；气没有到不了的地方，所以没有什么能阻碍鬼。狐精像龙一样，能大能小，它既有形状，又有实体，实体可以缩小，但不能化为乌有。所以，有空隙的地方，狐可以通过，没有空隙，它就会被阻隔，无法出入。即便是最机智的狐，往来也必须经过门窗。那个年轻人没死的时候，狐精还来媚惑，火灾突然发生，门窗都燃烧起来，狐精无法逃脱，所以和年轻人一同烧成灰烬了。

门人徐通判敬儒言：其乡有富室，昵一婢，宠眷甚至。婢亦倾意向其主，誓不更适。嫡心妒之而无如何。会富室以事他出，嫡密召女侩鬻诸人①。待富室归，则以窃逃报。家人知主归事必有变也，伪向女侩买出，而匿诸尼庵。婢自到女侩家，即直视不语，提之立则立，扶之行则行，捺之卧则卧，否则如木偶，终日不动。与之食则食，与之饮则饮，不与亦不索也。到尼庵亦然。医以为愤恚痰迷，然药之不效，至尼庵仍不苏。如是不死不生者月馀。富室归，果与嫡操刃斗，屠一羊沥血告神，誓不与俱生。家人度不可隐，乃以实告。急往尼庵迎归，痴如故。富室附耳呼其名，乃霍然如梦觉。自言初到女侩家，念此特主母意，主人当必不见弃，因自奔归；虑为主母见，恒藏匿隐处，以待主人之来。今闻主人呼，喜而出也。因言家中某日见某人，某人某日作某事，历历不爽。乃知其形去而魂归也。因是推之，知所谓离魂倩女，其事当不过如斯，特小说家点缀成文，以作佳话。至云魂归后衣皆重着，尤为诞谩。着衣者乃其本形，顷刻之间，襟带不解，岂能层层搀入？何不云衣如委蜕，尚稍近事理乎。

【注释】

①女侩(kuài)：买卖妇女的女中介人。

【译文】

我的门生徐敬儒通判说：他家乡有个富人，喜欢一个婢女，格外宠爱眷恋。婢女也倾心于主人，发誓不嫁别人。富人的正房非常嫉妒，却无可奈何。正遇上富户有事出门，正房就悄悄招来个女的人贩子，把婢女卖了。打算等富人回来后却告诉他婢女逃跑了。家人料到主人回来后，事情肯定有变化，就冒名从人贩子那里把婢女买了出来，藏在尼姑庵里。婢女自从到了人贩子家，就眼睛发直不说话，拉她站起来就站起来，搀着她走她就走，按她躺下她就躺下，不然像个木偶一样，整天一动不动。给她吃她就吃，给她喝她就喝，不给也不要。到了尼姑庵里也是这样。医生认为是由于愤怒所致，但是吃了药也不见效，到了尼姑庵仍不见苏醒。就这么不死不活地持续了一个多月。富人回来后，果然拿着刀和正房夫人打起来，还宰了一只羊滴着血祭告神灵，发誓要跟正房夫人拼命。家人估计不能再隐瞒了，就把实情告诉了他。他急忙到尼姑庵把婢女接回家，婢女痴呆如故。富人在她耳边喊她的名字，她才突然像从睡梦中醒来。婢女说她刚到人贩子家，心想这只是夫人的意思，主人肯定不会抛弃自己，所以自己跑了回来；因为怕被夫人发现，就总是躲藏在隐蔽的地方，等待主人的归来。现在听到主人呼唤，高兴地出来了。她又说起在家里哪一天看见哪个人，某人哪天做了什么事，说得一点儿不错。这才明白她的形体不在，灵魂却回来了。照这事推论，可知所说的离魂倩女的事，也不过如此，只是被小说家们加以修饰点缀成文章，传为佳话。至于说灵魂回来之后，与形体相合，穿的衣服也重叠在一起，这就更荒诞了。穿衣服的才是她的本形，在极短的时间里，衣带也没有解开，怎么能够一层层掺进原来的衣服里？不如说衣服像虫蜕皮一样脱掉了，尚且稍稍接近事情的常理。

客作田不满，初以其取不自满假之义，称其命有古意。既乃知以饕餮得此名，取田、填同音也。夜行失道，误经墟墓间，足踏一髑髅[①]。髑髅作声曰："毋败我面！且祸尔。"不满戆且悍，叱曰："谁遣尔当路！"髑髅曰："人移我于此，非我当路也。"不满又叱曰："尔何不祸移尔者？"髑髅曰："彼运方盛，无如何也。"不满笑且怒曰："岂我衰耶？畏盛而凌衰；是何理耶？"髑髅作泣声曰："君气亦盛，故我不敢祟，徒以虚词恫喝也。畏盛凌衰，人情皆尔，君乃责鬼乎！哀而拨入土窟中，公之惠也。"不满冲之竟过，惟闻背后呜呜声，卒无他异。

余谓不满无仁心。然遇莽卤之人而以大言激其怒，鬼亦有过焉。

【注释】

①髑髅(dú lóu):死人的头骨。

【译文】

有个雇工叫田不满,最初以为他取名包含不能自满的意思,还说他这个名字有古代君子的味道。后来才知道他以贪吃出名,取田、填同音。夜间走错了路,误走到坟地里,一脚踩上一个骷髅。骷髅说:"别踹破我的脸,我要报复你!"不满戆愚而且蛮横,呵斥道:"谁让你挡在路上?"骷髅说:"有人把我移到这里,并不是我想挡路。"不满又骂道:"你为什么不报复移动你的人?"骷髅说:"他的阳运正旺盛,我拿他没有什么办法。"不满又笑又气地说:"难道我衰败了吗?害怕强盛欺负衰弱,这是什么道理?"骷髅抽泣着说:"您的阳气也很旺盛,所以我不敢害你,只是用空话吓唬您。害怕强盛,欺凌衰弱,世道人情都这样,您怎么能责怪鬼呢?您可怜我将我拨进土坑里,这就是您对我的恩情了。"不满理也不理冲过去了,只听见背后呜呜的哭泣声,最终也没有什么怪异的事。

我认为田不满没有仁爱之心。但是遇上粗鲁莽撞的人,却还要用大话激起他的怒气,这个鬼也有错。

蒋苕生编修言:一士人北上,泊舟北仓、杨柳青之间。北仓去天津二十里,杨柳青距天津四十里。时已黄昏,四顾淼漫。去人家稍远,独一小童倚树立,姣丽特甚;然衣裳华洁,而神意不似大家儿。士故轻薄,自上岸与语。口操南音,自云流落至此,已有人相约携归,待尚未至。渐相款洽,因挑以微词,解扇上汉玉佩为赠。赪颜谢曰:"君是解人,亦不能自讳。然故人情重,实不忍别抱琵琶。"置佩而去。士人意未已,欲觇其居停①,蹑迹从之。数十步外,倏已灭迹,惟丛莽中一小坟,方悟为鬼也。女子事夫,大义也,从一则为贞,野合乃为荡耳。男子而抱衾裯[②]，已失身矣，犹言从一，非不揣本而齐末乎[③]？然较反面负心，则终为差胜也。

【注释】

①觇(chān)：暗中察看。

②抱衾裯(chóu)：侍寝。出自《诗经·召南·小星》："嘒彼小星，维参与昴，肃肃宵征，抱衾与裯，寔命不同。"衾、裯，均指被子。

③揣本齐末：不是度量考虑底端根部位置，而只对齐他们的末端来比较，指舍本求末。

【译文】

蒋苕生编修说：有个读书人坐船北上，停泊在北仓、杨柳青之间。北仓离天津二十里，杨柳青离天津四十里。当时已是黄昏时分，四面迷迷濛濛。在离开人家比较远的地方，有个男孩子靠着树站着，这个男孩长得很俊俏；服饰华丽整洁，但神情气质不像大户人家的儿郎。书生本来是轻薄人，就自己上岸跟男孩子交谈。男孩说话带南方口音，说自己流落在这里，已经有人约定带他回去，现在还没有来。两人聊得渐渐熟络，书生就用轻薄的话挑逗男孩，还解下扇带上的汉代玉佩送给他。男孩红着脸拒绝了，辞谢说："你是个明白人，我也不必隐瞒。不过旧友情深意重，我实在不忍投进别人的怀抱。"把玉佩放在地上就走了。书生还不死心，想偷看男孩住在哪里，就轻手轻脚在后面跟踪。走出几十步，男孩一下子就不见了，只见草木丛中有一座小坟堆，书生这才醒悟男孩是个鬼。女子侍奉丈夫，是天经地义，从一而终叫做贞节，在外面与情人幽会就叫做放荡。身为男子却给人侍寝，已经算是失身，还说要从一而终，这不是舍本求末吗？但是，比那种翻脸负心的人，毕竟还好一些。

先师陈白崖先生言：业师某先生，忘其姓字，似是姓周。

笃信洛闽，而不骛讲学名，故穷老以终，声华阒寂。然内行醇至，粹然古君子也。尝税居空屋数楹，一夜，闻窗外语曰："有事奉白，虑君恐怖，奈何？"先生曰："第入无碍。"入则一人戴首于项，两手扶之；首无巾而身襕衫，血渍其半。先生拱之坐，亦谦逊如礼。先生问："何语？"曰："仆不幸，明末戕于盗，魂滞此屋内。向有居者，虽不欲为祟，然阴气阳光，互相激薄，人多惊悸，仆亦不安。今有一策：邻家一宅，可容君眷属。仆至彼多作变怪，彼必避去；有来居者，扰之如前，必弃为废宅。君以贱价售之，迁居于彼。仆仍安居于此。不两得乎？"先生曰："吾平生不作机械事，况役鬼以病人乎？义不忍为。吾读书此室，图少静耳。君既在此，即改以贮杂物，日扃锁之可乎？"鬼愧谢曰："徒见君案上有性理，故敢以此策进。不知君竟真道学，仆失言矣。既荷见容，即托宇下可也。"后居之四年，寂无他异。盖正气足以慑之矣。

【译文】

先师陈白崖先生说：我的启蒙老师某先生，忘记他姓什么了，好像是姓周。笃信程朱理学，但是并不追求道学家的名声，所以，他最后穷困而死身名埋没。但是他内心纯正，完完全全是一个古代君子的样范。他曾经租了人家几间空屋住，一天夜里，听窗外有声音说："我有事想要奉告，可又担心先生害怕，不敢进屋，怎么办呢？"某先生说："请进，没关系。"进来的人脑袋虚放在脖子上，用两只手扶着；脑袋上没有戴头巾，身上的长衫大半被血浸透了。某先生拱手让坐，来人也谦逊有礼。某先生问："请问有什么话要说？"来人道："我不幸，明末时被强盗杀死，阴魂一直留滞在这间屋子里。以往也有人到这儿来住，我虽不想作祟伤害他们，但是阴阳二气互相冲激，居住的人常常受惊吓，我也不得安宁。现在我想了一个办法：邻近一家有所宅子，大小足够您全家住。我可以常去那里兴妖作怪，他们一定会搬走；如果再有来住的，我还像先前一样折腾他们，时间一长，那所宅院就被主人放弃成废宅了。您用便宜的价钱买下来，搬过去住。我仍然安居在这里。这不是两全其美吗？"某先生说："我一辈子不做使奸耍滑的事，更何况还是驱使鬼魅去害人呢？我信守道义不忍这么做。我在这里读书，也是为了图清静。您既然住在这里，那我就把这间屋子改做贮藏室，放些杂物，每天都锁上门，可以吗？"鬼惭愧地道歉说："我见到您案头上放着性理方面的书，所以才敢出这个主意。不知道您是个真正的道学家，我失言了。既然承蒙您容纳我，我住在屋子的廊下就可以了。"后来，某先生在这里住了四年，再没有出现什么变故。这是某先生的正气起到了威慑作用啊。

凡物太肖人形者，岁久多能幻化。族兄中涵言：官旌德时，一同官好戏剧，命匠造一女子，长短如人，周身形体以及隐微之处，亦一一如人；手足与目与舌，皆施关捩[①]，能屈伸运动；衣裙簪珥，可以接时更易。所费百金，殆夺偃师之巧[②]。或植立书室案侧，或坐于床凳，以资笑噱。一夜，僮仆闻书室格格声。时已锸闭[③]，穴纸窃视，月光在牖，乃此偶人来往自行。急告主人自觇之，信然。焚之，嘤嘤作痛声。又先祖母言：舅祖蝶庄张公家，有空屋数间，贮杂物。媪婢或夜见院中有女子，容色姣好，而颔下修髯如戟，两颊亦磔如蝟毛[④]，携四五小儿游戏。小儿或跛或盲，或头面破损，或无耳鼻。人至则倏隐，莫知何妖。然不为人害，亦不外出。或曰目眩，或曰妄语，均不甚留意。后检点此屋，见破裂虎邱泥孩一床，状如所见，其女子之须，则儿童嬉戏以墨笔所画云。

【注释】

①关捩(liè):能转动的机械装置。

②偃师:古代传奇中最神奇的机械工程师。

③鐍(jué):箱子上安锁的纽。

④磔(zhé):汉字笔画,即"捺"。

【译文】

凡是物品,如果太像人形,一旦年代久了,大多能幻化。堂兄纪中涵说:他在旌德县做官的时候,有个同僚爱好戏剧,他让工匠做了一个女人偶,高矮和真人差不多,全身的体态形状以及隐秘部位,也都处处像人;手脚、眼睛、舌头等都设置有机关,能弯屈运动;衣裙首饰等也都可以按季节更换。耗费了一百两银子,简直超过了古代巧匠偃师的工艺。他有时候把人偶立在桌案旁边,有时让它坐在床上凳子上,用来玩笑取乐。一天夜里仆人听到书房里有"格格"的声响。当时门窗已关闭上锁,仆人捅破窗纸往里面偷看,月光照在窗户上,只见那个人偶自动在房间里来回走动。仆人急忙报告主人让他自己悄悄看,果真是这样。主人把人偶烧了,焚烧的时候人偶还"嘤嘤"地喊痛。又听先祖母说过:舅祖张蝶庄先生家有几间空房子,存放杂物。婢女和老妈子有时夜里看见院子里有个女子,容貌美丽,但下巴上长着硬邦邦的长胡子,两颊也长着刺猬般的胡子,带着四五个小孩子做游戏。小孩有的跛足,有的眼瞎,有的头面破损,有的没有鼻子耳朵。有人来了它们就突然不见了,不知是什么妖怪。它们不害人,也不到外面去。有人说是眼睛看花了,有人说是瞎编的,都不把它当回事。后来清点这间房子里的杂物时,看见有一套破损开裂的虎邱泥人,形状和人们看见的一样,那个女子脸上的胡须,原来是孩子们玩耍时用笔墨画上去的。

景州方夔典言:少尝患心气不宁,稍作劳则似簌簌动。服枣仁、远志之属[1],时作时止,不甚验也。偶遇友人家扶乩，云是纯阳真人。因拜乞方。乩判曰："此证现于心，而其原出于脾，脾虚则子食母气故也。可炒白术常服之。"试之果验。夔典又言：尝向乩仙问科第。乩判曰："场屋文字，只笔酣墨饱，书味盎然，即中式矣，何必预问乎！"后至乾隆丙辰登进士②。本房同考官出阅卷簿示之，所注批词即此八字也。然则科名前定，并批词亦前定乎？

【注释】

①远志：中药名。性温，味苦、辛，具有安神益智、祛痰、消肿的功能，用于心肾不交引起的失眠多梦、健忘惊悸、神志恍惚、咳痰不爽、疮疡肿毒等。

②乾隆丙辰：乾隆元年(1736)。

【译文】

景州人方夔典说：小时候曾经老是觉得心神不宁，稍微劳累心就扑扑地跳。吃枣仁、远志之类，有时好了有时仍然发作，不是很灵验。一次碰到朋友家扶乩，乩仙称是纯阳子吕洞宾。他趁便拜求仙人给个药方。乩仙判道："你这个病症表现为心脏不舒服，但病根在脾，脾虚就损伤元气的原故。可以炒白术经常服用。"他试过果然很灵验。方夔典又说：他曾向乩仙求问自己科考的情况。乩仙判道："考场上写的文章，只要能做到笔酣墨饱，书味盎然，就能考中，何必事先问明白呢？"后来到了乾隆丙辰年，他考中进士。他所在的一房同考官拿出阅卷簿来看，上面批的就是这八个字。这么说来科举功名是前定的，难道连试卷批语也是早就注定的么？

高梅村言：有二村民同行，一人偶便旋，蹴起片瓦，下有一罂。瓦上刻一字，则同行者姓也。惧为所见，托故自返，而潜伏荟翳中①；望其去远，乃往私取，则满罂皆清水矣。不胜其恚，举而尽饮之。时日已暮，无可栖止，忆同行者家尚近，径往借宿。夜中忽患霍乱②，呕泄并作，秽其床席几遍；愧不自容，竟宵遁。质明，其家视之，则皆精银，如镕汁泻地成片然。余谓此语特供谐笑，未必真有。而梅村坚执谓不诬。然则物各有主，非人力可强求，凿然信矣。

【注释】

①荟翳(huì yì)：这里指草丛。翳，遮盖物。

②霍乱：一种烈性肠道传染病。起病急骤，剧烈泻吐，严重者可因休克、尿毒症或酸中毒而死亡。这里指突然而起的吐泻。

【译文】

高梅村说：有两个村民一道赶路，一个人小便时踢起一片瓦，瓦片下面有一只坛子。瓦片上刻着一个字，是同行人的姓。他担心被同行者看见，就找个借口回身走开，却悄悄地伏在草丛里；看到同行者走远了，才走出来，悄悄去拿坛子，原来是一坛子清水。这个人很气恼，举起坛子把水喝干了。当时天色已晚，他没有地方住宿，想到同行者家就在附近，径直到那家去借住。半夜，这个人忽然发了霍乱症，上吐下泻，把床铺几乎全都弄脏了；这个人惭愧得无地自容，竟然连夜偷偷逃走了。到天亮时，主人看到地下床上都是纯银，好像银汁熔化后泼洒在地下床上，成了一片片的形状。我认为这只是讲笑话罢了，不一定真有其事。但高梅村坚持说不是编出来的故事。这么说来，每件物品都各有主人，并非人力可以勉强追求得到，这个道理就确实可信了。

梅村又言：有姜挺者，以贩布为业，恒携一花犬自随。一日独行，途遇一叟呼之住。问："不相识，何见招？"叟遽叩首有声曰："我狐也。夙生负君命，三日后君当嗾花犬断我喉①。冥数已定，不敢逃死。然窃念事隔百馀年，君转生人道，我堕为狐，必追杀一狐，与君何益？且君已不记被杀事，偶杀一狐，亦无所快于心。愿纳女自赎，可乎？"姜曰："我不敢引狐入室，亦不欲乘危劫人女。贳则贳汝②，然何以防犬终不噬也？"曰："君但手批一帖曰：'某人夙负，自愿销除。'我持以告神，则犬自不噬。冤家债主，解释须在本人，神不违也。"适携记簿纸笔，即批帖予之。叟喜跃去。后七八载，姜贩布渡大江，突遇暴风，帆不能落，舟将覆。见一人直上樯竿杪，掣断其索，骑帆俱落。望之似是此叟，转瞬已失所在矣。皆曰："此狐能报恩。"余曰："此狐无术自救，能数千里外救人乎？此神以好生延其寿，遣此狐耳。"

【注释】

①嗾（sǒu）：教唆。

②贳（shì）：宽纵，赦免。

【译文】

高梅村又说：有个叫姜挺的人，做贩布行当，他出入时常随身带着一只花狗。一天，他独自外出，半路上，一个老翁叫住他。姜挺问："我并不认识你，叫我有什么事吗？"老翁慌忙趴在地上，磕头磕出声音，说："我是狐精。前生欠下了您一条命，三天后，您会叫花狗咬断我的喉咙。我的冥数已到，不敢逃死求生。然而，我私下以为，事情已经过去百馀年，况且您已经托生为人，我却沦为狐辈，非要追杀一只狐狸，对您有什么好处呢？再说，您已经不记得前生被杀之事，偶然间杀死一只狐狸，心里也不一定会感到快乐。现在，我愿意把女儿奉献给您，赎我前生的罪，可以吗？"姜挺说："我不敢引狐入室，也不愿乘人之危，劫人家的女儿。能饶就饶了你，但是，有什么办法防止我的花狗最终不去伤害你呢？”老翁说：“您只要写一个帖子：‘某人前生欠债，我自愿销除。’我拿这个帖子向神明禀告，那么狗就不会再咬我了。关于恩怨报复的事，只要冤家债主本人出面声明不再追究，神明是不会违背本人的意愿的。”正巧姜挺随身带着记账的纸笔，就写了一个帖子给了老翁。老翁高兴得跳跃而去。过了七八年，姜挺卖布渡过大江时，突然遇上了暴风，船帆来不及降下来，船眼看就要翻了。只见一个人飞快地爬上桅杆，扯断了绳索，然后骑着船帆一同落下来。看上去，像是那个老翁，但转眼间就无影无踪了。大家都说：“这个狐精能报恩。”我说：“这个狐精救自己都救不了，还能到几千里外去救别人么？这是神明因为姜挺爱惜生灵，延长他的寿数，派这只狐狸救他的。”

周泰宇言：有刘哲者，先与一狐女狎，因以为继妻。操作如常人，孝舅姑，睦娣姒，抚前妻子女如已出，尤人所难能。老而死，其尸亦不变狐形。或曰：“是本奔女，讳其事，托言狐也。”或曰：“实狐也，炼成人道，未得仙，故有老有死；已解形，故死而尸如人。”

余曰：“皆非也，其心足以持之也。凡人之形，可以随心化。郗皇后之为蟒[①]，封使君之为虎[②]，其心先蟒先虎，故其形亦蟒亦虎也。旧说狐本淫妇阿紫所化[③]，其人而狐心也，则人可为狐。其狐而人心也，则狐亦可为人。缁衣黄冠，或坐蜕不仆；忠臣烈女，或骸存不腐，皆神足以持其形耳。此狐死不变形，其类是夫！”泰宇曰：“信然。相传刘初纳狐，不能无疑惮。狐曰：‘妇欲宜家耳，苟宜家，狐何异于人？且人徒知畏狐，而不知往往与狐侣。彼妇之容止无度，生疾损寿，何异狐之采补乎？彼妇之逾墙钻穴，密会幽欢，何异狐之冶荡乎？彼妇之长舌离间，生衅家庭，何异狐之媚惑乎？彼妇之隐盗赀产，私给亲爱，何异狐之攘窃乎？彼妇之嚣凌诟谇，六亲不宁，何异狐之祟扰乎？君何不畏彼而反畏我哉？'是狐之立志，欲在人上矣，宜其以人始以人终也。若所说种种类狐者，六道轮回，惟心所造，正恐眼光落地，不免堕入彼中耳。"

【注释】

①郗皇后之为蟒：《南史·梁武德郗皇后传》载，郗皇后生性好妒，死后堕为蟒蛇，每天被小虫噬咬，痛苦万分。一天在梦中向梁武帝诉苦求救，梁武帝醒后，即向宝志公禅师请问脱苦的方法，禅师告之需以礼佛忏悔，方能救度皇后。武帝于是亲制《慈悲道场忏法》十卷，延请僧众行忏礼，"夫人遂化为天人，在空中谢帝而去"。

②封使君之为虎：据清光绪《宣城县志》载，后汉时期，封邵任安徽宣城丹阳郡太守，此人生性贪婪。一日突然变成一只吊睛斑斓大虎，张牙舞爪地从后堂闯出衙门，沿路不断咬食当地居民，遭到围捕，潜迹于深山老林。当时宣城流传民谣："无作封使君，生不治民死食民。"使君，古人对地方行政长官的尊称。

③淫妇阿紫：语出《搜神记》："狐者，先古之淫妇，其名曰阿紫。"

【译文】

周泰宇说：有个人叫刘哲，先是跟一个狐女相好，后来娶她做了填房妻子。狐女就像平常人一样操持家务，孝顺公婆，与妯娌们和睦相处，照顾前妻的子女就像自己的孩子一样，这尤其是常人难以做到的。她老死的时候，尸体也没变回狐狸的形状。有人说："她本来是个私奔的女子，不愿说真情，假托说是狐。”有人说：“她本来是狐，修炼成了人，但是还没有成仙，所以也有老有死；由于她脱了狐的本形，所以死后尸体像人一样。”

我说：“这些说法都不对。这是因为她的心志完全能够控制自己的身体了。人的身体可以随着心志变化。郗皇后变成巨蟒，汉代宣城太守封邵变成猛虎，是因为两个人的心先前已经变成蟒、变成虎了，所以身形也成了蟒、成了虎。以往的说法，狐狸本来是叫阿紫的淫荡女人变成的，人有着狐的心志，人能变成为狐。狐有人的心志，狐也能成为人。和尚、道士们坐化，躯体往往不倒；忠臣、烈女们的尸骨长期存留不腐，这都是因为精神能够保持形体不变。这个狐女死后形状不改变，就属于这类情况吧！”周泰宇说：“确实如此。人们传说刘哲开始娶狐女为妻的时候，不是没有疑虑、没有担心的。狐女说：‘娶妻是为了成家，如果她合乎要求，那么狐和人有什么不同呢？而且人只知道害怕狐，却不知道常常和狐做伴侣。那些贪欲无度、使人生病损寿的女人，和狐的采补行为有什么区别？那些翻墙钻洞与人幽会的女人，和狐的放荡有什么两样？那些挑拨离间、在家庭制造事端的女人，和狐媚惑人有什么不同？那些偷盗家里钱财送给相好的女人，和狐的抢夺和偷窃有什么分别？那些嚣张狂傲、搅得六亲不宁的女人，和狐的作怪骚扰有什么不一样？您怎么不惧怕她们却反而害怕我呢？’可见这个狐的心志就想在人类之上，怪不得她开始是人，到死还是人。像她所说的那些具有种种狐狸行为的人，六道轮回，都是由自己的心志所致，我担心，对自己的要求过低，也就难免堕落到那种境界之中了。”

古者世禄世官，故宗子必立后，支子不祭，则礼无必立后之文。孟皮不闻有后[①]，亦不闻孔子为立后，非嫡故也。支子之立后，其为茕嫠守志[②]，不忍节妇之无祀乎？譬诸士本无诔[③]，而县贲父则始诔，死职故也。童子本应殇，而汪踦则不殇，卫社稷故也④。礼以义起，遂不可废。凡支子之无后者，亦遂沿为例不可废，而家庭之难，即往往由是作焉。

董曲江言：东昌有兄弟三人，仲先死无后，兄欲以其子继，弟亦欲以其子继。兄曰："弟当让兄。"弟曰："兄子幼而其子长，弟又当让兄。"讼经年，卒为兄夺。弟恚甚，郁结成疾。疾甚时，语其子曰："吾必求直于地下。"既而昏眩，经半日复苏，曰："岂特阳官悖哉，阴官之悖乃更甚。顷魂游冥司，陈诉此事。一阴官诘我曰：'汝为汝兄无后耶？汝兄已有后矣，汝特为赀产争耳。见兽于野，两人并逐，捷足者先得。汝何讼焉？'竟不理也。夫争继原为赀产，乃瞋目与我讲宗祀，何不解事至此耶？多置纸笔我棺中，我且诉诸上帝也。"此真至死不悟者欤！曲江曰："吾犹取其不自讳也。"

【注释】

①孟皮：孟皮的祖先本是殷商后裔，先祖是微仲。六世祖孔父嘉之后，后代子孙开始以孔为氏，孟皮的父亲叔梁纥是鲁国出名的勇士，先娶施氏曜英，生九女，其妾生孟皮，孟皮有足疾。当时，女子和残疾的儿子都不宜继嗣。叔梁纥晚年与颜徵在生下孔子，所以孟皮是孔子的大哥。

②茕(qióng)嫠(lí)：无依无靠的寡妇。

③诔(lěi)：古代叙述死者生平、表示哀悼的文章。

④"童子"三句：汪踦(qī)是鲁国公子的嬖僮。在齐鲁之间的一次战斗中，他俩同乘一辆战车奋勇拚杀，一同战死，一同停殡。国人因为汪踦年纪小而欲以殇礼葬之，孔子听说后则曰："能执干戈以卫社稷，可无殇也。"殇，这里指未成年而死。

【译文】

古代有世袭禄位、世袭官职的制度，所以家族的嫡长子必须立后，其他儿子并不享受祭祀，所以按礼制没有必须立后的规定。没听说过孟皮有后代，也没听说过孔子为他立过后嗣，这是因为他不是嫡子的缘故。庶子立后嗣，也许是因为寡居的偏房守贞节而不忍心让她百年后得不到祭祀吧？譬如士死后本来没有悼文，但是从春秋时鲁国的县贲父开始有了悼文，因为他死于职守。未成年人死了本来应该算是夭亡，但汪锜死了却不是按夭亡下葬，因为他是保卫社稷而死。礼法是根据义理制定的，所以不能偏废。凡是庶子没有后嗣的，也就沿续成惯例不能废除，而家庭的矛盾，就往往因此而产生了。

董曲江说：东昌县有兄弟三人，老二死了没有儿子，哥哥想让自己的儿子继承老二的家业，弟弟也想让自己的儿子继承。哥哥说："弟弟应当让哥哥。"弟弟说："哥哥的儿子年幼而我的儿子年长，弟弟又应该让哥哥。"官司打了有一年多，最终是哥哥夺得了继承权。弟弟非常气愤，郁郁成病。病危时，告诉儿子说："我一定到地下去讨个公道。"接着就昏迷不醒，过了半天又苏醒过来说："哪里只是阳间的官府不讲理，阴间官府更不讲道理。刚才我的魂到了阴曹，陈述了这件事。一个阴官质问我说：'你是因为你二哥没有后代吗？你二哥已经有后代了，你不过是为了争夺财产吧。这就好像是在野地里看见一只野兽，两个人一起追赶，跑得快的人先得到。你来告什么状呢？'竟然不受理。争继承权为的就是财产，却瞪眼和我讲继承祖先祭祀的事，怎么不懂事理到了这种地步？你们多放些纸笔在我的棺材里，我将向上帝起诉。"这真是到死也不觉悟的人。董曲江说："我倒是赞赏他的毫不隐讳。"

乙卯典试山西时[①]，陶序东以乐平令充同考官。卷未入时，共闲话仙鬼事。序东言有友尝游南岳，至林壑深处，见女子倚石坐花下。稔闻智琼、兰香事[②]，遽往就之。女子以纨扇障面曰:"与君无缘,不宜相近。"曰:"缘自因生,不可从此种因乎?"女子曰:"因须夙造,缘须两合,非一人欲种即种也。"翳然灭迹[3],疑为仙也。余谓情欲之因缘,此女所说是也。至恩怨之因缘,则一人欲种即种,又当别论矣。

【注释】

①乙卯:乾隆乙卯年(1795)。

②智琼:仙女名。魏济北郡从事掾弦超,嘉平中,夜梦神女从之,自称天上玉女,这个女子就是成公智琼。兰香:仙女名。汉朝有个叫杜兰香的女子,自称是南康人氏。她多次上门造访张傅(又名张硕),为他消魔祛病。均见于《搜神记》。

③翳(yì)然:犹隐没、隐灭。

【译文】

乾隆乙卯年,我到山西主考乡试时,陶序东以乐平县令的身份担任同考官。在试卷没有收进来时,一起闲聊仙鬼故事。陶序东说,他有个朋友曾经游览南岳衡山,走到林壑深处,见一个女子背靠山石坐在花丛下面。他听多了关于成公智琼、杜兰香这一类天女下凡的故事,就急忙走到女子身边。女子用纨扇挡着脸说:"我和您没有缘分,不要靠近。"那个朋友说:"缘分是由因而生,我们不能从现在开始种因吗?"女子说:"姻缘是前世所定,缘分要双方情愿,不是一个人想种就能种的。"转眼间就无影无踪了,猜疑这是个神仙。我认为,男女情事的因缘,这个女子说得不错。至于恩怨的因缘,就是一个人想种就种,又另当别论了。

大同宋中书瑞言:昔在家中戏扶乩,乩动,请问仙号。即书曰:"我本住深山,来往白云里。天风忽飒然[1],云动如流水。我偶随之游,飘飘因至此。荒村茅舍静,小坐亦可喜。莫问我姓名，我忘已久矣。且问此门前，去山凡几里？”书讫，乩遂不动。或者此乃真仙欤？

【注释】

①飒(sà)然：清凉的样子。

【译文】

大同人宋瑞中书说：以前他在家里扶乩玩玩，乩动起来的时候，他请问仙人法号。乩坛上即写道：“我本住深山，来往白云里。天风忽飒然，云动如流水。我偶随之游，飘飘因至此。荒村茅舍静，小坐亦可喜。莫问我姓名，我忘已久矣。且问此门前，去山凡几里？”写完，乩就不动了。或许这是真仙吧？

和和呼通诺尔之战①，兵士有没蕃者。乙亥平定伊犁②，望大兵旗帜，投出宥死，安置乌鲁木齐，群呼之曰“小李陵”。此人不知李陵为谁，亦漫应之。久而竟迷其本名。己丑、庚寅间③，余在乌鲁木齐，犹见其人，已老矣。言在准噶尔转鬻数主，皆司牧羊。大兵将至前一岁八月中旬，夜栖山谷，望见沙碛有火光。西域诸部，每互相钞掠，疑为劫盗。登冈眺望，乃见一巨人，长丈许，衣冠华整，侍从秉烛前导，约七八十人。俄列队分立，巨人端拱向东拜，意甚虔肃，知为山灵。时准噶尔乱，已微闻阿睦尔撒纳款塞请兵事④，窃意或此地当内属，故鬼神预东向耶。既而果然。时尚不知八月中旬为圣节⑤，归正后乃悟天声震叠，为遥祝万寿云。

【注释】

①和和呼通诺尔之战：雍正九年(1731)，清军与准噶尔军在和通泊地区展开的一次重大战役。因蒙古语称“湖泊”为“淖尔”，故此役又称“和通淖尔之战”。这次战役，清军伤亡惨重，战败撤回时，一万将士仅剩两千人。

②乙亥：乾隆二十年(1755)。

③己丑：乾隆三十四年(1769)。庚寅：乾隆三十五年(1770)。

④阿睦尔撒纳(1723—1757)：乾隆十七年(1752)冬，助达瓦齐夺取汗位，不久又与达瓦齐发生火并，被击败。十九年(1754)秋，为借助清军之力翦除政敌，归附清廷，封为亲王(后晋封双亲王)。次年春，清军兵分两路进攻伊犁、征伐达瓦齐时，任定边左副将军。攻占伊犁后发动天山南北战乱，二十一年(1757)三月逃亡，投靠国外势力。

⑤圣节：唐开元十七年(729)八月五日玄宗生日，左丞相源乾曜、右丞相张说等上表请以是日为千秋节，制许之。后历代皇帝生日或定节名，或不定节名，皆称为“圣节”。

【译文】

在和和呼通诺尔战役中，有个士兵被番邦俘获。乾隆乙亥年，平定伊犁，这个士兵看到大军旗帜，就逃回来，被免去死罪，安置在乌鲁木齐，大家叫他“小李陵”。这个人不知道李陵是谁，就随口答应。时间长了，大家竟然忘了他的本名。乾隆己丑、庚寅年间，我在乌鲁木齐时，还见到这个人，已经老了。他说，在准噶尔时，被转卖过几个主人，都让他牧羊。大军到来前一年的八月中旬，夜里歇在山谷里，远远看见沙漠中有火光。西域各个部落，经常相互抢掠，他疑心碰上了强盗。就爬上山头瞭望，看见一个巨人，有一丈多高，衣帽华美整齐，有侍从举着火炬在前面开路，大概有七八十个人。不一会儿，就分两边站立，巨人恭恭敬敬地向东方拱手行礼，神情虔诚肃穆，他心知这是山神。当时正是准噶尔叛乱，又隐隐约约听到传说阿睦尔撒纳请求朝廷出兵的事，心里暗想，也许这个地方要归属内地了，所以鬼神预先向东朝拜。后来果然是这样。当时还不知道八月中旬是天子的生日，回归之后才醒悟到，天声不断震响，是在遥祝皇上万寿无疆。

甘肃李参将名璇，精康节观梅之术[①]，占事多验。平定西域时，从大学士温公在军营。有兵士遗火，焚辕前枯草[②]，阔丈许。公使占何祥，曰："此无他，公数日内当有密奏耳。火得枯草行最速，急递之象也；烟气上升，上达之象也。知为密奏，凡密奏，当焚草也。"公曰："我无当密奏事。"曰："遗火亦无心，非预定也。"既而果然。其占人终身，则使随手拈一物，或同拈一物，而所断又不同。至京师时，一翰林拈烟筒。曰："贮火而烟呼吸通于内，公非冷局官也；然位不甚通显，尚待人吹嘘故也。"问："历官当几年？"曰："公毋怪直言。火本无多，一熄则为灰烬，热不久也。"问："寿几何？"摇首曰："铜器原可经久，然未见百年烟筒也。"其人愠去。后岁馀，竟如所言。又一郎官同在座，亦拈此烟筒，观其复何所云。曰："烟筒火已息，公必冷官也。已置于床，是曾经停顿也；然再拈于手，是又遇提携复起矣。将来尚有热时，但热后又占与前同耳。"后亦如所言。

【注释】

①康节观梅：指宋代邵雍所作的梅花术数。观梅，古代占卜法。

②辕：辕门，旧时指军营、官署的外门。借指衙署。

【译文】

甘肃参将李璇，精通邵雍的占卜术，占卜事情往往很灵验。平定西域时，他随从大学士温公在军营里。有个士兵不慎丢弃火种，烧着了军营辕门前的一片枯草，过火面积有一丈多宽。温公让他占卜是什么兆头，他说："这没有别的意思，您几天之内有急密奏折上报。火遇到枯草烧得最快，是紧急传递的象征；烟气向上升，是向上送达的迹象。由此知是密奏，凡是密奏，都要烧掉草稿。"温公说："我没有要密奏的事。"他说："失火也是无意的，并不是预定的。"后来果然如此。他为别人占卜一生命运，就随手拿一件东西。有时拿同样的一件东西，占卜结果又不同。在京城时，一位翰林学士拿着烟袋请他占卜。他说："水烟筒中贮存着火，烟通过呼吸在里边通行，说明您不是被冷落的官；但是你的官运不大通畅显达，是因为还需要别人为你吹嘘。"翰林又问："我还能做几年官？"他说："恕我直言。火本来不多，一旦熄灭就化为灰烬，热的时间不会长了。"翰林问："我的寿命有多长？"他摇摇手说："铜器本来可以经历很长时间，但世上没见过一百年的烟筒。"翰林不高兴地走了。过了一年多，事情竟然像他说的一样。当时一位郎官在座，也拿起这支烟筒问他。他说："烟筒里的火已经熄灭，您必定是一位受冷落的官员。烟筒已经放在案几上，这是说您的官运停顿过；但是又被拿在手里，说明要重新起用了。将来还会有热的时候，不过热了以后的结果和前面那位相同。"后来这个郎官果然也像他说的那样。

吴惠叔携一小幅挂轴，纸色似百年外物，云得之长椿寺市上。笔墨草略，半以淡墨扫烟霭，半作水纹，中惟一小舟，一女子坐篷下，一女子摇橹而已。右角浓墨写一诗曰："沙鸥同住水云乡，不记荷花几度香。颇怪麻姑太多事，犹知人世有沧桑。"款曰："画中人自画并题。"无年月，无印记。或以为仙笔，然女仙手迹，人何自得之？或以为游女，又不应作此世外语。疑是明末女冠[①]，避兵于渔庄蟹舍，自作此图。无旧人跋语，亦难确信。惠叔索题，余无从着笔，置数日还之。惠叔殁于蜀中，此画不知今在否也。

【注释】

①女冠：亦称“女黄冠”、“女道士”、“道姑”。唐代女道士皆戴黄冠，因俗女子本无冠，唯女道士有冠，故名。

【译文】

吴惠叔带来一幅挂轴小画，看纸的颜色这幅画是一百年前的了，吴惠叔说，他是从长椿寺的集市上买来的。画的笔墨潦草，一半是用淡墨扫成烟雾，一半是水纹，中间只有一只小船，一个女子坐在船篷下，另一个女子在摇橹。画的右上角是用浓墨题的一首诗：“沙鸥同住水云乡，不记荷花几度香。颇怪麻姑太多事，犹知人世有沧桑。”落款写道：“画中人自画并题。”画上没有题年月日，没有盖印章。有人认为，这幅画出自仙女手笔，但是仙女的手迹，俗人怎么能得到呢？也有人认为，这是沦落飘游的女子所作，但是，这种女子又说不出这样超脱世俗的话。我怀疑是明朝末年的女道士，因为逃避兵乱，住在渔村，自己画了这幅画以寄托情思。但是由于画面上没有前人的跋语，所以，这个猜测也就无法确定。吴惠叔请我在这幅画上题辞，我无从下笔，在案头放了几天，又还给了他。后来，吴惠叔在蜀中去世，如今，这幅画不知还在不在了。

舅氏实斋安公言：程老，村夫子也。女颇韶秀，偶门前买脂粉，为里中少年所挑，泣告父母。惮其暴横，弗敢较，然恚愤不可释，居恒郁郁。故与一狐友，每至辄对饮。一日，狐怪其惨沮，以实告，狐默然去。后此少年复过其门，见女倚门笑。渐相软语，遂野合于小圃空屋中。临别，女涕泣不舍，相约私奔。少年因夜至门外，引以归。防程老追索，以刃拟妇曰："敢泄者死！"越数日，无所闻；知程老讳其事，意甚得，益狎昵无度。后此女渐露妖迹，乃知为魅；然相悦甚，弗能遣也。岁馀病瘵，惟一息仅存，此女乃去。百计医药，幸得不死，赀产已荡然。夫妇露栖，又尪弱不任力作，竟食妇夜合之资，非复从前之悍气矣。程老不知其由，向狐述说。狐曰："是吾遣黠婢戏之耳。必假君女形，非是不足饵之也；必使知为我辈，防败君女之名也；濒危而舍之，其罪不至死也。报之已足，君无更怏怏矣。"此狐中之朱家、郭解欤[1]？其不为已甚，则又非朱家、郭解所能也。

【注释】

①朱家、郭解：汉代著名侠士。可见《史记·游侠列传》。

【译文】

我的舅舅安实斋先生说：程老先生是个有点儿迂腐的乡村读书人。他的女儿长得聪明清秀，有一天偶尔在门前买脂粉，被村里一个年轻人调戏，哭着告诉了父母。他们害怕那个年轻人蛮横，不敢和他计较，但心中的愤恨怎么也消解不了，常常郁闷不乐。程老夫子一直有个狐精朋友，每次狐精来就对坐饮酒。一天，狐友见他一脸凄惨沮丧的表情很惊讶，他就把实情告诉了狐友，狐友没说什么就走了。后来，那个年轻人又路过他家门口，看见程女靠在门框上对他笑。两人渐渐地说些温柔的话，于是就在小菜园的空屋子里私会。临分手的时候，程女流着泪不愿分手，于是两人约定私奔。那个年轻人夜里来到程家门外，带着程女回了自己家。为了防止程老夫子追索女儿，他用刀子威胁妻子说："敢泄露出去，就杀了你！"过了几天，没有听到什么动静；他以为程老夫子不敢张扬这件事，心里非常得意，和程女越加亲昵无度。后来，程女渐渐显露出妖魅的行迹来，才知道她是狐魅；但是彼此很喜欢对方，不能打发她走。一年多以后，年轻人痨病缠身，只剩下一口气了，妖女才离去了。年轻人到处请医求药，幸而得以不死，家产却已经用光了。夫妻只好露宿，又因为他身体虚弱干不了活儿，只好靠妻子的卖淫糊口，不再有从前那种凶悍之气了。程老夫子不知其中缘由，向狐友述说了这事。狐友说："这是我派了一个狡黠的狐婢去戏弄他。必须假冒您女儿的形象，不这样就不能引他上钩；必须让他知道是我们狐狸干的，以免败坏了您女儿的名声；等到他生命垂危就放过他，他的罪过还不至于死。报复一下已经够了，您就不要再怏怏不乐了。"这是狐类中的朱家、郭解吧？它做事不做得过分，却又不是朱家、郭解能做到的。

从孙树宝言：辛亥冬[①]，与从兄道原访戈孝廉仲坊，见案上新诗数十纸，中有二绝句云："到手良缘事又违，春风空自锁双扉。人间果有乘龙婿，夜半居然破壁飞。""岂但蛾眉斗尹邢[②]，仙家亦自妒娉婷。请看搔背麻姑爪[③]，变相分明是巨灵。"皆不省所云，询其本事。仲坊曰："昨见沧州张君辅言：南皮某甲，年二十馀，未娶。忽二艳女夜相就。诘所从来，自云：'是狐，以夙命当为夫妇。虽不能为君福，亦不至祸君。'某甲耽昵其色，为之不婚。有规戒之者，某甲谢曰：'狐遇我厚，相处日久无疾病，非相魅者。且言当为我生子，于嗣续亦无害，实不忍负心也。'后族众强为纳妇，甲闻其女甚姣丽[④]，遂顿负旧盟。迨洞房停烛之时，突声若风霆，震撼檐宇，一手破窗而入，其大如箕，攫某甲以去。次日，四出觅访，杳然无迹。七八日后，有数小儿言，某神祠中有声如牛喘。北方之俗，凡神祠无庙祝者，虑流丐栖息，多以土墼墐其户⑤，而留一穴置香炉。自穴窥之，似有一人裸体卧，不辨为谁。启户视之，则某甲在焉，已昏昏不知人矣。多方疗治，仅得不死，自是狐女不至。而妇家畏狐女之暴，亦竟离婚。此二诗记此事也。"

夫狐已通灵，事与人异。某甲虽娶，何碍倏忽之往来？乃逞厥凶锋，几戕其命，狐可谓妒且悍矣。然本无夙约，则曲在狐；既不慎于始而与约，又不善其终而背之，则激而为祟，亦自有词。是固未可全罪狐也。

【注释】

①辛亥：乾隆五十六年(1791)。

②尹邢：汉武帝宠妃尹夫人与邢夫人的并称。因为同时被宠幸，汉武帝有诏，二人不得相见。事见《史记·外戚世家》。后即以尹邢之事作彼此不相谋面的典故。

③搔背麻姑爪：典出晋葛洪《神仙传》。谓仙人麻姑，手纤长似鸟爪，可搔背痒。

④姣丽：漂亮，美丽。

⑤墐(jìn)：用泥涂塞。

【译文】

侄孙纪树宝说：乾隆辛亥年冬天，他和堂兄道原去拜访戈仲坊举人，看见戈仲坊的书桌上有写着新诗的几十张纸，其中有两首绝句说："到手良缘事又违，春风空自锁双扉。人间果有乘龙婿，夜半居然破壁飞。""岂但蛾眉斗尹邢，仙家亦自妒娉婷。请看搔背麻姑爪，变相分明是巨灵。"都不知所说的是什么事，就向戈仲坊请教故事的由来。戈仲坊说："昨天遇见沧州的张辅，他说，在南皮县有个某甲，二十多岁，还未娶妻。突然有两个漂亮姑娘夜里来和他亲热。某甲问两个姑娘从哪里来，她们说：'我们是狐精，前生注定要与你成为夫妻。虽然不能给你带来福分，但也不至于害你。'某甲贪恋她们的美色，因为有了她们就不再结婚。有人规劝某甲，某甲拒绝了，说：'狐女对我很好，我们相处的日子已经很长，我也没有生病，说明她们不是作怪害我的。她们还说要给我生儿子，也不会影响我传宗接代，我实在不忍心辜负她们。'后来，家族强行给某甲定亲，某甲听说未婚妻很漂亮，马上就背弃了与狐精的盟约。洞房花烛之时，突然响起风暴雷霆的声音，房屋都震动了，有一只像畚箕般的大手，破窗而入，抓走了某甲。第二天，人们四处寻找，一点儿踪迹都没有。七八天后，有几个小孩子说，一座神庙里有声音像牛喘气。北方的风俗，凡是神庙都不设庙祝，又担心流浪乞丐住在神庙里，于是大多用土坯封堵住大门，只留下一个洞放香炉。人们从那个洞往里面看，仿佛有个人赤条条地躺在里面，但是看不清是谁。大家打开门口再看时，原来就是某甲，早已昏迷不省人事了。经过多方治疗，总算留住了一条性命，从此，狐女再不来了。未婚妻家害怕狐女报复，也和某甲解除了婚约。这两首绝句，就是记这件事情的。"

狐精已经通灵性，行事方式跟人不一样。某甲即使娶妻，又怎么能阻碍她们飞快地来来去去呢？狐精竟然逞凶，几乎害了某甲的性命，可以说是又妒嫉又凶悍了。不过，如果本来没有约定婚姻，那么错误在狐女一方；但是某甲既然开始时轻率和狐精约定婚姻，后来又不能善始善终背弃了狐女，激怒狐女兴妖作怪，狐女也有狐女的道理。本来就不能全都怪罪狐女了。

北方之桥，施栏楯以防失足而已。闽中多雨，皆于桥上覆以屋，以庇行人。邱二田言：有人夜中遇雨，趋桥屋。先有一吏携案牍，与军役押数人避屋下，枷锁琅然。知为官府录囚，惧不敢近，但畏缩于一隅。中一囚号哭不止，吏叱曰：

“此时知惧，何如当日勿作耶？”囚泣曰：“吾为吾师所误也。吾师日讲学，凡鬼神报应之说，皆斥为佛氏之妄语。吾信其言，窃以为机械能深，弥缝能巧，则种种惟所欲为，可以终身不败露；百年之后，气反太虚，冥冥漠漠，并毁誉不闻，何惮而不恣吾意乎！不虞地狱非诬，冥王果有。始知为其所卖，故悔而自悲也。”又一囚曰：“尔之堕落由信儒，我则以信佛误也。佛家之说，谓虽造恶业，功德即可以消灭；虽堕地狱，经忏即可以超度。吾以为生前焚香布施，殁后延僧持诵，皆非吾力所不能。既有佛法护持，则无所不为，亦非地府所能治。不虞所谓罪福，乃论作事之善恶，非论舍财之多少。金钱虚耗，舂煮难逃。向非恃佛之故，又安敢纵恣至此耶？”语讫长号。诸囚亦皆痛哭。乃知其非人也。

夫六经具在，不谓无鬼神；三藏所谈，非以敛财赂。自儒者沽名，佛者渔利，其流弊遂至此极。佛本异教，缁徒借是以谋生，是未足为责。儒者亦何必乃尔乎？

【译文】

北方的桥上，装着栏杆以防行人失足落水而已。闽中地区多雨，所以，桥上都盖着桥屋，为行人挡雨。邱二田说：有个行人夜间遇雨，赶忙躲进了桥屋。桥屋里已经有一个小吏模样的人带着案卷，几个士兵押着戴枷的犯人，枷锁锒铛作响。这个人明白是官府在押送囚犯，心里害怕不敢靠近，只是蜷缩到一个角落里。听到一个囚徒不停地号哭，小吏呵斥说：“现在知道害怕了，何如当初不做坏事呢？”那个囚徒哭着说：“我是被老师害了。我的老师每日讲学，凡是鬼神因果报应的说法，统统斥为佛门的胡说八道。我相信了他的话，心里认为，只要机智、乖巧，什么缺失都能遮蔽掩盖，即便是胡作非为，也可以终身不败露；到我百年之后，精气回到太虚之中，安安静静迷迷茫茫，所有的诋毁与赞誉我全都听不到了，那么还有什么可怕的，有什么不敢恣情纵意去做的呢！可是没想到，地狱之说不是假话，阎王果然存在。我这才明白被老师卖了，所以，又是悔恨又是自悲啊。”另一个囚徒说：“你的堕落是由于相信了儒家的说教，我却是被佛家骗了。按照佛家的说法，一个人即使做了恶事，只要有了功德，就可以把原先的罪恶抹掉；即使进了地狱，只要诵经忏悔就可以超度转生。那么，我只要活着时多烧香多磕头多多布施，死后请僧人念经超度，这些都没有我办不到的。既然有了佛法保护，我自然可以无所不为，地狱也不能把我怎么样。没想到，阴间给人降罪或降福，是根据一个人所做善事、恶事的情况来定，不管捐出钱财是多还是少。现在，我的钱财耗尽，却仍然是该被舂捣还是被舂捣，该下油锅还是下油锅。如果不是过分信赖佛门之说，又怎么敢恣情纵欲，以至于落到今天这步田地呢？”说完后号啕大哭。其他囚徒也都痛哭。行人这才明白，他们不是人而是鬼。

儒家的六经都还在，其中并没有主张无鬼神的文字；三藏真经所说的，也不是唆使佛门弟子收敛财物。自从儒者利用六经沽名钓誉、佛者利用教义图谋钱财以来，流弊才发展到如今这种极端的地步。佛家本来是异族的宗教，它的徒众借以谋生，不必过分指责。但是儒家学者何必也这样呢？

倪媪，武清人，年未三十而寡。舅姑欲嫁之，以死自誓。舅姑怒，逐诸门外，使自谋生。流离艰苦，抚二子一女，皆婚嫁，而皆不才。茕茕无倚，惟一女孙度为尼，乃寄食佛寺，仅以自存，今七十八岁矣。所谓青年矢志，白首完贞者欤！余悯其节，时亦周之。马夫人尝从容谓曰：“君为宗伯，主天下节烈之旌典。而此媪失诸目睫前，其故何欤？”余曰：“国家典制，具有条格。节妇烈女，学校同举于州郡，州郡条上于台司，乃具奏请旨，下礼曹议，从公论也。礼曹得察核之、进退之，而不得自搜罗之，防私防滥也。譬司文柄者，棘闱墨牍[①]，得握权衡，而不能取未试遗材，登诸榜上。此媪久去其乡，既无举者；京师人海，又谁知流寓之内，有此孤嫠？沧海遗珠，盖由于此。岂余能为而不为欤？”念古来潜德，往往借稗官小说，以发幽光。因撮厥大凡，附诸琐录。虽书原志怪，未免为例不纯；于表章风教之旨，则未始不一耳。

【注释】

①棘闱：指古时考试场所。墨牍：这里是墨卷的意思，考生的试卷。

【译文】

倪老妇人是武清县人，不到三十岁就死了丈夫。公婆要她再嫁，她发誓宁死不嫁。公婆发怒，把她赶出家门，让她自谋生路。她流离失所艰难困苦，她把两个儿子、一个女儿抚养成人，结婚成了家，却都没有什么出息。她孤零零地没有依靠，只有一个孙女削发做了尼姑，她就在尼姑庵里寄食，好歹活下来，如今已经七十八岁了。她可以说是年轻时立志，一辈子贞洁！我怜悯她的气节，也时常周济她。马夫人曾经有条有理地对我说：“老爷身为礼部尚书，主管天下节妇烈女的旌典表彰，而这个老太太就在眼前却顾不到，这是为什么？”我说：“国家的典章制度都有程序。节妇烈女，由学校推举到州郡，州郡上报给御史台，然后才启奏皇上下圣旨，下达礼部衙门评议，为的是听从公论。礼部可以调查核实，决定取舍，但是不能擅自搜罗人选，以防止营私或滥加表彰。比如掌管科考的，可以在科考的答卷中，行使权力录取，但是不能录取没有经过考试遗漏的人才登录到榜上。这个老妇人长期离开家乡，就没有推举她的人；在京城的人海中，又有谁知道流动的人群中有这么个孤单的老寡妇？茫茫大海里有采珠人遗漏的珍珠，就是因为这个原因。哪里是我能做而不做呢？”我想到古往今来被埋没的有德之人，往往借助小说，才得以发出一点儿光亮。因此，我大略记一点儿倪老妇人的情况，附在这本琐谈录中。虽然本书属于志怪，写进这些内容与体例不合；但在表彰教化的宗旨上，却未尝不是一致的。

中华经典名著

全本全注全译丛书

韩希明◎译注

阅微草堂笔记 下

中华书局

卷十五

姑妄听之一

【题解】

“姑妄听之”的出处是《庄子·齐物论》:“予尝为女妄言之,女以妄听之。”以此为题,表明了纪昀对庄子的喜爱。《阅微草堂笔记》与庄子精神和气质上有颇多相通之处,纪昀也常常表现出老庄的豁达、淡然。《阅微草堂笔记》除了多处直接引用以外,话语方式也大有庄子遗风,主要表现为:叙事说理的法天贵真、复归于朴,以自然为宗;超越世俗,在俗常的道德之外让读者获得新的发现,同时建立起属于作者自己的叙事伦理;尚质黜华,作品中漫溢着一种怡然悠然气息;将凝聚着独特思想的语言深层结构通过行云流水的文字表达出来,又体现了作者的诗性智慧。显然,纪昀并不是庄子哲学的忠实继承者。作为一介鸿儒,他为维护儒学的本真而创作,阅微知著,站在一定高度,全面透彻地去看社会、看现实,作者通过笔记所寄托的是一种类似于庄子的理想主义精神哲学,这只是纪昀的无心插柳之举。

同时,纪昀与庄子一样,善于用文学的形式表达哲理。本卷简直像一部当时社会生活的纪录片,五花八门,包罗万象,有各种稀奇故事,比如市井细民的爱情传奇、道士摄狐狸演戏、木偶成精、官员借奴仆妻子的尸体还魂、一女二嫁却嫁给了一家人等等;描述了各种稀奇的物事,如西藏的野人、漳州水晶、珍稀的腥唇和兰虫、花蕊上的红衣女、给孤寺的紫藤、纪氏花园的青桐、决堤前的棒椎鱼等等；也有贯彻创作宗旨的那些教化故事。纪昀一路写来，亦庄亦谐，文笔如行云流水一般，从容恬淡，潇洒自如。

余性耽孤寂，而不能自闲。卷轴笔砚，自束发至今，无数十日相离也。三十以前，讲考证之学，所坐之处，典籍环绕如獭祭①。三十以后，以文章与天下相驰骤，抽黄对白②，恒彻夜构思。五十以后，领修秘籍，复折而讲考证。今老矣，无复当年之意兴，惟时拈纸墨，追录旧闻，姑以消遣岁月而已。故已成《滦阳消夏录》等三书，复有此集。缅昔作者，如王仲任、应仲远③，引经据古，博辨宏通；陶渊明、刘敬叔、刘义庆④，简澹数言，自然妙远。诚不敢妄拟前修，然大旨期不乖于风教。若怀挟恩怨，颠倒是非，如魏泰、陈善之所为⑤，则自信无是矣。适盛子松云欲为剞劂⑥，因率书数行弁于首⑦。以多得诸传闻也，遂采庄子之语名曰《姑妄听之》。乾隆癸丑七月二十五日⑧，观弈道人自题。

【注释】

①獭祭：獭是一种两栖动物，喜欢吃鱼，经常将所捕到的鱼排列在岸上，在古代中国人的眼里，这种情形很像是陈列祭祀的供品。

②抽黄对白：指只求对仗工稳。亦形容骈偶文字的工巧。

③王仲任：王充(27—约97)，字仲任，会稽上虞(今属浙江)人。其著作《论衡》大约成书于汉章帝元和三年(86)，现存文章有八十五篇(其中的《招致》仅存篇目，实存八十四篇)。该书被称为"疾虚妄古之实论，讥世俗汉之异书"。应仲远：汉代应劭，字仲远。笃学，博览多闻，灵帝时举孝廉，仕至泰山太守。撰《风俗通》，以

辨物名号，释时俗嫌疑，文虽不典，世服其洽闻。

④刘敬叔：生年不详，约卒于宋明帝泰始中。少颖敏有异才，有《异苑》十卷传世。刘义庆（403—444）：字季伯，彭城（今江苏徐州）人。南朝宋政权时文学家。刘义庆自幼才华出众，爱好文学。除《世说新语》外，还著有志怪小说《幽明录》。

⑤魏泰：字道辅，北宋士人。从小好逞强行霸，曾于试院中殴打考官几死，因此不得录取。后博览群书，但不思仕进。性诙谐，尤好谈朝野趣闻。善辩，与人谈笑，莫有能挡其词锋者；又爱讹托他人之名作书。陈善：字子兼，一字敬甫，号秋塘。生平事迹不详。有《扪虱新话》十五卷。

⑥剞劂（jī jué）：指雕板，刻印。

⑦弁：书籍或长篇文章的序文、引言。

⑧乾隆癸丑：乾隆五十八年（1793）。

【译文】

我的性格甘于寂寞，却不愿意自己闲着。书籍笔墨等，自从我上学读书起，就从没有几十天离开过。三十岁之前，我讲究钻研考证的学问，平常坐的地方，各种典籍像獭祭一样环绕着。三十岁以后，我的文章传扬于天下，更注重文字修饰，常常彻夜构思。五十岁以后，负责主管编辑整理秘籍，又回过头来讲求考证。如今老了，再也没有当年的兴致了，只是偶尔拿过纸笔，追写旧闻，姑且用来消磨时光而已。所以在写成《滦阳消夏录》等三本书之后，又有了这个集子。缅怀古时的作者，如王仲任、应仲远，他们的著作引经据典，博采兼收；陶渊明、刘敬叔、刘义庆等人的著作，风格简淡、自然而妙趣深远。我实在不敢狂妄地以先贤自比，但是本书的大旨则期望不要违背风俗教化。至于挟嫌报复、颠倒是非，像魏泰、陈善那样的做法，我自信是没有的。恰好盛子松要给我出版这本书，因此写几句话放在前面。因为本书的素材大多是来自于传闻，于是便取《庄子》中的一句话，定名为《姑妄听之》。乾隆五十八年七月二十五日，观弈道人自题。

冯御史静山家，一仆忽发狂自挝，日作谵语云："我虽落拓以死，究是衣冠。何物小人，傲不避路？今惩尔使知。"静山自往视之，曰："君白昼现形耶？幽明异路，恐于理不宜。君隐形耶？则君能见此辈，此辈不能见君，又何从而相避？"其仆俄如昏睡，稍顷而醒，则已复常矣。

门人桐城耿守愚，狷介自好[1]，而喜与人争礼数。余尝与论此事，曰："儒者每盛气凌轹[2]，以邀人敬，谓之自重。不知重与不重，视所自为。苟道德无愧于圣贤，虽王侯拥彗不能荣[3]，虽胥靡版筑不能辱[4]。可贵者在我，则在外者不足计耳。如必以在外为重轻，是待人敬我我乃荣，人不敬我我即辱，舆台仆妾皆可操我之荣辱[5]，毋乃自视太轻欤？"守愚曰："公生长富贵，故持论如斯。寒士不贫贱骄人，则崖岸不立，益为人所贱矣。"余曰："此田子方之言[6]，朱子已驳之，其为客气不待辨。即就其说而论，亦谓道德本重，不以贫贱而自屈；非毫无道德，但贫贱即可骄人也。信如君言，则乞丐较君为更贫，奴隶较君为更贱，群起而骄君，君亦谓之能立品乎？先师陈白崖先生，尝手题一联于书室曰：'事能知足心常惬，人到无求品自高。'斯真探本之论，七字可以千古矣！"

【注释】

①狷(juàn)介：性情正直，洁身自好，不与人苟合。

②凌轹(lì)：欺压，排挤。

③王侯拥彗不能荣：出自《史记·高祖本纪》："后高祖朝，太公拥彗

却行。”彗，扫帚。

④胥靡版筑不能辱：胥靡，服劳役的奴隶。此指傅说。版筑，筑土墙，即在夹版中填入泥土，用杵夯实。傅说，殷商时期著名政治家、思想家及军事家。辅佐殷商高宗武丁安邦治国，创造了“武丁中兴”的盛世。相传傅说为筑墙的奴隶，武丁梦而求之，乃于傅岩得之。《孟子·告子》中有“傅说举于版筑之间”。

⑤舆台：古代奴隶社会中两个低等级的名称。后来泛指奴仆及地位低下的人。

⑥田子方：名无择，字子方，魏国人。是孔子弟子子贡的学生。道德学问闻名于诸侯，魏文侯慕名聘他为师，执礼甚恭。

【译文】

冯静山御史家有个仆人忽然发狂，打着自己的嘴巴，每天说胡话道：“我虽然潦倒不得志一直到死，毕竟还是有头有脸的。你是什么东西，竟敢狂傲不给我让路？现在要惩罚你，让你知道。”冯静山亲自去探望，说：“您是在白天显形吗？阴间与阳间有别，您这样做恐怕不合适。您是隐形吗？那么您能看见这些仆人，这些仆人却看不见您，他们又怎么回避呢？”他的仆人随即就像昏睡的样子，不久便醒过来，恢复正常了。

我的学生桐城人耿守愚，耿直刻板洁身自好，总喜欢与人计较礼数。我曾经跟他谈论这件事，说：“读书人往往盛气凌人，想让别人尊敬自己，以为这就是自重。他们不知道别人对自己尊重不尊重，要看他本人做得怎么样。如果德行无愧于圣贤，那么即使是王侯亲自扫地迎接自己，也不认为增添了荣耀；即使是自己像罪犯一样以土垒墙做苦力，也算不得耻辱。最可贵的东西是自己怎样，外在的东西根本不足以增加荣耀。如果一定要根据别人的态度来衡量自己的轻重，要靠别人尊敬，自己才感到荣耀；别人不尊敬，自己就感到屈辱；这样，杂役奴仆就都能操纵我的荣辱，这不是把自己看得太轻了么？”耿守愚说：“您生长在富贵之家,所以才有这种看法。贫寒的读书人如果因为贫贱而失去傲气,就不能显示自己的自尊和清高,就更被人看不起了。”我说:“这是田子方的观点,朱熹已经批驳过了,这是重意气,不必再辩了。就这种说法本身而论,它的意思也不过是说要以道德为重,不应该因为贫贱而自己轻视自己;并不是说可以一点儿德行都没有,只是因为贫贱就可以在别人面前傲气十足。如果真像你所说的,那么乞丐比你更贫穷,奴仆比你更低贱,他们都在你面前傲气十足,你能说这是他们在树立自己的品格吗?我已经去世的老师陈白崖先生曾在书房题写一副对联:‘事能知足心常惬,人到无求品自高。’这才是真正探求根本的议论,这七个字真可以千古流传了。”

龚集生言:乾隆已未[①],在京师,寓灵佑宫,与一道士相识,时共杯酌。一日观剧,邀同往,亦欣然相随。薄暮归,道士拱揖曰:“承诸君雅意,无以为酬,今夜一观傀儡可乎[②]?”入夜,至所居室中,惟一大方几,近边略具酒果,中央则陈一棋局。呼童子闭外门,请宾四面围几坐。酒一再行,道士拍界尺一声,即有数小人长八九寸,落局上,合声演剧。呦呦嘤嘤,音如四五岁童子;而男女装饰,音调关目,一一与戏场无异。一出终,传奇以一折为一齣。古无是字,始见吴任臣《字汇补注》,“齣”读如“尺”。相沿已久,遂不能废。今亦从俗体书之。瞥然不见。又数人落下,别演一出。众且骇且喜。畅饮至夜分,道士命童子于门外几上置鸡卵数百,白酒数罂,戛然乐止,惟闻餔啜之声矣。诘其何术。道士曰:“凡得五雷法者,皆可以役狐。狐能大能小,故遣作此戏,为一宵之娱。然惟供驱使则可,若或役之盗物,役之祟人,或摄召狐女荐枕席，则天谴立至矣。”众见所未见，乞后夜再观，道士诺之。次夕诣所居，则早起已携童子去。

【注释】

①乾隆己未：乾隆四年(1739)。

②傀儡(kuǐ lěi)：此指木偶戏。

【译文】

龚集生说：乾隆己未年，他住在京城灵佑宫，结识了一个道士，时常在一起饮酒对酌。一天，龚集生请朋友们去看戏，邀请了这位道士，道士也高高兴兴跟着去了。归来时天色将晚，道士拱手对大家说：“承蒙诸位雅意邀我看戏，无以为报，今夜请大家看一场傀儡戏，可以吗?”夜里到了道士的住所，众人见屋里只有一张大方桌，桌边摆放了一点儿水酒和果品，桌子中央，放着一只棋盘。道士招呼小童关了外面的门，请来宾围着桌子坐下。酒过三巡，道士将界尺一拍，“啪”地一声，就有几个八九寸高的小人儿落到了棋盘上，齐声说唱演起戏来。声音呦呦嘤嘤，如同四五岁的小孩儿；而男男女女的服装打扮以及戏中的唱腔、道具，都和剧场里演出一样。一出戏唱完，传奇以一折为一“齣”。古代没有这个字，最早见吴任臣《字汇补注》，说这个读如“尺”。用的时间长了，于是就不能废除了。如今也就从俗体书写。这些小人儿忽然不见了。紧接着，又有几个落到棋盘上，又演了一出。众人又是惊讶又是高兴。畅饮到午夜时分，道士命小童在外屋的桌子上放置了几百个鸡蛋和几坛白酒，乐曲声戛然而止，外屋只传出了吃喝的声音。众人问道士这是什么法术。道士说：“凡是炼成五雷法的人，都可以驱使狐辈做事。狐辈能变化，可大可小，所以我调遣他们来演戏，作为一夜的消遣。不过，驱使他们干这种事可以，如果让他们去偷盗，或是去作祟害人，或者摄招狐女寻欢作乐，那么上天就会立即惩罚。”众人见所未见，恳请第二天夜里再来看，道士答应了。第二天晚上，众人又到了道士的住所，道士却早晨就已带着小童离去了。

卜者童西硐言[①]：尝见有二人对弈，一客预点一弈图，如黑九三、白六五之类，封置笥中[②]。弈毕发视，一路不差。竟不知其操何术。按《前定录》载[③]：开元中，宣平坊王生，为李揆卜进取。授以一缄，可数十纸，曰："君除拾遗日发此。"后揆以李珍荐，命宰臣试文词：一题为《紫丝盛露囊赋》，一题为《答吐蕃书》，一题为《代南越献白孔雀表》。揆自午至酉而成，凡涂八字，旁注两句。翌日，授左拾遗。旬馀，乃发王生之缄视之，三篇皆在其中，涂注者亦如之。是古有此术，此人偶得别传耳。夫操管运思，临枰布子，虽当局之人，有不能预自主持者，而卜者乃能先知之。是任我自为之事，尚莫逃定数；巧取强求，营营然日以心斗者，是亦不可以已乎！

【注释】

①硐(jiàn)：山间的水沟。此处用于人名。

②笥(sì)：盛饭或衣物的方形竹器。

③《前定录》：明代蔡善继编。蔡善继，字伯达。万历辛丑年(1601)进士，官至福建左布政使。其书皆载古来前定之事。上卷凡七十八事，下卷凡九十三事。

【译文】

算命先生童西硐说：他曾经看见两个人下棋，其中一个人事先画出一张棋局图，如黑九三、白六五之类，放在竹筐里。下完棋，打开一看，与棋盘上的棋局完全一致。最终不知用的是什么法术。《前定录》中记载：开元年间，宣平坊的王某，为李揆卜测功名。王某交给李揆一个信封，里面有几十张纸，说："你被任为拾遗那天再打开看。"后来李揆经过李珍推荐，皇上叫大臣考他的文章：第一个题目是《紫丝盛露囊赋》，第二个题目是《答吐蕃书》，第三个题目是《代南越献白孔雀表》。李揆从上午十一点一直写到下午七点才写完，三篇文章，共涂改了八个字，旁边加了两句注释。第二天，他被任为左拾遗。过了十多天，他才拆开王某给他的信封，里面有三篇文章，和他写的三篇文章相同，连涂改、注释处都一模一样。可见古时候就有这种法术，下棋人不过是向别人学得了这种法术而已。举笔构思、临盘布子，即便是当事人也往往料不到结局，而算卦的却能预先知道。可见，由本人任意安排的事都没有能逃过定数的，那些巧取豪夺，整天忙于勾心斗角的人，这样还不能罢手么？

乌鲁木齐遣犯刚朝荣言：有二人诣西藏贸易，各乘一骡，山行失路，不辨东西。忽十馀人自悬崖跃下，疑为夹坝。西番以劫盗为夹坝，犹额鲁特之玛哈沁也。渐近，则长皆七八尺，身毵毵有毛[①]，或黄或绿，面目似人非人，语啁哳不可辨[②]。知为妖魅，度必死，皆战栗伏地。十馀人乃相向而笑，无搏噬之状，惟挟人于胁下，而驱其骡行。至一山坳，置人于地，二骡一推堕坎中，一抽刀屠割，吹火燔熟[③]，环坐吞啖[④]。亦提二人就坐，各置肉于前。察其似无恶意，方饥困，亦姑食之。既饱之后，十馀人皆扪腹仰啸，声类马嘶。中二人仍各挟一人，飞越峻岭三四重，捷如猿鸟，送至官路旁，各予以一石，瞥然竟去。石巨如瓜，皆绿松也。携归货之，得价倍于所丧。事在乙酉、丙戌间[⑤]。朝荣曾见其一人，言之甚悉。此未知为山精，为木魅，观其行事，似非妖物。殆幽岩穹谷之中，自有此一种野人，从古未与世通耳。

【注释】

①毵毵(sān)：毛发、枝条等细长的样子。

②啁哳(zhāo zhā):形容声音繁杂而细碎。

③燔(fán):烧,烤。

④啖(dàn):吃。

⑤乙酉:乾隆三十年(1765)。丙戌:乾隆三十一年(1766)。

【译文】

被流放到乌鲁木齐的犯人刚朝荣说:有两个人到西藏做生意,各骑着一头骡子,在山里迷了路,分不清东西南北了。忽然有十几个人从悬崖上跳下来,商人以为遇上了夹坝。西部人称强盗为"夹坝",就像额鲁特人所说的"玛哈沁"。来到近前,才看清这些人都身高七八尺,浑身上下都披散着黄色或绿色的毛,脸面似人非人,说话音节繁杂细碎,听不懂说什么。两个人心想这是些妖怪,猜想自己必死无疑,都颤抖着趴在地上。这十几个人却对着他们笑,好像没有要抓来撕咬啃吃的意思,只是把两人夹在腋下,赶着骡子走。到了一个山坳,把人放在地上,将一头骡子推在坑里,拔出刀子杀了另一头,然后吹着了火烧熟,围坐着大吃起来。十几个人还把两个商人拎来就坐,在各人面前放上肉。商人看怪人们好像没有恶意,况且正饿得慌,也就吃起来。吃饱之后,这十几个怪人都拍着肚子仰头长啸,声音像马嘶。其中两个怪人仍各夹着一个人,攀越了三四道峻岭,敏捷得像猿猴、像飞鸟,把两人送上大道旁,各人给了一块石头,转眼便不见了。石头像瓜那么大,都是绿松石。两人回来卖掉了绿松石,得的钱是他们所受损失的一倍。这件事发生在乾隆乙酉、丙戌年之间。刚朝荣曾经见过其中一个人,说得很详细。不知是山精,还是木魅,看他们的作为,好像不是妖怪。也可能是在崇山幽谷之中,就有这么一种野人,自古以来就没有与外界接触过吧。

漳州产水晶,云五色皆备,然赤者未尝见,故所贵惟紫。别有所谓金晶者,与黄晶迥殊,最不易得;或偶得之,亦大如豇豆,如瓜种止矣。惟海澄公家有一三足蟾,可为扇坠,视之如精金镕液，洞彻空明，为希有之宝。杨制府景素官汀漳龙道时，尝为余言，然亦相传如是，未目睹也。姑录之以广异闻。

【译文】

福建漳州出产水晶，据说各种颜色都有，然而赤色的从来不曾见到，所以认为紫色的最贵重。另有一种叫做金晶的，与黄晶完全不同，最不容易得到；即使偶尔得到，也只不过豇豆、瓜籽那么大。只有海澄公家有一颗，像一只三条腿的蛤蟆，可以作扇坠，看去像纯金的熔液凝成，晶莹透明，是件稀有宝物。杨景素巡抚做福建汀漳龙道道员时，曾经对我说起，但也不过是传闻如此，并没有亲眼见到。姑且记载在这里，以广见闻。

陈来章先生，余姻家也。尝得一古砚，上刻云中仪凤形[①]。梁瑶峰相国为之铭曰："其鸣将将，乘云翱翔。有妫之祥[②]，其鸣归昌[③]。云行四方，以发德光。"时癸巳闰三月也[④]。按，原题惟作"闰月"，盖古例如斯。至庚子[⑤]，为人盗去。丁未[⑥]，先生仲子闻之，多方购得。癸丑六月[⑦]，复乞铭于余。余又为之铭曰："失而复得，如宝玉大弓。孰使之然？故物适逢。譬威凤之翀云[⑧]，翩没影于遥空；及其归也，必仍止于梧桐。"故家子孙，于祖宗手泽，零落弃掷者多矣。余尝见媒媪携玉佩数事，云某公家求售。外裹残纸，乃北宋椠《公羊传》四页[⑨]，为怅惘久之。闻之于先人已失之器，越八载购得，又乞人铭以求其传。人之用心，盖相去远矣。

【注释】

①仪凤：凤凰。

②妫(guī)：舜在被尧选为继承人前，居住妫水旁，所以舜的后代便以之为氏。

③归昌：凤凰齐鸣。

④癸巳：乾隆三十八年(1773)。

⑤庚子：乾隆四十五年(1780)。

⑥丁未：乾隆五十二年(1787)。

⑦癸丑：乾隆五十八年(1793)。

⑧翀(chōng)：向上直飞，相当于"冲"。

⑨椠(qiàn)：刻本。

【译文】

陈来章先生，是我的亲家。他曾经得到一方古砚，上面雕有云中凤凰的图案。梁瑶峰相国为此砚题铭道："其鸣将将，乘云翱翔。有妫之祥，其鸣归昌。云行四方，以发德光。"当时是乾隆癸巳年闰三月。按，铭文只署"闰月"，这是按古人的惯例。乾隆庚子年，这方砚被人偷走了。到了乾隆丁未年，陈先生的二儿子陈闻之得知这方砚的下落，多方设法，才又买了回来。乾隆癸丑年六月，陈家又来求我题铭。我写的铭文是："失而复得，如宝玉大弓。孰使之然？故物适逢。譬威凤之翀云，翩没影于遥空；及其归也，必仍止于梧桐。"富贵人家的子孙，对于祖宗遗留的传家宝物弄得丢弃散落的，为数不少啊。我曾经见过一个媒婆，带着几件玉佩，说是替某先生寻找买主。外面裹着的破纸，竟是四页北宋刻本的《公羊传》，我为之怅惘了好久。陈闻之对自己的先人已经丢失的东西，隔了八年又把它买回来，又请人再写铭文，以求它能长久流传下去。人的用心，真是相差太远了。

董家庄佃户丁锦，生一子曰二牛。又一女赘曹宁为婿，相助工作，甚相得也。二牛生一子曰三宝。女亦生一女，因住母家，遂联名曰四宝。其生也同年同月，差数日耳。姑嫂互相抱携，互相乳哺，襁褓中已结婚姻。三宝四宝又甚相爱，稍长，即跬步不离[①]。小家不知别嫌疑，于二儿嬉戏时，每指曰："此汝夫，此汝妇也。"二儿虽不知为何语，然闻之则已稔矣。七八岁外，稍稍解事，然俱随二牛之母同卧起，不相避忌。会康熙辛丑至雍正癸卯岁屡歉[②]，锦夫妇并殁。曹宁先流转至京师，贫不自存，质四宝于陈郎中家。不知其名，惟知为江南人。二牛继至，会郎中求馆僮，亦质三宝于其家，而诫勿言与四宝为夫妇。郎中家法严，每笞四宝，三宝必暗泣；笞三宝，四宝亦然。郎中疑之，转质四宝于郑氏，或云，即貂皮郑也。而逐三宝。三宝仍投旧媒媪，又引与一家为馆僮。久而微闻四宝所在，乃夤缘入郑氏家[③]。数日后，得见四宝，相持痛哭，时已十三四矣。郑氏怪之，则诡以兄妹相逢对。郑氏以其名行第相连，遂不疑。然内外隔绝，仅出入时相与目成而已。后岁稔，二牛、曹宁并赴京赎子女，辗转寻访至郑氏。郑氏始知其本夫妇，意甚悯恻，欲助之合卺，而仍留服役。其馆师严某，讲学家也，不知古今事异，昌言排斥曰[④]："中表为婚礼所禁，亦律所禁，违之且有天诛。主人意虽善，然我辈读书人，当以风化为己任，见悖理乱伦而不沮，是成人之恶，非君子也。"以去就力争。郑氏故良懦，二牛、曹宁亦乡愚，闻违法罪重，皆慑而止。后四宝鬻为选人妾，不数月病卒。三宝发狂走出，莫知所终。

或曰："四宝虽被迫胁去，然毁容哭泣，实未与选人共房帏。惜不知其详耳。”果其如是，则是二人者，天上人间，会当相见，定非一瞑不视者矣。惟严某作此恶业，不知何心，亦不知其究竟。然神理昭昭，当无善报。或又曰：“是非泥古，亦非好名，殆觊觎四宝，欲以自侍耳。”若然，则地狱之设，正为斯人矣。

【注释】

①跬(kuǐ)步：半步，小步。

②康熙辛丑：康熙六十年(1721)。雍正癸卯：雍正元年(1723)。

③夤(yín)缘：攀附，拉拢关系。

④昌言：毫无顾忌直言。

【译文】

董家庄的佃户丁锦，生了个儿子叫二牛。还有个女儿，招了个上门女婿，叫曹宁，他帮着干活，一家处得很好。二牛生了个儿子叫三宝。女儿生了个女孩，因为住在娘家，就连着排下来叫四宝。这两个孩子在同年同月出生，只差几天。姑嫂俩一道抱着玩耍、一起喂养两个孩子，在襁褓中就定下了婚姻。三宝、四宝又非常友爱，稍稍大一些后，两人就形影不离。小户人家不知避嫌，看见两个孩子在一起玩耍时，就常指着说：“这是你丈夫，这是你老婆。”两个孩子虽然不懂是什么意思，但是已经听习惯了。到了七八岁，稍稍懂事了，两个孩子仍然跟着二牛的母亲同睡同起，也不避忌。康熙辛丑年到雍正癸卯年间，年年歉收，丁锦夫妇相继去世。曹宁先流落到京城，穷得养活不了自己，把四宝典卖到陈郎中家。不知叫什么名字，只知道是江南人。二牛跟着来到京城，赶上陈郎中需要馆僮，也把三宝典卖给了陈家，二牛告诉三宝不要说他和四宝已经定为夫妻。陈郎中家法严厉，每当责打四宝时，三宝必定偷偷哭泣；打三宝时，四宝也是这样。陈郎中生疑，便把四宝转卖给郑家，有人说，就是“貂皮郑”家。又赶走了三宝。三宝去找介绍他来陈家的老妈子，老妈子又把他介绍到一家去当馆僮。过了一段时间，他打听到四宝的所在，通过各种关系，也来到了郑家。几天之后，他才见到了四宝，两人抱头痛哭，当时两个人都十三四岁了。郑某觉得奇怪，两人便谎称是兄妹。郑某看他们的名字排行相连，也就不怀疑了。然而内外宅隔绝，两人只能在出入时彼此眉目传情而已。后来年成好了，二牛、曹宁一起到京城赎子女，辗转寻访到了郑家。郑某这才知道这两个孩子本来定为夫妻，很同情他们，想帮助操办婚礼，并且仍然留他们在郑家服役。郑家的馆师严某，是一个道学家，他不了解如今世情与古时不同，毫无顾忌斥责说：“中表结婚是违背礼法的，也是律令禁止的，犯了这一条，上天也要惩罚。主人的想法虽然很好，可是我们这些读书人，应当以端正风俗教化为己任，见了违理乱伦的事而不阻止，是促成别人做坏事，这不是君子的行为。”他以辞职相要挟力争。郑某本来就善良懦弱，二牛、曹宁都是愚笨的乡下人，听说违法罪重，都吓得打消了让两人结婚的念头。后来四宝被卖给一个候补官员做妾，没过几个月，四宝就病逝了。三宝发疯跑出去，也不知后来怎样了。

有人说：“四宝虽然被胁迫而去，但是她毁了妆容不停地哭泣，实际上并没有与候补官员同房。可惜不知详情是怎么回事。”如果真是这样，这两个人在天上人间，定会相见，肯定不会就此永别。只是严某造了这种罪孽，不知出于什么居心，也不知他最终是怎样的结局。不过天理昭昭，他不会有好报的。还有人说：“严某不是拘泥于古法，也不是沽名钓誉，而是对四宝存有非分之想，想要娶她做侍妾。”如果是这样，那么冥府设立的地狱，正是为这种人预备的。

乾隆戊午[①]，运河水浅，粮艘衔尾不能进。共演剧赛神，运官皆在。方演《荆钗记》投江一出[②]，忽扮钱玉莲者长跪哀号，泪随声下，口喃喃诉不止，语作闽音，啁晰无一字可辨。

知为鬼附，诘问其故，鬼又不能解人语。或投以纸笔，摇首似道不识字，惟指天画地，叩额痛哭而已。无可如何，掖于岸上，尚呜咽跳掷，至人散乃已。久而稍苏，自云突见一女子，手携其头自水出。骇极失魂，昏然如醉，以后事皆不知也。此必水底羁魂，见诸官会集，故出鸣冤。然形影不睹，言语不通。遣善泅者求尸，亦无迹。旗丁又无新失女子者，莫可究诘。乃连衔具牒，焚于城隍祠。越四五日，有水手无故自刭死。或即杀此女子者，神谴之欤？

【注释】

①乾隆戊午：乾隆三年(1738)。

②《荆钗记》：明代传奇。全剧十八出，叙述王十朋、钱玉莲故事。钱玉莲拒绝巨富求婚，宁嫁以荆钗为聘的穷书生王十朋。王十朋中状元拒绝佞臣逼婚，经过种种曲折，二人终成眷属。

【译文】

乾隆三年，大运河水浅，运粮船一艘接着一艘都搁浅不能航行。于是演戏祭神，运粮官也都在场。正上演《荆钗记》中投江那一出，扮演钱玉莲的演员忽然跪在舞台上哀号，声泪俱下，喃喃说个不停，说的是福建话，叽哩咕噜的一句也听不懂。人们明白是鬼附体了，追问他怎么了，鬼又听不懂话。有人扔给纸笔，他摇着头好像说不识字，只是指天画地，叩头痛哭。大家没办法，把他扶到岸上，他仍呜咽挣扎又蹦又跳的，直到人们散去才停止。过了一会儿，这个人渐渐清醒过来，说突然看见一个女子，手里拎着自己的头从水里出来。他吓得灵魂出了窍，昏昏沉沉好像醉酒一样，后来的事就不知道了。这肯定是滞留水底的鬼魂，看见官员聚集在这里，所以出来喊冤。但看不见她的形体，言语又不通。打发水性好的人下河寻找尸体，也没有找到。漕运的兵丁中也没有哪家女子失踪的，查不出究竟。官员只好联名写了份状子，送到城隍祠里烧了。过了四五天，有个水手无缘无故自杀了。可能他就是害死这个女子的凶手，终于遭到了神的惩罚吧？

郑太守慎人言：尝有数友论闽诗，于林子羽颇致不满①。夜分就寝，闻笔砚格格有声，以为鼠也。次日，见几上有字二行，曰："如'檄雨古潭暝，礼星寒殿开'，似钱、郎诸公都未道及②，可尽以为唐摹晋帖乎？"时同寝数人，书皆不类；数人以外，又无人能作此语者。知文士争名，死尚未已。郑康成为厉之事③，殆不虚乎？

【注释】

①林子羽：林鸿，字子羽。明初以荐授将乐训导，后拜礼部员外郎。闽中诗派以林子羽为首，宗法唐人，绳趋尺步，众论以"唐临晋帖"。

②钱、郎：钱，钱起，字仲文，唐代诗人。郎士元，字君胄，唐代诗人。二人齐名，世称"钱郎"。

③郑康成：即郑玄(127—200)。见前注。

【译文】

郑慎人太守说：曾经有几位朋友在一起评论福建人写的诗，对明代诗人林鸿的诗颇为不满。半夜就寝后，听到笔和砚台发出"格格"的声音，大家都以为是老鼠。第二天，见桌上有两行字，写的是："像'檄雨古潭暝，礼星寒殿开'这样的诗句，好像唐代诗人钱起、郎士元等人也没有写过，你们能说我的诗全是模拟唐诗吗？"当时一起睡觉的几个人，笔迹都与桌上的字不同；除了这几个人，另外又没有人能写出这样的话语。明白这是文人喜欢争名，死了还不罢休。传说东汉时的郑玄死后还化为恶鬼为自己争名，这种事也许是真的吧？

黄小华言：西城有扶乩者，下坛诗曰："策策西风木叶飞[①]，断肠花谢雁来稀。吴娘日暮幽房冷，犹着玲珑白苎衣。"皆不解所云。乩又书曰："顷过某家，见新来稚妾，锁闭空房。流落仳离，自其定命；但饥寒可念，振触人心，遂恻然咏此。敬告诸公，苟无驯狮、调象之才，勿轻举此念，亦阴功也。"请问仙号，书曰："无尘。"再问之，遂不答。按李无尘，明末名妓，祥符人[②]。开封城陷，殁于水。有诗集，语颇秀拔。其哭王烈女诗曰："自嫌予有泪，敢谓世无人！"措词得体，尤为作者所称也。

【注释】

①策策：象声词。风刮过的声音。

②祥符：今河南开封西北。

【译文】

黄小华说：西城有人家扶乩，乩仙降临，赋诗一首："策策西风木叶飞，断肠花谢雁来稀。吴娘日暮幽房冷，犹着玲珑白苎衣。"众人都不解其意。乩仙又写道："刚才路过某户人家，见新娶来的小妾被锁在空房里。这个女孩身世飘零，与她的丈夫隔离，这自然是她命中注定；只是她现在又冷又饿，实在可怜，使人难过，我所以很伤感地咏了这首诗。敬告各位先生，如果没有控制悍妒的妻子、没有使妻妾和睦的本领，不要轻易有娶妾的念头，这也算是积阴德啊。"众人询问乩仙名号，乩书写道："无尘。"再问别的，就没有答复了。据考察，李无尘是明末著名歌妓，河南祥符人。清军攻陷开封时，投水而死。她有诗集传世，作品语言隽秀挺拔。所作《哭王烈女》一诗中，有诗句："自嫌予有泪，敢谓世无人!”措词得体,尤其为文人们称道。

“遗秉”、“滞穗”[①],寡妇之利,其事远见于周雅。乡村麦熟时,妇孺数十为群,随刈者之后,收所残剩,谓之拾麦。农家习以为俗,亦不复回顾,犹古风也。人情渐薄,趋利若鹜,所残剩者不足给,遂颇有盗窃攘夺,又浸淫而失其初意者矣。故四五月间,妇女露宿者遍野。

有数人在静海之东,日暮后趁凉夜行,遥见一处有灯火,往就乞饮。至则门庭华焕,僮仆皆鲜衣;堂上张灯设乐,似乎燕宾。遥望三贵人据榻坐,方进酒行炙。众陈投止意,阍者为白主人[②],颔之。俄又呼回,似附耳有所嘱。阍者出,引一媪悄语曰:“此去城市稍远,仓卒不能致妓女。主人欲于同来女伴中,择端正者三人侑酒荐寝[③],每人赠百金;其馀亦各有犒赏。媪为通词,犒赏当加倍。”媪密告众。众利得赀,怂恿幼妇应其请。遂引三人入,沐浴妆饰,更衣裙侍客;诸妇女皆置别室,亦大有酒食。至夜分,三贵人各拥一妇入别院,阖家皆灭烛就眠。诸妇女行路疲困,亦酣卧不知晓。比日高睡醒,则第宅人物,一无所睹,惟野草芃芃[④],一望无际而已。寻觅三妇,皆裸露在草间,所更衣裙已不见,惟旧衣抛十馀步外,幸尚存。视所与金,皆纸铤。疑为鬼。而饮食皆真物,又疑为狐。或地近海滨,蛟螭水怪所为欤?

贪利失身,乃只博一饱。想其惘然相对,忆此一宵,亦大似邯郸枕上矣[⑤]。先兄晴湖则曰:“舞衫歌扇,仪态万方,弹指繁华,总随逝水。鸳鸯社散之日[⑥],茫茫回首,旧事皆空，亦与三女子裸露草间，同一梦醒耳。岂但海市蜃楼，为顷刻幻景哉！”

【注释】

①遗秉、滞穗：指成把的遗穗。《诗经·小雅·大田》：“彼有遗秉，此有滞穗。”

②阍（hūn）者：守门人。阍，宫门，大门。

③侑（yòu）：在筵席旁助兴，劝人吃喝。

④芃芃（péng）：草木茂盛的样子。

⑤邯郸枕上：唐代沈既济《枕中记》载：卢生于邯郸客店中遇道士吕翁，翁探囊中枕以授之，曰：“子枕吾枕，当令子荣适如志。”其枕青瓷，而窍其两端。生就枕入梦，历尽人间富贵荣华。梦醒，店主蒸黄粱未熟。后因以“邯郸枕”比喻虚幻之事。

⑥鸳鸯社：指男女欢会之所。

【译文】

收割时有意遗落下一把稻穗，接济寡妇的生活，这种事最早见之于周代的“小雅”。乡村麦子成熟时，妇女儿童几十人成群，跟在收割人的后面，收拾遗留下来的麦穗，称之为“拾麦”。农家沿习下来成为一种风俗，割麦时任她们在身后拾，并不干涉，就像古时那样。人情渐渐淡薄，唯利是图，收割时遗留不多，拾来的不够吃，就常有盗窃抢夺之事，渐渐的也就失去古时仁慈的心意了。所以到了四五月间，露宿的妇女遍地都是。

有几个妇人在静海的东边，天黑以后乘夜凉赶路，远远望见一个地方有灯火，就赶过去想要讨点儿吃喝。到了地方见门庭华丽，僮仆都穿着鲜艳的衣服；堂上点灯奏乐，似乎正在宴请宾客。远远见有三个贵人正坐在榻上，劝酒上菜。这几个妇人说明来意，看门人报告了主人，主人点头答应了。看门人刚走几步主人又把他叫回去，好像是对着耳朵说了几句。看门人出来，拉过一个年岁大一点儿的妇人悄声说："这儿离城市较远，短时间叫不来妓女。主人想从你的女伴中，选出三个长相端正的去劝酒陪睡，每人送给百两银子；别人也都有犒劳赏赐。你在中间传话，赏钱会加倍。"这个老妇人悄悄对众妇人说了。大家贪图钱财，怂恿年轻妇人答应下来。于是有三个妇人被领进去，洗澡打扮，换了衣裙陪客；其他几个妇人则安排在另一间屋里，也有酒有菜的很丰盛。到了夜里，三个贵人各自搂着一个女人到了自己的住处，全家都灭了灯烛睡了。众妇人走路疲乏，都酣然大睡不知道什么时候天亮了。等到太阳高高地升起来，她们才醒过来，发现住宅人物什么都没有了，只有长得非常茂盛的野草，一望无际。寻找那三个年轻女人，却都赤裸裸地躺在草丛里，换的衣裙也不见了，只有旧衣服扔在十几步以外的地方，幸好还都在。再看给的银子，都是纸元宝。她们怀疑遇上了鬼。但吃的喝的都是真的，又怀疑是狐狸。也许这儿离海不远，是蛟龙水怪干的？

贪图钱财失了身，只换来一顿饱饭。当她们怅然相对回忆这一夜时，大概也像是做了一场黄粱梦吧。先兄晴湖说："歌舞美女，风情万种，不过是瞬间的繁华，总会像流水一样逝去。男女欢爱过后离散之时，茫茫然回首，过去的事情都是一场空，这和三个女子赤裸着在草丛里大梦醒来一样。哪里只有海市蜃楼才是顷刻间的幻景呢！"

乌鲁木齐参将德君楞额言[①]：向在甘州[②]，见互控于张掖令者。甲云造言污蔑，乙云事有实证。讯其事，则二人本中表，甲携妻出塞，乙亦同行。至甘州东数十里，夜失道。遇一人似贵家仆，言此僻径少人，我主人去此不远，不如投止一宿，明日指路上官道。随行三四里，果有小堡。其人入，良久出，招手曰："官唤汝等入。"进门数重，见一人坐堂上，问姓名籍贯，指挥曰："夜深无宿饭，只可留宿。门侧小屋，可容二人;女子令与媪婢睡可也。”二人就寝后,似隐隐闻妇唤声。暗中出视,摸索不得门。唤声亦寂,误以为耳偶鸣也。比睡醒,则在旷野中。急觅妇,则在半里外树下,裸体反接,鬓乱钗横,衣裳挂在高枝上。言一婢持灯导至此,有华屋数楹,婢媪数人。俄主人随至,逼同坐。拒不肯,则婢媪合手抱持,解衣缚臂置榻上。大呼无应者,遂受其污。天欲明,主人以二物置颈旁,屋宇顿失,身已卧沙石上矣。视颈旁物,乃银二铤,各镌重五十两,其年号则崇祯,其县名则榆次。土蚀黑黯,真百年以外铸也。甲戒乙勿言,约均分。后违约,乙怒诟争,其事乃泄。甲夫妇虽坚不承,然诘银所自,则云拾得;又诘妇缚伤,则云搔破。其词闪烁,疑乙语未必诬也。令笑谴甲曰:“于律得遗失物当入官。姑念尔贫,可将去。”又瞋视乙曰:“尔所告如虚,则同拾得,当同送官,于尔无分;所告如实,则此为鬼以酬甲妇,于尔更无分。再多言,且笞尔。”并驱之出。以不理理之,可谓善矣。

此与拾麦妇女事相类:一以巧诱而以财移其心,一以强胁而以财消其怒;其揣度人情,投其所好,伎俩亦略相等也。

【注释】

①参将:官名。俗称参戎,清代绿营的统兵官,位次于“副将”,正三品武官。

②甘州:即今甘肃张掖。

【译文】

乌鲁木齐参将德楞额说:他在甘州府时,有两个人互相控告闹到张掖县令那里。甲说乙造谣,乙说有事实有证据。查问事情,原来这两人是表兄弟，甲带妻子到塞外，乙也同行。到了甘州东面几十里的地方，夜晚迷路了。遇见一个像是富贵人家的仆人，说这里地方偏路小行人少，我的主人离得不远，不如去住一宿，明天给你们指路上大道。跟着走了三四里，果然有个小堡。仆人进去，好一会儿才出来招手说："主人叫你们进来。"走过好几道门，看见一个人坐在堂上，问了他们的姓名籍贯，指挥说："夜深了没有现成的饭，只能留你们住。门边的小屋，只能睡两人；女人可以和婢女老妈子一起睡。"甲和乙睡下后，似乎隐隐听见甲妻的叫喊。黑暗中出来看，却找不到门。叫喊也停止了，误以为是偶尔耳鸣了。睡醒后，发觉躺在旷野之中。两人急忙去找甲妻，在半里之外的树下发现了，赤裸着被反绑了两手，鬓发散乱，衣服挂在高高的树枝上。她说，有一个婢女拿着灯笼带她到这里，有几间漂亮的房子，有几个婢女和老妈子。不一会儿主人也来了，逼着和他一起坐。抗拒不肯，婢女和老妈子们一起抱着，解开衣服，绑了胳膊，放在床上。大喊也没有人听见，被他奸污了。天快亮时，主人把两件东西放在脖子旁，房屋顿时不见了，而自己躺在沙石上。甲乙查看扔在脖子旁的东西，却是两锭银子，各刻着重五十两，年号是明代崇祯，县名却是榆次。银子黯淡无光，确实是一百年前铸造的。甲告诫乙不要说出去，约定均分银子。后来甲违约，乙发怒争吵，这件事才泄露了。甲夫妇虽然坚决不承认，但是问银子从哪儿来的，却说是捡到的；又问甲妻身上的伤是怎么回事，说是挠破的。甲夫妇的回答支支吾吾，县令猜测乙的话未必是假。县令笑着打发甲说："按律法捡到东西应当交官。考虑你贫困，可以带回去。"然后又瞪着乙说："你告的如果有假，那么捡到东西就应当一起交官，你也分不到什么；你告的如果是实，那是鬼给甲妻的报酬，更没有你的份。再多话，就打你。"把两人都轰了出去。县令不按常理来处理这事，可以说是上策。

这件事与拾麦妇女的事差不多：一个是施巧诱骗用财利打动女人的心，一个施暴后用钱财消解当事人的愤怒；这些鬼怪揣摸人心，投其所好，伎俩都差不多啊。

金重牛鱼，即沈阳鲟鳇鱼[①]，今尚重之。又重天鹅，今则不重矣。辽重毗离[②]，亦曰毗令邦，即宣化黄鼠，明人尚重之，今亦不重矣。明重消熊栈鹿[③]，栈鹿当是以栈饲养，今尚重之；消熊则不知为何物，虽极富贵家，问此名亦云未睹。盖物之轻重，各以其时之好尚，无定准也。

记余幼时，人参、珊瑚、青金石价皆不贵，今则日昂。绿松石、碧鸦犀价皆至贵，今则日减。云南翡翠玉，当时不以玉视之，不过如蓝田乾黄，强名以玉耳；今则以为珍玩，价远出真玉上矣。又灰鼠旧贵白，今贵黑。貂旧贵长毳[④]，故曰丰貂，今贵短毳。银鼠旧比灰鼠价略贵，远不及天马，今则贵几如貂。珊瑚旧贵鲜红如榴花，今则贵淡红如樱桃，且有以白类车渠为至贵者[⑤]。盖相距五六十年，物价不同已如此，况隔越数百年乎！儒者读《周礼》蚳酱[⑥]，窃窃疑之，由未达古今异尚耳。

【注释】

①鲟(xún)鳇(huáng)鱼：鲟鱼和达氏鳇两种鱼类的总称，成年鱼的体重可达1000公斤，是我国淡水鱼类中体重最大的鱼类。

②毗(pí)离：毗狸，契丹语译音，即黄鼠，形似大家鼠，体棕黄色，眼大，较突出。群栖于干燥的草原地区，遍布我国东北、华北和西北。其毛皮可利用。

③消熊：肥熊。宋代陶谷《清异录·玉尖面》中有记载。

④毳(cuì)：鸟兽的细毛。

⑤车渠：砗磲，分布于印度洋和西太平洋的一种大型双壳类海生物。

⑥蚳(chí)酱:古人用白色的蚁卵做酱,供食用。蚳,蚁卵。

【译文】

金朝时人们喜欢吃牛鱼,也就是沈阳的鲟鳇鱼,现在的人还很看重。金朝时又看重天鹅肉,现在的人不看重了。辽代珍视毗离,也称作毗令邦,也就是宣化黄鼠,明代人也看重,现在的人也不重视了。明代人看重消熊、栈鹿,栈鹿应该是用畜栏饲养的,当今仍受到珍视;至于消熊,就不知道是什么东西,即便是极富贵的人家,提到这个名字,也都说从未见过。看起来东西的贵贱,是按照当时人的爱好变更的,没有固定的标准。

记得我小时候,人参、珊瑚、青金石都不贵,现在的价格却一天比一天高。绿松石、碧鸦犀的价格当时很贵,现在却越来越便宜了。云南翡翠玉,当时没人以为是玉,认为不过是蓝田乾黄一样的东西,只不过勉强用了玉的名号;现在却被人当作珍贵的玩物,价格远远超过真玉。再如灰鼠皮,过去是白的贵,现在是黑的贵。貂皮以前长毛的价格高,称作丰貂,如今短毛的价格高。早先,银鼠皮的价钱比灰鼠皮略贵,远不如天马皮,而今,几乎与貂皮同价了。珊瑚,过去的人喜欢石榴花一样鲜红色的,现在人却喜欢樱桃般淡红色的,还有人把像砗磲石一样白色的当成最为珍贵。从我小时到现在,不过相隔五六十年,物价的变更已如此明显,何况隔了几百年呢!儒生读《周礼》,见到食蚳酱的说法,嘀嘀咕咕,表示怀疑,这是因为不明白古今风俗不断变迁的缘故啊。

八珍惟熊掌、鹿尾为常见,驼峰出塞外,已罕觏矣[①]。此野驼之单峰,非常驼之双峰也。语详《槐西杂志》。猩唇则仅闻其名。乾隆乙未[②],闵抚军少仪馈余二枚,贮以锦函,似甚珍重。乃自额至颏全剥而腊之,口鼻眉目,一一宛然,如戏场面具,不仅两唇。庖人不能治,转赠他友。其庖人亦未识,又复别赠。不知转落谁氏，迄未晓其烹饪法也。

【注释】

①觏(gòu)：遇见。

②乾隆乙未：乾隆四十年(1775)。

【译文】

八珍中只有熊掌、鹿尾常见，驼峰出于塞外，已经不容易见到了。这是指野生骆驼的单峰，不是一般骆驼的双峰。《槐西杂志》中有详细说明。猩唇则只听到有这个名。乾隆乙未年，巡抚闵少仪赠我两个猩唇，装在锦盒里，好像极为珍贵。实际上是把猩猩从额到下颏完整地剥下来晾干的，口鼻眉眼都在，极像演戏用的面具，不仅仅是两个猩唇。厨子不会弄，便转赠给了朋友。朋友的厨子也不会做，又转赠别人。不知最后转到了谁的手中，至今我也不知道猩唇是怎么个烹饪法。

李又聃先生言：东光毕公偶忘其名，官贵州通判，征苗时运饷遇寇，血战阵亡者也。尝奉檄勘苗峒地界，土官盛谦款接。宾主各一磁盖杯置面前，土官手捧启视，则贮一虫如蜈蚣，蠕蠕旋动。译者云，此虫兰开则生，兰谢则死，惟以兰蕊为食，至不易得。今喜值兰时，搜岩剔穴，得其二。故必献生，表至敬也。旋以盐末少许洒杯中，覆之以盖。须臾启视，已化为水，湛然净绿，莹澈如琉璃，兰气扑鼻。用以代醯①，香沁齿颊，半日后尚留馀味。惜未问其何名也。

【注释】

①醯(xī)：用于保存蔬菜、水果、鱼蛋、牡蛎的净醋或加香料的醋。

【译文】

李又聃先生说：东光人毕公偶尔忘记了他的名字，他曾任贵州的通判，征讨苗民时负责运送粮饷，遇到匪徒袭击，血战阵亡。曾奉命勘定苗族人居住的地界，苗族酋长盛宴接待。宾主前面各放一个杯子，用磁盖盖着，酋长站起来用手捧起杯子，打开来看，里面装着一条虫，样子像蜈蚣，在杯里慢慢地翻滚爬动。翻译说，这种虫兰花开时就生，兰花谢时就死，只吃兰花的花蕊，非常不容易抓到。现在幸好是兰花盛开的时候，派人到山岭峡谷中到处搜寻，好不容易抓到两条。所以一定要把活的献给您，表示我们最深的敬意。接着他们洒了一点儿盐末在杯子里，再盖上。稍过一会儿，再打开一看，虫子已经化成水，水色碧绿清澈，透明得像琉璃一样，兰香扑鼻。用它代替醋，香味满口，半天过后嘴里还有馀香。只可惜没有问这种虫叫什么名字。

西域之果，蒲桃莫盛于土鲁番[1]，瓜莫盛于哈密。蒲桃京师贵绿者，取其色耳。实则绿色乃微熟，不能甚甘；渐熟则黄，再熟则红，熟十分则紫，甘亦十分矣。此福松岩额驸名福增格，怡府婿也。镇辟展时为余言。瓜则充贡品者，真出哈密；馈赠之瓜，皆金塔寺产。然贡品亦只熟至六分有奇，途间封闭包束，瓜气自相郁蒸，至京可熟至八分。如以熟八九分者贮运，则蒸而霉烂矣。余尝问哈密国王苏来满：额敏和卓之子。“京师园户，以瓜子种殖者，一年形味并存；二年味已改，惟形粗近；三年则形味俱变尽。岂地气不同欤？”苏来满曰：“此地土暖泉甘而无雨，故瓜味浓厚。种于内地，固应少减，然亦养子不得法。如以今年瓜子，明年种之，虽此地味亦不美，得气薄也。其法当以灰培瓜子，贮于不湿不燥之空仓，三五年后乃可用。年愈久则愈佳，得气足也。若培至十四五年者，国王之圃乃有之，民间不能待，亦不能久而不坏也。”其语似为近理。然其灰培之法，必有节度，亦必有宜忌，恐中国以意为之，亦未必能如所说耳。

【注释】

①蒲桃：葡萄，古代曾叫“蒲陶”、“蒲萄”、“葡桃”等。《本草纲目·葡萄》：“《汉书》言：张骞使西域还，始得此种，而《神农本草》已有葡萄，则汉前陇西旧有，但未入关耳。”

【译文】

西域水果，葡萄是吐鲁番的最负盛名，瓜是哈密的最负盛名。葡萄在京城以绿色为贵，看重颜色而已。实际上绿色是刚有些熟，不怎么甜；熟一点儿就变成黄色，再熟一点儿是红色，熟透了是紫色，非常甜。这是福松岩额驸名福增格，怡府的女婿。镇守辟展时对我说的。一般作为贡品的瓜，真的是哈密产的；互相馈赠的瓜，都是金塔寺产的。用作贡品的瓜只有六分熟，运送前把瓜封闭包装了，在途中彼此以气相蒸，到京城就有八分熟了。如果用八九分熟的瓜贮运，途中就会发热霉烂。我曾问哈密国王苏来满：额敏和卓的儿子。“京城瓜农用哈密瓜籽种出的瓜，第一年形状味道没变；第二年味道就变了，只是形状还像；第三年，形状味道就都变了。难道是因为地气不同吗?”苏来满说：“哈密这地方气候温暖，泉水甘甜，又很少下雨，所以瓜味淳厚。内地种植味道自然要稍差，但也在于种子养护不得法。如果把当年的瓜籽放到第二年种，这在哈密也不会种出好瓜来，因为它得到的培育之气少。应当用灰埋上瓜籽，放在不干不湿的空仓里，三五年后才能拿来种。放置的年头越久越好，因为它得到的培育之气充足。在灰里埋上十四五年的种子，只有在国王的园子里才有，老百姓等不了那么久，也不能放那么久而不坏。”他的话好像有理。不过用灰埋法，肯定有一些特殊的规定，也一定有些讲究，如果内地随意操作，也未必能达到他说的那个效果。

裘超然编修言:杨勤悫公年幼时,往来乡塾,有绿衫女子时乘墙缺窥之。或偶避入,亦必回眸一笑,若与目成。公始终不侧视。一日,拾块掷公曰:"如此妍皮,乃裹痴骨!"公拱手对曰:"钻穴逾墙,实所不解。别觅不痴者何如?"女子忽瞠目直视曰:"汝狡黠如是,安能从尔索命乎?且待来生耳。"散发吐舌而去。自此不复见矣。此足见立心端正,虽冤鬼亦无如何;又足见一代名臣,在童稚之年,已自树立如此也。

【译文】

翰林院编修裘超然说:杨勤悫先生小时候,经常来来往往到乡塾去,时常看到一个绿衣女子爬到一堵墙的缺口偷偷看他。有时偶然回避他,也一定要回过头来冲他笑一笑,似乎是以目传情。杨公始终目不斜视。一天,绿衣女子居然捡了土块打他,说:"这么漂亮的外皮,却包着一副痴骨头!"杨公拱拱手回答说:"钻洞越墙的勾当,我实在不能理解。你另外去找那些不傻的人怎样?"女子忽然圆瞪双眼,直楞楞看着他说:"你如此狡猾,怎么能从你这儿索命呢?只好等来生了。"披散着头发吐着长舌离开了。从此以后再也没见过。由此足可证明,一个人只要立心端正,即使冤鬼也拿他毫无办法;又足可以看到,像杨公这样一代有名的大臣,在幼年时就能这样树立自己的品格了。

河间王仲颖先生,安溪李文贞公为先生改字曰仲退。然原字行已久,无人称其改字也。名之锐,李文贞公之高弟[①]。经术湛深,而行谊方正,粹然古君子也。乙卯、丙辰间[②],余随姚安公在京师,先生犹官国子监助教,未能一见,至今怅然。

相传先生夜偶至邸后空院，拔所种莱菔下酒[3]，似恍惚见人影，疑为盗。倏已不见，知为鬼魅，因以幽明异路之理厉声责之。闻丛竹中人语曰："先生邃于《易》，一阴一阳，天之道也。人出以昼，鬼出以夜，是即幽明之分。人居无鬼之地，鬼居无人之地，是即异路焉耳。故天地间无处无人，亦无处无鬼，但不相干，即不妨并育。使鬼昼入先生室，先生责之是也。今时已深更，地为空隙，以鬼出之时，入鬼居之地，既不秉烛，又不扬声，猝不及防，突然相遇，是先生犯鬼，非鬼犯先生。敬避似已足矣，先生何责之深乎？"先生笑曰："汝词直，姑置勿论。"自拔莱菔而返。后以语门人，门人谓："鬼既能言，先生又不畏怖，何不叩其姓字，暂假词色，问冥司之说为妄为真，或亦格物之一道。"先生曰："是又人与鬼狎矣，何幽明异路之云乎？"

【注释】

①高弟：门人弟子中成绩优良者。

②乙卯：雍正十三年(1735)。丙辰：乾隆元年(1736)。

③莱菔：萝卜。

【译文】

河间人王仲颖先生，安溪李文贞公给他改字为仲退。但他原来的字通行已久，没有人称呼他改过的字。名叫之锐，是李文贞公的门下高足。他对经书造诣很深，而且行为方正，完全符合古代君子的标准。在雍正乙卯、乾隆丙辰年间，我随姚安公在京城，那时他还任国子监助教，没能见他一面，至今我仍怅然若失。

传说王先生在夜里偶然到屋后空院里，拔他种的萝卜下酒，好像恍恍惚惚看见一个人影，以为是小偷。却忽然不见了，他知道是鬼魅，于是申明幽明异路的道理，厉声责备。听到一丛竹子间有声音回答说："先生精通《易经》，一阴一阳，就是天道。人白天活动，鬼夜里活动，这就是幽与明的区别。人住在没有鬼的地方，鬼住在没有人的地方，这就是异路。所以天地之间，无处无人，也无处无鬼，只要互不影响，就不妨碍相安并存。假如鬼白天进了先生的家，你责备是有道理的。现在已经是深更半夜，这里是空地，先生在鬼活动的时间里出来，进到鬼住的地方，既不拿着灯烛，又不发出声音，以致猝不及防地突然相遇，这是先生冒犯了鬼，而不是鬼冒犯了先生。我恭敬避开似乎已经足够了，先生为什么这样严厉地责备我？"王先生笑道："你说得有理，就算了吧。"自己拔了萝卜就回来了。后来他和门生说起这事，门生说："鬼既然能说话，先生又不害怕，为什么不打听一下对方的姓名，稍微对他语气温和些，问问关于地府的说法是真是假，这也是了解事物、丰富学问的一种途径嘛。"王先生说："如果这样做，又是人与鬼亲热了，还说什么幽明异路呢？"

郑慎人言：曩与数友往九鲤湖，宿仙游山家。夜凉未寝，出门步月。忽清风泠然，穿林而过，木叶簌簌，栖鸟惊飞，觉有种种花香，沁人心骨。出林后沿溪而去，水禽亦磔格乱鸣，似有所见。然凝睇无睹也，心知为仙灵来往。次日，寻视林内，微雨新晴，绿苔如罽①，步步皆印弓弯②；又有跣足之迹③，然总无及三寸者。溪边泥迹亦然。数之，约二十馀人。指点徘徊，相与叹异，不知是何神女也。慎人有四诗纪之，忘留其稿，不能追忆矣。

【注释】

①罽（jì）：用毛做成的毡子一类的东西。

②弓弯：指旧时女子裹缠如弓形的脚。

③跣(xiǎn)足:光着的脚。

【译文】

郑慎人说:他曾经和几个朋友到福建的九鲤湖,住在仙游县的山民家。夜里凉爽没有睡觉,出门在月下散步。忽然清风阵阵,穿林而过,树叶“簌簌”作响,歇着的鸟儿惊飞,闻到有各种花香,沁人心脾。出了树林,沿着溪水走去,水鸟也“吱喳”地乱叫,好像看到了什么。但是仔细看没有什么异常,心里明白是有仙怪来往。第二天到林子里找昨夜的踪迹,只见微雨初晴之后,绿苔如茵,上面布满了小脚的绣鞋印;又有光脚的脚印,都不到三寸长。溪边泥地上也有鞋印。数了一下约有二十多人。大家指指点点,来来回回地看,相互惊叹,不知这是什么神女。郑慎人有四句诗记叙这件事,忘了留下诗稿,已经记不起来了。

慎人又言:一日,庭花盛开,闻婢妪惊相呼唤。推窗视之,竞以手指桂树杪。乃一蛱蝶大如掌[①],背上坐一红衫女子,大如拇指,翩翩翔舞。斯须过墙去,邻家儿女又惊相呼唤矣。此不知为何怪,殆所谓花月之妖欤?说此事时,在刘景南家。景南曰:“安知非闺阁游戏,以蓪草花朵中人物[②],缚于蝶背而纵之耶?”是亦一说。慎人曰:“实见小人在蝶背,有磬控驾驭之状,俯仰顾盼,意态生动,殊不类偶人也。”是又不可知矣。

【注释】

①蛱(jiá)蝶:一种蝴蝶,翅膀呈赤黄色,有黑色纹饰。

②蓪(tōng)草花:小乔木。树皮可造纸,采髓作薄片,可制蓪草花或其他饰品。

【译文】

郑慎人又说：有一天，庭院里的花开得很盛，忽然听到家里的丫环仆妇惊叫起来。推开窗户看时，只见她们都争着用手指桂树顶端。原来是一只蝴蝶，有巴掌那么大，背上坐着个穿红衫的女子，大如拇指，在那里翩翩起舞。不一会儿，就飞过墙去，邻居家的孩子们又惊叫起来。这不知是何种妖怪，大概就是所谓的花月之妖吧？我们谈论这件事时，正在刘景南家。刘景南说："怎么知道这不就是闺房中女孩子们玩的游戏呢？用蓪草花做成一个小人，把它绑在蝴蝶背上，然后把蝴蝶放掉而已。"这也是一种说法。郑慎人说："确实见到那小人在蝴蝶背上，做出弓背驾驭的样子，而且前俯后仰，左顾右盼，活灵活现，根本不像是蓪草花做的小人。"这又不知道究竟是怎么回事了。

舅氏安公介然言：曩随高阳刘伯丝先生官瑞州，闻城西土神祠有一泥鬼忽仆地，又一青面赤发鬼，衣装面貌与泥鬼相同，压于其下。视之，则里中少年某，伪为鬼状也，已断脊死矣。众相骇怪，莫明其故。久而有知其事者曰："某邻妇少艾，挑之，为所詈。妇是日往母家，度必夜归过祠前。祠去人稍远，乃伪为鬼状伏像后，待其至而突掩之，将乘其惊怖昏仆，以图一逞。不虞神之见谴也。"盖其妇弟预是谋，初不敢告人，事定后，乃稍稍泄之云。介然公又言：有狂童荡妇，相遇于河间文庙前，调谑无所避忌。忽飞瓦破其脑，莫知所自来也。

夫圣人道德侔乎天地①，岂如二氏之教，必假灵异而始信，必待护法而始尊哉！然神鬼㧑呵②，则理所应有。必谓朱锦作会元③，由于前世修文庙，视圣人太小矣；必谓数仞宫墙，竟无灵卫，是又儒者之迂也。

【注释】

①侔(móu)：相等，齐。

②撝(huī)呵：卫护。

③朱锦作会元：朱锦，为了报答恩人，在科举中式后修葺文庙。后来，又有一个朱锦，于顺治己亥年(1659)被录取为会元。这个朱锦去世时，前一个朱锦修葺过的文庙崩塌，于是人们认为后一个朱锦是前一个朱锦的后身。事见汪讱庵(生平不详)《上海笔记》。

【译文】

舅父安介然先生说：以前曾经跟随高阳刘伯丝先生到瑞州做官，有一天，听说城西土神祠里有一个泥塑的鬼像忽然倒了，另外有一个衣着面貌与泥鬼相同的青面赤发鬼，被压在泥像下面。众人仔细一看，压在下面的青面赤发鬼，是本村一个年轻人装扮的，已经被砸断脊梁死了。众人又惊又怕，不知是何缘故。很长时间以后，知道内情的人说："那个年轻人邻居的女人年轻美貌，他挑逗人家，被痛骂。这一天，少妇回娘家，年轻人估计她夜里回来时一定路过土神祠。土神祠离人家稍远，年轻人就装成恶鬼藏在泥像后面，准备等少妇到时突然扑上去，趁她被吓昏时达到自己的图谋。不料被神惩治了。"这个年轻人的内弟事前知道这个阴谋，开始不敢说出来，事情平定以后，才渐渐吐露了真情。安介然先生又说：一个狂徒和一个荡妇在河间文庙前碰上了，二人打情骂俏毫无顾忌。忽然飞来瓦片打破了他们的头，没人知道瓦片从哪里飞来的。

圣人的道德与天地等同，哪里像佛道二教，必须借助于灵异的显现才能使人相信，必须有神灵护法才能显出尊严呢！然而鬼神卫护礼法，是理所当然的。如果一定要把朱锦考中会元，说成是因为前生修了文庙的缘故，这就把圣人看得太渺小了；但是，一定要说几仞高的宫墙没有神灵护卫，又是儒生的迂腐之见了。

三座塔蒙古名古尔板苏巴尔，汉唐之营州柳城县，辽之兴中府也。今为喀剌沁右翼地。金巡检裘文达公之侄婿，偶忘其名。言[1]：有樵者山行遇虎，避入石穴中，虎亦随入。穴故嵌空而缭曲，辗转内避，渐不容虎。而虎必欲搏樵者，努力强入。樵者窘迫，见旁一小窦，尚足容身，遂蛇行而入；不意蜿蜒数步，忽睹天光，竟反出穴外。乃力运数石，窒虎退路，两穴并聚柴以焚之。虎被薰灼，吼震岩谷，不食顷，死矣。此事亦足为当止不止之戒也。

【注释】

①巡检：官名。执掌本区警备部队训练、巡逻、缉捕盗贼，维持治安。

【译文】

三座塔蒙古语叫“古尔板苏巴尔”，汉朝和唐朝时的营州柳城县，辽国的兴中府。现在为喀剌沁右翼。巡检金某裘文达公的侄女婿，偶尔忘了他的名字。说：有个樵夫在山里赶路时碰上老虎，樵夫躲进了石洞里，老虎也跟了进去。石洞弯弯曲曲向前延伸，樵夫一点儿一点儿拐着弯往里面躲，渐渐的老虎就过不去了。可是老虎一心要吃樵夫，硬往里面钻。樵夫正在窘迫之际，见旁边有个小洞，还能容身，就像蛇似的爬了进去；不料爬了几步，忽然看见了光亮，竟然出了洞口。他拼尽力气搬来几块大石头，堵住了老虎的退路，在两头洞口堆起柴草焚烧。老虎被熏得吼声震动山谷，不到一顿饭工夫就死了。这件事足可以让那些应当止步却不止步的人引以为戒。

金巡检又言：巡检署中一太湖石，高出檐际，皴皱斑驳，孔窍玲珑，望之势如飞动。云辽金旧物也。考金尝拆艮岳奇石[①]，运之北行，此殆所谓“卿云万态奇峰”耶？然金以大定府为北京，今大宁城是也。辽兴中府，金降为州，不应置石于州治，是又疑不能明矣。又相传京师兔儿山石，皆艮岳故物，余幼时尚见之。余虎坊桥宅，为威信公故第[②]，厅事东偏，一石高七八尺，云是雍正中初造宅时所赐，亦移自兔儿山者。南城所有太湖石，此为第一。余又号“孤石老人”，盖以此云。

【注释】

①金尝拆艮岳奇石：艮岳，宋代的著名宫苑。宋徽宗政和七年(1117)兴工，宣和四年(1122)竣工，初名“万岁山”，后改名“艮岳”、“寿岳”，或连称“寿山艮岳”，亦号“华阳宫”。公元1127年金人攻陷汴京后被拆毁。艮，地处宫城东北隅的意思。

②威信公：即岳钟琪(1686—1754)，字东美，号容斋，谥襄勤，清代康熙、雍正、乾隆时期将领。曾静向他进言反清，岳钟琪上奏于雍正帝，引发了吕留良案，但雍正已对他起疑，后下狱几死。乾隆时复用，平大小金川之役有功，乾隆帝赞为“三朝武臣巨擘”。著有作《姜园集》、《蛩吟集》等。

【译文】

金某又说：巡检衙门里有一块太湖石，高过屋檐，石头上纹理自然，斑驳陆离，有一个个空空的洞眼玲珑剔透，望去有飞动的气势。据说是辽金时代留下来的旧物。据考，金朝人曾拆毁艮岳上的奇石，运往北方，这块石头难道就是当时所说的“卿云万态奇峰”么？然而金代以大定府为北京，就是现在的大宁城。辽代的兴中府，金代降为州，不应该把这块石头放在州的衙门里，这又让人不明白了。又传说京城兔儿山的山石，都来自艮岳，我幼时还见过。我在虎坊桥的住宅原是威信公的故宅，大厅东侧，有一块石头高七八尺，说是雍正年间建造这座住宅时皇上赏赐的，也是从兔儿山运来的。南城所有的太湖石，这一块数第一。我又号“孤石老人”，就是因为这块石头。

京师花木最古者，首给孤寺吕氏藤花[①]，次则余家之青桐，皆数百年物也。桐身横径尺五寸，耸峙高秀，夏月庭院皆碧色。惜虫蛀一孔，雨渍其内，久而中朽至根，竟以枯槁。吕氏宅后售与高太守兆煌，又转售程主事振甲。藤今犹在，其架用梁栋之材，始能支拄。其阴覆厅事一院，其蔓旁引，又覆西偏书室一院。花时如紫云垂地，香气袭衣。慕堂孝廉在日，慕堂名元龙，庚午举人[②]，朱石君之妹婿也。与余同受业于董文恪公。或自宴客，或友人借宴客，觞咏殆无虚夕。迄今四十馀年，再到曾游，已非旧主，殊深邻笛之悲[③]。倪穟畴年丈尝为题一联曰[④]：“一庭芳草围新绿，十亩藤花落古香。”书法精妙，如渴骥怒猊[⑤]。今亦不知所在矣。

【注释】

①给(jǐ)孤寺：唐贞观年间(7世纪中)建立。明代称“寄骨寺”。清顺治(17世纪中)时重建，称“万善给孤寺”。20世纪30年代末毁于一场大火。

②庚午：乾隆十五年(1750)。

③邻笛之悲：魏晋时嵇康、吕安被司马昭杀害后，他们的好友向秀过嵇康的旧居，听到邻人的笛声，感怀亡友，写了《思旧赋》。后用为哀念亡友的典故。

④檖(suì):禾穗成熟的样子。此处用于人名。

⑤猊(ní):狻猊,传说中的一种猛兽。

【译文】

京城最古老的花木,第一就是给孤寺吕家的藤花,其次就是我家的青桐,都已经是几百年的东西了。这棵梧桐,直径有一尺五寸,清秀挺拔,枝叶茂盛,高高耸立,每到夏季,庭院一片绿色。可惜的是,树干被虫子蛀了一个洞,雨水长年积在树里,久而久之,树干腐烂到树根,竟因此枯死。吕家的宅院后来卖给了太守高兆煌,高太守又转卖给主事程振甲。如今,那株藤花还在,支撑藤箩的架子要用栋梁之材才能撑得起来。藤箩枝叶形成的树荫覆盖着厅前的院子,藤蔓往旁边延伸,又覆盖了西面书房的一个院子。藤花盛开时,犹如紫云垂地,香气都沾染到人的衣服上。慕堂举人在世的时候,慕堂名云龙,庚午举人,朱石君的妹婿。与我一起就学于董文恪公。有时自己宴请客人,有时朋友借这个地方宴请客人,饮酒赋诗,简直没有空过一个晚上。光阴荏苒,转眼四十馀年过去,旧地重游,已经不是旧主人,我不禁像魏晋时的向秀怀念老朋友嵇康一样,伤感不已。倪檖畴老先生曾为藤花题了副对联:“一庭芳草围新绿,十亩藤花落古香。”书法精妙,笔势就像渴极的马奔向泉水和发怒的狻猊越过山石般奔放。如今,这副对联也不知落于何处了。

陈句山前辈移居一宅,般运家具时,先置书十馀箧于庭。似闻树后小语曰:“三十馀年,此间不见此物矣。”视之阒如[①]。或曰:“必狐也。”句山掉首曰:“解作此语,狐亦大佳。”

【注释】

①阒(qù)如:空虚的样子。

【译文】

陈句山前辈搬家，搬运家具器用时，先将十多箱书运到新家的院子里。好像树后听到有人小声说："三十多年，这儿没有见过这东西了。"循声看去，却什么也没有。有人说："这肯定是狐狸。"陈句山掉过头去说："能说出这种话来，是狐狸也是很不错。"

先祖光禄公，康熙中于崔庄设质库，司事者沈玉伯也。尝有提傀儡者，质木偶二箱，高皆尺馀，制作颇精巧。逾期未赎，又无可转售，遂为弃物，久置废屋中。一夕月明，玉伯见木偶跳舞院中，作演剧之状。听之，亦咿嘤似度曲。玉伯故有胆，厉声叱之，一时迸散。次日，举火焚之，了无他异。盖物久为妖，焚之则精气烁散，不能复聚。或有所凭亦为妖，焚之则失所依附，亦不能灵。固物理之自然耳。

【译文】

先祖父光禄公，康熙年间在崔庄开了一家典当铺，管事的是沈玉伯。曾经有个演木偶戏的人，拿了两箱木偶来当，那些木偶都有一尺多高，制作得很精巧。当期过了不来赎回，又转卖不出去，于是便成了无用之物，长久放在一间废弃的屋子里。一天晚上，月光明亮，沈玉伯见木偶在院子里跳舞，好像是在演戏。仔细一听，它们还发出"咿咿嘤嘤"的声音，好像在唱曲。沈玉伯历来胆子大，厉声呵叱，那些木偶一下子就散开消失了。第二天，点火将那些木偶全部烧掉，也没发生什么怪事。大约物体年深月久就会成精怪，如果烧掉了，精气消散，不再能聚合成形。也许是别的妖精附在物体上，也能作怪，只要烧掉依附的东西，妖怪失去了依凭，就不能再显灵了。这是事物本来的道理。

献县一令，待吏役至有恩。殁后，眷属尚在署，吏役无一存问者。强呼数人至，皆狰狞相向，非复曩时。夫人愤恚，恸哭柩前，倦而假寐。恍惚见令语曰："此辈无良，是其本分。吾望其感德已大误，汝责其负德，不又误乎？"霍然忽醒，遂无复怨尤。

【译文】

献县有个县令，对待手下的官吏衙役非常好。他去世后，家属还在衙门里，可那些官吏衙役竟然没有一个来吊问。县令夫人硬叫来几个人，也都横眉立目，不是县令在世时的样子。夫人又恨又气，在棺材前痛哭，哭累了闭目养神。恍惚看见丈夫对她说："这些人没有良心，是他们的本性。我期望他们感恩已经是大错，你责备他们负恩，不是又大错了么？"夫人猛然醒悟，于是不再怨恨责备。

康熙末，张歌桥河间县地。有刘横者，"横"读去声，以其强悍得此称，非其本名也。居河侧。会河水暴涨，小舟重载者往往漂没。偶见中流一妇，抱断橹浮沉波浪间，号呼求救。众莫敢援，横独奋然曰："汝曹非丈夫哉，乌有见死不救者！"自棹舴艋追三四里[①]，几覆没者数，竟拯出之。越日，生一子。月馀，横忽病，即命妻子治后事。时尚能行立，众皆怪之。横太息曰："吾不起也。吾援溺之夕，恍惚梦至一官府。吏卒导入，官持簿示吾曰：'汝平生积恶种种，当以今岁某日死，堕豕身，五世受屠割之刑。幸汝一日活二命，作大阴功，于冥律当延二纪。今销除寿籍，用抵业报，仍以原注死日死。缘期限已迫，恐世人昧昧，疑有是善事，反促其生。故召尔证明，使知其故。今生因果并完矣，来生努力可也。'醒而心恶之，未以告人。今届期果病，尚望活乎？"既而竟如其言。此见神理分明，毫厘不爽。乘除进退，恒合数世而计之。勿以偶然不验，遂谓天道无知也。

【注释】

①舴艋(zé měng)：小船。

【译文】

康熙末年，张歌桥在河间县。有个叫刘横的人，"横"读去声，因为他强暴凶悍，所以得到这个称呼，并不是他本来的名字。住在河边。正遇上河水猛涨，载着重物的小船往往被激流吞没。一天，刘横偶尔看见水流中一个女人，抱着断橹在波浪中上下浮沉，呼喊求救。众人都不敢上前救援，只有刘横跳起来说："你们不是男子汉大丈夫啊，哪有这样见死不救的！"他独自划着小船，追赶了三四里，几次差点儿翻了船，终于把那个女人救了回来。过了一天，那个女人生了个男孩。一个多月后，刘横忽然病了，马上嘱咐妻子办理后事。当时，他还能行走站立，众人觉得很奇怪。刘横叹息道："我好不了了。我救起落水女子的那天晚上，恍惚梦中到了一座官府。吏卒把我带进去，有个官员拿着簿册指点着对我说：'你平生做恶多端，该于今年某日死，死后堕为猪身，以后五代都要受到屠宰的刑法。幸亏你一天救了两条命，积了大阴德，按阴间律条可以延寿二十四年。现在，用这二十四年的寿数抵销你平日的罪恶，所以，你还应该在原先注定的日期死。因为期限已经临近，我担心世人不明真相，弄不清你做了善事，为什么反而短命。所以召你来讲明此事，让你明白其中的缘故。这辈子因果都已经完结，你来世努力向善就行了。'我醒来后，因为讨厌这种梦，所以没告诉别人。现在果然如期发病，我还指望能活吗？"后来果真像刘横说的那样。由此可见，神鬼理法井然，分毫不差。人事盛衰进退，神灵常常是综合本人几辈子的情况考察，然后判定。不要因为偶然没有报应,就认为天道不圣明。

郑苏仙言:有约邻妇私会,而病其妻在家者,夙负妻家钱数千,乃遣妻赍还,妻欣然往。不意邻妇失期,而其妻乃途遇强暴,尽夺衣裙簪珥,缚置秫丛。皆客作流民,莫可追诘,其夫惟俯首太息,无复一言。人亦不知邻妇事也。后数年有村媪之子,挑人妇女,为媪所觉,反复戒饬,举此事以明因果,人乃稍知。盖此人与邻妇相闻,实此媪通词,故知之审。惟邻妇姓名,则媪始终不肯泄,幸不败焉。

【译文】

郑苏仙说:有个人想约邻居的女人幽会,而嫌他的妻子在家碍事,恰好他一直欠着妻家几千钱,就打发妻子回去还钱,妻子高高兴兴走了。不料邻居的女人失约,他的妻子却在路上遭到强暴,衣服首饰都被抢走了,被绑着放在高粱地里。作案的都是短工和流民,无法追查,丈夫只能低头叹气,说不出话来。人们也不知他与邻居女人的关系。后来过了几年,村里有个老妇人的儿子挑逗别人家的女人,被老妇人知道了,她反复劝诫儿子,举出这件事来叫他知道因果报应,人们才渐渐知道了这件事。因为这个人和邻居女人私通,实际上是这个老妇人牵的线,所以知道得很详细。只是邻居女人的姓名,老妇人始终不肯说出来,幸好没有坏了这个女人的名声。

狐所幻化,不知其自视如何,其互相视又如何。尝于《滦阳消夏录》论之。然狐本善为妖惑者也。至鬼则人之馀气,其灵不过如人耳。人不能化无为有,化小为大,化丑为妍。而诸书载遇鬼者,其棺化为宫室,可延人入;其墓化为庭院，可留人居。其凶终之鬼，备诸恶状者，可化为美丽。岂一为鬼而即能欤？抑有教之者欤？此视狐之幻，尤不可解。忆在凉州路中，御者指一山坳曰："曩与车数十辆露宿此山，月明之下，遥见山半有人家，土垣周络，屋角一一可数。明日过之，则数冢而已。"是无人之地，亦能自现此象矣。明器之作，圣人其知此情状乎？

【译文】

狐精变化成人，不知它自己看起来如何，又不知它们互相看起来怎么样。这个问题我曾在《滦阳消夏录》讨论过。然而狐精本来就是善于成妖作怪来迷惑人的。至于鬼，不过是人死后残剩的精气，它的灵通不过像人一样。人不能把没有的东西变成有，不能把小的东西变大，不能把丑的东西变美。而各种书上记载遇到鬼的事，都说鬼的棺材化成宫殿房屋，可以请人进去；鬼的坟墓化为院子，可以留人居住。那些不得善终的鬼，本来是有各种狰狞相貌的，可以变得漂亮。难道是人一旦成了鬼就能做到这些了么？也许是有谁教会了它们？这样来看待狐精的幻化，更加难以理解。记得我过去在凉州路上，驾车的人指着一个山坳说："从前我们曾与几十辆车子一起露宿在这个山坳里，月光之下，远远望见半山腰有人家，土垒的院墙四面围绕，屋檐角也可以一一数出来。第二天经过时，却只是几座坟墓而已。"这样看来，鬼在没有人的地方，也会自然变化出这种现象。古代圣人提倡用竹、木、纸等扎制车马、宫殿之类的东西做随葬品，他们是不是已经知道这种情况呢？

吴僧慧贞言：有浙僧立志精进，誓愿坚苦，胁未尝至席。一夜，有艳女窥户。心知魔至，如不见闻。女蛊惑万状，终不能近禅榻。后夜夜必至，亦终不能使起一念。女技穷，遥语曰:“师定力如斯,我固宜断绝妄想。虽然,师忉利天中人也[①],知近我则必败道,故畏我如虎狼。即努力得到非非想天[②],亦不过柔肌着体,如抱冰雪;媚姿到眼,如见尘𡎺[③],不能离乎色相也。如心到四禅天[④],则花自照镜,镜不知花;月自映水,水不知月,乃离色相矣。再到诸菩萨天[⑤],则花亦无花,镜亦无镜,月亦无月,水亦无水,乃无色无相,无离不离,为自在神通,不可思议。师如敢容我一近,而真空不染,则摩登伽一意皈依,不复再扰阿难矣[⑥]。”僧自揣道力足以胜魔,坦然许之。偎倚抚摩,竟毁戒体。懊丧失志,侘傺以终[⑦]。

夫“磨而不磷,涅而不缁”[⑧],惟圣人能之,大贤以下弗能也。此僧中于一激,遂开门揖盗。天下自恃可为,遂为人所不敢为,卒至溃败决裂者,皆此僧也哉!

【注释】

①忉利天:又称“三十三天”,是梵文 Trayastrima 的音译,佛教宇宙观用语。根据佛教理论,忉利天处在须弥山顶,中央为帝释天所居,四面各有八天,总共三十三天。

②非非想天:佛教语。即三界中无色界第四天。此天是三界最高天,寿命长达八万大劫。此天没有欲望与物质,仅有微妙的思想。非非想,不是没有想,似想非想。

③尘𡎺(ài):尘埃。

④四禅天:佛教有三界诸天之说。三界,指欲界、色界、无色界。色界诸天又分为四禅:初禅为大梵天之类;二禅为光音天之类;三禅为遍净天之类;四禅为色究竟天之类。色究竟天为色界的极处。到了这个境界人就没有淫欲心了。

⑤诸菩萨天：佛教修行的一种境界。

⑥“摩登伽”二句：摩登伽女本是首陀罗种姓的女奴，爱上了阿难。佛陀说，道行与阿难相当，才能和阿难结婚。摩登伽女于是高高兴兴剃度出家，每天精进修道，最终醒悟忏悔，发愿服膺佛陀的教法。阿难，又称“阿难侘”，王舍城人，佛陀释迦牟尼十大弟子之一。阿难容貌俊秀，屡遭女性诱惑，但自始至终志操坚固，保全道行。

⑦侘傺（chà chì）：失意而神情恍惚的样子。

⑧涅而不缁：用黑色染物，也不会变成黑色。涅，以墨涂物。缁，黑色。

【译文】

吴地的僧人慧贞说：有个浙江僧人立志修行成佛，志向坚定，刻苦修炼，从来没有躺下来两肋靠着席子睡过觉。一天晚上，有个美女在窗口偷偷看他。僧人心里明白，这是妖魔到了，他假装没看到没听到。美女千方百计诱惑，怎么也靠近不了他坐的蒲团。此后每天夜里都来，也终究不能使僧人生一丝欲念。女子的伎俩用尽了，于是远远地对僧人说：“师父坚守自己意志的能力到了这种地步，我确实应该断绝妄想了。不过，您还只是佛教所说的‘忉利天’这一层境界中的人物，知道一旦靠近我，就会败坏自己的道行，所以怕我像害怕虎狼一样。即使您进一步努力修行，能够达到‘非非想天’，也不过只能做到女人柔软的肌肤靠着自己的身体，就像抱着冰雪；美女娇媚的姿态到您的眼前，就像见到的是灰尘而已，还是不能摆脱色相。如果您修行达到了‘四禅天’，就能不再受到任何外在物相的影响，就像花自然映照在镜子里，镜子并不知道有花；月亮自然映照在水中，水也并不知道有月亮，这就是摆脱色相了。再进一步达到‘诸菩萨天’，那么花也无所谓花，镜子也无所谓镜子，月亮也无所谓月亮，水也无所谓水，没有颜色也没有物相，也无所谓离，也无所谓不离，这便是佛的自在神通，进入一种不可思议的神妙境界了。

您如果能让我靠近一下，而本心不受影响，我就一心一意敬服您，就像当初摩登伽女敬服佛祖的大弟子阿难一样，一心一意皈依，再也不来干扰您了。”僧人揣度自己的道行法力足以战胜魔女的诱惑，很坦然地答应了。女子偎依在和尚怀里，百般抚摸挑逗，僧人终于控制不住欲念，损坏了自己修行的清净身体。事后悔恨不已，终身失意恍惚。

所谓“经过碾磨也不变成粉末，浸在黑水里也不变成黑色”，经受种种考验而不改变心志，只有圣人才能做到，大贤以下的人都做不到。这个僧人中了魔女的激将法，于是开门请强盗进门。天下凡以为自己到了某种境界，于是就去做人们不敢做的事，最终一败涂地的，都是属于这个僧人一类的啊！

德畬斋扶乩[①]，其仙降坛不作诗，自署名曰“刘仲甫”。众不知为谁，有一国手在侧，曰：“是南宋国手，著有《棋诀》四篇者也。”因请对弈。乩判曰：“弈则我必负。”固请，乃许。乩果负半子。众曰：“大仙谦挹[②]，欲奖成后进之名耶？”乩判曰：“不然，后人事事不及古，惟推步与弈棋则皆胜古[③]。或谓因古人所及，更复精思，故已到竿头，又能进步，是为推步言，非为弈棋言也。盖风气日薄，人情日巧，其倾轧攻取之术，两机激薄，变幻万端，吊诡出奇，不留馀地。古人不肯为之事，往往肯为；古人不敢冒之险，往往敢冒；古人不忍出之策，往往忍出。故一切世事心计，皆出古人上。弈棋亦心计之一，故宋元国手，至明已差一路，今则差一路半矣。然古之国手，极败不过一路耳；今之国手，或败至两路三路，是则踏实蹈虚之辨也。”问：“弈竟无常胜法乎？”又判曰：“无常胜法，而有常不负法。不弈则常不负矣。仆猥以夙慧，得作鬼仙，世外闲身，名心都尽，逢场作戏，胜败何关。若当局者角争得失，尚慎旃哉④！”四座有经历世故者，多喟然太息。

【注释】

①昚：音 shèn。

②谦挹：谦逊退让。

③推步：推算天象历法。古人认为日月转运于天，犹如人之行步，可推算而知。

④尚慎旃（zhān）哉：出自《诗经·魏风·陟岵》：“上慎旃哉，犹来无止。”旃，之。

【译文】

德昚斋扶乩，乩仙降临却不作诗，只署名“刘仲甫”。众人不知是谁，有位围棋国手说：“他是南宋的围棋国手，著有《棋诀》四篇。”于是请乩仙下棋。坛上判道：“下棋我必输。”再三请求，乩仙同意了。果然输了半子。大家说：“是大仙谦让，鼓励后进么？”乩仙判道：“不是，后人事事都不如古人，唯有测算天象和下棋胜过古人。有人说，在古人的基础上精益求精，所以能够百尺竿头更进一步，这是讲测算天象，不是说下棋。因为世风日薄，人情越来越狡诈。人与人之间的倾轧攻取之术，相互激发，变幻万端，给人设置种种困境不留一点儿馀地。古人不肯做的事，后人往往肯做；古人不敢冒的险，后人往往敢冒；古人不忍用的计策，后人往往忍心用，所以一切处世钻营的心计，都超过了古人。棋术是心计的一种，所以宋、元的国手与明代比差了一路，与现在的国手比，则差了一路半。古时的国手大败不过输一路，如今的国手有的输到二路三路，这就是踏实和虚浮的区别。”大家问：“下棋有没有常胜秘诀吗？”乩仙又判道：“没有常胜秘诀，只有常不输的秘诀。不下棋就常不输。我靠前生的聪慧做了鬼仙，置身世外，名利之心全无，一切都是逢场作戏，胜败有什么关系？像那些还在人世间名利场上竞争得失的人，还望他们小心谨慎呵!"当时在场的人中,有些是饱经世故的,听了这话,都深深叹息。

季沧洲言:有狐居某氏书楼中数十年矣,为整理卷轴,驱除虫鼠,善藏弆者不及也[1]。能与人语,而终不见其形。宾客宴集,或虚置一席,亦出相酬酢[2],词气恬雅,而谈言微中,往往倾其座人。一日,酒纠宣觞政,约各言所畏,无理者罚,非所独畏者亦罚。有云畏讲学者,有云畏名士者,有云畏富人者,有云畏贵官者,有云畏善谀者,有云畏过谦者,有云畏礼法周密者,有云畏缄默慎重、欲言不言者。最后问狐,则曰:"吾畏狐。"众哗笑曰:"人畏狐可也,君为同类,何所畏?请浮大白。"狐哂曰:"天下惟同类可畏也,夫瓯、越之人[3],与奚、狄不争地[4];江海之人,与车马不争路。类不同也。凡争产者,必同父之子;凡争宠者,必同夫之妻;凡争权者,必同官之士;凡争利者,必同市之贾。势近则相碍,相碍则相轧耳。且射雉者媒以雉,不媒以鸡鹜,捕鹿者由以鹿,不由以羊豕。凡反间内应,亦必以同类;非其同类,不能投其好而入,伺其隙而抵也。由是以思,狐安得不畏狐乎?"座有经历险阻者,多称其中理。独一客酌酒狐前曰:"君言诚确。然此天下所同畏,非君所独畏。仍宜浮大白。"乃一笑而散。

余谓狐之罚觞,应减其半。盖相碍相轧,天下皆知之;至伏肘腋之间[5],而为心腹之大患,托水乳之契,而藏钩距之深谋[6],则不知者或多矣。

【注释】

①弆(jǔ):收藏。

②酬酢(zuò):宾客之间互相敬酒,主敬客称酬,客还敬称酢。泛指应酬交际。

③瓯、越:地名。瓯在今浙江温州、永嘉及临近福建一带,越在今浙东地区。

④奚、狄:奚,古国名。曾于公元1123年短暂存在过五到八个月。古代奚族人居住在今河北青龙、卢龙、宽城、平泉和内蒙古宁城一带。狄,古族名。因为他们主要居住于北方,故又通称"北狄"。

⑤肘腋之间:比喻近身要害的地方。肘腋,胳膊肘和夹肢窝。

⑥钩距:这里指机谋。

【译文】

季沧洲说:有个狐精,住在某家的书楼上已经几十年了,为主人整理卷轴,驱除虫鼠,收藏管理图书的收藏家都不如它的本领。它能跟人对话,而始终见不到它的形状。偶尔,主人宴请宾客,有时为它虚设一席,它也隐形与客人应酬,谈吐文雅,妙语连珠,常常让在座的客人大为倾倒。一天,令官宣布酒令规则,约定在座的各人说出自己所畏惧的,不合情理的,罚;如果说的不是自己一个人畏惧的,也要受罚。于是,有说怕道貌岸然的讲学家的,有说怕卖弄风雅的名士的,有说怕为富不仁的阔老的,有说怕官的,有说怕给官员拍马屁的,有说怕精通逢迎之道的人的,有说怕过分谦虚的人的,有说怕礼法太多的人的,有说怕谨小慎微、有了话想说又不说的人。最后问狐精,它说:"我怕狐。"众人轰然笑道:"要说人怕狐,还差不多;您是同类,有什么可怕?请喝完一大杯。"狐精冷笑着说:"天下只有同类最可怕。生活在福建、浙江的人,不会与北方的奚族人和狄人争夺土地;在江海航船的人,不会与车夫争抢陆路。这是因为他们不是同类。凡是争夺遗产的,必定是同父之子;凡是争宠的，必定是同夫之妻；凡是争权的，必定是同在官场；凡是争利的，必定是同一集市上的买卖人。势力接近就会相互妨碍，相互妨碍就要彼此倾轧了。猎人射野鸡时，要用野鸡做诱饵，而不用鸡鸭；捕鹿时则以鹿为诱饵，而不用猪羊。凡是施用反间计作内应的，也必定是同类人；不是同类人，就不能投其所好、伺机而进。由此可以想见，狐怎么能不怕狐呢？”在座有经历过艰难险阻的人，大多称赞狐精的话入情入理。只有一位客人斟酒敬到狐精座前说：“您的话确有道理。不过这也是天下人都畏惧的，并非您独怕。还是要罚一大杯。”众人一笑而散。

我认为，罚狐的酒，应该减半。因为相互妨碍而相互倾轧，天下人都知道；至于那种潜伏在身边而将来可能成为心腹大患的，那种假装是至友亲朋而心里藏着阴险计谋的，不知道的人也许就多了。

沧州李媪，余乳母也。其子曰柱儿，言昔往海上放青时，海滨空旷之地，茂草丛生。土人驱牛马往牧，谓之放青。有灶丁夜方寝，海上煮盐之户，谓之灶丁。闻室内窸窣有声。时月明穿牖，谛视无人，以为虫鼠类也。俄闻人语嘈杂，自远而至。有人连呼曰：“窜入此屋矣。”疑讶间已到窗外，扣窗问曰：“某在此乎？”室内泣应曰：“在。”又问：“留汝乎？”泣应曰：“留。”又问：“汝同床乎？别宿乎？”泣良久，乃应曰：“不同床谁肯留也！”窗外顿足曰：“败矣。”忽一妇大笑曰：“我度其出投他所，人必不相饶。汝以为未必，今竟何如？尚有面目携归乎？”此语之后，惟闻索索人行声，不闻再语。既而妇又大笑曰：“此尚不决，汝为何物乎？”扣窗呼灶丁曰：“我家逃婢投汝家，既已留宿，义无归理。此非尔胁诱，老奴无词以仇汝；即或仇汝，有我在，老奴无能为也。尔等且寝，我去矣。”穴纸私窥，阒然无影；回顾枕畔，则一艳女横陈。且喜且骇，问所自来。言：“身本狐女，为此家狐买作妾。大妇妒甚，日日加箠楚。度不可住，逃出求生。所以不先告君者，虑恐怖不留，必为所执，故跧伏床角[1]，俟其追至，始冒死言已失身，冀或相舍。今幸得脱，愿生死随君。”灶丁虑无故得妻，或为人物色，致有他虞。女言：“能自隐形，不为人见，顷缩身为数寸，君顿忘耶！”遂留为夫妇，亲操井臼，不异贫家，灶丁竟以小康。

柱儿于灶丁为外兄，故知其审。李媪说此事时，云女尚在。今四十馀年，不知如何矣。此婢遭逢患难，不辞诡语以自污，可谓铤而走险。然既已自污，则其夫留之为无理，其嫡去之为有词，此冒险之计，实亦决胜之计也，婢亦黠矣哉。惟其夫初既不顾其后，后又不为之所，使此婢援绝路穷，至一决而横溃，又何如度德量力，早省此一举欤！

【注释】

①跧（quán）：古同“蜷”。

【译文】

沧州李老太，是我的奶妈。他的儿子叫柱儿，他说，从前去海边放青时，海滨空旷的地方，野草一丛一丛长得十分茂盛。当地老百姓把牛马赶到那里去放牧，称为“放青”。有个灶丁夜里刚上床睡觉，在海边煮盐的人家称为“灶丁”。听到屋里有“窸窸窣窣”的声音。当时月光明亮，透过窗户照进屋里，灶丁仔细查看，没看到人，以为是虫子老鼠之类发出的声音。不久听到吵吵嚷嚷的声音，从远处越闹越近。有人连声喊道：“钻进这个屋里去了。”灶丁正疑惑吃惊，声音已到了窗户外面，有人敲着窗户问道:“某某在这里吗?”屋里一个带着哭腔的声音回答道:“在这里。”外面的人又问:“主人留下你了吗?”哭着的声音又答道:“留下了。”又问:“你和主人是同床睡,还是分床睡?”那个声音哭了好一会儿,才回答:“不同床,谁肯留我呢!”窗户外的人跳着脚说:“完了,完了。”忽然有个女人大笑道:“我就估计她跑到别人家里,别人一定不会放过她。你还说未必,现在究竟如何?你还有脸把她带回去吗?”之后,只听到一阵“索索”的走动声,再没有人说话的声音了。过了一会儿,那个女人的声音又大笑,说:“事情这样了都不能决断,你算什么东西啊?”又敲着窗户喊灶丁说:“我家逃出来的婢女投到你家,你既然留下一起睡觉了,按道理就不好回去了。这不是你故意威胁诱骗来的,老东西没有什么理由找你的麻烦;即使他要找你的麻烦,有我在,老东西也不敢把你怎么样。你们好好睡吧,我走了。”灶丁把窗户抠了个洞偷偷往外看,外面连个人影也没了;回头一看枕头边,一个美貌的女子横躺在床上。灶丁又欢喜又害怕,问她从哪里来。女子说:“小女子本是个狐女,被这边坟墓里的老狐狸买了做小老婆。正妻非常嫉妒,天天毒打我。我料想住不下去,所以逃出来求生。之所以没有先给您打招呼,是担心您害怕,不留下我,我就一定会被他们抓回去,所以蜷着身子躲在床角边,等他们追来了,我才冒死说自己已经失身,希望他们也许能放过我。现在幸亏逃脱了,我愿意生生死死与您相伴。”灶丁担心无缘无故得了个老婆,倘若被别人发现追查,就会引来别的麻烦。女子说:“我能隐蔽自己的形体,不让人看见我,刚才我就缩成几寸长,您一下子忘了!”于是灶丁留下她,结为夫妇。女子亲手操持家务,打水做饭,与贫穷人家的女子没有两样,灶丁竟因此有了个小康之家。

柱儿与那个灶丁是表兄弟,所以对这件事知道得很详细。李老太谈起这件事时,说那个女子还在。到现在已经四十多年了,不知怎样了。这个婢女遭遇不幸,不惜说谎话来玷污自己,可以说是铤而走险了。不过,她既然已经被玷污,丈夫就没有理由留她了,正妻要把她赶走也就有了依据，这是个冒险的计策，但也是一个可以一定能成功的计策，这个婢女也够机智的了。只是她的那个丈夫，当初买她时既不考虑以后会怎么样，后来又不为她作出安排，让这个女子走投无路，出了个计策导致局面不可收拾，既然如此，做丈夫的何不当初就估量一下自己的能耐，不做这件事，省了这个麻烦呢！

老儒周懋官，口操南音，不记为何许人。久困名场，流离困顿，尝往来于周西擎、何华峰家。华峰本亦姓周，或二君之族欤？乾隆初，余尚及见之，迂拘拙钝，古君子也。每应试，或以笔画小误被贴，或已售而以一二字被落。亦有过遭吹索，如题目写“曰”字偶稍狭，即以误作“日”字贴；写“己”字末笔偶锋尖上出，即以误作“已”字贴。尤抑郁不平。

一日，焚牒文昌祠，诉平生未作过恶，横见沮抑。数日后，梦朱衣吏引至一殿，神据案语曰：“尔功名坎坷，遽渎明神，徒挟怨尤，不知因果。尔前身本部院吏也，以尔狡黠舞文，故罚尔今生为书痴，毫不解事。以尔好指摘文牒，虽明知不误，而巧词锻炼，以挟制取财，故罚尔今生处处以字画见斥。”因指簿示之曰：“尔以‘日’字见贴者，此官前世乃福建驻防音德布之妻，老节妇也，因咨文写‘音’为‘殷’，译语谐声，本无定字。尔反复驳诘，来往再三，使穷困孤嫠所得建坊之金，不足供路费。尔以‘已’字见贴者，此官前世以知县起服，本历俸三年零一月。尔需索不遂，改其文‘三’字为‘五’，‘一’字为‘十’，又以五年零十月核计，应得别案处分。比及辨白，坐原文错误，已沉滞年馀。业报牵缠，今生相遇，尔何冤之可鸣欤？其他种种，皆有夙因，不能为尔备陈，亦不可为尔预泄。尔宜委顺，无更哓哓[①]。倘其不信，则缁袍黄冠，行且有与尔为难者，可了然悟矣。”语讫，挥出。

霍然而醒，殊不解缁袍黄冠之语。时方寓佛寺，因迁徙避之。至乙卯乡试[②]，闱中已拟第十三。二场僧道拜父母判中，有“长揖君亲”字，盖用傅奕表“不忠不孝，削发而揖君亲”语也。考官以为疵累，竟斥落。方知神语不诬。此其馆步丈陈谟家名登廷，枣强人，官制造库郎中。自详述于步丈者。后不知所终，殆坎壈以殁矣[③]。

【注释】

①哓哓(xiāo)：争辩声。

②乙卯：雍正十三年(1735)。

③坎壈(lǎn)：困顿，不顺利。

【译文】

老书生周懋官，说一口南方话，不记得他是哪里人了。他在考场上一直没有谋到进身之路，飘泊不定困顿不堪，曾经来往于周西擎、何华峰家。何华峰本来也姓周，也许周懋官是这两位的本家？乾隆初年，我还见过他，他说话举止刻板拘谨，真像是个古时的君子。每次应试，他要么因为笔划上的小毛病被剔出，要么已经初选通过却又是因为一两个字而落选。也有遭到考官过分吹毛求疵的，比如题目有个“曰”字，偶然写得稍窄了些，便以误写为“日”而被贴上标记；写“己”字笔锋偶然再往上出点儿头，便以误写为“已”字而被贴上标记。说起来特别忧郁不平。

有一天，周懋官到文昌祠焚烧了一份状子，诉说自己一生没有干过坏事，却总是意外遭遇压抑遏制。几天之后，他梦见一个穿红衣服的小吏把他带到一座殿上，神坐在几案前说道：“你求取功名不顺利，却来埋怨神灵，你只知道怀恨抱怨，不知因果报应。你在前生本来是部院的一名吏员，因为你狡诈善于舞文弄墨，所以罚你今生做个书呆子，一点儿也不懂人情世故。因为你喜欢挑剔别人的文章，明知没错，也要巧妙设计，通过这种方法捞钱，所以罚你这一辈子处处因为字的笔划而遭贬斥。”神指着籍册给他看，说：“因为‘曰’字把你剔出榜外的考官，前辈子是福建驻防官音德布的妻子，是位老节妇，因为表彰她的呈文里，把‘音德布’的‘音’字写成‘殷’，这是音译而且也是谐音，本来没有确定的字。你却反复驳难盘问，弄得来来去去，结果这位穷困寡妇所得建牌坊的钱，还不够路费。因‘己’字把你剔出榜外的考官，前辈子在县令时守丧期满起用任职，本来停他三年零一个月的俸禄。你勒索不成，就将文中的‘三’字改为‘五’，‘一’字改为‘十’，然后又按照五年零十个月核计，那就应该另案处理了。等弄清楚了，他因为原文错误，已经被闲置了一年多。你种下了孽因，这辈子你们又相遇，自然得到报应，你有什么冤可告的呢？你的其它种种不顺，都有前生的孽因，不能一一细讲，也不能事先泄露给你。你应当委曲顺从，不要再没完没了争辩。你要是不信，那么和尚道士即将为难你，到时候你就完全明白了。”说完，挥挥手把他赶了出来。

周懋官忽然醒了过来，很不理解和尚道士是什么意思。当时他正借住在佛寺，因此就搬到别处躲避。雍正乙卯年，他参加乡试，已经内定录取他为第十三名举人。在第二场考试中，有一道题是为和尚道士应当拜见父母之事写一段判语，他的答卷中有“长揖君亲”的句子，是用了唐代傅弈主张禁止佛教的表文中“不忠不孝，削了头发而只给君亲作揖不拜”的典故。考官认为周懋官这句话有毛病，竟然又把他驳落了。他这才知道神的话没错。这些事都是他在步陈谟老先生名登廷，枣强人，任制造府郎中。家做家庭教师时，自己详细告诉步老先生的。后来不知他结局如何，大概是坎坷潦倒去世了。

虞倚帆待诏言[1]：有选人张某，携一妻一婢至京师，僦居海丰寺街[2]。岁馀，妻病殁。又岁馀，婢亦暴卒。方治槥[3]，忽似有呼吸，既而目睛转动，已复苏。呼选人执手泣曰："一别年馀，不意又相见。"选人骇愕，则曰："君勿疑谵语，我是君妇，借婢尸再生也。此婢虽侍君巾栉，恒郁郁不欲居我下。商于妖尼，以术魇我，我遂发病死。魂为术者收瓶中，镇以符咒，埋尼庵墙下。局促昏暗，苦状难言。会尼庵墙圮，掘地重筑，圬者斸土破瓶[4]，我乃得出。茫茫昧昧，莫知所往，伽蓝神指我诉城隍[5]。而行魇法者皆有邪神为城社，辗转撑拄，狱不能成。达于东岳，乃捕逮术者，鞫治得状[6]，拘婢付泥犁。我寿未尽，尸已久朽，故判借婢尸再生也。"阖家悲喜，仍以主母事之。而所指作魇之尼，则谓选人欲以婢为妻，故诈死片时，造作斯语。不顾陷人于重辟，汹汹欲讦讼。事无实证，惧干妖妄罪，遂讳不敢言。然倚帆尝私叩其僮仆，具道妇再生后，述旧事无纤毫差；其语音行步，亦与妇无纤毫异。又婢拙女红，而妇善刺绣，有旧所制履未竟，补成其半，宛然一手，则似非伪托矣。此雍正末年事也。

【注释】

①待诏：官名。本为伺应召对之意。明清时期翰林院属官有"待诏"六人，秩从九品，为低级事务官，掌校对章疏文史。

②僦(jiù)居：租房子居住。

③槥(huì)：小棺材。

④圬者：泥瓦匠。斸(zhú)：挖，砍。

⑤伽蓝神：佛教的守护神。

⑥鞫(jū)治:审问定罪。

【译文】

虞倚帆待诏说:有个姓张的人,到京城候选官职,带着妻子和一个婢女,租住在海丰寺街。一年多后,妻子病逝。又过了一年多,婢女也突然死了。正在做棺材时,婢女忽然又好像有了呼吸,接着眼睛转动,已经苏醒过来。她叫着张某的名字,握着他的手哭道:“一别就是一年多,没想到还能见面。”张某非常吃惊,女人接着说:“你不要以为我在讲胡话,我是你的妻子,现在是借婢女的身体复生了。这个婢女虽然服侍你,但总是愤愤不平,不愿位置在我下面。她跟一个惯会兴妖作怪的尼姑商量,用妖术镇魇我,我就发病死了。我的魂被作法术的尼姑收在瓶子里,用符咒镇住,埋在尼姑庵的墙下。瓶子里窄小昏暗不透风,所受的苦难以言说。恰巧尼姑庵的墙倒了,挖地重筑,泥瓦工挖土时砸破了瓶子,我才得出来。眼前茫茫然什么都看不清,我不知道往哪里去,伽蓝神指示我向城隍申诉。行妖术的人也都有邪神做后台来庇护他们,因此辗转僵持着,案子不能了结。后来申告到东岳神那里,才下令逮捕使妖术的人,审问清楚,将那个婢女抓起来送到泥犁地狱。我的寿命未尽,但是尸体早已腐烂,所以判我借婢女的身体复生。”全家又悲又喜,把复生的女人当女主人对待。而婢女指认的那个使妖术的尼姑,却一口咬定是张某想让婢女升为正妻,所以让她装一会儿死,然后编造出这种鬼话来。她将杀头的罪名栽在别人头上,尼姑气势汹汹地说要告到官府。张某因为没有实在的证据,担心官府以乱造妖言加罪,于是闭口不敢提了。不过虞倚帆曾经私下询问张家的僮仆,他们都说那个女人再生后,说起从前的事没有一丝差错;她讲话的声音、走路的样子也跟原来的女主人没有丝毫差别。又说那婢女不会做针线活,女主人则善于刺绣,以前她有一双鞋没有做完,复生后补做完成剩下的一半,完全像同一双手做出来的,这样看来,这件事又似乎不是假的。这是雍正末年的事。

范蘅洲山阴人，名家相，甲戌进士[①]，官柳州府知府[②]。之侄女，未婚殉节，吞金环不死，卒自投于河。曾太守嘉祥人[③]，曾子裔也，偶忘其名字。之女，以救母并焚死。其事迹始末，当时皆了了知之。今四十馀年，不能举其详矣。奇闻易记，庸行易忘，固事理之常欤！附存姓氏，冀不泯幽光。《孔子家语》载弟子七十二人，固不必一一皆具行实尔。

【注释】

①甲戌：乾隆十九年(1754)。

②柳州：在今广西柳州。

③嘉祥：在今山东济宁西部。

【译文】

范蘅洲山阴人，名家相，甲戌年进士，曾任柳州知府。的侄女还没成婚，她的未婚夫死了，她就殉节，吞下金环不死，最后自己投河而死。曾太守嘉祥人，孔子学生曾参的后裔，偶尔忘记了他的名字。的女儿因为救母亲，和母亲一起被烧死了。这两件事的前前后后，当时知道得很清楚。现在过去四十多年，不大记得起来了。奇异的见闻容易被记住，平常事易忘，也许是常理吧！记下她们的姓氏，希望不至于泯灭她们幽幽的光亮。《孔子家语》记载，孔子弟子七十二人，也不是每个人都有具体事迹的。

蘅洲言：其乡某甲甚朴愿，一生无妄为。一日昼寝，梦数役持牒摄之去。至一公署，则冥王坐堂上，鞫以谋财杀某乙。某乙至，亦执甚坚。盖某乙自外索逋归，天未曙，趁凉早发。遇数人，见腰缠累然，共击杀之，携赀遁，弃尸岸旁。某甲适棹舴艋过，见尸大骇，视之，识为某乙，尚微有气。因属邻里，抱置舟上，欲送之归。某乙垂绝，忽稍苏，张目见某甲，以为众夺财去，某甲独载尸弃诸江也。故魂至冥司，独讼某甲。冥王检籍，云盗为某某，非某甲。某乙以亲见固争。冥吏又以冥籍无误理，与某乙固争。冥王曰："冥籍无误，论其常也。然安知千百万年不误者，不偶此一误乎？我断之不如人质之也，吏言之不如囚证之也。"故拘某甲。某甲具述载送意。照以业镜，如所言。某乙乃悟。某甲初窃怪误拘，冥王告以故，某甲亦悟。遂别治某乙狱，而送某甲归。夫折狱之明决，至冥司止矣；案牍之详确，至冥司亦止矣。而冥王若是不自信也，又若是不惮烦也，斯冥王所以为冥王欤！

【译文】

范蘅洲说：他的家乡有个某甲，生性朴实憨厚，一辈子没做过坏事。一天他午睡，梦见几个差役手持文牒来抓他。到了一处公署，阎王坐在大堂上，审理他为谋财而杀害某乙的案子。某乙也到了，坚持认为自己是被某甲所杀。原来，某乙从外面讨债回家，天还没亮，他就趁着凉爽一早就赶路。半路上遇到几个人，见他腰间鼓鼓的，就一起动手把他打死，抢走了钱，将尸体丢弃在岸边。正巧某甲划着小船经过这里，见到尸体大惊，仔细一看，认出是某乙，还有一丝气息。因为是邻居，某甲就把某乙抱到船上，打算送他回家。某乙咽气之前，忽然醒了一会儿，睁开眼睛看见某甲，以为那些人抢了钱，留某甲划船到江中弃尸灭迹。所以，某乙的魂来到阴间，专门控告某甲。阎王查看了生死簿，对某乙说，抢劫的是某某等人，不是某甲。某乙说是自己亲眼所见，极力争辩。冥吏也坚持说生死簿没有出错儿的道理，与某乙争执。阎王说："生死簿不会有误，一般情况是这样。但千百万年没出错儿，哪能保证不偶然出一次错呢？我的判断不如对质更真实，冥吏的话不如囚徒的证词更可信。"因此，拘捕了某甲。某甲当场叙述了载送某乙的意图。冥司又用业镜照出了实情，与某甲说的完全一样。某乙这才醒悟。某甲开始时暗暗责怪阎王误抓了自己，阎王说明了缘由，也就明白了。于是某乙另案审理，某甲被送了回来。要说案件的公断，到了冥府也算到头了；要说案情卷宗的详细和确凿，到了冥司也可以到极限了。但是，阎王还是那么不自以为是，又是那样不厌其烦，这就是阎王之所以是阎王的原因啊！

"仲尼不为已甚"[①]，岂仅防矫枉过直哉？圣人之所虑远也。老子曰："民不畏死，奈何以死畏之！"夫民未尝不畏死，至知必死乃不畏。至不畏死，则无事不可为矣。

小时闻某大姓为盗劫，悬赏格购捕，半岁馀，悉就执，亦俱引伏。而大姓恨盗甚，以多金赂狱卒，百计苦之：至足不蹑地，胁不到席，束缚不使如厕，裈中蛆虫蠕蠕嘬股髀[②]，惟不绝饮食，使勿速死而已。盗恨大姓甚，私计强劫得财，律不分首从，斩；轮奸妇女，律亦不分首从，斩。二罪从一科断，均归一斩，万无加至磔裂理[③]。乃于庭鞫时，自供遍污其妇女。官虽不据以录供，而众口坚执，众耳共闻，迄不能灭此语。不善大姓者又从而附会，谓盗已论死足蔽罪，而不惜多金又百计苦之，其衔恨次骨正以此。人言籍籍，亦无从而辨此疑，遂大为门户玷，悔已无及。

夫劫盗骈戮，不能怨主人；即拷掠追讯，桎梏幽系，亦不能怨主人，法所应受也。至虐以法外，则其志不甘。掷石击石，力过猛必激而反。取一时之快，受百世之污，岂非已甚之故乎？然则圣人之所虑远矣。

【注释】

①仲尼不为已甚：孔子做事不做得太过分。多用于劝诫对人的责备或处罚应当适可而止。出自《孟子·离娄下》。

②裈(kūn)：古代称裤子。

③磔(zhé)裂：车裂人体。后亦指凌迟处死。

【译文】

孟子说"孔子不做过分的事"，这难道仅仅是为了防止矫枉过正吗？圣人的考虑很深远。老子说："老百姓不怕死，为什么以死来威胁他！"实际上老百姓不是不怕死，而是到了自知必死的时候才不怕死。到了不怕死的地步，就什么事都干得出来。

小时候听说某大户被盗贼抢劫，悬赏捉拿，半年多盗贼都逮捕归案了，并且都被判了死刑。大户恨透了这些盗贼，拿出很多钱贿赂狱卒，想尽各种方式折磨罪犯：让他们站也站不起来，躺也躺不下去，还把他们绑起来不让上厕所，以至于裤子里蛆虫蠕动着拱着嘬吸大腿，但是并不停他们吃喝，让他们不至于马上死亡而已。盗贼恨透了这个大户，私下里商议，强抢财物，按律法不分首从，都要处死；轮奸妇女，按律法不论首从，也都要处死。两罪同犯，也不过斩首，绝不会凌迟处死。于是在审讯时，就供称曾经把大户家的女人都奸污了。官府虽然不是他们说什么就记录什么，但这几个盗贼坚持这样供认，大家都听见了，这种话就不可能不传扬开来。跟这个大户不睦的人，又进而附和说，盗贼被判了死刑，已经足够抵罪了，这个大户却不惜重金贿赂，千方百计地折磨他们，大户对盗贼恨之入骨，正是因为女人被污。人们说得有根有据，这种事更难辨真伪，大户家名声受到这种玷污，后悔也来不及了。

盗贼伏法被问斩，不能怨大户；即便被拷打审讯、戴着枷锁关押着，也不能怨大户，这是依法受到惩罚。在律法之外百般虐待，罪犯当然不能甘心。对着石头扔石头，力量过大必定反弹回来。只图一时的痛快，而受百世的玷污，难道不是做事过分了么？这么说圣人的考虑真的是很深远啊。

霍养仲言：雍正初，东光有农家，粗具中人产。一夕，有劫盗，不甚搜财物，惟就衾中曳其女，掖入后圃，仰缚曲项老树上，盖其意本不在劫也。女哭詈。客作高斗，睡圃中，闻之跃起，挺刃出与斗。盗尽披靡，女以免。女恚愤泣涕，不语不食。父母宽譬终不解，穷诘再三，始出一语曰："我身裸露，可令高斗见乎？"父母喻意，竟以妻斗。此与楚钟建事适相类[①]。然斗始愿不及此，徒以其父病，主为医药。及死为官敛，葬以隙地，而招其母司炊煮，故感激出死力耳。罗大经《鹤林玉露》载咏朱亥诗曰[②]："高论唐虞儒者事，负君卖友岂胜言。凭君莫笑金椎陋，却是屠沽解报恩。"至哉言乎！

【注释】

①楚钟建事：吴师入郢，楚子奔郢，"钟建负季芈(mǐ)以从"。后楚子"将嫁季芈，季芈辞曰：'……钟建负我矣。'以妻钟建，以为乐尹"。事见《左传》定公四年、定公五年。

②罗大经《鹤林玉露》：罗大经(1196—1252后)，字景纶，号儒林，又号鹤林。南宋宝庆二年(1226)进士，因朝廷纠纷被株连遭弹劾罢官。此后再未重返仕途，闭门博览群书，专事著作。《鹤林玉露》是一部文言小说集，记录了南宋中后期的朝野遗事、社会风情和士大夫轶闻，展现了作者对南宋贫弱的理性反思，具有较高的文学价值和史料价值。朱亥：本是个屠夫，因勇武过人，被信陵君聘为食客，以后曾在退秦、救赵、存魏的战役中立下汗马功劳。公元前257年，魏将晋鄙奉令出兵救赵国，秦昭王恐吓魏王

不得出兵，于是魏安釐王下令阻止晋鄙进军，军队留在邺城（今河北临漳西南），按兵不动。信陵君请如姬盗取兵符，前往晋鄙军中要求代领兵马，晋鄙不肯，朱亥以四十斤铁锤椎杀晋鄙。事见《史记·魏公子列传》。

【译文】

霍养仲说：雍正初年，东光县有一户农家，家境大致中产。一天晚上，来了劫盗，却不怎么劫掠财物，只是从被窝里把女儿拖出来，挟持到后园，仰面朝天绑在一棵歪脖子老树上，看来劫盗的本意不在劫财。女儿又哭又骂，有个长工叫高斗，睡在园里，听到声音就跳起来，持刀和劫盗相斗。劫盗都被打跑了，女儿得救。她又羞又恨，涕泣不已，不说话也不吃饭。父母宽慰也不行，再三追问，她才说了一句话："我赤身裸体，能让高斗看么？"父母明白了她的意思，就把她嫁给了高斗。这件事与楚人钟建的故事差不多。不过高斗出来救人时并没有想到这一层，只是因为他父亲有病时，主人曾经请医买药。父亲死后主人又帮着筹办丧事，给了块空地下葬，又让他母亲到厨房里做饭，因此他感激主人而死力报答。罗大经写的《鹤林玉露》中有一首咏赞侠客朱亥的诗说："高论唐虞儒者事，负君卖友岂胜言。凭君莫笑金椎陋，却是屠沽解报恩。"真是说得太好了！

太白诗曰："徘徊映歌扇，似月云中见。相见不相亲，不如不相见。"此为冶游言也。人家夫妇有睽离阻隔[1]，而日日相见者，则不知是何因果矣。

郭石洲言：中州有李生者，娶妇旬馀而母病，夫妇更番守侍，衣不解结者七八月。母殁后，谨守礼法，三载不内宿。后贫甚，同依外家。外家亦仅仅温饱，屋宇无多，扫一室留居。未匝月，外姑之弟远就馆，送母来依姊。无室可容，乃以母与女共一室，而李生别榻书斋，仅早晚同案食耳。阅两载，李生入京规进取，外舅亦携家就幕江西。后得信，云妇已卒。李生意气懊丧，益落拓不自存，仍附舟南下觅外舅。外舅已别易主人，随往他所。无所栖托，姑卖字糊口。一日，市中遇雄伟丈夫，取视其字曰："君书大好。能一岁三四十金，为人书记乎？"李生喜出望外，即同登舟。烟水淼茫，不知何处。至家，供张亦甚盛。及观所属笔札，则绿林豪客也。无可如何，姑且依止。虑有后患，因诡易里籍姓名。主人性豪侈，声伎满前，不甚避客。每张乐，必召李生。偶见一姬，酷肖其妇，疑为鬼。姬亦时时目李生，似曾相识，然彼此不敢通一语。盖其外舅江行，适为此盗所劫，见妇有姿首，并掠以去。外舅以为大辱，急市薄槥，诡言女中伤死，伪为哭敛，载以归。妇惮死失身，已充盗后房，故于是相遇。然李生信妇已死，妇又不知李生改姓名，疑为貌似，故两相失。大抵三五日必一见，见惯亦不复相目矣。如是六七年，一日，主人呼李生曰："吾事且败，君文士不必与此难。此黄金五十两，君可怀之，藏某处丛荻间，候兵退，速觅渔舟返。此地人皆识君，不虑其不相送也。"语讫，挥手使急去伏匿。未几，闻哄然格斗声，既而闻传呼曰："盗已全队扬帆去，且籍其金帛妇女。"时已曛黑，火光中窥见诸乐伎皆披发肉袒，反接系颈，以鞭杖驱之行，此姬亦在内，惊怖战栗，使人心恻。明日，岛上无一人，痴立水次。良久，忽一人棹小舟呼曰："某先生耶？大王故无恙，且送先生返。"行一日夜，至岸，惧遭物色，乃怀金北归。至则外舅已先返，仍住其家。

货所携，渐丰裕。念夫妇至相爱，而结褵十载[2]，始终无一月共枕席。今物力稍充，不忍终以薄槥葬，拟易佳木，且欲一睹其遗骨，亦夙昔之情。外舅力沮不能止，词穷吐实。急兼程至豫章，冀合乐昌之镜。则所俘乐伎，分赏已久，不知流落何所矣。每回忆六七年中，咫尺千里，辄惘然如失。又回忆被俘时，缧绁鞭笞之状，不知以后摧折，更复若何，又辄肠断也。从此不娶，闻后竟为僧。

戈芥舟前辈曰："此事竟可作传奇，惜末无结束，与《桃花扇》相等[3]。虽曲终不见，江上峰青，绵邈含情，正在烟波不尽，究未免增人怊怅耳[4]。"

【注释】

①睽(kuí)离：分离，离散。

②结褵(lí)：古代嫁女的一种仪式。女子临嫁，母为之系结佩巾，以示至男家后奉事舅姑，操持家务。后多指男女结婚。

③《桃花扇》：清代戏曲，孔尚任撰，四十出。以侯方域、李香君悲欢离合的爱情故事为线索，折射南明小王朝的兴亡史。

④怊(chāo)怅：形容人失意时感伤惆怅的情绪。

【译文】

李白有首诗说："徘徊映歌扇，似月云中见。相见不相亲，不如不相见。"这是为寻花问柳而写的。普通人家的夫妻相互分离隔阻不能亲近，却天天见面的，那就不知道是什么因果了。

郭石洲说：河南有个李生，娶妻才十几天，母亲就病了，夫妻俩轮换守护照料，一直忙了七八个月，没有脱过衣服。母亲去世后，他们又严格遵照礼法，丈夫三年不进房与妻子同宿。后来穷得过不下去，他们只好投靠妻子的娘家。娘家也仅仅能维持温饱，房子不多，只能打扫了一间屋子给他们住。还不到一个月，岳母的弟弟要到很远的地方去坐馆教书，把老妈送到姐姐这里。没有地方安置，只好母女两个住一间房，李生在书房里搭了个铺，夫妻俩只是在早晨和晚上同桌吃饭而已。这样过了两年，李生到京城去找出路，岳父也带着全家到江西做幕僚。后来李生接到岳父的来信，说妻子去世了。李生灰心丧气，更加落拓，找不到活路，就搭了别人的船南下，到江西投靠岳父。他的岳父却已经换了主人，跟随新主人到另外的地方去了。李生无依无靠，只好帮人写信写状子度日。一天，在街上遇到一个雄壮魁梧的汉子，那人拿起李生写的字来看，说："你的字写得很好。三四十两银子一年，帮人写写文件书信之类，你愿意干吗？"李生喜出望外，就跟着好汉一起上船。一路烟水茫茫，不知到了什么地方。到了地方进了家，招待供应也很丰盛。再看那些需要起草作答的书信，原来主人是绿林豪杰。李生无可奈何，只好暂且安身。担心以后会有麻烦，于是谎报了自己的籍贯姓名。主人性情豪爽生活奢侈，养着不少歌妓，也不怎么回避男客。每次歌舞表演，主人都叫李生一起观赏。李生偶尔见到一个歌妓特别像自己的妻子，怀疑是个鬼。那个歌妓也总是朝李生看，好像曾经认识，但是二人不敢相互交谈一句话。原来，李生的岳父带家人乘船去江西时，正好遭到这个强盗抢劫，见李生的妻子长得很漂亮，就连同财物一道抢过来了。李生的岳父认为这是奇耻大辱，急忙买了一副薄木棺材，声称女儿受伤死了，假装哭丧收殓，然后带回去了。这个女人怕死，已经失身，成为强盗众多侍妾中的一个，因此二人才在强盗家里相遇。但是李生因为确信自己的妻子已死，女人又不知道李生已经改了姓名，二人都怀疑对方只是长相相似，因此虽然相见却彼此错过了。大约过个三五天，二人必定见面，见惯了，也就不再互相对看了。这样过了六七年，一天，强盗对李生说："我的事要败露了，你是个读书人，不必一起遭难。这里是五十两黄金，你可以带着，藏在某个地方的芦苇丛里，等官兵退了，你赶紧找一只渔船回家。这个地方的人都认识你，不必担心他们不送你。"说完，挥手让李生快去藏起来。不一会儿，只听得外面格斗声响成一片，接着听到一些人高声传报说："强盗已经全部乘船跑掉了，把强盗的钱财和女人登记一下。"当时天色已经昏黑，李生借着火光偷偷望去，只见那些歌妓都披散头发，被扒掉了上衣，双手反绑，用绳子系在脖子上，连成一串，用鞭子赶着走，而那个像自己妻子的歌妓也在里面，她惊慌恐惧，浑身发抖，让人痛心。第二天，岛上一个人也没有了，李生呆呆地站在水边。过了很久，忽然有个人驾着一只小船过来，叫道："您就是某某先生吧？我们大王没事，我现在送您回去。"过了一天一夜，就到了岸边，李生担心有人查问，于是带着金子往北走。他岳父已经先到了家，李生还住在岳父家。卖掉随身带回的金子，生活渐渐好起来。他想起与妻子深深相爱，但结婚十年，同寝的时间总共不到一个月。现在家产稍宽裕一些了，不忍心让妻子还是薄薄的棺材埋着，打算换一副好棺材，同时也想再看看妻子的遗骨，也算是夫妻一场的情分。岳父尽力阻止，李生也不听，岳父无奈，只好说了实话。李生急忙日夜兼程赶到南昌，希望能与妻子破镜重圆。但是被官府俘获的歌妓早已分赏，李生的妻子不知流落到哪里去了。李生每当回忆起两人六七年间近在咫尺却好似相隔千里的情景，就惘然若失。又回忆妻子被俘时遭捆绑鞭打的情形，不知以后遭到凌辱折磨又是什么样子，往往痛心不已。李生从此不再娶妻，听说后来竟做了和尚。

戈芥舟老先生说："这桩故事真可以编一个传奇剧本，只可惜没有结局，与《桃花扇》一样，有曲终人不见，江上数峰青的韵味；缠绵含情，正因为那若有若无、浩渺无穷的烟波，但是李生夫妇事情这样收场，终究不免使人惆怅。"

金可亭此浙江金孝廉，名嘉炎。与金大司农同姓同号，各自一人。言：有赵公者，官监司。晚岁家居，得一婢曰紫桃，宠专房，他姬莫当夕。紫桃亦婉娈善奉事，呼之必在侧，百不一失。赵公固聪察,疑有异,于枕畔固诘。紫桃自承为狐,然夙缘当侍公,与公无害。昵爱久,亦弗言。家有园亭,一日立两室间,呼紫桃。则两室各一紫桃出。乃大骇。紫桃谢曰:"妾分形也。"

偶春日策杖郊外,逢道士与语,甚有理致。情颇洽,问所自来。曰:"为公来。公本谪仙,限满当归三岛。今金丹已为狐所盗,不可复归。再不治,虑寿限亦减。仆公旧侣,故来视公。"赵公心知紫桃事,邀同归。

道士踞坐厅事,索笔书一符,曼声长啸。邸中纷纷扰扰,有数十紫桃,容色衣饰,无毫发差,跪庭院皆满。道士呼真紫桃出。众相顾曰:"无真也。"又呼最先紫桃出。一女叩额曰:"婢子是。"道士叱曰:"尔盗赵公丹已非,又呼朋引类,务败其道,何也?"女对曰:"是有二故:赵公前生,炼精四五百年,元关坚固,非更番迭取不能得。然赵公非碌碌者,见众美遝进[①],必觉为蛊惑,断不肯纳。故终始共幻一形,匿其迹也。今事已露,愿散去。"道士挥手令出,顾赵公太息曰:"小人献媚旅进,君子弗受也。一小人伺君子之隙,投其所尚,众小人从而阴佐之,则君子弗觉矣。《易》'姤卦'之初六[②],一阴始生,其象为'系于金柅'[③]。柅以止车,示当止也。不止则履霜之初,即坚冰之渐。浸假而'剥卦'六五至矣。今日之事,是之谓乎?然苟无其隙,虽小人不能伺;苟无所好,虽小人不能投。千金之堤,溃于蚁漏,有罅故也。公先误涉旁门,欲讲容成之术[④];既而耽玩艳冶,失其初心。嗜欲日深,故妖物乘之而麇集。衅因自起,于彼何尤?此始此终，固亦其理；驱之而不遣，盖以是耳。吾来稍晚，于公事已无益。然从此摄心清静，犹不失作九十翁。”再三珍重，瞥然而去。赵公后果寿八十馀。

【注释】

①遝（tà）：人多，拥挤杂乱。

②姤（gòu）卦：《周易》第四十四卦，姤即媾，阴阳相遇。但五阳一阴，不能长久相处。

③系于金柅（nǐ）：出自《易·姤》初六：“系于金柅，贞吉。”柅，挡住车轮不使其转动的木块。

④容成之术：容成公是古代传说中的仙人，黄帝的臣子，是指导黄帝学习养生术的老师之一。早期的记述与房中术的传播直接相关。

【译文】

金可亭这是浙江的金举人，名嘉炎。与任户部尚书的金公同姓、同号，但各是一人。说：有位赵先生，做过布政使司官。晚年闲居在家，得了一个名叫紫桃的婢女，十分宠爱，其他妻妾夜里就到不了跟前了。紫桃也婉转妩媚多情，温顺体贴，特别会侍候人，只要赵公叫她，她总是早已在身边，每次都是如此。赵公一向聪明机警，疑心紫桃不是一般人，常在枕边盘问她的来历。紫桃承认自己是狐女，但是与赵公前世有缘，这一辈子应该侍奉他，对赵公并无害处。赵公与她相爱日久，又听她这样说，也就不说什么了。赵家有个花园，园子里有个亭子，亭子两侧都有房间，一天，赵公站在亭子边喊紫桃。转眼间，两边的房间各走出一个紫桃。赵公大惊。紫桃谢罪说：“这是奴家用的分身术。”

春季里有一天，赵公偶尔拄杖到郊外散步，遇见一位道士闲聊起来，感觉道士谈吐颇为有理。两个人谈得很融洽，赵公问他从哪里来。道士回答说：“我是为您来的。先生本来是遭贬下凡的仙人，限期一满，就可以回归蓬莱三岛。如今,您的至宝金丹已经被狐精偷了,已经回不了仙界。再不镇治,担心您的寿数也会减少。我和您是老朋友,所以来探望您。”赵公心知是紫桃的事,就邀请道士一同回家。

道士傲然坐在大厅里,要来笔墨写了一道符,然后拉长声音呼叫。宅院里忽然纷纷扰扰,出现了几十个紫桃,姿容服饰都一模一样,跪满了整个庭院。道士喊真紫桃出来。众紫桃互相看了看,齐声答道:“没有真紫桃。”道士又叫最早的紫桃出来。一个紫桃走到厅前,跪下磕头,道:“奴家就是。”道士呵斥她说:“你偷赵公的至宝金丹,已经错了,又招引同类,一定要彻底毁了他,这到底是为什么?”这个紫桃说:“有两个缘故:赵公前世曾经修炼精气四五百年,玄关坚固,若不是轮番摄取,是得不到金丹的。但赵公不是稀里糊涂的人,如果见到许多美人环绕身边,必定会察觉是来蛊惑他的,就绝对不会接纳了。所以我们始终幻化成一个人,隐藏行迹。现在事情已经败露,愿意从此散去。”道士挥挥手,放她们离开了,然后回过头来对赵公叹息道:“小人以献媚的方式向君子进攻,君子不易上当。如果有一个小人抓住君子的弱点,投其所好,发动攻势,其他小人再暗中帮忙,那么,君子就不易察觉了。《周易》中‘姤卦’初六的卦象为一阴始生,筮辞的图形是‘系于金柅’。柅,是用来停住车轮的木块,标志着做事当止则止。如果当止不止,就像初履冰霜而不知返,脚下渐渐变为坚实的冰块。这种坚实属于假象,冰块迟早要溶化,这就说明危险在开始时就已存在了。越往前走危险性越大。如同‘剥卦’的六五显示出来的道理;眼下您的遭遇,就属于这种情形吧?然而,如果您做事无隙可乘,小人的阴谋就不能得逞;如果您没有不良的嗜好,小人就无法接近您。很重要的千里之堤,溃于蚁穴造成的漏洞,是因为有缝隙的缘故啊。先生先是误入旁门左道,想试试容成子提倡的采阴补阳的法术;之后又贪恋女色,失去当初的道心。由于色欲日渐其深,妖物也就乘势聚集而来。漏洞出在您自己身上,狐女有什么错呢?这件事自始至终,就是这么个道理;我赶走她们而不加惩处,也是这个原因。我来得稍晚了些，对您已经没有什么帮助。然而，如果您从此清心寡欲，不再想入非非，这样的话，您仍能做个九十老翁。”道士再三告诫赵公要保重，飘然而去。后来，赵公果真活了八十多岁。

哈密屯军，多牧马西北深山中。屯弁或往考牧[①]，中途恒憩一民家。主翁或具瓜果，意甚恭谨。久渐款洽，然窃怪其无邻无里，不圃不农，寂历空山，作何生计。一日，偶诘其故，翁无词自解，云实蜕形之狐。问：“狐喜近人，何以僻处？狐多聚族，何以独居？”曰：“修道必世外幽栖，始精神坚定。如往来城市，则嗜欲日生，难以炼形服气，不免于媚人采补，摄取外丹。倘所害过多，终干天律；至往来墟墓，种类太繁，则踪迹彰明，易招弋猎，尤非远害之方。故均不为也。”屯弁喜其朴诚，亦不猜惧，约为兄弟。翁亦欣然。因出便旋，循墙环视。翁笑曰：“凡变形之狐，其室皆幻；蜕形之狐，其室皆真。老夫尸解以来，久归人道，此并葺茅伐木，手自经营，公毋疑如海市也。”他日再往，屯军告月明之夕，不睹人形，而右壁时现二人影，高并丈馀，疑为鬼物，欲改牧厂。屯弁以问，此翁曰：“此所谓木石之怪夔罔两也。山川精气，翕合而生[②]，其始如泡露，久而渐如烟雾，久而凝聚成形，尚空虚无质，故月下惟见其影；再百馀年，则气足而有质矣。二物吾亦尝见之，不为人害，无庸避也。”后屯弁泄其事，狐遂徙去，惟二影今尚存焉。此哈密徐守备所说。徐云久拟同屯弁往观，以往返须数日，尚未暇也。

【注释】

①屯弁：屯田的小吏。这里指下级军官。

②翕（xī）合：协调一致。

【译文】

哈密的驻军，大多在西北的深山里牧马。驻军的军官有时去检查放牧情况，途中常常住在一户百姓家。这家主翁有时还准备瓜果，态度很是恭谨。时间长了就渐渐熟络起来，可是军官心里奇怪这里没有邻居，没有村子，不种庄稼也不种菜，在这座空山里，老翁以什么为生。有一天偶然问起，老翁回答不上来，说自己其实是褪去原形的狐狸。军官说："狐狸喜欢接近人，你为什么住在这样偏僻的地方？狐狸往往聚族而居，你为何孤零零独住？"老翁说："修道必须在远离尘世幽静的地方，这样精气神志才能坚持稳定。如果往来于城市，各种欲望就会一天天增长，就很难炼形补气，那么就免不了媚惑人采补精气、偷取外丹。害人太多，终究会违犯天条；至于往来坟墓之间，种类太繁杂，而来去的踪迹却清清楚楚，容易引来猎人，更不是远祸避害的方式。所以我都不愿意。"军官喜欢老翁质朴诚实，也不猜忌惧怕，提出和他结为兄弟。老翁也很高兴。军官出去小便，沿着墙转着看。老翁笑道："凡是变形的狐狸，屋子也是假的；蜕形的狐狸，屋子都是真的。我脱离狐狸的形状后，早就已经归到人道，这座房子是我割草砍树亲手盖起来的，你不要怀疑是海市。"后来再去时，驻军的士兵告诉军官，在月明之夜，没有人，石壁上却时时现出两个人影，有一丈多高，怀疑是鬼类，因此打算换牧场。军官问老翁这是怎么一回事，老翁说："这就是所谓山林里像夔、魍魉什么的妖怪。它们是由山川的精气混合生成的，开始时像泡影、露水，时间长了渐渐像烟雾，时间再长一些就凝聚成形了；由于它还空虚没有实质，所以在月光下只能看见影子。再过一百多年，它的精气足了就有实质了。这两个影子我也见过，它不害人，不用换牧场。"后来军官泄露了老翁的情况，这个老狐搬走了，只有那两个影子如今还在。这是哈密的徐守备说的。他说早就打算和军官一道去看看，因为往返要好几天，还没有腾出时间来。

乌鲁木齐牧厂一夕大风雨，马惊逸者数十匹，追寻无迹。七八日后，乃自哈密山中出。知为乌鲁木齐马者，马有火印故也。是地距哈密二十馀程，何以不十日即至？知穹谷幽岩，人迹未到之处，别有捷径矣。大学士温公，遣台军数辈，裹粮往探。皆粮尽空返，终不得路。或曰："台军惮路远，在近山逗留旬日，诡云已往。"或曰："台军惮伐山开路劳，又惮移台搬运费，故讳不言。"或曰："自哈密辟展至迪化，即乌鲁木齐之城名，今因为州名。人烟相接，村落市廛，邮传馆舍如内地，又沙平如掌。改而山行，则路既崄岨[1]，地亦荒凉，事事皆不适，故不愿。"或曰："道途既减大半，则台军之额，驿马之数，以及一切转运之费，皆应减大半，于官吏颇有损，故阴掣肘。"是皆不可知。然七八日得马之事，终不可解。或又为之说曰："失马谴重，司牧者以牢醴祷山神。神驱之故马速出，非别有路也。"然神能驱之行，何不驱之返乎？

【注释】

①崄岨（xiǎn zǔ）：同"险阻"，道路险恶而有阻碍。出自汉贾谊《过秦论》："且天下尝同心并力攻秦矣，然困于崄岨不能进者，岂勇力智慧不足哉？"

【译文】

乌鲁木齐牧场有一天夜里遭到大风雨袭击，马受惊跑了几十匹，追寻也没有见到踪迹。七八天以后，这些马从哈密的山里跑出来了。之所以知道这些马是乌鲁木齐牧场的,是因为马身上都有火印。从乌鲁木齐到哈密深山,是二十多天的路程,这些马怎么不满十天就到了?可见在穷山深谷、人迹罕至的地方,另外有一条近路。大学士温公派了几批驻军士兵,带着干粮去探查。这些人吃完了干粮,却没有找到近路,都一无所获回来了。有人说:"士兵怕路远,在近处山里逗留了十来天,谎称已经探过路了。"有人说:"士兵怕掘山开路辛苦,又怕搬迁驻地费劲儿,所以探到了近路也不说。"有人说:"从哈密、辟展到迪化,即乌鲁木齐的城名,现在用作州名。人烟不断,村落、市镇、驿站、馆舍相连,像在内地一样,而且路又极平坦。如果改从山里走,路又艰险,一路又荒凉,什么事都不方便,所以不愿有这条近路。"有人说:"走近路,路途减了大半,那么士兵的名额、驿站马匹的数量,以及一切转运费用等,都要相应减去大半,这对下级官员是大损失,所以暗中作梗。"这些说法不知是真是假。不过七八天在哈密发现失马的事,终于还是没有探出个所以然来。还有人解释说:"因为丢了马的处罚重,管牧场的备下祭品祭山神。山神催赶惊马,所以马很快就出来了,并不是有别的近路。"然而这也说不通,山神既然能赶着马往哈密跑,为什么不把马往回赶呢?

奴子王廷佑之母言:幼时家在卫河侧,一日晨起,闻两岸呼噪声。时水暴涨,疑河决,踉跄出视,则河中一羊头昂出水上,巨如五斗栲栳,急如激箭,顺流向北去。皆曰羊神过。余谓此蛟螭之类,首似羊也。《埤雅》载龙九似,亦称首似牛云。

【译文】

奴仆王廷佑的母亲说:她小时候,住在卫河边,一天早上,忽听两岸乱哄哄叫喊的声音。当时,正值雨季,河水暴涨,她以为是河堤决口了，踉踉跄跄跑到外面去看，只见河中间有一个羊头昂然探出水面，大得好像是能装五斗米的笆斗，速度快得像箭一样，顺流向北而去。人们都说这是羊神路过。我却认为这是蛟、螭之类的东西，只不过头像羊罢了。《埤雅》记载，龙的各个部位分别像九种东西，其中就有头像牛的说法。

居卫河侧者言：河之将决，中流之水必凸起，高于两岸；然不知其在何处也。至棒椎鱼集于一处，则所集之处不一两日溃矣。父老相传，验之百不失一。棒椎鱼者，象其形而名，平时不知在何所，网钓亦未见得之者，至河暴涨乃麇至[①]。护堤者见其以首触岸，如万杵齐筑，则决在斯须间矣，岂非数哉！然唐尧洪水，天数也；神禹随刊[②]，则人事也。惟圣人能知天，惟圣人不委过于天，先事而绸缪，后事而补救，虽不能消弭，亦必有所挽回。

【注释】

①麇(qún)：成群。

②刊：消除，修改。

【译文】

住在卫河岸边的人说：河堤决口的时候，河水中流必然凸起，高于两岸；但不知将在什么地方决口。到棒椎鱼集聚在一起的时候，那么这个地方用不了一两天就要决口了。父老们都这么传说，这条经验百无一失。棒椎鱼，是因为它长得像棒椎而得名的，不知它平时在什么地方，下网下钩都捉不到它，到了河水暴涨之时才集合到一起。护堤的人看见它们用头撞堤岸，好像千万个棒椎向堤岸猛捣，那么决口就是转瞬间的事了，这不是天数么！不过，唐尧时朝的洪水，是天数；大禹实地勘察，因势利导，则是人事。只有圣人才能掌握天的规律，唯有圣人才不把过错推给上天，他们凡事预算谋划，事后加以补救，即使不能完全消除祸患，但也必然有所挽回。

先曾祖母王太夫人八旬时，宾客满堂。奴子李荣司茶酒，窃沧酒半罂，匿房内。夜归将寝，闻罂中有鼾声，怪而撼之，罂中忽语曰："我醉欲眠，尔勿扰。"知为狐魅，怒而极撼之，鼾益甚。探手引之，则一人首出罂口，渐巨如斗，渐巨如栲栳。荣批其颊，则掉首一摇，连罂旋转。砰然有声，触瓮而碎，已涓滴不遗矣。荣顿足极骂，闻梁上语曰："长孙无礼，长孙，荣之小名也。许尔盗不许我盗耶？尔既惜酒，我亦不胜酒，今还尔。"据其项而呕，自顶至踵，淋漓殆遍。此与余所记西城狐事相似而更恶作剧。然小人贪冒，无一事不作奸，稍料理之，未为过也。

【译文】

先曾祖母王太夫人八十大寿那天，宾客满堂。奴仆李荣负责上茶斟酒，趁机偷了半坛子沧州酒，藏在自己房间里。晚上他回来想要睡觉，听见坛子里有鼾声，他疑惑地摇了摇坛子，里面忽然说道："我醉了要睡觉，不要打扰我。"李荣知道是狐怪，怒冲冲地使劲晃坛子，里面的鼾声反而更响。他伸手到坛子里往外拉，拉出一个人头，那个头渐渐变得像斗那么大，又渐渐地像笆斗那么大。李荣抽了这个怪物一个大嘴巴，怪物一摇头，连着坛子旋转起来。接着"砰"的一声，坛子被撞碎了，一滴酒也没有剩下。李荣跺着脚大骂，听见梁上说道："长孙这么无礼，长孙，李荣的小名。就许你偷不许我偷么？你既然舍不得酒，我也醉得受不了，如今还给你吧。"朝着他的脖子吐起来，吐得李荣从头到脚，一身淋漓。这和我所记叙的西城狐狸的事差不多，而这个狐狸更恶作剧。小人贪婪，没有一件事不耍诡计，稍稍修理他们一下，也不过分。

安州陈大宗伯，宅在孙公园。其后废墟即孙退谷之别业。后有楼贮杂物，云有狐居，然不甚露形声也。一日，闻似相诟谇，忽乱掷牙牌于楼下，琤琤如雹。数之，得三十一扇，惟阙二四一扇耳。二四幺二，牌家谓之至尊，以合为九数故也。得者为大捷。疑其争此二扇，怒而抛弃欤？余儿时曾亲见之。杜工部大呼"五白"，韩昌黎博塞争财[①]，李习之作《五木经》[②]，杨大年喜叶子戏[③]。偶然寄兴，借此消闲，名士风流，往往不免，乃至"元邱校尉"亦复沿波[④]。余性迂疏，终以为非雅戏也。

【注释】

①"杜工部"二句：杜工部，即杜甫，肃宗时为检校工部员外郎，故称。曾作《今夕行》，有"冯陵大叫呼五白"的诗句。五白，古樗蒱(chū pú)戏，即类似后代掷色子或飞行棋。韩昌黎，即韩愈，曾有诗句"五白气争呼，六奇心远变"。

②李习之：即李翱(772—841)，字习之，唐代文学家、哲学家，韩愈的学生。《五木经》：五木，指古代博具。以斫木为子，一具五枚。古博戏樗蒱用五木掷采打马，其后则掷以决胜负。后世所用骰子相传即由五木演变而来。

③杨大年：即杨亿，字大年(974—1020)，北宋文学家，"西昆体"诗歌主要作家。叶子戏：现代扑克的起源。叶子戏在我国有很长的历史，至清代，样式及打法已基本完善，并有逐渐演变至马吊牌的说法。

④元邱校尉:狐的别称。宋代叶廷珪《海录碎事·狐》:“元邱校尉,狐也。”

【译文】

礼部尚书安州陈公,他的住宅在孙公园。后面有一片废墟,就是原来孙退谷的别墅。宅后有一间楼房贮藏杂物,据说有狐狸住在里面,然而不怎么显形,也不发出声响。一天,听到它们好像在吵骂,忽然往楼下乱扔牙牌,丁零当郎好像下冰雹一样。家人捡起来一数,共有三十一张,只缺一张“二四”。“二四”和“幺二”,打牌的人称为“至尊”,因它们合成“九”的缘故。得到的人就能大赢。怀疑狐狸们就是为了争这两张牌,才发怒把牙牌扔下楼的吧?我小的时候,曾亲眼看到这事。杜甫曾经大叫“五白”,韩愈曾经参加六博和格五之类的赌博来赢钱,李翱写过《五木经》,杨亿喜欢叶子戏之类的赌博游戏。偶然用来寄托兴致,消遣闲暇时光,名士风流潇洒,往往不免喜欢这类东西,以致狐狸也跟着染上这种嗜好。不过我天性迂腐,总觉得这不是一种高雅的游戏。

蒋心馀言①:有客赴人游湖约,至则画船箫鼓,红裙而侑酒者,谛视乃其妇也。去家二千里,不知何流落到此。惧为辱,噤不敢言。妇乃若不相识,无恐怖意,亦无惭愧意,调丝度曲,引袖飞觞,恬如也。惟声音不相似,又妇笑好掩口,此妓不然,亦不相似。而右腕红痣如粟颗,乃复宛然。大惑不解,草草终筵,将治装为归计。俄得家书,妇半载前死矣。疑为见鬼,亦不复深求。所亲见其意态殊常,密诘再三,始知其故,咸以为貌偶同也。

后闻一游士来往吴越间,不事干谒,不通交游,亦无所经营贸易,惟携姬媵数辈闭门居;或时出一二人,属媒媪卖之而已。以为贩鬻妇女者,无与人事,莫或过问也。一日,意甚匆遽，急买舟欲赴天目山，求高行僧作道场。僧以其疏语掩抑支离，不知何事；又有"本是佛传，当求佛佑，仰借慈云之庇②，庶宽雷部之刑"语。疑有别故，还其衬施，谢遣之。至中途，果殒于雷。后从者微泄其事，曰："此人从一红衣番僧受异术，能持咒摄取新敛女子尸，又摄取妖狐淫鬼，附其尸以生，即以自侍。再有新者，即以旧者转售人，获利无算。因梦神责以恶贯将满，当伏天诛，故忏悔以求免，竟不能也。"疑此客之妇，即为此人所摄矣。理藩院尚书留公亦言红教喇嘛有摄召妇女术③，故黄教斥以为魔云。

【注释】

①蒋心馀：蒋士铨（1725—1784），字心馀、苕生，号藏园，又号清容居士，晚号定甫，清代戏曲家、文学家。与袁枚、赵翼合称"江右三大家"。

②慈云：比喻佛之慈心广大，犹如大云覆盖世界众生。

③理藩院：是清朝统治蒙古、回部及西藏等少数民族的最高权力机构。

【译文】

蒋士铨说：有个客人应朋友的邀请游湖，到了湖上，只见游船装饰得很华美，鼓声箫韵，有个穿红裙子的歌妓来陪酒，仔细一看，竟然是自己的妻子。这儿离家有两千多里，不知她怎么流落到了这儿。这个客人担心朋友羞辱自己，不敢作声。红裙女子却好像不认识他，并没有害怕的样子，也没有惭愧的意思，她调弦奏曲、推杯换盏，从容不迫。只是她的声音和妻子不一样，而且妻子笑的时候喜欢掩着嘴巴，红裙女子不这样，动作也不像。但是她的右腕有颗像粟粒那么大的红痣，却与妻子一样。客人大惑不解，草草应酬到终席，整顿行装打算回家。不一会儿收到家里来信，说他妻子半年前去世了。他又怀疑在席上见到的是鬼，但是也没有去深究。他亲近的人见他神情反常，再三悄悄追问，才知道原因，大家都认为是相貌偶然相同而已。

后来听说，有个游士来往于吴越之间，不求官职，不和别人交往，也不经商贸易，只是领着几个姬妾，整日闭门不出；有时通过中间人，卖掉一两个姬妾。人们以为他是专门买卖妇女的人贩子，因为他不搀和别人的事，也就没有人去管他。有一天，这个人急急忙忙租船要到天目山去，请高僧作道场。他支支吾吾，藏着掖着，高僧不知是什么事；还说"本来是佛祖的后裔，应当求佛祖保佑。希望靠佛祖慈悲的庇护，能免遭雷神的惩罚"之类的话。高僧不知他作道场为什么事，怀疑他有别的缘故，退还了他的布施，打发他走了。这个人走到半道，果然被雷劈死了。后来跟随他的人稍稍泄露了底细，说："这人跟一个红衣喇嘛学到了异术，能念咒摄取刚刚入殓的女人尸体，又摄来妖狐淫鬼的魂附在女尸上复活，用来侍候自己。等有了新的，再把旧的转卖给人，不知获利多少。因为梦见神灵斥责他恶贯满盈，将受到上天的诛杀，所以想忏悔请求免死，最终没能奏效。"估计客人的妻子，就是被他摄来的。理藩院尚书留公也说，红教喇嘛有摄召妇女之术，所以被黄教斥之为魔教。

外祖安公，前母安太夫人父也。殁时，家尚盛，诸舅多以金宝殉。或陈"璠玙"之戒[①]，不省。又筑室墓垣外，以数壮夫逻守，柝声铃声[②]，彻夜相答。或曰："是树帜招盗也。"亦不省。既而果被发。盖盗乘守者昼寝，衣青蓑，逾垣伏草间，故未觉其入。至夜，以椎凿破棺。柝二击则亦二椎，柝三击则亦三椎，故转以击柝不闻声。伏至天欲晓，铃柝皆息，乃逾垣遁，故未觉其出。一含珠巨如龙眼核，亦裂颏取去。先闻之也，告官。大索未得间，诸舅同梦外祖曰："吾夙生负此三人财，今取偿，捕亦不获。惟我未尝屠割彼，而横见酷虐，刀劙断我颐[3]，是当受报，吾得直于冥司矣。”后月馀，获一盗，果取珠者。珠为尸气所蚀，已青黯不值一钱。其二盗灼知姓名，而千金购捕不能得，则梦语不诬矣。

【注释】

①璠玙：璠、玙，皆为美玉。

②柝(tuò)：古代打更用的梆子。

③劙(lí)：割破。

【译文】

外祖父安公，是我前母安太夫人的父亲。他去世时，家境还兴盛，几个舅舅用金银珠宝作为陪葬品。有人以美玉被盗的事例劝阻，他们不听。安公下葬后，他们在墓墙外盖了几间房，雇了几位壮汉巡逻守护，梆子和铃声彻夜呼应着响个不停。有人说：“这等于是树起旗子招引盗贼。”他们还是不听。后来，坟墓果然被盗了。盗贼是乘守墓人白天睡觉时，穿着绿色的蓑衣，跳过围墙藏到草丛里，所以没有被发觉。到了夜里，他们用铁椎凿击棺木。打更人二更天敲两下梆子，他们就凿两下，三更天敲三下梆子，他们就凿三下，用铃声、梆子声掩盖了凿棺木的声音。潜伏到天快亮，梆子声、铃声都停歇了，他们越墙逃走，守墓人也没有察觉他们怎么出来的。安公嘴里含着的一颗珠子有龙眼核儿大小，也被他们割开下巴取走了。安家得知此事后，立即报了官。官府派人大肆搜捕，一点儿线索也没找到，这期间几个舅舅同时梦见了外祖父，外祖父对他们说：“我前世曾欠下这三个人的债，现在他们取走了，就算我偿还了，抓也抓不到他们。只是当初我并未屠割他们，现在他们却残酷地虐待我，用刀割断我的下巴，这一点，他们应该受到报应，我要去冥司申告。”过了一个多月，抓住了一个盗贼，果然是那个割开安公下巴、偷去珠子的人。那颗珠子被尸气腐蚀，已经青锈斑斑，不值一钱了。另外两个盗贼的姓名，官府已经得知，悬赏千金捉拿，但是始终没有抓到，可见安公托梦之言是不错的。

表叔王月阡言：近村某甲买一妾，两月馀，逃去。其父反以妒杀焚尸讼。会县官在京需次时，逃妾构讼，事与此类。触其旧愤，穷治得诬状。计不得逞，然坚不承转鬻。盖无诱逃实证，难于究诘，妾卒无踪。某甲妇弟住隔县。妇归宁，闻弟新纳妾，欲见之。妾闭户不肯出，其弟自曳之来。一见即投地叩额，称死罪，正所失妾也。妇弟以某甲旧妾，不肯纳；某甲以曾侍妇弟，亦不肯纳，鞭之百，以配老奴，竟以鬻婢终焉。

夫富室构讼，词连帷簿，此不能旦夕结也，而适值是县官。女子转鬻，深匿闺帏，此不易物色求也，而适值其妇弟。机械百端，可云至巧，乌知造物更巧哉！

【译文】

表叔王月阡说：邻近村子里的某甲买了个妾，两个多月后，那个妾逃走了。妾的父亲反而到官府告状，说是某甲正妻因为妒忌杀死了他女儿并且焚尸灭迹。正好审案的县官本人在京城中等候委任时，也经历过小妾逃走、妾的父亲反而诬告的事，和这件诉讼案类似。这个案子触起他的旧恨，因此他极力追查，弄清了妾父诬告的真相。眼看阴谋不能得逞，但妾的父亲坚决不承认是转卖给了另一家。因为没有引诱逃走的证据，所以也无法再审，那个妾也一直没有下落。某甲妻子的弟弟住在邻县。某甲妻子回娘家，听说弟弟新娶了一个妾，想见见，那个妾关着门不肯出来，妻子的弟弟自己把她拖了出来。一见面，她就跪在地上叩头，称自己有死罪，原来她就是某甲逃走的那个妾。妻子的弟弟因为她是姐夫的旧妾，不肯要了；某甲又因为她已经与妻子的弟弟同寝，也不肯要了，于是打了她一百鞭，配给一个老奴仆，后来一直做烧饭的女佣。

有钱人家打官司，又涉及家庭内部的男女之事，往往是不可能几天就了结的，而这次正好碰上了这样一位县官。女子已被转卖，整天藏在闺房内室，一般是查找不到的，而这一次又碰巧是卖在原主人妻子的弟弟家。这个妾和她父亲设计的这个圈套，算是够巧妙的了，哪里知道上天的安排更巧妙呢！

门人葛观察正华[①]，吉州人。言其乡有数商，驱骡纲行山间[②]。见樵径上立一道士，青袍棕笠，以麈尾招其中一人曰[③]："尔何姓名？"具以对。又问籍何县，曰："是尔矣，尔本谪仙，今限满当归紫府[④]。吾是尔本师，故来导尔，尔宜随我行。"此人私念平生不能识一字，鲁钝如是，不应为仙人转生；且父母年已高，亦无弃之求仙理，坚谢不往。道士太息，又招众人曰："彼既堕落，当有一人补其位。诸君相遇，即是有缘，有能随我行者乎？千载一遇，不可失也。"众亦疑骇无应者，道士咈然去。众至逆旅，以此事告人。或云仙人接引，不去可惜；或云恐或妖物，不去是。有好事者，次日循樵径探之，甫登一岭，见草间残骸狼藉，乃新被虎食者也。惶遽而返。此道士殆虎伥欤[⑤]？故无故而致非常之福，贪冒者所喜，明哲者所惧也。无故而作非分之想，侥幸者其偶，颠越者其常也。谓此人之鲁钝，正此人之聪明可矣。

【注释】

①观察：清代对“道员”的尊称。

②骡纲：结队而行驮载货物的骡群。

③麈(zhǔ)尾：用麈的尾毛做的拂尘。

④紫府：道教称仙人所居。

⑤虎伥：传说中引导猛虎食人的鬼物。

【译文】

我的学生葛正华道员是吉州人。他说他的老家有几个商人，赶着骡队在山里走。看见打柴人走的小路上站着个道士，他身穿青袍，头戴棕笠，用拂尘招呼其中一个人说：“你姓什么叫什么？”那个人回答了。道士又问原籍是哪个县，接着又说：“就是你了，你本来是被贬下凡的仙人，如今期限已满，你该回到仙境去了。我是你的本师，所以来引导你，你应当跟我走。”那个人暗想，这一辈子大字不识一个，蠢笨到这步田地，不应当是仙人转世；况且父母年纪大了，也没有丢下他们去求仙的道理，于是坚持谢绝不去。道士叹息，对大家说：“他既然自甘堕落，应当有一个人顶替他。诸位与我相遇就是有缘，有跟我走的么？千载难遇的机会不应该失去呵。”大家又疑心又害怕，没有答应，道士不高兴地走了。众人到了旅舍，把这事告诉了别人。有人说仙人来迎接不去可惜；有人说可能是妖物，不去是好事。有好奇心重的，第二天沿着砍柴人走的小路查看，刚翻过一道山梁，只见草丛里到处是残剩的骨头，原来是刚被老虎吃了的人骨头。人们惊慌地跑回来了。这个道士莫非是引诱人让老虎吃的伥鬼吧？所以，没有充分的理由而一下子获得不同寻常的福分，这是贪心的人喜欢的，却是明智者惧怕的。无缘无故而想达到非分的目的，侥幸如愿是偶然的，绝大部分人因此招来灾祸。可以说，这人的蠢笨，正是他的聪明之处。

宋人咏蟹诗曰：“水清讵免双螯黑[1]，秋老难逃一背红。”

借寓朱勔之贪婪必败也[②]。然他物供庖厨，一死焉而已，惟蟹则生投釜甑，徐受蒸煮，由初沸至熟，至速亦逾数刻，其楚毒有求死不得者。意非夙业深重，不堕是中。相传赵公宏燮官直隶巡抚时，时直隶尚未设总督。一夜梦家中已死僮仆媪婢数十人，环跪阶下，皆叩额乞命，曰："奴辈生受豢养恩，而互结朋党，蒙蔽主人，久而枝蔓牵缠，根柢胶固[③]，成牢不可破之局。即稍有败露，亦众口一音，巧为解结，使心知之而无如何。又久而阴相掣肘，使不如众人之意，则不能行一事。坐是罪恶，堕入水族，使世世罹汤镬之苦。明日主人供膳蟹，即奴辈后身，乞见赦宥。"公故仁慈，天曙，以梦告司庖，饬举蟹投水，且为礼忏作功德。时霜蟹肥美，使宅所供，尤精选膏腴。奴辈皆窃笑曰："老翁狡狯，造此语怖人耶！吾辈岂受汝绐者。"竟效校人之烹[④]，而以已放告；又干没其功德钱，而以佛事已毕告。赵公竟终不知也。此辈作奸，固其常态；要亦此数十僮仆婢媪者，留此锢习，适以自戕。"请君入瓮"，此之谓欤！

【注释】

①讵(jù)：岂，怎。

②朱勔(miǎn，1075—1126)：因父亲朱冲谄媚蔡京、童贯，父子均得官。宋徽宗喜欢奇花异石，朱勔奉迎上意，搜求浙中珍奇花石进献，并逐年增加。同时，朱勔又巧取豪夺，广蓄私产，生活糜烂。

③柢(dǐ)：树根。

④校人之烹：《孟子·万章上》记载，有人送一条活鱼给郑国的大夫子产，子产交给管理池塘的小官，要他把鱼放养到池塘里。

校人私下把鱼烹煮吃了，却向子产报告说，鱼放入池塘游了一会儿就潜入深处不见了。子产听了非常满意。校人，管理池沼的小吏。

【译文】

宋代人咏蟹诗说：“水清讵免双螯黑，秋老难逃一背红。”用来借喻朱勔贪腐必定要垮台。不过别的动物用来做菜，不过是刀下一死而已，唯有螃蟹是被活活放在锅里慢慢蒸死，从刚开锅到蒸熟，最快也得几刻钟，所遭痛苦惨烈，真是求死不得。我想，若不是罪孽深重，不会投生成为螃蟹。传说赵宏燮公任直隶巡抚时，当时直隶还没有设总督。一天夜里，梦见几十个已经死去的原先家里的僮仆媪婢，在台阶下跪了一圈，都叩头喊饶命，说：“奴辈活着时受豢养之恩，却互结朋党，蒙蔽主人，时间一长，这种朋党关系牵枝拖蔓，根深蒂固，已经成为牢不可破的局面。即便稍有败露，也众口一辞，巧妙逃脱，即使主人心里明白是怎么一回事，也无可奈何。对主人的事，长久以来一直暗中作梗，如果不中我们的意，就一件事也办不成。因为这些罪恶，我们投生为水族，要世世代代受蒸煮的苦难。明天主人要吃的螃蟹，就是我们的后身，请求宽宥。”赵宏燮本来就仁慈，天亮后，把梦告诉了厨师，叫他把螃蟹扔到水里，并且出钱要为这些奴仆设道场超度。当时秋天经霜的螃蟹肥美，供给巡抚的螃蟹更是精选膏满肉肥的。奴仆都偷偷地笑着说：“这老头子狡猾，编出这一套来吓唬人！我们怎么能受骗上当。”于是，他们就像春秋时子产手下的校人那样，把螃蟹都煮来吃了，然后报告说放掉了；他们又私吞了给亡灵做道场超度的钱，回报说做完道场了。赵公始终被蒙在鼓里。这些奴仆们作奸，当然是他们的本性；那几十个已死的奴仆媪婢，留传下这种恶习，恰恰害了自己。“请君入瓮”，自作自受，就是这个意思吧！

魂与魄交而成梦，究不能明其所以然。先兄晴湖，尝咏高唐神女事曰：“他人梦见我，我固不得知；我梦见他人，人又乌知之？孱王自幻想[①]，神女宁幽期？如何巫山上，云雨今犹疑[②]。”足为瑶姬雪谤[③]。

然实有见人之梦者。奴子李星，尝月夜村外纳凉，遥见邻家少妇掩映枣林间。以为守圃防盗，恐其翁姑及夫或同在，不敢呼与语。俄见其循塍西行半里许，入秫丛中。疑其有所期会，益不敢近，仅远望之。俄见穿秫丛出行数步，阻水而返。痴立良久，又循水北行百馀步，阻泥泞又返，折而东北入豆田。诘屈行，颠踬者再。知其迷路，乃遥呼曰：“几嫂深夜往何处？迤北更无路，且陷淖中矣。”妇回顾应曰：“我不能出，几郎可领我还。”急赴之，已无睹矣。知为遇鬼，心惊骨栗，狂奔归家。乃见妇与其母坐门外墙下，言适纺倦睡去，梦至林野中，迷不能出，闻几郎在后唤我，乃霍然醒。与星所见，一一相符。盖疲苶之极[④]，神不守舍，真阳飞越，遂至离魂。魂与形离，是即鬼类，与神识起灭自生幻象者不同，故人或得而见之。独孤生之梦游[⑤]，正此类耳。

【注释】

①孱王：懦弱的君王。

②“如何”二句：巫山云雨，出自战国楚宋玉《高唐赋序》：“妾在巫山之阳，高丘之阻。旦为朝云，暮为行雨，朝朝暮暮，阳台之下。”原指古代神话传说巫山神女兴云降雨的事。后称男女欢合。

③瑶姬：相传是炎帝的三女儿，未婚夭亡。

④疲苶（nié）：疲惫不堪。苶，疲倦的样子。

⑤独孤生之梦游：出自唐代薛渔思的《河东记》。贞元年间，独孤遐叔出游剑南，两年馀始归。在归家途中，遐叔夜宿金光门外佛堂

中，见其妻被迫与人宴饮，因而惊愤，以一大砖击座上，顿时悄然无所见。仓皇至家，得知妻子同夜梦中寻夫，原来当夜所见是妻子梦中之身。

【译文】

魂和魄相互交合便成为梦，但这个说法我还是没有推究出所以然来。先兄晴湖曾经作诗咏高唐神女的事，诗道："他人梦见我，我固不得知；我梦见他人，人又乌知之？孱王自幻想，神女宁幽期？如何巫山上，云雨今犹疑。"这足可以为巫山神女瑶姬平反昭雪了。

不过还真有人见过别人的梦。奴仆李星，曾月夜在村外纳凉，远远望见邻居少妇在枣林里忽隐忽现。李星以为她在看守园子防小偷，可能她的公公、丈夫都在，所以不敢和她打招呼。不一会儿见她沿着田埂往西走了半里左右，进到高粱地里。李星怀疑她有幽会，更不敢靠近了，只是远远地望着。不一会儿，又看见她穿过高粱地出来走了几步，到河边遇到水流又返了回来。她呆立了好久，又沿着河边往北走了一百多步，因为道路泥泞回头，之后折向东北到了豆子地里。她绕着弯走得很艰难，还跌倒了两次。李星知道她迷了路，就在远处呼喊："几嫂深夜往哪儿去？往北更没有路，要陷进泥潭里了。"少妇回头说："我出不来了，几郎来领我回去。"李星急忙奔过去，少妇却不见了。他心想遇见了鬼，心惊肉跳，狂奔回家。却看见少妇和她母亲坐在门外墙下，说刚才纺线困倦睡过去，梦里到了树林田野，迷了路出不来，听见某某兄弟在身后唤我，才一下子醒了过来。这和李星所见到的一一相符。她可能是过于疲劳，神不守舍，真阳飞跃出去，以至离了魂。魂与形体相离，这就是鬼一类的了，这与人的意识自生自灭而形成的幻象是不一样的，所以人有时还能看见。相传独孤生所遇见的梦游，正属于此类。

有州牧以贪横伏诛。既死之后，州民喧传其种种冥报，至不可殚书。余谓此怨毒未平，造作讹言耳。先兄晴湖则曰："天地无心，视听在民；民言如是，是亦可危也已。"

【译文】

有个知州由于贪婪专横被朝廷处决。他死后，州里的百姓纷纷传说知州在阴间受到种种报应，这种传闻流传很广，多得无法记录。我认为，这是百姓们心有不平，编出故事来发泄怨恨的。而先兄晴湖说："天地本无心，他们对官吏的奖惩，要根据百姓的反应；百姓的言论是这样，知州自然十分危险了。"

里媪遇饭食凝滞者，即以其物烧灰存性，调水服之。余初斥其妄，然亦往往验。审思其故，此皆油腻凝滞者也。盖油腻先凝，物稍过多，则遇之必滞。凡药物入胃，必凑其同气，故某物之灰，能自到某物凝滞处。凡油腻得灰即解散，故灰到其处，滞者自行，犹之以灰浣垢而已。若脾弱之凝滞，胃满之凝滞，气郁之凝滞，血瘀痰结之凝滞，则非灰所能除矣。

【译文】

村里有个老太太，遇到患积食的人，看他吃过什么，就烧什么，烧得不太焦，保存它的本性，研成粉末让病人调水吃下去。我开始认为这个方法是毫无道理的，不过却常常有效。经过仔细琢磨，才领悟到这些病人都是因为吃多了油腻而积食的。油腻先凝结住了，然后其他食物稍微多吃一些，遇到已经凝结的油腻就会积起来。药物进入胃中，必定接近与它性质相同的食物，所以某种东西的焦屑，能自动到某种食物的滞积处。油腻遇到焦屑就消散，所以焦屑到了积食的地方，就会自行复元通畅，这就像用灰擦洗污垢一样。如果是脾弱的凝滞，胃满的凝滞，气郁的凝滞，血瘀痰结的凝滞，就不是焦屑能治的了。

乌鲁木齐军校王福言[1]：曩在西宁，与同队数人入山射生。遥见山腰一番妇独行，有四狼随其后。以为狼将搏噬，番妇未见也，共相呼噪。番妇如不闻。一人引满射狼，乃误中番妇，倒掷堕山下。众方惊悔，视之，亦一狼也。四狼则已逸去矣。盖妖兽幻形，诱人而啖，不幸遭殪也[2]。岂恶贯已盈，若或使之欤！

【注释】

①军校：官名。指担任辅助之职的军官。

②殪（yì）：死。

【译文】

乌鲁木齐有个军官王福说：从前在西宁与同队的几个人进山打猎。远远望见山腰有一个少数民族女子独自行走，有四只狼跟在后面。士兵们以为狼想吃那个女子，女子却还没察觉，于是一起叫喊。但是那个女子像是没听见似的。一个士兵拉满了弓向狼射去一箭，却误中了女子，女子倒地滚下山坡。大家正在惊慌后悔，仔细一看，原来也是一只狼。另外四只狼已经逃走了。大概这是妖怪变成女人的样子作诱饵，目的是吃掉人，没想到自己被射死了。或者这个妖怪作恶太多，已经到了末日，所以上天让它落得这样的下场吧？

卷十六

姑妄听之二

【题解】

本卷依旧是汇总各种或者是好玩的、或者是离奇的故事，依旧是在叙说令人眼花缭乱的事件过程中贯穿道德伦理宣教。不过，本卷突出的一个特点是，作者强调，身边的事件也许千变百化，个人的道德准则不能变；周边环境可以乱，个人的心思不能乱。纪昀非常看重儒家"内省"和"慎独"的修身方法，希望人们坚持自我反省，在独自行动无人监督的时候，仍然坚持自己的道德信念，自觉地按照一定的行为准则决定自己的言行举止。纪昀也深知，儒学十分看重的"慎独"，是不易到达的境界，因而，他为故事主人公设置了相应的褒奖惩戒结局，凡是能够坚持个人道德操守的，即使物质方面不能丰衣足食，精神层面也能得到慰藉和奖励；即使今生不能摆脱苦难，来生也一定能够随心如愿；反之，要么身败名裂狼狈不堪，要么本人暂时得逞而后代遭殃。纪昀描写了这样的现实生活场景：洁身自好到底有多重要，不到一定的时候，人们是无法领悟的，人们总是到身陷狼狈时才会反省。若是时时坚持道德信念，对于功名利禄就能任何时候都想得清楚，做得清楚，就能保证一生都能平平安安，如果能抵制美女钱财等等各种诱惑，即便是有着天罗地网一般的威胁，也能逢凶化吉，遇难呈祥。纪昀在每一则笔记中的议论表明，应当把修身看作是人安身立命之本。他主张，如果在社会交往和个人生活中出现问题，首先应该自我反省，考虑自己有什么地方做得不够，这应该成为发自内心的自觉行为，而不是因为畏惧外在的强制。而且这种“修身”不是一种阶段性的、技能性的学习和操练，而是长期的、持续一生的修行；同时还必须从点滴小事做起。在纪昀看来，道德是生命的本质，也是生命价值的具体表现，轮回为人身标志着自身价值的保持和提高，这就是纪昀写作那些以冥律控制、惩罚阳世活人的篇章的目的。作者以有悖于他身份的琐屑和俚俗，书写那些闾里市井间的家常事故，显示其救世之婆心。

天下事，情理而已，然情理有时而互妨。里有姑虐其养媳者，惨酷无人理，遁归母家。母怜而匿别所，诡言未见，因涉讼。姑以朱老与比邻，当见其来往，引为证。朱私念言女已归，则驱人就死；言女未归，则助人离婚。疑不能决，乞签于神。举筒屡摇，签不出。奋力再摇，签乃全出。是神亦不能决也。辛彤甫先生闻之曰：“神殊愦愦！十岁幼女，而日日加炮烙，恩义绝矣。听其逃死不为过。”

【译文】

天下的事，无非是情和理两个方面而已，然而情和理有时候也会互相冲突。我们乡里有个婆婆总是虐待童养媳，惨酷无人道，童养媳偷偷跑回了娘家。母亲可怜女儿，把她藏到了别的地方，谎称没见到，于是婆家告了官。朱老翁跟童养媳的娘家是邻居，婆婆认定他见到童养媳往来，让他出庭作证。朱老翁暗想，说童养媳回来了，等于把人往死里推；说她没回来，又等于帮人离婚。犹豫不决，就去向神明求签。他举着签筒摇了几摇，一根也没出来。用力再摇，所有的签全都出来了。看来，神明也难于决断。辛彤甫先生听到此事后说：“这个神也太糊涂了！

十岁的幼女，天天用烧红的火钳来烫她，恩义已经断绝。听任她死里逃生，不算过分。”

戈孝廉仲坊，丁酉乡试后[1]，梦至一处，见屏上书绝句数首。醒而记其两句曰：“知是蓬莱第一仙，因何清浅几多年？”壬子春[2]，在河间见景州李生，偶话其事。李骇曰：“此余族弟屏上近人题梅花作也。句殊不工，不知何以入君梦？”前无因缘，后无征验，《周官》六梦[3]，竟何所属乎？

【注释】

①丁酉：乾隆四十二年(1777)。

②壬子：乾隆五十七年(1792)。

③《周官》：即《周礼》，相传为周公所作。包括天官、地官、春官、夏官、秋官、冬官六篇，故本名《周官》，或称《周官经》。王莽建立新朝，始改书名为《周礼》。

【译文】

举人戈仲坊在乾隆丁酉年参加乡试后，梦中到了一个地方，见屏风上写了几首绝句。醒来还记得其中两句：“知是蓬莱第一仙，因何清浅几多年？”乾隆壬子年春天，他在河间碰见景州书生李某，偶尔说起这件事。李某惊道：“这是一个亲戚给我堂弟家屏风上题写的咏梅诗。诗句并不出色，不知为什么到了你的梦里？”这件事之前没有什么因缘，之后也没有什么应验，《周官》记载梦有六种，这样的梦到底归入哪一类呢？

《新齐谐》即《子不语》之改名。载雄鸡卵事[1]，今乃知竟实有之。其大如指顶形，似闽中落花生，不能正圆，外有斑点，向日映之，其中深红如琥珀，以点目眚[2]，甚效。德少司空成，汪副宪承霈皆尝以是物合药。然不易得，一枚可以值十金。阿少司农迪斯曰："是虽罕睹，实亦人力所为。"以肥壮雄鸡闭笼中，纵群雌绕笼外，使相近而不能相接。久而精气抟结，自能成卵。此亦理所宜然。然鸡秉巽风之气，故食之发疮毒。其卵以盛阳不泄，郁积而成，自必蕴热，不知何以反明目。又《本草》之所不载[3]，医经之所未言，何以知其能明目？此则莫明其故矣。汪副宪曰："有以蛇卵售欺者，但映日不红，即为伪托。"亦不可不知也。

【注释】

①《新齐谐》：清代袁枚作，又名《子不语》，取意于《论语》所谓"子不语怪、力、乱、神"，表明所记正是孔子所"不语"者。

②眚(shěng)：眼睛生翳，白内障。

③《本草》：《本草纲目》，五十二卷，共一百九十多万字。是明代李时珍在继承和总结以往本草学成就的基础上，结合所积累的大量药学知识，经过实践和钻研，历时数十年而编成的一部药学巨著。

【译文】

袁枚的《新齐谐》也就是《子不语》一书的改名。记载公鸡生蛋的事，如今才知道竟然实有其事。这种蛋有手指肚那么大，样子像是福建的花生米，不是正圆的，上面有斑点，把它对着太阳看，蛋里面是深红的琥珀色，用它点眼治白内障很有效。工部侍郎德成、按察副使汪承霈等人都曾经用公鸡蛋配过药。但它不容易弄到，一个蛋价值十两银子。户部侍郎阿迪斯说："这种蛋虽然罕见，但也是人力造成的。"把肥壮的公鸡关在笼子里，放一群母鸡绕着笼子，让它们能够接近但不能交配。时间一长，公鸡的精气凝结郁积，就生成鸡蛋。这从道理上也讲得通。不过鸡属巽，巽为风，所以吃鸡容易引发疮痈。公鸡蛋是因为强盛的阳气得不到发泄郁积而成的，自然蕴含热毒，不知为什么反而能明目。而且《本草纲目》中没有这种记载，医家经典中也没有论及，人们是怎么知道它能明目的呢？这些都弄不清楚了。汪承霈说："有人用蛇蛋冒充公鸡蛋骗人，只要对着太阳照里面不红，就是假冒的。"这也是不能不知道的。

沈媪言：里有赵三者，与母俱佣于郭氏。母殁后年馀，一夕，似梦非梦，闻母语曰："明日大雪，墙头当冻死一鸡，主人必与尔，尔慎勿食。我尝盗主人三百钱，冥司判为鸡以偿。今生卵足数而去也。"次日，果如所言。赵三不肯食，泣而埋之。反复穷诘，始吐其实。此数年内事也。然则世之供车骑受刲煮者①，必有前因焉，人不知耳。此辈之狡黠攘窃者，亦必有后果焉，人不思耳。

【注释】

①刲(kuī)：刺杀，杀死。

【译文】

沈老妇人说：村里有个赵三，和母亲一道在郭家做工。母亲死后一年多，一个晚上，赵三似梦非梦中听见母亲说："明天下大雪，墙头上会冻死一只鸡，东家肯定会给你，你千万别吃。我曾经偷过主人三百文钱，阴间官府判我投生为鸡还债。现在生的蛋已经够数，我走了。"第二天，果然都像她说的那样。赵三不肯吃那只鸡，哭着埋了。主人反复追问，赵三才说了实话。这是近几年的事。由此可见，世上供人骑坐的、拉车的、受到屠宰烹煮的，肯定都有前因，只是人们不知道而已。那些狡猾偷窃的奴仆，也必遭报应，只是他们没有好好想想罢了。

余十一二岁时，闻从叔灿若公言：里有齐某者，以罪戍黑龙江，殁数年矣。其子稍长，欲归其骨，而贫不能往，恒蹙然如抱深忧。一日，偶得豆数升，乃屑以为末，水抟成丸；衣以赭土，诈为卖药者以往，姑以给取数文钱供口食耳。乃沿途买其药者，虽危证亦立愈。转相告语，颇得善价，竟借是达戍所，得父骨，以箧负归。归途于窝集遇三盗[①]，急弃其资斧，负箧奔。盗追及，开箧见骨，怪问其故。涕泣陈述。共悯而释之，转赠以金。方拜谢间，一盗忽擗踊大恸曰[②]："此人孱弱如是，尚数千里外求父骨。我堂堂丈夫，自命豪杰，顾乃不能耶？诸君好住，吾今往肃州矣。"语讫，挥手西行。其徒呼使别妻子，终不反顾，盖所感者深矣。惜人往风微，无传于世。余作《滦阳消夏录》诸书，亦竟忘之。癸丑三月三日[③]，宿海淀直庐[④]，偶然忆及，因录以补志乘之遗。倘亦潜德未彰，幽灵不泯，有以默启余衷乎！

【注释】

①窝集：吉林、黑龙江一带称原始森林为"窝集"。

②擗踊（pǐ yǒng）：形容极度悲哀。擗，捶胸。踊，以脚顿地跳起来。

③癸丑：乾隆五十八年（1793）。

④直庐：旧时侍臣值宿之处。

【译文】

我十一二岁时，听堂叔灿若公说：老家有个姓齐的人，因为犯了罪充军到黑龙江戍守边关，已经去世几年了。他的儿子稍稍长大后，想把父亲的遗骨接回老家，可是家里穷得没有盘缠去不了，终日忧郁好像有什么事让他深深焦虑。一天，他偶尔得了几升豆子，就把豆子研成细末，用水抟成丸；外面又涂了一层赭土，装成卖药的奔赴黑龙江，一路上，就靠假药丸骗几文钱糊口。可是沿途的病人凡是吃了他的药，即便是危急重病也立即痊愈。于是人们争相转告，他的药卖出了好价钱，竟然靠着卖药的钱到了父亲充军的地方，找到了父亲的遗骨，然后背着装遗骨的匣子回来。在丛林里碰上了三个强盗，他急忙丢弃了行李盘缠，背着匣子飞跑。强盗追上去抓住了他，打开匣子见到骨骸，十分奇怪就问是怎么回事。他哭着把事情经过说了一遍。强盗都很同情，放了他，还送了他一些钱。他正拜谢着，一个强盗忽然捶胸顿足跳着脚大哭道："这个人如此孱弱，尚能到千里之外寻找父亲的遗骨。我这个堂堂男子汉，自命英雄豪杰，反而做不到吗？诸位保重，我也要到肃州去收父亲的遗骨了。"说完，挥挥手奔西方而去。他的同伙喊他回家与妻子告别，他连头也没回，这是被齐某儿子的行为深深感动了呵。可惜，人心不古，世风日下，齐某儿子的义行未能流传开来。我写《滦阳消夏录》各书，也忘记收录了。乾隆癸丑年三月三日，我在海淀值班的地方，偶然想起了这件事，记录下来，以补充地方志记载的遗漏。这或许是因为孝子的德行没有得到彰扬，齐某的灵魂还没有泯灭，所以暗暗提醒了我吧！

李蟠木言：其乡有灌园叟，年六十馀矣。与客作数人同屋寝，忽闻其哑哑作颤声，又呢呢作媚语，呼之不应。一夕，灯未尽，见其布衾蠕蠕掀簸，如有人交接者，问之亦不言。既而白昼或忽趋僻处，或无故闭门。怪而觇之，辄有瓦石飞击。人方知其为魅所据。

久之不能自讳，言初见一少年至园中，似曾相识，而不能记忆；邀之坐，问所自来。少年言："有一事告君，祈君勿拒。君四世前与我为密友，后忽借胥魁势豪夺我田①。我诉官，反遭笞。郁结以死，诉于冥官。主者以契交隙末，当以欢喜解冤，判君为我妇二十年。不意我以业重，遽堕狐身，尚有四年未了。比我炼形成道，君已再入轮回，转生今世。前因虽昧，旧债难消；夙命牵缠，遇于此地。业缘凑合，不能待君再堕女身，便乞相偿，完此因果。”我方骇怪，彼遽嘘我以气，惘惘然如醉如梦，已受其污。自是日必一两至，去后亦自悔恨，然来时又帖然意肯，竟自忘为老翁，不知其何以故也。

一夜，初闻狎昵声，渐闻呻吟声，渐闻悄悄乞缓声，渐闻切切求免声；至鸡鸣后，乃嗷然失声。突梁上大笑曰：“此足抵笞三十矣。”自是遂不至。后葺治草屋，见梁上皆白粉所画圈，十圈为一行。数之，得一千四百四十，正合四年之日数。乃知为所记淫筹。计其来去，不满四年，殆以一度抵一日矣。

或曰：“是狐欲媚此叟，故造斯言。”然狐之媚人，悦其色，摄其精耳。鸡皮鹤发，有何色之可悦？有何精之可摄？其非相媚也明甚。且以扶杖之年，讲分桃之好[②]，逆来顺受，亦太不情。其为身异性存，夙根未泯，自然相就，如磁引针，亦明甚。狐之所云，殆非虚语。然则怨毒纠结，变端百出，至三生之后而未已，其亦慎勿造因哉！

【注释】

①胥魁：差役的头目。

②分桃：语本《韩非子·说难》：“昔者弥子瑕有宠于卫君……与君游于果园，食桃而甘，不尽，以其半啖君，君曰：‘爱我哉，忘其口味，以啖寡人。’”后多以分桃指男宠之事。

【译文】

李蟠木说：他的家乡有个管菜园子的老头，六十多岁了。和几个打短工的人同睡在一间屋里，一天大家忽然听见他发出低哑颤抖的呻吟，又呢喃着说悄悄话，叫他也不答应。有天晚上还没有熄灯，只见老头的被子轻轻抖动翻卷，好像有人在里面动，问他也不回答。后来，就是在白天，他有时忽然跑到僻静的地方，有时候无缘无故关着门。大家感到奇怪，就悄悄跟踪偷看，却有瓦片石头飞来砸人。人们这才知道他被鬼怪迷住了。

时间长了，老头自己也不避讳了，他说，最初看见一个少年来到园子里，好像认识，但想不起来了；请他进来坐，问他来干什么。少年说："有件事告诉你，希望你不要拒绝我。你在四世前是我的密友，后来你忽然借助乡官土豪的势力，强抢我的地。我告官，反而被打了一顿。因此忧郁而死，告到冥官。主审官说两人开始交情深厚末了却有了矛盾，还是应该用欢喜来解这个冤仇，就判你做我二十年妻子。不料因为我罪孽深重，忽然死了投生为狐，你我还有四年的缘分未了。等我炼形得道，你已经再一次进入轮回，投生为今世。前因虽然茫茫，旧债不能勾销；夙命把你我缠绕在一起，在这里相见。因缘凑合，我不能再等你投生为女人，就请你现在偿还旧债，了结这个因果。"我正惊恐诧异，他向我吹了一口气，我就惘惘然如醉如梦，被他奸污了。从此他每天必定来一两次，他走了，我自己也悔恨，可是那个少年一来，我又服服帖帖心甘情愿，竟然忘了自己是个老头，不知是什么原因。

一天夜里，大家听到那个老头开始是调情亲热的声音，接着是呻吟声，渐渐地听见悄悄请求慢一点儿，渐渐地又听见恳切求饶的声音；鸡叫时，老头又失声叫唤起来。突然梁上有声音大笑道："已经够抵偿我那三十大板了。"从此少年再也不来了。后来要修建房屋，人们见梁上有白粉画的圈，十圈为一行。一数，一共是一千四百四十，正合四年的天数。这才知道是狐精记录行淫次数的记号。它来的时间从开始到离开不满四年，大概是以行淫一次抵一天吧。

有人说："这个狐精想要媚惑这个老头，故意编出这一套话来。"但是，狐精媚人是贪图美色，采补精气。这么个鸡皮鹤发的老头有什么美色值得贪恋？有什么精气可以采补？明摆着不是狐精有图谋而媚惑他。况且这个老头已经到了拄着拐杖的年纪，还做别人的男宠，对别人的污辱逆来顺受，也太不近情理。也许他虽然是个老头，却仍然是女性，本性没有泯灭，自然愿意投怀送抱，像是磁石吸铁，两者很自然地凑在一起，这是很明显的。也许狐精说的不是谎话。由此看来，人与人之间的怨仇缠绕纠结，变化万端，过了三世之后还没有了结，提醒世人应当谨慎小心，不要结怨造下祸因啊！

文水李秀升言[①]：其乡有少年山行，遇少妇独骑一驴。红裙蓝帔，貌颇娴雅，屡以目侧睨。少年故谨厚，虑或招嫌，恒在其后数十步，俯首未尝一视。至林谷深处，妇忽按辔不行，待其追及，语之曰："君秉心端正，大不易得，我不欲害君。此非往某处路，君误随行。可于某树下绕向某方，斜行三四里即得路矣。"语讫，自驴背一跃，直上木杪[②]，其身渐渐长丈馀。俄风起叶飞，瞥然已逝。再视其驴，乃一狐也。少年悸几失魂。殆飞天野叉之类欤？使稍与狎昵[③]，不知作何变怪矣。

【注释】

①文水：地名。在今山西吕梁境内。

②木杪(miǎo)：树梢。

③狎昵：态度过于不庄重的亲近之举。

【译文】

文水县的李秀升说：他家乡有个少年在山里赶路，遇见一个少妇独自骑着驴。她穿着红裙子、蓝披肩，容貌很娴雅，老是斜着眼睛瞅他。少年性情谨慎敦厚，怕招惹是非，就在她身后离开几十步远，低着头一眼也不看少妇。走到林中深处，少妇忽然停住不走了，等少年跟上来，对他说："你居心端正，真是难得，我不想害你。这不是往某某处去的路，你错跟着我了。在某棵树下绕向某某方向，斜着走三四里，就找到路了。"说完，少妇在驴背上一跃，直上树梢，她的身子渐渐有一丈多长。不一会儿，风起叶飞，少妇转眼不见了。再看那头驴，却是一只狐狸。少年吓得差点儿丢了魂。莫非这是所谓飞天夜叉之类的妖怪？假如年轻人对她稍微轻薄一下，不知道会变出什么花样来。

癸丑会试①，陕西一举子于号舍遇鬼，骤发狂疾。众掖出归寓，鬼亦随出，自以首触壁，皮骨皆破。避至外城，鬼又随至，卒以刃自刺死。未死间，手书片纸付其友，乃"天网恢恢，疏而不漏"八字。虽不知所为何事，其为冤报则凿凿矣。

【注释】

①癸丑：乾隆五十八年(1793)。

【译文】

乾隆癸丑年会试时，陕西的一个举人在考试的号舍里碰到了鬼，突然发了疯。大家把他架出来回到住处，鬼也跟了出来，举人自己用头撞墙壁，头皮和头骨都撞破了。躲到城外，鬼又跟到城外，结果举人用刀刺死了自己。没死时，他写了一张纸条给友人，上面是"天网恢恢，疏而不漏"八个字。虽然不知道到底为了什么事，但这是冤孽报应，却是肯定无疑的。

南皮郝子明言：有士人读书僧寺，偶便旋于空院，忽有飞瓦击其背。俄闻屋中语曰："汝辈能见人，人则不能见汝辈。不自引避，反嗔人耶？"方骇愕间，屋内又语曰："小婢无礼，当即笞之，先生勿介意。然空屋多我辈所居，先生凡遇此等处，宜面墙便旋，勿对门窗，则两无触忤矣。"此狐可谓能克己。

余尝谓僮仆吏役与人争角而不胜，其长恒引以为辱，世态类然。夫天下至可耻者，莫过于悖理。不问理之曲直，而务求我所隶属，人不敢犯以为荣，果足为荣也耶？昔有属官私其胥魁，百计袒护。余戏语之曰："吾侪身后，当各有碑志一篇，使盖棺论定，撰文者奋笔书曰：'公秉正不阿，于所属吏役，犯法者一无假借。'人必以为荣，谅君亦以为荣也。又或奋笔书曰：'公平生喜庇吏役，虽受赇骫法①，亦一一曲为讳匿。'人必以为辱，谅君亦以为辱也。何此时乃以辱为荣，以荣为辱耶？"先师董文恪曰："凡事不可载人行状，即断断不可为。"斯言谅矣。

【注释】

①受赇（qiú）骫（wěi）法：受赇，接受贿赂。骫法，枉法。骫，骨端弯曲，引申为枉曲、弯曲。

【译文】

南皮人郝子明说：有个读书人借住在一座寺庙里读书，偶尔在一个空院里解手，忽然被一块飞来的瓦片砸中了后背。不一会儿，只听空屋里有声音说："你们能看见人，人不能看见你们。自己不知道回避，反倒责怪人家吗？"书生正在惊骇时，忽又听屋里说："这些小婢无礼，马上教训她们，请先生不要介意。但是，这些空屋子大多是我们住着，先生凡是在这种地方，应当脸冲着墙小便，不要对着门窗，这样双方就不会互相妨碍了。”这个狐精可以说是很能约束自己了。

我曾经说过，因为僮仆吏役与人争斗没有斗赢，主人就觉得受了侮辱，人情世态就是这样。但是其实天下最可耻的，莫过于违悖情理。不问是非曲直，把别人不敢侵犯自己的下属当成荣耀，果然值得引以为荣吗？过去我的一位下属，千方百计袒护他的胥吏头目。我对他开玩笑说：“我们这些人死后，都会各自有一篇碑志，假如盖棺论定时，写碑文的人举笔写道：‘公秉正不阿，对属下犯法的吏役，坚决惩治，不讲情面。’人们必定以此为荣，估计您也会以此为荣。假如那个人举笔写道：‘公一生喜欢庇护吏役，即使他们受贿违法，也一一设法替他们掩盖。’人们一定以此为耻，您也会以此为耻。那么，您现在为什么却以耻辱为荣耀，又把荣耀当成耻辱呢？”先师董文恪曾说：“凡事不能写进墓志碑文的，就绝对不能做。”这话说得真好。

侍鹭川侍氏未详所出，疑本侍其氏，明洪武中，凡复姓皆令去一字，因为侍氏也。言：有贾于淮上者，偶行曲巷，见一女姿色明艳，殆类天人。私访其近邻，曰：“新来未匝月，只老母携婢数人同居，未知为何许人也。”贾因赂媒媪觇之。其母言：“杭州金姓，同一子一女往依其婿。不幸子遘疾[①]，卒于舟；二仆又乘隙窃赀逃。茕茕孤嫠，惧遭强暴，不得已税屋权住此，待亲属来迎。尚未知其肯来否？”语讫，泣下。媒舔以既无所归[②]，又无地主，将来作何究竟，有女如是，何不于此地求佳婿，暮年亦有所依。母言：“甚善，我亦不求多聘币。但弱女娇养久，亦不欲草草。有能制衣饰奁具约值千金者，我即许之。所办仍是渠家物，我惟至彼一阅视，不取纤芥归也。"媒以告贾，贾私计良得。旬日内，趣办金珠锦绣，殚极华美；一切器用，亦事事精好。先亲迎一日，邀母来观，意甚惬足。次日，箫鼓至门，乃坚闭不启。候至数刻，呼亦不应。询问邻舍，又未见其移居。不得已逾墙入视，则阒无一人。偏索诸室，惟破床堆髑髅数具，乃知其非人。回视家中，一物不失，然无所用之，重鬻仅能得半价。懊丧不出者数月，竟莫测此魅何所取。或曰："魅本无意惑贾，贾妄生窥伺，反往觇魅，魅故因而戏弄之。"是于理当然。或又曰："贾富而悭[3]，心计可以析秋毫，犯鬼神之忌，故魅以美色颠倒之。"是亦理所宜有也。

【注释】

①遘(gòu)疾：遇到疾病。遘，相遇。

②舔(tiǎn)：这里指劝说。

③悭(qiān)：小气，吝啬。

【译文】

侍鹭川侍姓不知起于何时何地何人，我猜想本来姓"侍其"，明朝洪武年间，朝廷下令凡复姓都去掉一字，因而变为侍姓。说：有个商人在淮河边做生意，偶然在小胡同里见到个女子，相貌美丽，简直像仙女。他悄悄向她的近邻打听，邻居说："她刚来不到一个月，只和老母亲带着几个婢女同住，不知是什么人。"商人便贿赂媒婆去打听消息。女子的母亲说："我们是杭州人，姓金，和一子一女来投奔女婿。儿子不幸得病死在船上，两个仆人乘机偷了财物跑了。寡母幼女孤零零的，怕在路上遭到强暴，不得已在这里租了房子暂住，等候亲戚家来迎接。还不知道肯不肯来？"说完就哭了。媒婆劝她，既然无处投奔，这里又没有依靠，将来怎么办。有这么漂亮的女儿，何不在这里找个女婿，老来也有个依靠。老太太说：

"这样也好,也不要许多聘礼。但这个女儿娇贵惯了,也不想草草了事。如果有人能给她准备衣裳首饰家具,值个千把两银子,我就把女儿许给他。以后这些东西还是他家的,我只是到那里看一遍,一丝一毫都不带回来。"媒婆告诉了商人,商人私下想这种事划得来。于是十天内就置办了金银珠宝首饰、锦绣衣服,务求华美;所有的家具也样样精致。迎亲的前一天,他请老太太来看,老太太很满意。第二天,吹吹打打迎到门前,门却紧紧关着。等了好久,叫也没人应声。询问邻居,又都没有看见她们搬家。不得已翻墙进去,却不见一人。各个房间都找了,只见破床上堆着几具骷髅,这才知道这一家不是人类。商人回到自己家里,一件东西不少,但是这些东西没有什么用处,转卖只能卖半价。他懊丧得好几个月没出门,最后还是猜不出这妖怪究竟要干什么。有人说:"妖怪本来没打算迷惑商人,商人自己心生妄念窥探妖怪,妖怪顺势戏弄他。"按情理这是可能的。又有人说:"商人很有钱,却特别悭吝,工于算计,一丝一厘都算得很精,触犯了鬼神的忌讳,所以妖怪用美色来戏弄他。"这也是理所应当的。

《宣室志》载陇西李生左乳患痈,一日痈溃,有雉自乳飞出,不知所之。《闻奇录》载崔尧封外甥李言吉左目患瘤[1],剖之有黄雀鸣噪而去。其事皆不可以理解。札阁学郎阿亲见其亲串家小婢项上生疮,疮中出一白蝙蝠。知唐人记二事非虚。岂但"六合之外,存而不论"哉?

【注释】

①《闻奇录》:五代时于逖辑。

【译文】

《宣室志》记载,陇西有个李生,左乳上生个疮,一天疮破了,有小野鸡从疮口飞出来，不知飞到哪里去了。《闻奇录》又记载，崔尧封的外甥李言吉左眼长瘤子，剖开时有黄雀鸣叫着飞走了。这种事都不可能用道理解释。内阁学士札郎阿亲眼见到他亲戚家有个小婢女，脖子上生疮，疮里面出来一只白蝙蝠。由此可知唐代人记载的上述两件事不假。世上难以用道理解释的事本来就不少，哪里只是“天地上下四方之外的事情存疑而不讨论”呢？

曹慕堂宗丞有乩仙所画《醉钟馗图》①，余题以二绝句曰：“一梦荒唐事有无，吴生粉本几临摹②。纷纷画手多新样，又道先生是酒徒。”“午日家家蒲酒香③，终南进士亦壶觞。太平时节无妖疠，任尔闲游到醉乡。”画者题者，均弄笔狡狯而已。

一日，午睡初醒，听窗外婢媪悄语说鬼：有王媪家在西山，言曾月夕守瓜田，遥见双灯自林外冉冉来，人语嘈杂，乃一大鬼醉欲倒，诸小鬼掖之踉跄行。安知非醉钟馗乎？天地之大，无所不有。随意画一人，往往遇一人与之肖；随意命一名，往往有一人与之同。无心暗合，是即化工之自然也。

【注释】

①宗丞：明清时期，管理皇室宗族事务的机构称“宗人府”，由汉人担任具体事务的人员称“宗人府丞”。

②吴生粉本：吴生，即吴道子(680—759)，唐代画家，玄宗赐名道玄，后世尊称为“画圣”，被民间画工尊为祖师，画史尊称“吴生”。粉本，古人画稿称之为“粉本”。吴道子曾为唐玄宗画钟馗像。

③蒲酒：菖蒲酒。唐殷尧藩《端午日》诗：“不效艾符趋习俗，但祈蒲

酒话升平。”

【译文】

宗人府丞曹慕堂有一幅乩仙画的《醉钟馗图》，我在上面题了两首绝句：“一梦荒唐事有无，吴生粉本几临摹。纷纷画手多新样，又道先生是酒徒。”另一首是：“午日家家蒲酒香，终南进士亦壶觞。太平时节无妖厉，任尔闲游到醉乡。”不论是画，还是题诗，都是做做笔墨游戏罢了。

有一天，我午睡初醒，听见丫环老妈子在窗外悄悄谈论鬼，有个王老婆子家在西山，说她曾经在一个月明之夜看守瓜园，远远看见有两盏灯从林子外冉冉而来，紧接着，又听到嘈杂的声音渐渐近了，原来是个大鬼喝醉了，站立不稳，一群小鬼扶着他踉踉跄跄地走。怎么能说他不是醉钟馗呢？天地之大，无所不有。有时随意画一幅人像，往往可以找出一个与画像酷似的人来；随意取一个名字，也往往有人恰巧就叫这个名字。无意中的巧合，正是大自然造化的神秘之处啊。

相传魏环极先生尝读书山寺，凡笔墨几榻之类，不待拂拭，自然无尘。初不为意，后稍稍怪之。一日晚归，门尚未启，闻室中窸窣有声；从隙窃觇，见一人方整饬书案。骤入掩之，其人瞥穿后窗去。急呼令返，其人遂拱立窗外，意甚恭谨。问：“汝何怪？”磬折对曰：“某狐之习儒者也。以公正人，不敢近，然私敬公，故日日窃执仆隶役，幸公勿讶。”先生隔窗与语，甚有理致。自是虽不敢入室，然遇先生不甚避，先生亦时时与言。

一日，偶问：“汝视我能作圣贤乎？”曰：“公所讲者道学，与圣贤各一事也。圣贤依乎中庸，以实心励实行，以实学求实用。道学则务语精微，先理气，后彝伦[1]，尊性命，薄事功，其用意已稍别。圣贤之于人，有是非心，无彼我心；有诱导心，无苛刻心。道学则各立门户，不能不争；既已相争，不能不巧诋以求胜。以是意见，生种种作用，遂不尽可令孔孟见矣。公刚大之气，正直之情，实可质鬼神而不愧，所以敬公者在此。公率其本性，为圣为贤亦在此。若公所讲，则固各自一事，非下愚之所知也。”公默然遣之。后以语门人曰：“是盖因明季党祸，有激而言，非笃论也。然其抉摘情伪，固可警世之讲学者。”

【注释】

①彝伦：常理，伦常。

【译文】

相传魏象枢先生曾经在山间寺庙读书，一应笔墨几榻之类，不用擦拭，自然没有灰尘。开始时他不以为意，后来才渐渐感到奇怪。一天晚上回来，还没有开门，却听见屋里窸窣有声；他悄悄从门缝往里看，发现一个人正在整理书桌。他突然冲进去关上门，那个人倏然穿过后窗出去了。魏先生急忙叫他回来，那个人马上拱手站在窗外，看上去极为恭谨。魏先生问：“你是什么怪物？”那个人躬身回答：“我是学习儒教的狐狸。因为您是正人君子，不敢靠近你，但是心里敬重您，所以天天偷着给您做仆人应该做的事，请不要吃惊。”魏先生隔着窗户和他说话，对方谈吐很有学问。自此以后那人虽不敢进屋，但遇到先生也不怎么躲避，先生也常常与他交谈。

有一天，魏先生偶然问：“你看我能当圣贤么？”狐精说：“您讲习的是道学，和儒家圣贤是两回事。圣贤的依据是中庸，以诚信来激励实际行为，以真实的学问来求得实际运用。道学则讲求精微，首先重视理气，其次才讲人伦道德，重视性命，轻视事业和功绩，宗旨已经和圣贤之道有些不同了。圣贤对于人，有是非心，没有分别你我之心；有诱导之心，没有苛刻责人之心。道学则各立门派，因此就不可能不相争；既然已经相争，就不可能不相互诋毁以压倒对方。由此种种不同的见解，造成种种后果，于是有许多东西就见不得孔、孟了。先生宏大的气魄，正直的性情，可以面对鬼神而无愧，我敬重您，原因就在这里。先生言行正大出自本性，这也是当圣贤的条件。至于先生讲习的学说，则是另外一回事，我这个愚昧的人就说不好了。"魏先生一言不发打发狐精走了。后来他和门生讲起这事，说："因为有明代晚期党派之争造成的灾难，狐狸有所感触才说了这番话，这个评论并不公正中肯。然而他揭露某些人的真实心理，剔出虚假之处，可以说是给道学家敲了警钟。"

沧州南一寺临河干，山门圮于河，二石兽并沉焉。阅十馀岁，僧募金重修，求二石兽于水中，竟不可得，以为顺流下矣。棹数小舟，曳铁钯，寻十馀里无迹。

一讲学家设帐寺中，闻之笑曰："尔辈不能究物理。是非木杮，岂能为暴涨携之去？乃石性坚重，沙性松浮，湮于沙上，渐沉渐深耳。沿河求之，不亦颠乎？"众服为确论。一老河兵闻之，又笑曰："凡河中失石，当求之于上流。盖石性坚重，沙性松浮，水不能冲石，其反激之力，必于石下迎水处啮沙为坎穴①。渐激渐深②，至石之半，石必倒掷坎穴中。如是再啮，石又再转。转转不已，遂反溯流逆上矣。求之下流，固颠；求之地中，不更颠乎？"如其言，果得于数里外。然则天下之事，但知其一、不知其二者多矣，可据理臆断欤！

【注释】

①坎：坑穴。

②激：冲刷，冲荡。

【译文】

沧州南有座寺庙临河岸，山门坍塌到河里，两个石兽也一道沉入水中。过了十多年，和尚募捐重修寺庙，到水里找两个石兽，却没有找到，以为石兽顺着水流到了下游。驾着几条小船，拖着铁钯在水里寻找，找出十多里仍然没有踪迹。

有个道学家在寺里讲学，听说此事后笑道："你们不懂其中的道理，石兽不是木片，怎么能被河水冲走？石头又硬又重，沙土松软而轻浮，石兽压在沙土上，会越沉越深。你们沿河去找，不是太荒谬了么？"大家认为他说得有理。一个护河的老兵听了，又笑道："凡是河里丢了石头，应当到上游去找。因为石头又硬又沉，沙土松软而轻浮，水冲不动石头，反激的力量必然在石头下面迎着水流的那一边冲动沙子，以致冲出一个空洞来。越冲越深，等到超过石头一半时，石头必定翻倒在沙坑里。水再冲，石头又翻倒。如此翻倒不已，石头便逆流而上了。到下游找，当然不对；到地下找，更错了。"按老兵的话到上游找，果然在几里之外的上游找到了。由此可见，人们对于世上的事情，只知其一、不知其二这种情况很多，怎么能想当然臆断呢！

交河及友声言：有农家子，颇轻佻。路逢邻村一妇，伫目睨视。方微笑挑之，适有馌者同行，遂各散去。阅日，又遇诸途，妇骑一乌牸牛[①]，似相顾盼。农家子大喜，随之。时霖雨之后，野水纵横，牛行沮洳中甚速。沾体濡足，颠踬者屡，比至其门，气殆不属。及妇下牛，觉形忽不类；谛视之，乃一老翁。恍惚惊疑，有如梦寐。翁讶其痴立，问："到此何为？"无可置词，诡以迷路对，踉跄而归。

次日，门前老柳削去木皮三尺馀，大书其上曰："私窥贞妇，罚行泥泞十里。"乃知为魅所戏也。邻里怪问，不能自掩，为其父箠几殆。自是愧悔，竟以改行。此魅虽恶作剧，即谓之善知识可矣。

友声又言：一人见狐睡树下，以片瓦掷之。不中，瓦碎有声，狐惊跃去。归甫入门，突见其妇缢树上，大骇呼救。其妇狂奔而出，树上缢者已不见。但闻檐际大笑曰："亦还汝一惊。"此亦足为佻达者戒也。

【注释】

①牸（zì）：雌性牲畜。

【译文】

交河人及友声说：有个农家子，很轻薄。有一次，他在路上遇到了邻村的一个女子，就站住傻呆呆地斜着眼睛看着。正嘻皮笑脸打算上前挑逗，正巧，有几个到田间送饭的人一同走，只好各自散开。过了几天，他又在路上与女子相遇，女子骑在黑母牛背上，似乎朝他递眼色。农家子高兴极了，急忙跟着走。当时，刚好下过一场大雨，遍地都是积水，母牛在泥水里却走得飞快。农家子浑身上下沾满了泥水，一路磕磕绊绊，好不容易到了女子家门外，他累得气都喘不上来了。等到女子从牛背上下来，农家子忽然觉得她的样子不像了；仔细一看，原来是个老翁。他恍惚惊疑，仿佛是在做梦。老翁见他呆立一旁，奇怪地问："你来这里干什么？"他无言以对，只好诡称迷了路，踉踉跄跄逃回了家。

第二天，他家门前的一棵老柳树，被削去了三尺多长的一块树皮，上面大字写着："私窥贞妇，罚行泥泞十里。"他这才知道，自己是被鬼魅戏弄了。邻居们觉得奇怪，一再追问，他瞒不住，差点儿给父亲打死。他从此惭愧悔恨，竟改邪归正了。虽然是鬼魅的恶作剧，说它有见识也是可以的。

友声又说：有个人看见一只狐狸睡在树下，就扔瓦片砸它。没有打中，狐狸被瓦片摔碎的声音惊醒，跳起来逃走了。这个人刚进院门，忽然发现自己的妻子吊在树上，他吓坏了，大声呼救。他妻子从屋子里狂奔而出，树上吊着的那个却不见了。只听屋檐上有声音大笑道："让你也吓一跳。"这个故事，足以让那些轻佻随便的人引以为戒。

同年陈半江言：有道士善符箓，驱鬼缚魅，具有灵应。所至惟蔬食茗饮而已，不受铢金寸帛也。久而术渐不验，十每失四五。后竟为群魅所遮，大见窘辱，狼狈遁走。诉于其师。师至，登坛召将，执群魅鞫状。乃知道士虽不取一物，而其徒往往索人财，乃为行法；又窃其符箓，摄狐女媟狎。狐女因窃污其法器，故神怒不降，而仇之者得以逞也。师拊髀叹曰："此非魅败尔，尔徒之败尔也；亦非尔徒之败尔，尔不察尔徒，适以自败也。赖尔持戒清苦，得免幸矣；于魅乎何尤！"拂衣竟去。夫天君泰然①，百体从令，此儒者之常谈也。然奸黠之徒，岂能以主人廉介，遂辍贪谋哉！半江此言，盖其官直隶时，与某令相遇于余家，微以相讽。此令不悟，故清风两袖，而卒被恶声，其可惜也已。

【注释】

①天君泰然：古代认为"心"是思维器官，亦称"天君"。泰然，安定之态的意思。

【译文】

与我同年考中的陈半江说：有个道士擅长画符，驱除鬼怪，缚捉妖魅，都很灵验。每到一个地方，他只吃粗茶淡饭而已，从不接受主人丝毫钱财。久而久之，他的法术渐渐变得不灵验了，十次总有四五次不成功。后来竟然在降妖时被妖怪围住，受到妖怪的戏弄侮辱，只好狼狈逃走。他去告诉自己的师父。师父赶来，登坛召唤神将，把妖怪全部抓来审问。这才知道，道士虽然没有收取任何财物，他的徒弟却往往向人索取财物，然后才肯行使法术；他们还常常偷道士的符箓，用它招来狐女淫乐。狐女乘机弄脏道士的法器，所以神灵发怒，不肯降临，而妖怪因此得逞。师父拍着大腿叹息道："这不是妖怪来败坏你，是你的徒弟在败坏你；也不是你的徒弟败坏你，而是你不注意管教徒弟，自己败坏自己。亏得你本人持戒清苦，得以免受伤害，这就算幸运的了；妖魅有什么可责怪的呢！"师父说完，一甩衣袖走了。人的头脑清静，浑身都听使唤；这是信奉儒家学说的人常说的。然而奸诈狡猾的部下或仆人，难道会因为主人清廉正直，就停止他们的贪婪和阴谋吗！陈半江说这样的话，是因为他在直隶做官时，与某位县令正好在我家相遇，所以用这个故事暗示他。而那位县令却没有领悟，结果虽然他两袖清风，却背了个坏名声，真是可惜啊。

里有少年，无故自掘其妻墓，几见棺矣。时耕者满野，见其且詈且掘，疑为颠痫，群起阻之。诘其故，坚不肯吐；然为众手所牵制，不能复掘，荷锸恨恨去①。皆莫测其所以然也。越日，一牧者忽至墓下，发狂自挝曰："汝播弄是非，间人骨肉多矣。今乃诬及黄泉耶？吾得请于神，不汝贷也。"因缕陈始末，自啮其舌死。盖少年恃其刚悍，顾盼自雄，视乡党如无物。牧者惎焉②，因为造谤曰："或谓某帷薄不修，吾固未信也。昨偶夜行，过其妻墓，闻林中呜呜有声，惧不敢前，伏草间窃视。月明之下，见七八黑影，至墓前与其妻杂坐调谑，媟声艳语，一一分明。人言其殆不诬耶？"有闻之者，以告少年。少年为其所中，遽有是举。方窃幸得计，不虞鬼之有灵也。小人狙诈，自及也宜哉。然亦少年意气凭陵，乃招是忌。故曰，“君子不欲多上人”。

【注释】

①锸（chā）：铁锹，挖土的工具。

②惎（jì）：憎恨，忌恨。

【译文】

村子里有个年轻人，无缘无故挖了妻子的坟墓，几乎要挖到棺材了。当时地里都是耕种的人，见他一边骂一边挖，以为他发了疯，都来劝阻。问他为了什么，他坚决不说；但是手被大家拉住，不能再挖了，恨恨地扛着锄头走了。大家都猜不出什么原因。第二天，一个放牧的人忽然来到墓前，发疯地抽着自己的嘴巴道：“你播弄是非，离间了许多人家的至亲骨肉。如今还要诬陷黄泉之下的人吗？我已经得到神的允许，饶不了你。”接着他详细讲述事情始末，咬断舌头死了。原来这个年轻人倚仗自己刚强勇猛，自以为了不起，从来不把乡亲放在眼里。放牧的人气不过，就造谣说：“有人说某某家门风不正，我本来还不信。昨天夜里偶然路过某某妻的坟地，听见树林里‘呜呜’有声，我因为害怕，不敢往前走，就躲在草丛里偷看。只见月光下有七八个黑影来到墓前，和某某的妻子挤着坐在一起调情说笑，淫声浪语，看得都很清楚。可见人们说得一点儿也不错吧？”有人告诉了那个年轻人。年轻人信以为真，才有了挖坟那一幕。放牧的人正以为得计，不料鬼神有灵。小人奸险狡诈，自作自受是应该的。但是那个年轻人过分盛气凌人，才招致别人的忌恨，所以说，“君子不要把自己凌驾于别人之上”。

从孙树宝，盐山刘氏甥也。言其外祖有至戚，生七女，皆已嫁。中一婿，夜梦与婿僚六人，以红绳连系，疑为不祥。会其妇翁殁，七婿皆赴吊。此人忆是噩梦，不敢与六人同眠食；偶或相聚，亦稍坐即避出。怪诘之，具述其故。皆疑其别有所嗛[1]，托是言也。一夕，置酒邀共饮，而私键其外户，使不得遁。突殡宫火发，竟七人俱烬。乃悟此人无是梦则不避六人，不避六人则主人不键户，不键户则七人未必尽焚。神特以一梦诱之，使无一得脱也。此不知是何夙因？同为此家之婿，同时而死，又不知是何夙因？七女同生于此家，同时而寡，殆必非偶然矣。

【注释】

①嗛（xián）：嫌弃，怀恨。

【译文】

我的侄孙树宝，是盐山刘家的外甥。他说他的外祖父有个至亲，生了七个女儿，都已经出嫁。其中有一个女婿夜里梦见和另外六个女婿一道被人用红绳拴着，疑心这个梦不祥。岳父去世后，七个女婿都来吊唁，这个女婿想起噩梦，不敢和另外六个女婿一起吃饭睡觉；偶然聚在一起，也只是稍稍坐一会儿就借故避开了。大家感到奇怪，都来问他，他说了梦境。大家怀疑他有什么不满意，不过用梦境做借口罢了。一天晚上，岳父家备了酒席，请女婿们喝酒，主人在外面把门锁上了，让他不能逃席。突然，停灵的屋子失火，这七个人竟然都被烧死了。人们这才明白，这个女婿如果没有做这个梦，就不会躲避另外六个人；不躲避这六个人，主人就不会锁门；不锁门七个人未必都会烧死。神灵故意用梦来引诱他们，让他们一个也逃不了。这不知道前生有什么冤孽？七个人一同做了这家的女婿，又同时烧死，这也不知道前生有什么冤孽？七个女儿同出生在这户人家，同时成为寡妇，大概也不是偶然的。

周密庵言：其族有孀妇，抚一子，十五六矣。偶见老父携幼女，饥寒困惫，踣不能行[①]，言愿与人为养媳。女故端丽，孀妇以千钱聘之。手书婚帖，留一宿而去。女虽孱弱，而善操作，井臼皆能任；又工针黹[②]，家借以小康。事姑先意承志，无所不至。饮食起居，皆经营周至，一夜往往三四起。遇疾病，日侍榻旁，经旬月目不交睫。姑爱之乃过于子。姑病卒，出数十金与其夫使治棺衾。夫诘所自来，女低回良久曰："实告君，我狐之避雷劫者也。凡狐遇雷劫，惟德重禄重者庇之可免。然猝不易逢，逢之又皆为鬼神所呵护，猝不能近。此外惟早修善业，亦可以免。然善业不易修，修小善业亦不足度大劫。因化身为君妇，黾勉事姑[③]。今借姑之庇，得免天刑，故厚营葬礼以申报，君何疑焉！"子故孱弱，闻之惊怖，竟不敢同居，女乃泣涕别去。后遇祭扫之期，其姑墓上必先有焚楮酹酒迹，疑亦女所为也。是特巧于逭死[④]，非真有爱于其姑。然有为为之，犹邀神福，信孝为德之至矣。

【注释】

①踣(bó)：跌倒。

②针黹(zhǐ)：指缝纫、刺绣等针线活儿。

③黾(mǐn)勉：勤勉，努力。

④逭(huàn)：逃避。

【译文】

周密庵说：他的同族有个寡妇，抚养的儿子十五六岁了。一天，见一个老父亲带着个女儿，又冷又饿累得不行了，再也走不动了，老父说愿意让女儿给人做童养媳。那个女孩长得端正俊俏，寡妇用一千文钱作聘礼。双方写好婚约，老父住了一晚就走了。女孩虽然瘦弱，但是善于料理家务，打水舂米样样都能干；针线活又好，寡妇家靠她过上了小康日子。她侍候婆婆十分尽心，婆婆想的事情，总是不等吩咐她就做了。她照料婆婆的饮食起居，也十分周到，一夜往往要起来三四次。遇上婆婆生病，她天天守护在床头，十天半个月不合眼。婆婆喜欢她超过喜欢自己的儿子。婆婆得病去世后，她拿出几十两银子给丈夫，让丈夫买棺材做寿衣。丈夫问她钱是从哪里来的，她低头犹豫了好久，才说："实话告诉你，我是躲避雷击的狐狸精。凡是狐精将要受到雷击，只有得到品德高尚地位显赫的人庇护才能逃脱。然而一时间很难遇到这样的人，遇到了他们，周围又往往有鬼神保护着，不能马上就靠近。除此之外，只有早早行善，积下功德，也可以避免。然而行善积德不容易，积小小的善德也不足以度过大的劫难。因此，我化身成为你的妻子，勤勤恳恳侍候婆婆。现在靠婆婆的庇佑，我免受天刑，所以要厚葬婆婆，来报答她的恩情，你怀疑什么呢！"她的丈夫本来就懦弱，听了这话又惊又怕，竟然不敢再跟她同住在一起，她只好哭着离开。以后每逢祭祀扫墓的日子，婆婆坟上必定先有烧过纸钱浇奠过酒饭的痕迹，怀疑也是狐女来过了。这个狐女只是巧妙地逃避死亡，并不是真心爱戴婆婆。然而尽管是出于个人目的做这些事，仍然得到了神灵的宽恕，可见孝道确实是最重要的品德。

闻有村女，年十三四，为狐所媚。每夜同寝处，笑语媟狎[①]，宛如伉俪[②]。然女不狂惑，亦不疾病，饮食起居如常人，女甚安之。狐恒给钱米布帛，足一家之用。又为女制簪珥衣裳，及衾枕茵褥之类，所值逾数百金。女父亦甚安之。如是岁馀，狐忽呼女父语曰："我将还山，汝女奁具亦略备，可急为觅一佳婿，吾不再来矣。汝女犹完璧，无疑我始乱终弃也。"女故无母，倩邻妇验之，果然。此余乡近年事，婢媪辈言之凿凿，竟与乖崖还婢其事略同[3]。狐之媚人，从未闻有如是者。其亦夙缘应了，夙债应偿耶？

【注释】

①媟(xiè)狎：狎昵，不庄重。

②伉俪(kàng lì)：指双方可相匹敌的夫妇，也泛指一般的夫妻。伉，对等，匹敌。俪，结缘，配偶。

③乖崖还婢：乖崖，即宋代名臣张咏，字复之，自号乖崖。张咏自己出钱买了个婢女，离任时叫婢女的父母领回去，还出钱资助让婢女嫁人，自己并没有纳婢女为妾。事见《宋名臣言行录》。

【译文】

听说某村有个女孩，有十三四岁，被狐精迷惑了。每夜狐精都来与她同住，两人调情开玩笑，就像恩爱夫妻一样。但是女孩神志清楚，不疯不傻不犯糊涂，也不得病，饮食起居跟正常人一样，女孩很习惯这样的生活。狐精常常送些钱粮布匹，足够女孩一家人的用度。又为女孩置办了衣服首饰，以及枕头被褥等用品，算下来大约花费了几百两银子。女孩的父亲也很满足。这样过了一年多，有一天，狐精忽然招呼女孩的父亲说："我要回山里去了，你女儿的嫁妆已经置备得差不多了，你赶快为她找个好女婿，我不再来了。你的女儿还是个处女，不要怀疑我先玩弄她最终又把她抛弃了。"因为女孩的母亲早就去世了，她父亲请邻家的女人帮忙查验，证实女孩确实没有破身。这是近几年来发生在我家乡的事，丫环老妈子们传得有鼻子有眼，这件事与宋代张乖崖还婢女的故事很相似。说起来，狐精像这样迷惑人的还从没听说过。可能狐精与少女之间，也是因为有前生的缘分应该了结，或者前生欠了债应该偿还吧？

杨雨亭言：登莱间有木工，其子年十四五，甚姣丽。课之读书，亦颇慧。一日，自乡塾独归，遇道士对之诵咒，即惘惘不自主，随之俱行。至山坳一草庵，四无居人，道士引入室，复相对诵咒。心顿明了，然口噤不能声，四肢缓亸不能举[①]。又诵咒，衣皆自脱。道士掖伏榻上，抚摩偎倚，调以媟词，方露体近之，忽蹶起却坐曰："修道二百馀年，乃为此狡童败乎？"沉思良久，复偃卧其侧，周身玩视，慨然曰："如此佳儿，千载难遇。纵败吾道，不过再炼气二百年，亦何足惜！"奋身相逼，势已万万无免理。间不容发之际，又掉头自语曰："二百年辛苦，亦大不易。"掣身下榻，立若木鸡；俄绕屋旋行如转磨。突抽壁上短剑，自刺其臂，血如涌泉。攲倚呻吟[②]，约一食顷，掷剑呼此子曰："尔几败，吾亦几败，今幸俱免矣。"更对之诵咒。此子觉如解束缚，急起披衣。道士引出门外，指以归路。口吐火焰，自焚草庵，转瞬已失所在，不知其为妖为仙也。

余谓妖魅纵淫，断无顾虑。此殆谷饮岩栖[③]，多年胎息[④]，偶差一念，魔障遂生；幸道力原深，故忽迷忽悟，能勒马悬崖耳。老子称不见可欲，使心不乱；若已见已乱，则非大智慧不能猛省，非大神通不能痛割。此道士于欲海横流，势不能遏，竟毅然一决，以楚毒断绝爱根，可谓地狱劫中证天堂果矣。其转念可师，其前事可勿论也。

【注释】

①亸（duǒ）：下垂。

②攲（qī）：倾斜。

③谷饮岩栖：汲谷水而饮，择山岩而居。多指山中隐居生活。

④胎息:像胎儿一样用脐呼吸。道家的一种修炼方法,又称“脐呼吸”、“丹田呼吸”。

【译文】

杨雨亭说:登州、莱州一带有个木匠,儿子十四五岁,长得很俊秀。教他读书,也很聪慧。一天他从乡里的学馆独自回来,遇见一个道士对他念咒,他就昏昏沉沉,不由自主跟着道士走。走到山坳里的一间草房,周围没有邻居,道士把他领进屋,又对着他念咒,他清醒过来,但不能说话,四肢无力软软耷拉着。道士又念咒,他的衣服就自动脱下来了。道士把他抱到床上,亲昵地抚摸偎依,用下流话挑逗他,道士刚脱掉衣服接近他,忽然又猛地坐到一边道:“修炼道行二百多年,难道就为这个漂亮男孩败坏了吗?”沉思了好久,道士又趴在男孩身边,把男孩全身一点儿一点儿看过摸过,像是豁出去了,说:“这么俊秀的孩子,真是千载难逢。纵然败坏了道行,也不过再练二百年,有什么可惜的!”道士突然扑过来,看样子男孩万万不可能免于淫污了。就在这千钧一发之际,道士又掉头自言自语道:“两百年辛辛苦苦修炼,也实在不容易。”他又跳身下床,呆若木鸡站在那儿;不一会儿围着草屋像转磨一样转着圈子。突然,他抽出墙上的短剑刺进自己的胳膊,血喷了出来。他斜靠着墙呻吟了约一顿饭的工夫,扔了剑叫着孩子说:“你差点儿完了,我也差点儿完了,现在幸亏都没事了。”又对孩子念咒,孩子这才觉得好像解开了绑绳,急忙起来穿衣服。道士把他带到门外,指给他回去的路。然后吐了一口火焰,自己把草房烧了,转眼之间,道士不见了,不知他是妖还是仙。

我认为,如果是妖怪要行淫,一定不会有任何顾虑。这个道士可能隐居在深山老林里修炼多年,偶然一念之差,心里就生起魔障;幸亏他道力本来深厚,所以一会儿迷惑一会儿又醒悟,最后终于悬崖勒马了。老子说过,不见到可以引起人欲念的东西,就可以使心思不被扰乱;若是已经见到而且心思已经被扰乱,不具备非凡的智慧的人就不能猛然醒悟，不具备非凡勇气力量的人也不能忍痛割舍。这个道士在欲念强烈得简直不可遏止时，竟然能够毅然作出决断，以痛苦的手段断绝情欲，可以说是在地狱的劫难中实现了天堂的功德。他转变念头的行为值得效法，至于这之前的事就可以不去计较了。

朱秋圃初入翰林时，租横街一小宅，最后有破屋数楹，用贮杂物。一日，偶入检视，见尘壁仿佛有字迹。拂拭谛观，乃细楷书二绝句，其一曰："红蕊几枝斜，春深道韫家[1]。枝枝都看遍，原少并头花。"其二曰："向夕对银釭[2]，含情坐绮窗。未须怜寂寞，我与影成双。"墨迹黯淡，殆已多年。又有行书一段，剥落残缺。玩其句格，似是一词，惟末二句可辨，曰："天孙莫怅阻银河[3]，汝尚有牵牛相忆。"不知是谁家娇女，寄感摽梅[4]。然不畏人知，濡毫题壁，亦太放诞风流矣。余曰："《摽梅》三章，非女子自赋耶？"秋圃曰："旧说如是，于心终有所格格。忆先儒有一说，云是女子父母所作，按，此宋戴岷隐之说[5]。是或近之。"倪馀疆闻之曰："详词末二语，是殆思妇之作，遘脱辐之变者也[6]。二公其皆失之乎！"既而秋圃揭换壁纸，又得数诗，其一曰："门掩花空落，梁空燕不来。惟馀双小婢，鞋印在青苔。"其二曰："久已梳妆懒，香奁偶一开。自持明镜看，原让赵阳台[7]。"又一首曰："咫尺楼窗夜见灯，云山似阻几千层。居家翻作无家客，隔院真成退院僧。镜里容华空若许，梦中晤对亦何曾？侍儿劝织回文锦，懒惰心情病未能。"则馀疆之说信矣。后为程文恭公诵之，公俯思良久，曰："吾知之，吾不言。"既而曰："语语负气，不见答也亦宜。"

【注释】

①道韫：谢道韫，东晋才女。

②银釭(gāng)：银白色的灯盏、烛台。

③天孙：星名。即织女星。

④摽(biāo)梅：梅子成熟后落下来，比喻女子已到了出嫁的年龄。

⑤戴岷隐：戴溪(1141—1215)，字肖望，或作少望，号岷隐，南宋淳熙五年(1178)，以别头省试第一成进士，历监潭州南岳庙，出任潭州(今湖南长沙)石鼓书院山长。所著《石鼓论语答问》，颇受时人称赞。《宋史·儒林》卷四百三十四有传。

⑥遘(gòu)：相遇。

⑦“自持”二句：赵阳台，是窦滔之妾。东晋名将窦滔移情于宠姬赵阳台，对妻子苏蕙日渐疏远。苻坚派窦滔镇守襄阳，任安南大将军，苏蕙在秦州苦等整整两年，不见音信。苏蕙用五彩丝线在八寸见方的锦帕上绣上题诗二百馀首，计八百馀言，纵横反复，皆为回文诗。窦滔读后，悔恨交加，立即亲自备了车马，把苏蕙接到襄阳。两人恩爱如初，白头偕老。事见唐代《璇玑图序》。

【译文】

朱秋圃刚进翰林院时，在横街租了一座小宅院，宅院的最后面有几间破屋，用来贮存杂物。一天，朱秋圃偶尔到破屋里查看，只见落满灰尘的墙壁上隐隐约约露出了字迹。他擦去灰尘仔细看，原来是用细笔楷字写的两首绝句，其中一首是：“红蕊几枝斜，春深道韫家。枝枝都看遍，原少并头花。”另一首是：“向夕对银釭，含情坐绮窗。未须怜寂寞，我与影成双。”墨迹暗淡，看来年代已经久远了。又有一段行书，已经剥落残缺。仔细玩味句子的格式，像是一首词，只有末尾两句能辨认，写的是：“天孙莫怅阻银河，汝尚有牵牛相忆。”不知是谁家养在深闺的女子，以此来寄寓到了结婚年龄还没有出嫁的苦闷。然而，作者不怕别人知道，挥毫写在墙壁上，未免过于不守规矩放荡风流了。我说：“《诗经》

的《摽有梅》三章，不也是女子自己写的吗？”朱秋圃说：“过去的解释确实是这么说的，但我心里总觉得难以接受。回忆以前有位学者曾提出这是女子的父母为女儿择婿之作，按，这是北宋戴岷隐的说法。这种说法比较贴切。”倪馀疆听后说：“仔细体会那首词的末尾两句，这大约是思念丈夫的妻子所作，她可能是被抛弃了。二位先生也许都没有说对吧！”不久，朱秋圃揭换墙壁上贴的纸，又发现了几首诗，其一是：“门掩花空落，梁空燕不来。惟馀双小婢，鞋印在青苔。”其二是：“久已梳妆懒，香奁偶一开。自持明镜看，原让赵阳台。”还有一首是：“咫尺楼窗夜见灯，云山似阻几千层。居家翻作无家客，隔院真成退院僧。镜里容华空若许，梦中晤对亦何曾？侍儿劝织回文锦，懒惰心情病未能。”从这几首诗的内容来看，倪馀疆的说法还是可信的。后来我们把这些诗词念给程文恭先生听，他低头沉思半晌，说：“我知道是谁了，但是我不说。”接着他又说：“这些诗词句句都带着怨气，没有得到回答也是应该的。”

李漱六言：有佃户所居枕旷野。一夕，闻兵仗格斗声，阖家惊骇[①]。登墙视之，无所睹。而战声如故，至鸡鸣乃息。知为鬼也。次日复然，病其聒不已，共谋伏铳击之，果应声啾啾奔散。既而屋上屋下，众声合噪曰：“彼劫我妇女，我亦劫彼妇女为质，互控于社公。社公愦愦，劝以互抵息事。俱不肯伏，故在此决胜负，何预汝事？汝以铳击我，今共至汝家，汝举铳则我去，汝置铳则我又来，汝能夜夜自昏至晓，发铳不止耶？”思其言中理，乃跪拜谢过，大具酒食纸钱送之去。然战声亦自此息矣。

夫不能不为之事，不出任之，是失几也[②]；不能不除之害，不力争之，是养痈也。鬼不干人，人反干鬼，鬼有词矣，非开门揖盗乎！孟子有言，乡邻有斗者，被发缨冠而往救之[③],则惑也。虽闭户可也。

【注释】

①惊骇(hài):惊慌害怕。

②失几:错过时机,失误事机。

③被发缨冠:来不及将头发束好,来不及将帽带系上,形容急于去救助别人。

【译文】

李湫六说:有个佃户的住处靠近旷野。一天晚上,忽然传来兵器撞击格斗厮杀的声音,全家都被吓坏了。爬上墙头往外看,却什么都看不见。厮杀声照旧,一直到鸡叫才停息。他知道这是鬼打仗。第二天,厮杀声又起。一家人给闹得受不了,于是商量用鸟枪打,鬼果然随着枪声都"啾啾"叫着散了。过后,一群鬼屋上屋下吵闹着说:"他们劫持我们的女人,我们也劫持他们的女人,两方都告到土神那儿。土神昏庸,劝我们就算互相扯平,别闹了。双方都不愿意接受,所以在这里决个胜负,关你什么事?你用鸟枪打我们,今天我们都到你家来了,你举起枪我们就跑,你放下枪我们又来,你能天天从晚上到早上不停地放枪么?"佃户觉得鬼说得在理,就跪拜赔罪,准备了许多酒食和纸钱送他们走。然而厮杀声也从此停息了。

不能不做的事而不出来担当,就是延误时机推卸责任;不能不除的祸害而不力争除掉,就是姑息养奸。鬼不侵害人,人反去侵害鬼,这样鬼就有借口了,不就等于开门请强盗进来吗?孟子说过,邻居有打架的,如果连自己穿戴都没有整理好就匆匆忙忙去拉架,就容易混乱。这种事关上门装作听不见就行了。

尹松林舍人言[①]:有赵延洪者,性伉直,嫉恶至严,每面责人过,无所避忌。偶见邻妇与少年语,遽告其夫。夫侦之有迹，因伺其私会骈斩之，携首鸣官。官已依律勿论矣。越半载，赵忽发狂自挝，作邻妇语，与索命，竟啮断其舌死。

夫荡妇逾闲，诚为有罪。然惟其亲属得执之，惟其夫得杀之，非乱臣贼子，人人得而诛者也。且所失者一身之名节，所玷者一家之门户，亦非神奸巨蠹，弱肉强食，虐焰横煽，沉冤莫雪，使人人公愤者也。律以隐恶扬善之义，即转语他人，已伤盛德。倘伯仁由我而死[2]，尚不免罪有所归；况直告其夫，是诚何意，岂非激以必杀哉！游魂为厉，固不为无词。观事经半载，始得取偿，其必得请于神，乃奉行天罚矣。然则以讦为直[3]，固非忠厚之道，抑亦非养福之道也。

【注释】

①舍人：官名。皇帝近臣，往往由显官、功臣的子弟担任，因此，世俗也用来尊称显贵子弟。

②伯仁由我而死：表示对别人的死亡负有某种责任。伯仁，晋代周颛(yǐ)的字。晋元帝时期，仆射周颛与宰相王导是好朋友，王导的堂兄王敦谋反杀了周颛。王敦曾经为此事征求王导的意见，王导未置可否。后来王导得知周颛曾在元帝面前为王敦谋反事多次为自己辩护，流泪道："我虽没杀他，但他由我而死。"事见《晋书》卷六十九。

③讦(jié)：揭发别人的隐私或攻击别人的短处。

【译文】

中书舍人尹松林说：赵延洪性情耿直，嫉恶如仇，常常当面斥责人，无所顾忌。有一次，他看见邻居的女人跟一个年轻人说话，马上告诉了女人的丈夫。丈夫暗中监视发现了奸情，在两人幽会时把两人都杀了，然后带着人头去官府自首。官府依法断案，这里就不说了。过了半年，赵延洪忽然发了疯，自己抽嘴巴，用那个邻居女人的口吻说话，说是索命，最后竟咬断舌头死了。

淫荡的女人行为不检点，自然有罪。不过只有她的亲属能抓她，只有她的丈夫能杀她，她并不是乱臣贼子，不是人人都可以抓来杀死。况且她失去的是她一个人的名声和贞节，玷污的是她一家门户的名声，她也不是大奸巨盗、弱肉强食、专横暴虐、使人蒙冤而不能雪，她没有惹起人们的公愤。以隐恶扬善为借口，把她的事张扬出去，已经丧失道德。即使是因为自己偶尔说错话死了人，还难免有罪；何况直接告诉她的丈夫，这是什么意思，岂不是故意刺激他，让他一定要杀掉她吗！女子的鬼魂来索命就不是完全没有道理了。事情过了半年才来索命，说明她一定请示过神，这就是说她奉命执行上天的惩罚。可见把揭人隐私当作正直，确实不符合忠厚的要求，而且也不是给自己造福的做法。

御史佛公伦，姚安公老友也。言贵家一佣奴，以游荡为主人所逐。衔恨次骨，乃造作蜚语，诬主人帷薄不修，缕述其下烝上报状[1]，言之凿凿，一时传布。主人亦稍闻之，然无以拑其口[2]，又无从而与辩；妇女辈惟爇香吁神而已。一日，奴与其党坐茶肆，方抵掌纵谈，四座耸听，忽嗷然一声，已仆于几上死。所由检验，以痰厥具报。官为敛埋，棺薄土浅，竟为群犬搰食[3]，残骸狼藉。始知为负心之报矣。

佛公天性和易，不喜闻人过，凡僮仆婢媪，有言旧主之失者，必善遣使去，鉴此奴也。尝语昀曰："宋党进闻平话说韩信，优人演说故实，谓之平话。《永乐大典》所载，尚数十部[4]。即行斥逐。或请其故，曰：'对我说韩信，必对韩信亦说我，是乌可听？'千古笑其愦愦，不知实绝大聪明。彼但喜对我说韩信，不思对韩信说我者，乃真愦愦耳！"真通人之论也。

【注释】

①烝(zhēng)：古代指与母辈淫乱。

②拑：合拢，闭住。

③搰(hú)：挖，掘出。

④党进(927—977)：北宋初年军事将领。

【译文】

御史佛伦先生，是我父亲姚安公的老朋友。他说有个富贵人家的雇工，因为游手好闲不务正业被主人赶了出来。于是对主人恨之入骨，就造谣诽谤，说主人家里有许多男女之间的丑事，他详细讲述上下乱伦的状况，说得有鼻子有眼，一时间流传开去。主人也略有所闻，但是无法叫他闭嘴，又不可能与他争辩；女人们只能焚香祷告神灵而已。一天，这个人与他的同伙坐在茶馆里，拍着巴掌正讲得来劲儿，在座的人都凝神倾听，他突然大叫了一声，扑倒在桌上死了。找不出死因，以中风猝死上报官府。官府出面收葬，因为棺材很薄，土又埋得浅，尸体竟然被一群狗拖出来撕咬，残剩的骨头撒得满地都是。人们这才知道他是背叛主人遭到了报应。

佛公天性温和平易，不喜欢听到说别人的坏话。凡是家里男女老少仆人喜欢说他们原来主人坏话的，他一定好好打发他们离开，就是借鉴了这个雇工的教训。他曾经对我说："宋代的党进听到艺人说韩信的平话，艺人演说故事，叫做"平话"。《永乐大典》还收了几十种。马上把他赶走。有人问为什么，党进回答说：'他当着我的面说韩信，当着韩信的面必定也说我，怎么能听他的呢？'近千年来，人们都笑话党进糊涂，不知道他实在是大聪明。那些只喜欢当自己的面说'韩信'，而不想想对着'韩信'的面会说我的人，才是真正的糊涂啊。"这是真正的智者见识。

福建泉州试院，故海防道署也，室宇宏壮。而明季兵燹，署中多婴杀戮；又三年之中，学使按临仅两次[①]。空闭日久，鬼物遂多。阿雨斋侍郎言：尝于黄昏以后，隐隐见古衣冠人，暗中来往。即而视之，则无睹。余按临是郡，时幕友孙介亭亦曾见纱帽红袍人入奴子室中，奴子即梦魇。介亭故有胆，对窗唾曰："生为贵官，死乃为僮仆辈作祟，何不自重乃尔耶？"奴子忽醒，此后遂不复见。意其魂即栖是室，故欲驱奴子出；一经斥责，自知理屈而止欤？

【注释】

①学使：主管教育和考试的提学使。

【译文】

福建泉州的考场，是原先的海防道衙门，屋宇高大宽敞。只是明朝末年战火蔓延，官署里许多人遭到杀害；而且在三年里，学政只来了两次。由于长期空锁着，鬼怪就多了起来。阿雨斋侍郎说：曾经在黄昏后，隐隐约约看见穿戴古代衣帽的人黑暗中来来往往。到跟前去看，却什么都没有。我到这里监考时，幕僚孙介亭也曾经看见穿戴红袍纱帽的人进入奴仆的屋子里，奴仆随即梦里说胡话。孙介亭向来胆大，对着窗户唾道："你生前是尊贵的官员，死了却对奴仆作祟，怎么不自重到这种地步？"奴仆忽然醒了过来，此后这个纱帽红袍的人再也没出现过。也许鬼魂就住在这间屋子里，所以要赶奴仆走；一经斥责，自知理亏就罢休了？

里俗遇人病笃时，私剪其着体衣襟一片，炽火焚之。其灰有白文，斑驳如篆籀者，则必死；无字迹者，即生。又或联纸为衾，其缝不以糊粘，但以秤锤就捣衣砧上捶之。其缝缀合者必死，不合者即生。试之，十有八九验。此均不测其何理。

【译文】

乡间有个风俗，遇到人病危时，就偷偷从病人贴身穿着的衣服上剪下一片衣襟，点火烧掉。布灰上如果有白色像篆字与籀书文字一样的花纹，这个人的命就保不住了；如果没有这种带字迹的花纹，这个人还能活。再有，用纸一张一张接起来做人死后装殓用的东西，接缝之处不用浆糊粘，只用秤砣在捶衣服的石头上砸，砸后接缝如果连在一起，这个人就活不了，如果没有连到一起，这个人还有救。用这种办法试，十有八九都很灵验。都不知道是什么道理。

莆田林生霈言：闻泉州有人，忽灯下自顾其影，觉不类己形。谛审之，运动转侧，虽一一与形相应，而首巨如斗，发蓬鬙如羽葆[①]，手足皆钩曲如鸟爪，宛然一奇鬼也。大骇，呼妻子来视，所见亦同。自是每夕皆然，莫喻其故，惶怖不知所为。邻有塾师闻之，曰："妖不自兴，因人而兴。子其阴有恶念，致罗刹感而现形欤？"其人悚然具服，曰："实与某氏有积仇，拟手刃其一门，使无遗种，而跳身以从鸭母。康熙末，台湾逆寇朱一贵结党煽乱。一贵以养鸭为业，闽人皆呼为鸭母云。今变怪如是，毋乃神果警我乎？且辍是谋，观子言验否。"是夕鬼影即不见。此真一念转移，立分祸福矣。

【注释】

①蓬鬙（sēng）：头发散乱貌。羽葆：古时葬礼仪仗的一种。将鸟羽聚于柄头，如同华盖。

【译文】

莆田林生霈说：泉州有个人，忽然在灯下看见自己的影子，觉得不像自己的形状。仔细再看，那个影子四面转动或左右摇摆，虽然一一都与自己的形体相应，但是影子的头却有斗那么大，头发蓬乱，好像用羽毛扎的仪仗，手脚都弯曲得像鸟的爪子，看上去简直像一个奇形怪状的鬼。他大声叫妻子来看，妻子看到的也是这样。从此每天晚上影子都是这个形状，不明白是什么回事，他惊慌害怕不知道该怎么办。邻居有个教书先生听说后道："妖物不会无缘无故地产生，都是由人们本身的原因产生的。你莫非有什么险恶的念头，才招致罗刹鬼受到感召而现形了吧？"这个人很吃惊地承认说："确实和某某有旧仇，想杀了他满门，叫他断子绝孙，然后我去投靠鸭母。康熙末年，台湾有逆寇朱一贵聚众造反。朱一贵曾经以养鸭为生，所以福建人都称他为鸭母。现在妖怪这样显现，莫不是神在警告我？暂且绝了这个恶念，看你说的灵不灵。"当天晚上，鬼影就不见了。这真是一个念头的转变就可以决定是祸还是福了。

丁御史芷谿言：曩在天津，遇上元，有少年观灯夜归，遇少妇甚妍丽，徘徊岐路，若有所待，衣香鬓影，楚楚动人。初以为失侣之游女，挑与语，不答；问姓氏里居，亦不答。乃疑为幽期密约迟所欢而未至者，计可以挟制留也，邀至家少憩。坚不肯。强迫之同归。柏酒粉团[①]，时犹未彻[②]，遂使杂坐妻妹间，联袂共饮。初甚觋觍，既而渐相调谑，媚态横生，与其妻妹互劝酬。少年狂喜，稍露留宿之意，则微笑曰："缘蒙不弃，故暂借君家一卸妆。恐火伴相待，不能久住。"起解衣饰卷束之，长揖径行，乃社会中拉花者也。秧歌队中作女妆者，俗谓之拉花。少年愤恚，追至门外，欲与斗。邻里聚问，有亲见其强邀者，不能责以夜入人家；有亲见其唱歌者，不能责以改妆戏妇女，竟哄笑而散。此真侮人反自侮矣。

【注释】

①柏酒：柏叶酒。古代习俗，谓春节饮之，可以辟邪。

②彻：撤去。

【译文】

丁芷谿御史说：从前在天津时，正逢上元节，有个年轻人晚上观灯后回家，遇到一个漂亮的年轻女子，在岔路口徘徊，好像在等什么人，她的衣服发出幽香，头上的发髻高耸，在夜幕中影影绰绰，更显得楚楚动人。年轻人开始以为她是跟伙伴走散了的观灯女子，故意与她搭话，她不回答；问她姓什么住在哪里，她也不说。于是年轻人猜疑她是与人私下里约会，相好的没有到，觉得可以用这一点要挟她，让她留下来，就邀请她到自己家稍微休息一下。女子坚决不肯。年轻人强逼着她与自己一道回家。家里过节的宴席还没散，于是让她夹坐在自己的妻子和妹妹中间，一起饮酒。她开始还很腼腆，过了一会儿就互相开起玩笑来，只见她美目顾盼，仪态万方，与妻子妹妹互相劝酒。年轻人高兴坏了，稍稍吐露出想留她住下的意思，她却微笑着说："因为你盛情邀请，所以我暂时借你家卸一下妆。怕伙伴们在等，我不能久留了。"她站起来解开外衣，和首饰卷在一起，作了一个长揖就往外走，原来是乡里演社戏团队里的拉花。秧歌队里装女子的男人，俗称为"拉花"。年轻人怒气冲天，追到门外想打架。邻居们一起聚拢来询问事情原委，有人亲眼看到是年轻人强逼他来的，所以不能说他夜晚私闯人家；有人又亲眼见到他唱歌，所以也不能责怪他改扮妆束调戏妇女，最后众人哄笑而散。这真是本来想侮辱人，反而侮辱了自己。

老仆卢泰言：其舅氏某，月夜坐院中枣树下，见邻女在墙上露半身，向之索枣。扑数十枚与之。女言今日始归宁，兄嫂皆往守瓜，父母已睡。因以手指墙下梯，斜盼而去。其舅会意，蹑梯而登。料女甫下，必有几凳在墙内，伸足试踏，乃踏空堕溷中[1]。女父兄闻声趋视,大受箠楚。众为哀恳乃免。然邻女是日实未归,方知为魅所戏也。前所记骑牛妇,尚农家子先挑之;此则无因而至,可云无妄之灾。然使招之不往,魅亦何施其技?仍谓之自取可矣。

【注释】

①溷(hùn):厕所。

【译文】

我家的老仆人卢泰说:他有个堂舅,月明之夜坐在院子里枣树下,见邻居的女儿从院墙上探出半截身子,伸出手向他要枣吃。堂舅打了几十个枣子给了她。邻女称今天刚回到娘家来,兄嫂到地里看瓜去了,父母也已经睡下。说完,用手指了指墙下的梯子,递了个眼色离开了。堂舅会意,蹬着梯子爬上了墙头。他估计邻女刚刚下去,墙那边肯定会有板凳之类的,就伸脚去踩,结果一脚踩空,掉进了粪坑。邻女的父亲和哥哥听到声音,忽忙跑出来观看,他挨了一顿痛打。幸亏众人为他求情才算完。但是那天邻女根本没有回娘家,他这才知道是被鬼魅捉弄了。前面我曾经记录过一个骑牛女子的故事,那个农家子先去挑逗人家,才遭到戏弄;而这位堂舅并没有先去招惹谁,却也遭到戏弄,真可以说是飞来横祸啊。然而,假如人家招唤他,他也不动心,鬼魅怎么实施诡计呢?所以,还是说他咎由自取了。

李芍亭言:有友尝避暑一僧寺,禅室甚洁,而以板窒其后窗。友置榻其下。一夕,月明,枕旁有隙如指顶,似透微光。疑后为僧密室,穴纸觇之,乃一空园,为厝棺之所。意其间必有鬼,因侧卧枕上,以一目就窥。夜半,果有黑影,仿佛如人,来往树下。谛视粗能别男女,但眉目不了了。以耳就隙窃听，终不闻语声。厝棺约数十，然所见鬼少仅三五，多不过十馀。或久而渐散，或已入转轮欤？如是者月馀，不以告人，鬼亦竟未觉。一夕，见二鬼媟狎于树后，距窗下才七八尺，冶荡之态，更甚于人。不觉失声笑，乃阒然灭迹。次夜再窥，不见一鬼矣。越数日，寒热大作，疑鬼为祟，乃徙居他寺。

变幻如鬼，不免于意想之外，使人得见其阴私。十目十手，殆非虚语。然智出鬼上，而卒不免为鬼驱。察见渊鱼者不祥[①]，又是之谓矣。

【注释】

①察见渊鱼者不祥：明察太过，知道别人隐私的人不吉祥。语出《列子·说符篇》。

【译文】

李芍亭说：有个朋友曾经在和尚庙里避暑，禅室很清洁，却用木板把后窗挡住了。朋友把床放在窗下。一天晚上，月光明亮，他枕旁的木板有个指尖大小的洞，好像透出一点儿光亮。他以为后面是和尚的密室，就把板上糊的纸抠了个洞偷看，外面是一处空园，是放置棺椁的地方。他估计园子里肯定有鬼，就侧卧在枕头上，用一只眼朝外窥视。半夜时分，果然有黑影，好像是人，在树下来来往往。他仔细辨认，大略能分出男女，但是看不清眉眼。把耳朵贴在小洞上细听，怎么也听不到说话声。园里停放着几十具棺材，可是见到的鬼只有三五个，至多不过十几个。也许是时间长了鬼渐渐消散了，或者已经投生去了？这样过了一个多月，他没有跟别人讲过这种事，鬼也没有查觉有人偷看。一天晚上，他看见两个鬼在树下亲热，离窗下只有七八尺远，淫荡的姿态，比人还下流。他不觉失声笑了出来，鬼转瞬间消失了。第二天夜里他再偷看，一个鬼也看不见了。过了几天，他大发起寒热病来，他怀疑是鬼作祟，就搬到别的寺庙住。

鬼变幻莫测，也不免在意料之外被人瞧见了隐私。一个人的所作所为总是在众人监督之下，还真不是虚妄的话。然而这个人的聪明在鬼之上，还是不免被鬼赶了出来。就像《韩非子》说的那样，能看清深水中的鱼，不是件好事，说的就是这个道理。

大学士温公镇乌鲁木齐日，军屯报遣犯王某逃，缉捕无迹。久而微闻其本与一吴某皆闽人，同押解至哈密辟展间，王某道死。监送台军不通闽语，不能别孰吴孰王。吴某因言死者为吴，而自冒王某之名，来至配所数月，伺隙潜遁。官府据哈密文牒，缉王不缉吴，故吴幸跳免。然事无左证，疑不能明，竟无从究诘。

军吏巴哈布因言：有卖丝者妇，甚有姿首。忽得奇疾，终日惟昏昏卧，而食则兼数人。如是两载馀。一日，嗷然长号，僵如尸厥。灌治竟夜，稍稍能言，自云："魂为城隍判官所摄，逼为妾媵，而别摄一饿鬼附其形。至某日寿尽之期，冥牒拘召，判官又嘱鬼役别摄一饿鬼抵。饿鬼亦喜得转生，愿为之代。迨城隍庭讯，乃察知伪状，以判官鬼役付狱，遣我归也。"后判官塑像无故自碎，此妇又两年馀乃终。计其复生至再死，与其得疾至复生，日数恰符。知以枉被掠夺，仍还其应得之寿矣。然则移甲代乙，冥司亦有，所惜者此少城隍一讯耳。

【译文】

大学士温公镇守乌鲁木齐时，驻军报告流放的犯人王某逃走了，于是到处搜寻，不见踪迹。很久以后，才渐渐听说，王某本来与一个姓吴的都是福建人，同时被押送到哈密、辟展一带，王某半路上死了。押送的驻军听不懂福建话，分不清哪个姓王哪个姓吴。吴某于是谎称死的是吴某，而自己冒充王某的名字，到达流放地几个月后，他寻找机会逃跑了。官府根据哈密转来的公文，通缉王某而不通缉吴某，于是姓吴的侥幸逃脱了。因为事情没有旁证，只能怀疑而不能证实，最后竟然无法追究。

军吏巴哈布接着又说起另外一件事：有个卖丝商人的妻子，长得很漂亮。忽然得了怪病，一天到晚只是昏睡，吃饭却抵得上几个人。这样过了两年多。一天，她“嗷”地长叫了一声，接着浑身僵硬得像尸体。灌水灌药救了一夜，终于能慢慢讲话了，说：“我的魂被城隍判官摄去，逼我做了妾，而另外摄来一个饿鬼，附在我的形体上。到了某天，是我寿命终结的日子，阴司发公文来召我去，判官吩咐鬼役另外抓了个饿鬼替代我。那个饿鬼能够转生很高兴，愿意替代。等到城隍神当堂审问时，才察觉假冒的真相，将判官和鬼役下到监狱，放我回来。”后来城隍庙里判官的塑像无缘无故自己碎裂，而这个女人又活了两年多才死。算她复生到再死的时间，与她得病到复生的天数正好相等，知道她是冤枉被判官抢了去，所以又把应得的寿命还给她了。这样说来，以甲代替乙，阴司里也是有的，可惜上面讲的王某吴某的事情，少了个城隍神当堂审问一下。

李柯亭言：滦州民家，有狐据其仓中居，不甚为祟；或偶然抛掷砖瓦，盗窃饮食耳。后延术士劾治，殪数狐；且留符曰：“再至则焚之。”狐果移去。然时时幻形为其家妇女，夜出与邻舍少年狎；甚乃幻其幼子形，与诸无赖同卧起。大播丑声，民固弗知。一日，至佛寺，闻禅室嬉笑声。穴纸窃窥，乃其女与僧杂坐。愤甚，归取刃，其女乃自内室出，始悟为狐复仇，再延术士。术士曰："是已窜逸，莫知所之矣。"

夫狐魅小小扰人，事所恒有，可以不必治，即治亦罪不至死。遽骈诛之，实为已甚，其衔冤也固宜。虽有符可恃，狐不能再逞，而相报之巧，乃卒生于所备外。然则君子于小人，力不足胜，固遭反噬；即力足胜之，而机械潜伏，变端百出，其亦深可怖已。

【译文】

李柯亭说：滦州一户人家的仓库被狐狸精占据了，但不怎么作怪害人；只不过偶尔扔砖头瓦片、偷点吃的喝的罢了。后来请术士镇治，杀死了几只；还留下符箓说："再来就烧了符箓镇治。"狐狸精果然逃走了。但时时变幻成这家的女人，夜里出来和邻居的年轻人鬼混；甚至变幻成这家人的小儿子，和几个无赖混在一起。儿女臭名远扬，主人却不知道。有一天他到佛寺，听见禅室里有嬉笑声。他抠开窗纸看，却是他的女儿跟和尚坐在一起。他气极了，回去拿刀，却看见女儿从内室里出来，这才醒悟是狐狸精复仇，他又去请术士。术士说："狐狸逃了，已经不知去哪儿了。"

狐魅给人找些小麻烦，这种事常见，可以不必管它，即便镇治，按罪名也不该死。一下杀死好几只，实在已经过分，狐精怀恨就不奇怪了。虽然有符箓可以对付，狐狸不能再捣乱，但它报复方式的巧妙，却大大出乎人的防备之外。可见君子对于小人，如果力量不足以胜过他，就反遭小人的侵害；即使足以胜过他，而他巧诈万变、诡计多端，也是很可怕的。

嵩辅堂阁学言：海淀有贵家守墓者，偶见数犬逐一狐，毛血狼藉。意甚悯之，持杖击犬散，提狐置室中，俟其苏息，送至旷野，纵之去。越数日，夜有女子款扉入，容华绝代。骇问所自来。再拜曰："身是狐女，昨遘大难，蒙君再生，今来为君拂枕席。"守墓者度无恶意，因纳之。往来狎昵，两月馀，日渐瘵瘦，然爱之不疑也。一日，方共寝，闻窗外呼曰："阿六贱婢！我养创甫愈，未即报恩，尔何得冒托我名，魅郎君使病？脱有不讳，族党中谓我负义，我何以自明？即知事出于尔，而郎君救我，我坐视其死，又何以自安？今偕姑姊来诛尔。"女子惊起欲遁，业有数女排闼入，掊击立毙。守墓者惑溺已久，痛惜恚忿，反斥此女无良，夺其所爱。此女反复自陈，终不见省，且拔刃跃起，欲为彼女报冤。此女乃痛哭越墙去。守墓者后为人言之，犹恨恨也。此所谓"忠而见谤，信而见疑"也欤！

【译文】

大学士嵩辅堂说：海淀有个给富贵人家守坟的人，偶尔看见几条狗追一只狐狸，狐狸满身的毛都被血糊住了。守坟人可怜它，用棍棒把狗打散，救下了它，提到屋里，等它苏醒缓过劲儿来，才送它回旷野，放它离去。几天后，夜里有个女子敲门进来。只见她美貌高贵，人世间少有，守坟人惊问她是从哪里来的。女子拜了两拜说："我本来是狐女，那天遭遇大难，承蒙您搭救得以再生，如今特地来侍候您的起居。"守坟人估计她没有恶意，就收留了她。狐女每日都来与守坟人调戏亲热，两个多月了，守坟人一天比一天消瘦，但是他深爱狐女，没有猜疑。一天晚上，两人正睡着，听到窗外有人喊："阿六你这个小贱人！我养伤刚刚痊愈,还没来得及报恩,你怎么敢冒名顶替,媚惑郎君,让他得了病?倘有不测,咱们狐族定会认为我忘恩负义,到那时,我怎么说得清楚?虽然坏事是你干的,但是郎君曾救过我,如果坐视不管,我又怎么能心安?今天,我带着婆婆和姐妹们来杀你。”狐女吃了一惊,起身想要逃走,早有几个女子破门而入,连踢带打,当场把她打死了。守坟人被迷惑的时间久了,又痛惜又愤怒,反而斥骂后来的狐女残暴,夺了他所爱的狐女。后来的狐女反复解释,他始终听不进去,索性拔刀跳起来,要为死去的狐女报仇。后来的狐女痛哭着翻墙走了。守坟人后来提起这件事,仍然恨恨不已。这就是所谓“忠心而遭到毁谤,诚实而遭到怀疑了”吧!

董曲江前辈言:有讲学者,性乖僻,好以苛礼绳生徒。生徒苦之,然其人颇负端方名,不能诋其非也。

塾后有小圃。一夕,散步月下,见花间隐隐有人影。时积雨初晴,土垣微圮,疑为邻里窃蔬者。迫而诘之,则一丽人匿树后,跪答曰:“身是狐女,畏公正人不敢近,故夜来折花。不虞为公所见,乞曲恕。”言词柔婉,顾盼间百媚俱生。讲学者惑之,挑与语,宛转相就。且云妾能隐形,往来无迹,即有人在侧亦不睹,不至为生徒知也。因相燕昵,比天欲晓,讲学者促之行。曰:“外有人声,我自能从窗隙去,公无虑。”俄晓日满窗,执经者麇至[①],女仍垂帐偃卧。讲学者心摇摇,然尚冀人不见。忽外言某媪来迓女。女披衣径出,坐皋比上[②],理鬓讫,敛衽谢曰:“未携妆具,且归梳沐。暇日再来访,索昨夕缠头锦耳[③]。”乃里中新来角妓[④],诸生徒贿使为此也。讲学者大沮,生徒课毕归早餐,已自负衣装遁矣。外有馀必中不足,岂不信乎!

【注释】

①麇(qún):成群。

②皋比:铺设着虎皮的座位,古代将军帐中、儒师讲堂、文人书斋常用。这里指讲台。

③缠头锦:用作缠头的罗锦,借指买笑寻欢的费用。

④角妓:艺妓。

【译文】

董曲江前辈说:有个道学家生性乖僻,总是用苛刻的礼法约束学生。学生们受不了,但是他一向有着行为端庄方正的名声,所以不能说他什么坏话。

学塾后面有个小菜园。一天晚上,道学家在月下散步,看见花丛中隐隐约约有人影。当时连绵阴雨刚刚放晴,土墙稍稍有些坍塌,他怀疑是邻居来偷菜的。追过去靠近了质问,却是一个美女藏在树后,美女跪下来答话说:“我是狐女,害怕你为人公正,不敢靠近,所以夜里来折花。不料还是被先生看见了,请饶恕我。”她言词柔婉,顾盼之间风情万种。道学家被迷住了,用话语挑逗她,她就娇滴滴地投入道学家的怀抱。她还说她能隐形,来来往往不留踪迹,即便旁边有人也看不见,不会让学生们知道。两人缠绵亲热到快天亮时,道学家催她走。她说:“外面有人声,我能从窗缝出去,你不必担心。”不一会儿,早晨的阳光已经照满窗户,学生们都拿着经书成群的来了,女子仍然挂着帐子躺在床上。道学家心神不宁,还指望别人看不见。忽然听外面说某某老妈子来接女儿来了。女子披上衣服径直出来,坐在讲台上,理了理鬓发,整了整衣襟致歉说:“我没带梳妆用具,暂且回去梳洗。有时间再来探望,要昨夜陪睡的酬金。”原来她是新来的艺妓,几个学生买通她演了这场戏。道学家沮丧极了,学生们听完课回去吃早餐,他已经背着行李逃了。外表装得过分,内心世界必然有所欠缺,难道不是真的么!

曲江又言：济南有贵公子，妾与妻相继殁。一日，独坐荷亭，似睡非睡，恍惚若见其亡姬。素所怜爱，即亦不畏，问何以能返。曰："鬼有地界，土神禁不许阑入[①]。今日明日，值娘子诵经期，连放焰口，得来领法食也。"问娘子已来否，曰："娘子狱事未竟，安得自来？"问施食无益于亡者，作焰口何益，曰："天心仁爱，佛法慈悲，赈人者佛天喜，赈鬼者佛天亦喜，是为亡者资冥福，非为其自来食也。"问："泉下况味何似？"曰："堕女身者妾夙业，充下陈者君夙缘，业缘俱满，静待转轮，亦无大苦乐，但乏一小婢供驱使，君能为焚一偶人乎？"懵腾而醒[②]，姑信其有，为作偶人焚之，次夕见梦，则一小婢相随矣。

夫束刍缚竹，剪纸裂缯，假合成质，何亦通灵？盖精气抟结，万物成形，形不虚立，秉气含精，虽久而腐朽，犹蜎蠕以化[③]，芝菌以蒸。故人之精气未散者为鬼，布帛之精气，鬼之衣服亦如生。其于物也，既有其质，精气斯凝。以质为范，象肖以成，火化其渣滓，不化其菁英。故体为灰烬，而神聚幽冥，如人殂谢，魄降而魂升。夏作明器，殷周相承，圣人所以知鬼神之情也。若夫金钉春条[④]，未闳佳城[⑤]，殡宫阒寂，彳亍夜行[⑥]，投畀炎火[⑦]，微闻呷嘤，是则衰气所召，妖以人兴，抑或他物之所凭矣。有樊媪者在东光见有是事。

【注释】

①阑入：擅自进入不应进去的地方。

②懵腾：朦胧，迷糊。

③蜎(yuān)蠕：指能飞翔或爬行的昆虫。蜎，虫子爬行时屈曲蠕动

的样子。

④金钉春条：金钉，古代宫殿壁间横木上的饰物。春条，古时一般是从红纸最长边顺长裁下来的，大约三指宽，上面写一些吉利话之类的顺口溜，以示祝愿。

⑤闷(bì)：关闭，隐秘。佳城：墓地。

⑥彳亍(chì chù)：慢慢走，走走停停的样子。

⑦畀(bì)：给，与。

【译文】

董曲江又说：济南有个富贵人家的公子，妾和妻子相继去世。一天，他独自坐在荷花亭上，似睡非睡，恍恍惚惚好像见到了亡妾。他素来很喜欢她，所以并不害怕，问她为什么能回来。妾回答说："鬼也划分地界，土神禁止随便来往。今天和明天正逢娘子诵经的日子，还要放焰口，我可以来领法食。"问娘子来了没有，答道："娘子的案子还没了结，怎么能自己来呢？"又问施舍饭食对死亡的人没有用，做焰口法事又有什么好处，妾又答道："上天的心意是仁爱的，佛法也以慈悲为本，赈济活着的人，上天和佛都高兴；赈济鬼，上天和佛也高兴，所以布施是为了给死亡的人在阴间积德添福，并不是为了给他们自己来吃的。"公子问："阴间情况和你的感受怎么样啊？"妾答道："我这辈子托生为女人是因为我前生的罪业；给你做妾是你与前世的缘分。现在罪业和缘分都已了结，我只是安心等待投生，也没有什么很苦或者很快乐的感觉，只是缺个小丫环使唤。你能为我烧一个偶人吗？"公子迷迷糊糊醒来，姑且相信是有那么回事，做了个偶人烧了，第二天晚上梦里又见到妾，她旁边已经有个小丫环跟着了。

捆个草把绑个竹捆，剪纸撕布做个偶人，只不过假装做个样子而已，为什么也会有灵气呢？大概因为精气凝结，才形成万物的形状，万物的形体也不是空虚的存在，而是包含着精气的，所以虽然时间长久形体会腐朽，但精气还能像小虫那样缓缓变化，像芝菌之类渐渐生成。所以，人的精气尚未散失就成了鬼，布帛有精气，鬼穿着衣服就像人活着时一样。其他器物也是这样，既然有了本体，精气就凝结在其中，而且以本体作为框架，形成了某种物体的形状，火可以烧掉这种物体的渣滓，但烧不掉精气。所以物体形状变成了灰烬，而它的精气却集聚在幽冥之中，就像人去世了，体魄化解降到地下了，而魂却进入冥冥世界。传说夏代时就开始用明器殉葬，商代、周代以后一直继承，圣人因此了解鬼神的情况。至于像金缸春条之类的殉葬品放在棺材里没有封闭严实，变成精怪寂寞难耐，就在夜里出来遮遮掩掩地走动；如果把这些东西丢在火上烧，会隐隐约约听到"咿嘤"的声音，这是人自身的衰气召来，妖是因为人本身的原因而出现，也许是另外的鬼怪附着在明器上作怪。有个姓樊的老妇，在东光见到过这件事。

朱子颖运使言[①]：昔官叙永同知时[②]，由成都回署，偶遇茂林，停舆小憩。遥见万峰之顶，似有人家；而削立千仞，实非人迹所到。适携西洋远镜，试以窥之，见草屋三楹，向阳启户。有老翁倚松立，一幼女坐檐下，手有所持，似俯首缝补；屋柱似有对联，望不了了。俄云气滃郁[③]，遂不复睹。后重过其地，林麓依然，再以远镜窥之，空山而已。其仙灵之宅，误为人见，遂更移居欤？

【注释】

①运使：漕运使、盐运使、转运使的简称。

②同知：官名。各官衙长官的辅佐官，即副长官。

③滃（wěng）郁：云烟弥漫。

【译文】

转运使朱子颖说：过去做叙永县同知时，从成都回叙永的衙署，偶然路过一片茂密的树林，停车休息。远远望见连绵的山峰顶上好像有人家；但是这座山峰像是刀劈一般陡峭，实在不是人能上得去的。恰好他带着西洋望远镜，就试着仔细看，只见有三间草房，向阳开门。有个老翁倚着松树站立，一个女孩子坐在房檐下，手里拿着什么，好像在低头缝补；屋柱上好像有对联，但是看不清楚。不久云气弥漫，再也看不见了。后来他又路过此地，树林山峰依然如故，再用望远镜看，却只是一座空山而已。也许那是仙人的住宅，因为偶尔不注意被人望见了，于是移居别处了么？

潘南田画有逸气①，而性情孤峭，使酒骂座，落落然不合于时。偶为余作梅花横幅，余题一绝曰："水边篱落影横斜，曾在孤山处士家。只怪樛枝蟠似铁②，风流毕竟让桃花。"盖戏之也。后余从军塞外，侍姬辈嫌其黯黯，竟以桃花一幅易之。然则细琐之事，亦似皆前定矣。

【注释】

①潘南田：潘是稷，字南田，号墨痴，又号剑门山人，秣陵（今江苏南京）人，清代画家。工花卉，有徐文长笔法，兼善写大竹，颇不俗。

②樛（jiū）：树木向下弯曲，绞结，盘缠。

【译文】

潘南田画风俊逸，但是性情孤僻，常常借酒在筵席上骂人，狂放落拓不合时宜。他为我画了一幅梅花横幅，我题了一首绝句："水边篱落影横斜，曾在孤山处士家。只怪樛枝蟠似铁，风流毕竟让桃花。"不过是开开玩笑。后来我从军塞外，侍姬们因为这幅画色调黯淡，后来用一幅桃花图把它换掉了。这么说细微小事，也似乎都事先安排好了。

青县王恩溥，先祖母张太夫人乳母孙也。一日，自兴济夜归，月明如昼，见大树下数人聚饮，杯盘狼藉。一少年邀之入座，一老翁嗔语少年曰："素不相知，勿恶作剧。"又正色谓恩溥曰："君宜速去，我辈非人，恐小儿等于君不利。"恩溥大怖，狼狈奔走，得至家，殆无气以动。后于亲串家作吊，突见是翁，惊仆欲绝，惟连呼："鬼！鬼！"老翁笑掖之起，曰："仆耽鞠蘖[1]，日恒不足。前值月夜，荷邻里相邀，酒已无多。遇君适至，恐增一客则不满枯肠，故诡语遣君。君乃竟以为真邪！"宾客满堂，莫不绝倒。中一客目击此事，恒向人说之。偶夜过废祠，见数人轰饮，亦邀入座。觉酒味有异，心方疑讶，乃为群鬼挤入深淖，化磷火荧荧散。东方渐白，有耕者救之，乃出。缘此胆破，翻疑恩溥所见为真鬼。后途遇此翁，竟不敢接谈。此表兄张自修所说。

戴君恩诏则曰实有此事，而所传殊倒置。乃此客先遇鬼，而恩溥闻之。偶夜过某村，值一多年未晤之友，邀之共饮。疑其已死，绝裾奔逃。后相晤于姻家，大遭诟谇也。二说未审孰是。然由张所说，知不可偶经一事，遂谓事事皆然，致失于误信；由戴所说，知亦不可偶经一事，遂谓事事皆然，反败于多疑也。

【注释】

①鞠蘖：本意指酒母，用以指代酒。

【译文】

青县的王恩溥，是我祖母张太夫人奶妈的孙子。一天夜里，他从兴济回来，正好月光明亮，照得像白昼一般，看见一棵大树下，几个人正围坐在一起喝酒，桌上杯盘狼藉。一个年轻人起身邀他入座，一个老翁嗔怪年轻人说："素不相识，不要恶作剧。"又严肃地对王恩溥说："您得赶快走，我们都不是人，时间长了，恐怕这帮孩子对您不利。"王恩溥吓坏了，狼狈不堪转身逃走，跑到家时，气急败坏几乎动不了了。后来，王恩溥到一个亲戚家吊唁，突然见到了那个曾经在树下饮酒的老翁，他吓倒在地差点儿昏过去，只是连连喊叫："鬼！鬼！"老者笑着把他扶起来，说："老朽平日贪杯，天天喝不够。那天恰逢月明之夜，应邻居邀请，当时酒已经不多了，您来了，我怕再增加一个人无法尽兴，所以编了个瞎话把您支走。您还信以为真了呀！"在场的宾客都笑倒了，其中有一个客人亲眼目睹当时的场景，常常跟人们说起。一天夜里，这个客人偶然路过一座废弃的祠堂，见几个人闹哄哄地饮酒取乐，也有人邀他入席。他觉得酒味不对，心里正惊疑不定，却被群鬼挤进了深深的泥潭，群鬼已化作荧荧磷火散去了。直到天亮，他才被下地干活的人从泥坑里救了出来。从此他吓破了胆，反而怀疑王恩溥见到的是真鬼。后来他再遇见那个老翁，居然不敢交谈。这件事，是表兄张自修对我说的。

戴恩诏则说，确有其事，只不过事情的前后顺序被弄颠倒了。应该是那个客人先遇到了鬼，王恩溥后来听说了这件事。此后不久，王恩溥夜间路过某村，偶然遇到一位多年没见的老朋友，这位朋友邀请他一道饮酒。他猜疑此人已经去世，就扯断衣襟逃走了。后来，王恩溥在亲戚家又遇到这个人，被痛骂了一顿。这两种说法，不知哪一种对。如果按照张自修所说的，人们不应该偶尔经历了一件事，就认为事事都是如此，以致因为误信而造成过失；从戴恩诏的说法，也可知人们不应该偶尔经历了一件事，就认为事事都是如此，反而因为多疑而造成过失。

李秋崖言：一老儒家，有狐居其空仓中，三四十年未尝为祟。恒与人对语，亦颇知书；或邀之饮，亦肯出，但不见其形耳。老儒殁后，其子亦诸生，与狐酬酢如其父。狐不甚答，久乃渐肆扰。生故设帐于家，而兼为人作讼牒。凡所批课文，皆不遗失；凡作讼牒，则甫具草辄碎裂，或从手中掣其笔。凡脩脯所入，毫厘不失；凡刀笔所得，虽扃锁严密，辄盗去。凡学子出入，皆无所见；凡讼者至，或瓦石击头面流血，或檐际作人语，对众发其阴谋。生苦之，延道士劾治。登坛召将，摄狐至。狐侃侃辩曰："其父不以异类视我，与我交至厚。我亦不以异类自外，视其父如弟兄。今其子自堕家声，作种种恶业，不陨身不止。我不忍坐视，故挠之使改图；所攫金皆埋其父墓中，将待其倾覆，周其妻子，实无他肠。不虞炼师之见谴，生死惟命。"道士蹶然下座，三揖而握其手曰："使我亡友有此子，吾不能也；微我不能，恐能者千百无一二。此举乃出尔曹乎！"不别主人，太息径去。其子愧不自容，誓辍是业，竟得考终。

【译文】

李秋崖说：一个老儒生，他家的空仓库里住着个狐精，三四十年从未作过怪。狐精常跟人对话，也很有学问；有时请他喝酒，他也出来，但是看不见它的形体。老儒去世了，他的儿子也是个秀才，与狐精的交往，跟父亲在世时一样。可是狐精不怎么搭理他，后来渐渐开始骚扰起来。秀才一直在家设私塾教书，兼职帮人写状子。凡是他批改学生的功课，一件也不丢失；凡是他写的状子，却刚写完草稿纸张就碎裂，或者从手中把笔抽走。凡是他讲学的收入，一毫一厘也不丢；凡是写状子得来的钱，即便是装进箱子锁得严密也会被偷走。凡是学生出入，都看不到什么特别的变故；凡是打官司的来，有时被瓦片石头打得头破血流，有时狐精在房檐上说话，当众揭露来人的阴谋。秀才受不了，请道士来镇治。道士登坛招来神将，把狐精拘来。狐精理直气壮地辩解说："他父亲不把我当成异类，与我交情很深。我也不因为自己是异类就见外，我把他父亲当做兄弟。如今他儿子自己败坏这个家的名声，做出种种坏事来，不毁了自己不罢休。我不忍心看着不管，所以给他捣乱想让他改悔；我偷他的钱，都埋在他父亲的墓里，等他将来败了家，用来周济他的妻子儿女，实在没有别的目的。不料遭到法师的责难，我的生死就听天由命吧。”道士一跃跳下座位，作了三个揖，握住狐精的手说：“如果是我去世的老朋友有这样的儿子，我做不到像你这样；不仅仅是我做不到，恐怕千百人中也没有一两个能做得到。这样的举动竟然出于你们这个族类么！”道士也不和老儒的儿子告别，叹息着径直离去。老儒的儿子惭愧得无地自容，发誓再也不帮人写状子，后来得以善终。

乾隆丙辰、丁巳间[1]，户部员外郎长公泰有仆妇，年二十馀，中风昏眩，气奄奄如缕，至夜而绝。次日，方为营棺敛，手足忽动，渐能屈伸，俄起坐，问：“此何处？”众以为犹谵语也。既而环视室中，意若省悟，喟然者数四，默默无语，从此病顿愈。然察其语音行步，皆似男子；亦不能自梳沐，见其夫若不相识。觉有异，细诘其由。始自言本男子，数日前死。魂至冥司，主者检算未尽，然当谪为女身，命借此妇尸复生。觉倏如睡去，倏如梦醒，则已卧板榻上矣。问其姓名里贯，坚不肯言，惟曰事已至此，何必更为前世辱。遂不穷究。初不肯与仆同寝，后无词可拒，乃曲从；然每一荐枕，辄饮泣至晓。或窃闻其自语曰：“读书二十年，作官三十馀年，乃忍耻受奴子辱耶？”其夫又尝闻呓语曰：“积金徒供儿辈乐，多亦何为？”呼醒问之，则曰未言。知其深讳，亦姑置之。长公恶言神怪事，禁家人勿传，故事不甚彰，然亦颇有知之者。越三载馀，终郁郁病死。讫不知其为谁也。

【注释】

①乾隆丙辰、丁巳：乾隆元年(1736)、乾隆二年(1737)。

【译文】

乾隆丙辰、丁巳年间，户部员外郎长泰公家有个仆人的妻子，年纪二十多岁，突然受了风邪昏迷，只剩下一丝气息，到晚上就死了。第二天，人们正在整理棺材准备收殓，她的手脚忽然动起来，渐渐能屈能伸，不一会儿坐起来，问："这是什么地方？"人们还以为她在说胡话。接着她把房间里四下打量了一遍，神情好像已经明白什么，连连叹气，默默无语，从此病一下子全好了。但是看她讲话的声音和走路的姿势，都像男子；而且她自己不会梳头理妆，见到她的丈夫，似乎根本不认识。大家觉得异常，仔细问她什么原因。她才说自己本来是个男人，几天前死了。魂灵到了阴间地府，管事的查出寿命还没有结束，然而应当贬为女身，让他就借这家女人的尸体复生。只觉得好像一下子睡过去，忽然梦醒，就已经躺在板床上了。人们问她的姓名和籍贯，她坚决不肯讲，只是说事情已经到了这一步，何必还要给前世带来羞辱。人们也就不刨根问底了。开始她不肯与那个仆人同寝，后来没有理由拒绝，只得勉强服从；然而每次同住，她都低声哭到天亮。有人偷偷听到她自言自语说："读了二十年书，做了三十多年官，竟然要忍受羞耻被奴才侮辱吗？"她丈夫又曾听到她说梦话道："积累金钱，只是供儿辈们享乐而已，多了又有什么用？"叫醒了问她，她却回答没说这些话。知道她想隐瞒，也就暂且不管。长公厌恶谈论鬼神之类的事，禁止家人传出去，所以这件事没怎么张扬，但是也有不少人知道。过了三年多，她终于郁郁不乐地病死了。至今人们也不知道她的前生是谁。

先师裘文达公言：有郭生，刚直负气。偶中秋燕集，与朋友论鬼神，自云不畏。众请宿某凶宅以验之，郭慨然仗剑往。宅约数十间，秋草满庭，荒芜蒙翳。扃户独坐，寂无见闻。二鼓后，有人当户立。郭奋剑欲起，其人挥袖一拂，觉口噤体僵，有如梦魇，然心目仍了了。其人磬折致词曰："君固豪士，为人所激，因至此。好胜者常情，亦不怪君。既蒙枉顾，本应稍尽宾主意，然今日佳节，眷属皆出赏月，礼别内外，实不欲公见。公又夜深无所归，今筹一策，拟请君入瓮，幸君勿嗔。觞酒豆肉，聊以破闷，亦幸勿见弃。"遂有数人舁郭置大荷缸中，上覆方桌，压以巨石。俄隔缸笑语杂遝[1]，约男妇数十，呼酒行炙，一一可辨。忽觉酒香触鼻，暗中摸索，有壶一、杯一、小盘四，横阁象箸二。方苦饥渴，且姑饮啖。复有数童子绕缸唱艳歌，有人扣缸语曰："主人命娱宾也。"亦靡靡可听。良久，又扣缸语曰："郭君勿罪，大众皆醉，不能举巨石。君且姑耐，贵友行至矣。"语讫，遂寂。次日，众见门不启，疑有变，逾垣而入。郭闻人声，在缸内大号。众竭力移石，乃闯然出，述所见闻，莫不拊掌。视缸中器具，似皆己物。还家讯问，则昨夕家燕，并酒肴失之，方诟谇大索也。此魅可云狡狯矣。然闻之使人笑不使人怒，当出瓮时，虽郭生亦自哑然也，真恶作剧哉。

余容若曰："是犹玩弄为戏也。曩客秦陇间，闻有少年随塾师读书山寺。相传寺楼有魅，时出媚人。私念狐女必绝艳，每夕诣楼外，祷以媟词，冀有所遇。一夜，徘徊树下，见小鬟招手。心知狐女至，跃然相就。小鬟悄语曰：'君是解人，不烦絮说。娘子甚悦君，然此何等事，乃公然致祝！

主人怒君甚，以君贵人，不敢祟；惟约束娘子颇严。今夜幸他出，娘子使来私招君，君宜速往。'少年随之行，觉深闺曲衖[②]，都非寺内旧门径。至一房，朱槅半开[③]，虽无灯，隐隐见床帐。小鬟曰：'娘子初会，觉靦觍，已卧帐内。君第解衣，径登榻，无出一言，恐他婢闻也。'语讫，径去。少年喜不自禁，遽揭其被，拥于怀而接唇。忽其人惊起大呼。却立愕视，则室庐皆不见，乃塾师睡檐下乘凉也。塾师怒，大施夏楚[④]。不得已吐实，竟遭斥逐。此乃真恶作剧矣。"文达公曰："郭生恃客气，故仅为魅侮；此生怀邪心，故竟为魅陷。二生各自取耳，岂魅有善恶哉！"

【注释】

①杂遝（tà）：杂乱的样子。

②曲衖（xiàng）：弯弯曲曲的小巷子。

③槅（gé）：门窗上用木条作成的格子。这里代指门。

④夏楚：夏和楚，古代学校两种体罚越礼犯规者的用具。

【译文】

先师裘文达先生说：有个姓郭的书生，刚直任性。偶尔中秋节聚会，与朋友谈论鬼神，他说自己从来不怕鬼。众人请他到某家凶宅住一夜试试，郭生痛快答应，带着剑就去了。这座宅院有几十间屋子，庭院里满是秋草，荒芜昏暗。郭生关门独坐，屋里静悄悄的，既无怪相也无异响。二更后，有人当门站着。郭生拔出剑来正要起身，那个人用袖子一拂，他立即觉得说不出话，身体也发僵了，好像梦魇一样，但心里明白，眼睛也能看见。那个人躬身说道："你的确是个豪迈之士，被人激到这里来。好胜是人之常情，也不怪你。既然承蒙你来此，本来应该尽尽地主之谊，但今天是佳节，眷属都出来赏月，礼法讲究内外有别，实在不想让你见到她们。而夜深了你又无处可去，现在想到一个办法，想请你到瓮里去，希望你不要生气。一壶酒一碗肉，聊以解闷，也希望你不要嫌弃。”于是几人将郭生抬进大荷花缸里，上面盖上方桌，然后用大石头压住。不一会儿，他隔着缸听见笑语喧哗，男男女女约有几十个人，行酒布菜，听得清清楚楚。忽然酒香扑鼻，他在黑暗中摸索，有一个壶、一只杯子、四个小盘子，还横架着一双象牙筷子。郭生正又饥又渴，姑且又吃又喝。又有几个童子绕着缸唱艳歌，有人敲着缸说：“这是主人叫娱乐客人的。”软绵绵的歌声倒也好听。过了好久又有人敲缸说：“郭君不要怪罪，大家都醉了，抬不动大石头。你忍耐一下，你的朋友就快来了。”说完就寂然无声了。第二天，朋友们见门没有开，疑心有什么变故，跳墙进来。郭生听见人声，在缸里大叫。大家竭力移开了石头，郭生从缸里蹦了出来，他讲夜间的所见所闻，朋友们都拍手大笑。看看缸里的东西，好像都是自己家的。回去一问，家人说昨晚举办家宴，碗碟酒菜都一起丢了，正在吵着骂着到处寻找。这个鬼魅可以说是够狡猾的了。不过这件事只让人发笑，而不让人发怒，当郭生从缸中跳出来时，即使郭生本人，也不免无话可说，真是恶作剧啊。

余容若说：“这还是玩弄一下，像游戏一样。以前我客居秦陇一带时，听说有个年轻人，跟着老师住在山寺里读书。人们传说寺楼上有狐魅，时时出来媚惑人。年轻人暗想，狐女肯定漂亮极了，他就每天晚上到寺楼外面，祝祷些轻薄的话，期望能遇见狐女。一天夜里，他在树下徘徊，看见一个小丫环招手。他知道是狐女来了，跑着跳着迎了过去。小丫环悄声说：‘你是明白人，不必细说。娘子很喜欢你，不过这是什么事，你还明目张胆祝祷祈求呢！主人对你很愤怒，因为你是贵人，所以不敢害你；只是严密约束娘子。今晚幸好主人出去了，娘子叫我来偷偷地找你，你要赶快去。’年轻人跟着小丫环走，觉得深闺曲巷，都不是寺里的旧路。来到一间房前，朱门半开，虽然没有灯，但是能隐隐看见床榻帷帐。小丫环说：‘娘子初次与人相会，很腼腆，已经躺在帐子里。你只管脱了衣服就上床，不要说话，担心别的婢女听见。'说完，小丫环径直走了。年轻人喜不自胜，赶紧掀开被子，把床上的人搂在怀里就亲嘴。被窝里的人忽然惊跳着大叫起来。年轻人退后吃惊地一看，房屋床帐都不见了，那个人却是自己的老师，躺在檐下乘凉。老师大怒，把他痛打一顿。他不得不说了实话，结果被老师赶走了。这真是恶作剧啊。"裘文达先生说："郭生倚仗血气方刚，所以仅仅遭到妖怪的戏弄；这个年轻人心怀邪念，所以被妖怪陷害。两个人都是自取应得的后果，哪里是因为妖怪有善恶之分！"

李村有农家妇，每早晚出馌，辄见女子随左右。问同行者，则不见。意大恐怖。后乃渐随至家，然恒在院中，或在墙隅，不入寝室。妇逼视，即却走；妇返，即仍前。知为冤对，因遥问之。女子曰："汝前生与我并贵家妾，汝妒我宠，以奸盗诬我致幽死。今来取偿，讵汝今生事姑孝[①]，恒为善神所护，我不能近，故日日相随，揆度事势，万万无可相报理。汝倘作道场度我，我得转轮，即亦解冤矣。"妇辞以贫。女子曰："汝贫非虚语，能发念诵佛号万声，亦可度我。"问："此安能得度鬼？"曰："常人诵佛号，佛不闻也，特念念如对佛，自摄此心而已。若忠臣孝子，诚感神明，一诵佛号，则声闻三界，故其力与经忏等。汝是孝妇，知必应也。"妇如所说，发念持诵。每诵一声，则见女子一拜。至满万声，女子不见矣。此事故老时说之[②]，知笃志事亲，胜信心礼佛。

【注释】

①讵(jù)：岂，怎。

②故老：德高望重的老者。

【译文】

李村有位农家妇，每天早晚两次往地里送饭，总是看见有个女子跟随左右。问同行的人，都说没看见。她非常害怕。后来这个女子渐渐跟随到家，只是常常跟到院里或墙角，而不进寝室。农家妇逼近去看，女子就退走；农家妇回身走，那个女子也跟着走回来。农家妇知道这是冤家对头，就远远地问她是谁。女子说："你前生和我都是贵家的妾，你嫉妒我受宠，就诬陷我通奸、盗窃，以致我郁闷而死。如今我来索命，谁料到你今生对婆婆很孝顺，常常有鬼神守护着你。我靠近不了你身边，因此我天天跟随着你，等待时机，绝对不可能报不了仇。你如果能做道场来超度我，我能早日托生，也就解了冤仇了。"农家妇说家贫做不起道场。女子说："你说家贫这话不假，如果能有心诵念一万声佛号，也能超度我。"农家妇问："这样怎么能超度鬼？"女子说："普通人诵佛号，佛听不到，他们始终觉得好像面对着佛，不过是让自己总是这么想而已。至于忠臣孝子，诚意感动神灵，一诵佛号，声音直达三界，所以他们诵佛号，与诵经忏悔效果是一样的。你是孝妇，我知道你肯定能声达三界。"农家妇照女子说的诵佛号。每念诵一声，就见女子拜一次。一直念诵到一万次，女子不见了。这件事老人们时常说起，由此可知一心一意地侍奉长辈，胜过虔诚地拜佛。

又闻洼东有刘某者，母爱其幼弟，刘爱弟更甚于母。弟婴痼疾①，母忧之，废寝食。刘经营疗治，至鬻其子供医药。尝语妻曰："弟不救，则母可虑。毋宁我死耳？"妻感之，鬻及衵衣②，无怨言。弟病笃，刘夫妇昼夜泣守。有丐者夜栖土神祠，闻鬼语曰："刘某夫妇轮守其弟，神光照烁，猝不能入，有违冥限，奈何？"土神曰："兵家声东而击西，汝知之乎？"次日，其母灶下卒中恶。夫妇奔视，母苏而弟已绝矣。盖鬼以计取之也。后夫妇并年八十馀乃卒。奴子刘琪之女，嫁于洼东，言闻诸故老曰，刘自奉母以外，诸事蠢蠢如一牛。有告以某忤其母者，刘掉头曰："世宁有是人？人宁有是事？汝毋造言。"其痴多类此，传以为笑。不知乃天性纯挚，直以尽孝为自然，故有是疑耳。元人《王彦章墓》诗曰："谁意人间有冯道？"即此意矣。

【注释】

①痼疾：指经久难治愈的病。

②衵(rì)：贴身的衣服。

【译文】

我又听说洼东有个姓刘的人，母亲疼爱弟弟，刘某疼爱弟弟又胜过母亲。弟弟得了重病拖了很长时间，母亲为病人担忧，吃不下睡不好。刘某为弟弟张罗治病，甚至卖了孩子用来请医买药。他曾经对妻子说："如果弟弟救不活了，母亲也就令人担忧了。不如我替弟弟去死了吧？"妻子听了，十分感动，连她贴身的衣服都卖了，她也没有怨言。弟弟病危，刘某夫妇昼夜哭着守在床边。有个要饭的夜间住在土地庙里，听见鬼在说话："刘某夫妇轮流守着他弟弟，他们头上有神光照射，我们一时不能靠前，眼看就要误了冥间的期限，怎么办呢？"土地爷说："兵家所谓的声东而击西，你们明白吗？"第二天，母亲在灶间突然晕倒。刘某夫妇急忙跑过去看，母亲苏醒过来弟弟却咽了气。大概是鬼施计取命啊。后来，刘某夫妇都活了八十多岁才死去。奴仆刘琪的女儿，嫁到了洼东，她听当地的老人说，刘某除了侍奉母亲之外，做什么事都笨得像头牛。有人告诉他某某忤逆不孝，他马上掉过头去说："世上怎么会有这种人？人间怎么会有这种事？你不要造谣。"他的痴呆之举，大致如此，被人传为笑柄。人们不知道他的天性单纯执着，一向以为尽孝是必须做的事情，所以才会有那样的疑问。元代人曾经作《王彦章墓》一诗，诗中写道："谁信人间有冯道？"说的就是这个意思啊。

景少司马介兹官翰林时，斋宿清秘堂①，此因乾隆甲子御题"集贤清秘"额②，因相沿称之，实无此堂名。积雨初晴，微月未上，独坐廊下，闻瀛洲亭中语曰："今日楼上看西山，知杜紫微'雨馀山态活'句③，真神来之笔。"一人曰："此句佳在'活'字，又佳在'态'字烘出'活'字。若作山色山翠，则兴象俱减矣。"疑为博晰之等尚未睡，纳凉池上，呼之不应；推户视之，阒无人迹。次日，以告晰之。晰之笑曰："翰林院鬼，故应作是语。"

【注释】

①斋宿：在祭祀或典礼前，先一日斋戒独宿，表示虔诚。

②乾隆甲子：乾隆九年(1744)。

③杜紫微：杜牧，字牧之，晚唐时期杰出的诗人、散文家，因曾写过《紫薇花》咏物抒情，借花自誉，人称其为"杜紫薇"。

【译文】

兵部侍郎景介兹在翰林院任职时，有一次值班，单身住在清秘堂，这是因为乾隆甲子年皇帝题写"集贤清秘"的匾额，后来人们就这么叫，其实并没有这个堂名。连绵阴雨刚刚放晴，月牙儿还没上来，他一个人坐在廊下，听见瀛洲亭里有声音说："今天在楼上看西山，才知道杜牧'雨馀山态活'这一句，真是神来之笔。"又一个人说："这一句好在'活'字上，又好在'态'字烘托出'活'字。如果写作'山色'或'山翠'，那神韵和气象就差了。"景介兹以为是同僚博晰之等人还没有睡，在池边纳凉，叫他们却没有回声；推门一看，静悄悄的一个人也没有。第二天，他和博晰之说了这件事。博晰之笑道："翰林院的鬼，当然应该谈论这样的话题。"

释家能夺舍，道家能换形。用魂魄控制形体者托孕妇而转生；互换形体的者血气已衰，大丹未就，则借一壮盛之躯，与之互易也。狐亦能之。

族兄次辰云：有张仲深者，与狐友，偶问其修道之术，狐言："初炼幻形，道渐深则炼蜕形，蜕形之后，则可以换形。凡人痴者忽黠，黠者忽颠，与初不学仙而忽好服饵导引，人怪其性情变常，不知皆魂气已离，狐附其体而生也。然既换人形，即归人道，不复能幻化飞腾。由是而精进，则与人之修仙同，其证果较易。或声色货利，嗜欲牵缠，则与人之惑溺同，其堕轮回亦易。故非道力坚定，多不敢轻涉世缘，恐浸淫而不自觉也。"其言似亦近理。然则人欲之险，其可畏也哉。

【译文】

佛教徒能用魂魄控制形体，道教徒能互换形体。用魂魄控制形体的借助孕妇而转生；互换形体的是因为血脉气息已经衰竭，而大丹还没有炼成，于是借一个强壮的躯体互换。狐狸也能换形。

我的堂兄次辰说，有个叫张仲深的，与狐精交朋友，偶尔问起它们修道的方法，狐精说："开始是修炼变幻形体，道行渐渐深了，就修炼蜕落形体。蜕落形体之后，就可以换形了。凡是痴呆的人突然变得狡猾聪明，或者一向狡猾聪明的人忽然发狂，以及原来并不学道的，忽然喜欢服用丹药炼气功，众人都对他们的性情忽然变化感到奇怪，不知道他们的魂气实际上已离开，是狐精附在他们的形体上复生了。但是既然已经换成人形，就归入人类，不能再变幻飞腾了。在这个基础上精心修炼，就跟人的修道一样，这样修成仙就比较容易。有的受声色货利嗜好欲望的牵缠诱惑，沉溺在其中，也跟人一样，也很容易半途而废堕入轮回。所以，不是道性坚定的狐狸精，一般不敢随便涉及人类感情，是担心不知不觉中受到人世间种种诱惑的浸染。”这话似乎也近理。这样说来，人世间欲望之险恶，真是可怕啊。

朱介如言：尝因中暑眩瞀，觉忽至旷野中，凉风飒然，意甚爽适。然四顾无行迹，莫知所向。遥见数十人前行，姑往随之。至一公署，亦姑随入。见殿阁宏敞，左右皆长廊；吏役奔走，如大官将坐衙状。中一吏突握其手曰："君何到此？"视之，乃亡友张恒照。悟为冥司，因告以失路状。张曰："生魂误至，往往有此，王见之亦不罪；然未免多一诘问。不如且坐我廊屋，俟放衙，送吾返；我亦欲略问家事也。"入坐未几，王已升座。自窗隙窃窥，见同来数十人，以次庭讯，语不甚了了，惟一人昂首争辩，似不服罪。王举袂一挥，殿左忽现大圆镜，围约丈馀。镜中现一女子反缚受鞭像。俄似电光一瞥，又现一女子忍泪横陈像。其人叩颡曰[①]："伏矣。"即曳去。良久放衙，张就问子孙近状。朱略道一二，张挥手曰："勿再言，徒乱人意。"因问："顷所见者业镜耶？"曰："是也。"问："影必肖形，今无形而现影，何也？"曰："人镜照形，神镜照心。人作一事，心皆自知；既已自知，即心有此事；心有此事，即心有此事之象。故一照而毕现也。若无心作过，本不自知，则照亦不见。心无是事，即无是象耳。冥司断狱，惟以有心无心别善恶，君其识之。"又问："神镜何以能照心?”曰:“心不可见,缘物以形。体魄已离,存者性灵。神识不灭,如灯荧荧。外光无翳,内光虚明,内外莹澈,故纤芥必呈也。”语讫,遽曳之行。觉此身忽高忽下,如随风败箨[②]。倏然惊醒,则已卧榻上矣。此事在甲子七月。怪其乡试后期至,乃具道之。

【注释】

①叩颡(sǎng):古代一种跪拜礼,屈膝下拜,以额触地。居丧、请罪、投降时行之。颡,额,脑门儿。

②箨(tuò):竹笋上一片一片的皮。

【译文】

朱介如说:他曾经中暑昏迷,觉得忽然来到旷野,凉风一阵阵掠过,很舒服。然而四面环顾没有人走过的踪迹,不知往哪儿去。远远望见几十个人在前面走,也就跟在后面。走到一个衙门,也跟着那些人往里走。只见殿阁宽敞,左右都是长廊;吏员杂役来回奔走,好像有大官要登堂办案。有个小吏忽然握住他的手说:“先生怎么到了这儿?”一看,却是亡友张恒照。他这才明白这儿是地府,就告诉亡友自己迷了路。张恒照说:“活人的魂错跑到这里,常常有这种事,阎王见了也不怪罪;不过难免也要审问几句。不如暂且坐在我的廊屋里,等退了堂,我送你回去;我也想问问家里的事。”他坐了不大一会儿,阎王已经升堂。他从窗缝偷看,发现同来的几十个人都按顺序受审,听不大清说什么,只有一人昂头争辩,好像不服罪。阎王举起衣袖一挥,殿左边忽然出现一个大圆镜,周长有一丈多。镜子里出现一个女子,被反绑着挨鞭打。不一会儿,又好像电光一闪,镜子里又出现一个女子含着泪躺在床上被玷污的景象。这人叩头说:“伏罪。”随即便被拖走了。过了好一会儿,退了堂,张恒照来问子孙的近况。朱介如大略说了一下,张恒照挥手道:“不要再讲了，只能叫人心烦意乱。"朱介如问："刚才看见的镜子是不是所谓的业镜？"张恒照说："是的。"朱介如问："有原形镜子才能照出来，这个镜子没有原形，怎么能照出像来？"张恒照答："人镜照形，神镜照心。人做了一件事，心里都明白；既然明白，心里就有这件事；心里有这件事，心里就有这件事的影像。所以一照就全部显现出来了。如果无意中做了错事，他自己也不知道，就照不出来。因为心里没有这件事，就没有这件事的影像。地府断案，只根据有心无心来分辨善恶，你要记住。"朱介如又问："神镜怎么能照心？"张恒照答："心思是不显形的，它要附着一定的物体才能显现。人死了，人的体魄和性灵相互分离，体魄要腐朽消散，性灵却还存在。神志没有消亡就像灯一样发出荧荧的光亮。外部没有阴影遮掩，内部也空彻透明，内外都是晶莹透彻的，所以里面一丝一毫的迹象都会清楚地显现。"说完便急急地拉着朱介如走。朱介如觉得自己身体忽高忽下，如随风飞舞的枯叶。忽然惊醒，他已经躺在卧榻上。这事发生在乾隆甲子年七月。我觉得奇怪他参加乡试为何来晚了，他给我详细讲了这件事。

东光马节妇，余妻党也。年未二十而寡，无翁姑兄弟，亦无子女。艰难困苦，坐卧一破屋中，以浣濯缝纫自给，至鬻釜以易粟，而拾破瓦盆以代釜。年八十馀，乃终。余尝序马氏家乘[①]，然其夫之名字，与母之族氏，则忘之久矣。

相传其十一二时，随母至外家。故有狐，夜掷瓦石击其窗。闻屋上厉声曰："此有贵人，汝辈勿取死。"然竟以民妇终，殆孟子所谓"天爵"欤[②]？先师李又聃先生与同里，尝为作诗曰："早岁吟黄鹄[③]，颠连四十春。怀贞心比铁，完节鬓如银。慷慨期千古，凋零剩一身。几番经坎坷，此念未缁磷[④]。原注：节妇初寡时，尚存薄田数亩。有欲迫之嫁者，侵凌至尽。震撼惊风雨，撝呵赖鬼神[⑤]。原注：一岁霖雨经旬，邻屋新造者皆圮，节妇一破屋，支柱欹斜，竟得无恙。天原常佑善，人竟不怜贫。稍觉亲朋少，羞为乞索频。一家徒四壁，九食度三旬[⑥]。绝粒肠空转，佣针手尽皴。有薪皆扫叶，无甑可生尘。黧面真如鹄，悬衣半似鹑。遮门才破荐，原注：屋扉破碎不能葺，以破荐代扉者十馀年。藉草是华茵。只自甘饥冻，翻嫌话苦辛。偷儿嗤饿鬼，原注：夜有盗过节妇屋上，节妇呼问，盗大笑曰："吾何至进汝饿鬼家！"女伴笑痴人。原注：有同巷贫妇，再醮富室。归宁时华服过节妇曰："看我享用，汝岂非大痴耶！"生死心无改，存亡理亦均。喧阗凭燕雀，坚劲自松筠。伊我钦贤淑，多年共里闉[⑦]。不辞歌咏拙，取表性情真。公议存乡校，廷评待史臣。他时邀紫诰[⑧]，光映九河滨。"盖先生壬申公车主余家时所作[⑨]，故仅云"颠连四十春"。诗格绝类香山。敬录于此，一以昭节妇之贤，一以存先师之遗墨也。后外舅周篆马公见此诗，遂割腴田三百亩为节妇立嗣，且为请旌。或亦讽谕之力欤！

【注释】

①家乘：家谱。家谱又称"族谱"、"家乘"、"祖谱"、"世牒"、"世谱"、"家志"、"谱录"等。是一种以表谱形式，记载一个以血缘关系为主体的家族世系繁衍和重要人物事迹的特殊图书体裁。

②天爵：天然的爵位。指高尚的道德修养。因德高则受人尊敬，胜于有爵位，故称。

③《黄鹄》：《列女传》载：鲁陶婴少寡，"鲁人闻其义，将求焉。婴闻之，恐不得免，作歌明己之不二也。歌曰：'黄鹄之早寡兮七年不

双。”指妇女的守节不嫁和空闺寂寞。

④缁磷：比喻操守不坚贞。语见《论语·阳货》：“不曰坚乎？磨尔不磷；不曰白乎？涅而不缁。”

⑤㧑(huī)呵：指挥，挥斥，引申为护卫。

⑥九食度三旬：三十天吃九顿饭，形容家境贫困。

⑦里闉(yīn)：里巷。

⑧紫诰：古时诏书盛以锦囊，用紫泥封口，上面盖印，故称。

⑨壬申：乾隆十七年(1752)。

【译文】

东光县的马节妇，与我妻子同族。她不到二十岁就守了寡，既没有公婆兄弟，也没有子女。她生活困苦，起居睡卧都在一间破屋里，靠为人缝补浆洗糊口，最穷的时候，她卖掉铁锅换粮食，捡了个破瓦盆用来做饭。就这样，她活到八十多岁才去世。我曾经为马氏家族叙家谱，但是马节妇丈夫的名字，她母亲的族氏，人们早忘记了。

相传她十一二岁时，跟随母亲到外婆家。外婆家一向有狐怪，当天夜里听到它们扔瓦片石头砸窗户。忽然，听见屋顶上厉声道：“这里住着贵人，你们不要找死。”然而，马节妇是以平民身份终老，所谓贵人也许就是孟子所说的“天爵”吧？先师李又聃先生，与马节妇是同乡，他曾经为马节妇作了一首诗：“早岁吟黄鹄，颠连四十春。怀贞心比铁，完节鬓如银。慷慨期千古，凋零剩一身。几番经坎坷，此念未缁磷。原注：节妇刚守寡时，还有几亩贫瘠的田地。有人想逼她改嫁，把这点儿田地掠夺至尽。震撼惊风雨，㧑呵赖鬼神。原注：有一年，一连十天下大雨，邻近人家新造的房屋都垮塌了，节妇一间东倒西歪的破屋竟然没事。天原常佑善，人竟不怜贫。稍觉亲朋少，羞为乞索频。一家徒四壁，九食度三旬。绝粒肠空转，佣针手尽皴。有薪皆扫叶，无甑可生尘。鬒面真如鹄，悬衣半似鹑。遮门才破荐，原注：节妇房门破碎，不能修造，用破草席代门，过了十多年。藉草是华茵。只自甘饥冻，翻嫌话苦辛。偷儿嗤饿鬼，原注：有天晚上有个小偷经过节妇屋上，节妇问是谁，小偷大笑道："我何至于跑进你这个饿鬼的家！"女伴笑痴人。原注：有一个同巷的贫穷妇人，丈夫死后改嫁一个有钱人家。回娘家时，穿着华丽的衣服来看望马节妇，说："你看我的享受，你难道不是太痴了吗？"生死心无改，存亡理亦均。喧阗凭燕雀，坚劲自松筠。伊我钦贤淑，多年共里闉。不辞歌咏拙，取表性情真。公议存乡校，廷评待史臣。他时邀紫诰，光映九河滨。"这首诗是李先生在乾隆壬申年赴京参加进士考试时，住在我家时写的，所以诗中只说"颠连四十春"。诗的风格酷似白居易。现在，我敬录于此，一来是为了宣扬节妇的贤德，二来是为了保存先师的遗墨。后来，我的岳父马周箓先生见到了此诗，便献出良田三百亩，为马节妇立后嗣，并请求朝廷旌表。这也许是诗篇的讽喻力量吧！

余从军西域时，草奏草檄，日不暇给，遂不复吟咏。或得一联一句，亦境过辄忘。乌鲁木齐杂诗百六十首，皆归途追忆而成，非当日作也。一日，功加毛副戎自述生平，怅怀今昔，偶为赋一绝句曰："雄心老去渐颓唐，醉卧将军古战场。半夜醒来吹铁笛，满天明月满林霜。"毛不解诗，余亦不复存稿。后同年杨君逢元过访，偶话及之。不知何日杨君登城北关帝祠楼，戏书于壁，不署姓名。适有道士经过，遂传为仙笔。余畏人乞诗，杨君畏人乞书，皆不肯自言。人又微知余能诗不能书，杨君能书不能诗，亦遂不疑及，竟几于流为丹青。迨余辛卯还京祖饯[1]，于是始对众言之。乃爽然若失。昔南宋闽人林外题词于西湖，误传仙笔。元王黄华诗刻于山西者，后摹刻于滇南，亦误传仙笔。然则诸书所谓仙诗者，此类多矣。

【注释】

①辛卯：乾隆三十六年(1771)。祖饯：饯行。

【译文】

我在西域从军时，每天要写各种奏章、公文，整天忙得不可开交，没有时间写诗吟诗。有时偶尔作了一联半句，也是事过就忘。乌鲁木齐杂诗一百六十首，都是在归途中追忆写成的，并非当时所作。有一天毛功加副总兵讲述了自己的生平，怅然感慨过去现在，我写了一首绝句："雄心老去渐颓唐，醉卧将军古战场。半夜醒来吹铁笛，满天明月满林霜。"毛副总兵不懂诗，我也没存底稿。后来同年考中的杨逢元来访，偶然说了这首诗。不知哪一天杨君登城北关帝祠，随便把这首诗写在墙上，没有署名。恰好有个道士经过，于是人们传成是仙人的手笔。我怕人求诗，杨逢元怕人求字，都不肯说破这事。人们略微知道我能写诗但是字不好，杨君字好诗写得不好，也就没有怀疑到我俩头上，于是这事几乎要载入史册了。直到乾隆辛卯年奉旨还京，大家饯行时我才说出真相。大家听了都惘然如有所失。过去南宋福建人林外在西湖题词，误传为仙人的笔迹。元代王黄华的诗刻在山西石头上，后来有人摹刻于滇南，也误传为仙人所作。可见世上所谓的仙诗，大多如此而已。

图裕斋前辈言：有选人游钓鱼台。时西顶社会，游女如织。薄暮，车马渐稀，一女子左抱小儿，右持鼗鼓[①]，袅袅来。见选人，举鼗一摇，选人一笑，女子亦一笑。选人故狡黠，揣女子装束类贵家，而抱子独行，又似村妇，踪迹诡异，疑为狐魅。因逐之絮谈，女子微露夫亡子幼意。选人笑语之曰："毋多言，我知尔，亦不惧尔。然我贫，闻尔辈能致财。若能赡我，我即从尔去。"女子亦笑曰："然则同归耳。"至其家，屋不甚宏壮，而颇华洁；亦有父母姑姊妹。彼此意会，不复话氏族，惟献酬款洽而已。酒阑就宿，备极嬿婉[②]。次日，入城携小奴及襆被往，颇相安。惟女子冶荡无度，奔命殆疲。又渐使拂枕簟[③]，侍梳沐，理衣裳，司洒扫，至于烟筒茗碗之役，亦遣执之。久而其姑若姊妹，皆调谑指挥，视如僮婢。选人耽其色，私其财，不能拒也。一旦，使涤厕牏[④]，选人不肯，女子愠曰："事事随汝意，此乃不随我意耶？"诸女亦助之诮责。由此渐相忤。既而每夜出不归，云亲戚留宿。又时有客至，皆曰中表，日嬉笑燕饮，或琵琶度曲，而禁选人勿至前。选人恚愤，女子亦怒，且笑曰："不如是，金帛从何来？使我谢客易，然一家三十口，须汝供给，汝能之耶？"选人知不可留，携小奴入京，僦住屋。次日再至，则荒烟蔓草，无复人居，并衣装不知所往矣。选人本携数百金，善治生，衣颇褴褛，忽被服华楚，皆怪之。具言赘婿状，人亦不疑。俄又褴褛，讳不自言。后小奴私泄其事，人乃知之。曹慕堂宗丞曰："此魅窃逃，犹有人理。吾所见有甚于此者矣。"

【注释】

①鼗(táo)鼓：俗称"拨浪鼓"。两旁缀灵活小耳的小鼓，有柄，执柄摇动时，两耳双面击鼓作响。

②嬿(yàn)婉：美好的样子。

③簟(diàn)：竹席。

④厕牏(yú)：便器。

【译文】

图裕斋前辈说：有个到京城等待候补官职的举人到钓鱼台游玩。当时西顶正好赛神聚会，出来游玩的女子很多。傍晚时分，车马渐渐稀少，只见有个女子左手抱个小孩，右手拿着一只拨浪鼓，袅袅婷婷走过来。见到举人，举起拨浪鼓一摇，举人一笑，女子也一笑。举人本来很机灵，打量女子的装束，像是富贵人家；但是抱着小孩独自行走，又像个乡村妇人，行迹可疑，猜疑这是个狐狸精。于是追随着跟她走，与她交谈些琐碎事，女子微微吐露丈夫已经去世孩子还小的意思。举人笑着对她说："不用多说了，我知道你是什么，也不怕你。但是我很穷，听说你们这一类能招来钱财。如果能养着我，我就跟你去。"女子也笑道："那么就一起回去吧。"到了她家，房子不很高大，不过极为华丽整洁；也有父母小姑姊妹等。彼此心里都明白，也就不再互相打听家族姓氏，只是寒暄摆酒欢宴饮酒而已。酒足饭饱，两人同寝，极其恩爱欢悦。第二天，举人回城，把一个小仆和行李也带来了，相处还算不错。只是那个女子淫荡无度，举人被折腾得筋疲力尽。她又渐渐支使他收拾床铺，侍候她梳头洗脸，帮她整理衣裳，洒水扫地，以至于递烟端茶之类的事也要他做。久而久之，她的小姑及姊妹之类都随便对他开玩笑，指来挥去叫他做这儿做那儿，好像使唤奴仆一样。举人迷恋她的美貌，贪图她的钱财，不敢拒绝。一天，她竟然叫他洗贴身内衣扫厕所，他不肯，女子生气说："事事都随你的意，这件事就不能随我的意吗？"其他女人也帮着责备他。从此相互间常有冲突。接着那个女子常常晚上出去不归，说是亲戚挽留住下。又常常有客人来，都说是表兄弟，天天嬉戏饮酒，有时还弹着琵琶唱歌助兴，而禁止举人不许靠近。举人又羞又怒，女子也发怒并冷笑道："不这样，金钱财物从哪里来？让我不见客容易，但是一家三十口人，由你供养，你能办到吗？"举人知道不能留下去了，带着小仆回京城去租房子。第二天再去，却只见一片荒烟野草，不见人影，连自己的衣服行李也不知到哪里去了。举人本来带了几百两银子进京，平时很节俭，衣服破旧，忽然穿得衣冠楚楚起来，人们都感到奇怪。他说是给人家做了入赘女婿，人们也不怀疑。不久他又穿得破破烂烂了，他又不肯说出缘故。后来小仆悄悄把这事泄露出去，人们才知道真相。

曹慕堂宗丞说:"这个妖怪偷了钱财逃走,还算有点儿人的味道。我见到的事还有比这更厉害的。"

武强张公令誉,康熙丁酉举人[①],刘景南之妇翁也。言有选人纳一姬,聘币颇轻,惟言其母爱女甚,每月当十五日在寓,十五日归宁。悦其色美而值廉,竟曲从之。后一选人纳姬,约亦如是。选人初不肯,则举此选人为例。询访信然,亦曲从之。二人本同年,一日话及,前选人忽省曰:"君家阿娇归宁上半月耶?下半月耶?"曰:"下半月。"前选人大悟,急引入内室视之,果一人也。盖其初鬻之时,已预留再鬻地矣。张公淳实君子,度必无妄言。惟是京师鬻女之家,虽变幻万状,亦必欺以其方,故其术一时不遽败。若月月克日归宁,已不近事理;又不时往来于两家,岂人不见闻。是必败之道,狡黠者断不出此。或传闻失实,张公误听之欤?然紫陌看花[②],动多迷路。其造作是语,固亦不为无因耳。

【注释】

①康熙丁酉:康熙五十六年(1717)。

②紫陌:郊野的路。

【译文】

武强的张令誉先生,是康熙丁酉年举人,刘景南的岳父。张先生说过这样一件事,有个候补官员娶了个小老婆,女方要的聘礼很少,只是说是因为母亲过分疼爱女儿,每月有十五天住他家,另外十五天要住在娘家。候补官员喜欢她的美貌,而且身价低廉,居然委曲求全答应了。后来,又有一个候补官员娶小老婆,女方也提出相似的约定。这个候补官员开始不答应,这家就举出了前一个候补官员的例子。他私下查询果然有此事，也委曲求全答应了。两个候补官员本来是同年考中的，一天聊起这件事，前一位忽然若有所悟地说："你家新娘子住娘家，是上半月还是下半月？"后一位答道："下半月。"前一位候补官顿时明白过来，急忙带着后一位进入内室观看，二人娶的竟是同一个女子。大概女方第一次做这笔买卖时，已经为再卖第二次留下馀地了。张先生是位忠厚君子，我觉得，他的话不会毫无根据。只是京城里以卖女为生的人家，手法虽然变化万端，却总是以欺骗对方为宗旨，所以这种招术不会迅速败露。但是，每月定时住娘家，已经不近情理；又要不时来往于两家，哪有不被人知道的。因此，这种计谋必然败露，狡诈的人绝对不会这么做。也许是传闻失实，张先生听错了？不过紫陌看花，容易迷路。有人造出这种传闻，当然也不是没有原因的。

朱青雷言：李华麓在京，以五百金纳一姬。会以他事诣天津，还京之日，途遇一友，下车为礼。遥见姬与二媒媪同车驰过。大骇愕，而姬若弗见华麓者。恐误认，思所衣绣衫又已所新制，益怀疑，草草话别。至家，则姬故在。一见，即问："尔先至耶？媒媪又将尔嫁何处？"姬仓皇不知所对。乃怒遣家僮呼其父母来领女。父母狼狈至。其妹闻姊有变，亦同来。入门则宛然车中女，其绣衫乃借于姊者，尚未脱。盖少其姊一岁，容貌略相似也。华麓方跳踉如虓虎，见之省悟，嗒然无一语[①]。父母固诘相召意，乃述误认之故，深自引愆[②]。父母亦具述方鬻次女，借衣随媒媪同往事。问价几何，曰："三百金，未允也。"华麓辗然[③]，急开箧取五百金置几上曰："与其姊同价可乎？"顷刻议定，留不遣归，即是夕同衾焉。风水相遭，无心凑合。此亦可为佳话矣。

【注释】

①嗒(tà)然:形容懊丧的神情。

②愆(qiān):罪过,过失。

③輾(chǎn)然:笑的样子。

【译文】

朱青雷说:李华麓在京城,花五百两银子纳了个妾。正好他有事到天津,回京城那天,途中遇到一个朋友,下车见礼。远远看见自己的妾和两个媒婆坐着一辆车子跑过去。李华麓大惊,妾却好像没有看见他似的。他以为认错了人,可是妾穿的衣服还是他给新做的,心里更加猜疑,和朋友草草告别。到了家,妾还在。李华麓一见妾便问:"你先回来了吗? 媒婆又想把你嫁到哪儿?"妾慌慌张张不知如何回答。李华麓发怒打发家僮去叫妾的父母来领她走。妾的父母狼狈地赶来。妾的妹妹听说姐姐出了事,也一起来了。进门一看,就是车里那个女子,身上穿的绣衫是跟姐姐借来的,还没来得及换下来。原来她比姐姐小一岁,长相差不多。李华麓正在像老虎一样发怒咆哮,见了妾的妹妹立即明白是怎么回事,耷拉下脑袋一声不吭了。妾的父母追问找他们来干什么,他说了认错人的事,诚恳道歉。妾的父母也一五一十说了要卖二女儿,借了衣服和媒婆同去的事。李华麓问卖了多少钱,她父母答:"三百两银子,我们还没答应。"李华麓笑着急忙打开箱子取出五百两银子,放在桌上,说:"和她姐姐一样的价,行么?"顷刻之间这事就定下来了,他把妾的妹妹也留了下来,当天晚上就和她同床共寝了。恰如风和水偶然相遇,无意地凑到一起。这也可以说是一段佳话。

刘东堂言:狂生某者,性悖妄,诋訾今古①,高自位置。有指摘其诗文一字者,衔之次骨,或至相殴。值河间岁试,同寓十数人,或相识,或不相识,夏夜散坐庭院纳凉。狂生纵意高谈,众畏其唇吻,皆缄口不答。惟树后坐一人,抗词与辩，连抵其隙，理屈词穷，怒问："子为谁？"暗中应曰："仆焦王相也。河间之宿儒。"骇问："子不久死耶？"笑应曰："仆如不死，敢捋虎须耶？"狂生跳掷叫号，绕墙寻觅。惟闻笑声吃吃，或在木杪，或在檐端而已。

【注释】

①诋訾（zǐ）：毁谤非议。

【译文】

刘东堂说：有个书生十分狂妄，任意贬斥古今人物，以抬高自己。如果有谁指出他的诗文某个字用得不好，他就恨之入骨，甚至动手打架。当时正逢河间府乡试，住在一起的十几个人，有相识的，也有不认识的，夏夜因为天热都散坐在院子里乘凉。狂生肆意高谈阔论，众人怕他那张嘴，都闭口不答理。只有树背后坐着一人，发话与他辩论，连连指出他的漏洞，狂生理屈词穷，怒问道："你是谁？"暗中一个声音回答道："我是焦王相。河间过去的著名学者。"狂生吃惊地问道："你不是早就死了吗？"那个声音笑着回答："我如果不死，敢捋老虎胡须吗？"狂生气得又跳又叫，绕着墙寻找。只听见"吃吃"的笑声，一会儿在树顶上，一会儿在屋檐边。

王洪绪言：鄚州筑堤时[①]，有少妇抱衣袱行堤上，力若不胜，就柳下暂息。时佣作数十人，亦散憩树下。少妇言归自母家，幼弟控一驴相送。驴惊坠地，弟入秫田追驴，自辰至午尚未返。不得已沿堤自行，家去此西北四五里，谁能抱袱送我，当谢百钱。一少年私念此可挑，不然亦得谢，乃随往。一路与调谑，不甚答亦不甚拒。行三四里，突七八人要于路曰[②]："何物狂且，敢觊觎我家妇女？"共执缚箠楚，皆曰："送官徒涉讼，不如埋之。”少妇又述其谑语。益无可辩，惟再三哀祈。一人曰：“姑贳尔[3]。然须罚掘开此塍，尽泄其积水。”授以一锸，坐守促之。掘至夜半，水道乃通，诸人亦不见。环视四面，芦苇丛生，杳无村落。疑狐穴被水，诱此人浚治云。

【注释】

①鄚(mào)州：古邑名。战国时属赵，汉置县。故城在今河北任丘境内。

②要(yāo)：古同“邀”，中途拦截。

③贳(shì)：宽纵，赦免。

【译文】

王洪绪说：鄚州修堤坝时，有个少妇抱着个包袱在堤坝上走，好像走不动了，靠在柳树下休息。有几十个打工的人也三三两两在树下休息。少妇说她从娘家回来，只有小兄弟赶着驴送她。驴受惊把她掀下来，弟弟到高粱地里找驴，从早晨一直到中午也没回来。她不得已沿着堤坝自己走，家离这儿往西北还有四五里，谁能扛着包袱送送，就谢一百钱。一个年轻人暗想，这个女子可以挑逗，沾不成便宜也能得酬谢的几个钱，就送她走。一路上这个年轻人和她调笑，她不怎么搭理，也不拒绝。走了三四里，突然有七八个人拦在路上，说：“哪儿来的狂徒，敢打我家女人的主意？”七手八脚把年轻人绑起来打了一顿，都说：“送到官府打官司太麻烦，不如活埋了他。”少妇又讲述了年轻人一路上说的轻薄话。他更是有口难辩，只能再三求饶。一个人说：“姑且饶你，罚你把这段田埂挖开，把积水排出去。”于是交给他一把铁锹，大家坐下来催他快挖。他一直挖到半夜，水路通了，那几个人也忽然不见了。他环视四周，只见芦苇丛生，一眼望去，不见村落。有人怀疑是狐狸洞遭水淹，诱惑这个年轻人来替它们疏通。

卷十七

姑妄听之三

【题解】

《阅微草堂笔记》对讲学家的批评比比皆是，散见于各卷的琐屑故事中。如果说以往批评属于零敲碎打，那么，本卷中就有了集中火力的一次讨伐。所谓讲学家，是指那些职业的理学教育家，从北宋开始到清代，一直有这样一个人群，以圣贤自居，宣扬理学。纪昀历来痛恨讲学家，他认为这些人歪曲了儒学经典的原意，同时，更为可憎的是，这些人借宣扬儒学播扬自己的名声。纪昀无法容忍他们对儒学的篡改，批评他们总是“崖岸太峻”，动不动以不情之理责人，而且“责人无已时”；他们虚伪，道貌岸然却内心肮脏，没有真才实学却喜欢标榜门户。纪昀激烈抨击讲学家只是一味空谈，不研究治国理政的可行性策略，不探求抵御灾难的实际方案；他们只是耍弄伎俩，大谈那些根本不可能实施的学说，让人无法试验、不敢试验，在他们的高谈阔论之下，包藏着不可叵测的祸心。毫无疑问，纪昀是正统思想的代言人，是封建统治思想的崇拜和推行者，正统儒学思想则是他的精神主体，他借狐鬼故事不止一次地强调，四书五经由世代宿儒胡乱转注，以讹传讹，此类书不能读，他主张子弟读真“圣贤”书。众所周知，儒学精神的核心是“爱人”，人性的主体是人的欲望，而儒家从未断然否定过人的正当欲望，只是要求人们必须在正义和道德原则下满足欲望，儒教宣扬的道理与人之常情基本一致，因而,处处捍卫儒学经典真意的纪昀,他本人的说理叙事都比较接近人们真实的伦理生活。同时,对于那些没有接受过正统教育的下层百姓,纪昀又显得比较宽容,这些人只要本性善良,懂得孝道,即使是其他方面有瑕疵,甚至做过坏事,纪昀也能原谅。

族侄竹汀言:文安有佣工古北口外者,久无音问。其父母值岁荒,亦就食口外,且觅子,亦久无音问。后乃有人见之泰山下。言昔至密云东北,日已暮,风雪并作。遥见山谷有灯光,漫往投止。至则土屋数楹,围以秫篱,有老妪应门,问其里贯,入以告。又遣问姓名年岁,并问:"曾有子出口否? 子何名? 年几何岁?"具以实对。忽有女子整衣出,延入上坐,拜而侍立;促老妪督婢治酒肴,意甚亲昵。莫测其由,起而固诘。则失声伏地曰:"儿不敢欺翁姑。儿狐女也,尝与翁姑之子为夫妇。本出相悦,无相媚意。不虞其爱恋过度,竟以瘵亡。心恒愧悔,故誓不别适,依其墓以居。今无意与翁姑遇,幸勿他往,儿尚能养翁姑。"初甚骇怖,既而见其意真切,相持涕泣,留共居。狐女奉事无不至,转胜于有子。如是六七年,狐女忽遣老妪市一棺,且具锸畚。怪问其故,欣然曰:"翁姑宜贺儿。儿奉事翁姑,自追念逝者,聊尽寸心耳,不期感动土神,闻于岳帝。岳帝悯之,许不待丹成,解形证果。今以遗蜕合窆,表同穴意也。"引至侧室,果一黑狐卧榻上,毛光如漆;举之轻如叶,扣之乃作金石声。信其真仙矣。葬事毕,又启曰:"今隶碧霞元君为女官,当往泰山。请共往。"故相偕至此,僦屋与土人杂居。狐女惟不使人见形,其供养仍如初也。后不知其所终。此与前所记狐女略相近，然彼有所为而为，故仅得逭诛[①]；此无所为而为，故竟能成道。天上无不忠不孝之神仙，斯言谅哉。

【注释】

①逭(huàn)诛：逃避诛罚。

【译文】

堂侄竹汀说：文安县有个人到古北口外当雇工，久无音信。他的父母因为年成不好，也到口外谋生，同时寻找儿子，去后也久无音信。后来有人在泰山下见到了老两口。他们说当初到密云县东北时，天色已晚，风雪交加。远远看见山谷里有灯光，就投奔过去。到了跟前，看到几间土房，围着高粱秸杆的篱笆，有个老妈子出来，问了他们的籍贯乡里，进去通告。老妈子又出来问姓名年龄，并问道："有没有儿子到口外？儿子叫什么？多大了？"老两口都照实说了。忽然有个女子衣履整齐迎了出来，请老两口坐上座，拜见之后，侍立一旁；叫老妈子催促婢女准备酒菜，态度很亲热。老两口不知是怎么回事，站起来再三追问。女子失声痛哭，趴在地上说："我不敢骗公婆。我是狐女，曾和您的儿子结为夫妻。我本来出于爱慕，没有媚惑他的意思。没想到他爱恋我过度，竟然因为精气枯竭得痨病死了。我心里时常悔恨，所以发誓不再嫁，就在他的墓旁住着。如今无意间遇见了公婆，希望不要到别处了，我还能赡养公婆。"老两口开始时害怕极了，后来见她情真意切，相互拉着手哭了一场，留了下来。狐女侍奉公婆无所不至，反而胜过儿子。这么过了六七年，狐女忽然打发老妈子去买了一副棺材，而且准备铁锹簸箕之类。老两口奇怪地问她这是干什么，狐女高兴地说："公婆应该祝贺我。我侍奉公婆，不过是为追念死去的丈夫，尽尽我的心意，不料却感动了土神，报告了东岳帝。东岳帝同情我，准许我不等我修炼丹药成功，就能脱形成正果。如今要把我的遗蜕和丈夫合葬在一起，表示死则同穴的意思。"说罢把老两口带到旁边的屋子里，果然有一只黑色狐狸躺在榻上，毛色如黑漆；举起来轻得像树叶，一敲却发出当当的响声。这才相信她是真仙。安葬完毕，她又对公婆说："如今我隶属碧霞元君为女官，应该到泰山去。请公婆和我一起走。"于是一起到了泰山，租了房子和当地人杂居在一块儿。狐女只是不叫人看见她的形体，奉养公婆还像以前一样。后来就不知他们怎样了。这个故事和前面所记叙的狐女大致相同，不过前一个狐女是为了自己的目的供养婆婆，所以仅仅免于天诛；这个狐女不是有所求而奉养公婆，所以能修炼成仙。天上没有不忠不孝的神仙，这话一点儿也不假啊。

竹汀又言：有夜宿城隍庙廊者，闻殿中鬼语曰："奉牒拘某妇。某妇恋其病姑，不肯死，念念固结，神不离舍，不能摄取，奈何？"城隍曰："愚忠愚孝，多不计成败。与命数争，徒自苦者，固不少；精诚之至，鬼神所不能夺者，挽回一二，间亦有之。与强魂捍拒，其事迥殊，此宜申岳帝取进止，毋遽以厉鬼往也。"语讫，遂寂。后不知究竟能摄否。然足知人定胜天，确有是理矣。

【译文】

竹汀又说：有个人夜里住在城隍庙的走廊里，听到殿里鬼在说话，小鬼说："我奉命去拘捕某个妇人。这个妇人牵念生病的婆婆，不愿意死，她的意念坚定，魂不离开身体，我没法拘捕她，怎么办？"城隍说："愚忠愚孝的人，大多不计较成败得失。他们与命运抗争，实在是自讨苦吃，这种人固然不少；然而由于精诚所至，鬼神也不能夺去性命，偶尔也会有一两个挽回的。这种情况，与强魂抗拒完全不同，你说的事应该禀报岳帝，再行定夺，千万不要匆匆忙忙以厉鬼的形状去强行拘捕啊。"说完，就再也没有声音了。后来不知究竟能否摄得那个妇人。然而足以证明人定胜天，的确有这样的道理啊。

顾郎中德懋，世所称判冥者也。尝自言平反一狱，颇自喜。其姓名不敢泄，其事则有姑出其妇者，以小姑之谗，非其罪也。姑性卞[①]，仓卒度无挽回理；而母家亲党无一人，遂披缁尼庵，待姑意转。其夫怜之，时往视妇，亦不能无情。庵旁有废园，每约以夜伏破屋，而自逾墙缺私就之。来往岁馀，为其师所觉。师持戒严，以为污佛地，斥其夫勿来，来且逐妇。夫遂绝迹，妇竟郁郁死。冥官谓既入空门，宜遵佛法，乃耽淫犯戒，当从僧律科断，议付泥犁。顾驳之曰："尼犯淫戒，固有明刑。然必初念皈依，中违誓愿，科以僧律，百喙无词。此妇则无罪仳离，冀收覆水，恩非断绝，志且坚贞。徒以孤苦无归，托身荒刹。其为尼也，但可谓之毁容，未可谓之奉法；其在庵也，但可谓之借榻，不可谓之安禅。若据其浮踪，执为恶业，则瑶光夺婿[②]，更以何罪相加？至其感念故夫，逾墙幽会，迹似'赠以芍药'[③]，事均'采彼蘼芜'[④]。人本同衾，理殊失节。阳律于未婚私媾，仅拟杖刑，犹容纳赎。兹之违礼，恐视彼为轻，况已抑郁捐生，纵有微愆，足以蔽罪。自应宽其薄罚，径付转轮。准理酌情，似乎两协。"事上，冥王竟从其议。此语真妄，无可证验，然据其所议，固持平之论矣。又，顾临殁，自云以多泄阴事，谪为社公。姑存其说，亦足为轻谈温室者箴也[⑤]。

【注释】

①卞：急躁。

②瑶光夺婿：北魏时洛阳有瑶光寺，是宫廷嫔妃美人学道之所。她们脱去华丽的服饰，穿上修道的服装，来这里出家为尼。当时有“洛阳男儿急作髻，瑶光寺尼夺作婿”的话，以此来讽嘲道院不洁。事见北魏杨炫之《洛阳伽蓝记》。

③赠以芍药：原文出自《诗经》：“维士与女，伊其相谑，赠之以芍药。”年轻男女在一块儿互相戏谑，赠送对方以芍药。描写了青年男女交游示爱的场面。

④采彼蘼芜(mí wú)：出自乐府诗《上山采蘼芜》，全篇是弃妇和故夫偶尔重逢时的一番简短对话。蘼芜，一种香草，叶子风干可以做香料。古人相信蘼芜可使妇人多子。

⑤“姑存”二句：《汉书·孔光传》记载，孔光出言谨慎，回家从来不说朝廷的事。有人问他皇家温室里有什么树，他都顾左右而言他。

【译文】

郎中顾德懋，就是人们所说的活着能断阴间案子的那种人。他自己说过为一桩案件平过反，颇有点儿洋洋自得。当事人的姓名不敢泄露，主要事由是婆婆休了她的儿媳妇，是因为小姑向母亲进谗言，不是儿媳的罪过。婆婆性格刚愎暴躁，一时间恐怕难以挽回；而娘家族中一个亲人也没有，儿媳妇就到尼姑庵出了家，等待婆婆回心转意。她丈夫爱怜她，时常到尼姑庵探视妻子，她也不能无情拒绝他。尼姑庵旁边有座废园，每次都是她和丈夫约好，丈无晚上躲在破屋里，她就翻墙出庵去与他私会。这样来往了一年多，被她师傅发现了。师傅遵守戒规极其严格，认为她这样做玷污了佛地，斥责她丈夫以后不要再来，再来的话就赶她走。于是她丈夫不敢再来，她后来郁闷而死。冥官认为，既然遁入空门，就要遵守佛法，她却因为沉湎于淫欲而犯戒，应当根据僧律定罪，议定将她打入地狱。顾德懋驳斥说：“尼姑犯了淫戒，当然有明确的刑罚。但应当是针对一开始就皈依佛门、中途却违背誓愿的，这种情况根据僧律量刑，就是长一百张嘴也无言反驳。而这位女人却是无罪被迫与丈夫离异，希望婆婆能改变原先的决定，他们恩义本来就没有断绝，她意志坚强并且是贞洁的。完全是因为孤苦无靠，才托身于尼姑庵中暂且安身。她做尼姑，只可称为毁坏容貌，不可称为奉信佛法；她身处庵里，只能说是借宿，不能说是参禅悟理。如果只是因为她暂时寄居尼庵，就认定她犯了尼姑淫乱的罪孽，那么像北魏时瑶光寺的尼姑争抢洛阳男人为夫婿之类的情况，又该判定什么样的罪名呢？至于她思念先前的丈夫，翻墙幽会，从表面上看好像《诗经·溱洧》描写的男女相互调情的情形一样，而事情本身却和古诗《上山采蘼芜》描写被休弃的妻子见到原来的丈夫情况相同。他们本来就是同床共枕的夫妻，这与失节完全是两回事。阳间的刑律对于未婚私通的，仅施以杖刑，还容许结为夫妻。现在这对夫妇违背礼节的程度，其实比未婚私通恐怕还轻，更何况这个女人已经因为郁闷而死，即便有些小过错，也足以遮盖过去了。自然应该从轻处罚，直接让她进入轮回。这样处理，于情于理，似乎都讲得通。”陈词报上去后，阎王竟然同意了顾德懋的意见。这种说法的真假，无可验证，但是他的那段议论，倒是公平之论。又，顾德懋临死时，自称因为泄露阴间秘密太多，被贬作土地神。姑且把他的说法保存下来，也好让那些轻易泄露隐密的人引起警惕。

库尔喀喇乌苏库尔喀喇，译言黑；乌苏，译言水也。台军李印[①]，尝随都司刘德行山中。见悬崖老松贯一矢，莫测其由。晚宿邮舍，印乃言昔过是地，遥见一骑飞驰来，疑为玛哈沁，伏深草伺之。渐近，则一物似人非人，据马上，马乃野马也。知为怪，发一矢，中之。嗡然如钟声，化黑烟去；野马亦惊逸。今此矢在树，知为木妖也。问：“顷见之何不言？”曰：“射时彼原未见我。彼既有灵，恐闻之或报复，故宁默也。”

其机警多类此。一日，塔尔巴哈台押遣寇满答尔至，命印接解。以铁杻贯手[②]，以铁链从马腹横锁其足。时已病，奄奄仅一息。与之食，亦不甚咽；在马上每欲倒掷下，赖絷足得不堕。但虑其死，不虑其逃也。至戈壁，两马相并，又作欲堕状，印举手引之，突挺然而起，以杻击印仆马下，即旋辔驰入戈壁去。戈壁东北连科布多，北路定边副将军所属。绵亘数百里，古无人迹，竟莫能追，始知其病者伪也。参将岳济，坐是获重谴，印亦长枷[③]。既而伊犁复捕得满答尔。盖额鲁特来降者，赏赉最厚。满答尔贪饵而出，因就擒。讯其何以敢再至，则曰："我罪至重，谅必不料我来；我随众而来，亦必不疑其中有我。"其所计良是，而不虞识其项上箭瘢也。以印之巧密，而卒为术愚；以满答尔之深险，而卒以诈败。日以心斗，诚不知其所穷。然任智终遇其敌，未有千虑不一失者，则定理也。

【注释】

①台军：清代设置传递军报机构的兵士。清制，除全国腹地设有相当数量的驿所外，通向沿边地区专司军报的分别是站、塘、台。

②杻(niǔ)：古代镣铐一类的刑具。

③长枷：旧时一种套在脖子上的刑具，比一般的枷长、宽、重。

【译文】

库尔喀喇乌苏库尔喀喇，译成汉语是"黑"；乌苏，译成汉语即"水"。的台军李印，曾经跟随都司刘德在山里赶路。刘德看见悬崖的老松树上贯穿着一支箭，不知道是怎么回事。晚上他们在驿站住下，李印才说，从前路过这个地方时，看见一个人骑着马飞驰而来，怀疑是玛哈沁，于是埋伏在深草丛中等着。马跑近了发现，是一个又像人又不像人的怪物骑在马上，马也是一匹野马。他知道是妖怪，就射了一箭，射中时发出“嗡嗡”的像撞钟的声音，妖物化成一道黑烟散去；野马也惊跑了。现在这支箭贯穿在树上，才知道那是个木妖。刘德问他：“刚才看到时为什么不说？”李印答道：“射的时候它没有看见我。它既然有灵通，担心它听到了来报复，所以宁愿沉默。”李印就是这样机警。一天，塔尔巴哈台押来一个名叫满答尔的强盗，长官命令李印接着押送。李印用铁铐铐住他的手，用铁链从马肚子底下绕上来横锁住他的脚。满答尔当时已经患病，看上去奄奄一息。喂给他食物，他也不大往下咽；在马上，总是要向下倒，只是因为系住了脚，才没有掉下来。李印只担心他会死，没有担心他会逃。到了戈壁，两人的马并排着走，满答尔又作出要倒下的样子，李印伸手去拉他，他突然挺起身子，用镣铐把李印砸倒在马下，接着拨转马头，向戈壁深处奔驰。戈壁东北面连着科布多，属北路定边副将军管辖。绵延几百里，自古没有人迹，根本无法追捕，这才知道他生病是假装的。参将岳济因此事受到严厉惩处，李印也被戴上重枷。后来伊犁又抓到了满答尔。原来，额鲁特部落的人来归降的，赏赐最多。满答尔贪赏，结果被擒。问他为何敢再来，他说：“我的罪最重，估计你们肯定想不到我还会来；我跟随众人一起来，你们肯定不会怀疑其中有我。”他想得也确实周到，没料到人们会认出他头顶上的箭伤疤痕。像李印这样机警细心，结果还是中了圈套；像满答尔那样阴险狡诈，结果还是因使诈而败露。人们每天都在斗心计，确实不知心计还会巧妙到什么地步。但是专门倚仗心计的人，终究会遇到对手，从来没有千虑而不一失的，这一点是肯定无疑的。

李义山诗“空闻子夜鬼悲歌”，用晋时鬼歌子夜事也。李昌谷诗“秋坟鬼唱鲍家诗”①，则以鲍参军有《蒿里行》②，幻窅其词耳③。然世固往往有是事。田香沚言：尝读书别业，一夕，风静月明，闻有度昆曲者。亮折清圆，凄心动魄。谛审之，乃《牡丹亭》“叫画”一出也。忘其所以，静听至终。忽省墙外皆断港荒陂[4]，人迹罕至，此曲自何而来？开户视之，惟芦荻瑟瑟而已。

【注释】

①李昌谷：李贺，字长吉，别号李昌谷，人称“诗鬼”。诗作想象极为丰富，经常用神话传说来托古寓今，所以后人常称他为“鬼才”，创作的诗文为“鬼仙之辞”。

②鲍参军：鲍照(约 415—466)，字明远，曾任前军参军，故称。南朝宋文学家，与颜延之、谢灵运合称“元嘉三大家”，长于乐府诗。

③窅(yǎo)：幽深。

④陂(bēi)：水边，池边。

【译文】

李商隐的诗有“空闻子夜鬼悲歌”的句子，用的是晋代鬼唱《子夜歌》的典故。李贺诗有“秋坟鬼唱鲍家诗”的句子，是因为鲍照有《蒿里行》一诗，他加以想象发挥。然而世上往往有这种事。田香沚说：他曾经在别墅读书，一天晚上，风静月明，听见有人在唱昆曲。歌声宏亮曲折，清丽圆润，听来让人伤心动魄。细细一听，原来是《牡丹亭》的“叫画”一出戏。香沚听得入神，忘了想别的，静静听到唱完。忽然醒悟墙外都是荒废的水边和码头，人迹罕至，这歌声是从哪儿来的？开门一看，只有芦苇在秋风中瑟瑟摇动而已。

香沚又言：有老儒授徒野寺。寺外多荒冢，暮夜或见鬼形，或闻鬼语。老儒有胆，殊不怖。其僮仆习惯，亦不怖也。一夕，隔墙语曰：“邻君已久，知先生不讶。尝闻吟咏，案上当有温庭筠诗，乞录其《达摩支曲》一首焚之。”又小语曰：“末句‘邺城风雨连天草’，祈写‘连’为‘粘’，则感极矣。顷争此一字，与人赌小酒食也。”老儒适有温集，遂举投墙外。约一食顷，忽木叶乱飞，旋飚怒卷，泥沙洒窗户如急雨。老儒笑且叱曰：“尔辈勿劣相。我筹之已熟：两相角赌，必有一负；负者必怨，事理之常。然因改字以招怨，则吾词曲；因其本书以招怨，则吾词直。听尔辈狡狯，吾不愧也。”语讫而风止。褚鹤汀曰：“究是读书鬼，故虽负气求胜，而能为理屈。然老儒不出此集，不更两全乎？”王縠原曰：“君论世法也。老儒解世法，不老儒矣。”

【译文】

田香沚又说：有个老儒在郊外野庙里教学生。庙外面有许多荒坟，黄昏夜晚，有时看到鬼影，有时听见鬼说话。老儒有胆量，一点儿不害怕。他的僮仆习惯了，也不怕。一天晚上，有个鬼隔着墙对老儒说：“咱们做邻居已经很久了，我知道您不因为我们大惊小怪。曾经听见您吟咏诗句，书桌上应该有温庭筠的诗，想求您抄录那首《达摩支曲》烧掉。”接着，鬼又小声说：“末句的‘邺城风雨连天草’，请您把‘连’写作‘粘’，我就更感激不尽了。刚才，为了这个字争论，与人打赌输赢酒菜。”老儒案头正放着一本温庭筠的诗集，就随手把它扔出了墙外。约摸过了一顿饭光景，外面忽然狂风怒吼，树叶乱飞，泥土沙石像急雨一般洒到窗户上。老儒笑着叱责道：“你们不要这种样子。我谋划得很周到：双方打赌，必定有一个输的；输的一方肯定不高兴，这是常理。然而，如果我把诗中的字改了招来怨恨，我理亏；如果我用原文，即便受人抱怨，我也理直气壮。任凭你怎样狡诈，我都问心无愧。”老儒的话音刚落，风立即停了。褚鹤汀说：“毕竟是读书鬼，所以尽管他们为一个字赌气求胜，仍然能服从正理。然而，如果老儒不把那本诗集扔出墙外，不是更两全其美了吗？”王毂原说：“您说的是世故的方法。老儒如果懂这些，就不是个老儒生了。”

司爨王媪即见醉钟馗者。言：有樵者伐木山冈，力倦小憩。遥见一人持衣数袭，沿路弃之，不省其何故。谛视之，履险阻如坦途，其行甚速，非人可及；貌亦惨淡不似人，疑为妖魅。登高树瞰之，人已不见。由其弃衣之路，宛转至山坳，则一虎伏焉。知人为伥鬼，衣所食者之遗也。急弃柴自冈后遁。次日，闻某村某甲于是地死于虎矣。路非人径所必经，知其以衣为饵，导之至是也。物莫灵于人，人恒以饵取物。今物乃以饵取人，岂人弗灵哉！利汩其灵[1]，故智出物下耳。然是事一传，猎者因循衣所在，得虎窟，合铳群击，殪其三焉。则虎又以智败矣。辗转倚伏，机械又安有穷欤？或又曰：“虎至悍而至愚，心计万万不到此。闻伥役于虎，必得代乃转生。是殆伥诱人自代，因引人捕虎报冤也。”伥者人所化，揆诸人事，固亦有之。又惜虎知伥助己，不知即伥害己矣。

【注释】

①汩（gǔ）：弄乱，扰乱。

【译文】

在我家做饭的王老太就是见到过醉钟馗的。说：有个打柴的人到山冈上打柴，觉得累了稍微歇会儿。远远望见一人拿着几件衣服，沿途丢弃，他不明白是何缘故。仔细观察，发现那个人走崎岖艰险的路像走平地，走得很快，一般人赶不上；相貌暗淡无光，面色惨白，不像人样，就怀疑他是妖魅。打柴人爬到一棵高树上瞭望，那个人已经不见了。沿着那个人丢衣服的路，拐弯到山坳，只见一只老虎伏着。这才明白那个人是个伥鬼，那些衣服是被害者的遗物。赶忙丢了柴，从山冈后面逃了。第二天，打柴人听说某村的某甲在山坳里被老虎吃了。这条路不是人的必经之路，打柴人猜老虎是用衣服做诱饵，引诱人来到这里的。动物不会比人更聪明，人总是用诱饵捕获猎物。现在动物竟然利用诱饵吃人，难道是因为人不聪明吗！是因为利欲扰乱了心智，所以人反倒不如动物聪明了。但这件事一传出来，猎人们顺着衣服丢弃的路径，发现了虎窝，一齐开枪，打死了三只老虎。这样老虎又因为心智而招来灭顶之灾。祸福辗转相互生变，机巧变幻又怎么会有尽头呢？又有人说："老虎最强暴但也最愚蠢，心计万万到不了这种地步。听说伥鬼受老虎奴役，必须找到替身才能投生。大概是伥鬼诱使别人代替自己，又引来猎人捕杀老虎报仇。"伥鬼是人变的，考察一下人间世事，当然也会有这种事情。可惜老虎只知道伥鬼帮助自己，却不知也是它害了自己。

梁豁堂言：有粤东大商，喜学仙，招纳方士数十人，转相神圣，皆曰冲举可坐致。所费不赀，然亦时时有小验，故信之益笃。

一日，有道士来访，虽敝衣破笠，而神意落落，如独鹤孤松。与之言，微妙玄远，多出意表。试其法，则驱役鬼神，呼召风雨，如操券也；松鲈、台菌、吴橙、闽荔，如取携也；星娥琴竽，玉女歌舞，犹仆隶也。握其符，十洲三岛，可以梦游。出黍颗之丹，点瓦石为黄金，百炼不耗。粤商大骇服，诸方士自顾不及，亦稽首称圣师，皆愿为弟子，求传道。道士曰："然则择日设坛，当一一授汝。"

至期，道士登座，众拜讫。道士问："尔辈何求？"曰："求仙。"问："求仙何以求诸我？"曰："如是灵异，非真仙而何？"道士轩渠良久[1]，曰："此术也，非道也。夫道者冲漠自然[2]，与元气为一，乌有如是种种哉！盖三教之放失久矣。儒之本旨，明体达用而已，文章记诵，非也，谈天说性，亦非也；佛之本旨，无生无灭而已，布施供养，非也，机锋语录，亦非也；道之本旨，清净冲虚而已，章咒符箓，非也，炉火服饵，亦非也。尔所见种种，是皆章咒符箓事，去炉火服饵，尚隔几尘，况长生乎？然无所征验，遽斥其非，尔必谓訾其所能，而毁其所不能，徒大言耳。今示以种种能为，而告以种种不可为，尔庶几知返乎！儒家释家，大伪日增，门径各别，可勿与辩也。吾疾夫道家之滋伪，故因汝好道，姑一正之。"因指诸方士曰："尔之不食，辟谷丸也[3]。尔之前知，桃偶人也；尔之烧丹，房中药也；尔之点金，缩银法也；尔之入冥，茉莉根也；尔之召仙，摄灵鬼也；尔之返魂，役狐魅也；尔之般运，五鬼术也[4]；尔之辟兵，铁布衫也[5]；尔之飞跃，鹿卢蹻也[6]。名曰道流，皆妖人耳。不速解散，雷部且至矣。"振衣欲起。

众牵衣叩额曰："下士沉迷，已知其罪，幸逢仙驾，是亦前缘。忍不一度脱乎？"道士却坐，顾粤商曰："尔曾闻笙歌锦绣之中，有一人挥手飞升者乎？"顾诸方士曰："尔曾闻炫术鬻财之辈，有一人脱屣羽化者乎[7]？夫修道者须谢绝万缘，坚持一念，使此心寂寂如死，而后可不死；使此气绵绵不停，而后可长停。然亦非枯坐事也。仙有仙骨，亦有仙缘。骨非药物所能换，缘亦非情如所能结。必积功累德，而后列名于仙籍，仙骨以生；仙骨既成，真灵自尔感通，仙缘乃凑。此在尔辈之自度，仙家安有度人法乎？”因索纸大书十六字曰：“内绝世缘，外积阴骘；无怪无奇，是真秘密。”投笔于案，声如霹雳，已失所在矣。

【注释】

①轩渠：笑的样子。

②冲漠：虚寂恬静。

③辟谷：又称“却谷”、“断谷”、“绝谷”、“休粮”、“绝粒”等，道家修炼成仙的一种方法。相传不吃五谷，而是食气，吸收自然能量。

④五鬼术：方士驱使鬼狐搬取他人财物的法术。民间传说中的五鬼，指的其实是五瘟神，又称“五瘟使”，分别为春瘟张元伯、夏瘟刘元达、秋瘟赵公明、冬瘟钟士贵和总管中瘟史文业。

⑤铁布衫：全身如钢铁般能抵抗外力的任何攻击，是中国功夫中最有名的护体硬气功。

⑥鹿卢跻（qiāo）：道教所说的登高涉险的用具。

⑦脱屣（xǐ）羽化：脱屣，比喻看得很轻，无所顾恋，犹如脱掉鞋子。羽化，道教称成仙。

【译文】

梁豁堂说：有个粤东巨商，喜欢学仙，招来几十个方士，方士们彼此吹捧对方是神圣，都说成仙指日可待。他们花掉钱财无数，但也常常有些小的灵验，于是巨商就更相信他们了。

有一天，有个道士来访，虽然他穿着破衣裳、戴着破斗笠，但是神态洒脱，有独鹤孤松的风度。和他交谈，觉得他神思妙远，大多出于常人想像之外。请他表演法术，他驱使鬼神，呼风唤雨，都像是有约定一样；松江的鲈鱼、台州的鲜蘑、吴地的蜜桔、福建的荔枝，他随意取来就像是身边带着的；请星娥弹琴吹竽，召玉女唱歌跳舞，就好像指挥他的仆隶。

拿着他的符,可以梦游十洲三岛。他拿出米粒大小的一颗丹,点瓦片石头为黄金,而且冶炼一百遍也不会损耗。商人极为惊服,方士们也自觉比不上,都叩头称呼圣师,愿意当他的弟子,请求传道。道士说:"那么就选个日子设坛,一一传授给你们。"

到了这一天,道士登坛坐下,方士们一一拜过。道士问:"你们都有什么要求?"大家说:"想成仙。"道士说:"想成仙怎么来求我?"大家说:"您这么灵异,不是真仙还会是什么?"道士笑了好久道:"这是法术,而不是道。所谓道,虚静自然,和元气成为一体,哪里有这样种种法术!说起来,儒、道、佛三教已经放任好久了。儒的本旨是明事理而通达有用,不是记诵文章,也不是谈天说物性;佛的本旨是无生无灭,不是布施供养,也不是散布神机微妙的箴言;道的本旨是清静无为,不是念咒用符,也不是炼丹服药。你们所见到的种种,都是念咒用符之类,离炼丹服药还隔着好几个层次,何况长生不老呢?但是如果我没有什么法术,却一来就贬斥法术,你们肯定会认为我褒奖我所能的,而诋毁我所不能的,只不过说些大话吓人。如今我显示出种种所能做到的,同时告诉你们这种种法术不能去学,或许你们能够迷途知返吧!儒、佛两家,虚伪的东西越来越多,由于门派不同,不必与他们辩论。我痛恨道家的虚伪也在滋生,所以借你们好道,姑且一正视听。"于是道士指着方士们说:"你不吃饭,是因为吃了辟谷丸。你事先知道有没有鬼,靠的是桃木偶人;你烧的丹,不过是春药;你的所谓点金法,不过是缩银法;你的所谓能进入地府,靠的是茉莉根的麻醉作用;你的所谓能招仙,不过是摄灵魂;你的所谓能返魂,不过是役使狐魅;你的所谓搬运术,不过用的是五鬼术;你的所谓刀枪不入,靠的是铁布衫功;你的所谓飞跃,不过是学了鹿卢跻的功夫。你们自称道士,实际上都是妖人。不赶紧解散,雷神就要来惩罚你们了。"道士抖抖衣服要起来。

方士们拉着他的衣服叩头道:"我们沉迷其中,已经知道我们的罪过了,幸好遇上了仙人,这也是前缘。您能忍心不帮助我们超脱么?"道士离开座位,回头看着商人说:“你听说过生活在富贵乡中的人,有谁挥挥手就成仙升天了?”道士又回头看着方士们说:“你们听说过靠着卖弄方术赚钱的人,有谁脱离尘世而登仙了?修道的人必须谢绝所有尘缘,坚持一种意念,使自己的心沉寂得如同死了一样,这样之后就可以不死了;假如这种气息绵延不停,然后才能青春永驻。但这也不是枯坐就能成事。成仙要有仙骨,也要有仙缘。仙骨并不是吃点儿药就能换来的,仙缘也不是感情好就能结成。必须积累功德,然后才能列名于仙籍之中,这样就能生出仙骨;仙骨既然长成,真灵便从此感通,于是仙缘也就形成了。这一切全要靠你们自己去度脱,仙家哪有什么度脱人的法术?”道士要来纸笔写了十六个大字道:“内绝世缘,外积阴骘;无怪无奇,是真秘密。”写完把笔扔到桌上,发出像霹雳一样的响声,众人再看时,道士已经不见了。

表伯王洪生家,有狐居仓中,不甚为祟;然小儿女或近仓游戏,辄被瓦击。一日,厨下得一小狐,众欲捶杀以泄愤。洪生曰:“是挑衅也。人与妖斗,宁有胜乎?”乃引至榻上,哺以果饵,亲送至仓外。自是儿女辈往来其地,不复击矣。此不战而屈人也。

【译文】

我的表伯王洪生家,有狐狸住在仓房里,不怎么作怪;但是小孩子如果靠近仓房做游戏,就会被瓦片飞来击中。一天,家里人在厨房抓到一只小狐狸,都说把它捶死,以发泄愤怒。王洪生说:“这是挑起事端引来麻烦。人与妖怪斗,哪有斗赢的呢?”于是他把小狐狸放在床上,用果子点心喂它,然后亲自送到仓房旁。从此以后,小孩们经过那个地方,再也没有瓦片飞来了。这是不打仗而使它屈服了。

又,舅氏安公五占,居县东留福庄。其邻家二犬,一夕吠甚急。邻妇出视无一人,惟闻屋上语曰:“汝家犬太恶,我不敢下。有逃婢匿汝家灶内,烦以烟薰之,当自出。”妇大骇,入视灶内,果嘤嘤有泣声。问是何物,何以至此。灶内小语曰:“我名绿云,狐家婢也。不胜鞭箠,逃匿于此,冀少缓须臾死,惟娘子哀之。”妇故长斋礼佛,意颇怜悯,向屋仰语曰:“渠畏怖不出,我亦实不忍火攻。苟无大罪,乞仙家舍之。里俗呼狐曰仙家。”屋上应曰:“我二千钱新买得,那能即舍?”妇曰:“二千钱赎之,可乎?”良久,乃应曰:“是或尚可。”妇以钱掷于屋上,遂不闻声。妇扣灶呼曰:“绿云可出,我已赎得汝。汝主去矣。”灶内应曰:“感活命恩,今便随娘子驱使。”妇曰:“人那可蓄狐婢,汝且自去;恐惊骇小儿女,亦慎勿露形。”果似有黑物瞥然逝。后每逢元旦,辄闻窗外呼曰:“绿云叩头。”

【译文】

又,我舅舅安五占先生,家住本县东留福庄。他邻居家有两只狗,一天晚上,两只狗叫得很急。邻居的女人出外查看,连个人影也没看到,只听见屋顶上有声音说:“你家的狗太凶,我不敢下去。我有个丫环逃进你们家的灶洞里了,麻烦你用烟熏一熏,她自然会出来的。”这个女人吓坏了,连忙回到屋内向灶洞里看,果然听到里面有嘤嘤的哭泣声。她问是什么东西,怎么到这儿来了。灶洞里小声说:“我叫绿云,是狐家的丫环。因为忍受不了主人的鞭打,才逃到这里躲着,请求缓一缓再让我死,只求娘子可怜我。”这个女人一向吃斋念佛,可怜狐婢,于是仰脸向屋顶上说:“她害怕,不敢出来,我也实在不忍心点火烧她。如果她没犯什么大罪，求仙家放了她吧。”乡里人习惯称狐狸为“仙家”。屋顶上应声道：“我刚用二千钱买了她，哪能轻易放走呢？”女人问：“我用二千钱赎她，行不行？”过了半天，才回答道：“就这么办吧。”女人把钱扔到了屋顶上，上面没有动静了。女人敲着灶台说：“绿云，可以出来了，我已经拿钱赎了你。你家主人已经走了。”灶洞里应声道：“感谢您的救命之恩，从现在开始，我就听从您的使唤了。”女人说：“人的家里怎么能养着狐婢，你赶紧走吧，随便去哪儿；走时千万不要现出原形，别吓着孩子。”果然，有个黑乎乎的东西转眼间不见了。后来，每逢大年初一，女人都会听到窗外呼喊：“绿云给您叩头了。”

蒙古以羊骨卜，烧而观其坼兆，犹蛮峒鸡卜也[①]。霍丈易书在葵苏图军台时，有老妇解此术。使卜归期，妇侧睨良久，曰：“马未鞍，人未冠，是不行也；然鞍与冠皆已具，行有兆矣。”赴数月，又使卜。妇一视即拜曰：“马已鞍，人已冠矣，公不久其归乎！”既而果赐环。又，大学士温公言：曩征乌什，俘回部十馀人，禁地窖中。一日，指口诉饥。投以杏，众分食讫，一年老者握其核，喃喃密祝，掷于地上，观其纵横奇偶，忽失声哭。其党环视，亦皆哭。既而骈诛之牒至，疑其法如《火珠林》钱卜也。是与蓍龟虽不同，然以骨取象者，龟之变；以物取数者，蓍之变。其借人精神以有灵，理则一耳。

【注释】

①蛮峒：指南方少数民族。

【译文】

蒙古人用羊骨头占卜，火烧羊骨，看裂开的纹路预测吉凶，就好像南方少数民族用鸡占卜一样。霍易书老前辈在葵苏图驿站时，有个老妇人懂得这种占卜术。霍丈让她为自己卜问归期，老妇斜着眼把烧过的骨头端详了好久，说："马未备鞍，人没戴帽，还回不去；如果马鞍和帽子都有了，就有回去的征兆了。"过了几个月，霍丈又叫老妇人为他占卜。她一看羊骨就下拜说："马已备鞍，人也戴了帽子，您不久就要回去了！"不久果然有让他回到朝廷的公文。又，大学士温公说：以前他征乌什时，俘虏了十多个回族人，把他们关在地窖里。一天，他们指着嘴巴说肚子饿。他就把杏子扔给他们，众人分吃完，有个年纪大的拿着杏核，喃喃地悄悄念咒，然后把杏核丢到地上，察看横竖排列以及单双数，忽然失声痛哭。其他人都围过去看，也都哭起来。不久，处死他们的公文就到了，我猜想这种占卜法与《火珠林》中的钱卜法相似。这与古代的蓍草、龟甲占卜虽然不同，但是观察骨头裂纹形状的方法是由龟甲占卜的方法演变来的；而观察东西的奇偶数字等情况的方法是由蓍草占卜的方法演变来的。凭借人的精气和意识才有灵验，道理都是一致的。

康熙癸巳秋[①]，宋村厂佃户周甲，不胜其妇之箠楚，夜伺妇寝，逃匿破庙，将待晓，介邻里乞怜。妇觉之，追迹至庙，对神像数其罪，叱使伏受鞭。庙故有狐。鞭甫十馀，方哀呼，群狐合噪而出，曰："世乃有此不平事！"齐夺甲置墙隅，执其妇，褫无寸缕，即以其鞭鞭之，至流血未释。突狐妇又合噪而出，曰："男子但解护男子。渠背妻私昵某家女，不应死耶？"亦夺其妇置墙隅，而相率执甲。群狐格斗争救，喧哄良久。守田者疑为劫盗，大呼鸣铳为声援，狐乃各散。妇已委顿，甲竭蹶负以归[②]。王德庵先生时设帐于是，见妇在途中犹喃喃骂也。

先生尝曰："快哉诸狐！可谓礼失而求野。狐妇乃恶伤其类，又别执一理，操同室之戈。盖门户分而朋党起，朋党盛而公论淆，轇轕纷纭[3]，是非蜂起，其相轧也久矣。”

【注释】

①康熙癸巳：康熙五十二年(1713)。

②蹻蹶：跌跌撞撞，走路艰难的样子。

③轇轕(jiāo gé)：交错，杂乱。

【译文】

康熙癸巳年秋天，宋村厂的佃户周甲因为受不了老婆的殴打，夜里趁着老婆睡了觉，逃到破庙里躲了起来，打算天亮之后，求邻里帮忙让老婆可怜可怜他。他老婆发觉了，追寻到破庙，对着神像数落丈夫的罪过，喝骂丈夫趴在地上挨鞭子。这座庙里一直有狐精。老婆刚打了十几鞭，丈夫正在哀呼，一群狐精一齐嚷着冲出来，说："世上还有这种不平的事！"一齐把周甲抢过来放在墙角，却抓住他老婆，扒得精光，就用她打丈夫的鞭子抽她，一直打到流血也不放手。突然狐精的妻子们又一齐嚷着冲出来，说："男子只知道护着男子。那个家伙背着妻子私通某某家的女人，不应该打死么？"又把周甲的老婆抢过来放在墙角，然后来抓周甲。于是狐精们混打争抢，闹哄哄地吵了很久。守庄稼的人以为是强盗来了，都大叫大喊放鸟枪声援，狐精才都散去。周甲的老婆已经动弹不了，周甲跌跌撞撞好歹把老婆背了回去。王德庵先生当时正在这里的私塾教书，看见他们俩在回去的路上，妻子还喃喃地骂着。

王先生曾经说："真令人痛快啊，这些狐狸！这真可以说是礼仪在朝廷里已经丧失了，只能在乡下偏僻的地方去找；人间的礼仪已经丧失了，只有在狐狸那儿去找。狐狸的妻子们因为痛恨伤害它们的同类，又另外根据一种道理，于是与它们的丈夫打起来。门派主张一旦有了区别，人们就各自结成朋党；朋党兴盛，公正的看法就被混淆掩盖了。于是相互纠缠，是是非非纷纭复杂，彼此倾轧，这种情况存在已经很久了。"

张铉耳先生家，一夕觅一婢不见，意其逋逃。次日，乃醉卧宅后积薪下。空房锁闭，不知其何从入也。沃发渍面，至午乃苏。言昨晚闻后院嬉笑声，稔知狐魅，习惯不惧，窃从门隙窥之。见酒炙罗列，数少年方聚饮。俄为所觉，遽跃起拥我逾墙入。恍惚间如睡如梦，噤不能言，遂被逼入坐。陈醴醇酞，加以苛罚，遂至沉酣，不记几时眠，亦不知其几时去也。

铉耳先生素刚正，自往数之曰："相处多年，除日日取柴外，两无干犯。何突然越礼，以良家婢子作倡女侑觞？子弟猖狂，父兄安在？为家长者宁不愧乎？"至夜半，窗外语曰："儿辈冶荡，业已笞之。然其间有一线乞原者：此婢先探手入门，作谑词乞肉，非出强牵。且其月下花前，采兰赠芍，阅人非一，碎璧多年，故儿辈敢通款曲。不然，则某婢某婢色岂不佳，何终不敢犯乎？防范之疏，仆与先生似当两分其过，惟俯察之。"先生曰："君既笞儿，此婢吾亦当痛笞。"狐哂曰："过摽梅之年，而不为之择配偶，郁而横决，罪岂独在此婢乎？"先生默然。次日，呼媒媪至，凡年长数婢尽嫁之。

【译文】

张铉耳先生家里有个婢女，一天晚上忽然不见了，以为她逃走了。可第二天，却发现她醉倒在宅子后院的柴堆下面。宅院后面都是锁着的空房，不知她是从哪儿进去的。她头发散乱，满面灰尘，直到中午才醒过来。她说昨天晚上，听到后院有嬉笑声，因为早知道里面住着狐魅，所以并不害怕，隔着门缝偷看。只见排列着酒菜，几个年轻人正在一起喝酒。不一会儿他们发现了我，就跳起来拥着我翻墙进了院子。

恍惚之中，我像是在睡梦里，说不出话，被他们强拉着入座。酒劲儿很大，他们还逼我罚酒，所以沉醉，不知什么时候睡着的，也不知他们什么时候散去的。

张铉耳先生一向刚强正直，亲自到宅院后数落道："相处多年，我们除了每天来取柴禾以外，彼此并没有干扰。为什么突然这么无礼，把好人家的婢女当作娼妓陪酒？子弟这么猖狂，父兄哪里去了？当家长的难道不惭愧吗？"到了半夜，先生听到窗外说："儿辈们放荡无礼，我已经责罚过他们了。但是，其中有一个情节请求原谅：那天晚上，是这个婢女先把手伸进门，说着不正经的话讨肉吃，并不是儿辈强拉进来的。而且，她在花前月下与人偷偷约会，互赠信物，交往的人不止一个，失身多年了，所以儿辈们才敢和她调笑。不然，某婢某婢长得不是不漂亮，为什么始终不敢招惹她们呢？疏于防范之责，我和先生似乎应该各负一半，请您明察。"先生说："您既然责打儿辈，这个婢女我也该痛打她。"狐精略带讽刺冷笑着说："过了怀春的年龄，您不为她选配人家，她过分抑郁而做出非礼之事，罪过难道只在这个婢女身上吗？"先生默然无语。第二天，他叫来媒婆，把年岁大的几个婢女都嫁了出去。

邱县丞天锦言：西商有杜奎者，不知其乡贯，其语似泽、潞人也。刚劲有胆，不畏鬼神，空宅荒祠，所至恒襆被独宿，亦无所见闻。偶行经六盘山麓，日已曛黑，遂投止。废堡破屋，荒烟蔓草，四无人踪。度万万无寇盗，解装绊马，拾枯枝爇火御寒[①]，竟展衾安卧。方欲睡间，闻有哭声，谛听之，似在屋后，似出地下。时榾柮方燃[②]，室明如昼，因侧眠握刃以待之。俄声渐近，已在窗外黑处，呜呜不已，然终不露形。杜叱问曰："平生未曾见尔辈，是何鬼物？可出面言。"暗中有应者曰："身是女子，裸无寸缕，愧难相见，如不见弃，许入被中，则有物蔽形，可以对语。”杜知其欲相媚惑，亦不惧之，微哂曰：“欲入即入。”阴风飒然，已一好女共枕矣。羞容觍觍，掩面泣曰：“一语才通，遽相偎倚。人虽冶荡，何至于斯？缘有苦情，迫于陈诉，虽嫌造次，勿讶淫奔。此堡故群盗所居，妾偶独行，为其所劫，尽褫衣裳簪珥，缚弃涧中。夏浸寒泉，冬埋积雪，沉阴冱冻③，万苦难名。后恶党伏诛，废为墟莽，无人可告，茹痛至今。幸空谷足音，得见君子，机缘难再，千载一时，故忍耻相投，不辞自献。拟以一宵之爱，乞市薄槥，移骨平原。庶地气少温，得安营魄。倘更作佛事，超拔转轮，则再造之恩，誓世世长执巾栉。”语讫拭泪，纵体入怀。杜慨然曰：“本谓尔为妖，乃沉冤如是！吾虽耽花柳，然乘人窘急，挟制求欢，则落落丈夫，义不出此。汝既畏冷，无妨就我取温；如讲幽期，则不如径去。”女伏枕叩额，亦不再言。杜拥之酣眠，帖然就抱。天晓，已失所在。乃留数日，为营葬营斋。

越数载归里，有邻家小女，见杜辄恋恋相随。后老而无子，求为侧室，父母不肯。女自请相从，竟得一男。知其事者，皆疑为此鬼后身也。

【注释】

①爇(ruò)：烧。

②榾柮(gǔ duò)：木头块。

③冱(hù)冻：天寒地冻。

【译文】

县丞邱天锦说：有个西商叫杜奎，不知道他是哪里人，听他的口音好像是山西泽州、潞州一带人。他性情刚直有胆量，不怕鬼神，外出碰到空屋破庙，总是铺开被褥独自睡觉，也没有碰到过什么。一次，他偶尔路过六盘山脚下，天色已晚，就找地方歇宿。附近都是废弃的地堡和破房子，荒无人烟杂草遍地，四周寥无人迹。杜奎料想万万不会有盗贼，就解下行李，绊住马脚，捡枯枝烧火御寒，打开被窝安睡。正要睡去，听到有哭声，仔细听时，好像是从屋后的地下传出来的。这时木柴正烧着，屋子里亮得像白天，他侧身躺着，握着刀等待。不一会儿，声音慢慢靠近，已经在窗外暗处，呜呜不停，但是一直没有露出身影。杜奎大声呵叱道："我一生没见过你们这一类，是什么鬼东西？可以出来当面跟我讲话。"黑暗中有声音回答道："我是女人，身上一丝不挂，羞愧难当，不能相见，如果你不嫌弃，允许我到你被窝里来，就有东西遮着我的身体，可以当面跟你说话。"杜奎知道鬼怪想迷惑自己，但他还是不害怕，微微冷笑着说："你想进来就进来。"只觉得阴风飒然，一个美女已经和他躺在一起了。她含羞腼腆，遮住自己的脸哭着说："才交谈了一句话，我就和你偎依在一起。就算是放荡的人，怎么能到了这种地步？只因为我有苦情要向您陈诉，即使是太唐突了，也请您不要猜疑是为淫欲而私奔。这座堡子原来住着一群盗贼，我偶尔独自路过这里，被他们劫持，抢光了我的衣服首饰，把我绑着丢到山涧里。夏天浸泡在冰凉的泉水里，冬天埋在积雪下面，沉寂阴凉、寒冷受冻，说不清受了多少苦。后来这群凶恶的盗贼被抓住处死，这座堡子荒成了废墟，无人可以倾诉，忍痛至今。现在我听到了空谷中的脚步声，有幸碰上你，这是千载难逢的良机，所以我忍着羞耻，不惜自动献出身体。想用我一夜的欢爱，乞求你为我买一具小棺木，把尸骨移葬到平原。或许地气稍微温暖些，灵魂得以安宁。如果你还能为我做佛事，超度我早日投生，那就是你对我的再生之恩，我愿意世世代代侍奉你。"说完擦干眼泪，钻进杜奎怀抱。杜奎慨然长叹道："我以为你是妖怪，却原来蒙受如此深冤！我虽然喜欢寻花问柳，但是趁人走投无路时要挟别人寻欢作乐，堂堂大丈夫决不肯做这种事。你既然怕冷，不妨靠着我取暖；如果说偷情，就不如马上离开。”女鬼趴在枕头上叩头拜谢，也不再说话。杜奎抱着她酣睡，她也很温顺地让他抱着。天亮时，她已经不在被窝里了。杜奎留了几天，为她张罗安葬、做佛事。

过了几年，他回到家乡，有个邻居的小女孩，看到他就恋恋不舍地跟在他身后。后来，杜奎年老无子，想娶那小女孩为偏房，她父母不愿意。那个女孩主动要求嫁给杜奎，后来生了一个男孩。知道这件事的人，都疑心是那个女鬼转世了。

《宋书·符瑞志》曰：珊瑚钩，王者恭信则见。然不言其形状，盖自然之宝也。杜工部诗曰：“飘飘青琐郎[①]，文采珊瑚钩。”似即指此。萧诠诗曰：“珠帘半上珊瑚钩。”则以珊瑚为钩耳。余见故大学士杨公一带钩，长约四寸馀，围约一寸六七分。其钩就倒垂桠杈，截去附枝，作一螭头。其系绦镮柱，亦就一横出之瘿瘤[②]，作一芝草。其干天然弯曲，脉理分明，无一毫斧凿迹，色亦纯作樱桃红，殆为奇绝。其挂钩之环，则以交柯连理之枝，去其外岐，而存其周围相属者，亦似天成。然珊瑚连理者多，佩环似此者亦多，不为异也。云以千四百金得诸洋船。此在壬午、癸未间[③]，其时珊瑚易致，价尚未昂云。

【注释】

①青琐郎：黄门侍郎的别称。秦代初置，即给事于宫门之内的郎官，是皇帝近侍之臣，可传达诏令。汉代以降沿用此官职。

②瘿瘤：指由于其他生物的寄生（极少是由于共生）引起的植物体异常发育或异常生长的部分。

③壬午、癸未：乾隆二十七年(1762)、乾隆二十八年(1763)。

【译文】

《宋书·符瑞志》说：珊瑚钩，至尊的人恭敬有礼守信用，它就出现。但是没有描绘它的形状，大约是一种自然生成的宝物。杜甫诗中说："飘飘青琐郎，文采珊瑚钩。"指的似乎就是这种东西。萧诠诗中说："珠帘半上珊瑚钩。"就是用珊瑚做成的钩。我见过已故大学士杨公家有一只带钩，长约四寸馀，粗约一寸六七分。它的钩就是倒垂的枝丫截去旁边的小枝，做成一个螭头的形状。它上面系丝绳的圆环的柱子，也是靠一个横长出的瘿瘤做成一支灵芝的形状。它的主干天然弯曲，脉络纹理分明，没有一丝一毫斧凿的痕迹，颜色也是纯正的樱桃红，简直称得上奇绝。挂钩的环是用两株树孪生为一体的连理枝，去掉外面的分杈，留下连成一体的一段，也好像是自然生成的。珊瑚连理枝很多，佩环像这样的也不少，不足为奇。据说是用一千四百两银子从西洋商船上买来的。这件事在乾隆壬午、癸未年间，当时珊瑚还容易得到，价格还不是很贵。

又，余在乌鲁木齐时，见故大学士温公有玉一片，如掌大，可作臂阁①。质理莹白，面有红斑四点，皆大如指顶，鲜活如花片。非血浸，非油炼，非琥珀烫，深入腠理②，而晕脚四散，渐远渐淡，以至于无，盖天成也。公恒以自随。木果木之战③，公埋轮絷马④，慷慨捐生，此物想流落蛮烟瘴雨间矣。

【注释】

①臂阁：文房用具之一。一般为玉、檀木、竹子等材料制作而成。

②腠(còu)理：皮肤、肌肉的纹理。

③木果木之战：乾隆三十六年(1771)，大金川土司索诺木发动叛乱，乾隆皇帝命大学士温福与阿桂共同征伐。乾隆三十八年(1773)，温福在木果木驻营，不料被叛军偷袭，全军覆没，温福本人也中枪身亡。这是清军进剿大小金川以来伤亡最为惨重的一次。温福一路二万馀名在大营横尸五千馀名，溃散部分被海兰察收集，其馀万馀人均被追击、滚岩、重伤而死，当时从木果木至小金川一带的山道林间，都有清兵横尸露天。

④埋轮絷(zhí)马：战车的轮子被陷住了，马也被羁绊住了，形容在战场上陷入绝境。

【译文】

又，我在乌鲁木齐时，看见大学士温公有一块玉，有巴掌那么大，可以做成书案上的臂阁。玉的质地莹白，表面有四点红斑，都有指尖那么大，鲜活得像是花瓣。这些红斑不是血浸的，不是油炼的，不是琥珀烫的，它深入到玉的肌理之中，并向四周散开，渐散渐淡，渐渐至于没有，这是天然生成的。温公常带着它。在木果木之战中，温公坚守阵地浴血奋战，慷慨捐躯，这块美玉想必已经流落在充满瘴气淫雨的蛮荒之地了。

又，尝见贾人持一玉簪，长五寸馀，圆如画笔之管。上半纯白，下半莹澈如琥珀，为目所未睹。有酬以九百金者，坚不肯售。余终疑为药炼也。

【译文】

又，我曾经看见一个小贩拿着一支玉簪，五寸多长，圆圆的，如同画笔的笔杆。上半截是纯白色，下半截晶莹清澈像是琥珀，是我从未见到过的。有人打算用九百两银子买下来，小贩坚决不卖。我始终怀疑是用药物炼成的。

五十年前，见董文恪公一玉蟹，质不甚巨，而纯白无点瑕。独视之亦常玉，以他白玉相比，则非隐青即隐黄隐赭，无一正白者，乃知其可贵。顷与柘林司农话及，司农曰：“公在日，偶值匮乏，以六百金转售之矣。”

【译文】

五十年前，我见过董文恪先生的一只玉蟹，不太大，是纯白色，没有一点儿瑕疵。单单看这只玉蟹，和平常的玉没什么不同；用其他的白玉一比，则其他白玉不是隐隐有青色，就是隐隐透着黄色或赭色，没有一块是正白的，这才知道这只玉蟹的可贵。不久前我和户部尚书柘林说到这只玉蟹，他说：“先生在世时，偶尔缺钱用，以六百两银子的价钱转卖了。”

益都有书生，才气飚发，颇为隽上。一日，晚凉散步，与村女目成。密遣仆妇通词，约某夕虚掩后门待。生潜踪匿影，方暗中扪壁窃行，突火光一掣，朗若月明，见一厉鬼当户立。狼狈奔回，几失魂魄。次日至塾，塾师忽端坐大言曰：“吾辛苦积得小阴骘[①]，当有一孙登第。何逾墙钻穴，自败成功？幸我变形阻之，未至削籍，然亦殿两举矣[②]。尔受人脩脯，教人子弟，何无约束至此耶？”自批其颊十馀，昏然仆地。方灌治间，宅内仆妇亦自批其颊曰：“尔我家三世奴，岂朝秦暮楚者耶？幼主妄行当劝戒，不从则当告主人。乃献媚希赏，几误其终身，岂非负心耶？后再不悛，且褫尔魄！”语讫，亦昏仆。并久之，乃苏。门人李南涧曾亲见之。

盖祖父之积累如是其难，子孙之败坏如是其易也。祖父之于子孙如是，其死尚不忘也，人可不深长思乎！然南涧言此生终身不第，颇颔以终[3]。殆流荡不返，其祖亦无如何欤？抑或附形于塾师，附形于仆妇，而不附形于其孙，亦不附形于其子，犹有溺爱者存，故终不知惩欤？

【注释】

①阴骘(zhì)：阴德。

②殿举：科举考试中，因文理纰缪或犯规、舞弊等，罚停考若干科，称"殿举"。

③颇颔(kǎn hàn)以终：终生穷困潦倒。颇颔，形容因饥饿而面黄肌瘦的样子。

【译文】

益都有个书生，才华横溢，俊秀超群。一天晚上，他乘凉散步，与本村一个女子眉目传情。书生暗地里派仆人的老婆传话，约女子某夜虚掩后门等他。书生躲躲藏藏，正摸黑扶着墙悄悄赶去赴约，忽然，一道火光闪过，亮得像明亮的月光，只见一个厉鬼当门而立。书生狼狈地逃回了家，差点儿吓掉了魂。第二天早上，他去私塾上课，塾师忽然正襟危坐大声道："我辛辛苦苦积了点儿阴德，该有个孙子科考成功。为什么跳墙钻洞、自己糟踏自己？幸亏我变成厉鬼拦住了，免除他被削籍的处分，不过，有两次考试他还是要落榜的。你收人的学费，教人家子弟，为什么这样放任学生？"自己抽了自己十几个耳光，昏迷倒地。大家正忙着灌药救治，家里那个传话的仆人老婆也自己抽着嘴巴说："你们祖孙三代给我家当奴仆，怎么能朝秦暮楚？小主人胡作非为应该劝诫，他不听，可以报告主人。为了图几个赏钱就献媚取宠，险些误了他的终身，这不是忘恩负义吗？以后若不悔改，我就要了你的命！"说完也昏倒在地。过了很长时间，他们才苏醒过来。我的学生李南涧曾经亲眼见到此事。

这么说来祖宗积德是那么难，子孙将它败坏却如此容易。祖父对于孙子就是这样，死了还尚且不忘，人们能不深思么？然而，李南涧说，那个书生后来终生不第，最后贫困而死。大概是因为他放任自己不思悔改，他的祖父也无可奈何了吧？这位祖父要么附在塾师身上，要么附在仆人老婆身上，却不附在他孙子身上，也不附在孙子身上，说明他还有溺爱之心，所以，孙子始终不明白受惩罚的根本原因还在他自己身上吧！

狐魅，人之所畏也，而有罗生者，读小说杂记，稔闻狐女之姣丽，恨不一遇。近郊古冢，人云有狐，又云时或有人与狎昵。乃诣其窟穴，具贽币牲醴，投书求婚姻，且云或香闺娇女，并已乘龙，或鄙弃樗材[①]，不堪倚玉，则乞赐一艳婢，用充贵媵，衔感亦均。再拜置之而返，数日寂然。

一夕，独坐凝思，忽有好女出灯下，嫣然笑曰："主人感君盛意，卜今吉日，遣小婢三秀来充下陈，幸见收录。"因叩谒如礼，凝眸侧立，妖媚横生。生大欣慰，即于是夜定情。自以为彩鸾甲帐[②]，不是过也。婢善隐形，人不能见；虽远行别宿，亦复相随，益惬生所愿。惟性饕餮，家中食物，多被窃；食物不足，则盗衣裳器具，鬻钱以买，亦不知谁为料理，意有徒党同来也。以是稍谯责之，然媚态柔情，摇魂动魄，低眉一盼，亦复回嗔。又冶荡殊常，蛊惑万状，卜夜卜昼[③]，靡有已时，尚嗛嗛不足。以是家为之凋，体亦为之敝。久而疲于奔命，怨詈时闻，渐起衅端，遂成仇隙。呼朋引类，妖祟大兴，日不聊生。

延正一真人劾治，婢现形抗辩曰："始缘祈请，本异私奔；继奉主命，不为苟合。手札具存，非无故为魅也。至于盗窃淫佚，狐之本性，振古如是[4]，彼岂不知？既以耽色之故，舍人而求狐；乃又责狐以人理，毋乃悖欤[5]？即以人理而论，图声色之娱者，不能惜蓄养之费。即充妾媵，即当仰食于主人；所给不敷，即不免私有所取，家庭之内，似此者多。较攘窃他人，终为有间。若夫闺房燕昵，何所不有？圣人制礼，亦不能立以程限；帝王定律，亦不能设以科条。在嫡配尚属常情，在姬侍尤其本分。录以为罪，窃有未甘。”真人曰：“鸠众肆扰，又何理乎？”曰：“嫁女与人，意图求取。不满所欲，聚党喧哄者，不知凡几，未闻有人科其罪，乃科罪于狐欤？”真人俯思良久，顾罗生笑曰：“君所谓求仁得仁，亦复何怨。老夫耄矣，不能驱役鬼神，预人家儿女事。”后罗生家贫如洗，竟以瘵终。

【注释】

①樗(chū)材：喻无用之材。多用为谦词。

②彩鸾：吴彩鸾，不知何许人。唐太和末隐居在成都附近西山，邂逅并嫁给了贫苦书生文箫。文箫家贫，彩鸾每天写韵书一部，让文箫售以度日。居十年，各跨一虎飞升。事见《江西通志》卷一百三。甲帐：汉武帝造的帐幕。《北堂书钞》卷一三二引《汉武帝故事》：“上以琉璃珠玉，明月夜光杂错天下珍宝为甲帐，次为乙帐。甲以居神，乙以自居。”

③卜夜卜昼：形容夜以继日地宴乐无度。

④振古：远古，往昔。

⑤悖：混乱，相冲突。

【译文】

狐魅，是人人害怕的，而有个姓罗的书生，读小说杂记，熟知狐女容貌姣美，只恨自己不能一见。有人说近郊的古墓有狐狸精，又说时常有人与狐女亲热。罗生就找到据说有狐精的墓穴，备了钱财祭品，又投书信向狐女请求缔结婚姻，并且说，如果香闺娇女，都已经有了乘龙快婿，或者嫌弃蠢才，也不敢高攀，那就请赐一个漂亮婢女作为宠妾，一样感恩不尽。他拜了两拜，放下东西回来了，几天安安静静没有回应。

一天晚上，罗生正独自坐着沉思，忽然有一个漂亮女子出现在灯下，嫣然笑着说："我家主人感谢你的盛情，择了今天这个吉日，打发小婢三秀前来侍候你，希望你收留。"她按礼节拜见了罗生，站在一旁，凝眸静视罗生，妖媚之态横生。罗生很高兴，就在当天晚上和三秀定了情。自认为就是文箫和吴彩鸾结为夫妻、住在汉武帝为神仙准备的帐幕里，也不过这么幸福。三秀善于隐形，一般人看不见；即使罗生出远门住在别处，她也相随，罗生更加中意。只是她生性贪吃，家里的食物大多被她偷吃了；食物不足就偷了衣服器具卖钱买东西吃，也不知谁为她干这些事情，罗生猜想她是有同伙一起来的。因此就稍微责备了她几句，但她那风骚的体态，那万种的风情实在使罗生神魂颠倒，她低眉顾盼，罗生就回嗔作喜，再也生不起气来。三秀又非常妖冶放荡，做出万般情态来诱惑罗生，无论白天黑夜，没有停止的时候，她还是很不满足。因而罗生家道渐渐败落，身体也一天比一天虚弱。时间长了，他疲于奔命，不时听到怨骂，渐渐生出事端，产生了隔阂，有了怨仇。三秀就招来同伴，作祟闹妖，搅得罗家没法过日子。

罗生请来正一真人镇治妖魅，三秀现形分辩道："是罗生请我来的，本来就不是私奔；还有我是奉主人的命令来的，不是苟且凑合。罗生的求婚书信都还在，我不是无缘无故地来诱惑他。至于偷盗、滥淫，这本是狐的本性，自古就如此，他难道不知道？既然他因为好色的缘故，舍人而找狐；又用人的行为准则来约束狐，这不是自相矛盾么？就按人理来说，贪图声乐娱乐的人，就不能吝啬艺人妓女必需的费用。我既然是姬妾，就要靠主人来养活；所给的不够用，就免不了自己去拿，家庭里面这种事情多得很。这跟偷别人的东西，毕竟有区别。至于闺房中的恩爱私情，什么事没有？圣人制订礼法，也没有加以限制；帝王制订律法，也不能为这种事情制定律条。这在嫡妻，是人之常情；做姬妾的，尤其是本分。把这种事情定为罪过，我心有不甘。”真人又问道：“你聚众大肆骚扰，又是什么道理？”三秀答道：“把女儿嫁给别人，就会有所企图。不能达到要求，就聚集家人闹事，这种事情不知有多少，没听说有人因此被治罪，却因此要治狐的罪吗？”真人低头沉思良久，笑着对罗生说：“你是所谓求仁得仁，又有什么值得埋怨的呢？我老了，不能驱使鬼神干预人家的儿女私事。”后来罗生家一贫如洗，最终得了痨病而死。

从侄秀山言：奴子吴士俊尝与人斗，不胜，恚而求自尽，欲于村外觅僻地。甫出栅，即有二鬼邀之。一鬼言投井佳，一鬼言自缢更佳，左右牵掣，莫知所适。俄有旧识丁文奎者从北来，挥拳击二鬼遁去，而自送士俊归。士俊惘惘如梦醒，自尽之心顿息。文奎亦先以缢死者，盖二人同役于叔父栗甫公家。文奎殁后，其母婴疾困卧，士俊尝助以钱五百，故以是报之。此余家近岁事，与《新齐谐》所记针工遇鬼略相似，信凿然有之。而文奎之求代而来，报恩而去，尤足以激薄俗矣。

【译文】

堂侄秀山说：仆人吴士俊曾和人争斗，没有斗胜，气得要自尽，打算到村外找个僻静的地方。刚出栅栏门，就有两个鬼来邀请他。一个鬼说投井好，一个鬼说上吊更好，一左一右拉扯着，他不知依从哪一个好。

不一会儿旧相识丁文奎从北面来，挥起拳头把两个鬼打跑了，自己把吴士俊送回了家。吴士俊迷迷糊糊好像从睡梦中醒来，自尽的念头顿时消失了。丁文奎也是以前上吊死的，原来他们两个一起在我叔父栗甫公家干活。丁文奎死后，他母亲卧病在床，吴士俊曾经资助她五百钱，所以才得到这次的报答。这是我家近年发生的事，与袁枚《新齐谐》中记载的裁缝遇鬼的事差不多，可见这类事确实有。而丁文奎为找替身而来，却报恩而去，尤其足以激励淡薄的世情向淳厚转化。

周景垣前辈言：有巨室眷属，连舻之任，晚泊大江中。俄一大舰来同泊，门灯樯帜，亦官舫也。日欲没时，舱中二十馀人露刃跃过，尽驱妇女出舱外。有靓妆女子隔窗指一少妇曰："此即是矣。"群盗应声曳之去。一盗大呼曰："我即尔家某婢父，尔女酷虐我女，鞭箠炮烙无人理。幸逃出遇我，尔追捕未获。衔冤次骨，今来复仇也。"言讫，扬帆顺流去，斯须灭影。缉寻无迹，女竟不知其所终，然情状可想矣。夫贫至鬻女，岂复有所能为？而不虑其能为盗也。婢受惨毒，岂复能报？而不虑其父能为盗也。此所谓蜂虿有毒欤！

又，李受公言：有御婢残忍者，偶以小过闭空房，冻饿死，然无伤痕。其父讼不得直，反受笞。冤愤莫释，夜逾垣入，并其母女手刃之。海捕多年，竟终漏网，是不为盗亦能报矣。又言京师某家火，夫妇子女并焚，亦群婢怨毒之所为，事无显证，遂无可追求。是不必有父亦自能报矣。

余有亲串，鞭笞婢妾，嬉笑如儿戏，间有死者。一夕，有黑气如车轮，自檐堕下，旋转如风，啾啾然有声，直入内室而隐。次日，疽发于项如粟颗，渐以四溃，首断如斩。是人所不能报，鬼亦报之矣。人之爱子，谁不如我？其强者衔冤茹痛，郁结莫申，一决横流，势所必至。其弱者横遭荼毒，赍恨黄泉，哀感三灵，岂无神理！不有人祸，必有天刑，固亦理之自然耳。

【译文】

周景垣前辈说：有个大官带着家属，乘船赴任，他的船队是连在一起的几只船，傍晚停泊在大江里。不久又有一艘大船来停泊在一起，船舱门口挂着灯笼，桅杆上飘着旗帜，也像是一艘官员乘坐的船。太阳快要落山时，那艘船舱里二十几个人，举着刀跳上大官家的船，把所有妇女都赶到舱外。那艘船上有个浓妆艳抹的女子隔着窗户指着一个少妇说："这个就是。"那些盗贼应声一拥而上把这个少妇拖了过去。一个强盗大声说："我就是你们家某婢女的父亲，你女儿残酷虐待我的女儿，鞭子抽烙铁烫，简直没有人性。幸亏她逃出来遇到我，你们没有追捕到。我恨你入骨，今天是来报仇的。"说完，他们扯起帆顺水驶去，转眼间就不见踪影了。官府没有线索追捕，大官的女儿不知后来怎样，但情状是可以想象得到的。贫穷到卖女儿的人，还能有什么作为？没想到他可以做强盗；婢女受到残酷毒打，她还能怎么样？没想到她的父亲可以做了强盗来报仇。这就是人们常说的蜜蜂蝎子虽小也有毒刺螫人吧！

又，李受公说：有个人对婢女十分残忍，偶尔因为一点儿小的过失，就把婢女锁在空房子里，结果冻饿而死，但是身上没有伤痕。她的父亲告状不赢，反而被打了一顿。他的冤愤无以排解，晚上跳过墙进到主人家，将主人母女俩都杀了。官府通缉多年，也没有抓住，这又是不做强盗也能报仇了。又说京城某户人家失火，主人夫妇子女全部烧死，也是他家婢女怨恨主人故意放的火，因为没有明显证据，也无法追究。这又是不必有父亲，自己也能报仇了。

我有一个亲戚，鞭打婢女小妾，嘻嘻哈哈的像是儿戏，有时甚至有婢女会被活活打死。一天晚上，有一股黑气像车轮一样，从屋檐上落下，像风一样地旋转，啾啾有声，进到卧室不见了。第二天，亲戚的脖子上的痈疽发了出来，开始只有粟米粒那么大，渐渐向四周溃烂，最后齐脖子烂断，像是用刀斩了头一样。这又是人不能报仇，鬼也要报仇了。人都爱自己的儿女，谁不跟自己一样？那些刚强的，衔冤忍痛，积压在心底，无处申诉，于是铤而走险报仇，这是很自然的事情。那些弱小的横遭毒害，怀恨而死，他们的悲哀必然感动神灵，怎么会没有神灵来处理！人不报仇，上天也会惩处，这本来也是很自然的道理。

世谓古玉皆昆吾刀刻①，不尽然也。魏文帝《典论》已不信世有昆吾刀②，是汉时已无此器。李义山诗“玉集胡沙割”，是唐已沙碾矣③。今琢玉之巧，以痕都斯坦为第一。其地即佛经之印度、《汉书》之身毒；精是技者，相传犹汉武时玉工之裔，故所雕物象，颇有中国花草，非西域所有者，沿旧谱也。又云别有奇药能软玉，故细入毫芒，曲折如意。余尝见玛少宰兴阿自西域买来梅花一枝，虬干夭矫，殆可以插瓶；而开之则上盖下底成一盒，虽细条碎瓣亦皆空中。又尝见一钵，内外两重，可以转而不可出，中间隙缝，仅如一发，摇之无声，断无容刀之理。刀亦断无屈曲三折，透至钵底之理。疑其又有粘合无迹之药，不但能软也。此在前代，偶然一见，谓之鬼工。今则纳赆输琛④，有如域内，亦寻常视之矣。

【注释】

①昆吾刀：用昆吾石冶炼成铁制作的刀，据传，“刀切玉如切泥”。

②魏文帝《典论》：三国时代曹丕的一部学术著作。原有二十二篇，后大都亡佚，只存《自叙》、《论文》、《论方术》三篇。

③沙碾：加工玉器的方法。明代的《天工开物》中说："凡玉初剖时，冶铁为圆盘，以盆水盛砂，足踏圆盘使转，添沙剖玉逐忽划断。中国解玉沙，出顺天玉田与真定邢台两邑。其砂非出河中，有泉流出，精粹如面，藉以攻玉，永无耗折。"

④纳赆(jìn)输琛：进献贡物。赆、琛，献贡的财货。

【译文】

人们都说古代的玉器都是用昆吾刀雕刻的，实际上不完全这样。魏文帝《典论》一文，已经不相信世上有昆吾刀，可见在汉代时已经没有昆吾刀了。李商隐有"玉集胡沙割"的诗句，可见唐代用沙碾法雕刻玉。如今雕琢玉器工艺精巧的，以痕都斯坦为第一。痕都斯坦就是佛经里说的印度，《汉书》中说的身毒；精于雕玉工艺的，相传还是汉武帝时期玉工的后裔，所以他们所雕刻的形象，有许多中国的花草，而不是西域特有的形象，他们还是按照过去传下来的图样刻的。又有人说，有一种奇药能让玉变软，所以玉雕的图案能细致入微，曲折随意。我曾见过吏部侍郎玛兴阿从西域买回来的一枝玉雕成的梅花，枝叉虬结弯曲，简直可以插瓶；而一打开，这枝花的上面是盖，下面是底，成了一个盒子，即便是细细的枝条和零碎的花瓣，中间也都是空心的。我又曾经看见一个钵，是里外两层，里面那一层可以转，但拿不出来，两层之间的缝隙只有一根头发那么细，摇晃也没有声音，这么细小的空间决不能容下刀。刀也不可能弯成几道，伸到钵底。估计有一种黏合后看不见痕迹的药，而不仅仅是有能让玉变软的药。前代的人偶然见了这种工艺品，肯定认为是神鬼做的。如今外国向朝廷贡献奇珍异宝，好像地方向朝廷进贡一样，所以这些东西也就不足为奇了。

闽人有女未嫁卒，已葬矣。阅岁馀，有亲串见之别县。

初疑貌相似，然声音体态，无相似至此者。出其不意，从后试呼其小名，女忽回顾。知不谬，又疑为鬼。归告其父母，开冢验视，果空棺。共往踪迹，初阳不相识，父母举其胸胁瘢痣，呼邻妇密视，乃俱伏。觅其夫，则已遁矣。盖闽中茉莉花根，以酒磨汁饮之，一寸可尸蹶一日，服至六寸尚可苏，至七寸乃真死。女已有婿，而私与邻子狎，故磨此根使诈死，待其葬而发墓共逃也。婿家鸣官，捕得邻子，供词与女同。时吴林塘官闽县，亲鞫是狱。欲引开棺见尸律，则人实未死，事异图财；欲引药迷子女例，则女本同谋，情殊掠卖。无正条可以拟罪，乃仍以奸拐本律断。人情变幻，亦何所不有乎！

【译文】

有个福建女子，还没出嫁就死了，已经安葬了。过了一年多，有个亲戚在外县又见到了她。开始以为是相貌相似，然而女子的声音体态，不可能相像到如此地步。亲戚出其不意，从身后试探着叫她的小名，她忽然转过身来。这位亲戚知道没有错，却又疑心遇上了鬼。他回来告诉了她的父母，开棺验看，果然只剩了一口空棺。父母跟随这位亲戚去寻找，女子开始时装作不认识，父母指出她胸前腋下长有瘢痣，请邻家妇人贴身查看，她这才低头承认。找她的丈夫，却已经逃走了。原来福建有一种茉莉花根，泡在酒里磨成汁喝下去，一寸长的茉莉花根可以使人假死一天，服到六寸还能苏醒，服到七寸就能真的死了。这个女子早就有了未婚夫，却又与邻居的儿子暗中相好，于是她服用茉莉花根装死，等下葬后，邻居的儿子扒开坟墓，两人一同逃走了。女子的未婚夫家鸣鼓告官，抓住了那个年轻人，供词与女子一样。当时，吴林塘在闽县做县令，他亲自审理了本案。他想引用朝廷“开棺见尸”的律条处理，但是实际上人没死，案情与图财掘墓不同；他又想引用“以药迷人子女”的有关规定来结案，但案中的女子本来就是同谋，所以案情又不同于拐卖人口。没有明确的法律条文可以定罪，最后，还是以“通奸拐诱”的罪名论处了。人情变幻，也是无所不有啊！

唐宋人最重通犀[①]，所云“种种人物，形至奇巧者。唐武后之简，作双龙对立状。宋孝宗之带[②]，作南极老人扶杖像”[③]，见于诸书者不一，当非妄语。今惟有黑白二色，未闻有肖人物形者，此何以故欤？惟大理石往往似画，至今尚然。尝见梁少司马铁幢家一插屏，作一鹰立老树斜柯上，觜距翼尾，一一酷似；侧身旁睨，似欲下搏，神气亦极生动。朱运使子颖，尝以大理石镇纸赠亡儿汝佶，长约二寸，广约一寸，厚约五六分。一面悬崖对峙，中有二人乘一舟顺流下；一面作双松欹立，针鬣分明，下有水纹，一月在松梢，一月在水，宛然两水墨小幅。上有刻字，一题曰“轻舟出峡”，一题曰“松溪印月”，左侧题“十岳山人”，字皆八分书。盖明王寅故物也。汝佶以献余，余于器玩不甚留意，后为人取去。烟云过眼矣，偶然忆及，因并记之。

【注释】

①通犀：又叫“通天犀”，一种上下贯通的犀牛角。

②宋孝宗：赵昚(shèn，1127—1194)，名伯琮，后改名瑗，赐名玮，字元永，宋太祖七世孙。南宋第二位皇帝，被普遍认为是南宋最杰出的皇帝。

③南极老人：星名，即南极星。古时人们以为此星主寿，故常用于

祝寿时称主人。

【译文】

唐宋时期的人最看重通天犀，所说“上面种种人或物，形状有的特别奇特巧妙。唐代武则天的手板，上面有两条龙对立的图案。宋孝宗的犀带上有南极老人拄着拐杖的像”，类似的记载在各种书里说法很多，应该不是胡说。现在的犀牛角只有黑白两种颜色，没听说有人或物的图形的，这是什么缘故呢？唯有大理石往往有像画一样的图案，现在还能见到。我曾经见过兵部侍郎梁铁幢家有块插屏，上面是一只老鹰立在老树斜枝上的图案，嘴、爪、翅、尾都一一酷似；侧身斜视，好像是要飞下搏击的样子，神气也极为生动。朱子颖运使曾经将一块大理石镇纸送给我的大儿子汝佶，长约二寸，宽约一寸，厚约五六分。一面是悬崖两边对峙，中间有两个人乘一只船顺流驶下；另一面是两棵松树斜立，连松针也清晰可见，下面有水波纹，一个月亮在松树枝头，一个月亮在水中，很像两小幅水墨画。上面刻有字，一面题的是“轻舟出峡”，一面题的是“松溪印月”，左侧署名“十岳山人”，字都是八分书体。看来是明代王寅的旧东西。汝佶把它献给我，我历来对这类器物玩艺儿不大感兴趣，后来就被人拿走了。这些东西对我来说好似过眼烟云，现在偶然回忆起，所以一并记在这里。

旧蓄北宋苑画八幅，不题名氏，绢丝如布，笔墨沉着，工密中有浑浑穆穆之气，疑为真迹。所画皆故事，而中有三幅不可考。一幅下作甲仗隐现状[1]，上作一月衔树杪，一女子衣带飘舞，翩如飞鸟，似御风而行。一幅作旷野之中，一中使背诏立[2]；一人衣巾褴缕自右来，二小儿迎拜于左，其人作引手援之状。中使若不见三人，三人亦若不见中使。一幅作一堂甚华敞，阶下列酒罂五，左侧作艳女数人，靓妆彩服，若贵家姬；右侧作媪婢携抱小儿女，皆侍立甚肃。中一人常服据榻坐，自抱一酒罂，持钻钻之。后前一幅辨为红线[3]，后二幅则终不知为谁。姑记于此，俟博雅者考之。

【注释】

①甲仗：披甲执兵的卫士。

②中使：宫廷派出的使者。

③红线：传说中的女侠名。唐代潞州节度使薛嵩的侍女，善弹阮咸琴，因其手纹隐起如红线，因以名之。时魏博节度使田承嗣将并潞州，薛嵩无计可施。红线夜至魏博，偷走金盒，止却反谋。

【译文】

过去我一直收藏着北宋的八幅苑画，上面没有题写画家的姓名，绢丝像布一样，笔墨沉郁，工整细密中暗含着一种庄严浑厚的气息，我疑心它们都是真品。画的题材都是故事，不过其中有三幅，画的题材不知它的出处。一幅画下面呈现出隐隐约约的军队，上面是一轮明月高悬在树梢上，一位姑娘衣裙飘动，像飞鸟一样，仿佛在驾风疾行。另一幅的画面是在一片旷野之中，一位皇宫使者背着诏书站着；一个衣衫褴褛的人从右边来，两位小孩在左边迎拜他，那人做出伸手搀扶的姿式。使者好像没看到这三个人，这三个人也好像没看到使者。还有一幅画了一处富丽宽敞的殿堂，阶下摆着五坛酒，左边有几个美女，浓妆艳服，像是富贵人家的姬妾；右边是婢女、老妈子拉着抱着小孩，他们都恭恭敬敬站立着。中间一人穿着家常衣服，坐在榻上，抱着酒坛，拿着钻子在开启。这三幅的第一幅辨出来画的是红线女的故事，后两幅始终弄不清楚画的是谁。权且把它记录下来，等有博识之士来考证它。

张石粼先生，姚安公同年老友也。性伉直[1]，每面折人过。然慷慨尚义，视朋友之事如己事，劳与怨皆不避也。尝梦其亡友某公盛气相诘曰："君两为县令，凡故人子孙零替者，无不收恤。独我子数千里相投，视如陌路，何也？"先生梦中怒且笑曰："君忘之欤？夫所谓朋友，岂势利相攀援，酒食相征逐哉？为缓急可恃，而休戚相关也。我视君如弟兄，吾家奴结党以蠹我，其势蟠固，我无可如何。我尝密托君察某某，君目睹其奸状，而恐招嫌怨，讳不肯言。及某某贯盈自败，君又博忠厚之名，百端为之解脱。我事之偾不偾[②]，我财之给不给，君皆弗问，第求若辈感激，称长者而已。是非厚其所薄，薄其所厚乎？君先陌路视我，而怪我视君如陌路，君忘之欤？"其人瑟缩而去。此五十年前事也。

大抵士大夫之习气，类以不谈人过为君子，而不计其人之亲疏，事之利害。余尝见胡牧亭为群仆剥削，至衣食不给。同年朱学士竹君奋然代为驱逐，牧亭生计乃稍苏。又尝见陈裕斋殁后，孀妾孤儿，为其婿所凌逼。同年曹宗丞慕堂亦奋然鸠率旧好，代为驱逐，其子乃得以自存。一时清议，称古道者百不一二，称多事者十恒八九也。又尝见崔总宪应阶娶孙妇，赁彩轿亲迎。其家奴互相钩贯，非三百金不能得，众喙一音。至前期一两日，价更倍昂。崔公恚愤，自求朋友代赁。朋友皆避怨不肯应，甚有谓彩轿无定价，贫富贵贱，各随其人为消长，非他人所可代赁，以巧为调停者。不得已，以己所乘轿结彩缯用之[③]。一时清议，谓坐视非理者亦百不一二，谓善体下情者亦十恒八九也。彼一是非，此一是非，将乌乎质之哉？

【注释】

①伉(gāng)直:刚直。

②偾(fèn):败坏,破坏。

③缯(zēng):古代对丝织品的总称。

【译文】

张石粼先生是姚安公同年考中科举的老朋友。他性格刚直,时常当面指责别人的过错。但是他慷慨讲义气,把朋友的事当成自己的事,任劳任怨,从不推辞。他曾经梦见一位死去的朋友怒冲冲地质问他:“你两次担任县令,凡是老朋友的子孙败落的,你无不收养抚恤。只有我的儿子从几千里外来投奔你,你当成陌生人一样,为什么?”张先生在梦里又好气又好笑,说:“你忘了么?所谓朋友,怎么能形势有利时便相互攀援,有了酒肉时便相互追随?交朋友为的是危急时可以依靠,休戚相关、荣辱与共。我把你当成弟兄,我家的奴仆相互勾结欺骗我,他们的势力盘根错节,我没有办法。我曾经暗暗托你观察某某,你亲眼见过他耍奸使刁,却怕招嫌惹怨,不肯告诉我。等到某某恶贯满盈自我暴露时,你又为了博得忠厚的名声而千方百计地为他说情。至于我的事是否受到损失,我的钱够不够用,你都不关心,而只想求得那些人的感激,称你为忠厚长者。你这不是厚待应当疏远的人,而疏远应当厚待的人么?你先把我看作是陌生人,却来责怪我把你看作陌生人,你忘了么?”这个人瑟缩着离去了。这是五十年前的事了。

一般士大夫的习气,似乎是以不谈别人的过失为君子,而不管关系的亲疏和事情的利害。我曾看见胡牧亭被仆奴们算计,到了衣食都没有保障的地步。同年朱竹君学士奋然代他驱逐奴仆,胡牧亭的生活才得以维持。我又曾经看到陈裕斋死后,寡妇孤儿被女婿欺凌。他的同年宗丞曹慕堂愤然集合了旧友,代为驱逐,陈裕斋的儿子才得以安然过活。当时人议论,认为上述作为是古道热肠的,一百个人当中没有一两个人;认为是多事的,十个中有八九个人。又曾经看到,巡抚崔应阶娶孙媳妇,要租彩轿迎亲。他的家奴互相串通，说没有三百两银子租不来，家奴们众口一辞，到迎亲前的一两天，价码又长了一倍。崔公愤恨，自己去求朋友代租。朋友们怕招怨都不肯答应，甚至有的还说彩轿没有一定的租价，随着租轿人的贫富贵贱而涨落，别人可不能代租，以这种巧辩来调停。崔公不得已，将自己乘坐的轿子披红挂彩，用来迎亲。当时的舆论，认为崔公的朋友们坐视不帮是不合情理的，一百个人中也没有一两个；认为崔公的朋友们善于体恤下情的，倒是占了十之八九。此方有个是非的标准，彼方也有个是非标准，那么，请谁来作评判呢？

朱青雷言：尝谒椒山祠[①]，见数人结伴入。众皆叩拜，中一人独长揖。或诘其故，曰："杨公员外郎，我亦员外郎，品秩相等，无庭参礼也。"或又曰："杨公忠臣。"咈然曰[②]："我奸臣乎？"于大羽因言：聂松岩尝骑驴，遇一治磨者，嗔不让路。治磨者曰："石工遇石工，松岩安邱张卯君之弟子，以篆刻名一时。何让之有？"余亦言：交河一塾师与张晴岚论文相诋。塾师怒曰："我与汝同岁入泮[③]，同至今日皆不第，汝何处胜我耶？"三事相类，虽善辩者无如何也。田白岩曰："天地之大，何所不有？遇此种人，惟当以不治治之，亦于事无害；必欲其解悟，弥出葛藤。尝见两生同寓佛寺，一詈紫阳[④]，一詈象山[⑤]，喧诟至夜半。僧从旁解纷，又谓异端害正，共与僧斗。次日，三人破额，诣讼庭。非天下本无事，庸人自扰之乎？"

【注释】

①椒山：杨继盛。见前注。

②咈(fú)然：不高兴的样子。咈，通"怫"。

③入泮：古代学官前有泮水，故称学校为“泮宫”。学童入学为生员称为“入泮”。

④紫阳：指朱熹。见前注。

⑤象山：指陆九渊。见前注。

【译文】

朱青雷说：曾经拜谒杨继盛的祠堂，有几个人也结伴进来。众人都叩头而拜，唯有一人只作了一个长揖。有人问是什么缘故，他说：“杨公是员外郎，我也是员外郎，级别相同，不应有当堂叩拜的礼节。”又有人说：“杨公是忠臣。”他很不高兴地说：“我是奸臣吗？”于大羽接着说了一件事：聂松岩曾经骑着驴子走，遇到一个打石刻磨的人，责问他为什么不让路。制作石磨的人说：“石工遇到石工，松岩是安邱张卯君的学生，以篆刻著名当时。有什么好让的？”我也说了一件事：交河有个私塾教师，与张晴岚谈论文章，互相攻击。私塾教师发怒道：“我与你同年考中秀才，同样到今天还没考上举人，你什么地方胜过我呢？”这三件事很类似，即使善于辩论的人，对他们也无可奈何。田白岩说：“天地这么大，什么人没有，什么事没有？遇到这种人，只有以不理睬来对待，也不会造成什么损害；如果一定要让他们明白，可能会惹出更多的纠葛。我曾经见两个书生一道寄住在佛寺，一人骂朱熹，一人骂陆九渊，吵闹到半夜。和尚在旁边劝解，两人又说佛教是异端邪说，危害儒学正统，一起与和尚争斗。第二天，三人都被打破了头，到官府去告状。这不是天下本无事，庸人自扰之吗？”

昌平有老妪，蓄鸡至多，惟卖其卵。有买鸡充馔者①，虽十倍其价不肯售。所居依山麓，日久滋衍，殆以谷量②。将曙时，唱声竞作，如传呼之相应也。会刈麦曝于门外，群鸡忽千百齐至，围绕啄食。媪持杖驱之不开，遍呼男女，交手扑击，东散西聚，莫可如何。方喧呶间[3]，住屋五楹，訇然摧圮，鸡乃俱惊飞入山去。此与《宣室志》所载李甲家鼠报恩事相类。夫鹤知夜半，鸡知将旦，气之相感而精神动焉，非其能自知时也。故邵子曰："禽鸟得气之先。"至万物成毁之数，断非禽鸟所先知，何以聚族而来，脱主人于厄乎？此必有凭之者矣！

【注释】

①馔（zhuàn）：饮食，菜肴。

②谷量：以山谷计算牛马等牲畜。极言其多。

③喧呶（náo）：形容声音嘈杂。

【译文】

昌平县有个老妇人，养了很多鸡，她只卖鸡蛋。有人想买她的鸡炖肉吃，即便出十倍的价钱她也不卖。她住的地方靠近山麓，时间长了，鸡群不断繁衍，几乎遍及山谷。天快亮时，群鸡唱晓，叫声此起彼伏，仿佛相互呼唤。正好割下的麦子晾晒在门外，忽然，千百只鸡蜂拥而来，围着场院啄食麦粒。老妇人挥舞棍棒赶不开，把全家男男女女都叫出来，大家扑击驱赶，鸡群却东散西聚，无可奈何。正在喧闹时，五间住房"轰隆"一下全部倒塌，鸡都受了惊飞到山里去了。这件事与《宣室志》所载李甲家鼠报恩的事相似。鹤知道夜半，鸡知道天亮，这是气的感应使它们精神变化，而并不是它们知道时辰。因此邵雍先生说："禽鸟可以最早感受到气息的变化。"至于世间万物成败的定数，决不是禽鸟能事先知晓的，那些鸡为什么聚众而来，救主人于危难之中呢？这一定是有鬼神附体呢！

从侄汝夔言：甲乙并以捕狐为业，所居相距十馀里。一日，伺得一冢有狐迹，拟共往，约日落后会于某所。乙至，甲已先在，同至冢侧，相其穴，可容人。甲令乙伏穴内，而自匿冢畔丛薄中；待狐归穴，甲御其出路，而乙在内禽絷之。乙暗坐至夜分，寂无音响，欲出与甲商进止。呼良久，不应；试出寻之，则二墓碑横压穴口，仅隙光一线，阔寸许，重不可举。乃知为甲所卖。次日，闻外有叱牛声，极力号叫。牧者始闻，报其家往视。鸠人移石，已幽闭一昼夜矣。疑甲谋杀，率子弟诣甲，将执讼官。至半途，乃见甲裸体反缚柳树上。众围而唾詈，或鞭朴之。盖甲赴约时，路遇馌妇相调谑，因私狎于秫丛。时盛暑，各解衣置地。甫脱手，妇跃起掣其衣走，莫知所向。幸无人见，狼狈潜归。未至家，遇明火持械者，见之呼曰："奴在此。"则邻家少妇三四，睡于院中，忽见甲解衣就同卧；惊唤众起，已弃衣逾墙遁。方共里党追捕也。甲无以自白，惟呼天而已。乙述昨事，乃知皆为狐所卖。

然伺其穴而掩袭，此戕杀之仇也。戕杀之仇，以游戏报之：一闭使不出，而留隙使不死；一褫其衣使受缚无辩，而人觉即遁，使其罪亦不至死。犹可谓善留馀地矣。

【译文】

堂侄汝夔说：甲乙二人都以捕狐为业，住处相距十多里。有一天，他们发现一处坟丘有狐狸，打算一起去捉，两人约好太阳下山后在某处相会。乙到约定地点时，甲已经等在那里，一起到坟丘旁，看了看洞口，能藏得住人。甲就叫乙藏在洞里，他自己则躲在坟丘边的草丛里；二人打算等狐狸回来，甲堵住洞口，乙在洞里捉住狐狸。乙在黑暗中坐到半夜，还是没有动静，他想出去和甲商量怎么办。叫了好久，没有回答；他想出去，发现洞口却被压上了两块墓碑，仅留下一条缝隙，有一寸多宽，墓碑沉重搬不动。乙知道被甲出卖了。第二天，乙听见外边有吆喝牛的声音，就拼命喊叫。牧牛人听见喊声，告诉了乙的家人来看。请人搬开墓碑，乙已经被禁闭了一昼夜了。乙怀疑甲想要谋杀自己，就领着儿子兄弟们去找甲，打算抓住甲去报官。走到半路，却看见甲赤裸着被反绑在柳树上。有一群人围着唾骂，有的还在用鞭子抽。原来甲赴约前往坟丘时，路上碰见一个送饭的女人勾搭他，两人就到高粱地里鬼混。当时正值盛夏，两人都脱了衣服放在地上。甲刚把衣服放下，女人就跳起来抢了他的衣服跑了，不知跑到哪里去了。幸好没人看见，甲狼狈地悄悄回家。还没到家，遇见一伙人打着火拿着棍棒，看见他就喊："这个家伙在这儿。"原来，邻居三四个少妇在院子里睡觉，忽然看见甲脱了衣服来和她们躺在一起；少妇们惊慌地喊来了人，甲已经丢下衣服跳墙跑了。乡亲们正在追捕他。甲没有办法洗清自己，只有呼天唤地而已。乙说起昨晚的事，才知道都被狐狸戏弄了。

不过，侦察了狐狸的洞而计划突然袭击，这是杀身之仇。杀身之仇而用开个玩笑来报复：一个关了禁闭，并且留下缝隙让他不至于死；一个扒了衣服被捆绑挨打并且无法辩白，但是人一旦发现他就逃，让他的罪过不至于该死。狐狸这种做法，也算得上善于留有馀地了。

天下有极细之事，而皋陶亦不能断者。门人折生遇兰，健令也。官安定日，有两家争一坟山，讼四五十年，阅两世矣。其地广阔不盈亩，中有二冢，两家各以为祖茔。问邻证，则万山之中，裹粮挈水乃能至，四无居人。问契券，则皆称前明兵燹已不存。问地粮串票[①]，则两造具在[②]，其词皆曰："此地万不足耕，无锱铢之利，而有地丁之额。所以百控不已者，徒以祖宗邱陇，不欲为他人占耳。”又皆曰：“苟非先人之体魄，谁肯涉讼数十年，认他人为祖宗者。”或疑为谋占吉地，则又皆曰：“秦陇素不讲此事，实无此心，亦彼此不疑有此心；且四围皆石，不能再容一棺，如得地之后，掘而别葬，是反授不得者以间。谁敢为之？”竟无以折服，又无均分理，无入官理，亦莫能判定。大抵每祭必斗，每斗必讼官。惟就斗论斗，更不问其所因矣。

后蔡西斋为甘肃藩司[3]，闻之曰：“此争祭非争产也，盍以理喻之。”曰：“尔既自以为祖墓，应听尔祭。其来争祭者既愿以尔祖为祖，于尔祖无损，于尔亦无损也，听其享荐亦大佳，何必拒乎？”亦不得已之权词，然迄不知其遵否也。

【注释】

①串票：旧时缴纳钱粮的收据。

②两造：指诉讼的双方，原告和被告。

③藩司：也称“藩台”，即布政使。主管一省的财赋、人事、刑狱。

【译文】

世上有些极小的事情，即使舜时最善于断案的皋陶也裁决不了。我有个学生叫折遇兰，是个很能干的县令。他在安定县任职时，有两家争一块坟地，已经打了四五十年官司，经历了两代人。那块坟地长宽不足一亩，中间有两座坟丘，两家都认为是自己的祖坟。要邻居作证吧，可是那块地在丛山之中，要带足干粮饮水才能到，四周也没有人家。问他们有没有地契，却又都说在明代兵乱中丢失了。问他们官府收缴钱粮的串票，两家却都有，并且两家人都说：“这种地实在不能耕种，一点儿收成也没有，官府却照纳地丁税。之所以没完没了打官司，是因为地里有祖宗的坟墓，不想被别人占了。”两家又都说：“要不是前辈的尸骨葬在这里，谁肯打几十年的官司，认别人为祖宗。”有人怀疑这两家都是想占有这块风水宝地，而两家却都说：“陕西甘肃一带的人历来不讲究风水，自己实在没有这种念头，彼此也不猜疑对方有这种念头；况且四周都是石头，连再安一口棺木的地方都找不到，如果得到这块地把祖坟迁葬到别处，就会给另一家落下话柄。谁敢这样做呢？”县令没法说服他们，又不可能平分，也不可能没收入官，因而一直没法裁决。大概每到祭祀时就会发生殴斗，殴斗后就会到官府打官司。官府也只得就事论事，而不管它的起因了。

后来蔡西斋任甘肃布政使，听说这件事后道：“这是争祭祀，不是争田产，不如晓之以理。”于是对他们说：“你们既然自认为这是你家祖坟，尽管去祭祀好了。争着来祭祀的人既然认你的祖先为祖先，对你的祖先没有什么害处，对你也没有什么危害，你让他去祭祀不也很好，何必阻拦他呢？”这也是不得已而为之，只是至今也不知那两家按他的话去做了没有。

胡牧亭言：其乡一富室，厚自奉养，闭门不与外事，人罕得识其面。不善治生，而财终不耗；不善调摄，而终无疾病。或有祸患，亦意外得解。尝一婢自缢死，里胥大喜，张其事报官。官亦欣然即日来。比陈尸检验，忽手足蠕蠕动。方共骇怪，俄欠伸，俄转侧，俄起坐，已复苏矣。官尚欲以逼污投缳锻炼罗织，微以语导之。婢叩首曰：“主人妾媵如神仙，宁有情到我？设其到我，方欢喜不暇，宁肯自戕？实闻父不知何故为官所杖杀，悲痛难释，愤恚求死耳，无他故也。”官乃大沮去。其他往往多类此。乡人皆言其蠢然一物，乃有此福，理不可明。

偶扶乩召仙，以此叩之。乩判曰：“诸公误矣，其福正以其蠢也。此翁过去生中，乃一村叟，其人淳淳闷闷，无计较心；悠悠忽忽，无得失心；落落漠漠，无爱憎心；坦坦平平，无偏私心；人或凌侮，无争竞心；人或欺绐[1]，无机械心；人或谤詈，无嗔怒心；人或构害，无报复心。故虽槁死牖下，无大功德，而独以是心为神所福，使之食报于今生。其蠢无知识，正其身异性存，未昧前世善根也。诸君乃以为疑，不亦误耶！”时在侧者，信不信参半。吾窃有味斯言也。余曰：“此先生自作传赞，托诸斯人耳。然理固有之。”

【注释】

①欺绐(dài)：欺骗。

【译文】

胡牧亭说：他的家乡有个富户，养尊处优，关着门不管门外的事，人们难得见他一面。这个人不善于理财，财产却总也用不完；他不善于调养，却从来也没有什么病。有时遇上什么祸难，也能意外地得到解脱。他家曾经有个婢女上吊自杀，乡官大喜，大肆张扬并且报了官。官员也兴冲冲地当天就来了。正要检验尸体，忽然尸体的手脚蠕蠕而动。大家都又吃惊又奇怪，不一会儿尸体欠伸，不一会儿身子转侧，不一会儿坐了起来，已经复苏了。官员还要以逼奸上吊来罗织罪名，委婉地诱供。婢女叩头道：“主人的姬妾长得都像神仙一样，哪里会钟情于我呢？就是看中了我，我高兴还来不及，怎么会自杀？实在是因为听说父亲不知什么缘故被官府用棍子打死，悲痛无法排解，愤恨以求一死，并没有别的原故。”这位官员大失所望离去。其他的祸事，也往往都像这件事一样意外消灾。乡里的人都说富户一个蠢家伙，却有这样的福气，实在不知是什么道理。

有人偶然扶乩招仙，问这是为什么。乩仙判道：“各位错了，他的福气正是因为他蠢。此翁前生,是个村叟,他为人淳朴老实,没有计较心;随随便便,没有得失心;平平淡淡,没有爱憎心;坦坦荡荡,没有偏私心;有人欺凌侮辱,他也没有争竞心;有人欺骗他,他也没有防备心;有人辱骂或诽谤他,他也没有嗔怒心;有人陷害他,他也没有报复心。所以他虽然老死在自己的屋里,并没什么大功德,却因为他的这种心境,被神灵护佑,让他在今生得到报答。他这一生愚蠢毫无知识,正是因为他身体虽然已经变换,本性仍然没有丧失前生善良的根本。你们却对他有所怀疑,岂不是大错特错了吗!"当时在一旁的人,信和不信的各占一半。我私下觉得胡牧亭的这番话耐人寻味。我说:"这是胡先生为自己的生平写的赞语,而假托于这个富户。但这样的道理是本来就有的。"

刘约斋舍人言:刘生名寅,此在刘景南家酒间话及。南北乡音各异,不知是此"寅"字否也。家酷贫。其父早年与一友订婚姻,一诺为定,无媒妁,无婚书庚帖,亦无聘币;然子女则并知之也。刘生父卒,友亦卒。刘生少不更事,窭益甚[①],至寄食僧寮。友妻谋悔婚,刘生无如之何。女竟郁郁死,刘生知之,痛悼而已。是夕,灯下独坐,悒悒不宁。忽闻窗外啜泣声,问之不应,而泣不已。固问之,仿佛似答一"我"字。刘生顿悟,曰:"是子也耶?吾知之矣。事已至此,来生相聚可也。"语讫,遂寂。后刘生亦夭死,惜无人好事,竟不能合葬华山。《长恨歌》曰:"天长地久有时尽,此恨绵绵无了期[②]。"此之谓乎!虽悔婚无迹,不能名以贞;又以病终,不能名以烈。然其志则贞烈兼矣。说是事时,满座太息,而忘问刘生里贯。约斋家在苏州,意其乡里欤?

【注释】

①窭(jù):贫穷,贫寒。

②此恨绵绵无了期:当为"此恨绵绵无绝期"。

【译文】

刘约斋舍人说:有个人叫刘寅,这件事是在刘景南家饮酒时说起的。南北口音有区别,不知是这个"寅"字否。家里极其贫穷。他父亲早年与一位朋友约定做儿女亲家,只是口头答应,没有媒人,没有交换婚书和双方的生辰八字,也没有送聘礼;不过双方的儿女都知道这件事。后来刘寅的父亲死了,父亲的朋友也死了。刘寅年纪小不懂如何料理家事,家境更加贫穷,甚至只能在寺庙里蹭口饭吃。朋友的妻子想悔弃婚约,刘生也无可奈何。结果女子竟然郁郁而死,刘寅知道了,也只能痛心悼念而已。这天晚上,他独自坐在灯下,伤感抑郁心潮难平。忽然听到窗户外面有抽泣声,问是谁,没有回答,但哭声不断。刘寅反复盘问,仿佛听到回答了一个"我"字。刘寅突然明白了,他说:"是你吗?你的心意我知道了。但是事情已经到了这一步,让我们下辈子相聚吧。"说完,窗外安静了。后来刘寅也年纪轻轻就死了,可惜没有热心的人出来主事,未能让他们合葬。白居易的《长恨歌》里说:"天长地久有时尽,此恨绵绵无绝期。"说的就是这类情况吧!虽然女子的母亲悔婚但没有留下记录,不能称她为"贞";她又是因病而死,也不能称之为"烈"。但她的心愿志向,却兼有"贞"、"烈"的品格。说这件事时,在场的人无不叹息,却忘记问刘寅的籍贯了。刘约斋的家在苏州,或许刘寅也就是苏州人吧?

河间有游僧,卖药于市。以一铜佛置案上,而盘贮药丸,佛作引手取物状。有买者,先祷于佛,而捧盘进之。病可治者,则丸跃入佛手;其难治者,则丸不跃。举国信之。后有人于所寓寺内,见其闭户研铁屑。乃悟其盘中之丸,必半有铁屑，半无铁屑；其佛手必磁石为之，而装金于外。验之信然，其术乃败。会有讲学者，阴作讼牒，为人所讦。到官昂然不介意，侃侃而争。取所批《性理大全》核对[1]，笔迹皆相符，乃叩额伏罪。太守徐公，讳景曾，通儒也[2]。闻之笑曰："吾平生信佛不信僧，信圣贤不信道学。今日观之，灼然不谬。"

【注释】

①《性理大全》：又名《性理大全书》，收录宋代理学家有关理学著述的文集，凡七十卷，明代胡广等人奉敕编辑。胡广，明初著名学者，建文二年(1400)举进士第一。永乐时期任翰林学士、文渊阁大学士。

②通儒：学识渊博的儒者。

【译文】

河间府有个游方和尚，常在集市上卖药。他把一尊铜佛放在几案上，铜佛面前摆着一个盛药丸的盘子，铜佛的一只手前伸作取物状。有人买药，先要向着佛像祷告，然后捧起药盘靠上前去。如果病能治好，药丸会自己跳入铜佛手里；如果治不好，药丸就静止不动。和尚的法术十分灵验，整个河间府的人深信不疑。后来，有人在和尚借住的寺庙里，见到他关着房门在屋里研磨铁屑。那人忽然明白了，盘子里的药丸，有一半掺上了铁屑，另一半没有掺；铜佛的手也一定是磁石做的，只不过表面涂上了金色。经过验证果真是这样，和尚的法术因此败露。还有一位道学家，私下为他人撰写讼词，被人揭露出来。到了官府的大堂上，他昂首挺胸，毫不介意，侃侃而谈，为自己辩解。官府取出他批注的《性理大全》核对，笔迹与他写的讼词完全一样，他这才磕头伏罪。河间府太守徐景曾，是位大学问家。听了这两个故事后，他说："我平生相信佛，但不相信和尚；信奉圣贤，但不相信道学家。现在看来，真是一点儿不错。”

杨槐亭前辈有族叔，夏日读书山寺中。至夜半，弟子皆睡，独秉烛咿唔。倦极假寐，闻叩窗语曰：“敢敬问先生，此往某村当从何路？”怪问为谁，曰：“吾鬼也。谿谷重复，独行失路。空山中鬼本稀疏，偶一二无赖贱鬼，不欲与言；即问之，亦未必肯相告。与君幽明虽隔，气类原同，故闻书声而至也。”具以告之，谢而去。后以语槐亭，槐亭怃然曰：“吾乃知孤介寡合，即作鬼亦难。”

【译文】

杨槐亭前辈有位堂叔，夏天在山中一座寺庙里读书。到了半夜，弟子们都睡了，他独自在烛光下诵读。困极了闭眼休息，听见敲窗说话的声音：“冒昧敬问先生，从这儿往某村去，该走哪条路？”堂叔惊讶地问是谁，窗外回答：“我是鬼。这里溪流峡谷纵横交错，我独自走迷了路。空山之中鬼本来就少，偶尔遇见一两个无赖贱鬼，我也不愿和他们说话；问了也未必肯告诉我。我与先生虽然是两个世界的人，但气类相同，所以听到读书声就来了。”堂叔细细告诉了鬼，鬼道谢而去。后来他把这事讲给杨槐亭听，杨槐亭怅惘地说：“我这才知道性格孤傲耿介不合群，就是做鬼也是很艰难的。”

李秋崖与金谷村尝秋夜坐济南历下亭，时微雨新霁，片月初生。秋崖曰：“韦苏州‘流云吐华月’句兴象天然，觉张子野‘云破月来花弄影’句便多少着力①。”谷村未答，忽暗中人语曰：“岂但着力不着力，意境迥殊。一是诗语，一是词语,格调亦迥殊也。即如《花间集》'细雨湿流光'句[2],在词家为妙语,在诗家则靡靡矣。"愕然惊顾,寂无一人。

【注释】

①张子野:张先(990—1078),字子野,北宋时期著名的词人。善作慢词,与柳永齐名,造语工巧,曾因三处善用"影"字,世称"张三影"。

②《花间集》:晚唐和五代词的总集,由后蜀人赵崇祚辑。收录温庭筠、皇甫松、薛昭蕴、牛希济、欧阳炯、和凝、孙光宪、魏承斑、鹿虔扆、阎选、尹鹗、毛熙震、李洵等十八位词人的五百首词作,该书完成于后蜀广政三年(940)四月。

【译文】

有一次,李秋崖和金谷村秋夜里坐在济南历下亭,正值小雨过后天色转晴,一弯新月刚刚升起。李秋崖说:"韦应物的诗句'流云吐华月',兴味意象得自天然,比较起来,张先的诗句'云破月来花弄影'这一句人为的痕迹就明显得多了。"金谷村还没来得及回答,忽然黑暗中有人说:"岂但只是天然与人为的区别,意境也迥然不同。一是诗的语言,一是词的语言,格调也大不一样。就像《花间集》中'细雨湿流光'的句子,从词的角度看是妙句,从诗的角度看则太细巧低靡了。"两人惊讶地往四周寻看,空旷寂静不见一个人影。

胶州法南野,尝偕一友登日观。先有一道士倚石坐,傲不为礼,二人亦弗与言。俄丹曦欲吐[1],海天滉耀[2],千汇万状,不可端倪。南野吟元人诗曰:"'万古齐州烟九点,五更沧海日三竿。'不信然乎!"道士忽哂曰:"昌谷用作《梦天》诗[3],故为奇语。用之泰山,不太假借乎?"南野回顾,道士即不再言。

既而踆乌涌上[4]，南墅谓其友曰："太阳真火，故入水不濡也。"道士又哂曰："公谓日自海出乎？此由不知天形，故不知地形；不知地形，故不知水形也。盖天椭圆如鸡卵，地浑圆如弹丸，水则附地而流，如核桃之皴皱。椭圆者东西远而上下近。凡有九重，最上曰宗动[5]，元气之表，无象可窥。次为恒星，高不可测。次七重，则日月五星各占一重，随大气旋转，去地且二百馀万里，无论海也。浑圆者地无正顶，身所立处皆为顶；地无正平，目所见处皆为平。至广漠之野，四望天地相接处，其圆中规，中高而四隤之证也[6]，是为地平。圆规以外，目所不见者，则地平下矣。湖海之中，四望天水相合处，亦圆中规，是又水随地形，中高四隤之证也。然江河之水狭且浅，夹以两岸，行于地中，故日出地上始受日光。惟海至广至深，附于地面，无所障蔽，故中高四隤之处，如水晶球之半。日未至地平，倒影上射，则初见如一线；日将近地平，则斜影横穿，未明先睹。今所见者是日之影，非日之形；是天上之日影隔水而映，非海中之日影浴水而出也。至日出地平，则影斜落海底，转不能见矣。儒家盖尝见此景，故以为天包水，水浮地，日出入于水中，而不知日自附天，水自附地。佛家未见此景，故以须弥山四面为四州[7]，日环绕此山，南昼则北夜，东暮则西朝，是日常旋转，平行竟不入地。证以今日所见，其谬更无庸辩矣。"南墅惊其博辩，欲与再言，道士笑曰："更竟其说。子不知九万里之围圆，以渐而迤，以渐而转，渐迤渐转，遂至周环，必以为人能正立，不能倒立，拾杨光先之说，苦相诘难。老夫慵惰，不能与子到大郎山上看南斗，大郎山在亚禄国[8]，与中国上下反对。其地南极出地三十五度，北极入地三十五度。不如其已也。”振衣径去，竟莫测其何许人。

【注释】

①丹曦：红日。

②滉(huàng)：泛指光、影等摇动、晃荡。

③昌谷：指唐代诗人李贺。

④踆(cūn)乌：古代传说中太阳里的三足乌，指太阳。

⑤宗动：西方古代天文学认为，在各种天体所居的各层天球之外，还有一层无天体的天球称为“宗动天”，它带动其内部各层天球作周日运动。

⑥隤(tuí)：水向下流。

⑦须弥山：古印度神话中位于世界中心的山，传说须弥山周围有咸海环绕，海上有四大部洲和八小部洲。

⑧亚禄国：美国。清代对美国的国名翻译由音译、意译到定名经历了很长一个时期，这一时期，许多不同说法同时并存，仅音译名就有“亚墨理格”、“亚美理驾”、“育奈士迭国”、“弥利坚”等多种。

【译文】

胶州法南墅，曾经陪一个朋友登泰山日观峰。先有一位道士已经靠着石头坐着，傲慢不施礼，两人也不跟他搭话。不一会儿红日将要升起，海天霞光水波闪耀，那种浩淼壮阔的景象，难以形容。法南墅吟诵元朝人诗句道：“‘万古齐州烟九点，五更沧海日三竿。’不是很真切么！”道士忽然冷笑了一声，说：“李贺《梦天》诗自然奇妙。用来说泰山日出，不是太勉强了吗？”法南墅回过头去看，道士又不说话了。

过了一会儿，一轮红日涌出，法南墅对朋友说：“太阳是真火，所以入水而不沾湿。”道士又冷笑一声，说：“您认为太阳是从海里出来的吗？这是因为您不知道天的形状，所以不知道地的形状；因为不知道地的形状，所以不知道海水的形状。大致说来天椭圆像鸡蛋，地球浑圆像弹丸，水则是附在地面上流动，就像核桃壳表面的皱沟。天体椭圆，从东到西距离远，从上到下距离近。天共有九层，最上面的一层叫宗动，是元气的外表，没有形状能让人看。下一层就是恒星，极为高远，无法测量。再往下数还有七层，就是太阳、月亮以及水、火、木、金、土五颗星各占一层，这七层随着宇宙的气流旋转，离地面还有二百多万里，更不用说离海面多远了。地球浑圆，没有一个唯一的正顶点，人所立的地方都可以说是顶点；地面也没有一道唯一的正平线，眼睛所望到的都可以说是正平线。在非常广阔空旷的原野上，朝四面望去，一直望到天地相接的地方，视力所到的地方正好是一个正圆形，这就证明地球是一个圆球面，站的地方是中心，最高，而周围就渐渐低下去了，天与地相接处就是地平线。这个正圆形以外、人的眼睛望不到的地方，就在地平线以下了。如果处于大湖或大海当中，朝四面望去，视力所到的四周天水相接处，也构成了一个正圆形，这又证明，水面是随地面伸展，也是中间高而周围渐渐低下去的。然而江河的水既狭窄又浅，夹在两岸之间，在地面中间流动，所以一定要等到太阳高过地平线后，才能照到日光。而大海则既深又广阔，附在地面上，没有什么东西遮挡，所以人处在中间高而四面低的地面上，地球的这一部分便像水晶球的一半。当太阳还没到达地平线时，它的光线往上倒射，于是人们开始见到地平线上有一道光线；太阳接近地平线时，它的光线斜照，所以人们在太阳还没出来时就见到了。现在我们见到的，不是太阳本身，而是它的影子；是天上的太阳隔着地平线的水映现出来，而不是海中的太阳从水中钻出来。等到太阳高出地平线后，太阳照在水中的影子落下海底，陆地上的人反而看不见了。儒家的学者大概曾经注意到这种现象，所以认为天包着水，水浮着地，太阳从水中出入，而不知道太阳实际上附着于天空，水则附在地面上。佛教学者大概没有注意到这种现象，所以他们认为须弥山四面有四大洲，太阳环绕着这座山，南面是白天，北面就是夜晚，东面是傍晚，西面就是早晨，太阳总是围绕地球平行旋转，总是不入地。用我们现在观察到的情况来检验，这种看法的荒谬更用不着辩论了。"法南墅听了这番话，对道士的知识渊博和能言善辩感到惊奇，正想再与他交谈。道士笑道："让我再把这个问题说完。你不知道地球表面有九万里，它的圆形一点儿一点儿伸展，也一点儿一点儿转弯，这样渐伸渐转，结果就转了一周，你必定以为人能正着站立，不能倒立，捡起杨光先提出的这种说法，来与我苦苦地追究争辩。老夫懒惰，不能和你一起到大郎山上去看南斗，大郎山在亚禄国，与中国正好上下相对。那里南极高出地平线三十五度，北极低于地平线三十五度。不如就到此为止吧。"说完，那个道士抖抖衣服径自离去，最终不能断定他究竟是个什么人。

大学士温公言：征乌什时[①]，有骁骑校腹中数刃，医不能缝。适生俘数回妇，医曰："得之矣。"择一年壮肥白者，生刳腹皮[②]，幂于创上，以匹帛缠束，竟获无恙。创愈后，浑合为一，痛痒亦如一。公谓："非战阵无此病，非战阵亦无此药。"信然。然叛徒逆党，法本应诛；即不剥肤，亦即断脰[③]。用救忠义之士，固异于杀人以活人尔。

【注释】

①乌什：位于塔里木盆地西北边缘的天山南麓。汉代时为温宿国地，唐代置温肃州，州治大石城，又称作"于祝"。元明以来有倭赤、乌赤等名称，或为其地。清乾隆二十年(1755)后地名汉文定为"乌什"。据史料记载，1765年，因阿奇木伯克阿不都拉和办事大臣素诚性情残暴，鞭责凌辱乌什人日以为常，且贪纵之极，多

方需索，勒买布粮马羊，壮则攘之，而羸者倍值售之等事，激起事变，但很快就被清军扑灭。事变虽然牵制了清朝在新疆大量的军力、财力和物力，但却没有因此引发南疆社会的动荡，更没有动摇清朝在全疆的统治。

②刳(kū)：从中间破开再挖空。

③脰(dòu)：脖子，颈。

【译文】

大学士温公说：他率军征讨乌什时，有个骑军校腹部中了几刀，医生缝不了伤口。恰好俘虏了几个回族妇人，医生说："有办法了。"选了一个年轻丰满白皙的妇人，活活剐下一块肚子上的皮肤，盖在伤口上，用布捆扎住，这个军校因此得以活下来。伤口痊愈后，移植的皮和原有的皮完全吻合，连痛痒的感觉也一致。温公说："不是因为打仗，不会有这样的伤病；不是因为打仗，也不会得到这样的'药'。"这话说得一点儿不假。但是反叛的乱党，按法律本来就应该处死；即使不剐剥皮肤，他们也免不了被砍头。用他们的皮肤来挽救忠义将士的生命，这与通常靠杀害人来救某人性命的情况还是不一样的。

周化源言：有二士游黄山，留连松石，日暮忘归。夜色苍茫，草深苔滑，乃共坐于悬崖之下，仰视峭壁，猿鸟路穷；中间片石斜欹，如云出岫[①]。缺月微升，见有二人坐其上，知非仙即鬼，屏息静听。

右一人曰："顷游岳麓，闻此翁又作何语？"左一人曰："去时方聚众讲《西铭》，归时又讲《大学衍义》也[②]。"右一人曰："《西铭》论万物一体，理原如是。然岂徒心知此理，即道济天下乎？父母之于子，可云爱之深矣，子有疾病，何以不能疗？子有患难，何以不能救？无术焉而已。此犹非一身也。人之一身，虑无不深自爱者，己之疾病，何以不能疗？己之患难，何以不能救？亦无术焉而已。今不讲体国经野之政，捍灾御变之方，而曰吾仁爱之心，同于天地之生物。果此心一举，万物即可以生乎？吾不知之矣。至《大学》条目，自格致以至治平，节节相因，而节节各有其功力。譬如土生苗，苗成禾，禾成谷，谷成米，米成饭，本节节相因。然土不耕则不生苗，苗不灌则不得禾，禾不刈则不得谷，谷不舂则不得米，米不炊则不得饭，亦节节各有其功力。西山作《大学衍义》，列目至齐家而止，谓治国平天下可举而措之。不知虞舜之时，果瞽瞍允若而洪水即平[③]，三苗即格乎[④]？抑犹有治法在乎？又不知周文之世，果太姒徽音而江汉即化[⑤]，崇侯即服乎[⑥]？抑别有政典存乎？今一切弃置，而归本于齐家，毋亦如土可生苗，即炊土为饭乎？吾又不知之矣。"左一人曰："琼山所补[⑦]，治平之道其备乎？"右一人曰："真氏过于泥其本，邱氏又过于逐其末，不究古今之时势，不揆南北之情形，琐琐屑屑，缕陈多法，且一一疏请施行，是乱天下也。即其海运一议，胪列历年漂失之数[⑧]，谓所省转运之费，足以相抵。不知一舟人命，讵止数十；合数十舟即逾千百，又何为抵乎？亦妄谈而已矣。"左一人曰："是则然矣。诸儒所述封建井田，皆先王之大法，有太平之实验，究何如乎？"右一人曰："封建井田，断不可行，驳者众矣。然讲学家，持是说者，意别有在，驳者未得其要领也。夫封建井田不可行，微驳者知之，讲学者本自知之。知之而必持是说，其意固欲借一必不行之事，以藏其身也。盖言理言气，言性言心，皆恍惚无可质。谁能考未分天地之前，作何形状；幽微暧昧之中，作何情态乎？至于实事，则有凭矣。试之而不效，则人人见其短长矣。故必持一不可行之说，使人必不能试，必不肯试，必不敢试，而后可号于众曰：'吾所传先王之法，吾之法可为万世致太平，而无如人不用，何也！'人莫得而究诘，则亦相率而欢曰：'先生王佐之才，惜哉不竟其用'云尔。以棘刺之端为母猴[9]，而要以三月斋戒乃能观，是即此术。第彼犹有棘刺，犹有母猴，故人得以求其削。此更托之空言，并无削之可求矣。天下之至巧，莫过于是。驳者乃以迂阔议之，乌识其用意哉！"相与太息者久之，划然长啸而去。

二士窃记其语，颇为人述之。有讲学者闻之，曰："学求闻道而已。所谓道者，曰天曰性曰心而已。忠孝节义，犹为末务；礼乐刑政，更末之末矣。为是说者，其必永嘉之徒也夫[10]！"

【注释】

①岫（xiù）：山。

②《大学衍义》：作者真德秀，号西山，南宋著名理学家，是朱子学术思想最典型的秉承者，为理学取得正宗地位起到巨大作用。《大学衍义》为元、明、清三朝皇族学士必读之书。

③瞽瞍（gǔ sǒu）：古帝虞舜之父。允若：顺从。

④三苗：古代传说中黄帝至尧舜禹时代的古族名，与驩兜、共工、鲧合称为"四罪"。

⑤太姒（sì）徽音：出《诗经·大雅·思齐》"太姒嗣徽音，则百斯男"，

意思是太姒继承太任、太姜的美德，必能多生儿子。太姒，周文王的妃子。徽音，美誉。

⑥崇侯：即崇侯虎。纣王任命西伯昌（即周文王姬昌）、九侯、鄂侯为三公。九侯的女儿被纣王纳入后宫，因为不喜淫乐，纣王就把她杀掉，把九侯也剁成肉酱，鄂侯争辩几句，也被做成肉干，“西伯昌闻之，窃叹。崇侯虎知之，以告纣，纣囚西伯羑里”。见《史记·殷本纪》。

⑦琼山：指丘濬（1418—1495），字仲深，号深庵、玉峰，别号海山老人。明代著名政治家、理学家、经济学家和文学家。海南四大才子之一，著述颇丰。

⑧胪（lú）列：罗列。

⑨棘刺之端为母猴：燕王征求身怀绝技的能工巧匠。有个卫国人自称能在荆棘的尖刺上雕刻出母猴子，不过燕王要是想看，必须半年不入后宫，不喝酒，不吃肉，雨晴日出之时，半明半暗中，才能看到。燕王始终没有机会欣赏。有个铁匠告诉燕王，再小的刻制品也要用刻刀，如果棘刺尖细到容不下最小的刀刃，就没法雕刻。燕王就问卫人雕刻猴子用什么工具，卫人借口取刻刀逃跑了。见《韩非子·外储说》。

⑩永嘉之徒：永嘉学派的门徒。永嘉，即永嘉学派，又称“事功学派”、“功利学派”等，是南宋时期在浙东永嘉（今浙江温州）地区形成的、提倡事功之学的一个儒家学派，南宋浙东学派中的一个重要分支学派。因为代表人物多为浙江永嘉人，故名。在哲学思想上，永嘉学派认为充盈宇宙者是“物”，而“道”存在于事物本身（物之所在，道则在焉）；提倡功利之学，反对虚谈性命。

【译文】

周化源说：有两个读书人游览黄山，留连松柏山石，日暮时分忘了返回。夜色苍茫，草深苔滑，他们只好一道坐在悬崖下面，仰望峭壁，猿猴飞鸟也无法穿越；峭壁中间，斜嵌着一片巨石，仿佛出岫白云。残月渐渐升起，他们看见两个人坐在那片巨石上，两个书生知道非仙即鬼，屏住呼吸静听。

右边那个人说："刚才游览岳麓山，那个老先生又说了些什么？"左边那人说："我去的时候，他聚集了一些人在讲张载的《西铭》，我回来时，又听他在讲真德秀编的《大学衍义》了。"右边那人说："《西铭》主张万事万物本属一体，道理上本来确实如此。然而，难道只是明白这种道理，就能拯救天下了么？父母对待子女，可以说爱得很深了，但是子女得了病，父母为什么治不好？子女遭遇危难，父母为什么救不了？是因为没有办法罢了。这就是子女与父母并不是同一个身体。人对于自身，考虑最多、最为关心，而自己得了病，为什么还是不能自己治疗？自身遭遇了灾难，为什么不能自我拯救呢？也是因为没有办法罢了。现在讲道学的人，不去研究治理国家安抚百姓的策略，不去探求抵御灾难应付变动的方法，却在痴谈什么我仁慈友爱的心就像天地孕育万物一样。果真是一旦有了仁爱之心，万物就可以生长繁衍吗？这个道理我就弄不懂了。至于《大学》一书的条目，从格物致知乃至于治国、平天下，环环相扣，每个环节都显出功力。比如土壤中生出秧苗，秧苗长成庄稼，庄稼生出谷穗，谷穗磨出米粒，米粒做成饭，也是环环相扣。然而，土地不耕种就长不出秧苗；秧苗得不到灌溉就无法长成庄稼；庄稼长熟了没人收割，就得不到谷穗；有了谷穗不去舂，也就得不到米；有了米不去烧煮，就成不了饭，各个环节都有各自的功力。真德秀编著《大学衍义》目录至'齐家'就止了，认为治国、平天下就自然可以做到。不知唐尧、虞舜在位时，果然因为瞽叟最终被舜的大孝感化信服顺从，于是洪水灾害自然就平息，三苗等叛乱的部落自然就归顺了呢？还是另有别的治理办法？又不知周文王在位时，果然因为他的王妃太姒说了几句贤德仁惠的话，于是长江上游和汉水流域的部落就自然归顺，殷商的后裔崇侯虎就自然服从了呢？还是他推行了一系列正确的政治法规才实现的呢？现在这一切都被抛在一边，而把所有的希望都寄托于自身修养、管理好家庭，这不是就像因为土可以生出禾苗，于是就把土拿来煮了当饭吃？这也是我弄不明白的。”左边那人说：“那么明代的邱濬补充的《大学衍义》的‘治国’、‘平天下’两个条目，完整吗？”右边那人说：“真德秀过分拘泥于根本部分，邱濬又过于探究一些细枝末节，他们不考虑古今时代情况的变化，不估量南北情形的不同，琐琐碎碎罗列各种政策方法，而且一一上疏请朝廷加以实施，这必将引起天下混乱。就说他主张把南方的粮食走海路运往北方这一件事吧，他罗列了历年海运翻船沉没的数字，认为节省的运河运输费用足以相抵。却没有想到一只船上人命就不止几十条，几十只船加在一起，就超过了千百条人命，这又用什么相抵呢？也不过是胡说而已。”左边那人说：“是这样。但是，历代儒家学者以至现在的道学家都谈分封国王、实行井田制等等，这些都是夏、商、周时代君主们实行过的根本大法，并且实践证明它们能够使得天下太平，您以为到底如何？”右边那人说：“分封诸侯王、推行井田制等都决不可能实施，以前对它加以批驳的人已经不少了。不过，道学家中大谈这一套的人，另有意图，批驳者们还没有抓住其中要害。分封制度、井田制度的不可能推行，不仅批驳的人知道，道学家们自己心里也明白。他们知道不可行还是要大谈这一套，其意图在于故意借一种必不可能推行的主张，作为保护自己面子的挡箭牌。因为谈‘理’、‘气’、‘性’、‘心’等等，都是些空洞不着边际的话题，无法着实。谁能考察出天地未分之前究竟是什么样子；复杂微妙的心理活动中‘性’与‘情’又各是什么样子？至于实际的事情，则有事实可以把握。一试行而没有生效，那么人人都能看出它的长短优劣。于是，他们必须大谈一种根本不可能实施的学说，使别人必定不能去试行，必定不肯去试行，必定不敢去试行，然后他们就可以当着众人的面大肆吹嘘：‘我所传授的是先代圣王的大法，我的大法可以带来万代太平，可惜没有人任用我实施这些大法，又有什么办法呢！’旁人也无法考察他们的话究竟是真是假，于是也都跟着一齐兴奋地嚷嚷：‘先生您真是辅佐圣君的大才啊，可惜啊，你们的才能不能充分施展’等等。《韩非子·外储说左上》记载，战国时宋国有个人说能为燕王在棘刺尖上雕刻母猴，但说要斋戒三个月后才能看见，用的就是这种骗术。但那个人还得有棘刺，还有母猴，所以人们还可以要求看他究竟使用的是什么刻刀。而道学家所说的这一套更加空洞，连看刻刀也无法要求。天下的至巧莫过于这种手段。批驳的人总认为它的过失在于迂腐，哪里知道他们的真实用意呢！”两个人彼此叹息了好久，发出响亮的长长啸声离去。

两个书生偷偷记下了他们的话，后来经常讲给别人听。有个道学家听到后说：“学习的目的不过是懂得大道而已。所谓大道，也就是天、性、心而已。至于忠孝节义之类，还属于细枝末节；礼乐刑法政治制度等等，就更是末节的末节了。说这种话的人，肯定是永嘉学派的门徒吧！”

刘香畹寓斋扶乩，邀余未赴。或传其二诗曰：“是处春山长药苗，闲随蝴蝶过溪桥。林中借得樵童斧，自斫槐根木瘿瓢[①]。”“飞岩倒挂万年藤，猿狖攀缘到未能[②]。记得随身棕拂子，前年遗在最高层。”虽意境微狭，亦楚楚有致。

【注释】

①瘿（yǐng）瓢：瘿木制的瓢。

②猿狖（yòu）：亦作“猨狖”。泛指猿猴。

【译文】

刘香畹在住所扶乩，邀我前往，我没有去。听说乩仙判了两首诗：一首是：“是处春山长药苗，闲随蝴蝶过溪桥。林中借得樵童斧，自斫槐根木瘿瓢。”另一首是：“飞岩倒挂万年藤，猿狖攀缘到未能。记得随身棕拂子，前年遗在最高层。”意境虽然不算宏大高远，但也有些文采韵味。

《春秋》有原心之法，有诛心之法。青县有人陷大辟[1]，县令好外宠，其子年十四五，颇秀丽。乘其赴省宿馆舍，邀之于途，托言牒诉而自献焉，狱竟解。实为娈童，人不以娈童贱之，原其心也。里有少妇与其夫狎昵无度，夫病瘵死。姑察其性佚荡，恒自监之，眠食必共，出入必偕，五六年未常离一步。竟郁郁以终。实为节妇，人不以节妇许之，诛其心也。余谓此童与郭六事相类，惟欠一死耳。语详《滦阳消夏录》。此妇心不可知，而身则无玷。《大车》之诗所谓“畏子不奔，畏子不敢”者，在上犹为有刑政，则在下犹为守礼法。君子与人为善，盖棺之后，固应仍以节许之。

【注释】

①大辟：夏商五刑之一，是死刑的总称，执行方法主要是斩首。

【译文】

《春秋》有推究心迹而原谅犯罪者的原则，也有追究心迹而声讨表面上看起来没有犯罪的人的原则。青县有个人因为犯罪被判死刑，当时的县令喜欢娈童，罪犯的儿子当时十四五岁，长得很秀美。这个儿子趁县令前往省城中途住宿的机会，假称诉讼而献身，死刑犯因此被释放。这个少年实际上是出卖色相的娈童，但是人们没有因此看轻他，因为他的动机是救人。村里有个少妇和丈夫淫乐无节制，丈夫因此得痨病死了。婆婆发现她性情淫荡，一直亲自监视，睡觉吃饭必定要一起，出出进进也相伴相随，五六年中几乎没有离开过一步。少妇后来郁郁而死。她其实是个节妇，但人们并不认为她是节妇，这是因为追究她的本心。我觉得这个娈童和郭六的行为相似，不同的是这个孩子没有死。郭六的事详见《滦阳消夏录》。这个少妇的本心究竟如何不知道，但是身体并没有玷污。《诗经·大车》中所谓"畏子不奔，畏子不敢"，如果当官的人能够有所畏惧，就还算是遵守国家的法令制度；普通民众能够有所畏惧，也还算是遵守礼法。君子应该宽恕待人，像这个少妇，身后对她的评论，应该还认定她是个节妇。

啄木能禹步劾禁，竟实有之。奴子李福，性顽劣，尝登高木之杪，以杙塞其穴口①，而锯平其外，伏草间伺之。啄木返，果翩然下树，以喙画沙若符篆，画毕，以翼拂之，其穴口之杙，铮然拔出如激矢。此岂可以理解欤？余在书局，销毁妖书，见《万法归宗》中载有是符②，其画纵横交贯，略如小篆两"無"字相并之形。不知何以得之，亦不知其信否也。

【注释】

①杙(yì)：短木，小木桩。

②《万法归宗》：唐代李淳风撰，袁天罡增补。道教奇门遁甲之奇书。

【译文】

相传啄木鸟能像巫师那样走禹步念咒语显神通，竟然真有其事。我家的小奴李福生性顽皮，曾经爬到大树的顶端，用一截木头塞住啄木鸟的巢洞，并且把露出树外的部分锯平，然后埋伏在草丛里观察。只见啄木鸟飞回来后，发现巢洞被塞，果然直接飞落地面，用嘴在沙上画，画出像巫师符咒一样的图案，画完后用翅膀一拂，巢洞口上的木桩一下子就被拔出来，好像突然射出的箭一样。这种现象怎么用一般道理来解释？我在书局时，奉命销毁妖书，见到《万法归宗》中记载了这种符咒，它的笔划纵横交错，大概像小篆体的两个“無”字合在一起的形状。不知这种符咒当初是怎样得来的，也不知它们是否灵验。

李福又尝于月黑之夜，出村南丛冢间，呜呜作鬼声，以恐行人。俄磷火四起，皆呜呜来赴。福乃狼狈逃归。此以类相召也。故人家子弟，于交游当慎其所召。

【译文】

李福还曾经在一个月光昏黑的夜晚，来到村南的坟地里，“呜呜”地学鬼叫，想要吓唬过路人。不一会儿，坟地里忽然磷火四起，鬼怪们都“呜呜”着赶来。李福狼狈地逃了回来。这是用同类的东西招引的缘故。所以人家的子弟，交朋友应当很谨慎。

壬午顺天乡试[①]，与安溪李延彬前辈同分校。偶然说虎，延彬曰：“里有入山樵采者，见一美妇隔涧行，衣饰华丽，不似村妆，心知为魅。伏丛薄中觇所往。适一鹿引麑下涧饮[②]，妇见之，突扑地化为虎，衣饰委地如蝉蜕，径搏二鹿食之。斯须仍化美妇，整顿衣饰，款款循山去。临流照影，妖媚横生，几忘其曾为虎也。”秦涧泉前辈曰：“妖媚蛊惑，但不变虎形耳，搏噬之性则一也。偶露本质，遽相惊讶，此樵何少见多怪乎！”

【注释】

①壬午：乾隆二十七年(1762)。

②麑(ní)：幼鹿。

【译文】

乾隆壬午年顺天乡试，我和安溪人李延彬前辈为同考官。偶然说起了老虎，李延彬说："村里有个人进山打柴，看见隔着山涧有个漂亮女人在走，衣饰华丽，不像村妇的打扮，心里便明白是妖魅。砍柴的躲在草丛中悄悄看她往哪里去。这时有一只鹿带着小鹿下涧饮水，美女见了，突然扑在地上化为老虎，衣服首饰就像知了脱壳一样脱落在地上，它直冲过去，抓住两只鹿吃掉了。一会儿工夫，它又变成美女，整理了衣服首饰，然后袅袅婷婷顺着山路走远了。她在溪边照自己的影子，妖媚无比，让人几乎忘了她刚才还是只老虎。"秦涧泉前辈说："妖媚女子迷惑人，只不过不变出虎的形状而已，吃人害人的本性没有变。这个美女偶尔露出虎的本相，偶然露了一下原形就如此惊讶，这个打柴的真是少见多怪啊！"

大学士伍公镇乌鲁木齐日，颇喜吟咏，而未睹其稿。惟于驿壁见一诗曰："极目孤城上，苍茫见四郊。斜阳高树顶，残雪乱山坳。牧马嘶归枥，啼乌倦返巢。秦兵真耐冷，薄暮尚鸣骹[①]。"殊有中唐气韵。

【注释】

①鸣骹(xiāo)：射箭。

【译文】

大学士伍公镇守乌鲁木齐时，很喜欢吟诗，我没有看到过他的诗稿。只在他住过的驿站墙壁上见过一首诗："极目孤城上，苍茫见四郊。斜阳高树顶，残雪乱山坳。牧马嘶归枥，啼乌倦返巢。秦兵真耐冷，薄暮尚鸣骹。"这诗很有中唐诗歌的气格韵味。

东州佃户邵仁我言：有李氏妇，自母家归。日薄暮，风雨大作，避入废庙中。入夜稍止，已暗不能行。适客作俗谓之短工。为人锄田刈禾，计日受值，去来无定者也。数人荷钽入。惧遭强暴，又避入庙后破屋。客作暗中见影，相呼追迹。妇窘急无计，乃呜呜作鬼声，既而墙内外并呜呜有声，如相应答。数人怖而反。夜半雨晴，竟潜踪得脱。此与李福事相类，而一出偶相追逐，一似来相救援。虽谓秉心贞正，感动幽灵，亦未必不然也。

【译文】

东州佃户邵仁我说：有个李家的媳妇从娘家回来。天快黑了，风雨大作，她就躲进一座废庙里。入夜时风雨稍微小了，但是外面已经黑得不能赶路了。这时正好有几个外地打短工的人人们一般称他们叫“短工”。他们替人锄地割禾，按天数算工钱，来去行踪不定。扛着锄头进来了。她怕遭到强暴，就往庙后的破屋子里躲。打短工的在黑暗中见到她的身影，相互招呼着叫喊着追了上来。她走投无路情急之下“呜呜”学起了鬼叫，接着墙内外都是“呜呜”的声音，好像在相互应答。几个打短工的吓得不敢再追。半夜时雨住天晴，她悄悄避开打短工的跑了回来。这件事和李福的事差不多，不过一是鬼偶尔追逐聚拢，一是鬼好像有意赶来救援。即使是说李家媳妇秉心端正、坚定贞洁，因而感动了鬼神，也不是没有道理。

仁我又言：有盗劫一富室，攻楼门垂破。其党手炬露刃，迫胁家众曰：“敢号呼者死！且大风，号呼亦不闻，死何益！”皆噤不出声。一灶婢年十五六，睡厨下，乃密持火种，黑暗中伏地蛇行，潜至后院，乘风纵火，焚其积柴。烟焰烛天，阖村惊起，数里内邻村亦救视。大众既集，火光下明如白昼，群盗格斗不能脱，竟骈首就擒。主人深感此婢，欲留为子妇，其子亦首肯，曰："具此智略，必能作家，虽灶婢何害。"主人大喜，趣取衣饰，即是夜成礼，曰："迟则讲尊卑，论良贱，是非不一，恐有变局矣。"亦奇女子哉！

【译文】

邵仁我又说：有伙强盗抢劫一户富裕人家，攻打楼门，眼看就要打破了。强盗们举着火把抡着刀，威胁全家人说："敢叫喊的一律杀死！而且现在正刮着大风，喊叫也没人听见，白白送死有什么好处！"全家人都吓得不敢出声。有个烧火丫头，年纪约十五六岁，本来睡在厨房里，就悄悄带着火种，在黑暗中伏在地上爬行，悄悄进入后院，乘风放火，烧着了堆在那里的干柴。火光冲到半天空，全村的人都被惊起，几里地以内邻村的人也来救火。众人聚集后，火光之下像白天一样明亮，强盗们与众人格斗，无法逃脱，竟然全部被抓住了。主人非常感谢这个婢女，要留她做儿媳妇，他儿子也同意，说："有这样的智慧胆识，一定会持家，虽然是烧火丫头又有什么关系？"主人大喜，催促马上取来衣服首饰，就在当夜举行婚礼，说："推迟一下就会讲究什么尊卑，考虑什么良贱，赞成反对的意见不一致，事情可能就会发生变化。"这个婢女也真是一位奇女子！

边秋崖前辈言：一宦家夜至书斋，突见案上一人首，大骇，以为咎征。里有道士能符箓，时预人丧葬事。急召占之，亦骇曰："大凶！然可禳解，斋醮之费，不过百馀金耳。"正拟议间，窗外有人语曰："身不幸伏法就终，幽魂无首，则不可转生，故恒自提携，累如疣赘。顷见公棐几滑净[①]，偶置其上。适公猝至，仓皇忘取，以致相惊。此自仆之粗疏，无关公之祸福。术士妄语，慎不可听。”道士乃丧气而去。

又言：一宦家患狐祟，延术士劾治，法不验，反为狐所窘。走投其师，更乞符箓至。方登坛檄将，已闻楼上般移声、呼应声，汹汹然相率而去。术士顾盼有德色，宦家亦深感谢。忽举首见壁上一帖曰：“公衰运将临，故吾辈得相扰。昨公捐金九百建育婴堂，德感明神，又增福泽，故吾辈举族而去。术士行法，适值其时；据以为功，深为忝窃[2]。赐以觞豆[3]，为稍障羞颜，庶几或可；若有所酬赠，则小人太徼幸矣[4]。”字径寸馀，墨痕犹湿。术士惭沮，竟噤不敢言。

梁简文帝《与湘东王书》引谚曰：“山川而能语，葬师食无所[5]；肺腑而能语，医师面如土。”此二事者，可谓鬼魅能语矣，术士其知之。

【注释】

①棐（fěi）几：用榧木做的几桌。亦泛指几桌。棐，通“榧”，木名。

②忝窃：谦逊地说辱居其位或愧得其名。

③觞豆：觞与豆，古代盛酒肴之具。

④徼幸：侥幸。徼，通“侥”。

⑤葬师：旧时丧葬中以看风水、择时日等迷信活动为业的人。

【译文】

边秋崖前辈说：有个做官的人，晚上到书房去，突然发现桌上有个人头，吓坏了，以为是凶兆。村里有个道士善于用符咒驱神役鬼，时常预测人家的丧葬大事。这个做官的急忙把他召来，道士一推算，也大吃一惊，说：“是大凶险的兆头！不过可以祈祷避免，做法事的费用不过一百多两银子。”正在商量，窗外有声音说：“我不幸犯罪被斩首，幽魂没有头颅，就不能投生，所以我总是自己拎着头，真是累赘。刚才我见先生桌上平整干净，偶然把头放在上面。你突然进来，我仓皇之中来不及拿走，所以让你受惊了。这是我的疏忽，跟你的祸福并没有关系。术士胡说八道，你要小心，不要上他的当。”道士垂头丧气地走了。

边前辈还说：有个当官的人家被狐狸搅得不安宁，于是请术士镇治，法术不灵，术士反被狐狸弄得狼狈不堪。术士又去找他的师父，要了符篆来。刚登坛传呼神将，就听到楼上有搬动东西的声音，相互招呼着，闹哄哄地走了。术士环顾众人，满脸得意，官人更是感激他。忽然抬头看到墙上贴了一张纸写道：“你的衰败命运将要来临，所以我们敢来打扰。昨天你捐献九百两银子建育婴堂，高尚品德感动了神明，又给你增添了福份，所以我们全部撤走。巫师做法事正好碰上这个时间，于是当成自己的功劳，真是脸皮厚。你赏他一顿酒饭，稍微替他遮遮羞，还是可以的；若是还要给他酬谢，那么这种小人也太侥幸了。”每个字大小有一寸多见方，墨迹还是湿的。巫师惭愧沮丧，竟然闭口不敢出声。

梁简文帝《与湘东王书》引当时的谚语说：“山川而能语，葬师食无所；肺腑而能语，医师面如土。”上述两件事，可以说是鬼怪能说话了，术士应该记住。

朱导江言：有妻服已释，忽为礼忏者，意甚哀切，过于初丧。问之，初不言。所亲或私叩之，乃泫然曰：“亡妇相聚半生，初未觉其有显过。顷忽梦至冥司，见女子数百人，锁以锒铛，驱以骨朵[①]，入一大官署中，俄闻号呼凄惨，栗魄动魂。既而一一引出，并流血被骭[②]，匍匐膝行，如牵羊豕。中一人见我招手，视即亡妇。惊问：‘何罪至此？’曰：‘坐事事与君怀二意。初谓为家庭常态，不意阴律至严，与欺父欺君竟同一理，故堕落如斯。’问：‘二意者何事？’曰：‘不过骨肉之中私庇子女，奴隶之中私庇婢媪，亲串之中私庇母党，均使君不知而已。今每至月朔，必受铁杖三十，未知何日得脱。此累累者皆是也。’尚欲再言，已为鬼卒曳去。多年伉俪，未免有情，故为营斋造福耳。”

夫同牢之礼[3]，于情最亲，亲则非疏者所能间；敌体之义，于分本尊，尊则非卑者所能违。故二人同心，则家庭之纤微曲折，男子所不能知、与知而不能自为者，皆足以弥缝其阙。苟徇其私爱，意有所偏，则机械百出，亦可于耳目所不及者无所不为，种种衅端，种种败坏，皆从是起。所关者大，则其罪自不得轻。况信之者至深，托之者至重，而欺其不觉，为所欲为，在朋友犹属负心，应干神谴；则人原一体，分属三纲者，其负心之罪不更加倍蓰乎[4]？寻常细故，断以严刑，固不得谓之深文矣[5]。

【注释】

①骨朵：古代一种兵器。一长棒，顶部缀蒺藜形的头，以铁或木制成。

②骭(gàn)：胫骨，小腿。

③同牢之礼：旧指结婚的礼仪。古代结婚仪式中新郎新娘同吃一份肉食，表示共同生活的开始。

④蓰(xǐ)：五倍。

⑤深文：制定或援用法律条文苛细严峻。

【译文】

朱导江说：有个人妻子的服丧期已过，忽然又为死者经忏办佛事，神情比妻子刚去世时还悲伤。问他，开始时不说什么原因。他亲近的朋友私下里问他，他流泪道：“我和亡妻生活了半辈子，并没有发觉她有什么大过错。不久前我忽然做梦到了地府，看见几百个女人都被铁锁链锁着，后面有人用大木棒驱赶，进了一个衙门，随后就听见凄惨的呼叫声，惊心动魄。接着这些女人又一个一个被带了出来，都血流到小腿，匍匐爬行，被人像猪羊一样牵着。其中一个女子见了我招手，我一看，就是亡妻。我吃惊地问：'犯了什么罪，要受这样的惩罚？'她说：'因为事事都和你怀着二心。开始还以为这是家庭中的常事，没想到阴律极严，看得和欺父欺君一样重，所以遭到这样的惩罚。'我又问她：'二心指什么？'她说：'不过就是骨肉中我对自己的亲生儿女私下偏护，奴仆中我对女仆们私下偏护，亲属中我对娘家人私下偏护，并且都不让你知道而已。现在每月的初一，我就要挨三十记铁杖，不知哪天能脱出苦海。这些牵着锁着的女人都是因为这样的罪名。'她还要说下去，却被鬼卒拖走了。我们是多年夫妻，情义还在，所以为她做法事祈福。"

夫妇共同生活，在感情上最亲密，既然亲密，就不是其他关系疏远的人能够离间的；夫妻的地位相等，理当相互尊重，相互尊重就不是卑贱的人能够不遵守的。所以，夫妻俩同心协力，家庭里任何细碎的事情，男人不能知道的、知道了而不便亲自处理的，妻子都应该加以弥补。倘若妻子只是根据自己私心喜欢的有所偏向，那么机诈就产生了，也就可以在丈夫耳目所不及的地方无所不为，种种祸害的起因，种种败坏的状况，都因此引起。既然这一点关系重大，那么自然罪名就不轻。何况丈夫对妻子最为信任，托付最重，而妻子却欺负丈夫不知道，想怎么做就怎么做，这种事情即使发生在朋友之间也是负心的行为，应该遭到神灵的惩罚；丈夫和妻子本为一体，关系上属于"三纲"之一，妻子如果对丈夫负心，她的罪过不是更增加十倍吗？虽然是日常小事，却判处严厉的刑罚，也不能说这是苛刻。

人情狙诈[①]，无过于京师。余尝买罗小华墨十六铤[②]，漆匣黯敝，真旧物也。试之，乃抟泥而染以黑色，其上白霜，亦盦于湿地所生[3]。又丁卯乡试[4]，在小寓买烛，爇之不燃，乃泥质而幂以羊脂。又灯下有唱卖炉鸭者，从兄万周买之。乃尽食其肉，而完其全骨，内傅以泥，外糊以纸，染为炙煿之色[5]，涂以油，惟两掌头颈为真。又奴子赵平以二千钱买得皮靴，甚自喜。一日骤雨，着以出，徒跣而归[6]，盖靿则乌油高丽纸揉作绉纹[7]，底则糊粘败絮，缘之以布。其他作伪多类此，然犹小物也。

有选人见对门少妇甚端丽，问之，乃其夫游幕，寄家于京师，与母同居。越数月，忽白纸糊门，合家号哭，则其夫讣音至矣。设位祭奠，诵经追荐，亦颇有吊者。既而渐鬻衣物，云乏食，且议嫁，选人因赘其家。又数月，突其夫生还，始知为误传凶问。夫怒甚，将讼官。母女哀吁，乃尽留其囊箧，驱选人出。越半载，选人在巡城御史处，见此妇对簿。则先归者乃妇所欢，合谋挟取选人财，后其夫真归而败也。黎邱之技，不愈出愈奇乎！

又西城有一宅，约四五十楹，月租二十馀金。有一人住半载馀，恒先期纳租，因不过问。一日，忽闭门去，不告主人。主人往视，则纵横瓦砾，无复寸椽，惟前后临街屋仅在。盖是宅前后有门，居者于后门设木肆，贩鬻屋材，而阴拆宅内之梁柱门窗，间杂卖之。各居一巷，故人不能觉。累栋连甍[8]，般运无迹，尤神乎技矣。

然是五六事，或以取贱值，或以取便易，因贪受饵，其咎亦不尽在人。钱文敏公曰："与京师人作缘，斤斤自守，不入陷阱已幸矣。稍见便宜，必藏机械，神奸巨蠹，百怪千奇，岂有便宜到我辈。”诚哉是言也。

【注释】

①狙诈:伺机取诈。

②罗小华:名龙文,字含章,号小华。明代著名的制墨家。年轻时就执掌制墨业之牛耳,为徽州制墨业中歙派的代表人物。

③盦(ān):覆盖。

④丁卯:乾隆十二年(1747)。

⑤炙煿(bó):烘烤。

⑥徒跣(xiǎn):赤脚步行。

⑦靿(yào):靴筒。高丽(lí)纸:用绵茧或桑皮制造的白色棉纸。高丽,朝鲜历史上的王朝(918—1392)。

⑧甍(méng):屋脊。

【译文】

人情狡诈处处趁机骗财,没有比京城里更厉害的。我曾经买到制墨名家罗小华的墨十六锭,装墨的匣子漆色暗旧,好像真的是古物。一试,才发现是用泥巴捏成,外面染上黑色,表面的白霜也是捂在阴暗潮湿地方长出来的霉。还有乾隆丁卯年参加乡试,在住的一个小旅店买了蜡烛,点不着,原来也是用泥捏的,外面蒙了一层羊油。又有,夜里听到吆喝卖烤鸭,我的堂兄万周买了一只。原来是肉已经吃光了,而骨头架子保持完整,里面塞了一坨泥巴,外面糊了一层纸,染成经过烧烤的颜色,涂上一层油,只有两只脚掌和头颈是真的。又,我家的仆人赵平用两千文钱买了一双皮靴,非常高兴。一天突然下雨,他穿着出去,光着脚走回来了,原来皮靴的靴筒是用乌油高丽纸揉出一些皱纹做的,靴底则是用浆糊把烂棉絮粘成一块,再用布包上。其他造假的情况大多与此类似,但这还是一些小东西。

有个赴京候选官职的人,见对门住的少妇长得很端庄秀丽,一问,才知道她的丈夫给人做幕僚远行，暂时把家眷寄在京城，她与母亲同住。过了几个月，她家门口忽然糊上白纸，全家号哭，原来是她丈夫的死讯传到了。她家设起灵位祭奠，又请和尚念经超度，也有不少人来吊唁。之后，她渐渐开始变卖衣物，说是没饭吃了，而且准备再嫁人，候选官员于是入赘到她家。又过了几个月，她的丈夫突然活着回来，这才知道误传了死讯。她丈夫非常愤怒，要到官府告状。母女俩百般哀求，扣下候选官员所有箱笼，把他赶了出来。又过了半年，这个候选官员在巡城御史那里看到那个妇人正在受审。原来先前回家来的那个人是女子的相好，他们合谋夺取了他的钱财，现在女子的丈夫真的回来了，他们败露了被拘捕。真真假假的诡计，不是越变越奇异么！

又，西城区有一处住宅，约有四五十间房子，每月租金二十多两银子。有个人租了半年多，总是在规定的日期之前就把租金交来，房主于是也不过问。一天，租客突然关门离去，没有通知房主。房主跑去一看，院子里碎砖烂瓦散落满地，不剩一根木头，只有前后临街的房子还在。原来这处住宅前后都有门，租客在后门口开了个木材店，贩卖建房用的木料，而暗暗拆住宅里的梁、柱及门窗等，夹杂着卖掉。因为前后门在不同街巷，所以别人没能发觉。宅内一间连一间房屋的木料砖瓦，不声不响没有动静全部搬运光，这种骗术真可谓神乎其神了。

不过，以上五六件事情，受骗的人或者是看中了价格低廉，或者是因为方便，都是因为有所贪图而上当受骗，过错也不全在骗子身上。钱文敏公说："与京城的人打交道，时时刻刻注意保护自己，不落入别人设置的陷阱，就算幸运的了。稍微显得便宜的事情，其中必然设有圈套，京城人阴险狡猾，千奇百怪，哪有便宜落到我们这些人身上。"这话说得不错啊。

王青士言：有弟谋夺兄产者，招讼师至密室，篝灯筹画。讼师为设机布阱，一一周详，并反间内应之术，无不曲到。

谋既定，讼师掀髯曰："令兄虽猛如虎豹，亦难出铁网矣。然何以酬我乎？"弟感谢曰："与君至交，情同骨肉，岂敢忘大德。"时两人对据一方几。忽几下一人突出，绕室翘一足而跳舞。目光如炬，长毛毵毵如蓑衣①，指讼师曰："先生斟酌：此君视先生如骨肉，先生其危乎？"且笑且舞，跃上屋檐而去。二人与侍侧童子并惊仆。家人觉声息有异，相呼入视，已昏不知人。灌治至夜半，童子先苏，具述所闻见。二人至晓乃能动。事机已泄，人言藉藉，竟寝其谋，闭门不出者数月。

相传有狎一妓者，相爱甚。然欲为脱籍，则拒不从；许以别宅自居，礼数如嫡，拒益力。怪诘其故，喟然曰："君弃其结发而昵我，此岂可托终身者乎？"与此鬼之言，可云所见略同矣。

【注释】

①毵毵（sān）：毛发细长的样子。

【译文】

王青士说：有个当弟弟的想要侵夺哥哥的家产，请了一个专门帮人打官司的讼师到密室里，点起灯来策划。讼师替他设计圈套，布置陷阱，一一都安排得十分周密详尽，包括反间、内应之类的计谋，也无不设置得极其周到。计谋定好之后，讼师笑得胡须翘起来说："令兄就算是猛如虎豹，也难逃出这张铁网。不过，你打算怎么谢我呢？"这位弟弟感谢说："我与您是至交，情同骨肉，怎么敢忘掉您的大恩大德呢？"当时，二人面对面坐在一张方桌边。忽然，桌下钻出来一个人，翘着一只脚在屋内转着圈儿跳舞。他两眼放光，如同火炬，浑身长着长长的毛，像是穿着一件蓑衣，他指着讼师说："请先生多斟酌斟酌：此人把您视同骨肉，您不太危险了吗?”他一边笑,一边跳,窜上房檐不见了。这两个人和一个侍候在一边的童子,都吓得昏倒在地。家里人觉得屋子里声音异常,叫喊着闯进去,只见三人早已不省人事了。众人急忙灌汤灌药,一直抢救到半夜,童子先醒了,说了所见所闻。那两个人直到天亮才能动。事情已经败露,人们议论纷纷,弟弟只好放弃了阴谋,几个月闭门不出。

相传有个人爱上了一位妓女,感情很深。然而他要为妓女赎身,她却一口拒绝;那人许诺另找一处住宅单过,并且像嫡配夫人一样对待,可是妓女回绝得更加坚决。奇怪地追问是何缘故,她长叹一声道:“您抛弃结发之妻爱上了我,这种人难道是可以托付终身的么?”这与前面那个长毛鬼的话,可以说见解大体相同。

张夫人,先祖母之妹,先叔之外姑也。病革时,顾侍者曰:“不起矣。闻将死者见先亡,今见之矣。”既而环顾病榻,若有所觅,喟然曰:“错矣!”俄又拊枕曰:“大错矣!”俄又瞑目啮齿、掐掌有痕曰:“真大错矣!”疑为谵语,不敢问。良久,尽呼女媳至榻前,告之曰:“吾向以为夫族疏而母族亲,今来导者皆夫族,无母族也;吾向以为媳疏而女亲,今亡媳在左右而亡女不见也。非一气者相关,异派者不属乎?回思平日之存心,非厚其所薄,薄其所厚乎?吾一误矣,尔曹勿再误也。”此三叔母张太宜人所亲闻。妇女偏私,至死不悟者多矣。此犹是大智慧人,能回头猛省也。

【译文】

张夫人,是我先祖母的妹妹,也是我先叔父的岳母。她病重时,对侍候她的人说:“我不行了。听说要死的人能看见已经去世的人,今天我看见了。”说完后她就环视病床,好像在寻找东西,她又叹息着说:“错了。”过了一会儿又拍着枕头说：“大错了！”随后又闭上眼睛咬着牙、把自己的手掌掐出痕来说：“真是大错啊！”在一边侍候的人以为她在说胡话，也不敢问。过了许久，她把女儿、儿媳妇都叫到床前，告诉她们说：“我过去以为夫家的人疏远而娘家的人亲密，现在来引导我的，都是夫家的鬼，没有娘家的鬼；我过去以为媳妇疏远而女儿亲密，现在死去的媳妇都来到我身边，而不见死去的女儿。这不正表明同一血脉的人才互相关怀，而别为一家的人就不相关连吗？回想起平日的看法，不是亲近了该疏远的人，疏远了应该亲近的人吗？我一个人错了，你们不要再错了。”这些是我的三叔母张太宜人亲耳听到的。女人们偏爱娘家人或女儿，到死也不醒悟，这种情况太多了。像张夫人这样，还算是有大智慧的人，能够回头猛省。

孔子有言：谏有五，吾从其讽。圣人之究悉物情也。亲串中一妇，无子而阴忮其庶子[1]，侄若婿又媒糵短长，私党胶固，殆不可以理喻。妇有老乳母，年八十馀矣。闻之，匍匐入谒，一拜，辄痛哭曰：“老奴三日不食矣。”妇问：“曷不依尔侄？”曰：“老奴初有所蓄积，侄事我如事母，诱我财尽。今如不相识，求一盂饭不得矣。”又问：“曷不依尔女若婿？”曰：“婿诱我财如我侄，我财尽后，弃我亦如我侄，虽我女无如何也。”又问：“至亲相负，曷不讼之？”曰：“讼之矣，官以为我已出嫁，于本宗为异姓；女已出嫁，又于我为异姓。其收养为格外情，其不收养律无罪，弗能直也。”又问：“尔将来奈何？”曰：“亡夫昔随某官在外，娶妇生一子，今长成矣。吾讼侄与婿时，官以为既有此子，当养嫡母；不养则律当重诛。已移牒拘唤，但不知何日至耳。”妇爽然若失，自是所为遂渐改。

此亲戚族党唇焦舌敝不能争者，而此妪以数言回其意。现身说法，言之者无罪，闻之者足以戒耳。触龙之于赵太后[2]，盖用此术矣。

【注释】

①阴忮（zhì）：暗地里嫉妒。忮，害，嫉妒。

②触龙之于赵太后：《触龙说赵太后》，《战国策》中的名篇。战国时期，秦国趁赵国政权交替之机，大举攻赵，并已占领赵国三座城池。赵国向齐国求援。齐国一定要赵威后的小儿子长安君为人质，才肯出兵。赵威后溺爱长安君，执意不肯，国家危机日深。触龙说服了赵威后，解除了赵国的危机。

【译文】

孔子说过：劝告有五种方式，我倾向于用巧妙暗示的方式。圣人对人情世故了解把握得真是准确深刻啊。我的亲戚中有个妇人，自己没有儿子，暗暗嫉恨妾生的儿子，侄儿和女婿们又造谣中伤，彼此勾结抱成一团，简直不可能用道理让她醒悟。妇人有个老奶妈，已经八十多岁。听说了，爬着来见她，刚一下拜就痛哭起来，说："老奴仆已经三天没吃饭了。"妇人问她："为什么不去投靠侄儿？"老奶妈说："老奴仆当初积蓄了一点儿钱财，侄儿对待我就像对待自己的母亲一样，把我的钱财全骗去了。现在看到我像不认识一样，求一碗饭也得不到了。"又问："为什么不去投靠女儿女婿？"老奶妈说："女婿骗取我的钱财，和侄儿一模一样，我的钱财没有了，他抛弃我也和侄儿一模一样，我的女儿也无可奈何。"又问："骨肉至亲负心，你为什么不去告状？"老奶妈说："告过状了，官府说我已经出嫁，对娘家人来说已经是异姓人了；我女儿也已经出嫁，对我来说她也已经是异姓人了。他们如果愿意收养我，那是他们格外的情义；他们不肯收养，从法律来讲没有罪过，所以官府不能为我做主。"又问："那你将来怎么办呢？"老奶妈说："我已死去的丈夫从前跟随某位官员，在外面娶了个妾，生了个儿子，现在他长大成人了。我告侄儿和女婿状时，官府说我既然有这个儿子，他应该赡养我这个嫡母；如果不肯赡养，在法律上就有重罪。官府已经发出传票召他来这里，只是不知他哪天才能到。”妇人神情恍惚若有所失，从此以后，她的行为渐渐改变了。这件事，亲戚族人说得口干舌燥也没有用，而这个老奶妈只用几句话就使她回心转意。用自己作例子来说明道理，说的人没有罪过，听的人足以用来警戒自己。触龙说服赵太后，用的也是这种方法。

卷十八

姑妄听之四

【题解】

纪昀在本卷中有不少篇幅描述了各色女子，有兽类人心的狐女，善良的女鬼，不贪财的民女，挺身而出智救灾民的妓女，托名降坛的“乩仙”才女，以及孝妇、贞女等等。她们的奇特之处就是，即便是地位悬殊、力量悬殊，她们还是超越了同一语境中的男人。《阅微草堂笔记》的妇女观曾经受到一些研究者的赞扬。的确，在《阅微草堂笔记》中，纪昀对于文人、对于官员，在道德层面以及家庭生活等诸多方面都有比较明确的要求，总的感觉是严格，对于某些类型的文人，其评价有时显得苛刻。相比较而言，对于女性的描述、评价都显得较为宽容。看起来，纪昀对于一部分正面女性形象评价标准有时显得特别，并且表现了相当深度的人性关注，看起来与正统思想大相径庭，值得重视。但是总的说来，这种关注的背景仍然是男权语境，作品肯定的正面形象，依然是为男性的存在而存在，作品着力塑造一批符合理想的标准女性，力图构成一种文化规范，实际上是试图从另一个角度巩固对女性的束缚。

马德重言：沧州城南，盗劫一富室，已破扉入，主人夫妇并被执，众莫敢谁何。有妾居东厢，变服逃匿厨下，私语灶婢曰：“主人在盗手，是不敢与斗。渠辈屋脊各有人，以防救应;然不能见檐下。汝抉后窗循檐出,密告诸仆:各乘马执械,四面伏三五里外。盗四更后必出。四更不出,则天晓不能归巢也。出必挟主人送。苟无人阻,则行一二里必释;不释恐见其去向也。俟其释主人,急负还而相率随其后,相去务在半里内。彼如返斗即奔还,彼止亦止,彼行又随行。再返斗仍奔,再止仍止,再行仍随行。如此数四,彼不返斗则随之,得其巢。彼返斗则既不得战,又不得遁,逮至天明,无一人得脱矣。"婢冒死出告,众以为中理,如其言,果并就擒。重赏灶婢。妾与嫡故不甚协,至是亦相睦。后问妾何以办此,泫然曰:"吾故盗魁某甲女。父在时,尝言行劫所畏惟此法,然未见有用之者。今事急姑试,竟侥幸验也。"故曰,用兵者务得敌之情。又曰,以贼攻贼。

【译文】

马德重说:沧州城南,强盗抢劫一家富户,已经破门而入,主人夫妇都被捆了起来,全家人谁也不敢反抗。有个妾住在东厢房里,换了衣服逃到厨房藏了起来,悄悄对烧饭丫头说:"主人落在强盗手里,所以不敢和他们斗。那伙人在房顶上也有人,以防有人来救应;但是他们却看不到房檐下的动静。你扒开后窗出去,沿着房檐走,偷偷地告诉其他仆人:叫他们都骑马拿着武器,四面埋伏在三五里之外的地方。强盗在四更天时肯定撤走。四更天不走,天亮就不能回他们的巢穴了。他们撤走时肯定要挟持着主人送他们。如果没人阻拦,走一二里地就会放了主人;如果不放,他们怕主人知道他们的去向。等他们放了主人,赶紧把主人背回来,然后跟在强盗的后面,距离必须在半里之内。如果强盗回身杀来,就往回跑;他们停下来,我们也停下来;他们再走,我们也跟着走。他们再回身杀来,我们还跑;他们再停下,我们也停;他们走,我们也随着。这么反复几次，他们不再返身杀来，就跟着他们，弄清楚他们的巢穴。他们回身杀来却近不了我们，又摆脱不了我们，这么相持到天亮，就一个也跑不了了。”那个丫头冒着危险出去告诉了奴仆们，大家认为有道理，就照妾的话去做，果然强盗都被抓捕了。于是重赏做饭丫头。妾和正妻一直不大和谐，至此关系也和睦起来。后来正妻问妾怎么会想出这种高招来，妾流下一行清泪道：“我是过去某某强盗头子的女儿。父亲在时，曾经说过打劫就怕对方用这个办法，但是没见有人用过。当时在危急之中，试着用用，竟然侥幸奏效。”所以说，用兵须得了解敌方情况。又说，以敌攻敌。

戴东原言：有狐居人家空屋中，与主人通言语，致馈遗，或互假器物，相安若比邻。一日，狐告主人曰：“君别院空屋，有缢鬼多年矣，君近拆是屋，鬼无所栖，乃来与我争屋。时时现恶状，恐怖小儿女，已自可憎；又作祟使患寒热，尤不堪忍。某观道士能劾鬼，君盍求之除此害。”主人果求得一符，焚于院中。俄暴风骤起，声轰然如雷霆，方骇愕间，闻屋瓦格格乱鸣，如数十人奔走践踏者。屋上呼曰：“吾计大左，悔不及。顷神将下击，鬼缚而吾亦被驱，今别君去矣。”盖不忍其愤，急于一逞，未有不两败俱伤者。观于此狐，可为炯鉴。

又，吕氏表兄忘其名字，先姑之长子也。言：有人患狐祟，延术士焚咒。狐去而术士需索无厌，时遣木人纸虎之类至其家扰人。赂之，暂止。越旬日复然，其祟更甚于狐。携家至京师避之，乃免。锐于求胜，借助小人，未有不遭反噬者，此亦一征矣。

【译文】

戴东原说：有狐狸住在人家的空屋里，和主人谈话聊天，互赠礼物，有时还互相借东西，平安无事，像是相处很好的邻居。有一天，狐狸告诉主人说："你的别院空房里有吊死鬼好多年了，因为你近来拆了房子，鬼没有地方住，就跑来和我争屋子。他经常做出凶狠的样子吓唬小孩，这已经很可恶了；又作怪，害得小孩患冷热病，我实在无法忍让。某道观的道士能治鬼，你何不去求他除掉这个害人鬼。"主人果然求得了一道符，在院子里烧了。不一会儿，暴风骤起，轰隆隆的声音像在打雷，他正在惊愕时，只听见瓦屋上"格格"乱响，好像有几十人在上面奔走践踏。屋顶上有声音叫道："我的主意大错，后悔不及。刚才神将冲下来，把鬼绑走了，我也被赶了出去，今天我来向你告别走了。"如果忍不下一时的怒气，急于报复，没有不两败俱伤的。看看狐狸的结果，就能作为一面很明亮的镜子。

又，吕家表兄我忘了他的名字，他是我先姑母的长子。说：有人因为狐狸作祟提心吊胆，请来术士镇治。狐狸被赶跑了，而术士却不停地勒索钱财，并时常作法派遣木人纸虎之类的东西到这个人家里骚扰。送些钱财给他，安宁几天。过了十天半个月他又会变着法子勒索，术士作怪反而超过了狐狸。于是这个人只好带着家眷到京城躲避，才摆脱术士的纠缠。急于求胜而求助于小人，没有不被反咬一口的，这又是一个证明。

乌鲁木齐参将海起云言：昔征乌什时，战罢还营，见崖下树椏间一人探首外窥。疑为间谍，奋矛刺之，军中呼矛曰苗子，盖声之转。中石上，火光激迸，矛折，臂几损。疑为目眩，然矛上地上皆有血迹，不知何怪。余谓此必山精也。深山大泽，何所不育？《白泽图》所载[1]，虽多附会，殆亦有之。又言：有一游兵，见黑物蹲石上，疑为熊，引满射之。三发皆中，而此物夷然如不知。骇极，驰回呼火伴，携铳往，则已去矣。余谓此亦山精耳。

【注释】

①《白泽图》：流行于中古时期，久已散失。清末马国翰等人从唐宋类书辑出佚文，零散而无图。

【译文】

乌鲁木齐参将海起云说：当年，他征讨乌什的时候，一次打完仗回营，发现山崖下的树杈之间有个人探头探脑向外偷看。疑心那人是敌军的探子，就奋力挺矛刺去，军队中称矛叫"苗子"，大约是音相近而变。却刺在了山石上，一时间火光迸射，矛折断了，他的胳膊也差点儿受了伤。他以为自己看花了眼，刺错了地方，然而矛上地上都有血迹，不知被刺中的是个什么怪物。我认为，这一定是个山精。深山大泽中，什么东西生长不出来？《白泽图》记载的各种妖怪，虽然有很多是附会假造出来的，大概也有实际存在的。海起云又说：有个巡逻兵，看见一个黑东西蹲在山石上，他以为是个熊，就拉满弓射击。眼看三箭都射中了，可是这个黑东西却好像浑然不觉。士兵怕得要命，赶忙跑回营地招呼同伴，带上火枪回到原地，黑东西已经不在那里了。我认为这个东西也是山精。

常山峪道中加班轿夫九卿肩舆，以八人更番，出京则加四人，谓之加班。刘福言：长姐者，忘其姓，山东流民之女。年十五六，随父母就食于赤峰，即乌蓝哈达。乌蓝译言红，哈达译言峰也。今建为赤峰州。租田以耕。一日，入山采樵，遇风雨，避岩下。雨止已昏黑，畏虎不敢行，匿草间。遥见双炬，疑为虎目。至前，则官役数人，衣冠不古不今，叱问何人，以实告。官坐石上，令曳出。众呼跪，长姐以为山神，匍匐听命。官曰："汝夙孽应充我食。今就擒，当啖尔。速解衣伏石上，无留寸缕，致挂碍齿牙。"知为虎王，觳觫祈免。官曰："视尔貌尚可，肯侍我寝，当赦尔。后当来往于尔家，且福尔。"长姐愤怒跃起曰："岂有神灵肯作此语？必邪魅也。啖则啖耳，长姐良家女，不能蒙面作此事。"拾石块奋击，一时奔散。此非其力足胜之，其气足胜之，其贞烈之心足以帅其气也。故曰："其为气也，至大至刚。"

【译文】

常山山道上的加班轿夫九卿一级的官员坐的轿子用八个人轮番抬，出了京城则加四个人，称为"加班"。刘福说：有个女孩叫长姐，忘记她姓什么了，是个山东流民的女儿。年纪十五六岁，随父母一起到赤峰讨生计，即乌蓝哈达，"乌蓝"译成汉语是"红"，"哈达"译成汉语是"峰"。现在这里已设赤峰州。租了当地人的田耕种。一天，长姐进山砍柴，遇到风雨，她躲在悬崖下避雨。等到雨停，天色已经昏黑，怕有老虎，不敢走，躲在草丛里。远远看见有一对灯笼，她怀疑是老虎的眼睛。等靠近后，才发现是一个官和几个仆人，穿的衣服戴的帽子既不像古代人又不像当代人，那个官员喝问是什么人，长姐实话相告。官员坐在石头上，命令仆人将长姐从草丛中拖出来。众人喊着叫长姐跪下，长姐以为遇到了山神，伏在地上任凭打发。官员说："你前生犯了罪，应该充当我的食物。现在抓住你了，要马上吃掉你。快把衣服脱掉，躺在石头上，不要留下一丝布，免得挂着我的牙齿塞了牙缝。"长姐知道他是虎王，浑身颤抖着祈求饶命。官员说："看你的容貌还可以，如果肯陪我睡觉，我可以赦免你。以后我会常来你家，并且给你带来好处。"长姐愤怒地跳起来，说："哪有神灵肯说出这种话的？必定是个妖怪。你要吃就吃，我长姐是良家女子，决不能蒙着脸不顾羞耻做这种事。”说完，她捡起石头奋力乱打，那些妖怪四处逃散。这不是她的力量足以战胜妖怪，而是她的气势足以战胜妖怪，她坚贞刚烈之心又足以壮大她的气势。所以说：“人的正气，是最大最刚强的。”

张太守墨谷言：德、景间有富室，恒积谷而不积金，防劫盗也。康熙、雍正间，岁频歉，米价昂。闭廪不肯粜升合，冀价再增。乡人病之，而无如何。有角妓号玉面狐者曰：“是易与，第备钱以待可耳。”乃自诣其家曰：“我为鸨母钱树，鸨母顾虐我。昨与勃豀[1]，约我以千金自赎。我亦厌倦风尘，愿得一忠厚长者托终身，念无如公者。公能捐千金，则终身执巾栉。闻公不喜积金，即钱二千贯亦足抵。昨有木商闻此事，已回天津取赀。计其到，当在半月外。我不愿随此庸奴。公能于十日内先定，则受德多矣。”张故惑此妓，闻之惊喜，急出谷贱售。廪已开，买者坌至，不能复闭，遂空其所积，米价大平。谷尽之日，妓遣谢富室曰：“鸨母养我久，一时负气相诟，致有是议。今悔过挽留，义不可负心。所言姑俟诸异日。”富室原与私约，无媒无证，无一钱聘定，竟无如何也。此事李露园亦言之，当非虚谬。闻此妓年甫十六七，遽能办此，亦女侠哉！

【注释】

①勃豀（xī）：吵架，争斗。

【译文】

张墨谷太守说：“德州景州间有个富户，总是囤积粮食而不积攒银子，为的是防备劫盗。康熙、雍正年间，连年歉收，米价极贵。这个富户却关着粮仓一升也不卖，指望粮价再涨。同乡的人很是不满，但也无可奈何。有位外号叫玉面狐的艺妓，说："这事儿容易，你们准备好钱等着就行了。"她自己找到富户说："我是鸨母的摇钱树，鸨母却虐待我。昨天我和她吵起来，她让我拿一千两银子赎身。我也厌倦风月场，愿意找一位忠厚长者托付终身，再三思量，没有能比得上您的。如果您能拿出一千两银子来，那么我终生侍奉您。听说您不喜欢攒钱，那么有二千贯铜钱也就凑合了。昨天有个木柴商听说了这件事，已经回天津取钱去了。算算他回到此地的日子，估计半月以后。我不愿跟着这个庸俗的家伙。您如果能在十天之内先定下，我就更加感念您的恩德了。"这个富户一直迷恋着玉面狐，听了这番话，又惊又喜，急忙压低了价钱卖粮。粮仓打开了，买粮的蜂涌而来，就再也关不上了，存粮都卖光了，于是米价平定下来。粮食卖完那天，玉面狐打发人辞谢富户道："鸨母养我很久了，我一时负气和她吵起来，以致有了赎身的打算。如今她后悔挽留我，情义上讲起来我不能负心。我跟您说的事等以后再考虑吧。"富户原来与玉面狐是私下里商定的，没有媒人，没有证据，也没有一个钱的聘礼，居然无可奈何。这个故事李露园也说过，应该不会是假的。听说这个艺妓才十六七岁，仓猝之间就能做得如此干脆利落，也是个女侠呵！

丁药圃言：有孝廉四十无子，买一妾，甚明慧。嫡不能相安，旦夕诟谇。越岁，生一子。益不能容，竟转鬻于远处。孝廉惘惘如有失。独宿书斋，夜分未寐，妾忽搴帷入。惊问："何来？"曰："逃归耳。"孝廉沉思曰："逃归虑来追捕，妒妇岂肯匿？且事已至此，归何所容？"妾笑曰："不欺君，我实狐也。前以人来，人有人理，不敢不忍诟；今以狐来，变幻无端,出入无迹,彼乌得而知之?”因嬿婉如初。

久而渐为僮婢泄,嫡大恚,多金募术士劾治。一术士檄将拘妾至,妾不服罪,攘臂与术士争曰:“无子纳妾,则纳为有理;生子遣妾,则遣为负心。无故见出,罪不在我。”术士曰:“既见出矣,岂可私归?”妾曰:“出母未嫁,与子未绝;出妇未嫁,于夫亦未绝。况鬻我者妒妇,非见出于夫。夫仍纳我,是未出也,何不可归?”术士怒曰:“尔本兽类,何敢据人理争?”妾曰:“人变兽心,阴律阳律皆有刑;兽变人心,反以为罪,法师据何宪典耶?”术士益怒曰:“吾持五雷法,知诛妖耳,不知其他。”妾大笑曰:“妖亦天地之一物,苟其无罪,天地未尝不并育。上帝所不诛,法师乃欲尽诛乎?”术士拍案曰:“媚惑男子,非尔罪耶?”妾曰:“我以礼纳,不得为媚惑;倘其媚惑,则摄精吸气,此生久槁矣。今在家两年,复归又五六年,康强无恙,所谓媚惑者安在?法师受妒妇多金,锻炼周内,以酷济贪耳,吾岂服耶!”问答之顷,术士顾所召神将,已失所在。无可如何,瞋目曰:“今不与尔争,明日会当召雷部。”

明日,嫡再促设坛,则宵遁矣。盖所持之法虽正,而法以贿行,故魅亦不畏,神将亦不满也。相传刘念台先生官总宪时①,题御史台一联曰:“无欲常教心似水,有言自觉气如霜。”可谓知本矣。

【注释】

①刘念台:刘宗周(1578—1645),字起东,别号念台,绍兴府山阴(今浙江绍兴)人,因讲学于山阴蕺山,学者称“蕺山先生”。明代

儒学大师，开创蕺山学派。著作颇丰，有《刘蕺山集》十七卷。总宪：明清时代，称都察院左都御史为“总宪”。

【译文】

丁药園说：有个举人年过四十还没有儿子，就买了个妾，聪明伶俐。他的正妻容不下，一天到晚辱骂她。过了一年，妾生了一个儿子。正妻就更容不下，竟把她转卖到远方。举人精神恍惚若有所失。他独自一人睡在书斋里，夜深了还没有睡着，小妾突然掀开帷帐进来了。举人吃惊地问：“从哪里来的？”小妾说：“逃回来的。”举人沉思道：“你虽然逃回来了，恐怕有人来追捕，妒妇怎么肯隐瞒呢？事情已经到这一步，回来了你怎么住下来呢？”小妾笑道：“我不想骗你，我其实是狐精。原来我是以人的身份到你家来的，人有人的伦理，我不得不忍着挨骂；今天我是作为狐精来的，变化万端，来去都没有形迹，她怎么会知道？”于是二人还像原来一样恩爱。

时间一长这事情渐渐被仆人婢女走漏了风声，正妻嫉恨狐精，就花了很多钱请来术士镇治。一个术士请天将把小妾捉来，她不服罪，捋起袖子，伸出胳膊，和术士争论道：“主人没有儿子而纳妾，纳妾就是有理；生了儿子又把妾卖了，那就是丈夫负心。我无缘无故遭到休弃，罪不在我。”术士说：“你既然被休了，怎么可以私自回来？”小妾说：“母亲被休但没有改嫁，跟儿子就没有断绝关系；妻子被休但没有改嫁，跟丈夫就没有断绝关系。况且卖我的是嫉妒的正妻，并不是丈夫休了我。丈夫既然收留我，就等于没有休我，我为什么不能回来？”术士怒道：“你本来是兽类，怎么能根据人理来争论？”小妾说：“人变了兽心，阴间、人间的法律都能制裁；兽变了人心，反而认为是罪过，法师依据的是什么宪典呢？”术士越发大怒道：“我掌握着五雷法，只知道诛杀妖怪，不知道别的什么。”小妾大笑道：“妖怪也是天地间的一种东西，如果没罪，天地也允许它与万物并存。上天没有诛杀的，法师却要诛杀吗？”术士拍着桌子道：“媚惑男子，不是你的罪吗？”小妾说：“我按照礼法被纳为妾，不能说是媚惑；倘若真是媚惑，就会摄取他的精气，这个先生早就干瘦而死了。我在这个家里住了两年，回来后又过了五六年，他身体健康无病无灾，所谓媚惑又从何说起？法师接受了那个妒妇许多钱财，就千方百计罗织我的罪名，不过是借残忍的手段达到贪婪的目的罢了，我又怎么能服你？”问答之间，术士发现招来的神将已不见了。他无可奈何，只好瞪着眼睛道：“今天不和你争，明天我就请雷神来。”

第二天，举人的妻子还想催他设坛镇治，术士却已经在夜里逃走了。看起来术士依仗的法术虽然光明正大，却是因为接收贿赂才施行法术，所以狐精不怕，神将也不满。相传明代末年刘宗周先生做左都御史时，在都察院题了一副对联：“无欲常教心似水，有言自觉气如霜。”真可谓说到根本上了。

莫雪崖言：有乡人患疫，困卧草榻，魂忽已出门外，觉顿离热恼，意殊自适。然道路都非所曾经，信步所之。偶遇一故友，相见悲喜。忆其已死，忽自悟曰：“我其入冥耶？”友曰：“君未合死，离魂到此耳。此境非人所可到，盍同游览，以广见闻。”因随之行，所经城市墟落，都不异人世；往来扰扰，亦各有所营。见乡人皆目送之，然无人交一语也。

乡人曰：“闻有地狱，可一观乎？”友曰：“地狱如囚牢，非冥官不能启，非冥吏不能导，吾不能至也。有三数奇鬼，近乎地狱，君可以往观。”因改循岐路，行半里许，至一地，空旷如墟墓。见一鬼，状貌如人，而鼻下则无口。问：“此何故？”曰：“是人生时，巧于应对，谀词颂语，媚世悦人，故受是报，使不能语；或遇焰口浆水，则饮以鼻。”又见一鬼尻耸向上，首折向下，面着于腹，以两手支拄而行。问：“此何故？”曰：

“是人生时，妄自尊大，故受是报，使不能仰面傲人。”又见一鬼，自胸至腹，裂罅数寸，五脏六腑，虚无一物。问：“此何故？”曰：“是人生时，城府深隐，人不能测，故受是报，使中无匿形。”又见一鬼，足长二尺，指巨如椎，踵巨如斗，重如千斛之舟，努力半刻，始移一寸。问：“此何故？”曰：“此人生时，高材捷足，事事务居人先，故受是报，使不能行。”又见一鬼，两耳拖地，如曳双翼，而混沌无窍。问：“此何故？”曰：“此人生时，怀忌多疑，喜闻蜚语，故受此报，使不能听。是皆按恶业浅深，待受报期满，始入转轮。其罪减地狱一等，如阳律之徒流也。”俄见车骑杂遝，一冥官经过，见乡人，惊曰：“此是生魂，误游至此，恐迷不得归。谁识其家，可导使去。”友跪启是旧交。官即令送返。将至门，大汗而醒，自是病愈。

雪崖天性爽朗，胸中落落无宿物；与朋友谐戏，每俊辩横生。此当是其寓言，未必真有。然庄生、列子①，半属寓言，义足劝惩，固不必刻舟求剑尔。

【注释】

①庄生：庄子。

【译文】

莫雪崖说：家乡有个人得了传染病，躺在草垫子上动不了，他的灵魂忽然出了门，顿时浑身清爽，觉得很舒服。然而眼前的道路都是没走过的，他信步走去。偶尔遇到一个老朋友，一时间悲喜交加。他想起这位朋友早已死了，忽然自己醒悟道：“我难道进了阴曹地府？”朋友说：“您还不该死，只是魂魄离开身体到了这里。这个地方不是人能来的，何不陪您四处走走看看，长长见识。”乡人跟着朋友走，经过的城镇与村落，都跟人间没什么两样；来来往往的，都有自己忙的事情。见到乡人的，只是注视他，没有一个跟他搭话。

乡人说："听说有地狱，我能看看吗？"朋友说："地狱如同人间的囚牢，不是冥官不能开，不是冥吏引路，我也到不了。有几个模样奇特的鬼，类似地狱里的，您可以去看看。"于是顺着一条岔道走了半里多路，到了一个地方，空旷得像是坟场。见到一个鬼，相貌像人，而鼻子下面没有嘴。人问："这是为什么？"朋友说："这人活着的时候，待人接物巧妙圆滑，花言巧语阿谀奉承，迎合世俗取悦于人，所以他受到了这种报应，再也不能讲话；有时遇上人家放焰口奠酒食，他只能用鼻子喝上一点儿浆水。"又看见一个鬼屁股朝上，脑袋弯曲向下，脸贴在肚子上，用两只手撑着走路。乡人问："这是为什么？"朋友说："这个鬼活着的时候，总是妄自尊大，所以受到这种报应，让他再也不能仰面傲视别人。"又见一个鬼，从胸口到肚子裂开了一条几寸长的大口子，里面空空荡荡，五脏六腑，一样没有。乡人问："这是为什么？"朋友说："这个鬼活着时，城府太深，令人琢磨不透，所以受到这种报应，让他肚子里什么也藏不了。"又见一个鬼，脚有二尺多长，脚趾如同棒槌，脚跟巨大如斗，整个脚重得像是装着千斛粮食的船，费半天劲儿，才移出一步。乡人问："这是怎么回事？"朋友说："这个鬼活着时，倚仗才能过人，腿脚敏捷，事事总是抢在别人前面，占尽便宜，所以让他受报应，让他走不了路。"又见一个鬼，两耳拖地，好像拖着两个翅膀，却没有耳朵眼儿。乡人问："这又是为了何故？"朋友说："这个鬼在世时，喜欢猜忌人，喜欢听流言蜚语，所以让他受这种报应，让他再也不能听。这些鬼，都是按他们罪恶的深浅不同，等到报应期限满了，才可以转轮托生。他们的罪比入地狱的要轻一等，跟阳间的流放相类似。"不一会儿，车马纷乱，一个冥官经过，见到乡人，吃惊地说："这是活人的魂，一定是误游到此，恐怕迷了路回不去。谁认识他家，快带他回去。"朋友连忙跪下报告，说是自己的老熟人。冥官令他速速将人送回阳间。这个人刚到自家的大门，出了一身大汗忽然惊醒过来,从此病就好了。

莫雪崖天性爽朗,心胸开阔,心里搁不住隔夜的事儿;跟朋友开玩笑,常常妙趣横生。这个故事应该只是个寓言,未必是真的。然而庄子、列子的故事,一半是寓言,足以给人警戒,就不必刻舟求剑刨根问底了。

陈半江言:有书生月夕遇一妇,色颇姣丽,挑以微词,欣然相就。自云家在邻近,而不肯言姓名。又云夫恒数日一外出,家有后窗可开,有墙缺可逾,遇隙即来,不能预定期也。如是五六年,情好甚至。一岁,书生将远行,妇夜来话别。书生言随人作计,后会无期。凄恋万状,哽咽至不成语。妇忽嬉笑曰:"君如此情痴,必相思致疾,非我初来相就意。实与君言,我鬼之待替者也。凡人与鬼狎,无不病且死,阴剥阳也。惟我以爱君韶秀,不忍玉折兰摧,故必越七八日后,待君阳复,乃肯再来。有剥有复,故君能无恙。使遇他鬼,则纵情冶荡,不出半载,索君于枯鱼之肆矣。我辈至多,求如我者则至少,君其宜慎。感君义重,此所以报也。"语讫,散发吐舌作鬼形,长啸而去。书生震栗几失魂,自是虽遇冶容,曾不侧视。

【译文】

陈半江说:有个书生月夜遇到个女子,容貌很漂亮,书生说些轻薄的话挑逗她,她高高兴兴地投向书生的怀抱。她说自己的家就在附近,却不肯说出姓名。又说她丈夫总是几天就要出去一次,家里有后窗可以打开,院墙上有缺口容易跨过,只要有机会就来相会,但不能预定时间。这样过了五六年,感情很好。一年,书生要远行,女子晚上来话别。

书生说自己跟着别人谋生，将来不可能再相会了。书生不胜伤感留恋，哽咽着说不出话来。女子忽然嬉笑着说："你这样痴情，必然要相思得病，这可不是当初与你相处的本意。实话对你说吧，我是个等待替身的鬼。凡是人和鬼亲热，没有不生病死亡的，这是因为阴气耗损阳气的缘故。只有我因为爱你年轻俊秀，不忍心一下子弄死你，所以一定要隔七八天后，等你的阳气恢复，我才再来一次。有耗损有恢复，所以你没有生病。假如你遇到别的鬼，就会尽情淫乐，不出半年，就得到干鱼摊上找你了。我这一类的鬼很多，像我一样重情的就极少，你以后可要慎重啊。我为你的深情厚谊所感动，就把这些告诉你，作为报答。"说完，她披散头发，吐出舌头，现出鬼的形状，发出长长的啸声离去了。书生吓得直哆嗦几乎丢了魂，从此以后，他即使遇到艳丽妖冶的美女，也目不斜视。

王梅序言：交河有为盗诬引者，乡民朴愿，无以自明，以赂求援于县吏。吏闻盗之诬引，由私调其妇，致为所殴，意其妇必美，却赂而微示以意曰："此事秘密，须其妇潜身自来，乃可授方略。"居间者以告乡民。乡民惮死失志，呼妇母至狱，私语以故。母告妇，咈然不应也。越两三日，吏家有人夜扣门。启视，则一丐妇，布帕裹首，衣百结破衫，闯然入。问之不答，且行且解衫与帕，则鲜妆华服艳妇也。惊问所自，红潮晕颊，俯首无言，惟袖出片纸，就所持灯视之，"某人妻"三字而已。吏喜过望，引入内室，故问其来意。妇掩泪曰："不喻君语，何以夜来？既已来此，不必问矣，惟祈毋失信耳。"吏发洪誓，遂相嬿婉。潜留数日，大为妇所蛊惑，神志颠倒，惟恐不得当妇意。妇暂辞去，言村中日日受侮，难于久住。如城中近君租数楹，便可托庇荫，免无赖凌藉，亦可朝夕相往来。吏益喜，竟百计白其冤。狱解之后，遇乡民，意甚索漠，以为狎昵其妇，愧相见也。后因事到乡，诣其家，亦拒不见。知其相绝，乃大恨。

会有挟妓诱博者讼于官，官断妓押归原籍。吏视之，乡民妇也，就与语。妇言苦为夫禁制，愧相负，相忆殊深。今幸相逢，乞念旧时数日欢，免杖免解。吏又惑之，因告官曰："妓所供乃母家籍，实县民某妻，宜究其夫。"盖觊怂恿官卖，自买之也。遣拘乡民，乡民携妻至，乃别一人。问邻里皆云不伪。问吏何以诬乡民，吏不能对，答曰风闻。问闻之何人，则噤无语。呼妓问之，妓乃言吏初欲挟污乡民妻，妻念从则失身，不从则夫死，值妓新来，乃尽脱簪珥，赂妓冒名往，故与吏狎识。今当受杖，适与相逢，因仍诳托乡民妻，冀脱箠楚。不虞其又有他谋，致两败也。官覆勘乡民，果被诬。姑念其计出救死，又出于其妻，释不究，而严惩此吏焉。

神奸巨蠹，莫吏若矣，而为村妇所笼络，如玩弄婴孩。盖愚者恒为智者败，而物极必反，亦往往于所备之外，有智出其上者，突起而胜之。无往不复，天之道也。使智者终不败，则天地间惟智者存，愚者断绝矣，有是理哉！

【译文】

王梅序说：交河有个乡民遭盗贼诬陷，乡民憨厚，没办法洗刷自己，就送礼给县吏请求帮忙。县吏听说盗贼诬陷他，原因是偷偷调戏他妻子，挨了揍，县吏猜测他妻子肯定漂亮，就退回礼物而暗示说："这事牵扯隐私，必须你妻子悄悄亲自来一趟，才能给她出主意。"中间人告诉了乡民。乡民怕死没了主心骨，把岳母找到狱中，悄悄说了其中原委。岳母回去告诉了妻子，妻子阴沉着脸没有说话。过了两三天，县吏家夜里有人敲门。开门一看，是个要饭的女人，用布帕包着头，身上穿得破破烂烂，径直闯了进来。问她也不回答，一边走一边解下头布脱下破衣服，原来是个浓装艳抹的美妇人。县吏吃惊地问她从哪里来，妇人红晕满面，低头无语，只是从袖子里拿出一张纸来，县吏拿在灯前一看，只写了“某某妻”三个字。县吏大喜过望，把她带进内室，故意问她来干什么。妇人擦着眼泪说：“没有你的话，我夜里来干什么？既然来到这里，就不必问了，只是希望不要失信。”县吏发了大誓，两人亲热起来。县吏把她悄悄留了好几天，完全被迷惑住了，他神魂颠倒，生怕不合妇人的意。妇人要告别几天，说在村里天天受欺负，难以久住。如果能在城里靠近县吏的住处租几间房子，可以托赖县吏照应，免得遭受无赖侮辱，还可以朝夕往来。县吏更加高兴，于是想方设法为乡民辩解。乡民被释放之后，县吏遇见他，他的态度很冷淡，县吏以为自己玩了他的妻子，他羞愧不愿见自己。后来县吏有事到乡里，想到乡民家去，乡民也坚决拒绝。县吏知道乡民夫妇要和自己断绝关系，极为愤恨。

正好有个人因为利用妓女引诱赌博被告到官府，官府判决将妓女押回原籍。县吏一看，这个妓女就是乡民的妻子，上前和她说话。她说苦于丈夫看管得紧，对你负心，感到很惭愧，一直很想念你。今天幸好又相见了，请求念及过去几天的欢情，不要让我受杖刑，不要把我押回原籍。县吏又被她迷惑了，报告县官说：“那个妓女供的是娘家的原籍，其实她是县民某某的妻子，应该先查究她丈夫。”县吏本来想怂恿县官以官府名义卖掉这个妓女，然后自己买下来。县官叫人把乡民拘来，乡民带着妻子来，却是另一个女人。问乡里百姓，大家都说这个妻子不假。县官问县吏为什么要诬告乡民，县吏答不上来，只是说听人传的。又问听谁传的，县吏就一句都答不上来了。把妓女叫来问，妓女说，当初县吏想趁机要挟奸污乡民的妻子，乡民妻子想，答应他就失了身，不答应丈夫就得死，恰好妓女是刚来的，乡民妻子就卖了所有的首饰贿赂妓女，冒名前往县吏家,因此妓女和县吏很熟。现在妓女要挨杖刑,恰好见到了县吏,于是又假冒乡民的妻子,想免受杖刑。不料县吏又有别的打算,以致两人的打算都落空了。县官复审乡民,果然是被诬陷。考虑到他妻子出这种计策是为了救人,而且又不是乡民想出来的,就释放了乡民不再追究,却严惩了县吏。

世上的奸诈巧妙,曲折阴险,谁都比不上小吏的神机妙算,但是却被一个村妇套住了,就像玩弄一个婴孩。一般说来,愚蠢的总也斗不过聪明的,但物极必反,往往在聪明人预料之外,他们的智谋高超,一下子胜过聪明人。有往必有复,这是天道。假如聪明人永远不败,那么天地间就只剩下聪明人,愚蠢的早就绝迹了,有这个道理么!

鬼魇人至死,不知何意。倪馀疆曰:“吾闻诸施亮生矣,取啖其生魂耳。盖鬼为馀气,渐消渐减,以至于无;得生魂之气以益之,则又可再延。故女鬼恒欲与人狎,摄其精也。男鬼不能摄人精,则杀人而吸其生气,均犹狐之采补耳。”

因忆刘挺生言:康熙庚子[①],有五举子晚遇雨,栖破寺中。四人已眠,惟一人眠未稳,觉阴风飒然,有数黑影自牖入,向四人嘘气,四人即梦魇。又向一人嘘气,心虽了了,而亦渐昏瞀,觉似有拖曳之者。及稍醒,已离故处,似被絷缚,欲呼则噤不能声;视四人亦纵横偃卧。众鬼共举一人啖之,斯须而尽;又以次食二人。至第四人,忽有老翁自外入,厉声叱曰:“野鬼无造次!此二人有禄相,不可犯也。”众鬼骇散。二人倏然自醒,述所见相同。后一终于教谕,一终于训导。鲍敬亭先生闻之;笑曰:“平生自薄此官,不料为鬼神所重也。”观其所言,似亮生之说不虚矣。

【注释】

①康熙庚子：康熙五十九年(1720)。

【译文】

鬼迷惑人直至将人弄死，不知是什么用意。倪馀疆说："我听施亮生说过，这是鬼在吃活人的魂灵。大概鬼是人的馀气，会渐渐消减，至于完全散失；如果得到活人灵魂的元气补充，就可以延续。所以女鬼总是愿意和人亲热，摄取精气。男鬼不能摄取人的精气，就杀人吸取生气，这些方法都与狐狸的采补差不多。"

因此想起刘挺生说：康熙庚子年，有五个赶考的举人晚上遇雨，住在一座破庙里。有四人睡着了，只有一个睡不安稳，他忽然觉得一阵阴风袭来，发现有几个黑影从窗户进来，向那四个人吹气，这四个人就梦魇了。黑影又向他吹气。他心里虽然清楚，但是也渐渐昏沉。只觉得有人在拖他。他稍稍苏醒，发现自己已经不在原来睡觉的地方，好像被绑住了，想呼喊也发不出声音。另外四人也横七竖八地躺在那儿，群鬼正在吃一个人，一下子就吃完了。接着又开始吃第二个。吃到第四个，忽然有个老翁从外面进来高声喝道："野鬼不能太放肆！这两位是有福之人，你们不能伤害。"群鬼被吓跑了。这两个人一会儿就醒来了，讲述彼此在梦中的见闻，都相同。后来，他俩一人当到教谕官，一人当到训导官。鲍敬亭先生听说后，笑着说："我一生都看不上这种官职，不料鬼神却重视它。"从这个故事看起来，施亮生说的好像不假。

李庆子言：朱生立园，辛酉北应顺天试[①]。晚过羊留之北，因绕避泥泞，遂迂回失道，无逆旅可栖。遥见林外有人家，试往投止。至则土垣瓦舍，凡六七楹，一童子出应门。朱具道乞宿意。一翁衣冠朴雅，延宾入，止旁舍中。呼灯至，黯黯无光。翁曰："岁歉油不佳，殊令人闷，然无如何也。”又曰：“夜深不能具肴馔，村酒小饮，勿以为亵。”意甚款洽。朱问：“家中有何人？”曰：“零丁孤苦，惟老妻与僮婢同居耳。”问朱何适，朱告以北上。曰：“有一札及少物欲致京中，僻路苦无书邮。今遇君甚幸。”朱问：“四无邻里，独居不怖乎？”曰：“薄田数亩，课奴辈耕作，因就之卜居。贫无储蓄，不畏盗也。”朱曰：“谓旷野多鬼魅耳。”翁曰：“鬼魅即未见，君如怖是，陪坐至天曙，可乎？”因借朱纸笔，入作书札；又以杂物封函内，以旧布裹束，密缝其外。付朱曰：“居址已写于函上，君至京拆视自知。”天曙作别，又切嘱信物勿遗失，始殷勤分手。

朱至京，拆视布裹，则函题“朱立园先生启”字，其物乃金簪银钏各一双。其札称：“仆老无子息，误惑妇言，以婿为嗣。至外孙犹间一祭扫，后则视为异姓，纸钱麦饭，久已阙如；三尺孤坟，亦就倾圮。九泉茹痛，百悔难追。谨以殉棺薄物，祈君货鬻，归途以所得之直，修治荒茔，并稍浚冢南水道，庶淫潦不浸幽窀②。如允所祈，定如杜回结草③。知君畏鬼，当暗中稽首，不敢见形，勿滋疑虑。亡人杨宁顿首。”朱骇汗浃背，方知遇鬼；以书中归途之语，知必不售，既而果然。还至羊留，以所卖簪钏钱遣仆往治其墓，竟不敢再至焉。

【注释】

①辛酉：乾隆六年(1741)。

②窀(zhūn)：墓穴。

③杜回结草：《左传·宣公十五年》记载：春秋时期，晋国大夫魏颗

的父亲魏武子临死前,要小妾殉葬。魏颗却把那个小妾嫁了。后来,魏颗奉命率兵抵抗秦将杜回。两军激战时,一个老人把地上的草打成结绊倒杜回,魏颗因此打败秦军。当天夜里,魏颗梦见老人说:"我是你所嫁的那个妇人的父亲,特来战场上结草报恩。"后世比喻感恩报德,至死不忘。

【译文】

李庆子说:有个名叫朱立园的秀才,辛酉年北上参加顺天乡试。晚上,他经过羊留北边,因为要避开一段泥泞的路,绕来绕去迷失了方向,想要住下又找不到旅店。远远看见林子外面有一户人家,就想去那里投宿。走到跟前,只见土坯围成的院墙里,有六七间瓦房,一个小童迎了出来。朱立园述说了借宿之意。一位衣着朴素雅致的老翁把客人让进去,安置在厢房里。他招呼小童取来了灯,灯光暗暗的不怎么亮。老翁说:"今年粮食歉收,油不好,灯光昏暗令人憋闷,实在没有办法。"又说:"夜深了,不便为您准备饭菜,村酒一壶,请您小饮几杯,慢待您了,实在不好意思。"老翁的态度友好而热情。朱立园问:"请问家里还有什么人?"老翁说:"孤苦零丁的,只有老太婆和小童丫头一道过活。"老翁问朱立园去哪儿,朱立园告诉他,自己打算北上应试。老翁说:"我这里有一封信和一点儿东西,正要寄往京城,却苦于荒村野店,邮路不通,今天遇到您,真是太幸运了。"朱立园问:"四面没有邻里,就您一家住着不害怕吗?"老翁说:"有几亩薄田,督促仆役们耕种,所以就近住下来。我家里贫穷没有积蓄,所以不怕强盗。"朱立园说:"人们都说旷野里常有鬼怪。"老翁说:"自从住在这里,我从没见过鬼怪,如果您害怕,我就陪您坐到天亮,行吗?"老翁向朱立园借了纸笔,到里屋写了一封信;又把几样东西一起封进了信封,用旧布包了,再用针线密密麻麻地缝了几道。交给朱立园,说:"地址已经写在里面了,您到京城后,拆开看了自然明白。"天亮了,朱立园起身作别。老翁一再叮嘱,不要把信件和东西丢了,然后才依依分手。

朱立园到京城折看包裹，只见信封上题着“朱立园先生启”的字样，打开信封一看，里面装的原来是一对金簪和一对银手镯。信是这样写的：“老汉我生前无子，被妇人的话弄乱了心思，以女婿为后嗣。到了外孙这一辈，还偶然为我祭奠，再往后的子孙后代，就把我当作外姓人了，纸钱麦饭，久已不见；三尺孤坟，也已经倒塌。我在九泉之下含酸忍痛，真是追悔莫及。现在，恭敬地拿出这几件不值钱的殉葬品，请求您帮我卖了，回来时用这笔钱替我修修这所荒疏的坟墓，并且稍稍通通坟头南面的水道，让积水流走，别再泡着我的墓穴。如果您能答应我的请求，我一定要像那个结成草绳绊倒杜回的老人一样，报答您的恩情。我知道您怕鬼，所以不敢露面，只在暗中给您磕头了，请您不必生疑。亡人杨宁顿首。”朱立园读罢书信，才知道遇上了鬼，吓得汗流浃背。因为老翁信中有“回来的路上”之类的话，知道必定落榜，后来果然如此。回家途中路过羊留，他用卖金簪银镯的钱派遣仆从替老翁整修了坟墓，他自己却不敢再去那里了。

吴云岩言：有秦生者，不畏鬼，恒以未一见为歉。一夕，散步别业，闻树外朗吟唐人诗曰：“自去自来人不知，归时惟对空山月。”其声哀厉而长。隔叶窥之，一古衣冠人倚石坐。确知为鬼，遽前掩之，鬼亦不避。

秦生长揖曰：“与君路异幽明，人殊今古，邂逅相遇，无可寒温。所以来者，欲一问鬼神情状耳。敢问为鬼时何似？”曰：“一脱形骸，即已为鬼，如茧成蝶，亦不自知。”问：“果魂升魄降，还入太虚乎？”曰：“自我为鬼，即在此间。今我全身现与君对，未尝随絪缊元气[①]，升降飞扬。子孙祭时始一聚，子孙祭毕则散也。”问：“果有神乎？”曰：“鬼既不虚，神自不妄。譬有百姓，必有官师。”问：“先儒称雷神之类，皆旋生旋化，果不诬乎？”曰：“作措大时[②]，饱闻是说。然窃疑霹雳击格，轰然交作，如一雷一神，则神之数多于蚊蚋；如雷止神灭，则神之寿促于蜉蝣[③]。以质先生，率遭呵叱。为鬼之后，乃知百神奉职，如世建官，皆非顷刻之幻影。恨不能以所闻见，再质先生。然尔时拥皋比者，计为鬼已久，当自知之，无庸再诘矣。大抵无鬼之说，圣人未有。诸大儒恐人谄渎，故强造斯言。然禁沉湎可，并废酒醴则不可；禁淫荡可，并废夫妇则不可；禁贪惏可[④]，并废财货则不可；禁斗争可，并废五兵则不可。故以一代盛名，挟百千万亿朋党之助，能使人噤不敢语，而终不能惬服其心，职是故耳。传其教者，虽心知不然，然不持是论，即不得称为精义之学，亦违心而和之曰：理必如是云尔。君不察先儒矫枉之意，生于相激，非其本心；后儒辟邪之说，压于所畏，亦非其本心。竟信儒者，真谓无鬼神，皇皇质问，则君之受绐久矣。泉下之人，不欲久与生人接；君亦不宜久与鬼狎。言尽于此，馀可类推。”曼声长啸而去。

案，此谓儒者明知有鬼，故言无鬼，与黄山二鬼谓儒者明知井田封建不可行，故言可行，皆洞见症结之论。仅目以迂阔，犹堕五里雾中矣[⑤]。

【注释】

①细缊（yīn yūn）：古代指天地阴阳二气交互作用的状态。

②措大：旧称贫寒的读书人。

③蜉蝣（fú yóu）：虫名。幼虫生活在水中，成虫褐绿色，有四翅，生存期极短。常用以比喻微小的生命，有时也用来比喻浅薄狂妄

的人或文辞。

④贪惏(lán):贪恋,不知足。

⑤堕五里雾中:好像掉在一片大雾里,比喻陷入迷离恍惚、莫名其妙的境地。

【译文】

吴云岩说:有个姓秦的书生,不怕鬼,总是因为没有见过鬼而遗憾。一天晚上,他在别墅散步,听见树后有人朗朗地吟诵唐诗道:"自去自来人不知,归时惟对空山月。"声音哀伤凄厉而悠长。他隔着树叶悄悄看去,是一个身着古代服饰的人,靠着石头坐。秦某确信是鬼,突然冲过去挡在面前,鬼也不躲避。

秦生作了个长揖说:"我和你是不同世界的人,而且也是不同时代的人,在这里邂逅相遇,也没有什么好寒暄的。我来就是想问问鬼的情况。请问做了鬼之后是个什么样子?"鬼说:"灵魂一旦脱离躯体,就已经成为鬼,像茧变成蝴蝶,是在不知不觉中变成的。"秦生问:"人死后真的魂升天、魄降地,进入太虚空间么?"鬼说:"自从我成为鬼,就在这里。现在我现出全身来和你面对面说话,并未随着飘飘的元气或升或降飞扬。子孙祭祀我时,才相聚到一起;子孙祭祀完了,就各奔东西了。"秦生问:"真的有神么?"鬼说:"鬼既然真有,神也不是假的。比如有百姓,就必须有官吏、有师长。"秦生问:"从前的儒家学者都说雷神之类都是刚产生马上就消失,这种说法果然正确么?"鬼说:"我做穷酸书生时,听够了这种说法。但是我私下怀疑,霹雳击打格杀,轰然交响,如果一个雷是一个神,那么神多得就像蚊虫了;如果说雷停了神就消失,那么神的寿命就像蜉蝣一样短促。当时我向老师问这个问题,总是遭到呵斥。我成了鬼之后,才知道众神各有职守,就像人世设置的官,都不是片刻就消失的幻影。恨不能以我亲眼见到的,再去问问那位先生。然而当时坐在虎皮座上讲课的先生,估计变成鬼的时间更久,他自己也该明白,不必再质问了。一般来看,圣人并没有坚持无鬼论。诸位大儒怕人过于迷信，所以硬编出这种说法。但是禁止沉溺其中是可以的，如果连祭祀都一起废除就不行；禁止淫荡可以，如果连结成夫妻也禁止就不行；禁止贪婪可以，如果连财物一并废掉就不行；禁止争斗可以，如果连所有的兵器都废掉就不行。他们利用自己一生享有的盛名，借助百千万亿朋党的协助，能使人闭嘴不敢说话，却最终不能使人们心服，他们只是做了这个职位应该做的事情罢了。传授这种学说的人，虽然心里明白不是这么回事，但是如果不坚持这种学说，就不能被称为有高深造诣的学者，也就违心地迎合着说：按道理应该是这样的吧。你没有体会到早期的儒学大师否定鬼是一种矫枉过正的说法，他们是受到迷信鬼神的严重状况的激发，其实这不是他们的真心话；后来的儒学家主张禁止谈神说鬼的'异端邪说'，是因为他们受到压力有所畏惧才这么说的，也不是他们真实的心愿。你完全相信儒者的话，以为真的没有鬼神，并且急切地问我这些问题，可见你受骗好久了。我在阴间，不想长时间和活着的人接触；你也不应该长时间和鬼厮混在一起。我就说这些，其他的问题可以由此类推。"说完，他发出长长的啸声离去了。

案，这个鬼说儒者明知有鬼，却故意说没有鬼，跟前面记载的黄山二鬼说儒者明知井田制和分封制度行不通，却故意说可行一样，都是深切了解问题关键的议论。世人仅仅以为他们只是太迂腐，还是被迷惑而未能弄清真相。

汪主事厚石言：有在西湖扶乩者，下坛诗曰："旧埋香处草离离，只有西陵夜月知。词客情多来吊古，幽魂肠断看题诗。沧桑几劫湖仍绿，云雨千年梦尚疑。谁信灵山散花女，如今佛火对琉璃。"众知为苏小小也[1]。客或请曰："仙姬生在南齐，何以亦能七律？"乩判曰："阅历岁时，幽明一理。性灵不昧，即与世推移。宣圣惟识大篆[2]，祝词何写以隶书？

释迦不解华言，疏文何行以骈体？是知千载前人，其性识至今犹在，即能解今之语，通今之文。江文通、谢玄晖能作爱妾换马八韵律赋[3]，沈休文子青箱能作《金陵怀古》五言律诗[4]，古有其事，又何疑于今乎？”又问：“尚能作永明体否[5]？”即书四诗曰：“欢来不得来，侬去不得去。懊恼石尤风，一夜断人渡。”“欢从何处来？今日大风雨。湿尽杏子衫，辛苦皆因汝。”“结束蛱蝶裙，为欢棹舴艋。宛转沿大堤，绿波双照影。”“莫泊荷花汀，且泊杨柳岸。花外有人行，柳深人不见。”盖《子夜歌》也。虽才鬼依托，亦可云俊辩矣。

【注释】

①苏小小：传说中的名妓、青楼才女。杭州西湖有苏小小墓。

②宣圣：平帝元始元年(1)谥孔子为褒成宣公。此后历代王朝皆尊孔子为圣人，诗文中多称为“宣圣”。

③江文通：江淹(444—505)，字文通，南朝著名文学家、散文家。谢玄晖：谢庄(421—466)，字希逸，南朝宋辞赋家、诗人。爱妾换马：最早见于唐代李亢的《独异记》，说曹操的儿子曹彰看上了一匹骏马，就用自己的爱妾交换。其实，在此之前之后，此类事被当成英雄豪举，频见于歌咏。

④沈休文：沈约(441—513)，字休文，南朝吴兴武康(今浙江德清西)人，先后在宋、齐、梁三朝做官，旧史一般称他是梁朝人。青箱：沈青箱，沈约之子。亦为诗人。

⑤永明体：亦称“新体诗”，南朝齐武帝永明年间出现的诗体形式。这种诗体要求严格，强调声韵格律。谢朓、沈约等竟陵八友，是永明体诗歌的代表作家。永明，南朝齐武帝的年号。

【译文】

汪厚石主事说：有人在杭州西湖扶乩，乩仙降临作诗说：“旧埋香处草离离，只有西陵夜月知。词客情多来吊古，幽魂肠断看题诗。沧桑几劫湖仍绿，云雨千年梦尚疑。谁信灵山散花女，如今佛火对琉璃。”众人知道是苏小小降临。有人问：“你是南朝齐时的人，为什么也能作唐代以后才有的七言律诗呢？”乩仙又写道：“经历年年月月，阴间与阳间是相同的。鬼神的性灵没有堙灭，就能跟随时间推移的习俗。孔子生前只认识大篆，为什么现在人们祭祀他用的祭文却用隶书？释迦牟尼不懂中国话，为什么现在的祈祷文却可以用汉语的骈体文来写？由此可见，千年以前的人，他们的性灵至今还存在，就能听懂现在的话，能精通现在的文章。南朝齐梁时的文人江淹、谢庄能够作爱妾换马的八韵律赋，而这种赋体是唐代才有的；沈约的儿子青箱能够作《金陵怀古》的五言律诗，而这种诗体也是唐代才有的。古人化为乩仙能作后代的诗文，这种事情早就有过，现在又有什么好怀疑的呢？”在场的人又问：“你还能作齐梁时盛行的永明体诗吗？”乩仙随即写了四首：“欢来不得来，侬去不得去。懊恼石尤风，一夜断人渡。”“欢从何处来？今日大风雨。湿尽杏子衫，辛苦皆因汝。”“结束蛱蝶裙，为欢棹舴艋。宛转沿大堤，绿波双照影。”“莫泊荷花汀，且泊杨柳岸。花外有人行，柳深人不见。”这些都是《子夜歌》的形式。虽然这是个有才华的鬼依托苏小小，但他也算得上能言善辩了。

表兄安伊在言：河城秋获时，有少妇抱子行塍上[①]，忽失足仆地，卧不复起。获者遥见之，疑有故。趋视，则已死，子亦触瓦角脑裂死。骇报田主，田主报里胥。辨验死者，数十里内无此妇；且衣饰华洁，子亦银钏红绫衫，不类贫家。大惑不解，且覆以苇箔[②]，更番守视，而急闻于官。河城去县近，官次日晡时至[③]。启箔检视，则中置藁秸一束，二尸已不见；压箔之砖固未动，守者亦未顷刻离也。官大怒，尽拘田主及守者去，多方鞫治[④]，无丝毫谋杀弃尸状。纠结缴绕至年馀，乃以疑案上。上官以案情恍惚，往返驳诘，又岁馀。乃姑俟访，而是家已荡然矣。此康熙癸巳、甲午间事[⑤]。

相传村南墟墓间，有黑狐夜夜拜月，人多见之。是家一子好弋猎，潜往伏伺，彀弩中其股[⑥]。嗷然长号，化火光西去。搜其穴，得二小狐，絷以返。旋逸去，月馀而有是事，疑狐变幻来报冤。然荒怪无据，人不敢以入供，官亦不敢入案牍，不能不以匿尸论，故纷扰至斯也。又言：城西某村有丐妇，为姑所虐，缢于土神祠。亦箔覆待检，更番守视。官至，则尸与守者俱不见。亦穷治如河城。后七八年，乃得之于安平深州属县。盖妇颇白晰，一少年轮守时，褫下裳淫其尸。尸得人气复生，竟相携以逃也。此康熙末事。或疑河城之事当类此，是未可知。或并为一事，则传闻误矣。

【注释】

①塍(chéng)：田间的土埂子，小堤。

②苇箔：用芦苇编成的帘子。可以盖屋顶、铺床或当门帘、窗帘用。

③晡时：又名“日晡”、“夕食”等，大约下午三点到五点。

④鞫(jū)治：审问定罪。

⑤康熙癸巳、甲午：康熙五十二年(1713)、五十三年(1714)。

⑥彀(gòu)：使劲张弓。

【译文】

表兄安伊在说：河城镇秋收时，有个少妇抱着孩子在田埂上走，忽然失足跌倒在地，再也没有爬起来。收割庄稼的人远远看见了，疑心出了什么事。赶过去看时，少妇已经死了，孩子撞在瓦楞上，脑袋破裂也死了。人们吓得赶紧禀告田主，田主报告了乡官。辨认死者时，却发现方圆几十里内没有这个人；而少妇衣饰华贵整洁，孩子也戴着银手镯，身穿红绫袄，不像是贫穷人家的。人们大惑不解，暂且用苇席把尸体盖上，轮班守护着，同时急忙向官府报告。河城离县城比较近，县官在第二天下午三点多钟就赶到了。掀开苇席查验尸体，席下只有一捆枯干的秸秆，两具尸体都不见踪影；而压席子的砖一直没有动过，守卫的人也一直没有离开过。县官大怒，把田主和守尸的人都抓去了，想方设法审问，没有审出丝毫谋杀弃尸的线索。就这样，这个案子折腾了一年多也没有头绪，县官只得把它作为疑案报了上去。上级官员认为案情不清楚，往来查询，又过了一年多。于是只得放下来等以后再慢慢访查，田主也折腾得败了家。这是康熙癸巳、甲午年间的事。

传说，该村南边坟地里，有只黑狐夜夜拜月，很多人都见过。田主家一个儿子喜欢打猎，就潜伏在坟地里，黑狐出现时，用弓弩射中了它的腿。黑狐"嗷"地一声长叫，化作一道火光往西去了。他趁机搜了狐狸的窝，捉到了两只小狐狸，绑回家去。小狐狸很快就逃走了，过了一个多月，就发生了前面那件事，人们怀疑是狐狸变化前来报复。但是这种推测荒诞没有根据，人们不敢作为证词，官府也不能写入案卷，又不能以藏尸论处，因此纷纷扰扰闹到这种地步。表兄又说：在城西某村有个讨饭的女人，受不了婆婆的虐待，在土神祠里上了吊。也是用席子盖着，有人轮班守护。官员来了，尸体和守护人却都不见了。也像河城的案子那样审讯，始终没有头绪。过了七八年，却在安平安平县属深州。发现了这两人。原来讨饭女人皮肤白嫩，轮到一个年轻人守尸时，他扒下讨饭女的裤子奸尸。尸体得到活人的气息苏醒过来，两个人竟然一起逃跑了。这是康熙末年的事。有人怀疑河城的案子可能也是这种情况，这事就说不准了。或许有人把这两件案子说成一件事，那就是传说有误了。

同年龚肖夫言：有人四十馀无子，妇悍妒，万无纳妾理，恒郁郁不适。偶至道观，有道士招之曰："君气色凝滞，似有重忧，道家以济物为念，盍言其实，或一效铅刀之用乎[①]！"异其言，具以告。道士曰："固闻之，姑问君耳。君为制鬼卒衣装十许具，当有以报命。如不能制，即假诸伶官亦可也。"心益怪之，然度其诳取无所用，当必有故，姑试其所为。是夕，妇梦魇，呼不醒，且呻吟号叫声甚惨。次日，两股皆青黯。问之，秘不言，吁嗟而已。三日后复然。自是每三日后皆复然。半月后，忽遣奴唤媒媪，云将买妾。人皆弗信，其夫亦虑后患，殊持疑。既而妇昏瞀累日，醒而促买妾愈急，布金于案，与僮仆约：三日不得必重抶[②]，得而不佳亦重抶。观其状，似非诡语。觅二女以应，并留之。是夕，即整饰衾枕，促其夫入房。举家骇愕，莫喻其意；夫亦惘惘如梦境。后复见道士，始知其有术能摄魂：夜使观中道众为鬼装，而道士星冠羽衣坐堂上，焚符摄妇魂，言其祖宗翁姑，以斩祀不孝，具牒诉冥府，用桃杖决一百；遣归，克期令纳妾。妇初以为噩梦，尚未肯。俄三日一摄，如征比然。其昏瞀累日，则倒悬其魂，灌鼻以醋，约三日不得好女子，即付泥犁也。

摄魂小术，本非正法。然法无邪正，惟人所用，如同一戈矛，用以杀掠则劫盗，用以征讨则王师耳。术无大小，亦惟人所用，如不龟手之药，可以洴澼絖[③]，亦可以大败越师耳。道士所谓善用其术欤！至嚚顽悍妇[④]，情理不能喻，法令不能禁，而道士能以术制之。尧牵一羊，舜从而鞭，羊不行，一牧竖驱之则群行。物各有所制，药各有所畏。神道设教，以驯天下之强梗，圣人之意深矣。讲学家乌乎识之？

【注释】

①铅刀：铅制的刀。铅质软，作刀不锐，故比喻无用的人和物。

②抶(chì)：用鞭、杖或竹板之类的东西打。

③"不龟手之药"二句：寓言故事。宋国有人家，世代以漂洗为业，会做一种保护手不龟裂的药。有人用百金买得药方献给了吴王。吴军冬天跟越军在水上交战，药方使得吴军将士的手都没有被冻裂，战斗力大大提高，从而击败了越军。见《庄子·逍遥游》。洴澼(píng pì)：漂洗。絖(kuàng)，同"纩"，绵絮。

④嚚(yín)顽：愚昧顽钝。

【译文】

与我同年中科举的龚肖夫说：有个人四十多岁了还没有儿子，他妻子凶悍而且嫉妒，根本不可能让他纳妾，他总是为此闷闷不乐。他偶尔到一座道观，有个道士招呼他说："看您气色凝滞，好像有深重的忧愁，道家以济物助人为宗旨，何不以实相告，我也许能帮上您一点儿忙。"这个人觉得道士的话非同常人，就把自己的事情告诉他。道士说："您的事我早听说了，不过是再问问罢了。请您置办十几套鬼卒的服装，然后我自然会为您效力。如果一时难于置办，找唱戏的借用也可以。"这人感到更奇怪了，但转念一想，那个道士骗取这些服装也没什么用，一定是另有缘故，就姑且按他的话办，看看他要干什么。当天夜里，妻子忽然梦魇，叫也不醒，呻吟号叫的声音非常凄惨。第二天，她两条腿上满是青紫色的伤痕。问她怎么了，她不肯说，只是长吁短叹而已。三天后，又梦魇了。从此每隔三天都要折腾一回。半个月后，她忽然打发奴仆找来了媒婆，说是要为丈夫买妾。人们都不相信这是真的；她丈夫也怕日后有麻烦，很是怀疑。接着，她一连昏迷好几天，醒来后，更加急迫地催丈夫买妾，把银两放在桌子上，对仆人说，如果三天内买不来就一定重重地打，买得不好也一定重重地打。看她那样子，不像故意说假话。仆人急忙找回了两个女子交差，她全都留下了。当天晚上，她就整理好被褥，催促丈夫进新房。全家老少都很惊讶，不知道她是什么意思；连她的丈夫也迷迷茫茫像是在梦境。后来，这人又遇见了那道士，才知道他有摄魂术：每到深夜，他叫道观里的道士穿上鬼装，他自己头戴星冠，身穿羽衣坐在堂上，焚烧符箓摄来那个女人的魂魄，说她的祖宗公婆因为断绝后嗣有不孝之罪，状子已送到了冥府，打了她一百桃木棍；然后遣送回家，限期为丈夫纳妾。开始，她以为是做了个恶梦，还不肯听话。不久她每隔三天被惩治一次，而且一次比一次厉害。她昏迷的那几天，是魂被倒挂起来，往鼻子里灌醋，还警告说，如果三天之内买不来美貌女子给丈夫做妾，就要罚她下地狱。

摄人灵魂这种雕虫小技，本来不是正当惩治人的方法。然而，法术不分邪正，只是看人们怎样使用，比如同为戈矛，用它来烧杀抢掠就是强盗，用它来征讨逆贼就是王者之师了。法术不分大小，也要看人们怎样去用，如《庄子》里记载，古代宋国人那种使人手上皮肤不开裂的药，可以用来保护漂布者的皮肤，也可以用它来大败越国军队。道士可以说是善用法术的了吧！至于那个凶顽刁悍的女人，道理说服不了她，又不能用法律禁止她，然而道士却可以用法术将她制服。假设让尧牵着一只羊，舜跟着挥鞭驱赶，羊也不一定会驯服地向前走，一个牧童，成群的羊都乖乖地听从他指挥。一物降一物，一种药治一种病。神道制定措施实行教化，用来驯服那些强悍大胆的人，圣人的用心极为深远。讲道学的人哪里知道？

褚鹤汀言：有太学生，赀巨万，妻生一子死。再娶，丰于色，太学惑之，托言家政无佐理，迎其母至。母又携二妹来。不一载，其一兄二弟亦挈家来。久而僮仆婢媪皆妻党，太学父子反茕茕若寄食。又久而筦钥簿籍、钱粟出入[①]，皆不与闻;残杯冷炙,反遭厌薄矣。稍不能堪,欲还夺所侵权,则妻兄弟哄于外,妻母妹等诟于内。尝为众所聚殴,至落须败面,呼救无应者。其子狂奔至,一掴仆地,惟叩额乞缓死而已。

恚不自胜,诣后圃将自经。忽一老人止之曰:“君勿尔。君家之事,神人共愤久矣。我居君家久,不平尤甚。君但焚牒土神祠,云乞遣后圃狐驱逐,神必许君。”如其言。是夕,果屋瓦乱鸣,窗扉震撼,妻党皆为砖石所击,破额流血。俄而妻党妇女并为狐媚,虽其母不免。昼则发狂裸走,丑词亵状,无所不至;夜则每室坌集数十狐,更番嬲戏,不胜其创,哀乞声相闻。厨中肴馔,俱摄置太学父子前;妻党所食,皆杂以秽物。知不可住,皆窜归。太学乃稍稍招集旧仆,复理家政,始可以自存。妻党觊觎未息,恒来探视,入门辄被击,或私有所携,归家则囊已空矣。其妻或私馈亦然。由是遂绝迹。然核计赀产,损耗已甚,微狐力,则太学父子饿殍矣。

此至亲密友所不能代谋,此狐百计代谋之,岂狐之果胜人哉?人于世故深,故远嫌畏怨,趋易避难,坐视而不救;狐则未谙世故,故不巧博忠厚长者名,义所当为,奋然而起也。虽狐也,为之执鞭,所欣慕焉。

【注释】

①筦(guǎn)钥:钥匙。筦,同“管”。

【译文】

褚鹤汀说:有个国子监的太学生家财巨万,妻子生了个儿子,后来死了。他又娶了个女人,很漂亮,太学生被迷住了,女人借口家务无人帮忙,把她母亲接来了。母亲还带来了两个妹妹。不到一年,后妻的一兄二弟也都带着家眷来了。时间一长,所有僮仆婢媪都是后妻的人,太学生父子反而孤孤单单像是寄人篱下了。又过了一段时间,凡是钥匙、帐簿及钱粮出入,他都不能过问了;每天父子俩只能吃些残羹剩菜,反而遭到妻家人的厌恶鄙视。他稍稍不能忍耐,要夺回被侵的家务权,却是后妻的兄弟们在外面起哄,后妻的母亲妹妹们在屋里大骂。太学生还被妻家的人围着打,胡须拽掉了,鼻青脸肿,呼救也无人理睬。他的儿子跑过来,结果被一巴掌打倒,只有叩头请求饶命而已。

太学生气得忍不下去,到后园想要上吊。忽然一个老人制止道:"你不要这样。你家里的事,无论是神是人,都气愤好久了。我住在你家时间长了,尤其不平。你只管到土神祠去烧张状子,说请求派后园的狐狸驱逐这些人,神肯定答应。"太学生照老人的话做了。这天晚上,果然屋瓦乱响,门窗震动,妻家的人都被砖头石块打了,头破血流。随后,妻家的女人都被狐狸媚惑,她母亲也没有幸免。她们白天发疯赤裸裸地跑,说着下流话、做着下流动作,丑态百出;夜里她们的屋子都集聚了几十只狐狸,轮番骚扰调戏她们,这些女人被狐狸弄得受不了,哀求声不断。厨房里的美味佳肴,都被弄到太学生父子面前;妻家人吃的东西里,都掺杂着脏东西。她们知道住不下去了,就逃了回去。太学生陆续把旧时仆人招了回来,重理家政,这才能过下去。妻家的人还记挂着太学生的家产,时时来探看,他们进门就被打,有时偷点儿什么带走,到了家里囊中却是空空的。后妻私自给他们的东西也是这样。于是他们不再来了。然而核查家产,已经损失了不少,如果没有狐狸帮助,太学生父子就得饿死了。

这件事,即便是至亲好友也不能帮他谋划,这个狐狸却给他千方百计出谋划策,难道狐狸真的胜过人么?人老于世故,所以远离嫌疑;害怕结怨,容易的事靠前,难办的事退避,坐视不救;狐狸却还不大懂得世故,所以不是耍手腕博取忠厚长者的名声,按照道义应该做的,就挺身而出。虽然它们是狐狸，即便做它们的随从，也是叫人向往的。

瞽者刘君瑞言：一瞽者年三十馀，恒往来卫河旁，遇泊舟者，必问："此有殷桐乎？"又必申之曰："夏殷之殷，梧桐之桐也。"有与之同宿者，其梦中呓语，亦惟此二字。问其姓名，则旬日必一变，亦无深诘之者。如是十馀年，人多识之，或逢其欲问，辄呼曰："此无殷桐，别觅可也。"

一日，粮艘泊河干，瞽者问如初。一人挺身上岸曰："是尔耶，殷桐在此，尔何能为？"瞽者狂吼如虓虎，扑抱其颈，口啮其鼻，血淋漓满地。众前拆解，牢不可开，竟共堕河中，随流而没。后得尸于天妃宫前海口不受尸，凡河中求尸不得，至天妃宫前必浮出。桐捶其左胁骨尽断，终不释手；十指抠桐肩背，深入寸馀；两颧两颊，啮肉几尽。迄不知其何仇，疑必父母之冤也。

夫以无目之人，侦有目之人，其不得决也；以孱弱之人[①]，搏强横之人，其不敌亦决也。此较伍胥之仇楚，其报更难矣。乃十馀年坚意不回，竟卒得而食其肉，岂非精诚之至，天地亦不能违乎？宋高宗之歌舞湖山，究未可以势弱解也。

【注释】

①孱(chán)：弱，懦弱。

【译文】

盲人刘君瑞说：有个年纪三十多岁的盲人，总是在卫河畔来往，遇到停船的人，一定要问："这里有殷桐吗？"而且一定还重申："是夏殷的

‘般’，梧桐的‘桐’。”有人晚上跟他同住，听他说梦话，也只是念叨这两个字。问他的姓名，却是过十天半月就要变一次，也没有人问他个究竟，这样过了十多年，人们都认识他了。有时他正要开口问，就有人喊：“这里没有般桐，你到别处去找吧。”

一天，运粮的船队停泊在岸边，盲人又像往常一样去问。只见一个人挺身跳上岸来，说：“是你吗？般桐在这里，你能把我怎么样？”盲人虎吼一般狂叫，扑上去抱住他的脖子，用嘴咬他的鼻子，血流得淋漓满地。众人上前想拉扯开，但是盲人抱得死死的，根本拉不开，结果两人一齐滚进河里，随着水流沉没了。后来人们在天妃宫前发现了他们的尸首，尸首漂不出入海口，凡是在河里没有找到尸体，在天妃宫前一定会浮出来。只见盲人左边的肋骨被般桐全部捶断，但始终没有放手；他的十个指头抠进般桐的肩背有一寸多深；般桐两边脸上的肉几乎全被咬掉。人们终究还是不知道他是什么冤仇，估计是杀害父母的冤仇。

以一个双目失明的人，来搜寻一个有视力的仇人，查找不到几乎是肯定无疑的；以一个残疾弱小的人，与一个强壮凶横的人搏斗，不能取胜也几乎是肯定无疑的。这比起伍子胥要报楚国的杀父之仇，更为困难。但是他十几年决心不变，竟然最终查访到并且吃了仇人的肉，莫非是精诚所至，连天地也不能违背他的意愿么？南宋高宗不肯出师北伐收复金人占领的北方迎回徽钦二帝，而躲在临安游山玩水，轻歌曼舞，终究是不能以国势衰弱为自己开脱的。

王昆霞作《雁宕游记》一卷，朱导江为余书挂幅，摘其中一条云：“四月十七日，晚出小石门，至北硐，耽玩忘返，坐树下待月上。倦欲微眠，山风吹衣，栗然忽醒。微闻人语曰：‘夜气澄清，尤为幽绝，胜罨画图中看金碧山水[①]。’以为同游者夜至也。俄又曰：‘古琴铭云：“山虚水深，万籁萧萧。古无人踪，惟石嶕峣[2]。”真妙写难状之景。尝乞洪谷子画此意[3]，竟不能下笔。’窃讶斯是何人，乃见荆浩？起坐听之。又曰：‘顷东坡为画竹半壁，分柯布叶，如春云出岫，疏疏密密，意态自然，无杈枒怒张之状。’又一人曰：‘近见其《西天目诗》，如空江秋净，烟水渺然；老鹤长唳，清飔远引，亦消尽纵横之气。缘才子之笔，务殚心巧；飞仙之笔，妙出天然，境界故不同耳。’知为仙人，立起仰视。忽扑簌一声，山花乱落，有二鸟冲云去。”其诗有“蹑屐颇笑谢康乐，化鹤亲见徐佐卿”句[4]，即记此事也。

【注释】

①罨(yǎn)：覆盖，掩盖。金碧山水：中国山水画之一种。以泥金、石青和石绿三种颜料作为主色，比“青绿山水”多泥金一色。

②嶕峣(jiāo yáo)：峻峭，高耸。

③洪谷子：荆浩(约850—?)，字浩然，号洪谷子，五代后梁画家。因避战乱，常年隐居太行山，为北方山水画派之祖。

④“其诗有”句：蹑屐，拖着木屐。谢灵运喜游名山秀水，发明了“谢公屐”，屐底安有两个木齿，上山去前齿，下山则去后齿。谢康乐，即谢灵运(385—433)，南朝宋诗人。陈郡阳夏(今河南太康)人。出生于会稽始宁(今浙江上虞)。因从小寄养在钱塘杜家，故乳名为客儿，世称“谢客”。又因他是谢玄之孙，晋时袭封康乐公，故又称“谢康乐”。徐佐卿，青城道士，相传能化鹤在天空飞翔。常化为仙鹤。安史之乱，唐玄宗避祸幸蜀，偶至明月观中，见挂箭是自己的御箭。原来徐佐卿化身为鹤时曾被唐玄宗射中。

【译文】

王昆霞写过《雁宕游记》一卷，朱导江为我写一幅书法挂轴时，摘录了其中一段："四月十七日，我晚上出小石门，到了北硐，贪玩忘记及时回家，坐在树下等月亮升起来。疲乏了朦胧过去，一阵山风吹起我的衣服，一机灵忽然醒了。隐约听见有人说：'夜里气雾澄清，更加幽静，胜过看图画中色彩斑斓的山水景象。'我以为这是一同游山的人夜里到了这里，所以不大在意。过了一会又听那边说道：'古代《琴铭》中说："山虚水深，万籁萧萧。古无人踪，惟石嶕峣。"这真是巧妙写出了难以描绘的景象。我曾经请洪谷子按这几句话的意境画一幅画，他竟然无法下笔。'我很惊讶，暗想这是谁呀，竟然能够见到五代时的著名画家荆浩？于是坐起来听他们再说什么。只听一个声音又说道：'前不久苏东坡为我画了半面墙壁的竹子，枝叶延伸，像春天山谷里的云雾飘涌而出，或疏或密，意趣神态非常自然，没有那种枝桠张牙舞爪的形态。'又一个声音说：'近日我见他写的《西天目山》诗，那意境像空阔的江面在秋天特别明净，烟水渺渺；又像老鹤发出长长的叫声，凄清嘹亮，传向远方，也消净了他原来诗作那种纵横傲岸的气势。这是因为才子之笔往往追求充分表现心思的巧妙；飞仙之笔天然神妙，境界所以不同。'我知道这说话的必定是仙人，站起来抬头望去，忽然'扑簌'一响，山间的野花纷纷散落，有两只鸟冲向天空飞走了。"王昆霞有两句诗道："蹑屐颇笑谢康乐，化鹤亲见徐佐卿"，记的就是这件事。

刘拟山家失金钏，掠问小女奴，具承卖与打鼓者。京师无赖游民，多妇女在家倚门，其夫白昼避出，担二荆筐，操短柄小鼓击之，收买杂物，谓之打鼓。凡僮婢幼孩窃出之物，多以贱价取之。盖虽不为盗，实盗之羽翼。然赃物细碎，所值不多，又踪迹诡秘，无可究诘，故王法亦不能禁也。又掠问打鼓者衣服形状，求之不获。仍复掠问，忽承尘上微嗽曰："我居君家四十年，不肯一露形声，故不知有我。今则实不能忍矣。此钏非夫人检点杂物，误置漆奁中耶？”如言求之，果不谬，然小女奴已无完肤矣。拟山终身愧悔，恒自道之曰：“时时不免有此事，安能处处有此狐！”故仕宦二十馀载，鞫狱未尝以刑求。

【译文】

刘拟山家丢了金手镯，拷问小女奴，小女奴承认卖给了打着鼓收破烂的。京城中的无业游民，女人在家倚门卖笑招揽嫖客，男人白天回避，就挑着一对柳条筐，拿着一只短柄的小鼓敲打，收买杂物废品，称为“打鼓”。凡是仆人或小孩偷出来的东西，打鼓人往往用很低的价钱买去。他们虽然不直接偷盗，实际上是盗贼的同伙。然而收买的东西很零碎，值不了几个钱，行踪又很诡秘，根本无法追查，所以国法也禁不了。又拷问收破烂的衣着长相，找来找去没有收获。于是又拷打小女奴，忽然听见天棚上轻声咳了两声说：“我住在你家四十年，从来不愿露出身形声音，所以你不知道有我。今天我实在忍不住了。这个金手镯不是夫人检点杂物时，错放到漆妆盒里了么？”按照所说的去找，果然不差，而小女奴已经被打得体无完肤了。刘拟山为此终生惭愧后悔，他总是说：“时时难免有这种事，怎么可能处处有这样的狐狸！”所以他任官二十多年，审案时从不用刑讯逼供。

多小山言：尝于景州见扶乩者，召仙不至。再焚符，乩摇撼良久，书一诗曰：“薄命轻如叶，残魂转似蓬。练拖三尺白，花谢一枝红。云雨期虽久，烟波路不通。秋坟空鬼唱，遗恨宋家东。”知为缢鬼。姑问姓名，又书曰：“妾系本吴门，家侨楚泽。偶业缘之相凑，宛转通词；讵好梦之未成，仓皇就死。律以圣贤之礼，君子应讥；谅其儿女之情，才人或悯。聊抒哀怨，莫问姓名。”此才不减李清照；其“圣贤”“儿女”一联，自评亦确也。

【译文】

多小山说：他曾经在景州见到有人扶乩，召请乩仙，乩仙不下坛。再次焚符召请，只见乩笔摇动了半天，才写了一首诗："薄命轻如叶，残魂转似蓬。练拖三尺白，花谢一枝红。云雨期虽久，烟波路不通。秋坟空鬼唱，遗恨宋家东。"看诗的意思，乩仙是个吊死鬼。有人请教乩仙姓名，乩仙又写道："妾本是江苏吴县人，全家移居楚地。因为前世缘分，与情郎得以相近，委婉倾诉心曲；然而好梦未成，就仓促含恨上吊自杀。如果按圣贤制定的礼法来看待，我会受到正人君子的讥讽；如果能原谅这种儿女私情，才子也许会怜悯。面对诸位，我不过聊以抒发心中的哀怨，请不要再问姓名。"这个乩仙的才情，不亚于南宋李清照；其中"圣贤""儿女"一联，对自己的评价也是很实在的。

《新齐谐》载冥司榜吕留良之罪曰"辟佛太过"。此必非事实也。留良之罪，在明亡以后，既不能首阳一饿①，追迹夷齐；又不能戢影逃名，鸿冥世外，如真山民之比。乃青衿应试，身列胶庠②；其子葆中，亦高掇科名，以第二人入翰苑。则久食周粟，断不能自比殷顽。何得肆作谤书，荧惑黔首？诡托于桀犬之吠尧③，是首鼠两端④，进退无据，实狡黠反覆之尤。核其生平，实与钱谦益相等⑤。殁罹阴遣，自必由斯。至其讲学辟佛，则以尊朱之故，不得不辟陆、王为禅⑥。既已辟禅，自不得不牵连辟佛。非其本志，亦非其本罪也。金人入梦以来⑦，辟佛者多，辟佛太过者亦多，以是为罪，恐留良转有词矣。

抑尝闻五台僧明玉之言曰：辟佛之说，宋儒深而昌黎浅，宋儒精而昌黎粗，然而披缁之徒，畏昌黎不畏宋儒，衔昌黎不衔宋儒也。盖昌黎所辟，檀施供养之佛也，为愚夫妇言之也；宋儒所辟，明心见性之佛也，为士大夫言之也。天下士大夫少而愚夫妇多；僧徒之所取给，亦资于士大夫者少，资于愚夫妇者多。使昌黎之说胜，则香积无烟[8]，祇园无地[9]，虽有大善知识，能率恒河沙众，枵腹露宿而说法哉[10]！此如用兵者先断粮道，不攻而自溃也。故畏昌黎甚，衔昌黎亦甚。使宋儒之说胜，不过尔儒理如是，儒法如是，尔不必从我；我佛理如是，佛法如是，我亦不必从尔。各尊所闻，各行所知，两相枝拄，未有害也。故不畏宋儒，亦不甚衔宋儒。然则唐以前之儒，语语有实用；宋以后之儒，事事皆空谈。讲学家之辟佛，于释氏毫无所加损，徒喧哄耳。录以为功，固为谠论[11]；录以为罪，亦未免重视留良矣。

【注释】

①首阳一饿：伯夷、叔齐是孤竹国君的两个儿子。孤竹国君死后，二人互相谦让，不肯受位。他们曾拦住武王伐纣谏阻战争，没被采纳。后来伯夷、叔齐坚决不接受周武王的高官厚禄，义不食周粟，采薇而食，不久饿死在首阳山。事见《史记·伯夷列传》。

②胶庠：周时“胶”为大学，“庠”为小学，后世通称学校为“胶庠”。

③桀犬之吠尧：桀的犬向尧狂吠。比喻奴才一心为主子效劳。

④首鼠两端：在两者之间犹豫不决、动摇不定。首鼠，鼠性多疑，出洞时一进一退，不能自决。两端，拿不定主意。

⑤钱谦益(1582—1664)：字受之，号牧斋，晚号蒙叟、东涧老人，学者称“虞山先生”。清初诗坛的盟主之一。明末时为东林党首领，马士英、阮大铖在南京拥立福王，钱谦益依附之，为礼部尚书。后降清，仍为礼部侍郎。

⑥“至其”三句：朱，朱熹。陆，陆九渊（1139—1193）。王，王守仁（1472—1529），字伯安，号阳明，明代最著名的思想家、文学家、哲学家和军事家。王阳明不仅是宋明心学的集大成者，一生事功也是赫赫有名，故称之为“真三不朽”（立德，立功，立言）。

⑦金人入梦：汉明帝梦见一个金人从西方而来，头顶白光，飞绕庭殿。大臣释梦说金人就是佛。于是汉朝遣使往天竺国访佛。事见《四十二章经》。

⑧香积：指佛国、佛寺。

⑨祇园：祇园精舍，是古印度佛教创始人释迦牟尼（又叫佛陀）当年传法的另一重要场所。这里指佛寺。

⑩枵（xiāo）腹：空着肚子。

⑪谠论：正直的言论。

【译文】

袁枚《新齐谐》记载阴司公布吕留良的罪过是“声讨佛教太激烈”，这肯定不是事实。吕留良的罪过，在于明朝灭亡之后，既不能像伯夷、叔齐不吃新王朝的粮食，饿死在首阳山；又不能隐姓埋名，逃避人世之外，像真山民那样。他自己和众多童生一起参加了清朝的科举考试，做了秀才；他儿子吕葆中还高中进士，以第二名进入翰林院。他们父子早就享受了新王朝的名位俸禄，决不能把自己仍然看成是旧王朝的遗民。他们怎么能肆意写作诽谤清朝的书，迷惑煽动老百姓？借口忠于明朝来攻击清朝，动摇不定进退无准，这是最狡猾最反复无常的表现。考察一下他平生的作为，实际上与钱谦益相同。死后在阴间还逃脱不了惩处，必然是因为这个缘故。至于他讲理学、斥责佛学，却是因为他既然要推尊程朱一派的理学，就不得不批驳陆九渊、王守仁的学派为禅学；既然斥责禅学，自然不得不牵连着批驳整个佛学。其实批驳佛学并不是他的本意，也不是他真正的罪过。自从佛教传入中国以来，批驳佛教的很多，批驳佛教过于激烈的也很多，以此作为吕留良的罪过，恐怕他反而有了辩解的理由。

也曾经听五台山和尚明玉说：批驳佛教的主张，宋代儒学家很深刻而韩愈却很肤浅，宋代儒学家很精辟而韩愈很粗疏，然而剃了头发披着僧衣做和尚的人，怕的是韩愈而不是宋代儒学家，恨的是韩愈而不是宋代儒学家。因为韩愈斥责的是佛教信徒们给寺院和和尚施舍供养，这是针对广大普通民众而说的；宋代儒学家批驳的是有关明心见性的佛学理论，是针对知识分子而说的。天下知识分子少而普通民众多；和尚们生活所需的供给，也是来自于知识分子的少，而来自于普通民众的多。假使韩愈的主张获胜，那么寺庙必然要断了香炉烟火，建造寺院也就没有了土地，即使有佛学造诣极深的和尚，他难道能率领数不清的和尚们空着肚子坐在露天里说佛法么！这就好像用兵的人先切断了敌军的粮草供给线，敌军就将不等攻打就自我溃散了。所以和尚们非常怕韩愈，也非常恨韩愈。如果宋代儒学家们的主张获胜，大不了儒家的道理是那样，儒家的礼法是那样，你不必听从我；佛家的道理是这样，佛教的礼法是这样，我也不必听从你。你我可以各自信奉自己知道的东西，各自施行自己理解的东西，彼此对峙，对任何一方都没有什么危害。所以，佛教徒不太怕宋代儒学家，也不太恨宋代儒学家。然而唐代以前的儒学家，所说的每句话都实用；宋代以后的儒学家，却每件事情都只是空谈。讲理学的人口口声声斥责佛教，实际上对佛教毫无损伤，只不过是乱起哄而已。把批佛的言论作为功劳记录下来，固然是正直的言论；把这一条当成罪过，也未免太看重吕留良了。

奴子王发，夜猎归。月明之下，见一人为二人各捉一臂，东西牵曳，而寂不闻声。疑为昏夜之中，剥夺衣物，乃向空虚鸣一铳，二人奔迸散去，一人返奔归，倏皆不见，方知为鬼。比及村口，则一家灯火出入，人语嘈嘈[①]，云："新妇缢死复苏矣。”妇云：“姑命晚餐作饼，为犬衔去两三枚。姑疑窃食，痛批其颊。冤抑莫白，痴立树下。俄一妇来劝：‘如此负屈，不如死。’犹豫未决，又一妇来怂恿之。恍惚迷瞀，若不自知，遂解带就缢，二妇助之。闷塞痛苦，殆难言状，渐似睡去，不觉身已出门外。一妇曰：‘我先劝，当代我。’一妇曰：‘非我后至不能决，当代我。’方争夺间，忽霹雳一声，火光四照，二妇惊走，我乃得归也。”后发夜归，辄遥闻哭詈，言破坏我事，誓必相杀。发亦不畏。一夕，又闻哭詈。发诃曰：“尔杀人，我救人，即告于神，我亦理直。敢杀即杀，何必虚相恐怖！”自是遂绝。然则救人于死，亦招欲杀者之怨，宜袖手者多欤？此奴亦可云小异矣。

【注释】

①嘈囋(zá)：声音杂乱而喧闹。

【译文】

奴仆王发，有一天夜里打猎归来。月色中，只见有个人被两个人各拉着一只胳膊，一个向东拉扯，一个向西拉扯，却一点儿声音都没有。他以为是盗贼趁着天黑剥衣服抢劫财物，就向空中放了一枪，那两个人飞奔跑开，被拉的人急忙奔回来，转眼就不见了，他这才知道遇上了鬼。到了村口，看见有一家人点着灯，人们来来往往，声音嘈杂，说：“新娘上吊又醒过来了。”新娘说：“婆婆叫我晚饭做饼，饼被狗叼走了两三个。婆婆怀疑是我偷吃了，就狠狠打我的嘴巴。我冤枉无处诉说，呆立在树下。不一会儿，有个女人过来劝我，说：‘这样被冤枉，不如去死。’我犹豫不决时，又有一个女人来怂恿我自杀。我恍恍惚惚，不知不觉就解下带子上吊，那两个女人还帮助我。我感到憋闷痛苦，真是难以形容，渐渐好像睡去了一样，不知不觉似乎身体出了门。一个女人说：‘我先讲的，应该代替我。'另一个女人说:'如果我不来,她不会下决心上吊,应该代替我。'她们正在拉拉扯扯,忽然一声响雷,只见火光四射,那两个女人被吓跑了,我就又回来了。"后来王发每次晚上回家,就远远地听到哭骂声,说破坏我的事,誓必杀了他。王发也不怕。一天晚上,王发又听到哭骂声,王发呵斥道:"你杀人,我救命,即便告到神那里,我也有理。你敢杀我就杀,何必虚张声势吓唬人!"从此再也没见到这两个鬼了。不过救人于死地,也会招致凶手的怨恨,难道遇到此类事情就该袖手旁观么?这个奴仆可以说与这些人不大一样。

宋清远先生言:昔在王坦斋先生学幕时,一友言梦游至冥司,见衣冠数十人累累入;冥王诘责良久,又累累出,各有愧恨之色。偶见一吏,似相识,而不记姓名,试揖之,亦相答。因问:"此并何人,作此形状?"吏笑曰:"君亦居幕府,其中岂无一故交耶?"曰:"仆但两次佐学幕,未入有司署也。"吏曰:"然则真不知矣。此所谓四救先生者也。"

问:"四救何义?"曰:"佐幕者有相传口诀,曰救生不救死,救官不救民,救大不救小,救旧不救新。救生不救死者,死者已死,断无可救;生者尚生,又杀以抵命,是多死一人也,故宁委曲以出之。而死者衔冤与否,则非所计也。救官不救民者,上控之案,使冤得申,则官之祸福不可测;使不得申,即反坐不过军流耳。而官之枉断与否,则非所计也。救大不救小者,罪归上官,则权位重者谴愈重,且牵累必多;罪归微官,则责任轻者罚可轻,且归结较易。而小官之当罪与否,则非所计也。救旧不救新者,旧官已去,有所未了,羁留之恐不能偿;新官方来,有所委卸,强抑之尚可以办。其新官之能堪与否,则非所计也。是皆以君子之心,行忠厚长者之事,非有所求取巧为舞文,亦非有所恩仇私相报复。然人情百态,事变万端,原不能执一而论。苟坚持此例,则矫枉过直,顾此失彼,本造福而反造孽,本弭事而反酿事,亦往往有之。今日所鞫,即以此贻祸者。"

问:"其果报何如乎?"曰:"种瓜得瓜,种豆得豆。夙业牵缠,因缘终凑。未来生中,不过亦遇四救先生,列诸四不救而已矣。"俯仰之间,霍然忽醒,莫明其入梦之故,岂神明或假以告人欤?

【译文】

宋清远先生说:以前在王坦斋先生的提学使衙门做幕僚时,有个朋友说他梦游到地府,看见几十个士绅模样的人陆陆续续来到地府;阎王把他们训责了好一会儿,他们又陆陆续续退出,脸上都有愧恨之色。他偶然发现一个小吏,似曾相识,却记不得名字了,他试着作揖打招呼,对方也回了礼。于是问:"这都是些什么人,怎么这般模样?"小吏笑道:"你也身在官府,刚才这些人里你难道没有一个老朋友么?"这人说:"我只是做了两次提学使的幕僚,没有进过有实权的长官幕府。"小吏说:"这样说来,你是真不知道了。这些人就是所谓'四救先生'。"

那个朋友问:"'四救'是什么意思?"小吏说:"做幕僚的互相传这样口诀,救生不救死,救官不救民,救大不救小,救旧不救新。救生不救死的意思是,死的已经死了,绝对救不过来了;但是凶手还活着,把他杀了偿命,就是多死一个人,所以宁愿想方设法把他救出来。至于死者冤不冤,就没人去管了。救官不救民的意思是,越级上告的案子如果得以申冤雪耻,那么当地官员是祸是福就不可知了;假如不予申冤雪耻,连坐也不过是发配充军。而官员的判案是否公道,就没人去管了。救大不救小的意思是，把罪过推到上司身上，那么权重位高的受处分也越重，而且必将牵连更多的人；把罪过推到小官身上，那么责任轻的受罚也轻，而且容易了结。至于小官该不该顶罪，就没人去管了。救旧不救新的意思是，旧官已经免除职务，没有了结的公事，再留旧官恐怕也没什么用；新官刚来，可以推诿不干前任没有了结的事，但是强迫他去办，他也没办法。至于新官能否受得了，就没人去管了。以上都是出于君子之心，做忠厚长者应做的事，并不是企图得到什么好处而巧妙地利用法律的漏洞，也不是因为自己有什么私恩私仇而以公报私。然而人情世态千变万化，十分复杂，原本不能执定某一条规则去对待处理。如果坚持以'四救'办事，就可能矫枉过正，顾此失彼，本来要造福，反而造了孽；本来要息事宁人，反而酿出事来，这种事时常发生。今天被审问的那些人，都是因为'四救'惹下的麻烦。"

那个朋友问："他们将会遭到怎样的报应？"小吏说："种瓜得瓜，种豆得豆。前生的恩怨纠缠着，有这个因缘就终究能相遇。在来生，这些人也不过能遇上'四救先生'，而他们自己就是'四不救'中的人了。"正聊着，那个朋友忽然醒来，不知为什么做了这个梦，难道是神灵借这个梦让他告诉世人么？

乾隆癸丑春夏间[①]，京中多疫。以张景岳法治之[②]，十死八九；以吴又可法治之[③]，亦不甚验。有桐城一医，以重剂石膏治冯鸿胪星实之姬人，见者骇异。然呼吸将绝，应手辄痊。踵其法者，活人无算。有一剂用至八两，一人服至四斤者。虽刘守真之《原病式》、张子和之《儒门事亲》[④]，专用寒凉，亦未敢至是，实自古所未闻矣。考喜用石膏，莫过于明缪仲淳，名希雍，天、崇间人，与张景岳同时，而所传各别。本非中道，故王懋竑《白田集》有《石膏论》一篇[⑤]，力辩其非。不知何以取效如此。此亦五运六气⑥,适值是年,未可执为定例也。

【注释】

①乾隆癸丑:乾隆五十八年(1793)。

②张景岳(1563—1640):即张介宾。见前注。

③吴又可(1582—1652):名有性,字又可,号淡斋。一生从事中医传染病学研究,著有《瘟疫论》一书,阐发了传染病病因学说。

④刘守真:刘完素(约1110—1200),字守真,河间人,世称"刘河间"。从25岁开始研究《素问》,学识渊博。他据《素问》病机十九条,阐明六气过甚皆能化火的理论。治法上多用寒凉药,并创制了不少治疗伤寒病的方剂,对后世温病学说有所启发。张子和(约1151—1231):名从正,字子和,号戴人,金代医学家。是攻邪派的开山之祖。

⑤王懋竑(1668—1741):字予中(一作"与中"),号白田,精研朱子之学。

⑥五运六气:简称"运气"。运,指木、火、土、金、水五个阶段的相互推移。气,指风、火、热、湿、燥、寒六种气候的转变。

【译文】

乾隆癸丑年春夏之间,京城里瘟疫流行。用张景岳的方法治,死了十分之八九的病人;用吴又可的方法治疗,也不怎么见效。有个桐城来的医生,用大剂量的石膏治疗鸿胪冯星实的一个姬妾,别人见了,都惊骇不已,怕出意外。然而病人快要咽气了,服了他的药,居然很快痊愈了。后来,人们都用他的药方治病,救活的人不计其数。有人一剂药就放了八两石膏,病人连续用药,竟然用了四斤石膏。即使是刘守真的《原病式》、张子和的《儒门事亲》,专门讲使用寒凉药,也没有敢用到这一步,真的是自古以来都没有听说过。据考,喜欢用石膏的医师,莫过于明代的缪仲淳，缪仲淳名希雍，天启、崇祯年间人，与张景岳同时，而所传医术不同。用石膏，本来不是中和之道，所以王懋竑的《白田集》中有《石膏论》一篇，极力指责缪仲淳的错误。不知桐城医生大量使用石膏，怎么会有这么大的功效。这也是五运六气正好相应，不能当成一种通行不变的疗法。

从伯君章公言：中表某丈，月夕纳凉于村外，遇一人似是书生，长揖曰："仆不幸获谴于社公，自祷弗解也。一社之中，惟君祀社公最丰，而数十年一无所祈请。社公甚德君，亦甚重君。君为一祷，必见从。"表丈曰："尔何人？"曰："某故诸生，与君先人亦相识，今下世三十馀年矣。昨偶向民家索食，为所诉也。"表丈曰："己事不祈请，乃祈请人事乎？人事不祈请，乃祈请鬼事乎？仆无能为役，先生休矣。"其人掉臂去曰："自了汉耳[①]，不足谋也。"

夫肴酒必丰，敬鬼神也；无所祈请，远之也。敬鬼神而远之，即民之义也。视流俗之谄渎，迂儒之傲侮，为得其中矣。说此事时，余甫八九岁，此表丈偶忘姓名。其时乡风淳厚，大抵必端谨笃实之家，始相与为婚姻。行谊似此者多，不能揣度为谁也。"高山仰止，景行行止"[②]，俯仰七十年间，能勿罣然远想哉[③]！

【注释】

①自了汉：只顾自己，不顾大局的人。

②高山仰止，景行行止：语出《诗经·小雅·车辖》。比喻崇高的品行。高山，比喻高尚的德行。景行，大路，比喻行为正大光明。

③睪(gāo)然：高远的样子。睪，通“皋”。

【译文】

堂伯君章公说：有个表亲某老先生，一个有月亮的晚上在村子外面乘凉，遇见一个像是书生模样的人，对他作了个长揖说：“我不幸受到土地神的处罚，自己祈祷无济于事。这一带只有你祭祀土地神的供品最丰厚，而几十年从来没有求过土地神任何事情。土地神很感激你，也最看重你。你要是肯为我祈祷，他肯定会答应你。”某老先生问：“你是什么人？”书生说：“我过去是个秀才，与你的父亲也相识，下世三十多年了。昨天偶然向某家去要吃的，被那家告发了。”某老先生说：“自己的事我都不去祈祷，难道反而为别人去祈请？人事不去祈请，难道反而为鬼事祈请？我无法为你效劳，你还是打消这个念头好了。”书生一甩袖子就走了，边走边说：“原来是个自顾自的家伙，真是无法跟你商量。”

祭祀的酒菜务求丰厚，是敬畏鬼神；不去祈请鬼神，是为了与鬼神保持距离。尊敬鬼神而又远远回避，这是民众应该遵循的原则。再看看那些世利之徒的谄媚亵渎和迂儒傲慢侮人的做法，某老先生真是不偏不倚。听说这件事时，我才八九岁，这位表亲老先生的姓名也忘记了。当时民情风俗还很淳厚，一般来说，必须是端正谨慎、笃厚实在的家庭之间，才相结成儿女亲家。我家的亲戚为人处事像这位老先生的很多，现在也不能猜度到底是哪一位了。“他们的品德像远处高高耸立的山峰，令我仰望钦羡不已”，不知不觉已经七十年过去了，怎么能不深深缅怀呢！

黄叶道人潘班，尝与一林下巨公连坐[①]，屡呼巨公为兄。巨公怒且笑曰：“老夫今七十馀矣。”时潘已被酒，昂首曰：“兄前朝年岁，当与前朝人序齿，不应阑入本朝。若本朝年岁，则仆以顺治二年九月生，兄以顺治元年五月入大清，仅差十馀月耳。唐诗曰'与兄行年较一岁',称兄自是古礼,君何过责耶?"满堂为之咋舌。论者谓潘生狂士,此语太伤忠厚,宜其坎壈终身,然不能谓其无理也。

余作《四库全书总目》,明代集部以练子宁至金川门卒龚诩八人列解缙、胡广诸人前[2],并附案语曰:"谨案练子宁以下八人,皆惠宗旧臣也。考其通籍之年[3],盖有在解缙等后者。然一则效死于故君,一则邀恩于新主,枭鸾异性[4],未可同居,故分别编之,使各从其类。至龚诩卒于成化辛丑[5],更远在缙等后,今亦升列于前,用以昭名教是非。"千秋论定,纡青拖紫之荣[6],竟不能与荷戟老兵争此一纸之先后也。黄泉易逝,青史难诬。潘生是言,又安可以佻薄废乎?

【注释】

①林下:幽僻之境,引申指退隐或退隐之处。

②练子宁(1350—1403):名安。明太祖洪武十八年(1385)以贡士廷试对策,力言强国富民之道,擢为一甲第二名(即榜眼),以举贤荐能为己任,政声斐然。因为对朱棣夺侄皇位有异议,遂被诛并族灭全家。龚诩(1381—1469):一名翊,字大章,号纯庵,明代学者。建文时为金川门卒,燕兵至,恸哭遁归,隐居授徒。解缙(1369—1415):字大绅,号春雨、喜易,谥文毅,明朝内阁首辅、著名学者。胡广(1369—1418):一名靖,字光大,号晃庵,谥文穆,建文二年(1400)庚辰科状元,文渊阁大学士。明朝政治人物、内阁首辅。

③通籍之年:做官。通籍,记名于门籍,可以进出宫门。因此后来便称做官为"通籍"。籍,二尺长的竹片,上写姓名、年龄、身份等,挂在宫门外,以备出入时查对。

④枭鸾:枭与鸾。相传枭为恶鸟,鸾为神鸟,对举以喻恶与善、小人

与君子。

⑤成化辛丑：成化十七年(1481)。成化，明宪宗朱见深年号。

⑥纡(yū)青拖紫：比喻地位显贵。纡，系结。青、紫，古代官吏印绶的颜色。

【译文】

黄叶道人潘班，曾经和一个退居田野的大官同席饮酒，潘班几次称他为兄。退休官员十分恼怒，勉强笑着说："老夫现在已经七十多岁了。"当时潘班已经喝醉了，昂着头说："老兄在明朝所过的年岁，应该用来跟明代的人排列长幼顺序，不应该一并算进本朝来。根据本朝的年岁，那么我是顺治二年九月生，老兄是顺治元年五月投降进入清朝，我只比你晚十几个月。唐代诗歌中有杜甫的'与兄行年较一岁'的句子，我称你为兄，自然是古已有之的礼节，你何必过分指责呢？"当时在座的人听到这话都咋舌。评论这件事的人都认为潘班是个狂士，这样的话太伤忠厚之道，他一辈子坎坷不得志看来不是偶然的，但是也不能说他的话没有道理。

我在编写《四库全书总目》时，关于明代文人的别集，我将练子宁至金川门卒龚诩等八个人列在解缙、胡广等人之前，并且附了一段案语说："谨此说明：练子宁以下八人都是建文帝的旧臣。考察他们考中科举登上仕途的年月，有在解缙等人后面的。但是，一是为原来的君主殉难，一却是投靠新君主永乐帝获取恩宠，他们像枭鸟与鸾凤本性不同，不能排列在一起，所以我将他们分别编列，让他们各自归入所属的一类。至于龚诩死于成化辛丑年，更是远在解缙等人之后，现在也把他列在前面，是用以昭示礼义纲常和人事是非。"千载之下是非论定，那些变节投降的人，虽然生前享受了高官厚禄的荣耀，死后竟不能与一个持戟站岗的老兵争青史留名的先后。死去的人很容易被人们遗忘，但史书中的是非却不能颠倒。潘班说的这番话，又怎么能认为轻佻刻薄而加以否定呢？

曾映华言：有数书生赴乡试，长夏溽暑，趁月夜行。倦投一废祠之前，就阶小憩，或睡或醒。一生闻祠后有人声，疑为守瓜枣者，又疑为盗，屏息细听。

一人曰："先生何来？"一人曰："顷与邻冢争地界，讼于社公。先生老于幕府者，请揣其胜负。"一人笑曰："先生真书痴耶！夫胜负乌有常也？此事可使后讼者胜，诘先讼者曰：'彼不讼而尔讼，是尔兴戎侵彼也。'可使先讼者胜，诘后讼者曰：'彼讼而尔不讼，是尔先侵彼，知理曲也。'可使后至者胜，诘先至者曰：'尔乘其未来，早占之也。'可使先至者胜，诘后至者曰：'久定之界，尔忽翻旧局，是尔无故生衅也。'可使富者胜，诘贫者曰：'尔贫无赖，欲使畏讼赂尔也。'可使贫者胜，诘富者曰：'尔为富不仁，兼并不已，欲以财势压孤茕也。'可使强者胜，诘弱者曰：'人情抑强而扶弱，尔欲以肤受之诉耸听也。'可使弱者胜，诘强者曰：'天下有强凌弱，无弱凌强。彼非真枉，不敢冒险婴尔锋也。'可以使两胜，曰：'无券无证，纠结安穷？中分以息讼，亦可以已也。'可以使两败，曰：'人有阡陌，鬼宁有疆畔？一棺之外，皆人所有，非尔辈所有，让为闲田可也。'以是种种胜负，乌有常乎？"一人曰："然则究竟当何如？"一人曰："是十说者，各有词可执，又各有词以解，纷纭反覆，终古不能已也。城隍社公不可知，若夫冥吏鬼卒，则长拥两美庄矣。"语讫遂寂。此真老于幕府之言也。

【译文】

曾映华说：有几个书生去参加乡试，盛夏白天酷热，就乘夜凉赶路。走累了停在一座废庙前，坐在台阶上休息，有的睡了，有的没睡。有个书生听见庙后有说话声音，以为是看守瓜枣的，又怀疑是小偷，屏着呼吸细听。

一人说："先生从哪儿来？"另一人回答说："刚才和邻居争地界，告到土神那儿。先生在官府里干了一辈子，请推测谁胜谁输。"前一个人笑道："先生真是书呆子！胜负哪有一定之规？这件事可以让被告获胜，那么就责问原告说：'他不告而你告，是你先挑起事端侵犯他。'也可以让原告获胜，责问被告说：'他来告而你不告，是你先侵犯了他，自知理亏。'可以让后占地的获胜，责问先占地的：'你乘他没有来，抢先占了地。'也可以让先占地的获胜，责问后占地的：'早已定下的地界，你忽然又不认帐，是你无事生非。'可以让富人获胜，责问穷人：'你贫穷要无赖，想让他怕打官司而贿赂你。'也可以让穷户获胜，责问富人：'你为富不仁，总是侵吞别人的土地，想凭借财势欺压孤苦无依的人。'可以让强者获胜，责问弱者说：'人们一般都压制强横而保护弱小，你是想用不实的哀诉来博得同情。'也可以使弱者获胜，责问强者说：'天下只有强者欺凌弱者，没有弱者欺凌强者。对方不是真的冤枉，是不敢冒险惹你的锋芒。'可以让双方都获胜，那么就说：'你们都没有地契，没有证人，这么纠缠下去，什么时候才能了结呢？把这块地平分，以平息这场争执，你们也就可以罢休了。'也可以叫双方都败诉，那么就说：'人间有阡陌地界，鬼还有什么疆界？除了一个棺材之外，都归人所有，而不归你们所有，你们把这块地让出来作闲田算了。'因为这种种说法，胜负怎么有一定呢？"后一个人说："那么究竟应该怎么了结？"前面那人说："这十种说法，各有各的依据，也都另有理由可以驳倒它，这样争来争去，永远也没个完结。城隍土地神究竟会怎样处置不可预知，阴司的小吏和鬼卒，却必定会通过向双方索取贿赂，等于拥有两处肥美的庄园了。"说完再也没有声音了。这些话，真的是只有深知官府内幕的人才说得出来。

蛇能报冤，古记有之，他毒物则不能也。然闻故老之言曰："凡遇毒物，无杀害心，则终不遭螫；或见即杀害，必有一日受其毒。"验之颇信。是非物之知报，气机相感耳。狗见屠狗者群吠，非识其人，亦感其气也。又有生啖毒虫者，云能益力。毒虫中人或至死，全贮其毒于腹中，乃反无恙，此又何理欤？崔庄一无赖少年习此术，尝见其握一赤练蛇，断其首而生啮，如有馀味。殆其刚悍鸷忍之气足以胜之乎？力何必益？即益力方药亦颇多，又何必是也？

【译文】

蛇能报仇，古书上早有记载，其他有毒的动物却没有这种能力。然而，我听老人们说："凡遇上有毒的动物，你不去伤害它，它就决不会来螫咬你；如果你一见到就杀掉它们，就必定有一天要中它们同类的毒。"验证下来，老人们的话可信。其实，这并不是因为动物会报仇，而是因为气息时机相互感应的缘故。狗一见到宰狗的人就成群地跟着狂吠，并不是认识这个人，而是因为感受到他身上的气机了。又有专门生吃毒虫的人，据他们说，吃了毒虫可以补益气力。毒虫咬伤人有时可以致死，而吃毒虫的人把毒全吞到了肚子里，却反而平安无事，这又是什么道理呢？崔庄有个无赖少年专门练这种吞吃毒虫的功夫，我曾见他手握一条赤练蛇，把蛇头砍断后大吃起来，好像很有滋味。恐怕是他那强悍残忍的气势足以战胜蛇毒吧？人的气力为什么非要得到补益呢？即便需要补益，这方面的药很多，又为什么非要用这种方法呢？

贾公霖言：有贸易来往于樊屯者，与一狐友。狐每邀之至所居，房舍一如人家，但出门后，回顾则不见耳。一夕，饮狐家。妇出行酒，色甚妍丽。此人醉后心荡，戏捘其腕[1]。妇目狐，狐侧睨笑曰："弟乃欲作陈平耶[2]？"亦殊不怒，笑谑如平时。

此人归后，一日，忽家中客作控一驴送其妇来，云得急信，君暴中风，故借驴仓皇连夜至。此人大骇，以为同伴相戏也。旅舍无地容眷属，呼客作送归，客作已自去。距家不一日程，时甫辰巳，乃自控送归。中途遇少年与妇摩肩过，手触妇足。妇怒詈，少年惟笑谢，语涉轻薄。此人愤与相搏，致驴惊逸入歧路，蜀秫方茂，斯须不见。此人舍少年追妇，寻蹄迹行一二里，驴陷淖中，妇则不知所往矣。野田连陌，四无人踪，彻夜奔驰，旁皇至晓，姑骑驴且返，再商觅妇。未及数里，闻路旁大呼曰："贼得矣。"则邻村驴昨夜被窃，方四出缉捕也。众相执缚，大受箠楚。赖遇素识多方辩说，始得免。懊丧至家，则纺车琤然③，妇方引线。问以昨事，茫然不知。始悟妇与客作及少年皆狐所幻，惟驴为真耳。狐之报复恶矣，然衅则此人自启也。

【注释】

①捘(zùn)：按，捏。

②陈平(？—前178)：西汉谋略家。《史记·陈丞相世家》有传。

③琤(chēng)然：声音清脆貌。

【译文】

贾公霖说：有个经常来往樊屯一带做买卖的商人，与一个狐精交了朋友。狐精每次请他到自己住的地方，房舍与普通人家一样，只是商人一走出大门，再回头看，就不见了。一天晚上，在狐精家喝酒。狐精的妻子出来斟酒劝饮，容貌非常美丽。商人喝醉了酒心神荡漾，开玩笑捏她的手腕。她朝狐精看，狐精斜着眼睛笑着说："老弟想学陈平调戏嫂子吗?”看样子一点儿也没发怒,还是和平时一样轻松地说说笑笑。

商人回到住处,有一天忽然家里雇的短工牵着一头驴子把妻子送来,说是得到急信,商人突然中风,所以借了驴子急忙连夜赶到这里。商人大惊,以为是同伴开的玩笑。旅店里没有地方住家眷,叫短工仍旧把她送回去,短工却早走了。旅店离家不到一天的路程,当时还是上午,于是商人自己牵着驴子送妻子回家。途中遇到一个年轻人与妻子擦肩而过,他的手碰了妻子的脚。妻子怒骂,那个年轻人只是嬉皮笑脸道歉,说的话很轻薄。商人愤怒地与年轻人厮打,驴子受惊,窜到岔路上去了,当时高粱长得正茂盛,转眼间驴子就不见了。商人丢下年轻人去追妻子,顺着驴子的足迹走了一二里地,发现驴子陷在泥潭里,妻子却不知哪里去了。一望无际都是田野,四面没有人迹,商人东奔西跑折腾了一个通宵,心里惶惶然等到天亮,他打算暂且骑着驴子回家,再想办法寻找妻子。没走几里路,忽然听路边有人大叫道:“找到贼了。”原来邻村有户人家的驴昨晚被偷了,村子里的人正在四处寻找。众人一拥而上把商人捆住,痛打了一顿。幸亏遇到过去认识的人,他千方百计辩白求饶,才被放了。商人懊恼沮丧地回到家里,纺车的声音琤琤响着,妻子正在纺线。问起昨天晚上的事,她却茫茫然全然不知道。商人这才明白,妻子、短工及年轻人都是狐狸幻化的,只有驴子是真的。狐精的报复可以说够恶毒了,但祸因却是商人自己引起的。

王子春[①],滦阳采木者数十人夜宿山坳,见隔涧坡上有数鹿散游,又有二人往来林下,相对泣。共诧人入鹿群,鹿何不惊?疑为仙鬼,又不应对泣。虽崖高水急,人径不通,然月明如昼,了然可见,有微辨其中一人似旧木商某者。俄山风陡作,木叶乱鸣,一虎自林突出,搏二鹿殪焉。知顷所见,乃其生魂矣。东坡诗曰“未死神先泣”,是之谓乎!闻此木商亦无大恶，但心计深密，事事务得便宜耳。阴谋者道家所忌，良有以夫。

【注释】

①壬子：乾隆五十七年(1792)。

【译文】

乾隆壬子年春天，在滦阳伐木的几十个人晚上露宿在山坳里，只见山涧对面的坡地上有几头鹿正四散着走，同时有两人在树林边走来走去，相对着哭泣。大伙觉得奇怪的是人到鹿群里，鹿为何不惊怕呢？怀疑这两人是仙鬼，可仙鬼不会相对哭泣。虽然山崖高峻水势急湍，道路不通，但是月光明亮，大伙看得很清楚，有人隐隐约约地发现其中一人像是过去的木材商某某。不一会儿，山风骤起，树叶乱响，一只老虎突然从树林里冲出，把两只鹿咬死了。伐木人这才明白刚才见到的是木材商人和另一个人的生魂。苏东坡的诗中有"未死神先泣"，说的就是这种情况吧！据说这个木材商人平生也没有大的罪恶，只是工于心计，事事都一定要得便宜而已。总喜欢暗地里谋划，是道家所忌讳的东西，看来是有道理的。

又闻巴公彦弼言：征乌什时，一日攻城急，一人方奋力酣战，忽有飞矢自旁来，不及见也；一人在侧见之，急举刀代格，反自贯颅死。此人感而哭奠之。夜梦死者曰："尔我前世为同官，凡任劳任怨之事，吾皆卸尔；凡见功见长之事，则抑尔不得前。以是因缘，冥司注今生代尔死。自今以往，两无恩仇。我自有赏恤，毋庸尔祭也。"此与木商事相近。木商阴谋，故谴重；此人小智，故谴轻耳。然则所谓巧者，非正其拙欤！

【译文】

又听巴彦弼公说：征讨乌什时，有一天攻城打得很激烈，有一个人正奋力猛战，忽然有一支流箭从旁边飞来，这人没有发现；另一个人在旁边发现了，急忙举刀替他遮挡，自己反倒被箭射穿头颅死了。这人感激他，哭着祭奠他。夜里梦见死者说："你我前生同在一个衙门做官，凡是劳累或易招人怨恨的事情，我总是推卸给你；凡是容易立功表现自己才干的事情，我总是排挤你不让你参与。因为这个缘故，阴司判我这一辈子要代替你死。从今以后，我们之间就无恩无仇。我自有朝廷赏赐的抚恤金，不用你祭祀了。"这件事与木材商人的事差不多。木材商人暗中算计人，所以受罚重；这人耍点儿小聪明，所以受罚轻。由此看来，一个人的巧智，不正是他的愚蠢之处吗！

门人郝瑗，孟县人，余己卯典试所取士也[①]。成进士，授进贤令。菲衣恶食，视民事如家事。仓库出入，月月造一册。预储归途舟车费，扃一笥中[②]，虽窘急不用铢两。囊箧皆结束室中，如治装状，盖无日不为去官计。人见其日日可去官，亦无如之何。后患病乞归，不名一钱，以授徒终于家。

闻其少时，值春社，游人如织。见一媪将二女，村妆野服，而姿致天然，瑗与同行，未尝侧盼。忽见妪与二女，踏乱石横行至绝涧，鹄立树下。怪其不由人径，若有所避，转凝睇视之。媪从容前致词曰："节物暄妍[③]，率儿辈踏青，各觅眷属。以公正人不敢近，亦乞公毋近儿辈，使刺促不宁。"瑗悟为狐魅，掉臂去之。然则花月之妖，为人心自召明矣。

【注释】

①己卯：乾隆二十四年(1759)。

②扃(jiōng):关闭。

③暄妍(yán):景色明媚美好。

【译文】

我的门生郝瑷,孟县人,是我在乾隆己卯年录取的举人。后来他中了进士,被任为进贤县令。他穿着普通的衣服,粗茶淡饭,把百姓的事看得像自己家的事一样。仓库物品的进出,他月月都登记造一本册子。他事先准备好回去的车马船费,锁在一个箱子里,即使生活窘迫时也不动用一文钱。他的行囊箱子,都捆好放在屋里,好像是打点行李要走,看来他没有一天不为自己罢官时着想。人们见他天天打算着离任,对他也没办法。后来他病了,请求辞官回家,他一个钱也没有带回来,只靠教私塾维持生活,直到去世。

听说他年轻时,有一年的春社日,游人车水马龙。他看见一个老太太领着两个女子,虽然是乡村的装束,穿着很平常的衣服,但天生丽质,郝瑷和她们一路走,目不斜视。忽然老太太和两个女子踩着乱石走到一条深涧旁,站在树下张望。郝瑷奇怪她们不走现成的道路,好像躲避什么,就转头去察看。老太太从容地来到他面前说:“节日里景物晴朗美好,我领着女儿出来踏青,并各自寻找配偶。因为你是正人君子,所以不敢靠近你,也请你不要靠近她们,使她们恐惧不安。”郝瑷这才知道她们是狐狸精,转身离开了她们。这样看来,花妖狐精之类,都是由人自己招来的。

木兰伐官木者,遥见对山有数虎。悬崖削壁,非迂回数里不能至;人不畏虎,虎亦不畏人也。俄见别队伐木者,冲虎径过。众顿足危栗。然人如不见虎,虎如不见人也。数日后,相晤话及。别队者曰:“是日亦遥见众人,亦似遥闻呼噪声,然所见乃数巨石,无一虎也。”是殆命不遭咥乎[①]?然命何能使虎化石，其必有司命者矣。司命者空虚无朕[2]，冥漠无知，又何能使虎化石？其必天与鬼神矣。天与鬼神能司命，而顾谓天即理也，鬼神二气之良能也[3]。然则理气浑沦，一屈一伸，偶遇斯人，怒而搏者，遂峙而嶙峋乎？吾无以测之矣。

【注释】

①咥（dié）：咬，狼吞虎咽的样子。

②朕：《尔雅·释诂》："朕，身也。"先秦时代，"朕"是第一人称代词，不分尊卑贵贱，人人都可以自称"朕"。自秦始皇开始作为皇帝自称的专用词。

③良能：天赋的能力。

【译文】

在木兰围场为官府砍伐木材的人，远远看见对面山上有几只老虎。中间隔着悬崖峭壁，不绕行几里根本到不了；所以，工人们不怕老虎过来，老虎也不怕人过去。不一会儿看到对面山上另外一支伐木队，径直穿过虎群走去。这边的工人吓得直跺脚发抖。然而对面山上的伐木工人好像根本没有看见老虎，老虎也仿佛没有看见这些人。过了几天，两支伐木队相遇，大家说起那天的事。那边的人说："当天我们也远远看到了你们，也好像远远听见了你们喊叫吵闹，可是，我们只看见了几块大石头，没有一只老虎啊。"这大概是他们命不该绝于虎口吗？然而，他们的命怎么会把老虎变成石头呢？这肯定是有主宰命运的了。然而主宰命运的空虚没有实体，渺渺茫茫没有知觉，它又怎么能让猛虎化为巨石？看来，必定是天与鬼神控制着。既然天与鬼神能操纵命运，那么可以说天就是"理"，鬼神就是阴阳二气赋予了特殊功能。如果是这样，那么理与气浑沦一体，一收一伸，偶尔遇到了这些人，于是就让发怒要吃人的老虎一下子就变成嶙峋的大石头了吗？这些我就无法猜测了。

景州高冠瀛，以梦高江村而生[①]，故亦名士奇。笃学能文，小试必第一，而省闱辄北，竟坎壈以终。年二十馀时，日者推其命，谓天官、文昌、魁星、贵人皆集于一宫，于法当以鼎甲入翰林[②]。而是岁只得食饩[③]。计其一生遭遇，亦无更得志于食饩者。盖其赋命本薄，故虽极盛之运，所得不过如是也。田白岩曰："张文和公八字[④]，日者以其一生仕履，较量星度，其开坊仅抵一衿耳[⑤]，此与冠瀛之命，可以互勘。术家宜以此消息，不可徒据星度，遽断休咎也。"又常见一术士云，凡阵亡将士，推其死绥之岁月，运必极盛。盖尽节一时，垂名千古，馨香百世，荣逮子孙，所得有在王侯将相之上者故也。立论极奇，而实有至理。此又法外之意，不在李虚中等格局中矣。

【注释】

①高江村：高士奇（1645—1703），号江村，清代早期著名收藏家。他在康熙十年（1672）得遇康熙皇帝，此后十八年间为内臣，炙手可热。高士奇不是两榜出身，却深得信任，康熙与他事实上后来私交很深。康熙四十三年（1704），高士奇去世，康熙亲撰悼词。

②鼎甲：指殿试一甲三名：状元、榜眼、探花，如一鼎之三足，故称鼎甲。

③食饩（xì）：指明清时经考试取得廪生资格的生员享受廪膳补贴，也就是成为廪生。

④张文和：张廷玉（1672—1755），字衡臣，号研斋，谥文和。清朝保和殿大学士、军机大臣、太子太保，封三等伯，历三朝元老，居官

五十年。

⑤开坊：官署名。隋太子官署有左右坊、门下坊、典书坊等，唐以后改为太子左春坊、右春坊。明清翰林院编修、检讨升一级即为詹事府春坊官。后亦指翰林院初任官的升迁。衿：青衿，是古代学子、秀才的衣服。

【译文】

景州人高冠瀛，因为他母亲梦见高江村之后生了他，他的名字也叫士奇。他学习用功，擅长写文章，每次小考都得第一，但参加省试时却总是名落孙山，以至于坎坷终生。在他二十多岁的时候，算命先生推算他的命运，说天官、文昌、魁星、贵人都集中在一宫，按道理说应当高中一甲进入翰林。但是那一年他只考了个廪生。他一生的际遇，也再没有比成为廪生更得意的事了。大概因为他的命本来很薄，所以遇上极其旺盛的运，所得到的也不过如此。田白岩说："张文和公的生辰八字，算命的人以他的仕宦经历与一生的命运星相比较，发现他由翰林院升詹事府的那一次，按命运只是考中秀才的福分而已，这与高冠瀛的命运恰好形成对照。算命的人应该根据这类情况来推测，不可仅仅根据星命而胡乱判断祸福。"我又曾经听到一个算命的说，凡是阵亡的将士，如果推算他们为国捐躯的年月，星运必定极盛。这是因为他们在这个时刻为国牺牲，是名留千古的壮举，他们的事迹将百代传扬，他们的荣耀将及于子孙，他们所获得的东西，有比王侯将相的功名利禄更宝贵的。这种说法极为奇特，而实际上包含着深刻的道理。这又是算命法以外的内容，不在李虚中等人制定的算命格式方法之中了。

冠瀛久困名场，意殊抑郁，尝语余及雪崖曰："闻旧家一宅，留宿者夜辄遭魇，或鬼或狐，莫能明也。一生有胆力，欲伺为祟者何物，故寝其中。二更后，果有黑影瞥落地，似前似却，闻生转侧，即伏不动。知其畏人，佯睡以俟之，渐作鼾声。俄觉自足而上，稍及胸腹，即觉昏沉，急奋右手搏之，执得其尾，即以左手扼其项。嗷然一声，作人言求释。急呼灯视之，乃一黑狐。众共捺制，刃穿其髀，贯以索而自系于左臂。度不能幻化，乃持刀问其作祟意。狐哀鸣曰：'凡狐之灵者，皆修炼求仙：最上者调息炼神，讲坎离龙虎之旨[1]，吸精服气，饵日月星斗之华，用以内结金丹，蜕形羽化。是须仙授，亦须仙才。若是者吾不能。次则修容成素女之术，妖媚蛊惑，摄精补益，内外配合，亦可成丹。然所采少则道不成，所采多则戕人利己，不干冥谪，必有天刑。若是者吾不敢。故以剽窃之功，为猎取之计，乘人酣睡，仰鼻息以收馀气，如蜂采蕊，无损于花，凑合渐多，融结为一，亦可元神不散，岁久通灵。即我辈是也。虽道浅术疏，积功亦苦。如不见释，则百年精力，尽付东流，惟君子哀而恕之。'生悯其词切，竟纵之使去。此事在雍正末年，相传已久。吾因是以思，科场上者鸿才硕学，吾亦不能；次者行险徼幸，吾亦不敢；下者剽窃猎取，庶几能之，而吾又有所不肯，吾道穷矣。二君皆早掇科第，其何以教我乎？"

雪崖戏曰："以君作江村后身，如香山之为白老矣[2]。惟此一念，当是身异性存。此病至深，仆辈实无药相救也。"相与一笑而罢。盖冠瀛为文，喜戛戛生造，硬语盘空[3]，屡踬有司[4]，率多坐是。故雪崖用以为戏。《贾长江集》有"独行潭底影，数息树边身"一联[5]，句下夹注一诗曰："两句三年得，一吟双泪流。知音如不赏，归卧故山秋。"千古畸人，其意见略相似矣。

【注释】

①坎离龙虎:道教服药炼丹的理论。

②“香山”句:宋代蔡居厚《蔡宽夫诗话》中说,白居易晚年十分喜爱李商隐的诗,曾经开玩笑说,死后要投胎做李商隐的儿子。李商隐果真给大儿子取名叫“白老”。

③硬语盘空:遒劲有力的语句盘旋在天空中,形容文章的气势雄伟,矫健有力。硬语,遒劲有力的语句。盘,盘旋。

④踬(zhì):事情不顺利,受挫折。

⑤《贾长江集》:贾岛,字浪仙,曾任遂州长江主簿,故称“贾长江”。今有何焯校评的明抄本《长江集》存世。

【译文】

高冠瀛科举考试长期不得意,心情非常郁闷,他曾经对我和雪崖说:“我听说一个大户人家有幢房子,凡是晚上住在里面的人总是被魇,到底是鬼还是狐狸,一直弄不明白。一个书生有胆量,有力气,想查出作怪的到底是什么东西,特意睡在里面。二更以后,果然有个黑影翩然落在地上,想要进来又退回去,听到书生翻身,就伏在地上不动。书生知道它是怕人,就装成睡着的样子等着,还渐渐打起鼾来。不一会儿就感到它从脚爬上来,刚到肚子胸口之间,书生就觉得昏昏沉沉了,书生急忙挥起右手去打,抓住了它的尾巴,随即用左手掐住它的喉咙。它尖厉地叫了一声,像人一样说话请求放了它。书生急忙叫人拿灯来一照,原来是只黑色狐狸。众人一起按住,用刀子刺穿它的大腿,穿上一根绳子,书生把绳子的另一头系在自己的左臂上。估计它不可能再变化了,就拿刀逼问它为什么要作怪。狐狸哀叫道:‘凡是比较有灵性的狐狸,都修炼希望成仙:最上一等的调节气息,炼养神气,讲究水火相生相克的深妙意义,吸纳天地的精气,服食日月星斗的精华,靠这些在身体里凝结成金丹,然后蜕落形体,飞升成仙。这么做必须有仙人来传授,修炼者也要有成仙的才能。像这种情况,我做不到。次一等的是运用容成子和素女传下来的法术，变成美女或美男子去迷惑人，通过交合吸取人的精气，来补充增添自己的精气，外吸与内养相互配合，也可以凝结成丹。但是所采的精气太少，不足以凝结成丹；所采的精气太多，又是伤害人而自己取利，即使不遭到阴司的惩处，也会受到上天的处罚。像这种方法，我又不敢。所以我只好靠盗窃的办法捡点便宜，乘人熟睡时，收集他们鼻孔呼出来的剩馀气息，就好像蜂采花蜜一样，对花不会造成损害，慢慢积累增多，最后也能凝结成丹，也可以达到元神不散，久而久之，就会感通灵气而能飞升成仙。就像我这一类。我虽然道行浅薄，法术低微，积累功力也十分不容易。如果你们不放了我，那么我上百年来耗费的全部精力，都要付诸东流了，只求君子怜悯饶了我。'书生被它的一番话打动，最终把它放掉了。这件事发生在雍正末年，流传已经很久了。我由此联想到，在科举考场上，上等的人才华横溢，学问渊博，我也做不到；次等的人用冒险的手段侥幸获取功名，我也不敢；最下一等的靠剽窃模拟，混个出身，我或许能够做到，可是又不屑这么做，我算是没有出路了。你们两位都是很年轻就考取了功名，能给我一些教诲么？"

雪崖开玩笑说："你是高士奇的后身，就像白居易托生成了李商隐的儿子白老一样。只是这种倔强不肯随俗的念头还存在，大概是高士奇的形体已经变换，但是本性还保存。这个毛病根深蒂固，我们也没有好药能救得了你。"三人笑了一场作罢。原来高冠瀛写文章喜欢标新立异，用语豪迈而不切实际，每次被考官黜落，往往是因为这个缘故，所以雪崖开这样的玩笑。贾岛的《长江集》中有"独行潭底影，数息树边声"的诗句，下面自注道："两句三年得，一吟双泪流。知音如不赏，归卧故山秋。"千古以来，这些性格经历很特殊的人，他们的想法大致是相似的。

吉木萨台军言：尝逐雉入深山中，见悬崖之上，似有人立。越涧往视，去地不四五丈，一人衣紫氆氇[1]，面及手足皆黑毛，茸茸长寸许；一女子甚姣丽，作蒙古装，惟跣足不靴，衣则绿氆氇也，方对坐共炙肉。旁侍黑毛人四五，皆如小儿，身不着寸缕，见人嘻笑。其语非蒙古，非额鲁特，非回部，非西番，啁哳如鸟不可辨。观其情状，似非妖物，乃跪拜之。忽掷一物于崖下，乃熟野骡肉半肘也。又拜谢之，皆摇手。乃携以归，足三四日食。再与牧马者往迹，不复见矣。意其山神欤？

【注释】

①氆氇(pǔ lu)：一种毛织品，可以做衣服、床毯等。

【译文】

吉木萨的驻军驿卒说：一次追野鸡到了深山里，看见悬崖上，好像有人站着。就越过山涧去看，只见离地不到四五丈的地方，有个人穿着紫色毛毡，脸和手脚都长着一寸左右长的黑毛；有个女子特别娇丽，衣着是蒙古式的，只是光脚没穿鞋子，也穿着绿色毛毡，两人正对坐着烤肉吃。侍候在一旁的四五个黑毛人，都像小孩，身上什么也没有穿，见了人就嬉笑。他们的语言不是蒙古语，不是额鲁特语，不是回族语，不是西番语，吱吱嘎嘎像是鸟语，听不懂。看他们的情状，好像不是妖物，于是就在崖下跪拜。顶上忽然扔下一个东西，原来是烤熟的野骡的半个肘子。又拜谢，上面都摇手。把野骡肘子带回来，足够三四天吃的了。后来和牧马人又找到这儿，却没有再见到。莫非是山神吧？

世言虹见则雨止，此倒置也，乃雨止则虹见耳。盖云破日露，则回光返照，射对面之云。天体浑圆，上覆如笠，在顶上则仰视，在四垂则侧视，故敛为一线。其形随下垂，两面之势，屈曲如弓。又侧视之中，斜对目者近，平对目者远。

以渐而远，故重重云气，皆见其边际，叠为重重红绿色；非真有一物如带，横亘天半也。其能下涧饮水，或见其首如驴者，见朱子语录。并有能狎昵妇女者，见《太平广记》。当是别一妖气，其形似虹；或别一妖物，化形为虹耳。

【译文】

世人都说出现彩虹雨就会停，这是弄颠倒了，实际上是雨停了才会出现彩虹。原来雨停后云开日出，阳光折射对面空中雾状的水珠，彩虹就出现了。天体是浑圆形状，盖在上面像是个大斗笠，虹在头顶上方就要仰视，如果挂在四边就要侧视，所以见到的是一条线。虹的形状又随天体的形状下垂，两端弯曲像弓一样。人们侧视时，虹斜对目光的部分距离较近，平对目光的部分距离较远。因为它是由近而渐远的，所以尽管只是一层层雾气，也都能接受阳光的照射，重叠为一层层不同的色彩；并不是真有物体像带子，横在半空中。有人说虹能下涧饮水，有人说虹头像是驴头，见《朱子语类》。有的还能猥亵妇女，见《太平广记》。大概是另一种妖气，形状像虹；或是其他什么妖怪，幻化成虹的形状罢了。

及孺爱先生言：尝亲见一蝇，飞入人耳中为祟，能作人言，惟病者闻之。或谓蝇之蠢蠢，岂能成魅？或魅化蝇形耳。此语近之。青衣童子之宣赦[①]，浑家门客之吟诗[②]，皆小说妄言，不足据也。

【注释】

①青衣童子之宣赦：《白孔六帖》记载：传说前秦苻坚作赦文，当时有青蝇飞进来，结果赦文还没下发，就在坊间传开了，找人一问，才知道是一个青衣童子在街上传播的。苻坚因此醒悟，就是那

个青蝇。后人又称苍蝇为“青衣童子”。

②浑家门客之吟诗：唐人牛僧孺的《玄怪录》记载，江苏人縢庭俊到洛阳去，路过荥水西，到一个庄户人家投宿。有个老头招待他，自称是这一家的“浑家扫门之客”，姓麻，可称为麻大，与縢庭俊饮酒联诗谈得很融洽。縢庭俊酒醒后，发现自己在厕所里，旁边只有苍蝇和一把秃扫帚。自此，“麻大”就成了苍蝇的别称。

【译文】

及孺爱先生说：他亲眼看见一只苍蝇飞进人的耳朵作怪，能说人话，但是只有病人能听见。有人说苍蝇蠢笨得很，怎么能作妖？也许是妖怪化作苍蝇模样的缘故吧。这话有点儿道理。至于有苍蝇变成青衣童子宣布大赦的消息，有苍蝇变成浑家门客饮酒吟诗，这都是写小说虚构的，不能作为根据。

辟尘之珠，外舅马公周箓曾遇之，确有其物，而惜未睹其形也。初，隆福寺鬻杂珠宝者，布茵于地，俗谓之摆摊。罗诸小箧于其上，虽大风霾，无点尘。或戏以囊有辟尘珠，其人椎鲁[①]，漫笑应之，弗信也。如是半载，一日，顿足大呼曰：“吾真误卖至宝矣！”盖是日飞尘忽集，始知从前果珠所辟也。按医书有服响豆法。响豆者，槐实之夜中爆响者也，一树只一颗，不可辨识。其法槐始花时，即以丝网幂树上，防鸟鹊啄食。结子熟后，多缝布囊贮之，夜以为枕，听无声即弃去。如是递枕，必有一囊作爆声者。取此一囊，又多分小囊贮之，枕听，初得一响者则又分。如二枕渐分至仅存二颗，再分枕之，则响豆得矣。此人所鬻之珠，谅亦无几。如以法分试，不数刻得矣，何至交臂失之乎？乃漫然不省，卒以轻弃，当缘禄相原薄耳。

【注释】

①椎鲁:愚钝,鲁钝。

【译文】

避尘的珠子,我的岳父马周箓公曾经见过,确实有这种宝物,可惜我没见过它是什么样子。以前,隆福寺有个卖珠宝玉器的,把布铺在地上,俗称摆摊。上面排列着小盒子,无论多大的风沙,上面都一点儿尘土也没有。有人开玩笑说他的囊里有避尘珠,这个人傻乎乎的,漫不经心笑笑,没当回事儿。这么过了半年,有一天他跺脚大叫道:"我真的把最贵重的宝贝错卖了!"因为这一天飞扬的尘土忽然都盖满了他的垫布及盒子,他这才知道先前果然是宝珠避尘。据考证,医书有服用响豆的方法。响豆就是槐树果实在夜里爆响,这种槐豆一棵树上只有一个,辨认不出来。取这种槐豆的方法是,在槐树刚开花时,就用丝网罩在树上,以防鸟雀啄食。结果成熟后,缝制许多布囊贮存槐豆,夜里用来做枕头,没有听到声音,就扔掉。就这么轮着枕,肯定有一个囊里有爆响声。然后把这一囊的槐豆又分成几个小囊装,夜里再枕着听,听到响声再一分为二,装进布囊枕着听。这么分下去到最后只剩下两颗,再分开枕听,就找到响豆了。这个人所卖的珠子,估计也不会太多。如果用这种方法分别试验,用不了几刻钟就能分辨出来,何至于失之交臂?他稀里糊涂的不懂事儿,最终轻易地丢了,大概还是因为他禄相太薄。

乾隆甲辰[①],济南多火灾。四月杪,南门内西横街又火,自东而西,巷狭风猛,夹路皆烈焰。有张某者,草屋三楹在路北,火未及时,原可挈妻孥出;以有母柩,筹所以移避,既势不可出,夫妇与子女四人,抱棺悲号,誓以身殉。时抚标参将方督军扑救,隐隐闻哭声,令标军升后巷屋寻声至所居[②],垂绠使缒出[③]。张夫妇并呼曰:"母柩在此,安可弃也?"

其子女亦呼曰："父母殉父母，我不当殉父母乎？"亦不肯上。俄火及，标军越屋避去，仅以身免。以为阖门并煨烬，遥望太息而已。乃火熄巡视，其屋岿然独存。盖回飙忽作，火转而北，绕其屋后，焚邻居一质库，始复西也。非鬼神呵护，何以能然！

此事在癸丑七月德州山长张君庆源录以寄余④，与余《滦阳消夏录》载孀妇事相类。而夫妇子女，齐心同愿，则尤难之难。夫"二人同心，其利断金"，况六人乎！庶女一呼，雷霆下击，况六人并纯孝乎！精诚之至，哀感三灵⑤，虽有命数，亦不能不为之挽回。人定胜天，此亦其一。事虽异闻，即谓之常理可也。余于张君不相识，而张君间关邮致，务使有传，则张君之志趣可知矣。因为点定字句，录之此编。

【注释】

①乾隆甲辰：乾隆四十九年(1784)。

②标军：抚标军，是指巡抚直辖的军队，建制分标、协、营、汛四种。总督、巡抚、提督、总兵所属称"标"，副将所属称"协"，参将、游击、都司、守备所属称"营"，千总、把总、外委所属称"汛"。

③绠(gěng)：长而结实的绳子，通常用来汲水。

④癸丑：乾隆五十八年(1793)。

⑤三灵：(1)指日、月、星。(2)指天、地、人。(3)指天神、地祇、人鬼。

【译文】

乾隆甲辰年，济南常常发生火灾。四月末，南门内西横街又失火，从东向西烧，巷道狭窄，风势又猛，街道两边烈焰冲天。有个张某，有三间草屋在路北，大火还没烧到时，他原本可以带着妻子儿女逃出来；因为他母亲的灵柩停在家里,他想要转移灵柩耽误了时间,全家人被困在大火中出不来了,夫妇及四个子女抱着棺材凄惨地哭叫,发誓与棺材一同化为灰烬。当时巡抚手下的参将正督促士兵扑救火灾,隐隐听到哭叫声,命令士兵爬上后巷的屋顶,顺着声音发现了张某一家,士兵们扔下绳子准备吊他们出来。张某夫妇一齐叫道:"母亲的灵柩在这里,怎么能抛弃不管?"他们的几个子女也叫道:"父母为他们的父母殉死,我们不应该为我们的父母殉死吗?"也不肯上去。不一会儿大火烧到,士兵们跳过屋顶避开了,差一点儿被烧着。他们都以为张家肯定全部被烧成灰烬了,远远望着唯有叹息而已。等到火熄后,士兵巡视火灾现场,张家的房子竟然孤零零地保存完好。原来当时突然刮过一股回风,火头转折向北,从他家屋后绕过,烧掉邻居家一间典当库,然后重新转回西面。要是没有鬼神呵护,怎么会出现这种情况!

这件事是在癸丑年七月间德州书院山长张庆源先生记下来寄给我的,与我在《滦阳消夏录》中记载的寡妇一事很类似。而张某夫妇子女能够齐心同愿尽孝,尤为难得。"两个人同心协力,可以折断金铁",何况是六人呢!贫民女子一声呼叫,雷霆可以为之下击,何况六人都一片纯孝呢!精诚之至,可以感动天地鬼神,虽然命运注定,也不能不为之挽回。人定胜天,这也算是例证之一了。这件事情虽听起来觉得很奇特,但要说它是合乎常理的也是可以的。我与张庆源先生不相识,而张先生辗转托人寄告我,一定要让这件事情得到传扬,那么张先生的志趣如何就不难想见了。我因此对他的记载稍加修改,把它收录在这本书里。

吕太常含晖言:京师有一民家,停柩遇火,无路可出,亦无人肯助舁。乃阖家男妇,锹镢刀铲,合手于室内掘一坎,置棺于中,上覆以土。坎甫掩而火及,屋虽被焚,棺在坎中,竟无恙,火性炎上故也。此亦应变之急智,因张孝子事附录之。

【译文】

吕含晖太常说：京城有户人家，停放灵柩期间突然遇上火灾，没有路可以运出去，也没有人肯帮助抬运。于是全家男男女女拿起锹镢刀铲，合力在屋子里挖了个坑，把棺材放在里面，上面盖上土。坑刚掩埋好，大火就烧到了，结果房屋虽然烧了，棺材在坑里一点儿事也没有，火向上烧的缘故。这也是应付突发事变而急中生智，接着张孝子的事也附录在这里。

交河泊镇有王某，善技击，所谓王飞骽者是也[①]。“骽”俗作“腿”，相沿已久，然非正字也。一夕，偶过墟墓间，见十馀小儿当路戏，约皆四五岁，叱使避，如不闻。怒掴其一，群儿共噪詈。王愈怒，蹴以足。群儿坌涌，各持砖瓦击其髁[②]，捷若猿猱，执之不得；拒左则右来，御前则后至，盘旋撑柱，竟以颠陨；头目亦被伤，屡起屡仆，至于夜半，竟无气以动。次日，家人觅之归，两足青紫，卧半月乃能起。小儿盖狐也。以王之力，平时敌数十壮夫，尚挥霍自如；而遇此小魅，乃一败涂地。《淮南子》引尧诫曰[③]：“战战栗栗，日慎一日。人莫踬于山而踬于垤[④]。”《左传》曰：“蜂虿有毒。”信夫！

【注释】

①骽（tuǐ）：同“腿”。

②髁（kē）：骨头上的突起，多长在骨头的两端，亦指大腿骨或膝盖骨。

③《淮南子》：西汉皇族刘安主持撰写，是对西汉前期道家思想的详尽总结。

④人莫踬（zhì）于山而踬于垤（dié）：人们不会被大山绊倒却往往会

被小土山绊倒。比喻稍不经意便蹉跌。垤，小土坡。

【译文】

交河县泊镇有个王某，擅长拳脚功夫，人们说的“王飞骽”就是他。“骽”字一般写作“腿”，相沿已久，但这不是正体。一天夜里，他偶然路过一处坟地，见十几个小孩挡在路上玩耍，这些小孩大约都在四五岁，王某喝叫他们让开路，这帮小孩像是没听见。王某发怒打了其中一个一巴掌，这帮孩子一齐闹哄哄大骂。王某愈发恼怒，抬脚就踹。孩子们一拥而上，拣起砖头瓦片砸王某的脚踝，像猴子一样敏捷，抓也抓不到；躲开了左边的右边的又来，挡住了前面的后面的又追上了，转着圈抵挡，竟然跌倒受伤了；头破血流，眼睛也受了伤，他几次爬起来又几次被打倒，一直折腾到半夜，他再也没有力气爬起来了。第二天，家里人把他找了回去，他两脚青紫，躺了半个月才勉强能下地。那帮孩子大概是狐精变幻的。以王某的勇力，平时对付几十个壮汉，尚能挥洒自如；而遇上一帮小妖怪，却一败涂地。《淮南子》引用帝尧的话说：“做人要时时刻刻战战兢兢，小心翼翼，一天比一天谨慎。人们不会被大山绊倒，却往往因为小土坡而跌倒。”《左传》中说：“蜂蝎虽小，却不能小看它的毒性。”确实是这样啊！

郭彤纶言：阜城有人外出，数载无音问。一日，仓皇夜归，曰：“我流落无藉，误落群盗中，所劫杀非一。今事败，幸跳身免；然闻他被执者已供我姓名居址，计已飞檄拘眷属。汝曹宜自为计，俱死无益也。”挥泪竟去，更无一言。阖家震骇，一夜星散尽，所居竟废为墟，人亦不明其故也。越数载，此人至其故宅，访父母妻子移居何处，邻人告以久逃匿，亦茫然不测所由。稍稍踪迹，知其妻在彤纶家佣作。叩门寻访，乃知其故。然在外实无为盗事，后亦实无夜归事。彤纶为稽官牍，亦并无缉捕事。久而忆耕作八沟时，汉右北平之故地也。筑室山冈。冈后有狐，时或窃物，又或夜中嗥叫搅人睡。乃聚徒劚破其穴①，薰之以烟，狐乃尽去。疑或其为魅以报欤？

【注释】

①劚：砍，斫。

【译文】

郭彤纶说：阜城有个人离家外出，几年一直没有音信。一天晚上他突然匆匆忙忙回家，说："我在外面流浪，无所依靠，误入了强盗团伙，抢劫杀人不止一件两件案子。现在罪行败露，我侥幸逃了出来；但听说其他被抓的人已经供出了我的姓名和家庭住址，估计官府传递公文要来拘捕家属了。你们应该赶快自寻生路，没必要和我一起死。"说罢挥泪离去，也没再说别的。全家人惊慌恐惧，一夜之间全部逃散，此后房屋就成了废墟，人们也不明白其中的缘故。几年以后，这人回到原来住的地方，寻访父母妻子搬到哪里去了，邻居告诉他早已逃走，不知躲在什么地方，他自己也莫名其妙。后来慢慢打听，得知他妻子在郭彤纶家做女佣。于是登门寻访，才知道他们为什么逃散。但他实际上在外面并没有做强盗，后来也没有夜里回家的事。郭彤纶替他到官府查阅公文，也没有追捕他和他家人的事。过了好久，他才回忆起在八沟替人种地时，即汉代右北平所在地。在山冈上建房子居住。山冈后有狐狸，有时候偷盗东西，有时又在半夜里嗥叫，打扰人睡觉。他找了一些人挖开狐狸的洞穴，用烟熏，狐狸都跑了。怀疑也许是这些狐魅来报复吧？

奴子史锦文，尝往沧州延医。暑月未携襆被，乘一马而行。至张家沟西，痁忽作①，乃系马于树，倚树小憩。渐懵腾睡去，梦至一处，草屋数楹，一翁一妪坐门外，见锦文邀坐，问姓名；自言姓李行六，曾在崔庄住两载，与其父史成德有交，锦文幼时亦相见，今如是长成耶。感念存殁，意颇凄怆。妪又问："五魁无恙否？五魁，史锦彩之乳名。三黑尚相随否？"三黑李姓，锦文异父弟，随继母同来者也。亦颇周至。翁因言今年水潦，由某路至某处水虽深，然沙底不陷；由某路至某处水虽浅，然皆红土胶泥，粘马足难行。雨且至，日已过午，尔宜速往，不留汝坐矣。霍然而醒，遥见四五丈外，有一孤冢，意即李六所葬欤？如所指路，晚至常家砖河，果遇雨。归告其继母，继母曰："是尝在崔庄卖瓜果，与尔父日游醉乡者也。"殂谢黄泉，尚惓惓故人之子，亦小人之有意识者矣。

【注释】

①痁(shān)：古书上指疟疾。

【译文】

奴仆史锦文，曾经到沧州去请医生。因为是夏天他就没带被褥，只是骑着马赶路。到张家沟西时，他发起疟疾来，就把马拴在树上，靠着树歇一会儿。渐渐朦朦胧胧睡着了，梦中到了一个地方，有几间草房，一个老翁和一个老妇人坐在门外，看见史锦文，就请他去坐，问他的姓名；老翁说自己姓李，排行第六，曾经在崔庄住过两年，和他的父亲史成德交往过，自己见过史锦文小时候的模样，如今长这么大了。老翁感念活着的和去世的人，神情非常忧伤。老妇又问："五魁身体好不好？史锦文弟弟史锦彩的乳名。三黑还跟他住在一起吗？"三黑姓李，史锦文的异父弟弟，是随史锦文的继母一道来的。打听得很详细。老翁说，今年雨水多，由某某路到某某处，水虽然深，但水底还是沙地，不会陷进去；由某某路到某某处，水虽然浅，但都是红胶泥，粘着马蹄很难走。马上就要下雨了，天已过午，你要赶快走，就不留你坐了。史锦文一下子醒来，远远望见四五丈开外，有一座孤坟，心想这里面葬的就是李六么？他按着老翁指的路走，晚上到了常家砖河，天果然下雨了。回来后他把这件事告诉了继母，继母说："李六曾经在崔庄卖过瓜果，和你父亲天天一同喝酒喝得醉醺醺的。"李六已经葬身黄土，对老朋友的儿子还如此关切，也算是小人物中有头脑有良心的了。

奴子傅显，喜读书，颇知文义，亦稍知医药。性情迂缓，望之如偃蹇老儒。一日，雅步行市上，逢人辄问："见魏三兄否？"奴子魏藻，行三也。或指所在，复雅步以往。比相见，喘息良久。魏问相见何意？曰："适在苦水井前，遇见三嫂在树下作针黹[①]，倦而假寐。小儿嬉戏井旁，相距三五尺耳，似乎可虑。男女有别，不便呼三嫂使醒，故走觅兄。"魏大骇，奔往，则妇已俯井哭子矣。夫僮仆读书，可云佳事。然读书以明理，明理以致用也。食而不化，至昏愦僻谬，贻害无穷，亦何贵此儒者哉！

【注释】

①针黹（zhǐ）：针线活。

【译文】

奴仆傅显喜欢读书，颇懂得一点儿文章义理，还稍微懂一点儿医药知识。性情迂腐迟缓，望去就像个上了年纪的古板老儒生。一天，他在街上不紧不慢地走，遇到人就问："见到魏三兄了吗？"仆人魏藻，排行第三。有人告诉他魏藻所在的地方，他又不紧不慢地走去。等见到魏三，他喘息了好久。魏藻问他找自己有什么事，他才说："我刚才在苦水井边，碰到三嫂在树下做针线活，做累了闭着眼睛休息。你家小儿子在井边玩耍，离井口只有三五尺远，似乎令人担心。但男女有别，我不便叫醒三嫂，所以跑来找你。”魏藻大惊，急忙跑回家，妻子却已经伏在井上哭儿子了。做奴仆的喜欢读书，可以说是件好事。但读书的目的是为了明白道理，明白道理的目的是有益于实际应用。像傅显这样死记硬背却没有理解意义，以至于糊涂荒谬怪癖，反而带来无穷的危害，这样的儒者又有什么价值呢！

武强一大姓，夜有劫盗，群起捕逐。盗逸去，众合力穷追。盗奔其祖茔松柏中，林深月黑，人不敢入，盗亦不敢出。相持之际，树内旋飚四起，沙砾乱飞，人皆眯目不相见，盗乘间突围得脱。众相诧异，先灵何反助盗耶？主人夜梦其祖曰：“盗劫财不能不捕，官捕得而伏法，盗亦不能怨主人。若未得财，可勿追也；追而及，盗还斗伤人，所失不大乎？即众力足殪盗，盗殪则必告官，官或不谅，坐以擅杀，所失不更大乎？且我众乌合，盗皆死党；盗可夜夜伺我，我不能夜夜备盗也。一与为仇，隐忧方大，可不深长思乎？旋风我所为，解此结也，尔又何尤焉！”主人醒而喟然曰：“吾乃知老成远虑，胜少年盛气多矣。”

【译文】

武强县有一户大姓人家，夜里有盗贼偷东西，就一哄而上追捕。盗贼逃走，大家合力穷追。盗贼逃到祖坟的松柏林里，树林阴森森的没有月光，大家一时不敢进去，盗贼也不敢出来。正在相持不下，树林里忽然刮起了旋风，飞沙走石，人们被迷得睁不开眼，盗贼趁机突围逃走了。大家都很惊讶，先人的亡灵为什么反过来帮助盗贼呢？主人夜里梦见先祖说:“盗贼偷东西,不能不抓,如果官府捉到盗贼正法,盗贼也不能怨恨主人。但是如果没有偷到东西,就不要穷追不舍;追上了,如果盗贼还击就会伤人,损失不是更大吗?如果大家的力量足以杀死盗贼,盗贼死了就必须向官府汇报,官府也许不能原谅,追究说你们擅自杀人,损失不是更大么?何况我们这边是乌合之众,而盗贼却是死党;他们可以夜夜伺机下手偷东西,我们却不能夜夜防备他们。一旦和他们结了仇,隐患就大了,能不从长计议么?旋风是我刮起来的,是为了解开这场冤仇,你们又有什么好埋怨的呢!”主人醒来后叹道:“我今天才真正明白,老成稳重的人深谋远虑,比起年轻人凭冲动办事,不知要胜过多少啊。”

沧州城守尉永公宁与舅氏张公梦征友善。余幼在外家,闻其告舅氏一事曰:“某前锋有女曰平姐,年十八九,未许人。一日,门外买脂粉,有少年挑之,怒詈而入。父母出视,路无是人,邻里亦未见是人也。夜扃户寝,少年乃出于灯下。知为魅,亦不惊呼,亦不与语,操利剪伪睡以俟之。少年不敢近,惟立于床下,诱说百端。平姐如不见闻。少年倏去,越片时复来,握金珠簪珥数十事,值约千金,陈于床上。平姐仍如不见闻。少年又去,而其物则未收,至天欲曙,少年突出曰:‘吾伺尔彻夜,尔竟未一取视也!人至不可以利动,意所不可,鬼神不能争,况我曹乎?吾误会尔私祝一言,妄谓托词于父母,故有是举,尔勿嗔也。’敛其物自去。盖女家素贫,母又老且病,父所支饷不足赡,曾私祝佛前,愿早得一婿养父母,为魅所窃闻也。”然则一语之出,一念之萌,暧昧中俱有伺察矣。耳目之前,可涂饰假借乎!

【译文】

驻守沧州城的军官永宁公与我的舅舅张梦征公是好朋友。我小时候在外祖父家，听见他告诉舅舅一件事说："某前锋有个女儿叫平姐，年纪十八九岁，还没有订亲。一天她到门外买脂粉，有个年轻人挑逗她，她怒骂了一顿进门去了。父母出去看，路上没有这个人，邻居们也说没看见这个人。晚上她插上房门就寝，那个年轻人忽然从灯下钻出来。平姐知道是妖怪，也不惊叫，也不跟他说话，只是抓着一把锋利的剪刀假装睡了等着。年轻人不敢靠近，只是站在床旁边，千方百计劝诱。平姐就像没看到没听到一样。年轻人忽然走了，过了一会儿又来，拿着金银珠宝首饰几十件，约摸价值上千两银子，摊在床上。平姐仍然好像没见到没听到。年轻人又走了，那些东西却没有收走，等到天快亮时，年轻人突然出现说：'我等了你一个通宵，你竟然没有拿起来看一下！人到了不能用钱财打动的地步，那么不情愿做的事情，就是鬼神也无法勉强，何况我们这一类呢？我误会了你私下祈祷时讲的一句话，以为你是想男人了而托词说为了父母，所以才来引诱你，请你不要生气。'说完，他收起那些东西离开了。原来平姐家一向贫穷，母亲年老多病，父亲的军饷养不活全家人，平姐曾经在佛像前悄悄祈祷，希望早日找到一个丈夫赡养父母，没想到被妖怪偷听到了。"由此可见，说一句话，萌生一个念头，即使在暗地里都有鬼神在旁边注意着、等候着。那么，当着人的面，还想掩饰自己的意图、找托词么！

瑶泾有好博者，贫至无甑，夫妇寒夜相对泣，悔不可追。夫言："此时但有钱三五千，即可挑贩给朝夕，虽死不入囊家矣。顾安所从得乎？"忽闻扣窗语曰："尔果悔，是亦易得，即多于是亦易得，但恐故智复萌耳。"以为同院尊长悯恻相周，遂饮泣设誓，词甚坚苦。随开门出视，月明如昼，寂无一人，惘惘莫测其所以。次夕，又闻扣窗曰："钱已尽返，可自取。"秉火起视，则数百千钱累累然皆在屋内，计与所负适相当。夫妇狂喜，以为梦寐，彼此掐腕皆觉痛，知灼然是真。俗传梦中自疑是梦者，但自掐腕觉痛者是真，不痛者是梦也。以为鬼神佑助，市牲醴祭谢。途遇旧博徒曰："尔术进耶？运转耶？何数年所负，昨一日尽复也？"罔知所对，唯喏而已。归甫设祭，闻檐上语曰："尔勿妄祭，致招邪鬼。昨代博者是我也。我居附近尔父墓，以尔父愤尔游荡，夜夜悲啸，我不忍闻，故幻尔形往囊家取钱归。尔父寄语：事可一不可再也。"语讫，遂寂。此人亦自此改行，温饱以终。呜呼！不肖之子，自以为惟所欲为矣，其亦念黄泉之下，有夜夜悲啸者乎！

【译文】

瑶泾有个人喜欢赌博，家里穷到连锅都没有了，夫妻俩寒夜里面对面哭，后悔不及。丈夫说："这时只要有三五千钱，就可以挑着东西贩卖养家糊口，就是死也不去赌场了。可是这点儿钱上哪儿去找呢？"忽然听到有人敲窗说："你如果真的后悔，这些钱容易，即使再多一点儿也容易，但是就怕你老毛病又犯。"他以为是同院的长辈可怜他想要救济他，就哭着发誓，誓言坚定而凄苦。他开门出来，只见月光明亮，安安静静的没有人，他惘惘然不知是怎么回事。第二天晚上，他又听见有人敲窗说："你过去输的钱都已经回来了，你自己拿吧。"他点灯起来，发现成百上千钱都已经一串一串堆在屋里，算来跟输掉的钱差不多。夫妇俩狂喜，怀疑是做梦，彼此掐手腕觉得痛，知道的确是真的。民间相传如果自己怀疑是在做梦，只要掐自己的手腕，感觉到痛就是真的，不痛就是在做梦。他以为是鬼神保佑，就去买祭品。路上碰到过去在一起的赌徒说："你的赌术长进了？你的运气转了？怎么几年输的钱，昨天一天就全赢回去了？"

这个人迷迷糊糊不知该怎么回答，只是连连点头而已。回家后刚开始摆设祭品，听见屋檐上有声音说："你不必乱祭，别招来邪鬼。昨天代你去赌场的是我。我住的地方靠近你父亲的坟墓，你的父亲恨你不务正业游手好闲，夜夜悲伤地长叫，我不忍心听下去，所以变成你的模样，到赌场老板家把钱赢了回来。你的父亲叫我传话给你：这种事情可以发生一次，不可能有两次。"说完，周围重归寂静。这个人从此改变自己的行为，温饱终生。唉！世上不长进的儿孙们，自以为可以为所欲为，没人管得了他们，哪里会想到黄泉下的先人为自己夜夜悲哭呢！

李秀升言：山西有富室，老惟一子。子病瘵，子妇亦病瘵，势皆不救，父母甚忧之。子妇先卒，其父乃趣为子纳妾。其母骇曰："是病至此，不速之死乎？"其父曰："吾固知其必不起。然未生是子以前，吾尝祈嗣于灵隐，梦大士言：'汝本无后，以捐金助赈活千人，特予一孙送汝老。'不趁其未死，早为纳妾，孙自何来乎？"促成其事。不三四月而子卒，遗腹果生一子，竟延其祀。山谷诗曰："能与贫人共年谷，必有明月生蚌胎①。"信不诬矣。

【注释】

①蚌胎：指珍珠。古人以为蚌孕珠如人怀妊，并与月的盈亏有关，故称。

【译文】

李秀升说：山西有个财主，老来只有一个儿子。不幸儿子、儿媳妇双双得了痨病，眼看没救了，父母忧心如焚。儿媳妇先死，父亲立即为儿子纳妾。母亲惊恐地说："儿子病到这步田地，这不是催他快死吗？"父亲说："我当然知道儿子的病好不了。可是，在他出生之前，我曾经为后嗣的事去灵隐寺求过神佛，梦见观音菩萨对我说：'你本该绝后，因为你捐银两赈济灾民，救活了上千人，特地赠一个孙子给你养老送终。'不趁着他还没死，早点儿为他纳个妾，孙子从哪儿来呢？"很快办了这件事。不到三四个月儿子死了，那个妾果然有个遗腹子，终于延续了后嗣。黄山谷有诗说："能与贫人共年谷，必有明月生蚌胎。"这话真是一点儿不假。

宝坻王泗和[1]，余姻家也。尝示余书艾孝子事一篇曰：艾子诚，宁河之艾邻村人。父文仲，以木工自给。偶与人斗，击之踣，误以为死，惧而逃，虽其妻莫知所往，第仿佛传闻似出山海关尔。是时妻方娠，越两月，始生子诚。文仲不知已有子；子诚幼鞠于母，亦不知有父也。迨稍有知，乃问母父所在，母泣语以故。子诚自是惘惘如有失，恒絮问其父之年齿状貌，及先世之名字，姻娅之姓氏里居[2]。亦莫测其意，姑一一告之。比长，或欲妻以女，子诚固辞曰："乌有其父流离，而其子安处室家者？"始知其有志于寻父，徒以孀母在堂，不欲远离耳。然文仲久无音耗，子诚又生未出里闾，天地茫茫，何从踪迹？皆未信其果能往。子诚亦未尝议及斯事，惟力作以养母。越二十年，母以疾卒。营葬毕，遂治装裹粮赴辽东，有沮以存亡难定者，子诚泫然曰："苟相遇，生则共返，殁则负骨归。苟不相遇，宁老死道路间，不生还矣。"众挥涕而送之。子诚出关后，念父避罪亡命，必潜踪于僻地。凡深山穷谷，险阻幽隐之处，无不物色。久而资斧既竭，行乞以糊口。凡二十载，终无悔心。一日，于马家城山中遇老父，哀其穷饿，呼与语。询得其故，为之感泣，引至家，款以酒食。俄有梓人携具入[3]，计其年与父相等。子诚心动，谛审其貌，与母所说略相似。因牵裾泣涕，具述其父出亡年月，且缕述家世及戚党，冀其或是。是人且骇且悲，似欲相认，而自疑在家未有子。子诚具陈始末，乃嗷然相持哭。盖文仲辗转逃避，乃至是地，已阅四十馀年；又变姓名为王友义，故寻访无迹，至是始偶相遇也。老父感其孝，为谋归计。而文仲流落久，多逋负，滞不能行。子诚乃踉跄奔还，质田宅，贷亲党，得百金再往，竟奉以归。归七年，以寿终。子诚得父之后，始娶妻。今有四子，皆勤俭能治生。昔文安王原寻亲万里之外，子孙至今为望族。子诚事与相似，天殆将昌其家乎？子诚佃种余田，所居距余别业仅二里。余重其为人，因就问其详而书其大略如右，俾学士大夫[4]，知陇亩间有是人也。时癸丑重阳后二日[5]。

案，子诚求父多年，无心忽遇，与宋朱寿昌寻母事同[6]，皆若有神助，非人力所能为。然精诚之至，故哀感幽明，虽谓之人力亦可也。

【注释】

①宝坻：在今天津境内。

②姻娅(yà)：泛指姻亲。

③梓人：木工。

④俾(bǐ)：使。

⑤癸丑：乾隆五十八年(1793)。

⑥朱寿昌寻母：朱寿昌，宋代有名的孝子。生母刘氏被嫡妻赶出朱家，自此母子分离五十年。朱寿昌每到一地为官都四处查找，后

来又辞去官职一心寻找，母子终于团聚。此为“二十四孝”中第二十三则故事。

【译文】

宝坻的王泗和，是我的姻亲。他曾经把一篇记述艾孝子事迹的文章给我看，文章写道：艾子诚，宁河艾邻村人。父亲名叫艾文仲，以做木工为生。艾文仲偶然跟人争斗，把对方打倒在地，误以为打死了，害怕了就逃走了，他的妻子也不知道丈夫逃到哪里去了，传说好像出了山海关。这时他妻子正怀着孕，过了两个月，生下了艾子诚。艾文仲不知有了儿子；子诚自小就由母亲抚养，也不知道有父亲。等稍稍懂事了，才问母亲父亲上哪儿去了，母亲哭着说了原委。子诚从此就茫茫然若有所失，常细细盘问父亲的年龄相貌，还有上辈人的名字、亲戚的姓名住址等。母亲也不知道问这些干什么，姑且一一告诉了他。子诚长大了，有人要把女儿嫁给他，他坚决拒绝，说：“哪有父亲流离在外，儿子却安然娶妻生子过日子的？”人们这才知道他有志寻父，只是因为寡母还在，不想远离。但是艾文仲没有音信，子诚从生下来也没有出过门，天地茫茫，上哪儿去找？人们都不信他真的能去寻父。子诚也没有议论这事，只是勤勤恳恳干活赡养母亲。过了二十年，母亲病逝。安葬完毕，他就整束行装带着干粮奔赴辽东，有人因为父亲生死不明劝阻他，子诚流着泪说：“如果能找到，他活着就一起回来，死了就把遗骨背回来。如果找不到，我宁可死在路上，也不回来了。”大家哭着把他送走了。子诚出关后，估计父亲是畏罪逃亡，肯定躲在偏僻的地方。凡是深山幽谷、艰难险阻的地方，他没有不找的。时间长了，路费用光了，他就靠乞讨糊口。就这样二十年，始终没有悔意。有一天，他在马家城山里遇到一个老人，老人可怜他穷困，跟他交谈。问明原委，感动得流泪，老人把子诚带到家里，酒食款待。不一会儿有个木匠带着工具进来，估量木匠的年龄和父亲差不多。子诚不由得心动，仔细看木匠的长相，也和母亲说的差不多。他拉着木匠的衣襟哭述父亲逃亡的时间，还仔细讲了家世及亲戚情况，希望这人就是自己寻找的父亲。木匠又惊又悲，待要相认，又觉得在家时并没有儿子。子诚又讲了事情的始末，木匠叫了一声抱着就哭。原来艾文仲辗转逃避到了这里，已有四十多年；又改换姓名叫王友义，所以打听不到踪迹，至此两人才偶然相遇。老人被子诚的孝义感动，谋划着帮助艾文仲回家乡。但是艾文仲长期漂泊，欠了不少债，走不了。子诚急急忙忙奔回家来，典卖房屋田地，向亲戚借贷，弄到一百两银子，终于接回了父亲。七年之后，父亲寿终正寝。子诚找到父亲之后，才娶了妻。如今有四个儿子，都勤恳节俭能够自立。从前文安县的王原寻父于万里之外，子孙至今成为望族。子诚的事和这事相似，也许上天要让他家繁荣昌盛吧？子诚租种我家的地，住处离我的别墅仅有两里路。我看重他的为人，因此详细询问并将大略写了下来，想让读书人做官的人知道，乡村里种地的人中间有这么个人。这是乾隆癸丑年重阳节后的第二天。

按，子诚寻父多年，无意中忽然相遇，这和宋代朱寿昌寻母的事情相同，好像都有神帮助，不是人力所能办到的。但是，正是因为他们的精诚到了极点，才使神灵受到感动，所以，要说这是靠他们的人力，也是可以的。

引据古义，宜征经典；其馀杂说，参酌而已，不能一一执为定论也。《汉书·五行志》以一产三男列于人痾[①]，其说以为母气盛也，故谓之咎征。然成周八士，四乳而生，圣人不以为妖异，抑又何欤？夫天地絪缊，万物化醇，非地之自能生也。男女构精，万物化生，非女之自能生也。使三男不夫而孕，谓之人痾可矣；既为有父之子，则父气亦盛可知，何独以为阴盛阳衰乎？循是以推，则嘉禾专车[②]，异亩同颖[③]，见于《书序》者[④]，亦将谓地气大盛乎？大抵《洪范》五行，说多穿凿，而此条之难通为尤甚，不得以源出伏胜⑤，遂以传为经。国家典制，凡一产三男，皆予赏赉。一扫曲学之陋说，真千古定议矣。余修《续文献通考》⑥，于“祥异考”中，变马氏之例，削去此门，遵功令也。癸丑七月草此书成⑦，适仪曹以题赏一产三男本稿请署。偶与论此，因附记于书末。

【注释】

①《汉书·五行志》：《汉书》疑是《元史》之误。《元史·五行志》载，元中统二年(1261)九月，河南百姓王四妻邹氏一胎生三男。痾(ē)：病。

②嘉禾：生长奇异的禾稻。泛指生长茁壮的禾稻。

③颖：谷穗。

④《书序》：《尚书》的重要附件，往往用寥寥数语以简略介绍《尚书》各篇的内容。

⑤伏胜：字子贱(前260—前161)，享年99岁，为伏羲的后裔。原来是秦国的博士，世称“伏生”。文帝时求能治《尚书》者，伏生是时九十馀岁，老不能行，文帝便遣太常事史掌故晁错前往求教，得二十九篇，即是今之传世的《尚书》。撰有《尚书大传》，文学派的开山祖师。

⑥《续文献通考》：元初史学家马端临纂《文献通考》，为典制体通史，在唐代杜佑《通典》和南宋郑樵《通志》的基础上，进一步扩大了对典章制度的记载和研究范围。明代五圻编纂《续文献通考》，记载了南宋到明代万历年期间的典章制度及相关言论，并在门类设置上有所增益。清乾隆年间，三通馆臣奉旨修成《续文献通考》，内容完整，考证精细，史论有见识。

⑦癸丑：乾隆五十八年(1793)。

【译文】

引用古书上的话作论据，应当以经典为依据；其他的各家杂说，只能供参考斟酌而已，不能一一都当作定论。《汉书·五行志》把一胎生三个男孩当作人体的妖异现象，认为这是母亲的气血强盛的缘故，所以是不吉祥的征兆。然而周成王的八个贤能之士，是四对双胞胎，圣人们也不认为他们是妖异，这又怎么解释呢？天地的气息交通感应，孕育出万物。并不是地单独能生出万物；男女的精血融汇孕育成胎儿，并不是女子能单独生出孩子。如果三个孩子是这个女子未与丈夫结合而生下的，那么说是人妖是可以的；既然他们是有父亲的孩子，他们父亲的气血显然也很强盛，怎么能认为这只是阴盛阳衰的表现呢？照此类推，特大的稻穗可单独装满一辆车子，分别生长在两垄地上的谷物结穗却连成一体等等，像这些相传是孔子作的《书序》中记载的情况，也要说是地气太盛么？大体说来，《洪范五行》的说法，大多属于穿凿附会，而这一条尤其说不通，我们不能因为它是由汉初伏胜传下来的，就把其实属于传说的东西当作经典。清朝的典章制度，凡是一胎三个男孩的，官府都给予赏赐奖励。这个制度一举扫清了一些不通达的学究迂腐浅陋说法，真可谓是千古定议。我编纂《续文献通考》时，在"祥异考"这一部分中，改变了马端临编《文献通考》的体例，取消了这个类别，就是为了遵循朝廷的制度。乾隆癸丑年七月，我这本书刚刚写完，碰上礼部官员拿来报请一胎生三男的奏稿让我签署，偶尔与他们讨论这个问题，附记在这本书的末尾。

河间先生典校秘书廿馀年，学问文章，名满天下。而天性孤峭，不甚喜交游。退食之馀，焚香扫地，杜门著述而已。年近七十，不复以词赋经心，惟时时追录旧闻，以消闲送老。初作《滦阳消夏录》，又作《如是我闻》，又作《槐西杂志》，皆已为坊贾刊行。今岁夏秋之间，又笔记四卷，取庄子语题曰“姑妄听之”。以前三书，甫经脱稿，即为钞胥私写去。脱文误字，往往而有，故此书特付时彦校之[①]。

时彦尝谓先生诸书，虽托诸小说，而义存劝戒，无一非典型之言，此天下之所知也。至于辨析名理，妙极精微；引据古义，具有根柢，则学问见焉。叙述剪裁，贯穿映带，如云容水态，迥出天机，则文章亦见焉。读者或未必尽知也。第曰："先生出其馀技，以笔墨游戏耳。"然则视先生之书去小说几何哉？夫著书必取镕经义，而后宗旨正；必参酌史裁，而后条理明；必博涉诸子百家，而后变化尽。譬大匠之造宫室，千楹广厦，与数椽小筑，其结构一也。故不明著书之理者，虽诂经评史，不杂则陋；明著书之理者，虽稗官脞记[②]，亦具有体例。

先生尝曰："《聊斋志异》盛行一时，然才子之笔，非著书者之笔也。虞初以下[③]，干宝以上[④]，古书多佚矣。其可见完帙者，刘敬叔《异苑》、陶潜《续搜神记》[⑤]，小说类也。《飞燕外传》、《会真记》[⑥]，传记类也。《太平广记》，事以类聚，故可并收。今一书而兼二体，所未解也。小说既述见闻，即属叙事，不比戏场关目，随意装点。伶玄之传，得诸樊嫕[⑦]，故猥琐具详；元稹之记[⑧]，出于自述，故约略梗概。杨升庵伪撰《秘辛》[⑨]，尚知此意，升庵多见古书故也。今燕昵之词、媟狎之态，细微曲折，摹绘如生。使出自言，似无此理；使出作者代言，则何从而闻见之？又所未解也。留仙之才，余诚莫逮其万一；惟此二事，则夏虫不免疑冰。刘舍人云：‘滔滔前世，既洗予闻；渺渺来修，谅尘彼观。'心知其意，倘有人乎？"

因先生之言，以读先生之书，如叠矩重规，毫厘不失，灼然与才子之笔，分路而扬镳。自喜区区私议，尚得窥先生涯涘也。因附记于末，以告世之读先生书者。乾隆癸丑十一月[10]，门人盛时彦谨跋

【注释】

①时彦：盛时彦，字松云。清代北平（今北京市）人，为乾隆年间文学家纪昀弟子。从纪昀游，素为纪昀所倚重并引为知己。

②稗（bài）官脞（cuǒ）记：民间传说的琐碎记载。稗官，小官。小说家出于稗官，因此后代称野史小说为"稗官"。脞，琐细。

③虞初（约前140—前87）：西汉小说家，号黄车使者。

④干宝：字令升，生卒年不详，东晋文学家、史学家。

⑤刘敬叔《异苑》：刘敬叔，生年不详，大约卒于公元486年，少颖敏有异才，有《异苑》十卷传世。《异苑》，志怪小说集，皆言神怪之事。陶潜《续搜神记》：《续搜神记》，又名《搜神后记》，是《搜神记》的续书，题为东晋陶潜撰。所记有元嘉十四年（437）、十六年（439）事，皆陶潜死后事，故疑此书为伪托，或为经后人增益而成。

⑥《飞燕外传》、《会真记》：《飞燕外传》，旧本题汉伶元撰，描写汉成帝时赵飞燕淫乱宫闱之事。《会真记》，又名《莺莺传》，作者为唐人元稹（779—831）。见前注。

⑦樊嫕（nì）：事见汉代伶玄所撰的《赵飞燕外传》："樊嫕谓昭仪曰……"嫕，古代女子人名用字。

⑧元稹之记：指《莺莺传》。

⑨杨升庵伪撰《秘辛》：杨慎（1488—1559）字用修，号升庵，明代文

学家。记诵之博，著述之富，在明代杨慎可推为第一。杨慎喜欢伪撰古书，以证实自己的理论。“秘辛”就是秘密，指极其机密、隐私的事情，《秘辛》为其伪撰之作。

⑩乾隆癸丑：乾隆五十八年(1793)。

【译文】

河间先生纪昀主持校勘皇家秘籍二十多年，他的学问和文章名满天下。但是为人天性孤高严厉，不太喜欢结交朋友。公务之馀，不过是焚香扫地，关门写书罢了。年近七十岁了，就不再用那些词赋烦心，只是经常追记、补写一些旧闻轶事，用来消遣打发时间养老。最初写了《滦阳消夏录》，又写了《如是我闻》，再写《槐西杂志》，都已经被刻坊书商出版发行了。今年夏秋之际，又写下了四卷书，取用庄子的话“姑妄听之”作为题目。因为之前的三本书，还没有脱稿，就被那些钞胥私下里抄去了。这样的版本字句遗漏和错别字都很多，因此《姑妄听之》这本书特意交给盛时彦校对。

我曾经说过，先生写的书，虽然是以小说的形式，但是其主要意义是勉励告诫，没有一句不是经典的见解，这是天下众所周知的。至于文中辨析名理，精深微妙；引经据典，都有凭有据，这就显示了纪昀先生的知识广泛。对事件的叙述和对材料的取舍安排，记叙结构的连贯性，描写景物相互映衬，如同行云流水般流畅自然，又突出了事物的真谛，显示了著作功底。这些读者也许就不一定都知道了。也许会有人说：“先生只是用他的业馀技能，用笔墨文字娱乐罢了。”然而这样再看先生的书和小说有多大差别呢？著书立说必须引经据典并且融会贯通，这样之后才能有正确的主旨思想；必须参考史事精心裁断，这样文章才能条理明晰；必须博览群书知晓诸子百家，这样才能变化无穷。就像建筑大师建造宫殿，千根柱子的大楼，和几根房梁的小房子，它们的结构是一样的。所以不懂得撰写著作道理的人，就是解释评论经史典籍，不是杂乱就是粗陋；懂得撰写著作道理的人，就算只是写小说野史或是杂谈琐议，也会很有条理章法。

纪昀先生曾经说过："《聊斋志异》盛行一时，但是这是才子的文笔，不是著书立说人的风格。虞初之后，干宝之前，这个时期的古代小说大多失传了。小说中能找到的完整版本，只有刘敬叔的《异苑》、陶潜《续搜神记》，小说一类。《飞燕外传》、《会真记》，传记一类。《太平广记》，这些故事是按类汇总，所以可以一起收录。现在这一本书同时兼有几种体裁，这是难以理解的。小说是记录奇闻轶事的，属于纪实叙事的，不比戏曲中的对白情节，可以随心所欲修饰虚构。伶玄写的《赵飞燕外传》，因为是根据樊嫕的故事，所以庸俗猥琐的事情都很详细；元稹写的《莺莺传》，是对自身经历的描写，所以简略得只有个框架。杨升庵编造《秘辛》，尚且知道要记实，是因为升庵看古书看得多。时下的《聊斋志异》，那些燕昵之词、媟狎之态，细致入微曲折离奇，摹绘得活灵活现。如果是自己的经历，似乎没有自我宣扬这个道理；如果是代言别人的经历，那么作者又是从哪里听来看来的呢？难以理解啊。留仙的才华，我实在是比不上万分之一；只不过这两个疑惑，不免像《庄子·秋水》中的夏虫疑冰那样见识浅陋。刘舍人曾经说过：'滔滔前世，既洗予闻；渺渺来修，谅尘彼观。'能够理解他的深意的，还有这样的人吗？"

想着先生的话，再读先生的书，就好像规与规相重，矩与矩相迭，一点偏差也没有，明显与《聊斋志异》分道扬镳，截然不同。于是窃喜以自己这样的水平，竟然也能对纪昀先生的深意略懂一二。于是把这些附在先生的书后面，把这些告诉世上那些读先生写的书的人。乾隆癸丑十一月，门人盛时彦谨跋。

卷十九

滦阳续录一

【题解】

1789年到1793年，纪昀完成了“滦阳消夏录”、“如是我闻”、“槐西杂志”、“姑妄听之”。这段时间他写得很快，据他自己说是因为“老不能闲，又有所缀”。但纪昀毕竟年过七旬，加上公务繁忙等各种因素，之后，他写作的速度开始有所减缓。与“滦阳消夏录”等四种一样，“滦阳续录”也不是一气呵成，而是利用闲暇时间断断续续写成的；与以往的写作有所不同的是，“滦阳续录”篇幅显得短小，而且，成书之后，纪昀懒得再专门写序申明和强调自己的创作意图。其中的原因，从纪昀简短的自叙，我们可以了解到是由于作者年事已高精力不济；其实，更重要的原因是作者生活在封建正统文化发展从最高峰开始步入式微的转型时期，新的异质文化开始艰难崛起，传统儒学伦理受到冲击，更具体一点，写作“滦阳续录”时，清廷也日趋没落，因而纪昀自叙中流露的末世情绪，决不能仅仅理解为是自己即将走到生命尽头。他是为自己维护封建统治秩序所做过的不懈努力，发出了苍凉的叹息。

景薄桑榆[1]，精神日减，无复著书之志，惟时作杂记，聊以消闲。《滦阳消夏录》等四种，皆弄笔遣日者也。年来并此懒为，或时有异闻，偶题片纸；或忽忆旧事，拟补前编。又率不甚收拾，如云烟之过眼，故久未成书。今岁五月，扈从滦阳。退直之馀，昼长多暇，乃连缀成书命曰《滦阳续录》。缮写既完，因题数语，以志缘起。若夫立言之意，则前四书之序详矣，兹不复衍焉。嘉庆戊午七夕后三日②，观弈道人书于礼部直庐，时年七十有五。

【注释】

①景薄桑榆：太阳接近桑榆树梢，因以指日暮。也比喻晚年。景，日光。薄，靠近，迫近。

②戊午：嘉庆三年(1798)。

【译文】

如同日已西斜，我的精神一天不如一天，再没有著书的兴致了，只是时常作点儿杂记，姑且消遣解闷。《滦阳消夏录》等四本书，都属于随意拈笔的消遣之作。近年以来，连这种杂记也懒得写了，有时听到点儿奇闻异事，偶然写到一张纸片上；有时忽然想起往事，打算补充到前面的几卷书里。可是都没有注意整理，就像过眼云烟，所以久久没能成书。今年五月，随从皇上到滦阳。值班之馀，白天有很多闲暇，于是串连起来编成了书，命名为《滦阳续录》。书稿全部誊写完之后，顺便题写几句话，作为说明写作原由的标记。至于写此类东西的本意，前四本书的序言已经说得很详细了，这里不再赘述。嘉庆戊午年七夕后三天，观弈道人写于礼部值班房，时年七十五岁。

嘉庆戊午五月，余扈从滦阳。将行之前，赵鹿泉前辈云：有瞽者郝生，主彭芸楣参知家①，以揣骨游士大夫间②，语多奇验。惟揣胡祭酒长龄，知其四品，不知其状元耳。在江湖术士中，其艺差精。郝自称河间人。余询乡里无知者，殆久游于外欤？郝又称其师乃一僧，操术弥高，与人接一两言，即知其官禄；久住深山，立意不出。其事太神，则余不敢信矣。

案，相人之法，见于《左传》，其书汉志亦著录；惟太素脉、揣骨二家[③]，前古未闻。太素脉至北宋始出，其授受渊源，皆支离附会，依托显然。余于《四库全书总目》已详论之。揣骨亦莫明所自起。考《太平广记》一百三十六引《三国·典略》称：北齐神武与刘贵、贾智等射猎[④]，遇盲妪，遍扪诸人，云并当贵；及扪神武，云皆由此人。似此术南北朝已有。又，《定命录》称[⑤]：天宝十四载[⑥]，东阳县瞽者马生，捏赵自勤头骨，知其官禄。《刘公嘉话录》称[⑦]：贞元末[⑧]，有相骨山人，瞽双目。人求相，以手扪之，必知贵贱。《剧谈录》称[⑨]：开成中[⑩]，有龙复本者，无目，善听声揣骨，是此术至唐乃盛行也。流传既古，当有所受。故一知半解，往往或中，较太素脉稍有据耳。

【注释】

①参知：官名。全称是"参知政事"，中央各部的副长官。

②揣骨：旧时相术的一种。揣摸人的骨骼，据其高低、大小、长短等以推断人的贫富、智愚、贵贱、寿夭。

③太素脉：是一种通过人体脉搏变化来预言人的贵贱、吉凶、祸福的方术。因为是通过中医诊脉方法来达到这个目的，所以被看成是一种特殊的相术。

④北齐神武：北齐神武帝高欢(496—547)，鲜卑名为贺六浑，世居怀朔镇(今内蒙古包头东北，一说内蒙古固阳)，东魏权臣，也是

北齐的奠基人。

⑤《定命录》:唐代吕道生撰。吕道生,其生平事迹不详,正史无传。《定命录》,据佚文知其内容多为相卜命定之事。《新唐志》称"大和中,道生增赵自勤之说",知其书是《定命论》之增订本,作于太和(827—835)期间。《新唐志》录二卷,题吕道生。《崇文总目》、《通志》、《国史经籍志》同。《宋志》有赵自勤《定命录》二卷,疑即吕氏之书。

⑥天宝十四载:755年。

⑦《刘公嘉话录》:唐代韦绚记录刘禹锡言论,撰《刘宾客佳话录》一卷。韦绚,原名韦昶,字文明,顺、宪宰相韦执谊之子,宰相杜黄裳外孙,元稹之婿。由于传抄、流行途径不同,《刘公嘉话录》又称《刘禹锡佳话》、《刘公佳话》、《嘉话》、《嘉话录》等。

⑧贞元:唐德宗李适(kuò)的年号,785—805年,共计21年。

⑨《剧谈录》:唐代康軿撰。康軿(píng),字驾言,常有人作"康骈",误。《剧谈录》,唐代笔记小说集。记载唐玄宗天宝以后之事,尤其以中晚唐故事为主,既有武侠奇伎,又有神灵怪异,但更多的是史事记录。

⑩开成:唐文宗李昂的年号,836—840年,共计5年。

【译文】

嘉庆戊午年五月,我随从护驾去滦阳。将要出发前,赵鹿泉前辈说:有个盲人郝生,在彭芸楣参知政事的家主事,凭借揣骨相术与士大夫交游,推算大多出奇的灵验。唯有揣摸胡长龄祭酒时,只知道他官至四品,却不知道他是状元。在江湖术士中,郝生的技艺可以说是相当精湛了。郝生自称是河间人。我询问同乡里人,却没有人知道他,大概是他长期出游在外的缘故吧?郝生又自称他的师傅是一位僧人,技艺更加高超,只要与别人交谈一两句话,就能知道那人的官禄;他长期住在深山里,决意不出山。这种事太神奇,我不敢相信。

按，给人看相的技艺，见于《左传》，有关著作《汉书·艺文志》也有著录；唯有太素脉、揣骨两家，上古时期未曾听说有过。太素脉到北宋才出现，它的授受渊源都支离附会，依托的痕迹非常明显。对此，我在《四库全书总目》中已详加论述。揣骨相术，也不知起于何时。考证《太平广记》卷一百三十六引《三国典略》称：北齐神武帝高欢与刘贵、贾智等人射猎，遇到一个盲老妇人，盲老妇摸遍每个人，说他们将来都会富贵；等摸过高欢之后，说他们的富贵都由高欢而来。似乎揣骨相术，南北朝时已出现。又，《定命录》称：唐天宝十四年，东阳县盲人马生，捏赵自勤的头骨，就知道他的官禄。《刘公嘉话录》称：唐贞元末年，有个相骨山人，双目失明。有人来求他相命，他用手摸一遍，必定能知道那人的贵贱。《剧谈录》称：唐开成年间，有一位叫龙复本的人，没有眼睛，擅长听辨声音和揣摸骨相，可见，揣骨相术到唐代才开始盛行。流传久远，必定有所授受。因而，一知半解，往往能够言中，比起太素脉来也稍微有所依据罢了。

诚谋英勇公阿公文成公之子，袭封。言：灯市口东有二郎神庙。其庙面西，而晓日初出，辄有金光射室中，似乎返照。其邻屋则不然，莫喻其故。或曰："是庙基址与中和殿东西相直，殿上火珠宫殿金顶，古谓之火珠。唐崔曙有《明堂火珠诗》是也。映日回光耳。"其或然欤？

【译文】

诚谋英勇公阿公文成公的儿子，世袭封号。说：北京灯市口东边有座二郎神庙。这座庙坐东朝西，只要早晨太阳一出来，就有金光射进屋里，好像是阳光回照。与庙相邻的房子就没有这种金光，不知什么原因。有人说："这座庙址与中和殿东西对称，中和殿上有火珠宫殿金顶，古代称为“火珠”。唐代崔曙有一首《明堂火珠诗》，指的就是这个。将阳光反射到庙里。”也许是这样吧？

阿公偶问余刑天干戚事[①]，余举《山海经》以对[②]。阿公曰：“君勿谓古记荒唐，是诚有也。昔科尔沁台吉达尔玛达都尝猎于漠北深山[③]，遇一鹿负箭而奔，因引弧殪之。方欲收取，忽一骑驰而至，鞍上人有身无首，其目在两乳，其口在脐，语啁哳自脐出。虽不可辨，然观其手所指画，似言鹿其所射，不应夺之也。从骑皆震慑失次，台吉素有胆，亦指画示以彼射未仆，此射乃获，当剖而均分。其人会意，亦似首肯，竟持半鹿而去。不知其是何部族，居于何地。据其形状，岂非刑天之遗类欤？天地之大，何所不有，儒者自拘于见闻耳。”

案，《史记》称：《山海经》、《禹本纪》所有怪物[④]，余不敢信。是其书本在汉以前。《列子》称大禹行而见之，伯益知而名之[⑤]，夷坚闻而志之[⑥]。其言必有所受，特后人不免附益又窜乱之，故往往悠谬太甚；且杂以秦汉之地名，分别观之，可矣。必谓本依附《天问》作《山海经》[⑦]，不应引《山海经》反注《天问》，则太过也。

【注释】

①刑天干戚：刑天，又作“形天”。《山海经》中的人物。据传，刑天和天帝争夺神位，天帝砍断了他的头，并把他葬在常羊山。刑天竟然以两乳为双目，用肚脐作口，一手挥舞大斧，一手操持盾牌，斗志不懈。戚，古代兵器，像斧。

②《山海经》:先秦古籍,记述古代神话、地理、物产、宗教、医药、民俗等多方面的内容,还描述了远古、海外的鸟兽等。

③台吉:清对蒙古贵族封爵名。位次辅国公,分四等,自一等台吉至四等台吉,相当于一品官至四品官。

④《禹本纪》:相传为战国时楚国人所著,着重记载大禹治水的丰功伟绩,其中记载了许多山河湖泊、地形地貌等,已失传。

⑤伯益:又作"伯翳"、"柏翳"、"柏益"、"伯鹥"等。传说他能领悟飞禽语言,被尊称为"百虫将军",善于畜牧和狩猎,并且发明了最早的屋舍,教会先民学会了建筑房屋,凿挖水井。

⑥夷坚:汉天师,字辅汉,史书又称"张陵"。博闻强识。

⑦《天问》:浪漫主义诗人屈原的代表作,收录于西汉刘向编辑的《楚辞》中。

【译文】

阿公偶然问我刑天舞干戚的事情,我举出《山海经》的记载来回答他。阿公说:"你不要认为古代的记载是荒唐的,这是确有其事的。以前科尔沁台吉达尔玛达都到深山里去打猎,碰到一只中箭的鹿逃命,就挽弓射死了那只鹿。他正想把鹿拉走,忽然有一骑飞驰而来,马上的人只有身子没有头,更怪的是眼睛长在两个乳头那里,嘴长在肚脐眼,说话时声音就吱吱呀呀从肚脐眼里出来。虽然听不懂他的话,但看他的手势比划,好像说鹿是他射的,不应该抢夺。随从们都吓得不知所措,台吉一向胆大,就比划着说你射了没死,是我补了一箭,它才死,我俩应该对半分。那个人明白了意思,也好像同意了,后来带着半只鹿走了。不知那个人是什么部族,住在什么地方。看他的模样,难道不是刑天的后裔吗?天地广大无比,无所不有,而儒生太局限于自己的所见所闻了。"

按,《史记》中说:《山海经》、《禹本纪》中的所有怪物,我都是不太相信的。因为这些书出现在汉代之前。《列子》中说大禹四处奔走时看到过这些怪物，伯益知道这些怪物并给它们起了名字，夷坚听说后把它们记了下来。这种说法肯定是有依据的，只是后人难免有所增补，并加以删改弄乱了，造成了很多的错误；其中还夹杂着秦汉时代的地名，甄别之后读就很好了。如果坚持认为《山海经》是依据《楚辞·天问》写出来的，就不应当引用《山海经》来注释《天问》，那就有点儿太过分了。

胡中丞太初、罗山人两峰①，皆能视鬼。恒阁学兰台②，亦能见之，但不常见耳。戊午五月，在避暑山庄直庐，偶然话及。兰台言：鬼之形状仍如人，惟目直视。衣纹则似片片挂身上，而束之下垂，与人稍殊。质如烟雾，望之依稀似人影。侧视之，全体皆见；正视之，则似半身入墙中，半身凸出。其色或黑或苍，去人恒在一二丈外，不敢逼近。偶猝不及避，则或瑟缩匿墙隅，或隐入坎井，人过乃徐徐出。盖灯昏月黑、日暮云阴，往往遇之，不为讶也。所言与胡、罗二君略相类，而形状较详。知幽明之理，不过如斯。其或黑或苍者，鬼本生人之馀气，渐久渐散，以至于无。故《左传》称新鬼大，故鬼小。殆由气有厚薄，斯色有浓淡欤？

【注释】

①中丞：官名。即都察院副都御使。

②阁学：官名。内阁学士。

【译文】

中丞胡太初和山人罗两峰，都能看见鬼。学士恒兰台也能看见，只是不能经常见到。嘉庆戊午年五月在避暑山庄的值班房，偶然说到了鬼。恒兰台说：鬼的形状还是像人一样，只是眼睛直楞楞看着。穿的衣服像是一片片都挂在身上，然后束在身上垂下来，和人不大一样。质地像烟雾，看起来依稀像人影。从侧面看，能看见全部；从正面看，却像是半个身体隐在墙里，半个身体凸出来。鬼的颜色有黑的有灰白的，距离人总是在一两丈以外，不敢靠近人。偶尔猛然躲避不及，要么是瑟缩地躲在墙角，要么是藏进沟坎或者废井里，人过去之后才慢慢地出来。在灯昏月黑、黄昏天阴之时，常常能见到鬼，没什么奇怪的。他说的和胡太初、罗两峰这两个人说的差不多，只是鬼的形状说得更详细些。可知阴间阳间的情况，不过如此。鬼有黑色的有灰白色的，那是因为鬼本来是活人剩馀的气息，时间长了就渐渐消散，以至于完全消失。所以《左传》中说新鬼大，旧鬼小。这大概是气有厚有薄，颜色也就有浓有淡吧？

兰台又言：尝晴昼仰视，见一龙自西而东，头角略与画图同，惟四足开张，摇撼如一舟之鼓四棹；尾扁而阔，至末渐纤，在似蛇似鱼之间；腹下正白如匹练。夫阴雨见龙，或露首尾鳞爪耳，未有天无纤翳，不风不雨，不电不雷，视之如此其明者。录之亦足资博物也。

【译文】

恒兰台又说：他曾经在一个晴朗的白天仰望天空，看见一条龙从西往东飞来，龙的头角与画图描绘的大致相同，只是四脚张开，摇摇摆摆好像一只船上的四根桨在划动；尾巴扁而宽，到末梢逐渐变细，既像蛇尾又像鱼尾；腹部洁白如练。阴雨天出现龙，也不过是显露首尾鳞爪而已，从未听说过天空没有一丝云彩，无风无雨，无电无雷，能如此清晰地看见龙的。记录这段话，也足以增广见闻。

赵鹿泉前辈言：孙虚船先生未第时，馆于某家。主人之母适病危。馆童具晚餐至。以有他事，尚未食，命置别室几上。倏见一白衣人入室内，方恍惚错愕，又一黑衣短人逡巡入。先生入室寻视，则二人方相对大嚼，厉声叱之。白衣者遁去，黑衣者以先生当门，不得出，匿于墙隅。先生乃坐于户外观其变。俄主人踉跄出，曰："顷病者作鬼语，称冥使奉牒来拘。其一为先生所扼，不得出，恐误程限，使亡人获大咎。未审真伪，故出视之。"先生乃移坐他处，仿佛见黑衣短人狼狈去，而内寝哭声如沸矣。先生笃实君子，一生未尝有妄语，此事当实有也。惟是阴律至严，神听至聪，而摄魂吏卒不免攘夺病家酒食。然则人世之吏卒，其可不严察乎！

【译文】

赵鹿泉前辈说：孙虚船先生没登第时，在某家教私塾。当时正值主人的母亲病危。私塾里的小童送晚饭来。孙虚船因为有事不能吃，叫小童放在另一间屋的几案上。他突然看见一个白衣人一下闪进了屋里，正觉得恍惚惊讶时，又一个穿黑衣的小个子转来转去地也进了屋。孙虚船进屋查看，见这两人正相对着大吃大嚼，就厉声呵斥。白衣人逃走了，黑衣人因为孙虚船堵住门出不去，躲在墙角。孙虚船就坐在门外看他怎么办。不一会儿主人踉踉跄跄地出来说："刚才病人说鬼话，说鬼卒奉命来勾人。其中一个鬼被先生堵在门里出不来，恐怕误了期限，让死者挨重罚。不知真假，所以出来看看。"孙虚船就坐到了别处，仿佛看见黑衣矮人狼狈地走了，哭声在卧室里一下子像开了锅一样。先生是诚实的君子，一生没有说过谎话，应该是实有其事。只是阴间的法律十分严厉，神灵的视听非常清晰，勾人的鬼卒们还不免抢吃病人家的酒饭。那么人间的官吏衙役，怎么能不严格监督呢！

门人伊比部秉绶言[①]：有书生赴京应试，寓西河沿旅舍中。壁悬仕女一轴，风姿艳逸，意态如生。每独坐，辄注视凝思，客至或不觉。一夕，忽翩然自画下，宛一好女子也。书生虽知为魅，而结念既久，意不自持，遂相与笑语嬿婉。比下第南归，竟买此画去。至家悬之书斋，寂无灵响，然真真之唤弗辍也[2]。三四月后，忽又翩然下。与话旧事，不甚答。亦不暇致诘，但相悲喜。自此狎媟无间，遂患羸疾。其父召茅山道士劾治。道士熟视壁上，曰："画无妖气，为祟者非此也。"结坛作法。次日，有一狐殪坛下。知先有邪心，以邪召邪，狐故得而假借。其京师之所遇，当亦别一狐也。

【注释】

①比部：官名。明清时对刑部司官的习称。

②真真：唐杜荀鹤《松窗杂记》："唐进士赵颜于画工处得一软障，图一妇人甚丽，颜谓画工曰：'世无其人也，如可令生，余愿纳为妻。'画工曰：'余神画也，此亦有名，曰真真，呼其名百日，昼夜不歇，即必应之，应则以百家彩灰酒灌之，必活。颜如其言，遂呼之百日……果活，步下言笑如常。"后用"真真"泛指美人。

【译文】

我的门人比部郎中伊秉绶说：有个书生进京应试，住在西河沿的一家旅馆。房间墙壁上挂着一轴仕女图，风采翩翩，姿色艳丽，神态栩栩如生。每当独坐时，书生都专心凝视画面，客人来了他都察觉不到。一天夜里，画中女子翩然而下，真是一个美女。书生虽然明知她是鬼魅，因为想念已久，无法把持，就与她谈笑亲热起来。等到科考落第南下回乡，他还真的买下这幅画带走了。到家就把画挂到了书房里，却始终没有动静，但是他像赵颜呼唤真真一样一直没有中断呼喊。三四个月后，那个画中女子忽然又翩然而下。书生跟她谈往事叙旧情，她却不怎么答话。书生来不及追问原因，只顾诉说悲喜之情。从此，二人厮混无度，书生的身体越来越虚弱。书生的父亲连忙请茅山道士来劾治妖魅。道士反复观察壁上的画幅，说：“画并没有妖气，作祟的不是这幅画。”道士登坛作法。第二天，人们发现有一只狐狸死在坛下。可见是书生先存有邪念，邪心召来了妖邪，狐魅才能假借画中人作怪。他在京城见的那个女子，应该是另外一只狐狸幻化的。

断天下之是非，据礼据律而已矣。然有于礼不合，于律必禁，而介然孤行其志者[①]。亲党家有婢名柳青，七八岁时，主人即指与小奴益寿为妇。迨年十六七，合婚有日，益寿忽以博负逃，久而无耗。主人将以配他奴，誓死不肯。婢颇有姿，主人乘间挑之，许以侧室。亦誓死不肯。乃使一媪说之曰：“汝既不肯负益寿，且暂从主人，当多方觅益寿，仍以配汝。如不从，即鬻诸远方，无见益寿之期矣。”婢暗泣数日，竟俯首荐枕席，惟时时促觅益寿。越三四载，益寿自投归。主人如约为合卺。合卺之后，执役如故，然不复与主人交一语。稍近之，辄避去。加以鞭箠，并赂益寿，使逼胁，讫不肯从。无可如何，乃善遣之。临行以小箧置主母前，叩拜而去。发之，皆主人数年所私给，纤毫不缺。后益寿负贩，婢缝纫，拮据自活，终无悔心。余乙酉家居[②]，益寿尚持铜磁器数事来售，头已白矣。问其妇，云久死。异哉，此婢不贞不淫，亦贞亦淫，竟无可位置，录以待君子论定之。

【注释】

①介然：专一，坚定不动摇。

②乙酉：乾隆三十年(1765)。

【译文】

判断天下事的是非，大都依据礼义和法律而已。但是也有不符合礼义、违反法律，却坚定不移独行其志的人。亲戚家有个叫柳青的婢女，七八岁时，主人把她许配给小奴益寿为妻。等到十六七岁，即将成亲时，益寿忽然因为赌博负债逃走了，长久杳无音信。主人要把她许配给别的奴仆，她誓死不肯。柳青颇有几分姿色，主人趁机挑逗她，许诺让她做侧室。她也誓死不肯。主人就让一个老妇人劝说："你既然不肯负益寿的婚约，姑且暂时顺从主人，主人会多方设法寻找益寿，仍然把你配给他。如果你不顺从主人，他就把你卖得远远的，你要见益寿就永无时日了。"柳青偷偷哭了几天，居然同意与主人同住，只是时常催促主人寻找益寿。过了三四年，益寿自己跑回主人家。主人如约为他们举办婚礼。结婚之后，柳青像以前一样干活，但是不再同主人交谈一句。主人稍微亲近她，她就避开去。主人鞭打她，并且贿赂益寿，多方逼迫威胁，她始终不肯顺从。无可奈何，主人只得好好打发他们出去。临行之前，她将一只小箱子放到主母面前，叩拜而去。打开箱子，里面都是主人几年来私下给她的东西，一件也不少。后来，益寿做小买卖，她缝缝补补，艰难过活，但是她没有一点儿后悔的意思。乙酉年我住在家里，益寿还拿着几件铜磁器来卖，头发已经花白。问他妻子的事，他说已经死了多时了。奇怪啊，像柳青这样的奴婢，不贞不淫，亦贞亦淫，居然无法给她定位，把这些记录下来，留待君子们来论定。

吴茂邻，姚安公门客也。见二童互詈，因举一事曰：交河有人尝于途中遇一叟泥滑失足，挤此人几仆。此人故暴横，遂辱詈叟母。叟怒，欲与角，忽俯首沉思，揖而谢罪，且叩其名姓居址，至岐路别去。此人至家，其母白昼闭房门，呼之不应，而喘息声颇异，疑有他故。穴窗窥之，则其母裸无寸丝，昏昏如醉，一人据而淫之。谛视，即所遇叟也。愤激叫啾，欲入捕捉，而门窗俱坚固不可破。乃急取鸟铳自棂外击之，嗷然而仆，乃一老狐也。邻里聚观，莫不骇笑。此人詈狐之母，特托空言，竟致此狐实报之，可以为善骂者戒。此狐快一朝之愤，反以殒身，亦足为睚眦必报者戒也。

【译文】

吴茂邻，是姚安公的门客。看见两个孩子互相吵骂，就讲了一个故事：交河有个人，曾在路上遇到一个老头，因为泥滑跌倒，老头差点儿把这个人挤倒了。这人本来就横暴，对着老头骂娘。老头发怒，想要跟这人打架，忽然低头沉思，拱手赔不是，小心地询问这人的姓名住址，走到岔路口，老头告别走了。这人到了家，他的母亲大白天关着房门。叫也叫不应，里面的喘息声很奇怪，他怀疑出了什么事。把窗纸捅了个眼往里看，只见他母亲全身一丝不挂，昏昏然像醉了酒，有一个人正骑在她身上施暴。仔细一看，就是路上遇到的那个老头。这个人愤怒叫嚷，想进去抓捕，但是门窗都很坚固，打不破。他急忙拿来鸟枪从窗外射击，老头叫了一声倒下了，原来是一只老狐狸。邻居们围观，都又惊又笑。这个人骂狐狸的娘，只是一句空话，最终招来狐狸真的报复，这可以让喜欢骂人的引以为戒。这只狐狸只图一时泄愤，反而丧了命，也足以让为一点儿小事就要报复的人警醒。

诚谋英勇公言：畅春苑前有小溪，直夜内侍，每云阴月黑，辄见空中朗然悬一星。共相诧异，辗转寻视，乃见光自溪中出。知为宝气，画计取之。得一蚌，横径四五寸。剖视得二珠，缀合为一，一大一稍小，巨似枣，形似壶卢。不敢私匿，遂以进御，至今用为朝冠之顶。此乾隆初事也。小溪不能产巨蚌，蚌珠未闻有合欢。斯由天命，圣人因地呈符瑞，寿跻九旬，康强如昔，岂偶然也哉！

【译文】

诚谋英勇公说：畅春苑前有条小溪，那些值夜班的内侍，每到阴天没有月亮的时候，就能看见空中挂着一颗明亮的星。大家都感到很奇怪，想方设法探究原因，这才发现光是从小溪射出来的。大家知道这是宝气，就想办法到溪里取宝。在小溪里捞出一个蚌，直径有四五寸。剖开蚌看到两颗宝珠在里面，缀成一体，一大一小，有枣子那么大，形状同葫芦一样。不敢私自据为己有，就献给了皇上，皇上至今还装饰在皇冠顶上。这是乾隆初年的事情。小溪不能生出大蚌，蚌珠也没听说有合成一对的。这大概是因为上天诞生了圣人，才借大地来呈献祥瑞，皇上后来年近九十，身体一直健康，难道是偶然的么！

莲以夏开，惟避暑山庄之莲至秋乃开，较长城以内迟一月有馀。然花虽晚开，亦复晚谢，至九月初旬，翠盖红衣，宛然尚在。苑中每与菊花同瓶对插，屡见于圣制诗中。盖塞外地寒，春来较晚，故夏亦花迟。至秋早寒而不早凋，则莫明其理。今岁恭读圣制诗注，乃知苑中池沼汇武列水之三源，又引温泉以注之，暖气内涵，故花能耐冷也。

【译文】

莲花在夏季开花，只有避暑山庄的莲花直到秋季才开放，比长城以内晚一个多月。然而这里的莲花虽然开得晚，却谢得也晚，直到九月上旬，池水里仍然是绿叶覆盖着鲜红的花朵，毫无凋零之意。宫苑里常把莲花与菊花同瓶对插，在圣上的诗作中，也常常见到吟咏莲花的诗句。大约塞外地寒，春天来得迟，所以夏季的花儿开得晚。但是这里秋季早寒，花儿却并不早谢，就令人不明白其中的道理了。今年，我恭读圣上诗作的注释，才知道苑中的池水汇集了武列河的三个源头之水，又注入了温泉，里面有了暖气，所以这里的莲花能够耐冷。

戴遂堂先生讳亨，姚安公癸巳同年也[①]。罢齐河令归，尝馆余家。言其先德本浙江人[②]，心思巧密，好与西洋人争胜。在钦天监，与南怀仁忤，怀仁西洋人，官钦天监正。遂徙铁岭。故先生为铁岭人。言少时见先人造一鸟铳，形若琵琶，凡火药铅丸皆贮于铳脊，以机轮开闭。其机有二，相衔如牝牡，扳一机则火药铅丸自落筒中，第二机随之并动，石激火出而铳发矣。计二十八发，火药铅丸乃尽，始需重贮。拟献于军营，夜梦一人诃责曰："上帝好生，汝如献此器使流布人间，汝子孙无噍类矣。"乃惧而不献。说此事时，顾其侄秉瑛乾隆乙丑进士[③]，官甘肃高台知县。曰："今尚在汝家乎？可取来一观。"其侄曰："在户部学习时，五弟之子窃以质钱，已莫可究诘矣。"其为实已亡失，或爱惜不出，盖不可知。然此器亦奇矣。

诚谋英勇公因言：征乌什时，文成公与勇毅公明公犄角为营，距寇垒约里许。每相往来，辄有铅丸落马前后，幸不为所中耳。度鸟铳之力不过三十馀步，必不相及，疑沟中有伏。搜之无见，皆莫明其故。破敌之后，执虏讯之，乃知其国宝器有二铳，力皆可及一里外。搜索得之，试验不虚，与勇毅公各分其一。勇毅公征缅甸，殁于阵，铳不知所在。文成公所得，今尚藏于家。究不知何术制作也。

【注释】

①癸巳：康熙五十二年(1713)。

②先德：即指有德行的前辈，代指先世的德泽，也可用于已故的父亲。

③乾隆乙丑：乾隆十年(1745)。

【译文】

戴遂堂先生名亭，康熙癸巳年与姚安公同年考中进士。他从齐河县令的职位上罢免回乡后，曾经在我家当馆师。他说他父亲本来是浙江人，心灵手巧，喜欢与西洋人争高低。在钦天监时，与南怀仁相抵触，南怀仁，西洋人，任钦天监正。被贬官到铁岭。所以戴先生是铁岭人。他说小时候看见父亲制造过一支鸟铳，形状像琵琶，火药铅弹都装在枪背里，用机轮作开关。机关有两个，一凸一凹，密合无间，扳动一个机关，火药铅弹就自动落到枪筒里，第二个机关随之扳动，碰击火石发火，弹丸就发射出去了。连续发射二十八次，枪筒里的火药铅丸射尽，才需要重新装弹。他父亲打算将鸟铳献给军营，当晚梦见一个人呵叱他："上帝普爱众生，你如果献出这个武器，让它流布人间，你就断子绝孙了。"他父亲害怕了就没有献出去。说这件事时，他回头对侄子戴秉瑛乾隆乙丑年进士，任甘肃高台知县。说："鸟枪还放在你家吗？可以取来看一下。"戴秉瑛说："我在户部学习时，五弟的儿子偷去当钱了，已经追不回来。"也许它确实已被遗失了，或许主人爱惜它，不肯拿出来，也说不定。然而，这支鸟铳也太奇巧了。

诚谋英勇公接着说：征伐乌什时，文成公与勇毅公明公以犄角之势扎营，与敌人堡垒相距一里路左右。两人每次往来，都有铅弹落在马前马后，幸好没有射中。估计鸟铳的射程不过三十几步，敌方必定射不到这么远，因而怀疑山沟里有埋伏。派人去搜索，却没有发现敌人，大家都不知道是什么缘故。打败敌人之后，审讯俘虏，才知道乌什的宝器中有两支铳，射程都有一里多远。搜出来一试果然不错，文成公与勇毅公各分得一支。勇毅公远征缅甸时，战死沙场，那支铳不知失落在何处。文成公得到的那一支，现在还藏在家里。终究不明白是用什么技艺制作的。

宋代有神臂弓，实巨弩也，立于地而踏其机，可三百步外贯铁甲。亦曰克敌弓，洪容斋试词科，有《克敌弓铭》是也。宋军拒金，多倚此为利器。军法不得遗失一具，或败不能携，则宁碎之，防敌得其机轮仿制也。元世祖灭宋①，得其式，曾用以制胜。至明乃不得其传，惟《永乐大典》尚全载其图说。然其机轮一事一图，但有短长宽窄之度与其牝牡凸凹之形，无一全图。余与邹念乔侍郎穷数日之力，审谛逗合，讫无端绪。余欲钩摹其样，使西洋人料理之。先师刘文正公曰："西洋人用意至深，如算术借根法，本中法流入西域，故彼国谓之东来法。今从学算，反秘密不肯尽言。此弩既相传利器，安知不阴图以去，而以不解谢我乎？《永乐大典》贮在翰苑，未必后来无解者，何必求之于异国？"余与念乔乃止。"维此老成，瞻言百里。"信乎所见者大也。

【注释】

①元世祖：孛儿只斤·忽必烈(1215—1294)，元朝的创建者。在位35年，谥号圣德神功文武皇帝，庙号世祖。

【译文】

宋代有一种神臂弓，实际上是大弩，立在地上用脚踏动机关，能穿透三百步以外的铁甲。又叫克敌弓，洪迈在《容斋三笔》试词科中《克敌弓铭》说的就是这种弓。宋军抗金，往往倚靠它，把它当作高效的武器。军法规定一张也不能丢失，如果打了败仗来不及带回来，宁可破坏它，以免敌军得到了大弩按照构造用来仿造。元世祖灭了宋朝，得到了克敌弓，曾用它打了胜仗。到了明代，克敌弓失传了，只在《永乐大典》中载着所有图例。但是关于它的机关原理，一个部件一张图，只有长短宽窄的尺寸，雌雄凸凹的形状，没有一张全图。我和邹念乔侍郎仔细研究了好几天，竭力拼凑，也没弄出个头绪来。我想要勾勒出它的大样，请西洋人研究一下。我的老师刘文正公说："西洋人很有心计，比如算术中的借根法，本来是中国的算法流传到西方的，所以他们称之为东来法。如今向他们学习算术，反而保密不肯完整地说出来。这种克敌弓既然是前代传下来的高效武器，怎么知道他们不会偷偷地学了去，却以不能理解来搪塞我们呢？《永乐大典》藏在翰林院里，后来人未必就弄不明白它，何必要求教于外国呢？"我和邹念乔才打消了请教西洋人的念头。"还是老师老成，站得高看得远。"他的见识想法是够深远的了。

贝勒春晖主人言：热河碧霞元君庙俗谓之娘娘庙两厢，塑地狱变相。西厢一鬼卒，惨淡可畏，俗所谓地方鬼也。有人见其出买杂物，如柴炭之类，往往堆积于庙内。问之土人，信然。然不为人害，亦习而相忘。或曰："鬼不烹饪，是安用此？《左传》曰：'石不能言，物或凭焉。'其他精怪欤？恐久且为患，当早图之。"

余谓天地之大，一气化生。深山大泽，何所不有。热河穹岩巨壑，密迩民居，人本近彼，彼遂近人，于理当有之。抑或草木之妖，依其本质；狐狸之属，原其故居，借形幻化，托诸土偶，于理当亦有之。要皆造物所并育也。圣人以魑魅魍魉铸于禹鼎，庭氏方相列于周官[1]，去其害民者而已，原未尝尽除异类。既不为害，自可听其去来。海客狎鸥，忽翔不下。“鸥”字《列子》本作“沤”，盖古字假借。然古今行用。从无书作沤鸟者，故今以通行字书之。机心一起，机心应之，或反胶胶扰扰矣。

【注释】

①庭氏：官名。《周礼》的中秋官，负责射杀都城附近的鸱鸮、狼、狐之类夜间鸣叫的鸟兽。方相：方相氏，是周礼规定的司马的下属，最高官阶为下大夫。掌蒙熊皮、黄金四目、玄衣朱裳、执戈扬盾，为国家驱疫。

【译文】

贝勒春晖主人说：热河碧霞元君庙民间称娘娘庙的东西两厢，仿照地狱塑造了奇形怪状的鬼神泥像。西厢房里塑造的一个鬼卒，面目阴森可怕，就是民间称呼的地方鬼。有人看见这个鬼出去买杂物，如柴禾木炭之类，常常堆积在庙里。问当地人，他们回答说确有其事。但是这个鬼不害人，人们习惯了，也就熟视无睹了。有人说：“鬼不烹饪，用柴禾木炭干什么？《左传》中说：‘石头不会说话，但是别的怪物也许会依托它而说话。’也许是有其他的妖怪依托在泥像身上吧？时间长了恐怕会害人，应该早些处置它。”

我认为天地这么大，都是由元气化生的。在深山大泽之中，无奇不有。热河地区有着高山峡谷，密密层层的与民居挨得很近，人与精怪离得近，精怪也就会接近人，这在道理上讲是行得通的。也可能是草木之妖，凭借它的本质；或者是狐狸一类东西，本来居住在这里，蜕化变形，附着在泥像身上，这在道理上讲也是行得通的。原因是世间万物都是天地孕育的。圣人把魑魅魍魉的形象铸在禹鼎上，而把官名庭氏、方相列在周代的百官之中，目的就是为了驱逐那些害人的怪物，原本就没有打算把异类全部清除干净。既然不害人，自然应任凭它们自由来往。海边人一旦起意戏弄海鸥，海鸥就在天空盘旋，不到沙滩栖息。“鸥”字，《列子》本作“沤”，那是古字假借。但古今通用，从来没有写成“沤鸟”，所以现在以通用字书写。可见，心计一动，就有心计相对，反而弄得动乱不安，更加麻烦了。

宛平陈鹤龄，名永年，本富室，后稍落。其弟永泰，先亡。弟妇求析箸，不得已从之。弟妇又曰：“兄公男子能经理，我一孀妇，子女又幼，乞与产三分之二。”亲族皆曰不可。鹤龄曰：“弟妇言是，当从之。”弟妇又以孤寡不能征逋负，欲以赀财当二分，而以积年未偿借券，并利息计算，当鹤龄之一分。亦曲从之。后借券皆索取无着，鹤龄遂大贫。此乾隆丙午事也①。陈氏先无登科者，是年鹤龄之子三立，竟举于乡。放榜之日，余同年李步玉居与相近，闻之喟然曰：“天道固终不负人！”

【注释】

①乾隆丙午：乾隆五十一年(1786)。

【译文】

宛平县的陈鹤龄，名永年，他本来是个富户，后来渐渐没落了。他的弟弟陈永泰，早年去世了。弟媳请求分家，陈鹤龄不得已同意了。弟媳对他说：“兄长是男人，可以多方经营，我一个寡妇，儿女又小，请求您分给我三分之二的家产。”亲戚们得知此事都说不能这么分。陈鹤龄说：“弟妹说得是，听她的吧。”弟媳又说自己是寡妇，不便出去征收欠租，提出将全部家产分做两份，以多年来别人的借券连同所欠利息作为一份，分给陈鹤龄，而其他财物归她所有。陈鹤龄也委曲顺从了。后来那些借券并没有追回钱财，陈鹤龄因此一下子极其贫穷。这是乾隆丙午年的事。陈氏先辈还没有过名登科榜的人，这一年陈鹤龄的儿子三立竟然在乡试时中了举。我的同年李步玉同陈鹤龄住得很近，发榜那天，他感叹道："天道终究不辜负善人。"

南皮张浮槎，名景运，即著《秋坪新语》者也。有一子，早亡，其妇缢以殉。缢处壁上，有其子小像，高尺馀，眉目如生。其迹似画非画，似墨非墨。妇固不解画，又无人能为追写，且寝室亦非人所能到。是时亲党毕集，均莫测所自来。张氏纪氏为世姻，纪氏之女适张者数十人，张氏之女适纪者亦数十人。众目同观，咸诧为异。余谓此烈妇精诚之至极，不为异也。盖神之所注，气即聚焉。气之所聚，神亦凝焉。神气凝聚，象即生焉。象之所丽，迹即著焉。生者之神气动乎此，亡者之神气应乎彼，两相翕合，遂结此形。故曰缘心生象，又曰至诚则金石为开也。浮槎录其事迹，征士大夫之歌咏。余拟为一诗，而其理精微，笔力不足以阐发，凡数易稿，皆不自惬。至今耿耿于心，姑录于此以昭幽明之感，诗则期诸异日焉。

【译文】

南皮人张浮槎，名景运，是《秋坪新语》的作者。他有个儿子，早年去世，儿媳妇殉节上吊。上吊的地方墙壁上有他儿子的小幅画像，一尺多高，眉目栩栩如生。小像的形迹像勾画又不是画上去的，像是墨染却又分明没有用墨。这个女子本来不懂画，又没有人会替她根据回忆画上一张，况且寝室也不是外人能去的地方。这时，亲戚聚集，都不知道小像的来源。张氏与纪氏是世代联姻，纪氏女子嫁给张氏的有几十人，张氏女子嫁到纪氏的也有几十人。那么多双眼睛都看到了，都感到惊异。我认为这是烈妇对亡人的情意诚笃到了极致，完全不是怪异之事。大凡精神专注于某个人，那个人的气息就会聚集到眼前。气息一旦聚集，那个人的神情就凝结。神情一旦凝结，那个人的形象就产生。形象一旦有所依附，那个人的形迹就显现出来了。生者的神气这里浮动，死者的神气那里感应，相互聚合，就形成了这幅小像。所以说“缘心生象”，又说“至诚则金石为开”。张浮槎记录这样的事迹，征集士大夫的歌咏。我打算写一首诗，但是其中事理精细隐微，笔力不足以充分阐发，数易其稿，自己都不满意。至今，我还耿耿于怀，姑且把这件事记录在这里，以昭示幽明之间的感应，写诗却只好留待来日了。

神仙服饵，见于杂书者不一，或亦偶遇其人；然不得其法，则反能为害。戴遂堂先生言：尝见一人服松脂十馀年，肌肤充悦，精神强固，自以为得力。然久而觉腹中小不适，又久而病燥结，润以麻仁之类，不应。攻以硝黄之类，所遗者细仅一线。乃悟松脂粘挂于肠中，积渐凝结愈厚，则其窍愈窄，故束而至是也。无药可医，竟困顿至死。又见一服硫黄者，肤裂如磔，置冰上，痛乃稍减。古诗“服药求神仙，多为药所误”，岂不信哉！

【译文】

想成为神仙就要服用丹药，各种杂书的记载都不一样，有时偶尔也遇见这种人；但是如果服药不得法，反而会危害身体。戴遂堂先生说：他见过一个人服用松脂十多年，他的肌肤丰满，精力充沛，自认为这方法很不错。但是时间长了觉得肚里不大舒服,后来又大便干燥,服用麻仁之类润肠药物,也没有效用。后来又用硝黄一类药强攻,大便也只是细得如一条线。他这才意识到是松脂粘挂在肠子上,积聚得越来越厚,于是肠道越来越窄,终于到了这个地步。因为没有药可以医治,竟然就因为这个原因死了。他还看见一个服用硫黄的人,皮肤裂开像被刀割了一样,躺在冰上,疼痛才稍稍减轻一些。有句古诗说"服药求神仙,多为药所误",难道不是这样吗!

长城以外,万山环抱,然皆坡陀如冈阜。至王家营迤东,则嵚崎秀拔[①],皴皱皆含画意。盖天开地献,灵气之所钟故也。有罗汉峰,宛似一僧趺坐,头项胸腹臂肘,历历可数。有磬锤峰,即《水经注》所称武列水侧有孤石云举者也[②],上丰下锐,屹若削成。余修《热河志》时,曾蹑梯挽绠至其下,乃无数石卵与碎砂凝结而成,亘古不圮,莫明其故。有双塔峰,亭亭对立,远望如两浮图[③],拔地涌出。无路可上,或夜闻上有钟磬经呗声,昼亦时有片云往来。乾隆庚戌[④],命守吏构木为梯,遣人登视。一峰周围一百六步,上有小屋。屋中一几一香炉,中供片石,镌"王仙生"三字。一峰周围六十二步,上种韭二畦;塍畛方正[⑤],如园圃之所筑。是决非人力所到,不谓之仙踪灵迹不得矣。

耳目之前,惝恍莫测尚如此[⑥],讲学家执其私见,动曰此理之所无,不亦颠乎。距双塔峰里许有关帝庙,住持僧悟真云:乾隆壬寅[⑦],一夜大雷雨,双塔峰坠下一石佛,今尚供庙中。然仅粗石一片,其一面略似佛形而已。此事在庚戌前八年。毋乃以此峰向有灵异,欲引而归诸彼法欤。疑以传疑,并附著之。

【注释】

①嵚(qīn)崎：险峻，不平。

②《水经注》：北魏郦道元著。详细介绍中国境内一千多条河流以及相关的风土人情。既是地理名著，又是优秀的文学作品。

③浮图：佛教建筑概称为浮图，后渐转为专指高塔而言。

④乾隆庚戌：乾隆五十五年(1790)。

⑤塍畛(chéng zhěn)：田埂隔出方正的菜畦。塍，田埂，小土堤。畛，田地里的小路。

⑥惝恍(chǎng huǎng)：模糊不清，恍惚。

⑦乾隆壬寅：乾隆四十七年(1782)。

【译文】

长城之外，万山环抱，不过都是些起伏不平的山冈和丘陵。而从王家营往东蜿蜒，山势巍然挺拔，峰峦林石就像是国画的皴皱笔法，满含诗情画意。是因为天地孕育、灵气汇聚的缘故。有一座罗汉峰，简直就是一个和尚盘腿坐着，他的头、脖子、胸、腹以及手臂、胳膊肘，都能一一分辨出来。又有一座磬锤峰，就是《水经注》中所称武列河旁高耸入云的那块孤石，它上宽下窄，陡立如刀削一样。我编修《热河志》时，曾经小心地踩着梯子、攀着绳子在山峰下面考察过，发现这座山峰是由许多卵石和碎沙凝聚而成的，但是自古至今它却没有倒塌，不明白是什么原因。还有双塔峰，亭亭相对而立，从远处看上去简直是两座佛塔拔地而起。这两座山峰都没有路可以上去，可是有时候夜里却能听到峰上有敲打钟磬和诵经的声音，白天时也有一片片云彩在峰顶飘来飘去。乾隆庚戌年，曾经叫驻守在这里的军吏搭了木梯，派人上去查探。一座峰顶上环绕一周有一百零六步，上有小屋。屋里有一张几案和一个香炉，供着一块石头，石头上镌刻着“王仙生”三个字。另一座峰顶上周边六十二步，种着两畦韭菜；垄畦很整齐，修建得像是菜园子一样。这里决不是人能到的地方，这些如果不说是神仙的遗迹，就无法解释了。

现在还能够听得到看得见的事物，尚且如此模糊难以解释，而那些道学家们却一味固执己见，动辄说这是理学中没有的，这不是颠倒了是非吗？距双塔峰一里路左右，有一座关帝庙，住持和尚悟真说：乾隆壬寅年，有一个夜晚雷雨大作，双塔峰上落下一个石佛，现在还供奉在庙里。但也仅仅是一片粗石，其中一面稍微像佛的形状而已。这件事发生在庚戌前八年。莫非认为双塔峰还有灵异，想把这件事归结为佛法的作用？这就更是以疑传疑了，一并附录在这里。

同年蔡芳三言：尝与诸友游西山，至深处，见有微径，试缘而登，寂无居人，只破屋数间，苔侵草没。视壁上大书一"我"字，笔力险劲。因入观之，复有字迹，谛视乃二诗。其一曰："溪头散步遇邻家，邀我同尝嫩蕨芽。携手贪论南渡事①，不知触折亚枝花②。"其二曰："酒酣醉卧老松前，露下空山夜悄然。野鹿经年相见熟，也来分我绿苔眠。"不著年月姓名。味其词意，似前代遗民。或以为仙笔，非也。

又表弟安中宽，昔随木商出古北口，因访友至古尔板苏巴尔汉。俗称三座塔，即唐之营州，辽之兴中府也。居停主人云：山家尝捕得一鹿，方缚就涧边屠割，忽绳寸寸断，蹶然逸去。遥见对山一戴笠人，似举手指画，疑其以术禁制之。是山陡立，古无人迹，或者其仙欤？

【注释】

①南渡事：一是指西晋末，晋元帝渡江，建都建业（今江苏南京），中原士族相随南逃，史称"衣冠南渡"。后用以借指唐"安史之乱"后，中原士庶避乱南奔之事。一是指北宋末年，宋高宗渡江，建都临安（今浙江杭州），中原士庶南迁之事。

②亚枝花：白居易《酬和元九东川路诗十二首》之其中一首诗题。

指池边桃花盛开，枝条伸展，有的垂入水中。

【译文】

与我同一年考中的蔡芳三说：他曾经和几位朋友一同游览西山，到了山林深处，见到一条小径，他们试着向上攀登，这里荒凉寂静，无人居住，只有几间破屋子，掩没在荒草青苔之中。看见墙壁上写着一个很大的“我”字，笔力峭拔而遒劲。众人进到屋里，发现墙壁上也有一些字迹，仔细看，原来是两首诗。其一是：“溪头散步遇邻家，邀我同尝嫩蕨芽。携手贪论南渡事，不知触折亚枝花。”其二是：“酒酣醉卧老松前，露下空山夜悄然。野鹿经年相见熟，也来分我绿苔眠。”诗后没有题写作者姓名及年月日。体味一下诗的含义，仿佛是前代遗民的手笔。有人认为这两首诗是仙人所作，我看不是。

又，我的表弟安中宽，从前曾经跟随一个木材商出古北口，到古尔板苏巴尔汉。俗称三座塔，即唐代的营州，辽代的兴中府。去看望朋友。途中，他到一位居民家借宿，主人给他讲了这样一件事：当地一个山民捉住了一只鹿，捆好了正要拖到涧边宰杀，忽然，捆鹿的绳子一节节断开来，鹿跳起来逃走了。山民远远看见对面山上站着一个戴斗笠的人，正在用手比划着，他疑心是那个人施展法术放走了鹿。那座山陡峭险峻，自古以来人迹罕至，那个人或许就是神仙吧？

先师何励庵先生，讳琇[①]，雍正癸丑进士[②]，官至宗人府主事[③]。宦途坎坷，贫病以终。著有《樵香小记》，多考证经史疑义，今著录《四库全书》中。为诗颇喜陆放翁[④]。一日，作《咏怀》诗曰：“冷署萧条早放衙，闲官风味似山家。偶来旧友寻棋局，绝少馀钱落画叉[⑤]。浅碧好储消夏酒，嫣红已到殿春花[⑥]。镜中频看头如雪，爱惜流光倍有加。”为余书于扇上。姚安公见之，沉吟曰：“何摧抑哀怨乃尔，殆神志已颓乎?”果以是年夏秋间谢世。古云诗谶,理或有之。

【注释】

①琇(xiù):玉石。此处用于人名。

②雍正癸丑:雍正十一年(1733)。

③宗人府:官署名。明清时代管理皇室宗族事务的机构,除府内事务以外,负责长官均由皇室尊亲充任。

④陆放翁:陆游(1125—1210),字务观,号放翁。南宋著名诗人。

⑤画叉:用以悬挂或取下高处立幅书画的长柄叉子。

⑥殿春花:芍药。因为开花较迟,故又称为“殿春花”。

【译文】

先师何励庵先生,名琇,雍正癸丑年进士,官至宗人府主事。仕途坎坷,贫病而终。著有《樵香小记》,内容大多考证经史疑义,如今已著录在《四库全书》中。作诗特别喜爱陆游的风格。一天,作《咏怀》诗:“冷署萧条早放衙,闲官风味似山家。偶来旧友寻棋局,绝少馀钱落画叉。浅碧好储消夏酒,嫣红已到殿春花。镜中频看头如雪,爱惜流光倍有加。”给我书写在扇上。姚安公看到扇子上的诗作,深思良久,说:“怎么忧伤低沉、哀怨到如此地步,难道是神志已经衰败了?”果然,何先生在这一年夏秋之间去世。古代所说的诗谶,也许是存在的。

赵鹿泉前辈言:吕城,吴吕蒙所筑也。夹河两岸,有二土神祠,其一为唐汾阳王郭子仪,已不可解;其一为袁绍部将颜良,更不省其所自来。土人祈祷,颇有灵应。所属境周十五里,不许置一关帝祠,置则为祸。有一县令不信,值颜祠社会,亲往观之,故令伶人演《三国志》杂剧。狂风忽起,卷芦棚苫盖至空中,斗掷而下,伶人有死者;所属十五里内,瘟疫大作，人畜死亡；令亦大病几殆。

余谓两军相敌，各为其主，此胜彼败，势不并存。此以公义杀人，非以私恨杀人也。其间以智勇之略，败于意外者，其数在天，不得而尤人。以驽下之才，败于胜己者，其过在己，亦不得而尤人。张睢阳厉鬼杀贼，以社稷安危，争是一郡，是为君国而然，非为一己而然也。使功成事定之后，殁于战阵者皆挟以为仇，则古来名将，无不为鬼所殛矣，有是理乎！且颜良受歼已久，越一二千年，曾无灵响，何忽今日而为神？何忽今日而报怨？揆以天理，殆必不然。是盖庙祝师巫，造为诡语，山妖水怪，因民听荧惑而依托之。刘敬叔《异苑》曰："丹阳县有袁双庙①，真第四子也。真为桓宣武诛②，便失所在。太元中③，形见于丹阳，求立庙。未即就功，大有虎灾。被害之家，辄梦双至，催功甚急。百姓立祠，于是猛暴用息。常以二月晦，鼓舞祈祠，其日恒风雨。至元嘉五年④，设奠讫，村人邱都于庙后见一物，人面鼍身⑤，葛巾，七孔端正而有酒气。未知为双之神，为是物凭也。"余谓来必风雨，其为水怪无疑，然则是事古有之矣。

【注释】

①丹阳：秦始皇帝三十六年（前210）东巡，过丹阳（今当涂小丹阳镇）至钱塘（今杭州），在江南名邑丹阳设县。

②桓宣武：即桓温（312—373），东晋杰出的政治家。曾操纵废立，有意夺取帝位，未遂。其子桓玄建立桓楚后，追尊为"桓宣武皇帝"。

③太元：是东晋孝武帝司马曜的第二个年号（376—396），共计21年。

④元嘉五年:428年。元嘉,南朝宋文帝刘义隆的年号。

⑤鼍(tuó):亦称“扬子鳄”、“鼍龙”、“猪婆龙”。一种爬行动物,吻短,体长二米多,背部、尾部均有鳞甲。穴居江河岸边,皮可以蒙鼓。

【译文】

赵鹿泉前辈说:吕城是吴国大将吕蒙建筑的。河两岸有两座庙,一座祭祀唐代的汾阳王郭子仪,这已经叫人莫明其妙;另一座祭祀袁绍部将颜良,更不知道是什么原因。当地人去颜良庙祈祷,很灵验。周围十五里以内的地方,不能有关帝庙,若是建了关帝庙就有祸患。有个县令不信,在颜良庙庙会时,亲自去看,故意叫伶人演《三国志》杂剧。结果狂风骤起,把芦棚上的苫盖卷到空中,绞成一团,然后飞掷下来,伶人有的被砸死了;之后,方圆十五里之内,瘟疫流行,人畜死亡;县令也大病一场,差点儿死了。

我认为,两军相互为敌,各自都为自己的主君而战,这边胜了那边就要败,势不两立。这是因公义而杀人,而不是以私恨杀人。有人智勇双全,却意外失败了,这是天意,不能怨别人。而有人才智低下,败在强过自己的人手下,那是自己的过错,也不能怪罪别人。张巡声称变成厉鬼杀敌人,为了国家的安危而争夺这个郡,是为了国家和君王,而不是为了自己。假如大功告成之后,死在战场上的人都挟仇报复,那么自古以来的名将,都要被怨鬼索命,有这种道理么!况且颜良被杀已经很久了,一两千年间,他都无声无息,如今为什么忽然成神?为什么今天才来报复?根据天理揣度,可以说肯定不是这么回事。那么就有可能是庙祝巫师危言耸听,山妖水怪借百姓迷信而假托颜良的名字作怪。刘敬叔在《异苑》中说:“丹阳县有个袁双庙,袁双是东晋袁真的第四子。袁真被桓温杀了,袁双不知哪儿去了。到了孝武帝太元年间,袁真在丹阳显灵,要求给他立庙。还没有建成时,就闹起虎灾来。被害人的家眷梦见袁双来,催促赶紧修建。百姓们建了庙,各种虎灾就停止了。百姓常在阴历二月末，在庙里打鼓跳舞祈祷，这一天常常刮风下雨。元嘉五年，祭奠完毕，村民邱都在庙后看见一个怪物，人头鳄鱼身，头戴葛巾，嘴眼鼻耳等七窍端正而满身酒气。不知这是袁双的神灵，还是假冒袁双的怪物。”我认为怪物一来必有风雨，那么无疑是水怪，如此看来，这种事古时候就有过了。

舅氏张公梦征亦字尚文，讳景说。言：沧州吴家庄东一小庵，岁久无僧，恒为往来憩息也。有月作人，每于庵前遇一人招之坐谈，颇相投契。渐与赴市沽饮，情益款洽。偶询其乡贯居址，其人愧谢曰：“与君交厚，不敢欺，实此庵中老狐也。”月作人亦不怖畏，来往如初。一日复遇，挈鸟铳相授曰：“余狎一妇，余弟亦私与狎，是盗嫂也。禁之不止，殴之则余力不敌，愤不可忍，将今夜伺之于路岐，与决生死。闻君善用铳，俟交斗时，乞发以击彼，感且不朽。月明如昼，君望之易辨也。”月作人诺之，即所指处伏草间。既而私念曰：“其弟无礼，诚当死，然究所媚之外妇，彼自有夫，非嫂也。骨肉之间，宜善处置，必致之死，不太忍乎？彼兄弟犹如此，吾时与往来，倘有睚眦，虑且及我矣。”因乘其纠结不解，发一铳而两杀之。《棠棣》之诗曰：“兄弟阋于墙，外御其侮[①]。”家庭交构，未有不归于两伤者。舅氏恒举此事为子侄戒，盖是人负两狐归，尝目睹也。

【注释】

①兄弟阋于墙，外御其侮：比喻内部虽有分歧，但是能团结起来对付外来的侵略。

【译文】

我舅舅张梦征字尚文，名景说。说：沧州吴家庄有座小庙，许多年没有和尚住了，常常成为往来行人休息的场所。有个打短工的，经常在庙外面遇到一个人招呼他坐下来聊聊，两人很投缘。渐渐地两人一起到街上买酒喝，关系也更加融洽。短工偶然问起对方的家乡住处，这个人却歉疚地说："我与你交情很好，所以不敢骗你，其实我是庙里的老狐狸。"短工也不害怕，还是像以前一样和狐狸往来。有一天他们又相见了，老狐狸带了一支鸟枪交给短工说："我与一个女人相好很长时间了，我弟弟也偷偷和她相好，这是抢嫂子啊。我禁止他不听，想打却打不过他，我咽不下这口气，决定今晚在岔路口等他，决一生死。听说你枪法很好，等我们决斗时，请你开枪打我弟弟，我会永世感谢你的。今晚月亮很亮，你很容易分辨我和弟弟。"短工答应了，就到狐狸指定的地方埋伏在草丛里。准备好了之后他又暗想："弟弟不讲礼法实在该死，但是他喜欢的那个女人，到底还是有丈夫的，并不是嫂子。骨肉之亲，这种事应该好好处理，非得置于死地，不是太残忍了么？他们兄弟之间尚且这样，我经常和他来往，如果有些小的过节，肯定又该报复我了。"于是他趁他兄弟俩扭打在一起时，开了一枪把两只狐狸都打死了。《诗经·棠棣》中说："兄弟阋于墙，外御其侮。"家庭内部闹纠纷，没有不两败俱伤的。舅舅时常以此事为例教育后代，因为那个短工背着两只狐狸回来时，他曾亲眼看到过。

司庖杨媪言：其乡某甲将死，嘱其妇曰："我生无馀赀，身后汝母子必冻饿。四世单传，存此幼子。今与汝约：不拘何人，能为我抚孤则嫁之，亦不限服制月日，食尽则行。"嘱讫，闭目不更言，惟呻吟待尽。越半日，乃绝。有某乙闻其有色，遣媒妁请如约。妇虽许婚，以尚足自活，不忍行。数月后，不能举火，乃成礼。合卺之夜，已灭烛就枕，忽闻窗外叹息声。妇识其謦欬[1]，知为故夫之魂。隔窗呜咽，语之曰："君有遗言，非我私嫁。今夕之事，于势不得不然，君何以为祟？"魂亦呜咽曰："吾自来视儿，非来祟汝。因闻汝啜泣卸妆，念贫故使汝至于此，心脾凄动，不觉喟然耳。"某乙悸甚，急披衣起曰："自今以往，所不视君子如子者，有如日。"灵语遂寂。后某乙耽玩艳妻，足不出户。而妇恒惘惘，如有失，某乙倍爱其子以媚之，乃稍稍笑语。七八载后，某乙病死，无子，亦别无亲属。妇据其赀，延师教子，竟得游泮。又为纳妇，生两孙。至妇年四十馀，忽梦故夫曰："我自随汝来，未曾离此。因吾子事事得所，汝虽日与彼狎昵，而念念不忘我，灯前月下，背人弹泪。我皆见之，故不欲稍露形声，惊尔母子。今彼已转轮，汝寿亦尽，馀情未断，当随我同归也。"数日果微疾，以梦告其子，不肯服药，荏苒遂卒[2]。其子奉棺合葬于故夫，从其志也。程子谓饿死事小[3]，失节事大。是诚千古之正理，然为一身言之耳。此妇甘辱一身，以延宗祀，所全者大，似又当别论矣。杨媪能举其姓氏里居，以碎璧归赵，究非完美，隐而不书。悯其遇，悲其志，为贤者讳也。

又吾乡有再醮故夫之三从表弟者，两家所居，距一牛鸣地。嫁后仍以亲串礼回视其姑，三数日必一来问起居，且时有赡助，姑赖以活。殁后，出赀敛葬，岁恒遣人祀其墓。又京师一妇，少寡，虽颇有姿首，而针黹烹饪，皆非所能。乃谋于翁姑，伪称己女，鬻为宦家妾，竟养翁姑终身。是皆堕节之妇，原不足称；然不忘旧恩，亦足励薄俗。君子与人为善，固应不没其寸长。讲学家持论务严，遂使一时失足者，无路自赎，反甘心于自弃，非教人补过之道也。

【注释】

①謦欬(qǐng kài)：想要说话之前，清润喉嗓发出的声音。表示欲语之状。

②荏苒(rěn rǎn)：草叶柔弱的样子。荏，一年生草本植物。苒，轻柔的样子。

③程子：即北宋理学家程颐。

【译文】

我家的厨娘杨老婆子说：家乡的某甲临死时，嘱咐妻子说："我活着时没有留下什么钱，死后你们母子一定要忍饥挨饿。我家四世单传，如今只剩下这么一个年幼的儿子。今天我跟你约定：不管是什么人，只要愿意抚养我儿子的，你就可以嫁给他，也不必管丧期过没过，粮食吃完你就可以嫁过去。"嘱咐完了，某甲闭上眼不再说话，只是呻吟着等死。过了半天，他才死了。有个某乙听说某甲的女人颇有姿色，就请媒婆去她家提亲。某甲的女人答应了这门亲事，但是因为家里还有吃的，不忍心立刻就走。过了几个月，家里揭不开锅了，她才与某乙成了亲。合婚之夜，二人熄灯上床正要就寝，忽然听见窗外的叹息声。女人听出是某甲的声音，知道是前夫的鬼魂。隔着窗子哭着说："您留下话让我改嫁，不是我私自嫁人。今天晚上的事，不过是势所必然，您为什么还要来作祟呢？"某甲的鬼魂也呜咽着说："我是来看儿子的，并不是来作祟。刚才，因为见你抽抽答答哭着卸妆，我想到因为贫穷让你落到这般田地，心里觉得凄惨，不由得叹息。"某乙吓坏了，急忙披衣起床说："从今以后，我如果不把你的儿子当自己的亲儿子看待，就像太阳下山一样沉下去。"窗外寂然无声不再说话了。后来，某乙因沉湎于妻子的美色，几乎足不出户。女人却总是怅然若失,某乙加倍疼爱她的儿子取悦她,才勉强笑着说话。过了七八年,某乙病死,他没有留下孩子,也没有其他亲属。女人依赖某乙的遗产,请了老师教儿子,儿子后来进入府学继续深造。后来,她又为儿子娶了媳妇,生了两个孙子。在她四十多岁时,忽然梦见前夫某甲对她说:"你初嫁某乙时,我就随你进了他家,多少年来一直没有离开此地。因为我儿子事事如愿,尽管你终日与某乙亲热恩爱,对我仍念念不忘,常于灯前月下,背着人独自落泪。这些我都看到了,因此我始终不露面,不出声,免得吓着你们母子。如今,某乙已经转轮托生,你的寿数也到了尽头,你与我馀情未断,该随我而去了。"几天后,那女人果然得了点儿小病,她把梦中的情形告诉儿子,她不肯服药,虚弱委顿离开了人世。她儿子准备棺木,将她与某甲合葬在一处,遂了他们的心愿。程颐先生说:"饿死事小,失节事大。"这的确是千古纯正之理,然而,这是就一个人自身来说的。那个女人甘于自己受辱,以延续前夫的后代,这是为了全其大义,所以应该另眼看待了。杨老婆子能够说出那个女人的姓名与籍贯,只是我认为,她毕竟是碎璧归赵,不能算作很完美,所以就隐去不写了。我怜悯她不幸的遭遇,悲叹她坚韧不拔的意志,为正人君子避讳。

还有,我的家乡有个女子又嫁给了亡夫的三表弟,两家原本相距不远,一家的牛叫,另一家就能听到。女子再嫁后,仍然以亲戚的礼节回来探望原来的婆婆,三五天必要回来问候婆婆的日常生活,还总是留下赡养老人的费用。婆婆靠着儿媳的资助得以生存下来。老人死后,女子又出钱为她安葬,还派人年年为她祭扫坟墓。再有,京城有个女子,年轻守寡,尽管她颇有姿色,但针黹烹饪一样都不会。于是她与公婆议定,假称是公婆的女儿,卖给一个官宦人家做妾,以此来赡养公婆,并且为他们养老送终。这几个女子都可以说是失节的妇人,本来不足以称道;然而,她们不忘前夫的恩情,也足以激励浇薄的世俗之情。君子应该与人为善,本来就不该埋没她们哪怕是一点点的长处。道学家持论太严，致使偶尔失足者无法自赎其过，反而甘心于自暴自弃，这不是教人弥补过失、改过自新的途径啊。

慧灯和尚言：有举子于丰宜门外租小庵过夏，地甚幽辟。一日，得揣摩秘本，于灯下手钞。闻窗外似窸窣有人，试问为谁。外应曰："身是幽魂，沉滞于此，不闻书声者百馀年矣。连日听君讽诵，枨触夙心[①]，思一晤谈，以消郁结。与君气类，幸勿相惊。"语讫，揭帘径入，举止温雅，甚有士风。举子惶怖，呼寺僧。僧至，鬼亦不畏，指一椅曰："师且坐，我故识师。师素朴野，无丛林市井气，可共语也。"僧及举子俱踧踖不能答[②]。鬼乃探取所录书，才阅数行，遽掷之于地，奄然而灭。

【注释】

①枨：用东西触动。

②踧踖(cù jí)：恭敬而不安的样子。

【译文】

慧灯和尚说：有个举人在丰宜门外租了一座小庙度夏，那里十分幽静偏僻。一天，举人得到揣摩秘本，在灯下抄写。他听到窗外窸窸窣窣的好像有人，就问是谁。窗外回应说："我是幽魂，滞留在这里，有一百多年没有听到读书声了。连日来听你朗诵，触动了我平素之心，想跟你见面聊聊，以消解心中的烦闷。我和你同是读书人，请不用惊慌。"说完，就揭开门帘进来，举止温雅，颇有士人风度。举人害怕，呼喊庙里的僧人。僧人来了，鬼也不畏惧，指着一张椅子说："师父请坐，我早就认识您。您一向质朴自然，没有人世间的市侩气息，我们可以一起谈谈。"僧人和举人都局促不安，答不上话来。鬼就拿过举人抄录的书，才看了几行，就急忙扔在地上，忽然消失了。

杨雨亭言：莱州深山，有童子牧羊，日恒亡一二，大为主人朴责。留意侦之，乃二大蛇从山罅出，吸之吞食。其巨如瓮，莫敢撄也。童子恨甚，乃谋于其父，设犁刀于山罅，果一蛇裂腹死。惧其偶之报复，不敢复牧于是地。时往潜伺，寂无形迹，意其他徙矣。半载以后，贪是地水草胜他处，仍驱羊往牧。牧未三日，而童子为蛇吞矣。盖潜匿不出，以诱童子之来也。童子之父有心计，阳不搜索，而阴祈营弁藏一炮于深草中，时密往伺察。两月以外，见石上有蜿蜒痕，乃载燧夜伏其旁①。蛇果下饮于涧，簌簌有声，遂一发而糜碎焉。还家之后，忽发狂自挝曰："汝计杀我夫，我计杀汝子，适相当也。我已深藏不出，汝又百计以杀我，则我为枉死矣，今必不舍汝。"越数日而卒。俚谚有之曰："角力不解，必同仆地；角饮不解，必同沉醉。"斯言虽小，可以喻大矣。

【注释】

①燧（suì）：火石。

【译文】

杨雨亭说：莱州深山里，有个男孩牧羊，每天都要丢一两只羊，为此男孩倍受主人的打骂。男孩留意观察，原来是两条大蛇从山缝里出来，把羊吸来吞吃了。蛇有瓮那么粗，不敢招惹它。男孩恨极了，请父亲想了个办法，把犁刀置放在山石缝里，果然有一条蛇被犁刀割破肚子死了。男孩害怕另一条蛇报复，不敢再在这儿放牧。他时常偷偷来观察，另一条蛇连一点儿动静也没有，就以为它迁到别处了。半年之后，男孩贪图这里的水草比别处的好，还是赶着羊来放牧。不到三天，男孩就被蛇吞了。原来蛇藏着不出来，就是为了引诱男孩来。男孩的父亲有心计，表面上装着不去搜寻大蛇，暗中却请求军营的人，把一门火炮藏在深草中间，时时秘密侦察。两个月之后，发现石头上有蛇爬过的痕迹，就带着火石，在夜里埋伏在石头旁边。大蛇果然下到山涧里喝水，发出“簌簌”的响声，于是一炮把蛇轰得粉碎。回家之后，男孩的父亲忽然发疯抽打自己的嘴巴说：“你设计杀了我丈夫，我设计杀了你儿子，就互相扯平了。我已经深居不出来，你又百般设计杀我，我死得太冤枉了，今天我决不放过你。”过了几天他就死了。俗语说：“摔跤不停，必然一起倒下；比酒不停，必然一起大醉。”这虽然是小道理，但能以小喻大。

孟鹭洲自记巡视台湾事曰：“乾隆丁酉[①]，偶与友人扶乩，乩赠余以诗曰：‘乘槎万里渡沧溟，风雨鱼龙会百灵。海气粘天迷岛屿，潮声簸地走雷霆。鲸波不阻三神岛[②]，鲛室争看二使星[③]。记取白云飘缈处，有人同望蜀山青。’时将有巡视台湾之役，余疑当往。数日，果命下。六月启行，八月至厦门，渡海，驻半载始归。归时风利，一昼夜即登岸。去时飘荡十七日，险阻异常。初出厦门，即雷雨交作，云雾晦冥。信帆而往，莫知所适。忽腥风触鼻，舟人曰：‘黑水洋也。’其水比海水凹下数十丈，阔数十里，长不知其所极。黝然而深，视如泼墨。舟中摇手戒勿语，云其下即龙宫，为第一险处，度此可无虞矣。至白水洋，遇巨鱼鼓鬣而来[④]，举其首如危峰障日。每一拨刺，浪涌如山，声砰訇如霹雳，移数刻始过尽，计其长，当数百里。舟人云来迎天使，理或然欤？既而飓风四起，舟几覆没。忽有小鸟数十，环绕樯竿。舟人喜跃，称天后来拯。风果顿止，遂得泊澎湖。圣人在上，百神效职，不诬也。遐思所历，一一与诗语相符，非鬼神能前知欤！时先大夫尚在堂，闻余有过海之役，命兄到赤嵌来视余。遂同登望海楼，并末二句亦巧合。益信数皆前定，非人力所能为矣。戊午秋[5]，扈从滦阳，与晓岚宗伯话及。宗伯方草《滦阳续录》，因书其大略付之，或亦足资谈柄耶。”以上皆鹭州自序。

考唐钟辂作《定命录》，大旨在戒人躁竞，毋涉妄求。此乩仙预告未来，其语皆验。可使人知无关祸福之惊恐，与无心聚散之踪迹，皆非偶然，亦足消趋避之机械矣。

【注释】

①乾隆丁酉：乾隆四十二年(1777)。

②鲸波：巨浪，惊涛骇浪。三神岛：古人指蓬莱、方丈、瀛洲岛。

③鲛室：鲛人的水中居室。鲛人，古代神话传说中鱼尾人身的生物。二使星：使者的代称。《后汉书·李郃传》：“和帝即位，分遣使者，皆微服单行，各至州县，观采风谣。使者二人当到益部，投郃候舍。时夏夕露坐，郃因仰观，问曰：‘二君发京师时，宁知朝廷遣二使邪？’二人默然，惊相视曰：‘不闻也。’问何以知之。郃指星示云：‘有二使星向益州分野，故知之耳。’”

④鬣(liè)：鱼颔旁小鳍。

⑤戊午：嘉庆三年(1798)。

【译文】

孟鹭洲自己记述他巡视台湾的经历时写道：“乾隆丁酉年，偶然和朋友一起扶乩，乩仙赠给我一首诗说：‘乘槎万里渡沧溟，风雨鱼龙会百灵。海气粘天迷岛屿，潮声簸地走雷霆。鲸波不阻三神岛，鲛室争看二使星。记取白云飘缈处，有人同望蜀山青。'当时有巡视台湾的公务，猜疑可能要派我去。几天后，果然接到圣旨。六月出发，八月到厦门，渡过海峡，前往台湾，住了半年才回来。回来时是顺风，船行了一昼夜就到了岸。去时却飘荡了十七天，异常艰难险阻。船刚离开厦门，就雷雨交加，阴云密布。只能任凭船随风鼓帆飘荡，不知到了什么地方。忽然嗅到一股腥风扑鼻而来，船夫道：'这里是黑水洋。'这里的海水比其他地方下陷几十丈，有几十里宽，长得看不到边。水又黑又深，看起来像是泼洒的墨汁。船夫摇手示意，不让说话，说海水下面就是龙宫，是最最险要的地方，过去了就没事了。到了白水洋，碰到大鱼鼓着鳃鳍游来，鱼把头抬起来时，像座高大的山峰一样把阳光都遮住了。它每一次奋鳍击水，就浪涌如山，响声轰轰隆隆像是打雷，过了好几分钟，大鱼才游过去，估计它的身长有几百里。船夫说大鱼是来迎接皇上使者的，也许是吧？紧接着又刮起了飓风，我们的船几乎沉没。忽然有几十只小鸟，环绕着桅杆。船夫马上高兴地跳起来，说是天后来救我们了。大风果真马上停止了，我们这才把船泊在澎湖岛。看来圣人在上，百神都来效劳，这话一点儿不假。回想起我的经历，都与诗中的话一一相符，这大概是鬼神的先知先觉吧！当时我父亲还健在，听说我被派出海，就让我哥哥到赤嵌看我。于是我就同哥哥一起登望海楼，这也与诗的末两句巧合了。因此我更加相信，命运都是前定的，不是人力能扭转的。嘉庆戊午年秋，我随从护驾到滦阳，同礼部尚书纪晓岚讲起这件事。纪尚书当时正在写《滦阳续录》，于是我就把大概内容记下来交给他，也许可以作为谈资吧。"以上都是孟鹭洲的自序。

查考唐代钟辂所作《定命录》，大意是劝诫人们不要争强斗胜，不要追求自己不应该得到的东西。乩仙向孟鹭洲预告未来的事情，句句都得到了应验。由此可知，那些虽与祸福无关的恐惧事件，那些意外团聚与分离的踪迹，都不是偶然的事情，这样，人们也就大可不必为趋福避祸而费尽心机了。

高密单作虞言：山东一巨室，无故家中廪自焚[1]，以为偶遗火也。俄怪变数作，阖家大扰。一日，厅事上砰磕有声，所陈设器玩俱碎。主人性素刚劲，厉声叱问曰："青天白日之下，是何妖魅，敢来为祟？吾行诉尔于神矣！"梁上朗然应曰："尔好射猎，多杀我子孙。衔尔次骨，至尔家伺隙八年矣。尔祖宗泽厚，福运未艾，中霤神、灶君、门尉禁我弗使动，我无如何也。今尔家兄弟外争，妻妾内讧，一门各分朋党，俨若寇仇。败征已见，戾气应之[2]，诸神不歆尔祀，邪鬼已瞰尔室，故我得而甘心焉。尔尚愦愦哉！"其声愤厉，家众共闻。主人悚然有思，抚膺太息曰："妖不胜德，古之训也。德之不修，于妖乎何尤？"乃呼弟与妻妾曰："祸不远矣，幸未及也。如能共释宿憾，各逐私党，翻然一改其所为，犹可以救。今日之事，当自我始。尔等听我，祖宗之灵，子孙之福也；如不听我，我披发入山矣。"反复开陈，引咎自责，泪涔涔渍衣袂。众心感动，并伏几哀号，立逐离间奴婢十馀人，凡彼此相轧之事，并一时顿改。执豕于牢，歃血盟神曰："自今以往，怀二心者如此豕！"方彼此谢罪，闻梁上顿足曰："我复仇而自漏言，我之过也夫！"叹诧而去。此乾隆八九年间事。

【注释】

①廪(lǐn)：米仓。

②戾气：不祥的气息，杀气之类。

【译文】

高密人单作虞说：山东有个大户人家，家里的仓库无缘无故起火，主人以为是偶尔不小心引起的。不久又发生了好几起怪事，弄得全家不安。有一天，大厅“砰砰乒乒”响起来，摆设的古玩玉器都碎了。主人一向性情刚烈，厉声叱问道：“青天白日之下，是什么妖怪敢来闹？我马上到神那儿告你！”梁上朗朗有声回答：“你喜欢打猎，杀了我不少子孙。我恨你入骨，到你家等待时机已经八年了。你的祖宗恩泽厚重，福运没有衰落，土神、灶神、门神都不让我报复，我也没有办法。如今你这一家，兄弟在外面争斗，你的妻妾在家里内讧，一家之中分成了好几派，彼此好像是仇敌。出现了败象，邪气就响应，诸神不再享用你家的祭祀，妖鬼也盯住了你家，所以我能痛快报复了。你还糊涂着呢！”声音愤怒而严厉，家人都听见了。主人内心恐惧，若有所思，拍着胸脯叹息说：“妖邪胜不了德行，古训是这么说的。自己的德行不够，怎么能埋怨妖怪？”于是叫来弟弟和妻妾们说：“大祸不远了，幸好还没有临头。如果大家都能抛弃前嫌，赶走自己的党羽，彻底改正以前的所作所为，还能有救。今天这事，应当从我开始。你们如果听我的话，那么就是祖宗保佑、儿孙的福气；如果不听我的，我就披发入山出家去了。”他反复陈说，引咎自责，泪水涟涟沾湿了衣襟。大家被感动了，都趴在几案上痛哭失声，他们立即赶走了十多个挑拨离间的奴婢，凡是有彼此倾轧的事，一律加以改正。然后又在祠堂里杀猪祭祖，歃血在神前盟誓道：“从今以后，再怀有二心的，就像这头猪的下场。”彼此正在互相道歉，听见梁上跺脚说：“我要报仇却自己说漏了嘴，是我的错呵！”叹息着离开了。这是乾隆八九年间的事。

侍姬明玕，粗知文义，亦能以常言成韵语。尝夏夜月明，窗外夹竹桃盛开，影落枕上。因作花影诗曰：“绛桃映月数枝斜，影落窗纱透帐纱。三处婆娑花一样，只怜两处是空花。”意颇自喜。次年竟病殁。其婢玉台，侍余二年馀，年甫十八，亦相继夭逝。“两处空花”，遂成诗谶。气机所动，作者殊不自知也。

【译文】

侍妾明玕粗略懂得文章的含义，也能用平常的话语写成诗。一个夏天的夜晚，月光明亮，照着窗外盛开的夹竹桃，花影落在枕头上。她即兴写了一首花影诗："绛桃映月数枝斜，影落窗纱透帐纱。三处婆娑花一样，只怜两处是空花。"写成后自己觉得很喜欢。第二年，她竟然病逝了。她的婢女玉台，侍候我两年多，刚刚十八岁，接着也早逝了。"两处空花"，就成为诗谶。实际上，生命之气已有所触动，只是作者没有意识到而已。

一庖人随余数年矣，今岁扈从滦阳，忽无故束装去，借住于附近巷中。盖挟余无人烹饪，故居奇以索高价也。同人皆为不平，余亦不能无愤恚。既而忽忆武强刘景南官中书时，极贫窘，一家奴偃蹇求去。景南送之以诗曰："饥寒迫汝各谋生，送汝依依尚有情。留取他年相见地，临阶惟叹两三声。"忠厚之言，溢于言表。再三吟诵，觉褊急之气都消①。

【注释】

①褊(biǎn)急：气量狭小，性情急躁。

【译文】

有个厨子跟随我已经多年了，今年又随我护驾到滦阳，忽然无缘无故打好行李离开了我，借住在附近的街巷里。原来，他以没人给我做饭相要挟，想要高额工资。我的同事们都为此而愤愤不平，我也同样感到气愤。之后忽然想起武强县的刘景南做中书舍人时，生活极为困窘，就在这时，他的一个奴仆想方设法要求离去。景南写了首诗，送给了那个奴仆道："饥寒迫汝各谋生，送汝依依尚有情。留取他年相见地，临阶惟叹两三声。"真是忠厚之心，溢于言表。我再三吟诵这首诗，感到褊狭急躁的怒气顿时消散了。

卷二十

滦阳续录二

【题解】

纪昀把自己的写作当做实录，尽管他没有明言想要“究天人之际，通古今之变”，却也曾说过，想让自己的笔记成为正史的补充，记录那些正史上没有记载过褒扬过的志士仁人、贞烈女子，让他们的名声和事迹得以传世。而本卷详细记载乾隆时期新疆的“昌吉之役”，的确为后人留下了宝贵的史料。“昌吉起事”在正史上只有寥寥数语，《阅微草堂笔记》的描述是最为细致、最为客观的。昌吉起事为乾隆三十三年(1768)，由于纪昀与直接指挥镇压昌吉起事的乌鲁木齐办事大臣温福、守备刘德交往较多，作者本人在乌鲁木齐生活的两年时间里，对于当时当地社会各阶层的生活也有着真切细致的了解，因而对这次事件的原因、经过及其被扑灭的情况记载最为可信。在本卷之前，纪昀就曾写到昌吉起事之前“厮养”梦中拜谒旧主人的事情，这个奴仆战死后成为山神；还记载了昌吉起事被镇压之后对起事遣犯及其子女的处置。本卷则记载了昌吉事变的来龙去脉，褒扬了在事变中智勇双全的刘德、试图平息事态而不惜身死的赫尔喜；还有昌吉事变失败的原因分析，转引昌吉事件俘虏的话，他们之所以奔入绝境，并非迷路，而是“忽见关帝立马云中”，断了他们的归路。在描述和记载这些内容时，凡是在征伐新疆的大小战役中奋不顾身的将士都得到了作者的赞扬，作战的对方则一律被称之为贼。纪昀处处表现了忠君思想,处处与当时清廷的民族政策导向保持一致。从纪昀的描述和记载我们可以看到,清朝的民族政策实际上具有典型的两面性特点,实行剿抚兼施是清朝民族政策的基本特征,而实现国家空前的大一统又需要在一定程度上建立起和谐的民族关系。本卷还有一些纠正朝野误传的篇目。在这一卷里,纪昀还提到了一个女子文鸾,追述了文鸾对自己的情谊;生前未能相见,死后未能祭奠,纪昀也感到些许遗憾。不知后人何以据此编造出纪昀与文鸾生死相恋的儿女情事,这恐怕是有违纪昀初衷的。

一馆吏议叙得经历①,需次会城②,久不得差遣,困顿殊甚。上官有怜之者,权令署典史。乃大作威福,复以气焰轹同僚③,缘是以他事落职。邵二云学士偶话及此,因言其乡有人方夜读,闻窗棂有声,谛视之,纸裂一罅,有两小手擘之,大才如瓜子,即有一小人跃而入,彩衣红履,头作双髻,眉目如画,高仅二寸馀。掣案头笔举而旋舞,往来腾踏于砚上,拖带墨沈④,书卷俱污。此人初甚错愕,坐观良久,觉似无他技,乃举手扑之,噭然就执。踡跼掌握之中⑤,音呦呦如虫鸟,似言乞命。此人恨甚,径于灯上烧杀之,满室作枯柳木气,迄无他变。炼形甫成,毫无幻术,而肆然侮人以取祸,其此吏之类欤!此不知实有其事,抑二云所戏造,然闻之亦足以戒也。

【注释】

①议叙:清制对考绩优异的官员,交部核议,奏请给予加级、记录等奖励,谓之“议叙”。经历:官职名。执掌出纳文书。

②需次:旧时指官吏授职后,按照资历依次补缺。

③轹(lì):欺压。

④沈(shěn):汁。

⑤踡跼(jú):屈曲不能伸直。

【译文】

有个馆吏经过考核,被任命为经历官,到省城候补,因为他长期没有被授以实职,所以处境极为困难。有位上司很同情他,就让他暂且当了个典史。他却利用职权作威作福,还欺压同事,后来因此以别的借口被罢免了。邵二云学士偶然谈及这件事,顺便又说起这样一件事:他家乡有个人正在夜读,忽然听到窗棂上有声音,他仔细一看,只见窗纸裂开了一道缝,有两只像瓜籽那样大的小手正在扒着窗纸,随即就有个小人跳了进来,穿着彩色衣服和红色鞋子,头上梳着双髻,长得眉清目秀,却只有两寸多高。小人拖着案头的笔旋转着跳舞,在砚台上往来践踏,拖带着墨汁,把书本都弄脏了。这人开始时很惊讶,坐着看了好一会儿,觉得小人没有别的什么能耐,就伸手去捉,小人"嗷嗷"叫着一下子就捉住了。小人卷曲在他手心里,呦呦着像虫子、像鸟在鸣叫,似乎在说饶命。这人恨透了,就顺手把他放在火上烧死了,满屋都是烧枯柳树的那种气味,也并没有发生其他什么变异。刚刚修炼成人形,还没有一点儿幻术,就放肆地以欺负人招来灾难,也属于馆吏一类的吧!不知这是实有其事,还是邵二云开玩笑编造出来的,不过之后也足以为戒吧。

昌吉守备刘德言:昔征回部时,因有急檄,取珠尔土斯路驰往。阴晦失道,十馀骑皆迷,裹粮垂尽,又无水草,姑坐树根,冀天晴辨南北。见崖下有人马骨数具,虽风雪剥蚀,衣械并朽,察其形制,似是我兵。因对之慨叹曰:"再两日不晴,与君辈在此为侣矣。"顷之,旋风起林外,忽来忽去,似若相招。试纵马随之,风即前导;试暂憩息,风亦不行。晓然知为斯骨之灵。随之返行三四十里，又度岭两重，始得旧路，风亦欻然息矣[①]。众哭拜之而去。嗟乎！生既捐躯、魂犹报国；精灵长在，而名氏翳如。是亦可悲也已。

【注释】

①欻(xū)然：忽然，迅速。

【译文】

昌吉守备刘德说：昔日征讨回部叛乱时，因为有一份紧急文书，就取道珠尔土斯路，飞马而去。由于天色昏暗迷了路，十馀骑都进退不得，带的干粮将要吃光了，又没有泉水草丛，大家坐在树下，指望天晴之后再辨别方向。他们发现在山崖下有几具人马的尸骨，虽然经过风雪侵蚀，衣服兵器都已朽坏，但是从残存的式样看，像是清兵。于是大家对着尸骨慨叹道："如果过了两天还不晴，我们就得和你们在这里做伴了。"不一会儿，有一股旋风在树林外刮起，忽来忽去，好像是召唤他们。试着打马跟随着旋风，旋风就在前面引导；如果暂停休息一下，风也不走了。人们清楚地知道这是尸骨的灵魂。跟随着旋风走了三四十里，又越过两道山岭，才找到了旧路，旋风也忽然停息了。大家哭着跪拜之后才离去。呜呼！活着时为国捐躯，死后灵魂还报效国家；精灵长在，而姓名却埋没了。这也是可悲的呵。

谓无神仙，或云遇之；谓有神仙，又不恒遇。刘向、葛洪、陶弘景以来，记神仙之书，不啻百家[①]；所记神仙之名姓，不啻千人。然后世皆不复言及。后世所遇，又自有后世之神仙。岂保固精气，虽得久延，而究亦终归迁化耶？又神仙清净，方士幻化，本各自一途。诸书所记，凡幻化者皆曰神仙，殊为无别。

有王媪者，房山人，家在深山。尝告先母张太夫人曰：山有道人，年约六七十，居一小庵，拾山果为粮，掬泉而饮，日夜击木鱼诵经，从未一至人家。有就其庵与语者，不甚酬答，馈遗亦不受。王媪之侄佣于外，一夕，归省母，过其庵前。道人大骇曰："夜深虎出，尔安得行！须我送尔往。"乃琅琅击木鱼前导。未半里，果一虎突出。道人以身障之，虎自去，道人不别亦自去。后忽失所在。此或似仙欤？

从叔梅庵公言：尝见有人使童子登三层明楼上，北方以覆瓦者为暗楼，上层作雉堞形以备御寇者为明楼。以手招之，翩然而下，一无所损。又以铜盂投溪中，呼之，徐徐自浮出。此皆方士禁制之术，非神仙也。舅氏张公健亭言：砖河农家，牧数牛于野，忽一时皆暴死。有道士过之，曰："此非真死，为妖鬼所摄耳。急灌以吾药，使藏府勿坏。吾为尔劾治，召其魂。"因延至家，禹步作法。约半刻，牛果皆蹶然起。留之饭，不顾而去。有知其事者曰："此先以毒草置草中，后以药解之耳。不肯受谢，示不图财，为再来荧惑地也。吾在山东，见此人行此术矣。"此语一传，道士遂不复至。是方士之中，又有真伪，何概曰神仙哉！

【注释】

①不啻(chì)：不止，不只。

【译文】

说是没有神仙，却总有人遇到神仙；说有神仙，却不是常常能遇到。刘向、葛洪、陶弘景以来，记述神仙的书不下百馀家；所记录的有名有姓的神仙，不下千人。但这些神仙，后人都不再提及了。后人遇到的，又自有后世的神仙。这岂不是说，即便神仙可以保固精气，活得很久，但也终究不免一死吗？神仙之道，以清净为本，方士之徒，以幻化为业，二者原非一家。然而，根据一些书上的记载，凡能幻化的都被称作神仙，这与方士还有什么区别。

有个王老婆子，是房山人，家住在深山里。她曾告诉先母张太夫人说：她住的那座山里有个道士，年纪约六七十岁，他住在一座小庵里，捡拾野果为食，渴了就掬一捧泉水喝，他不分昼夜总是敲着木鱼念经，从不与别人来往。有人到庵里跟他搭话，他不怎么理睬，布施财物，他也不收。王老婆子有个侄儿在外面做工，一天夜里，侄儿回家探望母亲，经过庵前。道士一见他，大惊失色道："夜深了，老虎出山，你怎么敢独自行走！需要我送你走。"道士琅琅有声敲着木鱼在前边开道。走了不到半里路，果然有一只猛虎窜出来。道士用身体挡住老虎，老虎立即转身逃走，道士也不辞而别自己离开了。后来不知道去了哪里。这个道士或许是神仙吧？

我的从叔梅庵公说：他曾经见到有人让一个小孩子登上了三层明楼的顶部，北方用覆瓦的楼房叫"暗楼"，上层做成雉堞形状用来防备抵御盗寇的楼房叫"明楼"。站在地下向他招手，那孩子往下一跳，翩然落地，却未曾伤着分毫。他还看见过一个人，把一只铜盂投入水里，随后站在溪边呼叫，那个铜盂自己缓缓浮出水面。这些都是方士的幻术，并非神仙之道。我的舅公张健亭先生说：砖河有一家农户，赶着几头牛在野外放牧，忽然那些牛都同时突然死亡。有位道士路过这里，说："它们并不是真的死了，而是被妖怪摄去了魂魄。赶快把我的药给它们灌下去，保住内脏不受损害。我来为你们整治恶鬼，替它们招魂。"牛主人将道士请到家里，道士迈着禹步作起法来。约摸过了半刻，那几头牛果然一下子站立起来。牛主人留道士用饭，他看也不看，转身走了。有知道内情的人说："这个道士先把毒草混到草里，等牛中毒以后，再用药来解毒。他不肯接受酬谢，显示出不图钱财，是为了再来蛊惑人心留有馀地。我在山东时，曾经见过他用这种方法骗人。”这话一传开，道士再也不到这里来了。可见，方士之中，又分真假，怎么能把他们一概说成是神仙呢！

李南涧言：其邻县一生，故家子也。少年佻达，颇渔猎男色。一日，自亲串家饮归，距城稍远，云阴路黑，度不及入，微雪又簌簌下。方踌躇间，见十许步外有灯光，遣仆往视，则茅屋数间，四无居人，屋中惟一童一妪。问：“有栖止处否？”妪曰：“子久出外，惟一孙与我住此。尚有空屋两间，不嫌湫隘①，可权宿也。”遂呼童系二马树上，而邀生入坐。妪言老病须早睡，嘱童应客。童年约十四五，衣履破敝，而眉目极姣好。试挑与言，自吹火煮茗不甚答。渐与谐笑，微似解意，忽乘间悄语曰：“此地密迩祖母房，雪晴当亲至公家乞赏也。”生大喜慰，解绣囊玉玦赠之。亦羞涩而受。软语良久，乃掩门持灯去。生与仆倚壁倦憩，不觉昏睡。比醒，则屋已不见，乃坐人家墓柏下，狐裘貂冠，衣裤靴袜，俱已褫无寸缕矣。裸露雪中，寒不可忍。二马亦不知所在。幸仆衣未褫，乃脱其敝裘蔽上体，蹩躠而归②，诡言遇盗。俄二马识途自归。已尽剪其尾鬣。衣冠则得于溷中，并狼藉污秽，灼然非盗③。无可置词，仆始具泄其情状。乃知轻薄招侮，为狐所戏也。

【注释】

①湫(jiǎo)隘：低洼，狭小。

②蹩躠(bié xiè)：躲躲闪闪地走。

③灼然：明显的样子。

【译文】

李南涧说：他的邻县有个书生，是世家大族子弟。年纪不大性情轻浮，很喜欢追求男色。一天，他从亲戚家喝酒回来，离县城比较远的时候，就阴云密布，道路昏黑，估计已经来不及进城，小雪又开始“簌簌”落下。正在犹豫之际，看到十来步之外有灯光，派仆人去看，却是几间茅屋，四周没有邻居，屋里只有一个男孩子一个老妇。仆人问：“有住宿的地方吗？”老妇回答说：“儿子长期出门在外，只有一个孙子和我住在这里。还有两间空房，如果不嫌弃房间低矮狭小，你们就凑合着住下吧。”就叫男孩将两匹马拴在树上，邀请书生进屋坐。老妇说年老多病要早点儿睡，叮嘱童子招待客人。那个男孩约十四五岁，衣服破烂，容貌却极其俊俏。书生用语言挑逗他，他只管吹火煮茶不怎么答话。渐渐的也开始戏谑说笑，似乎有点儿明白书生的意思，忽然乘机悄悄对书生说：“这里距祖母房间太近，天晴之后，我会亲自到你家去讨赏钱的。”书生大喜过望，解下绣囊玉玦赠送给童子。男孩也羞涩地接受了。轻言密语了很长时间，才关上门端着灯离去。书生和仆人靠着墙壁休息，不知不觉中昏睡过去。等到醒来，房屋却不见了，两人坐在人家坟墓的柏树下，书生的狐裘貂冠，衣裤靴袜，都被扒掉了。他裸露在雪地里，冻得受不了。两匹马也不知去向。幸而仆人的衣服没有被脱扒掉，就脱下破衣服给书生遮蔽身体，躲躲闪闪回了家，谎称路上遇到了强盗。不一会儿，两匹马认识道路自己归来了。它们的尾鬣已经被剪掉。衣裤靴帽却被人在粪坑中发现，已经脏得不成样子，显然不是强盗打劫。书生再也找不到别的托词，仆人才将真实情况泄露出来。人们这才知道书生行为轻薄招来了侮辱，被狐精戏弄了。

戊子昌吉之乱[①]，先未有萌也。屯官以八月十五夜，犒诸流人，置酒山坡，男女杂坐。屯官醉后，逼诸流妇使唱歌，遂顷刻激变，戕杀屯官，劫军装库，据其城。十六日晓，报至乌鲁木齐，大学士温公促聚兵。时班兵散在诸屯②，城中仅一百四十七人，然皆百战劲卒，视贼蔑如也③。温公率之即行，至红山口，守备刘德叩马曰："此去昌吉九十里，我驰一日至城下，是彼逸而我劳，彼坐守而我仰攻，非百馀人所能办也。且此去昌吉皆平原，玛纳斯河虽稍阔，然处处策马可渡，无险可扼，所可扼者此山口一线路耳。贼得城必不株守，其势当即来。公莫如驻兵于此，借陡崖遮蔽。贼不知多寡，俟其至而扼险下击，是反攻为守，反劳为逸，贼可破也。"温公从之。及贼将至，德左执红旗，右执利刃，令于众曰："望其尘气，虽不过千人，然皆亡命之徒，必以死斗，亦不易当。幸所乘皆屯马，未经战阵，受创必反走。尔等各擎枪屈一膝跪，但伏而击马，马逸则人乱矣。"又令曰："望影鸣枪，则枪不及贼，火药先尽，贼至反无可用。尔等视我旗动，乃许鸣枪；敢先鸣者，手刃之。"俄而贼众枪争发，砰訇动地。德曰："此皆虚发，无能为也。"迨铅丸击前队一人伤，德曰："彼枪及我，我枪必及彼矣。"举旗一挥，众枪齐发。贼马果皆横逸，自相冲击。我兵噪而乘之，贼遂歼焉。温公叹曰："刘德状貌如村翁，而临阵镇定乃尔。参将都司，徒善应对趋跄耳。"故是役以德为首功。然捷报不能缕述曲折，今详著之，庶不湮没焉。

【注释】

①戊子：乾隆三十三年(1768)。

②班兵：轮班执勤的军队。

③蔑如：微细，没有什么了不起。

【译文】

乾隆戊子年的昌吉叛乱，事先没有什么迹象。驻屯军官在八月十五日夜犒劳流放到这里的屯民时，在山坡上摆了酒，男男女女杂坐在一起。驻屯官喝醉了，硬逼着屯民的女眷唱歌，结果立刻激起民变，杀了驻屯官，抢劫军器库，占领了昌吉城。十六日早上，谍报传到乌鲁木齐时，大学士温公立即催促集结兵力前去镇压。但当时兵力都分散在各个军屯里，城里只有一百四十七名军士，幸好都是些身经百战的老兵，都没有把叛民放在眼里。温公就带着这些兵士出发，走到红山口时，守备刘德向他建议说："到昌吉还有九十里路，我们骑马必须赶一天才能到城下，结果就是敌人安逸而我军疲惫，敌人坐守而我军仰攻，恐怕不是一百多兵士就能打胜的。而且从这儿到昌吉都是平原，玛纳斯河虽然比较宽，到处都可以骑马渡过，没有什么险要的地方可以扼守，可以扼守的地方，就只有这个山口的一条窄窄的路。叛民占领了昌吉城，就决不会守在城里等着，肯定会乘胜攻来。将军不如就驻守在这儿，隐蔽在悬崖后面。叛民不知我军虚实，等他们赶到，就能据险往下猛击，这样是反仰攻为坐守，反奔劳为安逸，贼兵就能攻破。"温公采纳了刘德的意见。在叛民将要赶到山口时，刘德左手举着旗帜，右手握着利刃，命令士兵："从敌军的烟尘判断，他们不过一千来人，但都是些亡命之徒，如果拼死而战，不容易抵挡。幸好他们骑的都是屯马，没有经历过战阵，一旦受到狙击必定会往回跑。你们都举着枪蹲下一条腿，只管打敌人的马腿，马一跑，人也就乱了。"他又下令道："刚看见人影时就开枪，不但打不中敌人，火药就先打完了，敌人到眼前来时反而没有弹药。你们要看到我手中旗帜舞动，才能开枪；有谁先开枪的，我杀了他。"一会儿，叛民枪声大作，惊天动地。刘德说："他们这是空放枪，没什么用的。"等敌人的铅弹把前队的一个士兵打伤，刘德才说："敌人的枪弹打中了我们，我们开枪也能击中敌人了。"他举旗一挥，枪弹齐发。叛军的马果真横冲直撞起来，自相践踏，队伍也乱了。清兵于是呐喊着乘势冲出，叛民大败而归。温福叹息道:“刘德的长相像个乡巴佬,临阵却能这样镇定自若。而那些参将、都司,只会迎来送往跑前跑后而已。”所以这次战斗就以刘德为首功。因为捷报不能把事件记述得过于详细,我这里就详加记录,希望不要埋没刘德的功劳。

由乌鲁木齐至昌吉,南界天山,无路可上;北界苇湖,连天无际,淤泥深丈许,入者辄灭顶。贼之败也,不西还据昌吉,而南北横奔,悉入绝地,以为惶遽迷瞀也。后执俘讯之,皆曰惊溃之时,本欲西走,忽见关帝立马云中,断其归路,故不得已而旁行,冀或匿免也。神之威灵,乃及于二万里外。国家之福祚,又能致神助于二万里外。猬锋螗斧[①],潢池盗弄何为哉[②]!

【注释】

①猬锋螗斧:比喻微弱的力量。猬锋,刺猬的毛。螗斧,螳螂的前腿。

②潢(huáng)池盗弄:指微不足道的造反、叛乱。语出《汉书·循吏传》:“海濒遐远,不沾圣化,其民困于饥寒而吏不恤,故使陛下赤子盗弄陛下之兵于潢池中耳。”潢池,池塘。

【译文】

由乌鲁木齐到昌吉,南面有天山阻隔,无路可行;北面是长满芦苇的湖泊,湖面连天无际,湖里全是淤泥,深有丈许,误入其中就有灭顶之灾。屯民们战败后,没有向西重新占据昌吉城,却糊里糊涂地向南北两个方向横向奔走,全部陷入绝境,以为他们是慌乱中神志迷乱了。后来,讯问屯民战俘,他们都说,战败之后,本想往西去,忽然看见关帝骑马立在云雾之中,断了他们的归路,所以不得不奔向两侧,希望能够逃脱。可见，神的威灵可以达于二万里之外。国家的福祚，又能使神于二万里之外出手相助。刺猬的锋针、螳螂的刀斧，微不足道的造反，能成什么大气候！

昌吉未乱以前，通判赫尔喜奉檄调至乌鲁木齐[①]，核检仓库。及闻城陷，愤不欲生，请于温公曰："屯官激变，其反未必本心。愿单骑迎贼于中途，谕以利害。如其缚献渠魁，可勿劳征讨；如其枭獍成群，不肯反正，则必手刃其帅，不与俱生。"温公阻之不可，竟櫜鞬驰去[②]，直入贼中，以大义再三开导。贼皆曰："公是好官，此无与公事。事已至此，势不可回。"遂拥至路旁，置之去。知事不济，乃掣刃奋力杀数贼，格斗而死。当时公论惜之曰："屯官非其所属，流人非其所治，无所谓徇纵也。衅起一时，非预谋不轨，无所谓失察也。奉调他出，身不在署，无所谓守御不坚与弃城逃遁也。所劫者军装库，营弁所掌，无所谓疏防也。于理于法，皆可以无死。而终执城存与存、城亡与亡之一言，甘以身殉。推是志也，虽为常山、睢阳可矣[③]。"故于其柩归，罔不哭奠。而于屯官之残骸归，屯官为贼以铁劚自踵寸寸劚至顶。乱定后，始掇拾之。无焚一陌纸钱者。

【注释】

①通判：官名。清代时各府的通判，分掌粮运及农田水利等事务，实际上是个闲职。

②櫜（tuó）鞬（jiān）：櫜，弓箭鞬盒的外皮囊。鞬，马上装弓箭的器具。

③常山、睢阳：常山，指唐代颜杲卿。本为安禄山部下，安禄山叛乱后，镇守常山（今河北正定），后被安禄山割舌，仍大骂直至气绝。睢阳，指张巡。安禄山叛兵攻打江淮屏障睢阳（今河南商丘境内），与许远死守孤城，壮烈就义。

【译文】

昌吉叛乱之前，通判赫尔喜奉命调到乌鲁木齐核检仓库。听到昌吉城被叛民攻占后，他气愤得不想活，向温公请求道："驻屯官激起叛乱，叛民可能是出于无奈。我愿意单枪匹马在中途迎敌，陈说利害关系。如果他们能把首犯绑了献出来，就不必劳师征讨了；如果他们是一群食母食父枭鸟破獍一类的忘恩负义之徒，不肯返归正途，那么我一定要杀了他们的头子，绝对不跟他同时活着。"温公不让他去，他不听，竟然全副武装地骑马奔去，直接来到叛民营里，申明大义，再三开导。叛民都说："你是一个好官，这里不关你的事。已经走到这一步，已无可挽回了。"于是把他推到路边，扔下他走了。赫尔喜知道自己的努力无济于事，拔刀奋力杀了几个叛民，他也在格斗中战死。当时公众舆论很为他惋惜，说："驻屯官不是他的下属，屯民也不是他管理的，不能说他有徇情怂恿之过。叛乱发生于一时，不是预谋的，不能说是他失于明察。他奉调离开昌吉，当时他不在现场，所以不能说他防守不严，也不能说他弃城逃走。被抢劫的兵器库，有营官专职把守，不能说是他疏于防守。无论从道理上说还是从律法上说，他都可以不死。但是他却坚决要实现城在人在、城亡人亡的誓言，甘心以死报国。他的忠烈，可以与颜常山、张睢阳媲美了。"因此他的灵柩被运回来时，人们无不哭着祭奠。而屯官的残骸被运回来时，屯官被贼用铁铡从脚开始一寸寸铡到头顶。叛乱结束后，才掇拾拢来。连给他烧一叠纸钱的人也没有。

朱青雷言：曾见一长卷，字大如杯，怪伟极似张二水①。首题"纪梦十首"，而蠹蚀破烂，惟二首尚完整可读。其一曰："梦到蓬莱顶，琼楼碧玉山。波浮天半壁，日涌海中间。遥望仙官立，翻输野老闲。云帆三十丈，高挂径西还。"其二曰："郁郁长生树，层层太古苔。空山未开凿，元气尚胚胎。灵境在何处？梦游今几回？最怜鱼鸟意，相见不惊猜。"年月姓名，皆已损失，不知谁作也。尝为李玉典书扇，并附以跋。或曰："此青雷自作，托之古人。"然青雷诗格婉秀如秦少游小石调[2]，与二诗笔意不近。或又曰："诗字皆似张东海。"《东海集》余昔曾见，不记有此二诗否，待更考之。青雷跋谓，前诗后四句，未经人道。然昌黎诗："我能屈曲自世间，安能从汝求神仙?"即是此意，特袭取无痕耳。

【注释】

①张二水：张瑞图（1570—1641），字长公、无画，号二水、果亭山人、芥子、白毫庵主、白毫庵主道人等，明代书画家。书法奇逸，峻峭劲利，笔势生动，奇姿横生，钟繇、王羲之之外另辟蹊径，为明代四大书法家之一。

②秦少游：秦观（1049—1100），字太虚，又字少游，别号邗沟居士，世称"淮海先生"。北宋中后期著名词人，与黄庭坚、张耒、晁补之合称"苏门四学士"，颇得苏轼赏识。小石调：明代郭勋《雍熙乐府》云："小石调（中吕商）宜旖旎妩媚……"秦观诗作精致纤巧，同时代人说他"诗如词"、"诗似小词"、"又待入小石调"。

【译文】

朱青雷说：他曾看见过一轴长卷，字有杯子那么大，笔力奇诡苍劲很像张二水。卷首题写着"纪梦十首"，因为潮湿虫咬已经破烂不堪了，其中只剩下两首还算完整，可以读出来。其中一首道："梦到蓬莱顶，琼楼碧玉山。波浮天半壁，日涌海中间。遥望仙官立，翻输野老闲。云帆三十丈，高挂径西还。”另一首道：“郁郁长生树，层层太古苔。空山未开凿，元年尚胚胎。灵境在何处？梦游今几回？最怜鱼鸟意，相见不惊猜。”上面署的年月、姓名都已经损坏，不知是谁写的。朱青雷曾把这两首诗写在李玉典的扇子上，还写上了跋。因此有人就说：“这是朱青雷自己作的，不过假托古人罢了。”不过朱青雷的诗婉约清秀，很像秦观的小石调，与这两首诗的笔调不一致。又有人说：“这两首诗作和书法好像是张东海的。”《东海集》我以前曾见过，但记不得有这两首诗没有，只有留待今后再考证了。朱青雷的跋语认为，前一首诗的后面四句之意，从没有人说过。然而，韩昌黎的诗：“我能屈曲自世间，安能从汝求神仙？”就是这个含意，只不过那四句袭用韩诗不着痕迹而已。

同郡有富室子，形状臃肿，步履蹒跚，又不修边幅，垢腻恒满面。然好游狭斜，遇妇女必注视。一日独行，遇幼妇，风韵绝佳。时新雨泥泞，遽前调之曰：“路滑如是，嫂莫要扶持否？”幼妇正色曰：“尔勿愦愦，我是狐女，平生惟拜月炼形，从不作媚人采补事。尔自顾何物，乃敢作是言，行且祸尔。”遂掬沙屑洒其面，惊而却步，忽堕沟中，努力踊出，幼妇已不知所往矣。自是心恒惴惴，虑其为祟，亦竟无患。数日后，友人邀饮，有新出小妓侑酒。谛视，即前幼妇也。疑似惶惑，罔知所措，强试问之曰：“某日雨后，曾往东村乎？”妓漫应曰：“姊是日往东村视阿姨，吾未往也。姊与吾貌相似，公当相见耶？”语殊恍惚，竟莫决是怪是人，是一是二，乃托故逃席去。去后，妓述其事曰：“实憎其丑态，且惧行强暴，姑诳以伪词，冀求解免。幸其自仆，遂匿于麦场积柴后。不虞其以为真也。”席中莫不绝倒。一客曰：“既入青楼，焉能择客？彼固能千金买笑者也，盍挈尔诣彼乎！”遂偕之同往，具述妓翁姑及夫名氏，其疑乃释。妓姊妹即所谓大杨、二杨者，当时名士多作《杨柳枝词》，皆借寓其姓也。妓复谢以小时固识君，昨喜见怜，故答以戏谑，何期反致唐突，深为歉仄，敢抱衾枕以自赎。吐词娴雅，姿态横生。遂大为所惑，留连数夕。召其夫至，计月给夜合之资。狎昵经年，竟殒于消渴[①]。

先兄晴湖曰："狐而人，则畏之，畏死也。人而狐，则非惟不畏，且不畏死，是尚为能充其类也乎！'行且祸汝'，彼固先言。是子也死于妓，仍谓之死于狐可也。"

【注释】

①消渴：消渴病，中国传统医学的病名。是指以多饮、多尿、多食及消瘦、疲乏、尿甜为主要特征的综合病证，也就是现在所说的糖尿病。

【译文】

同郡有一个富家子弟，体态臃肿，走路总是踉踉跄跄的，又不修边幅，常常满脸垢腻。可是他却喜欢嫖娼宿妓，遇到妇女必定紧盯着看。有一天，他单独走路，遇到一个小娘子，风韵绝佳。当时刚下过雨，道路泥泞，他就上前调戏道："路这么滑，嫂子要不要我扶着走？"小娘子正色道："你不要糊涂，我是狐女，平生只是拜月炼形，从来不做迷惑人采补精气的事。你看看自己是什么东西，竟然敢讲这种话，灾祸就要临头了。"说着抓起一把沙土朝他的脸洒过去，他惊恐地往后退，忽然掉进了沟里，好不容易跳出来，小娘子已经不知去向。从此，他常常惴惴不安，担心她来作怪，却居然没有什么祸事。几天后，朋友邀请他喝酒，有个刚来的妓女劝酒。富家子仔细一看，就是前几天遇到的小娘子。他惊疑不定，一时不知如何是好，勉强试探着问："某天刚下过雨，你去过东村吗?”妓女漫不经心地回答说:“这一天姐姐去东村看望阿姨,我没有去。姐姐与我容貌相似,你遇见的当是她吧?”含含糊糊的,竟然弄不清她们是怪还是人,是一个还是两个,他就借故逃席走了。他离开之后,妓女说起了这件事:“当时我确实讨厌他的丑态,又怕他强暴,就编了一套话骗他,为的是能脱身。幸好他自己跌倒,我就躲到麦场柴堆后面去了。不料他信以为真。”酒席上的人都笑得前俯后仰。一个客人说:“你既然进了青楼,怎么可以挑选客人?他的确是能用千金买笑的人,何不由我带你去见他?”于是就一起前往,客人详细说了妓女的公婆及丈夫姓名,富家子的疑虑才消除。妓女姐妹就是叫大杨、二杨的,当时名士多作《杨柳枝词》,都借寓她们的姓氏。妓女又道歉说小时候就认识富家子,昨天为得到富家子的怜爱而高兴,故意开个玩笑,不料反而唐突了他,我深深抱歉,愿意抱着衾枕来自赎罪孽。她谈吐高雅,又有说不尽的娇媚。富家子被她的美色迷惑,留她过了好几夜。后又叫来她的丈夫,按月付给夜宿的钱财。富家子和这个妓女鬼混了一年多时间,最终死于消渴病。

先兄晴湖说:“狐精幻化成人,他就害怕,实际上是怕死。人做了狐精的事,他非但不怕她,而且不怕死,这也许因为她还是自己的同类吧?‘灾祸就要临头了’,这是她事先就说过的。这个人死在妓女手里,要说他是死在狐精手里的也未尝不可。”

郭大椿、郭双桂、郭三槐,兄弟也。三槐屡侮其兄,且诣县讼之。归憩一寺,见缁袍满座①,梵呗竞作②。主人虽吉服,而容色惨沮,宣疏通诚之时,泪随声下。叩之,寺僧曰:“某公之兄病危,为叩佛祈福也。”三槐痴立良久,忽发颠狂,顿足捶胸而呼曰:“人家兄弟如是耶!”如是一语,反复不已。掖至家,不寝不食,仍顿足捶胸,诵此一语,两三日不止。大椿、双桂故别住,闻信俱来,持其手哭曰:“弟何至是?”三槐又痴立良久，突抱两兄曰："兄固如是耶！"长号数声，一踊而绝。咸曰神殛之，非也。

三槐愧而自咎，此圣贤所谓改过，释氏所谓忏悔也。苟充是志，虽田荆、姜被[3]，均所能为。神方许之，安得殛之？其一恸立殒，直由感动于中，天良激发，自觉不可立于世，故一瞑不视，戢影黄泉，岂神之褫其魄哉？惜知过而不知补过，气质用事，一往莫收；无学问以济之，无明师益友以导之，无贤妻子以辅之，遂不能恶始美终，以图晚盖[4]，是则其不幸焉耳。昔田氏姊买一小婢，倡家女也。闻人诮邻妇淫乱，瞿然惊曰："是不可为耶？吾以为当如是也。"后嫁为农家妻，终身贞洁。然则三槐悖理，正坐不知。故子弟当先使知礼。

【注释】

①缁袍：用黑色帛做的衣服。僧尼穿黑衣，代指僧尼。

②梵呗：和尚念经的声音。

③田荆：梁朝吴均《续齐谐记·紫荆树》记载，京兆田真兄弟三人析产，拟破堂前一紫荆树而三分之。明日，树即枯死。田真大惊，谓诸弟曰："树本同株，闻将分斫，所以顑顇，是人不如木也。"兄弟感悟，遂合产和好。树亦复茂。后因以"田荆"为兄弟和好的代称。姜被：《后汉书》卷五十三记载，汉代姜肱与二弟仲海、季江"俱以孝行著闻。其友爱天至，常共卧起"。"姜被"是说姜肱兄弟同被而寝，表明兄弟友爱。

④晚盖：用后善掩盖前恶。

【译文】

郭大椿、郭双桂、郭三槐是三兄弟。三槐常常欺辱两个哥哥，并且到县衙去控告哥哥。从县衙回来的路上到一座庙里休息，只见庙堂里坐满了穿黑袍的和尚，正在齐声念经。施主虽然身穿吉服，却面容惨淡沮丧，宣读表示虔诚的祷文时，声泪俱下。三槐上前叩问原因，和尚答道："这位施主的兄长病危，他在叩请神佛为兄长降福呢。"三槐痴呆呆站了好久，忽然发起颠狂，一边顿足捶胸一边喊道："人家兄弟竟是这样啊！"他反复地重复这句话。众人把他扶着送回家，他不吃不睡，还是顿足捶胸，不断重复那句话，一连闹了两三天。大椿、双桂一向住在别处，听到消息赶来，拉着三槐的手哭着说："兄弟怎么会这样？"三槐又呆立了半晌，突然抱着两位哥哥说："哥哥总是这么好啊！"他长号了几声，猛然一跳断了气。人们都说是神明惩治了三槐，其实不然。

三槐愧疚而自责，这就是圣贤所说的"改过"，佛家所说的"忏悔"。他能这样，就是像田荆、姜被此类的孝悌之事，他都能做到。神佛正希望他这么做，怎么会惩罚他呢？他一旦悲伤立刻殒命，是因为心里感动，本真的良心被激发，自己觉得无颜活在世上，所以一死了之，命归黄泉，哪里是神佛收了他的魂？可惜的是，他知道有过错却不知道将功补过，仅仅是意气用事，一去而不回头；他没有学问，因而不能依靠学识来自我解脱，没有明师益友来开导他，也没有贤妻来帮助规劝他，致使他不能从恶的开头走向善的终结，以求有个好的晚节，他的不幸就在这里。当年田氏姐姐买了个丫环，原先是个妓女。丫环听见有人讥笑邻家妇人淫乱，惊讶地问："这种事儿不能做么？我还以为就应该这样做呢。"后来，她嫁给农人做妻子，终身保持贞洁。三槐的行为违背常理，就是因为他不明道理。所以教育子弟应该先让他们懂得礼义。

朝鲜使臣郑思贤，以棋子两奁赠予，皆天然圆润，不似人工。云黑者海滩碎石，年久为潮水冲激而成；白者为小车渠壳，亦海水所磨莹，皆非难得。惟检寻其厚薄均，轮郭正，色泽匀者，日积月累，比较抽换，非一朝一夕之力耳。置之书斋，颇为雅玩。后为范大司农取去。司农殁后，家计萧然，今不知在何所矣。

【译文】

朝鲜使臣郑思贤，赠给我两奁棋子，这些棋子都晶莹圆润，不像人工磨成的。郑思贤说，黑色的是海滩上的碎石，长年被潮水冲刷而成的；白色的是小砗磲壳，也是被海水冲刷磨光的，都不难捡到。只是寻找厚薄一样、边缘圆正、色泽均匀的，需要日积月累，比较挑选，不是一朝一夕所能办到的。我把棋子放在书斋里，是很雅致的玩物。后来棋子被户部尚书范宜恒拿去了。范宜恒死后，家道衰落，如今就不知这副棋子的下落了。

海中三岛十洲，昆仑五城十二楼，词赋家沿用久矣。朝鲜、琉球、日本诸国，皆能读华书。日本，余见其五京地志及《山川全图》，疆界袤延数千里，无所谓仙山灵境也。朝鲜、琉球之贡使，则余尝数数与谈，以是询之，皆曰东洋自日本以外，大小国土凡数十，大小岛屿不知几千百，中朝人所必不能至者，每帆樯万里，商舶往来，均不闻有是说。惟琉球之落漈[1]，似乎三千弱水。然落漈之舟，偶值潮平之岁，时或得还，亦不闻有白银宫阙，可望而不可即也。然则三岛十洲，岂非纯构虚词乎！

《尔雅》、《史记》，皆称河出昆仑。考河源有二：一出和阗[2]，一出葱岭[3]。或曰葱岭其正源，和阗之水入之。或曰和阗其正源，葱岭之水入之。双流既合，亦莫辨谁主谁宾。然葱岭、和阗，则皆在今版图内，开屯列戍四十馀年，即深岩穷谷，亦通耕牧。不论两山之水，孰为正源，两山之中，必有一昆仑确矣。而所谓瑶池、悬圃、珠树、芝田，概乎未见，亦概乎未闻。然则五城十二楼，不又荒唐矣乎！不但此也，灵鹫山在今拔达克善④，诸佛菩萨，骨塔具存，题记梵书，一一与经典相合。尚有石室六百馀间，即所谓大雷音寺，回部游牧者居之。我兵追剿波罗泥都、霍集占，曾至其地，所见不过如斯。种种庄严，似亦藻绘之词矣。相传回部祖国，以铜为城。近西之回部云，铜城在其东万里；近东之回部云，铜城在其西万里。彼此遥拜，迄无人曾到其地。因是以推，恐南怀仁《坤舆图说》所记五大人洲，珍奇灵怪，均此类焉耳。周编修书昌则曰："有佛缘者，然后能见佛界；有仙骨者，然后能见仙境。未可以寻常耳目，断其有无。曾见一道士游昆仑归，所言与旧记不殊也。"是则余不知之矣。

【注释】

①落漈(jì)：海底深陷的地方。漈，水边，水涯。

②和阗：清初改"于阗"为"和阗"。

③葱岭：对帕米尔高原和喀喇昆仑山脉诸山的总称。传说因山上生葱或山崖葱翠而得名。

④拔达克善：又称"巴达克山"，今属阿富汗。

⑤南怀仁《坤舆图说》：南怀仁，字敦伯，又字勋卿（Ferdinand Verbiest），比利时人。1658年来华，是清初最有影响的来华传教士之一。《坤舆图说》，上卷为自然地理常识，下卷多为人文地理的内容。关于五大洲的记述，多采自《职方外纪》而略加新说。

【译文】

海里的三岛十洲，昆仑山的五城十二楼，词赋家们这样吟咏已经有很长时间了。朝鲜、琉球、日本等国，都能读中国的书。日本，我曾见过的《五京地志》和《山川全图》，书中标明的国界绵延几千里，并没有什么仙山灵境的记载。朝鲜、琉球的朝贡使，我曾跟他们细细讨论过，同他们都说东洋除日本外，还有大小国家几十个，大小岛屿不知有几千几百个，这些清朝人肯定没有去过的地方，却往往有商船不远万里往来贸易，但都说没有听说过仙山灵境一事。只是在琉球有一处海水低陷的地方，近似于传说中的三千弱水。但是经过那里的船只，偶然赶上风平浪静的时候，有时也能够回来，也没有听说有什么白银的宫殿之类，那是个可以看到却到不了的地方。那么所谓三岛十洲，难道不是纯属虚构之词么！

《尔雅》、《史记》都说黄河发源于昆仑山。据考察，黄河有两个源头：其一源出于和阗，另一源出自葱岭。有人说葱岭是主要源头，和阗的源头流入其中。也有人说和阗是主要源头，葱岭的源头流入其中。应该说，两个源头既然汇合，就分不出谁主谁次来。但葱岭、和阗都是在大清的版图中，在那里驻军屯田已经四十年之久，就是那些地方的深山险谷，也有人耕种放牧。且不论两处源头哪一处是正源，不过两座山中，定有一座昆仑山是确定无疑的。但所谓的瑶池、悬圃、珠树、芝田，不仅从来没有见过，而且从来没有听说过。那么所谓五城十二楼，不是更荒唐么！不仅如此，灵鹫山就在如今的拔达克善，诸佛和菩萨的骨塔至今还在，上面题写的梵字，与经典都一一相符。还有六百多间石屋，就是所谓的大雷音寺，有回部的游牧民住在里面。清军在围剿波罗泥都、霍集占时，曾经到过那里，见到的就是上面说的这些。所以那些种种庄严的传说，似乎也是经过渲染加工的故事。相传在回部祖先居住的地方，以铜筑城。可是西部的回部说，铜城在东边万里的地方；而东部的回部也说，铜城在西边万里的地方；双方都是远远顶礼膜拜，至今谁也没有到过这个地方。由此推测，南怀仁著《坤舆图说》中记载的五大人洲，还有珍奇灵怪之物，也都是这一类的。编修周书昌则说："有佛缘的人,才能见到佛界;有仙骨的人,才能见到仙境。而不能因为一般人看不到,就武断地说没有佛界仙境。我就曾见过一位道士游历昆仑山回来后,讲的和过去的记载完全符合。”这种说法我就搞不清楚了。

蔡季实殿撰有一仆,京师长随也。狡黠善应对,季实颇喜之。忽一日,二幼子并暴卒,其妻亦自缢于家。莫测其故,姑殓之而已。其家有老妪私语人曰:“是私有外遇,欲毒杀其夫,而后携子以嫁。阴市砒制饼饵,待其夫归。不虞二子窃食,竟并死。妇悔恨莫解,亦遂并命。”然妪昏夜之中,窗外窃听,仅粗闻密谋之语,未辨所遇者为谁,亦无从究诘矣。其仆旋亦发病死。死后,其同侪窃议曰:“主人惟信彼,彼乃百计欺主人。他事毋论,即如昨日四鼓诣圆明园侍班,彼故纵驾车骡逸,御者追之复不返。更漏已促,叩门借车必不及,急使雇倩。则曰风雨将来,非五千钱人不往。主人无计,竟委曲从之。不太甚乎!奇祸或以是耶!”季实闻之,曰:“是死晚矣,吾误以为解事人也。”

【译文】

翰林院修撰蔡季实有个仆人,是京城里的长随出身。他机智聪明善于应变,季实很喜欢他。有一天,这个仆人的两个幼子突然死了,他妻子也在家上了吊。因为不知是什么原因,只好安葬了。他家有个老妈子悄悄对人说:“他妻子有外遇,想毒死丈夫,然后带着孩子嫁人。她暗里买来砒霜放在饼里,等丈夫回来吃。不料被两个孩子偷吃了,都被药死了。他妻子悔恨不已,也自杀了。”这老妈子曾在黑夜里躲在窗外偷听,只听到了密谋的大概意思,没听出姘夫是谁,也就无从查询了。这个仆人不久也发病死去了。死后,他的同伴私下里议论说:“主人只信任他,他却千方百计骗主人。别的事不说,就说昨天,主人在四更天要去圆明园值班,他却故意把驾车的骡子放跑了,赶车人去追,好久没有回来。眼看着要到四更天了,去别人家借车肯定也来不及,主人便急忙叫他去雇车。他却说风雨就要来了,没有五千钱是雇不来人的。主人无奈,只好答应了。这不太过分了么?他家遭大祸也许是因为这些事。"季实听了这些议论,说:"他早就该死了,我误以为他是个很懂事理的人。"

杨槐亭前辈言:其乡有宦成归里者,闭门颐养,不预外事,亦颇得林下之乐,惟以无嗣为忧。晚得一子,珍惜殊甚。患痘甚危,闻劳山道士能前知,自往叩之。道士輾然曰:"贤郎尚有多少事未了,那能便死!"果遇良医而愈。后其子冶游骄纵,竟破其家,流离寄食,若敖之鬼遂馁[1]。乡党论之曰:"此翁无咎无誉,未应遽有此儿。惟萧然寒士,作令不过十年,而宦橐逾数万[2]。毋乃致富之道有不可知者在乎?"

【注释】

①若敖之鬼遂馁(něi):若敖为春秋时楚国的若敖氏。《左传·宣公四年》记载,若敖氏的后代楚国令尹子文,担心他的侄子越椒将来会使若敖氏灭宗,临死时,聚集族人哭泣道:"鬼犹求食,若敖氏之鬼,不其馁尔!"意思是若敖氏的鬼将因灭宗而无人祭祀。比喻没有后代,无人祭祀。

②宦橐:因为做官而得到的钱财。

【译文】

杨槐亭前辈说:他的乡里有个官员退休回到家乡,闭门休养,不参与外面的事,也很能享受隐居山林的乐趣,唯一苦恼的是他没有儿子。

晚年他有了一个儿子,百般疼爱。不料生痘病情危急,他听说劳山有个道士能预知后来,亲自赶去询问。道士一笑,说:"令郎还有许多事没做完,哪能就死了!"接着果然遇上良医治好了他儿子的病。后来这个儿子骄纵挥霍,竟然败了家,流落乞讨,祖宗们也断了香火。乡里人议论说:"这个老先生没有罪过也没有什么值得彰扬的,不应该这么突然有个儿子。不过他原来只是个贫寒的读书人,当县令不过十年,却积攒了几万钱。莫非致富之道有不可告人之处么?"

槐亭又言:有学茅山法者[①],劾治鬼魅,多有奇验。有一家为狐所祟,请往驱除。整束法器,克日将行。有素识老翁诣之曰:"我久与狐友。狐事急,乞我一言。狐非获罪于先生,先生亦非有憾于狐也。不过得其贽币[②],故为料理耳。狐闻事定之后,彼许馈廿四金。今愿十倍其数,纳于先生,先生能止不行乎?"因出金置案上。此人故贪惏[③],当即受之。次日,谢遣请者曰:"吾法能治凡狐耳。昨召将检查,君家之祟乃天狐,非所能制也。"得金之后,意殊自喜,因念狐既多金,可以术取。遂考召四境之狐,胁以雷斧火狱,俾纳贿焉。征索既频,狐不胜扰,乃共计盗其符印。遂为狐所凭附,颠狂号叫,自投于河。群狐仍摄其金去,铢两不存。人以为如费长房、明崇俨也[④]。后其徒阴泄之,乃知其致败之故。

夫操持符印,役使鬼神,以驱除妖疠,此其权与官吏侔矣。受赂纵奸,已为不可;又多方以盈其谿壑,天道神明,岂逃鉴察?微群狐杀之,雷霆之诛,当亦终不免也。

【注释】

①茅山法：道教修炼的一种法术。包含“五雷掌法”和“肚痛法”及其破解法、“蜀汉仙法”、“解邪术法”、“勾魂法”等，还有实用的解病痛法术。

②贽(zhì)币：古代拜见尊长所送的礼金。

③贪惏(lán)：贪婪，不知足。

④费长房：传说从壶公入山学仙，未成辞归。能医重病，鞭笞百鬼，驱使社公。一日之间，人见其在千里之外者数处，因称其有缩地术。后因失其符，为众鬼所杀。事见《后汉书·方术列传》。明崇俨(646？—679)：唐高宗时期的政治人物。祖先是平原士族，世代在南朝为官，南朝梁国子祭酒明山宾五世孙。父亲明恪，豫州刺史。其人容貌俊秀，风姿神异，出身士族，却精通巫术、相术和医术。仪凤四年(679)五月初三，明崇俨被盗贼杀死，搜捕盗贼，竟然没有线索。

【译文】

杨槐亭又说：有个学茅山法术的人，镇治鬼魅，经常特别灵验。有一家人因为狐精作怪，请他前去驱除。他整理法器，按照约定的日期正要出发。有个一向熟悉的老翁拜访他说：“我长久与狐精交朋友。狐精的处境危急，求我来说句话。狐精没有得罪先生，先生与狐精也没有什么仇恨。先生只不过得了那个人的钱财，所以替那人办事罢了。狐精听说事成之后，那人答应馈赠先生二十四两银子。现在狐精愿意给先生十倍的钱，先生能不去管这事吗？”说着就将银子放到桌上。这个人本来就很贪婪，当即收了钱。第二天，他就谢绝了来请他的人说：“我的法术只能惩治普通的狐精而已。昨天，我召神将来检查，在你家作祟的是天狐，这不是我惩治得了的。”他得了银子之后，洋洋自得，就想狐精既然有很多银子，就可以用法术索取。他因此召集周边的狐精，用雷斧火狱威胁它们，让它们向他纳贿。他不停地索取，狐精受不了，就一起商量偷走了他的符印。接着狐精附在他身上,癫狂号叫,自己投河而死。群狐把他的银子都拿走了,一点儿也没有留下。人们以为他像费长房、明崇俨那样升天去了。后来,他的徒弟暗中泄露内幕,人们才知道他失败的原因。

操持符印,役使鬼神,驱除妖厉,这种权力与官吏的权力是相似的。接受贿赂,放纵奸狐,已经是不允许的;却又想方设法来满足贪欲,难道能逃脱鬼神的监察?即使没有群狐杀死他,他应当最终也逃避不了雷霆的诛杀。

天地高远,鬼神茫昧,似与人无预。而有时其应如响,殚人之智力,不能与争。沧州上河涯,有某甲女,许字某乙子。两家皆小康,婚期在一二年内矣。有星士过某甲家,阻雨留宿。以女命使推。星士沉思良久曰:"未携算书,此命不能推也。"觉有异,穷诘之。始曰:"据此八字,侧室命也,君家似不应至此。且闻嫁已有期,而干支无刑克,断不再醮。此所以愈疑也。"有黠者闻此事,欲借以牟利,说某甲曰:"君家赀几何,加以嫁女必多费,益不支矣。命既如是,不如先诡言女病,次诡言女死,市空棺速葬;而夜携女走京师,改名姓鬻为贵家妾,则多金可坐致矣。"某甲从之。会有达官嫁女,求美媵,以二百金买之。越月馀,泛舟送女南行,至天妃闸,阖门俱葬鱼腹,独某甲女遇救得生。以少女无敢收养,闻于所司。所司问其由来,女在是家未久,仅知主人之姓,而不能举其爵里;惟父母姓名居址,言之凿凿。乃移牒至沧州,其事遂败。时某乙子已与表妹结婚,无改盟理。闻某甲之得多金也,愤恚欲讼。某甲窘迫,愿仍以女嫁其子。其表妹家闻之，又欲讼。纷纭轇轕[①]，势且成大狱。两家故旧戚众为调和，使某甲出资往迎女，而为某乙子之侧室，其难乃平。女还家后，某乙子已亲迎。某乙以牛车载女至家，见其姑，苦辩非己意。姑曰："既非尔意，鬻尔时何不言有夫？"女无词以应。引使拜嫡，女稍趑趄[②]。姑曰："尔买为媵时，亦不拜耶？"又无词以应，遂拜如礼。姑终身以奴隶畜之。

此雍正末年事。先祖母张太夫人，时避暑水明楼，知之最悉。尝语侍婢曰："其父不过欲多金，其女不过欲富贵，故生是谋耳。乌知非徒无益，反失所本有哉！汝辈视此，可消诸妄念矣。"

【注释】

①轇轕(jiāo gé)：交错，杂乱。

②再醮(jiào)：再婚。醮，古代婚取时用酒祭神的礼仪。

③趑趄(zī jū)：想进又不敢前进，形容疑惧、犹豫不决。

【译文】

天地高远，鬼神幽暗不明，他们似乎与人没有什么关系。可是有的时候，他们对人的报应却像回音一样准确及时，以人的智力，根本无法与他们抗衡。沧州的上河涯有个某甲，女儿许配给某乙的儿子为妻。两家都是小康之家，婚期就定在一两年内。一天，有个算命先生路过某甲家时，因为下雨请求借宿。某甲让他给女儿算命。算命先生沉思了半天，说："我没带算命书，这命没法算。"某甲觉得有点儿怪，就一再追问。算命先生这才说："看她的八字，命中注定做人家的偏房，看您家的情况似乎不应该是这样。而且听说您女儿嫁期已经定下来了，两个人的属相并不相克，绝无再嫁的道理。这就使我更加怀疑了。"有个生性狡猾的人得知了此事，就想借机牟利，劝说某甲道："您家能有多少钱？加上嫁女儿开销太大，财力更加承受不了。您女儿既然命中注定该做侧室，不如先谎称她病了，接着谎称病死了，买口空棺火速下葬；然后趁黑夜带着女儿直奔京城，改名换姓把她卖给富贵人家为妾，这样，您就是在家坐着也自然有大笔钱财送上门来。"某甲听从了这个主意。正赶上京城有个大官嫁女儿，想找个美女做陪嫁，就用二百两银子买下了某甲的女儿。过了一个多月，大官乘船送女儿往南方，船行至天妃闸时沉没了，合家大小皆葬身鱼腹，只有某甲的女儿被人救了上来。因为是少女，没人敢收养，就把她送交官府。官府询问来由，她因为在大官家时间不长，只知道主人的姓，还说不出主人的爵位和籍贯；只有父母的姓名住址，她却说得一清二楚。于是官府将公文发到沧州，某甲卖女儿之事也因此而败露。这时，某乙的儿子已经与表妹结婚，自然没有退婚的道理。某乙听说某甲卖女儿得了不少银子，一怒之下想要告官。某甲陷入窘境，愿意还是把女儿嫁给某乙的儿子。表妹家听说此事，也要告官。一时间矛盾纠葛纷纭交错，看样子要酿成一桩大案。两家的亲朋好友出面调停，让某甲出钱迎回女儿，并且把女儿嫁给某乙的儿子做偏房，这场纠纷才算平息下来。某甲的女儿回到家后，某乙之子已经行过迎娶表妹的大礼。某乙用牛车将她接到家里，见到婆婆时，她苦苦辩解，说被卖到京城转嫁他人绝对不是自己的意愿。婆婆说："既不是你情愿的，为什么卖你时不说已经有了丈夫？"她无言以对。婆婆带她去拜见正室，她稍稍迟疑了一下。婆婆马上说："你卖给人家做妾，也敢不拜见正室吗？"她又无言以对，只好按常理拜见了。婆婆始终把她当作婢女一样使唤。

这事发生在雍正末年。当时，先祖母张太夫人正在水明楼避暑，对此事知道得最详细。祖母曾对侍女们说："做父亲的不过是贪图金钱，做女儿的不过是贪图富贵，才出了这么个计谋。谁知不仅没有占便宜，反而连本来应该有的都丢了！你们看看这件事，可以消除妄念了。"

先四叔母李安人，有婢曰文鸾，最怜爱之。会余寄书觅侍女，叔母于诸侄中最喜余，拟以文鸾赠。私问文鸾，亦殊不拒。叔母为制衣裳簪珥，已戒日脂车[①]。有妒之者嗾其父多所要求，事遂沮格。文鸾竟郁郁发病死。余不知也。数年后稍稍闻之，亦如雁过长空，影沉秋水矣。今岁五月，将扈从启行，摒挡小倦，坐而假寐。忽梦一女翩然来。初不相识，惊问："为谁？"凝立无语。余亦遽醒，莫喻其故也。适家人会食，余偶道之。第三子妇，余甥女也，幼在外家与文鸾嬉戏，又稔知其赍恨事，瞿然曰："其文鸾也耶？"因具道其容貌形体，与梦中所见合。是耶非耶？何二十年来久置度外，忽无因而入梦也？询其葬处，拟将来为树片石。皆曰邱陇已平，久埋没于荒榛蔓草，不可识矣。姑录于此，以慰黄泉。忆乾隆辛卯九月[②]，余题秋海棠诗曰："憔悴幽花剧可怜，斜阳院落晚秋天。词人老大风情减，犹对残红一怅然。"宛似为斯人咏也。

【注释】

①戒日：语出《周礼·天官·太宰》："祀五帝，帅执事而卜日，遂戒。"后以戒日为"卜日"。脂车：油涂车轴，以利运转。借指驾车出行。

②乾隆辛卯：乾隆三十六年辛卯(1771)。

【译文】

已故的四婶李安人，有个婢女叫文鸾，四婶最喜欢她。正好我寄信回家想要个侍女，四婶在几个侄子中最喜欢我，就打算把文鸾给我。她私下问文鸾时，文鸾也一点儿没有拒绝的意思。四婶就帮她准备好衣服首饰，选了日子要送她到我这里来。有嫉妒的人唆使文鸾的父亲提了很多要求，事情就泡汤了。文鸾竟然忧郁成病死了。我并不知道这些事。几年后，才渐渐地听到一些传闻，也像雁过长空，影子掠过水面一样，没有留下什么印象。直到今年五月，我随从圣驾到滦阳，临行前收拾行李有点儿累了，就坐下来闭目养神。忽然梦见有个女子翩然而来。开始时我不认识她，惊问："你是谁？"她却伫立着一声不吭。我也一下子就醒了过来，不知这是怎么一回事。等到和家人一起吃饭时，我偶然提及这个梦。我的三儿媳，原来是我外甥女，小时候在外婆家时，常和文鸾一起玩，她熟知文鸾含恨而死的事，猛然醒悟道："会不会是文鸾？"她详细地描绘文鸾的身形容貌，与我梦中所见的女子十分相符。是不是她呢？为什么我二十年来一直都没有把那件事放在心上，她却突然无缘无故地来到我的梦里？我就打听她葬在什么地方，准备将来为她立块碑。家人都说她的坟墓已经平了，淹没在荒榛野草里，辨认不出来了。我只好把这件事情记下来，来安慰黄泉之下的幽魂。记得乾隆辛卯年，我写过一首咏秋海棠的诗："憔悴幽花剧可怜，斜阳院落晚秋天。词人老大风情减，犹对残红一怅然。"简直像是为文鸾写的。

宗室敬亭先生，英郡王五世孙也。著《四松堂集》五卷，中有《拙鹊亭记》曰："鹊巢鸠居，谓鹊巧而鸠拙也。小园之鹊，乃十百其侣，惟林是栖。窥其意，非故厌乎巢居，亦非畏鸠夺之也。盖其性拙，视鸠为甚，殆不善于为巢者。故雨雪霜霰，毛羽褵褷[①]；而朝阳一晞[②]，乃复群噪于木杪，其音怡然，似不以露栖为苦。且飞不高翥[③]，去不远飏，惟饮啄于园之左右。或时入主人之堂，值主人食弃其馀，便就而置其喙；主人之客来，亦不惊起，若视客与主人皆无机心者然。辛丑初冬[④]，作一亭于堂之北，冻林四合，鹊环而栖之，因名曰拙鹊亭。夫鸠拙宜也，鹊何拙？然不拙不足为吾园之鹊也。”

案，此记借鹊寓意，其事近在目前，定非虚构，是亦异闻也。先生之弟仓场侍郎宜公，刻先生集竟，余为校雠[5]，因掇而录之，以资谈柄。

【注释】

①褵褷(lí shī)：羽毛初生时濡湿黏合的样子。褵，通“离”。

②晞(xī)：干。

③翥(zhù)：鸟向上飞。

④辛丑：乾隆四十六年(1781)。

⑤校雠(chóu)：校对书籍，纠正谬误。

【译文】

宗室敬亭先生是英郡王第五代孙。他著有《四松堂集》五卷，其中有一篇《拙鹊亭记》写道：“鹊巢被鸠占据，人们都说是因为鹊巧而鸠笨。我这个小园里的鹊，却成十成百地结伴都只是栖息在林子里。看那样子，并不是讨厌住在巢里，也不是害怕被鸠夺走自己的巢。原来鹊的本性笨拙，比鸠还笨，大概是不善于筑巢吧。所以它们逢到雨雪霜霰，羽毛就濡湿黏在一起；而早晨的太阳出来晒干了羽毛，就又聚集在树梢上叫个不停，听那叫声也很安闲自得，似乎并不因为露天栖息觉得苦。而且鹊不飞高，也不远离，只是在小园周围觅食。有时飞进主人的堂上，正逢主人吃东西，主人扔点儿剩馀的食物，它们就围拢来啄吃；主人的客人来了，它们也不惊飞，好像把客人、主人都看作是没有狡诈心思的人。乾隆辛丑年初冬，在堂北建了个亭子，冬天四周是落尽叶子的树，鹊环绕着亭子栖息在树上，因此起名为‘拙鹊亭’。鸠笨拙，是理所当然的，鹊为什么也笨呢？但是，如果不笨拙，那就不能成为我园子里的鹊了。”

按，这篇《拙鹊亭记》是借鹊寓意，寄寓的事近在眼前，决不是出自虚构，这也是一种异闻。敬亭先生的弟弟仓场侍郎宜公，刻成了先生的集子，我为他校勘文稿，因而把这一段摘录下来，用来作为谈资。

疡医殷赞庵，自深州病家归，主人遣杨姓仆送之。杨素暴戾，众名之曰横去声。虎，沿途寻衅，无一日不与人竞也。一日，昏夜至一村，旅舍皆满，乃投一寺。僧曰："惟佛殿后空屋三楹。然有物为祟，不敢欺也。"杨怒曰："何物敢祟杨横虎！正欲寻之耳。"促僧扫榻，共赞庵寝。赞庵心怯，近壁眠；横虎卧于外，明烛以待。人定后，果有声呜呜自外入，乃一丽妇也。渐逼近榻，杨突起拥抱之，即与接唇狎戏。妇忽现缢鬼形，恶状可畏。赞庵战栗，齿相击。杨徐笑曰："汝貌虽可憎，下体当不异人，且一行乐耳。"左手揽其背、右手遽褪其裤，将按置榻上，鬼大号逃去，杨追呼之，竟不返矣。遂安寝至晓。临行，语寺僧曰："此屋大有佳处，吾某日还，当再宿，勿留他客也。"赞庵尝以语沧州王友三曰："世乃有逼奸缢鬼者，横虎之名，定非虚得。"

【译文】

专门诊疗痈疽的医生殷赞庵从深州病人家回来，主人派了个姓杨的仆人护送他。杨一向脾气暴戾，众人都叫他横读去声。虎，一路上惹事生非，没有一天不与别人争吵。一天，夜晚黑洞洞的，他们到了一个村庄，旅舍已经客满，他们就投奔一座寺庙。庙里的和尚说："只有佛殿后面有三间空屋。但是有怪物作祟，我不敢隐瞒。"杨横虎发怒道："什么怪物敢作怪害我杨横虎！我正想找它呢。"催促和尚打扫整理好床铺，就和殷赞庵睡下了。殷赞庵心里害怕，靠近墙壁睡下；杨横虎睡在外侧，点亮蜡烛等待怪物。半夜里，人声安静下来，果然有“呜呜”的声音从门外进来，是一个漂亮女人。她慢慢靠近床榻，杨横虎突然跳起来抱住她，就亲嘴调戏。女人忽然现出吊死鬼的原形，样子可怕极了。殷赞庵浑身发抖，牙齿直打架。杨横虎缓缓笑着说：“你的容貌虽然讨厌，下身应当跟人没什么差别，暂且让我快活一番。”左手揽住她的背，右手突然脱去她的裤子，将她按倒在床上，鬼大叫着逃走，杨横虎追出去喊她回来，她再也没有来。他们就安睡到天亮。临走时，杨横虎对和尚说：“这间屋大有好处，我某天回来还要住，不要留宿别的客人。”殷赞庵曾将这件事告诉沧州王友三说：“世上居然有逼奸吊死鬼的人，横虎的名字，决不是凭空得来的。”

科场为国家取人材，非为试官取门生也。后以诸房额数有定，而分卷之美恶则无定，于是有拨房之例。雍正癸丑会试[①]，杨丈农先房杨丈讳椿，先姚安公之同年。拨入者十之七。杨丈不以介意，曰：“诸卷实胜我房卷，不敢心存畛域[②]，使黑白倒置也。”此闻之座师介野园先生[③]，先生即拨入杨丈房者也。乾隆壬戌会试[④]，诸襄七前辈不受拨，一房仅中七卷，总裁亦听之。闻静儒前辈，本房第一，为第二十名王铭锡。竟无魁选，任钓台前辈，乃一房两魁。戊辰会试[⑤]，朱石君前辈为汤药冈前辈之房首，实从金雨叔前辈房拨入，是雨叔亦一房两魁矣。当时均未有异词。所刻同门卷，余皆尝亲见也。

庚辰会试[⑥]，钱箨石前辈以蓝笔画牡丹[⑦]，遍赠同事，遂递相题咏。时顾晴沙员外拨出卷最多，朱石君拨入卷最多，余题晴沙画曰：“深浇春水细培沙，养出人间富贵花。好是艳阳三四月，馀香风送到邻家。”边秋崖前辈和余韵曰：“一番好雨净尘沙，春色全归上苑花。此是沉香亭畔种上声，莫教移到野人家。”又题石君画曰：“乞得仙园花几茎，嫣红姹紫不知名。何须问是谁家种，到手相看便有情。”石君自和之曰：“春风春雨剩枯茎，倾国何曾一问名。心似维摩老居士，天花来去不关情。”张镜壑前辈继和曰：“墨捣青泥砚涴沙[8]，浓蓝写出洛阳花。云何不着胭脂染，拟把因缘问画家。”“黛为花片翠为茎，《欧谱》知居第几名[9]？却怪玉盘承露冷，香山居士太关情。”盖皆多年密友，脱略形骸，互以虐谑为笑乐，初无成见于其间也。

蒋文恪公时为总裁，见之曰：“诸君子跌宕风流，自是佳话。然古人嫌隙，多起于俳谐。不如并此无之，更全交之道耳。”皆深佩其言。盖老成之所见远矣。录之以志少年绮语之过，后来英俊，慎勿效焉。

【注释】

①雍正癸丑：雍正十一年(1733)。

②畛(zhěn)域：指两物之间的界限。

③座师：明清两代举人、进士对主考官的尊称。

④乾隆壬戌：乾隆七年(1742)。

⑤戊辰：乾隆十三年(1748)。

⑥庚辰：乾隆二十五年(1760)。

⑦箨(tuò)：竹笋上一片一片的皮。这里用作人名。

⑧涴(wò)：染上，浸渍。

⑨《欧谱》：清代钱泳《履园丛话·宗谱》曰：“其疏略如此，而亦谓之

谱。至今人尚有《欧谱》、《苏谱》之称，皆以为典据，谬矣！”

【译文】

科考的目的是为国家选取人材，而不是为了让考官收取门生。后来，因为各房考官录取的名额有规定的数量，而分房判卷却没有一定的优劣标准，于是就有了拨房评卷的制度。雍正癸丑年会试，先父姚安公的同年杨农先先生杨丈讳椿，与已故姚安公同年登榜。在判卷时，有十分之七是从其他试房拨入的。杨先生并不介意，他说：“其他试卷确实比本房试卷水平高，我不敢心存偏见，致使黑白颠倒。”这是从座师介野园先生那里听来的，介野园先生就是被拨入杨公卷房而登第的。乾隆壬戌年会试，诸襄七先生拒绝判阅其他诸房拨来的试卷，而他自己房中仅有七份试卷，总裁也只好听之任之。闻静儒先生房中，有一份试卷名列本房第一，重新排名落到第二十名王铭锡。房中竟然评选不出第一名的试卷，而任钓台先生房中，却出了两个第一名。戊辰年会试，朱石君先生的试卷在汤药冈先生房中列于榜首，实际上，他的试卷是从金雨叔先生房中拨入的，这样说来，金雨叔房中也有两个第一了。当时，大家对此均无异议。所刻同门试卷，我都亲眼见过。

庚辰年会试，钱箨石先生用蓝颜色画了几幅牡丹，分送给考官同事，大家相互传看并在画上题诗。当时，员外郎顾晴沙房中拨出的试卷最多，朱石君拨入的试卷最多，我在赠给顾晴沙的画上题诗道：“深浇春水细培沙，养出人间富贵花。好是艳阳三四月，馀香风送到邻家。”边秋崖先生和着我的诗韵写道：“一番好雨净尘沙，春色全归上苑花。此是沉香亭畔种读上声，莫教移到野人家。”我又为赠朱石君的画题道：“乞得仙园花几茎，嫣红姹紫不知名。何须问是谁家种，到手相看便有情。”石君自己和诗道：“春风春雨剩枯茎，倾国何曾一问名。心似维摩老居士，天花来去不关情。”张镜壑先生接着和诗两首道：“墨捣青泥砚涴沙，浓蓝写出洛阳花。云何不着胭脂染，拟把因缘问画家。”“黛为花片翠为茎，《欧谱》知居第几名？却怪玉盘承露冷，香山居士太关情。”我们是多年密友，彼此间暂时抛开身份地位，相互取笑为乐，题画时并无成见的意思在里面。

当时，蒋文恪先生为会试总裁，看了我们的题诗后说："诸位先生跌宕风流，笔墨游戏堪称佳话。然而，古人之间的嫌隙与误解，大多是从相互戏谑嘲弄开始的。不如免去这些做法，才是保全友情之道。"大家都十分钦佩他讲的话。蒋先生为人老成持重，他的言论足以说明他的远见卓识。我将此事记录在这里，记住青年时期玩弄虚词绮语、炫耀文辞的过失，希望后来的英才俊杰，千万不要效仿。

科场填榜完时，必卷而横置于案。总裁、主考，具朝服九拜，然后捧出，堂吏谓之拜榜。此误也。以公事论，一榜皆举子，试官何以拜举子？以私谊论，一榜皆门生，座主何以拜门生哉？或证以《周礼》拜受民数之文[1]，殊为附会。盖放榜之日，当即以题名录进呈。录不能先写，必拆卷唱一名，榜填一名，然后付以填榜之纸条，写录一名。今纸条犹谓之录条，以此故也。必拜而送之，犹拜折之礼也。榜不放，录不出；录不成，榜不放。故录与榜必并陈于案，始拜。榜大录小，灯光晃耀之下，人见榜而不见录，故误认为拜榜也。厥后，或缮录未完，天已将晓；或试官急于复命，先拜而行，遂有拜时不陈录于案者，久而视为固然。堂吏或因可无录而拜，遂竟不陈录。又因录既不陈，可暂缓写而追送，遂至写榜竣后，无录可陈，而拜遂潜移于榜矣。尝以问先师阿文勤公，公述李文贞公之言如此。文贞公即己丑座主也[2]。

【注释】

①民数：指人口数字。《周礼·春官·天府》："若祭天之司民司禄，而献民数谷数，则受而藏之。"

②己丑：康熙四十八年(1709)。

【译文】

科场在填完榜后，必须把榜卷起来横放在桌子上。然后总裁官、主考官都身穿朝服行过九拜之礼后，才捧出去发榜，因此，堂吏们称之为"拜榜"。这种说法是不对的。按公事而论，这一榜中都是举子，考官为什么要拜举子？按私人交情而论，这一榜都是主考官的门生，老师为什么要拜门生？有人就用《周礼》中国君拜受百姓人数统计图表的典故来解释，更是牵强附会。放榜那一天，应当马上把题名录呈上去。题名录不能先写，必须在拆卷后念一个名字，然后付给填榜的纸条，再登录一个人。现在还把纸条叫录条，来源就是这样的。这个题名录也要拜了之后才能送上去，就像臣子拜了奏折才能送上去一样。如果不放榜，就写不成题名录；而题名录写不成，也就放不了榜。所以题名录和榜文要一齐放在桌子上拜。因为榜大录小，在灯光的照耀之下，人们只能看到榜而看不到录，所以误认为是拜榜。此后，有时因为题名录还没有写完时天就亮了；也有时因为考官急于报告皇上，先拜完就走了，以致也有拜的时候桌子上没有摆放题名录，久而久之，这也被认为是理所当然的事了。堂吏也许会认为没有题名录也可以拜，就不再摆放题名录了。又因为没有摆放题名录，可以暂时延缓，等以后再追送，以致在写完榜后，也没有题名录摆放，于是这种九拜礼就渐渐转移到榜文上了。我曾经问过先师阿文勤先生，他就转述了李文贞讲过的情况。李文贞先生就是阿先生在康熙己丑年参加会试时的主考官。

翰林院堂不启中门，云启则掌院不利①。癸巳②，开四库全书馆，质郡王临视③，司事者启之。俄而掌院刘文正公、觉罗奉公相继逝。又门前沙堤中,有土凝结成丸,倘或误碎,必损翰林。癸未[④],雨水冲激,露其一,为儿童掷裂。吴云岩前辈旋殁。又原心亭之西南隅,翰林有父母者,不可设坐,坐则有刑克。陆耳山时为学士,毅然不信,竟丁外艰[⑤]。至左角门久闭不启,启则司事者有谴谪,无人敢试,不知果验否也。其馀部院,亦各有禁忌。如礼部甬道屏门,旧不加搭渡。搭渡以巨木二方,夹于门限,坡陀如桥状,使堂官乘车者可从中入,以免于旁绕。钱箨石前辈不听,旋有天坛灯杆之事者[⑥],亦往往有应。此必有理存焉,但莫详其理安在耳。

【注释】

①掌院:明清两代翰林院掌院学士的省称。

②癸巳:乾隆三十八年(1773)。

③质郡王:永瑢(1743—1790),清高宗第六子。乾隆二十三年(1758)五月袭贝勒,号九思主人;乾隆三十四(1769)年十月管理内务府事务;三十七年(1772)十月封质郡王;三十八年(1773)九月充四库全书馆总裁。

④癸未:乾隆二十八年(1763)。

⑤丁外艰:古代指父丧。

⑥天坛灯杆之事:在天坛举行祭天仪式时,灯杆出了问题。

【译文】

翰林院的正堂不开启中门,说是一旦开启,就对掌院学士不利。癸巳年开四库全书馆,质郡王亲临视察,负责接待的人开启中门。不久,主掌院事的刘文正公、觉罗奉公相继去世。还有,门前沙堤中有凝结成丸的泥团,如果有人把它弄碎,一定会损害翰林。癸未年,经雨水冲激,露出一颗土丸,被儿童掷破。吴云岩前辈不久去世。又,原心亭的西南角，父母健在的翰林，不能在那里设立座位，坐下就要克父母。陆耳山当时为学士，坚决不相信，结果父亲竟然去世。至于左边的角门是长期锁着不开的，如果开启，那么主事的人会遭到贬谪，因为没有人敢去试一试，不知是否果然应验。其馀部院，也各有禁忌。如礼部甬道屏门，以前不加搭渡。搭渡，用两块夹木夹在门限上，坡度像桥的形状，让乘车的堂官可以从中间进去，以免绕道。钱箨石前辈不相信，不久就有天坛灯杆的事情发生，诸多禁忌也都常常有应验。这其中必定有道理存在，只是不知是什么道理罢了。

相传翰林院宝善亭，有狐女曰二姑娘，然未睹其形迹。惟褚筠心学士斋宿时，梦一丽人携之行，逾越墙壁，如踏云雾。至城根高丽馆，遇一老叟，惊曰："此褚学士，二姑娘何造次乃尔？速送之归。"遂霍然醒。筠心在清秘堂，曾自言之。

【译文】

相传翰林院的宝善亭，住着个狐女叫二姑娘，但是没有人见过她的模样。只有学士褚筠心斋住在这里时，梦见一个美女拉着他走，跨越墙壁，好像腾云驾雾。到了城根的高丽馆，遇到一位老头，吃惊地说："这是褚学士，二姑娘怎么这么冒失？快送他回去。"褚筠心一下子惊醒过来。这是褚筠心在清秘堂亲口讲的。

神奸机巧，有时败也；多财恣横，亦有时败也。以神奸用其财，以多财济其奸，斯莫可究诘矣。

景州李露园言：燕、齐间有富室失偶，见里人新妇而艳之。阴遣一媪，税屋与邻，百计游说，厚赂其舅姑，使以不孝出其妇，约勿使其子知。又别遣一媪与妇家素往来者，以厚赂游说其父母，伪送妇还。舅姑亦伪作悔意，留之饭，已呼妇入室矣。俄彼此语相侵，仍互诟，逐妇归，亦不使妇知。于是买休卖休，与母家同谋之事，俱无迹可寻矣。既而二媪诈为媒，与两家议婚。富室以惮其不孝辞，妇家又以贫富非偶辞，于是谋娶之计亦无迹可寻矣。迟之又久，复有亲友为作合，乃委禽焉。其夫虽贫，然故士族，以迫于父母，无罪弃妇，已怏怏成疾，犹冀破镜再合；闻嫁有期，遂愤郁死。死而其魂为厉于富室。合卺之夕，灯下见形，挠乱不使同衾枕，如是者数夜。改卜其昼，妇又恚曰："岂有故夫在旁，而与新夫如是者？又岂有三日新妇，而白日闭门如是者？"大泣不从。无如之何，乃延术士劾治。术士登坛焚符，指挥叱咤，似有所睹，遽起谢去，曰："吾能驱邪魅，不能驱冤魄也。"延僧礼忏，亦无验。忽忆其人素颇孝，故出妇不敢阻。乃再赂妇之舅姑，使谕遣其子。舅姑虽痛子，然利其金，姑共来怒詈。鬼泣曰："父母见逐，无复住理，且讼诸地下耳。"从此遂绝。不半载，富室竟死。殆讼得直欤？富室是举，使邓思贤不能讼[①]，使包龙图不能察[②]。且恃其钱神，至能驱鬼，心计可谓巧矣，而卒不能逃幽冥之业境。闻所费不下数千金，为欢无几，反以殒生。虽谓之至拙可也，巧安在哉！

【注释】

①邓思贤：宋朝著名讼师。其将如何对答、如何辩驳、如何起诉辑成一本书定名为《邓思贤》。

②包龙图：包拯（999—1062），字希仁。因授龙图直阁学士，故称。

因不畏权贵、不徇私情、清正廉洁，事迹被改编成戏剧、小说广为流传。

【译文】

巧于作奸、工于心计的人，也有败露之时；依仗财大气粗横行霸道的人，也有倒霉的那一天。但是奸巧的人拥有钱财，又用钱财来帮助他行施奸计，那就不大能够深入追问了。

景州人李露园说：在河北和山东交界的地方有个富户丧偶，看见乡里一户人家新娶的媳妇很漂亮，就想要得到她。他悄悄打发一个老妈子在新娘家旁边租了房子住下，千方百计游说，出重金收买新娘的公婆，让他们以不孝的罪名休了儿媳，还约定不要让公婆的儿子知道。富户又打发另外一个和新娘家素有来往的老妈子，带着许多钱财游说新娘的父母，假装把女儿送回婆家。公婆也假装后悔，留亲家吃饭，已经叫新娘回来了。不一会儿双方话不投机，互相吵骂，新娘又被赶了出来，也不让新娘知道内情。于是两边买和卖的事情都了结，富户和新娘的父母同谋之事，就连一点儿痕迹也找不到。此后，又出来两个老妈子假装为新娘和富户议婚。富户以那个新娘不孝为由拒绝，而新娘家也以贫富悬殊为由拒绝，这样，富户策划谋娶那位新娘的奸计，也找不到一点儿痕迹了。过了许久，又有亲友为两家说合，婚事才勉强定了下来。新娘的前夫虽然贫困，但是士族出身，因为被父母所迫，无缘无故休了妻子，心中郁郁已经生了病，但是还指望破镜重圆；听说前妻已经定下日子再嫁，终于悲愤抑郁而死。死后他的鬼魂来到富户家作怪，新婚之夜，前夫在灯下显形捣乱，不让两人同床，这样闹了好几夜。富户要改在白天圆房，新妇恼恨地说："哪有先夫在旁边，却和新郎干这种事的？又哪有过门三天的新媳妇，就大白天关起门干这种事的？"她大哭着不从。富户没有办法，请来术士镇治。术士登坛烧了符，指挥叱咤之际，好像看见了什么，马上起身道歉而告辞，说："我能驱逐邪魅，但是不能驱逐冤魂。"富户又请来和尚做道场超度亡灵，也没有效果。富户忽然想起这人一向很孝顺，所以他父母休儿媳时他不敢出来阻拦。于是再次贿赂他的父母，叫他们赶儿子离开。父母虽然心疼儿子，但禁不住金钱利诱，于是一道来骂儿子。鬼哭着说："父母来赶我，我当然不能再住在这儿了，我要到地府里去告状。"从此鬼再也不来了。不到半年，这个富户竟然死了。大概是鬼魂在阴间胜诉了吧？富户的这番谋划，即使邓思贤也不能提出诉讼，包公也难以洞察他的奸计。而且他依靠钱财，甚至能驱走鬼魂，他的心计可谓奸巧了，不过他最终却没能逃过阴间明察的业镜。听说他花费了不下几千两银子，寻欢作乐没有多长时间，反而因此而丧生。即使说他最为笨拙都不过分，巧在哪里呢！

京师有张相公庙，其缘起无考，亦不知张相公为谁。土人或以为河神。然河神宜在沽水、潞县间，京师非所治也。又密云亦有张相公庙，是实山区，并非水国，不去河更远乎！委巷之谈，殊未足征信。余谓唐张守珪、张仲武皆曾镇平卢[①]，考高适《燕歌行序》[②]，是诗实为守珪作。一则曰："战士军前半死生，美人帐下犹歌舞。"再则曰："君不见边庭征战苦，至今犹忆李将军。"于守珪大有微词。仲武则摧破奚寇，有捍御保障之功，其露布今尚载《文苑英华》[③]。以理推之，或士人立庙祀仲武，未可知也。行箧无书可检，俟扈从回銮后，当更考之。

【注释】

①平卢：唐代的一个行政区划，开元七年（719年）设置，治所营州（今辽宁朝阳）。安史之乱期间，平卢是安禄山的根据地之一。安史之乱后期，上元二年（761），平卢节度使侯希逸为史思明之子史朝义部所迫，南迁淄青（今山东青州），从此平卢指山东一

带。张守珪：唐朝名将，大战突厥，防御吐蕃，降服契丹，屡建奇功，唐玄宗赠物、封其子弟，并下诏在幽州立碑志记载他的战功及朝廷封赏。张仲武，唐末名将。自幼博览群书，后投笔从戎。大破并降服回纥。

②高适《燕歌行》：高适（700—765），字达夫，一字仲武。边塞诗与岑参齐名，并称“高岑”。燕歌行，乐府旧名，多写征戍之事，以高适诗最为著名。

③露布：也作“露板”。不封口的文书，特指檄文、捷报等紧急文书。也可泛指布告、海报等。《文苑英华》：北宋四大部书之一，文学类书。宋太宗赵炅（jiǒng）命李昉、徐铉、宋白等二十馀人共同编撰，全书上起萧梁，下迄唐五代，选录作家二千馀人，文章近二万篇，所收唐代作品最多。

【译文】

京城里有座张相公庙，它的缘起已经无从查考，也不知道张相公是什么人物。当地人认为张相公可能是河神。不过河神庙应该在沽水、漷县一带，因为京城并不属于河神管辖的地方。又，密云也有一座张相公庙，但庙址在山区，并不是在水乡，不是距离河海更远了吗！那些偏僻的小巷子里的猜测，实在难以令人相信。我认为，唐代的张守珪、张仲武，都曾经镇守平卢，从高适的《燕歌行·序》来看，这首诗实际上是写张守珪的。一处说：“战士军前半死生，美人帐下犹歌舞。”另一处说：“君不见边庭征战苦，至今犹忆李将军。”从中可以看出这首诗对张守珪颇有隐晦的批评。张仲武则挫败了奚族的入侵，有捍卫国家、安定边境的功劳，他的捷报至今还记在《文苑英华》里。根据这种情况来推断，也许是当地人建庙祭祀张仲武，也未可知。因为我随身携带的行李箱里没有书籍可以查证，等我随从圣驾回京后，再细加考证吧。

卷二十一

滦阳续录三

【题解】

本卷故事的主角有一种共性：坚持，执着。描述对象不同，这种秉性所展示的现实意义也就不同。妖魅的坚持，就是邪恶；书生一厢情愿的坚持，就是迂腐；喜欢玩乐的人坚持，就是痴迷。邪恶误人杀人，终究也难逃覆灭；迂腐害人害己，唯有改变才能挽救危局；痴迷不仅仅留下笑柄，还伤了自己误了大事；只有恪守道德准则的坚持，才能到达理想的境界。纪昀强调，人们一定要毫不松懈守护好自己，要修炼得内心足够强大，对于邪恶才能有足够的免疫力，才能防范来自邪恶的各种侵扰。对于迂腐、痴迷，纪昀一向不以为然，常常是以讥讽和嘲笑来劝诫。他劝人们，一味痴迷，原本的快乐就成了苦难；一旦明白事理，苦难也能转化为快乐。

轮回之说，凿然有之。恒兰台之叔父，生数岁，即自言前身为城西万寿寺僧。从未一至其地，取笔粗画其殿廊门径，庄严陈设，花树行列，往验之，一一相合。然平生不肯至此寺，不知何意。此真轮回也。朱子所谓轮回虽有，乃是生气未尽，偶然与生气凑合者，亦实有之。余崔庄佃户商龙之子，甫死，即生于邻家。未弥月，能言。元旦父母偶出，独此儿在襁褓。有同村人叩门，云贺新岁。儿识其语音，遽应曰："是某丈耶？父母俱出，房门未锁，请入室小憩可也。"闻者骇笑。然不久夭逝。朱子所云，殆指此类矣。天下之理无穷，天下之事亦无穷，未可据其所见，执一端论之。

【译文】

轮回之说，确实是有的。恒兰台的叔父，出生才几岁，就自己说前身是城西万寿寺的和尚。他从未到过那个地方，拿起笔粗粗勾画那里的殿廊门径、装饰摆设、花树行列，有人去验证，都一一相符。但是，他平生不肯去那个寺，不知是什么意思。这是真正的轮回。朱熹所谓的轮回，就是指死人的生气未尽，偶然与活人的生气凑合起来，这种情况也确实存在。我家崔庄佃户商龙的儿子，刚死，就出生在邻家。还没有满月，就能说话。元旦那天，父母偶尔外出，只有婴儿在襁褓里。同村一个人来敲门，说是恭贺新年。婴儿能辨别出他的语音，急忙回答说："是某老丈吗？父母都出去了，房门没有锁，请进屋来坐一会儿。"听到的人又惊又笑。但是这个孩子不久夭折了。朱熹所说的，大概是指这类情况。天下的道理无穷无尽，天下的事情也无穷无尽，不能根据自己的见闻，偏执于某一个方面来理解。

德州李秋崖言：尝与数友赴济南秋试，宿旅舍中，屋颇湫陋。而旁一院，屋二楹，稍整洁，乃锁闭之。怪主人不以留客，将待富贵者居耶？主人曰："是屋有魅，不知其狐与鬼，久无人居，故稍洁。非敢择客也。"一友强使开之，展襆被独卧，临睡大言曰："是男魅耶，吾与尔角力；是女魅耶，尔与吾荐枕。勿瑟缩不出也。"闭户灭烛，殊无他异。人定后，闻窗外小语曰："荐枕者来矣。"方欲起视，突一巨物压身上，重若磐石，几不可胜。扪之，长毛鬖鬖[1]，喘如牛吼。此友素多力，因抱持搏击。此物亦多力，牵拽起仆，滚室中几遍。诸友闻声往视，门闭不得入，但听其砰訇而已。约二三刻许，魅要害中拳，噭然遁。此友开户出，见众人环立，指天画地，说顷时状，意殊自得也。时甫交三鼓，仍各归寝。此友将睡未睡，闻窗外又小语曰："荐枕者真来矣。顷欲相就，家兄急欲先角力，因尔唐突。今渠已愧沮不敢出，妾敬来寻盟也。"语讫，已至榻前，探手抚其面，指纤如春葱，滑泽如玉，脂香粉气，馥馥袭人。心知其意不良，爱其柔媚，且共寝以观其变。遂引之入衾，备极缱绻。至欢畅极时，忽觉此女腹中气一吸，即心神恍惚，百脉沸涌，昏昏然竟不知人。比晓，门不启，呼之不应，急与主人破窗入，噀水喷之[2]，乃醒，已儽然如病夫[3]。送归其家，医药半载，乃杖而行。自此豪气都尽，无复轩昂意兴矣。力能胜强暴，而不能不败于妖冶。欧阳公曰："祸患常生于忽微，智勇多困于所溺。"岂不然哉！

【注释】

①鬖鬖（sān）：毛发垂下来的意思。

②噀（xùn）：含在嘴里喷出来。

③儽（léi）然：疲惫、颓丧的样子。

【译文】

德州人李秋崖说：他曾经和几个朋友去济南参加秋试，住进了一家旅店，旅店的房子十分破旧。而旁边一个院子，有两间房屋，看上去比较干净，房门却锁着。他们责怪旅店主人不想给客人住，难道想留给有钱人住？主人说："这两间房有魅怪，不知是狐还是鬼，好久无人敢住，所以比别处干净一些。我不敢挑选客人。"有个朋友坚持叫主人打开那两间房，铺开被褥独自躺下，临睡前放出大话说："如果碰上男鬼，我就比比力气；若是女鬼，正好陪我睡觉。别缩着不敢出来。"他关门吹灭蜡烛睡下了，也没发生什么事。夜深人静后，他听到窗外有人小声说："陪你睡觉的来了。"他正要坐起来看，突然有个大家伙压到他身上，重得像磨盘，简直受不了。摸一摸，满身披挂着长长的毛，喘气的声音像牛吼一般。这个朋友一向很有力气，就同那个家伙搏斗起来。那个家伙力气也很大，双方撕扯滚打，几乎在屋子里滚遍了。另外几个朋友听到声音来看，房门紧紧关着，只听见里面砰砰訇訇的。约摸过了两三刻钟，那个怪物被一拳击中要害，"嗷"地一声逃走了。这个朋友开门出来，见众人围绕着站在门外，就指天画地描绘起与怪物搏斗的情状，看上去很是得意。当时刚交三更，大家各自回房睡下。这个朋友将睡未睡时，又听窗外小声说："陪你睡觉的真来了。刚才我本想来，家兄非要先跟你较量较量，因而有所冒犯。如今他已经是羞愧不敢来了，我恭恭敬敬前来赴约。"说罢，女子已经来到床边，她用手抚摸他的脸，手指纤细若春葱，润滑如玉，脂粉香气扑面而来，沁人心脾。这个朋友明知她居心不良，却喜欢她温柔妩媚，就想暂且与她同床，看看她怎么变怪。于是他将女子拉进被窝，极其缠绵亲热。正觉得欢畅时，他忽然觉得女子腹中猛一吸气，立即心神恍惚、血脉沸腾起来，不一会儿就昏昏沉沉不醒人事了。早上，他不开门，叫也没人应声，朋友们急忙和主人一道破窗而入，用水喷醒他，已经有气无力是个病人了。众人将他送回了家，他求医问药治了半年，才勉强能够拄着拐杖走路。从此后他豪气丧尽，再也没有那种趾高气扬的样子了。这个人的勇力可以胜强暴，却不能不败于妖艳女子之手。欧阳修说："祸患常起于微小的疏忽，智勇者多败于他所溺爱的事物。"难道不是这样么！

余家水明楼与外祖张氏家度帆楼，皆俯临卫河。一日，正乙真人舟泊度帆楼下。先祖母与先母，姑侄也，适同归宁，闻真人能役鬼神，共登楼自窗隙窥视。见三人跪岸上，若陈诉者；俄见真人若持笔判断者。度必邪魅事，遣仆侦之。

仆还报曰：对岸即青县境。青县有三村妇，因拾麦，俱僵于野。以为中暑，舁之归。乃口俱喃喃作谵语，至今不死不生，知为邪魅。闻天师舟至，并来陈述。天师亦莫省何怪，为书一符，钤印其上[①]，使持归焚于拾麦处，云姑召神将勘之。数日后，喧传三妇为鬼所劫，天师劾治得复生。久之，乃得其详曰：三妇魂为众鬼摄去，拥至空林，欲迭为无礼。一妇俯首先受污。一妇初撑拒，鬼揶揄曰："某日某地，汝与某幽会秫丛内。我辈环视嬉笑，汝不知耳，遽诈为贞妇耶！"妇猝为所中，无可置辩，亦受污。十馀鬼以次媟亵，狼藉困顿，殆不可支。次牵拽一妇，妇怒詈曰："我未曾作无耻事。为汝辈所挟，妖鬼何敢尔！"举手批其颊。其鬼奔仆数步外，众鬼亦皆辟易，相顾曰："是有正气，不可近，误取之矣。"乃共拥二妇入深林，而弃此妇于田塍，遥语曰："勿相怨，稍迟遣阿姥送汝归。"正旁皇寻路，忽一神持戟自天下，直入林中，即闻呼号乞命声，顷刻而寂。神携二妇出曰："鬼尽诛矣，汝等随我返。"恍惚如梦，已回生矣。往询二妇，皆呻吟不能起。其一本倚市门，叹息而已；其一度此妇必泄其语，数日，移家去。

余尝疑妇烈如是，鬼安敢摄。先兄晴湖曰："是本一庸人妇，未遘患难，无从见其烈也。迨观两妇之贱辱，义愤一激，烈心陡发，刚直之气，鬼遂不得不避之。故初误触而终不敢干也。夫何疑焉！”

【注释】

①钤(qián)印：盖印章。

【译文】

我家的水明楼和外祖父张氏家的度帆楼，都俯临着卫河。有一天，正乙真人的船泊在度帆楼下。先祖母和先母是姑姑和侄女，恰好一同回娘家，听说真人能驱神役鬼，就一同上楼从窗缝里偷看。只见有三个人跪在岸上，好像陈述什么；接着看见真人拿着笔好像在写判书。估计肯定是邪魅的事，就打发仆人去探问。

仆人回来报告说：对岸就是青县境内。青县有三个女人去拾麦子，都直挺挺倒在地里。以为是中暑了，抬了回来。这三个人嘴里喃喃说着胡话，至今不死不活，这才知道是中了邪魅。听说天师来了，就一道来陈述。天师也不知道是什么怪，就给他们写了一道符，在上面盖了印章，叫他们拿回去，在拾麦子的地方烧化，说是先召神将来查查。过了几天，人们纷纷传说三个女人被鬼劫持，经天师镇治苏醒过来了。好久之后，才了解到详情是这样的：三个女人的魂被鬼摄去，推拥到一片树林里，要挨个玷辱。一个女人低头顺从先被侮辱了。一个女人起初还挣扎着抗拒，鬼嘲弄道：“某天在某地，你和某某在高粱地里幽会。我们围着你们看着你们嬉笑，只是你不知道而已，这会儿忽然又假装起贞妇来了！”这个女人一下被揭了老底，无话可说，也被污辱了。十多个鬼依次强暴这两个女人，把她们折磨得死去活来，几乎不行了。接着又来拉扯第三个女人，这个女人怒骂道：“我从来没做无耻的事，却被你们挟持来，妖鬼怎么敢这样！”抬手就抽鬼的耳光。挨打的鬼倒退好几步，其他鬼也被吓退了，互相看了看，说：“这个人有正气，不能靠近，我们找错了人。”于是一起拥着那两个女人进了深林，把这个女人扔在田埂上，远远地说：“别怨我们，过会儿打发某姥姥送你回去。”她正在慌慌张张找回去的路，忽然有一个神拿着戟从天而降，直奔树林，随即就听见呼叫哀求饶命的声音，不一会儿，哀叫声消失了。神把那两个女人领了出来，说：“鬼都被诛杀了，你们跟我回去。”恍恍惚惚像做了一场梦，三人又都醒了过来。人们去看望另两个女人，她俩都呻吟着起不了床。其中一个本来是卖淫的，只有叹气而已；另一个女人揣度没有受辱的那个女人肯定要把鬼说的话传出去，几天后，搬了家。

我曾怀疑，没有受辱的那个女人这么刚烈，鬼怎么敢摄她的魂。先兄晴湖说：“她本来是个平常人的妻子，没有经过灾难，也就无从表现她的刚烈。等她看到另外两个女人受辱，激于义愤，刚烈之气陡然冲起，鬼也不得不避开。所以鬼起初误犯了她，却终于不敢对她动手动脚。这有什么疑问呢！”

刘书台言：其乡有导引求仙者[①]，坐而运气，致手足拘挛[②]，然行之不辍。有闻其说而悦之者，礼为师，日从受法，久之亦手足拘挛。妻孥患其闲废致郁结，乃各制一椅，恒舁于一室，使对谈丹诀。二人促膝共语，寒暑无间，恒以为神仙奥妙，天下惟尔知我知，无第三人能解也。人或窃笑，二人闻之，太息曰：“朝菌不知晦朔，蟪蛄不知春秋[③]，信哉是言，神仙岂以形骸论乎！”至死不悔，犹嘱子孙秘藏其书，待五百年后有缘者。或曰：“是有道之士，托废疾以自晦也。”余于杂书稍涉猎，独未一阅丹经。然欤否欤？非门外人所知矣。

【注释】

①导引：古代健身法，由意念引导动作，配合呼吸，由上而下或由下而上运气。

②拘挛：肌肉收缩，不能自如伸展。

③"朝菌"句：语见《庄子·逍遥游》。一是形容人见识短浅，二是表示人生短暂。晦指的是每月最后一天，朔指的是每月的第一天。蟪蛄，一名寒蝉。旧说，寒蝉春生夏死，夏生秋死，寿命不到一年，所以说不知春秋。

【译文】

刘书台曾说：他的乡里有个人练导引术，以求成仙，他坐着运气，以至于手足痉挛蜷缩，但是他仍然修炼不停。另外有个人听到这人的言论很感兴趣，就恭敬地拜这个人为师，天天跟他学习，时间一长，他的手脚也痉挛蜷缩起来。这两个人的妻子儿女们都担心他们这么残废闲坐下去会抑郁成病，就各做了一把椅子，常常把这二人抬到一个房间里，让他们面对面谈论炼丹的秘诀。二人促膝交谈，不管是冬天还是夏天，都从不间断，他们常以为神仙的奥秘，这个世界上就只有他们二人知道，再没有第三个人能够领会。有人在背后笑话他们，这二人听到了，叹息道："朝菌不知道月初月底，蟪蛄不知道有春天有秋天，这句话千真万确，神仙怎么能用外形来评判呢？"这二人直到死也不悔悟，还嘱咐子孙好好地保存他们的书，等待五百年后有缘分的人来读。也有人说："这二人是有道之士，假装残废隐藏自己的真实面目。"我读过不少的杂书，只是没有读过丹经之类的书。所以上面的说法是对还是错呢？就不是我这个门外汉所能知道的了。

安公介然言：柬州有贫而鬻妻者[①]，已受币，而其妻逃。鬻者将讼，其人曰："卖休买休，厥罪均，币且归官，君何利焉？今以妹偿，是君失一再婚妇，而得一室女也，君何不利焉?”鬻者从之。或曰:“妇逃以全贞也。”或曰:“是欲鬻其妹而畏人言,故托诸不得已也。”既而其妻归,复从人逃。皆曰:“天也。”

【注释】

①東州:在今河北河间东北。

【译文】

安介然公说:東州有个穷得卖妻子的人,已经收下买方的钱了,妻子却逃走了。买方要打官司,他说:“买卖已经做完了,你我的罪名均等,而且钱币要归官库,你到官府打官司有什么好处呢?现在,我把妹妹赔偿给你,这样你失去的是一个再婚的女人,得到的却是一个处女,这对你有什么不好?”买方同意了。有人说:“他的妻子逃走是为了保全贞节。”也有人说:“他是想卖掉妹妹,却又怕被别人指责,所以找了个不得已的借口。”事过之后,他的妻子回到家里,接着又跟别人私奔了。评论这件事的人都说:“这是天意。”

程编修鱼门言:有士人与狐女狎,初相遇即不自讳,曰:“非以采补祸君,亦不欲托词有夙缘,特悦君美秀,意不自持耳。然一见即恋恋不能去,倘亦夙缘耶?”不数数至,曰:“恐君以耽色致疾也。”至或遇其读书作文,则去,曰:“恐妨君正务也。”如是近十年,情若夫妇。士子久无子,尝戏问曰:“能为我诞育否耶?”曰:“是不可知也。夫胎者,两精相搏,翕合而成者也。媾合之际,阳精至而阴精不至,阴精至而阳精不至,皆不能成。皆至矣,时有先后,则先至者气散不摄,亦不能成。不先不后,两精并至,阳先冲而阴包之,则阳居中为主而成男；阴先冲而阳包之，则阴居中为主而成女。此化生自然之妙，非人力所能为。故有一合即成者，有千百合而终不成者。故曰不可知也。”问：“孪生何也？”曰：“两气并盛，遇而相冲，正冲则岐而二，偏冲则其一阳多而阴少，阳即包阴；其一阴多而阳少，阴即包阳。故二男二女者多，亦或一男一女也。”问：“精必欢畅而后至。幼女新婚，畏缩不暇，乃有一合而成者，阴精何以至耶？”曰：“燕尔之际，两心同悦，或先难而后易，或貌瘁而神怡，其情既洽，其精亦至，故或偶一遇之也。”问：“既由精合，必成于月信落红以后，何也？”曰：“精如谷种，血如土膏，旧血败气，新血生气，乘生气乃可养胎也。吾曾侍仙妃，窃闻讲生化之源，故粗知其概。‘愚夫妇所知能，圣人有所不知能’，此之谓矣。”后士人年过三十，须突然长得很粗。狐忽叹曰：“是鬑鬑者如芒刺[①]，人何以堪！见辄生畏，岂夙缘尽耶！”初谓其戏语，后竟不再来。

鱼门多髯，任子田因其纳姬，说此事以戏之。鱼门素闻此事，亦为失笑。既而曰：“此狐实大有词辩，君言之未详。”遂具述其论如右。以其颇有理致，因追忆而录存之。

【注释】

①鬑鬑（lián）：须发稀疏的样子。

【译文】

编修程鱼门说：有个士子和狐女处得很亲密，刚刚相遇，狐女就不隐瞒自己的身份，说：“我不是采补精气害你的，也不想假托你我过去有缘分，只是喜欢你的秀美，情不自禁而已。但是我一见了你就依恋着离不开，莫非真的是夙缘？”狐女不常来，说：“怕你沉溺于美色之中生病。”

有时过来看见士子在读书写文章，就离去，说："恐怕妨碍你的正业。"这么来往了近十年，两人感情投合像夫妻。士子结婚好久没有儿子，就和狐女开玩笑说："你能给我生个儿子么？"狐女说："这可说不定。胎是双方精气相遇结合而成的。男女交合的时候，阳精到了而阴精没有到，或者阴精到了而阳精没有到，都不能成胎。两精都到了，但如果有先有后，则先到的精气涣散无力，也不能成胎。不前不后，双方精气同时到来，阳精先行冲击而阴精包裹在外面，那么阳精居中为主而成男胎；阴精先行冲击而阳精包裹在外面，则阴精居中为主而成女胎。这是大自然生化的奥妙，不是人力所能控制的。所以有的一交合便成胎，有的交合千百次而始终不成胎。所以我说这可说不定。"士子问："双胞胎是怎么回事？"狐女说："双方精气同样旺盛，相遇后彼此冲击，正面冲击就一分为二，侧面冲击，一种情况是阳精多而阴精少，那么阳精就包裹阴精；一种情况是阴精多而阳精少，那么阴精就包裹阳精。所以双胞胎往往是两男或两女，也有一男一女的情况。"士子问："精气只能在欢畅时来到。少女新婚，只顾又怕又羞，有的却相交一次就受孕，那么阴精为什么能来呢？"狐女说："新婚之夜，两人相悦。或者开始时难为情，后来便不羞了；或者表面畏缩而心中高兴，感情既然融洽了，精气也就来了，所以偶然也有一次便受孕的。"士子问："既然两精相合而成胎，却又说在女子月经之后才能成胎，这是为什么？"狐女说："精气像谷种，血好像土壤，旧血消耗精气，新血产生精气，乘着血产生精气时便可以养胎。我曾侍奉仙妃，偷听过她讲生化的源起，所以了解个大概情况。'普通夫妇能了解的事，圣人却不大了解'，说的就是这种情况吧。"后来士子年过三十，胡须突然长得很粗。狐女叹道："这稀稀疏疏的胡子像芒刺，叫我怎么能受得了！见了就害怕，莫非缘分尽了？"士人开始以为她是开玩笑，后来狐女竟然不再来了。

程鱼门的胡须很重，任子田因他纳妾，讲了这个故事和他开玩笑。程鱼门听了这个故事，也笑了起来。之后他说："这狐狸实际上很健谈，你讲得还不详细。”于是讲了上述的内容。因为觉得他讲得很有道理，所以追忆着记录了下来。

《吕览》称黎邱之鬼，善幻人形，是诚有之。余在乌鲁木齐，军吏巴哈布曰：甘肃有杜翁者，饶于赀。所居故旷野，相近多狐貉穴。翁恶其夜中嗥呼，悉薰而驱之。俄而，其家人见内室坐一翁，厅事又坐一翁，凡行坐之处，又处处有一翁来往，殆不下十馀。形状声音衣服如一，摒挡指挥家事，亦复如一。阖门大扰，妻妾皆闭门自守。妾言翁腰有绣囊可辨，视之无有，盖先盗之矣。有教之者曰：“至夜必入寝，不纳即返者翁也；坚欲入者即妖也。”已而皆不纳即返。又有教之者曰：“使坐于厅事，而舁器物以过，诈仆碎之，嗟惜怒叱者翁也，漠然者即妖也。”已而皆嗟惜怒叱。喧呶一昼夜，无如之何。有一妓，翁所昵也，十日恒三四宿其家。闻之，诣门曰：“妖有党羽，凡可以言传者必先知，凡可以物验者必幻化。盍使至我家，我故乐籍，无所顾惜。使壮士执巨斧立榻旁，我裸而登榻，以次交接，其间反侧曲伸，疾徐进退，与夫抚摩偎倚，口舌所不能传，耳目所不能到者，纤芥异同，我自意会，虽翁不自知，妖决不能知也。我呼曰：‘斫！’即速斫，妖必败矣。”众从其言，一翁启衾甫入，妓呼曰：“斫！”斧落，果一狐脑裂死。再一翁稍趑趄，妓呼曰：“斫！”果惊窜去。至第三翁，妓抱而喜曰：“真翁在此，馀并杀之可也。”刀杖并举，殪其大半，皆狐与獾也。其逃者遂不复再至。

禽兽夜鸣，何与人事？此翁必扫其穴，其扰实自取。狐獾既解化形，何难见翁陈诉，求免播迁？遽逞妖惑，其死亦自取也。计其智数，盖均出此妓下矣。

【译文】

《吕氏春秋》中说黎邱的鬼善于变幻人形，真的有这种事。我在乌鲁木齐的时候，有个叫巴哈布的军吏说：甘肃有个姓杜的老翁，家里很有钱。他住的地方靠近旷野，离狐狸和獾子洞很近。杜翁讨厌它们夜里嚎叫，就用火把它们都熏跑了。没过多久，他家里人看见里屋坐了一个杜翁，客厅里又坐了一个杜翁，凡是走动坐卧的地方，处处都有一个杜翁来往，差不多有十几个。这些杜翁的相貌、声音、服饰都完全一样，管理指示家务事也都一样。全家人被搅得乱七八糟，妻妾们都关上房门以图自守。妾说杜翁的腰上有个绣囊，可以辨认出来，仔细查看都没有，大概事先就先偷走了绣囊。有人教她们说："夜里杜翁肯定要回来睡觉，你们不让他进屋掉头就走的，是杜翁；那些坚决要进屋的，肯定就是妖怪。"结果晚上杜翁们一见不让进屋都退到了门外。又有人教她们说："让他坐在客厅上，叫人抬东西从他面前走过，假装跌倒把东西打碎，叹着气说着可惜怒骂的是杜翁，反应漠然的就是妖怪。"结果都叹气叱责。吵吵嚷嚷闹了一昼夜，还是没有办法。有个妓女，是杜翁宠爱的，十天之中总有三四天都住在她那里。她听说了这件事，上门说："这些妖鬼有同伙，凡是可以言传的，它们肯定首先知道；凡是可以通过事物加以验证的，它们肯定会幻化出来的。倒不如叫真假杜翁们都到我家来，我本来就是妓女，无所顾忌。可以叫一个壮士拿着大斧头站在我床边，然后我赤裸着躺在床上，和这些真假杜翁们挨个地亲热交合，这中间，比如翻身曲伸、快慢进退以及抚摩依偎等语言所不能传达、耳目所不能听到看到的，一丝一毫的差别，我都感觉得到。这些差别就连杜翁自己也不知道，妖狐决不能知道。我叫'砍！'就赶紧砍下去，妖怪就败露了。"人们就按照她说的去做，一个杜翁刚掀开被子，妓女大喊："砍！"斧子砍下来，果然一只狐狸脑袋破裂死了。又一个杜翁稍稍有些迟疑，妓女喊：‘砍！’这个假杜翁果然惊慌逃窜。到第三个杜翁，妓女搂着他高兴地说：‘这才是真的杜翁，其馀的杜翁都可杀掉。’于是人们刀杖齐举，把假杜翁打死了大半，原来都是狐狸、獾子变的，那些逃走的从此也再不来了。

禽兽在夜里叫，妨碍了人什么事？这个杜翁却要去扫荡它们的洞穴，他被搅扰其实是自找的。狐狸、獾子既然会变形，找杜翁陈述一下，请求避免流离迁徙，这又有什么难的？却非要兴妖作怪，被打死也是自找的。如果说起聪明程度来，杜翁和狐狸，都还不如那个妓女。

吴青纡前辈言：横街一宅，旧云有祟，居者多不安。宅主病之，延僧作佛事。

入夜放焰口时，忽二女鬼现灯下，向僧作礼曰：“师等皆饮酒食肉，诵经拜忏殊无益；即焰口施食，亦皆虚抛米谷，无佛法点化，鬼弗能得。烦师传语主人，别延道德高者为之，则幸得超生矣。”僧怖且愧，不觉失足落座下，不终事，灭烛去。后先师程文恭公居之，别延僧禅诵，音响遂绝。此宅文恭公殁后，今归沧州李臬使随轩。

【译文】

前辈吴青纡说：横街有一所宅院，以前说闹鬼，住在里面的大多不得安宁。主人很担忧，请来和尚做佛事超度鬼魂。

夜里放焰口时，忽然灯下出现两个女鬼，向和尚行礼道：“师傅们都是酒肉之徒，念经忏悔根本没有什么用处；即使放焰口布施食物，也不过是浪费粮食，没有佛法点化，布施的食物鬼也享用不到。烦请师傅转告主人，另请道德高尚的来做佛事，我们才有幸得到超生。”和尚又惭愧又害怕，不觉跌下了座位，佛事还没做完，就熄灭烛火悄悄溜走了。后来，先师程文恭先生住进了这所宅院，另请了一拨和尚念经，鬼魂作祟的事情从此绝迹了。程文恭先生去世后，这所宅院现在归沧州李随轩按察使所有。

表兄安伊在言：县人有与狐女昵者，多以其妇夜合之资，买簪珥脂粉赠狐女。狐女常往来其家，惟此人见之，他人不见也。一日，妇诟其夫曰："汝财自何来，乃如此之用？"狐女忽暗中应曰："汝财自何来，乃独责我？"闻者皆绝倒。余谓此自伊在之寓言，然亦足见惟无瑕者可以责人。

赛商鞅者，不欲著其名氏里贯，老诸生也。挈家寓京师。天资刻薄，凡善人善事，必推求其疵颣[①]，故得此名。钱敦堂编修殁，其门生为经纪棺衾，赡恤妻子，事事得所。赛商鞅曰："世间无如此好人。必欲博古道之名，使要津闻之，易于攀援奔竞耳。"一贫民，母死于路，跪乞钱买棺，形容枯槁，声音酸楚，人竞以钱投之。赛商鞅曰："此指尸敛财，尸亦未必其母。他人可欺，不能欺我也。"过一旌表节妇坊下，仰视微哂曰："是家富贵，仆从如云，岂少秦宫、冯子都耶[②]！此事须核，不敢遽言非，亦不敢遽言是也。"平生操论皆类此。人皆畏而避之，无敢延以教读者，竟困顿以殁。殁后，妻孥流落，不可言状。有人于酒筵遇一妓，举止尚有士风，讶其不类倚门者，问之，即其小女也。亦可哀矣。先姚安公曰："此老生平亦无大过，但务欲其识加人一等，故不觉至是耳。可不戒哉！"

【注释】

①疵颣(lèi):缺点,毛病。

②秦宫、冯子都:秦宫,汉代大将军梁冀宠爱的娈童。冯子都,汉代权臣霍光的宠奴。

【译文】

表兄安伊在说:县里有个人和狐女相好,常常用妻子夜里陪人睡觉挣来的钱,买首饰脂粉赠给狐女。狐女常到他家来,只有这人能看见,别人看不见。有一天,妻子骂丈夫:"你知道钱是怎么来的?这么个用法。"狐女忽然在暗中应声说:"你的钱是从哪儿来的?怎么偏偏责备我?"听到的人都大笑。我认为这是安伊在编的寓言,但也足以说明,只有自己没有污点的人才能责备别人。

有个绰号叫赛商鞅的,不想写出他的姓名籍贯了,是个老秀才。他带着家眷住在京城。他天性刻薄,凡是善心人做的善事,他都要想方设法找出缺点和毛病来,所以得了这么个外号。编修钱敦堂死了,他的门生为他置办棺材、寿衣,抚恤他的妻子,事事都办得周全妥帖。赛商鞅说:"世上没有这样的好人。门生不过是想博得个古道热肠的美名,让当权者听到,更容易攀附钻营罢了。"一个穷人的母亲死在路上,穷人跪在地上讨钱买棺材,他面黄肌瘦,声音凄惨,路人竞相投钱给他。赛商鞅说:"这人是借着尸体敛财,这具尸体也未必是他的母亲。他骗得了别人,骗不了我。"走过一个表彰节妇的牌坊,他仰头看着微微嘲弄道:"这是富贵人家,仆从众多,难道会缺秦宫、冯子都那样的人吗!这事必须核查,不敢马上下结论说节妇不贞,也不能马上下结论说节妇贞洁。"他这一生总是这样挑别人。人们都怕他,躲着他,也没人敢请他教书,他竟然贫困潦倒而死。他死后,妻子儿女流落飘零,凄惨极了。有人在酒宴上看见一个妓女,举止还有些读书人家的风度,觉得她不像是卖淫的妓女,一问,她就是赛商鞅的小女儿。也够哀怜的。先父姚安公说:"这个老先生一生也没什么大过错,只是想显示自己的见识高人一等,一直没有觉醒以至于到了这个地步。能不引以为戒么！”

乾隆壬午九月[1]，门人吴惠叔邀一扶乩者至，降仙于余绿意轩中。下坛诗曰：“沉香亭畔艳阳天，斗酒曾题诗百篇。二人娇娆亲捧砚，至今身带御炉烟。”“满城风叶蓟门秋，五百年前感旧游。偶与蓬莱仙子遇，相携便上酒家楼。”余曰：“然则青莲居士耶[2]？”批曰：“然。”赵春涧突起问曰：“大仙斗酒百篇，似不在沉香亭上。杨贵妃马嵬陨玉[3]，年已三十有八，似尔时不止十六岁。大仙平生足迹，未至渔阳，何以忽感旧游？天宝至今，亦不止五百年。何以大仙误记？”乩惟批“我醉欲眠”四字，再叩之，不动矣。大抵乩仙多灵鬼所托，然尚实有所凭附。此扶乩者，则似粗解吟咏之人，炼手法而为之，故必此人与一人共扶，乃能成字，易一人则不能书。其诗亦皆流连光景，处处可用。知决非古人降坛也。尔日猝为春涧所中，窘迫之状可掬。后偶与戴庶常东原谈及，东原骇曰：“尝见别一扶乩人，太白降坛，亦是此二诗，但改‘满城’为‘满林’，‘蓟门’为‘大江’耳。”知江湖游士，自有此种稿本，转相授受，固不足深诘矣。宋蒙泉前辈亦曰：有一扶乩者至德州，诗顷刻即成。后检之，皆村书诗学大成中句也。

【注释】

①乾隆壬午：乾隆二十七年(1762)。

②青莲居士：李白(701 年—762 年)，字太白，号青莲居士，唐朝诗人，被后人誉为“诗仙”。

③“杨贵妃”句：杨玉环(719—756)，字太真，唐玄宗李隆基的贵妃。

天宝十五载(756)六月十四日,在安史之乱爆发后随李隆基流亡途中,因禁军哗变,被缢死在马嵬坡。

【译文】

乾隆壬午年九月,门人吴惠叔请一个人来扶乩,在我的绿意轩中降仙。乩仙的下坛诗说:“沉香亭畔艳阳天,斗酒曾题诗百篇。二八娇娆亲捧砚,至今身带御炉烟。”“满城风叶蓟门秋,五百年前感旧游。偶与蓬莱仙子遇,相携便上酒家楼。”我说:“那么仙人是青莲居士了?”乩仙批写道:“是的。”赵春涧突然站起来,问道:“大仙斗酒诗百篇,好像不是发生在沉香亭上。杨贵妃在马嵬坡身亡时,年龄已有三十八岁,好像那时不止是十六岁。大仙平生足迹,未曾到过渔阳,怎么忽然感叹起旧游来呢?从唐代天宝年间到现在,也不止五百年。怎么大仙会误记呢?”乩仙只批了“我醉欲眠”四个字,再问他,乩已不动了。大抵乩仙多为灵鬼所依托,但是还要有现实中可以凭附的东西。这个扶乩人,好像是稍微懂得吟咏诗歌的人,学习扶乩的手法而从事这个行业,所以一定要这个人同别的人一起扶乩,才能写出字来,换掉一个人,就不能写字。这些诗也都是流连风光,处处可用。从而可知,这决不是古人降坛。那天,突然被赵春涧言中要害,他的窘迫之状,就十分生动了。后来,我偶尔与戴东原庶吉士谈及此事,戴东原惊讶地说:“我曾见到另外一个扶乩人,说是太白降坛,也是这两首诗,只改‘满城’为‘满林’,‘蓟门’为‘大江’而已。”可见,江湖游士,自有这种稿本,相互传授,本来就没有必要深究。宋蒙泉前辈也说:有一个扶乩人到德州,诗立刻就写成。后来检索,都是俗书《诗学大成》中的句子。

田丈耕野,统兵驻巴尔库尔时[①],即巴里坤。“坤”字以吹唇声读之,即库、尔之合声。军士凿井得一镜。制作精妙,铭字非隶非八分,隶即今之楷书,八分即今之隶书。似景龙钟铭[②],惟土蚀多剥损。田丈甚宝惜之,常以自随。殁于广西戎幕时,以授余姊婿田香谷。传至香谷之孙,忽失所在。后有亲串戈氏于市上得之,以还田氏。昨岁欲制为镜屏,寄京师乞余考定。余付翁检讨树培,推寻铭文,知为唐物。余为镌其释文于屏趺,而题三诗于屏背曰:"曾逐毡车出玉门,中唐铭字半犹存。几回反复分明看,恐有崇徽旧手痕。""黄鹄无由返故乡,空留鸾镜没沙场。谁知土蚀千年后,又照将军鬓上霜。""暂别仍归旧主人,居然宝剑会延津。何如揩尽珍珠粉,满匣龙吟送紫珍。"香谷孙自有题识,亦镌屏背,叙其始末甚详。《夜灯随录》载威信公岳公钟琪西征时[3],有裨将得古镜。岳公求之不得,其人遂遘祸。正与田丈同时同地,疑即此镜传讹也。

【注释】

①巴尔库尔:新疆地名。一说由蒙古语"巴尔库勒"转音,意为老虎腿;一说由突厥语"巴尔库尔"转来,"巴尔"意为"有","库尔"意为"湖",巴尔库尔就是"有湖"的意思。

②景龙钟铭:唐睿宗于景云二年(711)所书。

③《夜灯随录》:《夜谭随录》卷二记载:"四川陈守备,戍乌斯藏,三年受代归。得一镜,大如茶瓯,置暗室,寒光四射,朗朗如秋月。宝之,提督岳钟琪,闻而索之,不与,欲坑之。"《夜灯随录》无考,疑纪昀误记。

【译文】

田耕野先生统兵驻扎于巴尔库尔时,即巴里坤。"坤"字用吹唇声读它,就是库、尔的合声。军士在凿井时挖出了一面镜子。这面镜子制作精巧,上面的铭文字体既不是隶书,也不是八分书,隶书就是现在的楷书,八分书就是现在的隶书。好像是唐代景龙年间的钟铭,只是被土腐蚀得厉害,有很多剥落破损的地方。田先生非常珍惜它，时常带在身边。后来，他死在广西幕府，临终前把镜子传给了我的姐夫田香谷。到了田香谷孙子那一辈，这面镜子忽然不知去向了。不久，有个姓戈的亲戚在集市上发现了这面镜子，买下来还给了田家。去年田家想把这面镜子做成镜屏，就把它寄到京城请我考定。我交给翰林院检讨翁树培先生鉴定，根据铭文追寻出处，才知道是唐朝旧物。我在镜屏的基座上题写了翁检讨的释文，在背面题诗三首，诗道："曾逐毡车出玉门，中唐铭字半犹存。几回反复分明看，恐有崇徽旧手痕。""黄鹄无由返故乡，空留鸾镜没沙场。谁知土蚀千年后，又照将军鬓上霜。""暂别仍归旧主人，居然宝剑会延津。何如揩尽珍珠粉，满匣龙吟送紫珍。"香谷的孙子也在镜屏背面题字，详细叙述了得镜始末。《夜灯随录》记载，威信公岳钟琪西征时，有位裨将得了一面古镜。岳公没有要到手，那位裨将因此而遭殃。这个故事发生的时间和地点与田耕野驻守巴尔库尔的时间、地点完全相同，我怀疑就是有关这面古镜的讹传。

门人邱人龙言：有赴任官，舟泊滩河。夜半，有数盗执炬露刃入。众皆慑伏。一盗拽其妻起，半跪启曰："乞夫人一物，夫人勿惊。"即割一左耳，敷以药末，曰："数日勿洗，自结痂愈也。"遂相率呼啸去。怖几失魂，其创果不出血，亦不甚痛，旋即平复。以为仇耶，不杀不淫；以为盗耶，未劫一物。既不劫不杀不淫矣，而又戕其耳；既戕其耳矣，而又赠以良药。是专为取耳来也。取此耳又何意耶？千思万索，终不得其所以然，天下真有理外事也。邱生曰："苟得此盗，自必有其所以然；其所以然亦必在理中，但定非我所见之理耳。"然则论天下事，可据理以断有无哉？恒兰台曰："此或采生折割之党，取以炼药。"似乃近之。

【译文】

我的门生邱人龙说：有个官员赶着去上任，他坐的船停泊在滩河边。半夜时分，有几个强盗点着火举着刀来到船上。船上的人都吓得趴着一动也不敢动。一个强盗把官员的妻子拖起来，半跪着说："我求夫人一样东西，夫人不要害怕。"随即割下了她的左边耳朵，敷上了药末，说："这几天不要洗它，伤口自然会结痂痊愈。"然后他们一个跟着一个打着呼哨离开了。夫人吓得差点儿丢了魂，伤口果然没有出血，也不怎么疼，不久就痊愈了。说他们是来报仇吧，这伙强盗却不杀不淫；说是来抢劫吧，却一样东西也没抢。既然不抢不杀不淫，却又割了耳朵；既然割了耳朵，却又送了良药。这些人是专门为取耳朵而来的。要这耳朵又是什么意思呢？千思万想，怎么也想不出个所以然来，天下真有不可理喻的事情。邱生说："如果把这个强盗捉住了，就能知道所以然；他们的理由也肯定有一定道理，但肯定不是我们所认为的道理。"可见论述天下的事，能够据常理来推断有无吗？恒兰台说："这些人或许是采补折割之流，取耳朵来炼药。"好像较为接近事实。

董天士先生，前明高士，以画自给，一介不妄取。先高祖厚斋公老友也，厚斋公多与唱和，今载于《花王阁剩稿》者，尚可想见其为人。故老或言其有狐妾，或曰天士孤僻，必无之。

伯祖湛元公曰："是有之，而别有说也。吾闻诸董空如曰：天士居老屋两楹，终身不娶；亦无仆婢，井臼皆自操。一日晨兴，见衣履之当着者，皆整顿置手下；再视则盥漱俱已陈。天士曰：'是必有异，其妖将媚我乎？'窗外小语应曰：'非敢媚公，欲有求于公。难于自献，故作是以待公问也。'天士素有胆，命之入。入辄跪拜，则娟静好女也。问其名，曰：'温玉。'问何求，曰：'狐所畏者五：曰凶暴，避其盛气也；曰术士，避其劾治也；曰神灵，避其稽察也；曰有福，避其旺运也；曰有德，避其正气也。然凶暴不恒有，亦究自败。术士与神灵，吾不为非，皆无如我何。有福者运衰亦复玩之；惟有德者则畏而且敬。得自附于有德者，则族党以为荣，其品格即高出侪类上。公虽贫贱，而非义弗取，非礼弗为。倘准奔则为妾之礼，许侍巾栉，三生之幸也；如不见纳，则乞假以虚名，为画一扇，题曰某年月日为姬人温玉作，亦叨公之末光矣。'即出精扇置几上，濡墨调色，拱立以俟。天士笑从之。女自取天士小印印扇上，曰：'此姬人事，不敢劳公也。'再拜而去。次日晨兴，觉足下有物，视之，则温玉。笑而起曰：'诚不敢以贱体玷公，然非共榻一宵，非亲执媵御之役，则姬人字终为假托。'遂捧衣履侍洗漱讫，再拜曰：'妾从此逝矣。'瞥然不见，遂不再来。岂明季山人声价最重，此狐女亦移于风气乎？然襟怀散朗，有王夫人林下风①，宜天士之不拒也。"

【注释】

①王夫人林下风：指东晋谢道韫。谢道韫，东晋才女，嫁给王羲之的儿子、会稽内史王凝之。南朝宋人刘义庆《世说新语·贤媛》："王夫人神情散朗，故有林下风气。"后明代文学家徐渭《跋书卷一》称："谢道韫，虽是夫人，却有林下风韵，是谓秀中现雅。"之后，"林下风"即用来称颂妇女闲雅飘逸的风采。

【译文】

董天士先生是明代的高士，以画画为生，来路不正的钱一文不取。

他是先高祖厚斋公的老朋友，厚斋公常与他以诗唱和，如今载于《花王阁剩稿》中的诗作，还能想象出他的为人。老人们说他可能有个狐妾，有人说他性情孤僻，一定没有狐妾。

我的伯祖湛元公说："是有这么回事，但说法不一样。我听董空如说：天士住着两间老屋，终身不娶；也没有仆人婢女侍奉，打水舂米都是亲自做。一天早上起来，看见所有要穿戴的衣服鞋子，都整整齐齐放在手够得着的地方；再一看，连梳洗用具都摆好了。董天士说：'这必定有怪，难道是妖物想来媚惑我么？'窗外小声应道：'我不敢媚惑您，是有求于您。因为难以主动献身，所以做了这些事等着先生来问。'董天士胆大，叫她进来。她进来就跪拜，原来是个娟秀娴静的女子。问她叫什么，说：'温玉。'问她有什么要求，她说：'狐狸畏惧五种人：一是凶暴的人，躲避他的盛气；二是术士，躲避他的镇治；三是神灵，躲避他的稽察；四是有福的人，躲避他的旺运；五是有德行的人，躲避他的正气。不过凶暴的人不常有，而且这种人也往往自取败亡。术士和神灵，我不做坏事，他们也不能把我怎样。有福的人运气衰竭，也只能玩玩而已了；唯独对有德行的人，我们怕他又敬他。如果哪个能够依附于有德行的人，那么本族同党都会引以为荣，它的品位也就高出于同类之上。先生虽然贫贱，不义之财分文不取，违礼的事一点儿不做。假如允许我私奔到您这里作为一个妾向您行礼，允许我侍奉您，就是我三生有幸了；如果您不接纳我，那么请求借这个虚名，替我画一个扇面，题上某年某月某日为侍姬温玉作，那么也能沾一点点儿先生的光。'随即拿出一把精致的扇子放在几案上，研了墨调好色，恭恭敬敬站在一旁等着。董天士笑着答应了。温玉自己拿来董天士的小印盖在扇子上，说：'这是侍姬的事，不敢有劳先生。'又拜了两拜离去了。第二天早上，董天士醒来，觉得脚下有什么东西，一看，却是温玉。她笑着起来说：'我实在不敢以我的贱体玷污您，但是如果不在一张床上睡一夜，不是真的做一回侍姬应该做的事，那么侍姬这个名字终究是虚的。'接着她捧来衣服伺候董天士穿衣梳洗完毕，之后又拜了两拜道：‘妾从此走了。’眨眼间就不见了，后来也没有再来过。明末遗民隐居者声价最高，莫非这个狐女也受到这种风气的影响吗？然而，她的胸怀爽朗、洒脱，颇有王夫人谢道韫的闲雅、超逸风度，怪不得董天士没有拒绝她。”

先姚安公曰：“子弟读书之馀，亦当使略知家事，略知世事，而后可以治家，可以涉世。明之季年，道学弥尊，科甲弥重。于是黠者坐讲心学，以攀援声气；朴者株守课册，以求取功名。致读书之人，十无二三能解事。崇祯壬午①，厚斋公携家居河间，避孟村土寇。厚斋公卒后，闻大兵将至河间，又拟乡居。濒行时，比邻一叟顾门神叹曰：‘使今日有一人如尉迟敬德、秦琼②，当不至此。’汝两曾伯祖，一讳景星，一讳景辰，皆名诸生也。方在门外束襆被，闻之，与辩曰：‘此神荼、郁垒像③，非尉迟敬德、秦琼也。’叟不服，检邱处机《西游记》为证④。二公谓委巷小说不足据，又入室取东方朔《神异经》与争⑤。时已薄暮，检寻既移时，反复讲论又移时，城门已阖，遂不能出。次日将行，而大兵已合围矣。城破，遂全家遇难。惟汝曾祖光禄公、曾伯祖镇番公及叔祖云台公存耳。死生呼吸，间不容发之时，尚考证古书之真伪，岂非惟知读书不预外事之故哉！”姚安公此论，余初作各种笔记，皆未敢载，为涉及两曾伯祖也。今再思之，书痴尚非不佳事，古来大儒似此者不一，因补书于此。

【注释】

①崇祯壬午：崇祯十五年(1642)。

②尉迟敬德、秦琼：尉迟恭(585—658)，字敬德，鲜卑族，朔州鄯阳(今山西平鲁区)人，一身戎马倥偬，征战南北，驰骋疆场，屡立战功。秦琼，字叔宝，齐州历城(今山东济南)人，唐朝开国将领。后来民间将这两员大将认定为守门神，其中执锏者是秦琼，执鞭者是尉迟敬德。

③神荼、郁垒：二神名。传说中善治恶鬼，汉代前民间即奉为门神。

④邱处机《西游记》：邱处机和徒弟应成吉思汗之邀，历时两年零四个月，行程万馀里，到达成吉思汗的雪山行宫(今阿富汗境内)。公元1224年，邱处机师徒返归燕京，以成吉思汗赠给虎符、玺书，掌管天下道教，免道院及道众一切赋税差役，于是道侣云集，玄教日兴。结合自己的西游经历，共编悟道证道故事，弟子李志常效《大唐西域记》按随行日记，写作《长春真人西游记》。该书记述所经山川道里及沿途所见风俗人情为主，兼及邱处机生平，是研究13世纪漠北、西域史地及全真道历史的重要资料。

⑤《神异经》：古代志怪小说集，一卷，旧本题汉东方朔撰。所载皆荒外之言，怪诞不经。

【译文】

先父姚安公说："子弟在读书之馀，也应该让他们稍稍懂点儿家务事，稍稍懂点儿人世间的事，而后他们才能整顿家政，才能经历世事。明朝末年，道学受到尊崇，科考极受重视。于是，聪明人研究心学，以攀援时髦的风气；纯朴的人死背经典，以求取功名。致使读书人十个中间竟没有二三个能懂点儿家事、世事的。崇祯壬午年，先高祖厚斋公携带家小移居河间，躲避孟村的土匪。厚斋公去世后，听说朝廷大兵将要到河间，全家人筹划着搬到乡下。临行时，邻居一个老者望着大门上的门神叹道：'假如现在有一个像尉迟敬德、秦琼那样的人，也不至于落到这般田地。'你的两个曾伯祖，一位名景星，一位名景辰，都是有名的秀才。他们正在门外捆行李，听了老者的话，辩解道：'这是神荼、郁垒的画像，并不是尉迟敬德和秦琼。’老者不服，举出邱处机著的《西游记》为证。你的两位曾伯祖说街巷小说不足为凭，转身回屋里取出东方朔的《神异经》与他争论。当时已是日暮时分，他们反复争辩又耽搁了时间，城门已经关闭，所以无法出城了。第二天，他们正要上路，河间城已被大兵包围。城被攻破后，一家人全部遇难。只有你曾祖光禄公、曾伯祖镇番公及叔祖云台公得以幸存。性命攸关之时，他们还在考证古书记载的真伪，这难道不是只知道读书却不识时务造成的后果吗？”姚安公的这番议论，最初我撰写各种笔记时，都没有敢收入，因为涉及到两位曾伯祖。如今我再三考虑，书呆子并不是什么见不得人的事，古往今来的许多大学问家像他们只会读书的不止一个，因此将这件事补录在此。

奴子刘福荣，善制网罟弓弩[①]，凡弋禽猎兽之事，无不能也。析爨时分属于余[②]，无所用其技，颇郁郁不自得。年八十馀，尚健饭，惟时一携鸟铳，散步野外而已。其铳发无不中。一日，见两狐卧陇上，再击之不中，狐亦不惊。心知为灵物，惕然而返，后亦无他。外祖张公水明楼，有值更者范玉，夜每闻瓦上有声，疑为盗；起视则无有。潜踪侦之，见一黑影从屋上过。乃设机瓦沟，仰卧以听。半夜闻机发，有女子呼痛声。登屋寻视，一黑狐折股死矣。是夕闻屋上詈曰：“范玉何故杀我妾？”时邻有刘氏子为妖所媚，玉私度必是狐，亦还詈曰：“汝纵妾淫奔，不知自愧，反詈吾。吾为刘氏子除患也。”遂寂无语。然自是觉夜夜有人以石灰渗其目，交睫即来，旋洗拭，旋又如是。渐肿痛溃裂，竟至双瞽，盖狐之报也。其所见逊刘福荣远矣，一老成经事，一少年喜事故也。

【注释】

①网罟(gǔ):捕鸟兽的工具。罟,网。

②析爨(cuàn):分立炉灶。指分家。

【译文】

奴仆刘福荣,善于制作网罟弓弩,凡是捕鸟猎兽之类的事,没有什么他不会的。分家的时候,他归了我,他的特长发挥不出来,颇有些郁郁不得志。八十多岁时饭量还不小,每天拎着一支鸟枪在野外散步。他射出去的枪药没有不打中目标的。有一天,他看见两只狐狸趴在田埂上,打了两枪也没打中,狐狸也不惊怕。他知道那是灵物,心慌慌的回家了,不过后来也没有发生什么事。外祖张公的水明楼,有个打更的叫范玉,夜里他常常听见屋瓦上有声音,以为是小偷;起来看却什么也没有。于是他悄悄潜伏偷看,看见一个黑影从屋顶上过去了。他就在瓦沟里设下了机关,仰面躺着听声音。半夜里,听到机关发动,有个女子喊痛。他爬上屋顶查看,只见一条狐狸断了后腿死了。这天夜里,他听见屋顶上骂道:"范玉为什么杀了我的妾?"当时邻居刘某的儿子被妖物媚惑,范玉估计肯定是这只狐狸,就回骂道:"你纵容妾私奔,自己不知羞愧,还来骂我。我是为刘家的儿子除害。"于是外面静下来没有了声音。但是,从此他夜夜都觉得有人往他眼睛里撒石灰,他一闭上眼睛便觉得有人撒石灰,刚洗完眼睛,随即又被撒上了。后来,他的眼睛渐渐肿痛溃裂,竟然全瞎了,大概是狐狸报复。他的见识比刘福荣差远了,一个老成世故,一个年轻好事。

门人有作令云南者,家本苦寒,仅携一子一僮,拮据往,需次会城。久之,得补一县,在滇中,尚为膏腴地。然距省窎远[①],其家又在荒村,书不易寄。偶得鱼雁,亦不免浮沉,故与妻子几断音问。惟于坊本搢绅中[②],检得官某县而已。

偶一狡仆舞弊，杖而遣之。此仆衔次骨。其家事故所备知，因伪造其僮书云，主人父子先后卒，二棺今浮厝佛寺，当措赀来迎。并述遗命，处分家事甚悉。

初，令赴滇时，亲友以其朴讷，意未必得缺；即得缺，亦必恶。后闻官是县，始稍稍亲近，并有周恤其家者，有时相馈问者。其子或有所称贷，人亦辄应，且有以子女结婚者。乡人有宴会，其子无不与也。及得是书，皆大沮，有来唁者，有不来唁者。渐有索逋者，渐有道途相遇似不相识者。僮奴婢媪皆散，不半载，门可罗雀矣。既而令托入觐官寄千二百金至家迎妻子，始知前书之伪，举家破涕为笑，如在梦中。亲友稍稍复集，避不敢见者，颇亦有焉。

后令与所亲书曰："一贵一贱之态，身历者多矣；一贫一富之态，身历者亦多矣。若夫生而忽死，死逾半载而复生，中间情事，能以一身亲历者，仆殆第一人矣。"

【注释】

①窎(diào)远：远，遥远。

②搢(jìn)绅：有官职的或做过官的人。

【译文】

我有个门生在云南当县令，他的家境本来贫寒，赴任时只带了一个儿子一个书童，手头拮据，窘迫狼狈地到省城等候补缺。等了很久，补了个县令，在云南中部，还算是个富饶的县。但是这个县距离省城很远，他的家又在荒村，信也不好寄。偶然有了捎信的人，信也不免沉沉浮浮地到不了收信人手里，因此和妻子几乎断了音信。他的家人只能在坊刻本的官员名册中查到他在某县任官，也就这样了。这时，他有个奸诈狡猾的仆从营私舞弊，被他打了一顿赶走了。这个仆从对他恨之入骨。他对县令的家事很熟悉，就假冒那个家里带去的书童写信说，主人父子都已经先后去世，两口棺材都寄放在佛庙，应当借钱来迎接回家。同时还转述了主人的遗嘱，安排家事很细致。

当初，这个县令前往云南时，亲友因为他质朴老实、不善言辞，觉得他未必能补上官；即便补了官，也一定是不好的职位。后来听说他当了这个县的县令，才稍稍和他的家人亲近起来，有的还出钱周济，常常赠送东西、慰问他的家人。他的儿子有时向人借贷，对方也很痛快，而且有的还和他家攀亲。村里人的宴会，他的儿子都被邀请参加。仆从的这封信寄到，人们都大失所望，有来吊唁的，有不来吊唁的。渐渐地，还有来讨债的，有的在路上相遇，好像不认识。他家的僮仆丫鬟都散去了，不到半年，门庭冷落不见有人上门。不久，这位县令托进京晋见皇帝的官员把一千二百两银子带给家里，打算把妻子儿女接到云南去，全家人这才知道前一封信是假的，破涕为笑，好像在梦里一样。于是亲友们又渐渐凑上前来，也有避而不敢再见他家人的，这样的人还不少。

后来县令给他的一个好友写信道："一贵一贱的情态，亲身经历过的人很多；一穷一富的情态，亲身经历过的人也很多。至于活着忽然死了，死了半年又复活，这中间的情态，由一个人来亲身经历的，恐怕我是第一个。"

门人福安陈坊言：闽有人深山夜行，仓卒失路。恐愈迷愈远，遂坐崖下，待天晓。忽闻有人语，时缺月微升，略辨形色，似二三十人坐崖上，又十馀人出没丛薄间。顾视左右皆乱冢，心知为鬼物，伏不敢动。俄闻互语社公来，窃睨之，衣冠文雅，年约三十馀，颇类书生，殊不作剧场白须布袍状。先至崖上，不知作何事。次至丛薄，对十馀鬼太息曰："汝辈何故自取横亡，使众鬼不以为伍？饥寒可念，今有少物哺汝。”遂撮饭撒草间。十馀鬼争取，或笑或泣。社公又太息曰：“此邦之俗，大抵胜负之念太盛，恩怨之见太明。其弱者力不能敌，则思自戕以累人，不知自尽之案，律无抵法，徒自陨其生也。其强者妄意两家各杀一命，即足相抵，则械斗以泄愤，不知律凡杀二命，各别以生者抵，不以死者抵。死者方知悔之已晚，生者不知为之弥甚，不亦悲乎！”十馀鬼皆哭。俄远寺钟动，一时俱寂。此人尝以告陈生，陈生曰：“社公言之，不如令长言之也。然神道设教，或挽回其一二，亦未可知耳。”

【译文】

门生福安人陈坊说：福建有个人在深山夜里赶路，慌慌张张迷了路。他担心越走越远，就坐在山崖下面，等待天亮。忽然听到有人在说话，当时下弦月刚刚升起，借助月光大致能够分辨出人的身影，好像有二三十人坐在山崖上面，又有十几个人在灌木丛中出没。他环顾左右都是乱坟堆，心里明白那些人一定是鬼怪，伏在那里不敢动弹。不一会儿，他听到那些人相互传告说土地神来了，偷偷地瞄了一眼，只见土地神衣帽整齐，三十多岁年纪，很像书生，完全不像剧场上白胡子穿布袍的形像。土地神先走到山崖上，不知做了什么事。后来走到灌木丛中，对十几个鬼叹息道：“你们为什么选择自杀，死于非命，使众鬼不愿与你们为伍？饥寒交迫确实可怜，现在带了一点儿东西给你们吃。”就抓起饭撒向草丛。十几个鬼争先恐后抢着吃，有的笑有的哭。土地神又叹息道：“这个地方的风俗，大约胜败的观念太强烈，恩怨的成见太分明。那些弱者赢不了强者，就想用自杀来拖累别人，却不懂得自杀的案子，法律是没有抵罪这一条的，只不过白白地断送自己的生命而已。那些强者胡乱猜测两家各杀了对方一条人命，也足以相互抵罪了，就械斗发泄私愤，却不懂得法律规定凡是杀死两条人命，要分别用活人来抵罪，而不是以死人来抵销。死了的人知道悔恨却为时已晚，活着的人不知这些就变本加厉，难道不可悲吗！”十几个鬼都哭起来。不一会儿，远处庙里的钟响了，周围立刻一片寂静。那个人曾将上述情况告诉陈生，陈生说：“土地神讲那些话，不如县令讲那些话更有效。然而，神灵施行教化，或许能够挽回一点儿损失，也未可知啊。”

嘉庆丙辰冬[①]，余以兵部尚书出德胜门监射[②]。营官以十刹海为馆舍，前明古寺也。殿宇门径，与刘侗《帝京景物略》所说全殊[③]，非复僧住一房佛亦住一房之旧矣。寺僧居寺门一小屋，余所居则在寺之后殿，室亦精洁。而封闭者多，验之，有乾隆三十一年封者[④]，知旷废已久。余住东廊室内，气冷如冰，爇数炉不热，数灯皆黯黯作绿色。知非佳处，然业已入居，姑宿一夕，竟安然无恙。奴辈住西廊，皆不敢睡，列炬彻夜坐廊下，亦幸无恙。惟闻封闭室中，喁喁有人语，听之不甚了了耳。轿夫九人，入室酣眠。天晓，已死其一矣。

饬别觅居停，乃移住真武祠。祠中道士云，闻有十刹海老僧，尝见二鬼相遇，其一曰：“汝何来？”曰：“我转轮期未至，偶此闲游。汝何来？”其一曰：“我缢魂之求代者也。”问：“居此几年？”曰：“十馀年矣。”又问：“何以不得代？”曰：“人见我皆惊走，无如何也。”其一曰：“善攻人者藏其机，匕首将出袖而神色怡然，乃有济也。汝以怪状惊之，彼奚为不走耶？汝盍脂香粉气以媚之，抱衾荐枕以悦之，必得当矣。”老僧素严正，厉声叱之，欻然入地。数夕后，寺果有缢者。此鬼可谓阴险矣。然寺中所封闭，似其鬼尚多，不止此一二也。

【注释】

①嘉庆丙辰：嘉庆元年(1796)。

②监射：主持科举考试。

③《帝京景物略》：清代刘侗撰。详细记载了明代北京城的风景名胜、风俗民情等。

④乾隆三十一年：1766年。

【译文】

嘉庆丙辰年冬，我以兵部尚书的身份出德胜门主持科举考试。营官安排我住在什刹海，这是前明时的一座古庙。庙里的殿堂门径，与刘侗在《帝京景物略》中记载的全不一样，不再遵循僧住一房、佛住一房的老规矩了。和尚们住在庙门内的一间小屋里，我住在寺庙后殿，殿内殿外清洁而雅致。可是有不少殿堂的门都被封了起来，我察看了一下，有的竟然是乾隆三十一年封的，看来旷废已久了。我住在后殿东廊下的一间屋里，屋内气温冷得像冰窖，生了几个火炉都不暖和，点燃的几盏灯都昏黄暗淡放出绿莹莹的光。我知道这不是什么好地方，可是已经住进来了，姑且住一夜，最终也没发生意外。奴仆们住在西廊下各间屋里，到了晚上都不敢睡觉，点着灯彻夜坐在廊下，也没遇到什么麻烦。不过，他们听到被封闭的殿堂里有嘀嘀咕咕的说话声，只是听不太清楚。九个轿夫，到屋子里蒙头大睡。天亮时，发现死了一个。

我下令收拾行李另找了住处，换到真武祠。祠里的道士说，听说什刹海的老和尚，曾亲眼见到两个鬼相遇，其中一个说："你干什么来了？"另一个说："我转轮之期还没到，偶尔到这里闲游。你到这里干什么？"前一个说："我是个吊死鬼，在这里等着找替身。"后一个问："来几年了?”前一个答:“十几年了。”又问:“怎么还没找到替身?”答:“人一见到我都吓跑了,我实在没办法。”后一个说:“善于攻击者总是暗藏杀机,匕首将要出袖却仍然神情坦然,这才有成功的把握。你现出怪相吓唬人,人哪有不跑的道理?你若是幻化成涂脂抹粉的美女去迷惑他,搂着他上床睡觉让他高兴,然后乘机行事,必定可以得手。”老和尚一向秉性严正,厉声将他们斥责了一顿,这两个鬼倏地缩进地下不见了。几天后,庙里果然有人上吊自尽了。这两个鬼真是太阴险了。不过庙里那些封闭的殿堂,这种鬼恐怕还很多,不止一两个。

汪阁学晓园言:有一老僧过屠市,泫然流涕。或讶之,曰:“其说长矣。吾能记两世事:吾初世为屠人,年三十馀死,魂为数人执缚去。冥官责以杀业至重,押赴转轮受恶报。觉恍惚迷离,如醉如梦,惟热恼不可忍。忽似清凉,则已在豕栏矣。断乳后,见食不洁,心知其秽;然饥火燔烧,五脏皆如焦裂,不得已食之。后渐通猪语,时与同类相问讯,能记前身者颇多,特不能与人言耳。大抵皆自知当屠割,其时作呻吟声者,愁也;目睫往往有湿痕者,自悲也。躯干痴重,夏极苦热,惟汩没泥水中少可,然不常得。毛疏而劲,冬极苦寒,视犬羊软毳厚毹[①],有如仙兽。遇捕执时,自知不免,姑跳踉奔避,冀缓须臾。追得后,蹴踏头项,拗捩蹄肘,绳勒四足深至骨,痛若刃劙[②]。或载以舟车,则重叠相压,肋如欲折,百脉涌塞,腹如欲裂。或贯以竿而扛之,更痛甚三木矣[③]。至屠市,提掷于地,心脾皆震动欲碎。或即日死,或缚至数日,弥难忍受。时见刀俎在左,汤镬在右,不知着我身时,作何痛楚,辄簌簌战栗不止。又时自顾己身,念将来不知磔裂分散，作谁家杯中羹，又凄惨欲绝。比受戮时，屠人一牵拽，即惶怖昏瞀，四体皆软，觉心如左右震荡，魂如自顶飞出，又复落下。见刀光晃耀，不敢正视，惟瞑目以待刲剔[4]。屠人先剚刃于喉[5]，摇撼摆拨，泻血盆盎中，其苦非口所能道，求死不得，惟有长号。血尽始刺心大痛，遂不能作声，渐恍惚迷离，如醉如梦，如初转生时。良久稍醒，自视已为人形矣。冥官以夙生尚有善业，仍许为人，是为今身。顷见此猪，哀其荼毒，因念昔受此荼毒时，又惜此持刀人将来亦必受此荼毒，三念交萦，故不知涕泪之何从也。”屠人闻之，遽掷刀于地，竟改业为卖菜佣。

【注释】

①毳(cuì)：鸟兽的细毛。氄(rǒng)：鸟兽细软而茂密的毛。

②劙(lí)：割破。

③三木：古代加在犯人颈、手、足上的三件刑具。

④刲(kuī)剔：屠杀剖解。刲，刺，杀。

⑤剚(zì)：用刀刺。

【译文】

内阁学士汪晓园说：有个老和尚路过屠宰场，一下子泪流满面。有人感到奇怪，老僧说：“说来话长了。我能记得两辈子的事：我第一辈子是屠户，三十多岁时死了，魂被几个人绑着走了。冥官责备我杀孽太重，押到转轮王那儿受恶报。我觉得恍恍惚惚，如醉如梦，只觉得酷热难熬。忽然觉得清凉，却已经在猪栏里了。我断奶后，看见猪食不干净，心里明白肮脏；但是饥肠辘辘像火烧，五脏都像焦裂，不得已只好吃下去。后来渐渐懂了猪的话，经常和同类打招呼，很多都能记得自己的前世，只是不能和人说话。一般都知道自己要被屠宰，经常发出呻吟声的是发愁;眼睛经常是潮湿的是自己为自己悲伤。身躯笨重,夏天极其害怕暑热,只有泡在泥水里才稍好些,但经常找不到这样的地方。身上的毛又稀又硬,冬天冷得受不了,看到羊和狗身上的毛柔软厚实,简直像神兽。遇到被捕捉时,自知免不了一死,姑且跳跃逃避,指望再多活一会儿。捉住后,被人踩着头顶,硬把腿肘别过去,用绳子勒着四脚,一直勒到骨头,痛得像刀割一样。有时用车船载着,就互相重叠相压,肋骨都像要断了,百脉涌塞,肚子像要裂开。有时用一个杠子穿过绑着的腿抬着,更是比戴着刑具还疼。到了屠宰场,被扔到地上,心脾都被震得要碎裂了。或者当天被杀死,或者被绑着放几天,这就更难以忍受。经常看见刀俎在左边,热水锅在右边,心想不知道我被宰时该是怎样的疼痛,就簌簌地不停发抖。又时时回看自己的身体,想到将来被分解剁碎,不知要被谁家做成碗里的肉羹,就悲伤欲绝。等到要挨刀时,屠户一牵拉,就恐怖得昏了过去,身体也瘫软了,心在胸腔里左右震荡,魂魄好像从头顶上飞出去,又落了下来。看见刀光闪闪,不敢正视,只好闭眼等着挨屠割。屠户先把刀插进喉部,摇晃着,让血流到盆子里,这种苦楚真是难以形容,求死不得,只能长嚎。等到血流尽了才感到刀刺心脏那样剧疼而不能出声,渐渐恍惚迷离,如醉如梦,好像当初投生时一样。过了好久才渐渐醒来,一看自己已是人形了。冥官因为我前生中做过善事,仍然让我投生为人,这就是现在的我。刚才看见这头猪,可怜它遭的罪,因而想起我受这种罪的时候,又惋惜这位屠夫,将来肯定也得受这种罪,这几种想法纠缠在一起,所以不知不觉涕泪横流。”屠夫听了这话,立即把刀扔在地上,从此改行卖菜去了。

晓园说此事时,李汇川亦举二事曰:有屠人死,其邻村人家生一猪,距屠人家四五里。此猪恒至屠人家中卧,驱逐不去。其主人捉去,仍自来;絷以锁,乃已。疑为屠人后身也。又一屠人死,越一载馀,其妻将嫁。方彩服登舟,忽一猪突至，怒目眈眈，径裂妇裙，啮其胫。众急救护，共挤猪落水，始得鼓棹行。猪自水跃出，仍沿岸急追。适风利扬帆去，猪乃懊丧自归。亦疑屠人后身，怒其妻之琵琶别抱也。此可为屠人作猪之旁证。又言：有屠人杀猪甫死，适其妻有孕，即生一女，落蓐即作猪号声，号三四日死。此亦可证猪还为人。余谓此即朱子所谓生气未尽，与生气偶然凑合者，别自一理，又不以轮回论也。

【译文】

汪晓园说这则故事时，李汇川也讲了两件事：有个屠夫死时，邻村一家的母猪生下一只小猪，这家离屠夫家有四五里路。这只小猪常到屠夫家里躺卧，赶也赶不走。主人把它捉回去，它还是自己跑来；把它抓回去拴了起来，才不跑来了。怀疑这头猪就是屠夫的后身。又有一个屠夫死了，过了一年多，他的妻子改嫁。穿着鲜艳的衣服刚要上船，一头猪突然闯来，怒瞪着两眼，一下撕裂了新娘的裙子，咬她的腿。众人急忙来救，一起把猪挤落到水里，才开得了船。猪从水里爬出来，仍然沿着岸急追。正巧船遇上顺风扬帆而去，猪才懊丧地自己回去了。估计这也是屠夫的后身，为妻子改嫁而发怒。这可以成为屠夫投生为猪的旁证。他又说：有个屠夫刚把猪杀了，恰好他的妻子有孕，生下一个女儿，这个婴儿一出生就像猪一样嚎，嚎了三四天死了。这也可以证明猪能投生为人。我认为这就是朱熹所说的一个生气没尽而又与另一个生气偶然凑合而出现的现象，这是另一回事，不能作为轮回来看。

汪编修守和为诸生时，梦其外祖史主事珥携一人同至其家，指示之曰："此我同年纪晓岚，将来汝师也。"因窃记其衣冠形貌。后以己酉拔贡应廷试[①]，值余阅卷，擢高等。授官来谒时，具述其事，且云衣冠形貌，与今毫发不差，以为应梦。迨嘉庆丙辰会试[2]，余为总裁[3]，其卷适送余先阅，凡房官荐卷，皆由监试御史先送一主考阅定，而复转轮公阅。复得中式，殿试以第二人及第。乃知梦为是作也。

按，人之有梦，其故难明。《世说》载卫玠问乐令梦，乐云是想，又云是因，而未深明其所以然。戊午夏[4]，扈从滦阳，与伊子墨卿以理推求[5]。有念所专注，凝神生象，是为意识所造之梦，孔子梦周公是也[6]。有祸福将至，朕兆先萌，与见乎蓍龟，动乎四体相同，是为气机所感之梦，孔子梦奠两楹是也[7]。其或心绪瞀乱，精神恍惚，心无定主，遂现种种幻形，如病者之见鬼，眩者之生花，此意想之岐出者也。或吉凶未著，鬼神前知，以象显示，以言微寓，此气机之旁召者也。虽变化杳冥，千态万状，其大端似不外此。

至占梦之说，见于《周礼》，事近祈禳，礼参巫觋，颇为攻《周礼》者所疑。然其文亦见于《小雅》"大人占之"[8]，固凿然古经载籍所传，虽不免多所附会，要亦实有此术也。惟是男女之爱，骨肉之情，有凝思结念，终不一梦者，则意识有时不能造。仓卒之患，意外之福，有忽至而不知者，则气机有时不必感。且天下之人，如恒河沙数，鬼神何独示梦于此人？此人一生得失，亦必不一，何独示梦于此事？且事不可泄，何必示之？既示之矣，而又隐以不可知之象，疑以不可解之语，如《酉阳杂俎》载梦得枣者，谓"枣"字似两"来"字，重"来"者，呼魄之象，其人果死。《朝野佥载》崔湜梦座下听讲而照镜，谓座下听讲，法从上来，"镜"字，金旁竟也。小说所记梦事如此迂曲者不一。是鬼神日日造谜语，不已劳乎？事关重大，示以梦可也；而猥琐小事，亦相告语，如《敦煌实录》载宋补梦人坐桶中[9]，以两杖极打之，占桶中人为肉食，两杖象两箸，果得饱肉食之类。不亦亵乎？

大抵通其所可通，其不可通者，置而不论可矣。至于《谢小娥传》[10]，其父兄之魂既告以为人劫杀矣，自应告以申春，申蘭。乃以"田中走，一日夫"隐申春，以"车中猴，东门草"隐申蘭，使寻索数年而后解，不又颠乎？此类由于记录者欲神其说，不必实有是事。凡诸家所占梦事，皆可以是观之，其法非大人之旧也。

【注释】

①己酉：乾隆五十四年(1789)。廷试：即殿试。由皇帝亲自策问，在殿廷上举行的考试。

②嘉庆丙辰：嘉庆元年(1796)。会试：聚合各省举人在京城进行的考试。

③总裁：清代称中央编纂机构的主管官员或主持会试的官员。

④戊午：乾隆三年(1738)。

⑤伊子墨卿：伊秉绶(1754—1815)，字祖似，号墨卿，晚号默庵。乾隆五十四年(1789)进士，历任刑部主事，后擢员外郎。喜绘画、治印，亦有诗集传世。

⑥孔子梦周公：孔子晚年，理想几近破灭，遂退于洙泗之滨，教授生徒，整理六经，浩叹："甚矣！吾衰也。久矣吾不复梦见周公！"见《论语·述而》。

⑦孔子梦奠两楹：孔子梦见自己安坐在殿堂前面的楹柱之间。按照殷人的礼仪，人死后停柩在此。孔子是殷人后裔，因而认为这

个梦是自己将死的征兆，卧病七天便去逝了。

⑧《小雅》：《诗经·小雅》，共七十四篇。据考，多为士大夫所作。

⑨《敦煌实录》：刘景撰（本作“刘昞”，避唐讳改），十卷。以记载北凉以前敦煌先贤耆旧为主要内容。

⑩《谢小娥传》：唐代传奇小说，收入《太平广记》卷四百九十一。讲述弱女子谢小娥为父兄复仇的故事。作者李公佐，字颛蒙，唐代传奇作家。小说今存四篇，以《南柯太守传》最为著名。

【译文】

汪守和编修做秀才时，梦见他的外祖父史珥主事带着一个人一起来到他家，指着这个人说：“这是与我同年登榜的纪晓岚，将来是你的老师。”因而暗暗记住这个人的衣冠和形貌。后来，己酉年汪守和以拔贡身份应礼部试，正值我阅卷，选拔他为优等。他被授官后，来拜谒我时，详尽地叙述那个梦，并且说梦中人衣冠和形貌与现在的我分毫不差，认为是印证了梦境。等到嘉庆元年会试，我是总裁，他的考卷正好送给我先阅，凡是房官推荐的试卷，都由监试御史先送给一位主考官阅定，然后再轮流评阅。他又被录取，殿试以第二名及第。这才知道那个梦是为这件事做的。

按，人会做梦，其中的原因难以说清楚。《世说新语》记载卫玠问乐令做梦是什么，乐令说是“想”，又说是“因”，却没有深入阐明其中的所以然。乾隆戊午年夏天，我随从护驾到滦阳，与伊墨卿先生以理推求梦境。有的因为意念专注于某个人，精神凝聚而产生那人的形象，这是由意识而形成的梦境，像孔子梦见周公就属于这一类。有的因为祸福即将降临，征兆已经表现出来，就像征兆见于蓍草和龟甲，身体有所感应，这是由气息感动而形成的梦境，像孔子梦见安坐在两个柱子中间就属于这一类。有的因为心绪混乱，精神恍惚，心情不宁，就产生种种变幻的形象，如病人看见鬼，头昏眼前发花，这是由意想而生出的梦境。有的因为吉凶还未显露，鬼神却已经知晓，用征兆显示，用语言暗示，这是由气息而招来的梦境。梦境尽管变化无穷不留痕迹，千姿万态，但大体不外乎这几种。

至于占梦之说，从《周礼》的记载来看，这件事像是祈求福祥，祛除灾难，祭神过程也像是巫觋的行为，研究《周礼》的人十分怀疑这些。然而，这些文字记载也出现在《诗经·小雅》"大人占之"中，确实是古代典籍所记载，尽管不免衍生出许多附会的说法，总之也实有占梦之术。只是男女之爱，骨肉之情，有的人虽然念念不忘，思念的人却终究没有出现在梦中，那是因为意识有时不能造成幻象。突然的祸患，意外的福分，有忽然降临而人却不知晓的情况，那是因为气息有时未必产生感应。况且天下人多得像恒河的沙粒，鬼神为什么只将梦显示给这个人？这个人一生得失，也一定不止一件，鬼神为什么只在梦里显示这件事？况且如果此事不可泄密，何必显示给他呢？既然已经显示给他了，却又用不可知的形象隐喻他，用不可解的语言迷惑他，如《酉阳杂俎》记载有人梦见得棗，解梦者认为"棗"字像两个"来"字重叠。重"来"就是呼叫魂魄归来的迹象，那人果真去世。《朝野佥载》记载崔湜梦见在座下听讲而照镜，解梦者认为座下听讲是"法从上来"的意思；"镜"字，拆开是"金旁竟"。小说记载有关梦的事像这样迂回曲折的，不一而足。这样的话鬼神天天在制造谜语，不是也太劳累了吗？事情重大，以梦来显示，是可以的；然而琐碎小事，也要相告，如《敦煌实录》记载宋补梦见人坐在桶里，用两只手杖拼命夹打他，占梦人说桶中人意为"肉食"，两只手杖指"两只筷子"，宋补果然饱吃了一顿肉。不也太轻慢了吗？

大致说来，占梦的人能解得通的就解，解不通的，可以置而不论。至于《谢小娥传》所记载的那样，在她的梦里，魂既然已经告诉她父亲和哥哥被人劫杀了，自然应该告诉她是申春、申蘭劫杀的，却用"田中走，一日夫"来隐喻申春，以"车中猴，东门草"来隐喻申蘭，让她找了几年才揭开谜底，不又本末倒置吗？这一类是由于记录人想让他的作品神秘而吸引人，不一定实有其事。凡是诸家所占的梦境，都可以这么看，他们所用的方法已经不是周代占梦官的方法了。

何纯斋舍人，何恭惠公之孙也。言恭惠公官浙江海防同知时[①]，尝于肩舆中见有道士跪献一物[②]。似梦非梦，涣然而醒，道士不知所在，物则宛然在手中，乃一墨晶印章也。辨验其文，镌“青宫太保”四字，殊不解其故。后官河南总督，卒于任，官制有河东总督，无河南总督。时公以河南巡抚加总督衔，故当日有是称。特赠太子太保[③]。始悟印章为神预告也。

案，仕路升沉，改移不一，惟身后饰终之典，乃为一生之结局。《定命录》载李迥秀自知当为侍中[④]，而终于兵部尚书[⑤]，身后乃赠侍中。又载张守珪自知当为凉州都督，而终于括州刺史，身后乃赠凉州都督。知神注禄籍，追赠与实授等也。恭惠公官至总督，而神以赠官告，其亦此意矣。

【注释】

①同知：官名。各官衙长官的辅佐，即副长官。

②肩舆：轿子。

③太子太保：隋唐以后仅用于赠官的名号，与太子没有任何关系，从一品，有衔无职，一般作为一种荣誉性的官衔加给重臣近臣。

④侍中：内侍散官。

⑤兵部尚书：兵部，掌管全国武官选用和兵籍、军械、军令、驿站等；长官称“尚书”。

【译文】

中书舍人何纯斋是何恭惠先生的孙子。他说恭惠公担任浙江海防同知时，曾经在轿子里看见一个道士跪着进献一个东西。他似梦非梦，猛然醒来，道士已经不见了，东西却在手里，原来是一方墨色水晶印章。查看印文，上面刻着“青宫太保”四字，实在不能解释是什么缘故。后来他任河南总督，死在任上，官制有河东总督，没有河南总督。当时何公以河南巡抚的身份加上总督的头衔，所以有这个称呼。皇上特赠太子太保衔。人们这才醒悟印章是神的预告。

按，仕途上的沉浮，常常变动，只有身后所加的恩典，才是一生的结局。《定命录》中记载，李迥秀自知应当任侍中，却在升到兵部尚书时去世了，他死后追赠为侍中。又记载张守珪自知应当任凉州都督，却死在括州刺史任上，死后追赠为凉州都督。可知神在安排人的官禄时，是把追赠和实际任命等同看待的。何恭惠公升至总督，而神告诉他追赠的官衔，就是这个意思。

高冠瀛言：有人宅后空屋住一狐，不见其形，而能对面与人语。其家小康，或以为狐所助也。有信其说者，因此人以求交于狐。狐亦与款洽。一日，欲设筵飨狐。狐言老而饕餮。乃多设酒肴以待。比至日暮，有数狐醉倒现形，始知其呼朋引类来也。如是数四，疲于供给，衣物典质一空，乃微露求助意。狐大笑曰："吾惟无钱供酒食，故数就君也。使我多财，我当自醉自饱，何所取而与君友乎？"从此遂绝。此狐可谓无赖矣，然余谓非狐之过也。

【译文】

高冠瀛说：有户人家宅院后面的空屋子里住着个狐精，人们不见狐精的形状，狐精却能面对面与人讲话。这家人经济比较宽裕，人们以为是狐精帮了他们。有人相信这种说法，因此求这家人牵线结交狐精。狐精跟这个人也相处得很友好。一天，这个人打算设筵款待狐精。狐精说自己虽然年老但是特别能吃。这个人就多备了酒菜。一直吃到日暮时分，有几只狐狸醉倒后现了原形，这个人才知道那个狐精招呼了同类一同来赴宴。像这样款待了多次，他已经请不起了，衣物典当一空，不得已，微微向狐精流露了求助之意。狐精大笑道："我正是因为没钱喝酒，才几次到你家赴宴。倘若有钱，我就自己找地方吃个酒足饭饱，我到哪里拿钱给你呢？"从此，他们断绝了交往。这个狐精可以说是个无赖，然而我认为这并不是狐精的错。

卷二十二

滦阳续录四

【题解】

本卷纪昀认真描述了老奴和老尼的事迹，再一次表达了对于那些生活在社会底层、没有接受过教育的善良百姓的敬重，也又一次表达了对于这个人群的一种遗憾之情。这种遗憾之情，在《阅微草堂笔记》的其他篇目里也曾经流露过，比如为了生存而勇敢大胆“越礼”的两个女子，比如为了赡养老人“至孝”而“至淫”的郭六一样的弱女子，比如那个因为痛悔自己顶撞兄长以至于“一踊而绝”的郭三槐，等等，都引发了纪昀深沉的感慨。纪昀希望用温柔敦厚的君子人格，来规范人们的修养，进而调节人际关系，缓和社会矛盾，维护社会秩序。《阅微草堂笔记》以故事加议论的方式表现了孟子在儒学思想上的发展，本卷中再次提到的“质美而未学”，其实就是孟子思想的图解式发挥：人天生就有“恻隐、羞恶、辞让、是非”四种善端的萌芽，经过一番“修身”、“养性”的培养，就可以发展成为仁义礼智“四德”。纪昀以这样的故事，试图唤起官员和文人重视普通百姓的教育和关注，这样的思考，是有着积极意义的。

刘香畹言：有老儒宿于亲串家，俄主人之婿至，无赖子也。彼此气味不相入，皆不愿同住一屋，乃移老儒于别室。其婿睨之而笑[①]，莫喻其故也。室亦雅洁，笔砚书籍皆具。

老儒于灯下写书寄家，忽一女子立灯下，色不甚丽，而风致颇娴雅。老儒知其为鬼，然殊不畏，举手指灯曰："既来此，不可闲立，可剪烛。"女子遽灭其灯，逼而对立。老儒怒，急以手摩砚上墨沈，掴其面而涂之，曰："以此为识，明日寻汝尸，剉而焚之！"鬼"呀"然一声去。次日，以告主人。主人曰："原有婢死于此室，夜每出扰人；故惟白昼与客坐，夜无人宿。昨无地安置君，揣君耆德硕学[2]，鬼必不出。不虞其仍现形也。"乃悟其婿窃笑之故。此鬼多以月下行院中，后家人或有偶遇者，即掩面急走。他日留心伺之，面上仍墨污狼藉。鬼有形无质，不知何以能受色？当仍是有质之物，久成精魅，借婢幻形耳。《酉阳杂俎》曰："郭元振尝山居，中夜，有人面如盘，瞚目出于灯下[3]。元振染翰题其颊曰：'久戍人偏老，长征马不肥。'其物遂灭。后随樵闲步，见巨木上有白耳，大数斗，所题句在焉。"是亦一证也。

【注释】

①睨(nì)：斜着眼看。

②耆德：年高德劭。

③瞚(shùn)：眨眼。

【译文】

刘香畹说：有个老儒生住在亲戚家，不一会儿主人的女婿也来了，这女婿是个无赖。两人合不来，都不愿意同住在一间屋子里，于是主人让老儒搬到另一间屋子去。女婿斜着眼笑，不知什么缘故。这间屋子也还算雅致整洁，笔砚书籍都有。老儒在灯下给家里写信，忽然一个女子站在灯下，不怎么漂亮，但看上去娴静文雅。老儒知道她是鬼，却一点儿也不怕，抬手指着灯说："既然到了这里，就不能闲站着，剪剪灯花吧。"女子一下就把灯弄灭了，逼到老儒对面。老儒发怒，急忙用手抹一把砚台上的墨汁，一掌打在鬼脸上涂抹着说："以这个作为标记，明天找到你的尸体，砍成段烧掉！"鬼"呀"的叫了一声跑了。第二天老儒告诉了主人。主人说："有个婢女死在这间屋子里，夜里总是出来打扰人；所以只是白天在这里招待客人，晚上就没人住了。昨天没有地方安顿你，认为你年长德高，饱读诗书，鬼不敢出来。不料她还是现形出来。"老儒这才醒悟主人女婿偷着笑的原因。这个鬼月下常在院子里来往，后来有人偶然遇见她，她就掩面急急跑开。过了几天留心观察，她脸上仍然墨迹狼藉。鬼有形状没有实质，不知为什么能沾上颜色？这可能是有实质的怪物，时间长成了精魅，借婢女幻形罢了。《酉阳杂俎》中说："郭元振曾住在山里，半夜时，有个脸像盘子那么大的人眨着眼睛出现在灯下。元振濡笔在这个人的脸颊上题写道：'久戍人偏老，长征马不肥。'这个东西一下子就不见了。后来他跟着樵夫在山里散步，看见大树上有个白木耳，有好几个斗那么大，他题的诗句就在木耳上。"这也是一个证据。

乌鲁木齐农家多就水灌田，就田起屋，故不能比间而居[①]。往往有自筑数椽，四无邻舍，如杜工部诗所谓"一家村"者。且人无徭役，地无丈量，纳三十亩之税，即可坐耕数百亩之产。故深岩穷谷，此类尤多。

有吉木萨军士入山行猎，望见一家，门户坚闭，而院中似有十馀马，鞍辔悉具。度必玛哈沁所据[②]，噪而围之。玛哈沁见势众，弃锅帐突围去。众惮其死斗，亦遂不追。入门，见骸骨狼藉，寂无一人，惟隐隐有泣声。寻视，见幼童约十三四，裸体悬窗棂上。解缚问之，曰："玛哈沁四日前来，父兄与斗不胜，即一家并被缚。率一日牵二人至山溪洗濯，曳归，共脔割炙食，男妇七八人并尽矣。今日临行，洗濯我毕，将就食，中一人摇手止之。虽不解额鲁特语，观其指画，似欲支解为数段，各携于马上为粮。幸兵至，弃去，今得更生。”泣絮絮不止。闵其孤苦，引归营中，姑使执杂役。童子因言其家尚有物埋窖中。营弁使导往发掘，则银币衣物甚多。细询童子，乃知其父兄并劫盗。其行劫必于驿路近山处，瞭见一二车孤行，前后十里无援者，突起杀其人，即以车载尸入深山；至车不能通，则合手以巨斧碎之，与尸及襆被并投于绝涧，惟以马驮货去。再至马不能通，则又投羁绁于绝涧，纵马任其所往，其负之由鸟道归，计去行劫处数百里矣。归而窖藏一两年，乃使人伪为商贩，绕道至辟展诸处卖于市，故多年无觉者。而不虞玛哈沁之灭其门也。童子以幼免连坐，后亦牧马坠崖死，遂无遗种。此事余在军幕所经理，以盗已死，遂置无论。由今思之，此盗踪迹诡秘，猝不易缉；乃有玛哈沁来，以报其惨杀之罪。玛哈沁食人无餍，乃留一童子，以明其召祸之由。此中似有神理，非偶然也。盗姓名久忘，惟童子坠崖时，所司牒报记名秋儿云。

【注释】

①闾(lǘ)：古代二十五家为一闾，后指里巷的大门。这里指人聚居处、里巷。

②玛哈沁：蒙语称强盗为玛哈沁。玛哈，蒙古语是“肉”的意思，“玛哈沁”可以直译为“食肉者”。

【译文】

乌鲁木齐的农家大多临近水源垦田浇灌，房屋就盖在自家田边，所以不能与别人比邻而居。往往自己搭起几根椽子就成了，四周没有邻居，像杜甫诗所说的“一家村”。此地的人不服徭役，土地也不经丈量，只要向官府交纳三十亩地的租税，就可以耕种几百亩。在深山里峡谷中，这一类的农户更多。

有驻守吉木萨的军士进山打猎，远远看见一户人家，大门紧闭，院子里却似乎有十几匹马，都配着马鞍和辔头。他们估计此处定被土匪占据，就呐喊着将院子团团围住。土匪见官军人多势众，匆忙丢下锅灶帐篷突围而去。众官军怕土匪狗急跳墙，冒死打斗，也就不再穷追。他们进了院子，只见满地尸骨狼藉，静悄悄的一个人也没有，只是隐隐约约有啜泣声。循声寻找，只见有个十三四岁的男孩，赤条条地挂在窗棂上。他们给男孩松开绑绳询问，男孩说：“土匪四天前闯来，父亲和哥哥打不过他们，全家都被捆了起来。大概是一天牵着两个人到山里溪边洗干净，再拉回来，割肉烤着吃，全家男女七八口都被吃了。今天他们临走，把我洗了洗，正要吃，其中一人摆着手制止了。我虽然听不懂额鲁特语，看他的手势，像是说要把我分成几段，各自带在马上当干粮。幸亏官军来到，他们才丢下了我跑了，我又活了一回。”男孩一边哭一边絮絮叨叨说个不停。军士们可怜他孤苦伶丁，就把他带回营地，暂且干些杂活儿。男孩告诉众人，说他家的地窖里埋着不少东西。军士们让他带路去挖，挖出了许多钱币和衣物。众人细问男孩，才知道他的父亲和哥哥都是劫盗。他们抢劫时先躲在驿路边的山石后面，看到一两辆车单独赶路，前后十里没有救应，就突然冲出来杀死车上的人，把尸体装进车里推着走进深山；一直到车子再也没法走，就一起用大斧将车子劈碎，连同尸体、行李一道抛进山涧，只将货物用马驮走。走到马匹也无法通行时，就把马鞍卸下来抛进山涧，放走马，随便它往哪里去，然后人背着货物从险峻的小路回来。这样算下来，离开行劫的地方已经有几百里了。回来后将财物放进地窖藏个一两年，再派人伪装成商贩，绕道到辟展等地在集市上卖掉，所以多年来从未被人发觉。而没料到这次被土匪灭了门。男孩因为年幼被官府免去连坐之罪，后来他在放马时跌下山崖死了，这一家从此绝了种。这件事是我在乌鲁木齐军幕中亲身经历的，因为盗贼已死，就搁置一边不再追究了。今天想起来，这家盗贼行迹诡秘，短时间里不易缉拿；不料来了土匪，也算是惩治了他们的残杀之罪。土匪吃人肉没个够，却留下了一个孩子，让他把自己家遭祸事的缘由向世间披露。这中间似有神理，并非偶然。这家盗贼的姓名，我早已忘记了，只有男孩坠崖时，官府上报的公文中记录了他的名字叫秋儿。

佃户刘破车妇云：尝一日早起乘凉扫院，见屋后草棚中有二人裸卧。惊呼其夫来，则邻人之女与其月作人也，并僵卧，似已死。俄邻人亦至，心知其故，而不知何以至此。以姜汤灌苏，不能自讳，云："久相约，而逼仄无隙地[①]。乘雨后墙缺，天又阴晦，知破车草棚无人，遂藉草私会。倦而憩，尚相恋未起。忽云破月来，皎然如昼。回顾棚中，坐有七八鬼，指点揶揄。遂惊怖失魂，至今始醒。"众以为奇。破车妇云："我家故无鬼，是鬼欲观戏剧，随之而来。"先从兄懋园曰："何处无鬼？何处无鬼观戏剧？但人有见有不见耳。此事不奇也。"

因忆福建囦关公馆[②]，俗谓之水口。大学士杨公督浙闽时所重建。值余出巡，语余曰："公至水口公馆，夜有所见，慎勿怖，不为害也。余尝宿是地，已下键睡。因天暑，移床近窗，隔纱幌视天晴阴。时虽月黑，而檐挂六灯尚未烬。见院中黑影，略似人形，在阶前或坐或卧，或行或立，而寂然无一声。夜半再视之，仍在。至鸡鸣，乃渐渐缩入地。试问驿吏，均不知也。”余曰：“公为使相，当有鬼神为阴从。余焉有是？”公曰：“不然。仙霞关内，此地为水陆要冲，用兵者所必争。明季唐王，国初郑氏、耿氏，战斗杀伤，不知其几。此其沉沦之魄，乘室宇空虚而窃据；有大官来，则避而出耳。”此亦足证无处无鬼之说。

【注释】

①逼仄（zè）：狭窄。

②囦：音 yuān。

【译文】

佃户刘破车的妻子说：有一天清晨乘着早凉扫院子，看见屋后草棚里有两个人赤裸着躺在那里。她惊呼叫来了丈夫，认出是邻居的女儿和打短工的，二人直僵僵并排躺着，好像死了。不一会儿邻居也来了，心里明白女儿的事，只是不知道怎么会躺卧在这里。大家用姜汤把二人灌醒，这两个人不能再隐瞒私情，说：“很久以前就相约幽会，只是地方太小没有合适的地方。趁着雨后墙塌了一块，天色又阴暗，知道刘破车家草棚里没有人，就垫着乱草幽会。累了就躺着休息，还恋恋不舍着没有起来。忽然云开月出，亮得如同白天。回头看草棚里，却坐着七八个鬼，在指点着嘲笑。于是惊吓得昏了过去，如今才醒来。”大家觉得这事很离奇。刘破车的妻子说：“我家一直没有鬼，鬼是为了看两个人做戏，跟过来的。”先堂兄懋园说：“哪里没有鬼？哪里没有鬼在看人做戏？只不过人有时能看见有时看不见罢了。这事没什么奇怪的。”

我因为这件事想起福建的囦关公馆，当地人称它为“水口”。这个馆是大学士杨廷璋公任浙闽总督时重建的。有一次我出巡，杨公对我说：“你到了水口公馆，夜里见到什么不要害怕，不害人的。我出巡时曾经住在这个公馆里，夜里已经插上门躺下。因为天热，就把床移到窗下，隔着纱窗察看天晴天阴。当时虽然没有月亮，但是屋檐下挂的六个灯笼还没有熄。只见院里有黑影，有点儿像是人形，在台阶前有的坐着有的躺着，有的站着有的在踱步，却静悄悄的没有一点儿声音。半夜里再看，黑影还在。一直到鸡叫时，黑影才渐渐缩进地下。问驿吏，都不知有这种事。”我对杨公说：“您是总督兼大学士，应当有鬼神在暗中护从，我哪里会有呢？”杨公说：“不是这样。仙霞关以内，这儿是水陆要冲，是兵家必争之地。明代唐王以及本朝之初的郑氏、耿氏，都曾经在这里战斗厮杀，死人不计其数。这是沉滞在此地的魂灵，趁屋子空着无人居住就来占据了；有大官来，就都避了出去。”这也足以证明无处没有鬼的说法了。

老仆施祥尝曰：“天下惟鬼最痴。鬼据之室，人多不住，偶然有客来宿，不过暂居耳，暂让之何害？而必出扰之。遇禄命重、血气刚者，多自败；甚或符箓劾治，更蹈不测。即不然，而人既不居，屋必不葺，久而自圮，汝又何归耶？”老仆刘文斗曰：“此语诚有理，然谁能传与鬼知？汝毋乃更痴于鬼！”姚安公闻之，曰：“刘文斗正患不痴耳。”

祥小字举儿，与姚安公同庚，八岁即为公伴读。数年，始能暗诵《千字文》；开卷乃不识一字。然天性忠直，视主人之事如己事，虽嫌怨不避。尔时家中外倚祥，内倚廖媪，故百事皆井井。雍正甲寅[①]，余年十一，元夜偶买玩物。祥启张太夫人曰：“四官今日游灯市，买杂物若干。钱固不足惜，先生明日即开馆，不知顾戏弄耶？顾读书耶？”太夫人首肯曰：“汝言是。”即收而键诸箧。此虽细事，实言人所难言也。

今眼中遂无此人，徘徊四顾，远想慨然。

【注释】

①雍正甲寅：雍正十二年(1734)。

【译文】

老仆人施祥曾经说：“天下只有鬼最痴。鬼占据的房间，人大多不去住，偶尔有客人来住，不过是临时居住而已，暂时让出来又有什么害处？但鬼一定要出来扰乱客人。遇到禄命旺盛、血气刚强的人，鬼就大多败露坏了自己的事；甚至遭到符箓的劾治，更是在劫难逃。即使不这样，人既然不来居住，房屋一定不再修整，时间一长就坍塌了，鬼又住到哪里去呢？”老仆人刘文斗说：“这话确实很有道理，但是谁能把这话转告给鬼呢？你岂不是比鬼更痴！”姚安公听到这话，说：“刘文斗的毛病就在于不痴。”

施祥，小字举儿，与姚安公同年出生，八岁就成为姚安公的伴读。几年后，他才能默诵《千字文》；而打开书本，他还是一个字都不识。但是，他秉性忠直，把主人的事当作自己的事看待，即使遭到怨恨也不退避。当时，家中事务对外依靠施祥，对内依靠廖老太太，所以每件事都井井有条。雍正甲寅年，我十一岁，元宵夜偶尔买了玩具。施祥启禀张太夫人说：“四官人今天游玩灯市时，买了几件杂物。这点儿钱财本来不足惜，只是先生明天就开馆上课，不知四官人是顾得游戏呢，还是顾得读书呢？”太夫人赞同说：“你说得有道理。”就收去玩具锁在箱子里。这虽然是件小事，他却实在是说了别人不好开口的话。现在，我眼前已经没有这个人了，徘徊四顾，遥想过去，感慨万分。

先兄晴湖第四子汝来，幼韶秀，余最爱之，亦颇知读书。娶妇生子后，忽患颠狂。如无人料理，即发不薙[①]，面不盥[②]；

夏或衣絮,冬或衣葛,不自知也。然亦无疾病,似寒暑不侵者。呼之食即食,不呼之食亦不索。或自取市中饼饵,呼儿童共食,不问其价,所残剩亦不顾惜。或一两日觅之不得,忽自归。一日,遍索无迹,或云村外柳林内,似仿佛有人。趋视,已端坐僵矣。其为迷惑而死,未可知也。其或自有所得,托以混迹,缘尽而化去,亦未可知也。忆余从福建归里时,见余犹跪拜如礼,拜讫,卒然曰:"叔大辛苦。"余曰:"是无奈何。"又卒然曰:"叔不觉辛苦耶?"默默退去。后思其言,似若有意,故至今终莫能测之。

【注释】

①薙(tì):同"剃",用刀刮去毛发。

②盥(guàn):洗。

【译文】

我已故兄长晴湖的第四个儿子汝来,小时候聪明伶俐,我最喜欢他,他也很懂得读书。他娶妻生子后,忽然得了癫狂病。如果没人管他,就头发也不理,脸也不洗;夏天可能穿着棉衣,冬天可能穿着单衣,他自己也不知道冷热。不过也没有别的疾病,好像寒暑不侵一样。叫他吃饭就吃,不叫他吃饭他也不要。有时到集市上自己拿饼吃,还叫儿童们一起吃,也不问价钱,剩下的也不顾惜。有时一两天找不到他,忽然又自己回来了。有一天,到处找不到他,有人说村外柳树林里好像有人。跑去一看,他已经端坐着僵硬了。或许他是内心迷乱而死,也不可知。或许他是内心已经得道,以混迹人间为假托,缘分尽了就坐化而去,这也无从知晓了。记得我从福建回到老家时,看见我还是按礼节跪拜,拜完突然说:"叔叔太辛苦了。"我说:"这是没办法。"他又突然说:"叔叔不觉得辛苦么?"然后默默地退下去了。后来想起他的话似乎含有深意，所以至今终究不能推测他的死因。

姚安公言：庐江孙起山先生谒选时，贫无资斧，沿途雇驴而行，北方所谓短盘也。一日，至河间南门外，雇驴未得。大雨骤来，避民家屋檐下，主人见之，怒曰："造屋时汝未出钱，筑地时汝未出力，何无故坐此？"推之立雨中。时河间犹未改题缺[1]，起山入都，不数月竟掣得是县。赴任时，此人识之，惶愧自悔，谋卖屋移家。起山闻之，召来笑而语之曰："吾何至与汝辈较。今既经此，后无复然，亦忠厚养福之道也。"因举一事曰："吾乡有爱莳花者[2]，一夜偶起，见数女子立花下，皆非素识。知为狐魅，遽掷以块，曰：'妖物何得偷看花！'一女子笑而答曰：'君自昼赏，我自夜游，于君何碍？夜夜来此，花不损一茎一叶，于花又何碍？遽见声色，何鄙吝至此耶？吾非不能揉碎君花，恐人谓我辈所见，亦与君等，故不为耳。'飘然共去。后亦无他。狐尚不与此辈较，我乃不及狐耶？"

后此人终不自安，移家莫知所往。起山叹曰："小人之心，竟谓天下皆小人。"

【注释】

①题缺：奏请任命出缺官职。

②莳(shì)：栽种。

【译文】

姚安公说：庐江人孙起山先生进京城候选时，因为缺少旅费，沿途只能雇毛驴驮东西，北方人称之为"短盘"。一天，他走到河间县城南门外，没有雇到毛驴。突然下起大雨，他就到一户人家的房檐下避雨，那家主人见到他，发怒说："盖房时你没有出过钱，筑地基时你也没出过力，为什么无缘无故坐在这里？"把他推到雨地里站着。当时，河间县令正属空缺，孙起山到京城，没几个月，就得到了这个职位。赴任时，房主人认出了新县令，惶恐后悔，筹划着卖房子搬家。孙起山听说了，将他召来笑着说："我怎么至于跟你们计较？现在你经历过这样的事，以后不要再那样了，这也是忠厚养福之道。"还举了个例子说："我的老家有个人喜欢培植花木，一天夜里，他偶然起身到院子里，发现有几个女子站在花下，一个也不认识。他明白是遇上了狐精，急忙拣起土块砸过去，怒斥道：'妖精怎么竟敢来偷看我的花！'一个女子笑着答道：'先生自己白天赏花，我们夜间游玩，对您有何妨碍？我们夜夜来此，花并不因此损伤一茎一叶，对花又有何妨碍？瞧您那种声色俱厉的样子，怎么吝啬到如此地步？我们并非不能揉碎你的花，只是怕外人耻笑我们跟您一般见识，所以才不干这种事。'众女子飘然而去。后来也没发生什么意外。狐精尚且不与这种人计较，我难道还不如狐辈吗？"

后来，房主人终究还是心中不安，不知搬到哪里去了。孙起山叹道："真是小人之见，居然把天下人都看成小人。"

太原申铁蟾，好以香奁艳体寓不遇之感。尝谒某公未见，戏为无题诗曰："垩粉围墙罨画楼[①]，隔窗闻拨钿箜篌[②]。分去声。无信使通青鸟，枉遣游人驻紫骝[③]。月姊定应随顾兔[④]，星娥可止待牵牛[⑤]？垂杨疏处雕栊近，只恨珠帘不上钩。"殊有玉溪生风致。王近光曰："似不应疑及织女，诬蔑仙灵。"余曰："已矣哉，'织女别黄姑[⑥]，一年一度一相见，彼此隔河何事无？'元微之诗也[⑦]。'海客乘槎上紫氛，星娥罢织一相闻。只应不惮牵牛妒，故把支机石赠君[⑧]。'李义山诗也。微之之意，在于双文[9]；义山之意，在于令狐[10]。文士掉弄笔墨，借为比喻，初与织女无涉。铁蟾此语，亦犹元、李之志云尔，未为诬蔑仙灵也。至于纯构虚词，宛如实事；指其时地，撰以姓名，《灵怪集》所载郭翰遇织女事，《灵怪集》今佚。此条见《太平广记》六十八。则悖妄之甚矣。夫词人引用，渔猎百家，原不能一一核实；然过于诬罔，亦不可不知。盖自庄、列寓言，借以抒意，战国诸子，杂说弥多，谶纬稗官，递相祖述，遂有肆无忌惮之时。如李冗《独异志》诬伏羲兄妹为夫妇[11]，已属丧心；张华《博物志》更诬及尼山[12]，尤为狂吠。按，张华不应悖妄至此，殆后人依托。如是者不一而足。今尚流传，可为痛恨。又有依傍史文，穿凿锻炼。如《汉书·贾谊传》有太守吴公'爱幸之'之语，《骈语雕龙》此书明人所撰[13]，陈枚刻之，不著作者姓名。遂列长沙于娈童类中。注曰：'大儒为龙阳。'《史记·高帝本纪》称母媪在大泽中，太公往视，见有蛟龙其上。晁以道诗遂有'杀翁分我一杯羹，龙种由来事杳冥'句，以高帝乃龙交所生，非太公子。《左传》有成风私事季友、敬嬴私事襄仲之文[14]。私事云者，密相交结，以谋立其子而已。后儒拘泥'私'字，虽朱子亦有'却是大恶'之言。如是者亦不一而足。学者当考校真妄，均不可炫博矜奇，遽执为谈柄也。"

【注释】

①垩粉：石灰粉，白粉。罨（yǎn）：覆盖，掩盖。

②钿箜篌（kōng hóu）：镶嵌非常精美的箜篌。箜篌，古老的弹拨乐器。

③紫骝(liú):古骏马名。

④月姊:指传说中的月中仙子、月宫嫦娥。顾兔:亦作“顾菟”,古代神话传说月中阴精积成兔形,后因以为月的别名。

⑤星娥:神话传说中的织女。

⑥黄姑:牵牛星。

⑦元微之:元稹(779—831),字微之。早年和白居易共同提倡“新乐府”,世人常把他和白居易并称“元白”。

⑧支机石:传说为天上织女用以支撑织布机的石头。亦以借指织机。

⑨双文:指传奇小说人物崔莺莺。

⑩令狐:唐宣宗时宰相令狐绹(táo)。

⑪李亢(yín)《独异志》:李亢,唐代人。《独异志》,志怪小说集,原本十卷已散佚,传世明抄本与《稗海》本均为三卷。

⑫《博物志》:志怪小说集,西晋张华撰。分类记载导境奇物、古代琐事及神仙方术等,其内容较为庞杂。

⑬《骈语雕龙》:类书。作者游日章,明代嘉靖进士,曾任廉州知府。

⑭成风私事季友:《左传·闵公二年》:“成风闻成季之繇,乃事之,而属僖公焉,故成季立之。”成风,鲁庄公之妾。季友,鲁庄公的弟弟。成风私通季友。敬嬴私事襄仲之文:《左传·文公十八年》:“文公二妃,敬嬴生宣公。敬嬴嬖,而私事襄仲。”敬嬴,鲁文公的次妃。襄仲,鲁庄公之子,因家住曲阜东门而立东门氏,故称“东门襄仲”,亦称“公子遂”,鲁文公在位期间,与文公宠姬敬嬴关系密切。公元前609年,鲁文公崩逝,东门襄仲杀死哀姜所生的公子恶与公子视,强行扶立庶公子倭为鲁侯,是为鲁宣公。

【译文】

太原人申铁蟾喜欢用歌咏妇女的香奁艳体诗寄托怀才不遇的感慨。他求见某公没能见到,就戏作了一首无题诗道:“垩粉围墙罨画楼,隔窗闻拨钿箜篌。分无声。无信使通青鸟，枉遣游人驻紫骝。月姊定应随顾兔，星娥可止待牵牛？垂杨疏处雕栊近，只恨珠帘不上钩。"这诗很有李商隐的风致。王近光说："好像不该牵扯到织女，诬蔑神灵。"我说："算了吧，'织女别黄姑，一年一度一相见，彼此隔河何事无？'这是元稹的诗。'海客乘槎上紫氛，星娥罢织一相闻。只应不惮牵牛妒，故把支机石赠君。'这是李商隐的诗。元稹的寓意在于崔莺莺，李商隐的寓意在于令狐绹。文人们舞文弄墨，借题发挥，其实与织女无关。申铁蟾的诗，也和元、李二人的诗差不多，不能说是诬蔑神灵。至于纯属虚构，却像真事一样；指出时间地点，冠以姓名，像《灵怪集》中所载的郭翰遇见织女的事，《灵怪集》现佚。这一条见于《太平广记》六十八。就大错特错了。词人引用典故，涉猎许多人的文章书籍，不能一一加以核对；但是过于荒诞的内容，也不能不知道。自从庄子、列子用寓言阐述自己的主张之后，战国时期的诸子杂说更多，后来的谶纬及小说家又相互继承，到了肆无忌惮的地步。比如李冗的《独异志》诬蔑伏羲兄妹俩是夫妻，已属丧失了理智；张华的《博物志》诬及孔子，更加是野狗狂吠。按，张华不应如此荒谬，大概是后人依托。这样的例子不胜枚举。如今这些胡说八道的东西还在流传，实在叫人痛恨。还有的人根据史料，穿凿附会。比如《汉书·贾谊传》中有太守吴公'爱幸之'的话，《骈语雕龙》此书为明代人所撰写，陈枚刻印，未署作者姓名。一书便把贾谊归入到娈童之中。还加注释说：'大儒当了男色。'《史记·高帝本纪》中说刘邦的母亲在大泽中，刘邦的父亲走过去观看，见到有一条蛟龙在她的上面。后来晁以道便有'杀翁分我一杯羹，龙种由来事杳冥'的诗句，认为刘邦是他母亲与龙交合生出来的，不是刘太公的儿子。《左传》中有成风私事季友、敬嬴私事襄仲的记载。所谓'私事'，就是私密结交往来，为的是谋求自己的儿子接替王位。后代的儒者只拘泥于'私'字，连朱熹也有'这确实是大恶'的话。这样的例子也有很多。作为学者，应当考察核查古代记载的真伪，却不可为了炫耀渊博与新奇，不加辨别就把它当作谈论的资料。"

从叔梅庵公言：族中有二少年，此余小时闻公所说，忘其字号；大概是伯叔行也。闻某墓中有狐迹，夜携铳往，共伏草中伺之，以背相倚而睡。醒则二人之发交结为一，贯穿缭绕，猝不可解；互相牵掣，不能行，亦不能立；稍稍转动，即彼此呼痛。胶扰彻晓，望见行路者，始呼至，断以佩刀，狼狈而返。愤欲往报，父老曰："彼无形声，非力所胜；且无故而侵彼，理亦不直。侮实自召，又何仇焉？仇必败滋甚。"二人乃止。此狐小虐之使警，不深创之以激其必报，亦可谓善自全矣。然小虐亦足以激怒，不如敛戢勿动，使伺之无迹弥善也。

【译文】

堂叔梅庵公说：我们家族中有两个年轻人，这是我年幼时听堂叔说的，已忘了他们的字号；大概也是伯叔一辈的人。听说某个坟墓有狐狸的足迹，夜里携带着鸟枪前往，一道伏在草丛里等着，结果背靠背睡着了。醒来，却发现两人的头发缠在一起，绕成了一团，一时间解不开来；两人互相牵扯着，不能行走，也不能站立；稍微移动一下，就彼此喊痛。就这样两人连结着吵吵闹闹到天亮，望见路上行人，才喊过来，用佩刀割断头发，狼狈地回家。他们愤怒地想去报复狐狸，父亲兄长们说："它们没有露出形状和声音，不是人力所能战胜的；况且人无故去侵扰它们，道理上也说不过去。你们的侮辱实际上是自己招来的，又有什么仇恨可言呢？报仇必定失败得更为惨重。"二人方才作罢。这是狐狸稍稍戏弄他们使他们警悟，而不严重伤害他们，没有激怒他们必定来复仇，也可谓善于自我保全了。然而，稍稍戏弄也能激起怒火，不如深藏不露，让他们找不到一丝踪影更是上策。

太和门丹墀下有石匮[1]，莫知何名，亦莫知所贮何物。德昚斋前辈昚斋名德保[2]，与定圃前辈同名。乾隆壬戌进士[3]，官至翰林院侍读。故当时以大德保、小德保别之云。云：图裕斋之先德，昔督理殿工时，曾开视之。以问裕斋，曰：“信然。其中皆黄色细屑，仅半匮不能满，凝结如土坯。谛审似是米谷岁久所化也。”

余谓丹墀左之石阙[4]，既贮嘉种，则此为五谷，于理较近。且大驾卤部中[5]，象背宝瓶，亦贮五谷。盖稼穑维宝，古训相传；八政首食[6]，见于《洪范》[7]。定制之意，诚渊乎远矣。

【注释】

①丹墀（chí）：宫殿前红色的台阶。石匮（guì）：石柜，石匣。匮，同“柜”。

②昚：音 shèn。

③乾隆壬戌：乾隆七年（1742）。

④石阙：门前两边的石楼。

⑤卤部：即卤簿，古代帝王出外时扈从的仪仗队。

⑥八政：说法不一，主要指古代国家施政的八个方面，分别是食、货、祀、司空、司徒、司寇、宾、师。首食：第一首要的是粮食。

⑦《洪范》：《尚书》的篇名。旧传为箕子向周武王陈述的天地之大法。

【译文】

太和门的台阶下有个石匣，不知叫什么名，也不知里面装着什么东西。德昚斋先生昚斋名德保，与定圃前辈同名。乾隆壬戌年进士，官至翰林院侍读。所以当时用大德保与小德保来区别他们。说：图裕斋的先父曾经负责管理修葺工程，曾经打开看过。我问图裕斋这件事，他说：“确实是这样。

里面都是黄色的细末，只有半匣没有装满，凝结在一起像土坯。仔细看好像是粮食放得年岁长了成这样的。”

我认为台阶左边的石阙既然是贮放良种的地方，那么这个石匣里装的是粮食，比较合理。况且在圣驾的仪仗中，象背宝瓶里也装着五谷。大约稼穑最珍贵，古训就这么代代相传；周代八种政事中，“食”放在首位，这些见于《尚书·洪范》。规定制度的原意，考虑得确实很深远。

宣武门子城内，如培塿者五①，砌之以砖，土人云五火神墓。明成祖北征时，用火仁、火义、火礼、火智、火信制飞炮，破元兵于乱柴沟。后以其术太精，恐或为变，杀而葬于是。立五竿于丽谯侧②，岁时祭之，使鬼有所归，不为厉焉。后成祖转生为庄烈帝③，五人转生李自成、张献忠诸贼，乃复仇也。此齐东之语，非惟正史无此文，即明一代稗官小说，充栋汗牛，亦从未言及斯人斯事也。戊子秋④，余见汉军步校董某，言闻之京营旧卒云：“此水平也。京城地势，惟宣武门最低，衢巷之水，遇雨皆汇于子城。每夜雨太骤，守卒即起，视此培塿，水将及顶，则呼开门以泄之；没顶则门扉为水所壅，不能启矣。今日久渐忘，故或有时阻碍也。其城上五竿，则与白塔信炮相表里。设闻信炮，则昼悬旗、夜悬灯耳。与五火神何与哉！”此言似乎近理，当有所受之。

【注释】

①培塿(pǒu lǒu)：小土丘。

②丽谯(qiáo)：华丽的高楼。这里指城门。

③庄烈帝：明思宗朱由检（1611—1644），1627—1644 年在位，年号崇祯，清朝上谥号守道敬俭宽文襄武体仁致孝庄烈愍皇帝。

④戊子：乾隆三十三年（1768）。

【译文】

北京宣武门子城内，有五个小土丘，外面砌了一层砖围着，当地人说是五火神墓。相传明成祖朱棣北征时，起用火仁、火义、火礼、火智、火信兄弟五人制造飞炮，用这种飞炮在乱柴沟大破元兵。后来，明成祖因为五兄弟造炮技术太精，担心他们作乱，就杀了他们葬在这里。在城门楼边上立了五根竹竿，每年按时祭祀，让他们的鬼魂有所归依，不会成为厉鬼出来作祟。后来，明成祖死后转生为崇祯皇帝，火家五兄弟则转生为李自成、张献忠等流贼，是为了复仇。这是无稽之谈，不但正史上没有这样的文字记载，即便是明代多如充栋汗牛的杂记小说，也从未提及其人其事。戊子年秋，我见到汉军步兵校尉董某，他说曾经听京城军营里的老兵讲："那五个土堆是京城的水位标志。京城的地势，只有宣武门最低，下雨时街巷的积水与雨水汇集流到宣武门一带。每当夜间雨下得太急时，守城吏卒就起床看五个土堆，如果积水将要没过土堆，就大呼开门放水；如果积水没过了土堆，城门就会被水堵住，无法打开了。如今，人们早已忘记了那五个土堆的作用，致使水流不能及时排出，酿成水患。至于城门楼上的五根竹竿，是与白塔旁的信炮配合使用的。如果听到信炮轰响，那么白天就在竹竿上挂旗子，夜间就挂灯笼。这与五火神有什么关系呢！"这话似乎接近事实，可以接受。

科场拨卷，受拨者意多不惬，此亦人情。然亦视其卷何如耳。壬午顺天乡试①，余充同考官②，时阅卷尚不回避本省。得一合字卷，文甚工而诗不佳。因甫改试诗之制，可以恕论，遂呈荐主考梁文庄公。已取中矣，临填草榜，梁公病其

“何不改乎此度”句侵下文“改”字题为“始吾于人也”四句。驳落。别拨一合字备卷与余。先视其诗，第六联曰：“素娥寒对影，顾兔夜眠香。”题为《月中桂》。已喜其秀逸。及观其第七联曰：“倚树思吴质，吟诗忆许棠。”遂跃然曰：“吴刚字质，故李贺《李凭箜篌引》曰：‘吴质不眠倚桂树，露脚斜飞湿寒兔。’此诗选本皆不录，非曾见《昌谷集》者不知也[③]。华州试《月中桂》诗，举许棠为第一人。棠诗今不传，非曾见王定保《摭言》、计敏夫《唐诗纪事》者不知也[④]。中彼卷之‘开花临上界，持斧有仙郎’，何如中此诗乎！微公拨入，亦自愿易之。”即朱子颖也。

放榜后，时已九月，贫无絮衣。蒋心馀素与唱和，借衣与之，乃来见，以所作诗为贽。余丙子扈从时[⑤]，古北口车马壅塞，就旅舍小憩。见壁上一诗，剥残过半，惟三四句可辨。最爱其“一水涨喧人语外，万山青到马蹄前”二语，以为“云中路绕巴山色，树里河流汉水声”不是过也，惜不得姓名。及展其卷，此诗在焉。乃知针芥契合，已在六七年前，相与叹息者久之。子颖待余最尽礼，殁后，其二子承父之志；见余尚依依有情。翰墨因缘，良非偶尔，何尝以拨房为亲疏哉？余《严江舟中诗》曰：“山色空濛淡似烟，参差绿到大江边。斜阳流水推篷坐，处处随人欲上船。”实从“万山”句夺胎。尝以语子颖曰：“人言青出蓝，今日乃蓝出于青。”子颖虽逊谢，意似默可。此亦诗坛之佳话，并附录于此。

【注释】

①壬午：乾隆二十七年(1762)。

②同考官：明清乡试、会试中协同主考或总裁阅卷之官。因在闱中各居一房，又称“房考官”，简称“房官”。试卷分发各房官先阅，加批荐给主考或总裁。

③《昌谷集》：唐代李贺的诗集。李贺家住昌谷（今河南宜阳县西），故称“李昌谷”。

④“王定保”句：王定保（870—940），唐昭宗光化三年（900）进士及第，905年入仕南汉，著《唐摭（zhí）言》十五卷。《唐摭言》，笔记小说信，前三卷汇录科举掌故，后十二卷按类记叙科举士人言行。计敏夫，名有功，字敏夫，约北宋末年前后在世。撰《唐诗纪事》。《唐诗纪事》共八十一卷，收录唐代三百年间上千馀位诗人的作品或生平事迹。

⑤丙子：乾隆二十一年（1756）。

【译文】

科场中拨卷复查，拿到被拨卷的考官心里大多不痛快，这也是人之常情。但是否得中，还要看答卷的水平怎样。乾隆壬午年顺天乡试，我任同考官，当时阅卷还不回避本省的考生。阅到一张合字号舍的卷子，此卷的文章很有功底，但是诗写得不怎么样。因为考试制度刚刚改试作诗，我觉得诗作差些还可以谅解，就呈给了主考官梁文庄先生。已经决定录取了，但在填写草榜时，梁公认为此卷中“为什么不改这种制度”一句，和下文的“改”字相矛盾题为“始吾于人也”四字。这份卷子就落榜了。另外拨来一份合字号房的卷子给我。先看考生的诗，第六联：“素娥寒对影，顾兔夜眠香。”题为《月中桂》。我已喜欢上了诗的秀逸。又看第七联写道：“倚树思吴质，吟诗忆许棠。”我不禁眉飞色舞说：“吴刚的字是质，所以李贺在《李凭箜篌引》中说：‘吴质不眠倚桂树，露脚斜飞湿寒兔。’这首诗在各选本中都没有收录，没有读过《昌谷集》的人不知有这首诗。唐代华州乡试以《月中桂》为题作诗，许棠得了第一名。许棠的诗没有流传下来，如果没有读过王定保的《摭言》、计敏夫的《唐诗纪事》，就不知道这件事。取中那份卷子上的'开花临上界,持斧有仙郎'诗句,怎么比得上取中这首诗!如果没有你调来这份试卷,我也愿意换成它。"这份卷子的考生就是朱子颖。

放榜之后,已是九月了,朱子颖穷得连棉衣也没有。蒋心馀常和他以诗唱和,借了衣服给他穿,他这才能来见我,将自己写的诗当作献礼。我在乾隆丙子年扈从皇上到古北口时,路上车马拥挤,就到旅舍休息。只见墙上有一首诗,已剥落大半,只有三四句尚可辨认。我最喜欢其中"一水涨喧人语外,万山青到马蹄前"两句,认为"云中路绕巴山色,树里河流汉水声"两句也不过如此,只是可惜不知是谁写的。打开朱子颖的诗卷,这首诗就在其中。由此才知彼此在六七年前就已经性情投合了,大家在一起叹息了好久。朱子颖对我极为尊敬,他去世后,两个儿子秉承父志,见了我仍有依依不舍之情。说起来,笔墨因缘实在不是偶然的,怎么能以拨房来定亲与疏的关系呢?我的《严江舟中诗》写道:"山色空濛淡似烟,参差绿到大江边。斜阳流水推篷坐,处处随人欲上船。"实际上是从"万山"一句脱胎而来的。我曾经对朱子颖说:"人们说青出于蓝,现在却是蓝出于青。"朱子颖尽管谦让,他的意思似乎是默认了。这也是诗坛佳话,一并附录在这里。

先师介野园先生,官礼部侍郎。扈从南巡,卒于路。卒前一夕,有星陨于舟前。卒后,京师尚未知,施夫人梦公乘马至门前,骑从甚都,然伫立不肯入。但遣人传语曰:"家中好自料理,吾去矣。"匆匆竟过。梦中以为时方扈从,疑或有急差遣,故不暇入。觉后,乃惊怛①。比凶问至,即公卒之夜也。公屡掌文柄,凡四主会试,四主乡试,其他杂试殆不可缕数。尝有恩荣宴诗曰②:"鹦鹉新班宴御园,按,"鹦鹉新班"不知出典,当时拟问公,竟因循忘之。摧颓老鹤也乘轩。龙津桥上黄金榜,四见门生作状元。"丁丑年作也③。于文襄公亦赠以联曰:“天下文章同轨辙,门墙桃李半公卿。”可谓儒者之至荣。然日者推公之命云:“终于一品武阶,他日或以将军出镇耶!”公笑曰:“信如君言,则将军不好武矣。”及公卒,圣心悼惜,特赠都统。盖公虽官礼曹,而兼摄副都统。其扈从也,以副都统班行,故即武秩进一阶。日者之术,亦可云有验矣。

【注释】

①怛(dá):忧伤,悲苦。

②恩荣宴:元明清三代,科举制度规定为新进士举行的宴会。

③丁丑:乾隆二十二年(1757)。

【译文】

先师介野园先生任礼部侍郎。扈从皇上南巡时,在路上去世。他去世前的一天晚上,有一颗陨星坠落在船前。去世后,京城还不知道消息,施夫人梦见他骑马到门前,随从很多,可是他勒住马不肯进门。只是派人传话说:“家中好自料理,我走了。”然后匆匆走了。施夫人在梦里认为他正扈从皇上,有急事去处理,没有时间进家门。醒来后才有所担忧。等到凶信报来,才知道就是那天夜里去世的。先生掌握科考大权,曾经四次主持会试,四次主持乡试,主持其他杂试的次数不胜枚举。他曾写过一首《恩荣宴诗》道:“鹦鹉新班宴御园,按,“鹦鹉新班”不知出自什么典籍,当时打算请教先生,居然拖延以致忘记了。摧颓老鹤也乘轩。龙津桥上黄金榜,四见门生作状元。”这首诗作于丁丑年。于文襄公也赠了一联道:“天下文章同轨辙,门墙桃李半公卿。”可以说是对文人的最高称誉了。但是算命人推算先生的命运,说:“先生这一生能升到一品武官,以后也可能以将军的身份去镇守一方呢!”先生笑道:“如果确实像你说的那样,那么我这个将军就是不好武的将军了。”他去世后,皇上内心怜惜，特别赠给他都统之衔。先生虽在礼部任职，却兼任副都统一职。他扈从皇上就是用副都统的名义随行的，所以皇上就从武官的品位晋升一级。算命之术，也可以说很灵验了。

乩仙多伪托古人，然亦时有小验。温铁山前辈名温敏，乙丑进士[①]，官至盛京侍郎。尝遇扶乩者，问寿几何。乩判曰："甲子年华有二秋。"以为当六十二。后二年卒，乃知二秋为二年。盖灵鬼时亦能前知也。又闻山东巡抚国公，扶乩问寿。乩判曰："不知。"问："仙人岂有所不知？"判曰："他人可知，公则不可知。修短有数，常人尽其所禀而已。若封疆重镇，操生杀予夺之权，一政善，则千百万人受其福，寿可以增；一政不善，则千百万人受其祸，寿亦可以减。此即司命之神不能预为注定，何况于吾？岂不闻苏颋误杀二人[②]，减二年寿；娄师德亦误杀二人[③]，减十年寿耶？然则年命之事，公当自问，不必问吾也。"此言乃凿然中理，恐所遇竟真仙矣。

【注释】

①乙丑：乾隆十年(1745)。

②苏颋(tǐng,670—727)：字廷硕，唐朝大臣、文学家。

③娄师德(630—699)：字宗仁，唐朝大臣、名将。唐高宗、武则天两代大臣。

【译文】

乩仙大多伪托古人，然而有时也稍有应验。温铁山前辈名温敏，乙丑年进士，官至盛京侍郎。曾经遇到扶乩人，问自己寿命有多长。乩仙判词说："甲子年华有二秋。"他以为寿数是六十二岁。后来过了两年去世，家人才知道"二秋"是指两年。大概灵鬼有时也能预先知道命运。又听说山东巡抚国公，扶乩请问寿数。乩仙判词说："不知道。"国公问："仙人难道还有不知道的事吗？"判词说："别人的寿数能够知道，您的寿数却不能知道。寿命的长短有定数，一般人只是享尽他所应有的寿数而已。如果是封疆大臣等担负国家重任的人，执掌生杀予夺的大权，一件政事处理得当，那么千百万人都受到他的福惠，寿数就可增加；一件政事处理不当，那么千百万人都受到他的祸害，寿数也就可以减少。这就是司命之神也不能预先注定，何况是我？难道没有听说苏颋误杀两个人，减寿两年；没听说娄师德也误杀两个人，减寿十年吗？既然这样，那么寿数的事，您应当问自己，不必来问我了。"这话讲得确实有道理，恐怕他所遇到的竟然是真神仙了。

族叔育万言：张歌桥之北，有人见黑狐醉卧场屋中。场中守视谷麦小屋，俗谓之场屋。初欲擒捕，既而念狐能致财，乃覆以衣而坐守之。狐睡醒，伸缩数四，即成人形。甚感其护视，遂相与为友。狐亦时有所馈赠。一日，问狐曰："设有人匿君家，君能隐蔽弗露乎？"曰："能。"又问："君能凭附人身狂走乎？"曰："亦能。"此人即恳乞曰："吾家酷贫，君所惠不足以赡，而又愧于数渎君。今里中某甲甚富，而甚畏讼。顷闻觅一妇司庖，吾欲使妇往应。居数日，伺隙逃出，藏君家；而吾以失妇，阳欲讼。妇尚粗有姿首，可诬以蜚语，胁多金。得金之后，公凭附使奔至某甲别墅中，然后使人觅得。则承惠多矣。"狐如所言，果得多金，觅妇返后，某甲以在其别墅，亦不敢复问。然此妇狂疾竟不愈，恒自妆饰，夜似与人共嬉笑，而禁其夫勿使前。急往问狐，狐言无是理，试往侦之。俄归而顿足曰："败矣！是某甲家楼上狐，悦君妇之色，乘吾出而彼入也。此狐非我所能敌，无如何矣！"此人固恳不已。狐正色曰："譬如君里中某，暴横如虎，使彼强据人妇，君能代争乎？"后其妇颠痫日甚，且具发其夫之阴谋。针灸劾治皆无效，卒以瘵死。里人皆曰："此人狡黠如鬼，而又济以狐之幻，宜无患矣。不虞以狐召狐，如螳螂黄雀之相伺也。古诗曰：'利旁有倚刀，贪人还自戕。'信矣！"

【译文】

族叔育万说：张歌桥的北边，有人看见有一只黑狐狸醉倒在场屋里。场院里看守谷麦的小屋，俗称"场屋"。开始这个人想捉住它，后来想到狐狸能让人发财，就给狐狸盖上衣服，坐在一边守着。狐狸睡醒后，身体伸缩了几次，就变成了人形。狐狸非常感谢这个人的守护，和他交了朋友。狐狸时常送些礼物给他。有一天他问狐狸："假如有人藏在你家，你能把他藏起来不暴露么？"狐狸说："能。"他又问："你能附在人身上飞跑么？"狐狸说："能。"他就恳求道："我家穷极了，你给的这点儿恩惠还不足以维持生计，而亵渎你时常赠我钱财，我又感到惭愧。如今村里的某甲很是富裕，而且怕打官司。不久前听说他要雇一个女人做饭，我想叫妻子去答应下来。做了几天，叫她找机会逃出来藏在你家里；而我就以妻子在某甲家失踪为由说要告官。我妻子还有些姿色，我可以诬赖他见色起意，能迫使他给我一大笔钱。得到钱之后，你就依附在她身上，让她跑到某甲的别墅里，让别人在那里找到她。这样，我就很感激你的恩情了。"狐狸答应了并且照他说的去做，他果然得到了很多钱，他把妻子找了回来，某甲因为他的妻子是在自己的别墅里找到的，也不敢再说什么。不料这个人妻子的疯病竟然好不了，她常常梳妆打扮，夜里好像和人在一起嬉笑，却不让丈夫靠前。这个人急忙去找狐狸，狐狸说没这个道理，亲自前往察看。不一会儿回来跺着脚说："坏了！这是某甲家楼上的狐狸看上了你的妻子，乘我不在的时候进去迷住了她。这个狐狸我对付不了，这下可没有办法了！"这个人哀求恳请没完没了。狐狸板着脸认真地说："比如你们村里的某某，凶横暴虐像老虎一样，假如他强占了别人的女人，你能帮别人去理论么？"后来这个人妻子的癫狂病越来越重，还把丈夫的阴谋都揭露了出来。医生针灸、术士镇治都无效，拖了一段时间还是死了。村里的人都说："这个人像鬼那么狡黠，又有狐狸的幻术帮忙，应该没什么差错了。不料狐狸引来了狐狸，好像螳螂捕蝉黄雀在后一样。古诗说：'利旁倚了一把刀，贪婪的人是自己害自己。'说的一点儿都没错啊！"

门人王廷绍言：忻州有以贫鬻妇者[①]。去几二载，忽自归，云初彼买时，引至一人家。旋有一道士至，携之入山，意甚疑惧。然业已卖与，无如何。道士令闭目，即闻两耳风飕飕。俄令开目，已在一高峰上。室庐华洁，有妇女二十馀人，共来问讯，云此是仙府，无苦也。因问："到此何事？"曰："更番侍祖师寝耳。此间金银如山积，珠翠锦绣、嘉肴珍果，皆役使鬼神，随呼立至。服食日用，皆比拟王侯。惟每月一回小痛楚，亦不害耳。"因指曰："此处仓库，此处庖厨，此我辈居处，此祖师居处。"指最高处两室曰："此祖师拜月拜斗处，此祖师炼银处。"亦有给使之人，然无一男子也。自是每白昼则呼入荐枕席，至夜则祖师升坛礼拜，始各归寝。惟月信落红后，则净褫内外衣，以红绒为巨绠，缚大木上，手足不能丝毫动；并以绵丸窒口，喑不能声。祖师持金管如箸，寻视脉穴，刺入两臂两股肉内，吮吸其血，颇为酷毒。吮吸后，以药末糁创孔[②]，即不觉痛，顷刻结痂。次日，痂落如初矣。其地极高，俯视云雨皆在下。忽一日狂飚陡起，黑云如墨压山顶，雷电激射，势极可怖。祖师惶遽，呼二十馀女，并裸露环抱其身，如肉屏风。火光入室者数次，皆一掣即返。俄一龙爪大如箕，于人丛中攫祖师去。霹雳一声，山谷震动，天地晦冥。觉昏瞀如睡梦，稍醒，则已卧道旁。询问居人，知去家仅数百里，乃以臂钏易敝衣遮体，乞食得归也。忻州人尚有及见此妇者，面色枯槁，不久患瘵而卒。盖精血为道士采尽矣。据其所言，盖即烧金御女之士，其术灵幻如是，尚不免于天诛；况不得其传，徒受妄人之蛊惑，而冀得神仙，不亦颠哉！

【注释】

①忻(xīn)州：今属山西。

②糁(sǎn)：谷类磨成的小渣。

【译文】

我的门人王廷绍说：忻州有个人，穷得把老婆卖了。过了不到两年，这个女人忽然自己回了家，说是当初被卖之后，让人带到一户人家。不久来了个道士，带她进了深山，她很害怕。但自己已经被卖了，也没有办法。道士叫她闭上眼睛，刹那间，她听得耳边风声飕飕。不一会儿，道士让她睁开眼睛，她已经站在一座山峰顶上了。峰顶上的房舍屋宇华丽而整洁，里面有二十几个女人，一同来跟她打招呼，说这里是仙府，不会吃苦。她问："让我到这儿，有什么事？"女人们答道："轮流侍候祖师睡觉。此处金银堆积如山，珠宝玉器、绫罗绸缎、美味珍馐应有尽有，要用时，尽可以驱使鬼神去办，他们随叫随到。吃穿用度，可以跟王侯比。只是每个月需要经历一次小小的痛苦，也没什么害处。"然后指点着说:“这里是仓库,这里是厨房,这里是我们的住处,这里是祖师的居室。”她们指着最高处的两间屋子说:“这里是祖师拜月、拜北斗的地方,那里是祖师炼银的地方。”这里也有供驱使的仆人,但是没有一个男人。从此以后,女人白天被叫去侍奉祖师,到了夜晚,祖师登坛礼拜,女人们就各自回房就寝。只是在月经来潮之后,祖师扒光她们的衣服,然后用红绒大绳,将她们捆在大圆木上,手脚丝毫不能动转;再用棉团堵住她们的嘴,使她们无法出声。祖师拿着一根筷子一样的金管儿,在女人们身上找寻脉穴,刺入她们的两臂两腿的肉里,吮吸血液,既狠毒又残酷。吸完后,祖师用药末涂在她们的伤口上,立时就不觉得疼了,伤口也立即结了痂。第二天,结的痂脱落,皮肤就完好如初了。这座山峰的峰顶地势极高,俯看云雨都在山峰下面。忽然有一天狂风骤起,墨一般的黑云向山顶压下来,雷光电闪,在空中激烈地喷射,情势十分可怕。祖师惊慌失措,将二十几个女人都叫来赤裸着把他环抱在中间,就像肉体屏风一样。雷光电火几次冲进室内,都近不了他的身,闪了一下就回去了。不一会儿,一只簸箕大的龙爪伸了进来,在人丛中将祖师抓了去。接着,霹雳一声巨响,震动了山谷,天昏地暗。这个女人昏昏沉沉如同在做梦,稍稍清醒后,发现自己已经躺在路边了。询问当地人,她得知此地离家不过几百里,她用手镯换了几件破衣服遮蔽身体,一路要着饭回到了家里。忻州还有人见过这个女人,她面色枯槁,不久就得痨病而死了。大概她的精血已经被道士采吸一空。根据这女人所说的,可以断定,那个道士是烧金御女的方士,他的法术如此灵通虚幻,尚且不免被天庭诛杀;而那些没有得到真传,仅仅受骗子蛊惑就想成为神仙的人,不是癫狂了吗!

江南吴孝廉,朱石君之门生也。美才夭逝,其妇誓以身殉,而屡缢不能死。忽灯下孝廉形见,曰:“易彩服则死矣。”从其言,果绝。孝廉乡人录其事征诗,作者甚众。余亦为题二律。而石君为作墓志，于孝廉之坎坷、烈妇之慷慨，皆深致悼惜，而此事一字不及。或疑其乡人之粉饰，余曰："非也。文章流别，各有体裁。郭璞注《山海经》、《穆天子传》[①]，于西王母事铺叙綦详[②]。其注《尔雅·释地》，于'西至西王母'句，不过曰'西方昏荒之国'而已，不更益一语也。盖注经之体裁，当如是耳。金石之文，与史传相表里，不可与稗官杂记比，亦不可与词赋比。石君博极群书，深知著作之流别，其不著此事于墓志，古文法也，岂以其伪而削之哉！"余老多遗忘，记孝廉名承绂[③]，烈妇之姓氏，竟不能忆。姑存其略于此，俟扈跸回銮[④]，当更求其事状，详著之焉。

【注释】

①郭璞(pú,276—324)：字景纯，东晋著名学者，以文学、训诂闻名，曾注《周易》、《山海经》、《穆天子传》、《方言》、《楚辞》等。又是道学术数大师，并著《葬经》，首开风水学说。

②綦(qí)：极，很。

③绂(fú)：古代系印纽的丝绳，亦指官印。此处用作人名。

④扈跸(bì)：随侍皇帝出行。跸，泛指帝王出行的车驾。

【译文】

江南吴举人，是朱石君的门生。才华横溢却不幸早逝，他妻子发誓殉死，几次上吊却没有死。忽然举人在灯下现形说："换上颜色鲜艳的衣服就能死了。"妻子照他的话去做果然死了。举人的同乡记录下这件事征集题诗，作诗的人很多。我也写了两首律诗。朱石君为他们夫妻写了墓志铭，对他的坎坷不遇，烈妇的慷慨殉情，都深为惋惜，但是对他灯下现形的事只字不提。有人怀疑是他的同乡虚构出来的，我说："这种看法不对。文章有流派，各有自己的体裁。郭璞注释《山海经》、《穆天子传》，对于西王母的事详细铺叙。他注解《尔雅·释地》时，对‘西至西王母’一句，只写了‘西方昏荒之国’，不再多加解释。因为注释经书的体裁就该这样。刻在鼎碑上的文章和史传相呼应，不能和小说、杂记等同，也不能和词赋相同。朱石君博览群书，非常了解著作体裁和流派的不同，他不把这事写到墓志铭中，是根据古文法则啊，怎么能说是因为那件事不真实而删去不用呢！”我年岁大了健忘，记得吴举人名叫承绂，烈妇的姓名，居然想不起来了。姑且保存这件事的梗概在此，等扈从皇上回京，再进一步考查他们夫妇的事迹，详尽著述出来。

老仆施祥，尝乘马夜行至张白。四野空旷，黑暗中有数人掷沙泥，马惊嘶不进。祥知是鬼，叱之曰："我不至尔墟墓间，何为犯我？"群鬼揶揄曰："自作剧耳，谁与尔论理。"祥怒曰："既不论理，是寻斗也。"即下马，以鞭横击之。喧哄良久，力且不敌；马又跳踉掣其肘。意方窘急，忽遥见一鬼狂奔来，厉声呼曰："此吾好友，尔等毋造次！"群鬼遂散。祥上马驰归，亦不及问其为谁。次日，携酒于昨处奠之，祈示灵响，寂然不应矣。祥之所友，不过厮养屠沽耳，而九泉之下，故人之情乃如是。

【译文】

老仆施祥曾经骑马夜里赶路到张白。四野空旷无人，黑暗里有几个人扬泥沙，马惊叫不往前走。施祥知道是鬼，呵叱道："我没有进到你们的坟墓，为什么来侵犯我？"群鬼们嘲弄道："我们自己在玩，谁和你讲道理。"施祥怒道："既然不讲道理，就是要找架打了。"随即下马，用鞭子横扫。喧哗哄闹了好久，他渐渐支持不住了；马又乱蹦乱跳碍事。正值又急又窘，忽然远远看见一个鬼狂奔过来，厉声叫道："这是我的好朋友，你们不要乱来！”群鬼都散去了。施祥上马跑了回来，也没来得及问那个鬼是谁。第二天，他带着酒来到昨夜打斗的地方祭奠，祈求鬼魂显示声响，却静悄悄没有回音。施祥的朋友，不过是砍柴、喂马、屠户、卖酒之类的人，但是在九泉之下，还这样念念不忘老朋友的情谊。

门人吴钟侨，尝作《如愿小传》，寓言滑稽，以文为戏也。后作蜀中一令，值金川之役，以监运火药殁于路。诗文皆散佚，惟此篇偶得于故纸中，附录于此。

其词曰：如愿者，水府之女神，昔彭泽清洪君以赠庐陵欧明者是也。以事事能给人之求，故有是名。水府在在皆有之，其遇与不遇，则系人之禄命耳。有四人同访道，涉历江海，遇龙神召之，曰：“鉴汝等精进，今各赐如愿一。”即有四女子随行。其一人求无不获，意极适，不数月病且死，女子曰：“今世之所享，皆前生之所积；君夙生所积，今数月销尽矣。请归报命。”是人果不起。又一人求无不获，意犹未已。至冬月，求鲜荔巨如瓜者。女子曰：“谿壑可盈，是不可餍，非神道所能给。”亦辞去。又一人所求有获有不获，以咎女子。女子曰：“神道之力，亦有差等，吾有能致不能致也。然日中必昃[①]，月盈必亏。有所不足，正君之福，不见彼先逝者乎？”是人惕然，女子遂随之不去。又一人虽得如愿，未尝有求。如愿时为自致之，亦蹙然不自安。女子曰：“君道高矣，君福厚矣，天地鉴之，鬼神佑之。无求之获，十倍有求，可无待乎我，我惟阴左右之而已矣。”他日相遇，各道其事，或喜或怅。曰：“惜哉！逝者之不闻也。”

此钟侨弄笔狡狯之文，偶一为之，以资惩劝，亦无所不可；如累牍连篇，动成卷帙，则非著书之体矣。

【注释】

①昃（zè）：太阳偏西。

【译文】

门人吴钟侨曾经写了《如愿小传》，寓深意于滑稽之中，是一篇游戏文字。后来，他做四川一个县令，正值金川之战，因为监运火药死在路上。他的诗文都已经散佚，只有这一篇偶尔从故纸堆中翻出，附录在此。

《如愿小传》这样写道：如愿是水府的女神，以前彭泽湖湖神清洪君赠送庐陵欧明的就是她。因为她事事都能满足别人的请求，所以有“如愿”这个名称。处处都有水府，能否遇上水神，却是由各人的福禄和命运决定的。有四个人一起访道，遍游江海，到处寻觅，遇到龙神召见，龙神说：“鉴于你们精神至诚而有上进心，我现在赐给你们每人一个如愿。”就有四位女子出来随从他们。其中一人任何请求都获得满足，过得极其适意，没过几个月就得病快死了，女子说：“今世的享受，都是前生的积德；你前生的积攒，这几个月已经消耗完了。请让我回去复命吧。”这个人果然去世了。又有一人的请求没有不实现的，却还觉得不满足。到了冬天，他要求如愿弄像瓜那么大的鲜荔枝。女子说：“溪壑可以填满，这个要求却不能满足，这不是神道所能供给的。”她也告辞离开了。另有一人的请求，有实现的，也有未能实现的，他因此责怪女子。女子说：“神道的能力，也有差别，我有能做到和不能做到的事。然而，太阳当空必定要西斜，月亮圆满必定要亏缺。有不能满足的事，正是你的福分，你没有看到那个已经去世的人吗？”这个人惴惴不安，女子就跟随他而不离去。还有一个人虽然得到如愿，却从不曾有什么请求。如愿有时主动替他做点儿事，他也皱起眉头表示不安。女子说：“你的道德高尚，你的福泽深厚，天地明鉴你，鬼神保佑你。没有请求的获取，比有请求的获取高十倍，你可以无须我的帮助，我只在暗地里帮助你而已。”此后，四位如愿相遇，各人说出自己的经历，有的欢喜有的感叹。她们说：“可惜啊！去世的人已听不到这些了！”

这是吴钟侨弄笔游戏之文，偶尔为之，用来帮着劝世，也没有什么不可以的；如果写起来累牍连篇，成本成卷地写，就不是著书应有的体裁了。

郭石洲言：河南一巨室，宦成归里，年六十馀矣，强健如少壮。恒蓄幼妾三四人；至二十岁，则治奁具而嫁之，皆宛然完璧。娶者多阴颂其德，人亦多乐以女鬻之。然在其家时，枕衾狎昵，与常人同。或以为但取红铅供药饵，或以为徒悦耳目，实老不能男，莫知其审也。后其家婢媪私泄之，实使女而男淫耳。有老友密叩虚实，殊不自讳，曰：“吾血气尚盛，不能绝嗜欲。御女犹可以生子，实惧为身后累；欲渔男色，又惧艾豭之事[①]，为子孙羞。是以出此间道也。”此事奇创，古所未闻。

夫闺房之内，何所不有？床笫事可勿深论[②]。惟岁岁转易，使良家女得再嫁名，似于人有损；而不稽其婚期，不损其贞体，又似于人有恩。此种公案，竟无以断其是非。戈芥舟前辈曰：“是不难断，直恃其多财，法外纵淫耳。昔窦二东之行劫，必留其御寒之衣衾，还乡之资斧，自以为德。此老之有恩，亦若是而已矣。”

【注释】

①艾豭(jiā)：老公猪。亦借指面首或渔色之徒。豭，同“豭”。

②床笫(zǐ)：床上的竹席，泛指床铺。指夫妇间的私事。

【译文】

郭石洲说：河南有个大富豪，为官多年，退休后回到故乡，年纪已经六十多岁了，却身体强壮得像年轻人一样。他身边总是养着三四个小妾；到她们二十多岁时，就置办妆奁把她们嫁出去，这些女子仍然还是处女。娶她们为妻的人都暗中赞颂富翁的美德，一些人家也乐于把女儿卖给他。然而，这些女子在他家时，同床共枕，亲热狎昵，跟平常的夫妇并没有什么不同。有人以为他只是取女子的经血做药饵补养身体；有人认为他不过是为了满足耳目之欲，实际上他已经衰老，早已经丧失性功能，没人知道到底是怎么一回事。后来他家的丫环老婆子私下里将隐情泄露出来，实际上他是鸡奸这些女子。有个老朋友悄悄问他此事的真假，他并不隐讳，坦白地说："我血气还很旺盛，尚不能断绝色欲。跟女人在一起还能生儿生女，我实在害怕成为身后的累赘；如果渔猎男色，又怕被人骂老公猪，让子孙蒙羞。所以才想出了这么个办法。"此事真可以算是奇异创举，前所未闻。

若说闺房之中的事，可谓无所不有吧？床上之事，更不可深究。这个富翁年年换女人，让良家女子背上再嫁的名声，好像对人的声誉有损害；但是，他并不延误女子们的婚期，不破坏她们的贞洁之体，又好像对人有恩德。这种公案，还真是无法断定谁是谁非。前辈戈芥舟说："其中的是非并不难断，这个富翁正是仗着他的财势，钻了律条的空子而纵欲的。当年，大盗窦二东抢劫之后，必定要给受害者留下御寒的衣服、回到家乡的路费，自以为很有德行。这个老家伙的所谓恩德，同窦二东没什么两样。"

里有丁一士者，矫捷多力，兼习技击、超距之术。两三丈之高，可翩然上；两三丈之阔，可翩然越也。余幼时犹及见之，尝求睹其技。使余立一过厅中，余面向前门，则立前门外面相对;余转面后门,则立后门外相对。如是者七八度,盖一跃即飞过屋脊耳。后过杜林镇,遇一友,邀饮桥畔酒肆中。酒酣,共立河岸。友曰:“能越此乎?”一士应声耸身过。友招使还,应声又至。足甫及岸,不虞岸已将圮,近水陡立处开裂有纹。一士未见,误踏其上,岸崩二尺许。遂随之坠河,顺流而去。素不习水,但从波心踊起数尺,能直上而不能旁近岸,仍坠水中。如是数四,力尽,竟溺焉。

盖天下之患,莫大于有所恃。恃财者终以财败,恃势者终以势败,恃智者终以智败,恃力者终以力败。有所恃,则敢于蹈险故也。田侯松岩于滦阳买一劳山杖,自题诗曰:“月夕花晨伴我行,路当坦处亦防倾。敢因恃尔心无虑,便向崎岖步不平!”斯真阅历之言,可贯而佩者矣。

【译文】

家乡里有一个叫丁一士的人,动作敏捷力气大,还会搏斗、跳跃的武术。两三丈高的地方能纵身上去;两三丈宽的地方能轻快地一下跳过去。我小时候曾经见到过,请他表演。他叫我站在一个过厅里,我面朝前面,看见他在前面和我相对而立;我转身向后面,又看见他在后面和我相对而立。这样有七八次,他大概是一跃从屋脊上飞跳过去的。后来他到杜林镇碰见了一个朋友,二人在桥边的酒店喝酒。喝到高兴处,二人站在河边。朋友说:“能跳过去么?”他应声身子一耸跳过去了。朋友叫他跳回来,他又跳了回来。脚要踏到岸边时,不料河岸已经坍塌,水边陡岸上立脚的地方已经开裂了。丁一士没看到,一脚踩上去,河岸崩塌二尺多,丁一士也随之掉到河里,顺流而去。他一向不会游泳,只能从水中跃起几尺高,却只能笔直向上而不能向旁边跳上岸,于是又落进水里。这样跳了许多次,力气用完,最终淹死了。

天下最大的祸患莫过于有所倚仗。倚仗钱财的因为钱财落败，倚仗势力的因为势力落败，倚仗智谋的因为智谋落败，倚仗气力的因为气力落败。因为有所倚仗就敢于冒险。田松岩在承德买了一根劳山手杖，自题诗道："月夕花晨伴我行，路当坦处亦防倾。敢因恃尔心无虑，便向崎岖步不平！"这是饱经世故的经验之谈，应当效法并且牢记在心。

沧州甜水井有老尼，曰慧师父，不知其为名为号，亦不知是此"慧"字否，但相沿呼之云尔。余幼时，尝见其出入外祖张公家。戒律谨严，并糖不食，曰："糖亦猪脂所点成也。"不衣裘，曰："寝皮与食肉同也。"不衣绸绢，曰："一尺之帛，千蚕之命也。"供佛面筋必自制，曰："市中皆以足踏也。"焚香必敲石取火，曰："灶火不洁也。"清斋一食，取足自给，不营营募化。外祖家一仆妇，以一布为施。尼熟视识之，曰："布施须用己财，方为功德。宅中为失此布，笞小婢数人，佛岂受如此物耶？"妇以情告曰："初谓布有数十匹，未必一一细检，故偶取其一。不料累人受箠楚，日相诅咒，心实不安。故布施求忏罪耳。"尼掷还之曰："然则何不密送原处，人亦得白，汝亦自安耶！"后妇死数年，其弟子乃泄其事，故人得知之。乾隆甲戌、乙亥间[①]，年已七八十矣，忽过余家，云将诣潭柘寺礼佛，为小尼受戒。余偶话前事，摇首曰："实无此事，小妖尼饶舌耳。"相与叹其忠厚。临行，索余题佛殿一额。余属赵春磵代书。合掌曰："谁书即乞题谁名，佛前勿作诳语。"为易赵名，乃持去，后不再来。近问沧州人，无识之者矣。

又，景城天齐庙一僧，住持果成之第三弟子。士人敬之,无不称曰三师父,遂佚其名。果成弟子颇不肖,多散而托钵四方。惟此僧不坠宗风,无大刹知客市井气[2],亦无法座禅师骄贵气;戒律精苦,虽千里亦打包徒步,从不乘车马。先兄晴湖尝遇之中途,苦邀同车,终不肯也。官吏至庙,待之礼无加;田夫、野老至庙,待之礼不减。多布施、少布施、无布施,待之礼如一。禅诵之馀,惟端坐一室,入其庙如无人者。其行事如是焉而已。然里之男妇,无不曰三师父道行清高。及问其道行安在,清高安在,则茫然不能应。其所以感动人心,正不知何故矣。尝以问姚安公,公曰:"据尔所见,有不清不高处耶?无不清不高,即清高矣。尔必欲锡飞、杯渡[3],乃为善知识耶?"此一尼一僧,亦彼法中之独行者矣。三师父涅槃不久[4],其名当有人知,俟见乡试诸孙辈,使归而询之庙中。

【注释】

①乾隆甲戌、乙亥:乾隆十九年(1754)、乾隆二十年(1755)。

②知客:禅林中司掌迎送与应接宾客之职称。

③锡飞:佛教语。谓僧人等执锡杖飞空。杯渡:传说中的高僧,因为他常常凭借一只大木制杯子渡河,所以人称"杯渡"。

④涅槃:佛教用语。佛教认为,轮回是一个必然过程。人死以后,"识"会离开人体,进入另一个刚刚出生的新生命体内,该新生命体可以是人类,也可以是动物、鬼、神。只有到达涅槃的境界方可摆脱轮回。

【译文】

沧洲甜水井有位老尼姑,叫慧师父,不知道这是她的名字还是她的号，也不知是不是这个“慧”字，只是人们都这么沿习着称呼。我小时候，曾经见到她在外祖父张雪峰先生家出出进进。她守戒极严，连糖也不吃，说：“糖也是用猪油点成的。”她不穿皮草，说：“穿皮衣服跟吃肉一样。”她也不穿绸绢做的衣服，说：“一尺绸绢，是一千条蚕的性命换来的。”供佛用的面筋，她一定要自己做，说：“市上卖的，加工时都用脚踩。”烧香时一定要用火石打火，说：“灶火不干净。”她的斋饭清淡，自给自足，从来不忙忙碌碌去募化。外祖父家有一位女仆，施舍她一匹布。她仔细审视了布之后认了出来，说：“施舍必须是自己的东西，才能成为功德。府上因为丢了这匹布，有好几个小婢挨了打，佛怎么能接受这样的东西呢？”女仆坦白说：“原先以为有几十匹布，未必能一一点查，所以就拿了一匹。不料连累了别人挨打，天天诅咒，我的心中实在不安。所以布施这匹布忏悔恕罪。”老尼把布扔还她说：“你为什么不悄悄送还原处，这样别人也可以洗清自己，你也可以心安！”女仆死了几年之后，老尼的弟子把这事透露了出来，所以人们才知道。乾隆甲戌、乙亥年间，她已经七八十岁了，有一天她忽然来到我家，说要去潭柘寺拜佛，为小尼姑受戒。我偶然说到前面的事，她摇头说：“实在有这件事，是小尼姑们乱说。”在座的无不叹息她的忠厚。临行，她求我为佛殿写一幅匾额。我托赵春硐代写。她合掌说：“是谁写的，就请签署谁的名，在佛前不要打诳语。”换上赵春硐的名字后，她才拿走了，后来她再也没来过。近来问起沧州人，竟然没有人知道她。

又，景城天齐庙有位和尚，是住持僧果成的第三个弟子。士绅们敬重他，都称他为三师父，倒把真名忘了。果成的弟子大多不怎么样，都托钵游食四方。只有这位三师父坚持师祖的作风，他没有名山大刹中知客僧的那种市侩气，也没有法座禅师的那种傲气贵气；他守戒勤苦，即便是千里路程也背着包袱步行，从来不乘车骑马。先兄晴湖曾经在路上遇到他，苦苦邀请他上车，他始终不肯。官员来到庙里，他对待他们的礼节并没有增加；农夫村叟来到庙里，他对待他们的礼节并不减少。布施多的、布施少的、不布施的,他都同样对待。他诵经之馀,端坐在一室之中,以至于来人以为庙里没有人。他的行事也只是如此而已。可是乡里无论男女,没有不说三师父道行清高的。等问到道行表现在哪儿,清高表现在哪儿,人们就茫然回答不上来了。三师父能够感动人心,不知是什么原因。我曾经问姚安公,他说:“据你所见,他有不清高的地方么?没有不清不高的地方,就是清高。你认为必须像飞锡杖行空、乘木杯渡水那样才算是了悟一切的和尚么?”这一尼一僧,也是佛门中独有的志节高行者呵。三师父涅槃不久,他的姓名应当有人知道,等见到来参加乡试的诸孙辈,让他们回去到庙里打听清楚。

九州之大,奸盗事无地无之,亦无日无之,均不为异也。至盗而稍别于盗,而不能不谓之盗;奸而稍别于奸,究不能不谓之奸,斯为异矣。盗而人许遂其盗,奸而人许遂其奸,斯更异矣。乃又相触立发,相牵立息,发如鼎沸,息如电掣,不尤异之异乎!舅氏安公五章言:有中年失偶者,已有子矣,复买一有夫之妇。幸控制有术,犹可相安。既而是人死,平日私蓄,悉在此妇手。其子微闻而索之,事无佐证,妇弗承也。后侦知其藏贮处,乃夜中穴壁入室。方开箧携出,妇觉,大号有贼,家众惊起,各持械入。其子仓皇从穴出,迎击之,立踣。即从穴入搜馀盗,闻床下喘息有声,群呼尚有一贼,共曳出縶缚。比灯至审视,则破额昏仆者其子,床下乃其故夫也。其子苏后,与妇各执一词。子云“子取父财,不为盗”。妇云“妻归前夫,不为奸”。子云“前夫可再合,而不可私会”。妇云“父财可索取,而不可穿窬”[①]。互相诟谇,势不相下。次日,族党密议,谓涉讼两败,徒玷门风。乃阴为调停，使尽留金与其子，而听妇自归故夫，其难乃平。然已“鼓钟于宫，声闻于外”矣。先叔仪南公曰：“此事巧于相值，天也；所以致有此事，则人也。不纳此有夫之妇，子何由而盗，妇何由而奸哉？彼所恃者，力能驾驭耳。不知能驾驭于生前，不能驾驭于身后也。”

【注释】

①穿窬(yú)：打洞穿墙行窃。窬，门旁小洞。

【译文】

中国地域广大，通奸偷盗之事无地不发生，无日不发生，都不足为怪。至于偷盗而又有别于偷盗，却不能不称为偷盗；通奸而又有别于通奸，终究不能不称为通奸，那就够奇怪了。偷盗而别人容许他偷盗，通奸而别人容许他通奸，那就更加奇怪了。却又有相互接触立即爆发，相互牵制立刻平息，爆发时如水开了一般强烈，平息时如电闪一样迅速，不是更奇怪了吗！舅舅安五章公说：有一个中年丧偶的男子，已经有儿子了，又买了一个有夫之妇做继室。幸亏他控制有术，还可以相安过日子。不久，这个人去世，他平时的积蓄都由继室掌管。他的儿子听到些风声，就向继母要钱，不过事无佐证，继母不承认。后来，儿子侦探到藏钱的地方，就在夜里挖墙洞进到房间。正当他打开箱子拿了钱准备出去时，被继母发觉，她大喊有贼，家中仆人惊起，各自拿着器械冲进来。儿子仓皇从墙洞里爬出来，被仆人迎面一棒击中，立刻倒在地下。家仆们就从墙洞里爬进房间去搜查别的盗贼，听到床下有喘息声，大家呼喊还有一个贼，一起拉出捆起来。等取来灯烛仔细一看，额头被打破昏倒在地的是儿子，躲在床下的却是以前的丈夫。儿子苏醒之后，与继母各执一词。儿子说“儿子取父亲的钱财，不是偷盗”。继母说“妻子归依前夫，不是通奸”。儿子说“前夫可以再次结合，却不可私下幽会”。继母说“父亲的钱财可以索取，却不可以偷窃”。二人互相责骂，气势不相上下。第二天，族人悄悄商议，认为诉讼则必定两败俱伤，徒然玷污门风。就私下里替他们调解，将父亲留下的钱财都归儿子，听凭继母自己归依前夫，这场风波才平息下去。然而，已经“鼓钟于宫，声闻于外”了。先叔仪南公说：“这件事巧在相互碰上，这是天意；之所以会导致这件事，却是人为。如果不娶这个有夫之妇，儿子怎么会偷盗、继室怎么会通奸？他所倚仗的，是自己能够驾驭继室和儿子。却不知道生前能驾驭，死后却不能驾驭了。”

卷二十三

滦阳续录五

【题解】

在复杂多变的社会上生存，在危机四伏的官场上周旋，纪昀到底有着怎样过人的智慧？《阅微草堂笔记》字里行间深藏着纪昀的生存谋略，须要细细体会。写到本卷，是纪昀小说创作收尾阶段了，纪昀还是讲因果报应，还是讲各种奇闻异事，但是，写作的重心有所偏向处世哲学的探讨和说教。上一篇还是讲稀奇古怪的虚幻故事，下一篇却骤然写到了如何巧妙应对的生活琐事；有的指东说西；有的就直接是人生处世方式的断想。这其间隐去了实际事件的发生背景和生活状况的空间形态，从叙事的角度来看显得极其突兀；而领会其精神实质，其实还算得上自然。从日常生活事件领悟生存智慧，本身就是一种智慧。纪昀常常形象地阐释老子的“柔弱不争”思想。刚强固然取胜，但是一味刚强却性脆易折；偏偏倒是柔弱迂回，却往往柔韧长久。纪昀一再表示，一味执拗不知变通是无法长久的，这种认识来源于对社会人生的洞察和体悟。压抑、险恶的政治环境，造就了老庄无可奈何的“不争”思想，纪昀则在自己的著述中一再强调除了官员理政以外的情形一律要“安命”。这些并不是被某些人所曲解的消极厌世、自甘落后，也不是投机取巧、圆滑狡黠，而是一种独特的取胜之道和全身保家的生存处世之道，又是有效调节人际关系、人与社会关系的重要原则。在黑暗专制的社会，选择老庄思想作为心理支撑，为生存找理由、找秘方，也不失为一种两全的办法。纪昀的处世智慧不是“厚黑学”，他告诉我们，为人处世都要有退让一步的态度才算高明，因为让一步就等于为自己谋得了获取更大进步的福地；待人接物能够宽容大度就是有福，因为给人方便实际上是为自己留下了日后的方便。这种处世态度，才是修养品德的方向。

戴东原言：其族祖某，尝僦僻巷一空宅。久无人居，或言有鬼。某厉声曰：“吾不畏也。”入夜，果灯下见形，阴惨之气，砭人肌骨。一巨鬼怒叱曰：“汝果不畏耶？”某应曰：“然。”遂作种种恶状，良久，又问曰：“仍不畏耶？”又应曰：“然。”鬼色稍和，曰：“吾亦不必定驱汝，怪汝大言耳。汝但言一畏字，吾即去矣。”某怒曰：“实不畏汝，安可诈言畏？任汝所为可矣！”鬼言之再四，某终不答。鬼乃太息曰：“吾住此三十馀年，从未见强项似汝者。如此蠢物，岂可与同居！”奄然灭矣。或咎之曰：“畏鬼者常情，非辱也。谬答以畏，可息事宁人。彼此相激，伊于胡底乎？”某曰：“道力深者，以定静祛魔，吾非其人也，以气凌之，则气盛而鬼不逼；稍有牵就，则气馁而鬼乘之矣。彼多方以饵吾，幸未中其机械也。”论者以其说为然。

【译文】

戴东原说：他家族的祖辈某人，曾经在荒僻街巷租了一座空宅子。这里长久没有人住，有人说有鬼。某祖厉声道：“我不怕。”到了夜里，鬼果然在灯下显形，阴森惨毒的气息，侵人肌骨。一个大鬼怒叱道：“你真的不怕么?”某祖应道:“不怕。”鬼做出种种可怕的样子,过了好一会儿,又问:“还不怕么?”某祖又说:“不怕。”鬼的脸色稍缓和了些,说:“我也不是非要把你吓走,只是怪你说大话。你只要说一个怕字,我就走了。”某祖发怒道:“我真不怕你,怎么能撒谎说怕? 随便你怎么办好了。”鬼再三劝说,他还是不答应。于是鬼叹息道:“我住在这里有三十多年了,从没看见像你这么固执的。这种蠢家伙,怎么能同住在一起!”鬼一下子消失了。有人责备他说:“怕鬼是人之常情,并不是什么难堪的事。撒谎说个怕字,可以息事宁人。如果彼此相互激惹,什么时候是个头?”族祖道:“道力深的人用定静来驱逐魔鬼,我不是道力深的人,只能以盛气对付他,我气盛鬼就不敢进逼;稍有迁就,我气馁鬼就趁机而入了。鬼想方设法引诱我,幸好我没进它的圈套。”谈论这件事的人认为某祖说得对。

饮食男女,人生之大欲存焉。干名义,渎伦常,败风俗,皆王法之所必禁也。若痴儿騃女①,情有所钟,实非大悖于礼者,似不必苛以深文。

余幼闻某公在郎署时,以气节严正自任。尝指小婢配小奴,非一年矣。往来出入,不相避也。一日,相遇于庭,某公亦适至,见二人笑容犹未敛,怒曰:“是淫奔也! 于律奸未婚妻者,杖。”遂亟呼杖。众言:“儿女嬉戏,实无所染,婢眉与乳可验也。”某公曰:“于律谋而未行,仅减一等。减则可,免则不可。”卒并杖之,创几殆。自以为河东柳氏之家法,不是过也。自此恶其无礼,故稽其婚期。二人遂同役之际,举足趑趄;无事之时,望影藏匿。跋前疐后②,日不聊生。渐郁悒成疾,不半载内,先后死。其父母哀之,乞合葬。某公仍怒曰:“嫁殇非礼,岂不闻耶?”亦不听。后某公殁时,口喃喃似与人语，不甚可辨。惟“非我不可”、“于礼不可”二语，言之十馀度，了了分明。咸疑其有所见矣。

夫男女非有行媒，不相知名，古礼也。某公于孩稚之时，即先定婚姻，使明知为他日之夫妇。朝夕聚处，而欲其无情，必不能也。“内言不出于阃，外言不入于阃”③，古礼也。某公僮婢无多，不能使各治其事；时时亲相授受，而欲其不通一语，又必不能也。其本不正，故其末不端。是二人之越礼，实主人有以成之。乃操之已蹙，处之过当，死者之心能甘乎？冤魄为厉，犹以“于礼不可”为词，其斯以为讲学家乎？

【注释】

①騃(dái)：傻，愚蠢。

②跋前疐(zhì)后：进退两难的处境。疐，绊倒。

③“内言”二句：语见《礼记·曲礼》。阃(kǔn)：内室。

【译文】

饮食与性欲，是人生最大的欲望。违背道义，违反人伦纲常，败坏风气习俗，都是王法坚决禁止的。至于痴心儿女，有钟情爱恋的对象，只要他们没有过分违背礼法，似乎不应该对他们苛求追究。

我小时候听说某先生在郎署任职时，自以为气节严正。他曾经把家里的一个小丫环指配给一个小厮，这事情说了不是一年两年了。他们往来出入，并不相互回避。一天，二人在庭院里遇见，正巧被某公撞上了，他见两个人脸上的笑容还未收敛，发怒道：“这是私奔啊！律条规定与未婚妻通奸的，打棍子。”急急命人动手打。众人说：“小孩子们嬉笑游戏，实际上并没有奸情，小丫环的眉眼和乳房可以验证。”某公说：“按律条规定有预谋而未形成事实的，只是罪减一等。减罪可以，免罪却不行。”他还是让人给了两个孩子一顿棍棒，差点儿就打死了。他自己觉得，就是河东柳氏的家法，也不过如此了。从此以后，他因为厌恶两个孩子不遵礼法，故意推迟他们的婚期。两个人一起干活儿时，躲躲闪闪的；没事的时候，也是互相躲着不敢相见。进也不是退也不好，惶惶不可终日。渐渐忧郁成疾，不到半年，就先后死了。他们的父母可怜两个孩子，乞求某公让他们合葬一处。某公仍然怒气冲冲地说：“未成年的女子死后合婚不合礼数，难道你们没听说吗？”置之不理。后来某公临死时，嘴里喃喃地像是跟人说着什么，却听不太清。只有“没有我同意就不行”、“从礼数上说不行”两句话，说了十几遍，讲得清清楚楚。大家都怀疑他昏迷中见到了什么。

男女之间没有媒人牵线，他们互相不知道姓名，这是古礼。某公在丫环小厮孩子的时候，就先为他们定下了婚事，使他们明白知道今后是夫妇。他们朝夕相处，要想让他们不产生感情，是不可能的。“闺房里的话不能出门，外面的话不能进闺门”，这是古代的礼法。某公家中僮仆丫环不多，做不到男女各司其事；他们时常接触，想要他们不交谈，又是不可能的。根本上不正，枝节就不可能正。这两个孩子的越礼行为，实际上是主人造成的。某公对他们的婚事决定过于匆忙，对二人的交往处置不当，死者难道会甘心么？冤魂变成厉鬼作祟，他还振振有词说什么“从礼数上说不行”作为辩解，难道冤魂是讲学家么？

山西人多商于外，十馀岁辄从人学贸易。俟蓄积有赀，始归纳妇。纳妇后仍出营利，率二三年一归省，其常例也。或命途蹇剥①，或事故萦牵，一二十载不得归。甚或金尽裘敝，耻还乡里，萍飘蓬转，不通音问者，亦往往有之。

有李甲者，转徙为乡人靳乙养子，因冒其姓。家中不得其踪迹，遂传为死。俄其父母并逝，妇无所依，寄食于母族舅氏家。其舅本住邻县，又挈家逐什一[②]，商舶南北，岁无定居。甲久不得家书，亦以为死。靳乙谋为甲娶妇。会妇舅旅卒，家属流寓于天津；念妇少寡，非长计，亦谋嫁于山西人，他时尚可归乡里。惧人嫌其无母家，因诡称己女。众为媒合，遂成其事。合卺之夕，以别已八年，两怀疑而不敢问。宵分私语，乃始了然。甲怒其未得实据而遽嫁，且诟且殴。阖家惊起，靳乙隔窗呼之曰："汝之再娶，有妇亡之实据乎？且流离播迁，待汝八年而后嫁，亦可谅其非得已矣。"甲无以应，遂为夫妇如初。破镜重合，古有其事。若夫再娶而仍元配，妇再嫁而未失节，载籍以来，未之闻也。姨丈卫公可亭，曾亲见之。

【注释】

①蹇(jiǎn)剥：时运不济。蹇，难，不顺利。

②逐什一：即"逐什一之利"。什一，十分之一，泛指商人得到的利润。

【译文】

山西有很多人在外经商，十几岁起就跟着人学做生意。等积攒了一些钱财，才回家娶妻子。娶妻之后仍然出去经商赚钱，大概二三年回家探亲一次，这种情况很普遍。有的时运不济，有的遇到了什么灾祸，一二十年不能回去。甚至有的没了钱财破衣烂衫的，没脸再回家乡，像浮萍一样飘泊，像蓬一样辗转，到处流浪，与家乡不通音信的，也常有。

有个李甲，辗转迁徙过继为同乡靳乙的养子，改姓了靳。家里得不到他的消息，就传说他死了。不久他的父母亲都去世了，妻子没有依靠，就寄住在舅舅家。她的舅舅本来住在邻县，后来带家眷去经商，商船南北各地到处航行，终年没有定居的地方。李甲长期没有得到家信，以为妻子也死了。靳乙打算给李甲娶妻。恰好李甲妻子的舅舅在旅途去世，家属流落到天津；考虑到李甲妻子年纪轻轻守寡，不是长远打算，也打算嫁给山西人，以后好回到家乡去。害怕男方嫌弃女方没有娘家，因此谎称是自己的女儿。大家商量撮合，促成了这桩婚事。婚礼当晚，因为已经分别八年，两人都有所猜疑但是不敢询问。夜深时分说私房话，才真相大白。李甲恨妻子没有得到他死亡的证据就急着再嫁，又骂又打。全家都惊动了，靳乙隔着窗户大声说："你再娶妻时，有前妻死亡的确实证据吗？况且她流落迁徙，等了你八年才嫁，也可以谅解她的不得已了。"李甲不能回答，于是两人和好如初。破镜重圆，古代就有这种事。至于男子再娶的仍然是原配妻子，女子再嫁却没有失节，自从有文字记载以来，没有听说过这种事。我姨丈卫可亭先生曾经亲眼看到这件事。

沧州酒，阮亭先生谓之"麻姑酒"，然土人实无此称。著名已久，而论者颇有异同。盖舟行来往，皆沽于岸上肆中，村酿薄醨[①]，殊不足辱杯斝[②]；又土人防征求无餍，相戒不以真酒应官，虽笞箠不肯出，十倍其价亦不肯出，保阳制府[③]，尚不能得一滴，他可知也。其酒非市井所能酿，必旧家世族，代相授受，始能得其水火之节候。水虽取于卫河，而黄流不可以为酒，必于南川楼下，如金山取江心泉法，以锡罂沉至河底[④]，取其地涌之清泉，始有冲虚之致。其收贮畏寒畏暑，畏湿畏蒸，犯之则味败。其新者不甚佳，必庋阁至十年以外[⑤]，乃为上品，一罂可值四五金。然互相馈赠者多，耻于贩鬻。又大姓若戴、吕、刘、王，若张、卫，率多零替，酿者亦稀，故尤难得。或运于他处，无论肩运、车运、舟运，一摇动即味变。运到之后，必安静处澄半月，其味乃复。取饮注壶时，当以杓平挹；数摆拨则味亦变，再澄数日乃复。姚安公尝言：饮沧酒禁忌百端，劳苦万状，始能得花前月下之一酌，实功不补患；不如遣小竖随意行沽，反陶然自适，盖以此也。其验真伪法：南川楼水所酿者，虽极醉，胸膈不作恶，次日亦不病酒，不过四肢畅适，恬然高卧而已。其但以卫河水酿者则否[⑥]。验新陈法：凡庋阁二年者，可再温一次；十年者，温十次如故，十一次则味变矣；一年者再温即变，二年者三温即变，毫厘不能假借，莫知其所以然也。

董曲江前辈之叔名思任，最嗜饮。牧沧州时，知佳酒不应官，百计劝谕，人终不肯破禁约。罢官后，再至沧州，寓李进士锐巅家，乃尽倾其家酿。语锐巅曰："吾深悔不早罢官。"此虽一时之戏谑，亦足见沧酒之佳者不易得矣。

【注释】

①醨(lí)：薄酒。

②斝(jiǎ)：古代用于温酒的酒器。通常用青铜铸造，圆口，三足。

③保阳：即河北保定。因保定城位于保定府河之北，故有保阳郡之称。

④罂(yīng)：大腹小口的瓶子。

⑤庋(guǐ)阁：搁置器物的架子。

⑥卫河：发源于山西太行山，流经河南，至河北与漳河汇合称"漳卫河"。再流经山东临清入南运河，至天津入海河。

【译文】

沧州酒，阮亭先生称之为"麻姑酒"，不过当地人并不这么叫。虽然沧州酒久负盛名，但谈论起沧州酒人们看法很不一致。这里舟船往来，都上岸买酒喝，乡村土酿酒味淡薄，根本上不了筵席；还有当地人为了防止官府无休止征酒，相互约定不卖正宗沧州酒给官府的人，即便是挨打也不肯拿出来，出十倍的价钱也不卖，保定知府尚且连一滴都得不到，何况他人。沧州酒不是一般人家所能酿造的，必须是酿酒世家世代相传，才能把握酿制沧州酒掌握水温火候的技艺。酿酒的水虽然取之于卫河，但是混浊的水不能酿酒，必须在南川楼下，像金山和尚在江心取泉水那样，把锡瓶沉到河底，汲取地下涌出的清泉，酿出来的酒才有淡雅的味道。贮存的沧州酒怕冷怕热，怕湿怕燥，环境稍稍不对，味道就变了。新酿的酒不太好喝，必须把它放置在架上，过了十年之后，才算是上品，一坛能值四五两银子。但是人们大多用来互相馈赠，而耻于拿到街市上去卖。而且酿酒大户如戴家、吕家、刘家、王家，还有张家、卫家等，都衰落了，酿酒的人少了，所以这种酒尤其难得。如果要把这种酒运到别处，无论是肩扛、车载、船运，一晃动酒就变味。运到之后，必须把它静放半个月，才能恢复原味。喝酒时把酒装进壶里，必须用酒杓平平地舀；如果用酒杓搅来搅去，酒味也会变，这样也必须静放几天才能恢复原味。姚安公曾经说：喝沧州酒有无数的禁忌，经过万般劳苦之后，才能花前月下喝一杯，好处实在补偿不了辛劳；不如打发小僮去随便买一壶，反倒陶然自乐，就是这个原因。检验沧州酒真假的方法是：喝南川楼水酿的酒，虽然大醉，胸膈间也不恶心，第二天也没有酒醉的症状，只是感到四肢非常舒服，想安静睡觉而已。如果用卫河水酿的酒，就不是这样了。检验沧州酒新货陈货的方法是：凡是贮藏两年的，可以温两次；贮藏十年的，可以温十次，味道都一样，温十一次，味就变了；放了一年的酒，温两次味就变了，放了两年的，温三次味就变了。一丝一毫不能作假，也不知道什么原因。

董曲江前辈的叔叔名叫思任，最爱喝酒。任沧州知州时，他知道好酒不交官府，百般劝说，酿酒人还是不肯破坏禁约。他罢官之后又来到沧州，住在进士李锐巅家，把他家酿的好酒都喝光了。他对李锐巅说：“我真后悔没有早一些罢官。”这虽然是一时的玩笑话，也足以看出沧州的美酒真是不易得到啊。

先师李又聃先生言：东光有赵氏者，先生曾举其字，今不能记，似尚是先生之尊行。尝过清风店，招一小妓侑酒，偶语及某年宿此，曾招一丽人留连两夕，计其年今未满四十。因举其小名，妓骇曰："是我姑也，今尚在。"明日，同至其家，宛然旧识。方握手寒温，其祖姑闻客出视，又大骇曰："是东光赵君耶？三十馀年不相见，今鬓虽欲白，形状声音，尚可略辨。君号非某耶？"问之，亦少年过此所狎也。三世一堂，都无避忌，传杯话旧，惘惘然如在梦中。又住其家两夕而别。别时言祖籍本东光，自其翁始迁此，今四世矣。不知祖墓犹存否？因举其翁之名，乞为访问。赵至家后，偶以问乡之耆旧。一人愕然良久，曰："吾今乃始信天道。是翁即君家门客，君之曾祖与人讼，此翁受怨家金，阴为反间，讼因不得直。日久事露，愧而挈家逃。以为在海角天涯矣，不意竟与君遇，使以三世之妇，偿其业债也。吁，可畏哉！"

【译文】

老师李又聃先生说：东光有个姓赵的人，李先生曾经讲过此人的字号，现在记不住了，好像还是先生的长辈。有一次经过清风店，叫来一个年轻妓女陪酒，偶然说到某年曾经在这里住宿，叫了一个美女陪住了两夜，算来那位美女今年还未满四十岁。于是说出美女的小名，年轻妓女说："是我姑姑呀，如今还在这里。"第二天，一起到妓女家里相见，正是过去认识的那个美女。双方正拉着手问好，妓女的姑奶奶听说有客来，从里面出来看，又大吃一惊，说："你是东光的赵先生吗？三十多年不见面了，现在你的鬓角虽然都将要白了，不过相貌声音，还辨认得出。你的字号是否叫某某呢？”赵先生一问，原来这个姑奶奶，也是他年轻时在这里相好过的妓女。三代妓女同堂相见，也没有什么避忌，一起喝酒叙谈往事，恍恍惚惚好像在梦里一样。赵先生又在她们家住了两晚，才告辞回去。临别时，姑奶奶说她们祖籍本来在东光，从父亲一辈才搬迁到这里，到现在已是第四代了。不知东光的祖坟还在不在？她把父亲的姓名讲出来，请先生回去查访一下。赵先生回到家乡后，有一次顺便向老前辈们打听。其中一个人惊愕很久，说：“我现在才相信天道循环的道理。那个老妓女的父亲就是你们家的门客，你的曾祖父跟别人打官司，那个门客接受了对方的金钱，暗中出卖主人，让你曾祖父的官司败诉了。时间一长事情泄露出来，门客羞愧得带着家眷逃走了。还以为他们逃到天涯海角去了，想不到竟让你碰上，让他家三代女人，为他补偿过去的罪孽。啊，真可怕啊！”

又聃先生又言：有安生者，颇聪颖。忽为众狐女摄入承尘上，吹竹调丝，行炙劝酒，极媟狎冶荡之致。隔纸听之，甚了了，而承尘初无微隙，不知何以入也。燕乐既终，则自空掷下，头面皆伤损，或至破骨流血。调治稍愈，又摄去如初。毁其承尘，则摄置屋顶，其掷下亦如初。然生殊不自言苦也。生父购得一符，悬壁上。生见之，即战栗伏地，魅亦随绝。问生符上何所见。云初不见符，但见兵将狰狞，戈甲晃耀而已。此狐以为仇耶？不应有燕昵之欢；以为媚耶？不应有扑掷之酷。忽喜忽怒，均莫测其何心。或曰：“是仇也，媚之乃死而不悟。”然媚即足以致其死，又何必多此一掷耶？

【译文】

李又聃先生又说：有个姓安的书生，很聪明。忽然被狐女们弄到了天花板上，吹笛弹琴，吃吃喝喝，极尽风流冶荡的花样。隔着纸糊的顶蓬，人们听得很清楚，而天花板早些时没有一点儿缝隙，不知道安生是怎么进去的。饮酒作乐之后，狐女们把安生从空中扔下来，头和脸都摔伤了，有时甚至摔得骨头都断了，身上流着血。调养治疗稍微好一点儿，又像上次那样被狐女们弄去了。家人把天花板毁掉，狐女们就把安生弄到屋顶，还像前几次那样扔下来。但是安生自己一点儿也不觉得痛苦。安生的父亲买来一道符挂在墙上。安生见了就颤抖着趴在地上，狐精们也随之不见了。有人问安生在符箓上看见了什么。他说一开始并没有看见符，只看见凶狠的将军士兵，兵器盔甲都明晃晃地刺眼。这些狐狸是报仇吗？又不应该有喝酒奏乐的快乐；是来媚惑他的么？又不应该有把他抛下来的残酷虐待。狐狸忽喜忽怒，都摸不准它们是什么心思。有人说：“是报仇，迷惑安生是让他死了也不醒悟。”不过，光是迷惑他，就足以把他置于死地了，又何必多此一举，把安生从空中扔下来呢？

李汇川言：有严先生，忘其名与字。值乡试期近，学子散后，自灯下夜读。一馆童送茶入，忽失声仆地，碗碎琤然。严惊起视，则一鬼披发瞪目立灯前。严笑曰：“世安有鬼，尔必黠盗饰此状，欲我走避耳。我无长物，惟一枕一席。尔可别往。”鬼仍不动。严怒曰：“尚欲给人耶？”举界尺击之，瞥然而灭。严周视无迹，沉吟曰：“竟有鬼邪？”既而曰：“魂升于天，魄降于地，此理甚明。世安有鬼，殆狐魅耳。”仍挑灯琅琅诵不辍。此生崛强，可谓至极，然鬼亦竟避之。盖执拗之气，百折不回，亦足以胜之也。

又闻一儒生，夜步廊下。忽见一鬼，呼而语之曰："尔亦曾为人，何一作鬼，便无人理？岂有深更昏黑，不分内外，竟入庭院者哉？"鬼遂不见。此则心不惊怖，故神不瞀乱，鬼亦不得而侵之。又故城沈丈丰功讳鼎勋，姚安公之同年。尝夜归遇雨[①]，泥潦纵横，与一奴扶掖而行，不能辨路。经一废寺，旧云多鬼。沈丈曰："无人可问，且寺中觅鬼问之。"径入，绕殿廊呼曰："鬼兄鬼兄，借问前途水深浅？"寂然无声。沈丈笑曰："想鬼俱睡，吾亦且小憩。"遂偕奴倚柱睡至晓。此则襟怀洒落，故作游戏耳。

【注释】

①故城：在今河北衡水。

【译文】

李汇川说：有位严先生，忘了他的名字叫什么。在乡试日期临近时，学生们都回去了，夜里他自己在灯下读书。一个小僮给他送茶进来，忽然叫了一声倒在地上，茶杯也打碎了。严先生吃惊地起来一看，却是一个鬼披散着头发瞪着眼睛站在灯前。严先生笑道："世上哪有鬼？你肯定是个狡猾的强盗伪装的，想把我吓跑。我没什么别的东西，只有一枕一席。你还是到别处去吧。"鬼仍然不动。严先生怒道："你还要骗人么？"举起界尺就打，鬼转眼不见了。严先生转着圈找，什么也没有发现，沉吟道："真的有鬼啊？"接着又说："魂升上天，魄降入地下，这个道理很清楚。世上哪里有鬼，可能是狐精作怪。"他继续点着灯琅琅读书不停。这位先生的倔强，可以说是到了极点，然而鬼也竟然躲避他。原来执拗的气性，能百折不回，也可以战胜鬼怪的。

又听说有个书生，夜里在廊下散步。忽然遇见一个鬼，就叫过来对它说："你也曾经做过人，为什么一做了鬼，就不懂做人的道理了呢？哪有深更半夜,不分内外闯进人家庭院的呢?"鬼于是不见了。这就是心里不害怕,因此神智也不昏乱,鬼也就不敢冒犯。还有,故城县沈丰功先生名鼎勋,是姚安公的同年。有一次晚上回家时天下雨,路上泥泞难走,他和一个奴仆相互搀扶着行走,看不清道路。经过一座荒废的寺院,过去传说这儿有不少鬼。沈先生说:"这里没人可问路,姑且到寺里找鬼问问。"他进到寺里,绕着殿廊叫道:"鬼兄鬼兄,请问前面道路水深不深?"寺里安安静静一点儿声响都没有。沈先生笑道:"可能鬼都睡了,我也休息一会儿吧。"于是和奴仆倚着柱子睡到天亮。这是沈老先生胸怀潇洒豪爽,故意开开玩笑而已。

阿文成公平定伊犁时,于空山捕得一玛哈沁。诘其何以得活,曰:"打牲为粮耳。"问:"潜伏已久,安得如许火药?"曰:"蜣螂曝干为末①,以鹿血调之,曝干,亦可以代火药。但比硝磺力稍弱耳。"又一蒙古台吉云②:"鸟铳贮火药铅丸后,再取一干蜣螂,以细杖送入,则比寻常可远出一二十步。"此物理之不可解者,然试之均验。又疡医殷赞庵云:"水银能蚀五金,金遇之则白,铅遇之则化。凡战阵铅丸陷入骨肉者,割取至为楚毒,但以水银自创口灌满,其铅自化为水,随水银而出。"此不知验否,然于理可信。

【注释】

①蜣螂(qiāng láng):昆虫。俗称屎克螂。

②台吉:清朝对蒙古贵族封爵名。位次辅国公,分四等,自一等台吉至四等台吉,相当于一品官至四品官。

【译文】

阿文成公平定伊犁时,在深山空谷里抓到了一个强盗。他问强盗在荒僻的大山里靠什么生活，强盗回答说："打野兽当做粮食。"阿文成公又问："你藏匿此地已经很久了，哪来那么多火药？"强盗说："抓蜣螂晒干后研成细末，用鹿血调和之后，晒干，也可以用来代替火药。只是比硝磺的火药威力要差一些。"还有一位蒙古贵族说过："在火枪里装上火药铅弹之后，再取一只晒干的蜣螂，用细棍捅进枪膛，这样火药射出的距离可以远一二十步。"这种现象从物理上无法解释，但是每次试验都有效果。又听专治痈疮的医生殷赞庵说："水银能腐蚀金属，黄金遇上水银会变成白色，铅遇到它会立即熔化。凡是在战场上被铅弹射中的，割肉取铅弹伤员痛苦极了，但是如果用水银从伤口灌满，铅会自然熔化成水，随着水银流出来。"这个办法不知是否灵验，不过从道理来看还是可信的。

田白岩言：有士人僦居僧舍，壁悬美人一轴，眉目如生，衣褶飘飏如动。士人曰："上人不畏扰禅心耶？"僧曰："此天女散花图，堵芬木画也。在寺百馀年矣，亦未暇细观。"一夕，灯下注目，见画中人似凸起一二寸，士人曰："此西洋界画，故视之若低昂，何堵芬木也。"画中忽有声曰："此妾欲下，君勿讶也。"士人素刚直，厉声叱曰："何物妖鬼敢媚我！"遽掣其轴，欲就火烧之。轴中絮泣曰："我炼形将成，一付祝融[①]，则形消神散，前功付流水矣。乞赐哀闵，感且不朽。"僧闻俶扰[②]，亟来视。士人告以故。僧憬然曰："我弟子居此室，患瘵而死，非汝之故耶？"画不应，既而曰："佛门广大，何所不容。和尚慈悲，宜见救度。"士怒曰："汝杀一人矣，今再纵汝，不知当更杀几人。是惜一妖之命，而戕无算人命也。小慈是大慈之贼，上人勿吝！"遂投之炉中。烟焰一炽，血腥之气满室，疑所杀不止一僧矣。后入夜，或嘤嘤有泣声。士人曰："妖之馀气未尽，恐久且复聚成形。破阴邪者惟阳刚。"乃市爆竹之成串者十馀，京师谓之火鞭。总结其信线为一，闻声时骤然爇之，如雷霆砰磕，窗扉皆震，自是遂寂。除恶务本，此士人有焉。

【注释】

①祝融：本名重黎，中国上古帝王，以火施化，号赤帝，后尊为火神。在日常用语中，"祝融"是火的代名词。

②俶（chù）扰：骚扰，扰乱。

【译文】

田白岩说：有个书生租僧房居住，看见墙壁上挂着一幅美人画，眉眼栩栩如生，衣服皱褶飘拂潇洒，好像会动似的。书生说："大师不怕干扰修禅的心思吗？"僧人说："这是天女散花图，是堵芬木画的。在寺院里一百多年了，我也没有工夫细看。"一天晚上，书生在灯下注视这幅画，看见画中的美人仿佛凸起一二寸高，书生说："这是西洋画，所以看起来好像有高低凹凸，哪里是堵芬木画的呢？"画里忽然有声音说："这是我想要出来，你不要惊讶。"书生一向刚强正直，厉声呵叱道："什么妖魔鬼怪敢来迷惑我！"马上抓起画轴，想凑到灯上烧掉。画轴里絮絮叨叨哭着说："我炼形快要成功了，一旦被烧，形消神散，以前的功力就付之流水了。恳求你可怜我，我一生都会永远感激的。"僧人听到吵闹声，赶快过来看。书生说了事情的前因后果。僧人忽然醒悟说："我的弟子住在这间屋子里，得了痨病死了，不是你的原故吗？"画里不回答了，过了一会儿，才说："佛门包容广大，有什么不能宽容。和尚是慈悲心肠，应该拯救超度我。"书生愤怒地说："你已经杀死一个人了，今天再放了你，不知道还要杀几个人。可惜一个妖怪的性命，就会害了无数的人命。小慈悲是大慈悲的祸害，大师切勿可惜她！”就把画轴投进火炉。火焰升腾起来，血腥气味满屋，大家疑心这个妖怪杀死的不止一个僧人。后来到了夜里，有时还听到嘤嘤的哭泣声。书生说：“妖怪剩馀的气息还没有散尽，恐怕时间长了会再凝聚成形体。破灭阴邪气息，只有用阳刚之气。”书生就买来成串的鞭炮十几挂，京城称为火鞭。把引信结在一起，一听到哭声就突然一下全都点燃，一时像炸雷似的“呼嘭”巨响，窗门都震动了，从此就安静了。去除邪恶一定要从根子上消灭干净，书生就是这样做的。

有与狐为友者。天狐也，有大神术，能摄此人于千万里外。凡名山胜境，恣其游眺，弹指而去，弹指而还，如一室也。尝云：“惟贤圣所居不敢至，真灵所驻不敢至，馀则披图按籍，惟意所如耳。”一日，此人祈狐曰：“君能携我于九州之外，能置我于人闺阁中乎？”狐问何意，曰：“吾尝出入某友家，预后庭丝竹之宴。其爱妾与吾目成，虽一语未通，而两心互照。但门庭深邃，盈盈一水，徒怅望耳。君能于夜深人静，摄我至其绣闼[1]，吾事必济。”狐沉思良久，曰：“是无不可。如主人在何？”曰：“吾侦其宿他姬所而往也。”后果侦得实，祈狐偕往。狐不俟其衣冠，遽携之飞行。至一处，曰：“是矣。”瞥然自去。此人暗中摸索，不闻人声，惟觉触手皆卷轴，乃主人之书楼也。知为狐所弄，仓皇失措，误触一几倒，器玩落板上，碎声砰然。守者呼：“有盗！”僮仆坌至，启锁明烛，执械入。见有人瑟缩屏风后，共前击仆，以绳急缚。就灯下视之，识为此人，均大骇愕。此人故狡黠，诡言偶与狐方忤，被提至此。主人故稔知之，拊掌揶揄曰：“此狐恶作剧，欲我痛抶君耳②。姑免笞，逐出！”因遣奴送归。他日，与所亲密言之，且詈曰：“狐果非人，与我相交十馀年，乃卖我至此。”所亲怒曰：“吾与某交，已不止十馀年，乃借狐之力，欲乱其闺阃。此谁非人耶？狐虽愤君无义，以游戏儆君，而仍留君自解之路，忠厚多矣。使待君华服盛饰，潜挈置主人卧榻下，君将何词以自文？由此观之，彼狐而人，君人而狐者也。尚不自反耶？”此人愧沮而去。狐自此不至，所亲亦遂与绝。郭彤纶与所亲有瓜葛，故得其详。

【注释】

①绣闼（tà）：装饰华丽的门。

②抶（chì）：用鞭、杖或竹板之类的东西打。

【译文】

有个人和狐狸是朋友。这是一只天狐，有神通法术，能把这个人摄起到千里万里之外。凡是名胜古迹，任他游玩观赏，弹指间去了，弹指间又回来，好像在一间房子里走动。狐狸曾经说：“只有圣贤住的地方不敢去，真正神仙住的地方不敢去，其馀地方都能按照地图书籍的标示，想到哪里都可以如愿。”一天，这个人请求狐狸说：“你能把我带到九州之外，那么你能把我带到人家的闺阁里去吗？”狐狸问他是什么意思，他说：“我曾经在某个朋家往来出入，参加了在他家后院举行的歌舞宴会。朋友的爱妾和我眉目传情，虽然没有说一句话，但是两个人的心思却互相明白。只是他家宅深大，就像牛郎织女一水相隔，只能怅然相望罢了。你如果能够在夜深人静时把我弄到她的闺房里，我的好事就成了。”狐狸沉思了好久，说：“这没有什么办不到的。如果刚好主人在怎么办？”他说：“等我打听到主人住到别的姬妾那里时我才去。”后来，他果然打听清楚了，请求天狐带他前往。狐狸不等他穿戴好，就马上带着他飞行。到了一个地方说:“是这里了。”转眼就不见了。这个人在黑暗中摸索,听不见人的声音,只是感觉到手触摸到的都是卷轴,原来是主人的书楼。他知道被狐狸耍了,仓皇失措,不小心碰倒了一张案几,器玩落在地板上,发出“砰砰”摔碎的声音。守夜的喊:“有贼!”僮仆一起赶来,打开锁点亮烛火,拿着棍棒进了房间。看见有人瑟缩在屏风后面,一起上前把他打倒,用绳子捆起来。在灯下仔细一看,认出是他,都很吃惊。这个人也很狡猾,撒谎说偶然和狐友闹翻了,被拎到这儿。主人和他很熟悉,拍着手嘲弄他说:“这是狐狸的恶作剧,想要我痛打你罢了。现在暂时免去鞭打,驱逐出境!”于是派奴仆把他送了回去。后来有一天,他和好友悄悄说起这件事,还骂道:“狐狸果然不是人,和我交往了十多年,还这样把我卖了。”好友怒道:“你和某某相交,已经不止十多年,还想借助狐精的力量,勾搭他的妻妾。究竟谁不是人呢?狐狸虽然为你不讲义气而生气,开个玩笑警告你,却还给你留下脱身的后路,这就很忠厚了。假如等你穿得衣冠楚楚,偷偷把你弄到主人的床下,你还有什么借口来解释呢?由此看来,狐精倒是人,你虽然有人的外表却实际上是狐狸。你还不自己反省吗?”这个人惭愧沮丧地走了。从此,狐精不再与他来往,好友也和他断绝了关系。郭彤纶和此人的密友有些交情,所以知道这件事的详细经过。

老儒刘泰宇,名定光,以舌耕为活。有浙江医者某,携一幼子流寓,二人甚相得,因卜邻。子亦韶秀,礼泰宇为师。医者别无亲属,濒死托孤于泰宇。泰宇视之如子。适寒冬,夜与共被。有杨甲为泰宇所不礼,因造谤曰:“泰宇以故人之子为娈童。”泰宇愤恚,问此子知尚有一叔,为粮艘旗丁掌书算。因携至沧州河干,借小屋以居;见浙江粮艘,一一遥呼,问有某先生否。数日,竟得之,乃付以侄。其叔泣曰:

"夜梦兄云,侄当归。故日日独坐舵楼望。兄又云:'杨某之事,吾得直于神矣。'则不知所云也。"泰宇亦不明言,悒悒自归。迂儒拘谨,恒念此事无以自明,因郁结发病死。灯前月下,杨恒见其怒目视。杨故犷悍,不以为意。数载亦死。妻别嫁,遗一子,亦韶秀。有宦室轻薄子,诱为娈童,招摇过市,见者皆太息。泰宇,或云肃宁人[①],或云任邱人[②],或云高阳人[③]。不知其审,大抵住河间之西也。迹其平生,所谓殁而可祀于社者欤!此事在康熙中年,三从伯灿宸公喜谈因果,尝举以为戒。久而忘之。戊午五月十二日[④],住密云行帐,夜半睡醒,忽然忆及,悲其名氏翳如[⑤]。至滦阳后,为录大略如右。

【注释】

①肃宁:在今河北沧州以西。

②任邱:在今河北中部。

③高阳:在今河北中部。

④戊午:嘉庆三年(1798)。

⑤翳(yì)如:湮灭无闻。

【译文】

老儒生刘泰宇,名定光,以教书为生。有个浙江医生带着个小儿子流落到刘泰宇的村子,两人相处很好,就比邻而居。医生的小儿子聪敏清秀,拜刘泰宇为师。医生没有别的亲属,临终时把儿子托付给刘泰宇。刘泰宇当成了自己的儿子。寒冷的冬夜,两人合盖一条被子。有个叫杨甲的人,刘泰宇一贯看不上,这人造谣说:"刘泰宇把朋友的儿子当娈童。"刘泰宇又气又恨,问孩子,知道他还有个叔叔,为押运粮船的绿旗兵管文书帐目。于是刘泰宇把孩子带到沧州河岸,借了一间小屋住下;见到浙江粮船就一一呼叫,问有位某某先生在不在船上。这样找了几天,还真的找到了孩子的叔叔,把侄子交给了他。孩子的叔叔哭道:“昨夜梦见哥哥说,我侄子要回来了。所以我天天坐在舵楼上望。哥哥还说:‘杨某的事,我要向神申诉。’就不知说的是什么事了。”刘泰宇也不明说,闷闷不乐地自己回来了。老儒生一向迂阔拘谨,总是想着这件事没法洗清自己,结果忧郁成病死了。灯前月下,杨甲经常看见刘泰宇怒目而视。杨甲一向强悍凶暴,也不在乎。过了几年,杨甲也死了。他妻子改嫁,扔下一个儿子,也长得秀丽可爱。有位做官人家的轻薄公子哥儿引诱这个孩子当了娈童,招摇过市,见到的人都叹息。刘泰宇,有人说是肃宁人,有人说是任邱人,有人说是高阳人。不知究竟是哪儿的人,大概是在河间府以西的地方。考察一下他的生平,就是那种是死后可以在社庙里享祭的人吧!这事发生在康熙年间中期,我的三堂伯灿宸公喜欢谈因果,曾经讲起这件事叫人引以为戒。年长日久,我也忘了。嘉庆戊午年五月十二日,我住在密云的行军帐篷里,半夜醒来,忽然想起这件事,感伤他的名字事迹渐渐被人遗忘。到了滦阳后,就把他的事迹粗略地记录下来。

常守福,镇番人[①]。康熙初,随众剽掠,捕得当斩。曾伯祖光吉公时官镇番守备,奇其状貌,请于副将韩公免之,且补以名粮,收为亲随。光吉公罢官归,送公至家,因留不返。从伯祖钟秀公尝曰:“常守福矫捷绝伦,少时尝见其以两足挂明楼雉堞上,倒悬而扫砖线之雪,四周皆净。剧盗多能以足向上,手向下,倒抱楼角而登。近雉堞处以砖凸出三寸,四围镶之,则不能登,以足不能悬空也。俗谓之砖线。持帚翩然而下,如飞鸟落地,真健儿也。”后光吉公为娶妻生子。闻今尚有后人,为四房佃种云。

【注释】

①镇番：明代洪武三十年(1397)置，属陕西行都司。建文中废。永乐元年(1403)复置。清雍正二年(1724)改镇番县，大约为今甘肃民勤。

【译文】

常守福是镇番人。康熙初年，他跟着盗匪掠夺民财，后来被官府抓住，按律当斩。我的曾伯祖光吉公当时正在做镇番守备，欣赏他的相貌，恳求副将韩公免其死罪，又把他补进士兵的名册，发给粮饷，收作自己的亲随。光吉公罢官后，常守福护送主人到家乡，留下来没有返回军营。堂伯祖钟秀公曾说："常守福身手矫健，小时候曾见他两脚倒挂在明楼女儿墙上，将砖线四周的积雪扫净。大盗大多数能用脚倒爬墙，手向下，挟住楼房的拐角爬上去。靠近雉堞的墙上用砖砌出三寸，四周镶起边来，强盗就爬不上了，因为他的脚不能悬空没着力的地方。老百姓把凸出三寸的地方叫"砖线"。然后，手持扫帚飘然落下，像飞鸟落地一般轻巧，真是身手敏捷。"后来光吉公为常守福娶了妻子，他又有了子女。如今，听说常守福还有后人，是族中四房名下的佃户。

门联唐末已有之，蜀辛寅逊为孟昶题桃符①，"新年纳馀庆，嘉节号长春"二语是也。但今以朱笺书之为异耳。余乡张明经晴岚，除夕前自题门联曰："三间东倒西歪屋，一个千锤百炼人。"适有锻铁者求彭信甫书门联，信甫戏书此二句与之。两家望衡对宇，见者无不失笑。二人本辛酉拔贡同年②，颇契厚，坐此竟成嫌隙。凡戏无益，此亦一端。又，董曲江前辈喜谐谑，其乡有演剧送葬者，乞曲江于台上题一额。曲江为书"吊者大悦"四字，一邑传为口实，致此人终身切齿，几为其所构陷。后曲江自悔，尝举以戒友朋云。

【注释】

①“门联”二句：孟昶(chǎng,919—965)，初名仁赞，字保元。后蜀末代皇帝，934—964年在位。据传，后蜀广政二十七年(964)春节前夕，孟昶下令，要群臣在“桃符板”(画有神像的桃木板，旧时认为可以避邪)上题写对句，以试才华。他亲笔在“桃符板”上写了“新年纳馀庆，佳节号长春”，被认为是我国有文字以来第一副对联。据考证，其实中国对联第一人比孟昶早四百多年，是南朝梁代的刘孝绰。刘孝绰曾在建康(今江苏南京)做官，辞官后不愿被打扰，书写“闭门罢庆吊，高卧谢公卿”二句贴在门上，成为中国第一副对联。

②辛酉：乾隆六年(1741)。

【译文】

门联从唐代末年已经有了，蜀国辛寅逊为孟昶题写在桃符板上的“新年纳馀庆，嘉节号长春”两句就是。不过现在用红纸书写，和以前不同罢了。我的同乡张晴岚贡生，除夕时自己在门口题一副门联：“三间东倒西歪屋，一个千锤百炼人。”刚好有个打铁匠请彭信甫写门联，彭信甫顺手就把这两句写上送给打铁匠。这两户人家房子靠近，门户相对，看到这两副门联的人，没有不笑出声来的。张晴岚和彭信甫本来是辛酉年拔贡生的同榜，情谊相当深厚，却因为这件事有了误会隔阂。凡是戏弄别人都没有好处，这就是个例子。还有，董曲江前辈喜欢开玩笑，他家乡有为送葬演戏的，演戏的人请董曲江给戏台题个匾额。董曲江给他写了“吊者大悦”四个字，一县都相传，成为话柄，以致这个人恨他一生，有次几乎被这个人陷害。后来，董曲江也很后悔，曾经用这件事例来劝诫朋友。

董秋原言：有张某者，少游州县幕。中年度足自赡，即闲居以莳花种竹自娱。偶外出数日，其妇暴卒。不及临诀，心恒怅怅如有失。一夕，灯下形见，悲喜相持。妇曰："自被摄后，有小罪过待发遣，遂羁绊至今。今幸勘结，得入轮回，以距期尚数载，感君忆念，祈于冥官，来视君，亦夙缘之未尽也。"遂相缱绻如平生。自此人定恒来[①]，鸡鸣辄去。嬿婉之意有加，然不一语及家事，亦不甚问儿女，曰："人世嚣杂，泉下人得离苦海，不欲闻之矣。"一夕，先数刻至，与语不甚答，曰："少迟君自悟耳。"俄又一妇搴帘入，形容无二，惟衣饰差别，见前妇惊却。前妇叱曰："淫鬼假形媚人，神明不汝容也！"后妇狼狈出门去。此妇乃握张泣。张惝恍莫知所为。妇曰："凡饿鬼多托名以求食，淫鬼多假形以行媚，世间灵语，往往非真。此鬼本西市娼女，乘君思忆，投隙而来，以盗君之阳气。适有他鬼告我，故投诉社公，来为君驱除。彼此时谅已受笞矣！"问："今在何所？"曰："与君本有再世缘，因奉事翁姑，外执礼而心怨望，遇有疾病，虽不冀幸其死，亦不迫切求其生。为神道所录，降为君妾。又因怀挟私愤，以语激君，致君兄弟不甚睦，再降为媵婢。须后公二十馀年生，今尚浮游墟墓间也。"张牵引入帏，曰："幽明路隔，恐干阴谴，来生会了此愿耳。"呜咽数声而灭。时张父母已故，惟兄别居。乃诣兄具述其事，友爱如初焉。

【注释】

①人定：一昼夜十二时中的最末一个时辰，相当于现在夜里的21—23时。意思是夜已很深，人们已经是停止活动、安歇睡眠了。又名定昏、夤夜。

【译文】

董秋原说：有个张某，年轻时在州县衙里当幕僚。中年时估计积下的财富足够养活自己，就闲住在家以养花种竹为乐。他偶然外出几天，他的妻子突然病死了。来不及临终诀别，心中常常若有所失。一天晚上，妻子出现在灯下，张某悲喜交集抱住她。妻子说：“被拘到阴间后，因为有小罪过，等待处置，所以延误到今天。如今结了案，可以进入轮回了，因为离托生还有几年，感念你的怀念之情，向阴间官员请求来看望你，这也是我们前生的缘分还没有尽啊。”于是两人像活着时一样在一起亲热。从此妻子常常在人定时来，鸡鸣时离开。妻子亲热柔顺的情意比以前更加浓烈，却一句也不问家务事，也不大过问儿女的事，还说：“人世喧嚣复杂，亡魂能够离开苦海，不想再听人世的事情了。”一天晚上，她提前几刻钟来了，张某和她说话，她也不肯多回答，只是说：“过一会儿你自己就会明白了。”不久，又有一个女人掀开门帘进来，和先头进来的妻子一模一样，只是衣服装饰不同，看见先来的妻子，就大惊退后。先来的妻子骂道：“淫鬼假冒别人的相貌媚惑人，神明不会饶了你。”后来的狼狈地逃出门去。这个妻子才拉着张某的手哭泣。张某恍恍惚惚不知道是怎么回事。妻子说：“凡是饿鬼，大多假借名字去寻求食物，淫鬼大多变化形象去迷惑引诱人，世间那些好听的话，往往不是真的。这个鬼本来是西街的妓女，趁你思念我，钻空子就来了，是为了盗取你的阳气。正好有别的鬼告诉我，我就向土地神投诉，来这里为你驱逐淫鬼。大概这个时候她正挨鞭打呢！”张某问妻子：“现在何处？”她说：“和你本来有下一生的缘分，因为我侍奉公婆的时候，表面尽情尽礼，心里却怀着埋怨，公婆有病时，虽然不希望他们死去，但也不迫切祈求他们活着。这些被神明记录在案，把我降为你的侍妾。又因为怀着私心发泄私愤，用语言挑动，以致你们兄弟不大和睦，因此再降为你的通房丫头。我要等在你后面二十多年才能投生，现在还在坟墓之间游荡啊。”张某拉妻子上床，她说：“阴阳是两个世界，这样做恐怕遭受冥府的责罚，来生相见再满足你的愿望。”她呜咽几声不见了。当时张某父母已经去世，只有哥哥和他分居。张某到哥哥那儿说了这件事，两人又像以前一样友爱和睦了。

有嫠妇年未二十，惟一子，甫三四岁。家徒四壁，又鲜族属，乃议嫁。妇色颇艳。其表戚某甲，密遣一妪说之曰：“我于礼无娶汝理，然思汝至废眠食。汝能托言守志，而私昵于我，每月给赀若干，足以赡母子。两家虽各巷，后屋则仅隔一墙，梯而来往，人莫能窥也。”妇惑其言，遂出入如外妇。人疑妇何以自活，然无迹可见，姑以为尚有蓄积而已。久而某甲奴婢泄其事。其子幼，即遣就外塾宿。至十七八，亦稍闻繁言。每泣谏，妇不从；狎昵杂坐，反故使见闻，冀杜其口。子恚甚，遂白昼入某甲家，剚刃于心，出于背，而以“借贷不遂，遭其轻薄，怒激致杀”首于官。官廉得其情，百计开导，卒不吐实，竟以故杀论抵。乡邻哀之，好事者欲以片石表其墓，乞文于朱梅崖前辈。梅崖先一夕梦是子，容色惨沮，对而拱立，至是憬然曰：“是可毋作也。不书其实，则一凶徒耳，乌乎表？书其实，则彰孝子之名，适以伤孝子之心，非所以安其灵也。”遂力沮罢其事。是夕，又梦其拜而去。是子也，甘殒其身，以报父仇，复不彰母过以为父辱，可谓善处人伦之变矣。或曰：“斩其宗祀，祖宗恫焉。盍待生子而为之乎？”是则讲学之家，责人无已，非余之所敢闻也。

【译文】

有个寡妇不到二十岁，只有个儿子，才三四岁。家穷得什么也没有，家族里又无人依靠，于是打算再嫁。寡妇长得很漂亮。她的表亲某甲暗地里派一个老妈子劝她说："按照礼法我不能娶你，可是我思念你到了吃不下睡不着的地步。你能假托守节不嫁，暗地里和我相好，我每月给你若干钱，足够养活你们母子。两家虽然不在一个巷子里，不过后屋只隔一道墙，搭上梯子来往，别人不会发现的。"寡妇被他诱惑，私下里让他出出进进，就像是他的外室一样。人们怀疑她靠什么生活，但是没有发现什么疑点，姑且以为她有积蓄而已。时间一长，某甲的奴婢把这事透露出来。她的儿子还小，就被打发到外面私塾里住宿。到了十七八岁时，儿子也听到一些风言风语。他常常哭着劝说母亲，她不听；反而和某甲亲热调笑坐在一起，故意让儿子听到看到，打算堵住儿子的嘴。儿子气极了，大白天闯入某甲家，用刀从某甲的心窝捅进去，从后背透了出来，他向官府自首说"向某甲借贷未遂，遭到侮辱轻薄，被激怒杀死了他"。官员弄清了事情真相，想方设法开导他说出实情，但是年轻人坚持原口供，最后以故意杀人罪被判抵命。乡邻们同情他，热心人想给他树块碑表彰他，请朱梅崖先生写碑文。在这前一晚，朱先生梦见那个年轻人，他神色惨淡，拱手站在他面前，这时朱先生忽然醒悟："这碑文不能写。不实事求是写，年轻人不过是个凶犯，怎么还能表彰？如果实事求是写，却是表彰了孝子的名，而伤了孝子的心，这怎么能安慰地下的灵魂？"于是极力劝阻不树碑。这天晚上，朱梅崖先生又梦见年轻人来拜谢而去。那个年轻人，甘心舍弃自己的性命为父亲雪耻，又不张扬母亲的过失而辱没父亲的名声，可以说是善于处理人伦之间的变故了。有人说："这个年轻人断了宗嗣后代，令祖宗痛心。何不等生了儿子之后再去报仇？"这就是道学家的腔调了，对别人的要求无穷无尽，不是我敢听到的。

小人之谋，无往不福君子也。此言似迂而实信。李云举言其兄宪威官广东时，闻一游士性迂僻，过岭干谒亲旧，颇有所获。归装襆被衣履之外，独有二巨箧，其重四人乃能舁，不知其何所携也。一日，至一换舟处，两舷相接，束以巨绳，扛而过。忽四绳皆断如刃截，訇然堕板上。两箧皆破裂，顿足悼惜。急开检视，则一贮新端砚，一贮英德石也。石箧中白金一封，约六七十两，纸裹亦绽。方拈起审视，失手落水中。倩渔户没水求之，仅得小半。方懊丧间，同来舟子遽贺曰："盗为此二箧，相随已数日，以岸上有人家，不敢发。吾惴惴不敢言。今见非财物，已唾而散矣。君真福人哉！抑阴功得神佑也？"同舟一客私语曰："渠有何阴功，但新有一痴事耳。渠在粤日，尝以百二十金托逆旅主人买一妾[①]，云是一年馀新妇，贫不举火，故鬻以自活。到门之日，其翁姑及婿俱来送，皆羸病如乞丐。临入房，互相抱持，痛哭诀别。已分手，犹追数步，更絮语。媒妪强曳妇人，其翁抱数月小儿向渠叩首曰：'此儿失乳，生死未可知。乞容其母暂一乳，且延今日，明日再作计。'渠忽跃然起曰：'吾谓妇见出耳。今见情状，凄动心脾，即引汝妇去，金亦不必偿也。古今人相去不远，冯京之父[②]，吾岂不能为哉！'竟对众焚其券。不知乃主人窥其忠厚，伪饰己女以绐之。倘其竟纳，又别有狡谋也。同寓皆知，渠至今未悟，岂鬼神即录为阴功耶？"又一客曰："是阴功也。其事虽痴，其心则实出于恻隐。鬼神鉴察亦鉴察其心而已矣。今日免祸，即谓缘此事可也。彼逆旅主人，尚不知究竟何如耳。"先师又聃先生，云举兄也。谓云举曰："吾以此客之论为然。"

余又忆姚安公言：田丈耕野西征时，遣平鲁路守备李虎，偕二千总，将三百兵出游徼，猝遇额鲁特自间道来。二千总启虎曰："贼马健，退走必为所及。请公率前队扼山口，我二人率后队助之。贼不知我多寡，犹可以守。"虎以为然，率众力斗。二千总已先遁，盖绐虎与战，以稽时刻，虎败，则去已远也。虎遂战殁。后荫其子先捷如父官。此虽受绐而败，然受绐适以成其忠。故曰，小人之谋，无往不福君子也。此言似迂而实确。

【注释】

①逆旅：旅店的意思。逆，迎接。旅，旅人、行者。

②冯京之父：北宋宰相冯京的父亲冯商原本无子，路过京城买了个妾，女子哭泣流泪说，她父亲因为欠人债务，才卖她还债。冯商立刻将该女归还其父，并赠送银两给父女俩。数月后，冯妻竟然怀孕，生下冯京。事见《湖广通志》卷七十三。

【译文】

小人所施的计谋，没有一条不是为君子造福的。这话听起来似乎有点儿迂，但确实是这样。李云举说：他哥哥宪威在广东做官时，听说有个四处飘游求学的书生，性情迂腐而孤僻，路过岭南时，拜见亲戚朋友，颇有收获。归来时除了铺盖衣物之外，还带回了两只大箱子，要四个人才能搬动，不知里面装着什么。一天，到了一个换船的地方，两船的船舷靠在一起，士子命人用粗绳捆好箱子，抬到那条船上去。忽然四根绳子断裂开来，断头像是被刀砍过的一样，两只箱子"砰"地掉在船板上。两只箱子都摔裂了，士子心疼得直跺脚。急忙打开箱子检查，原来一只箱子里放的是崭新的端砚，另一只箱子装的是英德石。装英德石的箱子里有白银一封，用纸包裹着，大约有六七十两，纸包已经摔破了。士子拈起银子来查点，不小心失手掉入河中。他急忙求渔民入水打捞，只捞上了一小半。正懊丧时,同来的一位船工突然向他道喜说:“强盗们为这两只箱子,已经跟踪您几天了,因为岸边有人家,他们才没敢动手。我心里一直惴惴不安,又不敢说出来。刚才强盗们见箱子里不是财物,吐了唾沫散去了。您真是有福之人哪!大概是您平日积了阴德得到了神灵的保佑?”同船的一位客人悄悄说:“他有什么阴德,只不过刚刚干了一件傻事。他在广州时,曾经花一百二十两银子托旅店主人买了个妾,据说是个刚结婚一年的新媳妇,因为家里穷得揭不开锅,才卖了她,让家里人有条活路。过门那天,她的公婆和丈夫都来送别,一个个病病弱弱像乞丐一样。临进屋时他们竟然相互搂抱着痛哭告别。分手之后,她又回身追出几步,絮絮叨叨嘱咐个不停。媒婆强拉硬拽女人进屋,她的公公抱着个几个月的婴儿跪着向书生磕头说:‘这孩子一旦断奶,生死就难以预料了。求您允许他母亲再喂一次奶,让他今天能活命,明天再另作打算了。’书生忽然一跃而起,说:‘我以为她是被你们赶出来的。现在看见这种情况,凄惨得让人心痛,你们马上把媳妇带回去,钱我也不要了。古人今人相去不远,宋代冯京之父能做到的事,难道我就做不到么!’他还真的当众焚烧了卖身契。他根本没想到是旅店主人看他忠厚,把自己的女儿伪装了一番哄骗他。倘若他真的买下了那个女子,旅店主人还有更狡猾的招数。跟书生同住的人都知道这件事的底细,只有他至今还蒙在鼓里,难道鬼神会把这种事录为阴德吗?”另一个客人说:“说起来,此事还应该算是他积的阴德。事情虽然做得傻,他却是真的出于恻隐之心。鬼神鉴察,重点还是鉴察人的心灵而已啊。今天,他能够免除祸患,可以说就是这件事的缘故。那个旅店主人,还不知会落个什么下场呢。”我的老师李又聃先生,是李云举的兄长。他对李云举说:“我认为这个客人说得对。”

我又想起姚安公说的一件事:田耕野先生带兵西征时,曾经派遣平鲁路守备李虎偕同两位千总,率领三百名军士出外巡察,突然遭遇格鲁特人从小路偷袭。两位千总向李虎报告说:“贼人马匹强健,我军撤退,必然会被他们追上。请您率领前队守住山口，我二人率后队相助。贼人弄不清我军兵力有多少，也许能守住。”李虎认为此话有理，率前队兵士奋力与敌人搏斗。就在李虎与敌人交战之际，两个千总已经先逃走了，原来他们骗李虎与敌人作战，拖延时间，李虎战败时，他们早就溜得没影儿了。李虎终于战死。后来，李虎的儿子袭了父亲的官爵，做了平鲁路守备。李虎虽因为受人欺骗而战败，但是这种欺骗也成全了他成为一代忠良。所以说，小人所施的计谋，没有一条不是为君子造福的。这话虽然看起来迂腐，不过确实是这样。

云举又言：有人富甲一乡，积粟千馀石。遇岁歉，闭不肯粜。忽一日，征集仆隶，陈设概量，手书一红笺，榜于门曰：“岁歉人饥，何心独饱？今拟以历年积粟，尽贷乡邻，每人以一石为律。即日各具囊筐赴领，迟则粟尽矣。”附近居民，闻声云合，不一日而粟尽。有请见主人申谢者，则主人不知所往矣。惶遽大索，乃得于久锸敝屋中，酣眠方熟，人至始欠伸。众惊愕掖起，于身畔得一纸曰：“积而不散，怨之府也；怨之所归，祸之丛也。千家饥而一家饱，剽劫为势所必至，不名实两亡乎？感君旧恩，为君市德。希恕专擅，是所深祷。”不省所言者何事。询知始末，太息而已。然是时人情汹汹，实有焚掠之谋。得是博施，乃转祸为福。此幻形之妖，可谓爱人以德矣。所云“旧恩”，则不知其故。或曰：“其家园中有老屋，狐居之数十年，屋圮乃移去。意即其事欤？”

【译文】

李云举又说：有个全乡最富的人，积攒了一千多石粮食。遇上荒年，关着仓门不肯售粮。突然有一天，富人把仆人们召集来，摆出升斗量器，写了一张红纸，贴在大门口，说："荒年人人饥饿，我怎么能安心一个人吃饱？现在准备把历年积存的粮食，全部借给同乡邻里，每人限借一石。即日开始，各人自备口袋箩筐来领取，迟到粮食就分光了。"附近的居民，听到消息都涌来，不到一天，粮食分光了。有人请求拜见主人，表示感谢，主人却不知到什么地方去了。大家惊慌起来，到处寻找，从一间关闭很久的破房子中找到了，睡得正香，有人来才打呵欠伸懒腰。大家很惊讶地把他扶起来，在他身边看到一张纸，上面写着："积存而不散发，是怨恨的根源；怨恨集中，灾祸就丛生了。千家饥饿，一家饱食，必然引来抢掠，这不是名利两空么？我感谢你旧日的恩德，现在为你买取德行。希望你宽恕我的专权擅自做主，这是我最大的希望。"大家都不清楚纸上讲的什么事。富人查问分粮的全过程，只有叹气的份儿了。但是，当时人们情绪焦躁纷乱，确实有放火抢掠的想法。富人因为广为分送粮食，才转祸为福。这个变成富人模样的妖怪，可以说是用德行来爱护这个富人了。所说的"旧时的恩德"，却不知道是什么事。有人说："富人家的院子里有间老屋，狐精住了几十年，到老屋倒塌才离开。大概是指这件事吧？"

小时闻乳母李氏言：一人家与佛寺邻。偶寺廊跃下一小狐，儿童捕得，絷缚鞭棰，皆慑伏不动。放之则来往于院中，绝不他往。与之食则食，不与之食亦不敢盗；饥则向人摇尾而已。呼之似解人语，指挥之亦似解人意。举家怜之，恒禁儿童勿凌虐。一日，忽作人语曰："我名小香，是钟楼上狐家婢。偶嬉戏误事，因汝家儿童顽劣，罚受其蹂躏一月。

今限满当归，故此告别。”问：“何故不逃避？”曰：“主人养育多年，岂有逃避之理？”语讫，作叩额状，翩然越墙而去。时余家一小奴窃物远飏，乳母因说此事，喟然曰：“此奴乃不及此狐。”

【译文】

小时候听乳母李氏说：一户人家和佛寺相邻。一天佛寺廊殿上突然跳下来一只小狐狸，被儿童们捉住了，用绳子绑住鞭子抽棍子打，小狐都趴在地上不动。放开它就在院子中来来往往，决不到别处跑，给它食物就吃，不给也不敢偷；饿了就向人摇尾巴。叫它好像懂得人的语言，指示它做什么好像也懂得人的意思。全家人都很喜欢它，总是禁止儿童虐待它。一天，它忽然说起了人话：“我名叫小香，是钟楼上狐家的婢女。有一次因为玩耍误事，又因为你们家的孩子顽皮捣蛋，主人就罚我被虐待一个月。现在期限到了，应当回去，因此向你们告别。”问它：“为什么不逃避？”它说：“主人养育我多年，哪有逃避的道理？”说完，做出叩头的样子，然后轻巧地翻墙走了。当时我家一个小奴仆偷了东西远走高飞了，乳母说了这个故事，叹息说：“这个小奴仆还不如这只小狐狸。”

陈云亭舍人言：其乡深山中有废兰若[①]，云鬼物据之，莫能修复。一僧道行清高，径往卓锡[②]。初一两夕，似有物窥伺。僧不闻不见，亦遂无形声。三五日后，夜有野叉排闼入，狰狞跳掷，吐火嘘烟。僧禅定自若。扑及蒲团者数四，然终不近身；比晓，长啸去。次夕，一好女至，合什作礼，请问法要。僧不答，又对僧琅琅诵《金刚经》，每一分讫，辄问此何解。僧又不答。女子忽旋舞，良久，振其双袖，有物簌簌落满地，曰："此比散花何如？"且舞且退，瞥眼无迹。满地皆寸许小儿，蠕蠕几千百，争缘肩登顶，穿襟入袖。或龁啮[③]，或搔爬，如蚊虻虮虱之攒咂；或抉剔耳目，擘裂口鼻，如蛇蝎之毒螫。撮之投地，爆然有声，一辄分形为数十，弥添弥众。左支右绌，困不可忍，遂委顿于禅榻下。久之苏息，寂无一物矣。僧慨然曰："此魔也，非迷也。惟佛力足以伏魔，非吾所及。浮屠不三宿桑下[④]，何必恋恋此土乎？"天明，竟打包返。余曰："此公自作寓言，譬正人之愠于群小耳。然亦足为轻尝者戒。"云亭曰："仆百无一长，惟平生不能作妄语。此僧归路过仆家，面上血痕细如乱发，实曾目睹之。"

【注释】

①兰若：梵语"阿兰若"的省称，寺庙。

②卓锡：僧人居留为卓锡。卓，植立。锡，锡杖。锡杖是僧人外出所用。

③龁(hé)：咬。

④浮屠不三宿桑下：佛陀时代，出家人乞食托钵，居无定所。因为印度是热带，所以出家人一般夜里都在树下休息。为了避免对住所的执着，一般出家人不能在同一棵树下连续休息三天。

【译文】

中书舍人陈云亭说：他家乡的深山里有座破庙，说是被鬼类占据着，没有人能修复。一个和尚道行清高，径自住进寺里。刚去的一两夜，好像有什么怪物来偷看。和尚好像不闻不见，这个怪物没有显形也没出声。三五天后，夜间有夜叉推门闯进来，面目凶恶又窜又跳，吐火喷烟。和尚静坐自若。夜叉多次扑到他坐的蒲团边，却始终近不了身；天亮后，夜叉长啸一声离开了。第二天晚上，来了个美女，合掌行礼，向和尚请问佛经的意思。和尚不答,她又对着和尚琅琅念诵《金刚经》,她每念一段,就问这一段是什么意思。和尚还是不回答。美女忽然旋转着舞起来,舞了好久,一抖双袖,里面有东西"簌簌"落了满地,她说:"这比天女散花怎样?"她一边舞着一边后退,转眼不见了。只见满地都是一寸左右的小孩,蠕动着有几千几百个,争着沿着和尚的肩膀爬上头顶,或从衣襟、袖子钻进去。或者乱啃乱咬,或者爬来爬去,好像蚊虻虮虱聚堆叮咬;有的还扒眼睛耳朵,撕嘴、拉鼻子,好像是蛇、蝎螫人。抓住它往地上一扔,还发出一声爆响,一个又分裂成几十个,越来越多。和尚左右挣持,一夜疲劳,终于支持不住,于是瘫在禅床下。过了好久他才醒来,已经安安静静一个小人也没有了。和尚感慨地说:"这是魔,不是迷人的妖物。只有佛力才足以降伏魔,这不是我所能的。僧人不在同一棵桑树下住三夜,我何必依恋这里呢?"天亮径自打包回去了。我说:"这是陈先生自己编的寓言,比喻正人君子受到众多小人的欺负。但这也足以让那些贸然采取行动的人引以为戒。"陈云亭说:"我什么长处也没有,唯有一生不说谎。这个和尚回来时路过我家,脸上的血痕细如乱发,我确实亲自看到过。"

老仆刘廷宜言:雍正初,佃户张璜于褚寺东架团焦俗谓之团瓢,"焦"字音转也。二字出《北齐书》本纪。守瓜,夜恒见一人,行步迟重,徐徐向西北去。一夕,偶窃随之,视所往,见至一丛冢处,有十馀女鬼出迓,即共狎笑媟戏。知为妖物,然似是蠢蠢无所能,乃藏火铳于团焦,夜夜伺之。一夜,又见其过。发铳猝击,訇然仆地。秉火趋视,乃一翁仲也。次日,积柴燔为灰,亦无他异。至夜,梦十馀妇女罗拜,曰:"此怪不知自何来,力猛如罴虎。凡新葬女鬼,无老少皆遭胁污;有枝拒者,登其坟顶,踊跃数四,即土陷棺裂,无可栖身。

故不敢不从，然饮恨则久矣。今蒙驱除，故来谢也。”后有从高川来者[①]，云石人洼冯道墓前冯道，景城人[②]，所居今犹名相国庄，距景城二三里。墓则在今石人洼。余幼时见残缺石兽、石翁仲尚有存者，县志云不知道墓所在，盖承旧志之误也。忽失一石人，乃知即是物也。是物自五代至今，始炼成形，岁月不为不久；乃甫能幻化，即纵凶淫，卒自取焚如之祸。与邵二云所言木偶，其事略同，均可为小器易盈者鉴也。

【注释】

①高川：在今河北沧州境内。

②景城：在今河北沧州境内。

【译文】

老仆人刘廷宜说：雍正初年，我家的佃户张璜在褚寺东边的地头上架了座瓜棚当地百姓叫作“团瓢”，“瓢”是“焦”字的转音。“团焦”二字，出于《北齐书》本纪。看守瓜田，每到夜间，他总是能看见一个人，脚步沉重，缓缓向西北方向走去。一天夜里，张璜偷偷地跟上那个人，看他究竟去哪儿，只见他走进一片坟地，十几个女鬼出来迎接他，在一起互相调笑淫乱游戏。张璜知道此人是妖物，不过似乎蠢笨无能，于是在瓜棚里藏了火枪，每天夜里等着。一夜，又看到那个人从瓜棚外走过。张璜突然开枪射击，那个人轰然倒地。张璜点着火把上前去看，原来竟是坟墓前的石像。第二天，他堆起柴禾将石像烧成了灰，也没有发生什么意外。到了夜里，张璜梦见几十名妇女围成圈儿向他跪拜，说：“这个怪物不知从何而来，力气大得像熊像虎。凡是新死的女鬼，无论老少都遭到他的威胁和污辱；谁敢抗拒不从，他就登上坟头，蹦跳几次，弄得坟堆塌陷，棺木破裂，坟墓的主人无处栖身。因此，没人敢违拗他，大家忍气吞声很久了。如今，承蒙您为我们除了这个祸根，所以特来相谢。”后来，有个人从高川来，说是石人洼的冯道墓前冯道是景城人，所住的地方现在还叫“相国庄”，距离景城二三里。冯道墓在现在的石人洼。我小时候看到残缺的石兽、石翁仲还有存在的，县志上说不知道冯道墓在什么地方，原来是继承旧志书上的失误。忽然丢了个石人，才知道正是这怪物。这家伙从五代到现在，刚刚修炼成形，时间不能说不久；但是，他刚刚能够幻化，就放纵自己逞凶纵淫，最终自取烧身之祸。这件事与前面邵二云焚烧木偶的事大致相同，都可以使那些能量有限却容易狂妄的人引以为戒。

外叔祖张公蝶庄家有书室，颇轩敞。周以回廊，中植芍药三四十本，花时香过邻墙。门客闵姓者，携一仆下榻其中。一夕就枕后，忽外有女子声曰：“姑娘致意先生。今日花开，又值好月，邀三五女伴借一赏玩，不致有祸于先生。幸勿开门唐突，足见雅量矣。”闵噤不敢答，亦不复再言。俄微闻衣裳綷䌨声①，穴窗纸视之，无一人影；侧耳谛听，时似喁喁私语②，若有若无，都不辨一字。跼蹐枕席③，睡不交睫。三鼓以后，似又闻步履声。俄而隔院犬吠，俄而邻家犬亦吠，俄而巷中犬相接而吠。近处吠止，远处又吠，其声迢递向东北④，疑其去矣。恐忤之招祟，不敢启户。天晓出视，了无痕迹，惟西廊尘上似略有弓弯印，亦不分明，盖狐女也。外祖雪峰公曰：“如此看花，何必更问主人？殆闵公莽莽有伧气⑤，恐其偶然冲出，致败人意耳。”

【注释】

①綷䌨（cuì cài）：衣服摩擦的声音。

②喁喁（yú）：形容说话声音。

③跼蹐(jú jí):形容惶恐不安、无地容身的样子。

④迢递:连绵不绝。

⑤伧(cāng)气:粗鲁的习气。

【译文】

外叔祖张蝶庄先生家里有间书房,很宽敞。周围是回廊,院子里种了芍药花三四十株,开花时香气飘过邻居的墙头。有个门下清客姓闵,带着一个仆人住在书房里。有一天晚上刚躺下,忽然窗外有女子的声音说:“姑娘向先生致意。今日花开,又碰上好月色,我邀请了三五个女友来赏花,不会给先生带来什么灾祸的。请不要冒失开门,就显出你的雅量了。”闵先生吓得不敢回答,女子也不再说话。不久,听到有轻轻的衣服摩擦的声音,闵先生把窗纸抠了个小洞看,不见人影;侧耳仔细听,好像有人悄悄说话,若有若无,一个字都听不清楚。闵先生局促不安躺在床上,怎么也睡不着。三更以后,似乎又听到脚步声。不久,隔壁院子狗吠,接着邻家的狗也吠,随后街巷的狗都跟着吠叫起来。近处的狗吠声停止了,远处的狗吠声又响起来,吠声逐渐向东北方面传递过去,估计走远了。又怕得罪怪物会招来灾祸,不敢打开房门。到天亮时出门察看,什么痕迹也没有,只有西廊尘土上,似乎有弓鞋印,也不很分明,大概是狐女。外祖父雪峰先生说:“这样去看花,何必再问主人呢?大概闵先生有点儿毛毛躁躁的习气,狐女怕他偶然间冲了出去,败坏赏花玩月的兴趣罢了。”

沧州有董华者,读书不成,流落为市肆司书算。复不能善事其长,为所排挤。出以卖药卜卦自给,遂贫无立锥。一母一妻,以缝纴浣濯佐之,犹日不举火。会岁饥,枵腹杜门①,势且俱毙。闻邻村富翁方买妾,乃谋于母,将鬻妇以求活。妇初不从。华告以失节事大,致母饿死事尤大,乃涕泗曲从，惟约以倘得生还，乞仍为夫妇，华亦诺之。妇故有姿，富翁颇宠眷，然枕席时有泪痕。富翁固问，毅然对曰："身已属君，事事可听君所为。至感忆旧恩，则虽刀锯在前，亦不能断此念也。"适岁再饥，华与母并为饿殍。富翁虑有变，匿不使知。有一邻妪偶泄之，妇殊不哭，痴坐良久，告其婢媪曰："吾所以隐忍受玷者，一以活姑与夫之命，一以主人年已七十馀，度不数年，即当就木；吾年尚少，计其子必不留我，我犹冀缺月再圆也。今则已矣！"突起开楼窗，踊身倒坠而死。此与前录所载福建学院妾相类。然彼以儿女情深，互以身殉，彼此均可以无恨。此则以养姑养夫之故，万不得已而失身，乃卒无救于姑与夫，事与愿违，徒遭玷污，痛而一决，其赍恨尤可悲矣。

【注释】

①枵(xiāo)腹：空腹。指饥饿。

【译文】

沧州有个董华，读书不成，流落为店铺里的算账先生。却又没有能好好侍奉店铺老板，受人排挤。从店铺里出来后靠卖药算命维持生活，穷得没有立锥的地方。他的母亲和妻子，靠缝补浆洗来帮衬家用，还是常常揭不开锅。正遇上这一年闹饥荒，全家人都饿得闭门不出，看样子都要饿死。董某听说邻村富翁要买妾，就和母亲商量，打算卖了妻子求活路。妻子开始时不肯。董华告诉她说失去贞节事大，让母亲饿死了事情更大，她才满脸是泪同意了，只是要求倘若活着回来，仍然和他做夫妻，董华也答应了。董妻相貌漂亮，富翁很宠爱她，不过枕席上总有泪痕。富翁追问，她毅然回答说："我的身子已经属于你了，什么事都会听任你的。但是，说到怀念旧时夫妻恩爱，心中留有感情，即使刀锯放在我面前，我也不能割断这种怀念。”遇上又一年饥荒，董华和母亲都饿死了。富翁担心变故，隐瞒着不让董妻知道。邻居一个老婆子偶然把消息透露出来，她一声也不哭，呆坐了很久，告诉身边的婢女老妈子说：“我之所以忍受屈辱，一是为了救婆婆和丈夫的命，二是因为主人已经七十多岁，料想过不了几年就该死了；我年纪还轻，估计主人的儿子肯定不会留下我，我还希望缺月能够重圆。如今一切都完了！”说完打开楼窗，头朝下跳楼而死。这和前面所载福建学使所买的妾殉情的事差不多。但是那个妾因为男女情深，相互以身殉情，彼此都可以无遗憾了。这个故事是因为要养活婆婆、丈夫的原故，万不得已才卖身，最后事实与愿望相违，却无法救助婆婆丈夫，事与愿违，白白身受玷污，沉痛地决绝，她怀抱的怨恨就更加令人悲伤了。

余十岁时，闻槐镇一僧，槐镇即《金史》之槐家镇，今作“淮镇”，误也。农家子也，好饮酒食肉。庙有田数十亩，自种自食，牧牛耕田外，百无所知。非惟经卷法器，皆所不蓄，毗卢袈裟①，皆所不具；即佛龛香火，亦在若有若无间也。特首无发，室无妻子，与常人小异耳。一日，忽呼集邻里，而自端坐破几上，合掌语曰：“同居三十馀年，今长别矣。以遗蜕奉托可乎？”溘然而逝，合掌端坐仍如故，鼻垂两玉箸，长尺馀。众大惊异，共为募木造龛。舅氏安公实斋居丁家庄，与相近，知其平日无道行，闻之不信。自往视之，以造龛未竟，二日尚未敛，面色如生，抚之肌肤如铁石。时方六月，蝇蚋不集②，亦了无尸气，竟莫测其何理也。

【注释】

①毗(pí)卢：毗卢帽，亦称“毗罗帽”，放焰口时主座和尚所戴的一种

绣有毗卢佛像的帽子。

②蝇蚋(ruì):苍蝇和蚊子。

【译文】

我十岁时,听说槐镇有个和尚,槐镇即《金史》的槐家镇,现在写成"淮镇",是错误的。是农家子弟,他喜欢喝酒吃肉。庙里有几十亩地,他自己种自己吃,除了放牛种地,什么也不懂。不但是经卷法器,就连僧帽、袈裟也没有;就是佛龛香火也在似有似无之间。只是他头上没有头发,屋子里没有妻子,跟普通人有一点儿小小的不同。有一天,他忽然把乡亲们都找来,自己则端坐在破几上,合掌说道:"和大家一起住了三十多年,今天要永别了。把我的遗体后事托付给大家,可以么?"说完就去世了,他依然合掌端坐,鼻子里垂下两条鼻涕,有一尺多长。大家感到很惊异,一起为他募集木材建造佛龛。我的舅舅安实斋公住在丁家庄,离这个村很近,知道这个和尚平时没有什么道行,听说了这事不相信。亲自去看,因为建造佛龛没有完工,和尚遗体停了两天还没入殓,但是面色像活着时一样,摸了摸肌肤,像铁石一样冰冷坚硬。当时正值六月份,苍蝇蚊虫都不往尸体上叮,周围一点儿死尸的气味也没有,始终想不出是什么道理。

喀喇沁公丹公号益亭,名丹巴多尔济,姓乌梁汗氏,蒙古王孙也。言[①]:内廷都领侍萧得禄[②],幼尝给事其邸第。偶见一黑物如猫,卧树下,戏击以弹丸。其物甫一转身,即巨如犬。再击,又一转身,遂巨如驴。惧不敢复击。物亦自去。俄而飞瓦掷砖,变怪陡作。知为狐魅,惴惴不自安。或教以绘像事之,其祟乃止。后忽于几上得钱数十,知为狐所酬,始试收之,秘不肯语。次日,增至百文。自是日有所增,渐至盈千。旋又改为银一铤[③],重约一两。亦日有所增,渐至一铤五十两。巨金不能密藏，遂为管领者所觉。疑盗诸官库，搒掠讯问，几不能自白。然后知为狐所陷也。

夫飞土逐肉，“断竹续竹，飞土逐肉”，《吴越春秋》载陈音所诵古歌[④]，即弹弓之始也。儿戏之常。主人知之，亦未必遽加深责；狐不能畅其志也。饵之以利，使盈其贪壑，触彼祸罗，狐乃得适所愿矣。此其设阱伏机，原为易见；徒以利之所在，遂令智昏。反以为我礼即虔，彼心故悦。委曲自解，致不觉堕其彀中[⑤]。昔夫差贪句践之服事，卒败于越；楚怀贪商於之六百，卒败于秦；北宋贪灭辽之割地，卒败于金；南宋贪伐金之助兵，卒败于元。军国大计，将相同谋，尚不免于受饵。况区区童稚，乌能出老魅之阴谋哉，其败宜矣！

又举一近事曰：“有刑曹某官之仆夫，睡中觉有舌舔其面。举石击之，踣而毙。烛视，乃一黑狐，剥之，腹中有一小人首，眉目宛然，盖所炼婴儿未成也。翌日，为主人御车归。狐凭附其身，举凳击主人，且厉声陈其枉死状。盖欲报之而不能，欲假手主人以鞭笞泄其愤耳。”此二狐同一复仇，余谓此狐之悍而直，胜彼狐之阴而险也。

【注释】

①喀喇沁：喀喇沁旗地处内蒙古东部，蒙、辽、冀三省区交汇处。

②都领侍：太监的首脑称为“都领侍”、“领侍”，但一般都用“总管”、“首领”来区分；总管又有大总管、二总管的说法。大致太后、皇帝、皇后宫中的太监首脑为总管，妃宫就只有首领了。

③铤(dìng)：专门铸成的各种形态的金银块，用以流通。

④《吴越春秋》：东汉赵晔撰。是记述春秋时期吴、越两国史事为主

的史学著作。

⑤彀(gòu):弓弩射程所及的范围,比喻圈套、陷阱。

【译文】

喀喇沁公丹公号益亭,名丹巴多尔济,姓乌梁汗氏,是蒙古王族后代。说:内廷都领侍萧得禄,小时候曾经在他的府邸做事。有一次,萧得禄偶然见到一个黑家伙趴在树下,大小像只猫,他开玩笑用弹弓打。那个东西一转身,就变得像狗一样大。他再打,那家伙又一转身,立刻变得像驴一样大了。他不敢再用弹弓打。那个东西也溜走了。不一会儿忽然瓦石乱飞作起怪来。他知道自己遇上的是狐精,心里惴惴不安。有人教他,让他依照那怪物的样子画一幅图供奉起来,就不再作怪了。后来他忽然发现桌上放着几十文钱,知道是狐精酬谢的,就试探着收藏起来,谁也不告诉。第二天,钱增加到上百文。此后,每天都有所增加,渐渐超过了一千文。转眼又变成了一锭银子,约一两多重。银子也一天天增加,渐渐加到五十两一锭。这么多的银子无法秘密收藏,终于被管家发现。管家疑心他偷盗了官库的银两,便严刑拷问,他几乎说不清银子的来历。萧得禄这才明白,自己被狐精陷害了。

飞土逐肉,"断竹续竹,飞土逐肉",是《吴越春秋》记载的陈音所读诵的古歌,就是弹弓最初的样子。如果说用弹弓射击动物,本来是孩子们常玩的游戏,主人知道了,也未必会过分责怪;狐精就不可能如愿陷害。先用小利引诱他上钩,逐渐满足他的贪心,让他自己触发祸端,狐精也就如愿以偿了。狐精设的陷阱,本来很容易识破;只是因为萧得禄贪财,才利令智昏。他却以为自己心意虔诚,以礼相待而感动了狐精。由于不正确的判断,不知不觉掉进了陷阱。当年,吴王夫差贪图勾践的服从侍奉,最终败给越国;楚怀王贪图商於六百里的土地,最终败给秦国;北宋贪图灭辽之后辽国将割让土地,最终败于金人;南宋贪图借助元攻打金人,最终败于元军。战略构想和国家大计,将相同谋,尚且不免上当受骗。何况一个小孩子,怎么能逃脱老狐狸设置的圈套,他的失败,实在是理所当然的。

丹公又举出最近发生的一件事说："刑部某官员有个仆人，一次睡觉时，觉得有舌头舔他的脸。他抄起一块石头打过去，那个东西倒在地上死了。他点上蜡烛来看，原来是一只黑狐狸，剥皮时发现狐狸的肚子里面有个小人的脑袋，眉眼俱全，原来这只狐狸已修炼成了婴儿模样，只是还没有完全成形。第二天，他为主人驾车回家，被狐精附了体，举起凳子向主人打去，并厉声陈述自己死得如何冤枉。这是黑狐狸想报仇却无能为力，打算借主人之手鞭打这位仆人以泄私愤。这两只狐狸同样都是在报仇，我觉得这只黑狐狸强悍而直爽，比起前面那只阴险狡猾的狐狸来，要强得多了。

丹公又言：科尔沁达尔汗王一仆，尝行路拾得二毡囊，其一满贮人牙，其一满贮人指爪。心颇诧异，因掷之水中。旋一老妪仓皇至，左顾右盼，似有所觅，问仆曾见二囊否。仆答以未见。妪知为所毁弃，遽大愤怒，折一木枝奋击仆。仆徒手与搏，觉其衣裳柔脆，如蓪草之心；肌肉虚松，似莲房之穰[1]。指所抠处，辄破裂，然放手即长合如故。又如抽刀之断水。互斗良久，妪不能胜，乃舍去。临去顾仆詈曰："少则三月，多则三年，必褫汝魄！"然至今已逾三年，不能为祟，知特大言相恐而已。此当是炼形之鬼，取精未足，不能凝结成质，故仍聚气而为形。其蓄人牙爪者，牙者骨之馀，爪者筋之馀，殆欲合炼服饵，以坚固其质耳。

【注释】

①穰（ráng）：瓤。

【译文】

丹公又说：科尔沁达尔汗王的一个仆人，赶路时捡到两只毡囊，其中一只装满人的牙齿，另一只装满人的指甲。仆人很是惊讶，就扔到了水里。很快看到一个老太婆神色仓皇地跑过来，左顾右盼，好像在寻找什么，还问仆人有没有见过两只毡囊。仆人回答说没有看见过。老太婆猜想一定是被仆人扔掉了，立刻大为愤怒，折了一根树枝用力打仆人。仆人空手与她对打，只感觉得她的衣服柔软脆弱，像蒲草的草心；肌肉又虚又松，像莲蓬的包瓤。仆人手指抠到她的地方马上裂开，但是放手之后立即凝合起来像原来一样。又像抽刀断水。相互搏斗了很久，老太婆不能取胜，才放开仆人离去。临走前还回头骂仆人说：“少则三个月，多则三年，我一定捉拿你的灵魂！”然而，到现在已经超过三年了，老太婆也不能作什么怪，可知她只是讲大话恐吓仆人而已。老太婆应当是炼形的鬼，取得的精血不够，不能凝结成有实质的形体，所以仍然凝聚气息成为形体。她收集人的牙齿指甲，因为牙是骨头的剩馀，指甲是筋的剩馀，大概是想合起来炼制成药服食，用以充实坚固她的实质罢了。

田侯松岩言：今岁六月，有扈从侍卫和升，卒于滦阳。马兰镇总兵爱公星阿[1]，与和亲旧，为经理棺衾，送其骨归葬。一夕如厕，缺月微明。见一人如立烟雾中，问之不言，叱之不动。爱公故能视鬼，凝神谛审，乃和之魂也。因拱而祝曰：“昔敛君时，物多不备，我力绵薄，君所深知。今形见，岂有所责耶？”不言不动如故。又祝曰：“闻殁于塞外者，不焚路引，其鬼不得入关。曩偶忘此，君毋乃为此来耶？”魂即稽首至地，倏然而隐。爱公为具牒于城隍，后不复见。

又，扈从南巡时，与爱公同寓江宁承天寺，规模宏壮，楼阁衮延，所住亦颇轩敞。一日，方共坐，忽楼窗六扇无风自开，俄又自阖。爱公视之，曰："有一僧坐北牖上，其面横阔，须鬑鬑如久未剃，目瞪视而项微偻，盖缢鬼也。"以问寺僧，僧不能讳，惟怪何以识其貌，疑有人泄之。不知爱公之自能视也。又偶在船头，戏拈篙刺水。忽掷篙却避，面有惊色。怪诘其故，曰："有溺鬼缘篙欲上也。"

戊午年八月②，宴蒙古外藩于清音阁，爱公与余连席。余以松岩所语叩之，云皆不妄。然则随处有鬼，亦复如人。此求归之鬼，有系恋之心，开窗之鬼，有争据心；缘篙之鬼，有竞斗心。其得失胜负、喜怒哀乐，更当一一如人。是胶胶扰扰，地下尚无了期。释氏讲忏悔解脱，圣人之法，亦使有所归而不为厉，其深知鬼神之情状矣。子贡曰："大哉死乎，君子息焉③！"庄周曰："嗟来桑扈乎！而已反其真。"特就耳目所及言之耳。

【注释】

①马兰镇总兵：统辖镇标二营，兼辖遵化等营。清代由总兵统辖的绿营兵称"镇标"。

②戊午：嘉庆三年(1798)。

③大哉死乎，君子息焉：《孔子家语》记载，子贡不想留在孔子身边继续学习，孔子说无论做什么都很难，都得学习，子贡无奈地感慨道："最大的事情就是死吧！君子可以休息了。"

【译文】

田松岩说：今年六月，有个随从侍卫叫和升的死在滦阳。马兰镇总兵爱星阿先生跟他是熟人，替和升置办棺材寿衣，送他的遗骨回去下葬。一天晚上爱星阿公上厕所，残月不是很亮。他看见一个人好像站在烟雾之中，问他不答，叱呵也不动。爱公平常能看见鬼，仔细审视，原来是和升的魂。于是拱手而祝道："先前安葬你时，很多物品都未齐备，我财力单薄，你是知道的。你今天显形是来责备我么？"鬼魂还是不说不动。爱公又说："听说死在塞外的人，不焚烧通行证就进不了关。我偶然忘了这事，莫非你是为这事来的？"鬼磕头到地，转眼不见了。爱公到城隍庙里呈文祷告，从此和升的鬼魂没再出现。

又，田松岩随从圣驾南巡时，和爱公一起住在江宁的承天寺里。承天寺规模雄伟，楼阁极多，居室也很宽敞。一天，正在一起坐着，六扇楼窗忽然无风自开，不一会儿又自己关上了。爱公看了说："有个和尚坐在北窗上，他脸盘很宽，满脸毛乎乎的胡子好像好久没有剃了；眼睛直瞪着，脖子有点儿弯，原来是个吊死鬼。"问庙里的和尚，和尚不能隐瞒，奇怪他怎么能知道吊死鬼的长相，怀疑是有人泄露出去的。他不知道爱公自己能看见鬼。还有一回在船头上，爱公拿着竹篙拨水玩。忽然扔了篙后退，满脸惊恐之色。田松岩问怎么了，他说："有个淹死鬼沿着竹篙要爬上来。"

嘉庆戊午年八月，朝廷在清音阁宴请蒙古外藩使节，我和爱公连席作陪。我问他田松岩说的这些事情，他说这都是真的。可见到处有鬼，就像处处有人一样。那个要入关的鬼是依恋家乡，坐在窗上的鬼有争占屋子的心思，沿着篙往上爬的鬼有竞争打斗的心思。它们的得失胜负、喜怒哀乐，也都像人一样。这种纷扰争斗的状况在地下也没有终了之时。佛家讲忏悔解脱，圣人也认为要使鬼有所归附，这样它就不会出来作怪了，可见圣人对神鬼的情况有深刻了解。子贡说："最大的事情就是死吧，君子可以休息了！"庄周说："哎呀，桑扈！你已经反璞归真了。"这是就自己所见所闻来谈论死的问题。

卷二十四

滦阳续录六

【题解】

本卷是纪昀小说创作的收官之作。一卷书只有18则，看起来，纪昀的写作，写到本卷，真有点儿强弩之末的味道了。始于1793年“滦阳续录”的创作，直至嘉庆戊午三年(1798)才完成，纪昀自己说过，如同日已西斜，精神一天不如一天，再没有著书的兴致了，只是时常作点儿杂记，姑且消遣解闷。“滦阳续录”六卷，从篇目数量上而言，已经远远少于前四种之任何一种。由此我们也可以看到，《阅微草堂笔记》创作至此，所谓“景薄桑榆，精神日减”，并非虚词。值得注意的是，在最后一篇，纪昀不再像刚开始写作时那样坚称自己小说的真实，他从一件事情有几种传闻意识到，所见相同而讲法不同，所听相同而讲法不同，传闻相同而讲法又不同，鲁国史书都是这样，何况野史小说呢！别人记录我家的事，哪些符合事实，哪些不符合，我是知道的，其他人不知道。那么，我记录别人的事，是根据听说的人转述的，有的假，有的真，有的遗漏，人家会知道，我也不会知道的。他自谦地称自己的作品，只要不丧失忠厚的意思，稍为保存劝善惩恶的目的，不像《碧云騢》那样颠倒是非；不像《周秦行记》那样带着个人恩怨；不像《会真记》那样描绘才子佳人；不像《杂事秘辛》那样描写男女淫乱，希望不被君子唾弃就是了。这种态度实在而诚恳，符合这位考据家的品行和素养。

狐能诗者，见于传记颇多；狐善画则不概见。海阳李丈硕亭言[①]：顺治、康熙间，周处士璕薄游楚豫[②]。周以画松名，有士人倩画书室一壁。松根起于西壁之隅，盘拏夭矫[③]，横径北壁，而纤末犹扫及东壁一二尺；觉浓阴入座，长风欲来。

置酒邀社友共赏。方攒立壁下，指点赞叹，忽一友拊掌绝倒，众友俄亦哄堂。盖松下画一秘戏图，有大木榻布长簟[④]，一男一妇，裸而好合；流目送盼，媚态宛然。旁二侍婢亦裸立，一挥扇驱蝇，一以两手承妇枕，防蹂躏坠地。乃士人及妇与媵婢小像也。哗然趋视，眉目逼真，虽僮仆亦辨识其面貌，莫不掩口。士人恚甚，望空指划，詈妖狐。忽檐际大笑曰："君太伤雅。曩闻周处士画松，未尝目睹。昨夕得观妙迹，坐卧其下不能去，致失避君，未尝抛砖掷瓦相忤也。君遽毒詈，心实不平，是以与君小作剧。君尚不自反，乖戾如初，行且绘此像于君家白板扉，博途人一粲矣。君其图之。"盖士人先一夕设供客具，与奴子秉烛至书室，突一黑物冲门去。士人知为狐魅，曾诟厉也。众为慰解，请入座；设一虚席于上。不见其形，而语音琅然；行酒至前辄尽，惟不食肴馔，曰："不茹荤四百馀年矣。"濒散，语士人曰："君太聪明，故往往以气凌物。此非养德之道，亦非全身之道也。今日之事，幸而遇我，倘遇负气如君者，则难从此作矣。惟学问变化气质，愿留意焉。"丁宁郑重而别。回视所画，净如洗矣。

次日，书室东壁忽见设色桃花数枝，衬以青苔碧草。花不甚密，有已开者，有半开者；有已落者，有未落者；有落未至地随风飞舞者八九片，反侧横斜，势如飘动，尤非笔墨所能到。上题二句曰："芳草无行径，空山正落花。"按，此二句，初唐杨师道之诗⑤。不署姓名。知狐以答昨夕之酒也。后周处士见之，叹曰："都无笔墨之痕。觉吾画犹努力出棱，有心作态。"

【注释】

①海阳：今山东胶东半岛南端。

②珝(xún)：玉石。此处用于人名。薄游：指为薄禄而宦游于外。

③盘拏(ná)：形容纡曲强劲。

④簟(diàn)：竹席。

⑤杨师道：字景猷，隋朝宗室，入唐为官，清警有才思。善草隶，工诗。

【译文】

狐精能作诗的，许多传记都有记载；善于作画的狐精，就不多见了。海阳人李硕亭先生说：顺治、康熙年间，书生周珝游历湖北、河南一带。周珝以画松著名，有个读书人请他在书房一面墙上作画。周珝画的松树根部在西墙一角，枝干盘延而上，伸展到北墙，而树梢还占了东墙一二尺的地方；只觉得满座浓荫，似乎远远有风吹来。

士人备了酒肴，请朋友来一起欣赏。大家正围着画站在墙下，指点赞叹，忽然一人拍掌笑弯了腰，随即朋友们都哄堂大笑。原来松树下还画着一幅男女淫乐的画图，一张大木床上铺着长长的竹席子，上面有一男一女，赤裸裸交合；眉目含情，媚态逼真。旁边两个婢女也裸体站着，一个摇扇子赶苍蝇，一个双手托住女人的枕头，防止枕头被挤压揉搓掉到地下。这是读书人和妻子、婢女的画像。大家哄笑喧哗走近去仔细看，只见人像的面目十分逼真，即使仆人们看了也能认出画中人是谁，于是莫不掩口而笑。这位读书人十分愤恨，对着空中指指点点，痛骂狐精作怪。忽然房檐处有人大笑道："你太不文雅了。从前我听说周先生画松出名，没有亲眼见过。昨晚得以观赏他的画，坐卧在画下舍不得离去，没来得及避你，我也未曾抛砖扔瓦惹你。你突然就破口大骂起来，我心中实在不平，因此和你开个小玩笑。你不自我反省，还像昨天那样粗暴无礼，那么我将这种像画在你家白板门上，叫路人也笑笑。你还是想想吧。"原来士子昨晚准备请客的用具，和奴仆点着蜡烛来到书房，突然有个黑色的东西冲开门跑了。士子知道是狐魅，曾经大骂了一通。这时大家都来说情，请狐精入座；在上座设了一个虚位。不见狐狸的身形，而它说话声宏亮；酒到跟前就干了，但是它不吃菜肴，说："有四百年不吃荤了。"临散去的时候，狐狸精对士子说："你太聪明了，所以往往盛气凌人。这不是修养德行的方式，也不是保全自己的方式。今天的事幸好遇见了我，如果碰上脾气大得像你一样的狐精，灾难就从此发生了。只有留心学问才能改变一个人的气质，希望你在这方面多下功夫。"狐精郑重地叮嘱完告别走了。再看墙上，那幅秘戏图已经消失了，像洗过一样。

第二天，书房的东墙上，忽然画了几枝艳丽的桃花，衬着青苔碧草。花不很密，有已经开的，有半开的；有已经落下的，有未落的，有八九片落下还没落到地上的，随风飘舞，花瓣反着侧着横斜飘逸，好像在空中飘动，这尤其不是笔墨所能表现出来的。上面题了两句诗："芳草无行径，空山正落花。"按，这两句是初唐杨师道的诗句。没有署姓名。知道是狐精为答谢昨夜的酒宴所作。后来周珝见了这幅画，赞叹道："一点儿都没有笔墨的痕迹。让我觉得我的画还有尽力经营、有心作态不自然的地方。"

景城北冈有玄帝庙①，明末所建也。岁久，壁上霉迹隐隐成峰峦起伏之形，望似远山笼雾。余幼时尚及见之。庙祝棋道士病其晦昧，使画工以墨钩勒，遂似削圆方竹。今庙已圮尽矣，棋道士不知其姓，以癖于象戏，故得此名。或以为齐姓误也。棋至劣而至好胜，终日丁丁然不休。对局者或倦求去，至长跪留之。尝有人指对局者一着，衔之次骨，遂拜绿章[②]，诅其速死。又一少年偶误一着，道士幸胜。少年欲改着，喧争不许。少年粗暴，起欲相殴。惟笑而却避曰："任君击折我肱，终不能谓我今日不胜也。"亦可云痴物矣。

【注释】

①玄帝：指颛顼。为上古五帝之一。

②绿章：旧时道士祭天时所写的奏章表文，用朱笔写在青藤纸上，故名。

【译文】

景城北面的山冈上有座玄帝庙，是明末建造的。由于年代久远，庙堂的墙壁上出现了霉斑，这些霉斑形成了隐隐约约的峰峦起伏的形状，看上去像是笼罩着烟雾的远山。我小时候还曾亲眼见过。庙中的住持棋道士不喜欢这样阴晦暗淡的色调，就让画工用笔墨勾勒渲染，就像把方竹削圆了一样煞风景。如今，这座庙早已坍塌废弃了，棋道士这个人，谁都说不上他的姓名，因为他酷好下象棋，因而得了这个名号。有人认为是姓齐，误为棋字。棋道士的棋术极差却极其逞强好胜，终日叮叮当当下个没完。有时候棋友累了想走，他拼命挽留，甚至跪下来一再恳求。曾经有个人为他的对手支了一着棋，他对人家恨之入骨，暗中写了符咒，咒人家赶快死。还有一次，一个年轻人错了一着，道士侥幸获胜。年轻人想悔棋，他吵吵嚷嚷坚决不答应。那个年轻人性情粗暴，站起身来要打他。他一边躲闪一边笑着说："即便你打断了我的胳膊，你也不得不承认我今天赢了你。”这个道士真称得上是棋痴了。

酒有别肠[①]，信然。八九十年来，余所闻者，顾侠君前辈称第一，缪文子前辈次之。余所见者，先师孙端人先生亦入当时酒社。先生自云：“我去二公中间，犹可著十馀人。”次则陈句山前辈与相敌，然不以酒名。近时路晋清前辈称第一，吴云岩前辈亦骎骎争胜[②]。晋清曰：“云岩酒后弥温克[③]，是即不胜酒力，作意矜持也。”验之不谬。同年朱竹君学士、周稚圭观察，皆以酒自雄。云岩曰：“二公徒豪举耳。拇阵喧呶[④]，泼洒几半，使坐而静酌则败矣。”验之亦不谬。后辈则以葛临溪为第一，不与之酒，从不自呼一杯；与之酒，虽盆盎无难色，长鲸一吸，涓滴不遗。尝饮余家，与诸桐屿、吴惠叔等五六人角，至夜漏将阑，众皆酩酊[⑤]，或失足颠仆，临溪一一指挥僮仆扶掖登榻，然后从容登舆去，神志湛然，如未饮者。其仆曰：“吾相随七八年，从未见其独酌，亦未见其偶醉也。”惟饮不择酒，使尝酒亦不甚知美恶，故其同年以登徒好色戏之[⑥]，然亦罕有矣。惜不及见顾缪二前辈，一决胜负也。端人先生恒病余不能饮，曰：“东坡长处，学之可也，何并其短处，亦刻画求似？”及余典试得临溪，以书报先生，先生覆札曰：“吾再传有此君，闻之起舞，但终恨君是蜂腰耳[⑦]。”前辈风流，可云佳话。今老矣，久不预少年文酒之会，后来居上，又不知为谁矣。

【注释】

①别肠：与众不同的肠胃。比喻能豪饮。

②骎骎(qīn):形容马跑得很快的样子。

③温克:指醉酒后能蕴藉自持。后来也用来指人持有温和恭敬的态度。

④拇阵喧呶:拇阵,即拇战,酒令的一种,猜拳。拇,手的大指。喧呶(náo):喧哗,闹哄哄的样子。

⑤酩酊(mǐng dǐng):形容醉得很厉害。

⑥登徒好色:战国后期楚国宋玉在《登徒子好色赋》中,先是描写东邻美女登墙窥视三年,而自己不为所动;登徒子的妻子丑陋无比,登徒子却喜欢她并且跟她生了五个孩子,请楚王判断是谁好色。自此,"登徒子"成为好色的代称。

⑦蜂腰:形容女子或者男子腰部曲线优美,非常细。这里指作者不会喝酒,没有一脉相承。

【译文】

有特别能饮酒的人,确实是这样。八九十年来,我所听说的,顾侠君前辈算第一,缪文子前辈是第二。我所看见的,已故老师孙端人先生也够入当时的酒社。孙先生曾说:"在我和顾、缪二人之间还可以排上十几个人。"其次是陈句山前辈和他相匹敌,但是他的酒量不著名。近些年路晋清前辈称第一,吴云岩前辈也跃跃欲试和他争胜。路晋清说:"吴云岩酒后更加温和安静,这是因为不胜酒力故意矜持。"果然不错。同年朱竹君学士、观察使周稚圭都以豪饮自居。吴云岩说:"这两人只是豪举罢了。举着杯子猜拳喧嚷,酒已经泼了大半,如果让他们安安静静喝就不行了。"也确实这样。后辈当中以葛临溪为第一,不给他酒,他从不主动要;给他喝,即使是一盆也没有为难的样子,就像巨大的鲸鱼吸水一样,一滴也不剩。他曾经在我家,和诸桐屿、吴惠叔等五六人拼酒到天快亮了,其他人都酩酊大醉,有的失足摔倒,葛临溪指挥僮仆把这几个人搀扶上床,然后从容地上车走了,就像没喝酒一样。他的仆人说:"我跟随他七八年,从没有看他独自喝过酒,也没有看见他醉过。"喝酒从来不选择，叫他尝酒也不大知道好坏，所以他的同年进士用“登徒子好色娶丑女”的故事来取笑他，他这样的酒量是少见的。可惜没有赶上顾、缪两位前辈，一决胜负。孙端人先生经常埋怨我不能喝酒，他说：“苏东坡的长处学了是可以的，怎么连他的短处都要刻意相似呢？”我主持科考录取了葛临溪，写信给孙先生，先生回信说：“我的再传弟子中有这样的酒量，我听到也高兴得手舞足蹈，但是还是遗憾你这个中间的人不会喝酒。”前辈性格风流潇洒，可称得上是佳话了。现在我年纪老了，很久没有参加年轻人论文品酒的集会，酒力后来居上的人，又不知道是哪一位了。

高官农家畜一牛，其子幼时，日与牛嬉戏，攀角捋尾皆不动。牛或嗅儿顶、舐儿掌，儿亦不惧。稍长，使之牧。儿出即出，儿归即归，儿行即行，儿止即止，儿睡则卧于侧，有年矣。一日往牧，牛忽狂奔至家，头颈皆浴血，跳踉哮吼，以角触门。儿父出视，即掉头回旧路。知必有变，尽力追之。至野外，则儿已破颅死；又一人横卧道左，腹裂肠出，一枣棍弃于地。审视，乃三果庄盗牛者。三果庄回民所聚，沧州盗薮也。始知儿为盗杀，牛又触盗死也。是牛也，有人心焉。

又西商李盛庭买一马，极驯良。惟路逢白马，必立而注视，鞭策不肯前。或望见白马，必驰而追及，衔勒不能止。后与原主谈及，原主曰：“是本白马所生，时时觅其母也。”是马也，亦有人心焉。

【译文】

高官的农民家里养了一头牛，他儿子小时候，天天和牛玩耍，攀牛角拉牛尾，牛都不乱动。有时这头牛嗅嗅孩子的头，舐舐孩子的手，孩子也不怕。孩子长大了一些，家里叫孩子去放牛。孩子出门，牛跟着出门；孩子回家，牛跟着回家；孩子走，牛就走；孩子停，牛就停；孩子睡下，牛就躺在旁边，这样有几年了。有一天，孩子去放牛，忽然那头牛狂奔回家，牛头牛颈都沾满鲜血，又跳又叫，还用牛角撞门。孩子的父亲出来看时，牛又回头向原路跑去。孩子父亲知道一定出事了，就极力追赶。到了野外，看见孩子脑袋破裂死了；又有一个人横卧在路边，肚子开裂，肠子流出来，一根枣木棍丢在地上。仔细一看，原来是三果庄的偷牛贼。三果庄是回民聚居的地方，是沧州的强盗窝。孩子父亲这才知道，孩子被强盗杀死，牛又把强盗顶死了。这头牛，是有人的心肠的。

还有一个西北商人李盛庭，买了一匹马，十分驯良。只是在路上碰到白马，一定站下来仔细看，鞭子抽打也不肯前进。有时远远望见有白马，一定飞跑过去追上，硬拉马缰也控制不住。后来和这匹马的原主人讲到这件事，原主人说："这匹马本来是白马生的，经常要寻找它的母马。"这匹马，也有人的心肠。

余八岁时，闻保母丁媪言[①]：某家有牸牛[②]，跛不任耕，乃鬻诸比邻屠肆。其犊甫离乳，视宰割其母，牟牟鸣数日。后见屠者即奔避，奔避不及，则伏地战栗，若乞命状。屠者或故逐之，以资笑噱，不以为意也。犊渐长，甚壮健，畏屠者如初。及角既坚利，乃伺屠者侧卧凳上，一触而贯其心，遽驰去。屠者妇大号捕牛。众悯其为母复仇，故缓追，逸之，竟莫知所往。时丁媪之亲串杀人，遇赦获免，仍与其子同里闬[③]。丁媪故窃举是事为之忧危，明仇不可狎也。

余则取犊有复仇之心，知力弗胜，故匿其锋，隐忍以求一当。非徒孝也，抑亦智焉。黄帝《巾机铭》曰[④]："机"是本字，校者或以为破体俗书，改为“機”字，反误。“日中必慧，按，《汉书·贾谊传》引此句，作“熭”。《六韬》引此句[5]，作“彗”。音义并同。操刀必割[6]。”言机之不可失也。《越绝书》子贡谓越王曰[7]：“夫有谋人之心，使人知之者，危也。”言机之不可泄也。《孙子》曰[8]：“善用兵者，闭门如处女，出门如脱兔。”斯言当矣。

【注释】

①保母：古代宫廷或贵族之家负责抚养子女的女妾。后泛称为人抚育、管领子女的妇女。

②牸(zì)：雌性牲畜。

③闬(hàn)：里巷的门，又泛指门。引申为乡里。

④《巾机铭》：相传为黄帝所作。

⑤《六韬》：古代兵书，又称《太公六韬》、《太公兵法》，战国末期人托姜望之名而撰。全书有六卷，共六十篇，最精彩的部分是战略论和战术论。

⑥日中必熭(wèi)，操刀必割：太阳到了中午，一定要晒东西，手里拿着刀，就一定要割东西。比喻做事应该当机立断，不失时机。熭，曝晒。

⑦《越绝书》：又名《越绝记》，全书共十五卷。记载古代吴越地方史的杂史。

⑧《孙子》：又称《孙子兵法》、《吴孙子》等，孙武撰。古代最著名的兵书，“武经七书”之一。世界公认现存最早的“兵学圣典”。

【译文】

我八岁时，听保姆丁妈说：某家有头母牛，瘸了腿不能耕地，就卖给了附近的屠户。母牛生的牛犊刚断奶，看见屠宰母牛，“哞哞”叫了好几天。后来它见了这个屠夫就逃，来不及逃避就趴在地上发抖，好像哀求饶命的样子。有时屠夫故意追它，用来取乐，并不在意。牛犊渐渐长大，很是壮健，还像小时那么怕屠夫。等到牛角长得坚硬锋利，瞅准屠夫侧卧在凳子上，用角一下把屠夫的心脏刺穿了，之后急忙逃跑。屠夫的妻子狂呼捉牛。众人都同情牛为母报仇，故意慢慢追赶，牛逃跑了，最终不知它到哪儿去了。当时丁妈的一个亲戚杀了人，遇到大赦获免，这个亲戚却和被害者的儿子住在一个胡同里。所以丁妈就悄悄讲了这个故事来警告亲戚，说有这种仇恨不能过于亲密闹着玩。

我认为可取的是，牛犊有报仇的心思，知道力气胜不过对方，就故意隐藏锋芒，忍耐着以求将来一次成功。它不仅有孝道，而且聪明。黄帝在《巾机铭》中说：“机”是本来的写法，校书的人以为是俗体，改为“機”字，反而错了。“日中必蔧，按，《汉书·贾谊传》引用这句时写成“熭”字，《六韬》引用这句时写成“彗”字。三个字音义并同。操刀必割。”说的是时机不可丧失。《越绝书》中，子贡对越王说：“人有谋害别人的心思，又被别人知道，那就危险了。”说的是心机不能泄露。《孙子》中说：“善于用兵的人，关上门像女孩子那样安静，出门时像逃跑的兔子那样敏捷。”这句话说得恰当极了。

姜慎思言：乾隆己卯夏[①]，有江南举子以京师逆旅多湫隘[②]，乃税西直门外一大家坟院读书。偶晚凉树下散步，遇一女子，年十五六，颇白皙。挑与语，不嗔不答，转墙角自去。夜半睡醒，似门上了鸟微有声[③]，疑为盗。呼僮不应，自起隔门罅窥之，乃日间所见女子也。知其相就，急启户拥以入。女子自言：“为守坟人女，家酷贫，父母并拙钝，恒恐嫁为农家妇。顷蒙顾盼，意不自持，故从墙缺至君处。君富贵人，自必有妇，倘能措百金与父母，则为妾媵无悔。父母嗜利，亦必从也。”举子诺之，遂相缱绻，至鸡鸣乃去。自是夜半恒至，妖媚冶荡，百态横生。举子以为巫山、洛水不是过也[④]。一夜来稍迟，举子自步月候之。乃忽从树杪飞下。举子顿悟，曰："汝毋乃狐耶？"女子殊不自讳，笑而应曰："初恐君骇怖，故托虚词。今情意已深，不妨明告。将来游宦四方，有一隐形随侍之妾，不烦车马，不择居停，不需衣食。昼可携于怀袖，夜即出而荐枕席，不愈于千金买笑耶？"举子思之，计良得。自是潜住书室，不待夜度矣。然每至秉烛，则外出，夜半乃返，或微露鬓乱钗横状。举子疑之而未决。既而与其娈童乱；旋为二仆所窥，亦并与乱。庖人知之，亦续狎焉。一日，昼与娈僮寝。举子潜扼杀之，遂现狐形，因埋于墙外。半月后，有老翁诣举子曰："吾女托身为君妾，何忽见杀？"举子愤然曰："汝知汝女为吾妾，则易言矣。夫两雄共雌，争而相戕，是为妒奸，于律当议抵。汝女既为我妾，明知非人而我不改盟，则夫妇之名分定矣。而既淫于他人，又淫于我仆，我为本夫，例得捕奸。杀之，又何罪耶？"翁曰："然则何不杀君仆？"举子曰："汝女死则形见，此则皆人也。手刃四人，而执一死狐为罪案，使汝为刑官，能据以定谳乎[⑤]？"翁俯首良久，以手拊膝曰："汝自取也夫！吾诚不料汝至此。"振衣自去。举子旋移居准提庵，与慎思邻房。其娈童与狐尤昵，衔主人之太忍，具泄其事于慎思，故得其详。

【注释】

①己卯：乾隆二十四年(1759)。

②湫(jiǎo)隘：低洼狭小。

③了鸟：门窗上的搭扣，也叫"屈戌"。出自李商隐《病中闻河东公

乐营置酒口占寄上》:“锁门金了鸟,展障玉鸦叉。”

④巫山洛水:指男女幽会。巫山,指楚怀王与神女梦中相会。事见宋玉《高唐》、《神女》二赋。洛水,洛水女神,相传女神名宓妃。事见曹植《洛神赋序》。

⑤定谳(yàn):定案的意思。

【译文】

姜慎思说:乾隆己卯年夏天,有个江南举子因为嫌京师旅店狭小潮湿,就租了西直门外一个大户人家坟院里的房子,住在那里读书。一天傍晚,他偶然趁着晚凉在树下散步,忽然遇到一个女子,大约十五六岁,白白嫩嫩的。举子上前挑逗她,她既不答话,也不嗔怪,转过墙角独自走开了。半夜时分,举子一觉醒来,好像听见房门上的搭扣响,疑心有贼。他呼喊小僮没人应声,就自己走到门边隔着门缝往外看,原来正是傍晚遇到的女子。举子知道她是来投怀送抱的,急忙打开门拥进屋。女子说:“我是守坟人的女儿,家里很穷,父母既顽固又愚钝,我一直担心他们把我嫁给农民做老婆。刚才承蒙您看上我,我把持不住自己,从院墙的缺口来到您这里。您是富贵人,自然一定有妻子,倘若您能筹措一百两银子给我父母,我情愿做您的小妾,决不后悔。我父母爱财,肯定答应。”举子满口答应,于是二人亲热缠绵,直到鸡叫女子才离去。此后女子每天半夜必来,妖媚淫荡,风情万种。举子以为巫山神女洛水宓妃的美艳多情也不过如此。一天夜里,女子来得稍稍迟了一些,举子自己乘着月光走到坟院里去等。忽然见她从树梢上飞下来。举子猛然醒悟,说:“莫非你是个狐女?”女子并不隐讳,笑着回答说:“当初,我怕您恐惧,所以编了那么一套话骗您。如今我与您情深意厚,不妨明白告诉您。将来您到各处去做官,有一位隐形姬妾贴身服侍,不劳您预备车马,不必选择住处,不用衣服食品。白天,可以藏在您怀里衣袖里,夜晚出来陪您睡觉,这样不是胜过您千金买笑吗?”举子想,这样也很好。从此以后狐女昼夜藏在书房里,不再等到夜晚才来。但是,每天黄昏,她都要外出，半夜才回来；有时候稍稍显得头发蓬松鬓乱钗横。举子疑心她另有所爱但是没有证据。不久，狐女与举子的娈童乱搞；被两个仆人发现了，她又与两个仆人胡来。厨子也知道了此事，她又接着与厨子淫乱。有一天，她大白天就和娈童躲在被窝里。举子悄悄躲在一边乘机将她掐死了，狐女死后现出了狐形，被举子埋到了院墙外。半个月后，有个老翁来到举子的住处，对他说："我女儿托身于您，做了您的姬妾，您怎么忽然把她杀了？"举子愤愤地说："你既然知道你女儿是我的妾，话就好说了。两个男人争一个女人，倘若互有戕害，就叫作妒奸，按律应该抵罪。你女儿既然做了我的妾，我又明知她不是人类却没有嫌弃她，那么，我们的夫妇名分就算是确定了。但是，她既与外人淫乱，又与我的仆人通奸，我作为本夫，按惯例应该出面捉奸。如今杀了她，何罪之有？"老翁说："那么，您为何不杀仆人？"举子说："你女儿死后现了狐形，其馀几个却都是人啊。我倘若杀了他们四个，却又提一只死狐作为罪证，假如你是法官，能据此定案吗？"老翁听完这话，低头沉思了半晌，用手拍着膝头说："女儿你这是自取灭亡啊！我真没想到你会落得这么个下场。"说罢，抖了抖衣服，径自去了。举子随即移居到了准提庵，与姜慎思做了邻居。他家的那个娈童与狐女最为亲近，他恨主人太残忍，就把事情的经过告诉了姜慎思，所以姜慎思知道得特别详细。

吉木萨乌鲁木齐所属地。屯兵张鸣凤调守卡伦，军营了望之名。与一菜园近。灌园叟年六十馀，每遇风雨，辄借宿于卡伦。一夕，鸣凤醉以酒而淫之。叟醒大恚，控于营弁。验所创，尚未平。申上官，除鸣凤粮。时鸣凤年甫二十，众以为必无此理。或疑叟或曾窃污鸣凤，故此相报。然复鞫两造，皆不承，咸云怪事。有官奴玉保曰："是固有之，不为怪也。曩牧马南山，为射雉者惊，马逸。惧遭责罚，入深山追觅。仓皇失道，愈转愈迷，经一昼夜不得出。遥见林内屋角，急往投之；又虑是盗巢，或见戕害，且伏草间觇情状①。良久，有二老翁携手笑语出，坐磐石上，拥抱偎倚，意殊亵狎。俄左一翁牵右一翁伏石畔，恣为淫媟。我方以窥见阴私，惧杀我灭口，惴惴蜷缩不敢动。乃彼望见我，了无愧怍，共呼使出，询问何来；取二饼与食，指归路曰：'从某处见某树转至某处，见深涧沿之行，一日可至家。'又指最高一峰曰：'此是正南，迷即望此知方向。'又曰：'空山无草，汝马已饥而自归。此间熊与狼至多，勿再来也。'比归家，马果先返。今张鸣凤爱六十之叟，非此老翁类乎！"

据其所言，天下真有理外事矣。惟二翁不知何许人，遁迹深山，似亦修道之士，何以所为乃如此？《因树屋书影》记仙人马绣头事②，称其比及顽童，云中有真阴可采。是容成术③，非但御女，兼亦御男。然采及老翁，有何裨益？即修炼果有此法，亦邪师外道而已，上真定无此也。

【注释】

①觇(chān)：偷看。

②《因树屋书影》：周亮工著。周亮工(1612—1672)，明末清初文学家、篆刻家、收藏家。

③容城术：原指传说中的神仙容成子的养生延年导引之术，后被指为房中术。

【译文】

吉木萨乌鲁木齐所属的地方。的兵士张鸣凤调防驻守卡伦，军营瞭望的堡垒。离一个菜园很近。种菜的老头六十多岁，每到风雨天，就到卡伦借宿。一天晚上，张鸣凤把老头灌醉奸淫了。老头醒来愤恨极了，就告到了营官那里。检查伤口，还没有长好。营官向上级官员申报，免去了张鸣凤的粮饷。当时张鸣凤刚二十岁，大家认为根本没有强奸老头子的道理。还有人疑心老头曾经偷偷地奸淫过张鸣凤，所以张鸣凤报仇。但是反复审问双方，都不承认有那样的事，大家都觉得是件怪事。有个官府的奴仆玉保说："这种事本来就有，不值得奇怪。从前我在南山放马，马被打野鸡的吓跑了。我怕遭到责罚，就追踪到深山找马。慌慌张张迷了路，越转越困惑，转了一昼夜也没有转出来。远远望见林子里露出一个屋角，就急忙去投奔；又担心是贼巢，贸然闯去会遭难，就趴在草丛里偷偷察看情况如何。过了好久，有两个老翁手拉手说笑着出来，坐在大石头上，拥抱依偎，看样子很猥亵。随后左边的老翁拉着右边的老翁趴在大石上，放肆地淫乱。我正担心偷看了他们的隐私被灭口，惴惴不安蜷缩在草丛里不敢动。他们却看到了我，一点儿也不羞愧，他们把我叫出去，问从哪里来的；还拿了两个饼给我吃，指点我回去的路说：'从某处看见某棵树转到某处，沿着深涧走，一天就可以到家。'又指一座最高的山峰说：'那是正南方，迷路看这座山峰就知道方向了。'他们又说：'山里没有草，你的马已经饿得自己回去了。这儿有很多熊和狼，不要再来。'等我回到家，马果然先回来了。现在张鸣凤喜欢六十岁的老头，不是那个老翁一类的人吗？"

根据他所说的，天下真的有不可理喻的事情。不知道两个老翁是什么人，他们隐居深山，好像也是修道的人，何以有这种行为呢？《因树屋书影》中记载仙人马绣头的事，说他连孩子也戏弄，说孩子身体有真阴可以采补。那么，这种法术不但玩弄女性，也要玩弄男性。不过，采到老头子，有什么益处呢？即使修炼中当真有这个方法，也是邪魔外道的方法而已，真正仙人肯定不会这样。

张助教潜亭言：昔与一友同北上，夜宿逆旅。闻綷縩有声①，或在窗外，或在室之外间。初以为虫鼠，不甚讶。后微闻叹息，乃始栗然，侦之无睹也。至红花埠，偶忘收笔砚，夜分闻有阁笔声。次早，几上有字迹，阴黯惨淡，似有似无。谛审，乃一诗，其词曰："上巳好莺花②，寒食多风雨③。十年汝忆吾，千里吾随汝。相见不得亲，悄立自凄楚。野水青茫茫，此别终万古。"似香魂怨抑之语。然潜亭自忆无此人，友自忆亦无此人，不知其何以来也。程鱼门曰："君肯诵是诗，定无是事。恐贵友讳言之耳。"众以为然。

【注释】

①綷縩(cuì cài)：衣服的摩擦声。

②上巳：原定于三月上旬的一个巳日，所以叫上巳。曹魏以后，这个节日固定在三月三日。旧俗以此日在水边洗濯污垢，祭祀祖先，叫做"祓禊"、"修禊"。魏晋以后把上巳节固定为三月三日，此后便成了水边饮宴、郊外游春的节日。

③寒食：即寒食节，亦称"禁烟节"、"冷节"、"百五节"。清明节的前一二日。在这一日，禁烟火，只吃冷食，所以叫做"寒食节"。

【译文】

助教张潜亭说：过去和一个朋友一起北上，夜里宿在旅舍里。听到有窸窸窣窣细碎的声响，有时在窗外，有时在房间的外室。开始以为是虫子老鼠，也没在意。后来隐隐听到叹息声，这才害怕起来，起来查看，又什么也没有。到红花埠，一时忘记收拾笔砚，半夜听见有放笔的声音。第二天早上一看，茶几上有字，笔迹阴暗惨淡，似有似无。仔细辨认，却是一首诗，写道："上巳好莺花，寒食多风雨。十年汝忆吾，千里吾随汝。相见不得亲，悄立自凄楚。野水青茫茫，此别终万古。"好像是女子鬼魂怨恨忧郁的语气。不过张潜亭回忆并不认识这么个女子，他的朋友也想不起这个女子是谁，不知她为什么跟了这两个人来。程鱼门说："你肯给我们读这首诗，肯定没有什么事。你的朋友恐怕没有说真话。"大家认为有理。

同年胡侍御牧亭①，人品孤高，学问文章亦具有根柢。然性情疏阔，绝不解家人生产事，古所谓不知马几足者，殆有似之。奴辈玩弄如婴孩。尝留余及曹慕堂、朱竹君、钱辛楣饭，肉三盘，蔬三盘，酒数行耳，闻所费至三四金，他可知也。同年偶谈及，相对太息。竹君愤尤甚，乃尽发其奸，迫逐之。然积习已深，密相授受，不数月，仍故辙。其党类布在士大夫家，为竹君腾谤，反得喜事名。于是人皆坐视，惟以小人有党，君子无党，姑自解嘲云尔。后牧亭终以贫困郁郁死。死后一日，有旧仆来，哭尽哀，出三十金置几上，跪而祝曰："主人不迎妻子，惟一身寄居会馆，月俸本足以温饱。徒以我辈剥削，致薪米不给。彼时以京师长随②，连衡成局，有忠于主人者，共排挤之，使无食宿地，故不敢立异同。不虞主人竟以是死。中心愧悔，夜不能眠。今尽献所积助棺敛，冀少赎地狱罪也。"祝讫自去。满堂宾客之仆，皆相顾失色。

陈裕斋因举一事曰："有轻薄子见少妇独哭新坟下，走往挑之。少妇正色曰：'实不相欺，我狐女也。墓中人耽我之色，至病瘵而亡。吾感其多情，而愧其由我而殒命，已自誓于神，此生决不再偶。尔无妄念，徒取祸也。'此仆其类此狐欤！"然余谓终贤于掉头竟去者。

【注释】

①侍御：监察御史。

②长随：官员雇用的仆人。

【译文】

和我科举同榜的胡牧亭侍御，性格清高，学问文章功底深厚。但是性情粗略直爽，一点儿都不了解家务事和如何料理生计，古代所说那种不知道马有几只脚的人，他大概有点儿相似。仆人们把他当孩子一样糊弄。他曾经请我以及曹慕堂、朱竹君、钱辛楣吃饭，只有三盘肉，三盘蔬菜，几杯酒，听说花了三四两银子，其他可想而知。科举同榜的朋友谈到这些事，都感慨叹息。朱竹君更加愤怒，就把胡牧亭仆人的坏事都揭发出来，迫使他把仆人赶出去。但是仆人的坏习惯已经形成很久，彼此相互传授，不到几个月，胡牧亭家的仆人仍然和过去一样。仆人的同党分布在士大夫家里，到处诽谤朱竹君，反而让朱竹君得了个喜欢管闲事的名声。于是，人们都只能对胡牧亭袖手旁观，只能用小人有党、君子无党来姑且自我解嘲。后来，胡牧亭终于因为贫困忧郁而死。死后一天，有个以前的仆人来吊丧，痛哭表示悲伤，拿出三十两银子放在桌上，跪下祷告说："主人不接妻子来京，只一个人寄住在会馆里，每月的俸银本来足以温饱。只是因为我们的剥削，以致饭食都不能保证。当时因为京城的仆人都互相串联勾结形成了一种局势，有对主人忠心的，大家一起排挤他，让他找不到吃饭住宿的地方，所以没有敢表示不同意见。没想到主人竟然因此而死。我心里又惭愧又后悔，晚上也睡不着。现在我把自己的积蓄都拿出来帮助安葬主人，希望能稍稍赎抵我下地狱的罪过啊。"祷告完就走了。满堂宾客带的仆人，都相互看看，脸色都变了。

陈裕斋接着也讲了一件事，说："有个生性轻薄的人看见一个少妇在新坟前哭泣，就过去调戏她。少妇严肃地说：'实在不骗你，我是狐女。坟墓里的人沉迷我的美色，以致病重身亡。我感激他多情，同时惭愧他因为我而送命，我已经向神发誓，今生决不再找男人。你不要胡思乱想，白白招来祸患。'这个仆人大概类似这个狐女吧？"不过，我认为这个仆人和狐女毕竟胜过那种主人死了掉头就走的仆人。

田侯松岩言：幼时居易州之神石庄①，土人云，本名神子庄，以尝出一神童故也。后有三巨石陨于庄北，如春秋宋国之事，故改今名。在易州西南二十馀里。偶与僮辈嬉戏马厩中。见煮豆之锅，凸起铁泡十数，并形狭而长。僮辈以石破其一，中有虫长半寸馀，形如柳蠹，色微红，惟四短足与其首皆作黑色，而油然有光，取出犹蠕蠕能动。因一一破视，一泡一虫，状皆如一。

又言：头等侍卫常君青此又别一常君，与常大宗伯同名。乾隆癸酉戍守西域②，卓帐南山之下。塞外山脉，自西南趋东北，西域三十六国，夹之以居，在山南者呼曰"北山"，在山北者呼曰"南山"，其实一山也。山半有飞瀑二丈馀，其泉甚甘。会冬月冰结，取水于河，其水湍悍而性冷，食之病人。不得已，仍凿瀑泉之冰。水窍甫通，即有无数冰丸随而涌出，形皆如橄榄。破之，中有白虫如蚕，其口与足则深红，殆所谓冰蚕者欤？此与铁中之虫，锻而不死，均可谓异闻矣。

然天地之气，一动一静，互为其根。极阳之内必伏阴，极阴之内必伏阳。八卦之对待，坎以二阴包一阳，离以二阳包一阴。六十四卦之流行，阳极于乾，即一阴生，下而为姤；阴极于坤，即一阳生，下而为复。其静也伏斯敛，敛斯郁焉；其动也郁斯蒸，蒸斯化焉。至于化则生，生不已矣。特冲和之气，其生有常；偏胜之气，其生不测。冲和之气，无地不生；偏胜之气，或生或不生耳。故沸鼎炎熇、寒泉冱结③，其中皆可以生虫也。崔豹《古今注》载④，火鼠生炎洲火中，绩其毛为布，入火不燃。今洋舶多有之，先兄晴湖蓄数尺，余尝试之。又《神异经》载，冰鼠生北海冰中，穴冰而居，啮冰而食，岁久大如象，冰破即死。欧罗巴人曾见之⑤，谢梅庄前辈戍乌里雅苏台时，亦曾见之。是兽且生于火与冰矣。其事似异，实则常理也。

【注释】

①易州：即今河北易县。

②乾隆癸酉：乾隆十八年(1753)。

③熇(kǎo)：烘烤，烧。冱(hù)：冻。

④崔豹《古今注》：崔豹，字正熊，一作正能，晋惠帝时官至太傅。《古今注》是一部对上古和当时各类事物进行解说诠释的著作。

⑤欧罗巴：即 Europe 的音译，指欧洲。

【译文】

田松岩先生说，小时住在易州的神石庄，当地人说，本来叫神子庄，因为曾经出过一个神童的缘故。后来，有三块大陨石坠落在庄子北面，好像春秋时宋国的事一样，就改为现在的庄名。石头在易州西南二十馀里。偶然和小僮们在马棚里玩。看见煮豆的锅，凸起了十几个铁泡，泡都是狭长形的。小僮用石头砸破了一个泡，里面有一条半寸多长的虫，样子像柳树上的蠹虫，微微发红，只有四条短腿和头是黑色的，虫子油光发亮，取出来时还蠕动着。孩子们把铁泡一一都砸开了，一个泡里有一条虫，虫的形状都一样。

田先生又说：头等侍卫常青先生这又是另一个姓常的人，和礼部尚书常先生同名。乾隆癸酉年防守西域，在南山下扎了帐篷。塞外的山脉，从西南伸延向东北，西域三十六国，分布在山脉两边，在山南的叫“北山”，在山北的叫“南山”，其实都是一条山脉。半山腰有两丈多长的瀑布，水很甜。冬天水冻住了，驻军就到河中取水，河水湍急而水性寒冷，人吃了不舒服。不得已，仍然去凿瀑布的冰。刚凿开一个眼，就有无数冰丸随着水涌出来，形状都像橄榄。破开冰丸，里面有白色的虫子，像蚕，它的嘴和腿都是深红色，莫非就是所谓的冰蚕？这种虫和在铁锅的泡里烧不死的虫一样，都可以算是奇闻了。

然而天地的气，一动一静，互为根基。极阳之内必然潜伏着阴，极阴之内必然潜伏着阳。八卦也是相互对应的：“坎”卦的图形是二阴包着一阳，“离”卦的图形是二阳包着一阴。六十四卦，轮流变化，阳极在乾，就有一阴生长，下面便是“姤”卦；阴极在坤，就有一阳生长，下面就成“复”卦。在相对静止之时，阴阳都处于抑制状态，两者性状都不明显；但当阴阳活跃起来，性状明显。以致相互转化，万物就不停地化生了。只是阴阳和谐的条件下，它的化生有一定规律；偏阴或偏阳的情况，它的化生就难以预料。冲和之气，什么地方都可以化生；偏胜之气，有时化生有时不化生。所以在炽热的铁锅上，冰冻的寒泉里，都可以生出虫来。崔豹的《古今注》中载，火鼠生长在炎洲的火里，用它的毛织成布，进到火里都不燃烧。西洋货中这种布很多，先兄晴湖存了几尺，我曾经试验过。还有《神异经》中记载，冰鼠生在北海的冰里，住在冰洞里，吃冰充饥，时间长了就长到大象那么大，撑破冰洞它就死了。欧洲人曾经见过这种冰鼠，谢梅庄前辈戍守乌里雅苏台时，也曾见过。火鼠、冰鼠生活在火与冰里。这种事虽然奇异，但也在情理之中。

数皆前定，故鬼神可以前知。然有其事尚未发萌，其人尚未举念，又非吉凶祸福之所关、因果报应之所系，游戏琐屑至不足道，断非冥籍所能预注者，而亦往往能前知。乾隆庚寅[①]，有翰林偶遇乩仙，因问宦途。乩判一诗曰：“春风一笑手扶筇[2]，桃李花开泼眼浓。好是寻香双蛱蝶，粉墙才过巧相逢。”茫不省为何语。俄御试翰林，以编修改知县。众谓次句隐用河阳一县花事，可云有验，然其馀究不能明。比同年往慰，司阍者扶杖蹩躠出。盖朝官仆隶，视外吏如天上人。司阍者得主人外转信，方立阶上，喜而跃曰：“吾今日登仙矣！”不虞失足，遂损其胫，故杖而行也。数日后，微闻一日遣二仆，而罪状不明。旋有泄其事者曰：“二仆皆谋为司阍，而无如先已有跛者。乃各阴饰其妇，俟主人燕息，诱而蛊之。至夕，一妇私具饼饵，一妇私煎茶，皆暗中摸索至书斋廊下。猝然相触，所赍俱倾；愧不自容，转怒而相诟。主人不欲深究，故善遣去。”于是诗首句三四句并验。此乩可谓灵鬼矣，然何以能前知此等事，终无理可推也。马夫人雇一针线人，曾在是家，云二仆谋夺司阍则有之，初无自献其妇意，乃私谋于一黠仆，黠仆为画此策，均与约是日有暇，可乘隙以进。而不使相知，故致两败。二仆逐后，黠仆又党附于跛者，邀游妓馆。跛者知其有伏机，阳使先往待，而阴告主人往捕，故黠仆亦败。嗟乎！一州县官司阍耳，而此四人者互相倾轧，至辗转多方而不已。黄雀螳螂之喻，兹其明验矣。故附记之，以著世情之险。

【注释】

①乾隆庚寅：乾隆三十五年(1770)。

②筇(qióng)：一种竹子。实心，节高，宜于作拐杖。

【译文】

运数都是前定，所以鬼神可以先知。但是，有些事情还没有发生的迹象，当事人还没有想法，又不是关系到吉凶祸福、因果报应之类，只是游戏琐碎不值得说的事，绝对不是阴间生死簿预先注明的，但也往往能提前知道。乾隆庚寅年，有位翰林偶然遇上了乩仙，于是询问自己的仕途前程。乩仙判下一诗道："春风一笑手扶筇，桃李花开泼眼浓。好是寻香双蛱蝶，粉墙才过巧相逢。"他茫然不知是什么意思。不久，翰林经过皇上测试，从编修外放为知县。大家说这首诗的第二句隐用河阳一县花的故事，可以说是应验了，但其馀几句还是不明白。等到科举同榜朋友们上门祝贺时，守门人扶着拐杖拐着脚出来开门。大概是朝官的仆从们把外放的官员看作天上人。这个仆从得到主人外放的消息，当时正站在台阶上，高兴得跳起来叫："我今天登仙了！"不料失足摔断了小腿，所以拄着拐杖。几天后恍惚传出消息说翰林一天里打发走了两个仆人，但罪名却不清楚。随后有人透露说："这两个仆人都谋求看门人的职位，可是哪里想到被那个摔断腿的先占了。于是这二人都把自己的老婆打扮起来，等主人休息时来诱引他让他心思迷乱。晚上，一个妇人偷偷带着点心，一个妇人偷偷带着茶，都在黑暗中摸索着来到书房的廊下。却突然撞在一起，手里的东西都打翻了；两人恼羞成怒，相互骂了起来。主人不想深究，就把她们打发走了。"这么一来诗的首句及三四句都应验了。这个乩仙可以说是精灵鬼怪了，可是怎么能预先知道这些事，真是无从解释。马夫人雇用了一个做衣服的女人，曾经在那一家做过，说那两个仆人计划抢了守门人这个位置的事是有的，最初并没有让老婆去勾引的意思，是悄悄和一个狡猾的仆人商量，狡猾的仆人给他们出了这个计策，又都和他们约定当天有机会，可以乘机进行。但又不让双方相互知道，以致双方都失败。那两个仆人被赶走后，狡猾的仆人又依附受伤跛脚的仆人，请他去逛妓院。受伤跛脚的仆人知道他有阴谋，假装让他先进去等待，自己暗中报告主人去抓捕，因此狡猾的仆人也败露了。唉呀！一个州县官长的守门人罢了，有四个人互相倾轧争夺位置，辗转反复个不停。黄雀螳螂的比喻，这就是个明白的例子。附带把这件事记在这里，用来揭示世情的险恶。

余官兵部尚书时，往良乡送征湖北兵，小憩长辛店旅舍。见壁上有《归雁诗》二首，其一曰："料峭西风雁字斜，深秋又送汝还家。可怜飞到无多日，二月仍来看杏花。"其二曰："水阔云深伴侣稀，萧条只与燕同归。惟嫌来岁乌衣巷，却向雕梁各自飞。"末题"晴湖"二字，是先兄字也。然语意笔迹皆不似先兄，当别一人。或曰："有郑君名鸿撰，亦字晴湖。"

【译文】

我任兵部尚书时，有一次，到良乡送兵出征湖北的，在长辛店旅馆稍事休息。只见旅店的墙壁上题有《归雁诗》二首，其一是："料峭西风雁字斜，深秋又送汝还家。可怜飞到无多日，二月仍来看杏花。"其二是："水阔云深伴侣稀，萧条只与燕同归。惟嫌来岁乌衣巷，却向雕梁各自飞。"末尾题有"晴湖"二字，这是我亡故的兄长的字。然而，诗的语意及题写的笔迹都不是先兄的风格，应该是另一个人。有人说："有一位名叫郑鸿撰的先生，他的字也是晴湖。"

偶见田侯松岩持画扇，笔墨秀润，大似衡山①，云其亲串德君芝麓所作也。上有一诗曰："野水平沙落日遥，半山红树影萧条。酒楼人倚孤樽坐，看我骑驴过板桥。"风味翛然②，有尘外之致。复有德君题语，云是卓悟庵作，画即画此诗意。故并录此诗，殆亦爱其语也。田侯云，悟庵名卓礼图，然不能详其始末。大抵沉于下僚者，遥情高韵，而名氏翳如③。录而存之，亦郭恕先之远山数角耳④。

【注释】

①衡山：文征明(1470—1559)，原名璧，字征明，明代画家、书法家、文学家。四十二岁起以字行，更字征仲。因先世衡山人，故号衡山居士，世称“文衡山”。

②翛(xiāo)然：无拘无束、自由自在的样子。

③翳(yì)如：湮灭无闻。

④郭恕先：北宋初人。善文章，工篆籀。宋太宗时授国子监主簿。因纵酒肆言，杖配登州，卒于道。

【译文】

偶然间看见田松岩先生拿的一把画扇，笔墨秀雅圆润，很像文征明的风格，田松岩说是他的亲戚德芝麓先生所作。上面有一首诗，说：“野水平沙落日遥，半山红树影萧条。酒楼人倚孤樽坐，看我骑驴过板桥。”风味自然超脱，有超脱凡尘的风致。还有德先生的题词，说诗是卓悟庵所作，图画便是画这首诗的意思。所以把诗一起抄录在上面，大概也是喜爱这首诗的。田先生说，悟庵名卓礼图，但不能详细地讲出他的经历。大概是长期担任微小的官职，性情文思高雅，但姓名却湮没无闻不为人知。这里记录保存，也算是郭恕先画的远山，只露出几个山头罢了。

古人祠宇，俎豆一方，使后人挹想风规，生其效法，是即维风励俗之教也。其间精灵常在，肸蚃如闻者[①]，所在多有；依托假借，凭以猎取血食者，间亦有之。

相传有士人宿陈留一村中，因溽暑散步野外。黄昏后，冥色苍茫，忽遇一人相揖。俱坐老树之下，叩其乡里名姓。其人云：“君勿相惊，仆即蔡中郎也[②]。祠墓虽存，享祀多缺；又生叨士流，殁不欲求食于俗辈。以君气类，故敢布下忱。

明日，赐一野祭可乎？”士人故雅量，亦不恐怖，因询以汉末事，依违酬答，多罗贯中《三国演义》中语，已窃疑之；及询其生平始末，则所述事迹与高则诚《琵琶记》纤悉曲折③，一一皆同。因笑语之曰：“资斧匮乏，实无以享君，君宜别求有力者。惟一语嘱君：自今以往，似宜求《后汉书》、《三国志》、中郎文集稍稍一观，于求食之道更近耳。”其人面赪彻耳，跃起现鬼形去。是影射敛财之术，鬼亦能之矣。

【注释】

①肸蚃（xī xiǎng）：散布，弥漫。引申为连绵不绝。

②蔡中郎：蔡邕（yōng，133—192），字伯喈，东汉时著名文学家、书法家，著名才女蔡琰（蔡文姬）之父。因官至左中郎将，故后人称“蔡中郎”。

③高则诚《琵琶记》：高则诚（1305—?），名明，号则诚，又号菜根道人，曾断断续续为官十馀年。《琵琶记》写汉代书生蔡伯喈与赵五娘悲欢离合的故事。剧作改造了宋代戏文《赵贞女蔡二郎》的情节，将蔡伯喈写成“全忠全孝”但辞试不从、辞官不从、辞婚不从。剧中的蔡伯喈只是假托，并非历史上的蔡邕本事。

【译文】

古人的祠堂庙宇，享受一方祭祀，使后人遥想他们的风范榜样，萌生效法的愿望，也就起到了维持风化的作用。这里有许多古人精灵常在，极为灵验；冒名假托，用来得到祭祀的食物，也是有的。

相传有个书生住在陈留的一个村子里，因为天热在野外散步。黄昏之后，暮色苍茫，忽然遇到一个人作揖搭话。书生和这个人都坐在老树下，问起他的籍贯姓名。这个人说：“你不要怕，我就是蔡邕蔡中郎。我的祠堂坟墓虽然还在，但不大有人祭祀了。而我生前是个读书人，死后还不愿意向那些世俗之辈求祭。因为和你气味相投,所以来说说我的心情。明天在这里祭奠我一次行么?"士子一向度量宽宏,也不害怕,随便问起汉代末年的事。但这个人回答得模棱两可,大多是罗贯中《三国演义》中的内容,书生已经暗暗生疑。再问蔡邕的生平,这个人详细叙述的,与高则诚《琵琶记》的情节一一相合。于是书生笑道:"我缺少钱财盘缠,实在没有什么可以祭奠你,你应该去求有财力的人。我还有一句话嘱咐你:从今以后,似乎应该找《后汉书》、《三国志》和《蔡中郎集》来翻翻,这样你求祭,就更像了。"这个人的脸一下红到了耳根,跳起来显了鬼的原形跑了。这个故事是在影射某些人骗取财物,其实鬼也会这种骗术。

梁豁堂言:有客游粤东者,妇死寄柩于山寺。夜梦妇曰:"寺有厉鬼,伽蓝神弗能制也[①]。凡寄柩僧寮者,男率为所役,女率为所污。吾力拒,弗能免也。君盍讼于神?"醒而忆之了了,乃炷香祝曰:"我梦如是,其春睡迷离耶?意想所造耶?抑汝真有灵耶?果有灵,当三夕来告我。"已而再夕梦皆然。乃牒诉于城隍,数日无肸蚃。一夕,梦妇来曰:"讼若得直,则伽蓝为失纠举,山神社公为失约束,于阴律皆获谴,故城隍踌躇未能理。君盍再具牒,称将诣江西诉于正乙真人,则城隍必有处置矣。"如所言,具牒投之。数日,又梦妇来曰:"昨城隍召我,谕曰:'此鬼原居此室中,是汝侵彼,非彼摄汝也。男女共居一室,其仆隶往来,形迹嫌疑,或所不免。汝诉亦不为无因。今为汝重笞其仆隶,已足谢汝。何必坚执奸污,自博不贞之名乎?从来有事不如化无事,大事不如化小事。汝速令汝夫移柩去,则此案结矣。'再四思之，凡事可已则已，何必定与神道争，反激意外之患。君即移我去可也。”问：“城隍既不肯理，何欲诉天师，即作是调停？”曰：“天师虽不治幽冥，然遇有控诉，可以奏章于上帝，诸神弗能阻也。城隍亦恐激意外患，故委曲消弭，使两造均可以已耳。”语讫，郑重而去。其夫移柩于他所，遂不复梦。

此鬼苟能自救，即无多求，亦可云解事矣。然城隍既为明神，所司何事，毋乃聪明而不正直乎？且养痈不治，终有酿为大狱时；并所谓聪明者，毋乃亦通蔽各半乎？

【注释】

①伽蓝：指保护伽蓝（寺庙）的神。

【译文】

梁豁堂说：有个门客游历粤东地区，妻子去世了寄放在山上的庙里。一天夜里，门客梦见妻子说：“这座庙里有个恶鬼，庙里的伽蓝神管不了他。凡是灵柩寄居在庙里的魂灵，男的都得听他使唤，女的都要遭他的污辱。我竭力拒绝他，结果也未能幸免。您何不到神明那里告他的状？”门客醒来后，梦中的情景仍记得十分清楚，他焚香祝告说：“我做了这么个梦，是因为睡得太深睡迷糊了呢？还是因为我平时放不下你成了这样的梦呢？抑或是你真的显灵？如果你真有灵，应当一连三夜都来告诉我。”第二天夜里，他果然又做了个同样的梦。于是，他写了状纸，告到了城隍那里，可一连几天，毫无动静。一天夜里，门客又梦见妻子说：“如果您的官司打赢了，那么伽蓝神就会背上失察的罪名，山神土地也要承担管教不严的罪责，按阴间的法律都要受到制裁，所以城隍一直犹豫不决，未能及时审理。您何不再写状纸，声称将要去江西找正乙真人告状，那么城隍一定会处置那个恶鬼。”门客按照妻子说的，又写了投诉状。过了几天，他又梦见妻子对他说：“昨天城隍召见了我，对我说:‘此鬼原来就住在这间房子里,是你来占了他的地方,并不是他主动抓了你。你们男女二鬼同住一屋,他的仆从来来往往,怎能不起疑心,传出点儿闲话,也是在所难免。你告他的状不是没有原因。如今,我已经命人痛打了他的那些仆从,替你出了气,你应该满足了。为什么非要坚持说是他奸污了你,自己找来个不贞洁的坏名声?从来有事不如化作无事,大事不如化作小事。你赶快叫你丈夫把灵柩移走,这个案子就算了结了。’我再三考虑,凡事能了就了,何必非要同神道争锋,弄不好还要激发意外的祸患。您是把我移走就行了啊。”门客问:“城隍既然不肯审理,怎么一说要告到正乙天师那里,他就马上出面调停了呢?”妻子说:“天师虽然不管阴间的事,可是遇到有控诉状告上来,他可以直接向上帝奏明,诸神谁也不能阻挡。城隍怕天师出面后,会有意外的灾祸,所以急忙出来调停,采取了这么个折衷的办法,使双方都能接受。”说罢,道了郑重离去了。门客按照妻子的嘱咐,把她的灵柩移走了,此后,他再也没有做过这样的梦。

这位女鬼只是想自救,除此以外别无他求,也算是明白事理的了。然而,城隍既然是清明之神,他应该知道自己该管什么,如此处理问题不是聪明却缺少正直了么?况且有了祸患不去治理,将来终归要酿成大患;看来他所谓的聪明,不也是一半明白一半糊涂的吗?

田白岩言:济南朱子青与一狐友,但闻声而不见形。亦时预文酒之会,词辩纵横,莫能屈也。一日,有请见其形者。狐曰:“欲见吾真形耶?真形安可使君见;欲见吾幻形耶?是形既幻,与不见同,又何必见?”众固请之,狐曰:“君等意中,觉吾形何似?”一人曰:“当庞眉皓首。”应声即现一老人形。又一人曰:“当仙风道骨。”应声既现一道士形。又一人曰:“当星冠羽衣。”应声即现一仙官形。又一人曰:“当貌如童颜。"应声即现一婴儿形。又一人戏曰:"庄子言:姑射神人①,绰约若处子②。君亦当如是。"即应声现一美人形。又一人曰:"应声而变,是皆幻耳。究欲一睹真形。"狐曰:"天下之大,孰皆以真形示人者,而欲我独示真形乎?"大笑而去。子青曰:"此狐自称七百岁,盖阅历深矣。"

【注释】

①姑射神人:出自《庄子·逍遥游》:"藐姑射之山,有神人居焉,肌肤若冰雪,淖(绰)约若处子。"原指姑射山的得道真人。后泛指美貌女子。姑射,山名。神人,得道的人。

②绰(chuò)约:形容女子姿态柔美的样子。

【译文】

田白岩说:济南的朱子青跟一个狐精做朋友,只听见声音而不见形状。狐精也常常参加文酒之会,词辩纵横,谁也难不倒它。一天,有人请它显形。狐精说:"你想见我的真形么?真形怎么能让你看见;你想见我的幻形么?这个形体既然是幻化的,就和不见一样,又何必显形?"众人坚持,狐精说:"在你们的想像中我应该像什么?"一个人说:"应该是一个长眉白发的老人。"狐精应声就现形成了个老人。又一人说:"应该是仙风道骨。"应声变作一个道士。又一人说:"应该头戴星冠、身穿羽衣。"又应声变成个仙人。又一人说:"应该相貌像儿童。"应声变成一个婴儿。又一人开玩笑说:"庄子说姑射山的神人像处女,你也应该是这个样子。"又应声变成一个美人。又一人说:"应声而变,这些都是幻形,还是想看真形。"狐精说:"天下这么大,谁肯把真面目展示在别人面前,却只要我露出真面目来么?"说完大笑着走了。子青说:"这只狐狸自称七百岁,大概他的阅历是很深的了。"

舅氏实斋安公曰："讲学家例言无鬼。鬼吾未见，鬼语则吾亲闻之。雍正壬子乡试[①]，返宿白沟河。屋三楹，余住西间。先一南士住东间。交相问讯，因沽酒夜谈。南士称：'与一友为总角交[②]，其家酷贫，亦时周以钱粟。后北上公车，适余在某巨公家司笔墨，悯其飘泊，邀与同居，遂渐为主人所赏识。乃摭余家事[③]，潜造蜚语，挤余出而据余馆。今将托钵山东。天下岂有此无良人耶！'方相与太息，忽窗外呜呜有泣声，良久语曰：'尔尚责人无良耶！尔家本有妇，见我在门前买花粉，诡言未娶，诳我父母，赘尔于家。尔无良否耶？我父母患疫先后殁，别无亲属，尔据其宅，收其资，而棺衾祭葬俱草草，与死一奴婢同。尔无良否耶？尔妇附粮艘寻至，入门与尔相诟厉，即欲逐我；既而知原是我家，尔衣食于我，乃暂容留。尔巧说百端，降我为妾。我苟求宁静，忍泪曲从。尔无良否耶？既据我宅，索我供给，又虐使我，呼我小名，动使伏地受杖。尔反代彼揿我项背，按我手足，叱我勿转侧。尔无良否耶？越年馀，我财产衣饰剥削并尽，乃鬻我于西商。来相我时，我不肯出，又痛捶我，致我途穷自尽。尔无良否耶？我殁后，不与一柳棺，不与一纸钱，复褫我敝衣，仅存一裤，裹以芦席，葬丛冢。尔无良否耶？吾诉于神明，今来取尔，尔尚责人无良耶？'其声哀厉，同往并闻。南士惊怖瑟缩，莫措一词，遽噭然仆地。余虑或牵涉，未晓即行。不知其后如何，谅无生理矣。因果分明，了然有据。但不知讲学家见之，又作何遁词耳。"

【注释】

①雍正壬子：雍正十年(1732)。

②总角：古时儿童束发为两结，向上分开，形状如角，故称“总角”。

③摭(zhí)：拾取，摘取。

【译文】

舅舅安实斋先生说：“道学家都说世上没有鬼。鬼我没有看见过，鬼语倒是我亲耳听到过。雍正壬子年，我参加乡试，回来时住在白沟河。有三间房，我住西间。先有一位南方书生住在东间。彼此打了招呼，于是买来酒夜谈。南方书生说：‘我和一个朋友是自小的交情，他家极穷，我时常给他钱粮接济他。后来他到京城参加会试，正好我在某大财主家当师爷，同情他飘泊不定，邀请他同住，渐渐地他受到主人的赏识。于是又搜集我的家事，暗中编造流言蜚语，把我排挤出来，占了我的位置。如今我只好到山东去求人混口饭吃。天下哪有这种没有良心的人呢！’两人正在相对感叹愤慨，忽然窗外有“呜呜”的哭声，哭了好久，说道：‘你还责备别人没有良心！你家里本来有妻子，看到我在门前买花粉，撒谎说没有结婚，骗我的父母，入赘到我家。你有没有良心呢？我的父母得了传染病，先后去世，因为没有别的亲戚，你占据了他们房子和财产，而他们的棺材、寿衣以及祭祀、葬礼等，你都草草了事，好像死的是奴仆婢女一样。你说你有良心么？你妻子搭乘粮船找上了门，和你大吵大骂，要马上赶我走；后来得知这是我的家，你的衣食都靠我，这才暂时允许留下我。你花言巧语把我降为妾。我苟且图清静，忍着眼泪，委曲求全。你说你有良心么？你妻子占了我家房子，花费我家钱财，又虐待我使唤我，叫我的小名，动不动就让我趴在地上挨打。你反而帮她按着我的脖子、后背和手脚，还呵斥我不准转动。你说你有没有良心？过了一年多，你把我的财产衣饰都剥削光了，就把我卖给了西商。商人来相看我时，我不肯出来，你又痛打我，以致我走投无路自尽了。你说你有良心么？我死后你连一口薄皮棺材也不给我，连一张纸钱也不烧，还把我的衣服扒光，只留下一条短裤，然后用芦席一裹，埋在乱坟岗子。你说你有没有良心？我已经告到神灵那儿，今天就来索你的命，你还责备别人没有良心啊？'声音凄惨尖厉，住在一起的僮仆们也都听见了。南方书生惊恐万状，瑟缩着一句话也说不出来，突然他一声惨叫，倒在地上。我担心受牵连，天不亮就出发了。不知后来怎样，想来这个南方人没有活着的道理。这件事因果清楚，证据确凿。只是不知道学家听了，又会有什么开脱的言词来辩解。"

张浮槎《秋坪新语》载余家二事，其一记先兄晴湖家东楼鬼。此楼在兄宅之西，以先世未析产时，楼在宅之东，故沿其旧名。其事不虚，但委曲未详耳。此楼建于明万历乙卯[1]，距今百八十四年矣。楼上楼下，凡缢死七人，故无敢居者，是夕不得已开之，遂有是变。殆形家所谓凶方欤？然其侧一小楼，居者子孙蕃衍，究莫明其故也。其一记余子汝佶临殁事，亦十得六七；惟作西商语索逋事，则野鬼假托以求食。后穷诘其姓名、居址、年月与见闻此事之人，乃词穷而去。汝佶与债家涉讼时，刑部曾细核其积逋数目，具有案牍，亦无此条。盖张氏纪氏为世姻，妇女递相述说，不能无纤毫增减也。嗟乎！所见异词，所闻异词，所传闻异词，鲁史且然，况稗官小说。他人记吾家之事，其异同吾知之，他人不能知也。然则吾记他人家之事，据其所闻，辄为叙述，或虚或实或漏，他人得而知之，吾亦不得知也。刘后村诗曰[2]："斜阳古柳赵家庄，负鼓盲翁正作场。死后是非谁管得，满村听唱蔡中郎。"匪今斯今，振古如兹矣。惟不失忠厚之意，稍存劝惩之旨，不颠倒是非如《碧云騢》，不怀挟恩怨如《周秦行记》，不描摹才子佳人如《会真记》，不绘画横陈如《秘辛》，冀不见摈于君子云尔。

【注释】

①万历乙卯：万历四十三年(1615)。

②刘后村：刘克庄(1187—1269)，字潜夫，号后村。南宋诗人、词人、诗论家。

【译文】

张浮槎《秋坪新语》记载我家的两件事，其中一件记述我已故兄长晴湖家东楼的鬼。这座楼在兄长宅子西边，因为祖上没有分家时，楼在大宅子的东边，所以沿用旧时的叫法。这件事不假，只是细节记得不够详尽而已。这座楼建造于明朝万历乙卯年，距离现在一百八十四年了。楼上楼下，一共吊死过七个人，所以没有人敢住，当天晚上，事不得已打开楼门，就发生那样的变故。这大概是看风水的人所讲的凶方吧？不过在旁边的一座小楼，居住的人家却子孙繁衍，真是不知什么原故。另外一件记载我儿子汝佶临死时的事，也有六七分的准确；只是西部商人附身说话讨债的事，却是野鬼假装来骗取供品。后来认真追问西部商人的姓名、住址、年月和见过听过这件事的人，野鬼才无话可说走了。汝佶和债主打官司时，刑部曾经仔细核对过他欠债的数目，都有文件记录，也没有这件事。原来张姓和纪姓世代联姻，妇女们相互传说，不会没有一点儿增减的。哎！所见相同而讲法不同，所听相同而讲法不同，传闻相同而讲法又不同，鲁国史书都是这样，何况野史小说呢。别人记录我家的事，哪些符合事实，哪些不符合，我是知道的，其他人不知道。那么，我记录别人的事，是根据听说的人转述的，有的假，有的真，有的遗漏，人家会知道，我也不会知道。刘克庄的诗说："斜阳古柳赵家庄，负鼓盲翁正作场。死后是非谁管得，满村听唱蔡中郎。"可见并非今天才如此，从古到今都是这样。只要不丧失忠厚的意思，稍为保存劝善惩恶的目的，不像

《碧云騢》那样颠倒是非，不像《周秦行记》那样带着个人恩怨，不像《会真记》那样描绘才子佳人，不像《杂事秘辛》那样描写男女淫乱，希望不被君子唾弃就是了。

附：纪汝佶六则

亡儿汝佶，以乾隆甲子生[①]。幼颇聪慧，读书未多，即能作八比。乙酉举于乡[②]，始稍稍治诗，古文尚未识门径也。会余从军西域，乃自从诗社才士游，遂误从公安、竟陵两派入[③]。后依朱子颖于泰安，见《聊斋志异》抄本[④]，时是书尚未刻。又误堕其窠臼[⑤]，竟沉沦不返，以讫于亡。故其遗诗遗文，仅付孙树庭等存乃父手泽，余未一为编次也。惟所作杂记，尚未成书，其间琐事，时或可采。因为简择数条，附此录之末，以不没其篝灯呵冻之劳。又惜其一归彼法，百事无成，徒以此无关著述之词，存其名字也。

【注释】

①乾隆甲子：乾隆九年(1744)。

②乙酉：乾隆三十年(1765)。

③公安、竟陵：公安，公安派，是明代后期出现的一个文学流派。“公安三袁”是公安派的领袖，其中袁宏道声誉最高，成绩最大，其次是袁中道，袁宗道又次之。公安派反对前七子和后七子的拟古风气，主张“独抒性灵，不拘格套”，发前人之所未发。其创作成就主要在散文方面，清新活泼，自然率真，但多局限于抒写闲情逸致。竟陵，竟陵派，是明代后期文学流派，因为主要人物钟惺(1574—1624)、谭元春(1586—1637)都是竟陵人，故被称为“竟陵派”。和公安派一样，竟陵派也主张性灵说，是明末反对诗

文拟古潮流的重要一派。

④《聊斋志异》：清代蒲松龄所撰，志怪短篇小说集。

⑤窠(kē)臼：现成格式，老套子。

【译文】

早逝的儿子汝佶，生于乾隆甲子年。小时很聪慧，没读多少书，就能作八股文。乾隆乙酉年中了举人，这才开始钻研诗，古文还没有找到正确的途径。时值我从军西域，他就跟随诗社的才子们交游，错误地学了公安、竟陵两派的文风。后来又在泰安跟朱子颖学习，读到《聊斋志异》抄本，当时这本书还没有刻本。又误入它的窠臼，竟然沉溺其中而不能自拔，直到病故。他的遗诗遗文，只交给了孙子树庭等人，作为他们父亲的遗物保存，我没有编排整理过。唯有他所写的杂记，还没成书，其中有的写些琐事，还可采用。因此选择了几条，附录在本书最后，以不埋没他点着灯呵开冻住的毛笔写作的辛劳。同时又惋惜他误入歧途，一事无成，却只靠这种无关著书立说的文字来留下自己的名字。

花隐老人居平陵城之东，鹊华桥之西，不知何许人，亦不自道真姓字。所居有亭台水石，而莳花尤多。居常不与人交接，然有看花人来，则无弗纳。曳杖伛偻前导[①]，手无停指，口无停语，惟恐人之不及知、不及见也。园无隙地，殊香异色，纷纷拂拂，一往无际，而兰与菊与竹，尤擅天下之奇。兰有红有素，菊有墨有绿。又有丹竹纯赤，玉竹纯白；其他若方若斑，若紫若百节。虽非目所习见，尚为耳所习闻也。异哉，物之聚于所好，固如是哉！

【注释】

①伛偻(yǔ lǚ)：弯腰驼背。

【译文】

花隐老人住在平陵城东面，鹊华桥西边，不知他是哪里人，他也从不说自己的真名实姓。他的居所有亭台水石，种的花草就更多。平常不喜欢交游，然而如果有人来看花，他却从不拒绝。他拄着拐杖、弯腰驼背在客人前面引导，手不停指点着，嘴不停说着，唯恐别人不懂花、看不到花。园子里几乎没有空隙，各种花木奇香异色，纷繁满眼被风吹动着，一眼看不到边际，尤其是兰花、菊花和竹子，更是天下的珍奇。兰花有红色的和白色的，菊花有墨菊和绿菊。还有两种竹子，丹竹全身赤红，玉竹上下纯白；其他有的方形，有全身长满了斑点的；有紫色的，有像是长了百节的。虽然不能常见，还能常听人说起。奇怪啊，物品聚集在爱好它的人那里，还是这样啊！

士人某寓岱庙之环咏亭。时已深冬，北风甚劲。拥炉夜坐，冷不可支，乃息烛就寝。既觉，见承尘纸破处有光。异之，披衣潜起，就破处审视。见一美妇，长不满二尺，紫衣青袴，着红履，纤瘦如指，髻作时世妆；方爇火炊饭，灶旁一短足几，几上锡檠荧然[1]。因念此必狐也。正凝视间，忽然一嚏。妇惊，触几灯覆，遂无所见。晓起，破承尘视之。黄泥小灶，光洁异常；铁釜大如碗，饭犹未熟也；小锡檠倒置几下，油痕狼藉。惟爇火处纸不燃，殊可怪耳。

【注释】

①檠（qíng）：灯架，烛台。

【译文】

某书生借住在岱庙的环咏亭。当时已经是隆冬，北风刮得很紧。他夜里挨着炉火坐，冷得受不了，就灭灯就寝。一觉醒来，看见天花板纸破的地方透出亮光。觉得奇怪，悄悄地披衣起来，从破口处仔细看。看到有一个漂亮的妇人，身高不满二尺，紫色衣服青色裤子，穿着红鞋，小脚纤细得像手指一样，梳着当时流行的发髻；正在烧火做饭，灶旁放一张矮茶几，茶几上的锡灯盏荧荧亮着。他心想这肯定是狐狸精。正在凝视之间，他忽然打了一个喷嚏。妇人一惊，碰到了矮几，把灯弄倒了，于是什么也看不见了。第二天早上，书生弄破了天棚查看。只见有黄泥筑的小灶，非常光洁；铁锅有碗那么大，里面的饭还没有熟；小小的锡灯盏倒在茶几下面，油痕狼藉一片。只是烧火的地方天棚纸没有烧着，真是太奇怪了。

徂徕山有巨蟒二①，形不类蟒，顶有角如牛，赤黑色，望之有光。其身长约三四丈，蜿蜒深涧中。涧广可一亩，长可半里，两山夹之，中一隙仅三尺许。游人登其巅，对隙俯窥，则蟒可见。相传数百年前，颇为人害。有异僧禁制，遂不得出。夫深山大泽，实生龙蛇，似此亦无足怪；独怪其蜷伏数百年，而能不饥渴也。

【注释】

①徂徕（cú lái）：山名。又名“尤来”、“尤崃”、“尤徕”，在今山东泰安东南。

【译文】

徂徕山有两条巨蟒，形状不像一般蟒蛇，头顶有像牛一样的角，红黑色，望过去闪闪发光。巨蟒身体约三四丈长，蜿蜒栖息在深涧里。这条山涧有一亩地那么宽，半里路长，上面两座山夹着，只有三尺左右的缝隙。游人登上山顶，对着缝隙俯视，就能见到巨蟒。相传几百年前，常常害人。有个神异的僧人把蟒禁制住，蟒就出不来了。深山大泽之中，生长龙蛇，像这样的蟒也不值得奇怪；奇怪的是它潜伏几百年，却不饿不渴。

泰安韩生，名鸣岐，旧家子，业医。尝夤夜骑马赴人家[1]，忽见数武之外有巨人，长十馀丈。生胆素豪，摇鞚径过[2]，相去咫尺，即挥鞭击之。顿缩至三四尺，短发蓬鬙[3]，状极丑怪，唇吻翕辟[4]，格格有声。生下马执鞭逐之。其行缓涩，蹒跚地上，竟颇窘。既而身缩至一尺，而首大如瓮，似不胜载，殆欲颠仆。生且行且逐，至病者家，乃不见，不知何怪也。汶阳范灼亭说[5]。

【注释】

①夤夜(yín)：深夜，约为三点到五点这一时段。

②鞚(kòng)：带嚼子的马笼头。

③蓬鬙(sēng)：蓬松散乱。

④翕(xī)辟：嘴唇一张一合。

⑤汶阳：在山东肥城境内，因在汶水之北，故名。

【译文】

泰安姓韩的书生，名叫鸣岐，是个大族子弟，以行医为业。曾经深夜骑马到人家去，忽然看见几步之外有个巨人，高十多丈。韩鸣岐一向胆大气豪，放马跑过去，距离一尺远的时候，他挥鞭打过去。这个巨人顿时缩到三四尺，短发蓬松散乱，样子极为丑陋，怪物的嘴还一张一合，发出格格的响声。韩鸣岐下马挥鞭追打。怪物动作迟钝，在地上蹒跚而行，极为窘迫狼狈。随后它的身子缩到一尺高，而头却像瓮那么大，身体仿佛支持不住头的重量，几乎要摔倒。韩鸣岐一边走一边追，到了患者的家，怪物不见了，不知这是什么怪物。这是汶阳人范灼亭讲的。

戊寅五月二十八日[1]，吴林塘年五旬时，居太平馆中。余往为寿。座客有能为烟戏者，年约六十馀，口操南音，谈吐风雅，不知其何以戏也。俄有仆携巨烟筒来，中可受烟四两，爇火吸之，且吸且咽，食顷方尽。索巨碗瀹苦茗[2]，饮讫，谓主人曰："为君添鹤算可乎？"即张吻吐鹤二只，飞向屋角；徐吐一圈，大如盘，双鹤穿之而过，往来飞舞，如掷梭然。既而嘎喉有声，吐烟如一线，亭亭直上，散作水波云状。谛视皆寸许小鹤，颉颃左右，移时方灭，众皆以为目所未睹也。俄其弟子继至，奉一觞与主人曰："吾技不如师，为君小作剧可乎？"呼吸间，有朵云飘缈筵前，徐结成小楼阁，雕栏绮窗，历历如画。曰："此海屋添筹也[4]。"诸客复大惊，以为指上毫光现玲珑塔，亦无以喻是矣。以余所见诸说部，如掷杯放鹤、顷刻开花之类，不可殚述，毋亦实有其事，后之人少所见多所怪乎？如此事非余目睹，亦终不信也。

【注释】

①戊寅：乾隆二十三年(1758)。

②瀹(yuè)：煮。

③颉颃(xié háng)：鸟儿上下翻飞的样子。颉，又作"翓"，鸟向上飞。颃，又作"翃"，鸟飞高而下，见《集韵》："鸟飞上曰翓，下曰翃。"

④海屋添筹：旧时用于祝人长寿。海屋，寓言中堆存记录沧桑变化筹码的房间。筹，筹码。

【译文】

乾隆戊寅年五月二十八日，是吴林塘先生五十寿辰，当时，他住在太平馆。我去那里祝寿。在座的客人中，有一位能吐烟做游戏，这个人六十多岁，操南方口音，谈吐风雅，出语不俗，不知他怎么游戏。不一会儿有个仆人给他拿来一支大烟筒，烟锅里可以装四两烟叶，他点着火吸了起来，边吸边咽，有一顿饭的工夫，将烟都吞进了肚里。他又要了一大碗浓茶喝了下去，喝完了对主人说："呼唤两只仙鹤为您祝寿可以吗？"他张开嘴吐出两只仙鹤，飞向大厅一角；他又慢慢地吐出一道烟圈，大小与盘子相仿，仙鹤由烟圈中穿来穿去，往返飞舞，如玉女穿梭。随后他喉咙里嘎嘎有声，吐出一条烟线，笔直向上，渐渐散成水波状云雾。仔细看云雾又变作许多一寸左右的小鹤，在厅内徘徊飞翔，过了半天，才逐渐消失，众人从来没有见过这种景像。不一会儿他的弟子也走上前来，先为主人敬上一杯酒说："我的本事比不上老师，为您表演个小戏法行吗？"一呼一吸，就有一朵祥云在酒宴前飘缈隐现，慢慢结成一座小楼阁，楼阁上雕栏绮窗清清楚楚就像画一样。弟子说："这是'海屋添筹'的意思。"众宾客又大为惊讶，认为神仙在指头上的细小光芒中显现玲珑宝塔的情景，也无法与眼前的境界相提并论。以我所见的野史小说而言，如掷出酒杯变成飞鹤、一下子使花朵盛开之类的故事实在不少了，说不定是实有其事的，后人大都不信其有，恐怕是少见多怪之故吧？这种事倘若不是我亲眼所见，我也不会相信。

豫南李某，酷好马。尝于遵化牛市中见一马，通体如墨，映日有光，而腹毛则白于霜雪，所谓乌云托月者也。高六尺馀，骎尾鬈然[①]，足生爪，长寸许，双目莹澈如水精，其气昂昂如鸡群之鹤。李以百金得之，爱其神骏，刍秣必身亲[②]。然性至狞劣，每覆障泥，须施绊锁，有力者数人左右把持，然后可乘。按辔徐行，不觉其驶，而瞬息已百里。有一处去家五日程，午初就道，比至，则日未衔山也。以此愈爱之。而畏其难控,亦不敢数乘。

一日,有伟丈夫碧眼虬髯,款门求见,自云能教此马。引就枥下,马一见即长鸣。此人以掌击左右肋,始弭耳不动。乃牵就空屋中,阖户与马盘旋。李自隙窥之,见其手提马耳,喃喃似有所云,马似首肯。徐又提耳喃喃如前,马亦似首肯。李大惊异,以为真能通马语也。少间,启户,引缰授李,马已汗如濡矣。临行谓李曰:"此马能择主,亦甚可喜。然其性未定,恐或伤人;今则可以无虑矣。"

马自是驯良,经二十馀载,骨干如初。后李至九十馀而终,马忽逸去,莫知所往。

【注释】

①骏(zōng):马鬃。鬈(quán):卷曲。

②刍(chú)秣:草料。

【译文】

豫南的李某,很喜欢马。他曾在遵化的牛市上看到一匹马,全身像墨那样黑,在太阳下闪闪发亮,腹部的毛却比霜雪还白,就是人们所说的乌云托月马。马有六尺多高,鬃毛尾巴卷起,蹄下生有爪子,一寸多长,双眼明净像水晶,气概高昂像鹤立鸡群。李某用一百两银子买下,喜爱这匹马的神采骏逸,喂草料时一定亲自动手。可是这匹马脾气凶到极点坏到极点,每次放上鞍辔时,一定要拴上绊马索,叫几个有力气的人把马四面拉住,才能骑坐。提着马缰,从容地奔跑,还没有觉得它快跑,一下子就跑过百里路了。有个地方,离李某家里有五日路程,骑这匹马在午前上路,到达时,太阳还没有下山呢。因此,李某更加喜爱这匹马。但又怕难以驾驭,也不敢经常骑它。

有一天,有个绿眼睛卷胡子的大汉上门求见,自称会调教这匹马。

李某就把大汉带到马厩，马一见大汉就高声嘶叫。大汉用手掌拍打马的左右两肋，这匹马才俯首帖耳，不再乱动。大汉把这匹马拉到一间空屋子里，关上门和马兜圈子。李某从门缝中偷看，只见大汉手提着马耳朵，轻轻地说些什么话，马好像点头同意。慢慢地大汉又提着马耳朵，像前次那样轻轻地说些什么话，马也好像点头同意。李某大吃一惊，以为大汉真是会讲马语的。过了一会，大汉开门出来，把缰绳交给李某，这匹马已经浑身大汗像是湿透了。大汉临走时对李某说："这匹马会选择主人，也是十分可喜的事。但它的性情未定，恐怕会伤害人；现在就可以不必担心了。"

这匹马从此变得很驯良，过了二十多年，骨架精力仍然和从前一样。后来，李某活到九十多岁去世，这匹马忽然逃走，没人知道到哪里去了。

中华经典名著
全本全注全译丛书
（已出书目）

周易
尚书
诗经
周礼
仪礼
礼记
左传
韩诗外传
春秋公羊传
春秋穀梁传
孝经·忠经
论语·大学·中庸
尔雅
孟子
春秋繁露
说文解字
释名
国语
晏子春秋
穆天子传
战国策
史记
吴越春秋
越绝书
华阳国志
水经注
洛阳伽蓝记
大唐西域记
史通
贞观政要
营造法式
东京梦华录
唐才子传
廉吏传
徐霞客游记
读通鉴论
宋论
文史通义

老子
道德经
鹖冠子
黄帝四经·关尹子·尸子
孙子兵法
墨子
管子
孔子家语
吴子·司马法
商君书
慎子·太白阴经
列子
鬼谷子
庄子
公孙龙子(外三种)
荀子
六韬
吕氏春秋
韩非子
山海经
黄帝内经
素书
新书
淮南子
九章算术(附海岛算经)
新序
说苑
列仙传
盐铁论
法言
方言
论衡
潜夫论
政论·昌言
风俗通义
申鉴·中论
太平经
伤寒论
周易参同契
人物志
博物志
抱朴子内篇
抱朴子外篇
西京杂记
神仙传
搜神记
拾遗记
世说新语
弘明集
齐民要术
刘子
颜氏家训
中说
帝范·臣轨·庭训格言

坛经
大慈恩寺三藏法师传
蒙求·童蒙须知
茶经·续茶经
玄怪录·续玄怪录
酉阳杂俎
历代名画记
化书·无能子
梦溪笔谈
北山酒经(外二种)
容斋随笔
近思录
洗冤集录
传习录
焚书
菜根谭
增广贤文
呻吟语
了凡四训
龙文鞭影
长物志
智囊全集
天工开物
溪山琴况·琴声十六法
温疫论
明夷待访录·破邪论
陶庵梦忆
西湖梦寻
幼学琼林
笠翁对韵
声律启蒙
老老恒言
随园食单
阅微草堂笔记
格言联璧
曾国藩家书
曾国藩家训
劝学篇
楚辞
文心雕龙
文选
玉台新咏
二十四诗品·续诗品
词品
闲情偶寄
古文观止
聊斋志异
唐宋八大家文钞
浮生六记
三字经·百家姓·千字文·弟子规·千家诗
经史百家杂钞